Homer
Ilias und Odyssee

Altgriechisch und Deutsch
Übersetzt von Johann Heinrich Voß

HOMER

ΙΛΙΑΣ ΟΔΥΣΣΕΙΑ

ILIAS UND ODYSSEE

Übersetzt von Johann Heinrich Voß

ZWEITAUSENDEINS

Lizenzausgabe mit freundlicher Genehmigung
der Wunderkammer Verlag GmbH, Neu-Isenburg 2008
für Zweitausendeins, Postfach, D-60381 Frankfurt am Main

Der Abdruck des Nachworts von Joachim Latacz
erfolgte mit freundlicher Genehmigung des Insel Verlags aus:
„Klassische Autoren der Antike. Literarische Porträts von Homer bis Boethius".
Von Bernhard Kytzler, Joachim Latacz und Klaus Stallmann. Herausgegeben
von Bernhard Kytzler. © Insel Verlag Frankfurt am Main und Leipzig 1992.

Umschlaggestaltung: Sabine Kauf, Publicontor, Hamburg
Lektorat des altgriechischen Textes: Helena Schmedt, Sieglinde Ziegler
Satz: Hain-Team, Bad Zwischenahn
Druck: GGP Media GmbH, Pößneck

Printed in Germany

ISBN 978-3-86150-865-6

INHALT

ΟΔΥΣΣΕΙΑ · Odyssee

Karten

ΙΛΙΑΣ

ILIAS

GRIECHISCH UND DEUTSCH

ΙΛΙΑΔΟΣ Α

λοιμός · μῆνις

Μῆνιν ἄειδε, θεά, Πηληϊάδεω Ἀχιλῆος
οὐλομένην, ἣ μυρί' Ἀχαιοῖς ἄλγε' ἔθηκε,
πολλὰς δ' ἰφθίμους ψυχὰς Ἄϊδι προΐαψεν
ἡρώων, αὐτοὺς δὲ ἑλώρια τεῦχε κύνεσσιν
οἰωνοῖσί τε πᾶσι, Διὸς δ' ἐτελείετο βουλή,
ἐξ οὗ δὴ τὰ πρῶτα διαστήτην ἐρίσαντε
Ἀτρεΐδης τε ἄναξ ἀνδρῶν καὶ δῖος Ἀχιλλεύς.
τίς τ' ἄρ σφωε θεῶν ἔριδι ξυνέηκε μάχεσθαι;
Λητοῦς καὶ Διὸς υἱός· ὁ γὰρ βασιλῆϊ χολωθεὶς
νοῦσον ἀνὰ στρατὸν ὦρσε κακήν, ὀλέκοντο δὲ λαοί,
οὕνεκα τὸν Χρύσην ἠτίμασεν ἀρητῆρα
Ἀτρεΐδης· ὁ γὰρ ἦλθε θοὰς ἐπὶ νῆας Ἀχαιῶν
λυσόμενός τε θύγατρα φέρων τ' ἀπερείσι' ἄποινα,
στέμματ' ἔχων ἐν χερσὶν ἑκηβόλου Ἀπόλλωνος
χρυσέωι ἀνὰ σκήπτρωι, καὶ λίσσετο πάντας Ἀχαιούς,
Ἀτρεΐδα δὲ μάλιστα δύω, κοσμήτορε λαῶν·
„Ἀτρεΐδαι τε καὶ ἄλλοι ἐϋκνήμιδες Ἀχαιοί,
ὑμῖν μὲν θεοὶ δοῖεν Ὀλύμπια δώματ' ἔχοντες
ἐκπέρσαι Πριάμοιο πόλιν, εὖ δ' οἴκαδ' ἱκέσθαι·
παῖδα δ' ἐμοὶ λύσαιτε φίλην, τὰ δ' ἄποινα δέχεσθαι,
ἁζόμενοι Διὸς υἱὸν ἑκηβόλον Ἀπόλλωνα."
ἔνθ' ἄλλοι μὲν πάντες ἐπευφήμησαν Ἀχαιοὶ
αἰδεῖσθαί θ' ἱερῆα καὶ ἀγλαὰ δέχθαι ἄποινα·
ἀλλ' οὐκ Ἀτρεΐδηι Ἀγαμέμνονι ἥνδανε θυμῶι,
ἀλλὰ κακῶς ἀφίει, κρατερὸν δ' ἐπὶ μῦθον ἔτελλε·
„μή σε, γέρον, κοίληισιν ἐγὼ παρὰ νηυσὶ κιχείω
ἢ νῦν δηθύνοντ' ἢ ὕστερον αὖτις ἰόντα,
μή νύ τοι οὐ χραίσμηι σκῆπτρον καὶ στέμμα θεοῖο·
τὴν δ' ἐγὼ οὐ λύσω· πρίν μιν καὶ γῆρας ἔπεισιν
ἡμετέρωι ἐνὶ οἴκωι, ἐν Ἄργεϊ, τηλόθι πάτρης,
ἱστὸν ἐποιχομένην καὶ ἐμὸν λέχος ἀντιόωσαν·
ἀλλ' ἴθι, μή μ' ἐρέθιζε, σαώτερος ὥς κε νέηαι."

ERSTER GESANG

Den Priester Chryses zu rächen, dem Agamemnon die Tochter vorenthielt, sendet Apollon den Achaiern eine Pest. Agamemnon zankt mit Achilleus, weil er durch Kalchas die Befreiung der Chryseïs fordern ließ, und nimmt ihm sein Ehrengeschenk, des Brises Tochter. Dem zürnenden Achilleus verspricht Thetis Hilfe. Entsendung der Chryseïs, und Versöhnung Apollons. Der Thetis gewährt Zeus so lange Sieg für die Troer, bis ihr Sohn Genugtuung erhalte. Unwille der Here gegen Zeus. Hephästos besänftigt beide.

Singe den Zorn, o Göttin, des Peleiaden Achilleus,
Ihn, der entbrannt den Achaiern unnennbaren Jammer erregte,
Und viel tapfere Seelen der Heldensöhne zum Aïs
Sendete, aber sie selbst zum Raub darstellte den Hunden,
Und dem Gevögel umher. So ward Zeus Wille vollendet:
Seit dem Tag, als erst durch bitteren Zank sich entzweiten
Atreus Sohn, der Herrscher des Volks, und der edle Achilleus.
　Wer hat jene der Götter empört zu feindlichem Hader?
Letos Sohn und des Zeus. Denn der, dem Könige zürnend,
Sandte verderbliche Seuche durchs Heer; und es sanken die Völker:
Drum weil ihm den Chryses beleidiget, seinen Priester,
Atreus Sohn. Denn er kam zu den rüstigen Schiffen Achaias,
Frei zu kaufen die Tochter, und bracht' unendliche Lösung,
Tragend den Lorbeerschmuck des treffenden Phöbos Apollon
Und den goldenen Stab; und er flehete laut den Achaiern,
Doch den Atreiden vor allen, den zween Feldherren der Völker:
　Atreus Söhn', und ihr andern, ihr hellumschienten Achaier,
Euch verleihn die Götter, olympischer Höhen Bewohner,
Priamos Stadt zu vertilgen, und wohl nach Hause zu kehren;
Doch mir gebt die Tochter zurück, und empfahet die Lösung,
Ehrfurchtsvoll vor Zeus ferntreffendem Sohn Apollon.
　Drauf gebot beifallend das ganze Heer der Achaier,
Ehrend den Priester zu scheun, und die köstliche Lösung zu nehmen.
Aber nicht Agamemnon, des Atreus Sohne, gefiel es;
Dieser entsandt' ihn mit Schmach, und befahl die drohenden Worte:
　Daß ich nimmer, o Greis, bei den räumigen Schiffen dich treffe,
Weder anitzt hier zaudernd, noch wiederkehrend in Zukunft!
Kaum wohl möchte dir helfen der Stab, und der Lorbeer des Gottes!
Jene lös' ich dir nicht, bis einst das Alter ihr nahet,
Wann sie in meinem Palast in Argos, fern von der Heimat,
Mir als Weberin dient, und meines Bettes Genossin!
Gehe denn, reize mich nicht; daß wohlbehalten du kehrest!

ὣς ἔφατ᾽, ἔδεισεν δ᾽ ὁ γέρων καὶ ἐπείθετο μύθωι·
βῆ δ᾽ ἀκέων παρὰ θῖνα πολυφλοίσβοιο θαλάσσης·
πολλὰ δ᾽ ἔπειτ᾽ ἀπάνευθε κιὼν ἠρᾶθ᾽ ὁ γεραιὸς
Ἀπόλλωνι ἄνακτι, τὸν ἠΰκομος τέκε Λητώ·
„κλῦθί μευ ἀργυρότοξ᾽, ὃς Χρύσην ἀμφιβέβηκας
Κίλλάν τε ζαθέην Τενέδοιό τε ἶφι ἀνάσσεις,
Σμινθεῦ, εἴ ποτέ τοι χαρίεντ᾽ ἐπὶ νηὸν ἔρεψα,
ἢ εἰ δή ποτέ τοι κατὰ πίονα μηρί᾽ ἔκηα
ταύρων ἠδ᾽ αἰγῶν, τὸδε μοι κρήηνον ἐέλδωρ·
τίσειαν Δαναοὶ ἐμὰ δάκρυα σοῖσι βέλεσσιν.“
ὣς ἔφατ᾽ εὐχόμενος, τοῦ δ᾽ ἔκλυε Φοῖβος Ἀπόλλων,
βῆ δὲ κατ᾽ Οὐλύμποιο καρήνων χωόμενος κῆρ,
τόξ᾽ ὤμοισιν ἔχων ἀμφηρεφέα τε φαρέτρην·
ἔκλαγξαν δ᾽ ἄρ᾽ ὀϊστοὶ ἐπ᾽ ὤμων χωομένοιο,
αὐτοῦ κινηθέντος· ὁ δ᾽ ἤϊε νυκτὶ ἐοικώς.
ἕζετ᾽ ἔπειτ᾽ ἀπάνευθε νεῶν, μετὰ δ᾽ ἰὸν ἕηκε·
δεινὴ δὲ κλαγγὴ γένετ᾽ ἀργυρέοιο βιοῖο·
οὐρῆας μὲν πρῶτον ἐπώιχετο καὶ κύνας ἀργούς,
αὐτὰρ ἔπειτ᾽ αὐτοῖσι βέλος ἐχεπευκὲς ἐφιεὶς
βάλλ᾽· αἰεὶ δὲ πυραὶ νεκύων καίοντο θαμειαί.
ἐννῆμαρ μὲν ἀνὰ στρατὸν ὤιχετο κῆλα θεοῖο,
τῆι δεκάτηι δ᾽ ἀγορὴνδε καλέσσατο λαὸν Ἀχιλλεύς·
τῶι γὰρ ἐπὶ φρεσὶ θῆκε θεὰ λευκώλενος Ἥρη·
κήδετο γὰρ Δαναῶν, ὅτι ῥα θνήσκοντας ὁρᾶτο.
οἳ δ᾽ ἐπεὶ οὖν ἤγερθεν ὁμηγερέες τ᾽ εγένοντο,
τοῖσι δ᾽ ἀνιστάμενος μετέφη πόδας ὠκὺς Ἀχιλλεύς·
„Ἀτρεΐδη, νῦν ἄμμε παλιμπλαγχθέντας ὀΐω
ἂψ ἀπονοστήσειν, εἴ κεν θάνατόν γε φύγοιμεν,
εἰ δὴ ὁμοῦ πόλεμός τε δαμᾶι καὶ λοιμὸς Ἀχαιούς·
ἀλλ᾽ ἄγε δή τινα μάντιν ἐρείομεν ἢ ἱερῆα,
ἢ καὶ ὀνειροπόλον, καὶ γάρ τ᾽ ὄναρ ἐκ Διός ἐστιν,
ὅς κ᾽ εἴποι ὅ τι τόσσον ἐχώσατο Φοῖβος Ἀπόλλων,
εἴτ᾽ ἄρ᾽ ὅ γ᾽ εὐχωλῆς ἐπιμέμφεται εἴθ᾽ ἑκατόμβης,
αἴ κέν πως ἀρνῶν κνίσης αἰγῶν τε τελείων
βούλεται ἀντιάσας ἡμῖν ἀπὸ λοιγὸν ἀμῦναι.“
ἤτοι ὅ γ᾽ ὣς εἰπὼν κατ᾽ ἄρ᾽ ἕζετο· τοῖσι δ᾽ ἀνέστη
Κάλχας Θεστορίδης, οἰωνοπόλων ὄχ᾽ ἄριστος,
ὃς ἤιδη τά τ᾽ ἐόντα τά τ᾽ ἐσσόμενα πρό τ᾽ ἐόντα,
καὶ νήεσσ᾽ ἡγήσατ᾽ Ἀχαιῶν Ἴλιον εἴσω
ἣν διὰ μαντοσύνην, τήν οἱ πόρε Φοῖβος Ἀπόλλων·
ὅ σφιν ἐὺ φρονέων ἀγορήσατο καὶ μετέειπεν·

Jener sprach's: doch Chryses erschrak und gehorchte der Rede.
Schweigend ging er am Ufer des weitaufrauschenden Meeres;
Und wie er einsam jetzt hinwandelte, flehte der Alte
Viel zum Herrscher Apollon, dem Sohn der lockigen Leto:
Höre mich, Gott, der du Chrysa mit silbernem Bogen umwandelst,
Samt der heiligen Killa, und Tenedos mächtig beherrschest,
Smintheus! hab' ich dir je den prangenden Tempel gekränzet,
Oder hab' ich dir je von erlesenen Farren und Ziegen
Fette Schenkel verbrannt, so gewähre mir dieses Verlangen:
Meine Tränen vergilt mit deinem Geschoß den Achaiern!
Also rief er betend; ihn hörete Phöbos Apollon.
Schnell von den Höhn des Olympos enteilet' er, zürnendes Herzens,
Auf der Schulter den Bogen und ringsverschlossenen Köcher.
Laut erschollen die Pfeile zugleich an des Zürnenden Schulter,
Als er einher sich bewegt'; er wandelte, düster wie Nachtgraun;
Setzte sich drauf von den Schiffen entfernt, und schnellte den Pfeil ab;
Und ein schrecklicher Klang entscholl dem silbernen Bogen.
Nur Maultier' erlegt' er zuerst und hurtige Hunde:
Doch nun gegen sie selbst das herbe Geschoß hinwendend,
Traf er; und rastlos brannten die Totenfeuer in Menge.
Schon neun Tage durchflogen das Heer die Geschosse des Gottes.
Drauf am zehnten berief des Volks Versammlung Achilleus,
Dem in die Seel' es legte die lilienarmige Here;
Denn sie sorgt' um der Danaer Volk, die Sterbenden schauend.
Als sie nunmehr sich versammelt, und voll gedrängt die Versammlung;
Trat hervor und begann der mutige Renner Achilleus:
Atreus Sohn, nun denk' ich, wir ziehn den vorigen Irrweg
Wieder nach Hause zurück, wofern wir entrinnen dem Tode;
Weil ja zugleich der Krieg und die Pest hinrafft die Achaier.
Aber wohlan, fragt einen der Opferer, oder der Seher,
Oder auch Traumausleger; auch Träume ja kommen von Zeus her:
Der uns sage, warum so ereiferte Phöbos Apollon:
Ob versäumte Gelübd' ihn erzürneten, ob Hekatomben:
Wenn vielleicht der Lämmer Gedüft und erlesener Ziegen
Er zum Opfer begehrt, von uns die Plage zu wenden.
Also redete jener, und setzte sich. Wieder erhub sich
Kalchas der Thestoride, der weiseste Vogelschauer,
Der erkannte, was ist, was sein wird, oder zuvor war,
Der auch her vor Troja der Danaer Schiffe geleitet
Durch wahrsagenden Geist, des ihn würdigte Phöbos Apollon;
Dieser begann wohlmeinend, und redete vor der Versammlung:

„ ὦ Ἀχιλεῦ, κέλεαί με, Διῒ φίλε, μυθήσασθαι
μῆνιν Ἀπόλλωνος ἑκατηβελέταο ἄνακτος·
τοιγὰρ ἐγὼν ἐρέω· σὺ δὲ σύνθεο καί μοι ὄμοσσον
ἦ μέν μοι πρόφρων ἔπεσιν καὶ χερσὶν ἀρήξειν·
ἦ γὰρ ὀΐομαι ἄνδρα χολωσέμεν, ὃς μέγα πάντων
Ἀργείων κρατέει καί οἱ πείθονται Ἀχαιοί·
κρείσσων γὰρ βασιλεὺς ὅτε χώσεται ἀνδρὶ χέρηϊ·
εἴ περ γάρ τε χόλον γε καὶ αὐτῆμαρ καταπέψηι,
ἀλλά τε καὶ μετόπισθεν ἔχει κότον, ὄφρα τελέσσηι,
ἐν στήθεσσιν ἑοῖσι· σὺ δὲ φράσαι εἴ με σαώσεις.“
τὸν δ' ἀπαμειβόμενος προσέφη πόδας ὠκὺς Ἀχιλλεύς·
„ θαρσήσας μάλα εἰπὲ θεοπρόπιον ὅ τι οἶσθα·
οὐ μὰ γὰρ Ἀπόλλωνα Διῒ φίλον, ὧι τε σὺ Κάλχαν
εὐχόμενος Δαναοῖσι θεοπροπίας ἀναφαίνεις,
οὔ τις ἐμεῦ ζῶντος καὶ ἐπὶ χθονὶ δερκομένοιο
σοὶ κοίλης παρὰ νηυσί βαρείας χεῖρας ἐποίσει
συμπάντων Δαναῶν, οὐδ' ἢν Ἀγαμέμνονα εἴπηις,
ὃς νῦν πολλὸν ἄριστος Ἀχαιῶν εὔχεται εἶναι.“
καὶ τότε δὴ θάρσησε καὶ ηὔδα μάντις ἀμύμων·
„ οὔτ' ἄρ ὅ γ' εὐχωλῆς ἐπιμέμφεται οὐδ' ἑκατόμβης,
ἀλλ' ἕνεκ' ἀρητῆρος ὃν ἠτίμησ' Ἀγαμέμνων,
οὐδ' ἀπέλυσε θύγατρα καὶ οὐκ ἀπεδέξατ' ἄποινα,
τοὔνεκ' ἄρ' ἄλγε' ἔδωκεν ἑκηβόλος ἠδ' ἔτι δώσει·
οὐδ' ὅ γε πρὶν Δαναοῖσιν ἀεικέα λοιγὸν ἀπώσει,
πρίν γ' ἀπὸ πατρὶ φίλωι δόμεναι ἑλικώπιδα κούρην
ἀπριάτην ἀνάποινον, ἄγειν θ' ἱερὴν ἑκατόμβην
ἐς Χρύσην· τότε κέν μιν ἱλασσάμενοι πεπίθοιμεν.“
ἤτοι ὅ γ' ὣς εἰπὼν κατ' ἄρ' ἕζετο· τοῖσι δ' ἀνέστη
ἥρως Ἀτρεΐδης εὐρὺ κρείων Ἀγαμέμνων
ἀχνύμενος· μένεος δὲ μέγα φρένες ἀμφὶ μέλαιναι
πίμπλαντ', ὄσσε δέ οἱ πυρὶ λαμπετόωντι ἐΐκτην·
Κάλχαντα πρώτιστα κάκ' ὀσσόμενος προσέειπε·
„ μάντι κακῶν, οὐ πώ ποτέ μοι τὸ κρήγυον εἶπας·
αἰεί τοι τὰ κάκ' ἐστὶ φίλα φρεσὶ μαντεύεσθαι,
ἐσθλὸν δ' οὔτε τί πω εἶπας ἔπος οὔτ' ἐτέλεσσας·
καὶ νῦν ἐν Δαναοῖσι θεοπροπέων ἀγορεύεις
ὡς δὴ τοῦδ' ἕνεκά σφιν ἑκηβόλος ἄλγεα τεύχει,
οὕνεκ' ἐγὼ κούρης Χρυσηΐδος ἀγλά' ἄποινα
οὐκ ἔθελον δέξασθαι, ἐπεὶ πολὺ βούλομαι αὐτὴν
οἴκοι ἔχειν· καὶ γάρ ῥα Κλυταιμνήστρης προβέβουλα
κουριδίης ἀλόχου, ἐπεὶ οὔ ἑθέν ἐστι χερείων,

Peleus Sohn, du gebeutst mir, o Göttlicher, auszudeuten
Diesen Zorn des Apollon, des fernhintreffenden Herrschers.
Gerne will ich's ansagen; doch du verheiße mit Eidschwur,
Daß du gewiß willfährig mit Wort und Händen mir helfest.
Denn leicht möcht' erzürnen ein Mann, der mächtiges Ansehns
Argos Völker beherrscht, und dem die Achaier gehorchen.
Stärker ja ist ein König, der zürnt dem geringeren Manne.
Wenn er auch die Galle den selbigen Tag noch zurückhält;
Dennoch laur't ihm beständig der heimliche Groll in dem Busen,
Bis er ihn endlich gekühlt. Drum rede du, willst du mich schützen?
Ihm antwortete drauf der mutige Renner Achilleus:
Sei getrost, und erkläre den Götterwink, den du wahrnahmst.
Denn bei Apollon fürwahr, Zeus' Lieblinge, welchem, o Kalchas,
Flehend zuvor, den Achaiern der Götter Rat du enthüllest:
Keiner, so lang ich leb', und das Licht auf Erden noch schaue,
Soll bei den räumigen Schiffen mit frevelnder Hand dich berühren,
Aller Achaier umher! und nenntest du selbst Agamemnon,
Der nun mächtig zu sein vor allem Volke sich rühmet!
Jetzo begann er getrost, und sprach, der untadliche Seher:
Nicht versäumte Gelübd' erzürnten ihn, noch Hekatomben;
Sondern er zürnt um den Priester, den also entehrt' Agamemnon,
Nicht die Tochter befreit', und nicht annahm die Erlösung:
Darum gab uns Jammer der Treffende, wird es auch geben.
Nicht wird jener die schreckliche Hand abziehn vom Verderben,
Bis man zurück dem Vater das freudigblickende Mägdlein
Hingibt, frei, ohn' Entgelt, und mit heiliger Festhekatombe
Heim gen Chrysa entführt. Das möcht' ihn vielleicht uns versöhnen.
Also redete jener, und setzte sich. Wieder erhub sich
Atreus Heldensohn, der Völkerfürst Agamemnon,
Zürnend vor Schmerz; es schwoll ihm das finstere Herz voll der Galle
Schwarz umströmt; und den Augen entfunkelte strahlendes Feuer.
Gegen Kalchas zuerst mit drohendem Blicke begann er:
Unglücksseher, der nie auch ein heilsames Wort mir geredet!
Immerdar nur Böses erfreut dein Herz zu verkünden!
Gutes hast du noch nimmer geweissagt, oder vollendet!
Jetzt auch meldest du hier als Götterspruch den Achaiern,
Darum habe dem Volk der Treffende Wehe bereitet,
Weil für Chryses Tochter ich selbst die köstliche Lösung
Anzunehmen verwarf. Denn traun! weit lieber behielt' ich
Solche daheim; da ich höher wie Klytämnestra sie achte,
Meiner Jugend Vermählte: denn nicht ist jene geringer,

οὐ δέμας οὐδὲ φυήν, οὔτ' ἂρ φρένας οὔτέ τι ἔργα.
ἀλλὰ καὶ ὧς ἐθέλω δόμεναι πάλιν, εἰ τό γ' ἄμεινον·
βούλομ' ἐγὼ λαὸν σῶν ἔμμεναι ἢ ἀπολέσθαι·
αὐτὰρ ἐμοὶ γέρας αὐτίχ' ἑτοιμάσατ', ὄφρα μὴ οἶος
Ἀργείων ἀγέραστος ἔω, ἐπεὶ οὐδὲ ἔοικε·
λεύσσετε γὰρ τό γε πάντες, ὅ μοι γέρας ἔρχεται ἄλλῃ.
τὸν δ' ἠμείβετ' ἔπειτα ποδάρκης δῖος Ἀχιλλεύς·
„Ἀτρεΐδη κύδιστε, φιλοκτεανώτατε πάντων,
πῶς γάρ τοι δώσουσι γέρας μεγάθυμοι Ἀχαιοί;
οὐδέ τί που ἴδμεν ξυνήϊα κείμενα πολλά·
ἀλλὰ τὰ μὲν πολίων ἐξεπράθομεν, τὰ δέδασται,
λαοὺς δ' οὐκ ἐπέοικε παλίλλογα ταῦτ' ἐπαγείρειν.
ἀλλὰ σὺ μὲν νῦν τήνδε θεῶι πρόες· αὐτὰρ Ἀχαιοὶ
τριπλῆι τετραπλῆι τ' ἀποτείσομεν, αἴ κέ ποθι Ζεὺς
δῶισι πόλιν Τροίην εὐτείχεον ἐξαλαπάξαι."
τὸν δ' ἀπαμειβόμενος προσέφη κρείων Ἀγαμέμνων·
„μὴ δὴ οὕτως, ἀγαθός περ ἐών, θεοείκελ' Ἀχιλλεῦ,
κλέπτε νόωι, ἐπεὶ οὐ παρελεύσεαι οὐδέ με πείσεις.
ἦ ἐθέλεις, ὄφρ' αὐτὸς ἔχηις γέρας, αὐτὰρ ἔμ' αὔτως
ἧσθαι δευόμενον, κέλεαι δέ με τήνδ' ἀποδοῦναι;
ἀλλ' εἰ μὲν δώσουσι γέρας μεγάθυμοι Ἀχαιοίω,
ἄρσαντες κατὰ θυμόν, ὅπως ἀντάξιον ἔσται·
εἰ δέ κε μὴ δώωσιν, ἐγὼ δέ κεν αὐτὸς ἕλωμαι
ἢ τεὸν ἢ Αἴαντος ἰὼν γέρας, ἢ Ὀδυσῆος
ἄξω ἑλών· ὁ δέ κεν κεχολώσεται ὅν κεν ἵκωμαι.
ἀλλ' ἤτοι μὲν ταῦτα μεταφρασόμεσθα καὶ αὖτις,
νῦν δ' ἄγε νῆα μέλαιναν ἐρύσσομεν εἰς ἅλα δῖαν,
ἐν δ' ἐρέτας ἐπιτηδὲς ἀγείρομεν, ἐς δ' ἑκατόμβην
θείομεν, ἂν δ' αὐτὴν Χρυσηΐδα καλλιπάρηιον
βήσομεν· εἷς δέ τις ἀρχὸς ἀνὴρ βουληφόρος ἔστω,
ἢ Αἴας ἢ Ἰδομενεὺς ἢ δῖος Ὀδυσσεὺς
ἠὲ σύ, Πηλεΐδη, πάντων ἐκπαγλότατ' ἀνδρῶν,
ὄφρ' ἥμιν ἑκάεργον ἱλάσσεαι ἱερὰ ῥέξας."
τὸν δ' ἄρ' ὑπόδρα ἰδὼν προσέφη πόδας ὠκὺς Ἀχιλλεύς·
„ὤ μοι, ἀναιδείην ἐπιειμένε, κερδαλεόφρον,
πῶς τίς τοι πρόφρων ἔπεσιν πείθηται Ἀχαιῶν
ἢ ὁδὸν ἐλθέμεναι ἢ ἀνδράσιν ἶφι μάχεσθαι;
οὐ γὰρ ἐγὼ Τρώων ἕνεκ' ἤλυθον αἰχμητάων
δεῦρο μαχησόμενος, ἐπεὶ οὔ τί μοι αἴτιοί εἰσιν·
οὐ γὰρ πώποτ' ἐμὰς βοῦς ἤλασαν οὐδὲ μὲν ἵππους,
οὐδέ ποτ' ἐν Φθίηι ἐριβώλακι βωτιανείρῃ

Weder an Bildung und Wuchs, noch an Geist und künstlicher Arbeit.
Dennoch geb' ich sie willig zurück, ist solches ja besser.
Lieber mög' ich das Volk errettet schaun, denn verderbend.
Gleich nur ein Ehrengeschenk bereitet mir, daß ich allein nicht
Ungeehrt der Danaer sei; nie wäre das schicklich!
Denn das seht ihr alle, daß mein Geschenk mir entgehet.
Ihm antwortete drauf der mutige Renner Achilleus:
Atreus Sohn, ruhmvoller, du habbegierigster aller,
Welches Geschenk verlangst du vom edlen Volk der Achaier?
Nirgends wissen wir doch des gemeinsamen vieles verwahret:
Sondern so viel wir aus Städten erbeuteten, wurde geteilet;
Auch nicht ziemt es dem Volke, das einzelne wieder zu sammeln.
Aber entlass' du jetzo dem Gotte sie; und wir Achaier
Wollen sie dreifach ersetzen und vierfach, wenn uns einmal Zeus
Gönnen wird, der Troer befestigte Stadt zu verwüsten.
Gegen ihn rief antwortend der Völkerfürst Agamemnon:
Nicht also, wie tapfer du seist, gottgleicher Achilleus,
Sinn' auf Trug! Nie wirst du mich schlau umgehn noch bereden!
Willst du, indes dir bleibt das Geschenk, daß ich selber umsonst hier
Sitze, des meinen beraubt? und gebietest mir, frei sie zu geben?
Wohl denn, wofern mir ein andres verleihn die edlen Achaier,
Meinem Sinn es erlesend, das mir ein voller Ersatz sei!
Aber verleihn sie es nicht; dann komm' ich selber, und nehm' es,
Deines vielleicht, auch des Ajas Geschenk wohl, oder Odysseus'
Führ' ich hinweg; und zürnen vielleicht wird, welchem ich nahe!
Doch von solcherlei Dingen ist Zeit zu reden auch künftig.
Auf nun, zieht ein schwärzliches Schiff in die heilige Meerflut;
Sammelt hinein vollzählig die Ruderer; bringt auch Apollons
Hekatomb'; und sie selbst, des Chryses rosige Tochter,
Führet hinein; und Gebieter des Schiffs sei der Könige einer:
Ajas, oder der Held Idomeneus, oder Odysseus,
Oder auch du, Peleide, du schrecklichster unter den Männern!
Daß du den Treffenden uns durch heilige Opfer besänftigst.
Finster schaut' und begann der mutige Renner Achilleus:
Ha, du in Unverschämtheit gehülleter, sinnend auf Vorteil!
Wie doch gehorcht dir willig noch einer im Heer der Achaier,
Einen Gang dir zu gehn, und kühn mit dem Feinde zu kämpfen?
Nicht ja wegen der Troer, der lanzenkundigen, kam ich
Mit hieher in den Streit; sie haben's an mir nicht verschuldet.
Denn nie haben sie mir die Rosse geraubt, noch die Rinder;
Nie auch haben in Phtia, dem scholligen Männergefilde,

καρπὸν ἐδηλήσαντ', ἐπεὶ ἦ μάλα πολλὰ μεταξὺ
οὔρεά τε σκιόεντα θάλασσά τε ἠχήεσσα·
ἀλλὰ σοί, ὦ μέγ' ἀναιδές, ἅμ' ἑσπόμεθ', ὄφρα σὺ χαίρῃς,
τιμὴν ἀρνύμενοι Μενελάωι σοί τε κυνῶπα
πρὸς Τρώων· τῶν οὔ τι μετατρέπηι οὐδ' ἀλεγίζεις·
καὶ δή μοι γέρας αὐτὸς ἀφαιρήσεσθαι ἀπειλεῖς,
ὧι ἔπι πολλὰ μόγησα, δόσαν δέ μοι υἷες Ἀχαιῶν.
οὐ μὲν σοί ποτε ἶσον ἔχω γέρας, ὁππότ' Ἀχαιοὶ
Τρώων ἐκπέρσωσ' εὖ ναιόμενον πτολίεθρον·
ἀλλὰ τὸ μὲν πλεῖον πολυάϊκος πολέμοιο
χεῖρες ἐμαὶ διέπουσ'· ἀτὰρ ἤν ποτε δασμὸς ἵκηται,
σοὶ τὸ γέρας πολὺ μεῖζον, ἐγὼ δ' ὀλίγον τε φίλον τε
ἔρχομ' ἔχων ἐπὶ νῆας, ἐπεί κε κάμω πολεμίζων.
νῦν δ' εἶμι Φθίηνδ', ἐπεὶ ἦ πολὺ φέρτερόν ἐστιν
οἴκαδ' ἴμεν σὺν νηυσὶ κορωνίσιν, οὐδέ σ' ὀΐω
ἐνθάδ' ἄτιμος ἐὼν ἄφενος καὶ πλοῦτον ἀφύξειν."
τὸν δ' ἠμείβετ' ἔπειτα ἄναξ ἀνδρῶν Ἀγαμέμνων·
„φεῦγε μάλ', εἴ τοι θυμὸς ἐπέσσυται, οὐδέ σ' ἔγωγε
λίσσομαι εἵνεκ' ἐμεῖο μένειν· πάρ' ἔμοιγε καὶ ἄλλοι
οἵ κέ με τιμήσουσι, μάλιστα δὲ μητίετα Ζεύς.
ἔχθιστος δέ μοί ἐσσι διοτρεφέων βασιλήων·
αἰεὶ γάρ τοι ἔρις τε φίλη πόλεμοί τε μάχαι τε·
εἰ μάλα καρτερός ἐσσι, θεός που σοὶ τό γ' ἔδωκεν·
οἴκαδ' ἰὼν σὺν νηυσί τε σῆις καὶ σοῖς ἑτάροισι
Μυρμιδόνεσσιν ἄνασσε, σέθεν δ' ἐγὼ οὐκ ἀλεγίζω,
οὐδ' ὄθομαι κοτέοντος· ἀπειλήσω δέ τοι ὧδε·
ὡς ἔμ' ἀφαιρεῖται Χρυσηΐδα Φοῖβος Ἀπόλλων,
τὴν μὲν ἐγὼ σὺν νηΐ τ' ἐμῆι καὶ ἐμοῖς ἑτάροισι
πέμψω, ἐγὼ δέ κ' ἄγω Βρισηΐδα καλλιπάρῃον
αὐτὸς ἰὼν κλισίηνδε τὸ σὸν γέρας, ὄφρ' ἐῢ εἰδῆις
ὅσσον φέρτερός εἰμι σέθεν, στυγέηι δὲ καὶ ἄλλος
ἶσον ἐμοὶ φάσθαι καὶ ὁμοιωθήμεναι ἄντην."
ὣς φάτο· Πηλεΐωνι δ' ἄχος γένετ', ἐν δέ οἱ ἦτορ
στήθεσσιν λασίοισι διάνδιχα μερμήριξεν,
ἢ ὅ γε φάσγανον ὀξὺ ἐρυσσάμενος παρὰ μηροῦ
τοὺς μὲν ἀναστήσειεν, ὁ δ' Ἀτρεΐδην ἐναρίζοι,
ἦε χόλον παύσειεν ἐρητύσειέ τε θυμόν.
ἧος ὁ ταῦθ' ὥρμαινε κατὰ φρένα καὶ κατὰ θυμόν,
ἕλκετο δ' ἐκ κολεοῖο μέγα ξίφος, ἦλθε δ' Ἀθήνη
οὐρανόθεν· πρὸ γὰρ ἧκε θεὰ λευκώλενος Ἥρη
ἄμφω ὁμῶς θυμῶι φιλέουσά τε κηδομένη τε·

Meine Frucht sie verletzt, indem viel Raumes uns sondert,
Waldbeschattete Berg', und des Meers weitrauschende Wogen.
Dir, schamlosester Mann, dir folgten wir, daß du dich freutest,
Nur Menelaos zu rächen und dich, du Ehrevergeßner,
An den Troern! Das achtest du nichts, noch kümmert dich solches!
Selbst mein Ehrengeschenk, das drohest du mir zu entreißen,
Welches mit Schweiß ich errungen, und mir verehrt die Achaier!
Hab' ich doch nie ein Geschenk, wie das deinige, wann die Achaier
Eine bevölkerte Stadt des troischen Volkes verwüstet;
Sondern die schwerste Last des tobenden Schlachtengetümmels
Trag' ich mit meinem Arm: doch kommt zur Teilung es endlich,
Dein ist das größte Geschenk, und ich, mit wenigem fröhlich,
Kehre heim zu den Schiffen, nachdem ich erschlafft von dem Streite.
Doch nun geh' ich gen Phtia! denn weit zuträglicher ist es,
Heim mit den Schiffen zu gehn, den gebogenen! Schwerlich auch wirst du,
Weil du allhier mich entehrst, noch Schätz' und Güter dir häufen!
Ihm antwortete drauf der Herrscher des Volks Agamemnon:
Fliehe nur, wenn's dein Herz dir gebeut! Nie werd' ich dich wahrlich
Anflehn, meinethalb zu verziehn! Mir bleiben noch andre,
Ehre mir zu erwerben; zumal Zeus waltende Vorsicht!
Ganz verhaßt mir bist du vor allen beseligten Herrschern!
Stets doch hast du den Zank nur geliebt, und die Kämpf' und die Schlachten!
Wenn du ein Stärkerer bist, ein Gott hat dir solches verliehen!
Schiffe denn heim, du selbst mit den Deinigen, daß du in Ruhe
Myrmidonen gebietest! denn du bist nichts mir geachtet;
Nichts auch gilt mir dein Pochen! vielmehr noch droh' ich dir also:
Weil mir Chryses' Tochter hinwegnimmt Phöbos Apollon,
Werd' ich sie mit eigenem Schiff und eignen Genossen
Senden; allein ich hole die rosige Tochter des Brises
Selbst mir aus deinem Gezelt, dein Ehrengeschenk: daß du lernest,
Wie viel höher ich sei als du, und ein anderer zage,
Gleich sich mir zu wähnen, und so mir zu trotzen ins Antlitz!
Jener sprach's; da entbrannte der Peleion', und das Herz ihm
Unter der zottigen Brust ratschlagete, wankendes Sinnes:
Ob er das schneidende Schwert alsbald von der Hüfte sich reißend
Trennen sie sollt' auseinander, und niederhaun den Atreiden;
Oder stillen den Zorn, und die mutige Seele beherrschen.
Als er solches erwog in des Herzens Geist und Empfindung,
Und er das große Schwert schon hervorzog; naht' ihm vom Himmel
Pallas Athen', entsandt von der lilienarmigen Here,
Die für beide zugleich in liebender Seele besorgt war.

στῆ δ᾽ ὄπιθεν, ξανθῆς δὲ κόμης ἕλε Πηλεΐωνα
οἴωι φαινομένη· τῶν δ᾽ ἄλλων οὔ τις ὁρᾶτο·
θάμβησεν δ᾽ Ἀχιλεύς, μετὰ δ᾽ ἐτράπετ᾽, αὐτίκα δ᾽ ἔγνω
Παλλάδ᾽ Ἀθηναίην· δεινὼ δέ οἱ ὄσσε φάανθεν·
καί μιν φωνήσας ἔπεα πτερόεντα προσηύδα·
„ τίπτ᾽ αὖτ᾽, αἰγιόχοιο Διὸς τέκος, εἰλήλουθας;
ἦ ἵνα ὕβριν ἴδηι Ἀγαμέμνονος Ἀτρεΐδαο;
ἀλλ᾽ ἔκ τοι ἐρέω, τὸ δὲ καὶ τελέεσθαι ὀΐω·
ἧις ὑπεροπλίηισι τάχ᾽ ἄν ποτε θυμὸν ὀλέσσηι.“
τὸν δ᾽ αὖτε προσέειπε θεὰ γλαυκῶπις Ἀθήνη·
„ ἦλθον ἐγὼ παύσουσα τὸ σὸν μένος, αἴ κε πίθηαι,
οὐρανόθεν· πρὸ δέ μ᾽ ἧκε θεὰ λευκώλενος Ἥρη
ἄμφω ὁμῶς θυμῶι φιλέουσά τε κηδομένη τε·
ἀλλ᾽ ἄγε λῆγ᾽ ἔριδος, μηδὲ ξίφος ἕλκεο χειρί·
ἀλλ᾽ ἤτοι ἔπεσιν μὲν ὀνείδισον ὡς ἔσεταί περ·
ὧδε γὰρ ἐξερέω, τὸ δὲ καὶ τετελεσμένον ἔσται·
καί ποτέ τοι τρὶς τόσσα παρέσσεται ἀγλαὰ δῶρα
ὕβριος εἵνεκα τῆσδε· σὺ δ᾽ ἴσχεο, πείθεο δ᾽ ἡμῖν.“
τὴν δ᾽ ἀπαμειβόμενος προσέφη πόδας ὠκὺς Ἀχιλλεύς·
„χρὴ μὲν σφωΐτερόν γε, θεά, ἔπος εἰρύσσασθαι
καὶ μάλα περ θυμῶι κεχολωμένον· ὧς γὰρ ἄμεινον·
ὅς κε θεοῖς ἐπιπείθηται, μάλα τ᾽ ἔκλυον αὐτοῦ.“
ἦ καὶ ἐπ᾽ ἀργυρέηι κώπηι σχέθε χεῖρα βαρεῖαν,
ἂψ δ᾽ ἐς κουλεὸν ὦσε μέγα ξίφος, οὐδ᾽ ἀπίθησε
μύθωι Ἀθηναίης· ἡ δ᾽ Οὔλυμπονδε βεβήκει
δώματ᾽ ἐς αἰγιόχοιο Διὸς μετὰ δαίμονας ἄλλους.
Πηλεΐδης δ᾽ ἐξαῦτις ἀταρτηροῖς ἐπέεσσιν
Ἀτρεΐδην προσέειπε, καὶ οὔ πω λῆγε χόλοιο·
„ οἰνοβαρές, κυνὸς ὄμματ᾽ ἔχων, κραδίην δ᾽ ἐλάφοιο,
οὔτέ ποτ᾽ ἐς πόλεμον ἅμα λαῶι θωρηχθῆναι
οὔτε λόχονδ᾽ ἰέναι σὺν ἀριστήεσσιν Ἀχαιῶν
τέτληκας θυμῶι· τὸ δέ τοι κὴρ εἴδεται εἶναι.
ἦ πολὺ λώϊόν ἐστι κατὰ στρατὸν εὐρὺν Ἀχαιῶν
δῶρ᾽ ἀποαιρεῖσθαι ὅς τις σέθεν ἀντίον εἴπηι·
δημοβόρος βασιλεὺς ἐπεὶ οὐτιδανοῖσιν ἀνάσσεις·
ἦ γὰρ ἄν, Ἀτρεΐδη, νῦν ὕστατα λωβήσαιο.
ἀλλ᾽ ἔκ τοι ἐρέω καὶ ἐπὶ μέγαν ὅρκον ὀμοῦμαι·
ναὶ μὰ τόδε σκῆπτρον, τὸ μὲν οὔ ποτε φύλλα καὶ ὄζους
φύσει, ἐπεὶ δὴ πρῶτα τομὴν ἐν ὄρεσσι λέλοιπεν,
οὐδ᾽ ἀναθηλήσει· περὶ γάρ ῥά ἑ χαλκὸς ἔλεψε
φύλλά τε καὶ φλοιόν· νῦν αὖτέ μιν υἷες Ἀχαιῶν

Hinter ihn trat sie, und faßte das bräunliche Haar des Peleiden,
Ihm allein sich enthüllend; der anderen schaute sie keiner.
Staunend zuckte der Held und wandte sich: plötzlich erkannt' er
Pallas Athenens Gestalt, und fürchterlich strahlt' ihm ihr Auge.
Und er begann zu jener, und sprach die geflügelten Worte:
Warum, o Tochter Zeus des Ägiserschütterers, kamst du?
Etwa den Frevel zu schaun von Atreus Sohn Agamemnon?
Aber ich sage dir an, und das wird wahrlich vollendet:
Sein unbändiger Stolz wird einst noch das Leben ihm kosten!
Drauf antwortete Zeus' blauäugige Tochter Athene:
Deinen Zorn zu stillen, gehorchtest du, kam ich vom Himmel;
Denn mich sendete Here, die lilienarmige Göttin,
Die für beide zugleich in liebender Seele besorgt ist.
Aber wohlan, laß fahren den Streit, und zucke das Schwert nicht.
Magst du mit Worten ihn doch beleidigen, wie es dir einfällt.
Denn ich sage dir an, und das wird wahrlich vollendet:
Einst wird dir noch dreimal so herrliche Gabe geboten
Wegen der heutigen Schmach. Drum fasse dich nun, und gehorch' uns.
Ihr antwortete drauf der mutige Renner Achilleus:
Euer Wort, o Göttin, geziemet es, wohl zu bewahren,
Welche Wut auch im Herzen sich hebt; denn solches ist besser.
Wer dem Gebot der Götter gehorcht, den hören sie wieder.
Sprach's, und hemmte die nervichte Hand an dem silbernen Hefte,
Stieß in die Scheide zurück das große Schwert und verwarf nicht
Athenäens Gebot. Sie wandte sich drauf zum Olympos,
In den Palast des donnernden Zeus, zu den anderen Göttern.
Doch der Peleide begann mit erbitterten Worten von neuem
Gegen des Atreus Sohn; denn noch nicht ruht' er vom Zorne:
Trunkenbold, mit dem hündischen Blick, und dem Mute des Hirsches!
Niemals weder zur Schlacht mit dem Volke zugleich dich zu rüsten,
Noch zum Hinterhalte zu gehn mit den edlen Achaias,
Hast du im Herzen gewagt! Das scheinen dir Schrecken des Todes!
Zwar behaglicher ist es, im weiten Heer der Achaier
Ihm sein Geschenk zu entwenden, der dir entgegen nur redet!
Volkverschlingender König! Denn nichtigen Menschen gebeutst du!
Oder du hättest, Atreide, das letzte Mal heute gefrevelt!
Aber ich sage dir an, und mit heiligem Eide beschwör' ich's!
Wahrlich bei diesem Scepter, der niemals Blätter und Zweige
Wieder zeugt, nachdem er den Stamm im Gebirge verlassen;
Nie mehr sproßt er empor, denn ringsum schälte das Erz ihm
Laub und Rinde hinweg; und edele Söhne Achaias

ἐν παλάμηις φορέουσι δικασπόλοι, οἵ τε θέμιστας
πρὸς Διὸς εἰρύαται· ὁ δέ τοι μέγας ἔσσεται ὅρκος·
ἦ ποτ᾿ Ἀχιλλῆος ποθὴ ἵξεται υἷας Ἀχαιῶν
σύμπαντας· τότε δ᾿ οὔ τι δυνήσεαι ἀχνύμενός περ
χραισμεῖν, εὖτ᾿ ἂν πολλοὶ ὑφ᾿ Ἕκτορος ἀνδροφόνοιο
θνήσκοντες πίπτωσι· σὺ δ᾿ ἔνδοθι θυμὸν ἀμύξεις
χωόμενος ὅ τ᾿ ἄριστον Ἀχαιῶν οὐδὲν ἔτισας.“
ὣς φάτο Πηλεΐδης, ποτὶ δὲ σκῆπτρον βάλε γαίηι
χρυσείοις ἥλοισι πεπαρμένον, ἕζετο δ᾿ αὐτός·
Ἀτρεΐδης δ᾿ ἑτέρωθεν ἐμήνιε· τοῖσι δὲ Νέστωρ
ἡδυεπὴς ἀνόρουσε λιγὺς Πυλίων ἀγορητής,
τοῦ καὶ ἀπὸ γλώσσης μέλιτος γλυκίων ῥέεν αὐδή·
τῶι δ᾿ ἤδη δύο μὲν γενεαὶ μερόπων ἀνθρώπων
ἐφθίαθ᾿, οἵ οἱ πρόσθεν ἅμα τράφεν ἠδ᾿ ἐγένοντο
ἐν Πύλωι ἠγαθέηι, μετὰ δὲ τριτάτοισιν ἄνασσεν·
ὅ σφιν ἐϋφρονέων ἀγορήσατο καὶ μετέειπεν·
„ὢ πόποι, ἦ μέγα πένθος Ἀχαιΐδα γαῖαν ἱκάνει·
ἦ κεν γηθήσαι Πρίαμος Πριάμοιό τε παῖδες
ἄλλοι τε Τρῶες μέγα κεν κεχαροίατο θυμῶι,
εἰ σφῶϊν τάδε πάντα πυθοίατο μαρναμένοιϊν,
οἳ περὶ μὲν βουλὴν Δαναῶν, περὶ δ᾿ ἐστὲ μάχεσθαι.
ἀλλὰ πίθεσθ᾿· ἄμφω δὲ νεωτέρω ἐστὸν ἐμεῖο·
ἤδη γάρ ποτ᾿ ἐγὼ καὶ ἀρείοσιν ἠέ περ ὑμῖν
ἀνδράσιν ὡμίλησα, καὶ οὔ ποτέ μ᾿ οἵ γ᾿ ἀθέριζον.
οὐ γάρ πω τοίους ἴδον ἀνέρας οὐδὲ ἴδωμαι,
οἷον Πειρίθοόν τε Δρύαντά τε, ποιμένα λαῶν,
Καινέα τ᾿ Ἐξάδιόν τε καὶ ἀντίθεον Πολύφημον,
Θησέα τ᾿ Αἰγεΐδην, ἐπιείκελον ἀθανάτοισιν·
κάρτιστοι δὴ κεῖνοι ἐπιχθονίων τράφεν ἀνδρῶν·
κάρτιστοι μὲν ἔσαν καὶ καρτίστοις ἐμάχοντο,
φηρσὶν ὀρεσκώιοισι, καὶ ἐκπάγλως ἀπόλεσσαν.
καὶ μὲν τοῖσιν ἐγὼ μεθομίλεον ἐκ Πύλου ἐλθὼν
τηλόθεν ἐξ ἀπίης γαίης· καλέσαντο γὰρ αὐτοί·
καὶ μαχόμην κατ᾿ ἔμ᾿ αὐτὸν ἐγώ· κείνοισι δ᾿ ἂν οὔ τις
τῶν οἳ νῦν βροτοί εἰσιν ἐπιχθόνιοι μαχέοιτο·
καὶ μέν μευ βουλέων ξύνιεν πείθοντό τε μύθωι·
ἀλλὰ πίθεσθε καὶ ὔμμες, ἐπεὶ πείθεσθαι ἄμεινον·
μήτε σὺ τόνδ᾿ ἀγαθός περ ἐὼν ἀποαίρεο κούρην,
ἀλλ᾿ ἔα, ὥς οἱ πρῶτα δόσαν γέρας υἷες Ἀχαιῶν·
μήτε σύ, Πηλεΐδη, ἔθελ᾿ ἐριζέμεναι βασιλῆϊ
ἀντιβίην, ἐπεὶ οὔ ποθ᾿ ὁμοίης ἔμμορε τιμῆς

Tragen ihn jetzt in der Hand, die Richtenden, welchen Kronion
Seine Gesetze vertraut: dies sei dir die hohe Beteurung!
Wahrlich vermißt wird Achilleus hinfort von den Söhnen Achaias
Allzumal; dann suchst du umsonst, wie sehr du dich härmest,
Rettung, wenn sie in Scharen, vom männermordenden Hektor
Niedergestürzt, hinsterben; und tief in der Seele zernagt dich
Zürnender Gram, daß den besten der Danaer nichts du geehret!
Also sprach der Peleid', und warf auf die Erde den Scepter,
Rings mit goldenen Buckeln geschmückt; dann setzt' er sich nieder.
Gegen ihn stand der Atreid' und wütete. Jetzo erhub sich
Nestor mit holdem Gespräch, der tönende Redner von Pylos,
Dem von der Zung' ein Laut wie des Honiges Süße daherfloß.
Diesem waren schon zwei der redenden Menschengeschlechter
Hingewelkt, die vordem ihm zugleich aufwuchsen und lebten,
Dort in der heiligen Pylos; und jetzt das dritte beherrscht' er.
Dieser begann wohlmeinend, und redete vor der Versammlung:
Wehe, wie großes Leid dem achaiischen Lande herannaht!
Traun, wohl freun wird sich Priamos des und Priamos Söhne,
Auch das Volk der Troer wird hoch frohlocken im Herzen,
Wenn sie das alles gehört, wie ihr durch Zank euch ereifert,
Ihr, die ersten Achaier im Rat und die ersten im Kampfe.
Aber gehorcht! Ihr beide seid jüngeres Alters, denn ich bin!
Denn schon vormals pflog ich mit stärkeren Männern Gemeinschaft,
Als ihr seid; und dennoch verachteten jene mich nimmer!
Solche Männer ersah ich nicht mehr, und ersehe sie schwerlich,
So wie Peirithoos war, und der völkerweidende Dryas,
Käneus auch, und der Held Exadios, auch Polyphemos,
Oder wie Ägeus Sohn, der götterähnliche Theseus.
Traun, das waren die stärksten der lebenden Erdebewohner,
Waren selbst die stärksten und kämpften nur wider die stärksten,
Wider die Bergkentauren, und übeten grause Vertilgung.
Seht, und jenen war ich ein Kriegsgenoß, der aus Pylos
Herkam, fern aus dem Apierland; denn sie riefen mich selber;
Und ich kämpfte das meinige mit. Doch jene vermöchte
Keiner, so viel nun leben des Menschengeschlechts, zu bekämpfen.
Dennoch hörten sie Rat von mir und gehorchten dem Worte.
Aber gehorcht auch ihr; denn Rat zu hören ist besser.
Weder du, wie mächtig du seist, nimm jenem das Mägdlein;
Sondern laß, was ihm einmal zum Dank verliehn die Achaier;
Noch auch du, o Peleid', erhebe dich wider den König
So voll Trotz; denn es ward nie gleicher Ehre ja teilhaft

σκηπτοῦχος βασιλεύς, ὧι τε Ζεὺς κῦδος ἔδωκεν.
εἰ δὲ σὺ καρτερός ἐσσι, θεὰ δέ σε γείνατο μήτηρ,
ἀλλ' ὅ γε φέρτερός ἐστιν, ἐπεὶ πλεόνεσσιν ἀνάσσει.
Ἀτρεΐδη, σὺ δὲ παῦε τεὸν μένος· αὐτὰρ ἔγωγε
λίσσομ' Ἀχιλλῆϊ μεθέμεν χόλον, ὃς μέγα πᾶσιν
ἕρκος Ἀχαιοῖσιν πέλεται πολέμοιο κακοῖο."
τὸν δ' ἀπαμειβόμενος προσέφη κρείων Ἀγαμέμνων·
„ναὶ δὴ ταῦτά γε πάντα, γέρον, κατὰ μοῖραν ἔειπες·
ἀλλ' ὅδ' ἀνὴρ ἐθέλει περὶ πάντων ἔμμεναι ἄλλων,
πάντων μὲν κρατέειν ἐθέλει, πάντεσσι δ' ἀνάσσειν,
πᾶσι δὲ σημαίνειν, ἅ τιν' οὐ πείσεσθαι ὀΐω·
εἰ δέ μιν αἰχμητὴν ἔθεσαν θεοὶ αἰὲν ἐόντες,
τοὔνεκά οἱ προθέουσιν ὀνείδεα μυθήσασθαι;"
τὸν δ' ἄρ' ὑποβλήδην ἠμείβετο δῖος Ἀχιλλεύς·
„ἦ γάρ κεν δειλός τε καὶ οὐτιδανὸς καλεοίμην
εἰ δὴ σοὶ πᾶν ἔργον ὑπείξομαι ὅττί κεν εἴπηις·
ἄλλοισιν δὴ ταῦτ' ἐπιτέλλεο, μὴ γὰρ ἔμοιγε
σήμαιν'· οὐ γὰρ ἔγωγ' ἔτι σοὶ πείσεσθαι ὀΐω.
ἄλλο δέ τοι ἐρέω, σὺ δ' ἐνὶ φρεσὶ βάλλεο σῆισι·
χερσὶ μὲν οὔ τοι ἔγωγε μαχήσομαι εἵνεκα κούρης
οὔτε σοὶ οὔτέ τωι ἄλλωι, ἐπεί μ' ἀφέλεσθέ γε δόντες·
τῶν δ' ἄλλων ἅ μοί ἐστι θοῆι παρὰ νηῒ μελαίνηι,
τῶν οὐκ ἄν τι φέροις ἀνελὼν ἀέκοντος ἐμεῖο·
εἰ δ' ἄγε μὴν πείρησαι, ἵνα γνώωσι καὶ οἵδε·
αἶψά τοι αἷμα κελαινὸν ἐρωήσει περὶ δουρί."
ὣς τώ γ' ἀντιβίοισι μαχεσσαμένω ἐπέεσσιν
ἀνστήτην, λῦσαν δ' ἀγορὴν παρὰ νηυσὶν Ἀχαιῶν·
Πηλεΐδης μὲν ἐπὶ κλισίας καὶ νῆας ἐΐσας
ἤϊε σύν τε Μενοιτιάδηι καὶ οἷς ἑτάροισιν·
Ἀτρεΐδης δ' ἄρα νῆα θοὴν ἅλαδε προέρυσσεν,
ἐν δ' ἐρέτας ἔκρινεν ἐείκοσιν, ἐς δ' ἑκατόμβην
βῆσε θεῶι, ἀνὰ δὲ Χρυσηΐδα καλλιπάρηιον
εἷσεν ἄγων· ἐν δ' ἀρχὸς ἔβη πολύμητις Ὀδυσσεύς.
οἳ μὲν ἔπειτ' ἀναβάντες ἐπέπλεον ὑγρὰ κέλευθα,
λαοὺς δ' Ἀτρεΐδης ἀπολυμαίνεσθαι ἄνωγεν·
οἳ δ' ἀπελυμαίνοντο καὶ εἰς ἅλα λύματα βάλλον,
ἔρδον δ' Ἀπόλλωνι τεληέσσας ἑκατόμβας
ταύρων ἠδ' αἰγῶν παρὰ θῖν' ἁλὸς ἀτρυγέτοιο·
κνίση δ' οὐρανὸν ἷκεν ἑλισσομένη περὶ καπνῶι.
ὣς οἳ μὲν τὰ πένοντο κατὰ στρατόν· οὐδ' Ἀγαμέμνων
λῆγ' ἔριδος τὴν πρῶτον ἐπηπείλησ' Ἀχιλῆϊ,

Ein bescepterter König, den Zeus mit Ruhme verherrlicht.
Wenn du ein Stärkerer bist, und Sohn der göttlichen Mutter:
Ist er mächtiger doch, weil mehrerem Volk er gebietet.
Atreus Sohn, laß fahren den Zorn; und ich selbst will Achilleus
Anflehn, auch sein Herz zu besänftigen, ihn, der die große
Schutzwehr ist dem achaiischen Volk im verderbenden Kriege.
Gegen ihn rief antwortend der Völkerfürst Agamemnon:
Wahrlich, o Greis, du hast wohlziemende Worte geredet.
Aber der Mann will immer den anderen allen zuvor sein;
Allen will er gebieten im Heer, und alle beherrschen,
Allen Gesetz' austeilen, die niemand, mein' ich, erkennet!
Wenn sie ja Lanzenkund' ihm verliehn, die ewigen Götter;
Stellen sie darum ihm frei, auch Schmähungen auszurufen?
Ihm in die Red' einfallend, begann der edle Achilleus:
Ja fürwahr, ein Feiger und Nichtiger müßt' ich genannt sein,
Wenn ich in allem mich dir demütigte, was du nur aussprichst!
Andern gebeut' du solches nach Willkür; aber nur mir nicht
Winke Befehl; ich möchte hinfort dir wenig gehorchen!
Eines verkünd' ich dir noch, und du bewahr' es im Herzen.
Niemals heb' ich die Arme zum Streit auf wegen des Mägdleins,
Weder mit dir, noch andern; ihr gabt, und nehmet sie wieder.
Aber soviel mir sonst bei dem dunkelen Schiffe sich findet,
Davon nimmst du mir schwerlich das mindeste, wider mein Wollen.
Oder wohlan, versuch' es! damit sie alle mit ansehn,
Wie alsbald an der Lanze dein schwarzes Blut mir herabträuft!
Also haderten beide mit widerstrebenden Worten,
Standen dann auf, und trennten den Rat bei den Schiffen Achaias.
Peleus Sohn, zu den Zelten gewandt und schwebenden Schiffen,
Wandelte, samt Menötios' Sohn und seinen Genossen.
Doch der Atreid' entließ ein hurtiges Schiff in die Meerflut;
Wählete zwanzig hinein der Ruderer; bracht' auch Apollons
Hekatomb'; und darauf des Chryses rosige Tochter
Führt' er hinein; und Gebieter des Schiffs war der weise Odysseus.
Alle nun eingestiegen, durchsteuerten flüssige Pfade.
Drauf hieß Atreus' Sohn sich entsündigen alle Achaier:
Und sie entsündigten sich, und warfen ins Meer die Befleckung,
Opferten dann für Apollon vollkommene Sühnhekatomben
Mutiger Stier' und Ziegen am Strand des verödeten Meeres;
Und hoch wallte der Duft in wirbelndem Rauche gen Himmel.
So war alles im Heere beschäftiget. Doch Agamemnon
Ließ nicht ruhn, was er zankend zuvor gedroht dem Achilleus;

ἀλλ' ὅ γε Ταλθύβιόν τε καὶ Εὐρυβάτην προσέειπε,
τώ οἱ ἔσαν κήρυκε καὶ ὀτρηρὼ θεράποντε·
„ἔρχεσθον κλισίην Πηληϊάδεω Ἀχιλῆος·
χειρὸς ἑλόντ' ἀγέμεν Βρισηΐδα καλλιπάρηιον·
εἰ δέ κε μὴ δώηισιν, ἐγὼ δέ κεν αὐτὸς ἕλωμαι
ἐλθὼν σὺν πλεόνεσσι· τό οἱ καὶ ῥίγιον ἔσται."
ὣς εἰπὼν προΐει, κρατερὸν δ' ἐπὶ μῦθον ἔτελλε·
τὼ δ' ἀέκοντε βάτην παρὰ θῖν' ἁλὸς ἀτρυγέτοιο,
Μυρμιδόνων δ' ἐπί τε κλισίας καὶ νῆας ἱκέσθην.
τὸν δ' εὗρον παρά τε κλισίηι καὶ νηῒ μελαίνηι
ἥμενον· οὐδ' ἄρα τώ γε ἰδὼν γήθησεν Ἀχιλλεύς.
τὼ μὲν ταρβήσαντε καὶ αἰδομένω βασιλῆα
στήτην, οὐδέ τί μιν προσεφώνεον οὐδ' ἐρέοντο·
αὐτὰρ ὁ ἔγνω ἧισιν ἐνὶ φρεσὶ φώνησέν τε·
„χαίρετε, κήρυκες, Διὸς ἄγγελοι ἠδὲ καὶ ἀνδρῶν,
ἆσσον ἴτ'· οὔ τί μοι ὔμμες ἐπαίτιοι, ἀλλ' Ἀγαμέμνων,
ὁ σφῶϊ προΐει Βρισηΐδος εἵνεκα κούρης.
ἀλλ' ἄγε, διογενὲς Πατρόκλεες, ἔξαγε κούρην
καί σφωϊν δὸς ἄγειν· τὼ δ' αὐτὼ μάρτυροι ἔστων
πρός τε θεῶν μακάρων πρός τε θνητῶν ἀνθρώπων
καὶ πρὸς τοῦ βασιλῆος ἀπηνέος εἴ ποτε δ' αὖτε
χρειὼ ἐμεῖο γένηται ἀεικέα λοιγὸν ἀμῦναι
τοῖς ἄλλοις· ἦ γὰρ ὅ γ' ὀλοιῆισι φρεσὶ θύει,
οὐδέ τι οἶδε νοῆσαι ἅμα πρόσσω καὶ ὀπίσσω,
ὅππως οἱ παρὰ νηυσὶ σόοι μαχέοιντο Ἀχαιοί."
ὣς φάτο, Πάτροκλος δὲ φίλωι ἐπεπείθεθ' ἑταίρωι,
ἐκ δ' ἄγαγε κλισίης Βρισηΐδα καλλιπάρηιον,
δῶκε δ' ἄγειν· τὼ δ' αὖτις ἴτην παρὰ νῆας Ἀχαιῶν·
ἣ δ' ἀέκουσ' ἅμα τοῖσι γυνὴ κίεν· αὐτὰρ Ἀχιλλεὺς
δακρύσας ἑτάρων ἄφαρ ἕζετο νόσφι λιασθείς,
θῖν' ἔφ' ἁλὸς πολιῆς, ὁρόων ἐπ' ἀπείρονα πόντον·
πολλὰ δὲ μητρὶ φίληι ἠρήσατο χεῖρας ὀρεγνύς·
„μῆτερ, ἐπεί μ' ἔτεκές γε μινυνθάδιόν περ ἐόντα,
τιμήν πέρ μοι ὄφελλεν Ὀλύμπιος ἐγγυαλίξαι
Ζεὺς ὑψιβρεμέτης· νῦν δ' οὐδέ με τυτθὸν ἔτεισεν·
ἦ γάρ μ' Ἀτρεΐδης εὐρὺ κρείων Ἀγαμέμνων
ἠτίμησεν· ἑλὼν γὰρ ἔχει γέρας, αὐτὸς ἀπούρας."
ὣς φάτο δάκρυ χέων, τοῦ δ' ἔκλυε πότνια μήτηρ
ἡμένη ἐν βένθεσσιν ἁλὸς παρὰ πατρὶ γέροντι·
καρπαλίμως δ' ἀνέδυ πολιῆς ἁλὸς ἠΰτ' ὀμίχλη,
καί ῥα πάροιθ' αὐτοῖο καθέζετο δάκρυ χέοντος,

Sondern Talthybios schnell und Eurybates rief er ermahnend,
Die Herold' ihm waren und rasch aufwartende Diener:
　Gehet hin zum Gezelte des Peleiaden Achilleus;
Nehmt an der Hand und bringt des Brises rosige Tochter.
Wenn er sie nicht hergäbe, so möcht' ich selber sie nehmen,
Hin mit mehreren kommend; was ihm noch schrecklicher sein wird!
　Jener sprach's und entließ sie, die drohenden Worte befehlend.
Ungern gingen sie beid' am Strand des verödeten Meeres,
Bis sie die Zelt' und Schiffe der Myrmidonen erreichten.
Ihn nun fanden sie dort am Gezelt und dunkelen Schiffe
Sitzend; und traun, nicht wurde des Anblicks fröhlich Achilleus.
Beide bestürzt vor Scheu und Ehrfurcht gegen den König
Standen, und wageten nichts zu verkündigen, oder zu fragen.
Aber er selbst vernahm es in seinem Geist und begann so:
　Freude mit euch, Herold', ihr Boten Zeus und der Menschen!
Nahet euch! Ihr nicht seid mir Verschuldete; nur Agamemnon,
Der euch beide gesandt, um Brises' rosige Tochter.
Auf denn, führe heraus das Mägdelein, edler Patroklos,
Und laß jene sie nehmen. Doch sei'n sie selber mir Zeugen,
Vor den seligen Göttern, und vor den sterblichen Menschen,
Auch vor dem Könige dort, dem Wüterich: Wenn man hinfort noch
Meiner Hilfe bedarf, dem schmählichen Jammer zu steuern
Jenes Volks...! Ha, wahrlich, er tobt in verderblichem Wahnsinn,
Blind im Geiste zugleich vorwärts zu schauen und rückwärts,
Daß bei den Schiffen er sichre das streitende Heer der Achaier!
　Jener sprach's; und Patroklos, dem lieben Freunde gehorchend,
Führt' aus dem Zelt, und gab des Brises rosige Tochter
Jenen dahin; und sie kehrten zurück zu den Schiffen Achaias.
Ungern ging mit ihnen das Mägdelein. Aber Achilleus
Weinend setzte sich schnell, abwärts von den Freunden gesondert,
Hin an des Meeres Gestad', und schaut' in das finstre Gewässer.
Vieles zur trauten Mutter nun flehet er, breitend die Hände:
　Mutter, dieweil du mich nur für wenige Tage gebarest,
Sollte mir Ehre doch der Olympier jetzo verleihen,
Der hochdonnernde Zeus! Doch er ehret mich nicht, auch ein wenig!
Siehe, des Atreus Sohn, der Völkerfürst Agamemnon,
Hat mich entehrt, und behält mein Geschenk, das er selber geraubet!
　Also sprach er beträant; ihn vernahm die treffliche Mutter,
Sitzend dort in den Tiefen des Meers beim grauen Erzeuger.
Eilendes Schwungs entstieg sie der finsteren Flut, wie ein Nebel;
Und nun setzte sie nahe sich hin vor den Tränenbenetzten,

χειρί τέ μιν κατέρεξεν, ἔπος τ' ἔφατ' ἔκ τ' ὀνόμαζε·
„ τέκνον, τί κλαίεις; τί δέ σε φρένας ἵκετο πένθος;
ἐξαύδα, μὴ κεῦθε νόωι, ἵνα εἴδομεν ἄμφω."
τὴν δὲ βαρὺ στενάχων προσέφη πόδας ὠκὺς Ἀχιλλεύς·
„ οἶσθα· τίη τοι ταῦτα ἰδυίηι πάντ' ἀγορεύω;
ὠιχόμεθ' ἐς Θήβην, ἱερὴν πόλιν Ἠετίωνος,
τὴν δὲ διεπράθομέν τε καὶ ἤγομεν ἐνθάδε πάντα·
καὶ τὰ μὲν εὖ δάσσαντο μετὰ σφίσιν υἷες Ἀχαιῶν,
ἐκ δ' ἕλον Ἀτρεΐδηι Χρυσηΐδα καλλιπάρηιον.
Χρύσης δ' αὖθ' ἱερεὺς ἑκατηβόλου Ἀπόλλωνος
ἦλθε θοὰς ἐπὶ νῆας Ἀχαιῶν χαλκοχιτώνων
λυσόμενός τε θύγατρα φέρων τ' ἀπερείσι' ἄποινα,
στέμματ' ἔχων ἐν χερσὶν ἑκηβόλου Ἀπόλλωνος
χρυσέωι ἀνὰ σκήπτρωι, καὶ λίσσετο πάντας Ἀχαιούς,
Ἀτρεΐδα δὲ μάλιστα δύω, κοσμήτορε λαῶν.
ἔνθ' ἄλλοι μὲν πάντες ἐπευφήμησαν Ἀχαιοὶ
αἰδεῖσθαί θ' ἱερῆα καὶ ἀγλαὰ δέχθαι ἄποινα·
ἀλλ' οὐκ Ἀτρεΐδηι Ἀγαμέμνονι ἥνδανε θυμῶι,
ἀλλὰ κακῶς ἀφίει, κρατερὸν δ' ἐπὶ μῦθον ἔτελλε·
χωόμενος δ' ὁ γέρων πάλιν ὤιχετο· τοῖο δ' Ἀπόλλων
εὐξαμένου ἤκουσεν, ἐπεὶ μάλα οἱ φίλος ἦεν,
ἧκε δ' ἐπ' Ἀργείοισι κακὸν βέλος· οἱ δέ νυ λαοὶ
θνῆισκον ἐπασσύτεροι, τὰ δ' ἐπώιχετο κῆλα θεοῖο
πάντηι ἀνὰ στρατὸν εὐρὺν Ἀχαιῶν· ἄμμι δὲ μάντις
εὖ εἰδὼς ἀγόρευε θεοπροπίας ἑκάτοιο.
αὐτίκ' ἐγὼ πρῶτος κελόμην θεὸν ἱλάσκεσθαι·
Ἀτρεΐωνα δ' ἔπειτα χόλος λάβεν, αἶψα δ' ἀναστὰς
ἠπείλησεν μῦθον, ὃ δὴ τετελεσμένος ἐστί·
τὴν μὲν γὰρ σὺν νηῒ θοῆι ἑλίκωπες Ἀχαιοὶ
ἐς Χρύσην πέμπουσιν, ἄγουσι δὲ δῶρα ἄνακτι·
τὴν δὲ νέον κλισίηθεν ἔβαν κήρυκες ἄγοντες
κούρην Βρισῆος, τήν μοι δόσαν υἷες Ἀχαιῶν.
ἀλλὰ σύ, εἰ δύνασαί γε, περίσχεο παιδὸς ἑῆος·
ἐλθοῦσ' Οὔλυμπον δὲ Δία λίσαι, εἴ ποτε δή τι
ἢ ἔπει ὤνησας κραδίην Διὸς ἠὲ καὶ ἔργωι.
πολλάκι γάρ σεο πατρὸς ἐνὶ μεγάροισιν ἄκουσα
εὐχομένης, ὅτ' ἔφησθα κελαινεφέϊ Κρονίωνι
οἴη ἐν ἀθανάτοισιν ἀεικέα λοιγὸν ἀμῦναι,
ὁππότε μιν ξυνδῆσαι Ὀλύμπιοι ἤθελον ἄλλοι,
Ἥρη τ' ἠδὲ Ποσειδάων καὶ Παλλὰς Ἀθήνη·
ἀλλὰ σὺ τόν γ' ἐλθοῦσα, θεά, ὑπελύσαο δεσμῶν,

Streichelt' ihn drauf mit der Hand und redete, also beginnend:
Liebes Kind, was weinst du? und was betrübt dir die Seele?
Sprich, verhehle mir nichts, damit wir es beide wissen.
Doch schwerseufzend begann der mutige Renner Achilleus:
Mutter, du weißt das alles; was soll ich es dir noch erzählen?
Thebe belagerten wir, Eëtions heilige Feste,
Und verwüsteten sie, und führeten alles von dannen.
Redlich teilten den Raub die tapferen Söhne Achaias,
Und man erkor dem Atreiden des Chryses rosige Tochter.
Chryses darauf, der Priester des treffenden Phöbos Apollon,
Kam zu den rüstigen Schiffen der erzumschirmten Achaier,
Freizukaufen die Tochter, und bracht' unendliche Lösung,
Tragend den Lorbeerschmuck des treffenden Phöbos Apollon
Um den goldenen Stab; und er flehete laut den Achaiern,
Doch den Atreiden vor allen, den zween Feldherrn der Völker.
Drauf gebot beifallend das ganze Heer der Achaier,
Ehrend den Priester zu scheun, und die köstliche Lösung zu nehmen.
Aber nicht Agamemnon, des Atreus Sohne, gefiel es;
Dieser entsandt' ihn mit Schmach, und befahl ihm drohende Worte.
Zürnend vernahm es der Greis und wandte sich. Aber Apollon
Hörte des Flehenden Ruf, denn sehr geliebt war ihm jener.
Und nun sandt' er sein Todesgeschoß; und die Völker Achaias
Starben in Scharen dahin, da rings die Geschosse des Gottes
Flogen im weiten Heere der Danaer. Siehe da weissagt'
Uns ein kundiger Seher den heiligen Rat des Apollon.
Eilend riet ich selber zuerst, den Gott zu versöhnen.
Aber der Atreion' ereiferte: schnell sich erhebend
Sprach er ein drohendes Wort, das nun der Vollendung genaht ist.
Jene geleiten im Schiff frohblickende Söhne Achaias
Heim nach Chrysa zurück, auch bringen sie Gaben dem Herrscher
Doch mir nahmen nun eben die Herold' aus dem Gezelte
Brises' Tochter hinweg, das Ehrengeschenk der Achaier.
Oh, wenn du es vermagst, so hilf dem tapferen Sohne!
Steig empor zum Olympos, und flehe Zeus, wenn du jemals
Ihm mit Worten das Herz erfreuetest, oder mit Taten.
Denn ich habe ja oft dich selbst im Palaste des Vaters
Rühmen gehört, wie du einst dem schwarzumwölkten Kronion,
Du von den Göttern allein, die schmähliche Kränkung gewendet,
Als vordem ihn zu binden die andern Olympier drohten,
Here und Poseidaon zugleich, und Pallas Athene.
Doch du kamst, o Göttin, und lösetest ihn aus den Banden,

ὦχ' ἑκατόγχειρον καλέσασ' ἐς μακρὸν Ὄλυμπον,
ὃν Βριάρεων καλέουσι θεοί, ἄνδρες δέ τε πάντες
Αἰγαίων' – ὁ γὰρ αὖτε βίην οὗ πατρὸς ἀμείνων –
ὅς ῥα παρὰ Κρονίωνι καθέζετο κύδεϊ γαίων·
τὸν καὶ ὑπέδεισαν μάκαρες θεοὶ οὐδ' ἔτ' ἔδησαν.
τῶν νῦν μιν μνήσασα παρέζεο καὶ λαβὲ γούνων,
αἴ κέν πως ἐθέληισιν ἐπὶ Τρώεσσιν ἀρῆξαι,
τοὺς δὲ κατὰ πρύμνας τε καὶ ἀμφ' ἅλα ἔλσαι Ἀχαιοὺς
κτεινομένους, ἵνα πάντες ἐπαύρωνται βασιλῆος,
γνῶι δὲ καὶ Ἀτρεΐδης εὐρὺ κρείων Ἀγαμέμνων
ἣν ἄτην, ὅ τ' ἄριστον Ἀχαιῶν οὐδὲν ἔτεισεν."
τὸν δ' ἠμείβετ' ἔπειτα Θέτις κατὰ δάκρυ χέουσα·
„ ὤ μοι τέκνον ἐμόν, τί νύ σ' ἔτρεφον αἰνὰ τεκοῦσα;
αἴθ' ὄφελες παρὰ νηυσὶν ἀδάκρυτος καὶ ἀπήμων
ἧσθαι, ἐπεί νύ τοι αἶσα μίνυνθά περ, οὔ τι μάλα δήν·
νῦν δ' ἅμα τ' ὠκύμορος καὶ ὀϊζυρὸς περὶ πάντων
ἔπλεο· τώ σε κακῆι αἴσηι τέκον ἐν μεγάροισι.
τοῦτο δέ τοι ἐρέουσα ἔπος Διὶ τερπικεραύνωι
εἶμ' αὐτὴ πρὸς Ὄλυμπον ἀγάννιφον, αἴ κε πίθηται.
ἀλλὰ σὺ μὲν νῦν νηυσὶ παρήμενος ὠκυπόροισι
μήνι' Ἀχαιοῖσιν, πολέμου δ' ἀποπαύεο πάμπαν·
Ζεὺς γὰρ ἐς Ὠκεανὸν μετ' ἀμύμονας Αἰθιοπῆας
χθιζὸς ἔβη κατὰ δαῖτα, θεοὶ δ' ἅμα πάντες ἕποντο·
δωδεκάτηι δέ τοι αὖτις ἐλεύσεται Οὔλυμπονδε,
καὶ τότ' ἔπειτά τοι εἶμι Διὸς ποτὶ χαλκοβατὲς δῶ,
καί μιν γουνάσομαι καί μιν πείσεσθαι ὀΐω."
ὣς ἄρα φωνήσασ' ἀπεβήσετο, τὸν δὲ λίπ' αὐτοῦ
χωόμενον κατὰ θυμὸν ἐϋζώνοιο γυναικός,
τήν ῥα βίηι ἀέκοντος ἀπηύρων· αὐτὰρ Ὀδυσσεὺς
ἐς Χρύσην ἵκανεν ἄγων ἱερὴν ἑκατόμβην.
οἳ δ' ὅτε δὴ λιμένος πολυβενθέος ἐντὸς ἵκοντο,
ἱστία μὲν στείλαντο, θέσαν δ' ἐν νηῒ μελαίνηι,
ἱστὸν δ' ἱστοδόκηι πέλασαν προτόνοισιν ὑφέντες
καρπαλίμως, τὴν δ' εἰς ὅρμον προέρεσσαν ἐρετμοῖς.
ἐκ δ' εὐνὰς ἔβαλον, κατὰ δὲ πρυμνήσι' ἔδησαν·
ἐκ δὲ καὶ αὐτοὶ βαῖνον ἐπὶ ῥηγμῖνι θαλάσσης,
ἐκ δ' ἑκατόμβην βῆσαν ἑκηβόλωι Ἀπόλλωνι·
ἐκ δὲ Χρυσηῒς νηὸς βῆ ποντοπόροιο.
τὴν μὲν ἔπειτ' ἐπὶ βωμὸν ἄγων πολύμητις Ὀδυσσεὺς
πατρὶ φίλωι ἐν χερσὶ τίθει, καί μιν προσέειπεν·
„ ὦ Χρύση, πρό μ' ἔπεμψεν ἄναξ ἀνδρῶν Ἀγαμέμνων

Rufend zum hohen Olympos den hundertarmigen Riesen,
Den Briareos nennen die Himmlischen, aber Ägäon
Jeglicher Mensch; denn er raget auch selbst vor dem Vater an Stärke.
Dieser nun saß bei Kronion dem Donnerer, freudiges Trotzes.
Drob erschraken die Götter, und scheuten sich, jenen zu fesseln.
Setze nun, des ihn erinnernd, zu jenem dich, fass' ihm die Knie' auch,
Ob es vielleicht ihm gefalle, den Troern Schutz zu gewähren,
Aber zurückzudrängen zum Lager und Meer die Achaier,
Niedergehaun, bis sie alle sich sättigen ihres Gebieters,
Auch er selbst der Atreide, der Völkerfürst Agamemnon,
Kenne die Schuld, da den besten der Danaer nichts er geehret!
  Aber Thetis darauf antwortete, Tränen vergießend:
Wehe mir! daß ich, mein Kind, dich erzog, unselig Geborner!
Möchtest du hier bei den Schiffen doch frei von Tränen und Kränkung
Sitzen, dieweil dein Verhängnis so kurz nur währet, so gar kurz!
Aber zugleich frühwelkend und unglückselig vor allen
Wurdest du! Ja, dich gebar ich dem Jammergeschick im Palaste!
Dies dem Donnerer Zeus zu verkündigen, ob er mich höre,
Geh' ich selber hinauf zum schneebedeckten Olympos.
Du indes an des Meers schnellwandelnden Schiffen dich setzend,
Zürne dem Danaervolk, und des Kriegs enthalte dich gänzlich.
Zeus ging gestern zum Mahl der unsträflichen Äthiopen
An des Okeanos Flut; und die Himmlischen folgten ihm alle.
Aber am zwölften Tag, dann kehret er heim zum Olympos.
Hierauf steig' ich empor zum ehernen Hause Kronions,
Und umfass' ihm die Knie'; und ich traue mir, ihn zu bewegen.
  Als sie solches geredet, enteilte sie. Jener allein nun
Zürnt' im Geist, und gedachte des schöngegürteten Weibes,
Das man mit Trotz und Gewalt ihm hinwegnahm. Aber Odysseus
Kam und brachte gen Chrysa die heilige Sühnhekatombe.
Als sie nunmehr in des Ports tiefgründige Räume gekommen,
Zogen sie ein die Segel, und legten ins schwärzliche Schiff sie;
Lehnten darauf zum Behälter den Mast, an den Tauen ihn senkend,
Eilig hinab, und schoben das Schiff mit Rudern zur Anfuhrt,
Warfen dann Anker hinaus, und befestigten Seil' am Gestade.
Aus nun stiegen sie selbst an den wogenden Strand der Gewässer,
Aus auch lud man das Opfer dem treffenden Phöbos Apollon;
Aus auch stieg Chryseïs vom meerdurchwallenden Schiffe.
Diese nun führte sogleich zum Altar der weise Odysseus,
Gab in des Vaters Hände sie hin, und redete also:
  Chryses, mich sandte daher der Völkerfürst Agamemnon,

παῖδά τε σοὶ ἀγέμεν, Φοίβωι θ' ἱερὴν ἑκατόμβην
ῥέξαι ὑπὲρ Δαναῶν, ὄφρ' ἱλασόμεσθα ἄνακτα,
ὃς νῦν Ἀργείοισι πολύστονα κήδε' ἐφῆκεν."
ὣς εἰπὼν ἐν χερσὶ τίθει, ὁ δὲ δέξατο χαίρων
παῖδα φίλην· τοὶ δ' ὦκα θεῶι ἱερὴν ἑκατόμβην
ἑξείης ἔστησαν ἐΰδμητον περὶ βωμόν,
χερνίψαντο δ' ἔπειτα καὶ οὐλοχύτας ἀνέλοντο.
τοῖσιν δὲ Χρύσης μεγάλ' εὔχετο χεῖρας ἀνασχών·
„κλῦθί μευ, ἀργυρότοξ', ὃς Χρύσην ἀμφιβέβηκας
Κίλλαν τε ζαθέην Τενέδοιό τε ἶφι ἀνάσσεις·
ἠμὲν δή ποτ' ἐμεῦ πάρος ἔκλυες εὐξαμένοιο,
τίμησας μὲν ἐμέ, μέγα δ' ἴψαο λαὸν Ἀχαιῶν·
ἠδ' ἔτι καὶ νῦν μοι τόδ' ἐπικρήηνον ἐέλδωρ·
ἤδη νῦν Δαναοῖσιν ἀεικέα λοιγὸν ἄμυνον."
ὣς ἔφατ' εὐχόμενος, τοῦ δ' ἔκλυε Φοῖβος Ἀπόλλων.
αὐτὰρ ἐπεί ῥ' εὔξαντο καὶ οὐλοχύτας προβάλοντο,
αὐέρυσαν μὲν πρῶτα καὶ ἔσφαξαν καὶ ἔδειραν,
μηρούς τ' ἐξέταμον κατά τε κνίσηι ἐκάλυψαν
δίπτυχα ποιήσαντες, ἐπ' αὐτῶν δ' ὠμοθέτησαν·
καῖε δ' ἐπὶ σχίζηις ὁ γέρων, ἐπὶ δ' αἴθοπα οἶνον
λεῖβε· νέοι δὲ παρ' αὐτὸν ἔχον πεμπώβολα χερσίν.
αὐτὰρ ἐπεὶ κατὰ μῆρε κάη καὶ σπλάγχνα πάσαντο,
μίστυλλόν τ' ἄρα τἆλλα καὶ ἀμφ' ὀβελοῖσιν ἔπειραν,
ὤπτησάν τε περιφραδέως, ἐρύσαντό τε πάντα.
αὐτὰρ ἐπεὶ παύσαντο πόνου τετύκοντό τε δαῖτα,
δαίνυντ', οὐδέ τι θυμὸς ἐδεύετο δαιτὸς ἐΐσης.
αὐτὰρ ἐπεὶ πόσιος καὶ ἐδητύος ἐξ ἔρον ἕντο,
κοῦροι μὲν κρητῆρας ἐπεστέψαντο ποτοῖο,
νώμησαν δ' ἄρα πᾶσιν ἐπαρξάμενοι δεπάεσσιν·
οἱ δὲ πανημέριοι μολπῆι θεὸν ἱλάσκοντο
καλὸν ἀείδοντες παιήονα κοῦροι Ἀχαιῶν
μέλποντες ἑκάεργον· ὁ δὲ φρένα τέρπετ' ἀκούων.
ἦμος δ' ἠέλιος κατέδυ καὶ ἐπὶ κνέφας ἦλθε,
δὴ τότε κοιμήσαντο παρὰ πρυμνήσια νηός·
ἦμος δ' ἠριγένεια φάνη ῥοδοδάκτυλος Ἠώς,
καὶ τότ' ἔπειτ' ἀνάγοντο μετὰ στρατὸν εὐρὺν Ἀχαιῶν·
τοῖσιν δ' ἴκμενον οὖρον ἵει ἑκάεργος Ἀπόλλων·
οἱ δ' ἱστὸν στήσαντ' ἀνά θ' ἱστία λευκὰ πέτασσαν,
ἐν δ' ἄνεμος πρῆσεν μέσον ἱστίον, ἀμφὶ δὲ κῦμα
στείρηι πορφύρεον μεγάλ' ἴαχε νηὸς ἰούσης·
ἡ δ' ἔθεεν κατὰ κῦμα διαπρήσσουσα κέλευθον.

Daß ich die Tochter dir brächt', und die Sühnhekatombe dem Phöbos
Opferte für die Achaier, den Zorn zu versöhnen des Herrschers,
Der nun Argos' Volke so schmerzliches Wehe verhänget.
　Sprach's, und gab in die Hände sie ihm; und mit Freuden empfing er
Seine geliebte Tochter. Auch ordneten jene des Gottes
Herrliche Sühnhekatomb' um den schöngebaueten Altar;
Wuschen darauf sich die Händ', und nahmen sich heilige Gerste.
Aber Chryses betete laut mit erhobenen Händen:
　Höre mich, Gott, der du Chrysa mit silbernem Bogen umwandelst,
Samt der heiligen Killa, und Tenedos mächtig beherrschest!
So wie schon du zuvor mich höretest, als ich dich anrief,
Wie du Ehre mir gabst, und furchtbar schlugst die Achaier;
Also auch nun von neuem gewähre mir dieses Verlangen:
Gib den Danaern nun der schmählichen Plage Genesung!
　Also rief er betend; ihn hörete Phöbos Apollon.
Aber nachdem sie gefleht und heilige Gerste gestreuet,
Beugten zurück sie die Häls', und schlachteten, zogen die Häut' ab,
Sonderten dann die Schenkel, umwickelten solche mit Fette
Zwiefach umher, und bedeckten sie dann mit Stücken der Glieder.
Jetzo verbrannt' es auf Scheitern der Greis, und dunkeles Weines
Sprengt' er darauf; ihn umstanden die Jünglinge, haltend den Fünfzack.
Als sie die Schenkel verbrannt, und die Eingeweide gekostet;
Schnitten sie auch das übrige klein, und steckten's an Spieße,
Brieten es dann vorsichtig, und zogen es alles herunter.
Aber nachdem sie ruhten vom Werk, und das Mahl sich bereitet,
Schmausten sie, und nicht mangelt' ihr Herz des gemeinsamen Mahles.
Aber nachdem die Begierde des Tranks und der Speise gestillt war;
Füllten die Jünglinge schnell die Krüge zum Rand mit Getränke,
Wandten von neuem sich rechts und verteileten allen die Becher.
Jene den ganzen Tag versöhnten den Gott mit Gesange,
Schön anstimmend den Päan, die blühenden Männer Achaias,
Preisend des Treffenden Macht; und er hörte freudiges Herzens.
　Als die Sonne nunmehr hinsank, und das Dunkel herauszog,
Legten sich jene zur Ruh' an den haltenden Seilen des Schiffes.
Als aufdämmernd nun Eos mit Rosenfingern emporstieg;
Jetzo schifften sie heim zum weiten Heer der Achaier.
Günstigen Hauch sandt' ihnen der treffende Phöbos Apollon;
Und sie erhuben den Mast, und spannten die schimmernden Segel.
Voll nun schwellte der Wind des Segels Mitt', und umher scholl
Laut die purpurne Wog' um den Kiel des gleitenden Schiffes;
Und es durchlief die Gewässer, den Weg in Eile vollendend.

αὐτὰρ ἐπεί ῥ᾽ ἵκοντο κατὰ στρατὸν εὐρὺν Ἀχαιῶν,
νῆα μὲν οἵ γε μέλαιναν ἐπ᾽ ἠπείροιο ἔρυσσαν
ὑψοῦ ἐπὶ ψαμάθοις, ὑπὸ δ᾽ ἕρματα μακρὰ τάνυσσαν·
αὐτοὶ δὲ σκίδναντο κατὰ κλισίας τε νέας τε.
αὐτὰρ ὁ μήνιε νηυσὶ παρήμενος ὠκυπόροισι
διογενὴς Πηλῆος υἱός, πόδας ὠκὺς Ἀχιλλεύς·
οὔτέ ποτ᾽ εἰς ἀγορὴν πωλέσκετο κυδιάνειραν
οὔτέ ποτ᾽ ἐς πόλεμον, ἀλλὰ φθινύθεσκε φίλον κῆρ
αὖθι μένων, ποθέεσκε δ᾽ ἀϋτήν τε πτόλεμόν τε.
ἀλλ᾽ ὅτε δή ῥ᾽ ἐκ τοῖο δυωδεκάτη γένετ᾽ ἠώς,
καὶ τότε δὴ πρὸς Ὄλυμπον ἴσαν θεοὶ αἰὲν ἐόντες
πάντες ἅμα, Ζεὺς δ᾽ ἦρχε· Θέτις δ᾽ οὐ λήθετ᾽ ἐφετμέων
παιδὸς ἑοῦ, ἀλλ᾽ ἥ γ᾽ ἀνεδύσετο κῦμα θαλάσσης,
ἠερίη δ᾽ ἀνέβη μέγαν οὐρανὸν Οὔλυμπόν τε.
εὗρεν δ᾽ εὐρύοπα Κρονίδην ἄτερ ἥμενον ἄλλων
ἀκροτάτηι κορυφῆι πολυδειράδος Οὐλύμποιο·
καί ῥα πάροιθ᾽ αὐτοῖο καθέζετο, καὶ λάβε γούνων
σκαιῆι, δεξιτερῆι δ᾽ ἄρ᾽ ὑπ᾽ ἀνθερεῶνος ἑλοῦσα
λισσομένη προσέειπε Δία Κρονίωνα ἄνακτα·
„Ζεῦ πάτερ, εἴ ποτε δή σε μετ᾽ ἀθανάτοισιν ὄνησα
ἢ ἔπει ἢ ἔργωι, τόδε μοι κρήηνον ἐέλδωρ·
τίμησόν μοι υἱόν, ὃς ὠκυμορώτατος ἄλλων
ἔπλετ᾽· ἀτάρ μιν νῦν γε ἄναξ ἀνδρῶν Ἀγαμέμνων
ἠτίμησεν· ἑλὼν γὰρ ἔχει γέρας, αὐτὸς ἀπούρας.
ἀλλὰ σύ πέρ μιν τεῖσον, Ὀλύμπιε μητίετα Ζεῦ·
τόφρα δ᾽ ἐπὶ Τρώεσσι τίθει κράτος, ὄφρ᾽ ἂν Ἀχαιοὶ
υἱὸν ἐμὸν τείσωσιν ὀφέλλωσίν τέ ἑ τιμῆι."
ὣς φάτο· τὴν δ᾽ οὔ τι προσέφη νεφεληγερέτα Ζεύς,
ἀλλ᾽ ἀκέων δὴν ἧστο· Θέτις δ᾽ ὡς ἥψατο γούνων,
ὣς ἔχετ᾽ ἐμπεφυυῖα, καὶ εἴρετο δεύτερον αὖτις·
„νημερτὲς μὲν δή μοι ὑπόσχεο καὶ κατάνευσον,
ἢ ἀπόειπ᾽, ἐπεὶ οὔ τοι ἔπι δέος, ὄφρ᾽ ἐῢ εἰδέω
ὅσσον ἐγὼ μετὰ πᾶσιν ἀτιμοτάτη θεός εἰμι."
τὴν δὲ μέγ᾽ ὀχθήσας προσέφη νεφεληγερέτα Ζεύς·
„ἦ δὴ λοίγια ἔργ᾽ ὅ τέ μ᾽ ἐχθοδοπῆσαι ἐφήσεις
Ἥρηι, ὅτ᾽ ἄν μ᾽ ἐρέθηισιν ὀνειδείοις ἐπέεσσιν·
ἣ δὲ καὶ αὔτως μ᾽ αἰεὶ ἐν ἀθανάτοισι θεοῖσι
νεικεῖ, καί τέ μέ φησι μάχηι Τρώεσσιν ἀρήγειν.
ἀλλὰ σὺ μὲν νῦν αὖτις ἀπόστιχε, μή τι νοήσηι
Ἥρη· ἐμοὶ δέ κε ταῦτα μελήσεται, ὄφρα τελέσσω·
εἰ δ᾽ ἄγε τοι κεφαλῆι κατανεύσομαι, ὄφρα πεποίθηις·

Als sie nunmehr hinkamen zum weiten Heer der Achaier,
Zogen das schwärzliche Schiff sie empor an die Feste des Landes,
Hoch auf den kiesigen Sand, und breiteten drunter Gebälk hin;
Selbst dann zerstreuten sie sich ringsher zu Gezelten und Schiffen.
Jener zürnt', an des Meers schnellwandelnden Schiffen sich setzend,
Peleus göttlicher Sohn, der mutige Renner Achilleus:
Niemals mehr in den Rat, den männerehrenden, ging er;
Niemals mehr in die Schlacht. Doch Gram zernagte das Herz ihm,
Daß er blieb; er verlangte nur Feldgeschrei und Getümmel.
Als nunmehr die zwölfte der Morgenröten emporstieg;
Kehreten heim zum Olympos die ewigwährenden Götter
Alle zugleich; Zeus führte. Doch Thetis vergaß das Geheiß nicht
Ihres Sohns; sie enttauchte der Woge des Meers, und erhub sich
Schon in dämmernder Frühe zum Himmel empor und Olympos;
Fand nun den waltenden Zeus abwärts von den anderen sitzend,
Dort auf dem obersten Gipfel des vielgezackten Olympos.
Und sie setzte sich nahe vor ihm, umschlang mit der Linken
Seine Knie', und berührt' ihn unter dem Kinn mit der Rechten;
Flehend zugleich begann sie zum herrschenden Zeus Kronion:
Vater Zeus, wenn ich je mit Worten dir oder mit Taten,
Frommt' in der Götterschar, so gewähre mir dieses Verlangen:
Ehre mir meinen Sohn, der frühhinwelkend vor andern
Sterblichen ward! Doch hat ihn der Völkerfürst Agamemnon
Jetzo entehrt und behält sein Geschenk, das er selber geraubet!
Aber o räch' ihn du, Olympier, Ordner der Welt, Zeus!
Stärke die Troer nunmehr mit Siegskraft, bis die Achaier
Meinen Sohn mir geehrt, und reichliche Ehr' ihm vergolten!
Jene sprach's; ihr erwiderte nichts der Wolkenversammler;
Lange saß er und schwieg. Doch Thetis schmiegte sich fest ihm
An die umschlungenen Knie', und flehete wieder von neuem:
Unverstellt verheiße mir jetzt, und winke Gewährung;
Oder verweigere mir's! (Nichts scheuest du!) daß ich es wisse,
Ganz sei ich vor allen die ungeehrteste Göttin!
Unmutsvoll nun begann der Herrscher im Donnergewölk Zeus:
Heillos traun ist solches, daß du mit Here zu hadern
Mich empörst, wann sie künftig mich reizt durch schmähende Worte.
Zanket sie doch schon so im Kreis der unsterblichen Götter
Stets mit mir, und saget, ich helf' im Streit den Troern.
Eile du denn jetzt wieder hinweg, daß nicht dich bemerke
Here; doch mir sei die Sorge des übrigen, wie ich's vollende.
Aber wohlan, mit dem Haupte dir wink' ich es, daß du vertrauest.

τοῦτο γὰρ ἐξ ἐμέθεν γε μετ' ἀθανάτοισι μέγιστον
τέκμωρ· οὐ γὰρ ἐμὸν παλινάγρετον οὐδ' ἀπατηλὸν
οὐδ' ἀτελεύτητον, ὅ τί κεν κεφαλῆι κατανεύσω."
 ἦ καὶ κυανέηισιν ἐπ' ὀφρύσι νεῦσε Κρονίων·
ἀμβρόσιαι δ' ἄρα χαῖται ἐπερρώσαντο ἄνακτος
κρατὸς ἀπ' ἀθανάτοιο· μέγαν δ' ἐλέλιξεν Ὄλυμπον.
 τώ γ' ὣς βουλεύσαντε διέτμαγεν· ἣ μὲν ἔπειτα
εἰς ἅλα ἆλτο βαθεῖαν ἀπ' αἰγλήεντος Ὀλύμπου,
Ζεὺς δὲ ἑὸν πρὸς δῶμα· θεοὶ δ' ἅμα πάντες ἀνέσταν
ἐξ ἑδέων σφοῦ πατρὸς ἐναντίον· οὐδέ τις ἔτλη
μεῖναι ἐπερχόμενον, ἀλλ' ἀντίοι ἔσταν ἅπαντες.
ὣς ὁ μὲν ἔνθα καθέζετ' ἐπὶ θρόνου· οὐδέ μιν Ἥρη
ἠγνοίησεν ἰδοῦσ' ὅτι οἱ συμφράσσατο βουλὰς
ἀργυρόπεζα Θέτις θυγάτηρ ἁλίοιο γέροντος·
αὐτίκα κερτομίοισι Δία Κρονίωνα προσηύδα·
„ τίς δ' αὖ τοι, δολομῆτα, θεῶν συμφράσσατο βουλάς;
αἰεί τοι φίλον ἐστὶν ἐμεῦ ἀπὸ νόσφιν ἐόντα
κρυπτάδια φρονέοντα δικαζέμεν· οὐδέ τί πώ μοι
πρόφρων τέτληκας εἰπεῖν ἔπος ὅττι νοήσηις."
 τὴν δ' ἠμείβετ' ἔπειτα πατὴρ ἀνδρῶν τε θεῶν τε·
„Ἥρη, μὴ δὴ πάντας ἐμοὺς ἐπιέλπεο μύθους
εἰδήσειν· χαλεποί τοι ἔσοντ' ἀλόχωι περ ἐούσηι·
ἀλλ' ὃν μέν κ' ἐπιεικὲς ἀκουέμεν, οὔ τις ἔπειτα
οὔτε θεῶν πρότερος τὸν γ' εἴσεται οὔτ' ἀνθρώπων·
ὃν δέ κ' ἐγὼν ἀπάνευθε θεῶν ἐθέλωμι νοῆσαι,
μή τι σὺ ταῦτα ἕκαστα διείρεο μηδὲ μετάλλα."
 τὸν δ' ἠμείβετ' ἔπειτα βοῶπις πότνια Ἥρη·
„ αἰνότατε Κρονίδη, ποῖον τὸν μῦθον ἔειπες;
καὶ λίην σε πάρος γ' οὔτ' εἴρομαι οὔτε μεταλλῶ,
ἀλλὰ μάλ' εὔκηλος τὰ φράζεαι ἅσσα θέληισθα.
νῦν δ' αἰνῶς δείδοικα κατὰ φρένα μή σε παρείπηι
ἀργυρόπεζα Θέτις θυγάτηρ ἁλίοιο γέροντος·
ἠερίη γὰρ σοί γε παρέζετο καὶ λάβε γούνων·
τῆι σ' ὀΐω κατανεῦσαι ἐτήτυμον ὡς Ἀχιλῆα
τιμήσεις, ὀλέσεις δὲ πολέας ἐπὶ νηυσὶν Ἀχαιῶν."
 τὴν δ' ἀπαμειβόμενος προσέφη νεφεληγερέτα Ζεύς·
„ δαιμονίη, αἰεὶ μὲν ὀΐεαι, οὐδέ σε λήθω·
πρῆξαι δ' ἔμπης οὔ τι δυνήσεαι, ἀλλ' ἀπὸ θυμοῦ
μᾶλλον ἐμοὶ ἔσεαι· τὸ δέ τοι καὶ ῥίγιον ἔσται.
εἰ δ' οὕτω τοῦτ' ἐστίν, ἐμοὶ μέλλει φίλον εἶναι·
ἀλλ' ἀκέουσα κάθησο, ἐμῶι δ' ἐπιπείθεο μύθωι,

Solches ist ja meiner Verheißungen unter den Göttern
Heiligstes Pfand, denn nie ist wandelbar, oder betrüglich,
Noch unvollendet das Wort, das mit winkendem Haupt ich gewähret.
Also sprach, und winkte mit schwärzlichen Brauen Kronion;
Und die ambrosischen Locken des Königes wallten ihm vorwärts
Von dem unsterblichen Haupt; es erbebten die Höhn des Olympos.
So ratschlagten sie beid', und trennten sich. Siehe, die Göttin
Fuhr in die Tiefe des Meers vom glanzerhellten Olympos;
Zeus dann in seinen Palast. Die Unsterblichen standen empor ihm
Alle vom Sitz, dem Vater entgegen zu gehn; und nicht einer
Harrte des Kommenden dort, entgegen ihm traten sie alle.
Er nun nahte dem Thron, und setzte sich. Aber nicht achtlos
Hatt' es Here bemerkt, wie geheim ratschlagte mit jenem
Nereus' Tochter des Greises, die silberfüßige Thetis.
Schnell mit kränkender Rede zu Zeus Kronion begann sie:
Wer hat, Schlauer, mit dir der Unsterblichen wieder geratschlagt?
Immer war es dir Freude, von mir hinweg dich entfernend,
Heimlich ersonnenen Rat zu genehmigen! Hast du doch niemals
Mir willfähriges Geistes ein Wort gesagt, was du denkest!
Drauf begann der Vater des Menschengeschlechts und der Götter:
Here, nur nicht alles getraue dir, was ich beschließen
Einzusehn; schwer würde dir das, auch meiner Gemahlin!
Zwar was dir zu hören vergönnt ist, keiner soll jenes
Früher erkennen denn du, der Unsterblichen oder der Menschen.
Doch was mir von den Göttern entfernt zu beschließen genehm ist,
Solches darfst du mir nicht auskundigen, oder erforschen.
Ihm antwortete drauf die hoheitblickende Here:
Welch ein Wort, Kronion, du Schrecklicher, hast du geredet!
Nie doch hab' ich zuvor mich erkundiget, oder geforschet;
Sondern ganz in Ruhe beschließest du, was dir genehm ist.
Doch nun sorg' ich im Herzen und fürchte mich, daß dich beschwatze
Nereus Tochter des Greises, die silberfüßige Thetis.
Denn sie saß in der Frühe bei dir, und umschlang dir die Kniee.
Ihr dann winkend, vermut' ich, gelobtest du, daß du Achilleus
Ehren willst, und verderben der Danaer viel' an den Schiffen.
Gegen sie rief antwortend der Herrscher im Donnergewölk Zeus:
Immer, du Wunderbare, vermutest du; spähest mich immer
Doch nicht schafft dein Tun dir das mindeste, sondern entfernter
Wirst du im Herzen mir stets, was dir noch schrecklicher sein wird;
Wenn auch jenes geschieht, so wird mir's also gelieben!
Sitze denn ruhig und schweig', und gehorche du meinem Gebote.

μή νύ τοι οὐ χραίσμωσιν ὅσοι θεοί εἰσ᾽ ἐν Ὀλύμπωι
ἆσσον ἰόνθ᾽, ὅτε κέν τοι ἀάπτους χεῖρας ἐφείω."
ὣς ἔφατ᾽, ἔδεισεν δὲ βοῶπις πότνια Ἥρη,
καί ῥ᾽ ἀκέουσα καθῆστο, ἐπιγνάμψασα φίλον κῆρ·
ὄχθησαν δ᾽ ἀνὰ δῶμα Διὸς θεοὶ Οὐρανίωνες·
τοῖσιν δ᾽ Ἥφαιστος κλυτοτέχνης ἦρχ᾽ ἀγορεύειν
μητρὶ φίληι ἐπίηρα φέρων, λευκωλένωι Ἥρηι·
„ἦ δὴ λοίγια ἔργα τάδ᾽ ἔσσεται οὐδ᾽ ἔτ᾽ ἀνεκτά,
εἰ δὴ σφὼ ἕνεκα θνητῶν ἐριδαίνετον ὧδε,
ἐν δὲ θεοῖσι κολωιὸν ἐλαύνετον· οὐδέ τι δαιτὸς
ἐσθλῆς ἔσσεται ἦδος, ἐπεὶ τὰ χερείονα νικᾶι.
μητρὶ δ᾽ ἐγὼ παράφημι, καὶ αὐτῆι περ νοεούσηι,
πατρὶ φίλωι ἐπὶ ἦρα φέρειν Διί, ὄφρα μὴ αὖτε
νεικείηισι πατήρ, σὺν δ᾽ ἡμῖν δαῖτα ταράξηι.
εἴ περ γάρ κ᾽ ἐθέληισιν Ὀλύμπιος ἀστεροπητὴς
ἐξ ἑδέων στυφελίξαι· ὁ γὰρ πολὺ φέρτατός ἐστιν.
ἀλλὰ σὺ τὸν ἐπέεσσι καθάπτεσθαι μαλακοῖσιν·
αὐτίκ᾽ ἔπειθ᾽ ἵλαος Ὀλύμπιος ἔσσεται ἡμῖν."
ὣς ἄρ᾽ ἔφη καὶ ἀναΐξας δέπας ἀμφικύπελλον
μητρὶ φίληι ἐν χειρὶ τίθει, καί μιν προσέειπε·
„τέτλαθι, μῆτερ ἐμή, καὶ ἀνάσχεο κηδομένη περ,
μή σε φίλην περ ἐοῦσαν ἐν ὀφθαλμοῖσιν ἴδωμαι
θεινομένην, τότε δ᾽ οὔ τι δυνήσομαι ἀχνύμενός περ
χραισμεῖν· ἀργαλέος γὰρ Ὀλύμπιος ἀντιφέρεσθαι·
ἤδη γάρ με καὶ ἄλλοτ᾽ ἀλεξέμεναι μεμαῶτα
ῥῖψε ποδὸς τεταγὼν ἀπὸ βηλοῦ θεσπεσίοιο,
πᾶν δ᾽ ἦμαρ φερόμην, ἅμα δ᾽ ἠελίωι καταδύντι
κάππεσον ἐν Λήμνωι, ὀλίγος δ᾽ ἔτι θυμὸς ἐνῆεν·
ἔνθά με Σίντιες ἄνδρες ἄφαρ κομίσαντο πεσόντα."
ὣς φάτο, μείδησεν δὲ θεὰ λευκώλενος Ἥρη,
μειδήσασα δὲ παιδὸς ἐδέξατο χειρὶ κύπελλον·
αὐτὰρ ὁ τοῖς ἄλλοισι θεοῖς ἐνδέξια πᾶσιν
οἰνοχόει γλυκὺ νέκταρ ἀπὸ κρητῆρος ἀφύσσων·
ἄσβεστος δ᾽ ἄρ᾽ ἐνῶρτο γέλως μακάρεσσι θεοῖσιν,
ὡς ἴδον Ἥφαιστον διὰ δώματα ποιπνύοντα.
ὣς τότε μὲν πρόπαν ἦμαρ ἐς ἠέλιον καταδύντα
δαίνυντ᾽, οὐδέ τι θυμὸς ἐδεύετο δαιτὸς ἐΐσης,
οὐ μὲν φόρμιγγος περικαλλέος, ἣν ἔχ᾽ Ἀπόλλων,
Μουσάων θ᾽, αἳ ἄειδον ἀμειβόμεναι ὀπὶ καλῆι.
αὐτὰρ ἐπεὶ κατέδυ λαμπρὸν φάος ἠελίοιο,
οἳ μὲν κακκείοντες ἔβαν οἶκον δὲ ἕκαστος,

Kaum wohl schätzten dich sonst die Unsterblichen all' im Olympos,
Trät' ich hinan, ausstreckend zu dir die unnahbaren Hände!
Jener sprach's: da erschrak die hoheitblickende Here;
Schweigend saß sie nunmehr, und bezwang die Stürme des Herzens.
Doch rings traurten im Saale die göttlichen Uranionen.
Jetzo begann Hephästos, der kunstberühmte, zu reden,
Seiner Mutter zu Gunst, der lilienarmigen Here:
Heillos traun wird solches zuletzt, und gar unerträglich,
Wenn ihr beid' um Sterbliche nun euch also entzweiet
Und zu Tumult aufreizet die Himmlischen! Nichts ja geneußt man
Mehr von der Freude des Mahls; denn es wird je länger, je ärger!
Jetzt ermahn' ich die Mutter, wiewohl sie selber Verstand hat,
Unserem Vater zu nahn mit Gefälligkeit, daß er hinfort nicht
Schelte, der Vater Zeus, und uns zerrütte das Gastmahl.
Denn sobald er es wollte, der Donnergott des Olympos,
Schmettert' er uns von den Thronen; denn er ist mächtig vor allen,
Aber wohlan, du wollest mit freundlichen Worten ihm schmeicheln;
Bald wird wieder zu Huld der Olympier uns versöhnt sein.
Jener sprach's, und erhub sich, und nahm den doppelten Becher,
Reicht' in die Hand der Mutter ihn dar, und redete also:
Duld', o teuerste Mutter, und fasse dich, herzlich betrübt zwar!
Daß ich nicht, du Geliebte, mit eigenen Augen es sehe,
Wann er dich straft: dann sucht' ich umsonst, wie sehr ich mich härmte,
Rettung: schwerlich ja mag dem Olympier einer begegnen!
Denn schon einmal vordem, als abzuwehren ich strebte,
Schwang er mich hoch, bei der Ferse gefaßt, von der heiligen Schwelle.
Ganz den Tag hinflog ich, und spät mit der sinkenden Sonne
Fiel ich in Lemnos hinab, und atmete kaum noch Leben;
Aber der Sintier Volk empfing mich Gefallenen freundlich.
Sprach's; da lächelte sanft die lilienarmige Here;
Lächelnd darauf entnahm sie der Hand des Sohnes den Becher.
Jener schenkte nunmehr auch der übrigen Götterversammlung
Rechts herum, dem Kruge den süßen Nektar entschöpfend.
Doch unermeßliches Lachen erscholl den seligen Göttern,
Als sie sahn, wie Hephästos in emsiger Eil' umherging.
Also den ganzen Tag bis spät zur sinkenden Sonne
Schmausten sie, und nicht mangelt' ihr Herz des gemeinsamen Mahles,
Nicht des Saitengetöns von der lieblichen Leier Apollons,
Noch des Gesangs der Musen mit hold antwortender Stimme.
Aber nachdem sich gesenkt des Helios leuchtende Fackel,
Gingen sie auszuruhn, zur eigenen Wohnung ein jeder,

ἧχι ἑκάστωι δῶμα περικλυτὸς ἀμφιγυήεις
Ἥφαιστος ποίησεν ἰδυίῃσι πραπίδεσσι·
Ζεὺς δὲ πρὸς ὃν λέχος ἤϊ' Ὀλύμπιος ἀστεροπητής,
ἔνθα πάρος κοιμᾶθ' ὅτε μιν γλυκὺς ὕπνος ἱκάνοι·
ἔνθα καθεῦδ' ἀναβάς, παρὰ δὲ χρυσόθρονος Ἥρη.

Dort wo jedem vordem der hinkende Künstler Hephästos
Bauete seinen Palast mit erfindungsreichem Verstande.
Zeus auch ging zum Lager, der Donnergott des Olympos,
Wo er zuvor ausruhte, wann süßer Schlaf ihm genaht war:
Dorthin stieg er zu ruhn, mit der goldenthronenden Here.

ΙΛΙΑΔΟΣ Β

ὄνειρος διάπειρα·
Βοιώτεια ἢ κατάλογος νεῶν

Ἄλλοι μέν ῥα θεοί τε καὶ ἀνέρες ἱπποκορυσταὶ
εὗδον παννύχιοι, Δία δ' οὐκ ἔχε νήδυμος ὕπνος,
ἀλλ' ὅ γε μερμήριζε κατὰ φρένα ὡς Ἀχιλῆα
τιμήσηι, ὀλέσηι δὲ πολέας ἐπὶ νηυσὶν Ἀχαιῶν.
ἥδε δέ οἱ κατὰ θυμὸν ἀρίστη φαίνετο βουλή,
πέμψαι ἐπ' Ἀτρεΐδηι Ἀγαμέμνονι οὖλον Ὄνειρον·
καί μιν φωνήσας ἔπεα πτερόεντα προσηύδα·
„ βάσκ' ἴθι, οὖλε Ὄνειρε, θοὰς ἐπὶ νῆας Ἀχαιῶν·
ἐλθὼν ἐς κλισίην Ἀγαμέμνονος Ἀτρεΐδαο
πάντα μάλ' ἀτρεκέως ἀγορευέμεν ὡς ἐπιτέλλω·
θωρῆξαί ἑ κέλευε κάρη κομόωντας Ἀχαιοὺς
πανσυδίηι· νῦν γάρ κεν ἕλοι πόλιν εὐρυάγυιαν
Τρώων· οὐ γὰρ ἔτ' ἀμφὶς Ὀλύμπια δώματ' ἔχοντες
ἀθάνατοι φράζονται· ἐπέγναμψεν γὰρ ἅπαντας
Ἥρη λισσομένη, Τρώεσσι δὲ κήδε' ἐφῆπται."
    ὣς φάτο, βῆ δ' ἄρ' Ὄνειρος, ἐπεὶ τὸν μῦθον ἄκουσε·
καρπαλίμως δ' ἵκανε θοὰς ἐπὶ νῆας Ἀχαιῶν,
βῆ δ' ἄρ' ἐπ' Ἀτρεΐδην Ἀγαμέμνονα· τὸν δὲ κίχανεν
εὕδοντ' ἐν κλισίηι, περὶ δ' ἀμβρόσιος κέχυθ' ὕπνος.
στῆ δ' ἄρ' ὑπὲρ κεφαλῆς Νηληΐωι υἷι ἐοικώς,
Νέστορι, τόν ῥα μάλιστα γερόντων τῖ' Ἀγαμέμνων·
τῶι μιν ἐεισάμενος προσεφώνεε θεῖος Ὄνειρος·
„ εὕδεις, Ἀτρέος υἱὲ δαΐφρονος ἱπποδάμοιο·
οὐ χρὴ παννύχιον εὕδειν βουληφόρον ἄνδρα,
ὧι λαοί τ' ἐπιτετράφαται καὶ τόσσα μέμηλε·
νῦν δ' ἐμέθεν ξύνες ὦκα· Διὸς δέ τοι ἄγγελός εἰμι,
ὃς σεῦ ἄνευθεν ἐὼν μέγα κήδεται ἠδ' ἐλεαίρει.
θωρῆξαί σε κέλευσε κάρη κομόωντας Ἀχαιοὺς
πανσυδίηι· νῦν γάρ κεν ἕλοις πόλιν εὐρυάγυιαν
Τρώων· οὐ γὰρ ἔτ' ἀμφὶς Ὀλύμπια δώματ' ἔχοντες

ZWEITER GESANG

Zeus, des Versprechens eingedenk, bewegt Agamemnon durch einen Traum, die Achaier zur Schlacht auszuführen. Rat der Fürsten; dann Volksversammlung. Agamemnon, das Volk zu versuchen, befiehlt Heimkehr; und alle sind geneigt. Odysseus, von Athene ermahnt, hemmt sie. Thersites dringt schmähend auf Heimkehr, und wird gestraft. Das beschämte Volk, durch Odysseus und Nestor völlig gewonnen, wird von Agamemnon zur Schlacht aufgefordert. Frühmahl, Opfer und Anordnung des Heers. Verzeichnis der achaischen Völker. Die Troer in Versammlung hören die Botschaft, und rücken aus. Verzeichnis der troischen Völker.

Alle nunmehr, die Götter und gaulgerüsteten Männer,
Schliefen die ganze Nacht; nur Zeus nicht labte der Schlummer,
Sondern er sann im Geiste voll Unruh, wie er Achilleus
Ehren möcht', und verderben der Danaer viel an den Schiffen.
Dieser Gedank' erschien dem Zweifelnden endlich der beste:
Einen täuschenden Traum zu Atreus' Sohne zu senden.
Und er begann zu jenem, und sprach die geflügelten Worte:
Eile mir, täuschender Traum, zu den rüstigen Schiffen Achaias;
Gehe dort ins Gezelt zu Atreus' Sohn Agamemnon,
Ihm das alles genau zu verkündigen, was ich gebiete.
Heiß' ihn rüsten zur Schlacht die hauptumlockten Achaier
All' im Heer; denn jetzo sei leicht ihm bezwungen der Troer
Weitdurchwanderte Stadt. Nicht mehr zweifaches Entschlusses
Sein die olympischen Götter; bewegt schon habe sie alle
Here durch Flehn, und hinab auf Ilios schwebe Verderben.
Jener sprach's; und der Traum, sobald er die Rede vernommen,
Eilte hinweg, und kam zu den rüstigen Schiffen Achaias.
Hin nun eilt' er, und fand des Atreus Sohn Agamemnon
Schlafend in seinem Gezelt; ihn umfloß der ambrosische Schlummer.
Jener trat ihm zum Haupt', an Gestalt dem Sohne des Neleus,
Nestor gleich, den hoch vor den Ältesten ehrt' Agamemnon;
Dessen Gestalt nachahmend begann der göttliche Traum so:
Schlummerst du, Atreus' Sohn, des feurigen Rossebezähmers?
Keinem Richter gebührt's die ganze Nacht zu durchschlummern,
Dem zur Hut sich die Völker vertraut, und so mancherlei obliegt.
Auf, nun höre mein Wort; ich komm', ein Bote Kronions,
Der dich sehr, auch ferne, begünstiget, dein sich erbarmend.
Rüsten heißt er zur Schlacht die hauptumlockten Achaier
All' im Heer; denn jetzo sei leicht dir bezwungen der Troer
Weitdurchwanderte Stadt. Nicht mehr zweifaches Entschlusses

ἀθάνατοι φράζονται· ἐπέγναμψεν γὰρ ἅπαντας
Ἥρη λισσομένη, Τρώεσσι δὲ κήδε' ἐφῆπται
ἐκ Διός· ἀλλὰ σὺ σῆισιν ἔχε φρεσί, μηδέ σε λήθη
αἱρείτω, εὖτ' ἄν σε μελίφρων ὕπνος ἀνήηι.“
ὣς ἄρα φωνήσας ἀπεβήσετο, τὸν δ' ἔλιπ' αὐτοῦ
τὰ φρονέοντ' ἀνὰ θυμὸν ἅ ῥ' οὐ τελέεσθαι ἔμελλον·
φῆ γὰρ ὅ γ' αἱρήσειν Πριάμου πόλιν ἤματι κείνωι,
νήπιος, οὐδὲ τὰ ἤιδη ἅ ῥα Ζεὺς μήδετο ἔργα·
θήσειν γὰρ ἔτ' ἔμελλεν ἐπ' ἄλγεά τε στοναχάς τε
Τρωσί τε καὶ Δαναοῖσι διὰ κρατερὰς ὑσμίνας.
ἔγρετο δ' ἐξ ὕπνου, θείη δέ μιν ἀμφέχυτ' ὀμφή·
ἕζετο δ' ὀρθωθείς, μαλακὸν δ' ἔνδυνε χιτῶνα,
καλὸν νηγάτεον, περὶ δὲ μέγα βάλλετο φᾶρος·
ποσσὶ δ' ὑπὸ λιπαροῖσιν ἐδήσατο καλὰ πέδιλα,
ἀμφὶ δ' ἄρ' ὤμοισιν βάλετο ξίφος ἀργυρόηλον·
εἵλετο δὲ σκῆπτρον πατρώϊον, ἄφθιτον αἰεὶ·
σὺν τῶι ἔβη κατὰ νῆας Ἀχαιῶν χαλκοχιτώνων.
ἠὼς μέν ῥα θεὰ προσεβήσετο μακρὸν Ὄλυμπον,
Ζηνὶ φόως ἐρέουσα καὶ ἄλλοις ἀθανάτοισιν·
αὐτὰρ ὁ κηρύκεσσι λιγυφθόγγοισι κέλευσε
κηρύσσειν ἀγορήνδε κάρη κομόωντας Ἀχαιούς·
οἱ μὲν ἐκήρυσσον, τοὶ δ' ἠγείροντο μάλ' ὦκα·
βουλὴν δὲ πρῶτον μεγαθύμων ἷζε γερόντων
Νεστορέηι παρὰ νηῒ Πυλοιγενέος βασιλῆος·
τοὺς ὅ γε συγκαλέσας πυκινὴν ἀρτύνετο βουλήν·
„κλῦτε, φίλοι· θεῖός μοι ἐνύπνιον ἦλθεν Ὄνειρος
ἀμβροσίην διὰ νύκτα· μάλιστα δὲ Νέστορι δίωι
εἶδός τε μέγεθός τε φυήν τ' ἄγχιστα ἐώικει·
στῆ δ' ἄρ' ὑπὲρ κεφαλῆς καί με πρὸς μῦθον ἔειπεν·
‚εὕδεις, Ἀτρέος υἱὲ δαΐφρονος ἱπποδάμοιο·
οὐ χρὴ παννύχιον εὕδειν βουληφόρον ἄνδρα,
ὧι λαοί τ' ἐπιτετράφαται καὶ τόσσα μέμηλε·
νῦν δ' ἐμέθεν ξύνες ὦκα· Διὸς δέ τοι ἄγγελός εἰμι,
ὃς σεῦ ἄνευθεν ἐὼν μέγα κήδεται ἠδ' ἐλεαίρει·
θωρῆξαί σε κέλευσε κάρη κομόωντας Ἀχαιοὺς
πανσυδίηι· νῦν γάρ κεν ἕλοις πόλιν εὐρυάγυιαν
Τρώων· οὐ γὰρ ἔτ' ἀμφὶς Ὀλύμπια δώματ' ἔχοντες
ἀθάνατοι φράζονται· ἐπέγναμψεν γὰρ ἅπαντας
Ἥρη λισσομένη, Τρώεσσι δὲ κήδε' ἐφῆπται
ἐκ Διός· ἀλλὰ σὺ σῆισιν ἔχε φρεσίν.' ὣς ὁ μὲν εἰπὼν
ᾤχετ' ἀποπτάμενος, ἐμὲ δὲ γλυκὺς ὕπνος ἀνῆκεν.

Sei'n die olympischen Götter; bewegt schon habe sie alle
Here durch Flehn, und hinab auf Ilios schwebe Verderben
Her von Zeus. Du merk' es im Geiste dir, daß dem Gedächtnis
Nichts entfällt, wann jetzo vom lieblichen Schlaf du erwachest.
Also sagt' ihm der Traum und wandte sich; jenen verließ er,
Dem nachsinnend im Geist, was nie zur Vollendung bestimmt war.
Denn er hoffte noch heut' des Priamos Stadt zu erobern,
Tor! und erkannte nicht, was Zeus für Taten geordnet.
Denn er beschloß noch Jammer und Angstgeschrei zu erregen
Troern zugleich und Achaiern im Ungestüme der Feldschlacht.
Jetzo erwacht' er vom Schlaf, noch umtönt von der göttlichen Stimme,
Setzte sich aufrecht hin, und zog das weiche Gewand an,
Sauber und neugewirkt, und warf den Mantel darüber;
Unter die glänzenden Füß' auch band er sich stattliche Sohlen;
Hängte sodann um die Schulter das Schwert voll silberner Buckeln,
Nahm auch den Herrscherstab, den ererbeten, ewiger Dauer;
Wandelte dann zu den Schiffen der erzumschirmten Achaier.
Eos aber, die Göttin, erstieg den hohen Olympos,
Zeus und den anderen Göttern des Tageslicht zu verkünden.
Und er gebot Herolden von hellaustönender Stimme,
Rings zur Versammlung zu rufen die hauptumlockten Achaier.
Tönend ruften sie aus, und flugs war die Menge versammelt.
Einen Rat nun setzt' er zuerst der erhabenen Ältsten,
Am Nestorischen Schiffe, des herrschenden Greises von Pylos;
Als sich jene gesetzt, entwarf er die weise Beratung:
Freunde, vernehmt! ein göttlicher Traum erschien mir im Schlummer
Durch die ambrosische Nacht, und ganz dem erhabenen Nestor
War an Wuchs und Größ' und Gestalt er wunderbar ähnlich.
Dieser trat mir zum Haupt, und redete, also beginnend:
Schlummerst du, Atreus' Sohn, des feurigen Rossebezähmers?
Keinem Richter gebührt's, die ganze Nacht zu durchschlummern,
Dem zur Hut sich die Völker vertraut, und so mancherlei obliegt.
Auf, nun höre mein Wort; ich komm', ein Bote Kronions,
Der dich sehr, auch ferne, begünstiget, dein sich erbarmend.
Rüsten heißt er zur Schlacht die hauptumlockten Achaier
All' im Heer, denn jetzo sei leicht dir bezwungen der Troer
Weitdurchwanderte Stadt. Nicht mehr zweifaches Entschlusses
Sei'n die olympischen Götter; bewegt schon haben sie alle
Here durch Flehn, und hinab auf Ilios schwebe Verderben
Her von Zeus. Du merk' es im Geiste dir. – Dieses geredet,
Flog er hinweg und verschwand, und der liebliche Schlummer verließ mich.

ἀλλ' ἄγετ' αἴ κέν πως θωρήξομεν υἷας Ἀχαιῶν·
πρῶτα δ' ἐγὼν ἔπεσιν πειρήσομαι, ἣ θέμις ἐστί,
καὶ φεύγειν σὺν νηυσὶ πολυκλήϊσι κελεύσω·
ὑμεῖς δ' ἄλλοθεν ἄλλος ἐρητύειν ἐπέεσσιν."
ἤτοι ὅ γ' ὣς εἰπὼν κατ' ἄρ' ἕζετο, τοῖσι δ' ἀνέστη
Νέστωρ, ὅς ῥα Πύλοιο ἄναξ ἦν ἠμαθόεντος·
ὅ σφιν ἐῢ φρονέων ἀγορήσατο καὶ μετέειπεν·
„ ὦ φίλοι, Ἀργείων ἡγήτορες ἠδὲ μέδοντες,
εἰ μέν τις τὸν ὄνειρον Ἀχαιῶν ἄλλος ἔνισπε,
ψεῦδός κεν φαῖμεν καὶ νοσφιζοίμεθα μᾶλλον·
νῦν δ' ἴδεν ὃς μέγ' ἄριστος Ἀχαιῶν εὔχεται εἶναι·
ἀλλ' ἄγετ', αἴ κέν πως θωρήξομεν υἷας Ἀχαιῶν."
ὣς ἄρα φωνήσας βουλῆς ἐξ ἦρχε νέεσθαι,
οἱ δ' ἐπανέστησαν πείθοντό τε ποιμένι λαῶν
σκηπτοῦχοι βασιλῆες· ἐπεσσεύοντο δὲ λαοί.
ἠΰτε ἔθνεα εἶσι μελισσάων ἁδινάων
πέτρης ἐκ γλαφυρῆς αἰεὶ νέον ἐρχομενάων,
βοτρυδὸν δὲ πέτονται ἐπ' ἄνθεσιν εἰαρινοῖσιν·
αἱ μέν τ' ἔνθα ἅλις πεποτήαται, αἱ δέ τε ἔνθα·
ὣς τῶν ἔθνεα πολλὰ νεῶν ἄπο καὶ κλισιάων
ἠϊόνος προπάροιθε βαθείης ἐστιχόωντο
ἰλαδὸν εἰς ἀγορήν· μετὰ δέ σφισιν Ὄσσα δεδήει
ὀτρύνουσ' ἰέναι, Διὸς ἄγγελος· οἱ δ' ἀγέροντο.
τετρήχει δ' ἀγορή, ὑπὸ δὲ στεναχίζετο γαῖα
λαῶν ἱζόντων, ὅμαδος δ' ἦν· ἐννέα δέ σφεας
κήρυκες βοόωντες ἐρήτυον, εἴ ποτ' ἀϋτῆς
σχοίατ', ἀκούσειαν δὲ διοτρεφέων βασιλήων.
σπουδῆι δ' ἕζετο λαός, ἐρήτυθεν δὲ καθ' ἕδρας
παυσάμενοι κλαγγῆς· ἀνὰ δὲ κρείων Ἀγαμέμνων
ἔστη σκῆπτρον ἔχων, τὸ μὲν Ἥφαιστος κάμε τεύχων.
Ἥφαιστος μὲν δῶκε Διὶ Κρονίωνι ἄνακτι,
αὐτὰρ ἄρα Ζεὺς δῶκε διακτόρωι ἀργεϊφόντηι·
Ἑρμείας δὲ ἄναξ δῶκεν Πέλοπι πληξίππωι,
αὐτὰρ ὁ αὖτε Πέλοψ δῶκ' Ἀτρέϊ, ποιμένι λαῶν,
Ἀτρεὺς δὲ θνήισκων ἔλιπεν πολύαρνι Θυέστηι,
αὐτὰρ ὁ αὖτε Θυέστ' Ἀγαμέμνονι λεῖπε φορῆναι,
πολλῆισιν νήσοισι καὶ Ἄργεϊ παντὶ ἀνάσσειν.
τῶι ὅ γ' ἐρεισάμενος ἔπε' Ἀργείοισι μετηύδα·
„ ὦ φίλοι ἥρωες Δαναοί, θεράποντες Ἄρηος,
Ζεύς με μέγα Κρονίδης ἄτηι ἐνέδησε βαρείηι,
σχέτλιος, ὃς πρὶν μέν μοι ὑπέσχετο καὶ κατένευσεν

Aber wohlan, ob vielleicht zu rüsten gelingt die Achaier!
Selber zuerst durch Worte versuch' ich sie, wie es Gebrauch ist,
Und ermahne zur Flucht in vielgeruderten Schiffen;
Ihr dann, anderswo andre, beredet sie wieder zu bleiben.
  Also redete jener, und setzte sich. Wieder erhub sich
Nestor, welcher gebot in Pylos sandigen Fluren;
Dieser begann wohlmeinend, und redete vor der Versammlung:
  Freunde, des Volks von Argos erhabene Fürsten und Pfleger,
Hätte von solchem Traum ein anderer Mann uns erzählet,
Lug wohl nennten wir ihn, und wendeten uns mit Verachtung.
Doch ihn sah, der den ersten vor allem Volke sich rühmet.
Drum wohlan, ob vielleicht zu rüsten gelingt die Achaier!
  Jener sprach's, und wandte der erste sich aus der Versammlung.
Rings dann standen sie auf, dem Völkerhirten gehorchend,
Alle bescepterten Fürsten. Heran nun stürzten die Völker.
Wie wenn Scharen der Bienen daherziehn dichtes Gewimmels,
Aus dem gehöhleten Fels in beständigem Schwarm sich erneuend;
Jetzt in Trauben gedrängt umfliegen sie Blumen des Lenzes;
Andere hier unzählbar entflogen sie, andere dorthin:
Also zogen gedrängt von den Schiffen daher und Gezelten
Rings unzählbare Völker am Rand des hohen Gestades
Schar an Schar zur Versammlung. Entbrannt in der Mitte war Ossa,
Welche, die Botin Zeus', sie beschleunigte; und ihr Gewühl wuchs.
Weit nun hallte der Kreis, und es dröhnete drunten der Boden,
Als sich das Volk hinsetzt', und Getös war. Doch es erhuben
Neun Herolde den Ruf, und hemmten sie, ob vom Geschrei sie
Ruheten, und anhörten die gottbeseligten Herrscher.
Kaum saß endlich das Volk, umher auf den Sitzen sich haltend;
Und es verstummt ihr Getön. Da erhub sich der Held Agamemnon,
Haltend den Herrscherstab, den mit Kunst Hephästos gebildet.
Diesen gab Hephästos dem waltenden Zeus Kronion;
Hierauf gab ihn Zeus dem bestellenden Argoserwürger;
Hermes gab ihn, der Herrscher, dem Rossebändiger Pelops,
Wieder gab ihn Pelops dem völkerweidenden Atreus;
Dann ließ Atreus ihn sterbend dem lämmerreichen Thyestes;
Aber ihn ließ Thyestes dem Held Agamemnon zu tragen,
Viel' Eilande damit und Argos reich zu beherrschen.
Hierauf lehnte sich jener, und sprach die geflügelten Worte:
  Freund, ihr Helden des Danaerstamms, o Genossen des Ares,
Hart hat Zeus, der Kronid', in schwere Schuld mich verstricket!
Grausamer! welcher mir einst mit gnädigem Winke gelobet,

Ἴλιον ἐκπέρσαντ' εὐτείχεον ἀπονέεσθαι,
νῦν δὲ κακὴν ἀπάτην βουλεύσατο, καί με κελεύει
δυσκλέα Ἄργος ἱκέσθαι, ἐπεὶ πολὺν ὤλεσα λαόν.
οὕτω που Διὶ μέλλει ὑπερμενέϊ φίλον εἶναι,
ὃς δὴ πολλάων πολίων κατέλυσε κάρηνα
ἠδ' ἔτι καὶ λύσει· τοῦ γὰρ κράτος ἐστὶ μέγιστον.
αἰσχρὸν γὰρ τόδε γ' ἐστὶ καὶ ἐσσομένοισι πυθέσθαι,
μὰψ οὕτω τοιόνδε τοσόνδε τε λαὸν Ἀχαιῶν
ἄπρηκτον πόλεμον πολεμίζειν ἠδὲ μάχεσθαι
ἀνδράσι παυροτέροισι, τέλος δ' οὔ πώ τι πέφανται·
εἴ περ γάρ κ' ἐθέλοιμεν Ἀχαιοί τε Τρῶές τε,
ὅρκια πιστὰ ταμόντες, ἀριθμηθήμεναι ἄμφω,
Τρῶας μὲν λέξασθαι ἐφέστιοι ὅσσοι ἔασιν,
ἡμεῖς δ' ἐς δεκάδας διακοσμηθεῖμεν Ἀχαιοί,
Τρώων δ' ἄνδρα ἕκαστοι ἑλοίμεθα οἰνοχοεύειν,
πολλαί κεν δεκάδες δευοίατο οἰνοχόοιο.
τόσσον ἐγώ φημι πλέας ἔμμεναι υἷας Ἀχαιῶν
Τρώων, οἳ ναίουσι κατὰ πτόλιν· ἀλλ' ἐπίκουροι
πολλέων ἐκ πολίων ἐγχέσπαλοι ἄνδρες ἔασιν,
οἵ με μέγα πλάζουσι καὶ οὐκ εἰῶσ' ἐθέλοντα
Ἰλίου ἐκπέρσαι εὖ ναιόμενον πτολίεθρον.
ἐννέα δὴ βεβάασι Διὸς μεγάλου ἐνιαυτοί,
καὶ δὴ δοῦρα σέσηπε νεῶν καὶ σπάρτα λέλυνται·
αἱ δέ που ἡμέτεραί τ' ἄλοχοι καὶ νήπια τέκνα
ἧατ' ἐνὶ μεγάροις ποτιδέγμεναι· ἄμμι δὲ ἔργον
αὔτως ἀκράαντον, οὗ εἵνεκα δεῦρ' ἱκόμεσθα.
ἀλλ' ἄγεθ', ὡς ἂν ἐγὼ εἴπω, πειθώμεθα πάντες·
φεύγωμεν σὺν νηυσὶ φίλην ἐς πατρίδα γαῖαν·
οὐ γὰρ ἔτι Τροίην αἱρήσομεν εὐρυάγυιαν."
ὣς φάτο, τοῖσι δὲ θυμὸν ἐνὶ στήθεσσιν ὄρινε
πᾶσι μετὰ πληθύν, ὅσοι οὐ βουλῆς ἐπάκουσαν·
κινήθη δ' ἀγορὴ φὴ κύματα μακρὰ θαλάσσης,
πόντου Ἰκαρίοιο, τὰ μέν τ' Εὖρός τε Νότος τε
ὤρορ' ἐπαΐξας πατρὸς Διὸς ἐκ νεφελάων.
ὡς δ' ὅτε κινήσηι Ζέφυρος βαθὺ λήϊον ἐλθών,
λάβρος ἐπαιγίζων, ἐπί τ' ἠμύει ἀσταχύεσσιν,
ὣς τῶν πᾶσ' ἀγορὴ κινήθη· τοὶ δ' ἀλαλητῶι
νῆας ἔπ' ἐσσεύοντο, ποδῶν δ' ὑπένερθε κονίη
ἵστατ' ἀειρομένη· τοὶ δ' ἀλλήλοισι κέλευον
ἅπτεσθαι νηῶν ἠδ' ἑλκέμεν εἰς ἅλα δῖαν,
οὐρούς τ' ἐξεκάθαιρον· ἀϋτὴ δ' οὐρανὸν ἷκεν

Heimzugehn, ein Vertilger der festummauerten Troja.
Doch nun sann er verderblichen Trug, und heißet mich ruhmlos
Wieder gen Argos kehren, nachdem viel Volks mir dahinstarb.
Also gefällt's nun wohl dem hocherhabnen Kronion,
Der schon vielen Städten das Haupt zu Boden geschmettert,
Und noch schmettern es wird; denn sein ist siegende Allmacht.
Schande ja daucht es und Hohn noch spätem Geschlecht zu vernehmen,
Daß so umsonst ein solches, so großes Volk der Achaier
Niemals frommenden Streit rastlos fortschreitet und kämpfet
Gegen mindere Feind', und noch kein Ende zu sehn ist.
Denn wofern wir wünschten, Achaier zugleich und Troer,
Treuen Bund uns schwörend, die Zahl zu wissen von beiden:
Erst zu erlesen die Troer, so viel dort eigenes Herdes;
Wir dann ordneten uns je zehn und zehn, wir Achaier,
Einen Mann der Troer für jegliche wählend zum Schenken:
Viele der Zehenten wohl entbehreten, mein' ich, das Schenken.
So weit daucht mir größer die Zahl der edlen Achaier,
Als dort wohnen der Troer in Ilios. Aber Genossen
Sind aus vielen der Städt' auch lanzenschwingende Männer,
Deren Macht mir verwehrt, und nicht, wie ich wollte, gestattet,
Ilios auszutilgen, die Stadt voll prangender Häuser.
Sind doch bereits neun Jahre des großen Zeus uns vergangen,
Und schon stockt den Schiffen das Holz, und die Seile vermodern;
Unsere Weiber indes und noch unmündigen Kinder
Sitzen daheim und schmachten nach uns: wir aber umsonst hier
Endigen nimmer das Werk, um dessenthalb wir gekommen.
Aber wohlan, wie ich rede das Wort, so gehorchet mir alle:
Laßt uns fliehn in den Schiffen zum lieben Lande der Väter;
Nie erobern wir doch die weitdurchwanderte Troja!
　Jener sprach's; und allen das Herz im Busen bewegt' er,
Ringsumher in der Menge, die nicht anhörten den Ratschluß.
Rege nun ward die Versammlung, wie schwellende Wogen des Meeres
Auf der ikarischen Flut, wann hoch sie der Ost- und der Südwind
Aufstürmt, schnell dem Gewölke des Donnerers Zeus sich entstürzend.
Wie wenn brausend der West unermeßliche Saaten erreget,
Zuckend mit Ungestüm, und die wallenden Ähren hinabbeugt:
So war rings die Versammlung in Aufruhr. Hin mit Geschrei nun
Stürzte das Volk zu den Schiffen; empor stieg unter dem Fußtritt
Finsterer Staub in die Luft; sie ermunterten einer den andern,
Anzugreifen die Schiff', und zu ziehn in die heilige Meerflut;
Und man räumte die Graben: es scholl gen Himmel der heimwärts

οἴκαδε ἱεμένων· ὑπὸ δ᾽ ἤιρεον ἕρματα νηῶν.
ἔνθά κεν Ἀργείοισιν ὑπέρμορα νόστος ἐτύχθη
εἰ μὴ Ἀθηναίην Ἥρη πρὸς μῦθον ἔειπεν·
„ ὢ πόποι, αἰγιόχοιο Διὸς τέκος, Ἀτρυτώνη,
οὕτω δὴ οἶκονδε φίλην ἐς πατρίδα γαῖαν
Ἀργεῖοι φεύξονται ἐπ᾽ εὐρέα νῶτα θαλάσσης,
κὰδ δέ κεν εὐχωλὴν Πριάμωι καὶ Τρωσὶ λίποιεν
Ἀργείην Ἑλένην, ἧς εἵνεκα πολλοὶ Ἀχαιῶν
ἐν Τροίηι ἀπόλοντο, φίλης ἀπὸ πατρίδος αἴης·
ἀλλ᾽ ἴθι νῦν κατὰ λαὸν Ἀχαιῶν χαλκοχιτώνων·
σοῖς ἀγανοῖς ἐπέεσσιν ἐρήτυε φῶτα ἕκαστον,
μηδὲ ἔα νῆας ἅλαδ᾽ ἑλκέμεν ἀμφιελίσσας.“
ὣς ἔφατ᾽, οὐδ᾽ ἀπίθησε θεὰ γλαυκῶπις Ἀθήνη,
βῆ δὲ κατ᾽ Οὐλύμποιο καρήνων ἀΐξασα·
καρπαλίμως δ᾽ ἵκανε θοὰς ἐπὶ νῆας Ἀχαιῶν.
εὗρεν ἔπειτ᾽ Ὀδυσῆα, Διὶ μῆτιν ἀτάλαντον,
ἑσταότ᾽· οὐδ᾽ ὅ γε νηὸς ἐϋσσέλμοιο μελαίνης
ἅπτετ᾽, ἐπεί μιν ἄχος κραδίην καὶ θυμὸν ἵκανεν·
ἀγχοῦ δ᾽ ἱσταμένη προσέφη γλαυκῶπις Ἀθήνη·
„ διογενὲς Λαερτιάδη, πολυμήχαν᾽ Ὀδυσσεῦ,
οὕτω δὴ οἶκονδε φίλην ἐς πατρίδα γαῖαν
φεύξεσθ᾽ ἐν νήεσσι πολυκλήϊσι πεσόντες,
κὰδ δέ κεν εὐχωλὴν Πριάμωι καὶ Τρωσὶ λίποιτε
Ἀργείην Ἑλένην, ἧς εἵνεκα πολλοὶ Ἀχαιῶν
ἐν Τροίηι ἀπόλοντο, φίλης ἀπὸ πατρίδος αἴης;
ἀλλ᾽ ἴθι νῦν κατὰ λαὸν Ἀχαιῶν, μηδ᾽ ἔτ᾽ ἐρώει,
σοῖς δ᾽ ἀγανοῖς ἐπέεσσιν ἐρήτυε φῶτα ἕκαστον,
μηδὲ ἔα νῆας ἅλαδ᾽ ἑλκέμεν ἀμφιελίσσας.“
ὣς φάθ᾽, ὁ δὲ ξυνέηκε θεᾶς ὄπα φωνησάσης,
βῆ δὲ θέειν, ἀπὸ δὲ χλαῖναν βάλε· τὴν δὲ κόμισσε
κῆρυξ Εὐρυβάτης Ἰθακήσιος, ὅς οἱ ὀπήδει·
αὐτὸς δ᾽ Ἀτρεΐδεω Ἀγαμέμνονος ἀντίος ἐλθὼν
δέξατό οἱ σκῆπτρον πατρώϊον ἄφθιτον αἰεί·
σὺν τῶι ἔβη κατὰ νῆας Ἀχαιῶν χαλκοχιτώνων.
ὅν τινα μὲν βασιλῆα καὶ ἔξοχον ἄνδρα κιχείη,
τὸν δ᾽ ἀγανοῖς ἐπέεσσιν ἐρητύσασκε παραστάς·
„ δαιμόνι᾽, οὔ σε ἔοικε κακὸν ὣς δειδίσσεσθαι,
ἀλλ᾽ αὐτός τε κάθησο καὶ ἄλλους ἵδρυε λαούς·
οὐ γάρ πω σάφα οἶσθ᾽ οἷος νόος Ἀτρεΐωνος·
νῦν μὲν πειρᾶται, τάχα δ᾽ ἴψεται υἷας Ἀχαιῶν.
ἐν βουλῆι δ᾽ οὐ πάντες ἀκούσαμεν οἷον ἔειπε;

Strebenden Ruf, und den Schiffen entzog man die stützenden Balken.
Jetzo geschah den Argeiern auch trotz dem Schicksal die Heimkehr,
Hätte nicht, zur Athene gewandt, so Here geredet:
Weh mir, des ägiserschütternden Zeus unbezwungene Tochter!
Also sollen nun heim zum lieben Lande der Väter
Argos' Völker entfliehn auf weitem Rücken des Meeres?
Ließe man so dem Priamos Ruhm, und den troischen Männern
Helena, Argos' Kind, um welche so viel der Achaier
Hin vor Troja gesunken, entfernt vom Vatergefilde?
Auf nun, geeilt in das Heer der erzumschirmten Achaier!
Hemme da jeglichen Mann durch schmeichelnde Red', und verbeut ihm,
Nicht zu ziehen ins Meer die zwiefachrudernden Schiffe!
Jene sprach's; ihr gehorchte die Herrscherin Pallas Athene.
Stürmendes Schwungs entflog sie den Felsenhöhn des Olympos;
Schnell erreichte sie dann die rüstigen Schiffe Achaias.
Jetzo fand sie Odysseus, an Ratschluß gleich dem Kronion,
Stehn; und nicht an sein Schiff, das schöngebordete schwarze,
Rühret' er, weil ihm der Gram in Herz und Seele gedrungen.
Nahend redete Zeus' blauäugige Tochter Athene:
Edler Laertiad', erfindungsreicher Odysseus,
Also wollt ihr nun heim zum lieben Lande der Väter
Hinfliehn, alle gestürzt in vielgeruderte Schiffe?
Ließet ihr so dem Priamos Ruhm, und den troischen Männern
Helena, Argos' Kind, um welche so viel der Achaier
Hin vor Troja gesunken, entfernt vom Vatergefilde?
Auf nun, geeilt in das Heer der Danaer, nicht so gezaudert!
Hemme da jeglichen Mann durch schmeichelnde Red', und verbeut ihm,
Nicht zu ziehen ins Meer die zwiefach rudernden Schiffe!
Jene sprach's; da erkannte der Held die Stimme der Göttin.
Schnell abwerfend den Mantel enteilet er; aber den Mantel
Hob Eurybates auf, sein Herold, der ihm gefolgt war.
Jener, wie Atreus' Sohn Agamemnon gegen ihn herkam,
Nahm ihm den Herrscherstab, den ererbeten, ewiger Dauer;
Hiermit durcheilt' er die Schiffe der erzumschirmten Achaier.
Welchen der Könige nun und edleren Männer er antraf,
Freundlich hemmt' er diesen, mit schmeichelnden Worten ihm nahend:
Halt du, wenig dir ziemt's, wie ein feiger Mann, zu verzagen!
Sitz' in Ruhe du selbst, und treibe zur Ruh' auch die andern!
Denn noch weißt du ja nicht, wie der Atreione gesinnt sei.
Jetzo vielleicht versucht er, und züchtiget bald die Achaier.
Denn nicht all' im Rate vernahmen wir, was er geredet.

μή τι χολωσάμενος ῥέξηι κακὸν υἷας Ἀχαιῶν·
θυμὸς δὲ μέγας ἐστὶ διοτρεφέων βασιλήων,
τιμὴ δ᾿ ἐκ Διός ἐστι, φιλεῖ δέ ἑ μητίετα Ζεύς.“
ὃν δ᾿ αὖ δήμου τ᾿ ἄνδρα ἴδοι βοόωντά τ᾿ ἐφεύροι,
τὸν σκήπτρωι ἐλάσασκεν ὁμοκλήσασκέ τε μύθωι·
„ δαιμόνι᾿, ἀτρέμας ἧσο καὶ ἄλλων μῦθον ἄκουε,
οἳ σέο φέρτεροί εἰσι, σὺ δ᾿ ἀπτόλεμος καὶ ἄναλκις,
οὔτέ ποτ᾿ ἐν πολέμωι ἐναρίθμιος οὔτ᾿ ἐνὶ βουλῆι·
οὐ μέν πως πάντες βασιλεύσομεν ἐνθάδ᾿ Ἀχαιοί·
οὐκ ἀγαθὸν πολυκοιρανίη· εἷς κοίρανος ἔστω,
εἷς βασιλεύς, ὧι δῶκε Κρόνου πάϊς ἀγκυλομήτεω
σκῆπτρόν τ᾿ ἠδὲ θέμιστας, ἵνά σφισι βουλεύηισι.“
ὣς ὅ γε κοιρανέων δίεπε στρατόν· οἳ δ᾿ ἀγορήνδε
αὖτις ἐπεσσεύοντο νεῶν ἄπο καὶ κλισιάων
ἠχῆι, ὡς ὅτε κῦμα πολυφλοίσβοιο θαλάσσης
αἰγιαλῶι μεγάλωι βρέμεται, σμαραγεῖ δέ τε πόντος.
ἄλλοι μέν ῥ᾿ ἕζοντο, ἐρήτυθεν δὲ καθ᾿ ἕδρας·
Θερσίτης δ᾿ ἔτι μοῦνος ἀμετροεπὴς ἐκολώια,
ὃς ἔπεα φρεσὶ ἧισιν ἄκοσμά τε πολλά τε ἤιδη,
μάψ, ἀτὰρ οὐ κατὰ κόσμον, ἐριζέμεναι βασιλεῦσιν,
ἀλλ᾿ ὅ τι οἱ εἴσαιτο γελοίϊον Ἀργείοισιν
ἔμμεναι· αἴσχιστος δὲ ἀνὴρ ὑπὸ Ἴλιον ἦλθε·
φολκὸς ἔην, χωλὸς δ᾿ ἕτερον πόδα· τὼ δέ οἱ ὤμω
κυρτώ, ἐπὶ στῆθος συνοχωκότε· αὐτὰρ ὕπερθε
φοξὸς ἔην κεφαλήν, ψεδνὴ δ᾿ ἐπενήνοθε λάχνη.
ἔχθιστος δ᾿ Ἀχιλῆϊ μάλιστ᾿ ἦν ἠδ᾿ Ὀδυσῆϊ·
τὼ γὰρ νεικείεσκε· τότ᾿ αὖτ᾿ Ἀγαμέμνονι δίωι
ὀξέα κεκλήγων λέγ᾿ ὀνείδεα· τῶι δ᾿ ἄρ᾿ Ἀχαιοὶ
ἐκπάγλως κοτέοντο νεμέσσηθέν τ᾿ ἐνὶ θυμῶι.
αὐτὰρ ὁ μακρὰ βοῶν Ἀγαμέμνονα νείκεε μύθωι·
„ Ἀτρεΐδη, τέο δ᾿ αὖτ᾿ ἐπιμέμφεαι ἠδὲ χατίζεις;
πλεῖαί τοι χαλκοῦ κλισίαι, πολλαὶ δὲ γυναῖκες
εἰσὶν ἐνὶ κλισίηις ἐξαίρετοι, ἅς τοι Ἀχαιοὶ
πρωτίστωι δίδομεν, εὖτ᾿ ἂν πτολίεθρον ἕλωμεν.
ἦ ἔτι καὶ χρυσοῦ ἐπιδεύεαι, ὅν κέ τις οἴσει
Τρώων ἱπποδάμων ἐξ Ἰλίου υἷος ἄποινα,
ὅν κεν ἐγὼ δήσας ἀγάγω ἢ ἄλλος Ἀχαιῶν,
ἠὲ γυναῖκα νέην, ἵνα μίσγεαι ἐν φιλότητι,
ἥν τ᾿ αὐτὸς ἀπονόσφι κατίσχεαι; οὐ μὲν ἔοικεν
ἀρχὸν ἐόντα κακῶν ἐπιβασκέμεν υἷας Ἀχαιῶν.
ὦ πέπονες, κάκ᾿ ἐλέγχε᾿, Ἀχαιΐδες οὐκέτ᾿ Ἀχαιοί,

Daß nicht entbrenne sein Zorn, und wüte durchs Heer der Achaier!
Furchtbar ist der Eifer des gottbeseligten Königs;
Seine Ehr' ist von Zeus, und ihn schirmt Zeus' waltende Vorsicht.
Welchen Mann des Volkes er sah, und schreiend wo antraf,
Diesen schlug sein Scepter, und laut bedroht' er ihn also:
Halt du! rege dich nicht, und hör' auf anderer Rede,
Die mehr gelten denn du! Unkriegerisch bist du und kraftlos,
Nie auch weder im Kampf ein gerechneter, noch in dem Rate!
Nicht wir alle zugleich sind Könige hier, wir Achaier!
Niemals frommt Vielherrschaft im Volk; nur einer sei Herrscher,
Einer König allein, dem der Sohn des verborgenen Kronos
Scepter gab und Gesetze, daß ihm die Obergewalt sei.
Also durchherrscht' er das Heer, ein Waltender; und zur Versammlung
Stürzten die Völker zurück, von den Schiffen daher und Gezelten,
Lärmvoll: wie wenn die Woge des weitaufrauschenden Meeres
Hoch an das Felsengestad' anbrüllt, und die stürmende Flut hallt.
Alles saß nun ruhig, umher auf den Sitzen sich haltend;
Nur Thersites erhob sein zügelloses Geschrei noch:
Dessen Herz mit vielen und törichten Worten erfüllt war,
Immer verkehrt, nicht der Ordnung gemäß, mit den Fürsten zu hadern,
Wo ihm nur etwas erschien, das lächerlich vor den Argeiern
Wäre. Der häßlichste Mann vor Ilios war er gekommen:
Schielend war er, und lahm am anderen Fuß, und die Schultern
Höckerig, gegen die Brust ihm geengt, und oben erhub sich
Spitz sein Haupt, auf dem Scheitel mit dünnlicher Wolle besäet.
Widerlich war er vor allen des Peleus Sohn' und Odysseus;
Denn sie lästert' er stets. Doch jetzt Agamemnon dem Herrscher
Kreischt' er hell entgegen mit Schmähungen. Rings die Achaier
Zürnten ihm heftig empört, und ärgerten sich in der Seele.
Aber der Lästerer schalt mit lautem Geschrei Agamemnon:
Atreus' Sohn, was klagst du denn nun, und wessen bedarfst du?
Voll sind dir von Erz die Gezelt', und viele der Weiber
Sind in deinen Gezelten, erlesene, die wir Achaier
Immer zuerst dir schenken, vom Raub eroberter Städte.
Mangelt dir auch noch Gold, das ein rossebezähmender Troer
Her aus Ilios bringe, zum Lösungswerte des Sohnes,
Welchen ich selbst in Banden geführt, auch sonst ein Achaier?
Oder ein jugendlich Weib, ihr beizuwohnen in Wollust,
Wann du allein in der Stille sie hegst? Traun, wenig geziemt sich's,
Führer zu sein, und in Jammer Achaias Söhne zu leiten!
Weichlinge, zag' und verworfen, Achai'rinnen, nicht mehr Achaier!

οἴκαδέ περ σὺν νηυσὶ νεώμεθα, τόνδε δ᾽ ἐῶμεν
αὐτοῦ ἐνὶ Τροίηι γέρα πεσσέμεν, ὄφρα ἴδηται
ἤ ῥά τί οἱ χἠμεῖς προσαμύνομεν, ἦε καὶ οὐκί·
ὃς καὶ νῦν Ἀχιλῆα, ἕο μέγ᾽ ἀμείνονα φῶτα,
ἠτίμησεν· ἑλὼν γὰρ ἔχει, γέρας αὐτὸς ἀπούρας.
ἀλλὰ μάλ᾽ οὐκ Ἀχιλῆϊ χόλος φρεσίν, ἀλλὰ μεθήμων·
ἦ γὰρ ἂν, Ἀτρεΐδη, νῦν ὕστατα λωβήσαιο·"
ὣς φάτο νεικείων Ἀγαμέμνονα, ποιμένα λαῶν,
Θερσίτης· τῶι δ᾽ ὦκα παρίστατο δῖος Ὀδυσσεύς,
καί μιν ὑπόδρα ἰδὼν χαλεπῶι ἠνίπαπε μύθωι·
„Θερσῖτ᾽ ἀκριτόμυθε, λιγύς περ ἐὼν ἀγορητής,
ἴσχεο, μηδ᾽ ἔθελ᾽ οἶος ἐριζέμεναι βασιλεῦσιν·
οὐ γὰρ ἐγὼ σέο φημὶ χερειότερον βροτὸν ἄλλον
ἔμμεναι, ὅσσοι ἅμ᾽ Ἀτρεΐδηις ὑπὸ Ἴλιον ἦλθον.
τὼ οὐκ ἂν βασιλῆας ἀνὰ στόμ᾽ ἔχων ἀγορεύοις,
καί σφιν ὀνείδεά τε προφέροις, νόστόν τε φυλάσσοις.
οὐδέ τί πω σάφα ἴδμεν ὅπως ἔσται τάδε ἔργα,
ἢ εὖ ἦε κακῶς νοστήσομεν υἷες Ἀχαιῶν.
τὼ νῦν Ἀτρεΐδηι Ἀγαμέμνονι, ποιμένι λαῶν,
ἧσαι ὀνειδίζων, ὅτι οἱ μάλα πολλὰ διδοῦσιν
ἥρωες Δαναοί· σὺ δὲ κερτομέων ἀγορεύεις.
ἀλλ᾽ ἔκ τοι ἐρέω, τὸ δὲ καὶ τετελεσμένον ἔσται·
εἴ κ᾽ ἔτι σ᾽ ἀφραίνοντα κιχήσομαι ὥς νύ περ ὧδε,
μηκέτ᾽ ἔπειτ᾽ Ὀδυσῆϊ κάρη ὤμοισιν ἐπείη,
μηδ᾽ ἔτι Τηλεμάχοιο πατὴρ κεκλημένος εἴην,
εἰ μὴ ἐγώ σε λαβὼν ἀπὸ μὲν φίλα εἵματα δύσω,
χλαῖνάν τ᾽ ἠδὲ χιτῶνα, τά τ᾽ αἰδῶ ἀμφικαλύπτει,
αὐτὸν δὲ κλαίοντα θοὰς ἐπὶ νῆας ἀφήσω
πεπλήγων ἀγορῆθεν ἀεικέσσι πληγῆισιν."
ὣς ἄρ᾽ ἔφη, σκήπτρωι δὲ μετάφρενον ἠδὲ καὶ ὤμω
πλῆξεν· ὁ δ᾽ ἰδνώθη, θαλερὸν δέ οἱ ἔκπεσε δάκρυ·
σμῶδιξ δ᾽ αἱματόεσσα μεταφρένου ἐξυπανέστη
σκήπτρου ὕπο χρυσέου· ὁ δ᾽ ἄρ᾽ ἕζετο τάρβησέν τε,
ἀλγήσας δ᾽ ἀχρεῖον ἰδὼν ἀπομόρξατο δάκρυ.
οἱ δὲ καὶ ἀχνύμενοί περ ἐπ᾽ αὐτῶι ἡδὺ γέλασσαν·
ὧδε δέ τις εἴπεσκεν ἰδὼν ἐς πλησίον ἄλλον·
„ὢ πόποι, ἦ δὴ μυρί᾽ Ὀδυσσεὺς ἐσθλὰ ἔοργε
βουλάς τ᾽ ἐξάρχων ἀγαθὰς πόλεμόν τε κορύσσων·
νῦν δὲ τόδε μέγ᾽ ἄριστον ἐν Ἀργείοισιν ἔρεξεν,
ὃς τὸν λωβητῆρα ἐπεσβόλον ἔσχ᾽ ἀγοράων.
οὔ θήν μιν πάλιν αὖτις ἀνήσει θυμὸς ἀγήνωρ

Laßt doch heim in den Schiffen uns gehn, und diesen vor Troja
Hier an Ehrengeschenken sich sättigen, daß er erkenne,
Ob auch wir mit Taten ihm beistehn oder nicht also!
Hat er Achilleus doch, den weit erhabeneren Krieger,
Jetzo entehrt, und behält sein Geschenk, das er selber geraubet!
Aber er hat nicht Gall' in der Brust, der träge Achilleus!
Oder du hättest, Atreide, das letztemal heute gefrevelt!
Also schalt Thersites den Hirten des Volks Agamemnon,
Atreus Sohn. Ihm nahte sofort der edle Odysseus;
Finster schaut' er auf jenen, und rief die drohenden Worte:
Törichter Schwätzer Thersites, obgleich ein tönender Redner,
Schweig', und enthalte dich, immer allein mit den Fürsten zu hadern!
Denn nicht mein' ich, daß irgendein schlechterer Mensch wie du selber
Wandle, so viel herzogen mit Atreus' Söhnen vor Troja!
Nie drum nenne dein Mund die Könige vor der Versammlung!
Schreie sie nicht mit Schmähungen an, noch laur' auf die Heimfahrt!
Denn noch wissen wir nicht, wohin sich wende die Sache:
Ob wir zum Glück heimkehren, wir Danaer, oder zum Unglück.
Sitzest du, Atreus Sohn, den Hirten des Volks Agamemnon,
Darum zu schmähn allhier, weil ihm die Helden Achaias
Schätze so reichlich geschenkt, und lästerst ihn vor der Versammlung?
Aber ich sage dir an, und das wird wahrlich vollendet!
Find' ich noch einmal dich vor Wahnsinn toben, wie jetzo;
Dann soll Odysseus Haupt nicht länger stehn auf den Schultern,
Dann soll keiner hinfort des Telemachos Vater mich nennen:
Wenn ich nicht dich ergreif', und jedes Gewand dir entreiße,
Deinen Mantel und Rock, und was die Scham dir umhüllet,
Und mit lautem Geheul zu den rüstigen Schiffen dich sende,
Aus der Versammlung gestäupt mit schmählichen Geißelhieben!
Also der Held; und zugleich mit dem Scepter ihm Rücken und Schultern
Schlug er; da wand sich jener, und häufig stürzt' ihm die Träne.
Eine Striem' erhub sich, mit Blut aufschwellend, am Rücken
Unter des Scepters Gold. Er setzte sich nun, und bebte,
Murrend vor Schmerz, mit entstelltem Gesicht, und wischte die Trän' ab.
Rings, wie betrübt sie waren, doch lachten sie herzlich um jenen.
Also redete mancher, gewandt zum anderen Nachbar:
Traun, gar vieles bereits hat Odysseus Gutes vollendet,
Heilsamen Rat zu reden berühmt, und Schlachten zu ordnen;
Aber anjetzt vollbracht er das Trefflichste vor den Argeiern,
Daß er den ungestümen und lästernden Redner geschweiget!
Schwerlich möcht' er hinfort, wie das mutige Herz ihn auch antreibt,

νεικείειν βασιλῆας ὀνειδείοις ἐπέεσσιν.“
ὣς φάσαν ἣ πληθύς· ἀνὰ δ᾽ ὁ πτολίπορθος Ὀδυσσεὺς
ἔστη σκῆπτρον ἔχων· παρὰ δὲ γλαυκῶπις Ἀθήνη
εἰδομένη κήρυκι σιωπᾶν λαὸν ἀνώγει,
ὡς ἅμα θ᾽ οἱ πρῶτοί τε καὶ ὕστατοι υἷες Ἀχαιῶν
μῦθον ἀκούσειαν καὶ ἐπιφρασσαίατο βουλήν·
ὅ σφιν ἐϋφρονέων ἀγορήσατο καὶ μετέειπεν·
„Ἀτρεΐδη, νῦν δή σε, ἄναξ, ἐθέλουσιν Ἀχαιοὶ
πᾶσιν ἐλέγχιστον θέμεναι μερόπεσσι βροτοῖσιν,
οὐδέ τοι ἐκτελέουσιν ὑπόσχεσιν ἥν περ ὑπέσταν
ἐνθάδ᾽ ἔτι στείχοντες ἀπ᾽ Ἄργεος ἱπποβότοιο,
Ἴλιον ἐκπέρσαντ᾽ εὐτείχεον ἀπονέεσθαι.
ὥς τε γὰρ ἢ παῖδες νεαροὶ χῆραί τε γυναῖκες
ἀλλήλοισιν ὀδύρονται οἶκονδε νέεσθαι.
ἦ μὴν καὶ πόνος ἐστὶν ἀνιηθέντα νέεσθαι·
καὶ γάρ τίς θ᾽ ἕνα μῆνα μένων ἀπὸ ἧς ἀλόχοιο
ἀσχαλάαι σὺν νηῒ πολυζύγωι, ὅν περ ἄελλαι
χειμέριαι εἰλέωσιν ὀρινομένη τε θάλασσα·
ἡμῖν δ᾽ εἴνατός ἐστι περιτροπέων ἐνιαυτὸς
ἐνθάδε μιμνόντεσσι· τὼ οὐ νεμεσίζομ᾽ Ἀχαιοὺς
ἀσχαλάαν παρὰ νηυσὶ κορωνίσιν· ἀλλὰ καὶ ἔμπης
αἰσχρόν τοι δηρόν τε μένειν κενεόν τε νέεσθαι.
τλῆτε, φίλοι, καὶ μείνατ᾽ ἐπὶ χρόνον, ὄφρα δαῶμεν
ἢ ἐτεὸν Κάλχας μαντεύεται, ἦε καὶ οὐκί.
εὖ γὰρ δὴ τόδε ἴδμεν ἐνὶ φρεσίν, ἐστὲ δὲ πάντες
μάρτυροι, οὓς μὴ κῆρες ἔβαν θανάτοιο φέρουσαι·
χθιζά τε καὶ πρωΐζ᾽ ὅτ᾽ ἐς Αὐλίδα νῆες Ἀχαιῶν
ἠγερέθοντο κακὰ Πριάμωι καὶ Τρωσὶ φέρουσαι,
ἡμεῖς δ᾽ ἀμφὶ περὶ κρήνην ἱεροὺς κατὰ βωμοὺς
ἔρδομεν ἀθανάτοισι τεληέσσας ἑκατόμβας,
καλῆι ὑπὸ πλατανίστωι, ὅθεν ῥέεν ἀγλαὸν ὕδωρ·
ἔνθ᾽ ἐφάνη μέγα σῆμα· δράκων ἐπὶ νῶτα δαφοινός,
σμερδαλέος, τόν ῥ᾽ αὐτὸς Ὀλύμπιος ἧκε φόωσδε,
βωμοῦ ὑπαΐξας πρός ῥα πλατάνιστον ὄρουσεν.
ἔνθα δ᾽ ἔσαν στρουθοῖο νεοσσοί, νήπια τέκνα,
ὄζωι ἐπ᾽ ἀκροτάτωι, πετάλοις ὑποπεπτηῶτες,
ὀκτώ, ἀτὰρ μήτηρ ἐνάτη ἦν, ἣ τέκε τέκνα·
ἔνθ᾽ ὅ γε τοὺς ἐλεεινὰ κατήσθιε τετριγῶτας·
μήτηρ δ᾽ ἀμφεποτᾶτο ὀδυρομένη φίλα τέκνα·
τὴν δ᾽ ἐλελιξάμενος πτέρυγος λάβεν ἀμφιαχυῖαν.
αὐτὰρ ἐπεὶ κατὰ τέκνα φάγε στρουθοῖο καὶ αὐτήν,

Wider die Könige sich mit schmähenden Worten empören!
Also das Volk. Da erhub sich der Städteverwüster Odysseus,
Haltend den Herrscherstab; und neben ihm Pallas Athene,
Gleich an Gestalt dem Herold, gebot Stillschweigen den Völkern:
Daß die nächsten zugleich und die äußersten Männer Achaias
Hörten des Redenden Wort, und wohl nachdächten dem Rate.
Jener begann wohlmeinend, und redete vor der Versammlung:
Atreus' Sohn, nun bereiten die Danaer dir, o Gebieter,
Hohn und Schmach vor den Völkern des redenden Menschengeschlechtes;
Und vollenden dir nicht die Verheißungen, die man gelobet,
Als man hieher dir folgt' aus der rossenährenden Argos:
Heimzugehn ein Vertilger der festummauerten Troja.
Denn wie zarte Kindelein tun, und verwitwete Weiber,
Klagen sie dort einander ihr Leid, und jammern um Heimkehr.
Freilich ringt wohl jeder, wer Trübsal duldet, nach Heimkehr.
Denn wer auch einen Mond nur entfernt ist seiner Gemahlin,
Weilet ja schon unmutig am vielgeruderten Schiffe,
Welches der winternde Sturm aufhält, und des Meeres Empörung.
Doch uns schwand das neunte der rollenden Jahre vorüber,
Seit wir allhier ausharren. Ich tadele nicht die Achaier,
Daß man traurt bei den Schiffen, und heimstrebt. Aber es wär' uns
Schändlich doch, die so lange geweilt, leer wiederzukehren!
Duldet, o Freund', und harrt noch ein weniges, daß wir erkennen,
Ob uns Wahrheit von Kalchas enthüllt ward, oder nicht also.
Denn wohl denken wir jenes im Geiste noch, und ihr bezeugt es
Alle, die nicht wegführten die graulichen Keren des Todes.
Gestern war's, wie mir daucht, da sich unsere Schiffe bei Aulis
Sammelten, Böses zu bringen dem Priamos selbst und den Troern.
Ringsher opferten wir um den Quell den unsterblichen Göttern
Auf geweihten Altären vollkommene Festhekatomben,
Unter des Ahorns Grün, dem blinkendes Wasser entsprudelt.
Sich, und ein Zeichen geschah. Ein purpurschuppiger Drache,
Gräßlich zu schaun, den selber ans Licht der Olympier sandte,
Unten entschlüpft' dem Altar, fuhr schlängelnd empor an dem Ahorn.
Dort nun ruhten im Neste des Sperlings nackende Kindlein,
Oben auf schwankendem Ast, und schmiegten sich unter den Blättern,
Acht, und die neunte war der Vögelchen brütende Mutter.
Jener nunmehr verschlang die kläglich Zwitschernden alle;
Nur die Mutter umflog mit jammernder Klage die Kindlein,
Bis er das Haupt hindreht', und am Flügel die Schreiende haschte.
Aber nachdem er die Jungen verzehrt, und das Weibchen des Sperlings,

τὸν μὲν ἀρίζηλον θῆκεν θεός, ὅς περ ἔφηνε·
λᾶαν γάρ μιν ἔθηκε Κρόνου πάϊς ἀγκυλομήτεω·
ἡμεῖς δ' ἑσταότες θαυμάζομεν οἷον ἐτύχθη.
ὡς οὖν δεινὰ πέλωρα θεῶν εἰσῆλθ' ἑκατόμβας,
Κάλχας δ' αὐτίκ' ἔπειτα θεοπροπέων ἀγόρευε·
‚ τίπτ' ἄνεωι ἐγένεσθε, κάρη κομόωντες Ἀχαιοί;
ἡμῖν μὲν τόδ' ἔφηνε τέρας μέγα μητίετα Ζεύς,
ὄψιμον, ὀψιτέλεστον, ὅου κλέος οὔ ποτ' ὀλεῖται.
ὡς οὗτος κατὰ τέκνα φάγε στρουθοῖο καὶ αὐτήν,
ὀκτώ, ἀτὰρ μήτηρ ἐνάτη ἦν, ἣ τέκε τέκνα,
ὣς ἡμεῖς τοσσαῦτ' ἔτεα πτολεμίξομεν αὖθι,
τῶι δεκάτωι δὲ πόλιν αἱρήσομεν εὐρυάγυιαν.'
κεῖνος τὼς ἀγόρευε· τὰ δὴ νῦν πάντα τελεῖται.
ἀλλ' ἄγε, μίμνετε πάντες, ἐϋκνήμιδες Ἀχαιοί,
αὐτοῦ, εἰς ὅ κεν ἄστυ μέγα Πριάμοιο ἕλωμεν."
ὣς ἔφατ', Ἀργεῖοι δὲ μέγ' ἴαχον, ἀμφὶ δὲ νῆες
σμερδαλέον κονάβησαν ἀϋσάντων ὑπ' Ἀχαιῶν,
μῦθον ἐπαινήσαντες Ὀδυσσῆος θείοιο·
τοῖσι δὲ καὶ μετέειπε Γερήνιος ἱππότα Νέστωρ·
„ ὢ πόποι, ἦ δὴ παισὶν ἐοικότες ἀγοράασθε
νηπιάχοις, οἷς οὔ τι μέλει πολεμήϊα ἔργα.
πῆι δὴ συνθεσίαι τε καὶ ὅρκια βήσεται ἥμιν;
ἐν πυρὶ δὴ βουλαί τε γενοίατο μήδεά τ' ἀνδρῶν,
σπονδαί τ' ἄκρητοι καὶ δεξιαί, ἧις ἐπέπιθμεν·
αὔτως γὰρ ἐπέεσσ' ἐριδαίνομεν, οὐδέ τι μῆχος
εὑρέμεναι δυνάμεσθα, πολὺν χρόνον ἐνθάδ' ἐόντες.
Ἀτρεΐδη, σὺ δ' ἔθ' ὡς πρὶν ἔχων ἀστεμφέα βουλὴν
ἄρχευ' Ἀργείοισι κατὰ κρατερὰς ὑσμίνας,
τούσδε δ' ἔα φθινύθειν, ἕνα καὶ δύο, τοί κεν Ἀχαιῶν
νόσφιν βουλεύωσ'- ἄνυσις δ' οὐκ ἔσσεται αὐτῶν –
πρὶν Ἄργος δ' ἰέναι, πρὶν καὶ Διὸς αἰγιόχοιο
γνώμεναι εἴ τε ψεῦδος ὑπόσχεσις, εἴ τε καὶ οὐκί.
φημὶ γὰρ οὖν κατανεῦσαι ὑπερμενέα Κρονίωνα
ἤματι τῶι ὅτε νηυσὶν ἐν ὠκυπόροισιν ἔβαινον
Ἀργεῖοι Τρώεσσι φόνον καὶ κῆρα φέροντες·
ἀστράπτων ἐπιδέξι', ἐναίσιμα σήματα φαίνων.
τὼ μή τις πρὶν ἐπειγέσθω οἶκόνδε νέεσθαι
πρίν τινα πὰρ Τρώων ἀλόχωι κατακοιμηθῆναι,
τείσασθαι δ' Ἑλένης ὁρμήματά τε στοναχάς τε.
εἰ δέ τις ἐκπάγλως ἐθέλει οἶκόνδε νέεσθαι,
ἁπτέσθω ἧς νηὸς ἐϋσσέλμοιο μελαίνης,

Stellte zum Wunderzeichen der Gott ihn, der ihn gesendet:
Denn zum Stein erschuf ihn der Sohn des verborgenen Kronos.
Wir nun standen umher, und stauneten ob der Erscheinung,
Wie doch solcherlei Graun eindrang in der Himmlischen Opfer.
Schleunig vor allem Volk weissagete Kalchas der Seher:
Warum steht ihr verstummt, ihr hauptumlockten Achaier?
Uns erschuf dies Wunder der Macht Zeus' waltende Vorsicht,
Spät von Dauer, und spät erfüllt, zu ewigem Nachruhm!
Gleichwie jener die Jungen verzehrt, und das Weibchen des Sperlings,
Acht, und die neunte war der Vögelchen brütende Mutter:
Also werden wir dort neun Jahr auch kriegen um Troja,
Doch im zehnten die Stadt voll prächtiger Gassen erobern.
So weissagete jener; und nun wird alles vollendet.
Auf denn, bleibt miteinander, ihr hellumschienten Achaier,
Hier nun, bis wir gewonnen des Priamos türmende Feste!
Jener sprach's; auf schrieen die Danaer laut, und umher scholl
Ungestüm von den Schiffen das Jubelgetön der Achaier,
Alle das Wort hochpreisend des göttergleichen Odysseus.
Drauf vor jenen begann der gerenische reisige Nestor:
Götter! Ja traun ihr redet wie Knäbelein hier in Versammlung,
Die unmündig noch nichts um Taten des Kriegs sich bekümmern!
Wo sind unsere Verheißungen nun, und die heiligen Schwüre?
Soll denn in Rauch aufgehen der Rat, und die Sorge der Männer,
Opfer des lauteren Weins, und der Handschlag, dem wir vertrauet?
Denn mit eiteler Rede ja zanken wir; aber vergebens
Spähen wir heilsam Rat, wie lange wir hier auch verweilen!
Atreus' Sohn, du künftig, wie vor, unerschüttertes Herzens,
Führe der Danaer Volk in wütendes Waffengetümmel.
Aber dahin laß schwinden die einzelnen, welche gesondert
Etwa von uns ratschlagen (denn nie wird solchen Erfüllung!)
Heim gen Argos zu kehren, bevor vom Ägiserschüttrer
Wir erkannt, ob er Täuschung gelobete, oder nicht also.
Denn ich sag', uns winkte der hocherhabne Kronion
Jenes Tags, da wir stiegen in meerdurchgleitende Schiffe,
Argos' Volk, die Troer mit Mord und Verderben bedrohend:
Rechtshin zuckte sein Blitz, ein heilsweissagendes Zeichen!
Drum daß keiner zuvor wegdräng' und strebe zur Heimkehr,
Eh' er allhier mit einer der troischen Frauen geruhet,
Eh' er gerächt der Helena Angst und einsame Seufzer!
Sehnt sich einer indes so gar unbändig nach Heimkehr,
Wag' er mir's, sein schwarzes gebogenes Schiff zu berühren:

ὄφρα πρόσθ' ἄλλων θάνατον καὶ πότμον ἐπίσπηι.
ἀλλά, ἄναξ, αὐτός τ' εὖ μήδεο πείθεό τ' ἄλλωι·
οὔ τοι ἀπόβλητον ἔπος ἔσσεται, ὅττί κεν εἴπω·
κρῖν' ἄνδρας κατὰ φῦλα, κατὰ φρήτρας, Ἀγάμεμνον,
ὡς φρήτρη φρήτρηφιν ἀρήγηι, φῦλα δὲ φύλοις.
εἰ δέ κεν ὣς ἔρξηις καί τοι πείθωνται Ἀχαιοί,
γνώσηι ἔπειθ' ὅς θ' ἡγεμόνων κακὸς ὅς τέ νυ λαῶν
ἠδ' ὅς κ' ἐσθλὸς ἔηισι· κατὰ σφέας γὰρ μαχέονται.
γνώσεαι δ' εἰ καὶ θεσπεσίηι πόλιν οὐκ ἀλαπάξεις,
ἦ ἀνδρῶν κακότητι καὶ ἀφραδίηι πολέμοιο."
τὸν δ' ἀπαμειβόμενος προσέφη κρείων Ἀγαμέμνων·
„ἦ μὰν αὖτ' ἀγορῆι νικᾶις γέρον υἷας Ἀχαιῶν.
αἲ γὰρ Ζεῦ τε πάτερ καὶ Ἀθηναίη καὶ Ἄπολλον
τοιοῦτοι δέκα μοι συμφράδμονες εἶεν Ἀχαιῶν·
τώ κε τάχ' ἠμύσειε πόλις Πριάμοιο ἄνακτος
χερσὶν ὑφ' ἡμετέρηισιν ἁλοῦσά τε περθομένη τε.
ἀλλά μοι αἰγίοχος Κρονίδης Ζεὺς ἄλγε' ἔδωκεν,
ὅς με μετ' ἀπρήκτους ἔριδας καὶ νείκεα βάλλει.
καὶ γὰρ ἐγὼν Ἀχιλεύς τε μαχεσσάμεθ' εἵνεκα κούρης
ἀντιβίοις ἐπέεσσιν, ἐγὼ δ' ἦρχον χαλεπαίνων·
εἰ δέ ποτ' ἔς γε μίαν βουλεύσομεν, οὐκέτ' ἔπειτα
Τρωσὶν ἀνάβλησις κακοῦ ἔσσεται, οὐδ' ἠβαιόν.
νῦν δ' ἔρχεσθ' ἐπὶ δεῖπνον, ἵνα ξυνάγωμεν Ἄρηα.
εὖ μέν τις δόρυ θηξάσθω, εὖ δ' ἀσπίδα θέσθω,
εὖ δέ τις ἵπποισιν δεῖπνον δότω ὠκυπόδεσσιν,
εὖ δέ τις ἅρματος ἀμφὶς ἰδὼν πολέμοιο μεδέσθω,
ὥς κε πανημέριοι στυγερῶι κρινώμεθ' Ἄρηϊ.
οὐ γὰρ παυσωλή γε μετέσσεται, οὐδ' ἠβαιὸν
εἰ μὴ νὺξ ἐλθοῦσα διακρινέει μένος ἀνδρῶν.
ἱδρώσει μέν τευ τελαμὼν ἀμφὶ στήθεσφιν
ἀσπίδος ἀμφιβρότης, περὶ δ' ἔγχεϊ χεῖρα καμεῖται·
ἱδρώσει δέ τευ ἵππος ἐΰξοον ἅρμα τιταίνων.
ὃν δέ κ' ἐγὼν ἀπάνευθε μάχης ἐθέλοντα νοήσω
μιμνάζειν παρὰ νηυσὶ κορωνίσιν, οὔ οἱ ἔπειτα
ἄρκιον ἐσσεῖται φυγέειν κύνας ἠδ' οἰωνούς."
ὣς ἔφατ', Ἀργεῖοι δὲ μέγ' ἴαχον, ὡς ὅτε κῦμα
ἀκτῆι ἐφ' ὑψηλῆι, ὅτε κινήσηι Νότος ἐλθών,
προβλῆτι σκοπέλωι· τὸν δ' οὔ ποτε κύματα λείπει
παντοίων ἀνέμων, ὅτ' ἂν ἔνθ' ἢ ἔνθα γένωνται.
ἀνστάντες δ' ὀρέοντο κεδασθέντες κατὰ νῆας,
κάπνισσάν τε κατὰ κλισίας, καὶ δεῖπνον ἕλοντο.

Daß er zuerst vor allen den Tod und das Schicksal erreiche!
Sinne denn selbst, o König, auf Rat und hör' ihn von andern.
Nicht wird dir verwerflich das Wort sein, welches ich rede.
Sondere rings die Männer nach Stamm und Geschlecht, Agamemnon:
Daß ein Geschlecht dem Geschlecht beisteh', und Stämme den Stämmen.
Tust du das, und gehorchen die Danaer dir, dann erkennst du,
Wer von den Führern des Heers der Feigere, wer von den Völkern,
Und wer tapferer sei: denn es kämpft nun jeder das Seine.
Auch erkennst du, ob Göttergewalt die Eroberung hindert,
Oder des Heers Feigheit, und mangelnde Kriegserfahrung.
Ihm antwortete drauf der Völkerfürst Agamemnon:
Wahrlich im Rat besiegst du, o Greis, die Männer Achaias.
Wenn doch, o Vater Zeus, und Pallas Athen', und Apollon,
Noch zehn andere Räte wie du mir wären im Volke!
Bald dann neigte sich uns des herrschenden Priamos Feste,
Unter unseren Händen besiegt und zu Boden getrümmert!
Aber Zeus Kronion, der Donnerer, sandte mir Unheil,
Der in ein eitles Gewirr von Hader und Zank mich verwickelt.
Denn ich selbst und Achilleus entzweiten uns, wegen des Mägdleins,
Mit feindseligen Worten; ich aber begann die Entrüstung.
Wenn wir je uns wieder vereinigen; traun nicht länger
Säumt dann noch das Verderben von Ilios, auch nicht ein kleines!
Doch nun geht zum Mahle, damit wir rüsten den Angriff.
Wohl bereite sich jeder den Schild, wohl schärf' er die Lanze;
Wohl auch reich' er die Kost den leichtgeschenkelten Rossen;
Wohl auch späh' er den Wagen umher, und gedenke der Feldschlacht:
Daß wir den ganzen Tag im schrecklichen Kampf uns versuchen.
Denn nicht wenden wir uns zum Ausruhn, auch nicht ein kleines,
Ehe die Nacht herkommend den Mut der Männer gesondert.
Triefen vom Schweiß wird manchem das Riemengehenk um den Busen
Am ringsdeckenden Schild, und starren die Hand an der Lanze;
Triefen auch manchem das Roß, vor den zierlichen Wagen gespannet.
Aber wofern mir einer, der Schlacht mit Fleiß sich enthaltend,
Bei den geschnäbelten Schiffen zurückbleibt, wahrlich umsonst wird
Dieser umher dann schaun, zu entfliehn den Hunden und Vögeln!
Jener sprach's; aufschrien die Danaer laut: wie die Meerflut
Brüllt um den hohen Strand, wann kommend der Süd sie emporwühlt
Am vorragenden Fels, der nie von Wogen verschont ist,
Aller Wind' umher, ob sie dorthin wehen, ob dorthin.
Schnell nun sprangen sie auf, und liefen umher durch die Schiffe;
Rings entstieg den Gezelten der Rauch und sie nahmen das Frühmahl.

ἄλλος δ᾽ ἄλλωι ἔρεζε θεῶν αἰειγενετάων
εὐχόμενος θάνατόν τε φυγεῖν καὶ μῶλον Ἄρηος.
αὐτὰρ ὁ βοῦν ἱέρευσε ἄναξ ἀνδρῶν Ἀγαμέμνων
πίονα πενταέτηρον ὑπερμενέϊ Κρονίωνι,
κίκλησκεν δὲ γέροντας ἀριστῆας Παναχαιῶν,
Νέστορα μὲν πρώτιστα καὶ Ἰδομενῆα ἄνακτα,
αὐτὰρ ἔπειτ᾽ Αἴαντε δύω καὶ Τυδέος υἱόν,
ἕκτον δ᾽ αὖτ᾽ Ὀδυσῆα, Διὶ μῆτιν ἀτάλαντον.
αὐτόματος δέ οἱ ἦλθε βοὴν ἀγαθὸς Μενέλαος·
ἤιδεε γὰρ κατὰ θυμὸν ἀδελφεὸν ὡς ἐπονεῖτο.
βοῦν δὲ περιστήσαντο καὶ οὐλοχύτας ἀνέλοντο·
τοῖσιν δ᾽ εὐχόμενος μετέφη κρείων Ἀγαμέμνων·
„Ζεῦ κύδιστε μέγιστε, κελαινεφές, αἰθέρι ναίων,
μὴ πρὶν ἐπ᾽ ἠέλιον δῦναι καὶ ἐπὶ κνέφας ἐλθεῖν,
πρίν με κατὰ πρηνὲς βαλέειν Πριάμοιο μέλαθρον
αἰθαλόεν, πρῆσαι δὲ πυρὸς δηΐοιο θύρετρα,
Ἑκτόρεον δὲ χιτῶνα περὶ στήθεσσι δαΐξαι
χαλκῶι ῥωγαλέον· πολέες δ᾽ ἀμφ᾽ αὐτὸν ἑταῖροι
πρηνέες ἐν κονίηισιν ὀδὰξ λαζοίατο γαῖαν.“
ὣς ἔφατ᾽, οὐδ᾽ ἄρα πώ οἱ ἐπεκραίαινε Κρονίων,
ἀλλ᾽ ὅ γε δέκτο μὲν ἱρά, πόνον δ᾽ ἀμέγαρτον ὄφελλεν.
αὐτὰρ ἐπεί ῥ᾽ εὔξαντο καὶ οὐλοχύτας προβάλοντο,
αὐέρυσαν μὲν πρῶτα καὶ ἔσφαξαν καὶ ἔδειραν,
μηρούς τ᾽ ἐξέταμον κατά τε κνίσηι ἐκάλυψαν
δίπτυχα ποιήσαντες, ἐπ᾽ αὐτῶν δ᾽ ὠμοθέτησαν.
καὶ τὰ μὲν ἂρ σχίζηισιν ἀφύλλοισιν κατέκαιον,
σπλάγχνα δ᾽ ἄρ᾽ ἀμπείραντες ὑπείρεχον Ἡφαίστοιο.
αὐτὰρ ἐπεὶ κατὰ μῆρ᾽ ἐκάη καὶ σπλάγχνα πάσαντο,
μίστυλλόν τ᾽ ἄρα τἆλλα καὶ ἀμφ᾽ ὀβελοῖσιν ἔπειραν,
ὤπτησάν τε περιφραδέως, ἐρύσαντό τε πάντα.
αὐτὰρ ἐπεὶ παύσαντο πόνου τετύκοντό τε δαῖτα,
δαίνυντ᾽, οὐδέ τι θυμὸς ἐδεύετο δαιτὸς ἐΐσης.
αὐτὰρ ἐπεὶ πόσιος καὶ ἐδητύος ἐξ ἔρον ἕντο,
τοῖς ἄρα μύθων ἦρχε Γερήνιος ἱππότα Νέστωρ·
„Ἀτρεΐδη κύδιστε, ἄναξ ἀνδρῶν Ἀγάμεμνον,
μηκέτι νῦν δήθ᾽ αὖθι λεγώμεθα, μηδ᾽ ἔτι δηρὸν
ἀμβαλλώμεθα ἔργον, ὃ δὴ θεὸς ἐγγυαλίζει.
ἀλλ᾽ ἄγε, κήρυκες μὲν Ἀχαιῶν χαλκοχιτώνων
λαὸν κηρύσσοντες ἀγειρόντων κατὰ νῆας,
ἡμεῖς δ᾽ ἀθρόοι ὧδε κατὰ στρατὸν εὐρὺν Ἀχαιῶν
ἴομεν, ὄφρα κε θᾶσσον ἐγείρομεν ὀξὺν Ἄρηα.“

Andere opferten andern der ewigwährenden Götter,
Flehend, dem Tode der Schlacht zu entgehn, und dem Toben des Ares.
Jener selbst auch weihte, der Völkerfürst Agamemnon,
Einen Stier, fünfjährig und feist, dem starken Kronion.
Und er berief die ältesten, die edleren aller Achaier:
Nestor zuerst vor allen, Idomeneus dann, den Beherrscher,
Auch die Ajas beid' und Tydeus Sohn Diomedes,
Auch den sechsten Odysseus, an Ratschluß gleich dem Kronion.
Aber es kam freiwillig der Rufer im Streit Menelaos;
Denn er erkannt' im Herzen, wieviel dem Bruder zu tun war.
Und sie umstanden den Stier, und nahmen sich heilige Gerste;
Betend erhub die Stimme der Völkerfürst Agamemnon:
Zeus, ruhmwürdig und hehr, schwarzwolkiger, Herrscher des Äthers!
Nicht bevor laß sinken die Sonn' und das Dunkel heraufziehn,
Eh' ich hinab von der Höhe gestürzt des Priamos Wohnung,
Dunkel von Rauch, und die Tore mit feindlicher Flamme verwüstet;
Eh' ich vor Hektors Brust ringsher zerrissen den Panzer
Mit eindringendem Erz, und viel um ihn der Genossen,
Vorwärts liegend im Staub, mit Geknirsch in die Erde gebissen!
Jener sprach's; doch mit nichten gewährt' ihm solches Kronion;
Sondern er nahm sein Opfer, und häuft' ihm unnennbare Drangsal.
Aber nachdem sie gefleht, und heilige Gerste gestreuet;
Beugten zurück sie den Hals, und schlachteten, zogen die Haut ab,
Sonderten dann die Schenkel, umwickelten solche mit Fette
Zwiefach umher, und bedeckten sie dann mit Stücken der Glieder.
Dies verbrannten sie alles, gelegt auf entblätterte Scheiter;
Wendeten dann durchspießt die Eingeweid' an der Flamme.
Als sie die Schenkel verbrannt, und die Eingeweide gekostet;
Schnitten sie auch das übrige klein, und steckten's an Spieße,
Brieten es dann vorsichtig, und zogen es alles herunter.
Aber nachdem sie ruhten vom Werk, und das Mahl sich bereitet;
Schmausten sie, und nicht mangelt' ihr Herz des gemeinsamen Mahles.
Aber nachdem die Begierde des Tranks und der Speise gestillt war;
Jetzo begann das Gespräch der gerenische reisige Nestor:
Atreus' Sohn, ruhmvoller, du Völkerfürst Agamemnon:
Laß uns nicht hier redend die Zeit verlieren, und länger
Nicht aufschieben das Werk, das jetzo der Gott uns vertrauet.
Auf denn und heiß ausrufend die Herolde, rings der Achaier
Erzumpanzertes Volk umher bei den Schiffen versammeln.
Wir dann wollen gesellt das weite Heer der Achaier
Alle durchgehn, um schneller die wütende Schlacht zu erregen.

ὣς ἔφατ', οὐδ' ἀπίθησεν ἄναξ ἀνδρῶν Ἀγαμέμνων.
αὐτίκα κηρύκεσσι λιγυφθόγγοισι κέλευσε
κηρύσσειν πόλεμόνδε κάρη κομόωντας Ἀχαιούς·
οἱ μὲν ἐκήρυσσον, τοὶ δ' ἠγείροντο μάλ' ὦκα.
οἱ δ' ἀμφ' Ἀτρεΐωνα διοτρεφέες βασιλῆες
θῦνον κρίνοντες, μετὰ δὲ γλαυκῶπις Ἀθήνη,
αἰγίδ' ἔχουσ' ἐρίτιμον ἀγήρων ἀθανάτην τε,
τῆς ἑκατὸν θύσανοι παγχρύσεοι ἠερέθονται,
πάντες ἐϋπλεκέες, ἑκατόμβοιος δὲ ἕκαστος·
σὺν τῆι παιφάσσουσα διέσσυτο λαὸν Ἀχαιῶν
ὀτρύνουσ' ἰέναι· ἐν δὲ σθένος ὦρσεν ἑκάστωι
καρδίηι ἄλληκτον πολεμίζειν ἠδὲ μάχεσθαι.
τοῖσι δ' ἄφαρ πόλεμος γλυκίων γένετ' ἠὲ νέεσθαι
ἐν νηυσὶ γλαφυρῆισι φίλην ἐς πατρίδα γαῖαν.
ἠΰτε πῦρ ἀΐδηλον ἐπιφλέγει ἄσπετον ὕλην
οὔρεος ἐν κορυφῆις, ἕκαθεν δέ τε φαίνεται αὐγή,
ὣς τῶν ἐρχομένων ἀπὸ χαλκοῦ θεσπεσίοιο
αἴγλη παμφανόωσα δι' αἰθέρος οὐρανὸν ἷκε.
τῶν δ', ὥς τ' ὀρνίθων πετεηνῶν ἔθνεα πολλά,
χηνῶν ἢ γεράνων ἢ κύκνων δουλιχοδείρων,
Ἀσίῳ ἐν λειμῶνι, Καϋστρίου ἀμφὶ ῥέεθρα,
ἔνθα καὶ ἔνθα ποτῶνται ἀγαλλόμενα πτερύγεσσι,
κλαγγηδὸν προκαθιζόντων, σμαραγεῖ δέ τε λειμών,
ὣς τῶν ἔθνεα πολλὰ νεῶν ἄπο καὶ κλισιάων
ἐς πεδίον προχέοντο Σκαμάνδριον· αὐτὰρ ὑπὸ χθὼν
σμερδαλέον κονάβιζε ποδῶν αὐτῶν τε καὶ ἵππων.
ἔσταν δ' ἐν λειμῶνι Σκαμανδρίωι ἀνθεμόεντι
μυρίοι, ὅσσά τε φύλλα καὶ ἄνθεα γίγνεται ὥρηι.
ἠΰτε μυιάων ἁδινάων ἔθνεα πολλά,
αἵ τε κατὰ σταθμὸν ποιμνήϊον ἠλάσκουσιν
ὥρηι ἐν εἰαρινῆι, ὅτε τε γλάγος ἄγγεα δεύει,
τόσσοι ἐπὶ Τρώεσσι κάρη κομόωντες Ἀχαιοὶ
ἐν πεδίωι ἵσταντο διαρραῖσαι μεμαῶτες.
τοὺς δ', ὥς τ' αἰπόλια πλατέ' αἰγῶν αἰπόλοι ἄνδρες
ῥεῖα διακρίνωσιν, ἐπεί κε νομῶι μιγέωσιν,
ὣς τοὺς ἡγεμόνες διεκόσμεον ἔνθα καὶ ἔνθα
ὑσμίνην δ' ἰέναι, μετὰ δὲ κρείων Ἀγαμέμνων,
ὄμματα καὶ κεφαλὴν ἴκελος Διὶ τερπικεραύνωι,
Ἄρεϊ δὲ ζώνην, στέρνον δὲ Ποσειδάωνι.
ἠΰτε βοῦς ἀγέληφι μέγ' ἔξοχος ἔπλετο πάντων
ταῦρος· ὁ γάρ τε βόεσσι μεταπρέπει ἀγρομένηισι·

Jener sprach's; ihm gehorchte der Völkerfürst Agamemnon,
Eilt' und gebot Herolden von hellaustönender Stimme,
Rings in die Schlacht zu rufen die hauptumlockten Achaier.
Tönend ruften sie aus, und flugs war die Menge versammelt.
Jen' um den Atreionen, die gottbeseligten Herrscher,
Stürmten umher anordnend. Zugleich ging Pallas Athene,
Haltend die Ägis voll Pracht, unalternd stets und unsterblich:
Hundert zierliche Quäst' aus lauterem Golde geflochten
Hingen daran, und vom Werte der Hekatomben war jeder.
Hiermit weithinleuchtend durchflog sie das Heer der Achaier,
Trieb zur Eile sie an, und rüstete jegliches Mannes
Busen mit Kraft, rastlos im Streite zu stehn und zu kämpfen.
Allen sofort schien süßer der Kampf, als wiederzukehren
In den geräumigen Schiffen zum lieben Lande der Väter.
Wie ein vertilgendes Feuer entbrennt in unendlicher Waldung
Auf den Höhn des Gebirgs, und fern die Flamme gesehn wird:
Also dem wandelnden Heer entflog von dem prangenden Erze
Weithin leuchtender Glanz, und durchstrahlte die Luft bis zum Himmel.
Dort, gleichwie der Gevögel unzählbar fliegende Scharen,
Kraniche oder Gäns', und das Volk langhalsiger Schwäne,
Über die asische Wies' um Kaystrios weite Gewässer,
Hierhin flattern und dorthin, mit freudigem Schwunge der Flügel,
Dann mit Getön hinsenken den Flug, daß umher das Gefild' hallt:
So dort stürzten die Scharen von Schiffen daher und Gezelten
Auf die skamandrische Flur; und ringsum dröhnte die Erde
Graunvoll unter dem Gang des wandelnden Heers und der Rosse.
Jetzo standen sie all' in der blumigen Au des Skamandros,
Tausende, gleich wie Blätter und knospende Blumen im Frühling.
Aber dicht, wie der Fliegen unzählbar wimmelnde Scharen
Rastlos durch das Gehege des ländlichen Hirten umherziehn,
Im anmutigen Lenz, wann Milch von den Butten herabtrieft:
So unzählbar standen die hauptumlockten Achaier
Gegen die Troer im Felde, sie auszutilgen verlangend.
Jetzo, wie oft Geißhirten die schweifenden Ziegenherden
Ohne Müh' aussondern, nachdem sie sich weidend gemischet:
So dort stellten die Führer, und ordneten hierhin und dorthin,
Einzugehn in die Schlacht; mit ihnen der Held Agamemnon,
Gleich an Augen und Haupt dem donnerfrohen Kronion,
Gleich dem Ares an Gurt, und an hoher Brust dem Poseidon.
So wie der Stier in der Herd' ein Herrlicher wandelt vor allen,
Männlich stolz; denn er ragt aus den Rindern hervor auf der Weide:

τοῖον ἄρ' Ἀτρεΐδην θῆκε Ζεὺς ἤματι κείνωι,
ἐκπρεπέ' ἐν πολλοῖσι καὶ ἔξοχον ἡρώεσσιν.
ἔσπετε νῦν μοι, Μοῦσαι Ὀλύμπια δώματ' ἔχουσαι –
ὑμεῖς γὰρ θεαί ἐστε, πάρεστέ τε ἴστέ τε πάντα,
ἡμεῖς δὲ κλέος οἶον ἀκούομεν οὐδέ τι ἴδμεν –
οἵ τινες ἡγεμόνες Δαναῶν καὶ κοίρανοι ἦσαν·
πληθὺν δ' οὐκ ἂν ἐγὼ μυθήσομαι οὐδ' ὀνομήνω,
οὐδ' εἴ μοι δέκα μὲν γλῶσσαι, δέκα δὲ στόματ' εἶεν,
φωνὴ δ' ἄρρηκτος, χάλκεον δέ μοι ἦτορ ἐνείη,
εἰ μὴ Ὀλυμπιάδες Μοῦσαι Διὸς αἰγιόχοιο
θυγατέρες, μνησαίαθ' ὅσοι ὑπὸ Ἴλιον ἦλθον·
ἀρχοὺς αὖ νηῶν ἐρέω νῆάς τε προπάσας.
Βοιωτῶν μὲν Πηνέλεως καὶ Λήϊτος ἦρχον
Ἀρκεσίλαός τε Προθοήνωρ τε Κλονίος τε,
οἵ θ' Ὑρίην ἐνέμοντο καὶ Αὐλίδα πετρήεσσαν
Σχοῖνόν τε Σκῶλόν τε πολύκνημόν τ' Ἐτεωνόν,
Θέσπειαν Γραῖάν τε καὶ εὐρύχορον Μυκαλησσόν,
οἵ τ' ἀμφ' Ἅρμ' ἐνέμοντο καὶ Εἰλέσιον καὶ Ἐρυθράς,
οἵ τ' Ἐλεῶν' εἶχον ἠδ' Ὕλην καὶ Πετεῶνα,
Ὠκαλέην Μεδεῶνά τ', ἐϋκτίμενον πτολίεθρον,
Κώπας Εὔτρησίν τε πολυτρήρωνά τε Θίσβην,
οἵ τε Κορώνειαν καὶ ποιήενθ' Ἁλίαρτον,
οἵ τε Πλάταιαν ἔχον ἠδ' οἳ Γλισᾶντ' ἐνέμοντο,
οἵ θ' Ὑποθήβας εἶχον, ἐϋκτίμενον πτολίεθρον,
Ὀγχηστόν θ' ἱερόν, Ποσιδήϊον ἀγλαὸν ἄλσος,
οἵ τε πολυστάφυλον Ἄρνην ἔχον, οἵ τε Μίδειαν
Νῖσάν τε ζαθέην Ἀνθηδόνα τ' ἐσχατόωσαν·
τῶν μὲν πεντήκοντα νέες κίον, ἐν δὲ ἑκάστηι
κοῦροι Βοιωτῶν ἑκατὸν καὶ εἴκοσι βαῖνον.
οἳ δ' Ἀσπληδόνα ναῖον ἰδ' Ὀρχομενὸν Μινύειον,
τῶν ἦρχ' Ἀσκάλαφος καὶ Ἰάλμενος, υἷες Ἄρηος,
οὓς τέκεν Ἀστυόχη δόμωι Ἄκτορος Ἀζεΐδαο,
παρθένος αἰδοίη, ὑπερώϊον εἰσαναβᾶσα,
Ἄρηϊ κρατερῶι· ὁ δέ οἱ παρελέξατο λάθρηι·
τοῖς δὲ τριήκοντα γλαφυραὶ νέες ἐστιχόωντο.
αὐτὰρ Φωκήων Σχεδίος καὶ Ἐπίστροφος ἦρχον,
υἷες Ἰφίτου μεγαθύμου Ναυβολίδαο,
οἳ Κυπάρισσον ἔχον Πυθῶνά τε πετρήεσσαν
Κρῖσάν τε ζαθέην καὶ Δαυλίδα καὶ Πανοπῆα,
οἵ τ' Ἀνεμώρειαν καὶ Ὑάμπολιν ἀμφενέμοντο,
οἵ τ' ἄρα πὰρ ποταμὸν Κηφισὸν δῖον ἔναιον,

Also verherrlichte Zeus an jenem Tag Agamemnon,
Daß er hoch aus vielen hervorschien unter den Helden.
Sagt mir anitzt, ihr Musen, olympische Höhen bewohnend:
Denn ihr seid Göttinnen, und wart bei allem und wißt es;
Unser Wissen ist nichts, wir horchen allein dem Gerüchte:
Welche waren die Fürsten der Danaer, und die Gebieter?
Nie vermöcht' ich das Volk zu verkündigen, oder zu nennen,
Wären mir auch zehn Kehlen zugleich, zehn redende Zungen,
Wär unzerbrechlicher Laut, und ein ehernes Herz mir gewähret:
Wenn die olympischen Musen mir nicht, des Ägiserschüttrers
Töchter die Zahl ansagten, wieviel vor Ilios kamen.
Drum die Ordner der Schiffe genannt, und die sämtlichen Schiffe.
Führer war den Böoten Peneleos, Leïtos Führer,
Arkesilaos zugleich, und Klonios, samt Prothoënor.
Alle, die Hyrie rings, und die felsige Aulis bewohnten,
Schönos auch, und Skolos, und weit die Höhn Eteonos,
Dann Thespeia, und Gräa, und weit die Aun Mykalessos;
Auch die Harma umwohnten, Eilesion auch, und Erythrä,
Auch die Eleon sich, und Peteon bauten, und Hyle,
Rings Okalea dann, und Medeons prangende Gassen,
Kopä, samt Eutresis, und Thisbe, flatternd von Tauben;
Die Koroneia umher, und die Grasgefild' Haliartos',
Die Platäa gebaut, und die in Glissas gewohnet,
Die umher Hypothebe bewohnt in prangenden Häusern,
Auch Onchestos lieblichen Hain um den Tempel Poseidons;
Die dann Arne bewohnt voll Weinhöhn, auch die Mideia,
Auch die heilige Nissa, und fern Anthedon die Grenzstadt:
Diese zogen daher in fünfzig Schiffen, und jedes
Trug der böotischen Jugend erlesene hundertundzwanzig.
Die in Orchomenos wohnten, der Minyer, und in Aspledon,
Führt' Askalaphos an, und Ialmenos, Söhne des Ares,
Aus der Astyoche Schoß: in der Burg des azeidischen Aktors
Stieg sie einst in den Söller empor, die schüchterne Jungfrau,
Hin zum gewaltigen Ares, und sank in geheimer Umarmung.
Diese trug ein Geschwader von dreißig gebogenen Schiffen.
Aber Schedios herrscht' und Epistrophos vor den Phokäern,
Beide des Iphitos Söhne, des naubolidischen Königs:
Die umher Kyparissos gebaut, und die felsige Python,
Auch die herrliche Krissa, und Panopeus' Äcker, und Daulis;
Die um Anemoreia, und her um Hyampolis wohnten;
Dann die längs dem Kephissos, dem heiligen Strome, gehauset;

οἵ τε Λίλαιαν ἔχον πηγῇς ἔπι Κηφισοῖο·
τοῖς δ᾽ ἅμα τεσσαράκοντα μέλαιναι νῆες ἕποντο.
οἳ μὲν Φωκήων στίχας ἵστασαν ἀμφιέποντες,
Βοιωτῶν δ᾽ ἔμπλην ἐπ᾽ ἀριστερὰ θωρήσσοντο.
Λοκρῶν δ᾽ ἡγεμόνευεν Ὀϊλῆος ταχὺς Αἴας,
μείων, οὔ τι τόσος γε ὅσος Τελαμώνιος Αἴας,
ἀλλὰ πολὺ μείων· ὀλίγος μὲν ἔην, λινοθώρηξ,
ἐγχείηι δ᾽ ἐκέκαστο Πανέλληνας καὶ Ἀχαιούς·
οἳ Κῦνόν τ᾽ ἐνέμοντ᾽ Ὀπόεντά τε Καλλίαρόν τε
Βῆσσάν τε Σκάρφην τε καὶ Αὐγειὰς ἐρατεινὰς
Τάρφην τε Θρόνιόν τε Βοαγρίου ἀμφὶ ῥέεθρα·
τῶι δ᾽ ἅμα τεσσαράκοντα μέλαιναι νῆες ἕποντο
Λοκρῶν, οἳ ναίουσι πέρην ἱερῆς Εὐβοίης.
οἳ δ᾽ Εὔβοιαν ἔχον μένεα πνείοντες Ἄβαντες,
Χαλκίδα τ᾽ Εἰρέτριάν τε πολυστάφυλόν θ᾽ Ἱστίαιαν
Κήρινθόν τ᾽ ἔφαλον Δίου τ᾽ αἰπὺ πτολίεθρον,
οἵ τε Κάρυστον ἔχον ἠδ᾽ οἳ Στύρα ναιετάασκον,
τῶν αὖθ᾽ ἡγεμόνευ᾽ Ἐλεφήνωρ, ὄζος Ἄρηος,
Χαλκωδοντιάδης, μεγαθύμων ἀρχὸς Ἀβάντων.
τῶι δ᾽ ἅμ᾽ Ἄβαντες ἕποντο θοοί, ὄπιθεν κομόωντες,
αἰχμηταὶ μεμαῶτες ὀρεκτῆισιν μελίηισι
θώρηκας ῥήξειν δηΐων ἀμφὶ στήθεσσι·
τῶι δ᾽ ἅμα τεσσαράκοντα μέλαιναι νῆες ἕποντο.
οἳ δ᾽ ἄρ᾽ Ἀθήνας εἶχον, ἐϋκτίμενον πτολίεθρον,
δῆμον Ἐρεχθῆος μεγαλήτορος, ὅν ποτ᾽ Ἀθήνη
θρέψε Διὸς θυγάτηρ, τέκε δὲ ζείδωρος ἄρουρα,
κὰδ δ᾽ ἐν Ἀθήνηις εἷσεν, ἑῶι ἐν πίονι νηῶι·
ἔνθα δέ μιν ταύροισι καὶ ἀρνειοῖς ἱλάονται
κοῦροι Ἀθηναίων περιτελλομένων ἐνιαυτῶν·
τῶν αὖθ᾽ ἡγεμόνευ᾽ υἱὸς Πετεῶο Μενεσθεύς.
τῶι δ᾽ οὔ πώ τις ὁμοῖος ἐπιχθόνιος γένετ᾽ ἀνὴρ
κοσμῆσαι ἵππους τε καὶ ἀνέρας ἀσπιδιώτας·
Νέστωρ οἶος ἔριζεν· ὁ γὰρ προγενέστερος ἦεν·
τῶι δ᾽ ἅμα πεντήκοντα μέλαιναι νῆες ἕποντο.
Αἴας δ᾽ ἐκ Σαλαμῖνος ἄγεν δυοκαίδεκα νῆας,
στῆσε δ᾽ ἄγων ἵν᾽ Ἀθηναίων ἵσταντο φάλαγγες.
οἳ δ᾽ Ἄργός τ᾽ εἶχον Τίρυνθά τε τειχιόεσσαν,
Ἑρμιόνην Ἀσίνην τε, βαθὺν κατὰ κόλπον ἐχούσας,
Τροιζῆν᾽ Ἠϊόνας τε καὶ ἀμπελόεντ᾽ Ἐπίδαυρον,
οἵ τ᾽ ἔχον Αἴγιναν Μάσητά τε κοῦροι Ἀχαιῶν,
τῶν αὖθ᾽ ἡγεμόνευε βοὴν ἀγαθὸς Διομήδης

Auch die Liläa bestellt, bis hinauf zum Quell des Kephissos:
Diese zogen einher in vierzig dunkelen Schiffen.
Jene stellten in Reihn die phokäischen Männer umwandelnd;
Und sie schlossen sich links an die Männerschar der Böoten.
Ajas führte die Lokrer, der schnelle Sohn des Oileus:
Kleiner, und nicht so groß wie der Telamonier Ajas,
Sondern geringer an Wuchs; doch, klein, und im leinenen Harnisch.
War er geübt mit der Lanze vor allem Volk der Achaier.
Alle, die Kynos bewohnt, Kalliaros Auen und Opus,
Bessa rings, und Skarphe, die liebliche Flur um Augeia,
Tarphe, und Thronios Au, von Boagrios' Strome gewässert:
Folgeten jenem zugleich in vierzig dunkelen Schiffen,
Lokrer, die jenseits wohnen dem heiligen Land Euböa.
Dann die Euböa bewohnt, die mutbeseelten Abanter,
Chalkis, Eiretria dann, und die Traubenhöhn Histiäas,
Auch Kerinthos am Meer, und Dios ragende Bergstadt,
Auch die Karystos umher, und Styrons Fluren bebauten:
Diese führt' Elephenor zum Kampf, der Sprößling des Ares,
Chalkodons Sohn, Heerfürst der hochgesinnten Abanter.
Rasch ihm folgte sein Volk mit rückwärts fliegendem Haupthaar,
Schwinger des Speers, und begierig mit ausgestreckter Esche
Krachend des Panzers Erz an feindlicher Brust zu durchschmettern.
Deren folgt ein Geschwader von vierzig dunkelen Schiffen.
Dann die Athenä bewohnt, des hochgesinnten Erechtheus
Wohlgebauete Stadt, des Königes, welchen Athene
Nährte, die Tochter Zeus, (ihn gebar die fruchtbare Erde;)
Und in Athenä setzt' in ihren gefeierten Tempel:
Wo das Herz ihr erfreun mit geopferten Farren und Lämmern
Jünglinge edler Athener, in kreisender Jahre Vollendung.
Jenen gebot anführend des Peteos Sohn Menestheus.
Ihm war nie zu vergleichen ein Mann von den Erdebewohnern,
Rosse zur Schlacht zu ordnen, und schildgewappnete Männer.
Nur wetteiferte Nestor; denn der war höheres Alters.
Diesem folgt ein Geschwader von fünfzig dunkelen Schiffen.
Ajas führte daher aus Salamis zwölf der Schiffe,
Stellte sie dann, wo in Reihn der Athener Schar sich geordnet.
Dann die Argos bewohnt, und die festummauerte Tiryns,
Asinens samt Hermionens Port an besegelter Meerbucht.
Trözen, Eionä auch, und die Traubengestad' Epidauros,
Auch die Ägina und Mases bewohnt, die jungen Achaier:
Diesen gebot obwaltend der Rufer im Streit Diomedes;

καὶ Σθένελος, Καπανῆος ἀγακλειτοῦ φίλος υἱός·
τοῖσι δ' ἅμ' Εὐρύαλος τρίτατος κίεν, ἰσόθεος φώς,
Μηκιστέος υἱὸς Ταλαϊονίδαο ἄνακτος·
συμπάντων δ' ἡγεῖτο βοὴν ἀγαθὸς Διομήδης·
τοῖσι δ' ἅμ' ὀγδώκοντα μέλαιναι νῆες ἕποντο.
οἳ δὲ Μυκήνας εἶχον, ἐϋκτίμενον πτολίεθρον,
ἀφνειόν τε Κόρινθον ἐϋκτιμένας τε Κλεωνάς,
Ὀρνειάς τ' ἐνέμοντο Ἀραιθυρέην τ' ἐρατεινὴν
καὶ Σικυῶν', ὅθ' ἄρ' Ἄδρηστος πρῶτ' ἐμβασίλευεν,
οἵ θ' Ὑπερησίην τε καὶ αἰπεινὴν Γονόεσσαν
Πελλήνην τ' εἶχον ἠδ' Αἴγιον ἀμφινέμοντο
Αἰγιαλόν τ' ἀνὰ πάντα καὶ ἀμφ' Ἑλίκην εὐρεῖαν,
τῶν ἑκατὸν νηῶν ἦρχε κρείων Ἀγαμέμνων
Ἀτρεΐδης· ἅμα τῶι γε πολὺ πλεῖστοι καὶ ἄριστοι
λαοὶ ἕποντ'· ἐν δ' αὐτὸς ἐδύσετο νώροπα χαλκὸν
κυδιόων, πᾶσιν δὲ μετέπρεπεν ἡρώεσσιν
οὕνεκ' ἄριστος ἔην, πολὺ δὲ πλείστους ἄγε λαούς.
οἳ δ' εἶχον κοίλην Λακεδαίμονα κητώεσσαν,
Φᾶρίν τε Σπάρτην τε πολυτρήρωνά τε Μέσσην,
Βρυσειάς τ' ἐνέμοντο καὶ Αὐγειὰς ἐρατεινάς,
οἵ τ' ἄρ' Ἀμύκλας εἶχον Ἕλος τ' ἔφαλον πτολίεθρον,
οἵ τε Λάαν εἶχον ἠδ' Οἴτυλον ἀμφενέμοντο,
τῶν οἱ ἀδελφεὸς ἦρχε, βοὴν ἀγαθὸς Μενέλαος,
ἑξήκοντα νεῶν· ἀπάτερθε δὲ θωρήσσοντο·
ἐν δ' αὐτὸς κίεν ἧισι προθυμίηισι πεποιθώς,
ὀτρύνων πόλεμόνδε· μάλιστα δὲ ἵετο θυμῶι
τείσασθαι Ἑλένης ὁρμήματά τε στοναχάς τε.
οἳ δὲ Πύλον τ' ἐνέμοντο καὶ Ἀρήνην ἐρατεινὴν
καὶ Θρύον, Ἀλφειοῖο πόρον, καὶ ἐΰκτιτον Αἰπύ,
καὶ Κυπαρισσήεντα καὶ Ἀμφιγένειαν ἔναιον,
καὶ Πτελεὸν καὶ Ἕλος καὶ Δώριον, ἔνθά τε Μοῦσαι
ἀντόμεναι Θάμυριν τὸν Θρήϊκα παῦσαν ἀοιδῆς,
Οἰχαλίηθεν ἰόντα παρ' Εὐρύτου Οἰχαλιῆος·
στεῦτο γὰρ εὐχόμενος νικησέμεν, εἴ περ ἂν αὐταὶ
Μοῦσαι ἀείδοιεν, κοῦραι Διὸς αἰγιόχοιο·
αἳ δὲ χολωσάμεναι πηρὸν θέσαν, αὐτὰρ ἀοιδὴν
θεσπεσίην ἀφέλοντο καὶ ἐκλέλαθον κιθαριστύν·
τῶν αὖθ' ἡγεμόνευε Γερήνιος ἱππότα Νέστωρ·
τῶι δ' ἐνενήκοντα γλαφυραὶ νέες ἐστιχόωντο.
οἳ δ' ἔχον Ἀρκαδίην ὑπὸ Κυλλήνης ὄρος αἰπύ,
Αἰπύτιον παρὰ τύμβον, ἵν' ἀνέρες ἀγχιμαχηταί,

Sthenelos auch, des Kapaneus Sohn, des gepriesenen Helden;
Auch der dritte gebot Euryalos, ähnlich den Göttern,
Er des Mekistheus Sohn, des talaïonidischen Königs.
Alle gesamt dann führte der Rufer im Streit Diomedes.
Ihnen folgt' ein Geschwader von achtzig dunkelen Schiffen.
Dann die Mykenä bewohnt, die Stadt voll prangender Häuser,
Auch die reiche Korinthos, und schöngebaute Kleonä;
Auch die Orneia bestellt, und Aräthyreens Äcker,
Sikyon auch, wo vordem der Held Adrastos gewaltet,
Hyperesia dann, und die Felsenstadt Gonoessa;
Auch die Pellene gebaut, und Ägion ringsum bestellet,
Und die Gestad' umher, und Helike, grün von Ebnen:
Führt' in hundert Schiffen der Völkerfürst Agamemnon,
Atreus' Sohn. Ihm folgte das mehreste Volk und das beste
Her zum Streit; und er selber, in blendendem Erze gerüstet,
Trotzte voran, da er herrlich hervorschien unter den Helden;
Weil er der tapferste war, und mit mehrerem Volke daherzog.
Dann die gewohnt in der großen umhügelten Stadt Lakedämon,
Auch die Phare, und Sparta, die Messe, flatternd von Tauben,
Und die Bryseia bestellt, und die liebliche Flur um Augeia;
Die in Amyklä gewohnt, auch Helos Bürger, der Meerstadt,
Auch die Laas gebaut, und Ötylos' Auen bestellet:
Deren führt' ihm der Bruder, der Rufer im Streit Menelaos,
Sechzig Schiffe daher; doch hielt gesondert die Heerschar.
Aber er selbst durchging sie, dem eigenen Mute vertrauend,
Und ermahnte zur Schlacht; denn am heftigsten brannte das Herz ihm,
Bis er gerächt der Helena Angst und einsame Seufzer.
Dann die Pylos bewohnt und die anmutsvolle Arene,
Thryon, Alpheios Furt, und die schöngebauete Äpy,
Auch die Kyparisseïs bestellt und Amphigeneia,
Pteleos auch, und Helos und Dorion: dort wo die Musen
Findend den Thrakier Thamyris einst des Gesanges beraubten,
Der aus Öchalia kam von Eurytos. Denn sich vermessend
Prahlt' er laut, zu siegen im Lied, und sängen auch selber
Gegen ihn die Musen, des Ägiserschütterers Töchter.
Doch die Zürnenden straften mit Blindheit jenen, und nahmen
Ihm den holden Gesang, und die Kunst der tönenden Harfe.
Diesen herrschte voran der gerenische reisige Nestor,
Und ihm folgt' ein Geschwader von fünfzig geräumigen Schiffen.
Die in Arkadia weit die kyllenischen Höhen umwohnten,
Am äpytischen Male, die hartandringenden Kämpfer:

οἳ Φενεόν τε νέμοντο καὶ Ὀρχομενὸν πολύμηλον
Ῥίπην τε Στρατίην τε καὶ ἠνεμόεσσαν Ἐνίσπην
καὶ Τεγέην εἶχον καὶ Μαντινέην ἐρατεινὴν
Στύμφηλόν τ' εἶχον καὶ Παρρασίην ἐνέμοντο,
τῶν ἦρχ' Ἀγκαίοιο πάϊς, κρείων Ἀγαπήνωρ,
ἑξήκοντα νεῶν· πολέες δ' ἐν νηῒ ἑκάστηι
Ἀρκάδες ἄνδρες ἔβαινον, ἐπιστάμενοι πολεμίζειν.
αὐτὸς γάρ σφιν δῶκεν ἄναξ ἀνδρῶν Ἀγαμέμνων
νῆας ἐϋσσέλμους περάαν ἐπὶ οἴνοπα πόντον
Ἀτρεΐδης, ἐπεὶ οὔ σφι θαλάσσια ἔργα μεμήλει.
οἳ δ' ἄρα Βουπράσιόν τε καὶ Ἤλιδα δῖαν ἔναιον,
ὅσσον ἐφ' Ὑρμίνη καὶ Μύρσινος ἐσχατόωσα
πέτρη τ' Ὠλενίη καὶ Ἀλήσιον ἐντὸς ἐέργει,
τῶν αὖ τέσσαρες ἀρχοὶ ἔσαν, δέκα δ' ἀνδρὶ ἑκάστωι
νῆες ἕποντο θοαί, πολέες δ' ἔμβαινον Ἐπειοί.
τῶν μὲν ἄρ' Ἀμφίμαχος καὶ Θάλπιος ἡγησάσθην,
υἷες ὁ μὲν Κτεάτου, ὁ δ' ἄρ' Εὐρύτου, Ἀκτορίωνε·
τῶν δ' Ἀμαρυγκεΐδης ἦρχε κρατερὸς Διώρης·
τῶν δὲ τετάρτων ἦρχε Πολύξεινος θεοειδής,
υἱὸς Ἀγασθένεος Αὐγηϊάδαο ἄνακτος.
οἳ δ' ἐκ Δουλιχίοιο Ἐχινάων θ' ἱεράων
νήσων, αἳ ναίουσι πέρην ἁλὸς Ἤλιδος ἄντα,
τῶν αὖθ' ἡγεμόνευε Μέγης ἀτάλαντος Ἄρηϊ
Φυλεΐδης, ὃν τίκτε Διῒ φίλος ἱππότα Φυλεύς,
ὅς ποτε Δουλίχιόνδ' ἀπενάσσατο πατρὶ χολωθείς·
τῶι δ' ἅμα τεσσαράκοντα μέλαιναι νῆες ἕποντο.
αὐτὰρ Ὀδυσσεὺς ἦγε Κεφαλλῆνας μεγαθύμους,
οἵ ῥ' Ἰθάκην εἶχον καὶ Νήριτον εἰνοσίφυλλον,
καὶ Κροκύλει' ἐνέμοντο καὶ Αἰγίλιπα τρηχεῖαν,
οἵ τε Ζάκυνθον ἔχον ἠδ' οἳ Σάμον ἀμφενέμοντο,
οἵ τ' ἤπειρον ἔχον ἠδ' ἀντιπέραι' ἐνέμοντο·
τῶν μὲν Ὀδυσσεὺς ἦρχε Διὶ μῆτιν ἀτάλαντος·
τῶι δ' ἅμα νῆες ἕποντο δυώδεκα μιλτοπάρηιοι.
Αἰτωλῶν δ' ἡγεῖτο Θόας Ἀνδραίμονος υἱός,
οἳ Πλευρῶν' ἐνέμοντο καὶ Ὤλενον ἠδὲ Πυλήνην
Χαλκίδα τ' ἀγχίαλον Καλυδῶνά τε πετρήεσσαν·
οὐ γὰρ ἔτ' Οἰνῆος μεγαλήτορος υἱέες ἦσαν,
οὐδ' ἄρ' ἔτ' αὐτὸς ἔην, θάνε δὲ ξανθὸς Μελέαγρος·
τῶι δ' ἐπὶ πάντ' ἐτέταλτο ἀνασσέμεν Αἰτωλοῖσι·
τῶι δ' ἅμα τεσσαράκοντα μέλαιναι νῆες ἕποντο.
Κρητῶν δ' Ἰδομενεὺς δουρικλυτὸς ἡγεμόνευεν,

Die durch Pheneos Flur, und Orchomenos Triften gewohnet,
Ripe und Stratie dann, und Enispens wehende Gipfel,
Auch die Tegea sich, und die schöne Mantinea bauten,
Auch Stymphalos umher, und Parrhasiens frohe Bewohner:
Deren führt' Ankäos gebietender Sohn Agapenor
Sechzig Schiffe daher; und viel' in jedes der Schiffe
Traten arkadische Männer, gewandt in Kriegeserfahrung.
Denn er selbst gab ihnen, der Völkerfürst Agamemnon,
Schöngebordete Schiffe, das dunkele Meer zu durchsteuern,
Atreus' Sohn; nicht waren der Meergeschäfte sie kundig.
  Die Buprasion dann, und die heilige Elis bewohnten,
Was Hyrmine umher, und Myrsinos' äußerste Grenzstadt,
Dort der olenische Fels, und dort Aleision einschließt:
Ordneten vier Heerführer zum Kampf; und jeglichem folgten
Zehn der hurtigen Schiffe, gedrängt voll edler Epeier.
Denn Amphimachos dort und Thalpios führten die Heerschar.
Jener des Kteatos Sohn, des aktorischen Eurytos dieser;
Hier Amarynkeus' Sohn, der tapfere Krieger Diores;
Doch der vierten gebot der göttliche Held Polyxeinos,
Den Agasthenes zeugte, der augeiadische König.
  Aber Dulichions Volk, und der heiligen Echinaden
Meereilande, die fern von Elis' Ufer man schauet:
Dieses ordnete Meges zur Schlacht, dem Ares vergleichbar,
Phyleus Sohn, den erzeugte der Rossebändiger Phyleus,
Der in Dulichion einst auswanderte, zürnend dem Vater.
Diesem folgt' ein Geschwader von vierzig dunkelen Schiffen.
  Aber Odysseus führte die mutigen Kephallener:
Die durch Ithaka wohnten, um Neritons rauschende Wälder,
Die Krokyleia bestellten, und Ägilips' rauhe Gefilde;
Die Zakynthos umher, und die weitbevölkerte Samos,
Auch die Epeiros dort und die Gegenküste bestellten:
Diesen gebot Odysseus, an Ratschluß gleich dem Kronion;
Und ihm folgt' ein Geschwader von zwölf rotschnäblichten Schiffen.
  Aber Thoas gebot, Andrämons Sohn, den Ätolern:
Welche von Pleuron kamen, von Olenos, und von Pylene,
Auch von Chalkis Gestad', und Kalydons felsichter Gegend.
Denn nicht lebeten mehr vom Geschlecht des erhabenen Öneus,
Noch er selbst; auch starb der bräunliche Held Meleagros:
Drum ward jenem vertraut die Obergewalt der Ätoler;
Und ihm folgt' ein Geschwader von vierzig dunkelen Schiffen.
  Kretas Volke gebot Idomeneus, kundig der Lanze:

οἳ Κνωσόν τ᾽ εἶχον Γόρτυνά τε τειχιόεσσαν,
Λύκτον Μίλητόν τε καὶ ἀργινόεντα Λύκαστον
Φαιστόν τε Ῥύτιόν τε, πόλεις εὖ ναιετοώσας,
ἄλλοι θ᾽ οἳ Κρήτην ἑκατόμπολιν ἀμφενέμοντο.
τῶν μὲν ἄρ᾽ Ἰδομενεὺς δουρικλυτὸς ἡγεμόνευε
Μηριόνης τ᾽ ἀτάλαντος Ἐνυαλίωι ἀνδρειφόντηι·
τοῖσι δ᾽ ἅμ᾽ ὀγδώκοντα μέλαιναι νῆες ἕποντο.
Τληπόλεμος δ᾽ Ἡρακλεΐδης ἠΰς τε μέγας τε
ἐκ Ῥόδου ἐννέα νῆας ἄγεν Ῥοδίων ἀγερώχων,
οἳ Ῥόδον ἀμφενέμοντο διὰ τρίχα κοσμηθέντες,
Λίνδον Ἰηλυσόν τε καὶ ἀργινόεντα Κάμειρον.
τῶν μὲν Τληπόλεμος δουρικλυτὸς ἡγεμόνευεν,
ὃν τέκεν Ἀστυόχεια βίηι Ἡρακληείηι,
τὴν ἄγετ᾽ ἐξ Ἐφύρης ποταμοῦ ἄπο Σελλήεντος,
πέρσας ἄστεα πολλὰ διοτρεφέων αἰζηῶν.
Τληπόλεμος δ᾽ ἐπεὶ οὖν τράφ᾽ ἐνὶ μεγάρωι εὐπήκτωι,
αὐτίκα πατρὸς ἑοῖο φίλον μήτρωα κατέκτα
ἤδη γηράσκοντα Λικύμνιον, ὄζον Ἄρηος·
αἶψα δὲ νῆας ἔπηξε, πολὺν δ᾽ ὅ γε λαὸν ἀγείρας
βῆ φεύγων ἐπὶ πόντον· ἀπείλησαν γάρ οἱ ἄλλοι
υἱέες υἱωνοί τε βίης Ἡρακληείης.
αὐτὰρ ὅ γ᾽ ἐς Ῥόδον ἷξεν ἀλώμενος, ἄλγεα πάσχων·
τριχθὰ δὲ ᾤκηθεν καταφυλαδόν, ἠδ᾽ ἐφίληθεν
ἐκ Διός, ὅς τε θεοῖσι καὶ ἀνθρώποισιν ἀνάσσει,
καί σφιν θεσπέσιον πλοῦτον κατέχευε Κρονίων.
Νιρεὺς αὖ Σύμηθεν ἄγε τρεῖς νῆας ἐΐσας,
Νιρεὺς Ἀγλαΐης υἱὸς Χαρόποιό τ᾽ ἄνακτος,
Νιρεύς, ὃς κάλλιστος ἀνὴρ ὑπὸ Ἴλιον ἦλθε
τῶν ἄλλων Δαναῶν μετ᾽ ἀμύμονα Πηλεΐωνα·
ἀλλ᾽ ἀλαπαδνὸς ἔην, παῦρος δέ οἱ εἵπετο λαός.
οἳ δ᾽ ἄρα Νίσυρόν τ᾽ εἶχον Κράπαθόν τε Κάσον τε
καὶ Κῶν Εὐρυπύλοιο πόλιν νήσους τε Καλύδνας,
τῶν αὖ Φείδιππός τε καὶ Ἄντιφος ἡγησάσθην,
Θεσσαλοῦ υἷε δύω Ἡρακλεΐδαο ἄνακτος·
τοῖς δὲ τριήκοντα γλαφυραὶ νέες ἐστιχόωντο.
νῦν αὖ τοὺς ὅσσοι τὸ Πελασγικὸν Ἄργος ἔναιον,
οἵ τ᾽ Ἄλον οἵ τ᾽ Ἀλόπην οἵ τε Τρηχῖνα νέμοντο,
οἵ τ᾽ εἶχον Φθίην ἠδ᾽ Ἑλλάδα καλλιγύναικα,
Μυρμιδόνες δὲ καλεῦντο καὶ Ἕλληνες καὶ Ἀχαιοί,
τῶν αὖ πεντήκοντα νεῶν ἦν ἀρχὸς Ἀχιλλεύς.
ἀλλ᾽ οἵ γ᾽ οὐ πολέμοιο δυσηχέος ἐμνώοντο·

Alle, die Knossos bewohnt und die festummauerte Gortyn,
Lyktos auch, und Miletos, und rings die weiße Lykastos,
Phästos und Rhythios auch, die volkdurchwimmelten Städte,
Auch die sonst noch Kreta in hundert Städten bewohnet:
Diesen herrschte voran Idomeneus, kundig der Lanze,
Auch Meriones, gleich dem männermordenden Ares.
Ihnen folgt' ein Geschwader von achtzig dunkelen Schiffen.
Aber der Herakleide Tlepolemos, groß und gewaltig,
Führt' in neun Meerschiffen der Rhodier trotzende Jugend:
Welche die heilige Rhodos umwohneten, dreifach geordnet,
Lindos, samt Ialyssos umher, und die weiße Kameiros:
Diesen herrschte voran Tlepolemos, welchen die Fürstin
Astiocheia gebar der hohen Kraft Herakles'.
Diese gewann Herakles an Ephyras Strome Selleïs,
Viel Städt' austilgend der gottbeseligten Männer.
Aber Tlepolemos wuchs in Herakles prangender Wohnung
Kaum zum Jüngling empor, da erschlug er Lykymnios plötzlich,
Ihn, des Vaters grauenden Ohm, den Sprößling des Ares.
Schnell nun bauet' er Schiff', und viel des Volkes sich sammelnd,
Floh er hinweg auf das Meer; denn Rach' ihm drohten die andern,
Söhne zugleich und Enkel der hohen Kraft Herakles'.
Endlich kam er in Rhodos, der Irrende, Kummer erduldend.
Dreifach wohnten sie dort in Stämme geteilt, und gedeihten,
Lieblinge Zeus', der Götter und sterbliche Menschen beherrschet;
Segnend herab goß ihnen des Reichtums Schätze Kronion.
Nireus kam aus Syme mit drei gleichschwebenden Schiffen,
Nireus, Charopos' Sohn des Herrschenden, und der Aglaia;
Nireus, der der schöneste Mann vor Ilios herzog,
Rings im Danaervolk, nach dem tadellosen Achilleus:
Aber er war unkriegrisch, und klein ihm folgte die Heerschar.
Dann die Nisyros umher und Krapathos bauten, und Kasos,
Kos, des Eurypylos Stadt, und umher die kalydnischen Inseln:
Diesen gebot Pheidippos zugleich und Antiphos führend,
Beide Thessalos Söhne, des herakleidischen Königs.
Ihnen folgt' ein Geschwader von dreißig gebogenen Schiffen.
Nun auch sie, die umher das pelasgische Argos bewohnten:
Die sich in Alos gebaut, und Alope, auch die in Trachis,
Auch die Phtia bewohnt, und Hellas, blühend von Jungfraun;
Myrmidonen genannt, Hellenen zugleich und Achaier.
Diesen in fünfzig Schiffen gebot obwaltend Achilleus.
Doch nicht diese gedachten des schrecklichen Waffengetöses;

οὐ γὰρ ἔην ὅς τίς σφιν ἐπὶ στίχας ἡγήσαιτο·
κεῖτο γὰρ ἐν νήεσσι ποδάρκης δῖος Ἀχιλλεὺς
κούρης χωόμενος Βρισηΐδος ἠϋκόμοιο,
τὴν ἐκ Λυρνησσοῦ ἐξείλετο πολλὰ μογήσας
Λυρνησσὸν διαπορθήσας καὶ τείχεα Θήβης,
κὰδ δὲ Μύνητ᾽ ἔβαλεν καὶ Ἐπίστροφον ἐγχεσιμώρους,
υἱέας Εὐηνοῖο Σεληπιάδαο ἄνακτος·
τῆς ὅ γε κεῖτ᾽ ἀχέων, τάχα δ᾽ ἀνστήσεσθαι ἔμελλεν.
οἳ δ᾽ εἶχον Φυλάκην καὶ Πύρασον ἀνθεμόεντα,
Δήμητρος τέμενος, Ἴτωνά τε μητέρα μήλων,
ἀγχίαλόν τ᾽ Ἀντρῶνα ἰδὲ Πτελεὸν λεχεποίην,
τῶν αὖ Πρωτεσίλαος ἀρήϊος ἡγεμόνευε
ζωὸς ἐών· τότε δ᾽ ἤδη ἔχεν κάτα γαῖα μέλαινα.
τοῦ δὲ καὶ ἀμφιδρυφὴς ἄλοχος Φυλάκηι ἐλέλειπτο
καὶ δόμος ἡμιτελής· τὸν δ᾽ ἔκτανε Δάρδανος ἀνὴρ
νηὸς ἀποθρώισκοντα πολὺ πρώτιστον Ἀχαιῶν.
οὐδὲ μὲν οὐδ᾽ οἳ ἄναρχοι ἔσαν, πόθεόν γε μὲν ἀρχόν·
ἀλλά σφεας κόσμησε Ποδάρκης, ὄζος Ἄρηος,
Ἰφίκλου υἱὸς πολυμήλου Φυλακίδαο,
αὐτοκασίγνητος μεγαθύμου Πρωτεσιλάου
ὁπλότερος γενεῆι· ὁ δ᾽ ἅμα πρότερος καὶ ἀρείων
ἥρως Πρωτεσίλαος ἀρήϊος· οὐδέ τι λαοὶ
δεύονθ᾽ ἡγεμόνος, πόθεόν γε μὲν ἐσθλὸν ἐόντα·
τῶι δ᾽ ἅμα τεσσαράκοντα μέλαιναι νῆες ἕποντο.
οἳ δὲ Φερὰς ἐνέμοντο παραὶ Βοιβηΐδα λίμνην,
Βοίβην καὶ Γλαφύρας καὶ ἐϋκτιμένην Ἰαωλκόν,
τῶν ἦρχ᾽ Ἀδμήτοιο φίλος πάϊς ἕνδεκα νηῶν
Εὔμηλος, τὸν ὑπ᾽ Ἀδμήτωι τέκε δῖα γυναικῶν
Ἄλκηστις, Πελίαο θυγατρῶν εἶδος ἀρίστη.
οἳ δ᾽ ἄρα Μηθώνην καὶ Θαυμακίην ἐνέμοντο
καὶ Μελίβοιαν ἔχον καὶ Ὀλιζῶνα τρηχεῖαν,
τῶν δὲ Φιλοκτήτης ἦρχεν τόξων ἐῢ εἰδὼς
ἑπτὰ νεῶν· ἐρέται δ᾽ ἐν ἑκάστηι πεντήκοντα
ἐμβέβασαν, τόξων εὖ εἰδότες ἶφι μάχεσθαι.
ἀλλ᾽ ὁ μὲν ἐν νήσωι κεῖτο κρατέρ᾽ ἄλγεα πάσχων,
Λήμνωι ἐν ἠγαθέηι, ὅθι μιν λίπον υἷες Ἀχαιῶν
ἕλκεϊ μοχθίζοντα κακῶι ὀλοόφρονος ὕδρου·
ἔνθ᾽ ὅ γε κεῖτ᾽ ἀχέων· τάχα δὲ μνήσεσθαι ἔμελλον
Ἀργεῖοι παρὰ νηυσὶ Φιλοκτήταο ἄνακτος.
οὐδὲ μὲν οὐδ᾽ οἳ ἄναρχοι ἔσαν, πόθεόν γε μὲν ἀρχόν·
ἀλλὰ Μέδων κόσμησεν Ὀϊλῆος νόθος υἱός,

Denn nicht war, der jetzo geordneten Scharen voranging.
Still ja lag in den Schiffen der mutige Renner Achilleus,
Zürnend des Mägdleins wegen, der schöngelockten Briseïs,
Die aus Lyrnessos vordem nach hartem Kampf er erbeutet,
Als er umher Lyrnessos zerstört, und die Mauern um Thebe,
Als er den Mynes erlegt und Epistrophos, lanzengeübte,
Mutige Söhn' Euenos, des selepiadischen Königs.
Zürnend lag er vor Schmerz; allein bald sollt' er emporstehn.
    Dann die Phylake bauten, und Pyrasos Blumengefilde,
Gern von Demeter bewohnt, und die lämmernährende Iton,
Antrons laute Gestad', und Pteleos' schwellende Rasen:
Diesen herrschte voran der streitbare Protesilaos,
Weil er lebt'; itzt aber umschloß ihn die dunkele Erde.
Einsam in Phylake blieb mit zerrissenen Wangen die Gattin
Und sein verödetes Haus: ihn erlegt' ein dardanischer Krieger,
Als er dem Schiff entsprang, zuerst vor allen Achaiern.
Zwar nicht blieb ungeführt sein Volk, doch vermißt' es den Führer;
Sondern es ordnete nun des Ares Sprößling Podarkes,
Sohn von Phylakos' Sohne, dem herdenreichen Iphiklos,
Und ein leiblicher Bruder des mutigen Protesilaos,
Jünger er selbst an Geburt; der ältere war und der stärkre
Protesilaos, ein Held wie der Kriegsgott. Zwar es gebrach nicht
Am Heerführer dem Volk; doch vermißten sie ihn, den Erhabnen.
Jenem folgt' ein Geschwader von vierzig dunkelen Schiffen.
    Dann die Pherä bewohnten, am böbeïdischen Landsee,
Böbe, und Glaphyrä weit, und die prangende Stadt Iaolkos:
Diese führt' Eumelos, der traute Sohn des Admetos,
In elf Schiffen zum Streit; ihn gebar Alkestis, die Fürstin
Aller Fraun, die schönste von Pelias blühenden Töchtern.
    Die Methone sodann und Thaumakia ringsum bestellet,
Die Meliböa bewohnt, und das rauhe Gefild Olizon:
Diesen gebot Philoktetes der Held, wohlkundig des Bogens;
Sieben waren der Schiff', und der Ruderer fünfzig in jedem,
Alle der Bogenkund' erfahrene, tapfere Streiter.
Aber er selber lag in dem Eiland, Qualen erduldend,
Dort in der heiligen Lemnos, wo Argos Heer ihn zurückließ,
Krank an schwärender Wunde, vom Biß der verderblichen Natter.
Jammernd lag er in Schmerz; allein bald sollte gedenken
Argos Heer bei den Schiffen des Königs Philoktetes.
Zwar nicht blieb ungeführt sein Volk, doch vermißt' es den Führer;
Sondern es ordnete Medon, ein Nebensohn des Oileus,

τόν ῥ' ἔτεκεν Ῥήνη ὑπ' Ὀϊλῆϊ πτολιπόρθωι.
οἳ δ' εἶχον Τρίκκην καὶ Ἰθώμην κλωμακόεσσαν,
οἵ τ' ἔχον Οἰχαλίην, πόλιν Εὐρύτου Οἰχαλιῆος,
τῶν αὖθ' ἡγείσθην Ἀσκληπιοῦ δύο παῖδε,
ἰητῆρ' ἀγαθώ, Ποδαλείριος ἠδὲ Μαχάων·
τοῖς δὲ τριήκοντα γλαφυραὶ νέες ἐστιχόωντο.
οἳ δ' ἔχον Ὀρμένιον, οἵ τε κρήνην Ὑπέρειαν,
οἵ τ' ἔχον Ἀστέριον Τιτάνοιό τε λευκὰ κάρηνα,
τῶν ἦρχ' Εὐρύπυλος Εὐαίμονος ἀγλαὸς υἱός·
τῶι δ' ἅμα τεσσαράκοντα μέλαιναι νῆες ἕποντο.
οἳ δ' Ἄργισσαν ἔχον καὶ Γυρτώνην ἐνέμοντο,
Ὄρθην Ἠλώνην τε πόλιν τ' Ὀλοοσσόνα λευκήν,
τῶν αὖθ' ἡγεμόνευε μενεπτόλεμος Πολυποίτης,
υἱὸς Πειριθόοιο, τὸν ἀθάνατος τέκετο Ζεύς·
τόν ῥ' ὑπὸ Πειριθόωι τέκετο κλυτὸς Ἱπποδάμεια
ἤματι τῶι ὅτε Φῆρας ἐτείσατο λαχνήεντας,
τοὺς δ' ἐκ Πηλίου ὦσε καὶ Αἰθίκεσσι πέλασσεν·
οὐκ οἶος, ἅμα τῶι γε Λεοντεὺς ὄζος Ἄρηος,
υἱὸς ὑπερθύμοιο Κορώνου Καινεΐδαο·
τοῖς δ' ἅμα τεσσαράκοντα μέλαιναι νῆες ἕποντο.
Γουνεὺς δ' ἐκ Κύφου ἦγε δύω καὶ εἴκοσι νῆας·
τῶι δ' Ἐνιῆνες ἕποντο μενεπτόλεμοί τε Περαιβοί,
οἳ περὶ Δωδώνην δυσχείμερον οἰκί' ἔθεντο,
οἵ τ' ἀμφ' ἱμερτὸν Τιταρησσὸν ἔργ' ἐνέμοντο,
ὅς ῥ' ἐς Πηνειὸν προΐει καλλίρροον ὕδωρ,
οὐδ' ὅ γε Πηνειῶι συμμίσγεται ἀργυροδίνηι,
ἀλλά τέ μιν καθύπερθεν ἐπιρρέει ἠΰτ' ἔλαιον·
ὅρκου γὰρ δεινοῦ Στυγὸς ὕδατός ἐστιν ἀπορρώξ.
Μαγνήτων δ' ἦρχε Πρόθοος Τενθρηδόνος υἱός,
οἳ περὶ Πηνειὸν καὶ Πήλιον εἰνοσίφυλλον
ναίεσκον· τῶν μὲν Πρόθοος θοὸς ἡγεμόνευε,
τῶι δ' ἅμα τεσσαράκοντα μέλαιναι νῆες ἕποντο.
οὗτοι ἄρ' ἡγεμόνες Δαναῶν καὶ κοίρανοι ἦσαν·
τίς τ' ἄρ τῶν ὄχ' ἄριστος ἔην, σύ μοι ἔννεπε, Μοῦσα,
αὐτῶν ἠδ' ἵππων, οἳ ἅμ' Ἀτρεΐδηισιν ἕποντο.
ἵπποι μὲν μέγ' ἄρισται ἔσαν Φηρητιάδαο,
τὰς Εὔμηλος ἔλαυνε ποδώκεας ὄρνιθας ὥς,
ὄτριχας οἰέτεας σταφύληι ἐπὶ νῶτον ἐΐσας·
τὰς ἐν Πηρείηι θρέψ' ἀργυρότοξος Ἀπόλλων,
ἄμφω θηλείας, φόβον Ἄρηος φορεούσας.
ἀνδρῶν αὖ μέγ' ἄριστος ἔην Τελαμώνιος Αἴας,

Welchen Rhene gebar dem Städteverwüster Oileus.
Dann die Trikka bewohnt, und die Felsanhöhen Ithomene,
Auch Öchalia rings, des Öchaliers Eurytos Feste:
Diesen herrschten voran Podaleirios samt Machaon,
Zween heilkundige Männer, sie beid' Asklepios Söhne.
Ihnen folgt' ein Geschwader von dreißig gebogenen Schiffen.
Die in Ormenion wohnten, und die am Quell Hypereia,
Die um Asterion auch, und Titanos schimmernde Häupter:
Führt' Eurypylos her, der glänzende Sohn des Euämon;
Und ihm folgt' ein Geschwader von vierzig dunkelen Schiffen.
Dann die Argissa bestellt, und die Gyrtone bewohnet,
Orthe dann und Elon' und die schimmernde Burg Oloosson:
Diesen herrschte voran der mutige Held Polypötes,
Er, Peirithoos Sohn, den Zeus der unsterbliche zeugte;
Doch dem Peirithoos selbst gebar ihn Hippodameia
Jenes Tags, da er strafte die mähnichten Ungeheuer,
Und sie vom Pelion drängte, zum Volk der Äthiker verjagend:
Nicht er allein, auch Leonteus zugleich, der Sprößling des Ares,
Sohn von Käneus' Sohne, dem hochgesinnten Koronos.
Diesen folgt' ein Geschwader von vierzig dunkelen Schiffen.
Guneus kam aus Kyphos mit zweiundzwanzig der Schiffe;
Dieser führt Enіener, und kriegsfrohe Peräber,
Die um Dodonas Hain, den winternden, Häuser bewohnten,
Auch die am lieblichen Strom Titaresios Äcker bestellten:
Der in Peneios Flut hinrollt sein schönes Gewässer,
Aber sich nie einmischt in Peneios Silbergestrudel,
Sondern wie glattes Öl auf oberer Welle hinabrinnt;
Weil vom furchtbaren Eide, dem stygischen Strom, er entspringet.
Aber Prothoos führte, Tendredons Sohn, die Magneter,
Die am Peneios umher und Pelions rauschenden Gipfeln
Wohneten: diesen gebot der hurtige Sohn des Tendredon;
Und ihm folgt' ein Geschwader von vierzig dunkelen Schiffen.
Solche waren die Fürsten der Danaer, und die Gebieter.
Doch wer war der trefflichste dort: das verkünde mir, Muse,
Jener selbst und der Rosse, die Atreus' Söhnen gefolget?
Rosse waren die trefflichsten dort des Pheretiaden,
Die, von Eumelos gelenkt, hinflogen im Lauf, wie die Vögel,
Gleiches Haars, gleichjährig, und schnurgleich über den Rücken:
Auf pierischer Weid' ernährte sie Phöbos Apollon,
Stuten beid', und drohend umher mit den Schrecken des Ares.
Trefflich vor Männern war der Telamonier Ajas,

ὄφρ' Ἀχιλεὺς μήνιεν· ὁ γὰρ πολὺ φέρτατος ἦεν,
ἵπποι θ', οἳ φορέεσκον ἀμύμονα Πηλεΐωνα.
ἀλλ' ὁ μὲν ἐν νήεσσι κορωνίσι ποντοπόροισι
κεῖτ' ἀπομηνίσας Ἀγαμέμνονι ποιμένι λαῶν
Ἀτρεΐδηι· λαοὶ δὲ παρὰ ῥηγμῖνι θαλάσσης
δίσκοισιν τέρποντο καὶ αἰγανέηισιν ἱέντες
τόξοισίν θ'· ἵπποι δὲ παρ' ἅρμασιν οἷσιν ἕκαστος
λωτὸν ἐρεπτόμενοι ἐλεόθρεπτόν τε σέλινον
ἕστασαν· ἅρματα δ' εὖ πεπυκασμένα κεῖτο ἀνάκτων
ἐν κλισίηις· οἳ δ' ἀρχὸν ἀρηΐφιλον ποθέοντες
φοίτων ἔνθα καὶ ἔνθα κατὰ στρατὸν οὐδὲ μάχοντο.
οἳ δ' ἄρ' ἴσαν ὡς εἴ τε πυρὶ χθὼν πᾶσα νέμοιτο·
γαῖα δ' ὑπεστενάχιζε Διὶ ὣς τερπικεραύνωι
χωομένωι, ὅτε τ' ἀμφὶ Τυφωέϊ γαῖαν ἱμάσσηι
εἰν Ἀρίμοις, ὅθι φασὶ Τυφωέος ἔμμεναι εὐνάς·
ὣς ἄρα τῶν ὑπὸ ποσσὶ μέγα στεναχίζετο γαῖα
ἐρχομένων· μάλα δ' ὦκα διέπρησσον πεδίοιο.
Τρωσὶν δ' ἄγγελος ἦλθε ποδήνεμος ὠκέα Ἶρις
πὰρ Διὸς αἰγιόχοιο σὺν ἀγγελίηι ἀλεγεινῆι·
οἳ δ' ἀγορὰς ἀγόρευον ἐπὶ Πριάμοιο θύρηισι
πάντες ὁμηγερέες, ἠμὲν νέοι ἠδὲ γέροντες·
ἀγχοῦ δ' ἱσταμένη προσέφη πόδας ὠκέα Ἶρις·
εἴσατο δὲ φθογγὴν υἷϊ Πριάμοιο Πολίτηι,
ὃς Τρώων σκοπὸς ἷζε, ποδωκείηισι πεποιθώς,
τύμβωι ἐπ' ἀκροτάτωι Αἰσυήταο γέροντος,
δέγμενος ὁππότε ναῦφιν ἀφορμηθεῖεν Ἀχαιοί·
τῶι μιν ἐεισαμένη προσέφη πόδας ὠκέα Ἶρις·
„ὦ γέρον, αἰεί τοι μῦθοι φίλοι ἄκριτοί εἰσιν,
ὥς ποτ' ἐπ' εἰρήνης· πόλεμος δ' ἀλίαστος ὄρωρεν.
ἦ μὲν δὴ μάλα πολλὰ μάχας εἰσήλυθον ἀνδρῶν,
ἀλλ' οὔ πω τοιόνδε τοσόνδέ τε λαὸν ὄπωπα·
λίην γὰρ φύλλοισιν ἐοικότες ἢ ψαμάθοισιν
ἔρχονται πεδίοιο μαχησόμενοι προτὶ ἄστυ.
Ἕκτορ, σοὶ δὲ μάλιστ' ἐπιτέλλομαι, ὧδε δὲ ῥέξαι·
πολλοὶ γὰρ κατὰ ἄστυ μέγα Πριάμου ἐπίκουροι,
ἄλλη δ' ἄλλων γλῶσσα πολυσπερέων ἀνθρώπων·
τοῖσιν ἕκαστος ἀνὴρ σημαινέτω οἷσί περ ἄρχει,
τῶν δ' ἐξηγείσθω κοσμησάμενος πολιήτας."
ὣς ἔφαθ', Ἕκτωρ δ' οὔ τι θεᾶς ἔπος ἠγνοίησεν,
αἶψα δὲ λῦσ' ἀγορήν· ἐπὶ τεύχεα δ' ἐσσεύοντο·
πᾶσαι δ' ὠΐγνυντο πύλαι, ἐκ δ' ἔσσυτο λαός,

Weil Achilleus zürnte; denn er war tapfrer denn alle;
Auch das Gespann, das ihn trug, den untadligen Peleionen.
Aber er, bei den schnellen gebogenen Schiffen des Meeres,
Ruhete, zürnend im Geist dem Fürsten des Volks Agamemnon,
Atreus' Sohn; und die Völker am wogenden Strande des Meeres
Freueten sich, mit Scheiben und Jägerspießen zu schleudern,
Und mit Geschoß. Auch standen an jeglichem Wagen die Rosse
Müßig, den Lotos rupfend und sumpfentsprossenen Eppich;
Aber die Wagen, umhüllt mit Teppichen, standen den Eignern
In dem Gezelt: sie selber, den streitbaren Führer vermissend,
Wandelten hier im Lager und dort, und mieden das Schlachtfeld.
Sie dort zogen einher, wie wenn Glut durchs ganze Gefild' hin
Loderte; dumpf aufhallte der Grund, wie dem Gotte der Donner
Zeus, wann des Zürnenden Strahl weitschmetternd das Land des Typhoeus
Arima schlägt, wo sie sagen, Typhoeus ruhe gelagert:
Also dort ertönte der Grund von der herkommenden Völker
Mächtigen Gang; denn in Eile durchzog das Gefilde der Heerzug.
Aber den Troern kam die windschnell eilende Iris
Her vom Ägiserschütterer Zeus mit der traurigen Botschaft.
Jene rieten im Rat an Priamos' Pforte des Königs,
Alle gedrängt miteinander, die Jünglinge so, wie die Greise.
Nahe trat und begann die leichthinschwebende Iris,
Gleich an tönender Stimme des Priamos Sohne Polites,
Der zur Hut der Troer, den hurtigen Fersen vertrauend,
Oben saß auf dem Grabe des grauenden Äsyetes,
Spähend, sobald vom Gestad' herstürzte das Volk der Achaier;
Dessen Gestalt nachahmend begann die schwebende Iris:
Edler Greis, noch immer gefallen dir eitele Reden,
So wie im Frieden vordem, da der Krieg unermeßlich herannaht!
Traun, schon oftmals kam ich in blutige Schlachten der Männer;
Doch nie hab' ich ein solches, so großes Volk noch gesehen!
Gleich den Blättern des Waldes an Zahl, und dem Sande des Meeres,
Ziehn sie daher im Gefilde, die Stadt ringsum zu bestürmen!
Hektor, du vor allen gehorche nun meiner Ermahnung.
Viel sind umher in Priamos' Stadt der Bundesgenossen,
Andre von andrer Sprache der weitzerstreueten Menschen.
Denen gebiete nunmehr ein jeglicher, welchen er vorsteht;
Diese führ' er hinaus, in Ordnungen stellend die Bürger.
Jene sprach's; und Hektor, der Göttin Wort nicht verkennend,
Trennte sofort die Versammlung, und alles entflog zu den Waffen.
Ringsum standen geöffnet die Tor', und es stürzte das Kriegsheer,

πεζοί θ' ἱππῆές τε· πολὺς δ' ὀρυμαγδὸς ὀρώρει.
ἔστι δέ τις προπάροιθε πόλιος αἰπεῖα κολώνη,
ἐν πεδίωι ἀπάνευθε, περίδρομος ἔνθα καὶ ἔνθα,
τὴν ἤτοι ἄνδρες Βατίειαν κικλήσκουσιν,
ἀθάνατοι δέ τε σῆμα πολυσκάρθμοιο Μυρίνης·
ἔνθα τότε Τρῶές τε διέκριθεν ἠδ' ἐπίκουροι.
Τρωσὶ μὲν ἡγεμόνευε μέγας κορυθαίολος Ἕκτωρ
Πριαμίδης· ἅμα τῶι γε πολὺ πλεῖστοι καὶ ἄριστοι
λαοὶ θωρήσσοντο μεμαότες ἐγχείηισι.
Δαρδανίων αὖτ' ἦρχεν ἐῢς πάϊς Ἀγχίσαο,
Αἰνείας, τὸν ὑπ' Ἀγχίσηι τέκε δῖ' Ἀφροδίτη,
Ἴδης ἐν κνημοῖσι θεὰ βροτῶι εὐνηθεῖσα,
οὐκ οἶος, ἅμα τῶι γε δύω Ἀντήνορος υἷε,
Ἀρχέλοχός τ' Ἀκάμας τε, μάχης εὖ εἰδότε πάσης.
οἳ δὲ Ζέλειαν ἔναιον ὑπαὶ πόδα νείατον Ἴδης,
ἀφνειοί, πίνοντες ὕδωρ μέλαν Αἰσήποιο,
Τρῶες, τῶν αὖτ' ἦρχε Λυκάονος ἀγλαὸς υἱός,
Πάνδαρος, ὧι καὶ τόξον Ἀπόλλων αὐτὸς ἔδωκεν.
οἳ δ' Ἀδρήστειάν τ' εἶχον καὶ δῆμον Ἀπαισοῦ,
καὶ Πιτύειαν ἔχον καὶ Τηρείης ὄρος αἰπύ,
τῶν ἦρχ' Ἄδρηστός τε καὶ Ἄμφιος λινοθώρηξ,
υἷε δύω Μέροπος Περκωσίου, ὃς περὶ πάντων
ἤιδεε μαντοσύνας, οὐδὲ οὓς παῖδας ἔασκε
στείχειν ἐς πόλεμον φθισήνορα· τὼ δέ οἱ οὔ τι
πειθέσθην· κῆρες γὰρ ἄγον μέλανος θανάτοιο.
οἳ δ' ἄρα Περκώτην καὶ Πράκτιον ἀμφενέμοντο,
καὶ Σηστὸν καὶ Ἄβυδον ἔχον καὶ δῖαν Ἀρίσβην,
τῶν αὖθ' Ὑρτακίδης ἦρχ' Ἄσιος ὄρχαμος ἀνδρῶν,
Ἄσιος Ὑρτακίδης, ὃν Ἀρίσβηθεν φέρον ἵπποι
αἴθωνες μεγάλοι, ποταμοῦ ἄπο Σελλήεντος.
Ἱππόθοος δ' ἄγε φῦλα Πελασγῶν ἐγχεσιμώρων,
τῶν οἳ Λάρισαν ἐριβώλακα ναιετάασκον·
τῶν ἦρχ' Ἱππόθοός τε Πύλαιός τ' ὄζος Ἄρηος,
υἷε δύω Λήθοιο Πελασγοῦ Τευταμίδαο.
αὐτὰρ Θρήϊκας ἦγ' Ἀκάμας καὶ Πείροος ἥρως,
ὅσσους Ἑλλήσποντος ἀγάρροος ἐντὸς ἐέργει.
Εὔφημος δ' ἀρχὸς Κικόνων ἦν αἰχμητάων
υἱὸς Τροιζήνοιο διοτρεφέος Κεάδαο.
αὐτὰρ Πυραίχμης ἄγε Παίονας ἀγκυλοτόξους,
τηλόθεν ἐξ Ἀμυδῶνος, ἀπ' Ἀξιοῦ εὐρὺ ῥέοντος,
Ἀξιοῦ, οὗ κάλλιστον ὕδωρ ἐπικίδναται αἶαν.

Streiter zu Fuß und zu Wagen, hinaus mit lautem Getümmel.
Draußen liegt vor den Toren der Stadt ein erhabener Hügel,
Abgewandt im Gefild', umgehbar hierhin und dorthin.
Diesen pflegt Batieia der Sterblichen Rede zu nennen,
Aber die Götter das Mal der sprunggeübten Myrine.
Dort nun teilten die Troer in Reihen sich, und die Genossen.
Erst den Troern gebot der helmumflatterte Hektor,
Priamos' Sohn; ihm folgte das mehreste Volk und das beste,
Wohlgeordnet zur Schlacht, voll Muts die Speere bewegend.
Drauf vor den Dardanern ging Äneias einher, des Anchises
Starker Sohn, den ihn Aphrodite gebar auf des Idas
Waldigen Höhn, die Göttin zum sterblichen Manne gelagert:
Nicht er allein; zugleich ihm die beiden Söhn' Antenors,
Akamas und Archilochos beid', allkundig des Streites.
Dann die Zeleia bewohnt, am äußersten Hange des Ida,
Reich an Hab', und trinkend die dunkele Flut des Äsepos,
Troisches Stamms: die führte der glänzende Sohn des Lykaon,
Pandaros, dem den Bogen Apollon selber verliehen.
Aber die Adrasteia gebaut, und Apäsos' Gemeinfeld,
Auch Pityeia gebaut, und die Felsenhöhn von Tereia:
Führt' Adrastos daher, und in leinenem Panzer Amphios,
Beide von Merops erzeugt dem Perkosier: welcher vor allen
Fernes Geschick wahrnahm, und nie den Söhnen verstattet,
Einzugehn in den Krieg, den verderblichen, aber sie hörten
Nicht sein Wort; denn sie führte des dunkelen Todes Verhängnis.
Welche Perkote sodann, und Praktion ringsum bestellet,
Sestos dann und Abydos gebaut, und die edle Arisbe:
Ordnete Hyrtakos' Sohn, Held Asios, Männergebieter,
Asios, Hyrtakos' Sohn, den hergebracht aus Arisbe
Rosse, glänzend und groß, vom heiligen Strom Selleïs.
Aber Hippothoos führte der speergewohnten Pelasger
Stämme daher aus Larissa, dem Land hochscholliger Äcker;
Samt Hippothoos führte des Ares Sprößling Pyläos:
Beide von Teutamos' Sohn, dem pelasgischen Lethos erzeuget.
Aber Akamas führt' und Peiroos Thrakiens Völker,
Welche der Hellespontos mit reißendem Strome begrenzet.
Weiter gebot Euphemos kikonischen Lanzenschwingern,
Den Trözenos gezeugt, der gottgeliebte Keade.
Nächst ihm führte Pyrächmes päonische Krümmer des Bogens
Fern aus Amydon her, von des Axios breitem Gewässer,
Axios, der mit lieblichster Flut die Erde befruchtet.

Παφλαγόνων δ' ἡγεῖτο Πυλαιμένεος λάσιον κῆρ
ἐξ Ἐνετῶν, ὅθεν ἡμιόνων γένος ἀγροτεράων,
οἵ ῥα Κύτωρον ἔχον καὶ Σήσαμον ἀμφενέμοντο
ἀμφί τε Παρθένιον ποταμὸν κλυτὰ δώματα ναῖον
Κρῶμνάν τ' Αἰγιαλόν τε καὶ ὑψηλοὺς Ἐρυθίνους.
αὐτὰρ Ἁλιζώνων Ὀδίος καὶ Ἐπίστροφος ἦρχον
τηλόθεν ἐξ Ἀλύβης, ὅθεν ἀργύρου ἐστὶ γενέθλη.
Μυσῶν δὲ Χρόμις ἦρχε καὶ Ἔννομος οἰωνιστής·
ἀλλ' οὐκ οἰωνοῖσιν ἐρύσατο κῆρα μέλαιναν,
ἀλλ' ἐδάμη ὑπὸ χερσὶ ποδώκεος Αἰακίδαο
ἐν ποταμῷι, ὅθι περ Τρῶας κεράϊζε καὶ ἄλλους.
Φόρκυς αὖ Φρύγας ἦγε καὶ Ἀσκάνιος θεοειδὴς
τῆλ' ἐξ Ἀσκανίης· μέμασαν δ' ὑσμῖνι μάχεσθαι.
Μήιοσιν αὖ Μέσθλης τε καὶ Ἄντιφος ἡγησάσθην,
υἷε Ταλαιμένεος, τὼ Γυγαίη τέκε λίμνη,
οἳ καὶ Μήιονας ἦγον ὑπὸ Τμώλωι γεγαῶτας.
Νάστης αὖ Καρῶν ἡγήσατο βαρβαροφώνων,
οἳ Μίλητον ἔχον Φθιρῶν τ' ὄρος ἀκριτόφυλλον
Μαιάνδρου τε ῥοὰς Μυκάλης τ' αἰπεινὰ κάρηνα·
τῶν μὲν ἄρ' Ἀμφίμαχος καὶ Νάστης ἡγησάσθην,
Νάστης Ἀμφίμαχός τε, Νομίονος ἀγλαὰ τέκνα,
ὃς καὶ χρυσὸν ἔχων πόλεμόνδ' ἴεν ἠΰτε κούρη,
νήπιος, οὐδέ τί οἱ τό γ' ἐπήρκεσε λυγρὸν ὄλεθρον,
ἀλλ' ἐδάμη ὑπὸ χερσὶ ποδώκεος Αἰακίδαο
ἐν ποταμῶι, χρυσὸν δ' Ἀχιλεὺς ἐκόμισσε δαΐφρων.
Σαρπηδὼν δ' ἦρχεν Λυκίων καὶ Γλαῦκος ἀμύμων
τηλόθεν ἐκ Λυκίης, Ξάνθου ἄπο δινήεντος.

Weiter gebot Paphlagonen Pylämenes, trotziges Herzens,
Her aus der Eneter Lande, wo wild aufwachsen die Mäuler:
Die den Kytoros bewohnt, die Sesamos ringsum bestellet,
Und um Parthenios Strom sich gepriesene Häuser gebauet,
Kremna, Ägialos auch, und die felsenhohn Erithynö.
Aber Hodios kam und Epistrophos samt Halizonen
Fern aus Alybe her, allwo des Silbers Geburt ist.
Mysern gebot dann Chromis und Ennomos, kundig der Vögel:
Aber nicht durch Vögel vermied er das schwarze Verhängnis;
Sondern ihn tilgte die Hand des äakidischen Renners,
Dort im Strom, wo gemordet noch andere Troer ihm sanken.
Phorkys sodann und der Held Askanios führten die Phryger
Fern von Askania her, und sie dürsteten alle nach Feldschlacht.
Mesthles ordnete drauf und Antiphos kühne Mäonen,
Beide Pylämenes Söhn', und der Nymph' im Teiche Gygäa,
Die auch mäonische Stämme geführt vom Fuße des Tmolos.
Nastes führte die Karen, ein Volk barbarischer Mundart,
Welche Miletos umwohnt, und das Waldgebirge der Phtheirer,
Auch des Mäandros Flut, und Mykalens luftige Scheitel:
Diese führt' Amphimachos her und Nastes zur Feldschlacht,
Nastes, der glänzende Held, und Amphimachos, Söhne Nomions;
Er, der mit Golde geschmückt, in die Schlacht einging, wie ein Mädchen.
Tor! nicht konnte das Gold ihn befrein vom grausen Verderben;
Sondern ihn tilgte die Hand des äakidischen Renners
Dort im Strom; und das Gold trug hin der erhabne Achilleus.
Lykier führte Sarpedon zum Kampf, und der rühmliche Glaukos,
Fern aus Lykia her, von Xanthos' wirbelnden Fluten.

ΙΛΙΑΔΟΣ Γ

ὅρκοι · τειχοσκοπία ·
Ἀλεξάνδρου καὶ Μενελάου
μονομαχία

Αὐτὰρ ἐπεὶ κόσμηθεν ἅμ' ἡγεμόνεσσιν ἕκαστοι,
Τρῶες μὲν κλαγγῆι τ' ἐνοπῆι τ' ἴσαν, ὄρνιθες ὥς,
ἠΰτε περ κλαγγὴ γεράνων πέλει οὐρανόθι πρό,
αἵ τ' ἐπεὶ οὖν χειμῶνα φύγον καὶ ἀθέσφατον ὄμβρον,
κλαγγῆι ταί γε πέτονται ἐπ' Ὠκεανοῖο ῥοάων,
ἀνδράσι Πυγμαίοισι φόνον καὶ κῆρα φέρουσαι·
ἠέριαι δ' ἄρα ταί γε κακὴν ἔριδα προφέρονται.
οἳ δ' ἄρ' ἴσαν σιγῆι μένεα πνείοντες Ἀχαιοί,
ἐν θυμῶι μεμαῶτες ἀλεξέμεν ἀλλήλοισιν.
εὖτ' ὄρεος κορυφῆισι Νότος κατέχευεν ὀμίχλην,
ποιμέσιν οὔ τι φίλην, κλέπτηι δέ τε νυκτὸς ἀμείνω,
τόσσόν τίς τ' ἐπιλεύσσει ὅσον τ' ἐπὶ λᾶαν ἵησιν·
ὣς ἄρα τῶν ὑπὸ ποσσὶ κονίσαλος ὄρνυτ' ἀελλὴς
ἐρχομένων· μάλα δ' ὦκα διέπρησσον πεδίοιο.
οἳ δ' ὅτε δὴ σχεδὸν ἦσαν ἐπ' ἀλλήλοισιν ἰόντες,
Τρωσὶν μὲν προμάχιζεν Ἀλέξανδρος θεοειδής,
παρδαλέην ὤμοισιν ἔχων καὶ καμπύλα τόξα
καὶ ξίφος· αὐτὰρ δοῦρε δύω κεκορυθμένα χαλκῶι
πάλλων Ἀργείων προκαλίζετο πάντας ἀρίστους
ἀντίβιον μαχέσασθαι ἐν αἰνῆι δηϊοτῆτι.
τὸν δ' ὡς οὖν ἐνόησεν ἀρηΐφιλος Μενέλαος
ἐρχόμενον προπάροιθεν ὁμίλου μακρὰ βιβάντα,
ὥς τε λέων ἐχάρη μεγάλωι ἐπὶ σώματι κύρσας,
εὑρὼν ἢ ἔλαφον κεραὸν ἢ ἄγριον αἶγα
πεινάων· μάλα γάρ τε κατεσθίει, εἴ περ ἂν αὐτὸν
σεύωνται ταχέες τε κύνες θαλεροί τ' αἰζηοί·
ὣς ἐχάρη Μενέλαος Ἀλέξανδρον θεοειδέα
ὀφθαλμοῖσιν ἰδών· φάτο γὰρ τίσεσθαι ἀλείτην·
αὐτίκα δ' ἐξ ὀχέων σὺν τεύχεσιν ἆλτο χαμᾶζε.
τὸν δ' ὡς οὖν ἐνόησεν Ἀλέξανδρος θεοειδὴς
ἐν προμάχοισι φανέντα, κατεπλήγη φίλον ἦτορ,

DRITTER GESANG

Begegnung der Heere. Alexandros oder Paris, nachdem er vor Menelaos geflohn, erbietet sich ihm durch Hektor zum Zweikampf um Helena, welchen Menelaos annimmt. Die Heere ruhn, und Priamos wird zum Vertrage aus Ilios gerufen. Indes geht Helena auf das skäische Tor, wo Priamos mit den Ältesten sitzt, und nennt ihm die achaiische Heerführer. Priamos fährt in das Schlachtfeld hinaus. Vertrag, Priamos Rückkehr, Zweikampf. Den besiegten Paris entführt Aphrodite in seine Kammer, und ruft ihm Helena. Agamemnon fordert den Siegespreis.

Aber nachdem sich geordnet ein jegliches Volk mit den Führern,
Zogen die Troer in Lärm und Geschrei einher, wie die Vögel:
So wie Geschrei hertönt von Kranichen unter dem Himmel,
Welche, nachdem sie dem Winter entflohn und unendlichem Regen,
Dort mit Geschrei hinziehn an Okeanos strömende Fluten,
Kleiner Pygmäen Geschlecht mit Mord und Verderben bedrohend;
Und aus dämmernder Luft zum schrecklichen Kampfe herannahn.
Jene wandelten still, die mutbeseelten Achaier,
All' im Herzen gefaßt, zu verteidigen einer den andern.
Wie auf des Bergs Anhöhen der Süd ausbreitet den Nebel,
Der nicht Hirten erwünscht, doch dem Raubenden besser wie Nacht ist;
Und man so weit vorschauet, als fliegt der geworfene Feldstein:
Also wirbelte Staub von dem Gang der kommenden Völker
Dicht empor; denn in Eile durchzog das Gefilde der Heerzug.
Als sie nunmehr sich genaht, die Eilenden gegeneinander;
Trat hervor aus den Troern der göttliche Held Alexandros,
Tragend ein Pardelvlies und ein krummes Geschoß um die Schultern,
Samt dem Schwert; zwo Lanzen, gespitzt mit der Schärfe des Erzes,
Schwenkt' er, und rief hervor die tapfersten aller Achaier,
Gegen ihn anzukämpfen in schreckenvoller Entscheidung.
Aber sobald ihn sahe der streitbare Held Menelaos
Vor dem Scharengewühl einhergehn mächtiges Schrittes:
So wie ein Löwe sich freut, dem größere Beute begegnet,
Wenn ein gehörneter Hirsch dem Hungrigen, oder ein Gemsbock
Nahe kommt, denn begierig verschlinget er, ob auch umher ihn
Hurtiger Hunde Gewühl wegscheucht und blühende Jäger:
So war froh Menelaos, den göttlichen Held Alexandros
Dort mit den Augen zu schaun; denn er wollt' ihn strafen, den Frevler.
Schnell vom Wagen herab mit den Rüstungen sprang er zur Erde.
Aber sobald ihn sahe der göttliche Held Alexandros
Schimmern im Vorderheer, da erbebte vor Angst sein Herz ihm;

ἂψ δ' ἑτάρων εἰς ἔθνος ἐχάζετο κῆρ' ἀλεείνων.
ὡς δ' ὅτε τίς τε δράκοντα ἰδὼν παλίνορσος ἀπέστη
οὔρεος ἐν βήσσῃς, ὑπό τε τρόμος ἔλλαβε γυῖα,
ἂψ δ' ἀνεχώρησεν, ὦχρός τέ μιν εἷλε παρειάς,
ὣς αὖτις καθ' ὅμιλον ἔδυ Τρώων ἀγερώχων
δείσας Ἀτρέος υἱὸν Ἀλέξανδρος θεοειδής.
τὸν δ' Ἕκτωρ νείκεσσεν ἰδὼν αἰσχροῖς ἐπέεσσιν·
„Δύσπαρι, εἶδος ἄριστε, γυναιμανές, ἠπεροπευτά,
αἴθ' ὄφελες ἄγονός τ' ἔμεναι ἄγαμός τ' ἀπολέσθαι·
καί κε τὸ βουλοίμην, καί κεν πολὺ κέρδιον ἦεν
ἢ οὕτω λώβην τ' ἔμεναι καὶ ὑπόψιον ἄλλων.
ἦ που καγχαλόωσι κάρη κομόωντες Ἀχαιοί,
φάντες ἀριστῆα πρόμον ἔμμεναι, οὕνεκα καλὸν
εἶδος ἔπ', ἀλλ' οὐκ ἔστι βίη φρεσὶν οὐδέ τις ἀλκή.
ἦ τοιόσδε ἐὼν ἐν ποντοπόροισι νέεσσι
πόντον ἐπιπλώσας, ἑτάρους ἐρίηρας ἀγείρας,
μιχθεὶς ἀλλοδαποῖσι γυναῖκ' εὐειδέ' ἀνῆγες
ἐξ ἀπίης γαίης, νυὸν ἀνδρῶν αἰχμητάων,
πατρί τε σῶι μέγα πῆμα πόληΐ τε παντί τε δήμωι,
δυσμενέσιν μὲν χάρμα, κατηφείην δὲ σοὶ αὐτῶι;
οὐκ ἂν δὴ μείνειας ἀρηΐφιλον Μενέλαον;
γνοίης χ' οἵου φωτὸς ἔχεις θαλερὴν παράκοιτιν·
οὐκ ἄν τοι χραίσμηι κίθαρις τά τε δῶρ' Ἀφροδίτης,
ἥ τε κόμη τό τε εἶδος, ὅτ' ἐν κονίηισι μιγείης.
ἀλλὰ μάλα Τρῶες δειδήμονες· ἦ τέ κεν ἤδη
λάϊνον ἕσσο χιτῶνα κακῶν ἕνεχ' ὅσσα ἔοργας."
τὸν δ' αὖτε προσέειπεν Ἀλέξανδρος θεοειδής·
„Ἕκτορ, ἐπεί με κατ' αἶσαν ἐνείκεσας οὐδ' ὑπὲρ αἶσαν, –
αἰεί τοι κραδίη πέλεκυς ὥς ἐστιν ἀτειρής,
ὅς τ' εἶσιν διὰ δουρὸς ὑπ' ἀνέρος, ὅς ῥά τε τέχνηι
νήϊον ἐκτάμνηισιν, ὀφέλλει δ' ἀνδρὸς ἐρωήν·
ὣς σοὶ ἐνὶ στήθεσσιν ἀτάρβητος νόος ἐστί· –
μή μοι δῶρ' ἐρατὰ πρόφερε χρυσέης Ἀφροδίτης·
οὔ τοι ἀπόβλητ' ἐστὶ θεῶν ἐρικυδέα δῶρα,
ὅσσά κεν αὐτοὶ δῶσιν, ἑκὼν δ' οὐκ ἄν τις ἕλοιτο·
νῦν αὖτ' εἴ μ' ἐθέλεις πολεμίζειν ἠδὲ μάχεσθαι,
ἄλλους μὲν κάθισον Τρῶας καὶ πάντας Ἀχαιούς,
αὐτὰρ ἔμ' ἐν μέσσωι καὶ ἀρηΐφιλον Μενέλαον
συμβάλετ' ἀμφ' Ἑλένηι καὶ κτήμασι πᾶσι μάχεσθαι·
ὁππότερος δέ κε νικήσηι κρείσσων τε γένηται,
κτήμαθ' ἑλὼν εὖ πάντα γυναῖκά τε οἴκαδ' ἀγέσθω·

Und in der Freunde Gedräng' entzog er sich, meidend das Schicksal.
So wie ein Mann, der die Natter ersah, mit Entsetzen zurückfuhr,
In des Gebirgs Waldtal; ihm erzitterten unten die Glieder;
Rasch nun floh er hinweg, und Bläss' umzog ihm die Wangen:
Also taucht' er zurück in die Meng' hochherziger Troer,
Zagend vor Atreus Sohn, der göttliche Held Alexandros.
Hektor schalt ihn erblickend und rief die beschämenden Worte:
  Weichling, an Schönheit ein Held, weibsüchtiger, schlauer Verführer!
Wärest du nie doch geboren, das wünscht' ich dir, oder gestorben,
Eh' du um Weiber gebuhlt! Viel heilsamer wäre dir solches,
Als nun so zum Gespött dastehn und allen zum Anschaun!
Ja, ein Gelächter erheben die hauptumlockten Achaier,
Welche des Heers Vorkämpfer dich achteten, weil du so schöner
Bildung erscheinst; doch wohnt nicht Kraft dir im Herzen, noch Stärke!
Wagtest denn du, ein solcher! in meerdurchwandelnden Schiffen
Über die Wogen zu gehn, von erlesenem Volke begleitet,
Und zu Fremden gesellt, ein schönes Weib zu entführen,
Aus der Apier Lande, die Schwägerin kriegrischer Männer?
Deinem Vater zum Gram, und der Stadt und dem sämtlichen Volke,
Aber den Feinden zur Wonn', und zu ewiger Schande dir selber?
Ha, nicht mochtest du stehn vor Atreus' Sohn! denn gelernet
Hättest du, welchem Manne die blühende Gattin du raubtest!
Nichts auch frommte die Laute dir jetzt und die Huld Aphroditens,
Nichts dein Haar und der Wuchs, wenn dort du im Staube dich wälztest!
Wären die Troer nur nicht Feigherzige; traun, es umhüllte
Längst dich ein steinerner Rock, für das Unheil, das du gehäuft hast!
  Ihm antwortete drauf der göttliche Held Alexandros:
Hektor, dieweil du mit Recht mich tadeltest, nicht mit Unrecht;
Stets ist dir ja das Herz, wie die eherne Axt, unbezwingbar,
Welche das Holz durchstrebt vor dem Zimmerer, wann er zum Schiffbau
Künstlich die Balken behaut, und ihr Schwung ihm die Stärke vermehret:
So ist fest dir das Herz und stets unerschrockenes Mutes.
Nur nicht rüge die Gaben der goldenen Aphrodite.
Unverwerflich ja sind der Unsterblichen ehrende Gaben,
Welche sie selber verleihn, und nach Willkür keiner empfänget.
Doch jetzt, willst du mich sehn im tapferen Streite des Krieges,
Heiße die anderen ruhn, die Troer umher und Achaier,
Laßt dann mich vor dem Volk und den streitbaren Held Menelaos
Kämpfen um Helena selbst und die sämtlichen Schätze den Zweikampf.
Wer von beiden nunmehr obsiegt, und stärker erscheinet,
Nehme die Schätze gesamt mit dem Weib und führe sie heimwärts.

οἳ δ' ἄλλοι φιλότητα καὶ ὅρκια πιστὰ ταμόντες
ναίοιτε Τροίην ἐριβώλακα, τοὶ δὲ νεέσθων
Ἄργος ἐς ἱππόβοτον καὶ Ἀχαιΐδα καλλιγύναικα."
ὣς ἔφαθ', Ἕκτωρ δ' αὖτ' ἐχάρη μέγα μῦθον ἀκούσας,
καί ῥ' ἐς μέσσον ἰὼν Τρώων ἀνέεργε φάλαγγας,
μέσσου δουρὸς ἑλών· τοὶ δ' ἱδρύνθησαν ἅπαντες.
τῶι δ' ἐπετοξάζοντο κάρη κομόωντες Ἀχαιοὶ
ἰοῖσίν τε τιτυσκόμενοι λάεσσί τ' ἔβαλλον·
αὐτὰρ ὁ μακρὸν ἄϋσεν ἄναξ ἀνδρῶν Ἀγαμέμνων·
„ἴσχεσθ', Ἀργεῖοι, μὴ βάλλετε κοῦροι Ἀχαιῶν·
στεῦται γάρ τι ἔπος ἐρέειν κορυθαίολος Ἕκτωρ."
ὣς ἔφαθ', οἱ δ' ἔσχοντο μάχης ἄνεώι τ' ἐγένοντο
ἐσσυμένως· Ἕκτωρ δὲ μετ' ἀμφοτέροισιν ἔειπε·
„κέκλυτέ μευ, Τρῶες καὶ ἐϋκνήμιδες Ἀχαιοί,
μῦθον Ἀλεξάνδροιο, τοῦ εἵνεκα νεῖκος ὄρωρεν.
ἄλλους μὲν κέλεται Τρῶας καὶ πάντας Ἀχαιοὺς
τεύχεα κάλ' ἀποθέσθαι ἐπὶ χθονὶ πουλυβοτείρηι,
αὐτὸν δ' ἐν μέσσωι καὶ ἀρηΐφιλον Μενέλαον
οἴους ἀμφ' Ἑλένηι καὶ κτήμασι πᾶσι μάχεσθαι.
ὁππότερος δέ κε νικήσηι κρείσσων τε γένηται,
κτήμαθ' ἑλὼν εὖ πάντα γυναῖκά τε οἴκαδ' ἀγέσθω·
οἱ δ' ἄλλοι φιλότητα καὶ ὅρκια πιστὰ τάμωμεν."
ὣς ἔφαθ', οἱ δ' ἄρα πάντες ἀκὴν ἐγένοντο σιωπῆι·
τοῖσι δὲ καὶ μετέειπε βοὴν ἀγαθὸς Μενέλαος·
„κέκλυτε νῦν καὶ ἐμεῖο· μάλιστα γὰρ ἄλγος ἱκάνει
θυμὸν ἐμόν, φρονέω δὲ διακρινθήμεναι ἤδη
Ἀργείους καὶ Τρῶας, ἐπεὶ κακὰ πολλὰ πέπασθε
εἵνεκ' ἐμῆς ἔριδος καὶ Ἀλεξάνδρου ἕνεκ' ἀρχῆς·
ἡμέων δ' ὁπποτέρωι θάνατος καὶ μοῖρα τέτυκται,
τεθναίη· ἄλλοι δὲ διακρινθεῖτε τάχιστα.
οἴσετε ἄρν', ἕτερον λευκόν, ἑτέρην δὲ μέλαιναν,
Γῆι τε καὶ Ἠελίωι· Διὶ δ' ἡμεῖς οἴσομεν ἄλλον·
ἄξετε δὲ Πριάμοιο βίην, ὄφρ' ὅρκια τάμνηι
αὐτός, ἐπεί οἱ παῖδες ὑπερφίαλοι καὶ ἄπιστοι,
μή τις ὑπερβασίηι Διὸς ὅρκια δηλήσηται.
αἰεὶ δ' ὁπλοτέρων ἀνδρῶν φρένες ἠερέθονται·
οἷς δ' ὁ γέρων μετέηισιν, ἅμα πρόσσω καὶ ὀπίσσω
λεύσσει, ὅπως ὄχ' ἄριστα μετ' ἀμφοτέροισι γένηται."
ὣς ἔφαθ', οἱ δ' ἐχάρησαν Ἀχαιοί τε Τρῶές τε
ἐλπόμενοι παύσασθαι ὀϊζυροῦ πολέμοιο.
καί ῥ' ἵππους μὲν ἔρυξαν ἐπὶ στίχας, ἐκ δ' ἔβαν αὐτοί,

Ihr dann zugleich, Freundschaft und heiligen Bund euch beschwörend,
Wohnt in der scholligen Troja; und jen' entschiffen zu Argos
Rossenährender Flur, und Achaias rosigen Jungfraun.
  Jener sprach's; doch Hektor erfreute sich hoch ob der Rede;
Trat dann hervor in die Mitt', und hemmte die troischen Haufen,
Haltend die Mitte des Speers; und still nun standen sie alle.
Auf ihn spannten den Bogen die hauptumlockten Achaier,
Zieleten mit Wurfspießen daher, und schleuderten Steine.
Aber es rief lauttönend der Völkerfürst Agamemnon:
  Haltet ein, Argeier, und werft nicht, Männer Achaias!
Denn er begehrt zu reden, der helmumflatterte Hektor!
  Jener sprach's; und sie ließen vom Streit und harreten schweigend
Flugs umher; doch Hektor begann in der Mitte der Völker:
  Hört mein Wort, ihr Troer, und hellumschiente Achaier,
Was mir gesagt Alexandros, um welchen der Streit sich erhoben.
Dieser heißt euch andern, die Troer umher und Achaier,
Strecken das schöne Gerät zur nahrungsprossenden Erde;
Daß er allein vor dem Volk und der streitbare Held Menelaos
Kämpf' um Helena selbst und die sämtlichen Schätze den Zweikampf.
Wer von beiden nunmehr obsiegt und stärker erscheinet,
Nehme die Schätze gesamt mit dem Weib', und führe sie heimwärts.
Freundschaft sollen wir andern und heiligen Bund uns beschwören.
  Jener sprach's; doch alle verstummten umher und schwiegen.
Endlich begann vor ihnen der Rufer im Streit Menelaos:
  Höret anjetzt auch mich; am meisten ja lastet der Kummer
Meine Seel'; und ich denke, versöhnt nun werdet ihr scheiden,
Argos' Volk und ihr Troer, nachdem viel Böses ihr truget,
Wegen unseres Streits, den mir Alexandros begonnen.
Wem nunmehr von uns beiden der Tod und das Schicksal bevorsteht,
Solcher sterb'; und ihr andern versöhnt euch eilig, und scheidet.
Bringt zwei Lämmer herbei, dem Helios weiß und ein Böcklein,
Schwarz der Erd' und ein Weibchen; wir bringen dem Zeus noch ein drittes.
Ruft alsdann auch Priamos' Macht, daß jener das Bündnis
Schwör', er selbst! denn die Söhne sind übermütig und treulos:
Daß kein frevelnder Mann Zeus' heiligen Bund verletze.
Stets ja flattert das Herz den Jünglingen; doch wo ein Alter
Zwischen tritt, der zugleich vorwärts hinschauet und rückwärts,
Solcher erwägt, wie am besten die Wohlfahrt beider gedeihe.
  Jener sprach's; ihm erfreuten sich hoch Achaier und Troer,
Hoffend, nun auszuruhn vom unglückseligen Kriege.
Und sie hemmten die Ross' in den Ordnungen, sprangen vom Wagen,

τεύχεά τ' ἐξεδύοντο· τὰ μὲν κατέθεντ' ἐπὶ γαίηι
πλησίον ἀλλήλων, ὀλίγη δ' ἦν ἀμφὶς ἄρουρα·
Ἕκτωρ δὲ προτὶ ἄστυ δύω κήρυκας ἔπεμπε
καρπαλίμως ἄρνάς τε φέρειν Πρίαμόν τε καλέσσαι·
αὐτὰρ ὁ Ταλθύβιον προΐει κρείων Ἀγαμέμνων
νῆας ἔπι γλαφυρὰς ἰέναι, ἠδ' ἄρνε κέλευεν
οἰσέμεναι· ὁ δ' ἄρ' οὐκ ἀπίθησ' Ἀγαμέμνονι δίωι.
  Ἶρις δ' αὖθ' Ἑλένηι λευκωλένωι ἄγγελος ἦλθεν,
εἰδομένη γαλόωι, Ἀντηνορίδαο δάμαρτι,
τὴν Ἀντηνορίδης εἶχε κρείων Ἑλικάων,
Λαοδίκην, Πριάμοιο θυγατρῶν εἶδος ἀρίστην.
τὴν δ' εὗρ' ἐν μεγάρωι· ἣ δὲ μέγαν ἱστὸν ὕφαινε,
δίπλακα πορφυρέην, πολέας δ' ἐνέπασσεν ἀέθλους
Τρώων θ' ἱπποδάμων καὶ Ἀχαιῶν χαλκοχιτώνων,
οὕς ἕθεν εἵνεκ' ἔπασχον ὑπ' Ἄρηος παλαμάων·
ἀγχοῦ δ' ἱσταμένη προσέφη πόδας ὠκέα Ἶρις·
„ δεῦρ' ἴθι, νύμφα φίλη, ἵνα θέσκελα ἔργα ἴδηαι
Τρώων θ' ἱπποδάμων καὶ Ἀχαιῶν χαλκοχιτώνων·
οἳ πρὶν ἐπ' ἀλλήλοισι φέρον πολύδακρυν Ἄρηα
ἐν πεδίωι, ὀλοοῖο λιλαιόμενοι πολέμοιο,
οἱ δὴ νῦν ἕαται σιγῆι, πόλεμος δὲ πέπαυται,
ἀσπίσι κεκλιμένοι, παρὰ δ' ἔγχεα μακρὰ πέπηγεν.
αὐτὰρ Ἀλέξανδρος καὶ ἀρηΐφιλος Μενέλαος
μακρῆις ἐγχείηισι μαχήσονται περὶ σεῖο·
τῶι δέ κε νικήσαντι φίλη κεκλήσηι ἄκοιτις."
  ὣς εἰποῦσα θεὰ γλυκὺν ἵμερον ἔμβαλε θυμῶι
ἀνδρός τε προτέρου καὶ ἄστεος ἠδὲ τοκήων·
αὐτίκα δ' ἀργεννῆισι καλυψαμένη ὀθόνηισιν
ὁρμᾶτ' ἐκ θαλάμοιο τέρεν κατὰ δάκρυ χέουσα,
οὐκ οἴη, ἅμα τῆι γε καὶ ἀμφίπολοι δύ' ἕποντο,
Αἴθρη, Πιτθῆος θυγάτηρ, Κλυμένη τε βοῶπις·
αἶψα δ' ἔπειθ' ἵκανον ὅθι Σκαιαὶ πύλαι ἦσαν.
  οἱ δ' ἀμφὶ Πρίαμον καὶ Πάνθοον ἠδὲ Θυμοίτην
Λάμπόν τε Κλυτίον θ' Ἱκετάονά τ', ὄζον Ἄρηος
Οὐκαλέγων τε καὶ Ἀντήνωρ, πεπνυμένω ἄμφω,
ἥατο δημογέροντες ἐπὶ Σκαιῆισι πύληισι,
γήραϊ δὴ πολέμοιο πεπαυμένοι, ἀλλ' ἀγορηταὶ
ἐσθλοί, τεττίγεσσιν ἐοικότες, οἵ τε καθ' ὕλην
δενδρέωι ἐφεζόμενοι ὄπα λειριόεσσαν ἱεῖσι·
τοῖοι ἄρα Τρώων ἡγήτορες ἧντ' ἐπὶ πύργωι.
οἱ δ' ὡς οὖν εἴδονθ' Ἑλένην ἐπὶ πύργον ἰοῦσαν,

Zogen die Rüstungen aus, und legten sie nieder zur Erde,
Nahe nur voneinander; denn wenig war Feldes dazwischen.
Aber Hektor beschied zween Herold' eilig gen Troja,
Schnell die Lämmer zu bringen, und Priamos her zu berufen.
Auch den Talthybios sandte der Völkerfürst Agamemnon,
Zu den geräumigen Schiffen zu gehn, damit er das Lamm ihm
Holete; jener enteilt' und gehorcht' Agamemnon dem Herrscher.
Iris brachte nunmehr der schimmernden Helena Botschaft,
Ihrer Schwägerin gleich, des Antenoriden Gemahlin,
Ihr, die Antenors Sohn sich vermählt, der Fürst Helikaon,
Priamos rosiger Tochter Laodike, reizender Bildung.
Jene fand sie daheim: sie webt' ein Gewand in der Kammer,
Groß und doppelt und hell, durchwirkt mit mancherlei Kämpfen
Rossebezähmender Troer und erzumschirmter Achaier,
Welche sie ihrethalb von Ares' Händen erduldet.
Nahe trat und begann die leichthinschwebende Iris:
Komm doch, du trautes Kind, die seltsamen Taten zu schauen
Rossebezähmender Troer und erzumschirmter Achaier.
Die jüngst gegeneinander das Graun des Ares getragen
Durch das Gefild', anstrebend zur tränenbringenden Feldschlacht:
Diese ruhn stillschweigend umher, und der Krieg ist geendigt,
Hingelehnt auf die Schild', und die ragenden Speer' in dem Boden.
Nur Alexandros allein und der streitbare Held Menelaos
Werden anjetzt um dich mit langem Speer sich bekämpfen;
Und wer den Gegner besiegt, der nennt dich traute Gemahlin.
Also sprach die Göttin, und schuf ihr süßes Verlangen
Nach dem ersten Gemahl, nach Vaterstadt und Gefreunden.
Schnell in den Schleier gehüllt von silberfarbener Leinwand,
Flog sie hinweg aus der Kammer, die zarte Trän' an den Wimpern:
Nicht sie allein; ihr folgten zugleich zwo dienende Jungfraun,
Äthra, des Pittheus Tochter, und Klymene, herrschendes Blickes.
Bald nun kamen sie hin, allwo das skäische Tor war.
Aber Priamos dort, und Panthoos, neben Thymötes,
Lampos, und Klytios auch, und Ares' Sproß Hiketaon,
Auch Antenor der Held, und Ukalegon, beide voll Weisheit,
Saßen, die Ältsten der Stadt, umher auf dem skäischen Tore:
Welche betagt vom Krieg ausruheten; doch in Versammlung
Redner voll Rat, den Cikaden nicht ungleich, die in den Wäldern
Aus der Bäume Gesproß hellschwirrende Stimmen ergießen:
Gleich so saßen der Troer Gebietende dort auf dem Turme.
Als sie nunmehr die Helena sahn zum Turme sich wenden;

ἧκα πρὸς ἀλλήλους ἔπεα πτερόεντ' ἀγόρευον·
„ οὐ νέμεσις Τρῶας καὶ ἐϋκνήμιδας Ἀχαιοὺς
τοιῆιδ' ἀμφὶ γυναικὶ πολὺν χρόνον ἄλγεα πάσχειν·
αἰνῶς ἀθανάτηισι θεῇις εἰς ὦπα ἔοικεν·
ἀλλὰ καὶ ὧς τοίη περ ἐοῦσ' ἐν νηυσὶ νεέσθω,
μηδ' ἡμῖν τεκέεσσί τ' ὀπίσσω πῆμα λίποιτο.“
ὣς ἄρ' ἔφαν, Πρίαμος δ' Ἑλένην ἐκαλέσσατο φωνῆι·
„ δεῦρο πάροιθ' ἐλθοῦσα, φίλον τέκος, ἵζευ ἐμεῖο,
ὄφρα ἴδηι πρότερόν τε πόσιν πηούς τε φίλους τε –
οὔ τί μοι αἰτίη ἐσσί, θεοί νύ μοι αἴτιοί εἰσιν
οἵ μοι ἐφώρμησαν πόλεμον πολύδακρυν Ἀχαιῶν –
ὥς μοι καὶ τόνδ' ἄνδρα πελώριον ἐξονομήνῃς,
ὅς τις ὅδ' ἐστὶν Ἀχαιὸς ἀνὴρ ἠΰς τε μέγας τε.
ἤτοι μὲν κεφαλῆι καὶ μείζονες ἄλλοι ἔασι,
καλὸν δ' οὕτω ἐγὼν οὔ πω ἴδον ὀφθαλμοῖσιν,
οὐδ' οὕτω γεραρόν· βασιλῆϊ γὰρ ἀνδρὶ ἔοικε.“
τὸν δ' Ἑλένη μύθοισιν ἀμείβετο, δῖα γυναικῶν·
„ αἰδοῖός τέ μοί ἐσσι, φίλε ἑκυρέ, δεινός τε·
ὡς ὄφελεν θάνατός μοι ἁδεῖν κακὸς ὁππότε δεῦρο
υἱέϊ σῶι ἑπόμην, θάλαμον γνωτούς τε λιποῦσα
παῖδά τε τηλυγέτην καὶ ὁμηλικίην ἐρατεινήν.
ἀλλὰ τά γ' οὐκ ἐγένοντο· τὸ καὶ κλαίουσα τέτηκα.
τοῦτο δέ τοι ἐρέω, ὅ μ' ἀνείρεαι ἠδὲ μεταλλᾷς·
οὗτός γ' Ἀτρεΐδης εὐρὺ κρείων Ἀγαμέμνων,
ἀμφότερον βασιλεύς τ' ἀγαθὸς κρατερός τ' αἰχμητής·
δαὴρ αὖτ' ἐμὸς ἔσκε κυνώπιδος, εἴ ποτ' ἔην γε.“
ὣς φάτο, τὸν δ' ὁ γέρων ἠγάσσατο φώνησέν τε·
„ ὦ μάκαρ Ἀτρεΐδη, μοιρηγενές, ὀλβιόδαιμον,
ἦ ῥά νύ τοι πολλοὶ δεδμήατο κοῦροι Ἀχαιῶν.
ἤδη καὶ Φρυγίην εἰσήλυθον ἀμπελόεσσαν,
ἔνθα ἴδον πλείστους Φρύγας ἀνέρας αἰολοπώλους,
λαοὺς Ὀτρῆος καὶ Μυγδόνος ἀντιθέοιο,
οἵ ῥα τότ' ἐστρατόωντο παρ' ὄχθας Σαγγαρίοιο·
καὶ γὰρ ἐγὼν ἐπίκουρος ἐὼν μετὰ τοῖσιν ἐλέχθην
ἤματι τῶι ὅτε τ' ἦλθον Ἀμαζόνες ἀντιάνειραι·
ἀλλ' οὐδ' οἳ τόσοι ἦσαν ὅσοι ἑλίκωπες Ἀχαιοί.“
δεύτερον αὖτ' Ὀδυσῆα ἰδὼν ἐρέειν' ὁ γεραιός·
„ εἴπ' ἄγε μοι καὶ τόνδε, φίλον τέκος, ὅς τις ὅδ' ἐστί·
μείων μὲν κεφαλῆι Ἀγαμέμνονος Ἀτρεΐδαο,
εὐρύτερος δ' ὤμοισιν ἰδὲ στέρνοισιν ἰδέσθαι.
τεύχεα μέν οἱ κεῖται ἐπὶ χθονὶ πουλυβοτείρῃ,

Leise redete mancher, und sprach die geflügelten Worte:
Tadelt nicht die Troer und hellumschienten Achaier,
Die um ein solches Weib so lang' ausharren im Elend!
Einer unsterblichen Göttin fürwahr gleicht jene von Ansehn!
Dennoch kehr', auch mit solcher Gestalt, sie in Schiffen zur Heimat,
Ehe sie uns und den Söhnen hinfort noch Jammer bereitet!
Also die Greis'; und Priamos rief der Helena jetzo:
Komm doch näher heran, mein Töchterchen, setze dich zu mir;
Daß du schaust den ersten Gemahl und die Freund' und Verwandten!
Du nicht trägst mir die Schuld; die Unsterblichen sind es mir schuldig,
Welche mir zugesandt den bejammerten Krieg der Achaier!
Daß du auch jenes Manns, des gewaltigen, Namen mir nennest,
Wer doch dort der Achaier so groß und herrlich hervorprangt!
Zwar es ragen an Haupt noch andere höher denn jener;
Doch so schön ist keiner mir je erschienen vor Augen,
Noch so edler Gestalt; denn königlich scheint er von Ansehn!
Aber Helena sprach, die edle der Fraun, ihm erwidernd:
Ehrenwert mir bist du, o teurer Schwäher, und furchtbar
Hätte der Tod mir gefallen, der herbeste, ehe denn hieher
Deinem Sohn ich gefolgt, das Gemach und die Freunde verlassend,
Und mein einziges Kind, und die holde Schar der Gespielen!
Doch nicht solches geschah; und nun in Tränen verschwinde ich!...
Jetzo will ich dir sagen, was du mich fragst und erforschest.
Jener ist der Atreide, der Völkerfürst Agamemnon,
Beides, ein trefflicher König zugleich, und ein tapferer Streiter.
Schwager mir war er vordem, der Schändlichen; ach, er war es!
Jene sprach's; und der Greis bewundert ihn, laut ausrufend:
Seliger Atreion', o gesegneter, glücklichgeborner!
Wahrlich doch unzählbar gehorchen dir Männer Achaias!
Vormals zog ich selber in Phrygiens Rebengefilde,
Wo ich ein großes Heer gaultummelnder phrygischer Männer
Schauete, Otreus Volk und des götterähnlichen Mygdon,
Welches umher am Gestade Sangarios weit sich gelagert;
Denn ich ward als Bundesgenoss' mit ihnen gerechnet,
Jenes Tags, da die Hord' amazonischer Männinnen einbrach:
Doch war minder die Zahl, wie der freudigen Krieger Achaias!
Jetzo erblickt' Odysseus der Greis und fragte von neuem:
Nenne mir nun auch jenen, mein Töchterchen; siehe, wie heißt er?
Weniger ragt er an Haupt, als Atreus' Sohn Agamemnon,
Aber breiteres Wuchses an Brust und mächtigen Schultern.
Seine Wehr ist gestreckt zur nahrungsprossenden Erde;

αὐτὸς δὲ κτίλος ὣς ἐπιπωλεῖται στίχας ἀνδρῶν·
ἀρνειῶι μιν ἔγωγε ἐΐσκω πηγεσιμάλλωι,
ὅς τ᾽ οἰῶν μέγα πῶϋ διέρχεται ἀργεννάων."
τὸν δ᾽ ἠμείβετ᾽ ἔπειθ᾽ Ἑλένη Διὸς ἐκγεγαυῖα·
„οὗτος δ᾽ αὖ Λαερτιάδης πολύμητις Ὀδυσσεύς,
ὃς τράφη ἐν δήμωι Ἰθάκης κραναῆς περ ἐούσης
εἰδὼς παντοίους τε δόλους καὶ μήδεα πυκνά."
τὴν δ᾽ αὖτ᾽ Ἀντήνωρ πεπνυμένος ἀντίον ηὔδα·
„ὦ γύναι, ἦ μάλα τοῦτο ἔπος νημερτὲς ἔειπες·
ἤδη γὰρ καὶ δεῦρό ποτ᾽ ἤλυθε δῖος Ὀδυσσεὺς
σεῦ ἕνεκ᾽ ἀγγελίης σὺν ἀρηϊφίλωι Μενελάωι·
τοὺς δ᾽ ἐγὼ ἐξείνισσα καὶ ἐν μεγάροισι φίλησα,
ἀμφοτέρων δὲ φυὴν ἐδάην καὶ μήδεα πυκνά.
ἀλλ᾽ ὅτε δὴ Τρώεσσιν ἐν ἀγρομένοισιν ἔμιχθεν,
στάντων μὲν Μενέλαος ὑπείρεχεν εὐρέας ὤμους,
ἄμφω δ᾽ ἑζομένω γεραρώτερος ἦεν Ὀδυσσεύς·
ἀλλ᾽ ὅτε δὴ μύθους καὶ μήδεα πᾶσιν ὕφαινον,
ἤτοι μὲν Μενέλαος ἐπιτροχάδην ἀγόρευε,
παῦρα μέν, ἀλλὰ μάλα λιγέως, ἐπεὶ οὐ πολύμυθος
οὐδ᾽ ἀφαμαρτοεπής· ἦ καὶ γένει ὕστερος ἦεν.
ἀλλ᾽ ὅτε δὴ πολύμητις ἀναΐξειεν Ὀδυσσεύς,
στάσκεν, ὑπαὶ δὲ ἴδεσκε κατὰ χθονὸς ὄμματα πήξας,
σκῆπτρον δ᾽ οὔτ᾽ ὀπίσω οὔτε προπρηνὲς ἐνώμα,
ἀλλ᾽ ἀστεμφὲς ἔχεσκεν, ἀΐδρεϊ φωτὶ ἐοικώς·
φαίης κε ζάκοτόν τέ τιν᾽ ἔμμεναι ἄφρονά τ᾽ αὔτως.
ἀλλ᾽ ὅτε δὴ ὄπα τε μεγάλην ἐκ στήθεος εἵη
καὶ ἔπεα νιφάδεσσιν ἐοικότα χειμερίησιν,
οὐκ ἂν ἔπειτ᾽ Ὀδυσῆΐ γ᾽ ἐρίσσειε βροτὸς ἄλλος·
οὐ τότε γ᾽ ὧδ᾽ Ὀδυσῆος ἀγασσάμεθ᾽ εἶδος ἰδόντες."
τὸ τρίτον αὖτ᾽ Αἴαντα ἰδὼν ἐρέειν᾽ ὁ γεραιός·
„τίς τ᾽ ἄρ ὅδ᾽ ἄλλος Ἀχαιὸς ἀνὴρ ἠΰς τε μέγας τε,
ἔξοχος Ἀργείων κεφαλήν τε καὶ εὐρέας ὤμους;"
τὸν δ᾽ Ἑλένη τανύπεπλος ἀμείβετο, δῖα γυναικῶν·
„οὗτος δ᾽ Αἴας ἐστὶ πελώριος, ἕρκος Ἀχαιῶν·
Ἰδομενεὺς δ᾽ ἑτέρωθεν ἐνὶ Κρήτεσσι θεὸς ὣς
ἕστηκ᾽, ἀμφὶ δέ μιν Κρητῶν ἀγοὶ ἠγερέθονται.
πολλάκι μιν ξείνισσεν ἀρηΐφιλος Μενέλαος
οἴκωι ἐν ἡμετέρωι, ὁπότε Κρήτηθεν ἵκοιτο.
νῦν δ᾽ ἄλλους μὲν πάντας ὁρῶ ἑλίκωπας Ἀχαιούς,
οὕς κεν ἐῢ γνοίην καί τ᾽ οὔνομα μυθησαίμην·
δοιὼ δ᾽ οὐ δύναμαι ἰδέειν κοσμήτορε λαῶν,

Doch er selbst, wie ein Widder, umgeht die Scharen der Männer:
Gleich dem Bock erscheinet er mir, dickwolliges Vlieses,
Welcher die große Trift weißschimmernder Schafe durchwandelt.
Ihm antwortete Helena drauf, Zeus' liebliche Tochter:
Der ist Laertes Sohn, der erfindungsreiche Odysseus,
Welcher in Ithakas Reich aufwuchs, des felsichten Eilands,
Wohlgeübt in mancherlei List und verschlagenem Rate.
Und der verständige Greis Antenor sagte dagegen:
Wahrlich, o Frau, du hast untrügliche Worte geredet.
Denn auch hieher kam er vorlängst, der edle Odysseus,
Deinethalben gesandt, und der streitbare Held Menelaos.
Ich herbergete beid', in meinem Palast sie bewirtend:
So daß beider Gestalt und kluger Geist mir bekannt ist.
Als sie nunmehr in der Troer versammelten Kreis sich gesellet,
Ragt' im Stehn Menelaos empor mit mächtigen Schultern:
Doch wie sich beide gesetzt, da schien ehrvoller Odysseus.
Aber sobald sie mit Red' und Erfindungen alles umstrickten;
Siehe, da sprach Menelaos nur fliegende Worte voll Inhalts,
Wenige, doch eindringender Kraft: denn er liebte nicht Wortschwall,
Nicht abschweifende Rede, wiewohl noch jüngeres Alters.
Aber nachdem sich erhub der erfindungsreiche Odysseus;
Stand er und schaute zur Erde hinab mit gehefteten Augen;
Auch den Stab, so wenig zurückbewegend wie vorwärts,
Hielt er steif in der Hand, ein Unerfahrner von Ansehn:
Daß du leicht für tückisch ihn achtetest, oder für sinnlos.
Aber sobald er der Brust die gewaltigen Stimmen entsandte,
Und ein Gedräng' der Worte, wie stöbernde Winterflocken,
Dann wetteiferte traun kein Sterblicher sonst mit Odysseus,
Und nicht stutzten wir so, des Odysseus Bildung betrachtend.
Jetzo sah den Ajas der Greis, und fragte noch einmal:
Wer ist dort der achaiische Mann, so groß und gewaltig,
Höher denn alles Volk an Haupt und mächtigen Schultern?
Aber Helena sprach, die herrliche, langes Gewandes:
Ajas heißt der gewaltige Held, der Danaer Schutzwehr.
Dorthin steht, wie ein Gott, Idomeneus unter den Kretern;
Und es umstehn den König die kretischen Führer versammelt.
Oft herbergete jenen der streitbare Held Menelaos,
Wann er aus Kreta kam, daheim in unserer Wohnung.
Nun zwar schau' ich sie alle, die freudigen Krieger Achaias,
Die ich wohl noch erkennt', und jeglichen nennte mit Namen:
Zween nur vermag ich nirgend zu schaun der Völkergebieter,

Κάστορά θ' ἱππόδαμον καὶ πὺξ ἀγαθὸν Πολυδεύκεα,
αὐτοκασιγνήτω, τώ μοι μία γείνατο μήτηρ.
ἢ οὐχ ἑσπέσθην Λακεδαίμονος ἐξ ἐρατεινῆς,
ἢ δεύρω μὲν ἕποντο νέεσσ' ἔνι ποντοπόροισι,
νῦν αὖτ' οὐκ ἐθέλουσι μάχην καταδύμεναι ἀνδρῶν,
αἴσχεα δειδιότες καὶ ὀνείδεα πόλλ' ἅ μοί ἐστιν."
ὣς φάτο, τοὺς δ' ἤδη κάτεχεν φυσίζοος αἶα
ἐν Λακεδαίμονι αὖθι, φίληι ἐν πατρίδι γαίηι.
κήρυκες δ' ἀνὰ ἄστυ θεῶν φέρον ὅρκια πιστά,
ἄρνε δύω καὶ οἶνον ἐΰφρονα, καρπὸν ἀρούρης,
ἀσκῶι ἐν αἰγείωι· φέρε δὲ κρητῆρα φαεινὸν
κῆρυξ Ἰδαῖος ἠδὲ χρύσεια κύπελλα·
ὄτρυνεν δὲ γέροντα παριστάμενος ἐπέεσσιν·
„ὄρσεο, Λαομεδοντιάδη, καλέουσιν ἄριστοι
Τρώων θ' ἱπποδάμων καὶ Ἀχαιῶν χαλκοχιτώνων
ἐς πεδίον καταβῆναι, ἵν' ὅρκια πιστὰ τάμητε·
αὐτὰρ Ἀλέξανδρος καὶ ἀρηΐφιλος Μενέλαος
μακρῆις ἐγχείηισι μαχήσοντ' ἀμφὶ γυναικί·
τῶι δέ κε νικήσαντι γυνὴ καὶ κτήμαθ' ἕποιτο·
οἱ δ' ἄλλοι φιλότητα καὶ ὅρκια πιστὰ ταμόντες
ναίοιμεν Τροίην ἐριβώλακα, τοὶ δὲ νέονται
Ἄργος ἐς ἱππόβοτον καὶ Ἀχαιΐδα καλλιγύναικα."
ὣς φάτο, ῥίγησεν δ' ὁ γέρων, ἐκέλευσε δ' ἑταίρους
ἵππους ζευγνύμεναι· τοὶ δ' ὀτραλέως ἐπίθοντο.
ἂν δ' ἄρ' ἔβη Πρίαμος, κατὰ δ' ἡνία τεῖνεν ὀπίσσω·
πὰρ δέ οἱ Ἀντήνωρ περικαλλέα βήσετο δίφρον·
τὼ δὲ διὰ Σκαιῶν πεδίον δ' ἔχον ὠκέας ἵππους.
ἀλλ' ὅτε δή ῥ' ἵκοντο μετὰ Τρῶας καὶ Ἀχαιούς,
ἐξ ἵππων ἀποβάντες ἐπὶ χθόνα πουλυβότειραν
ἐς μέσσον Τρώων καὶ Ἀχαιῶν ἐστιχόωντο.
ὄρνυτο δ' αὐτίκ' ἔπειτα ἄναξ ἀνδρῶν Ἀγαμέμνων,
ἂν δ' Ὀδυσεὺς πολύμητις· ἀτὰρ κήρυκες ἀγαυοὶ
ὅρκια πιστὰ θεῶν σύναγον, κρητῆρι δὲ οἶνον
μίσγον, ἀτὰρ βασιλεῦσιν ὕδωρ ἐπὶ χεῖρας ἔχευαν.
Ἀτρεΐδης δὲ ἐρυσσάμενος χείρεσσι μάχαιραν,
ἥ οἱ πὰρ ξίφεος μέγα κουλεὸν αἰὲν ἄωρτο,
ἀρνῶν ἐκ κεφαλέων τάμνε τρίχας· αὐτὰρ ἔπειτα
κήρυκες Τρώων καὶ Ἀχαιῶν νεῖμαν ἀρίστοις.
τοῖσιν δ' Ἀτρεΐδης μεγάλ' εὔχετο χεῖρας ἀνασχών·
„Ζεῦ πάτερ, Ἴδηθεν μεδέων, κύδιστε μέγιστε,
Ἠέλιός θ', ὃς πάντ' ἐφορᾶις καὶ πάντ' ἐπακούεις,

Kastor den reisigen Held, und den Kämpfer der Faust Polydeukes,
Beide mir leibliche Brüder, von einer Mutter geboren.
Folgten sie nicht hieher aus der lieblichen Flur Lakedämon?
Oder folgten sie zwar in meerdurchwandelnden Schiffen,
Aber enthalten sich nun, in die Schlacht zu gehen der Männer,
Weil sie die Schand' abschreckt und die große Schmach, die mich zeichnet?
Jene sprach's; doch die beiden umfing die ernährende Erde
In Lakedämon bereits, im lieben Lande der Väter.
Aber die Herolde trugen die Bundesopfer der Götter
Durch die Stadt, zwei Lämmer, und fröhlichen Wein des Gefildes,
Im geißledernen Schlauch; es trug Idäos der Herold
Einen blinkenden Krug in der Hand, und goldene Becher.
Dieser nahte dem Greis' und sprach die ermahnenden Worte:
Mache dich auf, Laomedons Sohn; dich rufen die Fürsten
Rossebezähmender Troer und erzumschirmter Achaier
Dort hinab ins Gefilde, den heiligen Bund zu beschwören.
Nur Alexandros allein und der streitbare Held Menelaos
Werden anjetzt um das Weib mit langem Speer sich bekämpfen;
Und wer den Gegner besiegt, dem folgt das Weib und die Schätze.
Wir dann zugleich, Freundschaft, und heiligen Bund uns beschwörend
Baun die schollige Troja; und jen' entschiffen zu Argos
Rossenährender Flur, und Achaias rosigen Jungfraun.
Jener sprach's; da schaurte der Greis, und befahl den Gefährten,
Anzuschirren die Ross'; und sie eileten flugs ihm gehorchend.
Priamos trat in den Wagen und zog die lenkenden Zügel;
Auch mit ihm Antenor bestieg den prächtigen Sessel;
Schnell durch das skäische Tor entflogen die Ross' ins Gefilde.
Als sie nunmehr hinkamen zu Trojas Volk und Achaias,
Stiegen sie beid' aus dem Wagen zur nahrungsprossenden Erde,
Wandelten dann in die Mitte der Troer einher und Achaier.
Eilend darauf erhub sich der Völkerfürst Agamemnon,
Auch Odysseus voll Rat. Die stattlichen Herolde jetzo
Führten die Bundesopfer herbei, auch Wein in dem Kruge
Mischten sie, sprengeten dann der Könige Hände mit Wasser.
Doch der Atreid', ausziehend mit hurtigen Händen das Messer,
Das an der großen Scheide des Schwerts ihm immer herabhing,
Schnitt vom Haupt der Lämmer das Haar; und die Herolde jetzo
Teileten rings der Troer und Danaer edlen Gebietern.
Laut nun fleht' Agamemnon empor, mit erhobenen Händen:
Vater Zeus, ruhmwürdig und hehr, du Herrscher vom Ida!
Helios auch, der alles vernimmt, und alles umschauet!

καὶ ποταμοὶ καὶ γαῖα, καὶ οἳ ὑπένερθε καμόντας
ἀνθρώπους τίνυσθον, ὅτις κ᾽ ἐπίορκον ὀμόσσηι,
ὑμεῖς μάρτυροι ἔστε, φυλάσσετε δ᾽ ὅρκια πιστά·
εἰ μέν κεν Μενέλαον Ἀλέξανδρος καταπέφνηι,
αὐτὸς ἔπειθ᾽ Ἑλένην ἐχέτω καὶ κτήματα πάντα,
ἡμεῖς δ᾽ ἐν νήεσσι νεώμεθα ποντοπόροισιν·
εἰ δέ κ᾽ Ἀλέξανδρον κτείνηι ξανθὸς Μενέλαος,
Τρῶας ἔπειθ᾽ Ἑλένην καὶ κτήματα πάντ᾽ ἀποδοῦναι,
τιμὴν δ᾽ Ἀργείοις ἀποτινέμεν ἥν τιν᾽ ἔοικεν,
ἥ τε καὶ ἐσσομένοισι μετ᾽ ἀνθρώποισι πέληται.
εἰ δ᾽ ἂν ἐμοὶ τιμὴν Πρίαμος Πριάμοιό τε παῖδες
τίνειν οὐκ ἐθέλωσιν Ἀλεξάνδροιο πεσόντος,
αὐτὰρ ἐγὼ καὶ ἔπειτα μαχήσομαι εἵνεκα ποινῆς
αὖθι μένων, ἧός κε τέλος πολέμοιο κιχείω.“
ἦ, καὶ ἀπὸ στομάχους ἀρνῶν τάμε νηλέϊ χαλκῶι·
καὶ τοὺς μὲν κατέθηκεν ἐπὶ χθονὸς ἀσπαίροντας,
θυμοῦ δευομένους· ἀπὸ γὰρ μένος εἵλετο χαλκός.
οἶνον δ᾽ ἐκ κρητῆρος ἀφυσσόμενοι δεπάεσσιν
ἔκχεον, ἠδ᾽ εὔχοντο θεοῖς αἰειγενέτηισιν.
ὧδε δέ τις εἴπεσκεν Ἀχαιῶν τε Τρώων τε·
„ Ζεῦ κύδιστε μέγιστε ,καὶ ἀθάνατοι θεοὶ ἄλλοι,
ὁππότεροι πρότεροι ὑπὲρ ὅρκια πημήνειαν,
ὧδέ σφ᾽ ἐγκέφαλος χαμάδις ῥέοι ὡς ὅδε οἶνος,
αὐτῶν καὶ τεκέων, ἄλοχοι δ᾽ ἄλλοισι δαμεῖεν.“
ὣς ἔφαν, οὐδ᾽ ἄρα πώ σφιν ἐπεκραίαινε Κρονίων.
τοῖσι δὲ Δαρδανίδης Πρίαμος μετὰ μῦθον ἔειπε·
„ κέκλυτέ μευ, Τρῶες καὶ ἐϋκνήμιδες Ἀχαιοί·
ἤτοι ἐγὼν εἶμι προτὶ Ἴλιον ἠνεμόεσσαν
ἄψ, ἐπεὶ οὔ πω τλήσομ᾽ ἐν ὀφθαλμοῖσιν ὁρᾶσθαι
μαρνάμενον φίλον υἱὸν ἀρηϊφίλωι Μενελάωι·
Ζεὺς μέν που τό γε οἶδε καὶ ἀθάνατοι θεοὶ ἄλλοι,
ὁπποτέρωι θανάτοιο τέλος πεπρωμένον ἐστίν.“
ἦ ῥα, καὶ ἐς δίφρον ἄρνας θέτο ἰσόθεος φώς,
ἂν δ᾽ ἄρ᾽ ἔβαιν᾽ αὐτός, κατὰ δ᾽ ἡνία τεῖνεν ὀπίσσω·
πὰρ δέ οἱ Ἀντήνωρ περικαλλέα βήσετο δίφρον.
τὼ μὲν ἄρ᾽ ἄψορροι προτὶ Ἴλιον ἀπονέοντο·
Ἕκτωρ δὲ Πριάμοιο πάϊς καὶ δῖος Ὀδυσσεὺς
χῶρον μὲν πρῶτον διεμέτρεον, αὐτὰρ ἔπειτα
κλήρους ἐν κυνέηι χαλκήρεϊ πάλλον ἑλόντες,
ὁππότερος δὴ πρόσθεν ἀφείη χάλκεον ἔγχος.
λαοὶ δ᾽ ἠρήσαντο, θεοῖσι δὲ χεῖρας ἀνέσχον,

Auch ihr Ström', und du Erd', und die ihr drunten die Geister
Toter Menschen bestraft, wer hier Meineide geschworen!
Seid uns Zeugen ihr all', und bewahrt die Schwüre des Bundes!
Wenn den Held Menelaos vielleicht Alexandros erleget;
Dann behalt' er Helena selbst und die sämtlichen Schätze,
Doch wir kehren zurück in meerdurchwandelnden Schiffen.
Aber sinkt Alexandros dem bräunlichen Held Menelaos;
Dann entlassen die Troer das Weib und die sämtlichen Schätze;
Buße zugleich den Argeiern bezahlen sie, welche geziemet,
Und die hinfort auch daure bei kommenden Menschengeschlechtern.
Doch wenn Priamos dann und Priamos Söhne sich weigern,
Mir zu bezahlen die Buße, nachdem Alexandros gefallen;
Dann werd' ich von neuem mit Kriegsmacht wegen der Sühnung
Kämpfen und nicht heimziehn, bis der Zweck des Krieges erreicht ist.
Sprach's, und die Kehlen der Lämmer zerschnitt er mit grausamem Erze.
Beide legt' er nunmehr, die zappelnden, nieder im Staube,
Matt aushauchend den Geist, da die Kraft vom Erze geraubt war.
Hierauf Wein aus dem Krug in die goldenen Becher sich schöpfend
Gossen sie aus, und flehten den ewigwährenden Göttern.
Also betete mancher der Troer umher und Achaier:
Zeus, ruhmwürdig und hehr, und ihr andern unsterblichen Götter!
Welche von uns zuerst nun beleidigen, wider den Eidschwur;
Blutig fließ' ihr Gehirn, wie der Wein hier, rings auf der Erde,
Ihr's und der Kinder zugleich; und die Gattinnen schände der Fremdling!
Also das Volk; doch mitnichten gewährt' ihm solches Kronion.
Aber Priamos sprach, des Dardanos herrschender Enkel:
Hört mein Wort, ihr Troer, und hellumschiente Achaier.
Jetzo kehr' ich wieder zu Ilios luftigen Höhen
Heim; denn nimmer vermag ich mit eigenen Augen zu schauen
Kämpfend den lieben Sohn mit dem streitbaren Held Menelaos.
Zeus erkennt es allein und die andern unsterblichen Götter,
Wem nunmehr von beiden das Ziel des Todes verhängt ist.
Also der göttliche Held, und legt' in den Wagen die Lämmer,
Trat dann selber hinein, und zog die lenkenden Zügel;
Auch mit ihm Antenor bestieg den prächtigen Sessel;
Schnell dann kehrten sie beide, zu Ilios Höhen sich wendend.
Hektor drauf, des Priamos Sohn, und der edle Odysseus,
Maßen umher die Weite des Kampfraums, warfen dann eilend
Los' in den ehernen Helm, und schüttelten: welchem das Schicksal
Gönnte, zuerst auf den Gegner die eherne Lanze zu werfen.
Ringsum flehte das Volk, und erhob zu den Göttern die Hände.

ὧδε δέ τις εἴπεσκεν Ἀχαιῶν τε Τρώων τε·
„ Ζεῦ πάτερ, Ἴδηθεν μεδέων, κύδιστε μέγιστε,
ὁππότερος τάδε ἔργα μετ᾽ ἀμφοτέροισιν ἔθηκε,
τὸν δὸς ἀποφθίμενον δῦναι δόμον Ἄϊδος εἴσω,
ἡμῖν δ᾽ αὖ φιλότητα καὶ ὅρκια πιστὰ γενέσθαι.“
ὣς ἄρ᾽ ἔφαν, πάλλεν δὲ μέγας κορυθαίολος Ἕκτωρ
ἂψ ὁρόων· Πάριος δὲ θοῶς ἐκ κλῆρος ὄρουσεν.
οἱ μὲν ἔπειθ᾽ ἵζοντο κατὰ στίχας, ἧχι ἑκάστωι
ἵπποι ἀερσίποδες καὶ ποικίλα τεύχεα κεῖτο·
αὐτὰρ ὅ γ᾽ ἀμφ᾽ ὤμοισιν ἐδύσετο τεύχεα καλὰ
δῖος Ἀλέξανδρος, Ἑλένης πόσις ἠϋκόμοιο.
κνημῖδας μὲν πρῶτα περὶ κνήμῃσιν ἔθηκε
καλάς, ἀργυρέοισιν ἐπισφυρίοις ἀραρυίας·
δεύτερον αὖ θώρηκα περὶ στήθεσσιν ἔδυνεν
οἷο κασιγνήτοιο Λυκάονος· ἥρμοσε δ᾽ αὐτῶι.
ἀμφὶ δ᾽ ἄρ᾽ ὤμοισιν βάλετο ξίφος ἀργυρόηλον
χάλκεον, αὐτὰρ ἔπειτα σάκος μέγα τε στιβαρόν τε·
κρατὶ δ᾽ ἐπ᾽ ἰφθίμωι κυνέην εὔτυκτον ἔθηκεν
ἵππουριν· δεινὸν δὲ λόφος καθύπερθεν ἔνευεν·
εἵλετο δ᾽ ἄλκιμον ἔγχος, ὅ οἱ παλάμηφιν ἀρήρει.
ὣς δ᾽ αὔτως Μενέλαος ἀρήϊος ἔντε᾽ ἔδυνεν.
οἱ δ᾽ ἐπεὶ οὖν ἑκάτερθεν ὁμίλου θωρήχθησαν,
ἐς μέσσον Τρώων καὶ Ἀχαιῶν ἐστιχόωντο
δεινὸν δερκόμενοι· θάμβος δ᾽ ἔχεν εἰσορόωντας
Τρῶάς θ᾽ ἱπποδάμους καὶ ἐϋκνήμιδας Ἀχαιούς.
καί ῥ᾽ ἐγγὺς στήτην διαμετρητῶι ἐνὶ χώρωι
σείοντ᾽ ἐγχείας ἀλλήλοισιν κοτέοντε.
πρόσθε δ᾽ Ἀλέξανδρος προΐει δολιχόσκιον ἔγχος,
καὶ βάλεν Ἀτρεΐδαο κατ᾽ ἀσπίδα πάντοσ᾽ ἐΐσην,
οὐδ᾽ ἔρρηξεν χαλκός, ἀνεγνάμφθη δέ οἱ αἰχμὴ
ἀσπίδ᾽ ἐνὶ κρατερῆι· ὁ δὲ δεύτερον ὄρνυτο χαλκῶι
Ἀτρεΐδης Μενέλαος ἐπευξάμενος Διὶ πατρί·
„ Ζεῦ ἄνα ,δὸς τίσασθαι ὅ με πρότερος κάκ᾽ ἔοργε,
δῖον Ἀλέξανδρον, καὶ ἐμῆις ὑπὸ χερσὶ δάμασσον,
ὄφρα τις ἐρρίγῃσι καὶ ὀψιγόνων ἀνθρώπων
ξεινοδόκον κακὰ ῥέξαι, ὅ κεν φιλότητα παράσχῃ.“
ἦ ῥα, καὶ ἀμπεπαλὼν προΐει δολιχόσκιον ἔγχος,
καὶ βάλε Πριαμίδαο κατ᾽ ἀσπίδα πάντοσ᾽ ἐΐσην·
διὰ μὲν ἀσπίδος ἦλθε φαεινῆς ὄβριμον ἔγχος,
καὶ διὰ θώρηκος πολυδαιδάλου ἠρήρειστο·
ἀντικρὺ δὲ παραὶ λαπάρην διάμησε χιτῶνα

Also betete mancher der Troer umher und Achaier:
  Vater Zeus, ruhmwürdig und hehr, du Herrscher vom Ida!
Wer von beiden den Grund zu solchem Streite geleget,
Den laß jetzo vertilgt eingehn in Aïdes Wohnung;
Aber uns versöhne der Freundschaft heiliges Bündnis!
  Also das Volk; doch der große, der helmumflatterte Hektor
Schüttelte, rückwärts gewandt: da entsprang das Zeichen des Paris.
Rings nun setzten sich all' in Ordnungen, dort wo sich jeder
Rosse gehobenes Hufs, und gebildete Waffen gereihet.
Aber er selbst umhüllte mit zierlichen Waffen die Schultern,
Alexandros der Held, der lockigen Helena Gatte.
Eilend fügt' er zuerst um die Beine sich bergende Schienen,
Blank und schön, anschließend mit silberner Knöchelbedeckung;
Weiter umschirmt' er die Brust ringsher mit dem ehernen Harnisch
Seines tapferen Bruders Lykaon, der ihm gerecht war;
Hängte sodann um die Schulter das Schwert voll silberner Buckeln,
Eherner Kling'; und darauf den Schild auch, groß und gediegen;
Auch das gewaltige Haupt mit stattlichem Helme bedeckt' er,
Von Roßhaaren umwallt; und fürchterlich winkte der Helmbusch;
Nahm dann die mächtige Lanze, die ihm in den Händen gerecht war.
So auch zog Menelaos, der streitbare, Waffengeschmeid' an.
  Als sich diese nunmehr in jeglichem Heere gerüstet,
Traten beid' in die Mitte der Troer einher und Achaier,
Mit androhendem Blick; und Staunen ergriff, die es ansahn,
Rossebezähmende Troer, und hellumschiente Achaier.
Und nun standen sie nah' im abgemessenen Kampfraum,
Wild die Speere bewegend, und zornvoll widereinander.
Erstlich entsandt' Alexandros die weithinschattende Lanze;
Und sie traf dem Atreiden den Schild von geründeter Wölbung:
Doch nicht brach sie das Erz, denn rückwärts bog sich die Spitze
Auf dem gediegenen Schild. Nun erhob auch jener die Lanze,
Atreus Sohn Menelaos, und betete laut zu Kronion:
  Waltender Zeus, laß strafen mich ihn, der zuerst mich beleidigt,
Alexandros den Held, und meinen Arm ihn bezwingen:
Daß man schaudre hinfort auch in späteren Menschengeschlechtern,
Böses dem Freunde zu tun, der wohlgesinnt ihn beherbergt!
  Sprach's, und im Schwung' entsandt' er die weithinschattende Lanze;
Und sie traf dem Paris den Schild von geründeter Wölbung.
Siehe den strahlenden Schild durchschmetterte mächtig die Lanze,
Auch in das Kunstgeschmeide des Harnisches drang sie geheftet;
Grad' hindurch an der Weiche des Bauchs durchschnitt sie den Leibrock

ἔγχος· ὁ δ' ἐκλίνθη καὶ ἀλεύατο κῆρα μέλαιναν.
Ἀτρεΐδης δὲ ἐρυσσάμενος ξίφος ἀργυρόηλον
πλῆξεν ἀνασχόμενος κόρυθος φάλον· ἀμφὶ δ' ἄρ' αὐτῶι
τριχθά τε καὶ τετραχθὰ διατρυφὲν ἔκπεσε χειρός.
Ἀτρεΐδης δ' ὤιμωξεν ἰδὼν εἰς οὐρανὸν εὐρύν·
„ Ζεῦ πάτερ, οὔ τις σεῖο θεῶν ὀλοώτερος ἄλλος·
ἦ τ' ἐφάμην τείσασθαι Ἀλέξανδρον κακότητος·
νῦν δέ μοι ἐν χείρεσσιν ἄγη ξίφος, ἐκ δέ μοι ἔγχος
ἠΐχθη παλάμηφιν ἐτώσιον, οὐδ' ἔβαλόν μιν."
ἦ, καὶ ἐπαΐξας κόρυθος λάβεν ἱπποδασείης,
ἕλκε δ' ἐπιστρέψας μετ' ἐϋκνήμιδας Ἀχαιούς·
ἄγχε δέ μιν πολύκεστος ἱμὰς ἁπαλὴν ὑπὸ δειρήν,
ὅς οἱ ὑπ' ἀνθερεῶνος ὀχεὺς τέτατο τρυφαλείης.
καί νύ κεν εἴρυσσέν τε καὶ ἄσπετον ἤρατο κῦδος,
εἰ μὴ ἄρ' ὀξὺ νόησε Διὸς θυγάτηρ Ἀφροδίτη,
ἥ οἱ ῥῆξεν ἱμάντα βοὸς ἶφι κταμένοιο·
κεινὴ δὲ τρυφάλεια ἅμ' ἕσπετο χειρὶ παχείηι.
τὴν μὲν ἔπειθ' ἥρως μετ' ἐϋκνήμιδας Ἀχαιοὺς
ῥῖψ' ἐπιδινήσας, κόμισαν δ' ἐρίηρες ἑταῖροι·
αὐτὰρ ὁ ἂψ ἐπόρουσε κατακτάμεναι μενεαίνων
ἔγχεϊ χαλκείωι· τὸν δ' ἐξήρπαξ' Ἀφροδίτη
ῥεῖα μάλ' ὥς τε θεός, ἐκάλυψε δ' ἄρ' ἠέρι πολλῆι,
κὰδ δ' εἷσ' ἐν θαλάμωι εὐώδεϊ κηώεντι.
αὐτὴ δ' αὖ Ἑλένην καλέουσ' ἴε· τὴν δ' ἐκίχανε
πύργωι ἐφ' ὑψηλῶι, περὶ δὲ Τρωιαὶ ἅλις ἦσαν·
χειρὶ δὲ νεκταρέου ἑανοῦ ἐτίναξε λαβοῦσα,
γρηῒ δέ μιν ἐϊκυῖα παλαιγενέϊ προσέειπεν
εἰροκόμωι, ἥ οἱ Λακεδαίμονι ναιετοώσηι
ἤσκειν εἴρια καλά, μάλιστα δέ μιν φιλέεσκε·
τῆι μιν ἐεισαμένη προσεφώνεε δῖ' Ἀφροδίτη·
„ δεῦρ' ἴθ'· Ἀλέξανδρός σε καλεῖ οἶκον δὲ νέεσθαι.
κεῖνος ὅ γ' ἐν θαλάμωι καὶ δινωτοῖσι λέχεσσι,
κάλλεΐ τε στίλβων καὶ εἵμασιν· οὐδέ κε φαίης
ἀνδρὶ μαχεσσάμενον τόν γ' ἐλθεῖν, ἀλλὰ χορόνδε
ἔρχεσθ', ἠὲ χοροῖο νέον λήγοντα καθίζειν."
ὣς φάτο, τῆι δ' ἄρα θυμὸν ἐνὶ στήθεσσιν ὄρινε·
καί ῥ' ὡς οὖν ἐνόησε θεᾶς περικαλλέα δειρὴν
στήθεά θ' ἱμερόεντα καὶ ὄμματα μαρμαίροντα,
θάμβησέν τ' ἄρ' ἔπειτα ἔπος τ' ἔφατ' ἔκ τ' ὀνόμαζε·
„ δαιμονίη, τί με ταῦτα λιλαίεαι ἠπεροπεύειν;
ἦ πήι με προτέρω πολίων εὖ ναιομενάων

Stürmend: da wand sich jener, und mied das schwarze Verhängnis.
Hurtig zog der Atreide das Schwert voll silberner Buckeln,
Hieb dann im Schwunge den Helm, den gekegelten; aber an jenem
Dreifach zerkracht und vierfach, entsprang es umher aus der Rechten.
Atreus Sohn wehklagte, den Blick gen Himmel erhebend:
Vater Zeus, nie gleicht dir an Grausamkeit einer der Götter!
Ha, ich hoffte zu strafen die Freveltat Alexandros;
Aber es sprang aus der Hand mir in Trümmer das Schwert, und die Lanze
Flog mir hinweg aus den Händen umsonst, und verwundete nicht ihn!
Sprach's, und stürmte hinan, und ergriff ihn am Busche des Helmes,
Zog dann gewandt ihn daher zu den hellumschienten Achaiern.
Jenen engt' an der Kehle der buntgezeichnete Riemen,
Den er unter dem Kinne, des Helmes Band, sich befestigt.
Und er hätt' ihn geschleift, und ewigen Ruhm sich erworben,
Wenn nicht schnell es bemerkt die Tochter Zeus Aphrodite,
Und ihn zersprengt den Riemen des stark erschlagenen Stieres.
Leer nun folgte der Helm der nervichten Hand Menelaos.
Diesen schleuderte drauf zu den hellumschienten Achaiern
Hochaufschwingend der Held; es erhoben ihn teure Genossen;
Und nun stürmt' er von neuem in heißer Begier zu ermorden
Hin mit dem ehernen Speer. Doch jenen entrückt' Aphrodite
Sonder Müh, als Göttin, und hüllt' in Nebel ihn ringsher,
Setzt' ihn drauf in die Kammer, von duftender Würze durchräuchert;
Schnell dann Helena suchend enteilte sie. Jene noch fand sie
Dort auf ragendem Turm, und umher viel troische Weiber.
Leis' ihr feines Gewand voll Nektarduft ihr bewegend,
Redete sie, in Gestalt der wollekrämpelnden Greisin,
Hochbetagt, die ihr einst in heimischer Burg Lakedämons
Liebliche Wolle gezupft, und ihr am meisten geliebt war;
Dieser gleich an Gestalt, begann Aphrodite die Göttin:
Komm; dich ruft Alexandros, mit mir nach Hause zu kehren.
Jener ruht in der Kammer auf zierlichem Lagergestelle,
Strahlend in Reiz und Feiergewand. Kaum solltest du glauben,
Daß er vom Zweikampf komme; vielmehr er gehe zum Reigen,
Oder er sitz' ausruhend vom fröhlichen Reigen ein wenig.
Jene sprach's, und erregt' ihr das wallende Herz in dem Busen.
Aber sobald sie bemerkte den lieblichen Nacken der Göttin,
Auch den Busen voll Reiz, und die anmutstrahlenden Augen;
Tief erstaunte sie jetzt, und redete, also beginnend:
Grausame, warum strebst du, mich nochmals schlau zu verleiten?
Soll ich vielleicht noch weiter die wohlbevölkerten Städte

ἄξεις, ἢ Φρυγίης ἢ Μῃονίης ἐρατεινῆς,
εἴ τίς τοι καὶ κεῖθι φίλος μερόπων ἀνθρώπων·
οὕνεκα δὴ νῦν δῖον Ἀλέξανδρον Μενέλαος
νικήσας ἐθέλει στυγερὴν ἐμὲ οἴκαδ᾽ ἄγεσθαι,
τοὔνεκα δὴ νῦν δεῦρο δολοφρονέουσα παρέστης;
ἧσο παρ᾽ αὐτὸν ἰοῦσα, θεῶν δ᾽ ἀπόεικε κελεύθου,
μηδ᾽ ἔτι σοῖσι πόδεσσιν ὑποστρέψειας Ὄλυμπον,
ἀλλ᾽ αἰεὶ περὶ κεῖνον ὀΐζυε καί ἑ φύλασσε,
εἰς ὅ κέ σ᾽ ἢ ἄλοχον ποιήσεται ἢ ὅ γε δούλην.
κεῖσε δ᾽ ἐγὼν οὐκ εἶμι – νεμεσσητὸν δέ κεν εἴη –
κείνου πορσανέουσα λέχος· Τρωιαὶ δέ μ᾽ ὀπίσσω
πᾶσαι μωμήσονται· ἔχω δ᾽ ἄχε᾽ ἄκριτα θυμῶι."
τὴν δὲ χολωσαμένη προσεφώνεε δῖ᾽ Ἀφροδίτη·
„μή μ᾽ ἔρεθε, σχετλίη, μὴ χωσαμένη σε μεθείω,
τὼς δέ σ᾽ ἀπεχθήρω ὡς νῦν ἔκπαγλ᾽ ἐφίλησα,
μέσσωι δ᾽ ἀμφοτέρων μητίσομαι ἔχθεα λυγρά,
Τρώων καὶ Δαναῶν, σὺ δέ κεν κακὸν οἶτον ὄληαι."
ὣς ἔφατ᾽, ἔδεισεν δ᾽ Ἑλένη Διὸς ἐκγεγαυῖα,
βῆ δὲ κατασχομένη ἑανῶι ἀργῆτι φαεινῶι
σιγῆι, πάσας δὲ Τρωιὰς λάθεν· ἦρχε δὲ δαίμων.
αἱ δ᾽ ὅτ᾽ Ἀλεξάνδροιο δόμον περικαλλέ᾽ ἵκοντο,
ἀμφίπολοι μὲν ἔπειτα θοῶς ἐπὶ ἔργα τράποντο,
ἡ δ᾽ εἰς ὑψόροφον θάλαμον κίε δῖα γυναικῶν.
τῆι δ᾽ ἄρα δίφρον ἑλοῦσα φιλομμειδὴς Ἀφροδίτη
ἀντί᾽ Ἀλεξάνδροιο θεὰ κατέθηκε φέρουσα·
ἔνθα κάθιζ᾽ Ἑλένη, κούρη Διὸς αἰγιόχοιο,
ὄσσε πάλιν κλίνασα, πόσιν δ᾽ ἠνίπαπε μύθωι·
„ἤλυθες ἐκ πολέμοι᾽· ὡς ὤφελες αὐτόθ᾽ ὀλέσθαι,
ἀνδρὶ δαμεὶς κρατερῶι, ὃς ἐμὸς πρότερος πόσις ἦεν.
ἦ μὲν δὴ πρίν γ᾽ εὔχε᾽ ἀρηϊφίλου Μενελάου
σῆι τε βίηι καὶ χερσὶ καὶ ἔγχεϊ φέρτερος εἶναι·
ἀλλ᾽ ἴθι νῦν προκάλεσσαι ἀρηΐφιλον Μενέλαον
ἐξαῦτις μαχέσασθαι ἐναντίον· ἀλλά σ᾽ ἔγωγε
παύεσθαι κέλομαι, μηδὲ ξανθῶι Μενελάωι
ἀντίβιον πόλεμον πολεμίζειν ἠδὲ μάχεσθαι
ἀφραδέως, μή πως τάχ᾽ ὑπ᾽ αὐτοῦ δουρὶ δαμήῃς."
τὴν δὲ Πάρις μύθοισιν ἀμειβόμενος προσέειπε·
„μή με, γύναι, χαλεποῖσιν ὀνείδεσι θυμὸν ἔνιπτε·
νῦν μὲν γὰρ Μενέλαος ἐνίκησεν σὺν Ἀθήνηι,
κεῖνον δ᾽ αὖτις ἐγώ· πάρα γὰρ θεοί εἰσι καὶ ἡμῖν.
ἀλλ᾽ ἄγε δὴ φιλότητι τραπείομεν εὐνηθέντε·

Phrygiens, oder der holden Mäonia Städte durchwandern,
Wenn auch dort ein Geliebter dir wohnt der redenden Menschen?
Drum weil jetzt Menelaos den edlen Held Alexandros
Überwand, und beschleußt mich heim, die Verhaßte, zu führen;
Darum schleichst du mir jetzo daher voll trüglicher Arglist?
Setze zu jenem dich hin, und verlaß der Unsterblichen Wandel;
Und nie kehre dein Fuß zu den seligen Höhn des Olympos:
Sondern teile des Sterblichen Weh, und pfleg' ihn mit Sorgfalt,
Bis er vielleicht zum Weibe dich aufnimmt, oder zur Sklavin!
Dorthin geh' ich dir nimmer, denn unanständig ja wär' es,
Ihm sein Bett zu schmücken hinfort. Des würden mich alle
Troerinnen verschmähn; und Gram schon lastet das Herz mir!
Aber voll Zorns antwortete drauf Aphrodite die Göttin:
Reize mich nicht, o Törin! ich könnt' im Zorne mich wenden,
Und so sehr dich hassen, als innig mein Herz dich geliebet!
Beid' entflammt' ich die Völker sodann zu verderblicher Feindschaft,
Troer sowohl wie Achaier; dann raffte dich böses Verhängnis!
Jene sprach's, und verzagt ward Helena, Tochter Kronions.
Eilend ging sie, gesenkt den silberglänzenden Schleier,
Still, unbemerkt den übrigen Fraun; und es führte die Göttin.
Als sie nunmehr Alexandros gepriesene Wohnung erreichten,
Wandten die dienenden Mägde sich schnell zur befohlenen Arbeit.
Jene trat in ihr hohes Gemach, die edle der Weiber.
Einen Sessel ergriff die holdanlächelnde Kypris,
Trug und stellt' ihn, die Göttin, dem Held Alexandros entgegen.
Helena setzte sich drauf, des Ägiserschütterers Tochter,
Wandte die Augen hinweg, und schalt den Gemahl mit den Worten:
Kommst du vom Kampfe zurück? O lägest du lieber getötet
Dort vom gewaltigen Manne, der mir der erste Gemahl war!
Ha, du prahltest vordem, den streitbaren Held Menelaos
Weit an Kraft und Händen und Lanzenwurf zu besiegen!
Gehe denn nun, und berufe den streitbaren Held Menelaos,
Wiederum zu kämpfen im Zweikampf! Aber dir rat' ich,
Bleib' in Ruh, und vermeide den bräunlichen Held Menelaos,
Gegen ihn anzukämpfen den tapferen Kampf der Entscheidung,
Ohne Bedacht; daß nicht durch seinen Speer du erliegest!
Aber Paris darauf antwortete, solches erwidernd:
Frau, laß ab, mir das Herz durch bittere Schmähung zu kränken.
Jetzo hat Menelaos mir obgesiegt mit Athene;
Ihm ein andermal ich; denn es walten ja Götter auch unser.
Komm, wir wollen in Lieb' uns vereinigen, sanft gelagert.

οὐ γάρ πώ ποτέ μ᾽ ὧδέ γ᾽ ἔρως φρένας ἀμφεκάλυψεν,
οὐδ᾽ ὅτε σε πρῶτον Λακεδαίμονος ἐξ ἐρατεινῆς
ἔπλεον ἁρπάξας ἐν ποντοπόροισι νέεσσι,
νήσωι δ᾽ ἐν Κραναῆι ἐμίγην φιλότητι καὶ εὐνῆι,
ὥς σεο νῦν ἔραμαι καί με γλυκὺς ἵμερος αἱρεῖ."
ἦ ῥα, καὶ ἄρχε λέχος δὲ κιών· ἅμα δ᾽ εἵπετ᾽ ἄκοιτις.
τὼ μὲν ἄρ᾽ ἐν τρητοῖσι κατεύνασθεν λεχέεσσιν,
Ἀτρεΐδης δ᾽ ἀν᾽ ὅμιλον ἐφοίτα θηρὶ ἐοικώς,
εἴ που ἐσαθρήσειεν Ἀλέξανδρον θεοειδέα.
ἀλλ᾽ οὔ τις δύνατο Τρώων κλειτῶν τ᾽ ἐπικούρων
δεῖξαι Ἀλέξανδρον τότ᾽ ἀρηϊφίλωι Μενελάωι·
οὐ μὲν γὰρ φιλότητί γ᾽ ἐκεύθανον, εἴ τις ἴδοιτο·
ἶσον γάρ σφιν πᾶσιν ἀπήχθετο κηρὶ μελαίνηι.
τοῖσι δὲ καὶ μετέειπεν ἄναξ ἀνδρῶν Ἀγαμέμνων·
„κέκλυτέ μευ, Τρῶες καὶ Δάρδανοι ἠδ᾽ ἐπίκουροι·
νίκη μὲν δὴ φαίνετ᾽ ἀρηϊφίλου Μενελάου,
ὑμεῖς δ᾽ Ἀργείην Ἑλένην καὶ κτήμαθ᾽ ἅμ᾽ αὐτῆι
ἔκδοτε, καὶ τιμὴν ἀποτινέμεν ἥν τιν᾽ ἔοικεν,
ἥ τε καὶ ἐσσομένοισι μετ᾽ ἀνθρώποισι πέληται."
ὣς ἔφατ᾽ Ἀτρεΐδης, ἐπὶ δ᾽ ἤινεον ἄλλοι Ἀχαιοί.

Denn noch nie hat also die Glut mir die Seele bewältigt,
Auch nicht, als ich zuerst aus der lieblichen Flur Lakedämon
Segelte, dich entführend in meerdurchwandelnden Schiffen,
Und auf Kranaens Au mich gesellt' in Lieb' und Umarmung;
Als ich anjetzt dir glühe, durchbebt von süßem Verlangen.
Sprach's, und nahte dem Lager zuerst; ihm folgte die Gattin.
Beide ruheten dann im schöngebildeten Bette.
Atreus Sohn durchstürmte das Heer nun, ähnlich dem Raubtier,
Ob er ihn wo ausspähte, den göttlichen Held Alexandros.
Doch nicht einer des troischen Volks, noch der edlen Genossen,
Konnt' Alexandros ihm zeigen, dem Rufer im Streit Menelaos.
Nicht aus Freundschaft wahrlich verhehlten sie, wenn man ihn schaute:
Denn verhaßt war er allen umher, wie das schwarze Verhängnis.
Jetzo erhub die Stimme der Völkerfürst Agamemnon:
Hört mein Wort, ihr Troer, ihr Dardaner, und ihr Genossen!
Offenbar ist Sieger der streitbare Held Menelaos.
Gebt denn Helena jetzt die Argeierin, samt der Besitzung,
Uns zurück; auch Buße bezahlet uns, welche geziemet,
Und die hinfort auch daure bei kommenden Menschengeschlechtern.
Also sprach der Atreid'; und es lobten ihn alle Achaier.

ΙΛΙΑΔΟΣ Δ

ὁρκίων σύγχυσις·
Ἀγαμέμνονος ἐπιπώλησις

Οἱ δὲ θεοὶ πὰρ Ζηνὶ καθήμενοι ἠγορόωντο
χρυσέωι ἐν δαπέδωι, μετὰ δέ σφισι πότνια Ἥβη
νέκταρ ἐοινοχόει· τοὶ δὲ χρυσέοις δεπάεσσι
δειδέχατ' ἀλλήλους, Τρώων πόλιν εἰσορόωντες·
αὐτίκ' ἐπειρᾶτο Κρονίδης ἐρεθιζέμεν Ἥρην
κερτομίοις ἐπέεσσι, παραβλήδην ἀγορεύων·
„ δοιαὶ μὲν Μενελάωι ἀρηγόνες εἰσὶ θεάων,
Ἥρη τ' Ἀργείη καὶ Ἀλαλκομενηῒς Ἀθήνη.
ἀλλ' ἤτοι ταὶ νόσφι καθήμεναι εἰσορόωσαι
τέρπεσθον· τῶι δ' αὖτε φιλομειδὴς Ἀφροδίτη
αἰεὶ παρμέμβλωκε καὶ αὐτοῦ κῆρας ἀμύνει·
καὶ νῦν ἐξεσάωσεν ὀϊόμενον θανέεσθαι.
ἀλλ' ἤτοι νίκη μὲν ἀρηϊφίλου Μενελάου·
ἡμεῖς δὲ φραζώμεθ' ὅπως ἔσται τάδε ἔργα,
ἤ ῥ' αὖτις πόλεμόν τε κακὸν καὶ φύλοπιν αἰνὴν
ὄρσομεν, ἦ φιλότητα μετ' ἀμφοτέροισι βάλωμεν.
εἰ δ' αὖ πως τόδε πᾶσι φίλον καὶ ἡδὺ γένοιτο,
ἤτοι μὲν οἰκέοιτο πόλις Πριάμοιο ἄνακτος,
αὖτις δ' Ἀργείην Ἑλένην Μενέλαος ἄγοιτο."
ὣς ἔφαθ', αἳ δ' ἐπέμυξαν Ἀθηναίη τε καὶ Ἥρη·
πλησίαι αἵ γ' ἥσθην, κακὰ δὲ Τρώεσσι μεδέσθην.
ἤτοι Ἀθηναίη ἀκέων ἦν οὐδέ τι εἶπε,
σκυζομένη Διὶ πατρί, χόλος δέ μιν ἄγριος ἥιρει·
Ἥρηι δ' οὐκ ἔχαδε στῆθος χόλον, ἀλλὰ προσηύδα·
„ αἰνότατε Κρονίδη, ποῖον τὸν μῦθον ἔειπες·
πῶς ἐθέλεις ἅλιον θεῖναι πόνον ἠδ' ἀτέλεστον,
ἱδρῶ θ' ὃν ἵδρωσα μόγωι, καμέτην δέ μοι ἵπποι
λαὸν ἀγειρούσηι, Πριάμωι κακὰ τοῖό τε παισίν.
ἔρδ'· ἀτὰρ οὔ τοι πάντες ἐπαινέομεν θεοὶ ἄλλοι."
τὴν δὲ μέγ' ὀχθήσας προσέφη νεφεληγερέτα Ζεύς·
„ δαιμονίη, τί νύ σε Πρίαμος Πριάμοιό τε παῖδες
τόσσα κακὰ ῥέζουσιν, ὅ τ' ἀσπερχὲς μενεαίνεις
Ἰλίου ἐξαλαπάξαι ἐϋκτίμενον πτολίεθρον;
εἰ δὲ σύ γ' εἰσελθοῦσα πύλας καὶ τείχεα μακρὰ
ὠμὸν βεβρώθοις Πρίαμον Πριάμοιό τε παῖδας

VIERTER GESANG

Zeus und Here beschließen Trojas Untergang. Athene beredet den Pandaros, einen Pfeil auf Menelaos zu schießen. Den Verwundeten heilt Machaon. Die Troer rücken an, und Agamemnon ermuntert die achaiischen Heerführer zum Angriff. Schlacht.

Aber die Götter um Zeus ratschlageten all' in Versammlung,
Sitzend auf goldener Flur; sie durchging die treffliche Hebe,
Nektar umher einschenkend; und jen' aus goldenen Bechern
Tranken sich zu einander, und schaueten nieder auf Troja,
Schnell versuchte Kronion, das Herz der Here zu kränken
Durch aufregende Wort', und redete solche Vergleichung:
Zwo sind hier Menelaos der Göttinnen jetzo gewogen,
Here von Argos zugleich, und Athen', Alalkomenens Göttin.
Aber beide von fern, des Anschauns nur sich erfreuend,
Sitzen sie; weil dem andern die holdanlächelnde Kypris
Stets als Helferin naht, und die graulichen Keren ihm abwehrt.
Nun auch entzog sie jenen, da Todesgraun er zuvorsah.
Aber gesiegt hat wahrlich der streitbare Held Menelaos.
Uns nun laßt erwägen, wohin sich wende die Sache:
Ob wir hinfort durch Kriegsgewalt und verderbende Zwietracht
Züchtigen oder in Frieden die beiderlei Völker versöhnen.
Wäre dies euch allen so angenehm und gefällig;
Gern noch möchte sie stehn, des herrschenden Priamos Feste,
Doch Menelaos zurück die Argeierin Helena führen.
Jener sprach's; da murrten geheim Athenäa und Here.
Nahe sich saßen sie dort, nur Unheil sinnend den Troern.
Jene nunmehr blieb schweigend, und redete nichts, Athenäa,
Eifernd dem Vater Zeus, und ihr tobte das Herz in Erbittrung.
Here nur konnte den Zorn nicht bändigen, sondern begann so:
Welch ein Wort, Kronion, du schrecklicher, hast du geredet!
Willst du, daß ganz ich umsonst arbeitete, daß ich vergebens
Schweiß der Mühe vergoß; und umher mit ermatteten Rossen
Völker erregt', um dem Priamos Gram und den Söhnen zu schaffen?
Tu's! doch nimmer gefällt es dem Rat der anderen Götter!
Unmutsvoll nun begann der Herrscher im Donnergewölk Zeus:
Grausame, was hat Priamos doch und Priamos Söhne
Dir so Böses getan, daß sonder Rast du dich abmühst,
Ilios auszutilgen, die Stadt voll prangender Häuser?
Möchtest du doch, eingehend durch Tor' und türmende Mauern,
Roh ihn verschlingen, den Priamos selbst und Priamos Söhne,

ἄλλους τε Τρῶας, τότε κεν χόλον ἐξακέσαιο.
ἕρξον ὅπως ἐθέλεις· μὴ τοῦτό γε νεῖκος ὀπίσσω
σοὶ καὶ ἐμοὶ μέγ᾽ ἔρισμα μετ᾽ ἀμφοτέροισι γένηται.
ἄλλο δέ τοι ἐρέω, σὺ δ᾽ ἐνὶ φρεσὶ βάλλεο σῇσιν·
ὁππότε κεν καὶ ἐγὼ μεμαὼς πόλιν ἐξαλαπάξαι
τὴν ἐθέλω ὅθι τοι φίλοι ἀνέρες ἐγγεγάασι,
μή τι διατρίβειν τὸν ἐμὸν χόλον, ἀλλά μ᾽ ἐᾶσαι·
καὶ γὰρ ἐγὼ σοὶ δῶκα ἑκὼν ἀέκοντί γε θυμῶι·
αἳ γὰρ ὑπ᾽ ἠελίωι τε καὶ οὐρανῶι ἀστερόεντι
ναιετάουσι πόληες ἐπιχθονίων ἀνθρώπων,
τάων μοι περὶ κῆρι τιέσκετο Ἴλιος ἱρὴ
καὶ Πρίαμος καὶ λαὸς ἐϋμμελίω Πριάμοιο.
οὐ γάρ μοί ποτε βωμὸς ἐδεύετο δαιτὸς ἐΐσης,
λοιβῆς τε κνίσης τε· τὸ γὰρ λάχομεν γέρας ἡμεῖς.“
τὸν δ᾽ ἠμείβετ᾽ ἔπειτα βοῶπις πότνια Ἥρη·
„ ἤτοι ἐμοὶ τρεῖς μὲν πολὺ φίλταταί εἰσι πόληες,
Ἄργός τε Σπάρτη τε καὶ εὐρυάγυια Μυκήνη·
τὰς διαπέρσαι, ὅτ᾽ ἄν τοι ἀπέχθωνται περὶ κῆρι·
τάων οὔ τοι ἐγὼ πρόσθ᾽ ἵσταμαι οὐδὲ μεγαίρω.
εἴ περ γὰρ φθονέω τε καὶ οὐκ εἰῶ διαπέρσαι,
οὐκ ἀνύω φθονέουσ᾽, ἐπεὶ ἦ πολὺ φέρτερός ἐσσι.
ἀλλὰ χρὴ καὶ ἐμὸν θέμεναι πόνον οὐκ ἀτέλεστον·
καὶ γὰρ ἐγὼ θεός εἰμι, γένος δέ μοι ἔνθεν ὅθεν σοί,
καί με πρεσβυτάτην τέκετο Κρόνος ἀγκυλομήτης,
ἀμφότερον, γενεῆι τε καὶ οὕνεκα σὴ παράκοιτις
κέκλημαι, σὺ δὲ πᾶσι μετ᾽ ἀθανάτοισιν ἀνάσσεις.
ἀλλ᾽ ἤτοι μὲν ταῦθ᾽ ὑποείξομεν ἀλλήλοισι,
σοὶ μὲν ἐγώ, σὺ δ᾽ ἐμοί· ἐπὶ δ᾽ ἕψονται θεοὶ ἄλλοι
ἀθάνατοι· σὺ δὲ θᾶσσον Ἀθηναίηι ἐπιτεῖλαι
ἐλθεῖν ἐς Τρώων καὶ Ἀχαιῶν φύλοπιν αἰνήν,
πειρᾶν δ᾽ ὥς κε Τρῶες ὑπερκύδαντας Ἀχαιοὺς
ἄρξωσι πρότεροι ὑπὲρ ὅρκια δηλήσασθαι.“
ὣς ἔφατ᾽, οὐδ᾽ ἀπίθησε πατὴρ ἀνδρῶν τε θεῶν τε·
αὐτίκ᾽ Ἀθηναίην ἔπεα πτερόεντα προσηύδα·
„ αἶψα μάλ᾽ ἐς στρατὸν ἐλθὲ μετὰ Τρῶας καὶ Ἀχαιούς,
πειρᾶν δ᾽ ὥς κε Τρῶες ὑπερκύδαντας Ἀχαιοὺς
ἄρξωσι πρότεροι ὑπὲρ ὅρκια δηλήσασθαι.“
ὣς εἰπὼν ὄτρυνε πάρος μεμαυῖαν Ἀθήνην,
βῆ δὲ κατ᾽ Οὐλύμποιο καρήνων ἀΐξασα.
οἷον δ᾽ ἀστέρα ἧκε Κρόνου πάϊς ἀγκυλομήτεω,
ἢ ναύτῃσι τέρας ἠὲ στρατῶι εὐρέϊ λαῶν,

Samt den Troern umher; dann würde dein Zorn dir gesättigt!
Tue, wie dir's gefällt, daß nicht der Hader in Zukunft
Beiden, dir selber und mir, zu größerem Zwiste gedeihe.
Eines verkünd' ich dir noch, und du bewahr' es im Herzen:
Wenn auch mir im Eifer hinwegzutilgen gelüstet
Eine Stadt, wo dir erkorene Günstlinge wohnen;
Daß du alsdann nicht weilest den Rächenden, sondern mich lassest!
Gab doch ich selbst dir willig, obgleich unwilliges Herzens.
Denn was unter der Sonn' und dem sternumleuchteten Himmel
Irgend erscheint von Städten der sterblichen Erdebewohner;
Hoch mir vor allen geehrt war Ilios' heilige Feste,
Priamos selbst, und das Volk des lanzenkundigen Königs.
Nie ja mangelte mir der Altar des gemeinsamen Mahles,
Nie des Weins und Gedüftes, das uns zur Ehre bestimmt ward.
 Ihm antwortete drauf die hoheitblickende Here:
Siehe drei vor allen sind mir die geliebtesten Städte,
Argos und Sparta zugleich, und die weitdurchwohnte Mykene:
Diese verderb' im Zorn, wenn etwa dein Herz sie erbittern;
Niemals werd' ich solche verteidigen, oder dir eifern.
Wenn ich ja gleich mißgönnend dir wehrete, sie zu verderben;
Nichts doch schaffte mein Tun; denn weit gewaltiger bist du.
Aber auch mein Arbeiten geziemet es nicht zu vereiteln.
Denn auch ich bin Göttin, entstammt dem Geschlechte, woher du;
Ich die erhabenste Tochter gezeugt vom verborgenen Kronos,
Zweifach erhöht, an Geburt, und weil ich deine Genossin
Ward ernannt, der du mächtig im Kreis der Unsterblichen waltest.
Aber wohlan, dies wollen wir nachsehn einer dem andern,
Dir ich selbst, und du mir; auch andre unsterbliche Götter
Folgen uns dann. Doch jetzo beschleunige Pallas Athene,
Hinzugehn in der Troer und Danaer furchtbare Schlachtreihn,
Daß sie versuch', ob die Troer die siegesstolzen Achaier
Etwa zuerst anfahn zu beleidigen wider den Eidschwur.
 Sprach's; ihr gehorchte der Vater des Menschengeschlechts und der Götter,
Wandte sich schnell zur Athen', und sprach die geflügelten Worte:
 Eile sofort in das Heer der Troer hinab und Achaier;
Daß du versuchst, ob die Troer die siegesstolzen Achaier
Etwa zuerst anfahn zu beleidigen, wider den Eidschwur.
 Also Zeus, und erregte die schon verlangende Göttin;
Stürmendes Schwungs entflog sie den Felsenhöhn des Olympos.
Gleich wie ein Stern, gesendet vom Sohn des verborgenen Kronos,
Schiffenden, oder dem Heere gewaffneter Völker zum Zeichen,

λαμπρόν· τοῦ δέ τε πολλοὶ ἀπὸ σπινθῆρες ἵενται·
τῶι ἐϊκυῖ' ἤϊξεν ἐπὶ χθόνα Παλλὰς Ἀθήνη,
κὰδ δ' ἔθορ' ἐς μέσσον· θάμβος δ' ἔχεν εἰσορόωντας,
Τρῶάς θ' ἱπποδάμους καὶ ἐϋκνήμιδας Ἀχαιούς·
ὧδε δέ τις εἴπεσκεν ἰδὼν ἐς πλησίον ἄλλον·
„ἦ ῥ' αὖτις πόλεμός τε κακὸς καὶ φύλοπις αἰνὴ
ἔσσεται, ἢ φιλότητα μετ' ἀμφοτέροισι τίθησι
Ζεύς, ὅς τ' ἀνθρώπων ταμίης πολέμοιο τέτυκται."
ὣς ἄρα τις εἴπεσκεν Ἀχαιῶν τε Τρώων τε.
ἡ δ' ἀνδρὶ ἰκέλη Τρώων κατεδύσεθ' ὅμιλον,
Λαοδόκωι Ἀντηνορίδηι κρατερῶι αἰχμητῆι,
Πάνδαρον ἀντίθεον διζημένη εἴ που ἐφεύροι.
εὗρε Λυκάονος υἱὸν ἀμύμονά τε κρατερόν τε
ἑσταότ'· ἀμφὶ δέ μιν κρατεραὶ στίχες ἀσπιστάων
λαῶν, οἵ οἱ ἕποντο ἀπ' Αἰσήποιο ῥοάων·
ἀγχοῦ δ' ἱσταμένη ἔπεα πτερόεντα προσηύδα·
„ἦ ῥά νύ μοί τι πίθοιο, υκάονος υἱὲ δαΐφρον.
τλαίης κεν Μενελάωι ἐπιπροέμεν ταχὺν ἰόν,
πᾶσι δέ κε Τρώεσσι χάριν καὶ κῦδος ἄροιο,
ἐκ πάντων δὲ μάλιστα Ἀλεξάνδρωι βασιλῆϊ.
τοῦ κεν δὴ πάμπρωτα παρ' ἀγλαὰ δῶρα φέροιο,
αἴ κεν ἴδηι Μενέλαον ἀρήϊον Ἀτρέος υἱὸν
σῶι βελεϊ δμηθέντα πυρῆς ἐπιβάντ' ἀλεγεινῆς.
ἀλλ' ἄγ' ὀΐστευσον Μενελάου κυδαλίμοιο,
εὔχεο δ' Ἀπόλλωνι Λυκηγενέϊ κλυτοτόξωι
ἀρνῶν πρωτογόνων ῥέξειν κλειτὴν ἑκατόμβην
οἴκαδε νοστήσας ἱερῆς εἰς ἄστυ Ζελείης."
ὣς φάτ' Ἀθηναίη, τῶι δὲ φρένας ἄφρονι πεῖθεν·
αὐτίκ' ἐσύλα τόξον ἐΰξοον ἰξάλου αἰγὸς
ἀγρίου, ὅν ῥά ποτ' αὐτὸς ὑπὸ στέρνοιο τυχήσας
πέτρης ἐκβαίνοντα δεδεγμένος ἐν προδοκῆισι
βεβλήκει πρὸς στῆθος· ὁ δ' ὕπτιος ἔμπεσε πέτρηι.
τοῦ κέρα ἐκ κεφαλῆς ἑκκαιδεκάδωρα πεφύκει·
καὶ τὰ μὲν ἀσκήσας κεραοξόος ἤραρε τέκτων,
πᾶν δ' εὖ λειήνας χρυσέην ἐπέθηκε κορώνην.
καὶ τὸ μὲν εὖ κατέθηκε τανυσσάμενος ποτὶ γαίηι
ἀγκλίνας· πρόσθεν δὲ σάκεα σχέθον ἐσθλοὶ ἑταῖροι,
μὴ πρὶν ἀναΐξειαν ἀρήϊοι υἷες Ἀχαιῶν,
πρὶν βλῆσθαι Μενέλαον ἀρήϊον Ἀτρέος υἱόν.
αὐτὰρ ὁ σύλα πῶμα φαρέτρης, ἐκ δ' ἕλετ' ἰὸν
ἀβλῆτα πτερόεντα, μελαινέων ἕρμ' ὀδυνάων·

Strahlend brennt, und im Flug' unzählige Funken umhersprüht:
Also senkt' hineilend zur Erde sich Pallas Athene
Zwischen die Heere hinab; und Staunen ergriff, die es ansahn,
Rossebezähmende Troer, und hellumschiente Achaier.
Also redete mancher, gewandt zum anderen Nachbar:
 Wieder fürwahr soll Kriegesgewalt und verderbende Zwietracht
Züchtigen, oder in Frieden versöhnt nun beiderlei Völker
Zeus, der dem Menschengeschlecht des Kriegs Obwalter erscheinet!
 So nun redete mancher der Troer umher und Achaier.
Jen', ein Mann von Gestalt, durchdrang der Troer Getümmel,
Gleich dem Antenoriden Laodokos, mächtig im Speerkampf,
Rings nach Pandaros forschend, dem Göttlichen, ob sie ihn fände.
Jetzo fand sie den starken untadlichen Sohn des Lykaon
Stehend, und rings um den Herrscher die starke geschildete Heerschar
Seines Volks, das ihm folgte vom heiligen Strom des Äsepos.
Nahe trat sie hinan und sprach die geflügelten Worte:
 Möchtest du jetzt mir gehorchen, verständiger Sohn des Lykaon?
Wagtest du wohl, Menelaos ein schnelles Geschoß zu entsenden?
Preis gewännst du und Dank von allem Volke der Troer,
Aber vor allem zumeist vom herrschenden Held Alexandros:
Der dich traun vorzüglich mit glänzenden Gaben belohnte,
Säh' er jetzt Menelaos, den streitbaren Sohn des Atreus,
Deinem Geschosse besiegt, die traurige Flamme besteigen.
Auf denn, und schnelle den Pfeil zum rühmlichen Held Menelaos.
Aber gelob' Apollon, dem lykischen Bogenberühmten,
Eine Dankhekatombe der Erstlingslämmer zu opfern,
Heimgekehrt in dein Haus zur heiligen Stadt Zeleia.
 Jene sprach's, und bewegte das Herz des törichten Mannes.
Schnell entblößt' er den Bogen, geschnitzt von des üppigen Steinbocks
Schönem Gehörn, dem er selber die Brust von unten getroffen;
Als er dem Felsen entsprang, am gewähleten Ort ihn erwartend,
Zielt' und durchschoß er die Brust, daß rücklings am Fels er hinabsank.
Sechzehn Handbreit ragten empor am Haupte die Hörner.
Solche schnitzt' und verband der hornarbeitende Künstler,
Glättete alles umher, und beschlug's mit goldener Krümmung.
Diesen nun stellt' er geschickt, nachdem er ihn spannt', auf die Erde
Angelehnt; und mit Schilden bedeckten ihn tapfere Freunde,
Daß nicht zuvor anstürmten die streitbaren Männer Achaias,
Eh' er gefällt Menelaos, den streitbaren Fürsten Achaias.
Jetzo des Köchers Deckel eröffnet' er, wählte den Pfeil dann,
Ungeschnellt und gefiedert, den Urquell dunkeler Qualen.

αἶψα δ' ἐπὶ νευρῆι κατεκόσμει πικρὸν ὀϊστόν,
εὔχετο δ' Ἀπόλλωνι Λυκηγενέϊ κλυτοτόξωι
ἀρνῶν πρωτογόνων ῥέξειν κλειτὴν ἑκατόμβην
οἴκαδε νοστήσας ἱερῆς εἰς ἄστυ Ζελείης.
ἕλκε δ' ὁμοῦ γλυφίδας τε λαβὼν καὶ νεῦρα βόεια·
νευρὴν μὲν μαζῶι πέλασεν, τόξωι δὲ σίδηρον.
αὐτὰρ ἐπεὶ δὴ κυκλοτερὲς μέγα τόξον ἔτεινε,
λίγξε βιός, νευρὴ δὲ μέγ' ἴαχεν, ἆλτο δ' ὀϊστὸς
ὀξυβελής, καθ' ὅμιλον ἐπιπτέσθαι μενεαίνων.
οὐδὲ σέθεν, Μενέλαε, θεοὶ μάκαρες λελάθοντο
ἀθάνατοι, πρώτη δὲ Διὸς θυγάτηρ ἀγελείη,
ἥ τοι πρόσθε στᾶσα βέλος ἐχεπευκὲς ἄμυνεν.
ἣ δὲ τόσον μὲν ἔεργεν ἀπὸ χροός, ὡς ὅτε μήτηρ
παιδὸς ἐέργηι μυῖαν, ὅθ' ἡδέϊ λέξεται ὕπνωι,
αὐτὴ δ' αὖτ' ἴθυνεν ὅθι ζωστῆρος ὀχῆες
χρύσειοι σύνεχον καὶ διπλόος ἤντετο θώρηξ.
ἐν δ' ἔπεσε ζωστῆρι ἀρηρότι πικρὸς ὀϊστός·
διὰ μὲν ἂρ ζωστῆρος ἐλήλατο δαιδαλέοιο,
καὶ διὰ θώρηκος πολυδαιδάλου ἠρήρειστο
μίτρης θ', ἣν ἐφόρει ἔρυμα χροὸς ἕρκος ἀκόντων,
ἥ οἱ πλεῖστον ἔρυτο· διὰ πρὸ δὲ εἴσατο καὶ τῆς.
ἀκρότατον δ' ἄρ' ὀϊστὸς ἐπέγραψε χρόα φωτός·
αὐτίκα δ' ἔρρεεν αἷμα κελαινεφὲς ἐξ ὠτειλῆς.
ὡς δ' ὅτε τίς τ' ἐλέφαντα γυνὴ φοίνικι μιήνηι
Μηιονὶς ἠὲ Κάειρα, παρήϊον ἔμμεναι ἵππων·
κεῖται δ' ἐν θαλάμωι, πολέες τέ μιν ἠρήσαντο
ἱππῆες φορέειν· βασιλῆϊ δὲ κεῖται ἄγαλμα,
ἀμφότερον κόσμός θ' ἵππωι ἐλατῆρί τε κῦδος·
τοῖοί τοι, Μενέλαε μιάνθην αἵματι μηροὶ
εὐφυέες κνῆμαί τε ἰδὲ σφυρὰ κάλ' ὑπένερθε.
ῥίγησεν δ' ἄρ' ἔπειτα ἄναξ ἀνδρῶν Ἀγαμέμνων,
ὡς εἶδεν μέλαν αἷμα καταρρέον ἐξ ὠτειλῆς·
ῥίγησεν δὲ καὶ αὐτὸς ἀρηΐφιλος Μενέλαος.
ὡς δὲ ἴδεν νεῦρόν τε καὶ ὄγκους ἐκτὸς ἐόντας,
ἄψορρόν οἱ θυμὸς ἐνὶ στήθεσσιν ἀγέρθη.
τοῖς δὲ βαρὺ στενάχων μετέφη κρείων Ἀγαμέμνων,
χειρὸς ἔχων Μενέλαον, ἐπεστενάχοντο δ' ἑταῖροι·
„ φίλε κασίγνητε, θάνατόν νύ τοι ὅρκι' ἔταμνον,
οἶον προστήσας πρὸ Ἀχαιῶν Τρωσὶ μάχεσθαι,
ὥς σ' ἔβαλον Τρῶες, κατὰ δ' ὅρκια πιστὰ πάτησαν.
οὐ μέν πως ἅλιον πέλει ὅρκιον αἷμά τε ἀρνῶν

Eilend ordnet' er nun das herbe Geschoß auf der Senne;
Und er gelobt' Apollon, dem lykischen bogenberühmten,
Eine Dankhekatombe der Erstlingslämmer zu opfern,
Heimgekehrt in sein Haus zur heiligen Stadt Zeleia;
Fassend dann zog er die Kerbe zugleich, und die Nerve des Rindes,
Daß die Senne der Brust annaht', und das Eisen dem Bogen.
Als er nunmehr kreisförmig den mächtigen Bogen gekrümmet;
Schwirrte das Horn, und tönte die Senn', und sprang das Geschoß hin,
Scharfgespitzt in den Haufen hineinzufliegen verlangend.

Doch nicht dein, Menelaos, vergaßen die seligen Götter,
Ewig an Macht, vor allen des Zeus siegprangende Tochter,
Welche vor dich hintretend das Todesgeschoß dir entfernte.
Gleich so wehrete sie's vom Leibe dir, wie wenn die Mutter
Wehrt' vom Sohne die Flieg', indem süßschlummernd er daliegt.
Aber dorthin lenkt' es die Herrscherin, wo sich des Gurtes
Goldene Spang' ihm schloß, und zwiefach hemmte der Harnisch.
Stürmend traf das Geschoß den festanliegenden Leibgurt,
Sieh' und hinein in den Gurt, den künstlichen, bohrte die Spitze;
Auch in das Kunstgeschmeide des Harnisches drang sie geheftet;
Und in das Blech, das er trug zur Schutzwehr gegen Geschosse,
Welches am meisten ihn schirmt'; allein sie durchdrang ihm auch dieses;
Und nun ritzte der Pfeil die obere Haut des Atreiden,
Daß ihm sogleich vorströmte das dunkelnde Blut aus der Wunde.

Wie wenn ein Elfenbein die Mäonerin, oder die Karin,
Schön mit Purpur gefärbt, zum Wangenschmucke des Rosses;
Dort nun liegt's im Gemach, und viel der reisigen Männer
Wünschten es wegzutragen; doch Königen hegt sie das Kleinod,
Beides ein Schmuck dem Rosse zu sein, und Ehre dem Lenker:
Also umfloß, Menelaos, das färbende Blut dir die Schenkel,
Stattlich von Wuchs, und die Bein' und zierlichen Knöchel hinunter.

Schauer durchdrang alsbald den Herrscher des Volks Agamemnon,
Als er sah, wie das Blut ihm schwarz hinfloß aus der Wunde;
Schauer durchdrang ihn selber, den streitbaren Held Menelaos.
Aber sobald er die Schnur auswärts und die Haken erblickte;
Ward von neuem mit Mut sein männliches Herz ihm erfüllet.
Schwer aufseufzend begann der Völkerfürst Agamemnon,
Haltend die Hand Menelaos; es seufzten umher die Genossen:

O du teurer Bruder, zum Tode dir schloß ich das Bündnis,
Dich allein hinstellend, für uns mit den Troern zu kämpfen!
Denn dich trafen die Troer, das heilige Bündnis zertretend!
Aber umsonst ist nimmer der Eidschwur, oder der Lämmer

σπονδαί τ' ἄκρητοι καὶ δεξιαὶ ᾗς ἐπέπιθμεν.
εἴ περ γάρ τε καὶ αὐτίκ' Ὀλύμπιος οὐκ ἐτέλεσσεν,
ἔκ τε καὶ ὀψὲ τελεῖ, σύν τε μεγάλωι ἀπέτισαν,
σὺν σφῆισιν κεφαλῆισι γυναιξί τε καὶ τεκέεσσιν.
εὖ γὰρ ἐγὼ τόδε οἶδα κατὰ φρένα καὶ κατὰ θυμόν·
ἔσσεται ἦμαρ ὅτ' ἄν ποτ' ὀλώληι Ἴλιος ἱρὴ
καὶ Πρίαμος καὶ λαὸς ἐϋμμελίω Πριάμοιο,
Ζεὺς δέ σφι Κρονίδης ὑψίζυγος, αἰθέρι ναίων,
αὐτὸς ἐπισσείηισιν ἐρεμνὴν αἰγίδα πᾶσι
τῆσδ' ἀπάτης κοτέων· τὰ μὲν ἔσσεται οὐκ ἀτέλεστα·
ἀλλά μοι αἰνὸν ἄχος σέθεν ἔσσεται, ὦ Μενέλαε,
αἴ κε θάνηις καὶ πότμον ἀναπλήσηις βιότοιο.
καί κεν ἐλέγχιστος πολυδίψιον Ἄργος ἱκοίμην·
αὐτίκα γὰρ μνήσονται Ἀχαιοὶ πατρίδος αἴης·
κὰδ δέ κεν εὐχωλὴν Πριάμωι καὶ Τρωσὶ λίποιμεν
Ἀργείην Ἑλένην· σέο δ' ὀστέα πύσει ἄρουρα
κειμένου ἐν Τροίηι ἀτελευτήτωι ἐπὶ ἔργωι.
καί κέ τις ὧδ' ἐρέει Τρώων ὑπερηνορεόντων
τύμβωι ἐπιθρώισκων Μενελάου κυδαλίμοιο·
‚αἴθ' οὕτως ἐπὶ πᾶσι χόλον τελέσει' Ἀγαμέμνων,
ὡς καὶ νῦν ἅλιον στρατὸν ἤγαγεν ἐνθάδ' Ἀχαιῶν,
καὶ δὴ ἔβη οἶκόνδε φίλην ἐς πατρίδα γαῖαν
σὺν κεινῆισιν νηυσί, λιπὼν ἀγαθὸν Μενέλαον.'
ὥς ποτέ τις ἐρέει· τότε μοι χάνοι εὐρεῖα χθών."
  τὸν δ' ἐπιθαρσύνων προσέφη ξανθὸς Μενέλαος·
„θάρσει, μηδέ τί πω δειδίσσεο λαὸν Ἀχαιῶν·
οὐκ ἐν καιρίωι ὀξὺ πάγη βέλος, ἀλλὰ πάροιθεν
εἰρύσατο ζωστήρ τε παναίολος ἠδ' ὑπένερθε
ζῶμά τε καὶ μίτρη, τὴν χαλκῆες κάμον ἄνδρες."
  τὸν δ' ἀπαμειβόμενος προσέφη κρείων Ἀγαμέμνων·
„αἲ γὰρ δὴ οὕτως εἴη, φίλος ὦ Μενέλαε·
ἕλκος δ' ἰητὴρ ἐπιμάσσεται ἠδ' ἐπιθήσει
φάρμαχ', ἅ κεν παύσηισι μελαινάων ὀδυνάων."
  ἦ, καὶ Ταλθύβιον, θεῖον κήρυκα, προσηύδα·
„Ταλθύβι', ὅττι τάχιστα Μαχάονα δεῦρο κάλεσσον,
φῶτ' Ἀσκληπιοῦ υἱόν, ἀμύμονος ἰητῆρος,
ὄφρα ἴδηι Μενέλαον ἀρήϊον Ἀτρέος υἱόν,
ὅν τις ὀϊστεύσας ἔβαλεν, τόξων ἐῢ εἰδώς,
Τρώων ἢ Λυκίων, τῶι μὲν κλέος, ἄμμι δὲ πένθος."
  ὣς ἔφατ', οὐδ' ἄρα οἱ κῆρυξ ἀπίθησεν ἀκούσας,
βῆ δ' ἰέναι κατὰ λαὸν Ἀχαιῶν χαλκοχιτώνων

Blut, noch der lautere Wein, und der Handschlag, dem wir vertrauet.
Wenn auch jetzo sogleich der Olympier nicht es vollendet;
Doch vollendet er spät! und hoch ihm werden sie büßen,
Werden mit eigenem Haupte, mit Weib und Kindern es büßen!
Denn das erkenn' ich gewiß in des Herzens Geist und Empfindung:
Einst wird kommen der Tag, da die heilige Ilios hinsinkt,
Priamos selbst, und das Volk des lanzenkundigen Königs!
Dann wird Zeus der Kronid' aus strahlender Höhe des Äthers
Gegen sie all' erschüttern das Graun der umnachteten Ägis,
Zürnend ob solchem Betrug! Geschehn wird dieses unfehlbar!
Aber in bitteren Schmerz versenkst du mich, o Menelaos,
Wenn du stirbst, und das Maß der Lebenstage nun füllest!
Siehe voll Schmach dann kehrt' ich zur wasserdürftigen Argos!
Denn alsbald gedächten des Vaterlands die Achaier;
Und wir verließen den Ruhm dem Priamos hier und den Troern,
Helena, Argos Kind; es moderten deine Gebeine
Liegend in Trojas Gefild', am unvollendeten Werke!
Mancher vielleicht dann spräche der übermütigen Troer,
Fröhlich das Grab umhüpfend dem rühmlichen Held Menelaos:
Daß doch so bei allen den Zorn vollend' Agamemnon,
Wie er jetzo umsonst herführte das Volk der Achaier!
Denn schon kehret' er heim zum lieben Lande der Väter,
Leer die sämtlichen Schiff', und verließ den Held Menelaos!
Also spräche man einst! Dann reiße sich weit mir die Erd' auf!
　Doch ihn tröstete so der bräunliche Held Menelaos:
Sei getrost, und schrecke noch nicht das Volk der Achaier.
Nicht zum Tod' hat jetzo das scharfe Geschoß mich verwundet;
Sondern mich schützte der Gurt von getriebener Pracht, und darunter
Auch die Bind' und das Blech, das Erzarbeiter gebildet.
　Ihm antwortete drauf der Herrscher des Volks Agamemnon:
Möcht' es doch also sein, du geliebtester, o Menelaos!
Aber es prüfe der Arzt die blutende Wund' und lege
Linderung drauf, um vielleicht die dunkele Qual zu bezähmen.
　Sprach's, und rief Talthybios schnell, den göttlichen Herold:
Auf, Talthybios, eil' und rufe mir schleunig Machaon,
Ihn, Asklepios' Sohn, des unvergleichbaren Arztes,
Anzuschaun Menelaos, den streitbaren Fürsten Achaias;
Diesen traf mit Geschoß ein bogenkundiger Troer
Oder ein Lykier jetzt, zum Ruhme sich, uns zur Betrübnis.
　Jener sprach's; da gehorchte des Königes Worte der Herold;
Schnell durchging er die Scharen der erzumschirmten Achaier,

παπταίνων ἥρωα Μαχάονα· τὸν δ' ἐνόησεν
ἑσταότ'· ἀμφὶ δέ μιν κρατεραὶ στίχες ἀσπιστάων
λαῶν, οἵ οἱ ἕποντο Τρίκης ἐξ ἱπποβότοιο.
ἀγχοῦ δ' ἱστάμενος ἔπεα πτερόεντα προσηύδα·
„ ὄρσ', Ἀσκληπιάδη, καλέει κρείων Ἀγαμέμνων,
ὄφρα ἴδηις Μενέλαον ἀρήϊον ἀρχὸν Ἀχαιῶν,
ὅν τις ὀϊστεύσας ἔβαλεν, τόξων ἐῢ εἰδώς,
Τρώων ἢ Λυκίων, τῶι μὲν κλέος, ἄμμι δὲ πένθος."
ὣς φάτο, τῶι δ' ἄρα θυμὸν ἐνὶ στήθεσσιν ὄρινε·
βὰν δ' ἰέναι καθ' ὅμιλον ἀνὰ στρατὸν εὐρὺν Ἀχαιῶν.
ἀλλ' ὅτε δή ῥ' ἵκανον ὅθι ξανθὸς Μενέλαος
βλήμενος ἦν, περὶ δ' αὐτὸν ἀγηγέραθ' ὅσσοι ἄριστοι
κυκλόσ', ὁ δ' ἐν μέσσοισι παρίστατο ἰσόθεος φώς,
αὐτίκα δ' ἐκ ζωστῆρος ἀρηρότος ἕλκεν ὀϊστόν·
τοῦ δ' ἐξελκομένοιο πάλιν ἄγεν ὀξέες ὄγκοι.
λῦσε δέ οἱ ζωστῆρα παναίολον ἠδ' ὑπένερθε
ζῶμά τε καὶ μίτρην, τὴν χαλκῆες κάμον ἄνδρες.
αὐτὰρ ἐπεὶ ἴδεν ἕλκος, ὅθ' ἔμπεσε πικρὸς ὀϊστός,
αἷμ' ἐκμυζήσας ἐπ' ἄρ' ἤπια φάρμακα εἰδὼς
πάσσε, τά οἵ ποτε πατρὶ φίλα φρονέων πόρε Χείρων.
  ὄφρα τοὶ ἀμφεπένοντο βοὴν ἀγαθὸν Μενέλαον,
τόφρα δ' ἐπὶ Τρώων στίχες ἤλυθον ἀσπιστάων·
οἱ δ' αὖτις κατὰ τεύχε' ἔδυν, μνήσαντο δὲ χάρμης.
  ἔνθ' οὐκ ἂν βρίζοντα ἴδοις Ἀγαμέμνονα δῖον,
οὐδὲ καταπτώσσοντ', οὐδ' οὐκ ἐθέλοντα μάχεσθαι,
ἀλλὰ μάλα σπεύδοντα μάχην ἐς κυδιάνειραν.
ἵππους μὲν γὰρ ἔασε καὶ ἅρματα ποικίλα χαλκῶι·
καὶ τοὺς μὲν θεράπων ἀπάνευθ' ἔχε φυσιόωντας
Εὐρυμέδων, υἱὸς Πτολεμαίου Πειραΐδαο·
τῶι μάλα πόλλ' ἐπέτελλε παρισχέμεν, ὁππότε κέν μιν
γυῖα λάβηι κάματος, πολέας διὰ κοιρανέοντα·
αὐτὰρ ὁ πεζὸς ἐὼν ἐπεπωλεῖτο στίχας ἀνδρῶν·
καί ῥ' οὓς μὲν σπεύδοντας ἴδοι Δαναῶν ταχυπώλων,
τοὺς μάλα θαρσύνεσκε παριστάμενος ἐπέεσσιν·
„ Ἀργεῖοι, μή πώ τι μεθίετε θούριδος ἀλκῆς·
οὐ γὰρ ἐπὶ ψευδέσσι πατὴρ Ζεὺς ἔσσετ' ἀρωγός,
ἀλλ' οἵ περ πρότεροι ὑπὲρ ὅρκια δηλήσαντο,
τῶν ἤτοι αὐτῶν τέρενα χρόα γῦπες ἔδονται,
ἡμεῖς αὖτ' ἀλόχους τε φίλας καὶ νήπια τέκνα
ἄξομεν ἐν νήεσσιν, ἐπὴν πτολίεθρον ἕλωμεν."
  οὕς τινας αὖ μεθιέντας ἴδοι στυγεροῦ πολέμοιο,

Schauete forschend umher, und fand den Helden Machaon
Stehend, und rings um den Herrscher die starke geschildete Heerschar
Seines Volks, das ihm folgt' aus der rossenährenden Trikka.
Nahe trat er hinan, und sprach die geflügelten Worte:
Auf, Asklepios Sohn, dich ruft der Fürst Agamemnon,
Anzuschaun Menelaos, den streitbaren Sohn des Atreus;
Diesen traf mit Geschoß ein bogenkundiger Troer
Oder ein Lykier jetzt, zum Ruhme sich, uns zur Betrübnis.
Jener sprach's; ihm aber das Herz im Busen erregt' er;
Schnell durchwandelten sie das Gedräng' in den Scharen Achaias.
Als sie nunmehr hinkamen, wo Atreus Sohn Menelaos
Blutend stand, und um jenen die Edelsten alle versammelt
Rings, er selbst in der Mitte, der götterähnliche Streiter;
Zog er sofort das Geschoß aus dem festanliegenden Leibgurt;
Und wie er auszog, bogen die spitzigen Haken sich rückwärts.
Hierauf löst' er den Gurt von getriebener Pracht, und darunter
Auch die Bind', und das Blech, das Erzarbeiter gebildet.
Als er die Wunde geschaut, wo das herbe Geschoß ihm hineindrang;
Sog er das quellende Blut, und legt' ihm lindernde Salb' auf,
Kundig, die einst dem Vater verliehn der gewogene Cheiron.
Während sie dort umeilten den Rufer im Streit Menelaos;
Zogen bereits die Troer heran in geschildeten Schlachtreihn.
Jen' auch hüllten sich wieder in Wehr, und entbrannten von Streitlust.
Jetzt nicht hättest du schlummern gesehn Agamemnon den Herrscher,
Nicht hinab sich schmiegen, und nicht unwillig zu kämpfen;
Sondern gefaßt hineilen zur männerehrenden Feldschlacht.
Denn dort ließ er die Ross' und den erzumschimmerten Wagen;
Und sein Genoß hielt jene, die mutig schnaubenden abwärts,
Held Eurymedon, Sohn von Piräos' Sohn Ptolemäos.
Ihm gebot er mit Ernst, daß er nahete, würden ihm etwa
Matt die Glieder vom Gang, die Ordnungen rings zu durchwalten.
Selbst dann eilt' er zu Fuß, und umging die Scharen der Männer.
Wo er nunmehr streitfertig erfand Gaultummler Achaias,
Nahe trat er hinan, und sprach die ermunternden Worte:
Nun, Argeier, gedenkt rastlos des stürmenden Mutes!
Denn nicht wird dem Betruge mit Hilf' erscheinen Kronion;
Sondern welche zuerst nun beleidigten wider den Eidschwur,
Deren Leichname sollen, ein Raub der Geier, vermodern;
Aber die blühenden Weiber und noch unmündigen Kinder
Führen wir selbst in Schiffen, nachdem die Stadt wir erobert!
Die er alsdann saumselig erfand zur traurigen Feldschlacht,

τοὺς μάλα νεικείεσκε χολωτοῖσιν ἐπέεσσιν·
„ Ἀργεῖοι ἰόμωροι, ἐλεγχέες, οὔ νυ σέβεσθε;
τίφθ' οὕτως ἕστητε τεθηπότες ἠΰτε νεβροί,
αἵ τ' ἐπεὶ οὖν ἔκαμον πολέος πεδίοιο θέουσαι,
ἑστᾶσ', οὐδ' ἄρα τίς σφι μετὰ φρεσὶ γίγνεται ἀλκή·
ὣς ὑμεῖς ἕστητε τεθηπότες, οὐδὲ μάχεσθε.
ἦ μένετε Τρῶας σχεδὸν ἐλθέμεν, ἔνθά τε νῆες
εἰρύατ' εὔπρυμνοι, πολιῆς ἐπὶ θινὶ θαλάσσης,
ὄφρα ἴδητ' αἴ κ' ὔμμιν ὑπέρσχηι χεῖρα Κρονίων;"
ὣς ὅ γε κοιρανέων ἐπεπωλεῖτο στίχας ἀνδρῶν·
ἦλθε δ' ἐπὶ Κρήτεσσι κιὼν ἀνὰ οὐλαμὸν ἀνδρῶν.
οἱ δ' ἀμφ' Ἰδομενῆα δαΐφρονα θωρήσσοντο·
Ἰδομενεὺς μὲν ἐνὶ προμάχοις, συῒ εἴκελος ἀλκήν,
Μηριόνης δ' ἄρα οἱ πυμάτας ὄτρυνε φάλαγγας.
τοὺς δὲ ἰδὼν γήθησεν ἄναξ ἀνδρῶν Ἀγαμέμνων,
αὐτίκα δ' Ἰδομενῆα προσηύδα μειλιχίοισιν·
„ Ἰδομενεῦ, περὶ μέν σε τίω Δαναῶν ταχυπώλων
ἠμὲν ἐνὶ πτολέμωι ἠδ' ἀλλοίωι ἐπὶ ἔργωι
ἠδ' ἐν δαίθ', ὅτε πέρ τε γερούσιον αἴθοπα οἶνον
Ἀργείων οἳ ἄριστοι ἐνὶ κρητῆρι κέρωνται.
εἴ περ γάρ τ' ἄλλοι γε κάρη κομόωντες Ἀχαιοὶ
δαιτρὸν πίνωσιν, σὸν δὲ πλεῖον δέπας αἰεὶ
ἕστηχ', ὥς περ ἐμοί, πιέειν ὅτε θυμὸς ἀνώγοι.
ἀλλ' ὄρσευ πόλεμόνδ', οἷος πάρος εὔχεαι εἶναι."
τὸν δ' αὖτ' Ἰδομενεὺς Κρητῶν ἀγὸς ἀντίον ηὔδα·
„ Ἀτρεΐδη, μάλα μέν τοι ἐγὼν ἐρίηρος ἑταῖρος
ἔσσομαι, ὡς τὸ πρῶτον ὑπέστην καὶ κατένευσα·
ἀλλ' ἄλλους ὄτρυνε κάρη κομόωντας Ἀχαιούς,
ὄφρα τάχιστα μαχώμεθ', ἐπεὶ σύν γ' ὅρκι' ἔχευαν
Τρῶες· τοῖσιν δ' αὖ θάνατος καὶ κήδε' ὀπίσσω
ἔσσετ', ἐπεὶ πρότεροι ὑπὲρ ὅρκια δηλήσαντο."
ὣς ἔφατ', Ἀτρεΐδης δὲ παρώιχετο γηθόσυνος κῆρ·
ἦλθε δ' ἐπ' Αἰάντεσσι κιὼν ἀνὰ οὐλαμὸν ἀνδρῶν·
τὼ δὲ κορυσσέσθην, ἅμα δὲ νέφος εἵπετο πεζῶν.
ὡς δ' ὅτ' ἀπὸ σκοπιῆς εἶδεν νέφος αἰπόλος ἀνὴρ
ἐρχόμενον κατὰ πόντον ὑπὸ Ζεφύροιο ἰωῆς·
τῶι δέ τ' ἄνευθεν ἐόντι μελάντερον ἠΰτε πίσσα
φαίνετ' ἰὸν κατὰ πόντον, ἄγει δέ τε λαίλαπα πολλήν,
ῥίγησέν τε ἰδών, ὑπό τε σπέος ἤλασε μῆλα·
τοῖαι ἅμ' Αἰάντεσσι διοτρεφέων αἰζηῶν
δήϊον ἐς πόλεμον πυκιναὶ κίνυντο φάλαγγες

Solche straft' er mit Ernst und rief die zürnenden Worte:
Argos Volk, Pfeilkühne, Verworfene, schämt ihr euch gar nicht?
Warum steht ihr dort so betäubt, wie die Jungen der Hindin,
Die, nachdem sie ermattet vom Lauf durch ein weites Gefilde,
Dastehn, nichts im Herzen von Kraft und Stärke noch fühlend?
Also steht ihr jetzo betäubt, und starrt vor der Feldschlacht!
Säumt ihr, bis erst die Troer herannahn, wo wir die Schiffe
Stellten mit prangendem Steuer, am Strand der grauen Gewässer;
Dort zu sehn, ob schirmend Kronions Hand euch bedecke?
So mit Herrschergebot umwandelt' er jegliche Heerschar.
Jetzo erreicht' er die Kreter, im Gang durch der Männer Getümmel.
Jen' um Idomeneus her, den feurigen, standen gewappnet;
Aber Idomeneus selber voran, in der Stärke des Ebers;
Und Meriones folgte, die hinteren Reihn ihm erregend.
Diese sah mit Freude der Völkerfürst Agamemnon,
Und zu Idomeneus schnell mit freundlicher Rede begann er:
Du, Idomeneus, bist mir geehrt vor den Reisigen allen,
Du im Kriege sowohl, als sonst in jedem Geschäfte,
Auch am Mahl, wann festlich den edleren Helden von Argos
Funkelnder Ehrenwein in vollen Krügen gemischt wird.
Denn obgleich die andern der hauptumlockten Achaier
Trinken beschiedenes Maß; doch steht dein Becher beständig
Angefüllt, wie der meine, nach Herzenswunsche zu trinken.
Auf denn, gestürmt in die Schlacht, wie du immer vordem dich gerühmet!
Aber Idomeneus rief, der Kreter Fürst, ihm entgegen:
Atreus Sohn, dir bleib' ich ein treugesinnter Genosse
Immerdar, wie zuerst ich angelobt und beteuert.
Nur die anderen reize der hauptumlockten Achaier,
Schleunig den Kampf zu beginnen; dieweil sie kränkten das Bündnis;
Trojas Volk! Nun möge sie Tod und Jammer in Zukunft
Treffen, dieweil sie zuerst nun beleidigten wider den Eidschwur!
Jener sprach's; und vorbei ging freudiges Muts Agamemnon.
Jetzo erreicht' er die Ajas, im Gang durch der Männer Getümmel.
Beide standen in Wehr, und es folgt' ein Gewölke des Fußvolks.
Also schaut von der Warte die finstere Wolke der Geißhirt
Über das Meer aufziehn, von Zephyros Hauche getragen;
Siehe schwärzer denn Pech dem Fernestehenden scheint sie
Über das Meer annahend, und führt unermeßlichen Sturmwind;
Jener erstarrt vor dem Blick, und treibt die Herd' in die Felskluft:
Also zog mit den Ajas Gewühl streitfertiger Jugend
Dort zur blutigen Schlacht in dichtgeordneten Haufen,

κυάνεαι, σάκεσίν τε καὶ ἔγχεσι πεφρικυῖαι.
καὶ τοὺς μὲν γήθησεν ἰδὼν κρείων Ἀγαμέμνων,
καί σφεας φωνήσας ἔπεα πτερόεντα προσηύδα·
„Αἴαντ', Ἀργείων ἡγήτορε χαλκοχιτώνων,
σφῶϊ μέν – οὐ γὰρ ἔοικ' ὀτρυνέμεν – οὔ τι κελεύω·
αὐτὼ γὰρ μάλα λαὸν ἀνώγετον ἶφι μάχεσθαι.
αἲ γάρ, Ζεῦ τε πάτερ καὶ Ἀθηναίη καὶ Ἄπολλον,
τοῖος πᾶσιν θυμὸς ἐνὶ στήθεσσι γένοιτο·
τώ κε τάχ' ἠμύσειε πόλις Πριάμοιο ἄνακτος,
χερσὶν ὑφ' ἡμετέρῃσιν ἁλοῦσά τε περθομένη τε.“
ὣς εἰπὼν τοὺς μὲν λίπεν αὐτοῦ, βῆ δὲ μετ' ἄλλους·
ἔνθ' ὅ γε Νέστορ' ἔτετμε, λιγὺν Πυλίων ἀγορητήν,
οὓς ἑτάρους στέλλοντα καὶ ὀτρύνοντα μάχεσθαι,
ἀμφὶ μέγαν Πελάγοντα Ἀλάστορά τε Χρομίον τε
Αἵμονά τε κρείοντα Βίαντά τε, ποιμένα λαῶν·
ἱππῆας μὲν πρῶτα σὺν ἵπποισιν καὶ ὄχεσφι,
πεζοὺς δ' ἐξόπιθε στῆσεν πολέας τε καὶ ἐσθλούς,
ἕρκος ἔμεν πολέμοιο· κακοὺς δ' ἐς μέσσον ἔλασσεν,
ὄφρα καὶ οὐκ ἐθέλων τις ἀναγκαίῃ πολεμίζοι.
ἱππεῦσιν μὲν πρῶτ' ἐπετέλλετο· τοὺς γὰρ ἀνώγει
σφοὺς ἵππους ἐχέμεν μηδὲ κλονέεσθαι ὁμίλῳ·
„μηδέ τις ἱπποσύνῃ τε καὶ ἠνορέῃφι πεποιθὼς
οἶος πρόσθ' ἄλλων μεμάτω Τρώεσσι μάχεσθαι,
μηδ' ἀναχωρείτω· ἀλαπαδνότεροι γὰρ ἔσεσθε.
ὃς δέ κ' ἀνὴρ ἀπὸ ὧν ὀχέων ἕτερ' ἅρμαθ' ἵκηται,
ἔγχει ὀρεξάσθω, ἐπεὶ ἦ πολὺ φέρτερον οὕτω.
ὧδε καὶ οἱ πρότεροι πόλεας καὶ τείχε' ἐπόρθεον,
τόνδε νόον καὶ θυμὸν ἐνὶ στήθεσσιν ἔχοντες.“
ὣς ὁ γέρων ὄτρυνε πάλαι πολέμων ἐῢ εἰδώς·
καὶ τὸν μὲν γήθησεν ἰδὼν κρείων Ἀγαμέμνων,
καί μιν φωνήσας ἔπεα πτερόεντα προσηύδα·
„ὦ γέρον, εἴθ', ὡς θυμὸς ἐνὶ στήθεσσι φίλοισιν,
ὥς τοι γούναθ' ἕποιτο, βίη δέ τοι ἔμπεδος εἴη·
ἀλλά σε γῆρας τείρει ὁμοίϊον· ὡς ὄφελέν τις
ἀνδρῶν ἄλλος ἔχειν, σὺ δὲ κουροτέροισι μετεῖναι.“
τὸν δ' ἠμείβετ' ἔπειτα Γερήνιος ἱππότα Νέστωρ·
„Ἀτρεΐδη, μάλα μέν τοι ἐγὼν ἐθέλοιμι καὶ αὐτὸς
ὣς ἔμεν ὡς ὅτε δῖον Ἐρευθαλίωνα κατέκταν.
ἀλλ' οὔ πως ἅμα πάντα θεοὶ δόσαν ἀνθρώποισιν·
εἰ τότε κοῦρος ἔα, νῦν αὖτέ με γῆρας ὀπάζει.
ἀλλὰ καὶ ὣς ἱππεῦσι μετέσσομαι ἠδὲ κελεύσω

Schwarz einher, von Schilden umstarrt und spitzigen Lanzen.
Diese sah mit Freude der Völkerfürst Agamemnon;
Und er begann zu ihnen und sprach die geflügelten Worte:
Ajas beid', Heerführer der erzumschirmten Achaier,
Ihr dort braucht, zu erregen das Volk, nicht meines Gebotes;
Denn schon selbst ermahnt ihr die Eurigen tapfer zu kämpfen.
Wenn doch, o Vater Zeus, und Pallas Athen', und Apollon,
Solch ein Mut nun allen das Herz im Busen beseelte!
Bald dann neigte sich uns des herrschenden Priamos Feste,
Unter unseren Händen besiegt und zu Boden getrümmert!
Dieses gesagt, verließ er sie dort, und eilte zu andern;
Wo er den Nestor fand, den tönenden Redner von Pylos,
Emsig die Freund' anordnend und wohl ermahnend zur Feldschlacht:
Jen' um Pelagon her, und Chromios, und den Alastor,
Auch um Hämon den Held, und den völkerweidenden Bias.
Erst die Reisigen stellt' er mit Rossen zugleich und Geschirren:
Hinten sodann die Männer zu Fuß, die vielen und tapfern,
Mauer zu sein des Gefechts; und die Feigen gedrängt in die Mitte,
Daß, wer sogar nicht wollte, die Not ihn zwänge zu streiten.
Erst die Reisigen nun ermahnet' er, jedem gebietend,
Wohl zu hemmen die Rosse, nicht wild durcheinander zu tummeln.
Keiner, auf Wagenkund' und Männerstärke vertrauend,
Wag' allein vor andern zum Kampfe sich gegen die Troer;
Keiner auch weiche zurück: denn also schwächt ihr euch selber.
Welcher Mann vom Geschirr hinkommt auf des anderen Wagen,
Strecke die Lanze daher, denn weit heilsamer ist solches.
Das war der Alten Gebrauch, die Städt' und Mauren zertrümmert,
Solchen Sinn und Mut im tapferen Herzen bewahrend.
Also ermahnte der Greis, vorlängst wohlkundig des Krieges.
Ihn auch sah mit Freude der Völkerfürst Agamemnon;
Und er begann zu jenem, und sprach die geflügelten Worte:
Möchten, o Greis, wie der Mut dein Herz noch füllet im Busen,
So dir folgen die Knie', und fest die Stärke dir dauern!
Aber dich drückt des Alters gemeinsame Last! O ihr Götter,
Daß sie ein anderer trüg', und du ein Jüngling einhergingst!
Ihm antwortete drauf der gerenische reisige Nestor:
Atreus Sohn, ja gerne verlangt' ich selber noch jetzo
Der zu sein, wie ich einst den Held Ereuthalion hinwarf!
Doch nicht alles zugleich verliehn ja die Götter den Menschen.
War ich ein Jüngling vordem, so naht mir jetzo das Alter.
Aber auch so begleit' ich die Reisigen noch, und ermahne

βουλῇι καὶ μύθοισι· τὸ γὰρ γέρας ἐστὶ γερόντων.
αἰχμὰς δ' αἰχμάσσουσι νεώτεροι, οἵ περ ἐμεῖο
ὁπλότεροι γεγάασι πεποίθασίν τε βίηφιν."
ὣς ἔφατ', Ἀτρεΐδης δὲ παρῴχετο γηθόσυνος κῆρ.
εὗρ' υἱὸν Πετεῶο Μενεσθῆα πλήξιππον
ἑσταότ'· ἀμφὶ δ' Ἀθηναῖοι, μήστωρες ἀϋτῆς·
αὐτὰρ ὁ πλησίον ἑστήκει πολύμητις Ὀδυσσεύς,
πὰρ δὲ Κεφαλλήνων ἀμφὶ στίχες οὐκ ἀλαπαδναὶ
ἕστασαν· οὐ γάρ πώ σφιν ἀκούετο λαὸς ἀϋτῆς,
ἀλλὰ νέον συνορινόμεναι κίνυντο φάλαγγες
Τρώων ἱπποδάμων καὶ Ἀχαιῶν· οἱ δὲ μένοντες
ἕστασαν, ὁππότε πύργος Ἀχαιῶν ἄλλος ἐπελθὼν
Τρώων ὁρμήσειε καὶ ἄρξειαν πολέμοιο.
τοὺς δὲ ἰδὼν νείκεσσεν ἄναξ ἀνδρῶν Ἀγαμέμνων,
καί σφεας φωνήσας ἔπεα πτερόεντα προσηύδα·
„ὦ υἱὲ Πετεῶο διοτρεφέος βασιλῆος,
καὶ σύ, κακοῖσι δόλοισι κεκασμένε, κερδαλεόφρον,
τίπτε καταπτώσσοντες ἀφέστατε, μίμνετε δ' ἄλλους;
σφῶϊν μέν τ' ἐπέοικε μετὰ πρώτοισιν ἐόντας
ἑστάμεν ἠδὲ μάχης καυστείρης ἀντιβολῆσαι·
πρώτω γὰρ καὶ δαιτὸς ἀκουάζεσθον ἐμεῖο,
ὁππότε δαῖτα γέρουσιν ἐφοπλίζωμεν Ἀχαιοί.
ἔνθα φίλ' ὀπταλέα κρέα ἔδμεναι ἠδὲ κύπελλα
οἴνου πινέμεναι μελιηδέος, ὄφρ' ἐθέλητον·
νῦν δὲ φίλως χ' ὁρόωιτε καὶ εἰ δέκα πύργοι Ἀχαιῶν
ὑμείων προπάροιθε μαχοίατο νηλέϊ χαλκῶι."
τὸν δ' ἄρ' ὑπόδρα ἰδὼν προσέφη πολύμητις Ὀδυσσεύς·
„Ἀτρεΐδη, ποῖόν σε ἔπος φύγεν ἕρκος ὀδόντων;
πῶς δὴ φῂς πολέμοιο μεθιέμεν, ὁππότ' Ἀχαιοὶ
Τρωσὶν ἐφ' ἱπποδάμοισιν ἐγείρομεν ὀξὺν Ἄρηα;
ὄψεαι,ἢν ἐθέληισθα καὶ αἴ κέν τοι τὰ μεμήληι,
Τηλεμάχοιο φίλον πατέρα προμάχοισι μιγέντα
Τρώων ἱπποδάμων· σὺ δὲ ταῦτ' ἀνεμώλια βάζεις."
τὸν δ' ἐπιμειδήσας προσέφη κρείων Ἀγαμέμνων,
ὡς γνῶ χωομένοιο· πάλιν δ' ὅ γε λάζετο μῦθον·
„διογενὲς Λαερτιάδη, πολυμήχαν' Ὀδυσσεῦ,
οὔτέ σε νεικείω περιώσιον οὔτε κελεύω·
οἶδα γὰρ ὥς τοι θυμὸς ἐνὶ στήθεσσι φίλοισιν
ἤπια δήνεα οἶδε· τὰ γὰρ φρονέεις ἅ τ' ἐγώ περ.
ἀλλ' ἴθι, ταῦτα δ' ὄπισθεν ἀρεσσόμεθ', εἴ τι κακὸν νῦν
εἴρηται, τὰ δὲ πάντα θεοὶ μεταμώνια θεῖεν."

Andre mit Rat und Worten; denn das ist die Ehre der Alten.
Speere laß hinschwingen die Jünglinge, welche der Jahre
Weniger zählen denn ich, und noch vertrauen der Stärke!
Jener sprach's; und vorbei ging freudiges Muts Agamemnon;
Fand dann Peteos Sohn, den Rossetummler Menestheus,
Stehn, und umher die Athener geschart, wohlkundig des Feldrufs.
Aber zunächst ihm stand der erfindungsreiche Odysseus,
Welchem umher Kephallener in unverächtlichen Schlachtreihn
Standen. Denn nicht ertönte noch beider Volke der Aufruhr,
Weil nur jüngst miteinander erregt andrängten die Scharen
Rossebezähmender Troer und Danaer. Aber erwartend
Standen sie, wann vorrückend ein anderer Zug der Achaier
Stürmt' in der Troer Volk, und dort anhöbe das Treffen.
Diese schalt erblickend der Völkerfürst Agamemnon;
Und er begann zu ihnen, und sprach die geflügelten Worte:
O du, Peteos Sohn, des gottbeseligten Herrschers!
Und du, reichlich geschmückt mit Betörungen, sinnend auf Vorteil!
Warum also geschmiegt entfernt ihr euch, harrend der andern?
Wohl euch beiden geziemt' es, zugleich mit den ersten der Kämpfer
Dazustehn, und der flammenden Schlacht euch entgegen zu stürzen!
Seid doch ihr die ersten zum Mahle mir immer gerufen,
Rüsteten wir den Edlen ein Ehrenmahl wir Achaier!
Freud' ist's dann, zu schmausen gebratenes Fleisch, und zu trinken
Becher des süßen Weins, des erlabenden, weil euch gelüstet!
Doch nun säht ihr mit Freude, wenn auch zehn Scharen Achaias
Euch zuvor eindrängen mit grausamem Erz in die Feldschlacht!
Finster schaut' und begann der erfindungsreiche Odysseus:
Welch ein Wort, o Atreid', ist dir aus den Lippen entflohen?
Wie doch nennst du zur Schlacht saumselig uns? Wann wir Achaier
Gegen die reisigen Troer die Wut des Ares erregen;
Wirst du schaun, so du willst, und solcherlei Dinge dich kümmern,
Auch Telemachos Vater gemischt in das Vordergetümmel
Troischer Reisigen dort! Du schwatzest da nichtige Worte!
Lächelnd erwiderte drauf der Herrscher des Volks Agamemnon,
Als er zürnen ihn sah, und wendete also die Rede:
Edler Laertiad', erfindungsreicher Odysseus,
Weder Tadel von mir verdienest du, weder Ermahnung.
Denn ich weiß, wie das Herz in deinem Busen beständig
Milde Gedanken mir hegt; du gleichst an Gesinnung mir selber.
Komm, dies wollen hinfort wir berichtigen, wenn ja ein hartes
Wort entfiel; das mögen die Himmlischen alles vereiteln!

ὣς εἰπὼν τοὺς μὲν λίπεν αὐτοῦ, βῆ δὲ μετ' ἄλλους.
εὗρε δὲ Τυδέος υἱόν, ὑπέρθυμον Διομήδεα,
ἑσταότ' ἔν θ' ἵπποισι καὶ ἅρμασι κολλητοῖσι·
πὰρ δέ οἱ ἑστήκει Σθένελος Καπανήϊος υἱός.
καὶ τὸν μὲν νείκεσσεν ἰδὼν κρείων Ἀγαμέμνων,
καί μιν φωνήσας ἔπεα πτερόεντα προσηύδα·
„ὤ μοι, Τυδέος υἱὲ δαΐφρονος ἱπποδάμοιο,
τί πτώσσεις, τί δ' ὀπιπεύεις πολέμοιο γεφύρας;
οὐ μὲν Τυδέϊ γ' ὧδε φίλον πτωσκαζέμεν ἦεν,
ἀλλὰ πολὺ πρὸ φίλων ἑτάρων δηΐοισι μάχεσθαι,
ὡς φάσαν οἵ μιν ἴδοντο πονεύμενον· οὐ γὰρ ἔγωγε
ἤντησ' οὐδὲ ἴδον· περὶ δ' ἄλλων φασὶ γενέσθαι.
ἤτοι μὲν γὰρ ἄτερ πολέμου εἰσῆλθε Μυκήνας
ξεῖνος ἅμ' ἀντιθέωι Πολυνείκεϊ λαὸν ἀγείρων·
οἱ δὲ τότ' ἐστρατόωνθ' ἱερὰ πρὸς τείχεα Θήβης,
καί ῥα μάλα λίσσοντο δόμεν κλειτοὺς ἐπικούρους·
οἱ δ' ἔθελον δόμεναι καὶ ἐπήινεον ὡς ἐκέλευον·
ἀλλὰ Ζεὺς ἔτρεψε παραίσια σήματα φαίνων.
οἱ δ' ἐπεὶ οὖν ὤιχοντο ἰδὲ πρὸ ὁδοῦ ἐγένοντο,
Ἀσωπὸν δ' ἵκοντο βαθύσχοινον λεχεποίην,
ἔνθ' αὖτ' ἀγγελίην ἐπὶ Τυδῆ στεῖλαν Ἀχαιοί.
αὐτὰρ ὁ βῆ, πολέας δὲ κιχήσατο Καδμεΐωνας
δαινυμένους κατὰ δῶμα βίης Ἐτεοκληείης.
ἔνθ' οὐδὲ ξεῖνός περ ἐὼν ἱππηλάτα Τυδεὺς
τάρβει, μοῦνος ἐὼν πολέσιν μετὰ Καδμείοισιν,
ἀλλ' ὅ γ' ἀεθλεύειν προκαλίζετο, πάντα δ' ἐνίκα
ῥηϊδίως· τοίη οἱ ἐπίρροθος ἦεν Ἀθήνη.
οἳ δὲ χολωσάμενοι Καδμεῖοι, κέντορες ἵππων,
ἂψ ἄρ' ἀνερχομένωι πυκινὸν λόχον εἷσαν ἄγοντες,
κούρους πεντήκοντα· δύω δ' ἡγήτορες ἦσαν,
Μαίων Αἱμονίδης, ἐπιείκελος ἀθανάτοισιν,
υἱός τ' Αὐτοφόνοιο, μενεπτόλεμος Πολυφόντης.
Τυδεὺς μὲν καὶ τοῖσιν ἀεικέα πότμον ἐφῆκε·
πάντας ἔπεφν', ἕνα δ' οἶον ἵει οἶκον δὲ νέεσθαι·
Μαίον' ἄρα προέηκε, θεῶν τεράεσσι πιθήσας.
τοῖος ἔην Τυδεὺς Αἰτώλιος· ἀλλὰ τὸν υἱὸν
γείνατο εἷο χέρεια μάχηι, ἀγορῆι δέ τ' ἀμείνω."
ὣς φάτο, τὸν δ' οὔ τι προσέφη κρατερὸς Διομήδης,
αἰδεσθεὶς βασιλῆος ἐνιπὴν αἰδοίοιο·
τὸν δ' υἱὸς Καπανῆος ἀμείψατο κυδαλίμοιο·
„Ἀτρεΐδη, μὴ ψεύδε' ἐπιστάμενος σάφα εἰπεῖν·

Dieses gesagt, verließ er sie dort, und eilte zu andern.
Tydeus Sohn nun fand er, den stolzen Held Diomedes,
Stehn auf rossebespanntem und wohlgefügetem Wagen;
Neben ihm Sthenelos auch, den kapaneïschen Sprößling.
Ihn auch schalt erblickend der Völkerfürst Agamemnon;
Und er begann zu jenem, und sprach die geflügelten Worte:
Wehe mir, Tydeus Sohn, des feurigen Rossebezähmers,
Wie du erbebst! wie du bang' umschaust nach den Pfaden des Treffens!
Nie hat Tydeus wahrlich so gar zu verzagen geliebet,
Sondern weit den Genossen voraus in die Feinde zu sprengen.
Also erzählt, wer ihn sah in der Kriegsarbeit, denn ich selber
Traf und erblickt' ihn nie; doch strebet' er, sagt man, vor andern.
Vormals kam, sich entfernend vom Krieg, der Held in Mykene
Gastlich, samt Polyneikes dem Göttlichen, Volk zu versammeln,
Weil sie mit Streit bezogen die heiligen Mauern von Thebe;
Und sie fleheten sehr um rühmliche Bundesgenossen.
Jen' auch wollten gewähren, und billigten, was sie gefodert;
Doch Zeus wendete solches durch unglückdrohende Zeichen.
Als sie nunmehr uns verlassen, und fort des Weges gewandelt,
Und den Asopos erreicht, von Gras und Binsen umufert;
Sendeten dort die Achaier den Tydeus wieder mit Botschaft.
Jener enteilt', und fand die versammelten Kadmeionen
Fröhlich am Mahl im Palaste der heiligen Macht Eteokles!
Doch er erblödete nicht, der Rossebändiger Tydeus,
Fremdling zwar, und allein, von vielen umringt der Kadmeier;
Sondern rief zu Kämpfen hervor; und in jeglichem siegt' er
Sonder Müh: so mächtig als Helferin naht' ihm Athene.
Jene, von Zorn ihm entbrannt, die kadmeiischen Sporner der Rosse
Legeten Hinterhalt, auf dem Heimweg seiner zu harren,
Jünglinge fünfzig an Zahl; und zween Anführer geboten,
Mäon der Hämonid', unsterblichen Göttern vergleichbar,
Und Autophonos Sohn, der trotzende Held Lykophontes.
Aber es ward auch jenen ein schmähliches Ende von Tydeus;
Alle streckt' er dahin, und einen nur sandt' er zur Heimat;
Mäon entsandt' er allein, der unsterblichen Zeichen gehorchend.
So war Tydeus einst, der Ätolier! Aber der Sohn hier
Ist ein schlechterer Held in der Schlacht, doch ein besserer Redner.
Jener sprach's; ihm erwiderte nichts der Held Diomedes,
Ehrfurchtvoll dem Verweise des ehrenvollen Gebieters.
Aber Kapaneus Sohn, des Gepriesenen, gab ihm zur Antwort:
Rede nicht falsch, Atreide, so wohlbekannt mit der Wahrheit!

ἡμεῖς τοι πατέρων μέγ᾽ ἀμείνονες εὐχόμεθ᾽ εἶναι·
ἡμεῖς καὶ Θήβης ἕδος εἵλομεν ἑπταπύλοιο,
παυρότερον λαὸν ἀγαγόνθ᾽ ὑπὸ τεῖχος ἄρειον,
πειθόμενοι τεράεσσι θεῶν καὶ Ζηνὸς ἀρωγῆι·
κεῖνοι δὲ σφετέρηισιν ἀτασθαλίηισιν ὄλοντο·
τὼ μή μοι πατέρας ποθ᾽ ὁμοίηι ἔνθεο τιμῆι.“
τὸν δ᾽ ἄρ᾽ ὑπόδρα ἰδὼν προσέφη κρατερὸς Διομήδης·
„τέττα, σιωπῆι ἧσο, ἐμῶι δ᾽ ἐπιπείθεο μύθωι·
οὐ γὰρ ἐγὼ νεμεσῶ Ἀγαμέμνονι, ποιμένι λαῶν,
ὀτρύνοντι μάχεσθαι ἐϋκνήμιδας Ἀχαιούς·
τούτωι μὲν γὰρ κῦδος ἅμ᾽ ἕψεται, εἴ κεν Ἀχαιοὶ
Τρῶας δηιώσωσιν ἕλωσί τε Ἴλιον ἱρήν,
τούτωι δ᾽ αὖ μέγα πένθος Ἀχαιῶν δηιωθέντων.
ἀλλ᾽ ἄγε δὴ καὶ νῶϊ μεδώμεθα θούριδος ἀλκῆς.“
ἦ ῥα, καὶ ἐξ ὀχέων σὺν τεύχεσιν ἆλτο χαμᾶζε·
δεινὸν δ᾽ ἔβραχε χαλκὸς ἐπὶ στήθεσσιν ἄνακτος
ὀρνυμένου· ὑπό κεν ταλασίφρονά περ δέος εἷλεν.
ὡς δ᾽ ὅτ᾽ ἐν αἰγιαλῶι πολυηχέϊ κῦμα θαλάσσης
ὄρνυτ᾽ ἐπασσύτερον Ζεφύρου ὕπο κινήσαντος·
πόντωι μέν τε πρῶτα κορύσσεται, αὐτὰρ ἔπειτα
χέρσωι ῥηγνύμενον μεγάλα βρέμει, ἀμφὶ δέ τ᾽ ἄκρας
κυρτὸν ἐὸν κορυφοῦται, ἀποπτύει δ᾽ ἁλὸς ἄχνην·
ὣς τότ᾽ ἐπασσύτεραι Δαναῶν κίνυντο φάλαγγες
νωλεμέως πόλεμόνδε· κέλευε δὲ οἷσιν ἕκαστος
ἡγεμόνων· οἱ δ᾽ ἄλλοι ἀκὴν ἴσαν, οὐδέ κε φαίης
τόσσον λαὸν ἕπεσθαι ἔχοντ᾽ ἐν στήθεσιν αὐδήν,
σιγῆι δειδιότες σημάντορας· ἀμφὶ δὲ πᾶσι
τεύχεα ποικίλ᾽ ἔλαμπε, τὰ εἱμένοι ἐστιχόωντο.
Τρῶες δ᾽, ὥς τ᾽ ὄϊες πολυπάμονος ἀνδρὸς ἐν αὐλῆι
μυρίαι ἑστήκασιν ἀμελγόμεναι γάλα λευκόν,
ἀζηχὲς μεμακυῖαι ἀκούουσαι ὄπα ἀρνῶν,
ὣς Τρώων ἀλαλητὸς ἀνὰ στρατὸν εὐρὺν ὀρώρει·
οὐ γὰρ πάντων ἦεν ὁμὸς θρόος οὐδ᾽ ἴα γῆρυς,
ἀλλὰ γλῶσσ᾽ ἐμέμικτο, πολύκλητοι δ᾽ ἔσαν ἄνδρες.
ὦρσε δὲ τοὺς μὲν Ἄρης, τοὺς δὲ γλαυκῶπις Ἀθήνη
Δεῖμός τ᾽ ἠδὲ Φόβος καὶ Ἔρις ἄμοτον μεμαυῖα,
Ἄρεος ἀνδροφόνοιο κασιγνήτη ἑτάρη τε,
ἥ τ᾽ ὀλίγη μὲν πρῶτα κορύσσεται, αὐτὰρ ἔπειτα
οὐρανῶι ἐστήριξε κάρη καὶ ἐπὶ χθονὶ βαίνει·
ἥ σφιν καὶ τότε νεῖκος ὁμοίϊον ἔμβαλε μέσσωι
ἐρχομένη καθ᾽ ὅμιλον ὀφέλλουσα στόνον ἀνδρῶν.

Tapferer rühmen wir uns, weit mehr denn unsere Väter!
Wir ja eroberten Thebe, die siebentorige Feste,
Weniger zwar hinführend des Volks vor die trotzende Mauer,
Doch durch Götterzeichen gestärkt und die Hilfe Kronions.
Jene bereiteten selbst durch Missetat ihr Verderben.
Darum preise mir nicht in gleicher Ehre die Väter!
  Finster schaut' und begann der starke Held Diomedes:
Trauter, halte dich still, und gehorche du meiner Ermahnung.
Denn nicht ich verarg' es dem Hirten des Volks Agamemnon,
Daß er treibt zum Kampfe die hellumschienten Achaier.
Denn ihm folgt ja der Ruhm, wenn Achaias Söhne die Troer
Bändigen, und mit Triumph zur heiligen Ilios eingehn;
Ihm auch unendlicher Gram, wenn gebändigt sind die Achaier.
Aber wohlan, und beide gedenken wir stürmendes Mutes!
  Sprach's, und vom Wagen herab mit den Rüstungen sprang er zur Erde.
Graunvoll klirrte das Erz umher am Busen des Königs,
Als er sich schwang; ihm hätt' auch ein männlicher unten gezittert.
  Wie wenn die Meeresflut zum hallenden Felsengestad' her
Wog' an Woge sich stürzt, vom Zephyros aufgewühlet;
Weit auf der Höhe zuerst erhebt sie sich; aber anjetzo
Laut am Lande zerplatzt erdonnert sie, und um den Vorstrand
Hänget sie krumm aufbrandend, und speit von ferne den Salzschaum:
Also zogen gedrängt die Danaer, Haufen an Haufen,
Rastlos her in die Schlacht. Es gebot den Seinen ein jeder
Völkerfürst; still gingen die anderen, keiner gedächt' auch,
Solch ein großes Gefolg' hab' einen Laut in den Busen:
Ehrfurchtsvoll verstummend den Königen; jeglicher Heerschar
Hell von buntem Geschmeid', in welches gehüllt sie einherzog.
Trojas Volk, wie die Schafe des reichen Mannes in der Hürde
Zahllos stehn, und mit Milch die schäumenden Eimer erfüllen,
Blökend ohn' Unterlaß, da der Lämmer Stimme gehört wird:
Also erscholl das Geschrei im weiten Heere der Troer;
Denn nicht gleich war aller Getön, noch einerlei Ausruf,
Vielfach gemischt war die Sprach', und mancherlei Stammes die Völker.
Hier ermunterte Ares, und dort Zeus Tochter Athene;
Schrecken zugleich und Graun, und die rastlos lechzende Zwietracht,
Sie des mordenden Ares verbündete Freundin und Schwester,
Die erst klein von Gestalt einherschleicht; aber in kurzem
Trägt sie hoch an den Himmel ihr Haupt, und geht auf der Erde.
Diese nun streuete Zank zu gemeinsamem Weh in die Mitte,
Wandelnd von Schar zu Schar, das Geseufz' der Männer vermehrend.

οἱ δ’ ὅτε δή ῥ’ ἐς χῶρον ἕνα ξυνιόντες ἵκοντο,
σύν ῥ’ ἔβαλον ῥινούς, σὺν δ’ ἔγχεα καὶ μένε’ ἀνδρῶν
χαλκεοθωρήκων· ἀτὰρ ἀσπίδες ὀμφαλόεσσαι
ἔπληντ’ ἀλλήλῃσι, πολὺς δ’ ὀρυμαγδὸς ὀρώρει.
ἔνθα δ’ ἅμ’ οἰμωγή τε καὶ εὐχωλὴ πέλεν ἀνδρῶν
ὀλλύντων τε καὶ ὀλλυμένων, ῥέε δ’ αἵματι γαῖα.
ὡς δ’ ὅτε χείμαρροι ποταμοὶ κατ’ ὄρεσφι ῥέοντες
ἐς μισγάγκειαν συμβάλλετον ὄβριμον ὕδωρ
κρουνῶν ἐκ μεγάλων κοίλης ἔντοσθε χαράδρης,
τῶν δέ τε τηλόσε δοῦπον ἐν οὔρεσιν ἔκλυε ποιμήν·
ὣς τῶν μισγομένων γένετο ἰαχή τε πόνος τε.
πρῶτος δ’ Ἀντίλοχος Τρώων ἕλεν ἄνδρα κορυστὴν
ἐσθλὸν ἐνὶ προμάχοισι Θαλυσιάδην Ἐχέπωλον·
τόν ῥ’ ἔβαλε πρῶτος κόρυθος φάλον ἱπποδασείης,
ἐν δὲ μετώπωι πῆξε, πέρησε δ’ ἄρ’ ὀστέον εἴσω
αἰχμὴ χαλκείη· τὸν δὲ σκότος ὄσσε κάλυψεν,
ἤριπε δ’, ὡς ὅτε πύργος ἐνὶ κρατερῆι ὑσμίνηι.
τὸν δὲ πεσόντα ποδῶν ἔλαβε κρείων Ἐλεφήνωρ
Χαλκωδοντιάδης, μεγαθύμων ἀρχὸς Ἀβάντων,
ἕλκε δ’ ὑπ’ ἐκ βελέων, λελιημένος ὄφρα τάχιστα
τεύχεα συλήσειε· μίνυνθα δέ οἱ γένεθ’ ὁρμή.
νεκρὸν γὰρ ἐρύοντα ἰδὼν μεγάθυμος Ἀγήνωρ
πλευρά, τά οἱ κύψαντι παρ’ ἀσπίδος ἐξεφαάνθη,
οὔτησε ξυστῶι χαλκήρεϊ, λῦσε δὲ γυῖα.
ὣς τὸν μὲν λίπε θυμός, ἐπ’ αὐτῶι δ’ ἔργον ἐτύχθη
ἀργαλέον Τρώων καὶ Ἀχαιῶν· οἱ δὲ λύκοι ὣς
ἀλλήλοις ἐπόρουσαν, ἀνὴρ δ’ ἄνδρ’ ἐδνοπάλιζεν.
ἔνθ’ ἔβαλ’ Ἀνθεμίωνος υἱὸν Τελαμώνιος Αἴας,
ἠΐθεον θαλερὸν Σιμοείσιον, ὅν ποτε μήτηρ
Ἴδηθεν κατιοῦσα παρ’ ὄχθῃσιν Σιμόεντος
γείνατ’, ἐπεί ῥα τοκεῦσιν ἅμ’ ἕσπετο μῆλα ἰδέσθαι·
τοὔνεκά μιν κάλεον Σιμοείσιον· οὐδὲ τοκεῦσι
θρέπτρα φίλοις ἀπέδωκε, μινυνθάδιος δέ οἱ αἰὼν
ἔπλεθ’ ὑπ’ Αἴαντος μεγαθύμου δουρὶ δαμέντι.
πρῶτον γάρ μιν ἰόντα βάλε στῆθος παρὰ μαζὸν
δεξιόν· ἀντικρὺ δὲ δι’ ὤμου χάλκεον ἔγχος
ἦλθεν· ὁ δ’ ἐν κονίῃσι χαμαὶ πέσεν αἴγειρος ὥς,
ἥ ῥά τ’ ἐν εἱαμενῆι ἕλεος μεγάλοιο πεφύκει
λείη, ἀτάρ τέ οἱ ὄζοι ἐπ’ ἀκροτάτηι πεφύασι·
τὴν μέν θ’ ἁρματοπηγὸς ἀνὴρ αἴθωνι σιδήρωι
ἐξέταμ’, ὄφρα ἴτυν κάμψῃ περικαλλέϊ δίφρωι·

Als sie nunmehr anstrebend auf einem Raum sich begegnet,
Trafen zugleich Stierhäut', und Speere zugleich, und die Kräfte
Rüstiger Männer in Erz; und die hochgenabelten Schilde
Naheten dichtgedrängt; und umher stieg lautes Getös' auf.
Jetzo erscholl Wehklagen und Siegsgeschrei miteinander,
Würgender dort und Erwürgter; und Blut umströmte die Erde.
Wie zween Ström' im Herbste geschwellt, den Gebirgen entrollend,
Zum gemeinsamen Tal ihr strudelndes Wasser ergießen,
Aus unendlichen Quellen durch tiefgehöhltes Geklüft hin;
Ferne hört ihr Geräusch der weinende Hirt auf den Bergen:
Also erhub den Vermischten sich Wutgeschrei und Verfolgung.
Erst nun erschlug den Troern Antilochos einen der Kämpfer,
Mutig im Vordergewühl, des Thalysios Sohn Echepolos.
Diesem traf er zuerst den umflatterten Kegel des Helmes,
Daß er die Stirne durchbohrt'; hineindrang tief in den Schädel
Jenem die eherne Spitz', und Nacht umhüllt ihm die Augen,
Und er sank, wie ein Turm, im Ungestüme der Feldschlacht.
Schnell des Gefallenen Fuß ergriff Elephenor der Herrscher,
Chalkodons Sohn, Heerfürst der hochgesinnten Abanter;
Dieser entzog den Geschossen begierig ihn, daß er ihm eilig
Raubte das Waffengeschmeid'; allein kurz währt' ihm die Arbeit.
Denn wie den Toten er schleifte, da sah der beherzte Agenor,
Daß dem Gebückten die Seit' entblößt vom Schilde hervorschien,
Zuckte den erzgerüsteten Schaft und löst' ihm die Glieder.
Also verließ ihn der Geist; doch über ihm tobte der Streit nun
Schrecklich umher der Troer und Danaer: ähnlich den Wölfen,
Sprangen sie wild aneinander, und Mann für Mann sich erwürgend.
Ajas der Telamonid' erschlug Anthenions Sohn itzt,
Jugendlich, blühend an Kraft, Simoeisios: welchen die Mutter
Einst vom Ida kommend, an Simois Ufer geboren,
Als sie, die Herde zu schaun, dorthin den Eltern gefolgt war:
Darum nannten sie ihn Simoeisios. Aber den Eltern
Lohnet er nicht die Pflege: denn kurz nur blühte das Leben
Ihm, da vor Ajas Speer, des mutigen Helden, er hinsank.
Denn wie er vorwärts ging, traf jener die Brust an der Warze
Rechts, daß gerad' hindurch ihm der eherne Speer aus der Schulter
Drang, und er selbst in den Staub hintaumelte: gleich der Pappel,
Die in gewässerter Aue des großen Sumpfes emporwuchs,
Glattes Stamms, nur oben entwuchsen ihr grünende Zweige,
Und die der Wagener jetzt abhaut mit blinkendem Eisen,
Daß er zum Kranz des Rades sie beug' am zierlichen Wagen;

ἣ μέν τ' ἀζομένη κεῖται ποταμοῖο παρ' ὄχθας.
τοῖον ἄρ' Ἀνθεμίδην Σιμοείσιον ἐξενάριξεν
Αἴας διογενής· τοῦ δ' Ἄντιφος αἰολοθώρηξ
Πριαμίδης καθ' ὅμιλον ἀκόντισεν ὀξέϊ δουρί.
τοῦ μὲν ἅμαρθ', ὁ δὲ Λεῦκον, Ὀδυσσέος ἐσθλὸν ἑταῖρον,
βεβλήκει βουβῶνα, νέκυν ἑτέρωσ' ἐρύοντα·
ἤριπε δ' ἀμφ' αὐτῶι, νεκρὸς δέ οἱ ἔκπεσε χειρός.
τοῦ δ' Ὀδυσεὺς μάλα θυμὸν ἀποκταμένοιο χολώθη,
βῆ δὲ διὰ προμάχων κεκορυθμένος αἴθοπι χαλκῶι,
στῆ δὲ μάλ' ἐγγὺς ἰὼν καὶ ἀκόντισε δουρὶ φαεινῶι
ἀμφὶ ἓ παπτήνας· ὑπὸ δὲ Τρῶες κεκάδοντο
ἀνδρὸς ἀκοντίσσαντος· ὁ δ' οὐχ ἅλιον βέλος ἧκεν,
ἀλλ' υἱὸν Πριάμοιο νόθον βάλε Δημοκόωντα,
ὅς οἱ Ἀβυδόθεν ἦλθε, παρ' ἵππων ὠκειάων.
τόν ῥ' Ὀδυσεὺς ἑτάροιο χολωσάμενος βάλε δουρὶ
κόρσην· ἡ δ' ἑτέροιο διὰ κροτάφοιο πέρησεν
αἰχμὴ χαλκείη· τὸν δὲ σκότος ὄσσε κάλυψε,
δούπησεν δὲ πεσών, ἀράβησε δὲ τεύχε' ἐπ' αὐτῶι.
χώρησαν δ' ὑπό τε πρόμαχοι καὶ φαίδιμος Ἕκτωρ·
Ἀργεῖοι δὲ μέγα ἴαχον, ἐρύσαντο δὲ νεκρούς,
ἴθυσαν δὲ πολὺ προτέρω· νεμέσησε δ' Ἀπόλλων
Περγάμου ἐκκατιδών, Τρώεσσι δὲ κέκλετ' ἀΰσας·
„ ὄρνυσθ', ἱππόδαμοι Τρῶες, μηδ' εἴκετε χάρμης
Ἀργείοις, ἐπεὶ οὔ σφι λίθος χρὼς οὐδὲ σίδηρος
χαλκὸν ἀνασχέσθαι ταμεσίχροα βαλλομένοισιν·
οὐ μὰν οὐδ' Ἀχιλεύς, Θέτιδος πάϊς ἠϋκόμοιο,
μάρναται, ἀλλ' ἐπὶ νηυσὶ χόλον θυμαλγέα πέσσει."
ὣς φάτ' ἀπὸ πτόλιος δεινὸς θεός· αὐτὰρ Ἀχαιοὺς
ὦρσε Διὸς θυγάτηρ κυδίστη Τριτογένεια,
ἐρχομένη καθ' ὅμιλον, ὅθι μεθιέντας ἴδοιτο.
ἔνθ' Ἀμαρυγκείδην Διώρεα μοῖρα πέδησε·
χερμαδίωι γὰρ βλῆτο παρὰ σφυρὸν ὀκριόεντι
κνήμην δεξιτερήν· βάλε δὲ Θρηικῶν ἀγὸς ἀνδρῶν,
Πείρως Ἰμβρασίδης, ὃς ἄρ' Αἰνόθεν εἰληλούθει.
ἀμφοτέρω δὲ τένοντε καὶ ὀστέα λᾶας ἀναιδὴς
ἄχρις ἀπηλοίησεν· ὁ δ' ὕπτιος ἐν κονίηισι
κάππεσεν, ἄμφω χεῖρε φίλοις ἑτάροισι πετάσσας,
θυμὸν ἀποπνείων· ὁ δ' ἐπέδραμεν ὅς ῥ' ἔβαλέν περ,
Πείρως, οὖτα δὲ δουρὶ παρ' ὀμφαλόν· ἐκ δ' ἄρα πᾶσαι
χύντο χαμαὶ χολάδες, τὸν δὲ σκότος ὄσσε κάλυψε.
τὸν δὲ Θόας Αἰτωλὸς ἀπεσσύμενον βάλε δουρὶ

Jetzo liegt sie welkend am Bord des rinnenden Baches:
So Anthemions Sohn Semoeisios, als ihm die Rüstung
Ajas raubte der Held. Doch Antiphos, rasch in dem Panzer,
Sandt' ihm, Priamos' Sohn, die spitzige Lanz' im Gewühl her,
Fehlend zwar, doch dem Leukos, Odysseus' edlem Genossen,
Flog das Geschoß in die Scham, da zurück den Toten er schleifte:
Auf ihn taumelt' er hin, und der Leichnam sank aus der Hand ihm.
Um den erschlagenen Freund entbrannt' im Herzen Odysseus,
Ging durchs Vordergefecht mit strahlendem Erze gerüstet,
Stand dann jenem genäht, und schoß den blinkenden Wurfspieß,
Rings umschauend zuvor; und zurück ihm stoben die Troer,
Als hinzielte der Held; doch flog nicht umsonst das Geschoß ihm,
Sondern Priamos' Sohn Demokoon traf es, den Bastard,
Der von Abydos ihm kam, vom Gestüt leichtrennender Gaule.
Ihm nun sandte die Lanz', um den Seinigen zürnend, Odysseus
Durch den Schlaf, und hindurch aus dem anderen Schlafe gestürmet
Kam die eherne Spitz'; und Nacht umhüllt' ihm die Augen;
Dumpf hinkracht' er im Fall, und es rasselten um ihn die Waffen.
Rückwärts wichen die ersten des Kampfs, und der strahlende Hektor.
Doch laut schrien die Danaer auf, und entzogen die Toten,
Drangen dann noch tiefer hinein. Des zürnet' Apollon,
Hoch von Pergamos schauend, und rief, die Troer ermunternd:
  Auf, ihr reisigen Troer, wohlauf! und räumet das Feld nicht
Argos Volk'; ihr Leib ist ja weder von Stein, noch von Eisen,
Daß abprallte der Wurf des leibzerschneidenden Erzes!
Nicht einmal Achilleus, der Sohn der lockigen Thetis,
Kämpft; er ruht bei den Schiffen, das Herz voll nagendes Zornes!
  Also rief von der Stadt der Schreckliche. Doch die Achaier
Trieb Zeus' Tochter zum Kampf, die herrliche Tritogeneia,
Wandelnd von Schar zu Schar, wo säumende Kämpfer erschienen.
  Jetzt umstrickte der Tod Amarynkeus Sohn, den Diores,
Denn ihn traf an dem Knöchel des rechten Fußes ein Feldstein,
Fausterfüllend und rauh; es warf der thrakische Führer
Peiros, Imbrasos Sohn, der hergekommen von Änos.
Sehnen zugleich und Knochen zerschmetterte sonder Verschonen
Ihm der entsetzliche Stein; daß er rücklings hinab auf den Boden
Taumelte, beide Händ' umher zu den Freunden verbreitend,
Atemlos hinschlummernd. Da nahete, der ihn verwundet,
Peiros, und bohrte die Lanz' in den Nabel ihm; und es entstürzten
Alle Gedärme zur Erd', und Nacht umhüllt' ihm die Augen.
  Ihn den Stürmenden traf mit dem Speer der Ätolier Thoas

στέρνον ὑπὲρ μαζοῖο, πάγη δ' ἐν πνεύμονι χαλκός·
ἀγχίμολον δέ οἱ ἦλθε Θόας, ἐκ δ' ὄβριμον ἔγχος
ἐσπάσατο στέρνοιο, ἐρύσσατο δὲ ξίφος ὀξύ,
τῶι ὅ γε γαστέρα τύψε μέσην, ἐκ δ' αἴνυτο θυμόν.
τεύχεα δ' οὐκ ἀπέδυσε· περίστησαν γὰρ ἑταῖροι
Θρήϊκες ἀκρόκομοι, δολίχ' ἔγχεα χερσὶν ἔχοντες,
οἵ ἑ μέγαν περ ἐόντα καὶ ἴφθιμον καὶ ἀγαυὸν
ὦσαν ἀπὸ σφείων· ὁ δὲ χασσάμενος πελεμίχθη.
ὣς τώ γ' ἐν κονίηισι παρ' ἀλλήλοισι τετάσθην,
ἤτοι ὁ μὲν Θρηικῶν, ὁ δ' Ἐπειῶν χαλκοχιτώνων,
ἡγεμόνες· πολλοὶ δὲ περὶ κτείνοντο καὶ ἄλλοι.
ἔνθά κεν οὐκέτι ἔργον ἀνὴρ ὀνόσαιτο μετελθών,
ὅς τις ἔτ' ἄβλητος καὶ ἀνούτατος ὀξέϊ χαλκῶι
δινεύοι κατὰ μέσσον, ἄγοι δέ ἑ Παλλὰς Ἀθήνη
χειρὸς ἑλοῦσ', αὐτὰρ βελέων ἀπερύκοι ἐρωήν·
πολλοὶ γὰρ Τρώων καὶ Ἀχαιῶν ἤματι κείνωι
πρηνέες ἐν κονίηισι παρ' ἀλλήλοισι τέταντο.

Über der Warz' in die Brust; und es drang in die Lunge das Erz ihm.
Eilend sprang nun Thoas hinan, und riß ihm des Speeres
Mächtigen Schaft aus der Brust; dann zog er das schneidende Schwert aus,
Schwang es und haut' ihm über den Bauch, und raubt' ihm das Leben.
Doch nicht nahm er die Wehr; denn rings umstanden ihn Thraker
Mit hochsträubendem Haar, langschaftige Spieße bewegend,
Welche, wie groß der Held, wie gewaltig er war, und wie ruhmvoll,
Dennoch zurück ihn drängten; er wich voll jäher Bestürzung.
Also lagen sie beid' im Staube gestreckt miteinander.
Thrakiens edler Fürst, und der erzumschirmten Epeier
Fürst zugleich; auch sanken noch viel' umher der Genossen.
Jetzo hätte kein Mann das Werk der Krieger getadelt,
Wandelt' er, ungetroffen und ungehaun von dem Erze,
Rings durch das Waffengewühl, und leitete Pallas Athene
Ihn an der Hand, abwehrend den fliegenden Sturm der Geschosse.
Denn viel' sanken der Troer, und viel' der Danaer vorwärts
Jenes Tags in den Staub, und bluteten nebeneinander.

ΙΛΙΑΔΟΣ Ε

Διομήδους ἀριστεία.

Ἔνθ᾽ αὖ Τυδεΐδηι Διομήδεϊ Παλλὰς Ἀθήνη
δῶκε μένος καὶ θάρσος, ἵν᾽ ἔκδηλος μετὰ πᾶσιν
Ἀργείοισι γένοιτο ἰδὲ κλέος ἐσθλὸν ἄροιτο·
δαῖέ οἱ ἐκ κόρυθός τε καὶ ἀσπίδος ἀκάματον πῦρ,
ἀστέρ᾽ ὀπωρινῶι ἐναλίγκιον, ὅς τε μάλιστα
λαμπρὸν παμφαίνηισι λελουμένος Ὠκεανοῖο·
τοῖόν οἱ πῦρ δαῖεν ἀπὸ κρατός τε καὶ ὤμων,
ὦρσε δέ μιν κατὰ μέσσον, ὅθι πλεῖστοι κλονέοντο.
ἦν δέ τις ἐν Τρώεσσι Δάρης, ἀφνειὸς ἀμύμων,
ἱρεὺς Ἡφαίστοιο· δύω δέ οἱ υἱέες ἤστην,
Φηγεὺς Ἰδαῖός τε, μάχης εὖ εἰδότε πάσης.
τώ οἱ ἀποκρινθέντε ἐναντίω ὁρμηθήτην·
τὼ μὲν ἀφ᾽ ἵπποιιν, ὁ δ᾽ ἀπὸ χθονὸς ὄρνυτο πεζός.
οἱ δ᾽ ὅτε δὴ σχεδὸν ἦσαν ἐπ᾽ ἀλλήλοισιν ἰόντες,
Φηγεύς ῥα πρότερος προΐει δολιχόσκιον ἔγχος·
Τυδεΐδεω δ᾽ ὑπὲρ ὦμον ἀριστερὸν ἤλυθ᾽ ἀκωκὴ
ἔγχεος, οὐδ᾽ ἔβαλ᾽ αὐτόν· ὁ δ᾽ ὕστερος ὄρνυτο χαλκῶι
Τυδεΐδης· τοῦ δ᾽ οὐχ ἅλιον βέλος ἔκφυγε χειρός,
ἀλλ᾽ ἔβαλε στῆθος μεταμάζιον, ὦσε δ᾽ ἀφ᾽ ἵππων.
Ἰδαῖος δ᾽ ἀπόρουσε λιπὼν περικαλλέα δίφρον,
οὐδ᾽ ἔτλη περιβῆναι ἀδελφειοῦ κταμένοιο·
οὐδὲ γὰρ οὐδέ κεν αὐτὸς ὑπέκφυγε κῆρα μέλαιναν,
ἀλλ᾽ Ἥφαιστος ἔρυτο, σάωσε δὲ νυκτὶ καλύψας,
ὡς δή οἱ μὴ πάγχυ γέρων ἀκαχήμενος εἴη.
ἵππους δ᾽ ἐξελάσας μεγαθύμου Τυδέος υἱὸς
δῶκεν ἑταίροισιν κατάγειν κοίλας ἐπὶ νῆας.
Τρῶες δὲ μεγάθυμοι ἐπεὶ ἴδον υἷε Δάρητος
τὸν μὲν ἀλευάμενον, τὸν δὲ κτάμενον παρ᾽ ὄχεσφι,
πᾶσιν ὀρίνθη θυμός· ἀτὰρ γλαυκῶπις Ἀθήνη
χειρὸς ἑλοῦσ᾽ ἐπέεσσι προσηύδα θοῦρον Ἄρηα·

FÜNFTER GESANG

Diomedes, den Athene zur Tapferkeit erregt, wird von Pandaros geschossen. Er erlegt den Pandaros, und verwundet den Äneias, samt der entführenden Aphrodite. Diese flieht auf Ares Wagen zum Olympos. Apollon trägt, von Diomedes verfolgt, den Äneias in seinen Tempel auf Pergamos, woher er geheilt bald zurückkehrt. Auf Apollons Ermahnung erweckt Ares die Troer, und die Achaier weichen allmählich. Tlepolemos von Sarpedon erlegt. Here und Athene fahren vom Olympos, den Achaiern gegen Ares zu helfen. Diomedes von Athene ermahnt und begleitet, verwundet den Ares. Der Gott kehrt zum Olympos, und die Göttinnen folgen.

Jetzo schmückt' Athene des Tydeus Sohn Diomedes
Hoch mit Kraft und Entschluß, damit vorstrahlend aus allem
Danaervolk er erschien', und herrlichen Ruhm sich gewänne.
Flammen ihm hieß auf Helm und Schilde sie mächtig umher glühn:
Ähnlich dem Glanzgestirne der Herbstnacht, welches am meisten
Klar den Himmel durchstrahlt, in Okeanos Fluten gebadet:
Solche Glut hieß jenem sie Haupt umflammen und Schultern,
Stürmt' ihn dann mitten hinein, wo am heftigsten schlug das Getümmel.
Unter den Troern war ein unsträflicher Priester Hephästos,
Dares, mächtig und reich, der ins Heer zween Söhne gesendet,
Phegeus und Idäos, geübt in jeglichem Kampfe.
Diese, getrennt vom Haufen, entgegen ihm sprengten sie jetzo,
Beid' auf Rossegeschirr; er strebte zu Fuß von der Erde.
Als sie nunmehr sich genaht, die Eilenden gegeneinander;
Sendete Phegeus zuerst die weithinschattende Lanze.
Aber es flog dem Tydeiden das Erz links über die Schulter
Hin, und verwundete nicht. Nun schwang auch jener den Wurfspieß,
Tydeus Sohn; und ihm flog nicht umsonst das Geschoß aus der Rechten,
Sondern traf in die Kerbe der Brust, und stürzt' ihn vom Wagen.
Aber Idäos entsprang, den zierlichen Sessel verlassend;
Denn ihm zagte das Herz, den ermordeten Bruder zu schützen.
Kaum auch, kaum er selber entrann dem schwarzen Verhängnis;
Doch ihn entrückt' Hephästos, in schirmende Nacht ihn verhüllend,
Daß nicht ganz ihm versänke das Herz des Greises in Jammer.
Seitwärts trieb das Gespann der Sohn des erhabenen Tydeus,
Und ihm führten die Freund' es hinab zu den räumigen Schiffen.
Doch wie die mutigen Troer geschaut die Söhne des Dares,
Ihn von dannen entflohn, und ihn entseelt am Geschirre;
Regte sich allen das Herz. Allein Zeus' Tochter Athene
Faßt' an der Hand, und redete so zum tobenden Ares:

„ Ἆρες Ἆρες βροτολοιγέ, μιαιφόνε, τειχεσιπλῆτα,
οὐκ ἂν δὴ Τρῶας μὲν ἐάσαιμεν καὶ Ἀχαιοὺς
μάρνασθ', ὁπποτέροισι πατὴρ Ζεὺς κῦδος ὀρέξῃ,
νῶϊ δὲ χαζώμεσθα, Διὸς δ' ἀλεώμεθα μῆνιν;"
ὣς εἰποῦσα μάχης ἐξήγαγε θοῦρον Ἄρηα·
τὸν μὲν ἔπειτα καθεῖσεν ἐπ' ἠϊόεντι Σκαμάνδρωι,
Τρῶας δ' ἔκλιναν Δαναοί· ἕλε δ' ἄνδρα ἕκαστος
ἡγεμόνων· πρῶτος δὲ ἄναξ ἀνδρῶν Ἀγαμέμνων
ἀρχὸν Ἁλιζώνων Ὀδίον μέγαν ἔκβαλε δίφρου·
πρώτωι γὰρ στρεφθέντι μεταφρένωι ἐν δόρυ πῆξεν
ὤμων μεσσηγύς, διὰ δὲ στήθεσφιν ἔλασσε,
δούπησεν δὲ πεσών, ἀράβησε δὲ τεύχε' ἐπ' αὐτῶι.
Ἰδομενεὺς δ' ἄρα Φαῖστον ἐνήρατο Μῄονος υἱὸν
Βώρου, ὃς ἐκ Τάρνης ἐριβώλακος εἰληλούθει.
τὸν μὲν ἄρ' Ἰδομενεὺς δουρικλυτὸς ἔγχεϊ μακρῶι
νύξ' ἵππων ἐπιβησόμενον κατὰ δεξιὸν ὦμον·
ἤριπε δ' ἐξ ὀχέων, στυγερὸς δ' ἄρα μιν σκότος εἷλε.
τὸν μὲν ἄρ' Ἰδομενῆος ἐσύλευον θεράποντες·
υἱὸν δὲ Στροφίοιο Σκαμάνδριον αἵμονα θήρης,
Ἀτρεΐδης Μενέλαος ἕλ' ἔγχεϊ ὀξυόεντι,
ἐσθλὸν θηρητῆρα· δίδαξε γὰρ Ἄρτεμις αὐτὴ
βάλλειν ἄγρια πάντα, τά τε τρέφει οὔρεσιν ὕλη·
ἀλλ' οὔ οἱ τότε γε χραῖσμ' Ἄρτεμις ἰοχέαιρα,
οὐδὲ ἑκηβολίαι, ἧισιν τὸ πρίν γ' ἐκέκαστο·
ἀλλά μιν Ἀτρεΐδης δουρικλειτὸς Μενέλαος
πρόσθεν ἕθεν φεύγοντα μετάφρενον οὔτασε δουρὶ
ὤμων μεσσηγύς, διὰ δὲ στήθεσφιν ἔλασσεν,
ἤριπε δὲ πρηνής, ἀράβησε δὲ τεύχε' ἐπ' αὐτῶι.
Μηριόνης δὲ Φέρεκλον ἐνήρατο, τέκτονος υἱὸν
Ἁρμονίδεω, ὃς χερσὶν ἐπίστατο δαίδαλα πάντα
τεύχειν· ἔξοχα γάρ μιν ἐφίλατο Παλλὰς Ἀθήνη·
ὃς καὶ Ἀλεξάνδρωι τεκτήνατο νῆας ἐΐσας
ἀρχεκάκους, αἳ πᾶσι κακὸν Τρώεσσι γένοντο
οἷ τ' αὐτῶι, ἐπεὶ οὔ τι θεῶν ἐκ θέσφατα ἤιδη.
τὸν μὲν Μηριόνης, ὅτε δὴ κατέμαρπτε διώκων,
βεβλήκει γλουτὸν κατὰ δεξιόν· ἣ δὲ διαπρὸ
ἀντικρὺ κατὰ κύστιν ὑπ' ὀστέον ἤλυθ' ἀκωκή·
γνὺξ δ' ἔριπ' οἰμώξας, θάνατος δέ μιν ἀμφεκάλυψε.
Πήδαιον δ' ἄρ' ἔπεφνε Μέγης, Ἀντήνορος υἱόν,
ὅς ῥα νόθος μὲν ἔην, πύκα δ' ἔτρεφε δῖα Θεανὼ
ἶσα φίλοισι τέκεσσι, χαριζομένη πόσεϊ ὧι.

Ares, o Ares voll Mord, Bluttriefender, Maurenzertrümmrer!
Lassen wir nicht sie allein die Troer hinfort und Achaier
Kämpfen, zu welcherlei Volk Zeus' Vorsicht wende den Siegsruhm;
Doch wir weichen zurück, und meiden den Zorn Kronions?
Jene sprach's, und entführte der Schlacht den tobenden Ares;
Diesen setzte sie drauf am gehügelten Strand des Skamandros.
Argos Söhn' itzt drängten den Feind, und jeglichem Führer
Sank ein Mann. Erst stürzte der Völkerfürst Agamemnon
Hodios aus dem Geschirr, den Halizonengebieter.
Als er zuerst umwandte, da flog in den Rücken der Speer ihm
Zwischen der Schulterbucht, daß vorn aus dem Busen er vordrang;
Dumpf hinkracht' er im Fall, und es rasselten um ihn die Waffen.
Aber Idomeneus tilgte den Sohn des mäonischen Boros,
Phästos, der her aus Tarne, dem scholligen Lande, gekommen.
Dieser strebt' auf den Wagen empor, doch die ragende Lanze
Stieß ihm der speerberühmte Idomeneus rechts in die Schulter;
Und er entsank dem Geschirr, und Graun des Todes umhüllt' ihn;
Aber Idomeneus Freund' entzogen ihm eilig die Rüstung.
Ihn, des Strophios Sohn Skamandrios, kundig des Jagens,
Raffte mit spitziger Lanze des Atreus Sohn Menelaos,
Jenen tapferen Jäger. Gelehrt von Artemis selber
Traf er alles Gewild, das der Forst des Gebirges ernähret.
Aber nichts ihm nunmehr half Artemis, froh des Geschosses,
Nichts die gepriesene Kunst, ferntreffende Pfeile zu schnellen;
Sondern des Atreus Sohn, der streitbare Held Menelaos,
Als er vor ihm hinbebte, durchstach mit dem Speer ihm den Rücken
Zwischen der Schulterbucht, daß vorn aus dem Busen er vordrang.
Jener entsank vorwärts, und es rasselten um ihn die Waffen.
Auch Meriones traf den Phereklos, stammend von Tekton,
Harmons Sohn, der mit Händen erfindsam allerlei Kunstwerk
Bildete; denn ihn erkor zum Lieblinge Pallas Athene.
Er hatt' auch Alexandros die schwebenden Schiffe gezimmert,
Jene Beginner des Wehs, die Unheil brachten den Troern,
Und ihm selbst; weil nicht er vernahm der Unsterblichen Ausspruch.
Diesen traf, da er jetzt im verfolgenden Lauf ihn ereilte,
Rechts hindurch ins Gesäß Meriones, daß ihm die Spitze
Vorn die Blase durchbohrend am Schambein wieder hervordrang.
Heulend sank er aufs Knie, und Todesschatten umfing ihn.
Meges warf den Pedäos dahin, den Sohn des Antenor,
Der unehelich war; doch erzog ihn die edle Theano
Gleich den eigenen Kindern, gefällig zu sein dem Gemahle.

τὸν μὲν Φυλεΐδης δουρὶ κλυτὸς ἐγγύθεν ἐλθὼν
βεβλήκει κεφαλῆς κατὰ ἰνίον ὀξέϊ δουρί·
ἀντικρὺ δ' ἀν' ὀδόντας ὑπὸ γλῶσσαν τάμε χαλκός·
ἤριπε δ' ἐν κονίηι, ψυχρὸν δ' ἕλε χαλκὸν ὀδοῦσιν.
Εὐρύπυλος δ' Εὐαιμονίδης Ὑψήνορα δῖον,
υἱὸν ὑπερθύμου Δολοπίονος, ὅς ῥα Σκαμάνδρου
ἀρητὴρ ἐτέτυκτο, θεὸς δ' ὣς τίετο δήμωι,
τὸν μὲν ἄρ' Εὐρύπυλος, Εὐαίμονος ἀγλαὸς υἱός,
πρόσθεν ἕθεν φεύγοντα μεταδρομάδην ἔλασ' ὦμον
φασγάνωι ἀΐξας, ἀπὸ δ' ἔξεσε χεῖρα βαρεῖαν·
αἱματόεσσα δὲ χεὶρ πεδίωι πέσε· τὸν δὲ κατ' ὄσσε
ἔλλαβε πορφύρεος θάνατος καὶ μοῖρα κραταιή.
ὣς οἱ μὲν πονέοντο κατὰ κρατερὴν ὑσμίνην·
Τυδεΐδην δ' οὐκ ἂν γνοίης ποτέροισι μετείη,
ἠὲ μετὰ Τρώεσσιν ὁμιλέοι ἦ μετ' Ἀχαιοῖς.
θῦνε γὰρ ἂμ πεδίον ποταμῶι πλήθοντι ἐοικὼς
χειμάρρωι, ὅς τ' ὦκα ῥέων ἐκέδασσε γεφύρας·
τὸν δ' οὔτ' ἄρ τε γέφυραι ἐεργμέναι ἰσχανόωσιν,
οὔτ' ἄρα ἕρκεα ἴσχει ἀλωάων ἐριθηλέων
ἐλθόντ' ἐξαπίνης, ὅτ' ἐπιβρίσηι Διὸς ὄμβρος·
πολλὰ δ' ὑπ' αὐτοῦ ἔργα κατήριπε κάλ' αἰζηῶν·
ὣς ὑπὸ Τυδεΐδηι πυκιναὶ κλονέοντο φάλαγγες
Τρώων, οὐδ' ἄρα μιν μίμνον πολέες περ ἐόντες.
τὸν δ' ὡς οὖν ἐνόησε Λυκάονος ἀγλαὸς υἱὸς
θύνοντ' ἂμ πεδίον πρὸ ἕθεν κλονέοντα φάλαγγας,
αἶψ' ἐπὶ Τυδεΐδηι ἐτιταίνετο καμπύλα τόξα,
καὶ βάλ' ἐπαΐσσοντα τυχὼν κατὰ δεξιὸν ὦμον,
θώρηκος γύαλον· διὰ δ' ἔπτατο πικρὸς ὀϊστός,
ἀντικρὺ δὲ διέσχε, παλάσσετο δ' αἵματι θώρηξ.
τῶι δ' ἐπὶ μακρὸν ἄϋσε Λυκάονος ἀγλαὸς υἱός·
„ὄρνυσθε, Τρῶες μεγάθυμοι, κέντορες ἵππων·
βέβληται γὰρ ἄριστος Ἀχαιῶν, οὐδέ ἕ φημι
δήθ' ἀνσχήσεσθαι κρατερὸν βέλος, εἰ ἐτεόν με
ὦρσεν ἄναξ Διὸς υἱὸς ἀπορνύμενον Λυκίηθεν."
ὣς ἔφατ' εὐχόμενος· τὸν δ' οὐ βέλος ὠκὺ δάμασσεν,
ἀλλ' ἀναχωρήσας πρόσθ' ἵπποιιν καὶ ὄχεσφιν
ἔστη, καὶ Σθένελον προσέφη, Καπανήϊον υἱόν·
„ὄρσο, πέπον Καπανηϊάδη, καταβήσεο δίφρου,
ὄφρα μοι ἐξ ὤμοιο ἐρύσσῃς πικρὸν ὀϊστόν."
ὣς ἄρ' ἔφη, Σθένελος δὲ καθ' ἵππων ἆλτο χαμᾶζε,
πὰρ δὲ στὰς βέλος ὠκὺ διαμπερὲς ἐξέρυσ' ὤμου·

Diesem schoß nachrennend der speerberühmte Phyleide
Hinten die spitzige Lanze gerad' in die Höhle des Nackens;
Zwischen den Zähnen hindurch zerschnitt die Zunge das Erz ihm;
Und er entsank in den Staub, am kalten Erze noch knirschend.
Doch der Euämonid' Eurypylos traf den Hypsenor,
Ihn Dolopions Sohn, des Erhabenen, der dem Skamandros
War ein Priester geweiht, wie ein Gott im Volke geehret.
Aber Eurypylos nun, der glänzende Sohn des Euämon,
Als er vor ihm hinbebte, verfolgt' und schwang in die Schulter
Ihm anstürmend das Schwert, und hieb ihm den nervichten Arm ab:
Blutig entsank ihm der Arm ins Gefild' hin; aber die Augen
Übernahm der finstere Tod und das grause Verhängnis.
So arbeiteten jen' im Ungestüme der Feldschlacht.
Aber des Tydeus Sohn, nicht wüßte man, welcherlei Volks er
Schaltete, ob er mit Troern einherging, ob mit Achaiern.
Denn er durchtobte das Feld, dem geschwollenen Strome vergleichbar,
Voll vom Herbst, der in reißendem Sturz wegflutet die Brücken;
Nicht ihn zu hemmen vermag der Brücken gewaltiges Bollwerk,
Auch nicht hemmen die Zäune der grünenden Saatengefilde
Ihn, der sich schleunig ergießt, wann gedrängt Zeus' Schauer herabfällt;
Weit dann versinkt vor jenem der Jünglinge fröhliche Arbeit:
Also vor Tydeus' Sohn enttaumelten dichte Geschwader
Troisches Volks, und harreten nicht, wie viel sie auch waren.
Aber sobald ihn schaute der glänzende Sohn des Lykaon,
Wie er durchtobte das Feld, und umher zerstreute die Scharen;
Richtet' auf Tydeus' Sohn er sofort sein krummes Geschoß hin,
Schnellte dem Stürmenden zu, und traf ihn rechts an der Schulter
In sein Panzergelenk; ihm flog das herbe Geschoß durch,
Grad' in die Schulter hinein, und Blut umströmte den Panzer.
Jauchzend erhub die Stimme der glänzende Sohn des Lykaon:
Angedrängt, ihr Troer voll Kriegsmut, Sporner der Rosse!
Denn nun traf's den besten der Danaer! Nimmer vermut' ich
Wird er es lang' aushalten, das starke Geschoß, so in Wahrheit
Mich Zeus' herrschender Sohn zum Streit aus Lykia hertrieb!
Jener rief's aufjauchzend; doch nicht bezwang das Geschoß ihn!
Sondern er wich, und gestellt vor den rossebespanneten Wagen,
Redet' er Sthenelos an, den kapaneïschen Sprößling:
Auf, o trautester Kapaneiad', und steige vom Wagen,
Daß du hervor aus der Schulter das herbe Geschoß mir entziehest.
Jener sprach's; doch Sthenelos sprang von dem Wagen zur Erde,
Trat hinan, und entzog den durchdringenden Pfeil aus der Schulter;

αἷμα δ᾽ ἀνηκόντιζε διὰ στρεπτοῖο χιτῶνος.
δὴ τότ᾽ ἔπειτ᾽ ἠρᾶτο βοὴν ἀγαθὸς Διομήδης·
„ κλῦθί μευ, αἰγιόχοιο Διὸς τέκος, Ἀτρυτώνη,
εἴ ποτέ μοι καὶ πατρὶ φίλα φρονέουσα παρέστης
δηΐωι ἐν πολέμωι, νῦν αὖτ᾽ ἐμὲ φῖλαι, Ἀθήνη·
δὸς δέ τέ μ᾽ ἄνδρα ἑλεῖν καὶ ἐς ὁρμὴν ἔγχεος ἐλθεῖν,
ὅς μ᾽ ἔβαλε φθάμενος καὶ ἐπεύχεται, οὐδέ μέ φησι
δηρὸν ἔτ᾽ ὄψεσθαι λαμπρὸν φάος ἠελίοιο."
ὣς ἔφατ᾽ εὐχόμενος· τοῦ δ᾽ ἔκλυε Παλλὰς Ἀθήνη,
γυῖα δ᾽ ἔθηκεν ἐλαφρά, πόδας καὶ χεῖρας ὕπερθεν·
ἀγχοῦ δ᾽ ἱσταμένη ἔπεα πτερόεντα προσηύδα·
„ θαρσῶν νῦν, Διόμηδες, ἐπὶ Τρώεσσι μάχεσθαι·
ἐν γάρ τοι στήθεσσι μένος πατρώϊον ἧκα
ἄτρομον, οἷον ἔχεσκε σακέσπαλος ἱππότα Τυδεύς·
ἀχλὺν δ᾽ αὖ τοι ἀπ᾽ ὀφθαλμῶν ἕλον, ἣ πρὶν ἐπῆεν,
ὄφρ᾽ εὖ γιγνώσκηις ἠμὲν θεὸν ἠδὲ καὶ ἄνδρα.
τὼ νῦν αἴ κε θεὸς πειρώμενος ἐνθάδ᾽ ἵκηται,
μή τι σύ γ᾽ ἀθανάτοισι θεοῖς ἀντικρὺ μάχεσθαι
τοῖς ἄλλοις· ἀτὰρ εἴ κε Διὸς θυγάτηρ Ἀφροδίτη
ἔλθηισ᾽ ἐς πόλεμον, τήν γ᾽ οὐτάμεν ὀξέϊ χαλκῶι."
ἣ μὲν ἄρ᾽ ὣς εἰποῦσ᾽ ἀπέβη γλαυκῶπις Ἀθήνη,
Τυδεΐδης δ᾽ ἐξαῦτις ἰὼν προμάχοισιν ἐμίχθη,
καὶ πρίν περ θυμῶι μεμαὼς Τρώεσσι μάχεσθαι·
δὴ τότε μιν τρὶς τόσσον ἕλεν μένος, ὥς τε λέοντα,
ὅν ῥά τε ποιμὴν ἀγρῶι ἐπ᾽ εἰροπόκοις ὀΐεσσι
χραύσηι μέν τ᾽ αὐλῆς ὑπεράλμενον οὐδὲ δαμάσσηι·
τοῦ μέν τε σθένος ὦρσεν, ἔπειτα δέ τ᾽ οὐ προσαμύνει,
ἀλλὰ κατὰ σταθμοὺς δύεται, τὰ δ᾽ ἐρῆμα φοβεῖται·
αἱ μέν τ᾽ ἀγχιστῖναι ἐπ᾽ ἀλλήλῃσι κέχυνται,
αὐτὰρ ὁ ἐμμεμαὼς βαθέης ἐξάλλεται αὐλῆς·
ὣς μεμαὼς Τρώεσσι μίγη κρατερὸς Διομήδης.
ἔνθ᾽ ἕλεν Ἀστύνοον καὶ Ὑπείρονα, ποιμένα λαῶν,
τὸν μὲν ὑπὲρ μαζοῖο βαλὼν χαλκήρεϊ δουρί,
τὸν δ᾽ ἕτερον ξίφεϊ μεγάλωι κληῗδα παρ᾽ ὦμον
πλῆξ᾽, ἀπὸ δ᾽ αὐχένος ὦμον ἐέργαθεν ἠδ᾽ ἀπὸ νώτου.
τοὺς μὲν ἔασ᾽, ὁ δ᾽ Ἄβαντα μετῴχετο καὶ Πολύϊδον,
υἱέας Εὐρυδάμαντος, ὀνειροπόλοιο γέροντος·
τοῖς οὐκ ἐρχομένοις ὁ γέρων ἐκρίνατ᾽ ὀνείρους,
ἀλλά σφεας κρατερὸς Διομήδης ἐξενάριξε·
βῆ δὲ μετὰ Ξάνθόν τε Θόωνά τε, Φαίνοπος υἷε,
ἄμφω τηλυγέτω· ὁ δὲ τείρετο γήραϊ λυγρῶι,

Hell durchspritzte das Blut die geflochtenen Ringe des Panzers.
Jetzo betete laut der Rufer im Streit Diomedes:
Höre, des ägiserschütternden Zeus' unbezwungene Tochter!
Wenn du mir je und dem Vater mit sorgsamer Liebe genahet
Im feindseligen Streit; so liebe mich nun, o Athene!
Laß mich treffen den Mann, und den fliegenden Speer ihn erreichen,
Welcher zuvor mich verwundet, und nun frohlockend sich rühmet,
Nicht mehr schau' ich lange das Licht der strahlenden Sonne!
Also rief er flehend; ihn hörete Pallas Athene.
Leicht ihm schuf sie die Glieder, die Füß', und die Arme von oben;
Nahe nun trat sie hinan, und sprach die geflügelten Worte:
Kehre getrost, Diomedes, zum mutigen Kampf mit den Troern;
Denn dir goß ich ins Herz die Kraft und Stärke des Vaters,
Unverzagt, wie sie trug der geschildete reisige Tydeus.
Auch das Dunkel entnahm ich den Augen dir, welches sie deckte;
Daß du wohl erkennest den Gott und den sterblichen Menschen.
Drum so etwa ein Gott herannaht, dich zu versuchen;
Hüte dich, seligen Göttern im Kampf entgegen zu wandeln,
Allen sonst: doch käme die Tochter Zeus Aphrodite
Her in den Streit, die magst du mit spitzigem Erze verwunden.
Also sprach und enteilte die Herrscherin Pallas Athene.
Aber es flog Diomedes zurück in das Vordergetümmel.
Hatt' er zuvor im Herzen geglüht, mit den Troern zu kämpfen;
Jetzo ergriff ihn dreimal entflammterer Mut, wie den Löwen,
Welchen der Hirt im Felde, die molligen Schafe bewachend,
Streifte, doch nicht erschoß, da über den Zaun er hereinsprang;
Jenem erhebt sich der Zorn, und hinfort kann keiner ihm wehren,
Sondern er dringt in die Ställe hinein, die Verlassenen scheuchend;
Und nun liegen gehäuft die Blutenden übereinander;
Aber voll Wut entspringt er dem hochumschränkten Gehege:
Also drang in die Troer voll Wut der Held Diomedes.
Jetzo rafft' er Astynoos hin und den Herrscher Hypeinor,
Ihn an der Warze der Brust mit eherner Lanze durchbohrend;
Jenem schwang er ins Schultergelenk des gewaltigen Schwertes
Hieb, daß vom Halse die Schulter sich sonderte und von dem Rücken.
Diese verließ, und zu Abas enteilet' er und Polyeidos,
Beid' Eurydamas' Söhne, des traumauslegenden Greises.
Doch den Scheidenden hatte der Greis nicht Träume gedeutet;
Sondern es raubt' ihr Geschmeide der starke Held Diomedes.
Drauf den Xanthos und Thoon verfolget' er, Söhne des Phänops,
Beide spät ihm geboren; und schwach vom traurigen Alter,

υἱὸν δ᾽ οὐ τέκετ᾽ ἄλλον ἐπὶ κτεάτεσσι λιπέσθαι.
ἔνθ᾽ ὅ γε τοὺς ἐνάριζε, φίλον δ᾽ ἐξαίνυτο θυμὸν
ἀμφοτέρω, πατέρι δὲ γόον καὶ κήδεα λυγρὰ
λεῖπ᾽, ἐπεὶ οὐ ζώοντε μάχης ἐκ νοστήσαντε
δέξατο· χηρωσταὶ δὲ διὰ κτῆσιν δατέοντο.
ἔνθ᾽ υἷας Πριάμοιο δύω λάβε Δαρδανίδαο
εἰν ἑνὶ δίφρωι ἐόντας, Ἐχέμμονά τε Χρομίον τε.
ὡς δὲ λέων ἐν βουσὶ θορὼν ἐξ αὐχένα ἄξηι
πόρτιος ἠὲ βοός, ξύλοχον κάτα βοσκομενάων,
ὣς τοὺς ἀμφοτέρους ἐξ ἵππων Τυδέος υἱὸς
βῆσε κακῶς ἀέκοντας, ἔπειτα δὲ τεύχε᾽ ἐσύλα·
ἵππους δ᾽ οἷς ἑτάροισι δίδου μετὰ νῆας ἐλαύνειν.
τὸν δ᾽ ἴδεν Αἰνείας ἀλαπάζοντα στίχας ἀνδρῶν,
βῆ δ᾽ ἴμεν ἄν τε μάχην καὶ ἀνὰ κλόνον ἐγχειάων
Πάνδαρον ἀντίθεον διζήμενος, εἴ που ἐφεύροι·
εὗρε Λυκάονος υἱὸν ἀμύμονά τε κρατερόν τε,
στῆ δὲ πρόσθ᾽ αὐτοῖο ἔπος τέ μιν ἀντίον ηὔδα·
„Πάνδαρε, ποῦ τοι τόξον ἰδὲ πτερόεντες ὀϊστοὶ
καὶ κλέος; ὧι οὔ τίς τοι ἐρίζεται ἐνθάδε γ᾽ ἀνήρ,
οὐδέ τις ἐν Λυκίηι σέο γ᾽ εὔχεται εἶναι ἀμείνων.
ἀλλ᾽ ἄγε τῶιδ᾽ ἔφες ἀνδρὶ βέλος, Διὶ χεῖρας ἀνασχών,
ὅς τις ὅδε κρατέει καὶ δὴ κακὰ πολλὰ ἔοργε
Τρῶας, ἐπεὶ πολλῶν τε καὶ ἐσθλῶν γούνατ᾽ ἔλυσεν·
εἰ μή τις θεός ἐστι κοτεσσάμενος Τρώεσσιν
ἱρῶν μηνίσας· χαλεπὴ δὲ θεοῦ ἔπι μῆνις."
τὸν δ᾽ αὖτε προσέειπε Λυκάονος ἀγλαὸς υἱός·
„Αἰνεία, Τρώων βουληφόρε χαλκοχιτώνων,
Τυδεΐδηι μιν ἔγωγε δαΐφρονι πάντα ἐΐσκω,
ἀσπίδι γιγνώσκων αὐλώπιδί τε τρυφαλείηι,
ἵππους τ᾽ εἰσορόων· σάφα δ᾽ οὐκ οἶδ᾽ εἰ θεός ἐστιν.
εἰ δ᾽ ὅ γ᾽ ἀνὴρ ὅν φημι, δαΐφρων Τυδέος υἱός,
οὐχ ὅ γ᾽ ἄνευθε θεοῦ τάδε μαίνεται, ἀλλά τις ἄγχι
ἕστηκ᾽ ἀθανάτων, νεφέληι εἰλυμένος ὤμους,
ὃς τούτου βέλος ὠκὺ κιχήμενον ἔτραπεν ἄλληι.
ἤδη γάρ οἱ ἐφῆκα βέλος, καί μιν βάλον ὦμον
δεξιὸν ἀντικρὺ διὰ θώρηκος γυάλοιο·
καί μιν ἔγωγ᾽ ἐφάμην Ἀϊδωνῆϊ προϊάψειν,
ἔμπης δ᾽ οὐκ ἐδάμασσα· θεός νύ τίς ἐστι κοτήεις.
ἵπποι δ᾽ οὐ παρέασι καὶ ἅρματα, τῶν κ᾽ ἐπιβαίην·
ἀλλά που ἐν μεγάροισι Λυκάονος ἕνδεκα δίφροι
καλοὶ πρωτοπαγεῖς νεοτευχέες· ἀμφὶ δὲ πέπλοι

Zeugt' er kein anderes Kind, sein Eigentum zu ererben.
Jener entwaffnete nun, ihr süßes Leben vertilgend,
Beid', und ließ den Vater in Gram und finsterer Schwermut
Dort, dieweil nicht lebend sie heim aus dem Treffen ihm kehrten,
Freudig begrüßt, und das Erb' eindringende Fremde sich teilten.
  Jetzo zween aus Priamos' Blut, des Dardanionen,
Traf er auf einem Geschirr, den Chromios und den Echemon;
Und wie ein Löw' in die Rinder sich stürzt, und den Nacken der starke
Abknirscht, oder der Kuh, die Laubgehölze durchweiden:
Also beide zugleich warf Tydeus Sohn aus dem Wagen
Schrecklich herab mit Gewalt; und hierauf nahm er die Rüstung;
Doch das Gespann entführten die Seinigen ihm zu den Schiffen.
  Jenen sah Äneias umher verdünnen die Schlachtreihn;
Flugs durcheilt' er den Kampf und den klirrenden Sturm der Geschosse,
Rings nach Pandaros forschend, dem Göttlichen, ob er ihn fände.
Jetzo fand er den starken untadlichen Sohn des Lykaon,
Trat nun hinan vor jenen, und redete, also beginnend:
  Pandaros, wo dein Bogen, und wo die gefiederten Pfeile,
Und dein Ruhm, den weder allhier ein anderer teilet,
Noch in Lykia einer dir abzugewinnen sich rühmet?
Hebe die Hände zu Zeus, und sende dem Mann ein Geschoß hin,
Der da umher so schaltet, und schon viel Böses den Troern
Stiftete, weil er Vieler und Tapferer Kniee gelöset!
Ist er nicht etwa ein Gott, der im Zorn heimsuchet die Troer,
Rächend der Opfer Schuld; denn hart ist die Rache der Götter.
  Ihm antwortete drauf der glänzende Sohn des Lykaon:
Edler Fürst, Äneias, der erzgepanzerten Troer,
Gleich des Tydeus Sohne, dem Feurigen, acht' ich ihn völlig;
Denn ich erkenne den Schild, und die längliche Kuppel des Helmes,
Auch sein Rossegeschirr; doch vielleicht auch mag er ein Gott sein.
Ist der Mann, den ich sage, der feurige Sohn des Tydeus;
Traun nicht ohne Götter ergrimmt' er so, sondern ihm nahe
Steht ein Unsterblicher dort, ein Gewölk um die Schultern sich hüllend,
Der auch das schnelle Geschoß abwendete, welches ihm zuflog.
Denn ihm sandt' ich bereits ein Geschoß, und traf ihm die Schulter
Rechts, daß hinein es drang, das Panzergelenk ihm durchbohrend;
Und ich hofft', ihn hinab zu beschleunigen zum Aïdoneus.
Dennoch bezwang ich ihn nicht. Ein Gott muß wahrlich erzürnt sein.
Auch nicht hab' ich die Ross', und ein schnelles Geschirr zu besteigen;
Sondern ich ließ in Lykaons Palast elf zierliche Wagen,
Stark und neu vom Künstler gefügt, mit Teppichen ringsum

πέπτανται· παρὰ δέ σφιν ἑκάστωι δίζυγες ἵπποι
ἑστᾶσι κρῖ λευκὸν ἐρεπτόμενοι καὶ ὀλύρας.
ἦ μέν μοι μάλα πολλὰ γέρων αἰχμητὰ Λυκάων
ἐρχομένωι ἐπέτελλε δόμοις ἔνι ποιητοῖσιν·
ἵπποισίν με κέλευε καὶ ἅρμασιν ἐμβεβαῶτα
ἀρχεύειν Τρώεσσι κατὰ κρατερὰς ὑσμίνας·
ἀλλ' ἐγὼ οὐ πιθόμην – ἦ τ' ἂν πολὺ κέρδιον ἦεν –
ἵππων φειδόμενος, μή μοι δευοίατο φορβῆς
ἀνδρῶν εἰλομένων, εἰωθότες ἔδμεναι ἄδην.
ὣς λίπον, αὐτὰρ πεζὸς ἐς Ἴλιον εἰλήλουθα
τόξοισιν πίσυνος· τὰ δέ μ' οὐκ ἄρ' ἔμελλον ὀνήσειν.
ἤδη γὰρ δοιοῖσιν ἀριστήεσσιν ἐφῆκα,
Τυδεΐδηι τε καὶ Ἀτρεΐδηι, ἐκ δ' ἀμφοτέροιιν
ἀτρεκὲς αἷμ' ἔσσευα βαλών, ἤγειρα δὲ μᾶλλον.
τώ ῥα κακῆι αἴσηι ἀπὸ πασσάλου ἀγκύλα τόξα
ἤματι τῶι ἑλόμην ὅτε Ἴλιον εἰς ἐρατεινὴν
ἡγεόμην Τρώεσσι, φέρων χάριν Ἕκτορι δίωι.
εἰ δέ κε νοστήσω καὶ ἐσόψομαι ὀφθαλμοῖσι
πατρίδ' ἐμὴν ἄλοχόν τε καὶ ὑψερεφὲς μέγα δῶμα,
αὐτίκ' ἔπειτ' ἀπ' ἐμεῖο κάρη τάμοι ἀλλότριος φώς,
εἰ μὴ ἐγὼ τάδε τόξα φαεινῶι ἐν πυρὶ θείην
χερσὶ διακλάσσας· ἀνεμώλια γάρ μοι ὀπηδεῖ."
τὸν δ' αὖτ' Αἰνείας Τρώων ἀγὸς ἀντίον ηὔδα·
„μὴ δ' οὕτως ἀγόρευε· πάρος δ' οὐκ ἔσσεται ἄλλως,
πρίν γ' ἐπὶ νὼ τῶιδ' ἀνδρὶ σὺν ἵπποισιν καὶ ὄχεσφιν
ἀντιβίην ἐλθόντε σὺν ἔντεσι πειρηθῆναι.
ἀλλ' ἄγ' ἐμῶν ὀχέων ἐπιβήσεο, ὄφρα ἴδηαι
οἷοι Τρώϊοι ἵπποι, ἐπιστάμενοι πεδίοιο
κραιπνὰ μάλ' ἔνθα καὶ ἔνθα διωκέμεν ἠδὲ φέβεσθαι·
τὼ καὶ νῶϊ πόλινδε σαώσετον, εἴ περ ἂν αὖτε
Ζεὺς ἐπὶ Τυδεΐδηι Διομήδεϊ κῦδος ὀρέξηι.
ἀλλ' ἄγε νῦν μάστιγα καὶ ἡνία σιγαλόεντα
δέξαι, ἐγὼ δ' ἵππων ἀποβήσομαι, ὄφρα μάχωμαι·
ἠὲ σὺ τόνδε δέδεξο, μελήσουσιν δ' ἐμοὶ ἵπποι."
τὸν δ' αὖτε προσέειπε Λυκάονος ἀγλαὸς υἱός·
„Αἰνεία, σὺ μὲν αὐτὸς ἔχ' ἡνία καὶ τεὼ ἵππω·
μᾶλλον ὑφ' ἡνιόχωι εἰωθότι καμπύλον ἅρμα
οἴσετον, εἴ περ ἂν αὖτε φεβώμεθα Τυδέος υἱόν·
μὴ τὼ μὲν δείσαντε ματήσετον, οὐδ' ἐθέλητον
ἐκφερέμεν πολέμοιο, τεὸν φθόγγον ποθέοντε,
νῶϊ δ' ἐπαΐξας μεγαθύμου Τυδέος υἱὸς

Überhängt; und bei jeglichem stehn zweispännige Rosse
Müßig, mit nährendem Spelt und gelblicher Gerste gesättigt.
Dringend ermahnete zwar der grauende Krieger Lykaon
Mich den Scheidenden dort in der schöngebaueten Wohnung,
Daß ich erhöht im Sessel des rossebespanneten Wagens
Trojas Schar anführte zum Ungestüme der Feldschlacht.
Aber ich hörete nicht, (wie heilsam, hätt' ich gehöret!)
Schonend des edlen Gespanns, daß mir's nicht darbte der Nahrung
Bei umzingeltem Volk, da es reichliches Futter gewohnt war.
Also kam ich zu Fuß gen Ilios, ohne die Rosse,
Nur dem Bogen vertrauend; allein nichts sollt' er mir helfen!
Denn schon zween umher der edleren Helden erreicht' ich,
Tydeus Sohn, und des Atreus Sohn; und beiden hervor drang
Helles Blut aus der Wunde: doch reizt' ich beide nur stärker.
Zur unseligen Stund' enthob ich Bogen und Köcher
Jenes Tages dem Pflock, da nach Ilios lieblicher Feste
Trojas Schar ich führte, zu Gunst dem erhabenen Hektor.
Werd' ich hinfort heimkehren, und wiedersehn mit den Augen
Vatergefild' und Weib, und die hohe gewölbete Wohnung;
Schleunig haue mir dann das Haupt von der Schulter ein Fremdling,
Wo nicht dieses Geschoß in loderndes Feuer ich werfe,
Kurz in den Händen geknickt, daß ein nichtiger Tand mich begleitet!
 Aber Äneias sprach, der Troer Fürst, ihm erwidernd:
Freund, nicht also geredet! Zuvor wird dieses nicht anders,
Ehe dem Mann wir beide mit Kriegesrossen und Wagen
Kühn entgegengerennt, und mit unserer Wehr ihn versuchet.
Auf denn, zu meinem Geschirr erhebe dich, daß du erkennest,
Wie doch troische Rosse gewandt sind, durch die Gefilde
Dort zu sprengen und dort, in Verfolgungen und in Entfliehung.
Uns auch wohl in die Stadt erretten sie, wenn ja von neuem
Zeus ihm Ehre verleiht, des Tydeus Sohn Diomedes.
Auf denn, die Geißel sofort, und die purpurschimmernden Zügel,
Nimm; ich selbst verlasse die Ross' und warte des Kampfes.
Oder begegn' ihm du; und mir sei die Sorge der Rosse.
 Ihm antwortete drauf der glänzende Sohn des Lykaon:
Lenke du selbst, Äneias, dein Rossegespann mit den Zügeln.
Hurtiger mögen, gewohnt des Lenkenden, jen' uns entreißen
Auf dem gebognen Geschirr, wann wieder verfolgt der Tydeide:
Daß sie uns nicht abschweifen umhergescheucht, und dem Schlachtfeld'
Uns unwillig enttragen, des Eigeners Stimme vermissend;
Aber dahergestürmt der Sohn des mutigen Tydeus

αὐτώ τε κτείνηι καὶ ἐλάσσηι μώνυχας ἵππους.
ἀλλὰ σύ γ᾽ αὐτὸς ἔλαυνε τέ᾽ ἅρματα καὶ τεὼ ἵππω,
τόνδε δ᾽ ἐγὼν ἐπιόντα δεδέξομαι ὀξέϊ δουρί."
ὣς ἄρα φωνήσαντες, ἐς ἅρματα ποικίλα βάντες,
ἐμμεμαῶτ᾽ ἐπὶ Τυδεΐδηι ἔχον ὠκέας ἵππους.
τοὺς δὲ ἴδε Σθένελος, Καπανήϊος ἀγλαὸς υἱός,
αἶψα δὲ Τυδεΐδην ἔπεα πτερόεντα προσηύδα·
„Τυδεΐδη Διόμηδες, ἐμῶι κεχαρισμένε θυμῶι,
ἄνδρ᾽ ὁρόω κρατερὼ ἐπὶ σοὶ μεμαῶτε μάχεσθαι,
ἶν᾽ ἀπέλεθρον ἔχοντας· ὁ μὲν τόξων ἐῢ εἰδώς,
Πάνδαρος, υἱὸς δ᾽ αὖτε Λυκάονος εὔχεται εἶναι·
Αἰνείας δ᾽ υἱὸς μὲν ἀμύμονος Ἀγχίσαο
εὔχεται ἐκγεγάμεν, μήτηρ δέ οἵ ἐστ᾽ Ἀφροδίτη.
ἀλλ᾽ ἄγε δὴ χαζώμεθ᾽ ἐφ᾽ ἵππων, μηδέ μοι οὕτω
θῦνε διὰ προμάχων, μή πως φίλον ἦτορ ὀλέσσηις."
τὸν δ᾽ ἄρ᾽ ὑπόδρα ἰδὼν προσέφη κρατερὸς Διομήδης·
„μή τι φόβονδ᾽ ἀγόρευ᾽, ἐπεὶ οὐδὲ σὲ πεισέμεν οἴω.
οὐ γάρ μοι γενναῖον ἀλυσκάζοντι μάχεσθαι
οὐδὲ καταπτώσσειν· ἔτι μοι μένος ἔμπεδόν ἐστιν·
ὀκνείω δ᾽ ἵππων ἐπιβαινέμεν, ἀλλὰ καὶ αὔτως
ἀντίον εἶμ᾽ αὐτῶν· τρεῖν μ᾽ οὐκ ἐᾶι Παλλὰς Ἀθήνη.
τούτω δ᾽ οὐ πάλιν αὖτις ἀποίσετον ὠκέες ἵπποι
ἄμφω ἀφ᾽ ἡμείων, εἴ γ᾽ οὖν ἕτερός γε φύγηισιν.
ἄλλο δέ τοι ἐρέω, σὺ δ᾽ ἐνὶ φρεσὶ βάλλεο σῆισιν·
αἴ κέν μοι πολύβουλος Ἀθήνη κῦδος ὀρέξηι
ἀμφοτέρω κτεῖναι, σὺ δὲ τούσδε μὲν ὠκέας ἵππους
αὐτοῦ ἐρυκακέειν ἐξ ἄντυγος ἡνία τείνας,
Αἰνείαο δ᾽ ἐπαΐξαι μεμνημένος ἵππων,
ἐκ δ᾽ ἐλάσαι Τρώων μετ᾽ ἐϋκνήμιδας Ἀχαιούς.
τῆς γάρ τοι γενεῆς, ἧς Τρωΐ περ εὐρύοπα Ζεὺς
δῶχ᾽ υἷος ποινὴν Γανυμήδεος, οὕνεκ᾽ ἄριστοι
ἵππων, ὅσσοι ἔασιν ὑπ᾽ ἠῶ τ᾽ ἠέλιόν τε,
τῆς γενεῆς ἔκλεψεν ἄναξ ἀνδρῶν Ἀγχίσης,
λάθρηι Λαομέδοντος ὑποσχὼν θήλεας ἵππους·
τῶν οἱ ἓξ ἐγένοντο ἐνὶ μεγάροισι γενέθλη.
τοὺς μὲν τέσσαρας αὐτὸς ἔχων ἀτίταλλ᾽ ἐπὶ φάτνηι,
τὼ δὲ δύ᾽ Αἰνείαι δῶκεν, μήστωρε φόβοιο.
εἰ τούτω κε λάβοιμεν, ἀροίμεθά κε κλέος ἐσθλόν."
ὣς οἳ μὲν τοιαῦτα πρὸς ἀλλήλους ἀγόρευον,
τὼ δὲ τάχ᾽ ἐγγύθεν ἦλθον ἐλαύνοντ᾽ ὠκέας ἵππους.
τὸν πρότερος προσέειπε Λυκάονος ἀγλαὸς υἱός·

Uns dann beid' erschlag', und entführe die stampfenden Rosse.
Darum lenke du selbst dein Wagengeschirr und die Rosse;
Jenem will ich, so er kommt, mit spitziger Lanze begegnen.
  Also redeten beid', und den künstlichen Wagen besteigend',
Sprengten auf Tydeus Sohn sie daher mit hurtigen Rossen.
Sie nahm Sthenelos wahr, der kapaneïsche Krieger,
Wandte sich schnell zum Tydeiden und sprach die geflügelten Worte:
  Tydeus Sohn Diomedes, du meiner Seele Geliebter,
Schau zween tapfere Männer auf dich herstürmen zum Kampfe,
Beid' unermeßlicher Kraft: der dort, wohlkundig des Bogens,
Pandaros, welcher den Sohn des Lykaon rühmend sich nennet;
Weil Äneias ein Sohn des hochbeherzten Anchises
Trotzt entsprossen zu sein, von der Tochter Zeus' Aphrodite.
Laß uns schnell im Wagen entfliehn, und wüte mir so nicht
Unter dem Vordergewühl, daß nicht dein Leben dir schwinde.
  Finster schaut' und begann der starke Held Diomedes:
Nichts von Flucht mir gesagt; denn schwerlich möcht' ich gehorchen!
Mir nicht ist's anartend, zurückzubeben im Kampfe,
Oder hinab mich zu schmiegen; noch fest mir dauret die Stärke!
Mich verdreußt's im Wagen zu stehn; vielmehr, wie ich hier bin,
Wandl' ich gegen sie an; Furcht wehret mir Pallas Athene.
Nie trägt jene zurück ihr Gespann schnellfüßiger Rosse
Beid' aus unseren Händen, wofern auch einer entrinnet.
Eines verkünd' ich dir noch, und du bewahr' es im Herzen.
Wenn ja den Ruhm mir gewährt die ratende Göttin Athene,
Beide sie hinzustrecken; dann unsere hurtigen Rosse
Hemme zurück, das Gezäum am Sesselrande befestigt;
Und zu Äneias' Rossen enteile mir, daß du sie wegführst
Aus der Troer Gewühl zu den hellumschienten Achaiern.
Jenes Geschlechts sind diese, das Zeus Kronion dem Troß einst
Gab zum Entgelte des Sohns Ganymedes: edel vor allen
Rossen, so viel' umstrahlet das Tageslicht und die Sonne.
Jenes Geschlechts entwandte der Völkerfürst Anchises,
Ohne Laomedons Kunde die eigenen Stuten vermählend,
Welche darauf sechs Füllen in seinem Palast ihm gebaren,
Vier von jenen behaltend ernähret' er selbst an der Krippe;
Diese gab er Äneias dem Sohn, zween stürmende Renner.
Könnten wir dies' erbeuten, dann würd ein herrlicher Ruhm uns!
  Also redeten jen' im Wechselgespräch miteinander.
Schnell nun nahten sie dort, die hurtigen Rosse beflügelnd.
Gegen ihn rufte zuerst der glänzende Sohn des Lykaon:

„ καρτερόθυμε, δαΐφρον, ἀγαυοῦ Τυδέος υἱέ,
ἦ μάλα σ' οὐ βέλος ὠκὺ δαμάσσατο, πικρὸς ὀϊστός·
νῦν αὖτ' ἐγχείῃ πειρήσομαι, αἴ κε τύχωμι.“
ἦ ῥα, καὶ ἀμπεπαλὼν προΐει δολιχόσκιον ἔγχος
καὶ βάλε Τυδεΐδαο κατ' ἀσπίδα· τῆς δὲ διαπρὸ
αἰχμὴ χαλκείη πταμένη θώρηκι πελάσθη·
τῶι δ' ἐπὶ μακρὸν ἄϋσε Λυκάονος ἀγλαὸς υἱός·
„ βέβληαι κενεῶνα διαμπερές, οὐδέ σ' ὀΐω
δηρὸν ἔτ' ἀνσχήσεσθαι· ἐμοὶ δὲ μέγ' εὖχος ἔδωκας.“
τὸν δ' οὐ ταρβήσας προσέφη κρατερὸς Διομήδης·
„ ἤμβροτες οὐδ' ἔτυχες· ἀτὰρ οὐ μὲν σφῶΐ γ' ὀΐω
πρίν γ' ἀποπαύσεσθαι, πρίν γ' ἢ ἕτερόν γε πεσόντα
αἵματος ἆσαι Ἄρηα, ταλαύρινον πολεμιστήν.“
ὣς φάμενος προέηκε· βέλος δ' ἴθυνεν Ἀθήνη
ῥῖνα παρ' ὀφθαλμόν, λευκοὺς δ' ἐπέρησεν ὀδόντας.
τοῦ δ' ἀπὸ μὲν γλῶσσαν πρυμνὴν τάμε χαλκὸς ἀτειρής,
αἰχμὴ δ' ἐξελύθη παρὰ νείατον ἀνθερεῶνα·
ἤριπε δ' ἐξ ὀχέων, ἀράβησε δὲ τεύχε' ἐπ' αὐτῶι
αἰόλα παμφανόωντα, παρέτρεσσαν δέ οἱ ἵπποι
ὠκύποδες· τοῦ δ' αὖθι λύθη ψυχή τε μένος τε.
Αἰνείας δ' ἀπόρουσε σὺν ἀσπίδι δουρί τε μακρῶι,
δείσας μή πώς οἱ ἐρυσαίατο νεκρὸν Ἀχαιοί.
ἀμφὶ δ' ἄρ' αὐτῶι βαῖνε λέων ὣς ἀλκὶ πεποιθώς,
πρόσθε δέ οἱ δόρυ τ' ἔσχε καὶ ἀσπίδα πάντοσ' ἐΐσην,
τὸν κτάμεναι μεμαὼς ὅς τις τοῦ γ' ἀντίος ἔλθοι,
σμερδαλέα ἰάχων· ὁ δὲ χερμάδιον λάβε χειρὶ
Τυδεΐδης, μέγα ἔργον, ὃ οὐ δύο γ' ἄνδρε φέροιεν,
οἷοι νῦν βροτοί εἰσ'· ὁ δέ μιν ῥέα πάλλε καὶ οἶος.
τῶι βάλεν Αἰνείαο κατ' ἰσχίον, ἔνθά τε μηρὸς
ἰσχίωι ἐνστρέφεται, κοτύλην δέ τέ μιν καλέουσι·
θλάσσε δέ οἱ κοτύλην, πρὸς δ' ἄμφω ῥῆξε τένοντε·
ὦσε δ' ἀπὸ ῥινὸν τρηχὺς λίθος· αὐτὰρ ὅ γ' ἥρως
ἔστη γνὺξ ἐριπὼν καὶ ἐρείσατο χειρὶ παχείηι
γαίης· ἀμφὶ δὲ ὄσσε κελαινὴ νὺξ ἐκάλυψε.
καί νύ κεν ἔνθ' ἀπόλοιτο ἄναξ ἀνδρῶν Αἰνείας,
εἰ μὴ ἄρ' ὀξὺ νόησε Διὸς θυγάτηρ Ἀφροδίτη,
μήτηρ, ἥ μιν ὑπ' Ἀγχίσηι τέκε βουκολέοντι·
ἀμφὶ δ' ἑὸν φίλον υἱὸν ἐχεύατο πήχεε λευκώ,
πρόσθε δέ οἱ πέπλοιο φαεινοῦ πτύγμ' ἐκάλυψεν,
ἕρκος ἔμεν βελέων, μή τις Δαναῶν ταχυπώλων
χαλκὸν ἐνὶ στήθεσσι βαλὼν ἐκ θυμὸν ἕλοιτο.

Feuriger, hochbeherzter, du Sohn des strahlenden Tydeus,
Nicht das herbe Geschoß, das der Bogen schnellte, bezwang dich;
Aber anjetzt mit dem Speere versuch' ich es, ob er mir treffe.
Sprach's, und im Schwung' entsandt' er die weithinschattende Lanze;
Und sie traf auf den Schild des Königes; aber hindurch flog
Stürmend die eherne Spitz', und schmetterte gegen den Panzer.
Jauchzend erhob die Stimme der glänzende Sohn des Lykaon:
Ha! das traf doch hindurch in die Weiche dir! Nimmer vermut' ich,
Wirst du es lang' aushalten; und großen Ruhm mir gewährst du!
Drauf begann unerschrocken der starke Held Diomedes:
Nicht getroffen, gefehlt! Doch schwerlich werdet ihr, mein' ich,
Eher zur Ruh hingehn, bis wenigstens einer entfallend
Ares mit Blute getränkt, den unaufhaltsamen Krieger!
Sprach's, und entsandte den Speer; ihn richtete Pallas Athene
Grad' am Aug' in die Nas'; und die weißen Zähn' ihm durchdrang sie;
Hinten zugleich die Zunge zerschnitt das starrende Erz ihm,
Daß die Spitz' ihm entfuhr am äußersten Ende des Kinnes.
Und er entsank dem Geschirr, und es rasselten um ihn die Waffen,
Reges Gelenks, weitstrahlend; und seitwärts zuckten die Rosse,
Mutig und rasch; ihn aber verließ dort Atem und Stärke.
Aber es stürmt' Äneias mit Schild und ragendem Speer an,
Sorgend, daß ihm wegzögen den toten Freund die Achaier.
Rings umwandelt' er ihn, wie ein Löw' in trotzender Kühnheit;
Vor ihn streckt' er die Lanz', und den Schild von geründeter Wölbung,
Ihn zu erschlagen bereit, wer nur annahte zu jenem,
Mit graunvollem Geschrei. Da ergriff den gewaltigen Feldstein
Tydeus' Sohn, so schwer, daß nicht zween Männer ihn trügen,
Wie nun Sterbliche sind; doch er schwang ihn allein und behende.
Hiermit traf er Äneias das Hüftgelenk, wo des Schenkels
Bein in der Hüfte sich dreht, das auch die Pfanne genannt wird;
Und er zermalmt' ihm die Pfann', und zerriß ihm beide die Sehnen;
Rings auch entblößte die Haut der zackige Stein: und der Held sank
Vorwärts hin auf das Knie, und stemmte die nervichte Rechte
Gegen die Erd', und die Augen umzog die finstere Nacht ihm.
Dort nun wär' er gestorben der Völkerfürst Äneias,
Wenn nicht schnell es bemerkt die Tochter Zeus' Aphrodite,
Die dem Anchises vordem ihn gebar bei der Herde der Rinder.
Diese den trautesten Sohn mit Lilienarmen umschlingend,
Breitet' ihm vor die Falte des silberhellen Gewandes,
Gegen der Feinde Geschoß, daß kein Gaultummler Achaias
Jenem die Brust mit Erze durchbohrt', und das Leben entrisse.

Ἡ μὲν ἑὸν φίλον υἱὸν ὑπεξέφερεν πολέμοιο·
οὐδ' υἱὸς Καπανῆος ἐλήθετο συνθεσιάων
τάων ἃς ἐπέτελλε βοὴν ἀγαθὸς Διομήδης,
ἀλλ' ὅ γε τοὺς μὲν ἑοὺς ἠρύκακε μώνυχας ἵππους
νόσφιν ἀπὸ φλοίσβου, ἐξ ἄντυγος ἡνία τείνας,
Αἰνείαο δ' ἐπαΐξας καλλίτριχας ἵππους
ἐξέλασε Τρώων μετ' ἐϋκνήμιδας Ἀχαιούς.
δῶκε δὲ Δηϊπύλωι, ἑτάρωι φίλωι, ὃν περὶ πάσης
τῖεν ὁμηλικίης, ὅτι οἱ φρεσὶν ἄρτια ἤιδη,
νηυσὶν ἔπι γλαφυρῆισιν ἐλαυνέμεν· αὐτὰρ ὅ γ' ἥρως
ὧν ἵππων ἐπιβὰς ἔλαβ' ἡνία σιγαλόεντα,
αἶψα δὲ Τυδεΐδην μέθεπε κρατερώνυχας ἵππους
ἐμμεμαώς· ὁ δὲ Κύπριν ἐπώιχετο νηλέϊ χαλκῶι,
γιγνώσκων ὅ τ' ἄναλκις ἔην θεός, οὐδὲ θεάων
τάων αἵ τ' ἀνδρῶν πόλεμον κάτα κοιρανέουσιν,
οὔτ' ἄρ' Ἀθηναίη οὔτε πτολίπορθος Ἐνυώ.
ἀλλ' ὅτε δή ῥ' ἐκίχανε πολὺν καθ' ὅμιλον ὀπάζων,
ἔνθ' ἐπορεξάμενος μεγαθύμου Τυδέος υἱὸς
ἄκρην οὔτασε χεῖρα μετάλμενος ὀξέϊ δουρὶ
ἀβληχρήν· εἶθαρ δὲ δόρυ χροὸς ἀντετόρησεν
ἀμβροσίου διὰ πέπλου, ὅν οἱ Χάριτες κάμον αὐταί,
πρυμνὸν ὕπερ θέναρος· ῥέε δ' ἄμβροτον αἷμα θεοῖο,
ἰχώρ, οἷός πέρ τε ῥέει μακάρεσσι θεοῖσιν·
οὐ γὰρ σῖτον ἔδουσ', οὐ πίνουσ' αἴθοπα οἶνον,
τοὔνεκ' ἀναίμονές εἰσι καὶ ἀθάνατοι καλέονται.
ἡ δὲ μέγα ἰάχουσα ἀπὸ ἕο κάββαλεν υἱόν·
καὶ τὸν μὲν μετὰ χερσὶν ἐρύσατο Φοῖβος Ἀπόλλων
κυανέηι νεφέληι, μή τις Δαναῶν ταχυπώλων
χαλκὸν ἐνὶ στήθεσσι βαλὼν ἐκ θυμὸν ἕλοιτο·
τῆι δ' ἐπὶ μακρὸν ἄϋσε βοὴν ἀγαθὸς Διομήδης·
„εἶκε, Διὸς θύγατερ, πολέμου καὶ δηϊοτῆτος·
ἦ οὐχ ἅλις ὅττι γυναῖκας ἀνάλκιδας ἠπεροπεύεις;
εἰ δὲ σύ γ' ἐς πόλεμον πωλήσεαι, ἦ τέ σ' ὀΐω
ῥιγήσειν πόλεμόν γε καὶ εἴ χ' ἑτέρωθι πύθηαι.“
ὣς ἔφαθ', ἡ δ' ἀλύουσ' ἀπεβήσετο, τείρετο δ' αἰνῶς·
τὴν μὲν ἄρ' Ἶρις ἑλοῦσα ποδήνεμος ἔξαγ' ὁμίλου
ἀχθομένην ὀδύνηισι, μελαίνετο δὲ χρόα καλόν.
εὗρεν ἔπειτα μάχης ἐπ' ἀριστερὰ θοῦρον Ἄρηα
ἥμενον· ἠέρι δ' ἔγχος ἐκέκλιτο καὶ ταχέ' ἵππω·
ἡ δὲ γνὺξ ἐριποῦσα κασιγνήτοιο φίλοιο
πολλὰ λισσομένη χρυσάμπυκας ἤιτεεν ἵππους·

Also den trautesten Sohn enttrug sie hinweg aus der Feldschlacht.
Doch nicht Kapaneus Sohn war sorglos jenes Vertrages,
Welchen ihm anbefahl der Rufer im Streit Diomedes;
Sondern er hemmt' abwärts sein Gespann starkhufiger Rosse
Außer dem Sturm, das Gezäum am Sesselrande befestigt;
Schnell dann Äneias' Rosse, die schöngemähnten, entführt' er
Aus der Troer Gewühl zu den hellumschienten Achaiern,
Gab sie darauf dem Genossen Deïpylos, den er vor allen
Jugendfreunden geehrt, weil fügsames Sinnes sein Herz war,
Daß zu den Schiffen hinab er sie führete. Selber der Held dann
Stieg in das eigne Geschirr, und ergriff die prangenden Zügel,
Lenkte dann schnell zum Tydeiden die mächtig stampfenden Rosse,
Freudiges Muts. Der folgte mit grausamem Erze der Kypris,
Weil er erkannte, sie erschein' unkriegerisch, keine der andern
Göttinnen, welche der sterblichen Schlacht obwaltend durchwandeln,
Weder Athenens Macht, noch der Städt' Unholdin Enyo.
Als er nunmehr sie erreicht, durch Schlachtgetümmel verfolgend;
Jetzo, die Lanze gestreckt, der Sohn des erhabenen Tydeus,
Traf er daher sich schwingend mit eherner Spitze die Hand ihr,
Zart und weich; und sofort in die Haut ihr stürmte die Lanze
Durch die ambrosische Hülle, die ihr Charitinnen gewebet,
Nah am Gelenk in der Fläche: da rann ihr unsterbliches Blut hin,
Klarer Saft, wie den Wunden der seligen Götter entfließet;
Denn nicht essen sie Brot, noch trinken sie funkelndes Weines;
Blutlos sind sie daher, und heißen unsterbliche Götter.
Laut nun schrie die Göttin, und warf zur Erde den Sohn hin.
Aber ihn in den Händen errettete Phöbos Apollon,
Hüllend in dunkles Gewölk, daß kein Gaultummler Achaias
Jenem die Brust mit Erze durchbohrt', und das Leben entrisse.
Jetzo erhub die Stimme der Rufer im Streit Diomedes.
Weiche zurück, Zeus' Tochter, aus Männerkampf und Entscheidung!
Nicht genug, daß du Weiber von schwachem Sinne verleitest?
Wo du hinfort in den Krieg dich einmengst; wahrlich ich meine,
Schaudern sollst du vor Krieg, wenn du fern nur nennen ihn hörest!
Jener sprach's; und verwirrt enteilte sie, Qualen erduldend.
Iris nahm und enttrug sie windschnell aus dem Getümmel,
Ach, vom Schmerze betäubt, und die schöne Hand so gerötet!
Jetzo fand sie zur Linken der Schlacht den tobenden Ares
Sitzend, in Nacht die Lanze gehüllt, und die hurtigen Rosse.
Jen' auf die Knie' hinfallend vor ihrem teuersten Bruder,
Bat und flehete sehr um die goldgeschirreten Rosse.

„ φίλε κασίγνητε, κόμισαί τέ με δός τέ μοι ἵππους,
ὄφρ' ἐς Ὄλυμπον ἵκωμαι, ἵν' ἀθανάτων ἕδος ἐστί.
λίην ἄχθομαι ἕλκος, ὅ με βροτὸς οὔτασεν ἀνήρ,
Τυδεΐδης, ὃς νῦν γε καὶ ἂν Διὶ πατρὶ μάχοιτο."
ὣς φάτο, τῆι δ' ἄρ' Ἄρης δῶκε χρυσάμπυκας ἵππους·
ἡ δ' ἐς δίφρον ἔβαινεν ἀκηχεμένη φίλον ἦτορ,
πὰρ δέ οἱ Ἶρις ἔβαινε καὶ ἡνία λάζετο χερσί,
μάστιξεν δ' ἐλάαν, τὼ δ' οὐκ ἀέκοντε πετέσθην.
αἶψα δ' ἔπειθ' ἵκοντο θεῶν ἕδος, αἰπὺν Ὄλυμπον·
ἔνθ' ἵππους ἔστησε ποδήνεμος ὠκέα Ἶρις
λύσασ' ἐξ ὀχέων, παρὰ δ' ἀμβρόσιον βάλεν εἶδαρ·
ἡ δ' ἐν γούνασι πῖπτε Διώνης δῖ' Ἀφροδίτη,
μητρὸς ἑῆς· ἡ δ' ἀγκὰς ἐλάζετο θυγατέρα ἥν,
χειρί τέ μιν κατέρεξεν ἔπος τ' ἔφατ' ἔκ τ' ὀνόμαζε·
„ τίς νύ σε τοιάδ' ἔρεξε, φίλον τέκος, Οὐρανιώνων
μαψιδίως, ὡς εἴ τι κακὸν ῥέζουσαν ἐνωπῆι;"
τὴν δ' ἠμείβετ' ἔπειτα φιλομμειδὴς Ἀφροδίτη·
„ οὖτά με Τυδέος υἱός, ὑπέρθυμος Διομήδης,
οὕνεκ' ἐγὼ φίλον υἱὸν ὑπεξέφερον πολέμοιο,
Αἰνείαν, ὃς ἐμοὶ πάντων πολὺ φίλτατός ἐστιν.
οὐ γὰρ ἔτι Τρώων καὶ Ἀχαιῶν φύλοπις αἰνή,
ἀλλ' ἤδη Δαναοί γε καὶ ἀθανάτοισι μάχονται."
τὴν δ' ἠμείβετ' ἔπειτα Διώνη, δῖα θεάων·
„ τέτλαθι, τέκνον ἐμόν, καὶ ἀνάσχεο κηδομένη περ·
πολλοὶ γὰρ δὴ τλῆμεν Ὀλύμπια δώματ' ἔχοντες
ἐξ ἀνδρῶν, χαλέπ' ἄλγε' ἐπ' ἀλλήλοισι τιθέντες.
τλῆ μὲν Ἄρης, ὅτε μιν Ὦτος κρατερός τ' Ἐφιάλτης,
παῖδες Ἀλωῆος, δῆσαν κρατερῶι ἐνὶ δεσμῶι·
χαλκέωι δ' ἐν κεράμωι δέδετο τρισκαίδεκα μῆνας·
καί νύ κεν ἔνθ' ἀπόλοιτο Ἄρης ἆτος πολέμοιο,
εἰ μὴ μητρυιή, περικαλλὴς Ἠερίβοια,
Ἑρμέαι ἐξήγγειλεν· ὁ δ' ἐξέκλεψεν Ἄρηα
ἤδη τειρόμενον, χαλεπὸς δέ ἑ δεσμὸς ἐδάμνα.
τλῆ δ' Ἥρη, ὅτε μιν κρατερὸς πάϊς Ἀμφιτρύωνος
δεξιτερὸν κατὰ μαζὸν ὀϊστῶι τριγλώχινι
βεβλήκει· τότε καί μιν ἀνήκεστον λάβεν ἄλγος.
τλῆ δ' Ἀΐδης ἐν τοῖσι πελώριος ὠκὺν ὀϊστόν,
εὖτέ μιν ωὑτὸς ἀνήρ, υἱὸς Διὸς αἰγιόχοιο,
ἐν Πύλωι ἐν νεκύεσσι βαλὼν ὀδύνηισιν ἔδωκεν·
αὐτὰρ ὁ βῆ πρὸς δῶμα Διὸς καὶ μακρὸν Ὄλυμπον
κῆρ ἀχέων, ὀδύνηισι πεπαρμένος· αὐτὰρ ὀϊστὸς

Teuerster Bruder, schaffe mich weg, und gib mir die Rosse;
Daß zum Olympos ich komm', allwo die Unsterblichen wohnen.
Heftig schmerzt mich die Wunde; mich traf ein sterblicher Mann dort,
Tydeus' Sohn, der anjetzt wohl Zeus den Vater bekämpfte.
Jene sprach's; und er gab die goldgeschirreten Rosse.
Und sie trat in den Sessel, ihr Herz voll großer Betrübnis.
Neben sie trat dann Iris, und faßt' in den Händen die Zügel;
Treibend schwang sie die Geißel, und rasch hinflogen die Rosse.
Bald erreichten sie dann die seligen Höhn des Olympos.
Dort nun hemmte die Rosse die windschnell eilende Iris,
Schirrte sie ab vom Wagen, und reicht' ambrosische Nahrung.
Aber mit Wehmut sank in Dionens Schoß Aphrodite;
Jene ritterlich hielt die göttliche Tochter umarmend,
Streichelte sie mit der Hand, und redete, also beginnend:
Wer mißhandelte dich, mein Töchterchen, unter den Göttern
Sonder Scheu, als hättest du öffentlich Frevel verübet?
Ihr antwortete drauf die holdanlächelnde Kypris:
Tydeus' Sohn dort traf mich, der stolze Held Diomedes,
Weil ich den lieben Sohn aus dem Kampf enttrug, den Äneias,
Welcher mir vor allen geliebt ist unter den Menschen.
Nicht ist's mehr der Troer und Danaer schreckliche Feldschlacht;
Sondern es nahn die Achaier sogar Unsterblichen kämpfend!
Ihr antwortete drauf die herrliche Göttin Dione:
Dulde, du liebes Kind, und fasse dich, herzlich betrübt zwar!
Viele ja duldeten schon, wir Götter umher des Olympos,
Gram von sterblichen Menschen, indem wir einander gekränket.
Ares ertrug's, als jenen die Riesenbrut des Aloeus,
Otos samt Ephialtes, in schmerzenden Banden gefesselt.
Dreizehn lag er der Mond' umschränkt vom ehernen Kerker;
Und er verschmachtete schier, der unersättliche Krieger,
Wenn nicht der Brut Stiefmutter, die reizende Eëriböa,
Solches dem Hermes gesagt: der stahl von dannen den Ares,
Kraftlos schon und ermattet; denn hart bezwang ihn die Fessel.
Here auch trug's, als einst Amphitryons mächtiger Sohn ihr
Mit dreischneidigem Pfeil an der rechten Seit' in den Busen
Traf: da hätte sie fast unheilbare Schmerzen empfangen.
Selbst auch Aïdes trug's, der gewaltige Schattenbeherrscher,
Als ihn eben der Mann, der Sohn des Ägiserschüttrers,
Unten am Tor der Toten mit schmerzendem Pfeile verwundet.
Aber er stieg zum Hause des Zeus und dem hohen Olympos,
Traurend das Herz, durchdrungen von wütender Pein; denn geheftet

ὤμωι ἔνι στιβαρῶι ἠλήλατο, κῆδε δὲ θυμόν.
τῶι δ' ἐπὶ Παιήων ὀδυνήφατα φάρμακα πάσσων
ἠκέσατ'· οὐ μὲν γάρ τι καταθνητός γε τέτυκτο.
σχέτλιος, ὀβριμοεργός, ὃς οὐκ ὄθετ' αἴσυλα ῥέζων,
ὃς τόξοισιν ἔκηδε θεούς, οἳ Ὄλυμπον ἔχουσι.
σοὶ δ' ἐπὶ τοῦτον ἀνῆκε θεὰ γλαυκῶπις Ἀθήνη·
νήπιος, οὐδὲ τὸ οἶδε κατὰ φρένα Τυδέος υἱός,
ὅττι μάλ' οὐ δηναιὸς ὃς ἀθανάτοισι μάχηται,
οὐδέ τί μιν παῖδες ποτὶ γούνασι παππάζουσιν
ἐλθόντ' ἐκ πολέμοιο καὶ αἰνῆς δηϊοτῆτος.
τὼ νῦν Τυδεΐδης, εἰ καὶ μάλα καρτερός ἐστι,
φραζέσθω μή τίς οἱ ἀμείνων σεῖο μάχηται,
μὴ δὴν Αἰγιάλεια, περίφρων Ἀδρηστίνη,
ἐξ ὕπνου γοόωσα φίλους οἰκῆας ἐγείρηι,
κουρίδιον ποθέουσα πόσιν, τὸν ἄριστον Ἀχαιῶν,
ἰφθίμη ἄλοχος Διομήδεος ἱπποδάμοιο."
ἦ ῥα, καὶ ἀμφοτέρηισιν ἀπ' ἰχῶ χειρὸς ὀμόργνυ·
ἄλθετο χείρ, ὀδύναι δὲ κατηπιόωντο βαρεῖαι.
αἱ δ' αὖτ' εἰσορόωσαι Ἀθηναίη τε καὶ Ἥρη
κερτομίοις ἐπέεσσι Δία Κρονίδην ἐρέθιζον.
τοῖσι δὲ μύθων ἦρχε θεὰ γλαυκῶπις Ἀθήνη·
„Ζεῦ πάτερ, ἦ ῥά τί μοι κεχολώσεαι, ὅττι κεν εἴπω;
ἦ μάλα δή τινα Κύπρις Ἀχαιϊάδων ἀνιεῖσα
Τρωσὶν ἅμα σπέσθαι, τοὺς νῦν ἔκπαγλα φίλησε,
τῶν τινα καρρέζουσα Ἀχαιϊάδων ἐϋπέπλων
πρὸς χρυσῆι περόνηι καταμύξατο χεῖρα ἀραιήν."
ὣς φάτο, μείδησεν δὲ πατὴρ ἀνδρῶν τε θεῶν τε,
καί ῥα καλεσσάμενος προσέφη χρυσῆν Ἀφροδίτην·
„οὔ τοι, τέκνον ἐμόν, δέδοται πολεμήϊα ἔργα,
ἀλλὰ σύ γ' ἱμερόεντα μετέρχεο ἔργα γάμοιο,
ταῦτα δ' Ἄρηϊ θοῶι καὶ Ἀθήνηι πάντα μελήσει."
ὣς οἳ μὲν τοιαῦτα πρὸς ἀλλήλους ἀγόρευον,
Αἰνείαι δ' ἐπόρουσε βοὴν ἀγαθὸς Διομήδης,
γιγνώσκων ὅ οἱ αὐτὸς ὑπείρεχε χεῖρας Ἀπόλλων·
ἀλλ' ὅ γ' ἄρ' οὐδὲ θεὸν μέγαν ἅζετο, ἵετο δ' αἰεὶ
Αἰνείαν κτεῖναι καὶ ἀπὸ κλυτὰ τεύχεα δῦσαι.
τρὶς μὲν ἔπειτ' ἐπόρουσε κατακτάμεναι μενεαίνων,
τρὶς δέ οἱ ἐστυφέλιξε φαεινὴν ἀσπίδ' Ἀπόλλων·
ἀλλ' ὅτε δὴ τὸ τέταρτον ἐπέσσυτο δαίμονι ἶσος,
δεινὰ δ' ὁμοκλήσας προσέφη ἑκάεργος Ἀπόλλων·
„φράζεο, Τυδεΐδη, καὶ χάζεο, μηδὲ θεοῖσιν

War in der mächtigen Schulter der Pfeil und quält' ihm die Seele.
Doch ihm legt' auf die Wunde Päeon lindernden Balsam,
Und er genas; denn nicht war sterbliches Los ihm beschieden.
Kühner, entsetzlicher Mann, der frech, nicht achtend des Frevels,
Sein Geschoß auf Götter gespannt, des Olympos Bewohner!
Jenen erregte dir Zeus' blauäugige Tochter Athene:
Tor! er erwog nicht solches, der Sohn des mutigen Tydeus,
Daß nicht lange besteht, wer wider Unsterbliche kämpfet,
Daß nicht Kinder ihm einst an den Knien: mein Väterchen! stammeln,
Ihm der gekehrt aus Krieg und schreckenvoller Entscheidung.
Darum hüte sich jetzt, wie tapfer er sei, Diomedes,
Daß nicht stärker denn du ein anderer gegen ihn kämpfe;
Daß nicht Ägialeia, die sinnige Tochter Adrastos,
Einst aus dem Schlaf aufschluchzend die Hausgenossen erwecke,
Schwermutsvoll um den Jugendgemahl, den besten Achaier,
Sie, das erhabene Weib von Tydeus' Sohn Diomedes!
Sprach's, und trocknete jener mit beiden Händen die Wunde;
Heil ward jetzo die Hand, und besänftiget ruhten die Schmerzen.
Aber es schauten daher Athen' und die Herrscherin Here,
Und mit stichelnden Worten erregten sie Zeus Kronion.
Also redete Zeus' blauäugige Tochter Athene:
Vater Zeus, ob du solches verargen mir wirst, was ich sage?
Sicher bewog nun Kypris ein schönes achaiisches Weiblein,
Mitzugehn zu den Troern, die jetzt unmäßig sie liebet;
Dort vielleicht am Gewande der holden Achaierin streichelnd,
Hat sie mit goldener Spange die zarte Hand sich geritzet.
Lächelnd vernahm's der Vater des Menschengeschlechts und der Götter,
Rief sie heran, und sprach zur goldenen Aphrodite:
Töchterchen, dein Geschäft sind nicht die Werke des Krieges.
Ordne du lieber hinfort anmutige Werke der Hochzeit.
Diese besorgt schon Ares der Stürmende, und Athenäa.
Also redeten jen' im Wechselgespräch miteinander.
Dort auf Äneias stürzte der Rufer im Streit Diomedes,
Wissend zwar, daß selber Apollons Hand ihn bedeckte.
Doch nicht scheut' er den Gott, den gewaltigen; sondern begierig
Strebt' er zu töten den Held, und die prangende Rüstung zu rauben.
Dreimal stürzt' er hinan, voll heißer Begier zu ermorden;
Dreimal erregte mit Macht den leuchtenden Schild ihm Apollon.
Als er das vierte Mal drauf anstürmete, stark wie ein Dämon,
Rief mit schrecklichem Drohn der treffende Phöbos Apollon:
Hüte dich, Tydeus' Sohn, und weiche mir! Nimmer den Göttern

ἶσ' ἔθελε φρονέειν, ἐπεὶ οὔ ποτε φῦλον ὁμοῖον
ἀθανάτων τε θεῶν χαμαὶ ἐρχομένων τ' ἀνθρώπων."
ὣς φάτο, Τυδεΐδης δ' ἀνεχάζετο τυτθὸν ὀπίσσω,
μῆνιν ἀλευάμενος ἑκατηβόλου Ἀπόλλωνος.
Αἰνείαν δ' ἀπάτερθεν ὁμίλου θῆκεν Ἀπόλλων
Περγάμωι εἰν ἱερῆι, ὅθι οἱ νηός γε τέτυκτο.
ἤτοι τὸν Λητώ τε καὶ Ἄρτεμις ἰοχέαιρα
ἐν μεγάλωι ἀδύτωι ἀκέοντό τε κύδαινόν τε·
αὐτὰρ ὁ εἴδωλον τεῦξ' ἀργυρότοξος Ἀπόλλων
αὐτῶι τ' Αἰνείαι ἴκελον καὶ τεύχεσι τοῖον,
ἀμφὶ δ' ἄρ' εἰδώλωι Τρῶες καὶ δῖοι Ἀχαιοὶ
δήιουν ἀλλήλων ἀμφὶ στήθεσσι βοείας
ἀσπίδας εὐκύκλους λαισήϊά τε πτερόεντα.
δὴ τότε θοῦρον Ἄρηα προσηύδα Φοῖβος Ἀπόλλων·
„Ἄρες Ἄρες βροτολοιγέ, μιαιφόνε, τειχεσιπλῆτα,
οὐκ ἂν δὴ τόνδ' ἄνδρα μάχης ἐρύσαιο μετελθών,
Τυδεΐδην, ὃς νῦν γε καὶ ἂν Διὶ πατρὶ μάχοιτο;
Κύπριδα μὲν πρῶτα σχεδὸν οὔτασε χεῖρ' ἐπὶ καρπῶι,
αὐτὰρ ἔπειτ' αὐτῶι μοι ἐπέσσυτο δαίμονι ἶσος."
ὣς εἰπὼν αὐτὸς μὲν ἐφέζετο Περγάμωι ἄκρηι,
Τρωιὰς δὲ στίχας οὖλος Ἄρης ὄτρυνε μετελθών,
εἰδόμενος Ἀκάμαντι θοῶι ἡγήτορι Θρηικῶν·
υἱάσι δὲ Πριάμοιο διοτρεφέεσσι κέλευεν·
„ὦ υἱεῖς Πριάμοιο, διοτρεφέος βασιλῆος,
ἐς τί ἔτι κτείνεσθαι ἐάσετε λαὸν Ἀχαιοῖς;
ἦ εἰς ὅ κεν ἀμφὶ πύλῃς εὖ ποιητῇσι μάχωνται;
κεῖται ἀνὴρ ὃν ἶσον ἐτίομεν Ἕκτορι δίωι,
Αἰνείας, υἱὸς μεγαλήτορος Ἀγχίσαο·
ἀλλ' ἄγετ' ἐκ φλοίσβοιο σαώσομεν ἐσθλὸν ἑταῖρον."
ὣς εἰπὼν ὄτρυνε μένος καὶ θυμὸν ἑκάστου.
ἔνθ' αὖ Σαρπηδὼν μάλα νείκεσεν Ἕκτορα δῖον·
„Ἕκτορ, πῆι δή τοι μένος οἴχεται ὃ πρὶν ἔχεσκες;
φῆς που ἄτερ λαῶν πόλιν ἑξέμεν ἠδ' ἐπικούρων
οἶος, σὺν γαμβροῖσι κασιγνήτοισί τε σοῖσι.
τῶν νῦν οὔ τιν' ἐγὼ ἰδέειν δύναμ' οὐδὲ νοῆσαι,
ἀλλὰ καταπτώσσουσι κύνες ὣς ἀμφὶ λέοντα·
ἡμεῖς δὲ μαχόμεσθ', οἵ πέρ τ' ἐπίκουροι ἔνειμεν.
καὶ γὰρ ἐγὼν ἐπίκουρος ἐὼν μάλα τηλόθεν ἥκω·
τηλοῦ γὰρ Λυκίη, Ξάνθωι ἔπι δινήεντι,
ἔνθ' ἄλοχόν τε φίλην ἔλιπον καὶ νήπιον υἱόν,
κὰδ δὲ κτήματα πολλά, τὰ ἔλδεται ὅς κ' ἐπιδευής.

Wage dich gleich zu achten; denn gar nicht ähnliches Stammes
Sind unsterbliche Götter und erdumwandelnde Menschen!
Jener sprach's; da entwich mit zauderndem Schritt Diomedes,
Scheuend den furchtbaren Zorn des treffenden Phöbos Apollon.
Doch den Äneias enttrug dem Schlachtgetümmel Apollon,
Wo sein Tempel ihm stand auf Pergamos heiliger Höhe.
Sein dort pflegeten Leto und Artemis, froh des Geschosses,
Drinnen im heiligsten Raum, ihm Kraft und Herrlichkeit schenkend.
Jener schuf ein Gebild, der Gott des silbernen Bogens,
Selbst dem Äneias gleich an Gestalt und jeglicher Rüstung;
Und um das Bild die Troer und hochbeherzten Achaier
Haueten wild einander umher an den Busen die Stierhaut
Schöngeründeter Schild' und leichtgeschwungener Tartschen.
Doch zum tobenden Ares begann nun Phöbos Apollon:
Ares, o Ares voll Mord, Bluttriefender, Maurenzertrümmrer!
Möchtest du nicht den Mann aus der Schlacht hingehend vertreiben,
Tydeus' Sohn, der anjetzt wohl Zeus den Vater bekämpfte?
Kypris traf er zuerst, die Hand am Knöchel verwundend;
Aber darauf mich selber bestürmet er, stark wie ein Dämon!
Dieses gesagt, ging jener auf Pergamos' Höhe sich setzend.
Aber die Troer durcheilt' und ermunterte Ares der Wütrich,
Akamas gleich an Gestalt, dem rüstigen Führer der Thraker.
Jetzt des Priamos Söhnen, den gottbeseligten, rief er:
O ihr Priamos Söhne, des gottbeseligten Herrschers,
Bis wie lang' erlaubt ihr das Morden des Volks den Achaiern?
Bis vielleicht um der Stadt schönprangende Tore gekämpft wird?
Liegt doch der Mann, den gleich wir geehrt dem göttlichen Hektor,
Dort Äneias, der Sohn des hochgesinnten Anchises!
Aber wohlan, dem Getümmel entreißt den edlen Genossen!
Jener rief's, und erregte den Mut und die Herzen der Männer.
Jetzo begann Sarpedon, und schalt den göttlichen Hektor:
Hektor, wohin entflohe der Mut dir, den du zuvor trugst?
Schirmen auch ohne Volk und Verbündete wolltest du Troja,
Du allein mit den Schwägern und deinen leiblichen Brüdern!
Keinen davon nun kann ich umherschaun oder erblicken;
Sondern geschmiegt sind alle, wie scheue Hund' um den Löwen;
Doch wir tragen die Schlacht, die wir als Berufene mitgehn.
Auch ich selbst, ein Bundesgenoß, sehr ferne ja kam ich,
Her aus dem Lykierland' an Xanthos wirbelnden Fluten:
Wo ein geliebtes Weib und ein zarter Sohn mir zurückblieb,
Auch der Habe so viel, als nur ein Darbender wünschet.

ἀλλὰ καὶ ὧς Λυκίους ὀτρύνω καὶ μέμον' αὐτὸς
ἀνδρὶ μαχήσασθαι· ἀτὰρ οὔ τί μοι ἐνθάδε τοῖον
οἷόν κ' ἠὲ φέροιεν Ἀχαιοὶ ἤ κεν ἄγοιεν·
τύνη δ' ἕστηκας, ἀτὰρ οὐδ' ἄλλοισι κελεύεις
λαοῖσιν μενέμεν καὶ ἀμυνέμεναι ὤρεσσι.
μή πως, ὡς ἀψῖσι λίνου ἁλόντε πανάγρου,
ἀνδράσι δυσμενέεσσιν ἕλωρ καὶ κύρμα γένησθε·
οἱ δὲ τάχ' ἐκπέρσουσ' εὖ ναιομένην πόλιν ὑμήν.
σοὶ δὲ χρὴ τάδε πάντα μέλειν νύκτάς τε καὶ ἦμαρ,
ἀρχοὺς λισσομένωι τηλεκλειτῶν ἐπικούρων
νωλεμέως ἐχέμεν, κρατερὴν δ' ἀποθέσθαι ἐνιπήν."
  ὣς φάτο Σαρπηδών, δάκε δὲ φρένας Ἕκτορι μῦθος·
αὐτίκα δ' ἐξ ὀχέων σὺν τεύχεσιν ἆλτο χαμᾶζε,
πάλλων δ' ὀξέα δοῦρα κατὰ στρατὸν ᾤχετο πάντηι,
ὀτρύνων μαχέσασθαι, ἔγειρε δὲ φύλοπιν αἰνήν.
οἱ δ' ἐλελίχθησαν καὶ ἐναντίοι ἔσταν Ἀχαιῶν·
Ἀργεῖοι δ' ὑπέμειναν ἀολλέες οὐδὲ φόβηθεν.
ὡς δ' ἄνεμος ἄχνας φορέει ἱερὰς κατ' ἀλωὰς
ἀνδρῶν λικμώντων, ὅτε τε ξανθὴ Δημήτηρ
κρίνηι ἐπειγομένων ἀνέμων καρπόν τε καὶ ἄχνας,
αἱ δ' ὑπολευκαίνονται ἀχυρμιαί· ὣς τότ' Ἀχαιοὶ
λευκοὶ ὕπερθε γένοντο κονισάλωι, ὅν ῥα δι' αὐτῶν
οὐρανὸν ἐς πολύχαλκον ἐπέπληγον πόδες ἵππων,
ἂψ ἐπιμισγομένων· ὑπὸ δ' ἔστρεφον ἡνιοχῆες.
οἱ δὲ μένος χειρῶν ἰθὺς φέρον· ἀμφὶ δὲ νύκτα
θοῦρος Ἄρης ἐκάλυψε μάχηι Τρώεσσιν ἀρήγων,
πάντοσ' ἐποιχόμενος· τοῦ δ' ἐκραίαινεν ἐφετμὰς
Φοίβου Ἀπόλλωνος χρυσαόρου, ὅς μιν ἀνώγει
Τρωσὶν θυμὸν ἐγεῖραι, ἐπεὶ ἴδε Παλλάδ' Ἀθήνην
οἰχομένην· ἣ γάρ ῥα πέλεν Δαναοῖσιν ἀρηγών.
αὐτὸς δ' Αἰνείαν μάλα πίονος ἐξ ἀδύτοιο
ἧκε, καὶ ἐν στήθεσσι μένος βάλε ποιμένι λαῶν.
Αἰνείας δ' ἑτάροισι μεθίστατο· τοὶ δὲ χάρησαν,
ὡς εἶδον ζωόν τε καὶ ἀρτεμέα προσιόντα
καὶ μένος ἐσθλὸν ἔχοντα· μετάλλησάν γε μὲν οὔ τι.
οὐ γὰρ ἔα πόνος ἄλλος, ὃν ἀργυρότοξος ἔγειρεν
Ἄρης τε βροτολοιγὸς Ἔρις τ' ἄμοτον μεμαυῖα.
  τοὺς δ' Αἴαντε δύω καὶ Ὀδυσσεὺς καὶ Διομήδης
ὄτρυνον Δαναοὺς πολεμιζέμεν· οἱ δὲ καὶ αὐτοὶ
οὔτε βίας Τρώων ὑπεδείδισαν οὔτε ἰωκάς,
ἀλλ' ἔμενον νεφέλῃσιν ἐοικότες, ἅς τε Κρονίων

Aber auch so ermahn' ich die Lykier, eifere selbst auch,
Meinem Mann zu begegnen; wiewohl nichts solches mir hier ist,
Welches hinweg mir trüg' ein Danaer oder entführte.
Doch du stehst da selber, und auch nicht andere treibst du
Auszuharren im Volk, und Schutz zu schaffen den Weibern.
Daß nur nicht, wie gefangen im weiteinschließenden Zuggarn,
Ihr feindseligen Männern zu Raub und Beute dahinsinkt,
Welche sie bald austilgten, die Stadt voll prangender Häuser!
Dir ja gebührt's, das alles bei Tag' und Nacht zu besorgen,
Flehend umher den Fürsten der fernberufenen Helfer,
Rastlos hier zu bestehn, und nicht zu drohen mit Vorwurf!
Also sprach Sarpedon, das Herz verwundend dem Hektor.
Schnell vom Wagen herab mit den Rüstungen sprang er zur Erde.
Schwenkend die spitzigen Lanzen, durchwandelt' er alle Geschwader,
Rings ermahnend zum Kampf, und erweckte die tobende Feldschlacht.
Jene nun wandten die Stirn, und begegneten kühn den Achaiern;
Argos Volk dort harrte, gedrängt in Scharen und furchtlos.
Doch wie der Wind hinträget die Spreu durch heilige Tennen,
Unter der Wurfeler Schwung, wann die gelbgelockte Demeter
Sondert die Frucht und die Spreu im Hauch andrängender Winde;
Fern dann häuft das weiße Gestöber sich: also umzog nun
Weiß von oben der Staub die Danaer, den durch die Heerschar
Hoch zum ehernen Himmel emporgeschlagen die Rosse,
Wieder zum Kampf anrennend, da rings umwandten die Lenker.
Rasch mit der Hände Gewalt vorstrebten sie. Aber in Nacht nun
Hüllte der tobende Ares die Schlacht, zum Schirme den Troern,
Wandelnd um jegliche Schar, und richtete aus die Ermahnung,
Was ihm Phöbos Apollon mit goldenem Schwerte geheißen,
Trojas Volke den Mut zu erhöhn, als Pallas Athene
Scheiden er sah, die dort als Helferin ging den Achaiern.
Jener entsandt' Äneias nunmehr aus des prangenden Tempels
Heiligtum, und erfüllte mit Kraft den Hirten der Völker.
Plötzlich trat zu den Seinen der Herrliche; aber mit Freude
Schaueten sie, daß lebend und unverletzt er daherging,
Und voll tapferes Mutes; allein ihn fragete keiner;
Denn es verbot das Geschäft, das sonst Apollon erregte,
Ares der Würger zugleich, und die rastlos lechzende Eris.
Aber die Ajas beid', und Odysseus, samt Diomedes,
Trieben daher zum Kampfe die Danaer, welche von selbst auch
Weder dem Drang der Troer erzitterten, weder dem Feldruf;
Sondern sie harreten fest, dem Gewölk gleich, welches Kronion

νηνεμίης ἔστησεν ἐπ᾽ ἀκροπόλοισιν ὄρεσσιν
ἀτρέμας, ὄφρ᾽ εὕδῃσι μένος Βορέαο καὶ ἄλλων
ζαχρειῶν ἀνέμων, οἵ τε νέφεα σκιόεντα
πνοιῇσιν λιγυρῇσι διασκιδνᾶσιν ἀέντες·
ὣς Δαναοὶ Τρῶας μένον ἔμπεδον οὐδὲ φέβοντο.
Ἀτρεΐδης δ᾽ ἀν᾽ ὅμιλον ἐφοίτα πολλὰ κελεύων·
„ ὦ φίλοι, ἀνέρες ἔστε καὶ ἄλκιμον ἦτορ ἕλεσθε,
ἀλλήλους τ᾽ αἰδεῖσθε κατὰ κρατερὰς ὑσμίνας·
αἰδομένων ἀνδρῶν πλέονες σόοι ἠὲ πέφανται·
φευγόντων δ᾽ οὔτ᾽ ἂρ κλέος ὄρνυται οὔτε τις ἀλκή.“
ἦ, καὶ ἀκόντισε δουρὶ θοῶς, βάλε δὲ πρόμον ἄνδρα,
Αἰνείω ἕταρον μεγαθύμου, Δηϊκόωντα
Περγασίδην, ὃν Τρῶες ὁμῶς Πριάμοιο τέκεσσι
τῖον, ἐπεὶ θοὸς ἔσκε μετὰ πρώτοισι μάχεσθαι.
τόν ῥα κατ᾽ ἀσπίδα δουρὶ βάλε κρείων Ἀγαμέμνων·
ἡ δ᾽ οὐκ ἔγχος ἔρυτο, διὰ πρὸ δὲ εἴσατο χαλκός,
νειαίρῃ δ᾽ ἐν γαστρὶ διὰ ζωστῆρος ἔλασσε:
δούπησεν δὲ πεσών, ἀράβησε δὲ τεύχε᾽ ἐπ᾽ αὐτῶι.
ἔνθ᾽ αὖτ᾽ Αἰνείας Δαναῶν ἕλεν ἄνδρας ἀρίστους,
υἷε Διοκλῆος, Κρήθωνά τε Ὀρσίλοχόν τε,
τῶν ῥα πατὴρ μὲν ἔναιεν ἐϋκτιμένῃ ἐνὶ Φηρῇ,
ἀφνειὸς βιότοιο, γένος δ᾽ ἦν ἐκ ποταμοῖο
Ἀλφειοῦ, ὅς τ᾽ εὐρὺ ῥέει Πυλίων διὰ γαίης,
ὃς τέκετ᾽ Ὀρτίλοχον πολέεσσ᾽ ἄνδρεσσιν ἄνακτα·
Ὀρτίλοχος δ᾽ ἄρ᾽ ἔτικτε Διοκλῆα μεγάθυμον,
ἐκ δὲ Διοκλῆος διδυμάονε παῖδε γενέσθην,
Κρήθων Ὀρσίλοχός τε, μάχης εὖ εἰδότε πάσης.
τὼ μὲν ἄρ᾽ ἡβήσαντε μελαινάων ἐπὶ νηῶν
Ἴλιον εἰς εὔπωλον ἅμ᾽ Ἀργείοισιν ἑπέσθην,
τιμὴν Ἀτρεΐδῃς, Ἀγαμέμνονι καὶ Μενελάωι,
ἀρνυμένω· τὼ δ᾽ αὖθι τέλος θανάτοιο κάλυψεν.
οἵω τώ γε λέοντε δύω ὄρεος κορυφῇσιν
ἐτραφέτην ὑπὸ μητρὶ βαθείης τάρφεσιν ὕλης·
τὼ μὲν ἄρ᾽ ἁρπάζοντε βόας καὶ ἴφια μῆλα
σταθμοὺς ἀνθρώπων κεραΐζετον, ὄφρα καὶ αὐτὼ
ἀνδρῶν ἐν παλάμῃσι κατέκταθεν ὀξέϊ χαλκῶι·
τοίω τὼ χείρεσσιν ὑπ᾽ Αἰνείαο δαμέντε
καππεσέτην, ἐλάτῃσιν ἐοικότες ὑψηλῇσι.
τὼ δὲ πεσόντ᾽ ἐλέησεν ἀρηΐφιλος Μενέλαος,
βῆ δὲ διὰ προμάχων κεκορυθμένος αἴθοπι χαλκῶι,
σείων ἐγχείην· τοῦ δ᾽ ὄτρυνεν μένος Ἄρης,

Stellt' in ruhiger Luft auf hochgescheitelten Bergen,
Unbewegt, weil schlummert des Boreas Wut, und der andern
Vollandrängenden Winde, die bald die schattigen Wolken
Mit lautbrausendem Hauche zerstreut auseinander dahinwehn:
Also standen dem Feind die Danaer ruhig und furchtlos.
Atreus Sohn durcheilte die Heerschar, vieles ermahnend:
Seid nun Männer, o Freund', und erhebt euch tapferes Herzens!
Ehret euch selbst einander im Ungestüme der Feldschlacht!
Denn wo sich ehrt ein Volk, stehn mehrere Männer denn fallen;
Doch den Fliehenden wird nicht Ruhm gewährt, noch Errettung!
Rief's, und entsandte den Speer mit Gewalt; und im vorderen Treffen
Streckt' er Deïkoon hin, den Freund des edlen Äneias,
Pergasos Sohn, den hoch wie Priamos Söhne die Troer
Ehrten; denn rasch war jener im Vorderkampfe zu kämpfen.
Diesem traf mit der Lanze den Schild Agamemnon der Herrscher;
Und nicht hemmete jener den Speer; durchstürmte das Erz ihm
Unten hinein in den Bauch, den künstlichen Gurt ihm durchbohrend.
Dumpf hinkracht' er im Fall, und es rasselten um ihn die Waffen.
Jetzo entrafft' Äneias der Danaer tapferste Männer,
Krethon samt dem Bruder Orsilochos, Söhne Diokles.
Aber der Vater wohnt' in der schöngebaueten Fähre,
Reich an Lebensgut, und erwuchs vom Geschlecht des Alpheios,
Welcher den breiten Strom hinrollt durch der Pylier Äcker:
Der den Orsilochos zeugt', ein großes Volk zu beherrschen;
Aber Orsilochos zeugte den hochgesinnten Diokles;
Und dem Diokles wurden die Zwillingssöhne geboren,
Krethon und Orsilochos beid', allkundig des Streites.
Beid' als Jünglinge nun in dunkelen Schiffen des Meeres
Folgeten Argos Heere zum Kampf mit den Reisigen Trojas,
Ruhm für Atreus Söhn', Agamemnon und Menelaos,
Suchend im Streit: nun hüllte sie dort des Todes Verhängnis.
Wie zween freudige Löwen zugleich auf ragenden Berghöhn
Wuchsen genährt von der Mutter, in dunkeler Tiefe des Waldes;
Jetzo Rinder umher und gemästete Schafe sich raubend,
Weit der Männer Gehege verwüsten sie; bis sie nun selber
Fallen durch Menschenhand, von spitzigem Erze getötet:
So voll Kraft, von Äneias gewaltigen Händen besieget,
Sanken die zween, gleich Tannen mit hochaufsteigenden Wipfeln.
Ihren Fall betraurte der Rufer im Streit Menelaos.
Rasch durch das Vordergewühl, mit strahlendem Erze gewappnet,
Nahet' er, schwenkend den Speer; und das Herz ermuntert ihm Ares,

τὰ φρονέων, ἵνα χερσὶν ὑπ' Αἰνείαο δαμείη.
τὸν δ' ἴδεν Ἀντίλοχος, μεγαθύμου Νέστορος υἱός,
βῆ δὲ διὰ προμάχων· περὶ γὰρ δίε ποιμένι λαῶν,
μή τι πάθοι, μέγα δέ σφας ἀποσφήλειε πόνοιο.
τὼ μὲν δὴ χεῖράς τε καὶ ἔγχεα ὀξυόεντα
ἀντίον ἀλλήλων ἐχέτην μεμαῶτε μάχεσθαι·
Ἀντίλοχος δὲ μάλ' ἄγχι παρίστατο ποιμένι λαῶν.
Αἰνείας δ' οὐ μεῖνε, θοός περ ἐὼν πολεμιστής,
ὡς εἶδεν δύο φῶτε παρ' ἀλλήλοισι μένοντε.
οἱ δ' ἐπεὶ οὖν νεκροὺς ἔρυσαν μετὰ λαὸν Ἀχαιῶν,
τὼ μὲν ἄρα δειλὼ βαλέτην ἐν χερσὶν ἑταίρων,
αὐτὼ δὲ στρεφθέντε μετὰ πρώτοισι μαχέσθην.
ἔνθα Πυλαιμένεα ἑλέτην ἀτάλαντον Ἄρηϊ,
ἀρχὸν Παφλαγόνων μεγαθύμων ἀσπιστάων.
τὸν μὲν ἄρ' Ἀτρεΐδης δουρικλειτὸς Μενέλαος
ἑσταότ' ἔγχεϊ νύξε κατὰ κληῖδα τυχήσας·
Ἀντίλοχος δὲ Μύδωνα βάλ', ἡνίοχον θεράποντα,
ἐσθλὸν Ἀτυμνιάδην – ὁ δ' ὑπέστρεφε μώνυχας ἵππους –
χερμαδίωι ἀγκῶνα τυχὼν μέσον· ἐκ δ' ἄρα χειρῶν
ἡνία λεύκ' ἐλέφαντι χαμαὶ πέσον ἐν κονίῃσιν.
Ἀντίλοχος δ' ἄρ' ἐπαΐξας ξίφει ἤλασε κόρσην·
αὐτὰρ ὅ γ' ἀσθμαίνων εὐεργέος ἔκπεσε δίφρου
κύμβαχος ἐν κονίῃσιν ἐπὶ βρεχμόν τε καὶ ὤμους.
δηθὰ μάλ' ἑστήκει – τύχε γάρ ῥ' ἀμάθοιο βαθείης –
ὄφρ' ἵππω πλήξαντε χαμαὶ βάλον ἐν κονίῃσι·
τοὺς ἵμασ' Ἀντίλοχος, μετὰ δὲ στρατὸν ἤλασ' Ἀχαιῶν.
τοὺς δ' Ἕκτωρ ἐνόησε κατὰ στίχας, ὦρτο δ' ἐπ' αὐτοὺς
κεκλήγων· ἅμα δὲ Τρώων εἵποντο φάλαγγες
καρτεραί· ἦρχε δ' ἄρα σφιν Ἄρης καὶ πότνι' Ἐνυώ,
ἡ μὲν ἔχουσα Κυδοιμὸν ἀναιδέα δηϊοτῆτος,
Ἄρης δ' ἐν παλάμῃσι πελώριον ἔγχος ἐνώμα,
φοίτα δ' ἄλλοτε μὲν πρόσθ' Ἕκτορος, ἄλλοτ' ὄπισθε.
τὸν δὲ ἰδὼν ῥίγησε βοὴν ἀγαθὸς Διομήδης·
ὡς δ' ὅτ' ἀνὴρ ἀπάλαμνος, ἰὼν πολέος πεδίοιο,
στήῃ ἐπ' ὠκυρόωι ποταμῶι ἅλαδε προρέοντι,
ἀφρῶι μορμύροντα ἰδών, ἀνά τ' ἔδραμ' ὀπίσσω,
ὣς τότε Τυδεΐδης ἀνεχάζετο, εἶπέ τε λαῶι·
„ ὦ φίλοι, οἷον δὴ θαυμάζομεν Ἕκτορα δῖον
αἰχμητήν τ' ἔμεναι καὶ θαρσαλέον πολεμιστήν·
τῶι δ' αἰεὶ πάρα εἷς γε θεῶν, ὃς λοιγὸν ἀμύνει·
καὶ νῦν οἱ πάρα κεῖνος Ἄρης, βροτῶι ἀνδρὶ ἐοικώς.

Weil er hofft', ihn gestreckt von Äneias Händen zu schauen.
Als ihn Antilochos sahe, der Sohn des erhobenen Nestor,
Eilt er durchs Vordergewühl; denn er sorgt' um den Hirten der Völker,
Daß er blieb', und dem Volke vereitelte alle die Arbeit.
Beide schon die Arm' und die erzgerüsteten Lanzen
Hielten sie gegeneinander gewandt, in Begierde des Kampfes.
Aber Antilochos trat dem Völkerhirten zur Seite:
Und nicht harrt' Äneias, obgleich ein rüstiger Kämpfer,
Als er sah zween Männer, voll Muts miteinander beharrend.
Jene, nachdem sie die Toten zum Volk der Achaier gezogen,
Ließen dort die Armen gelegt in die Hände der Freunde;
Doch sie selber gewandt, arbeiteten wieder im Vorkampf.
Ihnen sank Pylämenes nun, dem Ares vergleichbar,
Fürst der Paphlagonen, der schildgewappneten Streiter:
Welchen des Atreus Sohn, der streitbare Held Menelaos,
Stach, wie er stand, mit der Lanz', am Schlüsselbein ihn durchbohrend.
Aber Antilochos warf den zügellenkenden Diener,
Mydon, Atymnios Sohn, da er wandte die stampfenden Rosse,
Grad' an des Armes Gelenk mit dem Feldstein; daß ihm die Zügel,
Schimmernd von Elfenbein, in den Staub des Gefildes entsanken.
Doch Antilochos naht' und hieb ihm das Schwert in die Schläfe;
Und er entsank aufröchelnd dem schöngebildeten Sessel,
Häuptlings hinab in den Staub, auf Scheitel gestellt und Schultern.
Also stand er lange, vom lockeren Sande gehalten,
Bis anstoßend die Ross' in den Staub hinwarfen den Leichnam;
Denn sie trieb mit der Geißel Antilochos zu den Achaiern.
Jetzt wie sie Hektor ersah durch die Ordnungen, stürmt' er auf jene
Her mit Geschrei; ihm folgten zugleich Heerscharen der Troer,
Tapfere. Dort ging Ares voran, und die grause Enyo:
Diese Getös' herbringend und unermeßlichen Aufruhr;
Ares dort in den Händen die schreckliche Lanze bewegend,
Wandelte bald vor Hektor einher, bald folget' er jenem.
Ihn erblickt' aufschauend der Rufer im Streit Diomedes.
So wie ein Mann unkundig, der Fremdlinge Fluren durchwandernd,
Steht am Rand des reißenden Stroms, der ins Meer sich ergießet,
Starr voll Schaum hinbrausen ihn sieht, und in Eile zurückkehrt:
Also entriß der Tydeid' in Eile sich, sprach dann zum Volke:
Freunde, wie sehr erstaunen wir doch dem göttlichen Hektor,
Ihm als Lanzenschwinger und unerschrockenen Krieger?
Geht bei ihm doch immer ein Gott, und wehrt dem Verderben!
Jetzt auch naht' ihm Ares, der dort wie ein Sterblicher wandert!

ἀλλὰ πρὸς Τρῶας τετραμμένοι αἰὲν ὀπίσσω
εἴκετε, μηδὲ θεοῖς μενεαινέμεν ἶφι μάχεσθαι.“
ὣς ἄρ᾿ ἔφη, Τρῶες δὲ μάλα σχεδὸν ἤλυθον αὐτῶν.
ἔνθ᾿ Ἕκτωρ δύο φῶτε κατέκτανεν εἰδότε χάρμης,
εἰν ἑνὶ δίφρωι ἐόντε, Μενέσθην Ἀγχίαλόν τε.
τὼ δὲ πεσόντ᾿ ἐλέησε μέγας Τελαμώνιος Αἴας·
στῆ δὲ μάλ᾿ ἐγγὺς ἰών, καὶ ἀκόντισε δουρὶ φαεινῶι,
καὶ βάλεν Ἄμφιον, Σελάγου υἱόν, ὅς ῥ᾿ ἐνὶ Παισῶι
ναῖε πολυκτήμων πολυλήϊος· ἀλλά ἑ μοῖρα
ἦγ᾿ ἐπικουρήσοντα μετὰ Πρίαμόν τε καὶ υἷας.
τόν ῥα κατὰ ζωστῆρα βάλεν Τελαμώνιος Αἴας,
νειαίρηι δ᾿ ἐν γαστρὶ πάγη δολιχόσκιον ἔγχος,
δούπησεν δὲ πεσών· ὁ δ᾿ ἐπέδραμε φαίδιμος Αἴας
τεύχεα συλήσων· Τρῶες δ᾿ ἐπὶ δούρατ᾿ ἔχευαν
ὀξέα παμφανόωντα· σάκος δ᾿ ἀνεδέξατο πολλά.
αὐτὰρ ὁ λὰξ προσβὰς ἐκ νεκροῦ χάλκεον ἔγχος
ἐσπάσατ᾿· οὐδ᾿ ἄρ᾿ ἔτ᾿ ἄλλα δυνήσατο τεύχεα καλὰ
ὤμοιιν ἀφελέσθαι· ἐπείγετο γὰρ βελέεσσι.
δεῖσε δ᾿ ὅ γ᾿ ἀμφίβασιν κρατερὴν Τρώων ἀγερώχων,
οἳ πολλοί τε καὶ ἐσθλοὶ ἐφέστασαν ἔγχε᾿ ἔχοντες,
οἵ ἑ μέγαν περ ἐόντα καὶ ἴφθιμον καὶ ἀγαυὸν
ὦσαν ἀπὸ σφείων· ὁ δὲ χασσάμενος πελεμίχθη.
ὣς οἳ μὲν πονέοντο κατὰ κρατερὴν ὑσμίνην·
Τληπόλεμον δ᾿ Ἡρακλεΐδην, ἠΰν τε μέγαν τε,
ὦρσεν ἐπ᾿ ἀντιθέωι Σαρπηδόνι μοῖρα κραταιή.
οἱ δ᾿ ὅτε δὴ σχεδὸν ἦσαν ἐπ᾿ ἀλλήλοισιν ἰόντες,
υἱός θ᾿ υἱωνός τε Διὸς νεφεληγερέταο,
τὸν καὶ Τληπόλεμος πρότερος πρὸς μῦθον ἔειπε·
„Σαρπῆδον, Λυκίων βουληφόρε, τίς τοι ἀνάγκη
πτώσσειν ἐνθάδ᾿ ἐόντι μάχης ἀδαήμονι φωτί;
ψευδόμενοι δέ σέ φασι Διὸς γόνον αἰγιόχοιο
εἶναι, ἐπεὶ πολλὸν κείνων ἐπιδεύεαι ἀνδρῶν
οἳ Διὸς ἐξεγένοντο ἐπὶ προτέρων ἀνθρώπων·
ἀλλ᾿ οἷόν τινά φασι βίην Ἡρακληείην
εἶναι, ἐμὸν πατέρα θρασυμέμνονα θυμολέοντα·
ὅς ποτε δεῦρ᾿ ἐλθὼν ἕνεχ᾿ ἵππων Λαομέδοντος
ἓξ οἴῃς σὺν νηυσὶ καὶ ἀνδράσι παυροτέροισιν
Ἰλίου ἐξαλάπαξε πόλιν, χήρωσε δ᾿ ἀγυιάς·
σοὶ δὲ κακὸς μὲν θυμός, ἀποφθινύθουσι δὲ λαοί.
οὐδέ τί σε Τρώεσσιν ὀΐομαι ἄλκαρ ἔσεσθαι
ἐλθόντ᾿ ἐκ Λυκίης, οὐδ᾿ εἰ μάλα καρτερός ἐσσι,

Auf denn, gegen die Troer zurückgewendet das Antlitz,
Weichen wir, nicht verlangend den Kampf mit unsterblichen Göttern!
Jener sprach's; und die Troer in Schlachtreihn wandelten näher.
Aber Hektor erschlug zween streiterfahrene Männer,
Beid' auf einem Geschirr, Anchialos und Menesthes.
Ihren Fall betraurte der Telamonier Ajas.
Näher trat er hinan, und schwang die eherne Lanze;
Selagos Sohn dort traf er, Amphios, welcher in Päsos
Wohnete, güterreich und feldreich; doch das Verhängnis
Führt' ihn, Helfer zu sein, dem Priamos her und den Söhnen.
Diesen traf am Gurte der Telamonier Ajas,
Daß ihm tief in den Bauch eindrang die ragende Lanze;
Dumpf hinkracht' er im Fall. Da naht' ihm der leuchtende Ajas,
Rasch die Wehr zu entziehn; doch es schütteten Speere die Troer,
Blinkend und scharfgespitzt, und den Schild umstarreten viele.
Jetzo den Fuß anstemmend, die eherne Lanz' aus dem Leichnam
Zog er heraus; doch nicht vermocht' er die prangende Rüstung
Auch von der Schulter zu nehmen; denn dicht umstürmte Geschoß ihn.
Furcht nun gebot der mächtige Kreis hochherziger Troer,
Welche viel und tapfer ihm droheten, Speere bewegend;
Welche, wie groß der Held, wie gewaltig er war, und wie ruhmvoll,
Dennoch zurück ihn drängten; er wich voll jäher Bestürzung.
So arbeiteten jen' im Ungestüme der Feldschlacht.
Aber den Herakleiden Tlepolemos, groß und gewaltig,
Trieb auf Sarpedon daher, den göttlichen, böses Verhängnis.
Als sie nunmehr sich genaht, die Eilenden gegeneinander,
Sohn zugleich und Enkel des schwarzumwölkten Kronion,
Jetzo hub Tlepolemos an, und redete also:
Herrscher des Lykiervolks Sarpedon, rede, was zwang dich,
Hier in Angst zu vergehn, ein Mann unkundig des Streites?
Unwahr preisen sie dich ein Geschlecht des Ägiserschüttrers
Zeus, denn sehr gebricht dir die Heldentugend der Männer,
Welche von Zeus abstammten in vorigen Menschengeschlechtern!
Welch ein anderer war die hohe Kraft Herakles',
Wie man erzählt, mein Vater, der trotzende, löwenbeherzte:
Welcher auch hieher kam, Laomedons Rosse zu fodern,
Von sechs Schiffen allein und wenigem Volke begleitet,
Aber die Stadt verödet und leer die Gassen zurückließ!
Du bist feig im Herzen, und führst hinsterbende Völker;
Und nicht wirst du den Troern, so scheinet es, Hilfe gewähren,
Kommend aus Lykiens Flur, auch nicht wenn du tapferer wärest,

ἀλλ' ὑπ' ἐμοὶ δμηθέντα πύλας Ἀΐδαο περήσειν."
τὸν δ' αὖ Σαρπηδὼν Λυκίων ἀγὸς ἀντίον ηὔδα·
„ Τληπόλεμ', ἤτοι κεῖνος ἀπώλεσεν Ἴλιον ἱρὴν
ἀνέρος ἀφραδίῃσιν ἀγαυοῦ Λαομέδοντος,
ὅς ῥά μιν εὖ ἔρξαντα κακῶι ἠνίπαπε μύθωι,
οὐδ' ἀπέδωχ' ἵππους, ὧν εἵνεκα τηλόθεν ἦλθε.
σοὶ δ' ἐγὼ ἐνθάδε φημὶ φόνον καὶ κῆρα μέλαιναν
ἐξ ἐμέθεν τεύξεσθαι, ἐμῶι δ' ὑπὸ δουρὶ δαμέντα
εὖχος ἐμοὶ δώσειν, ψυχὴν δ' Ἄϊδι κλυτοπώλωι."
ὣς φάτο Σαρπηδών, ὁ δ' ἀνέσχετο μείλινον ἔγχος
Τληπόλεμος· καὶ τῶν μὲν ἁμαρτῆι δούρατα μακρὰ
ἐκ χειρῶν ἤϊξαν· ὁ μὲν βάλεν αὐχένα μέσσον
Σαρπηδών, αἰχμὴ δὲ διαμπερὲς ἦλθ' ἀλεγεινή·
τὸν δὲ κατ' ὀφθαλμῶν ἐρεβεννὴ νὺξ ἐκάλυψε.
Τληπόλεμος δ' ἄρα μηρὸν ἀριστερὸν ἔγχεϊ μακρῶι
βεβλήκειν, αἰχμὴ δὲ διέσσυτο μαιμώωσα,
ὀστέω ἐγχριμφθεῖσα, πατὴρ δ' ἔτι λοιγὸν ἄμυνεν.
οἱ μὲν ἄρ' ἀντίθεον Σαρπηδόνα δῖοι ἑταῖροι
ἐξέφερον πολέμοιο· βάρυνε δέ μιν δόρυ μακρὸν
ἑλκόμενον· τὸ μὲν οὔ τις ἐπεφράσατ' οὐδ' ἐνόησε,
μηροῦ ἐξερύσαι δόρυ μείλινον, ὄφρ' ἐπιβαίη,
σπευδόντων· τοῖον γὰρ ἔχον πόνον ἀμφιέποντες.
Τληπόλεμον δ' ἑτέρωθεν ἐϋκνήμιδες Ἀχαιοὶ
ἐξέφερον πολέμοιο· νόησε δὲ δῖος Ὀδυσσεὺς
τλήμονα θυμὸν ἔχων, μαίμησε δέ οἱ φίλον ἦτορ·
μερμήριξε δ' ἔπειτα κατὰ φρένα καὶ κατὰ θυμὸν
ἢ προτέρω Διὸς υἱὸν ἐριγδούποιο διώκοι,
ἦ ὅ γε τῶν πλεόνων Λυκίων ἀπὸ θυμὸν ἕλοιτο.
οὐδ' ἄρ' Ὀδυσσῆϊ μεγαλήτορι μόρσιμον ἦεν
ἴφθιμον Διὸς υἱὸν ἀποκτάμεν ὀξέϊ χαλκῶι·
τώ ῥα κατὰ πληθὺν Λυκίων τράπε θυμὸν Ἀθήνη.
ἔνθ' ὅ γε Κοίρανον εἷλεν Ἀλάστορά τε Χρομίον τε
Ἄλκανδρόν θ' Ἅλιόν τε Νοήμονά τε Πρύτανίν τε.
καί νύ κ' ἔτι πλέονας Λυκίων κτάνε δῖος Ὀδυσσεύς,
εἰ μὴ ἄρ' ὀξὺ νόησε μέγας κορυθαίολος Ἕκτωρ·
βῆ δὲ διὰ προμάχων κεκορυθμένος αἴθοπι χαλκῶι,
δεῖμα φέρων Δαναοῖσι· χάρη δ' ἄρα οἱ προσιόντι
Σαρπηδὼν Διὸς υἱός, ἔπος δ' ὀλοφυδνὸν ἔειπε·
„ Πριαμίδη, μὴ δή με ἕλωρ Δαναοῖσιν ἐάσῃς
κεῖσθαι, ἀλλ' ἐπάμυνον· ἔπειτά με καὶ λίποι αἰὼν
ἐν πόλει ὑμετέρῃ, ἐπεὶ οὐκ ἄρ' ἔμελλον ἔγωγε

Sondern von mir bezwungen zu Aïdes Pforten hinabgehn!
Drauf begann Sarpedon, der Lykier Fürst, ihm erwidernd:
Zwar, Tlepolemos, jener verwüstete Ilios Feste,
Um des erhabenen Helden Laomedons frevelnde Torheit,
Weil er für Wohltat ihn mit heftiger Rede bedrohend,
Nicht die Rosse verliehn, weshalb er ferne gekommen.
Doch dir meld' ich allhier den Tod und das schwarze Verhängnis,
Durch mich selbst dir bestimmt; von meiner Lanze gebändigt,
Gibst du mir Ruhm und die Seele dem Sporner der Gaul' Aïdoneus.
Also sprach Sarpedon; und hoch mit eschenem Wurfspieß
Drohte Tlepolemos her, und zugleich entstürmeten beider
Lange Geschosse der Hand. Es traf dem Gegner Sarpedon
Grad' in den Hals, daß hinten die Spitz' ihm schrecklich hervordrang;
Schnell umhüllt' ihm die Augen ein mitternächtliches Dunkel.
Aber Tlepolemos traf den linken Schenkel Sarpedons
Mit dem gewaltigen Speer; und hindurch flog strebend die Spitze,
Bis an den Knochen gedrängt; nur den Tod noch hemmte der Vater.
Jetzo den göttlichen Held Sarpedon führeten hebend
Edle Freund' aus dem Kampf; doch die ragende Lanze beschwert' ihn,
Nachgeschleift; denn keiner bemerkte sie, oder besann sich,
Daß er dem Schenkel entzöge den Wurfspieß, leichter zu wandeln,
Unter der Hast; so in Eil' arbeiteten seine Besorger.
Auch Tlepolemos trugen die hellumschienten Achaier
Schnell aus dem Kampfe zurück. Dies sah der edle Odysseus,
Voll ausdauernder Kraft; und bewegt ward innig das Herz ihm.
Und er erwog hinfort in des Herzens Geist und Empfindung:
Ob er zuvor Zeus' Sohn, des donnerfrohen, verfolgte;
Oder mehreren dort der Lykier raubte das Leben.
Aber Odysseus nicht, dem Erhabenen, gönnte das Schicksal,
Zeus' gewaltigen Sohn mit scharfem Erz zu erlegen;
Drum in das Volk der Lykier trieb den Mut ihm Athene.
Dort den Köranos rafft' er, den Chromios, und den Alastor,
Halios auch, und Alkandros, und Prytanis, auch den Noëmon.
Und noch mehr der Lykier schlug der edle Odysseus,
Wenn nicht schnell ihn bemerkt der helmumflatterte Hektor.
Rasch durch das Vordergewühl, mit strahlendem Erze gewappnet,
Kam er, ein Graun der Achaier; doch froh des nahenden Freundes
Ward Zeus' Sohn Sarpedon, und sprach mit trauriger Stimme:
Laß nicht, Priamos' Sohn, mich nun zum Raub den Achaiern
Liegen; verteidige mich! Dann mög' auch fliehen mein Leben
Dort in euerer Stadt; dieweil ja nicht mir verhängt ward,

νοστήσας οἶκόνδε φίλην ἐς πατρίδα γαῖαν
εὐφρανέειν ἄλοχόν τε φίλην καὶ νήπιον υἱόν."
ὣς φάτο, τὸν δ' οὔ τι προσέφη κορυθαίολος Ἕκτωρ,
ἀλλὰ παρήϊξεν, λελιημένος ὄφρα τάχιστα
ὤσαιτ' Ἀργείους, πολέων δ' ἀπὸ θυμὸν ἕλοιτο.
οἱ μὲν ἄρ' ἀντίθεον Σαρπηδόνα δῖοι ἑταῖροι
εἷσαν ὑπ' αἰγιόχοιο Διὸς περικαλλέϊ φηγῶι·
ἐκ δ' ἄρα οἱ μηροῦ δόρυ μείλινον ὦσε θύραζε
ἴφθιμος Πελάγων, ὅς οἱ φίλος ἦεν ἑταῖρος.
τὸν δὲ λίπε ψυχή, κατὰ δ' ὀφθαλμῶν κέχυτ' ἀχλύς·
αὖτις δ' ἐμπνύνθη, περὶ δὲ πνοιὴ Βορέαο
ζώγρει ἐπιπνείουσα κακῶς κεκαφηότα θυμόν.
Ἀργεῖοι δ' ὑπ' Ἄρηϊ καὶ Ἕκτορι χαλκοκορυστῆι
οὔτε ποτὲ προτρέποντο μελαινάων ἐπὶ νηῶν
οὔτε ποτ' ἀντεφέροντο μάχηι, ἀλλ' αἰὲν ὀπίσσω
χάζονθ', ὡς ἐπύθοντο μετὰ Τρώεσσιν Ἄρηα.
ἔνθα τίνα πρῶτον, τίνα δ' ὕστατον ἐξενάριξαν
Ἕκτωρ τε Πριάμοιο πάϊς καὶ χάλκεος Ἄρης;
ἀντίθεον Τεύθραντ', ἐπὶ δὲ πλήξιππον Ὀρέστην,
Τρῆχόν τ' αἰχμητὴν Αἰτώλιον Οἰνόμαόν τε,
Οἰνοπίδην θ' Ἕλενον καὶ Ὀρέσβιον αἰολομίτρην,
ὅς ῥ' ἐν Ὕληι ναίεσκε μέγα πλούτοιο μεμηλώς,
λίμνηι κεκλιμένος Κηφισίδι· πὰρ δέ οἱ ἄλλοι
ναῖον Βοιωτοὶ μάλα πίονα δῆμον ἔχοντες.
τοὺς δ' ὡς οὖν ἐνόησε θεὰ λευκώλενος Ἥρη
Ἀργείους ὀλέκοντας ἐνὶ κρατερῆι ὑσμίνηι,
αὐτίκ' Ἀθηναίην ἔπεα πτερόεντα προσηύδα·
„ὢ πόποι, αἰγιόχοιο Διὸς τέκος, Ἀτρυτώνη,
ἦ ῥ' ἅλιον τὸν μῦθον ὑπέστημεν Μενελάωι,
Ἴλιον ἐκπέρσαντ' εὐτείχεον ἀπονέεσθαι,
εἰ οὕτω μαίνεσθαι ἐάσομεν οὖλον Ἄρηα.
ἀλλ' ἄγε δὴ καὶ νῶϊ μεδώμεθα θούριδος ἀλκῆς."
ὣς ἔφατ', οὐδ' ἀπίθησε θεὰ γλαυκῶπις Ἀθήνη.
ἡ μὲν ἐποιχομένη χρυσάμπυκας ἔντυεν ἵππους
Ἥρη, πρέσβα θεά, θυγάτηρ μεγάλοιο Κρόνοιο·
Ἥβη δ' ἀμφ' ὀχέεσσι θοῶς βάλε καμπύλα κύκλα,
χάλκεα ὀκτάκνημα, σιδηρέωι ἄξονι ἀμφίς.
τῶν ἤτοι χρυσέη ἴτυς ἄφθιτος, αὐτὰρ ὕπερθε
χάλκε' ἐπίσσωτρα προσαρηρότα, θαῦμα ἰδέσθαι·
πλῆμναι δ' ἀργύρου εἰσὶ περίδρομοι ἀμφοτέρωθεν·
δίφρος δὲ χρυσέοισι καὶ ἀργυρέοισιν ἱμᾶσιν

Heimgekehrt in mein Haus, zum lieben Lande der Väter,
Einst mein liebendes Weib und den zarten Sohn zu erfreuen!
Jener sprach's; ihm erwiderte nichts der gewaltige Hektor!
Sondern er stürmte vorbei, voll heißer Begier, wie er eilig
Wegdrängt' Argos' Volk und vielen noch raubte das Leben.
Aber den göttlichen Held Sarpedon legten die Freunde
Unter des ägiserschütternden Zeus' weitprangende Buche.
Dort nun zog ihm hervor den eschenen Speer aus dem Schenkel
Pelagon, tapfer und stark, der ihm ein trauter Genoß war.
Und ihn verließ sein Geist, und Nacht umzog ihm die Augen.
Doch nun atmet' er auf, und kühlende Hauche des Nordwinds
Wehten umher Erfrischung dem matt arbeitenden Leben.
Argos Volk, von Ares gedrängt und dem strahlenden Hektor,
Wandte sich weder hinab zu den dunkelen Schiffen des Meeres,
Noch auch strebt' es entgegen den Streitenden; sondern allmählich
Wichen sie, als sie vernahmen im Heer der Troer den Ares.
Welchen entblößte zuerst, und welchen zuletzt des Geschmeides
Hektor zugleich, des Priamos' Sohn, und der eherne Ares?
Teuthras den göttlichen Held, und den Rossetummler Orestes,
Drauf den Önomaos auch, und Ätoliens Kämpfer, den Trechos,
Helenos, Önops Sohn, und Oresbios, rüstig im Leibgurt:
Der einst Hyle bewohnt, des Reichtums sorgsamer Hüter,
Wo am See Kephissis er bauete, und ihm benachbart
Viel der böotischen Männer, der Segensflur sich erfreuend.
Aber nunmehr bemerkte die lilienarmige Here
Argos Volk hinsinkend in schreckenvoller Entscheidung,
Wandte sich schnell zur Athen', und sprach die geflügelten Worte:
Weh mir, des ägiserschütternden Zeus' unbezwungene Tochter!
Traun ein eiteles Wort verhießen wir einst Menelaos,
Heimzugehn ein Vertilger der festummauerten Troja,
Wenn wir so zu wüten dem tobenden Ares vergönnen!
Aber wohlan, auch selber gedenken wir stürmendes Mutes!
Sprach's; und willig gehorcht' ihr Zeus' blauäugige Tochter.
Jene nun eilt' anschirrend die goldgezügelten Rosse,
Here, die heilige Göttin, erzeugt vom gewaltigen Kronos.
Hebe fügt' um den Wagen alsbald die gerundeten Räder,
Eherne mit acht Speichen, umher an die eiserne Achse.
Gold ist ihnen der Kranz, unalterndes; aber umher sind
Eherne Schienen gelegt, anpassende, Wunder dem Anblick.
Silbern glänzen die Naben in schönumlaufender Ründung.
Dann in goldenen Riemen und silbernen schwebet der Sessel

ἐντέταται, δοιαὶ δὲ περίδρομοι ἄντυγές εἰσι.
τοῦ δ' ἐξ ἀργύρεος ῥυμὸς πέλεν· αὐτὰρ ἐπ' ἄκρωι
δῆσε χρύσειον καλὸν ζυγόν, ἐν δὲ λέπαδνα
κάλ' ἔβαλε χρύσει'· ὑπὸ δὲ ζυγὸν ἤγαγεν Ἥρη
ἵππους ὠκύποδας, μεμαυῖ' ἔριδος καὶ ἀϋτῆς.
αὐτὰρ Ἀθηναίη, κούρη Διὸς αἰγιόχοιο,
πέπλον μὲν κατέχευεν ἑανὸν πατρὸς ἐπ' οὔδει,
ποικίλον, ὅν ῥ' αὐτὴ ποιήσατο καὶ κάμε χερσίν·
ἡ δὲ χιτῶν' ἐνδῦσα Διὸς νεφεληγερέταο
τεύχεσιν ἐς πόλεμον θωρήσσετο δακρυόεντα.
ἀμφὶ δ' ἄρ' ὤμοισιν βάλετ' αἰγίδα θυσσανόεσσαν
δεινήν, ἣν περὶ μὲν πάντηι Φόβος ἐστεφάνωται,
ἐν δ' Ἔρις, ἐν δ' Ἀλκή, ἐν δὲ κρυόεσσα Ἰωκή,
ἐν δέ τε Γοργείη κεφαλὴ δεινοῖο πελώρου,
δεινή τε σμερδνή τε, Διὸς τέρας αἰγιόχοιο.
κρατὶ δ' ἐπ' ἀμφίφαλον κυνέην θέτο τετραφάληρον
χρυσείην, ἑκατὸν πολίων πρυλέεσσ' ἀραρυῖαν·
ἐς δ' ὄχεα φλόγεα ποσὶ βήσετο, λάζετο δ' ἔγχος
βριθὺ μέγα στιβαρόν, τῶι δάμνησι στίχας ἀνδρῶν
ἡρώων, οἷσίν τε κοτέσσεται ὀβριμοπάτρη.
Ἥρη δὲ μάστιγι θοῶς ἐπεμαίετ' ἄρ' ἵππους·
αὐτόμαται δὲ πύλαι μύκον οὐρανοῦ ἃς ἔχον Ὧραι,
τῆις ἐπιτέτραπται μέγας οὐρανὸς Οὔλυμπός τε,
ἠμὲν ἀνακλῖναι πυκινὸν νέφος ἠδ' ἐπιθεῖναι.
τῆι ῥα δι' αὐτάων κεντρηνεκέας ἔχον ἵππους·
εὗρον δὲ Κρονίωνα θεῶν ἄτερ ἥμενον ἄλλων
ἀκροτάτηι κορυφῆι πολυδειράδος Οὐλύμποιο.
ἔνθ' ἵππους στήσασα θεὰ λευκώλενος Ἥρη
Ζῆν' ὕπατον Κρονίδην ἐξείρετο καὶ προσέειπε·
„Ζεῦ πάτερ, οὐ νεμεσίζηι Ἄρηι τάδε καρτερὰ ἔργα,
ὁσσάτιόν τε καὶ οἷον ἀπώλεσε λαὸν Ἀχαιῶν
μὰψ, ἀτὰρ οὐ κατὰ κόσμον, ἐμοὶ δ' ἄχος, οἳ δὲ ἕκηλοι
τέρπονται Κύπρίς τε καὶ ἀργυρότοξος Ἀπόλλων,
ἄφρονα τοῦτον ἀνέντες, ὃς οὔ τινα οἶδε θέμιστα;
Ζεῦ πάτερ, ἦ ῥά τί μοι κεχολώσεαι, αἴ κεν Ἄρηα
λυγρῶς πεπληγυῖα μάχης ἐξαποδίωμαι;“
τὴν δ' ἀπαμειβόμενος προσέφη νεφεληγερέτα Ζεύς·
„ἄγρει μάν οἱ ἔπορσον Ἀθηναίην ἀγελείην,
ἥ ἑ μάλιστ' εἴωθε κακῆις ὀδύνηισι πελάζειν.“
ὣς ἔφατ', οὐδ' ἀπίθησε θεὰ λευκώλενος Ἥρη,
μάστιξεν δ' ἵππους· τὼ δ' οὐκ ἀέκοντε πετέσθην

Ausgespannt, und umringt mit zween umlaufenden Rändern.
Vornhin streckt aus Silber die Deichsel sich; aber am Ende
Band sie das goldene Joch, das prangende, dem sie die Seile,
Schön und golden, umschlang. In das Joch nun fügete Here
Ihr schnellfüßig Gespann, und brannte nach Streit und Getümmel.
Aber Pallas Athene, des Ägiserschütterers Tochter,
Ließ hingleiten das feine Gewand im Palaste des Vaters,
Buntgewirkt, das sie selber mit künstlicher Hand sich bereitet.
Drauf in den Panzer gehüllt des schwarzumwölkten Kronions,
Nahm sie das Waffengeschmeide zur tränenbringenden Feldschlacht.
Siehe sie warf um die Schulter die Ägis, prangend mit Quästen,
Fürchterlich, rund umher mit drohendem Schrecken umkränzet.
Drauf ist Streit, drauf Stärke, und drauf die starre Verfolgung,
Drauf das gorgonische Haupt, des entsetzlichen Ungeheuers,
Schreckenvoll und entsetzlich, das Graun des donnernden Vaters!
Auch umschloß sie das Haupt mit des Helms viergipflichter Kuppel,
Golden und groß, die Streiter aus hundert Städten zu decken.
Jetzt in den flammenden Wagen erhub sie sich; nahm dann die Lanze
Schwer und groß und gediegen, womit sie die Scharen der Helden
Bändiget, welchen sie zürnt, die Tochter des schrecklichen Vaters.
Here beflügelte dann mit geschwungener Geißel die Rosse;
Und aufkrachte von selbst des Himmels Tor, das die Horen
Hüteten, welchen der Himmel vertraut ward, und der Olympos,
Daß sie die hüllende Wolk' itzt öffneten, jetzo verschlössen.
Dort nun lenkten sie durch die leichtgesporneten Rosse.
Jetzo fanden sie Zeus, der entfernt von anderen Göttern
Saß auf dem obersten Gipfel des vielgezackten Olympos.
Dort nun hemmt' ihr Gespann die lilienarmige Here,
Und den erhabenen Zeus befragte sie, also beginnend:
Zürnst du nicht, Vater Zeus, den gewaltigen Taten des Ares,
Wie er verderbt ein so großes und herrliches Volk der Achaier,
Frech, nicht der Ordnung gemäß? Mich schmerzet es! Aber in Ruhe
Freuen sich Kypris zugleich und der Gott des silbernen Bogens,
Welche den Wüterich reizten, der keine Gerechtigkeit kennet!
Vater Zeus, ob du des mir ereifertest, wenn ich den Ares
Schlagend mit traurigem Schlag hinweg aus dem Kampfe verscheuchte?
Ihr antwortete drauf der Herrscher im Donnergewölk Zeus:
Frisch nur, gereizt auf jenen die Siegerin Pallas Athene
Die am meisten ihn pflegt in bitteren Schmerz zu versenken!
Jener sprach's; ihm gehorchte die lilienarmige Here.
Treibend schwang sie die Geißel, und rasch hinflogen die Rosse,

μεσσηγὺς γαίης τε καὶ οὐρανοῦ ἀστερόεντος.
ὅσσον δ' ἠεροειδὲς ἀνὴρ ἴδεν ὀφθαλμοῖσιν
ἥμενος ἐν σκοπιῆι, λεύσσων ἐπὶ οἴνοπα πόντον,
τόσσον ἐπιθρώισκουσι θεῶν ὑψηχέες ἵπποι.
ἀλλ' ὅτε δὴ Τροίην ἷξον ποταμώ τε ῥέοντε,
ἧχι ῥοὰς Σιμόεις συμβάλλετον ἠδὲ Σκάμανδρος,
ἔνθ' ἵππους ἔστησε θεὰ λευκώλενος Ἥρη
λύσασ' ἐξ ὀχέων, περὶ δ' ἠέρα πουλὺν ἔχευε·
τοῖσιν δ' ἀμβροσίην Σιμόεις ἀνέτειλε νέμεσθαι.
αἱ δὲ βάτην τρήρωσι πελειάσιν ἴθμαθ' ὁμοῖαι,
ἀνδράσιν Ἀργείοισιν ἀλεξέμεναι μεμαυῖαι·
ἀλλ' ὅτε δή ῥ' ἵκανον ὅθι πλεῖστοι καὶ ἄριστοι
ἕστασαν, ἀμφὶ βίην Διομήδεος ἱπποδάμοιο
εἰλόμενοι, λείουσιν ἐοικότες ὠμοφάγοισιν
ἢ συσὶ κάπροισιν, τῶν τε σθένος οὐκ ἀλαπαδνόν,
ἔνθα στᾶσ' ἤϋσε θεὰ λευκώλενος Ἥρη,
Στέντορι εἰσαμένη μεγαλήτορι χαλκεοφώνωι,
ὃς τόσον αὐδήσασχ' ὅσον ἄλλοι πεντήκοντα·
„ αἰδώς, Ἀργεῖοι, κάκ' ἐλέγχεα, εἶδος ἀγητοί·
ὄφρα μὲν ἐς πόλεμον πωλέσκετο δῖος Ἀχιλλεύς,
οὐδέ ποτε Τρῶες πρὸ πυλάων Δαρδανιάων
οἴχνεσκον· κείνου γὰρ ἐδείδισαν ὄβριμον ἔγχος·
νῦν δὲ ἑκὰς πόλιος κοίλῃς ἐπὶ νηυσὶ μάχονται. “
ὣς εἰποῦσ' ὄτρυνε μένος καὶ θυμὸν ἑκάστου.
Τυδεΐδηι δ' ἐπόρουσε θεὰ γλαυκῶπις Ἀθήνη·
εὗρε δὲ τόν γε ἄνακτα παρ' ἵπποισιν καὶ ὄχεσφιν
ἕλκος ἀναψύχοντα, τό μιν βάλε Πάνδαρος ἰῶι.
ἱδρὼς γάρ μιν ἔτειρεν ὑπὸ πλατέος τελαμῶνος
ἀσπίδος εὐκύκλου· τῶι τείρετο, κάμνε δὲ χεῖρα,
ἂν δ' ἴσχων τελαμῶνα κελαινεφὲς αἷμ' ἀπομόργνυ.
ἱππείου δὲ θεὰ ζυγοῦ ἥψατο φώνησέν τε·
„ ἦ ὀλίγον οἷ παῖδα ἐοικότα γείνατο Τυδεύς.
Τυδεύς τοι μικρὸς μὲν ἔην δέμας, ἀλλὰ μαχητής·
καί ῥ' ὅτε πέρ μιν ἐγὼ πολεμίζειν οὐκ εἴασκον
οὐδ' ἐκπαιφάσσειν, ὅτε τ' ἤλυθε νόσφιν Ἀχαιῶν
ἄγγελος ἐς Θήβας πολέας μετὰ Καδμείωνας·
δαίνυσθαί μιν ἄνωγον ἐνὶ μεγάροισιν ἕκηλον·
αὐτὰρ ὁ θυμὸν ἔχων ὃν καρτερόν, ὡς τὸ πάρος περ,
κούρους Καδμείων προκαλίζετο, πάντα δ' ἐνίκα
ῥηϊδίως· τοίη οἱ ἐγὼν ἐπιτάρροθος ἦα.
σοὶ δ' ἤτοι μὲν ἐγὼ παρά θ' ἵσταμαι ἠδὲ φυλάσσω,

Zwischen der Erd' einher und dem sternumleuchteten Himmel.
Weit wie die dunkelnde Fern' ein Mann durchspäht mit den Augen,
Sitzend auf hoher Wart', in das finstere Meer hinschauend:
So weit heben im Sprung sich der Göttinnen schallende Rosse.
Aber nachdem sie Troja erreicht, und die doppelte Strömung,
Wo des Simois Flut sich vereiniget und des Skamandros;
Jetzo hemmt ihr Gespann die lilienarmige Here,
Abgelöst vom Wagen, und breitete dichtes Gewölk aus;
Aber Ambrosia sproß der Simois jenen zur Weide.
Sie nun eilten dahin gleich schüchternen Tauben am Gange,
Beid' entbrannt zu helfen den Männerscharen von Argos.
Als sie nunmehr hinkamen, allwo die meisten und stärksten
Standen um Tydeus' Sohn, den gewaltigen Rossebezähmer,
Dichtgedrängt, blutgierig, wie raubverschlingende Löwen,
Oder wie Eber des Waldes von nicht unkriegrischer Stärke;
Jetzo stand sie und rufte, die lilienarmige Here,
Stentorn gleich, dem starken an Brust und eherner Stimme,
Dessen Ruf laut tönte, wie fünfzig anderer Männer:
Schande doch, Argos Volk, ihr Verworfenen, trefflich an Bildung!
Weil noch mit in die Schlacht einging der edle Achilleus,
Wageten nie die Troer aus Dardanos schirmenden Toren
Vorzugehn; denn sie scheuten Achilleus mächtige Lanze!
Nun ist ferne der Stadt bei den räumigen Schiffen ihr Schlachtfeld!
Jene rief's, und erregte den Mut und die Herzen der Männer.
Aber zu Tydeus Sohn enteilete Pallas Athene;
Und sie fand den Herrscher am rossebespanneten Wagen,
Wie er die Wund' abkühlte, die Pandaros Pfeil ihm gebohret.
Denn ihn quälte der Schweiß, und der Druck des breiten Gehenkes
An dem geründeten Schild'; und kraftlos starrte die Hand ihm.
Jetzo hob er den Riemen, und wischte sich dunkeles Blut ab.
Aber das Joch der Rosse berührt', und sagte die Göttin:
Wenig gleicht dem Erzeuger der Sohn des mutigen Tydeus!
Tydeus dort war klein von Gestalt nur, aber ein Krieger!
Selbst einmal, da ich jenem den Kampf nicht wollte verstatten,
Noch ausschweifenden Trotz, da er einging fern von Achaiern,
Abgesandt in Thebe, zu häufigen Kadmeionen
(Ruhig hieß ich ihn sitzen am Feiermahl im Palaste:)
Dennoch zeigt' er den Mut voll Ungestüms, wie beständig,
Rief die Kadmeier zu Kämpfen hervor; und in jeglichem siegt' er
Sonder Müh': so mächtig als Helferin naht' ich ihm selber.
Zwar auch deiner walt' ich mit Hilf' und schirmender Obhut,

καί σε προφρονέως κέλομαι Τρώεσσι μάχεσθαι·
ἀλλά σευ ἢ κάματος πολυᾶϊξ γυῖα δέδυκεν,
ἤ νύ σέ που δέος ἴσχει ἀκήριον· οὐ σύ γ' ἔπειτα
Τυδέος ἔκγονός ἐσσι δαΐφρονος Οἰνεΐδαο."
τὴν δ' ἀπαμειβόμενος προσέφη κρατερὸς Διομήδης·
„γιγνώσκω σε, θεά, θύγατερ Διὸς αἰγιόχοιο·
τώ τοι προφρονέως ἐρέω ἔπος οὐδ' ἐπικεύσω.
οὔτέ τί με δέος ἴσχει ἀκήριον οὔτέ τις ὄκνος,
ἀλλ' ἔτι σέων μέμνημαι ἐφετμέων, ἃς ἐπέτειλας·
οὔ μ' εἴας μακάρεσσι θεοῖς ἀντικρὺ μάχεσθαι
τοῖς ἄλλοις· ἀτὰρ εἴ κε Διὸς θυγάτηρ Ἀφροδίτη
ἔλθῃσ' ἐς πόλεμον, τήν γ' οὐτάμεν ὀξέϊ χαλκῶι.
τοὔνεκα νῦν αὐτός τ' ἀναχάζομαι ἠδὲ καὶ ἄλλους
Ἀργείους ἐκέλευσα ἀλήμεναι ἐνθάδε πάντας·
γιγνώσκω γὰρ Ἄρηα μάχην ἀνὰ κοιρανέοντα."
τὸν δ' ἠμείβετ' ἔπειτα θεὰ γλαυκῶπις Ἀθήνη·
„Τυδεΐδη Διόμηδες, ἐμῶι κεχαρισμένε θυμῶι,
μήτε σύ γ' Ἄρηα τό γε δείδιθι μήτε τιν' ἄλλον
ἀθανάτων, τοίη τοι ἐγὼν ἐπιτάρροθός εἰμι·
ἀλλ' ἄγ' ἐπ' Ἄρηϊ πρώτωι ἔχε μώνυχας ἵππους,
τύψον δὲ σχεδίην μηδ' ἅζεο θοῦρον Ἄρηα,
τοῦτον μαινόμενον, τυκτὸν κακόν, ἀλλοπρόσαλλον,
ὃς πρώιην μὲν ἐμοί τε καὶ Ἥρηι στεῦτ' ἀγορεύων
Τρωσὶ μαχήσεσθαι, ἀτὰρ Ἀργείοισιν ἀρήξειν,
νῦν δὲ μετὰ Τρώεσσιν ὁμιλεῖ, τῶν δὲ λέλασται."
ὣς φαμένη Σθένελον μὲν ἀφ' ἵππων ὦσε χαμᾶζε,
χειρὶ πάλιν ἐρύσασ', ὁ δ' ἄρ' ἐμμαπέως ἀπόρουσεν·
ἡ δ' ἐς δίφρον ἔβαινε παραὶ Διομήδεα δῖον
ἐμμεμαυῖα θεά· μέγα δ' ἔβραχε φήγινος ἄξων
βριθοσύνηι· δεινὴν γὰρ ἄγεν θεὸν ἄνδρά τ' ἄριστον.
λάζετο δὲ μάστιγα καὶ ἡνία Παλλὰς Ἀθήνη·
αὐτίκ' ἐπ' Ἄρηϊ πρώτωι ἔχε μώνυχας ἵππους.
ἤτοι ὁ μὲν Περίφαντα πελώριον ἐξενάριζεν,
Αἰτωλῶν ὄχ' ἄριστον, Ὀχησίου ἀγλαὸν υἱόν·
τὸν μὲν Ἄρης ἐνάριζε μιαιφόνος· αὐτὰρ Ἀθήνη
δῦν' Ἄϊδος κυνέην, μή μιν ἴδοι ὄβριμος Ἄρης.
ὡς δὲ ἴδε βροτολοιγὸς Ἄρης Διομήδεα δῖον,
ἤτοι ὁ μὲν Περίφαντα πελώριον αὐτόθ' ἔασε
κεῖσθαι, ὅθι πρῶτον κτείνων ἐξαίνυτο θυμόν,
αὐτὰρ ὁ βῆ ῥ' ἰθὺς Διομήδεος ἱπποδάμοιο.
οἵ δ' ὅτε δὴ σχεδὸν ἦσαν ἐπ' ἀλλήλοισιν ἰόντες,

Und zu freudigem Kampf ermahn' ich dich wider die Troer:
Doch dir starren vielleicht von stürmischer Arbeit die Glieder;
Oder dich lähmt auch Furcht, die entseelende! Nimmer in Zukunft
Scheinst du von Tydeus erzeugt, dem feurigen Sohne des Öneus!
  Ihr antwortete drauf der starke Held Diomedes:
Wohl erkenn' ich dich, Göttin, des Ägiserschütterers Tochter;
Drum verkünd' ich dir frei und unverhohlen die Wahrheit.
Weder lähmt mich die Furcht, die entseelende, weder die Trägheit;
Sondern annoch gedenk' ich, o Herrscherin, deines Gebotes:
Niemals seligen Göttern im Kampf entgegen zu wandeln,
Allen sonst; doch käme die Tochter Zeus' Aphrodite
Her in den Streit, die möcht' ich mit spitzigem Erze verwunden.
Darum weich' anjetzo ich selber zurück und ermahn' auch
Andre von Argos Volk, sich hieher alle zu sammeln;
Denn ich erkenne den Ares, der dort das Treffen durchwaltet.
  Drauf antwortete Zeus' blauäugige Tochter Athene:
Tydeus' Sohn, Diomedes, du meiner Seele Geliebter,
Fürchte du weder den Ares hinfort, noch einen der andern
Götter umher: so mächtig als Helferin nah' ich dir selber!
Mutig, zuerst auf Ares gelenkt die stampfenden Rosse!
Dann verwund' in der Näh' und scheu' nicht Ares den Wütrich,
Jenen Rasenden dort, den verderbenden Andrenumandren!
Ihn der neulich mir selbst und zugleich der Here gelobte,
Trojas Volk zu bekämpfen und beizustehn den Argeiern;
Aber anjetzt die Troer verteidiget, jener vergessend!
  Jene sprach's; und sofort den Sthenelos trieb sie vom Wagen,
Ihn mit der Hand abreißend; und nicht unwillig entsprang er.
Doch sie trat in den Sessel zum edlen Held Diomedes,
Heiß in Begierde des Kampfs; laut stöhnte die buchene Achse
Lastvoll, tragend den tapfersten Mann, und die schreckliche Göttin.
Geißel sofort und Zügel ergriff nun Pallas Athene,
Eilt' und lenkt' auf Ares zuerst die stampfenden Rosse.
Jener entwaffnete dort der Ätolier tapfersten Krieger,
Periphas, groß und gewaltig, Ochesios edlen Erzeugten:
Diesen entwaffnete Ares, der blutige. Aber Athene
Barg sich in Aïdes Helm, damit nicht Ares sie sähe.
  Als nun der mordende Ares ersah Diomedes den Edlen;
Ließ er Periphas schnell, den Gewaltigen, dort in dem Staube
Liegen, allwo er zuerst des Erschlagenen Seele geraubet;
Eilte dann grade daher auf den reisigen Held Diomedes.
Als sie nunmehr sich genaht, die Eilenden gegeneinander;

πρόσθεν Ἄρης ὠρέξαθ' ὑπὲρ ζυγὸν ἡνία θ' ἵππων
ἔγχεϊ χαλκείωι, μεμαὼς ἀπὸ θυμὸν ἑλέσθαι·
καὶ τό γε χειρὶ λαβοῦσα θεὰ γλαυκῶπις Ἀθήνη
ὦσεν ὑπὲκ δίφροιο ἐτώσιον ἀϊχθῆναι.
δεύτερος αὖθ' ὡρμᾶτο βοὴν ἀγαθὸς Διομήδης
ἔγχεϊ χαλκείωι· ἐπέρεισε δὲ Παλλὰς Ἀθήνη
νείατον ἐς κενεῶνα, ὅθι ζωννύσκετο μίτρηι·
τῆι ῥά μιν οὖτα τυχών, διὰ δὲ χρόα καλὸν ἔδαψεν,
ἐκ δὲ δόρυ σπάσεν αὖτις· ὁ δ' ἔβραχε χάλκεος Ἄρης,
ὅσσον τ' ἐννεάχιλοι ἐπίαχον ἢ δεκάχιλοι
ἀνέρες ἐν πολέμωι ἔριδα ξυνάγοντες Ἄρηος.
τοὺς δ' ἄρ' ὑπὸ τρόμος εἷλεν Ἀχαιούς τε Τρῶάς τε
δείσαντας· τόσον ἔβραχ' Ἄρης ἆτος πολέμοιο.
οἵη δ' ἐκ νεφέων ἐρεβεννὴ φαίνεται ἀὴρ
καύματος ἐξ ἀνέμοιο δυσαέος ὀρνυμένοιο,
τοῖος Τυδεΐδηι Διομήδεϊ χάλκεος Ἄρης
φαίνεθ' ὁμοῦ νεφέεσσιν ἰὼν εἰς οὐρανὸν εὐρύν.
καρπαλίμως δ' ἵκανε θεῶν ἕδος, αἰπὺν Ὄλυμπον,
πὰρ δὲ Διὶ Κρονίωνι καθέζετο θυμὸν ἀχεύων,
δεῖξεν δ' ἄμβροτον αἷμα καταρρέον ἐξ ὠτειλῆς,
καί ῥ' ὀλοφυρόμενος ἔπεα πτερόεντα προσηύδα·
„Ζεῦ πάτερ, οὐ νεμεσίζηι ὁρῶν τάδε καρτερὰ ἔργα;
αἰεί τοι ῥίγιστα θεοὶ τετληότες εἰμὲν
ἀλλήλων ἰότητι, χάριν ἄνδρεσσι φέροντες.
σοὶ πάντες μαχόμεσθα· σὺ γὰρ τέκες ἄφρονα κούρην,
οὐλομένην, ἧι τ' αἰὲν ἀήσυλα ἔργα μέμηλεν.
ἄλλοι μὲν γὰρ πάντες, ὅσοι θεοί εἰσ' ἐν Ὀλύμπωι,
σοί τ' ἐπιπείθονται καὶ δεδμήμεσθα ἕκαστος·
ταύτην δ' οὔτ' ἔπεϊ προτιβάλλεαι οὔτέ τι ἔργωι,
ἀλλ' ἀνιεῖς, ἐπεὶ αὐτὸς ἐγείναο παῖδ' ἀΐδηλον·
ἣ νῦν Τυδέος υἱόν, ὑπερφίαλον Διομήδεα,
μαργαίνειν ἀνέηκεν ἐπ' ἀθανάτοισι θεοῖσι.
Κύπριδα μὲν πρῶτον σχεδὸν οὔτασε χεῖρ' ἐπὶ καρπῶι,
αὐτὰρ ἔπειτ' αὐτῶι μοι ἐπέσσυτο δαίμονι ἶσος·
ἀλλά μ' ὑπήνεικαν ταχέες πόδες· ἦ τέ κε δηρὸν
αὐτοῦ πήματ' ἔπασχον ἐν αἰνῆισιν νεκάδεσσιν,
ἤ κε ζὼς ἀμενηνὸς ἔα χαλκοῖο τυπῆισι.“
τὸν δ' ἄρ' ὑπόδρα ἰδὼν προσέφη νεφεληγερέτα Ζεύς.
„μή τί μοι, ἀλλοπρόσαλλε, παρεζόμενος μινύριζε.
ἔχθιστος δέ μοί ἐσσι θεῶν οἳ Ὄλυμπον ἔχουσιν·
αἰεὶ γάρ τοι ἔρις τε φίλη πόλεμοί τε μάχαι τε.

Vor dann streckte der Gott sich über das Joch und die Zügel
Mit erzblinkender Lanz', in Begier ihm die Seele zu rauben.
Doch mit der Hand sie ergreifend, die Herrscherin Pallas Athene
Stieß sie hinweg vom Sessel, daß nichtiges Schwungs sie vorbeiflog.
Jetzo erhub sich auch jener, der Rufer im Streit Diomedes,
Mit erzblinkender Lanz'; und es drängte sie Pallas Athene
Gegen die Weiche des Bauchs, wo die eherne Binde sich anschloß:
Dorthin traf und zerriß ihm die schöne Haut Diomedes;
Zog dann die Lanze zurück. Da brüllte der eherne Ares:
Wie wenn zugleich neuntausend daherschrien, ja zehntausend
Rüstige Männer im Streit, zu schrecklichem Kampf sich begegnend.
Rings nun erbebte das Volk der Troer umher und Achaier,
Voll von Angst: so brüllte der rastlos wütende Ares.
Jetzo wie hoch aus Wolken umnachtetes Dunkel erscheinet,
Wenn nach drückender Schwül' ein Donnersturm sich erhebet:
Also dem Held Diomedes erschien der eherne Ares,
Als er in Wolken gehüllt auffuhr zum erhabenen Himmel.
Eilendes Schwungs erreicht' er die seligen Höhn des Olympos.
Dort nun saß er bei Zeus dem Donnerer, trauriges Herzens,
Zeigte das göttliche Blut, das niedertroff aus der Wunde;
Und er begann wehklagend, und sprach die geflügelten Worte:
Zürnst du nicht, Vater Zeus, die gewaltigen Taten erblickend?
Stets doch haben wir Götter die bitterste Qual zu erdulden,
Einer vom Rat des andern, und Gunst den Menschen gewährend!
Doch dir streiten wir alle! denn dein ist die rasende Tochter,
Die, zu verderben entbrannt, nur frevele Taten ersinnet!
Alle die anderen Götter, so viel den Olympos bewohnen,
Folgen dir untertan, und huldigen deinem Gebote.
Jene nur, weder mit Worten bezähmst du sie, weder mit Taten;
Sondern vergönnst, weil selbst die verderbende Tochter du zeugtest:
Welche nun den Tydeiden, den stolzen Held Diomedes,
Reizte daherzuwüten auf uns unsterbliche Götter!
Kypris traf er zuerst, die Hand am Knöchel verwundend;
Aber darauf mich selber bestürmet' er, stark wie ein Dämon!
Nur mit eilenden Füßen entrann ich ihm. Lange vielleicht noch
Räng' ich dort mit Qualen im gräßlichen Leichengewimmel;
Oder ich lebt' ein Krüppel, entstellt von des Erzes Verwundung!
Finster schaut' und begann der Herrscher im Donnergewölk Zeus:
Hüte dich, Andrerumandrer, mir hier zur Seite zu winseln!
Ganz verhaßt mir bist du vor allen olympischen Göttern!
Stets doch hast du den Zank nur geliebt und die Kämpf' und die Schlachten!

μητρός τοι μένος ἐστὶν ἀάσχετον, οὐκ ἐπιεικτόν,
Ἥρης· τὴν μὲν ἐγὼ σπουδῆι δάμνημ᾽ ἐπέεσσι·
τώ σ᾽ ὀΐω κείνης τάδε πάσχειν ἐννεσίηισιν.
ἀλλ᾽ οὐ μάν σ᾽ ἔτι δηρὸν ἀνέξομαι ἄλγε᾽ ἔχοντα·
ἐκ γὰρ ἐμεῦ γένος ἐσσί, ἐμοὶ δέ σε γείνατο μήτηρ·
εἰ δέ τευ ἐξ ἄλλου γε θεῶν γένευ ὧδ᾽ ἀΐδηλος
καί κεν δὴ πάλαι ἦσθα ἐνέρτερος Οὐρανιώνων."
ὣς φάτο, καὶ Παιήον᾽ ἀνώγειν ἰήσασθαι·
τῶι δ᾽ ἐπὶ Παιήων ὀδυνήφατα φάρμακα πάσσων
ἠκέσατ᾽· οὐ μὲν γάρ τι καταθνητός γ᾽ ἐτέτυκτο.
ὡς δ᾽ ὅτ᾽ ὀπὸς γάλα λευκὸν ἐπειγόμενος συνέπηξεν
ὑγρὸν ἐόν, μάλα δ᾽ ὦκα περιτρέφεται κυκόωντι,
ὣς ἄρα καρπαλίμως ἰήσατο θοῦρον Ἄρηα.
τὸν δ᾽ Ἥβη λοῦσεν, χαρίεντα δὲ εἵματα ἕσσε·
πὰρ δὲ Διὶ Κρονίωνι καθέζετο κύδεϊ γαίων.
αἱ δ᾽ αὖτις πρὸς δῶμα Διὸς μεγάλοιο νέοντο,
Ἥρη τ᾽ Ἀργείη καὶ Ἀλαλκομενηῒς Ἀθήνη,
παύσασαι βροτολοιγὸν Ἄρη᾽ ἀνδροκτασιάων.

Gleich der Mutter an Trotz und unerträglichem Starrsinn,
Heren, welche mir kaum durch Worte gebändiget nachgibt!
Auch ihr Rat, wie ich mein', hat dieses Weh dir bereitet!
Aber ich kann nicht länger es ansehn, daß du dich quälest.
Bist du doch meines Geschlechts, und mir gebar dich die Mutter.
Hätt' ein anderer Gott dich erzeugt, heilloser Verderber;
Traun du lagest vorlängst tief unter den Uranionen.
Also Zeus, und gebot dem Päeon, jenen zu heilen.
Ihm nun legt' auf die Wunde Päeon lindernden Balsam,
Und er genas; denn nicht war sterbliches Los ihm beschieden.
Schnell wie die weiße Milch von Feigenlabe gerinnet,
Flüssig zuvor, wann in Eil' umher sie dreht der Vermischer:
Also schloß sich die Wunde sofort dem tobenden Ares.
Jetzo badet' ihn Hebe, und hüllt' ihm schöne Gewand' um;
Und er saß bei Kronion, dem Donnerer, freudiges Trotzes.
Heim nun kehreten jen' in Zeus' des Allmächtigen Wohnung,
Here von Argos zugleich, und Athen' Alalkomenens Göttin,
Als sie gehemmt den Verderber, den männermordenden Ares.

ΙΛΙΑΔΟΣ Ζ

Ἕκτορος καὶ
Ἀνδρομάχης ὁμιλία.

Τρώων δ' οἰώθη καὶ Ἀχαιῶν φύλοπις αἰνή·
πολλὰ δ' ἄρ' ἔνθα καὶ ἔνθ' ἴθυσε μάχη πεδίοιο
ἀλλήλων ἰθυνομένων χαλκήρεα δοῦρα,
μεσσηγὺς Σιμόεντος ἰδὲ Ξάνθοιο ῥοάων.
Αἴας δὲ πρῶτος Τελαμώνιος, ἕρκος Ἀχαιῶν,
Τρώων ῥῆξε φάλαγγα, φόως δ' ἑτάροισιν ἔθηκεν,
ἄνδρα βαλὼν ὃς ἄριστος ἐνὶ Θρήικεσσι τέτυκτο,
υἱὸν Ἐϋσσώρου, Ἀκάμαντ' ἠΰν τε μέγαν τε.
τόν ῥ' ἔβαλε πρῶτος κόρυθος φάλον ἱπποδασείης,
ἐν δὲ μετώπωι πῆξε, πέρησε δ' ἄρ' ὀστέον εἴσω
αἰχμὴ χαλκείη· τὸν δὲ σκότος ὄσσε κάλυψεν.
Ἄξυλον δ' ἄρ' ἔπεφνε βοὴν ἀγαθὸς Διομήδης
Τευθρανίδην, ὃς ἔναιεν ἐϋκτιμένηι ἐν Ἀρίσβηι
ἀφνειὸς βιότοιο, φίλος δ' ἦν ἀνθρώποισι.
πάντας γὰρ φιλέεσκεν ὁδῶι ἔπι οἰκία ναίων.
ἀλλά οἱ οὔ τις τῶν γε τότ' ἤρκεσε λυγρὸν ὄλεθρον
πρόσθεν ὑπαντιάσας, ἀλλ' ἄμφω θυμὸν ἀπηύρα,
αὐτὸν καὶ θεράποντα Καλήσιον, ὅς ῥα τόθ' ἵππων
ἔσκεν ὑφηνίοχος· τὼ δ' ἄμφω γαῖαν ἐδύτην.
Δρῆσον δ' Εὐρύαλος καὶ Ὀφέλτιον ἐξενάριξε·
βῆ δὲ μετ' Αἴσηπον καὶ Πήδασον, οὕς ποτε νύμφη
νηῒς Ἀβαρβαρέη τέκ' ἀμύμονι Βουκολίωνι.
Βουκολίων δ' ἦν υἱὸς ἀγαυοῦ Λαομέδοντος
πρεσβύτατος γενεῆι, σκότιον δέ ἑ γείνατο μήτηρ·
ποιμαίνων δ' ἐπ' ὄεσσι μίγη φιλότητι καὶ εὐνῆι,
ἡ δ' ὑποκυσαμένη διδυμάονε γείνατο παῖδε.
καὶ μὲν τῶν ὑπέλυσε μένος καὶ φαίδιμα γυῖα
Μηκιστηϊάδης καὶ ἀπ' ὤμων τεύχε' ἐσύλα.
Ἀστύαλον δ' ἄρ' ἔπεφνε μενεπτόλεμος Πολυποίτης·
Πιδύτην δ' Ὀδυσεὺς Περκώσιον ἐξενάριξεν
ἔγχεϊ χαλκείωι, Τεῦκρος δ' Ἀρετάονα δῖον.
Ἀντίλοχος δ' Ἄβληρον ἐνήρατο δουρὶ φαεινῶι
Νεστορίδης, Ἔλατον δὲ ἄναξ ἀνδρῶν Ἀγαμέμνων·
ναῖε δὲ Σατνιόεντος ἐϋρρείταο παρ' ὄχθας

SECHSTER GESANG

Die Achaier im Vorteil. Hektor eilt in die Stadt, damit seine Mutter Hekabe zur Athene flehe. Glaukos und Diomedes erkennen sich als Gastfreunde. Hekabe mit den edlen Troerinnen fleht. Hektor ruft den Paris zur Schlacht zurück. Er sucht seine Andromache zu Hause, und findet sie auf dem skäischen Tore. Er kehrt mit Paris in die Schlacht.

Einsam war der Troer und Danaer schreckliche Feldschlacht.
Viel nun hierhin und dort durchtobte der Kampf das Gefilde,
Ungestüm aufeinander gewandt erzblinkende Lanzen,
Innerhalb des Simois her und des strömenden Xanthos.
Ajas der Telamonide, zuerst, Schutzwehr der Achaier,
Brach die Schar der Troer, und schaffte Licht den Genossen,
Treffend den Mann, der der beste des thrakischen Volkes einherging,
Ihn, des Eusoros' Sohn, den Akamas, groß und gewaltig.
Diesem traf er zuerst den umflatterten Kegel des Helmes,
Daß er die Stirne durchbohrt'; hineindrang tief in den Schädel
Jenem die eherne Spitz', und Nacht umhüllt' ihm die Augen.
Drauf den Axylos erschlug der Rufer im Streit Diomedes,
Teuthrans Sohn: er wohnt' in der schöngebauten Arisbe,
Reich an Lebensgut; auch war er geliebt von den Menschen,
Weil er alle mit Lieb' herbergete, wohnend am Heerweg.
Doch nicht einer davon entfernt' ihm das grause Verderben,
Vor ihn selbst hintretend: es tötete beide der Krieger,
Ihn und den Kampfgenossen Kalesios, der des Gespannes
Lenker ihm war; und zugleich versanken sie unter die Erde.
Aber Euryalos nahm des Opheltios Waffen und Dresos;
Drauf den Äsepos ereilt' er und Pedasos, die mit der Naïs
Abarbarea einst der edle Bukolion zeugte.
Aber Bukolion war Laomedons Sohn, des Erhabnen,
Seines Geschlechts der erste; doch heimlich gebar ihn die Mutter.
Hütend vordem der Schafe, gewann er Lieb' und Umarmung,
Und befruchtet gebar ihm Zwillingssöhne die Nymphe.
Beiden löste nunmehr die Kraft und die strebenden Glieder
Er der Mekisteiad', und entzog den Schultern die Rüstung.
Auch den Astyalos schlug der streitbare Held Polypötes;
Und den Pedytes bezwang, den Perkosier, stürmend Odysseus
Mit erzblinkender Lanz'; und Teukros den Held Aretaon.
Nestors mutiger Sohn Antilochos warf den Ableros
Hin, und den Elatos hin der Völkerfürst Agamemnon:
Dieser bewohnt' an des Stroms Satniois grünenden Ufern

Πήδασον αἰπεινήν. Φύλακον δ' ἕλε Λήϊτος ἥρως
φεύγοντ'· Εὐρύπυλος δὲ Μελάνθιον ἐξενάριξεν.
 Ἄδρηστον δ' ἄρ' ἔπειτα βοὴν ἀγαθὸς Μενέλαος
ζωὸν ἕλ'· ἵππω γάρ οἱ ἀτυζομένω πεδίοιο,
ὄζωι ἔνι βλαφθέντε μυρικίνωι, ἀγκύλον ἅρμα
ἄξαντ' ἐν πρώτωι ῥυμῶι αὐτὼ μὲν ἐβήτην
πρὸς πόλιν, ἧι περ οἱ ἄλλοι ἀτυζόμενοι φοβέοντο,
αὐτὸς δ' ἐκ δίφροιο παρὰ τροχὸν ἐξεκυλίσθη
πρηνὴς ἐν κονίηισιν ἐπὶ στόμα· πὰρ δέ οἱ ἔστη
Ἀτρεΐδης Μενέλαος, ἔχων δολιχόσκιον ἔγχος.
Ἄδρηστος δ' ἄρ' ἔπειτα λαβὼν ἐλίσσετο γούνων·
„ζώγρει, Ἀτρέος υἱέ, σὺ δ' ἄξια δέξαι ἄποινα·
πολλὰ δ' ἐν ἀφνειοῦ πατρὸς κειμήλια κεῖται,
χαλκός τε χρυσός τε πολύκμητός τε σίδηρος,
τῶν κέν τοι χαρίσαιτο πατὴρ ἀπερείσι' ἄποινα,
εἴ κεν ἐμὲ ζωὸν πεπύθοιτ' ἐπὶ νηυσὶν Ἀχαιῶν."
 ὣς φάτο, τῶι δ' ἄρα θυμὸν ἐνὶ στήθεσσιν ἔπειθε·
καὶ δή μιν τάχ' ἔμελλε θοὰς ἐπὶ νῆας Ἀχαιῶν
δώσειν ὧι θεράποντι καταξέμεν· ἀλλ' Ἀγαμέμνων
ἀντίος ἦλθε θέων, καὶ ὁμοκλήσας ἔπος ηὔδα·
„ὦ πέπον, ὦ Μενέλαε, τίη δὲ σὺ κήδεαι οὕτως
ἀνδρῶν; ἦ σοὶ ἄριστα πεποίηται κατὰ οἶκον
πρὸς Τρώων; τῶν μή τις ὑπεκφύγοι αἰπὺν ὄλεθρον
χεῖράς θ' ἡμετέρας, μηδ' ὅν τινα γαστέρι μήτηρ
κοῦρον ἐόντα φέροι, μηδ' ὃς φύγοι, ἀλλ' ἅμα πάντες
Ἰλίου ἐξαπολοίατ' ἀκήδεστοι καὶ ἄφαντοι."
 ὣς εἰπὼν ἔτρεψεν ἀδελφειοῦ φρένας ἥρως,
αἴσιμα παρειπών· ὁ δ' ἀπὸ ἕθεν ὤσατο χειρὶ
ἥρω' Ἄδρηστον· τὸν δὲ κρείων Ἀγαμέμνων
οὖτα κατὰ λαπάρην· ὁ δ' ἀνετράπετ', Ἀτρεΐδης δὲ
λὰξ ἐν στήθεσι βὰς ἐξέσπασε μείλινον ἔγχος.
Νέστωρ δ' Ἀργείοισιν ἐκέκλετο μακρὸν ἀΰσας·
„ὦ φίλοι ἥρωες Δαναοί, θεράποντες Ἄρηος,
μή τις νῦν ἐνάρων ἐπιβαλλόμενος μετόπισθε
μιμνέτω, ὥς κε πλεῖστα φέρων ἐπὶ νῆας ἵκηται,
ἀλλ' ἄνδρας κτείνωμεν· ἔπειτα δὲ καὶ τὰ ἕκηλοι
νεκροὺς ἂμ πεδίον συλήσετε τεθνηῶτας."
 ὣς εἰπὼν ὄτρυνε μένος καὶ θυμὸν ἑκάστου.
ἔνθά κεν αὖτε Τρῶες ἀρηϊφίλων ὑπ' Ἀχαιῶν
Ἴλιον εἰσανέβησαν ἀναλκείηισι δαμέντες,
εἰ μὴ ἄρ' Αἰνείαι τε καὶ Ἕκτορι εἶπε παραστὰς

Pedasos luftige Stadt; den Phylakos traf, da er hinfloh,
Leïtos; und Eurypylos nahm des Melanthios Rüstung.
  Doch den Adrastos erhaschte der Rufer im Streit Menelaos
Lebend anjetzt; denn die Rosse durchsprengten ihm scheu das Gefilde,
Aber die Füß' im Zweige der Tamariske verwickelnd
Brachen sie vorn die Deichsel des krummen Geschirrs, und enteilten
Selber zur Stadt, wo noch andre verwilderte Rosse hinaufflohn.
Jener entsank dem Sessel, und taumelte neben dem Rade
Vorwärts hin in den Staub auf das Antlitz. Siehe da naht' ihm
Atreus' Sohn Menelaos mit weithinschattender Lanze.
Aber Adrastos umschlang ihm die Knie', und jammerte flehend:
  Fahe mich, Atreus' Sohn, und nimm dir würdige Lösung.
Viel' der Kleinode hegt der begüterte Vater im Hause,
Erz und Goldes genug, und schöngeschmiedetes Eisen.
Hievon reicht mein Vater dir gern unermeßliche Lösung,
Wenn er mich noch lebend vernimmt bei den Schiffen Achaias.
  Jener sprach's, und diesem das Herz im Busen bewegt' er.
Und schon war er bereit ihn dem Kampfgenossen zu geben,
Der zu den hurtigen Schiffen ihn führete. Doch Agamemnon
Eilete laufend heran, und laut ihn scheltend begann er:
  Trautester, o Menelaos, warum doch sorgest du also
Jener? Ja herrliche Taten geschahn dir daheim von den Männern
Trojas! Keiner davon entfliehe nun grausem Verderben,
Keiner nun unserem Arm! auch nicht im Schoße das Knäblein,
Welches die Schwangere trägt, auch das nicht! Alles zugleich nun
Sterbe, was Ilios nährt, hinweggerafft und vernichtet!
  Also sprach und wandte des Bruders Herz Agamemnon,
Denn sein Wort war gerecht; und er stieß den edlen Adrastos
Weg mit der Hand. Da bohrt' ihm der Völkerfürst Agamemnon
Seine Lanz' in den Bauch; und er kehrte sich. Atreus' Sohn dann
Stemmte die Fers' auf die Brust, und zog den eschenen Speer aus.
  Nestor anjetzt ermahnte mit lautem Ruf die Argeier:
Freund', ihr Helden des Danaerstamms, o Genossen des Ares!
Daß nun keiner zu Raub und Beute gewandt mir dahinten
Zaudere, um das meiste hinab zu den Schiffen zu tragen!
Laßt uns töten die Männer! Nachher auch könnt ihr geruhig
Leichnamen durch das Gefild' ausziehn ihr Waffengeschmeide.
  Jener sprach's, und erregte den Mut und die Herzen der Männer.
Bald nun wären die Troer vor Argos kriegrischen Söhnen
Ilios zugeflohn, durch Ohnmacht alle gebändigt;
Aber schnell zu Äneias und Hektor redete nahend

Πριαμίδης Ἕλενος, οἰωνοπόλων ὄχ᾽ ἄριστος·
„ Αἰνεία τε καὶ Ἕκτορ, ἐπεὶ πόνος ὔμμι μάλιστα
Τρώων καὶ Λυκίων ἐγκέκλιται, οὕνεκ᾽ ἄριστοι
πᾶσαν ἐπ᾽ ἰθύν ἐστε μάχεσθαί τε φρονέειν τε,
στῆτ᾽ αὐτοῦ, καὶ λαὸν ἐρυκάκετε πρὸ πυλάων
πάντηι ἐποιχόμενοι, πρὶν αὖτ᾽ ἐν χερσὶ γυναικῶν
φεύγοντας πεσέειν, δηΐοισι δὲ χάρμα γενέσθαι.
αὐτὰρ ἐπεί κε φάλαγγας ἐποτρύνητον ἁπάσας,
ἡμεῖς μὲν Δαναοῖσι μαχησόμεθ᾽ αὖθι μένοντες,
καὶ μάλα τειρόμενοί περ· ἀναγκαίη γὰρ ἐπείγει·
Ἕκτορ, ἀτὰρ σὺ πόλινδε μετέρχεο, εἰπὲ δ᾽ ἔπειτα
μητέρι σῆι καὶ ἐμῆι· ἡ δὲ ξυνάγουσα γεραιὰς
νηὸν Ἀθηναίης γλαυκώπιδος ἐν πόλει ἄκρηι,
οἴξασα κληῖδι θύρας ἱεροῖο δόμοιο,
πέπλον, ὅς οἱ δοκέει χαριέστατος ἠδὲ μέγιστος
εἶναι ἐνὶ μεγάρωι καί οἱ πολὺ φίλτατος αὐτῆι,
θεῖναι Ἀθηναίης ἐπὶ γούνασιν ἠϋκόμοιο,
καί οἱ ὑποσχέσθαι δυοκαίδεκα βοῦς ἐνὶ νηῶι
ἤνις ἠκέστας ἱερευσέμεν, αἴ κ᾽ ἐλεήσηι
ἄστύ τε καὶ Τρώων ἀλόχους καὶ νήπια τέκνα,
ὥς κεν Τυδέος υἱὸν ἀπόσχηι Ἰλίου ἱρῆς,
ἄγριον αἰχμητήν, κρατερὸν μήστωρα φόβοιο,
ὃν δὴ ἐγὼ κάρτιστον Ἀχαιῶν φημι γενέσθαι.
οὐδ᾽ Ἀχιλῆά ποθ᾽ ὧδέ γ᾽ ἐδείδιμεν, ὄρχαμον ἀνδρῶν,
ὅν πέρ φασι θεᾶς ἐξέμμεναι· ἀλλ᾽ ὅδε λίην
μαίνεται, οὐδέ τίς οἱ δύναται μένος ἰσοφαρίζειν."
ὣς ἔφαθ᾽, Ἕκτωρ δ᾽ οὔ τι κασιγνήτωι ἀπίθησεν.
αὐτίκα δ᾽ ἐξ ὀχέων σὺν τεύχεσιν ἆλτο χαμᾶζε,
πάλλων δ᾽ ὀξέα δοῦρα κατὰ στρατὸν ᾤχετο πάντηι,
ὀτρύνων μαχέσασθαι, ἔγειρε δὲ φύλοπιν αἰνήν.
οἱ δ᾽ ἐλελίχθησαν καὶ ἐναντίοι ἔσταν Ἀχαιῶν·
Ἀργεῖοι δ᾽ ὑπεχώρησαν, λῆξαν δὲ φόνοιο,
φὰν δέ τιν᾽ ἀθανάτων ἐξ οὐρανοῦ ἀστερόεντος
Τρωσὶν ἀλεξήσοντα κατελθέμεν, ὡς ἐλέλιχθεν.
Ἕκτωρ δὲ Τρώεσσιν ἐκέκλετο μακρὸν ἀΰσας·
„ Τρῶες ὑπέρθυμοι τηλεκλειτοί τ᾽ ἐπίκουροι,
ἀνέρες ἔστε, φίλοι, μνήσασθε δὲ θούριδος ἀλκῆς,
ὄφρ᾽ ἂν ἐγὼ βήω προτὶ Ἴλιον, ἠδὲ γέρουσιν
εἴπω βουλευτῆισι καὶ ἡμετέρηις ἀλόχοισι
δαίμοσιν ἀρήσασθαι, ὑποσχέσθαι δ᾽ ἑκατόμβας."
ὣς ἄρα φωνήσας ἀπέβη κορυθαίολος Ἕκτωρ·

Helenos, Priamos' Sohn, der kundigste Vogeldeuter:
 Hektor du, und Äneias; denn euch belastet die meiste
Kriegsarbeit der Troer und Lykier, weil ihr die Besten
Seid zu jeglichem Zweck, mit Kraft gerüstet und Weisheit:
Steht allhier, und hemmet das Volk zurück vor den Toren,
Rings das Gedräng' umwandelnd, bevor in die Arme der Weiber
Fliehend sich jene gestürzt, dem höhnenden Feinde zum Jubel!
Aber nachdem ihr umher die Ordnungen wieder ermuntert,
Wollen wir selbst hier bleibend der Danaer Scharen bekämpfen,
Hart bedrängt wie wir sind, denn Not gebietet ja solches:
Hektor, du geh indessen gen Ilios, sage dann eilend
Unserer Mutter es an. Sie, edlere Weiber versammelnd
Hoch auf die Burg, zum Tempel der Herrscherin Pallas Athene,
Öffne dort mit dem Schlüssel die Pforte des heiligen Hauses;
Und das Gewand, so ihr das köstlichste scheint und das größte
Aller umher im Palast und ihr das geliebteste selber,
Lege sie hin auf die Kniee der schöngelockten Athene;
Und gelob' in dem Tempel ihr zwölf untadliche Kühe,
Jährige, ungezähmte, zu heiligen: wenn sie der Stadt sich,
Und der troischen Fraun und zarten Kinder erbarmet;
Wenn sie des Tydeus Sohn von der heiligen Ilios abwehrt,
Jenen Stürmer der Schlacht, den gewaltigen Schreckengebieter,
Den ich fürwahr den Stärksten im Volk der Danaer achte!
Selbst vor Achilleus nicht, dem Herrschenden, zagten wir also,
Welcher doch Sohn der Göttin gepriesen wird! Jener, wie heftig
Wütet er! Keiner vermag an Gewalt ihm gleich sich zu stellen!
 Jener sprach's; doch Hektor gehorcht' unverdrossen dem Bruder.
Schnell vom Wagen herab mit den Rüstungen sprang er zur Erde.
Schwenkend die spitzigen Lanzen, durchwandelt' er alle Geschwader,
Rings ermahnend zum Kampf, und erweckte die tobende Feldschlacht.
Jene nun wandten die Stirn', und begegneten kühn den Achaiern.
Argos' Söhn' itzt wichen zurück, und ruhten vom Morde,
Wähnend, es sei ein unsterblicher Gott vom sternichten Himmel
Niedergeeilt, zu helfen den schnell umkehrenden Troern.
Hektor anjetzt ermahnte mit lautem Rufe die Troer:
 Trojas mutige Söhn', und fernberufene Helfer!
Seid nun Männer, o Freund', und gedenkt des stürmenden Mutes;
Während ich selbst hinwandle gen Ilios und die erhabnen
Greise des Rats anmahne, zugleich auch unsere Weiber,
Daß sie den Himmlischen flehn, und Sühnhekatomben verheißen.
 Dieses gesagt, enteilte der helmumflatterte Hektor.

ἀμφὶ δέ μιν σφυρὰ τύπτε καὶ αὐχένα δέρμα κελαινόν,
ἄντυξ ἣ πυμάτη θέεν ἀσπίδος ὀμφαλοέσσης.
Γλαῦκος δ' Ἱππολόχοιο πάϊς καὶ Τυδέος υἱὸς
ἐς μέσον ἀμφοτέρων συνίτην μεμαῶτε μάχεσθαι.
οἱ δ' ὅτε δὴ σχεδὸν ἦσαν ἐπ' ἀλλήλοισιν ἰόντε,
τὸν πρότερος προσέειπε βοὴν ἀγαθὸς Διομήδης·
„ τίς δὲ σύ ἐσσι, φέριστε, καταθνητῶν ἀνθρώπων;
οὐ μὲν γάρ ποτ' ὄπωπα μάχηι ἔνι κυδιανείρηι
τὸ πρίν· ἀτὰρ μὲν νῦν γε πολὺ προβέβηκας ἁπάντων
σῶι θάρσει, ὅ τ' ἐμὸν δολιχόσκιον ἔγχος ἔμεινας·
δυστήνων δέ τε παῖδες ἐμῶι μένει ἀντιόωσιν.
εἰ δέ τις ἀθανάτων γε κατ' οὐρανοῦ εἰλήλουθας,
οὐκ ἂν ἔγωγε θεοῖσιν ἐπουρανίοισι μαχοίμην.
οὐδὲ γὰρ οὐδὲ Δρύαντος υἱός, κρατερὸς Λυκόοργος,
δὴν ἦν, ὅς ῥα θεοῖσιν ἐπουρανίοισιν ἔριζεν·
ὅς ποτε μαινομένοιο Διωνύσοιο τιθήνας
σεῦε κατ' ἠγάθεον Νυσήϊον· αἱ δ' ἅμα πᾶσαι
θύσθλα χαμαὶ κατέχευαν, ὑπ' ἀνδροφόνοιο Λυκούργου
θεινόμεναι βουπλῆγι· Διώνυσος δὲ φοβηθεὶς
δύσεθ' ἁλὸς κατὰ κῦμα, Θέτις δ' ὑπεδέξατο κόλπωι
δειδιότα· κρατερὸς γὰρ ἔχε τρόμος ἀνδρὸς ὁμοκλῆι.
τῶι μὲν ἔπειτ' ὀδύσαντο θεοὶ ῥεῖα ζώοντες,
καί μιν τυφλὸν ἔθηκε Κρόνου πάϊς· οὐδ' ἄρ' ἔτι δὴν
ἦν, ἐπεὶ ἀθανάτοισιν ἀπήχθετο πᾶσι θεοῖσιν·
οὐδ' ἂν ἐγὼ μακάρεσσι θεοῖς ἐθέλοιμι μάχεσθαι.
εἰ δέ τίς ἐσσι βροτῶν, οἳ ἀρούρης καρπὸν ἔδουσιν,
ἆσσον ἴθ', ὥς κεν θᾶσσον ὀλέθρου πείραθ' ἵκηαι.“
τὸν δ' αὖθ' Ἱππολόχοιο προσηύδα φαίδιμος υἱός·
„ Τυδεΐδη μεγάθυμε, τί ἦ γενεὴν ἐρεείνεις;
οἵη περ φύλλων γενεή, τοίη δὲ καὶ ἀνδρῶν.
φύλλα τὰ μέν τ' ἄνεμος χαμάδις χέει, ἄλλα δέ θ' ὕλη
τηλεθόωσα φύει, ἔαρος δ' ἐπιγίγνεται ὥρη·
ὣς ἀνδρῶν γενεὴ ἡ μὲν φύει ἡ δ' ἀπολήγει.
εἰ δ' ἐθέλεις καὶ ταῦτα δαήμεναι, ὄφρ' ἐῢ εἰδῆις
ἡμετέρην γενεήν, πολλοὶ δέ μιν ἄνδρες ἴσασιν·
ἔστι πόλις Ἐφύρη μυχῶι Ἄργεος ἱπποβότοιο,
ἔνθα δὲ Σίσυφος ἔσκεν, ὃ κέρδιστος γένετ' ἀνδρῶν,
Σίσυφος Αἰολίδης· ὁ δ' ἄρα Γλαῦκον τέκεθ' υἱόν,
αὐτὰρ Γλαῦκος τίκτεν ἀμύμονα Βελλεροφόντην·
τῶι δὲ θεοὶ κάλλος τε καὶ ἠνορέην ἐρατεινὴν
ὤπασαν· αὐτάρ οἱ Προῖτος κακὰ μήσατο θυμῶι,

Oben schlug ihm den Nacken, und tief die Knöchel des schwarzen
Felles Rand, der rings am genabelten Schild' ihm umherlief.
Glaukos nun, des Hippolochos Sohn, und der Held Diomedes,
Kamen hervor aus den Heeren gerannt in Begierde des Kampfes.
Als sie nunmehr sich genaht, die Eilenden gegeneinander,
Redete also zuerst der Rufer im Streit Diomedes:
Wer doch bist du, Edler, der sterblichen Erdebewohner?
Nie ersah ich ja dich in männerehrender Feldschlacht
Vormals; aber anjetzt erhebst du dich weit vor den andern,
Kühnes Muts, da du meiner gewaltigen Lanze dich darstellst.
Meiner Kraft begegnen nur Söhn' unglücklicher Eltern!
Aber wofern du ein Gott herabgekommen vom Himmel,
Nimmer alsdann begehr' ich mit himmlischen Mächten zu kämpfen.
Nicht des Dryas Erzeugter einmal, der starke Lykurgos,
Lebete lang', als gegen des Himmels Mächt' er gestrebet:
Welcher vordem Dionysos' des Rasenden Ammen verfolgend
Scheucht' auf dem heiligen Berge Nysëion; alle zugleich nun
Warfen die laubigen Stäbe dahin, da der Mörder Lykurgos
Wild mit dem Stachel sie schlug; auch selbst Dionysos voll Schreckens
Taucht' in die Woge des Meers, und Thetis nahm in den Schoß ihn,
Welcher erbebt', angstvoll vor der drohenden Stimme des Mannes.
Jenem zürnten darauf die ruhig waltenden Götter,
Und ihn blendete Zeus der Donnerer; auch nicht lange
Lebt' er hinfort, denn verhaßt war er allen unsterblichen Göttern.
Nicht mit seligen Göttern daher verlang' ich zu kämpfen.
Wenn du ein Sterblicher bist, und genährt von Früchten des Feldes;
Komm dann heran, daß du eilig das Ziel des Todes erreichest.
Ihm antwortete drauf Hippolochos edler Erzeugter:
Tydeus' mutiger Sohn, was fragst du nach meinem Geschlechte?
Gleich wie Blätter im Walde, so sind die Geschlechte der Menschen;
Einige streuet der Wind auf die Erd' hin, andere wieder
Treibt der knospende Wald, erzeugt in des Frühlinges Wärme:
So der Menschen Geschlecht, dies wächst, und jenes verschwindet.
Soll ich dir aber auch dieses verkündigen, daß du erkennest
Unserer Väter Geschlecht; wiewohl es vielen bekannt ist:
Ephyra heißt die Stadt in der rossenährenden Argos,
Wo einst Sisyphos war, der schlaueste unter den Männern,
Sisyphos, Äolos' Sohn; der zeugte sich Glaukos zum Sohne;
Glaukos darauf erzeugte den herrlichen Bellerophontes,
Welchem Schönheit die Götter und reizende Männerstärke
Schenketen. Aber Prötos ersann ihm Böses im Herzen:

ὅς ῥ᾽ ἐκ δήμου ἔλασσεν, ἐπεὶ πολὺ φέρτερος ἦεν,
Ἀργείων· Ζεὺς γάρ οἱ ὑπὸ σκήπτρωι ἐδάμασσε.
τῶι δὲ γυνὴ Προίτου ἐπεμήνατο, δῖ᾽ Ἄντεια,
κρυπταδίηι φιλότητι μιγήμεναι· ἀλλὰ τὸν οὔ τι
πεῖθ᾽ ἀγαθὰ φρονέοντα, δαΐφρονα Βελλεροφόντην.
ἡ δὲ ψευσαμένη Προῖτον βασιλῆα προσηύδα·
‚τεθναίης, ὦ Προῖτ᾽, ἢ κάκτανε Βελλεροφόντην,
ὅς μ᾽ ἔθελεν φιλότητι μιγήμεναι οὐκ ἐθελούσηι.‘
ὣς φάτο, τὸν δὲ ἄνακτα χόλος λάβεν οἷον ἄκουσε·
κτεῖναι μέν ῥ᾽ ἀλέεινε, σεβάσσατο γὰρ τό γε θυμῶι,
πέμπε δέ μιν Λυκίηνδε, πόρεν δ᾽ ὅ γε σήματα λυγρά,
γράψας ἐν πίνακι πτυκτῶι θυμοφθόρα πολλά,
δεῖξαι δ᾽ ἠνώγειν ὧι πενθερῶι, ὄφρ᾽ ἀπόλοιτο.
αὐτὰρ ὁ βῆ Λυκίην δὲ θεῶν ὑπ᾽ ἀμύμονι πομπῆι.
ἀλλ᾽ ὅτε δὴ Λυκίην ἷξε Ξάνθόν τε ῥέοντα,
προφρονέως μιν τῖεν ἄναξ Λυκίης εὐρείης·
ἐννῆμαρ ξείνισσε καὶ ἐννέα βοῦς ἱέρευσεν.
ἀλλ᾽ ὅτε δὴ δεκάτη ἐφάνη ῥοδοδάκτυλος Ἠώς,
καὶ τότε μιν ἐρέεινε καὶ ἤιτεε σῆμα ἰδέσθαι,
ὅττί ῥά οἱ γαμβροῖο πάρα Προίτοιο φέροιτο.
αὐτὰρ ἐπεὶ δὴ σῆμα κακὸν παρεδέξατο γαμβροῦ,
πρῶτον μέν ῥα Χίμαιραν ἀμαιμακέτην ἐκέλευσε
πεφνέμεν· ἡ δ᾽ ἄρ᾽ ἔην θεῖον γένος, οὐδ᾽ ἀνθρώπων,
πρόσθε λέων, ὄπιθεν δὲ δράκων, μέσση δὲ χίμαιρα,
δεινὸν ἀποπνείουσα πυρὸς μένος αἰθομένοιο,
καὶ τὴν μὲν κατέπεφνε θεῶν τεράεσσι πιθήσας.
δεύτερον αὖ Σολύμοισι μαχέσσατο κυδαλίμοισι·
καρτίστην δὴ τήν γε μάχην φάτο δύμεναι ἀνδρῶν.
τὸ τρίτον αὖ κατέπεφνεν Ἀμαζόνας ἀντιανείρας.
τῶι δ᾽ ἄρ᾽ ἀνερχομένωι πυκινὸν δόλον ἄλλον ὕφαινε·
κρίνας ἐκ Λυκίης εὐρείης φῶτας ἀρίστους
εἷσε λόχον· τοὶ δ᾽ οὔ τι πάλιν οἶκον δὲ νέοντο·
πάντας γὰρ κατέπεφνεν ἀμύμων Βελλεροφόντης.
ἀλλ᾽ ὅτε δὴ γίγνωσκε θεοῦ γόνον ἠΰν ἐόντα,
αὐτοῦ μιν κατέρυκε, δίδου δ᾽ ὅ γε θυγατέρα ἥν,
δῶκε δέ οἱ τιμῆς βασιληΐδος ἥμισυ πάσης·
καὶ μέν οἱ Λύκιοι τέμενος τάμον ἔξοχον ἄλλων,
καλὸν φυταλιῆς καὶ ἀρούρης, ὄφρα νέμοιτο.
ἡ δ᾽ ἔτεκε τρία τέκνα δαΐφρονι Βελλεροφόντηι,
Ἴσανδρόν τε καὶ Ἱππόλοχον καὶ Λαοδάμειαν.
Λαοδαμείηι μὲν παρελέξατο μητίετα Ζεύς,

Der aus dem Land ihn vertrieb, dieweil er mächtig beherrschte
Argos' Volk, und Zeus ihm Gewalt und Scepter vertrauet.
Jenem entbrannt' Anteia, des Prötos edle Gemahlin,
Daß sie in heimlicher Lieb' ihm nahete; doch er gehorcht' ihr
Nicht, der edelgesinnte verständige Bellerophontes.
Jetzo mit Lug erschien sie, und sprach zum Könige Prötos:
Tod dir, oder, o Prötos, erschlage du Bellerophontes,
Welcher frech zuliebe mir nahete, wider mein Wollen.
Jene sprach's; und der König ereiferte, solches vernehmend.
Dennoch vermied er den Mord, denn graunvoll war der Gedank' ihm.
Aber er sandt' ihn gen Lykia hin, und traurige Zeichen
Gab er ihm, Todesworte geritzt auf gefaltetem Täflein:
Daß er dem Schwäher die Schrift darreicht', und das Leben verlöre.
Jener wandelte hin, im Geleit obwaltender Götter.
Als er nunmehr gen Lykia kam, und dem strömenden Xanthos,
Ehrt' ihn gewogenes Sinns der weiten Lykia König,
Gab neuntägigen Schmaus, und erschlug neun Stiere zum Opfer.
Aber nachdem zum zehnten die rosige Eos emporstieg;
Jetzo fragt' er den Gast, und hieß ihn zeigen das Täflein,
Welches ihm sein Eidam, der herrschende Prötos gesendet.
Als er nunmehr vernommen die Todesworte des Eidams;
Hieß er jenen zuerst die ungeheure Chimära
Töten, die göttlicher Art, nicht menschlicher, dort emporwuchs:
Vorn ein Löw', und hinten ein Drach', und Geiß in der Mitte,
Schrecklich umher aushauchend die Macht des lodernden Feuers.
Doch er tötete sie, der unsterblichen Zeichen vertrauend.
Weiter darauf bekämpft' er der Solymer ruchtbare Völker;
Diesen nannt' er den härtesten Kampf, den er kämpfte mit Männern.
Drauf zum dritten erschlug er die männliche Hord' Amazonen.
Aber dem Kehrenden auch entwarf er betrügliche Täuschung:
Wählend die tapfersten Männer des weiten Lykierlandes
Legt' er im Hinterhalt; allein nicht kamen sie heimwärts,
Alle vertilgte sie dort der untadliche Bellerophontes.
Als er nunmehr erkannte den Held aus göttlichem Samen;
Hielt er dort ihn zurück, und gab ihm die blühende Tochter,
Gab ihm auch die Hälfte der Königsehre zum Anteil.
Auch die Lykier maßen ihm auserlesene Güter,
Schön an Ackergefild' und Pflanzungen, daß er sie baute.
Jene gebar drei Kinder dem feurigen Bellerophontes,
Erst Isandros, Hippolochos dann, und Laodameia.
Laodameia ruht' in Zeus' des Kroniden Umarmung;

ἡ δ᾽ ἔτεκ᾽ ἀντίθεον Σαρπηδόνα χαλκοκορυστήν.
ἀλλ᾽ ὅτε δὴ καὶ κεῖνος ἀπήχθετο πᾶσι θεοῖσιν,
ἤτοι ὁ κὰπ πεδίον τὸ Ἀλήϊον οἶος ἀλᾶτο,
ὃν θυμὸν κατέδων, πάτον ἀνθρώπων ἀλεείνων·
Ἴσανδρον δέ οἱ υἱὸν Ἄρης ἆτος πολέμοιο
μαρνάμενον Σολύμοισι κατέκτανε κυδαλίμοισι·
τὴν δὲ χολωσαμένη χρυσήνιος Ἄρτεμις ἔκτα.
Ἱππόλοχος δέ μ᾽ ἔτικτε, καὶ ἐκ τοῦ φημι γενέσθαι·
πέμπε δέ μ᾽ ἐς Τροίην, καί μοι μάλα πόλλ᾽ ἐπέτελλεν,
αἰὲν ἀριστεύειν καὶ ὑπείροχον ἔμμεναι ἄλλων,
μηδὲ γένος πατέρων αἰσχυνέμεν, οἳ μέγ᾽ ἄριστοι
ἔν τ᾽ Ἐφύρῃ ἐγένοντο καὶ ἐν Λυκίῃ εὐρείῃ.
ταύτης τοι γενεῆς τε καὶ αἵματος εὔχομαι εἶναι.“
  ὣς φάτο, γήθησεν δὲ βοὴν ἀγαθὸς Διομήδης·
ἔγχος μὲν κατέπηξεν ἐπὶ χθονὶ πουλυβοτείρῃ,
αὐτὰρ ὁ μειλιχίοισι προσηύδα ποιμένα λαῶν·
„ ἦ ῥά νύ μοι ξεῖνος πατρώϊός ἐσσι παλαιός·
Οἰνεὺς γάρ ποτε δῖος ἀμύμονα Βελλεροφόντην
ξείνισ᾽ ἐνὶ μεγάροισιν ἐείκοσιν ἤματ᾽ ἐρύξας·
οἱ δὲ καὶ ἀλλήλοισι πόρον ξεινήϊα καλά·
Οἰνεὺς μὲν ζωστῆρα δίδου φοίνικι φαεινόν,
Βελλεροφόντης δὲ χρύσεον δέπας ἀμφικύπελλον,
καί μιν ἐγὼ κατέλειπον ἰὼν ἐν δώμασ᾽ ἐμοῖσι.
Τυδέα δ᾽ οὐ μέμνημαι, ἐπεί μ᾽ ἔτι τυτθὸν ἐόντα
κάλλιφ᾽, ὅτ᾽ ἐν Θήβῃσιν ἀπώλετο λαὸς Ἀχαιῶν.
τῷ νῦν σοὶ μὲν ἐγὼ ξεῖνος φίλος Ἄργεϊ μέσσῳ
εἰμί, σὺ δ᾽ ἐν Λυκίῃ, ὅτε κεν τῶν δῆμον ἵκωμαι.
ἔγχεα δ᾽ ἀλλήλων ἀλεώμεθα καὶ δι᾽ ὁμίλου·
πολλοὶ μὲν γὰρ ἐμοὶ Τρῶες κλειτοί τ᾽ ἐπίκουροι,
κτείνειν ὅν κε θεός γε πόρῃ καὶ ποσσὶ κιχείω,
πολλοὶ δ᾽ αὖ σοὶ Ἀχαιοὶ ἐναιρέμεν ὅν κε δύνηαι.
τεύχεα δ᾽ ἀλλήλοις ἐπαμείψομεν, ὄφρα καὶ οἵδε
γνῶσιν ὅτι ξεῖνοι πατρώϊοι εὐχόμεθ᾽ εἶναι.“
  ὣς ἄρα φωνήσαντε, καθ᾽ ἵππων ἀΐξαντε,
χεῖράς τ᾽ ἀλλήλων λαβέτην καὶ πιστώσαντο·
ἔνθ᾽ αὖτε Γλαύκῳ Κρονίδης φρένας ἐξέλετο Ζεύς,
ὃς πρὸς Τυδεΐδην Διομήδεα τεύχε᾽ ἄμειβε
χρύσεα χαλκείων, ἑκατόμβοι᾽ ἐννεαβοίων.
  Ἕκτωρ δ᾽ ὡς Σκαιάς τε πύλας καὶ φηγὸν ἵκανεν,
ἀμφ᾽ ἄρα μιν Τρώων ἄλοχοι θέον ἠδὲ θύγατρες
εἰρόμεναι παῖδάς τε κασιγνήτους τε ἔτας τε

Und sie gebar Sarpedon, den götterähnlichen Streiter.
Aber nachdem auch jener den Himmlischen allen verhaßt ward;
Irrt' er umher einsam, sein Herz von Kummer verzehret,
Durch die aleïsche Flur, der Sterblichen Pfade vermeidend.
Seinen Sohn Isandros ermordete Ares der Wütrich,
Als er kämpft' in der Schlacht mit der Solymer ruchtbaren Völkern.
Artemis raubt' ihm die Tochter, die Lenkerin goldener Zügel.
Aber Hippolochos zeugete mich, ihn rühm' ich als Vater.
Dieser sandt' in Troja mich her, und ermahnte mich sorgsam,
Immer der erste zu sein und vorzustreben vor andern;
Daß ich der Väter Geschlecht nicht schändete, welches die ersten
Männer in Ephyra zeugt', und im weiten Lykierlande.
Sieh aus solchem Geschlecht und Blute dir rühm' ich mich jetzo.
  Sprach's; doch freudig vernahm es der Rufer im Streit Diomedes.
Eilend steckt' er die Lanz' in die nahrungsprossende Erde,
Und mit freundlicher Rede zum Völkerhirten begann er:
  Wahrlich, so bist du mir Gast aus Väterzeiten schon vormals!
Öneus der Held hat einst den untadlichen Bellerophontes
Gastlich im Hause geehrt, und zwanzig Tage geherbergt.
Jen' auch reichten einander zum Denkmal schöne Geschenke.
Öneus Ehrengeschenk war ein Leibgurt, schimmernd von Purpur,
Aber des Bellerophontes ein goldener Doppelbecher;
Und ihn ließ ich scheidend zurück in meinem Palaste.
Tydeus' gedenk' ich nicht mehr; denn noch ein stammelnder Knabe
Blieb ich daheim, da vor Thebe das Volk der Achaier vertilgt ward.
Also bin ich nunmehr dein Gastfreund mitten in Argos;
Du in Lykia mir, wann jenes Land ich besuche.
Drum mit unseren Lanzen vermeiden wir uns im Getümmel.
Viel' ja sind der Troer mir selbst, und der rühmlichen Helfer,
Daß ich töte, wen Gott mir gewährt, und die Schenkel erreichen;
Viel' auch dir der Achaier, daß, welchen du kannst, du erlegest.
Aber die Rüstungen beide vertauschen wir, daß auch die andern
Schaun, wie wir Gäste zu sein aus Väterzeiten uns rühmen.
  Also redeten jen', und herab von den Wagen sich schwingend,
Faßten sie beid' einander die Händ', und gelobten sich Freundschaft.
Doch den Glaukos erregte Zeus, daß er ohne Besinnung
Gegen den Held Diomedes die Rüstungen, goldne mit ehrnen,
Wechselte, hundert Farren sie wert, neun Farren die andern.
  Als nun Hektor erreicht das skäische Tor und die Buche;
Jetzt umeilten ihn rings die troischen Weiber und Töchter,
Forschend dort nach Söhnen, nach Brüdern dort, und Verwandten,

καὶ πόσιας· ὁ δ' ἔπειτα θεοῖς εὔχεσθαι ἀνώγει
πάσας ἑξείης· πολλῇσι δὲ κήδε' ἐφῆπτο.
  ἀλλ' ὅτε δὴ Πριάμοιο δόμον περικαλλέ' ἵκανε,
ξεστῇς αἰθούσῃσι τετυγμένον – αὐτὰρ ἐν αὐτῶι
πεντήκοντ' ἔνεσαν θάλαμοι ξεστοῖο λίθοιο,
πλησίον ἀλλήλων δεδμημένοι, ἔνθα δὲ παῖδες
κοιμῶντο Πριάμοιο παρὰ μνηστῇς ἀλόχοισι·
κουράων δ' ἑτέρωθεν ἐναντίοι ἔνδοθεν αὐλῆς
δώδεκ' ἔσαν τέγεοι θάλαμοι ξεστοῖο λίθοιο,
πλησίον ἀλλήλων δεδμημένοι· ἔνθα δὲ γαμβροὶ
κοιμῶντο Πριάμοιο παρ' αἰδοίῃς ἀλόχοισιν·
ἔνθά οἱ ἠπιόδωρος ἐναντίη ἤλυθε μήτηρ
Λαοδίκην ἐσάγουσα, θυγατρῶν εἶδος ἀρίστην·
ἔν τ' ἄρα οἱ φῦ χειρὶ ἔπος τ' ἔφατ' ἔκ τ' ὀνόμαζε·
„τέκνον, τίπτε λιπὼν πόλεμον θρασὺν εἰλήλουθας;
ἦ μάλα δὴ τείρουσι δυσώνυμοι υἷες Ἀχαιῶν
μαρνάμενοι περὶ ἄστυ· σὲ δ' ἐνθάδε θυμὸς ἀνῆκεν
ἐλθόντ' ἐξ ἄκρης πόλιος Διὶ χεῖρας ἀνασχεῖν.
ἀλλὰ μέν', ὄφρά κέ τοι μελιηδέα οἶνον ἐνείκω,
ὡς σπείσῃς Διὶ πατρὶ καὶ ἄλλοις ἀθανάτοισι
πρῶτον, ἔπειτα δὲ καὐτὸς ὀνήσεαι, αἴ κε πίῃσθα.
ἀνδρὶ δὲ κεκμηῶτι μένος μέγα οἶνος ἀέξει,
ὡς τύνη κέκμηκας ἀμύνων σοῖσιν ἔτῃσι."
  τὴν δ' ἠμείβετ' ἔπειτα μέγας κορυθαίολος Ἕκτωρ·
„μή μοι οἶνον ἄειρε μελίφρονα, πότνια μῆτερ,
μή μ' ἀπογυιώσῃς μένεος, ἀλκῆς τε λάθωμαι·
χερσὶ δ' ἀνίπτοισιν Διὶ λείβειν αἴθοπα οἶνον
ἅζομαι· οὐδέ πῃ ἔστι κελαινεφέϊ Κρονίωνι
αἵματι καὶ λύθρωι πεπαλαγμένον εὐχετάασθαι.
ἀλλὰ σὺ μὲν πρὸς νηὸν Ἀθηναίης ἀγελείης
ἔρχεο σὺν θυέεσσιν ἀολλίσσασα γεραιάς·
πέπλον δ', ὅς τίς τοι χαριέστατος ἠδὲ μέγιστος
ἔστιν ἐνὶ μεγάρωι καί τοι πολὺ φίλτατος αὐτῆι.
τὸν θὲς Ἀθηναίης ἐπὶ γούνασιν ἠϋκόμοιο,
καί οἱ ὑποσχέσθαι δυοκαίδεκα βοῦς ἐνὶ νηῶι
ἤνις ἠκέστας ἱερευσέμεν, αἴ κ' ἐλεήσῃ
ἄστύ τε καὶ Τρώων ἀλόχους καὶ νήπια τέκνα,
αἴ κεν Τυδέος υἱὸν ἀπόσχῃ Ἰλίου ἱρῆς,
ἄγριον αἰχμητήν, κρατερὸν μήστωρα φόβοιο.
ἀλλὰ σὺ μὲν πρὸς νηὸν Ἀθηναίης ἀγελείης
ἔρχευ, ἐγὼ δὲ Πάριν μετελεύσομαι, ὄφρα καλέσσω,

Und den Gemahlen im Heer. Er ermahnte sie, alle die Götter
Anzuflehn; doch vielen war Weh und Jammer verhänget.
Als er den schönen Palast des Priamos jetzo erreichte,
Der mit gehauenen Hallen geschmückt war: aber im Innern
Waren fünfzig Gemächer aus schöngeglättetem Marmor,
Dicht aneinander gebaut; es ruheten drinnen des Königs
Priamos Söhn' umher, mit blühenden Gattinnen wohnend;
Aber den Töchtern waren zur anderen Seite des Hofes
Zwölf gewölbte Gemächer aus schöngeglättetem Marmor,
Dicht aneinander gebaut; es ruheten drinnen des Königs
Priamos Eidam' umher, mit züchtigen Gattinnen wohnend:
Dort begegnete Hektor der gernausteilenden Mutter,
Die zu Laodike ging, der holdesten Tochter an Bildung.
Jene faßt' ihm die Hand und redete, also beginnend:
Lieber Sohn, wie kommst du, das wütende Treffen verlassend?
Hart uns drängen fürwahr die entsetzlichen Männer Achaias,
Kämpfend um unsere Stadt, daß nun dein Herz dich hierhertrieb,
Deine Hände zu Zeus von Ilios Burg zu erheben!
Aber verzeuch, bis ich jetzo des süßen Weines dir bringe;
Daß du Zeus dem Vater zuvor und den anderen Göttern
Sprengest und dann auch selber des Labetrunks dich erfreuest.
Denn dem ermüdeten Mann ist der Wein ja kräftige Stärkung,
So wie du dich ermüdet, im Kampf für die Deinigen stehend.
Ihr antwortete drauf der helmumflatterte Hektor:
Nicht des süßen Weins mir gebracht, ehrwürdige Mutter,
Daß du nicht mich entnervst, und des Muts und der Kraft ich vergesse.
Ungewaschener Hand Zeus dunkelen Wein zu sprengen,
Scheu ich mich; nimmer geziemt's, den schwarzumwölkten Kronion
Anzuflehn, mit Blut und Kriegesstaube besudelt.
Aber wohlan, zum Tempel der Siegerin Pallas Athene
Gehe mit Räuchwerk hin, die edleren Weiber versammelnd;
Und das Gewand, so dir das köstlichste scheint und das größte
Aller umher im Palast, und dir das geliebteste selber,
Solches leg' auf die Kniee der schöngelockten Athene,
Und gelob' in dem Tempel ihr zwölf untadliche Kühe,
Jährige, ungezähmte, zu heiligen, wenn sie der Stadt sich,
Und der troischen Fraun und zarten Kinder erbarmet;
Wenn sie des Tydeus Sohn von der heiligen Ilios abwehrt,
Jenen Stürmer der Schlacht, den gewaltigen Schreckengebieter.
Auf denn, gehe zum Tempel der Siegerin Pallas Athene
Du; dieweil zu Paris ich wandele, jenen zu rufen,

αἴ κ' ἐθέλῃσ' εἰπόντος ἀκουέμεν· ὥς κέ οἱ αὖθι
γαῖα χάνοι· μέγα γάρ μιν Ὀλύμπιος ἔτρεφε πῆμα
Τρωσί τε καὶ Πριάμωι μεγαλήτορι τοῖό τε παισίν.
εἰ κεῖνόν γε ἴδοιμι κατελθόντ' Ἄϊδος εἴσω,
φαίην κε φρέν' ἀτέρπου ὀϊζύος ἐκλελαθέσθαι."
ὣς ἔφαθ', ἡ δὲ μολοῦσα ποτὶ μέγαρ' ἀμφιπόλοισι
κέκλετο· ταὶ δ' ἄρ' ἀόλλισσαν κατὰ ἄστυ γεραιάς.
αὐτὴ δ' ἐς θάλαμον κατεβήσετο κηώεντα,
ἔνθ' ἔσάν οἱ πέπλοι παμποίκιλα ἔργα γυναικῶν
Σιδονίων, τὰς αὐτὸς Ἀλέξανδρος θεοειδὴς
ἤγαγε Σιδονίηθεν, ἐπιπλὼς εὐρέα πόντον,
τὴν ὁδὸν ἣν Ἑλένην περ ἀνήγαγεν εὐπατέρειαν·
τῶν ἕν' ἀειραμένη Ἑκάβη φέρε δῶρον Ἀθήνῃ,
ὃς κάλλιστος ἔην ποικίλμασιν ἠδὲ μέγιστος,
ἀστὴρ δ' ὣς ἀπέλαμπεν· ἔκειτο δὲ νείατος ἄλλων.
βῆ δ' ἰέναι, πολλαὶ δὲ μετεσσεύοντο γεραιαί.
αἱ δ' ὅτε νηὸν ἵκανον Ἀθήνης ἐν πόλει ἄκρῃ,
τῆισι θύρας ὤϊξε Θεανὼ καλλιπάρῃος,
Κισσηΐς, ἄλοχος Ἀντήνορος ἱπποδάμοιο·
τὴν γὰρ Τρῶες ἔθηκαν Ἀθηναίῃς ἱέρειαν.
αἱ δ' ὀλολυγῆι πᾶσαι Ἀθήνῃ χεῖρας ἀνέσχον·
ἡ δ' ἄρα πέπλον ἑλοῦσα Θεανὼ καλλιπάρῃος
θῆκεν Ἀθηναίῃς ἐπὶ γούνασιν ἠϋκόμοιο,
εὐχομένη δ' ἠρᾶτο Διὸς κούρῃ μεγάλοιο·
„πότνι' Ἀθηναίη, ἐρυσίπτολι, δῖα θεάων,
ἆξον δὴ ἔγχος Διομήδεος, ἠδὲ καὶ αὐτὸν
πρηνέα δὸς πεσέειν Σκαιῶν προπάροιθε πυλάων,
ὄφρά τοι αὐτίκα νῦν δυοκαίδεκα βοῦς ἐνὶ νηῶι
ἤνις ἠκέστας ἱερεύσομεν, αἴ κ' ἐλεήσῃς
ἄστύ τε καὶ Τρώων ἀλόχους καὶ νήπια τέκνα."
ὣς ἔφατ' εὐχομένη, ἀνένευε δὲ Παλλὰς Ἀθήνη.
ὣς αἱ μέν ῥ' εὔχοντο Διὸς κούρῃ μεγάλοιο,
Ἕκτωρ δὲ πρὸς δώματ' Ἀλεξάνδροιο βεβήκει
καλά, τά ῥ' αὐτὸς ἔτευξε σὺν ἀνδράσιν οἳ τότ' ἄριστοι
ἦσαν ἐνὶ Τροίῃ ἐριβώλακι τέκτονες ἄνδρες,
οἵ οἱ ἐποίησαν θάλαμον καὶ δῶμα καὶ αὐλὴν
ἐγγύθι τε Πριάμοιο καὶ Ἕκτορος, ἐν πόλει ἄκρῃ.
ἔνθ' Ἕκτωρ εἰσῆλθε Διῒ φίλος, ἐν δ' ἄρα χειρὶ
ἔγχος ἔχ' ἑνδεκάπηχυ· πάροιθε δὲ λάμπετο δουρὸς
αἰχμὴ χαλκείη, περὶ δὲ χρύσεος θέε πόρκης.
τὸν δ' εὗρ' ἐν θαλάμωι περικαλλέα τεύχε' ἕποντα,

Ob er vielleicht noch achte des Rufenden. O daß die Erd' ihn
Lebend verschläng'! Ihn erschuf zum Verderben der Gott des Olympos
Trojas Volk, und Priamos selbst, und den Söhnen des Herrschers.
Säh' ich jenen versunken, hinab in Aïdes' Wohnung;
Dann vergäß' ich im Herzen des unerfreulichen Elends!
Jener sprach's; und die Mutter, ins Haus sich wendend, beschied dort
Mägd' in die Stadt; und sie riefen die Schar der edleren Weiber.
Selbst dann stieg sie hinab in die lieblich duftende Kammer,
Wo sie die schönen Gewande verwahrete, reich an Erfindung,
Werke sidonischer Fraun, die der göttliche Held Alexandros
Selbst aus Sidon gebracht, weithin die Wogen durchschiffend,
Als er Helena heim die Edelentsprossene führte.
Deren enthub itzt Hekabe eins zum Geschenk der Athene,
Welches das größeste war, und das schönste zugleich an Erfindung:
Hell wie ein Stern, so strahlt' es, und lag am untersten aller.
Und sie enteilt', ihr folgten gedrängt die edleren Weiber.
Als sie nunmehr auf der Burg den Tempel erreicht der Athene;
Öffnete jenen die Pforte die anmutvolle Theano,
Kisseus' Tochter, vermählt dem Gaulbezähmer Antenor,
Welche die Troer geweiht zur Priesterin Pallas Athenens.
All' erhuben die Hände mit jammerndem Laut zur Athene.
Aber es nahm das Gewand die anmutvolle Theano,
Legt' es hin auf die Kniee der schöngelockten Athene,
Flehete dann gelobend zu Zeus' des Allmächtigen Tochter:
Pallas Athene voll Macht, Stadtschirmerin, edelste Göttin!
Brich doch jetzo den Speer Diomedes'; aber ihn selber
Laß auf das Antlitz gestürzt vor dem skäischen Tore sich wälzen!
Daß wir jetzo sofort zwölf stattliche Küh' in dem Tempel,
Jährige, ungezähmte, dir heiligen: wenn du der Stadt dich,
Und der troischen Fraun und zarten Kinder erbarmest!
Also sprach sie betend; es weigerte Pallas Athene.
Während sie dort nun flehten zu Zeus' des Allmächtigen Tochter;
Wandelte Hektor dahin zum schönen Palast Alexandros,
Welchen er selbst sich erbaut mit den kunsterfahrensten Männern
Aller umher in Troja, dem Land hochscholliger Äcker:
Diese bereiteten ihm das Gemach und den Saal und den Vorhof,
Hoch auf der Burg, und nahe bei Priamos' Wohnung und Hektors.
Dort hinein ging Hektor, der göttliche; und in der Rechten
Trug er den Speer, elf Ellen an Läng'; und vorn an dem Schafte
Blinkte die eherne Schärf', umlegt mit goldenem Ringe.
Ihn im Gemach dort fand er, die stattlichen Waffen durchforschend,

ἀσπίδα καὶ θώρηκα, καὶ ἀγκύλα τόξ' ἀφόωντα·
Ἀργείη δ' Ἑλένη μετ' ἄρα δμωῇσι γυναιξὶν
ἧστο, καὶ ἀμφιπόλοισι περικλυτὰ ἔργα κέλευε.
τὸν δ' Ἕκτωρ νείκεσσεν ἰδὼν αἰσχροῖς ἐπέεσσι·
„ δαιμόνι', οὐ μὲν καλὰ χόλον τόνδ' ἔνθεο θυμῶι.
λαοὶ μὲν φθινύθουσι περὶ πτόλιν αἰπύ τε τεῖχος
μαρνάμενοι· σέο δ' εἵνεκ' ἀϋτή τε πτόλεμός τε
ἄστυ τόδ' ἀμφιδέδηε· σὺ δ' ἂν μαχέσαιο καὶ ἄλλωι,
ὅν τινά που μεθιέντα ἴδοις στυγεροῦ πολέμοιο.
ἀλλ' ἄνα, μὴ τάχα ἄστυ πυρὸς δηΐοιο θέρηται."
   τὸν δ' αὖτε προσέειπεν Ἀλέξανδρος θεοειδής·
„ Ἕκτορ, ἐπεί με κατ' αἶσαν ἐνείκεσας οὐδ' ὑπὲρ αἶσαν,
τοὔνεκά τοι ἐρέω· σὺ δὲ σύνθεο καί μευ ἄκουσον·
οὔ τοι ἐγὼ Τρώων τόσσον χόλωι οὐδὲ νεμέσσι
ἥμην ἐν θαλάμωι, ἔθελον δ' ἄχεϊ προτραπέσθαι.
νῦν δέ με παρειποῦσ' ἄλοχος μαλακοῖς ἐπέεσσιν
ὅρμησ' ἐς πόλεμον· δοκέει δέ μοι ὧδε καὶ αὐτῶι
λώϊον ἔσσεσθαι· νίκη δ' ἐπαμείβεται ἄνδρας.
ἀλλ' ἄγε νῦν ἐπίμεινον, Ἀρήϊα τεύχεα δύω·
ἢ ἴθ', ἐγὼ δὲ μέτειμι· κιχήσεσθαι δέ σ' ὀΐω."
   ὣς φάτο, τὸν δ' οὔ τι προσέφη κορυθαίολος Ἕκτωρ·
τὸν δ' Ἑλένη μύθοισι προσηύδα μειλιχίοισι·
„ δᾶερ ἐμεῖο κυνὸς κακομηχάνου ὀκρυοέσσης,
ὥς μ' ὄφελ' ἤματι τῶι ὅτε με πρῶτον τέκε μήτηρ
οἴχεσθαι προφέρουσα κακὴ ἀνέμοιο θύελλα
εἰς ὄρος ἢ εἰς κῦμα πολυφλοίσβοιο θαλάσσης,
ἔνθά με κῦμ' ἀπόερσε πάρος τάδε ἔργα γενέσθαι.
αὐτὰρ ἐπεὶ τάδε γ' ὧδε θεοὶ κακὰ τεκμήραντο,
ἀνδρὸς ἔπειτ' ὤφελλον ἀμείνονος εἶναι ἄκοιτις,
ὃς ἤιδη νέμεσίν τε καὶ αἴσχεα πόλλ' ἀνθρώπων.
τούτωι δ' οὔτ' ἂρ νῦν φρένες ἔμπεδοι οὔτ' ἄρ' ὀπίσσω
ἔσσονται· τὼ καί μιν ἐπαυρήσεσθαι ὀΐω.
ἀλλ' ἄγε νῦν εἴσελθε καὶ ἕζεο τῶιδ' ἐπὶ δίφρωι,
δᾶερ, ἐπεί σε μάλιστα πόνος φρένας ἀμφιβέβηκεν
εἵνεκ' ἐμεῖο κυνὸς καὶ Ἀλεξάνδρου ἕνεκ' ἄτης,
οἷσιν ἐπὶ Ζεὺς θῆκε κακὸν μόρον, ὡς καὶ ὀπίσσω
ἀνθρώποισι πελώμεθ' ἀοίδιμοι ἐσσομένοισι."
   τὴν δ' ἠμείβετ' ἔπειτα μέγας κορυθαίολος Ἕκτωρ·
„ μή με κάθιζ', Ἑλένη, φιλέουσά περ· οὐδέ με πείσεις·
ἤδη γάρ μοι θυμὸς ἐπέσσυται ὄφρ' ἐπαμύνω
Τρώεσσ', οἳ μέγ' ἐμεῖο ποθὴν ἀπεόντος ἔχουσιν.

Panzer und Schild, und glättend das Horn des krummen Geschosses.
Aber Helena saß, die Argeierin, unter den Weibern
Emsig, den Mägden umher anmutige Werke gebietend.
Hektor schalt ihn erblickend, und rief die beschämenden Worte:
Sträflicher, nicht geziemt' es, so unmutsvoll zu ereifern!
Siehe das Volk verschwindet, um Stadt und türmende Mauer
Kämpfend; und deinethalb ist Feldgeschrei und Getümmel
Rings entbrannt um die Feste! Du zanktest ja selbst mit dem andern;
Welchen du wo saumselig ersähst zur traurigen Feldschlacht.
Auf denn, ehe die Stadt in feindlicher Flamme verlodre!
Ihm antwortete drauf der göttliche Held Alexandros:
Hektor, dieweil du mit Recht mich tadeltest, nicht mit Unrecht;
Darum sag' ich dir an; doch du vernimm es, und höre.
Gar nicht wider die Troer so unmutsvoll und ereifert,
Saß ich hier im Gemach; zum Grame nur wollt' ich mich wenden.
Doch nun hat mich die Gattin mit freundlichen Worten beredet,
Auszugehn in die Schlacht; auch scheinet es also mir selber
Besser hinfort zu sein; denn es wechselt der Sieg um die Männer.
Aber verzeuch, bis ich jetzo in Kriegesgerät mich gehüllet;
Oder geh, so folg' ich, und hoffe dich bald zu erreichen.
Jener sprach's; ihm erwiderte nichts der gewaltige Hektor.
Aber Helena sprach mit hold liebkosenden Worten:
O mein Schwager, des schnöden, des unheilstiftenden Weibes!
Hätte doch jenes Tags, da zuerst mich die Mutter geboren,
Ungestüm ein Orkan mich entführt auf ein ödes Gebirg' hin,
Oder hinab in die Wogen des weitaufrauschenden Meeres,
Daß mich die Woge verschläng', eh solche Taten geschahen!
Aber nachdem dies Übel im Rat der Götter verhängt ward;
Wär' ich wenigstens doch des besseren Mannes Gemahlin,
Welcher empfände die Schmach und die kränkenden Reden der Menschen!
Dem ist jetzo kein Herz voll Männlichkeit, noch wird hinfort ihm
Solches verliehn; und ich meine, genießen werd' er der Früchte!
Aber, o komm doch herein und setze dich hier auf den Sessel,
Schwager; dieweil dir am meisten die Arbeit liegt an der Seele,
Um mich schändliches Weib und die Freveltat Alexandros:
Welchen ein trauriges Los Zeus sendete, daß wir hinfort auch
Bleiben umher ein Gesang der kommenden Menschengeschlechter!
Ihr antwortete drauf der helmumflatterte Hektor:
Heiße mich, Helena, nicht so freundlich sitzen; ich darf nicht
Denn schon dringt mir das Herz mit Heftigkeit, daß ich den Troern
Helfe, die sehnsuchtsvoll nach mir Abwesenden umschaun.

ἀλλὰ σύ γ᾽ ὄρνυθι τοῦτον, ἐπειγέσθω δὲ καὶ αὐτός,
ὥς κεν ἔμ᾽ ἔντοσθεν πόλιος καταμάρψηι ἐόντα.
καὶ γὰρ ἐγὼν οἶκον δὲ ἐλεύσομαι ὄφρα ἴδωμαι
οἰκῆας ἄλοχόν τε φίλην καὶ νήπιον υἱόν.
οὐ γὰρ οἶδ᾽ εἰ ἔτι σφιν ὑπότροπος ἵξομαι αὖτις,
ἦ ἤδη μ᾽ ὑπὸ χερσὶ θεοὶ δαμόωσιν Ἀχαιῶν.“
ὣς ἄρα φωνήσας ἀπέβη κορυθαίολος Ἕκτωρ·
αἶψα δ᾽ ἔπειθ᾽ ἵκανε δόμους εὖ ναιετάοντας,
οὐδ᾽ εὗρ᾽ Ἀνδρομάχην λευκώλενον ἐν μεγάροισιν,
ἀλλ᾽ ἥ γε ξὺν παιδὶ καὶ ἀμφιπόλωι ἐϋπέπλωι
πύργωι ἐφεστήκει γοόωσά τε μυρομένη τε.
Ἕκτωρ δ᾽ ὡς οὐκ ἔνδον ἀμύμονα τέτμεν ἄκοιτιν,
ἔστη ἐπ᾽ οὐδὸν ἰών, μετὰ δὲ δμωιῆισιν ἔειπεν·
„ εἰ δ᾽ ἄγε μοι, δμωιαί, νημερτέα μυθήσασθε·
πῆι ἔβη Ἀνδρομάχη λευκώλενος ἐκ μεγάροιο;
ἠέ πηι ἐς γαλόων ἢ εἰνατέρων ἐϋπέπλων,
ἢ ἐς Ἀθηναίης ἐξοίχεται, ἔνθά περ ἄλλαι
Τρωιαὶ ἐϋπλόκαμοι δεινὴν θεὸν ἱλάσκονται;
τὸν δ᾽ αὖτ᾽ ὀτρηρὴ ταμίη πρὸς μῦθον ἔειπεν·
„ Ἕκτορ, ἐπεὶ μάλ᾽ ἄνωγας ἀληθέα μυθήσασθαι,
οὔτέ πηι ἐς γαλόων οὔτ᾽ εἰνατέρων ἐϋπέπλων
οὔτ᾽ ἐς Ἀθηναίης ἐξοίχεται, ἔνθά περ ἄλλαι
Τρωιαὶ ἐϋπλόκαμοι δεινὴν θεὸν ἱλάσκονται,
ἀλλ᾽ ἐπὶ πύργον ἔβη μέγαν Ἰλίου, οὕνεκ᾽ ἄκουσε
τείρεσθαι Τρῶας, μέγα δὲ κράτος εἶναι Ἀχαιῶν.
ἡ μὲν δὴ πρὸς τεῖχος ἐπειγομένη ἀφικάνει,
μαινομένηι ἐϊκυῖα· φέρει δ᾽ ἅμα παῖδα τιθήνη.“
ἦ ῥα γυνὴ ταμίη, ὁ δ᾽ ἀπέσσυτο δώματος Ἕκτωρ
τὴν αὐτὴν ὁδὸν αὖτις ἐϋκτιμένας κατ᾽ ἀγυιάς.
εὖτε πύλας ἵκανε διερχόμενος μέγα ἄστυ
Σκαιάς, τῆι ἄρ᾽ ἔμελλε διεξίμεναι πεδίονδε,
ἔνθ᾽ ἄλοχος πολύδωρος ἐναντίη ἦλθε θέουσα
Ἀνδρομάχη, θυγάτηρ μεγαλήτορος Ἠετίωνος,
Ἠετίων, ὃς ἔναιεν ὑπὸ Πλάκωι ὑληέσσηι,
Θήβηι Ὑποπλακίη, Κιλίκεσσ᾽ ἄνδρεσσιν ἀνάσσων·
τοῦ περ δὴ θυγάτηρ ἔχεθ᾽ Ἕκτορι χαλκοκορυστῆι.
ἥ οἱ ἔπειτ᾽ ἤντησ᾽, ἅμα δ᾽ ἀμφίπολος κίεν αὐτῆι
παῖδ᾽ ἐπὶ κόλπωι ἔχουσ᾽ ἀταλάφρονα, νήπιον αὔτως,
Ἑκτορίδην ἀγαπητόν, ἀλίγκιον ἀστέρι καλῶι,
τόν ῥ᾽ Ἕκτωρ καλέεσκε Σκαμάνδριον, αὐτὰρ οἱ ἄλλοι
Ἀστυάνακτ᾽· οἶος γὰρ ἐρύετο Ἴλιον Ἕκτωρ.

Aber du muntere diesen nur auf, auch treib' er sich selber,
Daß er noch in den Mauren der Stadt mich wieder erreiche.
Denn ich will in mein Haus zuvor eingehn, um zu schauen
Mein Gesind', und das liebende Weib, und das stammelnde Söhnlein.
Denn wer weiß, ob ich wieder zurück zu den Meinigen kehre,
Oder jetzt durch der Danaer Hand mich die Götter bezwingen.
Dieses gesagt, enteilte der helmumflatterte Hektor.
Bald erreicht' er darauf die wohlgebauete Wohnung.
Doch nicht fand er die schöne Andromache dort in den Kammern;
Sondern zugleich mit dem Kind und der Dienerin, schönes Gewandes,
Stand sie annoch auf dem Turm und jammerte, seufzend und weinend.
Als nun Hektor daheim nicht fand die untadliche Gattin,
Trat er zur Schwelle hinan, und rief den Mägden des Hauses:
Auf wohlan, ihr Mägde, verkündiget schnell mir die Wahrheit.
Wohin ging die schöne Andromache aus dem Palaste?
Ob sie zu Schwestern des Manns, ob zu stattlichen Frauen der Schwäger,
Oder zum Haus Athenens sie eilete, wo auch die andern
Lockigen Troerinnen die schreckliche Göttin versöhnen?
Ihm antwortete drauf die emsige Schaffnerin also:
Hektor, weil du gebeutst, die Wahrheit dir zu verkünden;
Nicht zu Schwestern des Manns, noch zu stattlichen Frauen der Schwäger,
Oder zum Haus Athenens enteilte sie, wo auch die andern
Lockigen Troerinnen die schreckliche Göttin versöhnen;
Sondern den Turm erstieg sie von Ilios, weil sie gehöret,
Daß der Achaier Macht siegreich die Troer bestürme.
Eben geht sie hinaus mit eilendem Schritte zur Mauer,
Einer Rasenden gleich; und die Wärterin trägt ihr das Kind nach.
Also sprach zu Hektor die Schaffnerin; schnell aus der Wohnung
Eilt' er den Weg zurück durch die wohlbebaueten Gassen.
Als er das skäische Tor, die gewaltige Feste durchwandelnd,
Jetzo erreicht, wo hinaus sein Weg ihn führt' ins Gefilde;
Kam die reiche Gemahlin Andromache eilendes Laufes
Gegen ihn her, des edlen Eëtions blühende Tochter:
Denn Eëtion wohnt' am waldigen Hange des Plakos,
In der plakischen Thebe, Kilikiens Männer beherrschend,
Und er vermählte die Tochter dem erzumschimmerten Hektor,
Diese begegnet' ihm jetzt; die Dienerin aber ihr folgend
Trug an der Brust das zarte, noch ganz unmündige Knäblein;
Hektors einzigen Sohn, dem schimmernden Sterne vergleichbar.
Hektor nannte den Sohn Skamandrios, aber die andern
Nannten Astyanax ihn, denn allein schirmt' Ilios Hektor.

ἤτοι ὁ μὲν μείδησεν ἰδὼν ἐς παῖδα σιωπῆι·
Ἀνδρομάχη δέ οἱ ἄγχι παρίστατο δάκρυ χέουσα,
ἔν τ᾽ ἄρα οἱ φῦ χειρὶ ἔπος τ᾽ ἔφατ᾽ ἔκ τ᾽ ὀνόμαζε·
„δαιμόνιε, φθίσει σε τὸ σὸν μένος, οὐδ᾽ ἐλεαίρεις
παῖδά τε νηπίαχον καὶ ἔμ᾽ ἄμμορον, ἣ τάχα χήρη
σεῦ ἔσομαι· τάχα γάρ σε κατακτανέουσιν Ἀχαιοὶ
πάντες ἐφορμηθέντες· ἐμοὶ δέ κε κέρδιον εἴη
σεῦ ἀφαμαρτούσηι χθόνα δύμεναι· οὐ γὰρ ἔτ᾽ ἄλλη
ἔσται θαλπωρή, ἐπεὶ ἂν σύ γε πότμον ἐπίσπηις,
ἀλλ᾽ ἄχε᾽· οὐδέ μοι ἔστι πατὴρ καὶ πότνια μήτηρ.
ἤτοι γὰρ πατέρ᾽ ἁμὸν ἀπέκτανε δῖος Ἀχιλλεύς,
ἐκ δὲ πόλιν πέρσεν Κιλίκων εὖ ναιετάουσαν,
Θήβην ὑψίπυλον· κατὰ δ᾽ ἔκτανεν Ἠετίωνα,
οὐδέ μιν ἐξενάριξε, σεβάσσατο γὰρ τό γε θυμῶι,
ἀλλ᾽ ἄρα μιν κατέκηε σὺν ἔντεσι δαιδαλέοισιν
ἠδ᾽ ἐπὶ σῆμ᾽ ἔχεεν· περὶ δὲ πτελέας ἐφύτευσαν
νύμφαι ὀρεστιάδες, κοῦραι Διὸς αἰγιόχοιο.
οἳ δέ μοι ἑπτὰ κασίγνητοι ἔσαν ἐν μεγάροισιν,
οἱ μὲν πάντες ἰῶι κίον ἤματι Ἄϊδος εἴσω·
πάντας γὰρ κατέπεφνε ποδάρκης δῖος Ἀχιλλεὺς
βουσὶν ἐπ᾽ εἰλιπόδεσσι καὶ ἀργεννῆις ὀΐεσσι.
μητέρα δ᾽, ἣ βασίλευεν ὑπὸ Πλάκωι ὑληέσσηι,
τὴν ἐπεὶ ἂρ δεῦρ᾽ ἤγαγ᾽ ἅμ᾽ ἄλλοισι κτεάτεσσιν,
ἂψ ὅ γε τὴν ἀπέλυσε λαβὼν ἀπερείσι᾽ ἄποινα,
πατρὸς δ᾽ ἐν μεγάροισι βάλ᾽ Ἄρτεμις ἰοχέαιρα.
Ἕκτορ, ἀτὰρ σύ μοί ἐσσι πατὴρ καὶ πότνια μήτηρ
ἠδὲ κασίγνητος, σὺ δέ μοι θαλερὸς παρακοίτης·
ἀλλ᾽ ἄγε νῦν ἐλέαιρε καὶ αὐτοῦ μίμν᾽ ἐπὶ πύργωι,
μὴ παῖδ᾽ ὀρφανικὸν θήηις χήρην τε γυναῖκα·
λαὸν δὲ στῆσον παρ᾽ ἐρινεόν, ἔνθα μάλιστα
ἀμβατός ἐστι πόλις καὶ ἐπίδρομον ἔπλετο τεῖχος.
τρὶς γὰρ τῆι γ᾽ ἐλθόντες ἐπειρήσανθ᾽ οἱ ἄριστοι
ἀμφ᾽ Αἴαντε δύω καὶ ἀγακλυτὸν Ἰδομενῆα
ἠδ᾽ ἀμφ᾽ Ἀτρεΐδας καὶ Τυδέος ἄλκιμον υἱόν·
ἤ πού τίς σφιν ἔνισπε θεοπροπίων ἐῢ εἰδώς,
ἤ νυ καὶ αὐτῶν θυμὸς ἐποτρύνει καὶ ἀνώγει.“
τὴν δ᾽ αὖτε προσέειπε μέγας κορυθαίολος Ἕκτωρ·
„ἦ καὶ ἐμοὶ τάδε πάντα μέλει, γύναι· ἀλλὰ μάλ᾽ αἰνῶς
αἰδέομαι Τρῶας καὶ Τρωιάδας ἑλκεσιπέπλους,
αἴ κε κακὸς ὣς νόσφιν ἀλυσκάζω πολέμοιο·
οὐδέ με θυμὸς ἄνωγεν, ἐπεὶ μάθον ἔμμεναι ἐσθλὸς

Siehe mit Lächeln blickte der Vater still auf das Knäblein,
Aber neben ihn trat Andromache, Tränen vergießend,
Drückt' ihm freundlich die Hand, und redete, also beginnend:
Trautester Mann, dich tötet dein Mut noch! und du erbarmst dich
Nicht des stammelnden Kindes, noch mein des elenden Weibes,
Ach bald Witwe von dir! denn dich töten gewiß die Achaier,
Alle daher dir stürmend! Allein mir wäre das beste,
Deiner beraubt, in die Erde hinabzusinken; denn weiter
Ist kein Trost mir übrig, wenn du dein Schicksal vollendest,
Sondern Weh! und ich habe nicht Vater mehr noch Mutter!
Meinen Vater erschlug ja der göttliche Streiter Achilleus,
Und verhehrte die Stadt, von kilikischen Männern bevölkert,
Thebe mit ragendem Tor: den Eëtion selber erschlug er,
Doch nicht nahm er die Waffen; denn graunvoll war der Gedank' ihm;
Sondern verbrannte den Held mit dem künstlichen Waffengeschmeide,
Häufte darauf ihm einmal; und rings mit Ulmen umpflanzten's
Bergbewohnende Nymphen, des Ägiserschütterers Töchter.
Sieben waren der Brüder mir dort in unserer Wohnung;
Diese wandelten all' am selbigen Tage zum Aïs;
Denn sie all' erlegte der mutige Renner Achilleus
Bei weißwolligen Schafen und schwerhinwandelnden Rindern.
Meine Mutter, die Fürstin am waldigen Hange des Plakos,
Führet' er zwar hieher mit anderer Beute des Krieges;
Doch befreit' er sie wieder, und nahm unendliche Lösung:
Aber sie starb durch Artemis' Pfeil im Palaste des Vaters.
Hektor, siehe, du bist mir Vater jetzo und Mutter,
Und mein Bruder allein, o du mein blühender Gatte!
Aber erbarme dich nun, und bleib' allhier auf dem Turme!
Mache nicht zur Waise das Kind, und zur Witwe die Gattin!
Stelle das Heer dorthin bei dem Feigenbaume; denn dort ist
Leichter die Stadt zu ersteigen, und frei die Mauer dem Angriff.
Dreimal haben ja dort es versucht die tapfersten Krieger,
Kühn um die Ajas beid', und den hohen Idomeneus strebend,
Auch um des Atreus Söhn', und den starken Held Diomedes:
Ob nun jenen vielleicht ein kundiger Seher geweissagt,
Oder auch selbst ihr Herz aus eigener Regung sie antreibt.
Ihr antwortete drauf der helmumflatterte Hektor:
Mich auch härmt das alles, o Trauteste; aber ich scheue
Trojas Männer zu sehr, und die saumnachschleppenden Weiber,
Wenn ich hier, wie ein Feiger entfernt das Treffen vermeide.
Auch verbeut es mein Herz; denn ich lernete, tapferes Mutes

αἰεὶ καὶ πρώτοισι μετὰ Τρώεσσι μάχεσθαι,
ἀρνύμενος πατρός τε μέγα κλέος ἠδ᾽ ἐμὸν αὐτοῦ.
εὖ γὰρ ἐγὼ τόδε οἶδα κατὰ φρένα καὶ κατὰ θυμόν·
ἔσσεται ἦμαρ ὅτ᾽ ἄν ποτ᾽ ὀλώληι Ἴλιος ἱρὴ
καὶ Πρίαμος καὶ λαὸς ἐϋμμελίω Πριάμοιο.
ἀλλ᾽ οὔ μοι Τρώων τόσσον μέλει ἄλγος ὀπίσσω,
οὔτ᾽ αὐτῆς Ἑκάβης οὔτε Πριάμοιο ἄνακτος
οὔτε κασιγνήτων, οἵ κεν πολέες τε καὶ ἐσθλοὶ
ἐν κονίηισι πέσοιεν ὑπ᾽ ἀνδράσι δυσμενέεσσιν,
ὅσσον σεῦ, ὅτε κέν τις Ἀχαιῶν χαλκοχιτώνων
δακρυόεσσαν ἄγηται, ἐλεύθερον ἦμαρ ἀπούρας·
καί κεν ἐν Ἄργει ἐοῦσα πρὸς ἄλλης ἱστὸν ὑφαίνοις,
καί κεν ὕδωρ φορέοις Μεσσηΐδος ἢ Ὑπερείης
πόλλ᾽ ἀεκαζομένη, κρατερὴ δ᾽ ἐπικείσετ᾽ ἀνάγκη·
καί ποτέ τις εἴπηισιν ἰδὼν κατὰ δάκρυ χέουσαν·
‚Ἕκτορος ἥδε γυνή, ὃς ἀριστεύεσκε μάχεσθαι
Τρώων ἱπποδάμων, ὅτε Ἴλιον ἀμφεμάχοντο.‘
ὥς ποτέ τις ἐρέει· σοὶ δ᾽ αὖ νέον ἔσσεται ἄλγος
χήτεϊ τοιοῦδ᾽ ἀνδρὸς ἀμύνειν δούλιον ἦμαρ.
ἀλλά με τεθνηῶτα χυτὴ κατὰ γαῖα καλύπτοι,
πρίν γέ τι σῆς τε βοῆς σοῦ θ᾽ ἑλκηθμοῖο πυθέσθαι.“
    ὣς εἰπὼν οὗ παιδὸς ὀρέξατο φαίδιμος Ἕκτωρ·
ἂψ δ᾽ ὁ πάϊς πρὸς κόλπον ἐϋζώνοιο τιθήνης
ἐκλίνθη ἰάχων, πατρὸς φίλου ὄψιν ἀτυχθείς,
ταρβήσας χαλκόν τε ἰδὲ λόφον ἱππιοχαίτην,
δεινὸν ἀπ᾽ ἀκροτάτης κόρυθος νεύοντα νοήσας.
ἐκ δ᾽ ἐγέλασσε πατήρ τε φίλος καὶ πότνια μήτηρ·
αὐτίκ᾽ ἀπὸ κρατὸς κόρυθ᾽ εἵλετο φαίδιμος Ἕκτωρ,
καὶ τὴν μὲν κατέθηκεν ἐπὶ χθονὶ παμφανόωσαν·
αὐτὰρ ὅ γ᾽ ὃν φίλον υἱὸν ἐπεὶ κύσε πῆλέ τε χερσίν,
εἶπε δ᾽ ἐπευξάμενος Διί τ᾽ ἄλλοισίν τε θεοῖσι·
„Ζεῦ ἄλλοι τε θεοί, δότε δὴ καὶ τόνδε γενέσθαι
παῖδ᾽ ἐμόν, ὡς καὶ ἐγώ περ, ἀριπρεπέα Τρώεσσιν,
ὧδε βίην τ᾽ ἀγαθόν, καὶ Ἰλίου ἶφι ἀνάσσειν·
καί ποτέ τις εἴποι ‚πατρός γ᾽ ὅδε πολλὸν ἀμείνων‘
ἐκ πολέμου ἀνιόντα· φέροι δ᾽ ἔναρα βροτόεντα
κτείνας δήϊον ἄνδρα, χαρείη δὲ φρένα μήτηρ.“
    ὣς εἰπὼν ἀλόχοιο φίλης ἐν χερσὶν ἔθηκε
παῖδ᾽ ἑόν· ἡ δ᾽ ἄρα μιν κηώδεϊ δέξατο κόλπωι
δακρυόεν γελάσασα· πόσις δ᾽ ἐλέησε νοήσας,
χειρί τέ μιν κατέρεξεν ἔπος τ᾽ ἔφατ᾽ ἔκ τ᾽ ὀνόμαζε·

Immer zu sein, und voran mit Trojas Helden zu kämpfen,
Schirmend zugleich des Vaters erhabenen Ruhm, und den meinen!
Zwar das erkenn' ich gewiß in des Herzens Geist und Empfindung:
Einst wird kommen der Tag, da die heilige Ilios hinsinkt,
Priamos selbst, und das Volk des lanzenkundigen Königs.
Doch nicht kümmert mich so der Troer künftiges Elend,
Nicht der Hekabe selbst, noch Priamos auch des Beherrschers,
Noch der Brüder umher, die dann, so viel und so tapfer,
All' in den Staub hinsinken, von feindlichen Händen getötet:
Als wie dein's, wenn ein Mann der erzumschirmten Achaier
Weg die Weinende führt, der Freiheit Tag dir entreißend;
Wenn du in Argos webst für die Herrscherin, oder auch mühsam
Wasser trägst aus dem Quell Hypereia, oder Messeïs,
Sehr unwilliges Muts; doch hart belastet der Zwang dich!
Künftig sagt dann einer, die Tränenvergießende schauend:
Hektors Weib war diese, des tapfersten Helden im Volke
Rossebezähmender Troer, da Ilios Stadt sie umkämpften!
Also spricht man hinfort; und neu erwacht dir der Kummer,
Solchen Mann zu vermissen, der retten dich könnt' aus der Knechtschaft!
Aber es decke mich Toten der aufgeworfene Hügel,
Eh' ich deines Geschreies vernehm', und deiner Entführung!

Also der Held, und hin nach dem Knäblein streckt' er die Arme;
Aber zurück an den Busen der schöngegürteten Amme
Schmiegte sich schreiend das Kind, erschreckt von dem liebenden Vater,
Scheuend des Erzes Glanz, und die flatternde Mähne des Busches,
Welchen es fürchterlich sah von des Helmes Spitze herabwehn.
Lächelnd schaute der Vater das Kind, und die zärtliche Mutter.
Schleunig nahm vom Haupte den Helm der strahlende Hektor,
Legete dann auf die Erde den schimmernden; aber er selber
Küßte sein liebes Kind, und wiegt' es sanft in den Armen;
Dann erhob er die Stimme zu Zeus und den anderen Göttern:

Zeus und ihr anderen Götter, o laßt doch dieses mein Knäblein
Werden dereinst, wie ich selbst, vorstrebend im Volk der Troer,
Auch so stark an Gewalt, und Ilios mächtig beherrschen!
Und man sage hinfort: Der ragt noch weit vor dem Vater!
Wann er vom Streit heimkehrt, mit der blutigen Beute beladen
Eines erschlagenen Feinds! Dann freue sich herzlich die Mutter!

Jener sprach's, und reicht' in die Arme der liebenden Gattin
Seinen Sohn; und sie drückt' ihn an ihren duftenden Busen,
Lächelnd mit Tränen im Blick; und ihr Mann voll inniger Wehmut
Streichelte sie mit der Hand, und redete, also beginnend:

„ δαιμονίη, μή μοί τι λίην ἀκαχίζεο θυμῶι·
οὐ γάρ τίς μ' ὑπὲρ αἶσαν ἀνὴρ Ἄϊδι προϊάψει·
μοῖραν δ' οὔ τινά φημι πεφυγμένον ἔμμεναι ἀνδρῶν,
οὐ κακόν, οὐδὲ μὲν ἐσθλόν, ἐπὴν τὰ πρῶτα γένηται.
ἀλλ' εἰς οἶκον ἰοῦσα τὰ σ' αὐτῆς ἔργα κόμιζε,
ἱστόν τ' ἠλακάτην τε, καὶ ἀμφιπόλοισι κέλευε
ἔργον ἐποίχεσθαι· πόλεμος δ' ἄνδρεσσι μελήσει
πᾶσι, μάλιστα δ' ἐμοί, τοὶ Ἰλίωι ἐγγεγάασιν."
ὣς ἄρα φωνήσας κόρυθ' εἵλετο φαίδιμος Ἕκτωρ
ἵππουριν· ἄλοχος δὲ φίλη οἶκον δὲ βεβήκει
ἐντροπαλιζομένη, θαλερὸν κατὰ δάκρυ χέουσα.
αἶψα δ' ἔπειθ' ἵκανε δόμους εὖ ναιετάοντας
Ἕκτορος ἀνδροφόνοιο, κιχήσατο δ' ἔνδοθι πολλὰς
ἀμφιπόλους, τῆισιν δὲ γόον πάσηισιν ἐνῶρσεν.
αἱ μὲν ἔτι ζωὸν γόον Ἕκτορα ὧι ἐνὶ οἴκωι·
οὐ γάρ μιν ἔτ' ἔφαντο ὑπότροπον ἐκ πολέμοιο
ἵξεσθαι, προφυγόντα μένος καὶ χεῖρας Ἀχαιῶν.
οὐδὲ Πάρις δήθυνεν ἐν ὑψηλοῖσι δόμοισιν,
ἀλλ' ὅ γ', ἐπεὶ κατέδυ κλυτὰ τεύχεα, ποικίλα χαλκῶι,
σεύατ' ἔπειτ' ἀνὰ ἄστυ, ποσὶ κραιπνοῖσι πεποιθώς.
ὡς δ' ὅτε τις στατὸς ἵππος, ἀκοστήσας ἐπὶ φάτνηι,
δεσμὸν ἀπορρήξας θείηι πεδίοιο κροαίνων,
εἰωθὼς λούεσθαι ἐϋρρεῖος ποταμοῖο,
κυδιόων· ὑψοῦ δὲ κάρη ἔχει, ἀμφὶ δὲ χαῖται
ὤμοις ἀΐσσονται· ὁ δ' ἀγλαΐηφι πεποιθώς,
ῥίμφά ἑ γοῦνα φέρει μετά τ' ἤθεα καὶ νομὸν ἵππων·
ὣς υἱὸς Πριάμοιο Πάρις κατὰ Περγάμου ἄκρης
τεύχεσι παμφαίνων ὥς τ' ἠλέκτωρ ἐβεβήκει
καγχαλόων, ταχέες δὲ πόδες φέρον· αἶψα δ' ἔπειτα
Ἕκτορα δῖον ἔτετμεν ἀδελφεόν, εὖτ' ἄρ' ἔμελλε
στρέψεσθ' ἐκ χώρης ὅθι ἧι ὀάριζε γυναικί.
τὸν πρότερος προσέειπεν Ἀλέξανδρος θεοειδής·
„ ἠθεῖ', ἦ μάλα δή σε καὶ ἐσσύμενον κατερύκω
δηθύνων, οὐδ' ἦλθον ἐναίσιμον, ὡς ἐκέλευες;"
τὸν δ' ἀπαμειβόμενος προσέφη κορυθαίολος Ἕκτωρ·
„ δαιμόνι', οὐκ ἄν τίς τοι ἀνήρ, ὃς ἐναίσιμος εἴη,
ἔργον ἀτιμήσειε μάχης, ἐπεὶ ἄλκιμός ἐσσι·
ἀλλὰ ἑκὼν μεθιεῖς τε καὶ οὐκ ἐθέλεις· τὸ δ' ἐμὸν κῆρ
ἄχνυται ἐν θυμῶι, ὅθ' ὑπὲρ σέθεν αἴσχε' ἀκούω
πρὸς Τρώων, οἳ ἔχουσι πολὺν πόνον εἵνεκα σεῖο.
ἀλλ' ἴομεν· τὰ δ' ὄπισθεν ἀρεσσόμεθ', αἴ κέ ποθι Ζεὺς

Armes Weib, nicht mußt du zu sehr mir trauren im Herzen!
Keiner wird gegen Geschick hinab mich senden zum Aïs.
Doch dem Verhängnis entrann wohl nie der Sterblichen einer,
Edel oder geringe, nachdem er einmal gezeugt ward.
Doch zum Gemach hingehend, besorge du deine Geschäfte,
Spindel und Webestuhl, und gebeut den dienenden Weibern,
Fleißig am Werke zu sein. Der Krieg gebühret den Männern
Allen, und mir am meisten, die Ilios Feste bewohnen.
Als er dieses gesagt, da erhob der strahlende Hektor
Seinen umflatterten Helm; und es ging die liebende Gattin
Heim, oft rückwärts gewandt, und häufige Tränen vergießend.
Bald erreichte sie nun die wohlgebauete Wohnung
Hektors des Männervertilgers, und fand die Mägd' in der Kammer
Viel an der Zahl; und allen erregte sie Kummer und Tränen.
Lebend noch ward Hektor beweint in seinem Palaste;
Denn sie glaubten gewiß, er kehre nie aus der Feldschlacht
Wieder heim, der Achaier gewaltigen Händen entrinnend.
Paris auch zauderte nicht in der hochgewölbeten Wohnung;
Sondern sobald er in Waffen von strahlendem Erz sich gehüllet,
Eilt' er daher durch die Stadt, den hurtigen Füßen vertrauend.
Wie wenn im Stall ein Roß, mit Gerste genährt an der Krippe,
Mutig die Halfter zerreißt, und stampfendes Laufs in die Felder
Eilt, zum Bade gewöhnt des lieblich wallenden Stromes,
Trotzender Kraft; hoch trägt es das Haupt, und rings an den Schultern
Fliegen die Mähnen umher; doch stolz auf den Adel der Jugend,
Tragen die Schenkel es leicht zur bekannteren Weide der Stuten:
Also wandelte Paris daher von Pergamos Höhe,
Priamos' Sohn, umstrahlt von Waffenglanz, wie die Sonne,
Freudiges Muts; und es flogen die Schenkel ihm. Eilend nun hatt' er
Hektor den Bruder erreicht, den Erhabenen, als er sich wenden
Wollte vom Ort, wo vertraulich mit seinem Weib' er geredet.
Also begann zu jenem der göttliche Held Alexandros:
Wahrlich, mein älterer Bruder, dich Eilenden hielt ich zu lange
Zaudernd auf, und kam nicht ordentlich, wie du befahlest.
Ihm antwortete drauf der helmumflatterte Hektor:
Guter, dir darf kein sterblicher Mann, der Billigkeit achtet,
Tadeln die Werke der Schlacht, du bist ein tapferer Streiter.
Oft nur säumest du gern, und willst nicht. Aber es kränkt mir
Innig das Herz, von dir die schmähliche Rede zu hören
Unter dem troischen Volk, das um dich so manches erduldet.
Komm, dies wollen hinfort wir berichtigen, wann uns einmal Zeus

δώηι ἐπουρανίοισι θεοῖς αἰειγενέτῃσι
κρητῆρα στήσασθαι ἐλεύθερον ἐν μεγάροισιν,
ἐκ Τροίης ἐλάσαντας ἐϋκνήμιδας Ἀχαιούς.“

Gönnen wird, des Himmels unendlich waltenden Göttern
Dankend den Krug zu stellen der Freiheit in dem Palaste,
Weil wir aus Troja verjagt die hellumschienten Achaier.

ΙΛΙΑΔΟΣ Η

Ἕκτορος καὶ
Αἴαντος μονομαχία·
νεκρῶν ἀναίρεσις.

Ὣς εἰπὼν πυλέων ἐξέσσυτο φαίδιμος Ἕκτωρ,
τῶι δ' ἅμ' Ἀλέξανδρος κί' ἀδελφεός· ἐν δ' ἄρα θυμῶι
ἀμφότεροι μέμασαν πολεμίζειν ἠδὲ μάχεσθαι.
ὡς δὲ θεὸς ναύτηισιν ἐελδομένοισιν ἔδωκεν
οὖρον, ἐπεί κε κάμωσιν ἐϋξέστηις ἐλάτηισι
πόντον ἐλαύνοντες, καμάτωι δ' ὑπὸ γυῖα λέλυνται,
ὣς ἄρα τὼ Τρώεσσιν ἐελδομένοισι φανήτην.
ἔνθ' ἑλέτην ὁ μὲν υἱὸν Ἀρηϊθόοιο ἄνακτος,
Ἄρνηι ναιετάοντα Μενέσθιον, ὃν κορυνήτης
γείνατ' Ἀρηΐθοος καὶ Φυλομέδουσα βοῶπις·
Ἕκτωρ δ' Ἠϊονῆα βάλ' ἔγχεϊ ὀξυόεντι
αὐχέν' ὑπὸ στεφάνης εὐχάλκου, λύντο δὲ γυῖα.
Γλαῦκος δ' Ἱππολόχοιο πάϊς, Λυκίων ἀγὸς ἀνδρῶν,
Ἰφίνοον βάλε δουρὶ κατὰ κρατερὴν ὑσμίνην
Δεξιάδην, ἵππων ἐπιάλμενον ὠκειάων,
ὦμον· ὁ δ' ἐξ ἵππων χαμάδις πέσε, λύντο δὲ γυῖα.
τοὺς δ' ὡς οὖν ἐνόησε θεὰ γλαυκῶπις Ἀθήνη
Ἀργείους ὀλέκοντας ἐνὶ κρατερῆι ὑσμίνηι,
βῆ ῥα κατ' Οὐλύμποιο καρήνων ἀΐξασα
Ἴλιον εἰς ἱερήν· τῆι δ' ἀντίος ὄρνυτ' Ἀπόλλων
Περγάμου ἐκκατιδών, Τρώεσσι δὲ βούλετο νίκην·
ἀλλήλοισι δὲ τώ γε συναντέσθην παρὰ φηγῶι.
τὴν πρότερος προσέειπεν ἄναξ Διὸς υἱὸς Ἀπόλλων·
„τίπτε σὺ δ' αὖ μεμαυῖα, Διὸς θύγατερ μεγάλοιο,
ἦλθες ἀπ' Οὐλύμποιο, μέγας δέ σε θυμὸς ἀνῆκεν;
ἦ ἵνα δὴ Δαναοῖσι μάχης ἑτεραλκέα νίκην
δῶις; ἐπεὶ οὔ τι Τρῶας ἀπολλυμένους ἐλεαίρεις.
ἀλλ' εἴ μοί τι πίθοιο, τό κεν πολὺ κέρδιον εἴη·
νῦν μὲν παύσωμεν πόλεμον καὶ δηϊοτῆτα
σήμερον· ὕστερον αὖτε μαχήσοντ', εἰς ὅ κε τέκμωρ
Ἰλίου εὕρωσιν, ἐπεὶ ὣς φίλον ἔπλετο θυμῶι

SIEBENTER GESANG

Athene und Apollon, die Schlacht zu enden, heißen Hektor den tapfersten Achaier zum Zweikampf fodern. Unter neun Fürsten trifft das Los den Ajas, Telamons Sohn. Die Nacht trennt die Kämpfer. Nestor in Agamemnons Gezelt rät Stillstand, um die Toten zu verbrennen, und Verschanzung des Lagers. Antenor in Ilios rät, die Helena zurückzugeben; welches Paris verwirft. Am Morgen läßt Priamos die Achaier um Stillstand bitten. Bestattung der Toten. Verschanzung des Lagers, und Poseidons Unwille. In der Nacht unglückliche Zeichen von Zeus.

Dieses gesagt, durcheilte das Tor der strahlende Hektor;
Auch Alexandros der Bruder enteilete; aber ihr Herz war
Beiden entbrannt, zu kämpfen den tapferen Kampf der Entscheidung.
Wie wenn ein Gott den Schiffern nach sehnlichem Harren den Fahrwind
Sendet, nachdem arbeitend mit schöngeglätteten Rudern
Lange das Meer sie geregt, und müd' hinsanken die Glieder:
Also erschienen sie dort den sehnlich harrenden Troern.
Jeder entrafft': er nun den Menesthios, jenes Beherrschers
Areïthoos' Sohn, den der Keulenschwinger in Arne
Areïthoos zeugt' und die herrliche Philomedusa.
Aber Hektor durchschoß dem Eïoneus unter des Helmes
Ehernem Rand mit dem Speere den Hals, und löst' ihm die Glieder.
Glaukos, Hippolochos' Sohn, der lykischen Männer Gebieter,
Traf den Iphinoos jetzt im Sturme der Schlacht mit dem Wurfspieß,
Dexias' Sohn, da das schnelle Gespann er bestieg, in die Schulter;
Und er entsank vom Wagen zur Erd', ihm erschlafften die Glieder.
Doch als jene bemerkt' die Herrscherin Pallas Athene,
Argos' Volk hinraffend im Ungestüme der Feldschlacht;
Stürmendes Schwungs entflog sie den Felsenhöhn des Olympos
Hin zu Ilios' Stadt. Entgegen ihr eilet' Apollon,
Schauend von Pergamos' Zinne, den Troern gönnend den Siegsruhm.
Jetzt begegneten sich die Unsterblichen dort an der Buche;
Und zur Athene begann Zeus' Sohn, der Herrscher Apollon:
Warum so voller Begier, o Zeus' des Allmächtigen Tochter,
Kamst du anjetzt vom Olympos? wie treibt dich der heftige Eifer?
Daß du vielleicht den Achaiern der Schlacht abwechselnden Sieg nun
Gebest? Denn nicht der Troer, der fallenden, jammert dich jemals!
Aber gehorchtest du mir, was weit zuträglicher wäre;
Jetzt dann ließen wir ruhn den feindlichen Kampf der Entscheidung,
Heut' doch künftig erneun sie die Feldschlacht, bis sie das Schicksal
Ilios endlich erreicht; dieweil es also im Herzen

ὑμῖν ἀθανάτῃσι, διαπραθέειν τόδε ἄστυ.“
τὸν δ’ αὖτε προσέειπε θεὰ γλαυκῶπις Ἀθήνη·
„ ὧδ’ ἔστω, ἑκάεργε· τὰ γὰρ φρονέουσα καὶ αὐτὴ
ἦλθον ἀπ’ Οὐλύμποιο μετὰ Τρῶας καὶ Ἀχαιούς.
ἀλλ’ ἄγε, πῶς μέμονας πόλεμον καταπαυσέμεν ἀνδρῶν;“
τὴν δ’ αὖτε προσέειπεν ἄναξ Διὸς υἱὸς Ἀπόλλων·
„ Ἕκτορος ὄρσωμεν κρατερὸν μένος ἱπποδάμοιο,
ἤν τινά που Δαναῶν προκαλέσσεται οἰόθεν οἶος
ἀντίβιον μαχέσασθαι ἐν αἰνῆι δηϊοτῆτι,
οἱ δέ κ’ ἀγασσάμενοι χαλκοκνήμιδες Ἀχαιοὶ
οἶον ἐπόρσειαν πολεμίζειν Ἕκτορι δίωι.“
ὣς ἔφατ’, οὐδ’ ἀπίθησε θεὰ γλαυκῶπις Ἀθήνη.
τῶν δ’ Ἕλενος, Πριάμοιο φίλος παῖς, σύνθετο θυμῶι
βουλήν, ἥ ῥα θεοῖσιν ἐφήνδανε μητιόωσι·
στῆ δὲ παρ’ Ἕκτορ’ ἰὼν καί μιν πρὸς μῦθον ἔειπεν·
„ Ἕκτορ, υἱὲ Πριάμοιο, Διὶ μῆτιν ἀτάλαντε,
ἦ ῥά νύ μοί τι πίθοιο, κασίγνητος δέ τοί εἰμι·
ἄλλους μὲν κάθισον Τρῶας καὶ πάντας Ἀχαιούς,
αὐτὸς δὲ προκάλεσσαι Ἀχαιῶν ὅς τις ἄριστος
ἀντίβιον μαχέσασθαι ἐν αἰνῆι δηϊοτῆτι·
οὐ γάρ πώ τοι μοῖρα θανεῖν καὶ πότμον ἐπισπεῖν·
ὣς γὰρ ἐγὼ ὄπ’ ἄκουσα θεῶν αἰειγενετάων.“
ὣς ἔφαθ’, Ἕκτωρ δ’ αὖτ’ ἐχάρη μέγα μῦθον ἀκούσας,
καί ῥ’ ἐς μέσσον ἰὼν Τρώων ἀνέεργε φάλαγγας,
μέσσου δουρὸς ἑλών· οἱ δ’ ἱδρύνθησαν ἅπαντες.
κὰδ δ’ Ἀγαμέμνων εἷσεν ἐϋκνήμιδας Ἀχαιούς·
κὰδ δ’ ἄρ’ Ἀθηναίη τε καὶ ἀργυρότοξος Ἀπόλλων
ἑζέσθην ὄρνισιν ἐοικότες αἰγυπιοῖσι
φηγῶι ἐφ’ ὑψηλῆι πατρὸς Διὸς αἰγιόχοιο,
ἀνδράσι τερπόμενοι· τῶν δὲ στίχες ἥατο πυκναί,
ἀσπίσι καὶ κορύθεσσι καὶ ἔγχεσι πεφρικυῖαι.
οἵη δὲ Ζεφύροιο ἐχεύατο πόντον ἔπι φρὶξ
ὀρνυμένοιο νέον, μελάνει δέ τε πόντος ὑπ’ αὐτῆς,
τοῖαι ἄρα στίχες εἵατ’ Ἀχαιῶν τε Τρώων τε
ἐν πεδίωι· Ἕκτωρ δὲ μετ’ ἀμφοτέροισιν ἔειπε·
„ κέκλυτέ μευ, Τρῶες καὶ ἐϋκνήμιδες Ἀχαιοί,
ὄφρ’ εἴπω τά με θυμὸς ἐνὶ στήθεσσι κελεύει.
ὅρκια μὲν Κρονίδης ὑψίζυγος οὐκ ἐτέλεσσεν,
ἀλλὰ κακὰ φρονέων τεκμαίρεται ἀμφοτέροισιν,
εἰς ὅ κεν ἢ ὑμεῖς Τροίην εὔπυργον ἕλητε,
ἢ αὐτοὶ παρὰ νηυσὶ δαμείετε ποντοπόροισιν.

Euch Göttinnen gefällt, die hohe Stadt zu verwüsten.
Drauf antwortete Zeus' blauäugige Tochter Athene:
Also sei's, Ferntreffer; denn dies auch selber gedenkend
Kam ich anjetzt vom Olympos zu Troern herab und Achaiern.
Aber wohlan, wie strebst du den Kampf der Männer zu stillen?
Ihr antwortete drauf Zeus' Sohn, der Herrscher Apollon:
Hektor erhöhn wir den Mut, dem gewaltigen Rossebezähmer,
Ob er einzeln vielleicht der Danaer einen hervorruft,
Gegen ihn anzukämpfen in schreckenvoller Entscheidung;
Und ob dann unwillig die erzumschienten Achaier
Einen allein hersenden zum Kampf mit dem göttlichen Hektor.
Jener sprach's; ihm gehorchte die Herrscherin Pallas Athene.
Helenos aber vernahm, des Priamos Sohn, in der Seele
Jenen Rat, der beider unsterblichen Sinne gefallen;
Eilend trat er zu Hektor hinan, und redete also:
Hektor, Priamos' Sohn, an Ratschluß gleich dem Kronion,
Willst du jetzt mir gehorchen? Dein liebender Bruder ja bin ich.
Heiße die anderen ruhn, die Troer umher und Achaier;
Selbst dann rufe hervor den tapfersten aller Achaier,
Gegen dich anzukämpfen in schreckenvoller Entscheidung.
Denn noch nicht dir fällt es, den Tod und das Schicksal zu dulden:
Also vernahm ich die Stimme der ewigwährenden Götter.
Jener sprach's; doch Hektor erfreute sich hoch ob der Rede;
Trat dann hervor in die Mitt', und hemmte die troischen Haufen,
Haltend die Mitte des Speers; und still nun standen sie alle.
Auch Agamemnon setzte die hellumschienten Achaier.
Aber Pallas Athen' und der Gott des silbernen Bogens
Setzten sich beid', an Gestalt wie zween hochfliegende Geier,
Auf die erhabene Buche des ägiserschütternden Vaters,
Froh die Männer zu schaun; und die Ordnungen saßen gedrängt nun,
Dicht von Schilden und Helmen und ragenden Lanzen umstarret.
So wie unter dem West hinschauert ins Meer ein Gekräusel,
Wann er zuerst andrängt, und dunkler die Flut sich erhebet:
Also saßen geschart die Achaier umher und die Troer
Durch das Gefild'; und Hektor begann in der Mitte der Völker:
Hört mein Wort, ihr Troer, und hellumschiente Achaier,
Daß ich rede, wie mir das Herz im Busen gebietet.
Unseren Bund hat Zeus der Erhabene nicht vollendet;
Sondern bösen Entschluß verhänget er beiderlei Völkern:
Bis entweder ihr selbst einnehmt die getürmete Troja,
Oder vor uns ihr erliegt bei den meerdurchwandelnden Schiffen.

ὑμῖν δ᾽ ἐν γὰρ ἔασιν ἀριστῆες Παναχαιῶν·
τῶν νῦν ὅν τινα θυμὸς ἐμοὶ μαχέσασθαι ἀνώγει,
δεῦρ᾽ ἴτω ἐκ πάντων πρόμος ἔμμεναι Ἕκτορι δίωι.
ὧδε δὲ μυθέομαι, Ζεὺς δ᾽ ἄμμ᾽ ἐπιμάρτυρος ἔστω·
εἰ μέν κεν ἐμὲ κεῖνος ἕληι ταναήκεϊ χαλκῶι,
τεύχεα συλήσας φερέτω κοίλας ἐπὶ νῆας,
σῶμα δὲ οἴκαδ᾽ ἐμὸν δόμεναι πάλιν, ὄφρα πυρός με
Τρῶες καὶ Τρώων ἄλοχοι λελάχωσι θανόντα.
εἰ δέ κ᾽ ἐγὼ τὸν ἕλω, δώηι δέ μοι εὖχος Ἀπόλλων,
τεύχεα σύλησας οἴσω προτὶ Ἴλιον ἱρήν,
καὶ κρεμόω προτὶ νηὸν Ἀπόλλωνος ἑκάτοιο,
τὸν δὲ νέκυν ἐπὶ νῆας ἐϋσσέλμους ἀποδώσω,
ὄφρά ἑ ταρχύσωσι κάρη κομόωντες Ἀχαιοί,
σῆμά τέ οἱ χεύωσιν ἐπὶ πλατεῖ Ἑλλησπόντωι.
καί ποτέ τις εἴπηισι καὶ ὀψιγόνων ἀνθρώπων,
νηῒ πολυκλήϊδι πλέων ἐπὶ οἴνοπα πόντον·
‚ ἀνδρὸς μὲν τόδε σῆμα πάλαι κατατεθνηῶτος,
ὅν ποτ᾽ ἀριστεύοντα κατέκτανε φαίδιμος Ἕκτωρ.‘
ὥς ποτέ τις ἐρέει· τὸ δ᾽ ἐμὸν κλέος οὔ ποτ᾽ ὀλεῖται.“
ὣς ἔφαθ᾽, οἱ δ᾽ ἄρα πάντες ἀκὴν ἐγένοντο σιωπῆι·
αἴδεσθεν μὲν ἀνήνασθαι, δεῖσαν δ᾽ ὑποδέχθαι·
ὀψὲ δὲ δὴ Μενέλαος ἀνίστατο καὶ μετέειπε
νείκει ὀνειδίζων, μέγα δὲ στεναχίζετο θυμῶι·
„ ὤ μοι ἀπειλητῆρες, Ἀχαιΐδες, οὐκέτ᾽ Ἀχαιοί·
ἦ μὲν δὴ λώβη τάδε γ᾽ ἔσσεται αἰνόθεν αἰνῶς,
εἰ μή τις Δαναῶν νῦν Ἕκτορος ἀντίος εἶσιν.
ἀλλ᾽ ὑμεῖς μὲν πάντες ὕδωρ καὶ γαῖα γένοισθε,
ἥμενοι αὖθι ἕκαστοι ἀκήριοι, ἀκλεὲς αὔτως·
τῶιδε δ᾽ ἐγὼν αὐτὸς θωρήξομαι· αὐτὰρ ὕπερθε
νίκης πείρατ᾽ ἔχονται ἐν ἀθανάτοισι θεοῖσιν.“
ὣς ἄρα φωνήσας κατεδύσετο τεύχεα καλά.
ἔνθά κέ τοι, Μενέλαε, φάνη βιότοιο τελευτὴ
Ἕκτορος ἐν παλάμηισιν, ἐπεὶ πολὺ φέρτερος ἦεν,
εἰ μὴ ἀναΐξαντες ἕλον βασιλῆες Ἀχαιῶν,
αὐτός τ᾽ Ἀτρεΐδης εὐρὺ κρείων Ἀγαμέμνων
δεξιτερῆς ἕλε χειρὸς ἔπος τ᾽ ἔφατ᾽ ἔκ τ᾽ ὀνόμαζεν·
„ ἀφραίνεις, Μενέλαε διοτρεφές, οὐδέ τί σε χρὴ
ταύτης ἀφροσύνης· ἀνὰ δὲ σχέο κηδόμενός περ,
μηδ᾽ ἔθελ᾽ ἐξ ἔριδος σεῦ ἀμείνονι φωτὶ μάχεσθαι,
Ἕκτορι Πριαμίδηι, τόν τε στυγέουσι καὶ ἄλλοι.
καὶ δ᾽ Ἀχιλεὺς τούτωι γε μάχηι ἔνι κυδιανείρηι

Euch ja sind im Heere die tapfersten Helden Achaias.
Wem nun Solcher das Herz mit mir zu kämpfen gebietet,
Hierher tret' er hervor, mit dem göttlichen Hektor zum Vorkampf!
Also beding' ich das Wort, und Zeug' uns werde Kronion.
Wenn mich jener erlegt mit ragender Spitze des Erzes,
Trag' er den Raub des Geschmeides hinab zu den räumigen Schiffen;
Aber den Leib entsend' er gen Ilios, daß in der Heimat
Trojas Männer und Fraun des Feuers Ehre mir geben.
Wenn ich jenen erleg', und Ruhm mir gewähret Apollon,
Trag' ich den Raub des Geschmeides in Ilios heilige Feste,
Daß ich ihn häng' an den Tempel des treffenden Phöbos Apollon;
Doch der Erschlagene kehrt zu den schöngebordeten Schiffen,
Daß mit Pracht ihn bestatten die hauptumlockten Achaier,
Und ihm ein Grab aufschütten am breiten Hellespontos.
Künftig sagt dann einer der spätgeborenen Menschen,
Im vielrudrigen Schiffe zum dunkelen Meer hinsteuernd:
Seht das ragende Grab des längst gestorbenen Mannes,
Der einst tapfer im Streit hinsank dem göttlichen Hektor!
Also spricht er hinfort, und mein ist ewiger Nachruhm.
　Jener sprach's; doch alle verstummten umher, und schwiegen;
Schimpflich war's zu weigern, und anzunehmen gefahrvoll.
Endlich stand Menelaos empor, und redete also,
Strafend mit herbem Verweis, und schwer erseufzt' er im Herzen:
　Weh mir, drohende Prahler, Achairinnen, nicht mehr Achaier!
Traun, doch Schmach ist solches und unauslöschliche Schande,
Wenn kein Danaer nun dem Hektor wagt zu begegnen!
Aber o mögt ihr all' in Wasser und Erd' euch verwandeln.
Wie ihr umher dasitzet, so herzlos jeder und ruhmlos!
Selber dann gürt' ich jenem zum Kampfe mich! Oben im Himmel
Hangen des Siegs Ausgäng' an der Hand der unsterblichen Götter!
　Jener sprach's, und hüllte das stattliche Waffengeschmeid' um.
Jetzo war, Menelaos, des Lebens Ziel dir genahet,
Unter Hektors Händen, der weit an Kraft dich besiegte,
Hätten dich nicht auffahrend gehemmt die König' Achaias.
Selbst auch Atreus' Sohn, der Völkerfürst Agamemnon,
Faßt' ihm die rechte Hand und redete, also beginnend:
　Nimm doch Bedacht, Menelaos, du Göttlicher! wenig bedarfst du
So unbedachtsamer Wut; drum fasse dich, herzlich betrübt zwar;
Und wetteifere nicht, den stärkeren Mann zu bekämpfen,
Hektor, Priamos' Sohn, vor dem auch andere zittern!
Ihm hat Achilleus selbst in der männerehrenden Feldschlacht

ἔρριγ' ἀντιβολῆσαι, ὅ περ σέο πολλὸν ἀμείνων.
ἀλλὰ σὺ μὲν νῦν ἵζευ ἰὼν μετὰ ἔθνος ἑταίρων,
τούτωι δὲ πρόμον ἄλλον ἀναστήσουσιν Ἀχαιοί.
εἴ περ ἀδειής τ' ἐστὶ καὶ εἰ μόθου ἔστ' ἀκόρητος,
φημί μιν ἀσπασίως γόνυ κάμψειν, αἴ κε φύγηισι
δηΐου ἐκ πολέμοιο καὶ αἰνῆς δηϊοτῆτος."
ὣς εἰπὼν παρέπεισεν ἀδελφειοῦ φρένας ἥρως
αἴσιμα παρειπών, ὁ δ' ἐπείθετο· τοῦ μὲν ἔπειτα
γηθόσυνοι θεράποντες ἀπ' ὤμων τεύχε' ἕλοντο·
Νέστωρ δ' Ἀργείοισιν ἀνίστατο καὶ μετέειπεν·
„ὢ πόποι, ἦ μέγα πένθος Ἀχαιΐδα γαῖαν ἱκάνει.
ἦ κε μέγ' οἰμώξειε γέρων ἱππηλάτα Πηλεύς,
ἐσθλὸς Μυρμιδόνων βουληφόρος ἠδ' ἀγορητής,
ὅς ποτέ μ' εἰρόμενος μέγ' ἐγήθεεν ὧι ἐνὶ οἴκωι,
πάντων Ἀργείων ἐρέων γενεήν τε τόκον τε.
τοὺς νῦν εἰ πτώσσοντας ὑφ' Ἕκτορι πάντας ἀκούσαι,
πολλά κεν ἀθανάτοισι φίλας ἀνὰ χεῖρας ἀείραι,
θυμὸν ἀπὸ μελέων δῦναι δόμον Ἄϊδος εἴσω.
αἲ γάρ, Ζεῦ τε πάτερ καὶ Ἀθηναίη καὶ Ἄπολλον,
ἡβῶιμ' ὡς ὅτ' ἐπ' ὠκυρόωι Κελάδοντι μάχοντο
ἀγρόμενοι Πύλιοί τε καὶ Ἀρκάδες ἐγχεσίμωροι,
Φειᾶς πὰρ τείχεσσιν, Ἰαρδάνου ἀμφὶ ῥέεθρα.
τοῖσι δ' Ἐρευθαλίων πρόμος ἵστατο, ἰσόθεος φώς,
τεύχε' ἔχων ὤμοισιν Ἀρηϊθόοιο ἄνακτος,
δίου Ἀρηϊθόου, τὸν ἐπίκλησιν κορυνήτην
ἄνδρες κίκλησκον καλλίζωνοί τε γυναῖκες,
οὕνεκ' ἄρ' οὐ τόξοισι μαχέσκετο δουρί τε μακρῶι,
ἀλλὰ σιδηρείηι κορύνηι ῥήγνυσκε φάλαγγας.
τὸν Λυκόοργος ἔπεφνε δόλωι, οὔ τι κράτεΐ γε,
στεινωπῶι ἐν ὁδῶι, ὅθ' ἄρ' οὐ κορύνη οἱ ὄλεθρον
χραῖσμε σιδηρείη· πρὶν γὰρ Λυκόοργος ὑποφθὰς
δουρὶ μέσον περόνησεν, ὁ δ' ὕπτιος οὔδει ἐρείσθη·
τεύχεα δ' ἐξενάριξε, τά οἱ πόρε χάλκεος Ἄρης.
καὶ τὰ μὲν αὐτὸς ἔπειτα φόρει μετὰ μῶλον Ἄρηος·
αὐτὰρ ἐπεὶ Λυκόοργος ἐνὶ μεγάροισιν ἐγήρα,
δῶκε δ' Ἐρευθαλίωνι φίλωι θεράποντι φορῆναι·
τοῦ ὅ γε τεύχε' ἔχων προκαλίζετο πάντας ἀρίστους.
οἱ δὲ μάλ' ἐτρόμεον καὶ ἐδείδισαν, οὐδέ τις ἔτλη·
ἀλλ' ἐμὲ θυμὸς ἀνῆκε πολυτλήμων πολεμίζειν
θάρσεϊ ὧι· γενεῆι δὲ νεώτατος ἔσκον ἁπάντων·
καὶ μαχόμην οἱ ἐγώ, δῶκεν δέ μοι εὖχος Ἀθήνη.

Schaudernd stets sich genaht, der doch viel stärker wie du ist.
Du denn setze dich nun, zur Schar der Deinigen wandelnd;
Diesem zum Kampf erhebt sich ein anderer wohl der Achaier.
Mög' er auch furchtlos sein, auch unersättlich des Krieges;
Doch wird, mein' ich, er froh die ermüdeten Kniee beugen,
Wenn er entrinnt dem blutigen Kampf und der ernsten Entscheidung!
   Also sprach und wandte des Bruders Herz Agamemnon,
Denn sein Wort war gerecht; er gehorcht' ihm; und die Genossen
Zogen ihm freudig nunmehr den Waffenschmuck von den Schultern.
Aber Nestor erhub sich in Argos Volk und begann so:
   Wehe, wie großes Leid dem achaiischen Lande herannaht!
Weinen ja würde vor Schmerz der graue reisige Peleus,
Rühmlich die Myrmidonen mit Rat und Rede beherrschend;
Der einst herzlich erfreut mich fragt' in seinem Palaste,
Rings nach aller Argeier Geschlecht und Zeugungen forschend!
Hört' er nun, wie sie alle sich scheu hinschmiegen vor Hektor;
Flehend würd' er die Händ' empor zu den Himmlischen heben,
Daß aus den Gliedern der Geist einging' in Aïdes' Wohnung!
Wenn ich, o Vater Zeus, und Pallas Athen', und Apollon,
Grünete, so wie einst, da an Keladons reißendem Strome
Kämpfte der Pylier Heer mit Arkadiens Lanzengeübten,
Hart an Pheias Mauern, wo schnell der Jardanos hinströmt!
Vorn war jenen im Kampf Ereuthalion, ähnlich den Göttern,
Hell um die Schultern geschmückt mit des Areïthoos Rüstung,
Jenes erhabenen Helden, der Keulenschwinger mit Namen
Rings von Männern genannt und schöngegürteten Weibern:
Denn nie trug er Bogen noch ragende Lanz' in der Feldschlacht,
Sondern trennte die Reihn mit dem Schwung der eisernen Keule.
Diesen erschlug Lykurgos durch Arglist, nicht durch Gewalt ihn,
Laurend im engen Wege, wo nichts ihm die eiserne Keule
Frommete gegen den Tod: denn zuvor ihm rannte Lykurgos
Mitten die Lanz' in den Leib, daß zurück auf den Boden er hinsank.
Und er entblößt' ihn der Wehr, die geschenkt der eherne Ares;
Diese trug er selber hinfort im Getümmel des Ares.
Aber nachdem Lykurgos daheim im Palaste gealtert,
Übergab er die Wehr Ereuthalion, seinem Genossen;
Der nun trotzend darauf die Tapfersten alle hervorrief.
Doch sie erbebten ihm all' und zitterten; keiner bestand ihn.
Mich nur entflammte der Mut voll kühnes Vertrauns zu dem Kampfe,
Unverzagt; doch war an Geburt ich der jüngste von allen.
Und ich kämpft' ihm entgegen, und Ruhm verlieh mir Athene.

τὸν δὴ μήκιστον καὶ κάρτιστον κτάνον ἄνδρα·
πολλὸς γάρ τις ἔκειτο παρήορος ἔνθα καὶ ἔνθα.
εἴθ' ὣς ἡβώοιμι, βίη δέ μοι ἔμπεδος εἴη·
τώ κε τάχ' ἀντήσειε μάχης κορυθαίολος Ἕκτωρ.
ὑμέων δ' οἵ περ ἔασιν ἀριστῆες Παναχαιῶν,
οὐδ' οἳ προφρονέως μέμαθ' Ἕκτορος ἀντίον ἐλθεῖν."
ὣς νείκεσσ' ὁ γέρων, οἱ δ' ἐννέα πάντες ἀνέσταν.
ὦρτο πολὺ πρῶτος μὲν ἄναξ ἀνδρῶν Ἀγαμέμνων,
τῶι δ' ἐπὶ Τυδεΐδης ὦρτο κρατερὸς Διομήδης,
τοῖσι δ' ἐπ' Αἴαντες, θοῦριν ἐπιειμένοι ἀλκήν,
τοῖσι δ' ἐπ' Ἰδομενεὺς καὶ ὀπάων Ἰδομενῆος,
Μηριόνης, ἀτάλαντος Ἐνυαλίωι ἀνδρειφόντηι,
τοῖσι δ' ἐπ' Εὐρύπυλος, Εὐαίμονος ἀγλαὸς υἱός,
ἂν δὲ Θόας Ἀνδραιμονίδης καὶ δῖος Ὀδυσσεύς·
πάντες ἄρ' οἵ γ' ἔθελον πολεμίζειν Ἕκτορι δίωι.
τοῖς δ' αὖτις μετέειπε Γερήνιος ἱππότα Νέστωρ·
„κλήρωι νῦν πεπάλασθε διαμπερές, ὅς κε λάχηισιν·
οὗτος γὰρ δὴ ὀνήσει ἐϋκνήμιδας Ἀχαιούς,
καὶ δ' αὐτὸς ὃν θυμὸν ὀνήσεται, αἴ κε φύγηισι
δηΐου ἐκ πολέμοιο καὶ αἰνῆς δηϊοτῆτος."
ὣς ἔφαθ', οἱ δὲ κλῆρον ἐσημήναντο ἕκαστος,
ἐν δ' ἔβαλον κυνέηι Ἀγαμέμνονος Ἀτρεΐδαο.
λαοὶ δ' ἠρήσαντο, θεοῖσι δὲ χεῖρας ἀνέσχον·
ὧδε δέ τις εἴπεσκεν ἰδὼν εἰς οὐρανὸν εὐρύν·
„Ζεῦ πάτερ, ἢ Αἴαντα λαχεῖν, ἢ Τυδέος υἱόν,
ἢ αὐτὸν βασιλῆα πολυχρύσοιο Μυκήνης."
ὣς ἄρ' ἔφαν, πάλλεν δὲ Γερήνιος ἱππότα Νέστωρ,
ἐκ δ' ἔθορε κλῆρος κυνέης, ὃν ἄρ' ἤθελον αὐτοί,
Αἴαντος· κῆρυξ δὲ φέρων ἀν' ὅμιλον ἁπάντηι
δεῖξ' ἐνδέξια πᾶσιν ἀριστήεσσιν Ἀχαιῶν.
οἱ δ' οὐ γιγνώσκοντες ἀπηνήναντο ἕκαστος.
ἀλλ' ὅτε δὴ τὸν ἵκανε φέρων ἀν' ὅμιλον ἁπάντηι,
ὅς μιν ἐπιγράψας κυνέηι βάλε, φαίδιμος Αἴας,
ἤτοι ὑπέσχεθε χεῖρ', ὁ δ' ἄρ' ἔμβαλεν ἄγχι παραστάς,
γνῶ δὲ κλήρου σῆμα ἰδών, γήθησε δὲ θυμῶι.
τὸν μὲν πὰρ πόδ' ἑὸν χαμάδις βάλε φώνησέν τε·
„ὦ φίλοι, ἤτοι κλῆρος ἐμός, χαίρω δὲ καὶ αὐτὸς
θυμῶι, ἐπεὶ δοκέω νικησέμεν Ἕκτορα δῖον.
ἀλλ' ἄγετ', ὄφρ' ἂν ἐγὼ πολεμήϊα τεύχεα δύω,
τόφρ' ὑμεῖς εὔχεσθε Διὶ Κρονίωνι ἄνακτι,
σιγῆι ἐφ' ὑμείων, ἵνα μὴ Τρῶές γε πύθωνται,

Ihn den größesten nun und gewaltigsten Mann erschlug ich,
Daß weit ausgestreckt er umherlag hiehin und dorthin.
Wär' ich so jugendlich noch, und ungeschwächtes Vermögens;
Traun bald fände des Kampfs der helmumflatterte Hektor!
Aber von euch ringsher, den tapfersten Helden Achaias,
Keiner auch wagt es getrost dem Hektor dort zu begegnen!
Also schalt der Greis; da erhuben sich neun in der Heerschar.
Erst vor allen erstand der Herrscher des Volks Agamemnon;
Ihm zunächst der Tydeide, der starke Held Diomedes;
Drauf die Ajas zugleich, mit trotzigem Mute gerüstet;
Dann Idomeneus selbst, und Idomeneus Kriegesgenoß auch,
Held Meriones, gleich dem männermordenden Ares;
Auch Eurypylos dann, der glänzende Sohn des Euämon;
Thoas auch, der Andrämonid', und der edle Odysseus.
Alle sie waren bereit zum Kampf mit dem göttlichen Hektor.
Doch von neuem begann der gerenische reisige Nestor:
Jetzt durchs Los miteinander entscheidet es, welcher bestimmt sei.
Hoch erfreun wird dieser die hellumschienten Achaier;
Aber er wird auch selbst in seinem Herzen sich freuen,
Wenn er entrinnt dem blutigen Kampf und der ernsten Entscheidung.
Jener sprach's; und ein Los bezeichnete jeder sich selber;
Alle warfen sie dann in den Helm Agamemnons des Königs.
Aber das Volk hub flehend die Händ' empor zu den Göttern;
Also betete mancher, den Blick gen Himmel gewendet:
Vater Zeus, gib Ajas das Los, o gib's dem Tydeiden,
Oder ihm selbst, dem König der golddurchstrahlten Mykene.
Also das Volk; dort schüttelte nun der reisige Nestor,
Und es entsprang dem Helme das Los, das sie selber gewünschet,
Ajas' Los; rings trug es der Herold durch die Versammlung
Rechtshin, allen es zeigend, den edelen Helden Achaias.
Aber, nicht erkennend ,verleugnete solches ein jeder.
Doch wie er jenen erreicht, ringsum die Versammlung durchwandelnd,
Der das bezeichnete warf in den Helm, den strahlenden Ajas;
Hielt er unter die Hand, und hinein warf's nahend der Herold,
Schnell erkannt' er schauend sein Los, und freute sich herzlich;
Warf es dann vor die Füße zur Erd' hin, also beginnend:
Wahrlich mein ist, Freunde, das Los, und ich freue mich selber
Herzlich; dieweil ich hoffe den Sieg vom göttlichen Hektor.
Aber wohlan, indes ich mit Kriegsgerät mich umhülle;
Fleht ihr alle zu Zeus, dem waltenden Sohne des Kronos,
Vor euch selbst in der Stille, daß nicht die Troer es hören;

ἠὲ καὶ ἀμφαδίην, ἐπεὶ οὔ τινα δείδιμεν ἔμπης·
οὐ γάρ τίς με βίηι γε ἑκὼν ἀέκοντα δίηται,
οὐδέ τι ἰδρείηι, ἐπεὶ οὐδ' ἐμὲ νήϊδά γ' οὕτως
ἔλπομαι ἐν Σαλαμῖνι γενέσθαι τε τραφέμεν τε."
ὣς ἔφαθ', οἱ δ' εὔχοντο Διὶ Κρονίωνι ἄνακτι·
ὧδε δέ τις εἴπεσκεν ἰδὼν εἰς οὐρανὸν εὐρύν·
„Ζεῦ πάτερ, Ἴδηθεν μεδέων, κύδιστε μέγιστε,
δὸς νίκην Αἴαντι καὶ ἀγλαὸν εὖχος ἀρέσθαι·
εἰ δὲ καὶ Ἕκτορά περ φιλέεις καὶ κήδεαι αὐτοῦ,
ἴσην ἀμφοτέροισι βίην καὶ κῦδος ὄπασσον."
ὣς ἄρ' ἔφαν, Αἴας δὲ κορύσσετο νώροπι χαλκῶι.
αὐτὰρ ἐπεὶ δὴ πάντα περὶ χροΐ ἕσσατο τεύχεα,
σεύατ' ἔπειθ' οἷός τε πελώριος ἔρχεται Ἄρης,
ὅς τ' εἶσιν πόλεμον δὲ μετ' ἀνέρας, οὕς τε Κρονίων
θυμοβόρου ἔριδος μένεϊ ξυνέηκε μάχεσθαι.
τοῖος ἄρ' Αἴας ὦρτο πελώριος ἕρκος Ἀχαιῶν,
μειδιόων βλοσυροῖσι προσώπασι· νέρθε δὲ ποσσὶν
ἤϊε μακρὰ βιβάς, κραδάων δολιχόσκιον ἔγχος.
τὸν δὲ καὶ Ἀργεῖοι μὲν ἐγήθεον εἰσορόωντες,
Τρῶας δὲ τρόμος αἰνὸς ὑπήλυθε γυῖα ἕκαστον,
Ἕκτορί τ' αὐτῶι θυμὸς ἐνὶ στήθεσσι πάτασσεν·
ἀλλ' οὔ πως ἔτι εἶχεν ὑποτρέσαι οὐδ' ἀναδῦναι
ἂψ λαῶν ἐς ὅμιλον, ἐπεὶ προκαλέσσατο χάρμηι.
Αἴας δ' ἐγγύθεν ἦλθε φέρων σάκος ἠΰτε πύργον,
χάλκεον ἑπταβόειον, ὅ οἱ Τυχίος κάμε τεύχων,
σκυτοτόμων ὄχ' ἄριστος, Ὕληι ἔνι οἰκία ναίων,
ὅς οἱ ἐποίησεν σάκος αἰόλον ἑπταβόειον
ταύρων ζατρεφέων, ἐπὶ δ' ὄγδοον ἤλασε χαλκόν.
τὸ πρόσθε στέρνοιο φέρων Τελαμώνιος Αἴας
στῆ ῥα μάλ' Ἕκτορος ἐγγύς, ἀπειλήσας δὲ προσηύδα·
„Ἕκτορ, νῦν μὲν δὴ σάφα εἴσεαι οἰόθεν οἷος
οἷοι καὶ Δαναοῖσιν ἀριστῆες μετέασι,
καὶ μετ' Ἀχιλλῆα ῥηξήνορα θυμολέοντα.
ἀλλ' ὁ μὲν ἐν νήεσσι κορωνίσι ποντοπόροισι
κεῖτ' ἀπομηνίσας Ἀγαμέμνονι, ποιμένι λαῶν·
ἡμεῖς δ' εἰμὲν τοῖοι οἳ ἂν σέθεν ἀντιάσαιμεν
καὶ πολέες· ἀλλ' ἄρχε μάχης ἠδὲ πτολέμοιο."
τὸν δ' αὖτε προσέειπε μέγας κορυθαίολος Ἕκτωρ·
„Αἶαν διογενὲς Τελαμώνιε, κοίρανε λαῶν,
μή τί μευ ἠΰτε παιδὸς ἀφαυροῦ πειρήτιζε,
ἠὲ γυναικός, ἣ οὐκ οἶδεν πολεμήϊα ἔργα.

Oder mit lautem Gebet, denn niemand fürchten wir wahrlich!
Keiner soll durch Gewalt unwillig mit Zwang mich vertreiben,
Noch durch siegende Kunst; denn nicht unkundig des Krieges
Hoff' ich in Salamis Flur geboren zu sein und erzogen!
Jener sprach's; und sie flehten zu Zeus Kronion dem Herrscher.
Also betete mancher, den Blick gen Himmel gewendet:
Vater Zeus, ruhmwürdig und hehr, du Herrscher vom Ida,
Gib nun Ajas den Sieg, daß glänzenden Ruhm er gewinne!
Aber ist auch Hektor dir wert, und waltest du seiner,
Gleich dann schmücke sie beide mit Kraft und Ehre des Sieges!
Also das Volk; denn es deckte mit blinkendem Erze sich Ajas.
Aber nachdem er den Leib ringsum in Waffen gehüllet;
Stürmt' er daher, wie Ares der Ungeheure sich nahet,
Der in die Schlacht eingehet zu Männern, welche Kronion
Trieb zum erbitterten Kampfe der geistverzehrenden Zwietracht:
Also erhub sich Ajas, der ragende Hort der Achaier,
Lächelnd mit finsterem Ernste des Antlitzes; und mit den Füßen
Wandelt' er mächtigen Schritts und schwang die erhabene Lanze.
Sein erfreuten sich hoch die Danaer ringsher schauend;
Aber dem Volk der Troer durchschauderte Schrecken die Glieder.
Selbst dem Hektor begann sein Herz im Busen zu schlagen;
Doch nicht konnt' er nunmehr wo zurückfliehn, noch sich verbergen
Unter die Haufen des Volks; denn er forderte selber den Zweikampf.
Ajas nahte heran und trug den türmenden Schild vor,
Ehern und siebenhäutig, den Tychios klug ihm vollendet,
Hoch berühmt in des Leders Bereitungen, wohnend in Hyle:
Dieser schuf ihm den regsamen Schild aus sieben Häuten
Feistgenähreter Stier', und umzog zum achten mit Erz sie.
Den nun trug vor der Brust der Telamonier Ajas,
Stellte sich nahe vor Hektor, und sprach die drohenden Worte:
Hektor, deutlich nunmehr erkennest du, einer mit einem,
Wie sich im Danaervolk noch andere Helden erheben,
Auch nach Peleus' Sohn, dem zermalmenden, löwenbeherzten!
Jener zwar bei den schnellen gebogenen Schiffen des Meeres
Ruht nun, zürnend im Geist dem Hirten des Volks Agamemnon;
Aber auch wir sind Männer, mit Freudigkeit dir zu begegnen,
Und noch viel! Wohlauf, und beginne du Kampf und Entscheidung!
Ihm antwortete drauf der helmumflatterte Hektor:
Ajas, göttlicher Sohn des Telamon, Völkergebieter,
Denke mich nicht durch Trotz, wie ein schwaches Kind, zu versuchen,
Oder ein Weib, das nimmer des Kriegs Arbeiten gelernet!

αὐτὰρ ἐγὼν εὖ οἶδα μάχας τ᾽ ἀνδροκτασίας τε·
οἶδ᾽ ἐπὶ δεξιά, οἶδ᾽ ἐπ᾽ ἀριστερὰ νωμῆσαι βῶν
ἀζαλέην, τό μοι ἔστι ταλαύρινον πολεμίζειν·
οἶδα δ᾽ ἐπαΐξαι μόθον ἵππων ὠκειάων·
οἶδα δ᾽ ἐνὶ σταδίηι δηΐωι μέλπεσθαι Ἄρηϊ.
ἀλλ᾽ οὐ γάρ σ᾽ ἐθέλω βαλέειν τοιοῦτον ἐόντα
λάθρηι ὀπιπεύσας, ἀλλ᾽ ἀμφαδόν, αἴ κε τύχωμι."
ἦ ῥα, καὶ ἀμπεπαλὼν προΐει δολιχόσκιον ἔγχος,
καὶ βάλεν Αἴαντος δεινὸν σάκος ἑπταβόειον
ἀκρότατον κατὰ χαλκόν, ὃς ὄγδοος ἦεν ἐπ᾽ αὐτῶι.
ἓξ δὲ διὰ πτύχας ἦλθε δαΐζων χαλκὸς ἀτειρής,
ἐν τῆι δ᾽ ἑβδομάτηι ῥινῶι σχέτο· δεύτερος αὖτε
Αἴας διογενὴς προΐει δολιχόσκιον ἔγχος,
καὶ βάλε Πριαμίδαο κατ᾽ ἀσπίδα πάντοσ᾽ ἐΐσην.
διὰ μὲν ἀσπίδος ἦλθε φαεινῆς ὄβριμον ἔγχος,
καὶ διὰ θώρηκος πολυδαιδάλου ἠρήρειστο·
ἀντικρὺ δὲ παραὶ λαπάρην διάμησε χιτῶνα
ἔγχος· ὁ δ᾽ ἐκλίνθη καὶ ἀλεύατο κῆρα μέλαιναν.
τὼ δ᾽ ἐκσπασσαμένω δολίχ᾽ ἔγχεα χερσὶν ἅμ᾽ ἄμφω
σύν ῥ᾽ ἔπεσον λείουσιν ἐοικότες ὠμοφάγοισιν,
ἢ συσὶ κάπροισιν, τῶν τε σθένος οὐκ ἀλαπαδνόν.
Πριαμίδης μὲν ἔπειτα μέσον σάκος οὔτασε δουρί,
οὐδ᾽ ἔρρηξεν χαλκός, ἀνεγνάμφθη δέ οἱ αἰχμή.
Αἴας δ᾽ ἀσπίδα νύξεν ἐπάλμενος· ἡ δὲ διαπρὸ
ἤλυθεν ἐγχείη, στυφέλιξε δέ μιν μεμαῶτα,
τμήδην δ᾽ αὐχέν᾽ ἐπῆλθε, μέλαν δ᾽ ἀνεκήκιεν αἷμα,
ἀλλ᾽ οὐδ᾽ ὧς ἀπέληγε μάχης κορυθαίολος Ἕκτωρ,
ἀλλ᾽ ἀναχασσάμενος λίθον εἵλετο χειρὶ παχείηι
κείμενον ἐν πεδίωι, μέλανα τρηχύν τε μέγαν τε·
τῶι βάλεν Αἴαντος δεινὸν σάκος ἑπταβόειον
μέσσον ἐπομφάλιον· περιήχησεν δ᾽ ἄρα χαλκός.
δεύτερος αὖτ᾽ Αἴας πολὺ μείζονα λᾶαν ἀείρας
ἧκ᾽ ἐπιδινήσας, ἐπέρεισε δὲ ἶν᾽ ἀπέλεθρον,
εἴσω δ᾽ ἀσπίδ᾽ ἔαξε βαλὼν μυλοειδέϊ πέτρωι,
βλάψε δέ οἱ φίλα γούναθ᾽· ὁ δ᾽ ὕπτιος ἐξετανύσθη
ἀσπίδι ἐγχριμφθείς· τὸν δ᾽ αἶψ᾽ ὤρθωσεν Ἀπόλλων.
καί νύ κε δὴ ξιφέεσσ᾽ αὐτοσχεδὸν οὐτάζοντο,
εἰ μὴ κήρυκες, Διὸς ἄγγελοι ἠδὲ καὶ ἀνδρῶν,
ἦλθον, ὁ μὲν Τρώων, ὁ δ᾽ Ἀχαιῶν χαλκοχιτώνων,
Ταλθύβιός τε καὶ Ἰδαῖος, πεπνυμένω ἄμφω·
μέσσωι δ᾽ ἀμφοτέρων σκῆπτρα σχέθον, εἶπέ τε μῦθον

Wohl sind mir die Kämpfe bekannt, und die Schlachten der Männer!
Rechtshin weiß ich zu wenden, und links zu wenden den Stierschild,
Dürrer Last, um stets unermüdeter Stärke zu kämpfen;
Weiß zu Fuß ihn zu tanzen den Tanz des schrecklichen Ares,
Weiß auch rasch im Getümmel die fliegenden Rosse zu lenken!
Aber nicht ereile mein Speer dich, tapferer Krieger,
Heimlich mit laurender List, nein öffentlich, ob er dich treffe!
Sprach's, und im Schwung' entsandt' er die weithinschattende Lanze;
Und sie traf dem Ajas den siebenhäutigen Stierschild
Auf das obere Erz, das ihm zum achten umherlag:
Sechs der Schichten durchdrang das spaltende Erz unbezwingbar,
Doch in der siebenten Haut ermattet es. Wieder entsandt' ihm
Ajas der göttliche Held die weithinschattende Lanze;
Und sie traf dem Hektor den Schild von geründeter Wölbung.
Siehe, den strahlenden Schild durchschmetterte mächtig die Lanze,
Auch in das Kunstgeschmeide des Harnisches drang sie geheftet;
Grad' hindurch an der Weiche des Bauchs durchschnitt sie den Leibrock
Stürmend: da wand sich jener, und mied das schwarze Verhängnis.
Beide dann zogen heraus die ragenden Speer', und zugleich nun
Rannten sie an, blutgierig, wie raubverschlingende Löwen,
Oder wie Eber des Waldes von nicht unkriegrischer Stärke.
Priamos' Sohn stieß mächtig den Speer auf die Mitte des Schildes;
Doch nicht brach er das Erz, denn rückwärts bog sich die Spitze.
Ajas stach nun den Schild anlaufend ihm, aber hindurch drang
Schmetternd die eherne Lanz', und erschütterte jenen im Angriff.
Streifend am Hals hinfuhr sie, und schwarz entspritzte das Blut ihm.
Doch nicht ruhte vom Kampf der helmumflatterte Hektor;
Sondern wich, und erhub mit nervichter Rechte den Feldstein,
Der dort lag im Gefilde, den dunkelen, rauhen und großen;
Schwang ihn hin, und dem Ajas den siebenhäutigen Stierschild
Traf er gerad' auf den Nabel, daß ringsum dröhnend das Erz scholl.
Wieder erhub nun Ajas den noch viel größeren Feldstein,
Sandt' ihn daher umschwingend, und strengt' unermeßliche Kraft an.
Einwärts brach er den Schild mit dem mühlsteinähnlichen Felsen,
Und verletzt' ihm die Kniee, daß rücklings jener dahinsank,
Fest den Schild in der Hand; doch schnell erhub ihn Apollon.
Jetzt auch hätten mit Schwertern in nahem Kampf sie verwundet,
Wenn nicht zween Herolde, die Boten Zeus' und der Männer,
Eilend genaht, von den Troern und erzumschirmten Achaiern,
Dort Idäos, und hier Talthybios, beide verständig.
Zwischen die Kämpfenden streckten die Stäbe sie; aber Idäos

κῆρυξ Ἰδαῖος, πεπνυμένα μήδεα εἰδώς·
„ μηκέτι, παῖδε φίλω, πολεμίζετε μηδὲ μάχεσθον·
ἀμφοτέρω γὰρ σφῶϊ φιλεῖ νεφεληγερέτα Ζεύς,
ἄμφω δ᾽ αἰχμητά· τό γε δὴ καὶ ἴδμεν ἅπαντες.
νὺξ δ᾽ ἤδη τελέθει· ἀγαθὸν καὶ νυκτὶ πιθέσθαι."
τὸν δ᾽ ἀπαμειβόμενος προσέφη Τελαμώνιος Αἴας·
„Ἰδαῖ᾽, Ἕκτορα ταῦτα κελεύετε μυθήσασθαι·
αὐτὸς γὰρ χάρμηι προκαλέσσατο πάντας ἀρίστους.
ἀρχέτω· αὐτὰρ ἐγὼ μάλα πείσομαι ἧι περ ἂν οὗτος."
τὸν δ᾽ αὖτε προσέειπε μέγας κορυθαίολος Ἕκτωρ·
„ Αἶαν, ἐπεί τοι δῶκε θεὸς μέγεθός τε βίην τε
καὶ πινυτήν, περὶ δ᾽ ἔγχει Ἀχαιῶν φέρτατός ἐσσι,
νῦν μὲν παυσώμεσθα μάχης καὶ δηϊοτῆτος
σήμερον· ὕστερον αὖτε μαχησόμεθ᾽, εἰς ὅ κε δαίμων
ἄμμε διακρίνηι, δώηι δ᾽ ἑτέροισί γε νίκην.
νὺξ δ᾽ ἤδη τελέθει· ἀγαθὸν καὶ νυκτὶ πιθέσθαι,
ὡς σύ τ᾽ ἐϋφρήνηις πάντας παρὰ νηυσὶν Ἀχαιούς,
σούς τε μάλιστα ἔτας καὶ ἑταίρους, οἵ τοι ἔασιν·
αὐτὰρ ἐγὼ κατὰ ἄστυ μέγα Πριάμοιο ἄνακτος
Τρῶας ἐϋφρανέω καὶ Τρωιάδας ἑλκεσιπέπλους,
αἵ τέ μοι εὐχόμεναι θεῖον δύσονται ἀγῶνα.
δῶρα δ᾽ ἄγ᾽ ἀλλήλοισι περικλυτὰ δώομεν ἄμφω,
ὄφρά τις ὧδ᾽ εἴπηισιν Ἀχαιῶν τε Τρώων τε·
‚ ἠμὲν ἐμαρνάσθην ἔριδος πέρι θυμοβόροιο,
ἠδ᾽ αὖτ᾽ ἐν φιλότητι διέτμαγεν ἀρθμήσαντε.'"
ὣς ἄρα φωνήσας δῶκε ξίφος ἀργυρόηλον,
σὺν κολεῶι τε φέρων καὶ ἐϋτμήτωι τελαμῶνι·
Αἴας δὲ ζωστῆρα δίδου φοίνικι φαεινόν.
τὼ δὲ διακρινθέντε ὁ μὲν μετὰ λαὸν Ἀχαιῶν
ἤϊ᾽, ὁ δ᾽ ἐς Τρώων ὅμαδον κίε· τοὶ δὲ χάρησαν,
ὡς εἶδον ζωόν τε καὶ ἀρτεμέα προσιόντα,
Αἴαντος προφυγόντα μένος καὶ χεῖρας ἀάπτους·
καί ῥ᾽ ἦγον προτὶ ἄστυ, ἀελπτέοντες σόον εἶναι.
Αἴαντ᾽ αὖθ᾽ ἑτέρωθεν ἐϋκνήμιδες Ἀχαιοὶ
εἰς Ἀγαμέμνονα δῖον ἄγον, κεχαρηότα νίκηι.
οἱ δ᾽ ὅτε δὴ κλισίηισιν ἐν Ἀτρεΐδαο γένοντο,
τοῖσι δὲ βοῦν ἱέρευσεν ἄναξ ἀνδρῶν Ἀγαμέμνων
ἄρσενα πενταέτηρον ὑπερμενέϊ Κρονίωνι.
τὸν δέρον ἀμφί θ᾽ ἕπον, καί μιν διέχευαν ἅπαντα,
μίστυλλόν τ᾽ ἄρ᾽ ἐπισταμένως πεῖράν τ᾽ ὀβελοῖσιν,
ὄπτησάν τε περιφραδέως, ἐρύσαντό τε πάντα.

Sprach das Wort, der Herold, verständiges Rates erfahren:
Nun nicht mehr, ihr Kinder, des feindlichen Kampfs und Gefechtes!
Beide ja seid ihr geliebt dem Herrscher im Donnergewölk Zeus,
Beid' auch tapfere Streiter; das schaueten jetzo wir alle.
Doch nun nahet die Nacht; gut ist's, auch der Nacht zu gehorchen.
Gegen ihn rief antwortend der Telamonier Ajas:
Erst den Hektor ermahnt, Idäos, also zu reden;
Weil er selbst zum Kampfe die Tapfersten alle hervorrief.
Jener beginn'; und gerne gehorch' ich dir, wenn er zuerst will.
Ihm antwortete drauf der helmumflatterte Hektor:
Ajas, dieweil dir ein Gott die Kraft und die Größe verliehen,
Und den Verstand, und im Speere der beste du bist der Achaier;
Laß uns jetzt ausruhen vom feindlichen Kampf der Entscheidung,
Heut; doch künftig erneun wir die Feldschlacht, bis uns ein Dämon
Trennen wird und geben der Völker einem den Siegsruhm.
Denn nun nahet die Nacht; gut ist's, auch der Nacht zu gehorchen:
Daß du dort bei den Schiffen das Herz der Achaier erfreuest,
Doch vor allen der Freund' und deiner lieben Genossen;
Aber ich selbst, heimkehrend in Priamos' Stadt des Beherrschers,
Trojas Männer erfreu' und saumnachschleppende Weiber,
Welche für mich aufflehend an heiliger Stätte sich sammeln,
Laß uns jetzt auch einander mit rühmlichen Gaben beschenken;
Daß man sage hinfort bei Troern und bei Achaiern:
Seht, sie kämpften den Kampf der geistverzehrenden Zwietracht,
Und dann schieden sie beid' in Freundschaft wieder versöhnet.
Jener sprach's, und reicht' ihm das Schwert voll silberner Buckeln
Samt der Scheid' in die Hand, und dem schöngezierten Gehenke.
Ajas schenkt' ihm dagegen den Leibgurt, schimmernd von Purpur.
Also schieden sie beid'; es kehrte zum Volk der Achaier
Einer, zum Heer der Troer der andere: jene mit Freude
Schaueten nun, daß lebend und unverletzt er daherging,
Ajas' Händen entflohn und unaufhaltsamer Stärke,
Führten ihn dann in die Stadt, und glaubeten kaum ihn errettet.
Auch den Ajas führten die hellumschienten Achaier
Hin zum Held Agamemnon, der hoch des Sieges erfreut war.
Als sie nunmehr ins Gezelt um Atreus' Sohn sich versammelt;
Opferte, jenen zum Schmaus, der Völkerfürst Agamemnon
Einen Stier, fünfjährig und feist, dem starken Kronion.
Rasch ihn zogen sie ab, und zerlegeten alles geschäftig,
Schnitten behend' in Stücke das Fleisch, und steckten's an Spieße,
Brieten es dann vorsichtig, und zogen es alles herunter.

αὐτὰρ ἐπεὶ παύσαντο πόνου τετύκοντό τε δαῖτα,
δαίνυντ', οὐδέ τι θυμὸς ἐδεύετο δαιτὸς ἐΐσης·
νώτοισιν δ' Αἴαντα διηνεκέεσσι γέραιρεν
ἥρως Ἀτρεΐδης, εὐρὺ κρείων Ἀγαμέμνων.
αὐτὰρ ἐπεὶ πόσιος καὶ ἐδητύος ἐξ ἔρον ἕντο,
τοῖς ὁ γέρων πάμπρωτος ὑφαίνειν ἤρχετο μῆτιν
Νέστωρ, οὗ καὶ πρόσθεν ἀρίστη φαίνετο βουλή·
ὅ σφιν ἐΰφρονέων ἀγορήσατο καὶ μετέειπεν·
„Ἀτρεΐδη τε καὶ ἄλλοι ἀριστῆες Παναχαιῶν,
πολλοὶ γὰρ τεθνᾶσι κάρη κομόωντες Ἀχαιοί,
τῶν νῦν αἷμα κελαινὸν ἐΰρροον ἀμφὶ Σκάμανδρον
ἐσκέδασ' ὀξὺς Ἄρης, ψυχαὶ δ' Ἄϊδόσδε κατῆλθον·
τώ σε χρὴ πόλεμον μὲν ἅμ' ἠοῖ παῦσαι Ἀχαιῶν,
αὐτοὶ δ' ἀγρόμενοι κυκλήσομεν ἐνθάδε νεκροὺς
βουσὶ καὶ ἡμιόνοισιν· ἀτὰρ κατακήομεν αὐτοὺς
τυτθὸν ἀπὸ πρὸ νεῶν, ὥς κ' ὀστέα παισὶν ἕκαστος
οἴκαδ' ἄγῃ, ὅτ' ἂν αὖτε νεώμεθα πατρίδα γαῖαν.
τύμβον δ' ἀμφὶ πυρὴν ἕνα χεύομεν ἐξαγαγόντες
ἄκριτον ἐκ πεδίου· ποτὶ δ' αὐτὸν δείμομεν ὦκα
πύργους ὑψηλούς, εἶλαρ νηῶν τε καὶ αὐτῶν.
ἐν δ' αὐτοῖσι πύλας ποιήσομεν εὖ ἀραρυίας,
ὄφρα δι' αὐτάων ἱππηλασίη ὁδὸς εἴη·
ἔκτοσθεν δὲ βαθεῖαν ὀρύξομεν ἐγγύθι τάφρον,
ἥ χ' ἵππον καὶ λαὸν ἐρυκάκοι ἀμφὶς ἐοῦσα,
μή ποτ' ἐπιβρίσῃ πόλεμος Τρώων ἀγερώχων."
ὣς ἔφαθ', οἱ δ' ἄρα πάντες ἐπῄνησαν βασιλῆες.
Τρώων αὖτ' ἀγορὴ γένετ' Ἰλίου ἐν πόλει ἄκρῃ,
δεινὴ τετρηχυῖα, παρὰ Πριάμοιο θύρῃσι·
τοῖσιν δ' Ἀντήνωρ πεπνυμένος ἦρχ' ἀγορεύειν·
„κέκλυτέ μευ, Τρῶες καὶ Δάρδανοι ἠδ' ἐπίκουροι,
ὄφρ' εἴπω τά με θυμὸς ἐνὶ στήθεσσι κελεύει.
δεῦτ' ἄγετ', Ἀργείην Ἑλένην καὶ κτήμαθ' ἅμ' αὐτῇ
δώομεν Ἀτρεΐδῃσιν ἄγειν· νῦν δ' ὅρκια πιστὰ
ψευσάμενοι μαχόμεσθα· τὼ οὔ νύ τι κέρδιον ἡμῖν
ἔλπομαι ἐκτελέεσθαι, ἵνα μὴ ῥέξομεν ὧδε."
ἤτοι ὅ γ' ὣς εἰπὼν κατ' ἄρ' ἕζετο· τοῖσι δ' ἀνέστη
δῖος Ἀλέξανδρος, Ἑλένης πόσις ἠϋκόμοιο,
ὅς μιν ἀμειβόμενος ἔπεα πτερόεντα προσηύδα·
„Ἀντῆνορ, σὺ μὲν οὐκέτ' ἐμοὶ φίλα ταῦτ' ἀγορεύεις·
οἶσθα καὶ ἄλλον μῦθον ἀμείνονα τοῦδε νοῆσαι.
εἰ δ' ἐτεὸν δὴ τοῦτον ἀπὸ σπουδῆς ἀγορεύεις,

Aber nachdem sie ruhten vom Werk, und das Mahl sich bereitet;
Schmausten sie, und nicht mangelt' ihr Herz des gemeinsamen Mahles.
Aber den Ajas ehrt' er mit weithinreichendem Rücken,
Atreus' Heldensohn, der Völkerfürst Agamemnon.
Aber nachdem die Begierde des Tranks und der Speise gestillt war,
Jetzo begann der Greis den Entwurf zu ordnen in Weisheit,
Nestor, der schon eher mit trefflichem Rate genützet;
Dieser begann wohlmeinend, und redete vor der Versammlung:
Atreus' Sohn, und ihr andern, erhabene Fürsten Achaias,
Viele ja sind gestorben der hauptumlockten Achaier,
Welchen das schwarze Blut um den schönen Strom des Skamandros
Ares der Wütrich vergoß, und die Seelen zum Aïdes sanken.
Darum laß mit dem Morgen den Krieg ausruhn der Achaier,
Daß wir gesamt auf Wagen die Leichname holen, von Rindern
Und Maultieren geführt; alsdann verbrennen wir alle,
Etwas entfernt von den Schiffen, damit einst jeder den Kindern
Bringe den Staub, wann wieder zum Vaterlande wir heimziehn.
Einen Hügel am Brand erheben wir draußen versammelt
Allen zugleich im Gefild', und neben ihm bauen wir eilig
Hochgetürmt die Mauer, uns selbst und den Schiffen zur Schutzwehr.
Drin auch bauen wir Tore mit wohleinfugenden Flügeln,
Daß bequem durch solche der Weg sei Rossen und Wagen.
Draußen umziehn wir sodann mit tiefem Graben die Mauer,
Welcher rings abwehre den Reisigen Zeug und das Fußvolk;
Daß nicht einst andränge die Macht hochherziger Troer.
Jener sprach's, und umher die Könige riefen ihm Beifall.
Auch die Troer kamen auf Ilios' Burg zur Versammlung,
Schreckenvoll und verwirrt, vor Priamos' hohem Palaste;
Und vor ihnen begann der verständige Held Antenor:
Hört mein Wort, ihr Troer, ihr Dardaner, und ihr Genossen,
Daß ich rede, wie mir das Herz im Busen gebietet.
Auf, die Argeierin Helena nun, und die Schätze mit jener,
Geben wir Atreus' Söhnen zurück. Nun streiten wir treulos
Gegen den heiligen Bund; drum hoff' ich nimmer, daß Wohlfahrt
Unserem Volke gedeihe, bevor wir also gehandelt.
Also redete jener, und setzte sich. Wieder erhub sich
Alexandros der Held, der lockigen Helena Gatte;
Dieser erwiderte drauf, und sprach die geflügelten Worte:
Keineswegs, Antenor, gefällt mir, was du geredet!
Leicht wohl könntest du sonst ein besseres raten, denn solches!
Aber wofern du wirklich in völligem Ernste geredet;

ἐξ ἄρα δή τοι ἔπειτα θεοὶ φρένας ὤλεσαν αὐτοί.
αὐτὰρ ἐγὼ Τρώεσσι μεθ' ἱπποδάμοις ἀγορεύσω·
ἀντικρὺ δ' ἀπόφημι, γυναῖκα μὲν οὐκ ἀποδώσω·
κτήματα δ' ὅσσ' ἀγόμην ἐξ Ἄργεος ἡμέτερον δῶ
πάντ' ἐθέλω δόμεναι καὶ οἴκοθεν ἄλλ' ἐπιθεῖναι."
ἤτοι ὅ γ' ὣς εἰπὼν κατ' ἄρ' ἕζετο· τοῖσι δ' ἀνέστη
Δαρδανίδης Πρίαμος, θεόφιν μήστωρ ἀτάλαντος,
ὅ σφιν ἐϋφρονέων ἀγορήσατο καὶ μετέειπε·
„κέκλυτέ μευ, Τρῶες καὶ Δάρδανοι ἠδ' ἐπίκουροι,
ὄφρ' εἴπω τά με θυμὸς ἐνὶ στήθεσσι κελεύει.
νῦν μὲν δόρπον ἕλεσθε κατὰ πτόλιν, ὡς τὸ πάρος περ,
καὶ φυλακῆς μνήσασθε καὶ ἐγρήγορθε ἕκαστος·
ἠῶθεν δ' Ἰδαῖος ἴτω κοίλας ἐπὶ νῆας
εἰπέμεν Ἀτρεΐδῃς, Ἀγαμέμνονι καὶ Μενελάωι,
μῦθον Ἀλεξάνδροιο, τοῦ εἵνεκα νεῖκος ὄρωρε·
καὶ δὲ τόδ' εἰπέμεναι πυκινὸν ἔπος, αἴ κ' ἐθέλωσι
παύσασθαι πολέμοιο δυσηχέος, εἰς ὅ κε νεκροὺς
κήομεν· ὕστερον αὖτε μαχησόμεθ', εἰς ὅ κε δαίμων
ἄμμε διακρίνῃ, δώῃ δ' ἑτέροισί γε νίκην."
ὣς ἔφαθ', οἱ δ' ἄρα τοῦ μάλα μὲν κλύον ἠδ' ἐπίθοντο,
δόρπον ἔπειθ' εἵλοντο κατὰ στρατὸν ἐν τελέεσσιν·
ἠῶθεν δ' Ἰδαῖος ἔβη κοίλας ἐπὶ νῆας·
τοὺς δ' εὗρ' εἰν ἀγορῇ Δαναοὺς θεράποντας Ἄρηος
νηῒ πάρα πρύμνῃ Ἀγαμέμνονος· αὐτὰρ ὁ τοῖσι
στὰς ἐν μέσσοισιν μετεφώνεεν ἠπύτα κῆρυξ·
„Ἀτρεΐδη τε καὶ ἄλλοι ἀριστῆες Παναχαιῶν,
ἠνώγει Πρίαμός τε καὶ ἄλλοι Τρῶες ἀγαυοὶ
εἰπεῖν, αἴ κέ περ ὔμμι φίλον καὶ ἡδὺ γένοιτο,
μῦθον Ἀλεξάνδροιο, τοῦ εἵνεκα νεῖκος ὄρωρε·
κτήματα μὲν ὅσ' Ἀλέξανδρος κοίλῃς ἐνὶ νηυσὶν
ἠγάγετο Τροίηνδ' – ὡς πρὶν ὤφελλ' ἀπολέσθαι –
πάντ' ἐθέλει δόμεναι καὶ ἔτ' οἴκοθεν ἄλλ' ἐπιθεῖναι·
κουριδίην δ' ἄλοχον Μενελάου κυδαλίμοιο
οὔ φησιν δώσειν· ἦ μὴν Τρῶές γε κέλονται.
καὶ δὲ τόδ' ἠνώγεον εἰπεῖν ἔπος, αἴ κ' ἐθέλητε
παύσασθαι πολέμοιο δυσηχέος, εἰς ὅ κε νεκροὺς
κήομεν· ὕστερον αὖτε μαχησόμεθ', εἰς ὅ κε δαίμων
ἄμμε διακρίνῃ, δώῃ δ' ἑτέροισί γε νίκην."
ὣς ἔφαθ', οἱ δ' ἄρα πάντες ἀκὴν ἐγένοντο σιωπῇ·
ὀψὲ δὲ δὴ μετέειπε βοὴν ἀγαθὸς Διομήδης·
„μήτ' ἄρ τις νῦν κτήματ' Ἀλεξάνδροιο δεχέσθω

Traun, dann raubeten dir die Unsterblichen selbst die Besinnung!
Jetzo verkünd' auch ich den rossebezähmenden Troern;
Grade heraus bekenn' ich: Das Weib, nie geb' ich es wieder;
Aber das Gut, so viel ich aus Argos führt' in die Wohnung,
Will ich gesamt nun erstatten, und noch des Meinen hinzutun.
  Also redete jener, und setzte sich. Wieder erhub sich
Priamos, Dardanos' Enkel, an Rat den Unsterblichen ähnlich;
Dieser begann wohlmeinend, und redete vor der Versammlung:
  Hört mein Wort, ihr Troer, ihr Dardaner, und ihr Genossen;
Daß ich rede, wie mir das Herz im Busen gebietet.
Jetzo nehmet das Mahl durch das Kriegsheer, so wie gewöhnlich,
Und gedenkt der nächtlichen Hut, und jeder sei wachsam.
Morgen geh' Idäos hinab zu den räumigen Schiffen,
Daß er den Fürsten des Volks Agamemnon und Menelaos
Sage die Red' Alexandros', um welchen der Streit sich erhoben;
Auch dies heilsame Wort dann verkündige, ob sie geneigt sind,
Auszuruhn vom Getöse der Feldschlacht, bis wir die Toten
Erst verbrannt; doch künftig erneuen wir, bis uns ein Dämon
Trennen wird, und geben der Völker einem den Siegsruhm.
  Jener sprach's; da hörten sie aufmerksam und gehorchten.
Ringsum nahm man das Mahl durch das Kriegsheer, Haufen bei Haufen.
Morgens ging Idäos hinab zu den räumigen Schiffen.
Und er fand die Achaier im Rat, die Genossen des Ares,
Neben dem Hinterschiff Agamemnons. Jener, sich nahend
Trat in den Kreis und begann, der lautaustönende Herold:
  Atreus' Söhn' und ihr andern, erhabene Fürsten Achaias,
Priamos sendete mich, und die anderen Edlen der Troer,
Daß ich, wär' es vielleicht euch angenehm und gefällig,
Sagte die Red' Alexandros', um welchen der Streit sich erhoben.
Alles Gut, so viel Alexandros in räumigen Schiffen
Her gen Troja geführt, (hätt' eher der Tod ihn ereilet!)
Will er gesamt euch erstatten, und noch des seinen hinzutun.
Aber die Jugendvermählte von Atreus' Sohn Menelaos
Gibt er nie, wie er sagt, obzwar ihn die Troer ermahnen.
Dieses Wort auch sollt' ich verkündigen, ob ihr geneigt seid
Auszuruhn vom Getöse der Feldschlacht, bis wir die Toten
Erst verbrannt; doch künftig erneuen wir, bis uns ein Dämon
Trennen wird, und geben der Völker einem den Siegsruhm.
  Jener sprach's; doch alle verstummten umher, und schwiegen.
Endlich begann vor ihnen der Rufer im Streit Diomedes:
  Daß nur keiner das Gut Alexandros' nehme, ja selbst nicht

μήθ᾽ Ἑλένην· γνωτὸν δὲ καὶ ὃς μάλα νήπιός ἐστιν,
ὡς ἤδη Τρώεσσιν ὀλέθρου πείρατ᾽ ἐφῆπται.“
ὣς ἔφαθ᾽, οἱ δ᾽ ἄρα πάντες ἐπίαχον υἷες Ἀχαιῶν,
μῦθον ἀγασσάμενοι Διομήδεος ἱπποδάμοιο·
καὶ τότ᾽ ἄρ᾽ Ἰδαῖον προσέφη κρείων Ἀγαμέμνων·
„Ἰδαῖ᾽, ἤτοι μῦθον Ἀχαιῶν αὐτὸς ἀκούεις,
ὥς τοι ὑποκρίνονται· ἐμοὶ δ᾽ ἐπιανδάνει οὕτως.
ἀμφὶ δὲ νεκροῖσιν κατακαιέμεν οὔ τι μεγαίρω·
οὐ γάρ τις φειδὼ νεκύων κατατεθνηώτων
γίγνετ᾽, ἐπεί κε θάνωσι, πυρὸς μειλισσέμεν ὦκα.
ὅρκια δὲ Ζεὺς ἴστω, ἐρίγδουπος πόσις Ἥρης.“
ὣς εἰπὼν τὸ σκῆπτρον ἀνέσχεθε πᾶσι θεοῖσιν,
ἄψορρον δ᾽ Ἰδαῖος ἔβη προτὶ Ἴλιον ἱρήν.
οἱ δ᾽ ἕατ᾽ εἰν ἀγορῆι Τρῶες καὶ Δαρδανίωνες,
πάντες ὁμηγερέες, ποτιδέγμενοι ὁππότ᾽ ἄρ᾽ ἔλθοι
Ἰδαῖος· ὁ δ᾽ ἄρ᾽ ἦλθε καὶ ἀγγελίην ἀπέειπε
στὰς ἐν μέσσοισιν· τοὶ δ᾽ ὁπλίζοντο μάλ᾽ ὦκα,
ἀμφότερον, νέκυάς τ᾽ ἀγέμεν, ἕτεροι δὲ μεθ᾽ ὕλην·
Ἀργεῖοι δ᾽ ἑτέρωθεν ἐϋσσέλμων ἀπὸ νηῶν
ὀτρύνοντο νέκυς τ᾽ ἀγέμεν, ἕτεροι δὲ μεθ᾽ ὕλην.
Ἠέλιος μὲν ἔπειτα νέον προσέβαλλεν ἀρούρας,
ἐξ ἀκαλαρρείταο βαθυρρόου Ὠκεανοῖο
οὐρανὸν εἰσανιών· οἱ δ᾽ ἤντεον ἀλλήλοισιν.
ἔνθα διαγνῶναι χαλεπῶς ἦν ἄνδρα ἕκαστον·
ἀλλ᾽ ὕδατι νίζοντες ἄπο βρότον αἱματόεντα,
δάκρυα θερμὰ χέοντες ἀμαξάων ἐπάειραν.
οὐδ᾽ εἴα κλαίειν Πρίαμος μέγας· οἱ δὲ σιωπῆι
νεκροὺς πυρκαϊῆς ἐπινήνεον ἀχνύμενοι κῆρ,
ἐν δὲ πυρὶ πρήσαντες ἔβαν προτὶ Ἴλιον ἱρήν.
ὣς δ᾽ αὔτως ἑτέρωθεν ἐϋκνήμιδες Ἀχαιοὶ
νεκροὺς πυρκαϊῆς ἐπινήνεον ἀχνύμενοι κῆρ,
ἐν δὲ πυρὶ πρήσαντες ἔβαν κοίλας ἐπὶ νῆας.
ἦμος δ᾽ οὔτ᾽ ἄρ πω ἠώς, ἔτι δ᾽ ἀμφιλύκη νύξ,
τῆμος ἄρ᾽ ἀμφὶ πυρὴν κριτὸς ἔγρετο λαὸς Ἀχαιῶν,
τύμβον δ᾽ ἀμφ᾽ αὐτὴν ἕνα ποίεον ἐξαγαγόντες
ἄκριτον ἐκ πεδίου, ποτὶ δ᾽ αὐτὸν τεῖχος ἔδειμαν
πύργους θ᾽ ὑψηλούς, εἶλαρ νηῶν τε καὶ αὐτῶν.
ἐν δ᾽ αὐτοῖσι πύλας ἐνεποίεον εὖ ἀραρυίας,
ὄφρα δι᾽ αὐτάων ἱππηλασίη ὁδὸς εἴη·
ἔκτοσθεν δὲ βαθεῖαν ἐπ᾽ αὐτῶι τάφρον ὄρυξαν,
εὐρεῖαν μεγάλην, ἐν δὲ σκόλοπας κατέπηξαν.

Helena! Wohl ja erkennt, auch wer unmündiges Geistes,
Daß nunmehr den Troern das Ziel des Verderbens daherdroht!
Jener sprach's; da jauchzten ihm rings die Männer Achaias,
Hoch das Wort anstaunend von Tydeus' Sohn Diomedes.
Jetzo sprach zu Idäos der Völkerfürst Agamemnon:
Selber jetzt, Idäos, vernahmst du das Wort der Achaier,
Welchen Bescheid sie geben; auch mir geliebet es also.
Doch der Toten Verbrennung sei euch mitnichten verweigert.
Nicht ja gebührt Kargheit bei abgeschiedenen Toten,
Daß man, nachdem sie gestorben, mit Glut zu besänftigen eile.
Höre den Bund Zeus selber, der donnernde Gatte der Here!
Jener sprach's, und empor zu den Himmlischen hob er den Scepter.
Aber es kehrt' Idäos zur heiligen Ilios wieder.
Jene noch saßen im Rat, die Troer und Dardanionen,
Alle gedrängt miteinander, und harreten seiner Zurückkunft.
Jetzo kam Idäos daher, und sagte die Botschaft,
Hingestellt in die Mitte. Da rüsteten jene sich eilig,
Andere, Leichen zu holen, und andere, Holz aus den Wäldern.
Auch die Argeier indes von den schöngebordeten Schiffen
Eileten, Leichen zu holen, und andere, Holz aus den Wäldern.
Aber die Sonn' erhellte mit jungem Strahl die Gefilde,
Aus des tiefergoßnen Okeanos ruhiger Strömung,
Steigend am Himmel empor. Da begegneten jen' einander.
Schwer nun war's zu erkennen im Schlachtfeld jeden der Männer.
Doch sie wuschen mit Wasser den blutigen Mord von den Gliedern,
Heiße Tränen vergießend, und huben sie all' auf die Wagen.
Aber zu weinen verbot Held Priamos; jene nun schweigend
Legten gehäuft auf die Scheiter die Leichname, trauriges Herzens,
Zündeten an das Feuer, und kehrten zur heiligen Troja.
Also auch dort entgegen die hellumschienten Achaier
Legten gehäuft auf die Scheiter die Leichname, trauriges Herzens,
Zündeten an das Feuer, und kehrten zu räumigen Schiffen.
Als noch nicht der Morgen erschien, nur grauende Dämmrung,
Jetzo erhub um den Brand sich erlesenes Volk der Achaier.
Einen Hügel umher erhuben sie draußen versammelt
Allen zugleich im Gefild', und neben ihm bauten sie eilig
Hochgetürmt die Mauer, sich selbst und den Schiffen zur Schutzwehr.
Drin auch bauten sie Tore mit wohleinfugenden Flügeln,
Daß bequem durch solche der Weg war Rossen und Wagen.
Draußen umzogen sie dann mit tiefem Graben die Mauer,
Breit umher und groß, und drinnen auch pflanzten sie Pfähle.

ὣς οἱ μὲν πονέοντο κάρη κομόωντες Ἀχαιοί·
οἱ δὲ θεοὶ πὰρ Ζηνὶ καθήμενοι ἀστεροπητῆι
θηεῦντο μέγα ἔργον Ἀχαιῶν χαλκοχιτώνων.
τοῖσι δὲ μύθων ἦρχε Ποσειδάων ἐνοσίχθων·
„ Ζεῦ πάτερ, ἦ ῥά τίς ἐστι βροτῶν ἐπ' ἀπείρονα γαῖαν
ὅς τις ἔτ' ἀθανάτοισι νόον καὶ μῆτιν ἐνίψει;
οὐχ ὁράαις ὅτι δ' αὖτε κάρη κομόωντες Ἀχαιοὶ
τεῖχος ἐτειχίσσαντο νεῶν ὕπερ, ἀμφὶ δὲ τάφρον
ἤλασαν, οὐδὲ θεοῖσι δόσαν κλειτὰς ἑκατόμβας;
τοῦ δ' ἤτοι κλέος ἔσται ὅσον τ' ἐπικίδναται ἠώς·
τοῦ δ' ἐπιλήσονται τὸ ἐγὼ καὶ Φοῖβος Ἀπόλλων
ἥρωι Λαομέδοντι πολίσσαμεν ἀθλήσαντε."
τὸν δὲ μέγ' ὀχθήσας προσέφη νεφεληγερέτα Ζεύς·
„ ὢ πόποι, ἐννοσίγαι' εὐρυσθενές, οἷον ἔειπες.
ἄλλός κέν τις τοῦτο θεῶν δείσειε νόημα,
ὃς σέο πολλὸν ἀφαυρότερος χεῖράς τε μένος τε·
σὸν δ' ἤτοι κλέος ἔσται ὅσον τ' ἐπικίδναται ἠώς.
ἄγρει μάν, ὅτ' ἂν αὖτε κάρη κομόωντες Ἀχαιοὶ
οἴχωνται σὺν νηυσὶ φίλην ἐς πατρίδα γαῖαν,
τεῖχος ἀναρρήξας τὸ μὲν εἰς ἅλα πᾶν καταχεῦαι,
αὖτις δ' ἠϊόνα μεγάλην ψαμάθοισι καλύψαι,
ὥς κέν τοι μέγα τεῖχος ἀμαλδύνηται Ἀχαιῶν."
ὣς οἱ μὲν τοιαῦτα πρὸς ἀλλήλους ἀγόρευον,
δύσετο δ' ἠέλιος, τετέλεστο δὲ ἔργον Ἀχαιῶν,
βουφόνεον δὲ κατὰ κλισίας καὶ δόρπον ἕλοντο.
νῆες δ' ἐκ Λήμνοιο παρέστασαν οἶνον ἄγουσαι
πολλαί, τὰς προέηκεν Ἰησονίδης Εὔνηος,
τόν ῥ' ἔτεχ' Ὑψιπύλη ὑπ' Ἰήσονι, ποιμένι λαῶν.
χωρὶς δ' Ἀτρεΐδῃς, Ἀγαμέμνονι καὶ Μενελάωι,
δῶκεν Ἰησονίδης ἀγέμεν μέθυ, χίλια μέτρα.
ἔνθεν οἰνίζοντο κάρη κομόωντες Ἀχαιοί,
ἄλλοι μὲν χαλκῶι, ἄλλοι δ' αἴθωνι σιδήρωι,
ἄλλοι δὲ ῥινοῖς, ἄλλοι δ' αὐτῆισι βόεσσιν,
ἄλλοι δ' ἀνδραπόδεσσι· τίθεντο δὲ δαῖτα θάλειαν.
παννύχιοι μὲν ἔπειτα κάρη κομόωντες Ἀχαιοὶ
δαίνυντο, Τρῶες δὲ κατὰ πτόλιν ἠδ' ἐπίκουροι·
παννύχιος δέ σφιν κακὰ μήδετο μητίετα Ζεὺς
σμερδαλέα κτυπέων· τοὺς δὲ χλωρὸν δέος ᾕρει·
οἶνον δ' ἐκ δεπάων χαμάδις χέον, οὐδέ τις ἔτλη
πρὶν πιέειν, πρὶν λεῖψαι ὑπερμενέϊ Κρονίωνι.
κοιμήσαντ' ἄρ' ἔπειτα καὶ ὕπνου δῶρον ἕλοντο.

So arbeiteten hier die hauptumlockten Achaier.
Dort die Götter um Zeus den Wetterleuchtenden sitzend
Staunten dem großen Werke der erzumschirmten Achaier.
Unter ihnen begann der Erderschüttrer Poseidon:
Vater Zeus, ist irgendein Mensch der unendlichen Erde,
Der zu den Himmlischen noch mit Herz und Sinne sich wende?
Siehest du nicht, wie jetzo die hauptumlockten Achaier
Eine Mauer den Schiffen erbaueten, rings auch den Graben
Führeten, ohn' uns Göttern zuvor Hekatomben zu opfern?
Nun wird diesen ein Ruhm, so weit der Tag sich verbreitet;
Doch vergessen wird jene, die ich und Phöbos Apollon
Einst um Laomedons Stadt mit ringender Kraft gegründet!
Unmutsvoll nun begann der Herrscher im Donnergewölk Zeus:
Wehe mir, Erderschüttrer, gewaltiger! welcherlei Rede!
Wenn ja ein anderer noch der Unsterblichen jener Erfindung
Zitterte, der weit schwächer denn du an Arm und Gewalt ist!
Doch dir währet der Ruhm, so weit der Tag sich verbreitet.
Auf wohlan, sobald nun die hauptumlockten Achaier
Heimgekehrt in den Schiffen zum lieben Lande der Väter;
Reiße dann ein die Mauer, und stürze sie ganz in die Meerflut,
Wieder das große Gestad' umher mit Sande bedeckend,
Daß auch die Spur hinschwinde vom großen Bau der Achaier.
Also redeten jen' im Wechselgespräch miteinander.
Nieder sank nun die Sonn', und der Danaer Werk war vollendet.
Rings in den Zelten erschlugen sie Stier', und genossen des Mahles.
Aber viel der Schiffe, mit Wein beladen, aus Lemnos
Landeten, hergesandt vom Jasoniden Euneos,
Welchen Hypsipyle trug dem Völkerhirten Jason.
Atreus' Söhnen allein, Agamemnon und Menelaos,
Sandt' er edleren Trank zum Geschenk her, tausend der Maße.
Dort nun kauften des Weins die hauptumlockten Achaier:
Andere brachten Erz, und andere blinkendes Eisen,
Andere dann Stierhäut', und andere lebende Rinder,
Andre Gefangne der Schlacht, und bereiteten lieblichen Festschmaus.
Also die Nacht durchharrten die hauptumlockten Achaier
Schmausend, auch dort die Troer in Ilios und die Genossen.
Aber die ganze Nacht sann Unheil Zeus der Erhabne,
Drohend mit Donnergetön; da faßte sie bleiches Entsetzen.
Ringsher Wein aus den Bechern vergossen sie, keiner auch durft' ihn
Trinken, bevor er gesprengt dem allmächtigen Sohne des Kronos.
Jeder ruhete dann, und empfing die Gabe des Schlafes.

ΙΛΙΑΔΟΣ Θ

κόλος μάχη.

Ἠὼς μὲν κροκόπεπλος ἐκίδνατο πᾶσαν ἐπ' αἶαν.
Ζεὺς δὲ θεῶν ἀγορὴν ποιήσατο τερπικέραυνος
ἀκροτάτηι κορυφῆι πολυδειράδος Οὐλύμποιο·
αὐτὸς δέ σφ' ἀγόρευε, θεοὶ δ' ὑπὸ πάντες ἄκουον·
„ κέκλυτέ μευ, πάντές τε θεοὶ πᾶσαί τε θέαιναι,
ὄφρ' εἴπω τά με θυμὸς ἐνὶ στήθεσσι κελεύει.
μήτε τις οὖν θήλεια θεὸς τό γε μήτε τις ἄρσην
πειράτω διακέρσαι ἐμὸν ἔπος, ἀλλ' ἅμα πάντες
αἰνεῖτ', ὄφρα τάχιστα τελευτήσω τάδε ἔργα.
ὃν δ' ἂν ἐγὼν ἀπάνευθε θεῶν ἐθέλοντα νοήσω
ἐλθόντ' ἢ Τρώεσσιν ἀρηγέμεν ἢ Δαναοῖσι,
πληγεὶς οὐ κατὰ κόσμον ἐλεύσεται Οὔλυμπόνδε·
ἤ μιν ἑλὼν ῥίψω ἐς Τάρταρον ἠερόεντα,
τῆλε μάλ', ἧχι βάθιστον ὑπὸ χθονός ἐστι βέρεθρον,
ἔνθα σιδήρειαί τε πύλαι καὶ χάλκεος οὐδός,
τόσσον ἔνερθ' Ἀΐδεω ὅσον οὐρανός ἐστ' ἀπὸ γαίης·
γνώσετ' ἔπειθ' ὅσον εἰμὶ θεῶν κάρτιστος ἁπάντων.
εἰ δ' ἄγε πειρήσασθε, θεοί, ἵνα εἴδετε πάντες·
σειρὴν χρυσείην ἐξ οὐρανόθεν κρεμάσαντες
πάντές τ' ἐξάπτεσθε θεοὶ πᾶσαί τε θέαιναι·
ἀλλ' οὐκ ἂν ἐρύσαιτ' ἐξ οὐρανόθεν πεδίονδε
Ζῆν' ὕπατον μήστωρ', οὐδ' εἰ μάλα πολλὰ κάμοιτε.
ἀλλ' ὅτε δὴ καὶ ἐγὼ πρόφρων ἐθέλοιμι ἐρύσσαι,
αὐτῆι κεν γαίηι ἐρύσαιμ' αὐτῆι τε θαλάσσηι·
σειρὴν μέν κεν ἔπειτα περὶ ῥίον Οὐλύμποιο
δησαίμην, τὰ δέ κ' αὖτε μετήορα πάντα γένοιτο.
τόσσον ἐγὼ περί τ' εἰμὶ θεῶν περί τ' εἴμ' ἀνθρώπων."
ὣς ἔφαθ', οἱ δ' ἄρα πάντες ἀκὴν ἐγένοντο σιωπῆι
μῦθον ἀγασσάμενοι· μάλα γὰρ κρατερῶς ἀγόρευσεν.

ACHTER GESANG

Den versammelten Göttern verbietet Zeus, weder Achaiern noch Troern beizustehn, und fährt zum Ida. Schlacht. Zeus wägt den Achaiern Verderben, und schreckt sie mit dem Donner. Here bittet den Poseidon umsonst, den Achaiern zu helfen. Die Achaier in die Verschanzung gedrängt. Agamemnon und ein Zeichen ermuntert sie zum neuen Angriff. Teukros streckt viele mit dem Bogen, und wird von Hektor verwundet. Die Achaier von neuem in die Verschanzung getrieben. Here und Athene fahren vom Olympos den Achaiern zu Hilfe. Zeus befiehlt ihnen durch Iris umzukehren. Er selbst, zum Olympos gekehrt, droht den Achaiern noch größere Niederlage. Hektor mit den siegenden Troern übernachtet vor dem Lager.

Eos im Safrangewand' erleuchtete rings nun die Erde,
Als der Donnerer Zeus die Unsterblichen rief zur Versammlung
Auf den obersten Gipfel des vielgezackten Olympos.
Selbst nun begann er den Rat, und die Himmlischen horchten ihm alle.
 Hört mein Wort, ihr Götter umher und ihr Göttinnen alle,
Daß ich rede, wie mir das Herz im Busen gebietet.
Keine der Göttinnen nun erhebe sich, keiner der Götter,
Trachtend, wie dies mein Wort er vereitele, sondern zugleich ihr
Stimmt ihm bei, daß ich eilig Vollendung schaffe dem Werke!
Wen ich jetzt von den Göttern gesondertes Sinnes erkenne,
Daß er geht, und Troer begünstiget oder Achaier;
Schmählich geschlagen fürwahr kehrt solcher mir heim zum Olympos!
Oder ich fass' und schwing' ihn hinab in des Tartaros Dunkel,
Ferne, wo tief sich öffnet der Abgrund unter der Erde:
Den die eiserne Pforte verschleußt und die eherne Schwelle,
So weit unter dem Aïs, wie über der Erd' ist der Himmel!
Dann vernimmt er, wie weit ich der Mächtigste sei vor den Göttern!
Auf wohlan, ihr Götter, versucht's, daß ihr all' es erkennet,
Eine goldene Kette befestigend oben am Himmel;
Hängt dann all' ihr Götter euch an, und ihr Göttinnen alle:
Dennoch zögt ihr nie vom Himmel herab auf den Boden
Zeus den Ordner der Welt, wie sehr ihr rängt in der Arbeit!
Aber sobald auch mir im Ernst es gefiele zu ziehen;
Selbst mit der Erd' euch zög' ich empor und selbst mit dem Meere;
Und die Kette darauf um das Felsenhaupt des Olympos
Bänd' ich fest, daß schwebend das Weltall hing' in der Höhe!
So weit rag' ich vor Göttern an Macht, so weit vor den Menschen!
 Jener sprach's; doch alle verstummten umher, und schwiegen,
Hoch das Wort anstaunend; denn kraftvoll hatt' er geredet.

ὀψὲ δὲ δὴ μετέειπε θεὰ γλαυκῶπις Ἀθήνη·
„ ὦ πάτερ ἡμέτερε Κρονίδη, ὕπατε κρειόντων,
εὖ νυ καὶ ἡμεῖς ἴδμεν ὅ τοι σθένος οὐκ ἐπιεικτόν·
ἀλλ' ἔμπης Δαναῶν ὀλοφυρόμεθ' αἰχμητάων,
οἵ κεν δὴ κακὸν οἶτον ἀναπλήσαντες ὄλωνται.
ἀλλ' ἤτοι πολέμου μὲν ἀφεξόμεθ', ὡς σὺ κελεύεις·
βουλὴν δ' Ἀργείοις ὑποθησόμεθ', ἥ τις ὀνήσει,
ὡς μὴ πάντες ὄλωνται ὀδυσσαμένοιο τεοῖο."
τὴν δ' ἐπιμειδήσας προσέφη νεφεληγερέτα Ζεύς·
„ θάρσει, Τριτογένεια, φίλον τέκος· οὔ νύ τι θυμῷ
πρόφρονι μυθέομαι, ἐθέλω δέ τοι ἤπιος εἶναι."
ὣς εἰπὼν ὑπ' ὄχεσφι τιτύσκετο χαλκόποδ' ἵππω,
ὠκυπέτα, χρυσέῃσιν ἐθείρῃσιν κομόωντε,
χρυσὸν δ' αὐτὸς ἔδυνε περὶ χροΐ, γέντο δ' ἱμάσθλην
χρυσείην εὔτυκτον, ἑοῦ δ' ἐπεβήσετο δίφρου,
μάστιξεν δ' ἐλάαν· τὼ δ' οὐκ ἀέκοντε πετέσθην
μεσσηγὺς γαίης τε καὶ οὐρανοῦ ἀστερόεντος.
Ἴδην δ' ἵκανεν πολυπίδακα μητέρα θηρῶν,
Γάργαρον, ἔνθά τέ οἱ τέμενος βωμός τε θυήεις.
ἔνθ' ἵππους ἔστησε πατὴρ ἀνδρῶν τε θεῶν τε
λύσας ἐξ ὀχέων, κατὰ δ' ἠέρα πουλὺν ἔχευεν.
αὐτὸς δ' ἐν κορυφῇσι καθέζετο κύδεϊ γαίων
εἰσορόων Τρώων τε πόλιν καὶ νῆας Ἀχαιῶν.
οἱ δ' ἄρα δεῖπνον ἕλοντο κάρη κομόωντες Ἀχαιοὶ
ῥίμφα κατὰ κλισίας, ἀπὸ δ' αὐτοῦ θωρήσσοντο.
Τρῶες δ' αὖθ' ἑτέρωθεν ἀνὰ πτόλιν ὁπλίζοντο,
παυρότεροι· μέμασαν δὲ καὶ ὧς ὑσμῖνι μάχεσθαι,
χρειοῖ ἀναγκαίῃ, πρό τε παίδων καὶ πρὸ γυναικῶν.
πᾶσαι δ' ὠΐγνυντο πύλαι, ἐκ δ' ἔσσυτο λαός,
πεζοί θ' ἱππῆές τε· πολὺς δ' ὀρυμαγδὸς ὀρώρει.
οἱ δ' ὅτε δή ῥ' ἐς χῶρον ἕνα ξυνιόντες ἵκοντο,
σύν ῥ' ἔβαλον ῥινούς, σὺν δ' ἔγχεα καὶ μένε' ἀνδρῶν
χαλκεοθωρήκων· ἀτὰρ ἀσπίδες ὀμφαλόεσσαι
ἔπληντ' ἀλλήλῃσι, πολὺς δ' ὀρυμαγδὸς ὀρώρει.
ἔνθα δ' ἅμ' οἰμωγή τε καὶ εὐχωλὴ πέλεν ἀνδρῶν
ὀλλύντων τε καὶ ὀλλυμένων, ῥέε δ' αἵματι γαῖα.
ὄφρα μὲν ἠὼς ἦν καὶ ἀέξετο ἱερὸν ἦμαρ,
τόφρα μάλ' ἀμφοτέρων βέλε' ἥπτετο, πῖπτε δὲ λαός.
ἦμος δ' Ἠέλιος μέσον οὐρανὸν ἀμφιβεβήκει,
καὶ τότε δὴ χρύσεια πατὴρ ἐτίταινε τάλαντα·
ἐν δὲ τίθει δύο κῆρε τανηλεγέος θανάτοιο,

Endlich erwiderte Zeus' blauäugige Tochter Athene:
Unser Vater Kronion, o du, der Gebietenden höchster,
Wohl ja erkennen auch wir, wie an Macht unbezwinglich du waltest.
Aber es jammern uns der Danaer streitbare Völker,
Welche das böse Geschick nunmehr vollendend verschwinden.
Dennoch entziehn wir hinfort dem Gefecht uns, wenn du gebietest;
Rat nur wollen wir geben den Danaern, welcher gedeihe,
Daß nicht all' hinschwinden vor deinem gewaltigen Zorne.
Lächelnd erwiderte drauf der Herrscher im Donnergewölk Zeus:
Fasse dich, Tritogeneia, mein Töchterchen! Nicht mit des Herzens
Meinung sprach ich das Wort; ich will dir freundlich gesinnt sein!
Jener sprach's und schirrt' in das Joch erzhufige Rosse,
Stürmendes Flugs, umwallt von goldener Mähne die Schultern;
Selbst dann hüllt' er in Gold sich den Leib, und faßte die Geißel,
Schön aus Golde gewirkt, und trat in den Sessel des Wagens.
Treibend schwang er die Geißel, und rasch hinflogen die Rosse,
Zwischen der Erd' einher und dem sternumleuchteten Himmel.
Schnell den Ida erreicht' er, den quelligen Nährer des Wildes,
Gargaros, wo ihm pranget ein Hain und duftender Altar.
Dort nun hielt der Vater des Menschengeschlechts und der Götter,
Löste die Rosse vom Wagen und breitete dichtes Gewölk aus.
Selber setzt' er nunmehr auf die Höhe sich, freudiges Trotzes,
Und umschaute der Troer Stadt, und die Schiffe Achaias.
Jene nun nahmen das Mahl, die hauptumlockten Achaier,
Rasch in den Zelten umher, und hüllten sodann ihr Geschmeid' um.
So auch dort die Troer in Ilios faßten die Waffen,
Weniger zwar, doch entbrannt zum blutigen Kampf der Entscheidung
Durch hartdringende Not, denn es galt für Weiber und Kinder.
Ringsum standen geöffnet die Tor', und es stürzte das Kriegsheer,
Streiter zu Fuß und zu Wagen, hinaus mit lautem Getümmel.
Als sie nunmehr anstrebend auf einem Raum sich begegnet;
Trafen zugleich Stierhäut', und Speere zugleich, und die Kräfte
Rüstiger Männer in Erz, und die hochgenabelten Schilde
Naheten dichtgedrängt, und umher stieg lautes Getös' auf.
Jetzo erscholl Wehklagen und Siegsgeschrei miteinander,
Würgender dort und Erwürgter, und Blut umströmte die Erde.
Weil noch Morgen es war, und der heilige Tag emporstieg;
Hafteten jegliches Heeres Geschoss', und es sanken die Völker.
Aber nachdem die Sonne den Mittagshimmel erstiegen;
Jetzo streckte der Vater empor die goldene Waage,
Legt' in die Schalen hinein zwei finstere Todeslose,

Τρώων θ' ἱπποδάμων καὶ Ἀχαιῶν χαλκοχιτώνων,
ἕλκε δὲ μέσσα λαβών· ῥέπε δ' αἴσιμον ἦμαρ Ἀχαιῶν.
αἱ μὲν Ἀχαιῶν κῆρες ἐπὶ χθονὶ πουλυβοτείρῃ
ἑζέσθην, Τρώων δὲ πρὸς οὐρανὸν εὐρὺν ἄερθεν·
αὐτὸς δ' ἐξ Ἴδης μεγάλ' ἔκτυπε, δαιόμενον δὲ
ἧκε σέλας μετὰ λαὸν Ἀχαιῶν· οἱ δὲ ἰδόντες
θάμβησαν, καὶ πάντας ὑπὸ χλωρὸν δέος εἷλεν.
ἔνθ' οὔτ' Ἰδομενεὺς τλῆ μίμνειν οὔτ' Ἀγαμέμνων,
οὔτε δύ' Αἴαντες μενέτην, θεράποντες Ἄρηος·
Νέστωρ οἶος ἔμιμνε Γερήνιος, οὖρος Ἀχαιῶν,
οὔ τι ἑκών, ἀλλ' ἵππος ἐτείρετο, τὸν βάλεν ἰῶι
δῖος Ἀλέξανδρος, Ἑλένης πόσις ἠϋκόμοιο,
ἄκρην κὰκ κορυφήν, ὅθι τε πρῶται τρίχες ἵππων
κρανίωι ἐμπεφύασι, μάλιστα δὲ καίριόν ἐστιν.
ἀλγήσας δ' ἀνέπαλτο, βέλος δ' εἰς ἐγκέφαλον δῦ,
σὺν δ' ἵππους ἐτάραξε κυλινδόμενος περὶ χαλκῶι.
ὄφρ' ὁ γέρων ἵπποιο παρηορίας ἀπέταμνε
φασγάνωι ἀΐσσων, τόφρ' Ἕκτορος ὠκέες ἵπποι
ἦλθον ἀν' ἰωχμὸν θρασὺν ἡνίοχον φορέοντες
Ἕκτορα· καί νύ κεν ἔνθ' ὁ γέρων ἀπὸ θυμὸν ὄλεσσεν
εἰ μὴ ἄρ' ὀξὺ νόησε βοὴν ἀγαθὸς Διομήδης·
σμερδαλέον δ' ἐβόησεν ἐποτρύνων Ὀδυσῆα·
„ διογενὲς Λαερτιάδη, πολυμήχαν' Ὀδυσσεῦ,
πῆι φεύγεις μετὰ νῶτα βαλὼν κακὸς ὣς ἐν ὁμίλωι;
μή τίς τοι φεύγοντι μεταφρένωι ἐν δόρυ πήξηι·
ἀλλὰ μέν', ὄφρα γέροντος ἀπώσομεν ἄγριον ἄνδρα."
ὣς ἔφατ', οὐδ' ἐσάκουσε πολύτλας δῖος Ὀδυσσεύς,
ἀλλὰ παρήϊξεν κοίλας ἐπὶ νῆας Ἀχαιῶν.
Τυδεΐδης δ' αὐτός περ ἐὼν προμάχοισιν ἐμίχθη,
στῆ δὲ πρόσθ' ἵππων Νηληϊάδαο γέροντος,
καί μιν φωνήσας ἔπεα πτερόεντα προσηύδα·
„ ὦ γέρον, ἦ μάλα δή σε νέοι τείρουσι μαχηταί,
σὴ δὲ βίη λέλυται, χαλεπὸν δέ σε γῆρας ὀπάζει,
ἠπεδανὸς δέ νύ τοι θεράπων, βραδέες δέ τοι ἵπποι.
ἀλλ' ἄγ' ἐμῶν ὀχέων ἐπιβήσεο, ὄφρα ἴδηαι
οἷοι Τρώϊοι ἵπποι, ἐπιστάμενοι πεδίοιο
κραιπνὰ μάλ' ἔνθα καὶ ἔνθα διωκέμεν ἠδὲ φέβεσθαι,
οὕς ποτ' ἀπ' Αἰνείαν ἑλόμην, μήστωρε φόβοιο.
τούτω μὲν θεράποντε κομείτων, τώδε δὲ νῶϊ
Τρωσὶν ἐφ' ἱπποδάμοις ἰθύνομεν, ὄφρα καὶ Ἕκτωρ
εἴσεται εἰ καὶ ἐμὸν δόρυ μαίνεται ἐν παλάμῃσιν."

Trojas reisigem Volk und den erzumschirmten Achaiern,
Faßte die Mitt' und wog; da lastete schnell der Achaier
Schicksalstag, daß die Schale zur nahrungsprossenden Erde
Niedersank, und der Troer zum weiten Himmel emporstieg.
Laut vom Ida herab nun donnert' er, und sein entbrannter
Strahl durchzuckte das Heer der Danaer; jen' ihn erblickend
Starreten auf, und alle durchschauerte bleiches Entsetzen.
Nicht Idomeneus selber verweilt' itzt, nicht Agamemnon,
Nicht die Ajas wagten zu stehn, die Genossen des Ares.
Nestor allein noch stand, der gerenische Hort der Achaier,
Ungern, weil ihm verletzt war ein Roß; das traf mit dem Pfeile
Alexandros der Held, der lockigen Helena Gatte,
Grad' in die Scheitel des Haupts, wo zuerst die Mähne der Rosse
Vorn dem Schädel entwächst, und am tödlichsten ist die Verwundung.
Angstvoll bäumt' es empor, weil tief der Pfeil ins Gehirn drang,
Und verwirrte die Ross', um das Erz in der Wunde sich wälzend.
Während der Greis die Stränge dem Nebenroß mit dem Schwerte
Abzuhaun sich erhub, kam Hektors schnelles Gespann ihm
Durch die Verfolgung daher, mit dem unerschrockenen Lenker,
Hektor! Dort nun hätte der Greis sein Leben verloren,
Wenn nicht schnell ihn bemerkt der Rufer im Streit Diomedes.
Furchtbar jetzt ausrufend, ermahnt' er so den Odysseus:
　Edler Laertiad', erfindungsreicher Odysseus,
Wohin fliehst du, den Rücken gewandt, wie ein Feiger im Schwarme?
Daß nur keiner den Speer dir Fliehenden heft' in die Schulter!
Bleib doch und hilf vom Greise den schrecklichen Mann mir entfernen!
　Jener sprach's; nicht hörte der herrliche Dulder Odysseus,
Sondern er stürmte vorbei zu den räumigen Schiffen Achaias.
Doch der Tydeid', auch selber allein, drang kühn in den Vorkampf,
Stellte sich nun vor die Rosse des neleiadischen Greises,
Und er begann zu jenem, und sprach die geflügelten Worte:
　Wahrlich, o Greis, sehr hart umdrängen dich jüngere Männer!
Deine Kraft ist gelöst, und mühsames Alter beschwert dich;
Auch ist schwach dein Wagengefährt, und ermüdet die Rosse.
Auf denn, zu meinem Geschirr erhebe dich, daß du erkennest,
Wie doch troische Rosse gewandt sind, durch die Gefilde
Dort zu sprengen und dort, in Verfolgungen und in Entfliehung:
Die ich jüngst von Äneias errang, dem Schreckengebieter.
Jene laß den Gefährten zur Obhut, wir mit den Meinen
Wollen den reisigen Troern entgegengehn, daß auch Hektor
Lern', ob mir selber vielleicht auch wüte der Speer in den Händen!

ὣς ἔφατ', οὐδ' ἀπίθησε Γερήνιος ἱππότα Νέστωρ.
Νεστορέας μὲν ἔπειθ' ἵππους θεράποντε κομείτην
ἴφθιμοι, Σθένελός τε καὶ Εὐρυμέδων ἀγαπήνωρ.
τὼ δ' εἰς ἀμφοτέρω Διομήδεος ἅρματα βήτην·
Νέστωρ δ' ἐν χείρεσσι λάβ' ἡνία σιγαλόεντα,
μάστιξεν δ' ἵππους· τάχα δ' Ἕκτορος ἄγχι γένοντο.
τοῦ δ' ἰθὺς μεμαῶτος ἀκόντισε Τυδέος υἱός·
καὶ τοῦ μέν ῥ' ἀφάμαρτεν, ὁ δ' ἡνίοχον θεράποντα,
υἱὸν ὑπερθύμου Θηβαίου Ἠνιοπῆα,
ἵππων ἡνί' ἔχοντα βάλε στῆθος παρὰ μαζόν.
ἤριπε δ' ἐξ ὀχέων, ὑπερώησαν δέ οἱ ἵπποι
ὠκύποδες· τοῦ δ' αὖθι λύθη ψυχή τε μένος τε.
Ἕκτορα δ' αἰνὸν ἄχος πύκασε φρένας ἡνιόχοιο·
τὸν μὲν ἔπειτ' εἴασε, καὶ ἀχνύμενός περ ἑταίρου,
κεῖσθαι, ὁ δ' ἡνίοχον μέθεπε θρασύν· οὐδ' ἄρ' ἔτι δὴν
ἵππω δευέσθην σημάντορος· αἶψα γὰρ εὗρεν
Ἰφιτίδην Ἀρχεπτόλεμον θρασύν, ὅν ῥα τόθ' ἵππων
ὠκυπόδων ἐπέβησε, δίδου δέ οἱ ἡνία χερσίν.
ἔνθά κε λοιγὸς ἔην καὶ ἀμήχανα ἔργα γένοντο,
καί νύ κε σήκασθεν κατὰ Ἴλιον ἠΰτε ἄρνες,
εἰ μὴ ἄρ' ὀξὺ νόησε πατὴρ ἀνδρῶν τε θεῶν τε·
βροντήσας δ' ἄρα δεινὸν ἀφῆκ' ἀργῆτα κεραυνόν,
κὰδ δὲ πρόσθ' ἵππων Διομήδεος ἧκε χαμᾶζε·
δεινὴ δὲ φλὸξ ὦρτο θεείου καιομένοιο,
τὼ δ' ἵππω δείσαντε καταπτήτην ὑπ' ὄχεσφι·
Νέστορα δ' ἐκ χειρῶν φύγον ἡνία σιγαλόεντα,
δεῖσε δ' ὅ γ' ἐν θυμῶι, Διομήδεα δὲ προσέειπε·
„ Τυδεΐδη, ἄγε δὴ αὖτε φόβονδ' ἔχε μώνυχας ἵππους.
ἦ οὐ γιγνώσκεις ὅ τοι ἐκ Διὸς οὐχ ἕπετ' ἀλκή;
νῦν μὲν γὰρ τούτωι Κρονίδης Ζεὺς κῦδος ὀπάζει
σήμερον· ὕστερον αὖτε καὶ ἡμῖν, αἴ κ' ἐθέλῃσι,
δώσει· ἀνὴρ δέ κεν οὔ τι Διὸς νόον εἰρύσσαιτο
οὐδὲ μάλ' ἴφθιμος, ἐπεὶ ἦ πολὺ φέρτερός ἐστι."
τὸν δ' ἠμείβετ' ἔπειτα βοὴν ἀγαθὸς Διομήδης·
„ ναὶ δὴ ταῦτά γε πάντα, γέρον, κατὰ μοῖραν ἔειπες·
ἀλλὰ τόδ' αἰνὸν ἄχος κραδίην καὶ θυμὸν ἱκάνει·
Ἕκτωρ γάρ ποτε φήσει ἐνὶ Τρώεσσ' ἀγορεύων·
, Τυδεΐδης ὑπ' ἐμεῖο φοβεύμενος ἵκετο νῆας.'
ὥς ποτ' ἀπειλήσει· τότε μοι χάνοι εὐρεῖα χθών."
τὸν δ' ἠμείβετ' ἔπειτα Γερήνιος ἱππότα Νέστωρ·
„ ὤ μοι, Τυδέος υἱὲ δαΐφρονος, οἷον ἔειπες.

Sprach's, und ihm folgete gern der gerenische reisige Nestor.
Jetzt die nestorischen Rosse besorgeten beide Gefährten,
Sthenelos, tapferes Muts, und Eurymedon, glühend vor Ehrsucht.
Jene dann traten zugleich in das rasche Geschirr Diomedes'.
Nestor faßt' in die Hände die purpurschimmernden Zügel,
Schwang dann die Geißel zum Lauf, und bald erreichten sie Hektor.
Ihm, wie er grad' andrang, entsandte den Speer Diomedes;
Und er verfehlt' ihn zwar; doch dem wagenlenkenden Diener,
Jenem Eniopeus, dem Sohn des erhabnen Thebäos,
Als er hielt das Gezäum, durchschoß er die Brust an der Warze;
Und er entsank dem Geschirr, und zurück ihm zuckten die Rosse,
Fliegendes Laufs; ihm aber erlosch der Geist und die Stärke.
Hektors Seele durchdrang der bittere Schmerz um den Lenker;
Dennoch ließ er ihn dort, wie sehr er traurte des Freundes,
Liegen und forscht', ob irgend ein mutiger Lenker erschiene;
Und nicht lang' ihm entbehrten die Rosse der Hut, denn er fand nun
Iphitos' mutigen Sohn Archeptolemos; eilend ihn hieß er
Steigen ins rasche Geschirr und reicht' in die Hand ihm die Zügel.
Jetzt wär' entschieden der Kampf, und unheilbare Taten vollendet,
Und sie zusammengescheucht in Ilios, gleich wie die Lämmer;
Schauete nicht der Vater des Menschengeschlechts und der Götter.
Furchtbar erscholl sein Donner daher, und der leuchtende Strahl schlug
Schmetternd hinab in den Grund vor dem raschen Gespann Diomedes:
Schrecklich lodert' empor die schweflichte Flamme des Himmels;
Und wild bebten in Angst die Rosse zurück vor dem Wagen.
Nestors Hand entsanken die purpurschimmernden Zügel,
Und er erschrak im Herzen, und sprach zum Held Diomedes:
Tydeus' Sohn, auf! wende zur Flucht die stampfenden Rosse!
Oder erkennest du nicht, daß Zeus nicht Sieg dir gewähret?
Jetzo zwar wird jener von Zeus Kronion verherrlicht,
Heut', doch künftig werden wir selbst auch, wenn's ihm gelüstet,
Wieder geehrt! Darf keiner doch Zeus' Ratschlüsse verhindern,
Nicht der Gewaltigste selbst, denn er ist mächtig vor allen!
Ihm antwortete drauf der Rufer im Streit Diomedes:
Wahrlich, o Greis, du hast wohlziemende Worte geredet,
Aber ein heftiger Schmerz durchdringt mir die Tiefe des Herzens!
Hektor sagt nun hinfort in des troischen Volkes Versammlung:
Tydeus' Sohn ist vor mir hinabgeflohn zu den Schiffen!
Also trotzt er hinfort; dann reiße sich weit mir die Erd' auf!
Ihm antwortete drauf der gerenische reisige Nestor:
Wehe mir, Tydeus' Sohn, des Feurigen, welcherlei Rede!

εἴ περ γάρ σ' Ἕκτωρ γε κακὸν καὶ ἀνάλκιδα φήσει,
ἀλλ' οὐ πείσονται Τρῶες καὶ Δαρδανίωνες
καὶ Τρώων ἄλοχοι μεγαθύμων ἀσπιστάων,
τάων ἐν κονίηισι βάλες θαλεροὺς παρακοίτας."
ὣς ἄρα φωνήσας φύγαδε τράπε μώνυχας ἵππους
αὖτις ἀν' ἰωχμόν· ἐπὶ δὲ Τρῶές τε καὶ Ἕκτωρ
ἠχῆι θεσπεσίηι βέλεα στονόεντα χέοντο.
τῶι δ' ἐπὶ μακρὸν ἄϋσε μέγας κορυθαίολος Ἕκτωρ·
„Τυδεΐδη, περὶ μέν σε τίον Δαναοὶ ταχύπωλοι
ἕδρηι τε κρέασίν τε ἰδὲ πλείοις δεπάεσσι·
νῦν δέ σ' ἀτιμήσουσι· γυναικὸς ἄρ' ἀντὶ τέτυξο.
ἔρρε, κακὴ γλήνη, ἐπεὶ οὐκ εἴξαντος ἐμεῖο
πύργων ἡμετέρων ἐπιβήσεαι, οὐδὲ γυναῖκας
ἄξεις ἐν νήεσσι· πάρος τοι δαίμονα δώσω."
ὣς φάτο, Τυδεΐδης δὲ διάνδιχα μερμήριξεν,
ἵππους τε στρέψαι καὶ ἐναντίβιον μαχέσασθαι.
τρὶς μὲν μερμήριξε κατὰ φρένα καὶ κατὰ θυμόν,
τρὶς δ' ἄρ' ἀπ' Ἰδαίων ὀρέων κτύπε μητίετα Ζεὺς
σῆμα τιθεὶς Τρώεσσι, μάχης ἑτεραλκέα νίκην.
Ἕκτωρ δὲ Τρώεσσιν ἐκέκλετο μακρὸν ἀΰσας·
„Τρῶες καὶ Λύκιοι καὶ Δάρδανοι ἀγχιμαχηταί,
ἀνέρες ἔστε, φίλοι, μνήσασθε δὲ θούριδος ἀλκῆς.
γιγνώσκω δ' ὅτι μοι πρόφρων κατένευσε Κρονίων
νίκην καὶ μέγα κῦδος, ἀτὰρ Δαναοῖσί γε πῆμα·
νήπιοι, οἳ ἄρα δὴ τάδε τείχεα μηχανόωντο
ἀβλήχρ' οὐδενόσωρα· τὰ δ' οὐ μένος ἁμὸν ἐρύξει·
ἵπποι δὲ ῥέα τάφρον ὑπερθορέονται ὀρυκτήν.
ἀλλ' ὅτε κεν δὴ νηυσὶν ἔπι γλαφυρῆισι γένωμαι,
μνημοσύνη τις ἔπειτα πυρὸς δηΐοιο γενέσθω,
ὡς πυρὶ νῆας ἐνιπρήσω, κτείνω δὲ καὶ αὐτοὺς
Ἀργείους παρὰ νηυσὶν ἀτυζομένους ὑπὸ καπνοῦ."
ὣς εἰπὼν ἵπποισιν ἐκέκλετο φώνησέν τε·
„Ξάνθέ τε καὶ σύ, Πόδαργε καὶ Αἴθων Λάμπέ τε δῖε,
νῦν μοι τὴν κομιδὴν ἀποτίνετον, ἣν μάλα πολλὴν
Ἀνδρομάχη θυγάτηρ μεγαλήτορος Ἠετίωνος
ὑμῖν πὰρ προτέροισι μελίφρονα πυρὸν ἔθηκεν
οἶνόν τ' ἐγκεράσασα πιεῖν, ὅτε θυμὸς ἀνώγοι,
ἢ ἐμοί, ὅς πέρ οἱ θαλερὸς πόσις εὔχομαι εἶναι.
ἀλλ' ἐφομαρτεῖτον καὶ σπεύδετον, ὄφρα λάβωμεν
ἀσπίδα Νεστορέην, τῆς νῦν κλέος οὐρανὸν ἵκει
πᾶσαν χρυσείην ἔμεναι, κανόνας τε καὶ αὐτήν,

Denn wofern dich Hektor auch feig' einst nennet und kraftlos,
Niemals glauben ihm doch die Troer und Dardanionen,
Oder die Fraun der Troer, der schildgewappneten Streiter,
Welchen umher in den Staub die blühenden Männer du strecktest.
　Jener sprach's, und wandte zur Flucht die stampfenden Rosse
Durch die Verfolgung zurück; nach stürmeten Troer und Hektor
Mit graunvollem Geschrei, und schütteten herbe Geschosse.
Aber es rief lauttönend der helmumflatterte Hektor:
　Tydeus' Sohn, dich ehrten die reisigen Helden Achaias
Hoch an Sitz, und an Fleisch und vollgegossenen Bechern.
Künftig verachten sie dich; wie ein Weib erscheinest du jetzo!
Fort, du zagendes Mädchen! denn nie, mich selber vertreibend,
Steigst du die Mauren hinan von Ilios, oder entführest
Uns die Weiber im Schiff; zuvor dir send' ich den Dämon!
　Jener sprach's; da erwog mit wankendem Sinn Diomedes,
Ob er die Ross' umlenkt', und kühn entgegen ihm kämpfte.
Dreimal sann er umher in des Herzens Geist und Empfindung;
Dreimal erscholl vom Ida das Donnergetön des Kronion,
Trojas Volk ankündend der Schlacht abwechselnden Siegsruhm.
Hektor anjetzt ermahnte mit lautem Rufe die Troer:
　Troer, und Lykier ihr, und Dardaner, Kämpfer der Nähe,
Seid nun Männer, o Freund', und gedenkt des stürmenden Mutes!
Denn ich erkenne, wie mir voll Huld zuwinkte Kronion
Sieg und erhabenen Ruhm, doch Schmach den Achaiern und Unheil.
Törichte, welche nunmehr zum Schutz sich erfanden die Mauer,
Schwach und verachtungswert, die nichts vor meiner Gewalt ist!
Denn mir springen die Rosse mit Leichtigkeit über den Graben!
Aber sobald ich dort den gebogenen Schiffen genahet,
Dann gedenke man wohl für brennendes Feuer zu sorgen;
Daß ich die Schiff' anzünde mit Glut, und sie selber ermorde,
Argos' Söhn', um die Schiffe, betäubt im Dampfe des Brandes!
　Jener sprach's; und die Ross' ermahnet' er, laut ausrufend:
Xanthos, und du Podargos, und mutiger Lampos, und Äthon,
Jetzt die reichliche Pflege vergeltet mir, welche mit Sorgfalt
Euch Andromache gab, des hohen Eëtions Tochter;
Da sie zuerst vor euch den lieblichen Weizen geschüttet,
Auch des Weines gemischt, nach Herzenswunsche zu trinken,
Eher denn mir, der doch ihr blühender Gatte sich rühmet!
Auf denn, mit großer Gewalt, und verfolget sie, daß wir erobern
Nestors strahlenden Schild, des Ruhm nun reichet zum Himmel,
Golden sei die Wölbung umher, und die Stangen des Schildes;

αὐτὰρ ἀπ᾽ ὤμοιιν Διομήδεος ἱπποδάμοιο
δαιδάλεον θώρηκα, τὸν Ἥφαιστος κάμε τεύχων.
εἰ τούτω κε λάβοιμεν, ἐελποίμην κεν Ἀχαιοὺς
αὐτονυχὶ νηῶν ἐπιβησέμεν ὠκειάων.“
ὣς ἔφατ᾽ εὐχόμενος, νεμέσησε δὲ πότνια Ἥρη,
σείσατο δ᾽ εἰνὶ θρόνωι, ἐλέλιξε δὲ μακρὸν Ὄλυμπον,
καί ῥα Ποσειδάωνα μέγαν θεὸν ἀντίον ηὔδα·
„ὢ πόποι, ἐννοσίγαι᾽ εὐρυσθενές, οὐδέ νυ σοί περ
ὀλλυμένων Δαναῶν ὀλοφύρεται ἐν φρεσὶ θυμός.
οἱ δέ τοι εἰς Ἑλίκην τε καὶ Αἰγὰς δῶρ᾽ ἀνάγουσι
πολλά τε καὶ χαρίεντα· σὺ δέ σφισι βούλεο νίκην.
εἴ περ γάρ κ᾽ ἐθέλοιμεν, ὅσοι Δαναοῖσιν ἀρωγοί,
Τρῶας ἀπώσασθαι καὶ ἐρυκέμεν εὐρύοπα Ζῆν,
αὐτοῦ κ᾽ ἔνθ᾽ ἀκάχοιτο καθήμενος οἶος ἐν Ἴδηι.“
τὴν δὲ μέγ᾽ ὀχθήσας προσέφη κρείων ἐνοσίχθων·
„Ἥρη ἀπτοεπές, ποῖον τὸν μῦθον ἔειπες.
οὐκ ἂν ἔγωγ᾽ ἐθέλοιμι Διὶ Κρονίωνι μάχεσθαι
ἡμέας τοὺς ἄλλους, ἐπεὶ ἦ πολὺ φέρτερός ἐστιν.“
ὣς οἱ μὲν τοιαῦτα πρὸς ἀλλήλους ἀγόρευον·
τῶν δ᾽, ὅσον ἐκ νηῶν ἀπὸ πύργου τάφρος ἔεργε,
πλῆθεν ὁμῶς ἵππων τε καὶ ἀνδρῶν ἀσπιστάων
εἰλομένων· εἴλει δὲ θοῶι ἀτάλαντος Ἄρηϊ
Ἕκτωρ Πριαμίδης, ὅτε οἱ Ζεὺς κῦδος ἔδωκε.
καί νύ κ᾽ ἐνέπρησεν πυρὶ κηλέωι νῆας ἐΐσας,
εἰ μὴ ἐπὶ φρεσὶ θῆκ᾽ Ἀγαμέμνονι πότνια Ἥρη
αὐτῶι ποιπνύσαντι θοῶς ὀτρῦναι Ἀχαιούς.
βῆ δ᾽ ἰέναι παρά τε κλισίας καὶ νῆας Ἀχαιῶν
πορφύρεον μέγα φᾶρος ἔχων ἐν χειρὶ παχείηι,
στῆ δ᾽ ἐπ᾽ Ὀδυσσῆος μεγακήτεϊ νηῒ μελαίνηι,
ἥ ῥ᾽ ἐν μεσσάτωι ἔσκε γεγωνέμεν ἀμφοτέρωσε,
ἠμὲν ἐπ᾽ Αἴαντος κλισίας Τελαμωνιάδαο
ἠδ᾽ ἐπ᾽ Ἀχιλλῆος, τοί ῥ᾽ ἔσχατα νῆας ἐΐσας
εἴρυσαν, ἠνορέηι πίσυνοι καὶ κάρτεϊ χειρῶν·
ἤϋσεν δὲ διαπρύσιον Δαναοῖσι γεγωνώς·
„αἰδώς, Ἀργεῖοι, κάκ᾽ ἐλέγχεα, εἶδος ἀγητοί·
πῆι ἔβαν εὐχωλαί, ὅτε δὴ φάμεν εἶναι ἄριστοι,
ἃς ὁπότ᾽ ἐν Λήμνωι κενεαυχέες ἠγοράασθε,
ἔσθοντες κρέα πολλὰ βοῶν ὀρθοκραιράων,
πίνοντες κρητῆρας ἐπιστεφέας οἴνοιο,
Τρώων ἄνθ᾽ ἑκατόν τε διηκοσίων τε ἕκαστος
στήσεσθ᾽ ἐν πολέμωι· νῦν δ᾽ οὐδ᾽ ἑνὸς ἄξιοί εἰμεν

Auch herab von der Schulter dem reisigen Held Diomedes
Jenen künstlichen Harnisch, den selbst Hephästos geschmiedet!
Würd' uns solches ein Raub, dann hofft' ich wohl, die Achaier
Möchten die Nacht noch steigen in leichthinsegelnde Schiffe!
  Also jauchzet' er laut; da zürnt' ihm die Herrscherin Here,
Wandte sich heftig im Thron, und erschütterte weit den Olympos.
Drauf zu Poseidaon, dem mächtigen Gotte, begann sie:
  Wehe mir, Erderschüttrer, Gewaltiger, wenden auch dir nicht
Argos' sinkende Scharen das Herz im Busen zu Mitleid?
Bringen sie doch gen Ägä und Helike dir der Geschenke
Viel' und erfreuende stets! O gönne du ihnen den Sieg nun!
Denn wenn wir nur wollten, der Danaer sämtliche Helfer,
Trojas Volk wegdrängen, und Zeus dem Donnerer steuern;
Traun, bald säß' er daselbst sich einsam härmend auf Ida!
  Unmutsvoll nun begann der Erderschüttrer Poseidon:
Welch ein Wort, o Here, Verwegene, hast du geredet!
Nimmermehr verlang' ich mit Zeus Kronion zu kämpfen,
Ich und die anderen hier; denn er ist mächtig vor allen!
  Also redeten jen' im Wechselgespräch miteinander.
Dort so weit von den Schiffen zum Wall und Graben sich hinstreckt,
Voll war's rings von Rossen und schildgewappneten Männern,
Dichtgedrängt; denn es drängte, dem stürmenden Ares vergleichbar,
Hektor, Priamos' Sohn, nachdem Zeus Ruhm ihm gewährte.
Und nun hätt' er verbrannt in lodernder Flamme die Schiffe,
Legete nicht Agamemnon ins Herz die erhabene Here,
Ihm der auch selbst umeilte, die Danaer schnell zu ermuntern.
Schleunig ging er hinab der Danaer Schiff' und Gezelte,
Haltend in nervichter Hand den großen purpurnen Mantel,
Und er betrat des Odysseus' gewaltiges dunkeles Meerschiff,
Welches die Mitt' einnahm; daß beiderseits sie vernähmen,
Dort zu Ajas Gezelten hinab, des Telamoniden,
Dort zu des Peleionen, die beid' an den Enden ihr Schiffheer
Aufgestellt, hochtrotzend auf Mut und Stärke der Hände.
Laut erscholl sein durchdringender Ruf in das Heer der Achaier:
  Schande doch, Argos' Volk, ihr Verworfenen, trefflich an Bildung!
Wo ist jetzo der Ruhm, da wir uns Tapfere priesen;
Was ihr vordem in Lemnos mit nichtiger Rede geprahlet,
Schmausend das viele Fleisch der hochgehörneten Rinder,
Und ausleerend die Krüge, zum Rand mit Weine gefüllet?
Gegen hundert der Troer, ja selbst zweihundert, vermaß sich
Jeder im Kampfe zu stehn! Nicht einem auch gelten wir jetzo,

Ἕκτορος, ὃς τάχα νῆας ἐνιπρήσει πυρὶ κηλέωι.
Ζεῦ πάτερ, ἦ ῥά τιν᾽ ἤδη ὑπερμενέων βασιλήων
τῆιδ᾽ ἄτηι ἄασας καί μιν μέγα κῦδος ἀπηύρας;
οὐ μὲν δή ποτέ φημι τεὸν περικαλλέα βωμὸν
νηῒ πολυκλήϊδι παρελθέμεν ἐνθάδε ἔρρων,
ἀλλ᾽ ἐπὶ πᾶσι βοῶν δημὸν καὶ μηρί᾽ ἔκηα,
ἱέμενος Τροίην εὐτείχεον ἐξαλαπάξαι.
ἀλλά, Ζεῦ, τόδε πέρ μοι ἐπικρήηνον ἐέλδωρ·
αὐτοὺς δή περ ἔασον ὑπεκφυγέειν καὶ ἀλύξαι,
μηδ᾽ οὕτω Τρώεσσιν ἔα δάμνασθαι Ἀχαιούς."
ὣς φάτο, τὸν δὲ πατὴρ ὀλοφύρατο δάκρυ χέοντα,
νεῦσε δέ οἱ λαὸν σόον ἔμμεναι οὐδ᾽ ἀπολέσθαι.
αὐτίκα δ᾽ αἰετὸν ἧκε, τελειότατον πετεηνῶν,
νεβρὸν ἔχοντ᾽ ὀνύχεσσι, τέκος ἐλάφοιο ταχείης·
πὰρ δὲ Διὸς βωμῶι περικαλλέϊ κάββαλε νεβρόν,
ἔνθα πανομφαίωι Ζηνὶ ῥέζεσκον Ἀχαιοί.
οἱ δ᾽ ὡς οὖν εἴδονθ᾽ ὅ τ᾽ ἄρ᾽ ἐκ Διὸς ἤλυθεν ὄρνις,
μᾶλλον ἐπὶ Τρώεσσι θόρον, μνήσαντο δὲ χάρμης.
ἔνθ᾽ οὔ τις πρότερος Δαναῶν, πολλῶν περ ἐόντων,
εὔξατο Τυδεΐδαο πάρος σχέμεν ὠκέας ἵππους
τάφρου τ᾽ ἐξελάσαι καὶ ἐναντίβιον μαχέσασθαι,
ἀλλὰ πολὺ πρῶτος Τρώων ἕλεν ἄνδρα κορυστήν,
Φραδμονίδην Ἀγέλαον· ὁ μὲν φύγαδ᾽ ἔτραπεν ἵππους·
τῶι δὲ μεταστρεφθέντι μεταφρένωι ἐν δόρυ πῆξεν
ὤμων μεσσηγύς, διὰ δὲ στήθεσφιν ἔλασσεν·
ἤριπε δ᾽ ἐξ ὀχέων, ἀράβησε δὲ τεύχε᾽ ἐπ᾽ αὐτῶι.
τὸν δὲ μετ᾽ Ἀτρεΐδαι, Ἀγαμέμνων καὶ Μενέλαος,
τοῖσι δ᾽ ἐπ᾽ Αἴαντες θοῦριν ἐπιειμένοι ἀλκήν,
τοῖσι δ᾽ ἐπ᾽ Ἰδομενεὺς καὶ ὀπάων Ἰδομενῆος
Μηριόνης ἀτάλαντος Ἐνυαλίωι ἀνδρειφόντηι,
τοῖσι δ᾽ ἐπ᾽ Εὐρύπυλος, Εὐαίμονος ἀγλαὸς υἱός·
Τεῦκρος δ᾽ εἴνατος ἦλθε, παλίντονα τόξα τιταίνων,
στῆ δ᾽ ἄρ᾽ ὑπ᾽ Αἴαντος σάκεϊ Τελαμωνιάδαο.
ἔνθ᾽ Αἴας μὲν ὑπεξέφερεν σάκος· αὐτὰρ ὅ γ᾽ ἥρως
παπτήνας, ἐπεὶ ἄρ τιν᾽ ὀϊστεύσας ἐν ὁμίλωι
βεβλήκοι, ὁ μὲν αὖθι πεσὼν ἀπὸ θυμὸν ὄλεσσεν,
αὐτὰρ ὁ αὖτις ἰὼν πάϊς ὣς ὑπὸ μητέρα δύσκεν
εἰς Αἴανθ᾽· ὁ δέ μιν σάκεϊ κρύπτασκε φαεινῶι.
ἔνθα τίνα πρῶτον Τρώων ἕλε Τεῦκρος ἀμύμων;
Ὀρσίλοχον μὲν πρῶτα καὶ Ὅρμενον ἠδ᾽ Ὀφελέστην
Δαίτορά τε Χρομίον τε καὶ ἀντίθεον Λυκοφόντην

Hektor, der bald die Schiffe verbrennt in loderndem Feuer!
Hast du, o Vater Zeus, je einen gewaltigen König
So beladen mit Fluch, und des herrlichen Ruhms ihn beraubet?
Weißt du doch, wie ich nie vor deinem prangenden Altar
Im vielrudrigen Schiff hinsteuerte, als ich hieherkam;
Nein auf allen verbrannt' ich der Stiere Fett und die Schenkel,
Wünschend hinwegzutilgen die festummauerte Troja.
Aber, o Zeus, gewähre mir doch nur dieses Verlangen:
Laß uns wenigstens selber errettet sein und entfliehen,
Und nicht so hinsinken vor Trojas Macht die Achaier!
Jener sprach's; da jammerte Zeus des weinenden Königs;
Und er winkt' ihm Errettung der Danaer, nicht ihr Verderben.
Schnell den Adler entsandt' er, die edelste Vorbedeutung;
Dieser trug in den Klauen ein Kind der flüchtigen Hindin,
Und vor Zeus' Altar, den prangenden, warf er das Hirschkalb,
Wo dem enthüllenden Zeus die Danaer pflegten zu opfern.
Jene, sobald sie gesehn, wie von Zeus herschwebte der Vogel,
Drangen gestärkt in der Troer Gewühl, und entbrannten vor Streitlust.
Keiner rühmte sich nun, so viel auch Danaer waren,
Daß vor Tydeus' Sohn er gelenkt die hurtigen Rosse,
Vorgesprengt aus dem Graben, und kühn entgegen gekämpfet;
Sondern zuerst den Troern ermordet' er einen der Kämpfer,
Fradmons' Sohn Agelaos: zur Flucht dort wandt' er die Rosse;
Doch dem Gewendeten stieß der Tydeide den Speer in den Rücken,
Zwischen der Schulterbucht, daß vorn aus dem Busen er vordrang;
Und er entsank dem Geschirr, und es rasselten um ihn die Waffen.
Hinter ihm Atreus' Söhn', Agamemnon und Menelaos;
Drauf die Ajas zugleich, mit trotzigem Mute gerüstet;
Dann Idomeneus selbst, und Idomeneus' Kriegesgenoß auch,
Held Meriones, gleich dem männermordenden Ares;
Auch Eurypylos dann, der glänzende Sohn des Euämon;
Teukros auch kam der neunte, gespannt den schnellenden Bogen,
Hinter des Ajas' Schilde gestellt, des Telamoniden:
Oft daß Ajas den Schild ihm hinweghob; aber der Held dort
Schaut' umher, und sobald sein Todesgeschoß im Getümmel
Traf, dann taumelte jener dahin, sein Leben verhauchend;
Doch er eilte zurück, wie ein Kind an die Mutter sich schmieget,
Nah an Ajas gedrängt, der mit strahlendem Schild' ihn bedeckte.
Wen nun traf von den Troern zuerst der untadliche Teukros?
Erst den Orsilochos traf er, und Ormenos, auch Ophelestes,
Dätor und Chromios auch, und den göttlichen Held Lykophontes,

καὶ Πολυαιμονίδην Ἀμοπάονα καὶ Μελάνιππον,
πάντας ἐπασσυτέρους πέλασε χθονὶ πουλυβοτείρηι.
τὸν δὲ ἰδὼν γήθησεν ἄναξ ἀνδρῶν Ἀγαμέμνων,
τόξου ἄπο κρατεροῦ Τρώων ὀλέκοντα φάλαγγας·
στῆ δὲ παρ' αὐτὸν ἰὼν καί μιν πρὸς μῦθον ἔειπε·
„ Τεῦκρε, φίλη κεφαλή, Τελαμώνιε, κοίρανε λαῶν,
βάλλ' οὕτως, αἴ κέν τι φόως Δαναοῖσι γένηαι
πατρί τε σῶι Τελαμῶνι, ὅ σ' ἔτρεφε τυτθὸν ἐόντα,
καί σε νόθον περ ἐόντα κομίσσατο ὧι ἐνὶ οἴκωι·
τὸν καὶ τηλόθ' ἐόντα ἐϋκλείης ἐπίβησον.
σοὶ δ' ἐγὼ ἐξερέω ὡς καὶ τετελεσμένον ἔσται·
αἴ κέν μοι δώηι Ζεύς τ' αἰγίοχος καὶ Ἀθήνη
Ἰλίου ἐξαλαπάξαι ἐϋκτίμενον πτολίεθρον,
πρώτωι τοι μετ' ἐμὲ πρεσβήϊον ἐν χερὶ θήσω,
ἢ τρίποδ' ἠὲ δύω ἵππους αὐτοῖσιν ὄχεσφιν
ἠὲ γυναῖχ', ἥ κέν τοι ὁμὸν λέχος εἰσαναβαίνοι."
τὸν δ' ἀπαμειβόμενος προσεφώνεε Τεῦκρος ἀμύμων·
„ Ἀτρεΐδη κύδιστε, τί με σπεύδοντα καὶ αὐτὸν
ὀτρύνεις; οὐ μέν τοι ὅση δύναμίς γε πάρεστι
παύομαι, ἀλλ' ἐξ οὗ προτὶ Ἴλιον ὠσάμεθ' αὐτοὺς,
ἐκ τοῦ δὴ τόξοισι δεδεγμένος ἄνδρας ἐναίρω.
ὀκτὼ δὴ προέηκα τανυγλώχινας ὀϊστούς,
πάντες δ' ἐν χροῒ πῆχθεν ἀρηϊθόων αἰζηῶν·
τοῦτον δ' οὐ δύναμαι βαλέειν κύνα λυσσητῆρα."
ἦ ῥα, καὶ ἄλλον ὀϊστὸν ἀπὸ νευρῆφιν ἴαλλεν
Ἕκτορος ἀντικρύ, βαλέειν δέ ἑ ἵετο θυμός·
καὶ τοῦ μέν ῥ' ἀφάμαρθ', ὁ δ' ἀμύμονα Γοργυθίωνα
υἱὸν ἐΰν Πριάμοιο κατὰ στῆθος βάλεν ἰῶι,
τόν ῥ' ἐξ Αἰσύμηθεν ὀπυιομένη τέκε μήτηρ
καλὴ Καστιάνειρα δέμας ἐϊκυῖα θεῆισι.
μήκων δ' ὡς ἑτέρωσε κάρη βάλεν, ἥ τ' ἐνὶ κήπωι,
καρπῶι βριθομένη νοτίηισί τε εἰαρινῆισιν,
ὣς ἑτέρωσ' ἤμυσε κάρη πήληκι βαρυνθέν.
Τεῦκρος δ' ἄλλον ὀϊστὸν ἀπὸ νευρῆφιν ἴαλλεν
Ἕκτορος ἀντικρύ, βαλέειν δέ ἑ ἵετο θυμός.
ἀλλ' ὅ γε καὶ τόθ' ἅμαρτε· παρέσφηλεν γὰρ Ἀπόλλων·
ἀλλ' Ἀρχεπτόλεμον, θρασὺν Ἕκτορος ἡνιοχῆα,
ἱέμενον πόλεμόνδε βάλε στῆθος παρὰ μαζόν·
ἤριπε δ' ἐξ ὀχέων, ὑπερώησαν δέ οἱ ἵπποι
ὠκύποδες· τοῦ δ' αὖθι λύθη ψυχή τε μένος τε.
Ἕκτορα δ' αἰνὸν ἄχος πύκασε φρένας ἡνιόχοιο·

Auch Polyämons Sohn Hamopaon, auch Melanippos:
All' aneinander gestürzt zur nahrungsprossenden Erde.
Ihn nun sah mit Freude der Völkerfürst Agamemnon,
Wie er mit starkem Geschoß die troischen Reihen vertilgte;
Nahe trat er hinan, und sprach zu jenem die Worte:
Teukros, edelster Freund, Telamonier, Völkergebieter,
Triff so fort, und werde der Danaer Licht, und des Vaters
Telamon auch, der in Liebe dich nährete, als du ein Kind warst,
Und, der Dienerin Sohn, dich pflegt in seinem Palaste:
Ihn, den Entferneten nun, erhebe zu glänzendem Ruhme!
Denn ich verkündige dir, und das wird wahrlich vollendet.
Wenn mir solches gewährt der Donnerer Zeus und Athene,
Ilios auszutilgen, die Stadt voll prangender Häuser;
Werd' ich zuerst nach mir die geehrteste Gabe dir reichen:
Ob es ein Dreifuß sei, ob ein rasches Gespann mit dem Wagen,
Oder ein blühendes Weib, das dir dein Lager besteige.
Jener sprach's; ihm erwiderte schnell der untadliche Teukros:
Atreus' Sohn, Ruhmvoller, warum, da ich selber ja strebe,
Treibst du mich an? Nichts wahrlich, so viel die Kraft mir gewähret,
Zauder' ich; sondern seitdem gen Ilios jene wir drängen,
Hab' ich feindliche Männer mit zielendem Bogen getötet.
Acht schon hab' ich versandt der langgespitzten Geschosse,
Und sie hafteten all' in streitbarer Jünglinge Leibern.
Jenen nur nicht vermag ich, den wütenden Hund zu erreichen!
Sprach's, und sandt' ein andres Geschoß von der Senne des Bogens
Grad' auf Hektor dahin, mit herzlichem Wunsch, ihn zu treffen.
Und er verfehlt' ihn zwar; doch den edlen Gorgythion traf er,
Priamos' tapferen Sohn, ihm die Brust mit dem Pfeile durchbohrend,
Welchen ein Nebenweib, aus Äsyme gewählt, ihm geboren,
Kastianeira die Schön', an Gestalt den Göttinnen ähnlich.
So wie der Mohn zur Seite das Haupt neigt, welcher im Garten
Steht, von Wuchs belastet, und Regenschauer des Frühlings,
Also neigt' er zur Seite das Haupt, vom Helme beschweret.
Teukros sandt' ein andres Geschoß von der Senne des Bogens
Grad' auf Hektor dahin, mit herzlichem Wunsch ihn zu treffen.
Aber auch jetzt verfehlt' er; denn seitwärts wandt' es Apollon.
Archeptolemos nur, dem mutigen Lenker des Hektor,
Als er sprengt' in die Schlacht, durchschoß er die Brust an der Warze;
Und er entsank dem Geschirr, und zurück ihm zuckten die Rosse,
Fliegendes Laufs; ihm aber erlosch der Geist und die Stärke.
Hektors Seele durchdrang der bittere Schmerz um den Lenker;

τὸν μὲν ἔπειτ' εἴασε καὶ ἀχνύμενός περ ἑταίρου,
Κεβριόνην δ' ἐκέλευσεν ἀδελφεὸν ἐγγὺς ἐόντα
ἵππων ἡνί' ἑλεῖν· ὁ δ' ἄρ' οὐκ ἀπίθησεν ἀκούσας.
αὐτὸς δ' ἐκ δίφροιο χαμαὶ θόρε παμφανόωντος
σμερδαλέα ἰάχων· ὁ δὲ χερμάδιον λάβε χειρί,
βῆ δ' ἰθὺς Τεύκρου, βαλέειν δέ ἑ θυμὸς ἀνώγει.
ἤτοι ὁ μὲν φαρέτρης ἐξείλετο πικρὸν ὀϊστόν,
θῆκε δ' ἐπὶ νευρῆι· τὸν δ' αὖ κορυθαίολος Ἕκτωρ
αὐερύοντα παρ' ὦμον, ὅθι κληῒς ἀποέργει
αὐχένα τε στῆθός τε, μάλιστα δὲ καίριόν ἐστι,
τῆι ῥ' ἐπὶ οἷ μεμαῶτα βάλεν λίθωι ὀκριόεντι,
ῥῆξε δέ οἱ νευρήν· νάρκησε δὲ χεὶρ ἐπὶ καρπῶι,
στῆ δὲ γνὺξ ἐριπών, τόξον δέ οἱ ἔκπεσε χειρός.
Αἴας δ' οὐκ ἀμέλησε κασιγνήτοιο πεσόντος,
ἀλλὰ θέων περίβη καί οἱ σάκος ἀμφεκάλυψε.
τὸν μὲν ἔπειθ' ὑποδύντε δύω ἐρίηρες ἑταῖροι,
Μηκιστεὺς Ἐχίοιο πάϊς καὶ δῖος Ἀλάστωρ,
νῆας ἔπι γλαφυρὰς φερέτην βαρέα στενάχοντα.
    ἂψ δ' αὖτις Τρώεσσιν Ὀλύμπιος ἐν μένος ὦρσεν·
οἱ δ' ἰθὺς τάφροιο βαθείης ὦσαν Ἀχαιούς·
Ἕκτωρ δ' ἐν πρώτοισι κίε σθένεϊ βλεμεαίνων.
ὡς δ' ὅτε τίς τε κύων συὸς ἀγρίου ἠὲ λέοντος
ἅπτηται κατόπισθε, ποσὶν ταχέεσσι διώκων,
ἰσχία τε γλουτούς τε, ἑλισσόμενόν τε δοκεύει,
ὣς Ἕκτωρ ὤπαζε κάρη κομόωντας Ἀχαιούς,
αἰὲν ἀποκτείνων τὸν ὀπίστατον· οἱ δὲ φέβοντο.
αὐτὰρ ἐπεὶ διά τε σκόλοπας καὶ τάφρον ἔβησαν
φεύγοντες, πολλοὶ δὲ δάμεν Τρώων ὑπὸ χερσίν,
οἱ μὲν δὴ παρὰ νηυσὶν ἐρητύοντο μένοντες,
ἀλλήλοισί τε κεκλόμενοι καὶ πᾶσι θεοῖσι
χεῖρας ἀνίσχοντες μεγάλ' εὐχετόωντο ἕκαστος·
Ἕκτωρ δ' ἀμφιπεριστρώφα καλλίτριχας ἵππους,
Γοργοῦς ὄμματ' ἔχων ἠδὲ βροτολοιγοῦ Ἄρηος.
    τοὺς δὲ ἰδοῦσ' ἐλέησε θεὰ λευκώλενος Ἥρη,
αἶψα δ' Ἀθηναίην ἔπεα πτερόεντα προσηύδα·
„ὢ πόποι, αἰγιόχοιο Διὸς τέκος, οὐκέτι νῶϊ
ὀλλυμένων Δαναῶν κεκαδησόμεθ' ὑστάτιόν περ;
οἵ κεν δὴ κακὸν οἶτον ἀναπλήσαντες ὄλωνται
ἀνδρὸς ἑνὸς ῥιπῆι, ὁ δὲ μαίνεται οὐκέτ' ἀνεκτῶς
Ἕκτωρ Πριαμίδης, καὶ δὴ κακὰ πολλὰ ἔοργε."
    τὴν δ' αὖτε προσέειπε θεὰ γλαυκῶπις Ἀθήνη·

Dennoch ließ er ihn dort, wie sehr er traurte des Freundes.
Schnell nun hieß er den Bruder Kebriones, der ihm genaht war,
Nehmen der Rosse Gezäum, und nicht unwillig gehorcht' er.
Aber er selbst entschwang sich dem glänzenden Sessel des Wagens,
Mit graunvollem Geschrei, und faßt' in der Rechte den Feldstein,
Drang dann grad' auf Teukros, in heißer Begier ihn zu treffen.
Jener hatt' aus dem Köcher ein herbes Geschoß sich gewählet,
Und auf die Senne gefügt; da traf der gewaltige Hektor,
Als er die Senn' anzog, ihn am Schlüsselbein auf die Achsel,
Zwischen Hals und Brust, wo am tödlichsten ist die Verwundung;
Dort den Strebenden traf er mit zackigem Stein des Gefildes,
Und zerriß ihm die Senn'; es erstarrte die Hand an dem Knöchel,
Und er entsank hinknieend, es glitt aus der Hand ihm der Bogen.
Doch nicht Ajas vergaß des hingesunkenen Bruders,
Sondern umging ihn in Eile, mit großem Schild ihn bedeckend.
Schnell dann bückten sich her zween auserwählte Genossen,
Echios' Sohn Mekisteus zugleich, und der edle Alastor,
Die zu den räumigen Schiffen den Schweraufstöhnenden trugen.
Wieder erhob die Troer mit Mut der olympische König.
Grade zurück an den Graben verdrängten sie nun die Achaier;
Hektor drang mit den ersten voran, wutfunkelndes Blickes.
So wie ein Hund den Eber des Bergwalds, oder den Löwen,
Kühn mit dem Rachen erhascht, den hurtigen Füßen vertrauend,
Hinten an Hüft' und Lend', und stets des Gewendeten achtet:
Also verfolgt' itzt Hektor die hauptumlockten Achaier,
Immerdar hinstreckend den äußersten, und sie entflohen.
Aber nachdem sie die Pfähle hindurch und den Graben geeilet
Fliehend und manchen gestürzt die mordenden Hände der Troer,
Jetzo hemmeten jene sich dort bei den Schiffen beharrend,
Und ermahnten einander; und rings mit erhobenen Händen
Betete laut ein jeder zu allen unsterblichen Göttern.
Hektor tummelt' umher das Gespann schönmähniger Rosse,
Graß wir Gorgo an Blick, und der männermordende Ares.
  Jene nun sah erbarmend die lilienarmige Here,
Wandte sich schnell zur Athen' und sprach die geflügelten Worte:
  Weh mir, o Tochter Zeus' des Donnerers, wollen wir noch nicht
Retten das sterbende Volk der Danaer, auch nur zuletzt noch?
Welche das böse Geschick nunmehr vollendend verschwinden,
Unter des einen Gewalt! Da wütet er ganz unerträglich,
Hektor, Priamos' Sohn, und viel schon tat er des Frevels!
  Drauf antwortete Zeus' blauäugige Tochter Athene:

„ καὶ λίην οὗτός γε μένος θυμόν τ᾽ ὀλέσειε,
χερσὶν ὑπ᾽ Ἀργείων φθίμενος ἐν πατρίδι γαίηι·
ἀλλὰ πατὴρ οὑμὸς φρεσὶ μαίνεται οὐκ ἀγαθῆισι,
σχέτλιος, αἰὲν ἀλιτρός, ἐμῶν μενέων ἀπερωεύς·
οὐδέ τι τῶν μέμνηται, ὅ οἱ μάλα πολλάκις υἱὸν
τειρόμενον σώεσκον ὑπ᾽ Εὐρυσθῆος ἀέθλων.
ἤτοι ὁ μὲν κλαίεσκε πρὸς οὐρανόν, αὐτὰρ ἐμὲ Ζεὺς
τῶι ἐπαλεξήσουσαν ἀπ᾽ οὐρανόθεν προΐαλλεν.
εἰ γὰρ ἐγὼ τάδε ἤιδε᾽ ἐνὶ φρεσὶ πευκαλίμηισιν,
εὖτέ μιν εἰς Ἀΐδαο πυλάρταο προὔπεμψεν
ἐξ Ἐρέβευς ἄξοντα κύνα στυγεροῦ Ἀΐδαο,
οὐκ ἂν ὑπεξέφυγε Στυγὸς ὕδατος αἰπὰ ῥέεθρα.
νῦν δ᾽ ἐμὲ μὲν στυγέει, Θέτιδος δ᾽ ἐξήνυσε βουλάς,
ἥ οἱ γούνατ᾽ ἔκυσσε καὶ ἔλλαβε χειρὶ γενείου,
λισσομένη τιμῆσαι Ἀχιλλῆα πτολίπορθον.
ἔσται μὰν ὅτ᾽ ἂν αὖτε φίλην γλαυκώπιδα εἴπηι.
ἀλλὰ σὰ μὲν νῦν νῶϊν ἐπέντυε μώνυχας ἵππους,
ὄφρ᾽ ἂν ἐγὼ καταδῦσα Διὸς δόμον αἰγιόχοιο
τεύχεσιν ἐς πόλεμον θωρήξομαι, ὄφρα ἴδωμαι
ἤ νῶϊ Πριάμοιο πάϊς κορυθαίολος Ἕκτωρ
γηθήσει προφανέντε ἀνὰ πτολέμοιο γεφύρας,
ἦ τις καὶ Τρώων κορέει κύνας ἠδ᾽ οἰωνοὺς
δημῶι καὶ σάρκεσσι, πεσὼν ἐπὶ νηυσὶν Ἀχαιῶν."
ὣς ἔφατ᾽, οὐδ᾽ ἀπίθησε θεὰ λευκώλενος Ἥρη.
ἡ μὲν ἐποιχομένη χρυσάμπυκας ἔντυεν ἵππους
Ἥρη, πρέσβα θεά, θυγάτηρ μεγάλοιο Κρόνοιο·
αὐτὰρ Ἀθηναίη κούρη Διὸς αἰγιόχοιο
πέπλον μὲν κατέχευεν ἑανὸν πατρὸς ἐπ᾽ οὔδει
ποικίλον, ὅν ῥ᾽ αὐτὴ ποιήσατο καὶ κάμε χερσίν,
ἡ δὲ χιτῶν᾽ ἐνδῦσα Διὸς νεφεληγερέταο
τεύχεσιν ἐς πόλεμον θωρήσσετο δακρυόεντα.
ἐς δ᾽ ὄχεα φλόγεα ποσὶ βήσετο, λάζετο δ᾽ ἔγχος
βριθὺ μέγα στιβαρόν, τῶι δάμνησι στίχας ἀνδρῶν
ἡρώων, τοῖσίν τε κοτέσσεται ὀβριμοπάτρη.
Ἥρη δὲ μάστιγι θοῶς ἐπεμαίετ᾽ ἄρ᾽ ἵππους·
αὐτόμαται δὲ πύλαι μύκον οὐρανοῦ ἃς ἔχον Ὧραι,
τῆις ἐπιτέτραπται μέγας οὐρανὸς Οὔλυμπός τε,
ἠμὲν ἀνακλῖναι πυκινὸν νέφος ἠδ᾽ ἐπιθεῖναι.
τῆι ῥα δι᾽ αὐτάων κεντρηνεκέας ἔχον ἵππους.
Ζεὺς δὲ πατὴρ Ἴδηθεν ἐπεὶ ἴδε χώσατ᾽ ἄρ᾽ αἰνῶς,
Ἶριν δ᾽ ὤτρυνε χρυσόπτερον ἀγγελέουσαν·

Wohl schon hätte mir dieser den Mut und die Seele verloren,
Unter der Hand der Argeier vertilgt im heimischen Lande;
Aber es tobt mein Vater mit übelwollendem Herzen,
Grausam, und stets unbillig und jeden Entschluß mir vereiteInd.
Nicht gedenkt er mir dessen, wie oft vordem ich den Sohn ihm
Rettete, wann er gequält von Eurystheus' Kämpfen sich härmte.
Auf zum Himmel weinte der Duldende; aber es sandt' ihm
Mich zur Helferin schnell von des Himmels Höhe Kronion.
Hätt' ich doch solches gewußt im forschenden Rate des Herzens,
Als er hinab in Aïs verriegelte Burg ihn gesendet,
Daß er dem Dunkel entführte den Hund des graulichen Gottes!
Niemals wär er entronnen dem stygischen Strom des Entsetzens!
Nun bin ich ihm verhaßt, doch den Rat der Thetis vollführt er,
Welche die Knie' ihm geherzt, und die Hand zum Kinn ihm erhoben,
Flehend, daß Ruhm er gewähre dem Städteverwüster Achilleus.
Aber er nennt mich einmal blauäugiges Töchterchen wieder!
Auf, und schirr' uns sofort das Gespann starkhufiger Rosse,
Weil ich selbst, in den Saal des ägiserschütternden Vaters
Gehend, zum Kampf anlege die Rüstungen, daß ich erkenne,
Ob uns Priamos' Sohn, der helmumflatterte Hektor,
Freuen sich wird, wenn ich plötzlich erschein' in den Pfaden des Treffens.
Traun, wohl mancher der Troer wird sättigen Hund' und Gevögel
Seines Fettes und Fleisches, gestreckt bei den Schiffen Achaias!
　Sprach's; und willig gehorcht' ihr die lilienarmige Here.
Jene nun eilt' anschirrend die goldgezügelten Rosse,
Here, die heilige Göttin, erzeugt vom gewaltigen Kronos.
Aber Pallas Athene, des Ägiserschütterers Tochter,
Ließ hinsinken das feine Gewand im Palaste des Vaters,
Buntgewirkt, das sie selber mit künstlicher Hand sich bereitet.
Drauf in den Panzer gehüllt des schwarzumwölkten Kronions,
Nahm sie das Waffengeschmeide zur tränenbringenden Feldschlacht.
Jetzt in den flammenden Wagen erhub sie sich, nahm dann die Lanze,
Schwer und groß und gediegen, womit sie die Scharen der Helden
Bändiget, welchen sie zürnt, die Tochter des schrecklichen Vaters.
Here beflügelte nun mit geschwungener Geißel die Rosse;
Und aufkrachte von selbst des Himmels Tor, das die Horen
Hüteten, welchen der Himmel vertraut ward, und der Olympos,
Daß sie die hüllende Wolk' itzt öffneten, jetzo verschlössen.
Dort nun lenkten sie durch die leichtgesporneten Rosse.
　Aber da Zeus vom Ida sie schauete, heftig ergrimmt' er;
Drauf als Botin entsandt' er die goldgeflügelte Iris:

„βάσκ' ἴθι, Ἶρι ταχεῖα, πάλιν τρέπε μηδ' ἔα ἄντην
ἔρχεσθ'· οὐ γὰρ καλὰ συνοισόμεθα πτόλεμόνδε.
ὧδε γὰρ ἐξερέω, τὸ δὲ καὶ τετελεσμένον ἔσται·
γυιώσω μέν σφωϊν ὑφ' ἅρμασιν ὠκέας ἵππους,
αὐτὰς δ' ἐκ δίφρου βαλέω κατά θ' ἅρματα ἄξω·
οὐδέ κεν ἐς δεκάτους περιτελλομένους ἐνιαυτοὺς
ἕλκε' ἀπαλθήσεσθον, ἅ κεν μάρπτηισι κεραυνός·
ὄφρα ἰδῆι γλαυκῶπις ὅτ' ἂν ὧι πατρὶ μάχηται.
Ἥρηι δ' οὔ τι τόσον νεμεσίζομαι οὐδὲ χολοῦμαι·
αἰεὶ γάρ μοι ἔωθεν ἐνικλᾶν ὅττί κεν εἴπω."
ὣς ἔφατ', ὦρτο δὲ Ἶρις ἀελλόπος ἀγγελέουσα,
βῆ δ' ἐξ Ἰδαίων ὀρέων ἐς μακρὸν Ὄλυμπον.
πρώτηισιν δὲ πύληισι πολυπτύχου Οὐλύμποιο
ἀντομένη κατέρυκε, Διὸς δέ σφ' ἔννεπε μῦθον·
„πῆι μέματον; τί σφῶϊν ἐνὶ φρεσὶ μαίνεται ἦτορ;
οὐκ ἐάαι Κρονίδης ἐπαμυνέμεν Ἀργείοισιν.
ὧδε γὰρ ἠπείλησε Κρόνου πάϊς, ἧι τελέει περ,
γυιώσειν μὲν σφῶϊν ὑφ' ἅρμασιν ὠκέας ἵππους,
αὐτὰς δ' ἐκ δίφρου βαλέειν κατά θ' ἅρματα ἄξειν·
οὐδέ κεν ἐς δεκάτους περιτελλομένους ἐνιαυτοὺς
ἕλκε' ἀπαλθήσεσθον, ἅ κεν μάρπτηισι κεραυνός·
ὄφρα ἰδῆις, γλαυκῶπι, ὅτ' ἂν σῶι πατρὶ μάχηαι.
Ἥρηι δ' οὔ τι τόσον νεμεσίζεται οὐδὲ χολοῦται·
αἰεὶ γάρ οἱ ἔωθεν ἐνικλᾶν ὅττι κεν εἴπηι·
ἀλλὰ σύ γ' αἰνοτάτη, κύον ἀδεές, εἰ ἐτεόν γε
τολμήσεις Διὸς ἄντα πελώριον ἔγχος ἀεῖραι."
ἡ μὲν ἄρ' ὣς εἰποῦσ' ἀπέβη πόδας ὠκέα Ἶρις,
αὐτὰρ Ἀθηναίην Ἥρη πρὸς μῦθον ἔειπεν·
„ὢ πόποι, αἰγιόχοιο Διὸς τέκος, οὐκέτ' ἔγωγε
νῶϊ ἐῶ Διὸς ἄντα βροτῶν ἕνεκα πτολεμίζειν·
τῶν ἄλλος μὲν ἀποφθίσθω, ἄλλος δὲ βιώτω,
ὅς κε τύχηι· κεῖνος δὲ τὰ ἃ φρονέων ἐνὶ θυμῶι
Τρωσί τε καὶ Δαναοῖσι δικαζέτω, ὡς ἐπιεικές."
ὣς ἄρα φωνήσασα πάλιν τρέπε μώνυχας ἵππους·
τῆισιν δ' Ὧραι μὲν λῦσαν καλλίτριχας ἵππους,
καὶ τοὺς μὲν κατέδησαν ἐπ' ἀμβροσίηισι κάπηισιν,
ἅρματα δ' ἔκλιναν πρὸς ἐνώπια παμφανόωντα·
αὐταὶ δὲ χρυσέοισιν ἐπὶ κλισμοῖσι κάθιζον
μίγδ' ἄλλοισι θεοῖσι, φίλον τετιημέναι ἦτορ.
Ζεὺς δὲ πατὴρ Ἴδηθεν ἔϋτροχον ἅρμα καὶ ἵππους
Οὔλυμπόνδε δίωκε, θεῶν δ' ἐξίκετο θώκους.

Eile mir, hurtige Iris, und wende sie, ehe daher sie
Kommen, denn unsanft möchten im Kampf wir einander begegnen!
Denn ich verkündige dir, und das wird wahrlich vollendet.
Lähmen werd' ich jenen die hurtigen Ross' an dem Wagen,
Stürzen sie selbst vom Sessel herab, und den Wagen zerschmettern!
Nicht auch einmal in zehn umrollender Jahre Vollendung
Würden die Wunden geheilt, womit mein Strahl sie gezeichnet:
Daß mir erkenn' Athene den schrecklichen Kampf mit dem Vater!
Minder erregt mir Here des Unmuts oder des Zornes;
Stets ja war sie gewohnt, daß sie einbrach, was ich beschlossen!
Jener sprach's; doch Iris, die windschnell eilende Botin,
Flog von Idas Gebirg' einher zum großen Olympos.
Jetzt am vordersten Tore des vielgebognen Olympos
Hielt sie die Kommenden an, und sprach die Worte Kronions:
Sagt mir, wohin so eifrig? was wütet das Herz euch im Busen?
Nicht verstattet euch Zeus, der Danaer Volke zu helfen.
Denn so droht' euch jetzo der Donnerer, wo er's vollendet:
Lähmen werd' er euch beiden die hurtigen Ross' an dem Wagen,
Stürzen euch selbst vom Sessel herab und den Wagen zerschmettern.
Nicht auch einmal in zehn umrollender Jahre Vollendung
Würden die Wunden geheilt, womit sein Strahl euch gezeichnet:
Daß du erkennst, Athene, den schrecklichen Kampf mit dem Vater.
Minder erregt ihm Here des Unmuts oder des Zornes;
Stets ja war sie gewohnt, daß sie einbrach, was er beschlossen.
Aber Entsetzliche du, Schamloseste, wenn du in Wahrheit
Wagst, zum Kampfe mit Zeus den gewaltigen Speer zu erheben!
Also sprach, und entfloh die leichthinschwebende Iris.
Aber Here begann und sprach zu Pallas Athene:
Weh mir, o Tochter Zeus' des Donnerers! länger fürwahr nicht
Duld' ich es, daß wir Zeus um sterbliche Menschen bekämpfen!
Mag ein anderer sinken in Staub, und ein anderer leben,
Welchen es trifft! Doch jener, nach eigenem Rate beschließend,
Richte den Streit der Troer und Danaer, wie es ihm ansteht!
Sprach's, und lenkte zurück das Gespann starkhufiger Rosse.
Dort nun lösten die Horen die schöngemähneten Rosse.
Diese banden sie fest zu ambrosischen Krippen geführet,
Stellten darauf den Wagen empor an schimmernde Wände.
Jene selbst dann setzten auf goldene Sessel sich nieder,
Unter die anderen Götter, ihr Herz voll großer Betrübnis.
Aber Zeus vom Ida im schöngeräderten Wagen
Trieb zum Olympos die Ross', und kam zu der Götterversammlung.

τῶι δὲ καὶ ἵππους μὲν λῦσε κλυτὸς ἐννοσίγαιος,
ἅρματα δ' ἂμ βωμοῖσι τίθει, κατὰ λῖτα πετάσσας·
αὐτὸς δὲ χρύσειον ἐπὶ θρόνον εὐρύοπα Ζεὺς
ἕζετο, τῶι δ' ὑπὸ ποσσὶ μέγας πελεμίζετ' Ὄλυμπος.
αἱ δ' οἶαι Διὸς ἀμφὶς Ἀθηναίη τε καὶ Ἥρη
ἥσθην, οὐδέ τί μιν προσεφώνεον οὐδ' ἐρέοντο·
αὐτὰρ ὁ ἔγνω ἧισιν ἐνὶ φρεσὶ φώνησέν τε·
„ τίφθ' οὕτω τετίησθον, Ἀθηναίη τε καὶ Ἥρη;
οὐ μέν θην κάμετόν γε μάχηι ἔνι κυδιανείρηι
ὀλλῦσαι Τρῶας, τοῖσιν κότον αἰνὸν ἔθεσθε.
πάντως, οἷον ἐμόν γε μένος καὶ χεῖρες ἄαπτοι,
οὐκ ἄν με τρέψειαν ὅσοι θεοί εἰσ' ἐν Ὀλύμπωι.
σφῶϊν δὲ πρίν περ τρόμος ἔλλαβε φαίδιμα γυῖα,
πρὶν πόλεμόν τε ἰδεῖν πολεμοιό τε μέρμερα ἔργα.
ὧδε γὰρ ἐξερέω, τὸ δέ κεν τετελεσμένον ἦεν·
οὐκ ἂν ἐφ' ὑμετέρων ὀχέων πληγέντε κεραυνῶι
ἂψ ἐς Ὄλυμπον ἵκεσθον, ἵν' ἀθανάτων ἕδος ἐστίν."
ὣς ἔφαθ', αἱ δ' ἐπέμυξαν Ἀθηναίη τε καὶ Ἥρη·
πλησίαι αἵ γ' ἥσθην, κακὰ δὲ Τρώεσσι μεδέσθην.
ἤτοι Ἀθηναίη ἀκέων ἦν οὐδέ τι εἶπε,
σκυζομένη Διὶ πατρί, χόλος δέ μιν ἄγριος ἥιρει·
Ἥρηι δ' οὐκ ἔχαδε στῆθος χόλον, ἀλλὰ προσηύδα·
„ αἰνότατε Κρονίδη, ποῖον τὸν μῦθον ἔειπες.
εὖ νυ καὶ ἡμεῖς ἴδμεν ὅ τοι σθένος οὐκ ἀλαπαδνόν·
ἀλλ' ἔμπης Δαναῶν ὀλοφυρόμεθ' αἰχμητάων,
οἵ κεν δὴ κακὸν οἶτον ἀναπλήσαντες ὄλωνται.
ἀλλ' ἤτοι πολέμου μὲν ἀφεξόμεθ', εἰ σὺ κελεύεις·
βουλὴν δ' Ἀργείοις ὑποθησόμεθ', ἥ τις ὀνήσει,
ὡς μὴ πάντες ὄλωνται ὀδυσσαμένοιο τεοῖο."
τὴν δ' ἀπαμειβόμενος προσέφη νεφεληγερέτα Ζεύς·
„ ἠοῦς δὴ καὶ μᾶλλον ὑπερμενέα Κρονίωνα
ὄψεαι, αἴ κ' ἐθέλησθα, βοῶπις πότνια Ἥρη,
ὀλλύντ' Ἀργείων πουλὺν στρατὸν αἰχμητάων·
οὐ γὰρ πρὶν πολέμου ἀποπαύσεται ὄβριμος Ἕκτωρ,
πρὶν ὄρθαι παρὰ ναῦφι ποδώκεα Πηλεΐωνα,
ἤματι τῶι ὅτ' ἂν οἱ μὲν ἐπὶ πρύμνῃσι μάχωνται
στείνει ἐν αἰνοτάτωι περὶ Πατρόκλοιο θανόντος,
ὡς γὰρ θέσφατόν ἐστι· σέθεν δ' ἐγὼ οὐκ ἀλεγίζω
χωομένης, οὐδ' εἴ κε τὰ νείατα πείραθ' ἵκηαι
γαίης καὶ πόντοιο, ἵν' Ἰάπετός τε Κρόνος τε
ἥμενοι οὔτ' αὐγῇς Ὑπερίονος Ἠελίοιο

Dort nun löst' ihm die Rosse der Erderschüttrer Poseidon,
Hub aufs Gestell den Wagen empor, und umhüllt' ihn mit Leinwand.
Er, dem goldenen Throne genaht, der Ordner der Welt Zeus
Setzte sich; unter dem Gang' erbebten die Höhn des Olympos.
Jene, getrennt von Zeus und allein, Athenäa und Here,
Saßen, und wageten nichts zu verkündigen, oder zu fragen.
Aber er selbst vernahm es in seinem Geist und begann so:
  Warum seid ihr also betrübt, Athenäa und Here?
Doch nicht lange bemüht' euch die männerehrende Feldschlacht,
Trojas Volk zu verderben, das heftigen Groll euch erregt hat!
Alle, so weit ich rag' an Gewalt und unnahbaren Händen,
Möchten mich nicht abwehren, die Götter gesamt im Olympos!
Doch euch bebten ja eher vor Angst die reizenden Glieder,
Eh' ihr den Krieg noch gesehn, und die schrecklichen Taten des Krieges.
Denn ich verkündige nun, und wahrlich wär' es vollendet!
Nimmer in eurem Geschirre, vom Schlag der Donner verwundet,
Wärt ihr gekehrt zum Olympos, dem Sitz der unsterblichen Götter!
  Jener sprach's; da murrten geheim Athenäa und Here.
Nahe sich saßen sie dort, nur Unheil sinnend den Troern.
Jene nunmehr blieb schweigend, und redete nichts, Athenäa,
Eifernd dem Vater Zeus, und ihr tobte das Herz in Erbittrung.
Here nur konnte den Zorn nicht bändigen, sondern begann so:
  Welch ein Wort, Kronion, du Schrecklicher, hast du geredet!
Wohl ja erkennen auch wir, wie an Macht unbezwinglich du waltest.
Aber es jammern uns der Danaer streitbare Völker,
Welche, das böse Geschick nunmehr vollendend, verschwinden.
Dennoch entziehn wir hinfort dem Gefecht uns, wenn du gebietest;
Rat nur wollen wir geben den Danaern, welcher gedeihe,
Daß nicht all' hinschwinden vor deinem gewaltigen Zorne.
  Ihr antwortete drauf der Herrscher im Donnergewölk Zeus:
Morgen gewiß noch mehr, du hoheitblickende Here,
Wirst du schaun, so du willst, den überstarken Kronion
Tilgen ein großes Heer von Achaias Lanzengeübten.
Denn nicht ruhn soll eher vom Streit der gewaltige Hektor,
Eh' sich erhebt bei den Schiffen der mutige Renner Achilleus,
Jenes Tags, wann dort sie zusammengedrängt um die Steuer
Kämpfen in schrecklicher Eng', um den hingesunknen Patroklos.
Also sprach das Verhängnis! Doch dein, der Zürnenden, acht' ich
Nichts, und ob du im Zorn an die äußersten Enden entflöhest
Alles Lands und des Meers, wo Japetos drunten und Kronos
Sitzen, von Helios nie, dem leuchtenden Sohn Hyperions,

τέρποντ' οὔτ' ἀνέμοισι, βαθὺς δέ τε Τάρταρος ἀμφίς·
οὐδ' ἢν ἔνθ' ἀφίκηαι ἀλωμένη, οὔ σευ ἔγωγε
σκυζομένης ἀλέγω, ἐπεὶ οὐ σέο κύντερον ἄλλο."
ὣς φάτο, τὸν δ' οὔ τι προσέφη λευκώλενος Ἥρη.
ἐν δ' ἔπεσ' Ὠκεανῷ λαμπρὸν φάος ἠελίοιο,
ἕλκον νύκτα μέλαιναν ἐπὶ ζείδωρον ἄρουραν.
Τρωσὶν μέν ῥ' ἀέκουσιν ἔδυ φάος, αὐτὰρ Ἀχαιοῖς
ἀσπασίη τρίλλιστος ἐπήλυθε νὺξ ἐρεβεννή.
Τρώων αὖτ' ἀγορὴν ποιήσατο φαίδιμος Ἕκτωρ,
νόσφι νεῶν ἀγαγὼν ποταμῷ ἔπι δινήεντι,
ἐν καθαρῷ, ὅθι δὴ νεκύων διεφαίνετο χῶρος.
ἐξ ἵππων δ' ἀποβάντες ἐπὶ χθόνα μῦθον ἄκουον,
τόν ῥ' Ἕκτωρ ἀγόρευε Διῒ φίλος· ἐν δ' ἄρα χειρὶ
ἔγχος ἔχ' ἑνδεκάπηχυ· πάροιθε δὲ λάμπετο δουρὸς
αἰχμὴ χαλκείη, περὶ δὲ χρύσεος θέε πόρκης,
τῷ ὅ γ' ἐρεισάμενος ἔπεα Τρώεσσι μετηύδα·
„κέκλυτέ μευ, Τρῶες καὶ Δάρδανοι ἠδ' ἐπίκουροι·
νῦν ἐφάμην νῆάς τ' ὀλέσας καὶ πάντας Ἀχαιοὺς
ἂψ ἀπονοστήσειν προτὶ Ἴλιον ἠνεμόεσσαν·
ἀλλὰ πρὶν κνέφας ἦλθε, τὸ νῦν ἐσάωσε μάλιστα
Ἀργείους καὶ νῆας ἐπὶ ῥηγμῖνι θαλάσσης.
ἀλλ' ἤτοι νῦν μὲν πειθώμεθα νυκτὶ μελαίνῃ
δόρπά τ' ἐφοπλισόμεσθα· ἀτὰρ καλλίτριχας ἵππους
λύσαθ' ὑπὲξ ὀχέων, παρὰ δέ σφισι βάλλετ' ἐδωδήν·
ἐκ πόλιος δ' ἄξεσθε βόας καὶ ἴφια μῆλα
καρπαλίμως, οἶνον δὲ μελίφρονα οἰνίζεσθε
σῖτόν τ' ἐκ μεγάρων, ἐπὶ δὲ ξύλα πολλὰ λέγεσθε,
ὥς κεν παννύχιοι μέσφ' ἠοῦς ἠριγενείης
καίωμεν πυρὰ πολλά, σέλας δ' εἰς οὐρανὸν ἵκῃ,
μή πως καὶ διὰ νύκτα κάρη κομόωντες Ἀχαιοὶ
φεύγειν ὁρμήσωνται ἐπ' εὐρέα νῶτα θαλάσσης.
μὴ μὰν ἀσπουδί γε νεῶν ἐπιβαῖεν ἕκηλοι,
ἀλλ' ὥς τις τούτων γε βέλος καὶ οἴκοθι πέσσῃ,
βλήμενος ἢ ἰῷ ἢ ἔγχεϊ ὀξυόεντι
νηὸς ἐπιθρῴσκων, ἵνα τις στυγέῃσι καὶ ἄλλος
Τρωσὶν ἐφ' ἱπποδάμοισι φέρειν πολύδακρυν Ἄρηα.
κήρυκες δ' ἀνὰ ἄστυ Διῒ φίλοι ἀγγελλόντων
παῖδας πρωθήβας πολιοκροτάφους τε γέροντας
λέξασθαι περὶ ἄστυ θεοδμήτων ἐπὶ πύργων·
θηλύτεραι δὲ γυναῖκες ἐνὶ μεγάροισιν ἑκάστη
πῦρ μέγα καιόντων· φυλακὴ δέ τις ἔμπεδος ἔστω,

Noch von Winden erfreut, denn tief ist der Tartaros ringsum!
Nicht ob auch dort hinschweifend du wandertest, nicht auch ein wenig
Acht' ich der Tobenden doch, weil nichts schamloser denn du ist!
Sprach's; ihm erwiderte nichts die lilienarmige Here.
Doch zum Okeanos sank des Helios' leuchtende Fackel,
Ziehend die dunkele Nacht auf die nahrungsprossende Erde.
Ungern sahn die Troer das tauchende Licht, doch erfreulich
Kam und herzlich erwünscht die finstere Nacht den Achaiern.
Jetzo berief die Troer zum Rat der strahlende Hektor,
Abgewandt von den Schiffen zum wirbelnden Strome sie führend,
Wo noch rein das Gefild' aus umliegenden Leichen hervorschien.
Alle, den Wagen entstiegen zur Erd' hin, hörten die Rede,
Welche nun Hektor begann, der Göttliche, und in der Rechten
Trug er den Speer, elf Ellen an Läng', und vorn an dem Schafte
Blinkte die eherne Schärf', umlegt mit goldenem Ringe;
Hierauf lehnte sich jener, und sprach die geflügelten Worte:
Hört mein Wort, ihr Troer, ihr Dardaner, und ihr Genossen.
Jetzo hofft' ich, verderbend die Schiff' und alle Achaier,
Siegreich heimzukehren zu Ilios luftigen Höhen;
Doch uns ereilte die Nacht, die jetzt am meisten gerettet
Argos' Volk und die Schiff' am wogenden Strande des Meeres.
Aber wohlan, jetzt wollen der finsteren Nacht wir gehorchen,
Und das Mahl uns bereiten. Die schöngemähneten Rosse
Löst aus dem Joch der Geschirr', und reicht vorschüttend das Futter.
Doch aus der Stadt führt Rinder zum Schmaus' und gemästete Schafe
Eilend daher; auch Wein, den herzerfreuenden, bringt uns
Reichlich, und Brot aus den Häusern, und Holz auch leset in Menge:
Daß wir die ganze Nacht bis zum dämmernden Schimmer der Eos
Feuer brennen durchs Heer, und der Glanz den Himmel erreiche;
Daß nicht gar im Finstern die hauptumlockten Achaier
Uns zu entfliehn versuchen auf weitem Rücken des Meeres,
Wenigstens nicht in Muße die Schiff' und ruhig besteigen;
Nein, daß mancher von jenen daheim die Wunde des Pfeiles
Oder des scharfen Speers sich lindere, welche den Flüchtling,
Springend ins Schiff, noch ereilte, damit auch andre sich scheuen,
Gegen die reisigen Troer das Weh des Krieges zu tragen.
Aber ruft durch die Stadt, ihr Herolde, Freunde Kronions,
Daß die blühenden Knaben und silberhaarigen Greise
Rings um die Stadt sich lagern, auf gottgebaueten Türmen.
Aber die zarten Fraun, umher in den Wohnungen jede,
Brennen ein mächtiges Feuer; und wachsame Hut sei beständig:

μὴ λόχος εἰσέλθηισι πόλιν λαῶν ἀπεόντων.
ὧδ' ἔστω, Τρῶες μεγαλήτορες ὡς ἀγορεύω·
μῦθος δ' ὃς μὲν νῦν ὑγιὴς εἰρημένος ἔστω,
τὸν δ' ἠοῦς Τρώεσσι μεθ' ἱπποδάμοις ἀγορεύσω.
εὔχομαι ἐλπόμενος Διί τ' ἄλλοισίν τε θεοῖσιν
ἐξελάαν ἐνθένδε κύνας κηρεσσιφορήτους,
οὓς κῆρες φορέουσι μελαινάων ἐπὶ νηῶν.
ἀλλ' ἤτοι ἐπὶ νυκτὶ φυλάξομεν ἡμέας αὐτούς,
πρῶϊ δ' ὑπηοῖοι σὺν τεύχεσι θωρηχθέντες
νηυσὶν ἔπι γλαφυρῆισιν ἐγείρομεν ὀξὺν Ἄρηα.
εἴσομαι εἴ κέ μ' ὁ Τυδεΐδης κρατερὸς Διομήδης
πὰρ νηῶν πρὸς τεῖχος ἀπώσεται, ἦ κεν ἐγὼ τὸν
χαλκῶι δηιώσας ἔναρα βροτόεντα φέρωμαι.
αὔριον ἣν ἀρετὴν διαείσεται, εἴ κ' ἐμὸν ἔγχος
μείνηι ἐπερχόμενον· ἀλλ' ἐν πρώτοισιν, ὀΐω,
κείσεται οὐτηθείς, πολέες δ' ἀμφ' αὐτὸν ἑταῖροι,
ἠελίου ἀνιόντος ἐς αὔριον· εἰ γὰρ ἐγὼν ὣς
εἴην ἀθάνατος καὶ ἀγήρως ἤματα πάντα,
τιοίμην δ' ὡς τίετ' Ἀθηναίη καὶ Ἀπόλλων,
ὡς νῦν ἡμέρη ἥδε κακὸν φέρει Ἀργείοισιν."
ὣς Ἕκτωρ ἀγόρευ', ἐπὶ δὲ Τρῶες κελάδησαν.
οἱ δ' ἵππους μὲν λῦσαν ὑπὸ ζυγοῦ ἱδρώοντας,
δῆσαν δ' ἱμάντεσσι παρ' ἅρμασιν οἷσιν ἕκαστος·
ἐκ πόλιος δ' ἄξοντο βόας καὶ ἴφια μῆλα
καρπαλίμως, οἶνον δὲ μελίφρονα οἰνίζοντο,
σῖτόν τ' ἐκ μεγάρων, ἐπὶ δὲ ξύλα πολλὰ λέγοντο.
ἔρδον δ' ἀυανάτοισι τελήεσσας ἑκατόμβας
κνίσην δ' ἐκ πεδίου ἄνεμοι φέρον οὐρανὸν εἴσω.
οἱ δὲ μέγα φρονέοντες ἐπὶ πτολέμοιο γεφύρας
ἥιεῖαν· τῆς δ' οὔ τι θεοὶ μακάρες δατέοντο,
οὐδ' ἔθελον· μάλα γάρ σφιν ἀπήχθετο Ἴλιος ἱρή,
καὶ Πρίαμος καὶ λαὸς ἐϋμμελίω Πριάμοιο
εἴατο παννύχιοι, πυρὰ δέ σφισι καίετο πολλά.
ὡς δ' ὅτ' ἐν οὐρανῶι ἄστρα φαεινὴν ἀμφὶ σελήνην
φαίνετ' ἀριπρεπέα, ὅτε τ' ἔπλετο νήνεμος αἰθήρ·
ἔκ τ' ἔφανεν πᾶσαι σκοπιαὶ καὶ πρώονες ἄκροι
καὶ νάπαι· οὐρανόθεν δ' ἄρ' ὑπερράγη ἄσπετος αἰθήρ,
πάντα δὲ εἴδεται ἄστρα, γέγηθε δέ τε φρένα ποιμήν·
τόσσα μεσηγὺ νεῶν ἠδὲ Ξάνθοιο ῥοάων
Τρώων καιόντων πυρὰ φαίνετο Ἰλιόθι πρό.
χίλι' ἄρ' ἐν πεδίωι πυρὰ καίετο, πὰρ δὲ ἑκάστωι

Daß nicht schlau einbreche der Feind, da die Krieger entfernt sind.
Also sei's, wie ich red', ihr edelmütigen Troer;
Und gesagt ist das Wort, das jetzt ich heilsam geachtet.
Morgen werd' ich, das andre den reisigen Troern verkünden.
Flehend wünsch' ich, und hoffe zu Zeus und den anderen Göttern,
Endlich hinwegzutreiben die wütenden Hunde des Schicksals,
Welche das Schicksal gebracht auf dunkelen Schiffen des Meeres.
Auf, und laßt uns die Nacht das Heer sorgfältig bewachen;
Aber früh am Morgen, mit ehernen Waffen gerüstet,
Gegen die räumigen Schiff' erheben wir stürmenden Angriff.
Dann will ich sehn, ob Tydeus' gewaltiger Sohn Diomedes
Mich von den Schiffen zur Mauer hinwegdrängt, oder ich selbst ihn
Töte mit meinem Erz und blutige Waffen erbeute.
Morgen zeig' uns der Held die Tapferkeit, ob er vor meiner
Nahenden Lanze besteht. Doch unter den Vordersten, mein ich,
Sinkt er dem Stoße der Hand und viel umher der Genossen,
Wann uns Helios morgen emporstrahlt. O so gewiß nur
Möcht' ich unsterblich sein, und blühn in ewiger Jugend,
Ehrenvoll, wie geehrt wird Athene selbst und Apollon:
Als der kommende Tag ein Unheil bringt den Argeiern!
Also redete Hektor; und laut herriefen die Troer.
Sie nun lösten die Rosse, die schäumenden, unter dem Joche,
Banden sie dann mit Riemen, am eigenen Wagen ein jeder.
Schnell nun führte man Rinder zum Schmaus' und gemästete Schafe
Her aus der Stadt; auch Wein, den herzerfreuenden, trug man
Reichlich, und Brot aus den Häusern, und Holz auch las man in Menge.
Und man brachte den Göttern vollkommene Festhekatomben;
Und dem Gefild' entwallte der Opferduft in den Himmel,
Süßes Geruchs; doch verschmäheten ihn die seligen Götter,
Abgeneigt, denn verhaßt war die heilige Ilios jenen,
Priamos selbst, und das Volk des lanzenkundigen Königs.
Sie dort, mutig und stolz, in des Kriegs Abteilung gelagert,
Saßen die ganze Nacht, und es loderten häufige Feuer.
Wie wenn hoch am Himmel die Stern' um den leuchtenden Mond her
Scheinen in herrlichem Glanz, wann windlos ruhet der Äther;
Hell sind rings die Warten der Berg', und die zackigen Gipfel,
Täler auch, aber am Himmel eröffnet sich endlos der Äther;
Alle nun schaut man die Stern', und herzlich freut sich der Hirte.
So viel, zwischen des Xanthos Gestad' und den Schiffen Achaias,
Loderten, weit erscheinend vor Ilios, Feuer der Troer.
Tausend Feuer im Feld' entflammten sie, aber an jedem

εἵατο πεντήκοντα σέλαι πυρὸς αἰθομένοιο.
ἵπποι δὲ κρῖ λευκὸν ἐρεπτόμενοι καὶ ὀλύρας
ἑσταότες παρ' ὄχεσφιν ἐΰθρονον Ἠῶ μίμνον.

Saßen fünfzig der Männer im Glanz des lodernden Feuers.
Doch die Rosse, mit Spelt und gelblicher Gerste genähret,
Standen bei ihrem Geschirr, die goldene Früh' erwartend.

ΙΛΙΑΔΟΣ Ι

πρεσβεία πρὸς
Ἀχιλλέα λιταί.

Ὣς οἱ μὲν Τρῶες φυλακὰς ἔχον· αὐτὰρ Ἀχαιοὺς
θεσπεσίη ἔχε φύζα, φόβου κρυόεντος ἑταίρη,
πένθεϊ δ' ἀτλήτωι βεβολήατο πάντες ἄριστοι.
ὡς δ' ἄνεμοι δύο πόντον ὀρίνετον ἰχθυόεντα,
Βορέης καὶ Ζέφυρος, τώ τε Θρήικηθεν ἄητον,
ἐλθόντ' ἐξαπίνης· ἄμυδις δέ τε κῦμα κελαινὸν
κορθύεται, πολλὸν δὲ παρὲξ ἅλα φῦκος ἔχευεν·
ὣς ἐδαΐζετο θυμὸς ἐνὶ στήθεσσιν Ἀχαιῶν.
 Ἀτρεΐδης δ' ἄχεϊ μεγάλωι βεβολημένος ἦτορ
φοίτα κηρύκεσσι λιγυφθόγγοισι κελεύων
κλήδην εἰς ἀγορὴν κικλήσκειν ἄνδρα ἕκαστον,
μὴ δὲ βοᾶν· αὐτὸς δὲ μετὰ πρώτοισι πονεῖτο.
ἷζον δ' εἰν ἀγορῆι τετιηότες· ἂν δ' Ἀγαμέμνων
ἵστατο δάκρυ χέων ὥς τε κρήνη μελάνυδρος,
ἥ τε κατ' αἰγίλιπος πέτρης δνοφερὸν χέει ὕδωρ·
ὣς ὁ βαρὺ στενάχων ἔπε' Ἀργείοισι μετηύδα·
„ ὦ φίλοι, Ἀργείων ἡγήτορες ἠδὲ μέδοντες,
Ζεύς με μέγα Κρονίδης ἄτηι ἐνέδησε βαρείηι,
σχέτλιος, ὃς τότε μέν μοι ὑπέσχετο καὶ κατένευσεν
Ἴλιον ἐκπέρσαντ' εὐτείχεον ἀπονέεσθαι,
νῦν δὲ κακὴν ἀπάτην βουλεύσατο, καί με κελεύει
δυσκλέα Ἄργος ἱκέσθαι, ἐπεὶ πολὺν ὤλεσα λαόν.
οὕτω που Διὶ μέλλει ὑπερμενέϊ φίλον εἶναι,
ὃς δὴ πολλάων πολίων κατέλυσε κάρηνα
ἠδ' ἔτι καὶ λύσει· τοῦ γὰρ κράτος ἐστὶ μέγιστον.
ἀλλ' ἄγεθ', ὡς ἂν ἐγὼ εἴπω, πειθώμεθα πάντες·
φεύγωμεν σὺν νηυσὶ φίλην ἐς πατρίδα γαῖαν·
οὐ γὰρ ἔτι Τροίην αἱρήσομεν εὐρυάγυιαν."
 ὣς ἔφαθ', οἱ δ' ἄρα πάντες ἀκὴν ἐγένοντο σιωπῆι.
δὴν δ' ἄνεωι ἦσαν τετιηότες υἷες Ἀχαιῶν·
ὀψὲ δὲ δὴ μετέειπε βοὴν ἀγαθὸς Διομήδης·
„ Ἀτρεΐδη, σοὶ πρῶτα μαχήσομαι ἀφραδέοντι,

NEUNTER GESANG

Agamemnon beruft die Fürsten, und rät zur Flucht. Diomedes und Nestor widerstehn. Wache am Graben. Die Fürsten, von Agamemnon bewirtet, ratschlagen. Auf Nestors Rat sendet Agamemnon, den Achilleus zu versöhnen, den Phönix, Ajas, Telamons Sohn, und Odysseus, mit zween Herolden. Achilleus empfängt sie gastfrei, aber verwirft die Anträge, und behält den Phönix zurück. Die anderen bringen die Antwort in Agamemnons Zelt. Diomedes ermahnt zur Beharrlichkeit, und man geht zur Ruhe.

So dort wachten die Troer vor Ilios. Doch die Achaier
Ängstete grauliche Flucht, des starrenden Schreckens Genossin;
Und unduldsamer Schmerz durchdrang die Tapfersten alle.
Wie zween Winde des Meers fischwimmelnde Fluten erregen,
Nord und sausender West, die beid' aus Thrakia herwehn,
Kommend in schleuniger Wut; und sogleich nun dunkles Gewoge
Hoch sich erhebt, und häufig ans Land sie schütten das Meergras:
Also zerriß Unruhe das Herz der edlen Achaier.
　Atreus' Sohn, von unendlichem Gram in der Seele verwundet,
Wandelt' umher, Herolden von tönender Stimme gebietend,
Jeglichen Mann mit Namen zur Ratsversammlung zu rufen,
Doch nicht laut; auch selbst arbeitet' er unter den ersten.
Jetzo saßen im Rat die Bekümmerten, und Agamemnon
Stand voll Tränen empor, der schwärzlichen Quelle vergleichbar,
Die aus jähem Geklipp hergeußt ihr dunkles Gewässer.
Also schwer aufseufzend vor Argos' Söhnen begann er:
　Freunde, des Volks von Argos erhabene Fürsten und Pfleger,
Hart hat Zeus der Kronid' in schwere Schuld mich verstricket!
Grausamer, welcher mir einst mit gnädigem Winke gelobet,
Heimzugehn ein Vertilger der festummauerten Troja.
Doch nun sann er verderblichen Trug, und heißet mich ruhmlos
Wieder gen Argos kehren, nachdem viel Volks mir dahinstarb.
Also gefällt's nun wohl dem hocherhabnen Kronion,
Der schon vielen Städten das Haupt zu Boden geschmettert,
Und noch schmettern es wird; denn sein ist siegende Allmacht.
Aber wohlan, wie ich rede das Wort, so gehorchet mir alle:
Laßt uns fliehn in den Schiffen zum lieben Lande der Väter;
Nie erobern wir doch die weitdurchwanderte Troja!
　Jener sprach's; doch alle verstummten umher, und schwiegen.
Lange saßen verstummt die bekümmerten Männer Achaias.
Endlich begann vor ihnen der Rufer im Streit Diomedes:
　Atreus' Sohn, gleich muß ich dein törichtes Wort dir bestreiten,

ἣ θέμις ἐστίν, ἄναξ ἀγορῆι· σὺ δὲ μή τι χολωθῆις.
ἀλκὴν μέν μοι πρῶτον ὀνείδισας ἐν Δαναοῖσι,
φὰς ἔμεν ἀπτόλεμον καὶ ἀνάλκιδα· ταῦτα δὲ πάντα
ἴσασ' Ἀργείων ἠμὲν νέοι ἠδὲ γέροντες.
σοὶ δὲ διάνδιχα δῶκε Κρόνου πάϊς ἀγκυλομήτεω·
σκήπτρωι μέν τοι δῶκε τετιμῆσθαι περὶ πάντων,
ἀλκὴν δ' οὔ τοι δῶκεν, ὅ τε κράτος ἐστὶ μέγιστον.
δαιμόνι', οὕτω που μάλα ἔλπεαι υἷας Ἀχαιῶν
ἀπτολέμους τ' ἔμεναι καὶ ἀνάλκιδας, ὡς ἀγορεύεις;
εἰ δέ τοι αὐτῶι θυμὸς ἐπέσσυται ὥς τε νέεσθαι,
ἔρχεο· πάρ τοι ὁδός, νῆες δέ τοι ἄγχι θαλάσσης
ἑστᾶσ', αἵ τοι ἕποντο Μυκήνηθεν μάλα πολλαί.
ἀλλ' ἄλλοι μενέουσι κάρη κομόωντες Ἀχαιοὶ
εἰς ὅ κέ περ Τροίην διαπέρσομεν. εἰ δὲ καὶ αὐτοὶ
φευγόντων σὺν νηυσὶ φίλην ἐς πατρίδα γαῖαν·
νῶϊ δ' ἐγὼ Σθένελός τε, μαχησόμεθ' εἰς ὅ κε τέκμωρ
Ἰλίου εὕρωμεν· σὺν γὰρ θεῶι εἰλήλουθμεν."
ὣς ἔφαθ', οἱ δ' ἄρα πάντες ἐπίαχον υἷες Ἀχαιῶν,
μῦθον ἀγασσάμενοι Διομήδεος ἱπποδάμοιο.
τοῖσι δ' ἀνιστάμενος μετεφώνεεν ἱππότα Νέστωρ·
„Τυδεΐδη, περὶ μὲν πολέμωι ἔνι καρτερός ἐσσι,
καὶ βουλῆι μετὰ πάντας ὁμήλικας ἔπλευ ἄριστος.
οὔ τίς τοι τὸν μῦθον ὀνόσσεται ὅσσοι Ἀχαιοί,
οὐδὲ πάλιν ἐρέει· ἀτὰρ οὐ τέλος ἵκεο μύθων.
ἦ μὲν καὶ νέος ἐσσί, ἐμὸς δέ κε καὶ πάϊς εἴης
ὁπλότατος γενεῆφιν· ἀτὰρ πεπνυμένα βάζεις
Ἀργείων βασιλῆας, ἐπεὶ κατὰ μοῖραν ἔειπες.
ἀλλ' ἄγ' ἐγών, ὃς σεῖο γεραίτερος εὔχομαι εἶναι,
ἐξείπω καὶ πάντα διίξομαι· οὐδέ κέ τίς μοι
μῦθον ἀτιμήσει', οὐδὲ κρείων Ἀγαμέμνων.
ἀφρήτωρ ἀθέμιστος ἀνέστιός ἐστιν ἐκεῖνος
ὃς πολέμου ἔραται ἐπιδημίου ὀκρυόεντος.
ἀλλ' ἤτοι νῦν μὲν πειθώμεθα νυκτὶ μελαίνηι
δόρπά τ' ἐφοπλισόμεσθα· φυλακτῆρες δὲ ἕκαστοι
λεξάσθων παρὰ τάφρον ὀρυκτὴν τείχεος ἐκτός.
κούροισιν μὲν ταῦτ' ἐπιτέλλομαι· αὐτὰρ ἔπειτα,
Ἀτρεΐδη, σὺ μὲν ἄρχε· σὺ γὰρ βασιλεύτατός ἐσσι.
δαίνυ δαῖτα γέρουσιν· ἔοικέ τοι, οὔ τοι ἀεικές.
πλεῖαί τοι οἴνου κλισίαι, τὸν νῆες Ἀχαιῶν
ἠμάτιαι Θρήικηθεν ἐπ' εὐρέα πόντον ἄγουσι·
πᾶσά τοί ἐσθ' ὑποδεξίη, πολέεσσι δ' ἀνάσσεις.

Wie es gebührt, o König, im Rat; du zürne mir des nicht.
Zwar mir schmähtest du jüngst die Tapferkeit vor den Achaiern,
Mutlos sei ich und ganz unkriegerisch, aber das alles
Wissen nun Argos' Söhne, die Jünglinge so wie die Greise.
Dir gab eins nur von beiden der Sohn des verborgenen Kronos:
Nur mit dem Scepter der Macht geehrt zu werden vor allen;
Doch nicht Tapferkeit gab er, die edelste Stärke der Menschen!
Wunderbarer, du glaubtest im Ernst, die Männer Achaias
Wären so gar unkriegrisch und mutlos, wie du geredet?
Doch wenn dir selber das Herz so eifrig drängt nach der Heimkehr,
Wandere! Frei ist der Weg, und nahe die Schiff' an dem Meerstrand
Aufgestellt, die in Menge dir hergefolgt von Mykene.
Aber die anderen bleiben, die hauptumlockten Achaier,
Bis wir zerstört die Feste des Priamos! Wollen auch jene,
Laß sie entfliehn in den Schiffen zum lieben Lande der Väter!
Ich dann und Sthenelos kämpfen, und ruhn nicht, bis wir das Schicksal
Ilios endlich erreicht; denn ein Gott geleitet' uns hieher!
  Jener sprach's; da jauchzten ihm rings die Männer Achaias,
Hoch das Wort anstaunend von Tydeus' Sohn Diomedes.
Jetzo erstand vor ihnen und sprach der reisige Nestor:
  Tydeus' Sohn, wohl bist du der tapferste Krieger im Schlachtfeld,
Auch im Rat erscheinst du von deinem Alter der beste.
Keiner mag dir tadeln das Wort von allen Achaiern,
Noch entgegen dir reden; nur ward nicht vollendet das Wort dir.
Zwar auch bist du ein Jüngling, und könntest sogar mein Sohn sein,
Selber der jüngst' an Geburt! allein du sprichst mit Verstande
Unter den Fürsten des Heers, da der Sache gemäß du geredet.
Aber wohlan, ich selber, der höherer Jahre sich rühmet,
Will ausreden das Wort und endigen; schwerlich auch wird mir
Einer die Rede verschmähn, auch nicht Agamemnon der Herrscher.
Ohne Geschlecht und Gesetz, ohn' eigenen Herd ist jener,
Wer des heimischen Kriegs sich erfreut, des entsetzlichen Scheusals!
Aber wohlan, jetzt wollen der finsteren Nacht wir gehorchen,
Und das Mahl uns bereiten. Allein die Hüter der Scharen
Gehn hinaus, und lagern am Graben sich, außer der Mauer.
Solches nun befehl' ich den Jünglingen. Aber du führ' uns,
Atreus' Sohn, ins Gezelt; denn du bist Obergebieter.
Gib den Geehrten ein Mahl; dir gleich ist solches, nicht ungleich.
Voll sind dir die Gezelte des Weins, den der Danaer Schiffe
Täglich aus Thrakia her auf weitem Meere dir bringen;
Dir ist aller Bewirtung genug, der du vieles beherrschest.

πολλῶν δ’ ἀγρομένων τῶι πείσεαι ὅς κεν ἀρίστην
βουλὴν βουλεύσηι· μάλα δὲ χρεὼ πάντας Ἀχαιοὺς
ἐσθλῆς καὶ πυκινῆς, ὅτι δήϊοι ἐγγύθι νηῶν
καίουσιν πυρὰ πολλά· τίς ἂν τάδε γηθήσειε;
νὺξ δ’ ἧδ’ ἠὲ διαρραίσει στρατὸν ἠὲ σαώσει.“
ὣς ἔφαθ’, οἱ δ’ ἄρα τοῦ μάλα μὲν κλύον ἠδ’ ἐπίθοντο.
ἐκ δὲ φυλακτῆρες σὺν τεύχεσιν ἐσσεύοντο
ἀμφί τε Νεστορίδην Θρασυμήδεα, ποιμένα λαῶν,
ἠδ’ ἀμφ’ Ἀσκάλαφον καὶ Ἰάλμενον, υἷας Ἄρηος,
ἀμφί τε Μηριόνην Ἀφαρῆά τε Δηΐπυρόν τε,
ἠδ’ ἀμφὶ Κρείοντος υἱὸν Λυκομήδεα δῖον.
ἕπτ’ ἔσαν ἡγεμόνες φυλάκων, ἑκατὸν δὲ ἑκάστωι
κοῦροι ἅμα στεῖχον δολίχ’ ἔγχεα χερσὶν ἔχοντες·
κὰδ δὲ μέσον τάφρου καὶ τείχεος ἷζον ἰόντες·
ἔνθα δὲ πῦρ κήαντο, τίθεντο δὲ δόρπα ἕκαστος.
Ἀτρεΐδης δὲ γέροντας ἀολλέας ἦγεν Ἀχαιῶν
ἐς κλισίην, παρὰ δέ σφι τίθει μενοεικέα δαῖτα.
οἱ δ’ ἐπ’ ὀνείαθ’ ἑτοῖμα προκείμενα χεῖρας ἴαλλον.
αὐτὰρ ἐπεὶ πόσιος καὶ ἐδητύος ἐξ ἔρον ἕντο,
τοῖς ὁ γέρων πάμπρωτος ὑφαίνειν ἤρχετο μῆτιν,
Νέστωρ, οὗ καὶ πρόσθεν ἀρίστη φαίνετο βουλή·
ὅ σφιν ἐϋφρονέων ἀγορήσατο καὶ μετέειπεν·
„Ἀτρεΐδη κύδιστε, ἄναξ ἀνδρῶν Ἀγάμεμνον,
ἐν σοὶ μὲν λήξω, σέο δ’ ἄρξομαι, οὕνεκα πολλῶν
λαῶν ἐσσι ἄναξ καί τοι Ζεὺς ἐγγυάλιξε
σκῆπτρόν τ’ ἠδὲ θέμιστας, ἵνα σφίσι βουλεύηισθα.
τώ σε χρὴ περὶ μὲν φάσθαι ἔπος ἠδ’ ἐπακοῦσαι,
κρηῆναι δὲ καὶ ἄλλωι, ὅτ’ ἄν τινα θυμὸς ἀνώγηι
εἰπεῖν εἰς ἀγαθόν· σέο δ’ ἕξεται ὅττί κεν ἄρχηι.
αὐτὰρ ἐγὼν ἐρέω ὥς μοι δοκεῖ εἶναι ἄριστα.
οὐ γάρ τις νόον ἄλλος ἀμείνονα τοῦδε νοήσει,
οἷον ἐγὼ νοέω, ἠμὲν πάλαι ἠδ’ ἔτι καὶ νῦν,
ἐξ ἔτι τοῦ ὅτε, διογενές, Βρισηΐδα κούρην
χωομένου Ἀχιλῆος ἔβης κλισίηθεν ἀπούρας
οὔ τι καθ’ ἡμέτερόν γε νόον· μάλα γάρ τοι ἔγωγε
πόλλ’ ἀπεμυθεόμην· σὺ δὲ σῶι μεγαλήτορι θυμῶι
εἴξας ἄνδρα φέριστον, ὃν ἀθάνατοί περ ἔτισαν,
ἠτίμησας· ἑλὼν γὰρ ἔχεις γέρας· ἀλλ’ ἔτι καὶ νῦν
φραζώμεσθ’ ὥς κέν μιν ἀρεσσάμενοι πεπίθωμεν
δώροισίν τ’ ἀγανοῖσιν ἔπεσσί τε μειλιχίοισι.“
τὸν δ’ αὖτε προσέειπεν ἄναξ ἀνδρῶν Ἀγαμέμνων·

Sind dann viele gesellt, so gehorch' ihm, welcher den besten
Rat zu raten vermag, denn Not ist allen Achaiern
Kluger und heilsamer Rat, da die Feind' uns nahe den Schiffen
Brennen der Feuer so viel! Wer mag wohl dessen erfreut sein?
Diese Nacht wird vertilgen das Kriegsheer oder erretten!
Jener sprach's; da hörten sie aufmerksam, und gehorchten.
Schnell zur Hut enteilten gewappnete Männer dem Lager:
Dort um Nestors Sohn, den Hirten des Volks, Thrasymedes;
Dort um Askalaphos her und Jalmenos, Söhne des Ares;
Auch um Meriones dort, um Deïpyros auch, und den edlen
Aphareus, auch um Kreions erhabenen Sohn Lykomedes.
Sieben geboten der Hut, und hundert Jünglinge jedem
Folgten gereiht, in den Händen die ragenden Speere bewegend.
Zwischen dem Graben umher und der Mauer setzten sich jene;
Dort entflammten sie Feuer und rüsteten jeder die Nachtkost.
Atreus' Sohn nun führte die edleren Fürsten Achaias
All' ins Gezelt und empfing sie mit herzerfreuendem Schmause.
Und sie erhoben die Hände zum lecker bereiteten Mahle.
Aber nachdem die Begierde des Tranks und der Speise gestillt war,
Jetzo begann der Greis den Entwurf zu ordnen in Weisheit,
Nestor, der schon eher mit trefflichem Rate genützet;
Dieser begann wohlmeinend und redete vor der Versammlung:
Atreus' Sohn, Ruhmvoller, du Völkerfürst Agamemnon,
Dir soll beginnen das Wort, dir endigen, weil du so vielen
Völkern mächtig gebeutst, und dir Zeus selber verliehn hat
Scepter zugleich und Gesetz, daß aller Wohl du beratest.
Drum ziemt dir's vor allen, zu reden ein Wort, und zu hören,
Auch zu vollziehn dem andern, wem sonst sein Herz es gebietet,
Daß er rede zum Heil; denn du entscheidest, was sein soll.
Aber ich selbst will sagen, wie mir's am heilsamsten dünket.
Denn kein anderer mag wohl besseren Rat noch ersinnen,
Als mein Herz ihn bewahrt, nicht vormals, oder anjetzt auch,
Seit dem Tag, da du, Liebling des Zeus, die schöne Briseïs
Aus dem Gezelt entführtest dem zürnenden Peleionen:
Nicht nach unserem Sinne fürwahr, denn ich habe mit großem
Ernste dich abgemahnt. Doch du, hochherziges Geistes,
Hast den tapfersten Mann, den selbst die Unsterblichen ehrten,
Schmählich entehrt, denn du nahmst sein Geschenk ihm. Aber auch jetzo
Sinnt umher, wie wir etwa sein Herz versöhnend bewegen
Durch gefällige Gaben, und sanft einnehmende Worte.
Ihm antwortete drauf der Herrscher des Volks Agamemnon:

„ὦ γέρον, οὔ τι ψεῦδος ἐμὰς ἄτας κατέλεξας·
ἀασάμην, οὐδ᾽ αὐτὸς ἀναίνομαι. ἀντί νυ πολλῶν
λαῶν ἐστὶν ἀνὴρ ὅν τε Ζεὺς κῆρι φιλήσηι,
ὡς νῦν τοῦτον ἔτεισε, δάμασσε δὲ λαὸν Ἀχαιῶν.
ἀλλ᾽ ἐπεὶ ἀασάμην φρεσὶ λευγαλέηισι πιθήσας,
ἂψ ἐθέλω ἀρέσαι δόμεναί τ᾽ ἀπερείσι᾽ ἄποινα.
ὑμῖν δ᾽ ἐν πάντεσσι περικλυτὰ δῶρ᾽ ὀνομήνω,
ἕπτ᾽ ἀπύρους τρίποδας, δέκα δὲ χρυσοῖο τάλαντα,
αἴθωνας δὲ λέβητας ἐείκοσι, δώδεκα δ᾽ ἵππους
πηγοὺς ἀθλοφόρους, οἳ ἀέθλια ποσσὶν ἄροντο.
οὔ κεν ἀλήϊος εἴη ἀνὴρ ὧι τόσσα γένοιτο,
οὐδέ κεν ἀκτήμων ἐριτίμοιο χρυσοῖο,
ὅσσά μοι ἠνείκαντο ἀέθλια μώνυχες ἵπποι.
δώσω δ᾽ ἑπτὰ γυναῖκας ἀμύμονα ἔργα ἰδυίας,
Λεσβίδας, ἃς ὅτε Λέσβον ἐϋκτιμένην ἕλεν αὐτὸς
ἐξελόμην, αἳ κάλλει ἐνίκων φῦλα γυναικῶν.
τὰς μέν οἱ δώσω, μετὰ δ᾽ ἔσσεται ἣν τότ᾽ ἀπηύρων,
κούρη Βρισῆος· ἐπὶ δὲ μέγαν ὅρκον ὀμοῦμαι
μή ποτε τῆς εὐνῆς ἐπιβήμεναι ἠδὲ μιγῆναι,
ἣ θέμις ἀνθρώπων πέλει, ἀνδρῶν ἠδὲ γυναικῶν.
ταῦτα μὲν αὐτίκα πάντα παρέσσεται· εἰ δέ κεν αὖτε
ἄστυ μέγα Πριάμοιο θεοὶ δώωσ᾽ ἀλαπάξαι,
νῆα ἅλις χρυσοῦ καὶ χαλκοῦ νηησάσθω
εἰσελθών, ὅτε κεν δατεώμεθα ληΐδ᾽ Ἀχαιοί,
Τρωϊάδας δὲ γυναῖκας ἐείκοσιν αὐτὸς ἑλέσθω,
αἵ κε μετ᾽ Ἀργείην Ἑλένην κάλλισται ἔωσιν.
εἰ δέ κεν Ἄργος ἱκοίμεθ᾽ Ἀχαιϊκόν, οὖθαρ ἀρούρης,
γαμβρός κέν μοι ἔοι· τείσω δέ μιν ἶσον Ὀρέστηι,
ὅς μοι τηλύγετος τρέφεται θαλίηι ἔνι πολλῆι.
τρεῖς δέ μοί εἰσι θύγατρες ἐνὶ μεγάρωι εὐπήκτωι,
Χρυσόθεμις καὶ Λαοδίκη καὶ Ἰφιάνασσα,
τάων ἥν κ᾽ ἐθέληισι φίλην ἀνάεδνον ἀγέσθω
πρὸς οἶκον Πηλῆος· ἐγὼ δ᾽ ἐπὶ μείλια δώσω
πολλὰ μάλ᾽, ὅσσ᾽ οὔ πώ τις ἑῆι ἐπέδωκε θυγατρί·
ἑπτὰ δέ οἱ δώσω εὖ ναιόμενα πτολίεθρα,
Καρδαμύλην Ἐνόπην τε καὶ Ἱρὴν ποιήεσσαν,
Φηράς τε ζαθέας ἠδ᾽ Ἄνθειαν βαθύλειμον,
καλήν τ᾽ Αἴπειαν καὶ Πήδασον ἀμπελόεσσαν.
πᾶσαι δ᾽ ἐγγὺς ἁλός, νέαται Πύλου ἠμαθόεντος·
ἐν δ᾽ ἄνδρες ναίουσι πολύρρηνες πολυβοῦται,
οἵ κέ ἑ δωτίνηισι θεὸν ὣς τιμήσουσι

Greis, nicht unwahr hast du mir meine Fehle gerüget.
Ja ich fehlt', und leug'n es auch nicht! Traun, vielen der Völker
Gleicht an Stärke der Mann, den Zeus im Herzen sich auskor:
Wie nun jenen er ehrt', und niederschlug die Achaier.
Aber nachdem ich gefehlt, dem schädlichen Sinne gehorchend,
Will ich gern es vergelten, und biet' unendliche Sühnung.
Allen umher nun will ich die herrlichen Gaben benennen:
Zehn Talente des Goldes, dazu dreifüßiger Kessel
Sieben vom Feuer noch rein, und zwanzig schimmernde Becken,
Auch zwölf mächtige Rosse, gekrönt mit Preisen des Wettlaufs.
Wohl nicht dürftig wäre der Mann, dem so vieles geworden,
Und nicht arm an Schätzen des hochgepriesenen Goldes,
Als mir Siegskleinode gebracht die stampfenden Rosse!
Sieben Weiber auch geb' ich, untadlige, kundig der Arbeit,
Lesbische, die, da er Lesbos, die blühende, selber erobert,
Ich mir erkor, die an Reiz der Sterblichen Töchter besiegten.
Diese nun geb' ich ihm; es begleite sie, die ich entführet,
Brises' Tochter zugleich, und mit heiligem Eide beschwör' ich's,
Daß ich nie ihr Lager verunehrt, noch ihr genahet,
Wie in der Menschen Geschlecht der Mann dem Weibe sich nahet.
Dieses empfang' er alles sogleich. Wenn aber hinfort uns
Priamos' mächtige Stadt die Götter verleihn zu erobern,
Reichlich soll er sein Schiff mit Gold und Erz belasten,
Selbst einsteigend, wann einst wir Danaer teilen den Siegsraub.
Auch der troischen Weiber erwähle sich zwanzig er selber,
Die nach Helena dort, der Argeierin, prangen an Schönheit.
Wann zum achaiischen Argos, dem Segenslande, wir heimziehn;
Soll er mein Eidam sein, und ich ehr' ihn gleich dem Orestes,
Der, mein einziger Sohn, aufblüht in freudiger Fülle.
Drei sind mir der Töchter in wohlverschlossener Wohnung:
Deren wähl' er sich eine, Chrysothemis, Iphianassa,
Oder Laodike auch, und führ' umsonst die Erkorne
Heim in des Peleus Haus; ich geb' ihm selber noch Brautschatz,
Reichlichen, mehr als je ein Mann der Tochter gegeben.
Sieben geb' ich ihm dort der wohlbevölkerten Städte:
Enope, und Kardamyle auch, und die grasige Hire,
Pherä, die heilige Burg, und die grünenden Aun um Antheia,
Auch Äpeia, die schön', und Pedasos, fröhlich des Weinbaus.
Alle sind nah' am Meere, begrenzt von der sandigen Pylos;
Und es bewohnen sie Männer, an Schafen reich, und an Rindern,
Welche hoch mit Geschenk, wie einen Gott, ihn verehrten,

καί οἱ ὑπὸ σκήπτρωι λιπαρὰς τελέουσι θέμιστας.
ταῦτά κέ οἱ τελέσαιμι μεταλήξαντι χόλοιο.
δμηθήτω – Ἀΐδης τοι ἀμείλιχος ἠδ' ἀδάμαστος·
τοὔνεκα καί τε βροτοῖσι θεῶν ἔχθιστος ἁπάντων –
καί μοι ὑποστήτω, ὅσσον βασιλεύτερός εἰμι
ἠδ' ὅσσον γενεῆι προγενέστερος εὔχομαι εἶναι."
τὸν δ' ἠμείβετ' ἔπειτα Γερήνιος ἱππότα Νέστωρ·
„Ἀτρεΐδη κύδιστε, ἄναξ ἀνδρῶν Ἀγάμεμνον,
δῶρα μὲν οὐκέτ' ὀνοστὰ διδοῖς Ἀχιλῆϊ ἄνακτι·
ἀλλ' ἄγετε, κλητοὺς ὀτρύνομεν, οἵ κε τάχιστα
ἔλθωσ' ἐς κλισίην Πηληϊάδεω Ἀχιλῆος.
εἰ δ' ἄγε, τοὺς ἂν ἐγὼ ἐπιόψομαι, οἱ δὲ πιθέσθων.
Φοῖνιξ μὲν πρώτιστα Διῒ φίλος ἡγησάσθω,
αὐτὰρ ἔπειτ' Αἴας τε μέγας καὶ δῖος Ὀδυσσεύς·
κηρύκων δ' Ὀδίος τε καὶ Εὐρυβάτης ἅμ' ἑπέσθων.
φέρτε δὲ χερσὶν ὕδωρ, εὐφημῆσαί τε κέλεσθε,
ὄφρα Διὶ Κρονίδηι ἀρησόμεθ', αἴ κ' ἐλεήσηι."
ὣς φάτο, τοῖσι δὲ πᾶσιν ἑαδότα μῦθον ἔειπεν.
αὐτίκα κήρυκες μὲν ὕδωρ ἐπὶ χεῖρας ἔχευαν,
κοῦροι δὲ κρητῆρας ἐπεστέψαντο ποτοῖο,
νώμησαν δ' ἄρα πᾶσιν ἐπαρξάμενοι δεπάεσσιν.
αὐτὰρ ἐπεὶ σπεῖσάν τ' ἔπιόν θ' ὅσον ἤθελε θυμός,
ὁρμῶντ' ἐκ κλισίης Ἀγαμέμνονος Ἀτρεΐδαο.
τοῖσι δὲ πόλλ' ἐπέτελλε Γερήνιος ἱππότα Νέστωρ,
δενδίλλων ἐς ἕκαστον, Ὀδυσσῆϊ δὲ μάλιστα,
πειρᾶν ὡς πεπίθοιεν ἀμύμονα Πηλεΐωνα.
τὼ δὲ βάτην παρὰ θῖνα πολυφλοίσβοιο θαλάσσης
πολλὰ μάλ' εὐχομένω γαιηόχωι ἐννοσιγαίωι
ῥηϊδίως πεπιθεῖν μεγάλας φρένας Αἰακίδαο.
Μυρμιδόνων δ' ἐπί τε κλισίας καὶ νῆας ἱκέσθην,
τὸν δ' εὗρον φρένα τερπόμενον φόρμιγγι λιγείηι,
καλῆι δαιδαλέηι, ἐπὶ δ' ἀργύρεον ζυγὸν ἦεν,
τὴν ἄρετ' ἐξ ἐνάρων πόλιν Ἠετίωνος ὀλέσσας·
τῆι ὅ γε θυμὸν ἔτερπεν, ἄειδε δ' ἄρα κλέα ἀνδρῶν.
Πάτροκλος δέ οἱ οἶος ἐναντίος ἧστο σιωπῆι,
δέγμενος Αἰακίδην, ὁπότε λήξειεν ἀείδων.
τὼ δὲ βάτην προτέρω, ἡγεῖτο δὲ δῖος Ὀδυσσεύς,
στὰν δὲ πρόσθ' αὐτοῖο· ταφὼν δ' ἀνόρουσεν Ἀχιλλεὺς
αὐτῆι σὺν φόρμιγγι, λιπὼν ἕδος ἔνθα θάασσεν.
ὣς δ' αὔτως Πάτροκλος, ἐπεὶ ἴδε φῶτας, ἀνέστη.
τὼ καὶ δεικνύμενος προσέφη πόδας ὠκὺς Ἀχιλλεύς·

Und dem Scepter gehorchend ihm steuerten reichliche Schatzung.
Dieses vollend' ich jenem, sobald er sich wendet vom Zorne.
Zähm' er sich! Aïdes ist unbiegsam und unversöhnlich;
Aber den Sterblichen auch der Verhaßteste unter den Göttern.
Mir nachstehn doch sollt' er, soweit ich höher an Macht bin,
Und soweit ich älter an Lebensjahren mich rühme.
Ihm antwortete drauf der gerenische reisige Nestor:
Atreus' Sohn, Ruhmvoller, du Völkerfürst Agamemnon,
Nicht verächtliche Gaben gewährst du dem Herrscher Achilleus.
Auf denn, erlesene Männer entsenden wir, eilendes Schrittes
Hinzugehn ins Gezelt des Peleiaden Achilleus.
Oder wohlan, ich selber erwähle sie; und sie gehorchen.
Phönix gehe zuerst, der Liebling des Zeus, als Führer;
Dann auch Ajas der Große zugleich, und der edle Odysseus.
Aber Hodios folg' und Eurybates ihnen als Herold.
Sprengt nun mit Wasser die Händ' und ermahnt zur Stille der Andacht;
Daß wir Zeus den Kroniden zuvor anflehn um Erbarmung.
Jener sprach's; und allen gefiel die Rede des Königs.
Eilend sprengten mit Wasser die Herold' ihnen die Hände;
Jünglinge füllten sodann die Krüge zum Rand mit Getränke,
Wandten von neuem sich rechts, und verteileten allen die Becher.
Als sie des Tranks nun gesprengt, und nach Herzenswunsche getrunken;
Eilten sie aus dem Gezelte von Atreus' Sohn Agamemnon.
Viel ermahnte sie noch der gerenische reisige Nestor,
Jeglichem Mann zuwinkend, allein vor allen Odysseus,
Eifrig doch zu bereden den herrlichen Peleionen.
Beide nun gingen am Ufer des weitaufrauschenden Meeres,
Beteten viel und gelobten dem Erdumgürter Poseidon,
Daß sie doch leicht gewönnen den hohen Sinn des Achilleus.
Als sie die Zelt' und Schiffe der Myrmidonen erreichten;
Fanden sie ihn, erfreuend sein Herz mit der klingenden Leier,
Schön und künstlich gewölbt, woran ein silberner Steg war;
Die aus der Beut' er gewählt, da Eëtions Stadt er vertilget:
Hiermit erfreut' er sein Herz, und sang Siegstaten der Männer.
Gegen ihn saß Patroklos allein, und harrete schweigend
Dort auf Äakos' Enkel, bis seinen Gesang er vollendet.
Beid' itzt gingen daher, und voran der edle Odysseus,
Nahten und standen vor ihm; bestürzt nun erhub sich Achilleus,
Samt der Leier zugleich, verlassend den Sitz, wo er ruhte.
Auch Patroklos erhub sich, sobald er sahe die Männer.
Beid' an der Hand anfassend begann der Renner Achilleus:

„ χαίρετον· ἦ φίλοι ἄνδρες ἱκάνετον· ἦ τι μάλα χρεώ,
οἵ μοι σκυζομένωι περ Ἀχαιῶν φίλτατοί ἐστον.“
ὣς ἄρα φωνήσας προτέρω ἄγε δῖος Ἀχιλλεύς,
εἷσεν δ' ἐν κλισμοῖσι τάπησί τε πορφυρέοισιν.
αἶψα δὲ Πάτροκλον προσεφώνεεν ἐγγὺς ἐόντα·
„ μείζονα δὴ κρητῆρα, Μενοιτίου υἱὲ καθίστα,
ζωρότερον δὲ κέραιε, δέπας δ' ἔντυνον ἑκάστωι·
οἱ γὰρ φίλτατοι ἄνδρες ἐμῶι ὑπέασι μελάθρωι.“
ὣς φάτο, Πάτροκλος δὲ φίλωι ἐπεπείθεθ' ἑταίρωι.
αὐτὰρ ὅ γε κρεῖον μέγα κάββαλεν ἐν πυρὸς αὐγῆι,
ἐν δ' ἄρα νῶτον ἔθηκ' ὄϊος καὶ πίονος αἰγός,
ἐν δὲ συὸς σιάλοιο ῥάχιν τεθαλυῖαν ἀλοιφῆι.
τῶι δ' ἔχεν Αὐτομέδων, τάμνεν δ' ἄρα δῖος Ἀχιλλεύς.
καὶ τὰ μὲν εὖ μίστυλλε καὶ ἀμφ' ὀβελοῖσιν ἔπειρε,
πῦρ δὲ Μενοιτιάδης δαῖεν μέγα, ἰσόθεος φώς.
αὐτὰρ ἐπεὶ κατὰ πῦρ ἐκάη καὶ φλὸξ ἐμαράνθη,
ἀνθρακιὴν στορέσας ὀβελοὺς ἐφύπερθε τάνυσσε,
πάσσε δ' ἁλὸς θείοιο κρατευτάων ἐπαείρας.
αὐτὰρ ἐπεί ῥ' ὤπτησε καὶ εἰν ἐλεοῖσιν ἔχευε,
Πάτροκλος μὲν σῖτον ἑλὼν ἐπένειμε τραπέζηι
καλοῖς ἐν κανέοισιν, ἀτὰρ κρέα νεῖμεν Ἀχιλλεύς.
αὐτὸς δ' ἀντίον ἷζεν Ὀδυσσῆος θείοιο
τοίχου τοῦ ἑτέροιο, θεοῖσι δὲ θῦσαι ἀνώγει
Πάτροκλον, ὃν ἑταῖρον· ὁ δ' ἐν πυρὶ βάλλε θυηλάς.
οἱ δ' ἐπ' ὀνείαθ' ἑτοῖμα προκείμενα χεῖρας ἴαλλον.
αὐτὰρ ἐπεὶ πόσιος καὶ ἐδητύος ἐξ ἔρον ἔντο,
νεῦσ' Αἴας Φοίνικι· νόησε δὲ δῖος Ὀδυσσεύς,
πλησάμενος δ' οἴνοιο δέπας δείδεκτ' Ἀχιλῆα·
„ χαῖρ', Ἀχιλεῦ· δαιτὸς μὲν ἐΐσης οὐκ ἐπιδευεῖς
ἠμὲν ἐνὶ κλισίηι Ἀγαμέμνονος Ἀτρεΐδαο
ἠδὲ καὶ ἐνθάδε νῦν· πάρα γὰρ μενοεικέα πολλὰ
δαίνυσθ'· ἀλλ' οὐ δαιτὸς ἐπηράτου ἔργα μέμηλεν,
ἀλλὰ λίην μέγα πῆμα, διοτρεφές, εἰσορόωντες
δείδιμεν· ἐν δοιῆι δὲ σαωσέμεν ἢ ἀπολέσθαι
νῆας ἐϋσσέλμους, εἰ μὴ σύ γε δύσεαι ἀλκήν.
ἐγγὺς γὰρ νηῶν καὶ τείχεος αὖλιν ἔθεντο
Τρῶες ὑπέρθυμοι τηλεκλειτοί τ' ἐπίκουροι,
κηάμενοι πυρὰ πολλὰ κατὰ στρατόν, οὐδ' ἔτι φασὶ
σχήσεσθ', ἀλλ' ἐν νηυσὶ μελαίνῃσιν πεσέεσθαι.
Ζεὺς δέ σφι Κρονίδης ἐνδέξια σήματα φαίνων
ἀστράπτει· Ἕκτωρ δὲ μέγα σθένεϊ βλεμεαίνων

Freude mit euch! Willkommen ihr Teuersten! Zwar ist gewiß Not!
Doch auch dem Zürnenden kommt ihr geliebt vor allen Achaiern.
Also sprach, und führte hinein, der edle Achilleus,
Setzte sie dann auf Sessel und Teppiche, schimmernd von Purpur.
Eilend sprach er darauf zu Patroklos, der ihm genaht war:
Einen größeren Krug, Menötios' Sohn, uns gestellet;
Misch' auch stärkeren Wein, und jeglichem reiche den Becher;
Denn die wertesten Männer sind unter mein Dach nun gekommen.
Jener sprach's; da gehorchte dem lieben Freunde Patroklos.
Selbst nun stellt' er die mächtige Bank im Glanze des Feuers,
Legte darauf den Rücken der feisten Zieg' und des Schafes,
Legt' auch des Mastschweins Schulter darauf voll blühendes Fettes.
Aber Automedon hielt, und es schnitt der edle Achilleus;
Wohl zerstückt' er das Fleisch, und steckt es alles an Spieße.
Mächtige Glut entflammte Menötios' göttlicher Sohn itzt.
Als nun die Loh' ausbrannt', und des Feuers Blume verwelkt war;
Breitet' er hin die Kohlen, und richtete drüber die Spieße,
Sprengte mit heiligem Salz, und dreht' auf stützenden Gabeln.
Als er nunmehr es gebraten, und hin auf Borde geschüttet;
Teilte Patroklos das Brot in schöngeflochtenen Körben
Rings um den Tisch; und das Fleisch verteilete selber Achilleus;
Setzte sich dann entgegen dem göttergleichen Odysseus,
Dort an der anderen Wand, und gebot, daß Patroklos den Göttern
Opferte; dieser gehorcht', und warf die Erstling' ins Feuer.
Und sie erhoben die Hände zum leckerbereiteten Mahle.
Aber nachdem die Begierde des Tranks und der Speise gestillt war,
Jetzt winkt Ajas dem Phönix. Das sah der edle Odysseus,
Füllte mit Wein den Becher, und trank dem Peleiden mit Handschlag:
Heil dir, Peleid'! Es mangelt uns nicht des gemeinsamen Mahles,
Weder dort im Gezelt um Atreus' Sohn Agamemnon,
Noch auch jetzo allhier, denn genug des Erfreuenden stehet
Hier zum Schmaus, doch nicht nach lieblichem Mahle verlangt uns;
Sondern das große Weh, du Göttlicher, ringsum schauend,
Zagen wir! Jetzo gilt's, ob errettet sind, oder verloren,
Uns die gebogenen Schiffe, wo du nicht mit Stärke dich gürtest!
Nahe den Schiffen bereits und der Mauer drohn sie gelagert,
Trojas mutige Söhn', und die fernberufenen Helfer,
Ringsum Feuer entflammend durchs Heer; und es hemme sie, trotzt man,
Nichts annoch, sich hinein in die dunkelen Schiffe zu stürzen.
Ihnen gewährt auch Zeus rechtshin erscheinende Zeichen
Seines Strahls; doch Hektor, die funkelnden Augen voll Mordlust,

μαίνεται ἐκπάγλως, πίσυνος Διί, οὐδέ τι τίει
ἀνέρας οὐδὲ θεούς· κρατερὴ δέ ἑ λύσσα δέδυκεν.
ἀρᾶται δὲ τάχιστα φανήμεναι Ἠῶ δῖαν·
στεῦται γὰρ νηῶν ἀποκόψειν ἄκρα κόρυμβα
αὐτάς τ᾽ ἐμπρήσειν μαλεροῦ πυρός, αὐτὰρ Ἀχαιοὺς
δηιώσειν παρὰ τῇσιν ὀρινομένους ὑπὸ καπνοῦ.
ταῦτ᾽ αἰνῶς δείδοικα κατὰ φρένα, μή οἱ ἀπειλὰς
ἐκτελέσωσι θεοί, ἡμῖν δὲ δὴ αἴσιμον εἴη
φθίσθαι ἐνὶ Τροίηι ἑκὰς Ἄργεος ἱπποβότοιο.
ἀλλ᾽ ἄνα, εἰ μέμονάς γε καὶ ὀψέ περ υἷας Ἀχαιῶν
τειρομένους ἐρύεσθαι ὑπὸ Τρώων ὀρυμαγδοῦ.
αὐτῶι τοι μετόπισθ᾽ ἄχος ἔσσεται, οὐδέ τι μῆχος
ῥεχθέντος κακοῦ ἔστ᾽ ἄκος εὑρεῖν· ἀλλὰ πολὺ πρὶν
φράζευ ὅπως Δαναοῖσιν ἀλεξήσεις κακὸν ἦμαρ.
ὦ πέπον, ἦ μὲν σοί γε πατὴρ ἐπετέλλετο Πηλεὺς
ἤματι τῶι ὅτε σ᾽ ἐκ Φθίης Ἀγαμέμνονι πέμπε·
„τέκνον ἐμόν, κάρτος μὲν Ἀθηναίη τε καὶ Ἥρη
δώσουσ᾽, αἴ κ᾽ ἐθέλωσι, σὺ δὲ μεγαλήτορα θυμὸν
ἴσχειν ἐν στήθεσσι· φιλοφροσύνη γὰρ ἀμείνων·
ληγέμεναι δ᾽ ἔριδος κακομηχάνου, ὄφρά σε μᾶλλον
τίωσ᾽ Ἀργείων ἠμὲν νέοι ἠδὲ γέροντες.“
ὣς ἐπέτελλ᾽ ὁ γέρων, σὺ δὲ λήθεαι· ἀλλ᾽ ἔτι καὶ νῦν
παύε᾽, ἔα δὲ χόλον θυμαλγέα· σοὶ δ᾽ Ἀγαμέμνων
ἄξια δῶρα δίδωσι μεταλήξαντι χόλοιο.
εἰ δὲ σὺ μέν μευ ἄκουσον, ἐγὼ δέ κέ τοι καταλέξω
ὅσσά τοι ἐν κλισίηισιν ὑπέσχετο δῶρ᾽ Ἀγαμέμνων·
ἕπτ᾽ ἀπύρους τρίποδας, δέκα δὲ χρυσοῖο τάλαντα,
αἴθωνας δὲ λέβητας ἐείκοσι, δώδεκα δ᾽ ἵππους
πηγοὺς ἀθλοφόρους, οἳ ἀέθλια ποσσὶν ἄροντο.
οὔ κεν ἀλήϊος εἴη ἀνὴρ ὧι τόσσα γένοιτο,
οὐδέ κεν ἀκτήμων ἐριτίμοιο χρυσοῖο,
ὅσσ᾽ Ἀγαμέμνονος ἵπποι ἀέθλια ποσσὶν ἄροντο.
δώσει δ᾽ ἑπτὰ γυναῖκας ἀμύμονα ἔργα ἰδυίας,
Λεσβίδας, ἃς ὅτε Λέσβον ἐϋκτιμένην ἕλες αὐτὸς
ἐξέλεθ᾽, αἳ τότε κάλλει ἐνίκων φῦλα γυναικῶν.
τὰς μέν τοι δώσει, μετὰ δ᾽ ἔσσεται ἣν τότ᾽ ἀπηύρα,
κούρη Βρισῆος· ἐπὶ δὲ μέγαν ὅρκον ὀμεῖται
μή ποτε τῆς εὐνῆς ἐπιβήμεναι ἠδὲ μιγῆναι,
ἣ θέμις ἐστίν, ἄναξ ἤτ᾽ ἀνδρῶν ἤτε γυναικῶν.
ταῦτα μὲν αὐτίκα πάντα παρέσσεται· εἰ δέ κεν αὖτε
ἄστυ μέγα Πριάμοιο θεοὶ δώωσ᾽ ἀλαπάξαι,

Wütet daher, und vertrauend dem Donnerer, achtet er nichts mehr,
Weder Menschen noch Gott, so treibt ihn der Taumel des Wahnsinns.
Sehnlich wünscht er, daß bald der heilige Morgen erscheine;
Denn er verheißt von den Schiffen zu haun die prangenden Schnäbel,
Sie dann selbst zu verbrennen in stürmender Flamm', und zu morden
Argos' Söhn' um die Schiffe, betäubt im Dampfe des Brandes.
Doch nun sorg' ich im Herzen, und fürchte mich, daß ihm die Drohung
Ganz vollenden die Götter, und uns das Schicksal verhängt sei,
Hinzusterben in Troja, entfernt von der fruchtbaren Argos.
Aber wohlauf! wenn das Herz dir gebeut, die Männer Achaias
Jetzt, auch spät, zu befrein aus der drängenden Troer Getümmel.
Siehe dich selbst hinfort bekümmert es; aber umsonst ja
Sucht man geschehenem Übel noch Besserung; lieber zuvor nun
Sinn' umher, wie du wendest den schrecklichen Tag der Achaier.
Ach mein Freund, wie sehr ermahnte dich Peleus der Vater
Jenes Tags, da aus Phtia zu Atreus' Sohn er dich sandte:
Lieber Sohn, Siegsstärke wird dir Athenäa und Here
Geben, wenn's ihnen gefällt; nur bändige du dein erhabnes
Stolzes Herz in der Brust; denn freundlicher Sinn ist besser.
Meide den bösen Zank, den verderblichen, daß dich noch höher
Ehre das Volk der Argeier, die Jünglinge so wie die Greise.
Also ermahnte der Greis; du vergaßest es. Aber auch jetzt noch
Ruh' und entsage dem Zorne, dem kränkenden! Sieh Agamemnon
Beut dir würdige Gaben, sobald du dich wendest vom Zorne.
Willst du, so höre mich an, damit ich dir alles erzähle,
Was dir dort im Gezelt zur Gabe verhieß Agamemnon:
Zehn Talente des Goldes, dazu dreifüßiger Kessel
Sieben vom Feuer noch rein, und zwanzig schimmernde Becken;
Auch zwölf mächtige Rosse, gekrönt mit Preisen des Wettlaufs.
Wohl nicht dürftig wäre der Mann, dem so vieles geworden,
Und nicht arm an Schätzen des hochgepriesenen Goldes;
Als Agamemnons Rosse der Siegskleinode gewannen.
Sieben Weiber auch gibt er, untadlige, kundig der Arbeit,
Lesbische, die, da du Lesbos, die blühende, selber erobert,
Er sich erkor, die an Reiz der Sterblichen Töchter besiegten.
Diese nun gibt er dir; es begleite sie, die er entführet,
Brises' Tochter zugleich, und mit heiligem Eide beschwört er's,
Daß er nie ihr Lager verunehrt, noch ihr genahet,
Wie in der Menschen Geschlecht der Mann dem Weibe sich nahet.
Dieses empfängst du alles sogleich. Wenn aber hinfort uns
Priamos' mächtige Stadt die Götter verleihn zu erobern,

νῆα ἅλις χρυσοῦ καὶ χαλκοῦ νηήσασθαι
εἰσελθών, ὅτε κεν δατεώμεθα ληΐδ' Ἀχαιοί,
Τρωϊάδας δὲ γυναῖκας ἐείκοσιν αὐτὸς ἑλέσθαι,
αἵ κε μετ' Ἀργείην Ἑλένην κάλλισται ἔωσιν.
εἰ δέ κεν Ἄργος ἱκοίμεθ' Ἀχαιϊκόν, οὖθαρ ἀρούρης,
γαμβρός κέν οἱ ἔοις· τίσει δέ σε ἶσον Ὀρέστηι,
ὅς οἱ τηλύγετος τρέφεται θαλίηι ἔνι πολλῆι.
τρεῖς δέ οἵ εἰσι θύγατρες ἐνὶ μεγάρωι εὐπήκτωι,
Χρυσόθεμις καὶ Λαοδίκη καὶ Ἰφιάνασσα,
τάων ἥν κ' ἐθέληισθα φίλην ἀνάεδνον ἄγεσθαι
πρὸς οἶκον Πηλῆος· ὁ δ' αὖτ' ἐπὶ μείλια δώσει
πολλὰ μάλ', ὅσσ' οὔ πώ τις ἑῆι ἐπέδωκε θυγατρί·
ἑπτὰ δέ τοι δώσει εὖ ναιόμενα πτολίεθρα,
Καρδαμύλην Ἐνόπην τε καὶ Ἱρὴν ποιήεσσαν
Φηράς τε ζαθέας ἠδ' Ἄνθειαν βαθύλειμον,
καλήν τ' Αἴπειαν καὶ Πήδασον ἀμπελόεσσαν.
πᾶσαι δ' ἐγγὺς ἁλός, νέαται Πύλου ἠμαθόεντος·
ἐν δ' ἄνδρες ναίουσι πολύρρηνες πολυβοῦται,
οἵ κέ σε δωτίνηισι θεὸν ὣς τιμήσουσι
καί τοι ὑπὸ σκήπτρωι λιπαρὰς τελέουσι θέμιστας.
ταῦτά κέ τοι τελέσειε μεταλήξαντι χόλοιο.
εἰ δέ τοι Ἀτρεΐδης μὲν ἀπήχθετο κηρόθι μᾶλλον,
αὐτὸς καὶ τοῦ δῶρα, σὺ δ' ἄλλους περ Παναχαιοὺς
τειρομένους ἐλέαιρε κατὰ στρατόν, οἵ σε θεὸν ὣς
τείσουσ'· ἦ γάρ κέ σφι μάλα μέγα κῦδος ἄροιο·
νῦν γάρ χ' Ἕκτορ' ἕλοις, ἐπεὶ ἂν μάλα τοι σχεδὸν ἔλθοι
λύσσαν ἔχων ὀλοήν, ἐπεὶ οὔ τινά φησιν ὁμοῖον
οἷ ἔμεναι Δαναῶν ‚οὓς ἐνθάδε νῆες ἔνεικαν.“
  τὸν δ' ἀπαμειβόμενος προσέφη πόδας ὠκὺς Ἀχιλλεύς·
„ διογενὲς Λαερτιάδη, πολυμήχαν' Ὀδυσσεῦ,
χρὴ μὲν δὴ τὸν μῦθον ἀπηλεγέως ἀποειπεῖν,
ἧι περ δὴ φρονέω τε καὶ ὡς τετελεσμένον ἔσται,
ὡς μή μοι τρύζητε παρήμενοι ἄλλοθεν ἄλλος.
ἐχθρὸς γάρ μοι κεῖνος ὁμῶς Ἀΐδαο πύλῃσιν
ὅς χ' ἕτερον μὲν κεύθηι ἐνὶ φρεσίν, ἄλλο δὲ εἴπηι.
αὐτὰρ ἐγὼν ἐρέω ὥς μοι δοκεῖ εἶναι ἄριστα·
οὔτ' ἔμεγ' Ἀτρεΐδην Ἀγαμέμνονα πεισέμεν οἴω
οὔτ' ἄλλους Δαναούς, ἐπεὶ οὐκ ἄρα τις χάρις ἦεν
μάρνασθαι δηΐοισιν ἐπ' ἀνδράσι νωλεμὲς αἰεί.
ἴση μοῖρα μένοντι, καὶ εἰ μάλα τις πολεμίζοι·
ἐν δὲ ἰῆι τιμῆι ἠμὲν κακὸς ἠδὲ καὶ ἐσθλός·

Reichlich sollst du dein Schiff mit Gold und Erz belasten,
Selbst einsteigend, wenn einst wir Danaer teilen den Siegsraub.
Auch der troischen Weiber erwähle du zwanzig dir selber,
Die nach Helena dort, der Argeierin, prangen an Schönheit.
Wann zum achaiischen Argos, dem Segenslande, wir heimziehn;
Sollst du sein Eidam sein, und er ehrt dich gleich dem Orestes,
Der sein einziger Sohn aufblüht in freudiger Fülle.
Drei sind ihm der Töchter in wohlverschlossener Wohnung,
Deren wähle dir eine, Chrysothemis, Iphianassa,
Oder Laodike auch, und führ' umsonst die Erkorne
Heim in des Peleus Haus, er gibt dir selber noch Brautschatz,
Reichlichen, mehr als je ein Mann der Tochter gegeben.
Sieben gibt er dir dort der wohlbevölkerten Städte:
Enope, und Kardamyle auch, und die grasige Hire,
Pherä, die heilige Burg, und die grünenden Aun um Antheia,
Auch Äpeia, die schön', und Pedasos, fröhlich des Weinbaus.
Alle sind nah' am Meere, begrenzt von der sandigen Pylos,
Und es bewohnen sie Männer, an Schafen reich, und an Rindern,
Welche hoch mit Geschenk, wie einen Gott, dich verehrten,
Und dem Scepter gehorchend dir steuerten reichliche Schatzung.
Dieses vollendet er dir, sobald du dich wendest vom Zorne.
Aber wenn Atreus' Sohn zu sehr dir im Herzen verhaßt ist,
Er und seine Geschenk', o so schau der andern Achaier
Drängende Not mit Erbarmen im Heer, das wie einen der Götter
Ehren dich wird; denn wahrlich erhabenen Ruhm dir gewännst du:
Hektor entrafftest du nun, denn nahe dir wagt' er zu kommen,
Voll unsinniger Wut, da er wähnt, nicht einer auch gleiche
Ihm in der Danaer Volk, so viel' hertrugen die Schiffe.

Ihm antwortete drauf der mutige Renner Achilleus:
Edler Laertiad', erfindungsreicher Odysseus,
Sieh ich muß die Rede nur grad' und frank dir verweigern,
So wie im Herzen ich denk'; und wie's unfehlbar geschehn wird;
Daß ihr mir nicht vorjammert, von hier und dort mich belagernd.
Denn mir verhaßt ist jener, so sehr wie des Aïdes Pforten,
Wer ein andres im Herzen verbirgt, und ein anderes redet.
Aber ich selbst will sagen, wie mir's am heilsamsten dünket.
Weder des Atreus' Sohn Agamemnon soll mich bereden,
Noch die andern Achaier, dieweil ja nimmer ein Dank war,
Stets unverdrossenen Kampf mit feindlichen Männern zu kämpfen!
Gleich ist des Bleibenden Los, und sein, der mit Eifer gestritten;
Gleicher Ehre genießt der Feig' und der tapfere Krieger;

κάτθαν' ὁμῶς ὅ τ' ἀεργὸς ἀνὴρ ὅ τε πολλὰ ἐοργώς.
οὐδέ τί μοι περίκειται, ἐπεὶ πάθον ἄλγεα θυμῶι,
αἰεὶ ἐμὴν ψυχὴν παραβαλλόμενος πολεμίζειν.
ὡς δ' ὄρνις ἀπτῆσι νεοσσοῖσι προφέρηισι
μάστακ', ἐπεί κε λάβηισι, κακῶς δ' ἄρα οἱ πέλει αὐτῆι,
ὣς καὶ ἐγὼ πολλὰς μὲν ἀΰπνους νύκτας ἴαυον,
ἤματα δ' αἱματόεντα διέπρησσον πολεμίζων,
ἀνδράσι μαρνάμενος ὀάρων ἕνεκα σφετεράων.
δώδεκα δὴ σὺν νηυσὶ πόλεις ἀλάπαξ' ἀνθρώπων,
πεζὸς δ' ἕνδεκά φημι κατὰ Τροίην ἐρίβωλον·
τάων ἐκ πασέων κειμήλια πολλὰ καὶ ἐσθλὰ
ἐξελόμην, καὶ πάντα φέρων Ἀγαμέμνονι δόσκον
Ἀτρεΐδηι· ὁ δ' ὄπισθε μένων παρὰ νηυσὶ θοῆισι
δεξάμενος διὰ παῦρα δασάσκετο, πολλὰ δ' ἔχεσκεν.
ἄλλα δ' ἀριστήεσσι δίδου γέρα καὶ βασιλεῦσι,
τοῖσι μὲν ἔμπεδα κεῖται, ἐμεῦ δ' ἀπὸ μούνου Ἀχαιῶν
εἵλετ', ἔχει δ' ἄλοχον θυμαρέα· τῆι παριαύων
τερπέσθω. τί δὲ δεῖ πολεμιζέμεναι Τρώεσσιν
Ἀργείους; τί δὲ λαὸν ἀνήγαγεν ἐνθάδ' ἀγείρας
Ἀτρεΐδης; ἦ οὐχ Ἑλένης ἕνεκ' ἠϋκόμοιο;
ἦ μοῦνοι φιλέουσ' ἀλόχους μερόπων ἀνθρώπων
Ἀτρεΐδαι; ἐπεὶ ὅς τις ἀνὴρ ἀγαθὸς καὶ ἐχέφρων
τὴν αὐτοῦ φιλέει καὶ κήδεται, ὡς καὶ ἐγὼ τὴν
ἐκ θυμοῦ φίλεον, δουρικτητήν περ ἐοῦσαν.
νῦν δ' ἐπεὶ ἐκ χειρῶν γέρας εἵλετο καί μ' ἀπάτησε,
μή μευ πειράτω εὖ εἰδότος· οὐδέ με πείσει.
ἀλλ', Ὀδυσεῦ, σὺν σοί τε καὶ ἄλλοισιν βασιλεῦσι
φραζέσθω νήεσσιν ἀλεξέμεναι δήϊον πῦρ.
ἦ μὲν δὴ μάλα πολλὰ πονήσατο νόσφιν ἐμεῖο,
καὶ δὴ τεῖχος ἔδειμε, καὶ ἤλασε τάφρον ἐπ' αὐτῶι
εὐρεῖαν μεγάλην, ἐν δὲ σκόλοπας κατέπηξεν·
ἀλλ' οὐδ' ὣς δύναται σθένος Ἕκτορος ἀνδροφόνοιο
ἴσχειν· ὄφρα δ' ἐγὼ μετ' Ἀχαιοῖσιν πολέμιζον
οὐκ ἐθέλεσκε μάχην ἀπὸ τείχεος ὀρνύμεν Ἕκτωρ,
ἀλλ' ὅσον ἐς Σκαιάς τε πύλας καὶ φηγὸν ἵκανεν·
ἔνθά ποτ' οἶον ἔμιμνε, μόγις δέ μευ ἔκφυγεν ὁρμήν.
νῦν δ' ἐπεὶ οὐκ ἐθέλω πολεμιζέμεν Ἕκτορι δίωι,
αὔριον ἱρὰ Διὶ ῥέξας καὶ πᾶσι θεοῖσι,
νηήσας εὖ νῆας, ἐπὴν ἅλαδε προερύσσω,
ὄψεαι, αἴ κ' ἐθέληισθα καὶ αἴ κέν τοι τὰ μεμήληι,
ἦρι μάλ' Ἑλλήσποντον ἐπ' ἰχθυόεντα πλεούσας

Gleich auch stirbt der Träge dahin, und wer vieles getan hat.
Nichts ja frommt es mir selbst, da ich Sorg' und Kummer erduldet,
Stets die Seele dem Tod' entgegentragend im Streite.
So wie den nackenden Vöglein im Nest herbringet die Mutter
Einen gefundenen Bissen, wenn ihr auch selber nicht wohl ist:
Also hab' ich genug unruhiger Nächte durchwachet,
Auch der blutigen Tage genug durchstrebt in der Feldschlacht,
Tapfere Männer bestreitend, um jenen ein Weib zu erobern!
Zwölf schon hab' ich mit Schiffen bevölkerte Städte verwüstet,
Und elf andre zu Fuß umher in der scholligen Troja;
Dort aus allen erkor ich der Kleinode viel' und geehrte
Mir voraus, und brachte sie all' Agamemnon zur Gabe,
Atreus' Sohn; er ruhend indes bei den rüstigen Schiffen,
Nahm die Schätz', und verteilt' ein weniges, vieles behielt er.
Dennoch gab er den Helden und Königen Ehrengeschenke,
Die noch jeder verwahrt; nur mir von allen Achaiern
Nahm er's, und hat das reizende Weib, womit er der Wollust
Pflegen mag! Was bewog denn zum Kriegszug gegen die Troer
Argos' Volk? Was führt' er hieher die versammelten Streiter,
Atreus' Sohn? War's nicht der lockigen Helena wegen?
Lieben allein denn jene die Fraun von den redenden Menschen,
Atreus' Söhn'? Ein jeglicher Mann, der edel und weis' ist,
Liebt und pflegt die seine mit Zärtlichkeit, so wie ich jene
Auch von Herzen geliebt, wiewohl mein Speer sie erbeutet.
Nun er mir aus den Händen den Siegslohn raubte mit Arglist,
Nie versuch' er hinfort mich Kundigen! Nimmer ihm trau' ich!
Sondern mit dir, Odysseus, und anderen Völkergebietern
Sinn' er nach, von den Schiffen die feindliche Glut zu entfernen.
Wahrlich schon sehr vieles vollendet' er ohne mein Zutun:
Schon die Mauer erbaut' er, und leitete draußen den Graben,
Breit umher und groß; und drinnen auch pflanzet' er Pfähle!
Dennoch kann er ja nicht die Gewalt des mordenden Hektors
Bändigen! Aber da ich im Danaervolke noch mitzog;
Niemals wagt' es Hektor, entfernt von der Mauer zu kämpfen;
Sondern nur zum skäischen Tor und der Buche gelangt' er,
Wo er einst mich bestand, und kaum mir entfloh vor dem Angriff.
Nun mir nicht es gefällt, mit dem göttlichen Hektor zu kämpfen,
Bring' ich morgen ein Opfer für Zeus und die anderen Götter,
Wohl dann belad' ich die Schiff', und nachdem ich ins Meer sie gezogen,
Wirst du schaun, so du willst, und solcherlei Dinge dich kümmern,
Schwimmen im Morgenrot auf dem flutenden Hellespontos

νῆας ἐμάς, ἐν δ᾽ ἄνδρας ἐρεσσέμεναι μεμαῶτας·
εἰ δέ κεν εὐπλοίην δώηι κλυτὸς ἐννοσίγαιος,
ἤματί κε τριτάτωι Φθίην ἐρίβωλον ἱκοίμην.
ἔστι δέ μοι μάλα πολλά, τὰ κάλλιπον ἐνθάδε ἔρρων·
ἄλλον δ᾽ ἐνθένδε χρυσὸν καὶ χαλκὸν ἐρυθρὸν
ἠδὲ γυναῖκας ἐΰζώνους πολιόν τε σίδηρον
ἄξομαι, ἅσσ᾽ ἔλαχόν γε· γέρας δέ μοι, ὅς περ ἔδωκεν,
αὖτις ἐφυβρίζων ἕλετο κρείων Ἀγαμέμνων
Ἀτρεΐδης· τῶι πάντ᾽ ἀγορευέμεν, ὡς ἐπιτέλλω,
ἀμφαδόν, ὄφρα καὶ ἄλλοι ἐπισκύζωνται Ἀχαιοί,
εἴ τινά που Δαναῶν ἔτι ἔλπεται ἐξαπατήσειν,
αἰὲν ἀναιδείην ἐπιειμένος· οὐδ᾽ ἂν ἔμοιγε
τετλαίη κύνεός περ ἐὼν εἰς ὦπα ἰδέσθαι·
οὐδέ τί οἱ βουλὰς συμφράσσομαι, οὐδὲ μὲν ἔργον·
ἐκ γὰρ δή μ᾽ ἀπάτησε καὶ ἤλιτεν· οὐδ᾽ ἂν ἔτ᾽ αὖτις
ἐξαπάφοιτ᾽ ἐπέεσσιν· ἅλις δέ οἱ· ἀλλὰ ἕκηλος
ἐρρέτω· ἐκ γάρ εὑ φρένας εἵλετο μητίετα Ζεύς.
ἐχθρὰ δέ μοι τοῦ δῶρα, τίω δέ μιν ἐν καρὸς αἴσηι.
οὐδ᾽ εἴ μοι δεκάκις τε καὶ εἰκοσάκις τόσα δοίη
ὅσσά τέ οἱ νῦν ἔστι, καὶ εἴ ποθεν ἄλλα γένοιτο,
οὐδ᾽ ὅσ᾽ ἐς Ὀρχομενὸν ποτινίσεται, οὐδ᾽ ὅσα Θήβας
Αἰγυπτίας, ὅθι πλεῖστα δόμοις ἐν κτήματα κεῖται,
αἵ θ᾽ ἑκατόμπυλοί εἰσι, διηκόσιοι δ᾽ ἀν᾽ ἑκάστας
ἀνέρες ἐξοιχνεῦσι σὺν ἵπποισιν καὶ ὄχεσφιν·
οὐδ᾽ εἴ μοι τόσα δοίη ὅσα ψάμαθός τε κόνις τε,
οὐδέ κεν ὧς ἔτι θυμὸν ἐμὸν πείσει᾽ Ἀγαμέμνων,
πρίν γ᾽ ἀπὸ πᾶσαν ἐμοὶ δόμεναι θυμαλγέα λώβην.
κούρην δ᾽ οὐ γαμέω Ἀγαμέμνονος Ἀτρεΐδαο,
οὐδ᾽ εἰ χρυσείηι Ἀφροδίτηι κάλλος ἐρίζοι,
ἔργα δ᾽ Ἀθηναίηι γλαυκώπιδι ἰσοφαρίζοι·
οὐδέ μιν ὧς γαμέω· ὁ δ᾽ Ἀχαιῶν ἄλλον ἑλέσθω,
ὅς τις οἷ τ᾽ ἐπέοικε καὶ ὃς βασιλεύτερός ἐστιν.
ἢν γὰρ δή με σαῶσι θεοὶ καὶ οἴκαδ᾽ ἵκωμαι,
Πηλεύς θήν μοι ἔπειτα γυναῖκά γε μάσσεται αὐτός.
πολλαὶ Ἀχαιΐδες εἰσὶν ἀν᾽ Ἑλλάδα τε Φθίην τε,
κοῦραι ἀριστήων, οἵ τε πτολίεθρα ῥύονται,
τάων ἥν κ᾽ ἐθέλωμι φίλην ποιήσομ᾽ ἄκοιτιν.
ἔνθα δέ μοι μάλα πολλὸν ἐπέσσυτο θυμὸς ἀγήνωρ
γήμαντα μνηστὴν ἄλοχον, ἐϊκυῖαν ἄκοιτιν,
κτήμασι τέρπεσθαι τὰ γέρων ἐκτήσατο Πηλεύς·
οὐ γὰρ ἐμοὶ ψυχῆς ἀντάξιον οὐδ᾽ ὅσα φασὶν

Meine Schiff', und darin die emsig rudernden Männer;
Und wenn glückliche Fahrt der Gestaderschüttrer gewähret,
Möcht' ich am dritten Tag' in die schollige Phtia gelangen.
Vieles hab' ich daheim, das ich hieher wandernd zurückließ;
Anderes auch von hier, des rötlichen Erzes und Goldes,
Schöngegürtete Weiber zugleich, und grauliches Eisen,
Bring' ich, durchs Los mir beschert; doch den Siegslohn, der ihn gegeben,
Nahm ihn mir selbst hochmütig, der Völkerfürst Agamemnon,
Atreus' Sohn! Das alles verkünd' ihm, so wie ich sage,
Öffentlich, daß auch die andern im Volk der Achaier ergrimmen,
Wenn er vielleicht noch einen der Danaer hofft zu betrügen,
Jener in Unverschämtheit gehüllete! Schwerlich indes mir
Wagt er hinfort, auch frech wie ein Hund, ins Antlitz zu schauen!
Nimmer ihm werd' ich zu Rat mich vereinigen, nimmer zu Taten!
Einmal betrog er mich nun, und frevelte; nimmer hinfort wohl
Täuscht sein tückisches Wort; er begnüge sich! sondern geruhig
Wandr' er dahin, denn ihm raubte der waltende Zeus die Besinnung.
Greul sind mir seine Geschenk', und ich acht' ihn selber nicht so viel!
Nein, und böt' er mir zehnmal und zwanzigmal größere Güter,
Als was jetzo er hat, und was er vielleicht noch erwartet;
Böt' er sogar die Güter Orchomenos, oder was Thebe
Hegt, Ägyptos Stadt, wo reich sind die Häuser an Schätzen:
Hundert hat sie der Tor', und es ziehn zweihundert aus jedem
Rüstige Männer zum Streit mit Rossen daher und Geschirren:
Böt' er mir auch so viel, wie des Sandes am Meer und des Staubes;
Dennoch nimmer hinfort bewegte mein Herz Agamemnon,
Eh' er mir ausgebüßt die seelenkränkende Schmähung!
Keine Tochter begehr' ich von Atreus' Sohn Agamemnon;
Trotzte sie auch an Reiz der goldenen Aphrodite,
Wäre sie klug, wie Pallas Athen' an künstlicher Arbeit;
Dennoch begehr' ich sie nicht! Er wähle sich sonst der Achaier
Einen, der ihm gemäß, und der auch höher an Macht ist.
Denn erhalten die Götter mich nur, und gelang' ich zur Heimat;
Dann wird Peleus selbst ein edeles Weib mir vermählen.
Viel der Achaierinnen sind rings in Hellas und Phtia,
Töchter erhabener Fürsten, die Städt' und Länder beherrschen;
Hievon, die mir gefällt, erwähl' ich zur trauten Gemahlin.
Dort auch trachtet mir oft des mutigen Herzens Verlangen,
Einer Ehegenossin vermählt, in gefälliger Eintracht,
Mich der Güter zu freun, die Peleus der Greis, sich gesammelt.
Nichts sind gegen das Leben die Schätze mir: nichts, was vordem auch

Ἴλιον ἐκτῆσθαι, εὖ ναιόμενον πτολίεθρον,
τὸ πρὶν ἐπ' εἰρήνης, πρὶν ἐλθεῖν υἷας Ἀχαιῶν,
οὐδ' ὅσα λάϊνος οὐδὸς ἀφήτορος ἐντὸς ἐέργει,
Φοίβου Ἀπόλλωνος, Πυθοῖ ἔνι πετρηέσσηι.
ληϊστοὶ μὲν γάρ τε βόες καὶ ἴφια μῆλα,
κτητοὶ δὲ τρίποδές τε καὶ ἵππων ξανθὰ κάρηνα·
ἀνδρὸς δὲ ψυχὴ πάλιν ἐλθεῖν οὔτε λεϊστὴ
οὔθ' ἑλετή, ἐπεὶ ἄρ κεν ἀμείψεται ἕρκος ὀδόντων.
μήτηρ γάρ τέ μέ φησι θεὰ Θέτις ἀργυρόπεζα
διχθαδίας κῆρας φερέμεν θανάτοιο τέλοσδε.
εἰ μέν κ' αὖθι μένων Τρώων πόλιν ἀμφιμάχωμαι,
ὤλετο μέν μοι νόστος, ἀτὰρ κλέος ἄφθιτον ἔσται·
εἰ δέ κεν οἴκαδ' ἵκωμι φίλην ἐς πατρίδα γαῖαν,
ὤλετό μοι κλέος ἐσθλόν, ἐπὶ δηρὸν δέ μοι αἰὼν
ἔσσεται, οὐδέ κέ μ' ὦκα τέλος θανάτοιο κιχείη.
καὶ δ' ἂν τοῖς ἄλλοισιν ἐγὼ παραμυθησαίμην
οἴκαδ' ἀποπλείειν, ἐπεὶ οὐκέτι δήετε τέκμωρ
Ἰλίου αἰπεινῆς· μάλα γάρ ἑθεν εὐρύοπα Ζεὺς
χεῖρα ἑὴν ὑπερέσχε, τεθαρσήκασι δὲ λαοί.
ἀλλ' ὑμεῖς μὲν ἰόντες ἀριστήεσσιν Ἀχαιῶν
ἀγγελίην ἀπόφασθε – τὸ γὰρ γέρας ἐστὶ γερόντων –
ὄφρ' ἄλλην φράζωνται ἐνὶ φρεσὶ μῆτιν ἀμείνω,
ἥ κέ σφιν νῆάς τε σαῶι καὶ λαὸν Ἀχαιῶν
νηυσὶν ἔπι γλαφυρῆις, ἐπεὶ οὔ σφισιν ἥδέ γ' ἑτοίμη,
ἣν νῦν ἐφράσσαντο ἐμεῦ ἀπομηνίσαντος·
Φοῖνιξ δ' αὖθι παρ' ἄμμι μένων κατακοιμηθήτω,
ὄφρά μοι ἐν νήεσσι φίλην ἐς πατρίδ' ἕπηται
αὔριον, ἢν ἐθέληισιν· ἀνάγκηι δ' οὔ τί μιν ἄξω."
ὣς ἔφαθ', οἱ δ' ἄρα πάντες ἀκὴν ἐγένοντο σιωπῆι
μῦθον ἀγασσάμενοι· μάλα γὰρ κρατερῶς ἀπέειπεν·
ὀψὲ δὲ δὴ μετέειπε γέρων ἱππηλάτα Φοῖνιξ
δάκρυ' ἀναπρήσας· περὶ γὰρ δίε νηυσὶν Ἀχαιῶν·
„εἰ μὲν δὴ νόστον γε μετὰ φρεσί, φαίδιμ' Ἀχιλλεῦ,
βάλλεαι, οὐδέ τι πάμπαν ἀμύνειν νηυσὶ θοῆισι
πῦρ ἐθέλεις ἀΐδηλον, ἐπεὶ χόλος ἔμπεσε θυμῶι,
πῶς ἂν ἔπειτ' ἀπὸ σεῖο, φίλον τέκος αὖθι λιποίμην
οἶος; σοὶ δέ μ' ἔπεμπε γέρων ἱππηλάτα Πηλεὺς
ἤματι τῶι ὅτε σ' ἐκ Φθίης Ἀγαμέμνονι πέμπε
νήπιον, οὔ πω εἰδόθ' ὁμοιΐου πολέμοιο,
οὐδ' ἀγορέων, ἵνα τ' ἄνδρες ἀριπρεπέες τελέθουσι.
τοὔνεκά με προέηκε διδασκέμεναι τάδε πάντα,

Ilios barg, wie man sagt, die Stadt voll prangender Häuser,
Einst, als blühte der Fried', eh' die Macht der Achaier daherkam,
Noch, was die steinerne Schwelle des Treffenden drinnen bewahret,
Phöbos Apollons Schatz, in Pythos klippichten Feldern.
Beutet man doch im Kriege gemästete Rinder und Schafe,
Und gewinnt Dreifüß' und braungemähnete Rosse;
Aber des Menschen Geist kehrt niemals, weder erbeutet,
Noch erlangt, nachdem er des Sterbenden Lippen entflohn ist.
Meine göttliche Mutter, die silberfüßige Thetis,
Sagt, mich führe zum Tod' ein zweifach endendes Schicksal.
Wenn ich allhier verharrend die Stadt der Troer umkämpfe;
Hin sei die Heimkehr dann, doch blühe mir ewiger Nachruhm.
Aber wenn heim ich kehre zum lieben Lande der Väter;
Dann sei verwelkt mein Ruhm, doch weithin reiche des Lebens
Dauer, und nicht frühzeitig ans Ziel des Todes gelang' ich.
Auch den übrigen möcht' ich ein ratsames Wort zureden,
Heim in den Schiffen zu gehen; nie findet ihr doch der erhabnen
Ilios Untergang; denn der waltende Zeus Kronion
Deckt sie mit schirmender Hand, und mutvoll trotzen die Völker.
Aber ihr nun geht, den edelen Fürsten Achaias
Botschaft anzusagen, das Ehrenamt der Geehrten:
Daß sie anderen Rat und besseren jetzo ersinnen,
Welcher die Schiff' errette zugleich, und das Volk der Achaier
Bei den geräumigen Schiffen; denn nicht ist jener gedeihlich,
Welchen sie jetzt ausdachten, da ich im Zorne beharre.
Phönix indes mag bleibend bei uns zur Ruhe sich legen,
Daß er mit mir heimschiffe zum lieben Lande der Väter
Morgen, wenn's ihm gefällt; denn nicht aus Zwang soll er mitgehn.
Jener sprach's; doch alle verstummten umher, und schwiegen,
Hoch das Wort anstaunend; denn kraftvoll hatt' er geredet.
Endlich begann vor ihnen der graue reisige Phönix,
Mit vordrängenden Tränen, besorgt um der Danaer Schiffe:
Hast du die Heimkehr denn im Geiste dir, edler Achilleus,
Vorgesetzt, und entsagst du durchaus, vom vertilgenden Feuer
Unsere Schiffe zu retten, da Zorn dein Herz dir erfüllet:
O wie könnt' ich von dir, mein Sohn, verlassen noch weilen,
Einsam? Mich sandte mit dir der graue reisige Peleus
Jenes Tags, da aus Phtia zu Atreus' Sohn er dich sandte,
Noch sehr jung, unkundig des allverheerenden Krieges,
Und ratschlagender Reden, wodurch sich Männer hervortun.
Darum sandt' er mich her, um dich das alles zu lehren:

μύθων τε ῥητῆρ' ἔμεναι πρηκτῆρά τε ἔργων.
ὡς ἂν ἔπειτ' ἀπὸ σεῖο, φίλον τέκος,m οὐκ ἐθέλοιμι
λείπεσθ', οὐδ' εἴ κέν μοι ὑποσταίη θεὸς αὐτὸς
γῆρας ἀποξύσας θήσειν νέον ἡβώοντα,
οἷον ὅτε πρῶτον λίπον Ἑλλάδα καλλιγύναικα,
φεύγων νείκεα πατρὸς Ἀμύντορος Ὀρμενίδαο,
ὅς μοι παλλακίδος περιχώσατο καλλικόμοιο,
τὴν αὐτὸς φιλέεσκεν, ἀτιμάζεσκε δ' ἄκοιτιν,
μητέρ' ἐμήν· ἡ δ' αἰὲν ἐμὲ λισσέσκετο γούνων
παλλακίδι προμιγῆναι, ἵν' ἐχθήρειε γέροντα.
τῆι πιθόμην καὶ ἔρεξα· πατὴρ δ' ἐμὸς αὐτίκ' ὀϊσθεὶς
πολλὰ κατηρᾶτο, στυγερὰς δ' ἐπεκέκλετ' Ἐρινῦς,
μή ποτε γούνασιν οἷσιν ἐφέσσεσθαι φίλον υἱὸν
ἐξ ἐμέθεν γεγαῶτα· θεοὶ δ' ἐτέλειον ἐπαράς,
Ζεύς τε καταχθόνιος καὶ ἐπαινὴ Περσεφόνεια.
τὸν μὲν ἐγὼ βούλευσα κατακτάμεν ὀξέϊ χαλκῶι·
ἀλλά τις ἀθανάτων παῦσεν χόλον, ὅς ῥ' ἐνὶ θυμῶι
δήμου θῆκε φάτιν καὶ ὀνείδεα πόλλ' ἀνθρώπων,
ὡς μὴ πατροφόνος μετ' Ἀχαῖσιν καλεοίμην
ἔνθ' ἐμοὶ οὐκέτι πάμπαν ἐρητύετ' ἐν φρεσὶ θυμὸς
πατρὸς χωομένοιο κατὰ μέγαρα στρωφᾶσθαι.
ἦ μὲν πολλὰ ἔται καὶ ἀνεψιοὶ ἀμφὶς ἐόντες
αὐτοῦ λισσόμενοι κατερήτυον ἐν μεγάροισι,
πολλὰ δὲ ἴφια μῆλα καὶ εἰλίποδας ἕλικας βοῦς
ἔσφαζον, πολλοὶ δὲ σύες θαλέθοντες ἀλοιφῆι
εὑόμενοι τανύοντο διὰ φλογὸς Ἡφαίστοιο,
πολλὸν δ' ἐκ κεράμων μέθυ πίνετο τοῖο γέροντος.
εἰνάνυχες δέ μοι ἀμφ' αὐτῶι παρὰ νύκτας ἴαυον·
οἱ μὲν ἀμειβόμενοι φυλακὰς ἔχον, οὐδέ ποτ' ἔσβη
πῦρ, ἕτερον μὲν ὑπ' αἰθούσηι εὐερκέος αὐλῆς,
ἄλλο δ' ἐνὶ προδόμωι, πρόσθεν θαλάμοιο θυράων.
ἀλλ' ὅτε δὴ δεκάτη μοι ἐπήλυθε νὺξ ἐρεβεννή,
καὶ τότ' ἐγὼ θαλάμοιο θύρας πυκινῶς ἀραρυίας
ῥήξας ἐξῆλθον, καὶ ὑπέρθορον ἑρκίον αὐλῆς
ῥεῖα, λαθὼν φύλακάς τ' ἄνδρας δμωιάς τε γυναῖκας.
φεῦγον ἔπειτ' ἀπάνευθε δι' Ἑλλάδος εὐρυχόροιο,
Φθίην δ' ἐξικόμην ἐριβώλακα, μητέρα μήλων,
ἐς Πηλῆα ἄναχθ'· ὁ δέ με πρόφρων ὑπέδεκτο,
καί μ' ἐφίλησ' ὡς εἴ τε πατὴρ ὃν παῖδα φιλήσηι
μοῦνον τηλύγετον πολλοῖσιν ἐπὶ κτεάτεσσι,
καί μ' ἀφνειὸν ἔθηκε, πολὺν δέ μοι ὤπασε λαόν·

Beides beredt in Worten zu sein, und rüstig in Taten.
Also könnt' ich von dir, mein trauter Sohn, mich unmöglich
Trennen, und gäbe mir auch ein Himmlischer selbst die Verheißung,
Mich, vom Alter enthüllt, zum blühenden Jüngling zu schaffen:
So wie ich Hellas verließ, das Land der rosigen Jungfraun,
Fliehend des Vaters Zank, des Ormeniden Amyntor,
Der um die Lagergenossin, die schöngelockte, mir zürnte;
Diese liebt' er im Herzen, die ehliche Gattin entehrend,
Meine Mutter. Doch stets umschlang sie mir flehend die Kniee,
Jene zuvor zu beschlafen, daß gram sie würde dem Greise.
Ihr gehorcht' ich, und tat's. Doch sobald es merkte der Vater,
Rief er mit gräßlichem Fluch der Erinnyen furchtbare Gottheit,
Daß nie sitzen ihm möcht' auf seinen Knieen ein Söhnlein,
Von mir selber gezeugt; und den Fluch vollbrachte der grause
Unterirdische Zeus, und die schreckliche Persephoneia.
Erst zwar trieb mich der Zorn mit scharfem Erz ihn zu töten;
Doch der Unsterblichen einer bezähmte mich, welcher ins Herz mir
Legte des Volks Nachred', und die Schmähungen unter den Menschen:
Daß nicht rings die Achaier den Vatermörder mich nennten.
Jetzo durchaus nicht länger ertrug's mein Herz in dem Busen,
Daß vor dem zürnenden Vater ich dort umging' in der Wohnung,
Häufig zwar umringten mich Jugendfreund' und Verwandte,
Welche mit vielem Flehn zurück im Hause mich hielten.
Viele gemästete Schaf' und viel schwerwandelndes Hornvieh
Schlachteten sie, und manches mit Fett umblühete Mastschwein
Sengten sie ausgestreckt in der lodernden Glut des Hephästos;
Viel auch wurde des Weines geschöpft aus den Krügen des Greises.
Neun der Nächte bei mir verweileten jene beständig,
Wechselnd die Hut umeinander, und nie erloschen die Feuer:
Eins am Tor in der Halle des festummauerten Vorhofs,
Eins auf des Hauses Flur, vor der Doppelpforte der Kammer.
Aber nachdem die zehnte der finsteren Nächte gekommen;
Jetzt erbrach ich der Kammer mit Kunst gefügete Pforte,
Eilte hinaus und erstieg die feste Mauer des Vorhofs
Leicht, von keinem der Hüter bemerkt und der wachenden Weiber,
Sprang dann hinab und entfloh durch Hellas' weite Gefilde,
Bis ich zur scholligen Phtia, voll wimmelnder Auen, gekommen,
Hin zum Könige Peleus, der gern und freundlich mich aufnahm,
Und mich geliebt, wie ein Vater den einzigen Sohn nur liebet,
Den er im Alter gezeugt, sein großes Gut zu ererben.
Jener machte mich reich, und gab mir ein Volk zu verwalten,

ναῖον δ᾽ ἐσχατιὴν Φθίης, Δολόπεσσιν ἀνάσσων.
καί σε τοσοῦτον ἔθηκα, θεοῖς ἐπιείκελ᾽ Ἀχιλλεῦ,
ἐκ θυμοῦ φιλέων, ἐπεὶ οὐκ ἐθέλεσκες ἅμ᾽ ἄλλωι
οὔτ᾽ ἐς δαῖτ᾽ ἰέναι οὔτ᾽ ἐν μεγάροισι πάσασθαι,
πρίν γ᾽ ὅτε δή σ᾽ ἐπ᾽ ἐμοῖσιν ἐγὼ γούνεσσι καθίσσας
ὄψου τ᾽ ἄσαιμι προταμὼν καὶ οἶνον ἐπισχών.
πολλάκι μοι κατέδευσας ἐπὶ στήθεσσι χιτῶνα
οἴνου ἀποβλύζων ἐν νηπιέηι ἀλεγεινῆι.
ὣς ἐπὶ σοὶ μάλα πολλ᾽ ἔπαθον καὶ πολλ᾽ ἐμόγησα,
τὰ φρονέων, ὅ μοι οὔ τι θεοὶ γόνον ἐξετέλειον
ἐξ ἐμεῦ· ἀλλὰ σὲ παῖδα, θεοῖς ἐπιείκελ᾽ Ἀχιλλεῦ,
ποιεύμην, ἵνα μοί ποτ᾽ ἀεικέα λοιγὸν ἀμύνηις.
ἀλλ᾽, Ἀχιλεῦ, δάμασον θυμὸν μέγαν· οὐδέ τί σε χρὴ
νηλεὲς ἦτορ ἔχειν· στρεπτοὶ δέ τε καὶ θεοὶ αὐτοί,
τῶν περ καὶ μείζων ἀρετὴ τιμή τε βίη τε.
καὶ μὲν τοὺς θυέεσσι καὶ εὐχωλῆις ἀγανῆισι
λοιβῆι τε κνίσηι τε παρατρωπῶσ᾽ ἄνθρωποι
λισσόμενοι, ὅτε κέν τις ὑπερβήηι καὶ ἁμάρτηι.
καὶ γάρ τε λιταί εἰσι Διὸς κοῦραι μεγάλοιο,
χωλαί τε ῥυσαί τε παραβλῶπές τ᾽ ὀφθαλμώ,
αἵ ῥά τε καὶ μετόπισθ᾽ ἄτης ἀλέγουσι κιοῦσαι.
ἡ δ᾽ ἄτη σθεναρή τε καὶ ἀρτίπος, οὕνεκα πάσας
πολλὸν ὑπεκπροθέει, φθάνει δέ τε πᾶσαν ἐπ᾽ αἶαν
βλάπτουσ᾽ ἀνθρώπους· αἱ δ᾽ ἐξακέονται ὀπίσσω.
ὃς μέν τ᾽ αἰδέσεται κούρας Διὸς ἆσσον ἰούσας,
τὸν δὲ μέγ᾽ ὤνησαν καί τ᾽ ἔκλυον εὐχομένοιο·
ὃς δέ κ᾽ ἀνήνηται καί τε στερεῶς ἀποείπηι,
λίσσονται δ᾽ ἄρα ταί γε Δία Κρονίωνα κιοῦσαι
τῶι Ἄτην ἅμ᾽ ἕπεσθαι, ἵνα βλαφθεὶς ἀποτίσηι.
ἀλλ᾽, Ἀχιλεῦ, πόρε καὶ σὺ Διὸς κούρηισιν ἕπεσθαι
τιμήν, ἥ τ᾽ ἄλλων περ ἐπιγνάμπτει νόον ἐσθλῶν.
εἰ μὲν γὰρ μὴ δῶρα φέροι, τὰ δ᾽ ὄπισθ᾽ ὀνομάζοι
Ἀτρεΐδης, ἀλλ᾽ αἰὲν ἐπιζαφελῶς χαλεπαίνοι,
οὐκ ἂν ἔγωγέ σε μῆνιν ἀπορρίψαντα κελοίμην
Ἀργείοισιν ἀμυνέμεναι χατέουσί περ ἔμπης·
νῦν δ᾽ ἅμα τ᾽ αὐτίκα πολλὰ διδοῖ, τὰ δ᾽ ὄπισθεν ὑπέστη,
ἄνδρας δὲ λίσσεσθαι ἐπιπροέηκεν ἀρίστους
κρινάμενος κατὰ λαὸν Ἀχαιϊκόν, οἵ τε σοὶ αὐτῶι
φίλτατοι Ἀργείων· τῶν μὴ σύ γε μῦθον ἐλέγξηις
μηδὲ πόδας· πρὶν δ᾽ οὔ τι νεμεσσητὸν κεχολῶσθαι.
οὕτω καὶ τῶν πρόσθεν ἐπευθόμεθα κλέα ἀνδρῶν

Fern an der Grenze von Phtia, der Doloper mächtige Herrschaft.
Dich auch macht' ich zum Manne, du göttergleicher Achilleus,
Liebend mit herzlicher Treu; auch wolltest du nimmer mit andern
Weder zum Gastmahl gehn, noch daheim in den Wohnungen essen,
Eh' ich selber dich nahm, auf meine Kniee dich setzend,
Und die zerschnittene Speise dir reicht' und den Becher dir vorhielt.
Oftmals hast du das Kleid mir vorn am Busen befeuchtet,
Wein aus dem Munde verschüttend in unbehilflicher Kindheit.
Also hab' ich so manches durchstrebt, und so manches erduldet,
Deinethalb; ich bedachte, wie eigene Kinder die Götter
Mir versagt, und wählte, du göttergleicher Achilleus,
Dich zum Sohn, daß du einst vor traurigem Schicksal mich schirmtest.
Zähme dein großes Herz, o Achilleus! Nicht ja geziemt dir
Unerbarmender Sinn; oft wenden sich selber die Götter,
Die doch weit erhabner an Herrlichkeit, Ehr' und Gewalt sind.
Diese vermag durch Räuchern und demutsvolle Gelübde,
Durch Weinguß und Gedüft, der Sterbliche umzulenken,
Flehend, nachdem sich einer versündiget oder gefehlet.
Denn die reuigen Bitten sind Zeus' des Allmächtigen Töchter,
Welche lahm und runzlig und scheeles Blicks einhergehn,
Und stets hinter der Schuld den Gang zu beschleunigen streben.
Aber die Schuld ist frisch und hurtig zu Fuß; denn vor allen
Weithin läuft sie voraus, und zuvor in jegliches Land auch
Kommt sie, schadend den Menschen; doch jen' als Heilende folgen.
Wer nun mit Scheu aufnimmt die nahenden Töchter Kronions,
Diesem helfen sie sehr, und hören auch seines Gebetes.
Doch wenn einer verschmäht, und trotziges Sinnes sich weigert;
Jetzo flehn die Bitten, zu Zeus Kronion gewendet,
Daß ihm folge die Schuld, bis er durch Schaden gebüßet.
Aber gewähr', Achilleus, auch du den Töchtern Kronions
Ehre, die auch Andrer und Tapferer Herz gebeugt hat.
Denn wofern nicht Gaben er böt' und künftig verhieße,
Atreus' Sohn, und stets in feindlichem Sinne beharrte;
Nimmer fürwahr begehrt' ich, daß leicht wegwerfend den Zorn du
Argos' Volk abwehrtest die Not, wie sehr sie's bedürften.
Doch nun gibt er ja vieles sogleich, und andres verheißt er;
Sandt' auch, dich zu erflehen, daher die edelsten Männer,
Die er in Argos' Volk auswählete, weil sie die liebsten
Aller Achaier dir sind. Du verschmäh' nicht diesen die Rede,
Oder den Gang. Nicht war ja zuvor unbillig dein Zürnen.
Also hörten wir auch in der Vorzeit rühmen die Männer

ἡρώων, ὅτε κέν τιν' ἐπιζάφελος χόλος ἵκοι·
δωρητοί τε πέλοντο παράρρητοί τ' ἐπέεσσι.
μέμνημαι τόδε ἔργον ἐγὼ πάλαι, οὔ τι νέον γε,
ὡς ἦν· ἐν δ' ὑμῖν ἐρέω πάντεσσι φίλοισι.
Κουρῆτές τε μάχοντο καὶ Αἰτωλοὶ μενεχάρμαι
ἀμφὶ πόλιν Καλυδῶνα καὶ ἀλλήλους ἐνάριζον,
Αἰτωλοὶ μὲν ἀμυνόμενοι Καλυδῶνος ἐραννῆς,
Κουρῆτες δὲ διαπραθέειν μεμαῶτες Ἄρηϊ.
καὶ γὰρ τοῖσι κακὸν χρυσόθρονος Ἄρτεμις ὦρσε,
χωσαμένη ὅ οἱ οὔ τι θαλύσια γουνῶι ἀλωῆς
Οἰνεὺς ῥέξ'· ἄλλοι δὲ θεοὶ δαίνυνθ' ἑκατόμβας,
οἴηι δ' οὐκ ἔρρεξε Διὸς κούρηι μεγάλοιο.
ἢ λάθετ' ἢ οὐκ ἐνόησεν· ἀάσατο δὲ μέγα θυμῶι.
ἡ δὲ χολωσαμένη δῖον γένος ἰοχέαιρα
ὦρσεν ἔπι χλούνην σῦν ἄγριον ἀργιόδοντα,
ὃς κακὰ πόλλ' ἔρδεσκεν ἔθων Οἰνῆος ἀλωήν·
πολλὰ δ' ὅ γε προθέλυμνα χαμαὶ βάλε δένδρεα μακρὰ
αὐτῆισιν ῥίζηισι καὶ αὐτοῖς ἄνθεσι μήλων.
τὸν δ' υἱὸς Οἰνῆος ἀπέκτεινεν Μελέαγρος,
πολλέων ἐκ πολίων θηρήτορας ἄνδρας ἀγείρας
καὶ κύνας· οὐ μὲν γάρ κε δάμη παύροισι βροτοῖσι·
τόσσος ἔην, πολλοὺς δὲ πυρῆς ἐπέβησ' ἀλεγεινῆς.
ἡ δ' ἀμφ' αὐτῶι θῆκε πολὺν κέλαδον καὶ ἀϋτήν,
ἀμφὶ συὸς κεφαλῆι καὶ δέρματι λαχνήεντι,
Κουρήτων τε μεσηγὺ καὶ Αἰτωλῶν μεγαθύμων.
ὄφρα μὲν οὖν Μελέαγρος ἄρηι φίλος πολέμιζε,
τόφρα δὲ Κουρήτεσσι κακῶς ἦν, οὐδ' ἐδύναντο
τείχεος ἔκτοσθεν μίμνειν πολέες περ ἐόντες·
ἀλλ' ὅτε δὴ Μελέαγρον ἔδυ χόλος, ὅς τε καὶ ἄλλων
οἰδάνει ἐν στήθεσσι νόον πύκα περ φρονεόντων,
ἤτοι ὁ μητρὶ φίληι Ἀλθαίηι χωόμενος κῆρ
κεῖτο παρὰ μνηστῆι ἀλόχωι, καλῆι Κλεοπάτρηι,
κούρηι Μαρπήσσης καλλισφύρου Εὐηνίνης
Ἴδεώ θ', ὃς κάρτιστος ἐπιχθονίων γένετ' ἀνδρῶν
τῶν τότε – καί ῥα ἄνακτος ἐναντίον εἵλετο τόξον
Φοίβου Ἀπόλλωνος καλλισφύρου εἵνεκα νύμφης·
τὴν δὲ τότ' ἐν μεγάροισι πατὴρ καὶ πότνια μήτηρ
Ἀλκυόνην καλέεσκον ἐπώνυμον, οὕνεκ' ἄρ' αὐτῆς
μήτηρ ἀλκυόνος πολυπενθέος οἶτον ἔχουσα
κλαῖεν ὅ μιν ἑκάεργος ἀνήρπασε Φοῖβος Ἀπόλλων –
τῆι ὅ γε παρκατέλεκτο χόλον θυμαλγέα πέσσων,

Göttliches Stamms, wenn einer zu heftigem Zorn sich ereifert;
Doch versöhnten sie Gaben und mild zuredende Worte.
Einer Tat gedenk' ich von alters her, nicht von neulich,
Wie sie geschah; ich will sie vor euch, ihr Lieben, erzählen.
Mit den Kureten stritt der Ätolier mutige Heerschar
Einst um Kalydons Stadt, und sie würgten sich untereinander:
Denn die Ätolier kämpften für Kalydons liebliche Feste,
Weil der Kureten Volk sie mit Krieg zu verheeren entbrannt war.
Artemis sandte das Weh, die goldenthronende Göttin,
Zürnend, daß ihr kein Opfer der Ernt' auf fruchtbarem Acker
Öneus bracht'; ihm genossen die Himmlischen all' Hekatomben;
Ihr nur opfert' er nicht, der Tochter Zeus' des Erhabnen,
Achtlos, oder vergessend; doch groß war seine Verschuldung.
Jene darauf voll Zorns, die Unsterbliche, froh des Geschosses,
Reizt' ihm ein borstenumstarrt Waldschwein mit gewaltigen Hauern,
Das viel Böses begann, des Öneus Äcker durchstürmend.
Viel hochragende Bäume hinab warf's übereinander
Samt den Wurzeln zur Erd', und samt den Blüten des Obstes.
Endlich erschlug den Verderber des Öneus Sohn Meleagros,
Der aus vielen Städten die mutigsten Jäger und Hunde
Sammelte; denn nie hätt' er mit kleinerer Schar es bezwungen,
Jenes Gewild, das viel' auf die traurigen Scheiter geführet.
Artemis aber erregt' ein großes Getös' und Getümmel
Über des Ebers Haupt und borstenstarrende Hülle,
Zwischen dem Volk der Kureten und hochgesinnten Ätoler.
Weil nunmehr Meleagros der Streitbare mit in die Feldschlacht
Zog, traf stets die Kureten das Unheil, und sie vermochten
Nicht mehr außer der Mauer zu stehn, so viel sie auch waren.
Doch da von Zorn Meleagros erfüllt ward, welcher auch andern
Oft anschwellt im Busen das Herz, den Verständigsten selber;
Jener nunmehr, Groll tragend der leiblichen Mutter Althäa,
Ruhte daheim bei der Gattin, der rosigen Kleopatra,
Die von der raschen Marpissa erwuchs, der Tochter Euenos,
Und dem gewaltigen Idas, dem tapfersten Erdebewohner
Jener Zeit; denn selbst auf den herrschenden Phöbos Apollon
Hatt' er den Bogen gespannt, um das leichthinwandelnde Mägdlein.
Jene ward im Palaste darauf von Vater und Mutter
Mit Zunamen genannt Alkyone, weil ihr die Mutter
Einst das Jammergeschick der Alkyon traurig erduldend,
Weinete, da sie entführt der treffende Phöbos Apollon.
Bei ihr ruhete jener, das Herz voll nagendes Zornes,

ἐξ ἀρέων μητρὸς κεχολωμένος, ἥ ῥα θεοῖσι
πόλλ᾽ ἀχέουσ᾽ ἠρᾶτο κασιγνήτοιο φόνοιο,
πολλὰ δὲ καὶ γαῖαν πολυφόρβην χερσὶν ἀλοία
κικλήσκουσ᾽ Ἀΐδην καὶ ἐπαινὴν Περσεφόνειαν,
πρόχνυ καθεζομένη, δεύοντο δὲ δάκρυσι κόλποι,
παιδὶ δόμεν θάνατον· τῆς δ᾽ ἠεροφοῖτις Ἐρινὺς
ἔκλυεν ἐξ Ἐρέβεσφιν, ἀμείλιχον ἦτορ ἔχουσα.
τῶν δὲ τάχ᾽ ἀμφὶ πύλας ὅμαδος καὶ δοῦπος ὀρώρει
πύργων βαλλομένων· τὸν δὲ λίσσοντο γέροντες
Αἰτωλῶν, πέμπον δὲ θεῶν ἱερῆας ἀρίστους,
ἐξελθεῖν καὶ ἀμῦναι, ὑποσχόμενοι μέγα δῶρον·
ὁππόθι πιότατον πεδίον Καλυδῶνος ἐραννῆς,
ἔνθά μιν ἤνωγον τέμενος περικαλλὲς ἑλέσθαι
πεντηκοντόγυον, τὸ μὲν ἥμισυ οἰνοπέδοιο,
ἥμισυ δὲ ψιλὴν ἄροσιν πεδίοιο ταμέσθαι.
πολλὰ δέ μιν λιτάνευε γέρων ἱππηλάτα Οἰνεὺς
οὐδοῦ ἐπεμβεβαὼς ὑψηρεφέος θαλάμοιο,
σείων κολλητὰς σανίδας γουνούμενος υἱόν·
πολλὰ δὲ τόν γε κασίγνηται καὶ πότνια μήτηρ
ἐλλίσσονθ᾽· ὁ δὲ μᾶλλον ἀναίνετο· πολλὰ δ᾽ ἑταῖροι,
οἵ οἱ κεδνότατοι καὶ φίλτατοι ἦσαν ἁπάντων·
ἀλλ᾽ οὐδ᾽ ὧς τοῦ θυμὸν ἐνὶ στήθεσσιν ἔπειθον,
πρίν γ᾽ ὅτε δὴ θάλαμος πύκ᾽ ἐβάλλετο, τοὶ δ᾽ ἐπὶ πύργων
βαῖνον Κουρῆτες καὶ ἐνέπρηθον μέγα ἄστυ.
καὶ τότε δὴ Μελέαγρον ἐΰζωνος παράκοιτις
λίσσετ᾽ ὀδυρομένη, καί οἱ κατέλεξεν ἅπαντα
κήδε᾽, ὅσ᾽ ἀνθρώποισι πέλει τῶν ἄστυ ἁλώηι·
ἄνδρας μὲν κτείνουσι, πόλιν δέ τε πῦρ ἀμαθύνει,
τέκνα δέ τ᾽ ἄλλοι ἄγουσι βαθυζώνους τε γυναῖκας.
τοῦ δ᾽ ὠρίνετο θυμὸς ἀκούοντος κακὰ ἔργα,
βῆ δ᾽ ἰέναι, χροῒ δ᾽ ἔντε᾽ ἐδύσετο παμφανόωντα.
ὣς ὁ μὲν Αἰτωλοῖσιν ἀπήμυνεν κακὸν ἦμαρ
εἴξας ὧι θυμῶι· τῶι δ᾽ οὐκέτι δῶρ᾽ ἐτέλεσσαν
πολλά τε καὶ χαρίεντα, κακὸν δ᾽ ἤμυνε καὶ αὔτως.
ἀλλὰ σὺ μή μοι ταῦτα νόει φρεσί, μηδέ σε δαίμων
ἐνταῦθα τρέψειε, φίλος· κάκιον δέ κεν εἴη
νηυσὶν καιομένηισιν ἀμυνέμεν· ἀλλ᾽ ἐπὶ δώρων
ἔρχεο· ἶσον γάρ σε θεῶι τίσουσιν Ἀχαιοί.
εἰ δέ κ᾽ ἄτερ δώρων πόλεμον φθισήνορα δύηις,
οὐκέθ᾽ ὁμῶς τιμῆς ἔσεαι πόλεμόν περ ἀλαλκών."
τὸν δ᾽ ἀπαμειβόμενος προσέφη πόδας ὠκὺς Ἀχιλλεύς·

Hart gekränkt ob der Mutter Verwünschungen, welche die Götter
Angefleht viel seufzend, um ihres Bruders Ermordung:
Viel mit den Händen auch schlug sie die nahrungsprossende Erde,
Rufend zu Aïdes Macht und der schrecklichen Persephoneia,
Hingesenkt auf die Knie', und netzte sich weinend den Busen,
Tod zu senden dem Sohn; und die wütende grause Erinnys
Hört' aus dem Erebos sie, das nachtdurchwandelnde Scheusal.
Schnell nun erscholl um die Tore der feindliche Sturm, und die Türme
Rasselten laut von Geschoß. Da kamen Ätoliens Greise
Flehend zu ihm, und sandten die heiligsten Priester der Götter,
Daß er zum Kampf auszög', ein großes Geschenk ihm verheißend.
Wo die fetteste Flur der lieblichen Kalydon prange,
Dort geboten sie ihm ein stattliches Gut sich zu wählen,
Fünfzig Morgen umher: die Hälft' an Rebengefilde,
Und die Hälft' unbeschattetes Land für die Saat zu durchschneiden.
Viel auch flehet' ihm selbst der graue reisige Öneus,
Steigend hinan die Schwelle der hochgewölbeten Kammer,
Schütternd die festeinfugende Pfort', und jammernd zum Sohne.
Viel auch die Schwestern zugleich und die ehrfurchtwürdige Mutter
Fleheten ihm, doch mehr nur verweigert' er; viel auch die Freunde,
Welche stets vor allen geliebt ihm waren und teuer.
Dennoch konnten sie nicht sein Herz im Busen bewegen,
Bis schon häufig die Kammer Geschoß traf, schon auf die Türme
Klomm der Kureten Volk, und die Stadt rings flammte von Feuer.
Jetzo bat den Helden die schöngegürtete Gattin,
Flehend mit Jammerton, und nannt' ihm alle das Elend,
Das unglückliche Menschen umringt in eroberter Feste:
Wie man die Männer erschlägt und die Stadt mit Flammen verwüstet,
Auch die Kinder entführt, und die tiefgegürteten Weiber.
Jetzt ward rege sein Herz, da so schreckliche Taten er hörte.
Eilend ging er, und hüllte das strahlende Waffengeschmeid' um.
Also wandt' er nunmehr den bösen Tag der Ätoler,
Folgend dem eigenen Mut; doch gaben sie nicht die Geschenk' ihm,
Viel' und köstliches Wertes, umsonst nun wandt' er das Übel.
Nicht so denke du mir, mein Trautester; laß dir den Dämon
Nicht dorthin verleiten das Herz! Weit schlechter ja wär' es,
Wenn du die brennenden Schiffe verteidigtest! Nein, für Geschenke
Komm; dann ehren dich rings, wie einen Gott, die Achaier.
Doch wenn sonder Geschenk in die mordende Schlacht du hineingehst;
Nicht mehr gleich wird Ehre dir sein, wie mächtige du obsiegst.

Ihm antwortete drauf der mutige Renner Achilleus:

„ Φοῖνιξ, ἄττα γεραιέ, διοτρεφές, οὔ τί με ταύτης
χρεὼ τιμῆς· φρονέω δὲ τετιμῆσθαι Διὸς αἴσηι,
ἥ μ' ἕξει παρὰ νηυσὶ κορωνίσιν, εἰς ὅ κ' ἀϋτμὴ
ἐν στήθεσσι μένηι καί μοι φίλα γούνατ' ὀρώρηι.
ἄλλο δέ τοι ἐρέω, σὺ δ' ἐνὶ φρεσὶ βάλλεο σῆισι·
μή μοι σύγχει θυμὸν ὀδυρόμενος καὶ ἀχεύων,
Ἀτρεΐδηι ἥρωϊ φέρων χάριν· οὐδέ τί σε χρὴ
τὸν φιλέειν, ἵνα μή μοι ἀπέχθηαι φιλέοντι.
καλόν τοι σὺν ἐμοὶ τὸν κήδειν ὅς κ' ἐμὲ κήδηι·
ἶσον ἐμοὶ βασίλευε καὶ ἥμισυ μείρεο τιμῆς.
οὗτοι δ' ἀγγελέουσι, σὺ δ' αὐτόθι λέξεο μίμνων
εὐνῆι ἔνι μαλακῆι· ἅμα δ' ἠοῖ φαινομένηφι
φρασσόμεθ' ἤ κε νεώμεθ' ἐφ' ἡμέτερ' ἦ κε μένωμεν."
ἦ, καὶ Πατρόκλωι ὅ γ' ἐπ' ὀφρύσι νεῦσε σιωπῆι
Φοίνικι στορέσαι πυκινὸν λέχος, ὄφρα τάχιστα
ἐκ κλισίης νόστοιο μεδοίατο· τοῖσι δ' ἄρ' Αἴας
ἀντίθεος Τελαμωνιάδης μετὰ μῦθον ἔειπε·
„ διογενὲς Λαερτιάδη, πολυμήχαν' Ὀδυσσεῦ,
ἴομεν· οὐ γάρ μοι δοκέει μύθοιο τελευτὴ
τῆιδέ γ' ὁδῶι κρανέεσθαι· ἀπαγγεῖλαι δὲ τάχιστα
χρὴ μῦθον Δαναοῖσι καὶ οὐκ ἀγαθόν περ ἐόντα,
οἵ που νῦν ἕαται ποτιδέγμενοι. αὐτὰρ Ἀχιλλεὺς
ἄγριον ἐν στήθεσσι θέτο μεγαλήτορα θυμὸν,
σχέτλιος, οὐδὲ μετατρέπεται φιλότητος ἑταίρων
τῆς ἧι μιν παρὰ νηυσὶν ἐτίομεν ἔξοχον ἄλλων,
νηλής· καὶ μέν τίς τε κασιγνήτοιο φονῆος
ποινὴν ἢ οὗ παιδὸς ἐδέξατο τεθνηῶτος·
καί ῥ' ὁ μὲν ἐν δήμωι μένει αὐτοῦ πόλλ' ἀποτίσας,
τοῦ δέ τ' ἐρητύεται κραδίη καὶ θυμὸς ἀγήνωρ
ποινὴν δεξαμένωι· σοὶ δ' ἄληκτόν τε κακόν τε
θυμὸν ἐνὶ στήθεσσι θεοὶ θέσαν εἵνεκα κούρης
οἴης· νῦν δέ τοι ἑπτὰ παρίσχομεν ἔξοχ' ἀρίστας,
ἄλλά τε πόλλ' ἐπὶ τῆισι· σὺ δ' ἵλαον ἔνθεο θυμόν,
αἴδεσσαι δὲ μέλαθρον· ὑπωρόφιοι δέ τοί εἰμεν
πληθύος ἐκ Δαναῶν, μέμαμεν δέ τοι ἔξοχον ἄλλων
κήδιστοί τ' ἔμεναι καὶ φίλτατοι ὅσσοι Ἀχαιοί."
τὸν δ' ἀπαμειβόμενος προσέφη πόδας ὠκὺς Ἀχιλλεύς·
„ Αἶαν διογενὲς Τελαμώνιε, κοίρανε λαῶν,
πάντά τί μοι κατὰ θυμὸν ἐείσαο μυθήσασθαι·
ἀλλά μοι οἰδάνεται κραδίη χόλωι, ὁππότε κείνων
μνήσομαι, ὥς μ' ἀσύφηλον ἐν Ἀργείοισιν ἔρεξεν

Phönix, mein alter Vater, du Göttlicher, wenig bedarf ich
Jener Ehr'; ich meine, daß Zeus' Ratschluß mich geehret!
Diese dauert bei den Schiffen der Danaer, weil mir der Atem
Meinen Busen noch hebt, und Kraft in den Knieen sich reget.
Eines verkünd' ich dir noch, und du bewahr' es im Herzen.
Störe mir nicht die Seele mit jammernder Klag' und Betrübnis,
Atreus' Heldensohn zu begünstigen. Wenig geziemt dir's,
Daß du ihn liebst; du möchtest in Haß die Liebe mir wandeln.
Besser daß du mit mir den kränkst, der mich selber gekränket!
Gleich mir herrsche hinfort, und empfang die Hälfte der Ehre.
Diese verkünden es schon; du lege dich auszuruhen
Hier auf weichem Lager. Sobald der Morgen sich rötet,
Halten wir Rat, ob wir kehren zum Unsrigen oder noch bleiben.
Sprach's, und gebot dem Patroklos geheim mit deutenden Wimpern,
Phönix ein wärmendes Bett zu beschleunigen, daß sie der Heimkehr
Schnell aus seinem Gezelt sich erinnerten. Eilend begann nun
Ajas, der göttliche Sohn des Telamon, vor der Versammlung:
Edler Laertiad', erfindungsreicher Odysseus,
Laß uns gehn; denn schwerlich, so scheint's, wird jetzo der Endzweck
Unseres Weges erreicht; zu verkündigen aber in Eile
Ziemt's das Wort den Achaiern, wiewohl es wenig erfreuet;
Denn sie sitzen gewiß und erwarten uns. Aber Achilleus
Trägt ein Herz voll Stolzes und Ungestüms in dem Busen!
Grausamer! nichts bewegt ihn die Freundschaft seiner Genossen,
Die wir stets bei den Schiffen ihn hochgeehrt vor den andern!
Unbarmherziger Mann! Sogar für des Bruders Ermordung
Oder des toten Sohns, empfing wohl mancher die Sühnung;
Dann bleibt jener zurück in der Heimat, vieles bezahlend;
Aber bezähmt wird diesem der Mut des erhabenen Herzens,
Wann er die Sühnung empfing. Allein dir gaben ein hartes
Unversöhnliches Herz die Unsterblichen, wegen des einen
Mägdleins! Bieten wir dir doch sieben erlesene Jungfraun,
Auch viel andres dazu! O sei doch erbarmendes Herzens;
Ehr' auch den heiligen Herd: wir sind dir Gäste des Hauses
Aus der Danaer Volk, und achten es groß, vor den andern
Nahe verwandt dir zu sein, und die wertesten aller Achaier.
Ihm antwortete drauf der mutige Renner Achilleus:
Ajas, göttlicher Sohn des Telamon, Völkergebieter,
Alles hast du beinahe mir selbst aus der Seele geredet.
Aber es schwillt mein Herz von Galle mir, wenn ich des Mannes
Denke, der mir so schnöde vor Argos' Volke getan hat,

Ἀτρεΐδης, ὡς εἴ τιν᾽ ἀτίμητον μετανάστην.
ἀλλ᾽ ὑμεῖς ἔρχεσθε καὶ ἀγγελίην ἀπόφασθε·
οὐ γὰρ πρὶν πολέμοιο μεδήσομαι αἱματόεντος,
πρίν γ᾽ υἱὸν Πριάμοιο δαΐφρονος, Ἕκτορα δῖον,
Μυρμιδόνων ἐπί τε κλισίας καὶ νῆας ἱκέσθαι
κτείνοντ᾽ Ἀργείους, κατά τε σμῦξαι πυρὶ νῆας.
ἀμφὶ δέ τοι τῆι ἐμῆι κλισίηι καὶ νηΐ μελαίνηι
Ἕκτορα καὶ μεμαῶτα μάχης σχήσεσθαι ὀΐω."
ὣς ἔφαθ᾽, οἱ δὲ ἕκαστος ἑλὼν δέπας ἀμφικύπελλον
σπείσαντες παρὰ νῆας ἴσαν πάλιν· ἦρχε δ᾽ Ὀδυσσεύς.
Πάτροκλος δ᾽ ἑτάροισιν ἰδὲ δμωῆισι κέλευσε
Φοίνικι στορέσαι πυκινὸν λέχος ὅττι τάχιστα.
αἱ δ᾽ ἐπιπειθόμεναι στόρεσαν λέχος ὡς ἐκέλευσε,
κώεά τε ῥῆγός τε λίνοιό τε λεπτὸν ἄωτον.
ἔνθ᾽ ὁ γέρων κατέλεκτο καὶ ἠῶ δῖαν ἔμιμνεν.
αὐτὰρ Ἀχιλλεὺς εὗδε μυχῶι κλισίης εὐπήκτου·
τῶι δ᾽ ἄρα παρκατέλεκτο γυνή, τὴν Λεσβόθεν ἦγε,
Φόρβαντος θυγάτηρ, Διομήδη καλλιπάρηιος.
Πάτροκλος δ᾽ ἑτέρωθεν ἐλέξατο· πὰρ δ᾽ ἄρα καὶ τῶι
Ἶφις ἐΰζωνος, τήν οἱ πόρε δῖος Ἀχιλλεὺς
Σκῦρον ἑλὼν αἰπεῖαν, Ἐνυῆος πτολίεθρον.
οἱ δ᾽ ὅτε δὴ κλισίηισιν ἐν Ἀτρεΐδαο γένοντο,
τοὺς μὲν ἄρα χρυσέοισι κυπέλλοις υἷες Ἀχαιῶν
δειδέχατ᾽ ἄλλοθεν ἄλλος ἀνασταδόν, ἔκ τ᾽ ἐρέοντο·
πρῶτος δ᾽ ἐξερέεινεν ἄναξ ἀνδρῶν Ἀγαμέμνων·
„εἴπ᾽ ἄγε μ᾽, ὦ πολύαιν᾽ Ὀδυσεῦ, μέγα κῦδος Ἀχαιῶν,
ἤ ῥ᾽ ἐθέλει νήεσσιν ἀλεξέμεναι δήϊον πῦρ,
ἦ ἀπέειπε, χόλος δ᾽ ἔτ᾽ ἔχει μεγαλήτορα θυμόν;"
τὸν δ᾽ αὖτε προσέειπε πολύτλας δῖος Ὀδυσσεύς·
„Ἀτρεΐδη κύδιστε, ἄναξ ἀνδρῶν Ἀγάμεμνον,
κεῖνός γ᾽ οὐκ ἐθέλει σβέσσαι χόλον, ἀλλ᾽ ἔτι μᾶλλον
πιμπλάνεται μένεος, σὲ δ᾽ ἀναίνεται ἠδὲ σὰ δῶρα.
αὐτόν σε φράζεσθαι ἐν Ἀργείοισιν ἄνωγεν
ὅππως κεν νῆάς τε σαῶις καὶ λαὸν Ἀχαιῶν·
αὐτὸς δ᾽ ἠπείλησεν ἅμ᾽ ἠοῖ φαινομένηφι
νῆας ἐϋσσέλμους ἅλαδ᾽ ἑλκέμεν ἀμφιελίσσας.
καὶ δ᾽ ἂν τοῖς ἄλλοισιν ἔφη παραμυθήσασθαι
οἴκαδ᾽ ἀποπλείειν, ἐπεὶ οὐκέτι δήετε τέκμωρ
Ἰλίου αἰπεινῆς· μάλα γάρ ἑθεν εὐρύοπα Ζεὺς
χεῖρα ἑὴν ὑπερέσχε, τεθαρσήκασι δὲ λαοί.
ὣς ἔφατ᾽· εἰσὶ καὶ οἵδε τάδ᾽ εἰπέμεν, οἵ μοι ἕποντο,

Atreus' Sohn, als wär' ich ein ungeachteter Fremdling.
Ihr demnach geht hin, und verkündiget dort die Botschaft.
Denn nicht eher gedenk' ich des Kampfs und der Männerermordung,
Ehe des waltenden Priamos' Sohn, der göttliche Hektor,
Schon die Gezelt' und Schiffe der Myrmidonen erreicht hat,
Argos' Volk hinmordend, und Glut in den Schiffen entflammt.
Doch wird, hoff' ich, bei meinem Gezelt und dunkelen Schiffe
Hektor, wie eifrig er ist, sich wohl enthalten des Kampfes.
　Jener sprach's; und jeglicher nahm den doppelten Becher,
Sprengt', und ging zu den Schiffen gewandt; sie führet' Odysseus.
Aber Patroklos befahl den Genossen umher und den Mägden,
Phönix ein wärmendes Bett zu beschleunigen, ohne Verweilen.
Ihm gehorchten die Mägd' und breiteten emsig das Lager,
Wollige Vlies', und die Deck', und der Leinwand zarteste Blume.
Dort nun ruhte der Greis, die heilige Früh' erwartend.
Aber Achilleus schlief im innern Gemach des Gezeltes,
Und ihm ruhte zur Seit' ein rosenwangiges Mägdlein,
Das er in Lemnos gewann, des Forbas Kind, Diomede.
Auch Patroklos legt' ihm entgegen sich, aber zur Seit' ihm
Iphis hold und geschmückt, die der Peleion' ihm geschenket,
Als er Skyros bezwang, die erhabene Stadt des Enyeus.
　Jene, nachdem sie erreicht die Kriegsgezelt' Agamemnons,
Grüßte mit goldenen Bechern die Schar der edlen Achaier,
Andere anderswoher entgegeneilend und fragend.
Aber zuerst erforschte der Völkerfürst Agamemnon:
　Sprich, preisvoller Odysseus, erhabener Ruhm der Achaier,
Will er vielleicht abwehren die feindliche Glut von den Schiffen?
Oder versagt er und nähret den Zorn des erhabenen Herzens?
　Ihm antwortete drauf der herrliche Dulder Odysseus:
Atreus' Sohn, Ruhmvoller, du Völkerfürst Agamemnon,
Noch will jener den Zorn nicht bändigen, sondern nur höher
Schwillt ihm der Mut; dein achtet er nicht, noch deiner Geschenke.
Selber heißer er dich mit Argos' Söhnen erwägen,
Wie du die Schiffe zu retten vermögst und das Volk der Achaier.
Aber er selber droht, sobald der Morgen sich rötet,
Nieder ins Meer zu ziehen die schöngebordeten Schiffe.
Auch den übrigen möcht' er ein ratsames Wort zureden,
Heim in den Schiffen zu gehn: nie findet ihr doch der erhabnen
Ilios Untergang, denn der waltende Zeus Kronion
Deckt sie mit schirmender Hand, und mutvoll trotzen die Völker.
Also sprach er; auch diese bezeugen es, welche mir folgten,

Αἴας καὶ κήρυκε δύω, πεπνυμένω ἄμφω.
Φοῖνιξ δ' αὖθ' ὁ γέρων κατελέξατο, ὣς γὰρ ἀνώγει,
ὄφρά οἱ ἐν νήεσσι φίλην ἐς πατρίδ' ἕπηται
αὔριον, ἢν ἐθέληισιν· ἀνάγκηι δ' οὔ τί μιν ἄξει."
ὣς ἔφαθ', οἱ δ' ἄρα πάντες ἀκὴν ἐγένοντο σιωπῆι
μῦθον ἀγασσάμενοι· μάλα γὰρ κρατερῶς ἀγόρευσε.
δὴν δ' ἄνεῳ ἦσαν τετιηότες υἷες Ἀχαιῶν·
ὀψὲ δὲ δὴ μετέειπε βοὴν ἀγαθὸς Διομήδης·
„Ἀτρεΐδη κύδιστε, ἄναξ ἀνδρῶν Ἀγάμεμνον,
μὴ ὄφελες λίσσεσθαι ἀμύμονα Πηλεΐωνα,
μυρία δῶρα διδούς· ὁ δ' ἀγήνωρ ἐστὶ καὶ ἄλλως·
νῦν αὖ μιν πολὺ μᾶλλον ἀγηνορίηισιν ἐνῆκας.
ἀλλ' ἤτοι κεῖνον μὲν ἐάσομεν, ἤ κεν ἴηισιν,
ἤ κε μένηι· τότε δ' αὖτε μαχήσεται, ὁππότε κέν μιν
θυμὸς ἐνὶ στήθεσσιν ἀνώγηι καὶ θεὸς ὄρσηι.
ἀλλ' ἄγεθ', ὡς ἂν ἐγὼ εἴπω, πειθώμεθα πάντες·
νῦν μὲν κοιμήσασθε τεταρπόμενοι φίλον ἦτορ
σίτου καὶ οἴνοιο· τὸ γὰρ μένος ἐστὶ καὶ ἀλκή·
αὐτὰρ ἐπεί κε φανῆι καλὴ ῥοδοδάκτυλος Ἠώς,
καρπαλίμως πρὸ νεῶν ἐχέμεν λαόν τε καὶ ἵππους
ὀτρύνων, καὶ δ' αὐτὸς ἐνὶ πρώτοισι μάχεσθαι."
ὣς ἔφαθ', οἱ δ' ἄρα πάντες ἐπῄνησαν βασιλῆες,
μῦθον ἀγασσάμενοι Διομήδεος ἱπποδάμοιο.
καὶ τότε δὴ σπείσαντες ἔβαν κλισίην δὲ ἕκαστος,
ἔνθα δὲ κοιμήσαντο καὶ ὕπνου δῶρον ἕλοντο.

Ajas und beid' Herolde zugleich, die verständigen Männer.
Phönix der Greis, blieb dort, und legte sich; denn so gebot er:
Daß er mit ihm heimschiffe zum lieben Lande der Väter
Morgen, wenn's ihm gefällt; denn nicht aus Zwang soll er mitgehn.
Jener sprach's; doch alle verstummten umher, und schwiegen,
Hoch das Wort anstaunend; denn kraftvoll hatt' er geredet.
Lange saßen verstummt die bekümmerten Männer Achaias.
Endlich begann vor ihnen der Rufer im Streit Diomedes:
Atreus' Sohn, Ruhmvoller, du Völkerfürst Agamemnon,
Hättest du nie doch gefleht dem untadligen Peleionen,
Reiche Geschenk' ihm verheißend! Denn stolz ist jener ja so schon;
Und nun hast du noch mehr im stolzen Sinn ihn bekräftigt.
Doch fürwahr ich denke, wir lassen ihn, ob er hinweggeht
Oder bleibt. Dann wird er zur Feldschlacht wieder mit ausziehn,
Wann sein Herz im Busen gebeut, und ein Gott ihn erreget.
Aber wohlan, wie ich rede das Wort, so gehorchet mir alle.
Jetzo geht zur Ruhe, nachdem ihr das Herz euch erfreuet
Nährender Kost und Weines, denn Kraft ist solches und Stärke.
Aber sobald nun Eos mit Rosenfingern emporstrahlt;
Ordne du schnell vor den Schiffen die Reisigen so wie das Fußvolk,
Muntre sie auf, und kühn mit den vordersten kämpfe du selber.
Jener sprach's, und umher die Könige riefen ihm Beifall,
Hoch das Wort anstaunend von Tydeus' Sohn Diomedes.
Als sie des Tranks nun gesprengt, da kehrten sie heim in die Zelte,
Jeder ruhete dort und empfing die Gabe des Schlafes.

ΙΛΙΑΔΟΣ Κ

Δολώνεια.

Ἄλλοι μὲν παρὰ νηυσὶν ἀριστῆες Παναχαιῶν
εὗδον παννύχιοι, μαλακῶι δεδμημένοι ὕπνωι·
ἀλλ' οὐκ Ἀτρεΐδην Ἀγαμέμνονα, ποιμένα λαῶν,
ὕπνος ἔχε γλυκερὸς πολλὰ φρεσὶν ὁρμαίνοντα.
ὡς δ' ὅτ' ἂν ἀστράπτηι πόσις Ἥρης ἠϋκόμοιο,
τεύχων ἢ πολὺν ὄμβρον ἀθέσφατον ἠὲ χάλαζαν
ἢ νιφετόν, ὅτε πέρ τε χιὼν ἐπάλυνεν ἀρούρας,
ἠέ ποθι πτολέμοιο μέγα στόμα πευκεδανοῖο,
ὣς πυκίν' ἐν στήθεσσιν ἀνεστενάχιζ' Ἀγαμέμνων
νειόθεν ἐκ κραδίης, τρομέοντο δέ οἱ φρένες ἐντός.
ἤτοι ὅτ' ἐς πεδίον τὸ Τρωϊκὸν ἀθρήσειε,
θαύμαζεν πυρὰ πολλά, τὰ καίετο Ἰλιόθι πρό,
αὐλῶν συρίγγων τ' ἐνοπὴν ὅμαδόν τ' ἀνθρώπων.
αὐτὰρ ὅτ' ἐς νῆάς τε ἴδοι καὶ λαὸν Ἀχαιῶν,
πολλὰς ἐκ κεφαλῆς προθελύμνους ἕλκετο χαίτας
ὑψόθ' ἐόντι Διί, μέγα δ' ἔστενε κυδάλιμον κῆρ.
ἥδε δέ οἱ κατὰ θυμὸν ἀρίστη φαίνετο βουλή,
Νέστορ' ἔπι πρῶτον Νηλήϊον ἐλθέμεν ἀνδρῶν,
εἴ τινά οἱ σὺν μῆτιν ἀμύμονα τεκτήναιτο,
ἥ τις ἀλεξίκακος πᾶσιν Δαναοῖσι γένοιτο.
ὀρθωθεὶς δ' ἔνδυνε περὶ στήθεσσι χιτῶνα,
ποσσὶ δ' ὑπὸ λιπαροῖσιν ἐδήσατο καλὰ πέδιλα,
ἀμφὶ δ' ἔπειτα δαφοινὸν ἑέσσατο δέρμα λέοντος
αἴθωνος μεγάλοιο ποδηνεκές, εἵλετο δ' ἔγχος.
 ὣς δ' αὔτως Μενέλαον ἔχε τρόμος – οὐδὲ γὰρ αὐτῶι
ὕπνος ἐπὶ βλεφάροισιν ἐφίζανε – μή τι πάθοιεν
Ἀργεῖοι, τοὶ δὴ ἕθεν εἵνεκα πουλὺν ἐφ' ὑγρὴν
ἤλυθον ἐς Τροίην πόλεμον θρασὺν ὁρμαίνοντες.
παρδαλέηι μὲν πρῶτα μετάφρενον εὐρὺ κάλυψε
ποικίληι, αὐτὰρ ἐπὶ στεφάνην κεφαλῆφιν ἀείρας
θήκατο χαλκείην, δόρυ δ' εἵλετο χειρὶ παχείηι.
βῆ δ' ἴμεν ἀνστήσων ὃν ἀδελφεόν, ὃς μέγα πάντων
Ἀργείων ἤνασσε, θεὸς δ' ὣς τίετο δήμωι.

ZEHNTER GESANG

Der schlaflose Agamemnon und Menelaos wecken die Fürsten. Sie sehn nach der Wache, und besprechen sich am Graben. Diomedes und Odysseus, auf Kundschaft ausgehend, ergreifen und töten den Dolon, welchen Hektor zum Spähen gesandt. Von ihm belehrt, töten sie im troischen Lager den neugekommenen Rhesos mit zwölf Thrakiern, und entführen des Rhesos' Rosse.

Alle sonst bei den Schiffen, die edleren Helden Achaias,
Schliefen die ganze Nacht, von sanftem Schlummer gefesselt;
Nur nicht Atreus' Sohne, dem Hirten des Volks Agamemnon,
Nahte der süße Schlaf, da vieles im Geist er bewegte.
Wie wenn der Donnerer blitzt, der Gemahl der lockigen Here,
Vielen Regen bereitend, unendlichen, oder auch Hagel,
Oder ein Schneegestöber, das weiß die Gefilde bedecket,
Oder des Kriegs weit offenen Schlund, des bitteren Unheils:
So vielfältig erseufzt' im Innersten nun Agamemnon
Tief aus dem Herzen empor, und Angst durchbebte die Brust ihm.
Siehe so oft er das Feld, das troische, weit umschaute;
Staunt' er über die Feuer, wie viel' vor Ilios brannten,
Über der Flöten und Pfeifen Getön, und der Menschen Getümmel.
Aber so oft zu den Schiffen er sah und dem Volk der Achaier;
Viel alsdann aus dem Haupt mit den Wurzeln rauft' er sich Haare,
Hoch aufflehend zu Zeus; und das edele Herz ihm durchdrang Weh.
Dieser Gedank' erschien dem Zweifelnden endlich der beste:
Erst zu Nestor zu gehn, dem neleiadischen König;
Ob er mit jenem vielleicht unsträflichen Rat aussönne,
Welcher das Bös' abwehrte von allem Volk der Achaier.
Aufrecht nun umhüllt' er die Brust mit wolligem Leibrock;
Unter die glänzenden Füß' auch band er sich stattliche Sohlen;
Warf dann das blutige Fell des gewaltigen Leun um die Schultern,
Falb und groß, das die Knöchel erreicht', und faßte die Lanze.
So auch war Menelaos in bebender Angst, und niemals
Ruht' ihm Schlaf auf den Augen, dem Sinnenden, was doch verhängt sei
Argos' tapferem Volk, das um ihn durch weites Gewässer
Kam in der Troer Gefild', unverdrossenem Streite sich bietend.
Erst nun ein Pardelvlies um den breiten Rücken sich hüllt' er,
Zottig und buntgefleckt, dann barg er das Haupt in des Helmes
Ehernen Schirm, und faßte den Speer mit nervichter Rechte.
Schnell dann ging er zu wecken den herrschenden Bruder, der mächtig
Allen Achaiern gebot, wie ein Gott im Volke geehret.

τὸν δ᾽ εὗρ᾽ ἀμφ᾽ ὤμοισι τιθήμενον ἔντεα καλὰ
νηῒ πάρα πρύμνηι· τῶι δ᾽ ἀσπάσιος γένετ᾽ ἐλθών.
τὸν πρότερος προσέειπε βοὴν ἀγαθὸς Μενέλαος·
„ τίφθ᾽ οὕτως, ἠθεῖε, κορύσσεαι; ἦ τιν᾽ ἑταίρων
ὀτρυνέεις Τρώεσσιν ἐπίσκοπον; ἀλλὰ μάλ᾽ αἰνῶς
δείδω μὴ οὔ τίς τοι ὑπόσχηται τόδε ἔργον,
ἄνδρας δυσμενέας σκοπιαζέμεν οἶος ἐπελθὼν
νύκτα δι᾽ ἀμβροσίην· μάλα τις θρασυκάρδιος ἔσται.“
τὸν δ᾽ ἀπαμειβόμενος προσέφη κρείων Ἀγαμέμνων·
„ χρεὼ βουλῆς ἐμὲ καὶ σέ, διοτρεφὲς ὦ Μενέλαε,
κερδαλέης, ἥ τίς κεν ἐρύσσεται ἠδὲ σαώσει
Ἀργείους καὶ νῆας, ἐπεὶ Διὸς ἐτράπετο φρήν.
Ἑκτορέοις ἄρα μᾶλλον ἐπὶ φρένα θῆχ᾽ ἱεροῖσιν·
οὐ γάρ πω ἰδόμην, οὐδ᾽ ἔκλυον αὐδήσαντος,
ἄνδρ᾽ ἕνα τοσσάδε μέρμερ᾽ ἐπ᾽ ἤματι μητίσασθαι,
ὅσσ᾽ Ἕκτωρ ἔρρεξε Διῒ φίλος υἷας Ἀχαιῶν,
αὔτως, οὔτε θεᾶς υἱὸς φίλος οὔτε θεοῖο.
ἔργα δ᾽ ἔρεξ᾽ ὅσα φημὶ μελησέμεν Ἀργείοισι
δηθά τε καὶ δολιχόν· τόσα γὰρ κακὰ μήσατ᾽ Ἀχαιούς.
ἀλλ᾽ ἴθι νῦν Αἴαντα καὶ Ἰδομενῆα κάλεσσον
ῥίμφα θέων παρὰ νῆας· ἐγὼ δ᾽ ἐπὶ Νέστορα δῖον
εἶμι, καὶ ὀτρυνέω ἀνστήμεναι, αἴ κ᾽ ἐθέληισιν
ἐλθεῖν ἐς φυλάκων ἱερὸν τέλος ἠδ᾽ ἐπιτεῖλαι.
κείνωι γάρ κε μάλιστα πιθοίατο· τοῖο γὰρ υἱὸς
σημαίνει φυλάκεσσι, καὶ Ἰδομενῆος ὀπάων
Μηριόνης· τοῖσιν γὰρ ἐπετράπομέν γε μάλιστα.“
τὸν δ᾽ ἠμείβετ᾽ ἔπειτα βοὴν ἀγαθὸς Μενέλαος·
„ πῶς γάρ μοι μύθωι ἐπιτέλλεαι ἠδὲ κελεύεις;
αὖθι μένω μετὰ τοῖσι, δεδεγμένος εἰς ὅ κεν ἔλθηις,
ἦε θέω μετὰ σ᾽ αὖτις, ἐπὴν εὖ τοῖς ἐπιτείλω;“
τὸν δ᾽ αὖτε προσέειπεν ἄναξ ἀνδρῶν Ἀγαμέμνων,
„ αὖθι μένειν, μή πως ἀβροτάξομεν ἀλλήλοιιν
ἐρχομένω· πολλαὶ γὰρ ἀνὰ στρατόν εἰσι κέλευθοι.
φθέγγεο δ᾽ ἧι κεν ἴησθα, καὶ ἐγρήγορθαι ἄνωχθι,
πατρόθεν ἐκ γενεῆς ὀνομάζων ἄνδρα ἕκαστον,
πάντας κυδαίνων· μηδὲ μεγαλίζεο θυμῶι,
ἀλλὰ καὶ αὐτοί περ πονεώμεθα· ὧδέ που ἄμμι
Ζεὺς ἐπὶ γιγνομένοισιν ἵει κακότητα βαρεῖαν.“
ὣς εἰπὼν ἀπέπεμπεν ἀδελφεὸν εὖ ἐπιτείλας·
αὐτὰρ ὁ βῆ ῥ᾽ ἰέναι μετὰ Νέστορα, ποιμένα λαῶν·
τὸν δ᾽ εὗρεν παρά τε κλισίηι καὶ νηῒ μελαίνηι

Ihn nun fand er, die Schultern mit strahlender Rüstung sich deckend,
Hinten am dunkelen Schiff, und herzlich erwünscht ihm erschien er.
Jetzo begann zuerst der Rufer im Streit Menelaos:
Warum wappnest du dich, mein Älterer? Soll zu den Troern
Dir hingehen ein Freund, zu erkundigen? Aber ich fürchte
Sehr im Geist, daß keiner zu solcher Tat sich erbiete,
Hin zum feindlichen Heer als Spähender einsam zu wandeln
Durch die ambrosische Nacht; der müßt' ein entschlossener Mann sein!
Gegen ihn rief antwortend der Völkerfürst Agamemnon:
Rat bedürfen wir beide, du Göttlicher, o Menelaos,
Wohl ersonnenen Rat, der Sicherheit schaff' und Errettung
Argos' Volk und den Schiffen, dieweil Zeus' Herz sich gewandt hat.
Wahrlich zu Hektors Opfer hat mehr sein Herz er geneiget!
Denn nie sah ich vordem, noch höret ich je erzählen,
Daß der Wunder so viel ein Mann am Tage vollendet,
Als nun Hektor getan, Zeus' Liebling, am Volk der Achaier,
Selber für sich, obzwar nicht Gott ihn zeugte noch Göttin.
Aber er tat, des wahrlich mit Schmerz die Argeier gedenken,
Spät und lange hinfort; so häuft' er das Weh den Achaiern!
Eile mir, Ajas nun und Idomeneus herzurufen,
Hurtiges Laufs zu den Schiffen, weil ich zum göttlichen Nestor
Wandl' und aufzustehn ihn ermuntere; ob er geneigt sei,
Hin zur heiligen Schar der Wächter zu gehn, und zu ordnen.
Ihm gehorchen sie wohl am freudigsten; denn sein Sohn ist
Führer der Hut mit Meriones dort, des kretischen Königs
Waffenfreund; denn diesen vertraueten wir sie am meisten.
Ihm antwortete drauf der Rufer im Streit Menelaos:
Was denn ist dein Will' und die Absicht deines Gebotes?
Bleib' ich dort mit jenen, und warte dein, bis du hinkommst?
Oder lauf' ich dir nach, sobald ich's jenen verkündigt?
Wiederum antwortete drauf Agamemnon der Herrscher:
Bleibe dort; vielleicht verfehlten wir sonst einander
Irrend in Nacht, denn viel' durchkreuzen ja Wege das Lager.
Rufe, wohin du gehst, und ermuntere rings zu wachen,
Jeglichen Mann nach Geschlecht mit Vaternamen benennend,
Jeglichem Ehr' erweisend, und nicht erhebe dich vornehm.
Laß uns vielmehr arbeiten wie andere! Also verhängt' es
Zeus bei unsrer Geburt, dies lastende Weh uns bereitend!
Jener sprach's, und entsandte den wohl ermahneten Bruder;
Eilete dann, um Nestor den Völkerhirten zu wecken.
Diesen fand er dort am Gezelt und dunkelen Schiffe,

εὐνῆι ἔνι μαλακῆι· παρὰ δ' ἔντεα ποικίλ' ἔκειτο,
ἀσπὶς καὶ δύο δοῦρε φαεινή τε τρυφάλεια.
πὰρ δὲ ζωστὴρ κεῖτο παναίολος, ὧι ῥ' ὁ γεραιὸς
ζώννυθ', ὅτ' ἐς πόλεμον φθισήνορα θωρήσσοιτο
λαὸν ἄγων, ἐπεὶ οὐ μὲν ἐπέτρεπε γήραϊ λυγρῶι.
ὀρθωθεὶς δ' ἄρ' ἐπ' ἀγκῶνος, κεφαλὴν ἐπαείρας,
Ἀτρεΐδην προσέειπε καὶ ἐξερεείνετο μύθωι·
„ τίς δ' οὗτος κατὰ νῆας ἀνὰ στρατὸν ἔρχεαι οἶος
νύκτα δι' ὀρφναίην, ὅτε θ' εὕδουσι βροτοὶ ἄλλοι,
ἠέ τιν' οὐρήων διζήμενος, ἤ τιν' ἑταίρων;
φθέγγεο, μηδ' ἀκέων ἐπ' ἔμ' ἔρχεο· τίπτε δέ σε χρεώ;"
  τὸν δ' ἠμείβετ' ἔπειτα ἄναξ ἀνδρῶν Ἀγαμέμνων·
„ ὦ Νέστορ Νηληϊάδη, μέγα κῦδος Ἀχαιῶν,
γνώσεαι Ἀτρεΐδην Ἀγαμέμνονα, τὸν περὶ πάντων
Ζεὺς ἐνέηκε πόνοισι διαμπερές, εἰς ὅ κ' ἀϋτμὴ
ἐν στήθεσσι μένηι καί μοι φίλα γούνατ' ὀρώρηι.
πλάζομαι ὧδ', ἐπεὶ οὔ μοι ἐπ' ὄμμασι νήδυμος ὕπνος
ἱζάνει, ἀλλὰ μέλει πόλεμος καὶ κήδε' Ἀχαιῶν.
αἰνῶς γὰρ Δαναῶν περιδείδια, οὐδέ μοι ἦτορ
ἔμπεδον, ἀλλ' ἀλαλύκτημαι, κραδίη δέ μοι ἔξω
στηθέων ἐκθρώισκει, τρομέει δ' ὑπὸ φαίδιμα γυῖα.
ἀλλ' εἴ τι δραίνεις, ἐπεὶ οὐδὲ σέ γ' ὕπνος ἱκάνει,
δεῦρ' ἐς τοὺς φύλακας καταβήομεν, ὄφρα ἴδωμεν,
μὴ τοὶ μὲν καμάτωι ἀδηκότες ἠδὲ καὶ ὕπνωι
κοιμήσωνται, ἀτὰρ φυλακῆς ἐπὶ πάγχυ λάθωνται.
δυσμενέες δ' ἄνδρες σχεδὸν εἵαται· οὐδέ τι ἴδμεν
μή πως καὶ διὰ νύκτα μενοινήσωσι μάχεσθαι."
  τὸν δ' ἠμείβετ' ἔπειτα Γερήνιος ἱππότα Νέστωρ·
„ Ἀτρεΐδη κύδιστε, ἄναξ ἀνδρῶν Ἀγάμεμνον,
οὔ θην Ἕκτορι πάντα νοήματα μητίετα Ζεὺς
ἐκτελέει, ὅσα πού νυν ἐέλπεται· ἀλλά μιν οἴω
κήδεσι μοχθήσειν καὶ πλείοσιν, εἴ κεν Ἀχιλλεὺς
ἐκ χόλου ἀργαλέοιο μεταστρέψηι φίλον ἦτορ.
σοὶ δὲ μάλ' ἕψομ' ἐγώ· ποτὶ δ' αὖ καὶ ἐγείρομεν ἄλλους,
ἠμὲν Τυδεΐδην δουρὶ κλυτὸν ἠδ' Ὀδυσῆα
ἠδ' Αἴαντα ταχὺν καὶ Φυλέος ἄλκιμον υἱόν.
ἀλλ' εἴ τις καὶ τούσδε μετοιχόμενος καλέσειεν,
ἀντίθεόν τ' Αἴαντα καὶ Ἰδομενῆα ἄνακτα·
τῶν γὰρ νῆες ἔασιν ἑκαστάτω, οὐδὲ μάλ' ἐγγύς.
ἀλλὰ φίλον περ ἐόντα καὶ αἰδοῖον Μενέλαον
νεικέσω, εἴ πέρ μοι νεμεσήσεαι, οὐδ' ἐπικεύσω,

Ruhend im weichen Bett, und neben ihm prangte die Rüstung:
Schild und strahlender Helm, und zwo erzblinkende Lanzen;
Neben ihm prangt' auch der Gurt, der künstliche, welcher den Alten
Gürtete, wann zur mordenden Schlacht er gewappnet einherzog,
Führend das Volk, denn er achtete nicht des traurigen Alters.
Jetzo erhob er das Haupt, auf den Ellenbogen sich stützend,
Rief dem Atreiden zu und fragt' ihn, also beginnend:
Wer bist du, der einsam des Lagers Schiffe durchwandelt,
Jetzt in der finsteren Nacht, da andere Sterbliche schlafen?
Ob du einen der Freund' umhersuchst, oder ein Maultier?
Red', und nahe mir nicht, ein Schweigender! Wessen bedarfst du?
Ihm antwortete drauf der Herrscher des Volks Agamemnon:
Nestor, Neleus' Sohn, du erhabener Ruhm der Achaier,
Kenne doch Atreus' Sohn Agamemnon, welchen vor allen
Zeus in unendlichen Jammer versenkt hat, weil mir der Atem
Meinen Busen noch hebt, und Kraft in den Knieen sich reget.
So nun irr' ich, dieweil kein ruhiger Schlaf mir die Augen
Zuschließt, sondern der Krieg und die Not der Achaier mich kümmert.
Denn ich sorge mit Angst um die Danaer; hin ist der feste
Mut, und alle Besinnung dahin; es entfliegt aus dem Busen
Mir das klopfende Herz, und es zittern mir unten die Glieder!
Aber sinnst du auf Tat, da auch dir nicht nahet der Schlummer,
Laß zu den Hütern nunmehr uns hinabgehn, daß wir erkennen,
Ob sie vielleicht, entkräftet von Kriegsarbeit und Ermüdung,
Sich zum Schlummer gelegt, und ganz der Wache vergessen.
Denn das feindliche Heer ist nah uns; keiner ja weiß es,
Ob nicht selbst in der Nacht sie anzugreifen beschließen.
Ihm antwortete drauf der gerenische reisige Nestor:
Atreus' Sohn, Ruhmvoller, du Völkerfürst Agamemnon,
Nie wird doch dem Hektor ein jeglicher Wunsch von Kronion
Gänzlich erfüllt, den er jetzt sich erträumete; sondern ihn, hoff' ich,
Drängen der Sorgen hinfort noch mehrere, wenn nur Achilleus
Von dem verderblichen Zorn die erhabene Seele gewendet.
Gern begleit' ich dich nun; doch laß uns auch andere wecken:
Tydeus' Sohn, den Schwinger des Speers, und den edlen Odysseus,
Ajas, den Schnellen zugleich, und Phyleus' tapferen Sprößling.
Wenn auch einer geschwind' hinwandelte, jene zu rufen,
Ajas, Telamons Sohn, und Idomeneus, Kretas Beherrscher;
Deren Schiffe ja stehn am fernesten, nicht in der Nähe.
Aber ihn, den geliebten und edlen Freund Menelaos,
Schelt' ich fürwahr, und wiewohl du mir eifertest, nimmer verberg' ich's,

ὡς εὕδει, σοὶ δ᾽ οἴωι ἐπέτρεψεν πονέεσθαι.
νῦν ὄφελεν κατὰ πάντας ἀριστῆας πονέεσθαι
λισσόμενος· χρειὼ γὰρ ἱκάνεται οὐκέτ᾽ ἀνεκτός.“
τὸν δ᾽ αὖτε προσέειπεν ἄναξ ἀνδρῶν Ἀγαμέμνων·
„ ὦ γέρον, ἄλλοτε μέν σε καὶ αἰτιάασθαι ἄνωγα·
πολλάκι γὰρ μεθιεῖ τε καὶ οὐκ ἐθέλει πονέεσθαι,
οὔτ᾽ ὄκνωι εἴκων οὔτ᾽ ἀφραδίηισι νόοιο,
ἀλλ᾽ ἐμέ τ᾽ εἰσορόων καὶ ἐμὴν ποτιδέγμενος ὁρμήν.
νῦν δ᾽ ἐμέο πρότερος μάλ᾽ ἐπέγρετο καί μοι ἐπέστη·
τὸν μὲν ἐγὼ προέηκα καλήμεναι οὓς σὺ μεταλλᾶις.
ἀλλ᾽ ἴομεν· κείνους δὲ κιχησόμεθα πρὸ πυλάων
ἐν φυλάκεσσ᾽, ἵνα γάρ σφιν ἐπέφραδον ἠγερέθεσθαι.“
τὸν δ᾽ ἠμείβετ᾽ ἔπειτα Γερήνιος ἱππότα Νέστωρ·
„ οὕτως οὔ τίς οἱ νεμεσήσεται οὐδ᾽ ἀπιθήσει
Ἀργείων, ὅτε κέν τιν᾽ ἐποτρύνηι καὶ ἀνώγηι.“
ὣς εἰπὼν ἔνδυνε περὶ στήθεσσι χιτῶνα,
ποσσὶ δ᾽ ὑπὸ λιπαροῖσιν ἐδήσατο καλὰ πέδιλα,
ἀμφὶ δ᾽ ἄρα χλαῖναν περονήσατο φοινικόεσσαν
διπλῆν ἐκταδίην, οὔλη δ᾽ ἐπενήνοθε λάχνη.
εἵλετο δ᾽ ἄλκιμον ἔγχος, ἀκαχμένον ὀξέϊ χαλκῶι,
βῆ δ᾽ ἰέναι κατὰ νῆας Ἀχαιῶν χαλκοχιτώνων.
πρῶτον ἔπειτ᾽ Ὀδυσῆα, Διὶ μῆτιν ἀτάλαντον,
ἐξ ὕπνου ἀνέγειρε Γερήνιος ἱππότα Νέστωρ
φθεγξάμενος· τὸν δ᾽ αἶψα περὶ φρένας ἤλυθ᾽ ἰωή,
ἐκ δ᾽ ἦλθε κλισίης καί σφεας πρὸς μῦθον ἔειπε·
„ τίφθ᾽ οὕτω κατὰ νῆας ἀνὰ στρατὸν οἶοι ἀλᾶσθε
νύκτα δι᾽ ἀμβροσίην, ὅ τι δὴ χρειὼ τόσον ἵκει;“
τὸν δ᾽ ἠμείβετ᾽ ἔπειτα Γερήνιος ἱππότα Νέστωρ·
„ διογενὲς Λαερτιάδη, πολυμήχαν᾽ Ὀδυσσεῦ,
μὴ νεμέσα· τοῖον γὰρ ἄχος βεβίηκεν Ἀχαιούς.
ἀλλ᾽ ἕπε᾽, ὄφρα καὶ ἄλλον ἐγείρομεν, ὅν τ᾽ ἐπέοικε
βουλὰς βουλεύειν, ἢ φευγέμεν ἠὲ μάχεσθαι.“
ὣς φάθ᾽, ὁ δὲ κλισίην δὲ κιὼν πολύμητις Ὀδυσσεὺς
ποικίλον ἀμφ᾽ ὤμοισι σάκος θέτο, βῆ δὲ μετ᾽ αὐτούς.
βὰν δ᾽ ἐπὶ Τυδεΐδην Διομήδεα· τὸν δ᾽ ἐκίχανον
ἐκτὸς ἀπὸ κλισίης σὺν τεύχεσιν· ἀμφὶ δ᾽ ἑταῖροι
εὗδον, ὑπὸ κρασὶν δ᾽ ἔχον ἀσπίδας· ἔγχεα δέ σφιν
ὄρθ᾽ ἐπὶ σαυρωτῆρος ἐλήλατο, τῆλε δὲ χαλκὸς
λάμφ᾽ ὥς τε στεροπὴ πατρὸς Διός· αὐτὰρ ὅ γ᾽ ἥρως
εὗδ᾽, ὑπὸ δ᾽ ἔστρωτο ῥινὸν βοὸς ἀγραύλοιο,
αὐτὰρ ὑπὸ κράτεσφι τάπης τετάνυστο φαεινός.

Daß er schläft, und allein dir zugewendet die Arbeit.
Ziemt' es ihm doch, arbeitend die sämtlichen Fürsten Achaias
Anzuflehn; denn die Not umdrängt uns ganz unerträglich!
Wiederum antwortete drauf Agamemnon der Herrscher:
Greis, zu anderer Zeit verstatt' ich dir, jenen zu tadeln;
Denn oft säumt mein Bruder, und geht ungern an die Arbeit,
Nicht von Trägheit besiegt, noch Unverstande des Geistes,
Sondern auf mich herschauend, und mein Beginnen erwartend.
Doch nun wacht' er früher vom Schlaf, und besuchte mich selber;
Und ich sandt' ihn umher, daß er forderte, welche du wünschest.
Gehen wir denn! sie finden wir sicherlich dort bei den Hütern
Außer dem Tor, wo ich ihnen bedeutete, sich zu versammeln.
Ihm antwortete drauf der gerenische reisige Nestor:
So wird kein Achaier hinfort ihm zürnen, noch ungern
Folgen, sobald er einen zur Arbeit treibt und ermuntert.
Dieses gesagt, umhüllt' er die Brust mit wolligem Leibrock:
Unter die glänzenden Füß' auch band er sich stattliche Sohlen;
Um sich schnallt' er darauf den purpurschimmernden Mantel,
Doppelt, und weitgefaltet, umblüht von der Wolle Gekräusel;
Nahm auch die mächtige Lanze, gespitzt mit der Schärfe des Erzes;
Eilte dann längs den Schiffen der erzumschirmten Achaier.
Jetzo zuerst den Odysseus, an Ratschluß gleich dem Kronion,
Weckte der Greis aus dem Schlaf, der gerenische reisige Nestor,
Lautes Rufs; doch jenem erscholl zum Herzen die Stimme;
Und er kam aus dem Zelt und sprach zu ihnen die Worte:
Warum irrt ihr so einsam, des Lagers Schiffe durchwandelnd,
Durch die ambrosische Nacht? Was doch für Not, die euch antreibt?
Ihm antwortete drauf der gerenische reisige Nestor:
Edler Laertiad', erfindungsreicher Odysseus,
Zürne nicht; denn große Bekümmernis drängt die Achaier.
Komm denn, und wecke mit uns noch andere, welchen es ziemet,
Heilsamen Rat zu raten, der Heimkehr, oder des Kampfes.
Jener sprach's; da eilt' ins Gezelt der weise Odysseus,
Warf den prangenden Schild um die Schulter sich, folgte dann jenen.
Schnell nun kamen sie hin, wo Tydeus' Sohn Diomedes
Draußen lag am Gezelt mit den Rüstungen; auch die Genossen
Schliefen umher, auf den Schilden das Haupt, und Jegliches Lanze
Ragt' auf des Schaftes Spitz' emporgerichtet, und fernhin
Strahlte das Erz, wie die Blitze des Donnerers. Aber der Held selbst
Schlummerte, hingestreckt auf die Haut des geweideten Stieres;
Auch war unter dem Haupt ein schimmernder Teppich gebreitet.

τὸν παρστὰς ἀνέγειρε Γερήνιος ἱππότα Νέστωρ,
λὰξ ποδὶ κινήσας, ὄτρυνέ τε νείκεσέ τ' ἄντην·
„ ἔγρεο, Τυδέος υἱέ· τί πάννυχον ὕπνον ἀωτεῖς;
οὐκ ἀΐεις ὡς Τρῶες ἐπὶ θρωσμῶι πεδίοιο
ἥαται ἄγχι νεῶν, ὀλίγος δ' ἔτι χῶρος ἐρύκει;“
ὣς φάθ', ὁ δ' ἐξ ὕπνοιο μάλα κραιπνῶς ἀνόρουσε,
καί μιν φωνήσας ἔπεα πτερόεντα προσηύδα·
„ σχέτλιός ἐσσι, γεραιέ· σὺ μὲν πόνου οὔ ποτε λήγεις.
οὔ νυ καὶ ἄλλοι ἔασι νεώτεροι υἷες Ἀχαιῶν,
οἵ κεν ἔπειτα ἕκαστον ἐγείρειαν βασιλήων
πάντηι ἐποιχόμενοι; σὺ δ' ἀμήχανός ἐσσι γεραιέ.“
τὸν δ' αὖτε προσέειπε Γερήνιος ἱππότα Νέστωρ·
„ ναὶ δὴ ταῦτά γε πάντα, φίλος, κατὰ μοῖραν ἔειπες.
εἰσὶν μέν μοι παῖδες ἀμύμονες, εἰσὶ δὲ λαοὶ
καὶ πολέες, τῶν κέν τις ἐποιχόμενος καλέσειεν·
ἀλλὰ μάλα μεγάλη χρειὼ βεβίηκεν Ἀχαιούς.
νῦν γὰρ δὴ πάντεσσιν ἐπὶ ξυροῦ ἵσταται ἀκμῆς
ἢ μάλα λυγρὸς ὄλεθρος Ἀχαιοῖς ἠὲ βιῶναι.
ἀλλ' ἴθι νῦν Αἴαντα ταχὺν καὶ Φυλέος υἱὸν
ἄνστησον – σὺ γάρ ἐσσι νεώτερος – εἴ μ' ἐλεαίρεις.“
ὣς φάθ', ὁ δ' ἀμφ' ὤμοισιν ἑέσσατο δέρμα λέοντος
αἴθωνος μεγάλοιο ποδηνεκές, εἵλετο δ' ἔγχος.
βῆ δ' ἰέναι, τοὺς δ' ἔνθεν ἀναστήσας ἄγεν ἥρως.
οἱ δ' ὅτε δὴ φυλάκεσσιν ἐν ἀγρομένοισιν ἔμιχθεν,
οὐδὲ μὲν εὕδοντας φυλάκων ἡγήτορας εὗρον,
ἀλλ' ἐγρηγορτὶ σὺν τεύχεσιν ἥατο πάντες.
ὡς δὲ κύνες περὶ μῆλα δυσωρήσωνται ἐν αὐλῆι
θηρὸς ἀκούσαντες κρατερόφρονος, ὅς τε καθ' ὕλην
ἔρχηται δι' ὄρεσφι· πολὺς δ' ὀρυμαγδὸς ἐπ' αὐτῶι
ἀνδρῶν ἠδὲ κυνῶν, ἀπό τέ σφισιν ὕπνος ὄλωλεν·
ὣς τῶν νήδυμος ὕπνος ἀπὸ βλεφάροιιν ὀλώλει
νύκτα φυλασσομένοισι κακήν· πεδίον δὲ γὰρ αἰεὶ
τετράφαθ', ὁππότ' ἐπὶ Τρώων ἀΐοιεν ἰόντων.
τοὺς δ' ὁ γέρων γήθησεν ἰδὼν θάρσυνέ τε μύθωι
καί σφεας φωνήσας ἔπεα πτερόεντα προσηύδα·
„ οὕτω νῦν, φίλα τέκνα, φυλάσσετε· μηδέ τιν' ὕπνος
αἱρείτω, μὴ χάρμα γενώμεθα δυσμενέεσσιν.“
ὣς εἰπὼν τάφροιο διέσσυτο· τοὶ δ' ἅμ' ἕποντο
Ἀργείων βασιλῆες, ὅσοι κεκλήατο βουλήν.
τοῖς δ' ἅμα Μηριόνης καὶ Νέστορος ἀγλαὸς υἱὸς
ἤϊσαν· αὐτοὶ γὰρ κάλεον συμμητιάασθαι.

Nahend weckt' ihn vom Schlaf der gerenische reisige Nestor,
Rührend den Fuß mit der Fers', und ermuntert' ihn, scheltend ins Antlitz:
Wache doch, Tydeus' Sohn! Was schlummerst du ruhig die Nacht durch?
Hörtest du nicht, wie die Troer sich dort auf dem Hügel des Feldes
Lagerten, nahe den Schiffen, und weniger Raum sie entfernet?
Also der Greis; doch schleunig erstand aus dem Schlaf Diomedes;
Und er begann zu jenem, und sprach die geflügelten Worte:
Allzu emsiger Greis, du ruhst auch nimmer von Arbeit!
Sind nicht andere noch und jüngere Männer Achaias,
Welchen es mehr obläge, der Könige jeden zu wecken,
Rings durchwandelnd das Heer? Du übertreibst es, o Alter!
Ihm antwortete drauf der gerenische reisige Nestor:
Wahrlich, o Freund, du hast wohlziemende Worte geredet.
Selber hab' ich ja Söhn', und treffliche, hab' auch der Völker
Sonst genug, daß mir einer umhergehn könnte zu rufen.
Aber viel zu große Bekümmernis drängt die Achaier!
Denn nun steht es allein fürwahr auf der Schärfe des Messers:
Schmählicher Untergang den Achaiern, oder auch Leben!
Auf denn, Ajas den Schnellen, und Phyleus' tapferen Sprößling,
Wecke vom Schlaf, du bist ja der jüngere, daurt dich mein Alter.
Sprach's; und sogleich warf jener das Löwenfell um die Schultern,
Falb und groß, das die Knöchel erreicht', und faßte die Lanze;
Hin dann eilte der Held, und erweckt' und brachte die andern.
Als sie nunmehr der Hüter versammelte Scharen erreichten,
Fanden sie auch nicht schlafen die edelen Führer der Scharen;
Sondern munter und wach mit den Rüstungen saßen sie alle.
So wie die Hund' unruhig die Schaf' im Gehege bewachen,
Hörend das Wutgebrüll des Untiers, das aus der Waldung
Herkommt durch das Gebirg', umtönt von lautem Getümmel
Treibender Männer und Hund'; entflohn ist ihnen der Schlummer:
Also entfloh auch jenen der süße Schlaf von den Wimpern,
Welche die Nacht durchwachten, die schreckliche, stets nach dem Felde
Hingewandt, ob sie etwa die kommenden Troer vernähmen.
Diese sah mit Freude der Greis, und redete Stärkung;
Und er begann zu ihnen, und sprach die geflügelten Worte:
Recht so, trauteste Kinder, seid wachsam, keinen besiege
Nun der Schlaf, daß nicht zur Freude wir werden den Feinden!
Jener sprach's; und den Graben durcheilet' er, aber ihm folgten
Argos' Könige nach, so viel' zum Rat sich versammelt.
Auch Meriones folgt', und Nestors edler Erzeugter,
Ihnen zugleich; denn sie selber beriefen sie mit zur Beratung.

τάφρον δ' ἐκδιαβάντες ὀρυκτὴν ἑδριόωντο
ἐν καθαρῶι, ὅθι δὴ νεκύων διεφαίνετο χῶρος
πιπτόντων· ὅθεν αὖτις ἀπετράπετ' ὄβριμος Ἕκτωρ
ὀλλὺς Ἀργείους, ὅτε δὴ περὶ νὺξ ἐκάλυψεν.
ἔνθα καθεζόμενοι ἔπε' ἀλλήλοισι πίφαυσκον·
τοῖσι δὲ μύθων ἦρχε Γερήνιος ἱππότα Νέστωρ·
„ ὦ φίλοι, οὐκ ἂν δή τις ἀνὴρ πεπίθοιθ' ἑῶι αὐτοῦ
θυμῶι τολμήεντι μετὰ Τρῶας μεγαθύμους
ἐλθεῖν, εἴ τινά που δηΐων ἕλοι ἐσχατόωντα,
ἤ τινά που καὶ φῆμιν ἐνὶ Τρώεσσι πύθοιτο,
ἅσσά τε μητιόωσι μετὰ σφίσιν, ἢ μεμάασιν
αὖθι μένειν παρὰ νηυσὶν ἀπόπροθεν, ἦε πόλινδε
ἂψ ἀναχωρήσουσιν, ἐπεὶ δαμάσαντό γ' Ἀχαιούς.
ταῦτά κε πάντα πύθοιτο, καὶ ἂψ εἰς ἡμέας ἔλθοι
ἀσκηθής· μέγα κέν οἱ ὑπουράνιον κλέος εἴη
πάντας ἐπ' ἀνθρώπους, καί οἱ δόσις ἔσσεται ἐσθλή·
ὅσσοι γὰρ νήεσσιν ἐπικρατέουσιν ἄριστοι,
τῶν πάντων οἱ ἕκαστος ὄϊν δώσουσι μέλαιναν
θῆλυν ὑπόρρηνον· τῆι μὲν κτέρας οὐδὲν ὁμοῖον,
αἰεὶ δ' ἐν δαίτηισι καὶ εἰλαπίνηισι παρέσται."
ὣς ἔφαθ', οἱ δ' ἄρα πάντες ἀκὴν ἐγένοντο σιωπῆι.
τοῖσι δὲ καὶ μετέειπε βοὴν ἀγαθὸς Διομήδης·
„ Νέστορ, ἔμ' ὀτρύνει κραδίη καὶ θυμὸς ἀγήνωρ
ἀνδρῶν δυσμενέων δῦναι στρατὸν ἐγγὺς ἐόντων,
Τρώων· ἀλλ' εἴ τίς μοι ἀνὴρ ἅμ' ἕποιτο καὶ ἄλλος,
μᾶλλον θαλπωρὴ καὶ θαρσαλεώτερον ἔσται.
σύν τε δύ' ἐρχομένω, καί τε πρὸ ὃ τοῦ ἐνόησεν
ὅππως κέρδος ἔηι· μοῦνος δ' εἴ πέρ τε νοήσηι
ἀλλά τέ οἱ βράσσων τε νόος, λεπτὴ δέ τε μῆτις."
ὣς ἔφαθ', οἱ δ' ἔθελον Διομήδεϊ πολλοὶ ἕπεσθαι.
ἠθελέτην Αἴαντε δύω, θεράποντες Ἄρηος,
ἤθελε Μηριόνης, μάλα δ' ἤθελε Νέστορος υἱός,
ἤθελε δ' Ἀτρεΐδης δουρικλειτὸς Μενέλαος,
ἤθελε δ' ὁ τλήμων Ὀδυσεὺς καταδῦναι ὅμιλον
Τρώων· αἰεὶ γάρ οἱ ἐνὶ φρεσὶ θυμὸς ἐτόλμα.
τοῖσι δὲ καὶ μετέειπεν ἄναξ ἀνδρῶν Ἀγαμέμνων·
„ Τυδεΐδη Διόμηδες, ἐμῶι κεχαρισμένε θυμῶι,
τὸν μὲν δὴ ἕταρόν γ' αἱρήσεαι, ὅν κ' ἐθέλησθα,
φαινομένων τὸν ἄριστον, ἐπεὶ μεμάασί γε πολλοί.
μηδὲ σύ γ' αἰδόμενος σῆισι φρεσὶ τὸν μὲν ἀρείω
καλλείπειν, σὺ δὲ χείρον' ὀπάσσεαι αἰδοῖ εἴκων,

Jetzt nachdem sie den Graben durchwandelten, setzten sich alle,
Wo noch rein das Gefild' aus umliegenden Leichen hervorschien;
Dort wo der stürmende Hektor sich wendete von der Argeier
Blutigem Mord', als schon die finstere Nacht sie umhüllte:
Dort nun setzten sich jen', und redeten untereinander.
Also begann das Gespräch der gerenische reisige Nestor:
Freund', o möcht nicht jetzt ein Mann vertrauen der Kühnheit
Seines entschlossenen Muts, zu den edelmütigen Troern
Hinzugehn? ob er einen der äußersten etwa erhaschte,
Oder vielleicht ein Gespräch der feindlichen Männer behorchte,
Was sie jetzo im Rat abredeten: ob sie gedenken,
Fern allhier zu bleiben von Ilios, oder zur Stadt nun
Heim von den Schiffen zu kehren, nachdem sie besiegt die Achaier.
Dieses erforscht' er alles vielleicht, und kehrte zu uns dann
Unverletzt; groß wäre der Ruhm ihm unter dem Himmel
Rings in der Menschen Geschlecht, auch lohnten ihm edle Geschenke.
Denn so viel den Schiffen umher gebieten der Herrscher,
Deren sollt' ein jeder ein schwarzes Schaf ihm verehren,
Samt dem saugenden Lamm; kein Eigentum wär' ihm vergleichbar;
Auch zu jeglichem Fest und Gastmahl würd' er geladen.
Jener sprach's; doch alle verstummten umher, und schwiegen.
Jetzo begann vor ihnen der Rufer im Streit Diomedes:
Nestor, mich reizt mein Mut und das Herz voll freudiger Kühnheit,
Einzugehn in das Heer der nahe gelagerten Troer.
Doch wenn ein anderer Mann zugleich mir folgte, dann wäre
Mehr der Zuversicht, und des unerschrockenen Mutes.
Wo zween wandeln zugleich, da bemerkt der ein' und der andre
Schneller, was heilsam sei; doch der einzelne, ob er bemerket,
Ist doch langsamer stets sein Sinn, und schwach die Entschließung.
Jener sprach's; und viel' erboten sich schnell dem Tydeiden:
Willig waren die Ajas zugleich, die Genossen des Ares;
Willig Meriones auch, sehr willig der Sohn des Nestor,
Willig der Atreione, der Schwinger des Speers Menelaos,
Willig war auch Odysseus, der Duldende, unter die Troer
Einzugehn; denn er trug ein wagendes Herz in dem Busen.
Jetzo begann vor ihnen der Völkerfürst Agamemnon:
Tydeus' Sohn Diomedes, du meiner Seele Geliebter,
Selbst nunmehr zum Genossen erwähle dir, welchen du wünschest,
Aller umher den besten, dieweil so viele bereit sind.
Doch nicht täusche das Herz die Ehrfurcht, daß du den bessern
Übergehst, und den schlechtern aus blöder Scheu dir gesellest,

ἐς γενεὴν ὁρόων, μηδ᾽ εἰ βασιλεύτερός ἐστιν.“
ὣς ἔφατ᾽, ἔδεισεν δὲ περὶ ξανθῶι Μενελάωι.
τοῖς δ᾽ αὖτις μετέειπε βοὴν ἀγαθὸς Διομήδης·
„ εἰ μὲν δὴ ἕταρόν γε κελεύετέ μ᾽ αὐτὸν ἑλέσθαι,
πῶς ἂν ἔπειτ᾽ Ὀδυσῆος ἐγὼ θείοιο λαθοίμην,
οὗ πέρι μὲν πρόφρων κραδίη καὶ θυμὸς ἀγήνωρ
ἐν πάντεσσι πόνοισι, φιλεῖ δέ ἑ Παλλὰς Ἀθήνη.
τούτου γ᾽ ἑσπομένοιο καὶ ἐκ πυρὸς αἰθομένοιο
ἄμφω νοστήσαιμεν, ἐπεὶ περίοιδε νοῆσαι.“
τὸν δ᾽ αὖτε προσέειπε πολύτλας δῖος Ὀδυσσεύς·
„ Τυδεΐδη, μήτ᾽ ἄρ με μάλ᾽ αἴνεε μήτέ τι νείκει·
εἰδόσι γάρ τοι ταῦτα μετ᾽ Ἀργείοις ἀγορεύεις.
ἀλλ᾽ ἴομεν· μάλα γὰρ νὺξ ἄνεται, ἐγγύθι δ᾽ ἠώς,
ἄστρα δὲ δὴ προβέβηκε, παροίχωκεν δὲ πλέων νὺξ
τῶν δύο μοιράων, τριτάτη δ᾽ ἔτι μοῖρα λέλειπται.“
ὣς εἰπόνθ᾽ ὅπλοισιν ἔνι δεινοῖσιν ἐδύτην.
Τυδεΐδηι μὲν δῶκε μενεπτόλεμος Θρασυμήδης
φάσγανον ἄμφηκες – τὸ δ᾽ ἑὸν παρὰ νηῒ λέλειπτο –
καὶ σάκος· ἀμφὶ δέ οἱ κυνέην κεφαλῆφιν ἔθηκε
ταυρείην, ἄφαλόν τε καὶ ἄλλοφον, ἥ τε καταῖτυξ
κέκληται, ῥύεται δὲ κάρη θαλερῶν αἰζηῶν.
Μηριόνης δ᾽ Ὀδυσῆϊ δίδου βιὸν ἠδὲ φαρέτρην
καὶ ξίφος, ἀμφὶ δέ οἱ κυνέην κεφαλῆφιν ἔθηκε
ῥινοῦ ποιητήν· πολέσιν δ᾽ ἔντοσθεν ἱμᾶσιν
ἐντέτατο στερεῶς· ἔκτοσθε δὲ λευκοὶ ὀδόντες
ἀργιόδοντος ὑὸς θαμέες ἔχον ἔνθα καὶ ἔνθα
εὖ καὶ ἐπισταμένως· μέσσηι δ᾽ ἐνὶ πῖλος ἀρήρει.
τήν ῥά ποτ᾽ ἐξ Ἐλεῶνος Ἀμύντορος Ὀρμενίδαο
ἐξέλετ᾽ Αὐτόλυκος πυκινὸν δόμον ἀντιτορήσας,
Σκάνδειαν δ᾽ ἄρα δῶκε Κυθηρίωι Ἀμφιδάμαντι·
Ἀμφιδάμας δὲ Μόλωι δῶκε ξεινήϊον εἶναι,
αὐτὰρ ὁ Μηριόνηι δῶκεν ὧι παιδὶ φορῆναι·
δὴ τότ᾽ Ὀδυσσῆος πύκασεν κάρη ἀμφιτεθεῖσα.
τὼ δ᾽ ἐπεὶ οὖν ὅπλοισιν ἔνι δεινοῖσιν ἐδύτην,
βάν ῥ᾽ ἰέναι, λιπέτην δὲ κατ᾽ αὐτόθι πάντας ἀρίστους.
τοῖσι δὲ δεξιὸν ἧκεν ἐρωιδιὸν ἐγγὺς ὁδοῖο
Παλλὰς Ἀθηναίη· τοὶ δ᾽ οὐκ ἴδον ὀφθαλμοῖσι
νύκτα δι᾽ ὀρφναίην, ἀλλὰ κλάγξαντος ἄκουσαν.
χαῖρε δὲ τῶι ὄρνιθ᾽ Ὀδυσεύς, ἠρᾶτο δ᾽ Ἀθήνηι·
„ κλῦθί μευ, αἰγιόχοιο Διὸς τέκος, ἥ τέ μοι αἰεὶ
ἐν πάντεσσι πόνοισι παρίστασαι, οὐδέ σε λήθω

Schauend auf edleren Stamm, und wer erhabner an Macht sei.
Jener sprach's; denn er sorgt' um den bräunlichen Held Menelaos.
Jetzo begann von neuem der Rufer im Streit Diomedes:
Wenn ihr nun den Genossen mir selbst zu wählen gebietet,
Wie vergäße doch ich des göttergleichen Odysseus?
Dem so entschlossen der Mut und das Herz voll freudiger Kühnheit
Ragt in jeder Gefahr, denn es liebt ihn Pallas Athene.
Wenn mich dieser begleitet, sogar aus flammendem Feuer
Kehrten wir beide zurück, weil keiner ihm gleicht an Erfindung.
Ihm antwortete drauf der herrliche Dulder Odysseus:
Tydeus' Sohn, nicht darfst du so sehr mich rühmen, noch tadeln;
Denn vor kundigen Männern von Argos redest du solches.
Gehen wir denn! schnell eilet die Nacht, und nah ist der Morgen.
Weit schon rückten die Stern', und das meiste der Nacht ist vergangen.
Um zwo Teile bereits; nur der dritte Teil ist noch übrig.
Dieses gesagt, verhüllten sich beid' in schreckliche Rüstung.
Tydeus' Sohne nun gab der streitbare Held Thrasymedes
Sein zweischneidiges Schwert, denn das eigene blieb bei den Schiffen;
Auch den Schild, und bedeckt' ihm das Haupt mit dem Helme von Stierhaut
Sonder Kegel und Busch, der auch Sturmhaube genannt wird,
Und ohn' Erz die Scheitel der blühenden Jünglinge schirmet.
Aber Meriones gab dem Odysseus Bogen und Köcher,
Samt dem Schwert, und bedeckte des Königes Haupt mit dem Helme,
Auch aus Leder geformt: inwendig mit häufigen Riemen
Wölbt' er sich, straff durchspannt, und auswärts schienen die Hauer
Vom weißzahnigen Schwein, und starreten hiehin und dorthin,
Schön und künstlich gereiht; und ein Filz war drinnen befestigt.
Einst aus Eleon hatt' Autolykos diesen erbeutet,
Stürmend den festen Palast des Hormeniden Amyntor;
Jener gab dem Kytherer Amphidamas ihn gen Skandeia;
Aber Amphidamas gab zum Gastgeschenk ihn dem Molos;
Dieser gab ihn Meriones drauf, dem Sohne, zu tragen;
Und nun barg er umher Odysseus' Haupt zur Beschützung.
Jetzo nachdem sich beid' in schreckliche Rüstung gehüllet,
Eilten sie hin, und verließen die edelen Helden Achaias.
Ihnen naht' ein Reiher, gesandt von Pallas Athene,
Rechtsher fliegend am Weg'; ihn sahen sie nicht mit den Augen
Durch die finstere Nacht, nur ward sein Tönen gehöret.
Freudig vernahm Odysseus den Flug, und rief zu Athene:
Höre mich, Tochter Zeus' des Donnerers, die du beständig
Mich in allen Gefahren verteidigest, und, wo ich hingeh',

κινύμενος· νῦν αὖτε μάλιστά με φῖλαι, Ἀθήνη,
δὸς δὲ πάλιν ἐπὶ νῆας ἐϋκλεῖας ἀφικέσθαι,
ῥέξαντας μέγα ἔργον, ὅ κε Τρώεσσι μελήσηι."
δεύτερος αὖτ' ἠρᾶτο βοὴν ἀγαθὸς Διομήδης·
„ κέκλυθι νῦν καὶ ἐμεῖο, Διὸς τέκος, Ἀτρυτώνη·
σπεῖό μοι ὡς ὅτε πατρὶ ἅμ' ἕσπεο Τυδέϊ δίωι
ἐς Θήβας, ὅτε τε πρὸ Ἀχαιῶν ἄγγελος ἤιει.
τοὺς δ' ἄρ' ἐπ' Ἀσωπῶι λίπε χαλκοχίτωνας Ἀχαιούς,
αὐτὰρ ὁ μειλίχιον μῦθον φέρε Καδμείοισι
κεῖσ'· ἀτὰρ ἂψ ἀπιὼν μάλα μέρμερα μήσατο ἔργα
σὺν σοί, δῖα θεά, ὅτε οἱ πρόφρασσα παρέστης.
ὣς νῦν μοι ἐθέλουσα παρίσταο καί με φύλασσε.
σοὶ δ' αὖ ἐγὼ ῥέξω βοῦν ἦνιν εὐρυμέτωπον,
ἀδμήτην, ἣν οὔ πω ὑπὸ ζυγὸν ἤγαγεν ἀνήρ·
τήν τοι ἐγὼ ῥέξω χρυσὸν κέρασιν περιχεύας."
ὣς ἔφαν εὐχόμενοι, τῶν δ' ἔκλυε Παλλὰς Ἀθήνη.
οἱ δ' ἐπεὶ ἠρήσαντο Διὸς κούρηι μεγάλοιο,
βάν ῥ' ἴμεν ὥς τε λέοντε δύω διὰ νύκτα μέλαιναν,
ἂμ φόνον, ἂν νέκυας, διά τ' ἔντεα καὶ μέλαν αἷμα.
οὐδὲ μὲν οὐδὲ Τρῶας ἀγήνορας εἴασεν Ἕκτωρ
εὕδειν, ἀλλ' ἄμυδις κικλήσκετο πάντας ἀρίστους,
ὅσσοι ἔσαν Τρώων ἡγήτορες ἠδὲ μέδοντες·
τοὺς ὅ γε συγκαλέσας πυκινὴν ἀρτύνετο βουλήν·
„ τίς κέν μοι τόδε ἔργον ὑποσχόμενος τελέσειε
δώρωι ἔπι μεγάλωι; μισθὸς δέ οἱ ἄρκιος ἔσται.
δώσω γὰρ δίφρόν τε δύω τ' ἐριαύχενας ἵππους,
οἵ κεν ἄριστοι ἔωσι θοῆις ἐπὶ νηυσὶν Ἀχαιῶν,
ὅς τίς κε τλαίη, οἷ τ' αὐτῶι κῦδος ἄροιτο,
νηῶν ὠκυπόρων σχεδὸν ἐλθέμεν, ἔκ τε πυθέσθαι
ἠέ φυλάσσονται νῆες θοαὶ ὡς τὸ πάρος περ,
ἦ ἤδη χείρεσσιν ὑφ' ἡμετέρηισι δαμέντες
φύξιν βουλεύουσι μετὰ σφίσιν, οὐδ' ἐθέλουσι
νύκτα φυλασσέμεναι, καμάτωι ἀδηκότες αἰνῶι."
ὣς ἔφαθ', οἱ δ' ἄρα πάντες ἀκὴν ἐγένοντο σιωπῆι.
ἦν δέ τις ἐν Τρώεσσι Δόλων, Εὐμήδεος υἱὸς
κήρυκος θείοιο, πολύχρυσος πολύχαλκος,
ὃς δή τοι εἶδος μὲν ἔην κακός, ἀλλὰ ποδώκης·
αὐτὰρ ὁ μοῦνος ἔην μετὰ πέντε κασιγνήτηισιν.
ὅς ῥα τότε Τρωσίν τε καὶ Ἕκτορι μῦθον ἔειπεν·
„ Ἕκτορ, ἔμ' ὀτρύνει κραδίη καὶ θυμὸς ἀγήνωρ
νηῶν ὠκυπόρων σχεδὸν ἐλθέμεν ἔκ τε πυθέσθαι.

Meiner gedenkst; auch jetzo gewähre mir Lieb', o Athene!
Laß uns wohl zu den Schiffen und ruhmvoll wieder gelangen,
Täter erhabener Tat, die Kummer schaffe den Troern!
Ihm zunächst auch flehte der Rufer im Streit Diomedes:
Höre du jetzt auch mich, o Zeus' unbezwungene Tochter!
Folge mir, wie du dem Vater gefolgt, dem göttlichen Tydeus,
Als er gen Thebe ging, ein Gesendeter von den Achaiern.
Jen' am Asopos verlassend, die erzumschirmten Achaier,
Bracht' er freundliche Worte den kriegrischen Kadmeionen
Dorthin; doch umkehrend vollendet' er schreckliche Taten,
Mit dir, heilige Göttin, da ihm willfährig du beistandst.
So nun wollest du mir auch beistehn und mich behüten!
Dir gelob' ich ein jähriges Rind, breitstirnig und fehllos,
Ungezähmt, das nimmer ein Mann zum Joche gebändigt:
Dieses gelob' ich zum Opfer, mit Gold die Hörner umziehend.
Also flehten sie dort: sie hörete Pallas Athene.
Drauf nachdem sie gefleht zu Zeus' des Allmächtigen Tochter;
Gingen sie schnell, zween Löwen an Mut, im nächtlichen Dunkel,
Hin durch Mord, durch Leichen, durch Rüstungen hin, und Schlachtblut
Auch nicht ließ dort Hektor die edelmütigen Troer
Ausruhn, sondern berief die Edelsten nun zur Versammlung,
Alle des troischen Volks erhabene Fürsten und Pfleger.
Als sich jene gesetzt, entwarf er die weise Beratung:
Wer doch möchte die Tat mir übernehmend gewähren
Um ein großes Geschenk, das ihm zum Lohne genug sei?
Einen Wagen ihm geb' ich, und zween hochwiehernde Rosse,
Welche die edelsten sei'n bei den rüstigen Schiffen Achaias;
Wer auch immer es wagt, und selbst den Ruhm sich erstrebet,
Hinzugehn zu den Schiffen der Danaer, und zu erforschen,
Ob sie stets noch bewachen die rüstigen Schiffe, wie vormals,
Oder ob sie vielleicht, von unseren Händen bezähmet,
Schon die Flucht miteinander beschleunigen, und sich enthalten,
Nächtliche Hut zu versehn, entnervt von der schrecklichen Arbeit.
Jener sprach's; doch alle verstummten umher, und schwiegen.
Aber im troischen Volk war Dolon, Sohn des Eumedes,
Eines göttlichen Herolds, an Golde reich und an Erze,
Zwar ein häßlicher Mann von Gestalt, doch ein hurtiger Läufer,
Und der einzige Sohn mit fünf aufwachsenden Schwestern.
Dieser begann hintretend im Rat der Troer zu Hektor:
Hektor, mich reizt mein Mut, und das Herz voll freudiger Kühnheit,
Hinzugehn zu den Schiffen der Danaer, und zu erforschen.

ἀλλ᾽ ἄγε μοι τὸ σκῆπτρον ἀνάσχεο, καί μοι ὄμοσσον
ἦ μὲν τοὺς ἵππους τε καὶ ἅρματα ποικίλα χαλκῷ
δωσέμεν, οἳ φορέουσιν ἀμύμονα Πηλεΐωνα,
σοὶ δ᾽ ἐγὼ οὐχ ἅλιος σκοπὸς ἔσσομαι οὐδ᾽ ἀπὸ δόξης·
τόφρα γὰρ ἐς στρατὸν εἶμι διαμπερές, ὄφρ᾽ ἂν ἵκωμαι
νῆ᾽ Ἀγαμεμνονέην, ὅθι που μέλλουσιν ἄριστοι
βουλὰς βουλεύειν, ἢ φευγέμεν ἠὲ μάχεσθαι.“
ὣς φάθ᾽, ὁ δ᾽ ἐν χερσὶ σκῆπτρον λάβε καί οἱ ὄμοσσεν·
„ἴστω νῦν Ζεὺς αὐτός, ἐρίγδουπος πόσις Ἥρης,
μὴ μὲν τοῖς ἵπποισιν ἀνὴρ ἐποχήσεται ἄλλος
Τρώων, ἀλλά σέ φημι διαμπερὲς ἀγλαϊεῖσθαι.“
ὣς φάτο καί ῥ᾽ ἐπίορκον ἐπώμοσε, τὸν δ᾽ ὀρόθυνεν·
αὐτίκα δ᾽ ἀμφ᾽ ὤμοισιν ἐβάλλετο καμπύλα τόξα,
ἕσσατο δ᾽ ἔκτοσθεν ῥινὸν πολιοῖο λύκοιο,
κρατὶ δ᾽ ἐπὶ κτιδέην κυνέην, ἕλε δ᾽ ὀξὺν ἄκοντα,
βῆ δ᾽ ἰέναι προτὶ νῆας ἀπὸ στρατοῦ· οὐδ᾽ ἄρ᾽ ἔμελλεν
ἐλθὼν ἐκ νηῶν ἂψ Ἕκτορι μῦθον ἀποίσειν.
ἀλλ᾽ ὅτε δή ῥ᾽ ἵππων τε καὶ ἀνδρῶν κάλλιφ᾽ ὅμιλον,
βῆ ῥ᾽ ἀν᾽ ὁδὸν μεμαώς· τὸν δὲ φράσατο προσιόντα
διογενὴς Ὀδυσεύς, Διομήδεα δὲ προσέειπεν·
„οὗτός τις, Διόμηδες, ἀπὸ στρατοῦ ἔρχεται ἀνήρ,
οὐκ οἶδ᾽ ἢ νήεσσιν ἐπίσκοπος ἡμετέρῃσιν,
ἦ τινα συλήσων νεκύων κατατεθνηώτων.
ἀλλ᾽ ἐῶμέν μιν πρῶτα παρεξελθεῖν πεδίοιο
τυτθόν· ἔπειτα δέ κ᾽ αὐτὸν ἐπαΐξαντες ἕλοιμεν
καρπαλίμως· εἰ δ᾽ ἄμμε παραφθαίησι πόδεσσιν,
αἰεί μιν ἐπὶ νῆας ἀπὸ στρατόφι προτιειλεῖν,
ἔγχει ἐπαΐσσων, μή πως προτὶ ἄστυ ἀλύξῃ.“
ὣς ἄρα φωνήσαντε παρὲξ ὁδοῦ ἐν νεκύεσσι
κλινθήτην· ὁ δ᾽ ἄρ᾽ ὦκα παρέδραμεν ἀφραδίῃσιν.
ἀλλ᾽ ὅτε δή ῥ᾽ ἀπέην ὅσσόν τ᾽ ἐπὶ οὖρα πέλονται
ἡμιόνων – αἱ γάρ τε βοῶν προφερέστεραί εἰσιν
ἑλκέμεναι νειοῖο βαθείης πηκτὸν ἄροτρον –
τὼ μὲν ἐπεδραμέτην, ὁ δ᾽ ἄρ᾽ ἔστη δοῦπον ἀκούσας.
ἔλπετο γὰρ κατὰ θυμὸν ἀποστρέψοντας ἑταίρους
ἐκ Τρώων ἰέναι, πάλιν Ἕκτορος ὀτρύναντος.
ἀλλ᾽ ὅτε δή ῥ᾽ ἄπεσαν δουρηνεκὲς ἢ καὶ ἔλασσον,
γνῶ ῥ᾽ ἄνδρας δηΐους, λαιψηρὰ δὲ γούνατ᾽ ἐνώμα
φευγέμεναι· τοὶ δ᾽ αἶψα διώκειν ὁρμήθησαν.
ὡς δ᾽ ὅτε καρχαρόδοντε δύω κύνε, εἰδότε θήρης,
ἢ κεμάδ᾽ ἠὲ λαγωὸν ἐπείγετον ἐμμενὲς αἰεὶ

Aber wohlan, den Scepter erhebe mir, heilig beschwörend,
Daß du jenes Gespann, und den erzumschimmerten Wagen
Schenken mir willst, das ihn trägt, den untadligen Peleionen.
Nicht umsonst auch werd' ich dir spähn, noch gegen Erwartung.
Denn so weit ihr Lager durchwander' ich, bis ich erreiche
Selbst Agamemnons Schiff, wo vielleicht sein werden die Fürsten,
Heilsamen Rat zu raten, der Heimkehr oder des Kampfes.
Jener sprach's; doch Hektor erhub den Scepter, und schwur ihm:
Höre den Schwur Zeus selber, der donnernde Gatte der Here!
Nie soll jenes Gespann ein anderer lenken der Troer,
Sondern dir verheiß' ich daherzuprangen beständig!
Also der Held, und beschwur Meineid, und reizete jenen.
Eilend hängt' er darauf das krumme Geschoß um die Schulter,
Hüllete dann sich umher ein graugezotteltes Wolfsfell,
Fügte den Otterhelm auf das Haupt, und faßte den Wurfspieß,
Eilete dann zu den Schiffen der Danaer. Aber ihm ward nicht
Wiederkehr von den Schiffen, um Hektorn Kunde zu bringen.
Als er nunmehr verlassen der Ross' und der Männer Getümmel,
Ging er den Weg mit Begier. Allein der edle Odysseus
Merkte des Nahenden Gang, und sprach zum Sohne des Tydeus:
Siehe doch, Diomedes, da kommt ein Mann aus dem Lager!
Will er vielleicht auskundend zu unseren Schiffen herannahn
Oder einen berauben der Leichname hier auf dem Schlachtfeld?
Aber wir lassen ihn erst vorübergehn im Gefilde
Wenig, und dann verfolgen wir ihn, und erhaschen den Flüchtling
Eilendes Laufs. Doch wenn er zuvor uns rennt mit den Füßen,
Immer dann zu den Schiffen vom Lager hinweg ihn gescheuchet
Mit anstürmendem Speer, daß nicht zur Stadt er entrinne.
Also besprachen sich beid', und bargen sich außer dem Wege,
Unter den Toten geschmiegt; und vorbei lief jener bedachtlos.
Als er so weit sich entfernt, wie ein Joch Maultier' an des Ackers
Ende gewinnt; denn sie gehn vor langsam folgenden Stieren,
Mutig die Brach' entlang mit starkem Pflug zu durchfurchen:
Schnell nun liefen sie nach; und er stand, das Getöse vernehmend;
Denn er vermutet' im Geist, zurück berufende Freunde
Kämen aus Trojas Volk, ihm nachgesendet von Hektor.
Aber so weit nur entfernt wie ein Speerwurf, oder noch minder,
Kannt' er die Männer als Feind'; und die hurtigen Kniee bewegend,
Floh er dahin; doch jene verfolgeten angestrenget.
Wie wenn zween scharfzahnige Hund', erfahren der Wildjagd,
Dringender Eil' hintreiben ein Hirschkalb oder den Hasen

χῶρον ἀν' ὑλήενθ', ὁ δέ τε προθέῃσι μεμηκώς,
ὣς τὸν Τυδεΐδης ἠδ' ὁ πτολίπορθος Ὀδυσσεὺς
λαοῦ ἀποτμήξαντε διώκετον ἐμμενὲς αἰεί.
ἀλλ' ὅτε δὴ τάχ' ἔμελλε μιγήσεσθαι φυλάκεσσι
φεύγων ἐς νῆας, τότε δὴ μένος ἔμβαλ' Ἀθήνη
Τυδεΐδῃ, ἵνα μή τις Ἀχαιῶν χαλκοχιτώνων
φθαίη ἐπευξάμενος βαλέειν, ὁ δὲ δεύτερος ἔλθοι.
δουρὶ δ' ἐπαΐσσων προσέφη κρατερὸς Διομήδης·
„ἠὲ μέν', ἠέ σε δουρὶ κιχήσομαι, οὐδέ σέ φημι
δηρὸν ἐμῆς ἀπὸ χειρὸς ἀλύξειν αἰπὺν ὄλεθρον."
ἦ ῥα καὶ ἔγχος ἀφῆκεν, ἑκὼν δ' ἡμάρτανε φωτός·
δεξιτερὸν δ' ὑπὲρ ὦμον ἐΰξου δουρὸς ἀκωκὴ
ἐν γαίῃ ἐπάγη· ὁ δ' ἄρ' ἔστη τάρβησέν τε
βαμβαίνων – ἄραβος δὲ διὰ στόμα γίγνετ' ὀδόντων –
χλωρὸς ὑπαὶ δείους· τὼ δ' ἀσθμαίνοντε κιχήτην,
χειρῶν δ' ἁψάσθην· ὁ δὲ δακρύσας ἔπος ηὔδα·
„ζωγρεῖτ', αὐτὰρ ἐγὼν ἐμὲ λύσομαι· ἔστι γὰρ ἔνδον
χαλκός τε χρυσός τε πολύκμητός τε σίδηρος,
τῶν κ' ὔμμιν χαρίσαιτο πατὴρ ἀπερείσι' ἄποινα,
εἴ κεν ἐμὲ ζωὸν πεπύθοιτ' ἐπὶ νηυσὶν Ἀχαιῶν."
τὸν δ' ἀπαμειβόμενος προσέφη πολύμητις Ὀδυσσεύς·
„θάρσει, μηδέ τί τοι θάνατος καταθύμιος ἔστω.
ἀλλ' ἄγε μοι τόδε εἰπὲ καὶ ἀτρεκέως κατάλεξον·
πῇ δὴ οὕτως ἐπὶ νῆας ἀπὸ στρατοῦ ἔρχεαι οἶος
νύκτα δι' ὀρφναίην, ὅτε θ' εὕδουσι βροτοὶ ἄλλοι;
ἤ τινα συλήσων νεκύων κατατεθνηώτων;
ἦ σ' Ἕκτωρ προέηκε διασκοπιᾶσθαι ἕκαστα
νῆας ἔπι γλαφυράς; ἦ σ' αὐτὸν θυμὸς ἀνῆκε;"
τὸν δ' ἠμείβετ' ἔπειτα Δόλων, ὑπὸ δ' ἔτρεμε γυῖα·
„πολλῇσίν μ' ἄτῃσι παρὲκ νόον ἤγαγεν Ἕκτωρ,
ὅς μοι Πηλεΐωνος ἀγαυοῦ μώνυχας ἵππους
δωσέμεναι κατένευσε καὶ ἅρματα ποικίλα χαλκῶι,
ἠνώγει δέ μ' ἰόντα θοὴν διὰ νύκτα μέλαιναν
ἀνδρῶν δυσμενέων σχεδὸν ἐλθέμεν, ἔκ τε πυθέσθαι
ἠὲ φυλάσσονται νῆες θοαὶ ὡς τὸ πάρος περ,
ἦ ἤδη χείρεσσιν ὑφ' ἡμετέρῃσι δαμέντες
φύξιν βουλεύουσι μετὰ σφίσιν, οὐδ' ἐθέλουσι
νύκτα φυλασσέμεναι, καμάτωι ἀδηκότες αἰνῶι."
τὸν δ' ἐπιμειδήσας προσέφη πολύμητις Ὀδυσσεύς·
„ἦ ῥά νύ τοι μεγάλων δώρων ἐπεμαίετο θυμός,
ἵππων Αἰακίδαο δαΐφρονος· οἱ δ' ἀλεγεινοὶ

Durch dickwaldige Räum', und voran der quäkende rennet:
Also trieb der Tydeid' und der Städteverwüster Odysseus
Jenen in dringender Eil', hinweg von dem Lager ihn scheuchend.
Aber nachdem schon nahe der Danaer Hut er gekommen,
Fliehend hinab zu den Schiffen, mit Zorn nun erfüllt' Athenäa
Tydeus' Sohn, daß keiner der erzumschirmten Achaier
Früheres Wurfs sich rühmt', und er selbst der zweite nur käme;
Drohend erhub er die Lanz', und rief, der Held Diomedes:
　Steh da, oder ich werfe die Lanze dir! Schwerlich noch wirst du
Lange dem schrecklichen Tod' aus meinen Händen entfliehen!
　Sprach's, und im Schwung' entsandt' er den Speer, und fehlte mit Vorsatz;
Rechtshin über die Schulter ihm flog des geglätteten Speeres
Erz in den Boden hinein: und er stand nun, starr vor Schrecken,
Bebend das Kinn, und es klappten ihm laut in dem Mund die Zähne,
Blaß sein Gesicht vor Angst. Jetzt nahten sie keuchend, und hielten
Beid' an den Händen ihn fest; doch er mit Tränen begann so:
　Faht mich, dann erkauf' ich mich frei. Mir lieget daheim ja
Erz und Goldes genug, und schöngeschmiedetes Eisen.
Hiervon reicht mein Vater dir gern unendliche Lösung,
Wenn er mich noch lebend vernimmt bei den Schiffen Achaias.
　Ihm antwortete drauf der erfindungsreiche Odysseus:
Sei getrost, kein Todesgedank' umschwebe das Herz dir!
Aber sage mir jetzt und verkündige lautere Wahrheit.
Warum gehst du allein vom Lager hinab zu den Schiffen,
Jetzt in der finsteren Nacht, da andere Sterbliche schlafen?
Willst du einen berauben der Leichname hier auf dem Schlachtfeld?
Oder sandte dich Hektor, daß wohl bei den Schiffen du alles
Spähetest? Oder bewog dein eigenes Herz dich zu gehen?
　Ihm antwortete Dolon darauf, und ihm bebten die Glieder:
Ach zu Jammer und Weh verleitete Hektor das Herz mir,
Welcher des tadellosen Achilleus stampfende Rosse
Mir zum Geschenke verhieß, und den erzumschimmerten Wagen;
Und mir befahl, durchwandelnd der Nacht stillfliehendes Dunkel,
Hinzugehn zu den Schiffen der Danaer, und zu erforschen,
Ob ihr stets noch bewacht die rüstigen Schiffe wie vormals;
Oder ob ihr vielleicht, von unseren Händen bezähmet,
Schon die Flucht miteinander beschleuniget, und euch enthaltet,
Nächtliche Hut zu versehn, entnervt von der schrecklichen Arbeit.
　Lächelnd erwiderte drauf der erfindungsreiche Odysseus:
Traun nach großem Geschenk hat dir die Seele gelüstet,
Nach des Peleiden Gespann, des feurigen! Schwer sind die Rosse

ἀνδράσι γε θνητοῖσι δαμήμεναι ἠδ᾽ ὀχέεσθαι,
ἄλλωι γ᾽ ἢ Ἀχιλῆϊ, τὸν ἀθανάτη τέκε μήτηρ.
ἀλλ᾽ ἄγε μοι τόδε εἰπὲ καὶ ἀτρεκέως κατάλεξον·
ποῦ νῦν δεῦρο κιὼν λίπες Ἕκτορα, ποιμένα λαῶν;
ποῦ δέ οἱ ἔντεα κεῖται ἀρήϊα, ποῦ δέ οἱ ἵπποι;
πῶς δ᾽ αἱ τῶν ἄλλων Τρώων φυλακαί τε καὶ εὐναί;
ἅσσα τε μητιόωσι μετὰ σφίσιν, ἢ μεμάασιν
αὖθι μένειν παρὰ νηυσὶν ἀπόπροθεν, ἦε πόλινδε
ἂψ ἀναχωρήσουσιν, ἐπεὶ δαμάσαντό γ᾽ Ἀχαιούς."
τὸν δ᾽ αὖτε προσέειπε Δόλων Εὐμήδεος υἱός·
„ τοιγὰρ ἐγώ τοι ταῦτα μάλ᾽ ἀτρεκέως καταλέξω.
Ἕκτωρ μὲν μετὰ τοῖσιν, ὅσοι βουληφόροι εἰσί,
βουλὰς βουλεύει θείου παρὰ σήματι Ἴλου,
νόσφιν ἀπὸ φλοίσβου· φυλακὰς δ᾽ ἃς εἴρεαι, ἥρως,
οὔ τις κεκριμένη ῥύεται στρατὸν οὐδὲ φυλάσσει.
ὅσσαι μὲν Τρώων πυρὸς ἐσχάραι, οἷσιν ἀνάγκη,
οἱ δ᾽ ἐγρηγόρθασι φυλασσέμεναί τε κέλονται
ἀλλήλοις· ἀτὰρ αὖτε πολύκλητοι ἐπίκουροι
εὕδουσι· Τρωσὶν γὰρ ἐπιτραπέουσι φυλάσσειν·
οὐ γάρ σφιν παῖδες σχεδὸν ἥαται οὐδὲ γυναῖκες."
τὸν δ᾽ ἀπαμειβόμενος προσέφη πολύμητις Ὀδυσσεύς·
„ πῶς γὰρ νῦν, Τρώεσσι μεμιγμένοι ἱπποδάμοισιν
εὕδουσ᾽, ἦ ἀπάνευθε; δίειπέ μοι ὄφρα δαείω."
τὸν δ᾽ ἠμείβετ᾽ ἔπειτα Δόλων, Εὐμήδεος υἱός·
„ τοιγὰρ ἐγὼ καὶ ταῦτα μάλ᾽ ἀτρεκέως καταλέξω.
πρὸς μὲν ἁλὸς Κᾶρες καὶ Παίονες ἀγκυλότοξοι
καὶ Λέλεγες καὶ Καύκωνες δῖοί τε Πελασγοί,
πρὸς Θύμβρης δ᾽ ἔλαχον Λύκιοι Μυσοί τ᾽ ἀγέρωχοι
καὶ Φρύγες ἱππόμαχοι καὶ Μήιονες ἱπποκορυσταί.
ἀλλὰ τίη ἐμὲ ταῦτα διεξερέεσθε ἕκαστα;
εἰ γὰρ δὴ μέματον Τρώων καταδῦναι ὅμιλον,
Θρήϊκες οἷδ᾽ ἀπάνευθε νεήλυδες, ἔσχατοι ἄλλων·
ἐν δέ σφιν Ῥῆσος βασιλεύς, πάϊς Ἠϊονῆος.
τοῦ δὴ καλλίστους ἵππους ἴδον ἠδὲ μεγίστους·
λευκότεροι χιόνος, θείειν δ᾽ ἀνέμοισιν ὁμοῖοι·
ἅρμα δέ οἱ χρυσῶι τε καὶ ἀργύρωι εὖ ἤσκηται·
τεύχεα δὲ χρύσεια πελώρια, θαῦμα ἰδέσθαι,
ἤλυθ᾽ ἔχων· τὰ μὲν οὔ τι καταθνητοῖσιν ἔοικεν
ἄνδρεσσιν φορέειν, ἀλλ᾽ ἀθανάτοισι θεοῖσιν.
ἀλλ᾽ ἐμὲ μὲν νῦν νηυσὶ πελάσσετον ὠκυπόροισιν,
ἠέ με δήσαντες λίπετ᾽ αὐτόθι νηλέϊ δεσμῶι,

Jedem sterblichen Manne zu bändigen, oder zu lenken,
Außer Achilleus selbst, den gebar die unsterbliche Mutter.
Aber sage mir jetzt, und verkündige lautere Wahrheit.
Wo verließest du Hektor, den Hirten des Volks, da du weggingst?
Wo sind ihm die Geräte des Kriegs? wo stehn ihm die Rosse?
Auch die anderen Troer, wie wachen sie, oder wie ruhn sie?
Sag' auch, was sie im Rat abredeten: ob sie gedenken,
Fern allhier zu bleiben von Ilios, oder zur Stadt nun
Heim von den Schiffen zu kehren, nachdem sie besiegt die Achaier.
Ihm antwortete Dolon darauf, der Sohn des Eumedes:
Gern will ich dir dieses nach lauterer Wahrheit verkünden.
Hektor berief nun alle des Heers ratgebende Fürsten,
Rat mit ihnen zu halten am Mal des göttlichen Ilos,
Abgewandt vom Geräusch. Doch die Wachen, o Held, die du forschest:
Keine gesonderte schirmt das Kriegsheer, oder bewacht es.
Rings wo Troer sich Glut anzündeten, welchen es not ist,
Diese warten der Hut, und ermahnen sich untereinander,
Wach zu sein. Hingegen die fernberufenen Helfer
Ruhn im Schlaf, den Troern es überlassend zu wachen;
Denn nicht jenen sind Kinder und Gattinnen hier in der Nähe.
Ihm antwortete drauf der erfindungsreiche Odysseus:
Wie denn, etwa vermischt mit Trojas reisigen Männern
Schlafen sie, oder allein? Dies sage mir, daß ich es wisse.
Ihm antwortete Dolon darauf, der Sohn des Eumedes:
Gern will ich auch dieses nach lauterer Wahrheit verkünden.
Meerwärts ruhn mit den Karen, päonische Krümmer des Bogens,
Leleger auch, Kaukonen zunächst, und edle Pelasger;
Gegen Thymbra der Lykier Volk, und trotzige Myser,
Phrygiens reisige Schar, und Mäoniens Rossebezähmer.
Aber warum dies alles von mir umständlich erforschen?
Denn wofern ihr begehrt ins troische Lager zu wandeln,
Dort am Ende des Heers sind neu ankommende Thraker,
Hingestreckt um Eioneus Sohn, den herrschenden Rhesos:
Dessen Rosse die schönsten und größesten, die ich gesehen,
Weißer denn blendender Schnee, und hurtiges Laufs wie die Winde.
Auch sein Geschirr ist köstlich mit Gold und Silber geschmücket.
Rüstungen auch aus Golde, gewaltige, Wunder dem Anblick,
Trägt er daher; kaum ziemt es den sterblichen Erdebewohnern,
Solches Gerät zu tragen, vielmehr unsterblichen Göttern.
Doch nun führt mich hinab zu des Meers schnellwandelnden Schiffen,
Oder laßt mich allhier in grausamen Banden gefesselt,

ὄφρά κεν ἔλθητον καὶ πειρηθῆτον ἐμεῖο,
ἠὲ κατ᾽ αἶσαν ἔειπον ἐν ὑμῖν, ἦε καὶ οὐκί."
τὸν δ᾽ ἄρ᾽ ὑπόδρα ἰδὼν προσέφη κρατερὸς Διομήδης·
„μὴ δή μοι φύξίν γε, Δόλων, ἐμβάλλεο θυμῶι,
ἐσθλά περ ἀγγείλας, ἐπεὶ ἵκεο χεῖρας ἐς ἀμάς.
εἰ μὲν γάρ κέ σε νῦν ἀπολύσομεν ἠὲ μεθῶμεν,
ἦ τε καὶ ὕστερον εἶσθα θοὰς ἐπὶ νῆας Ἀχαιῶν,
ἠὲ διοπτεύσων ἢ ἐναντίβιον πολεμίξων·
εἰ δέ κ᾽ ἐμῆις ὑπὸ χερσὶ δαμεὶς ἀπὸ θυμὸν ὀλέσσηις,
οὐκέτ᾽ ἔπειτα σὺ πῆμά ποτ᾽ ἔσσεαι Ἀργείοισιν."
ἦ, καὶ ὁ μέν μιν ἔμελλε γενείου χειρὶ παχείηι
ἁψάμενος λίσσεσθαι, ὁ δ᾽ αὐχένα μέσσον ἔλασσε
φασγάνωι ἀΐξας, ἀπὸ δ᾽ ἄμφω κέρσε τένοντε·
φθεγγομένου δ᾽ ἄρα τοῦ γε κάρη κονίηισιν ἐμίχθη.
τοῦ δ᾽ ἀπὸ μὲν κτιδέην κυνέην κεφαλῆφιν ἕλοντο
καὶ λυκέην καὶ τόξα παλίντονα καὶ δόρυ μακρόν·
καὶ τά γ᾽ Ἀθηναίηι ληΐτιδι δῖος Ὀδυσσεὺς
ὑψόσ᾽ ἀνέσχεθε χειρὶ καὶ εὐχόμενος ἔπος ηὔδα·
„χαῖρε, θεά, τοῖσδεσσι· σὲ γὰρ πρώτην ἐν Ὀλύμπωι
πάντων ἀθανάτων ἐπιδωσόμεθ᾽· ἀλλὰ καὶ αὖτις
πέμψον ἐπὶ Θρηικῶν ἀνδρῶν ἵππους τε καὶ εὐνάς."
ὣς ἄρ᾽ ἐφώνησεν, καὶ ἀπὸ ἕθεν ὑψόσ᾽ ἀείρας
θῆκεν ἀνὰ μυρίκην· δέελον δ᾽ ἐπὶ σῆμά τ᾽ ἔθηκε,
συμμάρψας δόνακας μυρίκης τ᾽ ἐριθηλέας ὄζους,
μὴ λάθοι αὖτις ἰόντε θοὴν διὰ νύκτα μέλαιναν.
τὼ δὲ βάτην προτέρω διά τ᾽ ἔντεα καὶ μέλαν αἷμα,
αἶψα δ᾽ ἐπὶ Θρηικῶν ἀνδρῶν τέλος ἷξον ἰόντες.
οἱ δ᾽ εὗδον καμάτωι ἀδηκότες, ἔντεα δέ σφιν
καλὰ παρ᾽ αὐτοῖσι χθονὶ κέκλιτο εὖ κατὰ κόσμον
τριστοιχί· παρὰ δέ σφιν ἑκάστωι δίζυγες ἵπποι.
Ῥῆσος δ᾽ ἐν μέσωι εὗδε, παρ᾽ αὐτῶι δ᾽ ὠκέες ἵπποι
ἐξ ἐπιδιφριάδος πυμάτης ἱμᾶσι δέδεντο.
τὸν δ᾽ Ὀδυσεὺς προπάροιθεν ἰδὼν Διομήδεϊ δεῖξεν·
„οὗτός τοι, Διόμηδες, ἀνήρ, οὗτοι δέ τοι ἵπποι,
οὓς νῶϊν πίφαυσκε Δόλων, ὃν ἐπέφνομεν ἡμεῖς.
ἀλλ᾽ ἄγε δὴ πρόφερε κρατερὸν μένος· οὐδέ τί σε χρὴ
ἑστάμεναι μέλεον σὺν τεύχεσιν, ἀλλὰ λύ᾽ ἵππους·
ἠὲ σύ γ᾽ ἄνδρας ἔναιρε, μελήσουσιν δ᾽ ἐμοὶ ἵπποι."
ὣς φάτο, τῶι δ᾽ ἔμπνευσε μένος γλαυκῶπις Ἀθήνη,
κτεῖνε δ᾽ ἐπιστροφάδην· τῶν δὲ στόνος ὄρνυτ᾽ ἀεικὴς
ἄορι θεινομένων, ἐρυθαίνετο δ᾽ αἵματι γαῖα.

Bis ihr zurückgekehrt, und mich erkannt aus Erfahrung,
Ob ich vor euch die Wahrheit verkündiget, oder nicht also.
Finster schaut' und begann der starke Held Diomedes:
Nur nicht Flucht, o Dolon, erwarte mir jetzo im Herzen,
Gabst du auch guten Bescheid, da in unsere Hände du kamest!
Denn wofern wir anjetzt dich löseten, oder entließen,
Traun du kämst auch hinfort zu den rüstigen Schiffen Achaias,
Sei es um auszuspähn, sei's öffentlich uns zu bekämpfen.
Doch so von meiner Hand du besiegt dein Leben verlierest;
Nimmermehr dann magst du beleidigen uns Argeier.
Sprach's; und bereit war jener, das Kinn mit nervichter Rechte
Rührend, ihn anzuflehn; doch tief in den Nacken ihm schwang er
Schnell das erhobene Schwert, und durchschnitt ihm beide die Sehnen,
Daß des Redenden Haupt mit dem Staub' hinrollend vermischt ward.
Hierauf nahmen ihm jene den Otterhelm von der Scheitel,
Auch sein krummes Geschoß, den ragenden Speer und das Wolfsfell.
Alles nunmehr zu Zeus' siegprangender Tochter erhub es
Hoch Odysseus der Held, und rief anbetend die Worte:
Freue dich des, o Göttin; denn dich zuerst im Olympos
Rufen wir an vor allen Unsterblichen! Aber auch jetzo
Leit' uns hin zum Lager der thrakischen Männer und Rosse!
Also betet' er laut, und legete hebend die Rüstung
Auf des Gefilds Tamarisk', und dabei zum deutlichen Merkmal
Legt' er gesammeltes Rohr, und brach Tamariskengezweig' ab,
Daß sie des Orts nicht fehlten, zurück durch Finsternis kehrend.
Vorwärts gingen sie nun durch Rüstungen hin und Schlachtblut.
Schnell zu der thrakischen Männer Gedräng' itzt kamen sie wandelnd.
Jene schliefen entnervt von der Arbeit; aber bei ihnen
Prangten gestreckt zur Erde die Rüstungen, schön nach der Ordnung,
Dreifach gereiht, und bei jedem die stampfenden Doppelgespanne.
Rhesos schlief in der Mitt', und bei ihm die hurtigen Rosse
Standen mit Riemen gehemmt am hintersten Ringe des Wagens.
Diesen ersah Odysseus zuerst, und zeigt ihn dem Freunde:
Dies ist dir, Diomedes, der Mann, und dieses die Rosse,
Welche zuvor uns Dolon bezeichnete, den wir getötet.
Aber wohlan, nun zeige die Tapferkeit; denn dir geziemt nicht,
Hier untätig zu stehn mit den Rüstungen! Löse die Rosse;
Oder du töte die Männer, und mir sei die Sorge der Rosse.
Sprach's; doch jenen beseelte mit Mut Zeus' Tochter Athene.
Rings nun würgt' er umher, und schreckliches Röcheln erhub sich
Unter dem mordenden Schwert, und gerötet von Blut war der Boden.

ὡς δὲ λέων μήλοισιν ἀσημάντοισιν ἐπελθὼν,
αἴγεσιν ἢ ὀΐεσσι, κακὰ φρονέων ἐνορούσῃ,
ὣς μὲν Θρήϊκας ἄνδρας ἐπῴχετο Τυδέος υἱός,
ὄφρα δυώδεκ' ἔπεφνεν· ἀτὰρ πολύμητις Ὀδυσσεύς,
ὅν τινα Τυδεΐδης ἄορι πλήξειε παραστάς,
τὸν δ' Ὀδυσεὺς μετόπισθε λαβὼν ποδὸς ἐξερύσασκε,
τὰ φρονέων κατὰ θυμόν, ὅπως καλλίτριχες ἵπποι
ῥεῖα διέλθοιεν μηδὲ τρομεοίατο θυμῶι
νεκροῖς ἐμβαίνοντες· ἀήθεσσον γὰρ ἔτ' αὐτῶν.
ἀλλ' ὅτε δὴ βασιλῆα κιχήσατο Τυδέος υἱός,
τὸν τρισκαιδέκατον μελιηδέα θυμὸν ἀπηύρα
ἀσθμαίνοντα· κακὸν γὰρ ὄναρ κεφαλῆφιν ἐπέστη
τὴν νύκτ' Οἰνεΐδαο πάϊς, διὰ μῆτιν Ἀθήνης.
τόφρα δ' ἄρ' ὁ τλήμων Ὀδυσεὺς λύε μώνυχας ἵππους,
σὺν δ' ἤειρεν ἱμᾶσι καὶ ἐξήλαυνεν ὁμίλου
τόξωι ἐπιπλήσσων, ἐπεὶ οὐ μάστιγα φαεινὴν
ποικίλου ἐκ δίφροιο νοήσατο χερσὶν ἑλέσθαι·
ῥοίζησεν δ' ἄρα πιφαύσκων Διομήδεϊ δίωι.
  αὐτὰρ ὁ μερμήριζε μένων ὅ τι κύντατον ἔρδοι,
ἢ ὅ γε δίφρον ἑλών, ὅθι ποικίλα τεύχα κεῖτο,
ῥυμοῦ ἐξερύοι ἢ ἐκφέροι ὑψόσ' ἀείρας,
ἦ ἔτι τῶν πλεόνων Θρηικῶν ἀπὸ θυμὸν ἕλοιτο.
εἷος ὁ ταῦθ' ὥρμαινε κατὰ φρένα, τόφρα δ' Ἀθήνη
ἐγγύθεν ἱσταμένη προσέφη Διομήδεα δῖον·
„νόστου δὴ μνῆσαι, μεγαθύμου Τυδέος υἱέ,
νῆας ἔπι γλαφυράς, μὴ καὶ πεφοβημένος ἔλθῃς,
μή πού τις καὶ Τρῶας ἐγείρῃσιν θεὸς ἄλλος."
  ὣς φάθ', ὁ δὲ ξυνέηκε θεᾶς ὄπα φωνησάσης,
καρπαλίμως δ' ἵππων ἐπεβήσετο· κόψε δ' Ὀδυσσεὺς
τόξωι· τοὶ δ' ἐπέτοντο θοὰς ἐπὶ νῆας Ἀχαιῶν.
  οὐδ' ἀλαοσκοπιὴν εἶχ' ἀργυρότοξος Ἀπόλλων,
ὡς ἴδ' Ἀθηναίην μετὰ Τυδέος υἱὸν ἕπουσαν·
τῆι κοτέων Τρώων κατεδύσετο πουλὺν ὅμιλον,
ὦρσεν δὲ Θρηικῶν βουληφόρον Ἱπποκόωντα,
Ῥήσου ἀνεψιὸν ἐσθλόν· ὁ δ' ἐξ ὕπνου ἀνορούσας,
ὡς ἴδε χῶρον ἐρῆμον, ὅθ' ἔστασαν ὠκέες ἵπποι,
ἄνδράς τ' ἀσπαίροντας ἐν ἀργαλέῃσι φονῇσιν,
ὤιμωξέν τ' ἄρ' ἔπειτα φίλον τ' ὀνόμηνεν ἑταῖρον.
Τρώων δὲ κλαγγή τε καὶ ἄσπετος ὦρτο κυδοιμὸς
θυνόντων ἄμυδις· θηεῦντο δὲ μέρμερα ἔργα,
ὅσσ' ἄνδρες ῥέξαντες ἔβαν κοίλας ἐπὶ νῆας.

So wie ein Löw', antreffend die ungehütete Herde,
Ziegen oder auch Schafe, mit grimmigem Mut sich hineinstürzt:
Also die thrakischen Männer durchwandelte dort Diomedes,
Bis er zwölf nun ermordet. Allein der kluge Odysseus,
Welchen Mann der Tydeide mit hauendem Schwerte getötet,
Solchen zog Odysseus zurück, am Fuß ihn ergreifend;
Denn er bedacht' im Geist, wie die schöngemähneten Rosse
Leicht hindurch ihm gingen, und nicht anstutzend erbebten,
Über Tote zu schreiten, noch ungewohnt des Ermordens.
Aber nachdem den König der Held Diomedes erreichet,
Zum dreizehnten auch ihm das süße Leben entriß er;
Und schwer atmet' er auf: ein schrecklicher Traum zu dem Haupte
Stand ihm die Nacht des Öneiden Sohn, durch den Rat der Athene.
Emsig löst' Odysseus indes die stampfenden Rosse,
Band sie mit Riemen vereint, und trieb sie hinweg aus dem Haufen,
Mit dem Geschoß anschlagend; denn nicht die schimmernde Geißel
Hatt' er zu nehmen bedacht aus dem künstlichen Sessel des Wagens.
Jetzo pfiff' er leis', und warnte den Held Diomedes.
Jener blieb und sann, was kühner annoch er begönne:
Ob er den Wagen zugleich, wo die glänzenden Rüstungen lagen,
Zög' an der Deichsel hinweg, ob hinaustrüg', hoch ihn erhebend;
Oder mehreren dort der Thrakier raubte das Leben.
Als er dieses im Geist umhersann, siehe, da naht' ihm
Pallas Athen', und begann zum edlen Held Diomedes:
  Denke der Wiederkehr, o Sohn des erhabenen Tydeus
Zu den geräumigen Schiffen, daß nicht du ein Fliehender kommest,
Wenn vielleicht auch die Troer erweckt der Unsterblichen einer!
  Jene sprach's; da erkannte der Held die Stimme der Göttin.
Eilend bestieg er ein Roß; da schlug mit dem Bogen Odysseus
Beid', und sie flogen daher zu den rüstigen Schiffen Achaias.
  Aber nicht achtlos lauschte der Gott des silbernen Bogens;
Als er sah, wie Athene zu Tydeus' Sohn sich gesellet;
Zürnend ihr, drang er sofort in des troischen Heeres Getümmel,
Und den Thrakierfürsten Hippokoon weckt' er vom Schlummer,
Rhesos' tapferen Sippen. Doch er dem Lager entfahrend,
Als er den Ort leer sah, wo die hurtigen Rosse gestanden,
Und noch zappelnd die Männer in schreckenvoller Ermordung;
Laut wehklagt' er nunmehr, und rief dem lieben Genossen.
Aber die Troer mit Lärm und unermeßlichem Aufruhr
Stürzten heran, und schauten erstarrt die entsetzlichen Taten,
Was doch die Männer verübt, die entflohn zu den räumigen Schiffen.

οἱ δ' ὅτε δή ῥ' ἵκανον ὅθι σκοπὸν Ἕκτορος ἔκταν,
ἔνθ' Ὀδυσεὺς μὲν ἔρυξε Διῒ φίλος ὠκέας ἵππους,
Τυδεΐδης δὲ χαμᾶζε θορὼν ἔναρα βροτόεντα
ἐν χείρεσσ' Ὀδυσῆϊ τίθει, ἐπεβήσετο δ' ἵππων·
μάστιξεν δ' ἵππους, τὼ δ' οὐκ ἀέκοντε πετέσθην
νῆας ἔπι γλαφυράς· τῆι γὰρ φίλον ἔπλετο θυμῶι.
Νέστωρ δὲ πρῶτος κτύπον ἄϊε φώνησέν τε·
„ ὦ φίλοι, Ἀργείων ἡγήτορες ἠδὲ μέδοντες,
ψεύσομαι, ἦ ἔτυμον ἐρέω; κέλεται δέ με θυμός.
ἵππων μ' ὠκυπόδων ἀμφὶ κτύπος οὔατα βάλλει.
αἲ γὰρ δὴ Ὀδυσεύς τε καὶ ὁ κρατερὸς Διομήδης
ὧδ' ἄφαρ ἐκ Τρώων ἐλασαίατο μώνυχας ἵππους·
ἀλλ' αἰνῶς δείδοικα κατὰ φρένα μή τι πάθωσιν
Ἀργείων οἱ ἄριστοι ὑπὸ Τρώων ὀρυμαγδοῦ."
οὔ πω πᾶν εἴρητο ἔπος ὅτ' ἄρ' ἤλυθον αὐτοί.
καί ῥ' οἱ μὲν κατέβησαν ἐπὶ χθόνα, τοὶ δὲ χαρέντες
δεξιῆι ἠσπάζοντο ἔπεσσί τε μειλιχίοισι·
πρῶτος δ' ἐξερέεινε Γερήνιος ἱππότα Νέστωρ·
„ εἴπ' ἄγε μ', ὦ πολύαιν' Ὀδυσεῦ, μέγα κῦδος Ἀχαιῶν.
ὅππως τοῦσδ' ἵππους λάβετον, καταδύντες ὅμιλον
Τρώων, ἦ τίς σφωε πόρεν θεὸς ἀντιβολήσας.
αἰνῶς ἀκτίνεσσιν ἐοικότες ἠελίοιο.
αἰεὶ μὲν Τρώεσσ' ἐπιμίσγομαι, οὐδέ τί φημι
μιμνάζειν παρὰ νηυσὶ γέρων περ ἐὼν πολεμιστής·
ἀλλ' οὔ πω τοίους ἵππους ἴδον οὐδ' ἐνόησα.
ἀλλά τιν' ὔμμ' ὀΐω δόμεναι θεὸν ἀντιάσαντα·
ἀμφοτέρω γὰρ σφῶϊ φιλεῖ νεφεληγερέτα Ζεὺς
κούρη τ' αἰγιόχοιο Διὸς γλαυκῶπις Ἀθήνη."
τὸν δ' ἀπαμειβόμενος προσέφη πολύμητις Ὀδυσσεύς·
„ ὦ Νέστορ Νηληϊάδη, μέγα κῦδος Ἀχαιῶν,
ῥεῖα θεός γ' ἐθέλων καὶ ἀμείνονας ἠέ περ οἵδε
ἵππους δωρήσαιτ', ἐπεὶ ἦ πολὺ φέρτεροί εἰσιν.
ἵπποι δ' οἵδε, γεραιέ, νεήλυδες, οὓς ἐρεείνεις,
Θρηΐκιοι· τὸν δέ σφιν ἄνακτ' ἀγαθὸς Διομήδης
ἔκτανε, πὰρ δ' ἑτάρους δυοκαίδεκα πάντας ἀρίστους.
τὸν τρισκαιδέκατον σκοπὸν εἵλομεν ἐγγύθι νηῶν,
τόν ῥα διοπτῆρα στρατοῦ ἔμμεναι ἡμετέροιο
Ἕκτωρ τε προέηκε καὶ ἄλλοι Τρῶες ἀγαυοί."
ὣς εἰπὼν τάφροιο διήλασε μώνυχας ἵππους
καγχαλόων· ἅμα δ' ἄλλοι ἴσαν χαίροντες Ἀχαιοί.
οἱ δ' ὅτε Τυδεΐδεω κλισίην εὔτυκτον ἵκοντο,

Als sie den Ort nun erreicht, wo sie Hektors Späher getötet,
Hemmte die hurtigen Rosse der Held, Zeus' Liebling Odysseus;
Doch zur Erd' entsprang der Tydeid', und die blutige Rüstung
Reicht' er Odysseus' Händen, und stieg auf den Rücken des Rosses.
Jener schlug mit dem Bogen, und rasch hinflogen die Rosse
Zu den geräumigen Schiffen; denn dorthin wünschten sie herzlich.
Nestor hörte zuerst die stampfenden Huf' und begann so:
Freunde, des Volks von Argos erhabene Fürsten und Pfleger,
Irr' ich, oder ist Wahrheit mein Wort? Doch die Seele gebeut mir's.
Schnell hertrabender Rosse Gestampf umtönt mir die Ohren.
Wenn doch Odysseus jetzt und der starke Held Diomedes
Hurtig daher von den Troern beflügelten stampfende Rosse!
Aber ich sorg' im Herzen und fürchte mich, was sie betroffen,
Argos' tapferste Helden, im lärmenden Troergetümmel!
Noch nicht ganz war geredet das Wort, da kamen sie selber.
Und sie schwangen herab auf die Erde sich; jene mit Freude
Reichten die Hände zum Gruß, und redeten freundliche Worte.
Doch vor allen begann der gerenische reisige Nestor:
Sprich, preisvoller Odysseus, erhabener Ruhm der Achaier,
Wie doch diese Ross' ihr erbeutetet? ob ihr ins Lager
Eindrangt, oder vielleicht ein begegnender Gott sie euch darbot?
Wunderbar gleicht ihr Schimmer den leuchtenden Sonnenstrahlen!
Stets zwar schalt' ich im troischen Heer, und zaudere, mein' ich,
Niemals gern bei den Schiffen, wiewohl ein grauender Krieger;
Doch nie hab' ich Rosse wie die gesehn noch bemerket!
Aber gewiß hat euch ein begegnender Gott sie verliehen;
Denn es liebt euch beide der Herrscher im Donnergewölk Zeus
Und des allmächtigen Zeus' blauäugige Tochter Athene.
Ihm antwortete drauf der erfindungsreiche Odysseus:
Nestor, Neleus' Sohn, du erhabener Ruhm der Achaier,
Leicht kann wahrlich ein Gott noch schönere Rosse denn diese,
Wenn's ihm gefällt, darbieten, denn weit gewaltiger sind sie!
Diese, Greis, wie du fragst, sind neuankommende Rosse,
Thrakische, deren Gebieter der tapfere Held Diomedes
Tötete, zwölf auch umher der edelsten Kriegesgefährten.
Zum dreizehnten annoch erschlugen wir, nahe den Schiffen,
Einen spähenden Mann, der Kundschaft unseres Heeres
Forschte, von Hektor gesandt und den anderen Fürsten der Troer.
Sprach's, und lenkte den Graben hindurch die stampfenden Rosse,
Jauchzendes Muts; ihn begleiteten froh die andern Achaier.
Als sie nunmehr erreichten das schöne Gezelt Diomedes';

ἵππους μὲν κατέδησαν ἐϋτμήτοισιν ἱμᾶσι
φάτνηι ἐφ' ἱππείηι, ὅθι περ Διομήδεος ἵπποι
ἕστασαν ὠκύποδες μελιηδέα πυρὸν ἔδοντες·
νηΐ δ' ἐνὶ πρυμνῆι ἔναρα βροτόεντα Δόλωνος
θῆκ' Ὀδυσεύς, ὄφρ' ἱρὸν ἑτοιμασσαίατ' Ἀθήνηι.
αὐτοὶ δ' ἱδρῶ πολλὸν ἀπενίζοντο θαλάσσηι
ἐσβάντες κνήμας τε ἰδὲ λόφον ἀμφί τε μηρούς.
αὐτὰρ ἐπεί σφιν κῦμα θαλάσσης ἱδρῶ πολλὸν
νίψεν ἀπὸ χρωτὸς καὶ ἀνέψυχθεν φίλον ἦτορ,
ἔς ῥ' ἀσαμίνθους βάντες ἐϋξέστας λούσαντο.
τὼ δὲ λοεσσαμένω καὶ ἀλειψαμένω λίπ' ἐλαίωι
δείπνωι ἐφιζανέτην, ἀπὸ δὲ κρητῆρος Ἀθήνηι
πλείου ἀφυσσόμενοι λεῖβον μελιηδέα οἶνον.

Banden sie dort die Rosse mit wohlgeschnittenen Riemen
Fest an die Kripp', allwo die anderen Rosse des Königs
Standen, geflügeltes Laufs, mit lieblichem Weizen sich nährend.
Aber Odysseus legte die blutige Beute des Dolon
Hinten ins Schiff, bis sie könnten ein Dankfest weihn der Athene.
Drauf entwuschen sich beide den vielen Schweiß in die Meerflut
Eingetaucht, von den Beinen, vom Hals' umher, und den Schenkeln.
Aber nachdem die Woge den vielen Schweiß der Arbeit
Ganz den Gliedern entspült, und ihr mutiges Herz sich erlabet,
Stiegen sie ein zum Bad in schöngeglättete Wannen.
Beide vom Bad erwärmt, und gesalbt mit geschmeidigem Öle,
Saßen zum Frühmahl jetzt, und aus vollem Kruge sich schöpfend,
Gossen sie aus vor Athene des herzerfreuenden Weines.

ΙΛΙΑΔΟΣ Λ

Ἀγαμέμνονος ἀριστεία.

Ἠὼς δ’ ἐκ λεχέων παρ’ ἀγαυοῦ Τιθωνοῖο
ὄρνυθ’, ἵν’ ἀθανάτοισι φόως φέροι ἠδὲ βροτοῖσι·
Ζεὺς δ’ Ἔριδα προΐαλλε θοὰς ἐπὶ νῆας Ἀχαιῶν
ἀργαλέην, πολέμοιο τέρας μετὰ χερσὶν ἔχουσαν.
στῆ δ’ ἐπ’ Ὀδυσσῆος μεγακήτεϊ νηῒ μελαίνηι,
ἥ ῥ’ ἐν μεσσάτωι ἔσκε γεγωνέμεν ἀμφοτέρωσε,
ἠμὲν ἐπ’ Αἴαντος κλισίας Τελαμωνιάδαο
ἠδ’ ἐπ’ Ἀχιλλῆος, τοί ῥ’ ἔσχατα νῆας ἐΐσας
εἴρυσαν, ἠνορέηι πίσυνοι καὶ κάρτεϊ χειρῶν.
ἔνθα στᾶσ’ ἤϋσε θεὰ μέγα τε δεινόν τε
ὄρθι’, Ἀχαιοῖσιν δὲ μέγα σθένος ἔμβαλ’ ἑκάστωι
καρδίηι, ἄληκτον πολεμίζειν ἠδὲ μάχεσθαι.
τοῖσι δ’ ἄφαρ πόλεμος γλυκίων γένετ’ ἠὲ νέεσθαι
ἐν νηυσὶ γλαφυρῆισι φίλην ἐς πατρίδα γαῖαν.
Ἀτρεΐδης δ’ ἐβόησεν ἰδὲ ζώννυσθαι ἄνωγεν
Ἀργείους· ἐν δ’ αὐτὸς ἐδύσετο νώροπα χαλκόν.
κνημῖδας μὲν πρῶτα περὶ κνήμηισιν ἔθηκε
καλάς, ἀργυρέοισιν ἐπισφυρίοις ἀραρυίας·
δεύτερον αὖ θώρηκα περὶ στήθεσσιν ἔδυνε,
τόν ποτέ οἱ Κινύρης δῶκε ξεινήϊον εἶναι.
πεύθετο γὰρ Κύπρονδε μέγα κλέος, οὕνεκ’ Ἀχαιοὶ
ἐς Τροίην νήεσσιν ἀναπλεύσεσθαι ἔμελλον·
τοὔνεκά οἱ τὸν δῶκε χαριζόμενος βασιλῆϊ.
τοῦ δ’ ἤτοι δέκα οἶμοι ἔσαν μέλανος κυάνοιο,
δώδεκα δὲ χρυσοῖο καὶ εἴκοσι κασσιτέροιο·
κυάνεοι δὲ δράκοντες ὀρωρέχατο προτὶ δειρὴν
τρεῖς ἑκάτερθ’, ἴρισσιν ἐοικότες, ἅς τε Κρονίων
ἐν νέφεϊ στήριξε, τέρας μερόπων ἀνθρώπων.
ἀμφὶ δ’ ἄρ’ ὤμοισιν βάλετο ξίφος· ἐν δέ οἱ ἧλοι
χρύσειοι πάμφαινον, ἀτὰρ περὶ κουλεὸν ἦεν

ELFTER GESANG

Am Morgen rüstet sich Agamemnon, und führt zur Schlacht. Hektor ihm entgegen. Vor Agamemnons Tapferkeit fliehn die Troer. Zeus vom Ida sendet dem Hektor Befehl, bis Agamemnon verwundet sei, den Kampf zu vermeiden. Der verwundete Agamemnon entweicht, und Hektor dringt vor. Verwundet kehrt Diomedes zu den Schiffen; dann Odysseus, von Ajas aus der Umzingelung gerettet; dann Machaon und Eurypylos. Zu Nestor, der mit Machaon vorbeifuhr, sendet Achilleus den Patroklos zu fragen, wer der Verwundete sei. Patroklos, durch Nestors Rede gerührt, begegnet dem Eurypylos, führt ihn voll Mitleid ins Zelt, und verbindet ihn.

Eos nunmehr aus dem Lager des hochgesinnten Tithonos
Hub sich, Göttern das Licht und sterblichen Menschen zu bringen.
Zeus nun sandte daher zu den rüstigen Schiffen Achaias
Eris, die schreckliche Göttin, das Zeichen des Kampfs in den Händen.
Und sie betrat des Odysseus gewaltiges, dunkeles Meerschiff,
Welches die Mitt' einnahm, daß beiderseits sie vernähmen,
Dort zu Ajas' Gezelten hinab, des Telamoniden,
Dort zu des Peleionen, die beid' an den Enden ihr Schiffheer
Aufgestellt, hochtrotzend auf Mut und Stärke der Hände.
Hier nun stand die Göttin und schrie, machtvoll und entsetzlich,
Laut in Achaias Heer und rüstete jegliches Mannes
Busen mit Kraft, rastlos im Streite zu stehn und zu kämpfen.
Allen sofort schien süßer der Krieg, als wiederzukehren
In den gebogenen Schiffen zum lieben Lande der Väter.
  Atreus' Sohn auch rief und ermahnete, schnell sich zu gürten,
Argos' Volk; auch deckt' er sich selbst mit blendendem Erze.
Eilend fügt' er zuerst um die Beine sich bergende Schienen,
Blank und schön, anschließend mit silberner Knöchelbedeckung;
Weiter umschirmt' er die Brust ringsher mit dem ehernen Harnisch,
Welchen Kinyras einst zum Gastgeschenk ihm verliehen.
Denn er vernahm in Kypros den großen Ruf der Achaier,
Daß sie vereint gen Troja hinaufzuschiffen beschlossen;
Darum schenkt' er ihm jenen, gefällig zu sein dem Beherrscher.
Ringsum wechselten zehn blauschimmernde Streifen des Stahles,
Zwölf aus funkelndem Gold', und zwanzig andre des Zinnes;
Auch drei bläuliche Drachen erhuben sich gegen den Hals ihm
Beiderseits, voll Glanz wie Regenbogen, die Kronos'
Sohn in die Wolken gestellt, den redenden Menschen zum Zeichen.
Hierauf warf er das Schwert um die Schulter sich: goldene Buckeln
Leuchteten über das Heft; und die Kling' umhüllte die Scheide,

ἀργύρεον, χρυσέοισιν ἀορτήρεσσιν ἀρηρός.
ἂν δ' ἕλετ' ἀμφιβρότην πολυδαίδαλον ἀσπίδα θοῦριν,
καλήν, ἣν πέρι μὲν κύκλοι δέκα χάλκεοι ἦσαν,
ἐν δέ οἱ ὀμφαλοὶ ἦσαν ἐείκοσι κασσιτέροιο
λευκοί, ἐν δὲ μέσοισιν ἔην μέλανος κυάνοιο.
τῆι δ' ἐπὶ μὲν Γοργὼ βλοσυρῶπις ἐστεφάνωτο
δεινὸν δερκομένη, περὶ δὲ Δεῖμός τε Φόβος τε.
τῆς δ' ἐξ ἀργύρεος τελαμὼν ἦν· αὐτὰρ ἐπ' αὐτοῦ
κυάνεος ἐλέλικτο δράκων, κεφαλαὶ δέ οἱ ἦσαν
τρεῖς ἀμφιστρεφέες, ἑνὸς αὐχένος ἐκπεφυυῖαι.
κρατὶ δ' ἐπ' ἀμφίφαλον κυνέην θέτο τετραφάληρον
ἵππουριν· δεινὸν δὲ λόφος καθύπερθεν ἔνευεν.
εἵλετο δ' ἄλκιμα δοῦρε δύω, κεκορυθμένα χαλκῶι,
ὀξέα· τῆλε δὲ χαλκὸς ἀπ' αὐτόφιν οὐρανὸν εἴσω
λάμπ'· ἐπὶ δ' ἐγδούπησαν Ἀθηναίη τε καὶ Ἥρη,
τιμῶσαι βασιλῆα πολυχρύσοιο Μυκήνης.
ἡνιόχωι μὲν ἔπειτα ἑῶι ἐπέτελλεν ἕκαστος
ἵππους εὖ κατὰ κόσμον ἐρυκέμεν αὖθ' ἐπὶ τάφρωι,
αὐτοὶ δὲ πρυλέες σὺν τεύχεσι θωρηχθέντες
ῥώοντ'· ἄσβεστος δὲ βοὴ γένετ' ἠῶθι πρό.
φθὰν δὲ μέγ' ἱππήων ἐπὶ τάφρωι κοσμηθέντες,
ἱππῆες δ' ὀλίγον μετεκίαθον· ἐν δὲ κυδοιμὸν
ὦρσε κακὸν Κρονίδης, κατὰ δ' ὑψόθεν ἧκεν ἐέρσας
αἵματι μυδαλέας ἐξ αἰθέρος, οὕνεκ' ἔμελλε
πολλὰς ἰφθίμους κεφαλὰς Ἄϊδι προϊάψειν.
Τρῶες δ' αὖθ' ἑτέρωθεν ἐπὶ θρωσμῶι πεδίοιο,
Ἕκτορά τ' ἀμφὶ μέγαν καὶ ἀμύμονα Πουλυδάμαντα
Αἰνείαν θ', ὃς Τρωσὶ θεὸς ὣς τίετο δήμωι,
τρεῖς τ' Ἀντηνορίδας, Πόλυβον καὶ Ἀγήνορα δῖον
ἠΐθεόν τ' Ἀκάμαντ', ἐπιείκελον ἀθανάτοισιν.
Ἕκτωρ δ' ἐν πρώτοισι φέρ' ἀσπίδα πάντοσ' ἐΐσην.
οἷος δ' ἐκ νεφέων ἀναφαίνεται οὔλιος ἀστὴρ
παμφαίνων, τοτὲ δ' αὖτις ἔδυ νέφεα σκιόεντα,
ὣς Ἕκτωρ ὁτὲ μέν τε μετὰ πρώτοισι φάνεσκεν,
ἄλλοτε δ' ἐν πυμάτοισι κελεύων· πᾶς δ' ἄρα χαλκῶι
λάμφ' ὥς τε στεροπὴ πατρὸς Διὸς αἰγιόχοιο.
οἱ δ', ὥς τ' ἀμητῆρες ἐναντίοι ἀλλήλοισιν
ὄγμον ἐλαύνωσιν ἀνδρὸς μάκαρος κατ' ἄρουραν
πυρῶν ἢ κριθῶν· τὰ δὲ δράγματα ταρφέα πίπτει·
ὣς Τρῶες καὶ Ἀχαιοὶ ἐπ' ἀλλήλοισι θορόντες
δήιουν, οὐδ' ἕτεροι μνώοντ' ὀλοοῖο φόβοιο.

Silberhell, am Gehenk von strahlendem Golde befestigt.
Drauf den gewaltigen Schild, den ringsbedeckenden, hub er,
Schön von Kunst: ihm liefen umher zehn eherne Kreise;
Auch umblinkten ihn zwanzig von Zinn gewölbete Nabel,
Weiß, und der mittlere war von dunkeler Bläue des Stahles.
Auch die Schreckengestalt der Gorgo drohete schlängelnd,
Mit wutfunkelndem Blick, und umher war Graun und Entsetzen.
Silbern war des Schildes Gehenk; und gräßlich auf diesem
Schlängelt' ein bläulicher Drache dahin; drei Häupter des Scheusals
Waren umhergekrümmt, aus einem Halse sich windend.
Drauf umschloß er das Haupt mit des Helms viergipflichter Kuppel,
Von Roßhaaren umwallt, und fürchterlich winkte der Helmbusch.
Auch zwo mächtige Lanzen, gespitzt mit der Schärfe des Erzes,
Faßte der Held, daß ferne das Erz zum erhabenen Himmel
Leuchtete. Laut her donnerten nun Athenäa und Here,
Hoch zu ehren den König der golddurchstrahlten Mykene.
Jetzo gebot ein jeder dem eigenen Wagenlenker,
Dort am Graben die Ross' in geordneter Reihe zu halten.
Aber die Streiter zu Fuß mit ehernen Waffen gerüstet
Drangen voran; und laut erscholl ihr Geschrei in der Dämmrung.
Vor den Reisigen zogen sie nun, am Graben geordnet;
Nahe folgeten dann die Reisigen. Aber Getümmel
Tobte durchs Heer, von Kronion erregt, der hoch aus dem Äther
Tau mit Blute gesprengt ausschüttete; denn er gedachte,
Viele tapfere Häupter hinabzusenden zum Aïs.
Jenseits hielten die Troer geschart auf dem Hügel des Feldes;
Hektor der Große gebot und der edle Polydamas jenen,
Auch Äneias, geehrt wie ein Gott im Volke der Troer,
Polybos auch und Agenor der Held, und der mutige Jüngling
Akamas, Göttern gleich, drei tapfere Söhn' Agenors.
Hektor durchging die ersten mit rund gewölbetem Schilde.
So wie aus Nachtgewölk ein Stern zum Verderben hervorblickt,
Strahlend umher, dann wieder sich taucht in schattende Wolken:
Also erschien itzt Hektor, die vordersten rings durchwandelnd,
Jetzo im äußersten Zug', und ordnete; ganz in dem Erze
Leuchtet' er, ähnlich dem Strahl des ägiserschütternden Vaters.
Siehe nunmehr, wie Schnitter entgegenstrebend einander
Grade das Schwad hinmähn, auf der Flur des begüterten Mannes,
Weizen oder auch Gerst', und die sinkenden Bunde sich häufen:
Also stürmten die Troer und Danaer gegeneinander
Mordend, nicht hier noch dort der verderblichen Flucht sich erinnernd;

ἴσας δ' ὑσμίνη κεφαλὰς ἔχεν, οἱ δὲ λύκοι ὣς
θῦνον· Ἔρις δ' ἄρ' ἔχαιρε πολύστονος εἰσορόωσα·
οἴη γάρ ῥα θεῶν παρετύγχανε μαρναμένοισιν,
οἱ δ' ἄλλοι οὔ σφιν πάρεσαν θεοί, ἀλλὰ ἕκηλοι
σφοῖσιν ἐνὶ μεγάροισι καθήατο, ἧχι ἑκάστωι
δώματα καλὰ τέτυκτο κατὰ πτύχας Οὐλύμποιο.
πάντες δ' ἠιτιόωντο κελαινεφέα Κρονίωνα,
οὕνεκ' ἄρα Τρώεσσιν ἐβούλετο κῦδος ὀρέξαι.
τῶν μὲν ἄρ' οὐκ ἀλέγιζε πατήρ· ὁ δὲ νόσφι λιασθεὶς
τῶν ἄλλων ἀπάνευθε καθέζετο κύδεϊ γαίων,
εἰσορόων Τρώων τε πόλιν καὶ νῆας Ἀχαιῶν
χαλκοῦ τε στεροπήν, ὀλλύντάς τ' ὀλλυμένους τε.
ὄφρα μὲν ἠὼς ἦν καὶ ἀέξετο ἱερὸν ἦμαρ,
τόφρα μάλ' ἀμφοτέρων βέλε' ἥπτετο, πῖπτε δὲ λαός·
ἦμος δὲ δρυτόμος περ ἀνὴρ ὡπλίσσατο δεῖπνον
οὔρεος ἐν βήσσηισιν, ἐπεί τ' ἐκορέσσατο χεῖρας
τάμνων δένδρεα μακρά, ἄδος τέ μιν ἵκετο θυμόν,
σίτου τε γλυκεροῖο περὶ φρένας ἵμερος αἱρεῖ,
τῆμος σφῆι ἀρετῆι Δαναοὶ ῥήξαντο φάλαγγας,
κεκλόμενοι ἑτάροισι κατὰ στίχας· ἐν δ' Ἀγαμέμνων
πρῶτος ὄρουσ', ἕλε δ' ἄνδρα Βιάνορα, ποιμένα λαῶν,
αὐτόν, ἔπειτα δ' ἑταῖρον Ὀϊλῆα πλήξιππον.
ἤτοι ὅ γ' ἐξ ἵππων κατεπάλμενος ἀντίος ἔστη·
τὸν δ' ἰθὺς μεμαῶτα μετώπιον ὀξέϊ δουρὶ
νύξ', οὐδὲ στεφάνη δόρυ οἱ σχέθε χαλκοβάρεια,
ἀλλὰ δι' αὐτῆς ἦλθε καὶ ὀστέου, ἐγκέφαλος δὲ
ἔνδον ἅπας πεπάλακτο· δάμασσε δέ μιν μεμαῶτα.
καὶ τοὺς μὲν λίπεν αὖθι ἄναξ ἀνδρῶν Ἀγαμέμνων
στήθεσι παμφαίνοντας, ἐπεὶ περίδυσε χιτῶνας·
αὐτὰρ ὁ βῆ Ἶσόν τε καὶ Ἄντιφον ἐξεναρίξων,
υἷε δύω Πριάμοιο, νόθον καὶ γνήσιον, ἄμφω
εἰν ἑνὶ δίφρωι ἐόντας· ὁ μὲν νόθος ἡνιόχευεν,
Ἄντιφος αὖ παρέβασκε περικλυτός· ὥ ποτ' Ἀχιλλεὺς
Ἴδης ἐν κνημοῖσι δίδη μόσχοισι λύγοισι,
ποιμαίνοντ' ἐπ' ὄεσσι λαβών, καὶ ἔλυσεν ἀποίνων.
δὴ τότε γ' Ἀτρεΐδης εὐρὺ κρείων Ἀγαμέμνων
τὸν μὲν ὑπὲρ μαζοῖο κατὰ στῆθος βάλε δουρί,
Ἄντιφον αὖ παρὰ οὖς ἔλασε ξίφει, ἐκ δ' ἔβαλ' ἵππων.
σπερχόμενος δ' ἀπὸ τοῖιν ἐσύλα τεύχεα καλά,
γιγνώσκων· καὶ γάρ σφε πάρος παρὰ νηυσὶ θοῆισιν
εἶδεν, ὅτ' ἐξ Ἴδης ἄγαγεν πόδας ὠκὺς Ἀχιλλεύς.

Haupt an Haupt drang alles zur Feldschlacht; und wie die Wölfe
Tobten sie. Froh nun schaute die jammererregende Eris:
Denn sie allein war noch der Unsterblichen unter den Streitern;
Und kein anderer Gott gesellte sich, sondern geruhig
Saßen sie all' in den eignen Behausungen, dort, wo für jeden
Prangt' ein schöner Palast auf den steigenden Höhn des Olympos.
Alle tadelten sie den schwarzumwölkten Kronion,
Weil er beschloß den Troern des Sieges Ruhm zu verleihen.
Doch nicht achtete dessen der Donnerer; ferne gesondert
Schied er hinweg von den andern und setzte sich, freudiges Trotzes,
Weit umschauend der Troer Stadt und die Schiffe Achaias,
Und den Glanz des Erzes und Würgende rings und Erwürgte.
Weil noch Morgen es war, und der heilige Tag emporstieg;
Hafteten jegliches Heeres Geschoss', und es sanken die Völker.
Doch wenn ein Mann, holzhauend im Forst, sein Mahl sich bereitet,
An des Gebirgs Abhängen, nachdem er die Arme gesättigt,
Ragende Bäume zu haun, und Unlust drang in die Seele,
Und nach erquickender Kost sein Herz vor Verlangen ihm schmachtet:
Jetzo mit Kraft durchbrachen die Danaer kühn die Geschwader,
Rufend den Freunden umher in den Ordnungen. Sieh' Agamemnon
Stürmte voran und entraffte den Völkerhirten Bianor,
Ihn, und darauf den Genossen, den Wagenlenker Oileus.
Dieser schwang sich herab vom Wagengeschirr und bestand ihn;
Doch in des grad' Anstrebenden Stirn mit spitziger Lanze
Stach er; und nicht verwehrte des Helms erzlastende Kuppel,
Sondern sie drang durch Erz und Schädel ihm, und sein Gehirn ward
Ganz mit Blute vermischt; so bändigt' er jenen im Angriff.
Sie nun ließ er daselbst, der Völkerfürst Agamemnon,
Nackt die schimmernden Brüste, nach abgehülleten Panzern;
Eilte sodann auf Isos und Antiphos, gierig des Mordes,
Söhne des Priamos beid', unecht und ehelich, beide
Stehend in einem Geschirr. Der Bastard lenkte die Zügel;
Antiphos stand zum Kampfe, der Herrliche: sie, die Achilleus
Einst auf Idis Höhn mit weidenden Gerten gefesselt,
Als er hütend der Schafe sie fand, und um Lösung befreiet.
Aber des Atreus' Sohn, der Völkerfürst Agamemnon,
Jenem über der Warze durchschoß er die Brust mit der Lanze;
Antiphos haut' er am Ohr mit dem Schwert, und stürzt' ihn vom Wagen.
Schnell entzog er darauf der Getöteten prangende Rüstung,
Kennend beid'; er sah sie vordem bei den rüstigen Schiffen,
Als sie vom Ida geführt der mutige Renner Achilleus.

ὡς δὲ λέων ἐλάφοιο ταχείης νήπια τέκνα
ῥηϊδίως συνέαξε, λαβὼν κρατεροῖσιν ὀδοῦσιν,
ἐλθὼν εἰς εὐνήν, ἁπαλόν τέ σφ' ἦτορ ἀπηύρα·
ἡ δ' εἴ πέρ τε τύχῃσι μάλα σχεδόν, οὐ δύναταί σφι
χραισμεῖν· αὐτὴν γάρ μιν ὑπὸ τρόμος αἰνὸς ἱκάνει·
καρπαλίμως δ' ἤϊξε διὰ δρυμὰ πυκνὰ καὶ ὕλην
σπεύδουσ' ἱδρώουσα κραταιοῦ θηρὸς ὑφ' ὁρμῆς·
ὣς ἄρα τοῖς οὔ τις δύνατο χραισμῆσαι ὄλεθρον
Τρώων, ἀλλὰ καὶ αὐτοὶ ὑπ' Ἀργείοισι φέβοντο.
αὐτὰρ ὁ Πείσανδρόν τε καὶ Ἱππόλοχον μενεχάρμην,
υἱέας Ἀντιμάχοιο δαΐφρονος, ὅς ῥα μάλιστα
χρυσὸν Ἀλεξάνδροιο δεδεγμένος, ἀγλαὰ δῶρα,
οὐκ εἴασχ' Ἑλένην δόμεναι ξανθῶι Μενελάωι,
τοῦ περ δὴ δύο παῖδε λάβε κρείων Ἀγαμέμνων
εἰν ἑνὶ δίφρωι ἐόντας, ὁμοῦ δ' ἔχον ὠκέας ἵππους·
ἐκ γάρ σφεας χειρῶν φύγον ἡνία σιγαλόεντα,
τὼ δὲ κυκηθήτην· ὁ δ' ἐναντίον ὦρτο λέων ὣς
Ἀτρεΐδης· τὼ δ' αὖτ' ἐκ δίφρου γουναζέσθην·
„ζώγρει, Ἀτρέος υἱέ, σὺ δ' ἄξια δέξαι ἄποινα·
πολλὰ δ' ἐν Ἀντιμάχοιο δόμοις κειμήλια κεῖται,
χαλκός τε χρυσός τε πολύκμητός τε σίδηρος,
τῶν κέν τοι χαρίσαιτο πατὴρ ἀπερείσι' ἄποινα,
εἰ νῶϊ ζωοὺς πεπύθοιτ' ἐπὶ νηυσὶν Ἀχαιῶν."
ὣς τώ γε κλαίοντε προσαυδήτην βασιλῆα
μειλιχίοις ἐπέεσσιν· ἀμείλικτον δ' ὄπ' ἄκουσαν·
„εἰ μὲν δὴ Ἀντιμάχοιο δαΐφρονος υἱέες ἐστόν,
ὅς ποτ' ἐνὶ Τρώων ἀγορῆι Μενέλαον ἄνωγεν,
ἀγγελίην ἐλθόντα σὺν ἀντιθέωι Ὀδυσῆϊ,
αὖθι κατακτεῖναι μηδ' ἐξέμεν ἂψ ἐς Ἀχαιούς,
νῦν μὲν δὴ τοῦ πατρὸς ἀεικέα τίσετε λώβην."
ἦ, καὶ Πείσανδρον μὲν ἀφ' ἵππων ὦσε χαμᾶζε
δουρὶ βαλὼν πρὸς στῆθος· ὁ δ' ὕπτιος οὔδει ἐρείσθη.
Ἱππόλοχος δ' ἀπόρουσε, τὸν αὖ χαμαὶ ἐξενάριξε,
χεῖρας ἀπὸ ξίφεϊ τμήξας ἀπό τ' αὐχένα κόψας,
ὅλμον δ' ὣς ἔσσευε κυλίνδεσθαι δι' ὁμίλου.
τοὺς μὲν ἔασ'· ὁ δ' ὅθι πλεῖσται κλονέοντο φάλαγγες,
τῆι ῥ' ἐνόρουσ', ἅμα δ' ἄλλοι ἐϋκνήμιδες Ἀχαιοί,
πεζοὶ μὲν πεζοὺς ὄλεκον φεύγοντας ἀνάγκῃ,
ἱππεῖς δ' ἱππῆας – ὑπὸ δέ σφισιν ὦρτο κονίη
ἐκ πεδίου, τὴν ὦρσαν ἐρίγδουποι πόδες ἵππων –
χαλκῶι δηϊόωντες· ἀτὰρ κρείων Ἀγαμέμνων

So wie ein Leu der Hindin noch unbehilfliche Kinder
Leicht nacheinander zermalmt, mit mächtigen Zähnen sie fassend.
Wann er im Lager sie traf, und ihr blühendes Leben entreißet;
Jene, wie nahe sie ist, vermag nicht ihnen zu helfen;
Denn ihr selbst erbeben von schrecklicher Angst die Gebeine;
Eilendes Laufs entflieht sie durch dichtes Gebüsch und durch Waldung,
Rastlos, triefend von Schweiß, vor der Wut des mächtigen Raubtiers:
Also konnt' itzt keiner des troischen Volks vom Verderben
Jene befrein; auch selber vor Argos' Söhnen entflohn sie.
Jetzo den kriegsfrohen Hippolochos und den Pisandros,
Beid' Antimachos' Söhne, des waltenden: welcher am meisten
Drang, vom Gold' Alexandros', den glänzenden Gaben, betöret,
Helena nicht zu geben dem bräunlichen Held Menelaos:
Dessen Söhne nun traf der Völkerfürst Agamemnon,
Beid' auf einem Geschirr, die hurtigen Rosse bezähmend;
Denn es entflohn den Händen die purpurschimmernden Zügel,
Und sie tummelten wild. Da stürzt' er heran, wie ein Löwe,
Atreus' Sohn; und sie flehten ihm hingeschmiegt vom Wagen:
Fah' uns, Atreus' Sohn, und nimm dir würdige Lösung.
Viel der Kleinode ruhn in Antimachos' hohem Palaste,
Erz und Goldes genug, und schöngeschmiedetes Eisen.
Hiervon reicht der Vater dir gern unermeßliche Lösung,
Wenn er uns noch lebend vernimmt bei den Schiffen Achaias.
Also fleheten sie mit freundlichen Worten den König
Weinend an; da erscholl die unbarmherzige Stimme:
Hat Antimachos denn, der waltende Held, euch gezeuget,
Welcher im Rat einst hieß, daß Trojas Volk Menelaos,
Als er gesandt hinkam, mit dem göttergleichen Odysseus,
Dort erschlüg', und sie nicht heimsendete zu den Achaiern,
Auf, so büßt mir jetzo des Vaters schändlichen Frevel.
Sprach's, und stürzte Pisandros vom Wagengeschirr auf die Erde,
Werfend den Speer in die Brust, daß zurück auf den Boden er hinsank.
Aber Hippolochos sprang von dem Sitz; da erschlug er ihn unten,
Weg mit dem Schwerte die Händ', und das Haupt von der Schulter ihm hauend;
Ließ dann rollen den Rumpf wie ein Mörser gewälzt im Getümmel.
Jene verließ er, und dort, wo am dichtesten drängten die Haufen,
Stürzt' er hinein, begleitet von hellumschienten Achaiern.
Fußvolk mordete nun Fußvolk, das gezwungen zurückfloh,
Reisige nun der Reisigen Schar (und wölkender Staub stieg
Aus dem Gefild', erregt von den donnernden Hufen der Rosse,)
Tötendes Erz nachschwingend. Doch Atreus' Sohn Agamemnon,

αἰὲν ἀποκτείνων ἕπετ' Ἀργείοισι κελεύων.
ὡς δ' ὅτε πῦρ ἀΐδηλον ἐν ἀξύλωι ἐμπέσηι ὕληι,
πάντηι τ' εἰλυφόων ἄνεμος φέρει, οἱ δέ τε θάμνοι
πρόρριζοι πίπτουσιν ἐπειγόμενοι πυρὸς ὁρμῆι·
ὣς ἄρ' ὑπ' Ἀτρεΐδηι Ἀγαμέμνονι πῖπτε κάρηνα
Τρώων φευγόντων, πολλοὶ δ' ἐριαύχενες ἵπποι
κείν' ὄχεα κροτάλιζον ἀνὰ πτολέμοιο γεφύρας,
ἡνιόχους ποθέοντες ἀμύμονας· οἱ δ' ἐπὶ γαίηι
κείατο, γύπεσσιν πολὺ φίλτεροι ἢ ἀλόχοισιν.
Ἕκτορα δ' ἐκ βελέων ὕπαγε Ζεὺς ἔκ τε κονίης
ἔκ τ' ἀνδροκτασίης ἔκ θ' αἵματος ἔκ τε κυδοιμοῦ·
Ἀτρεΐδης δ' ἕπετο σφεδανὸν Δαναοῖσι κελεύων.
οἱ δὲ παρ' Ἴλου σῆμα παλαιοῦ Δαρδανίδαο
μέσσον κὰπ πεδίον παρ' ἐρινεὸν ἐσσεύοντο
ἱέμενοι πόλιος· ὁ δὲ κεκλήγων ἕπετ' αἰεὶ
Ἀτρεΐδης, λύθρωι δὲ παλάσσετο χεῖρας ἀάπτους.
ἀλλ' ὅτε δὴ Σκαιάς τε πύλας καὶ φηγὸν ἵκοντο,
ἔνθ' ἄρα δὴ ἵσταντο καὶ ἀλλήλους ἀνέμιμνον.
οἱ δ' ἔτι κὰμ μέσσον πεδίον φοβέοντο βόες ὥς,
ἅς τε λέων ἐφόβησε μολὼν ἐν νυκτὸς ἀμολγῶι
πάσας· τῆι δέ τ' ἰῆι ἀναφαίνεται αἰπὺς ὄλεθρος·
τῆς δ' ἐξ αὐχέν' ἔαξε λαβὼν κρατεροῖσιν ὀδοῦσι
πρῶτον, ἔπειτα δέ θ' αἷμα καὶ ἔγκατα πάντα λαφύσσει·
ὣς τοὺς Ἀτρεΐδης ἔφεπε κρείων Ἀγαμέμνων,
αἰὲν ἀποκτείνων τὸν ὀπίστατον· οἱ δ' ἐφέβοντο.
πολλοὶ δὲ πρηνεῖς τε καὶ ὕπτιοι ἔκπεσον ἵππων
Ἀτρεΐδεω ὑπὸ χερσί· περὶ πρὸ γὰρ ἔγχεϊ θῦεν.
ἀλλ' ὅτε δὴ τάχ' ἔμελλεν ὑπὸ πτόλιν αἰπύ τε τεῖχος
ἵξεσθαι, τότε δή ῥα πατὴρ ἀνδρῶν τε θεῶν τε
Ἴδης ἐν κορυφῆισι καθέζετο πιδηέσσης,
οὐρανόθεν καταβάς· ἔχε δ' ἀστεροπὴν μετὰ χερσίν.
Ἶριν δ' ὄτρυνε χρυσόπτερον ἀγγελέουσαν·
„βάσκ' ἴθι, Ἶρι ταχεῖα, τὸν Ἕκτορι μῦθον ἐνίσπες·
ὄφρ' ἂν μέν κεν ὁρᾶι Ἀγαμέμνονα, ποιμένα λαῶν,
θύνοντ' ἐν προμάχοισιν, ἐναίροντα στίχας ἀνδρῶν,
τόφρ' ἀναχωρείτω, τὸν δ' ἄλλον λαὸν ἀνώχθω
μάρνασθαι δηΐοισι κατὰ κρατερὴν ὑσμίνην.
αὐτὰρ ἐπεί κ' ἢ δουρὶ τυπεὶς ἢ βλήμενος ἰῶι
εἰς ἵππους ἅλεται, τότε οἱ κράτος ἐγγυαλίξω
κτείνειν, εἰς ὅ κε νῆας ἐϋσσέλμους ἀφίκηται
δύηι τ' ἠέλιος καὶ ἐπὶ κνέφας ἱερὸν ἔλθηι."

Immer verfolgt' er mordend und rief den Männern von Argos.
Wie wenn vertilgendes Feuer in nie gehauene Waldung
Fällt, dann wirbelnd der Sturm es umherträgt, und bis zur Wurzel
Stämm' und Gezweig' hinsinken, gerafft von des Feuerorkans Wut:
Also vor Atreus' Sohn Agamemnon sanken die Häupter
Fliehender Troer umher, und viel hochwiehernde Rosse
Rasselten, leer die Geschirre, dahin durch die Pfade des Treffens,
Ihrer untadligen Lenker beraubt, die zerstreut im Gefilde
Lagen, den Geiern anitzt weit lieblicher als den Vermählten.
Hektor entzog aus Geschossen der Donnerer und aus dem Staube,
Aus dem Gewürge der Schlacht, aus strömendem Blut und Getümmel.
Doch ihm folgt' Agamemnon, mit Macht die Achaier ermunternd.
Jene flohn zu dem Male des alten dardanischen Ilos
Mitten durch das Gefild, an dem Feigenbaume vorüber,
Sehnsuchtsvoll nach der Stadt; doch stets lautschreiend verfolgt' er,
Atreus' Sohn, mit Blut die unnahbaren Hände besudelt.
Als sie nunmehr dem skäischen Tor und der Buche genahet,
Standen sie endlich still und erwarteten einer den andern.
Stets durchs Gefild her stürzten die Flüchtlinge, scheu wie die Rinder,
Welche der Löwe verscheucht in dämmernder Stunde des Melkens,
Alle zugleich; doch der einen erscheint das grause Verderben;
Ihr nun bricht er den Nacken, mit mächtigen Zähnen sie fassend,
Erst, dann schlürft er das Blut und die Eingeweide hinunter:
Also verfolgte sie Atreus' gewaltiger Sohn Agamemnon,
Immerdar hinstreckend den äußersten; und sie entflohen.
Vorwärts taumelten viel' und rückwärts viele vom Wagen,
Unter der Hand des Atreiden; so tobt' er voran mit der Lanze.
Aber da bald er nunmehr zur Stadt und türmenden Mauer
Nahete; siehe der Vater des Menschengeschlechts und der Götter
Setzte sich nun auf dem Gipfel des quellenströmenden Ida,
Nieder vom Himmel gesenkt, den flammenden Blitz in den Händen.
Schnell nun entsandt' er als Botin die goldgeflügelte Iris:
Eile mir, hurtige Iris, dem Hektor das Wort zu verkünden:
Weil er sieht, daß annoch der Völkerhirt Agamemnon
Tobt in dem Vordergewühl und die Reihn der Männer vertilget,
Weich' er selber zurück, doch dem anderen Volke gebiet' er,
Gegen den Feind zu kämpfen im Ungestüme der Feldschlacht.
Aber sobald ein Speer ihn verwundete oder ein Pfeilschuß,
Daß er den Wagen besteigt; dann rüst' ich jenen mit Stärke,
Niederzuhaun, bis er naht den schöngebordeten Schiffen,
Bis die Sonne sich senkt, und heiliges Dunkel heraufzieht.

ὣς ἔφατ', οὐδ' ἀπίθησε ποδήνεμος ὠκέα Ἶρις,
βῆ δὲ κατ' Ἰδαίων ὀρέων εἰς Ἴλιον ἱρήν.
εὗρ' υἱὸν Πριάμοιο δαΐφρονος, Ἕκτορα δῖον,
ἑσταότ' ἔν θ' ἵπποισι καὶ ἅρμασι κολλητοῖσιν·
ἀγχοῦ δ' ἱσταμένη προσέφη πόδας ὠκέα Ἶρις·
„ Ἕκτορ, υἱὲ Πριάμοιο, Διὶ μῆτιν ἀτάλαντε,
Ζεύς με πατὴρ προέηκε τεῒν τάδε μυθήσασθαι.
ὄφρ' ἂν μέν κεν ὁρᾶις Ἀγαμέμνονα, ποιμένα λαῶν,
θύνοντ' ἐν προμάχοισιν, ἐναίροντα στίχας ἀνδρῶν,
τόφρ' ὑπόεικε μάχης, τὸν δ' ἄλλον λαὸν ἄνωχθι
μάρνασθαι δηΐοισι κατὰ κρατερὴν ὑσμίνην.
αὐτὰρ ἐπεί κ' ἢ δουρὶ τυπεὶς ἢ βλήμενος ἰῶι
εἰς ἵππους ἅλεται, τότε τοι κράτος ἐγγυαλίξει
κτείνειν, εἰς ὅ κε νῆας ἐϋσσέλμους ἀφίκηαι
δύηι τ' ἠέλιος καὶ ἐπὶ κνέφας ἱερὸν ἔλθηι."
ἡ μὲν ἄρ' ὣς εἰποῦσ' ἀπέβη πόδας ὠκέα Ἶρις,
Ἕκτωρ δ' ἐξ ὀχέων σὺν τεύχεσιν ἆλτο χαμᾶζε,
πάλλων δ' ὀξέα δοῦρα κατὰ στρατὸν ᾤχετο πάντηι,
ὀτρύνων μαχέσασθαι, ἔγειρε δὲ φύλοπιν αἰνήν.
οἱ δ' ἐλελίχθησαν καὶ ἐναντίοι ἔσταν Ἀχαιῶν,
Ἀργεῖοι δ' ἑτέρωθεν ἐκαρτύναντο φάλαγγας.
ἀρτύνθη δὲ μάχη, στὰν δ' ἀντίοι· ἐν δ' Ἀγαμέμνων
πρῶτος ὄρουσ', ἔθελεν δὲ πολὺ προμάχεσθαι ἁπάντων.
ἔσπετε νῦν μοι, Μοῦσαι, Ὀλύμπια δώματ' ἔχουσαι,
ὅς τις δὴ πρῶτος Ἀγαμέμνονος ἀντίον ἦλθεν
ἢ αὐτῶν Τρώων ἠὲ κλειτῶν ἐπικούρων.
Ἰφιδάμας Ἀντηνορίδης, ἠΰς τε μέγας τε,
ὃς τράφη ἐν Θρήικηι ἐριβώλακι, μητέρι μήλων·
Κισσῆς τόν γ' ἔθρεψε δόμοις ἔνι τυτθὸν ἐόντα
μητροπάτωρ, ὃς τίκτε Θεανὼ καλλιπάρηιον·
αὐτὰρ ἐπεί ῥ' ἥβης ἐρικυδέος ἵκετο μέτρον,
αὐτοῦ μιν κατέρυκε, δίδου δ' ὅ γε θυγατέρα ἥν·
γήμας δ' ἐκ θαλάμοιο μετὰ κλέος ἵκετ' Ἀχαιῶν
σὺν δυοκαίδεκα νηυσὶ κορωνίσιν, αἵ οἱ ἕποντο.
τὰς μὲν ἔπειτ' ἐν Περκώτηι λίπε νῆας ἐΐσας,
αὐτὰρ ὁ πεζὸς ἐὼν ἐς Ἴλιον εἰληλούθει·
ὅς ῥα τότ' Ἀτρεΐδεω Ἀγαμέμνονος ἀντίον ἦλθεν.
οἱ δ' ὅτε δὴ σχεδὸν ἦσαν ἐπ' ἀλλήλοισιν ἰόντες,
Ἀτρεΐδης μὲν ἅμαρτε, παραὶ δέ οἱ ἐτράπετ' ἔγχος,
Ἰφιδάμας δὲ κατὰ ζώνην θώρηκος ἔνερθε
νύξ', ἐπὶ δ' αὐτὸς ἔρεισε, βαρείηι χειρὶ πιθήσας·

Jener sprach's; ihm gehorchte die windschnell eilende Iris,
Schwebte von Idas Höhn zur heiligen Ilios nieder,
Fand des waltenden Priamos' Sohn, den göttlichen Hektor,
Stehn auf rossebespanntem und wohlgefügetem Wagen;
Nahe dann trat und begann die leichthinschwebende Iris:
Hektor, Priamos' Sohn, dem Zeus an Rate vergleichbar.
Zeus entsendete mich, dir dieses Wort zu verkünden.
Weil du siehst, daß annoch der Völkerhirt Agamemnon
Tobt in dem Vordergewühl, und die Reihn der Männer vertilget,
Weiche du selber zurück, doch gebeut dem anderen Volke,
Gegen den Feind zu kämpfen im Ungestüme der Feldschlacht.
Aber sobald ein Speer ihn verwundete oder ein Pfeilschuß,
Daß er den Wagen besteigt; dann rüstet er dich mit Stärke,
Niederzuhaun, bis du nahst den schöngebordeten Schiffen,
Bis die Sonne sich senkt, und heiliges Dunkel heraufzieht.
Also sprach und entflog die leichthinschwebende Iris.
Hektor vom Wagen herab mit den Rüstungen sprang auf die Erde.
Schwenkend die spitzigen Lanzen, durchwandelt' er alle Geschwader,
Rings ermahnend zum Kampf, und erweckte die tobende Feldschlacht.
Jene nun wandten die Stirn und begegneten kühn den Achaiern.
Argos' Söhn' auch drüben verstärkten die Macht der Geschwader;
Neu begann das Gefecht; ein drangen sie; doch Agamemnon
Stürmte voraus, denn er wollte der Vorderste kämpfen vor allen.
Sagt mir anitzt, ihr Musen, olympische Höhen bewohnend:
Welcher kam zuerst Agamemnons Händen entgegen,
Unter den Troern selbst und den rühmlichen Bundesgenossen?
Erst Antenors Sohn Iphidamas, groß und gewaltig,
Aufgenährt in Thraka, der scholligen Mutter der Schafe.
Kisseus der Ahn' erzog ihn als Kind in seinem Palaste,
Welcher Theano gezeugt, Iphidamas' rosige Mutter.
Aber nachdem er das Ziel der rühmlichen Jugend erreichet,
Jetzo behielt ihn der Ahn' und gab ihm die blühende Tochter.
Neuvermählt dann folgt' er dem großen Ruf der Achaier
Aus dem Gemach, mit zwölf schönprangenden Schiffen des Meeres;
Ließ darauf in Perkope zurück die schwebenden Schiffe,
Aber zu Fuß hinwandelnd erreicht' er Ilios' Mauern.
Dieser begegnete jetzt des Atreus' Sohn Agamemnon.
Als nunmehr sich genaht die Eilenden gegeneinander,
Jetzo verfehlt' Agamemnon, und seitwärts flog ihm die Lanze.
Aber Iphidamas stieß auf den Gurt ihm unter dem Panzer,
Kraftvoll, drängte dann nach, der nervichten Rechte vertrauend.

οὐδ᾽ ἔτορε ζωστῆρα παναίολον, ἀλλὰ πολὺ πρὶν
ἀργύρωι ἀντομένη μόλιβος ὣς ἐτράπετ᾽ αἰχμή.
καὶ τό γε χειρὶ λαβὼν εὐρὺ κρείων Ἀγαμέμνων
ἕλκ᾽ ἐπὶ οἷ μεμαὼς ὥς τε λίς, ἐκ δ᾽ ἄρα χειρὸς
σπάσσατο· τὸν δ᾽ ἄορι πλῆξ᾽ αὐχένα, λῦσε δὲ γυῖα.
ὣς ὁ μὲν αὖθι πεσὼν κοιμήσατο χάλκεον ὕπνον
οἰκτρός, ἀπὸ μνηστῆς ἀλόχου, ἀστοῖσιν ἀρήγων,
κουριδίης, ἧς οὔ τι χάριν ἴδε, πολλὰ δ᾽ ἔδωκε·
πρῶθ᾽ ἑκατὸν βοῦς δῶκεν, ἔπειτα δὲ χίλι᾽ ὑπέστη,
αἶγας ὁμοῦ καὶ ὄϊς, τά οἱ ἄσπετα ποιμαίνοντο.
δὴ τότε γ᾽ Ἀτρεΐδης Ἀγαμέμνων ἐξενάριξε,
βῆ δὲ φέρων ἀν᾽ ὅμιλον Ἀχαιῶν τεύχεα καλά.
τὸν δ᾽ ὡς οὖν ἐνόησε Κόων, ἀριδείκετος ἀνδρῶν,
πρεσβυγενὴς Ἀντηνορίδης, κρατερόν ῥά ἑ πένθος
ὀφθαλμοὺς ἐκάλυψε κασιγνήτοιο πεσόντος.
στῆ δ᾽ εὐρὰξ σὺν δουρὶ λαθὼν Ἀγαμέμνονα δῖον,
νύξε δέ μιν κατὰ χεῖρα μέσην ἀγκῶνος ἔνερθε,
ἀντικρὺ δὲ διέσχε φαεινοῦ δουρὸς ἀκωκή.
ῥίγησέν τ᾽ ἄρ᾽ ἔπειτα ἄναξ ἀνδρῶν Ἀγαμέμνων·
ἀλλ᾽ οὐδ᾽ ὣς ἀπέληγε μάχης ἠδὲ πτολέμοιο,
ἀλλ᾽ ἐπόρουσε Κόωνι ἔχων ἀνεμοτρεφὲς ἔγχος.
ἤτοι ὁ Ἰφιδάμαντα κασίγνητον καὶ ὄπατρον
ἕλκε ποδὸς μεμαώς, καὶ ἀΰτει πάντας ἀρίστους·
τὸν δ᾽ ἕλκοντ᾽ ἀν᾽ ὅμιλον ὑπ᾽ ἀσπίδος ὀμφαλοέσσης
οὔτησε ξυστῶι χαλκήρεϊ, λῦσε δὲ γυῖα·
τοῖο δ᾽ ἐπ᾽ Ἰφιδάμαντι κάρη ἀπέκοψε παραστάς.
ἔνθ᾽ Ἀντήνορος υἷες ὑπ᾽ Ἀτρεΐδηι βασιλῆϊ
πότμον ἀναπλήσαντες ἔδυν δόμον Ἄϊδος εἴσω.
αὐτὰρ ὁ τῶν ἄλλων ἐπεπωλεῖτο στίχας ἀνδρῶν
ἔγχεΐ τ᾽ ἄορί τε μεγάλοισί τε χερμαδίοισιν,
ὄφρά οἱ αἷμ᾽ ἔτι θερμὸν ἀνήνοθεν ἐξ ὠτειλῆς.
αὐτὰρ ἐπεὶ τὸ μὲν ἕλκος ἐτέρσετο, παύσατο δ᾽ αἷμα,
ὀξεῖαι δ᾽ ὀδύναι δῦνον μένος Ἀτρεΐδαο.
ὡς δ᾽ ὅτ᾽ ἂν ὠδίνουσαν ἔχηι βέλος ὀξὺ γυναῖκα,
δριμύ, τό τε προϊεῖσι μογοστόκοι Εἰλείθυιαι,
Ἥρης θυγατέρες πικρὰς ὠδῖνας ἔχουσαι,
ὣς ὀξεῖ᾽ ὀδύναι δῦνον μένος Ἀτρεΐδαο.
ἐς δίφρον δ᾽ ἀνόρουσε, καὶ ἡνιόχωι ἐπέτελλε
νηυσὶν ἔπι γλαφυρῆισιν ἐλαυνέμεν· ἤχθετο γὰρ κῆρ.
ἤϋσεν δὲ διαπρύσιον Δαναοῖσι γεγωνώς·
„ὦ φίλοι, Ἀργείων ἡγήτορες ἠδὲ μέδοντες,

Dennoch nicht durchbohrt' er den schöngetriebenen Gürtel;
Sondern vom Silber gehemmt, verbog wie Blei sich die Spitze.
Schleunig ergriff die Lanze der herrschende Held Agamemnon,
Zog sie heran, mit Gewalt, wie ein Berglöw', und aus der Hand ihm
Riß er sie; schwang in den Nacken das Schwert und löst' ihm die Glieder.
Also sank er daselbst, und schlief den ehernen Schlummer,
Mitleidswert, von der Gattin getrennt, für die Seinigen kämpfend,
Ihr, die jugendlich nicht ihm belohnt die großen Geschenke:
Hundert Rinder schenkt' er zuerst, und gelobte dem Schwäher
Tausend Ziegen und Schaf' aus seinen unzähligen Herden.
Ihn entwaffnete jetzt des Atreus' Sohn Agamemnon,
Trug dann einher durch der Danaer Reihn die prangende Rüstung.
    Aber da jetzt ihn Koon ersah, der gepriesenste Kämpfer,
Er, Antenors älterer Sohn: da umhüllt' ihm die Augen
Überschwenglicher Gram um den hingesunkenen Bruder.
Seitwärts genaht mit dem Speer, und unbemerkt Agamemnon,
Stach er ihm in die Mitte des Arms, dicht unter der Beugung,
Daß ihm grade durchdrang die schimmernde Spitze der Erzes.
Schauer ergriff nun plötzlich den herrschenden Held Agamemnon;
Dennoch rastet' er nicht vom Kampf und Schlachtengetümmel,
Sondern er stürzt' auf Koon mit sturmgenähreter Lanze.
Jener zog den Iphidamas nun, den leiblichen Bruder,
Eifrig am Fuße gefaßt, und rief den Tapfersten allen.
Doch wie er zog im Gedränge, verwundet ihn unter dem Schilde
Jener mit erzgerüstetem Schaft, und löst' ihm die Glieder;
Hieb dann über dem Bruder das Haupt von der Schulter ihm nahend.
So vom Atreiden besiegt, dem Könige, fanden Antenors
Beide Söhn' ihr Verhängnis und sanken in Aïdes' Wohnung.
    Aber jener durchflog noch andere Scharen der Männer,
Mordend mit Lanz' und Schwert und gewaltigen Steinen des Feldes,
Weil ihm das Blut noch warm aus offener Wund' hervordrang.
Aber sobald ihm stockte das Blut in erharschender Wunde,
Heftiger Schmerz nun faßte den Heldenmut Agamemnons.
Wie der Gebärerin Seele der Pfeil des Schmerzes durchdringet,
Herb und scharf, den gesandt hartringende Eileithyen,
Sie, der Here Töchter, von bitteren Wehen begleitet:
Also faßte der Schmerz den Heldenmut Agamemnons.
Und er sprang in den Sessel, dem Wagenlenker gebietend,
Schnell zu den Schiffen zu kehren, denn unmutsvoll war das Herz ihm.
Laut nun scholl sein durchdringender Ruf in das Heer der Achaier:
    Freunde, des Volks von Argos erhabene Fürsten und Pfleger,

ὑμεῖς μὲν νῦν νηυσὶν ἀμύνετε ποντοπόροισι
φύλοπιν ἀργαλέην, ἐπεὶ οὐκ ἐμὲ μητίετα Ζεὺς
εἴασε Τρώεσσι πανημέριον πολεμίζειν."
ὣς ἔφαθ', ἡνίοχος δ' ἵμασεν καλλίτριχας ἵππους
νῆας ἔπι γλαφυράς· τὼ δ' οὐκ ἀέκοντε πετέσθην·
ἄφρεον δὲ στήθεα, ῥαίνοντο δὲ νέρθε κονίηι,
τειρόμενον βασιλῆα μάχης ἀπάνευθε φέροντες.
Ἕκτωρ δ' ὡς ἐνόησ' Ἀγαμέμνονα νόσφι κιόντα,
Τρωσί τε καὶ Λυκίοισιν ἐκέκλετο μακρὸν ἀΰσας·
„Τρῶες καὶ Λύκιοι καὶ Δάρδανοι ἀγχιμαχηταί,
ἀνέρες ἔστε, φίλοι, μνήσασθε δὲ θούριδος ἀλκῆς.
οἴχετ' ἀνὴρ ὤριστος, ἐμοὶ δὲ μέγ' εὖχος ἔδωκε
Ζεὺς Κρονίδης· ἀλλ' ἰθὺς ἐλαύνετε μώνυχας ἵππους
ἰφθίμων Δαναῶν, ἵν' ὑπέρτερον εὖχος ἄρησθε."
ὣς εἰπὼν ὄτρυνε μένος καὶ θυμὸν ἑκάστου.
ὡς δ' ὅτε πού τις θηρητὴρ κύνας ἀργιόδοντας
σεύηι ἐπ' ἀγροτέρωι συῒ καπρίωι ἠὲ λέοντι,
ὣς ἐπ' Ἀχαιοῖσιν σεῦε Τρῶας μεγαθύμους
Ἕκτωρ Πριαμίδης, βροτολοιγῶι ἶσος Ἄρηϊ.
αὐτὸς δ' ἐν πρώτοισι μέγα φρονέων ἐβεβήκει,
ἐν δ' ἔπεσ' ὑσμίνηι ὑπεραέϊ ἶσος ἀέλληι,
ἥ τε καθαλλομένη ἰοειδέα πόντον ὀρίνει.
ἔνθα τίνα πρῶτον, τίνα δ' ὕστατον ἐξενάριξεν
Ἕκτωρ Πριαμίδης, ὅτε οἱ Ζεὺς κῦδος ἔδωκεν;
Ἀσαῖον μὲν πρῶτα καὶ Αὐτόνοον καὶ Ὀπίτην,
καὶ Δόλοπα Κλυτίδην καὶ Ὀφέλτιον ἠδ' Ἀγέλαον,
Αἴσυμνόν τ' Ὦρόν τε καὶ Ἱππόνοον μενεχάρμην.
τοὺς ἄρ' ὅ γ' ἡγεμόνας Δαναῶν ἕλεν, αὐτὰρ ἔπειτα
πληθύν, ὡς ὁπότε νέφεα Ζέφυρος στυφελίξηι
ἀργεστᾶο Νότοιο, βαθείηι λαίλαπι τύπτων·
πολλὸν δὲ τρόφι κῦμα κυλίνδεται, ὑψόσε δ' ἄχνη
σκίδναται ἐξ ἀνέμοιο πολυπλάγκτοιο ἰωῆς·
ὣς ἄρα πυκνὰ καρήαθ' ὑφ' Ἕκτορι δάμνατο λαῶν.
ἔνθά κε λοιγὸς ἔην καὶ ἀμήχανα ἔργα γένοντο,
καί νύ κεν ἐν νήεσσι πέσον φεύγοντες Ἀχαιοί,
εἰ μὴ Τυδεΐδηι Διομήδεϊ κέκλετ' Ὀδυσσεύς·
„Τυδεΐδη, τί παθόντε λελάσμεθα θούριδος ἀλκῆς;
ἀλλ' ἄγε δεῦρο, πέπον, παρ' ἔμ' ἵσταο· δὴ γὰρ ἔλεγχος
ἔσσεται εἴ κεν νῆας ἕληι κορυθαίολος Ἕκτωρ."
τὸν δ' ἀπαμειβόμενος προσέφη κρατερὸς Διομήδης·
„ἤτοι ἐγὼ μενέω καὶ τλήσομαι· ἀλλὰ μίνυνθα

Ihr nun hemmt zurück von den meerdurchwandelnden Schiffen
Diesen entsetzlichen Streit, da mir Zeus' waltende Vorsicht
Nicht gewährt, die Troer den ganzen Tag zu bekämpfen!
Sprach's; da geißelte jener die schöngemähneten Rosse
Hin zu den räumigen Schiffen; und nicht unwillig entflohn sie.
Beide mit schäumender Brust, und besprengt von unten mit Staube,
Trugen sie fern aus der Schlacht den qualenduldenden König.
  Aber wie Hektor ersah, daß Atreus' Sohn sich entfernte,
Rief er den Troern zugleich und Lykiern, laut ermahnend:
  Troer und Lykier ihr und Dardaner, Kämpfer der Nähe,
Seid nun Männer, o Freund', und gedenkt des stürmenden Mutes!
Fern ist der tapferste Mann, und mir gibt herrlichen Siegsruhm
Zeus der Kronid'! Auf, grade gelenkt die stampfenden Rosse
Gegen der Danaer Helden, daß höheren Ruhm ihr gewinnet!
  Jener sprach's, und erregte zu Mut und Stärke die Männer.
Wie wenn oft ein Jäger die Schar weißzahniger Hunde
Reizt auf den grimmigen Eber des Waldtals oder den Löwen:
So auf die Danaer reizte die edelmütigen Troer
Hektor, Priamos' Sohn, dem mordenden Ares vergleichbar.
Selbst voll trotzendes Muts durchwandelt' er vorn das Getümmel,
Stürzte sich dann in die Schlacht, wie ein hochherbrausender Sturmwind,
Der in gewaltigem Sturz die dunkelen Wogen empöret.
  Welchen streckte zuerst, und welchen zuletzt in den Staub hin
Hektor, Priamos' Sohn, da ihm Zeus Ehre verliehen?
Erst Assäos, den Held, Autonoos dann und Opites,
Dolops, Klytios' Sohn, und Opheltios, auch Agelaos,
Oros, Äsymnos sodann, und Hipponoos, freudig zur Feldschlacht.
Diese Gebieter entrafft' er den Danaern, würgte dann weiter
Unter dem Volk: wie der West auseinander wirrt die Gewölke
Vom blaßschauernden Süd, mit dichtem Sturm sie verdrängend;
Häufig wälzt hochbrandend die Woge sich, aber empor spritzt
Weißer Schaum, vor dem Stoße der vielfach zuckenden Windsbraut:
So rings stürzten vor Hektor bezwungene Häupter des Volkes.
Jetzt wär' entschieden der Kampf, und unheilbare Taten vollendet,
Und in die Schiffe gedrängt das fliehende Heer der Achaier,
Hätte nicht den Tydeiden ermahnt der Dulder Odysseus:
  Tydeus' Sohn, wie vergessen wir doch des stürmenden Mutes?
Auf, tritt näher, mein Freund, steh' neben mir! Schande ja wär' es,
Wenn er die Schiff' einnähme, der helmumflatterte Hektor!
  Ihm antwortete drauf der starke Held Diomedes:
Gerne beharr' ich allhier, und dulde noch; aber nur wenig

ἡμέων ἔσσεται ἦδος, ἐπεὶ νεφεληγερέτα Ζεὺς
Τρωσὶν δὴ βόλεται δοῦναι κράτος ἠέ περ ἡμῖν."
ἦ, καὶ Θυμβραῖον μὲν ἀφ' ἵππων ὦσε χαμᾶζε,
δουρὶ βαλὼν κατὰ μαζὸν ἀριστερόν· αὐτὰρ Ὀδυσσεὺς
ἀντίθεον θεράποντα Μολίονα τοῖο ἄνακτος.
τοὺς μὲν ἔπειτ' εἴασαν, ἐπεὶ πολέμου ἀπέπαυσαν·
τὼ δ' ἀν' ὅμιλον ἰόντε κυδοίμεον, ὡς ὅτε κάπρω
ἐν κυσὶ θηρευτῆισι μέγα φρονέοντε πέσητον·
ὣς ὄλεκον Τρῶας πάλιν ὀρμένω· αὐτὰρ Ἀχαιοὶ
ἀσπασίως φεύγοντες ἀνέπνεον Ἕκτορα δῖον.
ἔνθ' ἑλέτην δίφρόν τε καὶ ἀνέρε δήμου ἀρίστω,
υἷε δύω Μέροπος Περκωσίου, ὃς περὶ πάντων
ἤιδεε μαντοσύνας, οὐδὲ οὓς παῖδας ἔασκε
στείχειν ἐς πόλεμον φθισήνορα· τὼ δέ οἱ οὔ τι
πειθέσθην· κῆρες γὰρ ἄγον μέλανος θανάτοιο.
τοὺς μὲν Τυδεΐδης δουρικλειτὸς Διομήδης
θυμοῦ καὶ ψυχῆς κεκαδὼν κλυτὰ τεύχε' ἀπηύρα·
Ἱππόδαμον δ' Ὀδυσεὺς καὶ Ὑπείροχον ἐξενάριξεν.
ἔνθά σφιν κατὰ ἶσα μάχην ἐτάνυσσε Κρονίων
ἐξ Ἴδης καθορῶν· τοὶ δ' ἀλλήλους ἐνάριζον.
ἤτοι Τυδέος υἱὸς Ἀγάστροφον οὔτασε δουρὶ
Παιονίδην ἥρωα κατ' ἰσχίον· οὐ δέ οἱ ἵπποι
ἐγγὺς ἔσαν προφυγεῖν, ἀάσατο δὲ μέγα θυμῶι.
τοὺς μὲν γὰρ θεράπων ἀπάνευθ' ἔχεν, αὐτὰρ ὁ πεζὸς
θῦνε διὰ προμάχων, εἷος φίλον ὤλεσε θυμόν.
Ἕκτωρ δ' ὀξὺ νόησε κατὰ στίχας, ὦρτο δ' ἐπ' αὐτοὺς
κεκλήγων· ἅμα δὲ Τρώων εἵποντο φάλαγγες.
τὸν δὲ ἰδὼν ῥίγησε βοὴν ἀγαθὸς Διομήδης,
αἶψα δ' Ὀδυσσῆα προσεφώνεεν ἐγγὺς ἐόντα·
„νῶϊν δὴ τόδε πῆμα κυλίνδεται, ὄβριμος Ἕκτωρ·
ἀλλ' ἄγε δὴ στέωμεν καὶ ἀλεξώμεσθα μένοντες."
ἦ ῥα, καὶ ἀμπεπαλὼν προΐει δολιχόσκιον ἔγχος,
καὶ βάλεν, οὐδ' ἀφάμαρτε, τιτυσκόμενος κεφαλῆφιν,
ἄκρην κὰκ κόρυθα· πλάγχθη δ' ἀπὸ χαλκόφι χαλκός,
οὐδ' ἵκετο χρόα καλόν· ἐρύκακε γὰρ τρυφάλεια
τρίπτυχος αὐλῶπις, τήν οἱ πόρε Φοῖβος Ἀπόλλων.
Ἕκτωρ δ' ὦκ' ἀπέλεθρον ἀνέδραμε, μίκτο δ' ὁμίλωι,
στῆ δὲ γνὺξ ἐριπὼν καὶ ἐρείσατο χειρὶ παχείηι
γαίης· ἀμφὶ δὲ ὄσσε κελαινὴ νὺξ ἐκάλυψεν.
ὄφρα δὲ Τυδεΐδης μετὰ δούρατος ὤιχετ' ἐρωὴν
τῆλε διὰ προμάχων, ὅθι οἱ καταείσατο γαίης,

Fruchtet unsere Kraft, denn der Herrscher im Donnergewölk Zeus,
Will die Troer mit Sieg verherrlichen, vor den Achaiern!
Sprach's, und warf Thymbräos vom Wagen herab auf die Erde,
Links durchschmetternd die Brust mit dem Wurfspieß; aber Odysseus
Traf den edlen Molion, des Königes Wagengenossen.
Jene ließen sie dort ausruhn von der kriegrischen Arbeit,
Drangen hinein ins Getümmel, und wüteten: wie wenn die Eber
Unter die Hunde der Jagd hochtrotzendes Mutes sich stürzen:
Also durchtobten den Feind die Gewendeten; und die Achaier
Freuten sich aufzuatmen, gescheucht von dem göttlichen Hektor.
Jetzt war erhascht ein Geschirr; zween tapferste Männer des Volkes
Trug es, von Merops erzeugt, dem Perkosier: welcher vor allen
Fernes Geschick wahrnahm und nie den Söhnen verstattet,
Einzugehn in den Krieg, den verderblichen; aber sie hörten
Nicht sein Wort, denn sie führte des dunkelen Todes Verhängnis.
Diesen kam der Tydeide, der Schwinger des Speers Diomedes,
Raubete Geist und Leben, und trug die prangende Rüstung.
Doch des Hippodamas' Wehr und Hypeirochos' nahm sich Odysseus.
Nun ließ schweben die Schlacht im Gleichgewichte Kronion,
Schauend von Idas Höhn; und sie würgten sich untereinander.
Siehe den Päoniden Agastrophos traf Diomedes
Stoßend mit eherner Lanz' am Hüftbein; denn sein Gespann war
Nicht ihm nah zu entfliehn; so groß war des Geistes Betörung!
Abwärts hielt der Genoß den Wagen ihm, aber er selber
Tobte zu Fuß durch das Vordergewühl, bis sein Leben dahin war.
Doch wie sie Hektor ersah durch die Ordnungen, stürmt' er auf jene
Her mit Geschrei; ihm folgten zugleich Heerscharen der Troer.
Ihn erblickt' aufschauend der Rufer im Streit Diomedes,
Wandte sich schnell und begann zu Odysseus, der ihm genaht war:
Schau, dort wälzt das Verderben sich her, der gewaltige Hektor!
Aber wohlan, wir bleiben und widerstehn unerschüttert!
Sprach's, und im Schwung' entsandt' er die weithinschattende Lanze,
Traf und verfehlete nicht, auf das Haupt dem Kommenden zielend,
Oben die Kuppel des Helms; doch prallte das Erz von dem Erze,
Eh' es die schöne Haut ihm berührt; denn es wehrte der Helm ab,
Dreifach, länglich gespitzt, ihm geschenkt von Phöbos Apollon.
Hektor flog unermeßlich zurück, in die Scharen sich mischend;
Und er entsank hinknieend, und stemmte die nervichte Rechte
Gegen die Erd'; und die Augen umzog die finstere Nacht ihm.
Aber indes der Tydeide den Schwung der Lanze verfolgte,
Fern durch das Vordergewühl, wo sie nieder ihm schoß in den Boden;

τόφρ' Ἕκτωρ ἔμπνυτο, καὶ ἂψ ἐς δίφρον ὀρούσας
ἐξέλασ' ἐς πληθύν, καὶ ἀλεύατο κῆρα μέλαιναν.
δουρὶ δ' ἐπαΐσσων προσέφη κρατερὸς Διομήδης·
„ ἐξ αὖ νῦν ἔφυγες θάνατον, κύον· ἦ τέ τοι ἄγχι
ἦλθε κακόν· νῦν αὖτέ σ' ἐρύσατο Φοῖβος Ἀπόλλων,
ὧι μέλλεις εὔχεσθαι ἰὼν ἐς δοῦπον ἀκόντων.
ἦ θήν σ' ἐξανύω γε καὶ ὕστερον ἀντιβολήσας,
εἴ πού τις καὶ ἔμοιγε θεῶν ἐπιτάρροθός ἐστι.
νῦν αὖ τοὺς ἄλλους ἐπιείσομαι, ὅν κε κιχείω."
ἦ, καὶ Παιονίδην δουρὶ κλυτὸν ἐξενάριζεν.
αὐτὰρ Ἀλέξανδρος, Ἑλένης πόσις ἠϋκόμοιο,
Τυδεΐδηι ἔπι τόξα τιταίνετο, ποιμένι λαῶν,
στήληι κεκλιμένος ἀνδροκμήτωι ἐπὶ τύμβωι
Ἴλου Δαρδανίδαο, παλαιοῦ δημογέροντος.
ἤτοι ὁ μὲν θώρηκα Ἀγαστρόφου ἰφθίμοιο
αἴνυτ' ἀπὸ στήθεσφι παναίολον ἀσπίδα τ' ὤμων
καὶ κόρυθα βριαρήν· ὁ δὲ τόξου πῆχυν ἄνελκε
καὶ βάλεν, οὐδ' ἄρα μιν ἅλιον βέλος ἔκφυγε χειρός,
ταρσὸν δεξιτεροῖο ποδός· διὰ δ' ἀμπερὲς ἰὸς
ἐν γαίηι κατέπηκτο· ὁ δὲ μάλα ἡδὺ γελάσσας
ἐκ λόχου ἀμπήδησε καὶ εὐχόμενος ἔπος ηὔδα·
„ βέβληαι, οὐδ' ἅλιον βέλος ἔκφυγεν· ὡς ὄφελόν τοι
νείατον ἐς κενεῶνα βαλὼν ἐκ θυμὸν ἑλέσθαι.
οὕτω κεν καὶ Τρῶες ἀνέπνευσαν κακότητος,
οἵ τέ σε πεφρίκασι λέονθ' ὡς μηκάδες αἶγες."
τὸν δ' οὐ ταρβήσας προσέφη κρατερὸς Διομήδης·
„ τοξότα, λωβητήρ, κέραι ἀγλαέ, παρθενοπῖπα,
εἰ μὲν δὴ ἀντίβιον σὺν τεύχεσι πειρηθείης,
οὐκ ἄν τοι χραίσμηισι βιὸς καὶ ταρφέες ἰοί·
νῦν δέ μ' ἐπιγράψας ταρσὸν ποδὸς εὔχεαι αὔτως.
οὐκ ἀλέγω, ὡς εἴ με γυνὴ βάλοι ἢ πάϊς ἄφρων·
κωφὸν γὰρ βέλος ἀνδρὸς ἀνάλκιδος οὐτιδανοῖο.
ἦ τ' ἄλλως ὑπ' ἐμεῖο, καὶ εἴ κ' ὀλίγον περ ἐπαύρηι,
ὀξὺ βέλος πέλεται, καὶ ἀκήριον αἶψα τίθησι.
τοῦ δὲ γυναικὸς μέν τ' ἀμφίδρυφοί εἰσι παρειαί,
παῖδες δ' ὀρφανικοί· ὁ δέ θ' αἵματι γαῖαν ἐρεύθων
πύθεται, οἰωνοὶ δὲ περὶ πλέες ἠὲ γυναῖκες."
ὣς φάτο, τοῦ δ' Ὀδυσεὺς δουρικλυτὸς ἐγγύθεν ἐλθὼν
ἔστη πρόσθ'· ὁ δ' ὄπισθε καθεζόμενος βέλος ὠκὺ
ἐκ ποδὸς ἕλκ', ὀδύνη δὲ διὰ χροὸς ἦλθ' ἀλεγεινή.
ἐς δίφρον δ' ἀνόρουσε, καὶ ἡνιόχωι ἐπέτελλε

Kehrete Hektors Geist, und schnell in den Sessel sich schwingend,
Jagt' er hinweg ins Gedräng' und vermied das schwarze Verhängnis.
Doch mit dem Speer nachstürmend, begann der Held Diomedes:
Wieder entrannst du dem Tode, du Hund! Schon nahte Verderben
Über dein Haupt; allein dich errettete Phöbos Apollon,
Den du gewiß anflehst, ins Geklirr der Geschosse dich wagend!
Doch bald mein' ich mit dir zu endigen, künftig begegnend,
Würdiget anders auch mich ein unsterblicher Gott zu begleiten!
Jetzo eil' ich umher zu den übrigen, wen ich erhasche!
Sprach's, und Päons Sohne, dem Tapferen, raubt' er die Rüstung.
Aber der Held Alexandros, der lockigen Helena Gatte,
Richtet' auf Tydeus' Sohn das Geschoß, den Hirten der Völker,
Hinter die Säule geschmiegt, auf dem männerbereiteten Grabmal
Ilos', des Dardaniden, des vormals waltenden Greises.
Jener entriß dem starken Agastrophos eilend des Panzers
Künstlichen Schmuck von der Brust und den mächtigen Schild von den Schultern
Samt dem gewichtigen Helm. Da zog er den Bügel des Hornes,
Schoß und traf, nicht umsonst den Pfeil von der Nerve versendend,
Unten den rechten Fuß; und das Erz, durch die Sohle gedrungen,
Bohrt' in den Boden hinein. Doch er mit behaglicher Lache
Sprang aus dem Hinterhalt, und rief lautjauchzend die Worte:
Ha, das traf! nicht umsonst mir entflog das Geschoß! O wie gerne
Hätt' ich die Weiche des Bauchs dir durchbohrt und das Leben entrissen!
Dann vermochten die Troer nun aufzuatmen von Drangsal,
Welche du wild hinscheuchst, wie ein Leu die meckernden Ziegen!
Drauf begann unerschrocken der starke Held Diomedes:
Lästerer, Bogenschütz', Pfeilprangender, Mädchenbeäugler!
Wenn du mit offner Gewalt in Rüstungen wider mich kämest,
Wenig frommte dir wohl dein Geschoß und die häufigen Pfeile.
Jetzt da du leicht den Fuß mir ritzetest, prahlest du eitel.
Nichts gilt mir's! als träf' ein Mädchen mich, oder ein Knäblein!
Kraftlos spielt das Geschoß des nichtsgeachteten Weichlings!
Traun, wohl anders von mir, und ob nur ein wenig es fasse,
Dringt ein scharfes Geschoß, und sofort zu den Toten gesellt es!
Seiner Vermählten daheim sind umher zerrissen die Wangen,
Und die Kinder verwaist; mit Blut die Erde befleckend
Modert er; und des Gevögels umschwärmt ihn mehr denn der Weiber!
Jener sprach's; doch Odysseus, der Lanzenschwinger, sich nahend
Trat vor ihn; nun saß er geschirmt und zog sich den schnellen
Pfeil aus dem Fuß; und der Schmerz durchdrang ihm heftig die Glieder.
Und er sprang in den Sessel, dem Wagenlenker gebietend,

νηυσὶν ἔπι γλαφυρῇσιν ἐλαυνέμεν· ἤχθετο γὰρ κῆρ.
οἰώθη δ' Ὀδυσεὺς δουρὶ κλυτός, οὐδέ τις αὐτῶι
Ἀργείων παρέμεινεν, ἐπεὶ φόβος ἔλλαβε πάντας·
ὀχθήσας δ' ἄρα εἶπε πρὸς ὃν μεγαλήτορα θυμόν·
„ ὤ μοι ἐγώ, τί πάθω; μέγα μὲν κακὸν αἴ κε φέβωμαι
πληθὺν ταρβήσας· τὸ δὲ ῥίγιον αἴ κεν ἁλώω
μοῦνος· τοὺς δ' ἄλλους Δαναοὺς ἐφόβησε Κρονίων.
ἀλλὰ τί ἤ μοι ταῦτα φίλος διελέξατο θυμός;
οἶδα γὰρ ὅττι κακοὶ μὲν ἀποίχονται πολέμοιο,
ὃς δέ κ' ἀριστεύηισι μάχηι ἔνι, τὸν δὲ μάλα χρεὼ
ἑστάμεναι κρατερῶς, ἤ τ' ἔβλητ' ἤ τ' ἔβαλ' ἄλλον.“
ἧος ὁ ταῦθ' ὥρμαινε κατὰ φρένα καὶ κατὰ θυμόν,
τόφρα δ' ἐπὶ Τρώων στίχες ἤλυθον ἀσπιστάων,
ἔλσαν δ' ἐν μέσσοισι, μετὰ σφίσι πῆμα τιθέντες.
ὡς δ' ὅτε κάπριον ἀμφὶ κύνες θαλεροί τ' αἰζηοὶ
σεύωνται, ὁ δέ τ' εἶσι βαθείης ἐκ ξυλόχοιο
θήγων λευκὸν ὀδόντα μετὰ γναμπτῇσι γένυσσιν,
ἀμφὶ δέ τ' ἀΐσσονται, ὑπαὶ δέ τε κόμπος ὀδόντων
γίγνεται, οἱ δὲ μένουσιν ἄφαρ δεινόν περ ἐόντα,
ὥς ῥα τότ' ἀμφ' Ὀδυσῆα Διῒ φίλον ἐσσεύοντο
Τρῶες· ὁ δὲ πρῶτον μὲν ἀμύμονα Δηϊοπίτην
οὔτασεν ὦμον ὕπερθεν ἐπάλμενος ὀξέϊ δουρί,
αὐτὰρ ἔπειτα Θόωνα καὶ Ἔννομον ἐξενάριξε.
Χερσιδάμαντα δ' ἔπειτα, καθ' ἵππων ἀΐξαντα,
δουρὶ κατὰ πρότμησιν ὑπ' ἀσπίδος ὀμφαλοέσσης
νύξεν· ὁ δ' ἐν κονίηισι πεσὼν ἕλε γαῖαν ἀγοστῶι.
τοὺς μὲν ἔασ', ὁ δ' ἄρ' Ἱππασίδην Χάροπ' οὔτασε δουρί,
αὐτοκασίγνητον εὐηφενέος Σώκοιο.
τῶι δ' ἐπαλεξήσων Σῶκος κίεν, ἰσόθεος φώς,
στῆ δὲ μάλ' ἐγγὺς ἰὼν καί μιν πρὸς μῦθον ἔειπεν
„ ὦ Ὀδυσεῦ πολύαινε, δόλων ἆτ' ἠδὲ πόνοιο,
σήμερον ἢ δοιοῖσιν ἐπεύξεαι Ἱππασίδηισι,
τοιώδ' ἄνδρε κατακτείνας καὶ τεύχε' ἀπούρας,
ἤ κεν ἐμῶι ὑπὸ δουρὶ τυπεὶς ἀπὸ θυμὸν ὀλέσσηις.“
ὣς εἰπὼν οὔτησε κατ' ἀσπίδα πάντοσ' ἐΐσην.
διὰ μὲν ἀσπίδος ἦλθε φαεινῆς ὄβριμον ἔγχος,
καὶ διὰ θώρηκος πολυδαιδάλου ἠρήρειστο,
πάντα δ' ἀπὸ πλευρῶν χρόα ἔργαθεν, οὐδ' ἔτ' ἔασε
Παλλὰς Ἀθηναίη μιχθήμεναι ἔγκασι φωτός.
γνῶ δ' Ὀδυσεὺς ὅ οἱ οὔ τι τέλος κατακαίριον ἦλθεν,
ἂψ δ' ἀναχωρήσας Σῶκον πρὸς μῦθον ἔειπεν·

Schnell zu den Schiffen zu kehren; denn unmutsvoll war das Herz ihm.
Einsam war nun Odysseus der Lanzenschwinger, und niemand
Harrt' um ihn der Achaier, denn Furcht verscheuchte sie alle.
Tief erseufzt' er und sprach zu seiner erhabenen Seele:
Wehe, was soll mir geschehn! O Schande doch, wenn ich entflöhe,
Fort durch Menge geschreckt! Doch entsetzlicher, wenn sie mich fingen,
Einsam hier; denn die andern der Danaer scheuchte Kronion!
Aber warum bewegte das Herz mir solche Gedanken?
Weiß ich ja doch, daß Feige von dannen gehn aus dem Kampfe!
Doch wer edel erscheint in der Feldschlacht, diesem gebührt es,
Tapfer den Feind zu bestehn, er treffe nun, oder man treff' ihn!
Als er solches erwog in des Herzens Geist und Empfindung,
Zogen bereits die Troer heran in geschildeten Schlachtreihn;
Und sie umschlossen ihn rings, ihr Unheil selber umzingelnd.
Wie auf den Eber umher die Hund' und die blühenden Jäger
Stürzen; er wandelt hervor aus tiefverwachsenem Dickicht,
Wetzend den weißen Zahn im zurückgebogenen Rüssel;
Rings nun stürmen sie an, und wild mit klappenden Hauern
Wütet er; dennoch bestehn sie zugleich, wie schrecklich er drohet:
Also dort um Odysseus, den göttlichen, stürzten sich ringsher
Troer. Doch jener zuerst dem untadligen Deïopites
Stach er die Schulter von oben, mit spitziger Lanz' ihn ereilend;
Auch den Thoon darauf und Ennomos streckt' er in Blut hin;
Auch dem Chersidamas rannt' er, der schnell vom Wagen herabsprang,
Unter dem bucklichten Schild den scharfen Speer in den Nabel,
Tief; und er sank in den Staub, mit der Hand den Boden ergreifend.
Jene verließ er, und Hippasos' Sohn mit der Lanze durchstach er,
Charops, den leiblichen Bruder des wohlentsprossenen Sokos.
Ihm ein Helfer zu sein, wie ein Gott, kam Sokos gewandelt,
Nahe trat er hinan, und sprach zu jenem die Worte:
O preisvoller Odysseus, an List unerschöpft und an Arbeit,
Heut ist entweder dein Ruhm, daß Hippasos' Söhne du beide,
Solche Männer, dahingestreckt, und die Waffen erbeutet;
Oder von meiner Lanze durchbohrt verlierst du das Leben!
Jener sprach's, und stieß auf des Schildes geründete Wölbung.
Siehe, den strahlenden Schild durchschmetterte mächtig die Lanze,
Auch in das Kunstgeschmeide des Harnisches drang sie geheftet;
Ganz dann entriß sie die Haut von den Rippen ihm; aber Athene
Wehrte dem Erz zu dringen ins Eingeweide des Mannes.
Doch wie Odysseus erkannt', nicht tödlich sei das Geschoß ihm,
Wich er ein wenig zurück und sprach zu Sokos die Worte:

„ ἆ δείλ᾽, ἦ μάλα δή σε κιχάνεται αἰπὺς ὄλεθρος.
ἤτοι μέν ῥ᾽ ἔμ᾽ ἔπαυσας ἐπὶ Τρώεσσι μάχεσθαι·
σοὶ δ᾽ ἐγὼ ἐνθάδε φημὶ φόνον καὶ κῆρα μέλαιναν
ἤματι τῶιδ᾽ ἔσσεσθαι, ἐμῶι δ᾽ ὑπὸ δουρὶ δαμέντα
εὖχος ἐμοὶ δώσειν, ψυχὴν δ᾽ Ἄϊδι κλυτοπώλωι.“
ἦ, καὶ ὁ μὲν φύγαδ᾽ αὖτις ὑποστρέψας ἐβεβήκει,
τῶι δὲ μεταστρεφθέντι μεταφρένωι ἐν δόρυ πῆξεν
ὤμων μεσσηγύς, διὰ δὲ στήθεσφιν ἔλασσε,
δούπησεν δὲ πεσών· ὁ δ᾽ ἐπεύξατο δῖος Ὀδυσσεύς·
„ ὦ Σῶχ᾽, Ἱππάσου υἱὲ δαΐφρονος ἱπποδάμοιο,
φθῆ σε τέλος θανάτοιο κιχήμενον, οὐδ᾽ ὑπάλυξας.
ἆ δείλ᾽, οὐ μὲν σοί γε πατὴρ καὶ πότνια μήτηρ
ὄσσε καθαιρήσουσι θανόντι περ, ἀλλ᾽ οἰωνοὶ
ὠμησταὶ ἐρύουσι, περὶ πτερὰ πυκνὰ βαλόντες.
αὐτὰρ ἔμ᾽, εἴ κε θάνω, κτεριοῦσί γε δῖοι Ἀχαιοί.“
ὣς εἰπὼν Σώκοιο δαΐφρονος ὄβριμον ἔγχος
ἔξω τε χροὸς ἕλκε καὶ ἀσπίδος ὀμφαλοέσσης·
αἷμα δέ οἱ σπασθέντος ἀνέσσυτο, κῆδε δὲ θυμόν.
Τρῶες δὲ μεγάθυμοι ὅπως ἴδον αἷμ᾽ Ὀδυσῆος,
κεκλόμενοι καθ᾽ ὅμιλον ἐπ᾽ αὐτῶι πάντες ἔβησαν.
αὐτὰρ ὅ γ᾽ ἐξοπίσω ἀνεχάζετο, αὖε δ᾽ ἑταίρους.
τρὶς μὲν ἔπειτ᾽ ἤϋσεν ὅσον κεφαλὴ χάδε φωτός,
τρὶς δ᾽ ἄϊεν ἰάχοντος ἀρηι φίλος Μενέλαος.
αἶψα δ᾽ ἄρ᾽ Αἴαντα προσεφώνεεν ἐγγὺς ἐόντα·
„ Αἶαν διογενὲς Τελαμώνιε, κοίρανε λαῶν,
ἀμφί μ᾽ Ὀδυσσῆος ταλασίφρονος ἵκετ᾽ ἀϋτή,
τῶι ἰκέλη ὡς εἴ ἑ βιώιατο μοῦνον ἐόντα
Τρῶες ἀποτμήξαντες ἐνὶ κρατερῆι ὑσμίνηι.
ἀλλ᾽ ἴομεν καθ᾽ ὅμιλον· ἀλεξέμεναι γὰρ ἄμεινον.
δείδω μή τι πάθηισιν ἐνὶ Τρώεσσι μονωθείς,
ἐσθλὸς ἐών, μεγάλη δὲ ποθὴ Δαναοῖσι γένηται.“
ὣς εἰπὼν ὁ μὲν ἦρχ᾽, ὁ δ᾽ ἅμ᾽ ἕσπετο ἰσόθεος φώς.
εὗρον ἔπειτ᾽ Ὀδυσῆα Διῒ φίλον· ἀμφὶ δ᾽ ἄρ᾽ αὐτὸν
Τρῶες ἕπονθ᾽ ὡς εἴ τε δαφοινοὶ θῶες ὄρεσφιν
ἀμφ᾽ ἔλαφον κεραὸν βεβλημένον, ὅν τ᾽ ἔβαλ᾽ ἀνὴρ
ἰῶι ἀπὸ νευρῆς· τὸν μέν τ᾽ ἤλυξε πόδεσσι
φεύγων, ὄφρ᾽ αἷμα λιαρὸν καὶ γούνατ᾽ ὀρώρηι·
αὐτὰρ ἐπεὶ δὴ τόν γε δαμάσσεται ὠκὺς ὀϊστός,
ὠμοφάγοι μιν θῶες ἐν οὔρεσι δαρδάπτουσιν
ἐν νέμεϊ σκιερῶι· ἐπί τε λῖν ἤγαγε δαίμων
σίντην· θῶες μέν τε διέτρεσαν, αὐτὰρ ὁ δάπτει·

Unglückseliger, traun! dich ergreift nun grauses Verderben!
Zwar mich hast du gehemmt, der Troer Volk zu bekämpfen:
Doch dir meld' ich allhier den Tod und das schwarze Verhängnis,
Diesen Tag dir bestimmt; von meiner Lanze gebändigt,
Gibst du mir Ruhm und die Seele dem Sporner der Gaul' Aïdoneus.
Sprach's; und jener zur Flucht hinweggewendet enteilte;
Doch dem Gewendeten schoß er den ehernen Speer in den Rücken,
Zwischen der Schulterbucht, daß vorn aus dem Busen er vordrang;
Dumpf hinkracht' er im Fall, und es rief frohlockend Odysseus:
Sokos, Hippasos' Sohn, des feurigen Rossebezähmers,
Siehe, der endende Tod erhaschte dich, und du entrannst nicht!
Wehe dir, nicht dein Vater und deine liebende Mutter
Drücken die Augen dir zu, dem Sterbenden, sondern des Raubes
Vögel zerhacken dich bald, mit den Fittichen froh dich umflatternd!
Sterb' auch ich, dann schmücken mein Grab die edlen Achaier!
Jener sprach's, und den mächtigen Speer des erhabenen Sokos
Zog er hervor aus der Wund' und dem hochgenabelten Schilde.
Blut nun schoß dem entzogenen nach, und schwächte das Herz ihm.
Doch wie die mutigen Troer das Blut des Königes schauten,
Riefen sie laut einander und wandelten gegen ihn alle.
Aber Odysseus wich dem Gedräng' und schrie zu den Freunden.
Dreimal schrie er empor, wie die Brust aushallet des Mannes;
Dreimal vernahm das Geschrei der streitbare Held Menelaos.
Schnell begann er und sprach zu Ajas, der ihm genaht war:
Ajas, göttlicher Sohn des Telamon, Völkergebieter,
Eben umscholl Odysseus' des Duldenden fernes Geschrei mich,
Jenem gleich, als drängten den einsam Verlassenen etwa
Troer, den Weg abschneidend im Ungestüme der Feldschlacht.
Auf, wir gehn durchs Getümmel; denn ihm zu helfen geziemt uns.
Daß nur nichts ihm begegne, dem Einsamen unter den Troern,
Stark wie er sei; und schmerzlich der Danaer Volk ihn vermisse!
Sprach's und ging; ihm folgte der götterähnliche Streiter.
Und sie erreichten Odysseus, den herrlichen; um ihn gedrängt war
Troergewühl: so wie oft rotgelbe Schakal' im Gebirge
Um den gehörneten Hirsch, den verwundeten, welchen ein Jäger
Traf mit der Senne Geschoß; ihm zwar entrann er im Laufe
Fliehend, dieweil warm strömte das Blut, und die Kniee sich regten;
Aber sobald nun der Schmerz des geflügelten Pfeils ihn gebändigt,
Dann zerreißen Schakal' im Gebirg' ihn, gierig des Fleisches,
Tief im schattigen Hain; doch ein Leu, vom Dämon gesendet,
Naht grimmvoll; es entfliehn die Schakal', und jener verschlingt nun:

ὥς ῥα τότ᾽ ἀμφ᾽ Ὀδυσῆα δαΐφρονα ποικιλομήτην
Τρῶες ἕπον πολλοί τε καὶ ἄλκιμοι, αὐτὰρ ὅ γ᾽ ἥρως
ἀΐσσων ὧι ἔγχει ἀμύνετο νηλεὲς ἦμαρ.
Αἴας δ᾽ ἐγγύθεν ἦλθε φέρων σάκος ἠΰτε πύργον,
στῆ δὲ παρέξ· Τρῶες δὲ διέτρεσαν ἄλλυδις ἄλλος.
ἤτοι τὸν Μενέλαος ἀρήϊος ἔξαγ᾽ ὁμίλου
χειρὸς ἔχων, εἷος θεράπων σχεδὸν ἤλασεν ἵππους.
Αἴας δὲ Τρώεσσιν ἐπάλμενος εἷλε Δόρυκλον
Πριαμίδην, νόθον υἱόν, ἔπειτα δὲ Πάνδοκον οὖτα,
οὖτα δὲ Λύσανδρον καὶ Πύρασον ἠδὲ Πυλάρτην.
ὡς δ᾽ ὁπότε πλήθων ποταμὸς πεδίονδε κάτεισι
χειμάρρους κατ᾽ ὄρεσφιν, ὀπαζόμενος Διὸς ὄμβρωι,
πολλὰς δὲ δρῦς ἀζαλέας, πολλὰς δέ τε πεύκας
ἐσφέρεται, πολλὸν δέ τ᾽ ἀφυσγετὸν εἰς ἅλα βάλλει,
ὣς ἔφεπε κλονέων πεδίον τότε φαίδιμος Αἴας,
δαΐζων ἵππους τε καὶ ἀνέρας· οὐδέ πω Ἕκτωρ
πεύθετ᾽, ἐπεί ῥα μάχης ἐπ᾽ ἀριστερὰ μάρνατο πάσης,
ὄχθας πὰρ ποταμοῖο Σκαμάνδρου, τῆι ῥα μάλιστα
ἀνδρῶν πῖπτε κάρηνα, βοὴ δ᾽ ἄσβεστος ὀρώρει
Νέστορά τ᾽ ἀμφὶ μέγαν καὶ ἀρήϊον Ἰδομενῆα.
Ἕκτωρ μὲν μετὰ τοῖσιν ὁμίλει μέρμερα ῥέζων
ἔγχεΐ θ᾽ ἱπποσύνηι τε, νέων δ᾽ ἀλάπαζε φάλαγγας·
οὐδ᾽ ἄν πω χάζοντο κελεύθου δῖοι Ἀχαιοί,
εἰ μὴ Ἀλέξανδρος, Ἑλένης πόσις ἠϋκόμοιο,
παῦσεν ἀριστεύοντα Μαχάονα, ποιμένα λαῶν,
ἰῶι τριγλώχινι βαλὼν κατὰ δεξιὸν ὦμον.
τῶι ῥα περίδεισαν μένεα πνείοντες Ἀχαιοί,
μή πώς μιν πολέμοιο μετακλινθέντος ἕλοιεν.
αὐτίκα δ᾽ Ἰδομενεὺς προσεφώνεε Νέστορα δῖον·
„ὦ Νέστορ Νηληϊάδη, μέγα κῦδος Ἀχαιῶν,
ἄγρει, σῶν ὀχέων ἐπιβήσεο, πὰρ δὲ Μαχάων
βαινέτω, ἐς νῆας δὲ τάχιστ᾽ ἔχε μώνυχας ἵππους·
ἰητρὸς γὰρ ἀνὴρ πολλῶν ἀντάξιος ἄλλων
ἰούς τ᾽ ἐκτάμνειν ἐπί τ᾽ ἤπια φάρμακα πάσσειν.“
ὣς ἔφατ᾽, οὐδ᾽ ἀπίθησε Γερήνιος ἱππότα Νέστωρ.
αὐτίκα δ᾽ ὧν ὀχέων ἐπεβήσετο, πὰρ δὲ Μαχάων
βαῖν᾽ Ἀσκληπιοῦ υἱὸς ἀμύμονος ἰητῆρος·
μάστιξεν δ᾽ ἵππους, τὼ δ᾽ οὐκ ἀέκοντε πετέσθην
νῆας ἔπι γλαφυράς· τῆι γὰρ φίλον ἔπλετο θυμῶι.
Κεβριόνης δὲ Τρῶας ὀρινομένους ἐνόησεν
Ἕκτορι παρβεβαώς, καί μιν πρὸς μῦθον ἔειπεν·

Also dort um Odysseus, den feurigen Held voll Erfindung,
Drangen viel der Troer und tapfere. Aber der Held schwang
Seine Lanz' und wehrte dem grausamen Todestage.
Ajas jetzo genaht, den türmenden Schild vortragend,
Trat zu ihm; und die Troer entzitterten hiehin und dorthin.
Jenen führt' an der Hand der streitbare Held Menelaos
Aus dem Gewühl, bis die Rosse der Wagengenoß ihm genähert.
Ajas sprang in der Troer Gedräng' und entraffte Doryklos,
Priamos' Nebensohn; und darauf auch den Pandokos stürzt' er,
Stürzte Lysandros dahin und Pyrasos und den Pylartes.
Wie wenn hochgeschwollen ein Strom in das Tal sich ergießet,
Strudelnd im Herbst vom Gebirg', indem Zeus' Regen ihn fortdrängt;
Viel' der dorrenden Eichen alsdann, viel Kiefergehölz auch
Wälzt er hinab und viel des trübenden Schlamms in die Salzflut:
Also durchtobt' hinstürzend das Feld der strahlende Ajas,
Bahn durch Männer sich hauend und Reisige. Aber noch hört' es
Hektor nicht, denn er kämpft' an der linken Seite des Treffens,
Längs dem Gestade des Stroms Skamandros: dort, wo am meisten
Taumelten Häupter der Männer, und graunvoll brüllte der Schlachtruf
Um den erhabenen Idomeneus her, und den mutigen Nestor.
Hektor schaltete dort mit den Danaern; schreckliche Taten
Übt' er mit Speer und Wagen, der Jünglinge Reihen verwüstend.
Dennoch wären ihm nicht Achaias Helden gewichen,
Hätte nicht Alexandros, der lockigen Helena Gatte,
Mitten im Streite gehemmt den Völkerhirten Machaon,
Mit dreischneidigem Pfeil ihm rechts die Schulter verwundend.
Seinethalb erschraken die mutbeseelten Achaier,
Sorgend, es möchte der Feind in gewendeter Schlacht ihn ermorden.
Und Idomeneus sprach zum göttlichen Nestor in Eile:
Nestor, Neleus' Sohn, du erhabener Ruhm der Achaier,
Hurtig, betritt dein Wagengeschirr; auch betret' es Machaon
Neben dir; dann zu den Schiffen gelenkt die stampfenden Rosse!
Denn ein heilender Mann ist wert wie viele zu achten,
Der ausschneidet den Pfeil und mit lindernder Salbe verbindet.
Sprach's; und ihm folgete gern der gerenische reisige Nestor;
Schnell betrat er sein Wagengeschirr; auch betrat es Machaon,
Er, Asklepios' Sohn, des unvergleichbaren Arztes.
Treibend schwang er die Geißel, und rasch hinflogen die Rosse
Zu den geräumigen Schiffen; denn dorthin wünschten sie herzlich.
Aber Kebriones sah der troischen Männer Getümmel,
Hektors Wagengenoß, und redete, also beginnend:

„ Ἕκτορ, νῶϊ μὲν ἐνθάδ' ὁμιλέομεν Δαναοῖσιν
ἐσχατιῆι πολέμοιο δυσηχέος· οἱ δὲ δὴ ἄλλοι
Τρῶες ὀρίνονται ἐπιμὶξ ἵπποι τε καὶ αὐτοί.
Αἴας δὲ κλονέει Τελαμώνιος· εὖ δέ μιν ἔγνων·
εὐρὺ γὰρ ἀμφ' ὤμοισιν ἔχει σάκος· ἀλλὰ καὶ ἡμεῖς
κεῖσ' ἵππους τε καὶ ἅρμ' ἰθύνομεν, ἔνθα μάλιστα
ἱππῆες πεζοί τε κακὴν ἔριδα προβαλόντες
ἀλλήλους ὀλέκουσι, βοὴ δ' ἄσβεστος ὄρωρεν.“
ὣς ἄρα φωνήσας ἵμασεν καλλίτριχας ἵππους
μάστιγι λιγυρῆι· τοὶ δὲ πληγῆς ἀΐοντες
ῥίμφ' ἔφερον θοὸν ἅρμα μετὰ Τρῶας καὶ Ἀχαιούς,
στείβοντες νέκυάς τε καὶ ἀσπίδας· αἵματι δ' ἄξων
νέρθεν ἅπας πεπάλακτο καὶ ἄντυγες αἳ περὶ δίφρον,
ἃς ἄρ' ἀφ' ἱππείων ὁπλέων ῥαθάμιγγες ἔβαλλον
αἵ τ' ἀπ' ἐπισσώτρων. ὁ δὲ ἵετο δῦναι ὅμιλον
ἀνδρόμεον ῥῆξαί τε μετάλμενος· ἐν δὲ κυδοιμὸν
ἧκε κακὸν Δαναοῖσι, μίνυνθα δὲ χάζετο δουρός.
αὐτὰρ ὁ τῶν ἄλλων ἐπεπωλεῖτο στίχας ἀνδρῶν
ἔγχεΐ τ' ἄορί τε μεγάλοισί τε χερμαδίοισιν,
Αἴαντος δ' ἀλέεινε μάχην Τελαμωνιάδαο.
Ζεὺς γάγ οἱ νεμέσασχ', ὅτ' ἀμείνονι φωτὶ μάχοιτο
Ζεὺς δὲ πατὴρ Αἴανθ' ὑψίζυγος ἐν φόβον ὦρσε·
στῆ δὲ ταφών, ὄπιθεν δὲ σάκος βάλεν ἑπταβόειον,
τρέσσε δὲ παπτήνας ἐφ' ὁμίλου, θηρὶ ἐοικώς,
ἐντροπαλιζόμενος, ὀλίγον γόνυ γουνὸς ἀμείβων.
ὡς δ' αἴθωνα λέοντα βοῶν ἀπὸ μεσσαύλοιο
ἐσσεύαντο κύνες τε καὶ ἀνέρες ἀγροιῶται,
οἵ τέ μιν οὐκ εἰῶσι βοῶν ἐκ πῖαρ ἑλέσθαι
πάννυχοι ἐγρήσσοντες· ὁ δὲ κρειῶν ἐρατίζων
ἰθύει, ἀλλ' οὔ τι πρήσσει· θαμέες γὰρ ἄκοντες
ἀντίον ἀΐσσουσι θρασειάων ἀπὸ χειρῶν,
καιόμεναί τε δεταί, τάς τε τρεῖ ἐσσύμενός περ·
ἠῶθεν δ' ἀπὸ νόσφιν ἔβη τετιηότι θυμῶι·
ὣς Αἴας τότ' ἀπὸ Τρώων τετιημένος ἦτορ
ἤϊε πόλλ' ἀέκων· περὶ γὰρ δίε νηυσὶν Ἀχαιῶν.
ὡς δ' ὅτ' ὄνος παρ' ἄρουραν ἰὼν ἐβιήσατο παῖδας
νωθής, ὧι δὴ πολλὰ περὶ ῥόπαλ' ἀμφὶς ἐάγηι,
κείρει τ' εἰσελθὼν βαθὺ λήϊον· οἱ δέ τε παῖδες
τύπτουσιν ῥοπάλοισι· βίη δέ τε νηπίη αὐτῶν·
σπουδῆι τ' ἐξήλασσαν, ἐπεί τ' ἐκορέσσατο φορβῆς·
ὣς τότ' ἔπειτ' Αἴαντα μέγαν, Τελαμώνιον υἱόν,

Hektor, wir beide sind hier mit Danaerscharen beschäftigt,
Fern am Ende der brüllenden Schlacht; doch die übrigen Troer
Tummeln dort durcheinander gewirrt, die Gespann' und sie selber.
Ajas durchtobt das Gewühl, der Telamonid'; ich erkenn' ihn:
Denn breit ragt sein Schild an der Schulter ihm. Wenn wir denn itzo
Dorthin Ross' und Wagen beflügelten, wo nun am meisten
Streiter zu Fuß und zu Wagen, im schrecklichen Kampf sich begegnend,
Rings einander ermorden, und graunvoll brüllet der Schlachtruf!
Sprach's, und geißelte rasch das Gespann schönmähnichter Rosse
Mit hellknallendem Schwung; doch sie, der Geißel gehorchend,
Trugen das schnelle Geschirr durch Troer dahin und Achaier,
Stampfend auf bäuchige Schild' und Leichname: unten besudelt
Troff die Achse von Blut und die zierlichen Ränder des Sessels,
Welchen jetzt von der Hufe Gestampf anspritzten die Tropfen,
Jetzt von der Räder Beschlag. So strebte der Held in der Männer
Dichtes Gewühl, zu zerstreun, wo er stürmete! Grauses Getümmel
Bracht' er dem Volk der Achaier und rastete wenig vom Speere.
Aber stets durchflog er der anderen Männer Geschwader,
Mordend mit Lanz' und Schwert und gewaltigen Steinen des Feldes;
Ajas nur vermied er im Kampf, den Telamoniden,
Denn ihm eiferte Zeus, wann den stärkeren Mann er bekämpfte.
Zeus der Allmächtige, sandte nun Furcht in die Seele des Ajas.
Starrend stand und warf er den lastenden Schild auf die Schulter,
Flüchtete dann, umschauend im Männergewühl, wie ein Raubtier,
Rückwärts häufig gewandt, mit langsam wechselnden Knieen.
Wie wenn den gelblichen Leun vom verschlossenen Rindergehege
Oftmals Hund' abscheuchen und landbewohnende Männer,
Welche nicht ihm gestatten, das Fett der Rinder zu rauben,
Ganz durchwachend die Nacht; er dort, nach Fleische begierig,
Rennt grad an; doch er wütet umsonst, denn häufige Speere
Fliegen ihm weit entgegen, von mutigen Händen geschleudert,
Auch hellodernde Bränd'; und er zuckt im stürmenden Angriff,
Scheidet dann frühmorgens hinweg mit bekümmertem Herzen:
Also ging nun Ajas mit traurendem Geist von den Troern,
Sehr ungern; denn er sorgte voll Angst um der Danaer Schiffe.
Wie wenn am Feld' ein Esel geführt obsieget den Knaben,
Träges Gangs, auf welchem schon viel der Stecken zertrümmert;
Aber er frißt eindringend die tiefe Saat, und die Knaben
Schlagen umher mit Stecken; doch schwach ist die Stärke der Kinder,
Und sie vertreiben ihn kaum, nachdem er mit Fraß sich gesättigt:
Also schwärmt' um den Held, den Telamonier Ajas,

Τρῶες ὑπέρθυμοι πολυηγερέες τ' ἐπίκουροι
νύσσοντες ξυστοῖσι μέσον σάκος αἰὲν ἕποντο.
Αἴας δ' ἄλλοτε μὲν μνησάσκετο θούριδος ἀλκῆς
αὖτις ὑποστρεφθείς, καὶ ἐρητύσασκε φάλαγγας
Τρώων ἱπποδάμων· ὁτὲ δὲ τρωπάσκετο φεύγειν.
πάντας δὲ προέεργε θοὰς ἐπὶ νῆας ὁδεύειν,
αὐτὸς δὲ Τρώων καὶ Ἀχαιῶν θῦνε μεσηγὺ
ἱστάμενος· τὰ δὲ δοῦρα θρασειάων ἀπὸ χειρῶν
ἄλλα μὲν ἐν σάκεϊ μεγάλωι πάγεν ὄρμενα πρόσσω,
πολλὰ δὲ καὶ μεσσηγύ, πάρος χρόα λευκὸν ἐπαυρεῖν,
ἐν γαίηι ἵσταντο, λιλαιόμενα χροὸς ἆσαι.
τὸν δ' ὡς οὖν ἐνόησ' Εὐαίμονος ἀγλαὸς υἱὸς
Εὐρύπυλος πυκινοῖσι βιαζόμενον βελέεσσι,
στῆ ῥα παρ' αὐτὸν ἰών, καὶ ἀκόντισε δουρὶ φαεινῶι,
καὶ βάλε Φαυσιάδην Ἀπισάονα, ποιμένα λαῶν,
ἧπαρ ὑπὸ πραπίδων, εἶθαρ δ' ὑπὸ γούνατ' ἔλυσεν·
Εὐρύπυλος δ' ἐπόρουσε καὶ αἴνυτο τεύχε' ἀπ' ὤμων.
τὸν δ' ὡς οὖν ἐνόησεν Ἀλέξανδρος θεοειδὴς
τεύχε' ἀπαινύμενον Ἀπισάονος, αὐτίκα τόξον
ἕλκετ' ἐπ' Εὐρυπύλωι, καί μιν βάλε μηρὸν ὀϊστῶι
δεξιόν· ἐκλάσθη δὲ δόναξ, ἐβάρυνε δὲ μηρόν.
ἂψ δ' ἑτάρων εἰς ἔθνος ἐχάζετο κῆρ' ἀλεείνων,
ἤϋσεν δὲ διαπρύσιον Δαναοῖσι γεγωνώς·
„ ὦ φίλοι, Ἀργείων ἡγήτορες ἠδὲ μέδοντες,
στῆτ' ἐλελιχθέντες καὶ ἀμύνετε νηλεὲς ἦμαρ
Αἴανθ', ὃς βελέεσσι βιάζεται· οὐδέ ἕ φημι
φεύξεσθ' ἐκ πολέμοιο δυσηχέος· ἀλλὰ μάλ' ἄντην
ἵστασθ' ἀμφ' Αἴαντα μέγαν, Τελαμώνιον υἱόν.“
ὣς ἔφατ' Εὐρύπυλος βεβλημένος· οἱ δὲ παρ' αὐτὸν
πλησίοι ἔστησαν, σάκε' ὤμοισι κλίναντες,
δούρατ' ἀνασχόμενοι· τῶν δ' ἀντίος ἤλυθεν Αἴας.
στῆ δὲ μεταστρεφθείς, ἐπεὶ ἵκετο ἔθνος ἑταίρων.
ὣς οἱ μὲν μάρναντο δέμας πυρὸς αἰθομένοιο·
Νέστορα δ' ἐκ πολέμοιο φέρον Νηλήϊαι ἵπποι
ἱδρῶσαι, ἦγον δὲ Μαχάονα ποιμένα λαῶν.
τὸν δὲ ἰδὼν ἐνόησε ποδάρκης δῖος Ἀχιλλεύς·
ἑστήκει γὰρ ἐπὶ πρυμνῆι μεγακήτεϊ νηΐ,
εἰσορόων πόνον αἰπὺν ἰῶκά τε δακρυόεσσαν.
αἶψα δ' ἑταῖρον ἑὸν Πατροκλῆα προσέειπε,
φθεγξάμενος παρὰ νηός· ὁ δὲ κλισίηθεν ἀκούσας
ἔκμολεν ἶσος Ἄρηϊ, κακοῦ δ' ἄρα οἱ πέλεν ἀρχή.

Mutiger Troer Gewühl und fernberufener Helfer,
Die auf den Schild die Lanzen ihm schmetterten, immer verfolgend.
Aber bald gedachte der Held des stürmenden Mutes,
Wieder das Antlitz gewandt, und zwang die dichten Geschwader
Reisiger Troer zurück; bald kehrt' er von neuem zur Flucht um.
Allen indes verwehrt' er den Weg zu den rüstigen Schiffen;
Denn er selbst, in der Troer und Danaer Mitte sich stellend,
Wütete; aber die Speere, von mutigen Händen geschleudert,
Hafteten teils anprallend im siebenhäutigen Stierschild;
Viel' auch im Zwischenraume, den schönen Leib nicht erreichend,
Standen empor aus der Erde, voll Gier im Fleische zu schwelgen.
Als ihn Eurypylos jetzt, der glänzende Sohn des Euämon,
Schauete, dicht umdrängt vom Ungestüm der Geschosse,
Stand er zu jenem genaht und schwang den blinkenden Wurfspieß,
Und traf Phausias' Sohn, den Hirten des Volks Apisaon,
Unter der Brust in die Leber, und stracks ihm löst' er die Glieder.
Schnell dann sprang er hinzu und raubte die Wehr von den Schultern.
Aber sobald ihn ersah der göttliche Held Alexandros,
Wie er die Waffen entzog dem Getöteten, spannt' er den Bogen
Gegen Eurypylos schnell, und schoß in die Lende den Pfeil ihm,
Rechts hinein; und das Rohr brach ab und beschwert' ihm die Lende.
Schnell in der Freunde Gedräng' entzog er sich, meidend das Schicksal;
Und es erscholl sein durchdringender Ruf in das Heer der Achaier:
Freunde, des Volks von Argos erhabene Fürsten und Pfleger,
Steht, die Stirne gewandt, und schirmt vor dem grausamen Tage
Ajas, der hart von Geschossen bedrängt wird! Schwerlich entrinnt er
Jetzt dem grimmen Getöse der Feldschlacht! Aber o stellt euch
Gegen den Feind, um Ajas, den mächtigen Telamoniden!
So der verwundete Held Eurypylos; und die Genossen
Stellten sich nah um ihn, die Schilde gelehnt an die Schultern,
Alle die Lanzen erhöht. Daher nun wandelte Ajas,
Stand dann zum Feinde gekehrt, da der Seinigen Schar er erreichte.
Also kämpften sie dort, gleich lodernden Feuerflammen.
Nestor indes enttrugen der Schlacht die neleïschen Stuten,
Schäumend in Schweiß, und brachten den Völkerhirten Machaon.
Jenen sah und erkannte der mutige Renner Achilleus;
Denn er stand auf dem Hinterverdeck des gewaltigen Meerschiffs,
Schauend die Kriegsarbeit, und die tränenwerte Verfolgung.
Schnell zu seinem Genossen Patroklos redet' er jetzo,
Rufend vom Schiffe daher; doch jener im Zelt es vernehmend
Kam gleich Ares hervor; dies war des Wehes Beginn ihm;

τὸν πρότερος προσέειπε Μενοιτίου ἄλκιμος υἱός·
„ τίπτέ με κικλήσκεις, Ἀχιλεῦ; τί δέ σε χρεὼ ἐμεῖο;“
τὸν δ᾽ ἀπαμειβόμενος προσέφη πόδας ὠκὺς Ἀχιλλεύς·
„ δῖε Μενοιτιάδη, τῶι ἐμῶι κεχαρισμένε θυμῶι,
νῦν ὀΐω περὶ γούνατ᾽ ἐμὰ στήσεσθαι Ἀχαιοὺς
λισσομένους· χρειὼ γὰρ ἱκάνεται οὐκέτ᾽ ἀνεκτός.
ἀλλ᾽ ἴθι νῦν, Πάτροκλε Διῒ φίλε, Νέστορ᾽ ἔρειο
ὅν τινα τοῦτον ἄγει βεβλημένον ἐκ πολέμοιο·
ἤτοι μὲν τά γ᾽ ὄπισθε Μαχάονι πάντα ἔοικε
τῶι Ἀσκληπιάδηι, ἀτὰρ οὐκ ἴδον ὄμματα φωτός·
ἵπποι γάρ με παρήϊξαν πρόσσω μεμαυῖαι.“
ὣς φάτο, Πάτροκλος δὲ φίλωι ἐπεπείθεθ᾽ ἑταίρωι,
βῆ δὲ θέειν παρά τε κλισίας καὶ νῆας Ἀχαιῶν.
οἱ δ᾽ ὅτε δὴ κλισίην Νηληϊάδεω ἀφίκοντο,
αὐτοὶ μέν ῥ᾽ ἀπέβησαν ἐπὶ χθόνα πουλυβότειραν,
ἵππους δ᾽ Εὐρυμέδων θεράπων λύε τοῖο γέροντος
ἐξ ὀχέων· τοὶ δ᾽ ἱδρῶ ἀπεψύχοντο χιτώνων,
στάντε ποτὶ πνοιὴν παρὰ θῖν᾽ ἁλός· αὐτὰρ ἔπειτα
ἐς κλισίην ἐλθόντες ἐπὶ κλισμοῖσι κάθιζον.
τοῖσι δὲ τεῦχε κυκειῶ ἐϋπλόκαμος Ἑκαμήδη,
τὴν ἄρετ᾽ ἐκ Τενέδοιο γέρων, ὅτε πέρσεν Ἀχιλλεύς,
θυγατέρ᾽ Ἀρσινόου μεγαλήτορος, ἥν οἱ Ἀχαιοὶ
ἔξελον, οὕνεκα βουλῆι ἀριστεύεσκεν ἁπάντων.
ἥ σφωϊν πρῶτον μὲν ἐπιπροΐηλε τράπεζαν
καλὴν κυανόπεζαν ἐΰξοον, αὐτὰρ ἐπ᾽ αὐτῆς
χάλκειον κάνεον, ἐπὶ δὲ κρόμυον ποτῶι ὄψον,
ἠδὲ μέλι χλωρόν, παρὰ δ᾽ ἀλφίτου ἱεροῦ ἀκτήν,
πὰρ δὲ δέπας περικαλλές, ὃ οἴκοθεν ἦγ᾽ ὁ γεραιός,
χρυσείοις ἥλοισι πεπαρμένον· οὔατα δ᾽ αὐτοῦ
τέσσαρ᾽ ἔσαν, δοιαὶ δὲ πελειάδες ἀμφὶς ἕκαστον
χρύσειαι νεμέθοντο, δύω δ᾽ ὑπὸ πυθμένες ἦσαν.
ἄλλος μὲν μογέων ἀποκινήσασκε τραπέζης
πλεῖον ἐόν, Νέστωρ δ᾽ ὁ γέρων ἀμογητὶ ἄειρεν.
ἐν τῶι ῥά σφι κύκησε γυνὴ ἐϊκυῖα θεῆισιν
οἴνωι Πραμνείωι, ἐπὶ δ᾽ αἴγειον κνῆ τυρὸν
κνήστι χαλκείηι, ἐπὶ δ᾽ ἄλφιτα λευκὰ πάλυνε,
πινέμεναι δὲ κέλευσεν, ἐπεί ῥ᾽ ὥπλισσε κυκειῶ.
τὼ δ᾽ ἐπεὶ οὖν πίνοντ᾽ ἀφέτην πολυκαγκέα δίψαν
μύθοισιν τέρποντο πρὸς ἀλλήλους ἐνέποντες,
Πάτροκλος δὲ θύρηισιν ἐφίστατο, ἰσόθεος φώς.
τὸν δὲ ἰδὼν ὁ γεραιὸς ἀπὸ θρόνου ὦρτο φαεινοῦ,

Eilend sprach zu jenem Menötios' tapferer Sprößling:
Warum rufest du mir, o Achilleus? wessen bedarfst du?
Ihm antwortete drauf der mutige Renner Achilleus:
Edler Menötiad', o meiner Seele Geliebter,
Bald wohl nahn, vermut' ich, zu meinen Knien die Achaier,
Anzuflehn, denn die Not umdränget sie, ganz unerträglich.
Aber o geh, Patroklos, du göttlicher, forsche von Nestor,
Welchen verwundeten Mann er dort herführt aus dem Treffen.
Zwar von hinten erschien er Machaon ganz an Gestalt gleich,
Ihm des Asklepios Sohn; allein nicht sah ich das Antlitz,
Denn mir stürmten die Rosse vorbei im geflügelten Laufe.
Jener sprach's; und Patroklos, dem lieben Freunde gehorchend,
Eilte dahin zu den Zelten und rüstigen Schiffen Achaias.
Jene sobald sie das Zelt des Neleiaden erreichten,
Stiegen sie selbst vom Wagen zur nahrungsprossenden Erde;
Aber die Rosse löst' Eurymedon, Diener des Greises,
Von dem Geschirr. Sie aber, den Schweiß der Gewande zu kühlen,
Stellten sich gegen den Wind am luftigen Meergestade,
Gingen darauf ins Gezelt, und setzten sich nieder auf Sessel.
Weinmus mengte nun ihnen die lockige Hekamede,
Die aus Tenedos brachte der Greis, wie Achilleus sie einnahm,
Tochter des hochgesinnten Arsinoos, die die Achaier
Ihm erwählt, dieweil er im Rat vorragte vor allen.
Diese rückte zuerst die schöne geglättete Tafel
Mit stahlblauem Gestell vor die Könige; mitten darauf dann
Stand ein eherner Korb mit trunkeinladenden Zwiebeln,
Gelblicher Honig dabei, und die heilige Blume des Mehles,
Auch ein stattlicher Kelch, den der Greis mitbrachte von Pylos:
Welchen goldene Buckeln umschimmerten; aber der Henkel
Waren vier, und umher zwo pickende Tauben an jedem,
Schön aus Golde geformt; zwei waren auch unten der Boden.
Mühsam hob ein andrer den schweren Kelch von der Tafel,
War er voll; doch Nestor der Greis erhob ihn nur spielend.
Hierin mengte das Weib, an Gestalt den Göttinnen ähnlich,
Ihnen des pramnischen Weins und rieb mit eherner Raspel
Ziegenkäse darauf, mit weißem Mehl ihn bestreuend,
Nötigte dann zu trinken vom wohlbereiteten Weinmus.
Beide, nachdem sie im Tranke den brennenden Durst sich gelöschet,
Freueten sich des Gesprächs und redeten viel miteinander.
Jetzo stand an der Pforte Patroklos, ähnlich den Göttern.
Als ihn erblickte der Greis, da entsprang er dem schimmernden Sessel,

ἐς δ' ἄγε χειρὸς ἑλών, κατὰ δ' ἑδριάασθαι ἄνωγε.
Πάτροκλος δ' ἑτέρωθεν ἀναίνετο εἶπέ τε μῦθον·
„ οὐχ ἕδος ἐστί, γεραιὲ διοτρεφές, οὐδέ με πείσεις.
αἰδοῖος νεμεσητὸς ὅ με προέηκε πυθέσθαι
ὅν τινα τοῦτον ἄγεις βεβλημένον· ἀλλὰ καὶ αὐτὸς
γιγνώσκω, ὁρόω δὲ Μαχάονα ποιμένα λαῶν.
νῦν δὲ ἔπος ἐρέων πάλιν ἄγγελος εἶμ' Ἀχιλῆϊ.
εὖ δὲ σὺ οἶσθα, γεραιὲ διοτρεφές, οἷος ἐκεῖνος
δεινὸς ἀνήρ· τάχα κεν καὶ ἀναίτιον αἰτιόῳτο."
τὸν δ' ἠμείβετ' ἔπειτα Γερήνιος ἱππότα Νέστωρ·
„ τίπτε τὰρ ὧδ' Ἀχιλεὺς ὀλοφύρεται υἷας Ἀχαιῶν,
ὅσσοι δὴ βέλεσιν βεβλήαται; οὐδέ τι οἶδε
πένθεος, ὅσσον ὄρωρε κατὰ στρατόν· οἱ γὰρ ἄριστοι
ἐν νηυσὶν κέαται βεβλημένοι οὐτάμενοί τε.
βέβληται μὲν ὁ Τυδεΐδης κρατερὸς Διομήδης,
οὔτασται δ' Ὀδυσεὺς δουρικλυτὸς ἠδ' Ἀγαμέμνων·
βέβληται δὲ καὶ Εὐρύπυλος κατὰ μηρὸν ὀϊστῷ·
τοῦτον δ' ἄλλον ἐγὼ νέον ἤγαγον ἐκ πολέμοιο
ἰῷ ἀπὸ νευρῆς βεβλημένον. αὐτὰρ Ἀχιλλεὺς
ἐσθλὸς ἐὼν Δαναῶν οὐ κήδεται οὐδ' ἐλεαίρει.
ἦ μένει εἰς ὅ κε δὴ νῆες θοαὶ ἄγχι θαλάσσης
Ἀργείων ἀέκητι πυρὸς δηΐοιο θέρωνται,
αὐτοί τε κτεινώμεθ' ἐπισχερώ;- οὐ γὰρ ἐμὴ ἲς
ἔσθ' οἵη πάρος ἔσκεν ἐνὶ γναμπτοῖσι μέλεσσιν.
εἴθ' ὣς ἡβώοιμι βίη δέ μοι ἔμπεδος εἴη,
ὡς ὁπότ' Ἠλείοισι καὶ ἡμῖν νεῖκος ἐτύχθη
ἀμφὶ βοηλασίῃ, ὅτ' ἐγὼ κτάνον Ἰτυμονῆα,
ἐσθλὸν Ὑπειροχίδην, ὃς ἐν Ἤλιδι ναιετάασκε,
ῥύσι' ἐλαυνόμενος· ὁ δ' ἀμύνων ᾗσι βόεσσιν
ἔβλητ' ἐν πρώτοισιν ἐμῆς ἀπὸ χειρὸς ἄκοντι,
κὰδ δ' ἔπεσεν, λαοὶ δὲ περίτρεσαν ἀγροιῶται.
ληΐδα δ' ἐκ πεδίου συνελάσσαμεν ἤλιθα πολλήν,
πεντήκοντα βοῶν ἀγέλας, τόσα πώεα οἰῶν,
τόσσα συῶν συβόσια, τόσ' αἰπόλια πλατέ' αἰγῶν,
ἵππους δὲ ξανθὰς ἑκατὸν καὶ πεντήκοντα,
πάσας θηλείας, πολλῆσι δὲ πῶλοι ὑπῆσαν.
καὶ τὰ μὲν ἠλασάμεσθα Πύλον Νηλήϊον εἴσω
ἐννύχιοι προτὶ ἄστυ· γεγήθει δὲ φρένα Νηλεύς,
οὕνεκά μοι τύχε πολλὰ νέῳ πόλεμον δὲ κιόντι.
κήρυκες δὲ λίγαινον ἅμ' ἠοῖ φαινομένηφι
τοὺς ἴμεν οἷσι χρεῖος ὀφείλετ' ἐν Ἤλιδι δίῃ·

Führt' ihn herein an der Hand und nötigte freundlich zum Sitze.
Doch Patroklos versagt' es dem Greis' und erwiderte also:
　Nötige nicht zum Sitze, du göttlicher Greis, denn ich darf nicht.
Ehrfurcht fordert und Scheu, der mich gesendet, zu forschen,
Welchen Verwundeten dort du herführst. Aber ich selber
Kenn' ihn schon; denn ich sehe den Völkerhirten Machaon.
Jetzo, das Wort zu verkünden, enteil' ich zurück zum Achilleus,
Wohl ja kennest auch du, ehrwürdiger Alter, des Mannes
Heftigen Sinn, der leicht Unschuldige selber beschuldigt.
　Ihm antwortete drauf der gerenische reisige Nestor:
Was doch kümmern so sehr Achilleus' Herz die Achaier,
Welche bereits das Geschoß verwundete? Aber er weiß nicht,
Welch ein Weh sich erhub durch das Kriegsheer! Alle die Tapfern
Liegen umher bei den Schiffen, mit Wurf und Stoße verwundet!
Wund von Geschoß ist Tydeus' Sohn, der Held Diomedes,
Wund von der Lanz' Odysseus der Herrliche, und Agamemnon;
Auch Eurypylos traf ein fliegender Pfeil in die Lende.
Diesen anderen bracht' ich selber nur jüngst aus der Feldschlacht,
Als der Senne Geschoß ihn verwundete. Aber Achilleus
Hegt, zwar tapfer, mit uns nicht Mitleid oder Erbarmung!
Harrt er vielleicht, bis erst die rüstigen Schiff' am Gestade,
Trotz der Achaiermacht, in feindlicher Flamme verlodern,
Und wir selbst hinbluten der Reihe nach? Nicht ja besteht mir
Kraft, wie vordem sie gestrebt in den leichtgebogenen Gliedern!
Wär' ich so jugendlich noch und ungeschwächtes Vermögens,
Wie als einst der Eleier und Pylier Streit sich erhoben
Über den Rinderraub, da ich den Itymoneus hinwarf,
Ihn, den tapferen Sohn des Hypeirochos, wohnend in Elis,
Und mir Entschädigung nahm. Er stritt, die Rinder uns wehrend;
Aber ihn traf im Vordergewühl mein stürmender Wurfspieß,
Daß er sank, und in Angst sein ländliches Volk sich zerstreute.
Viel und reichliche Beute gewannen wir rings aus den Feldern:
Fünfzig Herden der Rinder umher, der weidenden Schafe
Eben so viel, auch der Schweine so viel und der streifenden Ziegen;
Auch der bräunlichen Rosse gewannen wir hundertundfünfzig,
Stuten all', und viele von saugenden Füllen begleitet.
Weg nun trieben wir jene hinein zur nelaïschen Pylos,
Nachts in die Stadt ankommend; und herzlich freute sich Neleus,
Daß mir Jünglinge schon so viel Kriegsbeute beschert war.
Herolde riefen nunmehr, sobald der Morgen emporstieg,
Jeden herbei, wem Schuld in der heiligen Elis gebührte.

οἱ δὲ συναγρόμενοι Πυλίων ἡγήτορες ἄνδρες
δαίτρευον· πολέσιν γὰρ Ἐπειοὶ χρεῖος ὄφειλον,
ὡς ἡμεῖς παῦροι κεκακωμένοι ἐν Πύλωι ἦμεν·
ἐλθὼν γάρ ῥ' ἐκάκωσε βίη Ἡρακληείη
τῶν προτέρων ἐτέων, κατὰ δ' ἔκταθεν ὅσσοι ἄριστοι·
δώδεκα γὰρ Νηλῆος ἀμύμονος υἱέες ἦμεν·
τῶν οἶος λιπόμην, οἱ δ' ἄλλοι πάντες ὄλοντο.
ταῦθ' ὑπερηφανέοντες Ἐπειοὶ χαλκοχίτωνες,
ἡμέας ὑβρίζοντες, ἀτάσθαλα μηχανόωντο.
ἐκ δ' ὁ γέρων ἀγέλην τε βοῶν καὶ πῶϋ μέγ' οἰῶν
εἵλετο, κρινάμενος τριηκόσι' ἠδὲ νομῆας.
καὶ γὰρ τῶι χρεῖος μέγ' ὀφείλετ' ἐν Ἤλιδι δίηι,
τέσσαρες ἀθλοφόροι ἵπποι αὐτοῖσιν ὄχεσφιν,
ἐλθόντες μετ' ἄεθλα· περὶ τρίποδος γὰρ ἔμελλον
θεύσεσθαι· τοὺς δ' αὖθι ἄναξ ἀνδρῶν Αὐγείας
κάσχεθε, τὸν δ' ἐλατῆρ' ἀφίει ἀκαχήμενον ἵππων.
τῶν ὁ γέρων ἐπέων κεχολωμένος ἠδὲ καὶ ἔργων
ἐξέλετ' ἄσπετα πολλά· τὰ δ' ἄλλ' ἐς δῆμον ἔδωκε
δαιτρεύειν, μή τίς οἱ ἀτεμβόμενος κίοι ἴσης.
ἡμεῖς μὲν τὰ ἕκαστα διείπομεν, ἀμφί τε ἄστυ
ἔρδομεν ἱρὰ θεοῖς· οἱ δὲ τρίτωι ἤματι πάντες
ἦλθον ὁμῶς αὐτοί τε πολεῖς καὶ μώνυχες ἵπποι
πανσυδίηι· μετὰ δέ σφι Μολίονε θωρήσσοντο
παῖδ' ἔτ' ἐόντ', οὔ πω μάλα εἰδότε θούριδος ἀλκῆς.
ἔστι δέ τις Θρυόεσσα πόλις, αἰπεῖα κολώνη,
τηλοῦ ἐπ' Ἀλφειῶι, νεάτη Πύλου ἠμαθόεντος·
τὴν ἀμφεστρατόωντο διαρραῖσαι μεμαῶτες.
ἀλλ' ὅτε πᾶν πεδίον μετεκίαθον, ἄμμι δ' Ἀθήνη
ἄγγελος ἦλθε θέουσ' ἀπ' Ὀλύμπου θωρήσσεσθαι
ἔννυχος, οὐδ' ἀέκοντα Πύλον κάτα λαὸν ἄγειρεν,
ἀλλὰ μάλ' ἐσσυμένους πολεμίζειν. οὐδέ με Νηλεὺς
εἴα θωρήσσεσθαι, ἀπέκρυψεν δέ μοι ἵππους·
οὐ γάρ πώ τί μ' ἔφη ἴδμεν πολεμήϊα ἔργα.
ἀλλὰ καὶ ὧς ἱππεῦσι μετέπρεπον ἡμετέροισι
καὶ πεζός περ ἐών, ἐπεὶ ὧς ἄγε νεῖκος Ἀθήνη.
ἔστι δέ τις ποταμὸς Μινυήϊος εἰς ἅλα βάλλων
ἐγγύθεν Ἀρήνης, ὅθι μείναμεν Ἠῶ δῖαν
ἱππῆες Πυλίων, τὰ δ' ἐπέρρεον ἔθνεα πεζῶν.
ἔνθεν πανσυδίηι σὺν τεύχεσι θωρηχθέντες
ἔνδιοι ἱκόμεσθ' ἱερὸν ῥόον Ἀλφειοῖο.
ἔνθα Διὶ ῥέξαντες ὑπερμενεῖ ἱερὰ καλά,

Aber des Pyliervolks versammelte Obergebieter
Teileten aus; denn vielen gebührete Schuld von Epeiern,
Seit wir wenigen dort in Drangsal Pylos bewohnet.
Denn uns drängt', hinkommend, die hohe Kraft Herakles'
Einige Jahre zuvor, und erschlug die tapfersten Männer.
Siehe, wir waren zwölf untadlige Söhne des Neleus;
Davon blieb ich allein, die anderen sanken getötet.
Drum verachteten uns die erzumschirmten Epeier,
Und voll Übermutes verübten sie mancherlei Frevel.
Draus nun wählte der Greis sich eine Herde der Rinder,
Eine von Schafen gedrängt, drei Hunderte, samt den Hirten,
Weil auch ihm viel Schuld in der heiligen Elis gebührte:
Vier siegprangende Rosse zusamt dem Wagengeschirre,
Zum Wettrennen gesandt; denn ein Dreifuß war zur Belohnung
Aufgestellt; da behielt der Völkerfürst Augeias
Jene zurück und entsandte den traurenden Wagenlenker.
So zum Zorne gereizt durch Wort' und Taten des Frevels,
Wählte sich vieles der Greis, das übrige gab er dem Volke,
Gleichgeteilt, daß keiner ihm leer der Beute hinwegging.
Wir vollendeten nun ein jegliches, und um die Stadt her
Weihten wir Opfer des Danks. Doch schnell am dritten der Tage
Kamen die Feind' unzählbar, sie selbst und stampfende Rosse,
Alle geschart; auch kamen die zween Molionen gerüstet,
Kinder annoch und wenig geübt zum herzhaften Angriff.
Eine Stadt Thryoessa erhebt sich auf felsichtem Hügel,
Fern an Alpheios' Strom, die heilige Elis begrenzend:
Diese bekämpfte der Feind, sie auszutilgen verlangend.
Doch wie sie ganz das Gefild umschwärmeten, kam uns Athene
Schnell als Botin daher vom Olympos, uns zu bewaffnen,
Nachts; und nicht unwillig erhuben sich Pylos' Bewohner,
Sondern mit freudigem Mut zu der Feldschlacht. Mir nur verwehrte
Neleus, mitzugehn in den Streit, und barg mir die Rosse;
Denn noch wähnt' er mich nicht zu Kriegsarbeiten gewitzigt.
Dennoch strahlt' ich hervor in unserer Reisigen Scharen,
Ohne Gespann, auch zu Fuß; so trieb in den Kampf mich Athene.
Aber es rollt ein Strom Minyeïos nieder zur Salzflut,
Dicht an Aren': hier harreten wir der heiligen Frühe,
Pylos' reisige Schar; und daherfloß Menge des Fußvolks.
Drauf mit gesamter Macht in wohlgerüstetem Heerzug
Kamen wir mittags hin zum heiligen Strom Alpheios.
Allda brachten wir Zeus, dem Allmächtigen, prangende Opfer,

ταῦρον δ᾽ Ἀλφειῶι, ταῦρον δὲ Ποσειδάωνι,
αὐτὰρ Ἀθηναίη γλαυκώπιδι βοῦν ἀγελαίην,
δόρπον ἔπειθ᾽ ἑλόμεσθα κατὰ στρατὸν ἐν τελέεσσι,
καὶ κατεκοιμήθημεν ἐν ἔντεσιν οἷσιν ἕκαστος
ἀμφὶ ῥοὰς ποταμοῖο. ἀτὰρ μεγάθυμοι Ἐπειοὶ
ἀμφίσταντο δὴ ἄστυ διαρραῖσαι μεμαῶτες·
ἀλλά σφι προπάροιθε φάνη μέγα ἔργον Ἄρηος·
εὖτε γὰρ ἠέλιος φαέθων ὑπερέσχεθε γαίης,
συμφερόμεσθα μάχηι, Διί τ᾽ εὐχόμενοι καὶ Ἀθήνηι.
ἀλλ᾽ ὅτε δὴ Πυλίων καὶ Ἐπειῶν ἔπλετο νεῖκος,
πρῶτος ἐγὼν ἕλον ἄνδρα, κόμισσα δὲ μώνυχας ἵππους,
Μούλιον αἰχμητήν· γαμβρὸς δ᾽ ἦν Αὐγείαο,
πρεσβυτάτην δὲ θύγατρ᾽ εἶχε ξανθὴν Ἀγαμήδην,
ἣ τόσα φάρμακα ἤιδη ὅσα τρέφει εὐρεῖα χθών.
τὸν μὲν ἐγὼ προσιόντα βάλον χαλκήρεϊ δουρί,
ἤριπε δ᾽ ἐν κονίηισιν· ἐγὼ δ᾽ ἐς δίφρον ὀρούσας
στῆν ῥα μετὰ προμάχοισιν· ἀτὰρ μεγάθυμοι Ἐπειοὶ
ἔτρεσαν ἄλλυδις ἄλλος, ἐπεὶ ἴδον ἄνδρα πεσόντα
ἡγεμόν᾽ ἱππήων, ὃς ἀριστεύεσκε μάχεσθαι.
αὐτὰρ ἐγὼν ἐπόρουσα κελαινῆι λαίλαπι ἶσος,
πεντήκοντα δ᾽ ἕλον δίφρους, δύο δ᾽ ἀμφὶς ἕκαστον
φῶτες ὀδὰξ ἕλον οὖδας ἐμῶι ὑπὸ δουρὶ δαμέντες.
καί νύ κεν Ἀκτορίωνε Μολίονε παῖδ᾽ ἀλάπαξα,
εἰ μή σφωε πατὴρ εὐρὺ κρείων ἐνοσίχθων
ἐκ πολέμου ἐσάωσε, καλύψας ἠέρι πολλῆι.
ἔνθα Ζεὺς Πυλίοισι μέγα κράτος ἐγγυάλιξε·
τόφρα γὰρ οὖν ἑπόμεσθα διὰ σπιδέος πεδίοιο,
κτείνοντές τ᾽ αὐτοὺς ἀνά τ᾽ ἔντεα καλὰ λέγοντες,
ὄφρ᾽ ἐπὶ Βουπρασίου πολυπύρου βήσαμεν ἵππους
πέτρης τ᾽ Ὠλενίης, καὶ Ἀλησίου ἔνθα κολώνη
κέκληται· ὅθεν αὖτις ἀπέτραπε λαὸν Ἀθήνη.
ἔνθ᾽ ἄνδρα κτείνας πύματον λίπον· αὐτὰρ Ἀχαιοὶ
ἂψ ἀπὸ Βουπρασίοιο Πύλονδ᾽ ἔχον ὠκέας ἵππους,
πάντες δ᾽ εὐχετόωντο θεῶν Διὶ Νέστορί τ᾽ ἀνδρῶν.
ὣς ἔον, εἴ ποτ᾽ ἔον γε, μετ᾽ ἀνδράσιν. αὐτὰρ Ἀχιλλεὺς
οἶος τῆς ἀρετῆς ἀπονήσεται· ἦ τέ μιν οἴω
πολλὰ μετακλαύσεσθαι, ἐπεί κ᾽ ἀπὸ λαὸς ὄληται.
ὦ πέπον, ἦ μὲν σοί γε Μενοίτιος ὧδ᾽ ἐπέτελλεν
ἤματι τῶι ὅτε σ᾽ ἐκ Φθίης Ἀγαμέμνονι πέμπε,
νῶϊ δέ τ᾽ ἔνδον ἐόντες, ἐγὼ καὶ δῖος Ὀδυσσεύς,
πάντα μάλ᾽ ἐν μεγάροις ἠκούομεν ὡς ἐπέτελλε.

Einen Stier dem Alpheios, und einen Stier dem Poseidon,
Eine Kuh von der Herde für Zeus' blauäugige Tochter;
Nahmen die Abendkost durch das Kriegsheer, Haufen bei Haufen,
Legten uns dann zur Ruh, in eigener Rüstung ein jeder,
Längs dem Ufer des Stroms. Die hochgesinnten Epeier
Standen bereits um die Stadt, sie hinwegzutilgen verlangend;
Aber sie fanden zuvor des Ares schreckliche Arbeit.
Denn als leuchtend die Sonn' emporstieg über die Erde,
Rannten wir an zum Gefecht, und fleheten Zeus und Athenen.
Als nun die Schlacht anhub der Pylier und der Epeier,
Rafft' ich den ersten der Feind' und nahm die stampfenden Rosse,
Mulios, kühn und gewandt, der ein Eidam war des Augeias,
Seiner ältesten Tochter vermählt, Agamede der blonden,
Die Heilkräuter verstand, so viel rings nähret die Erde.
Ihn, wie er gegen mich kam, mit eherner Lanze durchbohrt' ich,
Und er entsank in den Staub; und ich, in den Sessel mich schwingend,
Stand nun im Vordergewühl. Die hochgesinnten Epeier
Zitterten ängstlich umher, da den Mann hinfallen sie sahen,
Ihn, der, führend den reisigen Zug, vorstrebt' in der Feldschlacht.
Aber ich stürmt' in die Feinde, dem dunkelen Donnerorkan gleich;
Fünfzig gewann ich der Wagen, und zween Kriegsmänner um jeden
Knirschten den Staub mit den Zähnen, von meiner Lanze gebändigt.
Aktors Söhn' auch hätt' ich gestreckt, die zween Molionen,
Hätte nicht ihr Vater, der Erderschüttrer Poseidon,
Schnell dem Gefecht sie entrückt, ringsher in Nebel sie hüllend.
Jetzo gewährete Zeus den Pyliern herrliche Siegsmacht.
Denn stets folgeten wir durch schildbestreuete Felder,
Niederhauend den Feind und stattliche Rüstungen sammelnd,
Bis wir zum Weizengefilde Buprasion trieben die Rosse,
Und zum olenischen Fels, und wo Alesions Hügel
Wird genannt, wo zurück uns wendete Pallas Athene.
Dort verließ ich den letzten Erschlagenen; und die Achaier
Lenkten das schnelle Gespann von Buprasion wieder gen Pylos,
Preisend mit Dank von den Himmlischen Zeus, von den Sterblichen Nestor.
So war ich, ja ich war's! in der Feldschlacht! Aber Achilleus
Hegt der Tugend Genuß sich allein nur! Wahrlich mit Tränen
Wird er hinfort es bejammern, nachdem das Volk uns vertilgt ist!
Ach, mein Freund, wohl hat dich Menötios also ermahnet,
Jenes Tags, da aus Pytia zu Atreus' Sohn er dich sandte.
Denn wir beide darinnen, ich selbst und der edle Odysseus,
Höreten all' im Gemach die Ermahnungen, die er dir mitgab.

Πηλῆος δ᾽ ἱκόμεσθα δόμους εὖ ναιετάοντας
λαὸν ἀγείροντες κατ᾽ Ἀχαιΐδα πουλυβότειραν.
ἔνθα δ᾽ ἔπειθ᾽ ἥρωα Μενοίτιον εὕρομεν ἔνδον
ἠδὲ σέ, πὰρ δ᾽ Ἀχιλῆα· γέρων δ᾽ ἱππηλάτα Πηλεὺς
πίονα μηρία καῖε βοὸς Διὶ τερπικεραύνωι
αὐλῆς ἐν χόρτωι· ἔχε δὲ χρύσειον ἄλεισον,
σπένδων αἴθοπα οἶνον ἐπ᾽ αἰθομένοις ἱεροῖσι.
σφῶϊ μὲν ἀμφὶ βοὸς ἕπετον κρέα, νῶϊ δ᾽ ἔπειτα
στῆμεν ἐνὶ προθύροισι· ταφὼν δ᾽ ἀνόρουσεν Ἀχιλλεύς,
ἐς δ᾽ ἄγε χειρὸς ἑλών, κατὰ δ᾽ ἑδριάασθαι ἄνωγε,
ξεινιά τ᾽ εὖ παρέθηκεν, ἅ τε ξείνοις θέμις ἐστίν.
αὐτὰρ ἐπεὶ τάρπημεν ἐδητύος ἠδὲ ποτῆτος,
ἦρχον ἐγὼ μύθοιο, κελεύων ὔμμ᾽ ἅμ᾽ ἕπεσθαι·
σφὼ δὲ μάλ᾽ ἠθέλετον, τὼ δ᾽ ἄμφω πόλλ᾽ ἐπέτελλον.
Πηλεὺς μὲν ὧι παιδὶ γέρων ἐπέτελλ᾽ Ἀχιλῆϊ
αἰὲν ἀριστεύειν καὶ ὑπείροχον ἔμμεναι ἄλλων·
σοὶ δ᾽ αὖθ᾽ ὧδ᾽ ἐπέτελλε Μενοίτιος, Ἄκτορος υἱός·
‚τέκνον ἐμόν, γενεῆι μὲν ὑπέρτερός ἐστιν Ἀχιλλεύς,
πρεσβύτερος δὲ σύ ἐσσι· βίηι δ᾽ ὅ γε πολλὸν ἀμείνων.
ἀλλ᾽ εὖ οἱ φάσθαι πυκινὸν ἔπος ἠδ᾽ ὑποθέσθαι
καί οἱ σημαίνειν· ὁ δὲ πείσεται εἰς ἀγαθόν περ.‘
ὣς ἐπέτελλ᾽ ὁ γέρων, σὺ δὲ λήθεαι· ἀλλ᾽ ἔτι καὶ νῦν
ταῦτ᾽ εἴποις Ἀχιλῆϊ δαΐφρονι, αἴ κε πίθηται.
τίς δ᾽ οἶδ᾽ εἴ κέν οἱ σὺν δαίμονι θυμὸν ὀρίναις
παρειπών; ἀγαθὴ δὲ παραίφασίς ἐστιν ἑταίρου.
εἰ δέ τινα φρεσὶν ἧισι θεοπροπίην ἀλεείνει
καί τινά οἱ πὰρ Ζηνὸς ἐπέφραδε πότνια μήτηρ,
ἀλλὰ σέ περ προέτω, ἅμα δ᾽ ἄλλος λαὸς ἑπέσθω
Μυρμιδόνων, αἴ κέν τι φόως Δαναοῖσι γένηαι·
καί τοι τεύχεα καλὰ δότω πόλεμον δὲ φέρεσθαι,
αἴ κέ σε τῶι εἴσκοντες ἀπόσχωνται πολέμοιο
Τρῶες, ἀναπνεύσωσι δ᾽ ἀρήϊοι υἷες Ἀχαιῶν
τειρόμενοι· ὀλίγη δέ τ᾽ ἀνάπνευσις πολέμοιο.
ῥεῖα δέ κ᾽ ἀκμῆτες κεκμηότας ἄνδρας ἀϋτῆι
ὤσαισθε προτὶ ἄστυ νεῶν ἄπο καὶ κλισιάων.“
ὣς φάτο, τῶι δ᾽ ἄρα θυμὸν ἐνὶ στήθεσσιν ὄρινε,
βῆ δὲ θέειν παρὰ νῆας ἐπ᾽ Αἰακίδην Ἀχιλῆα.
ἀλλ᾽ ὅτε δὴ κατὰ νῆας Ὀδυσσῆος θείοιο
ἷξε θέων Πάτροκλος, ἵνά σφ᾽ ἀγορή τε θέμις τε
ἤην, τῆι δὴ καί σφι θεῶν ἐτετεύχατο βωμοί,
ἔνθά οἱ Εὐρύπυλος βεβλημένος ἀντεβόλησε

Siehe, wir kamen dahin zu Peleus' schönem Palaste,
Völker umher versammelnd im fruchtbaren Land Achaias;
Und wir fanden den Held Menötios dort im Palaste,
Dich und Achilleus zugleich. Der alte reisige Peleus
Brannte dem Donnerer Zeus die fetten Schenkel des Stieres
In dem umschlossenen Hof, und hielt den goldenen Becher,
Sprengend den funkelnden Wein in die heilige Flamme des Opfers.
Ihr bereitetet beide das Stierfleisch. Jetzo erschienen
Wir an der Pforte des Hofs; bestürzt nun erhub sich Achilleus,
Führt' uns herein an der Hand und nötigte freundlich zum Sitze;
Wohl dann bewirtet' er uns, nach heiliger Sitte des Gastrechts.
Aber nachdem wir der Kost uns gesättiget und des Getränkes,
Jetzo begann ich die Red', euch mitzugehen ermahnend;
Ihr auch wolltet es gern, und viel euch geboten die Väter.
Peleus der graue Held ermahnete seinen Achilleus,
Immer der erste zu sein und vorzustreben vor andern.
Aber dich ermahnte Menötios, Aktors Erzeugter:
Lieber Sohn, an Geburt ist zwar erhabner Achilleus,
Älter dafür bist du; doch ihm ward größere Stärke;
Aber du hilf ihm treulich mit Rat und kluger Erinnrung,
Und sei Lenker dem Freund; er folgt dir gerne zum Guten.
Also ermahnte der Greis; du vergaßest es. Aber auch jetzt noch
Sage dies Achilleus dem Feurigen, ob er gehorche.
Denn wer weiß, ob vielleicht durch göttliche Hilf' ihn beweget
Dein Zuspruch! Gut immer ist redliche Warnung des Freundes.
Aber wofern im Herzen ein Götterspruch ihn erschrecket,
Und ihm Worte von Zeus die göttliche Mutter gemeldet,
Send' er zum wenigsten dich, und der Myrmidonen Geschwader
Folge zugleich, ob du etwa ein Licht der Danaer werdest.
Dir auch geb' er das Waffengeschmeid' im Kampfe zu tragen,
Ob dich für ihn ansehend vielleicht vom Kampfe die Troer
Abstehn, und sich erholen die kriegrischen Männer Achaias
Ihrer Angst; wie klein sie auch sei, die Erholung des Krieges.
Leicht auch könnt ihr, noch frisch, die ermüdeten Männer im Angriff
Rückwärts drängen zur Stadt, von den Schiffen hinweg und Gezelten.
    Also der Greis, und jenem das Herz im Busen bewegt' er.
Schnell durchlief er die Schiffe zum Äakiden Achilleus.
Aber nachdem zu den Schiffen des göttergleichen Odysseus
Laufend Patroklos genaht, wo der Volkskreis und der Gerichtplatz
War, wo rings auch Altäre, gebaut den unsterblichen Göttern,
Traf er Eurypylos dort, den glänzenden Sohn des Euämon,

διογενὴς Εὐαιμονίδης κατὰ μηρὸν ὀϊστῶι,
σκάζων ἐκ πολέμου· κατὰ δὲ νότιος ῥέεν ἱδρὼς
ὤμων καὶ κεφαλῆς, ἀπὸ δ' ἕλκεος ἀργαλέοιο
αἷμα μέλαν κελάρυζε· νόος γε μὲν ἔμπεδος ἦεν.
τὸν δὲ ἰδὼν ᾤκτειρε Μενοιτίου ἄλκιμος υἱός,
καί ῥ' ὀλοφυρόμενος ἔπεα πτερόεντα προσηύδα·
„ ἆ δειλοί, Δαναῶν ἡγήτορες ἠδὲ μέδοντες,
ὣς ἄρ' ἐμέλλετε τῆλε φίλων καὶ πατρίδος αἴης
ἄσειν ἐν Τροίηι ταχέας κύνας ἀργέτι δημῶι.
ἀλλ' ἄγε μοι τόδε εἰπέ, διοτρεφὲς Εὐρύπυλ' ἥρως,
ἤ ῥ' ἔτι που σχήσουσι πελώριον Ἕκτορ' Ἀχαιοί,
ἦ ἤδη φθίσονται ὑπ' αὐτοῦ δουρὶ δαμέντες;"
τὸν δ' αὖτ' Εὐρύπυλος βεβλημένος ἀντίον ηὔδα·
„ οὐκέτι, διογενὲς Πατρόκλεες, ἄλκαρ Ἀχαιῶν
ἔσσεται, ἀλλ' ἐν νηυσὶ μελαίνῃσιν πεσέονται.
οἱ μὲν γὰρ δὴ πάντες, ὅσοι πάρος ἦσαν ἄριστοι,
ἐν νηυσὶν κέαται βεβλημένοι οὐτάμενοί τε
χερσὶν ὕπο Τρώων· τῶν δὲ σθένος ὄρνυται αἰέν.
ἀλλ' ἐμὲ μὲν σὺ σάωσον ἄγων ἐπὶ νῆα μέλαιναν,
μηροῦ δ' ἔκταμ' ὀϊστόν, ἀπ' αὐτοῦ δ' αἷμα κελαινὸν
νίζ' ὕδατι λιαρῶι, ἐπὶ δ' ἤπια φάρμακα πάσσεν,
ἐσθλά, τά σε προτί φασιν Ἀχιλλῆος δεδιδάχθαι,
ὃν Χείρων ἐδίδαξε, δικαιότατος Κενταύρων.
ἰητροὶ μὲν γὰρ Ποδαλείριος ἠδὲ Μαχάων,
τὸν μὲν ἐνὶ κλισίῃσιν ὀΐομαι ἕλκος ἔχοντα,
χρηΐζοντα καὶ αὐτὸν ἀμύμονος ἰητῆρος,
κεῖσθαι· ὁ δ' ἐν πεδίωι Τρώων μένει ὀξὺν Ἄρηα."
τὸν δ' αὖτε προσέειπε Μενοιτίου ἄλκιμος υἱός·
„ πῶς τὰρ ἔοι τάδε ἔργα; τί ῥέξομεν, Εὐρύπυλ' ἥρως;
ἔρχομαι, ὄφρ' Ἀχιλῆϊ δαΐφρονι μῦθον ἐνίσπω,
ὃν Νέστωρ ἐπέτελλε Γερήνιος, οὖρος Ἀχαιῶν·
ἀλλ' οὐδ' ὧς περ σεῖο μεθήσω τειρομένοιο."
ἦ, καὶ ὑπὸ στέρνοιο λαβὼν ἄγε ποιμένα λαῶν
ἐς κλισίην· θεράπων δὲ ἰδὼν ὑπέχευε βοείας.
ἔνθά μιν ἐκτανύσας ἐκ μηροῦ τάμνε μαχαίρῃ
ὀξὺ βέλος περιπευκές, ἀπ' αὐτοῦ δ' αἷμα κελαινὸν
νίζ' ὕδατι λιαρῶι, ἐπὶ δὲ ῥίζαν βάλε πικρὴν
χερσὶ διατρίψας, ὀδυνήφατον, ἥ οἱ ἁπάσας
ἔσχ' ὀδύνας· τὸ μὲν ἕλκος ἐτέρσετο, παύσατο δ' αἷμα.

Welcher hart verwundet daher, mit dem Pfeil in der Lende,
Mühsam hinkt' aus der Schlacht; herab ihm strömte der Angstschweiß
Häufig von Schulter und Haupt, und hervor aus der schmerzenden Wunde
Rieselte schwarzes Blut; doch blieb ihm die Stärke des Geistes.
Mitleidsvoll erblickt' ihn Menötios' tapferer Sprößling,
Und er begann wehklagend, und sprach die geflügelten Worte:
Weh euch, weh! der Achaier erhabene Fürsten und Pfleger!
Solltet ihr so, den Freunden entfernt und dem Vatergefilde,
Nähren mit weißem Fett in Troja hurtige Hunde?
Aber verkündige mir, Eurypylos, göttlicher Kämpfer:
Ob noch bestehn die Achaier dem übergewaltigen Hektor,
Oder bereits hinsinken, von seiner Lanze gebändigt?
Und der verständige Sohn des Euämon sagte dagegen:
Nichts mehr, göttlicher Held Patroklos, schafft den Achaiern
Heil; bald werden sie all' um die dunkelen Schiffe gestreckt sein!
Denn sie alle bereits, die vordem die Tapfersten waren,
Liegen umher bei den Schiffen, mit Wurf und Stoße verwundet,
Unter der Hand der Troer, die stets anwachsen an Stärke!
Aber errette du mich, zum dunkelen Schiffe mich führend;
Schneid' aus der Lende den Pfeil, und rein mit laulichem Wasser
Wasche das schwärzliche Blut; auch lege mir lindernde Salb' auf,
Heilsame, welche du selbst von Achilleus, sagt man, gelernet,
Ihm, den Cheiron gelehrt, der gerechteste aller Kentauren.
Denn die Ärzte des Heers, Podaleirios und Machaon:
Einer wird im Gezelt an seiner Wunde, vermut' ich,
Selber anjetzt bedürftig des wohlerfahrenen Arztes,
Liegen; der andr' im Gefilde besteht die wütende Schlacht noch.
Ihm antwortete drauf Menötios' tapferer Sprößling:
Wie kann solches geschehn? was machen wir, Sohn des Euämon?
Eilend muß ich Achilleus, dem feurigen, melden die Botschaft,
Welche mir Nestor befahl, der gerenische Hort der Achaier.
Dennoch werd' ich nimmer dich hier verlassen im Schmerze!
Sprach's, und unter der Brust den Völkerhirten umfassend
Führt' er ins Zelt; ein Genoß dort breitete Felle der Stier' aus.
Hierauf streckt' ihn der Held, und schnitt mit dem Messer den scharfen
Schmerzenden Pfeil aus der Lend', auch rein mit laulichem Wasser
Wusch er das schwärzliche Blut; dann streut' er bittere Wurzel
Drauf, mit den Händen zermalmt, die lindernde, welche die Schmerzen
Alle bezwang; und es stockte das Blut in erharschender Wunde.

ΙΛΙΑΔΟΣ Μ

Τειχομαχία.

Ὣς ὁ μὲν ἐν κλισίῃσι Μενοιτίου ἄλκιμος υἱὸς
ἰᾶτ' Εὐρύπυλον βεβλημένον· οἱ δ' ἐμάχοντο
Ἀργεῖοι καὶ Τρῶες ὁμιλαδόν· οὐδ' ἄρ' ἔμελλε
τάφρος ἔτι σχήσειν Δαναῶν καὶ τεῖχος ὕπερθεν
εὐρύ, τὸ ποιήσαντο νεῶν ὕπερ, ἀμφὶ δὲ τάφρον
ἤλασαν, οὐδὲ θεοῖσι δόσαν κλειτὰς ἑκατόμβας,
ὄφρά σφιν νῆάς τε θοὰς καὶ ληΐδα πολλὴν
ἐντὸς ἔχον ῥύοιτο· θεῶν δ' ἀέκητι τέτυκτο
ἀθανάτων· τὸ καὶ οὔ τι πολὺν χρόνον ἔμπεδον ἦεν.
ὄφρα μὲν Ἕκτωρ ζωὸς ἔην καὶ μήνι' Ἀχιλλεὺς
καὶ Πριάμοιο ἄνακτος ἀπόρθητος πόλις ἔπλεν,
τόφρα δὲ καὶ μέγα τεῖχος Ἀχαιῶν ἔμπεδον ἦεν.
αὐτὰρ ἐπεὶ κατὰ μὲν Τρώων θάνον ὅσσοι ἄριστοι,
πολλοὶ δ' Ἀργείων οἱ μὲν δάμεν, οἱ δὲ λίποντο,
πέρθετο δὲ Πριάμοιο πόλις δεκάτωι ἐνιαυτῶι,
Ἀργεῖοι δ' ἐν νηυσὶ φίλην ἐς πατρίδ' ἔβησαν,
δὴ τότε μητιόωντο Ποσειδάων καὶ Ἀπόλλων
τεῖχος ἀμαλδῦναι, ποταμῶν μένος εἰσαγαγόντες.
ὅσσοι ἀπ' Ἰδαίων ὀρέων ἅλα δὲ προρέουσι,
Ῥῆσός θ' Ἑπτάπορός τε Κάρησός τε Ῥοδίος τε
Γρήνικός τε καὶ Αἴσηπος δῖός τε Σκάμανδρος
καὶ Σιμόεις, ὅθι πολλὰ βοάγρια καὶ τρυφάλειαι
κάππεσον ἐν κονίῃσι καὶ ἡμιθέων γένος ἀνδρῶν·
τῶν πάντων ὁμόσε στόματ' ἔτραπε Φοῖβος Ἀπόλλων,
ἐννῆμαρ δ' ἐς τεῖχος ἵει ῥόον· ὗε δ' ἄρα Ζεὺς
συνεχές, ὄφρά κε θᾶσσον ἁλίπλοα τείχεα θείῃ.
αὐτὸς δ' ἐννοσίγαιος ἔχων χείρεσσι τρίαιναν
ἡγεῖτ', ἐκ δ' ἄρα πάντα θεμείλια κύμασι πέμπε
φιτρῶν καὶ λάων, τὰ θέσαν μογέοντες Ἀχαιοί,

ZWÖLFTER GESANG

Künftige Vertilgung der Mauer. Die Achaier eingetrieben. Hektor, wie Polydamas riet, läßt die Reisigen absteigen, und in fünf Ordnungen anrücken. Nur Asios mit seiner Schar fährt auf das linke Tor, welches zween Lapithen verteidigen. Ein unglücklicher Vogel erscheint den Troern; Polydamas warnt den Hektor umsonst. Zeus sendet den Achaiern einen stäubenden Wind entgegen. Hektor stürmt die Mauer, und die beiden Ajas' ermuntern zur Gegenwehr. Sarpedon und Glaukos nahn dem Turme des Menestheus, dem Telamons Söhne zu Hilfe eilen. Glaukos entweicht verwundet; Sarpedon reißt die Brustwehr herab. Hektor zersprengt ein Tor mit einem Steinwurf; worauf die Troer zugleich über die Mauer und durch das Tor eindringen.

Also heilt' im Gezelte Menötios tapferer Sprößling
Jetzt den Eurypylos dort, den verwundeten. Aber es kämpften
Argos' Söhn' und die Troer mit Heerskraft. Siehe, nicht länger
Sollte der Graben beschirmen die Danaer, oder die Mauer,
Welche sie breit um die Schiff' auftürmeten, rings dann den Graben
Leiteten: denn nicht brachten sie Festhekatomben den Göttern,
Daß ihr Werk die rüstigen Schiff' und erbeuteten Schätze
Drinnen bewahrt' im Lager; zum Trotz den unsterblichen Göttern
Ward es gebaut; drum stand's nicht lange Zeit unerschüttert.
Denn weil Hektor lebend noch war, noch zürnet' Achilleus,
Und unzerrüttet die Stadt des herrschenden Priamos ragte;
Eben so lang' auch bestand der Danaer mächtige Mauer,
Aber nachdem gestorben der Troer tapferste Helden,
Mancher auch der Argeier vertilgt war, mancher noch übrig,
Und nun Priamos Stadt hinsank im zehnten der Jahre,
Dann die Argeier in Schiffen zur Heimat wiedergekehret:
Jetzo beschloß Poseidon im Rat und Phöbos Apollon,
Wegzutilgen den Bau, der Ströme Gewalt hinlenkend.
Alle die hoch vom Idagebirg' in das Meer sich ergießen,
Rhodios und Karesos, Heptaporos auch, und Granikos,
Rhesos auch, und Äsepos zugleich und der edle Skamandros,
Simois auch, wo gehäuft Stierschild' und gekegelte Helme
Sanken hinab in den Staub, und das Göttergeschlecht der Heroen.
Allen zugleich nun wandte die Mündungen Phöbos Apollon
Gegen den Bau; neun Tage beströmt' er ihn, während herab Zeus
Regnete, schneller ins Meer die umflutete Mauer zu wälzen.
Aber der Erderschütterer selbst, in den Händen den Dreizack,
Ging voran und stürzt' aus dem Grunde gewühlt in die Wogen
Alle Blöck' und Steine, die mühsam gelegt die Achaier;

λεῖα δ᾽ ἐποίησεν παρ᾽ ἀγάρροον Ἑλλήσποντον,
αὖτις δ᾽ ἠϊόνα μεγάλην ψαμάθοισι κάλυψε,
τεῖχος ἀμαλδύνας· ποταμοὺς δ᾽ ἔτρεψε νέεσθαι
κὰρ ῥόον, ᾗ περ πρόσθεν ἵεν καλλίρροον ὕδωρ.
ὣς ἄρ᾽ ἔμελλον ὄπισθε Ποσειδάων καὶ Ἀπόλλων
θησέμεναι· τότε δ᾽ ἀμφὶ μάχη ἐνοπή τε δεδήει
τεῖχος ἐΰδμητον, κανάχιζε δὲ δούρατα πύργων
βαλλόμεν᾽· Ἀργεῖοι δὲ Διὸς μάστιγι δαμέντες
νηυσὶν ἔπι γλαφυρῇσιν ἐελμένοι ἰσχανόωντο,
Ἕκτορα δειδιότες, κρατερὸν μήστωρα φόβοιο·
αὐτὰρ ὅ γ᾽ ὡς τὸ πρόσθεν ἐμάρνατο ἶσος ἀέλλῃ·
ὡς δ᾽ ὅτ᾽ ἂν ἔν τε κύνεσσι καὶ ἀνδράσι θηρευτῇσι
κάπριος ἠὲ λέων στρέφεται σθένεϊ βλεμεαίνων·
οἱ δέ τε πυργηδὸν σφέας αὐτοὺς ἀρτύναντες
ἀντίον ἵστανται καὶ ἀκοντίζουσι θαμειὰς
αἰχμὰς ἐκ χειρῶν· τοῦ δ᾽ οὔ ποτε κυδάλιμον κῆρ
ταρβεῖ οὐδὲ φοβεῖται, ἀγηνορίη δέ μιν ἔκτα·
ταρφέα τε στρέφεται στίχας ἀνδρῶν πειρητίζων·
ὅππῃ τ᾽ ἰθύσῃ, τῇ εἴκουσι στίχες ἀνδρῶν·
ὣς Ἕκτωρ ἀν᾽ ὅμιλον ἰὼν ἐλλίσσεθ᾽ ἑταίρους
τάφρον ἐποτρύνων διαβαινέμεν· οὐδέ οἱ ἵπποι
τόλμων ὠκύποδες, μάλα δὲ χρεμέτιζον ἐπ᾽ ἄκρῳ
χείλει ἐφεσταότες· ἀπὸ γὰρ δειδίσσετο τάφρος
εὐρεῖ᾽, οὔτ᾽ ἄρ᾽ ὑπερθορέειν σχεδὸν οὔτε περῆσαι
ῥηϊδίη· κρημνοὶ γὰρ ἐπηρεφέες περὶ πᾶσαν
ἕστασαν ἀμφοτέρωθεν, ὕπερθεν δὲ σκολόπεσσιν
ὀξέσιν ἠρήρει, τοὺς ἵστασαν υἷες Ἀχαιῶν
πυκνοὺς καὶ μεγάλους, δηΐων ἀνδρῶν ἀλεωρήν.
ἔνθ᾽ οὔ κεν ῥέα ἵππος ἐΰτροχον ἅρμα τιταίνων
ἐσβαίη, πεζοὶ δὲ μενοίνεον εἰ τελέουσι.
δὴ τότε Πουλυδάμας θρασὺν Ἕκτορα εἶπε παραστάς·
„Ἕκτορ τ᾽ ἠδ᾽ ἄλλοι Τρώων ἀγοὶ ἠδ᾽ ἐπικούρων,
ἀφραδέως διὰ τάφρον ἐλαύνομεν ὠκέας ἵππους·
ἡ δὲ μάλ᾽ ἀργαλέη περάαν· σκόλοπες γὰρ ἐν αὐτῇ
ὀξέες ἑστᾶσιν, ποτὶ δ᾽ αὐτοὺς τεῖχος Ἀχαιῶν.
ἔνθ᾽ οὔ πως ἔστιν καταβήμεναι οὐδὲ μάχεσθαι
ἱππεῦσι· στεῖνος γάρ, ὅθι τρώσεσθαι ὀΐω.
εἰ μὲν γὰρ τοὺς πάγχυ κακὰ φρονέων ἀλαπάζει
Ζεὺς ὑψιβρεμέτης, Τρώεσσι δὲ ἵετ᾽ ἀρήγειν,
ἦ τ᾽ ἂν ἔγωγ᾽ ἐθέλοιμι καὶ αὐτίκα τοῦτο γενέσθαι,
νωνύμνους ἀπολέσθαι ἀπ᾽ Ἄργεος ἐνθάδ᾽ Ἀχαιούς·

Schleift' und ebnet' es rings am reißenden Hellespontos,
Und umhüllte mit Sand weithin das große Gestade,
Wo er die Mauer vertilgt; dann wandt' er zurück in das Flutbett
Jeglichen Strom, wo zuvor er ergoß sein schönes Gewässer.
Also sollte hinfort Poseidons Macht und Apollons
Taten tun. Doch jetzo war Schlacht und Getümmel entbrannt rings
Um den gewaltigen Bau, und der Türme geworfene Balken
Donnerten. Argos' Volk, von Kronions Geißel gebändigt,
Drängte sich eingehegt bei den schwarzen gebogenen Schiffen,
Bange vor Hektors Wut, des stürmenden Schreckengebieters.
Jener stritt, wie zuvor, mit dem Ungestüm des Orkanes.
Wie wenn im Kreise der Hund' und rüstigen Jäger ein Waldschwein
Ringsher, oder ein Löwe, sich dreht, wutfunkelndes Blickes;
Jene dort, miteinander in Heerschar wohlgeordnet,
Stehn ihm entgegen gewandt, und es fliegen geschwungene Spieße
Häufig daher aus den Händen; doch sein ruhmatmendes Herz kennt
Weder Furcht noch Entfliehn, und Tapferkeit tötet ihn endlich;
Vielfach drehet er sich, die Reihn der Männer erforschend;
Und wo er grad' andringt, da weichen ihm Reihen der Männer:
So im Gewühl ging Hektor umhergewandt, und ermahnte
Über den Graben zu sprengen die Seinigen. Aber nicht wagten's
Ihm die Rosse, geflügeltes Laufs; sie wieherten laut auf,
Stehend am äußersten Bord; denn zurück sie schreckte des Grabens
Breite, zum Sprung hinüber nicht schmal genug, noch zum Durchgang
Leichtgebahnt: denn ein jäh abhängiges Ufer erhob sich
Rings an jeglicher Seit', auch war mit spitzigen Pfählen
Obenher er bepflanzt, die Achaias Söhne gestellet,
Dichtgereiht und mächtig, zur Abwehr feindlicher Männer.
Schwerlich vermocht' ein Roß, an den rollenden Wagen gespannet,
Überzugehn; Fußvölker nur eiferten, ob sie vermöchten.
Aber Polydamas sprach, dem trotzigen Hektor sich nahend:
Hektor, und ihr der Troer Gewaltige, und der Genossen,
Torheit ist's, durch den Graben die hurtigen Rosse zu treiben.
Viel zu schwer ist wahrlich der Weg; denn spitzige Pfähle
Stehn ja umher, und daran der Danaer mächtige Mauer.
Dort lenkt keiner hinab der Reisigen, keiner besteht auch
Unten den Kampf; hin sänken sie all', in der Enge verwundet.
Denn wofern nun ganz im vertilgenden Zorne sie heimsucht
Der hochdonnernde Zeus, und den Troern Hilfe gewähret;
Traun dann wünscht' ich selber aufs schleunigste solches vollendet,
Daß hier ruhmlos stürben von Argos fern die Achaier.

εἰ δέ χ' ὑποστρέψωσι, παλίωξις δὲ γένηται
ἐκ νηῶν καὶ τάφρωι ἐνιπλήξωμεν ὀρυκτῆι,
οὐκέτ' ἔπειτ' οἴω οὐδ' ἄγγελον ἀπονέεσθαι
ἄψορρον προτὶ ἄστυ ἑλιχθέντων ὑπ' Ἀχαιῶν.
ἀλλ' ἄγεθ', ὡς ἂν ἐγὼ εἴπω, πειθώμεθα πάντες·
ἵππους μὲν θεράποντες ἐρυκόντων ἐπὶ τάφρωι,
αὐτοὶ δὲ πρυλέες σὺν τεύχεσι θωρηχθέντες
Ἕκτορι πάντες ἑπώμεθ' ἀολλέες· αὐτὰρ Ἀχαιοὶ
οὐ μενέουσ', εἰ δή σφιν ὀλέθρου πείρατ' ἐφῆπται.“
ὣς φάτο Πουλυδάμας, ἅδε δ' Ἕκτορι μῦθος ἀπήμων,
αὐτίκα δ' ἐξ ὀχέων σὺν τεύχεσιν ἆλτο χαμᾶζε.
οὐδὲ μὲν ἄλλοι Τρῶες ἐφ' ἵππων ἠγερέθοντο,
ἀλλ' ἀπὸ πάντες ὄρουσαν, ἐπεὶ ἴδον Ἕκτορα δῖον.
ἡνιόχωι μὲν ἔπειτα ἑῶι ἐπέτελλεν ἕκαστος
ἵππους εὖ κατὰ κόσμον ἐρυκέμεν αὖθ' ἐπὶ τάφρωι·
οἱ δὲ διαστάντε, σφέας αὐτοὺς ἀρτύναντες,
πένταχα κοσμηθέντες ἅμ' ἡγεμόνεσσιν ἕποντο.
οἱ μὲν ἅμ' Ἕκτορ' ἴσαν καὶ ἀμύμονι Πουλυδάμαντι,
οἳ πλεῖστοι καὶ ἄριστοι ἔσαν, μέμασαν δὲ μάλιστα
τεῖχος ῥηξάμενοι κοίλῃς ἐπὶ νηυσὶ μάχεσθαι.
καί σφιν Κεβριόνης τρίτος εἵπετο· πὰρ δ' ἄρ' ὄχεσφιν
ἄλλον Κεβριόναο χερείονα κάλλιπεν Ἕκτωρ.
τῶν δ' ἑτέρων Πάρις ἦρχε καὶ Ἀλκάθοος καὶ Ἀγήνωρ,
τῶν δὲ τρίτων Ἕλενος καὶ Δηΐφοβος θεοειδής,
υἷε δύω Πριάμοιο· τρίτος δ' ἦν Ἄσιος ἥρως,
Ἄσιος Ὑρτακίδης, ὃν Ἀρίσβηθεν φέρον ἵπποι
αἴθωνες μεγάλοι, ποταμοῦ ἄπο Σελλήεντος.
τῶν δὲ τετάρτων ἦρχεν ἐῢς πάϊς Ἀγχίσαο,
Αἰνείας, ἅμα τῶι γε δύω Ἀντήνορος υἷε,
Ἀρχέλοχός τ' Ἀκάμας τε, μάχης εὖ εἰδότε πάσης.
Σαρπηδὼν δ' ἡγήσατ' ἀγακλειτῶν ἐπικούρων,
πρὸς δ' ἕλετο Γλαῦκον καὶ ἀρήϊον Ἀστεροπαῖον·
οἱ γάρ οἱ εἴσαντο διακριδὸν εἶναι ἄριστοι
τῶν ἄλλων μετά γ' αὐτόν· ὁ δ' ἔπρεπε καὶ διὰ πάντων.
οἱ δ' ἐπεὶ ἀλλήλους ἄραρον τυκτῆισι βόεσσι,
βάν ῥ' ἰθὺς Δαναῶν λελιημένοι, οὐδ' ἔτ' ἔφαντο
σχήσεσθ', ἀλλ' ἐν νηυσὶ μελαίνῃσιν πεσέεσθαι.
ἔνθ' ἄλλοι Τρῶες τηλεκλειτοί τ' ἐπίκουροι
βουλῆι Πουλυδάμαντος ἀμωμήτοιο πίθοντο·
ἀλλ' οὐχ Ὑρτακίδης ἔθελ' Ἄσιος, ὄρχαμος ἀνδρῶν,
αὖθι λιπεῖν ἵππους τε καὶ ἡνίοχον θεράποντα,

Wenn sie jedoch umkehrten, und Rückverfolgung begönne
Von den Schiffen daher, in des Grabens Tief' uns verdrängend;
Nimmer käm', ich fürcht' es, auch nicht ein Bote von dannen,
Wieder gen Troja zurück, vor der Wut der gewandten Achaier.
Aber wohlan, wie ich rede das Wort, so gehorchet mir alle.
Laßt die Ross' am Graben, gehemmt von den Wagengenossen;
Wir dann, Streiter zu Fuß, mit ehernen Waffen gerüstet,
Drängen uns all' um Hektor, und folgen ihm. Doch die Achaier
Stehn uns nicht, wenn jenen das Ziel des Verderbens daherdroht.
So des Polydamas Rat; den unschädlichen billigte Hektor.
Schnell vom Wagen herab mit den Rüstungen sprang er zur Erde.
Auch nicht blieben in Wagen die anderen Troer versammelt;
Sondern sie stürmten herab, da sie sahn den göttlichen Hektor.
Jetzo gebot ein jeder dem eigenen Wagenlenker,
Dort am Graben die Ross' in geordneter Reihe zu halten.
Selber darauf sich teilend, in fünf Heerscharen geordnet,
Gingen sie wohlgereiht, und folgeten ihren Gebietern.
Hektor selbst und der edle Polydamas führten die Ordnung,
Welche die meisten enthielt und tapfersten, alle begierig,
Durch die Mauer zu brechen, und kühn um die Schiffe zu kämpfen.
Auch Kebriones folgt der dritte noch; und dem geringern
Blieb, an Kebriones Statt, nun Hektors Wagen vertrauet.
Paris gebot der zweiten, Alkathoos auch, und Agenor.
Helenos führte die dritt', und Deïphobos, göttlicher Bildung,
Beide des Priamos' Söhn'; auch Asios führte mit jenen,
Asios, Hyrtakos' Sohn, den hergebracht aus Arisbe
Rosse, glänzend und groß, vom heiligen Strom Selleïs.
Aber der vierten herrscht Äneias voran, des Anchises
Starker Sohn; zugleich ihm Antenors tapfere Söhne,
Akamas und Archilochos beid', allkundig des Streites.
Endlich gebot Sarpedon den rühmlichen Bundesgenossen,
Der sich den Glaukos gesellt', und den kriegerischen Asteropäos:
Denn sie dünkten ihm beide die Tapfersten sonder Vergleichung,
Aller umher, nach ihm selbst; er ragete weit vor den andern.
Als sie nunmehr sich zusammengedrängt mit Schilden von Stierhaut:
Eilten sie freudiges Mutes auf die Danaer, hoffend, nicht obstehn
Würden sie, sondern bald um die dunkelen Schiffe gestreckt sein.
Alle sonst, die Troer und fernberufenen Helfer,
Waren Polydamas' Rate, des Tadellosen, gefolget;
Nur nicht Asios wollte, des Hyrtakos Sohn, der Gebieter,
Dort verlassen die Ross' und den wagenlenkenden Diener;

ἀλλὰ σὺν αὐτοῖσιν πέλασεν νήεσσι θοῇσι,
νήπιος, οὐδ᾽ ἄρ᾽ ἔμελλε κακὰς ὑπὸ κῆρας ἀλύξας
ἵπποισιν καὶ ὄχεσφιν ἀγαλλόμενος παρὰ νηῶν
ἂψ ἀπονοστήσειν προτὶ Ἴλιον ἠνεμόεσσαν·
πρόσθεν γάρ μιν μοῖρα δυσώνυμος ἀμφεκάλυψεν
ἔγχεϊ Ἰδομενῆος, ἀγαυοῦ Δευκαλίδαο.
εἴσατο γὰρ νηῶν ἐπ᾽ ἀριστερά, τῆι περ Ἀχαιοὶ
ἐκ πεδίου νίσοντο σὺν ἵπποισιν καὶ ὄχεσφι·
τῆι ῥ᾽ ἵππους τε καὶ ἅρμα διήλασεν, οὐδὲ πύλῃσιν
εὗρ᾽ ἐπικεκλιμένας σανίδας καὶ μακρὸν ὀχῆα,
ἀλλ᾽ ἀναπεπταμένας ἔχον ἀνέρες, εἴ τιν᾽ ἑταίρων
ἐκ πολέμου φεύγοντα σαώσειαν μετὰ νῆας.
τῆι ῥ᾽ ἰθὺς φρονέων ἵππους ἔχε, τοὶ δ᾽ ἅμ᾽ ἕποντο
ὀξέα κεκλήγοντες· ἔφαντο γὰρ οὐκέτ᾽ Ἀχαιοὺς
σχήσεσθ᾽, ἀλλ᾽ ἐν νηυσὶ μελαίνῃσιν πεσέεσθαι·
νήπιοι, ἐν δὲ πύλῃσι δύ᾽ ἀνέρας εὗρον ἀρίστους,
υἷας ὑπερθύμους Λαπιθάων αἰχμητάων,
τὸν μὲν Πειριθόου υἷα, κρατερὸν Πολυποίτην,
τὸν δὲ Λεοντῆα, βροτολοιγῶι ἶσον Ἄρηϊ.
τὼ μὲν ἄρα προπάροιθε πυλάων ὑψηλάων
ἕστασαν ὡς ὅτε τε δρύες οὔρεσιν ὑψικάρηνοι,
αἵ τ᾽ ἄνεμον μίμνουσι καὶ ὑετὸν ἤματα πάντα,
ῥίζῃσιν μεγάλῃσι διηνεκέεσσ᾽ ἀραρυῖαι·
ὣς ἄρα τὼ χείρεσσι πεποιθότες ἠδὲ βίηφι
μίμνον ἐπερχόμενον μέγαν Ἄσιον οὐδὲ φέβοντο.
οἱ δ᾽ ἰθὺς πρὸς τεῖχος ἐΰδμητον βόας αὔας
ὑψόσ᾽ ἀνασχόμενοι ἔκιον μεγάλωι ἀλαλητῶι
Ἄσιον ἀμφὶ ἄνακτα καὶ Ἰαμενὸν καὶ Ὀρέστην
Ἀσιάδην τ᾽ Ἀδάμαντα Θόωνά τε Οἰνόμαόν τε.
οἱ δ᾽ ἤτοι εἷος μὲν ἐϋκνήμιδας Ἀχαιοὺς
ὄρνυον ἔνδον ἐόντες ἀμύνεσθαι περὶ νηῶν·
αὐτὰρ ἐπεὶ δὴ τεῖχος ἐπεσσυμένους ἐνόησαν
Τρῶας, ἀτὰρ Δαναῶν γένετο ἰαχή τε φόβος τε,
ἐκ δὲ τὼ ἀΐξαντε πυλάων πρόσθε μαχέσθην,
ἀγροτέροισι σύεσσιν ἐοικότε, τώ τ᾽ ἐν ὄρεσσιν
ἀνδρῶν ἠδὲ κυνῶν δέχαται κολοσυρτὸν ἰόντα,
δοχμώ τ᾽ ἀΐσσοντε περὶ σφίσιν ἄγνυτον ὕλην
πρυμνὴν ἐκτάμνοντες, ὑπαὶ δέ τε κόμπος ὀδόντων
γίγνεται, εἰς ὅ κέ τίς τε βαλὼν ἐκ θυμὸν ἕληται·
ὣς τῶν κόμπει χαλκὸς ἐπὶ στήθεσσι φαεινὸς
ἄντην βαλλομένων· μάλα γὰρ κρατερῶς ἐμάχοντο,

Sondern er drang mit ihnen zugleich an die rüstigen Schiffe.
Törichter! ach nicht sollt' er, die schrecklichen Keren vermeidend,
Samt dem Gespann und Wagen in stolzem Triumph, von den Schiffen
Wiederum heimkehren zu Ilios luftigen Höhen;
Denn ihn umhüllte zuvor das grauenvolle Verhängnis
Unter Idomeneus Lanze, des herrlichen Deukalionen.
Denn er wandt' in die Schiffe zur Linken sich, wo die Achaier
Aus dem Gefild' einzogen mit hurtigen Rossen und Wagen:
Dorthin lenkt' er hindurch der Rosse Geschirr; und er fand nicht
Vorgestreckt die Flügel des Tors, noch den mächtigen Riegel;
Offen noch hielten es Männer, und harreten, ob der Genossen
Einer, dem Treffen entflohn, sich retten wollt' in die Schiffe.
Gradan lenkt' er die Rosse, der Wähnende; andere folgten
Nach mit hellem Geschrei; denn die Danaer würden nicht obstehn,
Hofften sie, sondern bald um die dunkelen Schiffe gestreckt sein.
Toren! sie fanden dort zween tapfere Männer am Eingang,
Edelmütige Söhne der speergewohnten Lapithen:
Ihn, Peirithoos' Sohn, den starken Held Polypötes,
Ihn, den Leonteus auch, dem mordenden Ares vergleichbar.
Beid' an dem Eingang dort des hochgeflügelten Tores
Standen sie: also stehn hochwipflichte Eichen der Berge,
Welche dem Sturm ausharren und Regenschauer beständig,
Eingesenkt mit großen und weithinreichenden Wurzeln:
Also die zween, der Gewalt der mächtigen Arme vertrauend,
Harrten dem Angriff kühn des Asios, und unerschrocken.
Grad' auf die trotzende Mauer, mit wildaufhallendem Feldruf,
Sprengten sie an, und erhoben die trockenen Schilde von Stierhaut,
Um Held Asios her, um Iamenos her, und Orestes,
Akamas, Asios' Sohn, um Önomaos auch, und um Thoon.
Sie dort hatten zuvor die hellumschienten Achaier
Drinnen im Lager ermahnt, zum mutigen Kampf für die Schiffe;
Aber sobald zur Mauer mit Macht anrennen sie sahen
Trojas Söhn', und erscholl der Danaer Angst und Getümmel,
Brachen sie beid' hervor, und kämpfeten draußen am Eingang.
Gleich zween Ebern an Mut, unbändigen, die in dem Bergwald
Kühn der Männer und Hund' anwandelnde Hetze bestehen;
Seitwärts dahergestürmt durchschmettern sie rings die Gesträuche,
Weg vom Stamme sie mähend, und wild mit klappenden Hauern
Wüten sie, bis ein Geschoß ihr mutiges Leben vertilget:
Also klappt' auch jenen das schimmernde Erz an den Busen,
Unter der Feinde Geschoß; denn sie wehrten mit großer Gewalt ab,

λαοῖσιν καθύπερθε πεποιθότες ἠδὲ βίηφιν.
οἱ δ' ἄρα χερμαδίοισιν ἐϋδμήτων ἀπὸ πύργων
βάλλον, ἀμυνόμενοι σφῶν τ' αὐτῶν καὶ κλισιάων
νηῶν τ' ὠκυπόρων· νιφάδες δ' ὡς πῖπτον ἔραζε,
ἅς τ' ἄνεμος ζαής, νέφεα σκιόεντα δονήσας,
ταρφειὰς κατέχευεν ἐπὶ χθονὶ πουλυβοτείρηι·
ὣς τῶν ἐκ χειρῶν βέλεα ῥέον, ἠμὲν Ἀχαιῶν
ἠδὲ καὶ ἐκ Τρώων· κόρυθες δ' ἀμφ' αὖον ἀΰτευν
βαλλομένων μυλάκεσσι καὶ ἀσπίδες ὀμφαλόεσσαι.
δή ῥα τότ' ᾤμωξεν καὶ ὣ πεπλήγετο μηρὼ
Ἄσιος Ὑρτακίδης, καὶ ἀλαστήσας ἔπος ηὔδα·
„Ζεῦ πάτερ, ἦ ῥά νυ καὶ σὺ φιλοψευδὴς ἐτέτυξο
πάγχυ μάλ'· οὐ γὰρ ἔγωγ' ἐφάμην ἥρωας Ἀχαιοὺς
σχήσειν ἡμέτερόν γε μένος καὶ χεῖρας ἀάπτους.
οἱ δ', ὥς τε σφῆκες μέσον αἰόλοι ἠὲ μέλισσαι
οἰκία ποιήσωνται ὁδῶι ἔπι παιπαλοέσσηι,
οὐδ' ἀπολείπουσιν κοῖλον δόμον, ἀλλὰ μένοντες
ἄνδρας θηρητῆρας ἀμύνονται περὶ τέκνων,
ὣς οἵ γ' οὐκ ἐθέλουσι πυλάων καὶ δύ' ἐόντε
χάσσασθαι πρίν γ' ἠὲ κατακτάμεν ἠὲ ἁλῶναι."
ὣς ἔφατ', οὐδὲ Διὸς πεῖθε φρένα ταῦτ' ἀγορεύων·
Ἕκτορι γάρ οἱ θυμὸς ἐβούλετο κῦδος ὀρέξαι.
ἄλλοι δ' ἀμφ' ἄλληισι μάχην ἐμάχοντο πύληισιν·
ἀργαλέον δέ με ταῦτα θεὸν ὣς πάντ' ἀγορεῦσαι·
πάντηι γὰρ περὶ τεῖχος ὀρώρει θεσπιδαὲς πῦρ
λάϊνον· Ἀργεῖοι δὲ καὶ ἀχνύμενοί περ ἀνάγκηι
νηῶν ἠμύνοντο· θεοὶ δ' ἀκαχήατο θυμὸν
πάντες, ὅσοι Δαναοῖσι μάχης ἐπιτάρροθοι ἦσαν.
σὺν δ' ἔβαλον Λαπίθαι πόλεμον καὶ δηϊοτῆτα.
ἔνθ' αὖ Πειριθόου υἱός, κρατερὸς Πολυποίτης,
δουρὶ βάλεν Δάμασον κυνέης διὰ χαλκοπαρήιου·
οὐδ' ἄρα χαλκείη κόρυς ἔσχεθεν, ἀλλὰ διαπρὸ
αἰχμὴ χαλκείη ῥῆξ' ὀστέον, ἐγκέφαλος δὲ
ἔνδον ἅπας πεπάλακτο· δάμασσε δέ μιν μεμαῶτα·
αὐτὰρ ἔπειτα Πύλωνα καὶ Ὄρμενον ἐξενάριξεν.
υἱὸν δ' Ἀντιμάχοιο Λεοντεύς, ὄζος Ἄρηος,
Ἱππόμαχον βάλε δουρὶ κατὰ ζωστῆρα τυχήσας.
αὖτις δ' ἐκ κολεοῖο ἐρυσσάμενος ξίφος ὀξὺ
Ἀντιφάτην μὲν πρῶτον, ἐπαΐξας δι' ὁμίλου,
πλῆξ' αὐτοσχεδίην· ὁ δ' ἄρ' ὕπτιος οὔδει ἐρείσθη·
αὐτὰρ ἔπειτα Μένωνα καὶ Ἰαμενὸν καὶ Ὀρέστην

Oben dem Volk der Mauer und eigener Stärke vertrauend.
Jene mit Steinen daher von den wohlgebaueten Türmen
Schleuderten, um sich selbst zu verteidigen, und die Gezelte,
Samt den Schiffen des Meers. Wie des Schnees Gestöber herabfällt,
Welches ein heftiger Wind, die schattigen Wolken erschütternd,
Häufig heruntergießt zur nahrungsprossenden Erde:
Solch ein Schwall von Geschossen entstöberte dort der Achaier
Händen, und dort der Troer; und dumpf rings krachten die Helme,
Von Mühlsteinen umprallt, und die hochgenabelten Schilde.
Laut nunmehr wehklagte, vor Schmerz die Hüften sich schlagend,
Asios, Hyrtakos' Sohn, und rief unwilliges Herzens:
Vater Zeus, ja wahrlich auch dir gefielen der Falschheit
Täuschungen! Nie doch hätt' ich geglaubt, die Helden Achaias
Würden bestehn vor unserer Macht und unnahbaren Händen!
Aber sie, wie die Wespen mit regem Leib, und die Bienen,
Die am höckrichten Weg ihr Felsennest sich bereitet,
Nicht verlassen ihr Haus in den Höhlungen, sondern den Angriff
Raubender Jäger bestehn, im mutigen Kampf für die Kinder:
So auch wollen sie nicht, obgleich nur zween, von dem Tore
Abstehn, bis sie entweder erlegt sind, oder gefangen!
Sprach's; doch nicht bewegt' er Kronions Herz mit der Rede;
Hektorn nur willfahrte sein Ratschluß Ruhm zu gewähren.
Andere kämpften den Kampf um andere Tore des Lagers.
Aber zu schwer ist mir's, wie ein Himmlischer, alles zu melden!
Denn ringsum an der Mauer entloderte schrecklich die Flamme
Prasselnder Stein'; unmutig, allein gezwungen, beschirmten
Argos' Söhne die Schiff; und es trauerten herzlich die Götter,
Alle, so viel den Achaiern im Kampf mithelfende waren.
Stürmend begann der Lapithen Gefecht und Waffengetümmel.
Siehe Peirithoos' Sohn, der starke Held Polypötes,
Schoß auf Damasos' Stirne den Speer, durch die eherne Kuppel:
Wenig hemmte das Erz den Stürmenden; sondern hindurch drang
Schmetternd die eherne Spitz' in den Schädel ihm, und sein Gehirn ward
Ganz mit Blute vermischt: so bändigt' er jenen im Angriff.
Weiter darauf den Pylon und Ormenos streckt' er in Blut hin.
Doch den Hippomachos traf des Ares Sprößling Leonteus,
Ihn des Antimachos' Sohn, mit dem Wurfspieß unten am Leibgurt.
Hurtig dann aus der Scheide das scharfe Schwert sich entreißend,
Drang er zuerst auf Antiphates ein, durch das grause Getümmel,
Schwang in der Näh', und hieb, daß zurück auf den Boden er hinsank.
Weiter darauf den Menon, Iamenos dann, und Orestes,

πάντας ἐπασσυτέρους πέλασε χθονὶ πουλυβοτείρῃ.
    ὄφρ᾽ οἱ τοὺς ἐνάριζον ἀπ᾽ ἔντεα μαρμαίροντα,
τόφρ᾽ οἳ Πουλυδάμαντι καὶ Ἕκτορι κοῦροι ἕποντο,
οἳ πλεῖστοι καὶ ἄριστοι ἔσαν, μέμασαν δὲ μάλιστα
τεῖχός τε ῥήξειν καὶ ἐνιπρήσειν πυρὶ νῆας,
οἵ ῥ᾽ ἔτι μερμήριζον ἐφεσταότες παρὰ τάφρωι.
ὄρνις γάρ σφιν ἐπῆλθε περησέμεναι μεμαῶσιν,
αἰετὸς ὑψιπέτης ἐπ᾽ ἀριστερὰ λαὸν ἐέργων,
φοινήεντα δράκοντα φέρων ὀνύχεσσι πέλωρον
ζωὸν ἔτ᾽ ἀσπαίροντα· καὶ οὔ πω λήθετο χάρμης·
κόψε γὰρ αὐτὸν ἔχοντα κατὰ στῆθος παρὰ δειρὴν
ἰδνωθεὶς ὀπίσω· ὁ δ᾽ ἀπὸ ἕθεν ἧκε χαμᾶζε
ἀλγήσας ὀδύνῃσι, μέσωι δ᾽ ἐνὶ κάββαλ᾽ ὁμίλωι,
αὐτὸς δὲ κλάγξας πέτετο πνοιῇς ἀνέμοιο.
Τρῶες δ᾽ ἐρρίγησαν ὅπως ἴδον αἰόλον ὄφιν
κείμενον ἐν μέσσοισι, Διὸς τέρας αἰγιόχοιο.
δὴ τότε Πουλυδάμας θρασὺν Ἕκτορα εἶπε παραστάς·
„Ἕκτορ, ἀεὶ μέν πώς μοι ἐπιπλήσσεις ἀγορῇσιν
ἐσθλὰ φραζομένωι, ἐπεὶ οὐδὲ μὲν οὐδὲ ἔοικε
δῆμον ἐόντα παρὲξ ἀγορευέμεν, οὔτ᾽ ἐνὶ βουλῇ
οὔτέ ποτ᾽ ἐν πολέμωι, σὸν δὲ κράτος αἰὲν ἀέξειν·
νῦν αὖτ᾽ ἐξερέω ὥς μοι δοκεῖ εἶναι ἄριστα.
μὴ ἴομεν Δαναοῖσι μαχησόμενοι περὶ νηῶν.
ὧδε γὰρ ἐκτελέεσθαι ὀΐομαι, εἰ ἐτεόν γε
Τρωσὶν ὅδ᾽ ὄρνις ἦλθε περησέμεναι μεμαῶσιν,
αἰετὸς ὑψιπέτης ἐπ᾽ ἀριστερὰ λαὸν ἐέργων,
φοινήεντα δράκοντα φέρων ὀνύχεσσι πέλωρον
ζωόν· ἄφαρ δ᾽ ἀφέηκε πάρος φίλα οἰκί᾽ ἱκέσθαι,
οὐδὲ τέλεσσε φέρων δόμεναι τεκέεσσιν ἑοῖσιν.
ὣς ἡμεῖς, εἴ πέρ τε πύλας καὶ τεῖχος Ἀχαιῶν
ῥηξόμεθα σθένεϊ μεγάλωι, εἴξωσι δ᾽ Ἀχαιοί,
οὐ κόσμωι παρὰ ναῦφιν ἐλευσόμεθ᾽ αὐτὰ κέλευθα·
πολλοὺς γὰρ Τρώων καταλείψομεν, οὕς κεν Ἀχαιοὶ
χαλκῶι δῃώσωσιν ἀμυνόμενοι περὶ νηῶν.
ὧδέ χ᾽ ὑποκρίναιτο θεοπρόπος, ὃς σάφα θυμῶι
εἰδείη τεράων καί οἱ πειθοίατο λαοί.“
    τὸν δ᾽ ἄρ᾽ ὑπόδρα ἰδὼν προσέφη κορυθαίολος Ἕκτωρ·
„Πουλυδάμα, σὺ μὲν οὐκέτ᾽ ἐμοὶ φίλα ταῦτ᾽ ἀγορεύεις·
οἶσθα καὶ ἄλλον μῦθον ἀμείνονα τοῦδε νοῆσαι.
εἰ δ᾽ ἐτεὸν δὴ τοῦτον ἀπὸ σπουδῆς ἀγορεύεις,
ἐξ ἄρα δή τοι ἔπειτα θεοὶ φρένας ὤλεσαν αὐτοί,

Streckt' er gehäuft miteinander zur nahrungsprossenden Erde.
Während sich jen' enthüllten des schimmernden Waffengeschmeides,
Folgten dem Hektor dort und Polydamas' blühende Männer,
Sie die meisten an Zahl und tapfersten, alle begierig,
Durch die Mauer zu brechen, und rings zu entflammen die Schiffe.
Diese zauderten noch, unschlüssiges Rats, an dem Graben.
Denn ein Vogel erschien, da sie überzugehn sich entschlossen,
Ein hochfliegender Adler, der, links an dem Heere sich wendend,
Eine gerötete Schlang' in den Klaun hintrug, unermeßlich,
Lebend annoch, und zappelnd, noch nicht vergessend der Streitlust.
Denn dem haltenden Adler durchstach sie die Brust an dem Halse,
Rückwärts gewunden ihr Haupt; er schwang sie hinweg auf die Erde,
Hart von Schmerzen gequält; und sie fiel in die Mitte des Haufens;
Aber er selbst lauttönend entflog im Hauche des Windes.
Starrend sahn die Troer umher die ringelnde Schlange
Liegen im Staub, das Zeichen des ägiserschütternden Vaters,
Aber Polydamas sprach, dem trotzigen Hektor sich nahend:
Hektor, du pflegst mich zwar in Versammlungen immer zu tadeln,
Red' ich heilsamen Rat; denn traun mitnichten geziemt es,
Anderer Meinung zu sein, dem Gehorchenden, weder im Rate,
Noch in der Schlacht, vielmehr dein Ansehn stets zu vergrößern:
Dennoch sag' ich dir jetzo, wie mir's am heilsamsten dünket.
Laßt nicht weiter uns gehn, um der Danaer Schiffe zu kämpfen.
Denn so wird, vermutlich, es endigen, wenn ja den Troern
Dieser Vogel erschien, da sie überzugehn sich entschlossen:
Ein hochfliegender Adler, der, links an dem Heere sich wendend,
Eine gerötete Schlang' in den Klaun hintrug, unermeßlich,
Lebend; doch schnell sie entschwang, bevor sein Nest er erreichet,
Und nicht vollends sie brachte, zum Raub den harrenden Kindern.
So auch wir: wo wir anders durch Mauer und Tor der Achaier
Brechen mit großer Gewalt, und vor uns fliehn die Achaier;
Kehren wir nicht in Ordnung den selbigen Weg von den Schiffen;
Sondern viel der Troer verlassen wir, die der Achaier
Volk mit dem Erze getötet, im mutigen Kampf für die Schiffe.
Also würd' ein Seher verkündigen, welcher im Geiste
Kennte der Zeichen Verstand, und dem die Völker gehorchten.
Finster schaut' und begann der helmumflatterte Hektor:
Keineswegs gefällt mir, Polydamas, was du geredet!
Leicht wohl könntest du sonst ein besseres raten, denn solches!
Aber wofern du wirklich in völligem Ernste geredet;
Traun dann raubeten dir die Unsterblichen selbst die Besinnung:

ὃς κέλεαι Ζηνὸς μὲν ἐριγδούποιο λαθέσθαι
βουλέων, ἅς τέ μοι αὐτὸς ὑπέσχετο καὶ κατένευσε·
τύνη δ' οἰωνοῖσι τανυπτερύγεσσι κελεύεις
πείθεσθαι, τῶν οὔ τι μετατρέπομ' οὐδ' ἀλεγίζω,
εἴτ' ἐπὶ δεξί' ἴωσι πρὸς ἠῶ τ' ἠέλιόν τε,
εἴτ' ἐπ' ἀριστερὰ τοί γε ποτὶ ζόφον ἠερόεντα.
ἡμεῖς δὲ μεγάλοιο Διὸς πειθώμεθα βουλῆι,
ὃς πᾶσι θνητοῖσι καὶ ἀθανάτοισιν ἀνάσσει.
εἷς οἰωνὸς ἄριστος ἀμύνεσθαι περὶ πάτρης.
τίπτε σὺ δείδοικας πόλεμον καὶ δηϊοτῆτα;
εἴ περ γάρ τ' ἄλλοι γε περὶ κτεινώμεθα πάντες
νηυσὶν ἐπ' Ἀργείων, σοὶ δ' οὐ δέος ἔστ' ἀπολέσθαι·
οὐ γάρ τοι κραδίη μενεδήϊος οὐδὲ μαχήμων.
εἰ δὲ σὺ δηϊοτῆτος ἀφέξεαι, ἠέ τιν' ἄλλον
παρφάμενος ἐπέεσσιν ἀποτρέψεις πολέμοιο,
αὐτίκ' ἐμῶι ὑπὸ δουρὶ τυπεὶς ἀπὸ θυμὸν ὀλέσσεις."
ὣς ἄρα φωνήσας ἡγήσατο, τοὶ δ' ἅμ' ἕποντο
ἠχῆι θεσπεσίηι· ἐπὶ δὲ Ζεὺς τερπικέραυνος
ὦρσεν ἀπ' Ἰδαίων ὀρέων ἀνέμοιο θύελλαν,
ἥ ῥ' ἰθὺς νηῶν κονίην φέρεν· αὐτὰρ Ἀχαιῶν
θέλγε νόον, Τρωσὶν δὲ καὶ Ἕκτορι κῦδος ὄπαζε.
τοῦ περ δὴ τεράεσσι πεποιθότες ἠδὲ βίηφι
ῥήγνυσθαι μέγα τεῖχος Ἀχαιῶν πειρήτιζον.
κρόσσας μὲν πύργων ἔρυον, καὶ ἔρειπον ἐπάλξεις,
στήλας τε προβλῆτας ἐμόχλεον, ἃς ἄρ' Ἀχαιοὶ
πρώτας ἐν γαίηι θέσαν ἔμμεναι ἔχματα πύργων.
τὰς οἵ γ' αὐέρυον, ἔλποντο δὲ τεῖχος Ἀχαιῶν
ῥήξειν· οὐδέ νύ πω Δαναοὶ χάζοντο κελεύθου,
ἀλλ' οἵ γε ῥινοῖσι βοῶν φράξαντες ἐπάλξεις
βάλλον ἀπ' αὐτάων δηΐους ὑπὸ τεῖχος ἰόντας.
ἀμφοτέρω δ' Αἴαντε κελευτιόωντ' ἐπὶ πύργων
πάντοσε φοιτήτην, μένος ὀτρύνοντες Ἀχαιῶν.
ἄλλον μειλιχίοις, ἄλλον στερεοῖς ἐπέεσσι
νείκεον, ὅν τινα πάγχυ μάχης μεθιέντα ἴδοιεν·
„ὦ φίλοι, Ἀργείων ὅς τ' ἔξοχος ὅς τε μεσήεις
ὅς τε χερειότερος, ἐπεὶ οὔ πω πάντες ὁμοῖοι
ἀνέρες ἐν πολέμωι, νῦν ἔπλετο ἔργον ἅπασι·
καὶ δ' αὐτοὶ τόδε που γιγνώσκετε. μή τις ὀπίσσω
τετράφθω ποτὶ νῆας ὁμοκλητῆρος ἀκούσας,
ἀλλὰ πρόσω ἵεσθε καὶ ἀλλήλοισι κέλεσθε,
αἴ κε Ζεὺς δώηισιν Ὀλύμπιος ἀστεροπητὴς

Der du befiehlst, zu vergessen des Donnerers Zeus Kronions
Ratschluß, welchen er selbst mir zugewinkt und gelobet.
Aber du ermahnest, den weitgeflügelten Vögeln
Mehr zu vertraun. Ich achte sie nicht, noch kümmert mich solches,
Ob sie rechts hinfliegen, zum Tagesglanz und zur Sonne,
Oder auch links dorthin, zum nächtlichen Dunkel gewendet.
Nein, des erhabenen Zeus' Ratschluß vertrauen wir lieber,
Der die Sterblichen all' und unsterbliche Götter beherrschet!
Ein Wahrzeichen nur gilt: das Vaterland zu erretten!
Doch was zitterst denn du vor Kampf und Waffengetümmel?
Sänken wir anderen auch an den rüstigen Schiffen Achaias
Alle getötet umher; dir droht kein Schrecken des Todes!
Denn dir ward kein Herz, ausharrend den Feind und die Feldschlacht!
Wo du mir aber dem Kampf dich entziehn wirst, oder der andern
Einen vom Krieg abwenden, durch törichte Wort' ihn verleitend;
Schnell von meiner Lanze durchbohrt verlierst du das Leben!
Dieses gesagt, ging jener voran; ihm folgten die andern
Mit graunvollem Geschrei. Der donnerfrohe Kronion
Sendete hoch vom Idagebirg' unermeßlichen Sturmwind,
Der zu den Schiffen den Staub hinwirbelte: daß den Achaiern
Sank der Mut, doch der Troer und Hektors Ruhm sich erhöhte.
Jetzo dem Wink des Gottes, und eigener Stärke vertrauend,
Strebten sie durchzubrechen der Danaer mächtige Mauer;
Rissen herab die Zinnen der Türm' und regten die Brustwehr,
Und umwühlten mit Hebeln des Baus vorragende Pfeiler,
Welche zuerst die Achaier gestellt, zur Feste den Türmen:
Diese wuchtet' ihr Stoß, und sie hofften der schütternden Mauer
Einbruch. Doch nicht wichen die Danaer dort von der Stelle;
Sondern mit starrenden Schilden die Brustwehr rings umzäunend,
Warfen sie Stein' und Geschoss' auf die mauerstürmenden Feinde.
Aber die Ajas' beide das Volk auf den Türmen ermahnend,
Wandelten ringsumher, und erregten den Mut der Achaier,
Den mit freundlicher Red', und den mit harter Bedrohung
Züchtigend, welchen sie ganz im Gefecht nachlässig erblickten:
Freund', im Danaervolk wer hervorstrebt, oder wer mitgeht,
Auch wer dahinten bleibt; denn gar nicht gleich miteinander
Schaffen die Männer im Kampf: nun zeigt für alle sich Arbeit!
Auch ihr selber fürwahr erkennet es! Nimmer zurück denn
Wendet euch gegen die Schiffe, die Drohungen hörend des Trotzers;
Sondern voran dringt all', und ermahnet euch untereinander:
Ob ja Zeus vergönne, der Donnergott des Olympos,

νεῖκος ἀπωσαμένους δηΐους προτὶ ἄστυ δίεσθαι."
ὣς τώ γε προβοῶντε μάχην ὄτρυνον Ἀχαιῶν.
τῶν δ', ὥς τε νιφάδες χιόνος πίπτωσι θαμειαὶ
ἤματι χειμερίωι, ὅτε τ' ὤρετο μητίετα Ζεὺς
νιφέμεν, ἀνθρώποισι πιφαυσκόμενος τὰ ἃ κῆλα·
κοιμήσας δ' ἀνέμους χέει ἔμπεδον, ὄφρα καλύψηι
ὑψηλῶν ὀρέων κορυφὰς καὶ πρώονας ἄκρους
καὶ πεδία λωτοῦντα καὶ ἀνδρῶν πίονα ἔργα,
καί τ' ἐφ' ἁλὸς πολιῆς κέχυται λιμέσιν τε καὶ ἀκταῖς,
κῦμα δέ μιν προσπλάζον ἐρύκεται· ἄλλά τε πάντα
εἴλυται καθύπερθ', ὅτ' ἐπιβρίσηι Διὸς ὄμβρος·
ὣς τῶν ἀμφοτέρωσε λίθοι πωτῶντο θαμειαί,
αἱ μὲν ἄρ' ἐς Τρῶας, αἱ δ' ἐκ Τρώων ἐς Ἀχαιούς,
βαλλομένων· τὸ δὲ τεῖχος ὕπερ πᾶν δοῦπος ὀρώρει.
οὐδ' ἄν πω τότε γε Τρῶες καὶ φαίδιμος Ἕκτωρ
τείχεος ἐρρήξαντο πύλας καὶ μακρὸν ὀχῆα,
εἰ μὴ ἄρ' υἱὸν ἑὸν Σαρπηδόνα μητίετα Ζεὺς
ὦρσεν ἐπ' Ἀργείοισι, λέονθ' ὣς βουσὶν ἕλιξιν.
αὐτίκα δ' ἀσπίδα μὲν πρόσθ' ἔσχετο πάντοσ' ἐΐσην,
καλὴν χαλκείην ἐξήλατον, ἣν ἄρα χαλκεὺς
ἤλασεν, ἔντοσθεν δὲ βοείας ῥάψε θαμειὰς
χρυσείηις ῥάβδοισι διηνεκέσιν περὶ κύκλον.
τὴν ἄρ' ὅ γε πρόσθε σχόμενος, δύο δοῦρε τινάσσων,
βῆ ῥ' ἴμεν ὥς τε λέων ὀρεσίτροφος, ὅς τ' ἐπιδευὴς
δηρὸν ἔηι κρειῶν, κέλεται δέ ἑ θυμὸς ἀγήνωρ
μήλων πειρήσοντα καὶ ἐς πυκινὸν δόμον ἐλθεῖν·
εἴ περ γάρ χ' εὕρηισι παρ' αὐτόφι βώτορας ἄνδρας
σὺν κυσὶ καὶ δούρεσσι φυλάσσοντας περὶ μῆλα,
οὔ ῥά τ' ἀπείρητος μέμονε σταθμοῖο δίεσθαι,
ἀλλ' ὅ γ' ἄρ' ἢ ἥρπαξε μετάλμενος, ἠὲ καὶ αὐτὸς
ἔβλητ' ἐν πρώτοισι θοῆς ἀπὸ χειρὸς ἄκοντι·
ὥς ῥα τότ' ἀντίθεον Σαρπηδόνα θυμὸς ἀνῆκε
τεῖχος ἐπαΐξαι διά τε ῥήξασθαι ἐπάλξεις.
αὐτίκα δὲ Γλαῦκον προσέφη, παῖδ' Ἱππολόχοιο·
„Γλαῦκε, τίη δὴ νῶϊ τετιμήμεσθα μάλιστα
ἕδρηι τε κρέασίν τε ἰδὲ πλείοις δεπάεσσιν
ἐν Λυκίηι, πάντες δὲ θεοὺς ὣς εἰσορόωσι,
καὶ τέμενος νεμόμεσθα μέγα Ξάνθοιο παρ' ὄχθας,
καλὸν φυταλιῆς καὶ ἀρούρης πυροφόροιο;
τὼ νῦν χρὴ Λυκίοισι μέτα πρώτοισιν ἐόντας
ἑστάμεν ἠδὲ μάχης καυστείρης ἀντιβολῆσαι,

Daß wir, den Streit abwehrend, zur Stadt die Feinde verfolgen!
Also schrien sie beid', und erregten den Kampf der Achaier.
Dort, gleichwie Schneeflocken daher in dichtem Gestöber
Fallen am Wintertage, wann Zeus der Herrscher sich aufmacht,
Über die Menschen zu schnein, der Allmacht Pfeile versendend;
Ruhn dann heißt er die Wind', und schüttet herab, bis er decket
Rings die Höhn der schroffen Gebirg', und die zackigen Gipfel,
Auch die Gefilde voll Klee, und des Landmanns fruchtbare Saaten;
Auch des graulichen Meers Vorstrand' und Buchten umfliegt Schnee,
Aber die Wog' anrauschend verschlinget ihn; alles umher sonst
Wird von oben umhüllt, wann gedrängt Zeus' Schauer herabfällt:
So dort flog von Heere zu Heer der Steine Gewimmel,
Welche die Troer hier, und die Danaer dort auf die Troer
Schleuderten; und um die Mauer erscholl rings dumpfes Gepolter.
Noch nicht hätten die Troer anjetzt und der strahlende Hektor
Durchgebrochen die Pfort' und den mächtigen Riegel der Mauer;
Hätte der waltende Zeus nicht seinen Sohn, den Sarpedon,
Auf die Argeier gesandt, wie den Leun auf gehörnete Rinder.
Vor sich trug er den Schild von gleichgeründeter Wölbung,
Schöngehämmert aus Erz, den prangenden; welchen der Wehrschmied
Hämmerte, drinnen gefügt aus häufigen Rinderhäuten,
Und um den Rand ringsher mit goldenen Stäben durchzogen:
Diesen sich nun vortragend zum Schirm, zween Speere bewegend,
Eilt' er hinan, wie ein Löwe des Bergwalds, welcher des Fleisches
Lang' entbehrt, und jetzo, gereizt von der mutigen Seele,
Eindringt, Schafe zu würgen, auch selbst in ein dichtes Gehege;
Findet er zwar bei ihnen die wachsamen Hirten versammelt,
Die mit Hunden und Spießen umher die Schafe behüten,
Doch nicht ohne Versuch von dem Stall zu entfliehen gedenkt er;
Nein, entweder er raubt, wo er einsprang, oder auch selber
Wird er verletzt im Beginn von rüstiger Hand mit dem Wurfspieß:
So dort reizte sein Mut den göttergleichen Sarpedon,
Stürmend der Mauer zu nahn, und durchzubrechen die Brustwehr.
Schnell zu Glaukos gewandt, Hippolochos' Sohne, begann er:
Glaukos, warum doch ehrte man uns so herrlich vor andern
Immer an Sitz, an Fleisch, und vollgegossenen Bechern,
Heim im Lykierland', umher wie auf Himmlische blickend?
Und was baun wir ein großes Gefild' am Ufer des Xanthos,
Prangend mit Obst und Trauben und weizenbesäeten Äckern?
Darum gebührt uns jetzt in der Lykier Vordergetümmel
Dazustehn, und hinein in die brennende Schlacht uns zu stürzen;

ὄφρά τις ὧδ᾽ εἴπηι Λυκίων πύκα θωρηκτάων·
, οὐ μὰν ἀκλεέες Λυκίην κάτα κοιρανέουσιν
ἡμέτεροι βασιλῆες, ἔδουσί τε πίονα μῆλα
οἶνόν τ᾽ ἔξαιτον μελιηδέα· ἀλλ᾽ ἄρα καὶ ἴς
ἐσθλή, ἐπεὶ Λυκίοισι μέτα πρώτοισι μάχονται.‛
ὦ πέπον, εἰ μὲν γὰρ πόλεμον περὶ τόνδε φυγόντε
αἰεὶ δὴ μέλλοιμεν ἀγήρω τ᾽ ἀθανάτω τε
ἔσσεσθ᾽, οὔτέ κεν αὐτὸς ἐνὶ πρώτοισι μαχοίμην
οὔτέ κε σὲ στέλλοιμι μάχην ἐς κυδιάνειραν·
νῦν δ᾽ ἔμπης γὰρ κῆρες ἐφεστᾶσιν θανάτοιο
μυρίαι, ἃς οὐκ ἔστι φυγεῖν βροτὸν οὐδ᾽ ὑπαλύξαι,
ἴομεν, ἠέ τωι εὖχος ὀρέξομεν, ἠέ τις ἡμῖν.“
ὣς ἔφατ᾽, οὐδὲ Γλαῦκος ἀπετράπετ᾽ οὐδ᾽ ἀπίθησε·
τὼ δ᾽ ἰθὺς βήτην Λυκίων μέγα ἔθνος ἄγοντε.
τοὺς δὲ ἰδὼν ῥίγησ᾽ υἱὸς Πετεῶο Μενεσθεύς·
τοῦ γὰρ δὴ πρὸς πύργον ἴσαν κακότητα φέροντες.
πάπτηνεν δ᾽ ἀνὰ πύργον Ἀχαιῶν, εἴ τιν᾽ ἴδοιτο
ἡγεμόνων, ὅς τίς οἱ ἀρὴν ἑτάροισιν ἀμύναι·
ἐς δ᾽ ἐνόησ᾽ Αἴαντε δύω, πολέμου ἀκορήτω,
ἑσταότας, Τεῦκρόν τε νέον κλισίηθεν ἰόντα,
ἐγγύθεν· ἀλλ᾽ οὔ πώς οἱ ἔην βώσαντι γεγωνεῖν·
τόσσος γὰρ κτύπος ἦεν, ἀϋτὴ δ᾽ οὐρανὸν ἷκε,
βαλλομένων σακέων τε καὶ ἱπποκόμων τρυφαλειῶν
καὶ πυλέων· πᾶσαι γὰρ ἐπώχατο, τοὶ δὲ κατ᾽ αὐτὰς
ἱστάμενοι πειρῶντο βίηι ῥήξαντες ἐσελθεῖν.
αἶψα δ᾽ ἐπ᾽ Αἴαντα προΐει κήρυκα Θοώτην·
„ ἔρχεο, δῖε Θοῶτα, θέων Αἴαντα κάλεσσον,
ἀμφοτέρω μὲν μᾶλλον· ὃ γάρ κ᾽ ὄχ᾽ ἄριστον ἁπάντων
εἴη, ἐπεὶ τάχα τῆιδε τετεύξεται αἰπὺς ὄλεθρος.
ὧδε γὰρ ἔβρισαν Λυκίων ἀγοί, οἳ τὸ πάρος περ
ζαχρηεῖς τελέθουσι κατὰ κρατερὰς ὑσμίνας.
εἰ δέ σφιν καὶ κεῖθι πόνος καὶ νεῖκος ὄρωρεν,
ἀλλά περ οἶος ἴτω Τελαμώνιος ἄλκιμος Αἴας,
καί οἱ Τεῦκρος ἅμα σπέσθω τόξων ἐῢ εἰδώς.“
ὣς ἔφατ᾽, οὐδ᾽ ἄρα οἱ κῆρυξ ἀπίθησεν ἀκούσας,
βῆ δὲ θέειν παρὰ τεῖχος Ἀχαιῶν χαλκοχιτώνων,
στῆ δὲ παρ᾽ Αἰάντεσσι κιών, εἶθαρ δὲ προσηύδα·
„ Αἴαντ᾽, Ἀργείων ἡγήτορε χαλκοχιτώνων,
ἠνώγει Πετεῶο διοτρεφέος φίλος υἱὸς
κεῖσ᾽ ἴμεν, ὄφρα πόνοιο μίνυνθά περ ἀντιάσητον,
ἀμφοτέρω μὲν μᾶλλον· ὃ γάρ κ᾽ ὄχ᾽ ἄριστον ἁπάντων

Daß man also im Volk der gepanzerten Lykier sage:
Wahrlich nicht unrühmlich beherrschen sie Lykiens Söhne,
Unsere Könige hier, mit gemästeten Schafen sich nährend,
Und herzstärkendem Wein, dem erlesenen; sondern ihr Mut ist
Groß, denn sie kämpfen den Kampf in der Lykier Vordergetümmel!
Trautester, könnten wir ja, durch dieses Kampfes Vermeidung,
Immerdar fortblühen, unsterblich beid' und unalternd;
Weder ich selbst dann stellte mich unter die vordersten Kämpfer,
Noch ermuntert' ich dich zur männerehrenden Feldschlacht.
Aber da gleichwohl drohn unzählbare Schrecken des Todes
Rings, und keiner entflieht der Sterblichen, noch sie vermeidet;
Auf! daß wir anderer Ruhm verherrlichen, oder den unsern!
  Jener sprach's; nicht träge war Glaukos darob, noch entzog sich.
Gradan drangen sie beide, die Schar der Lykier führend.
  Doch sie ersah aufschauernd des Peteos' Sohn Menestheus;
Denn ihm nahten zum Turm sie daher, mit Verderben gerüstet.
Rings umspäht' er den Turm, ob der Danaerfürsten er einen
Schauete, welcher die Not abwendete seinen Genossen.
Jetzo sah er die Ajas, sie beide des Kampfs unersättlich,
Dastehn, auch den Teukros, der jüngst vom Gezelte zurückkam,
Nahe sich; doch nicht konnt' er mit vollem Ruf sie erreichen,
Durch das Getöse der Schlacht: es erscholl zum Himmel der Aufruhr,
Weil die getroffenen Schild' und umflatterten Helm', und die Tore
Donnerten; denn sie all' umdrängte man; und die davor nun
Stehenden strebten mit Macht sich durchzubrechen den Eingang.
Schnell zu Ajas dahin entsandt' er Thootes den Herold:
  Laufe mir, edler Thootes, in Eil', und rufe den Ajas;
Lieber sie beide zugleich: denn weit das beste von allem
Wär' es, dieweil hier bald ein gräßliches Morden bevorsteht!
Denn hart drängen die Fürsten der Lykier, welche von jeher
Ungestüm anrennen in schreckenvoller Entscheidung!
Aber wofern auch dort die Kriegsarbeit sie beschäftigt;
Komme doch Ajas allein, des Telamons tapferer Sprößling,
Und ihm gesellt sei Teukros der Held, wohlkundig des Bogens!
  Jener sprach's; nicht träge vernahm die Worte der Herold,
Sondern enteilt' an der Mauer der erzumschirmten Achaier,
Stand den mutigen Ajas genaht, und redete also:
  Ajas beid', Heerführer der erzumschirmten Achaier,
Euch ermahnt des Peteos' Sohn, der edle Menestheus,
Dort der Kriegsgewalt ein weniges nur zu begegnen;
Lieber ihr beide zugleich: denn weit das beste von allem

εἴη, ἐπεὶ τάχα κεῖθι τετεύξεται αἰπὺς ὄλεθρος·
ὧδε γὰρ ἔβρισαν Λυκίων ἀγοί, οἳ τὸ πάρος περ
ζαχρηεῖς τελέθουσι κατὰ κρατερὰς ὑσμίνας.
εἰ δὲ καὶ ἐνθάδε περ πόλεμος καὶ νεῖκος ὄρωρεν,
ἀλλά περ οἶος ἴτω Τελαμώνιος ἄλκιμος Αἴας,
καί οἱ Τεῦκρος ἅμα σπέσθω τόξων ἐῢ εἰδώς."
ὣς ἔφατ', οὐδ' ἀπίθησε μέγας Τελαμώνιος Αἴας.
αὐτίκ' Ὀϊλιάδην ἔπεα πτερόεντα προσηύδα·
„Αἶαν, σφῶϊ μὲν αὖθι, σὺ καὶ κρατερὸς Λυκομήδης,
ἑσταότες Δαναοὺς ὀτρύνετον ἶφι μάχεσθαι·
αὐτὰρ ἐγὼ κεῖσ' εἶμι καὶ ἀντιόω πολέμοιο·
αἶψα δ' ἐλεύσομαι αὖτις, ἐπὴν εὖ τοῖς ἐπαμύνω."
ὣς ἄρα φωνήσας ἀπέβη Τελαμώνιος Αἴας,
καί οἱ Τεῦκρος ἅμ' ᾖιε κασίγνητος καὶ ὄπατρος·
τοῖς δ' ἅμα Πανδίων Τεύκρου φέρε καμπύλα τόξα.
εὖτε Μενεσθῆος μεγαθύμου πύργον ἵκοντο
τείχεος ἐντὸς ἰόντες, ἐπειγομένοισι δ' ἵκοντο,
οἱ δ' ἐπ' ἐπάλξεις βαῖνον ἐρεμνῆι λαίλαπι ἶσοι
ἴφθιμοι Λυκίων ἡγήτορες ἠδὲ μέδοντες·
σὺν δ' ἐβάλοντο μάχεσθαι ἐναντίον, ὦρτο δ' ἀϋτή.
Αἴας δὲ πρῶτος Τελαμώνιος ἄνδρα κατέκτα,
Σαρπήδοντος ἑταῖρον, Ἐπικλῆα μεγάθυμον,
μαρμάρωι ὀκριόεντι βαλών, ὅ ῥα τείχεος ἐντὸς
κεῖτο μέγας παρ' ἔπαλξιν ὑπέρτατος· οὐδέ κέ μιν ῥέα
χείρεσσ' ἀμφοτέρῃς ἔχοι ἀνὴρ οὐδὲ μάλ' ἡβῶν,
οἷοι νῦν βροτοί εἰσ'· ὁ δ' ἄρ' ὑψόθεν ἔμβαλ' ἀείρας,
θλάσσε δὲ τετράφαλον κυνέην, σὺν δ' ὀστέ' ἄραξε
πάντ' ἄμυδις κεφαλῆς· ὁ δ' ἄρ' ἀρνευτῆρι ἐοικὼς
κάππεσ' ἀφ' ὑψηλοῦ πύργου, λίπε δ' ὀστέα θυμός.
Τεῦκρος δὲ Γλαῦκον, κρατερὸν παῖδ' Ἱππολόχοιο,
ἰῶι ἐπεσσύμενον βάλε τείχεος ὑψηλοῖο,
ᾗι ῥ' ἴδε γυμνωθέντα βραχίονα, παῦσε δὲ χάρμης.
ἂψ δ' ἀπὸ τείχεος ἆλτο λαθών, ἵνα μή τις Ἀχαιῶν
βλήμενον ἀθρήσειε καὶ εὐχετόωιτ' ἐπέεσσι.
Σαρπήδοντι δ' ἄχος γένετο Γλαύκου ἀπιόντος,
αὐτίκ' ἐπεί τ' ἐνόησεν· ὅμως δ' οὐ λήθετο χάρμης,
ἀλλ' ὅ γε Θεστορίδην Ἀλκμάονα δουρὶ τυχήσας
νύξ', ἐκ δ' ἔσπασεν ἔγχος· ὁ δ' ἑσπόμενος πέσε δουρὶ
πρηνής, ἀμφὶ δέ οἱ βράχε τεύχεα ποικίλα χαλκῶι.
Σαρπηδὼν δ' ἄρ' ἔπαλξιν ἑλὼν χερσὶ στιβαρῆισιν
ἕλχ', ἡ δ' ἕσπετο πᾶσα διαμπερές, αὐτὰρ ὕπερθε

Wär' es, dieweil dort bald ein gräßliches Morden bevorsteht!
Denn hart drängen die Fürsten der Lykier, welche von jeher
Ungestüm anrennen in schreckenvoller Entscheidung!
Aber wofern auch hier die Kriegsarbeit euch beschäftigt;
Komme doch Ajas allein, des Telamons tapferer Sprößling,
Und ihm gesellt sei Teukros der Held, wohlkundig des Bogens!
Sprach's; und willig gehorchte der Telamonier Ajas.
Schnell zu Oïleus Sohn die geflügelten Worte begann er:
Ajas, ihr beid' allhier, du selbst und der Held Lykomedes,
Stehet fest, und ermahnt die Danaer, tapfer zu streiten.
Aber ich selber gehe, der Arbeit dort zu begegnen;
Schnell dann eil' ich zurück, nachdem ich jene verteidigt.
Also sprach und enteilte der Telamonier Ajas;
Und ihm gesellt ging Teukros, sein leiblicher Bruder vom Vater;
Auch Pandion zugleich trug Teukros' krummes Geschoß nach.
Als sie dem Turm itzt nahten des hochgesinnten Menestheus,
Drinnen die Mauer entlang, zu Bedrängeten nahten sie wahrlich.
Dort an die Brustwehr klommen, dem düsteren Sturme vergleichbar,
Jene, des Lykiervolks erhabene Fürsten und Pfleger;
Tobend begann nun nahes Gefecht, und es hallte der Schlachtruf.
Ajas der Heldensohn des Telamon streckte zuerst nun
Einen Freund des Sarpedon, den hochbeherzten Epikles,
Mit scharfzackigem Marmor gefällt, der drinnen der Mauer
Groß an der Brustwehr lag, der oberste. Schwerlich vielleicht wohl
Trüg' ihn mit beiden Händen ein Mann, auch in blühender Jugend,
Wie nun Sterbliche sind; doch er schleuderte, hoch ihn erhebend,
Brach ihm des Helms viergipflichtes Erz, und zerknirschte zugleich ihm
Alle Gebeine des Haupts; und schnell, wie ein Taucher von Ansehn,
Schoß er vom ragenden Turm, und der Geist verließ die Gebeine.
Teukros traf den Glaukos, Hippolochos' edlen Erzeugten,
Mit dem Geschoß, da stürmend der Mauer Höh' er hinanstieg,
Wo er ihn sah entblößen den Arm, und hemmte die Streitlust.
Schnell von der Mauer entsprang er geheim, daß nicht ein Achaier,
Wenn er die Wund' erblickte, mit stolzer Red' ihn verhöhnte.
Schmerz durchdrang dem Sarpedon die Brust, als Glaukos hinwegging,
Gleich nachdem er es merkte; doch nicht vergaß er des Kampfes;
Sondern er traf Alkmaon, des Thestors Sohn, mit der Lanze
Stoß, und entriß ihm den Schaft; da taumelt' er, folgend der Lanze,
Vorwärts, und ihn umklirrte das Erz der prangenden Rüstung.
Doch Sarpedon mit großer Gewalt anfassend die Brustwehr
Zog, und umher nachfolgend entstürzte sie; aber von oben

τεῖχος ἐγυμνώθη, πολέεσσι δὲ θῆκε κέλευθον.
τὸν δ' Αἴας καὶ Τεῦκρος ὁμαρτήσανθ' ὁ μὲν ἰῶι
βεβλήκει τελαμῶνα περὶ στήθεσσι φαεινὸν
ἀσπίδος ἀμφιβρότης· ἀλλὰ Ζεὺς κῆρας ἄμυνε
παιδὸς ἑοῦ, μὴ νηυσὶν ἔπι πρύμνῃσι δαμείη·
Αἴας δ' ἀσπίδα νύξεν ἐπάλμενος, οὐδὲ διαπρὸ
ἤλυθεν ἐγχείη, στυφέλιξε δέ μιν μεμαῶτα.
χώρησεν δ' ἄρα τυτθὸν ἐπάλξιος· οὐδ' ὅ γε πάμπαν
χάζετ', ἐπεί οἱ θυμὸς ἐέλπετο κῦδος ἀρέσθαι.
κέκλετο δ' ἀντιθέοισιν ἑλιξάμενος Λυκίοισιν·
„ ὦ Λύκιοι, τί τ' ἄρ' ὧδε μεθίετε θούριδος ἀλκῆς;
ἀργαλέον δέ μοί ἐστι καὶ ἰφθίμωι περ ἐόντι
μούνωι ῥηξαμένωι θέσθαι παρὰ νηυσὶ κέλευθον·
ἀλλ' ἐφομαρτεῖτε· πλεόνων δέ τι ἔργον ἄμεινον.“
ὣς ἔφαθ', οἱ δὲ ἄνακτος ὑποδείσαντες ὁμοκλὴν
μᾶλλον ἐπέβρισαν βουληφόρον ἀμφὶ ἄνακτα.
Ἀργεῖοι δ' ἑτέρωθεν ἐκαρτύναντο φάλαγγας
τείχεος ἔντοσθεν, μέγα δέ σφισι φαίνετο ἔργον·
οὔτε γὰρ ἴφθιμοι Λύκιοι Δαναῶν ἐδύναντο
τεῖχος ῥηξάμενοι θέσθαι παρὰ νηυσὶ κέλευθον,
οὔτέ ποτ' αἰχμηταὶ Δαναοὶ Λυκίους ἐδύναντο
τείχεος ἂψ ὤσασθαι, ἐπεὶ τὰ πρῶτα πέλασθεν.
ἀλλ' ὥς τ' ἀμφ' οὔροισι δύ' ἀνέρε δηριάασθον,
μέτρ' ἐν χερσὶν ἔχοντες, ἐπιξύνωι ἐν ἀρούρῃ,
ὥ τ' ὀλίγωι ἐνὶ χώρωι ἐρίζητον περὶ ἴσης,
ὣς ἄρα τοὺς διέεργον ἐπάλξιες· οἱ δ' ὑπὲρ αὐτέων
δήιουν ἀλλήλων ἀμφὶ στήθεσσι βοείας
ἀσπίδας εὐκύκλους λαισήϊά τε πτερόεντα.
πολλοὶ δ' οὐτάζοντο κατὰ χρόα νηλέϊ χαλκῶι,
ἠμὲν ὅτεωι στρεφθέντι μετάφρενα γυμνωθείη
μαρναμένων, πολλοὶ δὲ διαμπερὲς ἀσπίδος αὐτῆς.
πάντῃ δὴ πύργοι καὶ ἐπάλξιες αἵματι φωτῶν
ἐρράδατ' ἀμφοτέρωθεν ἀπὸ Τρώων καὶ Ἀχαιῶν.
ἀλλ' οὐδ' ὣς ἐδύναντο φόβον ποιῆσαι Ἀχαιῶν,
ἀλλ' ἔχον ὥς τε τάλαντα γυνὴ χερνῆτις ἀληθής,
ἥ τε σταθμὸν ἔχουσα καὶ εἴριον ἀμφὶς ἀνέλκει
ἰσάζουσ', ἵνα παισὶν ἀεικέα μισθὸν ἄρηται·
ὣς μὲν τῶν ἐπὶ ἶσα μάχη τέτατο πτόλεμός τε,
πρίν γ' ὅτε δὴ Ζεὺς κῦδος ὑπέρτερον Ἕκτορι δῶκε
Πριαμίδῃ, ὃς πρῶτος ἐσήλατο τεῖχος Ἀχαιῶν.
ἤϋσεν δὲ διαπρύσιον Τρώεσσι γεγωνώς·

Ward die Mauer entblößt, und öffnete vielen den Zugang.
Ajas sofort und Teukros begegneten: der mit dem Pfeile
Traf ihm das Riemengehenk, das hell um den Busen ihm strahlte,
Am ringsdeckenden Schild'; allein Zeus wehrte dem Schicksal
Seines Sohns, daß nicht bei den äußersten Schiffen er hinsank.
Ajas stach nun den Schild anlaufend ihm; aber hindurch drang
Schmetternd die eherne Lanz', und erschütterte jenen im Angriff.
Weg von der Brustwehr zuckt' er ein weniges; doch nicht gänzlich
Wich er, dieweil sein Herz noch erwartete Ruhm zu gewinnen.
Laut ermahnt' er gewandt der Lykier göttliche Heerschar:
Lykier, o wie vergesset ihr doch des stürmenden Mutes?
Schwer ja ist's mir allein, und wär' ich der tapferste Streiter,
Durchzubrechen die Mauer, und Bahn zu den Schiffen zu öffnen!
Auf denn, zugleich mir gefolgt! denn mehrerer Arbeit ist besser!
Jener sprach's; und geschreckt von des Königes scheltendem Zuruf,
Rannten sie heftiger an, gedrängt um den wartenden König.
Argos' Söhn' auch drüben verstärkten die Macht der Geschwader,
Innerhalb der Mauer; und fürchterlich drohte die Arbeit.
Denn es vermochten weder der Lykier tapfere Streiter,
Durchzubrechen die Mauer, und Bahn zu den Schiffen zu öffnen;
Noch vermochten die Helden der Danaer, Lykiens Söhne
Weg von der Mauer zu drängen, nachdem sie sich einmal genahet.
Sondern wie zween Landmänner die Grenz' einander bestreiten;
Jeder ein Maß in der Hand, auf gemeinsamer Scheide des Feldes,
Stehn sie auf wenigem Raum, und zanken sich wegen der Gleichung:
Also trennt' auch jene die Brustwehr; über ihr kämpfend
Haueten wild sie einander umher an den Busen die Stierhaut
Schöngeründeter Schild' und leichtgeschwungener Tartschen.
Viel auch wurden am Leib vom grausamen Erze verwundet:
Einige, wann sich wendend im Streit sie den Rücken entblößten
Durch das Gewühl, und manche sogar durch die Schilde von Stierhaut.
Überall von Türmen und Brustwehr rieselte rotes
Blut, an jeglicher Seite, der Troer und der Achaier.
Doch nicht schafften sie Flucht der Danaer; sondern sie standen
Gleich: wie die Waage steht, wenn ein Weib, lohnspinnend und redlich,
Abwägt Woll' und Gewicht, und die Schalen beid' in gerader
Schwebung hält, für die Kinder den ärmlichen Lohn zu gewinnen:
Also stand gleichschwebend die Schlacht der kämpfenden Völker;
Bis nunmehr Zeus höheren Ruhm dem Hektor gewährte,
Priamos' Sohn, der zuerst hinstürmt' in der Danaer Mauer.
Laut erscholl sein durchdringender Ruf in die Scharen der Troer:

„ὄρνυσθ', ἱππόδαμοι Τρῶες, ῥήγνυσθε δὲ τεῖχος
Ἀργείων καὶ νηυσὶν ἐνίετε θεσπιδαὲς πῦρ."
ὣς φάτ' ἐποτρύνων, οἱ δ' οὔασι πάντες ἄκουον,
ἴθυσαν δ' ἐπὶ τεῖχος ἀολλέες· οἱ μὲν ἔπειτα
κροσσάων ἐπέβαινον ἀκαχμένα δούρατ' ἔχοντες,
Ἕκτωρ δ' ἁρπάξας λᾶαν φέρεν, ὅς ῥα πυλάων
ἑστήκει πρόσθε, πρυμνὸς παχύς, αὐτὰρ ὕπερθεν
ὀξὺς ἔην· τὸν δ' οὔ κε δύ' ἀνέρε δήμου ἀρίστω
ῥηϊδίως ἐπ' ἄμαξαν ἀπ' οὔδεος ὀχλίσσειαν,
οἷοι νῦν βροτοί εἰσ'· ὁ δέ μιν ῥέα πάλλε καὶ οἶος.
τόν οἱ ἐλαφρὸν ἔθηκε Κρόνου πάϊς ἀγκυλομήτεω.
ὡς δ' ὅτε ποιμὴν ῥεῖα φέρει πόκον ἄρσενος οἰὸς
χειρὶ λαβὼν ἑτέρηι, ὀλίγον τέ μιν ἄχθος ἐπείγει,
ὣς Ἕκτωρ ἰθὺς σανίδων φέρε λᾶαν ἀείρας,
αἵ ῥα πύλας εἴρυντο πύκα στιβαρῶς ἀραρυίας,
δικλίδας ὑψηλάς· δοιοὶ δ' ἔντοσθεν ὀχῆες
εἶχον ἐπημοιβοί, μία δὲ κληῒς ἐπαρήρει.
στῆ δὲ μάλ' ἐγγὺς ἰών, καὶ ἐρεισάμενος βάλε μέσσας,
εὖ διαβάς, ἵνα μή οἱ ἀφαυρότερον βέλος εἴη,
ῥῆξε δ' ἀπ' ἀμφοτέρους θαιρούς· πέσε δὲ λίθος εἴσω
βριθοσύνηι, μέγα δ' ἀμφὶ πύλαι μύκον, οὐδ' ἄρ' ὀχῆες
ἐσχεθέτην, σανίδες δὲ διέτμαγεν ἄλλυδις ἄλλη
λᾶος ὑπὸ ῥιπῆς· ὁ δ' ἄρ' ἔσθορε φαίδιμος Ἕκτωρ
νυκτὶ θοῆι ἀτάλαντος ὑπώπια· λάμπε δὲ χαλκῶι
σμερδαλέωι, τὸν ἕεστο περὶ χροΐ, δοιὰ δὲ χερσὶ
δοῦρ' ἔχεν· οὔ κέν τίς μιν ἐρύκακεν ἀντιβολήσας
νόσφι θεῶν, ὅτ' ἐσᾶλτο πύλας· πυρὶ δ' ὄσσε δεδήει.
κέκλετο δὲ Τρώεσσιν ἑλιξάμενος καθ' ὅμιλον
τεῖχος ὑπερβαίνειν· τοὶ δ' ὀτρύνοντι πίθοντο.
αὐτίκα δ' οἱ μὲν τεῖχος ὑπέρβασαν, οἱ δὲ κατ' αὐτὰς
ποιητὰς ἐσέχυντο πύλας· Δαναοὶ δὲ φόβηθεν
νῆας ἀνὰ γλαφυράς, ὅμαδος δ' ἀλίαστος ἐτύχθη.

Auf, ihr reisigen Troer, hinan! durchbrecht der Argeier
Mauer, und werft in die Schiffe die schreckliche Flamme des Feuers!
Also ermahnte der Held; und aller Ohren vernahmens.
Gradan drang zu der Mauer die Heerschar; jene begierig
Klommen empor die Zinnen, geschärfte Speer' in den Händen.
Hektor nun trug aufraffend den Feldstein, welcher am Tore
Dastand, draußen gestellt, von unten dick, und von oben
Zugespitzt; ihn hätten nicht zween der tapfersten Männer
Leicht zum Wagen hinauf vom Boden gewälzt mit Hebeln,
Wie nun Sterbliche sind; doch er schwang ihn allein und behende;
Denn ihm erleichterte solchen der Sohn des verborgenen Kronos.
Wie wenn ein Schäfer behend' hinträgt die Wolle des Widders,
Fassend in einer Hand, und wenig die Last ihn beschweret:
Also erhob auch Hektor und trug den Stein zu den Bohlen,
Welche das Tor verschlossen mit dicht einfugender Pforte,
Zweigeflügelt und hoch; und zween sich begegnende Riegel
Hielten sie innerhalb, mit einem Bolzen befestigt.
Nah itzt trat er hinan, und warf gestemmt auf die Mitte,
Weit gespreizt, daß nicht ein schwächerer Wurf ihm entflöge.
Schmetternd zerbrach er die Angeln umher, und es stürzte der Marmor
Schwer hinein; dumpf krachte das Tor; auch die mächtigen Riegel
Hielten ihm nicht, und die Bohlen zerspalteten hiehin und dorthin,
Unter des Steines Gewalt; und es sprang der erhabene Hektor
Furchtbar hinein, wie das Grauen der Nacht: er strahlt' in des Erzes
Schrecklichem Glanz, der ihn hüllt', und zwo hellblinkende Lanzen
Schüttelt' er. Schwerlich hätt' ein Begegnender jetzt ihn gehemmet,
Außer ein Gott, da er sprang in das Tor, wutfunkelndes Blickes.
Laut ermahnt' er die Troer umhergewandt im Getümmel,
Über die Mauer zu steigen; und schnell ihm gehorchten die Völker:
Andere drangen zur Mauer und kletterten, andere strömten
Durch die gezimmerte Pforte hinein. Doch es flohn die Achaier
Zu den geräumigen Schiffen; es tobt' unermeßlicher Aufruhr.

ΙΛΙΑΔΟΣ Ν

Μάχη ἐπὶ
ταῖς ναυσίν.

Ζεὺς δ' ἐπεὶ οὖν Τρῶάς τε καὶ Ἕκτορα νηυσὶ πέλασσε,
τοὺς μὲν ἔα παρὰ τῇσι πόνον τ' ἐχέμεν καὶ ὀϊζὺν
νωλεμέως, αὐτὸς δὲ πάλιν τρέπεν ὄσσε φαεινώ,
νόσφιν ἐφ' ἱπποπόλων Θρῃκῶν καθορώμενος αἶαν
Μυσῶν τ' ἀγχεμάχων καὶ ἀγαυῶν Ἱππημολγῶν
γλακτοφάγων, Ἀβίων τε δικαιοτάτων ἀνθρώπων.
ἐς Τροίην δ' οὐ πάμπαν ἔτι τρέπεν ὄσσε φαεινώ·
οὐ γὰρ ὅ γ' ἀθανάτων τινα ἔλπετο ὃν κατὰ θυμὸν
ἐλθόντ' ἢ Τρώεσσιν ἀρηξέμεν ἢ Δαναοῖσιν.
οὐδ' ἀλαοσκοπιὴν εἶχε κρείων ἐνοσίχθων·
καὶ γὰρ ὁ θαυμάζων ἧστο πτόλεμόν τε μάχην τε
ὑψοῦ ἐπ' ἀκροτάτης κορυφῆς Σάμου ὑληέσσης
Θρηϊκίης· ἔνθεν γὰρ ἐφαίνετο πᾶσα μὲν Ἴδη,
φαίνετο δὲ Πριάμοιο πόλις καὶ νῆες Ἀχαιῶν.
ἔνθ' ἄρ' ὅ γ' ἐξ ἁλὸς ἕζετ' ἰών, ἐλέαιρε δ' Ἀχαιοὺς
Τρωσὶν δαμναμένους, Διὶ δὲ κρατερῶς ἐνεμέσσα.
αὐτίκα δ' ἐξ ὄρεος κατεβήσετο παιπαλόεντος
κραιπνὰ ποσὶ προβιβάς· τρέμε δ' οὔρεα μακρὰ καὶ ὕλη
ποσσὶν ὑπ' ἀθανάτοισι Ποσειδάωνος ἰόντος.
τρὶς μὲν ὀρέξατ' ἰών, τὸ δὲ τέτρατον ἵκετο τέκμωρ,
Αἰγάς, ἔνθα δέ οἱ κλυτὰ δώματα βένθεσι λίμνης
χρύσεα μαρμαίροντα τετεύχαται, ἄφθιτα αἰεί.
ἔνθ' ἐλθὼν ὑπ' ὄχεσφι τιτύσκετο χαλκόποδ' ἵππω,
ὠκυπέτα, χρυσέῃσιν ἐθείρῃσιν κομόωντε,
χρυσὸν δ' αὐτὸς ἔδυνε περὶ χροΐ, γέντο δ' ἱμάσθλην
χρυσείην εὔτυκτον, ἑοῦ δ' ἐπεβήσετο δίφρου,
βῆ δ' ἐλάαν ἐπὶ κύματ'· ἄταλλε δὲ κήτε' ὑπ' αὐτοῦ
πάντοθεν ἐκ κευθμῶν, οὐδ' ἠγνοίησεν ἄνακτα·
γηθοσύνῃ, δὲ θάλασσα διίστατο· τοὶ δὲ πέτοντο
ῥίμφα μάλ', οὐδ' ὑπένερθε διαίνετο χάλκεος ἄξων·
τὸν δ' ἐς Ἀχαιῶν νῆας ἐΰσκαρθμοι φέρον ἵπποι.
ἔστι δέ τι σπέος εὐρὺ βαθείης βένθεσι λίμνης,
μεσσηγὺς Τενέδοιο καὶ Ἴμβρου παιπαλοέσσης·

DREIZEHNTER GESANG

Kampf um die Schiffe. Poseidon, von Zeus unbemerkt, kommt die Achaier zu ermuntern. Dem Hektor am erstürmten Tore des Menestheus widerstehn vorzüglich die Ajas. Zur Linken kämpfen am tapfersten Idomeneus und Meriones wider Äneias, Paris und andere. Auf Polydamas Rat beruft Hektor die Fürsten, daß man vereint kämpfe, oder zurückziehe. Verstärkter Angriff.

Zeus, nachdem er die Troer und Hektor bracht' an die Schiffe,
Ließ sie nunmehr bei jenen in Arbeit ringen und Elend,
Rastlos fort; dann wandt' er zurück die strahlenden Augen,
Seitwärts hinab auf das Land gaultummelnder Thrakier schauend,
Auch nahkämpfender Myser, und trefflicher Hippomolgen,
Dürftig, von Milch genährt, der gerechtesten Erdebewohner.
Doch auf Troja wandt' er nicht mehr die strahlenden Augen;
Denn nicht hofft' er im Geist, der Unsterblichen würde noch einer
Kommen, um Trojas Volk zu verteidigen, oder Achaias.
  Aber nicht achtlos lauschte der Erderschüttrer Poseidon.
Denn er saß, anstaunend die Schlacht und das Waffengetümmel,
Hoch auf dem obersten Gipfel der grünumwaldeten Samos
Thrakiens: dort erschien mit allen Höhn ihm der Ida,
Auch erschien ihm Priamos Stadt, und der Danaer Schiffe.
Dorthin entstieg er dem Meer, und sahe mit Gram die Achaier
Fallen vor Trojas Macht, und ergrimmte vor Zorn dem Kronion.
  Plötzlich stieg er herab von dem zackigen Felsengebirge,
Wandelnd mit hurtigem Gang; und es bebten die Höhn und die Wälder
Weit den unsterblichen Füßen des wandelnden Poseidaon.
Dreimal erhob er den Schritt; und das vierte Mal stand er am Ziele,
Ägä: dort wo ein stolzer Palast in den Tiefen des Sundes
Golden und schimmerreich ihm erbaut ward, stets unvergänglich.
Dorthin gelangt nun schirrt' er ins Joch erzhufige Rosse,
Stürmendes Flugs, umwallt von goldener Mähne die Schultern;
Selbst dann hüllt' er in Gold sich den Leib, und faßte die Geißel,
Schön aus Golde gewirkt, und trat in den Sessel des Wagens,
Lenkte dann über die Flut: die Ungeheuer des Abgrunds
Hüpften umher aus den Klüften, den mächtigen Herrscher erkennend,
Freudig ihm trennte des Meers Gewoge sich; und wie geflügelt
Eilten sie, ohne daß unten die eherne Achse genetzt ward;
Hin zu Achaias Schiffen enttrugen im Sprung ihn die Rosse.
  Eine geräumige Grott' ist tief in den Schlünden des Sundes,
Zwischen Tenedos' Höhn und der rauhumstarreten Imbros:

ἔνθ᾽ ἵππους ἔστησε Ποσειδάων ἐνοσίχθων
λύσας ἐξ ὀχέων, παρὰ δ᾽ ἀμβρόσιον βάλεν εἶδαρ
ἔδμεναι· ἀμφὶ δὲ ποσσὶ πέδας ἔβαλε χρυσείας,
ἀρρήκτους ἀλύτους, ὄφρ᾽ ἔμπεδον αὖθι μένοιεν
νοστήσαντα ἄνακτα· ὁ δ᾽ ἐς στρατὸν ᾤχετ᾽ Ἀχαιῶν.
Τρῶες δὲ φλογὶ ἶσοι ἀολλέες ἠὲ θυέλληι
Ἕκτορι Πριαμίδηι ἄμοτον μεμαῶτες ἕποντο,
ἄβρομοι αὐΐαχοι· ἔλποντο δὲ νῆας Ἀχαιῶν
αἱρήσειν, κτενέειν δὲ παρ᾽ αὐτόθι πάντας ἀρίστους.
ἀλλὰ Ποσειδάων γαιήοχος ἐννοσίγαιος
Ἀργείους ὤτρυνε, βαθείης ἐξ ἁλὸς ἐλθών,
εἰσάμενος Κάλχαντι δέμας καὶ ἀτειρέα φωνήν·
Αἴαντε πρώτω προσέφη μεμαῶτε καὶ αὐτώ·
„Αἴαντε, σφὼ μέν τε σαώσετε λαὸν Ἀχαιῶν
ἀλκῆς μνησαμένω, μὴ δὲ κρυεροῖο φόβοιο.
ἄλληι μὲν γὰρ ἔγωγ᾽ οὐ δείδια χεῖρας ἀάπτους
Τρώων, οἳ μέγα τεῖχος ὑπερκατέβησαν ὁμίλωι·
ἕξουσιν γὰρ πάντας ἐϋκνήμιδες Ἀχαιοί·
τῆι δὲ δὴ αἰνότατον περιδείδια μή τι πάθωμεν,
ἧι ῥ᾽ ὅ γ᾽ ὁ λυσσώδης φλογὶ εἴκελος ἡγεμονεύει,
Ἕκτωρ, ὃς Διὸς εὔχετ᾽ ἐρισθενέος πάϊς εἶναι.
σφῶϊν δ᾽ ὧδε θεῶν τις ἐνὶ φρεσὶ ποιήσειεν
αὐτώ θ᾽ ἑστάμεναι κρατερῶς καὶ ἀνωγέμεν ἄλλους·
τώ κε καὶ ἐσσύμενόν περ ἐρωήσαιτ᾽ ἀπὸ νηῶν
ὠκυπόρων, εἰ καί μιν Ὀλύμπιος αὐτὸς ἐγείρει.“
ἦ, καὶ σκηπανίωι γαιήοχος ἐννοσίγαιος
ἀμφοτέρω κεκόπων πλῆσεν μένεος κρατεροῖο,
γυῖα δὲ θηκεν ἐλαφρά, πόδας καὶ χεῖρας ὕπερθεν.
αὐτὸς δ᾽ ὥς τ᾽ ἴρηξ ὠκύπτερος ὦρτο πέτεσθαι,
ὅς ῥά τ᾽ ἀπ᾽ αἰγίλιπος πέτρης περιμήκεος ἀρθεὶς
ὁρμήσηι πεδίοιο διώκειν ὄρνεον ἄλλο,
ὣς ἀπὸ τῶν ἤϊξε Ποσειδάων ἐνοσίχθων.
τοῖιν δ᾽ ἔγνω πρόσθεν Ὀϊλῆος ταχὺς Αἴας,
αἶψα δ᾽ ἄρ᾽ Αἴαντα προσέφη Τελαμώνιον υἱόν·
„Αἶαν, ἐπεί τις νῶϊ θεῶν, οἳ Ὄλυμπον ἔχουσι,
μάντεϊ εἰδόμενος κέλεται παρὰ νηυσὶ μάχεσθαι,
οὐδ᾽ ὅ γε Κάλχας ἐστί, θεοπρόπος οἰωνιστής·
ἴχνια γὰρ μετόπισθε ποδῶν ἠδὲ κνημάων
ῥεῖ᾽ ἔγνων ἀπιόντος· ἀρίγνωτοι δὲ θεοί περ·
καὶ δ᾽ ἐμοὶ αὐτῶι θυμὸς ἐνὶ στήθεσσι φίλοισι
μᾶλλον ἐφορμᾶται πολεμίζειν ἠδὲ μάχεσθαι,

Dorthin stellte die Rosse der Erderschüttrer Poseidon,
Abgespannt vom Geschirr, und reicht' ambrosische Nahrung
Ihnen zur Speis'; und die Füß' umschlang er mit goldenen Fesseln,
Unzerbrechlich, unlösbar, daß fest auf der Stelle sie harrten,
Bis ihr Herrscher gekehrt; dann ging er ins Heer der Achaier.
Doch die Troer gedrängt, dem Orkan gleich, oder dem Feuer,
Folgeten Priamos' Sohn' unersättlicher Gier in den Kampf hin,
Brausendes, wüstes Geschreis; denn der Danaer Schiffe zu nehmen
Hofften sie, und um die Schiffe die Danaer alle zu morden.
Aber der Erderschüttrer, der Landumstürmer Poseidon,
Reizte den Mut der Argeier, des Meers Abgründen entstiegen,
Ähnlich ganz dem Kalchas an Wuchs und gewaltiger Stimme.
Erst zu den Ajas begann er, die selbst schon glühten vor Kampflust:
Ihr, o Ajas, vermögt der Danaer Volk zu erretten,
Wenn ihr der Stärke gedenkt, und nicht des starrenden Schreckens.
Denn sonst fürcht' ich sie nicht, die unnahbaren Hände der Troer,
Welche mit Heereskraft die türmende Mauer erstiegen;
Allen schon begegnen die hellumschienten Achaier.
Hier nur sorg' ich am meisten und fürchte mich, was uns betreffe,
Wo der Rasende dort, wie ein brennendes Feuer, voranherrscht,
Hektor, der sich entsprossen von Zeus dem Allmächtigen rühmet!
Gäbe doch euch in die Seel' ein Unsterblicher diesen Gedanken,
Selbst entgegen zu stehn mit Gewalt, und andre zu reizen!
Traun, wie eifrig er strebt, hinweg von den Schiffen Achaias
Drängtet ihr ihn, wenn gleich der Olympier selbst ihn erwecket!
Sprach's, und rührte sofort, der umufernde Ländererschüttrer,
Beide mit mächtigem Stab', und erfüllte sie tapferes Mutes;
Leicht auch schuf er die Glieder, die Füß' und die Arme von oben.
Aber er selbst, wie ein Habicht in hurtigem Flug sich emporschwingt,
Der, von des Felsengebirgs hochschwindelnder Jähe gehoben,
Rasch hinfährt in die Tale, den anderen Vogel verfolgend:
Also schwang sich von jenen der Erderschüttrer Poseidon.
Erst von beiden erkannt' es der schnelle Sohn des Oïleus,
Und zu Ajas sogleich, dem Telamoniden, begann er:
Ajas, dieweil ein Unsterblicher uns, von den Höhn des Olympos,
Gleich an Gestalt dem Seher, gebeut bei den Schiffen zu kämpfen:
Denn nicht Kalchas war es, der deutende Vogelschauer;
Wohl ja bemerkt' ich von hinten der Füße Gang und der Schenkel,
Als er hinweg sich wandte; denn leicht zu erkennen sind Götter:
Jetzo verlangt mir selber der Mut im innersten Herzen,
Stürmischer aufgeregt, zu kämpfen den Kampf der Entscheidung;

μαιμώωσι δ' ἔνερθε πόδες καὶ χεῖρες ὕπερθε."
τὸν δ' ἀπαμειβόμενος προσέφη Τελαμώνιος Αἴας·
„ οὕτω νῦν καὶ ἐμοὶ περὶ δούρατι χεῖρες ἄαπτοι
μαιμῶσιν, καί μοι μένος ὤρορε, νέρθε δὲ ποσσὶν
ἔσσυμαι ἀμφοτέροισι· μενοινώω δὲ καὶ οἶος
Ἕκτορι Πριαμίδηι ἄμοτον μεμαῶτι μάχεσθαι."
ὣς οἱ μὲν τοιαῦτα πρὸς ἀλλήλους ἀγόρευον,
χάρμηι γηθόσυνοι, τήν σφιν θεὸς ἔμβαλε θυμῶι·
τόφρα δὲ τοὺς ὄπιθεν γαιήοχος ὦρσεν Ἀχαιούς,
οἳ παρὰ νηυσὶ θοῇσιν ἀνέψυχον φίλον ἦτορ.
τῶν ῥ' ἅμα τ' ἀργαλέωι καμάτωι φίλα γυῖα λέλυντο,
καί σφιν ἄχος κατὰ θυμὸν ἐγίγνετο δερκομένοισι
Τρῶας, τοὶ μέγα τεῖχος ὑπερκατέβησαν ὁμίλωι.
τοὺς οἵ γ' εἰσορόωντες ὑπ' ὀφρύσι δάκρυα λεῖβον·
οὐ γὰρ ἔφαν φεύξεσθαι ὑπ' ἐκ κακοῦ· ἀλλ' ἐνοσίχθων
ῥεῖα μετεισάμενος κρατερὰς ὄτρυνε φάλαγγας.
Τεῦκρον ἔπι πρῶτον καὶ Λήϊτον ἦλθε κελεύων
Πηνέλεών θ' ἥρωα Θόαντά τε Δηΐπυρόν τε
Μηριόνην τε καὶ Ἀντίλοχον μήστωρας ἀϋτῆς·
τοὺς ὅ γ' ἐποτρύνων ἔπεα πτερόεντα προσηύδα·
„ αἰδώς, Ἀργεῖοι, κοῦροι νέοι· ὔμμιν ἔγωγε
μαρναμένοισι πέποιθα σαωσέμεναι νέας ἁμάς·
εἰ δ' ὑμεῖς πολέμοιο μεθήσετε λευγαλέοιο,
νῦν δὴ εἴδεται ἦμαρ ὑπὸ Τρώεσσι δαμῆναι.
ὢ πόποι, ἦ μέγα θαῦμα τόδ' ὀφθαλμοῖσιν ὁρῶμαι,
δεινόν, ὃ οὔ ποτ' ἔγωγε τελευτήσεσθαι ἔφασκον,
Τρῶας ἐφ' ἡμετέρας ἰέναι νέας, οἳ τὸ πάρος περ
φυζακινῇς ἐλάφοισιν ἐοίκεσαν, αἵ τε καθ' ὕλην
θώων παρδαλίων τε λύκων τ' ἤϊα πέλονται
αὔτως ἠλάσκουσαι ἀνάλκιδες, οὐδ' ἔπι χάρμη·
ὣς Τρῶες τὸ πρίν γε μένος καὶ χεῖρας Ἀχαιῶν
μίμνειν οὐκ ἐθέλεσκον ἐναντίον, οὐδ' ἠβαιόν·
νῦν δὲ ἑκὰς πόλιος κοίλῃς ἐπὶ νηυσὶ μάχονται
ἡγεμόνος κακότητι μεθημοσύνῃσί τε λαῶν,
οἳ κείνωι ἐρίσαντες ἀμυνέμεν οὐκ ἐθέλουσι
νηῶν ὠκυπόρων, ἀλλὰ κτείνονται ἀν' αὐτάς.
ἀλλ' εἰ δὴ καὶ πάμπαν ἐτήτυμον αἴτιός ἐστιν
ἥρως Ἀτρεΐδης, εὐρὺ κρείων Ἀγαμέμνων,
οὕνεκ' ἀπητίμησε ποδώκεα Πηλεΐωνα,
ἡμέας γ' οὔ πως ἔστι μεθιέμεναι πολέμοιο.
ἀλλ' ἀκεώμεθα θᾶσσον· ἀκεσταί τοι φρένες ἐσθλῶν.

Und mir streben von unten die Füß', und die Hände von oben.
Ihm antwortete drauf der Telamonier Ajas:
So nun streben auch mir um den Speer die unnahbaren Hände
Ungestüm, und es hebt sich die Seele mir; unten die Füß' auch
Fliegen mir beide von selbst, und Sehnsucht fühl' ich, auch einzeln,
Hektor, Priamos' Sohn, den Stürmer der Schlacht, zu bekämpfen!
Also redeten jen' im Wechselgespräch miteinander,
Freudig der Kampfbegier, die der Gott in den Herzen entflammet.
Hinten indes erregte die Danaer Poseidaon,
Die bei den rüstigen Schiffen das Herz sich ein wenig erlabten:
Welchen zugleich vom entsetzlichen Kampf hinsanken die Glieder,
Und auch Gram die Seele belastete, weil sie die Troer
Sahn, die mit Heereskraft die türmende Mauer erstiegen:
Diese dort anschauend, entstürzten sie Tränen den Wimpern,
Hoffnungslos zu entfliehn den Schrecknissen. Aber Poseidon
Kräftigte leicht durchwandelnd den Mut der starken Geschwader.
Siehe zu Teukros zuerst und Leïtos trat er ermahnend,
Auch zu Peneleos hin, zu Deïpyros auch, und zu Thoas,
Dann zu Meriones auch, und Antilochos, Helden des Kampfes;
Diese reizte der Gott, und sprach die geflügelten Worte:
Schande doch, Argos' Söhn', ihr Jünglinge! Euch ja vertraut' ich,
Daß ihr mit tapferem Arm errettetet unsere Schiffe!
Aber wo ihr der Gefahr euch entzieht des verderblichen Kampfes,
Dann ist erschienen der Tag, da der Troer Gewalt uns bezwinget!
Weh mir! ein großes Wunder erblick' ich dort mit den Augen,
Graunvoll, welches ich nimmer auch nur für möglich geachtet:
Troer an unseren Schiffen so nahe nun! welche vordem ja
Gleich den Hindinnen waren, den flüchtigen, die in den Wäldern
Beute sind für Schakal' und reißende Pardel und Wölfe,
So in die Irre gescheucht, wehrlos, nicht freudig zum Angriff:
Also wollten die Troer den Mut und die Kraft der Achaier
Nimmer vordem ausharren mit Abwehr, auch nur ein wenig.
Nun ist ferne der Stadt bei den räumigen Schiffen ihr Schlachtfeld,
Durch des Gebieters Vergehn, und Lässigkeiten der Völker,
Welche, von jenem gekränkt, nicht kühn zu verteidigen streben
Unsre gebogenen Schiffe, vielmehr hinbluten bei ihnen.
Aber wird er auch wahrlich mit völligem Rechte beschuldigt,
Atreus' Heldensohn, der Völkerfürst Agamemnon,
Weil er schmählich entehrt den mutigen Renner Achilleus;
Doch nicht uns geziemt es, so abzustehn vom Gefechte!
Auf denn, und laßt euch heilen; der Edelen Herzen sind heilbar.

ὑμεῖς δ’ οὐκ ἔτι καλὰ μεθίετε θούριδος ἀλκῆς
πάντες ἄριστοι ἐόντες ἀνὰ στρατόν. οὐδ’ ἂν ἔγωγε
ἀνδρὶ μαχεσσαίμην ὅς τις πολέμοιο μεθείη
λυγρὸς ἐών· ὑμῖν δὲ νεμεσσῶμαι περὶ κῆρι.
ὦ πέπονες, τάχα δή τι κακὸν ποιήσετε μεῖζον
τῆιδε μεθημοσύνηι· ἀλλ’ ἐν φρεσὶ θέσθε ἕκαστος
αἰδῶ καὶ νέμεσιν· δὴ γὰρ μέγα νεῖκος ὄρωρεν.
Ἕκτωρ δὴ παρὰ νηυσὶ βοὴν ἀγαθὸς πολεμίζει
καρτερός, ἔρρηξεν δὲ πύλας καὶ μακρὸν ὀχῆα.“
ὣς ῥα κελευτιόων γαιήοχος ὦρσεν Ἀχαιούς.
ἀμφὶ δ’ ἄρ’ Αἴαντας δοιοὺς ἵσταντο φάλαγγες
καρτεραί, ἃς οὔτ’ ἄν κεν Ἄρης ὀνόσαιτο μετελθὼν
οὔτε κ’ Ἀθηναίη λαοσσόος· οἳ γὰρ ἄριστοι
κρινθέντες Τρῶάς τε καὶ Ἕκτορα δῖον ἔμιμνον,
φράξαντες δόρυ δουρί, σάκος σάκεϊ προθελύμνωι·
ἀσπὶς ἄρ’ ἀσπίδ’ ἔρειδε, κόρυς κόρυν, ἀνέρα δ’ ἀνήρ·
ψαῦον δ’ ἱππόκομοι κόρυθες λαμπροῖσι φάλοισι
νευόντων, ὡς πυκνοὶ ἐφέστασαν ἀλλήλοισιν·
ἔγχεα δὲ πτύσσοντο θρασειάων ἀπὸ χειρῶν
σειόμεν’· οἱ δ’ ἰθὺς φρόνεον, μέμασαν δὲ μάχεσθαι.
Τρῶες δὲ προὔτυψαν ἀολλέες, ἦρχε δ’ ἄρ’ Ἕκτωρ
ἀντικρὺ μεμαώς, ὀλοοίτροχος ὣς ἀπὸ πέτρης,
ὅν τε κατὰ στεφάνης ποταμὸς χειμάρροος ὤσηι,
ῥήξας ἀσπέτωι ὄμβρωι ἀναιδέος ἔχματα πέτρης·
ὕψι δ’ ἀναθρώισκων πέτεται, κτυπέει δέ θ’ ὑπ’ αὐτοῦ
ὕλη· ὁ δ’ ἀσφαλέως θέει ἔμπεδον, εἷος ἵκηται
ἰσόπεδον, τότε δ’ οὔ τι κυλίνδεται ἐσσύμενός περ·
ὣς Ἕκτωρ εἷος μὲν ἀπείλει μέχρι θαλάσσης
ῥέα διελεύσεσθαι κλισίας καὶ νῆας Ἀχαιῶν
κτείνων· ἀλλ’ ὅτε δὴ πυκινῆις ἐνέκυρσε φάλαγξι
στῆ ῥα μάλ’ ἐγχριμφθείς· οἱ δ’ ἀντίοι υἷες Ἀχαιῶν
νύσσοντες ξίφεσίν τε καὶ ἔγχεσιν ἀμφιγύοισιν
ὦσαν ἀπὸ σφείων· ὁ δὲ χασσάμενος πελεμίχθη.
ἤϋσεν δὲ διαπρύσιον Τρώεσσι γεγωνώς·
„Τρῶες καὶ Λύκιοι καὶ Δάρδανοι ἀγχιμαχηταί,
παρμένετ’· οὔ τοι δηρὸν ἐμὲ σχήσουσιν Ἀχαιοί,
καὶ μάλα πυργηδὸν σφέας αὐτοὺς ἀρτύναντες,
ἀλλ’, ὀΐω, χάσσονται ὑπ’ ἔγχεος, εἰ ἐτεόν με
ὦρσε θεῶν ὤριστος, ἐρίγδουπος πόσις Ἥρης.“
ὣς εἰπὼν ὤτρυνε μένος καὶ θυμὸν ἑκάστου.
Δηΐφοβος δ’ ἐν τοῖσι μέγα φρονέων ἐβεβήκει

Nimmer euch selbst zur Ehre vergeßt ihr des stürmenden Mutes,
Ihr die Tapfersten alle der Danaer! Schwerlich ja würd' ich
Gegen den Mann mich ereifern, der wo dem Gefecht sich entzöge,
Feig' und schwach; euch aber verarg' ich es wahrlich von Herzen!
Trauteste Freund', ach bald noch größeres Wehe verschafft ihr
Durch nachlässigen Sinn! Wohlauf, und gedenket im Herzen
Alle der Scham und der Schand'! Ein gewaltiger Kampf ja erhub sich!
Hektor stürmt um die Schiffe, der Rufer im Streit, uns bekämpfend,
Fürchterlich, und durchbrach sich das Tor und den mächtigen Riegel!
Also rief und erregte die Danaer Poseidaon.
Sich um die Ajas beide gestellt nun gingen Geschwader,
Tapfere, die selbst Ares untadelig hätte gefunden,
Auch Athenäa selbst, die Zerstreuerin. Denn der Achaier
Edelste harrten der Troer gefaßt, und des göttlichen Hektors:
Lanz' an Lanz' eindrängend, und Schild mit Schild aufeinander,
Tartsch' an Tartsche gelehnt, an Helm Helm, Krieger an Krieger;
Und die umflatterten Helme der Nickenden rührten geengt sich
Mit hellschimmernden Zacken: so dichtvereint war die Heerschar;
Aber die Speer', unruhig in mutigen Händen beweget,
Zitterten; grad' anstrebten sie all', und entbrannten von Kampfgier.
Vor auch drangen die Troer mit Heerskraft; aber voranging
Hektor in rascher Begier: wie ein schmetternder Stein von dem Felsen,
Welchen herab vom Geklipp fortreißt die ergossene Herbstflut,
Brechend mit stürmischem Regen das Band des entsetzlichen Felsens;
Hochher tobt er in hüpfendem Sprung, und zerschmetterte Waldung
Kracht; doch stets unaufhaltsam enttaumelt er, bis er erreichet
Ebenen Grund; dann rollt er nicht mehr, wie gewaltig er andrang:
Also droht' auch Hektor zuerst, bis zum Ufer des Meeres
Leicht hindurchzudringen der Danaer Schiff' und Gezelte,
Mordend; allein da nunmehr die geschlossenen Reihen er antraf,
Stand er, wie nah' er gestrebt. Die begegnenden Männer Achaias,
Zuckend daher die Schwerter und zwiefachschneidenden Lanzen,
Drängten ihn mutig zurück; und er wich voll jäher Bestürzung.
Laut nun scholl sein durchdringender Ruf in die Scharen der Troer:
Troer, und Lykier ihr, und Dardaner, Kämpfer der Nähe,
Haltet euch! Traun nicht lange bestehn vor mir die Achaier,
Nahen sie gleich miteinander in Heerschar wohlgeordnet;
Sondern bald vor dem Speer entweichen sie, wo mich in Wahrheit
Trieb der erhabenste Gott, der donnernde Gatte der Here!
Jener sprach's, und erregte zu Mut und Stärke die Männer.
Aber Deïphobos ging voll trotzendes Muts in der Heerschar,

Πριαμίδης, πρόσθεν δ' ἔχεν ἀσπίδα πάντοσ' ἐΐσην,
κοῦφα ποσὶ προβιβὰς καὶ ὑπασπίδια προποδίζων.
Μηριόνης δ' αὐτοῖο τιτύσκετο δουρὶ φαεινῶι,
καὶ βάλεν, οὐδ' ἀφάμαρτε, κατ' ἀσπίδα πάντοσ' ἐΐσην
ταυρείην· τῆς δ' οὔ τι διήλασεν, ἀλλὰ πολὺ πρὶν
ἐν καυλῶι ἐάγη δολιχὸν δόρυ· Δηΐφοβος δὲ
ἀσπίδα ταυρείην σχέθ' ἀπὸ ἕο, δεῖσε δὲ θυμῶι
ἔγχος Μηριόναο δαΐφρονος· αὐτὰρ ὅ γ' ἥρως
ἂψ ἑτάρων εἰς ἔθνος ἐχάζετο, χώσατο δ' αἰνῶς
ἀμφότερον, νίκης τε καὶ ἔγχεος ὃ ξυνέαξε.
βῆ δ' ἰέναι παρά τε κλισίας καὶ νῆας Ἀχαιῶν
οἰσόμενος δόρυ μακρόν, ὅ οἱ κλισίηφι λέλειπτο.
οἱ δ' ἄλλοι μάρναντο, βοὴ δ' ἄσβεστος ὀρώρει.
Τεῦκρος δὲ πρῶτος Τελαμώνιος ἄνδρα κατέκτα,
Ἴμβριον αἰχμητήν, πολυΐππου Μέντορος υἱόν·
ναῖε δὲ Πήδαιον, πρὶν ἐλθεῖν υἷας Ἀχαιῶν,
κούρην δὲ Πριάμοιο νόθην ἔχε, Μηδεσικάστην·
αὐτὰρ ἐπεὶ Δαναῶν νέες ἤλυθον ἀμφιέλισσαι,
ἂψ ἐς Ἴλιον ἦλθε, μετέπρεπε δὲ Τρώεσσι,
ναῖε δὲ πὰρ Πριάμωι· ὁ δέ μιν τίεν ἶσα τέκεσσι.
τόν ῥ' υἱὸς Τελαμῶνος ὑπ' οὔατος ἔγχεϊ μακρῶι
νύξ', ἐκ δ' ἔσπασεν ἔγχος· ὁ δ' αὖτ' ἔπεσεν μελίη ὥς,
ἥ τ' ὄρεος κορυφῆι ἕκαθεν περιφαινομένοιο
χαλκῶι ταμνομένη τέρενα χθονὶ φύλλα πελάσσηι·
ὣς πέσεν, ἀμφὶ δέ οἱ βράχε τεύχεα ποικίλα χαλκῶι.
Τεῦκρος δ' ὁρμήθη μεμαὼς ἀπὸ τεύχεα δῦσαι·
Ἕκτωρ δ' ὁρμηθέντος ἀκόντισε δουρὶ φαεινῶι.
ἀλλ' ὁ μὲν ἄντα ἰδὼν ἠλεύατο χάλκεον ἔγχος
τυτθόν· ὁ δ' Ἀμφίμαχον, Κτεάτου υἷ' Ἀκτορίωνος,
νισόμενον πόλεμόνδε κατὰ στῆθος βάλε δουρί·
δούπησεν δὲ πεσών, ἀράβησε δὲ τεύχε' ἐπ' αὐτῶι.
Ἕκτωρ δ' ὁρμήθη κόρυθα κροτάφοις ἀραρυῖαν
κρατὸς ἀφαρπάξαι μεγαλήτορος Ἀμφιμάχοιο·
Αἴας δ' ὁρμηθέντος ὀρέξατο δουρὶ φαεινῶι
Ἕκτορος· ἀλλ' οὔ πηι χροὸς εἴσατο, πᾶς δ' ἄρα χαλκῶι
σμερδαλέωι κεκάλυφθ'· ὁ δ' ἄρ' ἀσπίδος ὀμφαλὸν οὖτα,
ὦσε δέ μιν σθένεϊ μεγάλωι· ὁ δὲ χάσσατ' ὀπίσσω
νεκρῶν ἀμφοτέρων, τοὺς δ' ἐξείρυσσαν Ἀχαιοί.
Ἀμφίμαχον μὲν ἄρα Στιχίος δῖός τε Μενεσθεύς,
ἀρχοὶ Ἀθηναίων, κόμισαν μετὰ λαὸν Ἀχαιῶν·
Ἴμβριον αὖτ' Αἴαντε, μεμαότε θούριδος ἀλκῆς,

Priamos' Sohn, und trug den gleichgeründeten Schild vor,
Leise bewegend den Schritt, und unter dem Schild anwandelnd.
Doch Meriones zielte mit blinkender Lanz' ihm entgegen,
Schoß, und verfehlete nicht des gewaltigen Schildes von Stierhaut
Runden Kreis: nicht jenen durchbohret' er, sondern zuvor ihm
Brach an der Öse der ragende Schaft; Deïphobos aber
Hielt den gewaltigen Schild vom Leibe sich, weil er im Herzen
Scheute Meriones' Speer, des feurigen Helden; doch jener,
Schnell in der Freunde Gedräng' entzog er sich, heftig erbittert,
Beides zugleich, um den Sieg, und den Wurfspieß, welcher ihm abbrach;
Und er enteilt' an den Zelten hinab und den Schiffen Achaias,
Holend den mächtigen Speer, der daheim ihm blieb im Gezelte.
  Aber die anderen kämpften, und graunvoll brüllte der Schlachtruf.
Teukros der Telamonid' erschlug den tapferen Kämpfer
Imbrios, Mentors Sohn, des rossebegüterten Herrschers.
Jener wohnt' in Pedäos, bevor die Achaier gekommen,
Priamos' Nebentochter vermählt, die Medesikaste.
Aber nachdem die Achaier in Ruderschiffen gelandet,
Kam er gen Ilios wieder, und ragete hoch vor den Troern;
Auch bei Priamos wohnt' er, der gleich ihn ehrte den Söhnen.
Ihn traf Telamons Sohn jetzt unter dem Ohr mit der Lanze
Stoß, und entriß ihm den Schaft; da taumelt' er hin, wie die Esche,
Welche hoch auf dem Gipfel des weitgesehenen Berges
Abgehaun mit dem Erz ihr zartes Gezweig' hinabstreckt:
So sank jener, umklirrt von dem Erz der prangenden Rüstung.
Teukros lief nun hinan, in Begier das Geschmeid' ihm zu rauben;
Aber im Lauf warf Hektor die blinkende Lanz' ihm entgegen.
Zwar er selbst vorschauend vermied den ehernen Wurfspieß,
Kaum; doch Amphimachos, Kteatos' Sohn, des Aktorionen,
Als er sich nahte zum Kampf, flog stürmend der Speer in den Busen;
Dumpf hinkracht' er im Fall, und es rasselten um ihn die Waffen.
Hektor lief nun hinan, den Helm, der den Schläfen sich anschloß,
Abzuziehn von Amphimachos' Haupt, des erhabenen Kämpfers;
Aber im Lauf warf Ajas die blinkende Lanz' ihm entgegen.
Hektors Leib zwar rührte sie nicht; denn er starrete ringsher
Schrecklich in strahlendem Erz; doch den Schild auf den Nabel ihm traf er
Schmetternd, und stieß mit großer Gewalt, daß er eilend zurückwich
Von den erschlagenen Zween: die zogen hinweg die Achaier.
Ihn den Amphimachos trugen Athens streitkundige Fürsten,
Stichios samt Menestheus, hinab in das Heer der Achaier;
Imbrios aber die Ajas, entbrannt von stürmendem Mute.

ὥς τε δύ' αἶγα λέοντε κυνῶν ὕπο καρχαροδόντων
ἁρπάξαντε φέρητον ἀνὰ ῥωπήϊα πυκνά,
ὑψοῦ ὑπὲρ γαίης μετὰ γαμφηλῇσιν ἔχοντε,
ὥς ῥα τὸν ὑψοῦ ἔχοντε δύω Αἴαντε κορυστὰ
τεύχεα συλήτην· κεφαλὴν δ' ἁπαλῆς ἀπὸ δειρῆς
κόψεν Ὀϊλιάδης, κεχολωμένος Ἀμφιμάχοιο,
ἧκε δέ μιν σφαιρηδὸν ἑλιξάμενος δι' ὁμίλου·
Ἕκτορι δὲ προπάροιθε ποδῶν πέσεν ἐν κονίῃσι.
καὶ τότε δὴ περὶ κῆρι Ποσειδάων ἐχολώθη
υἱωνοῖο πεσόντος ἐν αἰνῇ δηϊοτῆτι,
βῆ δ' ἰέναι παρά τε κλισίας καὶ νῆας Ἀχαιῶν
ὀτρυνέων Δαναούς, Τρώεσσι δὲ κήδε' ἔτευχεν.
Ἰδομενεὺς δ' ἄρα οἱ δουρικλυτὸς ἀντεβόλησεν,
ἐρχόμενος παρ' ἑταίρου, ὅ οἱ νέον ἐκ πολέμοιο
ἦλθε κατ' ἰγνύην βεβλημένος ὀξέϊ χαλκῶι.
τὸν μὲν ἑταῖροι ἔνεικαν, ὁ δ' ἰητροῖς ἐπιτείλας
ἤϊεν ἐς κλισίην· ἔτι γὰρ πολέμοιο μενοίνα
ἀντιάαν· τὸν δὲ προσέφη κρείων ἐνοσίχθων,
εἰσάμενος φθογγὴν Ἀνδραίμονος υἷϊ Θόαντι,
ὃς πάσηι Πλευρῶνι καὶ αἰπεινῇ Καλυδῶνι
Αἰτωλοῖσιν ἄνασσε, θεὸς δ' ὣς τίετο δήμωι·
„Ἰδομενεῦ, Κρητῶν βουληφόρε, ποῦ τοι ἀπειλαὶ
οἴχονται, τὰς Τρωσὶν ἀπείλεον υἷες Ἀχαιῶν;"
τὸν δ' αὖτ' Ἰδομενεύς, Κρητῶν ἀγός, ἀντίον ηὔδα·
„ὦ Θόαν, οὔ τις ἀνὴρ νῦν γ' αἴτιος, ὅσσον ἔγωγε
γιγνώσκω· πάντες γὰρ ἐπιστάμεθα πτολεμίζειν.
οὔτέ τινα δέος ἴσχει ἀκήριον οὔτέ τις ὄκνωι
εἴκων ἀνδύεται πόλεμον κακόν· ἀλλά που οὕτω
μέλλει δὴ φίλον εἶναι ὑπερμενέϊ Κρονίωνι,
νωνύμνους ἀπολέσθαι ἀπ' Ἄργεος ἐνθάδ' Ἀχαιούς.
ἀλλά, Θόαν, καὶ γὰρ τὸ πάρος μενεδήϊος ἦσθα,
ὀτρύνεις δὲ καὶ ἄλλον, ὅθι μεθιέντα ἴδηαι·
τὼ νῦν μήτ' ἀπόληγε κέλευέ τε φωτὶ ἑκάστωι."
τὸν δ' ἠμείβετ' ἔπειτα Ποσειδάων ἐνοσίχθων·
„Ἰδομενεῦ, μὴ κεῖνος ἀνὴρ ἔτι νοστήσειεν
ἐκ Τροίης, ἀλλ' αὖθι κυνῶν μέλπηθρα γένοιτο,
ὅς τις ἐπ' ἤματι τῶιδε ἑκὼν μεθίῃσι μάχεσθαι.
ἀλλ' ἄγε τεύχεα δεῦρο λαβὼν ἴθι· ταῦτα δ' ἅμα χρὴ
σπεύδειν, αἴ κ' ὄφελός τι γενώμεθα καὶ δύ' ἐόντε.
συμφερτὴ δ' ἀρετὴ πέλει ἀνδρῶν καὶ μάλα λυγρῶν
νῶϊ δὲ καί κ' ἀγαθοῖσιν ἐπισταίμεσθα μάχεσθαι."

Wie zween Löwen die Geiß, der Gewalt scharfzahniger Hunde
Weggerafft, forttragen durch dichtverwachsne Gesträuche,
Hoch empor von der Erd' im blutigen Rachen sie haltend:
So nun empor ihn haltend, die zween geharnischten Ajas,
Raubten sie dort das Geschmeid'; und das Haupt vom zarten Genick ihm
Hieb des Oïleus' Sohn, um Amphimachos heftig erbittert,
Schwang es dann wie die Kugel umhergedreht ins Getümmel;
Und vor Hektors Füße dahin entrollt' es im Staube.
Siehe von Zorn entbrannte der Meerbeherrscher Poseidon,
Als sein Enkel ihm sank in schreckenvoller Entscheidung;
Und er enteilt' an den Zelten hinab und den Schiffen Achaias,
Trieb die Achaier zum Kampf, und bereitete Jammer den Troern.
Ihm begegnete jetzt Idomeneus, kundig der Lanze,
Wiedergekehrt vom Genossen, der jüngst ihm aus dem Gefechte
Kam, an der Beugung des Knies mit scharfem Erze verwundet.
Diesen brachten die Freund', und er befahl ihn den Ärzten,
Eilete dann zum Gezelte; denn noch in das Treffen verlangt' er
Einzugehn. Ihm nahend begann der starke Poseidon,
Gleich an tönender Stimm' Andrämons Sohne dem Thoas,
Der durch Pleuron umher und Kalydons bergige Felder
Allen Ätolern gebot, wie ein Gott im Volke geehret:
Wo ist, Kretas Beherrscher Idomeneus, alle die Drohung
Hingeflohn, die den Troern Achaias Söhne gedrohet?
Aber Idomeneus sprach, der Kreter Fürst, ihm erwidernd:
Thoas, keiner im Volk ist jetzo schuldig, so weit ich
Sehen kann; denn alle verstehn wir den Feind zu bekämpfen:
Keinen fesselt die Furcht, die entseelende; keiner, von Trägheit
Laß, entzieht des Kampfes Gefahren sich: sondern es wird wohl
Also beschlossen sein vom allmächtigen Sohne des Kronos,
Daß hier ruhmlos sterben von Argos fern die Achaier.
Thoas, wohlan! du warst ja vordem ausharrendes Mutes,
Und ermahnst auch andre, wo jemand säumen du sahest;
Drum laß jetzo nicht ab, und ermuntere jeglichen Streiter!
Ihm antwortete drauf der Erderschüttrer Poseidon:
Nimmer kehre der Mann, Idomeneus, nimmer von Troja
Wieder heim, hier werd' er zerfleischenden Hunden ein Labsal,
Welcher an diesem Tage den Kampf freiwillig vermeidet!
Aber wohlan zu den Waffen, und folge mir! Beiden gebührt nun
Tätig zu sein, ob wir Hilfe vielleicht noch schaffen, auch zween nur.
Wirkt doch vereinigte Kraft auch selbst von schwächeren Männern;
Und wir sind ja kundig mit Tapferen selber zu kämpfen.

ὣς εἰπὼν ὁ μὲν αὖτις ἔβη θεὸς ἂμ πόνον ἀνδρῶν·
Ἰδομενεὺς δ' ὅτε δὴ κλισίην εὔτυκτον ἵκανε
δύσετο τεύχεα καλὰ περὶ χροΐ, γέντο δὲ δοῦρε,
βῆ δ' ἴμεν ἀστεροπῆι ἐναλίγκιος, ἥν τε Κρονίων
χειρὶ λαβὼν ἐτίναξεν ἀπ' αἰγλήεντος Ὀλύμπου,
δεικνὺς σῆμα βροτοῖσιν· ἀρίζηλοι δέ οἱ αὐγαί·
ὣς τοῦ χαλκὸς ἔλαμπε περὶ στήθεσσι θέοντος.
Μηριόνης δ' ἄρα οἱ θεράπων ἐῢς ἀντεβόλησεν
ἐγγὺς ἔτι κλισίης· μετὰ γὰρ δόρυ χάλκεον ἤιει
οἰσόμενος· τὸν δὲ προσέφη σθένος Ἰδομενῆος·
„ Μηριόνη, Μόλου υἱέ, πόδας ταχύ, φίλταθ' ἑταίρων,
τίπτ' ἦλθες πόλεμόν τε λιπὼν καὶ δηϊοτῆτα;
ἠέ τι βέβληαι, βέλεος δέ σε τείρει ἀκωκή,
ἦέ τευ ἀγγελίης μετ' ἔμ' ἤλυθες; οὐδέ τοι αὐτὸς
ἧσθαι ἐνὶ κλισίηισι λιλαίομαι, ἀλλὰ μάχεσθαι.“
τὸν δ' αὖ Μηριόνης πεπνυμένος ἀντίον ηὔδα·
„ Ἰδομενεῦ, Κρητῶν βουληφόρε χαλκοχιτώνων,
ἔρχομαι, εἴ τί τοι ἔγχος ἐνὶ κλισίηισι λέλειπται,
οἰσόμενος· τό νυ γὰρ κατεάξαμεν, ὃ πρὶν ἔχεσκον,
ἀσπίδα Δηϊφόβοιο βαλὼν ὑπερηνορέοντος.“
τὸν δ' αὖτ' Ἰδομενεύς, Κρητῶν ἀγός, ἀντίον ηὔδα·
„ δούρατα δ', αἴ κ' ἐθέληισθα, καὶ ἓν καὶ εἴκοσι δήεις
ἑσταότ' ἐν κλισίηι πρὸς ἐνώπια παμφανόωντα,
Τρώϊα, τὰ κταμένων ἀποαίνυμαι· οὐ γὰρ ὀΐω
ἀνδρῶν δυσμενέων ἑκὰς ἱστάμενος πολεμίζειν.
τώ μοι δούρατά τ' ἔστι καὶ ἀσπίδες ὀμφαλόεσσαι,
καὶ κόρυθες καὶ θώρηκες λαμπρὸν γανόωντες.“
τὸν δ' αὖ Μηριόνης πεπνυμένος ἀντίον ηὔδα·
„ καί τοι ἐμοὶ παρά τε κλισίηι καὶ νηΐ μελαίνηι
πόλλ' ἔναρα Τρώων· ἀλλ' οὐ σχεδόν ἐστιν ἑλέσθαι.
οὐδὲ γὰρ οὐδ' ἐμέ φημι λελασμένον ἔμμεναι ἀλκῆς,
ἀλλὰ μετὰ πρώτοισι μάχην ἀνὰ κυδιάνειραν
ἵσταμαι, ὁππότε νεῖκος ὀρώρηται πολέμοιο.
ἄλλόν πού τινα μᾶλλον Ἀχαιῶν χαλκοχιτώνων
λήθω μαρνάμενος, σὲ δὲ ἴδμεναι αὐτὸν ὀΐω.“
τὸν δ' αὖτ' Ἰδομενεύς, Κρητῶν ἀγός, ἀντίον ηὔδα·
„ οἶδ' ἀρετὴν οἷός ἐσσι· τί σε χρὴ ταῦτα λέγεσθαι;
εἰ γὰρ νῦν παρὰ νηυσὶ λεγοίμεθα πάντες ἄριστοι
ἐς λόχον, ἔνθα μάλιστ' ἀρετὴ διαείδεται ἀνδρῶν,
ἔνθ' ὅ τε δειλὸς ἀνὴρ ὅς τ' ἄλκιμος ἐξεφαάνθη·
τοῦ μὲν γάρ τε κακοῦ τρέπεται χρὼς ἄλλυδις ἄλλῃ,

Dieses gesagt, enteilte der Gott in der Männer Getümmel.
Aber der Held, nachdem sein schönes Gezelt er erreichet,
Hüllt in stattliche Waffen den Leib, und faßte zwo Lanzen,
Eilte dann, ähnlich dem Blitze des Donnerers, welchen Kronion
Hoch mit der Hand herschwang vom glanzerhellten Olympos,
Sterblichen Menschen zum Zeichen; er strahlt mit blendendem Glanze:
Also blitzte das Erz um die Brust des eilenden Königs.
Aber Meriones kam, sein edler Genoß, ihm entgegen,
Nah' annoch dem Gezelt; denn die eherne Lanze sich holend
Lief er hinab; ihm ruft' Idomeneus' heilige Stärke:
Molos' rüstiger Sohn Meriones, liebster der Freunde,
Warum kamst du verlassend Gefecht und Waffengetümmel?
Traf dich vielleicht ein Geschoß, und quält dich die Wunde des Erzes?
Oder suchest du mich mit Botschaft? Selber gewiß nicht
Auszuruhn im Gezelte verlanget mich, sondern zu kämpfen!
Und der verständige Held Meriones sagte dagegen:
O Idomeneus, Fürst der erzgepanzerten Kreter,
Sieh ich komm', ob dir etwa ein Speer im Gezelte zurückblieb,
Ihn mir holend zum Kampf, denn, den ich hatte, zerbrach ich,
Treffend Deïphobos Schild, des übergewaltigen Kriegers.
Aber Idomeneus sprach, der Kreter Fürst, ihm erwidernd:
Suchst du Speere, mein Freund, so findest du einen, ja zwanzig,
Dort in meinem Gezelt an schimmernde Wände gelehnet,
Troische, die von Erschlagnen ich beutete. Denn ich bekenne,
Niemals ferne zu stehn im Kampf mit feindlichen Männern.
Darum hab' ich der Speere genug, und genabelter Schilde,
Auch der Helm', und der Panzer, umstrahlt von freudigem Schimmer.
Und der verständige Held Meriones sagte dagegen:
Mir auch fehlt's bei meinem Gezelt und dunkelen Schiffe
Nicht an Raub der Troer; doch fern ist's dessen zu holen.
Denn noch nie, wie ich meine, vergaß ich selber des Mutes;
Sondern vorn in den Reihen der männerehrenden Feldschlacht
Steh' ich, sobald anhebt der blutige Kampf der Entscheidung.
Manchem anderen wohl der erzumschirmten Achaier
Bleib' ich verborgen im Streit; allein du kennst mich vermutlich.
Aber Idomeneus sprach, der Kreter Fürst, ihm erwidernd:
Deine Tapferkeit kenn' ich; was brauchest du dieses zu sagen?
Würden anjetzt bei den Schiffen zum Hinterhalte wir Tapfern
Ausersehn, wo am meisten erkannt wird Tugend der Männer,
Wo der furchtsame Mann, wie der mutige, deutlich hervorscheint:
(Denn dem Zagenden wandelt die Farbe sich, immer verändert;

οὐδέ οἱ ἀτρέμας ἧσθαι ἐρητύετ' ἐν φρεσὶ θυμός,
ἀλλὰ μετοκλάζει καὶ ἐπ' ἀμφοτέρους πόδας ἵζει,
ἐν δέ τέ οἱ κραδίη μεγάλα στέρνοισι πατάσσει
κῆρας ὀϊομένωι, πάταγος δέ τε γίγνετ' ὀδόντων·
τοῦ δ' ἀγαθοῦ οὔτ' ἂρ τρέπεται χρὼς οὔτέ τι λίην
ταρβεῖ, ἐπειδὰν πρῶτον ἐσίζηται λόχον ἀνδρῶν,
ἀρᾶται δὲ τάχιστα μιγήμεναι ἐν δαῒ λυγρῆι·
οὐδέ κεν ἔνθα τεόν γε μένος καὶ χεῖρας ὄνοιτο.
εἴ περ γάρ κε βλεῖο πονεύμενος ἠὲ τυπείης,
οὐκ ἂν ἐν αὐχέν' ὄπισθε πέσοι βέλος οὐδ' ἐνὶ νώτωι.
ἀλλά κεν ἢ στέρνων ἢ νηδύος ἀντιάσειε
πρόσσω ἱεμένοιο μετὰ προμάχων ὀαριστύν.
ἀλλ' ἄγε, μηκέτι ταῦτα λεγώμεθα νηπύτιοι ὣς
ἑσταότες, μή πού τις ὑπερφιάλως νεμεσήσηι·
ἀλλὰ σύ γε κλισίηνδε κιὼν ἕλευ ὄβριμον ἔγχος."
    ὣς φάτο, Μηριόνης δὲ θοῶι ἀτάλαντος Ἄρηϊ
καρπαλίμως κλισίηθεν ἀνείλετο χάλκεον ἔγχος,
βῆ δὲ μετ' Ἰδομενῆα μέγα πτολέμοιο μεμηλώς.
οἷος δὲ βροτολοιγὸς Ἄρης πόλεμον δὲ μέτεισι,
τῶι δὲ Φόβος φίλος υἱὸς ἅμα κρατερὸς καὶ ἀταρβὴς
ἕσπετο, ὅς τ' ἐφόβησε ταλάφρονά περ πολεμιστήν·
τὼ μὲν ἄρ' ἐκ Θρήικης Ἐφύρους μέτα θωρήσσεσθον,
ἠὲ μετὰ Φλεγύας μεγαλήτορας· οὐδ' ἄρα τώ γε
ἔκλυον ἀμφοτέρων, ἑτέροισι δὲ κῦδος ἔδωκαν·
τοῖοι Μηριόνης τε καὶ Ἰδομενεύς, ἀγοὶ ἀνδρῶν,
ἤϊσαν ἐς πόλεμον κεκορυθμένοι αἴθοπι χαλκῶι.
τὸν καὶ Μηριόνης πρότερος πρὸς μῦθον ἔειπε·
„Δευκαλίδη, πῆι τὰρ μέμονας καταδῦναι ὅμιλον;
ἢ ἐπὶ δεξιόφιν παντὸς στρατοῦ, ἦ ἀνὰ μέσσους,
ἦ ἐπ' ἀριστερόφιν; ἐπεὶ οὔ ποθι ἔλπομαι οὕτω
δεύεσθαι πολέμοιο κάρη κομόωντας Ἀχαιούς."
    τὸν δ' αὖτ' Ἰδομενεύς, Κρητῶν ἀγός, ἀντίον ηὔδα·
„νηυσὶ μὲν ἐν μέσσηισιν ἀμύνειν εἰσὶ καὶ ἄλλοι,
Αἴαντές τε δύω Τεῦκρός θ', ὃς ἄριστος Ἀχαιῶν
τοξοσύνηι, ἀγαθὸς δὲ καὶ ἐν σταδίηι ὑσμίνηι·
οἵ μιν ἄδην ἐλόωσι καὶ ἐσσύμενον πολέμοιο,
Ἕκτορα Πριαμίδην, καὶ εἰ μάλα καρτερός ἐστιν.
αἰπύ οἱ ἐσσεῖται μάλα περ μεμαῶτι μάχεσθαι
κείνων νικήσαντι μένος καὶ χεῖρας ἀάπτους
νῆας ἐνιπρῆσαι, ὅτε μὴ αὐτός γε Κρονίων
ἐμβάλοι αἰθόμενον δαλὸν νήεσσι θοῆισιν.

Auch nicht ruhig zu sitzen vergönnt sein wankender Geist ihm,
Sondern er hockt unstet, auf wechselnden Knieen sich stützend;
Und ihm schlägt das Herz voll Ungestüms in dem Busen,
Ahnend des Todes Graun, und dem Schaudernden klappen die Zähne:
Doch nie wandelt dem Tapfern die Farbe sich, nie auch erfüllt ihn
Große Furcht, wann er einmal zum Hinterhalt sich gelagert;
Sondern er wünscht, nur bald den schrecklichen Kampf zu bestehen:)
Keiner möchte sodann dein Herz und die Arme dir tadeln!
Wenn auch fliegendes Erz dich verwundete, oder gezucktes;
Doch nicht träf' in den Nacken Geschoß dir, noch in den Rücken,
Sondern der Brust entweder begegnet' es, oder dem Bauche,
Weil du gerad' anstürmtest im Vordergewühl der Entschloßnen.
Aber laß nicht länger uns hier, gleich albernen Kindern,
Schwatzend stehn, daß keiner in zürnendem Herzen ereifre,
Sondern du geh ins Gezelt, und nimm dir die mächtige Lanze.
Jener sprach's; und Meriones, gleich dem stürmenden Ares,
Holete schnell aus dem Zelte hervor die eherne Lanze,
Folgt' Idomeneus dann, voll heftiger Gier des Gefechtes.
Wie wenn Ares zum Kampf hingeht, der Menschenvertilger,
Und ihm der Schrecken, sein Sohn, an Kraft und an Mut unerschüttert,
Nachfolgt, welcher verscheucht auch den kühnausharrenden Krieger;
Beid' aus Thrakia her zu den Ephyrern gehn sie gewappnet,
Oder zum mutigen Volke der Phlegyer; aber zugleich nicht
Hören sie beider Gebet, ein Volk nur krönet der Siegsruhm:
So Meriones dort und Idomeneus, Fürsten des Heeres,
Gingen sie beid' in die Schlacht, mit strahlendem Erze gewappnet.
Aber zum Könige sprach Meriones, also beginnend:
Deukalione, wo denkst du hineinzugehn ins Getümmel?
Dort zur rechten Seite der Heerschar, dort in die Mitte,
Oder auch dort zur Linken? Denn nirgends scheinen mir etwa
Dürftig des Kampfes zu sein die hauptumlockten Achaier.
Aber Idomeneus sprach, der Kreter Fürst, ihm erwidernd:
Mitten sind schon andre Verteidiger unseren Schiffen,
Ajas beid', und Teukros, der fertigste Bogenschütze
Unter dem Volk, auch tapfer im stehenden Kampf der Entscheidung:
Welche genug ihn hemmen, wie kühn zum Gefecht er dahertobt,
Hektor, Priamos' Sohn, und ob er der Tapferste wäre!
Schwer wird's wahrlich ihm sein, dem rasenden Stürmer der Feldschlacht,
Jener Heldenmut und unnahbare Hände besiegend,
Anzuzünden die Schiffe; wofern nicht selber Kronion
Einen lodernden Brand in die rüstigen Schiffe hineinwirft.

ἀνδρὶ δέ κ᾽ οὐκ εἴξειε μέγας Τελαμώνιος Αἴας,
ὃς θνητός τ᾽ εἴη καὶ ἔδοι Δημήτερος ἀκτήν,
χαλκῶι τε ῥηκτὸς μεγάλοισί τε χερμαδίοισιν.
οὐδ᾽ ἂν Ἀχιλλῆϊ ῥηξήνορι χωρήσειεν
ἔν γ᾽ αὐτοσταδίηι· ποσὶ δ᾽ οὔ πως ἔστιν ἐρίζειν.
νῶϊν δ᾽ ὧδ᾽ ἐπ᾽ ἀριστέρ᾽ ἔχε στρατοῦ, ὄφρα τάχιστα
εἴδομεν ἠέ τωι εὖχος ὀρέξομεν, ἦέ τις ἡμῖν.“
ὣς φάτο, Μηριόνης δὲ θοῶι ἀτάλαντος Ἄρηϊ
ἦρχ᾽ ἴμεν, ὄφρ᾽ ἀφίκοντο κατὰ στρατὸν, ἧι μιν ἀνώγει,
οἱ δ᾽ ὡς Ἰδομενῆα ἴδον φλογὶ εἴκελον ἀλκήν,
αὐτὸν καὶ θεράποντα, σὺν ἔντεσι δαιδαλέοισι,
κεκλόμενοι καθ᾽ ὅμιλον ἐπ᾽ αὐτῶι πάντες ἔβησαν·
τῶν δ᾽ ὁμὸν ἵστατο νεῖκος ἐπὶ πρυμνῆισι νέεσσιν.
ὡς δ᾽ ὅθ᾽ ὑπὸ λιγέων ἀνέμων σπέρχωσιν ἄελλαι
ἤματι τῶι ὅτε τε πλείστη κόνις ἀμφὶ κελεύθους,
οἵ τ᾽ ἄμυδις κονίης μεγάλην ἱστᾶσιν ὀμίχλην,
ὣς ἄρα τῶν ὁμόσ᾽ ἦλθε μάχη, μέμασαν δ᾽ ἐνὶ θυμῶι
ἀλλήλους καθ᾽ ὅμιλον ἐναιρέμεν ὀξέϊ χαλκῶι.
ἔφριξεν δὲ μάχη φθισίμβροτος ἐγχείηισι
μακρῆις, ἃς εἶχον ταμεσίχροας· ὄσσε δ᾽ ἄμερδεν
αὐγὴ χαλκείη κορύθων ἄπο λαμπομενάων
θωρήκων τε νεοσμήκτων σακέων τε φαεινῶν
ἐρχομένων ἄμυδις· μάλα κεν θρασυκάρδιος εἴη
ὃς τότε γηθήσειεν ἰδὼν πόνον οὐδ᾽ ἀκάχοιτο.
τὼ δ᾽ ἀμφὶς φρονέοντε δύω Κρόνου υἷε κραταιὼ
ἀνδράσιν ἡρώεσσιν ἐτεύχετον ἄλγεα λυγρά.
Ζεὺς μέν ῥα Τρώεσσι καὶ Ἕκτορι βούλετο νίκην,
κυδαίνων Ἀχιλῆα πόδας ταχύν· οὐδέ τι πάμπαν
ἤθελε λαὸν ὀλέσθαι Ἀχαιϊκὸν Ἰλιόθι πρό,
ἀλλὰ Θέτιν κύδαινε καὶ υἱέα καρτερόθυμον.
Ἀργείους δὲ Ποσειδάων ὀρόθυνε μετελθών,
λάθρηι ὑπεξαναδὺς πολιῆς ἁλός· ἤχθετο γάρ ῥα
Τρωσὶν δαμναμένους, Διὶ δὲ κρατερῶς ἐνεμέσσα.
ἦ μὰν ἀμφοτέροισιν ὁμὸν γένος ἠδ᾽ ἴα πάτρη,
ἀλλὰ Ζεὺς πρότερος γεγόνει καὶ πλείονα ἤιδη.
τώ ῥα καὶ ἀμφαδίην μὲν ἀλεξέμεναι ἀλέεινε,
λάθρηι δ᾽ αἰὲν ἔγειρε κατὰ στρατόν, ἀνδρὶ ἐοικώς.
τοὶ δ᾽ ἔριδος κρατερῆς καὶ ὁμοιΐου πτολέμοιο
πεῖραρ ἐπαλλάξαντες ἐπ᾽ ἀμφοτέροισι τάνυσσαν,
ἄρρηκτόν τ᾽ ἄλυτόν τε, τὸ πολλῶν γούνατ᾽ ἔλυσεν.
ἔνθα μεσαιπόλιός περ ἐὼν Δαναοῖσι κελεύσας

Aber ein Mann scheucht nimmer den Telamonier Ajas,
Keiner, der sterblich ist, und Frucht der Demeter genießet,
Auch durchdringlich dem Erz, und gewaltigen Steinen des Feldes.
Selbst vor Achilleus nicht, dem Zerschmetterer, möcht' er weichen,
Im stillstehenden Kampf; denn im Lauf wetteifert ihm niemand.
Dort denn eil' uns zur Linken der Heerschar, daß wir in Eile
Sehn, ob wir anderer Ruhm verherrlichen, oder den unsern!
　Jener sprach's; und Meriones, gleich dem stürmenden Ares,
Eilte voran, bis sie kamen zur Heerschar, wo er ihn hintrieb.
　Doch wie die Feind' Idomeneus sahn, dem Feuer an Kraft gleich,
Ihn und seinen Genossen in prangendem Waffengeschmeide;
Riefen sie laut einander, und wandelten gegen ihn alle.
Eins nun ward das Getümmel der Schlacht um die ragenden Steuer.
Wie mit dem Wehn lautbrausender Wind' Unwetter daherziehn,
Jenes Tags, wann häufig der Staub die Wege bedecket;
Und sich alsbald aufwölkt' ein finsterer Nebel des Staubes:
So nun stürmte zusammen die Schlacht; denn sie sehnten sich herzlich,
Durch das Gewühl einander mit spitzigem Erze zu morden.
Weithin starrte die würgende Schlacht von erhobenen Lanzen,
Lang emporgestreckten, zerfleischenden; blendend dem Auge
Schien der eherne Glanz von sonnenspiegelnden Helmen,
Neugeglättetem Panzergeschmeid', und leuchtenden Schilden,
Als sie sich nahten zum Kampf. Der müßt' ein entschlossener Mann sein,
Welcher sich freute zu schaun den Tumult dort, und nicht verzagte!
　Jene, gesondertes Sinns, die mächtigen Söhne des Kronos,
Sannen dem Heldengeschlecht unnennbares Weh zu bereiten.
Zeus beschied den Troern den Sieg und dem göttlichen Hektor,
Peleus rüstigen Sohn zu verherrlichen; aber nicht gänzlich
Wollt' er Achaias Söhne vor Ilios lassen verderben,
Ruhm nur schafft' er der Thetis und ihrem erhabenen Sohne.
Doch die Argeier durchging und ermunterte Poseidaon,
Heimlich enttaucht dem graulichen Meer; denn er sahe mit Gram sie
Fallen vor Trojas Macht, und ergrimmte vor Zorn dem Kronion
Beide zwar entsprossen aus gleichem Stamm und Geschlechte;
Aber Zeus war eher gezeugt, und höherer Weisheit.
Drum auch scheute sich jener sie offenbar zu beschirmen;
Heimlich stets ermahnt' er die Ordnungen, menschlich gebildet.
Siehe, des schrecklichen Streits und allverheerenden Krieges
Fallstrick zogen sie beid', und warfen es über die Völker,
Unzerbrechlich, unlösbar, das viel' in Verderben hinabriß.
　Jetzo, wiewohl halbgrauendes Haupts, die Achaier ermunternd,

Ἰδομενεὺς Τρώεσσι μετάλμενος ἐν φόβον ὦρσε.
πέφνε γὰρ Ὀθρυονῆα Καβησόθεν ἔνδον ἐόντα,
ὅς ῥα νέον πολέμοιο μετὰ κλέος εἰληλούθει,
ᾔτεε δὲ Πριάμοιο θυγατρῶν εἶδος ἀρίστην,
Κασσάνδρην, ἀνάεδνον, ὑπέσχετο δὲ μέγα ἔργον,
ἐκ Τροίης ἀέκοντας ἀπωσέμεν υἷας Ἀχαιῶν.
τῶι δ' ὁ γέρων Πρίαμος ὑπό τ' ἔσχετο καὶ κατένευσε
δωσέμεναι· ὁ δὲ μάρναθ' ὑποσχεσίηισι πιθήσας.
Ἰδομενεὺς δ' αὐτοῖο τιτύσκετο δουρὶ φαεινῶι,
καὶ βάλεν ὕψι βιβάντα τυχών· οὐδ' ἤρκεσε θώρηξ
χάλκεος, ὃν φορέεσκε, μέσηι δ' ἐν γαστέρι πῆξε.
δούπησεν δὲ πεσών· ὁ δ' ἐπεύξατο φώνησέν τε·
„Ὀθρυονεῦ, περὶ δή σε βροτῶν αἰνίζομ' ἁπάντων,
εἰ ἐτεὸν δὴ πάντα τελευτήσεις ὅσ' ὑπέστης
Δαρδανίδηι Πριάμωι· ὁ δ' ὑπέσχετο θυγατέρα ἥν.
καί κέ τοι ἡμεῖς ταῦτά γ' ὑποσχόμενοι τελέσαιμεν,
δοῖμεν δ' Ἀτρεΐδαο θυγατρῶν εἶδος ἀρίστην,
Ἄργεος ἐξαγαγόντες, ὀπυιέμεν, εἴ κε σὺν ἄμμιν
Ἰλίου ἐκπέρσηις εὖ ναιόμενον πτολίεθρον.
ἀλλ' ἕπε', ὄφρ' ἐπὶ νηυσὶ συνώμεθα ποντοπόροισιν
ἀμφὶ γάμωι, ἐπεὶ οὔ τοι ἐεδνωταὶ κακοί εἰμεν.“
    ὣς εἰπὼν ποδὸς ἕλκε κατὰ κρατερὴν ὑσμίνην
ἥρως Ἰδομενεύς· τῶι δ' Ἄσιος ἦλθ' ἐπαμύντωρ
πεζὸς πρόσθ' ἵππων· τὼ δὲ πνείοντε κατ' ὤμων
αἰὲν ἔχ' ἡνίοχος θεράπων· ὁ δὲ ἵετο θυμῶι
Ἰδομενῆα βαλεῖν· ὁ δέ μιν φθάμενος βάλε δουρὶ
λαιμὸν ὑπ' ἀνθερεῶνα, διὰ πρὸ δὲ χαλκὸν ἔλασσεν.
ἤριπε δ' ὡς ὅτε τις δρῦς ἤριπεν ἢ ἀχερωΐς,
ἠὲ πίτυς βλωθρή, τήν τ' οὔρεσι τέκτονες ἄνδρες
ἐξέταμον πελέκεσσι νεήκεσι νήϊον εἶναι·
ὣς ὁ πρόσθ' ἵππων καὶ δίφρου κεῖτο τανυσθείς,
βεβρυχώς, κόνιος δεδραγμένος αἱματοέσσης.
ἐκ δέ οἱ ἡνίοχος πλήγη φρένας, ἃς πάρος εἶχεν,
οὐδ' ὅ γ' ἐτόλμησεν, δηΐων ὑπὸ χεῖρας ἀλύξας,
ἂψ ἵππους στρέψαι, τὸν δ' Ἀντίλοχος μενεχάρμης
δουρὶ μέσον περόνησε τυχών· οὐδ' ἤρκεσε θώρηξ
χάλκεος, ὃν φορέεσκε, μέσηι δ' ἐν γαστέρι πῆξεν.
αὐτὰρ ὁ ἀσθμαίνων εὐεργέος ἔκπεσε δίφρου,
ἵππους δ' Ἀντίλοχος, μεγαθύμου Νέστορος υἱός,
ἐξέλασε Τρώων μετ' ἐϋκνήμιδας Ἀχαιούς.
    Δηΐφοβος δὲ μάλα σχεδὸν ἤλυθεν Ἰδομενῆος,

Stürmt' Idomeneus ein, und trieb die erschrockenen Troer.
Denn er erschlug den edlen Othryoneus, der von Kabesos
Neulich dahergekommen zum großen Rufe des Krieges.
Dieser warb um Kassandra, die schönste von Priamos' Töchtern,
Ohne Geschenk, und verhieß ein großes Werk zu vollenden,
Weg aus Troja zu drängen die trotzenden Männer Achaias.
Priamos aber, der Greis, gelobete winkend die Tochter
Ihm zur Eh': und er kämpfte, des Königes Worte vertrauend.
Doch Idomeneus zielte mit blinkender Lanz' ihm entgegen,
Schoß, wie er hoch herwandelt', und traf, nichts half ihm der Panzer,
Schwer von Erz, den er trug; sie drang in die Mitte des Bauches;
Dumpf hinkracht' er im Fall; da rief frohlockend der Sieger:
Traun dich preis' ich, Othryoneus, hoch vor den Sterblichen allen,
Wenn du gewiß das alles hinausführst, was du verheißen
Priamos, Dardanos' Sohne, der dir die Tochter gelobet.
Wir auch hätten dir gern ein gleiches gelobt und vollendet:
Siehe, die schönste Tochter des Atreionen gewännst du,
Her aus Argos geführt, zum Weibe dir; wenn du uns hilfest,
Ilios auszutilgen, die Stadt voll prangender Häuser.
Folge mir, dort bei den Schiffen der Danaer reden wir weiter
Über die Eh'; wir sind nicht karg ausstattende Schwäher.
Also sprach der Held Idomeneus, zog dann am Fuß ihn
Durch das Getümmel der Schlacht. Doch Asios kam ihm ein Rächer,
Vor dem Gespann herwandelnd, das nah' ihm stets an den Schultern
Schnob, vom Wagengenossen gelenkt; und er sehnte sich herzlich,
Wie er Idomeneus träfe: doch schnell warf jener den Speer ihm
Unter dem Kinn in die Gurgel, daß hinten das Erz ihm hervordrang;
Und er entsank, wie die Eiche dahinsinkt, oder die Pappel,
Oder die stattliche Tanne, die hoch auf Bergen die Künstler
Ab mit geschliffenen Äxten gehaun, zum Balken des Schiffes:
Also lag er gestreckt vor dem rossebespannten Wagen,
Knirschend vor Angst, mit den Händen des blutigen Staubes ergreifend.
Aber dem starrenden Lenker entsank jedwede Besinnung;
Nicht einmal vermocht' er, die feindlichen Hände vermeidend,
Umzudrehn das Gespann: doch Antilochos, freudig zur Feldschlacht,
Traf ihn scharf mit durchbohrendem Speer; nichts half ihm der Panzer,
Schwer von Erz, den er trug; er drang in die Mitte des Bauches;
Und er entsank aufröchelnd dem schöngebildeten Sessel.
Aber der Nestorid' Antilochos lenkte die Rosse
Schnell aus der Troer Gewühl zu den hellumschienten Achaiern.
Siehe, Deïphobos kam dem Idomeneus nahe gewandelt,

Ἀσίου ἀχνύμενος, καὶ ἀκόντισε δουρὶ φαεινῶι.
ἀλλ' ὁ μὲν ἄντα ἰδὼν ἠλεύατο χάλκεον ἔγχος
Ἰδομενεύς· κρύφθη γὰρ ὑπ' ἀσπίδι πάντοσ' ἐΐσηι,
τὴν ἄρ' ὅ γε ῥινοῖσι βοῶν καὶ νώροπι χαλκῶι
δινωτὴν φορέεσκε, δύω κανόνεσσ' ἀραρυῖαν·
τῆι ὕπο πᾶς ἐάλη, τὸ δ' ὑπέρπτατο χάλκεον ἔγχος,
καρφαλέον δέ οἱ ἀσπὶς ἐπιθρέξαντος ἄϋσεν
ἔγχεος· οὐδ' ἅλιόν ῥα βαρείης χειρὸς ἀφῆκεν,
ἀλλ' ἔβαλ' Ἱππασίδην Ὑψήνορα, ποιμένα λαῶν,
ἧπαρ ὑπὸ πραπίδων, εἶθαρ δ' ὑπὸ γούνατ' ἔλυσε.
Δηΐφοβος δ' ἔκπαγλον ἐπεύξατο, μακρὸν ἀΰσας·
„οὐ μὰν αὖτ' ἄτιτος κεῖτ' Ἄσιος, ἀλλά ἕ φημι
εἰς Ἄϊδός περ ἰόντα πυλάρταο κρατεροῖο
γηθήσειν κατὰ θυμόν, ἐπεί ῥά οἱ ὤπασα πομπόν."
ὣς ἔφατ', Ἀργείοισι δ' ἄχος γένετ' εὐξαμένοιο,
Ἀντιλόχωι δὲ μάλιστα δαΐφρονι θυμὸν ὄρινεν·
ἀλλ' οὐδ' ἀχνύμενός περ ἑοῦ ἀμέλησεν ἑταίρου,
ἀλλὰ θέων περίβη καί οἱ σάκος ἀμφεκάλυψε.
τὸν μὲν ἔπειθ' ὑποδύντε δύω ἐρίηρες ἑταῖροι,
Μηκιστεύς, Ἐχίοιο πάϊς, καὶ δῖος Ἀλάστωρ,
νῆας ἔπι γλαφυρὰς φερέτην βαρέα στενάχοντα.
Ἰδομενεὺς δ' οὐ λῆγε μένος μέγα, ἵετο δ' αἰεὶ
ἠέ τινα Τρώων ἐρεβεννῆι νυκτὶ καλύψαι,
ἢ αὐτὸς δουπῆσαι ἀμύνων λοιγὸν Ἀχαιοῖς.
ἔνθ' Αἰσυήταο διοτρεφέος φίλον υἱόν,
ἥρω' Ἀλκάθοον, γαμβρὸς δ' ἦν Ἀγχίσαο,
πρεσβυτάτην δ' ὤπυιε θυγατρῶν, Ἱπποδάμειαν,
τὴν περὶ κῆρι φίλησε πατὴρ καὶ πότνια μήτηρ
ἐν μεγάρωι· πᾶσαν γὰρ ὁμηλικίην ἐκέκαστο
κάλλεϊ καὶ ἔργοισιν ἰδὲ φρεσί· τοὔνεκα καί μιν
γῆμεν ἀνὴρ ὤριστος ἐνὶ Τροίηι εὐρείηι·
τὸν τόθ' ὑπ' Ἰδομενῆϊ Ποσειδάων ἐδάμασσε
θέλξας ὄσσε φαεινά, πέδησε δὲ φαίδιμα γυῖα·
οὔτε γὰρ ἐξοπίσω φυγέειν δύνατ' οὔτ' ἀλέασθαι,
ἀλλ' ὥς τε στήλην ἢ δένδρεον ὑψιπέτηλον
ἀτρέμας ἑσταότα στῆθος μέσον οὔτασε δουρὶ
ἥρως Ἰδομενεύς, ῥῆξεν δέ οἱ ἀμφὶ χιτῶνα
χάλκεον, ὅς οἱ πρόσθεν ἀπὸ χροὸς ἤρκει ὄλεθρον·
δὴ τότε γ' αὖον ἄϋσεν ἐρεικόμενος περὶ δουρί.
δούπησεν δὲ πεσών, δόρυ δ' ἐν κραδίηι ἐπεπήγει,
ἥ ῥά οἱ ἀσπαίρουσα καὶ οὐρίαχον πελέμιζεν

Traurend um Asios Fall, und warf die blinkende Lanze.
Zwar er selbst vorschauend vermied den ehernen Wurfspieß,
Kretas Fürst, und barg sich mit gleichgeründetem Schilde,
Welchen er trug, aus Häuten der Stier' und blendendem Erze
Starkgewölbt, inwendig mit zwo Querstangen befestigt:
Unter ihn schmiegt' er sich ganz, daß der Wurfspieß über ihn hinflog,
Und mit heiserm Getöne der Schild von der streifenden Lanze
Scholl; doch nicht vergebens entflog sie der nervichten Rechte,
Sondern Hippasos' Sohne, dem Völkerhirten Hypsenor,
Fuhr in die Leber das Erz, und löst' ihm die strebenden Kniee.
Aber Deïphobos rief mit hoch frohlockender Stimme:
Nicht fürwahr ungerächt liegt Asios; sondern ich meine,
Wandelnd zu Aïs Burg mit starkverriegelten Toren,
Wird er sich freun im Geist; denn ich gab ihm einen Begleiter.
Jener sprach's; und es schmerzte der jauchzende Ruf die Achaier;
Aber Antilochos schwoll sein mutiges Herz vor Betrübnis.
Doch nicht, wie er auch traurte, vergaß er seines Genossen,
Sondern umging ihn in Eile, mit großem Schild ihn bedeckend.
Schnell dann bückten sich her zween auserwählte Genossen,
Echios' Sohn Mekistheus zugleich, und der edle Alastor,
Die zu den räumigen Schiffen den schwer Aufstöhnenden trugen.
Rastlos tobte voll Mutes Idomeneus; immer noch strebt' er,
Ob er einen der Troer mit Nacht des Todes umhüllte,
Ob er auch selbst hinkrachte, das Weh der Achaier entfernend.
Siehe, den mutigen Held Alkathoos, welchen der Herrscher
Äsyetes erzeugt: ein Eidam war er Anchises,
Seiner ältesten Tochter vermählt, der Hippodameia,
Die von Herzen der Vater daheim und die zärtliche Mutter
Liebeten; weil sie vor allen zugleich aufblühenden Jungfraun
Glänzt' an Schönheit und Kunst und Tugenden; darum erkor sie
Auch der edelste Mann im weiten Lande der Troer:
Diesen bezwang durch Idomeneus jetzt der Herrscher Poseidon,
Täuschend den hellen Blick, und die stattlichen Glieder ihm hemmend.
Denn nicht rückwärts konnt' er hinwegfliehn, oder auch seitwärts;
Sondern gleich der Säul', und dem hochgewipfelten Baume,
Stand er ganz unbewegt; da stieß ihm Idomeneus kraftvoll
Seinen Speer in die Brust, und zerschmetterte rings ihm den Panzer,
Welcher von Erz geflochten ihn sonst vor dem Tode geschirmet;
Doch rauh tönt' er nunmehr; um die mächtige Lanze zerberstend.
Dumpf hinkracht' er im Fall', und es steckte die Lanz' in dem Herzen,
Daß von dem pochenden Schlage zugleich der Schaft an dem Speere

ἔγχεος· ἔνθα δ᾽ ἔπειτ᾽ ἀφίει μένος ὄβριμος Ἄρης·
Ἰδομενεὺς δ᾽ ἔκπαγλον ἐπεύξατο, μακρὸν ἀΰσας
„ Δηΐφοβ᾽, ἦ ἄρα δή τι ἐΐσκομεν ἄξιον εἶναι
τρεῖς ἑνὸς ἀντὶ πεφάσθαι; ἐπεὶ σύ περ εὔχεαι οὕτω·
δαιμόνι᾽, ἀλλὰ καὶ αὐτὸς ἐναντίον ἵστασ᾽ ἐμεῖο,
ὄφρα ἴδηι οἷος Ζηνὸς γόνος ἐνθάδ᾽ ἱκάνω,
ὃς πρῶτον Μίνωα τέκε Κρήτηι ἐπίουρον·
Μίνως δ᾽ αὖ τέκεθ᾽ υἱὸν ἀμύμονα Δευκαλίωνα,
Δευκαλίων δ᾽ ἐμὲ τίκτε πολέσσ᾽ ἄνδρεσσιν ἄνακτα
Κρήτηι ἐν εὐρείηι· νῦν δ᾽ ἐνθάδε νῆες ἔνεικαν
σοί τε κακὸν καὶ πατρὶ καὶ ἄλλοισι Τρώεσσιν.“
ὣς φάτο, Δηΐφοβος δὲ διάνδιχα μερμήριξεν,
ἤ τινά που Τρώων ἑταρίσσαιτο μεγαθύμων
ἂψ ἀναχωρήσας, ἦ πειρήσαιτο καὶ οἶος.
ὧδε δέ οἱ φρονέοντι δοάσσατο κέρδιον εἶναι,
βῆναι ἐπ᾽ Αἰνείαν· τὸν δ᾽ ὕστατον εὗρεν ὁμίλου
ἑσταότ᾽· αἰεὶ γὰρ Πριάμωι ἐπεμήνιε δίωι,
οὕνεκ᾽ ἄρ᾽ ἐσθλὸν ἐόντα μετ᾽ ἀνδράσιν οὔ τι τίεσκεν.
ἀγχοῦ δ᾽ ἱστάμενος ἔπεα πτερόεντα προσηύδα·
„ Αἰνεία, Τρώων βουληφόρε, νῦν σε μάλα χρὴ
γαμβρῶι ἀμυνέμεναι, εἴ πέρ τί σε κῆδος ἱκάνει.
ἀλλ᾽ ἕπευ, Ἀλκαθόωι ἐπαμύνομεν, ὅς σε πάρος γε
γαμβρὸς ἐὼν ἔθρεψε δόμοις ἔνι τυτθὸν ἐόντα·
τὸν δέ τοι Ἰδομενεὺς δουρικλυτὸς ἐξενάριξεν.“
ὣς φάτο, τῶι δ᾽ ἄρα θυμὸν ἐνὶ στήθεσσιν ὄρινε,
βῆ δὲ μετ᾽ Ἰδομενῆα μέγα πτολέμοιο μεμηλώς.
ἀλλ᾽ οὐκ Ἰδομενῆα φόβος λάβε τηλύγετον ὥς,
ἀλλ᾽ ἔμεν᾽, ὡς ὅτε τις σῦς οὔρεσιν ἀλκὶ πεποιθώς,
ὅς τε μένει κολοσυρτὸν ἐπερχόμενον πολὺν ἀνδρῶν
χώρωι ἐν οἰοπόλωι, φρίσσει δέ τε νῶτον ὕπερθεν·
ὀφθαλμὼ δ᾽ ἄρα οἱ πυρὶ λάμπετον· αὐτὰρ ὀδόντας
θήγει, ἀλέξασθαι μεμαὼς κύνας ἠδὲ καὶ ἄνδρας·
ὣς μένεν Ἰδομενεὺς δουρικλυτός, οὐδ᾽ ὑπεχώρει,
Αἰνείαν ἐπιόντα βοηθόον· αὖε δ᾽ ἑταίρους,
Ἀσκάλαφόν τ᾽ ἐσορῶν Ἀφαρῆά τε Δηΐπυρόν τε
Μηριόνην τε καὶ Ἀντίλοχον, μήστωρας ἀϋτῆς·
τοὺς ὅ γ᾽ ἐποτρύνων ἔπεα πτερόεντα προσηύδα·
„ δεῦτε, φίλοι, καί μ᾽ οἴωι ἀμύνετε· δείδια δ᾽ αἰνῶς
Αἰνείαν ἐπιόντα πόδας ταχύν, ὅς μοι ἔπεισιν,
ὃς μάλα καρτερός ἐστι μάχηι ἔνι φῶτας ἐναίρειν·
καὶ δ᾽ ἔχει ἥβης ἄνθος, ὅ τε κράτος ἐστὶ μέγιστον.

Zitterte; doch bald ruhte die Kraft des mordenden Erzes.
Aber Idomeneus rief mit hoch frohlockender Stimme:
 Scheint sie dir billig zu sein, Deïphobos, unsere Rechnung,
Drei für einen erlegt? Denn umsonst nur hast du geprahlet,
Törichter! Aber wohlan, und stelle dich selber mir entgegen,
Daß du erkennst, welch einer von Zeus' Geschlecht ich hieherkam!
Dieser zeugete Minos zuerst, den Hüter von Kreta;
Minos darauf erzeugte Deukalions heilige Stärke;
Aber Deukalion mich, der unzähligen Menschen gebietet
Weit in Kretas Gefild'; allein jetzt segelt' ich hieher,
Dir und dem Vater zum Weh' und anderen Söhnen von Troja!
 Jener sprach's; da erwog Deïphobos wankendes Sinnes:
Ob er sich einen gesellte der edelmütigen Troer,
Rückwärts wieder gewandt; ob allein er wagte den Zweikampf.
Dieser Gedank' erschien dem Zweifelnden endlich der beste,
Hinzugehn zu Äneias. Er fand ihn hinter der Heerschar
Stehend; denn immerdar dem göttlichen Priamos zürnt' er,
Weil er ihn nicht ehrte, den tapferen Streiter des Volkes.
Nahe nun trat er hinan, und sprach die geflügelten Worte:
 Edler Fürst der Troer, Äneias, traun dir geziemt nun
Deinen Schwager zu rächen, wofern dich rührt die Verwandtschaft.
Komm denn, und räche mit mir Alkathoos, welcher vordem ja,
Deiner Schwester Gemahl, als Kind dich erzog im Palaste;
Ihn hat Idomeneus nun der Speerberühmte getötet.
 Jener sprach's; ihm aber das Herz im Busen erregt' er.
Schnell zu Idomeneus eilt' er daher, in Begierde des Kampfes.
Doch nicht zagte vor Furcht Idomeneus, gleich wie ein Knäblein;
Sondern er stand, wie ein Eber des Bergs, der Stärke vertrauend,
Welcher fest das Gehetz anwandelnder Männer erwartet,
In unwirtbarer Haid', und den borstigen Rücken emporsträubt;
Sieh, es funkeln von Feuer die Augen ihm; aber die Hauer
Wetzet er, abzuwehren gefaßt, wie die Hund' auch die Jäger:
Also bestand der Streiter Idomeneus kühn den Äneias,
Der mit Geschrei anstürmte; doch ruft' er seinen Genossen,
Aphareus, samt Askalaphos dort, und Deïpyros schauend,
Auch Meriones dort, und Antilochos, kundig des Feldrufs;
Diese reizt' er zum Kampf, und sprach die geflügelten Worte:
 Kommt, o Freund', und beschützt mich Einzelnen! Schrecken ergreift mich
Vor des raschen Äneias' Herannahn, der mich bestürmet;
Der ein Gewaltiger ist in der Feldschlacht Männer zu töten;
Auch noch blüht ihm Jugend in üppiger Stärke des Lebens.

εἰ γὰρ ὁμηλικίη γε γενοίμεθα τῶιδ' ἐπὶ θυμῶι,
αἶψά κεν ἠὲ φέροιτο μέγα κράτος, ἠὲ φεροίμην."
ὣς ἔφαθ', οἱ δ' ἄρα πάντες ἕνα φρεσὶ θυμὸν ἔχοντες
πλησίοι ἔστησαν, σάκε' ὤμοισι κλίναντες.
Αἰνείας δ' ἑτέρωθεν ἐκέκλετο οἷς ἑτάροισι,
Δηΐφοβόν τε Πάριν τ' ἐσορῶν καὶ Ἀγήνορα δῖον,
οἵ οἱ ἅμ' ἡγεμόνες Τρώων ἔσαν· αὐτὰρ ἔπειτα
λαοὶ ἕπονθ', ὡς εἴ τε μετὰ κτίλον ἕσπετο μῆλα
πιόμεν' ἐκ βοτάνης· γάνυται δ' ἄρα τε φρένα ποιμήν·
ὣς Αἰνείαι θυμὸς ἐνὶ στήθεσσι γεγήθει,
ὡς ἴδε λαῶν ἔθνος ἐπισπόμενον ἑοῖ αὐτῶι.
οἱ δ' ἀμφ' Ἀλκαθόωι αὐτοσχεδὸν ὡρμήθησαν
μακροῖσι ξυστοῖσι· περὶ στήθεσσι δὲ χαλκὸς
σμερδαλέον κονάβιζε τιτυσκομένων καθ' ὅμιλον
ἀλλήλων· δύο δ' ἄνδρες ἀρήϊοι ἔξοχον ἄλλων,
Αἰνείας τε καὶ Ἰδομενεύς, ἀτάλαντοι Ἄρηϊ,
ἵεντ' ἀλλήλων ταμέειν χρόα νηλέϊ χαλκῶι.
Αἰνείας δὲ πρῶτος ἀκόντισεν Ἰδομενῆος·
ἀλλ' ὁ μὲν ἄντα ἰδὼν ἠλεύατο χάλκεον ἔγχος,
αἰχμὴ δ' Αἰνείαο κραδαινομένη κατὰ γαίης
ᾤχετ', ἐπεί ῥ' ἅλιον στιβαρῆς ἀπὸ χειρὸς ὄρουσεν.
Ἰδομενεὺς δ' ἄρα Οἰνόμαον βάλε γαστέρα μέσσην,
ῥῆξε δὲ θώρηκος γύαλον, διὰ δ' ἔντερα χαλκὸς
ἤφυσ'· ὁ δ' ἐν κονίηισι πεσὼν ἕλε γαῖαν ἀγοστῶι.
Ἰδομενεὺς δ' ἐκ μὲν νέκυος δολιχόσκιον ἔγχος
ἐσπάσατ', οὐδ' ἄρ' ἔτ' ἄλλα δυνήσατο τεύχεα καλὰ
ὤμοιιν ἀφελέσθαι· ἐπείγετο γὰρ βελέεσσιν.
οὐ γὰρ ἔτ' ἔμπεδα γυῖα ποδῶν ἦν ὁρμηθέντι,
οὔτ' ἄρ' ἐπαΐξαι μεθ' ἑὸν· βέλος οὔτ' ἀλέασθαι.
τώ ῥα καὶ ἐν σταδίηι μὲν ἀμύνετο νηλεὲς ἦμαρ,
τρέσσαι δ' οὐκ ἔτι ῥίμφα πόδες φέρον ἐκ πολέμοιο.
τοῦ δὲ βάδην ἀπιόντος ἀκόντισε δουρὶ φαεινῶι
Δηΐφοβος· δὴ γάρ οἱ ἔχεν κότον ἐμμενὲς αἰεί.
ἀλλ' ὅ γε καὶ τόθ' ἅμαρτεν, ὁ δ' Ἀσκάλαφον βάλε δουρί,
υἱὸν Ἐνυαλίοιο· δι' ὤμου δ' ὄβριμον ἔγχος
ἔσχεν· ὁ δ' ἐν κονίηισι πεσὼν ἕλε γαῖαν ἀγοστῶι.
οὐδ' ἄρα πώ τι πέπυστο βριήπυος ὄβριμος Ἄρης
υἷος ἑοῖο πεσόντος ἐνὶ κρατερῆι ὑσμίνηι,
ἀλλ' ὅ γ' ἄρ' ἄκρωι Ὀλύμπωι ὑπὸ χρυσέοισι νέφεσσιν
ἧστο, Διὸς βουλῆισιν ἐελμένος, ἔνθά περ ἄλλοι
ἀθάνατοι θεοὶ ἦσαν ἐεργόμενοι πολέμοιο.

Wären wir doch an Alter so gleich uns, wie an Gesinnung;
Bald würd' ihn Siegsehre verherrlichen, oder mich selber!
Jener sprach's; und sie all', einmütiges Sinnes versammelt,
Stellten sich nah umher, die Schilde gelehnt an die Schultern.
Auch Äneias indes ermahnete seine Genossen,
Paris, samt Deïphobos dort, und den edlen Agenor,
Welche die Troer mit ihm anführeten; aber die Völker
Folgeten nach: so folgen die blökenden Schafe dem Widder
Von der Weide zur Tränk'; es freuet sich herzlich der Schäfer:
Also war dem Äneias das Herz im Busen voll Freude,
Als er der Völker Schar nachwandeln sahe sich selber.
Jetzt um Alkathoos her begegneten jene sich stürmend
Mit langschaftigen Speeren; und rings um die Busen der Männer
Rasselte schrecklich das Erz, von den Zielenden gegeneinander
Durch das Gewühl. Zween Männer, voll Kriegesmuts vor den andern,
Beid', Äneias der Held und Idomeneus, ähnlich dem Ares,
Strebten einander den Leib mit grausamem Erz zu verwunden.
Erstlich schoß Äneias den Speer auf Idomeneus zielend;
Jener indes vorschauend vermied den ehernen Wurfspieß,
Daß Äneias' Geschoß mit bebendem Schaft in den Boden
Stürmte, nachdem es umsonst aus nervichter Hand ihm entflogen.
Aber Idomeneus traf des Önomaos wölbenden Panzer
Mitten am Bauch, daß schmetternd ins Eingeweid' ihm die Spitze
Taucht'; und er sank in den Staub, mit der Hand den Boden ergreifend.
Zwar Idomeneus riß den langen Speer aus dem Toten
Eilend; doch nicht vermocht' er die andere prangende Rüstung
Ihm von der Schulter zu ziehn: so drängten umher die Geschosse.
Auch nicht frisch war der Füße Gelenk dem strebenden Kämpfer,
Weder hinanzuspringen nach seinem Geschoß, noch zu weichen.
Drum in stehendem Kampf zwar wehrt' er dem grausamen Tage;
Aber zur Flucht nicht trugen die Schenkel ihn rasch aus dem Treffen.
Als er nun langsam wich, da flog Deïphobos' Lanze
Blinkend ihm nach; denn er hegte den daurenden Groll ihm noch immer.
Doch verfehlt' er auch jetzt; und Askalaphos bohrte die Lanze,
Ihm Enyalios' Sohne, mit stürmendem Erz in die Schulter
Tief; und der sank in den Staub, mit der Hand den Boden ergreifend.
Nicht annoch vernahm es der brüllende Wüterich Ares,
Daß sein Sohn gefallen im Ungestüme der Feldschlacht;
Fern auf den Höhn des Olympos, durch Zeus' des Allmächtigen Ratschluß,
Saß er, von goldenen Wolken umschränkt; dort saßen zugleich ihm
Andre unsterbliche Götter, zurückgehemmt von dem Kriege.

οἱ δ᾽ ἀμφ᾽ Ἀσκαλάφωι αὐτοσχεδὸν ὁρμήθησαν·
Δηΐφοβος μὲν ἀπ᾽ Ἀσκαλάφου πήληκα φαεινὴν
ἥρπασε, Μηριόνης δὲ θοῶι ἀτάλαντος Ἄρηϊ
δουρὶ βραχίονα τύψεν ἐπάλμενος, ἐκ δ᾽ ἄρα χειρὸς
αὐλῶπις τρυφάλεια χαμαὶ βόμβησε πεσοῦσα.
Μηριόνης δ᾽ ἐξαῦτις ἐπάλμενος, αἰγυπιὸς ὥς,
ἐξέρυσε πρυμνοῖο βραχίονος ὄβριμον ἔγχος,
ἂψ δ᾽ ἑτάρων εἰς ἔθνος ἐχάζετο. τὸν δὲ Πολίτης
αὐτοκασίγνητος, περὶ μέσσωι χεῖρε τιτήνας,
ἐξῆγεν πολέμοιο δυσηχέος, ὄφρ᾽ ἵκεθ᾽ ἵππους
ὠκέας, οἵ οἱ ὄπισθε μάχης ἠδὲ πτολέμοιο
ἕστασαν ἡνίοχόν τε καὶ ἅρματα ποικίλ᾽ ἔχοντες·
οἳ τόν γε προτὶ ἄστυ φέρον βαρέα στενάχοντα
τειρόμενον· κατὰ δ᾽ αἷμα νεουτάτου ἔρρεε χειρός.
οἱ δ᾽ ἄλλοι μάρναντο, βοὴ δ᾽ ἄσβεστος ὀρώρει.
ἔνθ᾽ Αἰνέας Ἀφαρῆα Καλητορίδην ἐπορούσας
λαιμὸν τύψ᾽ ἐπὶ οἷ τετραμμένον ὀξέϊ δουρί·
ἐκλίνθη δ᾽ ἑτέρωσε κάρη, ἐπὶ δ᾽ ἀσπὶς ἑάφθη
καὶ κόρυς, ἀμφὶ δέ οἱ θάνατος χύτο θυμοραϊστής.
Ἀντίλοχος δὲ Θόωνα μεταστρεφθέντα δοκεύσας
οὔτασ᾽ ἐπαΐξας, ἀπὸ δὲ φλέβα πᾶσαν ἔκερσεν,
ἥ τ᾽ ἀνὰ νῶτα θέουσα διαμπερὲς αὐχέν᾽ ἱκάνει·
τὴν ἀπὸ πᾶσαν ἔκερσεν· ὁ δ᾽ ὕπτιος ἐν κονίηισι
κάππεσεν, ἄμφω χεῖρε φίλοις ἑτάροισι πετάσσας.
Ἀντίλοχος δ᾽ ἐπόρουσε, καὶ αἴνυτο τεύχε᾽ ἀπ᾽ ὤμων
παπταίνων· Τρῶες δὲ περισταδὸν ἄλλοθεν ἄλλος
οὔταζον σάκος εὐρὺ παναίολον, οὐδὲ δύναντο
εἴσω ἐπιγράψαι τέρενα χρόα νηλέϊ χαλκῶι
Ἀντιλόχου· πέρι γάρ ῥα Ποσειδάων ἐνοσίχθων
Νέστορος υἱὸν ἔρυτο καὶ ἐν πολλοῖσι βέλεσσιν.
οὐ μὲν γάρ ποτ᾽ ἄνευ δηΐων ἦν, ἀλλὰ κατ᾽ αὐτοὺς
στρωφᾶτ᾽· οὐδέ οἱ ἔγχος ἔχ᾽ ἀτρέμας, ἀλλὰ μάλ᾽ αἰεὶ
σειόμενον ἐλέλικτο· τιτύσκετο δὲ φρεσὶν ἧισιν
ἤ τευ ἀκοντίσσαι, ἠὲ σχεδὸν ὁρμηθῆναι.
ἀλλ᾽ οὐ λῆθ᾽ Ἀδάμαντα τιτυσκόμενος καθ᾽ ὅμιλον,
Ἀσιάδην, ὅ οἱ οὖτα μέσον σάκος ὀξέϊ χαλκῶι
ἐγγύθεν ὁρμηθείς· ἀμενήνωσεν δέ οἱ αἰχμὴν
κυανοχαῖτα Ποσειδάων, βιότοιο μεγήρας.
καὶ τὸ μὲν αὐτοῦ μεῖν᾽ ὥς τε σκῶλος πυρίκαυστος,
ἐν σάκει Ἀντιλόχοιο, τὸ δ᾽ ἥμισυ κεῖτ᾽ ἐπὶ γαίης·
ἂψ δ᾽ ἑτάρων εἰς ἔθνος ἐχάζετο κῆρ᾽ ἀλεείνων·

Jetzt um Askalaphos her begegneten jene sich stürmend.
Siehe Deïphobos riß von Askalaphos' Haupte den blanken
Flatternden Helm; doch Meriones, rasch wie der tobende Ares,
Rannte den Speer in den Arm des Raubenden, daß aus der Hand ihm
Schnell der längliche Helm mit Getön hinsank auf den Boden.
Doch Meriones sprang von neuem hinan, wie ein Habicht,
Und er entriß aus dem Ende des Arms den gewaltigen Wurfspieß,
Dann in der Freunde Gedräng' entzog er sich. Aber Polites,
Seinen verwundeten Bruder Deïphobos mitten umfassend,
Führt' ihn hinweg aus dem Sturme der brüllenden Schlacht zu den Rossen,
Welche geflügeltes Hufs ihm hinter dem Kampf und Gefechte
Standen, gehemmt vom Lenker am kunstreich prangenden Wagen.
Diese trugen zur Stadt den schwer aufstöhnenden Krieger,
Matt vor Schmerz; und das Blut entfloß dem verwundeten Arme.
Aber die anderen kämpften, und graunvoll brüllte der Schlachtruf.
Jetzo stürzt' Äneias auf Aphareus, Sohn des Kaletor,
Welcher sich gegen ihn wandt', und stieß ihm den Speer in die Gurgel.
Jenem sank zur Seite das Haupt, es folgte der Schild nach,
Auch der Helm; und des Todes entseelender Schauer umfloß ihn.
Als Antilochos jetzt den gewendeten Thoon bemerkte,
Stieß er dahergestürmt, und ganz die Ader zerschnitt er,
Welche längs dem Rücken emporläuft bis zu dem Nacken:
Diese zerschnitt er ihm ganz, daß er rücklings hinab auf den Boden
Taumelte, beide Händ' umher zu den Freunden verbreitend.
Aber Antilochos eilt', und entzog den Schultern die Rüstung,
Mit umschauendem Blick; denn rings anstürmende Troer
Trafen den breiten Schild, den prangenden; doch sie vermochten
Nicht ihm durchhin zu verwunden den Leib mit grausamen Erze,
Nestors Sohn; denn siehe, der Erderschüttrer Poseidon
Schirmt' Antilochos rings im mächtigen Sturm der Geschosse.
Denn nie war er der Feind' entlediget, sondern durchtobte
Stets ihr Gewühl; nie ruhte der Speer ihm, sondern beständig
Bebt' er geschwungen umher; denn er wählete, mutiges Herzens,
Jetzt dem Wurfe sein Ziel, und jetzt dem stürmenden Anlauf.
Wohl nahm Adamas nun des Zielenden wahr im Getümmel,
Asios' Sohn, und traf ihm den Schild mit spitzigem Erze,
Nahe daher sich stürzend; doch kraftlos machte die Schärfe
Der schwarzlockige Herrscher des Meers, sein Leben ihm weigernd:
Stecken blieb ein Teil, wie ein Pfahl in der Flamme gehärtet,
Dort in Antilochos' Schild', und der andere lag auf der Erde.
Schnell in der Freunde Gedräng' entzog er sich, meidend das Schicksal.

Μηριόνης δ' ἀπιόντα μετασπόμενος βάλε δουρὶ
αἰδοίων τε μεσηγὺ καὶ ὀμφαλοῦ, ἔνθα μάλιστα
γίγνετ' Ἄρης ἀλεγεινὸς ὀϊζυροῖσι βροτοῖσιν.
ἔνθά οἱ ἔγχος ἔπηξεν· ὁ δ' ἑσπόμενος περὶ δουρὶ
ἤσπαιρ' ὡς ὅτε βοῦς, τόν τ' οὔρεσι βουκόλοι ἄνδρες
ἰλλάσιν οὐκ ἐθέλοντα βίηι δήσαντες ἄγουσιν·
ὣς ὁ τυπεὶς ἤσπαιρε μίνυνθά περ, οὔ τι μάλα δήν,
ὄφρά οἱ ἐκ χροὸς ἔγχος ἀνεσπάσατ' ἐγγύθεν ἐλθὼν
ἥρως Μηριόνης· τὸν δὲ σκότος ὄσσε κάλυψε.
Δηΐπυρον δ' Ἕλενος ξίφεϊ σχεδὸν ἤλασε κόρσην
Θρηϊκίωι μεγάλωι, ἀπὸ δὲ τρυφάλειαν ἄραξεν.
ἡ μὲν ἀποπλαγχθεῖσα χαμαὶ πέσε, καί τις Ἀχαιῶν
μαρναμένων μετὰ ποσσὶ κυλινδομένην ἐκόμισσε·
τὸν δὲ κατ' ὀφθαλμῶν ἐρεβεννὴ νὺξ ἐκάλυψεν.
Ἀτρεΐδην δ' ἄχος εἷλε, βοὴν ἀγαθὸν Μενέλαον·
βῆ δ' ἐπαπειλήσας Ἑλένωι ἥρωϊ ἄνακτι,
ὀξὺ δόρυ κραδάων· ὁ δὲ τόξου πῆχυν ἄνελκε.
τὼ δ' ἄρ' ὁμαρτήδην ὁ μὲν ἔγχεϊ ὀξυόεντι
ἵετ' ἀκοντίσσαι· ὁ δ' ἀπὸ νευρῆφιν ὀϊστῶι.
Πριαμίδης μὲν ἔπειτα κατὰ στῆθος βάλεν ἰῶι
θώρηκος γύαλον, ἀπὸ δ' ἔπτατο πικρὸς ὀϊστός.
ὡς δ' ὅτ' ἀπὸ πλατέος πτυόφιν μεγάλην κατ' ἀλωὴν
θρώισκωσιν κύαμοι μελανόχροες ἢ ἐρέβινθοι,
πνοιῆι ὕπο λιγυρῆι καὶ λικμητῆρος ἐρωῆι,
ὣς ἀπὸ θώρηκος Μενελάου κυδαλίμοιο
πολλὸν ἀποπλαγχθεὶς ἑκὰς ἔπτατο πικρὸς ὀϊστός.
Ἀτρεΐδης δ' ἄρα χεῖρα, βοὴν ἀγαθὸς Μενέλαος,
τὴν βάλεν ἧι ῥ' ἔχε τόξον ἐΰξοον· ἐν δ' ἄρα τόξωι
ἀντικρὺ διὰ χειρὸς ἐλήλατο χάλκεον ἔγχος.
ἂψ δ' ἑτάρων εἰς ἔθνος ἐχάζετο κῆρ' ἀλεείνων,
χεῖρα παρακρεμάσας· τὸ δ' ἐφέλκετο μείλινον ἔγχος.
καὶ τὸ μὲν ἐκ χειρὸς ἔρυσεν μεγάθυμος Ἀγήνωρ,
αὐτὴν δὲ ξυνέδησεν ἐϋστρεφεῖ οἰὸς ἀώτωι,
σφενδόνηι, ἣν ἄρα οἱ θεράπων ἔχε ποιμένι λαῶν.
Πείσανδρος δ' ἰθὺς Μενελάου κυδαλίμοιο
ἤϊε· τὸν δ' ἄγε μοῖρα κακὴ θανάτοιο τέλοσδε,
σοί, Μενέλαε, δαμῆναι ἐν αἰνῆι δηϊοτῆτι.
οἱ δ' ὅτε δὴ σχεδὸν ἦσαν ἐπ' ἀλλήλοισιν ἰόντες,
Ἀτρεΐδης μὲν ἅμαρτε, παραὶ δέ οἱ ἐτράπετ' ἔγχος,
Πείσανδρος δὲ σάκος Μενελάου κυδαλίμοιο
οὔτασεν, οὐδὲ διὰ πρὸ δυνήσατο χαλκὸν ἐλάσσαι·

Aber Meriones folgt', und schoß die Lanze dem Flüchtling
Zwischen Scham und Nabel hinein: wo am meisten empfindlich
Naht der blutige Mord den unglückseligen Menschen:
Dort durchdrang ihn das Erz, daß er hingestürzt um die Lanze
Zappelte, gleich wie ein Stier, den im Bergwald weidende Männer,
Wie er sich sträubt, fortziehn durch Zwang des Rutengeflechtes:
Also zappelt' im Blut er ein weniges, aber nicht lange;
Denn ihm nahte der Held Meriones, welcher dem Leibe
Mächtig die Lanz' entriß; und Nacht umhüllt' ihm die Augen.
  Helenos hieb nun genaht dem Deïpyros über die Schläfe
Mit dem gewaltigen thrakischen Schwert, und den Helm von dem Haupte
Schmettert' er, daß er getrennt hintaumelte; und ein Achaier,
Als vor der Streitenden Füß' er daherrollt', hob ihn vom Boden;
Doch ihm hüllte die Augen ein mitternächtliches Dunkel.
  Schmerz ergriff den Atreiden, den Rufer im Streit Menelaos;
Schnell mit furchtbarem Drohn auf Helenos eilt' er, den Herrscher,
Schwenkend den ehernen Speer; doch Helenos spannte den Bogen.
Also nahten sie beid', und trachteten, dieser den Wurfspieß
Gegen ihn herzuschnellen, und jener den Pfeil von der Senne.
Priamos' Sohn itzt traf mit dem Pfeil den wölbenden Panzer
Jenem über der Brust; doch es flog das herbe Geschoß ab.
Wie von der breiten Schaufel herab auf geräumiger Tenne
Hüpfet der Bohnen Frucht, der gesprenkelten, oder der Erbsen,
Unter des Windes Geräusch, und dem mächtigen Schwunge des Wurflers:
Also vom Panzer herab dem herrlichen Held Menelaos
Ferne zurückgeprallt, entflog das herbe Geschoß hin.
Nun traf jener die Hand, der Rufer im Streit Menelaos,
Welche den Bogen ihm hielt, den geglätteten; und in den Bogen
Stürmte, die Hand durchbohrend, hinein die eherne Lanze:
Schnell in der Freunde Gedräng' entzog er sich, meidend das Schicksal,
Mit hinhangender Hand, und schleppte den eschenen Speer nach.
Diesen zog aus der Hand der hochgesinnte Agenor;
Dann verband er sie selbst mit geflochtener Wolle des Schafes
Einer Schleuder, geführt von dem Kriegsgefährten des Herrschers.
  Aber Peisandros rannt' auf den herrlichen Held Menelaos
Ungestüm; denn ihn führte zum Tod' ein böses Verhängnis,
Dir, Menelaos, zu fallen in schreckenvoller Entscheidung.
Als sie nunmehr sich genaht, die Eilenden gegeneinander;
Schoß er fehl, der Atreid', und seitwärts flog ihm die Lanze.
Aber Peisandros traf dem herrlichen Held Menelaos
Seinen Schild; doch konnt' er hindurch nicht treiben die Spitze;

ἔσχεθε γὰρ σάκος εὐρύ, κατεκλάσθη δ᾽ ἐνὶ καυλῶι
ἔγχος· ὁ δὲ φρεσὶν ἧισι χάρη καὶ ἐέλπετο νίκην.
Ἀτρεΐδης δὲ ἐρυσσάμενος ξίφος ἀργυρόηλον
ἆλτ᾽ ἐπὶ Πεισάνδρωι· ὁ δ᾽ ὑπ᾽ ἀσπίδος εἵλετο καλὴν
ἀξίνην εὔχαλκον, ἐλαΐνωι ἀμφὶ πελέκκωι,
μακρῶι ἐϋξέστωι· ἅμα δ᾽ ἀλλήλων ἐφίκοντο.
ἤτοι ὁ μὲν κόρυθος φάλον ἤλασεν ἱπποδασείης
ἄκρον ὑπὸ λόφον αὐτόν, ὁ δὲ προσιόντα μέτωπον
ῥινὸς ὕπερ πυμάτης· λάκε δ᾽ ὀστέα, τὼ δέ οἱ ὄσσε
πὰρ ποσὶν αἱματόεντα χαμαὶ πέσον ἐν κονίηισιν,
ἰδνώθη δὲ πεσών· ὁ δὲ λὰξ ἐν στήθεσι βαίνων
τεύχεά τ᾽ ἐξενάριξε καὶ εὐχόμενος ἔπος ηὔδα·
„ λείψετέ θην οὕτω γε νέας Δαναῶν ταχυπώλων,
Τρῶες ὑπερφίαλοι, δεινῆς ἀκόρητοι ἀϋτῆς,
ἄλλης μὲν λώβης τε καὶ αἴσχεος οὐκ ἐπιδευεῖς,
ἣν ἐμὲ λωβήσασθε, κακαὶ κύνες, οὐδέ τι θυμῶι
Ζηνὸς ἐριβρεμέτεω χαλεπὴν ἐδείσατε μῆνιν
ξεινίου, ὅς τέ ποτ᾽ ὔμμι διαφθέρσει πόλιν αἰπήν·
οἵ μευ κουριδίην ἄλοχον καὶ κτήματα πολλὰ
μὰψ οἴχεσθ᾽ ἀνάγοντες, ἐπεὶ φιλέεσθε παρ᾽ αὐτῆι·
νῦν αὖτ᾽ ἐν νηυσὶν μενεαίνετε ποντοπόροισι
πῦρ ὀλοὸν βαλέειν, κτεῖναι δ᾽ ἥρωας Ἀχαιούς.
ἀλλά ποθι σχήσεσθε καὶ ἐσσύμενοί περ Ἄρηος.
Ζεῦ πάτερ, ἦ τέ σέ φασι περὶ φρένας ἔμμεναι ἄλλων,
ἀνδρῶν ἠδὲ θεῶν· σέο δ᾽ ἐκ τάδε πάντα πέλονται·
οἷον δὴ ἄνδρεσσι χαρίζεαι ὑβριστῆισι,
Τρωσίν, τῶν μένος αἰὲν ἀτάσθαλον, οὐδὲ δύνανται
φυλόπιδος κορέσασθαι ὁμοιΐου πτολέμοιο.
πάντων μὲν κόρος ἐστί, καὶ ὕπνου καὶ φιλότητος
μολπῆς τε γλυκερῆς καὶ ἀμύμονος ὀρχηθμοῖο,
τῶν πέρ τις καὶ μᾶλλον ἐέλδεται ἐξ ἔρον εἶναι
ἢ πολέμου· Τρῶες δὲ μάχης ἀκόρητοι ἔασιν.“
ὣς εἰπὼν τὰ μὲν ἔντε᾽ ἀπὸ χροὸς αἱματόεντα
συλήσας ἑτάροισι δίδου Μενέλαος ἀμύμων,
αὐτὸς δ᾽ αὖτ᾽ ἐξαῦτις ἰὼν προμάχοισιν ἐμίχθη.
ἔνθα οἱ υἱὸς ἐπᾶλτο Πυλαιμένεος βασιλῆος,
Ἁρπαλίων, ὅ ῥα πατρὶ φίλωι ἕπετο πτολεμίξων
ἐς Τροίην, οὐδ᾽ αὖτις ἀφίκετο πατρίδα γαῖαν·
ὅς ῥα τότ᾽ Ἀτρεΐδαο μέσον σάκος οὔτασε δουρὶ
ἐγγύθεν, οὐδὲ διὰ πρὸ δυνήσατο χαλκὸν ἐλάσσαι,
ἂψ δ᾽ ἑτάρων εἰς ἔθνος ἐχάζετο κῆρ᾽ ἀλεείνων,

Denn sie hemmte der Schild, daß ab der Schaft an der Öse
Brach: schon freute sich jener im Geist, und erwartete Siegsruhm;
Doch der Atreid', ausziehend das Schwert voll silberner Buckeln,
Sprang auf Peisandros hinan. Der hob die schimmernde Streitaxt
Unter dem Schild, die ehrne, geschmückt mit dem Stiele von Ölbaum,
Schöngeglättet und lang; und sie drangen zugleich aneinander.
Dieser haut' ihm den Kegel des schweifumflatterten Helmes
Oben dicht an dem Busch: doch er des Nahenden Stirne
Über der Nas'; es zerkrachte der Knochen ihm, aber die Augen
Fielen ihm blutig hinab vor die Füß' auf den staubigen Boden;
Und er entsank sich windend. Gestemmt nun die Fers' auf die Brust ihm,
Raubt' er das Waffengeschmeid', und rief frohlockend die Worte:
So doch verlaßt ihr endlich der reisigen Danaer Schiffe,
Ihr unmenschlichen Troer, des schrecklichen Streits unersättlich!
Auch noch anderer Schmach und Beleidigung nimmer ermangelnd:
Wie ihr schändlichen Hunde mich schmähetet, und nicht geachtet
Zeus' schwertreffenden Zorn, des Donnerers, welcher das Gastrecht
Heiliget, und zerstören euch wird die erhabene Feste!
Die ihr mein jugendlich Weib und viel der reichen Besitzung
Frech mir von dannen geführt, nachdem sie euch freundlich bewirtet!
Und nun möchtet ihr gern die meerdurchwandelnden Schiffe
Tilgen mit schrecklicher Flamm', und Achaias Helden ermorden!
Aber ihr ruht wohl endlich, wie sehr ihr tobt, von dem Kriege!
Vater Zeus, man sagt ja, du seist erhaben an Weisheit
Über Menschen und Götter; doch warst du Stifter des alles:
Wie du anjetzt willfahrest den übermütigen Männern
Trojas, welchen, vor Trotz und Üppigkeit, nimmer das Herz sich
Sättigen kann am Streite des allverderbenden Krieges!
Alles wird man ja satt, des Schlummers selbst, und der Liebe,
Auch des süßen Gesangs, und bewunderten Reigentanzes:
Welche doch mehr anreizen die sehnsuchtsvolle Begierde,
Als der Krieg; doch die Troer sind niemals satt des Gefechtes!
Jener sprach's, und dem Leibe die blutigen Waffen entreißend
Gab er den Freunden sie hin, der untadlige Held Menelaos;
Selbst dann wandt' er sich wieder, und drang in das Vordergetümmel.
Siehe, Pylämenes' Sohn Harpalion wütete jetzo
Gegen ihn her, der, gesellt dem herrschenden Vater, gen Troja
Kam in den Krieg, allein nicht wiederkehrte zur Heimat;
Dieser traf dem Atreiden gerade den Schild mit der Lanze,
Nahe gestellt; doch konnt' er hindurch nicht treiben die Spitze:
Schnell in der Freunde Gedräng' entzog er sich, meidend das Schicksal,

πάντοσε παπταίνων, μή τις χρόα χαλκῶι ἐπαύρηι.
Μηριόνης δ' ἀπιόντος ἵει χαλκήρε' ὀϊστόν,
καί ῥ' ἔβαλε γλουτὸν κάτα δεξιόν· αὐτὰρ ὀϊστὸς
ἀντικρὺ κατὰ κύστιν ὑπ' ὀστέον ἐξεπέρησεν.
ἑζόμενος δὲ κατ' αὖθι φίλων ἐν χερσὶν ἑταίρων
θυμὸν ἀποπνείων, ὥς τε σκώληξ ἐπὶ γαίηι
κεῖτο ταθείς· ἐκ δ' αἷμα μέλαν ῥέε, δεῦε δὲ γαῖαν.
τὸν μὲν Παφλαγόνες μεγαλήτορες ἀμφεπένοντο,
ἐς δίφρον δ' ἀνέσαντες ἄγον προτὶ Ἴλιον ἱρὴν
ἀχνύμενοι· μετὰ δέ σφι πατὴρ κίε δάκρυα λείβων,
ποινὴ δ' οὔ τις παιδὸς ἐγίγνετο τεθνηῶτος.
τοῦ δὲ Πάρις μάλα θυμὸν ἀποκταμένοιο χολώθη·
ξεῖνος γάρ οἱ ἔην πολέσιν μετὰ Παφλαγόνεσσι·
τοῦ ὅ γε χωόμενος προΐει χαλκήρε' ὀϊστόν.
ἦν δέ τις Εὐχήνωρ, Πολυΐδου μάντιος υἱός,
ἀφνειός τ' ἀγαθός τε, Κορινθόθι οἰκία ναίων,
ὅς ῥ' εὖ εἰδὼς κῆρ' ὀλοὴν ἐπὶ νηὸς ἔβαινε·
πολλάκι γάρ οἱ ἔειπε γέρων ἀγαθὸς Πολύϊδος
νούσωι ὑπ' ἀργαλέηι φθίσθαι οἷς ἐν μεγάροισιν,
ἢ μετ' Ἀχαιῶν νηυσὶν ὑπὸ Τρώεσσι δαμῆναι·
τώ ῥ' ἅμα τ' ἀργαλέην θωὴν ἀλέεινεν Ἀχαιῶν
νοῦσόν τε στυγερήν, ἵνα μὴ πάθοι ἄλγεα θυμῶι.
τὸν βάλ' ὑπὸ γναθμοῖο καὶ οὔατος· ὦκα δὲ θυμὸς
ὤιχετ' ἀπὸ μελέων, στυγερὸς δ' ἄρα μιν σκότος εἷλεν.
ὣς οἱ μὲν μάρναντο δέμας πυρὸς αἰθομένοιο·
Ἕκτωρ δ' οὐκ ἐπέπυστο Διῒ φίλος, οὐδέ τι ἤιδη
ὅττί ῥά οἱ νηῶν ἐπ' ἀριστερὰ δηϊόωντο
λαοὶ ὑπ' Ἀργείων. τάχα δ' ἂν καὶ κῦδος Ἀχαιῶν
ἔπλετο· τοῖος γὰρ γαιήοχος ἐννοσίγαιος
ὄτρυν' Ἀργείους, πρὸς δὲ σθένει αὐτὸς ἄμυνεν·
ἀλλ' ἔχεν ἧι τὰ πρῶτα πύλας καὶ τεῖχος ἐσάλτο,
ῥηξάμενος Δαναῶν πυκινὰς στίχας ἀσπιστάων,
ἔνθ' ἔσαν Αἴαντός τε νέες καὶ Πρωτεσιλάου
θῖν' ἔφ' ἁλὸς πολιῆς εἰρυμέναι· αὐτὰρ ὕπερθε
τεῖχος ἐδέδμητο χθαμαλώτατον, ἔνθα μάλιστα
ζαχρηεῖς γίγνοντο μάχηι αὐτοί τε καὶ ἵπποι.
ἔνθα δὲ Βοιωτοὶ καὶ Ἰάονες ἑλκεχίτωνες,
Λοκροὶ καὶ Φθῖοι καὶ φαιδιμόεντες Ἐπειοί,
σπουδῆι ἐπαΐσσοντα νεῶν ἔχον, οὐδὲ δύναντο
ὦσαι ἀπὸ σφείων φλογὶ εἴκελον Ἕκτορα δῖον,
οἱ μὲν Ἀθηναίων προλελεγμένοι· ἐν δ' ἄρα τοῖσιν

Mit umschauendem Blick, ob den Leib ein Erz ihm erreichte.
Aber Meriones schoß den ehernen Pfeil nach dem Flüchtling,
Welcher rechts am Gesäß ihn verwundete, daß ihm die Spitze
Vorn, die Blase durchbohrend, am Schambein wieder hervordrang.
Hingesetzt auf der Stelle, den liebenden Freunden im Arme,
Matt den Geist ausatmend, dem Wurme gleich, auf der Erde
Lag er gestreckt; schwarz strömte sein Blut, und netzte den Boden.
Ihn umeilten geschäftig die paphlagonischen Streiter,
Die in den Wagen gelegt ihn zur heiligen Ilios brachten,
Wehmutsvoll; auch folgte der Vater ihm, Tränen vergießend;
Doch nicht konnt' er rächen den Tod des lieben Sohnes.
　Jetzt ward Paris im Geist um den Fallenden heftig erbittert,
Welcher sein Gastfreund war im paphlagonischen Volke;
Zürnend um ihn entsandt' er den ehernen Pfeil von der Senne.
Einer hieß Euchenor, ein Sohn Polyidos des Sehers,
Reich an Hab' und edel, ein Haus in Korinthos bewohnend,
Der, wohlkundig des Trauergeschicks, im Schiffe daherkam.
Denn oft sagt' ihm solches der gute Greis Polyidos,
Sterben würd' er zu Haus an peinlich schmachtender Krankheit,
Oder auch unter den Schiffen des Heers von den Troern getötet;
Darum mied er sowohl der Danaer schmähliche Strafe,
Als der Krankheit Schmerz, daß nicht in Gram er versänke.
Paris nun traf am Ohr und Backen ihn, daß aus den Gliedern
Schnell der Geist ihm entfloh; und Graun des Todes umhüllt' ihn.
　Also kämpften sie dort, wie lodernde Flammen des Feuers.
Doch nicht Hektor vernahm, der Göttliche, oder erkannt' es,
Daß zur Linken der Schiff' ihm die Seinigen würden getötet
Unter der Danaer Hand, und bald sich des Siegs die Achaier
Freueten: also trieb der Gestadumstürmer Poseidon
Argos' Söhne zum Kampf, auch selbst mit Stärke beschirmt' er:
Sondern er hielt, wo zuerst durch Mauer und Tor er hereinsprang,
Dichte Reihn durchbrechend geschildeter Männer von Argos;
Dort wo Ajas die Schiff' an den Strand und Protesilaos
Längs dem grauen Gewässer emporzog; aber die Mauer
Baueten dort die Achaier am niedrigsten, wo vor den andern
Ungestüm anstrebten zum Kampf sie selbst und die Rosse.
　Dort Böoten zugleich, und in langem Gewand' Iaonen,
Lokrer, und Phtias Söhn', auch hochberühmte Epeier,
Hemmten mit Müh von den Schiffen den Stürmenden; doch sie vermochten
Nicht hinweg zu drängen die flammende Stärke des Hektor.
　Vornan kämpften Athens Erlesene; und ihr Gebieter

ἦρχ' υἱὸς Πετεῶο Μενεσθεύς, οἱ δ' ἅμ' ἕποντο
Φείδας τε Στιχίος τε Βίας τ' ἐΰς· αὐτὰρ Ἐπειῶν
Φυλεΐδης τε Μέγης Ἀμφίων τε Δρακίος τε,
πρὸ Φθίων δὲ Μέδων τε μενεπτόλεμός τε Ποδάρκης.
ἤτοι ὁ μὲν νόθος υἱὸς Ὀϊλῆος θείοιο
ἔσκε Μέδων, Αἴαντος ἀδελφεός· αὐτὰρ ἔναιεν
ἐν Φυλάκηι, γαίης ἄπο πατρίδος, ἄνδρα κατακτάς,
γνωτὸν μητρυιῆς Ἐριώπιδος, ἣν ἔχ' Ὀϊλεύς·
αὐτὰρ ὁ Ἰφίκλοιο πάϊς τοῦ Φυλακίδαο.
οἱ μὲν πρὸ Φθίων μεγαθύμων θωρηχθέντες
ναῦφιν ἀμυνόμενοι μετὰ Βοιωτῶν ἐμάχοντο·
Αἴας δ' οὐκέτι πάμπαν, Ὀϊλῆος ταχὺς υἱός,
ἵστατ' ἀπ' Αἴαντος Τελαμωνίου οὐδ' ἠβαιόν,
ἀλλ' ὥς τ' ἐν νειῶι βόε οἴνοπε πηκτὸν ἄροτρον
ἶσον θυμὸν ἔχοντε τιταίνετον· ἀμφὶ δ' ἄρά σφι
πρυμνοῖσιν κεράεσσι πολὺς ἀνακηκίει ἱδρώς·
τὼ μέν τε ζυγὸν οἶον ἐΰξοον ἀμφὶς ἐέργει
ἱεμένω κατὰ ὦλκα· τέμει δέ τε τέλσον ἀρούρης·
ὣς τὼ παρβεβαῶτε μάλ' ἕστασαν ἀλλήλοιιν.
ἀλλ' ἤτοι Τελαμωνιάδηι πολλοί τε καὶ ἐσθλοὶ
λαοὶ ἕπονθ' ἕταροι, οἵ οἱ σάκος ἐξεδέχοντο,
ὁππότε μιν κάματός τε καὶ ἱδρὼς γούναθ' ἵκοιτο.
οὐδ' ἄρ' Ὀϊλιάδηι μεγαλήτορι Λοκροὶ ἕποντο·
οὐ γάρ σφι σταδίηι ὑσμίνηι μίμνε φίλον κῆρ·
οὐ γὰρ ἔχον κόρυθας χαλκήρεας ἱπποδασείας,
οὐδ' ἔχον ἀσπίδας εὐκύκλους καὶ μείλινα δοῦρα,
ἀλλ' ἄρα τόξοισιν καὶ ἐϋστρεφεῖ οἶος ἀώτωι
Ἴλιον εἰς ἅμ' ἕποντο πεποιθότες, οἷσιν ἔπειτα
ταρφέα βάλλοντες Τρώων ῥήγνυντο φάλαγγας·
δή ῥα τόθ' οἱ μὲν πρόσθε σὺν ἔντεσι δαιδαλέοισι
μάρναντο Τρωσίν τε καὶ Ἕκτορι χαλκοκορυστῆι,
οἱ δ' ὄπιθεν βάλλοντες ἐλάνθανον· οὐδέ τι χάρμης
Τρῶες μιμνήσκοντο· συνεκλόνεον γὰρ ὀϊστοί.
    ἔνθά κε λευγαλέως νηῶν ἄπο καὶ κλισιάων
Τρῶες ἐχώρησαν προτὶ Ἴλιον ἠνεμόεσσαν,
εἰ μὴ Πουλυδάμας θρασὺν Ἕκτορα εἶπε παραστάς·
Ἕκτορ, ἀμήχανός ἐσσι παραρρητοῖσι πιθέσθαι.
οὕνεκά τοι περὶ δῶκε θεὸς πολεμήϊα ἔργα,
τοὔνεκα καὶ βουλῆι ἐθέλεις περιίδμεναι ἄλλων·
ἀλλ' οὔ πως ἅμα πάντα δυνήσεαι αὐτὸς ἑλέσθαι.
ἄλλωι μὲν γὰρ ἔδωκε θεὸς πολεμήϊα ἔργα,

Wandelte Peteos' Sohn Menestheus; aber zugleich ihm
Pheidas, und Bias der Held, und Stichios. Drauf den Epeiern
Ging der Phyleid' Held Meges, und Drakios vor, und Amphion.
Medon drauf vor den Phtiern, zugleich der tapfre Podarkes.
Jener war ein Bastard des göttergleichen Oileus,
Medon, des Ajas Bruder, des kleineren; aber er wohnte
Ferne vom Vaterland in Phylake, weil er den Vetter
Einst erschlug, Eriopis der späteren Gattin Oileus:
Doch Podarkes ein Sohn des Phylakiden Iphiklos.
Diese voran gewappnet vor Phtias mutiger Jugend
Kämpften, der Danaer Schiffe verteidigend, nächst den Böoten.
Ajas wollte sich nie, der rasche Sohn des Oileus,
Fernen, auch nicht ein wenig, vom Telamonier Ajas;
Sondern wie zween Pflugstiere den starken Pflug durch ein Brachfeld,
Schwärzlich und gleich an Mute, daherziehn, und an den Stirnen
Ringsum häufiger Schweiß vorquillt um die ragenden Hörner;
Beide von einem Joch, dem geglätteten, wenig gesondert,
Gehn sie die Furche hinab, den Grund durchschneidend des Feldes:
So dort halfen sich beid', und wandelten dicht aneinander.
Aber Telamons Sohn begleiteten viel' und entschloßne
Männer zum Streite gesellt, die seinen Schild ihm enthoben,
Wann ihm die Kriegsarbeit und der Schweiß die Kniee beschwerte.
Doch nicht folgten die Lokrer dem mutigen Sohn des Oileus:
Denn nicht duldet' ihr Herz im stehenden Kampfe zu kämpfen;
Denn nicht hatten sie Helme von Erz mit wallendem Roßschweif,
Hatten auch nicht gewölbete Schild' und eschene Lanzen;
Sondern mit Bogen allein und geflochtener Wolle des Schafes
Zogen sie voll Vertrauen gen Ilios, warfen mit diesen
Dichte Geschoss', und brachen die troischen Kriegsgeschwader.
Jene nunmehr vornan, in prangendem Waffengeschmeide,
Kämpften mit Trojas Volk und dem erzumschimmerten Hektor:
Diese, von fern herwerfend, verbargen sich. Aber die Troer
Dachten nicht mehr des Gefechtes, verwirrt von dem Sturm der Geschosse.
Schmachvoll wären anjetzt von den Schiffen daher und Gezelten
Heimgekehrt die Troer zu Ilios luftiger Höhe;
Aber Polydamas sprach, dem trotzigen Hektor sich nahend:
Hektor, du bist nicht leicht durch anderer Rat zu bewegen.
Weil dir ein Gott vorzüglich des Kriegs Arbeiten verliehn hat,
Darum willst du an Rat auch kundiger sein vor den andern?
Aber du kannst unmöglich doch alles zugleich dir erwerben.
Anderem ja gewährte der Gott Arbeiten des Krieges,

ἄλλωι δ᾽ ὀρχηστύν, ἑτέρωι κίθαριν καὶ ἀοιδήν,
ἄλλωι δ᾽ ἐν στήθεσσι τιθεῖ νόον εὐρύοπα Ζεὺς
ἐσθλόν, τοῦ δέ τε πολλοὶ ἐπαυρίσκοντ᾽ ἄνθρωποι,
καί τε πολέας ἐσάωσε, μάλιστα δὲ καὐτὸς ἀνέγνω.
αὐτὰρ ἐγὼν ἐρέω ὥς μοι δοκεῖ εἶναι ἄριστα·
πάντηι γάρ σε περὶ στέφανος πολέμοιο δέδηε·
Τρῶες δὲ μεγάθυμοι, ἐπεὶ κατὰ τεῖχος ἔβησαν,
οἱ μὲν ἀφεστᾶσιν σὺν τεύχεσιν, οἱ δὲ μάχονται
παυρότεροι πλεόνεσσι, κεδασθέντες κατὰ νῆας.
ἀλλ᾽ ἀναχασσάμενος κάλει ἐνθάδε πάντας ἀρίστους·
ἔνθεν δ᾽ ἂν μάλα πᾶσαν ἐπιφρασσαίμεθα βουλήν,
ἤ κεν ἐνὶ νήεσσι πολυκλήϊσι πέσωμεν,
αἴ κ᾽ ἐθέληισι θεὸς δόμεναι κράτος, ἦ κεν ἔπειτα
πὰρ νηῶν ἔλθωμεν ἀπήμονες. ἦ γὰρ ἔγωγε
δείδω μὴ τὸ χθιζὸν ἀποστήσωνται Ἀχαιοὶ
χρεῖος, ἐπεὶ παρὰ νηυσὶν ἀνὴρ ἆτος πολέμοιο
μίμνει, ὃν οὐκέτι πάγχυ μάχης σχήσεσθαι ὀΐω.“
ὣς φάτο Πουλυδάμας, ἅδε δ᾽ Ἕκτορι μῦθος ἀπήμων,
αὐτίκα δ᾽ ἐξ ὀχέων σὺν τεύχεσιν ἆλτο χαμᾶζε
καί μιν φωνήσας ἔπεα πτερόεντα προσηύδα·
„Πουλυδάμα, σὺ μὲν αὐτοῦ ἐρύκακε πάντας ἀρίστους,
αὐτὰρ ἐγὼ κεῖσ᾽ εἶμι καὶ ἀντιόω πολέμοιο·
αἶψα δ᾽ ἐλεύσομαι αὖτις, ἐπὴν εὖ τοῖς ἐπιτείλω.“
ἦ ῥα, καὶ ὁρμήθη ὄρεϊ νιφόεντι ἐοικώς,
κεκλήγων, διὰ δὲ Τρώων πέτετ᾽ ἠδ᾽ ἐπικούρων.
οἱ δ᾽ ἐς Πανθοΐδην ἀγαπήνορα Πουλυδάμαντα
πάντες ἐπεσσεύοντ᾽, ἐπεὶ Ἕκτορος ἔκλυον αὐδήν.
αὐτὰρ ὁ Δηΐφοβόν τε βίην θ᾽ Ἑλένοιο ἄνακτος
Ἀσιάδην τ᾽ Ἀδάμαντα καὶ Ἄσιον, Ὑρτάκου υἱόν,
φοίτα ἀνὰ προμάχους διζήμενος, εἴ που ἐφεύροι.
τοὺς δ᾽ εὗρ᾽ οὐκέτι πάμπαν ἀπήμονας οὐδ᾽ ἀνολέθρους·
ἀλλ᾽ οἱ μὲν δὴ νηυσὶν ἔπι πρυμνῆισιν Ἀχαιῶν
χερσὶν ὑπ᾽ Ἀργείων κέατο ψυχὰς ὀλέσαντες,
οἱ δ᾽ ἐν τείχει ἔσαν βεβλημένοι οὐτάμενοί τε.
τὸν δὲ τάχ᾽ εὗρε μάχης ἐπ᾽ ἀριστερὰ δακρυοέσσης
δῖον Ἀλέξανδρον, Ἑλένης πόσιν ἠϋκόμοιο,
θαρσύνονθ᾽ ἑτάρους καὶ ἐποτρύνοντα μάχεσθαι,
ἀγχοῦ δ᾽ ἱστάμενος προσέφη αἰσχροῖς ἐπέεσσι·
„Δύσπαρι, εἶδος ἄριστε, γυναιμανές, ἠπεροπευτά,
ποῦ τοι Δηΐφοβός τε βίη θ᾽ Ἑλένοιο ἄνακτος
Ἀσιάδης τ᾽ Ἀδάμας ἠδ᾽ Ἄσιος Ὑρτάκου υἱός;

Anderem Reigentanz, und anderem Harf' und Gesänge;
Anderem legt' in den Busen Verstand Zeus' waltende Vorsicht,
Heilsamen, dessen viel' im Menschengeschlecht sich erfreuen,
Der auch Städte beschirmt; doch zumeist er selber genießt sein.
Drum will ich dir sagen, wie mir's am besten erscheinet.
Rings ja droht dir umher die umzingelnde Flamme des Krieges.
Doch die mutigen Troer, nachdem sie die Mauer erstiegen,
Wenden sich teils vom Gefecht mit den Rüstungen; andere kämpfen,
Weniger sie mit mehreren noch, durch die Schiffe zerstreuet.
Weiche demnach, und berufe die Edelsten alle des Volkes;
Daß wir vereint für alles entscheidenden Rat ausdenken:
Ob wir hinein uns stürzen ins Heer vielrudriger Schiffe,
So uns ein Gott willfährig den Sieg schenkt; ob wir anitzo
Heim von den Schiffen ziehn, unbeschädiget! Denn ich besorge
Traun, uns wägen zurück die gestrige Schuld die Achaier
Reichlich, dieweil bei den Schiffen der unersättliche Krieger
Harrt, der schwerlich hinfort sich ganz enthält des Gefechtes.
So des Polydamas Rat; den unschädlichen billigte Hektor.
Schnell vom Wagen herab mit den Rüstungen sprang er zur Erde;
Und er begann zu jenem, und sprach die geflügelten Worte:
Sammle, Polydamas, hier die Edelsten alle des Volkes.
Dorthin geh ich selber, der wütenden Schlacht zu begegnen;
Aber ich kehre sofort, nachdem ich alles geordnet.
Sprach's, und stürmte hinweg, dem Schneegebirge vergleichbar,
Lautes Rufs, und durchflog die Troer und die Genossen.
Doch zu Polydamas her, des Panthoos streitbarem Sohne,
Eilten die Edelsten alle, da Hektors Ruf sie vernahmen.
Nur den Deïphobos noch, und des herrschenden Helenos Stärke,
Adamas, Asios' Sohn, samt Asios, Hyrtakos' Sohne,
Sucht' im Vordergetümmel der Wandelnde, ob er sie fände.
Doch nicht fand er sie mehr unbeschädiget, noch ungetötet:
Einige lagen bereits um die ragenden Steuer von Argos,
Unter der Danaer Hand der mutigen Seelen beraubet;
Andere waren daheim, von Geschoß und Lanze verwundet.
Ihn nun fand er zur Linken der jammerbringenden Feldschlacht,
Alexandros den Held, der lockigen Helena Gatten,
Welcher mit Mut beseelte die Freund', und ermahnte zu kämpfen.
Nahe trat er hinan, und rief die beschämenden Worte:
Weichling, an Schönheit ein Held, weibsüchtiger, schlauer Verführer!
Sprich, wo Deïphobos ist, und des herrschenden Helenos Stärke,
Adamas, Asios' Sohn, samt Asios, Hyrtakos' Sohne?

ποῦ δέ τοι Ὀθρυονεύς; νῦν ὤλετο πᾶσα κατ' ἄκρης
Ἴλιος αἰπεινή· νῦν τοι σῶς αἰπὺς ὄλεθρος."
τὸν δ' αὖτε προσέειπεν Ἀλέξανδρος θεοειδής·
„ Ἕκτορ, ἐπεί τοι θυμὸς ἀναίτιον αἰτιάασθαι,
ἄλλοτε δή ποτε μᾶλλον ἐρωῆσαι πολέμοιο
μέλλω, ἐπεὶ οὐδ' ἐμὲ πάμπαν ἀνάλκιδα γείνατο μήτηρ·
ἐξ οὗ γὰρ παρὰ νηυσὶ μάχην ἤγειρας ἑταίρων,
ἐκ τοῦ δ' ἐνθάδ' ἐόντες ὁμιλέομεν Δαναοῖσι
νωλεμέως· ἕταροι δὲ κατέκταθεν, οὓς σὺ μεταλλᾷς.
οἴω Δηΐφοβός τε βίη θ' Ἑλένοιο ἄνακτος
οἴχεσθον, μακρῇσι τετυμμένω ἐγχείῃσιν
ἀμφοτέρω κατὰ χεῖρα· φόνον δ' ἤμυνε Κρονίων.
νῦν δ' ἄρχ', ὅππῃ σε κραδίη θυμός τε κελεύει·
ἡμεῖς δ' ἐμμεμαῶτες ἅμ' ἑψόμεθ', οὐδέ τί φημι
ἀλκῆς δευήσεσθαι, ὅση δύναμίς γε πάρεστι.
πὰρ δύναμιν δ' οὐκ ἔστι καὶ ἐσσύμενον πολεμίζειν."
ὣς εἰπὼν παρέπεισεν ἀδελφειοῦ φρένας ἥρως·
βὰν δ' ἴμεν ἔνθα μάλιστα μάχη καὶ φύλοπις ἦεν,
ἀμφί τε Κεβριόνην καὶ ἀμύμονα Πουλυδάμαντα,
Φάλκην Ὀρθαῖόν τε καὶ ἀντίθεον Πολυφήτην
Πάλμύν τ' Ἀσκάνιόν τε Μόρυν θ' υἷ' Ἱπποτίωνος,
οἵ ῥ' ἐξ Ἀσκανίης ἐριβώλακος ἦλθον ἀμοιβοὶ
ἠοῖ τῇ προτέρῃ· τότε δὲ Ζεὺς ὦρσε μάχεσθαι.
οἱ δ' ἴσαν ἀργαλέων ἀνέμων ἀτάλαντοι ἀέλλῃ,
ἥ ῥά θ' ὑπὸ βροντῆς πατρὸς Διὸς εἶσι πέδονδε,
θεσπεσίωι δ' ὁμάδωι ἁλὶ μίσγεται, ἐν δέ τε πολλὰ
κύματα παφλάζοντα πολυφλοίσβοιο θαλάσσης,
κυρτὰ φαληριόωντα, πρὸ μέν τ' ἄλλ', αὐτὰρ ἐπ' ἄλλα·
ὣς Τρῶες πρὸ μὲν ἄλλοι ἀρηρότες, αὐτὰρ ἐπ' ἄλλοι,
χαλκῶι μαρμαίροντες ἅμ' ἡγεμόνεσσιν ἕποντο.
Ἕκτωρ δ' ἡγεῖτο, βροτολοιγῶι ἶσος Ἄρηϊ,
Πριαμίδης· πρόσθεν δ' ἔχεν ἀσπίδα πάντοσ' ἐΐσην,
ῥινοῖσιν πυκινήν, πολλὸς δ' ἐπελήλατο χαλκός·
ἀμφὶ δέ οἱ κροτάφοισι φαεινὴ σείετο πήληξ.
πάντῃ δ' ἀμφὶ φάλαγγας ἐπειρᾶτο προποδίζων,
εἴ πώς οἱ εἴξειαν ὑπασπίδια προβιβῶντι·
ἀλλ' οὐ σύγχει θυμὸν ἐνὶ στήθεσσιν Ἀχαιῶν.
Αἴας δὲ πρῶτος προκαλέσσατο μακρὰ βιβάσθων·
„ δαιμόνιε, σχεδὸν ἐλθέ· τί ἢ δειδίσσεαι αὔτως
Ἀργείους; οὔ τοί τι μάχης ἀδαήμονές εἰμεν,
ἀλλὰ Διὸς μάστιγι κακῇι ἐδάμημεν Ἀχαιοί.

Auch Othryoneus wo? Nun sank herab von dem Gipfel
Ilios türmende Stadt; nun naht dein grauses Verhängnis!
Ihm antwortete drauf der göttliche Held Alexandros:
Hektor, dieweil dein Herz Unschuldige selber beschuldigt;
Eher ein andermal wohl zur Unzeit rasten vom Kampfe
Mocht' ich; denn mich auch gebar nicht ganz unkriegrisch die Mutter!
Denn seitdem bei den Schiffen zur Schlacht du erregtest die Freunde,
Streben wir hier beständig im Scharengewühl der Achaier
Sonder Verzug! Doch die Freund' entschlummerten, welche du forschest;
Zween, Deïphobos nur, und des herrschenden Helenos Stärke,
Eilten hinweg, verwundet mit langgeschafteten Lanzen,
Beid' an der Hand; doch den Tod entfernete Zeus Kronion.
Führe nunmehr, wohin dein Herz und Mut es gebietet:
Wir mit freudiger Seele begleiten dich; nimmer auch sollst du
Unseres Muts vermissen, so viel die Kraft nur gewähret!
Über die Kraft kann keiner, auch nicht der Tapferste, kämpfen!
Also sprach, und wandte des Bruders Herz Alexandros.
Beide nun eilten sie hin, wo am heftigsten Streit und Gefecht war,
Um Kebriones her, und Polydamas' heilige Stärke,
Phalkes, und Orthäos, den göttlichen Held Polypötes,
Palmys, Askanios auch, und Morys, Hippotions Söhne:
Die aus dem scholligen Land' Askania wechselnd gekommen
Früh am vorigen Tag'; itzt trieb in die Schlacht sie Kronion.
Diese rauschten einher, wie der Sturm unbändiger Winde,
Der vor dem rollenden Wetter des Donnerers über das Feld braust,
Und graunvolles Getöse die Flut aufregt, daß sich ringsum
Türmen die brandenden Wogen des weitaufrauschenden Meeres,
Krummgewölbt und beschäumt, vorn andr', und andere hinten:
So dort drängten sich Troer in Ordnungen, andre nach andern,
Schimmernd im ehernen Glanz, und folgeten ihren Gebietern.
Hektor strahlte voran, dem mordenden Ares vergleichbar,
Priamos' Sohn, und trug den gleichgeründeten Schild vor,
Dicht aus Häuten gedrängt, und umlegt mit starrendem Erze;
Und um des Wandelnden Schläfen bewegte sich strahlend der Helmschmuck.
Ringsumher versucht' er mit kühnem Gang die Geschwader,
Ob sie vielleicht ihm wichen, wie unter dem Schild' er dahertrat;
Doch nicht schreckt' er den Mut in der männlichen Brust der Achaier.
Ajas nahte zuerst und foderte, mächtiges Schrittes:
Komm, Unglücklicher, komm! Warum doch schreckest du also
Argos' Volk? Wir sind nicht unerfahrene Krieger;
Sondern Zeus mit der Geißel des Wehs bezwang die Achaier.

ἦ θήν πού τοι θυμὸς ἐέλπεται ἐξαλαπάξειν
νῆας· ἄφαρ δέ τε χεῖρες ἀμύνειν εἰσὶ καὶ ἡμῖν.
ἦ κε πολὺ φθαίη εὖ ναιομένη πόλις ὑμὴ
χερσὶν ὑφ᾽ ἡμετέρῃσιν ἁλοῦσά τε περθομένη τε.
σοὶ δ᾽ αὐτῶι φημὶ σχεδὸν ἔμμεναι, ὁππότε φεύγων
ἀρήσηι Διὶ πατρὶ καὶ ἄλλοις ἀθανάτοισι
θάσσονας ἰρήκων ἔμεναι καλλίτριχας ἵππους,
οἵ σε πόλινδ᾽ οἴσουσι κονίοντες πεδίοιο."
ὣς ἄρα οἱ εἰπόντι ἐπέπτατο δεξιὸς ὄρνις,
αἰετὸς ὑψιπέτης· ἐπὶ δ᾽ ἴαχε λαὸς Ἀχαιῶν
θάρσυνος οἰωνῶι· ὁ δ᾽ ἀμείβετο φαίδιμος Ἕκτωρ·
„Αἶαν ἁμαρτοεπές, βουγάϊε, ποῖον ἔειπες·
εἰ γὰρ ἐγὼν οὕτω γε Διὸς πάϊς αἰγιόχοιο
εἴην ἤματα πάντα, τέκοι δέ με πότνια Ἥρη,
τιοίμην δ᾽ ὡς τίετ᾽ Ἀθηναίη καὶ Ἀπόλλων,
ὡς νῦν ἡμέρη ἥδε κακὸν φέρει Ἀργείοισι
πᾶσι μάλ᾽, ἐν δὲ σὺ τοῖσι πεφήσεαι, αἴ κε ταλάσσηις
μεῖναι ἐμὸν δόρυ μακρόν, ὅ τοι χρόα λειριόεντα
δάψει· ἀτὰρ Τρώων κορέεις κύνας ἠδ᾽ οἰωνοὺς
δημῶι καὶ σάρκεσσι, πεσὼν ἐπὶ νηυσὶν Ἀχαιῶν."
ὣς ἄρα φωνήσας ἡγήσατο· τοὶ δ᾽ ἅμ᾽ ἕποντο
ἠχῆι θεσπεσίηι, ἐπὶ δ᾽ ἴαχε λαὸς ὄπισθεν.
Ἀργεῖοι δ᾽ ἑτέρωθεν ἐπίαχον, οὐδὲ λάθοντο
ἀλκῆς, ἀλλ᾽ ἔμενον Τρώων ἐπιόντας ἀρίστους.
ἠχὴ δ᾽ ἀμφοτέρων ἵκετ᾽ αἰθέρα καὶ Διὸς αὐγάς.

Sicherlich wohl im Herzen erwartest du auszutilgen
Unsere Schiffe; doch rasch sind auch uns die Hände zur Abwehr!
Traun weit eher vielleicht wird eure bevölkerte Feste
Unter unseren Händen besiegt und zu Boden getrümmert!
Auch dir selbst verkünd' ich den nahen Tag, da du fliehend
Jammern wirst zu Zeus und allen unsterblichen Göttern,
Daß mit der Schnelle der Falken die schöngemähneten Rosse
Heim zu der Stadt dich tragen, in staubender Flucht durch die Felder.
Als er es sprach, da schwebt' ihm rechtsher nahend ein Vogel,
Ein hochfliegender Adler; und lautauf schrien die Achaier,
Durch das Zeichen gestärkt. Doch es rief der strahlende Hektor:
Ajas, was plauderst du da, großprahlender, eiteler Schwätzer?
Wär' ich doch so sicher ein Sohn des Ägiserschüttrers
Zeus, zum unsterblichen Gott von der Herrscherin Here geboren,
Ewig geehrt, wie geehrt Athenäa wird von Apollon:
Als der heutige Tag ein Unheil bringt den Argeiern
Allen; du selbst auch liegst ein Erschlagener, wenn du es wagest,
Meinen gewaltigen Speer zu bestehn! Er zerreißt dir den zarten
Leib; dann sättigest du der Troer Hund' und Gevögel
Deines Fettes und Fleisches, gestreckt bei den Schiffen Achaias!
Also rief der Herrscher, und führete; jene nun folgten
Mit graunvollem Geschrei, und laut nachjauchzten die Völker.
Laut auch schrien die Argeier daher, des stürmenden Mutes
Eingedenk, und bestanden die nahenden Helden der Troer.
Beider Geschrei ertönte zu Zeus' hochstrahlendem Äther.

ΙΛΙΑΔΟΣ Ξ

Διὸς ἀπάτη.

Νέστορα δ' οὐκ ἔλαθεν ἰαχὴ πίνοντά περ ἔμπης,
ἀλλ' Ἀσκληπιάδην ἔπεα πτερόεντα προσηύδα·
„ φράζεο, δῖε Μαχᾶον, ὅπως ἔσται τάδε ἔργα·
μείζων δὴ παρὰ νηυσὶ βοὴ θαλερῶν αἰζηῶν.
ἀλλὰ σὺ μὲν νῦν πῖνε καθήμενος αἴθοπα οἶνον,
εἰς ὅ κε θερμὰ λοετρὰ ἐϋπλόκαμος Ἑκαμήδη
θερμήνηι καὶ λούσηι ἄπο βρότον αἱματόεντα·
αὐτὰρ ἐγὼν ἐλθὼν τάχα εἴσομαι ἐς περιωπήν."
ὣς εἰπὼν σάκος εἷλε τετυγμένον υἷος ἑοῖο,
κείμενον ἐν κλισίηι, Θρασυμήδεος ἱπποδάμοιο,
χαλκῶι παμφαῖνον· ὁ δ' ἔχ' ἀσπίδα πατρὸς ἑοῖο.
εἵλετο δ' ἄλκιμον ἔγχος, ἀκαχμένον ὀξέϊ χαλκῶι,
στῆ δ' ἐκτὸς κλισίης, τάχα δ' εἴσιδεν ἔργον ἀεικές,
τοὺς μὲν ὀρινομένους, τοὺς δὲ κλονέοντας ὄπισθε,
Τρῶας ὑπερθύμους· ἐρέριπτο δὲ τεῖχος Ἀχαιῶν.
ὡς δ' ὅτε πορφύρηι πέλαγος μέγα κύματι κωφῶι,
ὀσσόμενον λιγέων ἀνέμων λαιψηρὰ κέλευθα
αὔτως, οὐδ' ἄρα τε προκυλίνδεται οὐδετέρωσε,
πρίν τινα κεκριμένον καταβήμεναι ἐκ Διὸς οὖρον,
ὣς ὁ γέρων ὅρμαινε δαϊζόμενος κατὰ θυμὸν
διχθάδι', ἢ μεθ' ὅμιλον ἴοι Δαναῶν ταχυπώλων,
ἦε μετ' Ἀτρεΐδην Ἀγαμέμνονα, ποιμένα λαῶν.
ὧδε δέ οἱ φρονέοντι δοάσσατο κέρδιον εἶναι,
βῆναι ἐπ' Ἀτρεΐδην. οἱ δ' ἀλλήλους ἐνάριζον
μαρνάμενοι· λάκε δέ σφι περὶ χροΐ χαλκὸς ἀτειρὴς
νυσσομένων ξίφεσίν τε καὶ ἔγχεσιν ἀμφιγύοισι.
Νέστορι δὲ ξύμβληντο διοτρεφέες βασιλῆες
πὰρ νηῶν ἀνιόντες, ὅσοι βεβλήατο χαλκῶι,
Τυδεΐδης Ὀδυσεύς τε καὶ Ἀτρεΐδης Ἀγαμέμνων.
πολλὸν γάρ ῥ' ἀπάνευθε μάχης εἰρύατο νῆες
θῖν' ἔφ' ἁλὸς πολιῆς· τὰς γὰρ πρώτας πεδίονδε

VIERZEHNTER GESANG

Nestor, der den verwundeten Machaon bewirtet, eilt auf das Getöse hinaus, und spähet. Ihm begegnen Agamemnon, Diomedes und Odysseus, die, matt von den Wunden, das Treffen zu schaun kommen. Agamemnons Gedanken an Rückzug tadelt Odysseus. Nach Diomedes' Vorschlag gehn sie die Achaier zu ermuntern; und Poseidon tröstet den Agamemnon. Here, mit Aphroditens Gürtel geschmückt, schläfert den Zeus auf Ida ein, daß Poseidon noch mächtiger helfe. Hektor, den Ajas mit dem Steine traf, wird ohnmächtig aus der Schlacht getragen. Die Troer fliehn, indem Ajas, Oileus' Sohn, sich auszeichnet.

Nestor vernahm das Geschrei, auch sitzend am Trunk nicht achtlos;
Schnell zu Asklepios' Sohn die geflügelten Worte begann er:
　Denke doch, edler Machaon, wohin sich wende die Sache!
Lauter hallt um die Schiffe der Ruf von blühenden Streitern!
Aber bleib du sitzen, und trink des funkelnden Weines,
Bis dir ein warmes Bad die lockige Hekamede
Wärmt, und rein die Glieder vom blutigen Staube dir badet.
Ich will indes hineilen, und schnell umschaun von der Höhe.
　Sprach's, und nahm den gediegenen Schild des trefflichen Sohnes
Der im Gezelt dalag dem reisigen Held Thrasymedes,
Überstrahlt von Erz: der ging mit dem Schilde des Vaters:
Nahm dann die mächtige Lanze, gespitzt mit der Schärfe des Erzes,
Stellte sich außer dem Zelt, und schaut' unerfreuliche Taten:
Diese dahergescheucht, und jen' im Tumult sie verfolgend,
Trojas mutige Söhn'; auch gestürzt war die Mauer Achaias.
Wie wenn dunkel sich hebt das Meer mit stummem Gewoge,
Ahndend nur der sausenden Wind' herzuckende Wirbel,
Kaum, doch nirgendwohin die schlagende Woge gewälzt wird,
Bis ein entscheidender Sturm sich herunterstürzt von Kronion:
Also erwog unruhig der Greis in der Tiefe des Herzens,
Zwiefach: ob er zur Schar gaultummelnder Danaer ginge,
Oder zu Atreus' Sohn, dem Hirten des Volks Agamemnon.
Dieser Gedank' erschien dem Zweifelnden endlich der beste,
Hin zum Atreiden zu gehn. Dort würgten sie einer den andern,
Wütend im Kampf; und es krachte das starrende Erz um die Leiber
Unter dem Stoß der Schwerter und zwiefachschneidenden Lanzen.
　Nestorn begegneten nun die gottbeseligten Herrscher
Wiedergekehrt von den Schiffen, so viel das feindliche Erz traf,
Tydeus' Sohn, und Odysseus, und Atreus' Sohn Agamemnon:
Welchen weit vom Treffen entfernt sich reihten die Schiffe
Tief am Gestade des Meers. Denn die erstgelandeten zog man

εἴρυσαν, αὐτὰρ τεῖχος ἐπὶ πρύμνῃσιν ἔδειμαν.
οὐδὲ γὰρ οὐδ' εὐρύς περ ἐὼν ἐδυνήσατο πάσας
αἰγιαλὸς νῆας χαδέειν, στείνοντο δὲ λαοί·
τώ ῥα προκρόσσας ἔρυσαν, καὶ πλῆσαν ἁπάσης
ἠϊόνος στόμα μακρόν, ὅσον συνεέργαθον ἄκραι.
τώ ῥ' οἵ γ' ὀψείοντες ἀϋτῆς καὶ πολέμοιο
ἔγχει ἐρειδόμενοι κίον ἀθρόοι· ἄχνυτο δέ σφι
θυμὸς ἐνὶ στήθεσσιν. ὁ δὲ ξύμβλητο γεραιός,
Νέστωρ, πτῆξε δὲ θυμὸν ἐνὶ στήθεσσιν Ἀχαιῶν.
τὸν καὶ φωνήσας προσέφη κρείων Ἀγαμέμνων·
„ὦ Νέστορ Νηληϊάδη, μέγα κῦδος Ἀχαιῶν,
τίπτε λιπὼν πόλεμον φθισήνορα δεῦρ' ἀφικάνεις;
δείδω μὴ δή μοι τελέσῃ ἔπος ὄβριμος Ἕκτωρ,
ὥς ποτ' ἐπηπείλησεν ἐνὶ Τρώεσσ' ἀγορεύων,
μὴ πρὶν πὰρ νηῶν προτὶ Ἴλιον ἀπονέεσθαι,
πρὶν πυρὶ νῆας ἐνιπρῆσαι, κτεῖναι δὲ καὶ αὐτούς.
κεῖνος τὼς ἀγόρευε· τὰ δὴ νῦν πάντα τελεῖται.
ὢ πόποι, ἦ ῥα καὶ ἄλλοι ἐϋκνήμιδες Ἀχαιοὶ
ἐν θυμῷ βάλλονται ἐμοὶ χόλον, ὥς περ Ἀχιλλεύς,
οὐδ' ἐθέλουσι μάχεσθαι ἐπὶ πρυμνῇσι νέεσσι."
τὸν δ' ἠμείβετ' ἔπειτα Γερήνιος ἱππότα Νέστωρ·
„ἦ δὴ ταῦτά γ' ἑτοῖμα τετεύχαται, οὐδέ κεν ἄλλως
Ζεὺς ὑψιβρεμέτης αὐτὸς παρατεκτήναιτο.
τεῖχος μὲν γὰρ δὴ κατερήριπεν, ᾧ ἐπέπιθμεν
ἄρρηκτον νηῶν τε καὶ αὐτῶν εἶλαρ ἔσεσθαι·
οἱ δ' ἐπὶ νηυσὶ θοῇσι μάχην ἀλίαστον ἔχουσι
νωλεμές· οὐδ' ἂν ἔτι γνοίης μάλα περ σκοπιάζων
ὁπποτέρωθεν Ἀχαιοὶ ὀρινόμενοι κλονέονται,
ὡς ἐπιμὶξ κτείνονται, ἀϋτὴ δ' οὐρανὸν ἵκει.
ἡμεῖς δὲ φραζώμεθ' ὅπως ἔσται τάδε ἔργα,
εἴ τι νόος ῥέξει· πόλεμον δ' οὐκ ἄμμε κελεύω
δύμεναι· οὐ γάρ πως βεβλημένον ἐστὶ μάχεσθαι."
τὸν δ' αὖτε προσέειπεν ἄναξ ἀνδρῶν Ἀγαμέμνων·
„Νέστο, ἐπεὶ δὴ νηυσὶν ἔπι πρυμνῇσι μάχονται,
τεῖχος δ' οὐκ ἔχραισμε τετυγμένον, οὐδέ τι τάφρος,
ᾗ ἔπι πολλὰ πάθον Δαναοί, ἔλποντο δὲ θυμῷ
ἄρρηκτον νηῶν τε καὶ αὐτῶν εἶλαρ ἔσεσθαι·
οὕτω που Διὶ μέλλει ὑπερμενέϊ φίλον εἶναι,
νωνύμνους ἀπολέσθαι ἀπ' Ἄργεος ἐνθάδ' Ἀχαιούς.
ᾔδεα μὲν γὰρ ὅτε πρόφρων Δαναοῖσιν ἄμυνεν,
οἶδα δὲ νῦν ὅτε τοὺς μὲν ὁμῶς μακάρεσσι θεοῖσι

Feldwärts auf, und erhub an den Steuerenden die Mauer.
Nimmermehr ja konnte, wie breit es war, das Gestade
Alle Schiff' einschließen des Heers; und es engte die Völker:
Darum zog man gestuft sie empor, und erfüllte des Ufers
Weite Bucht, die begrenzt von den Vorgebirgen umherlief.
Drum nun kamen zu schaun das Feldgeschrei und Getümmel,
Matt auf die Lanze gestützt, die Verwundeten; und von Betrübnis
Schwoll in den Busen ihr Herz. Es begegnete jetzo der graue
Nestor, und macht' hinstarren das Herz der edlen Achaier.
Ihn anredend begann der herrschende Held Agamemnon:
Nestor, Neleus' Sohn, du erhabener Ruhm der Achaier,
Warum kommst du daher, das würgende Treffen verlassend?
Ach ich sorg', es vollende sein Wort der stürmende Hektor,
Wie er vordem mir gedroht im Rat der versammelten Troer:
Eher nicht von den Schiffen gen Ilios wiederzukehren,
Eh' er in Glut die Schiffe verbrannt, und getötet sie selber.
Also redete jener; und nun wird alles vollendet.
Götter, gewiß sie alle, die hellumschienten Achaier,
Hegen mir Groll im Herzen, und hassen mich, gleich wie Achilleus;
Daß sie dem Kampf sich entziehn um die ragenden Steuer der Schiffe!
Ihm antwortete drauf der gerenische reisige Nestor:
Dies ward alles vollbracht und gefertiget; nimmer vermöcht' auch
Selbst der Donnerer Zeus es anders wieder zu schaffen!
Denn schon sank die Mauer in Schutt, die ganz unzerbrechlich,
Traueten wir, sich erhub uns selbst und den Schiffen zur Abwehr.
Jen' um die rüstigen Schiff', unermeßliche Kämpfe bestehn sie,
Rastlos; nicht erkenntest du mehr, wie scharf du umhersähst,
Welcherseits die Achaier im tobenden Schwarme sich tummeln:
So ist vermischt das Gemord', und es schallt zum Himmel der Aufruhr.
Uns nun laßt erwägen, wohin sich wende die Sache,
Wenn ja Verstand noch hilft. Nur rat' ich nicht, in die Feldschlacht
Einzugehn; denn es taugt der Verwundete nimmer zu streiten.
Ihm antwortete drauf der Herrscher des Volks Agamemnon:
Nestor, dieweil schon wütet der Kampf um die ragenden Steuer,
Und nichts frommte der Mauer gewaltiger Bau, noch der Graben,
Was mit Müh' uns Achaiern gelang, und ganz unzerbrechlich,
Traueten wir, sich erhub uns selbst und den Schiffen zur Abwehr;
So gefällt es nun wohl dem hocherhabnen Kronion,
Daß hier ruhmlos sterben von Argos fern die Achaier.
Wußt' ich es doch, als Zeus huldvoll die Achaier beschirmte;
Und weiß nun, daß er jene zur Herrlichkeit seliger Götter

κυδάνει, ἡμέτερον δὲ μένος καὶ χεῖρας ἔδησεν.
ἀλλ' ἄγεθ', ὡς ἂν ἐγὼν εἴπω, πειθώμεθα πάντες.
νῆες ὅσαι πρῶται εἰρύαται ἄγχι θαλάσσης,
ἕλκωμεν, πάσας δὲ ἐρύσσομεν εἰς ἅλα δῖαν,
ὕψι δ' ἐπ' εὐνάων ὁρμίσσομεν, εἰς ὅ κεν ἔλθηι
νὺξ ἀβρότη, ἢν καὶ τῆι ἀπόσχωνται πολέμοιο
Τρῶες· ἔπειτα δέ κεν ἐρυσαίμεθα νῆας ἁπάσας.
οὐ γάρ τις νέμεσις φυγέειν κακόν, οὐδ' ἀνὰ νύκτα.
βέλτερον ὃς φεύγων προφύγηι κακὸν ἠὲ ἁλώηι."
τὸν δ' ἄρ' ὑπόδρα ἰδὼν προσέφη πολύμητις Ὀδυσσεύς·
„Ἀτρεΐδη, ποῖόν σε ἔπος φύγεν ἕρκος ὀδόντων·
οὐλόμεν', αἴθ' ὤφελλες ἀεικελίου στρατοῦ ἄλλου
σημαίνειν, μὴ δ' ἄμμιν ἀνασσέμεν, οἷσιν ἄρα Ζεὺς
ἐκ νεότητος ἔδωκε καὶ ἐς γῆρας τολυπεύειν
ἀργαλέους πολέμους, ὄφρα φθιόμεσθα ἕκαστος.
οὕτω δὴ μέμονας Τρώων πόλιν εὐρυάγυιαν
καλλείψειν, ἧς εἵνεκ' ὀϊζύομεν κακὰ πολλά;
σίγα, μή τίς τ' ἄλλος Ἀχαιῶν τοῦτον ἀκούσηι
μῦθον, ὃν οὔ κεν ἀνήρ γε διὰ στόμα πάμπαν ἄγοιτο,
ὅς τις ἐπίσταιτο ἧισι φρεσὶν ἄρτια βάζειν
σκηπτοῦχός τ' εἴη, καί οἱ πειθοίατο λαοὶ
τοσσοίδ' ὅσσοισιν σὺ μετ' Ἀργείοισιν ἀνάσσεις·
νῦν δέ σευ ὠνοσάμην πάγχυ φρένας, οἷον ἔειπες·
ὃς κέλεαι πολέμοιο συνεσταότος καὶ ἀϋτῆς
νῆας ἐϋσσέλμους ἅλαδ' ἑλκέμεν, ὄφρ' ἔτι μᾶλλον
Τρωσὶ μὲν εὐκτὰ γένηται ἐπικρατέουσί περ ἔμπης,
ἡμῖν δ' αἰπὺς ὄλεθρος ἐπιρρέπηι. οὐ γὰρ Ἀχαιοὶ
σχήσουσιν πόλεμον νηῶν ἅλα δ' ἑλκομενάων,
ἀλλ' ἀποπαπτανέουσιν, ἐρωήσουσι δὲ χάρμης.
ἔνθά κε σὴ βουλὴ δηλήσεται, ὄρχαμε λαῶν."
τὸν δ' ἠμείβετ' ἔπειτα ἄναξ ἀνδρῶν Ἀγαμέμνων·
„ὦ Ὀδυσεῦ, μάλα πώς με καθίκεο θυμὸν ἐνιπῆι
ἀργαλέηι· ἀτὰρ οὐ μὲν ἐγὼν ἀέκοντας ἄνωγα
νῆας ἐϋσσέλμους ἅλα δ' ἑλκέμεν υἷας Ἀχαιῶν.
νῦν δ' εἴη ὃς τῆσδέ γ' ἀμείνονα μῆτιν ἐνίσποι,
ἢ νέος ἠὲ παλαιός· ἐμοὶ δέ κεν ἀσμένωι εἴη."
τοῖσι δὲ καὶ μετέειπε βοὴν ἀγαθὸς Διομήδης·
„ἐγγὺς ἀνήρ, οὐ δηθὰ ματεύσομεν, αἴ κ' ἐθέλητε
πείθεσθαι, καὶ μή τι κότωι ἀγάσησθε ἕκαστος
οὕνεκα δὴ γενεῆφι νεώτατός εἰμι μεθ' ὑμῖν·
πατρὸς δ' ἐξ ἀγαθοῦ καὶ ἐγὼ γένος εὔχομαι εἶναι,

Auserwählt, uns aber den Mut und die Hände gefesselt.
Aber wohlan, wie ich rede das Wort, so gehorchet mir alle.
Welche Schiffe zunächst am Rande des Meers wir gestellet,
Nehmen wir all', und ziehn sie hinab in die heilige Meerflut,
Hoch auf der Flut mit Ankern befestigend, bis uns herannaht
Öde Nacht, wo alsdann auch zurück sich hält vom Gefechte
Trojas Volk; drauf ziehn wir die sämtlichen Schiff' in die Wogen.
Denn nicht Tadel verdient's, der Gefahr auch bei Nacht zu entrinnen!
Besser, wer fliehend entrann der Gefahr, als wen sie ereilet!
　Finster schaut' und begann der erfindungsreiche Odysseus:
Welch ein Wort, o Atreid', ist dir aus den Lippen entflohen?
Schrecklicher! daß du vielmehr doch ein anderes feigeres Kriegsvolk
Führetest, doch nicht uns obwaltetest, welchen fürwahr Zeus
Früh von Jugend gewährte bis spät zum Alter zu dauern
Unter des Kriegs Drangsalen, bis tot auch der letzte dahinsinkt!
Also gedenkst du im Ernst, von der weitdurchwanderten Troja
Heimzufliehn, um welche des Grams so viel wir erduldet?
Schweig, damit kein andrer in Argos' Volk es vernehme,
Dieses Wort, das schwerlich ein Mann mit den Lippen nur ausspricht,
Dessen Seele gelernt, anständige Dinge zu reden,
Wenn er, geschmückt mit dem Scepter, so mächtige Völker beherrschet,
Als dir, König, daher aus Argos' Städten gefolgt sind!
Jetzo tadl' ich dir gänzlich den Einfall, welchen du vorbringst!
Mitten in Schlacht und Getümmel die schöngebordeten Schiffe
Nieder ins Meer zu ziehen, ermahnest du: daß noch erwünschter
Ende der Troer Geschick, die so schon siegen an Stärke,
Und uns Tod und Verderben zerschmettere! Denn die Achaier
Halten nicht aus das Gefecht, wann ins Meer wir die Schiffe hinabziehn
Sondern voll Angst umschauend, vergessen sie alle der Streitlust!
Traun dann wäre dein Rat uns fürchterlich, Völkergebieter!
　Ihm antwortete drauf der Herrscher des Volks Agamemnon:
Tief in die Seele fürwahr, Odysseus, drang dein Verweis mir,
Schreckenvoll! Doch ich heiße ja nicht, daß wider ihr Wollen
Argos' Söhn' in das Meer die gebogenen Schiffe hinabziehn.
Komme nunmehr, wer besseren Rat zu sagen vermeinet,
Jüngling oder auch Greis; mir sei er herzlich willkommen!
　Jetzo begann vor ihnen der Rufer im Streit Diomedes:
Hier ist der Mann! Was suchen wir länger ihn? höret ihr anders
Guten Rat, und verschmähet ihn nicht, unwilliges Herzens,
Weil ich zwar an Geburt der jüngere bin von euch allen.
Aber ich rühme mich stolz nicht weniger edles Geschlechtes,

Τυδέος, ὃν Θήβηισι χυτὴ κατὰ γαῖα καλύπτει.
πορθεῖ γὰρ τρεῖς παῖδες ἀμύμονες ἐξεγένοντο,
οἴκεον δ' ἐν Πλευρῶνι καὶ αἰπεινῆι Καλυδῶνι,
Ἄγριος ἠδὲ Μέλας, τρίτατος δ' ἦν ἱππότα Οἰνεύς,
πατρὸς ἐμοῖο πατήρ· ἀρετῆι δ' ἦν ἔξοχος αὐτῶν.
ἀλλ' ὁ μὲν αὐτόθι μεῖνε, πατὴρ δ' ἐμὸς Ἄργεϊ νάσθη
πλαγχθείς· ὣς γάρ που Ζεὺς ἤθελε καὶ θεοὶ ἄλλοι.
Ἀδρήστοιο δ' ἔγημε θυγατρῶν, ναῖε δὲ δῶμα
ἀφνειὸν βιότοιο, ἅλις δέ οἱ ἦσαν ἄρουραι
πυροφόροι, πολλοὶ δὲ φυτῶν ἔσαν ὄρχατοι ἀμφίς,
πολλὰ δέ οἱ πρόβατ' ἔσκε· κέκαστο δὲ πάντας Ἀχαιοὺς
ἐγχείηι· τὰ δὲ μέλλετ' ἀκουέμεν, εἰ ἐτεόν περ.
τὼ οὐκ ἄν με γένος γε κακὸν καὶ ἀνάλκιδα φάντες
μῦθον ἀτιμήσαιτε πεφασμένον, ὅν κ' ἐῢ εἴπω.
δεῦτ' ἴομεν πόλεμόνδε καὶ οὐτάμενοί περ ἀνάγκηι.
ἔνθα δ' ἔπειτ' αὐτοὶ μὲν ἐχώμεθα δηϊοτῆτος
ἐκ βελέων, μή πού τις ἐφ' ἕλκεϊ ἕλκος ἄρηται·
ἄλλους δ' ὀτρύνοντες ἐνήσομεν, οἳ τὸ πάρος περ
θυμῶι ἦρα φέροντες ἀφεστᾶσ' οὐδὲ μάχονται."
    ὣς ἔφαθ', οἱ δ' ἄρα τοῦ μάλα μὲν κλύον ἠδ' ἐπίθοντο·
βὰν δ' ἴμεν, ἦρχε δ' ἄρά σφιν ἄναξ ἀνδρῶν Ἀγαμέμνων.
    οὐδ' ἀλαοσκοπιὴν εἶχε κλυτὸς ἐννοσίγαιος,
ἀλλὰ μετ' αὐτοὺς ἦλθε παλαιῶι φωτὶ ἐοικώς,
δεξιτερὴν δ' ἕλε χεῖρ' Ἀγαμέμνονος Ἀτρεΐδαο,
καί μιν φωνήσας ἔπεα πτερόεντα προσηύδα·
„Ἀτρεΐδη, νῦν δή που Ἀχιλλῆος ὀλοὸν κῆρ
γηθεῖ ἐνὶ στήθεσσι, φόνον καὶ φύζαν Ἀχαιῶν
δερκομένωι, ἐπεὶ οὔ οἱ ἔνι φρένες, οὐδ' ἠβαιαί.
ἀλλ' ὁ μὲν ὣς ἀπόλοιτο, θεὸς δέ ἑ σιφλώσειε·
σοὶ δ' οὔ πω μάλα πάγχυ θεοὶ μάκαρες κοτέουσιν,
ἀλλ' ἔτι που Τρώων ἡγήτορες ἠδὲ μέδοντες
εὐρὺ κονίσουσιν πεδίον, σὺ δ' ἐπόψεαι αὐτὸς
φεύγοντας προτὶ ἄστυ νεῶν ἄπο καὶ κλισιάων."
    ὣς εἰπὼν μέγ' ἄϋσεν, ἐπεσσύμενος πεδίοιο.
ὅσσόν τ' ἐννεάχιλοι ἐπίαχον ἢ δεκάχιλοι
ἀνέρες ἐν πολέμωι, ἔριδα ξυνάγοντες Ἄρηος,
τόσσην ἐκ στήθεσφιν ὄπα κρείων ἐνοσίχθων
ἧκεν· Ἀχαιοῖσιν δὲ μέγα σθένος ἔμβαλ' ἑκάστωι
καρδίηι, ἄληκτον πολεμίζειν ἠδὲ μάχεσθαι.
    Ἥρη δ' εἰσεῖδε χρυσόθρονος ὀφθαλμοῖσι
στᾶσ' ἐξ Οὐλύμποιο ἀπὸ ῥίου· αὐτίκα δ' ἔγνω

Tydeus' Sohn, den in Thebe gehügelte Erde bedecket!
Portheus wurden ja drei untadlige Söhne geboren,
Welche Pleuron bewohnt, und Kalydons bergichte Felder:
Agrios erst, dann Melas, und dann der reisige Öneus,
Tydeus' Vater, mein Ahn', berühmt vor jenen an Tugend.
Dieser weilte daselbst; doch es zog mein Vater gen Argos,
Lange verirrt: so ordnet' es Zeus und die anderen Götter.
Einer Tochter vermählt des Adrastos, wohnt' er im Hause,
Reich an Lebensgut; auch genug der Weizengefilde
Hatt' er, und viel der Gärten, von Baum und Rebe beschattet,
Viel auch der weidenden Schaf'; und an Lanzenkunde besiegt' er
Alles Volk. Doch sicher vernahmt ihr schon, wie es wahr ist.
Darum wähnet mich nicht unkriegrisches feiges Geschlechtes,
Noch verachtet den Rat, den ich frei und gut euch eröffne.
Kommt, wir gehn in die Schlacht, verwundet zwar, doch genötigt!
Dort dann wollen wir zwar uns selbst enthalten des Kampfes,
Aus dem Geschoß, daß nicht uns Wund' auf Wunde verletze;
Doch ermahnen wir andre zur Tapferkeit, welche zuvor schon,
Ihrem Mut willfahrend, zurückflohn, müde des Kampfes.
Jener sprach's; da hörten sie aufmerksam, und gehorchten.
Eilend folgten sie jetzt dem Herrscher des Volks Agamemnon.
Aber nicht achtlos lauschte der Erderschüttrer Poseidon;
Sondern er trat zu ihnen, ein alternder Krieger von Ansehn,
Faßte die rechte Hand dem Herrscher des Volks Agamemnon,
Redete drauf zu jenem, und sprach die geflügelten Worte:
Atreus' Sohn, nun schlägt des Achilleus grausames Herz wohl
Hoch vor Freud' in der Brust, das Gewürg' und die Flucht der Achaier
Anzuschaun; denn ihm fehlt auch die mindeste gute Besinnung.
Laß ihn seinem Verderben; ein Himmlischer zeichne mit Schand' ihn!
Noch sind dir nicht ganz die seligen Götter gehässig;
Sondern gewiß der Troer erhabene Fürsten und Pfleger
Füllen noch weit das Gefilde mit Staub, und du siehest noch einmal
Heim sie entfliehn in die Stadt, von den Schiffen hinweg und Gezelten.
Sprach's, und mit lautem Geschrei durchwandelt' er schnell das Gefilde.
Wie wenn zugleich neuntausend daherschrein, ja zehntausend
Rüstige Männer im Streit, zu schrecklichem Kampf sich begegnend:
Solche Stimm' enthallte des erderschütternden Königs
Starker Brust in das Heer, und rüstete jegliches Mannes
Busen mit Kraft, rastlos im Streite zu stehn und zu kämpfen.
Here stand nun schauend, die goldenthronende Göttin,
Hoch vom Gipfel herab des Olympos; und sie erkannte

τὸν μὲν ποιπνύοντα μάχην ἀνὰ κυδιάνειραν
αὐτοκασίγνητον καὶ δαέρα, χαῖρε δὲ θυμῶι·
Ζῆνα δ' ἐπ' ἀκροτάτης κορυφῆς πολυπίδακος Ἴδης
ἥμενον εἰσεῖδε, στυγερὸς δέ οἱ ἔπλετο θυμῶι.
μερμήριξε δ' ἔπειτα βοῶπις πότνια Ἥρη
ὅππως ἐξαπάφοιτο Διὸς νόον αἰγιόχοιο·
ἥδε δέ οἱ κατὰ θυμὸν ἀρίστη φαίνετο βουλή,
ἐλθεῖν εἰς Ἴδην εὖ ἐντύνασαν ἓ αὐτήν,
εἴ πως ἱμείραιτο παραδραθέειν φιλότητι
ἧι χροιῆι, τῶι δ' ὕπνον ἀπήμονά τε λιαρόν τε
χεύηι ἐπὶ βλεφάροισιν ἰδὲ φρεσὶ πευκαλίμηισι.
βῆ δ' ἴμεν ἐς θάλαμον, τόν οἱ φίλος υἱὸς ἔτευξεν
Ἥφαιστος, πυκινὰς δὲ θύρας σταθμοῖσιν ἐπῆρσε
κληῖδι κρυπτῆι, τὴν δ' οὐ θεὸς ἄλλος ἀνῶιγεν·
ἔνθ' ἥ γ' εἰσελθοῦσα θύρας ἐπέθηκε φαεινάς.
ἀμβροσίηι μὲν πρῶτον ἀπὸ χροὸς ἱμερόεντος
λύματα πάντα κάθηρεν, ἀλείψατο δὲ λίπ' ἐλαίωι
ἀμβροσίωι ἑδανῶι, τό ῥά οἱ τεθυωμένον ἦεν·
τοῦ καὶ κινυμένοιο Διὸς κατὰ χαλκοβατὲς δῶ
ἔμπης ἐς γαῖάν τε καὶ οὐρανὸν ἵκετ' ἀϋτμή.
τῶι ῥ' ἥ γε χρόα καλὸν ἀλειψαμένη ἰδὲ χαίτας
πεξαμένη χερσὶ πλοκάμους ἔπλεξε φαεινοὺς
καλοὺς ἀμβροσίους ἐκ κράατος ἀθανάτοιο.
ἀμφὶ δ' ἄρ' ἀμβρόσιον ἑανὸν ἕσαθ', ὅν οἱ Ἀθήνη
ἔξυσ' ἀσκήσασα, τίθει δ' ἐνὶ δαίδαλα πολλά·
χρυσείηις δ' ἐνετῆισι κατὰ στῆθος περονᾶτο.
ζώσατο δὲ ζώνηι ἑκατὸν θυσάνοις ἀραρυίηι,
ἐν δ' ἄρα ἕρματα ἧκεν ἐϋτρήτοισι λοβοῖσι
τρίγληνα μορόεντα· χάρις δ' ἀπελάμπετο πολλή.
κρηδέμνωι δ' ἐφύπερθε καλύψατο δῖα θεάων
καλῶι νηγατέωι· λευκὸν δ' ἦν ἠέλιος ὥς·
ποσσὶ δ' ὑπὸ λιπαροῖσιν ἐδήσατο καλὰ πέδιλα.
αὐτὰρ ἐπεὶ δὴ πάντα περὶ χροῒ θήκατο κόσμον,
βῆ ῥ' ἴμεν ἐκ θαλάμοιο, καλεσσαμένη δ' Ἀφροδίτην
τῶν ἄλλων ἀπάνευθε θεῶν πρὸς μῦθον ἔειπε·
„ἦ ῥά νύ μοί τι πίθοιο, φίλον τέκος, ὅττί κεν εἴπω,
ἦέ κεν ἀρνήσαιο, κοτεσσαμένη τό γε θυμῶι,
οὕνεκ' ἐγὼ Δαναοῖσι, σὺ δὲ Τρώεσσιν ἀρήγεις;"
τὴν δ' ἠμείβετ' ἔπειτα Διὸς θυγάτηρ Ἀφροδίτη·
„Ἥρη πρέσβα θεά, θύγατερ μεγάλοιο Κρόνοιο,
αὔδα ὅ τι φρονέεις· τελέσαι δέ με θυμὸς ἄνωγεν,

Schnell den Schaltenden dort in der männerehrenden Feldschlacht,
Ihren leiblichen Bruder und Schwager, freudiges Herzens.
Ihn alsdann auf der Höhe des quellenströmenden Ida
Sahe sie sitzen, den Zeus, und zürnt' ihm tief in der Seele.
Jetzo sann sie umher, die hoheitblickende Here,
Wie sie täuschte den Sinn des ägiserschütternden Gottes.
Dieser Gedank' erschien der Zweifelnden endlich der beste:
Hinzugehn auf Ida, geschmückt mit lieblichem Schmucke;
Ob er vielleicht begehrte, von Lieb' entbrannt zu umarmen
Ihren Reiz, und sie ihm einschläfernde sanfte Betäubung
Gießen möcht' auf die Augen, und seine waltende Seele.
Und sie enteilt' ins Gemach, das ihr Sohn, der kluge Hephästos,
Ihr gebaut, und die künstliche Pfort' an die Pfosten gefüget
Mit verborgenem Schloß, das kein anderer Gott noch geöffnet.
Dort ging jene hinein, und verschloß die glänzenden Flügel.
Jetzt entwusch sie zuerst mit Ambrosia jede Befleckung
Ihrem reizenden Wuchs, und salbt' ihn mit lauterem Öle,
Fein und ambrosischer Kraft, von würzigem Dufte durchbalsamt;
Welches auch, kaum nur bewegt im ehernen Hause Kronions,
Erde sogleich und Himmel mit Wohlgerüchen umhauchte:
Hiermit salbte sie rings die schöne Gestalt; auch das Haupthaar
Kämmt' und ordnete sie, und ringelte glänzende Locken,
Schön und ambrosiaduftend, herab von der göttlichen Scheitel;
Hüllte sich drauf ins Gewand, das ambrosische, so ihr Athene
Zart und künstlich gewirkt, und reich an Wundergebilde;
Dann mit goldenen Spangen verband sie es über dem Busen;
Schlang dann umher den Gürtel, mit hundert Quästen umbordet.
Jetzo fügte sie auch die schönen Gehäng' in die Ohren,
Dreigestirnt, hellspielend; und Anmut leuchtete ringsum.
Auch ein Schleier umhüllte das Haupt der erhobenen Göttin,
Lieblich und neu vollendet; er schimmerte, hell wie die Sonne;
Unter die glänzenden Füß' auch band sie sich stattliche Sohlen.
Als sie nunmehr vollkommen den Schmuck der Glieder geordnet,
Eilte sie aus dem Gemach, und rief hervor Aphrodite,
Von den anderen Göttern entfernt, dann freundlich begann sie:
  Möchtest du jetzt mir gehorchen, mein Töchterchen, was ich begehre;
Oder vielleicht es versagen, mir darum zürnend im Herzen,
Weil ich selbst die Achaier, und du die Troer beschützest?
  Ihr antwortete drauf die Tochter Zeus' Aphrodite:
Here, gefeierte Göttin, erzeugt vom gewaltigen Kronos,
Rede, was du verlangst; mein Herz gebeut mir Gewährung,

εἰ δύναμαι τελέσαι γε καὶ εἰ τετελεσμένον ἐστίν."
τὴν δὲ δολοφρονέουσα προσηύδα πότνια Ἥρη·
„ δὸς νῦν μοι φιλότητα καὶ ἵμερον, ὧι τε σὺ πάντας
δαμνᾶι ἀθανάτους ἠδὲ θνητοὺς ἀνθρώπους.
εἶμι γὰρ ὀψομένη πολυφόρβου πείρατα γαίης,
Ὠκεανόν τε, θεῶν γένεσιν, καὶ μητέρα Τηθύν,
οἵ μ' ἐν σφοῖσι δόμοισιν ἐΰ τρέφον ἠδ' ἀτίταλλον,
δεξάμενοι Ῥείας, ὅτε τε Κρόνον εὐρύοπα Ζεὺς
γαίης νέρθε καθεῖσε καὶ ἀτρυγέτοιο θαλάσσης·
τοὺς εἶμ' ὀψομένη, καί σφ' ἄκριτα νείκεα λύσω·
ἤδη γὰρ δηρὸν χρόνον ἀλλήλων ἀπέχονται
εὐνῆς καὶ φιλότητος, ἐπεὶ χόλος ἔμπεσε θυμῶι.
εἰ κείνω ἐπέεσσι παραιπεπιθοῦσα φίλον κῆρ
εἰς εὐνὴν ἀνέσαιμι ὁμωθῆναι φιλότητι,
αἰεί κέ σφι φίλη τε καὶ αἰδοίη καλεοίμην."
τὴν δ' αὖτε προσέειπε φιλομμειδὴς Ἀφροδίτη·
„οὐκ ἔστ' οὐδὲ ἔοικε τεὸν ἔπος ἀρνήσασθαι·
Ζηνὸς γὰρ τοῦ ἀρίστου ἐν ἀγκοίνῃσιν ἰαύεις."
ἦ, καὶ ἀπὸ στήθεσφιν ἐλύσατο κεστὸν ἱμάντα
ποικίλον, ἔνθα δέ οἱ θελκτήρια πάντα τέτυκτο·
ἔνθ' ἔνι μὲν φιλότης, ἐν δ' ἵμερος, ἐν δ' ὀαριστὺς
πάρφασις, ἥ τ' ἔκλεψε νόον πύκα περ φρονεόντων.
τόν ῥά οἱ ἔμβαλε χερσὶν ἔπος τ' ἔφατ' ἔκ τ' ὀνόμαζε·
„ τῆ νῦν, τοῦτον ἱμάντα τεῶι ἐγκάτθεο κόλπωι,
ποικίλον, ὧι ἔνι πάντα τετεύχαται· οὐδέ σέ φημι
ἄπρηκτόν γε νέεσθαι, ὅ τι φρεσὶ σῆισι μενοινᾶις."
ὣς φάτο, μείδησεν δὲ βοῶπις πότνια Ἥρη,
μειδήσασα δ' ἔπειτα ἑῶι ἐγκάτθετο κόλπωι.
ἡ μὲν ἔβη πρὸς δῶμα Διὸς θυγάτηρ Ἀφροδίτη,
Ἥρη δ' ἀΐξασα λίπεν ῥίον Οὐλύμποιο,
Πιερίην δ' ἐπιβᾶσα καὶ Ἠμαθίην ἐρατεινὴν
σεύατ' ἐφ' ἱπποπόλων Θρῃκῶν ὄρεα νιφόεντα,
ἀκροτάτας κορυφάς· οὐδὲ χθόνα μάρπτε ποδοῖιν·
ἐξ Ἀθόω δ' ἐπὶ πόντον ἐβήσετο κυμαίνοντα,
Λῆμνον δ' εἰσαφίκανε πόλιν θείοιο Θόαντος.
ἔνθ' Ὕπνωι ξύμβλητο, κασιγνήτωι Θανάτοιο,
ἔν τ' ἄρα οἱ φῦ χειρὶ ἔπος τ' ἔφατ' ἔκ τ' ὀνόμαζεν·
„ Ὕπνε, ἄναξ πάντων τε θεῶν πάντων τ' ἀνθρώπων,
ἠμὲν δή ποτ' ἐμὸν ἔπος ἔκλυες, ἠδ' ἔτι καὶ νῦν
πείθευ· ἐγὼ δέ κέ τοι ἰδέω χάριν ἤματα πάντα.
κοίμησόν μοι Ζηνὸς ὑπ' ὀφρύσιν ὄσσε φαεινώ,

Kann ich es nur gewähren, und ist es selber gewährbar.
Listenreich antwortete drauf die Herrscherin Here:
Gib mir den Zauber der Lieb' und Sehnsucht, welcher dir alle
Herzen der Götter bezähmt, und sterblicher Erdebewohner.
Denn ich geh' an die Grenzen der nahrungsprossenden Erde,
Daß ich den Vater Okeanos schau', und Thetys die Mutter:
Welche beid' im Palaste mich wohl gepflegt und erzogen,
Ihnen von Rheia gebracht, da der waltende Zeus den Kronos
Unter die Erde verstieß und die Flut des verödeten Meeres.
Diese geh' ich zu schaun, und den heftigen Zwist zu vergleichen.
Denn schon lange Zeit vermeiden sie einer des andern
Hochzeitbett und Umarmung, getrennt durch bittere Feindschaft.
Könnt' ich jenen das Herz durch freundliche Worte bewegen,
Wieder zu nahn dem Lager, gesellt zu Lieb' und Umarmung;
Stets dann würd' ich die teure geehrteste Freundin genennet.
Ihr antwortete drauf die hold anlächelnde Kypris:
Nie wär's recht, noch geziemt es, dir jenes Wort zu verweigern;
Denn du ruhst in den Armen des hocherhabnen Kronion.
Sprach's, und löste vom Busen den wunderköstlichen Gürtel,
Buntgestickt: dort waren des Zaubers Reize versammelt;
Dort war schmachtende Lieb' und Sehnsucht, dort das Getändel,
Und die schmeichelnde Bitte, die selbst den Weisen betöret.
Den nun reichte sie jener, und redete, also beginnend:
Da, verbirg' in dem Busen den bunt durchschimmerten Gürtel,
Wo ich des Zaubers Reize versammelte. Wahrlich du kehrst nicht
Sonder Erfolg von dannen, was dir dein Herz auch begehret.
Sprach's; da lächelte sanft die hoheitblickende Here;
Lächelnd drauf verbarg sie den Zaubergürtel im Busen.
Jene nun ging in den Saal, die Tochter Zeus' Aphrodite.
Here voll Ungestüms entschwang sich den Höhn des Olympos,
Trat auf Pieria dann, und Emathiens liebliche Felder,
Stürmete dann zu den schneeigen Höhn gaultummelnder Thraker,
Über die äußersten Gipfel, und nie die Erde berührend;
Schwebete dann vom Athos herab auf die Wogen des Meeres;
Lemnos erreichte sie dann, die Stadt des göttlichen Thoas.
Dort nun fand sie den Schlaf, den leiblichen Bruder des Todes,
Faßt' ihm freundlich die Hand, und redete, also beginnend:
Mächtiger Schlaf, der Menschen und ewigen Götter Beherrscher,
Wenn du je mir ein Wort vollendetest, o so gehorch' auch
Jetzo mir; ich werde dir Dank es wissen auf immer.
Schnell die leuchtenden Augen Kronions unter den Wimpern

αὐτίκ᾽ ἐπεί κεν ἐγὼ παραλέξομαι ἐν φιλότητι.
δῶρα δέ τοι δώσω καλὸν θρόνον, ἄφθιτον αἰεί,
χρύσεον· Ἥφαιστος δέ κ᾽ ἐμὸς πάϊς ἀμφιγυήεις
τεύξει᾽ ἀσκήσας, ὑπὸ δὲ θρῆνυν ποσὶν ἥσει,
τῶι κεν ἐπισχοίης λιπαροὺς πόδας εἰλαπινάζων.“
τὴν δ᾽ ἀπαμειβόμενος προσεφώνεε νήδυμος Ὕπνος·
„Ἥρη, πρέσβα θεά, θύγατερ μεγάλοιο Κρόνοιο,
ἄλλον μέν κεν ἔγωγε θεῶν αἰειγενετάων
ῥεῖα κατευνήσαιμι, καὶ ἂν ποταμοῖο ῥέεθρα
Ὠκεανοῦ, ὅς περ γένεσις πάντεσσι τέτυκται·
Ζηνὸς δ᾽ οὐκ ἂν ἔγωγε Κρονίονος ἆσσον ἱκοίμην,
οὐδὲ κατευνήσαιμ᾽, ὅτε μὴ αὐτός γε κελεύοι.
ἤδη γάρ με καὶ ἄλλο τεὴ ἐπίνυσσεν ἐφετμή,
ἤματι τῶι ὅτε κεῖνος ὑπέρθυμος Διὸς υἱὸς
ἔπλεεν Ἰλιόθεν, Τρώων πόλιν ἐξαλαπάξας.
ἤτοι ἐγὼ μὲν ἔλεξα Διὸς νόον αἰγιόχοιο
νήδυμος ἀμφιχυθείς· σὺ δέ οἱ κακὰ μήσαο θυμῶι,
ὄρσασ᾽ ἀργαλέων ἀνέμων ἐπὶ πόντον ἀήτας,
καί μιν ἔπειτα Κόωνδ᾽ εὖ ναιομένην ἀπένεικας,
νόσφι φίλων πάντων. ὁ δ᾽ ἐπεγρόμενος χαλέπαινε,
ῥιπτάζων κατὰ δῶμα θεούς, ἐμὲ δ᾽ ἔξοχα πάντων
ζήτει· καί κέ μ᾽ ἄϊστον ἀπ᾽ αἰθέρος ἔμβαλε πόντωι,
εἰ μὴ Νὺξ δμήτειρα θεῶν ἐσάωσε καὶ ἀνδρῶν·
τὴν ἱκόμην φεύγων, ὁ δ᾽ ἐπαύσατο χωόμενός περ.
ἅζετο γὰρ μὴ Νυκτὶ θοῆι ἀποθύμια ἔρδοι.
νῦν αὖ τοῦτό μ᾽ ἄνωγας ἀμήχανον ἄλλο τελέσσαι.“
τὸν δ᾽ αὖτε προσέειπε βοῶπις πότνια Ἥρη·
„Ὕπνε, τίη δὲ σὺ ταῦτα μετὰ φρεσὶ σῆισι μενοινᾶις;
ἦ φῂις ὣς Τρώεσσιν ἀρηξέμεν εὐρύοπα Ζῆν
ὡς Ἡρακλῆος περιχώσατο παῖδος ἑοῖο;
ἀλλ᾽ ἴθ᾽, ἐγὼ δέ κέ τοι Χαρίτων μίαν ὁπλοτεράων
δώσω ὀπυιέμεναι καὶ σὴν κεκλῆσθαι ἄκοιτιν.
Πασιθέην, ἧς αἰὲν ἱμείρεαι ἤματα πάντα.“
ὣς φάτο, χήρατο δ᾽ Ὕπνος, ἀμειβόμενος δὲ προσηύδα·
„ἄγρει νῦν μοι ὄμοσσον ἀάατον Στυγὸς ὕδωρ,
χειρὶ δὲ τῆι ἑτέρηι μὲν ἕλε χθόνα πουλυβότειραν,
τῆι δ᾽ ἑτέρηι ἅλα μαρμαρέην, ἵνα νῶϊν ἅπαντες
μάρτυροι ὦσ᾽ οἱ ἔνερθε θεοὶ Κρόνον ἀμφὶς ἐόντες,
ἦ μὲν ἐμοὶ δώσειν Χαρίτων μίαν ὁπλοτεράων,
Πασιθέην, ἧς τ᾽ αὐτὸς ἐέλδομαι ἤματα πάντα.“
ὣς ἔφατ᾽, οὐδ᾽ ἀπίθησε θεὰ λευκώλενος Ἥρη,

Schläfre mir ein, nachdem uns gesellt hat Lieb' und Umarmung.
Deiner harrt ein Geschenk, ein schöner unalternder Sessel,
Strahlend von Gold: ihn soll mein hinkender Sohn Hephästos
Dir bereiten mit Kunst, und ein Schemel sei unter den Füßen;
Daß du behaglich am Mahl die glänzenden Füße dir ausruhst.
Und der erquickende Schlaf antwortete, solches erwidernd:
Here, gefeierte Göttin, erzeugt vom gewaltigen Kronos,
Jeden anderen leicht der ewigwährenden Götter
Schläfert' ich ein, ja selbst des Okeanos wallende Fluten,
Jenes Stroms, der allen Geburt verliehn und Erzeugung.
Nur nicht Zeus Kronion, dem Donnerer, wag' ich zu nahen,
Oder ihn einzuschläfern, wo nicht er selbst es gebietet.
Einst schon witzigten mich, o Königin, deine Befehle,
Jenes Tags, da Zeus' hochherziger Sohn Herakles
Heim von Ilios fuhr, die Stadt in Trümmern verlassend.
Denn ich betäubte den Sinn des ägiserschütternden Gottes,
Sanft umhergeschmiegt; du aber ersannst ihm ein Unheil,
Über das Meer aufstürmend die Wut lautbrausender Winde,
Und verschlugst ihn darauf in Kos' bevölkertes Eiland,
Weit von den Freunden entfernt. Allein der Erwachende zürnte,
Schleudernd umher die Götter im Saal; mich aber vor allen
Sucht' er, und hätt' austilgend vom Äther ins Meer mich gestürzet;
Nur die Nacht, die Bändigerin der Götter und Menschen
Nahm mich Fliehenden auf: da ruhete, wie er auch tobte,
Zeus, und scheute sich, die schnelle Nacht zu betrüben.
Und nun treibst du mich wieder, ein heillos Werk zu beginnen!
Ihm antwortete drauf die hoheitblickende Here:
Schlaf, warum doch solches in deiner Seele gedenkst du?
Meinst du vielleicht, die Troer verteidige so der Kronide,
Wie um Herakles vor Zorn, um seinen Sohn, er entbrannt war?
Aber komm; ich will auch der jüngeren Grazien eine
Dir zu umarmen verleihn, daß dir sie Ehegenossin
Heiße, Pasithea selbst, nach welcher du stets dich gesehnet.
Jene sprach's; und der Schlaf antwortete freudiges Herzens:
Nun wohlan, beschwör' es bei Styx' wehdrohenden Wassern,
Rührend mit einer Hand die nahrungsprossende Erde,
Und mit der andern das schimmernde Meer; daß alle sie uns nun
Zeugen sein, die um Kronos versammelten unteren Götter:
Ganz gewiß mir verleihn der jüngeren Grazien eine
Willst du, Pasithea selbst, nach welcher ich stets mich gesehnet.
Sprach's; und willig gehorchte die lilienarmige Here,

ὄμνυε δ’ ὡς ἐκέλευε, θεοὺς δ’ ὀνόμηνεν ἅπαντας
τοὺς ὑποταρταρίους, οἳ Τιτῆνες καλέονται.
αὐτὰρ ἐπεί ῥ’ ὄμοσέν τε τελεύτησέν τε τὸν ὅρκον,
τὼ βήτην Λήμνου τε καὶ Ἴμβρου ἄστυ λιπόντε,
ἠέρα ἑσσαμένω, ῥίμφα πρήσσοντε κέλευθον.
Ἴδην δ’ ἱκέσθην πολυπίδακα, μητέρα θηρῶν,
Λεκτόν, ὅθι πρῶτον λιπέτην ἅλα· τὼ δ’ ἐπὶ χέρσου
βήτην, ἀκροτάτη δὲ ποδῶν ὕπο σείετο ὕλη.
ἔνθ’ Ὕπνος μὲν ἔμεινε πάρος Διὸς ὄσσε ἰδέσθαι,
εἰς ἐλάτην ἀναβὰς περιμήκετον, ἣ τότ’ ἐν Ἴδηι
μακροτάτη πεφυυῖα δι’ ἠέρος αἰθέρ’ ἵκανεν·
ἔνθ’ ἧστ’ ὄζοισιν πεπυκασμένος εἰλατίνοισιν,
ὄρνιθι λιγυρῆι ἐναλίγκιος, ἥν τ’ ἐν ὄρεσσι
χαλκίδα κικλήσκουσι θεοί, ἄνδρες δὲ κύμινδιν.
Ἥρη δὲ κραιπνῶς προσεβήσετο Γάργαρον ἄκρον
Ἴδης ὑψηλῆς· ἴδε δὲ νεφεληγερέτα Ζεύς.
ὡς δ’ ἴδεν, ὥς μιν ἔρως πυκινὰς φρένας ἀμφεκάλυψεν,
οἷον ὅτε πρῶτόν περ ἐμισγέσθην φιλότητι,
εἰς εὐνὴν φοιτῶντε, φίλους λήθοντε τοκῆας.
στῆ δ’ αὐτῆς προπάροιθεν ἔπος τ’ ἔφατ’ ἔκ τ’ ὀνόμαζεν·
„Ἥρη πῆι μεμαυῖα κατ’ Οὐλύμπου τόδ’ ἱκάνεις;
ἵπποι δ’ οὐ παρέασι καὶ ἅρματα, τῶν κ’ ἐπιβαίης.“
τὸν δὲ δολοφρονέουσα προσηύδα πότνια Ἥρη·
„ἔρχομαι ὀψομένη πολυφόρβου πείρατα γαίης,
Ὠκεανόν τε, θεῶν γένεσιν καὶ μητέρα Τηθύν,
οἵ με σφοῖσι δόμοισιν ἐὺ τρέφον ἠδ’ ἀτίταλλον·
τοὺς εἶμ’ ὀψομένη, καί σφ’ ἄκριτα νείκεα λύσω·
ἤδη γὰρ δηρὸν χρόνον ἀλλήλων ἀπέχονται
εὐνῆς καὶ φιλότητος, ἐπεὶ χόλος ἔμπεσε θυμῶι.
ἵπποι δ’ ἐν πρυμνωρείηι πολυπίδακος Ἴδης
ἑστᾶσ’, οἵ μ’ οἴσουσιν ἐπὶ τραφερήν τε καὶ ὑγρήν.
νῦν δὲ σεῦ εἵνεκα δεῦρο κατ’ Οὐλύμπου τόδ’ ἱκάνω,
μή πώς μοι μετέπειτα χολώσεαι, αἴ κε σιωπῆι
οἴχωμαι πρὸς δῶμα βαθυρρόου Ὠκεανοῖο.“
τὴν δ’ ἀπαμειβόμενος προσέφη νεφεληγερέτα Ζεύς·
„Ἥρη, κεῖσε μὲν ἔστι καὶ ὕστερον ὁρμηθῆναι,
νῶϊ δ’ ἄγ’ ἐν φιλότητι τραπείομεν εὐνηθέντε.
οὐ γάρ πώ ποτέ μ’ ὧδε θεᾶς ἔρος οὐδὲ γυναικὸς
θυμὸν ἐνὶ στήθεσσι περιπροχυθεὶς ἐδάμασσεν,
οὐδ’ ὁπότ’ ἠρασάμην Ἰξιονίης ἀλόχοιο,
ἣ τέκε Πειρίθοον, θεόφιν μήστωρ’ ἀτάλαντον·

Schwur, wie jener begehrt, und rief mit Namen die Götter
All' im Tartaros unten, die man Titanen benennet.
Aber nachdem sie gelobt, und ausgesprochen den Eidschwur;
Eilten sie, Lemnos Stadt und Imbros beide verlassend,
Eingehüllt in Nebel, mit leicht hinschwebenden Füßen.
Ida erreichten sie nun, den quelligen Nährer des Wildes,
Lekton, wo erst dem Meer sie entschwebeten; dann auf der Feste
Wandelten beid'; es erbebten vom Gang die Wipfel des Waldes.
Dort nun weilte der Schlaf, bevor Zeus' Augen ihn sahen,
Hoch auf die Tanne gesetzt, die erhabene, welche des Idas
Höchste nunmehr durch trübes Gedüft zum Äther emporstieg:
Dort saß jener umhüllt von stachelvollem Gezweige,
Gleich dem tönenden Vogel, der nachts die Gebirge durchflattert,
Chalkis genannt von Göttern, und Nachtrab' unter den Menschen.
　Here mit hurtigem Schritt erstieg des Gargaros Gipfel,
Idas Höh'; und sie sahe der Herrscher im Donnergewölk Zeus.
So wie er sah, so umhüllt' Inbrunst sein waltendes Herz ihm,
Jener gleich, da zuerst sich beide gesellt zur Umarmung,
Nahend dem bräutlichen Lager, geheim von den liebenden Eltern.
Und er trat ihr entgegen, und redete, also beginnend:
　Here, wohin verlangst du, da hier vom Olympos du herkommst?
Auch nicht hast du die Ross' und ein schnelles Geschirr zu besteigen.
　Listenreich antwortete drauf die Herrscherin Here:
Zeus, ich geh' an die Grenzen der nahrungsprossenden Erde,
Daß ich den Vater Okeanos schau', und Thetys die Mutter,
Welche beid' im Palaste mich wohl gepflegt und erzogen;
Diese geh' ich zu schaun, und den heftigen Zwist zu vergleichen.
Denn schon lange Zeit vermeiden sie einer des andern
Hochzeitbett und Umarmung, getrennt durch bittere Feindschaft.
Aber die Ross', am untersten Fuß des quelligen Ida
Stehen sie, mich zu tragen durch festes Land und Gewässer.
Deinethalb nun bin ich hieher vom Olympos gekommen,
Daß nicht etwa dein Herz mir eiferte, wandert' ich heimlich
Zu des Okeanos Burg, des tiefhinströmenden Herrschers.
　Ihr antwortete drauf der Herrscher im Donnergewölk Zeus:
Here, dorthin magst du nachher auch enden die Reise.
Komm, wir wollen in Lieb' uns vereinigen, sanft gelagert.
Denn so sehr hat keine der Göttinnen oder der Weiber
Je mein Herz im Busen mit mächtiger Glut mir bewältigt:
Weder, als ich entflammt von Ixions Ehegenossin
Einst den Peirithoos zeugt', an Rat den Unsterblichen ähnlich;

οὐδ’ ὅτε περ Δανάης καλλισφύρου Ἀκρισιώνης,
ἣ τέκε Περσῆα, πάντων ἀριδείκετον ἀνδρῶν·
οὐδ’ ὅτε Φοίνικος κούρης τηλεκλειτοῖο,
ἣ τέκε μοι Μίνων τε καὶ ἀντίθεον Ῥαδάμανθυν·
οὐδ’ ὅτε περ Σεμέλης οὐδ’ Ἀλκμήνης ἐνὶ Θήβηι,
ἥ ῥ’ Ἡρακλῆα κρατερόφρονα γείνατο παῖδα·
ἡ δὲ Διώνυσον Σεμέλη τέκε, χάρμα βροτοῖσιν·
οὐδ’ ὅτε Δήμητρος καλλιπλοκάμοιο ἀνάσσης,
οὐδ’ ὁπότε Λητοῦς ἐρικυδέος, οὐδὲ σεῦ αὐτῆς,
ὡς σέο νῦν ἔραμαι καί με γλυκὺς ἵμερος αἱρεῖ.“
τὸν δὲ δολοφρονέουσα προσηύδα πότνια Ἥρη·
„αἰνότατε Κρονίδη, ποῖον τὸν μῦθον ἔειπες.
εἰ νῦν ἐν φιλότητι λιλαίεαι εὐνηθῆναι
Ἴδης ἐν κορυφῆισι, τὰ δὲ προπέφανται ἅπαντα·
πῶς κ’ ἔοι, εἴ τις νῶϊ θεῶν αἰειγενετάων
εὕδοντ’ ἀθρήσειε, θεοῖσι δὲ πᾶσι μετελθὼν
πεφράδοι; οὐκ ἂν ἔγωγε τεὸν πρὸς δῶμα νεοίμην
ἐξ εὐνῆς ἀνστᾶσα, νεμεσσητὸν δέ κεν εἴη.
ἀλλ’ εἰ δή ῥ’ ἐθέλεις καί τοι φίλον ἔπλετο θυμῶι,
ἔστιν τοι θάλαμος, τόν τοι φίλος υἱὸς ἔτευξεν
Ἥφαιστος, πυκινὰς δὲ θύρας σταθμοῖσιν ἐπῆρσεν·
ἔνθ’ ἴομεν κείοντες, ἐπεί νύ τοι εὔαδεν εὐνή.“
τὴν δ’ ἀπαμειβόμενος προσέφη νεφεληγερέτα Ζεύς·
„Ἥρη, μήτε θεῶν τό γε δείδιθι μήτέ τιν’ ἀνδρῶν
ὄψεσθαι· τοῖόν τοι ἐγὼ νέφος ἀμφικαλύψω
χρύσεον· οὐδ’ ἂν νῶϊ διαδράκοι Ἠέλιός περ,
οὗ τε καὶ ὀξύτατον πέλεται φάος εἰσοράασθαι.“
ἦ ῥα, καὶ ἀγκὰς ἔμαρπτε Κρόνου παῖς ἣν παράκοιτιν·
τοῖσι δ’ ὑπὸ χθὼν δῖα φύεν νεοθηλέα ποίην,
λωτόν θ’ ἑρσήεντα ἰδὲ κρόκον ἠδ’ ὑάκινθον
πυκνὸν καὶ μαλακόν, ὃς ἀπὸ χθονὸς ὑψόσ’ ἔεργε.
τῶι ἔνι λεξάσθην, ἐπὶ δὲ νεφέλην ἕσσαντο
καλὴν χρυσείην· στιλπναὶ δ’ ἀπέπιπτον ἔερσαι.
ὣς ὁ μὲν ἀτρέμας εὗδε πατὴρ ἀνὰ Γαργάρωι ἄκρωι,
ὕπνωι καὶ φιλότητι δαμείς, ἔχε δ’ ἀγκὰς ἄκοιτιν·
βῆ δὲ θέειν ἐπὶ νῆας Ἀχαιῶν νήδυμος Ὕπνος
ἀγγελίην ἐρέων γαιηόχωι ἐννοσιγαίωι·
ἀγχοῦ δ’ ἱστάμενος ἔπεα πτερόεντα προσηύδα·
„πρόφρων νῦν Δαναοῖσι, Ποσείδαον, ἐπάμυνε,
καί σφιν κῦδος ὄπαζε μίνυνθά περ, ὄφρ’ ἔτι εὕδει
Ζεύς, ἐπεὶ αὐτῶι ἐγὼ μαλακὸν περὶ κῶμα κάλυψα·

Noch da ich Danae liebt', Akrisios' reizende Tochter,
Welche den Perseus gebar, den herrlichsten Kämpfer der Vorzeit;
Noch auch Phönix' Tochter, des ferngepriesenen Königs,
Welche mir Minos gebar, und den göttlichen Held Rhadamanthys;
Noch da ich Semele liebt', auch nicht Alkmene von Thebe,
Welche mir Mutter ward des hochgesinnten Herakles;
Jene gebar die Freude des Menschengeschlechts Dionysos;
Noch da ich einst die erhabne, die schöngelockte Demeter,
Oder die herrliche Leto umarmete, oder dich selber:
Als ich anjetzt dir glühe, durchbebt von süßem Verlangen!
Listenreich antwortete drauf die Herrscherin Here:
Welch ein Wort, Kronion, du Schrecklicher, hast du geredet!
Wenn du jetzt in Liebe gesellt zu ruhen begehrest
Oben auf Idas Höhn, wo umher frei alles erscheinet;
O wie wär's, wenn uns einer der ewigwährenden Götter
Beid' im Schlummer erblickt', und den Himmlischen allen es eilend
Meldete? Traun nie kehrt' ich hinfort zu deinem Palaste,
Aufgestanden vom Lager; denn unanständig ja wär' es!
Aber wofern du willst, und deiner Seel' es genehm ist;
Hast du ja ein Gemach, das dein Sohn, der kluge Hephästos,
Dir gebaut, und die künstliche Pfort' an die Pfosten gefüget:
Dorthin gehn wir zu ruhn, gefällt dir jetzo das Lager.
Ihr antwortete drauf der Herrscher im Donnergewölk Zeus:
Here, weder ein Gott, vertraue mir, weder ein Mensch auch
Wird uns schaun: denn ein solches Gewölk umhüll' ich dir ringsum,
Strahlend von Gold; nie würd' uns hindurchspähn Helios selber,
Der doch scharf vor allen mit strahlenden Augen umherblickt.
Also Zeus, und umarmte voll Inbrunst seine Gemahlin.
Unten nun sproß die heilige Erd' aufgrünende Kräuter,
Lotos mit tauiger Blum', und Krokos, samt Hyakinthos,
Dichtgedrängt und weich, die empor vom Boden sie trugen:
Hierauf ruheten beid', und hüllten sich rings ein Gewölk um,
Schön und strahlend von Gold; und es taueten glänzende Tropfen.
Also schlummerte dort auf Gargaros Höhe der Vater,
Sanft von Schlaf bezwungen und Lieb', und umarmte die Gattin.
Eilend lief der erquickende Schlaf zu den Schiffen Achaias,
Botschaft anzusagen dem Erderschüttrer Poseidon;
Nahe trat er hinan, und sprach die geflügelten Worte:
Jetzo mit Ernst, Poseidon, den Danaern Hilfe gewähret!
Ihnen verleih' itzt Ruhm, zum wenigsten, weil noch Kronion
Schläft; ich selber umhüllt' ihn mit sanft betäubendem Schlummer,

Ἥρη δ᾽ ἐν φιλότητι παρήπαφεν εὐνηθῆναι.“
ὣς εἰπὼν ὁ μὲν ὤιχετ᾽ ἐπὶ κλυτὰ φῦλ᾽ ἀνθρώπων,
τὸν δ᾽ ἔτι μᾶλλον ἀνῆκεν ἀμυνέμεναι Δαναοῖσιν.
αὐτίκα δ᾽ ἐν πρώτοισι μέγα προθορὼν ἐκέλευσεν·
„Ἀργεῖοι, καὶ δ᾽ αὖτε μεθίεμεν Ἕκτορι νίκην
Πριαμίδηι, ἵνα νῆας ἕληι καὶ κῦδος ἄρηται;
ἀλλ᾽ ὁ μὲν οὕτω φησὶ καὶ εὔχεται, οὕνεκ᾽ Ἀχιλλεὺς
νηυσὶν ἔπι γλαφυρῆισι μένει κεχολωμένος ἦτορ·
κείνου δ᾽ οὔ τι λίην ποθὴ ἔσσεται, εἴ κεν οἱ ἄλλοι
ἡμεῖς ὀτρυνώμεθ᾽ ἀμυνέμεν ἀλλήλοισιν.
ἀλλ᾽ ἄγεθ᾽, ὡς ἂν ἐγὼ εἴπω, πειθώμεθα πάντες·
ἀσπίδες ὅσσαι ἄρισται ἐνὶ στρατῶι ἠδὲ μέγισται
ἑσσάμενοι, κεφαλὰς δὲ παναίθηισιν κορύθεσσι
κρύψαντες, χερσίν τε τὰ μακρότατ᾽ ἔγχε᾽ ἑλόντες,
ἴομεν· αὐτὰρ ἐγὼν ἡγήσομαι, οὐδ᾽ ἔτι φημὶ
Ἕκτορα Πριαμίδην μενέειν μάλα περ μεμαῶτα.
ὃς δέ κ᾽ ἀνὴρ μενέχαρμος, ἔχει δ᾽ ὀλίγον σάκος ὤμωι,
χείρονι φωτὶ δότω, ὁ δ᾽ ἐν ἀσπίδι μείζονι δύτω.“
ὣς ἔφαθ᾽, οἱ δ᾽ ἄρα τοῦ μάλα μὲν κλύον ἠδὲ πίθοντο·
τοὺς δ᾽ αὐτοὶ βασιλῆες ἐκόσμεον οὐτάμενοί περ,
Τυδεΐδης Ὀδυσεύς τε καὶ Ἀτρεΐδης Ἀγαμέμνων·
οἰχόμενοι δ᾽ ἐπὶ πάντας ἀρήϊα τεύχε᾽ ἄμειβον·
ἐσθλὰ μὲν ἐσθλὸς ἔδυνε, χέρεια δὲ χείρονι δόσκεν.
αὐτὰρ ἐπεί ῥ᾽ ἕσσαντο περὶ χροῒ νώροπα χαλκόν,
βάν ῥ᾽ ἴμεν· ἦρχε δ᾽ ἄρά σφι Ποσειδάων ἐνοσίχθων,
δεινὸν ἄορ τανύηκες ἔχων ἐν χειρὶ παχείηι,
εἴκελον ἀστεροπῆι· τῶι δ᾽ οὐ θέμις ἐστὶ μιγῆναι
ἐν δαῒ λευγαλέηι, ἀλλὰ δέος ἰσχάνει ἄνδρας.
Τρῶας δ᾽ αὖθ᾽ ἑτέρωθεν ἐκόσμει φαίδιμος Ἕκτωρ.
δή ῥα τότ᾽ αἰνοτάτην ἔριδα πτολέμοιο τάνυσσαν
κυανοχαῖτα Ποσειδάων καὶ φαίδιμος Ἕκτωρ,
ἤτοι ὁ μὲν Τρώεσσιν, ὁ δ᾽ Ἀργείοισιν ἀρήγων.
ἐκλύσθη δὲ θάλασσα ποτὶ κλισίας τε νέας τε
Ἀργείων· οἱ δὲ ξύνισαν μεγάλωι ἀλαλητῶι.
οὔτε θαλάσσης κῦμα τόσον βοάαι ποτὶ χέρσον,
ποντόθεν ὀρνύμενον πνοιῆι Βορέω ἀλεγεινῆι·
οὔτε πυρὸς τόσσός γε ποτὶ βρόμος αἰθομένοιο
οὔρεος ἐν βήσσηις, ὅτε τ᾽ ὤρετο καιέμεν ὕλην·
οὔτ᾽ ἄνεμος τόσσόν γε περὶ δρυσὶν ὑψικόμοισι
ἠπύει, ὅς τε μάλιστα μέγα βρέμεται χαλεπαίνων,
ὅσση ἄρα Τρώων καὶ Ἀχαιῶν ἔπλετο φωνὴ

Als ihn Here betört zu holder Lieb' und Umarmung.
Dieses gesagt, entflog er zu rühmlichen Menschengeschlechtern.
Doch ihn reizt' er noch mehr, dem Danaervolke zu helfen.
Schnell in das Vordergetümmel voraus sich stürzend ermahnt' er:
Argos' Söhn', auch jetzo vergönnen wir Sieg dem Hektor,
Priamos' Sohn, daß er nehme die Schiff', und Ruhm sich gewinne?
Aber er wähnt zwar also, und frohlockt, weil noch Achilleus
Bei den geräumigen Schiffen verweilt mit zürnendem Herzen.
Dennoch vermissen wir sein nicht sonderlich, wenn nur wir andern
Mutiger angestrengt uns verteidigen untereinander!
Aber wohlan, wie ich rede das Wort, so gehorchet mir alle.
Jetzt die gewaltigsten Schild' und größesten unseres Heeres
Angelegt und die Häupter in weithinstrahlende Helme
Eingehüllt, in den Händen die mächtigsten Lanzen bewegend,
Wollen wir gehn, ich selber voran; und schwerlich besteht uns
Hektor, Priamos' Sohn, wie ungestüm er daherstrebt!
Ist wo ein streitbarer Mann, der mit kleinerem Schilde sich decket,
Reich' er dem schwächeren Krieger ihn dar, und nehme den größern!
Jener sprach's; da hörten sie aufmerksam, und gehorchten.
Ringsum ordneten diese die Könige selbst, auch verwundet,
Tydeus' Sohn, und Odysseus, und Atreus' Sohn Agamemnon;
Gingen umher, und vertauschten die kriegrischen Waffen der Männer:
Starke bekam der Starke, dem Schwächeren gaben sie schwache.
Aber nachdem sie den Leib mit blendendem Erz sich umhüllet,
Drangen sie vor; sie führte der Erderschüttrer Poseidon,
Tragend ein Schwert, entsetzlich und lang, in der nervichten Rechte,
Gleich dem flammenden Blitz, dem niemand wagt zu begegnen
In der vertilgenden Schlacht; auch die Furcht schon hemmet die Krieger.
Trojas Söhn' auch stellte der strahlende Hektor in Ordnung.
Siehe mit schrecklicher Wut nun strengten den Kampf der Entscheidung
Der schwarzlockige Herrscher des Meers, und der strahlende Hektor,
Dieser dem Troervolk, und der den Danaern helfend.
Hoch aufwogte das Meer an der Danaer Schiff' und Gezelte
Brandend empor; und sie rannten mit lautem Geschrei aneinander.
Nicht so donnert die Woge mit Ungestüm an den Felsstrand,
Aufgestürmt aus dem Meer vom gewaltigen Hauche des Nordwinds;
Nicht so prasselt das Feuer heran mit sausenden Flammen
Durch ein gekrümmt Bergtal, wann den Forst zu verbrennen es auffuhr;
Nicht der Orkan durchbrauset die hochgewipfelten Eichen
So voll Wut, wann am meisten mit großem Getös' er dahertobt:
Als dort laut der Troer und Danaer Stimmen erschollen,

δεινὸν ἀϋσάντων, ὅτ᾽ ἐπ᾽ ἀλλήλοισιν ὄρουσαν.
Αἴαντος δὲ πρῶτος ἀκόντισε φαίδιμος Ἕκτωρ
ἔγχει, ἐπεὶ τέτραπτο πρὸς ἰθύ οἱ, οὐδ᾽ ἀφάμαρτε,
τῆι ῥα δύω τελαμῶνε περὶ στήθεσσι τετάσθην,
ἤτοι ὁ μὲν σάκεος, ὁ δὲ φασγάνου ἀργυροήλου·
τώ οἱ ῥυσάσθην τέρενα χρόα. χώσατο δ᾽ Ἕκτωρ,
ὅττί ῥά οἱ βέλος ὠκὺ ἐτώσιον ἔκφυγε χειρός,
ἂψ δ᾽ ἑτάρων εἰς ἔθνος ἐχάζετο κῆρ᾽ ἀλεείνων.
τὸν μὲν ἔπειτ᾽ ἀπιόντα μέγας Τελαμώνιος Αἴας
χερμαδίωι, τά ῥα πολλά, θοάων ἔχματα νηῶν,
πὰρ ποσὶ μαρναμένων ἐκυλίνδετο, τῶν ἓν ἀείρας
στῆθος βεβλήκει ὑπὲρ ἄντυγος ἀγχόθι δειρῆς,
στρόμβον δ᾽ ὣς ἔσσευε βαλών, περὶ δ᾽ ἔδραμε πάντηι.
ὡς δ᾽ ὅθ᾽ ὑπὸ πληγῆς πατρὸς Διὸς ἐξερίπηι δρῦς
πρόρριζος, δεινὴ δὲ θεείου γίγνεται ὀδμὴ
ἐξ αὐτῆς, τὸν δ᾽ οὔ περ ἔχει θράσος ὅς κεν ἴδηται
ἐγγὺς ἐών, χαλεπὸς δὲ Διὸς μεγάλοιο κεραυνός,
ὣς ἔπεσ᾽ Ἕκτορος ὦκα χαμαὶ μένος ἐν κονίηισι·
χειρὸς δ᾽ ἔκβαλεν ἔγχος, ἐπ᾽ αὐτῶι δ᾽ ἀσπὶς ἑάφθη
καὶ κόρυς, ἀμφὶ δέ οἱ βράχε τεύχεα ποικίλα χαλκῶι.
οἱ δὲ μέγα ἰάχοντες ἐπέδραμον υἷες Ἀχαιῶν,
ἐλπόμενοι ἐρύεσθαι, ἀκόντιζον δὲ θαμειὰς
αἰχμάς· ἀλλ᾽ οὔ τις ἐδυνήσατο ποιμένα λαῶν
οὐτάσαι οὐδὲ βαλεῖν· πρὶν γὰρ περίβησαν ἄριστοι,
Πουλυδάμας τε καὶ Αἰνείας καὶ δῖος Ἀγήνωρ
Σαρπηδών τ᾽, ἀρχὸς Λυκίων, καὶ Γλαῦκος ἀμύμων.
τῶν δ᾽ ἄλλων οὔ τίς εὑ ἀκήδεσεν, ἀλλὰ πάροιθεν
ἀσπίδας εὐκύκλους σχέθον αὐτοῦ. τὸν δ᾽ ἄρ᾽ ἑταῖροι
χερσὶν ἀείραντες φέρον ἐκ πόνου, ὄφρ᾽ ἵκεθ᾽ ἵππους
ὠκέας, οἵ οἱ ὄπισθε μάχης ἠδὲ πτολέμοιο
ἕστασαν ἡνίοχόν τε καὶ ἅρματα ποικίλ᾽ ἔχοντες·
οἳ τόν γε προτὶ ἄστυ φέρον βαρέα στενάχοντα.
ἀλλ᾽ ὅτε δὴ πόρον ἷξον ἐϋρρεῖος ποταμοῖο,
Ξάνθου δινήεντος, ὃν ἀθάνατος τέκετο Ζεύς,
ἔνθά μιν ἐξ ἵππων πέλασαν χθονί, κὰδ δέ οἱ ὕδωρ
χεῦαν· ὁ δ᾽ ἀμπνύνθη καὶ ἀνέδρακεν ὀφθαλμοῖσιν,
ἑζόμενος δ᾽ ἐπὶ γοῦνα κελαινεφὲς αἷμ᾽ ἀπέμεσσεν·
αὖτις δ᾽ ἐξοπίσω πλῆτο χθονί, τὼ δέ οἱ ὄσσε
νὺξ ἐκάλυψε μέλαινα· βέλος δ᾽ ἔτι θυμὸν ἐδάμνα.
Ἀργεῖοι δ᾽ ὡς οὖν ἴδον Ἕκτορα νόσφι κιόντα,
μᾶλλον ἐπὶ Τρώεσσι θόρον, μνήσαντο δὲ χάρμης.

Da sie mit grausem Geschrei anwüteten gegeneinander.
Jetzo zielt' auf Ajas zuerst der strahlende Hektor,
Als er sich gegen ihn wandt', und nicht verfehlt' ihn die Lanze:
Dort wo ihm zween Riemen sich breiteten über den Busen,
Dieser vom Schild', und jener des silbergebuckelten Schwertes,
Traf er; doch beide beschirmten den Leib. Da zürnete Hektor,
Daß sein schnelles Geschoß umsonst aus der Hand ihm entflohn war;
Und in der Freunde Gedräng' entzog er sich, meidend das Schicksal.
Aber den Weichenden traf der Telamonier Ajas
Schnell mit dem Stein; denn viele, die räumigen Schiffe zu stützen,
Lagen gewälzt vor den Füßen der Kämpfenden: den nun erhebend,
Warf er über dem Schilde die Brust ihm, nahe dem Halse;
Jenen schwang, wie den Kräusel, der Wurf, und er taumelte ringsum;
So wie vor Zeus' hochschmetterndem Schlag hinstürzet die Eiche,
Wurzellos, und entsetzlich der Dampf des brennenden Schwefels
Ihr entsteigt; mutlos und betäubt steht, welcher es anschaut
Nahe dem Ort; denn furchtbar ist Zeus' des Allmächtigen Donner:
Also stürzt' in den Staub die Gewalt des göttlichen Hektor.
Schnell entsank die Lanze der Hand, es folgte der Schild nach,
Auch der Helm; ihn umklirrte das Erz der prangenden Rüstung.
Laut vor Freud' aufjauchzend bestürmten ihn Männer Achaias,
Hoffend ihn wegzuziehn, und schleuderten häufig Speere
Gegen ihn; dennoch traf den Völkerhirten nicht einer,
Weder mit Stoß noch Wurf, denn die Tapfersten nahten umwandelnd,
Held Äneias, Polydamas auch, und der edle Agenor,
Auch Sarpedon, der Lykier Fürst, und der treffliche Glaukos;
Auch der anderen keiner versäumt' ihn, sondern sie hielten
Wohlgeründete Schild' ihm zur Abwehr. Doch ihn erhebend
Trugen die Freund' auf den Armen aus Kriegsarbeit zu den Rossen,
Welche geflügeltes Hufs ihm hinter dem Kampf und Gefechte
Standen, gehemmt vom Lenker am kunstreich prangenden Wagen;
Diese trugen zur Stadt den schwer aufstöhnenden Krieger.
Als sie nunmehr an die Furt des schönhinwallenden Xanthos
Kamen, des wirbelnden Stroms, den Zeus der Unsterbliche zeugte;
Legten sie dort vom Geschirr zur Erd' ihn, sprengten dann Wasser
Über ihn her: bald atmet' er auf, und blickte gen Himmel;
Hingekniet dann saß er, und spie schwarzschäumendes Blut aus;
Aber zurück nun sank er zur Erd' hin, und es umhüllte
Finstere Nacht ihm die Augen; denn noch betäubte der Wurf ihn.
Argos' Söhn', als jetzo sie Hektor sahen hinweggehn,
Drangen gestärkt in der Troer Gewühl, und entbrannten vor Streitlust.

ἔνθα πολὺ πρώτιστος Ὀϊλῆος ταχὺς Αἴας
Σάτνιον οὔτασε δουρὶ μετάλμενος ὀξυόεντι
Ἠνοπίδην, ὃν ἄρα νύμφη τέκε νηῒς ἀμύμων
Ἤνοπι βουκολέοντι παρ᾽ ὄχθας Σατνιόεντος.
τὸν μὲν Ὀϊλιάδης δουρὶ κλυτὸς ἐγγύθεν ἐλθὼν
οὖτα κατὰ λαπάρην· ὁ δ᾽ ἀνετράπετ᾽, ἀμφὶ δ᾽ ἄρ᾽ αὐτῶι
Τρῶες καὶ Δαναοὶ σύναγον κρατερὴν ὑσμίνην.
τῶι δ᾽ ἐπὶ Πουλυδάμας ἐγχέσπαλος ἦλθεν ἀμύντωρ
Πανθοΐδης, βάλε δὲ Προθοήνορα δεξιὸν ὦμον,
υἱὸν Ἀρηϊλύκοιο, δι᾽ ὤμου δ᾽ ὄβριμον ἔγχος
ἔσχεν, ὁ δ᾽ ἐν κονίῃσι πεσὼν ἕλε γαῖαν ἀγοστῶι.
Πουλυδάμας δ᾽ ἔκπαγλον ἐπεύξατο μακρὸν ἀΰσας·
„ οὐ μὰν αὖτ᾽ ὀΐω μεγαθύμου Πανθοΐδαο
χειρὸς ἄπο στιβαρῆς ἅλιον πηδῆσαι ἄκοντα,
ἀλλά τις Ἀργείων κόμισε χροΐ, καί μιν ὀΐω
αὐτῶι σκηπτόμενον κατίμεν δόμον Ἄϊδος εἴσω.“
ὣς ἔφατ᾽, Ἀργείοισι δ᾽ ἄχος γένετ᾽ εὐξαμένοιο·
Αἴαντι δὲ μάλιστα δαΐφρονι θυμὸν ὄρινε,
τῶι Τελαμωνιάδῃ· τοῦ γὰρ πέσεν ἄγχι μάλιστα.
καρπαλίμως δ᾽ ἀπιόντος ἀκόντισε δουρὶ φαεινῶι.
Πουλυδάμας δ᾽ αὐτὸς μὲν ἀλεύατο κῆρα μέλαιναν
λικριφὶς ἀΐξας, κόμισεν δ᾽ Ἀντήνορος υἱὸς
Ἀρχέλοχος· τῶι γάρ ῥα θεοὶ βούλευσαν ὄλεθρον.
τόν ῥ᾽ ἔβαλεν κεφαλῆς τε καὶ αὐχένος ἐν συνεοχμῶι,
νείατον ἀστράγαλον, ἀπὸ δ᾽ ἄμφω κέρσε τένοντε·
τοῦ δὲ πολὺ προτέρη κεφαλὴ στόμα τε ῥῖνές τε
οὔδεϊ πλῆντ᾽ ἤ περ κνῆμαι καὶ γοῦνα πεσόντος.
Αἴας δ᾽ αὖτ᾽ ἐγέγωνεν ἀμύμονι Πουλυδάμαντι·
„ φράζεο, Πουλυδάμα, καί μοι νημερτὲς ἐνίσπες,
ἦ ῥ᾽ οὐχ οὗτος ἀνὴρ Προθοήνορος ἀντὶ πεφάσθαι
ἄξιος; οὐ μέν μοι κακὸς εἴδεται οὐδὲ κακῶν ἔξ,
ἀλλὰ κασίγνητος Ἀντήνορος ἱπποδάμοιο,
ἢ πάϊς· αὐτῶι γὰρ γενεὴν ἄγχιστα ἐώικει.“
ἦ ῥ᾽ εὖ γιγνώσκων, Τρῶας δ᾽ ἄχος ἔλλαβε θυμόν.
ἔνθ᾽ Ἀκάμας Πρόμαχον Βοιώτιον οὔτασε δουρί,
ἀμφὶ κασιγνήτωι βεβαώς· ὁ δ᾽ ὕφελκε ποδοῖιν.
τῶι δ᾽ Ἀκάμας ἔκπαγλον ἐπεύξατο μακρὸν ἀΰσας·
„ Ἀργεῖοι ἰόμωροι, ἀπειλάων ἀκόρητοι,
οὔ θην οἴοισίν γε πόνος τ᾽ ἔσεται καὶ ὀϊζὺς
ἡμῖν, ἀλλά ποθ᾽ ὧδε κατακτενέεσθε καὶ ὔμμες.
φράζεσθ᾽ ὡς ὑμῖν Πρόμαχος δεδμημένος εὕδει

Siehe zuerst traf Ajas, der rasche Sohn des Oileus,
Satnios, ungestüm mit spitziger Lanz' ihn ereilend,
Enops Sohn; ihn gebar dem rinderweidenden Enops
Eine schöne Najad' an Satniois grünenden Ufern:
Diesen traf anrennend der streitbare Sohn des Oileus
Durch die Weiche des Bauchs, daß er taumelte; und ihn umdrängten
Troer zugleich und Achaier, gemischt zu grauser Entscheidung.
Aber der Lanzenschwinger Polydamas kam ihm ein Rächer,
Panthoos Sohn, und schoß Prothoënor rechts in die Schulter,
Areïlykos' Sohn, daß hindurch der stürmende Wurfspieß
Fuhr; und er sank in den Staub, mit der Hand den Boden ergreifend.
Hoch frohlockte darob Polydamas, laut ausrufend:
Nicht ist jetzt, wie ich meine, dem mutigen Panthoiden
Aus der gewaltigen Hand umsonst entsprungen der Wurfspieß;
Sondern der Danaer einer empfing ihn im Leib'; und vermutlich
Wird er, gestützt auf den Stab, in Aïdes Wohnung hinabgehn!
Jener sprach's; und es schmerzte der jauchzende Ruf die Achaier;
Aber dem Ajas schwoll sein mutiges Herz vor Betrübnis,
Ihm des Telamons Sohn, dem zunächst hinsank Prothoënor.
Schnell dem Weichenden nach entsandt' er die blinkende Lanze.
Zwar Polydamas selber vermied das schwarze Verhängnis,
Schnell zur Seite gewandt; doch Archilochos, Sohn des Antenor,
Fing es auf; ihn weihte der Götter Rat dem Verderben.
Diesem flog das Geschoß, wo Haupt und Nacken sich füget,
Oben am Wirbel hinein, und durchschnitt ihm beide die Sehnen;
Daß ihm eher das Haupt und Mund und Nas' auf die Erd' hin
Taumelten, ehe hinab die Knie' und Schenkel ihm sanken.
Laut rief Ajas nunmehr zu Panthoos trefflichem Sohne:
Sinne, Polydamas, nach, und sage mir lautere Wahrheit!
War nicht dieser ein Mann, Prothoënors wegen zu fallen,
Würdig genug? Kein Niedrer erscheint er mir, oder von Niedern;
Sondern ein leiblicher Bruder des Rossezähmers Antenor,
Oder ein Sohn; ihm muß an Geschlecht er nahe verwandt sein.
Sprach's, ihn wohl erkennend; doch Schmerz erfüllte die Troer.
Akamas stieß mit dem Speer itzt Promachos hin den Böoten,
Treu den Bruder umwandelnd, da er an den Füßen ihn wegzog.
Hoch frohlockte darob Held Akamas, laut ausrufend:
Argos' Volk, Pfeilkühne, der Drohungen ganz unersättlich!
Nicht wird wahrlich allein Mühseligkeit stets und Betrübnis
Uns zu teil; euch selber ist so zu fallen geordnet!
Schaut, wie Promachos euch, von meiner Lanze gebändigt,

ἔγχει ἐμῶι, ἵνα μή τι κασιγνήτοιό γε ποινὴ
δηρὸν ἄτιτος ἔηι· τὼ καί κέ τις εὔχεται ἀνὴρ
γνωτὸν ἐνὶ μεγάροισιν ἀρῆς ἀλκτῆρα λιπέσθαι."
ὣς ἔφατ', Ἀργείοισι δ' ἄχος γένετ' εὐξαμένοιο·
Πηνέλεωι δὲ μάλιστα δαΐφρονι θυμὸν ὄρινεν·
ὁρμήθη δ' Ἀκάμαντος· ὁ δ' οὐχ ὑπέμεινεν ἐρωὴν
Πηνελέωο ἄνακτος· ὁ δ' οὔτασεν Ἰλιονῆα,
υἱὸν Φόρβαντος πολυμήλου, τόν ῥα μάλιστα
Ἑρμείας Τρώων ἐφίλει καὶ κτῆσιν ὄπασσε·
τῶι δ' ἄρ' ὑπὸ μήτηρ μοῦνον τέκεν Ἰλιονῆα.
τὸν τόθ' ὑπ' ὀφρύος οὖτα κατ' ὀφθαλμοῖο θέμεθλα,
ἐκ δ' ὦσε γλήνην· δόρυ δ' ὀφθαλμοῖο διαπρὸ
καὶ διὰ ἰνίου ἦλθεν, ὁ δ' ἕζετο χεῖρε πετάσσας
ἄμφω· Πηνέλεως δὲ ἐρυσσάμενος ξίφος ὀξὺ
αὐχένα μέσσον ἔλασσεν, ἀπήραξεν δὲ χαμᾶζε
αὐτῆι σὺν πήληκι κάρη· ἔτι δ' ὄβριμον ἔγχος
ἦεν ἐν ὀφθαλμῶι· ὁ δὲ φὴ κώδειαν ἀνασχὼν
πέφραδέ τε Τρώεσσι καὶ εὐχόμενος ἔπος ηὔδα·
„εἰπέμεναί μοι, Τρῶες, ἀγαυοῦ Ἰλιονῆος
πατρὶ φίλωι καὶ μητρὶ γοήμεναι ἐν μεγάροισιν·
οὐδὲ γὰρ ἡ Προμάχοιο δάμαρ Ἀλεγηνορίδαο
ἀνδρὶ φίλωι ἐλθόντι γανύσσεται, ὁππότε κεν δὴ
ἐκ Τροίης σὺν νηυσὶ νεώμεθα κοῦροι Ἀχαιῶν."
ὣς φάτο, τοὺς δ' ἄρα πάντας ὑπὸ τρόμος ἔλλαβε γυῖα,
πάπτηνεν δὲ ἕκαστος ὅπηι φύγοι αἰπὺν ὄλεθρον.
ἔσπετε νῦν μοι, Μοῦσαι Ὀλύμπια δώματ' ἔχουσαι,
ὅς τις δὴ πρῶτος βροτόεντ' ἀνδράγρι' Ἀχαιῶν
ἤρατ', ἐπεί ῥ' ἔκλινε μάχην κλυτὸς ἐννοσίγαιος.
Αἴας ῥα πρῶτος Τελαμώνιος Ὕρτιον οὖτα
Γυρτιάδην, Μυσῶν ἡγήτορα καρτεροθύμων·
Φάλκην δ' Ἀντίλοχος καὶ Μέρμερον ἐξενάριξε·
Μηριόνης δὲ Μόρυν τε καὶ Ἱπποτίωνα κατέκτα,
Τεῦκρος δὲ Προθόωνά τ' ἐνήρατο καὶ Περιφήτην·
Ἀτρεΐδης δ' ἄρ' ἔπειθ' Ὑπερήνορα, ποιμένα λαῶν,
οὖτα κατὰ λαπάρην, διὰ δ' ἔντερα χαλκὸς ἄφυσσε
δηιώσας· ψυχὴ δὲ κατ' οὐταμένην ὠτειλὴν
ἔσσυτ' ἐπειγομένη, τὸν δὲ σκότος ὄσσε κάλυψε.
πλείστους δ' Αἴας εἷλεν Ὀϊλῆος ταχὺς υἱός·
οὐ γάρ οἵ τις ὁμοῖος ἐπισπέσθαι ποσὶν ἦεν
ἀνδρῶν τρεσσάντων, ὅτε τε Ζεὺς ἐν φόβον ὄρσηι.

Ruhig schläft; daß nicht des Bruders schuldige Rache
Lang' euch bleib' unbezahlt! So wünscht auch ein anderer Mann wohl
Einen Freund im Hause, des Streits Abwehrer, zu lassen!
Jener sprach's; und es schmerzte der jauchzende Ruf die Achaier.
Aber Peneleos schwoll sein mutiges Herz vor Betrübnis.
Wild auf Akamas sprang er; doch nicht zu bestehen vermochte
Jener des Königes Sturm; und Ilioneus streckt' er danieder,
Phorbas' Sohn, des herdebegüterten, welchen Hermeias
Hoch im Volk der Troer geliebt, und mit Habe gesegnet;
Doch ihm hatte sein Weib den Ilioneus einzig geboren:
Unter der Brau' ihm stach er die unterste Wurzel des Auges,
Daß ihm der Stern ausfloß, und der Speer durchs Auge gebohret,
Hinten den Schädel zerbrach; und er saß ausbreitend die Hände
Beide. Peneleos drauf, das geschliffene Schwert sich entreißend,
Schwang es gerad' auf den Nacken, und schmetterte nieder zur Erde
Samt dem Helme das Haupt; noch war die gewaltige Lanze
Ihm durchs Auge gebohrt; dann hub er es, ähnlich dem Mohnhaupt,
Zeigt' es dem Troervolk, und sprach mit jauchzender Stimme:
Meldet mir dies, ihr Troer, Ilioneus' Vater und Mutter,
Daß sie den glänzenden Sohn daheim im Palaste betrauern!
Denn auch nicht des Promachos Weib, des Sohns Alegenors,
Heißt den trauten Gemahl willkommen hinfort, wann aus Troja
Heim wir kehren in Schiffen, wir blühenden Männer Achaias!
Jener sprach's; und rings nun faßte sie bleiches Entsetzen;
Jeglicher schaut' umher, zu entfliehn dem grausen Verderben.
Sagt mir anitzt, ihr Musen, olympische Höhen bewohnend,
Wer der Achaier zuerst des Erschlagenen blutige Rüstung
Raubte, nachdem gewendet die Schlacht der gewaltige Meergott.
Ajas, Telamons Sohn, stieß erst den Hyrtios nieder,
Gyrtias' Sohn, den Ordner der trotzigen Myserscharen;
Drauf Antilochos nahm des Mermeros Wehr, und des Phalkes;
Aber Meriones warf den Hippotion nieder und Morys;
Teukros darauf entraffte den Prothoon und Periphetes;
Atreus' Sohn auch stach dem Hirten des Volks Hyperenor
Tief in die Weiche des Bauchs, und die Eingeweide durchdrang ihm
Schneidend das Erz; daß die Seel' aus der gaffenden Todeswunde
Schleunig entfloh, und die Augen ihm nächtliches Dunkel umhüllte.
Doch schlug Ajas die meisten, der rasche Sohn des Oileus;
Denn ihm gleich war keiner, im fliegenden Lauf zu verfolgen
Zitternder Männer Gewühl, sobald Zeus Schrecken erregte.

ΙΛΙΑΔΟΣ Ο

Παλίωξις παρὰ
τῶν νεῶν.

Αὐτὰρ ἐπεὶ διά τε σκόλοπας καὶ τάφρον ἔβησαν
φεύγοντες, πολλοὶ δὲ δάμεν Δαναῶν ὑπὸ χερσίν,
οἱ μὲν δὴ παρ᾽ ὄχεσφιν ἐρητύοντο μένοντες,
χλωροὶ ὑπαὶ δείους, πεφοβημένοι· ἔγρετο δὲ Ζεὺς
Ἴδης ἐν κορυφῆισι παρὰ χρυσοθρόνου Ἥρης,
στῆ δ᾽ ἄρ᾽ ἀναΐξας, ἴδε δὲ Τρῶας καὶ Ἀχαιούς,
τοὺς μὲν ὀρινομένους, τοὺς δὲ κλονέοντας ὄπισθεν
Ἀργείους, μετὰ δέ σφι Ποσειδάωνα ἄνακτα·
Ἕκτορα δ᾽ ἐν πεδίωι ἴδε κείμενον, ἀμφὶ δ᾽ ἑταῖροι
ἥαθ᾽, ὁ δ᾽ ἀργαλέωι ἔχετ᾽ ἄσθματι κῆρ ἀπινύσσων,
αἷμ᾽ ἐμέων, ἐπεὶ οὔ μιν ἀφαυρότατος βάλ᾽ Ἀχαιῶν.
τὸν δὲ ἰδὼν ἐλέησε πατὴρ ἀνδρῶν τε θεῶν τε,
δεινὰ δ᾽ ὑπόδρα ἰδὼν Ἥρην πρὸς μῦθον ἔειπεν·
„ ἦ μάλα δὴ κακότεχνος, ἀμήχανε, σὸς δόλος, Ἥρη,
Ἕκτορα δῖον ἔπαυσε μάχης, ἐφόβησε δὲ λαούς.
οὐ μὰν οἶδ᾽ εἰ αὖτε κακορραφίης ἀλεγεινῆς
πρώτη ἐπαύρηαι καί σε πληγῆισιν ἱμάσσω.
ἦ οὐ μέμνηι ὅτε τ᾽ ἐκρέμω ὑψόθεν, ἐκ δὲ ποδοῖιν
ἄκμονας ἧκα δύω, περὶ χερσὶ δὲ δεσμὸν ἴηλα
χρύσεον ἄρρηκτον; σὺ δ᾽ ἐν αἰθέρι καὶ νεφέλησιν
ἐκρέμω· ἠλάστεον δὲ θεοὶ κατὰ μακρὸν Ὄλυμπον,
λῦσαι δ᾽ οὐκ ἐδύναντο παρασταδόν· ὃν δὲ λάβοιμι
ῥίπτασκον τεταγὼν ἀπὸ βηλοῦ, ὄφρ᾽ ἂν ἵκηται
γῆν ὀλιγηπελέων· ἐμὲ δ᾽ οὐδ᾽ ὧς θυμὸν ἀνίει
ἀζηχὴς ὀδύνη Ἡρακλῆος θείοιο,
τὸν σὺ ξὺν Βορέηι ἀνέμωι πεπιθοῦσα θυέλλας
πέμψας ἐπ᾽ ἀτρύγετον πόντον, κακὰ μητιόωσα,
καί μιν ἔπειτα Κόωνδ᾽ εὖ ναιομένην ἀπένεικας.
τὸν μὲν ἐγὼν ἔνθεν ῥυσάμην καὶ ἀνήγαγον αὖτις
Ἄργος ἐς ἱππόβοτον, καὶ πολλά περ ἀθλήσαντα.

FÜNFZEHNTER GESANG

Der erwachte Zeus bedroht Here, und gebeut, ihm Iris und Apollon vom Olympos zu rufen; daß jene den Poseidon aus der Schlacht gehen heiße, dieser den Hektor herstelle, und die Achaier scheuche, bis Achilleus den Patroklos sende. Es geschieht. Hektor mit Apollon schreckt die Achaier, deren Helden nur widerstehn, in das Lager zurück, und folgt mit den Streitwagen über Graben und Mauer, wo Apollon ihm bahnt. Den Kampf hört Patroklos in Eurypylos Zelt, und eilt den Achilleus zu erweichen. Die Achaier ziehn sich von den vorderen Schiffen. Ajas, Telamons Sohn, kämpft von den Verdecken mit einem Schiffspeere, und verteidigt des Protesilaos Schiff, das Hektor anzünden will.

Aber nachdem sie die Pfähle hindurch und den Graben geeilet,
Fliehend, und mancher erlag dem mordenden Arm der Achaier;
Jetzo hemmeten jene sich dort bei den Wagen beharrend,
Blaß ihr Gesicht vor Angst, die Erschrockenen. Doch es erwachte
Zeus auf Idas Höhn bei der goldenthronenden Here.
Schnell nun stand er empor, und umsah die Achaier und Troer:
Diese dahergescheucht, und jen' im Tumult sie verfolgend,
Argos' Söhn', und mit ihnen den Meerbeherrscher Poseidon.
Hektor auch sah er im Felde, den liegenden; und die Genossen
Saßen umher; noch beklemmt, aufatmet' er, schwindelnd in Ohnmacht,
Und spie Blut; denn ihn traf kein schwächerer Mann der Achaier.
Mitleidsvoll erblickt' ihn der waltende Herrscher der Welt Zeus;
Drohend mit finsterem Blick zur Here wandt' er die Worte:
Traun, dein böser Betrug, arglistige, tückische Here,
Hemmte den göttlichen Hektor vom Streit, und erschreckte die Völker!
Doch wer weiß, ob nicht wieder des schlauersonnenen Frevels
Erste Frucht du genießest, von meiner Geißel gezüchtigt!
Denkst du nicht mehr, wie du hoch herschwebtest, und an die Füß' ich
Zween Ambosse dir hängt', und ein Band um die Hände dir schürzte,
Golden und unzerbrechlich? Aus Ätherglanz und Gewölk her
Schwebtest du; ringsum traurten die Himmlischen durch den Olympos;
Doch nicht wagte zu lösen ein Nahender: wen ich erhaschte,
Schleudert' ich mächtig gefaßt von der Schwell' ihn, bis er zur Erde
Niedergestürzt ohnmächtig; auch so nicht ruhte der Zorn mir,
Heftig entbrannt um die Qual des göttergleichen Herakles,
Welchen du, mit Boreas Hilf' aufregend die Stürme,
Sendetest durch das verödete Meer, trugsinnendes Herzens,
Und ihn endlich in Kos' bevölkerte Insel verschlugest;
Doch ihn führt' ich von dannen zurück, und bracht' ihn in Argos'
Rossenährendes Land, nach mancherlei Kämpfen des Elends.

τῶν σ' αὖτις μνήσω, ἵν' ἀπολλήξηις ἀπατάων,
ὄφρα ἴδηι ἤν τοι χραίσμηι φιλότης τε καὶ εὐνή,
ἣν ἐμίγης ἐλθοῦσα θεῶν ἄπο καί μ' ἀπάτησας."
ὣς φάτο, ῥίγησεν δὲ βοῶπις πότνια Ἥρη,
καί μιν φωνήσασ' ἔπεα πτερόεντα προσηύδα·
„ἴστω νῦν τόδε Γαῖα καὶ Οὐρανὸς εὐρὺς ὕπερθε
καὶ τὸ κατειβόμενον Στυγὸς ὕδωρ, ὅς τε μέγιστος
ὅρκος δεινότατός τε πέλει μακάρεσσι θεοῖσι,
σή θ' ἱερὴ κεφαλὴ καὶ νωΐτερον λέχος αὐτῶν
κουρίδιον, τὸ μὲν οὐκ ἂν ἐγώ ποτε μὰψ ὀμόσαιμι·
μὴ δι' ἐμὴν ἰότητα Ποσειδάων ἐνοσίχθων
πημαίνει Τρῶάς τε καὶ Ἕκτορα, τοῖσι δ' ἀρήγει,
ἀλλά που αὐτὸν θυμὸς ἐποτρύνει καὶ ἀνώγει,
τειρομένους δ' ἐπὶ νηυσὶν ἰδὼν ἐλέησεν Ἀχαιούς.
αὐτάρ τοι καὶ κείνωι ἐγὼ παραμυθησαίμην
τῆι ἴμεν ἧι κεν δὴ σύ, κελαινεφές, ἡγεμονεύηις."
ὣς φάτο, μείδησεν δὲ πατὴρ ἀνδρῶν τε θεῶν τε,
καί μιν ἀμειβόμενος ἔπεα πτερόεντα προσηύδα·
„εἰ μὲν δὴ σύ γ' ἔπειτα, βοῶπις πότνια Ἥρη,
ἶσον ἐμοὶ φρονέουσα μετ' ἀθανάτοισι καθίζοις,
τώ κε Ποσειδάων γε, καὶ εἰ μάλα βούλεται ἄλληι,
αἶψα μεταστρέψειε νόον μετὰ σὸν καὶ ἐμὸν κῆρ.
ἀλλ' εἰ δή ῥ' ἐτεόν γε καὶ ἀτρεκέως ἀγορεύεις,
ἔρχεο νῦν μετὰ φῦλα θεῶν, καὶ δεῦρο κάλεσσον
Ἶρίν τ' ἐλθέμεναι καὶ Ἀπόλλωνα κλυτότοξον,
ὄφρ' ἣ μὲν μετὰ λαὸν Ἀχαιῶν χαλκοχιτώνων
ἔλθηι, καὶ εἴπηισι Ποσειδάωνι ἄνακτι
παυσάμενον πολέμοιο τὰ ἃ πρὸς δώμαθ' ἱκέσθαι,
Ἕκτορα δ' ὀτρύνηισι μάχην ἐς Φοῖβος Ἀπόλλων,
αὖτις δ' ἐμπνεύσηισι μένος, λελάθηι δ' ὀδυνάων
αἳ νῦν μιν τείρουσι κατὰ φρένας, αὐτὰρ Ἀχαιοὺς
αὖτις ἀποστρέψηισιν ἀνάλκιδα φύζαν ἐνόρσας,
φεύγοντες δ' ἐν νηυσὶ πολυκλήϊσι πέσωσι
Πηλεΐδεω Ἀχιλῆος· ὁ δ' ἀνστήσει ὃν ἑταῖρον
Πάτροκλον· τὸν δὲ κτενεῖ ἔγχεϊ φαίδιμος Ἕκτωρ
Ἰλίου προπάροιθε, πολέας ὀλέσαντ' αἰζηοὺς
τοὺς ἄλλους, μετὰ δ' υἱὸν ἐμὸν Σαρπηδόνα δῖον.
τοῦ δὲ χολωσάμενος κτενεῖ Ἕκτορα δῖος Ἀχιλλεύς.
ἐκ τοῦ δ' ἄν τοι ἔπειτα παλίωξιν παρὰ νηῶν
αἰὲν ἐγὼ τεύχοιμι διαμπερές, εἰς ὅ κ' Ἀχαιοὶ
Ἴλιον αἰπὺ ἕλοιεν Ἀθηναίης διὰ βουλάς.

Dessen erinnr' ich dich, daß hinfort du entsagest dem Truge,
Bis du erkannt, ob frommen dir mög' Umarmung und Lager,
Dem du entfernt von den Göttern dich nahetest, und mich betörtest!
Jener sprach's; da erschrak die hoheitblickende Here;
Und sie begann dagegen, und sprach die geflügelten Worte:
Zeuge mir jetzo die Erd', und der wölbende Himmel von oben,
Auch die stygische Flut, die hinabrollt: welches der größte
Eidschwur ja und furchtbarste ist den seligen Göttern:
Auch dein heiliges Haupt, und unserer blühenden Jugend
Hochzeitbett, bei welchem ich nie falsch wagte zu schwören!
Daß nicht meines Geheißes der Erderschüttrer Poseidon
Trojas Söhn' und Hektor verletzt, doch jene beschirmet;
Sondern vielleicht sein Herz aus eigener Regung ihn antreibt,
Weil er gedrängt bei den Schiffen die Danaer sah mit Erbarmung!
Eher ja möcht' ich auch ihm ein ratsames Wort zureden,
Hinzugehn, wo du, Schwarzwolkiger, selbst es gebietest!
Lächelnd vernahm's der Vater des Menschengeschlechts und der Götter;
Und er erwiderte drauf, und sprach die geflügelten Worte:
Wenn nur du hinführo, du hoheitblickende Here,
Gleich mir selbst an Gesinnung im Rat der Unsterblichen säßest;
Wahrlich Poseidon würde, wie sehr er auch anderswohin strebt,
Bald umlenken den Sinn, nach deinem Herzen und meinem.
Aber wofern ja im Ernst und ohne Falsch du geredet;
Wandele nun zu der Götter Geschlecht, und rufe mir eilig
Iris hieherzugehn, und den bogenberühmten Apollon:
Daß sie schnell in das Heer der erzumschirmten Achaier
Niedersteig', und verkünde dem Meerbeherrscher Poseidon,
Abzulassen vom Kampf, und heim zum Palaste zu kehren;
Aber den Hektor zur Schlacht aufmuntere Phöbos Apollon,
Wiederum ihn beseele mit Kraft, und zähme die Schmerzen,
Die nun schwer sein Herz ihm ängstigen; doch die Achaier
Wieder zur Flucht umwend', unmutiges Schrecken erregend;
Daß die Fliehenden bang in des Peleiaden Achilleus
Ruderschiffe sich stürzen. Er heißt dann seinen Patroklos
Aufstehn; doch ihn erlegt mit dem Speer der strahlende Hektor,
Nahe vor Ilios' Mauren, nachdem er der Jünglinge viele
Ausgetilgt, auch meinen erhabenen Sohn Sarpedon.
Ihn dann rächend erschlägt den göttlichen Hektor Achilleus.
Doch alsdann von neuem verhäng' ich Flucht und Verfolgung
Stets von den Schiffen hinfort gen Ilios, bis die Achaier
Nehmen die hohe Stadt, durch weisen Rat der Athene.

τὸ πρὶν δ᾽ οὔτ᾽ ἄρ᾽ ἐγὼ παύω χόλον οὔτέ τιν᾽ ἄλλον
ἀθανάτων Δαναοῖσιν ἀμυνέμεν ἐνθάδ᾽ ἐάσω,
πρίν γε τὸ Πηλεΐδαο τελευτηθῆναι ἐέλδωρ,
ὥς οἱ ὑπέστην πρῶτον, ἐμῶι δ᾽ ἐπένευσα κάρητι,
ἤματι τῶι ὅτ᾽ ἐμεῖο θεὰ Θέτις ἥψατο γούνων,
λισσομένη τιμῆσαι Ἀχιλλῆα πτολίπορθον."
 ὣς ἔφατ᾽, οὐδ᾽ ἀπίθησε θεὰ λευκώλενος Ἥρη,
βῆ δ᾽ ἐξ Ἰδαίων ὀρέων ἐς μακρὸν Ὄλυμπον.
ὡς δ᾽ ὅτ᾽ ἂν ἀΐξηι νόος ἀνέρος, ὅς τ᾽ ἐπὶ πολλὴν
γαῖαν ἐληλουθὼς φρεσὶ πευκαλίμηισι νοήσηι,
„ ἔνθ᾽ εἴην, ἢ ἔνθα," μενοινήηισί τε πολλά,
ὣς κραιπνῶς μεμαυῖα διέπτατο πότνια Ἥρη·
ἵκετο δ᾽ αἰπὺν Ὄλυμπον, ὁμηγερέεσσι δ᾽ ἐπῆλθεν
ἀθανάτοισι θεοῖσι Διὸς δόμωι· οἱ δὲ ἰδόντες
πάντες ἀνήϊξαν καὶ δεικανόωντο δέπασσιν.
ἡ δ᾽ ἄλλους μὲν ἔασε, Θέμιστι δὲ καλλιπαρήιωι
δέκτο δέπας· πρώτη γὰρ ἐναντίη ἦλθε θέουσα,
καί μιν φωνήσασ᾽ ἔπεα πτερόεντα προσηύδα·
„ Ἥρη, τίπτε βέβηκας; ἀτυζομένηι δὲ ἔοικας·
ἦ μάλα δή σε φόβησε Κρόνου πάϊς, ὅς τοι ἀκοίτης. "
 τὴν δ᾽ ἠμείβετ᾽ ἔπειτα θεὰ λευκώλενος Ἥρη·
„ μή με, θεὰ Θέμι, ταῦτα διείρεο· οἶσθα καὶ αὐτή,
οἷος κείνου θυμὸς ὑπερφίαλος καὶ ἀπηνής.
ἀλλὰ σύ γ᾽ ἄρχε θεοῖσι δόμοις ἔνι δαιτὸς ἐΐσης·
ταῦτα δὲ καὶ μετὰ πᾶσιν ἀκούσεαι ἀθανάτοισιν,
οἷα Ζεὺς κακὰ ἔργα πιφαύσκεται· οὐδέ τί φημι
πᾶσιν ὁμῶς θυμὸν κεχαρησέμεν, οὔτε βροτοῖσιν
οὔτε θεοῖς, εἴ πέρ τις ἔτι νῦν δαίνυται εὔφρων."
 ἡ μὲν ἄρ᾽ ὣς εἰποῦσα καθέζετο πότνια Ἥρη,
ὄχθησαν δ᾽ ἀνὰ δῶμα Διὸς θεοί· ἡ δὲ γέλασσε
χείλεσιν, οὐδὲ μέτωπον ἐπ᾽ ὀφρύσι κυανέηισιν
ἰάνθη· πᾶσιν δὲ νεμεσσηθεῖσα μετηύδα·
„ νήπιοι, οἳ Ζηνὶ μενεαίνομεν ἀφρονέοντες·
ἦ ἔτι μιν μέμαμεν καταπαυσέμεν ἆσσον ἰόντες
ἢ ἔπει ἠὲ βίηι· ὁ δ᾽ ἀφήμενος οὐκ ἀλεγίζει
οὐδ᾽ ὄθεται· φησὶν γὰρ ἐν ἀθανάτοισι θεοῖσι
κάρτεΐ τε σθένεΐ τε διακριδὸν εἶναι ἄριστος.
τὼ ἔχεθ᾽ ὅττί κεν ὔμμι κακὸν πέμπηισιν ἑκάστωι.
ἤδη γὰρ νῦν ἔλπομ᾽ Ἄρηΐ γε πῆμα τετύχθαι·
υἱὸς γάρ οἱ ὄλωλε μάχηι ἔνι, φίλτατος ἀνδρῶν,
Ἀσκάλαφος, τόν φησιν ὃν ἔμμεναι ὄβριμος Ἄρης."

Eher werd' ich den Zorn nicht mäßigen, oder der andern
Himmlischen einem gestatten, die Danaer dort zu beschirmen;
Ehe dem Peleionen erfüllt ist, was er verlanget:
Wie ich zuerst ihm verhieß, mit gewährendem Winke des Hauptes,
Jenes Tags, als Thetys die Kniee mir flehend umfaßte,
Ihren Sohn zu ehren, den Städteverwüster Achilleus.
Sprach's; und willig gehorchte die lilienarmige Here,
Eilte von Idas Höhn, und ging zum hohen Olympos.
Wie der Gedanke des Mannes umherfliegt, der, da er viele
Länder bereits durchging, im sinnenden Herzen erwäget:
Dorthin möcht' ich, und dort; und mancherlei Pfade beschließet:
Also durchflog hineilend den Weg die Herrscherin Here;
Kam nun zum hohen Olympos, und fand die unsterblichen Götter
Dort in des Donnerers Saale vereiniget. Jene sie schauend,
Sprangen empor von den Sitzen, und grüßten sie alle mit Bechern.
Aber sie ließ die andern, und nahm der rosigen Themis'
Becher allein; denn zuerst entgegen ihr kam sie gewandelt,
Redete freundlich sie an, und sprach die geflügelten Worte:
Warum kommst du, o Here? Du scheinst erschrocken im Antlitz.
Sicherlich hat dein Gemahl, des Kronos' Sohn, dich geängstet.
Ihr antwortete drauf die lilienarmige Here:
Frage mich nicht, o Themis, du Göttliche; selber ja weißt du,
Wie unfreundlich er ist, und übermütiges Herzens.
Aber beginn mit den Göttern im Saal das gemeinsame Gastmahl;
Dann zugleich samt allen Unsterblichen sollst du vernehmen,
Welcherlei Greuel uns Zeus ankündiget. Nimmer, vermut' ich,
Freut sich allen das Herz, den Sterblichen, oder den Göttern;
Hat auch mancher bisher in behaglicher Ruhe geschmauset.
Jene sprach's, und setzte sich hin, die Herrscherin Here.
Rings nun traurten im Saal die Unsterblichen. Sie mit den Lippen
Lächelte, doch nicht wurde die Stirn' um die dunkelen Brauen
Aufgeklärt; und zu allen mit zürnender Seele begann sie:
Törichte, die wir mit Zeus so gedankenlos uns ereifern,
Oder sein Tun zu stören uns abmühn, nahend mit Worten,
Oder mit Macht! Er sitzet von fern, und achtet nicht unser,
Unbesorgt; denn er dünkt sich vor allen unsterblichen Göttern
Weit an Kraft und Gewalt den Erhabensten sonder Vergleichung.
Duldet denn, was auch immer des Unheils jedem er sendet.
Eben nur ward, ich meine, dem Ares Jammer bereitet;
Denn Askalaphos sank, sein Trautester unter den Menschen,
Dort in der Schlacht, sein Sohn, wie der stürmende Ares bekennet.

ὣς ἔφατ᾽, αὐτὰρ Ἄρης θαλερὼ πεπλήγετο μηρὼ
χερσὶ καταπρηνέσσ᾽, ὀλοφυρόμενος δ᾽ ἔπος ηὔδα·
„ μὴ νῦν μοι νεμεσήσετ᾽, Ὀλύμπια δώματ᾽ ἔχοντες,
τίσασθαι φόνον υἷος ἰόντ᾽ ἐπὶ νῆας Ἀχαιῶν,
εἴ πέρ μοι καὶ μοῖρα Διὸς πληγέντι κεραυνῶι
κεῖσθαι ὁμοῦ νεκύεσσι μεθ᾽ αἵματι καὶ κονίηισιν."
ὣς φάτο, καί ῥ᾽ ἵππους κέλετο Δεῖμόν τε Φόβον τε
ζευγνύμεν, αὐτὸς δ᾽ ἔντε᾽ ἐδύσετο παμφανόωντα.
ἔνθά κ᾽ ἔτι μείζων τε καὶ ἀργαλεώτερος ἄλλος
πὰρ Διὸς ἀθανάτοισι χόλος καὶ μῆνις ἐτύχθη,
εἰ μὴ Ἀθήνη πᾶσι περιδείσασα θεοῖσιν
ὦρτο διὲκ προθύρου, λίπε δὲ θρόνον ἔνθα θάασσε,
τοῦ δ᾽ ἀπὸ μὲν κεφαλῆς κόρυθ᾽ εἵλετο καὶ σάκος ὤμων,
ἔγχος δ᾽ ἔστησε στιβαρῆς ἀπὸ χειρὸς ἑλοῦσα
χάλκεον· ἣ δ᾽ ἐπέεσσι καθάπτετο θοῦρον Ἄρηα·
„ μαινόμενε, φρένας ἠλέ, διέφθορας· ἦ νύ τοι αὔτως
οὔατ᾽ ἀκουέμεν ἐστί, νόος δ᾽ ἀπόλωλε καὶ αἰδώς.
οὐκ ἀΐεις ἅ τέ φησι θεὰ λευκώλενος Ἥρη,
ἣ δὴ νῦν πὰρ Ζηνὸς Ὀλυμπίου εἰλήλουθεν;
ἦ ἐθέλεις αὐτὸς μὲν ἀναπλήσας κακὰ πολλὰ
ἂψ ἴμεν Οὔλυμπόνδε καὶ ἀχνύμενός περ ἀνάγκηι,
αὐτὰρ τοῖς ἄλλοισι κακὸν μέγα πᾶσι φυτεῦσαι;
αὐτίκα γὰρ Τρῶας μὲν ὑπερθύμους καὶ Ἀχαιοὺς
λείψει, ὁ δ᾽ ἡμέας εἶσι κυδοιμήσων ἐς Ὄλυμπον,
μάρψει δ᾽ ἑξείης ὅς τ᾽ αἴτιος ὅς τε καὶ οὐκί.
τώ σ᾽ αὖ νῦν κέλομαι μεθέμεν χόλον υἷος ἑῆος·
ἤδη γάρ τις τοῦ γε βίην καὶ χεῖρας ἀμείνων
ἢ πέφατ᾽, ἢ καὶ ἔπειτα πεφήσεται· ἀργαλέον δὲ
πάντων ἀνθρώπων ῥῦσθαι γενεήν τε τόκον τε."
ὣς εἰποῦσ᾽ ἵδρυσε θρόνωι ἔνι θοῦρον Ἄρηα.
Ἥρη δ᾽ Ἀπόλλωνα καλέσσατο δώματος ἐκτὸς
Ἶρίν θ᾽, ἥ τε θεοῖσι μετάγγελος ἀθανάτοισι,
καί σφεας φωνήσασ᾽ ἔπεα πτερόεντα προσηύδα·
„ Ζεὺς σφὼ εἰς Ἴδην κέλετ᾽ ἐλθέμεν ὅττι τάχιστα·
αὐτὰρ ἐπὴν ἔλθητε, Διός τ᾽ εἰς ὦπα ἴδησθε,
ἔρδειν ὅττί κε κεῖνος ἐποτρύνηι καὶ ἀνώγηι."
ἡ μὲν ἄρ᾽ ὣς εἰποῦσα πάλιν κίε πότνια Ἥρη,
ἕζετο δ᾽ εἰνὶ θρόνωι· τὼ δ᾽ ἀΐξαντε πετέσθην.
Ἴδην δ᾽ ἵκανον πολυπίδακα, μητέρα θηρῶν,
εὗρον δ᾽ εὐρύοπα Κρονίδην ἀνὰ Γαργάρωι ἄκρωι
ἥμενον· ἀμφὶ δέ μιν θυόεν νέφος ἐστεφάνωτο.

Jene sprach's; doch Ares, die nervichten Hüften sich schlagend
Mit gebreiteten Händen, erhub die jammernde Stimme:
Jetzo verargt mir's nicht, olympischer Höhen Bewohner,
Daß ich ein Rächer des Sohns hingeh zu den Schiffen Achaias;
Wäre sogar mein Los, von des Donnerers Strahle zerschmettert,
Unter den Toten zugleich in Blut und Staube zu liegen!
Jener sprach's; und die Rosse gebot er dem Graun und Entsetzen
Anzuschirren, und zog hellstrahlendes Waffengeschmeid' an.
Jetzo fürwahr noch größer und schreckenvoller denn jemals
Wäre den Göttern entbrannt der Zorn und die Rache Kronions;
Wenn nicht Athene, besorgt um alle unsterblichen Götter,
Eilt' aus der Pforte des Saals, den Thron, wo sie ruhte, verlassend.
Ihm vom Haupt entriß sie den Helm, und den Schild von den Schultern;
Auch die eherne Lanz', aus starker Hand ihm entreißend,
Stellte sie hin, und schalt den ungebändigten Ares:
Rasender du, Sinnloser, du rennst in Verderben! Umsonst denn
Hast du Ohren zu hören, und hegst nicht Scham noch Besinnung?
Hörtest du nicht die Rede der lilienarmigen Here,
Die nun eben von Zeus dem Olympier wieder zurückkam?
Willst du vielleicht, selbst füllend das Maß des unendlichen Jammers,
Heim zum Olympos kehren, ein Traurender zwar, doch genötigt;
Und uns übrigen allen des Jammers Fülle bereiten?
Denn alsbald der Troer und Danaer mutige Völker
Läßt er, und wandelt uns mit Getümmel daher zum Olympos,
Und ergreift nacheinander, wer schuldig ist, oder nicht also!
Drum nun, rat' ich, entsage dem Zorn ob des Sohnes Ermordung.
Mancher bereits, und besser an Kraft und Armen denn jener,
Sank, und sinkt noch hinfort ein Erschlagener. Ist's doch unmöglich,
Aller sterblichen Menschen Geschlecht vom Tode zu retten.
Jene sprach's, und setzt' auf den Thron den stürmenden Ares.
Here nunmehr berief den Apollon aus dem Gemache,
Iris zugleich, die Verkündigerin unsterblicher Götter;
Und sie begann zu ihnen, und sprach die geflügelten Worte:
Zeus befiehlt, daß ihr beid' aufs schleunigste kommet zum Ida.
Aber sobald ihr genaht, und des Donnerers Antlitz gesehen;
Tut alsdann, was immer sein Herz verlangt und gebietet.
Dieses gesagt, nun kehrte zurück die Herrscherin Here,
Setzte sich dann auf den Thron. Doch jen' entflogen in Eile,
Bis sie den Ida erreicht, den quelligen Nährer des Wildes.
Und sie fanden den waltenden Zeus auf Gargaros Gipfel
Hingesetzt; ihn barg die duftende Wolkenumhüllung.

τὼ δὲ πάροιθ' ἐλθόντε Διὸς νεφεληγερέταο
στήτην· οὐδέ σφωϊν ἰδὼν ἐχολώσατο θυμῶι,
ὅττί οἱ ὦκ' ἐπέεσσι φίλης ἀλόχοιο πιθέσθην.
Ἶριν δὲ προτέρην ἔπεα πτερόεντα προσηύδα·
„ βάσκ' ἴθι, Ἶρι ταχεῖα, Ποσειδάωνι ἄνακτι
πάντα τάδ' ἀγγεῖλαι, μηδὲ ψευδάγγελος εἶναι.
παυσάμενόν μιν ἄνωχθι μάχης ἠδὲ πτολέμοιο
ἔρχεσθαι μετὰ φῦλα θεῶν ἢ εἰς ἅλα δῖαν.
εἰ δέ μοι οὐκ ἐπέεσσ' ἐπιπείσεται, ἀλλ' ἀλογήσει,
φραζέσθω δὴ ἔπειτα κατὰ φρένα καὶ κατὰ θυμόν,
μή μ' οὐδὲ κρατερός περ ἐὼν ἐπιόντα ταλάσσηι
μεῖναι, ἐπεί ἑο φημὶ βίηι πολὺ φέρτερος εἶναι
καὶ γενεῆι πρότερος· τοῦ δ' οὐκ ὄθεται φίλον ἦτορ
ἶσον ἐμοὶ φάσθαι, τόν τε στυγέουσι καὶ ἄλλοι."
ὣς ἔφατ', οὐδ' ἀπίθησε ποδήνεμος ὠκέα Ἶρις,
βῆ δὲ κατ' Ἰδαίων ὀρέων εἰς Ἴλιον ἱρήν.
ὡς δ' ὅτ' ἂν ἐκ νεφέων πτῆται νιφὰς ἠὲ χάλαζα
ψυχρὴ ὑπὸ ῥιπῆς αἰθρηγενέος Βορέαο,
ὣς κραιπνῶς μεμαυῖα διέπτατο ὠκέα Ἶρις,
ἀγχοῦ δ' ἱσταμένη προσέφη κλυτὸν ἐννοσίγαιον·
„ ἀγγελίην τινά τοι, γαιήοχε κυανοχαῖτα,
ἦλθον δεῦρο φέρουσα παραὶ Διὸς αἰγιόχοιο.
παυσάμενόν σ' ἐκέλευσε μάχης ἠδὲ πτολέμοιο
ἔρχεσθαι μετὰ φῦλα θεῶν ἢ εἰς ἅλα δῖαν.
εἰ δέ οἱ οὐκ ἐπέεσσ' ἐπιπείσεαι, ἀλλ' ἀλογήσεις,
ἠπείλει καὶ κεῖνος ἐναντίβιον πολεμίξων
ἐνθάδ' ἐλεύσεσθαι· σὲ δ' ὑπεξαλέασθαι ἄνωγε
χεῖρας, ἐπεὶ σέο φησὶ βίηι πολὺ φέρτερος εἶναι
καὶ γενεῆι πρότερος· σὸν δ' οὐκ ὄθεται φίλον ἦτορ
ἶσόν οἱ φάσθαι, τόν τε στυγέουσι καὶ ἄλλοι."
τὴν δὲ μέγ' ὀχθήσας προσέφη κλυτὸς ἐννοσίγαιος·
„ ὢ πόποι, ἦ ῥ' ἀγαθός περ ἐὼν ὑπέροπλον ἔειπεν,
εἴ μ' ὁμότιμον ἐόντα βίηι ἀέκοντα καθέξει.
τρεῖς γάρ τ' ἐκ Κρόνου εἰμὲν ἀδελφεοί, οὓς τέκετο Ῥέα,
Ζεὺς καὶ ἐγώ, τρίτατος δ' Ἀΐδης ἐνέροισιν ἀνάσσων.
τριχθὰ δὲ πάντα δέδασται, ἕκαστος δ' ἔμμορε τιμῆς·
ἤτοι ἐγὼν ἔλαχον πολιὴν ἅλα ναιέμεν αἰεὶ
παλλομένων, Ἀΐδης δ' ἔλαχε ζόφον ἠερόεντα,
Ζεὺς δ' ἔλαχ' οὐρανὸν εὐρὺν ἐν αἰθέρι καὶ νεφέλῃσι·
γαῖα δ' ἔτι ξυνὴ πάντων καὶ μακρὸς Ὄλυμπος.
τώ ῥα καὶ οὔ τι Διὸς βέομαι φρεσίν, ἀλλὰ ἕκηλος

Als sich beide genaht dem Wolkensammler Kronion,
Standen sie; und nicht war des Schauenden Seele voll Zornes,
Weil sie schleunig gehorcht dem Befehl der trauten Gemahlin.
Drauf zur Iris zuerst die geflügelten Worte begann er:
Eile mir, hurtige Iris, zum Meerbeherrscher Poseidon,
Alles verkünd' ihm genau, und sei nicht täuschende Botin.
Auszuruhn gebeut ihm von Kampf und Waffengetümmel,
Und zu gehn in die Schar der Unsterblichen, oder zur Meerflut.
Wenn er nicht das Gebot mir beschleuniget, sondern verachtet;
Dann erwäg' er hinfort in des Herzens Geist und Empfindung,
Ob er nicht, wie mächtig er sei, mich Nahenden schwerlich
Möchte bestehn; denn ich dünke mich weit erhabener an Stärke,
Älter auch an Geburt; und nichts doch achtet sein Herz es,
Gleich sich mir zu wähnen, vor dem auch andere zittern.
Jener sprach's; ihm gehorchte die windschnell eilende Iris;
Schnell vom Ida entflog sie zur heiligen Ilios nieder.
Wie wenn daher aus Wolken der Schnee fliegt, oder des Hagels
Kalter Schauer gejagt vom heiter frierenden Nordwind;
Also durchflog hineilend den Weg die geflügelte Iris;
Nahe gestellt nun sprach sie zum Erderschüttrer Poseidon:
Eine Verkündigung dir, schwarzlockiger Erdumstürmer,
Bring' ich dahergesendet von Zeus dem Ägiserschüttrer.
Auszuruhn gebeut er von Kampf und Waffengetümmel,
Und zu gehn in die Schar der Unsterblichen, oder zur Meerflut.
Wenn du nicht das Gebot ihm beschleunigest, sondern verachtest;
Siehe dann droht er selber zu schrecklichem Kampfe gerüstet
Wider dich herzukommen: doch warnet er dich, zu vermeiden
Seinen Arm; denn er dünke sich weit erhabner an Stärke,
Älter auch an Geburt; und nichts doch achtet dein Herz es,
Gleich dich ihm zu wähnen, vor dem auch andere zittern.
Unmutsvoll nun begann der erderschütternde Herrscher:
Traun das heißt, wie mächtig er sei, hochmütig geredet,
Mir, der an Würd' ihm gleicht, mit Gewalt den Willen zu hemmen!
Denn wir sind drei Brüder, die Kronos zeugte mit Rheia:
Zeus, ich selbst, und Aïs, der Unterirdischen König.
Dreifach geteilt ward alles, und jeder gewann von der Herrschaft:
Mich nun traf's, beständig das graue Meer zu bewohnen,
Als wir gelost; den Aïdes traf das nächtliche Dunkel;
Zeus dann traf der Himmel umher in Äther und Wolken;
Aber die Erd' ist allen gemein, und der hohe Olympos.
Nimmer folg' ich demnach Zeus' Ordnungen; sondern geruhig

καὶ κρατερός περ ἐὼν μενέτω τριτάτηι ἐνὶ μοίρηι.
χερσὶ δὲ μή τί με πάγχυ κακὸν ὣς δειδισσέσθω·
θυγατέρεσσιν γάρ τε καὶ υἱάσι βέλτερον εἴη
ἐκπάγλοις ἐπέεσσιν ἐνισσέμεν, οὓς τέκεν αὐτός,
οἵ ἑθεν ὀτρύνοντος ἀκούσονται καὶ ἀνάγκηι.“
τὸν δ᾽ ἠμείβετ᾽ ἔπειτα ποδήνεμος ὠκέα Ἶρις·
„ οὕτω γὰρ δή τοι, γαιήοχε κυανοχαῖτα,
τόνδε φέρω Διὶ μῦθον ἀπηνέα τε κρατερόν τε,
ἦ τι μεταστρέψεις; στρεπταὶ μέν τε φρένες ἐσθλῶν.
οἶσθ᾽ ὡς πρεσβυτέροισιν Ἐρινύες αἰὲν ἕπονται.“
τὴν δ᾽ αὖτε προσέειπε Ποσειδάων ἐνοσίχθων·
„ Ἶρι θεά, μάλα τοῦτο ἔπος κατὰ μοῖραν ἔειπες·
ἐσθλὸν καὶ τὸ τέτυκται, ὅτ᾽ ἄγγελος αἴσιμα εἰδῆι.
ἀλλὰ τόδ᾽ αἰνὸν ἄχος κραδίην καὶ θυμὸν ἱκάνει,
ὁππότ᾽ ἂν ἰσόμορον καὶ ὁμῆι πεπρωμένον αἴσηι
νεικείειν ἐθέληισι χολωτοῖσιν ἐπέεσσιν.
ἀλλ᾽ ἤτοι νῦν μέν κε νεμεσσηθεὶς ὑποείξω·
ἄλλο δέ τοι ἐρέω, καὶ ἀπειλήσω τό γε θυμῶι·
αἴ κεν ἄνευ ἐμέθεν καὶ Ἀθηναίης ἀγελείης,
Ἥρης Ἑρμείω τε καὶ Ἡφαίστοιο ἄνακτος,
Ἰλίου αἰπεινῆς πεφιδήσεται, οὐδ᾽ ἐθελήσει
ἐκπέρσαι, δοῦναι δὲ μέγα κράτος Ἀργείοισιν,
ἴστω τοῦθ᾽, ὅτι νῶϊν ἀνήκεστος χόλος ἔσται.“
ὣς εἰπὼν λίπε λαὸν Ἀχαιϊκὸν ἐννοσίγαιος,
δῦνε δὲ πόντον ἰών, πόθεσαν δ᾽ ἥρωες Ἀχαιοί.
καὶ τότ᾽ Ἀπόλλωνα προσέφη νεφεληγερέτα Ζεύς·
„ ἔρχεο νῦν, φίλε Φοῖβε, μεθ᾽ Ἕκτορα χαλκοκορυστήν·
ἤδη μὲν γάρ τοι γαιήοχος ἐννοσίγαιος
οἴχεται εἰς ἅλα δῖαν, ἀλευάμενος χόλον αἰπὺν
ἡμέτερον· μάλα γάρ κε μάχης ἐπύθοντο καὶ ἄλλοι,
οἵ περ ἐνέρτεροί εἰσι θεοί, Κρόνον ἀμφὶς ἐόντες.
ἀλλὰ τόδ᾽ ἠμὲν ἐμοὶ πολὺ κέρδιον ἠδέ οἱ αὐτῶι
ἔπλετο, ὅττι πάροιθε νεμεσσηθεὶς ὑπόειξε
χεῖρας ἐμάς, ἐπεὶ οὔ κεν ἀνιδρωτί γε τελέσθη.
ἀλλὰ σύ γ᾽ ἐν χείρεσσι λάβ᾽ αἰγίδα θυσσανόεσσαν,
τῆι μάλ᾽ ἐπισσείων φοβέειν ἥρωας Ἀχαιούς·
σοὶ δ᾽ αὐτῶι μελέτω, ἑκατηβόλε φαίδιμος Ἕκτωρ·
τόφρα γὰρ οὖν οἱ ἔγειρε μένος μέγα, ὄφρ᾽ ἂν Ἀχαιοὶ
φεύγοντες νῆάς τε καὶ Ἑλλήσποντον ἵκωνται.
κεῖθεν δ᾽ αὐτὸς ἐγὼ φράσομαι ἔργον τε ἔπος τε,
ὥς κε καὶ αὖτις Ἀχαιοὶ ἀναπνεύσωσι πόνοιο.“

Bleib' er, wie stark er auch ist, in seinem beschiedenen Dritteil.
Nicht mit den Armen fürwahr, wie den Zagenden, schrecke mich jener!
Seine Töchter vielleicht und Söhn' auch möcht' er mit Anstand
Durch hochfahrende Worte bedräun, die er selber gezeuget;
Denn sie werden aus Zwang auf jedes Gebot ihm gehorchen!
Ihm antwortete drauf die windschnell eilende Iris:
Völlig so, wie du sagst, schwarzlockiger Erdumstürmer,
Bring' ich Zeus die Rede, so ungestüm, und so trotzig?
Oder wendest du noch? Gern wenden sich Herzen der Edeln.
Weißt du doch, daß Älteren stets die Erinnyen beistehn.
Wieder begann dagegen der Erderschüttrer Poseidon:
Iris, du hast, o Göttin, verständige Worte geredet.
Wahrlich ein gutes Ding, wenn ein Bote weiß, was geziemet.
Aber der bittere Schmerz hat Seel' und Geist mir durchdrungen,
Wenn er, wer gleich an Würd', und ähnlichem Schicksal bestimmt ist,
Den zu schelten gedenkt mit wild anfahrenden Worten.
Dennoch möcht' ich für jetzt, obgleich unwillig, ihm weichen.
Aber ich sage dir an, und beschließ' im Herzen die Drohung:
Wo er zum Trotz mir selbst, und der Siegerin Pallas Athene,
Hermes, und der Here zum Trotz, und dem Herrscher Hephästos,
Ilios Feste verschont, die erhabene, und die Vertilgung
Nicht beschleußt, noch schenkt des Sieges Gewalt den Achaiern;
Wiss' er dann, daß ewig unheilbarer Zorn uns entflammet!
Also sprach, und verließ die Danaer Poseidaon,
Ging und taucht' in die Fluten, vermißt von den Helden Achaias.
Jetzo begann zu Apollon der Herrscher im Donnergewölk Zeus:
Phöbos, geh, o Geliebter, zum erzgepanzerten Hektor;
Denn bereits ja entwich der Erderschüttrer Poseidon
Wieder ins heilige Meer, den verderblichen Grimm zu vermeiden
Unseres Zorns. Wohl hätten den Kampf auch andre gehöret,
Selbst die Unsterblichen unter der Erd', um Kronos versammelt!
Aber sowohl für mich weit heilsamer, als für ihn selber,
War's, daß jener zuvor, obgleich unwillig, enteilte
Meinem Arm; nicht hätten wir ohne Schweiß uns gesondert!
Auf du nimm in die Hände die quastumbordete Ägis;
Diese mit Macht herschütternd, erschrecke das Herz der Achaier.
Aber du selbst, Ferntreffender, sorg' um den strahlenden Hektor:
Denn so lang' erhebe den Mut ihm, bis die Achaier
Fliehend daher die Schiff' und den Hellespontos erreichet.
Dann beschließ' ich selber mit Wort und Tat es zu ordnen,
Daß sich wieder erholen des schweren Kampfs die Achaier.

ὣς ἔφατ', οὐδ' ἄρα πατρὸς ἀνηκούστησεν Ἀπόλλων,
βῆ δὲ κατ' Ἰδαίων ὀρέων, ἴρηκι ἐοικὼς
ὠκέϊ φασσοφόνωι, ὅς τ' ὤκιστος πετεηνῶν.
εὗρ' υἱὸν Πριάμοιο δαΐφρονος, Ἕκτορα δῖον,
ἥμενον, οὐδ' ἔτι κεῖτο, νέον δ' ἐσαγείρετο θυμόν,
ἀμφὶ ἓ γιγνώσκων ἑτάρους· ἀτὰρ ἆσθμα καὶ ἱδρὼς
παύετ', ἐπεί μιν ἔγειρε Διὸς νόος αἰγιόχοιο.
ἀγχοῦ δ' ἱστάμενος προσέφη ἑκάεργος Ἀπόλλων·
„Ἕκτορ, υἱὲ Πριάμοιο, τίη δὲ σὺ νόσφιν ἀπ' ἄλλων
ἧσ' ὀλιγηπελέων; ἦ πού τί σε κῆδος ἱκάνει;“
τὸν δ' ὀλιγοδρανέων προσέφη κορυθαίολος Ἕκτωρ·
„τίς δὲ σύ ἐσσι φέριστε θεῶν, ὅς μ' εἴρεαι ἄντην;
οὐκ ἀΐεις ὅ με νηυσὶν ἔπι πρυμνῆισιν Ἀχαιῶν
οὓς ἑτάρους ὀλέκοντα βοὴν ἀγαθὸς βάλεν Αἴας
χερμαδίωι πρὸς στῆθος, ἔπαυσε δὲ θούριδος ἀλκῆς;
καὶ δὴ ἔγωγ' ἐφάμην νέκυας καὶ δῶμ' Ἀΐδαο
ἤματι τῶιδ' ἵξεσθαι, ἐπεὶ φίλον ἄϊον ἦτορ.“
τὸν δ' αὖτε προσέειπεν ἄναξ ἑκάεργος Ἀπόλλων·
„θάρσει νῦν· τοῖόν τοι ἀοσσητῆρα Κρονίων
ἐξ Ἴδης προέηκε παρεστάμεναι καὶ ἀμύνειν,
Φοῖβον Ἀπόλλωνα χρυσάορον, ὅς σε πάρος περ
ῥύομ', ὁμῶς αὐτόν τε καὶ αἰπεινὸν πτολίεθρον.
ἀλλ' ἄγε νῦν ἱππεῦσιν ἐπότρυνον πολέεσσι
νηυσὶν ἔπι γλαφυρῆισιν ἐλαυνέμεν ὠκέας ἵππους·
αὐτὰρ ἐγὼ προπάροιθε κιὼν ἵπποισι κέλευθον
πᾶσαν λειανέω, τρέψω δ' ἥρωας Ἀχαιούς.“
ὣς εἰπὼν ἔμπνευσε μένος μέγα ποιμένι λαῶν.
ὡς δ' ὅτε τις στατὸς ἵππος, ἀκοστήσας ἐπὶ φάτνηι,
δεσμὸν ἀπορρήξας θείηι πεδίοιο κροαίνων,
εἰωθὼς λούεσθαι ἐϋρρεῖος ποταμοῖο,
κυδιόων· ὑψοῦ δὲ κάρη ἔχει, ἀμφὶ δὲ χαῖται
ὤμοις ἀΐσσονται· ὁ δ' ἀγλαΐηφι πεποιθώς,
ῥίμφά ἑ γοῦνα φέρει μετά τ' ἤθεα καὶ νομὸν ἵππων·
ὣς Ἕκτωρ λαιψηρὰ πόδας καὶ γούνατ' ἐνώμα
ὀτρύνων ἱππῆας, ἐπεὶ θεοῦ ἔκλυεν αὐδήν.
οἱ δ' ὥς τ' ἢ ἔλαφον κεραὸν ἢ ἄγριον αἶγα
ἐσσεύαντο κύνες τε καὶ ἀνέρες ἀγροιῶται·
τὸν μέν τ' ἠλίβατος πέτρη καὶ δάσκιος ὕλη
εἰρύσατ', οὐδ' ἄρα τέ σφι κιχήμεναι αἴσιμον ἦεν·
τῶν δέ θ' ὑπὸ ἰαχῆς ἐφάνη λὶς ἠϋγένειος
εἰς ὁδόν, αἶψα δὲ πάντας ἀπέτραπε καὶ μεμαῶτας·

Jener sprach's; und dem Vater war nicht unfolgsam Apollon.
Schnell von des Idas Höhn entschwang er sich, gleich wie der Habicht
Stürmend zum Taubenmord, der geschwindeste aller Gevögel.
Priamos' Sohn nun fand er, den heldenmütigen Hektor,
Sitzend; er lag nicht mehr, und erfrischt vom kehrenden Leben
Kannt' er die Seinigen rings; des Atems Schwer' und der Angstschweiß
Ruhete, weil ihn erweckt des Ägiserschütterers Ratschluß.
Nahe nun trat und begann der treffende Phöbos Apollon:
Hektor, Priamos' Sohn, warum so entfernt von den andern
Sitzest du kraftlos hier? Hat etwa ein Leid dich getroffen?
Wieder begann schwachatmend der helmumflatterte Hektor:
Wer bist du, o bester der Himmlischen, welcher mich fraget?
Hörtest du nicht, daß dort um die ragenden Steuer von Argos,
Wo ich die Freund' ihm vertilgte, mich warf der gewaltige Ajas
Mit dem Gestein an die Brust, und im stürmischen Kampfe mich hemmte?
Glaubt' ich doch die Geister der Tief' und Aïdes Wohnung
Diesen Tag noch zu sehn; denn schon verhaucht' ich die Seele.
Ihm antwortete drauf der treffende Herrscher Apollon:
Sei getrost; solch einen gewaltigen Retter entsendet
Zeus dir vom Ida herab, dir beizustehn und zu helfen,
Mich den Phöbos Apollon mit goldenem Schwert, der zuvor auch
Schirmte dich selber zugleich, und Ilios türmende Feste.
Jetzo wohlan, ermahne die reisigen Scharen der Krieger,
Auf die gebogenen Schiffe die hurtigen Rosse zu lenken.
Sieh ich wandle voran, und ebne die Bahn vor den Rossen
Weit hinab, und wende zur Flucht die Helden Achaias.
Also der Gott, und beseelte mit Mut den Hirten der Völker.
Wie wenn im Stall ein Roß, mit Gerste genährt an der Krippe,
Mutig die Halfter zerreißt, und stampfendes Laufs in die Felder
Eilt, zum Bade gewöhnt des lieblichwallenden Stromes,
Trotzender Kraft; hoch trägt es das Haupt, und rings an den Schultern
Fliegen die Mähnen umher; doch stolz auf den Adel der Jugend,
Tragen die Schenkel es leicht zur bekannteren Weide der Stuten:
So auch Hektor, in Eile die Knie' und die Schenkel bewegend,
Trieb er der Reisigen Schar, da des Gottes Stimm' er vernommen.
Dort, wie wenn ein Gewild, den Kronhirsch, oder den Geißbock,
Jagende Hund' hinscheuchten und landbewohnende Männer;
Ihn dann des steilen Gebirgs Felshaupt und ein schattiges Dickicht
Rettete; denn ihn versagte das Schicksal noch den Verfolgern;
Doch auf das laute Getümmel erschien ein bärtiger Löwe
Drohend am Weg', und verscheuchte die Strebenden alle mit einmal:

ὣς Δαναοὶ ἧος μὲν ὁμιλαδὸν αἰὲν ἕποντο,
νύσσοντες ξίφεσίν τε καὶ ἔγχεσιν ἀμφιγύοισιν·
αὐτὰρ ἐπεὶ ἴδον Ἕκτορ᾽ ἐποιχόμενον στίχας ἀνδρῶν,
τάρβησαν, πᾶσιν δὲ παραὶ ποσὶ κάππεσε θυμός.
τοῖσι δ᾽ ἔπειτ᾽ ἀγόρευε Θόας, Ἀνδραίμονος υἱός,
Αἰτωλῶν ὄχ᾽ ἄριστος, ἐπιστάμενος μὲν ἄκοντι,
ἐσθλὸς δ᾽ ἐν σταδίηι· ἀγορῆι δέ ἑ παῦροι Ἀχαιῶν
νίκων, ὁππότε κοῦροι ἐρίσσειαν περὶ μύθων·
ὅ σφιν ἐϋφρονέων ἀγορήσατο καὶ μετέειπεν·
„ὢ πόποι, ἦ μέγα θαῦμα τόδ᾽ ὀφθαλμοῖσιν ὁρῶμαι,
οἷον δ᾽ αὖτ᾽ ἐξαῦτις ἀνέστη κῆρας ἀλύξας
Ἕκτωρ· ἦ θήν μιν μάλα ἔλπετο θυμὸς ἑκάστου
χερσὶν ὑπ᾽ Αἴαντος θανέειν Τελαμωνιάδαο.
ἀλλά τις αὖτε θεῶν ἐρρύσατο καὶ ἐσάωσεν
Ἕκτορ᾽, ὃ δὴ πολλῶν Δαναῶν ὑπὸ γούνατ᾽ ἔλυσεν,
ὡς καὶ νῦν ἔσσεσθαι ὀΐομαι· οὐ γὰρ ἄτερ γε
Ζηνὸς ἐριγδούπου πρόμος ἵσταται ὧδε μενοινῶν.
ἀλλ᾽ ἄγεθ᾽, ὡς ἂν ἐγὼν εἴπω, πειθώμεθα πάντες.
πληθὺν μὲν ποτὶ νῆας ἀνώξομεν ἀπονέεσθαι·
αὐτοὶ δ᾽, ὅσσοι ἄριστοι ἐνὶ στρατῶι εὐχόμεθ᾽ εἶναι,
στήομεν, εἴ κεν πρῶτον ἐρύξομεν ἀντιάσαντες,
δούρατ᾽ ἀνασχόμενοι· τὸν δ᾽ οἴω καὶ μεμαῶτα
θυμῶι δείσεσθαι Δαναῶν καταδῦναι ὅμιλον.“
ὣς ἔφαθ᾽, οἱ δ᾽ ἄρα τοῦ μάλα μὲν κλύον ἠδ᾽ ἐπίθοντο·
οἱ μὲν ἄρ᾽ ἀμφ᾽ Αἴαντα καὶ Ἰδομενῆα ἄνακτα,
Τεῦκρον Μηριόνην τε Μέγην τ᾽, ἀτάλαντον Ἄρηϊ,
ὑσμίνην ἤρτυνον, ἀριστῆας καλέσαντες,
Ἕκτορι καὶ Τρώεσσιν ἐναντίον· αὐτὰρ ὀπίσσω
ἡ πληθὺς ἐπὶ νῆας Ἀχαιῶν ἀπονέοντο.
Τρῶες δὲ προὔτυψαν ἀολλέες, ἦρχε δ᾽ ἄρ᾽ Ἕκτωρ
μακρὰ βιβάς· πρόσθεν δὲ κί᾽ αὐτοῦ Φοῖβος Ἀπόλλων
εἱμένος ὤμοιιν νεφέλην, ἔχε δ᾽ αἰγίδα θοῦριν,
δεινὴν ἀμφιδάσειαν ἀριπρεπέ᾽, ἣν ἄρα χαλκεὺς
Ἥφαιστος Διὶ δῶκε φορήμεναι ἐς φόβον ἀνδρῶν·
τὴν ἄρ᾽ ὅ γ᾽ ἐν χείρεσσιν ἔχων ἡγήσατο λαῶν.
Ἀργεῖοι δ᾽ ὑπέμειναν ἀολλέες, ὦρτο δ᾽ ἀϋτὴ
ὀξεῖ᾽ ἀμφοτέρωθεν, ἀπὸ νευρῆφι δ᾽ ὀϊστοὶ
θρῶισκον· πολλὰ δὲ δοῦρα θρασειάων ἀπὸ χειρῶν
ἄλλα μὲν ἐν χροΐ πήγνυτ᾽ ἀρηϊθόων αἰζηῶν,
πολλὰ δὲ καὶ μεσσηγύ, πάρος χρόα λευκὸν ἐπαυρεῖν
ἐν γαίηι ἵσταντο λιλαιόμενα χροὸς ἆσαι.

So die Achaier zuerst, in Schlachtreihn folgten sie immer,
Zuckend daher die Schwerter und zwiefach schneidenden Lanzen;
Doch wie sie Hektor gesehn die Männerscharen umwandeln,
Standen sie starr, und allen entsank vor die Füße der Mut hin.
Drauf ermahnte sie Thoas, der tapfere Sohn Andrämons,
Edel im Volk der Ätoler, ein kundiger Held mit dem Wurfspieß,
Auch im stehenden Kampf; den Redenden aber besiegten
Wenige, wann um ihr Wort Achaias Jünglinge stritten;
Dieser begann wohlmeinend, und redete vor der Versammlung:
Weh mir! ein großes Wunder erblick' ich dort mit den Augen!
Wie doch von neuem erstand, den graulichen Keren entronnen,
Hektor! Eben nur hofft' in sicherem Herzen ein jeder,
Daß er von Ajas' Händen gestürzt, des Telamoniden.
Aber ein Gott hat wieder emporgestellt und errettet
Hektor, der schon vielen der Danaer löste die Kniee:
Welches auch jetzt, vermut' ich, geschehn wird! Schwerlich ja steht er
Ohne den Donnerer Zeus so freudiges Muts in dem Vorkampf
Aber wohlan, wie ich rede das Wort, so gehorchet mir alle.
Heißt die Menge des Volks zu unseren Schiffen zurückziehn;
Selbst nur, so viele wir uns die Tapfersten rühmen des Heeres,
Laßt uns stehn, um zuerst dem Ungestüm zu begegnen,
Alle die Lanzen erhöht. Ich meine ja, wie er auch wütet,
Wird er im Herzen sich scheun, der Danaer Schar zu durchbrechen.
Jener sprach's; da hörten sie aufmerksam, und gehorchten.
Schnell um die Ajas' her, und Idomeneus, Kretas Beherrscher,
Teukros auch, und Meriones auch, und den kriegrischen Meges,
Ordneten jene die Schlacht, die edelsten Helden berufend,
Gegen der Troer Gewalt und Hektors; aber von hinten
Zog die Menge des Volks zurück zu den Schiffen Achaias.
Vor nun drangen die Troer mit Heerskraft; Hektor voran ging
Mächtiges Schritts; vor ihm selbst dann wandelte Phöbos Apollon,
Eingehüllt in Gewölk, und trug die stürmische Ägis,
Graunvoll, rauhumsäumt, hochfeierlich: welche Hephästos
Schmiedet', und Zeus dem Donnerer gab zum Entsetzen der Männer:
Diese trug in den Händen der Gott, und führte die Völker.
Argos' Söhn' auch harrten gedrängt dort; und ein Geschrei stieg
Laut aus beiderlei Heer; die Pfeile geschnellt von den Sennen
Sprangen; und häufige Speere, von mutigen Händen geschleudert,
Hafteten teils anprallend im Leib der blühenden Kämpfer;
Viel' auch im Zwischenraume, den schönen Leib nicht erreichend,
Standen empor aus der Erde, voll Gier im Fleische zu schwelgen.

ὄφρα μὲν αἰγίδα χερσὶν ἔχ᾽ ἀτρέμα Φοῖβος Ἀπόλλων,
τόφρα μάλ᾽ ἀμφοτέρων βέλε᾽ ἥπτετο, πῖπτε δὲ λαός.
αὐτὰρ ἐπεὶ κατ᾽ ἐνῶπα ἰδὼν Δαναῶν ταχυπώλων
σεῖσ᾽, ἐπὶ δ᾽ αὐτὸς ἄϋσε μάλα μέγα, τοῖσι δὲ θυμὸν
ἐν στήθεσσιν ἔθελξε, λάθοντο δὲ θούριδος ἀλκῆς.
οἱ δ᾽ ὥς τ᾽ ἠὲ βοῶν ἀγέλην ἢ πῶϋ μέγ᾽ οἰῶν
θῆρε δύω κλονέωσι μελαίνης νυκτὸς ἀμολγῶι,
ἐλθόντ᾽ ἐξαπίνης σημάντορος οὐ παρεόντος,
ὣς ἐφόβηθεν Ἀχαιοὶ ἀνάλκιδες· ἐν γὰρ Ἀπόλλων
ἧκε φόβον, Τρωσὶν δὲ καὶ Ἕκτορι κῦδος ὄπαζεν.
ἔνθα δ᾽ ἀνὴρ ἕλεν ἄνδρα κεδασθείσης ὑσμίνης.
Ἕκτωρ μὲν Στιχίον τε καὶ Ἀρκεσίλαον ἔπεφνε,
τὸν μὲν Βοιωτῶν ἡγήτορα χαλκοχιτώνων,
τὸν δὲ Μενεσθῆος μεγαθύμου πιστὸν ἑταῖρον·
Αἰνείας δὲ Μέδοντα καὶ Ἴασον ἐξενάριξεν.
ἤτοι ὁ μὲν νόθος υἱὸς Ὀϊλῆος θείοιο
ἔσκε Μέδων, Αἴαντος ἀδελφεός· αὐτὰρ ἔναιεν
ἐν Φυλάκηι γαίης ἄπο πατρίδος, ἄνδρα κατακτάς,
γνωτὸν μητρυιῆς Ἐριώπιδος, ἣν ἔχ᾽ Ὀϊλεύς·
Ἴασος αὖτ᾽ ἀρχὸς μὲν Ἀθηναίων ἐτέτυκτο,
υἱὸς δὲ Σφήλοιο καλέσκετο Βουκολίδαο.
Μηκιστῆ δ᾽ ἕλε Πουλυδάμας, Ἐχίον δὲ Πολίτης
πρώτηι ἐν ὑσμίνηι, Κλονίον δ᾽ ἕλε δῖος Ἀγήνωρ.
Δηΐοχον δὲ Πάρις βάλε νείατον ὦμον ὄπισθε
φεύγοντ᾽ ἐν προμάχοισι, διὰ πρὸ δὲ χαλκὸν ἔλασσεν.
ὄφρ᾽ οἱ τοὺς ἐνάριζον ἀπ᾽ ἔντεα, τόφρα δ᾽ Ἀχαιοὶ
τάφρωι καὶ σκολόπεσσιν ἐνιπλήξαντες ὀρυκτῆι
ἔνθα καὶ ἔνθα φέβοντο, δύοντο δὲ τεῖχος ἀνάγκηι.
Ἕκτωρ δὲ Τρώεσσιν ἐκέκλετο μακρὸν ἀΰσας
„νηυσὶν ἐπισσεύεσθαι, ἐᾶν δ᾽ ἔναρα βροτόεντα·
ὃν δ᾽ ἂν ἐγὼν ἀπάνευθε νεῶν ἑτέρωθι νοήσω,
αὐτοῦ οἱ θάνατον μητίσομαι, οὐδέ νυ τόν γε
γνωτοί τε γνωταί τε πυρὸς λελάχωσι θανόντα,
ἀλλὰ κύνες ἐρύουσι πρὸ ἄστεος ἡμετέροιο."
ὣς εἰπὼν μάστιγι κατωμαδὸν ἤλασεν ἵππους,
κεκλόμενος Τρώεσσι κατὰ στίχας· οἱ δὲ σὺν αὐτῶι
πάντες ὁμοκλήσαντες ἔχον ἐρυσάρματας ἵππους
ἠχῆι θεσπεσίηι· προπάροιθε δὲ Φοῖβος Ἀπόλλων
ῥεῖ᾽ ὄχθας καπέτοιο βαθείης ποσσὶν ἐρείπων
ἐς μέσσον κατέβαλλε, γεφύρωσεν δὲ κέλευθον
μακρὴν ἠδ᾽ εὐρεῖαν, ὅσον τ᾽ ἐπὶ δουρὸς ἐρωὴ

Weil noch still die Ägis einhertrug Phöbos Apollon,
Hafteten jegliches Heeres Geschoss', und es sanken die Völker.
Aber sobald er sie gegen der reisigen Danaer Antlitz
Schüttelte, laut aufschreiend und fürchterlich; jetzo verzagte
Ihnen im Busen das Herz, und vergaß des stürmenden Mutes.
Jetzt wie die Herd', entweder des Hornviehs, oder der Schafe,
Zwei Raubtiere zerstreut, in dämmernder Stunde des Melkens,
Kommend in schleuniger Wut, wann nicht der Hüter dabei ist:
Also entflohn kraftlos die Danaer, ganz von Apollons
Schrecken betäubt; denn die Troer und Hektor ehrt' er mit Siegsruhm.
Nun schlug Mann vor Mann, im zerstreueten Kampf der Entscheidung.
Hektor raffte den Stichios hin und Arkesilaos:
Diesen der erzumschirmten Böotier ordnenden Führer,
Jenen des hochgesinnten Menestheus treuen Genossen.
Auch Äneias entriß des Jasos Waffen und Medons:
Dieser war ein Bastard des göttergleichen Oileus,
Medon, des Ajas Bruder, des kleineren; aber er wohnte
Ferne vom Vaterland' in Phylake, weil er den Vetter
Einst erschlug, Eriopis der späteren Gattin Oileus:
Jasos war zum Führer der Athenäer geordnet,
Sphelos' Sohn im Volke genannt, und Bukolos Enkel.
Auch den Mekistheus schlug Polydamas, auch den Polites
Echios vorn im Gefecht, und den Klonios mordet' Agenor.
Paris durchschoß rückwärts dem Deïochos oben die Schulter,
Als er im Vorkampf floh, daß vorn das Erz ihm hervordrang.
Während sie jen' entblößten der Rüstungen; jetzt die Achaier,
Schnell auf Graben und Pfähle dahergestürzt in Verwirrung,
Bebten sie dorthin und dort, und tauchten aus Zwang in die Mauer.
Hektor anjetzt ermahnte mit lautem Rufe die Troer:
Auf die Schiffe gesprengt, und verlaßt die blutige Rüstung!
Wen ich vielleicht wo anders entfernt von den Schiffen erblicke,
Gleich den Tod auf der Stelle bereit' ich ihm! Keine Verwandtschaft
Folgt dann, Männer und Fraun, zum Totenfeuer dem Leichnam;
Sondern er liegt, von Hunden zerfleischt, vor Ilios Mauern!
Sprach's, und schwang die Geißel dem raschen Gespann auf die Schultern,
Lautes Rufs anmahnend die Ordnungen. Alle zugleich nun
Lenkten sie, laut aufschreiend, die wagenbeflügelnden Rosse,
Mit graunvollem Getös'; und der fahrende Phöbos Apollon
Stürzete leicht mit den Füßen des Grabens ragende Ufer
Stampfend hinab in die Mitt', und brückte den Pfad hinüber,
Lang zugleich und breit, so fern der geschwungene Wurfspieß

γίγνεται, ὁππότ᾽ ἀνὴρ σθένεος πειρώμενος ᾗσι.
τῆι ῥ᾽ οἵ γε προχέοντο φαλαγγηδόν, πρὸ δ᾽ Ἀπόλλων
αἰγίδ᾽ ἔχων ἐρίτιμον· ἔρειπε δὲ τεῖχος Ἀχαιῶν
ῥεῖα μάλ᾽, ὡς ὅτε τις ψάμαθον πάϊς ἄγχι θαλάσσης,
ὅς τ᾽ ἐπεὶ οὖν ποιήσηι ἀθύρματα νηπιέηισιν,
ἂψ αὖτις συνέχευε ποσὶν καὶ χερσὶν ἀθύρων.
ὥς ῥα σύ, ἤϊε Φοῖβε, πολὺν κάματον καὶ ὀϊζὺν
σύγχεας Ἀργείων, αὐτοῖσι δὲ φύζαν ἐνῶρσας.
ὣς οἱ μὲν παρὰ νηυσὶν ἐρητύοντο μένοντες,
ἀλλήλοισί τε κεκλόμενοι καὶ πᾶσι θεοῖσι
χεῖρας ἀνίσχοντες μεγάλ᾽ εὐχετόωντο ἕκαστος·
Νέστωρ αὖτε μάλιστα Γερήνιος, οὖρος Ἀχαιῶν,
εὔχετο, χεῖρ᾽ ὀρέγων εἰς οὐρανὸν ἀστερόεντα·
„Ζεῦ πάτερ, εἴ ποτέ τίς τοι ἐν Ἄργεΐ περ πολυπύρωι
ἢ βοὸς ἢ οἰὸς κατὰ πίονα μηρία καίων
εὔχετο νοστῆσαι, σὺ δ᾽ ὑπέσχεο καὶ κατένευσας,
τῶν μνῆσαι καὶ ἄμυνον Ὀλύμπιε, νηλεὲς ἦμαρ,
μηδ᾽ οὕτω Τρώεσσιν ἔα δάμνασθαι Ἀχαιούς.“
ὣς ἔφατ᾽ εὐχόμενος, μέγα δ᾽ ἔκτυπε μητίετα Ζεύς,
ἀράων ἀΐων Νηληϊάδαο γέροντος.
Τρῶες δ᾽ ὡς ἐπύθοντο Διὸς κτύπον αἰγιόχοιο,
μᾶλλον ἐπ᾽ Ἀργείοισι θόρον, μνήσαντο δὲ χάρμης.
οἱ δ᾽ ὥς τε μέγα κῦμα θαλάσσης εὐρυπόροιο
νηὸς ὑπὲρ τοίχων καταβήσεται, ὁππότ᾽ ἐπείγηι
ἴς ἀνέμου· ἣ γάρ τε μάλιστά γε κύματ᾽ ὀφέλλει·
ὣς Τρῶες μεγάληι ἰαχῆι κατὰ τεῖχος ἔβαινον,
ἵππους δ᾽ εἰσελάσαντες ἐπὶ πρύμνηισι μάχοντο
ἔγχεσιν ἀμφιγύοις αὐτοσχεδόν, οἱ μὲν ἀφ᾽ ἵππων,
οἱ δ᾽ ἀπὸ νηῶν ὕψι μελαινάων ἐπιβάντες
μακροῖσι ξυστοῖσι, τά ῥά σφ᾽ ἐπὶ νηυσὶν ἔκειτο
ναύμαχα κολλήεντα, κατὰ στόμα εἱμένα χαλκῶι.
Πάτροκλος δ᾽ εἷος μὲν Ἀχαιοί τε Τρῶές τε
τείχεος ἀμφεμάχοντο θοάων ἔκτοθι νηῶν,
τόφρ᾽ ὅ γ᾽ ἐνὶ κλισίηι ἀγαπήνορος Εὐρυπύλοιο
ἧστό τε καὶ τὸν ἔτερπε λόγοις, ἐπὶ δ᾽ ἕλκεϊ λυγρῶι
φάρμακ᾽ ἀκέσματ᾽ ἔπασσε μελαινάων ὀδυνάων.
αὐτὰρ ἐπεὶ δὴ τεῖχος ἐπεσσυμένους ἐνόησε
Τρῶας, ἀτὰρ Δαναῶν γένετο ἰαχή τε φόβος τε,
ὤιμωξέν τ᾽ ἄρ᾽ ἔπειτα καὶ ὣ πεπλήγετο μηρὼ
χερσὶ καταπρηνέσσ᾽, ὀλοφυρόμενος δ᾽ ἔπος ηὔδα·
„Εὐρύπυλ᾽, οὐκέτι τοι δύναμαι χατέοντί περ ἔμπης

Hinfliegt, welchen ein Mann, die Kraft zu versuchen, entsendet.
Dort nun strömten sie vor in geschlossener Schar, und Apollon
Vorn, von der Ägis umstrahlt; hinstürzt' er der Danaer Mauer
Leicht, wie etwa den Sand ein Knab' am Ufer des Meeres,
Der, nachdem er ein Spiel aufbaut' in kindischer Freude,
Wieder mit Hand und Fuße die Häuflein spielend verschüttet:
So, ferntreffender Phöbos, verschüttetest du der Achaier
Müh und daurenden Fleiß, und scheuchtest sie selbst mit Entsetzen.
Jetzo hemmeten jene sich dort bei den Schiffen beharrend,
Und ermahnten einander; und rings mit erhobenen Händen
Betete laut ein jeder zu allen unsterblichen Göttern.
Nestor vor allen der Greis, der gerenische Herr der Achaier,
Flehte, die Händ' ausstreckend zum sternumleuchteten Himmel:
  Vater Zeus, so dir einer in Argos' Weizengefilden
Fette Schenkel des Stiers anzündete, oder des Widders,
Flehend um Wiederkehr, und du ihm gewinkt und gelobet;
Denk' uns des, und steur', Olympier, solchem Verderben!
Laß nicht so hinsinken vor Trojas Macht die Achaier!
  Also fleht' er empor; da donnerte Zeus Kronion
Laut, das Gebet erhörend des neleiadischen Greises.
  Trojas Söhn', als sie hörten des Ägiserschütterers Ratschluß,
Drangen gestärkt in der Danaer Volk, und entbrannten vor Streitlust.
Wie die gewaltige Woge des weitdurchwanderten Meeres
Über den Bord des Schiffes hinabstürzt, wann sie verfolget
Wut des Orkans, wie am höchsten die brandende Flut sie emportürmt:
So dort stürzten die Troer mit lautem Geschrei von der Mauer,
Lenkten die Rosse hinein, und mit zwiefach schneidenden Lanzen
Kämpften vermischt um die Steuer die Nahenden: jene vom Wagen,
Diese hoch vom Verdeck, die dunkelen Schiffe besteigend,
Mit langragenden Stangen, die dort auf den Schiffen zum Meerkampf
Lagen, zusammengefügt, und vorn mit Erze gerüstet.
  Aber der Held Patroklos, indes die Achaier und Troer
Noch die Mauer umkämpften, getrennt von den rüstigen Schiffen,
Saß noch stets in des edlen Eurypylos schönem Gezelte,
Ihn mit Worten erfreuend, und fügt' auf die schmerzende Wund' ihm
Lindernde Heilungssäfte, die dunkele Qual zu bezähmen.
Aber sobald zur Mauer mit Macht anrennen er hörte
Trojas Söhn', und erscholl der Danaer Angst und Getümmel;
Laut wehklagt' er nunmehr, und beide Hüften sich schlagend
Mit gebreiteten Händen, erhub er die jammernde Stimme:
  Nein, ich kann nicht länger, Eurypylos, darfst du auch meiner,

ἐνθάδε παρμενέμεν· δὴ γὰρ μέγα νεῖκος ὄρωρεν·
ἀλλὰ σὲ μὲν θεράπων ποτιτερπέτω, αὐτὰρ ἔγωγε
σπεύσομαι εἰς Ἀχιλῆα, ἵν' ὀτρύνω πολεμίζειν.
τίς δ' οἶδ' εἴ κέν οἱ σὺν δαίμονι θυμὸν ὀρίνω
παρειπών; ἀγαθὴ δὲ παραίφασίς ἐστιν ἑταίρου."
τὸν μὲν ἄρ' ὣς εἰπόντα πόδες φέρον· αὐτὰρ Ἀχαιοὶ
Τρῶας ἐπερχομένους μένον ἔμπεδον, οὐδε δύναντο
παυροτέρους περ ἐόντας ἀπώσασθαι παρὰ νηῶν·
οὐδέ ποτε Τρῶες Δαναῶν ἐδύναντο φάλαγγας
ῥηξάμενοι κλισίῃσι μιγήμεναι ἠδὲ νέεσσιν.
ἀλλ' ὥς τε στάθμη δόρυ νήϊον ἐξιθύνει
τέκτονος ἐν παλάμῃσι δαήμονος, ὅς ῥά τε πάσης
εὖ εἰδῆι σοφίης ὑποθημοσύνῃσιν Ἀθήνης,
ὣς μὲν τῶν ἐπὶ ἶσα μάχη τέτατο πτόλεμός τε·
ἄλλοι δ' ἀμφ' ἄλλῃσι μάχην ἐμάχοντο νέεσσιν,
Ἕκτωρ δ' ἄντ' Αἴαντος ἐείσατο κυδαλίμοιο.
τὼ δὲ μιῆς περὶ νηὸς ἔχον πόνον, οὐδὲ δύναντο
οὔθ' ὁ τὸν ἐξελάσαι καὶ ἐνιπρῆσαι πυρὶ νῆα
οὔθ' ὁ τὸν ἂψ ὤσασθαι, ἐπεί ῥ' ἐπέλασσέ γε δαίμων.
ἔνθ' υἷα Κλυτίοιο Καλήτορα φαίδιμος Αἴας,
πῦρ ἐς νῆα φέροντα, κατὰ στῆθος βάλε δουρί·
δούπησεν δὲ πεσών, δαλὸς δέ οἱ ἔκπεσε χειρός.
Ἕκτωρ δ' ὡς ἐνόησεν ἀνεψιὸν ὀφθαλμοῖσιν
ἐν κονίῃσι πεσόντα νεὸς προπάροιθε μελαίνης,
Τρωσί τε καὶ Λυκίοισιν ἐκέκλετο μακρὸν ἀΰσας·
„Τρῶες καὶ Λύκιοι καὶ Δάρδανοι ἀγχιμαχηταί,
μὴ δή πω χάζεσθε μάχης ἐν στείνεϊ τῷδε,
ἀλλ' υἷα Κλυτίοιο σαώσατε, μή μιν Ἀχαιοὶ
τεύχεα συλήσωσι νεῶν ἐν ἀγῶνι πεσόντα."
ὣς εἰπὼν Αἴαντος ἀκόντισε δουρὶ φαεινῶι.
τοῦ μὲν ἅμαρθ', ὁ δ' ἔπειτα Λυκόφρονα, Μάστορος υἱόν,
Αἴαντος θεράποντα Κυθήριον, ὅς ῥα παρ' αὐτῶι
ναῖ', ἐπεὶ ἄνδρα κατέκτα Κυθήροισι ζαθέοισι,
τόν ῥ' ἔβαλεν κεφαλὴν ὑπὲρ οὔατος ὀξέϊ χαλκῶι.
ἑσταότ' ἄγχ' Αἴαντος· ὁ δ' ὕπτιος ἐν κονίῃσι
νηὸς ἄπο πρυμνῆς χαμάδις πέσε, λύντο δὲ γυῖα.
Αἴας δὲ ῥίγησε, κασίγνητον δὲ προσηύδα·
„Τεῦκρε πέπον, δὴ νῶϊν ἀπέκτατο πιστὸς ἑταῖρος
Μαστορίδης, ὃν νῶϊ Κυθηρόθεν ἔνδον ἐόντα
ἶσα φίλοισι τοκεῦσιν ἐτίομεν ἐν μεγάροισι·
τὸν δ' Ἕκτωρ μεγάθυμος ἀπέκτανε. ποῦ νύ τοι ἰοὶ

Hier verweilen bei dir; zu laut schon erhebt sich der Aufruhr!
Drum dein Waffengenoß vergnüge dich; aber ich selber
Eile zu Peleus' Sohn, ihn aufzuregen zur Feldschlacht.
Denn wer weiß, ob vielleicht durch göttliche Hilf' ihn beweget
Mein Zuspruch! Gut immer ist redliche Warnung des Freundes.
Dieses gesagt, enttrugen die Schenkel ihn. Dort die Achaier,
Fest vor der Troer Gewalt bestanden sie; doch sie vermochten
Nicht, die wenigern zwar, hinweg von den Schiffen zu drängen.
Nicht auch vermochten die Troer, der Danaer dichte Geschwader
Trennend hindurchzubrechen in Ruderschiff' und Gezelte.
Sondern gleich, wie die Schnur abmißt den Balken des Schiffes
Unter des Zimmerers Hand, des erfahrenen, welcher die Weisheit
Aller Kunst durchdachte, gelehrt von Pallas Athene:
Also stand gleichschwebend die Schlacht der kämpfenden Völker;
Ringsher kämpften sie Kampf um die Meerschiff, andre bei andern.
Hektor erschien nun Ajas, dem Ruhmverklärten, begegnend.
Beid' um eines der Schiff' arbeiteten; aber nicht konnte,
Weder er ihn austreiben, und Glut in den Schiffen entflammen,
Noch ihn jener verdrängen, nachdem ihn genähert ein Dämon.
Ajas der Held schoß jetzo des Klytios' Sohne Kaletor
Seinen Speer in die Brust, da er Glut zum Schiffe dahertrug.
Dumpf hinkracht' er im Fall, und der Brand entstürzte der Rechten.
Aber wie Hektor ersah, daß ihm sein tapferer Vetter
Hingestürzt in den Staub, am dunkelen Schiffe des Meeres;
Rief er den Troern zugleich und Lykiern, laut ermahnend:
Troer, und Lykier ihr, und Dardaner, Kämpfer der Nähe!
Nimmermehr doch entweichet des Kampfs graunvollem Gedräng' hier;
Sondern errettet den Sohn des Klytios, daß die Achaier
Nicht ihm die Wehr abziehn, der im Kreis der Schiffe dahinsank.
Jener sprach's, und dem Ajas entsandt' er die blinkende Lanze.
Zwar ihn selbst verfehlt' er; doch Mastors Sohne Lykophron,
Ajas' Genossen im Streit, dem Kytherier, welcher bei jenem
Wohnete, seit er um Mord wegfloh aus der edlen Kythera:
Diesem traf er ins Haupt mit dem Wurfspieß über dem Ohre,
Dicht wie an Ajas er stand; und rücklings herab auf die Erde
Sank er vom Hinterverdeck in den Staub; ihm erschlafften die Glieder.
Starrend schaut' ihn Ajas, und sprach, zum Bruder gewendet:
Teukros, o Trautester, sieh, uns sank ein treuer Gefährte,
Mastors Sohn, den wir beide, seitdem von Kythera er ankam,
Wert wie Vater und Mutter in unserem Hause geachtet!
Ihn schlug Hektor anitzt, der Gewaltige! Wo die geschwinden

ὠκύμοροι καὶ τόξον, ὅ τοι πόρε Φοῖβος Ἀπόλλων;"
ὣς φάθ', ὁ δὲ ξυνέηκε, θέων δέ οἱ ἄγχι παρέστη,
τόξον ἔχων ἐν χειρὶ παλίντονον ἠδὲ φαρέτρην
ἰοδόκον· μάλα δ' ὦκα βέλεα Τρώεσσιν ἐφίει.
καί ῥ' ἔβαλε Κλεῖτον, Πεισήνορος ἀγλαὸν υἱόν,
Πουλυδάμαντος ἑταῖρον, ἀγαυοῦ Πανθοΐδαο,
ἡνία χερσὶν ἔχοντα· ὁ μὲν πεπόνητο καθ' ἵππους·
τῆι γὰρ ἔχ' ἧι ῥα πολὺ πλεῖσται κλονέοντο φάλαγγες,
Ἕκτορι καὶ Τρώεσσι χαριζόμενος· τάχα δ' αὐτῶι
ἦλθε κακόν, τό οἱ οὔ τις ἐρύκακεν ἱεμένων περ.
αὐχένι γάρ οἱ ὄπισθε πολύστονος ἔμπεσεν ἰός·
ἤριπε δ' ἐξ ὀχέων, ὑπερώησαν δέ οἱ ἵπποι
κείν' ὄχεα κροτέοντες. ἄναξ δ' ἐνόησε τάχιστα
Πουλυδάμας, καὶ πρῶτος ἐναντίος ἤλυθεν ἵππων.
τοὺς μὲν ὅ γ' Ἀστυνόωι Προτιάονος υἱέϊ δῶκε,
πολλὰ δ' ἐπότρυνε σχεδὸν ἴσχειν εἰσορόωντα
ἵππους· αὐτὸς δ' αὖτις ἰὼν προμάχοισιν ἐμίχθη.
Τεῦκρος δ' ἄλλον ὀϊστὸν ἐφ' Ἕκτορι χαλκοκορυστῆι
αἴνυτο, καί κεν ἔπαυσε μάχης ἐπὶ νηυσὶν Ἀχαιῶν,
εἴ μιν ἀριστεύοντα βαλὼν ἐξείλετο θυμόν.
ἀλλ' οὐ λῆθε Διὸς πυκινὸν νόον, ὅς ῥ' ἐφύλασσεν
Ἕκτορ', ἀτὰρ Τεῦκρον Τελαμώνιον εὖχος ἀπηύρα,
ὅς οἱ ἐΰστρεφέα νευρὴν ἐν ἀμύμονι τόξωι
ῥῆξ' ἐπὶ τῶι ἐρύοντι· παρεπλάγχθη δέ οἱ ἄλληι
ἰὸς χαλκοβαρής, τόξον δέ οἱ ἔκπεσε χειρός.
Τεῦκρος δ' ἐρρίγησε, κασίγνητον δὲ προσηύδα·
„ὢ πόποι, ἦ δὴ πάγχυ μάχης ἐπὶ μήδεα κείρει
δαίμων ἡμετέρης, ὅ τέ μοι βιὸν ἔκβαλε χειρός,
νευρὴν δ' ἐξέρρηξε νεόστροφον, ἣν ἐνέδησα
πρώϊον, ὄφρ' ἀνέχοιτο θαμὰ θρώισκοντας ὀϊστούς."
τὸν δ' ἠμείβετ' ἔπειτα μέγας Τελαμώνιος Αἴας·
„ὦ πέπον, ἀλλὰ βιὸν μὲν ἔα καὶ ταρφέας ἰοὺς
κεῖσθαι, ἐπεὶ συνέχευε θεὸς Δαναοῖσι μεγήρας·
αὐτὰρ χερσὶν ἑλὼν δολιχὸν δόρυ καὶ σάκος ὤμωι
μάρναό τε Τρώεσσι καὶ ἄλλους ὄρνυθι λαούς.
μὴ μὰν ἀσπουδί γε δαμασσάμενοί περ ἕλοιεν
νῆας ἐϋσσέλμους, ἀλλὰ μνησώμεθα χάρμης."
ὣς φάθ', ὁ δὲ τόξον μὲν ἐνὶ κλισίηισιν ἔθηκεν,
αὐτὰρ ὅ γ' ἀμφ' ὤμοισι σάκος θέτο τετραθέλυμνον,
κρατὶ δ' ἐπ' ἰφθίμωι κυνέην εὔτυκτον ἔθηκεν
ἵππουριν, δεινὸν δὲ λόφος καθύπερθεν ἔνευεν·

Todesgeschoss' und der Bogen, den dir geschenket Apollon?
Jener sprach's; doch der Bruder vernahm's, und naht' ihm in Eile,
Haltend zugleich in der Hand das schnellende Horn, und den Köcher,
Pfeilevoll; und schleunig entsandt' er Geschosse den Troern.
Kleitos zuerst nun traf er, den blühenden Sohn Peisenors,
Und des Polydamas' Freund, des gefeierten Panthoiden,
Welchem die Zügel er lenkt': itzt tummelt' er mühsam die Rosse,
Lenkend dahin, wo vor allen am dichtesten tobten die Schlachtreihn,
Hektorn und den Troern gefällig zu sein: doch sofort ihm
Nahte das Weh, dem ihn keiner entriß der strebenden Freunde.
Denn ihm traf von hinten der schmerzende Pfeil in den Nacken;
Und er entsank dem Geschirr, und zurück ihm zuckten die Rosse,
Leer das Geschirr hinrasselnd. Polydamas aber erkannt' es
Schnell, und eilte zuerst den flüchtigen Rossen entgegen.
Diese gab er Astynoos drauf, dem Sohn Protiaons,
Welchen er sehr anmahnte, die Ross' ihm nahe zu halten,
Schauend auf ihn; dann eilt' er, und drang in das Vordergetümmel.
Teukros, ein andres Geschoß auf den schimmernden Hektor ergreifend,
Zielt'; und er hätte gehemmt den Kampf bei den Schiffen Achaias,
Hätt' er den tapfersten Held mit treffendem Pfeile getötet.
Doch nicht seiner vergaß der waltende Zeus; er beschirmte
Hektor, und raubte den Ruhm dem Telamonier Teukros.
Siehe, die schöngeflochtene Schnur des untadligen Bogens
Brach er im Anziehn schnell; und seitwärts flog ihm verirrend
Sein erzschweres Geschoß, und der Bogen entsank aus der Linken.
Starrend schaut' es Teukros, und sprach, zum Bruder gewendet:
Wehe mir! traun es vereitelt ein Gott uns jeglichen Vorsatz
Unseres Kampfs, der den Bogen aus meiner Hand mir hinwegschlug,
Und mir die Senne zerriß, die neugeflochten ich umband
Heute früh, zu erdulden auch viel' abspringende Pfeile.
Ihm antwortete drauf der Telamonier Ajas:
Trautester, laß den Bogen doch nur und die häufigen Pfeile
Ruhn, nachdem ihn zernichtet ein Gott, der die Danaer neidet.
Jetzt in der Hand den ragenden Speer und den Schild auf der Schulter
Kämpfe mit Trojas Volk, und ermahn' auch andere Scharen:
Daß nicht arbeitlos, und siegten sie gleich, sie erobern
Unsre gebordeten Schiffe! Wohlauf, und gedenke der Streitlust!
Jener sprach's; und den Bogen verwahrete Teukros im Zelte;
Warf alsdann um die Schulter die Last des vierfachen Schildes;
Auch das gewaltige Haupt mit stattlichem Helme bedeckt' er,
Von Roßhaaren umwallt; und fürchterlich winkte der Helmbusch;

εἵλετο δ' ἄλκιμον ἔγχος, ἀκαχμένον ὀξέϊ χαλκῶι,
βῆ δ' ἰέναι, μάλα δ' ὦκα θέων Αἴαντι παρέστη.
Ἕκτωρ δ' ὡς εἶδεν Τεύκρου βλαφθέντα βέλεμνα,
Τρωσί τε καὶ Λυκίοισιν ἐκέκλετο μακρὸν ἀΰσας·
„ Τρῶες καὶ Λύκιοι καὶ Δάρδανοι ἀγχιμαχηταί,
ἀνέρες ἔστε, φίλοι, μνήσασθε δὲ θούριδος ἀλκῆς
νῆας ἀνὰ γλαφυράς· δὴ γὰρ ἴδον ὀφθαλμοῖσιν
ἀνδρὸς ἀριστῆος Διόθεν βλαφθέντα βέλεμνα.
ῥεῖα δ' ἀρίγνωτος Διὸς ἀνδράσι γίγνεται ἀλκή,
ἠμὲν ὁτέοισιν κῦδος ὑπέρτερον ἐγγυαλίξηι,
ἠδ' ὅτινας μινύθηι τε καὶ οὐκ ἐθέληισιν ἀμύνειν,
ὡς νῦν Ἀργείων μινύθει μένος, ἄμμι δ' ἀρήγει.
ἀλλὰ μάχεσθ' ἐπὶ νηυσὶν ἀολλέες· ὃς δέ κεν ὑμέων
βλήμενος ἠὲ τυπεὶς θάνατον καὶ πότμον ἐπίσπηι,
τεθνάτω· οὔ οἱ ἀεικὲς ἀμυνομένωι περὶ πάτρης
τεθνάμεν· ἀλλ' ἄλοχός τε σόη καὶ παῖδες ὀπίσσω,
καὶ οἶκος καὶ κλῆρος ἀκήρατος, εἴ κεν Ἀχαιοὶ
οἴχωνται σὺν νηυσὶ φίλην ἐς πατρίδα γαῖαν."
ὣς εἰπὼν ὄτρυνε μένος καὶ θυμὸν ἑκάστου.
Αἴας δ' αὖθ' ἑτέρωθεν ἐκέκλετο οἷς ἑτάροισιν·
„ αἰδώς, Ἀργεῖοι· νῦν ἄρκιον ἢ ἀπολέσθαι
ἠὲ σαωθῆναι καὶ ἀπώσασθαι κακὰ νηῶν.
ἦ ἔλπεσθ', ἢν νῆας ἕληι κορυθαίολος Ἕκτωρ,
ἐμβαδὸν ἵξεσθαι ἣν πατρίδα γαῖαν ἕκαστος;
ἦ οὐκ ὀτρύνοντος ἀκούετε λαὸν ἅπαντα
Ἕκτορος, ὃς δὴ νῆας ἐνιπρῆσαι μενεαίνει;
οὐ μὰν ἔς γε χορὸν κέλετ' ἐλθέμεν, ἀλλὰ μάχεσθαι.
ἡμῖν δ' οὔ τις τοῦδε νόος καὶ μῆτις ἀμείνων,
ἢ αὐτοσχεδίηι μῖξαι χεῖράς τε μένος τε.
βέλτερον, ἢ ἀπολέσθαι ἕνα χρόνον ἠὲ βιῶναι,
ἢ δηθὰ στρεύγεσθαι ἐν αἰνῆι δηϊοτῆτι
ὧδ' αὔτως παρὰ νηυσὶν ὑπ' ἀνδράσι χειροτέροισιν."
ὣς εἰπὼν ὄτρυνε μένος καὶ θυμὸν ἑκάστου.
ἔνθ' Ἕκτωρ μὲν ἕλε Σχεδίον, Περιμήδεος υἱόν,
ἀρχὸν Φωκήων, Αἴας δ' ἕλε Λαοδάμαντα
ἡγεμόνα πρυλέων, Ἀντήνορος ἀγλαὸν υἱόν·
Πουλυδάμας δ' Ὦτον Κυλλήνιον ἐξενάριξε,
Φυλεΐδεω ἕταρον, μεγαθύμων ἀρχὸν Ἐπειῶν.
τῶι δὲ Μέγης ἐπόρουσεν ἰδών· ὁ δ' ὕπαιθα λιάσθη
Πουλυδάμας· καὶ τοῦ μὲν ἀπήμβροτεν· οὐ γὰρ Ἀπόλλων
εἴα Πάνθου υἱὸν ἐνὶ προμάχοισι δαμῆναι·

Nahm auch die mächtige Lanze, gespitzt mit der Schärfe des Erzes;
Lief dann zurück, und stellt' in Eile sich neben den Bruder.
Hektor, sobald er gesehn, daß Teukros' Bogen zerstört war,
Rief er den Troern zugleich und Lykiern, laut ermahnend:
Troer, und Lykier ihr, und Dardaner, Kämpfer der Nähe!
Seid nun Männer, o Freund', und gedenkt des stürmenden Mutes
Um die gebogenen Schiffe! Denn schon mit den Augen ersah ich
Einem tapferen Manne zerstört das Geschoß von Kronion.
Leicht ja erkannt wird Zeus' obwaltender Schutz von den Menschen,
Jenen sowohl, die er hoch mit glänzendem Ruhme verherrlicht,
Als die er niederbeugt, und nicht zu verteidigen achtet:
Wie nun Argos' Völker er schwächt, uns aber beschirmt.
Auf, zum Kampf um die Schiffe mit Heerskraft! Welcher von euch nun
Tod und Schicksal erreicht, mit Wurf und Stoße verwundet,
Sterbe! Nicht ruhmlos ist's, für des Vaterlandes Errettung
Sterben: in Wohlfahrt läßt er die Gattin zurück und die Kinder,
Und sein Haus und Erb' unbeschädiget, wann die Achaier
Heimgekehrt in den Schiffen zum lieben Lande der Väter!
Jener sprach's, und erregte zu Mut und Stärke die Männer.
Ajas indes auch drüben ermunterte seine Genossen:
Schande doch, Argos' Volk! Nun gilt's, entweder zu sterben,
Oder uns Heil zu schaffen, und unseren Schiffen Errettung!
Hofft ihr vielleicht, wenn die Schiffe gewinnt der gewaltige Hektor,
Daß dann jeder zu Fuß heimkehr' in der Väter Gefilde?
Höret ihr nicht, wie laut er die feindlichen Scharen ermuntert,
Hektor, der schon die Schiffe mit Glut zu verbrennen daherstürmt?
Nicht zum Tanze fürwahr ermahnt er sie, sondern zum Kampfe!
Uns erscheint nun nirgend ein besserer Rat und Entschluß mehr,
Als hinein in den Feind mit gewaffneter Hand uns zu stürzen!
Besser, die Wahl des Todes beschleunigen, oder des Lebens,
Als so lang' hinschmachten in schreckenvoller Entscheidung,
So umsonst bei den Schiffen, vertilgt von schlechteren Männern!
Jener sprach's, und erregte zu Mut und Stärke die Männer.
Hektor erschlug den Schedios nun, den Sohn Perimedes',
Der den Phokäern gebot; doch Ajas streckte des Fußvolks
Führer Laodamas hin, den glänzenden Sohn Antenors.
Auch Polydamas nahm dem Kyllenier Otos die Rüstung,
Welcher, des Meges Genoß, vorging den stolzen Epeiern.
Rächend flog der Phyleide daher; doch Polydamas wich ihm
Seitwärts aus; ihn selbst nun verfehlet' er, weil ihm Apollon
Weigerte, Panthoos' Sohn im Vorderkampf zu bezwingen;

αὐτὰρ ὅ γε Κροίσμου στῆθος μέσον οὖτασε δουρί.
δούπησεν δὲ πεσών· ὁ δ᾽ ἀπ᾽ ὤμων τεύχε᾽ ἐσύλα.
τόφρα δὲ τῶι ἐπόρουσε Δόλοψ, αἰχμῆς ἐῢ εἰδώς,
Λαμπετίδης, ὃν Λάμπος ἐγείνατο φέρτατον υἱόν,
Λαομεδοντιάδης, εὖ εἰδότα θούριδος ἀλκῆς,
ὃς τότε Φυλεΐδαο μέσον σάκος οὖτασε δουρὶ
ἐγγύθεν ὁρμηθείς· πυκινὸς δέ οἱ ἤρκεσε θώρηξ,
τόν ῥ᾽ ἐφόρει γυάλοισιν ἀρηρότα· τόν ποτε Φυλεὺς
ἤγαγεν ἐξ Ἐφύρης, ποταμοῦ ἄπο Σελλήεντος.
ξεῖνος γάρ οἱ ἔδωκεν ἄναξ ἀνδρῶν Εὐφήτης
ἐς πόλεμον φορέειν, δηΐων ἀνδρῶν ἀλεωρήν·
ὅς οἱ καὶ τότε παιδὸς ἀπὸ χροὸς ἤρκεσ᾽ ὄλεθρον.
τοῦ δὲ Μέγης κόρυθος χαλκήρεος ἱπποδασείης
κύμβαχον ἀκρότατον νύξ᾽ ἔγχεϊ ὀξυόεντι,
ῥῆξε δ᾽ ἀφ᾽ ἵππειον λόφον αὐτοῦ· πᾶς δὲ χαμᾶζε
κάππεσεν ἐν κονίηισι, νέον φοίνικι φαεινός.
εἷος ὁ τῶι πολέμιζε μένων, ἔτι δ᾽ ἔλπετο νίκην,
τόφρα δέ οἱ Μενέλαος ἀρήϊος ἦλθεν ἀμύντωρ,
στῆ δ᾽ εὐρὰξ σὺν δουρὶ λαθών, βάλε δ᾽ ὦμον ὄπισθεν·
αἰχμὴ δὲ στέρνοιο διέσσυτο μαιμώωσα,
πρόσσω ἱεμένη· ὁ δ᾽ ἄρα πρηνὴς ἐλιάσθη.
τὼ μὲν ἐεισάσθην χαλκήρεα τεύχε᾽ ἀπ᾽ ὤμων
συλήσειν· Ἕκτωρ δὲ κασιγνήτοισι κέλευσε
πᾶσι μάλα, πρῶτον δ᾽ Ἱκεταονίδην ἐνένιπεν,
ἴφθιμον Μελάνιππον. ὁ δ᾽ ὄφρα μὲν εἰλίποδας βοῦς
βόσκ᾽ ἐν Περκώτηι, δηΐων ἀπὸ νόσφιν ἐόντων·
αὐτὰρ ἐπεὶ Δαναῶν νέες ἤλυθον ἀμφιέλισσαι,
ἂψ εἰς Ἴλιον ἦλθε, μετέπρεπε δὲ Τρώεσσι,
ναῖε δὲ πὰρ Πριάμωι, ὁ δέ μιν τίεν ἶσα τέκεσσι·
τόν ῥ᾽ Ἕκτωρ ἐνένιπεν ἔπος τ᾽ ἔφατ᾽ ἔκ τ᾽ ὀνόμαζεν·
„οὕτω δή, Μελάνιππε, μεθήσομεν; οὐδέ νυ σοί περ
ἐντρέπεται φίλον ἦτορ ἀνεψιοῦ κταμένοιο;
οὐχ ὁράαις οἷον Δόλοπος περὶ τεύχε᾽ ἕπουσιν;
ἀλλ᾽ ἕπευ· οὐ γὰρ ἔτ᾽ ἔστιν ἀποσταδὸν Ἀργείοισι
μάρνασθαι, πρίν γ᾽ ἠὲ κατακτάμεν ἠὲ κατ᾽ ἄκρης
Ἴλιον αἰπεινὴν ἑλέειν κτάσθαι τε πολίτας.“
ὣς εἰπὼν ὁ μὲν ἦρχ᾽, ὁ δ᾽ ἅμ᾽ ἕσπετο ἰσόθεος φώς·
Ἀργείους δ᾽ ὄτρυνε μέγας Τελαμώνιος Αἴας·
„ὦ φίλοι, ἀνέρες ἔστε, καὶ αἰδῶ θέσθ᾽ ἐνὶ θυμῶι,
ἀλλήλους τ᾽ αἰδεῖσθε κατὰ κρατερὰς ὑσμίνας.
αἰδομένων δ᾽ ἀνδρῶν πλέονες σόοι ἠὲ πέφανται·

Aber dem Krösmos rannt' er gerad' in den Busen die Lanze;
Dumpf hinkracht' er im Fall, und jener entzog ihm die Rüstung.
Gegen ihn flog nun Dolops daher, wohlkundig der Lanze,
Lampos' Sohn, den Lampos, der tapferste Kämpfer, gezeuget,
Er Laomedons Sohn, den kundigen Stürmer der Feldschlacht:
Dieser durchstach dem Phyleiden die Mitte des Schilds mit der Lanze,
Nahe daher sich stürzend; allein ihn schirmte der Panzer,
Dicht und stark mit Gelenken befestiget: welchen noch Phyleus
Mit aus Ephyra brachte, vom heiligen Strom Selleïs;
Denn sein Gastfreund schenkt' ihm, der Völkerfürst Euphetes,
Solchen im Streit zu tragen, zur Abwehr feindlicher Männer:
Der ihm auch jetzt vom Leibe des Sohns abhielt das Verderben.
Ihm nun traf der Phyleide des schweifumflatterten Helmes
Oberste Wölbung von Erz mit dem Stoß der spitzigen Lanze;
Daß der gemähnete Busch ihm abbrach, ganz dann zur Erde
Niedersank in den Staub, noch neu gerötet von Purpur.
Während er ihn noch kämpfend bestand, und hoffte den Siegsruhm;
Kam ihm ein Helfer daher, der streitbare Held Menelaos.
Seitwärts trat er geheim mit dem Speer, und die Schulter von hinten
Warf er, daß vorne die Brust das stürmende Erz ihm durchbohrte,
Ungestüm vorstrebend; da taumelt' er nieder aufs Antlitz.
Beide nun sprangen hinzu, die eherne Wehr von den Schultern
Abzuziehn. Doch Hektor gebot den Verwandten und Brüdern
Allen umher; vor allen den edlen Sohn Hiketaons
Straft' er, den Held Melanippos: der einst schwerwandelnde Rinder
In Perkote geweidet, da fern noch waren die Feinde;
Aber nachdem die Achaier in Ruderschiffen gelandet,
Kam er gen Ilios wieder, und ragete hoch vor den Troern;
Auch bei Priamos wohnt' er, der gleich ihn ehrte den Söhnen.
Diesen straft' itzt Hektor, und laut ausrufend begann er:
Also jetzt, Melanippos, versäumen wir? Wendet auch dir nicht
Mildes Erbarmen das Herz, da tot dein Retter dahinsank?
Siehst du nicht, wie sehr sie um Dolops Rüstung sich abmühn?
Folge mir! Jetzo gilt's, nicht fern von den Söhnen Achaias
Kämpfend zu stehn! Entweder wir morden sie, oder vom Gipfel
Stürzen sie Ilios Feste herab, und ermorden die Bürger!
Sprach's, und eilte voran; ihm folgte der göttliche Streiter.
Argos' Söhn auch ermahnte der Telamonier Ajas:
Seid nun Männer, o Freund', und Scham erfüll' euch die Herzen!
Ehret euch selbst einander im Ungestüme der Feldschlacht!
Denn wo sich ehrt ein Volk, stehn mehrere Männer, denn fallen;

φευγόντων δ' οὔτ' ἂρ κλέος ὄρνυται οὔτέ τις ἀλκή."
ὣς ἔφαθ', οἱ δὲ καὶ αὐτοὶ ἀλέξασθαι μενέαινον,
ἐν θυμῶι δ' ἐβάλοντο ἔπος, φράξαντο δὲ νῆας
ἕρκεϊ χαλκείωι· ἐπὶ δὲ Ζεὺς Τρῶας ἔγειρεν.
Ἀντίλοχον δ' ὄτρυνε βοὴν ἀγαθὸς Μενέλαος·
„Ἀντίλοχ', οὔ τις σεῖο νεώτερος ἄλλος Ἀχαιῶν,
οὔτε ποσὶν θάσσων οὔτ' ἄλκιμος ὡς σὺ μάχεσθαι·
εἴ τινά που Τρώων ἐξάλμενος ἄνδρα βάλοισθα."
ὣς εἰπὼν ὁ μὲν αὖτις ἀπέσσυτο, τὸν δ' ὀρόθυνεν·
ἐκ δ' ἔθορε προμάχων, καὶ ἀκόντισε δουρὶ φαεινῶι
ἀμφὶ ἓ παπτήνας· ὑπὸ δὲ Τρῶες κεκάδοντο
ἀνδρὸς ἀκοντίσσαντος· ὁ δ' οὐχ ἅλιον βέλος ἧκεν,
ἀλλ' Ἱκετάονος υἱόν, ὑπέρθυμον Μελάνιππον,
νισόμενον πόλεμόνδε βάλε στῆθος παρὰ μαζόν.
δούπησεν δὲ πεσών, τὸν δὲ σκότος ὄσσε κάλυψεν.
Ἀντίλοχος δ' ἐπόρουσε κύων ὥς, ὅς τ' ἐπὶ νεβρῶι
βλημένωι ἀΐξηι, τόν τ' ἐξ εὐνῆφι θορόντα
θηρητὴρ ἐτύχησε βαλών, ὑπέλυσε δὲ γυῖα·
ὣς ἐπὶ σοί, Μελάνιππε, θόρ' Ἀντίλοχος μενεχάρμης
τεύχεα συλήσων· ἀλλ' οὐ λάθεν Ἕκτορα δῖον,
ὅς ῥά οἱ ἀντίος ἦλθε θέων ἀνὰ δηϊοτῆτα.
Ἀντίλοχος δ' οὐ μεῖνε θοός περ ἐὼν πολεμιστής,
ἀλλ' ὅ γ' ἄρ' ἔτρεσε θηρὶ κακὸν ῥέξαντι ἐοικώς,
ὅς τε κύνα κτείνας ἢ βουκόλον ἀμφὶ βόεσσι
φεύγει πρίν περ ὅμιλον ἀολλισθήμεναι ἀνδρῶν·
ὣς τρέσε Νεστορίδης, ἐπὶ δὲ Τρῶές τε καὶ Ἕκτωρ
ἠχῆι θεσπεσίηι βέλεα στονόεντα χέοντο·
στῆ δὲ μεταστρεφθείς, ἐπεὶ ἵκετο ἔθνος ἑταίρων.
Τρῶες δὲ λείουσιν ἐοικότες ὠμοφάγοισι
νηυσὶν ἐπεσσεύοντο, Διὸς δ' ἐτέλειον ἐφετμάς,
ὅ σφισιν αἰὲν ἔγειρε μένος μέγα, θέλγε δὲ θυμὸν
Ἀργείων καὶ κῦδος ἀπαίνυτο, τοὺς δ' ὀρόθυνεν.
Ἕκτορι γάρ οἱ θυμὸς ἐβούλετο κῦδος ὀρέξαι
Πριαμίδηι, ἵνα νηυσὶ κορωνίσι θεσπιδαὲς πῦρ
ἐμβάλοι ἀκάματον, Θέτιδος δ' ἐξαίσιον ἀρὴν
πᾶσαν ἐπικρήνειε· τὸ γὰρ μένε μητίετα Ζεύς,
νηὸς καιομένης σέλας ὀφθαλμοῖσιν ἰδέσθαι.
ἐκ γὰρ δὴ τοῦ μέλλε παλίωξιν παρὰ νηῶν
θησέμεναι Τρώων, Δαναοῖσι δὲ κῦδος ὀρέξειν.
τὰ φρονέων νήεσσιν ἔπι γλαφυρῆισιν ἔγειρεν
Ἕκτορα Πριαμίδην, μάλα περ μεμαῶτα καὶ αὐτόν.

Doch den Fliehenden wird nicht Ruhm gewährt, noch Errettung!
Jener sprach's; und sie selber dem Feind zu wehren begierig,
Faßten all' in die Herzen das Wort; sie umzäunten die Schiffe
Rings mit ehrnem Geheg'; und Zeus trieb stürmend die Troer.
Doch den Antilochos reizte der Rufer im Streit Menelaos:
Keiner ist jünger denn du, Antilochos, vor den Achaiern,
Weder geschwinder im Lauf, noch tapfer wie du in der Feldschlacht;
Wenn du anjetzt vorspringend doch tötest einen der Troer!
Dieses gesagt, nun eilt' er zurück, und reizete jenen;
Und er entsprang dem Gewühl, und warf die blinkende Lanze,
Mit umschauendem Blick; und es flohn auseinander die Troer,
Als hinzielte der Mann: doch umsonst nicht sandt' er die Lanze,
Sondern dem Held Melanippos, dem mutigen Sohn Hiketaons,
Welcher zum Kampf herschritt, durchschoß er die Brust an der Warze:
Dumpf hinkracht' er im Fall, und es rasselten um ihn die Waffen.
Aber Antilochos sprang, wie der rasche Hund auf des Rehes
Blutendes Kalb anstürzt, das, weil aus dem Lager es auffuhr,
Schnell der laurende Jäger durchschoß, und die Glieder ihm löste:
So, Melanippos, auf dich sprang Nestors kriegrischer Sohn itzt,
Dir die Wehr zu entreißen. Ihn sah der göttliche Hektor,
Welcher entgegen ihm lief, durch Kampf und Waffengetümmel.
Nicht, wie tapfer er war, bestand Antilochos jenen;
Sondern entflüchtete, gleich dem Gewild, das Böses getan hat,
Das, da den Hund um die Rinder es mordete, oder den Hirten,
Wegflieht, ehe die Schar versammelter Männer herandringt:
Also der Nestorid'; ihm nach die Troer und Hektor
Rannten mit lautem Getös', und schütteten herbe Geschosse;
Doch nun stand er gewandt, da der Seinigen Schar er erreichet.
Trojas Volk, blutgierig wie raubverschlingende Löwen,
Stürzte nunmehr in die Schiffe, des Donnerers Rat vollendend:
Der sie mit höherem Mut stets kräftigte, doch den Argeiern
Schwächte das Herz, und des Ruhms sie beraubete, stärkend die Troer.
Denn dem Hektor beschloß sein Ratschluß Ruhm zu gewähren,
Priamos' Sohn, damit er die schreckliche Flamme des Feuers
Würf' in die prangenden Schiff', und ganz erfüllte der Thetys
Unbarmherzigen Wunsch: drum harrete Zeus Kronion,
Leuchten zu sehn den Glanz von einem brennenden Schiffe;
Doch alsdann verhängt' er den Troern Flucht und Verfolgung
Immerdar von den Schiffen, und Siegesruhm den Achaiern.
Also gesinnt, erregt er, der Danaer Schiffe zu stürmen,
Hektor, Priamos' Sohn, der selber des Kampfs auch begehrte.

μαίνετο δ᾽ ὡς ὅτ᾽ Ἄρης ἐγχέσπαλος ἢ ὀλοὸν πῦρ
οὔρεσι μαίνηται, βαθέης ἐν τάρφεσιν ὕλης·
ἀφλοισμὸς δὲ περὶ στόμα γίγνετο, τὼ δέ οἱ ὄσσε
λαμπέσθην βλοσυρῇσιν ὑπ᾽ ὀφρύσιν, ἀμφὶ δὲ πήληξ
σμερδαλέον κροτάφοισι τινάσσετο μαρναμένοιο
Ἕκτορος· αὐτὸς γάρ οἱ ἀπ᾽ αἰθέρος ἦεν ἀμύντωρ
Ζεύς, ὅς μιν πλεόνεσσι μετ᾽ ἀνδράσι μοῦνον ἐόντα
τίμα καὶ κύδαινε. μινυνθάδιος γὰρ ἔμελλεν
ἔσσεσθ᾽· ἤδη γάρ οἱ ἐπόρνυε μόρσιμον ἦμαρ
Παλλὰς Ἀθηναίη ὑπὸ Πηλεΐδαο βίηφιν.
καί ῥ᾽ ἔθελεν ῥῆξαι στίχας ἀνδρῶν πειρητίζων,
ᾗ δὴ πλεῖστον ὅμιλον ὅρα καὶ τεύχε᾽ ἄριστα·
ἀλλ᾽ οὐδ᾽ ὧς δύνατο ῥῆξαι μάλα περ μενεαίνων·
ἴσχον γὰρ πυργηδὸν ἀρηρότες, ἠΰτε πέτρη
ἠλίβατος μεγάλη, πολιῆς ἁλὸς ἐγγὺς ἐοῦσα,
ἥ τε μένει λιγέων ἀνέμων λαιψηρὰ κέλευθα
κύματά τε τροφόεντα, τά τε προσερεύγεται αὐτήν·
ὣς Δαναοὶ Τρῶας μένον ἔμπεδον οὐδὲ φέβοντο.
αὐτὰρ ὁ λαμπόμενος πυρὶ πάντοθεν ἔνθορ᾽ ὁμίλῳ,
ἐν δ᾽ ἔπεσ᾽ ὡς ὅτε κῦμα θοῇ ἐν νηῒ πέσῃσι
λάβρον ὑπαὶ νεφέων ἀνεμοτρεφές· ἡ δέ τε πᾶσα
ἄχνῃ ὑπεκρύφθη, ἀνέμοιο δὲ δεινὸς ἀήτης
ἱστίῳ ἐμβρέμεται, τρομέουσι δέ τε φρένα ναῦται
δειδιότες· τυτθὸν γὰρ ὑπ᾽ ἐκ θανάτοιο φέρονται·
ὣς ἐδαΐζετο θυμὸς ἐνὶ στήθεσσιν Ἀχαιῶν.
αὐτὰρ ὅ γ᾽ ὥς τε λέων ὀλοόφρων βουσὶν ἐπελθών,
αἵ ῥά τ᾽ ἐν εἱαμενῇ ἕλεος μεγάλοιο νέμονται
μυρίαι, ἐν δέ τε τῇσι νομεὺς οὔ πω σάφα εἰδὼς
θηρὶ μαχέσσασθαι ἕλικος βοὸς ἀμφὶ φονῇσιν·
ἤτοι ὁ μὲν πρώτῃσι καὶ ὑστατίῃσι βόεσσιν
αἰὲν ὁμοστιχάει, ὁ δέ τ᾽ ἐν μέσσῃσιν ὀρούσας
βοῦν ἔδει, αἱ δέ τε πᾶσαι ὑπέτρεσαν· ὣς τότ᾽ Ἀχαιοὶ
θεσπεσίως ἐφόβηθεν ὑφ᾽ Ἕκτορι καὶ Διὶ πατρὶ
πάντες, ὁ δ᾽ οἶον ἔπεφνε Μυκηναῖον Περιφήτην,
Κοπρῆος φίλον υἱόν, ὃς Εὐρυσθῆος ἄνακτος
ἀγγελίης οἴχνεσκε βίῃ Ἡρακληείῃ.
τοῦ γένετ᾽ ἐκ πατρὸς πολὺ χείρονος υἱὸς ἀμείνων
παντοίας ἀρετάς, ἠμὲν πόδας ἠδὲ μάχεσθαι,
καὶ νόον ἐν πρώτοισι Μυκηναίων ἐτέτυκτο·
ὅς ῥα τόθ᾽ Ἕκτορι κῦδος ὑπέρτερον ἐγγυάλιξε.
στρεφθεὶς γὰρ μετόπισθεν ἐν ἀσπίδος ἄντυγι πάλτο,

Tobt' er doch wild, wie Ares mit raffendem Speer, und wie Feuer
Schrecklich die Berge durchtobt, in verwachsener Tiefe des Waldes!
Siehe der Schaum umstand die Lippen ihm, während die Augen
Unter den düsteren Brauen ihm funkelten; und um die Schläfen
Wehte der Mähnenbusch von dem Helm des kämpfenden Hektors
Fürchterlich! Selbst war ihm aus des Äthers Höhn ein Beschirmer
Zeus, der jenem allein in mächtigen Scharen der Männer
Preis und Herrlichkeit gab: denn wenige Tage nur waren
Ihm gewährt; schon lenkt' ihm das finstere Todesverhängnis
Pallas Athene daher durch siegende Macht des Achilleus.
Jener nun ging zu durchbrechen die Ordnungen, rings versuchend,
Wo den dichtesten Haufen er sah, und die trefflichsten Waffen:
Dennoch versucht' er umsonst Einbruch, wie gewaltig er andrang;
Denn stets hemmt' ihn die Schar der Geschlossenen: gleich wie ein Felsen,
Hochgetürmt und groß, an des bläulichen Meeres Gestade,
Welcher besteht der sausenden Wind' herzuckende Wirbel,
Und die geschwollene Flut, die gegen ihn brandend emporrauscht:
So vor den Troern bestand der Danaer Volk, und entfloh nicht.
Er, den strahlendes Feuer umleuchtete, sprang auf die Heerschar,
Hergestürzt, wie die Wog' in das rüstige Schiff sich hineinstürzt,
Ungestüm aus den Wolken vom Sturme genährt; es bedeckt sich
Ganz mit Schaume das Schiff, und fürchterlich saust in dem Segel
Oben die Wut des Orkans; und es bebt den erschrockenen Schiffern
Bange das Herz; weil wenig vom Tode getrennt sie entfliegen;
Also empört Unruhe das Herz der edlen Achaier.
Aber der Held, wie ein Löwe voll Wut eindringt in die Rinder,
Die in gewässerter Aue des großen Sumpfes umhergehn,
Tausende; nur ein Hirt begleitet sie, wenig geübt noch,
Ein krummhorniges Rind zu verteidigen wider ein Raubtier;
Zwar bei den vordersten bald, und bald bei den äußersten Rindern,
Wandelt er ängstlich umher; doch er, in die Mitte sich stürzend,
Würgt den Stier, und es entfliehn die Erschrockenen: so die Achaier,
Graunbetäubt entflohn sie vor Hektors Macht und Kronions,
Alle; doch einen erschlug er, Mykenens Held Periphetes,
Kopreus' Sohn des Berühmten, der einst des Königs Eurystheus
Botschaft pflag zu bringen der hohen Kraft Herakles:
Ihm ein besserer Sohn, dem schlechteren Vater, gezeuget,
War er in jeglicher Tugend, im rüstigen Lauf, und im Kampfe,
Auch an Verstand mit den ersten im Rat der Mykener gepriesen;
Der nun sank vor Hektor, noch höheren Ruhm ihm gewährend.
Denn wie zurück er wandte, da stieß er sich unten am Borde

τὴν αὐτὸς φορέεσκε ποδηνεκέ', ἕρκος ἀκόντων·
τῆι ὅ γ' ἐνὶ βλαφθεὶς πέσεν ὕπτιος, ἀμφὶ δὲ πήληξ
σμερδαλέον κονάβησε περὶ κροτάφοισι πεσόντος.
Ἕκτωρ δ' ὀξὺ νόησε, θέων δέ οἱ ἄγχι παρέστη,
στήθεϊ δ' ἐν δόρυ πῆξε, φίλων δέ μιν ἐγγὺς ἑταίρων
κτεῖν'· οἱ δ' οὐκ ἐδύναντο καὶ ἀχνύμενοί περ ἑταίρου
χραισμεῖν· αὐτοὶ γὰρ μάλα δείδισαν Ἕκτορα δῖον.
εἰσωποὶ δ' ἐγένοντο νεῶν, περὶ δ' ἔσχεθον ἄκραι
νῆες, ὅσαι πρῶται εἰρύατο· τοὶ δ' ἐπέχυντο.
Ἀργεῖοι δὲ νεῶν μὲν ἐχώρησαν καὶ ἀνάγκηι
τῶν πρωτέων, αὐτοῦ δὲ παρὰ κλισίηισιν ἔμειναν
ἁθρόοι, οὐδὲ κέδασθεν ἀνὰ στρατόν· ἴσχε γὰρ αἰδὼς
καὶ δέος· ἀζηχὲς γὰρ ὁμόκλεον ἀλλήλοισι.
Νέστωρ αὖτε μάλιστα Γερήνιος, οὖρος Ἀχαιῶν,
λίσσεθ' ὑπὲρ τοκέων γουνούμενος ἄνδρα ἕκαστον·
„ὦ φίλοι, ἀνέρες ἔστε, καὶ αἰδῶ θέσθ' ἐνὶ θυμῶι
ἄλλων ἀνθρώπων, ἐπὶ δὲ μνήσασθε ἕκαστος
παίδων ἠδ' ἀλόχων καὶ κτήσιος ἠδὲ τοκήων,
ἠμὲν ὅτεωι ζώουσι καὶ ὧι κατατεθνήκασι·
τῶν ὕπερ ἐνθάδ' ἐγὼ γουνάζομαι οὐ παρεόντων
ἑστάμεναι κρατερῶς, μὴ δὲ τρωπᾶσθε φόβονδε."
ὣς εἰπὼν ὄτρυνε μένος καὶ θυμὸν ἑκάστου.
τοῖσι δ' ἀπ' ὀφθαλμῶν νέφος ἀχλύος ὦσεν Ἀθήνη
θεσπέσιον· μάλα δέ σφι φόως γένετ' ἀμφοτέρωθεν,
ἠμὲν πρὸς νηῶν καὶ ὁμοιΐου πολέμοιο.
Ἕκτορα δὲ φράσσαντο βοὴν ἀγαθὸν καὶ ἑταίρους,
ἠμὲν ὅσοι μετόπισθεν ἀφέστασαν οὐδὲ μάχοντο,
ἠδ' ὅσσοι παρὰ νηυσὶ μάχην ἐμάχοντο θοῆισιν.
οὐδ' ἄρ' ἔτ' Αἴαντι μεγαλήτορι ἥνδανε θυμῶι
ἑστάμεν ἔνθά περ ἄλλοι ἀφέστασαν υἷες Ἀχαιῶν·
ἀλλ' ὅ γε νηῶν ἴκρι' ἐπώιχετο μακρὰ βιβάσθων,
νώμα δὲ ξυστὸν μέγα ναύμαχον ἐν παλάμηισι,
κολλητὸν βλήτροισι, δυωκαιεικοσίπηχυ.
ὡς δ' ὅτ' ἀνὴρ ἵπποισι κελητίζειν ἐῢ εἰδώς,
ὅς τ' ἐπεὶ ἐκ πολέων πίσυρας συναείρεται ἵππους,
σεύας ἐκ πεδίοιο μέγα προτὶ ἄστυ δίηται
λαοφόρον καθ' ὁδόν· πολέες τέ ἑ θηήσαντο
ἀνέρες ἠδὲ γυναῖκες· ὁ δ' ἔμπεδον ἀσφαλὲς αἰεὶ
θρώισκων ἄλλοτ' ἐπ' ἄλλον ἀμείβεται, οἱ δὲ πέτονται·
ὣς Αἴας ἐπὶ πολλὰ θοάων ἴκρια νηῶν
φοίτα μακρὰ βιβάς, φωνὴ δέ οἱ αἰθέρ' ἵκανεν,

Seines Schilds, den er trug, die fers'erreichende Schutzwehr:
Er, verwickelt daran, sank rückwärts, und um die Schläfen
Tönte mit furchtbarem Klange der Helm des fallenden Kriegers.
Hektor sofort bemerkt' es, und eilendes Laufs ihm genahet,
Bohrt' er die Lanz' in die Brust, ihn dicht bei den lieben Genossen
Mordend: sie suchten umsonst, betraurend zwar den Genossen,
Rettung; sie selbst erbebten zu sehr dem göttlichen Hektor.
Vorwärts hatten sie jetzt, und umher die äußersten Schiffe,
Die man zuerst aufzog; allein nachstürzten sich jene.
Zwar die Danaer wichen genötiget auch von den vordern
Schiffen zurück; doch dort beharrten sie bei den Gezelten
Scharweis, nicht sich zerstreuend durchs Lager umher; denn es hielt sie
Scham und Furcht; sie ermahnten sich unablässig einander.
Nestor vor allen der Greis, der gerenische Hort der Achaier,
Flehete jeglichem Manne, bei Stamm und Geschlecht ihm beschwörend:
Seid nun Männer, o Freund', und Scham erfüll' euch die Herzen
Scham vor anderen Menschen! Noch mehr erinnre sich jeder
Seines Weibs, und der Kinder, des Eigentums, und der Eltern,
Welchen sie leben sowohl, als welchem bereits sie gestorben!
Ihrenthalb, der Entfernten, beschwör' ich jetzo euch flehend,
Tapfer den Feind zu bestehn, und nicht zur Flucht euch zu wenden!
Jener sprach's, und erregte zu Mut und Stärke die Männer.
Allen nunmehr von den Augen entnahm Athene des Dunkels
Hehres Gewölk; und Licht umstrahlte sie hiehin und dorthin,
Nach der Seite der Schiff', und des allverheerenden Krieges.
Hektor sahn sie, den Rufer im Streit, und sahn die Genossen,
Jene, die hinterwärts sich entferneten, müde des Kampfes,
Und die mutig den Kampf um die rüstigen Schiffe noch kämpften.
Nicht mehr jetzt gefiel es dem heldenmütigen Ajas,
Dort in der Ferne zu stehn mit den anderen Söhnen Achaias;
Sondern der Schiffe Verdeck' umwandelt' er, mächtiges Schrittes,
Und bewegt' in den Händen die mächtige Stange des Meerkampfs,
Wohlgefügt mit Ringen, von zweiundzwanzig Ellen.
So wie ein Mann, mit Rossen daherzusprengen verständig,
Der, nachdem er aus vielen sich vier Reitrosse vereinigt,
Rasch aus dem flachen Gefilde zur großen Stadt sie beflügelt,
Auf dem gemeinsamen Weg'; und viel anstaunend ihm zuschaun,
Männer umher und Weiber; denn sicher stets und unfehlbar
Springt er vom anderen Roß aufs andere; und sie entfliegen:
So dort Ajas, auf vieler gerüsteten Schiffe Verdecke
Wandelt' er mächtiges Schritts; und es tönte sein Ruf bis zum Äther.

αἰεὶ δὲ σμερδνὸν βοόων Δαναοῖσι κέλευε
νηυσί τε καὶ κλισίῃσιν ἀμυνέμεν. οὐδὲ μὲν Ἕκτωρ
μίμνεν ἐνὶ Τρώων ὁμάδωι πύκα θωρηκτάων·
ἀλλ' ὥς τ' ὀρνίθων πετεηνῶν αἰετὸς αἴθων
ἔθνος ἐφορμᾶται ποταμὸν πάρα βοσκομενάων,
χηνῶν ἢ γεράνων ἢ κύκνων δουλιχοδείρων,
ὣς Ἕκτωρ ἴθυσε νεὸς κυανοπρώιροιο
ἀντίος ἀΐξας· τὸν δὲ Ζεὺς ὦσεν ὄπισθε
χειρὶ μάλα μεγάληι, ὄτρυνε δὲ λαὸν ἅμ' αὐτῶι.
αὖτις δὲ δριμεῖα μάχη παρὰ νηυσὶν ἐτύχθη·
φαίης κ' ἀκμῆτας καὶ ἀτειρέας ἀλλήλοισιν
ἄντεσθ' ἐν πολέμωι, ὡς ἐσσυμένως ἐμάχοντο.
τοῖσι δὲ μαρναμένοισιν ὅδ' ἦν νόος· ἤτοι Ἀχαιοὶ
οὐκ ἔφασαν φεύξεσθαι ὑπ' ἐκ κακοῦ, ἀλλ' ὀλέεσθαι,
Τρωσὶν δ' ἔλπετο θυμὸς ἐνὶ στήθεσσιν ἑκάστου
νῆας ἐνιπρήσειν κτενέειν θ' ἥρωας Ἀχαιούς.
οἱ μὲν τὰ φρονέοντες ἐφέστασαν ἀλλήλοισιν·
Ἕκτωρ δὲ πρυμνῆς νεὸς ἥψατο ποντοπόροιο,
καλῆς ὠκυάλου, ἣ Πρωτεσίλαον ἔνεικεν
ἐς Τροίην, οὐδ' αὖτις ἀπήγαγε πατρίδα γαῖαν.
τοῦ περ δὴ περὶ νηὸς Ἀχαιοί τε Τρῶές τε
δήιουν ἀλλήλους αὐτοσχεδόν· οὐδ' ἄρα τοί γε
τόξων ἀϊκὰς ἀμφὶς μένον οὐδ' ἔτ' ἀκόντων,
ἀλλ' οἵ γ' ἐγγύθεν ἱστάμενοι, ἕνα θυμὸν ἔχοντες,
ὀξέσι δὴ πελέκεσσι καὶ ἀξίνῃσι μάχοντο
καὶ ξίφεσιν μεγάλοισι καὶ ἔγχεσιν ἀμφιγύοισι.
πολλὰ δὲ φάσγανα καλὰ μελάνδετα κωπήεντα
ἄλλα μὲν ἐκ χειρῶν χαμάδις πέσον, ἄλλα δ' ἀπ' ὤμων
ἀνδρῶν μαρναμένων· ῥέε δ' αἵματι γαῖα μέλαινα.
Ἕκτωρ δὲ πρύμνηθεν ἐπεὶ λάβεν οὐχὶ μεθίει,
ἄφλαστον μετὰ χερσὶν ἔχων, Τρωσὶν δὲ κέλευεν·
„οἴσετε πῦρ, ἅμα δ' αὐτοὶ ἀολλέες ὄρνυτ' ἀϋτήν·
νῦν ἡμῖν πάντων Ζεὺς ἄξιον ἦμαρ ἔδωκε,
νῆας ἑλεῖν, αἳ δεῦρο θεῶν ἀέκητι μολοῦσαι
ἡμῖν πήματα πολλὰ θέσαν, κακότητι γερόντων,
οἵ μ' ἐθέλοντα μάχεσθαι ἐπὶ πρυμνῇσι νέεσσιν
αὐτόν τ' ἰσχανάασκον ἐρητύοντό τε λαόν·
ἀλλ' εἰ δή ῥα τότε βλάπτε φρένας εὐρύοπα Ζεὺς
ἡμετέρας, νῦν αὐτὸς ἐποτρύνει καὶ ἀνώγει."
ὣς ἔφαθ', οἱ δ' ἄρα μᾶλλον ἐπ' Ἀργείοισιν ὄρουσαν.
Αἴας δ' οὐκέτ' ἔμιμνε· βιάζετο γὰρ βελέεσσιν·

Immerdar mit schrecklichem Laut den Achaiern gebot er,
Daß sie Schiff' und Gezelte verteidigten. Aber auch Hektor
Weilete nicht im Haufen der dichtumpanzerten Troer;
Nein, wie ein glänzender Adler auf weitgeflügelter Vögel
Scharen daher sich stürzt, die weidend am Strom sich gelagert,
Kraniche, oder Gäns', und das Volk langhalsiger Schwäne:
So drang Hektor dort auf ein schwarzgeschnäbeltes Meerschiff
Grad' im stürmenden Lauf; ihn schwang von hinten Kronion
Mit allmächtiger Hand, und erregte die folgende Heerschar.
Wiederum ein bitterer Streit bei den Schiffen erhub sich;
Gleich als flög' unermüdet und nie bezwungenes Mutes
Jeder zum Kampfe daher: so tobten sie wild aneinander.
Dieser Gedank' entflammte die Streitenden: sie, die Achaier
Dachten nicht zu entfliehn vor den Schrecknissen, sondern zu sterben;
Aber den Troern hofft' ein jeglicher mutiges Herzens,
Anzuzünden die Schiff', und Achaias Helden zu morden.
Also gefaßt im Herzen bekämpften sie wütend einander.
Hektor erhub nun die Hand zum Steuerende des Meerschiffs,
Das, leichtsegelnd und schön, den Protesilaos gen Troja
Hergeführt, allein nicht wiederbrachte zur Heimat.
Hierum kämpfeten jetzt die Troer und die Achaier,
Wild durcheinander gemengt, und mordeten: siehe fürwahr nicht
Ferne des Bogenschusses erharrten sie, oder des Speeres;
Sondern nahe zusammen gedrängt, einmütiges Herzens,
Schwangen sie scharfe Beil' und hauende Äxt' aufeinander,
Auch gewaltige Schwerter, und zwiefach schneidende Lanzen.
Manches stattliche Schwert mit schwarzumwundenem Hefte
Stürzete dort aus der Hand in den Staub, und dort von den Schultern
Streitender Männer herab; und in Blut floß ringsum die Erde.
Hektor, nachdem er das Schiff anrührete, ließ es durchaus nicht,
Fest den Knauf in den Händen gefaßt, und ermahnte die Troer:
Feuer her, und erhebt in stürmendem Drange den Schlachtruf!
Uns nun sendete Zeus den Tag, der alle vergütet:
Daß wir die Schiff' einnehmen, die trotz den Unsterblichen landend
Uns so viel Unheiles gebracht, durch die Zagheit der Greise,
Welche, so oft zu kämpfen ich strebt' um die ragenden Steuer,
Immer mich selbst abhielten, und Kriegsvolk mir versagten.
Aber hat auch dann uns betört Zeus' waltende Vorsicht
Unseren Sinn; doch jetzo ermahnt er selbst und gebietet!
Jener sprach's; und sie stürmten noch heftiger auf die Achaier,
Ajas bestand nicht fürder, ihn drängten zu sehr die Geschosse;

ἀλλ᾽ ἀνεχάζετο τυτθόν, ὀϊόμενος θανέεσθαι,
θρῆνυν ἐφ᾽ ἑπταπόδην, λίπε δ᾽ ἴκρια νηὸς ἐΐσης.
ἔνθ᾽ ἄρ᾽ ὅ γ᾽ ἑστήκει δεδοκημένος, ἔγχεϊ δ᾽ αἰεὶ
Τρῶας ἄμυνε νεῶν, ὅς τις φέροι ἀκάματον πῦρ·
αἰεὶ δὲ σμερδνὸν βοόων Δαναοῖσι κέλευε·
„ὦ φίλοι ἥρωες Δαναοί, θεράποντες Ἄρηος,
ἀνέρες ἔστε, φίλοι, μνήσασθε δὲ θούριδος ἀλκῆς.
ἠέ τινάς φαμεν εἶναι ἀοσσητῆρας ὀπίσσω,
ἦέ τι τεῖχος ἄρειον, ὅ κ᾽ ἀνδράσι λοιγὸν ἀμύναι;
οὐ μέν τι σχεδόν ἐστι πόλις πύργοις ἀραρυῖα,
ᾗι κ᾽ ἀπαμυναίμεσθ᾽ ἑτεραλκέα δῆμον ἔχοντες·
ἀλλ᾽ ἐν γὰρ Τρώων πεδίωι πύκα θωρηκτάων
πόντωι κεκλιμένοι ἑκὰς ἥμεθα πατρίδος αἴης·
τὼ ἐν χερσὶ φόως, οὐ μειλιχίηι πολέμοιο.“
ἦ, καὶ μαιμώων ἔφεπ᾽ ἔγχεϊ ὀξυόεντι.
ὅς τις δὲ Τρώων κοίλης ἐπὶ νηυσὶ φέροιτο
σὺν πυρὶ κηλείωι, χάριν Ἕκτορος ὀτρύναντος,
τὸν δ᾽ Αἴας οὔτασκε δεδεγμένος ἔγχεϊ μακρῶι·
δώδεκα δὲ προπάροιθε νεῶν αὐτοσχεδὸν οὖτα.

Sondern entwich ein wenig, da Todesgraun er zuvorsah,
Hoch auf des Steuerers Bank, vom Verdeck des schwebenden Schiffes.
Dort gestellt nun späht er umher, mit der Lanze die Troer
Stets von den Schiffen entfernend, wer loderndes Feuer herantrug;
Stets auch ruft' er mit schrecklichem Laut, und gebot den Achaiern:
Freund', ihr Helden des Danaerstamms, o Genossen des Ares!
Seid nun Männer, o Freund', und gedenkt des stürmenden Mutes!
Wähnen wir denn, uns stehn noch tapfere Helfer dahinten?
Oder ein stärkerer Wall, der das Weh abwehre den Männern?
Keine Stadt ist nahe, mit türmender Mauer befestigt,
Die uns verteidigen könnt', abwechselndes Volk uns gewährend;
Sondern ja hier im Felde der dichtumpanzerten Troer
Liegen wir nahe dem Meer, entfernt vom Lande der Väter!
Nur in den Armen ist Heil, und nicht in der Laue des Kampfes!
Sprach's, und schaltete wütend daher mit der spitzigen Lanze.
Wer auch anjetzt der Troer den räumigen Schiffen sich nahte,
Flammende Glut in der Hand, dem ermahnenden Hektor gehorsam;
Schnell verwundet' ihn Ajas, mit langem Speer ihn empfangend.
Zwölf mit stürmender Hand vor Achaias Schiffen erlegt' er.

ΙΛΙΑΔΟΣ Π

Πατρόκλεια.

Ὣς οἱ μὲν περὶ νηὸς ἐϋσσέλμοιο μάχοντο·
Πάτροκλος δ' Ἀχιλῆϊ παρίστατο, ποιμένι λαῶν,
δάκρυα θερμὰ χέων ὥς τε κρήνη μελάνυδρος,
ἥ τε κατ' αἰγίλιπος πέτρης δνοφερὸν χέει ὕδωρ.
τὸν δὲ ἰδὼν ᾤκτιρε ποδάρκης δῖος Ἀχιλλεύς,
καί μιν φωνήσας ἔπεα πτερόεντα προσηύδα·
„ τίπτε δεδάκρυσαι, Πατρόκλεες, ἠΰτε κούρη
νηπίη, ἥ θ' ἅμα μητρὶ θέουσ' ἀνελέσθαι ἀνώγει,
εἱανοῦ ἁπτομένη, καί τ' ἐσσυμένην κατερύκει,
δακρυόεσσα δέ μιν ποτιδέρκεται, ὄφρ' ἀνέληται·
τῇι ἴκελος, Πάτροκλε, τέρεν κατὰ δάκρυον εἴβεις.
ἠέ τι Μυρμιδόνεσσι πιφαύσκεαι, ἢ ἐμοὶ αὐτῶι,
ἦέ τιν' ἀγγελίην Φθίης ἐξέκλυες οἶος;
ζώειν μὰν ἔτι φασὶ Μενοίτιον, Ἄκτορος υἱόν,
ζώει δ' Αἰακίδης Πηλεὺς μετὰ Μυρμιδόνεσσι,
τῶν κε μάλ' ἀμφοτέρων ἀκαχοίμεθα τεθνηώτων.
ἦε σύ γ' Ἀργείων ὀλοφύρεαι, ὡς ὀλέκονται
νηυσὶν ἔπι γλαφυρῇισιν ὑπερβασίης ἕνεκα σφῆς;
ἐξαύδα, μὴ κεῦθε νόωι, ἵνα εἴδομεν ἄμφω.“
τὸν δὲ βαρὺ στενάχων προσέφης Πατρόκλεες ἱππεῦ·
„ ὦ Ἀχιλεῦ, Πηλῆος υἱέ, μέγα φέρτατ' Ἀχαιῶν,
μὴ νεμέσα· τοῖον γὰρ ἄχος βεβίηκεν Ἀχαιούς.
οἱ μὲν γὰρ δὴ πάντες, ὅσοι πάρος ἦσαν ἄριστοι,
ἐν νηυσὶν κέαται βεβλημένοι οὐτάμενοί τε.
βέβληται μὲν ὁ Τυδεΐδης κρατερὸς Διομήδης,
οὔτασται δ' Ὀδυσεὺς δουρικλυτὸς ἠδ' Ἀγαμέμνων,
βέβληται δὲ καὶ Εὐρύπυλος κατὰ μηρὸν ὀϊστῶι.
τοὺς μέν τ' ἰητροὶ πολυφάρμακοι ἀμφιπένονται,
ἕλκε' ἀκειόμενοι· σὺ δ' ἀμήχανος ἔπλευ, Ἀχιλλεῦ.
μὴ ἐμέ γ' οὖν οὗτός γε λάβοι χόλος, ὃν σὺ φυλάσσεις,

SECHZEHNTER GESANG

Dem Patroklos erlaubt Achilleus, in seiner Rüstung zur Verteidigung der Schiffe, aber nicht weiter, auszuziehn. Ajas wird überwältigt, und das Schiff brennt. Achilleus treibt den Patroklos sich zu bewaffnen, und ordnet die Scharen. Patroklos vertreibt die Troer, erst vom brennenden Schiffe, dann völlig. Verfolgung und Abschneidung der äußersten. Sarpedons Tod. Patroklos ersteigt die Mauer, wird aber von Apollon gehemmt. Hektor fährt gegen Patroklos zurück, der seinen Wagenlenker Kebriones tötet. Den tapferen Patroklos macht Apollon betäubt und wehrlos; worauf ihm Euphorbos den Rücken, dann Hektor den Bauch durchbohrt. Seinen Genossen Automedon verfolgt Hektor.

Also kämpften sie dort um das schöngebordete Meerschiff.
Aber Patroklos trat zum Völkerhirten Achilleus,
Heiße Tränen vergießend, der finsteren Quelle vergleichbar,
Die aus jähem Geklipp' hergeußt ihr dunkles Gewässer.
Mitleidsvoll erblickt ihn der mutige Renner Achilleus;
Und er begann zu jenem, und sprach die geflügelten Worte:
Warum also geweint, Patrokleus? gleich wie ein Mägdlein,
Klein und zart, das die Mutter verfolgt, und: nimm mich! sie anfleht,
An ihr Gewand sich schmiegend, den Lauf der Eilenden hemmet,
Und mit tränenden Augen emporblickt, bis sie es aufhebt:
So auch dir, Patroklos, entrinnt das tröpfelnde Tränchen.
Bringst du den Myrmidonen Verkündigung, oder mir selber?
Hast du etwa allein Botschaft aus Phtia vernommen?
Lebt doch annoch, wie sie sagen, Menötios, Aktors Erzeugter;
Peleus auch, des Äakos' Sohn, lebt herrschend im Volke:
Welche zween wir am meisten betrauerten, wenn sie gestorben.
Oder um Argos' Volk wehklagest du, wie es verderbt wird
An den geräumigen Schiffen, zum Lohn des eigenen Frevels?
Sprich, verhehle mir nichts, damit wir es beide wissen.
Schwer aufseufzend erwidertest du, Gaultummler Patroklos:
Peleus' Sohn, Achilleus, erhabenster Held der Achaier,
Zürne mir nicht; zu schwer ja belastet der Gram die Achaier!
Denn sie alle bereits, die vordem die tapfersten waren,
Liegen umher bei den Schiffen, mit Wurf und Stoße verwundet:
Wund von Geschoß ist Tydeus' Sohn, der Held Diomedes;
Wund von der Lanz' Odysseus der Herrliche, und Agamemnon;
Auch Eurypylos traf ein fliegender Pfeil in die Lende.
Dieser pflegen umher vielkundige Ärzte mit Heilung,
Lindernd die Qual. Du aber bist ganz unbiegsam, Achilleus!
Nie doch fülle der Zorn die Seele mir, welchen du hegest,

αἰναρέτη· τί σευ ἄλλος ὀνήσεται ὀψίγονός περ,
αἴ κε μὴ Ἀργείοισιν ἀεικέα λοιγὸν ἀμύνῃς;
νηλεές, οὐκ ἄρα σοί γε πατὴρ ἦν ἱππότα Πηλεύς,
οὐδὲ Θέτις μήτηρ· γλαυκὴ δέ σε τίκτε θάλασσα
πέτραι τ' ἠλίβατοι, ὅτι τοι νόος ἐστὶν ἀπηνής.
εἰ δέ τινα φρεσὶ σῇσι θεοπροπίην ἀλεείνεις
καί τινά τοι πὰρ Ζηνὸς ἐπέφραδε πότνια μήτηρ,
ἀλλ' ἐμέ περ πρόες ὦχ', ἅμα δ' ἄλλον λαὸν ὄπασσον
Μυρμιδόνων, ἤν πού τι φόως Δαναοῖσι γένωμαι.
δὸς δέ μοι ὤμοιιν τὰ σὰ τεύχεα θωρηχθῆναι,
αἴ κ' ἐμὲ σοὶ ἴσκοντες ἀπόσχωνται πολέμοιο
Τρῶες, ἀναπνεύσωσι δ' Ἀρήϊοι υἷες Ἀχαιῶν
τειρόμενοι· ὀλίγη δέ τ' ἀνάπνευσις πολέμοιο.
ῥεῖα δέ κ' ἀκμῆτες κεκμηότας ἄνδρας ἀϋτῇ
ὤσαιμεν προτὶ ἄστυ νεῶν ἄπο καὶ κλισιάων.“
ὣς φάτο λισσόμενος μέγα νήπιος· ἦ γὰρ ἔμελλεν
οἷ αὐτῶι θάνατόν τε κακὸν καὶ κῆρα λιτέσθαι.
τὸν δὲ μέγ' ὀχθήσας προσέφη πόδας ὠκὺς Ἀχιλλεύς·
„ὤ μοι, διογενὲς Πατρόκλεες, οἷον ἔειπες·
οὔτε θεοπροπίης ἐμπάζομαι, ἥν τινα οἶδα,
οὔτέ τί μοι πὰρ Ζηνὸς ἐπέφραδε πότνια μήτηρ·
ἀλλὰ τόδ' αἰνὸν ἄχος κραδίην καὶ θυμὸν ἱκάνει,
ὁππότε δὴ τὸν ὁμοῖον ἀνὴρ ἐθέλῃσιν ἀμέρσαι
καὶ γέρας ἂψ ἀφελέσθαι, ὅ τε κράτεϊ προβεβήκῃ·
αἰνὸν ἄχος τό μοί ἐστιν, ἐπεὶ πάθον ἄλγεα θυμῶι.
κούρην ἣν ἄρα μοι γέρας ἔξελον υἷες Ἀχαιῶν,
δουρὶ δ' ἐμῶι κτεάτισσα, πόλιν εὐτείχεα πέρσας,
τὴν ἂψ ἐκ χειρῶν ἕλετο κρείων Ἀγαμέμνων
Ἀτρεΐδης ὡς εἴ τιν' ἀτίμητον μετανάστην.
ἀλλὰ τὰ μὲν προτετύχθαι ἐάσομεν· οὐδ' ἄρα πως ἦν
ἀσπερχὲς κεχολῶσθαι ἐνὶ φρεσίν· ἤτοι ἔφην γε
οὐ πρὶν μηνιθμὸν καταπαυσέμεν, ἀλλ' ὁπότ' ἂν δὴ
νῆας ἐμὰς ἀφίκηται ἀϋτή τε πτόλεμός τε.
τύνη δ' ὤμοιιν μὲν ἐμὰ κλυτὰ τεύχεα δῦθι,
ἄρχε δὲ Μυρμιδόνεσσι φιλοπτολέμοισι μάχεσθαι,
εἰ δὴ κυάνεον Τρώων νέφος ἀμφιβέβηκε
νηυσὶν ἐπικρατέως, οἱ δὲ ῥηγμῖνι θαλάσσης
κεκλίαται, χώρης ὀλίγην ἔτι μοῖραν ἔχοντες,
Ἀργεῖοι· Τρώων δὲ πόλις ἐπὶ πᾶσα βέβηκε
θάρσυνος· οὐ γὰρ ἐμῆς κόρυθος λεύσσουσι μέτωπον
ἐγγύθι λαμπομένης· τάχα κεν φεύγοντες ἐναύλους

Starker zu Weh! Wer anders genießt dein, auch in der Zukunft,
Wenn du nicht die Argeier vom schmählichen Jammer errettest?
Grausamer! Nicht dein Vater war traun der reisige Peleus,
Noch auch Thetys die Mutter; dich schuf die finstere Meerflut,
Dich hochstarrende Felsen: denn starr ist dein Herz und gefühllos!
Aber wofern im Herzen ein Götterspruch dich erschrecket,
Und dir Worte von Zeus die göttliche Mutter gemeldet;
Sende zum wenigsten mich, und der Myrmidonen Geschwader
Folge zugleich, ob ich etwa ein Licht der Danaer werde.
Gib mir auch um die Schultern die Rüstungen, welche du trägest;
Ob mich für dich ansehend vielleicht vom Kampfe die Troer
Abstehn, und sich erholen die kriegrischen Männer Achaias
Ihrer Angst, wie klein sie auch sei die Erholung des Krieges.
Leicht auch können wir Frische die schon ermüdeten Kämpfer
Rückwärts drängen zur Stadt, von den Schiffen hinweg und Gezelten.
Also sprach er flehend, der Törichte! Siehe, sich selber
Sollt' er jetzo den Tod und das schreckliche Schicksal erflehen!
Unmutsvoll antwortete drauf der Renner Achilleus:
Wehe mir, edeler Held Patrokleus, welcherlei Rede!
Weder ein Wink der Götter bekümmert mich, welchen ich wahrnahm;
Noch hat Worte von Zeus mir die göttliche Mutter gemeldet.
Aber der bittere Schmerz hat Seel' und Geist mir durchdrungen,
Wenn nunmehr den Gleichen ein Mann zu berauben gedenket,
Und sein Geschenk zu entziehn, da nur an Gewalt er vorangeht!
Das ist mir bitterer Schmerz; denn ich trug unendlichen Kummer!
Jene, die mir auskoren zum Ehrengeschenk die Achaier,
Und mit der Lanz' ich gewann, die türmende Feste zerstörend,
Sie nun rafft' aus den Händen der Völkerfürst Agamemnon,
Atreus' Sohn, als wär' ich ein ungeachteter Fremdling!
Aber vergangen sei das Vergangene! Nimmer ja war auch
Sonder Rast zu zürnen mein Vorsatz; denn ich beschloß zwar
Eher nicht den Groll zu besänftigen, aber sobald nun
Meinen Schiffen genaht das Feldgeschrei und Getümmel.
Du denn hülle die Schultern in meine gepriesene Rüstung,
Führ' auch das streitbare Volk der Myrmidonen zum Kampfe:
Weil ja mit düsterem Graun der Troer Gewölk sich umherzog,
Gegen die Schiff' anstürmend; und jen', am Gestade des Meeres
Eingezwängt, nur wenig des schmalen Raums noch behaupten,
Argos' Söhn', und der Troer gesamte Stadt auf sie eindringt,
Trotziglich: denn nicht schaun sie von meinem Helme die Stirne
Nah herstrahlen voll Glanz! Bald hätten sie fliehend die Graben

πλήσειαν νεκύων, εἴ μοι κρείων Ἀγαμέμνων
ἤπια εἰδείη· νῦν δὲ στρατὸν ἀμφιμάχονται.
οὐ γὰρ Τυδεΐδεω Διομήδεος ἐν παλάμηισι
μαίνεται ἐγχείη Δαναῶν ἀπὸ λοιγὸν ἀμῦναι·
οὐδέ πω Ἀτρεΐδεω ὀπὸς ἔκλυον αὐδήσαντος
ἐχθρῆς ἐκ κεφαλῆς· ἀλλ' Ἕκτορος ἀνδροφόνοιο
Τρωσὶ κελεύοντος περιάγνυται, οἱ δ' ἀλαλητῶι
πᾶν πεδίον κατέχουσι, μάχηι νικῶντες Ἀχαιούς.
ἀλλὰ καὶ ὧς, Πάτροκλε, νεῶν ἄπο λοιγὸν ἀμύνων
ἔμπεσ' ἐπικρατέως, μὴ δὴ πυρὸς αἰθομένοιο
νῆας ἐνιπρήσωσι, φίλον δ' ἀπὸ νόστον ἕλωνται.
πείθεο δ' ὥς τοι ἐγὼ μύθου τέλος ἐν φρεσὶ θείω,
ὡς ἄν μοι τιμὴν μεγάλην καὶ κῦδος ἄρηαι
πρὸς πάντων Δαναῶν, ἀτὰρ οἱ περικαλλέα κούρην
ἂψ ἀπονάσσωσιν, ποτὶ δ' ἀγλαὰ δῶρα πόρωσιν.
ἐκ νηῶν ἐλάσας ἰέναι πάλιν· εἰ δέ κεν αὖ τοι
δώηι κῦδος ἀρέσθαι ἐρίγδουπος πόσις Ἥρης,
μὴ σύ γ' ἄνευθεν ἐμεῖο λιλαίεσθαι πολεμίζειν
Τρωσὶ φιλοπτολέμοισιν· ἀτιμότερον δέ με θήσεις·
μὴ δ' ἐπαγαλλόμενος πολέμωι καὶ δηϊοτῆτι,
Τρῶας ἐναιρόμενος, προτὶ Ἴλιον ἡγεμονεύειν,
μή τις ἀπ' Οὐλύμποιο θεῶν αἰειγενετάων
ἐμβήηι· μάλα τούς γε φιλεῖ ἑκάεργος Ἀπόλλων·
ἀλλὰ πάλιν τρωπᾶσθαι, ἐπὴν φάος ἐν νήεσσι
θήηις, τοὺς δ' ἔτ' ἐᾶν πεδίον κάτα δηριάασθαι.
αἲ γάρ, Ζεῦ τε πάτερ καὶ Ἀθηναίη καὶ Ἄπολλον,
μήτέ τις οὖν Τρώων θάνατον φύγοι, ὅσσοι ἔασι,
μήτέ τις Ἀργείων, νῶϊν δ' ἐκδῦμεν ὄλεθρον,
ὄφρ' οἶοι Τροίης ἱερὰ κρήδεμνα λύωμεν.
ὣς οἱ μὲν τοιαῦτα πρὸς ἀλλήλους ἀγόρευον,
Αἴας δ' οὐκέτ' ἔμιμνε· βιάζετο γὰρ βελέεσσι·
δάμνα μιν Ζηνός τε νόος καὶ Τρῶες ἀγαυοὶ
βάλλοντες· δεινὴν δὲ περὶ κροτάφοισι φαεινὴ
πήληξ βαλλομένη καναχὴν ἔχε, βάλλετο δ' αἰεὶ
κὰπ φάλαρ' εὐποίηθ'· ὁ δ' ἀριστερὸν ὦμον ἔκαμνεν,
ἔμπεδον αἰὲν ἔχων σάκος αἰόλον· οὐδ' ἐδύναντο
ἀμφ' αὐτῶι πελεμίξαι ἐρείδοντες βελέεσσιν.
αἰεὶ δ' ἀργαλέωι ἔχετ' ἄσθματι, κὰδ δέ οἱ ἱδρὼς
πάντοθεν ἐκ μελέων πολὺς ἔρρεεν, οὐδέ πηι εἶχεν
ἀμπνεῦσαι· πάντηι δὲ κακὸν κακῶι ἐστήρικτο.
ἔσπετε νῦν μοι, Μοῦσαι Ὀλύμπια δώματ' ἔχουσαι,

Angefüllt mit Toten, wenn mir Agamemnon der Herrscher
Billigkeit hätte gewährt; nun kämpfen sie rings um das Lager!
Denn nicht Tydeus' Sohn Diomedes schwingt in den Händen
Seinen wütenden Speer, der Danaer Schmach zu entfernen;
Noch den tönenden Ruf von Atreus' Sohne vernehm' ich
Aus dem verhaßten Mund: doch Hektors Ruf, des Erwürgers,
Trojas Söhn' anmahnend, umschmettert mich! Jene mit Kriegsschrei
Decken das ganze Gefild', und besiegen im Kampf die Achaier!
Dennoch jetzt, Patroklos, das Weh von den Schiffen entfernend,
Stürz' in die Troer mit Macht; daß nicht in flammendem Feuer
Jene die Schiff' anzünden, und rauben die fröhliche Heimkehr.
Aber vernimm, wie dir's mit umfassendem Wort ich gebiete;
Daß du mir hochherrlichen Ruhm und Ehre gewinnest
Vor dem Volk der Achaier, und sie das rosige Mägdlein
Wieder zurück mir geben, und köstliche Gaben hinzutun:
Treib' aus den Schiffen sie weg, und wende dich! Ob dir vielleicht auch
Ruhm zu gewinnen verleiht der donnernde Gatte der Here;
Doch nicht ohne mich selbst verlange dein Herz zu bekämpfen
Trojas streitbare Söhne: denn weniger ehrte mich solches.
Auch nicht üppiges Mutes im Streit und Waffengetümmel
Führe du, mordend die Troer, das Volk vor Ilios Mauern;
Daß nicht her vom Olympos der ewig waltenden Götter
Einer dir nah'; es liebt sie der treffende Phöbos Apollon:
Sondern zurück dich gewandt, nachdem du den Schiffen Errettung
Brachtest, und laß die andern im Feld' umher sich ermorden.
Wenn doch, o Vater Zeus, und Pallas Athen', und Apollon,
Auch kein einziger Troer sich rettete, aller die da sind,
Auch der Danaer keiner; und wir nur entflohn der Vertilgung;
Daß wir allein abrissen die heiligen Zinnen von Troja!
  Also redeten jen' im Wechselgespräch miteinander.
Ajas bestand nicht fürder; ihn drängten zu sehr die Geschosse.
Denn ihn bezwang Zeus' heiliger Rat, und die mutigen Troer,
Werfend Geschoß; daß schrecklich der leuchtende Helm um die Schläfen
Ringsumprallt von Geschoß aufrasselte; denn es umprallt' ihm
Stets das gebuckelte Erz; und links erstarrt' ihm die Schulter,
Stets vom Schilde beschwert, dem beweglichen: dennoch vermocht' ihn
Keiner umher zu erschüttern, mit Todesgeschoß ihn umdrängend.
Häufig indes und schwer aufatmet' er, und es umfloß ihn
Rings von den Gliedern herab der Angstschweiß; nimmer Erholung
Ward ihm vergönnt; ringsher ward Graun an Graun ihm gereihet.
  Sagt mir anitzt, ihr Musen, olympische Höhen bewohnend,

ὅππως δὴ πρῶτον πῦρ ἔμπεσε νηυσὶν Ἀχαιῶν.
Ἕκτωρ Αἴαντος δόρυ μείλινον ἄγχι παραστὰς
πλῆξ' ἄορι μεγάλωι, αἰχμῆς παρὰ καυλὸν ὄπισθεν,
ἀντικρὺ δ' ἀπάραξε· τὸ μὲν Τελαμώνιος Αἴας
πῆλ' αὔτως ἐν χειρὶ κόλον δόρυ, τῆλε δ' ἀπ' αὐτοῦ
αἰχμὴ χαλκείη χαμάδις βόμβησε πεσοῦσα.
γνῶ δ' Αἴας κατὰ θυμὸν ἀμύμονα, ῥίγησέν τε,
ἔργα θεῶν, ὅ ῥα πάγχυ μάχης ἐπὶ μήδεα κεῖρε
Ζεὺς ὑψιβρεμέτης, Τρώεσσι δὲ βούλετο νίκην·
χάζετο δ' ἐκ βελέων. τοὶ δ' ἔμβαλον ἀκάματον πῦρ
νηῒ θοῆι· τῆς δ' αἶψα κατ' ἀσβέστη κέχυτο φλόξ.
ὣς τὴν μὲν πρυμνὴν πῦρ ἄμφεπεν· αὐτὰρ Ἀχιλλεὺς
μηρὼ πληξάμενος Πατροκλῆα προσέειπεν·
„ὄρσεο, διογενὲς Πατρόκλεες, ἱπποκέλευθε·
λεύσσω δὴ παρὰ νηυσὶ πυρὸς δηΐοιο ἰωήν·
μὴ δὴ νῆας ἕλωσι καὶ οὐκέτι φυκτὰ πέλωνται·
δύσεο τεύχεα θᾶσσον, ἐγὼ δέ κε λαὸν ἀγείρω.“
ὣς φάτο, Πάτροκλος δὲ κορύσσετο νώροπι χαλκῶι.
κνημῖδας μὲν πρῶτα περὶ κνήμησιν ἔθηκε
καλάς, ἀργυρέοισιν ἐπισφυρίοις ἀραρυίας·
δεύτερον αὖ θώρηκα περὶ στήθεσσιν ἔδυνε
ποικίλον ἀστερόεντα ποδώκεος Αἰακίδαο.
ἀμφὶ δ' ἄρ' ὤμοισιν βάλετο ξίφος ἀργυρόηλον
χάλκεον, αὐτὰρ ἔπειτα σάκος μέγα τε στιβαρόν τε·
κρατὶ δ' ἐπ' ἰφθίμωι κυνέην εὔτυκτον ἔθηκεν
ἵππουριν· δεινὸν δὲ λόφος καθύπερθεν ἔνευεν.
εἵλετο δ' ἄλκιμα δοῦρε, τά οἱ παλάμηφιν ἀρήρει.
ἔγχος δ' οὐχ ἕλετ' οἶον ἀμύμονος Αἰακίδαο,
βριθὺ μέγα στιβαρόν· τὸ μὲν οὐ δύνατ' ἄλλος Ἀχαιῶν
πάλλειν, ἀλλά μιν οἶος ἐπίστατο πῆλαι Ἀχιλλεύς,
Πηλιάδα μελίην, τὴν πατρὶ φίλωι πόρε Χείρων
Πηλίου ἐκ κορυφῆς, φόνον ἔμμεναι ἡρώεσσιν.
ἵππους δ' Αὐτομέδοντα θοῶς ζευγνῦμεν ἄνωγε,
τὸν μετ' Ἀχιλλῆα ῥηξήνορα τῖε μάλιστα,
πιστότατος δέ οἱ ἔσκε μάχηι ἔνι μεῖναι ὁμοκλήν.
τῶι δὲ καὶ Αὐτομέδων ὕπαγε ζυγὸν ὠκέας ἵππους,
Ξάνθον καὶ Βαλίον, τὼ ἅμα πνοιῆισι πετέσθην,
τοὺς ἔτεκε Ζεφύρωι ἀνέμωι Ἅρπυια Ποδάργη,
βοσκομένη λειμῶνι παρὰ ῥόον Ὠκεανοῖο.
ἐν δὲ παρηορίηισιν ἀμύμονα Πήδασον ἵει,
τόν ῥά ποτ' Ἠετίωνος ἑλὼν πόλιν ἤγαγ' Ἀχιλλεύς,

Wie nun Feuer zuerst einfiel in der Danaer Schiffe.
Hektor heran sich stürzend auf Ajas' eschene Lanze
Schwang das gewaltige Schwert, und dicht an der Öse des Erzes
Schmettert' er grade sie durch; und der Telamonier Ajas
Zuckt' umsonst in der Hand den verstümmelten Schaft, da geschleudert
Fern die Spitze von Erz mit Getön hinsank auf den Boden.
Ajas erkannte nunmehr in erhabener Seel' aufschauernd,
Göttergewalt, daß gänzlich des Kampfs Anschläge vereitle
Der hochdonnernde Zeus, und den Troern gönne den Siegsruhm;
Und er entwich dem Geschoß. Da warfen sie brennendes Feuer
Schnell in das Schiff, und plötzlich durchflog unlöschbar umher Glut.
Also lodert' am Steuer die Flamm' auf. Aber Achilleus
Schlug sich die Hüften vor Schmerz, und sprach zum Freunde Patrokleus:
Hebe dich, edeler Held Patrokleus, reisiger Kämpfer!
Denn ich seh' in den Schiffen des feindlichen Feuers Gewalt nun!
Eh' sie die Schiff' einnehmen, und kein Entfliehn noch vergönnt wird!
Hüll' in die Waffen dich schnell; und ich selbst versammle die Völker!
Jener sprach's; doch Patroklos umschloß sich mit blendendem Erze.
Eilend fügt' er zuerst um die Beine sich bergende Schienen,
Blank und schön, anschließend mit silberner Knöchelbedeckung.
Weiter umschirmt' er die Brust ringsher mit dem ehernen Harnisch,
Künstlich und sternenhell, des äakidischen Renners;
Hängte sodann um die Schulter das Schwert voll silberner Buckeln,
Eherner Kling'; und darauf den Schild auch, groß und gediegen;
Auch das gewaltige Haupt mit stattlichem Helme bedeckt' er,
Von Roßhaaren umwallt; und fürchterlich winkte der Helmbusch;
Auch zwo mächtige Lanzen, gerecht in den Händen, ergriff er.
Nur nicht nahm er den Speer des untadligen Peleionen,
Schwer und groß und gediegen; es konnt' ihn der Danaer keiner
Schwingen, allein vermocht' ihn umherzuschwingen Achilleus:
Pelions ragende Esche, die Cheiron schenkte dem Vater,
Pelions Gipfel enthaun, zum Mord den Heldengeschlechtern.
Aber Automedon hieß er in Eil' anschirren die Rosse,
Ihn den trautesten Freund nach dem Scharentrenner Achilleus,
Und ihm bewährt vor allen den stürmenden Kampf zu bestehen.
Und Automedon führt' in das Joch die hurtigen Rosse
Xanthos und Balios her, die rasch hinflogen wie Winde:
Diese gebar dem Zephyros einst die Harpye Podarge,
Weidend auf grüner Au an Okeanos strömenden Wassern,
Nebengespannt dann ließ er den mutigen Pedasos wandeln,
Den aus Eëtions Stadt siegreich einst führet' Achilleus,

ὃς καὶ θνητὸς ἐὼν ἕπεθ' ἵπποις ἀθανάτοισι.
Μυρμιδόνας δ' ἄρ' ἐποιχόμενος θώρηξεν Ἀχιλλεὺς
πάντας ἀνὰ κλισίας σὺν τεύχεσιν· οἱ δὲ λύκοι ὣς
ὠμοφάγοι, τοῖσίν τε περὶ φρεσὶν ἄσπετος ἀλκή,
οἵ τ' ἔλαφον κεραὸν μέγαν οὔρεσι δηιώσαντες
δάπτουσιν· πᾶσιν δὲ παρήϊον αἵματι φοινόν·
καί τ' ἀγεληδὸν ἴασιν ἀπὸ κρήνης μελανύδρου
λάψοντες γλώσσηισιν ἀραιῆισιν μέλαν ὕδωρ
ἄκρον, ἐρευγόμενοι φόνον αἵματος· ἐν δέ τε θυμὸς
στήθεσιν ἄτρομός ἐστι, περιστένεται δέ τε γαστήρ·
τοῖοι Μυρμιδόνων ἡγήτορες ἠδὲ μέδοντες
ἀμφ' ἀγαθὸν θεράποντα ποδώκεος Αἰακίδαο
ῥώοντ'· ἐν δ' ἄρα τοῖσιν ἀρήϊος ἵστατ' Ἀχιλλεύς,
ὀτρύνων ἵππους τε καὶ ἀνέρας ἀσπιδιώτας.
πεντήκοντ' ἦσαν νῆες θοαί, ἧισιν Ἀχιλλεὺς
ἐς Τροίην ἡγεῖτο Διῒ φίλος· ἐν δὲ ἑκάστηι
πεντήκοντ' ἔσαν ἄνδρες ἐπὶ κληῖσιν ἑταῖροι·
πέντε δ' ἄρ' ἡγεμόνας ποιήσατο τοῖς ἐπεποίθει
σημαίνειν· αὐτὸς δὲ μέγα κρατέων ἤνασσε.
τῆς μὲν ἰῆς στιχὸς ἦρχε Μενέσθιος αἰολοθώρηξ,
υἱὸς Σπερχειοῖο, διιπετέος ποταμοῖο·
ὃν τέκε Πηλῆος θυγάτηρ, καλὴ Πολυδώρη,
Σπερχειῶι ἀκάμαντι, γυνὴ θεῶι εὐνηθεῖσα,
αὐτὰρ ἐπίκλησιν Βώρωι, Περιήρεος υἷι,
ὅς ῥ' ἀναφανδὸν ὄπυιε, πορὼν ἀπερείσια ἕδνα.
τῆς δ' ἑτέρης Εὔδωρος ἀρήϊος ἡγεμόνευε,
παρθένιος, τὸν τίκτε χορῶι καλὴ Πολυμήλη,
Φύλαντος θυγάτηρ· τῆς δὲ κρατὺς ἀργεϊφόντης
ἠράσατ', ὀφθαλμοῖσιν ἰδὼν μετὰ μελπομένηισιν
ἐν χορῶι Ἀρτέμιδος χρυσηλακάτου κελαδεινῆς.
αὐτίκα δ' εἰς ὑπερῶι' ἀναβὰς παρελέξατο λάθρηι
Ἑρμείας ἀκάκητα, πόρεν δέ οἱ ἀγλαὸν υἱὸν
Εὔδωρον, πέρι μὲν θείειν ταχὺν ἠδὲ μαχητήν.
αὐτὰρ ἐπεὶ δὴ τόν γε μογοστόκος Εἰλείθυια
ἐξάγαγε πρὸ φόωσδε καὶ ἠελίου ἴδεν αὐγάς,
τὴν μὲν Ἐχεκλῆος κρατερὸν μένος Ἀκτορίδαο
ἠγάγετο πρὸς δώματ', ἐπεὶ πόρε μυρία ἕδνα,
τὸν δ' ὁ γέρων Φύλας εὖ ἔτρεφεν ἠδ' ἀτίταλλεν,
ἀμφαγαπαζόμενος ὡς εἴ θ' ἑὸν υἱὸν ἐόντα.
τῆς δὲ τρίτης Πείσανδρος ἀρήϊος ἡγεμόνευε
Μαιμαλίδης, ὃς πᾶσι μετέπρεπε Μυρμιδόνεσσιν

Der, zwar sterblich gezeugt, mit unsterblichen Rossen einherlief.
Aber die Myrmidonen bewaffnete wandelnd Achilleus
Rings durch jedes Gezelt mit Rüstungen. Jene, wie Wölfe,
Gierig nach Fleisch, und ihr Herz voll unermeßlicher Stärke,
Welche den mächtigen Hirsch mit Geweih, den sie würgten im Bergwald,
Fressend umstehn, sie alle von Blut die Backen gerötet;
Jetzo geschart hinrennend zur finstersprudelnden Quelle,
Lecken sie, dünn die Zungen gestreckt, des dunklen Gewässers
Obenhin, ausspeiend den blutigen Mord; und es trotzet
Kühn im Busen ihr Herz, und gedehnt sind allen die Bäuche:
Also der Myrmidonen erhabene Fürsten und Pfleger,
Wild um den edlen Genossen des äakidischen Renners
Stürmten sie; unter der Schar stand kriegrisches Mutes Achilleus,
Laut ermahnend die Ross' und schildgewappneten Männer.
Fünfzig waren der Schiffe von raschem Lauf, die Achilleus
Her gen Troja geführt, der Göttliche; aber in jedem
Waren fünfzig Männer, die Ruderbänke bedeckend.
Diesen ordnet' er fünf Kriegsobersten, welchen er traute,
Zum Befehl; und er selber gebot obwaltend den Herrschern.
Eine der Ordnungen führte Menesthios, rasch in dem Panzer,
Er ein Sohn Spercheios, des himmelentsprossenen Stromes:
Ihn gebar Polydora, des Peleus' liebliche Tochter,
Durch Spercheios Kraft, das Weib zum Gotte gelagert;
Doch als Vater genannt ward Boros, der Sohn Perieres,
Welcher sie öffentlich nahm nach unendlicher Bräutigamsgabe.
Drauf die andere führt' Eudoros, jener beherzte
Jungfraunsohn, den die schönste zu Reigentanz Polymele,
Phylas Tochter, gebar: denn der mächtige Argoswürger
Liebte sie, als er im Chor der Sängerinnen sie wahrnahm
Tanzend an Artemis Fest, der Göttin mit goldener Spindel;
Eilend stieg er zum Söller empor, und umarmte sie heimlich,
Hermes, der Retter aus Not; und den glänzenden Sohn Eudoros
Trug ihr Schoß, im Laufe so rasch, und so rasch in der Feldschlacht.
Aber nachdem ihn jetzo die ringende Eileithya
Zog an das Tageslicht, und der Sonne Glanz er gesehen;
Führete jen' Echeklos, der starke Sohn des Aktor,
Heim in seinen Palast, nach unendlicher Bräutigamsgabe;
Phylas indes der Greis erzog den Knaben, und pflegt' ihn
Mit treuherziger Lieb', als wär's sein leibliches Söhnlein.
Drauf der Dritten gebot der streitbare Held Peisandros,
Mämalos' Sohn, der berühmt vor den myrmidonischen Kämpfern

ἔγχεϊ μάρνασθαι μετὰ Πηλεΐωνος ἑταῖρον.
τῆς δὲ τετάρτης ἦρχε γέρων ἱππηλάτα Φοῖνιξ,
πέμπτης δ' Ἀλκιμέδων, Λαέρκεος υἱὸς ἀμύμων.
αὐτὰρ ἐπεὶ δὴ πάντας ἅμ' ἡγεμόνεσσιν Ἀχιλλεὺς
στῆσεν ἐῢ κρίνας, κρατερὸν δ' ἐπὶ μῦθον ἔτελλε·
„ Μυρμιδόνες, μή τίς μοι ἀπειλάων λελαθέσθω,
ἃς ἐπὶ νηυσὶ θοῇισιν ἀπειλεῖτε Τρώεσσι
πάνθ' ὑπὸ μηνιθμόν, καί μ' ᾐτιάασθε ἕκαστος·
‚ σχέτλιε Πηλέος υἱέ, χόλωι ἄρα σ' ἔτρεφε μήτηρ,
νηλεές, ὃς παρὰ νηυσὶν ἔχεις ἀέκοντας ἑταίρους·
οἴκαδέ περ σὺν νηυσὶ νεώμεθα ποντοπόροισιν
αὖτις, ἐπεί ῥά τοι ὧδε κακὸς χόλος ἔμπεσε θυμῶι.'
ταῦτά μ' ἀγειρόμενοι θάμ' ἐβάζετε· νῦν δὲ πέφανται
φυλόπιδος μέγα ἔργον, ἕης τὸ πρίν γ' ἐράασθε.
ἔνθά τις ἄλκιμον ἦτορ ἔχων Τρώεσσι μαχέσθω."
ὣς εἰπὼν ὄτρυνε μένος καὶ θυμὸν ἑκάστου.
μᾶλλον δὲ στίχες ἄρθεν, ἐπεὶ βασιλῆος ἄκουσαν.
ὡς δ' ὅτε τοῖχον ἀνὴρ ἀράρηι πυκινοῖσι λίθοισι
δώματος ὑψηλοῖο, βίας ἀνέμων ἀλεείνων,
ὣς ἄραρον κόρυθές τε καὶ ἀσπίδες ὀμφαλόεσσαι.
ἀσπὶς ἄρ' ἀσπίδ' ἔρειδε, κόρυς κόρυν, ἀνέρα δ' ἀνήρ·
ψαῦον δ' ἱππόκομοι κόρυθες λαμπροῖσι φάλοισι
νευόντων, ὡς πυκνοὶ ἐφέστασαν ἀλλήλοισι.
πάντων δὲ προπάροιθε δύ' ἀνέρε θωρήσσοντο,
Πάτροκλός τε καὶ Αὐτομέδων, ἕνα θυμὸν ἔχοντες,
πρόσθεν Μυρμιδόνων πολεμιζέμεν. αὐτὰρ Ἀχιλλεὺς
βῆ ῥ' ἴμεν ἐς κλισίην, χηλοῦ δ' ἀπὸ πῶμ' ἀνέωιγε
καλῆς δαιδαλέης, τήν οἱ Θέτις ἀργυρόπεζα
θῆκ' ἐπὶ νηὸς ἄγεσθαι, ἐῢ πλήσασα χιτώνων
χλαινάων τ' ἀνεμοσκεπέων οὔλων τε ταπήτων.
ἔνθα δέ οἱ δέπας ἔσκε τετυγμένον, οὐδέ τις ἄλλος
οὔτ' ἀνδρῶν πίνεσκεν ἀπ' αὐτοῦ αἴθοπα οἶνον,
οὔτέ τεωι σπένδεσκε θεῶν, ὅτε μὴ Διὶ πατρί.
τό ῥα τότ' ἐκ χηλοῖο λαβὼν ἐκάθηρε θεείωι
πρῶτον, ἔπειτα δ' ἔνιψ' ὕδατος καλῇισι ῥοῇισι,
νίψατο δ' αὐτὸς χεῖρας, ἀφύσσατο δ' αἴθοπα οἶνον.
εὔχετ' ἔπειτα στὰς μέσωι ἕρκεϊ, λεῖβε δὲ οἶνον
οὐρανὸν εἰσανιδών· Δία δ' οὐ λάθε τερπικέραυνον·
„ Ζεῦ ἄνα, Δωδωναῖε, Πελασγικέ, τηλόθι ναίων,
Δωδώνης μεδέων δυσχειμέρου, ἀμφὶ δὲ Σελλοὶ
σοὶ ναίουσ' ὑποφῆται ἀνιπτόποδες χαμαιεῦναι.

Strebt an Kunde des Speers, nach Achilleus' Freunde Patroklos.
Dann der Vierten gebot der graue reisige Phönix.
Endlich der Sohn Laerkes Alkimedon führte die Fünfte.
Aber nachdem sie alle zusamt den Gebietern Achilleus'
Wohl gereiht und gestellt, jetzt rief er mit Ernst die Befehle:
Keiner, o Myrmidonen, vergesse mir alle die Drohung,
Die bei den rüstigen Schiffen ihr angedroht den Troern,
Stets dieweil ich gezürnt; und wie sehr mich jeder beschuldigt:
Grausamer Peleussohn, ja mit Gall' erzog dich die Mutter!
Harter, mit Zwang an den Schiffen die traurenden Freunde zu halten!
Heimwärts laß uns vielmehr in rüstigen Schiffen des Meeres
Kehren, da dir doch also von bösem Zorne das Herz tobt!
Dies oft redetet ihr in Versammlungen. Nun ist erschienen,
Sehet, der Tag des Gefechts, nach welchem so lang' ihr geschmachtet!
Jetzt, wem das mutige Herz es gebeut, der bekämpfe die Troer!
Jener sprach's, und erregte zu Mut und Stärke die Männer;
Enger noch schlossen die Reihn, nachdem sie den König vernommen.
Fest wie die Wand sich füget ein Mann aus gedrängeten Steinen,
Eines erhabenen Saals, die Gewalt der Winde vermeidend:
Also fügten sich Helm' und genabelte Schild' aneinander,
Tartsch' an Tartsche gelehnt, an Helm Helm, Krieger an Krieger;
Und die umflatterten Helme der Nickenden rührten geengt sich
Mit hellschimmernden Zacken: so dichtvereint war die Heerschar.
Vornan gingen dem Zug die zween gewappneten Krieger,
Beide, Patroklos der Held und Automedon, mutiges Herzens,
Einzuhaun vor der Schar der Ihrigen. Aber Achilleus
Eilte zurück ins Gezelt, und hob den Deckel des Kastens,
Welchen, schön und künstlich, die silberfüßige Thetys
Ihm mitgab in das Schiff, wohlangefüllt mit Gewanden,
Mit dickwolligen Decken, und windabwehrenden Mänteln.
Drin auch lag ihm ein Becher voll Kunstwerk; nimmer noch hatte
Weder ein andrer daraus des funkelnden Weines getrunken,
Noch er einem gesprengt der Unsterblichen, außer Kronion.
Den aus dem Kasten erhebend nun reinigte jener mit Schwefel
Erst, und wusch ihn darauf in lauteren Fluten des Wassers;
Wusch dann sich selber die Händ', und schöpfte des funkelnden Weines;
Trat in die Mitte des Hofs, und betete, sprengte den Wein dann,
Schauend gen Himmel empor, und nicht unbemerkt von Kronion:
Zeus, dodonischer König, pelasgischer, ferne gebietend,
Herrscher im frostigen Hain Dodonas, wo dir die Seller
Dienst gelobt, ungewaschen die Füß', auf Erde gelagert!

ἠμὲν δή ποτ᾽ ἐμὸν ἔπος ἔκλυες εὐξαμένοιο,
τίμησας μὲν ἐμέ, μέγα δ᾽ ἴψαο λαὸν Ἀχαιῶν,
ἠδ᾽ ἔτι καὶ νῦν μοι τόδ᾽ ἐπικρήηνον ἐέλδωρ·
αὐτὸς μὲν γὰρ ἐγὼ μενέω νηῶν ἐν ἀγῶνι,
ἀλλ᾽ ἕταρον πέμπω πολέσιν μετὰ Μυρμιδόνεσσι
μάρνασθαι· τῶι κῦδος ἅμα πρόες, εὐρύοπα Ζεῦ,
θάρσυνον δέ οἱ ἦτορ ἐνὶ φρεσίν, ὄφρα καὶ Ἕκτωρ
εἴσεται ἤ ῥα καὶ οἶος ἐπίστηται πολεμίζειν
ἡμέτερος θεράπων, ἦ οἱ τότε χεῖρες ἄαπτοι
μαίνονθ᾽, ὁππότ᾽ ἐγώ περ ἴω μετὰ μῶλον Ἄρηος.
αὐτὰρ ἐπεί κ᾽ ἀπὸ ναῦφι μάχην ἐνοπήν τε δίηται,
ἀσκηθής μοι ἔπειτα θοὰς ἐπὶ νῆας ἵκοιτο
τεύχεσί τε ξὺν πᾶσι καὶ ἀγχεμάχοις ἑτάροισιν.“
ὣς ἔφατ᾽ εὐχόμενος, τοῦ δ᾽ ἔκλυε μητίετα Ζεύς.
τῶι δ᾽ ἕτερον μὲν ἔδωκε πατήρ, ἕτερον δ᾽ ἀνένευσε·
νηῶν μέν οἱ ἀπώσασθαι πόλεμόν τε μάχην τε
δῶκε, σόον δ᾽ ἀνένευσε μάχης ἐξαπονέεσθαι.
ἤτοι ὁ μὲν σπείσας τε καὶ εὐξάμενος Διὶ πατρὶ
ἂψ κλισίην εἰσῆλθε, δέπας δ᾽ ἀπέθηκ᾽ ἐνὶ χηλῶι,
στῆ δὲ πάροιθ᾽ ἐλθὼν κλισίης, ἔτι δ᾽ ἤθελε θυμῶι
εἰσιδέειν Τρώων καὶ Ἀχαιῶν φύλοπιν αἰνήν.
οἱ δ᾽ ἅμα Πατρόκλωι μεγαλήτορι θωρηχθέντες
ἔστιχον, ὄφρ᾽ ἐν Τρωσὶ μέγα φρονέοντες ὄρουσαν.
αὐτίκα δὲ σφήκεσσιν ἐοικότες ἐξεχέοντο
εἰνοδίοις, οὓς παῖδες ἐριδμαίνωσιν ἔθοντες,
αἰεὶ κερτομέοντες, ὁδῶι ἔπι οἰκί᾽ ἔχοντας,
νηπίαχοι· ξυνὸν δὲ κακὸν πολέεσσι τιθεῖσι.
τοὺς δ᾽ εἴ περ παρά τίς τε κιὼν ἄνθρωπος ὁδίτης
κινήσηι ἀέκων, οἱ δ᾽ ἄλκιμον ἦτορ ἔχοντες
πρόσσω πᾶς πέτεται καὶ ἀμύνει οἷσι τέκεσσι.
τῶν τότε Μυρμιδόνες κραδίην καὶ θυμὸν ἔχοντες
ἐκ νηῶν ἐχέοντο· βοὴ δ᾽ ἄσβεστος ὀρώρει.
Πάτροκλος δ᾽ ἑτάροισιν ἐκέκλετο μακρὸν ἀΰσας·
„Μυρμιδόνες, ἕταροι Πηληϊάδεω Ἀχιλῆος,
ἀνέρες ἔστε, φίλοι, μνήσασθε δὲ θούριδος ἀλκῆς,
ὡς ἂν Πηλεΐδην τιμήσομεν, ὃς μέγ᾽ ἄριστος
Ἀργείων παρὰ νηυσὶ καὶ ἀγχέμαχοι θεράποντες,
γνῶι δὲ καὶ Ἀτρεΐδης εὐρὺ κρείων Ἀγαμέμνων
ἣν ἄτην, ὅ τ᾽ ἄριστον Ἀχαιῶν οὐδὲν ἔτεισεν.“
ὣς εἰπὼν ὄτρυνε μένος καὶ θυμὸν ἑκάστου,
ἐν δὲ πέσον Τρώεσσιν ἀολλέες· ἀμφὶ δὲ νῆες

So wie schon du zuvor mich höretest, als ich dich anrief,
Wie du Ehre mir gabst, und furchtbar schlugst die Achaier:
Also auch nun von neuem gewähre mir dieses Verlangen.
Selbst zwar bleib' ich allhier im Kreis der Schiffe beharrend;
Aber den Freund entsend' ich mit häufigen Myrmidonen
Hin zur Schlacht. O gesell' ihm Siegsruhm, Herrscher der Welt Zeus!
Stärke sein Herz im Busen mit Tapferkeit, daß nun auch Hektor
Lernen mög', ob allein auch den Kampf zu tragen verstehe
Unser Waffengenoß, ob nur dann die unnahbaren Händ' ihm
Wüten, wann ich ihm zugleich eingeh' ins Getümmel des Ares!
Aber sobald von den Schiffen er Streit und Getöse verdränget;
Unverletzt mir alsdann in die rüstigen Schiffe gelang' er,
Samt dem Waffengeschmeid' und den nah' anstürmenden Freunden!
Also sprach er flehend; ihn hörete Zeus Kronion.
Doch ein anderes gab ihm der Gott, ein andres versagt' er:
Weg von den Schiffen zu drängen den Streit und das Kriegesgetöse,
Gab er; allein versagte, gesund aus dem Streite zu kehren.
Jetzo, nachdem er gesprengt, und Zeus dem Vater geflehet,
Eilt' er zurück ins Gezelt, und legt' in den Kasten den Becher,
Kam dann, und stand vor dem Zelte; denn noch verlangte das Herz ihm,
Anzuschaun der Troer und Danaer blutige Feldschlacht.
Jene nunmehr um Patroklos den Mutigen wohlgerüstet
Zogen einher, in die Troer mit trotziger Kraft sich zu stürzen.
Schnell wie ein Schwarm von Wespen am Heerweg, strömten sie vorwärts,
Die mutwillige Knaben erbitterten nach der Gewohnheit,
Immerdar sie kränkend, die hart am Wege genistet,
Törichtes Sinns, da sie vielen gemeinsames Übel bereiten;
Denn wofern ein wandernder Mann, der etwa vorbeigeht,
Absichtslos sie erregt, schnell tapferes Mutes zur Abwehr
Fliegen sie alle hervor, ihr junges Geschlecht zu beschirmen:
Also die Myrmidonen, von tapferem Mute beseelet,
Strömten sie vor aus den Schiffen; und graunvoll brüllte der Schlachtruf.
Aber Patroklos gebot mit lautem Ruf den Genossen:
Myrmidonen, Erwählte des Peleiaden Achilleus,
Seid nun Männer, o Freund', und gedenkt des stürmenden Mutes:
Daß wir Peleus' Sohn verherrlichen, ihn der voranstrebt
Allen in Argos' Volk, dem stürmen zum Kampf die Genossen;
Auch er selbst der Atreide, der Völkerfürst Agamemnon,
Kenne die Schuld, da den besten der Danaer nichts er geehret!
Jener sprach's, und erregte zu Mut und Stärke die Männer.
Wild eindrang in die Troer die Heerschar; und in den Schiffen

σμερδαλέον κονάβησαν ἀϋσάντων ὑπ᾽ Ἀχαιῶν.
Τρῶες δ᾽ ὡς εἴδοντο Μενοιτίου ἄλκιμον υἱόν,
αὐτὸν καὶ θεράποντα, σὺν ἔντεσι μαρμαίροντας,
πᾶσιν ὀρίνθη θυμός, ἐκίνηθεν δὲ φάλαγγες,
ἐλπόμενοι παρὰ ναῦφι ποδώκεα Πηλεΐωνα
μηνιθμὸν μὲν ἀπορρῖψαι, φιλότητα δ᾽ ἑλέσθαι·
πάπτηνεν δὲ ἕκαστος ὅπηι φύγοι αἰπὺν ὄλεθρον.
Πάτροκλος δὲ πρῶτος ἀκόντισε δουρὶ φαεινῶι
ἀντικρὺ κατὰ μέσσον, ὅθι πλεῖστοι κλονέοντο,
νηΐ πάρα πρυμνῆι μεγαθύμου Πρωτεσιλάου,
καὶ βάλε Πυραίχμην, ὃς Παίονας ἱπποκορυστὰς
ἤγαγεν ἐξ Ἀμυδῶνος ἀπ᾽ Ἀξιοῦ εὐρὺ ῥέοντος·
τὸν βάλε δεξιὸν ὦμον· ὁ δ᾽ ὕπτιος ἐν κονίηισι
κάππεσεν οἰμώξας, ἕταροι δέ μιν ἀμφὶ φόβηθεν
Παίονες· ἐν γὰρ Πάτροκλος φόβον ἧκεν ἅπασιν
ἡγεμόνα κτείνας, ὃς ἀριστεύεσκε μάχεσθαι.
ἐκ νηῶν δ᾽ ἔλασεν, κατὰ δ᾽ ἔσβεσεν αἰθόμενον πῦρ.
ἡμιδαὴς δ᾽ ἄρα νηῦς λίπετ᾽ αὐτόθι· τοὶ δὲ φόβηθεν
Τρῶες θεσπεσίωι ὁμάδωι· Δαναοὶ δ᾽ ἐπέχυντο
νῆας ἀνὰ γλαφυράς· ὅμαδος δ᾽ ἀλίαστος ἐτύχθη.
ὡς δ᾽ ὅτ᾽ ἀφ᾽ ὑψηλῆς κορυφῆς ὄρεος μεγάλοιο
κινήσηι πυκινὴν νεφέλην στεροπηγερέτα Ζεύς,
ἔκ τ᾽ ἔφανεν πᾶσαι σκοπιαὶ καὶ πρώονες ἄκροι
καὶ νάπαι, οὐρανόθεν δ᾽ ἄρ᾽ ὑπερράγη ἄσπετος αἰθήρ,
ὣς Δαναοὶ νηῶν μὲν ἀπωσάμενοι δήϊον πῦρ
τυτθὸν ἀνέπνευσαν, πολέμου δ᾽ οὐ γίγνετ᾽ ἐρωή·
οὐ γάρ πώ τι Τρῶες ἀρηϊφίλων ὑπ᾽ Ἀχαιῶν
προτροπάδην φοβέοντο μελαινάων ἀπὸ νηῶν,
ἀλλ᾽ ἔτ᾽ ἄρ᾽ ἀνθίσταντο, νεῶν δ᾽ ὑπόεικον ἀνάγκηι.
ἔνθα δ᾽ ἀνὴρ ἕλεν ἄνδρα κεδασθείσης ὑσμίνης
ἡγεμόνων. πρῶτος δὲ Μενοιτίου ἄλκιμος υἱὸς
αὐτίκ᾽ ἄρα στρεφθέντος Ἀρηϊλύκου βάλε μηρὸν
ἔγχεϊ ὀξυόεντι, διὰ πρὸ δὲ χαλκὸν ἔλασσε·
ῥῆξεν δ᾽ ὀστέον ἔγχος, ὁ δὲ πρηνὴς ἐπὶ γαίηι
κάππεσ᾽· ἀτὰρ Μενέλαος ἀρήϊος οὖτα Θόαντα
στέρνον γυμνωθέντα παρ᾽ ἀσπίδα, λῦσε δὲ γυῖα.
Φυλεΐδης δ᾽ Ἄμφικλον ἐφορμηθέντα δοκεύσας
ἔφθη ὀρεξάμενος πρυμνὸν σκέλος, ἔνθα πάχιστος
μυὼν ἀνθρώπου πέλεται· περὶ δ᾽ ἔγχεος αἰχμῆι
νεῦρα διεσχίσθη· τὸν δὲ σκότος ὄσσε κάλυψε.
Νεστορίδαι δ᾽ ὁ μὲν οὔτασ᾽ Ἀτύμνιον ὀξέϊ δουρὶ

Donnerte dumpf nachhallend das Feldgeschrei der Achaier.
Doch wie die Troer ersahn Menötios' tapferen Sprößling,
Ihn, und seinen Genossen, in strahlendem Waffengeschmeide;
Regte sich allen das Herz, und es schwankten verwirrt die Geschwader,
Wähnend, es hab' an den Schiffen der mutige Renner Achilleus
Abgelegt den zürnenden Groll, und Freundschaft erkoren;
Jeglicher schaut' umher, zu entfliehn dem grausen Verderben.
Aber Patroklos zuerst entschwang die blinkende Lanze,
Grad' in die Mitte hinein, wo am dichtesten schwoll das Getümmel,
Hinten am dunkelen Schiff des erhabenen Protesilaos;
Und er traf den Pyrächmes, der gaulgewandte Päonen
Führt' aus Amydon her, von des Axios breitem Gewässer:
Rechts ihm durchbohrt' er die Schulter; und rücklings hinab auf den Boden
Taumelt' er, laut wehklagend; und rings die päonischen Freunde
Flüchteten, alle von Schrecken betäubt vor dem edlen Patroklos,
Als den Gebieter er schlug, den Tapfersten einst in der Feldschlacht.
Weg von den Schiffen sie trieb er, und löschte die lodernde Flamm' aus.
Halbverbrannt blieb stehen das Schiff, und es flohen die Troer
Mit graunvollem Getümmel; es gossen sich nach die Achaier
Durch die geräumigen Schiff'; und es tobt' unermeßlicher Aufruhr.
Wie wenn hoch vom ragenden Haupt des großen Gebirges
Dickes Gewölk fortdrängt der Donnerer Zeus Kronion;
Hell sind rings die Warten der Berg', und die zackigen Gipfel,
Täler auch; aber am Himmel eröffnet sich endlos der Äther:
So, da die feindliche Glut sie hinweggedrängt von den Schiffen,
Atmeten auf die Achaier; doch nicht war Ruhe der Feldschlacht.
Denn nicht flohn die Troer vor Argos' kriegrischen Söhnen,
Schon die Rücken gewandt, von den dunkelen Schiffen des Meeres;
Sondern sie boten noch Trotz, und wichen aus Zwang von den Schiffen.
Nun schlug Mann vor Mann, im zerstreueten Kampf der Entscheidung,
Jeglicher Fürst: doch zuerst Menötios' tapferer Sprößling,
Schnell wie jener sich kehrte, durchschoß Areïlykos' Schenkel
Mit scharfspitziger Lanze, daß vorn das Erz ihm hervordrang;
Krachend zerbrach das Gebein, und vorwärts hin auf den Boden
Taumelt' er. Drauf Menelaos der kriegrische bohrte dem Thoas
Neben dem Schild' in die offene Brust, und löst' ihm die Glieder.
Phyleus' Sohn den Amphiklos, der wild anstürmte, bemerkend,
Zuckt' ihm entgegen die Lanz' in das obere Bein, wo am dicksten
Strotzt die Wade des Menschen von Fleisch; es zerriß ihm die Sehnen
Rings das durchbohrende Erz, und die Augen ihm schattete Dunkel.
Nestors Söhn': er Antilochos fuhr mit der spitzigen Lanze

Ἀντίλοχος, λαπάρης δὲ διήλασε χάλκεον ἔγχος·
ἤριπε δὲ προπάροιθε. Μάρις δ' αὐτοσχεδὰ δουρὶ
Ἀντιλόχωι ἐπόρουσε κασιγνήτοιο χολωθείς,
στὰς πρόσθεν νέκυος· τοῦ δ' ἀντίθεος Θρασυμήδης
ἔφθη ὀρεξάμενος πρὶν οὐτάσαι, οὐδ' ἀφάμαρτεν,
ὦμον ἄφαρ· πρυμνὸν δὲ βραχίονα δουρὸς ἀκωκὴ
δρύψ' ἀπὸ μυώνων, ἀπὸ δ' ὀστέον ἄχρις ἄραξε·
δούπησεν δὲ πεσών, κατὰ δὲ σκότος ὄσσε κάλυψεν.
ὣς τὼ μὲν δοιοῖσι κασιγνήτοισι δαμέντε
βήτην εἰς Ἔρεβος, Σαρπηδόνος ἐσθλοὶ ἑταῖροι,
υἷες ἀκοντισταὶ Ἀμισωδάρου, ὅς ῥα Χίμαιραν
θρέψεν ἀμαιμακέτην, πολέσιν κακὸν ἀνθρώποισιν.
Αἴας δὲ Κλεόβουλον Ὀϊλιάδης ἐπορούσας
ζωὸν ἕλε, βλαφθέντα κατὰ κλόνον· ἀλλά οἱ αὖθι
λῦσε μένος, πλήξας ξίφει αὐχένα κωπήεντι.
πᾶν δ' ὑπεθερμάνθη ξίφος αἵματι· τὸν δὲ κατ' ὄσσε
ἔλλαβε πορφύρεος θάνατος καὶ μοῖρα κραταιή.
Πηνέλεως δὲ Λύκων τε συνέδραμον· ἔγχεσι μὲν γὰρ
ἤμβροτον ἀλλήλων, μέλεον δ' ἠκόντισαν ἄμφω·
τὼ δ' αὖτις ξιφέεσσι συνέδραμον. ἔνθα Λύκων μὲν
ἱπποκόμου κόρυθος φάλον ἤλασεν, ἀμφὶ δὲ καυλὸν
φάσγανον ἐρραίσθη· ὁ δ' ὑπ' οὔατος αὐχένα θεῖνε
Πηνέλεως, πᾶν δ' εἴσω ἔδυ ξίφος, ἔσχεθε δ' οἶον
δέρμα, παρηέρθη δὲ κάρη, ὑπέλυντο δὲ γυῖα.
Μηριόνης δ' Ἀκάμαντα κιχεὶς ποσὶ καρπαλίμοισι
νύξ' ἵππων ἐπιβησόμενον κατὰ δεξιὸν ὦμον·
ἤριπε δ' ἐξ ὀχέων, κατὰ δ' ὀφθαλμῶν κέχυτ' ἀχλύς.
Ἰδομενεὺς δ' Ἐρύμαντα κατὰ στόμα νηλέϊ χαλκῶι
νύξε· τὸ δ' ἀντικρὺ δόρυ χάλκεον ἐξεπέρησε
νέρθεν ὑπ' ἐγκεφάλοιο, κέασσε δ' ἄρ' ὀστέα λευκά·
ἐκ δ' ἐτίναχθεν ὀδόντες, ἐνέπλησθεν δέ οἱ ἄμφω
αἵματος ὀφθαλμοί· τὸ δ' ἀνὰ στόμα καὶ κατὰ ῥῖνας
πρῆσε χανών· θανάτου δὲ μέλαν νέφος ἀμφεκάλυψεν.
οὗτοι ἄρ' ἡγεμόνες Δαναῶν ἕλον ἄνδρα ἕκαστος.
ὡς δὲ λύκοι ἄρνεσσιν ἐπέχραον ἢ ἐρίφοισι
σίνται, ὑπ' ἐκ μήλων αἱρεύμενοι, αἵ τ' ἐν ὄρεσσι
ποιμένος ἀφραδίηισι διέτμαγεν· οἱ δὲ ἰδόντες
αἶψα διαρπάζουσιν ἀνάλκιδα θυμὸν ἐχούσας·
ὣς Δαναοὶ Τρώεσσιν ἐπέχραον· οἱ δὲ φόβοιο
δυσκελάδου μνήσαντο, λάθοντο δὲ θούριδος ἀλκῆς.
Αἴας δ' ὁ μέγας αἰὲν ἐφ' Ἕκτορι χαλκοκορυστῆι

Gegen Atymnios an, und durchstieß ihm die Weiche des Bauches;
Und er entsank vorwärts; da schwang mit der Lanze sich Maris
Nah an Antilochos her, voll Zorns um den leiblichen Bruder,
Vor den Erschlagnen gestellt; doch der göttliche Held Thrasymedes
Streckte den Speer, eh' jener verwundete; nicht ihn verfehlend,
Drang in die Schulter das Erz; und hinweg vom Gelenke des Armes
Rissen die Muskeln zerfleischt, und es brach der zerschmetterte Knochen;
Dumpf hinkracht' er im Fall, und die Augen ihm schattete Dunkel.
Also dort, zween Brüdern gebändiget, gingen die Brüder
Beid' in des Erebos Nacht, Sarpedons tapfre Genossen,
Lanzenkundige Söhn' Amisodaros, der die Chimära
Nährte, das Ungeheuer, das viel hinraffte der Menschen.
Ajas, Oileus' Sohn, sprang vor, und ergriff Kleobulos
Lebend, indem das Gedräng' ihn hinderte; aber sofort ihm
Löst' er die Kraft, mit gewaltigem Schwert in den Nacken ihm hauend:
Ganz ward warm die Klinge vom spritzenden Blut; und die Augen
Übernahm der finstere Tod und das grause Verhängnis.
Siehe Peneleos rannt' und Lykon zugleich aneinander;
Denn mit Lanzen verfehlten sie beid', und warfen vergebens;
Jetzt mit erhobenem Schwert anrannten sie: Lykon zuerst nun
Traf den gekegelten Helm an dem Roßbusch, aber am Hefte
Sprang ihm die Klinge zerknickt; Peneleos unter dem Ohr ihm
Schwang in den Nacken das Schwert, ganz taucht' es hinein, und die Haut nur
Hing, und getrennt hinschwebte das Haupt, ihm erschlafften die Glieder.
Aber Meriones haschte den Akamas hurtiges Laufes,
Als er den Wagen bestieg, und stach ihm rechts in die Schulter;
Und er entsank dem Geschirr, und Nacht umzog ihm die Augen.
Aber Idomeneus traf in Erymas Mund mit des Erzes
Stoß; und es drang aus dem Nacken die eherne Lanze durchbohrend
Unter dem Hirn ihm hervor, und zerbrach die Gebeine des Hauptes;
Und ihm entstürzten die Zähn', und Blut erfüllte die Augen
Beid', auch atmet' er Blut aus dem offenen Mund' und der Nase
Röchelnd empor; und dunkles Gewölk des Todes umhüllt' ihn.

Diese Danaerfürsten ermordeten jeder den seinen.
Wie wenn Wölf' in Lämmer sich stürzeten, oder in Zicklein,
Grimmvoll, weg sie zu rauben aus weidender Herd' im Gebirge,
Welche vom Hirten versäumt sich zerstreuete; jen' es ersehend
Nahn in Eil', und durchwürgen die mutlos bebenden Tierlein:
So in die Troer nun stürzten die Danaer; nur des Entfliehens
Dachten sie und des Geschreis, und vergaßen des stürmenden Mutes.

Ajas der Größere strebte den erzumschimmerten Hektor

ἵετ᾽ ἀκοντίσσαι· ὁ δὲ ἰδρείηι πολέμοιο,
ἀσπίδι ταυρείηι κεκαλυμμένος εὐρέας ὤμους,
σκέπτετ᾽ ὀϊστῶν τε ῥοῖζον καὶ δοῦπον ἀκόντων.
ἦ μὲν δὴ γίγνωσκε μάχης ἑτεραλκέα νίκην·
ἀλλὰ καὶ ὣς ἀνέμιμνε, σάω δ᾽ ἐρίηρας ἑταίρους.
    ὡς δ᾽ ὅτ᾽ ἀπ᾽ Οὐλύμπου νέφος ἔρχεται οὐρανὸν εἴσω
αἰθέρος ἐκ δίης, ὅτε τε Ζεὺς λαίλαπα τείνηι,
ὣς τῶν ἐκ νηῶν γένετο ἰαχή τε φόβος τε,
οὐδὲ κατὰ μοῖραν πέραον πάλιν. Ἕκτορα δ᾽ ἵπποι
ἔκφερον ὠκύποδες σὺν τεύχεσι, λεῖπε δὲ λαὸν
Τρωϊκόν, οὓς ἀέκοντας ὀρυκτὴ τάφρος ἔρυκε.
πολλοὶ δ᾽ ἐν τάφρωι ἐρυσάρματες ὠκέες ἵπποι
ἄξαντ᾽ ἐν πρώτωι ῥυμῶι λίπον ἅρματ᾽ ἀνάκτων,
Πάτροκλος δ᾽ ἕπετο σφεδανὸν Δαναοῖσι κελεύων,
Τρωσὶ κακὰ φρονέων· οἱ δὲ ἰαχῆι τε φόβωι τε
πάσας πλῆσαν ὁδούς, ἐπεὶ ἂρ τμάγεν· ὕψι δ᾽ ἀέλλη
σκίδναθ᾽ ὑπὸ νεφέων, τανύοντο δὲ μώνυχες ἵπποι
ἄψορρον προτὶ ἄστυ νεῶν ἄπο καὶ κλισιάων.
Πάτροκλος δ᾽ ἧι πλεῖστον ὀρινόμενον ἴδε λαόν,
τῆι ῥ᾽ ἔχ᾽ ὁμοκλήσας· ὑπὸ δ᾽ ἄξοσι φῶτες ἔπιπτον
πρηνέες ἐξ ὀχέων, δίφροι δ᾽ ἀνακυμβαλίαζον.
ἀντικρὺ δ᾽ ἄρα τάφρον ὑπέρθορον ὠκέες ἵπποι
ἄμβροτοι, οὓς Πηλῆϊ θεοὶ δόσαν ἀγλαὰ δῶρα,
πρόσσω ἱέμενοι, ἐπὶ δ᾽ Ἕκτορι κέκλετο θυμός·
ἵετο γὰρ βαλέειν· τὸν δ᾽ ἔκφερον ὠκέες ἵπποι.
ὡς δ᾽ ὑπὸ λαίλαπι πᾶσα κελαινὴ βέβριθε χθὼν
ἤματ᾽ ὀπωρινῶι, ὅτε λαβρότατον χέει ὕδωρ
Ζεύς, ὅτε δή ῥ᾽ ἄνδρεσσι κοτεσσάμενος χαλεπήνηι,
οἳ βίηι εἰν ἀγορῆι σκολιὰς κρίνωσι θέμιστας,
ἐκ δὲ δίκην ἐλάσωσι, θεῶν ὄπιν οὐκ ἀλέγοντες·
τῶν δέ τε πάντες μὲν ποταμοὶ πλήθουσι ῥέοντες,
πολλὰς δὲ κλιτῦς τότ᾽ ἀποτμήγουσι χαράδραι,
ἐς δ᾽ ἅλα πορφυρέην μεγάλα στενάχουσι ῥέουσαι
ἐξ ὀρέων ἐπικάρ, μινύθει δέ τε ἔργ᾽ ἀνθρώπων·
ὣς ἵπποι Τρωιαὶ μεγάλα στενάχοντο θέουσαι.
    Πάτροκλος δ᾽ ἐπεὶ οὖν πρώτας ἐπέκερσε φάλαγγας,
ἂψ ἐπὶ νῆας ἔεργε παλιμπετές, οὐδὲ πόληος
εἴα ἱεμένους ἐπιβαινέμεν, ἀλλὰ μεσηγὺ
νηῶν καὶ ποταμοῦ καὶ τείχεος ὑψηλοῖο
κτεῖνε μεταΐσσων, πολέων δ᾽ ἀπετίνυτο ποινήν.
ἔνθ᾽ ἤτοι Πρόνοον πρῶτον βάλε δουρὶ φαεινῶι,

Stets mit dem Speer zu erreichen; doch er voll Kriegeserfahrung,
Mit stierledernem Schilde bedeckt um die mächtigen Schultern,
Nahm in acht der Pfeile Geschwirr und das Sausen der Lanzen.
Zwar bereits erkannt' er der Schlacht abwechselnden Siegsruhm;
Aber auch so verweilt' er, und rettete teure Genossen.
   Wie vom Olympos daher ein Gewölk den Himmel umwandelt,
Aus hellstrahlendem Äther, wann Zeus Sturmwetter verbreitet:
So von den Schiffen zurück war Angst und Geschrei und Verfolgung.
Nicht in geordnetem Zuge durchdrangen sie. Hektorn entführte
Hurtiges Laufs sein Gespann mit den Rüstungen; aber zurück blieb
Trojas Volk, das in Angst die gegrabene Tiefe noch hemmte.
Viel' in dem Graben umher der wagenbeflügelnden Rosse
Ließen zerschellt an der Deichsel zurück die Geschirre der Eigner.
Aber Patroklos verfolgte, mit Macht die Achaier ermunternd,
Unglück drohend dem Feind'; und rings mit Geschrei und Getümmel
Füllten sie jeglichen Weg, die Zerstreueten; hoch zu den Wolken
Wirbelte finsterer Staub; und es sprengten die stampfenden Rosse
Langgestreckt nach der Stadt, von den Schiffen hinweg und Gezelten.
Er, wo das dickste Gedräng' hintummelte, sprengte Patroklos
Nach mit tönendem Ruf, und vorwärts unter die Räder
Stürzten die Männer in Staub, und zerrüttete Sessel erkrachten.
Über den Graben hinweg nun sprang der Unsterblichen Rosse
Schnelles Gespann, die dem Peleus die ehrenden Götter geschenket,
Vorwärts eilend im Sturm; denn auf Hektor reizte der Mut ihn,
Daß sein Speer ihn ereilte, der schnell mit den Rossen dahinfloh.
Wie wenn stürmischer Regen die schwarze Erd' umher deckt,
Spät in Tagen des Herbstes, wann reißende Wasser ergießet
Zeus, heimsuchend im Zorn die Freveltaten der Männer,
Welche gewaltsam richtend im Volk die Gesetze verdrehen,
Und ausstoßen das Recht, sorglos um die Rache der Götter;
Alle nunmehr sind ihnen gedrängt die flutenden Ströme,
Viel Abhäng' auch verschwemmen die schroff aushöhlenden Wasser;
Und in das finstere Meer mit lautem Geräusch sich ergießend,
Taumeln sie hoch vom Gebirg'; und verheert sind die Werke der Menschen:
Also die troischen Rosse, da laut mit Geräusch sie dahinflohn.
   Doch wie Patroklos nunmehr abschnitt die nächsten Geschwader,
Scheucht' er gewandt zu den Schiffen die Flüchtlinge, und zu der Stadt nicht
Ließ er die Sehnenden weiter hinaufziehn; sondern im Mittel
Dort der Schiff' und des Stromes, und dort der türmenden Mauer,
Mordet' er stürmend umher, und schaffte sich viele Vergeltung.
Siehe den Pronoos warf er zuerst mit blinkender Lanze

στέρνον γυμνωθέντα παρ' ἀσπίδα, λῦσε δὲ γυῖα·
δούπησεν δὲ πεσών· ὁ δὲ Θέστορα, Ἤνοπος υἱόν,
δεύτερον ὁρμηθείς – ὁ μὲν εὐξέστωι ἐνὶ δίφρωι
ἧστο ἀλείς· ἐκ γὰρ πλήγη φρένας, ἐκ δ' ἄρα χειρῶν
ἡνία ἠΐχθησαν – ὁ δ' ἔγχεϊ νύξε παραστὰς
γναθμὸν δεξιτερόν, διὰ δ' αὐτοῦ πεῖρεν ὀδόντων,
ἕλκε δὲ δουρὸς ἑλὼν ὑπὲρ ἄντυγος, ὡς ὅτε τις φὼς
πέτρηι ἔπι προβλῆτι καθήμενος ἱερὸν ἰχθὺν
ἐκ πόντοιο θύραζε λίνωι καὶ ἤνοπι χαλκῶι·
ὣς ἕλκ' ἐκ δίφροιο κεχηνότα δουρὶ φαεινῶι,
κὰδ δ' ἄρ' ἐπὶ στόμ' ἔωσε· πεσόντα δέ μιν λίπε θυμός.
αὐτὰρ ἔπειτ' Ἐρύλαον ἐπεσσύμενον βάλε πέτρωι
μέσσην κὰκ κεφαλήν· ἡ δ' ἄνδιχα πᾶσα κεάσθη
ἐν κόρυθι βριαρῆι· ὁ δ' ἄρα πρηνὴς ἐπὶ γαίηι
κάππεσεν, ἀμφὶ δέ μιν θάνατος χύτο θυμοραϊστής.
αὐτὰρ ἔπειτ' Ἐρύμαντα καὶ Ἀμφοτερὸν καὶ Ἐπάλτην,
Τληπόλεμόν τε Δαμαστορίδην Ἐχίον τε Πύριν τε,
Ἰφέα τ' Εὔιππόν τε καὶ Ἀργεάδην Πολύμηλον,
πάντας ἐπασσυτέρους πέλασε χθονὶ πουλυβοτείρηι.
Σαρπηδὼν δ' ὡς οὖν ἴδ' ἀμιτροχίτωνας ἑταίρους
χέρσ' ὕπο Πατρόκλοιο Μενοιτιάδαο δαμέντας,
κέκλετ' ἄρ' ἀντιθέοισι καθαπτόμενος Λυκίοισιν·
„ αἰδώς, ὦ Λύκιοι· πόσε φεύγετε; νῦν θοοὶ ἔστε.
ἀντήσω γὰρ ἐγὼ τοῦδ' ἀνέρος, ὄφρα δαείω
ὅς τις ὅδε κρατέει καὶ δὴ κακὰ πολλὰ ἔοργε
Τρῶας, ἐπεὶ πολλῶν τε καὶ ἐσθλῶν γούνατ' ἔλυσεν.“
ἦ ῥα, καὶ ἐξ ὀχέων σὺν τεύχεσιν ἆλτο χαμᾶζε.
Πάτροκλος δ' ἑτέρωθεν, ἐπεὶ ἴδεν ἔκθορε δίφρου.
οἱ δ' ὥς τ' αἰγυπιοὶ γαμψώνυχες ἀγκυλοχεῖλαι
πέτρηι ἐφ' ὑψηλῆι μεγάλα κλάζοντε μάχωνται,
ὣς οἱ κεκλήγοντες ἐπ' ἀλλήλοισιν ὄρουσαν.
τοὺς δὲ ἰδὼν ἐλέησε Κρόνου πάϊς ἀγκυλομήτεω,
Ἥρην δὲ προσέειπε κασιγνήτην ἄλοχόν τε·
„ ὤ μοι ἐγών, ὅ τέ μοι Σαρπηδόνα φίλτατον ἀνδρῶν,
μοῖρ' ὑπὸ Πατρόκλοιο Μενοιτιάδαο δαμῆναι.
διχθὰ δέ μοι κραδίη μέμονε φρεσὶν ὁρμαίνοντι,
ἤ μιν ζωὸν ἐόντα μάχης ἄπο δακρυοέσσης
θείω ἀναρπάξας Λυκίης ἐν πίονι δήμωι,
ἦ ἤδη ὑπὸ χερσὶ Μενοιτιάδαο δαμάσσω.“
τὸν δ' ἠμείβετ' ἔπειτα βοῶπις πότνια Ἥρη·
„ αἰνότατε Κρονίδη, ποῖον τὸν μῦθον ἔειπες.

Neben dem Schild in die offene Brust, und löst' ihm die Glieder;
Dumpf hinkracht' er im Fall. Dann auf Thestor, Enops Erzeugten,
Wieder dahergestürzt: der saß in dem zierlichen Sessel,
Eingeschmiegt; denn die Angst betäubte sein Herz, und den Händen
War das Gezäum entsunken: da stieß ihm jener genahet
Rechts in den Backen den Speer, und ganz ihm die Zähne durchbohrt' er;
Über den Rand dann zog er am Schaft ihn: gleich wie ein Fischer,
Auf vorragender Klippe gesetzt, den gewaltigen Meerfisch
Aufwärts zieht aus den Fluten an Schnur und eherner Angel:
So an blinkender Lanze den Schnappenden zog er vom Sessel,
Schüttelt' ihn dann aufs Gesicht; und der Fallende hauchte den Geist aus.
Jener nun warf Eryalos, der gegen ihn lief, mit dem Steine
Grad' auf die Mitte des Haupts; und ganz voneinander zerbarst es
Unter dem lastenden Helm, und vorwärts hin auf den Boden
Taumelt' er; aber des Todes entseelender Schauer umfloß ihn.
Weiter den Erymas dann, und Amphoteros, und den Epaltes,
Pyres, und Echios dann, und Tlepolemos, Sohn des Damastor,
Ipheus dann, und Euippos, und Argeas' Sohn Polymelos,
Streckt' er gehäuft miteinander zur nahrungsprossenden Erde.

Jetzt wie Sarpedon ersah die gurtlos trotzenden Freunde
Unter Patroklos' Hand des Menötiaden bezwungen;
Laut ermahnt' er und schalt der Lykier göttliche Heerschar:

Schande doch, Lykias Volk! wo entflieht ihr? Rüstig gewandt nun!
Denn ich will begegnen dem Manne da; daß ich erkenne,
Wer da umher so schaltet, und schon viel Böses den Troern
Stiftete; weil er Vieler und Tapferer Kniee gelöset!

Sprach's, und vom Wagen herab mit den Rüstungen sprang er zur Erde.
Auch Patroklos, sobald er ihn schauete, sprang aus dem Sessel.
Beide den Habichten gleich, scharfklauigen, krummgeschnabelt,
Die auf luftigem Fels mit wildem Getön sich bekämpfen:
Also mit lautem Geschrei nun stürzten sie gegeneinander.
Diese schaut' erbarmend der Sohn des verborgenen Kronos;
Und zur Here begann er, der leiblichen Schwester und Gattin:

Wehe mir, wann das Geschick Sarpedon, meinen Geliebten,
Unter Patroklos' Hand des Menötiaden mir bändigt!
Zwiefachen Rat nun bewegt mein sinnendes Herz im Busen:
Ob ich ihn lebend annoch aus der tränenbringenden Feldschlacht
Setze hinweggerafft in Lykiens fruchtbare Fluren;
Oder ihn unter der Hand des Menötiaden bezwinge.

Ihm antwortete drauf die hoheitblickende Here:
Welch ein Wort, Kronion, du Schrecklicher! hast du geredet?

ἄνδρα θνητὸν ἐόντα, πάλαι πεπρωμένον αἴσηι,
ἂψ ἐθέλεις θανάτοιο δυσηχέος ἐξαναλῦσαι;
ἕρδ᾽· ἀτὰρ οὔ τοι πάντες ἐπαινέομεν θεοὶ ἄλλοι.
ἄλλο δέ τοι ἐρέω, σὺ δ᾽ ἐνὶ φρεσὶ βάλλεο σῆισιν·
αἴ κε ζὼν πέμψηις Σαρπηδόνα ὃν δὲ δόμονδε,
φράζεο μή τις ἔπειτα θεῶν ἐθέληισι καὶ ἄλλος
πέμπειν ὃν φίλον υἱὸν ἀπὸ κρατερῆς ὑσμίνης·
πολλοὶ γὰρ περὶ ἄστυ μέγα Πριάμοιο μάχονται
υἱέες ἀθανάτων, τοῖσιν κότον αἰνὸν ἐνήσεις.
ἀλλ᾽ εἴ τοι φίλος ἐστί, τεὸν δ᾽ ὀλοφύρεται ἦτορ,
ἤτοι μέν μιν ἔασον ἐνὶ κρατερῆι ὑσμίνηι
χέρσ᾽ ὕπο Πατρόκλοιο Μενοιτιάδαο δαμῆναι·
αὐτὰρ ἐπὴν δὴ τόν γε λίπηι ψυχή τε καὶ αἰών,
πέμπειν μιν Θάνατόν τε φέρειν καὶ νήδυμον Ὕπνον,
εἰς ὅ κε δὴ Λυκίης εὐρείης δῆμον ἵκωνται,
ἔνθά ἑ ταρχύσουσι κασίγνητοί τε ἔται τε
τύμβωι τε στήληι τε· τὸ γὰρ γέρας ἐστὶ θανόντων.“
    ὣς ἔφατ᾽, οὐδ᾽ ἀπίθησε πατὴρ ἀνδρῶν τε θεῶν τε·
αἱματοέσσας δὲ ψιάδας κατέχευεν ἔραζε
παῖδα φίλον τιμῶν, τόν οἱ Πάτροκλος ἔμελλε
φθίσειν ἐν Τροίηι ἐριβώλακι, τηλόθι πάτρης.
    οἱ δ᾽ ὅτε δὴ σχεδὸν ἦσαν ἐπ᾽ ἀλλήλοισιν ἰόντες,
ἔνθ᾽ ἤτοι Πάτροκλος ἀγακλειτὸν Θρασύμηλον,
ὅς ῥ᾽ ἠΰς θεράπων Σαρπηδόνος ἦεν ἄνακτος,
τὸν βάλε νείαιραν κατὰ γαστέρα, λῦσε δὲ γυῖα.
Σαρπηδὼν δ᾽ αὐτοῦ μὲν ἀπήμβροτε δουρὶ φαεινῶι
δεύτερον ὁρμηθείς, ὁ δὲ Πήδασον οὔτασεν ἵππον
ἔγχεϊ δεξιὸν ὦμον· ὁ δ᾽ ἔβραχε θυμὸν ἀΐσθων,
κὰδ δ᾽ ἔπεσ᾽ ἐν κονίηισι μακών, ἀπὸ δ᾽ ἔπτατο θυμός.
τὼ δὲ διαστήτην, κρίκε δὲ ζυγόν, ἡνία δέ σφι
σύγχυτ᾽, ἐπεὶ δὴ κεῖτο παρήορος ἐν κονίηισι.
τοῖο μὲν Αὐτομέδων δουρικλυτὸς εὕρετο τέκμωρ·
σπασσάμενος τανύηκες ἄορ παχέος παρὰ μηροῦ,
ἀΐξας ἀπέκοψε παρήορον οὐδὲ μάτησε·
τὼ δ᾽ ἰθυνθήτην, ἐν δὲ ῥυτῆρσι τάνυσθεν·
τὼ δ᾽ αὖτις συνίτην ἔριδος πέρι θυμοβόροιο.
    ἔνθ᾽ αὖ Σαρπηδὼν μὲν ἀπήμβροτε δουρὶ φαεινῶι,
Πατρόκλου δ᾽ ὑπὲρ ὦμον ἀριστερὸν ἤλυθ᾽ ἀκωκὴ
ἔγχεος, οὐδ᾽ ἔβαλ᾽ αὐτόν· ὁ δ᾽ ὕστερος ὄρνυτο χαλκῶι
Πάτροκλος· τοῦ δ᾽ οὐχ ἅλιον βέλος ἔκφυγε χειρός,
ἀλλ᾽ ἔβαλ᾽ ἔνθ᾽ ἄρα τε φρένες ἔρχαται ἀμφ᾽ ἁδινὸν κῆρ.

Einen sterblichen Mann, längst ausersehn dem Verhängnis,
Denkst du anitzt von des Tods graunvoller Gewalt zu erlösen?
Tu's! doch nimmer gefällt es dem Rat der anderen Götter!
Eines verkünd' ich dir noch, und du bewahr' es im Herzen.
Wenn du ihn lebend entsendest in seinen Palast den Sarpedon;
Dann bedenk', ob nicht ein anderer Gott auch begehre,
Seinen geliebten Sohn der schrecklichen Schlacht zu entführen.
Denn noch viel' um die Feste des herrschenden Priamos kämpfen
Söhn' unsterblicher Götter; die trügen dir heftigen Groll nach.
Aber wofern du ihn liebst, und deine Seel' ihn betrauert;
Siehe so laß ihn zwar im Ungestüme der Feldschlacht
Sterben, besiegt von der Hand des Menötiaden Patroklos;
Doch sobald ihn verlassen der Geist und der Odem des Lebens,
Gib ihn hinwegzutragen dem Tod' und dem ruhigen Schlafe,
Bis sie gekommen zum Volk des weiten Lykierlandes:
Wo ihn rühmlich bestatten die Brüder zugleich und Verwandten
Mit Grabhügel und Säule; denn das ist die Ehre der Toten.
Jene sprach's; ihr gehorchte der waltende Herrscher der Welt Zeus.
Siehe mit blutigen Tropfen beträufelt' er jetzo die Erde,
Ehrend den lieben Sohn, den bald ihm sollte Patroklos
Tilgen in Trojas Lande, dem scholligen, fern von der Heimat.
Als sie nunmehr sich genaht, die Eilenden gegeneinander;
Jetzo traf Patroklos den herrlichen Held Thrasymelos,
Der ein tapfrer Genoß Sarpedons war des Gebieters;
Diesem durchbohrt' er unten den Bauch, und löst' ihm die Glieder.
Auch Sarpedon verfehlt' ihn selbst mit der blinkenden Lanze,
Werfend den anderen Wurf; doch Pedasos stürmt' er dem Rosse
Rechts in die Schulter den Speer; und es röchelte schwer aufatmend,
Stürzete dann in den Staub mit Geschrei, und das Leben entflog ihm.
Jene sprangen zerscheucht, und es knarrte das Joch, und die Zügel
Wirrten sich, als in dem Staube das Nebenroß sich herumwarf
Doch Automedon steurte, der Lanzenschwinger, dem Unheil:
Schnell das geschliffene Schwert von der nervichten Hüfte sich reißend,
Naht' und zerhieb er den Strang des getöteten, nicht unentscheidend;
Und nun stellten sich beid', und zogen gerad' in den Strängen.
Wieder bekämpften sich jen' im vertilgenden Kampfe des Todes.
Doch Sarpedon verfehlt' auch jetzt mit der blinkenden Lanze;
Denn links über die Schulter Patroklos' stürmt' ihm des Erzes
Schärf', und verwundete nicht. Nun schwang der edle Patroklos
Seinen Speer; und ihm flog nicht umsonst das Geschoß aus der Rechten;
Sondern traf, wo ums Herz des Zwerchfells Hülle sich windet;

ἤριπε δ' ὡς ὅτε τις δρῦς ἤριπεν ἢ ἀχερωΐς,
ἠὲ πίτυς βλωθρή, τήν τ' οὔρεσι τέκτονες ἄνδρες
ἐξέταμον πελέκεσσι νεήκεσι νήϊον εἶναι·
ὣς ὁ πρόσθ' ἵππων καὶ δίφρου κεῖτο τανυσθείς,
βεβρυχώς, κόνιος δεδραγμένος αἱματοέσσης.
ἠΰτε ταῦρον ἔπεφνε λέων ἀγέληφι μετελθών,
αἴθωνα μεγάθυμον, ἐν εἰλιπόδεσσι βόεσσι,
ὤλετό τε στενάχων ὑπὸ γαμφηλῆισι λέοντος,
ὣς ὑπὸ Πατρόκλωι Λυκίων ἀγὸς ἀσπιστάων
κτεινόμενος μενέαινε, φίλον δ' ὀνόμηνεν ἑταῖρον·
„ Γλαῦκε πέπον, πολεμιστὰ μετ' ἀνδράσι, νῦν σε μάλα χρὴ
αἰχμητήν τ' ἔμεναι καὶ θαρσαλέον πολεμιστήν·
νῦν τοι ἐελδέσθω πόλεμος κακός, εἰ θοός ἐσσι.
πρῶτα μὲν ὄτρυνον Λυκίων ἡγήτορας ἄνδρας,
πάντηι ἐποιχόμενος, Σαρπηδόνος ἀμφιμάχεσθαι·
αὐτὰρ ἔπειτα καὶ αὐτὸς ἐμεῦ πέρι μάρναο χαλκῶι.
σοὶ γὰρ ἐγὼ καὶ ἔπειτα κατηφείη καὶ ὄνειδος
ἔσσομαι ἤματα πάντα διαμπερές, εἴ κέ μ' Ἀχαιοὶ
τεύχεα συλήσωσι νεῶν ἐν ἀγῶνι πεσόντα.
ἀλλ' ἔχεο κρατερῶς, ὄτρυνε δὲ λαὸν ἅπαντα."
ὣς ἄρα μιν εἰπόντα τέλος θανάτοιο κάλυψεν
ὀφθαλμοὺς ῥῖνάς θ'· ὁ δὲ λὰξ ἐν στήθεσι βαίνων
ἐκ χροὸς ἕλκε δόρυ, προτὶ δὲ φρένες αὐτῶι ἕποντο·
τοῖο δ' ἅμα ψυχήν τε καὶ ἔγχεος ἐξέρυσ' αἰχμήν.
Μυρμιδόνες δ' αὐτοῦ σχέθον ἵππους φυσιόωντας,
ἱεμένους φοβέεσθαι, ἐπεὶ λίπον ἅρματ' ἀνάκτων.
Γλαύκωι δ' αἰνὸν ἄχος γένετο φθογγῆς ἀΐοντι·
ὠρίνθη δέ οἱ ἦτορ, ὅ τ' οὐ δύνατο προσαμῦναι.
χειρὶ δ' ἑλὼν ἐπίεζε βραχίονα· τεῖρε γὰρ αὐτὸν
ἕλκος, ὃ δή μιν Τεῦκρος ἐπεσσύμενον βάλεν ἰῶι
τείχεος ὑψηλοῖο, ἀρὴν ἑτάροισιν ἀμύνων.
εὐχόμενος δ' ἄρα εἶπεν ἑκηβόλωι Ἀπόλλωνι·
„ κλῦθι, ἄναξ, ὅς που Λυκίης ἐν πίονι δήμωι
εἲς ἢ ἐνὶ Τροίηι· δύνασαι δὲ σὺ πάντοσ' ἀκούειν
ἀνέρι κηδομένωι, ὡς νῦν ἐμὲ κῆδος ἱκάνει.
ἕλκος μὲν γὰρ ἔχω τόδε καρτερόν, ἀμφὶ δέ μοι χεὶρ
ὀξείης ὀδύνῃσιν ἐλήλαται, οὐδέ μοι αἷμα
τερσῆναι δύναται, βαρύθει δέ μοι ὦμος ὑπ' αὐτοῦ·
ἔγχος δ' οὐ δύναμαι σχεῖν ἔμπεδον, οὐδὲ μάχεσθαι
ἐλθὼν δυσμενέεσσιν. ἀνὴρ δ' ὤριστος ὄλωλε,
Σαρπηδών, Διὸς υἱός· ὁ δ' οὐ οὗ παιδὸς ἀμύνει.

Und er entsank, wie die Eiche dahinsinkt, oder die Pappel,
Oder die stattliche Tanne, die hoch auf Bergen die Künstler
Ab mit geschliffenen Äxten gehaun, zum Balken des Schiffes:
Also lag er gestreckt vor dem rossebespanneten Wagen,
Knirschend vor Angst, mit den Händen des blutigen Staubes ergreifend.
So wie den Stier ermordet ein Löw', in die Herde sich stürzend,
Ihn, der glänzend und stolz vorragt schwerwandelnden Rindern;
Doch er verhaucht aufstöhnend die Kraft in dem Rachen des Löwen:
So dem Patroklos erlag der geschildeten Lykier Heerfürst;
Zürnendes Muts hinsank er, und rief dem teuren Genossen:
   Glaukos, o Freund, du des Kampfes Gewaltiger, jetzo gebührt dir's,
Lanzenschwinger zu sein, und unerschrockener Krieger!
Jetzo sein dir erwünscht Kriegsschrecknisse, wenn du beherzt bist!
Erst ermuntere nun der Lykier edle Gebieter,
Wandelnd um jegliche Schar, zu verteidigen ihren Sarpedon;
Aber sodann auch selber für mich mit dem Erze gekämpfet!
Denn dir werd' ich hinfort zur Schmach und daurenden Schande
Sein durch alle Geschlechter in Ewigkeit, wo die Achaier
Mir die Waffen entziehn, der im Kreis der Schiffe dahinsank!
Auf denn, heran mit Gewalt, und ermuntere jeglichen Streiter!
   Als er dieses geredet, umschloß ihm das Ende des Todes
Augen zugleich und Nase. Gestemmt nun die Fers' auf die Brust ihm,
Zog er die Lanz' aus dem Leib; es folgt' ihr die Hülle des Herzens;
Also die Seele zugleich, und die Schärfe des Speers ihm entriß er.
Myrmidonen hielten des Königes schnaubende Rosse,
Sehnsuchtsvoll zu entfliehn, da der Eigner Geschirr sie verlassen.
   Glaukos' Seele durchdrang Wehmut bei der Rede des Freundes;
Und ihm stürmte das Herz, daß nicht er vermochte zu helfen.
Fassend drückt' er den Arm mit der Hand; denn es quälte die Wund' ihn
Heftig, die Teukros ihm dem Stürmenden schoß mit dem Pfeile,
Als er die ragende Mauer verteidigte seinen Genossen.
Laut nun fleht' er empor zum treffenden Phöbos Apollon:
   Herrscher, vernimm; ob vielleicht du in Lykias fruchtbarem Lande
Bist, vielleicht auch in Troja: du kannst aus jeglichem Ort ja
Hören den leidenden Mann, wie anjetzt mich leiden umdränget!
Diese Wund' hier trug' ich, die schreckliche! Ganz wird der Arm mir
Von tiefbrennenden Schmerzen gepeiniget; nicht auch zu hemmen
Ist das quellende Blut, und beschwert mir starret die Schulter!
Nicht den Speer zu halten vermag ich noch, oder zu kämpfen,
Unter die Feinde gemengt: und der tapferste Mann, Sarpedon
Starb, Zeus' Sohn! der sogar des eigenen Kindes nicht achtet!

ἀλλὰ σύ πέρ μοι, ἄναξ, τόδε καρτερὸν ἕλκος ἄκεσσαι,
κοίμησον δ᾽ ὀδύνας, δὸς δὲ κράτος, ὄφρ᾽ ἑτάροισι
κεκλόμενος Λυκίοισιν ἐποτρύνω πολεμίζειν,
αὐτός τ᾽ ἀμφὶ νέκυι κατατεθνηῶτι μάχωμαι."
ὣς ἔφατ᾽ εὐχόμενος, τοῦ δ᾽ ἔκλυε Φοῖβος Ἀπόλλων.
αὐτίκα παῦσ᾽ ὀδύνας, ἀπὸ δ᾽ ἕλκεος ἀργαλέοιο
αἷμα μέλαν τέρσηνε, μένος δέ οἱ ἔμβαλε θυμῶι.
Γλαῦκος δ᾽ ἔγνω ἧισιν ἐνὶ φρεσὶ γήθησέν τε,
ὅττί οἱ ὦκ᾽ ἤκουσε μέγας θεὸς εὐξαμένοιο.
πρῶτα μὲν ὄτρυνεν Λυκίων ἡγήτορας ἄνδρας,
πάντηι ἐποιχόμενος, Σαρπηδόνος ἀμφιμάχεσθαι·
αὐτὰρ ἔπειτα μετὰ Τρῶας κίε μακρὰ βιβάσθων,
Πουλυδάμαντ᾽ ἔπι Πανθοΐδην καὶ Ἀγήνορα δῖον,
βῆ δὲ μετ᾽ Αἰνείαν τε καὶ Ἕκτορα χαλκοκορυστήν,
ἀγχοῦ δ᾽ ἱστάμενος ἔπεα πτερόεντα προσηύδα·
„Ἕκτορ, νῦν δὴ πάγχυ λελασμένος εἰς ἐπικούρων,
οἳ σέθεν εἵνεκα τῆλε φίλων καὶ πατρίδος αἴης
θυμὸν ἀποφθινύθουσι· σὺ δ᾽ οὐκ ἐθέλεις ἐπαμύνειν.
κεῖται Σαρπηδών, Λυκίων ἀγὸς ἀσπιστάων,
ὃς Λυκίην εἴρυτο δίκηισί τε καὶ σθένεϊ ὧι·
τὸν δ᾽ ὑπὸ Πατρόκλωι δάμασ᾽ ἔγχεϊ χάλκεος Ἄρης.
ἀλλὰ φίλοι, πάρστητε, νεμεσσήθητε δὲ θυμῶι,
μὴ ἀπὸ τεύχε᾽ ἕλωνται, ἀεικίσσωσι δὲ νεκρὸν
Μυρμιδόνες, Δαναῶν κεχολωμένοι ὅσσοι ὄλοντο,
τοὺς ἐπὶ νηυσὶ θοῇισιν ἐπέφνομεν ἐγχείηισιν."
ὣς ἔφατο, Τρῶας δὲ κατὰ κρῆθεν λάβε πένθος
ἄσχετον, οὐκ ἐπιεικτόν, ἐπεί σφισιν ἕρμα πόληος
ἔσκε καὶ ἀλλοδαπός περ ἐών· πολέες γὰρ ἅμ᾽ αὐτῶι
λαοὶ ἕποντ᾽, ἐν δ᾽ αὐτὸς ἀριστεύεσκε μάχεσθαι·
βὰν δ᾽ ἰθὺς Δαναῶν λελιημένοι· ἦρχε δ᾽ ἄρά σφιν
Ἕκτωρ χωόμενος Σαρπηδόνος. αὐτὰρ Ἀχαιοὺς
ὦρσε Μενοιτιάδεω Πατροκλῆος λάσιον κῆρ·
Αἴαντε πρώτω προσέφη, μεμαῶτε καὶ αὐτώ·
„Αἴαντε, νῦν σφῶϊν ἀμύνεσθαι φίλον ἔστω,
οἷοί περ πάρος ἦτε μετ᾽ ἀνδράσιν, ἢ καὶ ἀρείους.
κεῖται ἀνὴρ ὃς πρῶτος ἐσήλατο τεῖχος Ἀχαιῶν,
Σαρπηδών· ἀλλ᾽ εἴ μιν ἀεικισσαίμεθ᾽ ἑλόντες,
τεύχεά τ᾽ ὤμοιιν ἀφελοίμεθα, καί τιν᾽ ἑταίρων
αὐτοῦ ἀμυνομένων δαμασαίμεθα νηλέϊ χαλκῶι."
ὣς ἔφαθ᾽, οἱ δὲ καὶ αὐτοὶ ἀλέξασθαι μενέαινον.
οἱ δ᾽ ἐπεὶ ἀμφοτέρωθεν ἐκαρτύναντο φάλαγγας,

Hilf denn du, o Herrscher, die schreckliche Wunde mir heilend!
Schläfere ein die Schmerzen, und stärke mich: daß ich die Männer
Lykiens rufend umher aufmuntere, tapfer zu streiten;
Und auch selbst um die Leiche des Abgeschiedenen kämpfe!
Also sprach er flehend; ihn hörete Phöbos Apollon.
Plötzlich stillt' er die Schmerzen, und hemmt' aus der schrecklichen Wunde
Sein schwarzrinnendes Blut, und haucht' ihm Mut in die Seele.
Glaukos aber erkannt' es im Geist, und freute sich herzlich,
Daß so schnell sein Gebet der mächtige Gott ihm gewähret.
Erst ermuntert' er nun der Lykier edle Gebieter,
Wandelnd um jegliche Schar, zu verteidigen ihren Sarpedon.
Aber sodann auch die Troer durchwandelt' er, mächtiges Schrittes,
Hin zu Polydamas, Panthoos Sohn, und dem edlen Agenor,
Auch zu Äneias darauf, und dem erzumschimmerten Hektor;
Nahe trat er zu ihnen, und sprach die geflügelten Worte:
Hektor, so gänzlich nunmehr vergaßest du deiner Berufnen,
Welche für dich, von Freunden entfernt und Vatergefilde,
Hier aushauchen den Geist; du aber versagst sie zu retten!
Siehe Sarpedon sank, der geschildeten Lykier Heerfürst,
Welcher Lykiens Heil durch Gerechtigkeit und durch Gewalt hob;
Unter Patroklos' Speer bezwang ihn der eherne Ares.
Eilet hinzu, ihr Geliebten, und nehmt zu Herzen die Kränkung,
Wenn ihn die Myrmidonen entwaffneten, wenn sie den Leichnam
Schändeten, über den Tod der Danaer aller erbittert,
Die um die hurtigen Schiffe wir ausgetilgt mit den Lanzen!
Jener sprach's; und die Troer umschlug schwerlastender Kummer,
Ungestüm, und unleidlich; denn eine Säule der Stadt war
Jener, wiewohl aus fremdem Geschlecht: viel tapferes Volkes
Führt' er daher, er selbst der tapferste Held in der Heerschar.
Gradan drangen sie wild in die Danaer; aber voran ging
Hektor, glühend vor Zorn um Sarpedon. Auch die Achaier
Trieb des Menötiaden Patrokleus männliches Herz an.
Erst zu den Ajas begann er, die selbst schon glühten von Kampflust:
Ajas ihr, nun müsse der Feind' Abwehr euch erwünscht sein,
So wie vordem mit Männern ihr schaltetet, oder noch tapfrer!
Seht, er liegt, der zuerst einbrach in der Danaer Mauer,
Er Sarpedon der Held! O daß wir entstellten den Leichnam,
Daß wir die Wehr von der Schulter ihm raubeten, auch der Genossen
Manchen im Streit um ihn selber mit grausamem Erze bezähmten!
Jener sprach's; und auch selbst schon waren sie gierig des Kampfes.
Aber da beiderseits sie dichter verstärkt die Geschwader,

Τρῶες καὶ Λύκιοι καὶ Μυρμιδόνες καὶ Ἀχαιοί,
σύμβαλον ἀμφὶ νέκυι κατατεθνηῶτι μάχεσθαι
δεινὸν ἀΰσαντες· μέγα δ' ἔβραχε τεύχεα φωτῶν.
Ζεὺς δ' ἐπὶ νύκτ' ὀλοὴν τάνυσε κρατερῆι ὑσμίνηι,
ὄφρα φίλωι περὶ παιδὶ μάχης ὀλοὸς πόνος εἴη.
ὦσαν δὲ πρότεροι Τρῶες ἑλίκωπας Ἀχαιούς·
βλῆτο γὰρ οὔ τι κάκιστος ἀνὴρ μετὰ Μυρμιδόνεσσιν,
υἱὸς Ἀγακλῆος μεγαθύμου, δῖος Ἐπειγεύς,
ὅς ῥ' ἐν Βουδείωι εὖ ναιομένωι ἤνασσε
τὸ πρίν· ἀτὰρ τότε γ' ἐσθλὸν ἀνεψιὸν ἐξεναρίξας
ἐς Πηλῆ' ἱκέτευσε καὶ ἐς Θέτιν ἀργυρόπεζαν·
οἱ δ' ἅμ' Ἀχιλλῆϊ ῥηξήνορι πέμπον ἕπεσθαι
Ἴλιον εἰς εὔπωλον, ἵνα Τρώεσσι μάχοιτο.
τόν ῥα τόθ' ἁπτόμενον νέκυος βάλε φαίδιμος Ἕκτωρ
χερμαδίωι κεφαλήν· ἡ δ' ἄνδιχα πᾶσα κεάσθη
ἐν κόρυθι βριαρῆι· ὁ δ' ἄρα πρηνὴς ἐπὶ νεκρῶι
κάππεσεν, ἀμφὶ δέ μιν θάνατος χύτο θυμοραϊστής.
Πατρόκλωι δ' ἄρ' ἄχος γένετο φθιμένου ἑτάροιο,
ἴθυσεν δὲ διὰ προμάχων ἴρηκι ἐοικὼς
ὠκέϊ, ὅς τ' ἐφόβησε κολοιούς τε ψῆράς τε·
ὣς ἰθὺς Λυκίων, Πατρόκλεες ἱπποκέλευθε,
ἔσσυο καὶ Τρώων, κεχόλωσο δὲ κῆρ ἑτάροιο.
καί ῥ' ἔβαλε Σθενέλαον, Ἰθαιμένεος φίλον υἱόν,
αὐχένα χερμαδίωι, ῥῆξεν δ' ἀπὸ τοῖο τένοντας.
χώρησαν δ' ὑπό τε πρόμαχοι καὶ φαίδιμος Ἕκτωρ.
ὅσση δ' αἰγανέης ῥιπὴ ταναοῖο τέτυκται,
ἥν ῥά τ' ἀνὴρ ἀφέηι πειρώμενος ἢ ἐν ἀέθλωι
ἠὲ καὶ ἐν πολέμωι, δηΐων ὕπο θυμοραϊστέων,
τόσσον ἐχώρησαν Τρῶες, ὤσαντο δ' Ἀχαιοί.
Γλαῦκος δὲ πρῶτος, Λυκίων ἀγὸς ἀσπιστάων,
ἐτράπετ', ἔκτεινεν δὲ Βαθυκλῆα μεγάθυμον,
Χάλκωνος φίλον υἱόν, ὃς Ἑλλάδι οἰκία ναίων
ὄλβωι τε πλούτωι τε μετέπρεπε Μυρμιδόνεσσι.
τὸν μὲν ἄρα Γλαῦκος στῆθος μέσον οὔτασε δουρὶ
στρεφθεὶς ἐξαπίνης, ὅτε μιν κατέμαρπτε διώκων·
δούπησεν δὲ πεσών· πυκινὸν δ' ἄχος ἔλλαβ' Ἀχαιούς,
ὡς ἔπεσ' ἐσθλὸς ἀνήρ· μέγα δὲ Τρῶες κεχάροντο,
στὰν δ' ἀμφ' αὐτὸν ἰόντες ἀολλέες· οὐδ' ἄρ' Ἀχαιοὶ
ἀλκῆς ἐξελάθοντο, μένος δ' ἰθὺς φέρον αὐτῶν.
ἔνθ' αὖ Μηριόνης Τρώων ἕλεν ἄνδρα κορυστήν,
Λαόγονον, θρασὺν υἱὸν Ὀνήτορος, ὃς Διὸς ἱρεὺς

Troer und Lykier dort, hier Myrmidon' und Achaier;
Rannten sie wild um die Leiche des Abgeschiednen zu kämpfen,
Mit graunvollem Geschrei; und es rasselten Waffen der Männer.
Zeus mit entsetzlicher Nacht umzog das Getümmel des Mordes,
Daß um den trauten Sohn noch entsetzlicher tobte die Kriegswut.
Trojas Söhn' itzt drängten die freudigen Krieger Achaias:
Denn es sank nicht der feigste der myrmidonischen Männer,
Er vom Held Agakles erzeugt, der edle Epeigeus:
Welcher mit Macht geboten im wohlbewohnten Budeion
Ehmals; aber nachdem er den trefflichen Vetter getötet,
Kam er um Peleus Schutz und der silberfüßigen Thetys;
Welche zugleich mit Achilleus dem Scharentrenner ihn sandten
Gegen Ilios her, zum Kampf mit den reisigen Troern.
Der nun faßte den Toten; da warf der strahlende Hektor
Ihm mit dem Steine das Haupt; und ganz voneinander zerbarst es
Unter dem lastenden Helm, und vorwärts hin auf den Leichnam
Taumelt' er; aber des Todes entseelender Schauer umfloß ihn.
Schmerz ergriff den Patroklos, da tot sein Freund ihm dahinsank.
Gradan stürmt' er durchs Vordergewühl, mit der Schnelle des Habichts,
Welcher den flüchtigen Schwarm der Star' und Dohlen verfolget:
So in der Lykier Schar, Patrokleus, reisiger Kämpfer,
Stürmtest du ein und der Troer, ergrimmt um den Tod des Genossen.
Sieh, er traf Sthenelaos, Ithämenes Sohn, an den Nacken
Mit dem gewaltigen Stein, und zerschmetterte ganz ihm die Sehnen.
Rückwärts wichen die ersten des Kampfs, und der strahlende Hektor.
Weit wie die Lanz' im Schwunge, die langgeschaftete, hinfliegt,
Wenn sie ein Mann aussendet mit Kraft, entweder im Kampfspiel,
Oder im Schlachtgefild', umdroht von mordenden Feinden:
So weit wichen die Troer, gedrängt von den Söhnen Achaias.
Glaukos aber zuerst, der geschildeten Lykier Heerfürst,
Wandte sich um, und erschlug den großgesinnten Bathykles,
Chalkons trefflichen Sohn, der, ein Haus in Hellas bewohnend,
Reich an Gut und Habe vor Myrmidonen hervorschien:
Diesem nunmehr stieß Glaukos die Lanz' in die Mitte des Busens,
Gegen ihn plötzlich gewandt, als schon ihn ereilt der Verfolger;
Dumpf hinkracht' er im Fall. Da ergriff Wehmut die Achaier,
Als der Tapfere sank; doch die Troer freuten sich herzlich;
Und sie umstanden gedrängt den Liegenden: auch die Achaier,
Nicht vergessend der Kraft, kühn drangen sie grad' in die Heerschar.
Aber Meriones traf den Laogonos unter den Troern,
Tapfer und kühn, den Sohn des Onetor, welcher ein Priester

Ἰδαίου ἐτέτυκτο, θεὸς δ᾽ ὣς τίετο δήμωι.
τὸν βάλ᾽ ὑπὸ γναθμοῖο καὶ οὔατος· ὦκα δὲ θυμὸς
ὤιχετ᾽ ἀπὸ μελέων, στυγερὸς δ᾽ ἄρα μιν σκότος εἷλεν.
Αἰνείας δ᾽ ἐπὶ Μηριόνηι δόρυ χάλκεον ἧκεν·
ἔλπετο γὰρ τεύξεσθαι ὑπασπίδια προβιβῶντος.
ἀλλ᾽ ὁ μὲν ἄντα ἰδὼν ἠλεύατο χάλκεον ἔγχος·
πρόσσω γὰρ κατέκυψε, τὸ δ᾽ ἐξόπιθεν δόρυ μακρὸν
οὔδει ἐνισκίμφθη, ἐπὶ δ᾽ οὐρίαχος πελεμίχθη
ἔγχεος· ἔνθα δ᾽ ἔπειτ᾽ ἀφίει μένος ὄβριμος Ἄρης.
αἰχμὴ δ᾽ Αἰνείαο κραδαινομένη κατὰ γαίης
ὤιχετ᾽, ἐπεί ῥ᾽ ἅλιον στιβαρῆς ἀπὸ χειρὸς ὄρουσεν.
Αἰνείας δ᾽ ἄρα θυμὸν ἐχώσατο φώνησέν τε·
„Μηριόνη, τάχα κέν σε καὶ ὀρχηστήν περ ἐόντα
ἔγχος ἐμὸν κατέπαυσε διαμπερές, εἴ σ᾽ ἔβαλόν περ."
τὸν δ᾽ αὖ Μηριόνης δουρικλυτὸς ἀντίον ηὔδα·
„Αἰνεία, χαλεπόν σε καὶ ἴφθιμόν περ ἐόντα
πάντων ἀνθρώπων σβέσσαι μένος, ὅς κέ σευ ἄντα
ἔλθηι ἀμυνόμενος· θνητὸς δέ νυ καὶ σὺ τέτυξαι.
εἰ καὶ ἐγώ σε βάλοιμι τυχὼν μέσον ὀξέϊ χαλκῶι,
αἶψά κε καὶ κρατερός περ ἐὼν καὶ χερσὶ πεποιθὼς
εὖχος ἐμοὶ δοίης, ψυχὴν δ᾽ Ἄϊδι κλυτοπώλωι."
ὣς φάτο, τὸν δ᾽ ἐνένιπε Μενοιτίου ἄλκιμος υἱός·
„Μηριόνη, τί σὺ ταῦτα καὶ ἐσθλὸς ἐὼν ἀγορεύεις;
ὦ πέπον, οὔ τοι Τρῶες ὀνειδείοις ἐπέεσσι
νεκροῦ χωρήσουσι· πάρος τινὰ γαῖα καθέξει.
ἐν γὰρ χερσὶ τέλος πολέμου, ἐπέων δ᾽ ἐνὶ βουλῆι·
τὼ οὔ τι χρὴ μῦθον ὀφέλλειν, ἀλλὰ μάχεσθαι."
ὣς εἰπὼν ὁ μὲν ἦρχ᾽, ὁ δ᾽ ἅμ᾽ ἕσπετο ἰσόθεος φώς.
τῶν δ᾽ ὥς τε δρυτόμων ἀνδρῶν ὀρυμαγδὸς ὀρώρεν
οὔρεος ἐν βήσσῃς, ἕκαθεν δέ τε γίγνετ᾽ ἀκουή,
ὣς τῶν ὄρνυτο δοῦπος ἀπὸ χθονὸς εὐρυοδείης
χαλκοῦ τε ῥινοῦ τε βοῶν τ᾽ εὐποιητάων,
νυσσομένων ξίφεσίν τε καὶ ἔγχεσιν ἀμφιγύοισιν.
οὐδ᾽ ἂν ἔτι φράδμων περ ἀνὴρ Σαρπηδόνα δῖον
ἔγνω, ἐπεὶ βελέεσσι καὶ αἵματι καὶ κονίῃσιν
ἐκ κεφαλῆς εἴλυτο διαμπερὲς ἐς πόδας ἄκρους.
οἱ δ᾽ αἰεὶ περὶ νεκρὸν ὁμίλεον, ὡς ὅτε μυῖαι
σταθμῶι ἔνι βρομέωσι περιγλαγέας κατὰ πέλλας
ὥρηι ἐν εἰαρινῆι, ὅτε τε γλάγος ἄγγεα δεύει·
ὣς ἄρα τοὶ περὶ νεκρὸν ὁμίλεον, οὐδέ ποτε Ζεὺς
τρέψεν ἀπὸ κρατερῆς ὑσμίνης ὄσσε φαεινώ,

War des idäischen Zeus, wie ein Gott im Volke geehret:
Den an Backen und Ohr durchschmettert' er, daß aus den Gliedern
Schnell der Geist ihm entfloh; und grauliches Dunkel umfing ihn.
Gegen Meriones schwang den ehernen Speer Äneias;
Denn er hofft' ihn zu treffen, wie unter dem Schild' er dahertrat.
Jener indes vorschauend vermied den ehernen Wurfspieß,
Vorwärts niedergebückt; da flog der gewaltige Speer ihm
Über das Haupt in die Erde, daß hinten der Schaft an dem Speere
Zitterte; doch bald ruhte die Kraft des mordenden Erzes,
Des ergrimmt' Äneias im mutigen Geist, und begann so:
  Bald, o Meriones, hätte dich leichtgewendeten Tänzer
Meine Lanz' auf immer beruhiget, hätt' ich getroffen.
  Aber der speerberühmte Meriones sagte dagegen:
Schwer wird dir's, Äneias, wiewohl du ein mächtiger Held bist,
Aller Menschen Gewalt zu bändigen, wer dir entgegen
Kommt zum Streite gefaßt; auch du bist sterblich geboren.
Wenn ich selber dich träf', erzielt mit der Schärfe des Erzes:
Bald, wie tapfer du bist, und mächtigen Händen vertrauend,
Gäbst du mir Ruhm, und die Seele dem Sporner der Gaul' Aïdoneus!
  Jener sprach's; da straft' ihn Menötios' tapferer Sprößling:
Warum, Edler im Streit, Meriones, schwatzest du also?
Trautester, nie ja werden vor schmähenden Worten die Troer
Weichen vom Toten zurück, eh' manchen noch decket die Erde.
Denn im Arm ist Entscheidung des Kriegs, und des Wortes im Rate.
Drum nicht Rede zu häufen gebührt uns, sondern zu kämpfen!
  Sprach's, und eilte voran; ihm folgte der göttliche Streiter.
Jetzo wie laut das Getös' holzhauender Männer emporsteigt
Aus des Gebirgs Waldtal, und weit umher es gehört wird:
So dort stieg ein Getön von der weitumwanderten Erde,
Erzes zugleich und Leders und wohlbereiteter Stierhaut,
Unter dem Stoß der Schwerter und zwiefach schneidenden Lanzen.
Nicht wär' itzt, auch ein achtsamer Mann, der den edlen Sarpedon
Kennete; so mit Geschossen, mit Blut ringsher, und mit Staube
War er vom Haupte bedeckt bis hinab zu den äußersten Sohlen.
Immer noch den Toten umschwärmten sie: gleich wie die Fliegen
Sumsen im Meierhof' um die milcherfülleten Eimer,
Im anmutigen Lenz, wann Milch von den Butten herabtrieft:
Also dort den Toten umschwärmten sie. Aber Kronion
Wandte nie vom Getümmel der Schlacht die strahlenden Augen;
Sondern schaut' auf die Streiter hinab, und vieles im Herzen
Dacht' er über den Tod des Patrokleus, tiefnachsinnend:

ἀλλὰ κατ᾽ αὐτοὺς αἰὲν ὅρα καὶ φράζετο θυμῶι,
πολλὰ μάλ᾽ ἀμφὶ φόνωι Πατρόκλου μερμηρίζων,
ἢ ἤδη καὶ κεῖνον ἐνὶ κρατερῆι ὑσμίνηι
αὐτοῦ ἐπ᾽ ἀντιθέωι Σαρπηδόνι φαίδιμος Ἕκτωρ
χαλκῶι δηιώσηι, ἀπό τ᾽ ὤμων τεύχε᾽ ἕληται,
ἦ ἔτι καὶ πλεόνεσσιν ὀφέλλειεν πόνον αἰπύν.
ὧδε δέ οἱ φρονέοντι δοάσσατο κέρδιον εἶναι,
ὄφρ᾽ ἠΰς θεράπων Πηληϊάδεω Ἀχιλῆος
ἐξαῦτις Τρῶάς τε καὶ Ἕκτορα χαλκοκορυστὴν
ὤσαιτο προτὶ ἄστυ, πολέων δ᾽ ἀπὸ θυμὸν ἕλοιτο.
Ἕκτορι δὲ πρωτίστωι ἀνάλκιδα θυμὸν ἐνῆκεν·
ἐς δίφρον δ᾽ ἀναβὰς φύγαδ᾽ ἔτραπε, κέκλετο δ᾽ ἄλλους
Τρῶας φευγέμεναι· γνῶ γὰρ Διὸς ἱρὰ τάλαντα.
ἔνθ᾽ οὐδ᾽ ἴφθιμοι Λύκιοι μένον, ἀλλὰ φόβηθεν
πάντες, ἐπεὶ βασιλῆα ἴδον βεβλαμμένον ἦτορ,
κείμενον ἐν νεκύων ἀγύρει· πολέες γὰρ ἐπ᾽ αὐτῶι
κάππεσον, εὖτ᾽ ἔριδα κρατερὴν ἐτάνυσσε Κρονίων.
οἱ δ᾽ ἄρ᾽ ἀπ᾽ ὤμοιιν Σαρπηδόνος ἔντε᾽ ἕλοντο
χάλκεα μαρμαίροντα, τὰ μὲν κοίλας ἐπὶ νῆας
δῶκε φέρειν ἑτάροισι Μενοιτίου ἄλκιμος υἱός.
καὶ τότ᾽ Ἀπόλλωνα προσέφη νεφεληγερέτα Ζεύς·
„εἰ δ᾽ ἄγε νῦν, φίλε Φοῖβε, κελαινεφὲς αἷμα κάθηρον
ἐλθὼν ἐκ βελέων Σαρπηδόνα, καί μιν ἔπειτα
πολλὸν ἀπὸ πρὸ φέρων λοῦσον ποταμοῖο ῥοῆισι
χρῖσόν τ᾽ ἀμβροσίηι, περὶ δ᾽ ἄμβροτα εἵματα ἕσσον·
πέμπε δέ μιν πομποῖσιν ἅμα κραιπνοῖσι φέρεσθαι,
Ὕπνωι καὶ Θανάτωι διδυμάοσιν, οἵ ῥά μιν ὦκα
θήσουσ᾽ ἐν Λυκίης εὐρείης πίονι δήμωι,
ἔνθά ἑ ταρχύσουσι κασίγνητοί τε ἔται τε
τύμβωι τε στήληι τε· τὸ γὰρ γέρας ἐστὶ θανόντων.“
  ὣς ἔφατ᾽, οὐδ᾽ ἄρα πατρὸς ἀνηκούστησεν Ἀπόλλων.
βῆ δὲ κατ᾽ Ἰδαίων ὀρέων ἐς φύλοπιν αἰνήν,
αὐτίκα δ᾽ ἐκ βελέων Σαρπηδόνα δῖον ἀείρας
πολλὸν ἀπὸ πρὸ φέρων λοῦσεν ποταμοῖο ῥοῆισι
χρῖσέν τ᾽ ἀμβροσίηι, περὶ δ᾽ ἄμβροτα εἵματα ἕσσε·
πέμπε δέ μιν πομποῖσιν ἅμα κραιπνοῖσι φέρεσθαι,
Ὕπνωι καὶ Θανάτωι διδυμάοσιν, οἵ ῥά μιν ὦκα
κάτθεσαν ἐν Λυκίης εὐρείης πίονι δήμωι.
  Πάτροκλος δ᾽ ἵπποισι καὶ Αὐτομέδοντι κελεύσας
Τρῶας καὶ Λυκίους μετεκίαθε, καὶ μέγ᾽ ἀάσθη
νήπιος· εἰ δὲ ἔπος Πηληϊάδαο φύλαξεν,

Ob bereits auch jenen, in schreckenvoller Entscheidung,
Dort um den hohen Sarpedon die Kraft des strahlenden Hektors
Tilgte mit mordendem Erz, und die Wehr von der Schulter ihm raubte;
Oder ob mehrere noch er überhäufte mit Arbeit.
Dieser Gedank' erschien dem Zweifelnden endlich der beste:
Daß der tapfre Genoß des Peleiaden Achilleus
Wieder der Troer Volk und den erzumschimmerten Hektor
Rückwärts drängte zur Stadt, und vielen noch raubte das Leben.
Hektorn sandt' er zuerst unmutige Furcht in die Seele;
Und er sprang in den Sessel, und wandte sich, rufend den andern
Troern zu fliehn; denn er kannte Kronions heilige Waage.
Auch nicht Lykias Helden verweileten, sondern gescheucht flohn
Alle, nachdem sie den König gesehn, der im Herzen verwundet
Lag, im Gemisch der Toten gestreckt; denn viel' um ihn selber
Sanken in Blut, da den heftigen Streit anstrengte Kronion.
Jen' entzogen nunmehr von Sarpedons Schulter die Rüstung,
Schimmernd von Erz, und hinab zu den räumigen Schiffen zu tragen
Gab sie den Kampfgenossen Menötios' tapferer Sprößling.
Jetzo begann zu Apollon der Herrscher im Donnergewölk Zeus:
  Phöbos, geh', o Geliebter, vom dunkelen Blut ihn zu säubern;
Aus dem Geschoß enthebe Sarpedon, trage darauf ihn
Fern hinweg an den Strom, und spül' ihn rein im Gewässer;
Auch mit Ambrosia salb' ihn, und hüll' ihm ambrosisch Gewand um.
Dann ihn wegzutragen vertrau den schnellen Geleitern,
Beiden dem Schlaf und dem Tode, den Zwillingen, welche sofort ihn
Setzen ins weite Gebiet des fruchtbaren Lykierlandes:
Wo ihn rühmlich bestatten die Brüder zugleich und Verwandten
Mit Grabhügel und Säule; denn das ist die Ehre der Toten.
  Jener sprach's; und dem Vater war nicht unfolgsam Apollon.
Eilend schwebt' er vom Idagebirg' in die schreckliche Feldschlacht;
Aus dem Geschoß enthub er den Held Sarpedon, und trug ihn
Fern hinweg an den Strom, und spült' ihn rein im Gewässer;
Auch mit Ambrosia salbt' er, und hüllt' ihm ambrosisch Gewand um.
Dann ihn wegzutragen vertraut' er den schnellen Geleitern,
Beiden dem Schlaf und dem Tode, den Zwillingen, welche sofort ihn
Setzten ins weite Gebiet des fruchtbaren Lykierlandes.
  Aber Patroklos, die Ross' und Automedon laut ermahnend,
Jagte den Troern nach und Lykiern, rennend ins Unheil:
Törichter! Hätt' er das Wort des Peleiaden bewahret,
Traun er entrann dem bösen Geschick des dunkelen Todes.
Aber Zeus' Ratschluß ist mächtiger stets, denn der Menschen:

ἦ τ᾽ ἂν ὑπέκφυγε κῆρα κακὴν μέλανος θανάτοιο.
ἀλλ᾽ αἰεί τε Διὸς κρείσσων νόος ἠέ περ ἀνδρῶν·
ὅς τε καὶ ἄλκιμον ἄνδρα φοβεῖ καὶ ἀφείλετο νίκην
ῥηϊδίως, ὅτε δ᾽ αὐτὸς ἐποτρύνῃσι μάχεσθαι·
ὅς οἱ καὶ τότε θυμὸν ἐνὶ στήθεσσιν ἀνῆκεν.
ἔνθα τίνα πρῶτον, τίνα δ᾽ ὕστατον ἐξενάριξας,
Πατρόκλεις, ὅτε δή σε θεοὶ θάνατόνδε κάλεσσαν;
Ἄδρηστον μὲν πρῶτα καὶ Αὐτόνοον καὶ Ἔχεκλον
καὶ Πέριμον Μεγάδην καὶ Ἐπίστορα καὶ Μελάνιππον,
αὐτὰρ ἔπειτ᾽ Ἔλασον καὶ Μούλιον ἠδὲ Πυλάρτην·
τοὺς ἕλεν· οἱ δ᾽ ἄλλοι φύγαδε μνώοντο ἕκαστος.
ἔνθά κεν ὑψίπυλον Τροίην ἕλον υἷες Ἀχαιῶν
Πατρόκλου ὑπὸ χερσί· περιπρὸ γὰρ ἔγχεϊ θῦεν,
εἰ μὴ Ἀπόλλων Φοῖβος ἐϋδμήτου ἐπὶ πύργου
ἔστη, τῶι ὀλοὰ φρονέων, Τρώεσσι δ᾽ ἀρήγων.
τρὶς μὲν ἐπ᾽ ἀγκῶνος βῆ τείχεος ὑψηλοῖο
Πάτροκλος, τρὶς δ᾽ αὐτὸν ἀπεστυφέλιξεν Ἀπόλλων,
χείρεσσ᾽ ἀθανάτῃσι φαεινὴν ἀσπίδα νύσσων.
ἀλλ᾽ ὅτε δὴ τὸ τέταρτον ἐπέσσυτο δαίμονι ἶσος,
δεινὰ δ᾽ ὁμοκλήσας ἔπεα πτερόεντα προσηύδα·
„χάζεο, διογενὲς Πατρόκλεες· οὔ νύ τοι αἶσα
σῶι ὑπὸ δουρὶ πόλιν πέρθαι Τρώων ἀγερώχων,
οὐδ᾽ ὑπ᾽ Ἀχιλλῆος, ὅς περ σέο πολλὸν ἀμείνων.
ὣς φάτο, Πάτροκλος δ᾽ ἀνεχάζετο πολλὸν ὀπίσσω,
μῆνιν ἀλευάμενος ἑκατηβόλου Ἀπόλλωνος.
Ἕκτωρ δ᾽ ἐν Σκαιῇσι πύλῃς ἔχε μώνυχας ἵππους·
δίζε γὰρ ἠὲ μάχοιτο κατὰ κλόνον αὖτις ἐλάσσας,
ἦ λαοὺς ἐς τεῖχος ὁμοκλήσειεν ἀλῆναι.
ταῦτ᾽ ἄρα οἱ φρονέοντι παρίστατο Φοῖβος Ἀπόλλων,
ἀνέρι εἰσάμενος αἰζηῶι τε κρατερῶι τε,
Ἀσίωι, ὃς μήτρως ἦν Ἕκτορος ἱπποδάμοιο,
αὐτοκασίγνητος Ἑκάβης, υἱὸς δὲ Δύμαντος,
ὃς Φρυγίῃ ναίεσκε ῥοῇς ἔπι Σαγγαρίοιο·
τῶι μιν ἐεισάμενος προσέφη Διὸς υἱὸς Ἀπόλλων·
„Ἕκτορ, τίπτε μάχης ἀποπαύεαι; οὐδέ τί σε χρή.
αἴθ᾽ ὅσον ἥσσων εἰμί, τόσον σέο φέρτερος εἴην·
τώ κε τάχα στυγερῶς πολέμου ἀπερωήσειας.
ἀλλ᾽ ἄγε, Πατρόκλωι ἔφεπε κρατερώνυχας ἵππους,
αἴ κέν πώς μιν ἕλῃς, δώῃ δέ τοι εὖχος Ἀπόλλων.“
ὣς εἰπὼν ὁ μὲν αὖτις ἔβη θεὸς ἂμ πόνον ἀνδρῶν,
Κεβριόνῃ δ᾽ ἐκέλευσε δαΐφρονι φαίδιμος Ἕκτωρ

Der auch den tapferen Kämpfer verscheucht, und den Sieg ihm entwendet,
Sonder Müh; dann wieder ihn selbst antreibt zum Gefechte:
Er der jenem auch nun das Herz im Busen entflammte.
Welchem entzogst du zuerst, und welchem zuletzt das Geschmeide,
Als, o Menötios' Sohn, dich zum Tod' itzt riefen die Götter?
Ihn den Adrastos zuerst, Antonoos dann, und Echeklos,
Perimos, Megas' Sohn, und Epistor, samt Melanippos,
Weiter den Elasos drauf, und Mulios, auch den Pylartes,
Rafft' er dahin; doch die andern entzitterten alle voll Schreckens.
Jetzt hätt' Argos Volk die türmende Troja erobert,
Unter Patroklos' Hand; so tobt' er voran mit der Lanze:
Wenn nicht Phöbos Apollon auf festgegründetem Turme
Dastand, ihm Verderben ersann, und die Troer beschirmte.
Dreimal stieg zur Ecke der hohen Mauer Patroklos
Kühn hinan, und dreimal verdrängte mit Macht ihn Apollon,
Gegen den leuchtenden Schild mit unsterblichen Händen ihm stoßend.
Als er das vierte Mal drauf anstürmete, stark wie ein Dämon;
Rief mit schrecklichem Drohn der treffende Phöbos Apollon:
Weiche mir, edeler Held Patrokleus! Nicht dir gewährt ist,
Daß dein Speer verwüste die Stadt hochherziger Troer;
Nicht dem Achilleus einmal, der weit an Kraft dir vorangeht!
Jener sprach's; da entwich mit eilendem Schritt Patroklos,
Scheuend den furchtbaren Zorn des treffenden Phöbos Apollon.
Hektor am skäischen Tor nun hielt die stampfenden Rosse;
Denn er sann, ob er kämpfte, zurück ins Getümmel sie treibend,
Oder dem Volk in die Mauer sich einzuschließen geböte.
Als er solches erwog, da nahete Phöbos Apollon,
Gleich an Gestalt dem Mann in blühender Stärke der Jugend,
Asios, welcher ein Ohm des rossetummelnden Hektors
War, der Hekabe Bruder, und Sohn des trefflichen Dymas,
Welcher in Phrygia wohnt' an Sangarios' grünenden Ufern;
Dessen Gestalt nachahmend begann itzt Phöbos Apollon:
Hektor, warum entziehst du dem Kampfe dich? Wenig geziemt dir's!
Möcht' ich, so weit ich dir folge, so weit an Stärke dir vorgehn;
Bald dann wärst du zum Graun hinweg aus dem Kampfe gewichen!
Aber wohlan, auf Patroklos gelenkt die stampfenden Rosse;
Ob du vielleicht ihn erlegst, und Ruhm dir gewähret Apollon!
Dieses gesagt, enteilte der Gott in der Männer Getümmel.
Doch dem Kebriones rief der helmumflatterte Hektor,
Daß er die Ross' in die Schlacht angeißelte. Aber Apollon
Drang in die Scharen hinein, und empört' in grauser Verwirrung

ἵππους ἐς πόλεμον πεπληγέμεν. αὐτὰρ Ἀπόλλων
δύσεθ' ὅμιλον ἰών, ἐν δὲ κλόνον Ἀργείοισιν
ἧκε κακόν, Τρωσὶν δὲ καὶ Ἕκτορι κῦδος ὄπαζεν.
Ἕκτωρ δ' ἄλλους μὲν Δαναοὺς ἔα οὐδ' ἐνάριζεν·
αὐτὰρ ὁ Πατρόκλωι ἔφεπε κρατερώνυχας ἵππους.
Πάτροκλος δ' ἑτέρωθεν ἀφ' ἵππων ἆλτο χαμᾶζε
σκαιῆι ἔγχος ἔχων· ἑτέρηφι δὲ λάζετο πέτρον
μάρμαρον ὀκριόεντα, τόν οἱ περὶ χεὶρ ἐκάλυψεν,
ἧκε δ' ἐρεισάμενος, οὐδὲ δὴν χάζετο φωτός,
οὐδ' ἁλίωσε βέλος, βάλε δ' Ἕκτορος ἡνιοχῆα,
Κεβριόνην, νόθον υἱὸν ἀγακλῆος Πριάμοιο,
ἵππων ἡνί' ἔχοντα, μετώπιον ὀξέϊ λᾶϊ.
ἀμφοτέρας δ' ὀφρῦς σύνελεν λίθος, οὐδέ οἱ ἔσχεν
ὀστέον, ὀφθαλμοὶ δὲ χαμαὶ πέσον ἐν κονίηισιν
αὐτοῦ πρόσθε ποδῶν· ὁ δ' ἄρ' ἀρνευτῆρι ἐοικὼς
κάππεσ' ἀπ' εὐεργέος δίφρου, λίπε δ' ὀστέα θυμός.
τὸν δ' ἐπικερτομέων προσέφης Πατρόκλεες ἱππεῦ·
„ὢ πόποι, ἦ μάλ' ἐλαφρὸς ἀνήρ, ὡς ῥεῖα κυβιστᾶι.
εἰ δή που καὶ πόντωι ἐν ἰχθυόεντι γένοιτο,
πολλοὺς ἂν κορέσειεν ἀνὴρ ὅδε τήθεα διφῶν,
νηὸς ἀποθρώισκων, εἰ καὶ δυσπέμφελος εἴη,
ὡς νῦν ἐν πεδίωι ἐξ ἵππων ῥεῖα κυβιστᾶι.
ἦ ῥα καὶ ἐν Τρώεσσι κυβιστητῆρες ἔασιν."
   ὣς εἰπὼν ἐπὶ Κεβριόνηι ἥρωϊ βεβήκει
οἶμα λέοντος ἔχων, ὅς τε σταθμοὺς κεραΐζων
ἔβλητο πρὸς στῆθος, ἑή τέ μιν ὤλεσεν ἀλκή·
ὣς ἐπὶ Κεβριόνηι, Πατρόκλεες ἆλσο μεμαώς.
Ἕκτωρ δ' αὖθ' ἑτέρωθεν ἀφ' ἵππων ἆλτο χαμᾶζε.
τὼ περὶ Κεβριόναο λέονθ' ὣς δηρινθήτην,
ὥ τ' ὄρεος κορυφῆισι περὶ κταμένης ἐλάφοιο,
ἄμφω πεινάοντε, μέγα φρονέοντε μάχεσθον·
ὣς περὶ Κεβριόναο δύω μήστωρες ἀϋτῆς,
Πάτροκλός τε Μενοιτιάδης καὶ φαίδιμος Ἕκτωρ,
ἵεντ' ἀλλήλων ταμέειν χρόα νηλέϊ χαλκῶι.
Ἕκτωρ μὲν κεφαλῆφιν ἐπεὶ λάβεν, οὐχὶ μεθίει·
Πάτροκλος δ' ἑτέρωθεν ἔχεν ποδός· οἱ δὲ δὴ ἄλλοι
Τρῶες καὶ Δαναοὶ σύναγον κρατερὴν ὑσμίνην.
   ὡς δ' Εὖρός τε Νότος τ' ἐριδαίνετον ἀλλήλοιιν
οὔρεος ἐν βήσσηις βαθέην πελεμιζέμεν ὕλην,
φηγόν τε μελίην τε τανύφλοιόν τε κράνειαν,
αἵ τε πρὸς ἀλλήλας ἔβαλον τανυήκεας ὄζους

Argos' Volk; doch die Troer und Hektor schmückt' er mit Ehre.
Hektor vermied sonst alle die Danaer, keinen ermordend;
Nur auf Patroklos lenkt' er die mächtig stampfenden Rosse.
Auch Patroklos dagegen entsprang vom Geschirr auf die Erde,
Trug in der Linken den Speer, und faßt' in die Rechte den Marmor,
Glänzendweiß, rauhzackig, den eben die Faust ihm umspannte.
Angestrengt nun warf er; und nicht flog säumend zum Manne,
Noch verirrt das Geschoß; den Wagenlenker des Hektor
Traf er, Kebriones, ihn des Priamos' mutigen Bastard,
Wie er die Zügel gefaßt, an der Stirn mit dem zackigen Steine.
Beide Brauen zerknirscht' ihm der Fels; nicht wehrte des Hauptes
Knochen ihm; sondern die Augen entflossen zur Erd' in den Staub ihm.
Dort vor die Füße hinab; und schnell, wie ein Taucher von Ansehn,
Schoß er vom prangenden Sitz, und der Geist verließ die Gebeine.
Kränkenden Spott nun riefst du daher, Gaultummler Patroklos:
Wunder doch, wie behende der Mann! wie leicht er hinabtaucht!
Übt' er die Kunst einmal in des Meers fischreichen Gewässern;
Viele sättigte wahrlich der Mann mit gefangenen Austern,
Hurtig vom Bord abspringend, und stürmt' es noch so gewaltig:
So wie jetzt im Gefild' er behend' aus dem Wagen hinabtaucht!
Traun, auch im troischen Volk sind unvergleichliche Taucher!
Also sprach er, und stürzt' auf Kebriones Leiche des Helden,
Ungestüm, wie ein Löwe, der ländliche Hürden verödend,
Jetzt an der Brust verwundet, durch eigene Kühnheit vertilgt wird:
So auf Kebriones dort, Patrokleus, sprangest du wütend.
Hektor auch dagegen entsprang vom Geschirr auf die Erde.
Beid' um Kebriones kämpften, wie zween blutgierige Löwen,
Die auf den Höhn des Gebirgs um eine getötete Hindin,
Beide von Hunger gequält, hochtrotzendes Muts sich bekämpfen:
So um Kebriones dort die zween schlachtkundigen Männer,
Er Patroklos, Menötios' Sohn, und der strahlende Hektor,
Strebend einander den Leib mit grausamem Erz zu verwunden.
Hektor, nachdem er das Haupt anrührete, ließ es durchaus nicht;
Drüben hielt Patroklos am Fuß ihn; und sie umdrängten
Troer zugleich und Achaier, gemischt zu grauser Entscheidung.
Wie wenn der Ost und der Süd mit Gewalt wetteifernd daherstürmt
In des Gebirgs Waldtalen, den tiefen Forst zu erschüttern,
Buche zugleich und Esch' und zähumwachsne Kornelle;
Daß sie wild aneinander die ragenden Äste zerschlagen
Mit graunvollem Getös', und der Sturz der Zerbrochnen umherkracht:
Also stürzten die Troer und Danaer gegeneinander,

ἠχῆι θεσπεσίηι, πάταγος δέ τε ἀγνυμενάων,
ὣς Τρῶες καὶ Ἀχαιοὶ ἐπ' ἀλλήλοισι θορόντες
δήιουν, οὐδ' ἕτεροι μνώοντ' ὀλοοῖο φόβοιο.
πολλὰ δὲ Κεβριόνην ἀμφ' ὀξέα δοῦρα πεπήγει
ἰοί τε πτερόεντες ἀπὸ νευρῆφι θορόντες,
πολλὰ δὲ χερμάδια μεγάλ' ἀσπίδας ἐστυφέλιξαν
μαρναμένων ἀμφ' αὐτόν· ὁ δ' ἐν στροφάλιγγι κονίης
κεῖτο μέγας μεγαλωστί, λελασμένος ἱπποσυνάων.
    ὄφρα μὲν Ἠέλιος μέσον οὐρανὸν ἀμφιβεβήκει,
τόφρα μάλ' ἀμφοτέρων βέλε' ἥπτετο, πῖπτε δὲ λαός·
ἦμος δ' Ἠέλιος μετενίσετο βουλυτόνδε,
καὶ τότε δή ῥ' ὑπὲρ αἶσαν Ἀχαιοὶ φέρτεροι ἦσαν.
ἐκ μὲν Κεβριόνην βελέων ἥρωα ἔρυσσαν
Τρώων ἐξ ἐνοπῆς, καὶ ἀπ' ὤμων τεύχε' ἕλοντο,
Πάτροκλος δὲ Τρωσὶ κακὰ φρονέων ἐνόρουσε.
τρὶς μὲν ἔπειτ' ἐπόρουσε θοῶι ἀτάλαντος Ἄρηϊ,
σμερδαλέα ἰάχων, τρὶς δ' ἐννέα φῶτας ἔπεφνεν.
ἀλλ' ὅτε δὴ τὸ τέταρτον ἐπέσσυτο δαίμονι ἶσος,
ἔνθ' ἄρα τοι, Πάτροκλε, φάνη βιότοιο τελευτή·
ἤντετο γάρ τοι Φοῖβος ἐνὶ κρατερῆι ὑσμίνηι
δεινός· ὁ μὲν τὸν ἰόντα κατὰ κλόνον οὐκ ἐνόησεν·
ἠέρι γὰρ πολλῆι κεκαλυμμένος ἀντεβόλησε·
στῆ δ' ὄπιθεν, πλῆξεν δὲ μετάφρενον εὐρέε τ' ὤμω
χειρὶ καταπρηνεῖ, στρεφεδίνηθεν δέ οἱ ὄσσε.
τοῦ δ' ἀπὸ μὲν κρατὸς κυνέην βάλε Φοῖβος Ἀπόλλων·
ἡ δὲ κυλινδομένη καναχὴν ἔχε ποσσὶν ὑφ' ἵππων
αὐλῶπις τρυφάλεια, μιάνθησαν δὲ ἔθειραι
αἵματι καὶ κονίηισι· πάρος γε μὲν οὐ θέμις ἦεν
ἱππόκομον πήληκα μιαίνεσθαι κονίηισιν,
ἀλλ' ἀνδρὸς θείοιο κάρη χαρίεν τε μέτωπον
ῥύετ' Ἀχιλλῆος· τότε δὲ Ζεὺς Ἕκτορι δῶκεν
ἧι κεφαλῆι φορέειν, σχεδόθεν δέ οἱ ἦεν ὄλεθρος.
πᾶν δέ οἱ ἐν χείρεσσιν ἄγη δολιχόσκιον ἔγχος,
βριθὺ μέγα στιβαρὸν κεκορυθμένον· αὐτὰρ ἀπ' ὤμων
ἀσπὶς σὺν τελαμῶνι χαμαὶ πέσε τερμιόεσσα.
λῦσε δέ οἱ θώρηκα ἄναξ Διὸς υἱὸς Ἀπόλλων.
τὸν δ' ἄτη φρένας εἷλε, λύθεν δ' ὑπὸ φαίδιμα γυῖα,
στῆ δὲ ταφών· ὄπιθεν δὲ μετάφρενον ὀξέϊ δουρὶ
ὤμων μεσσηγὺς σχεδόθεν βάλε Δάρδανος ἀνήρ,
Πανθοΐδης Εὔφορβος, ὃς ἡλικίην ἐκέκαστο
ἔγχεΐ θ' ἱπποσύνηι τε πόδεσσί τε καρπαλίμοισι·

Mordend, nicht hier noch dort der verderblichen Flucht sich erinnernd,
Viel' um Kebriones starrten der spitzigen Lanzen geheftet,
Auch der gefiederten Pfeile, die schnellenden Bogen entsprangen;
Viel' auch der mächtigen Steine zerschmetterten krachende Schilde
Kämpfender Männer umher; er lag im Gewirbel des Staubes,
Groß, weithingestreckt, der Wagenkunde vergessend.
Weil annoch die Sonne am Mittagshimmel einherging;
Hafteten jegliches Heeres Geschoß', und es sanken die Völker.
Aber sobald die Sonne zum Stierabspannen sich neigte;
Jetzt ward gegen das Schicksal die Übermacht den Achaiern:
Denn sie entrissen den Held Kebriones aus den Geschossen,
Und aus der Troer Geschrei, und raubten die Wehr von den Schultern.
Aber Patroklos stürzte mit feindlicher Wut in die Troer.
Dreimal stürzt' er hinein, dem stürmenden Ares vergleichbar,
Schreiend mit grausen Getön; dreimal neun Männer erschlug er.
Als er das vierte Mal drauf anstürmete, stark wie ein Dämon;
Jetzt war dir, Patroklos, genaht das Ende des Lebens.
Denn dir begegnete Phöbos im Ungestüme der Feldschlacht
Fürchterlich. Doch nicht merkt' er den Wandelnden durch das Getümmel,
Weil in finstere Nacht der begegnende Gott sich gehüllet.
Hinten stand und schlug er den Rücken ihm zwischen den Schultern,
Mit gebreiteter Hand; da schwindelten jenem die Augen.
Auch ihm hinweg vom Haupte den Helm schlug Phöbos Apollon;
Dieser rollte dahin, und erklang von den Hufen der Rosse
Hell, der gekegelte Helm; und besudelt ward ihm der Haarbusch
Ganz in Blut und Staube. Zuvor nicht war es nur denkbar,
Daß der umflatterte Helm besudelt würd' in dem Staube;
Sondern dem göttlichen Manne das Haupt und die liebliche Stirne
Deckt' er, dem Peleionen: allein Zeus gab ihn dem Hektor
Jetzt auf dem Haupte zu tragen; doch nah' ihm war das Verderben.
Auch in den Händen zerbrach ihm die weithinschattende Lanze,
Schwer und groß und gediegen, die eherne; und von den Schultern
Sank ihm der Schild mit dem Riemen, der langausreichende nieder.
Auch den Harnisch löst' ihm der herrschende Phöbos Apollon.
Graun nun betäubte sein Herz, und starr die blühenden Glieder,
Stand er erstaunt. Doch von hinten die spitzige Lanz' in den Rücken
Bohrt' ihm zwischen die Schultern genaht ein dardanischer Krieger,
Panthoos' Sohn Euphorbos, der vor den Genossen der Jugend
Prangt' an Lanz', an reisiger Kunst, und an hurtigen Schenkeln:
Denn schon zwanzig vordem der Kämpfenden stürzt' er vom Wagen,
Als er zuerst im Geschirre daherflog, lernend die Feldschlacht.

καὶ γὰρ δὴ τότε φῶτας ἐείκοσι βῆσεν ἀφ' ἵππων,
πρῶτ' ἐλθὼν σὺν ὄχεσφι, διδασκόμενος πολέμοιο·
ὅς τοι πρῶτος ἐφῆκε βέλος, Πατρόκλεες ἱππεῦ,
οὐδὲ δάμασσ'· ὁ μὲν αὖτις ἀνέδραμε, μίκτο δ' ὁμίλωι,
ἐκ χροὸς ἁρπάξας δόρυ μείλινον, οὐδ' ὑπέμεινε
Πάτροκλον γυμνόν περ ἐόντ' ἐν δηϊοτῆτι.
Πάτροκλος δὲ θεοῦ πληγῆι καὶ δουρὶ δαμασθεὶς
ἂψ ἑτάρων εἰς ἔθνος ἐχάζετο κῆρ' ἀλεείνων.
Ἕκτωρ δ' ὡς εἶδεν Πατροκλῆα μεγάθυμον
ἂψ ἀναχαζόμενον, βεβλημένον ὀξέϊ χαλκῶι,
ἀγχίμολόν ῥά οἱ ἦλθε κατὰ στίχας, οὖτα δὲ δουρὶ
νείατον ἐς κενεῶνα, διὰ πρὸ δὲ χαλκὸν ἔλασσε·
δούπησεν δὲ πεσών, μέγα δ' ἤκαχε λαὸν Ἀχαιῶν·
ὡς δ' ὅτε σῦν ἀκάμαντα λέων ἐβιήσατο χάρμηι,
ὥ τ' ὄρεος κορυφῆισι μέγα φρονέοντε μάχεσθον
πίδακος ἀμφ' ὀλίγης· ἐθέλουσι δὲ πιέμεν ἄμφω·
πολλὰ δέ τ' ἀσθμαίνοντα λέων ἐδάμασσε βίηφιν·
ὣς πολέας πεφνόντα Μενοιτίου ἄλκιμον υἱὸν
Ἕκτωρ Πριαμίδης σχεδὸν ἔγχεϊ θυμὸν ἀπηύρα,
καί οἱ ἐπευχόμενος ἔπεα πτερόεντα προσηύδα·
„Πάτροκλ', ἦ που ἔφησθα πόλιν κεραϊξέμεν ἁμήν,
Τρωϊάδας δὲ γυναῖκας ἐλεύθερον ἦμαρ ἀπούρας
ἄξειν ἐν νήεσσι φίλην ἐς πατρίδα γαῖαν,
νήπιε· τάων δὲ πρόσθ' Ἕκτορος ὠκέες ἵπποι
ποσσὶν ὀρωρέχαται πολεμίζειν· ἔγχεϊ δ' αὐτὸς
Τρωσὶ φιλοπτολέμοισι μεταπρέπω, ὅ σφιν ἀμύνω
ἦμαρ ἀναγκαῖον· σὲ δέ τ' ἐνθάδε γῦπες ἔδονται.
ἆ δείλ', οὐδέ τοι ἐσθλὸς ἐὼν χραίσμησεν Ἀχιλλεύς,
ὅς πού τοι μάλα πολλὰ μένων ἐπετέλλετ' ἰόντι·
‚μή μοι πρὶν ἰέναι, Πατρόκλεες ἱπποκέλευθε,
νῆας ἔπι γλαφυράς, πρὶν Ἕκτορος ἀνδροφόνοιο
αἱματόεντα χιτῶνα περὶ στήθεσσι δαΐξαι.'
ὥς πού σε προσέφη, σοὶ δὲ φρένας ἄφρονι πεῖθε."
τὸν δ' ὀλιγοδρανέων προσέφης, Πατρόκλεες ἱππεῦ·
„ἤδη νῦν, Ἕκτορ, μεγάλ' εὔχεο· σοὶ γὰρ ἔδωκε
νίκην Ζεὺς Κρονίδης καὶ Ἀπόλλων, οἵ με δάμασσαν
ῥηιδίως· αὐτοὶ γὰρ ἀπ' ὤμων τεύχε' ἕλοντο.
τοιοῦτοι δ' εἴ πέρ μοι ἐείκοσιν ἀντεβόλησαν,
πάντές κ' αὐτόθ' ὄλοντο ἐμῶι ὑπὸ δουρὶ δαμέντες.
ἀλλά με μοῖρ' ὀλοὴ καὶ Λητοῦς ἔκτανεν υἱός,
ἀνδρῶν δ' Εὔφορβος· σὺ δέ με τρίτος ἐξεναρίζεις.

Dieser warf dir zuerst ein Geschoß, Gaultummler Patroklos;
Doch bezwang er dich nicht: dann eilt' er zurück in die Heerschar,
Schnell aus der Wund' entraffend den eschenen Speer, und bestand nicht
Vor Patroklos, entblößt wie er war, im Kampf der Entscheidung.
Jener, vom Schlag des Gottes gebändiget, und von der Lanze,
Rasch in der Freunde Gedräng' entzog er sich, meidend das Schicksal.
Hektor, sobald er sahe den hochgesinnten Patroklos
Wieder dem Kampf sich entziehn, vom spitzigen Erze verwundet,
Stürmt' er ihm nahe daher durch die Ordnungen, stieß dann die Lanze
Ihm in die Weiche des Bauchs, daß hinten das Erz ihm hervordrang:
Dumpf hinkracht' er im Fall, und erfüllte mit Gram die Achaier.
Wie den gewaltigen Eber der Löw' im Kampfe bezwinget,
Die auf den Höhn des Gebirgs hochtrotzendes Muts sich bekämpfen,
Nahe dem mäßigen Quell; denn sie sehnen sich beide zu trinken;
Aber der Schnaubende stürzt, der Gewalt des Löwen gebändigt:
Also bezwang den Würger, Menötios' tapferen Sprößling,
Hektor, Priamos' Sohn, und entriß mit dem Speer ihm das Leben.
Laut nunmehr frohlockt' er, und sprach die geflügelten Worte:
Ha! Patroklos, du dachtest die Stadt uns bald zu verwüsten,
Und die troischen Weiber, beraubt der heiligen Freiheit,
Weg in Schiffen zu führen zum lieben Lande der Väter!
Törichter! Jenen zum Schutz sind Hektors hurtige Rosse
Kühn im Sturm zu durchsprengen die Feldschlacht; auch mit der Lanze
Rag' ich selbst vor den Helden des Troervolks, und entferne
Ihnen der Knechtschaft Tag! Hier fressen dich jetzo die Geier!
Elender! Nichts hat, stark wie er ist, dir geholfen Achilleus,
Welcher gewiß dort bleibend dir Gehenden mancherlei auftrug:
Kehre nur ja nicht eher, Patrokleus, reisiger Kämpfer,
Zu den gebogenen Schiffen, bevor des mordenden Hektors
Blutigen Panzerrock ringsher um die Brust du zerrissen!
Also sprach er vielleicht, und bewog das törichte Herz dir!
Schwaches Lauts antwortetest du, Gaultummler Patroklos:
Immerhin, o Hektor, erhebe dich! Dir ja gewährte
Siegsruhm Zeus der Kronid' und Apollon, die mich bezwungen,
Sonder Müh; denn sie selber entzogen die Wehr von den Schultern.
Solche wie du, wenn mir auch zwanzige wären begegnet,
Alle sie lägen gestreckt, von meiner Lanze gebändigt!
Mich hat böses Geschick, und Letos Sohn nur getötet,
Und von Menschen Euphorbos; du dritter nur raubst mir die Waffen.
Eines verkünd' ich dir noch, und du bewahr' es im Herzen.
Selbst fürwahr nicht lange noch wandelst du, sondern bereits dir

ἄλλο δέ τοι ἐρέω, σὺ δ' ἐνὶ φρεσὶ βάλλεο σῆισιν·
οὔ θην οὐδ' αὐτὸς δηρὸν βέηι, ἀλλά τοι ἤδη
ἄγχι παρέστηκεν θάνατος καὶ μοῖρα κραταιή,
χερσὶ δαμέντ' Ἀχιλῆος ἀμύμονος Αἰακίδαο."
ὣς ἄρα μιν εἰπόντα τέλος θανάτοιο κάλυψε·
ψυχὴ δ' ἐκ ῥεθέων πταμένη Ἄϊδος δὲ βεβήκει,
ὃν πότμον γοόωσα, λιποῦσ' ἀνδροτῆτα καὶ ἥβην.
τὸν καὶ τεθνηῶτα προσηύδα φαίδιμος Ἕκτωρ·
„Πατρόκλεις, τί νύ μοι μαντεύεαι αἰπὺν ὄλεθρον;
τίς δ' οἶδ' εἴ κ' Ἀχιλεύς, Θέτιδος πάϊς ἠϋκόμοιο,
φθήηι ἐμῶι ὑπὸ δουρὶ τυπεὶς ἀπὸ θυμὸν ὀλέσσαι;"
ὣς ἄρα φωνήσας δόρυ χάλκεον ἐξ ὠτειλῆς
εἴρυσε λὰξ προσβάς, τὸν δ' ὕπτιον ὦσ' ἀπὸ δουρός.
αὐτίκα δὲ ξὺν δουρὶ μετ' Αὐτομέδοντα βεβήκει,
ἀντίθεον θεράποντα ποδώκεος Αἰακίδαο·
ἵετο γὰρ βαλέειν· τὸν δ' ἔκφερον ὠκέες ἵπποι
ἄμβροτοι, οὓς Πηλῆϊ θεοὶ δόσαν ἀγλαὰ δῶρα.

Nahe steht zur Seite der Tod und das grause Verhängnis,
Daß du erliegst vor Achilleus, dem göttlichen Äakiden.
  Als er dieses geredet, umschloß ihn das Ende des Todes;
Aber die Seel' aus den Gliedern entflog in die Tiefe des Aïs,
Klagend ihr Jammergeschick, getrennt von Jugend und Mannkraft.
Auch dem Toten erwiderte noch der strahlende Hektor:
  Was weissagest du mir, Patrokleus, grauses Verderben?
Wer doch weiß, ob Achilleus, der Sohn der lockigen Thetys,
Nicht von meiner Lanze durchbohrt sein Leben verliere?
  Also sprach der Held, und den ehernen Speer aus der Wund' ihm
Zog er, die Fers' anstemmend, und warf ihn zurück von dem Speere.
Schnell alsdann mit dem Speer zu Automedon kam er gewandelt,
Ihm dem edlen Genossen des äakidischen Renners,
Sehnsuchtsvoll ihn zu treffen; allein die unsterblichen Rosse
Retteten ihn, die dem Peleus die ehrenden Götter geschenket.

ΙΛΙΑΔΟΣ Ρ

Μενελάου ἀριστεία.

Οὐδ᾽ ἔλαθ᾽ Ἀτρέος υἱόν, ἀρηΐφιλον Μενέλαον,
Πάτροκλος Τρώεσσι δαμεὶς ἐν δηϊοτῆτι.
βῆ δὲ διὰ προμάχων κεκορυθμένος αἴθοπι χαλκῶι,
ἀμφὶ δ᾽ ἄρ᾽ αὐτῶι βαῖν᾽ ὥς τις περὶ πόρτακι μήτηρ
πρωτοτόκος κινυρή, οὐ πρὶν εἰδυῖα τόκοιο·
ὣς περὶ Πατρόκλωι βαῖνε ξανθὸς Μενέλαος.
πρόσθε δέ οἱ δόρυ τ᾽ ἔσχε καὶ ἀσπίδα πάντοσ᾽ ἐΐσην,
τὸν κτάμεναι μεμαὼς ὅς τις τοῦ γ᾽ ἀντίος ἔλθοι.
οὐδ᾽ ἄρα Πάνθου υἱὸς ἐϋμμελίης ἀμέλησε
Πατρόκλοιο πεσόντος ἀμύμονος· ἄγχι δ᾽ ἄρ᾽ αὐτοῦ
ἔστη, καὶ προσέειπεν ἀρηΐφιλον Μενέλαον·
„Ἀτρεΐδη Μενέλαε διοτρεφές, ὄρχαμε λαῶν,
χάζεο, λεῖπε δὲ νεκρόν, ἔα δ᾽ ἔναρα βροτόεντα·
οὐ γάρ τις πρότερος Τρώων κλειτῶν τ᾽ ἐπικούρων
Πάτροκλον βάλε δουρὶ κατὰ κρατερὴν ὑσμίνην·
τώ με ἔα κλέος ἐσθλὸν ἐνὶ Τρώεσσιν ἀρέσθαι,
μή σε βάλω, ἀπὸ δὲ μελιηδέα θυμὸν ἕλωμαι.“
τὸν δὲ μέγ᾽ ὀχθήσας προσέφη ξανθὸς Μενέλαος·
„Ζεῦ πάτερ, οὐ μὲν καλὸν ὑπέρβιον εὐχετάασθαι.
οὔτ᾽ οὖν παρδάλιος τόσσον μένος οὔτε λέοντος
οὔτε συὸς κάπρου ὀλοόφρονος, οὗ τε μέγιστος
θυμὸς ἐνὶ στήθεσσι περὶ σθένεϊ βλεμεαίνει,
ὅσσον Πάνθου υἷες ἐϋμμελίαι φρονέουσιν.
οὐδὲ μὲν οὐδὲ βίη Ὑπερήνορος ἱπποδάμοιο
ἧς ἥβης ἀπόνηθ᾽, ὅτε μ᾽ ὤνατο καί μ᾽ ὑπέμεινε
καί μ᾽ ἔφατ᾽ ἐν Δαναοῖσιν ἐλέγχιστον πολεμιστὴν
ἔμμεναι· οὐδέ ἕ φημι πόδεσσί γε οἷσι κιόντα
εὔφρῆναι ἄλοχόν τε φίλην κεδνούς τε τοκῆας.
ὥς θην καὶ σὸν ἐγὼ λύσω μένος, εἴ κέ μευ ἄντα
στήῃς· ἀλλά σ᾽ ἔγωγ᾽ ἀναχωρήσαντα κελεύω

SIEBZEHNTER GESANG

Streit um Patroklos. Euphorbos von Menelaos erlegt. Hektor, von Automedon sich wendend, raubt dem Patroklos die Rüstung, ehe Ajas, Telamons Sohn, ihn verscheucht. Drauf in Achilleus' Rüstung verstärkt er den Angriff auf den Leichnam, dem mehrere Achaier zu Hilfe eilen. Hartnäckiger Kampf bei wechselndem Glück. Die traurenden Rosse des Achilleus, die Zeus gestärkt, lenkt Automedon in die Schlacht, wo Hektor und Äneias umsonst ihn angreifen. Um Patroklos wankender Sieg. Menelaos sendet den Antilochos mit der Nachricht zu Achilleus. Er selbst und Meriones tragen den Leichnam, indes beide Ajas abwehren.

Nicht unbemerkt dem Atreiden, dem kriegrischen Held Menelaos,
War's, wie Menötios' Sohn den Troern erlag in der Feldschlacht.
Rasch durch das Vordergewühl, mit strahlendem Erze gewappnet,
Kam und umwandelt' er ihn, wie ihr Kalb die blökende Starke,
Die ihr Erstes gebar, noch neu den Sorgen der Mutter:
Also umging Patroklos der bräunliche Held Menelaos.
Vor ihn streckt' er die Lanz', und den Schild von geründeter Wölbung,
Ihn zu erschlagen bereit, wer nur annahte zu jenem.
Auch nicht Panthoos' Sohn vergaß, der Lanzenberühmte,
Sein des gefallnen Patroklos, des herrlichen; sondern genaht ihm
Stand er, und rief, anredend den streitbaren Held Menelaos:
   Atreus' Sohn, Menelaos, du Göttlicher, Völkergebieter,
Weiche zurück vom Toten, und laß mir die blutige Rüstung!
Keiner zuvor der Troer und rühmlichen Bundesgenossen
Hat Patroklos verletzt im Ungestüme der Feldschlacht:
Drum laß mich Siegsehre verherrlichen unter den Troern,
Eh' ich dich treff', und hinweg dein süßes Leben dir raube!
   Unmutsvoll nun begann der bräunliche Held Menelaos:
Vater Zeus, nicht ziemt es, so trotzige Worte zu rufen!
Nie doch trotzt' ein Pardel so fürchterlich, nie auch ein Löwe,
Noch der Eber des Waldes, der grimmige, welchem vor allen
Großer Zorn im Busen mit drohender Stärke daherschnaubt:
Als sich Panthoos' Söhne, die Lanzenschwinger, erheben!
Doch nicht hatte fürwahr die Heldenkraft Hyperenors
Seiner Jugend Genuß, da der Schmähende wider mich hertrat!
Dieser lästerte mich den verworfensten Krieger Achaias;
Aber ich mein', er kehrte mir nicht mit eigenen Füßen
Heim, der liebenden Gattin zur Freud', und den würdigen Eltern.
Also lös' ich auch dir die strebende Kraft, wo du näher
Gegen mich kommst! Wohlan denn, ich rate dir, weiche mir eilig

ἐς πληθὺν ἰέναι, μηδ᾽ ἀντίος ἵστασ᾽ ἐμεῖο,
πρίν τι κακὸν παθέειν· ῥεχθὲν δέ τε νήπιος ἔγνω."
ὣς φάτο, τὸν δ᾽ οὐ πεῖθεν· ἀμειβόμενος δὲ προσηύδα·
„ νῦν μὲν δή, Μενέλαε διοτρεφές, ἦ μάλα τείσεις
γνωτὸν ἐμόν, τὸν ἔπεφνες, ἐπευχόμενος δ᾽ ἀγορεύεις,
χήρωσας δὲ γυναῖκα μυχῶι θαλάμοιο νέοιο,
ἀρητὸν δὲ τοκεῦσι γόον καὶ πένθος ἔθηκας.
ἦ κέ σφιν δειλοῖσι γόου κατάπαυμα γενοίμην,
εἴ κεν ἐγὼ κεφαλήν τε τεὴν καὶ τεύχε᾽ ἐνείκας
Πάνθωι ἐν χείρεσσι βάλω καὶ Φρόντιδι δίηι.
ἀλλ᾽ οὐ μὰν ἔτι δηρὸν ἀπείρητος πόνος ἔσται
οὐδ᾽ ἔτ᾽ ἀδήριτος ἤτ᾽ ἀλκῆς ἤτε φόβοιο."
ὣς εἰπὼν οὔτησε κατ᾽ ἀσπίδα πάντοσ᾽ ἐΐσην·
οὐδ᾽ ἔρρηξεν χαλκός, ἀνεγνάμφθη δέ οἱ αἰχμὴ
ἀσπίδ᾽ ἐνὶ κρατερῆι· ὁ δὲ δεύτερος ὄρνυτο χαλκῶι
Ἀτρεΐδης Μενέλαος, ἐπευξάμενος Διὶ πατρί·
ἂψ δ᾽ ἀναχαζομένοιο κατὰ στομάχοιο θέμεθλα
νύξ᾽, ἐπὶ δ᾽ αὐτὸς ἔρεισε βαρείηι χειρὶ πιθήσας·
ἀντικρὺ δ᾽ ἁπαλοῖο δι᾽ αὐχένος ἤλυθ᾽ ἀκωκή,
δούπησεν δὲ πεσών, ἀράβησε δὲ τεύχε᾽ ἐπ᾽ αὐτῶι.
αἵματί οἱ δεύοντο κόμαι Χαρίτεσσιν ὁμοῖαι
πλοχμοί θ᾽, οἳ χρυσῶι τε καὶ ἀργύρωι ἐσφήκωντο.
οἷον δὲ τρέφει ἔρνος ἀνὴρ ἐριθηλὲς ἐλαίης
χώρωι ἐν οἰοπόλωι, ὅθ᾽ ἅλις ἀναβέβροχεν ὕδωρ,
καλὸν τηλεθάον· τὸ δέ τε πνοιαὶ δονέουσι
παντοίων ἀνέμων, καί τε βρύει ἄνθεϊ λευκῶι·
ἐλθὼν δ᾽ ἐξαπίνης ἄνεμος σὺν λαίλαπι πολλῆι
βόθρου τ᾽ ἐξέστρεψε καὶ ἐξετάνυσσ᾽ ἐπὶ γαίηι·
τοῖον Πάνθου υἱὸν ἐϋμμελίην Εὔφορβον
Ἀτρεΐδης Μενέλαος ἐπεὶ κτάνε, τεύχε᾽ ἐσύλα.
ὡς δ᾽ ὅτε τίς τε λέων ὀρεσίτροφος, ἀλκὶ πεποιθώς,
βοσκομένης ἀγέλης βοῦν ἁρπάσηι ἥ τις ἀρίστη·
τῆς δ᾽ ἐξ αὐχέν᾽ ἔαξε λαβὼν κρατεροῖσιν ὀδοῦσι
πρῶτον, ἔπειτα δέ θ᾽ αἷμα καὶ ἔγκατα πάντα λαφύσσει
δηιῶν· ἀμφὶ δὲ τόν γε κύνες τ᾽ ἄνδρές τε νομῆες
πολλὰ μάλ᾽ ἰύζουσιν ἀπόπροθεν οὐδ᾽ ἐθέλουσιν
ἀντίον ἐλθέμεναι· μάλα γὰρ χλωρὸν δέος αἱρεῖ·
ὣς τῶν οὔ τινι θυμὸς ἐνὶ στήθεσσιν ἐτόλμα
ἀντίον ἐλθέμεναι Μενελάου κυδαλίμοιο.
ἔνθά κε ῥεῖα φέροι κλυτὰ τεύχεα Πανθοΐδαο
Ἀτρεΐδης, εἰ μή οἱ ἀγάσσατο Φοῖβος Ἀπόλλων,

Unter die Menge zurück, und scheue dich, mir zu begegnen;
Eh' dich ein Übel ereilt! Geschehenes kennet der Tor auch!
Sprach's, und nicht ihn bewegt' er; vielmehr antwortet' er also:
Traun nunmehr, Menelaos, du Göttlicher, sollst du mir büßen,
Daß du den Bruder erschlugst, und rühmend der Tat dich erhebest,
Daß du zur Witwe gemacht sein Weib in der bräutlichen Kammer,
Und unnennbaren Gram den jammernden Eltern bereitet!
Ach den Elenden würd' ich des Grams Erleichterung schaffen,
Wenn ich zurück dein Haupt und die blutigen Rüstungen tragend
Überreicht in Panthoos' Hand und der göttlichen Phrontis!
Doch nicht länger annoch sei unversucht uns die Arbeit,
Und nicht leer der Entscheidung, der Tapferkeit und des Entsetzens!
Jener sprach's, und rannt' auf den Schild von geründeter Wölbung;
Doch nicht brach er das Erz; denn rückwärts bog sich die Spitze
Auf dem gediegenen Schild. Nun erhob auch jener die Lanze,
Atreus' Sohn Menelaos, und betete laut zu Kronion:
Dann dem Zurückgezognen gerad' in die Wurzel des Schlundes
Stieß er, und drängete nach, der nervichten Rechte vertrauend;
Daß ihm hindurch aus dem zarten Genick die Spitze hervordrang:
Dumpf hinkracht' er im Fall, und es rasselten um ihn die Waffen.
Blutig troff ihm das Haar, wie der Huldgöttinnen Gekräusel,
Schöngelockt, und zierlich mit Gold' und Silber durchflochten.
Gleich dem stattlichen Sprößling des Ölbaums, welchen ein Landmann
Nährt am einsamen Ort, wo genug vorquillt des Gewässers;
Lieblich sproßt er empor, und sanft bewegt ihn die Kühlung
Aller Wind' umher, und schimmernde Blüte bedeckt ihn;
Aber ein schnell andrängender Sturm mit gewaltigen Wirbeln
Reißt aus der Grube den Stamm, und streckt ihn lang auf die Erde:
Also erschlug den Euphorbos, den panthoidischen Streiter,
Atreus' Sohn Menelaos, und raubt' ihm die prangende Rüstung.
Jetzt wie ein Löw' im Gebirge genährt, der Stärke vertrauend,
Hascht aus der weidenden Herde die Kuh, die am schönsten hervorschien;
Ihr nun bricht er den Nacken, mit mächtigen Zähnen sie fassend,
Erst, dann schlürft er das Blut und die Eingeweide hinunter,
Und zerfleischt; doch ringsum die Hund' und die Männer des Hirten
Scheuchen ihn laut anschreiend von fernher, aber auch keiner
Wagt ihm entgegen zu gehn, denn es faßte sie bleiches Entsetzen;
Also wagt' auch keinem das mutige Herz in dem Busen,
Dort ihm entgegen zu gehn, dem rühmlichen Held Menelaos.
Leicht enttrüg' er nunmehr Euphorbos prangende Rüstung,
Atreus' Sohn, wenn nicht ihm neidete Phöbos Apollon,

ὅς ῥά οἱ Ἕκτορ' ἐπῶρσε θοῷ ἀτάλαντον Ἄρηϊ,
ἀνέρι εἰσάμενος, Κικόνων ἡγήτορι Μέντῃ·
καί μιν φωνήσας ἔπεα πτερόεντα προσηύδα·
„ Ἕκτορ, νῦν σὺ μὲν ὧδε θέεις ἀκίχητα διώκων
ἵππους Αἰακίδαο δαΐφρονος· οἱ δ' ἀλεγεινοὶ
ἀνδράσι γε θνητοῖσι δαμήμεναι ἠδ' ὀχέεσθαι,
ἄλλωι γ' ἢ Ἀχιλῆϊ, τὸν ἀθανάτη τέκε μήτηρ.
τόφρα δέ τοι Μενέλαος, ἀρήϊος Ἀτρέος υἱός,
Πατρόκλωι περιβὰς Τρώων τὸν ἄριστον ἔπεφνε,
Πανθοΐδην Εὔφορβον, ἔπαυσε δὲ θούριδος ἀλκῆς.“
ὣς εἰπὼν ὁ μὲν αὖτις ἔβη θεὸς ἂμ πόνον ἀνδρῶν,
Ἕκτορα δ' αἰνὸν ἄχος πύκασε φρένας ἀμφὶ μελαίνας·
πάπτηνεν δ' ἄρ' ἔπειτα κατὰ στίχας, αὐτίκα δ' ἔγνω
τὸν μὲν ἀπαινύμενον κλυτὰ τεύχεα, τὸν δ' ἐπὶ γαίηι
κείμενον· ἔρρει δ' αἷμα κατ' οὐταμένην ὠτειλήν.
βῆ δὲ διὰ προμάχων κεκορυθμένος αἴθοπι χαλκῶι,
ὀξέα κεκλήγως, φλογὶ εἴκελος Ἡφαίστοιο
ἀσβέστωι· οὐδ' υἱὸν λάθεν Ἀτρέος ὀξὺ βοήσας·
ὀχθήσας δ' ἄρα εἶπε πρὸς ὃν μεγαλήτορα θυμόν·
„ ὤ μοι ἐγὼν, εἰ μέν κε λίπω κάτα τεύχεα καλὰ
Πάτροκλόν θ', ὃς κεῖται ἐμῆς ἕνεκ' ἐνθάδε τιμῆς,
μή τίς μοι Δαναῶν νεμεσήσεται, ὅς κεν ἴδηται.
εἰ δέ κεν Ἕκτορι μοῦνος ἐὼν καὶ Τρωσὶ μάχωμαι
αἰδεσθείς, μή πώς με περιστήωσ' ἕνα πολλοί·
Τρῶας δ' ἐνθάδε πάντας ἄγει κορυθαίολος Ἕκτωρ.
ἀλλὰ τί ἤ μοι ταῦτα φίλος διελέξατο θυμός;
ὁππότ' ἀνὴρ ἐθέλῃ πρὸς δαίμονα φωτὶ μάχεσθαι
ὅν κε θεὸς τιμᾶι, τάχα οἱ μέγα πῆμα κυλίσθη.
τώ μ' οὔ τις Δαναῶν νεμεσήσεται, ὅς κεν ἴδηται
Ἕκτορι χωρήσαντ', ἐπεὶ ἐκ θεόφιν πολεμίζει.
εἰ δέ που Αἴαντός γε βοὴν ἀγαθοῖο πυθοίμην,
ἄμφω κ' αὖτις ἰόντες ἐπιμνησαίμεθα χάρμης
καὶ πρὸς δαίμονά περ, εἴ πως ἐρυσαίμεθα νεκρὸν
Πηλεΐδηι Ἀχιλῆϊ· κακῶν δέ κε φέρτατον εἴη.“
ἧος ὁ ταῦθ' ὅρμαινε κατὰ φρένα καὶ κατὰ θυμόν,
τόφρα δ' ἐπὶ Τρώων στίχες ἤλυθον· ἦρχε δ' ἄρ' Ἕκτωρ.
αὐτὰρ ὅ γ' ἐξοπίσω ἀνεχάζετο, λεῖπε δὲ νεκρόν,
ἐντροπαλιζόμενος ὥς τε λὶς ἠϋγένειος,
ὅν ῥα κύνες τε καὶ ἄνδρες ἀπὸ σταθμοῖο δίωνται
ἔγχεσι καὶ φωνῆι· τοῦ δ' ἐν φρεσὶν ἄλκιμον ἦτορ
παχνοῦται, ἀέκων δέ τ' ἔβη ἀπὸ μεσσαύλοιο·

Der ihm den Hektor erregte, dem stürmenden Ares vergleichbar:
Denn er naht' in Mentes Gestalt, des Kikonengebieters;
Und er begann zu jenem, und sprach die geflügelten Worte:
Hektor, du läufst nun also einher, Unerreichbares suchend,
Nach des Peleiden Gespann, des feurigen! Schwer sind die Rosse
Jedem sterblichen Manne zu bändigen, oder zu lenken,
Außer Achilleus selbst, den gebar die unsterbliche Mutter.
Aber indes hat Atreus' erhabener Sohn Menelaos,
Als er Patroklos umging, dir den tapfersten Troer ermordet,
Panthoos' Sohn Euphorbos, den stürmenden Mut ihm bezähmend.
Dieses gesagt, enteilte der Gott in der Männer Getümmel.
Hektorn umfing Wehmut das finstere Herz in dem Busen.
Ringsum schaut' er nunmehr durch die Ordnungen; plötzlich erkannt' er
Ihn, der die prangende Wehr sich erbeutete, jenen zur Erde
Hingestreckt, dem das Blut aus offener Wund' hervorrann.
Rasch durch das Vordergewühl, mit strahlendem Erze gewappnet,
Eilt' er und schrie lautauf, wie die lodernde Glut des Hephästos
Ungestüm. Wohl hörte den schmetternden Ruf der Atreide;
Tief aufseufzt' er und sprach zu seiner erhabenen Seele:
Wehe mir! wenn ich anitzt die prangende Rüstung verlasse,
Samt Patroklos, der hier mein Ehrenretter dahinsank;
Eifern wird mir jeder der Danaer, welcher mich anschaut!
Aber wofern ich allein mit Hektor kämpf' und den Troern,
Scheuend die Schmach; dann, sorg' ich, umringen mich einzelnen viele,
Wenn mit dem ganzen Volk anstürmt der gewaltige Hektor.
Aber warum bewegte das Herz mir solche Gedanken?
Wagt es ein Mann, dem Dämon zum Trotz, mit dem Helden zu kämpfen,
Den ein Himmlischer ehrt, bald rollt auf das Haupt ihm ein Unheil.
Darum eifre mir keiner der Danaer, welcher mich siehet
Weichen vor Hektors Macht; denn er kämpft mit Hilfe der Götter.
Wenn ich indes nur Ajas den Rufer im Streit wo vernähme;
Beide dann kehrten wir um, des freudigen Kampfes gedenkend,
Selbst dem Dämon zum Trotz, ob entziehn wir möchten den Leichnam
Für den Peleiden Achilleus; denn Besserung wär' es dem Unglück.
Als er solches erwog in des Herzens Geist und Empfindung;
Nahten bereits die Troer in Schlachtreihn, folgend dem Hektor.
Jetzo wich Menelaos hinweg, und verließ den Erschlagnen,
Rückwärts häufig gewandt: wie ein bärtiger Löwe des Bergwalds,
Welchen Hund' und Männer hinweg vom Gehege verscheuchen
Rings mit Speer und Geschrei; sein mutiges Herz in dem Busen
Schaudert ihm, und unwillig vom ländlichen Hof' entweicht er:

ὣς ἀπὸ Πατρόκλοιο κίε ξανθὸς Μενέλαος.
στῆ δὲ μεταστρεφθείς, ἐπεὶ ἵκετο ἔθνος ἑταίρων,
παπταίνων Αἴαντα μέγαν, Τελαμώνιον υἱόν.
τὸν δὲ μάλ' αἶψ' ἐνόησε μάχης ἐπ' ἀριστερὰ πάσης
θαρσύνονθ' ἑτάρους καὶ ἐποτρύνοντα μάχεσθαι·
θεσπέσιον γάρ σφιν φόβον ἔμβαλε Φοῖβος Ἀπόλλων·
βῆ δὲ θέειν, εἶθαρ δὲ παριστάμενος ἔπος ηὔδα.
„ Αἶαν, δεῦρο, πέπον, περὶ Πατρόκλοιο θανόντος
σπεύσομεν, αἴ κε νέκυν περ Ἀχιλλῆϊ προφέρωμεν
γυμνόν· ἀτὰρ τά γε τεύχε' ἔχει κορυθαίολος Ἕκτωρ."
ὣς ἔφατ', Αἴαντι δὲ δαΐφρονι θυμὸν ὄρινε·
βῆ δὲ διὰ προμάχων, ἅμα δὲ ξανθὸς Μενέλαος.
Ἕκτωρ μὲν Πάτροκλον ἐπεὶ κλυτὰ τεύχε' ἀπηύρα,
ἕλχ', ἵν' ἀπ' ὤμοιιν κεφαλὴν τάμοι ὀξέϊ χαλκῶι,
τὸν δὲ νέκυν Τρωιῇσιν ἐρυσσάμενος κυσὶ δοίη.
Αἴας δ' ἐγγύθεν ἦλθε φέρων σάκος ἠΰτε πύργον·
Ἕκτωρ δ' ἂψ ἐς ὅμιλον ἰὼν ἀνεχάζεθ' ἑταίρων,
ἐς δίφρον δ' ἀνόρουσε· δίδου δ' ὅ γε τεύχεα καλὰ
Τρωσὶ φέρειν προτὶ ἄστυ, μέγα κλέος ἔμμεναι αὐτῶι.
Αἴας δ' ἀμφὶ Μενοιτιάδηι σάκος εὐρὺ καλύψας
ἑστήκει ὥς τίς τε λέων περὶ οἷσι τέκεσσιν,
ὧι ῥά τε νήπι' ἄγοντι συναντήσωνται ἐν ὕληι
ἄνδρες ἐπακτῆρες· ὁ δέ τε σθένεϊ βλεμεαίνει,
πᾶν δέ τ' ἐπισκύνιον κάτω ἕλκεται ὄσσε καλύπτων·
ὣς Αἴας περὶ Πατρόκλωι ἥρωϊ βεβήκει.
Ἀτρεΐδης δ' ἑτέρωθεν, ἀρηΐφιλος Μενέλαος,
ἑστήκει, μέγα πένθος ἐνὶ στήθεσσιν ἀέξων.
Γλαῦκος δ' Ἱππολόχοιο πάϊς, Λυκίων ἀγὸς ἀνδρῶν,
Ἕκτορ' ὑπόδρα ἰδὼν χαλεπῶι ἠνίπαπε μύθωι·
„ Ἕκτορ, εἶδος ἄριστε, μάχης ἄρα πολλὸν ἐδεύεο.
ἦ σ' αὔτως κλέος ἐσθλὸν ἔχει φύξηλιν ἐόντα.
φράζεο νῦν ὅππως κε πόλιν καὶ ἄστυ σαώσῃς
οἶος σὺν λαοῖς τοὶ Ἰλίωι ἐγγεγάασιν·
οὐ γάρ τις Λυκίων γε μαχησόμενος Δαναοῖσιν
εἶσι περὶ πτόλιος, ἐπεὶ οὐκ ἄρα τις χάρις ἦεν
μάρνασθαι δηΐοισιν ἐπ' ἀνδράσι νωλεμὲς αἰεί.
πῶς κε σὺ χείρονα φῶτα σαώσειας μεθ' ὅμιλον,
σχέτλι', ἐπεὶ Σαρπηδόν' ἅμα ξεῖνον καὶ ἑταῖρον
κάλλιπες Ἀργείοισιν ἕλωρ καὶ κύρμα γενέσθαι,
ὅς τοι πόλλ' ὄφελος γένετο, πτόλεΐ τε καὶ αὐτῶι,
ζωὸς ἐών· νῦν δ' οὔ οἱ ἀλαλκέμεναι κύνας ἔτλης.

Also ging von Patroklos der bräunliche Held Menelaos;
Stand dann zum Feinde gekehrt, da der Seinigen Schar er erreichte,
Rings nach Ajas schauend, dem mächtigen Telamoniden.
Diesen erkannt' er sofort linkshin im Gemenge der Feldschlacht,
Wo er mit Mut beseelte die Freund', und ermahnte zu kämpfen;
Denn unermeßliche Schrecken erregte Phöbos Apollon.
Eilend lief er dahin, und bald ihm genahet begann er:
Ajas, her, o Geliebter! zum Kampf um den toten Patroklos
Eilen wir; ob ja die Leiche zu Peleus' Sohne wir bringen,
Nackt wie er ist; denn die Waffen entzog der gewaltige Hektor.
Jener sprach's; doch Ajas dem Feurigen regt' er das Herz auf.
Schnell durch die vordersten ging er mit Atreus' Sohn Menelaos.
Hektor, nachdem er Patroklos beraubt der prangenden Rüstung,
Zog ihn, das Haupt von der Schulter zu haun mit schneidendem Erze,
Und den geschleiften Rumpf vor die troischen Hunde zu werfen.
Ajas naht' ihm nunmehr, und trug den türmenden Schild vor.
Schnell dann wandte sich Hektor zurück in die Schar der Genossen,
Sprang in den Sessel empor, und gab die prangende Rüstung
Troern zur Stadt zu tragen, ihm selbst zum herrlichen Denkmal.
Ajas mit breitem Schild den Menötiaden bedeckend,
Stand vor ihm, wie ein Löwe vor seine Jungen sich darstellt;
Väterlich führt er die Schwachen einher, da begegnen ihm plötzlich
Jagende Männer im Forst; und er zürnt wutfunkelndes Blickes,
Zieht die gerunzelten Brauen herab, und deckt sich die Augen:
Also erschien dort Ajas, den Held Patroklos umwandelnd.
Atreus' Sohn auch drüben, der streitbare Held Menelaos,
Stellte sich dar, mit unendlichem Graus die Seele belastet.
Glaukos nun, des Hippolochos' Sohn, der Lykier Heerfürst,
Schauete finster auf Hektor, und straft' ihn mit heftiger Rede:
Hektor, an Schönheit ein Held, der Tapferkeit mangelt dir vieles!
Traun umsonst erhebt dich der Ruhm, dich zagenden Flüchtling!
Sinn' itzt nach, wie du selber die Burg und die Feste verteidigst,
Du allein mit dem Volk, in Ilios Grenze geboren!
Denn der Lykier keiner bekämpft die Danaer künftig,
Eure Stadt zu beschirmen; dieweil ja nimmer ein Dank war,
Stets unverdrossenen Kampf mit feindlichen Männern zu kämpfen!
Welchen geringeren Mann verteidigst du wohl in der Heerschar,
Grausamer, da du Sarpedon, der Gastfreund dir und Genoß war,
Unbeschützt den Achaiern zu Raub und Beute verließest?
Der so oft dir Nutzen geschafft, der Stadt und dir selber,
Weil er gelebt? Nun jenem die Hund' auch zu scheuchen verzagst du!

τὼ νῦν εἴ τις ἐμοὶ Λυκίων ἐπιπείσεται ἀνδρῶν
οἴκαδ' ἴμεν, Τροίηι δὲ πεφήσεται αἰπὺς ὄλεθρος.
εἰ γὰρ νῦν Τρώεσσι μένος πολυθαρσὲς ἐνείη,
ἄτρομον, οἷόν τ' ἄνδρας ἐσέρχεται οἳ περὶ πάτρης
ἀνδράσι δυσμενέεσσι πόνον καὶ δῆριν ἔθεντο,
αἶψά κε Πάτροκλον ἐρυσαίμεθα Ἴλιον εἴσω.
εἰ δ' οὗτος προτὶ ἄστυ μέγα Πριάμοιο ἄνακτος
ἔλθοι τεθνηὼς καί μιν ἐρυσαίμεθα χάρμης,
αἶψά κεν Ἀργεῖοι Σαρπηδόνος ἔντεα καλὰ
λύσειαν, καί κ' αὐτὸν ἀγοίμεθα Ἴλιον εἴσω·
τοίου γὰρ θεράπων πέφατ' ἀνέρος, ὃς μέγ' ἄριστος
Ἀργείων παρὰ νηυσὶ καὶ ἀγχέμαχοι θεράποντες.
ἀλλὰ σύ γ' Αἴαντος μεγαλήτορος οὐκ ἐτάλασσας
στήμεναι ἄντα κατ' ὄσσε ἰδὼν δηΐων ἐν ἀϋτῆι,
οὐδ' ἰθὺς μαχέσασθαι, ἐπεὶ σέο φέρτερός ἐστι."
τὸν δ' ἄρ' ὑπόδρα ἰδὼν προσέφη κορυθαίολος Ἕκτωρ·
„Γλαῦκε, τίη δὲ σὺ τοῖος ἐὼν ὑπέροπλον ἔειπες;
ὢ πόποι, ἦ τ' ἐφάμην σὲ περὶ φρένας ἔμμεναι ἄλλων,
τῶν ὅσσοι Λυκίην ἐριβώλακα ναιετάουσι·
νῦν δέ σευ ὠνοσάμην πάγχυ φρένας, οἷον ἔειπες,
ὅς τέ με φῂς Αἴαντα πελώριον οὐχ ὑπομεῖναι.
οὔ τοι ἐγὼν ἔρριγα μάχην οὐδὲ κτύπον ἵππων·
ἀλλ' αἰεί τε Διὸς κρείσσων νόος αἰγιόχοιο,
ὅς τε καὶ ἄλκιμον ἄνδρα φοβεῖ καὶ ἀφείλετο νίκην
ῥηϊδίως, ὁτὲ δ' αὐτὸς ἐποτρύνει μαχέσασθαι.
ἀλλ' ἄγε δεῦρο, πέπον, παρ' ἔμ' ἵστασο καὶ ἴδε ἔργον,
ἠὲ πανημέριος κακὸς ἔσσομαι, ὡς ἀγορεύεις,
ἦ τινα καὶ Δαναῶν ἀλκῆς μάλα περ μεμαῶτα
σχήσω ἀμυνέμεναι περὶ Πατρόκλοιο θανόντος."
ὣς εἰπὼν Τρώεσσιν ἐκέκλετο μακρὸν ἀΰσας·
„Τρῶες καὶ Λύκιοι καὶ Δάρδανοι ἀγχιμαχηταί,
ἀνέρες ἔστε, φίλοι, μνήσασθε δὲ θούριδος ἀλκῆς,
ὄφρ' ἂν ἐγὼν Ἀχιλῆος ἀμύμονος ἔντεα δύω
καλά, τὰ Πατρόκλοιο βίην ἐνάριξα κατακτάς."
ὣς ἄρα φωνήσας ἀπέβη κορυθαίολος Ἕκτωρ
δηΐου ἐκ πολέμοιο· θέων δ' ἐκίχανεν ἑταίρους
ὦκα μάλ', οὔ πω τῆλε, ποσὶ κραιπνοῖσι μετασπών,
οἳ προτὶ ἄστυ φέρον κλυτὰ τεύχεα Πηλεΐωνος.
στὰς δ' ἀπάνευθε μάχης πολυδακρύου ἔντε' ἄμειβεν·
ἤτοι ὁ μὲν τὰ ἃ δῶκε φέρειν προτὶ Ἴλιον ἱρὴν
Τρωσὶ φιλοπτολέμοισιν, ὁ δ' ἄμβροτα τεύχεα δῦνε

Drum anjetzt, wo mir einer der lykischen Männer gehorchet,
Kehren wir heim, und Troja versinkt in grauses Verderben!
Denn wenn jetzt die Troer entschlossene Kühnheit beseelte,
Unverzagt, wie Männer sie kräftiget, die für die Heimat
Gegen feindliche Männer des Kriegs Arbeiten erdulden;
Würden wir bald Patroklos hinein in Ilios ziehen.
Und wenn dieser nur erst in des herrschenden Priamos Feste
Käme, der tote Held, und wir dem Gefecht ihn entzögen;
Würden alsbald die Argeier Sarpedons prangende Rüstung
Lösen, zugleich ihn selber, in Ilios' Feste zu tragen.
Denn es sank der Genoß des Gewaltigen, welcher voranstrebt
Allen in Argos' Volk, dem stürmen zum Kampf die Genossen.
Und nicht Ajas einmal dem Mutigen hast du gewaget
Fest zu stehn mit geheftetem Blick in der Feinde Getümmel,
Noch gradan zu kämpfen; denn weit an Tapferkeit ragt er!
Finster schaut' und begann der helmumflatterte Hektor:
Glaukos, wie hast du, ein solcher, so übermütig geredet?
Wahrlich, mein Freund, ich glaubte, du seist verständig vor andern,
Welche durch Lykia rings hochschollige Äcker bewohnen.
Jetzo tadl' ich dich gänzlich den Einfall, welchen du vorbringst;
Der du sagst, nicht steh' ich dem übergewaltigen Ajas.
Niemals traun erschreckt mich die Schlacht und das Stampfen der Rosse!
Aber mächtiger stets ist Zeus' des Donnerers Ratschluß:
Der auch den tapferen Kämpfer verscheucht, und den Sieg ihm entwendet,
Sonder Müh; dann wieder ihn selbst antreibt zum Gefechte.
Aber wohlan, tritt näher, mein Freund, und schaue mein Tun an:
Ob ich verzagt erscheine den ganzen Tag, wie du redest;
Ob auch der Danaer manchen, wie heftiger Mut ihn entflammet,
Hemmen ich werde vom Kampf um den hingesunknen Patroklos!
Dieses gesagt, ermahnt' er mit lautem Rufe die Troer:
Troer, und Lykier ihr, und Dardaner, Kämpfer der Nähe,
Seid nun Männer, o Freund', und gedenkt des stürmenden Mutes;
Bis ich selbst in Achilleus' des Göttlichen Waffen mich hülle,
Köstliche, die von Patroklos' vertilgeter Kraft ich erbeutet.
Also rief und enteilte der helmumflatterte Hektor
Aus der erbitterten Schlacht, und erreicht' im Lauf die Genossen
Bald, nicht ferne davon, mit hurtigen Füßen verfolgend,
Welche zur Stadt hintrugen Achilleus' prangende Rüstung.
Jetzo gewandt vom Jammer der Feldschlacht, tauscht' er die Waffen;
Gab dann seine zu tragen in Ilios' heilige Feste
Trojas kriegrischen Söhnen, und zog die unsterbliche Wehr an,

Πηλεΐδεω Ἀχιλῆος, ἅ οἱ θεοὶ Οὐρανίωνες
πατρὶ φίλωι ἔπορον· ὁ δ᾽ ἄρα ὧι παιδὶ ὄπασσε
γηράς· ἀλλ᾽ οὐχ υἱὸς ἐν ἔντεσι πατρὸς ἐγήρα.
τὸν δ᾽ ὡς οὖν ἀπάνευθεν ἴδεν νεφεληγερέτα Ζεὺς
τεύχεσι Πηλεΐδαο κορυσσόμενον θείοιο,
κινήσας ῥα κάρη προτὶ ὃν μυθήσατο θυμόν·
„ἆ δείλ᾽, οὐδέ τί τοι θάνατος καταθύμιός ἐστιν,
ὃς δή τοι σχεδὸν εἶσι· σὺ δ᾽ ἄμβροτα τεύχεα δύνεις
ἀνδρὸς ἀριστῆος, τόν τε τρομέουσι καὶ ἄλλοι·
τοῦ δὴ ἑταῖρον ἔπεφνες ἐνηέα τε κρατερόν τε,
τεύχεα δ᾽ οὐ κατὰ κόσμον ἀπὸ κρατός τε καὶ ὤμων
εἵλευ· ἀτάρ τοι νῦν γε μέγα κράτος ἐγγυαλίξω,
τῶν ποινὴν ὅ τοι οὔ τι μάχης ἒκ νοστήσαντι
δέξεται Ἀνδρομάχη κλυτὰ τεύχεα Πηλεΐωνος.“
ἦ, καὶ κυανέηισιν ἐπ᾽ ὀφρύσι νεῦσε Κρονίων.
Ἕκτορι δ᾽ ἥρμοσε τεύχε᾽ ἐπὶ χροΐ, δῦ δέ μιν Ἄρης
δεινὸς ἐνυάλιος, πλῆσθεν δ᾽ ἄρα οἱ μέλε᾽ ἐντὸς
ἀλκῆς καὶ σθένεος· μετὰ δὲ κλειτοὺς ἐπικούρους
βῆ ῥα μέγα ἰάχων· ἰνδάλλετο δέ σφισι πᾶσι
τεύχεσι λαμπόμενος μεγαθύμου Πηλεΐωνος.
ὄτρυνεν δὲ ἕκαστον ἐποιχόμενος ἐπέεσσι,
Μέσθλην τε Γλαῦκόν τε Μέδοντά τε Θερσίλοχόν τε,
Ἀστεροπαῖόν τε Δεισήνορά θ᾽ Ἱππόθοόν τε,
Φόρκυν τε Χρομίον τε καὶ Ἔννομον οἰωνιστήν·
τοὺς ὅ γ᾽ ἐποτρύνων ἔπεα πτερόεντα προσηύδα·
„κέκλυτε, μυρία φῦλα περικτιόνων ἐπικούρων·
οὐ γὰρ ἐγὼ πληθὺν διζήμενος οὐδὲ χατίζων
ἐνθάδ᾽ ἀφ᾽ ὑμετέρων πολίων ἤγειρα ἕκαστον,
ἀλλ᾽ ἵνα μοι Τρώων ἀλόχους καὶ νήπια τέκνα
προφρονέως ῥύοισθε φιλοπτολέμων ὑπ᾽ Ἀχαιῶν.
τὰ φρονέων δώροισι κατατρύχω καὶ ἐδωδῆι
λαούς, ὑμέτερον δὲ ἑκάστου θυμὸν ἀέξω.
τώ τις νῦν ἰθὺς τετραμμένος ἢ ἀπολέσθω
ἠὲ σαωθήτω· ἡ γὰρ πολέμου ὀαριστύς.
ὃς δέ κε Πάτροκλον καὶ τεθνηῶτά περ ἔμπης
Τρῶας ἐς ἱπποδάμους ἐρύσηι, εἴξηι δέ οἱ Αἴας,
ἥμισυ τῶι ἐνάρων ἀποδάσσομαι, ἥμισυ δ᾽ αὐτὸς
ἕξω ἐγώ· τὸ δέ οἱ κλέος ἔσσεται ὅσσον ἐμοί περ.“
ὣς ἔφαθ᾽, οἱ δ᾽ ἰθὺς Δαναῶν βρίσαντες ἔβησαν,
δούρατ᾽ ἀνασχόμενοι· μάλα δέ σφισιν ἔλπετο θυμὸς
νεκρὸν ὑπ᾽ Αἴαντος ἐρύειν Τελαμωνιάδαο,

Sein des Peleiden Achilleus, die göttliche Uranionen
Peleus dem Vater geschenkt; der reichte sie wieder dem Sohne,
Altend; doch nicht der Sohn ward alt in den Waffen des Vaters.
Als so entfernt ihn sahe der Herrscher im Donnergewölk Zeus,
Wie er Achilleus' Waffen, des Göttergleichen, sich anzog;
Ernst bewegt' er das Haupt, und sprach in der Tiefe des Herzens:
Armer, ach! kein Todesgedank' umschwebt dir die Seele;
Und schon nahet er dir! Du zeuchst die unsterbliche Wehr an,
Sein des erhabenen Mannes, vor dem auch andere zittern!
Ihm den Genossen erschlugst du, so sanftgesinnt, und so tapfer;
Auch die Wehr, nicht der Ordnung gemäß, vom Haupt ihm und Schultern
Raubtest du! Dennoch will ich dir jetzt Siegsehre verleihen,
Des zum Vergelt, weil nicht dir Kehrenden aus dem Gefechte
Grüßend Andromache löst die gepriesene Wehr des Achilleus!
Also sprach, und winkte mit schwärzlichen Brauen Kronion.
Hektors Leib umschlossen die Rüstungen; stürmend durchdrang ihn
Ares' kriegrischer Geist, und innerlich strotzten die Glieder
Ihm voll Kraft und Gewalt. Zu den rühmlichen Bundesgenossen
Ging er mit lautem Geschrei; und allen nun schien er vergleichbar,
Leuchtend im Waffenschmuck, dem erhabenen Peleionen.
Rings das Gedräng' umwandelnd, ermuntert' er jeden mit Worten:
Mesthles dort, und Glaukos, Thersilochos auch, und Medon,
Auch Deisenor, Hippothoos auch, und Asteropäos,
Chromios auch, und Phorkys, und Eunomos, kundig der Vögel;
Alle sie trieb er zum Kampf, und sprach die geflügelten Worte:
Hört, unzählbare Stämm' umwohnender Bundesgenossen!
Nicht weil Menge des Volks ich verlangete, oder entbehrte,
Hab' ich rings euch daher aus eueren Städten versammelt;
Nein, daß Trojas Weiber und noch unmündige Kinder
Freudiges Muts ihr schirmtet vor Argos' kriegrischen Völkern.
Also gesinnt, erschöpf' ich durch Kriegessteuer und Speise
Unser Volk, und streb' euch allen das Herz zu ermuntern.
Drum nun grade hinein euch gewandt, und entweder gestorben,
Oder Heil euch erkämpft! denn das ist der Wandel des Krieges!
Doch wer mir Patroklos, auch nur den Erschlagenen, jetzo
Her zu Trojas Reisigen zieht, und Ajas zurückdrängt;
Dem erteil' ich die Hälfte der Beut', und die Hälfte behalt' ich
Selbst mir: dann ist der Ruhm ihm verherrlichet, gleichwie der meine.
Jener sprach's; und gerad' in die Danaer drangen sie machtvoll,
Alle die Lanzen erhöht, und getrost im Herzen von Hoffnung,
Herzuziehn den Toten vom Telamonier Ajas:

νήπιοι· ἣ τε πολέεσσιν ἐπ' αὐτῶι θυμὸν ἀπηύρα.
καὶ τότ' ἄρ' Αἴας εἶπε βοὴν ἀγαθὸν Μενέλαον·
„ ὦ πέπον, ὦ Μενέλαε διοτρεφές, οὐκέτι νῶϊ
ἔλπομαι αὐτώ περ νοστησέμεν ἐκ πολέμοιο.
οὔ τι τόσον νέκυος περιδείδια Πατρόκλοιο,
ὅς κε τάχα Τρώων κορέει κύνας ἠδ' οἰωνούς,
ὅσσον ἐμῆι κεφαλῆι περιδείδια μή τι πάθηισι,
καὶ σῆι, ἐπεὶ πολέμοιο νέφος περὶ πάντα καλύπτει,
Ἕκτωρ, ἡμῖν δ' αὖτ' ἀναφαίνεται αἰπὺς ὄλεθρος.
ἀλλ' ἄγ' ἀριστῆας Δαναῶν κάλει, ἤν τις ἀκούσηι."
 ὣς ἔφατ', οὐδ' ἀπίθησε βοὴν ἀγαθὸς Μενέλαος,
ἤϋσεν δὲ διαπρύσιον Δαναοῖσι γεγωνώς·
„ ὦ φίλοι Ἀργείων ἡγήτορες ἠδὲ μέδοντες,
οἵ τε παρ' Ἀτρεΐδηις, Ἀγαμέμνονι καὶ Μενελάωι,
δήμια πίνουσιν καὶ σημαίνουσιν ἕκαστος
λαοῖς· ἐκ δὲ Διὸς τιμὴ καὶ κῦδος ὀπηδεῖ.
ἀργαλέον δέ μοί ἐστι διασκοπιᾶσθαι ἕκαστον
ἡγεμόνων· τόσση γὰρ ἔρις πολέμοιο δέδηεν·
ἀλλά τις αὐτὸς ἴτω, νεμεσιζέσθω δ' ἐνὶ θυμῶι
Πάτροκλον Τρωιῆισι κυσὶν μέλπηθρα γενέσθαι."
 ὣς ἔφατ', ὀξὺ δ' ἄκουσεν Ὀϊλῆος ταχὺς Αἴας·
πρῶτος δ' ἀντίος ἦλθε θέων ἀνὰ δηϊοτῆτα,
τὸν δὲ μετ' Ἰδομενεὺς καὶ ὀπάων Ἰδομενῆος,
Μηριόνης, ἀτάλαντος Ἐνυαλίωι ἀνδρειφόντηι.
τῶν δ' ἄλλων τίς κεν ἧισι φρεσὶν οὐνόματ' εἴποι,
ὅσσοι δὴ μετόπισθε μάχην ἤγειραν Ἀχαιῶν;
 Τρῶες δὲ προὔτυψαν ἀολλέες· ἦρχε δ' ἄρ' Ἕκτωρ.
ὡς δ' ὅτ' ἐπὶ προχοῆισι διιπετέος ποταμοῖο
βέβρυχεν μέγα κῦμα ποτὶ ῥόον, ἀμφὶ δέ τ' ἄκραι
ἠϊόνες βοόωσιν ἐρευγομένης ἁλὸς ἔξω,
τόσσηι ἄρα Τρῶες ἰαχῆι ἴσαν. αὐτὰρ Ἀχαιοὶ
ἕστασαν ἀμφὶ Μενοιτιάδηι ἕνα θυμὸν ἔχοντες,
φραχθέντες σάκεσιν χαλκήρεσιν· ἀμφὶ δ' ἄρά σφι
λαμπρῆισιν κορύθεσσι Κρονίων ἠέρα πολλὴν
χεῦ', ἐπεὶ οὐδὲ Μενοιτιάδην ἔχθαιρε πάρος γε,
ὄφρα ζωὸς ἐὼν θεράπων ἦν Αἰακίδαο·
μίσησεν δ' ἄρα μιν δηΐων κυσὶ κύρμα γενέσθαι
Τρωιῆισιν· τὼ καί οἱ ἀμυνέμεν ὦρσεν ἑταίρους.
 ὦσαν δὲ πρότεροι Τρῶες ἑλίκωπας Ἀχαιούς·
νεκρὸν δὲ προλιπόντες ὑπέτρεσαν, οὐδέ τιν' αὐτῶν
Τρῶες ὑπέρθυμοι ἕλον ἔγχεσιν ἱέμενοί περ,

Törichte! Vielen umher auf dem Leichnam raubt' er das Leben.
Jetzo wandte sich Ajas zum Rufer im Streit Menelaos:
Trautester, o Menelaos, du Göttlicher! nimmer, erwart' ich,
Freuen wir noch uns selber der Heimkehr aus dem Gefechte!
Nicht so sehr noch sorg' ich um unseren toten Patroklos,
Der bald sättigen muß der Troer Hund' und Gevögel;
Als um mein eigenes Haupt ich besorgt bin, was es betreffe,
Und um deins! da des Krieges Gewölk rings alles umdunkelt,
Hektor; und uns mit Schrecken erscheint das nahe Verderben!
Auf denn, und rufe den Helden der Danaer, ob man es höre.
Sprach's; und willig gehorchte der Rufer im Streit Menelaos;
Laut erscholl sein durchdringender Ruf in das Heer der Achaier:
Freunde, des Volks von Argos erhabene Fürsten und Pfleger,
Die ihr um Atreus' Söhn' Agamemnon und Menelaos
Trinkt vom Weine des Volks, und Gebot austeilet, ein jeder
Seiner Schar; da Zeus ihn mit Ruhm und Ehre verherrlicht!
Doch mir ist's unmöglich herauszuspähen die Führer
Jeden im Volk; zu heftig entbrannt ist die Flamme des Krieges!
Komme denn jeder von selbst, und fühle die Schmach in der Seele,
Daß Patroklos liege, den troischen Hunden ein Labsal!
Jener sprach's; wohl hört' ihn der schnelle Sohn des Oileus.
Dieser zuerst nun nahte, die Schlacht in Eile durchrennend;
Dann Idomeneus selbst, und Idomeneus' Kriegsgenoß auch,
Held Meriones, gleich dem männermordenden Ares.
Doch der anderen Namen wer könnt' im Geiste sie nennen,
Alle die jetzt nachfolgend die Schlacht der Achaier erweckten.
Vor nun drangen die Troer mit Heerskraft, folgend dem Hektor.
Wie wenn laut an der Mündung des himmelentsprossenen Stromes
Braust die gewaltige Flut, die heranwogt; rings dann die äußern
Felsengestad' auftosen, mit weithin spritzendem Salzschaum:
Solch ein Getön der Troer erscholl nun. Doch die Achaier
Standen fest um Menötios' Sohn, einmütiges Herzens;
Und erzstarrende Schild' umzäunten sie. Ihnen umher nun
Über die leuchtenden Helme verbreitete nächtliches Dunkel
Zeus: nie hatt' er zuvor Menötios' Sohn ja gehasset,
Weil er lebt', ein Genoß des äakidischen Renners;
Auch ein Greuel ihm war's, daß troischen Hunden zum Raube
Läge der Held; drum ihm zur Verteidigung sandt' er die Freunde.
Trojas' Söhn' itzt drängten die freudigen Krieger Achaias,
Daß von der Leiche hinweg sie entzitterten; aber auch keinen
Mordet' ein Speer der Troer, wie heftiges Muts sie auch strebten.

ἀλλὰ νέκυν ἐρύοντο· μίνυνθα δὲ καὶ τοῦ Ἀχαιοὶ
μέλλον ἀπέσσεσθαι· μάλα γάρ σφεας ὦκ' ἐλέλιξεν
Αἴας, ὃς περὶ μὲν εἶδος, περὶ δ' ἔργα τέτυκτο
τῶν ἄλλων Δαναῶν μετ' ἀμύμονα Πηλεΐωνα.
ἴθυσεν δὲ διὰ προμάχων συῒ εἴκελος ἀλκὴν
καπρίωι, ὅς τ' ἐν ὄρεσσι κύνας θαλερούς τ' αἰζηοὺς
ῥηϊδίως ἐκέδασσεν, ἑλιξάμενος διὰ βήσσας·
ὣς υἱὸς Τελαμῶνος ἀγαυοῦ, φαίδιμος Αἴας,
ῥεῖα μετεισάμενος Τρώων ἐκέδασσε φάλαγγας,
οἳ περὶ Πατρόκλωι βέβασαν, φρόνεον δὲ μάλιστα
ἄστυ πότι σφέτερον ἐρύειν καὶ κῦδος ἀρέσθαι.
ἤτοι τὸν Λήθοιο Πελασγοῦ φαίδιμος υἱός,
Ἱππόθοος, ποδὸς ἕλκε κατὰ κρατερὴν ὑσμίνην,
δησάμενος τελαμῶνι παρὰ σφυρὸν ἀμφὶ τένοντας,
Ἕκτορι καὶ Τρώεσσι χαριζόμενος· τάχα δ' αὐτῶι
ἦλθε κακόν, τό οἱ οὔ τις ἐρύκακεν ἱεμένων περ.
τὸν δ' υἱὸς Τελαμῶνος ἐπαΐξας δι' ὁμίλου
πλῆξ' αὐτοσχεδίην κυνέης διὰ χαλκοπαρήιου·
ἤρικε δ' ἱπποδάσεια κόρυς περὶ δουρὸς ἀκωκῆι,
πληγεῖσ' ἔγχεΐ τε μεγάλωι καὶ χειρὶ παχείηι,
ἐγκέφαλος δὲ παρ' αὐλὸν ἀνέδραμεν ἐξ ὠτειλῆς
αἱματόεις· τοῦ δ' αὖθι λύθη μένος, ἐκ δ' ἄρα χειρῶν
Πατρόκλοιο πόδα μεγαλήτορος ἧκε χαμᾶζε
κεῖσθαι· ὁ δ' ἄγχ' αὐτοῖο πέσε πρηνὴς ἐπὶ νεκρῶι,
τῆλ' ἀπὸ Λαρίσης ἐριβώλακος, οὐδὲ τοκεῦσι
θρέπτρα φίλοις ἀπέδωκε, μινυνθάδιος δέ οἱ αἰὼν
ἔπλεθ' ὑπ' Αἴαντος μεγαθύμου δουρὶ δαμέντι.
Ἕκτωρ δ' αὖτ' Αἴαντος ἀκόντισε δουρὶ φαεινῶι·
ἀλλ' ὁ μὲν ἄντα ἰδὼν ἠλεύατο χάλκεον ἔγχος
τυτθόν· ὁ δὲ Σχεδίον μεγαθύμου Ἰφίτου υἱόν,
Φωκήων ὄχ' ἄριστον, ὃς ἐν κλειτῶι Πανοπῆϊ
οἰκία ναιετάασκε πολέσσ' ἄνδρεσσιν ἀνάσσων,
τὸν βάλ' ὑπὸ κληῖδα μέσην· διὰ δ' ἀμπερὲς ἄκρη
αἰχμὴ χαλκείη παρὰ νείατον ὦμον ἀνέσχε·
δούπησεν δὲ πεσών, ἀράβησε δὲ τεύχε' ἐπ' αὐτῶι.
Αἴας δ' αὖ Φόρκυνα, δαΐφρονα Φαίνοπος υἱόν,
Ἱπποθόωι περιβάντα μέσην κατὰ γαστέρα τύψε·
ῥῆξε δὲ θώρηκος γύαλον, διὰ δ' ἔντερα χαλκὸς
ἤφυσ'· ὁ δ' ἐν κονίηισι πεσὼν ἕλε γαῖαν ἀγοστῶι.
χώρησαν δ' ὑπό τε πρόμαχοι καὶ φαίδιμος Ἕκτωρ·
Ἀργεῖοι δὲ μέγα ἴαχον, ἐρύσαντο δὲ νεκρούς,

Doch sie zogen den Toten, allein nur wenig entfernt ihm
Sollten die Danaer sein; denn sogleich hatt' alle gewendet
Ajas, der hoch an Gestalt, und hoch an Taten hervorschien
Rings im Danaervolk, nach dem tadellosen Achilleus.
Grad' andrang er durchs Vordergefecht, wie ein trotzender Eber
Einbricht, der im Gebirge die Hund' und die rüstigen Jäger
Leicht auseinander zerstreut, durch die waldigen Tale sich wendend:
So des herrlichen Telamons Sohn, der strahlende Ajas,
Leicht, hinein sich stürzend, zerstreut' er der Troer Geschwader,
Welche rings Patroklos umwandelten, gieriges Herzens,
Ihn zur eigenen Feste zu ziehn, und Ruhm zu gewinnen.
Siehe Hippothoos nun, der Sohn des pelasgischen Lethos,
Zog am Fuß ihn hinweg durch schreckliches Waffengetümmel;
Denn er umband mit dem Riemen die Sehnen ihm unten am Knöchel,
Hektorn und den Troern gefällig zu sein; doch sofort ihm
Nahte das Weh, dem ihn keiner entriß der strebenden Freunde.
Denn der Telamonide, dahergestürmt durch den Aufruhr,
Schlug ihm nahe den Speer durch des Helms erzwangige Kuppel;
Und es zerbarst der umflatterte Helm um die Schärfe des Speeres,
Durchgehaun von der mächtigen Lanz' und der nervichten Rechte;
Und das Gehirn entspritzt' an der Röhre des Speers aus der Wunde
Blutig hervor: schnell lösten die Kräfte sich; und aus den Händen
Ließ er Patroklos' Fuß des Hochgesinnten zur Erd' hin
Sinken; und nah ihm sank er auch selbst vorwärts auf den Leichnam,
Weit entfernt von Larissa, der scholligen; aber den Eltern
Lohnet' er nicht die Pflege; denn kurz nur blühte das Leben
Ihm, da vor Ajas Speer, des mutigen Helden, er hinsank.
Hektor zielt' auf Ajas, und warf die blinkende Lanze.
Zwar er selbst vorschauend vermied den ehernen Wurfspieß,
Kaum; doch Schedios traf er, den Iphitos' Stärke gezeuget,
Ihn des phokäischen Volkes Gewaltigsten, der in der edlen
Panopeus' Häuser bewohnt', und viel der Männer beherrschte:
Mitten am Schlüsselbein erzielt' er ihn, daß ihn durchbohrend
Scharf die eherne Spitz' an der oberen Schulter hervordrang;
Dumpf hinkracht' er im Fall, und es rasselten um ihn die Waffen.
Ajas genaht dem Phorkys, dem feurigen Sohne des Phänops,
Der um Hippothoos kämpfte, durchstieß ihm den wölbenden Panzer,
Mitten am Bauch, daß schmetternd ins Eingeweid' ihm die Spitze
Taucht'; und er sank in den Staub, mit der Hand den Boden ergreifend.
Rückwärts wichen die ersten des Kampfs, und der strahlende Hektor.
Doch laut schrien die Danaer auf, und entzogen die Toten,

Φόρκυν θ' Ἱππόθοόν τε, λύοντο δὲ τεύχε' ἀπ' ὤμων.
ἔνθά κεν αὖτε Τρῶες ἀρηϊφίλων ὑπ' Ἀχαιῶν
Ἴλιον εἰσανέβησαν ἀναλκείῃσι δαμέντες,
Ἀργεῖοι δέ κε κῦδος ἕλον καὶ ὑπὲρ Διὸς αἶσαν
κάρτεϊ καὶ σθένεϊ σφετέρωι· ἀλλ' αὐτὸς Ἀπόλλων
Αἰνείαν ὄτρυνε, δέμας Περίφαντι ἐοικώς,
κήρυκι Ἠπυτίδηι, ὅς οἱ παρὰ πατρὶ γέροντι
κηρύσσων γήρασκε, φίλα φρεσὶ μήδεα εἰδώς·
τῶι μιν ἐεισάμενος προσέφη Διὸς υἱὸς Ἀπόλλων·
„ Αἰνεία, πῶς ἂν καὶ ὑπὲρ θεὸν εἰρύσσαισθε
Ἴλιον αἰπεινήν; ὡς δὴ ἴδον ἀνέρας ἄλλους
κάρτεΐ τε σθένεΐ τε πεποιθότας ἠνορέηι τε
πλήθεΐ τε σφετέρωι, καὶ ὑπερδέα δῆμον ἔχοντας·
ἡμῖν δὲ Ζεὺς μὲν πολὺ βούλεται ἢ Δαναοῖσι
νίκην· ἀλλ' αὐτοὶ τρεῖτ' ἄσπετον οὐδὲ μάχεσθε."
ὣς ἔφατ', Αἰνείας δ' ἑκατηβόλον Ἀπόλλωνα
ἔγνω ἐς ἄντα ἰδών, μέγα δ' Ἕκτορα εἶπε βοήσας·
„ Ἕκτόρ τ' ἠδ' ἄλλοι Τρώων ἀγοὶ ἠδ' ἐπικούρων,
αἰδὼς μὲν νῦν ἥδε γ' ἀρηϊφίλων ὑπ' Ἀχαιῶν
Ἴλιον εἰσαναβῆναι ἀναλκείῃσι δαμέντας.
ἀλλ' ἔτι γάρ τίς φησι θεῶν ἐμοὶ ἄγχι παραστὰς
Ζῆν' ὕπατον μήστωρα μάχης ἐπιτάρροθον εἶναι·
τώ ῥ' ἰθὺς Δαναῶν ἴομεν, μηδ' οἵ γε ἕκηλοι
Πάτροκλον νηυσὶν πελασαίατο τεθνηῶτα."
ὣς φάτο, καί ῥα πολὺ προμάχων ἐξάλμενος ἔστη·
οἱ δ' ἐλελίχθησαν καὶ ἐναντίοι ἔσταν Ἀχαιῶν.
ἔνθ' αὖτ' Αἰνείας Λειώκριτον οὔτασε δουρί,
υἱὸν Ἀρίσβαντος, Λυκομήδεος ἐσθλὸν ἑταῖρον.
τὸν δὲ πεσόντ' ἐλέησεν ἀρηΐφιλος Λυκομήδης,
στῆ δὲ μάλ' ἐγγὺς ἰών, καὶ ἀκόντισε δουρὶ φαεινῶι,
καὶ βάλεν Ἱππασίδην Ἀπισάονα, ποιμένα λαῶν,
ἧπαρ ὑπὸ πραπίδων, εἶθαρ δ' ὑπὸ γούνατ' ἔλυσεν,
ὅς ῥ' ἐκ Παιονίης ἐριβώλακος εἰληλούθει,
καὶ δὲ μετ' Ἀστεροπαῖον ἀριστεύεσκε μάχεσθαι.
τὸν δὲ πεσόντ' ἐλέησεν ἀρήϊος Ἀστεροπαῖος,
ἴθυσεν δὲ καὶ ὁ πρόφρων Δαναοῖσι μάχεσθαι·
ἀλλ' οὔ πως ἔτι εἶχε· σάκεσσι γὰρ ἔρχατο πάντηι
ἑσταότες περὶ Πατρόκλωι, πρὸ δὲ δούρατ' ἔχοντο.
Αἴας γὰρ μάλα πάντας ἐπώιχετο πολλὰ κελεύων·
οὔτέ τιν' ἐξοπίσω νεκροῦ χάζεσθαι ἀνώγει
οὔτέ τινα προμάχεσθαι Ἀχαιῶν ἔξοχον ἄλλων,

Phorkys zugleich und den edlen Hippothoos, raubten die Wehr dann.
Bald nun wären die Troer vor Argos' kriegrischen Söhnen
Ilios zugeflohn, durch Ohnmacht alle gebändigt;
Und Ruhm hätten gewonnen die Danaer, gegen das Schicksal
Zeus, durch eigene Kraft und Gewalt. Doch selber Apollon
Trieb Äneias zum Kampf, dem Periphas ähnlich erscheinend,
Epytos' Sohn, dem Herold, der ihm bei dem grauenden Vater
Dienend dem Alter genaht, getreu und redliches Herzens:
Dessen Gestalt nachahmend, begann der Herrscher Apollon:
O wie rettetet ihr, Äneias, gegen die Götter
Ilios hohe Burg? wie ich andere Männer gesehen,
Ihrer Kraft und Gewalt und männlichem Mute vertrauend,
Und zahllosem Gefolge der furchtverachtenden Völker!
Uns gewähret ja Zeus weit günstiger, als den Achaiern,
Siegesruhm; doch ihr selber entbebt scheu, ohne zu kämpfen!
Sprach's; und Äneias erkannte den treffenden Phöbos Apollon,
Schauend sein Angesicht, und sprach lautrufend zu Hektor:
Hektor, und ihr der Troer Gewaltige, und der Genossen,
Schande doch wäre das nun, vor Argos' kriegrischen Söhnen
Ilios zuzufliehn, durch Ohnmacht alle gebändigt!
Aber mir sagt auch zugleich ein Unsterblicher, neben mir stehend,
Zeus der Herrscher der Welt sei unser Schirm in der Feldschlacht!
Drum gradan in der Danaer Heer! nicht müssen sie ruhig
Dort den Schiffen sich nahn mit dem Leichnam ihres Patroklos!
Sprach's; und weit vorspringend den vordersten, stand er zum Kampfe.
Jene nun wandten die Stirn', und begegneten kühn den Achaiern.
Doch Äneias durchstach den Leiokritos dort mit der Lanze,
Ihn des Arisbas' Sohn, Lykomedes' edlen Genossen.
Seinen Fall betraurte der streitbare Held Lykomedes;
Nah ihm trat er hinan, und schoß die blinkende Lanze;
Sieh und Hippasos' Sohne, dem Hirten des Volks Apisaon,
Fuhr in die Leber das Erz, und löst' ihm die strebenden Kniee:
Der aus Päonia kam, dem Land' hochscholliger Äcker,
Und nach Asteropäos der Tapferste kämpft' in der Heerschar.
Seinen Fall betraurte der kriegrische Asteropäos;
Gradan drang nun auch dieser zum Kampf mit den Söhnen Achaias;
Aber umsonst: denn rings mit geschlossenen Schilden umzäunet,
Standen sie all' um Patroklos, gestreckt die ragenden Lanzen.
Ajas stets geschäftig umeilte sie, vieles ermahnend:
Weder zurück von dem Toten verstattet' er einem zu weichen,
Weder hervorzudringen zum Kampf vor den andern Achaiern;

ἀλλὰ μάλ' ἀμφ' αὐτῶι βεβάμεν, σχεδόθεν δὲ μάχεσθαι.
ὣς Αἴας ἐπέτελλε πελώριος, αἵματι δὲ χθὼν
δεύετο πορφυρέωι, τοὶ δ' ἀγχιστῖνοι ἔπιπτον
νεκροὶ ὁμοῦ Τρώων καὶ ὑπερμενέων ἐπικούρων
καὶ Δαναῶν· οὐδ' οἳ γὰρ ἀναιμωτί γε μάχοντο,
παυρότεροι δὲ πολὺ φθίνυθον· μέμνηντο γὰρ αἰεὶ
ἀλλήλοις ἀν' ὅμιλον ἀλεξέμεναι φόνον αἰπύν.
ὣς οἱ μὲν μάρναντο δέμας πυρός, οὐδέ κε φαίης
οὔτέ ποτ' ἠέλιον σῶν ἔμμεναι οὔτε σελήνην·
ἠέρι γὰρ κατέχοντο μάχης ἐπί θ' ὅσσον ἄριστοι
ἕστασαν ἀμφὶ Μενοιτιάδηι κατατεθνηῶτι.
οἱ δ' ἄλλοι Τρῶες καὶ ἐϋκνήμιδες Ἀχαιοὶ
εὔκηλοι πολέμιζον ὑπ' αἰθέρι, πέπτατο δ' αὐγὴ
ἠελίου ὀξεῖα, νέφος δ' οὐ φαίνετο πάσης
γαίης οὐδ' ὀρέων· μεταπαυόμενοι δὲ μάχοντο,
ἀλλήλων ἀλεείνοντες βέλεα στονόεντα,
πολλὸν ἀφεσταότες. τοὶ δ' ἐν μέσωι ἄλγε' ἔπασχον
ἠέρι καὶ πολέμωι, τείροντο δὲ νηλέϊ χαλκῶι
ὅσσοι ἄριστοι ἔσαν· δύο δ' οὔ πω φῶτε πεπύσθην,
ἀνέρε κυδαλίμω, Θρασυμήδης Ἀντίλοχός τε,
Πατρόκλοιο θανόντος ἀμύμονος, ἀλλ' ἔτ' ἔφαντο
ζωὸν ἐνὶ πρώτωι ὁμάδωι Τρώεσσι μάχεσθαι.
τὼ δ' ἐπιοσσομένω θάνατον καὶ φύζαν ἑταίρων
νόσφιν ἐμαρνάσθην, ἐπεὶ ὣς ἐπετέλλετο Νέστωρ,
ὀτρύνων πόλεμόνδε μελαινάων ἀπὸ νηῶν.
τοῖς δὲ πανημερίοις ἔριδος μέγα νεῖκος ὀρώρει
ἀργαλέης· καμάτωι δὲ καὶ ἱδρῶι νωλεμὲς αἰεὶ
γούνατά τε κνῆμαί τε πόδες θ' ὑπένερθεν ἑκάστου
χεῖρές τ' ὀφθαλμοί τε παλάσσετο μαρναμένοιιν
ἀμφ' ἀγαθὸν θεράποντα ποδώκεος Αἰακίδαο.
ὡς δ' ὅτ' ἀνὴρ ταύροιο βοὸς μεγάλοιο βοείην
λαοῖσιν δώηι τανύειν, μεθύουσαν ἀλοιφῆι·
δεξάμενοι δ' ἄρα τοί γε διαστάντες τανύουσι
κυκλόσ', ἄφαρ δέ τε ἰκμὰς ἔβη, δύνει δέ τ' ἀλοιφὴ
πολλῶν ἑλκόντων, τάνυται δέ τε πᾶσα διαπρό·
ὣς οἵ γ' ἔνθα καὶ ἔνθα νέκυν ὀλίγηι ἐνὶ χώρηι
εἵλκεον ἀμφότεροι· μάλα δέ σφισιν ἔλπετο θυμός,
Τρωσὶν μὲν ἐρύειν προτὶ Ἴλιον, αὐτὰρ Ἀχαιοῖς
νῆας ἔπι γλαφυράς· περὶ δ' αὐτοῦ μῶλος ὀρώρει
ἄγριος· οὐδέ κ' Ἄρης λαοσσόος οὐδέ κ' Ἀθήνη
τόν γε ἰδοῦσ' ὀνόσαιτ', οὐδ' εἰ μάλα μιν χόλος ἵκοι·

Sondern dicht zu umwandeln die Leich', und nahe zu kämpfen.
Also gebot dort Ajas, der Mächtige; ringsum gerötet
Floß die Erde von Blut, und es taumelten übereinander
Tote zugleich der Troer und mutigen Bundesgenossen,
Danaer auch; nicht gingen sie ohne Blut aus dem Kampfe;
Doch viel weniger sanken sie hin: denn sie dachten beständig,
Sich im Gedräng' einander den schrecklichen Mord zu entfernen.
So dort tobten wie Feuer die Kämpfenden. Keiner erkannt' itzt,
Ob am Himmel die Sonn' unversehrt sei, oder der Mond noch.
Denn von Dunkel umhüllt im Gefecht dort waren die Tapfern,
Welche Menötios' Sohn den Erschlagenen rings umstanden.
Doch die anderen Troer und erzumschienten Achaier
Stritten frei in der Helle des Tags; denn es strahlete ringsum
Brennender Sonnenschein, und Gewölk beschattete nirgends
Weder Feld noch Gebirg'. Auch pflegten sie oft vom Gefechte
Auszuruhn, vermeidend die bitteren Todesgeschosse,
Weit voneinander gestellt. Doch die Mittleren duldeten Jammer
Dort im Dunkel und Kampf, und gequält vom grausamen Erze
Waren die Helden gesamt. Nur zween noch hörten den Ruf nicht,
Beide gepriesene Männer, Antilochos und Trasymedes,
Daß Patroklos sank, der Untadlige; sondern sie wähnten,
Daß noch lebend im Vordergewühl er die Troer bekämpfe.
Aufmerksam verhütend den Tod und die Flucht der Genossen,
Stritten sie fern in der Schlacht: denn so ermahnte sie Nestor,
Als er zum Kampf sie entließ von den dunkelen Schiffen Achaias.
Jene den ganzen Tag wetteiferten heftig in Mordlust,
Tobender stets; von Arbeit und triefendem Schweiße beständig
Wurden die Knie' und die Schenkel und unteren Füße der Streiter,
Wurden die Händ' und die Augen im wütenden Kampfe besudelt,
Um den edlen Genossen des äakidischen Renners.
Wie wenn ein Mann die Haut des gewaltigen Stiers von der Herde
Auszudehnen den Seinigen gab, mit Fette getränket;
Sie nun nehmen die Haut, und ziehn, auseinander sich stellend,
Rings, daß bald die Nässe verschwand, und die Fertigkeit eindringt,
Wann so viel' ausrecken, und ganz umher sie gedehnt wird:
Also zogen auch jene den Leichnam hiehin und dorthin,
Stehend auf wenigem Raum; denn fest vertrauten die Männer,
Trojas, weg ihn zu führen gen Ilios, aber Achaias,
Zu den gebogenen Schiffen; und ringsum tobte der Aufruhr
Fürchterlich: selbst nicht Ares der Wüterich, oder Athene,
Hätt' ihn schauend getadelt, wie sehr auch der Zorn sie entflammte.

τοῖον Ζεὺς ἐπὶ Πατρόκλωι ἀνδρῶν τε καὶ ἵππων
ἤματι τῶι ἐτάνυσσε κακὸν πόνον· οὐδ᾽ ἄρα πώ τι
ἤιδεε Πάτροκλον τεθνηότα δῖος Ἀχιλλεύς·
πολλὸν γάρ ῥ᾽ ἀπάνευθε νεῶν μάρναντο θοάων,
τείχει ὕπο Τρώων· τό μιν οὔ ποτε ἔλπετο θυμῶι
τεθνάμεν, ἀλλὰ ζωὸν ἐνιχριμφθέντα πύληισιν
ἂψ ἀπονοστήσειν, ἐπεὶ οὐδὲ τὸ ἔλπετο πάμπαν,
ἐκπέρσειν πτολίεθρον ἄνευ ἕθεν, οὐδὲ σὺν αὐτῶι·
πολλάκι γὰρ τό γε μητρὸς ἐπεύθετο νόσφιν ἀκούων,
ἥ οἱ ἀπαγγέλλεσκε Διὸς μεγάλοιο νόημα.
δὴ τότε γ᾽ οὔ οἱ ἔειπε κακὸν τόσον ὅσσον ἐτύχθη
μήτηρ, ὅττί ῥά οἱ πολὺ φίλτατος ὤλεθ᾽ ἑταῖρος.
οἱ δ᾽ αἰεὶ περὶ νεκρὸν ἀκαχμένα δούρατ᾽ ἔχοντες
νωλεμὲς ἐγχρίμπτοντο καὶ ἀλλήλους ἐνάριζον·
ὧδε δέ τις εἴπεσκεν Ἀχαιῶν χαλκοχιτώνων·
„ ὦ φίλοι, οὐ μὰν ἧμιν ἐϋκλεὲς ἀπονέεσθαι
νῆας ἔπι γλαφυράς, ἀλλ᾽ αὐτοῦ γαῖα μέλαινα
πᾶσι χάνοι· τό κεν ἧμιν ἄφαρ πολὺ κέρδιον εἴη,
εἰ τοῦτον Τρώεσσι μεθήσομεν ἱπποδάμοισιν
ἄστυ πότι σφέτερον ἐρύσαι καὶ κῦδος ἀρέσθαι.“
ὧς δέ τις αὖ Τρώων μεγαθύμων αὐδήσασκεν·
„ ὦ φίλοι, εἰ καὶ μοῖρα παρ᾽ ἀνέρι τῶιδε δαμῆναι
πάντας ὁμῶς, μή πώ τις ἐρωείτω πολέμοιο.“
ὧς ἄρα τις εἴπεσκε, μένος δ᾽ ὄρσασκεν ἑκάστου.
ὧς οἱ μὲν μάρναντο, σιδήρειος δ᾽ ὀρυμαγδὸς
χάλκεον οὐρανὸν ἷκε δι᾽ αἰθέρος ἀτρυγέτοιο·
ἵπποι δ᾽ Αἰακίδαο μάχης ἀπάνευθεν ἐόντες
κλαῖον, ἐπεὶ δὴ πρῶτα πυθέσθην ἡνιόχοιο
ἐν κονίηισι πεσόντος ὑφ᾽ Ἕκτορος ἀνδροφόνοιο.
ἦ μὰν Αὐτομέδων, Διώρεος ἄλκιμος υἱός,
πολλὰ μὲν ἂρ μάστιγι θοῆι ἐπεμαίετο θείνων,
πολλὰ δὲ μειλιχίοισι προσηύδα, πολλὰ δ᾽ ἀρειῆι·
τὼ δ᾽ οὔτ᾽ ἂψ ἐπὶ νῆας ἐπὶ πλατὺν Ἑλλήσποντον
ἠθελέτην ἰέναι οὔτ᾽ ἐς πόλεμον μετ᾽ Ἀχαιούς,
ἀλλ᾽ ὥς τε στήλη μένει ἔμπεδον, ἥ τ᾽ ἐπὶ τύμβωι
ἀνέρος ἑστήκηι τεθνηότος ἠὲ γυναικός,
ὧς μένον ἀσφαλέως περικαλλέα δίφρον ἔχοντες,
οὔδει ἐνισκίμψαντε καρήατα· δάκρυα δέ σφι
θερμὰ κατὰ βλεφάρων χαμάδις ῥέε μυρομένοισιν
ἡνιόχοιο πόθωι· θαλερὴ δ᾽ ἐμιαίνετο χαίτη
ζεύγλης ἐξεριποῦσα παρὰ ζυγὸν ἀμφοτέρωθεν.

So schuf Zeus um Patroklos den Männern dort und den Rossen
Jenes Tags Arbeiten und Schrecknisse. Aber noch gar nichts
Wußte vom Tod des Patroklos der göttergleiche Achilleus;
Denn weit kämpften die Heer' entfernt von den hurtigen Schiffen,
Unter der Mauer der Stadt. Drum hofft' er nimmer im Geiste,
Tot ihn, sondern lebend, sobald er den Toren genahet,
Wiederkehren zu sehn: denn das auch hofft' er mitnichten,
Daß er die Stadt einnähme, nicht sonder ihn, noch ihm gesellt auch.
Oft ja vernahm er dies ingeheim von der göttlichen Mutter,
Wann sie ihm enthüllte den Rat des großen Kronion;
Doch auch dann verschwieg sie das Schreckliche, was ihm bevorstand,
Mütterlich: daß ihm anjetzt der geliebteste sank der Genossen.
Jene stets um den Toten die spitzigen Lanzen bewegend,
Tobten zusammengedrängt, und würgten sich untereinander.
So nun redete mancher der erzumschirmten Achaier:
Freunde, fürwahr nicht folget der Ruhm uns, kehren wir jetzo
Zu den geräumigen Schiffen! O nein, eh' schlinge der Erde
Schwarzer Schlund uns hinab! Das wär' uns besser in Wahrheit;
Als den hier zu verlassen den gaulbezähmenden Troern,
Daß sie zur eigenen Stadt ihn ziehn, und Ruhm sich gewinnen!
Also sprach auch mancher der übermütigen Troer:
Freund', und wär' uns bestimmt, bei diesem Manne zu sterben,
Alle zugleich; doch nicht entziehe sich einer dem Kampfe!
So dort redete mancher, den Mut des Genossen entflammend.
Also bekämpften sich jen'; und eisernes dumpfes Geprassel
Scholl zum ehernen Himmel, des Äthers Wüste durchdringend.
Aber Achilleus' Rosse, die abwärts standen dem Schlachtfeld,
Weineten, als sie gehört, ihr Wagenlenker Patroklos
Lieg' im Staube gestreckt von der Hand des mordenden Hektor.
Ach Automedon zwar, der tapfere Sohn des Diores,
Strebte sie oft mit der Geißel geschwungenem Schlag zu beflügeln,
Oft mit schmeichelnden Worten ermahnet' er, oft auch mit Drohung;
Doch nicht heim zu den Schiffen am breiten Hellespontos
Wollten sie gehn, und nicht in die Feldschlacht zu den Achaiern:
Sondern gleich der Säule, die unbewegt auf dem Hügel
Eines gestorbenen Mannes emporragt, oder des Weibes;
Also standen sie fest, vor dem prangenden Sessel des Wagens,
Beid' ihr Haupt fest auf den Boden gesenkt; und Tränen entflossen
Heiß herab von den Wimpern der Traurenden, welche des Lenkers
Dachten mit sehnendem Schmerz; auch sank die blühende Mähne
Wallend hervor aus dem Ringe des Jochs, mit Staube besudelt.

μυρομένω δ᾽ ἄρα τώ γε ἰδὼν ἐλέησε Κρονίων,
κινήσας δὲ κάρη προτὶ ὃν μυθήσατο θυμόν·
„ἆ δειλώ, τί σφῶϊ δόμεν Πηλῆϊ ἄνακτι
θνητῶι, ὑμεῖς δ᾽ ἐστὸν ἀγήρω τ᾽ ἀθανάτω τε;
ἦ ἵνα δυστήνοισι μετ᾽ ἀνδράσιν ἄλγε᾽ ἔχητον;
οὐ μὲν γάρ τί πού ἐστιν ὀϊζυρώτερον ἀνδρὸς
πάντων ὅσσά τε γαῖαν ἔπι πνείει τε καὶ ἕρπει.
ἀλλ᾽ οὐ μὰν ὑμῖν γε καὶ ἅρμασι δαιδαλέοισιν
Ἕκτωρ Πριαμίδης ἐποχήσεται· οὐ γὰρ ἐάσω.
ἦ οὐχ ἅλις ὡς καὶ τεύχε᾽ ἔχει καὶ ἐπεύχεται αὔτως;
σφῶϊν δ᾽ ἐν γούνεσσι βαλῶ μένος ἠδ᾽ ἐνὶ θυμῶι,
ὄφρα καὶ Αὐτομέδοντα σαώσετον ἐκ πολέμοιο
νῆας ἔπι γλαφυράς· ἔτι γάρ σφισι κῦδος ὀρέξω,
κτείνειν, εἰς ὅ κε νῆας ἐϋσσέλμους ἀφίκωνται
δύηι τ᾽ ἠέλιος καὶ ἐπὶ κνέφας ἱερὸν ἔλθηι.“
ὣς εἰπὼν ἵπποισιν ἐνέπνευσεν μένος ἠΰ.
τὼ δ᾽ ἀπὸ χαιτάων κονίην οὖδάσδε βαλόντε
ῥίμφα φέρον θοὸν ἅρμα μετὰ Τρῶας καὶ Ἀχαιούς.
τοῖσι δ᾽ ἐπ᾽ Αὐτομέδων μάχετ᾽ ἀχνύμενός περ ἑταίρου,
ἵπποις ἀΐσσων ὥς τ᾽ αἰγυπιὸς μετὰ χῆνας·
ῥέα μὲν γὰρ φεύγεσκεν ὑπ᾽ ἐκ Τρώων ὀρυμαγδοῦ,
ῥεῖα δ᾽ ἐπαΐξασκε πολὺν καθ᾽ ὅμιλον ὀπάζων.
ἀλλ᾽ οὐχ ἥιρει φῶτας, ὅτε σεύαιτο διώκειν·
οὐ γάρ πως ἦν οἷον ἐόνθ᾽ ἱερῶι ἐνὶ δίφρωι
ἔγχει ἐφορμᾶσθαι καὶ ἐπίσχειν ὠκέας ἵππους.
ὀψὲ δὲ δή μιν ἑταῖρος ἀνὴρ ἴδεν ὀφθαλμοῖσιν
Ἀλκιμέδων, υἱὸς Λαέρκεος Αἱμονίδαο·
στῆ δ᾽ ὄπιθεν δίφροιο, καὶ Αὐτομέδοντα προσηύδα·
„Αὐτόμεδον, τίς τοί νυ θεῶν νηκερδέα βουλὴν
ἐν στήθεσσιν ἔθηκε, καὶ ἐξέλετο φρένας ἐσθλάς;
οἷον πρὸς Τρῶας μάχεαι πρώτωι ἐν ὁμίλωι
μοῦνος· ἀτάρ τοι ἑταῖρος ἀπέκτατο, τεύχεα δ᾽ Ἕκτωρ
αὐτὸς ἔχων ὤμοισιν ἀγάλλεται Αἰακίδαο.“
τὸν δ᾽ αὖτ᾽ Αὐτομέδων προσέφη, Διώρεος υἱός·
„Ἀλκίμεδον, τίς γάρ τοι Ἀχαιῶν ἄλλος ὁμοῖος
ἵππων ἀθανάτων ἐχέμεν δμῆσίν τε μένος τε,
εἰ μὴ Πάτροκλος, θεόφιν μήστωρ ἀτάλαντος,
ζωὸς ἐών; νῦν αὖ θάνατος καὶ μοῖρα κιχάνει.
ἀλλὰ σὺ μὲν μάστιγα καὶ ἡνία σιγαλόεντα
δέξαι, ἐγὼ δ᾽ ἵππων ἀποβήσομαι, ὄφρα μάχωμαι.“
ὣς ἔφατ᾽, Ἀλκιμέδων δὲ βοηθόον ἅρμ᾽ ἐπορούσας

Mitleidsvoll nun sahe die Traurenden Zeus Kronion;
Ernst bewegt' er das Haupt, und sprach in der Tiefe des Herzens:
Arme, warum doch schenkten wir euch dem Könige Peleus,
Ihm dem Sterblichen euch, unalternd beid' und unsterblich?
Etwa daß Gram ihr ertrügt mit den unglückseligen Menschen?
Denn kein anderes Wesen ist jammervoller auf Erden,
Als der Mensch, von allem, was Leben haucht und sich reget.
Aber umsonst hofft euch vor dem kunstreich prangenden Wagen
Hektor, Priamos' Sohn, zu bändigen; nimmer gestatt' ich's!
Nicht genug, daß die Waffen er hat, und eitel sich rühmet?
Beiden Kraft in die Kniee gewähr' ich euch, und in die Herzen,
Daß ihr Automedon auch erretten mögt aus der Feldschlacht,
Zu den geräumigen Schiffen. Denn Ruhm noch schenk' ich den Troern,
Niederzuhaun, bis sie nahn den schöngebordeten Schiffen,
Bis die Sonne sich senkt, und heiliges Dunkel heraufzieht.
Jener sprach's, und die Rosse mit edeler Stärke beseelt' er.
Beide, nachdem von den Mähnen zur Erde den Staub sie geschüttelt,
Sprengten sie rasch mit dem Wagen in Troer hinein und Achaier.
Aber Automedon kämpfte, betrübt zwar um den Genossen,
Stürmend im Flug des Gespanns, wie ein Geier gestürzt in die Gänse:
Leicht anitzt entfloh er zurück vor der Troer Getümmel,
Leicht dann stürmt er hinein in die dichtesten Haufen verfolgend.
Doch nicht mordet' er Männer, wann ungestüm er hinandrang.
Denn ihm war's unmöglich, allein in dem heiligen Sessel,
Herzuschwingen die Lanz', und die hurtigen Rosse zu lenken.
Endlich nunmehr erblickt' ihn Alkimedon dort mit den Augen,
Sein Genoß, ein Sohn des Ämoniden Laerkes;
Hinter den Wagen gestellt des Automedon, redet' er also:
Welch ein Gott, Automedon, war's, der den nichtigen Vorsatz
Dir in die Seele gelegt, und entwand die gute Besinnung?
Daß du so die Troer bekämpfst im Vordergetümmel,
Einzeln, da tot der Genoß dir hinsank, und mit Achilleus'
Rüstungen Hektor nun selbst die Schulter geschmückt einherprangt!
Aber Automedon sprach, Diores' Sohn, ihm erwidernd:
Wer doch, Alkimedon, weiß gleich dir von allen Achaiern,
Dieser unsterblichen Ross' unbändigen Mut zu bezähmen;
Außer Patroklos selbst, den Himmlischen ähnlich an Weisheit,
Weil er lebt'? itzt aber ereilet' ihn Tod und Verhängnis.
Auf denn, die Geißel sofort und die purpurschimmernden Zügel
Nimm; ich selbst verlasse die Ross', und warte des Kampfes.
Sprach's; und Alkimedon stracks in den rüstigen Wagen sich schwingend

καρπαλίμως μάστιγα καὶ ἡνία λάζετο χερσίν,
Αὐτομέδων δ' ἀπόρουσε· νόησε δὲ φαίδιμος Ἕκτωρ,
αὐτίκα δ' Αἰνείαν προσεφώνεεν ἐγγὺς ἐόντα·
„ Αἰνεία, Τρώων βουληφόρε χαλκοχιτώνων,
ἵππω τώδ' ἐνόησα ποδώκεος Αἰακίδαο
ἐς πόλεμον προφανέντε σὺν ἡνιόχοισι κακοῖσι·
τώ κεν ἐελποίμην αἱρησέμεν, εἰ σύ γε θυμῶι
σῶι ἐθέλεις, ἐπεὶ οὐκ ἂν ἐφορμηθέντε γε νῶϊ
τλαῖεν ἐναντίβιον στάντες μαχέσασθαι Ἄρηϊ."
    ὣς ἔφατ', οὐδ' ἀπίθησεν ἐῢς πάϊς Ἀγχίσαο.
τὼ δ' ἰθὺς βήτην βοέηις εἰλυμένω ὤμους
αὔηισι στερεῆισι· πολὺς δ' ἐπελήλατο χαλκός.
τοῖσι δ' ἅμα Χρομίος τε καὶ Ἄρητος θεοειδὴς
ἤϊσαν ἀμφότεροι· μάλα δέ σφισιν ἔλπετο θυμὸς
αὐτώ τε κτενέειν ἐλάαν τ' ἐριαύχενας ἵππους·
νήπιοι, οὐδ' ἄρ' ἔμελλον ἀναιμωτί γε νέεσθαι
αὖτις ἀπ' Αὐτομέδοντος. ὁ δ' εὐξάμενος Διὶ πατρὶ
ἀλκῆς καὶ σθένεος πλῆτο φρένας ἀμφὶ μελαίνας·
αὐτίκα δ' Ἀλκιμέδοντα προσηύδα, πιστὸν ἑταῖρον·
„ Ἀλκίμεδον, μὴ δή μοι ἀπόπροθεν ἰσχέμεν ἵππους,
ἀλλὰ μάλ' ἐμπνείοντε μεταφρένωι· οὐ γὰρ ἔγωγε
Ἕκτορα Πριαμίδην μένεος σχήσεσθαι ὀΐω,
πρίν γ' ἐπ' Ἀχιλλῆος καλλίτριχε βήμεναι ἵππω
νῶϊ κατακτείναντα, φοβῆσαί τε στίχας ἀνδρῶν
Ἀργείων, ἤ κ' αὐτὸς ἐνὶ πρώτοισιν ἁλοίη."
    ὣς εἰπὼν Αἴαντε καλέσσατο καὶ Μενέλαον·
„ Αἴαντ', Ἀργείων ἡγήτορε, καὶ Μενέλαε,
ἤτοι μὲν τὸν νεκρὸν ἐπιτράπεθ' οἵ περ ἄριστοι,
ἀμφ' αὐτῶι βεβάμεν καὶ ἀμύνεσθαι στίχας ἀνδρῶν,
νῶϊν δὲ ζωοῖσιν ἀμύνετε νηλεὲς ἦμαρ·
τῆιδε γὰρ ἔβρισαν πόλεμον κάτα δακρυόεντα
Ἕκτωρ Αἰνείας θ', οἳ Τρώων εἰσὶν ἄριστοι.
ἀλλ' ἤτοι μὲν ταῦτα θεῶν ἐν γούνασι κεῖται·
ἥσω γὰρ καὶ ἐγώ, τὰ δέ κεν Διὶ πάντα μελήσει."
    ἦ ῥα, καὶ ἀμπεπαλὼν προΐει δολιχόσκιον ἔγχος,
καὶ βάλεν Ἀρήτοιο κατ' ἀσπίδα πάντοσ' ἐΐσην·
ἡ δ' οὐκ ἔγχος ἔρυτο, διὰ πρὸ δὲ εἴσατο χαλκός,
νειαίρηι δ' ἐν γαστρὶ διὰ ζωστῆρος ἔλασσεν.
ὡς δ' ὅτ' ἂν ὀξὺν ἔχων πέλεκυν αἰζήϊος ἀνήρ,
κόψας ἐξόπιθεν κεράων βοὸς ἀγραύλοιο,
ἶνα τάμηι διὰ πᾶσαν, ὁ δὲ προθορὼν ἐρίπηισιν,

Faßte die Geißel geschwind' und das schöne Gezäum in die Hände.
Aber dem Sessel entsprang Automedon. Diesen bemerkt' itzt
Hektor, und redete schnell zu Äneias, der ihm genaht war:
Edler Fürst, Äneias, der erzumpanzerten Troer,
Schau, dort seh' ich die Rosse des äakidischen Renners
Wild in die Schlacht vorsprengen mit sehr unkriegrischen Lenkern.
Darum hoff' ich beinah', wir nehmen sie, wenn du nur selber
Solches begehrst: denn nimmer, sobald wir beide bestürmen,
Wagen sie, uns entgegen gestellt, des Gefechtes Entscheidung.
Jener sprach's; ihm gehorchte der tapfere Sohn des Anchises.
Gradan stürmten sie beid', und mächtige Schilde von Stierhaut
Hüllten sie, dürr und gedrängt, und umlegt mit starrendem Erze.
Chromios, ihnen gesellt, und Aretos, ähnlich den Göttern,
Folgten zugleich; denn sicher vertrauten sie, beide zu töten,
Aber hinweg das Gespann hochwiehernder Rosse zu treiben:
Törichte! traun nicht sollten sie ohne Blut aus dem Kampfe
Heim von Automedon kehren. Sobald er gefleht zu Kronion,
Ward mit Kraft und Gewalt sein finsteres Herz ihm erfüllet.
Schnell zum treuen Genossen Alkimedon redet' er also:
Ja nicht ferne von mir, Alkimedon, halte die Rosse,
Sondern dicht mir am Rücken die Schnaubenden! Nimmer vermut ich,
Hektor, Priamos' Sohn, werd' itzt der Gewalt sich enthalten,
Eh' er Achilleus' Rosse, die schöngemähnten, daherlenkt,
Uns in den Staub gestreckt, und umhergescheucht die Geschwader
Argos'; oder auch selbst hinsank im Vordergetümmel!
Jener sprach's, und berief die Ajas und Menelaos:
Ajas beid', Heerführer der Danaer, und Menelaos,
Ihn nunmehr, den Toten, vertraut den Tapfersten allen,
Daß sie rings umwandelnd die Reihn der Männer entfernen;
Doch von uns, die leben, entfernt den Tag des Verderbens!
Denn dort drängen heran durch Jammer und Graun des Gewürges
Hektor und Äneias, die tapfersten Helden von Troja!
Aber solches ruht ja im Schoß der seligen Götter!
Ich auch sende den Speer; für das übrige sorge Kronion!
Sprach's, und im Schwung' entsandt' er die weithinschattende Lanze;
Und er traf dem Aretos den Schild von geründeter Wölbung:
Und nicht hemmete jener den Speer; durch stürmte das Erz ihm
Unten hinein in den Bauch, den künstlichen Gurt ihm durchbohrend.
Wie wenn mit scharfer geschwungener Axt ein mutiger Jüngling,
Hauend den Nacken des Stiers, des geweideten, hinter den Hörnern,
Ganz ihm die Sehne durchschnitt, und der Stier aufspringend hinabsank:

ὣς ἄρ᾽ ὅ γε προθορὼν πέσεν ὕπτιος· ἐν δέ οἱ ἔγχος
νηδυίοισι μάλ᾽ ὀξὺ κραδαινόμενον λύε γυῖα.
Ἕκτωρ δ᾽ Αὐτομέδοντος ἀκόντισε δουρὶ φαεινῶι·
ἀλλ᾽ ὁ μὲν ἄντα ἰδὼν ἠλεύατο χάλκεον ἔγχος·
πρόσσω γὰρ κατέκυψε, τὸ δ᾽ ἐξόπιθεν δόρυ μακρὸν
οὔδει ἐνισκίμφθη, ἐπὶ δ᾽ οὐρίαχος πελεμίχθη
ἔγχεος· ἔνθα δ᾽ ἔπειτ᾽ ἀφίει μένος ὄβριμος Ἄρης.
καί νύ κε δὴ ξιφέεσσ᾽ αὐτοσχεδὸν ὁρμηθήτην
εἰ μή σφω᾽ Αἴαντε διέκριναν μεμαῶτε,
οἵ ῥ᾽ ἦλθον καθ᾽ ὅμιλον ἑταίρου κικλήσκοντος·
τοὺς ὑποταρβήσαντες ἐχώρησαν πάλιν αὖτις
Ἕκτωρ Αἰνείας τ᾽ ἠδὲ Χρομίος θεοειδής,
Ἄρητον δὲ κατ᾽ αὖθι λίπον δεδαϊγμένον ἦτορ,
κείμενον· Αὐτομέδων δὲ θοῶι ἀτάλαντος Ἄρηϊ
τεύχεά τ᾽ ἐξενάριξε καὶ εὐχόμενος ἔπος ηὔδα·
„ἦ δὴ μὰν ὀλίγον γε Μενοιτιάδαο θανόντος
κῆρ ἄχεος μεθέηκα χερείονά περ καταπέφνων.“
ὣς εἰπὼν ἐς δίφρον ἑλὼν ἔναρα βροτόεντα
θῆκ᾽, ἂν δ᾽ αὐτὸς ἔβαινε πόδας καὶ χεῖρας ὕπερθεν
αἱματόεις ὥς τίς τε λέων κατὰ ταῦρον ἐδηδώς.
ἂψ δ᾽ ἐπὶ Πατρόκλωι τέτατο κρατερὴ ὑσμίνη
ἀργαλέη πολύδακρυς, ἔγειρε δὲ νεῖκος Ἀθήνη
οὐρανόθεν καταβᾶσα· προῆκε γὰρ εὐρύοπα Ζεὺς
ὀρνύμεναι Δαναούς· δὴ γὰρ νόος ἐτράπετ᾽ αὐτοῦ.
ἠΰτε πορφυρέην ἶριν θνητοῖσι τανύσσηι
Ζεὺς ἐξ οὐρανόθεν, τέρας ἔμμεναι ἢ πολέμοιο,
ἢ καὶ χειμῶνος δυσθαλπέος, ὅς ῥά τε ἔργων
ἀνθρώπους ἀνέπαυσεν ἐπὶ χθονί, μῆλα δὲ κήδει,
ὣς ἣ πορφυρέηι νεφέληι πυκάσασα ἓ αὐτὴν
δύσετ᾽ Ἀχαιῶν ἔθνος, ἔγειρε δὲ φῶτα ἕκαστον.
πρῶτον δ᾽ Ἀτρέος υἱὸν ἐποτρύνουσα προσηύδα,
ἴφθιμον Μενέλαον – ὁ γάρ ῥά οἱ ἐγγύθεν ἦεν –
εἰσαμένη Φοίνικι δέμας καὶ ἀτειρέα φωνήν·
„σοὶ μὲν δή, Μενέλαε, κατηφείη καὶ ὄνειδος
ἔσσεται, εἴ κ᾽ Ἀχιλῆος ἀγαυοῦ πιστὸν ἑταῖρον
τείχει ὕπο Τρώων ταχέες κύνες ἑλκήσουσιν.
ἀλλ᾽ ἔχεο κρατερῶς, ὄτρυνε δὲ λαὸν ἅπαντα.“
τὴν δ᾽ αὖτε προσέειπε βοὴν ἀγαθὸς Μενέλαος·
„Φοῖνιξ, ἄττα γεραιὲ παλαιγενές, εἰ γὰρ Ἀθήνη
δοίη κάρτος ἐμοί, βελέων δ᾽ ἀπερύκοι ἐρωήν·
τώ κεν ἔγωγ᾽ ἐθέλοιμι παρεστάμεναι καὶ ἀμύνειν

Also sank aufspringend er rücklings in Staub; und der Wurfspieß,
Welcher ihm scharf die Gedärme durchwütete, löste die Glieder.
Hektor schwang auf Automedon jetzt die blinkende Lanze;
Jener indes vorschauend vermied den ehernen Wurfspieß,
Vorwärts niedergebückt; da flog der gewaltige Speer ihm
Über das Haupt in die Erde, daß hinten der Schaft an dem Speere
Zitterte; doch bald ruhte die Kraft des mordenden Erzes.
Jetzt auch wären mit Schwertern in nahem Kampf sie begegnet,
Hätten die Ajas nicht auseinander getrennt die Entbrannten,
Die durch Gedräng' herkamen, da laut ihr Genoß sie anrief
Abgeschreckt von diesen enteileten wieder von dannen
Hektor und Äneias; und Chromios, göttlich von Bildung;
Und sie verließen Aretos daselbst, der zerrissenes Herzens
Lag; Automedon drauf, dem stürmenden Ares vergleichbar,
Raubte das Waffengeschmeid', und rief frohlockend die Worte:
  Ha! ein weniges doch um den Tod des edlen Patroklos
Labt' ich vom Jammer das Herz, den Schlechteren zwar nur erlegend!
  Sprach's, und warf den blutigen Raub in den Sessel des Wagens,
Trat dann selber hinein, die Füß' und die Hände von oben
Blutbefleckt, wie ein Löwe, vom mächtigen Stiere gesättigt.
  Wieder begann um Patroklos mit Ungestüm die Entscheidung,
Schrecklich und tränenwert: denn es weckte den Kampf Athenäa,
Welche dem Himmel entstieg, vom Zeus dem Vater gesendet,
Argos' Volk zu entflammen; denn jetzo wandte sein Herz sich.
Wie wenn den purpurnen Bogen den Sterblichen hoch am Himmel
Zeus ausspannt, ein Zeichen zu sein, entweder des Krieges,
Oder des Wintersturms, des schaudrigen, welcher die Arbeit
Hemmt der Menschen im Feld', und die blökende Herde betrübet;
Also trat, umhüllt mit purpurner Wolke, die Göttin
Unter Achaias Volk, und ermunterte jeglichen Streiter.
Siehe zuerst Menelaos dem Göttlichen rief sie ermahnend,
Atreus' tapferem Sohne, denn dieser stand ihr am nächsten,
Ähnlich ganz dem Phönix an Wuchs und gewaltiger Stimme:
  Dir wird's traun, Menelaos, zur Schmach und daurenden Schande
Ewig sein, wo Achilleus, des Herrlichen, treuen Genossen
Unter Ilios' Mauern die hurtigen Hund' umherziehn!
Auf denn, heran mit Gewalt, und ermuntere jeglichen Streiter!
  Ihm antwortete drauf der Rufer im Streit Menelaos:
Phönix, Vater und Greis, Ehrwürdiger, wenn doch Athene
Kraft mir wollte verleihn, und wehren dem Sturm der Geschosse!
Gern dann wär' ich bereit, ihm beizustehn und zu helfen,

Πατρόκλωι· μάλα γάρ με θανὼν ἐσεμάσσατο θυμόν.
ἀλλ᾽ Ἕκτωρ πυρὸς αἰνὸν ἔχει μένος, οὐδ᾽ ἀπολήγει
χαλκῶι δηϊόων· τῶι γὰρ Ζεὺς κῦδος ὀπάζει."
   ὣς φάτο, γήθησεν δὲ θεὰ γλαυκῶπις Ἀθήνη,
ὅττί ῥά οἱ πάμπρωτα θεῶν ἠρήσατο πάντων.
ἐν δὲ βίην ὤμοισι καὶ ἐν γούνεσσιν ἔθηκε,
καί οἱ μυίης θάρσος ἐνὶ στήθεσσιν ἐνῆκεν,
ἥ τε καὶ ἐργομένη μάλα περ χροὸς ἀνδρομέοιο
ἰσχανάαι δακέειν, λαρόν τέ οἱ αἷμ᾽ ἀνθρώπου·
τοίου μιν θάρσευς πλῆσε φρένας ἀμφὶ μελαίνας,
βῆ δ᾽ ἐπὶ Πατρόκλωι, καὶ ἀκόντισε δουρὶ φαεινῶι.
ἔσκε δ᾽ ἐνὶ Τρώεσσι Ποδῆς, υἱὸς Ἠετίωνος,
ἀφνειός τ᾽ ἀγαθός τε· μάλιστα δέ μιν τίεν Ἕκτωρ
δήμου, ἐπεί οἱ ἑταῖρος ἔην φίλος εἰλαπιναστής·
τόν ῥα κατὰ ζωστῆρα βάλε ξανθὸς Μενέλαος
ἀΐξαντα φόβονδε, διαπρὸ δὲ χαλκὸν ἔλασσε·
δούπησεν δὲ πεσών· ἀτὰρ Ἀτρεΐδης Μενέλαος
νεκρὸν ὑπ᾽ ἐκ Τρώων ἔρυσεν μετὰ ἔθνος ἑταίρων.
   Ἕκτορα δ᾽ ἐγγύθεν ἱστάμενος ὤτρυνεν Ἀπόλλων,
Φαίνοπι Ἀσιάδηι ἐναλίγκιος, ὅς οἱ ἁπάντων
ξείνων φίλτατος ἔσκεν, Ἀβυδόθι οἰκία ναίων·
τῶι μιν ἐεισάμενος προσέφη ἑκάεργος Ἀπόλλων·
„Ἕκτορ, τίς κέ σ᾽ ἔτ᾽ ἄλλος Ἀχαιῶν ταρβήσειεν;
οἷον δὴ Μενέλαον ὑπέτρεσας, ὃς τὸ πάρος γε
μαλθακὸς αἰχμητής· νῦν δ᾽ οἴχεται οἶος ἀείρας
νεκρὸν ὑπ᾽ ἐκ Τρώων, σὸν δ᾽ ἔκτανε πιστὸν ἑταῖρον,
ἐσθλὸν ἐνὶ προμάχοισι, Ποδῆν υἱὸν Ἠετίωνος."
   ὣς φάτο, τὸν δ᾽ ἄχεος νεφέλη ἐκάλυψε μέλαινα,
βῆ δὲ διὰ προμάχων κεκορυθμένος αἴθοπι χαλκῶι.
καὶ τότ᾽ ἄρα Κρονίδης ἕλετ᾽ αἰγίδα θυσσανόεσσαν
μαρμαρέην, Ἴδην δὲ κατὰ νεφέεσσι κάλυψεν,
ἀστράψας δὲ μάλα μεγάλ᾽ ἔκτυπε, τὴν δὲ τίναξε,
νίκην δὲ Τρώεσσι δίδου, ἐφόβησε δ᾽ Ἀχαιούς.
   πρῶτος Πηνέλεως Βοιώτιος ἦρχε φόβοιο.
βλῆτο γὰρ ὦμον δουρὶ πρόσω τετραμμένος αἰεὶ
ἄκρον ἐπιλίγδην· γράψεν δέ οἱ ὀστέον ἄχρις
αἰχμὴ Πουλυδάμαντος· ὁ γάρ ῥ᾽ ἔβαλε σχεδὸν ἐλθών.
Λήϊτον αὖθ᾽ Ἕκτωρ σχεδὸν οὔτασε χεῖρ᾽ ἐπὶ καρπῶι,
υἱὸν Ἀλεκτρυόνος μεγαθύμου, παῦσε δὲ χάρμης·
τρέσσε δὲ παπτήνας, ἐπεὶ οὐκέτι ἔλπετο θυμῶι
ἔγχος ἔχων ἐν χειρὶ μαχήσεσθαι Τρώεσσιν.

Unserem Freund; denn es drang mir Patroklos' Tod in die Seele!
Aber es tobt ja Hektor mit Feuergewalt, und ruht nicht
Niederzuhaun mit dem Erz; weil ihm Zeus Ehre gewähret!
Jener sprach's; froh aber war Zeus' blauäugige Tochter,
Weil ihr selbst er zuerst vor den Himmlischen allen geflehet.
Diese stärkt' ihm die Schultern mit Kraft und die strebenden Kniee,
Und in das Herz ihm gab sie der Flieg' unerschrockene Kühnheit:
Welche, wie oft sie immer vom menschlichen Leibe gescheucht wird,
Doch anhaltend ihn sticht, nach Menschenblute sich sehnend:
So ausharrender Trotz erfüllt' ihm das finstere Herz nun.
Schnell zu Patroklos eilt' er, und schwang die blinkende Lanze.
Unter den Troern war ein Sohn des Eëtion Podes,
Reich an Hab' und edel; auch ehrt' am meisten im Volk ihn
Hektor; denn ihm war er ein lieber Gefährt' und Tischfreund:
Diesen am Gurt nun traf der bräunliche Held Menelaos,
Als er zur Flucht sich gewendet; und ganz durchbohrte das Erz ihn;
Dumpf hinkracht' er im Fall. Doch Atreus' Sohn Menelaos
Zog die Leich' aus den Troern hinweg in die Schar der Genossen.
Hektorn nahte sofort und ermunterte Phöbos Apollon,
Phänops, Asios' Sohn, an Gestalt gleich, welcher vor allen
Gästen geliebt ihm war, ein Haus in Abydos bewohnend;
Diesem gleich ermahnt' ihn der treffende Phöbos Apollon:
Hektor, wer doch hinfort der Danaer möchte dich scheuen,
Den nun so Menelaos zurückschreckt? er, der zuvor ja
Weichlich war in der Schlacht, jetzt aber allein aus den Troern
Kühn den Toten entführt! Auch schlug er den treuen Genossen,
Tapfer im Vordergefecht, den Sohn des Eëtion Podes!
Sprach's; und jenen umhüllte der Schwermut finstere Wolke,
Schnell durch die vordersten ging er, mit strahlendem Erze gewappnet.
Siehe da nahm Kronion die quastumbordete Ägis,
Hellumglänzt; und den Ida in dunkeln Wolken verhüllt' er,
Blitzt' und donnerte laut, und erschütterte mächtig die Ägis.
Sieg nun den Troern gewährt' er, und schreckte das Volk der Achaier.
Erst Peneleos nun der Böotier kehrte zur Flucht um;
Denn ihm traf in die Schulter, da vorwärts immer er andrang,
Oben ein streifender Speer; doch ritzte das Fleisch bis zum Knochen
Ihm des Polydamas' Erz; denn dieser warf, ihm genahet.
Hektor sodann durchstach des Leïtos' Hand an dem Knöchel,
Ihm des erhabnen Alektryons Sohn, und hemmt' ihn im Kampfe:
Bang' umschauend entbebt' er; denn nie mehr hofft er im Geiste,
Einen Speer in der Hand, mit Trojas Volke zu kämpfen.

Ἕκτορα δ᾽ Ἰδομενεὺς μετὰ Λήϊτον ὁρμηθέντα
βεβλήκει θώρηκα κατὰ στῆθος παρὰ μαζόν·
ἐν καυλῶι δ᾽ ἐάγη δολιχὸν δόρυ, τοὶ δὲ βόησαν
Τρῶες· ὁ δ᾽ Ἰδομενῆος ἀκόντισε Δευκαλίδαο
δίφρωι ἐφεσταότος· τοῦ μέν ῥ᾽ ἀπὸ τυτθὸν ἅμαρτεν·
αὐτὰρ ὁ Μηριόναο ὀπάονά θ᾽ ἡνίοχόν τε,
Κοίρανον, ὅς ῥ᾽ ἐκ Λύκτου ἐϋκτιμένης ἕπετ᾽ αὐτῶι –
πεζὸς γὰρ τὰ πρῶτα λιπὼν νέας ἀμφιελίσσας
ἤλυθε, καί κε Τρωσὶ μέγα κράτος ἐγγυάλιξεν,
εἰ μὴ Κοίρανος ὦκα ποδώκεας ἤλασεν ἵππους·
καὶ τῶι μὲν φάος ἦλθεν, ἄμυνε δὲ νηλεὲς ἦμαρ,
αὐτὸς δ᾽ ὤλεσε θυμὸν ὑφ᾽ Ἕκτορος ἀνδροφόνοιο –
τὸν βάλ᾽ ὑπὸ γναθμοῖο καὶ οὔατος, ἐκ δ᾽ ἄρ᾽ ὀδόντας
ὦσε δόρυ πρυμνόν, διὰ δὲ γλῶσσαν τάμε μέσσην.
ἤριπε δ᾽ ἐξ ὀχέων, κατὰ δ᾽ ἡνία χεῦεν ἔραζε.
καὶ τά γε Μηριόνης ἔλαβεν χείρεσσι φίλῃσι
κύψας ἐκ πεδίοιο, καὶ Ἰδομενῆα προσηύδα·
„μάστιε νῦν, ἧός κε θοὰς ἐπὶ νῆας ἵκηαι·
γιγνώσκεις δὲ καὶ αὐτὸς ὅ τ᾽ οὐκέτι κάρτος Ἀχαιῶν.“
ὣς ἔφατ᾽, Ἰδομενεὺς δ᾽ ἵμασεν καλλίτριχας ἵππους
νῆας ἔπι γλαφυράς· δὴ γὰρ δέος ἔμπεσε θυμῶι.
οὐδ᾽ ἔλαθ᾽ Αἴαντα μεγαλήτορα καὶ Μενέλαον
Ζεύς, ὅτε δὴ Τρώεσσι δίδου ἑτεραλκέα νίκην.
τοῖσι δὲ μύθων ἦρχε μέγας Τελαμώνιος Αἴας·
„ὢ πόποι, ἤδη μέν κε καὶ ὃς μάλα νήπιός ἐστι
γνοίη ὅτι Τρώεσσι πατὴρ Ζεὺς αὐτὸς ἀρήγει.
τῶν μὲν γὰρ πάντων βέλε᾽ ἅπτεται, ὅς τις ἀφήηι,
ἢ κακὸς ἢ ἀγαθός· Ζεὺς δ᾽ ἔμπης πάντ᾽ ἰθύνει·
ἡμῖν δ᾽ αὔτως πᾶσιν ἐτώσια πίπτει ἔραζε.
ἀλλ᾽ ἄγετ᾽ αὐτοί περ φραζώμεθα μῆτιν ἀρίστην,
ἠμὲν ὅπως τὸν νεκρὸν ἐρύσσομεν, ἠδὲ καὶ αὐτοὶ
χάρμα φίλοις ἑτάροισι γενώμεθα νοστήσαντες,
οἵ που δεῦρ᾽ ὁρόωντες ἀκηχέδατ᾽, οὐδ᾽ ἔτι φασὶν
Ἕκτορος ἀνδροφόνοιο μένος καὶ χεῖρας ἀάπτους
σχήσεσθ᾽, ἀλλ᾽ ἐν νηυσὶ μελαίνῃσιν πεσέεσθαι.
εἴη δ᾽ ὅς τις ἑταῖρος ἀπαγγείλειε τάχιστα
Πηλεΐδηι, ἐπεὶ οὔ μιν ὀΐομαι οὐδὲ πεπύσθαι
λυγρῆς ἀγγελίης, ὅτι οἱ φίλος ὤλεθ᾽ ἑταῖρος.
ἀλλ᾽ οὔ πηι δύναμαι ἰδέειν τοιοῦτον Ἀχαιῶν·
ἠέρι γὰρ κατέχονται ὁμῶς αὐτοί τε καὶ ἵπποι.
Ζεῦ πάτερ, ἀλλὰ σὺ ῥῦσαι ὑπ᾽ ἠέρος υἷας Ἀχαιῶν,

Hektorn schoß Idomeneus jetzt, da er Leïtos nachlief,
Seinen Speer auf den Harnisch, gerad' an der Warze des Busens;
Doch ihm brach an der Öse der Schaft; und es schrieen die Troer.
Jener schwang auf Idomeneus nun, den Deukalionen,
Welcher stand im Geschirr; und ihn zwar fehlt' er ein wenig:
Aber Meriones' Freund und mutigen Wagenlenker
Köranos, der aus Lyktos bevölkerter Stadt ihm gefolget:
(Denn zu Fuß erst kam er, die Ruderschiffe verlassend,
Kretas Fürst, und den Troern gewähret' er mächtigen Sieg nun,
Wenn nicht Köranos schnell die hurtigen Rosse genähert;
Ihm zum Heil erschien er, den grausamen Tag ihm entfernend,
Doch selbst sank er entseelt von der Hand des mordenden Hektor:)
Den an Backen und Ohr durchschmettert' er; siehe die Zähn' aus
Stieß ihm der eherne Speer, und mitten die Zung' ihm durchschnitt er.
Und er entsank dem Geschirr, und goß die Zügel zur Erde.
Diese nahm Meriones schnell mit eigenen Händen
Niedergebückt aus dem Staub', und drauf zu Idomeneus sprach er:
  Geißele nun, daß hinab zu den hurtigen Schiffen du kommest!
Denn du erkennst ja selbst, nicht mehr sei der Sieg der Achaier!
  Sprach's; und Idomeneus trieb das Gespann schönmähniger Rosse
Zu den geräumigen Schiffen; denn Furcht nun füllt' ihm die Seele.
  Nicht unbemerkt war Ajas dem herrlichen und Menelaos
Zeus, daß nun den Troern den wechselnden Sieg er gewähret.
Also begann das Gespräch der Telamonier Ajas:
  Jammer doch! jetzo fürwahr kann selbst, wer blöd' an Verstand ist,
Schaun, daß Zeus der Vater den Troern Ehre verleihet!
Denn von ihnen ja trifft auch jedes Geschoß, ob ein Feiger,
Oder ein Tapferer schwingt, und Zeus selbst lenket sie alle:
Aber uns so umsonst entfallen sie all' auf die Erde!
Auf denn, wir selbst nun wollen den heilsamsten Rat uns ersinnen:
Daß nicht nur wir den Toten hinwegziehn, sondern auch selber
Unseren lieben Genossen zur Freud' heimkehren vom Kampfe;
Welche daher nun schauend sich ängstigen, keiner erwartend,
Daß wir des mordenden Hektors Gewalt und unnahbare Hände
Noch bestehn, und vielmehr an den dunkelen Schiffen erliegen.
Wäre doch irgend ein Freund, der schnell ansagte die Botschaft
Peleus' Sohn; denn nichts ja, vermut' ich, hörete jener
Noch von dem Jammergeschick, wie der traute Genoß ihm dahinsank.
Aber nirgend erscheint mir ein solcher im Heer der Achaier;
Denn rings Dunkel umhüllt sie selber zugleich und die Rosse!
Vater Zeus, o errett' aus der dunkelen Nacht die Achaier!

ποίησον δ' αἴθρην, δὸς δ' ὀφθαλμοῖσιν ἰδέσθαι·
ἐν δὲ φάει καὶ ὄλεσσον, ἐπεί νύ τοι εὔαδεν οὕτως."
ὣς φάτο, τὸν δὲ πατὴρ ὀλοφύρατο δάκρυ χέοντα·
αὐτίκα δ' ἠέρα μὲν σκέδασεν καὶ ἀπῶσεν ὀμίχλην,
ἠέλιος δ' ἐπέλαμψε, μάχη δ' ἐπὶ πᾶσα φαάνθη·
καὶ τότ' ἄρ' Αἴας εἶπε βοὴν ἀγαθὸν Μενέλαον·
„σκέπτεο νῦν, Μενέλαε διοτρεφές, αἴ κεν ἴδηαι
ζωὸν ἔτ' Ἀντίλοχον, μεγαθύμου Νέστορος υἱόν,
ὄτρυνον δ' Ἀχιλῆϊ δαΐφρονι θᾶσσον ἰόντα
εἰπεῖν ὅττι ῥά οἱ πολὺ φίλτατος ὤλεθ' ἑταῖρος."
ὣς ἔφατ', οὐδ' ἀπίθησε βοὴν ἀγαθὸς Μενέλαος,
βῆ δ' ἰέναι ὥς τίς τε λέων ἀπὸ μεσσαύλοιο,
ὅς τ' ἐπεὶ ἄρ κε κάμῃσι κύνας τ' ἄνδρας τ' ἐρεθίζων,
οἵ τέ μιν οὐκ εἰῶσι βοῶν ἐκ πῖαρ ἑλέσθαι
πάννυχοι ἐγρήσσοντες· ὁ δὲ κρειῶν ἐρατίζων
ἰθύει, ἀλλ' οὔ τι πρήσσει· θαμέες γὰρ ἄκοντες
ἀντίον ἀΐσσουσι θρασειάων ἀπὸ χειρῶν,
καιόμεναί τε δεταί, τάς τε τρεῖ ἐσσύμενός περ·
ἠῶθεν δ' ἀπονόσφιν ἔβη τετιηότι θυμῶι·
ὣς ἀπὸ Πατρόκλοιο βοὴν ἀγαθὸς Μενέλαος
ἤϊε πόλλ' ἀέκων· περὶ γὰρ δίε μή μιν Ἀχαιοὶ
ἀργαλέου πρὸ φόβοιο ἕλωρ δηΐοισι λίποιεν.
πολλὰ δὲ Μηριόνῃ τε καὶ Αἰάντεσσ' ἐπέτελλεν·
„Αἴαντ', Ἀργείων ἡγήτορε, Μηριόνη τε,
νῦν τις ἐνηείης Πατροκλῆος δειλοῖο
μνησάσθω· πᾶσιν γὰρ ἐπίστατο μείλιχος εἶναι
ζωὸς ἐών· νῦν αὖ θάνατος καὶ μοῖρα κιχάνει."
ὣς ἄρα φωνήσας ἀπέβη ξανθὸς Μενέλαος,
πάντοσε παπταίνων ὥς τ' αἰετός, ὅν ῥά τέ φασιν
ὀξύτατον δέρκεσθαι ὑπουρανίων πετεηνῶν,
ὅν τε καὶ ὑψόθ' ἐόντα πόδας ταχὺς οὐκ ἔλαθε πτὼξ
θάμνωι ὑπ' ἀμφικόμωι κατακείμενος, ἀλλά τ' ἐπ' αὐτῶι
ἔσσυτο, καί τέ μιν ὦκα λαβὼν ἐξείλετο θυμόν.
ὣς τότε σοί, Μενέλαε διοτρεφές, ὄσσε φαεινὼ
πάντοσε δινείσθην πολέων κατὰ ἔθνος ἑταίρων,
εἴ που Νέστορος υἱὸν ἔτι ζώοντα ἴδοιτο.
τὸν δὲ μάλ' αἶψ' ἐνόησε μάχης ἐπ' ἀριστερὰ πάσης
θαρσύνονθ' ἑτάρους καὶ ἐποτρύνοντα μάχεσθαι,
ἀγχοῦ δ' ἱστάμενος προσέφη ξανθὸς Μενέλαος·
„Ἀντίλοχ', εἰ δ' ἄγε δεῦρο, διοτρεφές, ὄφρα πύθηαι
λυγρῆς ἀγγελίης, ἣ μὴ ὤφελλε γενέσθαι.

Schaff' uns Heitre des Tags, und gib mit den Augen zu schauen!
Nur im Licht verderb' uns, da dir's nun also geliebet!
  Jener sprach's; da jammerte Zeus des weinenden Königs.
Bald zerstreut' er die dunkele Nacht, und verdrängte den Nebel;
Hell nun strahlte die Sonn', und die Schlacht ward ringsum erleuchtet.
Jetzo begann Held Ajas zum Rufer im Streit Menelaos:
  Spähe nunmehr, Menelaos, du Göttlicher, ob du wo lebend
Noch Antilochos schaust, den Sohn des erhabenen Nestor.
Heiß ihn zu Peleus' Sohne, dem Feurigen, schleunig hinabgehn,
Meldend das Wort, wie jetzo der trauteste Freund ihm dahinsank.
  Jener sprach's; ihm gehorchte der Rufer im Streit Menelaos;
Eilt' und ging, wie ein Löwe voll Wut vom ländlichen Hofe,
Wann er zuletzt ermüdet, die Hund' und die Männer zu reizen,
Welche nicht ihm gestatten, das Fett der Rinder zu rauben,
Ganz durchwachend die Nacht; er dort, des Fleisches begierig,
Rennt gradan; doch er wütet umsonst; denn häufige Speere
Fliegen ihm weit entgegen, von mutigen Händen geschleudert,
Auch hellodernde Bränd'; und er zuckt im stürmenden Angriff,
Scheidet dann frühmorgens hinweg, mit bekümmertem Herzen:
Also ging von Patroklos der Rufer im Streit Menelaos
Sehr unwillig hinweg; denn er fürchtete, daß die Achaier
In der entsetzlichen Angst zum Raub' ihn ließen den Feinden.
Viel dem Meriones noch und den mutigen Ajas gebot er:
  Ajas beid', und Meriones du, Heerführer von Argos,
Jetzo seid der Milde des jammervollen Patroklos
Eingedenk, der allen mit freundlicher Seele zuvorkam,
Weil er lebt'; itzt aber ereilet' ihn Tod und Verhängnis!
  Dieses gesagt, enteilte der bräunliche Held Menelaos,
Mit umschauendem Blick, wie ein Adeler, welcher am schärfsten,
Sagen sie, fern ausspäht vor den luftdurchschweifenden Vögeln;
Dem auch nicht in der Höhe der flüchtige Hase versteckt ist
Unter umlaubtem Gesträuch, wo er hinduckt; sondern auf jenen
Stürzt er herab, und erhascht ihn geschwind', und raubt ihm das Leben:
So auch dir hellstrahlend, o göttlicher Held Menelaos,
Rollten die Augen umher, durch die weite Schar der Genossen,
Ob du Nestors Sohn noch irgendwo lebend erblicktest.
Diesen erkannt' er sofort linkshin im Gemenge der Feldschlacht,
Wo er mit Mut beseelte die Freund', und ermahnte zu kämpfen.
Nahe trat und begann der bräunliche Held Menelaos:
  Auf, Antilochos, komm, du Göttlicher, daß du vernehmest
Unser Jammergeschick, das nie doch möchte geschehn sein!

ἤδη μὲν σὲ καὶ αὐτὸν ὀΐομαι εἰσορόωντα
γιγνώσκειν ὅτι πῆμα θεὸς Δαναοῖσι κυλίνδει,
νίκη δὲ Τρώων· πέφαται δ' ὤριστος Ἀχαιῶν,
Πάτροκλος, μεγάλη δὲ ποθὴ Δαναοῖσι τέτυκται.
ἀλλὰ σύ γ' αἶψ' Ἀχιλῆϊ θέων ἐπὶ νῆας Ἀχαιῶν
εἰπεῖν, αἴ κε τάχιστα νέκυν ἐπὶ νῆα σαώσηι
γυμνόν· ἀτὰρ τά γε τεύχε' ἔχει κορυθαίολος Ἕκτωρ."
ὣς ἔφατ', Ἀντίλοχος δὲ κατέστυγε μῦθον ἀκούσας·
δὴν δέ μιν ἀμφασίη ἐπέων λάβε, τὼ δέ οἱ ὄσσε
δακρυόφι πλῆσθεν, θαλερὴ δέ οἱ ἔσχετο φωνή.
ἀλλ' οὐδ' ὣς Μενελάου ἐφημοσύνης ἀμέλησε,
βῆ δὲ θέειν, τὰ δὲ τεύχε' ἀμύμονι δῶκεν ἑταίρωι,
Λαοδόκωι, ὅς οἱ σχεδὸν ἔστρεφε μώνυχας ἵππους.
τὸν μὲν δάκρυ χέοντα πόδες φέρον ἐκ πολέμοιο,
Πηλεΐδηι Ἀχιλῆϊ κακὸν ἔπος ἀγγελέοντα.
οὐδ' ἄρα σοί, Μενέλαε διοτρεφές, ἤθελε θυμὸς
τειρομένοις ἑτάροισιν ἀμυνέμεν, ἔνθεν ἀπῆλθεν
Ἀντίλοχος, μεγάλη δὲ ποθὴ Πυλίοισιν ἐτύχθη·
ἀλλ' ὅ γε τοῖσιν μὲν Θρασυμήδεα δῖον ἀνῆκεν,
αὐτὸς δ' αὖτ' ἐπὶ Πατρόκλωι ἥρωϊ βεβήκει,
στῆ δὲ παρ' Αἰάντεσσι θέων, εἶθαρ δὲ προσηύδα·
„κεῖνον μὲν δὴ νηυσὶν ἐπιπροέηκα θοῆισιν,
ἐλθεῖν εἰς Ἀχιλῆα πόδας ταχύν· οὐδέ μιν οἴω
νῦν ἰέναι μάλα περ κεχολωμένον Ἕκτορι δίωι·
οὐ γάρ πως ἂν γυμνὸς ἐὼν Τρώεσσι μάχοιτο.
ἡμεῖς δ' αὐτοί περ φραζώμεθα μῆτιν ἀρίστην,
ἠμὲν ὅπως τὸν νεκρὸν ἐρύσσομεν, ἠδὲ καὶ αὐτοὶ
Τρώων ἐξ ἐνοπῆς θάνατον καὶ κῆρα φύγωμεν."
τὸν δ' ἠμείβετ' ἔπειτα μέγας Τελαμώνιος Αἴας·
„πάντα κατ' αἶσαν ἔειπες, ἀγακλεὲς ὦ Μενέλαε·
ἀλλὰ σὺ μὲν καὶ Μηριόνης ὑποδύντε μάλ' ὦκα
νεκρὸν ἀείραντες φέρετ' ἐκ πόνου· αὐτὰρ ὄπισθε
νῶϊ μαχησόμεθα Τρωσίν τε καὶ Ἕκτορι δίωι,
ἶσον θυμὸν ἔχοντες ὁμώνυμοι, οἳ τὸ πάρος περ
μίμνομεν ὀξὺν Ἄρηα παρ' ἀλλήλοισι μένοντες."
ὣς ἔφαθ', οἱ δ' ἄρα νεκρὸν ἀπὸ χθονὸς ἀγκάζοντο
ὕψι μάλα μεγάλως· ἐπὶ δ' ἴαχε λαὸς ὄπισθε
Τρωϊκός, ὡς εἴδοντο νέκυν αἴροντας Ἀχαιούς.
ἴθυσαν δὲ κύνεσσιν ἐοικότες, οἵ τ' ἐπὶ κάπρωι
βλημένωι ἀΐξωσι πρὸ κούρων θηρητήρων·
ἕως μὲν γάρ τε θέουσι διαρραῖσαι μεμαῶτες,

Zwar du selbst, vermut' ich, mit eigenen Augen erkennend,
Weißt es schon, daß ein Gott Unheil den Danaern zuwälzt,
Aber den Troern Sieg! Denn es sank Patroklos, Achaias
Tapferster Held, den schmerzlich die Danaer alle vermissen!
Auf denn, schnell dem Achilleus, hinab zu den Schiffen einteilend,
Melde das Wort, ob er eilig zum Schiff errette den Leichnam,
Nackt wie er ist; denn die Waffen entzog der gewaltige Hektor!
  Sprach's; und Schauer durchfuhr den Antilochos, als er es hörte.
Lange blieb er verstummt und sprachlos; aber die Augen
Waren mit Tränen erfüllt, und atmend stockt' ihm die Stimme.
Dennoch nicht versäumt' er, was ihm Menelaos geboten;
Sondern enteilt', und dem edlen Laodokos gab er die Rüstung,
Der, sein Genoß, ihm nahe die stampfenden Rosse dahertrieb.
Ihn den Weinenden trugen die Schenkel hinweg aus der Feldschlacht,
Peleus' Sohn dem Achilleus das schreckliche Wort zu verkünden.
  Doch nicht dir, Menelaos, o Göttlicher, wollte das Herz nun
Dort die ermüdeten Freunde verteidigen, wo er hinwegging,
Nestors Sohn, den schmerzlich die Pylier alle vermißten;
Sondern jenen erregt' er den edelen Held Thrasymedes;
Selber dann zu Patroklos dem Göttergleichen enteilt' er.
Jetzt zu den Ajas trat er hinan, und redete schleunig:
  Ihn zwar hab' ich hinab zu den rüstigen Schiffen gesendet,
Daß er dem schnellen Peleiden verkündige; schwerlich indes wohl
Kommt er anjetzt, wie sehr er auch zürnt dem göttlicher Hektor:
Denn nicht könnt' er ja doch wehrlos die Troer bekämpfen.
Aber wir selbst nun wollen den heilsamsten Rat uns ersinnen:
Daß nicht nur wir den Toten hinwegziehn, sondern auch selber
Fern aus der Troer Getöse den Tod und das Schicksal vermeiden.
  Ihm antwortete drauf der Telamonier Ajas:
Wahrheit hast du geredet, gepriesener Held Menelaos.
Selbst denn eil' und Meriones her, und nieder euch bückend
Tragt die erhobene Leich' aus der Feldschlacht. Aber wir andern
Halten im Kampf die Troer zurück und den göttlichen Hektor,
Wir, die gleich an Namen, und gleich an mutiger Seele,
Stets vereint miteinander die Wut des Gefechtes erduldet.
  Jener sprach's; da erhuben sie schnell von der Erde den Leichnam
Hoch empor mit Gewalt; und es schrien die Troer von hinten
Graunvoll, als sie die Leich' auf den Armen ersahn der Achaier.
Gradan rannten sie nun, wie die Hunde der Jagd auf ein Waldschwein
Stürzen, das blutet vom Speer, voran den blühenden Jägern;
Anfangs laufen sie zwar, es hinwegzutilgen verlangend;

ἀλλ' ὅτε δή ῥ' ἐν τοῖσιν ἑλίξεται ἀλκὶ πεποιθώς,
ἄψ τ' ἀνεχώρησαν διά τ' ἔτρεσαν ἄλλυδις ἄλλος.
ὣς Τρῶες εἶος μὲν ὁμιλαδὸν αἰὲν ἕποντο,
νύσσοντες ξίφεσίν τε καὶ ἔγχεσιν ἀμφιγύοισιν·
ἀλλ' ὅτε δή ῥ' Αἴαντε μεταστρεφθέντε κατ' αὐτοὺς
σταίησαν, τῶν δὲ τράπετο χρώς, οὐδέ τις ἔτλη
πρόσσω ἀΐξας περὶ νεκροῦ δηριάασθαι.
ὣς οἵ γ' ἐμμεμαῶτε νέκυν φέρον ἐκ πολέμοιο
νῆας ἔπι γλαφυράς· ἐπὶ δὲ πτόλεμος τέτατό σφιν
ἄγριος ἠΰτε πῦρ, τό τ' ἐπεσσύμενον πόλιν ἀνδρῶν
ὄρμενον ἐξαίφνης φλεγέθει, μινύθουσι δὲ οἶκοι
ἐν σέλαϊ μεγάλωι· τὸ δ' ἐπιβρέμει ἲς ἀνέμοιο.
ὣς μὲν τοῖς ἵππων τε καὶ ἀνδρῶν αἰχμητάων
ἀζηχὴς ὀρυμαγδὸς ἐπήϊεν ἐρχομένοισιν·
οἱ δ' ὥς θ' ἡμίονοι κρατερὸν μένος ἀμφιβαλόντες
ἕλκωσ' ἐξ ὄρεος κατὰ παιπαλόεσσαν ἀταρπὸν
ἢ δοκὸν ἠὲ δόρυ μέγα νήϊον· ἐν δέ τε θυμὸς
τείρεθ' ὁμοῦ καμάτωι τε καὶ ἱδρῶι σπευδόντεσσιν·
ὣς οἵ γ' ἐμμεμαῶτε νέκυν φέρον. αὐτὰρ ὄπισθεν
Αἴαντ' ἰσχανέτην, ὥς τε πρὼν ἰσχάνει ὕδωρ
ὑλήεις, πεδίοιο διαπρύσιον τετυχηκώς,
ὅς τε καὶ ἰφθίμων ποταμῶν ἀλεγεινὰ ῥέεθρα
ἴσχει, ἄφαρ δέ τε πᾶσι ῥόον πεδίονδε τίθησι
πλάζων· οὐδέ τί μιν σθένεϊ ῥηγνῦσι ῥέοντες·
ὣς αἰεὶ Αἴαντε μάχην ἀνέεργον ὀπίσσω
Τρώων· οἱ δ' ἅμ' ἕποντο, δύω δ' ἐν τοῖσι μάλιστα,
Αἰνείας τ' Ἀγχισιάδης καὶ φαίδιμος Ἕκτωρ.
τῶν δ' ὥς τε ψαρῶν νέφος ἔρχεται ἠὲ κολοιῶν,
οὖλον κεκλήγοντες, ὅτε προΐδωσιν ἰόντα
κίρκον, ὅ τε σμικρῇισι φόνον φέρει ὀρνίθεσσιν,
ὣς ἄρ' ὑπ' Αἰνείαι τε καὶ Ἕκτορι κοῦροι Ἀχαιῶν
οὖλον κεκλήγοντες ἴσαν, λήθοντο δὲ χάρμης.
πολλὰ δὲ τεύχεα καλὰ πέσον περί τ' ἀμφί τε τάφρον
φευγόντων Δαναῶν· πολέμου δ' οὐ γίγνετ' ἐρωή.

Aber sobald es zu ihnen sich kehrt, der Stärke vertrauend,
Weichen sie alle zurück, und zerstreuen sich dorthin und dahin:
Also die Troer zuerst, in Schlachtreihn folgten sie immer,
Zuckend daher die Schwerter und zwiefach schneidenden Lanzen;
Aber sobald die Ajas herumgewendet zu ihnen
Standen, da wandelte jenen die Farbe sich; keiner auch wagt' es,
Vorwärts angestürmt um den Leichnam Kampf zu erheben.
Also trugen gestrengt den Leichnam beid' aus der Feldschlacht
Zu den geräumigen Schiffen; und stets nachtobte des Kriegs Wut,
Ungestüm, wie ein Feuer die Stadt der Männer durchstürmend,
Plötzlich entbrannt, in Flammen verschlingt; es verschwinden die Häuser
Rings im mächtigen Glanz; und es saust in die Lohe der Sturmwind:
So dort scholl von den Rossen und speergewappneten Männern
Rastlos tobender Lärm, die Wandelnden immer verfolgend.
Sie, wie der Mäuler Gespann, mit gewaltiger Stärke gerüstet,
Schwer hinschleppt vom Gebirg' auf steinigem Pfade den Balken,
Oder den ragenden Mast des Meerschiffs; aber ihr Herz wird
Müde zugleich von Arbeit und Schweiß den Angestrengten:
Also trugen gestrengt die Leiche sie. Aber von hinten
Wehrten die Ajas ab, wie die Flut abwehret ein Hügel,
Waldbekränzt, in die Ebne sich ganz hinunter erstreckend;
Welcher auch der gewaltigsten Ström' antobende Fluten
Hemmt, und sogleich sie alle zum Lauf in andere Täler
Abscheucht; denn nicht mag der Ströme Gewalt ihn durchbrechen:
So dort drängten die Ajas zurück anstürmende Streiter
Trojas; jene verfolgten, doch zween am meisten vor allen,
Held Äneias der Anchisiad', und der strahlende Hektor.
Dort wie der Stare Gewölk' einherzieht, oder der Dohlen,
Allzumal aufschreiend, sobald sie den kommenden Habicht
Sahn, der blutigen Mord herbringt dem kleinen Gevögel:
Also dort vor Äneias und Hektor flohn die Achaier
Allzumal aufschreiend dahin, und vergaßen der Kampflust.
Viel auch des Waffengeschmeides entsank ringsher um den Graben
Argos' fliehenden Söhnen; und nicht war Ruhe der Feldschlacht.

ΙΛΙΑΔΟΣ Σ

Ὁπλοποιία.

Ὣς οἳ μὲν μάρναντο δέμας πυρὸς αἰθομένοιο,
Ἀντίλοχος δ' Ἀχιλῆϊ πόδας ταχὺς ἄγγελος ἦλθε.
τὸν δ' εὗρε προπάροιθε νεῶν ὀρθοκραιράων
τὰ φρονέοντ' ἀνὰ θυμὸν ἃ δὴ τετελεσμένα ἦεν·
ὀχθήσας δ' ἄρα εἶπε πρὸς ὃν μεγαλήτορα θυμόν·
„ὤ μοι ἐγώ, τί τ' ἄρ' αὖτε κάρη κομόωντες Ἀχαιοὶ
νηυσὶν ἔπι κλονέονται ἀτυζόμενοι πεδίοιο;
μὴ δή μοι τελέσωσι θεοὶ κακὰ κήδεα θυμῶι,
ὥς ποτέ μοι μήτηρ διεπέφραδε, καί μοι ἔειπε
Μυρμιδόνων τὸν ἄριστον ἔτι ζώοντος ἐμεῖο
χερσὶν ὕπο Τρώων λείψειν φάος ἠελίοιο.
ἦ μάλα δὴ τέθνηκε Μενοιτίου ἄλκιμος υἱός,
σχέτλιος· ἦ τ' ἐκέλευον ἀπωσάμενον δήϊον πῦρ
ἂψ ἐπὶ νῆας ἴμεν, μηδ' Ἕκτορι ἶφι μάχεσθαι."
    ἧος ὁ ταῦθ' ὥρμαινε κατὰ φρένα καὶ κατὰ θυμόν,
τόφρά οἱ ἐγγύθεν ἦλθεν ἀγαυοῦ Νέστορος υἱός,
δάκρυα θερμὰ χέων, φάτο δ' ἀγγελίην ἀλεγεινήν·
„ὤ μοι, Πηλέος υἱὲ δαΐφρονος, ἦ μάλα λυγρῆς
πεύσεαι ἀγγελίης, ἣ μὴ ὤφελλε γενέσθαι.
κεῖται Πάτροκλος, νέκυος δὲ δὴ ἀμφιμάχονται
γυμνοῦ· ἀτὰρ τά γε τεύχε' ἔχει κορυθαίολος Ἕκτωρ."
    ὣς φάτο, τὸν δ' ἄχεος νεφέλη ἐκάλυψε μέλαινα·
ἀμφοτέρῃσι δὲ χερσὶν ἑλὼν κόνιν αἰθαλόεσσαν
χεύατο κὰκ κεφαλῆς, χαρίεν δ' ἤισχυνε πρόσωπον·
νεκταρέωι δὲ χιτῶνι μέλαιν' ἀμφίζανε τέφρη.
αὐτὸς δ' ἐν κονίῃσι μέγας μεγαλωστὶ τανυσθεὶς
κεῖτο, φίλῃσι δὲ χερσὶ κόμην ἤισχυνε δαΐζων.
δμωιαὶ δ' ἃς Ἀχιλεὺς ληΐσσατο Πάτροκλός τε
θυμὸν ἀκηχέμεναι μεγάλ' ἴαχον, ἐκ δὲ θύραζε
ἔδραμον ἀμφ' Ἀχιλῆα δαΐφρονα, χερσὶ δὲ πᾶσαι
στήθεα πεπλήγοντο, λύθεν δ' ὑπὸ γυῖα ἑκάστης.

ACHTZEHNTER GESANG

Achilleus jammert um Patroklos' Tod. Thetys hört seinen Entschluß, Hektor zu töten, obgleich ihm bald nach jenem zu sterben bestimmt sei, und verheißt ihm andere Waffen von Hephästos. Den Achaiern entreißt Hektor beinahe den Leichnam; aber Achilleus, der sich waffenlos an den Graben stellt, schreckt durch sein Geschrei die Troer. Nacht. Den Troern rät Polydamas, in die Feste zu ziehn, ehe Achilleus hervorbreche: welches Hektor verwirft. Die Achaier wehklagen um Patroklos und legen ihn auf Leichengewande. Der Thetys schmiedet Hephästos die erbetenen Waffen.

Also kämpften sie dort, wie lodernde Flammen des Feuers.
Doch zu Achilleus bracht' Antilochos eilend die Botschaft.
Ihn nun fand er vorn in des Meers hochhauptigen Schiffen,
Dem nachsinnend im Geist, was schon zur Vollendung genahet.
Tief aufseufzt' er und sprach zu seiner erhabenen Seele:
Wehe mir doch! was fliehen die hauptumlockten Achaier
Wieder mit Angst zu den Schiffen, dahergescheucht im Gefilde?
Wenn nur nicht die Götter das Jammergeschick mir vollendet,
So wie vordem mir die Mutter verkündiget, und mir gesaget,
Daß noch, weil ich lebte, der tapferste Myrmidone
Unter der Troer Hand das Licht der Sonne verließe!
Wahrlich gewiß schon starb Menötios' tapferer Sprößling!
Böser! traun ich befahl, wann die feindliche Glut er gewendet,
Heim zu den Schiffen zu gehn, nicht Hektor mit Macht zu bekämpfen!
Als er solches erwog in des Herzens Geist und Empfindung;
Siehe da kam ihm nahe der Sohn des erhabenen Nestor,
Heiße Tränen vergießend, und sprach die schreckliche Botschaft:
Wehe mir, Peleus' Sohn, des Feurigen, ach ein entsetzlich
Jammergeschick vernimmst du, was nie doch möchte geschehn sein!
Unser Patroklos sank; sie kämpfen bereits um den Leichnam,
Nackt wie er ist; denn die Waffen entzog der gewaltige Hektor!
Sprach's; und jenen umhüllte der Schwermut finstere Wolke.
Siehe mit beiden Händen des schwärzlichen Staubes ergreifend,
Überstreut' er sein Haupt, und entstellte sein liebliches Antlitz;
Auch das ambrosische Kleid umhaftete dunkele Asche.
Aber er selber groß weithingestreckt in dem Staube
Lag, und entstellete raufend mit eigenen Händen das Haupthaar.
Mägde zugleich, die Achilleus erbeutete, und Patroklos,
Laut mit bekümmerter Seel' aufschrieen sie; all' aus der Türe
Liefen sie her um Achilleus den Feurigen, und mit den Händen
Schlugen sie alle die Brust, und jeglicher wankten die Kniee.

Ἀντίλοχος δ' ἑτέρωθεν ὀδύρετο δάκρυα λείβων,
χεῖρας ἔχων Ἀχιλῆος· ὁ δ' ἔστενε κυδάλιμον κῆρ·
δείδιε γὰρ μὴ λαιμὸν ἀπαμήσειε σιδήρωι.
σμερδαλέον δ' ᾤιμωξεν· ἄκουσε δὲ πότνια μήτηρ
ἡμένη ἐν βένθεσσιν ἁλὸς παρὰ πατρὶ γέροντι,
κώκυσέν τ' ἄρ' ἔπειτα· θεαὶ δέ μιν ἀμφαγέροντο,
πᾶσαι ὅσαι κατὰ βένθος ἁλὸς Νηρηΐδες ἦσαν.
ἔνθ' ἄρ' ἔην Γλαύκη τε Θάλειά τε Κυμοδόκη τε,
Νησαίη Σπειώ τε Θόη θ' Ἁλίη τε βοῶπις,
Κυμοθόη τε καὶ Ἀκταίη καὶ Λιμνώρεια
καὶ Μελίτη καὶ Ἴαιρα καὶ Ἀμφιθόη καὶ Ἀγαυή,
Δωτώ τε Πρωτώ τε Φέρουσά τε Δυναμένη τε,
Δεξαμένη τε καὶ Ἀμφινόμη καὶ Καλλιάνειρα,
Δωρὶς καὶ Πανόπη καὶ ἀγακλειτὴ Γαλάτεια,
Νημερτής τε καὶ Ἀψευδὴς καὶ Καλλιάνασσα·
ἔνθα δ' ἔην Κλυμένη Ἰάνειρά τε καὶ Ἰάνασσα,
Μαῖρα καὶ Ὠρείθυια ἐϋπλόκαμός τ' Ἀμάθεια,
ἄλλαι θ' αἳ κατὰ βένθος ἁλὸς Νηρηΐδες ἦσαν.
τῶν δὲ καὶ ἀργύφεον πλῆτο σπέος· αἱ δ' ἅμα πᾶσαι
στήθεα πεπλήγοντο, Θέτις δ' ἐξῆρχε γόοιο·
„κλῦτε, κασίγνηται Νηρηΐδες, ὄφρ' εὖ πᾶσαι
εἴδετ' ἀκούουσαι, ὅσ' ἐμῶι ἔνι κήδεα θυμῶι.
ὤ μοι ἐγὼ δειλή, ὤ μοι δυσαριστοτόκεια,
ἥ τ' ἐπεὶ ἂρ τέκον υἱὸν ἀμύμονά τε κρατερόν τε
ἔξοχον ἡρώων· ὁ δ' ἀνέδραμεν ἔρνεϊ ἶσος·
τὸν μὲν ἐγὼ θρέψασα, φυτὸν ὣς γουνῶι ἀλωῆς,
νηυσὶν ἐπιπροέηκα κορωνίσιν Ἴλιον εἴσω
Τρωσὶ μαχησόμενον· τὸν δ' οὐχ ὑποδέξομαι αὖτις
οἴκαδε νοστήσαντα δόμον Πηλήϊον εἴσω.
ὄφρα δέ μοι ζώει καὶ ὁρᾶι φάος ἠελίοιο
ἄχνυται, οὐδέ τί οἱ δύναμαι χραισμῆσαι ἰοῦσα.
ἀλλ' εἶμ', ὄφρα ἴδωμι φίλον τέκος, ἠδ' ἐπακούσω
ὅττί μιν ἵκετο πένθος ἀπὸ πτολέμοιο μένοντα.“
ὣς ἄρα φωνήσασα λίπε σπέος· αἱ δὲ σὺν αὐτῆι
δακρυόεσσαι ἴσαν, περὶ δέ σφισι κῦμα θαλάσσης
ῥήγνυτο· ταὶ δ' ὅτε δὴ Τροίην ἐρίβωλον ἵκοντο,
ἀκτὴν εἰσανέβαινον ἐπισχερώ, ἔνθα θαμειαὶ
Μυρμιδόνων εἴρυντο νέες ταχὺν ἀμφ' Ἀχιλῆα.
τῶι δὲ βαρὺ στενάχοντι παρίστατο πότνια μήτηρ,
ὀξὺ δὲ κωκύσασα κάρη λάβε παιδὸς ἑοῖο,
καί ῥ' ὀλοφυρομένη ἔπεα πτερόεντα προσηύδα·

Drüben Antilochos auch wehklagete, Tränen vergießend,
Haltend Achilleus' Händ', als beklemmt sein mutiges Herz rang:
Daß er nicht die Kehle sich selbst mit dem Eisen durchschnitte.
Fürchterlich weint' er empor. Da hört' ihn die treffliche Mutter,
Sitzend dort in den Tiefen des Meers beim grauen Erzeuger.
Laut aufschluchzte sie nun; und die Göttinnen kamen versammelt,
Alle, so viel Nereïden des Meers Abgründe bewohnten.
Dort war Glauke nunmehr, Kymodoke auch, und Thaleia,
Speio, Nesäa, und Thoe, und Halia, herrschendes Blickes,
Auch Aktäa, Kymothoe auch, und Limnoreia,
Melite dann, und Jära, Amphithoe auch, und Agaue,
Doto zugleich, und Protho, Dynamene, Kallianeira,
Auch Dexamene dort, Aphionome auch, und Pherusa,
Doris, und Panope auch, und edles Ruhms Galateia,
Dann Nemertes, Apseudes zugleich, und Kallinassa;
Dort war auch Ianeira, und Klymene, auch Ianassa,
Mära, und Oreithya, und schönumlockt Amatheia;
Und wo sonst Nereïden des Meers Abgründe bewohnten.
Jene, die silberne Grotte der Herrscherin weit erfüllend,
Schlugen sich alle die Brust; und zuerst wehklagete Thetys:
Hört mich all', ihr Schwestern, unsterbliche Töchter des Nereus,
Daß ihr vernehmt den Jammer, wieviel mir die Seele belastet!
Weh mir Armen, o mir unglücklichen Heldenmutter,
Die ich den Sohn mir gebar, so edeles Sinns, und so tapfer,
Hoch vor den Helden geschmückt! Er schwang sich empor, wie ein Sprößling;
Und ich erzog ihn mit Fleiß, wie die Pflanz' im fruchtbaren Acker;
Drauf in geschnäbelten Schiffen gen Ilios sandt' ich daher ihn,
Trojas Volk zu bekämpfen; doch nie empfang' ich ihn wieder,
Wann er zur Heimat kehrt, in Peleus' ragende Wohnung!
Aber so lang' er mir lebt, und das Licht der Sonne noch schauet,
Duldet er Qual; und nichts vermag ich ihm nahend zu helfen!
Dennoch geh ich, zu schaun mein trautes Kind, und zu hören,
Welch ein Jammer ihn traf, der entfernt vom Kriege beharret!
Dieses gesagt, verließ sie die Wölbungen; jene zugleich ihr
Gingen mit Tränen benetzt, und umher die Woge des Meeres
Trennte sich. Als sie nunmehr zur scholligen Troja gelangten,
Stiegen sie auf zum Gestade der Reihe nach, wo das Geschwader
Myrmidonischer Schiff' herstand um den schnellen Achilleus.
Nahe jetzt dem Schluchzenden trat die göttliche Mutter,
Und lautweinend umschlang sie das Haupt des teuersten Sohnes;
Und sie begann wehklagend, und sprach die geflügelten Worte:

„ τέκνον, τί κλαίεις; τί δέ σε φρένας ἵκετο πένθος;
ἐξαύδα, μὴ κεῦθε· τὰ μὲν δή τοι τετέλεσται
ἐκ Διός, ὡς ἄρα δὴ πρίν γ᾽ εὔχεο χεῖρας ἀνασχών,
πάντας ἐπὶ πρύμνῃσιν ἀλήμεναι υἷας Ἀχαιῶν
σεῦ ἐπιδευομένους, παθέειν τ᾽ ἀεκήλια ἔργα."
τὴν δὲ βαρὺ στενάχων προσέφη πόδας ὠκὺς Ἀχιλλεύς·
„ μῆτερ ἐμή, τὰ μὲν ἄρ μοι Ὀλύμπιος ἐξετέλεσσεν·
ἀλλὰ τί μοι τῶν ἦδος, ἐπεὶ φίλος ὤλεθ᾽ ἑταῖρος,
Πάτροκλος, τὸν ἐγὼ περὶ πάντων τῖον ἑταίρων,
ἶσον ἐμῆι κεφαλῆι; τὸν ἀπώλεσα, τεύχεα δ᾽ Ἕκτωρ
δηιώσας ἀπέδυσε πελώρια, θαῦμα ἰδέσθαι,
καλά· τὰ μὲν Πηλῆϊ θεοὶ δόσαν ἀγλαὰ δῶρα
ἤματι τῶι ὅτε σε βροτοῦ ἀνέρος ἔμβαλον εὐνῆι.
αἴθ᾽ ὄφελες σὺ μὲν αὖθι μετ᾽ ἀθανάτῃς ἁλίῃσι
ναίειν, Πηλεὺς δὲ θνητὴν ἀγαγέσθαι ἄκοιτιν.
νῦν δ᾽ ἵνα καὶ σοὶ πένθος ἐνὶ φρεσὶ μυρίον εἴη
παιδὸς ἀποφθιμένοιο, τὸν οὐχ ὑποδέξεαι αὖτις
οἴκαδε νοστήσαντ᾽, ἐπεὶ οὐδ᾽ ἐμὲ θυμὸς ἄνωγε
ζώειν οὐδ᾽ ἄνδρεσσι μετέμμεναι, αἴ κε μὴ Ἕκτωρ
πρῶτος ἐμῶι ὑπὸ δουρὶ τυπεὶς ἀπὸ θυμὸν ὀλέσσηι,
Πατρόκλοιο δ᾽ ἕλωρα Μενοιτιάδεω ἀποτίσηι."
τὸν δ᾽ αὖτε προσέειπε Θέτις κατὰ δάκρυ χέουσα·
„ ὠκύμορος δή μοι, τέκος ἔσσεαι, οἷ᾽ ἀγορεύεις·
αὐτίκα γάρ τοι ἔπειτα μεθ᾽ Ἕκτορα πότμος ἑτοῖμος."
τὴν δὲ μέγ᾽ ὀχθήσας προσέφη πόδας ὠκὺς Ἀχιλλεύς·
„ αὐτίκα τεθναίην, ἐπεὶ οὐκ ἄρ᾽ ἔμελλον ἑταίρωι
κτεινομένωι ἐπαμῦναι· ὁ μὲν μάλα τηλόθι πάτρης
ἔφθιτ᾽, ἐμεῖο δὲ δῆσεν ἀρῆς ἀλκτῆρα γενέσθαι.
νῦν δ᾽ ἐπεὶ οὐ νέομαί γε φίλην ἐς πατρίδα γαῖαν,
οὐδέ τι Πατρόκλωι γενόμην φάος οὐδ᾽ ἑτάροισι
τοῖς ἄλλοις, οἳ δὴ πολέες δάμεν Ἕκτορι δίωι,
ἀλλ᾽ ἧμαι παρὰ νηυσὶν ἐτώσιον ἄχθος ἀρούρης,
τοῖος ἐὼν οἷος οὔ τις Ἀχαιῶν χαλκοχιτώνων
ἐν πολέμωι· ἀγορῆι δέ τ᾽ ἀμείνονές εἰσι καὶ ἄλλοι.
ὡς ἔρις ἔκ τε θεῶν ἔκ τ᾽ ἀνθρώπων ἀπόλοιτο,
καὶ χόλος, ὅς τ᾽ ἐφέηκε πολύφρονά περ χαλεπῆναι,
ὅς τε πολὺ γλυκίων μέλιτος καταλειβομένοιο
ἀνδρῶν ἐν στήθεσσιν ἀέξεται ἠΰτε καπνός·
ὡς ἐμὲ νῦν ἐχόλωσεν ἄναξ ἀνδρῶν Ἀγαμέμνων.
ἀλλὰ τὰ μὲν προτετύχθαι ἐάσομεν ἀχνύμενοί περ,
θυμὸν ἐνὶ στήθεσσι φίλον δαμάσαντες ἀνάγκηι·

Liebes Kind, was weinst du? und was betrübt dir die Seele?
Sprich, verhehle mir nichts! Dir ward doch alles vollendet
Jenes von Zeus, wie vordem mit erhobenen Händen du flehtest:
Daß um die Steuer zusammengedrängt die Männer Achaias,
Schmachtend nach deiner Hilf', unwürdige Taten erlitten!
Doch schwerseufzend begann der mutige Renner Achilleus:
Mutter, es hat mir zwar der Olympier jenes vollendet.
Aber was frommt mir solches, nachdem mein teurer Patroklos
Mir hinsank, den ich wert vor allen Freunden geachtet,
Wert wie mein eigenes Haupt! Er sank; und die Waffen entzog ihm
Hektor, der ihn erschlug, so gewaltige, Wunder dem Anblick,
Köstliche: welche dem Peleus die ehrenden Götter geschenket,
Jenes Tags, da sie dich dem Sterblichen führten zum Lager.
Daß du vielmehr doch dort zu Meergöttinnen gesellet
Wohntest, und Peleus hätt' ein sterbliches Weib sich erkoren!
Nun muß dir auch die Seel' unendlicher Jammer belasten,
Um den gestorbenen Sohn; denn nie empfängst du ihn wieder,
Wann er zur Heimat kehrt! Ja selbst gebeut mir das Herz nicht,
Lebend umherzugehn mit Sterblichen, wo mir nicht Hektor
Erst von meiner Lanze durchbohrt das Leben verlieret,
Und für Patroklos' Raub, des Menötiaden, mir büßet!
Aber Thetys darauf antwortete, Tränen vergießend:
Bald, mein Sohn, verblühet das Leben dir, sowie du redest!
Denn alsbald nach Hektor ist dir dein Ende geordnet!
Unmutsvoll antwortete drauf der schnelle Achilleus:
Möcht' ich sogleich hinsterben, da nicht mir gönnte das Schicksal,
Meinen erschlagenen Freund zu verteidigen! Fern von der Heimat
Sank er, und mangelte meiner, des Fluchs Abwehrer zu werden!
Nun da ich nicht heimkehre zum lieben Lande der Väter,
Hab' ich weder Patroklos mit Heil erfreut, noch die andern
Freund' im Volk, die so viele dem göttlichen Hektor erlagen;
Sondern ich sitz' an den Schiffen, umsonst die Erde belastend,
Solch ein Mann, wie keiner der erzumschirmten Achaier,
In der Schlacht; denn im Rate besiegen mich andere Männer!
Möchte der Zank aus Göttern und sterblichen Menschen vertilgt sein,
Und der Zorn, der selbst auch den Weiseren pflegt zu erbittern:
Der, weit süßer zuerst denn sanfteingleitender Honig,
Bald in der Männer Brust aufwächst, wie dampfendes Feuer!
So nun erzürnete mich der Herrscher des Volks Agamemnon.
Aber vergangen sei das Vergangene, wie es auch kränkte;
Dennoch das Herz im Busen bezähmen wir auch mit Gewalt uns!

νῦν δ' εἶμ', ὄφρα φίλης κεφαλῆς ὀλετῆρα κιχείω,
Ἕκτορα· κῆρα δ' ἐγὼ τότε δέξομαι, ὁππότε κεν δὴ
Ζεὺς ἐθέληι τελέσαι ἠδ' ἀθάνατοι θεοὶ ἄλλοι.
οὐδὲ γὰρ οὐδὲ βίη Ἡρακλῆος φύγε κῆρα,
ὅς περ φίλτατος ἔσκε Διὶ Κρονίωνι ἄνακτι·
ἀλλά ἑ μοῖρα δάμασσε καὶ ἀργαλέος χόλος Ἥρης.
ὣς καὶ ἐγών, εἰ δή μοι ὁμοίη μοῖρα τέτυκται,
κείσομ' ἐπεί κε θάνω· νῦν δὲ κλέος ἐσθλὸν ἀροίμην,
καί τινα Τρωϊάδων καὶ Δαρδανίδων βαθυκόλπων
ἀμφοτέρηισιν χερσὶ παρειάων ἁπαλάων
δάκρυ' ὀμορξαμένην ἁδινὸν στοναχῆσαι ἐφείην,
γνοῖεν δ' ὡς δὴ δηρὸν ἐγὼ πολέμοιο πέπαυμαι·
μὴ δέ μ' ἔρυκε μάχης φιλέουσά περ· οὐδέ με πείσεις."
τὸν δ' ἠμείβετ' ἔπειτα θεὰ Θέτις ἀργυρόπεζα·
„ναὶ δὴ ταῦτά γε, τέκνον, ἐτήτυμον οὐ κακόν ἐστι,
τειρομένοις ἑτάροισιν ἀμυνέμεν αἰπὺν ὄλεθρον.
ἀλλά τοι ἔντεα καλὰ μετὰ Τρώεσσιν ἔχονται,
χάλκεα μαρμαίροντα· τὰ μὲν κορυθαίολος Ἕκτωρ
αὐτὸς ἔχων ὤμοισιν ἀγάλλεται· οὐδέ ἕ φημι
δηρὸν ἐπαγλαϊεῖσθαι, ἐπεὶ φόνος ἐγγύθεν αὐτῶι.
ἀλλὰ σὺ μὲν μή πω καταδύσεο μῶλον Ἄρηος,
πρίν γ' ἐμὲ δεῦρ' ἐλθοῦσαν ἐν ὀφθαλμοῖσιν ἴδηαι·
ἠῶθεν γὰρ νεῦμαι ἅμ' ἠελίωι ἀνιόντι
τεύχεα καλὰ φέρουσα παρ' Ἡφαίστοιο ἄνακτος."
ὣς ἄρα φωνήσασα πάλιν τράπεθ' υἷος ἑοῖο,
καὶ στρεφθεῖσ' ἁλίηισι κασιγνήτηισι μετηύδα·
„ὑμεῖς μὲν νῦν δῦτε θαλάσσης εὐρέα κόλπον,
ὀψόμεναί τε γέρονθ' ἅλιον καὶ δώματα πατρός,
καί οἱ πάντ' ἀγορεύσατ'· ἐγὼ δ' ἐς μακρὸν Ὄλυμπον
εἶμι παρ' Ἥφαιστον κλυτοτέχνην, αἴ κ' ἐθέληισιν
υἱεῖ ἐμῶι δόμεναι κλυτὰ τεύχεα παμφανόωντα."
ὣς ἔφαθ', αἱ δ' ὑπὸ κῦμα θαλάσσης αὐτίκ' ἔδυσαν·
ἡ δ' αὖτ' Οὔλυμπόνδε θεὰ Θέτις ἀργυρόπεζα
ἤϊεν, ὄφρα φίλωι παιδὶ κλυτὰ τεύχε' ἐνείκαι.
τὴν μὲν ἄρ' Οὔλυμπον δὲ πόδες φέρον· αὐτὰρ Ἀχαιοὶ
θεσπεσίωι ἀλαλητῶι ὑφ' Ἕκτορος ἀνδροφόνοιο
φεύγοντες νῆάς τε καὶ Ἑλλήσποντον ἵκοντο.
οὐδέ κε Πάτροκλόν περ ἐϋκνήμιδες Ἀχαιοὶ
ἐκ βελέων ἐρύσαντο νέκυν, θεράποντ' Ἀχιλῆος·
αὖτις γὰρ δὴ τόν γε κίχον λαός τε καὶ ἵπποι
Ἕκτωρ τε Πριάμοιο πάϊς, φλογὶ εἴκελος ἀλκήν.

Hin nun geh ich, den Mörder des wertesten Haupts zu erreichen,
Hektor! Doch mein Los, das empfang' ich, wann es auch immer
Zeus zu vollenden beschleußt, und die andern unsterblichen Götter!
Nicht ja Herakles einmal, der Gewaltige, mied das Verhängnis,
Welcher der Liebste doch war dem herrschenden Zeus Kronion;
Sondern ihn zwang das Geschick und der heftige Zorn der Here.
Also auch ich, wofern ein gleiches Geschick mir bevorsteht,
Lieg' ich, vom Tode gestreckt: jetzt tracht' ich noch Ruhm zu gewinnen!
Manche Troerin noch und Dardanerin, schwellendes Busens,
Soll mir mit beiden Händen von jugendlich blühenden Wangen
Tränen des Grams abtrocknen, mit schwer aufzitternden Seufzern!
Fühlen sie's nun, daß ich lange genug von dem Kriege gerastet!
Nicht mir wehre den Kampf, du Liebende; nimmer gehorch' ich!
Ihm antwortete drauf die silberfüßige Thetys:
Wahrheit hast du geredet, mein Kind; nicht übel ist solches,
Seine geängsteten Freunde, vor Tod und Verderben zu schützen.
Doch in der Troer Gewalt ist dir die stattliche Rüstung.
Strahlend von Erz, mit welcher der helmumflatterte Hektor
Selbst die Schultern geschmückt einherprangt. Zwar wird er schwerlich
Lange darin frohlocken, denn nah' ihm schwebet der Tod schon.
Aber du sollst mir noch nicht eingehn ins Getümmel des Ares,
Bis du zurück mich kehrend mit deinen Augen erblickest.
Denn ich komm' in der Frühe, sobald die Sonne hervorgeht,
Stattliche Wehr dir bringend vom mächtigen Herrscher Hephästos.
Also sprach die Göttin, und kehrte hinweg von dem Sohne;
Drauf gewandt zu den Schwestern, den Meergöttinnen, begann sie:
Taucht ihr jetzo hinab in den Schoß des unendlichen Meeres,
Daß ihr den alternden Meergott schaut, und die Wohnung des Vaters;
Ihm dann verkündiget alles. Indes auf den hohen Olympos
Geh' ich zum kunstberühmten Hephästos, ob er mir willfahrt,
Rüstungen, schön und strahlend, für meinen Sohn zu bereiten.
Jene sprach's; da tauchten die Göttinnen unter die Meerflut.
Selbst dann ging zum Olympos die silberfüßige Thetys
Schnell, dem geliebten Sohne gepriesene Waffen zu bringen.
So zum Olympos enttrugen die Schenkel sie. Doch die Achaier
Mit graunvollem Geschrei vor dem männermordenden Hektor
Flohn sie gescheucht, die Schiff' und den Hellespontos erreichend.
Nicht Patroklos auch hätten die hellumschienten Achaier
Aus den Geschossen entführt, den erschlagenen Freund des Achilleus;
Denn es ereilt' ihn wieder der Männer Getös' und der Rosse,
Hektor zumal, des Priamos' Sohn, gleich stürmendem Feuer.

τρὶς μέν μιν μετόπισθε ποδῶν λάβε φαίδιμος Ἕκτωρ
ἑλκέμεναι μεμαώς, μέγα δὲ Τρώεσσιν ὁμόκλα·
τρὶς δὲ δύ' Αἴαντες, θοῦριν ἐπιειμένοι ἀλκήν,
νεκροῦ ἀπεστυφέλιξαν· ὁ δ' ἔμπεδον ἀλκὶ πεποιθὼς
ἄλλοτ' ἐπαΐξασκε κατὰ μόθον, ἄλλοτε δ' αὖτε
στάσκε μέγα ἰάχων· ὀπίσω δ' οὐ χάζετο πάμπαν.
ὡς δ' ἀπὸ σώματος οὔ τι λέοντ' αἴθωνα δύνανται
ποιμένες ἄγραυλοι μέγα πεινάοντα δίεσθαι,
ὥς ῥα τὸν οὐκ ἐδύναντο δύω Αἴαντε κορυστὰ
Ἕκτορα Πριαμίδην ἀπὸ νεκροῦ δειδίξασθαι.
καί νύ κεν εἴρυσσέν τε καὶ ἄσπετον ἤρατο κῦδος,
εἰ μὴ Πηλεΐωνι ποδήνεμος ὠκέα Ἶρις
ἄγγελος ἦλθε θέουσ' ἀπ' Ὀλύμπου θωρήσσεσθαι,
κρύβδα Διὸς ἄλλων τε θεῶν· πρὸ γὰρ ἧκέ μιν Ἥρη.
ἀγχοῦ δ' ἱσταμένη ἔπεα πτερόεντα προσηύδα·
„ ὄρσεο, Πηλεΐδη, πάντων ἐκπαγλότατ' ἀνδρῶν·
Πατρόκλωι ἐπάμυνον, οὗ εἵνεκα φύλοπις αἰνὴ
ἕστηκε πρὸ νεῶν· οἱ δ' ἀλλήλους ὀλέκουσιν
οἱ μὲν ἀμυνόμενοι νέκυος πέρι τεθνηῶτος,
οἱ δὲ ἐρύσσασθαι ποτὶ Ἴλιον ἠνεμόεσσαν
Τρῶες ἐπιθύουσι· μάλιστα δὲ φαίδιμος Ἕκτωρ
ἑλκέμεναι μέμονεν· κεφαλὴν δέ ἑ θυμὸς ἄνωγε
πῆξαι ἀνὰ σκολόπεσσι ταμόνθ' ἁπαλῆς ἀπὸ δειρῆς.
ἀλλ' ἄνα, μηδ' ἔτι κεῖσο· σέβας δέ σε θυμὸν ἱκέσθω
Πάτροκλον Τρωιῇσι κυσὶν μέλπηθρα γενέσθαι·
σοὶ λώβη, αἴ κέν τι νέκυς ἠισχυμμένος ἔλθηι."
τὴν δ' ἠμείβετ' ἔπειτα ποδάρκης δῖος Ἀχιλλεύς·
„ Ἶρι θεά, τίς γάρ σε θεῶν ἐμοὶ ἄγγελον ἧκε;"
τὸν δ' αὖτε προσέειπε ποδήνεμος ὠκέα Ἶρις·
„ Ἥρη με προέηκε, Διὸς κυδρὴ παράκοιτις·
οὐδ' οἶδε Κρονίδης ὑψίζυγος οὐδέ τις ἄλλος
ἀθανάτων, οἳ Ὄλυμπον ἀγάννιφον ἀμφινέμονται."
τὴν δ' ἀπαμειβόμενος προσέφη πόδας ὠκὺς Ἀχιλλεύς·
„ πῶς τὰρ ἴω μετὰ μῶλον; ἔχουσι δὲ τεύχεα κεῖνοι·
μήτηρ δ' οὔ με φίλη πρίν γ' εἴα θωρήσσεσθαι,
πρίν γ' αὐτὴν ἐλθοῦσαν ἐν ὀφθαλμοῖσιν ἴδωμαι·
στεῦτο γὰρ Ἡφαίστοιο πάρ' οἰσέμεν ἔντεα καλά.
ἄλλου δ' οὔ τευ οἶδα τεῦ ἂν κλυτὰ τεύχεα δύω,
εἰ μὴ Αἴαντός γε σάκος Τελαμωνιάδαο.
ἀλλὰ καὶ αὐτὸς ὅ, γ' ἔλπομ', ἐνὶ πρώτοισιν ὁμιλεῖ,
ἔγχεϊ δηϊόων περὶ Πατρόκλοιο θανόντος."

Dreimal faßt' ihn von hinten am Fuß der strahlende Hektor,
Strebend ihn wegzuziehn, und laut die Troer ermahnt' er;
Dreimal stießen die Ajas, mit stürmender Stärke gewappnet,
Ihn von dem Toten hinweg. Er fest, der Stärke vertrauend,
Wütete jetzo hinan das Gewühl durch, jetzo von neuem
Stand er mit lautem Geschrei; doch rückwärts wandt' er sich niemals.
Wie vom ermordeten Tiere durchaus den funkelnden Leun nicht
Nächtliche Hirten der Flur, den hungrigen Würger, verscheuchen:
So vermochten auch nicht die beiden gerüsteten Ajas
Hektor, Priamos' Sohn, von dem Leichnam abzuschrecken.
Und er hätt' ihn geraubt, und unendlichen Ruhm sich erworben;
Wenn nicht Peleus' Sohne die windschnell eilende Iris
Kam als Botin genaht vom Olympos, mitzustreiten,
Zeus und den anderen Göttern geheim; denn es sandte sie Here.
Nahe trat sie hinan, und sprach die geflügelten Worte:
Hebe dich, Peleus' Sohn, du schrecklichster unter den Männern!
Eile Patroklos zu Hilf', um den die entsetzliche Feldschlacht
Draußen tobt vor den Schiffen. Sie morden sich untereinander:
Diese mit Macht beschirmend den hingesunkenen Leichnam;
Dort hinweg ihn zu reißen nach Ilios luftiger Höhe,
Wüten die Troer daher; vor allen der strahlende Hektor
Ist ihn zu rauben entbrannt: denn das Haupt ihm wünschet er herzlich,
Hauend vom zarten Hals', auf spitzige Pfähle zu heften.
Auf, nicht länger gesäumt; und Graun durchschaudre das Herz dir,
Daß Patroklos liege den troischen Hunden ein Labsal!
Dein ist Schmach, wenn irgend entstellt die Leiche daherkommt!
Ihr antwortete drauf der mutige Renner Achilleus:
Welcher Gott hat, o Iris, dich mir als Botin gesendet?
Wieder begann dagegen die windschnell eilende Iris:
Here sandte mich her, Zeus' rühmliche Lagergenossin.
Auch nicht Zeus erfuhr's, der Erhabene, oder ein Gott sonst,
Aller, die rings des Olympos beschneiete Höhen umwohnen.
Ihr antwortete drauf der mutige Renner Achilleus:
Wie doch geh' ich zur Schlacht, da jene die Rüstungen haben?
Auch die liebende Mutter verwehrte mir mitzustreiten,
Bis ich zurück sie kehrend mit meinen Augen erblickte;
Denn sie verhieß, von Hephästos mir herrliche Waffen zu bringen.
Niemand weiß ich ja sonst, des prangende Wehr mir gerecht sei;
Wo nicht Ajas Schild, des gewaltigen Telamoniden.
Aber er selbst ist, hoff' ich, im Vorderkampfe beschäftigt,
Mordend mit schrecklichem Speer um den hingesunknen Patroklos.

τὸν δ' αὖτε προσέειπε ποδήνεμος ὠκέα Ἶρις·
„ εὖ νυ καὶ ἡμεῖς ἴδμεν ὅ τοι κλυτὰ τεύχε' ἔχονται·
ἀλλ' αὔτως ἐπὶ τάφρον ἰὼν Τρώεσσι φάνηθι,
αἴ κέ σ' ὑποδείσαντες ἀπόσχωνται πολέμοιο
Τρῶες, ἀναπνεύσωσι δ' ἀρήϊοι υἷες Ἀχαιῶν
τειρόμενοι· ὀλίγη δέ τ' ἀνάπνευσις πολέμοιο.“
ἡ μὲν ἄρ' ὣς εἰποῦσ' ἀπέβη πόδας ὠκέα Ἶρις,
αὐτὰρ Ἀχιλλεὺς ὦρτο Διῒ φίλος· ἀμφὶ δ' Ἀθήνη
ὤμοις ἰφθίμοισι βάλ' αἰγίδα θυσσανόεσσαν,
ἀμφὶ δέ οἱ κεφαλῆι νέφος ἔστεφε δῖα θεάων
χρύσεον, ἐκ δ' αὐτοῦ δαῖε φλόγα παμφανόωσαν.
ὡς δ' ὅτε καπνὸς ἰὼν ἐξ ἄστεος αἰθέρ' ἵκηται,
τηλόθεν ἐκ νήσου, τὴν δήϊοι ἀμφιμάχωνται,
οἵ τε πανημέριοι στυγερῶι κρίνονται Ἄρηϊ
ἄστεος ἐκ σφετέρου· ἅμα δ' ἠελίωι καταδύντι
πυρσοί τε φλεγέθουσιν ἐπήτριμοι, ὑψόσε δ' αὐγὴ
γίγνεται ἀΐσσουσα περικτιόνεσσιν ἰδέσθαι,
αἴ κέν πως σὺν νηυσὶν ἄρεω ἀλκτῆρες ἵκωνται·
ὣς ἀπ' Ἀχιλλῆος κεφαλῆς σέλας αἰθέρ' ἵκανε·
στῆ δ' ἐπὶ τάφρον ἰὼν ἀπὸ τείχεος, οὐδ' ἐς Ἀχαιοὺς
μίσγετο· μητρὸς γὰρ πυκινὴν ὠπίζετ' ἐφετμήν.
ἔνθα στὰς ἤϋσ', ἀπάτερθε δὲ Παλλὰς Ἀθήνη
φθέγξατ'· ἀτὰρ Τρώεσσιν ἐν ἄσπετον ὦρσε κυδοιμόν.
ὡς δ' ὅτ' ἀριζήλη φωνή, ὅτε τ' ἴαχε σάλπιγξ
ἄστυ περιπλομένων δηΐων ὕπο θυμοραϊστέων,
ὣς τότ' ἀριζήλη φωνὴ γένετ' Αἰακίδαο.
οἱ δ' ὡς οὖν ἄϊον ὄπα χάλκεον Αἰακίδαο,
πᾶσιν ὀρίνθη θυμός· ἀτὰρ καλλίτριχες ἵπποι
ἂψ ὄχεα τρόπεον· ὄσσοντο γὰρ ἄλγεα θυμῶι.
ἡνίοχοι δ' ἔκπληγεν, ἐπεὶ ἴδον ἀκάματον πῦρ
δεινὸν ὑπὲρ κεφαλῆς μεγαθύμου Πηλεΐωνος
δαιόμενον· τὸ δὲ δαῖε θεὰ γλαυκῶπις Ἀθήνη.
τρὶς μὲν ὑπὲρ τάφρου μεγάλ' ἴαχε δῖος Ἀχιλλεύς,
τρὶς δὲ κυκήθησαν Τρῶες κλειτοί τ' ἐπίκουροι.
ἔνθα δὲ καὶ τότ' ὄλοντο δυώδεκα φῶτες ἄριστοι
ἀμφὶ σφοῖς ὀχέεσσι καὶ ἔγχεσιν. αὐτὰρ Ἀχαιοὶ
ἀσπασίως Πάτροκλον ὑπ' ἐκ βελέων ἐρύσαντες
κάτθεσαν ἐν λεχέεσσι· φίλοι δ' ἀμφέσταν ἑταῖροι
μυρόμενοι· μετὰ δέ σφι ποδώκης εἵπετ' Ἀχιλλεὺς
δάκρυα θερμὰ χέων, ἐπεὶ εἴσιδε πιστὸν ἑταῖρον
κείμενον ἐν φέρτρωι δεδαϊγμένον ὀξέϊ χαλκῶι,

Wieder begann dagegen die windschnell eilende Iris:
Wohl ja wissen auch wir's, wie die herrlichen Waffen geraubt sind.
Doch nur so an den Graben genaht, erscheine den Troern;
Ob vor dir erschrocken vielleicht vom Kampfe die Troer
Abstehn, und sich erholen die kriegrischen Männer Achaias
Ihrer Angst, wie klein sie auch sei, die Erholung des Krieges.
Dieses gesagt, entflog sie, die windschnell eilende Iris.
Aber Achilleus erhob sich, der Göttliche. Selber Athene
Hängt' um die mächtigen Schultern die quastumbordete Ägis;
Auch sein Haupt mit Gewölk umkränzte die Heilige Göttin,
Goldenem, und ihm entstrahlt' ein ringsumleuchtendes Feuer.
Wie hochwallender Rauch aus der Stadt aufsteiget zum Äther,
Fern aus dem Meereiland, das feindliche Männer bestürmen;
Jene den ganzen Tag, im Kriegsgraun sich versuchend,
Kämpfen aus ihrer Stadt; doch sobald die Sonne sich senket,
Brennen sie Reisgebund auf Warten umher, und es leuchtet
Hoch der steigende Glanz, daß Ringsumwohnende schauen;
Ob vielleicht in Schiffen des Streits Abwehrer herannahn:
So von Achilleus' Haupt erhub sich der Glanz in den Äther.
Schnell nun trat er zum Graben, die Mauer hindurch; doch vermied er
Argos' Volk, denn er scheute der Mutter sorgsame Warnung:
Dort gestellt aufschrie er; auch seitwärts Pallas Athene
Schrie lautauf; und die Troer durchtobt' unermeßlicher Aufruhr.
Wie wenn hell auftönet der Kriegsausruf der Drommete,
Wann um die Stadt herwühlt wehdrohender Feinde Getümmel:
So nun hell auftönte der Kriegsausruf des Peleiden.
Aber sobald sie vernommen den ehernen Ruf des Peleiden;
Regte sich allen das Herz, und die schöngemähneten Rosse
Wandten zurück ihr Geschirr; denn sie ahndeten Jammer im Herzen.
Starrend sahn auch die Lenker die lodernde Flamme des Feuers
Graunvoll über dem Haupt des erhabenen Peleionen
Brennen, entflammt von Zeus' blauäugiger Tochter Athene.
Dreimal schrie vom Graben mit Macht der edle Achilleus;
Dreimal zerstob der Troer Gewirr und der Bundesgenossen.
Dort nun starben vertilgt durch eigene Wagen und Lanzen
Zwölf der tapfersten Helden im Volk. Doch die Männer Achaias,
Freudig nunmehr Patroklos den Mordgeschossen entreißend,
Legeten ihn auf Betten; und ringsum standen die Freunde
Wehmutsvoll; auch folgte der mutige Renner Achilleus,
Heiße Tränen vergießend, da dort den treuen Genossen
Liegen er sah auf der Bahre, zerfleischt von der Schärfe des Erzes.

τόν ῥ᾽ ἤτοι μὲν ἔπεμπε σὺν ἵπποισιν καὶ ὄχεσφιν
ἐς πόλεμον, οὐδ᾽ αὖτις ἐδέξατο νοστήσαντα.
Ἠέλιον δ᾽ ἀκάμαντα βοῶπις πότνια Ἥρη
πέμψεν ἐπ᾽ Ὠκεανοῖο ῥοὰς ἀέκοντα νέεσθαι·
ἠέλιος μὲν ἔδυ, παύσαντο δὲ δῖοι Ἀχαιοὶ
φυλόπιδος κρατερῆς καὶ ὁμοιΐου πολέμοιο.
Τρῶες δ᾽ αὖθ᾽ ἑτέρωθεν ἀπὸ κρατερῆς ὑσμίνης
χωρήσαντες ἔλυσαν ὑφ᾽ ἅρμασιν ὠκέας ἵππους,
ἐς δ᾽ ἀγορὴν ἀγέροντο, πάρος δόρποιο μέδεσθαι.
ὀρθῶν δ᾽ ἑσταότων ἀγορὴ γένετ᾽, οὐδέ τις ἔτλη
ἕζεσθαι· πάντας γὰρ ἔχε τρόμος, οὕνεκ᾽ Ἀχιλλεὺς
ἐξεφάνη, δηρὸν δὲ μάχης ἐπέπαυτ᾽ ἀλεγεινῆς.
τοῖσι δὲ Πουλυδάμας πεπνυμένος ἦρχ᾽ ἀγορεύειν
Πανθοΐδης· ὁ γὰρ οἶος ὅρα πρόσσω καὶ ὀπίσσω·
Ἕκτορι δ᾽ ἦεν ἑταῖρος, ἰῆι δ᾽ ἐν νυκτὶ γένοντο,
ἀλλ᾽ ὁ μὲν ἂρ μύθοισιν, ὁ δ᾽ ἔγχεϊ πολλὸν ἐνίκα·
ὅ σφιν ἐϋφρονέων ἀγορήσατο καὶ μετέειπεν·
„ἀμφὶ μάλα φράζεσθε, φίλοι· κέλομαι γὰρ ἔγωγε
ἄστυδε νῦν ἰέναι, μὴ μίμνειν ἠῶ δῖαν
ἐν πεδίωι παρὰ νηυσίν· ἑκὰς δ᾽ ἀπὸ τείχεός εἰμεν.
ὄφρα μὲν οὗτος ἀνὴρ Ἀγαμέμνονι μήνιε δίωι,
τόφρα δὲ ῥηΐτεροι πολεμίζειν ἦσαν Ἀχαιοί·
χαίρεσκον γὰρ ἔγωγε θοῆις ἐπὶ νηυσὶν ἰαύων
ἐλπόμενος νῆας αἱρησέμεν ἀμφιελίσσας.
νῦν δ᾽ αἰνῶς δείδοικα ποδώκεα Πηλεΐωνα·
οἷος κείνου θυμὸς ὑπέρβιος, οὐκ ἐθελήσει
μίμνειν ἐν πεδίωι, ὅθι περ Τρῶες καὶ Ἀχαιοὶ
ἐν μέσωι ἀμφότεροι μένος Ἄρηος δατέονται,
ἀλλὰ περὶ πτόλιός τε μαχήσεται ἠδὲ γυναικῶν.
ἀλλ᾽ ἴομεν προτὶ ἄστυ, πίθεσθέ μοι· ὧδε γὰρ ἔσται·
νῦν μὲν νὺξ ἀπέπαυσε ποδώκεα Πηλεΐωνα
ἀμβροσίη· εἰ δ᾽ ἄμμε κιχήσεται ἐνθάδ᾽ ἐόντας
αὔριον ὁρμηθεὶς σὺν τεύχεσιν, εὖ νύ τις αὐτὸν
γνώσεται· ἀσπασίως γὰρ ἀφίξεται Ἴλιον ἱρὴν
ὅς κε φύγηι, πολλοὺς δὲ κύνες καὶ γῦπες ἔδονται
Τρώων· αἲ γὰρ δή μοι ἀπ᾽ οὔατος ὧδε γένοιτο.
εἰ δ᾽ ἂν ἐμοῖς ἐπέεσσι πιθώμεθα κηδόμενοί περ,
νύκτα μὲν εἰν ἀγορῆι σθένος ἕξομεν, ἄστυ δὲ πύργοι
ὑψηλαί τε πύλαι σανίδες τ᾽ ἐπὶ τῆις ἀραρυῖαι
μακραὶ ἐΰξεστοι ἐζευγμέναι εἰρύσσονται·
πρῶϊ δ᾽ ὑπηοῖοι σὺν τεύχεσι θωρηχθέντες

Ihn ach jüngst nur entsandt' er mit Rossen zugleich und Geschirre
Hin zur Schlacht; nicht aber den Kehrenden sollt' er empfangen.
Helios, rastlos im Lauf, gesandt von der Herrscherin Here,
Kehrete jetzt unwillig hinab zu Okeanos' Fluten.
Nieder sank die Sonn'; und das Heer der edlen Achaier
Ruhte vom schrecklichen Kampf und allverderbenden Kriege.
Trojas Söhn' auch drüben, vom Ungestüme der Feldschlacht
Wiedergekehrt, entlösten die hurtigen Rosse den Wagen;
Eilten darauf zur Versammlung, bevor sie des Mahles gedachten.
Aufrecht standen im Kreis die Versammelten; keiner auch wagt' es,
Sich zu setzen; denn all' erbebten sie, weil Achilleus
Wieder erschien, der lange vom schrecklichen Kampfe gerastet.
Und der verständige Held Polydamas sprach zur Versammlung,
Panthoos' Sohn, der allein Zukunft und Vergangenes wahrnahm,
Hektors Freund, mit jenem in einer Nacht auch geboren;
Er durch Worte berühmt, er dort durch Kunde des Speeres;
Dieser begann wohlmeinend, und redete vor der Versammlung:
Wohl erwägt, ihr Lieben, den Rat; ich denke, sogleich nun
Kehren wir heim in die Stadt, nicht harrend der heiligen Frühe
Hier im Feld' an den Schiffen; da weit die Mauer entfernt ist.
Weil noch jener Mann dem Held Agamemnon erzürnt war,
Damals ward uns leichter der Kampf mit den Söhnen Achaias.
Ja ich freute mich selbst vor den rüstigen Schiffen zu schlafen,
Hoffend bald zu gewinnen die zwiefachrudernden Schiffe.
Doch nun fürcht' ich mit Angst den mutigen Renner Achilleus.
So wie das Herz ihm strebt voll Heftigkeit, wird er fürwahr nicht
Säumen allhier im Gefilde, wo Trojas Söhn' und Achaias
Gleich bisher miteinander die Wut des Ares geteilet;
Nein um die blühende Stadt nun kämpfet er, und um die Weiber.
Kehren wir denn in die Feste; gehorchet mir: also geschieht es!
Jetzo hemmte vom Kampf den mutigen Renner Achilleus
Nur die ambrosische Nacht. Doch findet er morgen allhier uns,
Wann er hervor sich stürzt, der Gewappnete; traun dann erkennt wohl
Mancher den Held, und gerne zur heiligen Ilios flüchtet,
Wer ihm entrann; viel sättigen Hund' und zerfleischende Geier,
Trojas Söhn'! O möge vom Ohre mir solches entfernt sein!
Aber wofern mein Wort ihr genehmiget, traurendes Herzens;
Haltet die Nacht auf dem Markte die Kriegsmacht: türmende Mauern
Schützen die Stadt ringsum, und hohe befestigte Tore,
Wohlverwahrt mit großen und dicht einfugenden Flügeln.
Frühe sodann vor Morgen, mit ehernen Waffen gerüstet,

στησόμεθ' ἂμ πύργους· τῶι δ' ἄλγιον, αἴ κ' ἐθέλησιν
ἐλθὼν ἐκ νηῶν περὶ τείχεος ἄμμι μάχεσθαι.
ἂψ πάλιν εἶσ' ἐπὶ νῆας, ἐπεί κ' ἐριαύχενας ἵππους
παντοίου δρόμου ἄσηι ὑπὸ πτόλιν ἠλασκάζων·
εἴσω δ' οὔ μιν θυμὸς ἐφορμηθῆναι ἐάσει,
οὐδέ ποτ' ἐκπέρσει· πρίν μιν κύνες ἀργοὶ ἔδονται."
τὸν δ' ἄρ' ὑπόδρα ἰδὼν προσέφη κορυθαίολος Ἕκτωρ·
„Πουλυδάμα, σὺ μὲν οὐκέτ' ἐμοὶ φίλα ταῦτ' ἀγορεύεις,
ὃς κέλεαι κατὰ ἄστυ ἀλήμεναι αὖτις ἰόντας.
ἦ οὔ πω κεκόρησθε ἐελμένοι ἔνδοθι πύργων;
πρὶν μὲν γὰρ Πριάμοιο πόλιν μέροπες ἄνθρωποι
πάντες μυθέσκοντο πολύχρυσον πολύχαλκον·
νῦν δὲ δὴ ἐξαπόλωλε δόμων κειμήλια καλά,
πολλὰ δὲ δὴ Φρυγίην καὶ Μηιονίην ἐρατεινὴν
κτήματα περνάμεν' ἵκει, ἐπεὶ μέγας ὠδύσατο Ζεύς.
νῦν δ' ὅτε πέρ μοι ἔδωκε Κρόνου πάϊς ἀγκυλομήτεω
κῦδος ἀρέσθ' ἐπὶ νηυσί, θαλάσσηι τ' ἔλσαι Ἀχαιούς,
νήπιε, μηκέτι ταῦτα νοήματα φαῖν' ἐνὶ δήμωι·
οὐ γάρ τις Τρώων ἐπιπείσεται· οὐ γὰρ ἐάσω.
ἀλλ' ἄγεθ' ὡς ἂν ἐγὼ εἴπω, πειθώμεθα πάντες.
νῦν μὲν δόρπον ἕλεσθε κατὰ στρατὸν ἐν τελέεσσι,
καὶ φυλακῆς μνήσασθε, καὶ ἐγρήγορθε ἕκαστος·
Τρώων δ' ὃς κτεάτεσσιν ὑπερφιάλως ἀνιάζει,
συλλέξας λαοῖσι δότω καταδημοβορῆσαι·
τῶν τινὰ βέλτερόν ἐστιν ἐπαυρέμεν ἤ περ Ἀχαιούς.
πρῶϊ δ' ὑπηοῖοι σὺν τεύχεσι θωρηχθέντες
νηυσὶν ἔπι γλαφυρῆισιν ἐγείρομεν ὀξὺν Ἄρηα.
εἰ δ' ἐτεὸν παρὰ ναῦφιν ἀνέστη δῖος Ἀχιλλεύς,
ἄλγιον, αἴ κ' ἐθέλησι, τῶι ἔσσεται· οὔ μιν ἔγωγε
φεύξομαι ἐκ πολέμοιο δυσηχέος, ἀλλὰ μάλ' ἄντην
στήσομαι, ἤ κε φέρησι μέγα κράτος, ἦ κε φεροίμην.
ξυνὸς Ἐνυάλιος, καί τε κτανέοντα κατέκτα."
ὣς Ἕκτωρ ἀγόρευ', ἐπὶ δὲ Τρῶες κελάδησαν,
νήπιοι· ἐκ γάρ σφεων φρένας εἵλετο Παλλὰς Ἀθήνη.
Ἕκτορι μὲν γὰρ ἐπῄνησαν κακὰ μητιόωντι,
Πουλυδάμαντι δ' ἄρ' οὔ τις, ὃς ἐσθλὴν φράζετο βουλήν.
δόρπον ἔπειθ' εἵλοντο κατὰ στρατόν· αὐτὰρ Ἀχαιοὶ
παννύχιοι Πάτροκλον ἀνεστενάχοντο γοῶντες.
τοῖσι δὲ Πηλεΐδης ἁδινοῦ ἐξῆρχε γόοιο,
χεῖρας ἐπ' ἀνδροφόνους θέμενος στήθεσσιν ἑταίρου,
πυκνὰ μάλα στενάχων ὥς τε λὶς ἠϋγένειος,

Stehen wir rings auf der Mauer; und weh ihm, wo er begehret,
Angestürmt von den Schiffen mit uns um die Mauer zu kämpfen!
Heim zu den Schiffen entweicht er, wann sein hochwiehernd Gespann ihm
Satt von mancherlei Lauf um Ilios hergetummelt.
Aber hinein wird nimmer sein Mut ihm zu dringen verstatten;
Nie erobert er auch: eh' fressen ihn hurtige Hunde!
Finster schaut' und begann der helmumflatterte Hektor:
Keineswegs gefällt mir, Polydamas, was du geredet,
Der du ermahnst in die Feste die Kehrenden einzuschließen.
Noch nicht wurdet ihr müd', umhegt zu sein von der Mauer?
Sonst war Priamos' Stadt bei vielfachredenden Menschen
Weit auf der Erde berühmt, als reich an Gold', und an Erze;
Doch nunmehr ist geschwunden die köstliche Hab' aus den Häusern;
Viel nach Phrygien nun und Mäoniens schönem Gefilde
Gehn zum Verkauf Kleinode, da Zeus' Allmacht uns ergrimmt ist.
Aber anjetzt, da mir ja der Sohn des verborgenen Kronos
Ruhm verliehn bei den Schiffen, ans Meer die Achaier zu drängen;
Törichter, nicht mehr äußre mir solcherlei Rat in dem Volke!
Denn kein einziger Troer gehorchet dir; nimmer gestatt' ich's!
Aber wohlan, wie ich rede das Wort, so gehorchet mir alle.
Jetzo nehmet das Mahl durch das Kriegsheer, Haufen bei Haufen;
Und gedenkt der nächtlichen Hut, und jeder sei wachsam.
Wer der Troer mit Angst um sein Vermögen sich härmet,
Solcher nehm' und geb' es dem Volk zu gemeinsamen Gastmahl:
Besser daß jene damit sich belustigen, als die Achaier!
Frühe sodann vor Morgen, mit ehernen Waffen gerüstet,
Gegen die räumigen Schiff' erheben wir stürmenden Angriff.
Wenn denn gewiß bei den Schiffen erstand der edle Achilleus;
Wohl, so erkor er sich selbst das Schlimmere! Nie ja vor jenem
Werd' ich fliehn aus dem Sturme der Feldschlacht; nein ihm entgegen
Steh' ich, ob ihn Siegsehre verherrliche, oder mich selber!
Gleich ist Ares gesinnt, und oft auch den Würgenden würgt er!
Also redete Hektor; und laut herriefen die Troer:
Törichte! welchen den Geist verblendete Pallas Athene.
Siehe dem Hektor stimmten sie bei, der Böses beschlossen;
Doch dem Polydamas nicht, der heilsame Worte geredet.
Rings nun nahm man das Mahl durch das Kriegsheer. Doch die Achaier
Ganz die Nacht um Patroklos erhuben sie Klagen und Seufzer.
Peleus' Sohn vor ihnen begann die jammernde Klage;
Hingelegt die mordenden Händ' auf den Busen des Freundes,
Ächzet' er häufig empor: wie ein bärtiger Löwe des Bergwalds,

ὧι ῥά θ᾽ ὑπὸ σκύμνους ἐλαφηβόλος ἁρπάσηι ἀνὴρ
ὕλης ἐκ πυκινῆς· ὁ δέ τ᾽ ἄχνυται ὕστερος ἐλθών,
πολλὰ δέ τ᾽ ἄγκε᾽ ἐπῆλθε μετ᾽ ἀνέρος ἴχνι᾽ ἐρευνῶν,
εἴ ποθεν ἐξεύροι· μάλα γὰρ δριμὺς χόλος αἱρεῖ·
ὣς ὁ βαρὺ στενάχων μετεφώνεε Μυρμιδόνεσσιν·
„ ὢ πόποι, ἦ ῥ᾽ ἅλιον ἔπος ἔκβαλον ἤματι κείνωι
θαρσύνων ἥρωα Μενοίτιον ἐν μεγάροισι·
φῆν δέ οἱ εἰς Ὀπόεντα περικλυτὸν υἱὸν ἀπάξειν
Ἴλιον ἐκπέρσαντα, λαχόντα τε ληΐδος αἶσαν.
ἀλλ᾽ οὐ Ζεὺς ἄνδρεσσι νοήματα πάντα τελευτᾶι·
ἄμφω γὰρ πέπρωται ὁμοίην γαῖαν ἐρεῦσαι
αὐτοῦ ἐνὶ Τροίηι, ἐπεὶ οὐδ᾽ ἐμὲ νοστήσαντα
δέξεται ἐν μεγάροισι γέρων ἱππηλάτα Πηλεὺς
οὐδὲ Θέτις μήτηρ, ἀλλ᾽ αὐτοῦ γαῖα καθέξει.
νῦν δ᾽ ἐπεὶ οὖν, Πάτροκλε, σεῦ ὕστερος εἶμ᾽ ὑπὸ γαῖαν,
οὔ σε πρὶν κτεριῶ, πρίν γ᾽ Ἕκτορος ἐνθάδ᾽ ἐνεῖκαι
τεύχεα καὶ κεφαλήν, μεγαθύμου σοῖο φονῆος·
δώδεκα δὲ προπάροιθε πυρῆς ἀποδειροτομήσω
Τρώων ἀγλαὰ τέκνα, σέθεν κταμένοιο χολωθείς.
τόφρα δέ μοι παρὰ νηυσὶ κορωνίσι κείσεαι αὔτως,
ἀμφὶ δὲ σὲ Τρωιαὶ καὶ Δαρδανίδες βαθύκολποι
κλαύσονται νύκτάς τε καὶ ἤματα δάκρυ χέουσαι,
τὰς αὐτοὶ καμόμεσθα βίηφί τε δουρί τε μακρῶι,
πιείρας πέρθοντε πόλεις μερόπων ἀνθρώπων.“
    ὣς εἰπὼν ἑτάροισιν ἐκέκλετο δῖος Ἀχιλλεὺς
ἀμφὶ πυρὶ στῆσαι τρίποδα μέγαν, ὄφρα τάχιστα
Πάτροκλον λούσειαν ἄπο βρότον αἱματόεντα.
οἱ δὲ λοετροχόον τρίποδ᾽ ἵστασαν ἐν πυρὶ κηλέωι,
ἐν δ᾽ ἄρ᾽ ὕδωρ ἔχεαν, ὑπὸ δὲ ξύλα δαῖον ἑλόντες.
γάστρην μὲν τρίποδος πῦρ ἄμφεπε, θέρμετο δ᾽ ὕδωρ·
αὐτὰρ ἐπεὶ δὴ ζέσσεν ὕδωρ ἐνὶ ἤνοπι χαλκῶι,
καὶ τότε δὴ λοῦσάν τε καὶ ἤλειψαν λίπ᾽ ἐλαίωι,
ἐν δ᾽ ὠτειλὰς πλῆσαν ἀλείφατος ἐννεώροιο·
ἐν λεχέεσσι δὲ θέντες ἑανῶι λιτὶ κάλυψαν
ἐς πόδας ἐκ κεφαλῆς, καθύπερθε δὲ φάρεϊ λευκῶι.
παννύχιοι μὲν ἔπειτα πόδας ταχὺν ἀμφ᾽ Ἀχιλῆα
Μυρμιδόνες Πάτροκλον ἀνεστενάχοντο γοῶντες·
Ζεὺς δ᾽ Ἥρην προσέειπε κασιγνήτην ἄλοχόν τε·
„ ἔπρηξας καὶ ἔπειτα, βοῶπις πότνια Ἥρη,
ἀνστήσασ᾽ Ἀχιλῆα πόδας ταχύν· ἦ ῥά νυ σεῖο
ἐξ αὐτῆς ἐγένοντο κάρη κομόωντες Ἀχαιοί.“

Welchem die Jungen geraubt ein hirschverfolgender Jäger
Tief aus verwachsnem Gehölz; er drauf ankommend betrübt sich,
Eilt dann von Tale zu Tale der Spur nachrennend des Mannes,
Ob er ihn wo ausforsche; denn bitterer Zorn durchdrang ihn:
Also schweraufseufzend vor Myrmidonen begann er:
Götter, wie eitele Worte sind jenes Tags mir entfallen,
Als ich Trost im Palaste dem Held Menötios zusprach!
Heim verhieß ich gen Opus den rühmlichen Sohn ihm zu bringen,
Wann er Troja verheert, und reichliche Beute geloset.
Aber der Mensch entwirft, und Zeus vollendet es anders!
Uns war beiden bestimmt, die selbige Erde zu röten,
Hier im troischen Land'! Auch mich wird nimmer empfangen,
Heimgekehrt zum Palaste, der graue reisige Peleus,
Noch auch Thetys die Mutter; entfernt hier deckt mich die Erde.
Doch nun ich, Patroklos, nach dir in die Erde versinke;
Feier' ich dir nicht eher das Grabfest, bis ich dir Hektors
Waffen gebracht und das Haupt, des Trotzigen, deines Mörders!
Auch zwölf Jünglinge werd' ich am Totenfeuer dir schlachten,
Trojas edlere Söhn', im Zorn ob deiner Ermordung!
Ruh' indessen allhier bei meinen geschnäbelten Schiffen!
Manche Troerin auch und Dardanerin, schwellendes Busens,
Soll wehklagen um dich, bei Tag' und Nacht dich beweinend,
Welche wir selbst erbeutet mit Kraft und gewaltigen Lanze,
Blühende Städte verheerend der vielfachredenden Menschen.
Also sprach der edle Peleid', und den Freunden gebot er,
Eilend ein groß dreifüßig Geschirr auf Feuer zu stellen,
Um von dem blutigen Staube Patroklos' Leiche zu säubern.
Sie nun stellten das Badegeschirr auf loderndes Feuer,
Gossen dann Wasser hinein, und legeten Holz an die Flamme;
Rings umschlug sie den Bauch des Geschirrs, und es kochte das Wasser,
Aber nachdem das Wasser gekocht im blinkenden Erze,
Wuschen sie jetzt, und salbten mit fettem Öle den Leichnam;
Mit neunjähriger Salb' erfüllten sie jetzo die Wunden;
Legten ihn dann auf Betten und breiteten köstliche Leinwand
Ihm vom Haupt zu den Füßen, und drauf den schimmernden Teppich.
Aber die ganze Nacht um den mutigen Renner Achilleus
Klagten die Myrmidonen Patroklos weinend und seufzend.
Zeus nun sprach zu Here, der göttlichen Schwester und Gattin:
Endlich gelang dir's doch, du hoheitblickende Here,
Peleus' Sohn zu erregen, den Mutigen. Sicher aus deinem
Eigenen Schoß entstammten die hauptumlockten Achaier.

τὸν δ' ἠμείβετ' ἔπειτα βοῶπις πότνια Ἥρη·
„ αἰνότατε Κρονίδη, ποῖον τὸν μῦθον ἔειπες.
καὶ μὲν δή πού τις μέλλει βροτὸς ἀνδρὶ τελέσσαι,
ὅς περ θνητός τ' ἐστὶ καὶ οὐ τόσα μήδεα οἶδε·
πῶς δὴ ἔγωγ', ἥ φημι θεάων ἔμμεν ἀρίστη,
ἀμφότερον, γενεῆι τε καὶ οὕνεκα σὴ παράκοιτις
κέκλημαι, σὺ δὲ πᾶσι μετ' ἀθανάτοισιν ἀνάσσεις,
οὐκ ὄφελον Τρώεσσι κοτεσσαμένη κακὰ ῥάψαι;"
ὣς οἱ μὲν τοιαῦτα πρὸς ἀλλήλους ἀγόρευον·
Ἡφαίστου δ' ἵκανε δόμον Θέτις ἀργυρόπεζα
ἄφθιτον ἀστερόεντα, μεταπρεπέ' ἀθανάτοισι,
χάλκεον, ὅν ῥ' αὐτὸς ποιήσατο κυλλοποδίων.
τὸν δ' εὗρ' ἱδρώοντα ἑλισσόμενον περὶ φύσας
σπεύδοντα· τρίποδας γὰρ ἐείκοσι πάντας ἔτευχεν
ἑστάμεναι περὶ τοῖχον ἐϋσταθέος μεγάροιο,
χρύσεα δέ σφ' ὑπὸ κύκλα ἑκάστωι πυθμένι θῆκεν,
ὄφρά οἱ αὐτόματοι θεῖον δυσαίατ' ἀγῶνα
ἠδ' αὖτις πρὸς δῶμα νεοίατο, θαῦμα ἰδέσθαι.
οἱ δ' ἤτοι τόσσον μὲν ἔχον τέλος, οὔατα δ' οὔ πω
δαιδάλεα προσέκειτο· τά ῥ' ἤρτυε, κόπτε δὲ δεσμούς.
ὄφρ' ὅ γε ταῦτ' ἐπονεῖτο ἰδυίηισι πραπίδεσσι,
τόφρά οἱ ἐγγύθεν ἦλθε θεὰ Θέτις ἀργυρόπεζα.
τὴν δὲ ἴδε προμολοῦσα Χάρις λιπαροκρήδεμνος
καλή, τὴν ὤπυιε περικλυτὸς ἀμφιγυήεις·
ἔν τ' ἄρα οἱ φῦ χειρὶ ἔπος τ' ἔφατ' ἔκ τ' ὀνόμαζε·
„ τίπτε, Θέτι τανύπεπλε, ἱκάνεις ἡμέτερον δῶ
αἰδοίη τε φίλη τε; πάρος γε μὲν οὔ τι θαμίζεις.
ἀλλ' ἕπεο προτέρω, ἵνα τοι πὰρ ξείνια θείω."
ὣς ἄρα φωνήσασα πρόσω ἄγε δῖα θεάων.
τὴν μὲν ἔπειτα καθεῖσεν ἐπὶ θρόνου ἀργυροήλου
καλοῦ δαιδαλέου· ὑπὸ δὲ θρῆνυς ποσὶν ἦεν·
κέκλετο δ' Ἥφαιστον κλυτοτέχνην εἶπέ τε μῦθον·
„ Ἥφαιστε πρόμολ' ὧδε· Θέτις νύ τι σεῖο χατίζει."
τὴν δ' ἠμείβετ' ἔπειτα περικλυτὸς ἀμφιγυήεις·
„ ἦ ῥά νύ μοι δεινή τε καὶ αἰδοίη θεὸς ἔνδον,
ἥ μ' ἐσάωσ' ὅτε μ' ἄλγος ἀφίκετο τῆλε πεσόντα
μητρὸς ἐμῆς ἰότητι κυνώπιδος, ἥ μ' ἐθέλησε
κρύψαι χωλὸν ἐόντα· τότ' ἂν πάθον ἄλγεα θυμῶι,
εἰ μή μ' Εὐρυνόμη τε Θέτις θ' ὑπεδέξατο κόλπωι,
Εὐρυνόμη, θυγάτηρ ἀψορρόου Ὠκεανοῖο.
τῆισι παρ' εἰνάετες χάλκευον δαίδαλα πολλά,

Ihm antwortete drauf die hoheitblickende Here:
Welch ein Wort, Kronion, du Schrecklicher, hast du geredet?
Kann ja doch wohl etwas ein Mensch dem Manne vollenden,
Er der sterblich nur ist, und nicht so kundig des Rates.
Aber ich, die stolz der Göttinnen erste sich rühmet,
Zwiefach erhöht, durch Geburt, und weil ich deine Genossin
Ward ernannt, der du mächtig im Kreis der Unsterblichen waltest,
Sollt' ich nicht den Troern im Zorn ein Übel bereiten?
Also redeten jen' im Wechselgespräch miteinander.
Aber Hephästos' Palast erreichte die Herrscherin Thetys,
Sternenhell, unvergänglich, in strahlender Pracht vor den Göttern,
Welchen aus Erz er selbst sich gebaut, der hinkende Künstler.
Ihn dort fand sie voll Schweiß um die Blasebälge beschäftigt,
Eiferig: denn Dreifüße bereitet' er, zwanzig in allem,
Rings zu stehn an der Wand der wohlgeründeten Wohnung.
Goldene Räder befestigt' er jeglichem unter den Boden;
Daß sie von selbst annahten zur Schar der unsterblichen Götter,
Dann zu ihrem Gemach heimkehreten, Wunder dem Anblick.
Sie nun waren so weit gefertiget; nur noch der Henkel
Zierat fehlte daran; jetzt fügt er sie, hämmernd die Nägel.
Während er solches erschuf mit erfindungsreichem Verstande,
Siehe da kam ihm nahe die silberfüßige Thetys.
Diese sah vorwandelnd die feinumschleierte Charis,
Schön und hold, die Gattin des hinkenden Feuerbeherrschers;
Und sie faßt' ihr die Hand, und redete, also beginnend:
Thetys in langem Gewande, wie nahest du unserer Wohnung,
Ehrenwert und geliebt? Denn sonst besuchst du mich wenig.
Aber komm doch herein, damit ich als Gast dich bewirte,
Also sprach, und führte sie ein, die herrliche Göttin.
Jene setzte sie dann auf den silbergebuckelten Sessel,
Schön und prangend an Kunst; und ein Schemel stützt' ihr die Füße.
Drauf dem kunstberühmten Hephästos rief sie, und sagte:
Tritt hervor, Hephästos; die Herrscherin Thetys bedarf dein.
Ihr antwortete drauf der hinkende Feuerbeherrscher:
Traun ja, so ist die erhabne, die edelste Göttin daheim mir,
Welche vordem mich gerettet im Schmerz des unendlichen Falles,
Als mich die Mutter verwarf, die entsetzliche! welche mich Lahmen
Auszutilgen beschloß. Da duldet' ich Wehe des Herzens,
Hätt' Eurynome nicht und Thetys im Schoß mich empfangen,
Jene, des kreisenden Stroms Okeanos blühende Tochter.
Dort neun Jahre verweilt' ich, und schmiedete mancherlei Kunstwerk,

πόρπας τε γναμπτάς θ' ἕλικας κάλυκάς τε καὶ ὅρμους
ἐν σπῆϊ γλαφυρῶι· περὶ δὲ ῥόος Ὠκεανοῖο
ἀφρῶι μορμύρων ῥέεν ἄσπετος· οὐδέ τις ἄλλος
ἤιδεεν οὔτε θεῶν οὔτε θνητῶν ἀνθρώπων,
ἀλλὰ Θέτις τε καὶ Εὐρυνόμη ἴσαν, αἵ μ' ἐσάωσαν.
ἣ νῦν ἡμέτερον δόμον ἵκει· τώ με μάλα χρεὼ
πάντα Θέτι καλλιπλοκάμωι ζωιάγρια τίνειν.
ἀλλὰ σὺ μὲν νῦν οἱ παράθες ξεινήϊα καλά,
ὄφρ' ἂν ἐγὼ φύσας ἀποθείομαι ὅπλά τε πάντα.“
ἦ, καὶ ἀπ' ἀκμοθέτοιο πέλωρ αἴητον ἀνέστη
χωλεύων· ὑπὸ δὲ κνῆμαι ῥώοντο ἀραιαί.
φύσας μέν ῥ' ἀπάνευθε τίθει πυρός, ὅπλά τε πάντα
λάρνακ' ἐς ἀργυρέην συλλέξατο, τοῖς ἐπονεῖτο·
σπόγγωι δ' ἀμφὶ πρόσωπα καὶ ἄμφω χεῖρ' ἀπομόργνυ
αὐχένα τε στιβαρὸν καὶ στήθεα λαχνήεντα,
δῦ δὲ χιτῶν', ἕλε δὲ σκῆπτρον παχύ, βῆ δὲ θύραζε
χωλεύων· ὑπὸ δ' ἀμφίπολοι ῥώοντο ἄνακτι
χρύσειαι, ζωῆισι νεήνισιν εἰοικυῖαι.
τῆις ἐν μὲν νόος ἐστὶ μετὰ φρεσίν, ἐν δὲ καὶ αὐδὴ
καὶ σθένος, ἀθανάτων δὲ θεῶν ἄπο ἔργα ἴσασιν.
αἱ μὲν ὕπαιθα ἄνακτος ἐποίπνυον· αὐτὰρ ὁ ἔρρων
πλησίον, ἔνθα Θέτις περ, ἐπὶ θρόνου ἷζε φαεινοῦ,
ἔν τ' ἄρα οἱ φῦ χειρὶ ἔπος τ' ἔφατ' ἔκ τ' ὀνόμαζε·
„ τίπτε, Θέτι τανύπεπλε, ἱκάνεις ἡμέτερον δῶ
αἰδοίη τε φίλη τε; πάρος γε μὲν οὔ τι θαμίζεις.
αὔδα ὅ τι φρονέεις· τελέσαι δέ με θυμὸς ἄνωγεν,
εἰ δύναμαι τελέσαι γε καὶ εἰ τετελεσμένον ἐστίν.“
τὸν δ' ἠμείβετ' ἔπειτα Θέτις κατὰ δάκρυ χέουσα·
„ Ἥφαιστ', ἦ ἄρα δή τις, ὅσαι θεαί εἰσ' ἐν Ὀλύμπωι,
τοσσάδ' ἐνὶ φρεσὶν ἧισιν ἀνέσχετο κήδεα λυγρά,
ὅσσ' ἐμοὶ ἐκ πασέων Κρονίδης Ζεὺς ἄλγε' ἔδωκεν;
ἐκ μέν μ' ἀλλάων ἁλιάων ἀνδρὶ δάμασσεν,
Αἰακίδηι Πηλῆϊ, καὶ ἔτλην ἀνέρος εὐνὴν
πολλὰ μάλ' οὐκ ἐθέλουσα. ὁ μὲν δὴ γήραϊ λυγρῶι
κεῖται ἐνὶ μεγάροις ἀρημένος, ἄλλα δέ μοι νῦν,
υἱὸν ἐπεί μοι δῶκε γενέσθαί τε τραφέμεν τε,
ἔξοχον ἡρώων· ὁ δ' ἀνέδραμεν ἔρνεϊ ἶσος·
τὸν μὲν ἐγὼ θρέψασα φυτὸν ὣς γουνῶι ἀλωῆς,
νηυσὶν ἐπιπροέηκα κορωνίσιν Ἴλιον εἴσω
Τρωσὶ μαχησόμενον· τὸν δ' οὐχ ὑποδέξομαι αὖτις
οἴκαδε νοστήσαντα δόμον Πηλήϊον εἴσω.

Spangen und Ring', und Ohrengehenk', Haarnadeln und Kettlein,
Dort in gewölbeter Grott'; und der Strom des Okeanos ringsher
Schäumte mit brausendem Hall, der unendliche: keiner der andern
Kannte sie, nicht der Götter, und nicht der sterblichen Menschen;
Sondern Thetys allein und Eurynome, die mich gerettet.
Diese besucht uns jetzo im Haus'; und darum gebührt mir,
Froh der lockigen Thetys den Rettungsdank zu bezahlen.
Auf, nun reiche du ihr des Gastrechts schöne Bewirtung,
Während ich selbst die Bälge hinwegräum', und die Gerätschaft.
Sprach's, und erhub sich vom Amboß, das rußige Ungeheuer,
Hinkend, und mühsam strebten daher die schwächlichen Beine.
Abwärts legt' er vom Feuer die Bälg', und nahm die Gerätschaft,
Alle Vollender der Kunst, und verschloß sie im silbernen Kasten;
Wusch sich dann mit dem Schwamme die Hände beid', und das Antlitz,
Auch den nervichten Hals, und den haarumwachsenen Busen;
Hüllte den Leibrock um, und nahm den stemmigen Scepter,
Hinkte sodann aus der Tür'; und Jungfraun stützten den Herrscher,
Goldene, Lebenden gleich, mit jugendlich reizender Bildung:
Diese haben Verstand in der Brust, und redende Stimme,
Haben Kraft, und lernten auch Kunstarbeit von den Göttern.
Schräge vor ihrem Herrn hineilten sie; er nachwankend,
Nahte, wo Thetys saß, und ruht' auf schimmerndem Sessel;
Ihr nun faßt' er die Hand, und redete, also beginnend:
Thetys in langem Gewande, wie nahtest du unserer Wohnung,
Ehrenwert und geliebt? Denn sonst besuchst du mich wenig.
Rede, wie du verlangst; mein Herz gebeut mir Gewährung,
Kann ich es nur gewähren, und ist es selber gewährbar.
Aber Thetys darauf antwortete, Tränen vergießend:
Ach Hephästos, war eine der Göttinnen auf dem Olympos
Je so viel im Herzen des traurigen Wehes erduldend,
Als auf mich vor allen Kronion Jammer gehäuft hat?
Mich aus den Meergöttinnen dem sterblichen Manne gesellt' er,
Peleus Äakos' Sohn', und ich trug des Mannes Umarmung,
Sehr unwillig aus Zwang; doch jetzt vor traurigem Alter
Lieget er dort im Palast, ein Entkräfteter. Aber noch mehr nun!
Einen Sohn zu gebären verlieh er mir, und zu erziehen,
Hoch vor Helden geschmückt! Er schwang sich empor, wie ein Sprößling;
Und ich erzog ihn mit Fleiß, wie die Pflanz' im fruchtbaren Acker;
Drauf in geschnäbelten Schiffen gen Ilios sandt' ich daher ihn,
Trojas Volk zu bekämpfen. Doch nie empfang' ich ihn wieder,
Wann er zur Heimat kehrt, in Peleus' ragende Wohnung!

ὄφρα δέ μοι ζώει καὶ ὁρᾶι φάος ἠελίοιο,
ἄχνυται, οὐδέ τί οἱ δύναμαι χραισμῆσαι ἰοῦσα.
κούρην ἣν ἄρα οἱ γέρας ἔξελον υἷες Ἀχαιῶν,
τὴν ἂψ ἐκ χειρῶν ἕλετο κρείων Ἀγαμέμνων.
ἤτοι ὁ τῆς ἀχέων φρένας ἔφθιεν· αὐτὰρ Ἀχαιοὺς
Τρῶες ἐπὶ πρύμνηισιν ἐείλεον, οὐδὲ θύραζε
εἴων ἐξιέναι· τὸν δὲ λίσσοντο γέροντες
Ἀργείων, καὶ πολλὰ περικλυτὰ δῶρ' ὀνόμαζον.
ἔνθ' αὐτὸς μὲν ἔπειτ' ἠναίνετο λοιγὸν ἀμῦναι,
αὐτὰρ ὁ Πάτροκλον περὶ μὲν τὰ ἃ τεύχεα ἕσσε,
πέμπε δέ μιν πόλεμόνδε, πολὺν δ' ἅμα λαὸν ὄπασσε.
πᾶν δ' ἦμαρ μάρναντο περὶ Σκαιῆισι πύληισι·
καί νύ κεν αὐτῆμαρ πόλιν ἔπραθον, εἰ μὴ Ἀπόλλων
πολλὰ κακὰ ῥέξαντα Μενοιτίου ἄλκιμον υἱὸν
ἔκταν' ἐνὶ προμάχοισι καὶ Ἕκτορι κῦδος ἔδωκε.
τοὔνεκα νῦν τὰ σὰ γούναθ' ἱκάνομαι, αἴ κ' ἐθέληισθα
υἱεῖ ἐμῶι ὠκυμόρωι δόμεν ἀσπίδα καὶ τρυφάλειαν
καὶ καλὰς κνημῖδας ἐπισφυρίοις ἀραρυίας,
καὶ θώρηχ'· ὃ γὰρ ἦν οἱ ἀπώλεσε πιστὸς ἑταῖρος
Τρωσὶ δαμείς· ὁ δὲ κεῖται ἐπὶ χθονὶ θυμὸν ἀχεύων."
τὴν δ' ἠμείβετ' ἔπειτα περικλυτὸς ἀμφιγυήεις·
„θάρσει· μή τοι ταῦτα μετὰ φρεσὶ σῆισι μελόντων.
αἲ γάρ μιν θανάτοιο δυσηχέος ὧδε δυναίμην
νόσφιν ἀποκρύψαι, ὅτε μιν μόρος αἰνὸς ἱκάνοι,
ὥς οἱ τεύχεα καλὰ παρέσσεται, οἷά τις αὖτε
ἀνθρώπων πολέων θαυμάσσεται, ὅς κεν ἴδηται."
ὣς εἰπὼν τὴν μὲν λίπεν αὐτοῦ, βῆ δ' ἐπὶ φύσας·
τὰς δ' ἐς πῦρ ἔτρεψε κέλευσέ τε ἐργάζεσθαι.
φῦσαι δ' ἐν χοάνοισιν ἐείκοσι πᾶσαι ἐφύσων,
παντοίην εὔπρηστον ἀϋτμὴν ἐξανιεῖσαι,
ἄλλοτε μὲν σπεύδοντι παρέμμεναι, ἄλλοτε δ' αὖτε,
ὅππως Ἥφαιστός τ' ἐθέλοι καὶ ἔργον ἄνοιτο.
χαλκὸν δ' ἐν πυρὶ βάλλεν ἀτειρέα κασσίτερόν τε
καὶ χρυσὸν τιμῆντα καὶ ἄργυρον· αὐτὰρ ἔπειτα
θῆκεν ἐν ἀκμοθέτωι μέγαν ἄκμονα, γέντο δὲ χειρὶ
ῥαιστῆρα κρατερήν, ἑτέρηφι δὲ γέντο πυράγρην.
ποίει δὲ πρώτιστα σάκος μέγα τε στιβαρόν τε
πάντοσε δαιδάλλων, περὶ δ' ἄντυγα βάλλε φαεινὴν
τρίπλακα μαρμαρέην, ἐκ δ' ἀργύρεον τελαμῶνα.
πέντε δ' ἄρ' αὐτοῦ ἔσαν σάκεος πτύχες· αὐτὰρ ἐν αὐτῶι
ποίει δαίδαλα πολλὰ ἰδυίηισι πραπίδεσσιν.

Aber so lang' er mir lebt, und das Licht der Sonne noch schauet,
Duldet er Qual; und nichts vermag ich ihm nahend zu helfen!
Die zum Ehrengeschenk ihm die Danaer wählten, die Jungfrau
Nahm aus der Hand ihm wieder der Völkerfürst Agamemnon.
Traurend das Herz um diese zerquält' er sich. Aber die Troer
Schlossen die Danaer ein um die ragenden Steuer, und ließen
Nicht aus dem Lager sie gehn. Ihm fleheten drauf die Achaier
Älteste, welche viel und herrliche Gaben ihm boten.
Selbst nunmehr verweigert' er zwar dem Verderben zu wehren;
Aber den Freund Patroklos, mit eigenen Waffen ihn rüstend,
Sandt' er daher in die Schlacht, und viel des Volks ihm gesellt' er.
Ganz den Tag durchkämpften sie nun am skäischen Tore;
Ja und verheert des Tages wär' Ilios, wenn nicht Apollon
Jenen Vertilger des Volks, Menötios' tapferen Sprößling,
Schlug in dem Vordergefecht, und Hektorn Ehre gewährte.
Drum nun flehend die Knie' umfass' ich dir, ob du geneigt seist,
Schild und Helm zu verleihen dem bald hinwelkenden Sohne,
Prangende Schienen zugleich mit schließender Knöchelbedeckung,
Harnisch auch: was er hatte, verlor sein Genoß, den ermordet
Trojas Söhn'; und er liegt auf der Erd', unmutiges Herzens.

Ihr antwortete drauf der hinkende Feuerbeherrscher:
Sei getrost, und laß nicht dieses dein Herz dir bekümmern.
Daß ich doch dem graulichen Tod' ihn also vermöchte
Weit hinweg zu entziehn, wann einst sein Jammergeschick naht:
Als nun prangende Wehr ihn erfreun wird, solche wie mancher
Wohl anstaunt im Geschlechte der Sterblichen, wer sie erblicket!

Dieses gesagt, verließ er sie dort, und ging in die Esse,
Wandt' in das Feuer die Bälg' und hieß sie mit Macht arbeiten.
Zwanzig bliesen zugleich der Blasebälg' in die Ösen,
Allerlei Hauch aussendend des glutanfachenden Windes,
Bald des Eilenden Werk zu beschleunigen, bald sich erholend,
Je nachdem es Hephästos befahl zur Vollendung der Arbeit.
Jener stellt' auf die Glut unbändiges Erz in den Tiegeln,
Auch gepriesenes Gold, und Zinn, und leuchtendes Silber;
Richtete dann auf dem Block den Amboß, nahm mit der Rechten
Drauf den gewaltigen Hammer, und nahm mit der Linken die Zange.

Erst nun formt' er den Schild, den ungeheuren und starken,
Ganz ausschmückend mit Kunst. Ihn umzog er mit schimmerndem Rande,
Dreifach und blank, und fügte das silberne schöne Gehenk an.
Aus fünf Schichten gedrängt war der Schild selbst; oben darauf nun
Bildet' er mancherlei Kunst mit erfindungsreichem Verstande.

ἐν μὲν γαῖαν ἔτευξ᾽, ἐν δ᾽ οὐρανόν, ἐν δὲ θάλασσαν,
ἠέλιόν τ᾽ ἀκάμαντα σελήνην τε πλήθουσαν,
ἐν δὲ τὰ τείρεα πάντα, τά τ᾽ οὐρανὸς ἐστεφάνωται,
Πληϊάδας θ᾽ Ὑάδας τε τό τε σθένος Ὠρίωνος
Ἄρκτόν θ᾽, ἣν καὶ Ἄμαξαν ἐπίκλησιν καλέουσιν,
ἥ τ᾽ αὐτοῦ στρέφεται καί τ᾽ Ὠρίωνα δοκεύει,
οἴη δ᾽ ἄμμορός ἐστι λοετρῶν Ὠκεανοῖο.
ἐν δὲ δύω ποίησε πόλεις μερόπων ἀνθρώπων
καλάς. ἐν τῆι μέν ῥα γάμοι τ᾽ ἔσαν εἰλαπίναι τε,
νύμφας δ᾽ ἐκ θαλάμων δαΐδων ὕπο λαμπομενάων
ἠγίνεον ἀνὰ ἄστυ, πολὺς δ᾽ ὑμέναιος ὀρώρει·
κοῦροι δ᾽ ὀρχηστῆρες ἐδίνεον, ἐν δ᾽ ἄρα τοῖσιν
αὐλοὶ φόρμιγγές τε βοὴν ἔχον· αἱ δὲ γυναῖκες
ἱστάμεναι θαύμαζον ἐπὶ προθύροισιν ἑκάστη.
λαοὶ δ᾽ εἰν ἀγορῆι ἔσαν ἀθρόοι· ἔνθα δὲ νεῖκος
ὠρώρει, δύο δ᾽ ἄνδρες ἐνείκεον εἵνεκα ποινῆς
ἀνδρὸς ἀποφθιμένου· ὁ μὲν εὔχετο πάντ᾽ ἀποδοῦναι
δήμωι πιφαύσκων, ὁ δ᾽ ἀναίνετο μηδὲν ἑλέσθαι·
ἄμφω δ᾽ ἱέσθην ἐπὶ ἴστορι πεῖραρ ἑλέσθαι.
λαοὶ δ᾽ ἀμφοτέροισιν ἐπήπυον, ἀμφὶς ἀρωγοί·
κήρυκες δ᾽ ἄρα λαὸν ἐρήτυον· οἱ δὲ γέροντες
εἵατ᾽ ἐπὶ ξεστοῖσι λίθοις ἱερῶι ἐνὶ κύκλωι,
σκῆπτρα δὲ κηρύκων ἐν χέρσ᾽ ἔχον ἠεροφώνων·
τοῖσιν ἔπειτ᾽ ἤϊσσον, ἀμοιβηδὶς δὲ δίκαζον.
κεῖτο δ᾽ ἄρ᾽ ἐν μέσσοισι δύω χρυσοῖο τάλαντα,
τῶι δόμεν ὃς μετὰ τοῖσι δίκην ἰθύντατα εἴποι.
τὴν δ᾽ ἑτέρην πόλιν ἀμφὶ δύω στρατοὶ ἥατο λαῶν
τεύχεσι λαμπόμενοι· δίχα δέ σφισιν ἥνδανε βουλή,
ἠὲ διαπραθέειν ἢ ἄνδιχα πάντα δάσασθαι,
κτῆσιν ὅσην πτολίεθρον ἐπήρατον ἐντὸς ἔεργεν·
οἱ δ᾽ οὔ πω πείθοντο, λόχωι δ᾽ ὑπεθωρήσσοντο.
τεῖχος μέν ῥ᾽ ἄλοχοί τε φίλαι καὶ νήπια τέκνα
ῥύατ᾽ ἐφεσταότες, μετὰ δ᾽ ἀνέρες οὓς ἔχε γῆρας·
οἱ δ᾽ ἴσαν· ἦρχε δ᾽ ἄρά σφιν Ἄρης καὶ Παλλὰς Ἀθήνη,
ἄμφω χρυσείω, χρύσεια δὲ εἵματα ἔσθην,
καλὼ καὶ μεγάλω σὺν τεύχεσιν, ὥς τε θεώ περ
ἀμφὶς ἀριζήλω· λαοὶ δ᾽ ὑπολίζονες ἦσαν.
οἱ δ᾽ ὅτε δή ῥ᾽ ἵκανον ὅθι σφίσιν εἶκε λοχῆσαι,
ἐν ποταμῶι, ὅθι τ᾽ ἀρδμὸς ἔην πάντεσσι βοτοῖσιν,
ἔνθ᾽ ἄρα τοί γ᾽ ἵζοντ᾽ εἰλυμένοι αἴθοπι χαλκῶι.
τοῖσι δ᾽ ἔπειτ᾽ ἀπάνευθε δύω σκοποὶ ἥατο λαῶν,

Drauf nun schuf er die Erd', und das wogende Meer, und den Himmel,
Auch den vollen Mond, und die rastlos laufende Sonne;
Drauf auch alle Gestirne, die rings den Himmel umleuchten,
Drauf Plejad' und Hyad', und die große Kraft des Orion,
Auch die Bärin, die sonst der Himmelwagen genannt wird,
Welche sich dort umdreht, und stets den Orion bemerket,
Und allein niemals in Okeanos' Bad sich hinabtaucht.
Drauf zwo Städt' auch schuf er der vielfach redenden Menschen,
Blühende: voll war die ein' hochzeitlicher Fest' und Gelage.
Junge Bräut' aus den Kammern, geführt beim Scheine der Fackeln,
Gingen einher durch die Stadt; und hell erhub sich das Brautlied:
Tanzende Jünglinge drehten behende sich unter dem Klange,
Der von Flöten und Harfen ertönete; aber die Weiber
Standen bewunderungsvoll, vor den Wohnungen jede betrachtend.
Auch war dort auf dem Markte gedrängt des Volkes Versammlung:
Denn zween Männer zankten, und haderten wegen der Sühnung
Um den erschlagenen Mann. Es beteuerte dieser dem Volke,
Alles hab' er bezahlt; ihm leugnete jener die Zahlung.
Jeder drang, den Streit durch des Kundigen Zeugnis zu enden.
Diesem schrien und jenem begünstigend eifrige Helfer;
Doch Herolde bezähmten die Schreienden. Aber die Greise
Saßen umher im heiligen Kreis' auf gehauenen Steinen;
Und in die Hände den Stab dumpfrufender Herolde nehmend,
Standen sie auf nacheinander, und redeten wechselnd ihr Urteil.
Mitten lagen im Kreis' auch zwei Talente des Goldes,
Dem bestimmt, der vor ihnen das Recht am gradesten spräche.
Jene Stadt umsaßen mit Krieg zwei Heere der Völker,
Leuchtend im Waffenglanz. Die Belagerer droheten zwiefach:
Auszutilgen die Stadt der Verteidiger, oder zu teilen
Alles Gut, das die liebliche Stadt in den Mauern verschlösse.
Jene verwarfen es stolz, zum Hinterhalte sich rüstend.
Ihre Mauer indes bewahreten liebende Weiber,
Und unmündige Kinder, gesellt zu wankenden Greisen.
Jen' enteilten, von Ares geführt und Pallas Athene:
Beide sie waren von Gold, und in goldene Kleider gehüllet,
Beide schön in den Waffen und groß, wie unsterbliche Götter,
Weit umher vorstrahlend; denn kleiner an Wuchs war die Heerschar.
Als sie den Ort nun erreicht, den zum Hinterhalt sie gewählet,
Nahe dem Bach, wo zur Tränke das Vieh von der Weide geführt ward;
Dort nun setzten sich jene, geschirmt mit blendendem Erze.
Abwärts saßen indes zween spähende Wächter des Volkes,

δέγμενοι ὁππότε μῆλα ἰδοίατο καὶ ἕλικας βοῦς.
οἱ δὲ τάχα προγένοντο, δύω δ' ἅμ' ἕποντο νομῆες
τερπόμενοι σύριγξι· δόλον δ' οὔ τι προνόησαν.
οἱ μὲν τὰ προϊδόντες ἐπέδραμον, ὦκα δ' ἔπειτα
τάμνοντ' ἀμφὶ βοῶν ἀγέλας καὶ πώεα καλὰ
ἀργεννέων οἰῶν, κτεῖνον δ' ἐπὶ μηλοβοτῆρας.
οἱ δ' ὡς οὖν ἐπύθοντο πολὺν κέλαδον παρὰ βουσὶν
εἰράων προπάροιθε καθήμενοι, αὐτίκ' ἐφ' ἵππων
βάντες ἀερσιπόδων μετεκίαθον, αἶψα δ' ἵκοντο.
στησάμενοι δ' ἐμάχοντο μάχην ποταμοῖο παρ' ὄχθας,
βάλλον δ' ἀλλήλους χαλκήρεσιν ἐγχείῃσιν.
ἐν δ' Ἔρις ἐν δὲ Κυδοιμὸς ὁμίλεον, ἐν δ' ὀλοὴ Κήρ,
ἄλλον ζωὸν ἔχουσα νεούτατον, ἄλλον ἄουτον,
ἄλλον τεθνηῶτα κατὰ μόθον ἕλκε ποδοῖιν·
εἷμα δ' ἔχ' ἀμφ' ὤμοισι δαφοινεὸν αἵματι φωτῶν.
ὡμίλευν δ' ὥς τε ζωοὶ βροτοὶ ἠδ' ἐμάχοντο,
νεκρούς τ' ἀλλήλων ἔρυον κατατεθνηῶτας.
 ἐν δ' ἐτίθει νειὸν μαλακήν, πίειραν ἄρουραν,
εὐρεῖαν τρίπολον· πολλοὶ δ' ἀροτῆρες ἐν αὐτῆι
ζεύγεα δινεύοντες ἐλάστρεον ἔνθα καὶ ἔνθα.
οἱ δ' ὁπότε στρέψαντες ἱκοίατο τέλσον ἀρούρης,
τοῖσι δ' ἔπειτ' ἐν χερσὶ δέπας μελιηδέος οἴνου
δόσκεν ἀνὴρ ἐπιών· τοὶ δὲ στρέψασκον ἀν' ὄγμους,
ἱέμενοι νειοῖο βαθείης τέλσον ἱκέσθαι.
ἡ δὲ μελαίνετ' ὄπισθεν, ἀρηρομένηι δὲ ἐώικει,
χρυσείη περ ἐοῦσα· τὸ δὴ περὶ θαῦμα τέτυκτο.
 ἐν δ' ἐτίθει τέμενος βασιλήϊον· ἔνθα δ' ἔριθοι
ἤμων ὀξείας δρεπάνας ἐν χερσὶν ἔχοντες.
δράγματα δ' ἄλλα μετ' ὄγμον ἐπήτριμα πῖπτον ἔραζε,
ἄλλα δ' ἀμαλλοδετῆρες ἐν ἐλλεδανοῖσι δέοντο.
τρεῖς δ' ἄρ' ἀμαλλοδετῆρες ἐφέστασαν· αὐτὰρ ὄπισθε
παῖδες δραγμεύοντες, ἐν ἀγκαλίδεσσι φέροντες,
ἀσπερχὲς πάρεχον· βασιλεὺς δ' ἐν τοῖσι σιωπῆι
σκῆπτρον ἔχων ἑστήκει ἐπ' ὄγμου γηθόσυνος κῆρ.
κήρυκες δ' ἀπάνευθεν ὑπὸ δρυῒ δαῖτα πένοντο,
βοῦν δ' ἱερεύσαντες μέγαν ἄμφεπον· αἱ δὲ γυναῖκες
δεῖπνον ἐρίθοισιν λεύκ' ἄλφιτα πολλὰ πάλυνον.
 ἐν δὲ τίθει σταφυλῆισι μέγα βρίθουσαν ἀλωὴν
καλὴν χρυσείην· μέλανες δ' ἀνὰ βότρυες ἦσαν,
ἑστήκει δὲ κάμαξι διαμπερὲς ἀργυρέῃσιν.
ἀμφὶ δὲ κυανέην κάπετον, περὶ δ' ἕρκος ἔλασσε

Harrend, wann sie erblickten die Schaf' und gehörneten Rinder.
Bald erschienen die Herden, von zween Feldhirten begleitet,
Welche, den Trug nicht ahndend, mit Flötenklang sich ergötzten.
Schnell auf die Kommenden stürzt' aus dem Hinterhalte die Heerschar,
Raubt' und trieb die Herden hinweg, der gehörneten Rinder
Und weißwolligen Schaf', und erschlug die begleitenden Hirten.
Jene, sobald sie vernahmen das laute Getös' um die Rinder,
Welche die heiligen Tore belagerten; schnell auf die Wagen
Sprangen sie, stürmten in fliegendem Lauf, und erreichten sie plötzlich.
Alle gestellt nun schlugen sie Schlacht um die Ufer des Baches,
Und hin flogen und her die ehernen Kriegeslanzen.
Zwietracht tobt' und Tumult ringsum, und des Jammergeschicks Ker,
Die dort lebend erhielt den Verwundeten, jenen vor Wunden
Sicherte, jenen entseelt durch die Schlacht hinzog an den Füßen;
Und ihr Gewand um die Schulter war rot vom Blute der Männer.
Gleich wie lebende Menschen durchschalteten diese die Feldschlacht,
Und entzogen einander die Leichname toter Helden.
Weiter schuf er darauf ein Brachfeld, locker und fruchtbar,
Breit, zum Dritten gepflügt; und viel der ackernden Männer
Trieben die Joch' umher, und lenketen hiehin und dorthin.
Aber so oft sie kehrend des Ackers Ende gewannen,
Reicht' ein Mann den Becher des herzerfreuenden Weines
Jeglichem dar nach der Ordnung; sie wandten sich dann zu den Furchen,
Freudiges Muts, das Ende der tiefen Flur zu erreichen.
Aber es dunkelte hinten das Land, und geackertem ähnlich
Schien es, obgleich von Gold: so wunderbar hatt' er's bereitet.
Drauf auch schuf er ein Feld tiefwallender Saat, wo die Schnitter
Mäheten, jeder die Hand mit schneidender Sichel bewaffnet.
Längs dem Schwad' hinsanken die häufigen Griffe zur Erde;
Andere banden die Binder mit strohernen Seilen in Garben;
Denn drei Garbenbinder verfolgeten. Hinter den Mähern
Sammelten Knaben die Griff'; und trugen sie unter den Armen
Rastlos jener daher. Der Herr stillschweigend bei ihnen
Stand, den Stab in den Händen, am Schwad', und freute sich herzlich.
Abwärts unter der Eiche bereiteten Diener die Mahlzeit,
Rasch um den großen Stier, den sie schlachteten; Weiber indessen
Streueten weißes Mehl zum labenden Mus für die Ernter.
Drauf auch ein Rebengefilde, von schwellendem Weine belastet,
Bildet' er schön aus Gold; doch schwärzlich glänzten die Trauben;
Und es standen die Pfähle gereiht aus lauterem Silber.
Rings dann zog er den Graben von dunkeler Bläue des Stahles,

κασσιτέρου· μία δ' οἴη ἀταρπιτὸς ἦεν ἐπ' αὐτήν,
τῆι νίσοντο φορῆες, ὅτε τρυγόωιεν ἀλωήν.
παρθενικαὶ δὲ καὶ ἠΐθεοι ἀταλὰ φρονέοντες
πλεκτοῖς ἐν ταλάροισι φέρον μελιηδέα καρπόν.
τοῖσιν δ' ἐν μέσσοισι πάϊς φόρμιγγι λιγείηι
ἱμερόεν κιθάριζε, λίνον δ' ὑπὸ καλὸν ἄειδε
λεπταλέηι φωνῆι· τοὶ δὲ ῥήσσοντες ἁμαρτῆι
μολπῆι τ' ἰυγμῶι τε ποσὶ σκαίροντες ἕποντο.
 ἐν δ' ἀγέλην ποίησε βοῶν ὀρθοκραιράων·
αἱ δὲ βόες χρυσοῖο τετεύχατο κασσιτέρου τε,
μυκηθμῶι δ' ἀπὸ κόπρου ἐπεσσεύοντο νομόνδε
πὰρ ποταμὸν κελάδοντα, παρὰ ῥοδανὸν δονακῆα.
χρύσειοι δὲ νομῆες ἅμ' ἐστιχόωντο βόεσσι
τέσσαρες, ἐννέα δέ σφι κύνες πόδας ἀργοὶ ἕποντο.
σμερδαλέω δὲ λέοντε δύ' ἐν πρώτηισι βόεσσι
ταῦρον ἐρύγμηλον ἐχέτην· ὁ δὲ μακρὰ μεμυκὼς
ἕλκετο· τὸν δὲ κύνες μετεκίαθον ἠδ' αἰζηοί.
τὼ μὲν ἀναρρήξαντε βοὸς μεγάλοιο βοείην
ἔγκατα καὶ μέλαν αἷμα λαφύσσετον· οἱ δὲ νομῆες
αὔτως ἐνδίεσαν ταχέας κύνας ὀτρύνοντες.
οἱ δ' ἤτοι δακέειν μὲν ἀπετρωπῶντο λεόντων,
ἱστάμενοι δὲ μάλ' ἐγγὺς ὑλάκτεον ἔκ τ' ἀλέοντο.
 ἐν δὲ νομὸν ποίησε περικλυτὸς ἀμφιγυήεις
ἐν καλῆι βήσσηι μέγαν οἰῶν ἀργεννάων,
σταθμούς τε κλισίας τε κατηρεφέας ἰδὲ σηκούς.
 ἐν δὲ χορὸν ποίκιλλε περικλυτὸς ἀμφιγυήεις,
τῶι ἴκελον οἷόν ποτ' ἐνὶ Κνωσῶι εὐρείηι
Δαίδαλος ἤσκησεν καλλιπλοκάμωι Ἀριάδνηι.
ἔνθα μὲν ἠΐθεοι καὶ παρθένοι ἀλφεσίβοιαι
ὀρχεῦντ' ἀλλήλων ἐπὶ καρπῶι χεῖρας ἔχοντες.
τῶν δ' αἱ μὲν λεπτὰς ὀθόνας ἔχον, οἱ δὲ χιτῶνας
εἵατ' ἐϋννήτους, ἦκα στίλβοντας ἐλαίωι·
καί ῥ' αἱ μὲν καλὰς στεφάνας ἔχον, οἱ δὲ μαχαίρας
εἶχον χρυσείας ἐξ ἀργυρέων τελαμώνων.
οἱ δ' ὁτὲ μὲν θρέξασκον ἐπισταμένοισι πόδεσσι
ῥεῖα μάλ', ὡς ὅτε τις τροχὸν ἄρμενον ἐν παλάμηισιν
ἑζόμενος κεραμεὺς πειρήσεται, αἴ κε θέηισιν·
ἄλλοτε δ' αὖ θρέξασκον ἐπὶ στίχας ἀλλήλοισι.
πολλὸς δ' ἱμερόεντα χορὸν περιίσταθ' ὅμιλος
τερπόμενοι· δοιὼ δὲ κυβιστητῆρε κατ' αὐτοὺς
μολπῆς ἐξάρχοντες ἐδίνευον κατὰ μέσσους.

Samt dem Gehege von Zinn. Ein Pfad nur führte zum Rebhain,
Für die Träger zu gehn, in der Zeit der fröhlichen Lese.
Jünglinge nun, aufjauchzend vor Lust, und rosige Jungfrauen
Trugen die süße Frucht in schöngeflochtenen Körben.
Mitten auch ging ein Knab' in der Schar; aus klingender Leier
Lockt' er gefällige Tön', und sang den Reigen von Linos
Mit hellgellender Stimm'; und ringsum tanzten die andern,
Froh mit Gesang und Jauchzen und hüpfendem Sprung ihn begleitend.
　Eine Herd' auch schuf er darauf hochhauptiger Rinder;
Einige waren aus Golde geformt, aus Zinne die andern.
Laut mit Gebrüll vom Hof' enteilten sie dort auf die Weide,
Längs dem rauschenden Fluß, der hinabschoß, wankend von Schilfrohr.
Aber goldene Hirten begleiteten emsig die Rinder,
Vier an der Zahl, auch folgeten neun schnellfüßige Hunde.
Zween entsetzliche Löwen, gestürzt in die vordersten Rinder,
Faßten den dumpf aufbrummenden Stier; und mit lautem Gebrüll nun
Ward er geschleift; doch Hund' und Jünglinge folgten ihm schleunig.
Jene, nachdem sie zerrissen die Haut des gewaltigen Stieres,
Schlürften die Eingeweid' und das schwarze Blut; und vergebens
Scheuchten die Hirten daher, die hurtigen Hund' anhetzend.
Sie dort zuckten zurück, mit Gebiß zu fassen die Löwen,
Standen genaht, und bellten sie an, doch immer vermeidend.
　Eine Trift auch erschuf der hinkende Feuerbeherrscher,
Im anmutigen Tal, durchschwärmt von silbernen Schafen,
Hirtengeheg' und Hütten zugleich, und schirmende Ställe.
　Einen Reigen auch schlang der hinkende Feuerbeherrscher,
Jenem gleich, wie vordem in der weitbewohnten Knossos
Dädalos künstlich ersann der lockigen Ariadne.
Blühende Jünglinge dort und vielgefeierte Jungfraun
Tanzten den Ringeltanz, an der Hand einander sich haltend.
Schöne Gewand' umschlossen die Jünglinge, hell wie des Öles
Sanfter Glanz, und die Mädchen verhüllete zarte Leinwand.
Jegliche Tänzerin schmückt' ein lieblicher Kranz, und den Tänzern
Hingen goldene Dolche zur Seit' an silbernen Riemen.
Kreisend hüpften sie bald mit schöngemessenen Tritten
Leicht herum, so wie oft die befestigte Scheibe der Töpfer
Sitzend mit prüfenden Händen herumdreht, ob sie auch laufe;
Bald dann hüpften sie wieder in Ordnungen gegeneinander.
Zahlreich stand das Gedräng' um den lieblichen Reigen versammelt,
Innig erfreut; und zween nachahmende Tänzer im Kreise
Stimmten an den Gesang, und dreheten sich in der Mitte.

ἐν δὲ τίθει ποταμοῖο μέγα σθένος Ὠκεανοῖο
ἄντυγα πὰρ πυμάτην σάκεος πύκα ποιητοῖο.
αὐτὰρ ἐπεὶ δὴ τεῦξε σάκος μέγα τε στιβαρόν τε,
τεῦξ᾽ ἄρα οἱ θώρηκα φαεινότερον πυρὸς αὐγῆς,
τεῦξε δέ οἱ κόρυθα βριαρὴν κροτάφοις ἀραρυῖαν,
καλὴν δαιδαλέην, ἐπὶ δὲ χρύσεον λόφον ἧκε,
τεῦξε δέ οἱ κνημῖδας ἑανοῦ κασσιτέροιο.
αὐτὰρ ἐπεὶ πάνθ᾽ ὅπλα κάμε κλυτὸς ἀμφιγυήεις,
μητρὸς Ἀχιλλῆος θῆκε προπάροιθεν ἀείρας.
ἡ δ᾽ ἴρηξ ὣς ἆλτο κατ᾽ Οὐλύμπου νιφόεντος,
τεύχεα μαρμαίροντα παρ᾽ Ἡφαίστοιο φέρουσα.

Auch die Gewalt des Stromes Okeanos bildet' er ringsum
Strömend am äußersten Rand des schönvollendeten Schildes.
Als er den Schild nun bereitet, den ungeheuren und starken;
Schuf er anjetzt ihm den Harnisch, den strahlenden, heller denn Feuer;
Schuf ihm sodann den gewaltigen Helm, der den Schläfen sich anschloß,
Schön und prangend an Kunst; und zog aus Golde den Haarbusch;
Schuf ihm zuletzt auch Schienen; aus feinem Zinne gegossen.
Als nun jedes Gerät vollbracht der hinkende Künstler;
Nahm er, und legt' es gehäuft vor Achilleus göttliche Mutter.
Schnell wie ein Habicht herab vom schneebedeckten Olympos
Sprang sie, und trug von Hephästos das schimmernde Waffengeschmeide.

ΙΛΙΑΔΟΣ Τ

Μήνιδος ἀπόρρησις.

Ἠὼς μὲν κροκόπεπλος ἀπ' Ὠκεανοῖο ῥοάων
ὄρνυθ', ἵν' ἀθανάτοισι φόως φέροι ἠδὲ βροτοῖσιν·
ἡ δ' ἐς νῆας ἵκανε θεοῦ πάρα δῶρα φέρουσα.
εὗρε δὲ Πατρόκλωι περικείμενον ὃν φίλον υἱόν,
κλαίοντα λιγέως· πολέες δ' ἀμφ' αὐτὸν ἑταῖροι
μύρονθ'· ἡ δ' ἐν τοῖσι παρίστατο δῖα θεάων,
ἔν τ' ἄρα οἱ φῦ χειρὶ ἔπος τ' ἔφατ' ἔκ τ' ὀνόμαζε·
„τέκνον ἐμόν, τοῦτον μὲν ἐάσομεν ἀχνύμενοί περ
κεῖσθαι, ἐπεὶ δὴ πρῶτα θεῶν ἰότητι δαμάσθη·
τύνη δ' Ἡφαίστοιο πάρα κλυτὰ τεύχεα δέξο,
καλὰ μάλ', οἷ' οὔ πώ τις ἀνὴρ ὤμοισι φόρησεν."
ὣς ἄρα φωνήσασα θεὰ κατὰ τεύχε' ἔθηκε
πρόσθεν Ἀχιλλῆος· τὰ δ' ἀνέβραχε δαίδαλα πάντα.
Μυρμιδόνας δ' ἄρα πάντας ἕλε τρόμος, οὐδέ τις ἔτλη
ἄντην εἰσιδέειν, ἀλλ' ἔτρεσαν. αὐτὰρ Ἀχιλλεὺς
ὡς εἶδ', ὥς μιν μᾶλλον ἔδυ χόλος, ἐν δέ οἱ ὄσσε
δεινὸν ὑπὸ βλεφάρων ὡς εἰ σέλας ἐξεφάανθεν·
τέρπετο δ' ἐν χείρεσσιν ἔχων θεοῦ ἀγλαὰ δῶρα.
αὐτὰρ ἐπεὶ φρεσὶν ᾗσι τετάρπετο δαίδαλα λεύσσων,
αὐτίκα μητέρα ἣν ἔπεα πτερόεντα προσηύδα·
„μῆτερ ἐμή, τὰ μὲν ὅπλα θεὸς πόρεν οἷ' ἐπιεικὲς
ἔργ' ἔμεν ἀθανάτων, μὴ δὲ βροτὸν ἄνδρα τελέσσαι.
νῦν δ' ἤτοι μὲν ἐγὼ θωρήξομαι· ἀλλὰ μάλ' αἰνῶς
δείδω μή μοι τόφρα Μενοιτίου ἄλκιμον υἱὸν
μυῖαι καδδῦσαι κατὰ χαλκοτύπους ὠτειλὰς
εὐλὰς ἐγγείνωνται, ἀεικίσσωσι δὲ νεκρόν –
ἐκ δ' αἰὼν πέφαται – κατὰ δὲ χρόα πάντα σαπήηι."
τὸν δ' ἠμείβετ' ἔπειτα θεὰ Θέτις ἀργυρόπεζα·
„τέκνον, μή τοι ταῦτα μετὰ φρεσὶ σῇσι μελόντων.
τῶι μὲν ἐγὼ πειρήσω ἀλαλκεῖν ἄγρια φῦλα,
μυίας, αἵ ῥά τε φῶτας ἀρηϊφάτους κατέδουσιν·

NEUNZEHNTER GESANG

Am Morgen bringt Thetys die Waffen, und sichert den Leichnam vor Verwesung. Achilleus beruft die Achaier, entsagt dem Zorn, und verlangt sogleich Schlacht. Agamemnon erkennt sein Vergehn, und erbietet sich die Geschenke holen zu lassen. Auf Odysseus' Rat nehmen die Achaier das Frühmahl, die Geschenke nebst der Briseïs werden gebracht, und Agamemnon schwört, sie niemals berührt zu haben. Achilleus ohne Nahrung wird von Athene gestärkt, und zieht mit dem Heere gerüstet zum Kampf. Sein Roß weissagt ihm nach dem heutigen Siege den nahen Tod, den er verachtet.

Eos im Safrangewand' Okeanos' Fluten entsteigend,
Hub sich, Göttern das Licht und sterblichen Menschen zu bringen.
Jene nun kam zu den Schiffen, vom Gott herbringend die Gaben.
Jetzo fand sie den Sohn gestreckt um den lieben Patroklos,
Weinend mit lauter Stimm'; und viel' umher der Genossen
Jammerten. Unter sie trat die silberfüßige Göttin;
Und sie faßt' ihm die Hand, und redete, also beginnend:
Lieber Sohn, ihn, denk' ich, nun lassen wir, herzlich betrübt zwar,
Ruhen, nachdem ihn der Rat der ewigen Götter bezwungen.
Du nimm hier von Hephästos die hochgepriesene Rüstung,
Wunderschön, wie sie nimmer ein Mann um die Schulter getragen.
Also sprach die Göttin, und legete nieder die Waffen,
Vor dem Sohn; da rasselte laut das Wundergeschmeide.
Alle die Myrmidonen durchdrang Furcht; keiner auch wagt' es,
Grade sie anzuschaun; sie entzitterten. Aber Achilleus,
So wie er sah, so ergriff ihn noch stärkerer Zorn; und die Augen
Strahlten ihm unter den Wimpern, wie schreckliche Flamme des Feuers.
Freudig umfaßt' und hielt er die herrliche Gabe des Gottes.
Aber nachdem er sein Herz gesättiget, schauend das Wunder;
Schnell zur Mutter gewandt, die geflügelten Worte begann er:
Mutter, die Waffen verlieh ein Gott mir, so wie sie wahrlich
Schafft der Unsterblichen Hand, kein sterblicher Mann sie bereitet.
Gleich denn jetzt erschein' ich in Rüstungen. Aber bekümmert
Sorg' ich, daß mir indes Menötios' tapferem Sprößling
Fliegen, hineingeschmiegt in die erzgeschlagenen Wunden,
Drinnen Gewürm erzeugen, und ganz entstellen den Leichnam;
(Denn sein Geist ist entflohn!) und der Leib hinsink' in Verwesung.
Ihm antwortete drauf die silberfüßige Thetys:
Mutig, o Sohn, und laß nicht dieses dein Herz dir bekümmern.
Jenem versuch' ich selber hinwegzuscheuchen die Fliegen,
Deren Geschlecht raubgierig erschlagene Männer verzehret.

ἤν περ γὰρ κεῖταί γε τελεσφόρον εἰς ἐνιαυτόν,
αἰεὶ τῶι γ' ἔσται χρὼς ἔμπεδος, ἢ καὶ ἀρείων.
ἀλλὰ σύ γ' εἰς ἀγορὴν καλέσας ἥρωας Ἀχαιούς,
μῆνιν ἀποειπὼν Ἀγαμέμνονι, ποιμένι λαῶν,
αἶψα μάλ' ἐς πόλεμον θωρήσσεο, δύσεο δ' ἀλκήν."
ὣς ἄρα φωνήσασα μένος πολυθαρσὲς ἐνῆκε,
Πατρόκλωι δ' αὖτ' ἀμβροσίην καὶ νέκταρ ἐρυθρὸν
στάξε κατὰ ῥινῶν, ἵνα οἱ χρὼς ἔμπεδος εἴη.
αὐτὰρ ὁ βῆ παρὰ θῖνα θαλάσσης δῖος Ἀχιλλεὺς
σμερδαλέα ἰάχων, ὦρσεν δ' ἥρωας Ἀχαιούς.
καί ῥ' οἵ περ τὸ πάρος γε νεῶν ἐν ἀγῶνι μένεσκον,
οἵ τε κυβερνῆται καὶ ἔχον οἰήϊα νηῶν
καὶ ταμίαι παρὰ νηυσὶν ἔσαν, σίτοιο δοτῆρες,
καὶ μὴν οἳ τότε γ' εἰς ἀγορὴν ἴσαν, οὕνεκ' Ἀχιλλεὺς
ἐξεφάνη, δηρὸν δὲ μάχης ἐπέπαυτ' ἀλεγεινῆς.
τὼ δὲ δύω σκάζοντε βάτην Ἄρεος θεράποντε,
Τυδεΐδης τε μενεπτόλεμος καὶ δῖος Ὀδυσσεύς,
ἔγχει ἐρειδομένω· ἔτι γὰρ ἔχον ἕλκεα λυγρά·
κὰδ δὲ μετὰ πρώτηι ἀγορῆι ἵζοντο κιόντες.
αὐτὰρ ὁ δεύτατος ἦλθεν ἄναξ ἀνδρῶν Ἀγαμέμνων,
ἕλκος ἔχων· καὶ γὰρ τὸν ἐνὶ κρατερῆι ὑσμίνηι
οὖτα Κόων Ἀντηνορίδης χαλκήρεϊ δουρί.
αὐτὰρ ἐπεὶ δὴ πάντες ἀολλίσθησαν Ἀχαιοί,
τοῖσι δ' ἀνιστάμενος μετέφη πόδας ὠκὺς Ἀχιλλεύς·
„Ἀτρεΐδη, ἦ ἄρ τι τόδ' ἀμφοτέροισιν ἄρειον
ἔπλετο, σοὶ καὶ ἐμοί, ὅ τε νῶΐ περ ἀχνυμένω κῆρ
θυμοβόρωι ἔριδι μενεήναμεν εἵνεκα κούρης;
τὴν ὄφελ' ἐν νήεσσι κατακτάμεν Ἄρτεμις ἰῶι,
ἤματι τῶι ὅτ' ἐγὼν ἑλόμην Λυρνησσὸν ὀλέσσας·
τώ κ' οὐ τόσσοι Ἀχαιοὶ ὀδὰξ ἕλον ἄσπετον οὖδας
δυσμενέων ὑπὸ χερσίν, ἐμεῦ ἀπομηνίσαντος.
Ἕκτορι μὲν καὶ Τρωσὶ τὸ κέρδιον· αὐτὰρ Ἀχαιοὺς
δηρὸν ἐμῆς καὶ σῆς ἔριδος μνήσεσθαι ὀΐω.
ἀλλὰ τὰ μὲν προτετύχθαι ἐάσομεν ἀχνύμενοί περ,
θυμὸν ἐνὶ στήθεσσι φίλον δαμάσαντες ἀνάγκηι·
νῦν δ' ἤτοι μὲν ἐγὼ παύω χόλον, οὐδέ τί με χρὴ
ἀσκελέως αἰεὶ μενεαινέμεν· ἀλλ' ἄγε θᾶσσον
ὄτρυνον πόλεμόνδε κάρη κομόωντας Ἀχαιούς,
ὄφρ' ἔτι καὶ Τρώων πειρήσομαι ἀντίον ἐλθών,
αἴ κ' ἐθέλωσ' ἐπὶ νηυσὶν ἰαύειν· ἀλλά τιν' οἴω
ἀσπασίως αὐτῶν γόνυ κάμψειν, ὅς κε φύγηισι

Wenn er sogar daläge bis ganz zur Vollendung des Jahres,
Dennoch soll ihm der Leib unversehrt sein, oder noch schöner.
Rufe demnach zur Versammlung die edelsten Helden Achaias
Ausgesöhnt von dem Zorne mit Atreus' Sohn Agamemnon;
Schnell dann eile gewappnet zum Kampf, und gürte mit Kraft dich.
  Also redete jen', und gab ihm entschlossene Kühnheit.
Drauf dem Patroklos goß sie Ambrosiasaft in die Nase,
Und rotfunkelnden Nektar, den Leib unversehrt zu erhalten.
  Er nun ging am Gestade des Meers, der edle Achilleus,
Schreiend mit grausem Getön, und erregte der Danaer Helden.
Jene sogar, die zuvor im Kreis der Schiffe beharret,
Auch die Steuerer selbst, die am Ruder saßen der Schiffe,
Auch die Schaffner der Schiffe, das Brot zu verteilen geordnet;
Sie auch eilten nunmehr zur Versammlung: weil Achilleus
Wieder erschien, der lange vom schrecklichen Kampfe gerastet.
Jene beid' auch hinkten daher, die Genossen des Ares,
Tydeus' Sohn, der streitbare Held, und der edle Odysseus,
Matt auf die Lanze gestützt; denn sie trugen noch schmerzende Wunden;
Und sie setzten sich beid' in den vordersten Reihn der Versammlung.
Doch am spätesten kam der Herrscher des Volks Agamemnon,
Krank an der Wund'; ihm hatt' in schreckenvoller Entscheidung
Koon, Antenors Sohn, mit ehernem Speer sie gebohret.
Aber nachdem sich alle zusammengedrängt die Achaier;
Jetzo erstand vor ihnen und sprach der schnelle Achilleus:
  Atreus' Sohn, traun dieses war jüngst schon beiden erwünschter,
Dir und mir selber zugleich; als wir, unmutiger Seele,
Mit herzkränkendem Zank uns ereiferten, wegen des Mägdleins!
Hätte doch an den Schiffen der Artemis Pfeil sie getötet,
Jenes Tags, da ich selbst sie erkor aus der Beute Lyrnessos;
Ehe so viel Achaier den Staub mit den Zähnen gebissen,
Unter der Feinde Gewalt, weil ich im Zorne beharrte!
Hektorn war's und den Troern erfreulicher; doch die Achaier
Werden noch lang', ich meine, sich unseres Zwistes erinnern.
Aber vergangen sei das Vergangene, wie es auch kränkte;
Dennoch das Herz im Busen bezähmen wir auch mit Gewalt uns.
Meinen Zorn nun hab' ich besänftiget; denn mir gebührt nicht,
Rastlos stets zu eifern voll Unmuts. Auf denn, sogleich nun
Angereizt zum Gefechte die hauptumlockten Achaier:
Daß ich noch die Troer einmal versuche begegnend,
Ob an den Schiffen zu ruhn sie geneigt sind. Mancher indes wohl
Möchte sich herzlich froh die ermüdeten Kniee beugen,

δηΐου ἐκ πολέμοιο ὑπ᾽ ἔγχεος ἡμετέροιο.“
ὣς ἔφαθ᾽, οἱ δ᾽ ἐχάρησαν ἐϋκνήμιδες Ἀχαιοὶ
μῆνιν ἀπειπόντος μεγαθύμου Πηλεΐωνος.
τοῖσι δὲ καὶ μετέειπεν ἄναξ ἀνδρῶν Ἀγαμέμνων
αὐτόθεν ἐξ ἕδρης, οὐδ᾽ ἐν μέσσοισιν ἀναστάς·
„ ὦ φίλοι ἥρωες Δαναοί, θεράποντες Ἄρηος,
ἑσταότος μὲν καλὸν ἀκούειν, οὐδὲ ἔοικεν
ὑββάλλειν· χαλεπὸν γὰρ ἐπισταμένωι περ ἐόντι.
ἀνδρῶν δ᾽ ἐν πολλῶι ὁμάδωι πῶς κέν τις ἀκούσαι
ἢ εἴποι; βλάβεται δὲ λιγύς περ ἐὼν ἀγορητής.
Πηλεΐδηι μὲν ἐγὼν ἐνδείξομαι· αὐτὰρ οἱ ἄλλοι
σύνθεσθ᾽ Ἀργεῖοι, μῦθόν τ᾽ εὖ γνῶτε ἕκαστος.
πολλάκι δή μοι τοῦτον Ἀχαιοὶ μῦθον ἔειπον,
καί τέ με νεικείεσκον· ἐγὼ δ᾽ οὐκ αἴτιός εἰμι,
ἀλλὰ Ζεὺς καὶ Μοῖρα καὶ ἠεροφοῖτις Ἐρινύς,
οἵ τέ μοι εἰν ἀγορῆι φρεσὶν ἔμβαλον ἄγριον ἄτην,
ἤματι τῶι ὅτ᾽ Ἀχιλλῆος γέρας αὐτὸς ἀπηύρων.
ἀλλὰ τί κεν ῥέξαιμι; θεὸς διὰ πάντα τελευτᾶι.
πρέσβα Διὸς θυγάτηρ Ἄτη, ἣ πάντας ἀᾶται,
οὐλομένη· τῆι μέν θ᾽ ἁπαλοὶ πόδες· οὐ γὰρ ἐπ᾽ οὔδει
πίλναται, ἀλλ᾽ ἄρα ἥ γε κατ᾽ ἀνδρῶν κράατα βαίνει
βλάπτουσ᾽ ἀνθρώπους· κατὰ δ᾽ οὖν ἕτερόν γε πέδησε.
καὶ γὰρ δή νύ ποτε Ζεὺς ἄσατο, τόν περ ἄριστον
ἀνδρῶν ἠδὲ θεῶν φασ᾽ ἔμμεναι· ἀλλ᾽ ἄρα καὶ τὸν
Ἥρη θῆλυς ἐοῦσα δολοφροσύνῃς ἀπάτησεν,
ἤματι τῶι ὅτ᾽ ἔμελλε βίην Ἡρακληείην
Ἀλκμήνη τέξεσθαι ἐϋστεφάνωι ἐνὶ Θήβηι.
ἤτοι ὅ γ᾽ εὐχόμενος μετέφη πάντεσσι θεοῖσι·
, κέκλυτέ μευ, πάντές τε θεοὶ πᾶσαί τε θέαιναι,
ὄφρ᾽ εἴπω τά με θυμὸς ἐνὶ στήθεσσιν ἀνώγει.
σήμερον ἄνδρα φόωσδε μογοστόκος Εἰλείθυια
ἐκφανεῖ, ὃς πάντεσσι περικτιόνεσσιν ἀνάξει,
τῶν ἀνδρῶν γενεῆς οἵ θ᾽ αἵματος ἐξ ἐμεῦ εἰσί.‘
τὸν δὲ δολοφρονέουσα προσηύδα πότνια Ἥρη·
, ψευστήσεις, οὐδ᾽ αὖτε τέλος μύθωι ἐπιθήσεις.
εἰ δ᾽ ἄγε νῦν μοι ὄμοσσον, Ὀλύμπιε, καρτερὸν ὅρκον,
ἦ μὲν τὸν πάντεσσι περικτιόνεσσιν ἀνάξειν,
ὅς κεν ἐπ᾽ ἤματι τῶιδε πέσηι μετὰ ποσσὶ γυναικὸς
τῶν ἀνδρῶν οἳ σῆς ἐξ αἵματός εἰσι γενέθλης.‘
ὣς ἔφατο· Ζεὺς δ᾽ οὔ τι δολοφροσύνην ἐνόησεν,
ἀλλ᾽ ὄμοσεν μέγαν ὅρκον, ἔπειτα δὲ πολλὸν ἀάσθη.

Wenn er entrinnt dem blutigen Kampf und unserer Lanze!
Jener sprach's; froh wurden die hellumschienten Achaier,
Als dem Zorn entsagte der mutige Peleione.
Jetzo begann vor ihnen der Völkerfürst Agamemnon,
Dort von dem Sitz aufstehend, und nicht vortretend im Kreise:
Freund', ihr Helden des Danaerstamms, o Genossen des Ares!
Ihn, der steht, anhören geziemet sich, nicht in die Red' ihm
Fallen; denn solches beschwert, wie viel auch wisse der Störer.
Bei so großem Getümmel des Volks wer vermag da zu hören,
Wer zu reden? Betäubt wird sogar ein tönender Redner.
Peleus' Sohne nunmehr erklär' ich mich; aber ihr andern
Merkt, Argeier, es wohl, und beherziget jeder die Worte.
Oft schon haben mir dieses Achaias Söhne gerüget,
Und mich bitter geschmäht; doch trag' ich dessen die Schuld nicht,
Sondern Zeus, das Geschick, und das nächtliche Schrecken Erinnys:
Die in der Volksversammlung zum heftigen Fehl mich verblendet,
Jenes Tags, da ich selber Achilleus' Gab' ihm entwandte.
Aber was konnt' ich tun? Die Göttin wirkt ja zu allem,
Zeus' erhabene Tochter, die Schuld, die alle betöret,
Schreckenvoll: leicht schweben die Füß' ihr; nimmer dem Grund' auch
Nahet sie, nein hoch wandelt sie her auf den Häuptern der Männer,
Reizen die Menschen zum Fehl; und wenigstens einen verstrickt sie.
Ihn ja selber einmal, Zeus irrte sie, der an Gewalt doch
Weit vor Menschen und Göttern emporragt; aber auch ihn hat
Here, wiewohl ein Weib, durch listige Ränke verleitet,
Jenes Tags, wie Alkmene die hohe Kraft Herakles'
Jetzo gebären sollt' in der starkummauerten Thebe.
Rühmend redete Zeus in der Schar der seligen Götter:
Hört mein Wort, ihr Götter umher, und ihr Göttinnen alle,
Daß ich rede, wie mir das Herz im Busen gebietet.
Heute schafft an das Licht die ringende Eileithya
Einen Mann, der hinfort die Umwohnenden alle beherrschet,
Jenes Heldengeschlechts, die aus meinem Blute gezeugt sind.
Listenreich antwortete drauf die Herrscherin Here:
Wahrlich du trügst, und nimmer zum Ausgang führst du die Rede.
Oder wohlan, gleich schwör', Olympier, heiligen Eid mir,
Daß gewiß er hinfort die Umwohnenden alle beherrsche,
Welcher an diesem Tage dem Schoß des Weibes entsinket,
Jenes Heldengeschlechts, die aus deinem Blute gezeugt sind.
Jene sprach's; doch Zeus argwöhnete nichts des Betruges;
Sondern schwur ihr den Eid, und büßte drauf die Verblendung.

Ἥρη δ' ἀΐξασα λίπεν ῥίον Οὐλύμποιο,
καρπαλίμως δ' ἵκετ' Ἄργος Ἀχαιικόν, ἔνθ' ἄρα ᾔδη
ἰφθίμην ἄλοχον Σθενέλου Περσηϊάδαο.
ἡ δ' ἐκύει φίλον υἱόν, ὁ δ' ἕβδομος ἑστήκει μείς·
ἐκ δ' ἄγαγε πρὸ φόως δὲ καὶ ἠλιτόμηνον ἐόντα,
Ἀλκμήνης δ' ἀπέπαυσε τόκον, σχέθε δ' Εἰλειθυίας.
αὐτὴ δ' ἀγγελέουσα Δία Κρονίωνα προσηύδα·
„ Ζεῦ πάτερ ἀργικέραυνε, ἔπος τί τοι ἐν φρεσὶ θήσω·
ἤδη ἀνὴρ γέγον' ἐσθλός, ὃς Ἀργείοισιν ἀνάξει,
Εὐρυσθεύς, Σθενέλοιο πάϊς Περσηϊάδαο,
σὸν γένος· οὔ οἱ ἀεικὲς ἀνασσέμεν Ἀργείοισιν.'
ὣς φάτο, τὸν δ' ἄχος ὀξὺ κατὰ φρένα τύψε βαθεῖαν·
αὐτίκα δ' εἷλ' Ἄτην κεφαλῆς λιπαροπλοκάμοιο
χωόμενος φρεσὶν ᾗσι, καὶ ὤμοσε καρτερὸν ὅρκον
μή ποτ' ἐς Οὔλυμπόν τε καὶ οὐρανὸν ἀστερόεντα
αὖτις ἐλεύσεσθαι Ἄτην, ἣ πάντας ἀᾶται.
ὣς εἰπὼν ἔρριψεν ἀπ' οὐρανοῦ ἀστερόεντος
χειρὶ περιστρέψας· τάχα δ' ἵκετο ἔργ' ἀνθρώπων.
τὴν αἰεὶ στενάχεσχ', ὅθ' ἑὸν φίλον υἱὸν ὁρῷτο
ἔργον ἀεικὲς ἔχοντα ὑπ' Εὐρυσθῆος ἀέθλων.
ὣς καὶ ἐγών, ὅτε δ' αὖτε μέγας κορυθαίολος Ἕκτωρ
Ἀργείους ὀλέκεσκεν ἐπὶ πρυμνῇσι νέεσσιν,
οὐ δυνάμην λελαθέσθ' Ἄτης, ᾗ πρῶτον ἀάσθην.
ἀλλ' ἐπεὶ ἀασάμην καί μευ φρένας ἐξέλετο Ζεύς,
ἂψ ἐθέλω ἀρέσαι, δόμεναί τ' ἀπερείσι' ἄποινα·
ἀλλ' ὄρσευ πόλεμόνδε, καὶ ἄλλους ὄρνυθι λαούς.
δῶρα δ' ἐγὼν ὅδε πάντα παρασχέμεν, ὅσσά τοι ἐλθὼν
χθιζὸς ἐνὶ κλισίῃσιν ὑπέσχετο δῖος Ὀδυσσεύς.
εἰ δ' ἐθέλεις, ἐπίμεινον ἐπειγόμενός περ Ἄρηος,
δῶρα δέ τοι θεράποντες ἐμῆς παρὰ νηὸς ἑλόντες
οἴσουσ', ὄφρα ἴδηαι ὅ τοι μενοεικέα δώσω."
τὸν δ' ἀπαμειβόμενος προσέφη πόδας ὠκὺς Ἀχιλλεύς·
„ Ἀτρεΐδη κύδιστε, ἄναξ ἀνδρῶν Ἀγάμεμνον,
δῶρα μὲν αἴ κ' ἐθέλῃσθα παρασχέμεν, ὡς ἐπιεικές,
ἤ τ' ἐχέμεν παρὰ σοί· νῦν δὲ μνησώμεθα χάρμης
αἶψα μάλ'· οὐ γὰρ χρὴ κλοτοπεύειν ἐνθάδ' ἐόντας
οὐδὲ διατρίβειν· ἔτι γὰρ μέγα ἔργον ἄρεκτον·
ὥς κέ τις αὖτ' Ἀχιλῆα μετὰ πρώτοισιν ἴδηται
ἔγχεϊ χαλκείωι Τρώων ὀλέκοντα φάλαγγας.
ὧδέ τις ὑμείων μεμνημένος ἀνδρὶ μαχέσθω."
τὸν δ' ἀπαμειβόμενος προσέφη πολύμητις Ὀδυσσεύς·

Here voll Ungestüms entschwang sich den Höhn des Olympos;
Und zur achaiischen Argos gelangte sie, wo ihr bekannt war
Sthenelos' edles Weib, des perseiadischen Königs.
Jene trug ein Knäblein, und jetzt war der siebente Monat.
Dies nun zog sie ans Licht, unzeitig annoch, und hemmte
Dort der Alkmene Geburt, die Eileithyen entfernend.
Selber nunmehr es verkündend, zu Zeus Kronion begann sie:
　Vater Zeus, Strahlschwinger, ein Wort nun leg' ich ans Herz dir.
Schon ist geboren der Held, der einst die Argeier beherrschet,
Sthenelos' Sohn Eurystheus, des perseiadischen Königs,
Dein Geschlecht, und kein unwürdiger Herrscher für Argos.
　Jene sprach's; und heftiger Gram durchwühlte das Herz ihm.
Eilend faßt' er die Schuld an den glänzenden Locken des Hauptes,
Tief im Herzen ergrimmt, und schwur den heiligen Eidschwur,
Nie zum Olympos hinfort und dem sternumleuchteten Himmel
Solle sie wiederkehren, die Schuld, die alle betöret.
　Also Zeus, und warf sie vom sternumleuchteten Himmel
Aus umschwingender Hand; und sie stürzt' auf die Werke der Menschen.
Diese fortan beseufzt' er, wann seinen Sohn er erblickte,
Wie mühselig er rang im harten Dienst des Eurystheus.
Also auch ich, so lange der helmumflatterte Hektor
Argos' Scharen vertilgt' um die ragenden Steuer der Schiffe,
Konnt' ich nicht vergessen der Schuld, die zuerst mich verblendet.
Aber nachdem ich gefehlt, und Zeus die Besinnung mir wegnahm;
Will ich gern es vergelten, und biet' unendliche Sühnung.
Auf denn, zeuch in den Kampf, und treib' auch die anderen Völker.
Auch die Geschenke zu reichen erbiet' ich mich, alle die gestern
Dir im Gezelt ankommend verhieß der edle Odysseus.
Oder willst du, so bleib, wie sehr dich verlangt nach der Feldschlacht;
Und dir sollen Genossen aus meinem Schiff die Geschenke
Bringen, damit du sehest, was dir zur Versöhnung ich gebe.
　Ihm antwortete drauf der mutige Renner Achilleus:
Atreus' Sohn, Ruhmvoller, du Völkerfürst Agamemnon,
Ob die Geschenke zu reichen dir gut deucht, wie es geziemet,
Ob zu behalten; du magst! Jetzt laß uns gedenken der Kampflust,
Ohne Verzug; nichts frommt es, allhier im Gespräche zu zaudern,
Und mit dem Werke zu säumen: denn viel ist annoch unvollendet!
Daß man Achilleus wieder im Vordertreffen erblicke,
Wie sein eherner Speer hinstreckt die Geschwader der Troer!
Also auch ihr seid jeder bedacht mit dem Feinde zu kämpfen!
　Ihm antwortete drauf der erfindungsreiche Odysseus:

„ μὴ δ’ οὕτως, ἀγαθός περ ἐών, θεοείκελ’ Ἀχιλλεῦ,
νήστιας ὄτρυνε προτὶ Ἴλιον υἷας Ἀχαιῶν
Τρωσὶ μαχησομένους, ἐπεὶ οὐκ ὀλίγον χρόνον ἔσται
φύλοπις, εὖτ’ ἂν πρῶτον ὁμιλήσωσι φάλαγγες
ἀνδρῶν, ἐν δὲ θεὸς πνεύσηι μένος ἀμφοτέροισιν.
ἀλλὰ πάσασθαι ἄνωχθι θοῆις ἐπὶ νηυσὶν Ἀχαιοὺς
σίτου καὶ οἴνοιο· τὸ γὰρ μένος ἐστὶ καὶ ἀλκή.
οὐ γὰρ ἀνὴρ πρόπαν ἦμαρ ἐς ἠέλιον καταδύντα
ἄκμηνος σίτοιο δυνήσεται ἄντα μάχεσθαι·
εἴ περ γὰρ θυμῶι γε μενοινάαι πολεμίζειν,
ἀλλά τε λάθρηι γυῖα βαρύνεται, ἠδὲ κιχάνει
δίψά τε καὶ λιμός, βλάβεται δέ τε γούνατ’ ἰόντι.
ὃς δέ κ’ ἀνὴρ οἴνοιο κορεσσάμενος καὶ ἐδωδῆς
ἀνδράσι δυσμενέεσσι πανημέριος πολεμίζηι,
θαρσαλέον νύ οἱ ἦτορ ἐνὶ φρεσίν, οὐδέ τι γυῖα
πρὶν κάμνει, πρὶν πάντας ἐρωῆσαι πολέμοιο.
ἀλλ’ ἄγε λαὸν μὲν σκέδασον καὶ δεῖπνον ἄνωχθι
ὅπλεσθαι· τὰ δὲ δῶρα ἄναξ ἀνδρῶν Ἀγαμέμνων
οἰσέτω ἐς μέσσην ἀγορήν, ἵνα πάντες Ἀχαιοὶ
ὀφθαλμοῖσιν ἴδωσι, σὺ δὲ φρεσὶ σῆισιν ἰανθῆις.
ὀμνυέτω δέ τοι ὅρκον ἐν Ἀργείοισιν ἀναστάς,
μή ποτε τῆς εὐνῆς ἐπιβήμεναι ἠδὲ μιγῆναι·
ἣ θέμις ἐστίν, ἄναξ, ἥ τ’ ἀνδρῶν ἥ τε γυναικῶν·
καὶ δὲ σοὶ αὐτῶι θυμὸς ἐνὶ φρεσὶν ἵλαος ἔστω.
αὐτὰρ ἔπειτά σε δαιτὶ ἐνὶ κλισίηις ἀρεσάσθω
πιείρηι, ἵνα μή τι δίκης ἐπιδευὲς ἔχηισθα.
Ἀτρεΐδη, σὺ δ’ ἔπειτα δικαιότερος καὶ ἐπ’ ἄλλωι
ἔσσεαι. οὐ μὲν γάρ τι νεμεσσητὸν βασιλῆα
ἄνδρ’ ἀπαρέσσασθαι, ὅτε τις πρότερος χαλεπήνηι.“
τὸν δ’ αὖτε προσέειπεν ἄναξ ἀνδρῶν Ἀγαμέμνων·
„ χαίρω σεῦ, Λαερτιάδη, τὸν μῦθον ἀκούσας·
ἐν μοίρηι γὰρ πάντα διίκεο καὶ κατέλεξας.
ταῦτα δ’ ἐγὼν ἐθέλω ὀμόσαι, κέλεται δέ με θυμός,
οὐδ’ ἐπιορκήσω πρὸς δαίμονος. αὐτὰρ Ἀχιλλεὺς
μιμνέτω αὐτόθι τεῖος ἐπειγόμενός περ Ἄρηος·
μίμνετε δ’ ἄλλοι πάντες ἀολλέες, ὄφρά κε δῶρα
ἐκ κλισίης ἔλθηισι καὶ ὅρκια πιστὰ τάμωμεν.
σοὶ δ’ αὐτῶι τόδ’ ἐγὼν ἐπιτέλλομαι ἠδὲ κελεύω·
κρινάμενος κούρητας ἀριστῆας Παναχαιῶν
δῶρα ἐμῆς παρὰ νηὸς ἐνεικέμεν, ὅσσ’ Ἀχιλῆϊ
χθιζὸν ὑπέστημεν δώσειν, ἀγέμεν τε γυναῖκας.

Nicht also, wie tapfer du seist, gottgleicher Achilleus,
Treibe sie ungegessen vor Ilios hin die Achaier,
Trojas Volk zu bekämpfen! Denn nicht für wenige Zeit nur
Währt das Gefecht, wenn sich einmal begegnet sind die Geschwader
Kämpfender, aber ein Gott Mut einhaucht jeglicher Heerschar.
Laß sich erquicken zuvor an den rüstigen Schiffen die Männer
Alle mit Speis' und Wein; denn Kraft gibt solches und Stärke.
Denn kein Mann vermöchte, den Tag bis zur sinkenden Sonne,
Ungestärkt von Speise, dem Feind' entgegen zu kämpfen.
Wenn ihn auch sein mutiges Herz antreibt zum Gefechte;
Dennoch werden gemach die Glieder ihm schwer, und es quälet
Hunger zugleich und Durst, und dem Gehenden wanken die Kniee.
Aber ein Mann, der mit Weine sich erst und Speise gesättigt,
Ob feindselige Männer den ganzen Tag er bekämpfe,
Bleibt ihm getrost sein Herz in der Brust, und nimmer erstarren
Eher die Knie', eh' alle zurückziehn aus dem Gefechte.
Aber wohlan, zerstreue das Volk, und heiß' sie das Frühmahl
Rüsten. Es mag die Geschenke der Völkerfürst Agamemnon
Bringen in unseren Kreis, damit ein jeder Achaier
Hier mit den Augen sie schau' und du im Herzen dich freuest.
Dann auch schwör' er den Eid, vor Argos' Volk sich erhebend,
Daß er nie ihr Lager verunehrt, noch ihr genahet,
Wie in der Menschen Geschlecht der Mann dem Weibe sich nahet.
Und nun sei dir selber das Herz im Busen besänftigt.
Drauf bewirt' er dich endlich mit köstlichem Mahl im Gezelte
Feierlich, daß du nichts der schuldigen Ehren vermissest.
Atreus' Sohn, du wirst auch billiger gegen die andern
Künftig sein; denn es ist nicht unanständig dem König,
Einen Mann zu versöhnen, nachdem er zuerst ihn beleidigt.
　Wieder begann dagegen der Völkerfürst Agamemnon:
Freudig vernahm ich dein Wort, du edler Sohn des Laertes;
Weil du mit Fug das alles hinausgeführt und geordnet.
Gern auch will ich schwören den Eid; denn die Seele gebeut mir's:
Und, beim schirmenden Gott, nicht Meineid! Aber Achilleus
Weile noch hier so lange, wie sehr ihn verlangt nach der Feldschlacht;
Auch verweilt miteinander ihr übrigen: bis die Geschenke
Aus dem Gezelt herkommen, und treuen Bund wir beschwören.
Dieses sei dir selber noch anvertraut und befohlen.
Wähle der Jünglinge dir, die edelsten aller Achaier;
Bringe dann die Geschenk' aus meinem Schiff, die wir gestern
Peleus' Sohn zu geben bestimmt, auch führe die Weiber.

Ταλθύβιος δέ μοι ὦκα κατὰ στρατὸν εὐρὺν Ἀχαιῶν
κάπρον ἑτοιμασάτω, ταμέειν Διί τ' Ἠελίωι τε."
  τὸν δ' ἀπαμειβόμενος προσέφη πόδας ὠκὺς Ἀχιλλεύς·
„ Ἀτρεΐδη κύδιστε, ἄναξ ἀνδρῶν Ἀγάμεμνον,
ἄλλοτέ περ καὶ μᾶλλον ὀφέλλετε ταῦτα πένεσθαι,
ὁππότε τις μεταπαυσωλὴ πολέμοιο γένηται
καὶ μένος οὐ τόσον ἧισιν ἐνὶ στήθεσσιν ἐμοῖσι.
νῦν δ' οἱ μὲν κέαται δεδαϊγμένοι, οὓς ἐδάμασσεν
Ἕκτωρ Πριαμίδης, ὅτε οἱ Ζεὺς κῦδος ἔδωκεν,
ὑμεῖς δ' ἐς βρωτὺν ὀτρύνετον· ἦ τ' ἂν ἔγωγε
νῦν μὲν ἀνώγοιμι πτολεμίζειν υἷας Ἀχαιῶν
νήστιας ἀκμήνους, ἅμα δ' ἠελίωι καταδύντι
τεύξεσθαι μέγα δόρπον, ἐπὴν τεισαίμεθα λώβην.
πρὶν δ' οὔ πως ἂν ἔμοιγε φίλον κατὰ λαιμὸν ἰείη
οὐ πόσις οὐδὲ βρῶσις, ἑταίρου τεθνηῶτος,
ὅς μοι ἐνὶ κλισίηι δεδαϊγμένος ὀξέϊ χαλκῶι
κεῖται ἀνὰ πρόθυρον τετραμμένος, ἀμφὶ δ' ἑταῖροι
μύρονται· τό μοι οὔ τι μετὰ φρεσὶ ταῦτα μέμηλεν,
ἀλλὰ φόνος τε καὶ αἷμα καὶ ἀργαλέος στόνος ἀνδρῶν."
  τὸν δ' ἀπαμειβόμενος προσέφη πολύμητις Ὀδυσσεύς·
„ ὦ Ἀχιλεῦ, Πηλῆος υἱέ, μέγα φέρτατ' Ἀχαιῶν,
κρείσσων εἰς ἐμέθεν καὶ φέρτερος οὐκ ὀλίγον περ
ἔγχει, ἐγὼ δέ κε σεῖο νοήματί γε προβαλοίμην
πολλόν, ἐπεὶ πρότερος γενόμην καὶ πλείονα οἶδα.
τώ τοι ἐπιτλήτω κραδίη μύθοισιν ἐμοῖσιν.
αἶψά τε φυλόπιδος πέλεται κόρος ἀνθρώποισιν,
ἧς τε πλείστην μὲν καλάμην χθονὶ χαλκὸς ἔχευεν,
ἄμητος δ' ὀλίγιστος, ἐπὴν κλίνηισι τάλαντα
Ζεύς, ὅς τ' ἀνθρώπων ταμίης πολέμοιο τέτυκται.
γαστέρι δ' οὔ πως ἔστι νέκυν πενθῆσαι Ἀχαιούς·
λίην γὰρ πολλοὶ καὶ ἐπήτριμοι ἤματα πάντα
πίπτουσιν· πότε κέν τις ἀναπνεύσειε πόνοιο;
ἀλλὰ χρὴ τὸν μὲν καταθάπτειν ὅς κε θάνηισι,
νηλέα θυμὸν ἔχοντας, ἐπ' ἤματι δακρύσαντας·
ὅσσοι δ' ἂν πολέμοιο περὶ στυγεροῖο λίπωνται,
μεμνῆσθαι πόσιος καὶ ἐδητύος, ὄφρ' ἔτι μᾶλλον
ἀνδράσι δυσμενέεσσι μαχώμεθα νωλεμὲς αἰεί,
ἑσσάμενοι χροΐ χαλκὸν ἀτειρέα. μηδέ τις ἄλλην
λαῶν ὀτρυντὺν ποτιδέγμενος ἰσχαναάσθω·
ἥδε γὰρ ὀτρυντὺς κακὸν ἔσσεται ὅς κε λίπηται
νηυσὶν ἐπ' Ἀργείων· ἀλλ' ἀθρόοι ὁρμηθέντες

Aber Talthybios schaff' aus dem weiten Heer der Achaier
Einen Eber, für Zeus' und Helios' Macht ihn zu opfern.
Ihm antwortete drauf der mutige Renner Achilleus:
Atreus' Sohn, Ruhmvoller, du Völkerfürst Agamemnon,
Mehr zu anderer Zeit geziemet euch das zu besorgen,
Wann einmal uns Erholungsfrist vom Gefechte sich darbeut,
Und mir der Zorn nicht also das Herz im Busen durchwütet.
Doch nun liegen ja dort Erschlagene, welche zerfleischt hat
Hektor, Priamos' Sohn, als ihm Zeus Ehre gewährte!
Ihn nun treibt erst beide zum Mahle sie! Wahrlich ich selber,
Gleich ermahnt' ich vielmehr in die Schlacht zu gehn die Achaier,
Nüchtern und ungespeist, und dann mit der sinkenden Sonne
Allen ein Mahl zu bereiten, nachdem wir gerächt die Beschimpfung.
Mir soll wenigstens nichts zuvor die Kehle durchgleiten,
Weder Trank noch Speise, da tot mein Freund mir hinsank,
Welcher mir im Gezelte zerfleischt von der Schärfe des Erzes
Daliegt, gegen die Türe gewandt; und Genossen umstehn ihn
Wehmutsvoll! Nein wahrlich, mir liegt nicht solches am Herzen,
Sondern Mord nur, und Blut, und schreckliches Männergeröchel!
Ihm antwortete drauf der erfindungsreiche Odysseus:
Peleus' Sohn, Achilleus, erhabenster Held der Achaier,
Stärker bist du denn ich, und tapferer, nicht um ein kleines,
Mit dem Speer; doch möcht' ich's an Rat dir etwa zuvortun,
Weit, da ich länger gelebt, und mehr gesehn und erfahren.
Drum gehorche dein Herz besänftiget meiner Ermahnung.
Bald ja des Menschengewürgs ersättigen sich die Menschen,
Wo in Menge die Halme das Erz zur Erde dahinstreckt;
Kurz auch dauert das Mähn, nachdem herneigte die Waagschal
Zeus, der dem Menschengeschlecht des Kriegs Obwalter erscheinet.
Nicht mit dem Bauch ja müssen die Danaer Tote betrauern;
Denn zu viel aufeinander und scharweis jegliches Tages,
Fallen sie: wer vermöchte dann aufzuatmen vom Kummer?
Billig demnach jedweden beerdiget, wie er gestorben,
Mit verhärteter Seel', und einen Tag ihn beweinend.
Doch wie viel' entrannen des Kriegs graunvoller Vertilgung,
Müssen mit Trank und Speise sich kräftigen; daß noch entflammter
Wir ausdaurendes Muts feindselige Männer bekämpfen,
Unter der ehernen Last der Rüstungen. Aber daß niemand,
Harrend des zweiten Befehls in Argos' Volke verweile!
Dieser Befehl bringt wahrlich Verderben ihm, welcher zurückbleibt
Unter den Schiffen des Heers! Nein, alle zugleich ausstürmend

Τρωσὶν ἐφ᾽ ἱπποδάμοισιν ἐγείρομεν ὀξὺν Ἄρηα."
ἦ, καὶ Νέστορος υἷας ὀπάσσατο κυδαλίμοιο,
Φυλεΐδην τε Μέγητα Θόαντά τε Μηριόνην τε
καὶ Κρειοντιάδην Λυκομήδεα καὶ Μελάνιππον·
βὰν δ᾽ ἴμεν ἐς κλισίην Ἀγαμέμνονος Ἀτρεΐδαο.
αὐτίκ᾽ ἔπειθ᾽ ἅμα μῦθος ἔην, τετέλεστο δὲ ἔργον·
ἑπτὰ μὲν ἐκ κλισίης τρίποδας φέρον, οὕς οἱ ὑπέστη,
αἴθωνας δὲ λέβητας ἐείκοσι, δώδεκα δ᾽ ἵππους·
ἐκ δ᾽ ἄγον αἶψα γυναῖκας ἀμύμονα ἔργα ἰδυίας
ἕπτ᾽, ἀτὰρ ὀγδοάτην Βρισηΐδα καλλιπάρηον.
χρυσοῦ δὲ στήσας Ὀδυσεὺς δέκα πάντα τάλαντα
ἦρχ᾽, ἅμα δ᾽ ἄλλοι δῶρα φέρον κούρητες Ἀχαιῶν.
καὶ τὰ μὲν ἐν μέσσηι ἀγορῆι θέσαν, ἂν δ᾽ Ἀγαμέμνων
ἵστατο· Ταλθύβιος δὲ θεῶι ἐναλίγκιος αὐδὴν
κάπρον ἔχων ἐν χερσὶ παρίστατο ποιμένι λαῶν.
Ἀτρεΐδης δὲ ἐρυσσάμενος χείρεσσι μάχαιραν,
ἥ οἱ πὰρ ξίφεος μέγα κουλεὸν αἰὲν ἄωρτο,
κάπρου ἀπὸ τρίχας ἀρξάμενος, Διὶ χεῖρας ἀνασχὼν
εὔχετο· τοὶ δ᾽ ἄρα πάντες ἐπ᾽ αὐτόφιν εἵατο σιγῆι
Ἀργεῖοι κατὰ μοῖραν, ἀκούοντες βασιλῆος.
εὐξάμενος δ᾽ ἄρα εἶπεν ἰδὼν εἰς οὐρανὸν εὐρύν·
„ἴστω νῦν Ζεὺς πρῶτα, θεῶν ὕπατος καὶ ἄριστος,
Γῆ τε καὶ Ἠέλιος καὶ Ἐρινύες, αἵ θ᾽ ὑπὸ γαῖαν
ἀνθρώπους τίνυνται, ὅτις κ᾽ ἐπίορκον ὀμόσσηι,
μὴ μὲν ἐγὼ κούρηι Βρισηΐδι χεῖρ᾽ ἐπένεικα,
οὔτ᾽ εὐνῆς πρόφασιν κεχρημένος οὔτέ τευ ἄλλου.
ἀλλ᾽ ἔμεν᾽ ἀπροτίμαστος ἐνὶ κλισίηισιν ἐμῆισιν.
εἰ δέ τι τῶνδ᾽ ἐπίορκον, ἐμοὶ θεοὶ ἄλγεα δοῖεν
πολλὰ μάλ᾽, ὅσσα διδοῦσιν ὅτίς σφ᾽ ἀλίτηται ὀμόσσας."
ἦ, καὶ ἀπὸ στόμαχον κάπρου τάμε νηλέϊ χαλκῶι.
τὸν μὲν Ταλθύβιος πολιῆς ἁλὸς ἐς μέγα λαῖτμα
ῥῖψ᾽ ἐπιδινήσας, βόσιν ἰχθύσιν· αὐτὰρ Ἀχιλλεὺς
ἀνστὰς Ἀργείοισι φιλοπτολέμοισι μετηύδα·
„Ζεῦ πάτερ, ἦ μεγάλας ἄτας ἄνδρεσσι διδοῖσθα·
οὐκ ἂν δή ποτε θυμὸν ἐνὶ στήθεσσιν ἐμοῖσιν
Ἀτρεΐδης ὤρινε διαμπερές, οὐδέ κε κούρην
ἦγεν ἐμεῦ ἀέκοντος ἀμήχανος· ἀλλά ποθι Ζεὺς
ἤθελ᾽ Ἀχαιοῖσιν θάνατον πολέεσσι γενέσθαι.
νῦν δ᾽ ἔρχεσθ᾽ ἐπὶ δεῖπνον, ἵνα ξυνάγωμεν Ἄρηα."
ὣς ἄρ᾽ ἐφώνησεν, λῦσεν δ᾽ ἀγορὴν αἰψηρήν.
οἱ μὲν ἄρ᾽ ἐσκίδναντο ἑὴν ἐπὶ νῆα ἕκαστος,

Gegen die reisigen Troer erheben wir grause Vertilgung!
Sprach's, und Nestors Söhne gesellt' er sich, jenes Erhabnen,
Meges zugleich den Phyleiden, Meriones auch, und Thoas,
Kreions tapferen Sohn Lykomedes, und Melanippos.
Eilend gingen sie nun zum Kriegsgezelt Agamemnons.
Schnell dann war, wie geredet das Wort, so die Sache vollendet.
Sieben nahmen sie dort dreifüßiger Kessel im Zelte,
Die er versprach, zwölf Ross', und zwanzig schimmernde Becken;
Führten dann schnell die Weiber, untadlige, kundig der Arbeit,
Sieben, zugleich die achte, des Brises rosige Tochter.
Aber Odysseus wog die zehn Talente des Goldes,
Ging dann voran; ihm folgten die Jünglinge alle mit Gaben.
Die nun stellten sie dort in den Volkskreis. Doch Agamemnon
Hub sich; Talthybios dann, Unsterblichen ähnlich an Stimme,
Trat zum Hirten des Volks, und hielt in den Händen den Eber.
Doch der Atreid' ausziehend mit hurtigen Händen das Messer,
Das an der großen Scheide des Schwerts ihm immer herabhing,
Schor von des Ebers Haupte das Erstlingshaar, und erhob dann
Betend die Hände zu Zeus; rings saßen indes die Argeier
Still umher, nach der Sitte, des Königes Wort zu vernehmen.
Flehend nunmehr begann er, den Blick gen Himmel gewendet:
Höre nun Zeus zuerst, der Seligen Höchster und Bester,
Erd' und Helios auch, und Erinnyen, unter der Erde
Einst die Toten bestrafend, wer hier Meineide geschworen!
Niemals hab' ich die Hand an Brises' Tochter geleget,
Weder des Lagers Genuß abnötigend, weder ein andres;
Sondern sie blieb unberührt in den Wohnungen meines Gezeltes!
Schwör' ich einiges falsch, dann senden mir Elend die Götter,
Ohne Maß, wie sie senden dem frevelnden Schwörer des Meineids!
Sprach's, und des Ebers Kehle zerschnitt er mit grausamem Erze;
Welchen Talthybios drauf in des Meers grauwogende Fluten
Wirbelnd den Fischen zum Fraß hinschleuderte. Aber Achilleus
Stand empor und begann vor Argos' kriegrischen Söhnen:
Vater Zeus, traun große Verblendungen gibst du den Menschen!
Nimmermehr wohl hätte den Mut in der Tiefe des Herzens
Atreus' Sohn mir empört so fürchterlich, oder das Mägdlein
Weg mir geführt mit Gewalt, der Unbiegsame; sondern fürwahr Zeus
Wollte nur vielen den Tod in Argos' Volke bereiten!
Doch nun geht zum Mahle, damit wir rüsten den Angriff!
Jener sprach's, und trennte sofort die rege Versammlung.
Alle zerstreuten sich rings, zum eigenen Schiff ein jeder.

δῶρα δὲ Μυρμιδόνες μεγαλήτορες ἀμφεπένοντο,
βὰν δ' ἐπὶ νῆα φέροντες Ἀχιλλῆος θείοιο.
καὶ τὰ μὲν ἐν κλισίῃσι θέσαν, κάθισαν δὲ γυναῖκας,
ἵππους δ' εἰς ἀγέλην ἔλασαν θεράποντες ἀγαυοί.
Βρισηῒς δ' ἄρ' ἔπειτ', ἰκέλη χρυσέῃ Ἀφροδίτῃ,
ὡς ἴδε Πάτροκλον δεδαϊγμένον ὀξέϊ χαλκῶι,
ἀμφ' αὐτῶι χυμένη λίγ' ἐκώκυε, χερσὶ δ' ἄμυσσε
στήθεά τ' ἠδ' ἁπαλὴν δειρὴν ἰδὲ καλὰ πρόσωπα.
εἶπε δ' ἄρα κλαίουσα γυνὴ ἐϊκυῖα θεῇσι·
„Πάτροκλέ μοι δειλῆι πλεῖστον κεχαρισμένε θυμῶι,
ζωὸν μέν σε ἔλειπον ἐγὼ κλισίηθεν ἰοῦσα,
νῦν δέ σε τεθνηῶτα κιχάνομαι, ὄρχαμε λαῶν,
ἂψ ἀνιοῦσ'· ὥς μοι δέχεται κακὸν ἐκ κακοῦ αἰεί.
ἄνδρα μὲν ὧι ἔδοσάν με πατὴρ καὶ πότνια μήτηρ
εἶδον πρὸ πτόλιος δεδαϊγμένον ὀξέϊ χαλκῶι,
τρεῖς τε κασιγνήτους, τούς μοι μία γείνατο μήτηρ,
κηδείους, οἳ πάντες ὀλέθριον ἦμαρ ἐπέσπον.
οὐδὲ μὲν οὐδέ μ' ἔασκες, ὅτ' ἄνδρ' ἐμὸν ὠκὺς Ἀχιλλεὺς
ἔκτεινεν, πέρσεν δὲ πόλιν θείοιο Μύνητος,
κλαίειν, ἀλλά μ' ἔφασκες Ἀχιλλῆος θείοιο
κουριδίην ἄλοχον θήσειν, ἄξειν τ' ἐνὶ νηυσὶν
ἐς Φθίην, δαίσειν δὲ γάμον μετὰ Μυρμιδόνεσσι.
τώ σ' ἄμοτον κλαίω τεθνηότα, μείλιχον αἰεί.“
ὣς ἔφατο κλαίουσ', ἐπὶ δὲ στενάχοντο γυναῖκες,
Πάτροκλον πρόφασιν, σφῶν δ' αὐτῶν κήδε' ἑκάστη.
αὐτὸν δ' ἀμφὶ γέροντες Ἀχαιῶν ἠγερέθοντο
λισσόμενοι δειπνῆσαι· ὁ δ' ἠρνεῖτο στεναχίζων·
„λίσσομαι, εἴ τις ἔμοιγε φίλων ἐπιπείθεθ' ἑταίρων,
μή με πρὶν σίτοιο κελεύετε μηδὲ ποτῆτος
ἄσασθαι φίλον ἦτορ, ἐπεί μ' ἄχος αἰνὸν ἱκάνει·
δύντα δ' ἐς ἠέλιον μενέω καὶ τλήσομαι ἔμπης.“
ὣς εἰπὼν ἄλλους μὲν ἀπεσκέδασεν βασιλῆας,
δοιὼ δ' Ἀτρεΐδα μενέτην καὶ δῖος Ὀδυσσεύς,
Νέστωρ Ἰδομενεύς τε γέρων θ' ἱππηλάτα Φοῖνιξ,
τέρποντες πυκινῶς ἀκαχήμενον· οὐδέ τι θυμῶι
τέρπετο, πρὶν πολέμου στόμα δύμεναι αἱματόεντος.
μνησάμενος δ' ἁδινῶς ἀνενείκατο φώνησέν τε·
„ἦ ῥά νύ μοί ποτε καὶ σύ, δυσάμμορε φίλταθ' ἑταίρων,
αὐτὸς ἐνὶ κλισίῃ λαρὸν παρὰ δεῖπνον ἔθηκας
αἶψα καὶ ὀτραλέως, ὁπότε σπερχοίατ' Ἀχαιοὶ
Τρωσὶν ἐφ' ἱπποδάμοισι φέρειν πολύδακρυν Ἄρηα.

Doch die Geschenk' umeilten die Myrmidonen geschäftig,
Brachten sie dann zum Schiffe des göttergleichen Achilleus.
Dies nun legten sie dort im Gezelt und setzten die Weiber;
Aber die Ross' entführten zur Herd' hochherzige Diener.
Brises' Tochter nunmehr, wie die goldene Aphrodite,
Als sie gesehn Patroklos zerfleischt von der Schärfe des Erzes;
Goß sie um jenen sich hin, und weinete laut, und zerriß sich
Beide Brüst', und den blühenden Hals, und ihr rosiges Antlitz.
Also sprach mit Tränen das Weib, den Göttinnen ähnlich:
Ach mein teurer Patroklos, gefälligster Freund mir im Elend!
Lebend noch verließ ich im Zelte dich, als ich hinwegging;
Und ich Kehrende finde dich tot nun, Völkergebieter,
Hingestreckt! So verfolgt mich Unheil immer auf Unheil!
Meinen Mann, dem der Vater mich gab, und die würdige Mutter,
Sah ich dort vor der Stadt zerfleischt von der Schärfe des Erzes;
Auch drei leibliche Brüder, von einer Mutter geboren,
Herzlich geliebt, die mir alle der Tag des Verderbens hinwegriß;
Dennoch wolltest du nicht, da den Mann der schnelle Achilleus
Mir erschlug, und verheerte die Stadt des göttlichen Mynes,
Weinen mich sehn; du versprachst mir, des göttergleichen Achilleus
Jugendlich Weib zu werden, der einst in Schiffen gen Phtia
Heim mich brächt', und feirte den Myrmidonen das Brautmahl.
Ach du starbst, und ohn' Ende bewein' ich dich, freundlicher Jüngling!
Also sprach sie weinend; und ringsum seufzten die Weiber,
Um Patroklos zum Schein, doch jed' um ihr eigenes Elend.
Jenen indes umringten die edleren Helden Achaias,
Flehend des Mahls zu genießen; allein er versagt' es mit Seufzen.
Trauteste Freund', ich fleh euch, wofern ihr Liebe mir heget,
Eher nicht ermahnt mich mit Trank und nährender Speise
Meinen Geist zu erfrischen; denn heftiger Kummer durchdringt mich!
Nein bis die Sonne sich senkt, ich harr', und gedulde mich standhaft!
Dieses gesagt, entließ er die anderen Fürsten des Heeres.
Atreus' Söhne nur blieben zurück, und der edle Odysseus,
Nestor, Idomeneus auch, und der graue reisige Phönix,
Sorgsam all' aufheiternd den Traurenden; aber sein Herz floh
Heiterkeit, eh' in den Schlund des blutigen Kriegs er hineindrang.
Stets gedacht' er des Freundes, und redete schnell aufatmend:
Ach du hast mir vordem, Unglücklicher, liebster der Freunde,
Selber so oft im Gezelte gebracht ein labendes Frühmahl,
Schnell in geschäftiger Hast, wenn das Heer der Achaier hinausdrang,
Gegen die reisigen Troer das Graun des Krieges zu tragen!

νῦν δὲ σὺ μὲν κεῖσαι δεδαϊγμένος, αὐτὰρ ἐμὸν κῆρ
ἄκμηνον πόσιος καὶ ἐδητύος, ἔνδον ἐόντων,
σῆι ποθῆι· οὐ μὲν γάρ τι κακώτερον ἄλλο πάθοιμι,
οὐδ' εἴ κεν τοῦ πατρὸς ἀποφθιμένοιο πυθοίμην,
ὅς που νῦν Φθίηφι τέρεν κατὰ δάκρυον εἴβει
χήτεϊ τοιοῦδ' υἷος· ὁ δ' ἀλλοδαπῶι ἐνὶ δήμωι
εἵνεκα ῥιγεδανῆς Ἑλένης Τρωσὶν πολεμίζω·
ἠὲ τὸν ὃς Σκύρωι μοι ἔνι τρέφεται φίλος υἱός,
εἴ που ἔτι ζώει γε Νεοπτόλεμος θεοειδής.
πρὶν μὲν γάρ μοι θυμὸς ἐνὶ στήθεσσιν ἐώλπει
οἶον ἐμὲ φθίσεσθαι ἀπ' Ἄργεος ἱπποβότοιο
αὐτοῦ ἐνὶ Τροίηι, σὲ δέ τε Φθίην δὲ νέεσθαι,
ὡς ἄν μοι τὸν παῖδα θοῆι ἐνὶ νηῒ μελαίνηι
Σκυρόθεν ἐξαγάγοις καί οἱ δείξειας ἕκαστα,
κτῆσιν ἐμὴν δμῶάς τε καὶ ὑψερεφὲς μέγα δῶμα.
ἤδη γὰρ Πηλῆά γ' ὀΐομαι ἢ κατὰ πάμπαν
τεθνάμεν, ἤ που τυτθὸν ἔτι ζώοντ' ἀκάχησθαι
γήραΐ τε στυγερῶι καὶ ἐμὴν ποτιδέγμενον αἰεὶ
λυγρὴν ἀγγελίην, ὅτ' ἀποφθιμένοιο πύθηται."
ὣς ἔφατο κλαίων, ἐπὶ δὲ στενάχοντο γέροντες,
μνησάμενοι τὰ ἕκαστος ἐνὶ μεγάροισιν ἔλειπον·
μυρομένους δ' ἄρα τούς γε ἰδὼν ἐλέησε Κρονίων,
αἶψα δ' Ἀθηναίην ἔπεα πτερόεντα προσηύδα·
„τέκνον ἐμόν, δὴ πάμπαν ἀποίχεαι ἀνδρὸς ἑῆος.
ἦ νύ τοι οὐκέτι πάγχυ μετὰ φρεσὶ μέμβλετ' Ἀχιλλεύς;
κεῖνος ὅ γε προπάροιθε νεῶν ὀρθοκραιράων
ἧσται ὀδυρόμενος ἕταρον φίλον· οἱ δὲ δὴ ἄλλοι
οἴχονται μετὰ δεῖπνον, ὁ δ' ἄκμηνος καὶ ἄπαστος.
ἀλλ' ἴθι οἱ νέκτάρ τε καὶ ἀμβροσίην ἐρατεινὴν
στάξον ἐνὶ στήθεσσ', ἵνα μή μιν λιμὸς ἵκηται."
ὣς εἰπὼν ὄτρυνε πάρος μεμαυῖαν Ἀθήνην·
ἡ δ' ἅρπηι ἐϊκυῖα τανυπτέρυγι λιγυφώνωι
οὐρανοῦ ἐκκατεπᾶλτο δι' αἰθέρος. αὐτὰρ Ἀχαιοὶ
αὐτίκα θωρήσσοντο κατὰ στρατόν· ἡ δ' Ἀχιλῆϊ
νέκταρ ἐνὶ στήθεσσι καὶ ἀμβροσίην ἐρατεινὴν
στάξ', ἵνα μή μιν λιμὸς ἀτερπὴς γούναθ' ἵκοιτο·
αὐτὴ δὲ πρὸς πατρὸς ἐρισθενέος πυκινὸν δῶ
ᾤχετο, τοὶ δ' ἀπάνευθε νεῶν ἐχέοντο θοάων.
ὡς δ' ὅτε ταρφειαὶ νιφάδες Διὸς ἐκποτέονται,
ψυχραί, ὑπὸ ῥιπῆς αἰθρηγενέος Βορέαο,
ὣς τότε ταρφειαὶ κόρυθες λαμπρὸν γανόωσαι

Und nun liegest du ein Erschlagener; aber das Herz mir
Will nicht Trank genießen noch Kost, von dem reichlichen Vorrat,
Schmachtend nach dir! Nie könnt' auch ein herberes Wehe mich treffen.
Nicht und wenn ich sogar des Vaters Ende vernähme,
Der wohl nun in Phtia die bittersten Tränen vergießet,
Solches Sohns zu entbehren, der hier im Lande des Fremdlings
Um die entsetzliche Helena kämpft mit den Reisigen Trojas;
Oder den Tod des Sohnes, der mir in Skyros ernährt wird,
Wenn er etwa noch lebt, Neoptolemos, göttlich von Bildung!
Ehmals hegte mir immer das Herz im Busen die Hoffnung,
Sterben würd' ich allein von der rossenährenden Argos
Fern, im troischen Land'; und du heimkehren gen Phtia,
Daß du mir den Sohn im dunklen gebogenen Schiffe
Brächtest aus Skyros' Flur, und dort jedwedes ihm zeigtest,
Meine Hab', und die Knecht', und die hohe gewölbete Wohnung.
Denn schon ahnd' ich im Geist, daß Peleus tot in der Erde
Schlummere, oder vielleicht noch kümmerlich leb' in Schwermut,
Niedergebeugt von Alter und Traurigkeit, weil er beständig
Harrt des schrecklichen Boten, der meinen Tod ihm verkündigt!
  Also sprach er weinend; und ringsum seufzten die Fürsten,
Eingedenk, was jeder in seinem Hause zurückließ.
Mitleidsvoll erblickte die Traurenden Zeus Kronion;
Schnell zur Athene gewandt, die geflügelten Worte begann er:
  Trautes Kind, so gänzlich verlässest du jetzo den Helden!
Gar nicht kümmert sich mehr dein Herz um den edlen Achilleus?
Schau, wie jener dort vor des Meers hochhauptigen Schiffen
Sitzt, um den Freund wehklagend, den teuersten! Alle die andern
Gingen zum Frühmahl hin; er rührt nicht Speise noch Trank an.
Eile denn, jenem Ambrosia jetzt und lieblichen Nektar
Sanft in die Brust zu flößen, daß nicht ihn quäle der Hunger.
  Also Zeus, und erregte die schon verlangende Göttin.
Schnell wie ein schreiender Adler mit weitverbreiteten Flügeln
Schwang sie vom Himmel herab durch den Äther sich. Dort die Achaier
Rüsteten emsig im Heere die Feldschlacht. Doch dem Achilleus
Flößt' Athen' Ambrosia jetzt und lieblichen Nektar
Sanft in die Brust, daß nicht vor Hunger ihm starrten die Kniee.
Selbst dann heim zum Palaste des allgewaltigen Vaters
Kehrte sie. Jen' entströmten den hurtigen Schiffen des Meeres.
Wie wenn häufige Flocken des Schnees von Zeus sich ergießen,
Kalt heruntergestürmt vom heiterfrierenden Nordwind:
So dort häufige Helm', umstrahlt von freudiges Schimmer,

νηῶν ἐκφορέοντο καὶ ἀσπίδες ὀμφαλόεσσαι
θώρηκές τε κραταιγύαλοι καὶ μείλινα δοῦρα.
αἴγλη δ᾽ οὐρανὸν ἷκε, γέλασσε δὲ πᾶσα περὶ χθὼν
χαλκοῦ ὑπὸ στεροπῆς· ὑπὸ δὲ κτύπος ὄρνυτο ποσσὶν
ἀνδρῶν· ἐν δὲ μέσοισι κορύσσετο δῖος Ἀχιλλεύς.
τοῦ καὶ ὀδόντων μὲν καναχὴ πέλε, τὼ δέ οἱ ὄσσε
λαμπέσθην ὡς εἴ τε πυρὸς σέλας, ἐν δέ οἱ ἦτορ
δῦν᾽ ἄχος ἄτλητον· ὁ δ᾽ ἄρα Τρωσὶν μενεαίνων
δύσετο δῶρα θεοῦ, τά οἱ Ἥφαιστος κάμε τεύχων.
κνημῖδας μὲν πρῶτα περὶ κνήμῃσιν ἔθηκε
καλάς, ἀργυρέοισιν ἐπισφυρίοις ἀραρυίας·
δεύτερον αὖ θώρηκα περὶ στήθεσσιν ἔδυνεν.
ἀμφὶ δ᾽ ἄρ᾽ ὤμοισιν βάλετο ξίφος ἀργυρόηλον
χάλκεον· αὐτὰρ ἔπειτα σάκος μέγα τε στιβαρόν τε
εἵλετο, τοῦ δ᾽ ἀπάνευθε σέλας γένετ᾽ ἠΰτε μήνης.
ὡς δ᾽ ὅτ᾽ ἂν ἐκ πόντοιο σέλας ναύτῃσι φανήῃ
καιομένοιο πυρός, τό τε καίεται ὑψόθ᾽ ὄρεσφι
σταθμῶι ἐν οἰοπόλωι· τοὺς δ᾽ οὐκ ἐθέλοντας ἄελλαι
πόντον ἐπ᾽ ἰχθυόεντα φίλων ἀπάνευθε φέρουσιν·
ὣς ἀπ᾽ Ἀχιλλῆος σάκεος σέλας αἰθέρ᾽ ἵκανε
καλοῦ δαιδαλέου· περὶ δὲ τρυφάλειαν ἀείρας
κρατὶ θέτο βριαρήν· ἡ δ᾽ ἀστὴρ ὣς ἀπέλαμπεν
ἵππουρις τρυφάλεια, περισσείοντο δ᾽ ἔθειραι
χρύσεαι, ἃς Ἥφαιστος ἵει λόφον ἀμφὶ θαμειάς.
πειρήθη δ᾽ ἕο αὐτοῦ ἐν ἔντεσι δῖος Ἀχιλλεύς,
εἰ οἷ ἐφαρμόσσειε καὶ ἐντρέχοι ἀγλαὰ γυῖα·
τῶι δ᾽ εὖτε πτερὰ γίγνετ᾽, ἄειρε δὲ ποιμένα λαῶν.
ἐκ δ᾽ ἄρα σύριγγος πατρώϊον ἐσπάσατ᾽ ἔγχος,
βριθὺ μέγα στιβαρόν· τὸ μὲν οὐ δύνατ᾽ ἄλλος Ἀχαιῶν
πάλλειν, ἀλλά μιν οἶος ἐπίστατο πῆλαι Ἀχιλλεύς·
Πηλιάδα μελίην, τὴν πατρὶ φίλωι πόρε Χείρων
Πηλίου ἐκ κορυφῆς, φόνον ἔμμεναι ἡρώεσσιν·
ἵππους δ᾽ Αὐτομέδων τε καὶ Ἄλκιμος ἀμφιέποντες
ζεύγνυον· ἀμφὶ δὲ καλὰ λέπαδν᾽ ἔσαν, ἐν δὲ χαλινοὺς
γαμφηλῆις ἔβαλον, κατὰ δ᾽ ἡνία τεῖναν ὀπίσσω
κολλητὸν ποτὶ δίφρον. ὁ δὲ μάστιγα φαεινὴν
χειρὶ λαβὼν ἀραρυῖαν ἐφ᾽ ἵπποιιν ἀνόρουσεν,
Αὐτομέδων· ὄπιθεν δὲ κορυσσάμενος βῆ Ἀχιλλεύς,
τεύχεσι παμφαίνων ὥς τ᾽ ἠλέκτωρ Ὑπερίων,
σμερδαλέον δ᾽ ἵπποισιν ἐκέκλετο πατρὸς ἑοῖο·
„Ξάνθέ τε καὶ Βαλίε, τηλεκλυτὰ τέκνα Ποδάργης,

Drangen hervor aus den Schiffen, und hochgenabelte Schilde,
Auch Brustharnische, mächtig gewölbt, und eschene Lanzen.
Glanz erreichte den Himmel, und ringsum lachte die Erde,
Hell von dem Erze bestrahlt; und Getön scholl unter dem Fußtritt
Wandelnder. Mitten auch wappnete sich der edle Achilleus.
Ihm von den Zähnen ertönt' ein Geknirsch her: aber die Augen
Funkelten, gleich wie lodernde Glut; und das Herz ihm erfüllte
Unausduldsamer Schmerz. So heftig ergrimmt auf die Troer,
Nahm er das Göttergeschenk, das Hephästos' Kunst ihm geschmiedet.
Eilend fügt' er zuerst um die Beine sich bergende Schienen,
Blank und schön, anschließend mit silberner Knöchelbedeckung;
Weiter umschirmt' er die Brust ringsher mit dem ehernen Harnisch;
Hängte sodann um die Schulter das Schwert voll silberner Buckeln,
Eherner Kling'; und darauf den Schild auch, groß und gediegen,
Nahm er, der Ferne den Glanz hinsendete, ähnlich dem Vollmond.
Wie wenn draußen im Meere der Glanz herleuchtet den Schiffern,
Vom auflodernden Feuer, das hoch auf Bergen entflammet
Brennt in einsames Hürd'; indes mit Gewalt sie der Sturmwind
Fern in des Meers fischwimmelnde Flut von den Freunden hinwegträgt:
So von Achilleus' Schild' entleuchtete Glanz in den Äther,
Schön wie er prangt' an Kunst. Den schweren Helm nun erhebend,
Deckt' er das Haupt ringsher; und es strahlete, gleich dem Gestirne,
Sein hochbuschiger Helm; und die Mähn' aus gesponnenem Golde
Flatterte, welche der Gott auf dem Kegel ihm häufig geordnet.
Jetzo versucht' in der Rüstung sich selbst der edle Achilleus,
Ob sie genau anschlöss', und leicht sich bewegten die Glieder;
Und wie Flügel ihm war sie, und hob den Hirten der Völker.
Auch dem schönen Gehäus' entzog er den Speer des Erzeugers,
Schwer und groß und gediegen; es konnt' ihn der Danaer keiner
Schwingen, allein vermocht' ihn umherzuschwingen Achilleus:
Pelions ragende Esche, die Cheiron schenkte dem Vater,
Pelions Gipfel enthaun, zum Mord den Heldengeschlechtern.
Aber Automedon jetzt und Alkimos fügten die Rosse
Schnell in die Seile des Jochs, die zierlichen; drauf in die Mäuler
Legten sie jedem Gezäum, und spanneten rückwärts die Zügel
Zum gebildeten Sessel. Automedon faßte die Geißel,
Blank und bequem, mit der Hand, und sprang in den Sessel des Wagens.
Hinter ihn drauf, gerüstet zur Feldschlacht, schwang sich Achilleus,
Leuchtend im Waffenschmuck, wie die strahlende Sonne des Himmels.
Schreckliches Rufs nun ermahnt' er die mutigen Rosse des Vaters:
    Xanthos und Balios ihr, ruhmvolles Geschlecht der Podarge,

ἄλλως δὴ φράζεσθε σαωσέμεν ἡνιοχῆα
ἂψ Δαναῶν ἐς ὅμιλον, ἐπεί χ᾽ ἕωμεν πολέμοιο,
μηδ᾽ ὡς Πάτροκλον λίπετ᾽ αὐτόθι τεθνηῶτα."
τὸν δ᾽ ἄρ᾽ ὑπὸ ζυγόφι προσέφη πόδας αἰόλος ἵππος
Ξάνθος, ἄφαρ δ᾽ ἤμυσε καρήατι· πᾶσα δὲ χαίτη
ζεύγλης ἐξεριποῦσα παρὰ ζυγὸν οὖδας ἵκανεν·
αὐδήεντα δ᾽ ἔθηκε θεὰ λευκώλενος Ἥρη·
„καὶ λίην σ᾽ ἔτι νῦν γε σαώσομεν, ὄβριμ᾽ Ἀχιλλεῦ·
ἀλλά τοι ἐγγύθεν ἦμαρ ὀλέθριον· οὐδέ τοι ἡμεῖς
αἴτιοι, ἀλλὰ θεός τε μέγας καὶ Μοῖρα κραταιή.
οὐδὲ γὰρ ἡμετέρηι βραδυτῆτί τε νωχελίηι τε
Τρῶες ἀπ᾽ ὤμοιιν Πατρόκλου τεύχε᾽ ἕλοντο·
ἀλλὰ θεῶν ὤριστος, ὃν ἠΰκομος τέκε Λητώ,
ἔκταν᾽ ἐνὶ προμάχοισι καὶ Ἕκτορι κῦδος ἔδωκε.
νῶϊ δὲ καί κεν ἅμα πνοιῆι Ζεφύροιο θέοιμεν,
ἥν περ ἐλαφροτάτην φάσ᾽ ἔμμεναι· ἀλλὰ σοὶ αὐτῶι
μόρσιμόν ἐστι θεῶι τε καὶ ἀνέρι ἶφι δαμῆναι."
ὣς ἄρα φωνήσαντος Ἐρινύες ἔσχεθον αὐδήν.
τὸν δὲ μέγ᾽ ὀχθήσας προσέφη πόδας ὠκὺς Ἀχιλλεύς·
„Ξάνθε, τί μοι θάνατον μαντεύεαι; οὐδέ τί σε χρή.
εὖ νυ τὸ οἶδα καὶ αὐτὸς ὅ μοι μόρος ἐνθάδ᾽ ὀλέσθαι,
νόσφι φίλου πατρὸς καὶ μητέρος· ἀλλὰ καὶ ἔμπης
οὐ λήξω πρὶν Τρῶας ἄδην ἐλάσαι πολέμοιο."
ἦ ῥα, καὶ ἐν πρώτοις ἰάχων ἔχε μώνυχας ἵππους.

Anders jetzo gedenkt den Wagenlenker zu bringen
Wieder ins Heer der Achaier, nachdem wir des Kampfs uns gesättigt;
Aber nicht, wie Patroklos, verlaßt ihn tot im Gefilde!
  Unter dem Joch antwortete drauf das geflügelte Streitroß
Xanthos, und neigte das Haupt; ihm sank die blühende Mähne
Wallend hervor aus dem Ringe des Jochs, und erreichte den Boden;
Aber die Stimme gewährt' ihm die lilienarmige Here:
  Ja, wohl bringen wir jetzt dich Lebenden, starker Achilleus;
Doch des Verderbens Tag ist nahe dir! Dessen sind wir nicht
Schuldig, sondern der mächtige Gott und das harte Verhängnis.
Nicht fürwahr durch Säumnis und Langsamkeit unserer Schenkel
Raubte der Troer Volk von Patroklos' Schulter die Rüstung;
Nein der gewaltigste Gott, der Sohn der lockigen Leto,
Schlug ihn im Vordergefecht, dem Hektor Ehre gewährend.
Wir zwar wollten im Lauf auch Zephyros Atem ereilen,
Welcher doch schnell vor allen daherstürmt: aber dir selber
Wird bestimmt, dem Gott und dem sterblichen Manne zu fallen.
  Jener sprach's; da verschloß der Erinnyen Hand ihm die Stimme.
Unmutsvoll antwortete drauf der schnelle Achilleus:
  Xanthos, warum mir den Tod weissagest du? Solches bedarf's nicht!
Selber weiß ich es wohl, daß fern von Vater und Mutter
Hier des Todes Verhängnis mich hinrafft. Aber auch so nicht
Rast' ich, bevor ich die Troer genug im Kampfe getummelt!
  Sprach's, und lenkte voran mit Geschrei die stampfenden Rosse.

ΙΛΙΑΔΟΣ Υ

Θεομαχία.

Ὣς οἱ μὲν παρὰ νηυσὶ κορωνίσι θωρήσσοντο
ἀμφὶ σέ, Πηλέος υἱέ, μάχης ἀκόρητον Ἀχαιοί,
Τρῶες δ' αὖθ' ἑτέρωθεν ἐπὶ θρωσμῷ πεδίοιο·
Ζεὺς δὲ Θέμιστα κέλευσε θεοὺς ἀγορὴν δὲ καλέσσαι
κρατὸς ἀπ' Οὐλύμποιο πολυπτύχου· ἡ δ' ἄρα πάντηι
φοιτήσασα κέλευσε Διὸς πρὸς δῶμα νέεσθαι.
οὔτέ τις οὖν ποταμῶν ἀπέην, νόσφ' Ὠκεανοῖο,
οὔτ' ἄρα νυμφάων, αἵ τ' ἄλσεα καλὰ νέμονται
καὶ πηγὰς ποταμῶν καὶ πίσεα ποιήεντα.
ἐλθόντες δ' ἐς δῶμα Διὸς νεφεληγερέταο
ξεστῇς αἰθούσῃσιν ἐνίζανον, ἃς Διὶ πατρὶ
Ἥφαιστος ποίησεν ἰδυίῃσι πραπίδεσσιν.
ὣς οἱ μὲν Διὸς ἔνδον ἀγηγέρατ'· οὐδ' ἐνοσίχθων
νηκούστησε θεᾶς, ἀλλ' ἐξ ἁλὸς ἦλθε μετ' αὐτούς,
ἷζε δ' ἄρ' ἐν μέσσοισι, Διὸς δ' ἐξείρετο βουλήν·
„τίπτ' αὖτ', ἀργικέραυνε, θεοὺς ἀγορήνδε κάλεσσας;
ἦ τι περὶ Τρώων καὶ Ἀχαιῶν μερμηρίζεις;
τῶν γὰρ νῦν ἄγχιστα μάχη πόλεμός τε δέδηε."
τὸν δ' ἀπαμειβόμενος προσέφη νεφεληγερέτα Ζεύς·
„ἔγνως, ἐννοσίγαιε, ἐμὴν ἐν στήθεσι βουλήν,
ὧν ἕνεκα ξυνάγειρα· μέλουσί μοι ὀλλύμενοί περ.
ἀλλ' ἤτοι μὲν ἐγὼ μενέω πτυχὶ Οὐλύμποιο
ἥμενος, ἔνθ' ὁρόων φρένα τέρψομαι· οἱ δὲ δὴ ἄλλοι
ἔρχεσθ' ὄφρ' ἂν ἵκησθε μετὰ Τρῶας καὶ Ἀχαιούς,
ἀμφοτέροισι δ' ἀρήγεθ', ὅπηι νόος ἐστὶν ἑκάστου.
εἰ γὰρ Ἀχιλλεὺς οἶος ἐπὶ Τρώεσσι μαχεῖται,
οὐδὲ μίνυνθ' ἕξουσι ποδώκεα Πηλεΐωνα.
καὶ δέ τί μιν καὶ πρόσθεν ὑποτρομέεσκον ὁρῶντες·
νῦν δ' ὅτε δὴ καὶ θυμὸν ἑταίρου χώεται αἰνῶς,
δείδω μὴ καὶ τεῖχος ὑπέρμορον ἐξαλαπάξῃ."
ὣς ἔφατο Κρονίδης, πόλεμον δ' ἀλίαστον ἔγειρε.

ZWANZIGSTER GESANG

Zeus verstattet den Göttern Anteil an der Schlacht, daß nicht Achilleus, dem Schicksal entgegen, sogleich Troja erobere. Donner und Erdbeben. Die Götter zum Kampfe gestellt. Den Äneias reizt Apollon gegen Achilleus. Beiderlei Schutzgötter setzen sich gesondert. Den besiegten Äneias entrückt Poseidon, damit seine Nachkommen die Troer beherrschen. Hektor, den Achilleus angehend, wird von Apollon zurückgehalten. Durch des Bruders Polydoros Ermordung gerührt, naht er ihm gleichwohl. Hektors Speer haucht Athene zurück, ihn selbst entführt Apollon. Achilleus mordet die Fliehenden.

So an den räumigen Schiffen bewaffneten sich die Achaier,
Um dich, Peleus' Sohn, unersättlicher Krieger, geordnet.
Jenseits hielten die Troer geschart auf dem Hügel des Feldes.
Zeus nun gebot der Themis, die Götter zum Rat zu berufen,
Von des Olympos Haupt, des vielgebognen; und ringsum
Wandelte jen' und gebot, sich in Zeus' Palast zu versammeln.
Auch kein Gott der Ströme war fern, nur Okeanos einzig,
Keine der Nymphen umher, die liebliche Haine bewohnen,
Oder Quellen der Ström', und grünbekräuterte Täler.
Als sie im Haus' ankamen des Donnerers Zeus Kronion,
Rings in gehauenen Hallen nun saßen sie, welche dem Vater
Selbst Hephästos gebaut mit erfindungsreichem Verstande.
So dort saßen um Zeus die Versammelten. Nicht auch Poseidon
War unfolgsam dem Ruf, er kam aus dem Meer zu den andern.
Sitzend nunmehr im Kreis', erforscht' er den Rat des Kronion:
  Warum doch, Strahlschwinger, beriefst du der Götter Versammlung?
Denkst du über die Troer und Danaer etwas zu ordnen,
Welchen anjetzt ganz nahe der Krieg und das Treffen entbrannt ist?
  Ihm antwortete drauf der Herrscher im Donnergewölk Zeus:
Erderschüttrer, du kennst den Ratschluß meiner Gedanken,
Und weshalb ich berief. Sie kümmern mich, auch im Verderben.
Selber indes nun bleib' ich auf ragendem Hang des Olympos
Sitzend, mein Herz zu erfreuen des Anschauns. Aber ihr andern
Geht hinab in die Heere der Troer und der Achaier:
Beiden mögt ihr helfen, wie jedem das Herz es gebietet.
Denn wo Achilleus allein den Troern naht in der Feldschlacht,
Nicht auch kleines bestehn sie den rüstigen Peleionen.
Stets vor ihm ja zuvor auch entbebten sie, schon ihn erblickend;
Doch nunmehr, da so heftig um seinen Freund er ergrimmt ist,
Sorg' ich, daß er die Mauer auch trotz dem Schicksal verwüste.
  Also redete Zeus, und erregt' unermeßliche Kriegswut.

βὰν δ᾽ ἴμεναι πόλεμόνδε θεοί, δίχα θυμὸν ἔχοντες·
Ἥρη μὲν μετ᾽ ἀγῶνα νεῶν καὶ Παλλὰς Ἀθήνη
ἠδὲ Ποσειδάων γαιήοχος ἠδ᾽ ἐριούνης
Ἑρμείας, ὃς ἐπὶ φρεσὶ πευκαλίμῃσι κέκασται·
Ἥφαιστος δ᾽ ἅμα τοῖσι κίε σθένεϊ βλεμεαίνων,
χωλεύων, ὑπὸ δὲ κνῆμαι ῥώοντο ἀραιαί.
ἐς δὲ Τρῶας Ἄρης κορυθαίολος, αὐτὰρ ἅμ᾽ αὐτῶι
Φοῖβος ἀκερσεκόμης ἠδ᾽ Ἄρτεμις ἰοχέαιρα
Λητώ τε Ξάνθός τε φιλομειδής τ᾽ Ἀφροδίτη.
 ἧος μέν ῥ᾽ ἀπάνευθε θεοὶ θνητῶν ἔσαν ἀνδρῶν,
τεῖος Ἀχαιοὶ μὲν μέγα κύδανον, οὕνεκ᾽ Ἀχιλλεὺς
ἐξεφάνη, δηρὸν δὲ μάχης ἐπέπαυτ᾽ ἀλεγεινῆς·
Τρῶας δὲ τρόμος αἰνὸς ὑπήλυθε γυῖα ἕκαστον,
δειδιότας, ὅθ᾽ ὁρῶντο ποδώκεα Πηλεΐωνα
τεύχεσι λαμπόμενον, βροτολοιγῶι ἶσον Ἄρηϊ.
αὐτὰρ ἐπεὶ μεθ᾽ ὅμιλον Ὀλύμπιοι ἤλυθον ἀνδρῶν,
ὦρτο δ᾽ Ἔρις κρατερὴ λαοσσόος, αὖε δ᾽ Ἀθήνη,
στᾶσ᾽ ὁτὲ μὲν παρὰ τάφρον ὀρυκτὴν τείχεος ἐκτός,
ἄλλοτ᾽ ἐπ᾽ ἀκτάων ἐριδούπων μακρὸν ἀΰτει.
αὖε δ᾽ Ἄρης ἑτέρωθεν, ἐρεμνῆι λαίλαπι ἶσος,
ὀξὺ κατ᾽ ἀκροτάτης πόλιος Τρώεσσι κελεύων,
ἄλλοτε πὰρ Σιμόεντι θέων ἐπὶ Καλλικολώνῃ.
 ὣς τοὺς ἀμφοτέρους μάκαρες θεοὶ ὀτρύνοντες
σύμβαλον, ἐν δ᾽ αὐτοῖς ἔριδα ῥήγνυντο βαρεῖαν·
δεινὸν δὲ βρόντησε πατὴρ ἀνδρῶν τε θεῶν τε
ὑψόθεν· αὐτὰρ νέρθε Ποσειδάων ἐτίναξε
γαῖαν ἀπειρεσίην ὀρέων τ᾽ αἰπεινὰ κάρηνα.
πάντες δ᾽ ἐσσείοντο πόδες πολυπίδακος Ἴδης
καὶ κορυφαί, Τρώων τε πόλις καὶ νῆες Ἀχαιῶν.
ἔδεισεν δ᾽ ὑπένερθεν ἄναξ ἐνέρων Ἀϊδωνεύς,
δείσας δ᾽ ἐκ θρόνου ἆλτο καὶ ἴαχε, μή οἱ ὕπερθε
γαῖαν ἀναρρήξειε Ποσειδάων ἐνοσίχθων,
οἰκία δὲ θνητοῖσι καὶ ἀθανάτοισι φανείη
σμερδαλέ᾽ εὐρώεντα, τά τε στυγέουσι θεοί περ·
τόσσος ἄρα κτύπος ὦρτο θεῶν ἔριδι ξυνιόντων.
ἤτοι μὲν γὰρ ἔναντα Ποσειδάωνος ἄνακτος
ἵστατ᾽ Ἀπόλλων Φοῖβος, ἔχων ἰὰ πτερόεντα,
ἄντα δ᾽ Ἐνυαλίοιο θεὰ γλαυκῶπις Ἀθήνη·
Ἥρῃ δ᾽ ἀντέστη χρυσηλάκατος κελαδεινὴ
Ἄρτεμις ἰοχέαιρα, κασιγνήτη ἑκάτοιο·
Λητοῖ δ᾽ ἀντέστη σῶκος ἐριούνιος Ἑρμῆς,

Schnell nun eilten zum Kampf die Unsterblichen, zwiefaches Sinnes.
Here ging zum Kreise der Schiff', und Pallas Athene;
Auch Poseidon zugleich, der Umuferer; auch Hermeias
Folgte, der Bringer des Heils, mit frommendem Rate geschmücket;
Auch Hephästos begleitete sie, wutfunkelndes Blickes,
Hinkend, und mühsam strebten daher die schwächlichen Beine.
Doch zu den Troern Ares mit wehendem Helm; und zugleich ihm
Phöbos, das Haupt ungeschoren, und Artemis, froh des Geschosses,
Leto, und Xanthos zugleich, und die holdanlächelnde Kypris.
Weil noch fern die Götter dem Kampf der Sterblichen waren,
Prangeten stets die Achaier in Herrlichkeit, weil Achilleus
Wieder erschien, der lange vom schrecklichen Kampfe gerastet;
Doch den Troern umher erzitterten unten die Glieder
Heftig vor Angst, da sie schauten den rüstigen Peleionen,
Leuchtend im Waffenschmuck, dem mordenden Ares vergleichbar.
Aber nachdem ins Gemeng' Olympier kamen zu Männern:
Wütete Eris mit Macht, die Zerstreuerin; schrie auch Athene,
Stehend bald an der Tiefe des Grabens, außer der Mauer,
Bald an des Meers weithallendem Strand scholl mächtig ihr Ausruf.
Dort brüllt' Ares entgegen, dem düsteren Sturme vergleichbar,
Laut von der obersten Höhe der Stadt die Troer ermunternd,
Bald am Simois laufend umher auf Kallikolone.
So dort gegeneinander empöreten selige Götter
Beide Heer', und entflammten zerschmetternden Streit der Vertilgung.
Graunvoll donnerte nun der waltende Herrscher der Welt Zeus
Obenher; und von unten erschütterte Poseidaon
Weit die unendliche Erd', und der Berg' aufstarrende Häupter.
Alle sie wankten bewegt die Füße des quelligen Ida,
Bis zu den Höhn, auch Ilios Stadt, und der Danaer Schiffe.
Bang' erschrak dort unten der Schattenfürst Aïdoneus:
Bebend sprang er vom Thron mit Geschrei auf, daß ihm von oben
Nicht die Erd' aufrisse der Landerschüttrer Poseidon,
Daß nicht Menschen erschien' und Unsterblichen seine Behausung,
Fürchterlich dumpf, wustvoll, und selbst den Göttern ein Abscheu.
Solch ein Getös' erscholl, da die Götter zum Kampf sich erhuben!
Siehe nunmehr entgegen dem Meerbeherrscher Poseidon
Stellte sich Phöbos Apollon, und trug die gefiederten Pfeile;
Gegen den Ares stand die Kriegerin Pallas Athene;
Gegen Here die Göttin der Jagd, mit goldener Spindel,
Artemis, froh des Geschosses, des Fernetreffenden Schwester;
Gegen Leto Hermeias, der segnende Bringer des Heiles;

ἄντα δ' ἄρ' Ἡφαίστοιο μέγας ποταμὸς βαθυδίνης,
ὃν Ξάνθον καλέουσι θεοί, ἄνδρες δὲ Σκάμανδρον.
ὣς οἱ μὲν θεοὶ ἄντα θεῶν ἴσαν· αὐτὰρ Ἀχιλλεὺς
Ἕκτορος ἄντα μάλιστα λιλαίετο δῦναι ὅμιλον
Πριαμίδεω· τοῦ γάρ ῥα μάλιστά ἑ θυμὸς ἀνώγει
αἵματος ἆσαι Ἄρηα ταλαύρινον πολεμιστήν.
Αἰνείαν δ' ἰθὺς λαοσσόος ὦρσεν Ἀπόλλων
ἀντία Πηλεΐωνος, ἐνῆκε δέ οἱ μένος ἠΰ·
υἱέϊ δὲ Πριάμοιο Λυκάονι εἴσατο φωνήν·
τῷ μιν ἐεισάμενος προσέφη Διὸς υἱὸς Ἀπόλλων·
„Αἰνεία, Τρώων βουληφόρε, ποῦ τοι ἀπειλαί,
ἃς Τρώων βασιλεῦσιν ὑπίσχεο οἰνοποτάζων,
Πηλεΐδεω Ἀχιλῆος ἐναντίβιον πολεμίξειν;“
τὸν δ' αὖτ' Αἰνείας ἀπαμειβόμενος προσέειπε·
„Πριαμίδη, τί με ταῦτα καὶ οὐκ ἐθέλοντα κελεύεις,
ἀντία Πηλεΐωνος ὑπερθύμοιο μάχεσθαι;
οὐ μὲν γὰρ νῦν πρῶτα ποδώκεος ἄντ' Ἀχιλῆος
στήσομαι, ἀλλ' ἤδη με καὶ ἄλλοτε δουρὶ φόβησεν
ἐξ Ἴδης, ὅτε βουσὶν ἐπήλυθεν ἡμετέρῃσι,
πέρσε δὲ Λυρνησσὸν καὶ Πήδασον· αὐτὰρ ἐμὲ Ζεὺς
εἰρύσαθ', ὅς μοι ἐπῶρσε μένος λαιψηρά τε γοῦνα.
ἦ κ' ἐδάμην ὑπὸ χερσὶν Ἀχιλλῆος καὶ Ἀθήνης,
ἥ οἱ πρόσθεν ἰοῦσα τίθει φάος ἠδ' ἐκέλευεν
ἔγχεϊ χαλκείωι Λέλεγας καὶ Τρῶας ἐναίρειν.
τῶ οὐκ ἔστ' Ἀχιλῆος ἐναντίον ἄνδρα μάχεσθαι·
αἰεὶ γὰρ πάρα εἷς γε θεῶν, ὃς λοιγὸν ἀμύνει.
καὶ δ' ἄλλως τοῦ γ' ἰθὺ βέλος πέτετ', οὐδ' ἀπολήγει
πρὶν χροὸς ἀνδρομέοιο διελθέμεν. εἰ δὲ θεός περ
ἶσον τείνειεν πολέμου τέλος, οὔ κε μάλα ῥέα
νικήσει', οὐδ' εἰ παγχάλκεος εὔχεται εἶναι.“
τὸν δ' αὖτε προσέειπεν ἄναξ Διὸς υἱὸς Ἀπόλλων·
„ἥρως, ἀλλ' ἄγε καὶ σὺ θεοῖς αἰειγενέτῃσιν
εὔχεο· καὶ δὲ σέ φασι Διὸς κούρης Ἀφροδίτης
ἐκγεγάμεν, κεῖνος δὲ χερείονος ἐκ θεοῦ ἐστίν·
ἡ μὲν γὰρ Διός ἐσθ', ἡ δ' ἐξ ἁλίοιο γέροντος.
ἀλλ' ἰθὺς φέρε χαλκὸν ἀτειρέα, μηδέ σε πάμπαν
λευγαλέοις ἐπέεσσιν ἀποτρεπέτω καὶ ἀρειῇ.“
ὣς εἰπὼν ἔμπνευσε μένος μέγα ποιμένι λαῶν,
βῆ δὲ διὰ προμάχων κεκορυθμένος αἴθοπι χαλκῶι.
οὐδ' ἔλαθ' Ἀγχίσαο πάϊς λευκώλενον Ἥρην
ἀντία Πηλεΐωνος ἰὼν ἀνὰ οὐλαμὸν ἀνδρῶν·

Doch dem Hephästos entgegen des Stroms tiefstrudelnder Herrscher,
Xanthos im Kreis der Götter genannt, von Menschen Skamandros.
So dort stürzten auf Götter die Götter sich. Aber Achilleus
Gegen den Hektor zumeist ins Gewühl zu tauchen begehrt' er,
Priamos' Sohn; denn vor allen mit seinem Blute verlangt' ihn
Sehnlich den Ares zu tränken, den unaufhaltsamen Krieger.
Doch den Äneias stürmte der Volkzerstreuer Apollon
Grad' auf den Peleionen, und haucht' ihm edelen Mut ein,
Ähnlich an Wuchs und Stimme des Priamos' Sohn Lykaon;
Dessen Gestalt nachahmend, begann der Herrscher Apollon:
Wo ist, Fürst der Troer, Äneias, alle die Drohung,
Welche du Trojas Helden bei festlichem Weine verhießest,
Kühn entgegen zu kämpfen dem Peleionen Achilleus?
Aber Äneias darauf antwortete, solches erwidernd:
Priamos' Sohn, warum ermahnst du mich, ohne mein Wollen,
Gegen Achilleus' Macht, des Hochbeherzten, zu kämpfen?
Schwerlich heute zuerst vor dem mutigen Renner Achilleus
Würd' ich bestehn, der mich eher bereits mit der Lanze vom Ida
Weggescheucht, da er kam die weidenden Rinder zu rauben,
Und Lyrnessos verheert' und Pedasos. Aber Kronion
Rettete mich, der Kraft mir erregt' und hurtige Schenkel.
Traun ich wäre vertilgt von Achilleus' Hand und Athenens,
Welche Licht ihm zu schaffen voranging, und ihn ermahnte,
Leleger rings und Troer mit ehernem Speer zu ermorden.
Drum nicht mag dem Achilleus ein Mann zum Kampfe begegnen;
Stets ist ihm ein Unsterblicher nah, der Böses ihm abwehrt.
Auch zugleich sein Geschoß fliegt gradan, nicht ihm ermüdend,
Eh' es in Menschenblut sich gesättiget. Wenn nur ein Gott uns
Gleich ausmäße des Kampfs Entscheidungen; nimmer so leicht dann
Würd' ihm der Sieg, und trotzt' er, aus starrendem Erze gebildet!
Ihm antwortete drauf Zeus' Sohn, der Herrscher Apollon:
Edler, wohlan du selber die ewigwährenden Götter
Angefleht! Dich hat ja die Tochter Zeus Aphrodite,
Sagt man, erzeugt; und jenen gebar die geringere Göttin:
Eine von Zeus abstammend, die andere nur vom Meergreis.
Grade denn trag' ihm entgegen dein mächtiges Erz, und durchaus nicht
Werde durch pochende Worte zurückgewandt noch Bedrohung!
Also der Gott, und beseelte mit Mut den Hirten der Völker.
Schnell durch die vordersten ging er, mit strahlendem Erze gewappnet.
Doch nicht eilt' unbemerkt von der lilienarmigen Here
Gegen den Peleionen der Held durch das Männergetümmel.

ἡ δ᾽ ἄμυδις στήσασα θεοὺς μετὰ μῦθον ἔειπε·
„ φράζεσθον δὴ σφῶϊ, Ποσείδαον καὶ Ἀθήνη,
ἐν φρεσὶν ὑμετέρῃσιν, ὅπως ἔσται τάδε ἔργα.
Αἰνείας ὅδ᾽ ἔβη κεκορυθμένος αἴθοπι χαλκῶι
ἀντία Πηλεΐωνος, ἀνῆκε δὲ Φοῖβος Ἀπόλλων.
ἀλλ᾽ ἄγεθ᾽, ἡμεῖς πέρ μιν ἀποτρωπῶμεν ὀπίσσω
αὐτόθεν· ἤ τις ἔπειτα καὶ ἡμείων Ἀχιλῆϊ
παρσταίη, δοίη δὲ κράτος μέγα, μηδέ τι θυμῶι
δευέσθω, ἵνα εἰδῆι ὅ μιν φιλέουσιν ἄριστοι
ἀθανάτων, οἱ δ᾽ αὖτ᾽ ἀνεμώλιοι οἳ τὸ πάρος περ
Τρωσὶν ἀμύνουσιν πόλεμον καὶ δηϊοτῆτα.
πάντες δ᾽ Οὐλύμποιο κατήλθομεν ἀντιόωντες
τῆσδε μάχης, ἵνα μή τι μετὰ Τρώεσσι πάθῃσι
σήμερον· ὕστερον αὖτε τὰ πείσεται ἅσσά οἱ Αἶσα
γιγνομένωι ἐπένησε λίνωι, ὅτε μιν τέκε μήτηρ.
εἰ δ᾽ Ἀχιλεὺς οὐ ταῦτα θεῶν ἐκ πεύσεται ὀμφῆς,
δείσετ᾽ ἔπειθ᾽, ὅτε κέν τις ἐναντίβιον θεὸς ἔλθῃι
ἐν πολέμωι· χαλεποὶ δὲ θεοὶ φαίνεσθαι ἐναργεῖς."
τὴν δ᾽ ἠμείβετ᾽ ἔπειτα Ποσειδάων ἐνοσίχθων·
„ Ἥρη, μὴ χαλέπαινε παρ᾽ ἐκ νόον· οὐδέ τί σε χρή.
οὐκ ἂν ἔγωγ᾽ ἐθέλοιμι θεοὺς ἔριδι ξυνελάσσαι
ἡμέας τοὺς ἄλλους, ἐπεὶ ἦ πολὺ φέρτεροί εἰμεν·
ἀλλ᾽ ἡμεῖς μὲν ἔπειτα καθεζώμεσθα κιόντες
ἐκ πάτου ἐς σκοπιήν, πόλεμος δ᾽ ἄνδρεσσι μελήσει.
εἰ δέ κ᾽ Ἄρης ἄρχωσι μάχης ἢ Φοῖβος Ἀπόλλων,
ἢ Ἀχιλῆ᾽ ἴσχωσι καὶ οὐκ εἰῶσι μάχεσθαι,
αὐτίκ᾽ ἔπειτα καὶ ἄμμι παρ᾽ αὐτόθι νεῖκος ὀρεῖται
φυλόπιδος· μάλα δ᾽ ὦκα διακρινθέντας ὀΐω
ἂψ ἴμεν Οὔλυμπον δὲ θεῶν μεθ᾽ ὁμήγυριν ἄλλων,
ἡμετέρῃς ὑπὸ χερσὶν ἀναγκαίηφι δαμέντας."
ὣς ἄρα φωνήσας ἡγήσατο κυανοχαίτης
τεῖχος ἐς ἀμφίχυτον Ἡρακλῆος θείοιο,
ὑψηλόν, τό ῥά οἱ Τρῶες καὶ Παλλὰς Ἀθήνη
ποίεον, ὄφρα τὸ κῆτος ὑπεκπροφυγὼν ἀλέαιτο,
ὁππότε μιν σεύαιτο ἀπ᾽ ἠϊόνος πεδίονδε.
ἔνθα Ποσειδάων κατ᾽ ἄρ᾽ ἕζετο καὶ θεοὶ ἄλλοι,
ἀμφὶ δ᾽ ἄρ᾽ ἄρρηκτον νεφέλην ὤμοισιν ἕσαντο·
οἱ δ᾽ ἑτέρωσε καθῖζον ἐπ᾽ ὀφρύσι Καλλικολώνης
ἀμφὶ σέ, ἤϊε Φοῖβε, καὶ Ἄρηα πτολίπορθον.
ὣς οἱ μέν ῥ᾽ ἑκάτερθε καθήατο μητιόωντες
βουλάς· ἀρχέμεναι δὲ δυσηλεγέος πολέμοιο

Jene berief die Götter umher, und redete also:
　Überlegt nun beide, Poseidon du, und Athene,
Jeder in seinem Herzen, wohin sich wende die Sache.
Dorther kommt Äneias, mit strahlendem Erze gewappnet,
Gegen den Peleionen; es reizt' ihn Phöbos Apollon.
Aber wohlan, wir wollen zurück ihn drängen von dannen
Alle nun; oder auch einer verteidige neben ihm stehend,
Peleus' Sohn, und erfüll' ihn mit Kraft, und lasse sein Herz nicht
Mangeln des Muts: daß er sehe, die mächtigsten unter den Göttern
Sei'n ihm hold; doch nichtig sei jener Schutz, die von jeher
Trojas Volk abwehren den Krieg und das Waffengetümmel.
All' entstiegen wir ja dem Olympos, um zu begegnen
Diesem Gefecht; daß nichts im Troervolk er erdulde,
Heute nur; künftig indes erduld' er, was ihm das Schicksal,
Als ihn die Mutter gebar, in den werdenden Faden gesponnen.
Aber entdeckt nicht solches ein Götterspruch dem Achilleus;
Schrecken ergreift ihn gewiß, wann ein Gott entgegen ihm wandelt
Durch die Schlacht; denn furchtbar sind himmlische Götter von Anblick.
　Ihr antwortete drauf der Erderschüttrer Poseidon:
Here, nicht so gewütet mit Heftigkeit; wenig geziemt dir's.
Ungern möcht' ich solches, daß wir die anderen Götter
Feindlich im Kampf anfielen; denn weit gewaltiger sind wir.
Laßt uns jetzo vielmehr hingehn und nieder uns setzen
Außer dem Weg' auf die Wart', und den Krieg die Männer besorgen.
Aber wo Ares zuerst Kampf anhebt, oder Apollon,
Auch wo Achilleus sie hemmen, und nicht ihn lassen im Kampfe;
Schleunig sodann uns selber wird stracks sich erheben der Aufruhr
Wildes Gefechts; und geschwinde hinweg dann scheidend, vermut' ich,
Kehren sie heim zum Olympos, zur Schar der anderen Götter,
Unter unseren Händen mit Kraft und Stärke gebändigt.
　Dieses gesagt, ging jener voran, der Finstergelockte,
Zu dem geschütteten Walle des göttergleichen Herakles,
Den ihm hoch die Troer vordem und Pallas Athene
Ründeten, daß sich bergend dem Meerscheusal er entrönne,
Wann es einmal vom Gestade daher ihn scheucht' in das Blachfeld.
Dorthin ging Poseidon, und saß mit den anderen Göttern,
Ringsumher undurchdringlich Gewölk um die Schultern gehüllet.
Drüben setzten sich jen' auf der Stirn der Kallikolone,
Schnellender Phöbos, um dich, und den stadtverwüstenden Ares.
Also saßen dort die Unsterblichen gegeneinander,
Sinnend auf Rat: vom Beginne des harthinstreckenden Kampfes

ὄκνεον ἀμφότεροι, Ζεὺς δ' ἥμενος ὕψι κέλευε.
   τῶν δ' ἅπαν ἐπλήσθη πεδίον καὶ λάμπετο χαλκῶι,
ἀνδρῶν ἠδ' ἵππων· κάρκαιρε δὲ γαῖα πόδεσσιν
ὀρνυμένων ἄμυδις. δύο δ' ἀνέρες ἔξοχ' ἄριστοι
ἐς μέσον ἀμφοτέρων συνίτην μεμαῶτε μάχεσθαι,
Αἰνείας τ' Ἀγχισιάδης καὶ δῖος Ἀχιλλεύς.
Αἰνείας δὲ πρῶτος ἀπειλήσας ἐβεβήκει,
νευστάζων κόρυθι βριαρῆι· ἀτὰρ ἀσπίδα θοῦριν
πρόσθεν ἔχε στέρνοιο, τίνασσε δὲ χάλκεον ἔγχος.
Πηλεΐδης δ' ἑτέρωθεν ἐναντίον ὦρτο λέων ὥς,
σίντης, ὅν τε καὶ ἄνδρες ἀποκτάμεναι μεμάασιν
ἀγρόμενοι πᾶς δῆμος· ὁ δὲ πρῶτον μὲν ἀτίζων
ἔρχεται, ἀλλ' ὅτε κέν τις ἀρηϊθόων αἰζηῶν
δουρὶ βάληι, ἐάλη τε χανών, περί τ' ἀφρὸς ὀδόντας
γίγνεται, ἐν δέ τέ οἱ κραδίηι στένει ἄλκιμον ἦτορ,
οὐρῆι δὲ πλευράς τε καὶ ἰσχία ἀμφοτέρωθεν
μαστίεται, ἑὲ δ' αὐτὸν ἐποτρύνει μαχέσασθαι,
γλαυκιόων δ' ἰθὺς φέρεται μένει, ἤν τινα πέφνηι
ἀνδρῶν, ἢ αὐτὸς φθίεται πρώτωι ἐν ὁμίλωι·
ὣς Ἀχιλῆ' ὄτρυνε μένος καὶ θυμὸς ἀγήνωρ
ἀντίον ἐλθέμεναι μεγαλήτορος Αἰνείαο.
οἱ δ' ὅτε δὴ σχεδὸν ἦσαν ἐπ' ἀλλήλοισιν ἰόντες,
τὸν πρότερος προσέειπε ποδάρκης δῖος Ἀχιλλεύς·
„Αἰνεία, τί σὺ τόσσον ὁμίλου πολλὸν ἐπελθὼν
ἔστης; ἦ σέ γε θυμὸς ἐμοὶ μαχέσασθαι ἀνώγει
ἐλπόμενον Τρώεσσιν ἀνάξειν ἱπποδάμοισι
τιμῆς τῆς Πριάμου; ἀτὰρ εἴ κεν ἔμ' ἐξεναρίξῃς,
οὔ τοι τοὔνεκά γε Πρίαμος γέρας ἐν χερὶ θήσει·
εἰσὶν γάρ οἱ παῖδες, ὁ δ' ἔμπεδος οὐδ' ἀεσίφρων.
ἦ νύ τί τοι Τρῶες τέμενος τάμον ἔξοχον ἄλλων,
καλὸν φυταλιῆς καὶ ἀρούρης, ὄφρα νέμηαι,
αἴ κεν ἐμὲ κτείνῃς; χαλεπῶς δέ σ' ἔολπα τὸ ῥέξειν.
ἤδη μὲν σέ γέ φημι καὶ ἄλλοτε δουρὶ φοβῆσαι.
ἦ οὐ μέμνηι ὅτε πέρ σε βοῶν ἄπο μοῦνον ἐόντα
σεῦα κατ' Ἰδαίων ὀρέων ταχέεσσι πόδεσσι
καρπαλίμως; τότε δ' οὔ τι μετατροπαλίζεο φεύγων.
ἔνθεν δ' ἐς Λυρνησσὸν ὑπέκφυγες· αὐτὰρ ἐγὼ τὴν
πέρσα μεθορμηθεὶς σὺν Ἀθήνηι καὶ Διὶ πατρί,
ληϊάδας δὲ γυναῖκας ἐλεύθερον ἦμαρ ἀπούρας
ἦγον· ἀτὰρ σὲ Ζεὺς ἐρρύσατο καὶ θεοὶ ἄλλοι.
ἀλλ' οὐ νῦν ἐρύεσθαι ὀΐομαι, ὡς ἐνὶ θυμῶι

Säumten sie beiderseits; doch Zeus hochthronend gebot ihn.
 Voll ward nun das ganze Gefild', und strahlte vom Erze
Wandelnder Männer und Ross'; und es dröhnte der Grund von dem Fußtritt,
Als sie sich nahten in Wut. Doch zween vorstrebende Männer
Kamen hervor aus den Heeren gerannt in Begierde des Kampfes,
Held Äneias der Anchisiad', und der edle Achilleus.
Sieh' Äneias zuerst kam wildandrohend; und hochher
Nickte der Busch vom gewaltigen Helm; doch den stürmenden Stierschild
Trug er der Brust vorhaltend, und schwenkte den ehernen Wurfspieß.
Gegen ihn drang der Peleide mit Ungestüm, wie ein Löwe,
Grimmvoll, den die Männer hinwegzutilgen verlangend
Kommen, ein ganzes Volk; im Anfang stolz und verachtend
Wandelt er; aber sobald mit dem Speer ein mutiger Jüngling
Traf, dann gähnet er eingeschmiegt, und der Schaum von den Zähnen
Rinnt ihm herab, und es stöhnt sein edeles Herz in dem Busen;
Dann mit dem Schweif die Hüften und mächtigen Seiten des Bauches
Geißelt er rechts und links, sich selbst anspornend zum Kampfe,
Graß nun die Augen verdreht anwütet er, ob er ermorde
Einen Mann, ob er selbst hinstürz' im Vordergetümmel:
So den Achilleus drängte der Mut des erhabenen Herzens,
Kühn entgegen zu gehn dem tapferen Held Äneias.
Als sie nunmehr sich genaht, die Eilenden gegeneinander;
Rief zuerst anredend der mutige Renner Achilleus:
 Wie so weit, Äneias, hervor aus der Menge dich wagend
Nahest du? Ob dir das Herz mit mir zu kämpfen gebietet,
Weil du hoffst zu beherrschen die gaulbezähmenden Troer,
Künftig in Priamos Macht? O wenn du schon mich erregtest,
Nie wird Priamos drum in die Hand dir geben die Ehre.
Denn selbst hat er ja Söhn'; und fest, nicht wankend beharrt er.
Maßen vielleicht die Troer dir auserlesene Güter,
Schön an Ackergefild' und Pflanzungen, daß du sie bautest,
Wenn mich einst du erschlügst! Das möchtest du schwerlich vollenden!
Einmal schon, wie ich meine, dich selbst mit der Lanze verfolgt' ich.
Denkst du nicht mehr, wie ich dort dich Einsamen weg von den Rindern
Scheuchte die Höhn des Ida hinab mit hurtigen Schenkeln,
Fliegendes Laufs? Nicht wagtest du umzuschaun im Entfliehen!
Dorther bis in Lyrnessos entflohest du; aber in Trümmer
Warf ich sie, eingestürmt mit Pallas Athen' und Kronion.
Viele gefangene Weiber, beraubt der heiligen Freiheit
Führt' ich; allein dich rettete Zeus und die anderen Götter.
Schwerlich indes erretten sie heute dich, wie du im Herzen

βάλλεαι· ἀλλά σ' ἔγωγ' ἀναχωρήσαντα κελεύω
ἐς πληθὺν ἰέναι, μηδ' ἀντίος ἵστασ' ἐμεῖο,
πρίν τι κακὸν παθέειν· ῥεχθὲν δέ τε νήπιος ἔγνω."
τὸν δ' αὖτ' Αἰνείας ἀπαμείβετο φώνησέν τε·
„Πηλεΐδη, μὴ δὴ ἐπέεσσί με νηπύτιον ὣς
ἔλπεο δειδίξεσθαι, ἐπεὶ σάφα οἶδα καὶ αὐτὸς
ἠμὲν κερτομίας ἠδ' αἴσυλα μυθήσασθαι.
ἴδμεν δ' ἀλλήλων γενεήν, ἴδμεν δὲ τοκῆας,
πρόκλυτ' ἀκούοντες ἔπεα θνητῶν ἀνθρώπων·
ὄψει δ' οὔτ' ἄρ πω σὺ ἐμοὺς ἴδες οὔτ' ἄρ' ἐγὼ σούς.
φασὶ σὲ μὲν Πηλῆος ἀμύμονος ἔκγονον εἶναι,
μητρὸς δ' ἐκ Θέτιδος καλλιπλοκάμου ἁλοσύδνης·
αὐτὰρ ἐγὼν υἱὸς μεγαλήτορος Ἀγχίσαο
εὔχομαι ἐκγεγάμεν, μήτηρ δέ μοί ἐστ' Ἀφροδίτη·
τῶν δὴ νῦν ἕτεροί γε φίλον παῖδα κλαύσονται
σήμερον· οὐ γάρ φημ' ἐπέεσσί γε νηπυτίοισιν
ὧδε διακρινθέντε μάχης ἐξαπονέεσθαι.
εἰ δ' ἐθέλεις καὶ ταῦτα δαήμεναι, ὄφρ' εὖ εἰδῇς
ἡμετέρην γενεήν, πολλοὶ δέ μιν ἄνδρες ἴσασι·
Δάρδανον αὖ πρῶτον τέκετο νεφεληγερέτα Ζεύς,
κτίσσε δὲ Δαρδανίην, ἐπεὶ οὔ πω Ἴλιος ἱρὴ
ἐν πεδίωι πεπόλιστο, πόλις μερόπων ἀνθρώπων,
ἀλλ' ἔθ' ὑπωρείας ᾤκεον πολυπίδακος Ἴδης.
Δάρδανος αὖ τέκεθ' υἱὸν Ἐριχθόνιον βασιλῆα,
ὃς δὴ ἀφνειότατος γένετο θνητῶν ἀνθρώπων·
τοῦ τρισχίλιαι ἵπποι ἕλος κάτα βουκολέοντο
θήλειαι, πώλοισιν ἀγαλλόμεναι ἀταλῇσι.
τάων καὶ Βορέης ἠράσσατο βοσκομενάων,
ἵππωι δ' εἰσάμενος παρελέξατο κυανοχαίτηι·
αἱ δ' ὑποκυσάμεναι ἔτεκον δυοκαίδεκα πώλους.
αἱ δ' ὅτε μὲν σκιρτῷεν ἐπὶ ζείδωρον ἄρουραν,
ἄκρον ἐπ' ἀνθερίκων καρπὸν θέον οὐδὲ κατέκλων·
ἀλλ' ὅτε δὴ σκιρτῷεν ἐπ' εὐρέα νῶτα θαλάσσης,
ἄκρον ἐπὶ ῥηγμῖνος ἁλὸς πολιοῖο θέεσκον.
Τρῶα δ' Ἐριχθόνιος τέκετο Τρώεσσιν ἄνακτα·
Τρωὸς δ' αὖ τρεῖς παῖδες ἀμύμονες ἐξεγένοντο,
Ἶλός τ' Ἀσσάρακός τε καὶ ἀντίθεος Γανυμήδης,
ὃς δὴ κάλλιστος γένετο θνητῶν ἀνθρώπων·
τὸν καὶ ἀνηρείψαντο θεοὶ Διὶ οἰνοχοεύειν
κάλλεος εἵνεκα οἷο, ἵν' ἀθανάτοισι μετείη.
Ἶλος δ' αὖ τέκεθ' υἱὸν ἀμύμονα Λαομέδοντα·

Etwa wähnst! Wohlan denn, ich rate dir, weiche mir eilig
Unter die Menge zurück, und scheue dich, mir zu begegnen,
Eh' dich ein Übel ereilt! Geschehenes kennet der Tor auch!
Aber Äneias darauf antwortete, solches erwidernd:
Peleus' Sohn, mit Worten fürwahr nicht, gleich wie ein Knäblein,
Hoffe mich abzuschrecken; denn wohl vermöcht' ich ja selber,
So herzschneidende Wort' als frevele auszurufen.
Kennen wir doch des andern Geschlecht, und kennen die Eltern,
Hörend die längstberühmten Erzählungen sterblicher Menschen;
Nie sahn wir, die meinigen du, noch ich selber die deinen.
Doch man sagt, dich zeugte der unvergleichbare Peleus,
Dem dich Thetys gebar, des Meers schönlockige Göttin.
Aber ich selbst, ein Sohn des hochgesinnten Anchises
Rühm' ich entsprossen zu sein, von der Tochter Zeus' Aphrodite.
Jenen ist oder auch diesen, den trauten Sohn zu beweinen,
Heute bestimmt; nicht werden ja wir, durch kindische Worte
So auseinander getrennt, das Schlachtfeld wieder verlassen.
Soll ich dir aber auch dieses verkündigen, daß du erkennest
Unserer Väter Geschlecht, wiewohl es vielen bekannt ist:
Dardanos zeugte zuerst der Herrscher im Donnergewölk Zeus,
Ihn Dardanias Stifter; denn Ilios heilige Feste
Stand noch nicht im Gefilde, bewohnt von redenden Menschen;
Sondern am Abhang wohnten sie noch des quelligen Ida.
Dardanos drauf erzeugt' Erichthonios sich, den Beherrscher,
Welcher der reichste war der sterblichen Erdebewohner.
Stuten weideten ihm drei Tausende rings in den Auen,
Säugende, üppiges Mutes, von hüpfenden Füllen begleitet.
Boreas selbst, von den Reizen entbrannt der weidenden Stuten,
Gattete sich, in ein Roß mit dunkeler Mähne gehüllet;
Und zwölf mutige Füllen gebaren sie seiner Befruchtung.
Diese, so oft sie sprangen auf nahrungsprossender Erde,
Über die Spitzen des Halms hinflogen sie, ohn' ihn zu knicken;
Aber so oft sie sprangen auf weitem Rücken des Meeres,
Liefen sie über die Wogen, nur kaum die Hufe benetzend.
Dann Erichthonios zeugte den Tros zum Gebieter den Troern;
Aber von Tros entsprangen die drei untadligen Söhne,
Ilos, Assarakos auch, und der göttliche Held Ganymedes,
Welcher der schönste war der sterblichen Erdebewohner:
Ihn auch rafften die Götter empor, Zeus' Becher zu füllen,
Wegen der schönen Gestalt, den Unsterblichen zugesellet.
Ilos zeugte den Sohn Laomedon, tapfer und edel;

Λαομέδων δ' ἄρα Τιθωνὸν τέκετο Πρίαμόν τε
Λάμπόν τε Κλυτίον θ' Ἱκετάονά τ', ὄζον Ἄρηος·
Ἀσσάρακος δὲ Κάπυν, ὁ δ' ἄρ' Ἀγχίσην τέκε παῖδα·
αὐτὰρ ἔμ' Ἀγχίσης, Πρίαμος δὲ τέχ' Ἕκτορα δῖον.
ταύτης τοι γενεῆς τε καὶ αἵματος εὔχομαι εἶναι.
Ζεὺς δ' ἀρετὴν ἄνδρεσσιν ὀφέλλει τε μινύθει τε,
ὅππως κεν ἐθέλῃσιν· ὁ γὰρ κάρτιστος ἁπάντων.
ἀλλ' ἄγε μηκέτι ταῦτα λεγώμεθα νηπύτιοι ὥς,
ἑσταότ' ἐν μέσσηι ὑσμίνηι δηϊοτῆτος.
ἔστι γὰρ ἀμφοτέροισιν ὀνείδεα μυθήσασθαι
πολλὰ μάλ', οὐδ' ἂν νηῦς ἑκατόζυγος ἄχθος ἄροιτο.
στρεπτὴ δὲ γλῶσσ' ἐστὶ βροτῶν, πολέες δ' ἔνι μῦθοι
παντοῖοι, ἐπέων δὲ πολὺς νομὸς ἔνθα καὶ ἔνθα.
ὁπποῖόν κ' εἴπῃσθα ἔπος, τοῖόν κ' ἐπακούσαις.
ἀλλὰ τί ἢ ἔριδας καὶ νείκεα νῶϊν ἀνάγκη
νεικεῖν ἀλλήλοισιν ἐναντίον, ὥς τε γυναῖκας,
αἵ τε χολωσάμεναι ἔριδος πέρι θυμοβόροιο
νεικεῦσ' ἀλλήλῃσι μέσην ἐς ἄγυιαν ἰοῦσαι,
πόλλ' ἐτεά τε καὶ οὐκί· χόλος δέ τε καὶ τὰ κελεύει.
ἀλκῆς δ' οὔ μ' ἐπέεσσιν ἀποτρέψεις μεμαῶτα
πρὶν χαλκῶι μαχέσασθαι ἐναντίον· ἀλλ' ἄγε θᾶσσον
γευσόμεθ' ἀλλήλων χαλκήρεσιν ἐγχείῃσιν."
ἦ ῥα, καὶ ἐν δεινῶι σάκει ἤλασεν ὄβριμον ἔγχος,
σμερδαλέωι· μέγα δ' ἀμφὶ σάκος μύκε δουρὸς ἀκωκῆι.
Πηλεΐδης δὲ σάκος μὲν ἀπὸ ἕο χειρὶ παχείῃ
ἔσχετο ταρβήσας· φάτο γὰρ δολιχόσκιον ἔγχος
ῥέα διελεύσεσθαι μεγαλήτορος Αἰνείαο,
νήπιος, οὐδ' ἐνόησε κατὰ φρένα καὶ κατὰ θυμὸν
ὡς οὐ ῥηΐδι' ἐστὶ θεῶν ἐρικυδέα δῶρα
ἀνδράσι γε θνητοῖσι δαμήμεναι οὐδ' ὑποείκειν.
οὐδὲ τότ' Αἰνείαο δαΐφρονος ὄβριμον ἔγχος
ῥῆξε σάκος· χρυσὸς γὰρ ἐρύκακε, δῶρα θεοῖο·
ἀλλὰ δύω μὲν ἔλασσε διὰ πτύχας, αἱ δ' ἄρ' ἔτι τρεῖς
ἦσαν, ἐπεὶ πέντε πτύχας ἤλασε κυλλοποδίων,
τὰς δύο χαλκείας, δύο δ' ἔνδοθι κασσιτέροιο,
τὴν δὲ μίαν χρυσέην, τῆι ῥ' ἔσχετο μείλινον ἔγχος.
δεύτερος αὖτ' Ἀχιλεὺς προΐει δολιχόσκιον ἔγχος,
καὶ βάλεν Αἰνείαο κατ' ἀσπίδα πάντοσ' ἐΐσην,
ἄντυγ' ὕπο πρώτην, ἧι λεπτότατος θέε χαλκός,
λεπτοτάτη δ' ἐπέην ῥινὸς βοός· ἡ δὲ διαπρὸ
Πηλιὰς ἤϊξεν μελίη, λάκε δ' ἀσπὶς ὑπ' αὐτῆς.

Aber Laomedon zeugte den Priamos, und den Tithonos,
Lampos und Klytios auch, und den streitbaren Held Hyketaon.
Kapys, Assakaros' Sohn, erzeugete drauf den Anchises;
Aber Anchises mich selbst; und Priamos zeugte den Hektor.
Sieh aus solchem Geschlecht und Blute dir rühm' ich mich jetzo.
Doch der Menschen Gedeihn vermehrt und mindert Kronion,
Wie sein Herz es gebietet; denn er ist mächtig vor allen.
Aber laß nicht länger uns hier, gleich albernen Kindern,
Schwatzend stehn in der Mitte des feindlichen Waffengetümmels.
Denn leicht ist es beiden, uns kränkende Worte zu sagen,
Viele, daß kaum sie trüg' auch ein hundertrudriges Lastschiff.
Flüchtig ja ist die Zunge der Sterblichen, vielfach die Reden
Aller Art, und weit das Gefild' hinstreifender Worte.
Wie du selbst geredet das Wort, so magst du es hören.
Doch was nötiget uns, in Erbitterung gegeneinander
Lästerworte zu lästern und Schmähungen, gleich den Weibern,
Die zum Zorne gereizt von herzdurchdringender Feindschaft
Lästern gegeneinander, in offener Straße sich treffend,
Manches wahr, und auch nicht; denn der Zorn gebietet auch solches.
Worte ja werden mir nimmer den Mut abwenden vom Angriff,
Ehe mit Erz du entgegen gekämpft hast! Auf denn, geschwinde
Kosten wir untereinander die ehernen Kriegeslanzen!
　Sprach's, und den ehernen Speer auf den furchtbaren Schild des Entsetzens
Schwang er; und ringsum hallte der große Schild von dem Speerwurf.
Doch der Peleid' hielt ferne den Schild mit nervichtem Arme,
Schreckenvoll; denn er wähnte, die weitherschattende Lanze
Würde leicht durchdringen dem mutigen Held Äneias:
Tor! er bedachte nicht in des Herzens Geist und Empfindung,
Daß so leicht nicht sein der Unsterblichen herrliche Gaben
Sterblicher Menschen Gewalt zu bändigen, noch zu durchbohren.
Auch nicht jetzt Äneias des Feurigen stürmende Lanze
Brach den Schild; denn es hemmte das Gold, die Gabe des Gottes.
Zwo der Schichten allein durchstürmte sie; aber annoch drei
Waren; denn fünf der Schichten vereinigte hämmernd der Künstler,
Jene zwo von Erz, und die inneren beide von Zinne,
Aber die eine von Gold, wo die eherne Lanze gehemmt ward.
　Auch der Peleid' itzt schwang die weithinschattende Lanze;
Und er traf dem Äneias den Schild von geründeter Wölbung,
Nahe dem äußersten Rand, wo das Erz am dünnsten umherlief,
Auch am dünnsten ihn deckte die Stierhaut; aber hindurch drang
Pelions ragende Esche mit Sturm, und es krachte die Wölbung.

Αἰνείας δ' ἐάλη καὶ ἀπὸ ἕθεν ἀσπίδ' ἀνέσχε
δείσας· ἐγχείη δ' ἄρ' ὑπὲρ νώτου ἐνὶ γαίηι
ἔστη ἱεμένη, διὰ δ' ἀμφοτέρους ἕλε κύκλους
ἀσπίδος ἀμφιβρότης· ὁ δ' ἀλευάμενος δόρυ μακρὸν
ἔστη, κὰδ δ' ἄχος οἱ χύτο μυρίον ὀφθαλμοῖσι,
ταρβήσας ὅ οἱ ἄγχι πάγη βέλος. αὐτὰρ Ἀχιλλεὺς
ἐμμεμαὼς ἐπόρουσεν ἐρυσσάμενος ξίφος ὀξύ,
σμερδαλέα ἰάχων· ὁ δὲ χερμάδιον λάβε χειρὶ
Αἰνείας, μέγα ἔργον, ὃ οὐ δύο γ' ἄνδρε φέροιεν,
οἷοι νῦν βροτοί εἰσ'· ὁ δέ μιν ῥέα πάλλε καὶ οἶος.
ἔνθά κεν Αἰνείας μὲν ἐπεσσύμενον βάλε πέτρωι
ἢ κόρυθ' ἠὲ σάκος, τό οἱ ἤρκεσε λυγρὸν ὄλεθρον,
τὸν δέ κε Πηλεΐδης σχεδὸν ἄορι θυμὸν ἀπηύρα,
εἰ μὴ ἄρ' ὀξὺ νόησε Ποσειδάων ἐνοσίχθων·
αὐτίκα δ' ἀθανάτοισι θεοῖς μετὰ μῦθον ἔειπεν·
„ὢ πόποι, ἦ μοι ἄχος μεγαλήτορος Αἰνείαο,
ὃς τάχα Πηλεΐωνι δαμεὶς Ἄϊδος δὲ κάτεισι,
πειθόμενος μύθοισιν Ἀπόλλωνος ἑκάτοιο,
νήπιος, οὐδέ τί οἱ χραισμήσει λυγρὸν ὄλεθρον.
ἀλλὰ τί ἢ νῦν οὗτος ἀναίτιος ἄλγεα πάσχει,
μὰψ ἕνεκ' ἀλλοτρίων ἀχέων, κεχαρισμένα δ' αἰεὶ
δῶρα θεοῖσι δίδωσι, τοὶ οὐρανὸν εὐρὺν ἔχουσιν;
ἀλλ' ἄγεθ' ἡμεῖς πέρ μιν ὑπὲκ θανάτου ἀγάγωμεν,
μή πως καὶ Κρονίδης κεχολώσεται, αἴ κεν Ἀχιλλεὺς
τόνδε κατακτείνηι· μόριμον δέ οἵ ἐστ' ἀλέασθαι,
ὄφρα μὴ ἄσπερμος γενεὴ καὶ ἄφαντος ὄληται
Δαρδάνου, ὃν Κρονίδης περὶ πάντων φίλατο παίδων,
οἳ ἕθεν ἐξεγένοντο γυναικῶν τε θνητάων.
ἤδη γὰρ Πριάμου γενεὴν ἔχθηρε Κρονίων·
νῦν δὲ δὴ Αἰνείαο βίη Τρώεσσιν ἀνάξει
καὶ παίδων παῖδες, τοί κεν μετόπισθε γένωνται."
τὸν δ' ἠμείβετ' ἔπειτα βοῶπις πότνια Ἥρη·
„ἐννοσίγαι', αὐτὸς σὺ μετὰ φρεσὶ σῆισι νόησον
Αἰνείαν, ἤ κέν μιν ἐρύσσεαι, ἦ κεν ἐάσηις
Πηλεΐδηι Ἀχιλῆϊ δαμήμεναι, ἐσθλὸν ἐόντα.
ἤτοι μὲν γὰρ νῶϊ πολέας ὠμόσσαμεν ὅρκους
πᾶσι μετ' ἀθανάτοισιν, ἐγὼ καὶ Παλλὰς Ἀθήνη,
μή ποτ' ἐπὶ Τρώεσσιν ἀλεξήσειν κακὸν ἦμαρ,
μηδ' ὁπότ' ἂν Τροίη μαλερῶι πυρὶ πᾶσα δάηται
καιομένη, καίωσι δ' ἀρήϊοι υἷες Ἀχαιῶν."
αὐτὰρ ἐπεὶ τό γ' ἄκουσε Ποσειδάων ἐνοσίχθων,

Nieder duckt' Äneias in Eil', und streckte den Schild auf,
Angstvoll; aber der Speer, der ihm hinsaust', über die Schultern,
Stand in die Erde gebohrt, und zerschlug ihm beide die Ränder
Am ringsdeckenden Schild; doch entflohn der gewaltigen Lanze,
Stand er nunmehr, und Entsetzen umgoß ihm die Augen mit Dunkel,
Starrend, wie nah das Geschoß ihm haftete. Aber Achilleus
Stürzte begierig hinan, das geschliffene Schwert sich entreißend,
Mit graunvollem Geschrei. Da ergriff Äneias den Feldstein,
Groß und ungeheuer, daß nicht zween Männer ihn trügen,
Wie nun Sterbliche sind; doch er schwang ihn allein und behende.
Jetzo hätt' Äneias des Stürmenden Helm mit dem Steine,
Oder den Schild ihm getroffen, der doch dem Verderben gewehret;
Ihn dann hätt' Achilleus gehaun mit dem Schwert und getötet:
Wenn nicht schnell sie bemerkte der Erderschüttrer Poseidon.
Eilend begann er das Wort zur unsterblichen Götterversammlung:
   Wehe doch! traun mich jammert der mutige Held Äneias,
Welcher bald, vom Peleiden besiegt, zum Aïs hinabfährt,
Weil er gehorcht dem Worte des treffenden Phöbos Apollon:
Tor! denn nichts ihm frommt er, dem traurigen Tode zu wehren.
Aber warum soll jener nun schuldlos Jammer erdulden,
Also verkehrt, um anderer Weh; da gefällige Opfer
Stets er den Göttern gebracht, die weit den Himmel bewohnen?
Auf, wir selbst nun wollen der Todesgefahr ihn entreißen;
Daß nicht auch der Kronid' ereifere, wenn ihn Achilleus
Tötete jenen Mann; denn das Schicksal gönnt ihm Errettung:
Daß nicht samenlos das Geschlecht hinschwind' und der Name
Dardanos, den der Kronid' aus allen Söhnen sich auskor,
Welche von ihm aufwuchsen und sterblichen Menschentöchtern.
Denn des Priamos' Stamm ist schon verhaßt dem Kronion;
Jetzo soll Äneias' Gewalt obherrschen den Troern,
Und die Söhne der Söhn', in künftigen Tagen erzeuget.
   Ihm antwortete drauf die hoheitblickende Here:
Selber im Geist erwäg' es, o erderschütternder König,
Ob du erretten ihn willst, den Äneias, oder verstatten,
Daß hinsinke der Held dem Peleionen Achilleus.
Denn fürwahr wir beide beteuerten oft mit Eidschwur,
Vor den Unsterblichen allen, ich selbst und Pallas Athene,
Niemals einem der Troer den grausamen Tag zu entfernen,
Nicht wenn Troja sogar in verheerenden Flamme des Feuers
Loderte, rings entflammt von den kriegrischen Söhnen Achaias.
   Als er solches vernommen, der Erderschüttrer Poseidon;

βῆ ῥ᾽ ἴμεν ἄν τε μάχην καὶ ἀνὰ κλόνον ἐγχειάων,
ἷξε δ᾽ ὅθ᾽ Αἰνείας ἠδ᾽ ὁ κλυτὸς ἦεν Ἀχιλλεύς.
αὐτίκα τῶι μὲν ἔπειτα κατ᾽ ὀφθαλμῶν χέεν ἀχλύν,
Πηλεΐδηι Ἀχιλῆϊ· ὁ δὲ μελίην εὔχαλκον
ἀσπίδος ἐξέρυσεν μεγαλήτορος Αἰνείαο·
καὶ τὴν μὲν προπάροιθε ποδῶν Ἀχιλῆος ἔθηκεν,
Αἰνείαν δ᾽ ἔσσευεν ἀπὸ χθονὸς ὑψόσ᾽ ἀείρας.
πολλὰς δὲ στίχας ἡρώων, πολλὰς δὲ καὶ ἵππων
Αἰνείας ὑπερᾶλτο θεοῦ ἀπὸ χειρὸς ὀρούσας,
ἷξε δ᾽ ἐπ᾽ ἐσχατιὴν πολυάϊκος πολέμοιο,
ἔνθά τε Καύκωνες πόλεμον μέτα θωρήσσοντο.
τῶι δὲ μάλ᾽ ἐγγύθεν ἦλθε Ποσειδάων ἐνοσίχθων,
καί μιν φωνήσας ἔπεα πτερόεντα προσηύδα·
„Αἰνεία, τίς σ᾽ ὧδε θεῶν ἀτέοντα κελεύει
ἀντία Πηλεΐωνος ὑπερθύμοιο μάχεσθαι,
ὃς σεῦ ἅμα κρείσσων καὶ φίλτερος ἀθανάτοισιν;
ἀλλ᾽ ἀναχωρῆσαι, ὅτε κεν συμβλήσεαι αὐτῶι,
μὴ καὶ ὑπὲρ μοῖραν δόμον Ἄϊδος εἰσαφίκηαι.
αὐτὰρ ἐπεί κ᾽ Ἀχιλεὺς θάνατον καὶ πότμον ἐπίσπηι,
θαρσήσας δὴ ἔπειτα μετὰ πρώτοισι μάχεσθαι·
οὐ μὲν γάρ τίς σ᾽ ἄλλος Ἀχαιῶν ἐξεναρίξει."
ὣς εἰπὼν λίπεν αὐτόθ᾽, ἐπεὶ διεπέφραδε πάντα.
αἶψα δ᾽ ἔπειτ᾽ Ἀχιλῆος ἀπ᾽ ὀφθαλμῶν σκέδασ᾽ ἀχλὺν
θεσπεσίην· ὁ δ᾽ ἔπειτα μέγ᾽ ἔξιδεν ὀφθαλμοῖσιν,
ὀχθήσας δ᾽ ἄρα εἶπε πρὸς ὃν μεγαλήτορα θυμόν·
„ὢ πόποι, ἦ μέγα θαῦμα τόδ᾽ ὀφθαλμοῖσιν ὁρῶμαι·
ἔγχος μὲν τόδε κεῖται ἐπὶ χθονός, οὐδέ τι φῶτα
λεύσσω, τῶι ἐφέηκα κατακτάμεναι μενεαίνων.
ἦ ῥα καὶ Αἰνείας φίλος ἀθανάτοισι θεοῖσιν
ἦεν· ἀτάρ μιν ἔφην μὰψ αὔτως εὐχετάασθαι.
ἐρρέτω· οὔ οἱ θυμὸς ἐμεῦ ἔτι πειρηθῆναι
ἔσσεται, ὃς καὶ νῦν φύγεν ἄσμενος ἐκ θανάτοιο.
ἀλλ᾽ ἄγε δὴ Δαναοῖσι φιλοπτολέμοισι κελεύσας
τῶν ἄλλων Τρώων πειρήσομαι ἀντίος ἐλθών."
ἦ, καὶ ἐπὶ στίχας ἆλτο, κέλευε δὲ φωτὶ ἑκάστωι·
„μηκέτι νῦν Τρώων ἑκὰς ἕστατε, δῖοι Ἀχαιοί,
ἀλλ᾽ ἄγ᾽ ἀνὴρ ἄντ᾽ ἀνδρὸς ἴτω, μεμάτω δὲ μάχεσθαι.
ἀργαλέον δέ μοί ἐστι καὶ ἰφθίμωι περ ἐόντι
τοσσούσδ᾽ ἀνθρώπους ἐφέπειν καὶ πᾶσι μάχεσθαι·
οὐδέ κ᾽ Ἄρης, ὅς περ θεὸς ἄμβροτος, οὐδέ κ᾽ Ἀθήνη
τοσσῆσδ᾽ ὑσμίνης ἐφέποι στόμα καὶ πονέοιτο·

Flugs durcheilt' er den Kampf und den klirrenden Sturm der Geschosse,
Hin wo Äneias war, und der hochberühmte Achilleus.
Jenem sogleich nun goß er umschattende Nacht vor die Augen,
Peleus' Sohn Achilleus, und selbst die mordende Esche
Zog er zurück aus dem Schilde dem mutigen Held Äneias,
Legte sie dann vor die Füße des Peleionen Achilleus.
Doch den Äneias schwang er, empor von der Erd' ihn erhebend;
Und weit über die Reihen des Volks, und die Reihen der Rosse,
Flog Äneias hinweg, von der Hand des Gottes geschleudert;
Bis er kam an die Grenze des tobenden Schlachtengetümmels,
Wo der Kaukonen Volk zum Kampf gerüstet einherzog,
Jetzo naht' ihm wieder der Erderschüttrer Poseidon;
Und er begann zu jenem, und sprach die geflügelten Worte:
Welch ein Gott, Äneias, gebietet dir, also verblendet
Gegen des Peleus' Sohn zu kämpfen den Kampf der Entscheidung,
Der weit mächtiger ist, und mehr geliebt von den Göttern?
Künftig weiche zurück, so oft du jenem begegnest;
Daß nicht trotz dem Verhängnis in Aïdes Haus du hinabsteigst.
Aber nachdem Achilleus den Tod und das Schicksal erreicht hat;
Dann getrost fortan in den vordersten Reihen gekämpfet!
Denn kein anderer sonst der Danaer raubt dir die Rüstung.
Sprach's, und verließ ihn daselbst, nachdem er ihm alles verkündigt.
Schnell dem Achilleus anjetzt von den Augen scheucht' er des Nebels
Hehre Nacht; und sofort weit schauet' er rings mit den Augen.
Tief aufseufzt' er und sprach zu seiner erhabenen Seele:
Weh mir! ein großes Wunder erblick' ich dort mit den Augen!
Siehe, die Lanze liegt an der Erd' hier; aber der Mann ist
Nirgends, dem ich sie warf, ihn auszutilgen verlangend!
Ei daß auch Äneias geliebt von unsterblichen Göttern
War! doch meint' ich gewiß, er rühme sich nur so vergebens.
Wandr' er dahin! Nie wahrlich mit mir sich annoch zu versuchen
Waget er, der auch nun zu entfliehn sich freut aus dem Tode!
Auf denn, nunmehr anmahnend der Danaer Kriegesgeschwader,
Will ich die anderen Troer im feindlichen Kampfe versuchen!
Rief's, und sprang in die Reihn, und ermunterte jeglichen Streiter:
Nicht so fern von den Troern enthaltet euch, edle Achaier;
Alle nun, Mann auf Mann, dringt ein, und gedenket des Kampfes!
Denn zu schwer wird mir's, wie groß auch meine Gewalt sei,
Solch ein Männergewühl zu umgehn, und mit allen zu kämpfen!
Selbst nicht Ares vermöcht' ein Unsterblicher zwar, noch Athene,
Solchen Schlund des Gewürgs mit Kriegsarbeit zu umwandeln!

ἀλλ᾽ ὅσσον μὲν ἐγὼ δύναμαι χερσίν τε ποσίν τε
καὶ σθένει, οὔ μ᾽ ἔτι φημὶ μεθησέμεν οὐδ᾽ ἠβαιόν,
ἀλλὰ μάλα στιχὸς εἶμι διαμπερές, οὐδέ τιν᾽ οἴω
Τρώων χαιρήσειν, ὅς τις σχεδὸν ἔγχεος ἔλθηι."
ὣς φάτ᾽ ἐποτρύνων· Τρώεσσι δὲ φαίδιμος Ἕκτωρ
κέκλεθ᾽ ὁμοκλήσας, φάτο δ᾽ ἴμεναι ἄντ᾽ Ἀχιλῆος·
„ Τρῶες ὑπέρθυμοι, μὴ δείδιτε Πηλεΐωνα.
καί κεν ἐγὼ ἐπέεσσι καὶ ἀθανάτοισι μαχοίμην·
ἔγχεϊ δ᾽ ἀργαλέον, ἐπεὶ ἦ πολὺ φέρτεροί εἰσιν.
οὐδ᾽ Ἀχιλεὺς πάντεσσι τέλος μύθοις ἐπιθήσει,
ἀλλὰ τὸ μὲν τελέει, τὸ δὲ καὶ μεσσηγὺ κολούει.
τοῦ δ᾽ ἐγὼ ἀντίος εἶμι, καὶ εἰ πυρὶ χεῖρας ἔοικεν,
εἰ πυρὶ χεῖρας ἔοικε, μένος δ᾽ αἴθωνι σιδήρωι."
ὣς φάτ᾽ ἐποτρύνων, οἱ δ᾽ ἀντίοι ἔγχε᾽ ἄειραν
Τρῶες· τῶν δ᾽ ἄμυδις μίχθη μένος, ὦρτο δ᾽ ἀϋτή.
καὶ τότ᾽ ἄρ᾽ Ἕκτορα εἶπε παραστὰς Φοῖβος Ἀπόλλων·
„ Ἕκτορ, μηκέτι πάμπαν Ἀχιλλῆϊ προμάχιζε,
ἀλλὰ κατὰ πληθύν τε καὶ ἐκ φλοίσβοιο δέδεξο,
μή πώς σ᾽ ἠὲ βάληι ἠὲ σχεδὸν ἄορι τύψηι."
ὣς ἔφαθ᾽, Ἕκτωρ δ᾽ αὖτις ἐδύσετο οὐλαμὸν ἀνδρῶν
ταρβήσας, ὅτ᾽ ἄκουσε θεοῦ ὄπα φωνήσαντος.
ἐν δ᾽ Ἀχιλεὺς Τρώεσσι θόρε φρεσὶν εἱμένος ἀλκήν,
σμερδαλέα ἰάχων, πρῶτον δ᾽ ἕλεν Ἰφιτίωνα,
ἐσθλὸν Ὀτρυντεΐδην, πολέων ἡγήτορα λαῶν,
ὃν νύμφη τέκε νηῒς Ὀτρυντῆϊ πτολιπόρθωι
Τμώλωι ὕπο νιφόεντι, Ὕδης ἐν πίονι δήμωι·
τὸν δ᾽ ἰθὺς μεμαῶτα βάλ᾽ ἔγχεϊ δῖος Ἀχιλλεὺς
μέσσην κὰκ κεφαλήν· ἡ δ᾽ ἄνδιχα πᾶσα κεάσθη,
δούπησεν δὲ πεσών, ὁ δ᾽ ἐπεύξατο δῖος Ἀχιλλεύς·
„ κεῖσαι, Ὀτρυντεΐδη, πάντων ἐκπαγλότατ᾽ ἀνδρῶν·
ἐνθάδε τοι θάνατος, γενεὴ δέ τοί ἐστ᾽ ἐπὶ λίμνηι
Γυγαίηι, ὅθι τοι τέμενος πατρώϊόν ἐστιν,
Ὕλλωι ἐπ᾽ ἰχθυόεντι καὶ Ἕρμωι δινήεντι."
ὣς ἔφατ᾽ εὐχόμενος, τὸν δὲ σκότος ὄσσε κάλυψε.
τὸν μὲν Ἀχαιῶν ἵπποι ἐπισσώτροις δατέοντο
πρώτηι ἐν ὑσμίνηι· ὁ δ᾽ ἐπ᾽ αὐτῶι Δημολέοντα,
ἐσθλὸν ἀλεξητῆρα μάχης, Ἀντήνορος υἱόν,
νύξε κατὰ κρόταφον, κυνέης διὰ χαλκοπαρήιου.
οὐδ᾽ ἄρα χαλκείη κόρυς ἔσχεθεν, ἀλλὰ δι᾽ αὐτῆς
αἰχμὴ ἱεμένη ῥῆξ᾽ ὀστέον, ἐγκέφαλος δὲ
ἔνδον ἅπας πεπάλακτο· δάμασσε δέ μιν μεμαῶτα.

Aber so viel ich selber vermag an Händen und Schenkeln
Und an Gewalt; nicht mein' ich das mindeste des zu versäumen;
Sondern rings durchwandl' ich die Ordnungen; nimmer auch, hoff' ich
Wird ein Troer sich freun, wer meinem Speere begegnet!
Also ermahnte der Held; auch dort der strahlende Hektor
Rief den Troern Befehl, und verhieß den Kampf mit Achilleus:
Trojas mutige Söhne, verzagt nicht vor dem Peleiden!
Wohl auch ich mit Worten Unsterbliche selber bekämpft' ich,
Doch mit dem Speer unmöglich; denn weit gewaltiger sind sie.
Nimmer vermag auch Achilleus ein jegliches Wort zu vollenden;
Sondern eins vollbringt er, das andere läßt er verstümmelt.
Ihm nun eil' ich entgegen, und wäre sein Arm wie die Flamme,
Wäre sein Arm wie die Flamme, sein Mut wie blinkendes Eisen!
Also ermahnte der Held; da erhuben sie drohende Lanzen,
Trojas Söhn', und es stürmte der Streiter Gewühl, und Geschrei scholl.
Jetzo trat zu Hektor und redete Phöbos Apollon:
Hektor, durchaus nicht mehr mit Achilleus wage den Vorkampf,
Sondern umher in der Meng' und dem Schlachtgetümmel erhasch' ihn:
Daß nicht etwa sein Speer dich bändige, oder sein Schwerthieb!
Jener sprach's; und Hektor entwich in den Haufen der Männer,
Angstvoll, als er die Stimme vernahm des redenden Gottes.
Aber Achilleus sprang voll stürmender Kraft in die Troer,
Mit graunvollem Geschrei; und zuerst den Iphition rafft' er,
Ihn des Otrynteus Sohn, den tapferen Völkergebieter,
Welchen gebar die Najade dem Städteverwüster Otrynteus,
Unten am schneeigen Tmolos, in Hydas fettem Gefilde.
Diesem, der anlief, schoß mit dem Speer der edle Achilleus
Grad' auf die Mitte des Haupts, und ganz voneinander zerbarst es.
Dumpf hinkracht' er im Fall; da rief frohlockend Achilleus:
Liege nun, Otrynteide, du Schrecklichster unter den Männern!
Hier ist also dein Tod; die Geburt war fern an Gygäas
Schönem See, wo dir dein väterlich Erbe gebaut wird,
Am fischwimmelnden Hyllos, und Hermos strudelnden Wassern!
So frohlockte der Held; doch jenen umschattete Dunkel;
Und von der Danaer Rossen zermalmt mit rollenden Rädern
Lag er im Vordergewühl. Nach ihm dem Demoleon jetzo,
Jenem tapferen Wehrer der Schlacht, Antenors Erzeugtem,
Stieß er den Speer in den Schlaf, durch des Helms erzwangige Kuppel:
Wenig hemmte das Erz den Stürmenden; sondern hindurch drang
Schmetternd die eherne Spitz' in den Schädel ihm; und sein Gehirn ward
Ganz mit Blute vermischt: so bändigt' er jenen im Angriff.

Ἱπποδάμαντα δ᾽ ἔπειτα καθ᾽ ἵππων ἀΐξαντα,
πρόσθεν ἕθεν φεύγοντα, μετάφρενον οὔτασε δουρί.
αὐτὰρ ὁ θυμὸν ἄϊσθε καὶ ἤρυγεν, ὡς ὅτε ταῦρος
ἤρυγεν ἑλκόμενος Ἑλικώνιον ἀμφὶ ἄνακτα
κούρων ἑλκόντων· γάνυται δέ τε τοῖς ἐνοσίχθων·
ὣς ἄρα τόν γ᾽ ἐρυγόντα λίπ᾽ ὀστέα θυμὸς ἀγήνωρ·
αὐτὰρ ὁ βῆ σὺν δουρὶ μετ᾽ ἀντίθεον Πολύδωρον
Πριαμίδην. τὸν δ᾽ οὔ τι πατὴρ εἴασκε μάχεσθαι,
οὕνεκά οἱ μετὰ παισὶ νεώτατος ἔσκε γόνοιο,
καί οἱ φίλτατος ἔσκε, πόδεσσι δὲ πάντας ἐνίκα·
δὴ τότε νηπιέῃσι ποδῶν ἀρετὴν ἀναφαίνων
θῦνε διὰ προμάχων, εἷος φίλον ὤλεσε θυμόν.
τὸν βάλε μέσσον ἄκοντι ποδάρκης δῖος Ἀχιλλεὺς
νῶτα παραΐσσοντος, ὅθι ζωστῆρος ὀχῆες
χρύσειοι σύνεχον καὶ διπλόος ἤντετο θώρηξ·
ἀντικρὺ δὲ διέσχε παρ᾽ ὀμφαλὸν ἔγχεος αἰχμή,
γνὺξ δ᾽ ἔριπ᾽ οἰμώξας, νεφέλη δέ μιν ἀμφεκάλυψε
κυανέη, προτὶ οἷ δ᾽ ἔλαβ᾽ ἔντερα χερσὶ λιασθείς.
  Ἕκτωρ δ᾽ ὡς ἐνόησε κασίγνητον Πολύδωρον
ἔντερα χερσὶν ἔχοντα, λιαζόμενον ποτὶ γαίῃ,
κάρ ῥά οἱ ὀφθαλμῶν κέχυτ᾽ ἀχλύς· οὐδ᾽ ἄρ᾽ ἔτ᾽ ἔτλη
δηρὸν ἑκὰς στρωφᾶσθ᾽, ἀλλ᾽ ἀντίος ἦλθ᾽ Ἀχιλῆϊ
ὀξὺ δόρυ κραδάων, φλογὶ εἴκελος· αὐτὰρ Ἀχιλλεὺς
ὡς εἶδ᾽, ὣς ἀνεπᾶλτο, καὶ εὐχόμενος ἔπος ηὔδα·
„ ἐγγὺς ἀνὴρ ὃς ἐμόν γε μάλιστ᾽ ἐσεμάσσατο θυμόν,
ὅς μοι ἑταῖρον ἔπεφνε τετιμένον· οὐδ᾽ ἂν ἔτι δὴν
ἀλλήλους πτώσσοιμεν ἀνὰ πτολέμοιο γεφύρας.“
  ἦ, καὶ ὑπόδρα ἰδὼν προσεφώνεεν Ἕκτορα δῖον·
„ ἆσσον ἴθ᾽, ὥς κεν θᾶσσον ὀλέθρου πείραθ᾽ ἵκηαι.“
  τὸν δ᾽ οὐ ταρβήσας προσέφη κορυθαιόλος Ἕκτωρ·
„ Πηλεΐδη, μὴ δὴ ἐπέεσσί με νηπύτιον ὣς
ἔλπεο δειδίξεσθαι, ἐπεὶ σάφα οἶδα καὶ αὐτὸς
ἠμὲν κερτομίας ἠδ᾽ αἴσυλα μυθήσασθαι.
οἶδα δ᾽ ὅτι σὺ μὲν ἐσθλός, ἐγὼ δὲ σέθεν πολὺ χείρων.
ἀλλ᾽ ἤτοι μὲν ταῦτα θεῶν ἐν γούνασι κεῖται,
αἴ κέ σε χειρότερός περ ἐὼν ἀπὸ θυμὸν ἕλωμαι
δουρὶ βαλών, ἐπεὶ ἦ καὶ ἐμὸν βέλος ὀξὺ πάροιθεν.“
  ἦ ῥα, καὶ ἀμπεπαλὼν προΐει δόρυ, καὶ τό γ᾽ Ἀθήνη
πνοιῇ Ἀχιλλῆος πάλιν ἔτραπε κυδαλίμοιο,
ἦκα μάλα ψύξασα· τὸ δ᾽ ἂψ ἵκεθ᾽ Ἕκτορα δῖον,
αὐτοῦ δὲ προπάροιθε ποδῶν πέσεν. αὐτὰρ Ἀχιλλεὺς

Drauf dem Hippodamas stürmt' er, der rasch vom Wagen herabsprang,
Als er vor ihm hinbebte, den ehernen Speer in den Rücken;
Und er verhauchte den Geist, und stöhnete dumpf, wie ein Stier oft
Stöhnete, umgeschleppt um den helikonischen Herrscher,
Wann ihn Jünglinge schleppen; es freut sich ihrer Poseidon:
Also stöhnt' auch jener, den mutigen Geist aushauchend.
Er dann flog mit dem Speer auf den göttlichen Held Polydoros,
Priamos' Sohn. Ihm wehrete noch sein Vater die Feldschlacht,
Weil er der jüngste Sohn, gezeugt in späterem Alter,
Und der geliebteste war, ein rüstiger Läufer vor allen.
Jetzt vor kindischer Lust, mit hurtigen Füßen zu prangen,
Tobt' er im Vorderkampf, bis sein blühendes Leben dahin war.
Den nun traf mit der Lanze der mutige Renner Achilleus,
Als er vorüberflog, an den Rückgrat, wo sich des Gurtes
Goldene Spang' ihm schloß, und zwiefach hemmte der Harnisch.
Aber hindurch an den Nabel durchstürmt' ihn die eherne Spitze;
Heulend sank er aufs Knie; und Gewölk des Todes umhüllt' ihn
Schwarz; und er rafft' empor das Gedärm mit den Händen sich krümmend.
Hektor, sobald er gesehn, wie dort Polydoros der Bruder
Hielt das Gedärm in den Händen, umhergekrümmt auf der Erde;
Schnell vor die Augen herab floß Dunkel ihm, und er ertrug nicht
Länger entfernt sich zu wenden; hinangestürmt zu Achilleus,
Schwenkt' er den blinkenden Speer, wie ein Glutstrahl. Aber Achilleus,
So wie er sah, aufsprang er, und rief frohlockend die Worte:
Siehe der Mann, der so schmerzlich mein innerstes Herz mir verwundet,
Der den Genossen mir schlug, den trautesten! Länger fürwahr nicht
Wollen wir scheu voreinander entfliehn durch die Pfade des Treffens!
Sprach's, und mit finsterem Blicke begann er zum göttlichen Hektor:
Näher heran, daß du eilig das Ziel des Todes erreichest!
Wieder begann unerschrocken der helmumflatterte Hektor:
Peleus' Sohn, mit Worten fürwahr nicht, gleich wie ein Knäblein,
Hoffe mich abzuschrecken; denn wohl vermöcht' ich ja selber,
So herzschneidende Wort' als frevele auszurufen.
Weiß ich doch, wie tapfer du bist, und wie weit ich dir nachsteh.
Aber solches ruht ja im Schoß der seligen Götter:
Ob ich, wiewohl geringer an Kraft, dein Leben dir raube,
Treffend mit meinem Geschoß, das auch an der Spitze geschärft ist.
Sprach's, und die Lanz' aufschwingend, entsandt' er sie. Aber Athene
Trieb mit dem Hauch sie zurück vom Peleionen Achilleus,
Sanft entgegen ihr atmend; und hin zum göttlichen Hektor
Flog sie, und sank kraftlos zu den Füßen ihm. Aber Achilleus

ἐμμεμαὼς ἐπόρουσε κατακτάμεναι μενεαίνων,
σμερδαλέα ἰάχων· τὸν δ' ἐξήρπαξεν Ἀπόλλων
ῥεῖα μάλ' ὥς τε θεός, ἐκάλυψε δ' ἄρ' ἠέρι πολλῆι.
τρὶς μὲν ἔπειτ' ἐπόρουσε ποδάρκης δῖος Ἀχιλλεὺς
ἔγχεϊ χαλκείωι, τρὶς δ' ἠέρα τύψε βαθεῖαν.
ἀλλ' ὅτε δὴ τὸ τέταρτον ἐπέσσυτο δαίμονι ἶσος,
δεινὰ δ' ὁμοκλήσας ἔπεα πτερόεντα προσηύδα·
„ἐξ αὖ νῦν ἔφυγες θάνατον, κύον· ἦ τέ τοι ἄγχι
ἦλθε κακόν· νῦν αὖτέ σ' ἐρύσατο Φοῖβος Ἀπόλλων,
ὧι μέλλεις εὔχεσθαι ἰὼν ἐς δοῦπον ἀκόντων.
ἦ θήν σ' ἐξανύω γε καὶ ὕστερον ἀντιβολήσας,
εἴ πού τις καὶ ἔμοιγε θεῶν ἐπιτάρροθός ἐστι.
νῦν αὖ τοὺς ἄλλους ἐπιείσομαι, ὅν κε κιχείω."
ὣς εἰπὼν Δρύοπ' οὖτα κατ' αὐχένα μέσσον ἄκοντι·
ἤριπε δὲ προπάροιθε ποδῶν· ὁ δὲ τὸν μὲν ἔασε,
Δημοῦχον δὲ Φιλητορίδην, ἠΰν τε μέγαν τε,
κὰγ γόνυ δουρὶ βαλὼν ἠρύκακε. τὸν μὲν ἔπειτα
οὐτάζων ξίφεϊ μεγάλωι ἐξαίνυτο θυμόν·
αὐτὰρ ὁ Λαόγονον καὶ Δάρδανον, υἷε Βίαντος,
ἄμφω ἐφορμηθεὶς ἐξ ἵππων ὦσε χαμᾶζε,
τὸν μὲν δουρὶ βαλών, τὸν δὲ σχεδὸν ἄορι τύψας.
Τρῶα δ' Ἀλαστορίδην, – ὁ μὲν ἀντίος ἤλυθε γούνων,
εἴ πώς εὑ πεφίδοιτο λαβὼν καὶ ζωὸν ἀφείη,
μηδὲ κατακτείνειεν ὁμηλικίην ἐλεήσας,
νήπιος, οὐδὲ τὸ ἤιδη, ὃ οὐ πείσεσθαι ἔμελλεν·
οὐ γάρ τι γλυκύθυμος ἀνὴρ ἦν οὐδ' ἀγανόφρων,
ἀλλὰ μάλ' ἐμμεμαώς· ὁ μὲν ἥπτετο χείρεσι γούνων
ἱέμενος λίσσεσθ', ὁ δὲ φασγάνωι οὖτα καθ' ἧπαρ·
ἐκ δέ οἱ ἧπαρ ὄλισθεν, ἀτὰρ μέλαν αἷμα κατ' αὐτοῦ
κόλπον ἐνέπλησεν· τὸν δὲ σκότος ὄσσε κάλυψε
θυμοῦ δευόμενον· ὁ δὲ Μούλιον οὖτα παραστὰς
δουρὶ κατ' οὖς· εἶθαρ δὲ δι' οὔατος ἦλθ' ἑτέροιο
αἰχμὴ χαλκείη· ὁ δ' Ἀγήνορος υἱὸν Ἔχεκλον
μέσσην κὰκ κεφαλὴν ξίφει ἤλασε κωπήεντι,
πᾶν δ' ὑπεθερμάνθη ξίφος αἵματι· τὸν δὲ κατ' ὄσσε
ἔλλαβε πορφύρεος θάνατος καὶ μοῖρα κραταιή.
Δευκαλίωνα δ' ἔπειθ', ἵνα τε ξυνέχουσι τένοντες
ἀγκῶνος, τῆι τόν γε φίλης διὰ χειρὸς ἔπειρεν
αἰχμῆι χαλκείηι· ὁ δέ μιν μένε χεῖρα βαρυνθείς,
πρόσθ' ὁρόων θάνατον· ὁ δὲ φασγάνωι αὐχένα θείνας
τῆλ' αὐτῆι πήληκι κάρη βάλε· μυελὸς αὖτε

Stürzte begierig hinan, ihn auszutilgen verlangend,
Mit graunvollem Geschrei; doch schnell entrückt ihn Apollon,
Sonder Müh', als Gott, und hüllt, in Nebel ihn ringsher.
Dreimal stürzt' er hinan, der mutige Renner Achilleus,
Zuckend mit ehernem Speer, und dreimal stach er den Nebel.
Als er das vierte Mal drauf anstürmete, stark wie ein Dämon;
Jetzo mit drohendem Laut die geflügelten Worte begann er:
Wieder entrannst du dem Tode, du Hund! Schon nahte Verderben
Über dem Haupt; allein dich errettete Phöbos Apollon,
Den du gewiß anflehst, ins Geklirr der Geschosse dich wagend!
Doch bald mein' ich mit dir zu endigen, künftig begegnend;
Würdiget anders auch mich ein unsterblicher Gott zu begleiten!
Jetzo eil' ich umher zu den übrigen, wen ich erhasche!
Sprach's, und Dryops stach er gerad' in den Hals mit der Lanze,
Daß er hinab vor die Füß' ihm taumelte. Den nun verließ er;
Drauf den Philetoriden Demuchos, groß und gewaltig,
Hemmt' er im Lauf, sein Knie mit gesendeter Lanze verwundend,
Schwang dann genaht sein mächtiges Schwert, und raubt' ihm die Seele.
Drauf den Laogonos auch und Dardanos, Söhne des Bias,
Stürzet' er beid' anrennend vom Wagengeschirr auf die Erde:
Den mit der Lanze Wurf, und den mit dem Hiebe des Schwertes.
Tros dann, Alastors Sohn: der naht' ihm, fassend die Kniee,
Ob er sein des Gefangenen schont', und ihn lebend entließe,
Und ihn nicht zu erschlagen, an Alter ihm gleich, sich erbarmte:
Törichter, nicht ja erkannt' er, wie all sein Flehen umsonst war;
Denn nicht sanft war jener gesinnt, noch freundliches Herzens,
Sondern ein heftiger Mann! Zwar faßt' ihm jener die Kniee,
Strebend ihn anzuflehn; doch er haut' ihm das Schwert in die Leber,
Daß ihm die Leber entsank, und das schwarze Blut aus der Wunde
Ganz den Busen erfüllt'; und Nacht umzog ihm die Augen,
Weil ohnmächtig er sank. Auch dem Mulios stieß er die Lanze
Nahend ins Ohr, und sogleich aus dem anderen Ohre hervor drang
Jenem das spitzige Erz. Auch Agenors Sohn dem Echeklos
Schwang er tief in den Schädel das Schwert mit gewaltigem Hefte:
Ganz ward warm die Klinge vom spritzenden Blut; und die Augen
Übernahm der finstere Tod und das grause Verhängnis.
Auch den Deukalion jetzt: wo der Sehnen Geflecht sich vereinigt
Unter dem Buge des Arms, dort traf, die Rechte durchbohrend,
Ihn das spitzige Erz; und er harrt', am Arme gelähmet,
Vor sich schauend den Tod; doch das Schwert in den Nacken ihm haut' er
Daß mit dem Helme das Haupt ihm enttaumelte; und aus den Wirbeln

σφονδυλίων ἔκπαλθ', ὁ δ' ἐπὶ χθονὶ κεῖτο τανυσθείς.
αὐτὰρ ὁ βῆ ῥ' ἰέναι μετ' ἀμύμονα Πείρεω υἱόν,
Ῥίγμον, ὃς ἐκ Θρήικης ἐριβώλακος εἰληλούθει·
τὸν βάλε μέσσον ἄκοντι, πάγη δ' ἐν νηδύϊ χαλκός,
ἤριπε δ' ἐξ ὀχέων· ὁ δ' Ἀρηΐθοον θεράποντα
ἂψ ἵππους στρέψαντα μετάφρενον ὀξέϊ δουρὶ
νύξ', ἀπὸ δ' ἅρματος ὦσε· κυκήθησαν δέ οἱ ἵπποι.
ὡς δ' ἀναμαιμάει βαθέ' ἄγκεα θεσπιδαὲς πῦρ
οὔρεος ἀζαλέοιο, βαθεῖα δὲ καίεται ὕλη,
πάντηι τε κλονέων ἄνεμος φλόγα εἰλυφάζει,
ὣς ὅ γε πάντηι θῦνε σὺν ἔγχεϊ δαίμονι ἶσος,
κτεινομένους ἐφέπων· ῥέε δ' αἵματι γαῖα μέλαινα.
ὡς δ' ὅτε τις ζεύξηι βόας ἄρσενας εὐρυμετώπους
τριβέμεναι κρῖ λευκὸν ἐϋκτιμένηι ἐν ἀλωῆι,
ῥίμφά τε λέπτ' ἐγένοντο βοῶν ὑπὸ πόσσ' ἐριμύκων,
ὣς ὑπ' Ἀχιλλῆος μεγαθύμου μώνυχες ἵπποι
στεῖβον ὁμοῦ νέκυάς τε καὶ ἀσπίδας· αἵματι δ' ἄξων
νέρθεν ἅπας πεπάλακτο καὶ ἄντυγες αἳ περὶ δίφρον,
ἃς ἄρ' ἀφ' ἱππείων ὁπλέων ῥαθάμιγγες ἔβαλλον
αἵ τ' ἀπ' ἐπισσώτρων· ὁ δὲ ἵετο κῦδος ἀρέσθαι
Πηλεΐδης, λύθρωι δὲ παλάσσετο χεῖρας ἀάπτους.

Spritzte das Mark ihm empor, und er lag auf der Erde sich streckend.
Weiter darauf enteilt' er zu Peireos trefflichem Sohne,
Rigmos, der aus Thrake der scholligen hergekommen:
Diesem schoß er die Lanze gerad' in die Weiche des Bauches;
Und er entsank dem Geschirr. Areïthoos drauf dem Genossen,
Als er die Ross' umlenkte, den ehernen Speer in den Rücken
Stieß er, und warf ihn vom Wagen; es tummelten bäumend die Rosse.
Wie ein entsetzlicher Brand die gewundenen Tale durchwütet,
Hoch im dürren Gebirg'; es entbrennt unermeßlich die Waldung,
Und rings wehet der Wind mit sausenden Flammenwirbeln:
So rings flog mit der Lanze der Wütende, stark wie ein Dämon,
Folgend zu Mord und Gewürg'; und Blut umströmte die Erde.
Wie wenn ein Mann ins Joch breitstirnige Stiere gespannet,
Weiße Gerste zu dreschen auf rundgeebneter Tenne;
Leicht wird zermalmt das Getreide vom Tritt der brüllenden Rinder:
So vor Achilleus dort dem Erhabenen trabten die Rosse
Stampfend auf bäuchige Schild' und Leichname; unten besudelt
Troff die Achse von Blut, und die zierlichen Ränder des Sessels,
Welchen jetzt von der Hufe Gestampf anspritzten die Tropfen,
Jetzt von der Räder Beschlag. So wütet' er, Ruhm zu gewinnen,
Peleus' Sohn, mit Blut die unnahbaren Hände besudelt.

ΙΛΙΑΔΟΣ Φ

Μάχη παραποτάμιος.

Ἀλλ᾽ ὅτε δὴ πόρον ἷξον ἐϋρρεῖος ποταμοῖο,
Ξάνθου δινήεντος, ὃν ἀθάνατος τέκετο Ζεύς,
ἔνθα διατμήξας τοὺς μὲν πεδίονδε δίωκε
πρὸς πόλιν, ᾗι περ Ἀχαιοὶ ἀτυζόμενοι φοβέοντο
ἤματι τῶι προτέρωι, ὅτε μαίνετο φαίδιμος Ἕκτωρ·
τῆι ῥ᾽ οἵ γε προχέοντο πεφυζότες, ἠέρα δ᾽ Ἥρη
πίτνα πρόσθε βαθεῖαν ἐρυκέμεν· ἡμίσεες δὲ
ἐς ποταμὸν εἰλεῦντο βαθύρροον ἀργυροδίνην,
ἐν δ᾽ ἔπεσον μεγάλωι πατάγωι, βράχε δ᾽ αἰπὰ ῥέεθρα,
ὄχθαι δ᾽ ἀμφὶ περὶ μεγάλ᾽ ἴαχον· οἱ δ᾽ ἀλαλητῶι
ἔννεον ἔνθα καὶ ἔνθα ἑλισσόμενοι περὶ δίνας.
ὡς δ᾽ ὅθ᾽ ὑπὸ ῥιπῆς πυρὸς ἀκρίδες ἠερέθονται
φευγέμεναι ποταμόνδε· τὸ δὲ φλέγει ἀκάματον πῦρ
ὄρμενον ἐξαίφνης, ταὶ δὲ πτώσσουσι καθ᾽ ὕδωρ·
ὣς ὑπ᾽ Ἀχιλλῆος Ξάνθου βαθυδινήεντος
πλῆτο ῥόος κελάδων ἐπιμὶξ ἵππων τε καὶ ἀνδρῶν.
αὐτὰρ ὁ διογενὴς δόρυ μὲν λίπεν αὐτοῦ ἐπ᾽ ὄχθηι
κεκλιμένον μυρίκηισιν, ὁ δ᾽ ἔσθορε δαίμονι ἶσος,
φάσγανον οἶον ἔχων, κακὰ δὲ φρεσὶ μήδετο ἔργα,
τύπτε δ᾽ ἐπιστροφάδην· τῶν δὲ στόνος ὄρνυτ᾽ ἀεικὴς
ἄορι θεινομένων, ἐρυθαίνετο δ᾽ αἵματι ὕδωρ.
ὡς δ᾽ ὑπὸ δελφῖνος μεγακήτεος ἰχθύες ἄλλοι
φεύγοντες πιμπλᾶσι μυχοὺς λιμένος εὐόρμου,
δειδιότες· μάλα γάρ τε κατεσθίει ὅν κε λάβηισιν·
ὣς Τρῶες ποταμοῖο κατὰ δεινοῖο ῥέεθρα
πτῶσσον ὑπὸ κρημνούς. ὁ δ᾽ ἐπεὶ κάμε χεῖρας ἐναίρων,

EINUNDZWANZIGSTER GESANG

Achilleus stürzt einer Schar Troer in den Skamandros mit dem Schwerte nach. Zwölf Lebende fesselt er zum Sühnopfer für Patroklos. Den getöteten Lykaon hineinwerfend, höhnt er, daß der Stromgott nicht rette. Auch den Asteropäos, eines Stromgottes Sohn, welchen Skamandros erregte, streckt er ans Ufer, und höhnt der Stromgötter. Skamandros gebeut ihm, außer dem Strome zu verfolgen. Er verspricht's; doch in der Wut springt er wieder hinein. Der zürnende Strom verfolgt ihn ins Feld. Jener, von Göttern gestärkt, durchdringt die Flut. Als Skamandros noch wütender den Simois zu Hilfe ruft, sendet ihm Here den Hephästos entgegen, der das Feld trocknet, dann ihn selber entflammt. Des Jammernden gebeut Here zu schonen. Ares und Aphrodite von Athene besiegt, Phöbos dem Poseidon ausweichend, Artemis von Here geschlagen, Hermes die Leto scheuend. Rückkehr der Götter. Priamos öffnet den Flüchtigen das Tor. Den verfolgenden Achilleus hemmt Agenor; dann in Agenors Gestalt fliehend, lockt Apollon ihn feldwärts, indes die Troer einflüchten.

Als sie nunmehr an die Furt des schönhinwallenden Xanthos
Kamen, des wirbelnden Stroms, den Zeus der Unsterbliche zeugte;
Dort auseinander sie trennend, verfolgt' er jen' ins Gefilde
Stadtwärts, wo die Achaier dahergescheucht sich ergossen
Erst den vorigen Tag, vor der Wut des strahlenden Hektors:
Hier flohn jene nunmehr angstvoll: doch es hemmte sie Here,
Dickes Gewölk vorbreitend den Flüchtlingen. Aber die andern,
Hingedrängt an des Stroms tiefstrudelnde Silbergewässer,
Stürzten hinab mit lautem Getös': und es rauschten die Fluten,
Daß die Gestad' umher laut halleten; rings mit Geschrei nun
Schwammen sie hiehin und dorthin, umhergedreht in den Wirbeln.
Wie vor des Feuers Gewalt sich ein Schwarm Heuschrecken emporhebt,
Hinzufliehn in den Strom; denn es flammt unermüdetes Feuer,
Plötzlich entbrannt im Gefild', und sie fallen gescheucht in das Wasser:
So vor Achilleus ward dem tiefhinstrudelnden Xanthos
Voll sein rauschender Strom von der Rosse Gewirr und der Männer.
Aber der göttliche Held ließ dort die Lanz' an dem Ufer,
Auf Tamarisken gelehnt, und stürzte sich, stark wie ein Dämon,
Nach, sein Schwert in der Hand, und entsetzliche Taten ersann er.
Rings nun schlug er umher; und schreckliches Röcheln erhub sich
Unter dem mordenden Schwert, und gerötet von Blut war das Wasser.
Wie vor dem ungeheuren Delphin die anderen Fische
Fliehend die Buchten erfüllen des wohlanlandbaren Hafens,
Bange gedrängt; denn gräßlich verschlinget er, wen er erhaschet:
So die Troer voll Angst in des furchtbaren Stromes Gewässern
Flohen sie unter die Bord'. Als drauf vom Ermorden die Händ' ihm

ζωοὺς ἐκ ποταμοῖο δυώδεκα λέξατο κούρους,
ποινὴν Πατρόκλοιο Μενοιτιάδαο θανόντος·
τοὺς ἐξῆγε θύραζε τεθηπότας ἠΰτε νεβρούς,
δῆσε δ' ὀπίσσω χεῖρας ἐϋτμήτοισιν ἱμᾶσι,
τοὺς αὐτοὶ φορέεσκον ἐπὶ στρεπτοῖσι χιτῶσι,
δῶκε δ' ἑταίροισιν κατάγειν κοίλας ἐπὶ νῆας.
αὐτὰρ ὁ ἂψ ἐπόρουσε δαϊζέμεναι μενεαίνων.
    ἔνθ' υἷι Πριάμοιο συνήντετο Δαρδανίδαο
ἐκ ποταμοῦ φεύγοντι, Λυκάονι, τόν ῥά ποτ' αὐτὸς
ἦγε λαβὼν ἐκ πατρὸς ἀλωῆς οὐκ ἐθέλοντα,
ἐννύχιος προμολών· ὁ δ' ἐρινεὸν ὀξέϊ χαλκῶι
τάμνε νέους ὅρπηκας, ἵν' ἅρματος ἄντυγες εἶεν·
τῶι δ' ἄρ' ἀνώϊστον κακὸν ἤλυθε δῖος Ἀχιλλεύς.
καὶ τότε μέν μιν Λῆμνον ἐϋκτιμένην ἐπέρασσε
νηυσὶν ἄγων, ἀτὰρ υἱὸς Ἰήσονος ὦνον ἔδωκε·
κεῖθεν δὲ ξεῖνός μιν ἐλύσατο, πολλὰ δ' ἔδωκεν,
Ἴμβριος Ἠετίων, πέμψεν δ' ἐς δῖαν Ἀρίσβην·
ἔνθεν ὑπεκπροφυγὼν πατρώϊον ἵκετο δῶμα.
ἕνδεκα δ' ἤματα θυμὸν ἐτέρπετο οἷσι φίλοισιν
ἐλθὼν ἐκ Λήμνοιο· δυωδεκάτηι δέ μιν αὖτις
χερσὶν Ἀχιλλῆος θεὸς ἔμβαλεν, ὅς μιν ἔμελλε
πέμψειν εἰς Ἀΐδαο καὶ οὐκ ἐθέλοντα νέεσθαι.
τὸν δ' ὡς οὖν ἐνόησε ποδάρκης δῖος Ἀχιλλεὺς
γυμνόν, ἄτερ κόρυθός τε καὶ ἀσπίδος, οὐδ' ἔχεν ἔγχος,
ἀλλὰ τὰ μέν ῥ' ἀπὸ πάντα χαμαὶ βάλε· τεῖρε γὰρ ἱδρὼς
φεύγοντ' ἐκ ποταμοῦ, κάματος δ' ὑπὸ γούνατ' ἐδάμνα·
ὀχθήσας δ' ἄρα εἶπε πρὸς ὃν μεγαλήτορα θυμόν·
„ὢ πόποι, ἦ μέγα θαῦμα τόδ' ὀφθαλμοῖσιν ὁρῶμαι·
ἦ μάλα δὴ Τρῶες μεγαλήτορες, οὕς περ ἔπεφνον,
αὖτις ἀναστήσονται ὑπὸ ζόφου ἠερόεντος,
οἷον δὴ καὶ ὅδ' ἦλθε φυγὼν ὕπο νηλεὲς ἦμαρ,
Λῆμνον ἐς ἠγαθέην πεπερημένος· οὐδέ μιν ἔσχε
πόντος ἁλὸς πολιῆς, ὁ πολέας ἀέκοντας ἐρύκει.
ἀλλ' ἄγε δὴ καὶ δουρὸς ἀκωκῆς ἡμετέροιο
γεύσεται, ὄφρα ἴδωμαι ἐνὶ φρεσὶν ἠδὲ δαείω
ἢ ἄρ' ὁμῶς καὶ κεῖθεν ἐλεύσεται, ἦ μιν ἐρύξει
γῆ φυσίζοος, ἥ τε κατὰ κρατερόν περ ἐρύκει."
    ὣς ὅρμαινε μένων· ὁ δέ οἱ σχεδὸν ἦλθε τεθηπώς,
γούνων ἅψασθαι μεμαώς, περὶ δ' ἤθελε θυμῶι
ἐκφυγέειν θάνατόν τε κακὸν καὶ κῆρα μέλαιναν.
ἤτοι ὁ μὲν δόρυ μακρὸν ἀνέσχετο δῖος Ἀχιλλεὺς

Starreten, wählt' er annoch zwölf lebende Jüngling' im Strome;
Abzubüßen den Tod des Menötiaden Patroklos.
Diese zog er heraus, betäubt, wie die Jungen der Hindin;
Band dann zurück die Hände mit wohlgeschnittenen Riemen,
Welche sie selbst getragen um ihre geflochtenen Panzer;
Gab sie darauf den Genossen, hinab zu den Schiffen zu führen.
Wieder hinein dann stürzt' er, nach Mord und Gewürge sich sehnend.
Jetzt begegnet' ihm Priamos' Sohn, des Dardanionen,
Der aus dem Strom aufstrebte, Lykaon: den er vordem selbst
Weggeführt mit Gewalt von des Vaters fruchtbarem Obsthain,
Einst in der Nacht ausgehend. Es schnitt mit dem Erze der Jüngling
Wildernder Feigen Gesproß, zum Sesselrande des Wagens.
Doch unverhofft ihm nahte zum Weh der edle Achilleus.
Damals sandt' er in Lemnos' bevölkerte Stadt zum Verkauf ihn,
Führend im Schiff, und den Wert bezahlte der Sohn des Jason.
Dorther löste sein Gast Eëtion, Herrscher in Imbros,
Ihn sehr teuer erkauft, und sandt' ihn zur edlen Arisbe.
Heimlich schlich er von dannen, und kam zum Palaste des Vaters
Elf der Tage nunmehr erfreut' er das Herz mit den Seinen,
Wiedergekehrt aus Lemnos; doch jetzt am zwölften von neuem
Gab in Achilleus' Hand ihn ein Himmlischer, welcher bestimmt war,
Ihn zum Aïs zu senden, wie sehr ungern er dahinging.
Als ihn jetzo erblickte der mutige Renner Achilleus,
Ihn der entblößt von Helme, von Schild und Lanze daherkam:
Alles hatt' er zur Erde gelegt; denn ermattet von Angstschweiß
Strebt' er empor aus dem Strom, und kraftlos wankten die Kniee:
Unmutsvoll nun sprach er zu seiner erhabenen Seele:
Weh mir, ein großes Wunder erblick' ich dort mit den Augen!
Ganz gewiß nun werden die edelmütigen Troer,
Die ich erschlug, von neuem aus nächtlichem Dunkel hervorgehn:
Sowie jener auch kommt, entflohn dem grausamen Tage,
Der in die heilige Lemnos verkauft ward; aber ihn hielt nicht
Wogend das graue Meer, das viele mit Zwang zurückhemmt.
Aber wohlan, nun soll er die Spitz' auch unserer Lanze
Kosten, damit ich erkenn' in meinem Geist, und vernehme,
Ob er so gut auch von dannen zurückkehrt, oder ihn endlich
Hält die ernährende Erde, die selbst den Tapferen festhält.
Also dacht' er, und stand; ihm nahete jener voll Schreckens,
Seine Kniee zu rühren bereit: denn er wünschte so herzlich,
Noch zu entfliehn dem grausamen Tod' und dem schwarzen Verhängnis.
Siehe den ragenden Speer erhob der edle Achilleus,

οὐτάμεναι μεμαώς, ὁ δ' ὑπέδραμε καὶ λάβε γούνων
κύψας· ἐγχείη δ' ἄρ' ὑπὲρ νώτου ἐνὶ γαίηι
ἔστη, ἱεμένη χροὸς ἄμεναι ἀνδρομέοιο.
αὐτὰρ ὁ τῆι ἑτέρηι μὲν ἑλὼν ἐλλίσσετο γούνων,
τῆι δ' ἑτέρηι ἔχεν ἔγχος ἀκαχμένον οὐδὲ μεθίει·
καί μιν φωνήσας ἔπεα πτερόεντα προσηύδα·
„ γουνοῦμαι σ', Ἀχιλεῦ· σὺ δέ μ' αἴδεο καί μ' ἐλέησον·
ἀντί τοί εἰμ' ἱκέταο, διοτρεφές, αἰδοίοιο·
πὰρ γὰρ σοὶ πρώτωι πασάμην Δημήτερος ἀκτήν,
ἤματι τῶι ὅτε μ' εἷλες ἐϋκτιμένηι ἐν ἀλωῆι,
καί με πέρασσας ἄνευθεν ἄγων πατρός τε φίλων τε
Λῆμνον ἐς ἠγαθέην, ἑκατόμβοιον δέ τοι ἦλφον.
νῦν δὲ λύμην τρὶς τόσσα πορών· ἠὼς δέ μοί ἐστιν
ἥδε δυωδεκάτη, ὅτ' ἐς Ἴλιον εἰλήλουθα
πολλὰ παθών· νῦν αὖ με τεῆις ἐν χερσὶν ἔθηκε
μοῖρ' ὀλοή· μέλλω που ἀπεχθέσθαι Διὶ πατρί,
ὅς με σοὶ αὖτις δῶκε· μινυνθάδιον δέ με μήτηρ
γείνατο Λαοθόη, θυγάτηρ Ἄλταο γέροντος,
Ἄλτεω, ὃς Λελέγεσσι φιλοπτολέμοισιν ἀνάσσει,
Πήδασον αἰπήεσσαν ἔχων ἐπὶ Σατνιόεντι.
τοῦ δ' ἔχε θυγατέρα Πρίαμος, πολλὰς δὲ καὶ ἄλλας·
τῆς δὲ δύω γενόμεσθα, σὺ δ' ἄμφω δειροτομήσεις.
ἤτοι τὸν πρώτοισι μετὰ πρυλέεσσι δάμασσας,
ἀντίθεον Πολύδωρον, ἐπεὶ βάλες ὀξέϊ δουρί·
νῦν δὲ δὴ ἐνθάδ' ἐμοὶ κακὸν ἔσσεται· οὐ γὰρ ὀΐω
σὰς χεῖρας φεύξεσθαι, ἐπεί ῥ' ἐπέλασσέ γε δαίμων.
ἄλλο δέ τοι ἐρέω, σὺ δ' ἐνὶ φρεσὶ βάλλεο σῆισι·
μή με κτεῖν', ἐπεὶ οὐχ ὁμογάστριος Ἕκτορός εἰμι,
ὅς τοι ἑταῖρον ἔπεφνεν ἐνηέα τε κρατερόν τε.“
  ὣς ἄρα μιν Πριάμοιο προσηύδα φαίδιμος υἱὸς
λισσόμενος ἐπέεσσιν, ἀμείλικτον δ' ὄπ' ἄκουσε·
„ νήπιε, μή μοι ἄποινα πιφαύσκεο μηδ' ἀγόρευε·
πρὶν μὲν γὰρ Πάτροκλον ἐπισπεῖν αἴσιμον ἦμαρ,
τόφρα τί μοι πεφιδέσθαι ἐνὶ φρεσὶ φίλτερον ἦεν
Τρώων, καὶ πολλοὺς ζωοὺς ἕλον ἠδὲ πέρασσα·
νῦν δ' οὐκ ἔσθ' ὅς τις θάνατον φύγηι, ὅν κε θεός γε
Ἰλίου προπάροιθεν ἐμῆις ἐν χερσὶ βάληισ,
καὶ πάντων Τρώων, περὶ δ' αὖ Πριάμοιό γε παίδων.
ἀλλά, φίλος, θάνε καὶ σύ· τί ἦ ὀλοφύρεαι οὕτως;
κάτθανε καὶ Πάτροκλος, ὅ περ σέο πολλὸν ἀμείνων.
οὐχ ὁράαις οἷος καὶ ἐγὼ καλός τε μέγας τε;

Ihn zu durchbohren bereit; doch er eilt' und umfaßt' ihm die Kniee,
Hergebückt; und der Speer, der ihm hinsaust' über die Schultern,
Stand in der Erd', und lechzt' im Menschenblute zu schwelgen.
Aber mit einer Hand umschlang er ihm flehend die Kniee,
Und mit der anderen hielt er die spitzige Lanz' unverrückt' ihm;
Laut nun fleht' er empor, und sprach die geflügelten Worte:
Flehend umfass' ich dein Knie; erbarme dich meiner, Achilleus!
Deinem Schutz ja ward ich vertraut; drum scheue mich, Edler!
Denn bei dir zuerst genoß ich die Frucht der Demeter,
Jenes Tags, da dein Arm mich ergriff in dem fruchtbaren Obsthain,
Und du fern mich verkauftest, getrennt von Vater und Freunden,
Nach der heiligen Lemnos, und hundert Stiere gewannest.
Jetzo löst' ich mich dreimal so hoch! Der zwölfte der Morgen
Leuchtet mir erst, seitdem ich in Ilios' Mauern zurückkam,
Viel gequält; und wieder hat dir in die Hand mich gesendet
Böses Geschick! Wohl muß ich dem Vater Zeus ja verhaßt sein,
Der dir wieder mich gab; und für wenige Tage gebar mich
Meine liebende Mutter Laothoe, Tochter des Greises
Altes, welcher im Volk der streitbaren Leleger herrschet,
Pedasos' luftige Burg an Satniois' Ufer bewohnend.
Dessen Tochter war Priamos' Weib, nebst vielen der andern;
Und zween Söhne gebar sie; doch du willst beid' uns erwürgen!
Jenen im Vordergefecht fußwandelnder Kämpfer bezwangst du,
Ihn den Held Polydoros, mit spitziger Lanze getroffen;
Und mein harrt das Verderben allhier nun! Nimmer ja hoff' ich
Deiner Hand zu entfliehn, nachdem mich genähert ein Dämon!
Eines verkünd' ich dir noch, und du bewahr' es im Herzen.
Töte mich nicht; denn ich bin kein leiblicher Bruder des Hektor,
Welcher den Freund dir erschlug, so sanftgesinnt und so tapfer!
So dort flehte zu jenem des Priamos' edler Erzeugter
Jammernd empor; da erscholl die unbarmherzige Stimme:
Törichter, nicht von Lösung erzähl' und schwatze mir länger!
Denn bevor Patroklos den Tag des Geschickes erreichte,
War ich annoch im Herzen geneigt, zu schonen der Troer;
Viel' auch führt' ich gefangen hinweg, und verkaufte sie lebend.
Doch nun fliehe den Tod nicht einer auch, welchen ein Dämon
Hier vor Ilios' Mauern in meine Hand mir gesendet,
Aller Troer gesamt, und am wenigsten Priamos' Söhne!
Stirb denn, Lieber, auch du! Warum wehklagst du vergebens?
Starb doch auch Patroklos, der weit an Kraft dir voranging!
Siehest du nicht, wie ich selber so schön und groß an Gestalt bin?

πατρὸς δ' εἴμ' ἀγαθοῖο, θεὰ δέ με γείνατο μήτηρ·
ἀλλ' ἔπι τοι καὶ ἐμοὶ θάνατος καὶ μοῖρα κραταιή·
ἔσσεται ἢ ἠὼς ἢ δείλη ἢ μέσον ἦμαρ,
ὁππότε τις καὶ ἐμεῖο Ἄρηι ἐκ θυμὸν ἕληται,
ἤ ὅ γε δουρὶ βαλὼν ἢ ἀπὸ νευρῆφιν ὀϊστῶι."
ὣς φάτο, τοῦ δ' αὐτοῦ λύτο γούνατα καὶ φίλον ἦτορ·
ἔγχος μέν ῥ' ἀφέηκεν, ὁ δ' ἕζετο χεῖρε πετάσσας
ἀμφοτέρας· Ἀχιλεὺς δὲ ἐρυσσάμενος ξίφος ὀξὺ
τύψε κατὰ κληῖδα παρ' αὐχένα, πᾶν δέ οἱ εἴσω
δῦ ξίφος ἄμφηκες· ὁ δ' ἄρα πρηνὴς ἐπὶ γαίηι
κεῖτο ταθείς, ἐκ δ' αἷμα μέλαν ῥέε, δεῦε δὲ γαῖαν.
τὸν δ' Ἀχιλεὺς ποταμόνδε λαβὼν ποδὸς ἧκε φέρεσθαι,
καί οἱ ἐπευχόμενος ἔπεα πτερόεντ' ἀγόρευεν·
„ἐνταυθοῖ νῦν κεῖσο μετ' ἰχθύσιν, οἵ σ' ὠτειλὴν
αἷμ' ἀπολιχμήσονται ἀκηδέες· οὐδέ σε μήτηρ
ἐνθεμένη λεχέεσσι γοήσεται, ἀλλὰ Σκάμανδρος
οἴσει δινήεις εἴσω ἁλὸς εὐρέα κόλπον·
θρώισκων τις κατὰ κῦμα μέλαιναν φρῖχ' ὑπαΐξει
ἰχθύς, ὅς κε φάγηισι Λυκάονος ἀργέτα δημόν.
φθείρεσθ', εἰς ὅ κεν ἄστυ κιχείομεν Ἰλίου ἱρῆς,
ὑμεῖς μὲν φεύγοντες, ἐγὼ δ' ὄπιθεν κεραΐζων.
οὐδ' ὑμῖν ποταμός περ ἐΰρροος ἀργυροδίνης
ἀρκέσει, ὧι δὴ δηθὰ πολέας ἱερεύετε ταύρους,
ζωοὺς δ' ἐν δίνηισι καθίετε μώνυχας ἵππους.
ἀλλὰ καὶ ὣς ὀλέεσθε κακὸν μόρον, εἰς ὅ κε πάντες
τείσετε Πατρόκλοιο φόνον καὶ λοιγὸν Ἀχαιῶν,
οὓς ἐπὶ νηυσὶ θοῆισιν ἐπέφνετε νόσφιν ἐμεῖο."
ὣς ἄρ' ἔφη, ποταμὸς δὲ χολώσατο κηρόθι μᾶλλον,
ὅρμηνεν δ' ἀνὰ θυμὸν ὅπως παύσειε πόνοιο
δῖον Ἀχιλλῆα, Τρώεσσι δὲ λοιγὸν ἀλάλκοι.
τόφρα δὲ Πηλέος υἱὸς ἔχων δολιχόσκιον ἔγχος
Ἀστεροπαίωι ἐπᾶλτο κατακτάμεναι μενεαίνων,
υἱέϊ Πηλεγόνος· τὸν δ' Ἀξιὸς εὐρυρέεθρος
γείνατο καὶ Περίβοια, Ἀκεσσαμενοῖο θυγατρῶν
πρεσβυτάτη· τῆι γάρ ῥα μίγη ποταμὸς βαθυδίνης.
τῶι ῥ' Ἀχιλεὺς ἐπόρουσεν, ὁ δ' ἀντίος ἐκ ποταμοῖο
ἔστη ἔχων δύο δοῦρε· μένος δέ οἱ ἐν φρεσὶ θῆκε
Ξάνθος, ἐπεὶ κεχόλωτο δαϊκταμένων αἰζηῶν,
τοὺς Ἀχιλεὺς ἐδάϊζε κατὰ ῥόον οὐδ' ἐλέαιρεν.
οἱ δ' ὅτε δὴ σχεδὸν ἦσαν ἐπ' ἀλλήλοισιν ἰόντες,
τὸν πρότερος προσέειπε ποδάρκης δῖος Ἀχιλλεύς·

Denn dem edelsten Vater gebar mich die göttliche Mutter!
Doch wird mir nicht minder der Tod und das harte Verhängnis
Nahn, entweder am Morgen, am Mittag, oder am Abend;
Wann ein Mann auch mir in der Schlacht das Leben entreißet,
Ob er die Lanze mir schnellt, ob auch ein Geschoß von der Senne.
Also der Held; doch jenem erzitterten Herz und Kniee.
Fahren ließ er den Speer, und saß ausbreitend die Hände
Beide. Doch Peleus' Sohn, das geschliffene Schwert sich entreißend,
Stieß es hinein am Gelenke des Halses ihm: tief in die Gurgel
Drang zweischneidig das Schwert; und vorwärts nun auf der Erde
Lag er gestreckt; schwarz strömte das Blut und netzte den Boden.
Ihn dann schwang der Peleid', am Fuße gefaßt in den Strom hin;
Und mit jauchzendem Ruf die geflügelten Worte begann er:
Dort nun streck' im Gewimmel der Fische dich, die von der Wunde
Sorglos dir ablecken das Blut! Nie bettet die Mutter
Dich auf Leichengewand' und wehklagt; sondern Skamandros
Trägt dich strudelnd hinab in des Meers weitoffenen Abgrund.
Hüpfend sodann naht unter der Flut schwarzschauernder Fläche
Mancher Fisch, um zu schmausen am weißen Fette Lykaons.
Treff' euch Weh, bis wir kommen, zu Ilios' heiliger Feste,
Ihr in stürzender Flucht, ich aber mit Mord euch verfolgend.
Nicht ja einmal der Strom mit mächtigem Silbergestrudel
Rettet euch, welchem ihr oft so viel darbringet der Stiere,
Und starkhufige Ross' in die Flut lebendig versenket:
Aber auch so vertilgt euch das Jammergeschick, bis ihr alle
Für Patroklos' Mord mir gebüßt, und das Weh der Achaier,
Die an den hurtigen Schiffen ihr tötetet, als ich entfernt war!
Jener sprach's; doch der Strom ereiferte wilderes Herzens;
Und er erwog im Geist, wie er hemmen möcht' in der Arbeit
Peleus' göttlichen Sohn, und die Plag' abwenden den Troern.
Aber Achilleus indes mit weithinschattender Lanze
Sprang auf Asteropäos, ihn auszutilgen verlangend,
Pelegons Sohn: den zeugte des Axios strömender Herrscher,
Axios, und Periböa, des Akessamenos Tochter,
Schön, an Geburt die erste, geliebt vom wirbelnden Stromgott.
Gegen ihn drang der Peleid': er dort, aus dem Strome begegnend,
Stand, zween Speer' in den Händen; und Mut ihm haucht' in die Seele
Xanthos, dieweil er mit Zorn die ermordeten Jünglinge schaute,
Die der Peleid' in den Fluten ermordete, sonder Erbarmen.
Als sie nunmehr sich genaht, die Eilenden gegeneinander;
Rief zuerst anredend der mutige Renner Achilleus:

„ τίς πόθεν εἰς ἀνδρῶν, ὅ μευ ἔτλης ἀντίος ἐλθεῖν;
δυστήνων δέ τε παῖδες ἐμῶι μένει ἀντιόωσι.“
τὸν δ’ αὖ Πηλεγόνος προσεφώνεε φαίδιμος υἱός·
„ Πηλεΐδη μεγάθυμε, τί ἦ γενεὴν ἐρεείνεις;
εἴμ’ ἐκ Παιονίης ἐριβώλου, τηλόθ’ ἐούσης
Παίονας ἄνδρας ἄγων δολιχεγχέας· ἥδε δέ μοι νῦν
ἠὼς ἑνδεκάτη, ὅτε Ἴλιον εἰλήλουθα.
αὐτὰρ ἐμοὶ γενεὴ ἐξ Ἀξιοῦ εὐρὺ ῥέοντος,
Ἀξιοῦ, ὃς κάλλιστον ὕδωρ ἐπὶ γαῖαν ἵησιν,
ὃς τέκε Πηλεγόνα κλυτὸν ἔγχεϊ· τὸν δ’ ἐμέ φασι
γείνασθαι· νῦν αὖτε μαχώμεθα, φαίδιμ’ Ἀχιλλεῦ.“
ὣς φάτ’ ἀπειλήσας, ὁ δ’ ἀνέσχετο δῖος Ἀχιλλεὺς
Πηλιάδα μελίην· ὁ δ’ ἁμαρτῆι δούρασιν ἀμφὶς
ἥρως Ἀστεροπαῖος, ἐπεὶ περιδέξιος ἦεν.
καί ῥ’ ἑτέρωι μὲν δουρὶ σάκος βάλεν, οὐδὲ διαπρὸ
ῥῆξε σάκος· χρυσὸς γὰρ ἐρύκακε, δῶρα θεοῖο·
τῶι δ’ ἑτέρωι μιν πῆχυν ἐπιγράβδην βάλε χειρὸς
δεξιτερῆς, σύτο δ’ αἷμα κελαινεφές· ἡ δ’ ὑπὲρ αὐτοῦ
γαίηι ἐνεστήρικτο, λιλαιομένη χροὸς ἆσαι.
δεύτερος αὖτ’ Ἀχιλεὺς μελίην ἰθυπτίωνα
Ἀστεροπαίωι ἐφῆκε κατακτάμεναι μενεαίνων.
καὶ τοῦ μέν ῥ’ ἀφάμαρτεν, ὁ δ’ ὑψηλὴν βάλεν ὄχθην,
μεσσοπαγὲς δ’ ἄρ’ ἔθηκε κατ’ ὄχθης μείλινον ἔγχος.
Πηλεΐδης δ’ ἄορ ὀξὺ ἐρυσσάμενος παρὰ μηροῦ
ἆλτ’ ἐπί οἱ μεμαώς· ὁ δ’ ἄρα μελίην Ἀχιλῆος
οὐ δύνατ’ ἐκ κρημνοῖο ἐρύσσαι χειρὶ παχείηι.
τρὶς μέν μιν πελέμιξεν ἐρύσσασθαι μενεαίνων,
τρὶς δὲ μεθῆκε βίης· τὸ δὲ τέτρατον ἤθελε θυμῶι
ἆξαι ἐπιγνάμψας δόρυ μείλινον Αἰακίδαο,
ἀλλὰ πρὶν Ἀχιλεὺς σχεδὸν ἄορι θυμὸν ἀπηύρα.
γαστέρα γάρ μιν τύψε παρ’ ὀμφαλόν, ἐκ δ’ ἄρα πᾶσαι
χύντο χαμαὶ χολάδες· τὸν δὲ σκότος ὄσσε κάλυψεν
ἀσθμαίνοντ’· Ἀχιλεὺς δ’ ἄρ’ ἐνὶ στήθεσσιν ὀρούσας
τεύχεά τ’ ἐξενάριξε καὶ εὐχόμενος ἔπος ηὔδα·
„ κεῖσ’ οὕτως· χαλεπόν τοι ἐρισθενέος Κρονίωνος
παισὶν ἐριζέμεναι ποταμοῖό περ ἐκγεγαῶτι.
φῆσθα σὺ μὲν ποταμοῦ γένος ἔμμεναι εὐρὺ ῥέοντος,
αὐτὰρ ἐγὼ γενεὴν μεγάλου Διὸς εὔχομαι εἶναι.
τίκτέ μ’ ἀνὴρ πολλοῖσιν ἀνάσσων Μυρμιδόνεσσι,
Πηλεὺς Αἰακίδης· ὁ δ’ ἄρ’ Αἰακὸς ἐκ Διὸς ἦεν.
τὼ κρείσσων μὲν Ζεὺς ποταμῶν ἁλιμυρηέντων,

Wer, und woher der Männer, der mir zu nahn sich erkühnet?
Meiner Kraft begegnen nur Söhn' unglücklicher Eltern!
Ihm antwortete drauf des Pelegons edler Erzeugter:
Peleus' mutiger Sohn, was fragst du nach meinem Geschlechte?
Fern aus dem scholligen Lande Päonia führ' ich die Scharen
Speerumragter Päonen zur Schlacht; und der elfte der Morgen
Leuchtet mir nun, seitdem ich in Ilios' Mauern hineinging.
Doch mein Geschlecht entstammt von des Axios strömendem Herrscher,
Axios, der mit lieblichster Flut die Erde befruchtet:
Dieser zeugte den Pelegon einst, und der lanzenberühmte
Pelegon mich, wie man sagt. Doch kämpfe nun, edler Achilleus!
Also droht' er daher; da erhob der edle Achilleus
Pelions ragende Esch'; allein zwo Lanzen zugleich warf
Asteropäos der Held, der rechts mit jeglicher Hand war.
Eine traf des Schildes Gewölb' ihm; aber hindurch nicht
Brach sie den Schild; denn es hemmte das Gold, die Gabe des Gottes.
Aber die andere streift' ihm den rechten Arm an der Beugung,
Daß ihm dunkeles Blut vorrieselte; über ihm selbst dann
Stand sie gebohrt in die Erde, voll Gier im Fleische zu schwelgen.
Jetzo schwang auch Achilleus die gradanstürmende Esche
Hin auf Asteropäos, ihn auszutilgen verlangend.
Doch ihn selbst verfehlt' er, und traf das erhabene Ufer,
Daß bis zur Hälft' in das Ufer die eschene Lanze hineindrang.
Peleus' Sohn, das geschliffene Schwert von der Hüfte sich reißend,
Stürmte hinan mit Begier: da strebte den Speer des Achilleus,
Aber umsonst, dem Bord zu entziehn mit nervichter Rechte.
Dreimal erschüttert' er jenen, und mühte sich auszuziehen;
Dreimal versagt' ihm die Kraft; doch das vierte Mal dacht' er im Herzen,
Biegend ihn abzubrechen, den eschenen Speer des Achilleus.
Aber es nahte der Held mit dem Schwert, und raubt' ihm das Leben.
Denn er hieb in dem Bauch am Nabel ihm; und es entstürzten
Alle Gedärme zur Erd'; und dem Röchelnden starrten die Augen
Trüb in Nacht. Doch Achilleus, daher auf den Busen sich werfend,
Nahm ihm das Waffengeschmeid', und rief frohlockend die Worte:
Lieg' also! Schwer magst du des hocherhabnen Kronions
Söhne mit Streit angehen, obgleich von dem Strome du abstammst!
Denn du rühmst dich entstammt von des Stroms breitwallendem Herrscher;
Doch ich preise mich selbst vom gewaltigen Zeus zu entstammen.
Mich ja erzeugte der Herrscher des myrmidonischen Volkes,
Peleus, Äakos' Sohn; und den Äakos zeugte Kronion.
Drum wie mächtig Zeus vor den meerabrauschenden Strömen,

κρείσσων αὖτε Διὸς γενεὴ ποταμοῖο τέτυκται.
καὶ γὰρ σοὶ ποταμός γε πάρα μέγας, εἰ δύναταί τι
χραισμεῖν· ἀλλ' οὐκ ἔστι Διὶ Κρονίωνι μάχεσθαι,
τῶι οὐδὲ κρείων Ἀχελώϊος ἰσοφαρίζει,
οὐδὲ βαθυρρείταο μέγα σθένος Ὠκεανοῖο,
ἐξ οὗ περ πάντες ποταμοὶ καὶ πᾶσα θάλασσα
καὶ πᾶσαι κρῆναι καὶ φρείατα μακρὰ νάουσιν·
ἀλλὰ καὶ ὃς δείδοικε Διὸς μεγάλοιο κεραυνὸν
δεινήν τε βροντήν, ὅτ' ἀπ' οὐρανόθεν σμαραγήσηι."
ἦ ῥα, καὶ ἐκ κρημνοῖο ἐρύσσατο χάλκεον ἔγχος,
τὸν δὲ κατ' αὐτόθι λεῖπεν, ἐπεὶ φίλον ἦτορ ἀπηύρα,
κείμενον ἐν ψαμάθοισι, δίαινε δέ μιν μέλαν ὕδωρ.
τὸν μὲν ἄρ' ἐγχέλυές τε καὶ ἰχθύες ἀμφεπένοντο,
δημὸν ἐρεπτόμενοι ἐπινεφρίδιον κείροντες·
αὐτὰρ ὁ βῆ ῥ' ἰέναι μετὰ Παίονας ἱπποκορυστάς,
οἵ ῥ' ἔτι πὰρ ποταμὸν πεφοβήατο δινήεντα,
ὡς εἶδον τὸν ἄριστον ἐνὶ κρατερῆι ὑσμίνηι
χέρσ' ὕπο Πηλεΐδαο καὶ ἄορι ἶφι δαμέντα.
ἔνθ' ἕλε Θερσίλοχόν τε Μύδωνά τε Ἀστύπυλόν τε
Μνῆσόν τε Θρασίον τε καὶ Αἴνιον ἠδ' Ὀφελέστην·
καί νύ κ' ἔτι πλέονας κτάνε Παίονας ὠκὺς Ἀχιλλεύς,
εἰ μὴ χωσάμενος προσέφη ποταμὸς βαθυδίνης,
ἀνέρι εἰσάμενος, βαθέης δ' ἐκ φθέγξατο δίνης·
„ὦ Ἀχιλεῦ, περὶ μὲν κρατέεις, περὶ δ' αἴσυλα ῥέζεις
ἀνδρῶν· αἰεὶ γάρ τοι ἀμύνουσιν θεοὶ αὐτοί.
εἴ τοι Τρῶας ἔδωκε Κρόνου παῖς πάντας ὀλέσσαι,
ἐξ ἐμέθεν γ' ἐλάσας πεδίον κάτα μέρμερα ῥέζε·
πλήθει γὰρ δή μοι νεκύων ἐρατεινὰ ῥέεθρα,
οὐδέ τί πηι δύναμαι προχέειν ῥόον εἰς ἅλα δῖαν
στεινόμενος νεκύεσσι, σὺ δὲ κτείνεις ἀϊδήλως.
ἀλλ' ἄγε δὴ καὶ ἔασον· ἄγη μ' ἔχει ὄρχαμε λαῶν."
τὸν δ' ἀπαμειβόμενος προσέφη πόδας ὠκὺς Ἀχιλλεύς·
„ἔσται ταῦτα, Σκάμανδρε διοτρεφές, ὡς σὺ κελεύεις.
Τρῶας δ' οὐ πρὶν λήξω ὑπερφιάλους ἐναρίζων,
πρὶν ἔλσαι κατὰ ἄστυ καὶ Ἕκτορι πειρηθῆναι
ἀντιβίην, ἤ κέν με δαμάσσεται, ἦ κεν ἐγὼ τόν."
ὣς εἰπὼν Τρώεσσιν ἐπέσσυτο δαίμονι ἶσος·
καὶ τότ' Ἀπόλλωνα προσέφη ποταμὸς βαθυδίνης·
„ὢ πόποι ἀργυρότοξε, Διὸς τέκος, οὐ σύ γε βουλὰς
εἰρύσαο Κρονίωνος, ὅ τοι μάλα πόλλ' ἐπέτελλε
Τρωσὶ παρεστάμεναι καὶ ἀμύνειν, εἰς ὅ κεν ἔλθηι

So ist mächtig auch Zeus' Geschlecht vor den Söhnen des Stromes.
Auch ein gewaltiger Strom rauscht neben dir, möcht' er dir etwa
Helfen; doch keiner vermag mit Zeus Kronion zu kämpfen.
Gleich ihm wähnt sich auch nicht der mächtige Gott Acheloos,
Noch des Okeanos Kraft, des tiefhinströmenden Herrschers:
Welchem doch alle Ström', und alle Fluten des Meeres,
Alle Quellen der Erd', und sprudelnde Brunnen entfließen:
Dennoch scheut auch jener den Wetterstrahl des Kronion,
Und den entsetzlichen Donner, der hoch vom Himmel herabkracht.
  Sprach's, und hervor aus dem Bord' entzog er die eherne Lanze.
Ihn dann ließ er daselbst, nachdem er den Geist ihm genommen,
Hingestreckt auf dem Sande, bespült vom dunklen Gewässer.
Ringsher schlängelten Aal' und wimmelnde Fisch' um den Leichnam;
Gierig das weiße Fett, das die Nieren umwuchs, ihm benagend.
Selbst dann eilt er dahin zur reisigen Schar der Päonen,
Welche noch voll Angst am wirbelnden Strom umherflohn,
Als sie den Tapfersten sahn in schreckenvoller Entscheidung
Unter Achilleus' Hand und gewaltigem Schwerte gebändigt.
Dort den Thersilochos nun, und Astypylos schlug er, und Mydon,
Thrasios dann, auch Mnesos, und Änios, auch Ophelestes.
Und noch mehr der Päonen erschlug der schnelle Achilleus,
Wenn nicht zürnend geredet des Stroms tiefstrudelnder Herrscher,
Der in Menschengestalt aufruft' aus tiefem Gestrudel:
  Peleus' Sohn, du wütest, an Kraft und entsetzlichen Taten
Mehr als Mensch; denn immer begleiten dich waltende Götter.
Wenn dir Zeus die Troer verlieh, daß du alle verderbtest;
Außer mir selbst sie verfolgend, erfülle mit Graun die Gefilde.
Voll sind mir von Toten bereits die schönen Gewässer;
Kaum auch kann ich annoch ins heilige Meer mich ergießen,
Eingeengt von Toten: so übest du Mord und Vertilgung!
Aber wohlan, laß ab; ich staune dir, Völkergebieter!
  Ihm antwortete drauf der mutige Renner Achilleus:
Solches gescheh', o Skamandros, du Göttlicher, wie du gebietest.
Doch nicht raste mein Arm, die frevelen Troer zu morden,
Bis ich zur Stadt sie gescheucht, und Hektors Stärke geprüfet,
Ob er im Kampfe vielleicht mich bändiget, oder ich selbst ihn.
  Also der Held, und stürzt' in die Troer sich, stark wie ein Dämon.
Jetzo begann zu Apollon des Stroms tiefstrudelnder Herrscher:
  Wehe, du achtest ja nicht, Zeus' Sohn mit silbernem Bogen,
Was Kronion beschloß, der dir voll Ernstes geboten,
Trojas Söhne mit Macht zu verteidigen, bis sich des Abends

δείελος ὀψὲ δύων, σκιάσῃ δ' ἐρίβωλον ἄρουραν."
ἦ, καὶ Ἀχιλλεὺς μὲν δουρικλυτὸς ἔνθορε μέσσωι
κρημνοῦ ἀπαΐξας· ὁ δ' ἐπέσσυτο οἴδματι θύων,
πάντα δ' ὄρινε ῥέεθρα κυκώμενος, ὦσε δὲ νεκροὺς
πολλούς, οἵ ῥα κατ' αὐτὸν ἅλις ἔσαν, οὓς κτάν' Ἀχιλλεύς·
τοὺς ἔκβαλλε θύραζε, μεμυκὼς ἠΰτε ταῦρος,
χέρσονδε· ζωοὺς δὲ σάω κατὰ καλὰ ῥέεθρα,
κρύπτων ἐν δίνῃσι βαθείῃσιν μεγάλῃσι.
δεινὸν δ' ἀμφ' Ἀχιλῆα κυκώμενον ἵστατο κῦμα,
ὤθει δ' ἐν σάκεϊ πίπτων ῥόος· οὐδὲ πόδεσσιν
εἶχε στηρίξασθαι· ὁ δὲ πτελέην ἕλε χερσὶν
εὐφυέα μεγάλην· ἡ δ' ἐκ ῥιζῶν ἐριποῦσα
κρημνὸν ἅπαντα διῶσεν, ἐπέσχε δὲ καλὰ ῥέεθρα
ὄζοισιν πυκινοῖσι, γεφύρωσεν δέ μιν αὐτὸν
εἴσω πᾶσ' ἐριποῦσ'· ὁ δ' ἄρ' ἐκ δίνης ἀνορούσας
ἤϊξεν πεδίοιο ποσὶ κραιπνοῖσι πέτεσθαι,
δείσας· οὐδέ τ' ἔληγε θεὸς μέγας, ὦρτο δ' ἐπ' αὐτῶι
ἀκροκελαινιόων, ἵνα μιν παύσειε πόνοιο
δῖον Ἀχιλλῆα, Τρώεσσι δὲ λοιγὸν ἀλάλκοι.
Πηλεΐδης δ' ἀπόρουσεν ὅσον τ' ἐπὶ δουρὸς ἐρωή,
αἰετοῦ οἴματ' ἔχων μέλανος, τοῦ θηρητῆρος,
ὅς θ' ἅμα κάρτιστός τε καὶ ὤκιστος πετεηνῶν·
τῶι ἐϊκὼς ἤϊξεν, ἐπὶ στήθεσσι δὲ χαλκὸς
σμερδαλέον κονάβιζεν· ὕπαιθα δὲ τοῖο λιασθεὶς
φεῦγ', ὁ δ' ὄπισθε ῥέων ἕπετο μεγάλωι ὀρυμαγδῶι.
ὡς δ' ὅτ' ἀνὴρ ὀχετηγὸς ἀπὸ κρήνης μελανύδρου
ἂμ φυτὰ καὶ κήπους ὕδατι ῥόον ἡγεμονεύῃ
χερσὶ μάκελλαν ἔχων, ἀμάρης ἐξ ἔχματα βάλλων·
τοῦ μέν τε προρέοντος ὑπὸ ψηφῖδες ἅπασαι
ὀχλεῦνται· τὸ δέ τ' ὦκα κατειβόμενον κελαρύζει
χώρωι ἔνι προαλεῖ, φθάνει δέ τε καὶ τὸν ἄγοντα·
ὣς αἰεὶ Ἀχιλῆα κιχήσατο κῦμα ῥόοιο
καὶ λαιψηρὸν ἐόντα· θεοὶ δέ τε φέρτεροι ἀνδρῶν.
ὁσσάκι δ' ὁρμήσειε ποδάρκης δῖος Ἀχιλλεὺς
στῆναι ἐναντίβιον καὶ γνώμεναι εἴ μιν ἅπαντες
ἀθάνατοι φοβέουσι, τοὶ οὐρανὸν εὐρὺν ἔχουσι,
τοσσάκι μιν μέγα κῦμα διιπετέος ποταμοῖο
πλάζ' ὤμους καθύπερθεν· ὁ δ' ὑψόσε ποσσὶν ἐπήδα
θυμῶι ἀνιάζων· ποταμὸς δ' ὑπὸ γούνατ' ἐδάμνα
λάβρος ὕπαιθα ῥέων, κονίην δ' ὑπέρεπτε ποδοῖιν.
Πηλεΐδης δ' ᾤμωξεν ἰδὼν εἰς οὐρανὸν εὐρύν·

Dämmernde Späte genaht, die scholligen Äcker beschattend.
　Jener sprach's; und Achilleus der Herrliche sprang in den Strudel
Hoch vom hängenden Bord. Da wütete schwellend der Strom her.
All' erregt' er die Fluten getrübt, und drängte die Toten,
Häufige, die ringsher ihn erfüllt, die getötet Achilleus:
Diese warf er hinaus, mit lautem Gebrüll, wie ein Pflugstier,
An das Gestad'; und die Lebenden rings in den schönen Gewässern
Rettet' er, eingehüllt in hochaufstrudelnde Wogen.
Schrecklich umstand den Peleiden die trübe geschwollene Brandung,
Schlug an den Schild dann schmetternd herab; und nicht auf den Füßen
Konnt' er fest noch bestehn. Da faßt' er die Ulm' in den Händen,
Frisch von Wuchs, hochragend; doch jene, gestürzt aus den Wurzeln,
Riß das Gestad' auseinander, und sank, die schönen Gewässer
Hemmend mit dichtem Gezweig', und überbrückte die Fluten,
Ganz hinein gestürzt; und der Held aus der Tiefe sich schwingend,
Eilte dahin durch die Ebne mit hurtigen Füßen zu fliegen,
Angstvoll. Noch nicht ruhte der Schreckliche, sondern er stürzt' ihm
Nach mit dunkelnder Flut; daß er hemmen möcht' in der Arbeit
Peleus' göttlichen Sohn, und die Plag' abwenden den Troern.
Aber Achilleus entsprang, so weit die Lanze dahinfliegt,
Ungestüm wie der Adler, der schwarzgeflügelte Jäger,
Welcher der mächtigste ist und geschwindeste aller Gevögel:
Diesem gleich hinstürmt' er; das Erzgeschmeid' um den Busen
Rasselte grauses Getöns; und seitwärts jenem entschlüpfend
Floh er; allein nachrauschte der Strom mit lautem Getös' ihm.
Wie wenn ein wässernder Mann von des Bergquells dunklem Gesprudel
Über Saat und Gärten den Lauf der Gewässer daherführt,
Und, in der Hand die Schaufel, den Schutt wegräumt aus der Rinne;
Jetzo strömt es hervor, und die Kieselchen alle des Baches
Werden gewälzt; denn geschwinde mit rauschenden Wellen entstürzt es
Vom abschüssigen Hang', und eilet zuvor auch dem Führer:
Also erreichte der Strom mit wogender Flut den Achilleus
Stets, wie rasch er auch war; denn stark vor Menschen sind Götter.
Aber so oft ansetzte der mutige Renner Achilleus,
Fest ihm entgegen zu stehn, daß er schauete, ob ihn die Götter
Alle zur Flucht hinscheuchten, die weit den Himmel bewohnen;
Naht' ihm sofort das Gewoge des himmelentsprossenen Stromes
Hoch die Schultern umspülend. Dann sprang er empor mit den Füßen,
Unmutsvoll in der Seel'; und der Strom bezwang ihm die Kniee,
Schräg anrollend mit Macht, und den Staub den Füßen entreißend.
Laut wehklagt' Achilleus, den Blick gen Himmel gewendet:

„ Ζεῦ πάτερ, ὡς οὔ τίς με θεῶν ἐλεεινὸν ὑπέστη
ἐκ ποταμοῖο σαῶσαι· ἔπειτα δὲ καί τι πάθοιμι.
ἄλλος δ' οὔ τις μοι τόσον αἴτιος Οὐρανιώνων,
ἀλλὰ φίλη μήτηρ, ἥ με ψεύδεσσιν ἔθελγεν·
ἥ μ' ἔφατο Τρώων ὑπὸ τείχεϊ θωρηκτάων
λαιψηροῖς ὀλέεσθαι Ἀπόλλωνος βελέεσσιν.
ὥς μ' ὄφελ' Ἕκτωρ κτεῖναι, ὃς ἐνθάδε γ' ἔτραφ' ἄριστος·
τώ κ' ἀγαθὸς μὲν ἔπεφν', ἀγαθὸν δέ κεν ἐξενάριξε·
νῦν δέ με λευγαλέωι θανάτωι εἵμαρτο ἁλῶναι
ἐρχθέντ' ἐν μεγάλωι ποταμῶι, ὡς παῖδα συφορβόν,
ὅν ῥά τ' ἔναυλος ἀποέρσηι χειμῶνι περῶντα."
ὣς φάτο, τῶι δὲ μάλ' ὦκα Ποσειδάων καὶ Ἀθήνη
στήτην ἐγγὺς ἰόντε, δέμας δ' ἄνδρεσσιν ἐΐκτην,
χειρὶ δὲ χεῖρα λαβόντες ἐπιστώσαντ' ἐπέεσσι.
τοῖσι δὲ μύθων ἦρχε Ποσειδάων ἐνοσίχθων·
„ Πηλεΐδη, μήτ' ἄρ τι λίην τρέε μήτέ τι τάρβει·
τοίω γάρ τοι νῶϊ θεῶν ἐπιταρρόθω εἰμέν,
Ζηνὸς ἐπαινήσαντος, ἐγὼ καὶ Παλλὰς Ἀθήνη·
ὡς οὔ τοι ποταμῶι γε δαμήμεναι αἴσιμόν ἐστιν,
ἀλλ' ὅδε μὲν τάχα λωφήσει, σὺ δὲ εἴσεαι αὐτός·
αὐτάρ τοι πυκινῶς ὑποθησόμεθ', αἴ κε πίθηαι·
μὴ πρὶν παύειν χεῖρας ὁμοιΐου πολέμοιο,
πρὶν κατὰ Ἰλιόφι κλυτὰ τείχεα λαὸν ἐέλσαι
Τρωϊκόν, ὅς κε φύγηισι· σὺ δ' Ἕκτορι θυμὸν ἀπούρας
ἂψ ἐπὶ νῆας ἴμεν· δίδομεν δέ τοι εὖχος ἀρέσθαι."
τὼ μὲν ἄρ' ὣς εἰπόντε μετ' ἀθανάτους ἀπεβήτην·
αὐτὰρ ὁ βῆ, μέγα γάρ ῥα θεῶν ὄτρυνεν ἐφετμή,
ἐς πεδίον· τὸ δὲ πᾶν πλῆθ' ὕδατος ἐκχυμένοιο,
πολλὰ δὲ τεύχεα καλὰ δαϊκταμένων αἰζηῶν
πλῶον καὶ νέκυες· τοῦ δ' ὑψόσε γούνατ' ἐπήδα
πρὸς ῥόον ἀΐσσοντος ἀν' ἰθύν, οὐδέ μιν ἴσχεν
εὐρὺ ῥέων ποταμός· μέγα γὰρ σθένος ἔμβαλ' Ἀθήνη.
οὐδὲ Σκάμανδρος ἔληγε τὸ ὃν μένος, ἀλλ' ἔτι μᾶλλον
χώετο Πηλεΐωνι, κόρυσσε δὲ κῦμα ῥόοιο
ὑψόσ' ἀειρόμενος, Σιμόεντι δὲ κέκλετ' ἀΰσας·
„ φίλε κασίγνητε, σθένος ἀνέρος ἀμφότεροί περ
σχῶμεν, ἐπεὶ τάχα ἄστυ μέγα Πριάμοιο ἄνακτος
ἐκπέρσει, Τρῶες δὲ κατὰ μόθον οὐ μενέουσιν.
ἀλλ' ἐπάμυνε τάχιστα, καὶ ἐμπίπληθι ῥέεθρα
ὕδατος ἐκ πηγέων, πάντας δ' ὀρόθυνον ἐναύλους,
ἵστη δὲ μέγα κῦμα, πολὺν δ' ὀρυμαγδὸν ὄρινε

Vater Zeus, daß auch keiner der Himmlischen nun sich erbarmet,
Mich aus dem Strom zu retten! Wie gern dann duldet' ich alles!
Keiner indes ist mir der Uranionen so schuldig,
Als die liebende Mutter, die mich durch Lüge getäuschet;
Denn sie sprach, an der Mauer der erzumpanzerten Troer
Sei mir zu sterben bestimmt durch Apollons schnelle Geschosse.
Hätte mich Hektor getötet, der hier der Tapferste aufwuchs!
Dann wär' ein Starker erlegt, und es raubt ein Starker die Rüstung!
Doch nun ward zu sterben den schmählichen Tod mir geordnet,
Eingehemmt von dem mächtigen Strom, wie ein jüngerer Sauhirt,
Welcher im Regenbache versinkt, durchwatend im Winter!

Als er es sprach, da traten Poseidon schnell und Athene
Ihm zur Seite genaht, an Gestalt gleich sterblichen Männern,
Fügten ihm Hand in Hand, und redeten tröstende Worte;
Also begann vor ihnen der Erderschüttrer Poseidon:

Nicht so bang, o Peleid', erzittere, noch so verzagend;
Denn wir sind dir beid' als helfende Götter genahet,
Mit Einwilligung Zeus', ich selbst und Pallas Athene!
So nicht ward zu sterben im Strom dir geordnet vom Schicksal;
Sondern bald kehrt jener zur Ruh, und du selber erkennst es.
Doch ermahnen wir dich aufs Fleißigste, wenn du gehorchest.
Laß nicht ruhn die Hände vom allverheerenden Kriege,
Eh' in Ilios' türmende Stadt du die Scharen der Troer
Eingehemmt, wer entrann. Doch wann Hektors Geist du geraubt hast,
Dann zu den Schiffen gekehrt; wir geben dir Ruhm zu gewinnen.
Also redeten beid', und eilten hinweg zu den Göttern.
Jener nun drang, vom Gebot der Unsterblichen mächtig ermuntert,
In das Gefild'; und es wogte von weitergossenen Wassern.
Viel schönprangende Waffen der kampferschlagenen Männer
Schwammen mit Leichen umher. Doch sprang er empor mit den Knieen
Gegen die Flut gradaus, der Stürmende, welchen umsonst nun
Hemmte der breite Strom; denn mit Kraft erfüllt' ihn Athene.
Noch nicht ließ Skamandros vom Zorn ab; nein noch ergrimmter
Eifert' er Peleus' Sohn, und erhub hochwogige Brandung,
Mächtig empor sich bäumend, und laut zum Simoïs rief er:

Bruder, wohlan! Die Gewalt des Mannes da müssen wir beid' itzt
Bändigen, oder sofort des herrschenden Priamos' Feste
Wirft er in Staub; denn die Troer bestehn ihn nicht im Getümmel!
Auf denn, und hilf in Eil', und erfülle den Strom mit Gewässern
Rings aus den Quellen der Berg', und ermuntere jeglichen Gießbach!
Hoch nun erhebe die Flut, und rolle mit donnernder Woge

φιτρῶν καὶ λάων, ἵνα παύσομεν ἄγριον ἄνδρα,
ὃς δὴ νῦν κρατέει, μέμονεν δ' ὅ γε ἶσα θεοῖσι.
φημὶ γὰρ οὔτε βίην χραισμησέμεν οὔτέ τι εἶδος,
οὔτε τὰ τεύχεα καλά, τά που μάλα νειόθι λίμνης
κείσεθ' ὑπ' ἰλύος κεκαλυμμένα· κὰδ δέ μιν αὐτὸν
εἰλύσω ψαμάθοισιν ἅλις χέραδος περιχεύας
μυρίον, οὐδέ οἱ ὀστέ' ἐπιστήσονται Ἀχαιοὶ
ἀλλέξαι· τόσσην οἱ ἄσιν καθύπερθε καλύψω.
αὐτοῦ οἱ καὶ σῆμα τετεύξεται, οὐδέ τί μιν χρεὼ
ἔσται τυμβοχόης, ὅτε μιν θάπτωσιν Ἀχαιοί."
ἦ, καὶ ἐπῶρτ' Ἀχιλῆϊ κυκώμενος, ὑψόσε θύων,
μορμύρων ἀφρῶι τε καὶ αἵματι καὶ νεκύεσσι.
πορφύρεον δ' ἄρα κῦμα διιπετέος ποταμοῖο
ἵστατ' ἀειρόμενον, κατὰ δ' ἥιρεε Πηλεΐωνα·
Ἥρη δὲ μέγ' ἄϋσε περιδείσασ' Ἀχιλῆϊ,
μή μιν ἀποέρσειε μέγας ποταμὸς βαθυδίνης,
αὐτίκα δ' Ἥφαιστον προσεφώνεεν, ὃν φίλον υἱόν·
„ὄρσεο, κυλλοπόδιον, ἐμὸν τέκος· ἄντα σέθεν γὰρ
Ξάνθον δινήεντα μάχηι ἠΐσκομεν εἶναι·
ἀλλ' ἐπάμυνε τάχιστα, πιφαύσκεο δὲ φλόγα πολλήν.
αὐτὰρ ἐγὼ Ζεφύροιο καὶ ἀργεστᾶο Νότοιο
εἴσομαι ἐξ ἁλόθεν χαλεπὴν ὄρσουσα θύελλαν,
ἥ κεν ἀπὸ Τρώων κεφαλὰς καὶ τεύχεα κήαι,
φλέγμα κακὸν φορέουσα· σὺ δὲ Ξάνθοιο παρ' ὄχθας
δένδρεα καῖ', ἐν δ' αὐτὸν ἵει πυρί· μὴ δέ σε πάμπαν
μειλιχίοις ἐπέεσσιν ἀποτρεπέτω καὶ ἀρειῆι·
μὴ δὲ πρὶν ἀπόπαυε τεὸν μένος, ἀλλ' ὁπότ' ἂν δὴ
φθέγξομ' ἐγὼν ἰάχουσα, τότε σχεῖν ἀκάματον πῦρ."
ὣς ἔφαθ', Ἥφαιστος δὲ τιτύσκετο θεσπιδαὲς πῦρ.
πρῶτα μὲν ἐν πεδίωι πῦρ δαίετο, καῖε δὲ νεκροὺς
πολλούς, οἵ ῥα κατ' αὐτὸν ἅλις ἔσαν, οὓς κτάν' Ἀχιλλεύς·
πᾶν δ' ἐξηράνθη πεδίον, σχέτο δ' ἀγλαὸν ὕδωρ.
ὡς δ' ὅτ' ὀπωρινὸς Βορέης νεοαρδέ' ἀλωὴν
αἶψ' ἀγξηράνηι· χαίρει δέ μιν ὅς τις ἐθείρηι·
ὣς ἐξηράνθη πεδίον πᾶν, κὰδ δ' ἄρα νεκροὺς
κῆεν· ὁ δ' ἐς ποταμὸν τρέψε φλόγα παμφανόωσαν.
καίοντο πτελέαι τε καὶ ἰτέαι ἠδὲ μυρῖκαι,
καίετο δὲ λωτός τε ἰδὲ θρύον ἠδὲ κύπειρον,
τὰ περὶ καλὰ ῥέεθρα ἅλις ποταμοῖο πεφύκει·
τείροντ' ἐγχέλυές τε καὶ ἰχθύες οἳ κατὰ δίνας,
οἳ κατὰ καλὰ ῥέεθρα κυβίστων ἔνθα καὶ ἔνθα

Blöck' und Steine daher; daß den schrecklichen Mann wir bezähmen,
Welcher die Schlacht durchherrscht, und gleich dem Unsterblichen schaltet!
Nicht soll, mein' ich, die Kraft ihn verteidigen, oder die Bildung,
Noch die prangenden Waffen: die sollen mir tief in dem Sumpfe
Liegen von häufigem Schlamme bedeckt; und ihn selber umwälz' ich
Rings mit Sand, in den Schwall von Muscheln und Kies ihn verschüttend,
Hoch, daß selbst sein Gebein nicht aufzusammeln vermögen
Argos' Söhn'; im unendlichen Wust, den ich über ihn ausgoß!
Dort soll das Denkmal sein des Gestorbenen; und er bedarf nicht,
Daß ihm ein Rasengrab die bestattenden Danaer häufen!
　Sprach's, und drang auf Achilleus in trüb' aufstürmender Brandung,
Laut mit Schaum anrauschend und Blut und gewirbelten Leichen.
Purpurbraunes Gewoge des himmelentsprossenen Stromes
Wallete hochgetürmt, und schlug auf den Peleionen.
Here nunmehr schrie auf, voll großer Angst um Achilleus,
Daß ihn mit Macht wegraffte des Stroms tiefstrudelnder Herrscher.
Schnell zu Hephästos gewandt, dem lieben Sohne, begann sie:
　Hebe dich, Sohn Hephästos, du Hinkender! Deiner Gewalt ist,
Achten wir, gleich im Kampfe der mächtig strudelnde Xanthos;
Auf denn, und hilf in Eile, mit lodernden Flammen erscheinend!
Aber ich selbst will gehen, den West und den schauernden Südwind
Schnell von dem Meergestade zum heftigen Sturm zu erregen,
Welcher das Heer der Troer mit Mann und Waffen verbrenne,
Schreckliche Glut forttragend. Doch du am Gestade des Xanthos
Zünde die Bäum', auch ihn selber durchlodere; aber durchaus nicht
Werde durch freundliche Worte zurückgewandt noch Bedrohung!
Eher nicht laß deine Gewalt ruhn, als wann ich selber
Rufe das laute Gebot; dann zähme die Glut der Vertilgung!
　Jene sprach's; doch Hephästos ergoß den entsetzlichen Glutstrahl.
Erst durchflog das Gefilde die Glut, und verbrannte die Toten,
Häufige, die ringsher es erfüllt, die getötet Achilleus.
Ganz ward trocken das Feld, und gehemmt das blinkende Wasser.
Wie wenn in herbstlicher Schwüle der Nord den gewasserten Garten
Alsobald austrocknet, und fröhlich es schaut der Besteller:
So ward trocken das ganze Gefild, und die Leichname ringsum
Brannten. Da stürmte der Gott in den Strom helleuchtende Flamme.
Brennend standen die Ulmen, die Weidichte, und Tamarisken,
Brennend der Lotos umher, Riedgras und duftender Galgant,
Welche die schönen Gewässer des Stroms weitwuchernd umsproßten;
Angstvoll schnappten die Aal' und die Fisch' umher in den Strudeln,
Welche die schönen Gewässer durchtaumelten hiehin und dorthin,

πνοιῆι τειρόμενοι πολυμήτιος Ἡφαίστοιο.
καίετο δ' ἶς ποταμοῖο ἔπος τ' ἔφατ' ἔκ τ' ὀνόμαζεν·
„ Ἥφαιστ', οὔ τις σοί γε θεῶν δύνατ' ἀντιφερίζειν,
οὐδ' ἂν ἐγὼ σοί γ' ὧδε πυρὶ φλεγέθοντι μαχοίμην.
λῆγ' ἔριδος, Τρῶας δὲ καὶ αὐτίκα δῖος Ἀχιλλεὺς
ἄστεος ἐξελάσειε· τί μοι ἔριδος καὶ ἀρωγῆς;"
φῆ πυρὶ καιόμενος, ἀνὰ δ' ἔφλυε καλὰ ῥέεθρα.
ὡς δὲ λέβης ζεῖ ἔνδον ἐπειγόμενος πυρὶ πολλῶι,
κνίσην μελδόμενος ἁπαλοτρεφέος σιάλοιο,
πάντοθεν ἀμβολάδην, ὑπὸ δὲ ξύλα κάγκανα κεῖται,
ὣς τοῦ καλὰ ῥέεθρα πυρὶ φλέγετο, ζέε δ' ὕδωρ·
οὐδ' ἔθελε προρέειν, ἀλλ' ἴσχετο· τεῖρε δ' ἀϋτμὴ
Ἡφαίστοιο βίηφι πολύφρονος. αὐτὰρ ὅ γ' Ἥρην
πολλὰ λισσόμενος ἔπεα πτερόεντα προσηύδα·
„ Ἥρη, τίπτε σὸς υἱὸς ἐμὸν ῥόον ἔχραε κήδειν
ἐξ ἄλλων; οὐ μέν τοι ἐγὼ τόσον αἴτιός εἰμι,
ὅσσον οἱ ἄλλοι πάντες, ὅσοι Τρώεσσιν ἀρωγοί.
ἀλλ' ἤτοι μὲν ἐγὼν ἀποπαύσομαι, εἰ σὺ κελεύεις,
παυέσθω δὲ καὶ οὗτος· ἐγὼ δ' ἐπὶ καὶ τόδ' ὀμοῦμαι,
μή ποτ' ἐπὶ Τρώεσσιν ἀλεξήσειν κακὸν ἦμαρ,
μὴ δ' ὁπότ' ἂν Τροίη μαλερῶι πυρὶ πᾶσα δάηται
καιομένη, καίωσι δ' ἀρήϊοι υἷες Ἀχαιῶν."
αὐτὰρ ἐπεὶ τό γ' ἄκουσε θεὰ λευκώλενος Ἥρη,
αὐτίκ' ἄρ' Ἥφαιστον προσεφώνεεν, ὃν φίλον υἱόν·
„ Ἥφαιστε, σχέο, τέκνον ἀγακλεές· οὐ γὰρ ἔοικεν
ἀθάνατον θεὸν ὧδε βροτῶν ἕνεκα στυφελίζειν."
ὣς ἔφαθ', Ἥφαιστος δὲ κατέσβεσε θεσπιδαὲς πῦρ,
ἄψορρον δ' ἄρα κῦμα κατέσσυτο καλὰ ῥέεθρα.
αὐτὰρ ἐπεὶ Ξάνθοιο δάμη μένος, οἱ μὲν ἔπειτα
παυσάσθην, Ἥρη γὰρ ἐρύκακε χωομένη περ·
ἐν δ' ἄλλοισι θεοῖσιν ἔρις πέσε βεβριθυῖα
ἀργαλέη, δίχα δέ σφιν ἐνὶ φρεσὶ θυμὸς ἄητο·
σὺν δ' ἔπεσον μεγάλωι πατάγωι, βράχε δ' εὐρεῖα χθών,
ἀμφὶ δὲ σάλπιγξεν μέγας οὐρανός. ἄϊε δὲ Ζεὺς
ἥμενος Οὐλύμπωι· ἐγέλασσε δέ οἱ φίλον ἦτορ
γηθοσύνηι, ὅθ' ὁρᾶτο θεοὺς ἔριδι ξυνιόντας.
ἔνθ' οἵ γ' οὐκέτι δηρὸν ἀφέστασαν· ἦρχε γὰρ Ἄρης
ῥινοτόρος, καὶ πρῶτος Ἀθηναίηι ἐπόρουσε
χάλκεον ἔγχος ἔχων, καὶ ὀνείδειον φάτο μῦθον·
„ τίπτ' αὖτ', ὦ κυνάμυια, θεοὺς ἔριδι ξυνελαύνεις
θάρσος ἄητον ἔχουσα, μέγας δέ σε θυμὸς ἀνῆκεν;

Matt von dem Flammenhauch des erfindungsreichen Hephästos.
Brennend auch wogte der Strom, und redete, also beginnend:
Keiner, Hephästos, hält dir Obstand unter den Göttern;
Auch nicht ich verlange mit dir, Glutsprüher, zu kämpfen!
Ruhe vom Streit! Die Troer sofort auch mag sie Achilleus
Treiben aus Ilios' Stadt! Was acht' ich des Streits und der Hilfe?
Sprach's, und brannt' in der Glut, und es sprudelten seine Gewässer.
So wie braust ein Kessel, gedrängt vom gewaltigen Feuer,
Wann er das Fett ausschmelzet des wohlgenähreten Mastschweins,
Ringsumher aufbrodelnd, umflammt von trockenen Scheitern:
So durchglühte das Feuer den Strom, und es brauste das Wasser.
Nicht mehr floß er im Lauf; er stockt', in der Lohe geängstet
Durch Hephästos Gewalt, des Erfindenden. Aber zur Here
Wandt' er sich laut wehklagend, und sprach die geflügelten Worte:
Here, warum doch quälet dein Sohn so heftig vor andern
Meinen Strom? Ich habe mich dir ja minder verschuldet,
Als die anderen alle, so viel beistehen den Troern.
Doch nun will ich ja gern mich beruhigen, wenn du gebietest;
Nur sei ruhig auch jener! Zugleich auch dieses beschwör' ich,
Niemals einem der Troer den grausamen Tag zu entfernen,
Nicht wenn Troja sogar in verheerender Flamme des Feuers
Loderte, rings entflammt von den kriegrischen Söhnen Achaias!
Als sie solches vernommen, die lilienarmige Here;
Schnell zu Hephästos gewandt, dem lieben Sohne, begann sie:
Halt, mein Sohn Hephästos, Gepriesener! nicht ja geziemt dir's,
So den unsterblichen Gott der Sterblichen wegen zu martern!
Jene sprach's; da löschte der Gott sein entsetzliches Feuer;
Schnell nun rollten zurück in den Strom die schönen Gewässer.
Aber da Xanthos' Mut so gedämpft war, beide von nun an
Ruheten sie; denn Here bezähmte sie, heftig erzürnt zwar.
Doch die anderen Götter durchwütete Zank schwerlastend,
Ungestüm; denn getrennt tobt' allen das Herz in den Busen.
Laut nun erscholl der Begegnenden Sturm; weit krachte der Erdkreis,
Und hochrollende Donner drommeteten. Ferne vernahm es
Zeus auf Olympos' Höhn, wo er saß; und es lachte das Herz ihm
Wonnevoll, da er sahe die Götter zum Kampf sich begegnen.
Jetzt nicht länger annoch verweilten sie. Siehe voran drang
Ares der Schilddurchbrecher, und stürmt' auf Pallas Athene,
Haltend den ehernen Speer; und er rief die schmähenden Worte:
Warum treibst du die Götter zum Kampf, schamloseste Fliege,
Stürmischer Dreistigkeit voll. Du tobst unbändiges Mutes!

ἦ οὐ μέμνηι ὅτε Τυδεΐδην Διομήδε᾽ ἀνῆκας
οὐτάμεναι, αὐτὴ δὲ πανόψιον ἔγχος ἑλοῦσα
ἰθὺς ἐμεῦ ὦσας, διὰ δὲ χρόα καλὸν ἔδαψας;
τώ σ᾽ αὖ νῦν ὀΐω ἀποτισέμεν ὅσσα ἔοργας."
ὣς εἰπὼν οὔτησε κατ᾽ αἰγίδα θυσσανόεσσαν
σμερδαλέην, ἣν οὐδὲ Διὸς δάμνησι κεραυνός·
τῆι μιν Ἄρης οὔτησε μιαιφόνος ἔγχεϊ μακρῶι.
ἡ δ᾽ ἀναχασσαμένη λίθον εἵλετο χειρὶ παχείηι
κείμενον ἐν πεδίωι μέλανα, τρηχύν τε μέγαν τε,
τόν ῥ᾽ ἄνδρες πρότεροι θέσαν ἔμμεναι οὖρον ἀρούρης·
τῶι βάλε θοῦρον Ἄρηα κατ᾽ αὐχένα, λῦσε δὲ γυῖα.
ἑπτὰ δ᾽ ἐπέσχε πέλεθρα πεσών, ἐκόνισε δὲ χαίτας,
τεύχεά τ᾽ ἀμφαράβησε· γέλασσε δὲ Παλλὰς Ἀθήνη,
καί οἱ ἐπευχομένη ἔπεα πτερόεντα προσηύδα·
„νηπύτι᾽, οὐδέ νύ πώ περ ἐπεφράσω ὅσσον ἀρείων
εὔχομ᾽ ἐγὼν ἔμεναι, ὅτι μοι μένος ἰσοφαρίζεις.
οὕτω κεν τῆς μητρὸς ἐρινύας ἐξαποτίνοις,
ἥ τοι χωομένη κακὰ μήδεται οὕνεκ᾽ Ἀχαιοὺς
κάλλιπες, αὐτὰρ Τρωσὶν ὑπερφιάλοισιν ἀμύνεις."
ὣς ἄρα φωνήσασα πάλιν τρέπεν ὄσσε φαεινώ·
τὸν δ᾽ ἄγε χειρὸς ἑλοῦσα Διὸς θυγάτηρ Ἀφροδίτη
πυκνὰ μάλα στενάχοντα· μόγις δ᾽ ἐσαγείρετο θυμόν.
τὴν δ᾽ ὡς οὖν ἐνόησε θεὰ λευκώλενος Ἥρη,
αὐτίκ᾽ Ἀθηναίην ἔπεα πτερόεντα προσηύδα·
„ὢ πόποι, αἰγιόχοιο Διὸς τέκος, Ἀτρυτώνη,
καὶ δ᾽ αὖθ᾽ ἡ κυνάμυια ἄγει βροτολοιγὸν Ἄρηα
δηΐου ἐκ πολέμοιο κατὰ κλόνον· ἀλλὰ μέτελθε."
ὣς φάτ᾽, Ἀθηναίη δὲ μετέσσυτο, χαῖρε δὲ θυμῶι,
καί ῥ᾽ ἐπιεισαμένη πρὸς στήθεα χειρὶ παχείηι
ἤλασε· τῆς δ᾽ αὐτοῦ λύτο γούνατα καὶ φίλον ἦτορ.
τὼ μὲν ἄρ᾽ ἄμφω κεῖντο ἐπὶ χθονὶ πουλυβοτείρηι,
ἡ δ᾽ ἄρ᾽ ἐπευχομένη ἔπεα πτερόεντ᾽ ἀγόρευε·
„τοιοῦτοι νῦν πάντες, ὅσοι Τρώεσσιν ἀρωγοί,
εἶεν, ὅτ᾽ Ἀργείοισι μαχοίατο θωρηκτῆισιν,
ὧδέ τε θαρσαλέοι καὶ τλήμονες, ὡς Ἀφροδίτη
ἦλθεν Ἄρηι ἐπίκουρος ἐμῶι μένει ἀντιόωσα·
τώ κεν δὴ πάλαι ἄμμες ἐπαυσάμεθα πτολέμοιο,
Ἰλίου ἐκπέρσαντες ἐϋκτίμενον πτολίεθρον."
ὣς φάτο, μείδησεν δὲ θεὰ λευκώλενος Ἥρη.
αὐτὰρ Ἀπόλλωνα προσέφη κρείων ἐνοσίχθων·
„Φοῖβε, τίη δὴ νῶϊ διέσταμεν; οὐδὲ ἔοικεν

Weißt du noch, wie du Tydeus' Sohn Diomedes gereizet,
Mir zu nahn, und du selber den strahlenden Speer mit den Händen
Grade daher gedrängt, den blühenden Leib mir verwundend?
Jetzo sollst du mir alles berichtigen, was du verschuldet!
　Also der Gott, und stieß auf die quastumbordete Ägis,
Schrecklich und hehr, die auch Zeus niemals mit dem Donner bezähmte;
Hierauf stieß mit gewaltigem Speer der blutige Ares.
Doch sie wich, und erhub mit nervichter Rechte den Feldstein,
Der dort lag im Gefilde, den dunkelen, rauhen und großen,
Aufgestellt zur Grenze der Flur von Männern der Vorzeit:
Hiermit traf sie des Wüterichs Hals, und löst' ihm die Glieder.
Sieben Hufen bedeckt' er im Fall, und bestäubte das Haupthaar;
Und ihn umklirrte das Erz. Da lächelte Pallas Athene;
Und mit jauchzendem Ruf die geflügelten Worte begann sie:
　Törichter, nie wohl hast du bedacht, wie weit ich an Kraft dir
Vorzugehn mich rühme, da mir voll Trotz du begegnest.
Also magst du der Mutter Verwünschungen ganz nun büßen,
Welche von Zorn und Haß dir entbrannt ist, weil du verließest
Argos' Söhn', und verteidigst die übermütigen Troer.
　Also redete jen', und wandte die strahlenden Augen.
Ihn dann führt' an der Hand die Tochter Zeus' Aphrodite,
Ares, der schnell aufstöhnt'; und kaum ihm kehrte der Atem.
Aber da jen' erblickte die lilienarmige Here;
Schnell zur Athene gewandt die geflügelten Worte begann sie:
　Weh mir! des ägiserschütternden Zeus unbezwungene Tochter!
Schau, wie dreist die Fliege den mordenden Ares hinwegführt
Aus dem entscheidenden Kampf durch den Aufruhr! Hurtig verfolge!
　Jene sprach's; und Athene verfolgte sie, freudiges Herzens.
Stürmend drang sie hinan, und schlug mit mächtiger Hand ihr
Gegen die Brust; und sofort erschlafften ihr Herz und Kniee.
Also lagen sie beid' auf der nahrungsprossenden Erde.
Jene mit jauchzendem Rufe begann die geflügelten Worte:
　Also müssen sie alle, so viel beistehen den Troern,
Künftig sein, wann sie Argos' gepanzerte Söhne bekämpfen,
Eben so kühn und daurendes Muts, wie nun Aphrodite
Herkam, Ares zu helfen, und meiner Stärke sich darbot!
O dann hätten wir längst schon ausgeruht von dem Kriege,
Weil wir Troja verheert, die Stadt voll prangender Häuser!
　Sprach's; da lächelte sanft die lilienarmige Here.
Doch zu Apollon begann der Erderschüttrer Poseidon:
　Phöbos, warum so entfernt uns stehen wir? Nicht ja geziemt es,

ἀρξάντων ἑτέρων· τὸ μὲν αἴσχιον, αἴ κ᾿ ἀμαχητὶ
ἴομεν Οὔλυμπόνδε Διὸς ποτὶ χαλκοβατὲς δῶ.
ἄρχε· σὺ γὰρ γενεῆφι νεώτερος· οὐ γὰρ ἔμοιγε
καλόν, ἐπεὶ πρότερος γενόμην καὶ πλείονα οἶδα.
νηπύτι᾿, ὡς ἄνοον κραδίην ἔχες· οὐδέ νυ τῶν περ
μέμνηαι, ὅσα δὴ πάθομεν κακὰ Ἴλιον ἀμφὶ
μοῦνοι νῶϊ θεῶν, ὅτ᾿ ἀγήνορι Λαομέδοντι
πὰρ Διὸς ἐλθόντες θητεύσαμεν εἰς ἐνιαυτὸν
μισθῶι ἔπι ῥητῶι· ὁ δὲ σημαίνων ἐπέτελλεν.
ἤτοι ἐγὼ Τρώεσσι πόλιν πέρι τεῖχος ἔδειμα
εὐρύ τε καὶ μάλα καλόν, ἵν᾿ ἄρρηκτος πόλις εἴη·
Φοῖβε, σὺ δ᾿ εἰλίποδας ἕλικας βοῦς βουκολέεσκες
Ἴδης ἐν κνημοῖσι πολυπτύχου ὑλῃέσσης.
ἀλλ᾿ ὅτε δὴ μισθοῖο τέλος πολυγηθέες ὧραι
ἐξέφερον, τότε νῶϊ βιήσατο μισθὸν ἅπαντα
Λαομέδων ἔκπαγλος, ἀπειλήσας δ᾿ ἀπέπεμπε.
σὺν μὲν ὅ γ᾿ ἠπείλησε πόδας καὶ χεῖρας ὕπερθε
δήσειν, καὶ περάαν νήσων ἔπι τηλεδαπάων·
στεῦτο δ᾿ ὅ γ᾿ ἀμφοτέρων ἀπολεψέμεν οὔατα χαλκῶι.
νῶϊ δὲ ἄψορροι κίομεν κεκοτηότι θυμῶι,
μισθοῦ χωόμενοι, τὸν ὑποστὰς οὐκ ἐτέλεσσε.
τοῦ δὴ νῦν λαοῖσι φέρεις χάριν, οὐδὲ μεθ᾿ ἡμέων
πειρᾶι ὥς κε Τρῶες ὑπερφίαλοι ἀπόλωνται
πρόχνυ κακῶς, σὺν παισὶ καὶ αἰδοίῃς ἀλόχοισι.“
  τὸν δ᾿ αὖτε προσέειπεν ἄναξ ἑκάεργος Ἀπόλλων·
„ ἐννοσίγαι᾿, οὐκ ἄν με σαόφρονα μυθήσαιο
ἔμμεναι, εἰ δὴ σοί γε βροτῶν ἕνεκα πτολεμίξω
δειλῶν, οἳ φύλλοισιν ἐοικότες ἄλλοτε μέν τε
ζαφλεγέες τελέθουσιν, ἀρούρης καρπὸν ἔδοντες,
ἄλλοτε δὲ φθινύθουσιν ἀκήριοι. ἀλλὰ τάχιστα
παυώμεσθα μάχης· οἱ δ᾿ αὐτοὶ δηριαάσθων.“
  ὣς ἄρα φωνήσας πάλιν ἐτράπετ᾿· αἴδετο γάρ ῥα
πατροκασιγνήτοιο μιγήμεναι ἐν παλάμῃσι.
τὸν δὲ κασιγνήτη μάλα νείκεσε, πότνια θηρῶν,
Ἄρτεμις ἀγροτέρη, καὶ ὀνείδειον φάτο μῦθον·
„ φεύγεις δή, ἑκάεργε, Ποσειδάωνι δὲ νίκην
πᾶσαν ἐπέτρεψας, μέλεον δέ οἱ εὖχος ἔδωκας·
νηπύτιε, τί νυ τόξον ἔχεις ἀνεμώλιον αὔτως;
μή σευ νῦν ἔτι πατρὸς ἐνὶ μεγάροισιν ἀκούσω
εὐχομένου, ὡς τὸ πρὶν ἐν ἀθανάτοισι θεοῖσιν,
ἄντα Ποσειδάωνος ἐναντίβιον πολεμίζειν.“

Da schon andre begannen! O Schande doch, wollten wir kampflos
Beid' hingehn zum Olympos, zum ehernen Hause Kronions!
Hebe denn an; du bist ja der Jüngere; aber mir selbst nicht
Ziemet es, weil an Geburt ich vorangeh', und an Erfahrung.
Tor, wie erinnerungslos dir das Herz ist! Selber ja des nicht
Denkst du, wie viel wir bereits um Ilios Böses erduldet,
Wir von den Göttern allein, als, hergesandt von Kronion,
Wir ein ganzes Jahr dem stolzen Laomedon dienten,
Für bedungenen Lohn, und jener Befehl' uns erteilte,
Ich nun selbst erbaute der Troer Stadt, und die Mauer,
Breit und schön, der Feste zur undurchdringlichen Schutzwehr;
Doch du weidetest, Phöbos, das schwerhinwandelnde Hornvieh
Durch die waldigen Krümmen des vielgewundenen Ida.
Aber nachdem des Lohnes Ziel die erfreuenden Horen
Endlich gebracht, da entzog mit Gewalt der grausame König
Uns den sämtlichen Lohn, und entließ uns mit schrecklicher Drohung.
Denn dir drohete jener die Füß' und die Hände zu fesseln,
Und zum Verkauf dich zu senden in fernentlegene Inseln;
Ja er verhieß, uns beiden mit Erz die Ohren zu rauben.
Also kehreten wir mit erbitterter Seele von jenem,
Zornvoll wegen des Lohns, um den der Versprecher getäuschet.
Dessen Volke nunmehr willfahrest du, nicht mit uns andern
Trachtend, wie ganz hinstürzen die frevelen Troer von Grund' aus,
Schrecklich vertilgt, mit Kindern zugleich und züchtigen Weibern!
Ihm antwortete drauf der treffende Phöbos Apollon:
Herrscher des Meers, dir selbst nicht wohlbehaltenes Geistes
Schien' ich, wofern mit dir, der Sterblichen wegen, ich kämpfte,
Elender, die hinfällig, wie grünes Laub in den Wäldern,
Jetzo in Kraft aufstreben, die Frucht der Erde genießend,
Jetzo wieder entseelt dahinfliehn. Auf denn, in Eile
Ruhen wir beide vom Kampf, und jen' entscheiden ihn selber!
Also sprach Apollon, und wandte sich, scheuend in Ehrfurcht,
Wider des Vaters Bruder den Arm der Gewalt zu erheben.
Doch ihn strafte die Schwester, die Herrscherin streifendes Wildes,
Artemis, fröhlich der Jagd, und rief die höhnenden Worte:
Fliehest du schon, Ferntreffer? und hast den Sieg dem Poseidon
Ganz nun eingeräumt, und umsonst den Ruhm ihm gegeben?
Tor, was trägst du den Bogen, den nichtigen Tand, an der Schulter?
Daß ich nimmer hinfort dich hör' im Palaste des Vaters
Prahlend drohn, wie vordem im Kreis der unsterblichen Götter,
Kühn entgegen zu kämpfen dem Meerbeherrscher Poseidon!

ὣς φάτο, τὴν δ' οὔ τι προσέφη ἑκάεργος Ἀπόλλων,
ἀλλὰ χολωσαμένη Διὸς αἰδοίη παράκοιτις
νείκεσεν ἰοχέαιραν ὀνειδείοις ἐπέεσσι·
„ πῶς δὲ σὺ νῦν μέμονας, κύον ἀδεές, ἀντί' ἐμεῖο
στήσεσθαι; χαλεπή τοι ἐγὼ μένος ἀντιφέρεσθαι
τοξοφόρωι περ ἐούσηι, ἐπεὶ σὲ λέοντα γυναιξὶ
Ζεὺς θῆκεν, καὶ ἔδωκε κατακτάμεν ἥν κ' ἐθέληισθα.
ἤτοι βέλτερόν ἐστι κατ' οὔρεα θῆρας ἐναίρειν
ἀγροτέρας τ' ἐλάφους ἢ κρείσσοσιν ἶφι μάχεσθαι.
εἰ δ' ἐθέλεις πολέμοιο δαήμεναι, ὄφρ' ἐῢ εἰδῆις
ὅσσον φερτέρη εἴμ', ὅτι μοι μένος ἀντιφερίζεις."
ἦ ῥα, καὶ ἀμφοτέρας ἐπὶ καρπῶι χεῖρας ἔμαρπτε
σκαιῆι, δεξιτερῆι δ' ἄρ' ἀπ' ὤμων αἴνυτο τόξα,
αὐτοῖσιν δ' ἄρ' ἔθεινε παρ' οὔατα μειδιόωσα
ἐντροπαλιζομένην· ταχέες δ' ἔκπιπτον ὀϊστοί.
δακρυόεσσα δ' ὕπαιθα θεὰ φύγεν ὥς τε πέλεια,
ἥ ῥά θ' ὑπ' ἴρηκος κοίλην εἰσέπτατο πέτρην,
χηραμόν· οὐδ' ἄρα τῆι γε ἁλώμεναι αἴσιμον ἦεν·
ὣς ἣ δακρυόεσσα φύγεν, λίπε δ' αὐτόθι τόξα.
Λητὼ δὲ προσέειπε διάκτορος Ἀργειφόντης·
„ Λητοῖ, ἐγὼ δέ τοι οὔ τι μαχήσομαι· ἀργαλέον δὲ
πληκτίζεσθ' ἀλόχοισι Διὸς νεφεληγερέταο·
ἀλλὰ μάλα πρόφρασσα μετ' ἀθανάτοισι θεοῖσιν
εὔχεσθαι ἐμὲ νικῆσαι κρατερῆφι βίηφιν."
ὣς ἄρ' ἔφη, Λητὼ δὲ συναίνυτο καμπύλα τόξα
πεπτεῶτ' ἄλλυδις ἄλλα μετὰ στροφάλιγγι κονίης.
ἡ μὲν τόξα λαβοῦσα πάλιν κίε θυγατέρος ἧς·
ἡ δ' ἄρ' Ὄλυμπον ἵκανε Διὸς ποτὶ χαλκοβατὲς δῶ,
δακρυόεσσα δὲ πατρὸς ἐφέζετο γούνασι κούρη,
ἀμφὶ δ' ἄρ' ἀμβρόσιος ἑανὸς τρέμε· τὴν δὲ προτὶ οἷ
εἷλε πατὴρ Κρονίδης, καὶ ἀνείρετο ἡδὺ γελάσσας·
„ τίς νύ σε τοιάδ' ἔρεξε, φίλον τέκος Οὐρανιώνων
μαψιδίως, ὡς εἴ τι κακὸν ῥέζουσαν ἐνωπῆι;"
τὸν δ' αὖτε προσέειπεν ἐϋστέφανος κελαδεινή·
„ σή μ' ἄλοχος στυφέλιξε, πάτερ λευκώλενος Ἥρη,
ἐξ ἧς ἀθανάτοισιν ἔρις καὶ νεῖκος ἐφῆπται."
ὣς οἱ μὲν τοιαῦτα πρὸς ἀλλήλους ἀγόρευον·
αὐτὰρ Ἀπόλλων Φοῖβος ἐδύσετο Ἴλιον ἱρήν·
μέμβλετο γάρ οἱ τεῖχος ἐϋδμήτοιο πόληος,
μὴ Δαναοὶ πέρσειαν ὑπέρμορον ἤματι κείνωι.
οἱ δ' ἄλλοι πρὸς Ὄλυμπον ἴσαν θεοὶ αἰὲν ἐόντες,

Jene sprach's; doch nichts antwortete Phöbos Apollon.
Aber es zürnete Zeus' ehrwürdige Lagergenossin:
Wie doch wagst du anitzt, schamloseste Hündin, mir selber
Obzustehn? Schwer magst du mit mir dich messen an Stärke,
Trotz dem Geschoß, das du trägst. Denn sterblichen Frauen zur Löwin,
Setzte dich Zeus, und gab, daß du mordetest, die dir gelüstet.
Wahrlich besser dir wär' es, die Bergscheusale zu fällen,
Oder flüchtige Hirsch', als höherer Macht zu bekämpfen.
Aber gefällt auch des Kampfes Versuch dir; auf, so erkenne,
Wie viel stärker ich sei, da du mir voll Trotzes dich darstellst!
Sprach's, und ergriff mit der Linken ihr beide Händ' an dem Knöchel,
Nahm mit der Rechten sodann von der Schulter ihr Bogen und Köcher,
Schlug damit dann lächelnd das Angesicht um die Ohren
Ihr die zurück sich gewandt; und die Pfeil' entsanken dem Köcher.
Weinend floh die Göttin nunmehr, wie die schüchterne Taube,
Welche, vom Habicht verfolgt, in den höhligen Felsen hineinfliegt,
Tief in die Kluft; noch nicht war erhascht zu werden ihr Schicksal:
Also floh sie weinend hinweg, und ließ ihr Geschoß dort.
Aber zu Leto sprach der bestellende Argoswürger:
Leto, mit dir zu streiten, sei ferne mir; denn zu gefahrvoll
Ist der Kampf mit den Weibern des schwarzumwölkten Kronion.
Darum getrost nur immer im Kreis der unsterblichen Götter
Rühme dich, daß du mir obgesiegt durch gewaltige Kräfte!
Sprach's; da sammelte Leto das krumme Geschoß und die Pfeile,
Andere anderswoher, wie im wirbelnden Staub sie gefallen.
Als sie nunmehr sie genommen, enteilte sie, hin zu der Tochter.
Jene kam zum Olympos, zum ehernen Hause Kronions;
Weinend setzte sich dort auf des Vaters Kniee die Jungfrau;
Und es erbebt' ihr feines Gewand, von Ambrosia duftend.
Herzlich umarmte sie Zeus, und begann mit freundlichem Lächeln:
Wer mißhandelte dich, mein Töchterchen, unter den Göttern,
Sonder scheu, als hättest du öffentlich Frevel verübet?
Ihm antwortete drauf die Jägerin, lieblich im Kranze:
Vater, dein Weib hat mir leides getan, die erhabene Here,
Welche die himmlischen Götter zu Zank und Hader empöret.
Also redeten jen' im Wechselgespräch miteinander.
Aber Apollon ging in Ilios heilige Feste;
Denn ihm sorgte das Herz um die wohlgegründete Mauer,
Daß nicht trotz dem Verhängnis die Danaer heut sie verheerten.
Doch zum Olympos eilten die anderen ewigen Götter,
Die voll zürnendes Grams, und jen' hochprangendes Ruhmes;

οἱ μὲν χωόμενοι, οἱ δὲ μέγα κυδιόωντες·
κὰδ δ᾽ ἷζον παρὰ πατρὶ κελαινεφεῖ· αὐτὰρ Ἀχιλλεὺς
Τρῶας ὁμῶς αὐτούς τ᾽ ὄλεκεν καὶ μώνυχας ἵππους.
ὡς δ᾽ ὅτε καπνὸς ἰὼν εἰς οὐρανὸν εὐρὺν ἵκηται
ἄστεος αἰθομένοιο, θεῶν δέ ἑ μῆνις ἀνῆκε,
πᾶσι δ᾽ ἔθηκε πόνον, πολλοῖσι δὲ κήδε᾽ ἐφῆκεν,
ὣς Ἀχιλεὺς Τρώεσσι πόνον καὶ κήδε᾽ ἔθηκεν.
    ἑστήκει δ᾽ ὁ γέρων Πρίαμος θείου ἐπὶ πύργου,
ἐς δ᾽ ἐνόησ᾽ Ἀχιλῆα πελώριον· αὐτὰρ ὑπ᾽ αὐτοῦ
Τρῶες ἄφαρ κλονέοντο πεφυζότες, οὐδέ τις ἀλκὴ
γίγνεθ᾽· ὁ δ᾽ οἰμώξας ἀπὸ πύργου βαῖνε χαμᾶζε,
ὀτρύνων παρὰ τεῖχος ἀγακλειτοὺς πυλαωρούς·
„πεπταμένας ἐν χερσὶ πύλας ἔχετ᾽, εἰς ὅ κε λαοὶ
ἔλθωσι προτὶ ἄστυ πεφυζότες· ἦ γὰρ Ἀχιλλεὺς
ἐγγὺς ὅδε κλονέων· νῦν οἴω λοίγι᾽ ἔσεσθαι.
αὐτὰρ ἐπεί κ᾽ ἐς τεῖχος ἀναπνεύσωσιν ἀλέντες,
αὖτις ἐπανθέμεναι σανίδας πυκινῶς ἀραρυίας·
δείδια γὰρ μὴ οὖλος ἀνὴρ ἐς τεῖχος ἅληται.“
    ὣς ἔφαθ᾽, οἱ δ᾽ ἄνεσάν τε πύλας καὶ ἀπῶσαν ὀχῆας·
αἱ δὲ πετασθεῖσαι τεῦξαν φάος· αὐτὰρ Ἀπόλλων
ἀντίος ἐξέθορε, Τρώων ἵνα λοιγὸν ἀλάλκοι.
οἱ δ᾽ ἰθὺς πόλιος καὶ τείχεος ὑψηλοῖο,
δίψηι καρχαλέοι, κεκονιμένοι ἐκ πεδίοιο
φεῦγον· ὁ δὲ σφεδανὸν ἔφεπ᾽ ἔγχεϊ, λύσσα δέ οἱ κῆρ
αἰὲν ἔχε κρατερή, μενέαινε δὲ κῦδος ἀρέσθαι.
    ἔνθά κεν ὑψίπυλον Τροίην ἕλον υἷες Ἀχαιῶν,
εἰ μὴ Ἀπόλλων Φοῖβος Ἀγήνορα δῖον ἀνῆκε,
φῶτ᾽ Ἀντήνορος υἱὸν ἀμύμονά τε κρατερόν τε.
ἐν μέν οἱ κραδίηι θάρσος βάλε, πὰρ δέ οἱ αὐτὸς
ἔστη, ὅπως θανάτοιο βαρείας χεῖρας ἀλάλκοι,
φηγῶι κεκλιμένος· κεκάλυπτο δ᾽ ἄρ᾽ ἠέρι πολλῆι.
αὐτὰρ ὅ γ᾽ ὡς ἐνόησεν Ἀχιλλῆα πτολίπορθον,
ἔστη, πολλὰ δέ οἱ κραδίη πόρφυρε μένοντι·
ὀχθήσας δ᾽ ἄρα εἶπε πρὸς ὃν μεγαλήτορα θυμόν·
„ὤ μοι ἐγών· εἰ μέν κεν ὑπὸ κρατεροῦ Ἀχιλῆος
φεύγω, τῆι περ οἱ ἄλλοι ἀτυζόμενοι κλονέονται,
αἱρήσει με καὶ ὧς, καὶ ἀνάλκιδα δειροτομήσει.
εἰ δ᾽ ἂν ἐγὼ τούτους μὲν ὑποκλονέεσθαι ἐάσω
Πηλεΐδηι Ἀχιλῆϊ, ποσὶν δ᾽ ἀπὸ τείχεος ἄλλῃ
φεύγω πρὸς πεδίον Ἰλήϊον, ὄφρ᾽ ἂν ἵκωμαι
Ἴδης τε κνημοὺς κατά τε ῥωπήϊα δύω·

Saßen sodann um den Vater, den Donnerer. Aber Achilleus
Mordete Trojas Söhne zugleich und stampfende Rosse.
Wie wenn wallender Rauch zum weiten Himmel emporsteigt
Aus der brennenden Stadt, erregt vom Zorne der Götter;
Allen schafft er Arbeit, und vielen auch Jammer erzeugt er:
Also schuf den Troern Achilleus Arbeit und Jammer.
Dort stand Priamos jetzo der Greis auf dem heiligen Turme,
Schauend auf Peleus' Sohn, den Gewaltigen; und wie vor jenem
Fliehender Troer Gewühl hertummelte, nirgend auch Abwehr
Noch erschien. Wehklagend vom Turm nun stieg er zur Erde,
Und gebot an der Mauer den rühmlichen Hütern des Tores:
Öffnet die Flügel des Tors, und haltet sie, bis sich die Völker
All' in die Stadt eindrängen, die Fliehenden; denn der Peleide
Tobt dort nahe dem Schwarm! Nun, sorg' ich, droht uns ein Unheil!
Aber sobald in die Mauer sie eingehemmt sich erholen,
Schließt dann wieder das Tor mit dicht einfugenden Flügeln;
Denn ich besorg', uns stürmt der verderbliche Mann in die Mauer!
Jener sprach's; und sie öffneten schnell, wegdrängend die Riegel;
Und die gebreiteten Flügel erretteten. Aber Apollon
Eilte hinaus, um begegnend die Not der Troer zu wenden.
Jene, gerad' auf die Stadt und die hochgetürmete Mauer,
Ausgedörrt vom Durste, mit Staube bedeckt, aus dem Blachfeld
Flohn sie; doch rasch mit der Lanze verfolget' er; wild ihm von Wahnsinn
Tobte beständig das Herz, und er wütete Ruhm zu gewinnen.
Jetzt hätt' Argos Volk die türmende Troja erobert,
Wenn nicht Phöbos Apollon den Held Agenor erweckte,
Ihn des Antenors Sohn, den untadligen tapferen Streiter.
Kühneren Mut ihm haucht' er ins Herz, und selber zur Seit' ihm
Stand er, um abzuwehren die schrecklichen Hände des Todes,
Dicht an die Buche gedrängt, ringsher in Nebel sich hüllend.
Jener, sobald er gesehn den Städteverwüster Achilleus,
Stand, und vieles bewegt' unruhig sein Geist, wie er harrte.
Tief aufseufzt' er und sprach zu seiner erhabenen Seele:
Wehe mir doch! wofern ich hinweg vor dem starken Achilleus
Fliehe des Wegs, wo die andern in scheuem Gewirr sich ergossen;
Dennoch wird er mich fahn, und gleich dem Feigsten erwürgen.
Aber lass' ich jene gescheucht die Gefilde durchtummeln
Vor dem Peleiden Achilleus, und fliehe, gewandt von der Mauer,
Nach dem idäischen Felde mit Schnelligkeit, bis ich erreichet
Idas gewundene Tal', und im dichten Gesträuch mich verborgen;
Dann am Abende könnt' ich, nachdem ich im Strome gebadet,

ἑσπέριος δ' ἂν ἔπειτα λοεσσάμενος ποταμοῖο
ἱδρῶ ἀποψυχθεὶς προτὶ Ἴλιον ἀπονεοίμην·-
ἀλλὰ τίη μοι ταῦτα φίλος διελέξατο θυμός;
μή μ' ἀπαειρόμενον πόλιος πεδίον δὲ νοήσηι
καί με μεταΐξας μάρψηι ταχέεσσι πόδεσσιν.
οὐκέτ' ἔπειτ' ἔσται θάνατον καὶ κῆρας ἀλύξαι·
λίην γὰρ κρατερὸς περὶ πάντων ἔστ' ἀνθρώπων.
εἰ δέ κέ οἱ προπάροιθε πόλεος κατεναντίον ἔλθω·
καὶ γάρ θην τούτωι τρωτὸς χρὼς ὀξέϊ χαλκῶι,
ἐν δὲ ἴα ψυχή, θνητὸν δέ ἕ φασ' ἄνθρωποι
ἔμμεναι· αὐτάρ οἱ Κρονίδης Ζεὺς κῦδος ὀπάζει."
ὣς εἰπὼν Ἀχιλῆα ἀλεὶς μένεν, ἐν δέ οἱ ἦτορ
ἄλκιμον ὁρμᾶτο πτολεμίζειν ἠδὲ μάχεσθαι.
ἠΰτε πάρδαλις εἶσι βαθείης ἐκ ξυλόχοιο
ἀνδρὸς θηρητῆρος ἐναντίον, οὐδέ τι θυμῶι
ταρβεῖ οὐδὲ φοβεῖται, ἐπεί κεν ὑλαγμὸν ἀκούσηι·
εἴ περ γὰρ φθάμενός μιν ἢ οὐτάσηι ἠὲ βάληισιν,
ἀλλά τε καὶ περὶ δουρὶ πεπαρμένη οὐκ ἀπολήγει
ἀλκῆς, πρίν γ' ἠὲ ξυμβλήμεναι ἠὲ δαμῆναι·
ὣς Ἀντήνορος υἱὸς ἀγαυοῦ, δῖος Ἀγήνωρ,
οὐκ ἔθελεν φεύγειν, πρὶν πειρήσαιτ' Ἀχιλῆος.
ἀλλ' ὅ γ' ἄρ' ἀσπίδα μὲν πρόσθ' ἔσχετο πάντοσ' ἐΐσην,
ἐγχείηι δ' αὐτοῖο τιτύσκετο, καὶ μέγ' ἄϋτει·
„ἦ δή που μάλ' ἔολπας ἐνὶ φρεσί, φαίδιμ' Ἀχιλλεῦ,
ἤματι τῶιδε πόλιν πέρσειν Τρώων ἀγερώχων,
νηπύτι'· ἦ τ' ἔτι πολλὰ τετεύξεται ἄλγε' ἐπ' αὐτῆι.
ἐν γάρ οἱ πολέες τε καὶ ἄλκιμοι ἀνέρες εἰμέν,
οἳ καὶ πρόσθε φίλων τοκέων ἀλόχων τε καὶ υἱῶν
Ἴλιον εἰρυόμεσθα· σὺ δ' ἐνθάδε πότμον ἐφέψεις,
ὧδ' ἔκπαγλος ἐὼν καὶ θαρσαλέος πολεμιστής."
ἦ ῥα, καὶ ὀξὺν ἄκοντα βαρείης χειρὸς ἀφῆκε,
καί ῥ' ἔβαλε κνήμην ὑπὸ γούνατος οὐδ' ἀφάμαρτεν.
ἀμφὶ δέ οἱ κνημὶς νεοτεύκτου κασσιτέροιο
σμερδαλέον κονάβησε· πάλιν δ' ἀπὸ χαλκὸς ὄρουσε
βλημένου, οὐδ' ἐπέρησε, θεοῦ δ' ἠρύκακε δῶρα.
Πηλεΐδης δ' ὡρμήσατ' Ἀγήνορος ἀντιθέοιο
δεύτερος· οὐδ' ἔτ' ἔασεν Ἀπόλλων κῦδος ἀρέσθαι,
ἀλλά μιν ἐξήρπαξε, κάλυψε δ' ἄρ' ἠέρι πολλῆι,
ἡσύχιον δ' ἄρα μιν πολέμου ἔκπεμπε νέεσθαι.
αὐτὰρ ὁ Πηλεΐωνα δόλωι ἀποέργαθε λαοῦ·
αὐτῶι γὰρ ἑκάεργος Ἀγήνορι πάντα ἐοικὼς

Abgekühlt vom Schweiße, gen Ilios heimlich zurückgehn.
Aber warum bewegte das Herz mir solche Gedanken?
Wenn er nur nicht von der Stadt mich feldwärts Fliehenden wahrnimmt,
Und nachstürmendes Laufs einholt mit hurtigen Füßen!
Nimmer annoch entrönn' ich dem Tod' und dem grausen Verhängnis;
Denn zu sehr an Gewalt vor allen Geborenen ragt er!
Aber wofern vor Ilios Stadt ihm entgegen ich wandle;
Ist ja auch jenem der Leib dem spitzigen Erze verwundbar,
Auch ein Geist beseelet ihn nur, und sterblich wie andre
Nennen sie ihn; doch Zeus der Donnerer schenket ihm Ehre!
Sprach's; und gefaßt den Achilleus erwartet' er; und in dem Busen
Strebt' ihm das mutige Herz zu kämpfen den Kampf der Entscheidung.
Wie wenn kühn ein Pardel aus tiefverwachsenem Dickicht
Anrennt gegen den jagenden Mann, und weder im Herzen
Zagt, noch erschrocken entflieht, nachdem das Gebell ihn umtönte;
Denn ob jener ihn stechend verwundete, oder auch werfend,
Dennoch, selbst von der Lanze durchbohrt schon, rastet er niemals
Stürmend, bevor er jenen erreicht hat, oder dahinsinkt:
Also Antenors Sohn, der tapfere Streiter Agenor,
Nicht begehrt' er zu fliehn, bevor er versucht den Achilleus;
Sondern sich selbst vorstreckend den Schild von geründeter Wölbung,
Zuckt' er die Lanz' auf jenen daher, und rief mit Getön aus:
Wohl schon hast du im Herzen gehofft, ruhmvoller Achilleus,
Diesen Tag zu verheeren die Stadt der mutigen Troer!
Törichter! traun noch viel soll des Elends werden um jene;
Weil wir annoch so viel' und so tapfere Männer darin sind,
Die für Eltern zugleich, und blühende Weiber und Kinder,
Ilios Feste beschirmen! Doch deiner harrt das Geschick hier,
Du entsetzlicher Mann, und unerschrockener Krieger!
Sprach's, und den blinkenden Speer aus gewaltiger Rechte versandt' er,
Traf, und verfehlete nicht, das Schienbein unter dem Kniee,
Daß ringsher ihm die Schiene des neugegossenen Zinnes
Tönte mit schrecklichem Klang; doch es prallte das Erz vom Getroffnen
Ab, und durchbohrete nicht, gehemmt von der Gabe des Gottes.
Auch der Peleid' itzt drang auf den göttergleichen Agenor
Wütend; doch nicht verstattet' Apollon Ruhm zu gewinnen,
Sondern hinweg ihn rafft' er, und rings mit Nebel umhüllend,
Ließ er ihn ruhig nunmehr aus Schlacht und Getümmel hinweggehn.
Aber den Peleionen mit List entfernt' er vom Volke.
Denn der treffende Gott, in Agenors Bildung erscheinend,
Trat ihm nah vor die Füß', und eilendes Laufes verfolgt' er.

ἔστη πρόσθε ποδῶν, ὁ δ' ἐπέσσυτο ποσσὶ διώκειν·
ἧος ὁ τὸν πεδίοιο διώκετο πυροφόροιο,
τρέψας πὰρ ποταμὸν βαθυδινήεντα Σκάμανδρον,
τυτθὸν ὑπεκπροθέοντα· δόλωι δ' ἄρ' ἔθελγεν Ἀπόλλων,
ὡς αἰεὶ ἔλποιτο κιχήσεσθαι ποσὶν οἷσι·
τόφρ' ἄλλοι Τρῶες πεφοβημένοι ἦλθον ὁμίλωι
ἀσπάσιοι προτὶ ἄστυ, πόλις δ' ἔμπλητο ἀλέντων.
οὐδ' ἄρα τοί γ' ἔτλαν πόλιος καὶ τείχεος ἐκτὸς
μεῖναι ἔτ' ἀλλήλους, καὶ γνώμεναι ὅς τε πεφεύγοι
ὅς τ' ἔθαν' ἐν πολέμωι· ἀλλ' ἐσσυμένως ἐσέχυντο
ἐς πόλιν, ὅν τινα τῶν γε πόδες καὶ γοῦνα σαώσαι.

Während er jenem anitzt nachlief durch Weizengefilde,
Welcher, gewandt zum wirbelnden Strom des tiefen Skamandros,
Wenig zuvor ihm entrann; denn mit List verlockt' ihn Apollon,
Daß er beständig ihn hofft' im fliegenden Lauf zu erhaschen:
Kamen indes einflüchtend die anderen Troer mit Haufen
Herzlich erwünscht in die Stadt, die umher von Gedrängten erfüllt ward.
Keiner vermocht' anjetzt vor der Stadt und der türmenden Mauer
Andere noch zu erwarten, und umzuschaun, wer entflohn sei,
Und wer gefallen im Streit; nein herzlich erwünscht in die Feste
Strömten sie, wen die Schenkel und hurtigen Kniee gerettet.

ΙΛΙΑΔΟΣ Χ

Ἕκτορος ἀναίρεσις.

Ὣς οἱ μὲν κατὰ ἄστυ πεφυζότες ἠΰτε νεβροὶ
ἱδρῶ ἀπεψύχοντο πίον τ' ἀκέοντό τε δίψαν,
κεκλιμένοι καλῇσιν ἐπάλξεσιν· αὐτὰρ Ἀχαιοὶ
τείχεος ἆσσον ἴσαν, σάκε' ὤμοισι κλίναντες.
Ἕκτορα δ' αὐτοῦ μεῖναι ὀλοιὴ μοῖρα πέδησεν
Ἰλίου προπάροιθε πυλάων τε Σκαιάων.
αὐτὰρ Πηλείωνα προσηύδα Φοῖβος Ἀπόλλων·
„ τίπτέ με, Πηλέος υἱέ, ποσὶν ταχέεσσι διώκεις,
αὐτὸς θνητὸς ἐὼν θεὸν ἄμβροτον; οὐδέ νύ πώ με
ἔγνως ὡς θεός εἰμι, σὺ δ' ἀσπερχὲς μενεαίνεις.
ἦ νύ τοι οὔ τι μέλει Τρώων πόνος, οὓς ἐφόβησας,
οἳ δή τοι εἰς ἄστυ ἄλεν, σὺ δὲ δεῦρο λιάσθης.
οὐ μέν με κτενέεις, ἐπεὶ οὔ τοι μόρσιμός εἰμι."
τὸν δὲ μέγ' ὀχθήσας προσέφη πόδας ὠκὺς Ἀχιλλεύς·
„ ἔβλαψάς μ', ἑκάεργε, θεῶν ὀλοώτατε πάντων,
ἐνθάδε νῦν τρέψας ἀπὸ τείχεος· ἦ κ' ἔτι πολλοὶ
γαῖαν ὀδὰξ εἷλον πρὶν Ἴλιον εἰσαφικέσθαι.
νῦν δ' ἐμὲ μὲν μέγα κῦδος ἀφείλεο, τοὺς δὲ σάωσας
ῥηϊδίως, ἐπεὶ οὔ τι τίσιν γ' ἔδεισας ὀπίσσω.
ἦ σ' ἂν τισαίμην, εἴ μοι δύναμίς γε παρείη."
ὣς εἰπὼν προτὶ ἄστυ μέγα φρονέων ἐβεβήκει,
σευάμενος ὥς θ' ἵππος ἀεθλοφόρος σὺν ὄχεσφιν,
ὅς ῥά τε ῥεῖα θέῃσι τιταινόμενος πεδίοιο·
ὣς Ἀχιλεὺς λαιψηρὰ πόδας καὶ γούνατ' ἐνώμα.
τὸν δ' ὁ γέρων Πρίαμος πρῶτος ἴδεν ὀφθαλμοῖσι,
παμφαίνονθ' ὥς τ' ἀστέρ' ἐπεσσύμενον πεδίοιο,
ὅς ῥά τ' ὀπώρης εἶσιν, ἀρίζηλοι δέ οἱ αὐγαὶ
φαίνονται πολλοῖσι μετ' ἀστράσι νυκτὸς ἀμολγῶι,
ὅν τε κύν' Ὠρίωνος ἐπίκλησιν καλέουσι.
λαμπρότατος μὲν ὅ γ' ἐστί, κακὸν δέ τε σῆμα τέτυκται,
καί τε φέρει πολλὸν πυρετὸν δειλοῖσι βροτοῖσιν·

ZWEIUNDZWANZIGSTER GESANG

Den zurückkehrenden Achilleus erwartet Hektor vor der Stadt, obgleich die Eltern von der Mauer ihn jammernd hereinrufen; beim Annahn des Schrecklichen flieht er, dreimal um Ilios verfolgt. Zeus wägt Hektors Verderben, und sein Beschützer Apollon weicht. Athene in Deïphobos Gestalt verleitet den Hektor zu widerstehn. Achilleus fehlt, Hektors Lanze prallt ab; drauf mit dem Schwert anrennend wird er am Halse durchstochen, dann entwaffnet, und rückwärts am Wagen zu den Schiffen geschleift. Wehklage der Eltern von der Mauer, und der zukommenden Andromache.

So flohn jene zur Stadt angstvoll, wie die Jungen der Hindin,
Kühleten atmend den Schweiß, und tranken, den Durst sich zu löschen,
Längs der Mauer gestreckt an der Brustwehr. Doch die Achaier
Wandelten dicht zur Mauer, die Schilde gelehnt an die Schultern.
Hektorn zwang zu beharren das schreckenvolle Verhängnis,
Außerhalb vor Ilios Stadt und dem skäischen Tore.
Aber zum Peleionen begann itzt Phöbos Apollon:
Warum doch, o Peleide, verfolgst du mich eilendes Laufes,
Selbst ein Sterblicher nur den Unsterblichen? Schwerlich indes wohl
Kennst du den himmlischen Gott, daß sonder Rast du dich abmühst.
Traun nichts gilt der Troer Gefecht dir, welche du scheuchtest:
Diese flohn in die Feste gedrängt; und du wandtest dich hieher.
Nie ja tötest du mich, der keinem Verhängnisse frönet.
Unmutsvoll antwortete drauf der schnelle Achilleus:
O des Betrugs, Ferntreffer, du grausamster unter den Göttern,
Daß du so weit von der Mauer mich wendetest! Wahrlich noch viele
Knirschten die Zähn' in den Staub, eh' Ilios Stadt sie erreichet!
Doch mir nimmst du den herrlichen Ruhm, und rettetest jene,
Sonder Müh; denn du darfst nicht Rache scheun in der Zukunft!
Traun ich rächte mich gern, wenn genug der Stärke mir wäre!
Dieses gesagt, hineilt' er voll trotzendes Muts zu der Mauer,
Ungestüm, wie ein Roß, zum Siege gewöhnt, mit dem Wagen,
Welches behend' und gestreckt einhersprengt durch das Gefilde:
So der Peleid', eilfertig die Knie' und die Schenkel bewegt' er.
Priamos aber der Greis ersah ihn zuerst mit den Augen,
Strahlenvoll wie der Stern, da er herflog durch das Gefilde,
Welcher im Herbst aufgeht, und mit überstrahlender Klarheit
Scheint vor vielen Gestirnen in dämmernder Stunde des Melkens;
Welcher Orions Hund genannt wird unter den Menschen;
Hell zwar glänzt er hervor, doch zum schädlichen Zeichen geordnet,
Denn er bringt ausdörrende Glut den elenden Menschen:

ὣς τοῦ χαλκὸς ἔλαμπε περὶ στήθεσσι θέοντος.
ᾤμωξεν δ᾽ ὁ γέρων, κεφαλὴν δ᾽ ὅ γε κόψατο χερσὶν
ὑψόσ᾽ ἀνασχόμενος, μέγα δ᾽ οἰμώξας ἐγεγώνει
λισσόμενος φίλον υἱόν· ὁ δὲ προπάροιθε πυλάων
ἑστήκει, ἄμοτον μεμαὼς Ἀχιλῆϊ μάχεσθαι·
τὸν δ᾽ ὁ γέρων ἐλεεινὰ προσηύδα χεῖρας ὀρεγνύς·
„Ἕκτορ, μή μοι μίμνε, φίλον τέκος, ἀνέρα τοῦτον
οἶος ἄνευθ᾽ ἄλλων, ἵνα μὴ τάχα πότμον ἐπίσπῃς
Πηλεΐωνι δαμείς, ἐπεὶ ἦ πολὺ φέρτερός ἐστι,
σχέτλιος· αἴθε θεοῖσι φίλος τοσσόνδε γένοιτο
ὅσσον ἐμοί· τάχα κέν ἑ κύνες καὶ γῦπες ἔδοιεν
κείμενον· ἦ κέ μοι αἰνὸν ἀπὸ πραπίδων ἄχος ἔλθοι·
ὅς μ᾽ υἱῶν πολλῶν τε καὶ ἐσθλῶν εὖνιν ἔθηκε,
κτείνων καὶ περνὰς νήσων ἔπι τηλεδαπάων.
καὶ γὰρ νῦν δύο παῖδε, Λυκάονα καὶ Πολύδωρον,
οὐ δύναμαι ἰδέειν Τρώων εἰς ἄστυ ἀλέντων,
τούς μοι Λαοθόη τέκετο, κρείουσα γυναικῶν.
ἀλλ᾽ εἰ μὲν ζώουσι μετὰ στρατῷ, ἦ τ᾽ ἂν ἔπειτα
χαλκοῦ τε χρυσοῦ τ᾽ ἀπολυσόμεθ᾽, ἔστι γὰρ ἔνδον·
πολλὰ γὰρ ὤπασε παιδὶ γέρων ὀνομάκλυτος Ἄλτης.
εἰ δ᾽ ἤδη τεθνᾶσι καὶ εἰν Ἀΐδαο δόμοισιν,
ἄλγος ἐμῷ θυμῷ καὶ μητέρι, τοὶ τεκόμεσθα·
λαοῖσιν δ᾽ ἄλλοισι μινυνθαδιώτερον ἄλγος
ἔσσεται, ἢν μὴ καὶ σὺ θάνῃς Ἀχιλῆϊ δαμασθείς.
ἀλλ᾽ εἰσέρχεο τεῖχος, ἐμὸν τέκος, ὄφρα σαώσῃς
Τρῶας καὶ Τρῳάς, μὴ δὲ μέγα κῦδος ὀρέξῃς
Πηλεΐδῃ, αὐτὸς δὲ φίλης αἰῶνος ἀμερθῇς.
πρὸς δ᾽ ἐμὲ τὸν δύστηνον ἔτι φρονέοντ᾽ ἐλέησον,
δύσμορον, ὅν ῥα πατὴρ Κρονίδης ἐπὶ γήραος οὐδῷ
αἴσῃ ἐν ἀργαλέῃ φθίσει, κακὰ πόλλ᾽ ἐπιδόντα,
υἷάς τ᾽ ὀλλυμένους ἑλκηθείσας τε θύγατρας,
καὶ θαλάμους κεραϊζομένους, καὶ νήπια τέκνα
βαλλόμενα προτὶ γαίῃ ἐν αἰνῇ δηϊοτῆτι,
ἑλκομένας τε νυοὺς ὀλοῇς ὑπὸ χερσὶν Ἀχαιῶν.
αὐτὸν δ᾽ ἂν πύματόν με κύνες πρώτῃσι θύρῃσιν
ὠμησταὶ ἐρύουσιν, ἐπεί κέ τις ὀξέϊ χαλκῷ
τύψας ἠὲ βαλὼν ῥεθέων ἐκ θυμὸν ἕληται,
οὓς τρέφον ἐν μεγάροισι τραπεζῆας θυραωρούς,
οἵ κ᾽ ἐμὸν αἷμα πιόντες ἀλύσσοντες περὶ θυμῷ
κείσοντ᾽ ἐν προθύροισι. νέῳ δέ τε πάντ᾽ ἐπέοικεν
ἀρηϊκταμένῳ, δεδαϊγμένῳ ὀξέϊ χαλκῷ,

So dort strahlte das Erz um die Brust des laufenden Herrschers.
Laut wehklagte der Greis, und schlug sein Haupt mit den Händen,
Hoch empor sie erhebend, und rief wehklagend hinunter,
Flehend dem lieben Sohn, der außerhalb vor dem Tore
Stand, voll heißer Begier, mit dem Peleionen zu kämpfen;
Diesem rief lautjammernd der Greis, und streckte die Händ' aus:
　Hektor, erwarte mir nicht, mein trautester Sohn, den Verderber,
Einsam, getrennt von den andern, daß nicht dich ereile das Schicksal
Unter Achilleus' Hand, der weit an Stärke dir vorgeht!
Möchte der Grausame doch den Unsterblichen also geliebt sein,
Wie mir selbst! bald läg er, ein Raub den Hunden und Geiern
Dargestreckt; dann schwände der Gram, der das Herz mir belastet!
Ach, der Söhne so viel' und so tapfere raubte mir jener,
Mordend teils, und verkaufend in fernentlegene Inseln!
Jetzt auch zween der geliebten, Lykaon samt Polydoros,
Schau' ich nirgend im Heere der eingeschlossenen Troer,
Die mir Laothoe beide gebar, die Fürstin der Weiber.
Wenn sie nur noch leben im Kriegsheer, wieder hinfort dann
Könnt' ich mit Erz und Gold sie befrein; denn ich habe daheim ja:
Vieles ja gab der Tochter der graue gepriesene Altes.
Sind sie jedoch schon tot, und in Aïdes Schattenbehausung;
Gram dann füllt mir das Herz, und der Mutter, die wir sie zeugten.
Aber das übrige Volk wird weniger jene betrauern,
Wenn nur du nicht stirbst, von Achilleus Stärke gebändigt.
Komm denn herein in die Stadt, mein Trautester, daß du errettest
Trojas Männer und Fraun, daß nicht mit Ruhm du verherrlichst
Peleus' Sohn, und selber dein süßes Leben verlierest!
Auch erbarme dich mein, des Elenden, weil ich noch atme,
Ach des Jammervollen, den Zeus an der Schwelle des Alters
Straft zu schwinden in Gram, und unendliches Weh zu erblicken:
Meine Söhn' erwürgt, und hinweggerissen die Töchter,
Ausgeplündert die Kammern der Burg, und die stammelnden Kinder
Hin auf den Boden geschmettert, in schreckenvoller Entscheidung,
Auch die Schnüre geschleppt von der grausamen Hand der Achaier!
Selber zuletzt wohl lieg' ich zerfleischt am Tor des Palastes
Von blutgierigen Hunden, nachdem ein mordendes Erz mir,
Zuckend oder geschnellt, den Geist aus den Gliedern hinwegnahm,
Die ich im Hause genährt am Tisch, zu Hütern des Tores;
Sie dann lecken mein Blut, und wild von rasendem Wahnsinn
Liegen sie vorn am Tor! Dem Jünglinge stehet es wohl an,
Wenn er im Streit erschlagen, zerfleischt von der Schärfe des Erzes,

κεῖσθαι· πάντα δὲ καλὰ θανόντι περ, ὅττι φανήηι·
ἀλλ' ὅτε δὴ πολιόν τε κάρη πολιόν τε γένειον
αἰδῶ τ' αἰσχύνωσι κύνες κταμένοιο γέροντος,
τοῦτο δὴ οἴκτιστον πέλεται δειλοῖσι βροτοῖσιν."
ἦ ῥ' ὁ γέρων, πολιὰς δ' ἄρ' ἀνὰ τρίχας ἕλκετο χερσὶ
τίλλων ἐκ κεφαλῆς· οὐδ' Ἕκτορι θυμὸν ἔπειθε.
μήτηρ δ' αὖθ' ἑτέρωθεν ὀδύρετο δάκρυ χέουσα,
κόλπον ἀνιεμένη, ἑτέρηφι δὲ μαζὸν ἀνέσχε·
καί μιν δάκρυ χέουσ' ἔπεα πτερόεντα προσηύδα·
„Ἕκτορ, τέκνον ἐμόν, τάδε τ' αἴδεο καί μ' ἐλέησον
αὐτήν, εἴ ποτέ τοι λαθικηδέα μαζὸν ἐπέσχον·
τῶν μνῆσαι, φίλε τέκνον, ἄμυνε δὲ δήϊον ἄνδρα
τείχεος ἐντὸς ἐών, μὴ δὲ πρόμος ἵστασο τούτωι,
σχέτλιος· εἴ περ γάρ σε κατακτάνηι, οὔ σ' ἔτ' ἔγωγε
κλαύσομαι ἐν λεχέεσσι, φίλον θάλος, ὃν τέκον αὐτή,
οὐδ' ἄλοχος πολύδωρος· ἄνευθε δέ σε μέγα νῶϊν
Ἀργείων παρὰ νηυσὶ κύνες ταχέες κατέδονται."
ὣς τώ γε κλαίοντε προσαυδήτην φίλον υἱόν,
πολλὰ λισσομένω· οὐδ' Ἕκτορι θυμὸν ἔπειθον,
ἀλλ' ὅ γε μίμν' Ἀχιλῆα πελώριον ἆσσον ἰόντα.
ὡς δὲ δράκων ἐπὶ χειῆι ὀρέστερος ἄνδρα μένηισι,
βεβρωκὼς κακὰ φάρμακ', ἔδυ δέ τέ μιν χόλος αἰνός,
σμερδαλέον δὲ δέδορκεν ἑλισσόμενος περὶ χειῆι·
ὣς Ἕκτωρ ἄσβεστον ἔχων μένος οὐχ ὑπεχώρει,
πύργωι ἔπι προὔχοντι φαεινὴν ἀσπίδ' ἐρείσας·
ὀχθήσας δ' ἄρα εἶπε πρὸς ὃν μεγαλήτορα θυμόν·
„ὤ μοι ἐγών, εἰ μέν κε πύλας καὶ τείχεα δύω,
Πουλυδάμας μοι πρῶτος ἐλεγχείην ἀναθήσει,
ὅς μ' ἐκέλευε Τρωσὶ ποτὶ πτόλιν ἡγήσασθαι
νύχθ' ὕπο τήνδ' ὀλοήν, ὅτε τ' ὤρετο δῖος Ἀχιλλεύς.
ἀλλ' ἐγὼ οὐ πιθόμην· ἦ τ' ἂν πολὺ κέρδιον ἦεν.
νῦν δ' ἐπεὶ ὤλεσα λαὸν ἀτασθαλίηισιν ἐμῆισιν,
αἰδέομαι Τρῶας καὶ Τρωιάδας ἑλκεσιπέπλους,
μή ποτέ τις εἴπηισι κακώτερος ἄλλος ἐμεῖο·
‚Ἕκτωρ ἧφι βίηφι πιθήσας ὤλεσε λαόν.'
ὣς ἐρέουσιν· ἐμοὶ δὲ τότ' ἂν πολὺ κέρδιον εἴη
ἄντην ἢ Ἀχιλῆα κατακτείναντα νέεσθαι,
ἠέ κεν αὐτῶι ὀλέσθαι ἐϋκλειῶς πρὸ πόληος.
εἰ δέ κεν ἀσπίδα μὲν καταθείομαι ὀμφαλόεσσαν
καὶ κόρυθα βριαρήν, δόρυ δὲ πρὸς τεῖχος ἐρείσας
αὐτὸς ἰὼν Ἀχιλῆος ἀμύμονος ἀντίος ἔλθω

Daliegt; schön ist alles im Tode noch, was auch erscheinet.
Aber wird das grauende Haupt, und der grauende Bart nun,
Auch die Scham von Hunden entstellt dem ermordeten Greise;
Das ist traun das kläglichste Leid dem elenden Menschen!
Also der Greis, und raufte sich graues Haar mit den Händen
Rings von dem Haupt; doch nicht war Hektors Geist zu bewegen.
Auch die Mutter zunächst wehklagete, Tränen vergießend,
Trennte des Busens Gewand, und erhob die Brust mit der Linken;
So von Tränen benetzt die geflügelten Worte begann sie:
Hektor! scheue, mein Sohn, den Anblick, ach und erbarm dich
Meiner selbst! Wo ich je die stillende Brust dir geboten,
Denke mir des, mein Kind, und wehre dem schrecklichen Manne
Hier, in die Mauer gerettet; nur dort nicht stelle dich jenem!
Rasender! wenn er sogar dich ermordete; nimmer beweint' ich
Dich auf Leichengewanden, du trautester Sprößling des Schoßes,
Noch die reiche Gemahlin; vielmehr so entfernt von uns beiden,
Dort an der Danaer Schiffen, zerfleischten dich hurtige Hunde!
Also weineten beide, den lieben Sohn anflehend,
Laut mit Geschrei; doch nicht war Hektors Geist zu bewegen;
Nein er erharrt' Achilleus, des Ungeheuren, Herannahn.
So wie ein Drach' im Gebirge den Mann erharrt an der Felskluft,
Satt des giftigen Krauts, und erfüllt von heftigem Zorne;
Gräßlich schaut er umher, in Ringel gedreht um die Felskluft:
So unbändiges Mutes verweilt' auch Hektor, und wich nicht,
Lehnend den hellen Schild an des Turms vorragende Mauer;
Tief aufseufzt' er und sprach zu seiner erhabenen Seele:
Wehe mir! wollt' ich anjetzt in Tor und Mauer hineingehn;
Würde Polydamas gleich mit kränkendem Hohn mich belasten,
Welcher mir riet in die Feste das Heer der Troer zu führen,
Vor der verderblichen Nacht, da erstand der edle Achilleus.
Aber ich hörete nicht; wie heilsam, hätt' ich gehöret!
Jetzo nachdem ich verderbte das Volk durch meine Betörung,
Scheu ich Trojas Männer und saumnachschleppende Weiber,
Daß nicht einst mir sage der Schlechteren einer umher wo:
Hektor verderbte das Volk, auf eigene Stärke vertrauend!
Also spricht man hinfort; doch mir weit heilsamer wär es:
Mutig entweder mit Sieg von Achilleus Morde zu kehren,
Oder ihm selbst zu fallen im rühmlichen Kampf vor der Mauer.
Aber legt' ich zur Erde den Schild von geründeter Wölbung,
Samt dem gewichtigen Helm, und den Speer an die Mauer gelehnet,
Eilt' ich entgegen zu gehn dem tadellosen Achilleus,

καί οἱ ὑπόσχωμαι Ἑλένην καὶ κτήμαθ' ἅμ' αὐτῆι,
πάντα μάλ' ὅσσά τ' Ἀλέξανδρος κοίλης ἐνὶ νηυσὶν
ἠγάγετο Τροίηνδ', ἥ τ' ἔπλετο νείκεος ἀρχή,
δωσέμεν Ἀτρεΐδηισιν ἄγειν, ἅμα δ' ἀμφὶς Ἀχαιοῖς
ἄλλ' ἀποδάσσεσθαι, ὅσα τε πτόλις ἥδε κέκευθε·
Τρωσὶν δ' αὖ μετόπισθε γερούσιον ὅρκον ἕλωμαι
μή τι κατακρύψειν, ἀλλ' ἄνδιχα πάντα δάσασθαι
κτῆσιν ὅσην πτολίεθρον ἐπήρατον ἐντὸς ἐέργει·
ἀλλὰ τίη μοι ταῦτα φίλος διελέξατο θυμός;
μή μιν ἐγὼ μὲν ἵκωμαι ἰών, ὁ δέ μ' οὐκ ἐλεήσει
οὐδέ τί μ' αἰδέσεται, κτενέει δέ με γυμνὸν ἐόντα
αὔτως ὥς τε γυναῖκα, ἐπεί κ' ἀπὸ τεύχεα δύω.
οὐ μέν πως νῦν ἔστιν ἀπὸ δρυὸς οὐδ' ἀπὸ πέτρης
τῶι ὀαριζέμεναι, ἅ τε παρθένος ἠΐθεός τε,
παρθένος ἠΐθεός τ' ὀαρίζετον ἀλλήλοιιν.
βέλτερον αὖτ' ἔριδι ξυνελαυνέμεν ὅττι τάχιστα·
εἴδομεν ὁπποτέρωι κεν Ὀλύμπιος εὖχος ὀρέξηι."
ὣς ὅρμαινε μένων, ὁ δέ οἱ σχεδὸν ἦλθεν Ἀχιλλεὺς
ἶσος Ἐνυαλίωι, κορυθάϊκι πτολεμιστῆι,
σείων Πηλιάδα μελίην κατὰ δεξιὸν ὦμον
δεινήν· ἀμφὶ δὲ χαλκὸς ἐλάμπετο εἴκελος αὐγῆι
ἢ πυρὸς αἰθομένου ἢ ἠελίου ἀνιόντος.
Ἕκτορα δ', ὡς ἐνόησεν, ἕλε τρόμος· οὐδ' ἄρ' ἔτ' ἔτλη
αὖθι μένειν, ὀπίσω δὲ πύλας λίπε, βῆ δὲ φοβηθείς·
Πηλεΐδης δ' ἐπόρουσε ποσὶ κραιπνοῖσι πεποιθώς.
ἠΰτε κίρκος ὄρεσφιν, ἐλαφρότατος πετεηνῶν,
ῥηϊδίως οἴμησε μετὰ τρήρωνα πέλειαν,
ἡ δέ θ' ὕπαιθα φοβεῖται, ὁ δ' ἐγγύθεν ὀξὺ λεληκὼς
ταρφέ' ἐπαΐσσει, ἑλέειν τέ ἑ θυμὸς ἀνώγει·
ὣς ἄρ' ὅ γ' ἐμμεμαὼς ἰθὺς πέτετο, τρέσε δ' Ἕκτωρ
τεῖχος ὕπο Τρώων, λαιψηρὰ δὲ γούνατ' ἐνώμα.
οἱ δὲ παρὰ σκοπιὴν καὶ ἐρινεὸν ἠνεμόεντα
τείχεος αἰὲν ὑπ' ἐκ κατ' ἀμαξιτὸν ἐσσεύοντο,
κρουνὼ δ' ἵκανον καλλιρρόω· ἔνθα δὲ πηγαὶ
δοιαὶ ἀναΐσσουσι Σκαμάνδρου δινήεντος.
ἡ μὲν γάρ θ' ὕδατι λιαρῶι ῥέει, ἀμφὶ δὲ καπνὸς
γίγνεται ἐξ αὐτῆς ὡς εἰ πυρὸς αἰθομένοιο·
ἡ δ' ἑτέρη θέρεϊ προρέει ἐϊκυῖα χαλάζηι,
ἢ χιόνι ψυχρῆι, ἢ ἐξ ὕδατος κρυστάλλωι.
ἔνθα δ' ἐπ' αὐτάων πλυνοὶ εὐρέες ἐγγὺς ἔασι
καλοὶ λαΐνεοι, ὅθι εἵματα σιγαλόεντα

Und verhieß ihm Helena selbst, und ihre Besitzung
Alle, so viel Alexandros daher in geräumigen Schiffen
Einst gen Troja geführt, was unseres Streites Beginn war,
Daß er zu Atreus' Söhnen es führt'; auch umher den Achaiern
Anderes auszuteilen, wie viel die Stadt auch verschließet;
Und ich nähme darauf von Trojas Fürsten den Eidschwur,
Nichts ingeheim zu entziehn, nein zwiefach alles zu teilen,
Was an Gut die liebliche Stadt inwendig verschließet: –
Aber warum bewegte das Herz mir solche Gedanken?
Laß mich ja nicht flehend ihm nahn! Nein, sonder Erbarmung
Würd' er, und sonder Scheu, mich niederhaun, den Entblößten,
Grad' hinweg, wie ein Weib, sobald ich der Wehr mich enthüllet.
Nicht fürwahr nun gilt es, vom Eichbaum oder vom Felsen
Lange mit ihm zu schwatzen, wie Jungfrau traulich und Jüngling,
Jungfrau traulich und Jüngling zu holdem Geschwätz sich gesellen.
Besser zu feindlichem Kampfe hinangerannt! daß wir eilig
Sehn, wem etwa von uns der Olympier Ehre verleihe!
Also dacht' er, und blieb. Doch näher kam ihm Achilleus,
Ares gleich an Gestalt, dem helmerschütternden Streiter,
Pelions ragende Esch' auf der rechten Schulter bewegend,
Fürchterlich; aber das Erz umleuchtet' ihn, ähnlich dem Schimmer
Lodernder Feuersbrunst, und der hellaufgehenden Sonne.
Hektor, sobald er ihn sah, erzitterte; nicht auch vermocht' er
Dort zu bestehn, und er wandte vom Tore sich, ängstlich entziehend.
Hinter ihm flog der Peleide, den hurtigen Füßen vertrauend.
So wie ein Falk des Gebirgs, der geschwindeste aller Gevögel,
Leicht mit gewaltigem Schwung nachstürmt der schüchternen Taube;
Seitwärts schlüpfet sie oft; doch nah mit hellem Getön ihr
Schießet er häufig daher, voll heißer Begier zu erhaschen:
So drang jener im Flug gradan; doch es flüchtete Hektor
Längs der troischen Mauer, die hurtigen Kniee bewegend.
Beid' an der Warte vorbei und dem wehenden Feigenbaume,
Immer hinweg von der Mauer, entflogen sie über den Fahrweg.
Und sie erreichten die zwo schönsprudelnden Quellen, woher sich
Beide Bäch' ergießen des wirbelvollen Skamandros.
Eine rinnt beständig mit warmer Flut, und umher ihr
Wallt aufsteigender Dampf, wie der Rauch des brennenden Feuers;
Aber die andere fließt im Sommer auch kalt wie der Hagel,
Oder des Winters Schnee, und gefrorene Schollen des Eises.
Dort sind nahe den Quellen geräumige Gruben der Wäsche,
Steinerne, schöngehaun, wo die stattlichen Feiergewande

πλύνεσκον Τρώων ἄλοχοι καλαί τε θύγατρες
τὸ πρὶν ἐπ' εἰρήνης, πρὶν ἐλθεῖν υἷας Ἀχαιῶν.
τῆι ῥα παραδραμέτην, φεύγων, ὁ δ' ὄπισθε διώκων·
πρόσθε μὲν ἐσθλὸς ἔφευγε, δίωκε δέ μιν μέγ' ἀμείνων
καρπαλίμως, ἐπεὶ οὐχ ἱερήϊον οὐδὲ βοείην
ἀρνύσθην, ἅ τε ποσσὶν ἀέθλια γίγνεται ἀνδρῶν,
ἀλλὰ περὶ ψυχῆς θέον Ἕκτορος ἱπποδάμοιο.
ὡς δ' ὅτ' ἀεθλοφόροι περὶ τέρματα μώνυχες ἵπποι
ῥίμφα μάλα τρωχῶσι· τὸ δὲ μέγα κεῖται ἄεθλον,
ἢ τρίπος ἠὲ γυνή, ἀνδρὸς κατατεθνηῶτος·
ὣς τὼ τρὶς Πριάμοιο πόλιν πέρι δινηθήτην
καρπαλίμοισι πόδεσσι· θεοὶ δ' ἐς πάντες ὁρῶντο·
τοῖσι δὲ μύθων ἦρχε πατὴρ ἀνδρῶν τε θεῶν τε·
„ὢ πόποι, ἦ φίλον ἄνδρα διωκόμενον περὶ τεῖχος
ὀφθαλμοῖσιν ὁρῶμαι· ἐμὸν δ' ὀλοφύρεται ἦτορ
Ἕκτορος, ὅς μοι πολλὰ βοῶν ἐπὶ μηρί' ἔκηεν
Ἴδης ἐν κορυφῆισι πολυπτύχου, ἄλλοτε δ' αὖτε
ἐν πόλει ἀκροτάτηι· νῦν αὖτέ ἑ δῖος Ἀχιλλεὺς
ἄστυ πέρι Πριάμοιο ποσὶν ταχέεσσι διώκει.
ἀλλ' ἄγετε φράζεσθε, θεοί, καὶ μητιάασθε
ἠέ μιν ἐκ θανάτοιο σαώσομεν, ἦέ μιν ἤδη
Πηλεΐδηι Ἀχιλῆϊ δαμάσσομεν ἐσθλὸν ἐόντα."
τὸν δ' αὖτε προσέειπε θεὰ γλαυκῶπις Ἀθήνη·
„ὦ πάτερ ἀργικέραυνε, κελαινεφές, οἷον ἔειπες·
ἄνδρα θνητὸν ἐόντα, πάλαι πεπρωμένον αἴσηι,
ἂψ ἐθέλεις θανάτοιο δυσηχέος ἐξαναλῦσαι;
ἔρδ'· ἀτὰρ οὔ τοι πάντες ἐπαινέομεν θεοὶ ἄλλοι."
τὴν δ' ἀπαμειβόμενος προσέφη νεφεληγερέτα Ζεύς·
„θάρσει, Τριτογένεια, φίλον τέκος· οὔ νύ τι θυμῶι
πρόφρονι μυθέομαι, ἐθέλω δέ τοι ἤπιος εἶναι·
ἔρξον ὅπηι δή τοι νόος ἔπλετο, μὴ δ' ἔτ' ἐρώει."
ὣς εἰπὼν ὄτρυνε πάρος μεμαυῖαν Ἀθήνην·
βῆ δὲ κατ' Οὐλύμποιο καρήνων ἀΐξασα.
Ἕκτορα δ' ἀσπερχὲς κλονέων ἔφεπ' ὠκὺς Ἀχιλλεύς.
ὡς δ' ὅτε νεβρὸν ὄρεσφι κύων ἐλάφοιο δίηται,
ὄρσας ἐξ εὐνῆς, διά τ' ἄγκεα καὶ διὰ βήσσας·
τὸν δ' εἴ πέρ τε λάθηισι καταπτήξας ὑπὸ θάμνωι,
ἀλλά τ' ἀνιχνεύων θέει ἔμπεδον, ὄφρά κεν εὕρηι·
ὣς Ἕκτωρ οὐ λῆθε ποδώκεα Πηλεΐωνα.
ὁσσάκι δ' ὁρμήσειε πυλάων Δαρδανιάων
ἀντίον ἀΐξασθαι ἐϋδμήτους ὑπὸ πύργους,

Trojas Weiber vordem und liebliche Töchter sich wuschen,
Als noch blühte der Fried', eh' die Macht der Achaier daherkam.
Hier nun rannten vorbei der Fliehende und der Verfolger.
Vornan floh ein Starker, jedoch ein Stärkerer folgte
Stürmendes Laufs: denn nicht um ein Weihvieh, oder ein Stierfell,
Strebten sie, welches man stellt zum Kampfpreis laufender Männer;
Sondern es galt das Leben des gaulbezähmenden Hektors.
So wie, zum Siege gewöhnt, um das Ziel starkhufige Rosse
Hurtiger wenden den Lauf, denn es lohnt ein köstlicher Dreifuß,
Oder ein blühendes Weib, am Fest des gestorbenen Herrschers:
Also kreiseten sie dreimal um Priamos Feste
Rings mit geflügeltem Fuß; und die Ewigen schaueten alle.
Jetzo begann der Vater des Menschengeschlechts und der Götter:
Wehe doch! einen Geliebten umhergejagt um die Mauer
Seh' ich dort mit den Augen; und herzlich jammert mich seiner,
Hektors, welcher so oft mir Schenkel der Stier' auf dem Altar
Zündete, bald auf den Höhen des vielgewundenen Ida,
Bald in der oberen Burg! Nun drängt ihn der edle Achilleus,
Rings um Priamos' Stadt mit hurtigen Füßen verfolgend.
Aber wohlan, ihr Götter, erwägt im Herzen den Ratschluß:
Ob er der Todesgefahr noch entfliehn soll, oder anitzo
Fallen, wie tapfer er ist, dem Peleionen Achilleus.
Drauf antwortete Zeus' blauäugige Tochter Athene:
Vater mit blendendem Strahl, Schwarzwolkiger, welcherlei Rede!
Einen sterblichen Mann, längst ausersehn dem Verhängnis,
Denkst du anitzt von des Todes graunvoller Gewalt zu erlösen?
Tu's; doch nimmer gefällt es dem Rat der anderen Götter!
Ihr antwortete drauf der Herrscher im Donnergewölk Zeus:
Fasse dich, Tritogeneia, mein Töchterchen! Nicht mit des Herzens
Meinung sprach ich das Wort: ich will dir freundlich gesinnt sein.
Tue, wie dir nun selbst es genehm ist; nicht so gezaudert.
Also Zeus, und erregte die schon verlangende Göttin;
Stürmendes Schwungs entflog sie den Felsenhöhn des Olympos.
Hektorn drängt' unablässig im Lauf der Verfolger Achilleus.
Wie wenn den Sohn des Hirsches der Hund im Gebirge verfolget,
Aufgejagt aus dem Lager, durch windende Tal' und Gebüsche;
Ob auch jener sich berg' und niederduck' in dem Dickicht,
Stets doch läuft er umher, der Spürende, bis er gefunden:
So barg Hektor sich nicht dem mutigen Renner Achilleus.
Wenn er auch oft ansetzte, zum hohen dardanischen Tore
Hinzuwenden den Lauf, und den festgebaueten Türmen,

εἴ πώς οἱ καθύπερθεν ἀλάλκοιεν βελέεσσι,
τοσσάκι μιν προπάροιθεν ἀποστρέψασκε παραφθὰς
πρὸς πεδίον· αὐτὸς δὲ ποτὶ πτόλιος πέτετ᾽ αἰεί.
ὡς δ᾽ ἐν ὀνείρωι οὐ δύναται φεύγοντα διώκειν·
οὔτ᾽ ἄρ᾽ ὁ τὸν δύναται ὑποφεύγειν οὔθ᾽ ὁ διώκειν·
ὣς ὁ τὸν οὐ δύνατο μάρψαι ποσίν, οὐδ᾽ ὃς ἀλύξαι.
πῶς δέ κεν Ἕκτωρ κῆρας ὑπεξέφυγεν θανάτοιο,
εἰ μή οἱ πύματόν τε καὶ ὕστατον ἤντετ᾽ Ἀπόλλων
ἐγγύθεν, ὅς οἱ ἐπῶρσε μένος λαιψηρά τε γοῦνα;
λαοῖσιν δ᾽ ἀνένευε καρήατι δῖος Ἀχιλλεύς,
οὐδ᾽ ἔα ἱέμεναι ἐπὶ Ἕκτορι πικρὰ βέλεμνα,
μή τις κῦδος ἄροιτο βαλών, ὁ δὲ δεύτερος ἔλθοι.
ἀλλ᾽ ὅτε δὴ τὸ τέταρτον ἐπὶ κρουνοὺς ἀφίκοντο,
καὶ τότε δὴ χρύσεια πατὴρ ἐτίταινε τάλαντα,
ἐν δ᾽ ἐτίθει δύο κῆρε τανηλεγέος θανάτοιο,
τὴν μὲν Ἀχιλλῆος, τὴν δ᾽ Ἕκτορος ἱπποδάμοιο,
ἕλκε δὲ μέσσα λαβών· ῥέπε δ᾽ Ἕκτορος αἴσιμον ἦμαρ,
ὤιχετο δ᾽ εἰς Ἀΐδαο, λίπεν δέ ἑ Φοῖβος Ἀπόλλων.
Πηλεΐωνα δ᾽ ἵκανε θεὰ γλαυκῶπις Ἀθήνη,
ἀγχοῦ δ᾽ ἱσταμένη ἔπεα πτερόεντα προσηύδα·
„ νῦν δὴ νῶι ἔολπα, Διῒ φίλε φαίδιμ᾽ Ἀχιλλεῦ,
οἴσεσθαι μέγα κῦδος Ἀχαιοῖσι προτὶ νῆας,
Ἕκτορα δηιώσαντε μάχης ἄατόν περ ἐόντα.
οὔ οἱ νῦν ἔτι γ᾽ ἔστι πεφυγμένον ἄμμε γενέσθαι,
οὐδ᾽ εἴ κεν μάλα πολλὰ πάθοι ἑκάεργος Ἀπόλλων
προπροκυλινδόμενος πατρὸς Διὸς αἰγιόχοιο.
ἀλλὰ σὺ μὲν νῦν στῆθι καὶ ἄμπνυε, τόνδε δ᾽ ἐγώ τοι
οἰχομένη πεπιθήσω ἐναντίβιον μαχέσασθαι.“
    ὣς φάτ᾽ Ἀθηναίη, ὁ δ᾽ ἐπείθετο, χαῖρε δὲ θυμῶι,
στῆ δ᾽ ἄρ᾽ ἐπὶ μελίης χαλκογλώχινος ἐρεισθείς.
ἡ δ᾽ ἄρα τὸν μὲν ἔλειπε, κιχήσατο δ᾽ Ἕκτορα δῖον
Δηϊφόβωι ἐϊκυῖα δέμας καὶ ἀτειρέα φωνήν·
ἀγχοῦ δ᾽ ἱσταμένη ἔπεα πτερόεντα προσηύδα·
„ ἠθεῖ᾽, ἦ μάλα δή σε βιάζεται ὠκὺς Ἀχιλλεύς,
ἄστυ πέρι Πριάμοιο ποσὶν ταχέεσσι διώκων·
ἀλλ᾽ ἄγε δὴ στέωμεν καὶ ἀλεξώμεσθα μένοντες.“
    τὴν δ᾽ αὖτε προσέειπε μέγας κορυθαίολος Ἕκτωρ·
„ Δηΐφοβ᾽, ἦ μέν μοι τὸ πάρος πολὺ φίλτατος ἦσθα
γνωτῶν, οὓς Ἑκάβη ἠδὲ Πρίαμος τέκε παῖδας·
νῦν δ᾽ ἔτι καὶ μᾶλλον νοέω φρεσὶ τιμήσασθαι,
ὃς ἔτλης ἐμεῦ εἵνεκ᾽, ἐπεὶ ἴδες ὀφθαλμοῖσι,

Ob vielleicht von oben der Freunde Geschoß ihn beschützte:
Eilete stets der Verfolger zuvor, und wendet' ihn abwärts
Nach dem Gefild', er selbst an der Seite der Stadt hinfliegend.
Wie man im Traum umsonst den Fliehenden strebt zu verfolgen;
Nicht kann dieser hinweg ihm entfliehn, noch jener verfolgen:
Also ergriff nicht dieser im Lauf, noch enteilete jener.
Doch wie wär' itzt Hektor entflohn den Keren des Todes,
Wenn nicht ihm noch einmal zuletzt Apollon der Herrscher
Nahete, welcher ihm Kraft aufregt' und hurtige Schenkel?
Aber dem Volke verbot mit winkendem Haupt der Peleide,
Nicht ihm daherzuschnellen auf Hektor herbe Geschosse;
Daß kein Treffender raubte den Ruhm, er der zweite dann käme.
Als sie nunmehr zum vierten die sprudelnden Quellen erreichet,
Jetzo streckte der Vater empor die goldene Waage,
Legt' in die Schalen hinein zwei finstere Todeslose,
Dieses dem Peleionen, und das dem reisigen Hektor,
Faßte die Mitt', und wog: da lastete Hektors Schicksal
Schwer zum Aïdes hin; es verließ ihn Phöbos Apollon.
Doch zu Achilleus kam die Herrscherin Pallas Athene;
Nahe trat sie hinan, und sprach die geflügelten Worte:
Jetzt doch, hoff' ich gewiß, Zeus' Liebling, edler Achilleus,
Bringen wir großen Ruhm hinab zu dem Schiffen Achaias,
Hektor dort austilgend, den unersättlichen Krieger.
Nun nicht mehr vermag er aus unserer Hand zu entrinnen,
Nein, wie viel auch erdulde der treffende Phöbos Apollon,
Hingewälzt vor die Kniee des ägiserschütternden Vaters.
Aber wohlan nun steh und erhole dich; während ich selber
Jenem genaht zurede, dir kühn entgegen zu kämpfen.
Also sprach Athen'; er gehorcht' ihr, freudiges Herzens,
Stand, und ruhte gelehnt auf die erzgerüstete Esche.
Jene verließ ihn selbst, und erreichte den göttlichen Hektor,
Ganz dem Deïphobos gleich an Wuchs und gewaltiger Stimme;
Nahe trat sie hinan, und sprach die geflügelten Worte:
Ach mein älterer Bruder, wie drängt dich der schnelle Achilleus,
Rings um Priamos' Stadt mit hurtigen Füßen verfolgend!
Aber wohlan, wir bleiben, und widerstehn unerschüttert!
Ihm antwortete drauf der helmumflatterte Hektor:
Stets, Deïphobos, warst du auch sonst mein trautester Bruder,
Aller, die Priamos zeugt' und Hekabe, unsere Mutter;
Aber noch mehr gedenk' ich hinfort dich im Herzen zu ehren,
Daß du um meinetwillen, sobald du mich sahst mit den Augen,

τείχεος ἐξελθεῖν, ἄλλοι δ' ἔντοσθε μένουσι."
τὸν δ' αὖτε προσέειπε θεὰ γλαυκῶπις Ἀθήνη·
„ ἠθεῖ', ἦ μὲν πολλὰ πατὴρ καὶ πότνια μήτηρ
λίσσονθ' ἑξείης γουνούμενοι, ἀμφὶ δ' ἑταῖροι,
αὖθι μένειν· τοῖον γὰρ ὑποτρομέουσιν ἅπαντες·
ἀλλ' ἐμὸς ἔνδοθι θυμὸς ἐτείρετο πένθεϊ λυγρῶι.
νῦν δ' ἰθὺς μεμαῶτε μαχώμεθα, μὴ δέ τι δούρων
ἔστω φειδωλή, ἵνα εἴδομεν εἴ κεν Ἀχιλλεὺς
νῶϊ κατακτείνας ἔναρα βροτόεντα φέρηται
νῆας ἔπι γλαφυράς, ἦ κεν σῶι δουρὶ δαμήηι."
ὣς φαμένη καὶ κερδοσύνηι ἡγήσατ' Ἀθήνη·
οἱ δ' ὅτε δὴ σχεδὸν ἦσαν ἐπ' ἀλλήλοισιν ἰόντες,
τὸν πρότερος προσέειπε μέγας κορυθαίολος Ἕκτωρ·
„ οὔ σ' ἔτι, Πηλέος υἱέ, φοβήσομαι, ὡς τὸ πάρος περ
τρὶς περὶ ἄστυ μέγα Πριάμου δίον, οὐδέ ποτ' ἔτλην
μεῖναι ἐπερχόμενον· νῦν αὖτέ με θυμὸς ἀνῆκε
στήμεναι ἀντία σεῖο· ἕλοιμί κεν, ἤ κεν ἁλοίην.
ἀλλ' ἄγε δεῦρο θεοὺς ἐπιδώμεθα· τοὶ γὰρ ἄριστοι
μάρτυροι ἔσσονται καὶ ἐπίσκοποι ἁρμονιάων·
οὐ γὰρ ἐγώ σ' ἔκπαγλον ἀεικιῶ, αἴ κεν ἐμοὶ Ζεὺς
δώηι καμμονίην, σὴν δὲ ψυχὴν ἀφέλωμαι·
ἀλλ' ἐπεὶ ἄρ κέ σε συλήσω κλυτὰ τεύχε', Ἀχιλλεῦ,
νεκρὸν Ἀχαιοῖσιν δώσω πάλιν· ὣς δὲ σὺ ῥέζειν."
τὸν δ' ἄρ' ὑπόδρα ἰδὼν προσέφη πόδας ὠκὺς Ἀχιλλεύς·
„ Ἕκτορ, μή μοι, ἄλαστε, συνημοσύνας ἀγόρευε·
ὡς οὐκ ἔστι λέουσι καὶ ἀνδράσιν ὅρκια πιστά,
οὐδὲ λύκοι τε καὶ ἄρνες ὁμόφρονα θυμὸν ἔχουσιν,
ἀλλὰ κακὰ φρονέουσι διαμπερὲς ἀλλήλοισιν,
ὣς οὐκ ἔστ' ἐμὲ καὶ σὲ φιλήμεναι, οὐδέ τι νῶϊν
ὅρκια ἔσσονται, πρίν γ' ἢ ἕτερόν γε πεσόντα
αἵματος ἆσαι Ἄρηα, ταλαύρινον πολεμιστήν.
παντοίης ἀρετῆς μιμνήσκεο· νῦν σε μάλα χρὴ
αἰχμητήν τ' ἔμεναι καὶ θαρσαλέον πολεμιστήν.
οὔ τοι ἔτ' ἔσθ' ὑπάλυξις, ἄφαρ δέ σε Παλλὰς Ἀθήνη
ἔγχει ἐμῶι δαμάαι· νῦν δ' ἀθρόα πάντ' ἀποτίσεις
κήδε' ἐμῶν ἑτάρων, οὓς ἔκτανες ἔγχεϊ θύων."
ἦ ῥα, καὶ ἀμπεπαλὼν προΐει δολιχόσκιον ἔγχος·
καὶ τὸ μὲν ἄντα ἰδὼν ἠλεύατο φαίδιμος Ἕκτωρ·
ἕζετο γὰρ προϊδών, τὸ δ' ὑπέρπτατο χάλκεον ἔγχος,
ἐν γαίηι δ' ἐπάγη· ἀνὰ δ' ἥρπασε Παλλὰς Ἀθήνη,
ἂψ δ' Ἀχιλῆϊ δίδου, λάθε δ' Ἕκτορα ποιμένα λαῶν.

Dich aus der Mauer gewagt, da andere drinnen beharren.
Ihm antwortete Zeus' blauäugige Tochter Athene:
Bruder, mich bat der Vater mit Flehn und die würdige Mutter,
Die umeinander die Kniee mir rühreten, auch die Genossen
Fleheten, dort zu bleiben: so sehr sind alle voll Schreckens.
Doch mein Herz im Busen durchdrang der schmerzende Kummer.
Nun gradan mit Begierde zum Kampf! nun unserer Lanzen
Nicht geschonet annoch! damit wir sehn, ob Achilleus
Uns vielleicht ermordet, und blutige Waffen hinabträgt
Zu den gebogenen Schiffen, ob deiner Lanz' er dahinsinkt!
Dieses gesagt, ging jene voran, die täuschende Göttin.
Als sie nunmehr sich genaht, die Eilenden gegen einander;
Jetzo begann anredend der helmumflatterte Hektor:
Nicht hinfort, o Peleid', entflieh' ich dir, so wie bis jetzo!
Dreimal umlief ich die Feste des Priamos, nimmer es wagend,
Deiner Gewalt zu beharren; allein nun treibt mich das Herz an,
Fest dir entgegen zu stehn, ich töte dich, oder ich falle!
Laß uns jetzt zu den Göttern emporschaun, welche die stärksten
Zeugen des Eidschwurs sind, und jegliches Bundes Bewahrer.
Denn ich werde dich nimmer mit Schmach mißhandeln, verleiht mir
Zeus, als Sieger zu stehn und dir die Seele zu rauben;
Sondern nachdem ich gewonnen dein schönes Geschmeid', o Achilleus,
Geb' ich die Leiche zurück den Danaern. Tue mir Gleiches.
Finster schaut' und begann der mutige Renner Achilleus:
Hektor, mir nicht, unvergeßlicher Feind, von Verträgen geplaudert!
Wie kein Bund die Löwen und Menschenkinder befreundet,
Auch nicht Wölf' und Lämmer in Eintracht je sich gesellen;
Sondern bitterer Haß sie ewig trennt voneinander:
So ist nimmer für uns Vereinigung, oder ein Bündnis,
Mich zu befreunden und dich, bis einer, gestürzt auf den Boden,
Ares mit Blute getränkt, den unaufhaltsamen Krieger!
Jeglicher Kampfeskund' erinnre dich! Jetzo gebührt dir's,
Lanzenschwinger zu sein, und unerschrockener Krieger!
Nicht entrinnst du annoch; durch meine Lanze bezähmt dich
Pallas Athene sofort! Nun büßest du alles auf einmal,
Meiner Genossen Weh, die du Rasender schlugst mit der Lanze!
Sprach's, und im Schwung' entsandt' er die weithinschattende Lanze.
Diese jedoch vorschauend vermied der strahlende Hektor;
Denn er sank in die Knie'; und es flog der eherne Wurfspieß
Über ihn weg in die Erd': ihn ergriff und reichte die Göttin
Schnell dem Peleiden zurück, unbemerkt von dem streitbaren Hektor.

Ἕκτωρ δὲ προσέειπεν ἀμύμονα Πηλεΐωνα·
„ἤμβροτες, οὐδ᾽ ἄρα πώ τι, θεοῖς ἐπιείκελ᾽ Ἀχιλλεῦ,
ἐκ Διὸς ἠείδης τὸν ἐμὸν μόρον· ἦ τοι ἔφης γε·
ἀλλά τις ἀρτιεπὴς καὶ ἐπίκλοπος ἔπλεο μύθων,
ὄφρά σ᾽ ὑποδείσας μένεος ἀλκῆς τε λάθωμαι.
οὐ μέν μοι φεύγοντι μεταφρένωι ἐν δόρυ πήξεις,
ἀλλ᾽ ἰθὺς μεμαῶτι διὰ στήθεσφιν ἔλασσον,
εἴ τοι ἔδωκε θεός· νῦν αὖτ᾽ ἐμὸν ἔγχος ἄλευαι
χάλκεον· ὡς δή μιν σῶι ἐν χροῒ πᾶν κομίσαιο.
καί κεν ἐλαφρότερος πόλεμος Τρώεσσι γένοιτο
σεῖο καταφθιμένοιο· σὺ γάρ σφισι πῆμα μέγιστον."
ἦ ῥα, καὶ ἀμπεπαλὼν προΐει δολιχόσκιον ἔγχος,
καὶ βάλε Πηλεΐδαο μέσον σάκος οὐδ᾽ ἀφάμαρτε·
τῆλε δ᾽ ἀπεπλάγχθη σάκεος δόρυ· χώσατο δ᾽ Ἕκτωρ
ὅττί ῥά οἱ βέλος ὠκὺ ἐτώσιον ἔκφυγε χειρός,
στῆ δὲ κατηφήσας, οὐδ᾽ ἄλλ᾽ ἔχε μείλινον ἔγχος.
Δηΐφοβον δὲ κάλει λευκάσπιδα μακρὸν ἀΰσας·
ἤιτεέ μιν δόρυ μακρόν· ὁ δ᾽ οὔ τί οἱ ἐγγύθεν ἦεν.
Ἕκτωρ δ᾽ ἔγνω ἧισιν ἐνὶ φρεσὶ φώνησέν τε·
„ὢ πόποι, ἦ μάλα δή με θεοὶ θανατόνδε κάλεσσαν·
Δηΐφοβον γὰρ ἔγωγ᾽ ἐφάμην ἥρωα παρεῖναι·
ἀλλ᾽ ὁ μὲν ἐν τείχει, ἐμὲ δ᾽ ἐξαπάτησεν Ἀθήνη.
νῦν δὲ δὴ ἐγγύθι μοι θάνατος κακός, οὐδ᾽ ἔτ᾽ ἄνευθεν,
οὐδ᾽ ἀλέη· ἦ γάρ ῥα πάλαι τό γε φίλτερον ἦεν
Ζηνί τε καὶ Διὸς υἷι ἑκηβόλωι, οἵ με πάρος γε
πρόφρονες εἰρύατο· νῦν αὖτέ με μοῖρα κιχάνει.
μὴ μὰν ἀσπουδί γε καὶ ἀκλειῶς ἀπολοίμην,
ἀλλὰ μέγα ῥέξας τι καὶ ἐσσομένοισι πυθέσθαι."
ὣς ἄρα φωνήσας εἰρύσσατο φάσγανον ὀξύ,
τό οἱ ὑπὸ λαπάρην τέτατο μέγα τε στιβαρόν τε,
οἴμησεν δὲ ἀλεὶς ὥς τ᾽ αἰετὸς ὑψιπετήεις,
ὅς τ᾽ εἶσιν πεδίονδε διὰ νεφέων ἐρεβεννῶν
ἁρπάξων ἢ ἄρν᾽ ἀμαλὴν ἢ πτῶκα λαγωόν·
ὣς Ἕκτωρ οἴμησε τινάσσων φάσγανον ὀξύ.
ὁρμήθη δ᾽ Ἀχιλεύς, μένεος δ᾽ ἐμπλήσατο θυμὸν
ἀγρίου, πρόσθεν δὲ σάκος στέρνοιο κάλυψε
καλὸν δαιδάλεον, κόρυθι δ᾽ ἐπένευε φαεινῆι
τετραφάλωι· καλαὶ δὲ περισσείοντο ἔθειραι
χρύσεαι, ἃς Ἥφαιστος ἵει λόφον ἀμφὶ θαμειάς.
οἷος δ᾽ ἀστὴρ εἶσι μετ᾽ ἀστράσι νυκτὸς ἀμολγῶι
ἕσπερος, ὃς κάλλιστος ἐν οὐρανῶι ἵσταται ἀστήρ,

Aber Hektor begann zu dem tadellosen Achilleus:
   Weit gefehlt! Wohl schwerlich, o göttergleicher Achilleus,
Offenbarete Zeus mein Geschick dir, wie du geredet;
Sondern du warst ein gewandter und hinterlistiger Schwätzer,
Daß ich vor dir hinbebend des Muts und der Stärke vergäße.
Nicht mir Fliehenden soll dein Speer den Rücken durchbohren;
Sondern gerad' anstürm' ich: wohlauf! in die Brust ihn gestoßen,
Wenn dir ein Gott es verlieh! Doch jetzt vermeide die Schärfe
Dieses Speers! O möchte dein Leib doch ganz ihn empfangen!
Leichter wäre sodann der Kampf für die Männer von Troja,
Wenn du sänkst in den Staub; du bist ihr größestes Unheil!
   Sprach's, und im Schwung' entsandt' er die weithinschattende Lanze,
Traf, und verfehlete nicht, gerad' auf den Schild des Peleiden;
Doch weit prallte vom Schilde der Speer. Da zürnete Hektor,
Daß sein schnelles Geschoß umsonst aus der Hand ihm entflohn war;
Stand, und schaute bestürzt; denn ihm fehlt' ein anderer Wurfspieß.
Laut zu Deïphobos drauf, dem Weißgeschildeten, ruft' er,
Fordernd den ragenden Speer; allein nicht nahe war jener.
Hektor erkannt' es anjetzt in seinem Geist und begann so:
   Wehe mir doch! nun rufen zum Tode mich wahrlich die Götter!
Denn ich dachte, der Held Deïphobos wolle mir beistehn;
Aber er ist in der Stadt, und es täuschte mich Pallas Athene.
Nun ist nahe der Tod, der schreckliche! nicht mir entfernt noch;
Auch kein Entfliehn! Denn ehmals beschloß noch solches im Herzen
Zeus, und des Donnerers Sohn, der Treffende, welcher zuvor mich
Stets willfährig geschirmt; doch jetzo erhascht mich das Schicksal!
Daß nicht arbeitlos in den Staub ich sinke, noch ruhmlos,
Nein, erst Großes vollendend, wovon auch Künftige hören!
   Also redete jener, und zog das geschliffene Schwert aus,
Welches ihm längs der Hüfte herabhing, groß und gewaltig;
An nun stürmt' er gefaßt, wie ein hochherfliegender Adler,
Welcher herab auf die Ebne gesenkt aus nächtlichen Wolken
Raubt den Hasen im Busch, wo der hinduckt, oder ein Lämmlein:
Also stürmete Hektor, das hauende Schwert in der Rechten.
Gegen ihn drang der Peleid', und Wut erfüllte das Herz ihm
Ungestüm: er streckte der Brust den geründeten Schild vor,
Schön und prangend an Kunst; und der Helm, viergipflig und strahlend,
Nickt' auf dem Haupt; und die stattliche Mähn' aus gesponnenem Golde
Flatterte, welche der Gott auf dem Kegel ihm häufig geordnet.
Hell wie der Stern vorstrahlet in dämmernder Stunde des Melkens,
Hesperos, der am schönsten erscheint vor den Sternen des Himmels:

ὣς αἰχμῆς ἀπέλαμπ' εὐήκεος, ἣν ἄρ' Ἀχιλλεὺς
πάλλεν δεξιτερῆι φρονέων κακὸν Ἕκτορι δίωι,
εἰσορόων χρόα καλόν, ὅπηι εἴξειε μάλιστα.
τοῦ δὲ καὶ ἄλλο τόσον μὲν ἔχε χρόα χάλκεα τεύχεα,
καλά, τὰ Πατρόκλοιο βίην ἐνάριξε κατακτάς·
φαίνετο δ' ἧι κληῗδες ἀπ' ὤμων αὐχέν' ἔχουσι,
λαυκανίην, ἵνα τε ψυχῆς ὤκιστος ὄλεθρος·
τῆι ῥ' ἐπὶ οἷ μεμαῶτ' ἔλασ' ἔγχεϊ δῖος Ἀχιλλεύς,
ἀντικρὺ δ' ἁπαλοῖο δι' αὐχένος ἤλυθ' ἀκωκή·
οὐδ' ἄρ' ἀπ' ἀσφάραγον μελίη τάμε χαλκοβάρεια,
ὄφρά τί μιν προτιείποι ἀμειβόμενος ἐπέεσσιν.
ἤριπε δ' ἐν κονίηις· ὁ δ' ἐπεύξατο δῖος Ἀχιλλεύς·
„Ἕκτορ, ἀτάρ που ἔφης Πατροκλῆ' ἐξεναρίζων
σῶς ἔσσεσθ', ἐμὲ δ' οὐδὲν ὀπίζεο νόσφιν ἐόντα,
νήπιε· τοῖο δ' ἄνευθεν ἀοσσητὴρ μέγ' ἀμείνων
νηυσὶν ἔπι γλαφυρῆισιν ἐγὼ μετόπισθε λελείμμην,
ὅς τοι γούνατ' ἔλυσα· σὲ μὲν κύνες ἠδ' οἰωνοὶ
ἑλκήσουσ' ἀϊκῶς, τὸν δὲ κτεριοῦσιν Ἀχαιοί."
    τὸν δ' ὀλιγοδρανέων προσέφη κορυθαίολος Ἕκτωρ·
„λίσσομ' ὑπὲρ ψυχῆς καὶ γούνων σῶν τε τοκήων,
μή με ἔα παρὰ νηυσὶ κύνας καταδάψαι Ἀχαιῶν,
ἀλλὰ σὺ μὲν χαλκόν τε ἅλις χρυσόν τε δέδεξο,
δῶρα τά τοι δώσουσι πατὴρ καὶ πότνια μήτηρ,
σῶμα δὲ οἴκαδ' ἐμὸν δόμεναι πάλιν, ὄφρα πυρός με
Τρῶες καὶ Τρώων ἄλοχοι λελάχωσι θανόντα."
    τὸν δ' ἄρ' ὑπόδρα ἰδὼν προσέφη πόδας ὠκὺς Ἀχιλλεύς·
„μή με, κύον, γούνων γουνάζεο μηδὲ τοκήων·
αἲ γάρ πως αὐτόν με μένος καὶ θυμὸς ἀνείη
ὤμ' ἀποταμνόμενον κρέα ἔδμεναι, οἷα ἔοργας,
ὡς οὐκ ἔσθ' ὃς σῆς γε κύνας κεφαλῆς ἀπαλάλκοι,
οὐδ' εἴ κεν δεκάκις τε καὶ εἰκοσινήριτ' ἄποινα
στήσωσ' ἐνθάδ' ἄγοντες, ὑπόσχωνται δὲ καὶ ἄλλα,
οὐδ' εἴ κέν σ' αὐτὸν χρυσῶι ἐρύσασθαι ἀνώγοι
Δαρδανίδης Πρίαμος· οὐδ' ὧς σέ γε πότνια μήτηρ
ἐνθεμένη λεχέεσσι γοήσεται, ὃν τέκεν αὐτή,
ἀλλὰ κύνες τε καὶ οἰωνοὶ κατὰ πάντα δάσονται."
    τὸν δὲ καταθνήισκων προσέφη κορυθαίολος Ἕκτωρ·
„ἦ σ' εὖ γιγνώσκων προτιόσσομαι, οὐδ' ἄρ' ἔμελλον
πείσειν· ἦ γὰρ σοί γε σιδήρεος ἐν φρεσὶ θυμός.
φράζεο νῦν, μή τοί τι θεῶν μήνιμα γένωμαι
ἤματι τῶι ὅτε κέν σε Πάρις καὶ Φοῖβος Ἀπόλλων

So von der Schärfe des Speers auch strahlet' es, welchen Achilleus
Schwenkt' in der rechten Hand, wutvoll dem göttlichen Hektor,
Spähend den schönen Leib, wo die Wund' am leichtesten hafte.
Rings zwar sonst umhüllt' ihm den Leib die eherne Rüstung,
Blank und schön, die er raubte, die Kraft des Patroklos ermordend;
Nur wo das Schlüsselbein den Hals begrenzt und die Achsel,
Schien die Kehl' ihm entblößt, die gefährlichste Stelle des Lebens:
Dort mit dem Speer anstürmend durchstach ihn der edle Achilleus,
Daß ihm hindurch aus dem zarten Genick die Spitze hervordrang.
Doch nicht gänzlich den Schlund durchschnitt der eherne Speer ihm,
Daß er noch zu reden vermocht' im Wechselgespräche;
Und er entsank in den Staub; da rief frohlockend Achilleus:
Hektor, du glaubtest gewiß, da Patrokleus' Wehr du geraubet,
Sicher zu sein, und achtetest nicht des entfernten Achilleus.
Törichter! jenem entfernt war ein weit machtvollerer Rächer
Bei den gebogenen Schiffen, ich selbst, zurück ihm geblieben,
Der dir die Kniee gelöst! Dich zerren nun Hund' und Gevögel,
Schmählich entstellt; ihn aber bestatten mit Ruhm die Achaier.
Wieder begann schwachatmend der helmumflatterte Hektor:
Dich beschwör' ich beim Leben, bei deinen Knien, und den Eltern,
Laß mich nicht an den Schiffen der Danaer Hunde zerreißen;
Sondern nimm des Erzes genug und des köstlichen Goldes
Zum Geschenk, das der Vater dir beut, und die würdige Mutter.
Aber den Leib entsende gen Ilios, daß in der Heimat
Trojas Männer und Fraun des Feuers Ehre mir geben.
Finster schaut' und begann der mutige Renner Achilleus:
Nicht beschwöre mich, Hund, bei meinen Knien, und den Eltern!
Daß doch Zorn und Wut mich erbitterte, roh zu verschlingen
Dein zerschnittenes Fleisch, für das Unheil, das du mir brachtest!
So sei fern, der die Hunde von deinem Haupt dir verscheuche!
Wenn sie auch zehnmal so viel, und zwanzigfältige Sühnung,
Hergebracht darwögen, und mehreres noch mir verhießen!
Ja wenn dich selber mit Gold auch aufzuwägen geböte
Priamos, Dardanos' Sohn; auch so nicht bettet die Mutter
Dich auf Leichengewand', und wehklagt, den sie geboren;
Sondern Hund' und Gevögel umher zerreißen den Leichnam!
Wieder begann schon sterbend der helmumflatterte Hektor:
Ach, ich kenne dich wohl, und ahndete, nicht zu erweichen
Wärest du mir; denn eisern ist traun dein Herz in dem Busen.
Denke nunmehr, daß nicht dir Götterzorn ich erwecke,
Jenes Tags, wann Paris dich dort und Phöbos Apollon

ἐσθλὸν ἐόντ' ὀλέσωσιν ἐνὶ Σκαιῇσι πύλῃσιν."
ὣς ἄρα μιν εἰπόντα τέλος θανάτοιο κάλυψε,
ψυχὴ δ' ἐκ ῥεθέων πταμένη Ἄϊδος δὲ βεβήκει,
ὃν πότμον γοόωσα, λιποῦσ' ἀνδροτῆτα καὶ ἥβην.
τὸν καὶ τεθνηῶτα προσηύδα δῖος Ἀχιλλεύς·
„τέθναθι· κῆρα δ' ἐγὼ τότε δέξομαι, ὁππότε κεν δὴ
Ζεὺς ἐθέλῃ τελέσαι ἠδ' ἀθάνατοι θεοὶ ἄλλοι."
ἦ ῥα, καὶ ἐκ νεκροῖο ἐρύσσατο χάλκεον ἔγχος,
καὶ τό γ' ἄνευθεν ἔθηχ', ὁ δ' ἀπ' ὤμων τεύχε' ἐσύλα
αἱματόεντ'· ἄλλοι δὲ περίδραμον υἷες Ἀχαιῶν,
οἳ καὶ θηήσαντο φυὴν καὶ εἶδος ἀγητὸν
Ἕκτορος· οὐδ' ἄρα οἵ τις ἀνουτητί γε παρέστη.
ὧδε δέ τις εἴπεσκεν ἰδὼν ἐς πλησίον ἄλλον·
„ὢ πόποι, ἦ μάλα δὴ μαλακώτερος ἀμφαφάασθαι
Ἕκτωρ ἢ ὅτε νῆας ἐνέπρησεν πυρὶ κηλέωι."
ὣς ἄρα τις εἴπεσκε καὶ οὐτήσασκε παραστάς.
τὸν δ' ἐπεὶ ἐξενάριξε ποδάρκης δῖος Ἀχιλλεύς,
στὰς ἐν Ἀχαιοῖσιν ἔπεα πτερόεντ' ἀγόρευεν·
„ὦ φίλοι, Ἀργείων ἡγήτορες ἠδὲ μέδοντες,
ἐπεὶ δὴ τόνδ' ἄνδρα θεοὶ δαμάσασθαι ἔδωκαν,
ὃς κακὰ πόλλ' ἔρρεξεν, ὅσ' οὐ σύμπαντες οἱ ἄλλοι,
εἰ δ' ἄγετ' ἀμφὶ πόλιν σὺν τεύχεσι πειρηθέωμεν,
ὄφρα κ' ἔτι γνῶμεν Τρώων νόον, ὅν τιν' ἔχουσιν,
ἢ καταλείψουσιν πόλιν ἄκρην τοῦδε πεσόντος,
ἦε μένειν μεμάασι καὶ Ἕκτορος οὐκέτ' ἐόντος.
ἀλλὰ τίη μοι ταῦτα φίλος διελέξατο θυμός;
κεῖται πὰρ νήεσσι νέκυς ἄκλαυτος ἄθαπτος
Πάτροκλος· τοῦ δ' οὐκ ἐπιλήσομαι, ὄφρ' ἂν ἔγωγε
ζωοῖσιν μετέω καί μοι φίλα γούνατ' ὀρώρῃ·
εἰ δὲ θανόντων περ καταλήθοντ' εἰν Ἀΐδαο,
αὐτὰρ ἐγὼ καὶ κεῖθι φίλου μεμνήσομ' ἑταίρου.
νῦν δ' ἄγ' ἀείδοντες παιήονα κοῦροι Ἀχαιῶν
νηυσὶν ἔπι γλαφυρῇσι νεώμεθα, τόνδε δ' ἄγωμεν.
ἠράμεθα μέγα κῦδος· ἐπέφνομεν Ἕκτορα δῖον,
ὧι Τρῶες κατὰ ἄστυ θεῶι ὣς εὐχετόωντο."
ἦ ῥα, καὶ Ἕκτορα δῖον ἀεικέα μήδετο ἔργα.
ἀμφοτέρων μετόπισθε ποδῶν τέτρηνε τένοντε
ἐς σφυρὸν ἐκ πτέρνης, βοέους δ' ἐξῆπτεν ἱμάντας,
ἐκ δίφροιο δ' ἔδησε, κάρη δ' ἕλκεσθαι ἔασεν·
ἐς δίφρον δ' ἀναβὰς ἀνά τε κλυτὰ τεύχε' ἀείρας
μάστιξέν ῥ' ἐλάαν, τὼ δ' οὐκ ἀέκοντε πετέσθην.

Töten, wie tapfer du bist, am hohen skäischen Tore!
Als er dieses geredet, umschloß ihn das Ende des Todes;
Aber die Seel' aus den Gliedern entflog in die Tiefe des Aïs,
Klagend ihr Jammergeschick, getrennt von Jugend und Mannkraft.
Auch dem Toten erwiderte noch der edle Achilleus:
Stirb! mein eigenes Los, das empfang' ich, wann es auch immer
Zeus zu vollenden beschließt, und die andern unsterblichen Götter!
Also sprach er und zog die eherne Lanz' aus dem Leichnam;
Sie dann legt' er zur Seit', und raubte die Wehr von den Schultern,
Blutbefleckt. Da umliefen ihn andere Männer Achaias,
Die ringsher anstaunten den Wuchs und die herrliche Bildung
Hektors; und auch keiner umstand ihn ohne Verwundrung.
Also redete mancher, gewandt zum anderen Nachbar:
Wunder doch! viel sanfter fürwahr ist nun zu betasten
Hektor, als da die Schiff' in lodernder Glut er verbrannte!
Also redete mancher, und nahte sich, ihn zu verwunden.
Aber nachdem ihn entwaffnet der mutige Renner Achilleus,
Stand er in Argos Volk, und sprach die geflügelten Worte:
Freund', ihr Helden des Danaerstamms, o Genossen des Ares,
Jetzo da diesen Mann mir die Götter verliehn zu bezähmen,
Der viel Böses getan, weit mehr denn die anderen alle;
Auf, nun laßt uns die Stadt in Rüstungen rings versuchen,
Bis wir ein wenig erkannt den Sinn, den die Troer bewahren:
Ob sie vielleicht uns räumen die Burg, weil dieser dahinsank,
Oder zu stehn sich erkühnen, wiewohl nicht Hektor begleitet.
Aber warum bewegte das Herz mir solche Gedanken?
Liegt doch tot bei den Schiffen, und ohne Klag' und Bestattung,
Unser Freund Patroklos, den nie ich werde vergessen,
Weil ich mit Lebenden geh', und Kraft in den Knieen sich reget!
Wenn man auch der Toten vergißt in Aïdes Wohnung,
Dennoch werd' ich auch dort des trautesten Freundes gedenken!
Auf nun, mit Siegesgesang des Päeon, Männer Achaias,
Kehren wir, Hektor führend, hinab zu den räumigen Schiffen!
Groß ist der Ruhm des Sieges; uns sank der göttliche Hektor,
Welchem die Troer der Stadt, wie einem Gott, sich vertrauten!
Sprach's, und schändlichen Frevel ersann er dem göttlichen Hektor.
Beiden Füßen nunmehr durchbohret' er hinten die Sehnen,
Zwischen Knöchel und Fers', und durchzog sie mit Riemen von Stierhaut
Band am Sessel sie fest, und ließ nachschleppen die Scheitel;
Trat dann selber hinein, und erhob die prangende Rüstung;
Treibend schwang er die Geißel, und rasch hinflogen die Rosse.

τοῦ δ' ἦν ἑλκομένοιο κονίσαλος, ἀμφὶ δὲ χαῖται
κυάνεαι πίτναντο, κάρη δ' ἅπαν ἐν κονίῃσι
κεῖτο πάρος χαρίεν· τότε δὲ Ζεὺς δυσμενέεσσι
δῶκεν ἀεικίσσασθαι ἑῇ ἐν πατρίδι γαίῃ.
ὣς τοῦ μὲν κεκόνιτο κάρη ἅπαν· ἡ δέ νυ μήτηρ
τίλλε κόμην, ἀπὸ δὲ λιπαρὴν ἔρριψε καλύπτρην
τηλόσε, κώκυσεν δὲ μάλα μέγα παῖδ' ἐσιδοῦσα·
ᾤμωξεν δ' ἐλεεινὰ πατὴρ φίλος, ἀμφὶ δὲ λαοὶ
κωκυτῷ τ' εἴχοντο καὶ οἰμωγῇ κατὰ ἄστυ.
τῷ δὲ μάλιστ' ἄρ' ἔην ἐναλίγκιον, ὡς εἰ ἅπασα
Ἴλιος ὀφρυόεσσα πυρὶ σμύχοιτο κατ' ἄκρης.
λαοὶ μέν ῥα γέροντα μόγις ἔχον ἀσχαλόωντα,
ἐξελθεῖν μεμαῶτα πυλάων Δαρδανιάων.
πάντας δ' ἐλλιτάνευε κυλινδόμενος κατὰ κόπρον,
ἐξ ὀνομακλήδην ὀνομάζων ἄνδρα ἕκαστον·
„σχέσθε, φίλοι, καί μ' οἶον ἐάσατε κηδόμενοί περ
ἐξελθόντα πόληος ἱκέσθ' ἐπὶ νῆας Ἀχαιῶν,
λίσσωμ' ἀνέρα τοῦτον ἀτάσθαλον ὀβριμοεργόν,
ἤν πως ἡλικίην αἰδέσσεται ἠδ' ἐλεήσῃ
γῆρας· καὶ δέ νυ τῷ γε πατὴρ τοιόσδε τέτυκται,
Πηλεύς, ὅς μιν ἔτικτε καὶ ἔτρεφε πῆμα γενέσθαι
Τρωσί· μάλιστα δ' ἐμοὶ περὶ πάντων ἄλγε' ἔθηκε.
τόσσους γάρ μοι παῖδας ἀπέκτανε τηλεθάοντας·
τῶν πάντων οὐ τόσσον ὀδύρομαι ἀχνύμενός περ
ὡς ἑνός, οὗ μ' ἄχος ὀξὺ κατοίσεται Ἄϊδος εἴσω,
Ἕκτορος· ὡς ὄφελεν θανέειν ἐν χερσὶν ἐμῇσι·
τώ κε κορεσσάμεθα κλαίοντέ τε μυρομένω τε
μήτηρ θ', ἥ μιν ἔτικτε δυσάμμορος, ἠδ' ἐγὼ αὐτός."
ὣς ἔφατο κλαίων, ἐπὶ δὲ στενάχοντο πολῖται·
Τρωῇσιν δ' Ἑκάβη ἁδινοῦ ἐξῆρχε γόοιο·
„τέκνον, ἐγὼ δειλή· τί νυ βείομαι αἰνὰ παθοῦσα,
σεῦ ἀποτεθνηῶτος; ὅ μοι νύκτάς τε καὶ ἦμαρ
εὐχωλὴ κατὰ ἄστυ πελέσκεο, πᾶσί τ' ὄνειαρ
Τρωσί τε καὶ Τρωῇσι κατὰ πτόλιν, οἵ σε θεὸν ὣς
δειδέχατ'· ἦ γὰρ καί σφι μάλα μέγα κῦδος ἔησθα
ζωὸς ἐών· νῦν αὖ θάνατος καὶ μοῖρα κιχάνει."
ὣς ἔφατο κλαίουσ', ἄλοχος δ' οὔ πώ τι πέπυστο
Ἕκτορος· οὐ γάρ οἵ τις ἐτήτυμος ἄγγελος ἐλθὼν
ἤγγειλ' ὅττί ῥά οἱ πόσις ἔκτοθι μίμνε πυλάων,
ἀλλ' ἥ γ' ἱστὸν ὕφαινε μυχῷ δόμου ὑψηλοῖο
δίπλακα πορφυρέην, ἐν δὲ θρόνα ποικίλ' ἔπασσε.

Staubgewölk umwallte den Schleppenden; rings auch zerrüttet
Rollte sein finsteres Haar, da ganz sein Haupt in dem Staube
Lag, so lieblich zuvor! allein nun hatt' es den Feinden
Zeus zu entstellen verliehn in seiner Väter Gefilde.
Also bestäubt ward jenem das Haupt ganz. Aber die Mutter
Rauft' ihr Haar, und warf den glänzenden Schleier des Hauptes
Weit hinweg, und blickte mit Jammergeschrei nach dem Sohne.
Kläglich weint' auch der Vater und jammerte; doch von den Völkern
Tönte Geheul ringsher und Angstgeschrei durch die Feste.
Weniger nicht scholl jetzo die Wehklag', als wenn die ganze
Ilios hochgetürmt in Glut hinsänke vom Gipfel.
Kaum noch hielten die Völker den Greis, der in zürnender Wehmut
Strebte hinauszugehn aus dem hohen dardanischen Tore.
Allen fleht' er umher, auf schmutzigem Boden sich wälzend,
Nannte jeglichen Mann mit seinem Namen, und sagte:
Haltet, o Freund', und laßt mich allein, wie sehr ihr besorgt seid,
Gehn vor die Feste hinaus, und nahn den Schiffen Achaias!
Anflehn will ich den Mann, den entsetzlichen Täter des Frevels:
Ob er vielleicht mein Alter mit Ehrfurcht und mit Erbarmung
Anschaut; denn auch jenem ist schon grauhaarig der Vater,
Peleus, der ihn erzeugt' und nährete, ach zum Verderben
Trojas; doch vor allen mir selbst bereitet' er Jammer!
Denn so viele Söhn' erschlug er mir, blühender Jugend!
Alle jedoch betraur' ich nicht so sehr, herzlich betrübt zwar,
Als ihn allein, des wütender Schmerz mich zum Aïs hinabführt,
Hektor! Wär' er doch mir in meinen Armen gestorben!
Satt dann hätten wir uns das Herz geweint und gejammert,
Ich, und die ihn gebar, die unglückselige Mutter!
Also sprach er weinend; und ringsum seufzten die Bürger.
Hekabe aber erhub die Wehklag' unter den Weibern:
Sohn, was soll ich Arme hinfort noch leben in Jammer,
Da du, Trauter, mir starbst? der mir bei Nacht und bei Tage
Ruhm und Trost in Ilios war, und allen Errettung,
Trojas Männern und Fraun, die dich, wie einen der Götter,
Achteten! Traun du würdest mit großer Ehre sie krönen,
Lebtest du noch! Nun aber hat Tod und Geschick dich ereilet!
Also sprach sie weinend. Doch nichts noch hörte die Gattin
Hektors; denn nicht kam ihr ein Kundiger, welcher die Botschaft
Meldete, daß der Gemahl ihr auswärts blieb vor dem Tore;
Sondern sie webt' ein Gewand, im innern Gemach des Palastes,
Doppelt und blendend weiß, und durchwirkt mit mancherlei Bildwerk.

κέκλετο δ᾽ ἀμφιπόλοισιν ἐϋπλοκάμοις κατὰ δῶμα
ἀμφὶ πυρὶ στῆσαι τρίποδα μέγαν, ὄφρα πέλοιτο
Ἕκτορι θερμὰ λοετρὰ μάχης ἐκ νοστήσαντι,
νηπίη, οὐδ᾽ ἐνόησεν ὅ μιν μάλα τῆλε λοετρῶν
χερσὶν Ἀχιλλῆος δάμασε γλαυκῶπις Ἀθήνη.
κωκυτοῦ δ᾽ ἤκουσε καὶ οἰμωγῆς ἀπὸ πύργου·
τῆς δ᾽ ἐλελίχθη γυῖα, χαμαὶ δέ οἱ ἔκπεσε κερκίς·
ἡ δ᾽ αὖτις δμωιῆισιν ἐϋπλοκάμοισι μετηύδα·
„δεῦτε, δύω μοι ἕπεσθον, ἴδωμ᾽ ὅτιν᾽ ἔργα τέτυκται.
αἰδοίης ἑκυρῆς ὀπὸς ἔκλυον, ἐν δ᾽ ἐμοὶ αὐτῆι
στήθεσι πάλλεται ἦτορ ἀνὰ στόμα, νέρθε δὲ γοῦνα
πήγνυται· ἐγγὺς δή τι κακὸν Πριάμοιο τέκεσσιν.
αἲ γὰρ ἀπ᾽ οὔατος εἴη ἐμεῦ ἔπος· ἀλλὰ μάλ᾽ αἰνῶς
δείδω μὴ δή μοι θρασὺν Ἕκτορα δῖος Ἀχιλλεὺς
μοῦνον ἀποτμήξας πόλιος πεδίον δὲ δίηται,
καὶ δή μιν καταπαύσηι ἀγηνορίης ἀλεγεινῆς,
ἥ μιν ἔχεσκ᾽, ἐπεὶ οὔ ποτ᾽ ἐνὶ πληθυῖ μένεν ἀνδρῶν,
ἀλλὰ πολὺ προθέεσκε, τὸ ὃν μένος οὐδενὶ εἴκων.“
ὣς φαμένη μεγάροιο διέσσυτο μαινάδι ἴση,
παλλομένη κραδίην· ἅμα δ᾽ ἀμφίπολοι κίον αὐτῆι
αὐτὰρ ἐπεὶ πύργόν τε καὶ ἀνδρῶν ἷξεν ὅμιλον,
ἔστη παπτήνασ᾽ ἐπὶ τείχεϊ, τὸν δὲ νόησεν
ἑλκόμενον πρόσθεν πόλιος· ταχέες δέ μιν ἵπποι
ἕλκον ἀκηδέστως κοίλας ἐπὶ νῆας Ἀχαιῶν.
τὴν δὲ κατ᾽ ὀφθαλμῶν ἐρεβεννὴ νὺξ ἐκάλυψεν,
ἤριπε δ᾽ ἐξοπίσω, ἀπὸ δὲ ψυχὴν ἐκάπυσσε.
τῆλε δ᾽ ἀπὸ κρατὸς βάλε δέσματα σιγαλόεντα,
ἄμπυκα κεκρύφαλόν τε ἰδὲ πλεκτὴν ἀναδέσμην
κρήδεμνόν θ᾽, ὅ ῥά οἱ δῶκε χρυσῆ Ἀφροδίτη
ἤματι τῶι ὅτε μιν κορυθαίολος ἠγάγεθ᾽ Ἕκτωρ
ἐκ δόμου Ἠετίωνος, ἐπεὶ πόρε μυρία ἕδνα.
ἀμφὶ δέ μιν γαλόωι τε καὶ εἰνατέρες ἅλις ἔσταν,
αἵ ἑ μετὰ σφίσιν εἶχον ἀτυζομένην ἀπολέσθαι.
ἡ δ᾽ ἐπεὶ οὖν ἔμπνυτο καὶ ἐς φρένα θυμὸς ἀγέρθη,
ἀμβλήδην γοόωσα μετὰ Τρωιῆισιν ἔειπεν·
„Ἕκτορ, ἐγὼ δύστηνος· ἰῆι ἄρα γεινόμεθ᾽ αἴσηι
ἀμφότεροι, σὺ μὲν ἐν Τροίηι Πριάμου κατὰ δῶμα,
αὐτὰρ ἐγὼ Θήβηισιν ὑπὸ Πλάκωι ὑληέσσηι
ἐν δόμωι Ἠετίωνος, ὅ μ᾽ ἔτρεφε τυτθὸν ἐοῦσαν,
δύσμορος αἰνόμορον· ὡς μὴ ὤφελλε τεκέσθαι.
νῦν δὲ σὺ μὲν Ἀΐδαο δόμους ὑπὸ κεύθεσι γαίης

Jetzo rief sie umher den lockigen Mägden des Hauses,
Eilend ein groß dreifüßig Geschirr auf Feuer zu stellen,
Zum erwärmenden Bade, wann Hektor kehrt' aus der Feldschlacht:
Törin! sie wußte nicht, daß weit entfernt von den Bädern
Ihn durch Achilleus' Hände besiegt Zeus' Tochter Athene.
Aber Geheul vernahm sie und Jammergeschrei von dem Turme;
Und ihr erbebten die Glieder, es sank zur Erde das Webschiff,
Ängstlich nunmehr in dem Kreis schönlockiger Mägde begann sie:
Auf, ihr zwo mir gefolgt; ich eile zu schaun, was geschehn ist!
Eben vernahm ich die Stimme der Schwäherin; ach, und mir selber
Schlägt das Herz im Busen zum Hals' empor, und die Kniee
Starren mir! Sicherlich naht ein Unheil Priamos' Söhnen!
Fern sei meinem Ohr die Verkündigung! aber mit Unruh
Sorg' ich, den mutigen Hektor hab' itzt der edle Achilleus
Abgeschnitten allein von der Stadt, ins Gefilde verfolgend,
Und wohl schon ihn gehemmt in seiner entsetzlichen Kühnheit,
Welche stets ihn beseelt! Denn niemals weilt' er im Haufen;
Sondern voran flog mutig der Held, und zagte vor niemand!
Sprach's, und hinweg aus der Kammer enteilte sie, gleich der Mänade,
Wild ihr pochendes Herz; und es folgten ihr dienende Weiber.
Aber nachdem sie den Turm und die Schar der Männer erreichet;
Stand sie und blickt' auf die Mauer umher, und schauete jenen
Hingeschleift vor Ilios Stadt; und die hurtigen Rosse
Schleiften ihn sorglos hin zu den räumigen Schiffen Achaias.
Schnell umhüllt' ihr die Augen ein mitternächtliches Dunkel;
Und sie entsank rückwärts, und lag entatmet in Ohnmacht.
Weithin flog vom Haupte der köstlich prangende Haarschmuck,
Vorn das Band, und die Haub', und die schöngeflochtene Binde,
Auch der Schleier, geschenkt von der goldenen Aphrodite,
Jenes Tags, da sie führte der helmumflatterte Hektor
Aus Eëtions Burg, nach unendlicher Bräutigamsgabe.
Rings auch standen ihr Schwestern des Manns und Frauen der Schwäger,
Haltend die Atemlose, vom Kummer betäubt wie zum Tode.
Als sie zu atmen begann, und der Geist dem Herzen zurückkam;
Jetzt mit gebrochener Klage vor Trojas Frauen begann sie:
Hektor, o weh mir Armen! zu gleichem Geschick ja geboren
Wurden wir einst: du selber in Priamos' Hause zu Troja;
Aber ich zu Thebe, am waldigen Hange des Plakos,
In Eëtions Burg, der mich erzog, da ich klein war,
Elend ein elendes Kind! Ach, hätt' er mich nimmer erzeuget!
Du nun gehst zu Aïdes Burg in die Tiefen der Erde,

ἔρχεαι, αὐτὰρ ἐμὲ στυγερῶι ἐνὶ πένθεϊ λείπεις
χήρην ἐν μεγάροισι· πάϊς δ' ἔτι νήπιος αὔτως,
ὃν τέκομεν σύ τ' ἐγώ τε δυσάμμοροι· οὔτε σὺ τούτωι
ἔσσεαι, Ἕκτορ, ὄνειαρ, ἐπεὶ θάνες, οὔτε σοὶ οὗτος.
ἤν περ γὰρ πόλεμόν γε φύγηι πολύδακρυν Ἀχαιῶν,
αἰεί τοι τούτωι γε πόνος καὶ κήδε' ὀπίσσω
ἔσσοντ'· ἄλλοι γάρ οἱ ἀπουρίσσουσιν ἀρούρας.
ἦμαρ δ' ὀρφανικὸν παναφήλικα παῖδα τίθησι·
πάντα δ' ὑπεμνήμυκε, δεδάκρυνται δὲ παρειαί,
δευόμενος δέ τ' ἄνεισι πάϊς ἐς πατρὸς ἑταίρους,
ἄλλον μὲν χλαίνης ἐρύων, ἄλλον δὲ χιτῶνος·
τῶν δ' ἐλεησάντων κοτύλην τις τυτθὸν ἐπέσχε·
χείλεα μέν τ' ἐδίην', ὑπερώιην δ' οὐκ ἐδίηνε.
τὸν δὲ καὶ ἀμφιθαλὴς ἐκ δαιτύος ἐστυφέλιξε,
χερσὶν πεπλήγων καὶ ὀνειδείοισιν ἐνίσσων·
‚ἔρρ' οὕτως· οὐ σός γε πατὴρ μεταδαίνυται ἡμῖν.'
δακρυόεις δέ τ' ἄνεισι πάϊς ἐς μητέρα χήρην,
Ἀστυάναξ, ὃς πρὶν μὲν ἑοῦ ἐπὶ γούνασι πατρὸς
μυελὸν οἶον ἔδεσκε καὶ οἰῶν πίονα δημόν·
αὐτὰρ ὅθ' ὕπνος ἕλοι, παύσαιτό τε νηπιαχεύων,
εὕδεσκ' ἐν λέκτροισιν, ἐν ἀγκαλίδεσσι τιθήνης,
εὐνῆι ἔνι μαλακῆι, θαλέων ἐμπλησάμενος κῆρ·
νῦν δ' ἂν πολλὰ πάθηισι, φίλου ἀπὸ πατρὸς ἁμαρτών,
Ἀστυάναξ, ὃν Τρῶες ἐπίκλησιν καλέουσιν·
οἶος γάρ σφιν ἔρυσο πύλας καὶ τείχεα μακρά.
νῦν δὲ σὲ μὲν παρὰ νηυσὶ κορωνίσι νόσφι τοκήων
αἰόλαι εὐλαὶ ἔδονται, ἐπεί κε κύνες κορέσωνται,
γυμνόν· ἀτάρ τοι εἵματ' ἐνὶ μεγάροισι κέονται
λεπτά τε καὶ χαρίεντα, τετυγμένα χερσὶ γυναικῶν.
ἀλλ' ἤτοι τάδε πάντα καταφλέξω πυρὶ κηλέωι,
οὐδὲν σοί γ' ὄφελος, ἐπεὶ οὐκ ἐγκείσεαι αὐτοῖς,
ἀλλὰ πρὸς Τρώων καὶ Τρωϊάδων κλέος εἶναι."
ὣς ἔφατο κλαίουσ', ἐπὶ δὲ στενάχοντο γυναῖκες.

Scheidend von mir; ich bleib', in Schmerz und Jammer verlassen,
Eine Witw' im Haus', und das ganz unmündige Söhnlein,
Welches wir beide gezeugt, wir Elenden! Nimmer, o Hektor,
Wirst du jenem ein Trost, da du tot bist, oder dir jener!
Überlebt er auch etwa den traurigen Krieg der Achaier,
Dennoch wird ja beständig ihm Sorg' und Gram in der Zukunft
Drohn; denn andere werden ihm rings abschmälern sein Erbgut.
Siehe der Tag der Verwaisung beraubt ein Kind der Gespielen;
Immer senkt es die Augen beschämt, mit Tränen im Antlitz.
Darbend gehet das Kind umher zu den Freunden des Vaters,
Fleht und faßt den einen am Rock, und den andern am Mantel;
Aber erbarmt sich einer, der reicht ihm das Schälchen ein wenig,
Daß er die Lippen ihm netz', und nicht den Gaumen ihm netze.
Oft verstößt es vom Schmaus' ein Kind noch blühender Eltern,
Das mit Fäusten es schlägt, und mit kränkenden Worten es anfährt:
Hebe dich weg! dein Vater ist nicht bei unserem Gastmahl!
Weinend geht von dannen das Kind zur verwitweten Mutter,
Unser Astyanax, der sonst auf den Knieen des Vaters
Nur mit Mark sich genährt, und fettem Fleische der Lämmer;
Und wann, müde des Spiels, er auszuruhen sich sehnte,
Schlummert' er süß im schönen Gestell, in den Armen der Amme,
Auf sanftschwellendem Lager, das Herz mit Freude gesättigt.
Doch viel duldet er künftig, beraubt des liebenden Vaters,
Unser Astyanax, wie Trojas Männer ihn nennen:
Denn du allein beschirmtest die Tor' und die türmenden Mauern.
Nun wird dort an den Schiffen der Danaer, fern von den Eltern,
Reges Gewürm dich verzehren, nachdem du die Hunde gesättigt,
Nackt! Doch liegen genug der Gewand' in deinem Palaste,
Fein und zierlich gewebt von künstlichen Händen der Weiber!
Aber ich werde sie all' in lodernder Flamme verbrennen!
Nichts ja frommen sie dir; denn niemals ruhst du auf ihnen!
Brennen sie denn vor Troern und Troerinnen zum Ruhm dir!
Also sprach sie weinend; und ringsum seufzten die Weiber.

ΙΛΙΑΔΟΣ Ψ

Ἆθλα ἐπὶ Πατρόκλωι.

Ὣς οἱ μὲν στενάχοντο κατὰ πτόλιν· αὐτὰρ Ἀχαιοὶ
ἐπεὶ δὴ νῆάς τε καὶ Ἑλλήσποντον ἵκοντο,
οἱ μὲν ἄρ᾽ ἐσκίδναντο ἑὴν ἐπὶ νῆα ἕκαστος,
Μυρμιδόνας δ᾽ οὐκ εἴα ἀποσκίδνασθαι Ἀχιλλεύς,
ἀλλ᾽ ὅ γε οἷς ἑτάροισι φιλοπτολέμοισι μετηύδα·
„ Μυρμιδόνες ταχύπωλοι, ἐμοὶ ἐρίηρες ἑταῖροι,
μὴ δή πω ὑπ᾽ ὄχεσφι λυώμεθα μώνυχας ἵππους,
ἀλλ᾽ αὐτοῖς ἵπποισι καὶ ἅρμασιν ἆσσον ἰόντες
Πάτροκλον κλαίωμεν· ὁ γὰρ γέρας ἐστὶ θανόντων.
αὐτὰρ ἐπεί κ᾽ ὀλοοῖο τεταρπώμεσθα γόοιο,
ἵππους λυσάμενοι δορπήσομεν ἐνθάδε πάντες.“
ὣς ἔφαθ᾽, οἳ δ᾽ ᾤμωξαν ἀολλέες, ἦρχε δ᾽ Ἀχιλλεύς.
οἱ δὲ τρὶς περὶ νεκρὸν ἐΰτριχας ἤλασαν ἵππους
μυρόμενοι· μετὰ δέ σφι Θέτις γόου ἵμερον ὦρσε.
δεύοντο ψάμαθοι, δεύοντο δὲ τεύχεα φωτῶν
δάκρυσι· τοῖον γὰρ πόθεον μήστωρα φόβοιο.
τοῖσι δὲ Πηλεΐδης ἁδινοῦ ἐξῆρχε γόοιο,
χεῖρας ἐπ᾽ ἀνδροφόνους θέμενος στήθεσσιν ἑταίρου·
„ χαῖρέ μοι, ὦ Πάτροκλε, καὶ εἰν Ἀΐδαο δόμοισι·
πάντα γὰρ ἤδη τοι τελέω τὰ πάροιθεν ὑπέστην,
Ἕκτορα δεῦρ᾽ ἐρύσας δώσειν κυσὶν ὠμὰ δάσασθαι,
δώδεκα δὲ προπάροιθε πυρῆς ἀποδειροτομήσειν
Τρώων ἀγλαὰ τέκνα, σέθεν κταμένοιο χολωθείς.“
ἦ ῥα, καὶ Ἕκτορα δῖον ἀεικέα μήδετο ἔργα,
πρηνέα πὰρ λεχέεσσι Μενοιτιάδαο τανύσσας
ἐν κονίῃς· οἱ δ᾽ ἔντε᾽ ἀφωπλίζοντο ἕκαστος
χάλκεα μαρμαίροντα, λύον δ᾽ ὑψηχέας ἵππους,
κὰδ δ᾽ ἷζον παρὰ νηῒ ποδώκεος Αἰακίδαο
μυρίοι· αὐτὰρ ὁ τοῖσι τάφον μενοεικέα δαίνυ.
πολλοὶ μὲν βόες ἀργοὶ ὀρέχθεον ἀμφὶ σιδήρωι

DREIUNDZWANZIGSTER GESANG

Achilleus mit den Seinen umfährt den Patroklos, wehklagt, und legt den Hektor aufs Antlitz am Totenlager. In der Nacht erscheint ihm Patroklos, und bittet um Bestattung. Am Morgen holen die Achaier Holz zum Scheiterhaufen. Patroklos wird ausgetragen, mit Haarlocken umhäuft und samt den Totenopfern verbrannt. Boreas und Zephyros erregen die Flammen. Den andern Morgen wird Patroklos' Gebein in eine Urne gelegt, und, bis Achilleus' Gebein hinzukomme, beigesetzt; vorläufiger Ehrenhügel auf der Brandstelle. Wettspiele zur Ehre des Toten: Wagenrennen, Faustkampf, Ringen, Lauf, Waffenkampf, Kugelwurf, Bogenschuß, Speerwurf.

So nun seufzeten jene durch Ilios. Doch die Achaier,
Als sie nunmehr die Schiff' und den Hellespontos erreichet,
Schnell zerstreuten sich alle, zum eigenen Schiff ein jeder.
Nur den Myrmidonen verbot der edle Achilleus
Sich zu zerstreun, und begann vor den kriegserfahrnen Genossen:
Reisige Myrmidonen, ihr wertgeachteten Freunde,
Auf, noch nicht den Geschirren entlöst die stampfenden Rosse;
Sondern zugleich mit Rossen und rollenden Wagen uns nahend,
Weinen wir erst Patroklos; denn das ist die Ehre der Toten.
Aber nachdem wir die Herzen des traurigen Grames erleichtert,
Lösen wir unsre Gespann', und schmausen allhier miteinander.
Sprach's, und begann Wehklag'; auch klageten alle Genossen.
Dreimal lenkten sie rings schönmähnige Ross' um den Leichnam,
Traurend, und Thetys erregte des Grams wehmütige Sehnsucht.
Naß war der Sand von Tränen, und naß die Rüstung der Männer,
Welche den Held vermißten, den mächtigen Schreckengebieter.
Peleus' Sohn vor ihnen begann die jammernde Klage,
Hingelegt die mordenden Händ' auf den Busen des Freundes:
Freude dir, o Patroklos, auch noch in Aïdes Wohnung!
Alles ja wird dir jetzo vollbracht, was zuvor ich gelobet:
Hektor dahergeschleift den zerfleischenden Hunden zu geben;
Auch zwölf Jünglinge dir am Totenfeuer zu schlachten,
Trojas edlere Söhn', im Zorn ob deiner Ermordung!
Sprach's, und schändlichen Frevel ersann er dem göttlichen Hektor,
Vorwärts am Leichengewand des Menötiaden ihn streckend,
Hin in den Staub. Sie aber enthüllten sich alle der Rüstung,
Blank von Erz, und lösten die schallenden Rosse vom Wagen;
Setzten sich dann am Schiffe des äakidischen Renners,
Tausende; jener darauf gab köstlichen Schmaus der Begräbnis.
Viele der mutigen Stier' umröchelten blutend das Eisen,

σφαζόμενοι, πολλοὶ δ' ὄϊες καὶ μηκάδες αἶγες·
πολλοὶ δ' ἀργιόδοντες ὕες, θαλέθοντες ἀλοιφῆι,
εὑόμενοι τανύοντο διὰ φλογὸς Ἡφαίστοιο·
πάντηι δ' ἀμφὶ νέκυν κοτυλήρυτον ἔρρεεν αἷμα.
αὐτὰρ τόν γε ἄνακτα ποδώκεα Πηλεΐωνα
εἰς Ἀγαμέμνονα δῖον ἄγον βασιλῆες Ἀχαιῶν,
σπουδῆι παρπεπιθόντες ἑταίρου χωόμενον κῆρ.
οἱ δ' ὅτε δὴ κλισίην Ἀγαμέμνονος ἷξον ἰόντες,
αὐτίκα κηρύκεσσι λιγυφθόγγοισι κέλευσαν
ἀμφὶ πυρὶ στῆσαι τρίποδα μέγαν, εἰ πεπίθοιεν
Πηλεΐδην λούσασθαι ἄπο βρότον αἱματόεντα.
αὐτὰρ ὅ γ' ἠρνεῖτο στερεῶς, ἐπὶ δ' ὅρκον ὄμοσσεν·
„οὐ μὰ Ζῆν', ὅς τίς τε θεῶν ὕπατος καὶ ἄριστος,
οὐ θέμις ἐστὶ λοετρὰ καρήατος ἆσσον ἱκέσθαι,
πρίν γ' ἐνὶ Πάτροκλον θέμεναι πυρὶ σῆμά τε χεῦαι
κείρασθαί τε κόμην, ἐπεὶ οὔ μ' ἔτι δεύτερον ὧδε
ἵξετ' ἄχος κραδίην, ὄφρα ζωοῖσι μετείω.
ἀλλ' ἤτοι νῦν μὲν στυγερῆι πειθώμεθα δαιτί·
ἠῶθεν δ' ὄτρυνε, ἄναξ ἀνδρῶν Ἀγάμεμνον,
ὕλην τ' ἀξέμεναι παρά τε σχεῖν ὅσσ' ἐπιεικὲς
νεκρὸν ἔχοντα νέεσθαι ὑπὸ ζόφον ἠερόεντα,
ὄφρ' ἤτοι τοῦτον μὲν ἐπιφλέγηι ἀκάματον πῦρ
θᾶσσον ἀπ' ὀφθαλμῶν, λαοὶ δ' ἐπὶ ἔργα τράπωνται."
ὣς ἔφαθ', οἱ δ' ἄρα τοῦ μάλα μὲν κλύον ἠδὲ πίθοντο.
ἐσσυμένως δ' ἄρα δόρπον ἐφοπλίσσαντες ἕκαστοι
δαίνυντ', οὐδέ τι θυμὸς ἐδεύετο δαιτὸς ἐΐσης.
αὐτὰρ ἐπεὶ πόσιος καὶ ἐδητύος ἐξ ἔρον ἕντο,
οἱ μὲν κακκείοντες ἔβαν κλισίην δὲ ἕκαστος,
Πηλεΐδης δ' ἐπὶ θινὶ πολυφλοίσβοιο θαλάσσης
κεῖτο βαρὺ στενάχων, πολέσιν μετὰ Μυρμιδόνεσσιν,
ἐν καθαρῶι, ὅθι κύματ' ἐπ' ἠϊόνος κλύζεσκον·
εὖτε τὸν ὕπνος ἔμαρπτε, λύων μελεδήματα θυμοῦ,
νήδυμος ἀμφιχυθείς - μάλα γὰρ κάμε φαίδιμα γυῖα
Ἕκτορ' ἐπαΐσσων προτὶ Ἴλιον ἠνεμόεσσαν -
ἦλθε δ' ἐπὶ ψυχὴ Πατροκλῆος δειλοῖο,
πάντ' αὐτῶι μέγεθός τε καὶ ὄμματα κάλ' ἐϊκυῖα,
καὶ φωνήν, καὶ τοῖα περὶ χροῒ εἵματα ἕστο·
στῆ δ' ἄρ' ὑπὲρ κεφαλῆς καί μιν πρὸς μῦθον ἔειπεν·
„εὕδεις, αὐτὰρ ἐμεῖο λελασμένος ἔπλευ, Ἀχιλλεῦ.
οὐ μέν μευ ζώοντος ἀκήδεις, ἀλλὰ θανόντος·
θάπτέ με ὅττι τάχιστα, πύλας Ἀΐδαο περήσω.

Abgewürgt, auch viele der Schaf' und meckernden Ziegen;
Viel weißzahnige Schweine zugleich, in der Blüte des Fettes,
Sengten sie ausgestreckt in der lodernden Glut des Hephästos;
Und rings strömte das Blut, mit Schalen geschöpft, um den Leichnam.
Aber ihn selbst den Herrscher, den rüstigen Peleionen
Führten zum Held Agamemnon die waltenden Fürsten Achaias,
Kaum durch Worte bewegt; denn er zürnete wegen des Freundes.
Als sie das schöne Gezelt Agamemnons jetzo erreichten;
Schnell gebot Herolden von tönender Stimme der König,
Eilend auf Glut zu stellen ein großes Geschirr; ob gehorchte
Peleus' Sohn, zu entwaschen den blutigen Staub von den Gliedern.
Aber er weigerte sich standhaft, und gelobte mit Eidschwur:
Nein, bei Zeus, der waltet, der Seligen Höchster und Bester!
Nicht geziemt's, daß eher ein Bad mir rühre die Scheitel,
Eh' ich Patroklos auf Feuer gelegt, und das Mal ihm geschüttet,
Und mir geschoren das Haar! denn nie wird fürder mir also
Gram durchdringen das Herz, so lang' ich mit Lebenden wandle!
Aber wohlan, jetzt fügen wir uns dem traurigen Gastmahl.
Doch am Morgen gebeut, o Völkerfürst Agamemnon,
Daß man Holz aus dem Wald herführ', und alles bereite,
Was dem Toten gebührt, der ins nächtliche Dunkel hinabgeht:
Daß uns jenen nunmehr verbrenn' unermüdetes Feuer,
Schnell aus den Augen hinweg, und das Volk zum Geschäfte sich wende.
Jener sprach's; da hörten sie aufmerksam, und gehorchten.
Als nun emsig umher die Abendkost sie gerüstet,
Schmausten sie; und nicht mangelt' ihr Herz des gemeinsamen Mahles.
Aber nachdem die Begierde des Tranks und der Speise gestillt war,
Gingen sie auszuruhn, zum eigenen Zelt ein jeder.
Peleus' Sohn am Gestade des weitaufrauschenden Meeres
Legte sich seufzend vor Gram, mit umringenden Myrmidonen,
Dort wo rein der Strand von der steigenden Welle gespült war:
Als ihn der Schlummer umfing, und der Seel' Unruhen zerstreuend,
Sanft umher sich ergoß; denn es starrten die reizenden Glieder
Ihm, der Hektor verfolgt' um Ilios' luftige Höhen.
Jetzo kam die Seele des jammervollen Patroklos,
Ähnlich an Größ' und Gestalt und lieblichen Augen ihm selber,
Auch an Stimm', und wie jener den Leib mit Gewanden umhüllet;
Ihm zum Haupt nun trat er, und sprach anredend die Worte:
Schläfst du, meiner so ganz uneingedenk, o Achilleus?
Nicht des Lebenden zwar vergaßest du, aber des Toten!
Auf, begrabe mich schnell, daß Aïdes' Tor ich durchwandle!

τῆλέ με εἴργουσι ψυχαί, εἴδωλα καμόντων,
οὐδέ μέ πω μίσγεσθαι ὑπὲρ ποταμοῖο ἐῶσιν,
ἀλλ' αὔτως ἀλάλημαι ἀν' εὐρυπυλὲς Ἄϊδος δῶ.
καί μοι δὸς τὴν χεῖρ', ὀλοφύρομαι· οὐ γὰρ ἔτ' αὖτις
νίσομαι ἐξ Ἀΐδαο, ἐπήν με πυρὸς λελάχητε.
οὐ μὲν γὰρ ζωοί γε φίλων ἀπάνευθεν ἑταίρων
βουλὰς ἑζόμενοι βουλεύσομεν, ἀλλ' ἐμὲ μὲν κὴρ
ἀμφέχανε στυγερή, ἥ περ λάχε γιγνόμενόν περ·
καὶ δὲ σοὶ αὐτῶι μοῖρα, θεοῖς ἐπιείκελ' Ἀχιλλεῦ,
τείχει ὕπο Τρώων εὐηφενέων ἀπολέσθαι.
ἄλλο δέ τοι ἐρέω καὶ ἐφήσομαι, αἴ κε πίθηαι·
μὴ ἐμὰ σῶν ἀπάνευθε τιθήμεναι ὀστέ', Ἀχιλλεῦ,
ἀλλ' ὁμοῦ, ὡς ἐτράφημεν ἐν ὑμετέροισι δόμοισιν,
εὖτέ με τυτθὸν ἐόντα Μενοίτιος ἐξ Ὀπόεντος
ἤγαγεν ὑμέτερόνδ' ἀνδροκτασίης ὕπο λυγρῆς,
ἤματι τῶι ὅτε παῖδα κατέκτανον Ἀμφιδάμαντος,
νήπιος, οὐκ ἐθέλων, ἀμφ' ἀστραγάλοισι χολωθείς·
ἔνθά με δεξάμενος ἐν δώμασιν ἱππότα Πηλεὺς
ἔτραφέ τ' ἐνδυκέως καὶ σὸν θεράποντ' ὀνόμηνεν·
ὣς δὲ καὶ ὀστέα νῶϊν ὁμὴ σορὸς ἀμφικαλύπτοι
χρύσεος ἀμφιφορεύς, τόν τοι πόρε πότνια μήτηρ."
τὸν δ' ἀπαμειβόμενος προσέφη πόδας ὠκὺς Ἀχιλλεύς·
„τίπτέ μοι, ἠθείη κεφαλή, δεῦρ' εἰλήλουθας,
καί μοι ταῦτα ἕκαστ' ἐπιτέλλεαι; αὐτὰρ ἐγώ τοι
πάντα μάλ' ἐκτελέω καὶ πείσομαι ὡς σὺ κελεύεις.
ἀλλά μοι ἆσσον στῆθι· μίνυνθά περ ἀμφιβαλόντε
ἀλλήλους ὀλοοῖο τεταρπώμεσθα γόοιο."
ὣς ἄρα φωνήσας ὠρέξατο χερσὶ φίληισιν,
οὐδ' ἔλαβε· ψυχὴ δὲ κατὰ χθονὸς ἠΰτε καπνὸς
ᾤχετο τετριγυῖα· ταφὼν δ' ἀνόρουσεν Ἀχιλλεὺς
χερσί τε συμπλατάγησεν, ἔπος δ' ὀλοφυδνὸν ἔειπεν·
„ὢ πόποι, ἦ ῥά τίς ἐστι καὶ εἰν Ἀΐδαο δόμοισι
ψυχὴ καὶ εἴδωλον, ἀτὰρ φρένες οὐκ ἔνι πάμπαν·
παννυχίη γάρ μοι Πατροκλῆος δειλοῖο
ψυχὴ ἐφεστήκει γοόωσά τε μυρομένη τε,
καί μοι ἕκαστ' ἐπέτελλεν, ἔϊκτο δὲ θέσκελον αὐτῶι."
ὣς φάτο, τοῖσι δὲ πᾶσιν ὑφ' ἵμερον ὦρσε γόοιο·
μυρομένοισι δὲ τοῖσι φάνη ῥοδοδάκτυλος Ἠὼς
ἀμφὶ νέκυν ἐλεεινόν. ἀτὰρ κρείων Ἀγαμέμνων
οὐρῆάς τ' ὄτρυνε καὶ ἀνέρας ἀξέμεν ὕλην
πάντοθεν ἐκ κλισιῶν· ἐπὶ δ' ἀνὴρ ἐσθλὸς ὀρώρει,

Fern mich scheuchen die Seelen hinweg, die Gebilde der Toten,
Und nicht über den Strom vergönnen sie mich zu gesellen;
Sondern ich irr' unstet um Aïdes mächtige Tore.
Und nun gib mir die Hand; ich jammere! Nimmer hinfort ja
Kehr' ich aus Aïdes Burg, nachdem ihr der Glut mich gewähret!
Ach, nie werden wir lebend, von unseren Freunden gesondert,
Sitzen, und Rat aussinnen: denn mich verschlang das Verhängnis
Jetzt in den Schlund, das verhaßte, das schon dem Gebornen bestimmt ward;
Und dir selbst ist geordnet, o göttergleicher Achilleus,
Unter der Mauer zu sterben der wohlentsprossenen Troer.
Eines sag' ich dir noch, und ermahne dich, wenn du gehorchest.
Lege nicht mein Gebein von deinem getrennt, o Achilleus;
Sondern zugleich, wie mit dir ich erwuchs in eurem Palaste,
Seit Menötios mich, den blühenden Knaben, aus Opus
Führte zu euerer Burg, nach der schrecklichen Tat der Ermordung,
Jenes Tags, nachdem ich Amphidamas' Knaben getötet,
Ohne Bedacht, nicht wollend, erzürnt beim Spiele der Knöchel;
Freundlich empfing mich in seinem Palast der reisige Peleus,
Und erzog mich mit Fleiß, und ernannte mich deinen Genossen:
So auch unser Gebein umschließ' ein gleiches Behältnis,
Jenes goldne Gefäß, das die göttliche Mutter dir schenkte.
  Ihm antwortete drauf der mutige Renner Achilleus:
Was, mein trautester Bruder, bewog dich herzukommen,
Und mir solches genau zu verkündigen? Gerne gelob' ich,
Alles dir zu vollziehn, und gehorche dir, wie du gebietest.
Aber wohlan, tritt näher; damit wir beid' uns umarmend,
Auch nur kurz, die Herzen des traurigen Grames erleichtern.
  Als er dieses geredet, da streckt' er verlangend die Händ' aus;
Aber umsonst: denn die Seele, wie dampfender Rauch, in die Erde
Sank sie hinab hellschwirrend. Bestürzt nun erhub sich Achilleus,
Schlug die Hände zusammen, und sprach mit jammernder Stimme:
  Götter, so ist denn fürwahr auch noch in Aïdes Wohnung
Seel' und Schattengebild, allein ihr fehlt die Besinnung!
Diese Nacht ja stand des jammervollen Patroklos
Seele mir selbst am Lager, die klagende, herzlich betrübte,
Und gebot mir manches, und glich zum Erstaunen ihm selber!
  Sprach's, und erregt' in allen des Grams wehmütige Sehnsucht.
Doch den Traurenden kam die rosenarmige Eos
Um den bejammerten Toten. Und siehe der Held Agamemnon
Trieb Maultier' und Männer daher aus den Zelten des Lagers,
Holz vom Walde zu führen; zugleich, ein edler Gebieter,

Μηριόνης θεράπων ἀγαπήνορος Ἰδομενῆος.
οἱ δ' ἴσαν ὑλοτόμους πελέκεας ἐν χερσὶν ἔχοντες
σειράς τ' εὐπλέκτους· πρὸ δ' ἄρ' οὐρῆες κίον αὐτῶν.
πολλὰ δ' ἄναντα κάταντα πάραντά τε δόχμιά τ' ἦλθον·
ἀλλ' ὅτε δὴ κνημοὺς προσέβαν πολυπίδακος Ἴδης,
αὐτίκ' ἄρα δρῦς ὑψικόμους ταναήκεϊ χαλκῶι
τάμνον ἐπειγόμενοι· ταὶ δὲ μεγάλα κτυπέουσαι
πῖπτον· τὰς μὲν ἔπειτα διαπλήσσοντες Ἀχαιοὶ
ἔκδεον ἡμιόνων· ταὶ δὲ χθόνα ποσσὶ δατεῦντο
ἐλδόμεναι πεδίοιο διὰ ῥωπήϊα πυκνά.
πάντες δ' ὑλοτόμοι φιτροὺς φέρον· ὣς γὰρ ἀνώγει
Μηριόνης, θεράπων ἀγαπήνορος Ἰδομενῆος.
κὰδ δ' ἄρ' ἐπ' ἀκτῆς βάλλον ἐπισχερώ, ἔνθ' ἄρ' Ἀχιλλεὺς
φράσσατο Πατρόκλωι μέγα ἠρίον ἠδὲ οἷ αὐτῶι.
αὐτὰρ ἐπεὶ πάντηι παρακάββαλον ἄσπετον ὕλην,
ἥατ' ἄρ' αὖθι μένοντες ἀολλέες. αὐτὰρ Ἀχιλλεὺς
αὐτίκα Μυρμιδόνεσσι φιλοπτολέμοισι κέλευσε
χαλκὸν ζώννυσθαι, ζεῦξαι δ' ὑπ' ὄχεσφιν ἕκαστον
ἵππους· οἱ δ' ὄρνυντο καὶ ἐν τεύχεσσιν ἔδυνον,
ἂν δ' ἔβαν ἐν δίφροισι παραιβάται ἡνίοχοί τε,
πρόσθε μὲν ἱππῆες, μετὰ δὲ νέφος εἵπετο πεζῶν,
μυρίοι· ἐν δὲ μέσοισι φέρον Πάτροκλον ἑταῖροι.
θριξὶ δὲ πάντα νέκυν καταείνυσαν, ἃς ἐπέβαλλον
κειρόμενοι· ὄπιθεν δὲ κάρη ἔχε δῖος Ἀχιλλεὺς
ἀχνύμενος· ἕταρον γὰρ ἀμύμονα πέμπ' Ἄϊδόσδε.
οἱ δ' ὅτε χῶρον ἵκανον ὅθί σφισι πέφραδ' Ἀχιλλεύς,
κάτθεσαν, αἶψα δέ οἱ μενοεικέα νήεον ὕλην.
ἔνθ' αὖτ' ἄλλ' ἐνόησε ποδάρκης δῖος Ἀχιλλεύς·
στὰς ἀπάνευθε πυρῆς ξανθὴν ἀπεκείρατο χαίτην,
τήν ῥα Σπερχειῶι ποταμῶι τρέφε τηλεθόωσαν·
ὀχθήσας δ' ἄρα εἶπεν ἰδὼν ἐπὶ οἴνοπα πόντον·
„Σπερχεί', ἄλλως σοί γε πατὴρ ἠρήσατο Πηλεύς,
κεῖσέ με νοστήσαντα φίλην ἐς πατρίδα γαῖαν
σοί τε κόμην κερέειν ῥέξειν θ' ἱερὴν ἑκατόμβην,
πεντήκοντα δ' ἔνορχα παρ' αὐτόθι μῆλ' ἱερεύσειν
ἐς πηγάς, ὅθι τοι τέμενος βωμός τε θυήεις.
ὣς ἠρᾶθ' ὁ γέρων, σὺ δέ οἱ νόον οὐκ ἐτέλεσσας.
νῦν δ' ἐπεὶ οὐ νέομαί γε φίλην ἐς πατρίδα γαῖαν,
Πατρόκλωι ἥρωϊ κόμην ὀπάσαιμι φέρεσθαι.“
ὣς εἰπὼν ἐν χερσὶ κόμην ἑτάροιο φίλοιο
θῆκεν, τοῖσι δὲ πᾶσιν ὑφ' ἵμερον ὦρσε γόοιο.

Eilte Meriones mit, des tapfern Idomeneus Kriegsfreund.
Diese wandelten nun, holzhauende Äxt' in den Händen,
Auch geflochtene Seil'; und voran die hurtigen Mäuler.
Lange bergan und bergab, Richtweg' und Krümmungen ging man.
Aber nachdem sie erstiegen die Höhn des quelligen Ida,
Schnell nunmehr mit geschliffenem Erz hochwipfliche Bäume
Hauten sie emsiger Eil'; und herab mit lautem Gepolter
Stürzten sie; aber das Holz zerspalteten rasch die Achaier,
Bandens den Mäulern dann fest; und sie trabten den Grund mit den Hufen,
Sehnsuchtsvoll nach der Ebne, das dichtverwachsne Gesträuch durch.
Auch die Männer trugen zugleich schwerlastende Kloben,
So wie Meriones hieß, des tapfern Idomeneus Kriegsfreund.
Jetzt an den Strand hinwarf man in Reihen es, dort wo Achilleus
Auserkor dem Patroklos das ragende Grab, und sich selber.

Aber nachdem ringsher sie gereiht die unendliche Waldung,
Blieben sie dort miteinander, und setzten sich. Aber Achilleus
Rief alsbald den Scharen der myrmidonischen Streiter,
Umzugürten das Erz, und vorzuspannen den Wagen
Jeder die Ross'; und sie sprangen empor, und hüllten Geschmeid' um.
Jetzt betraten die Sessel die Reisigen, Kämpfer und Lenker;
Diese voran, und es zog des Fußvolks dickes Gewölk nach,
Tausende; mitten trug der Freunde Schar den Patroklos.
Überstreut ward ganz mit geschorenen Locken der Leichnam;
Und ihm hielt nachfolgend das Haupt der edle Achilleus,
Traurend; denn seinen Freund, den untadligen, sandt' er zum Aïs.

Als sie den Ort nun erreicht, den ihnen genannt der Peleide;
Setzten sie nieder die Bahr', und häuften ihm mächtige Waldung.
Aber ein andres ersann der mutige Renner Achilleus:
Abgewandt vom Gerüste beschor er sein bräunliches Haupthaar,
Das er dem Strom Spercheios genährt, vollblühendes Wuchses.
Unmutsvoll nun sprach er, und schaut' in das dunkle Gewässer:

O Spercheios, umsonst dir gelobete Peleus der Vater,
Dort einst, wiedergekehrt zum lieben Lande der Väter,
Sollt' ich dir scheren das Haar, und weihn die Dankhekatombe,
Auch daselbst an den Quellen dir fünfzig üppige Widder
Heiligen, wo dir pranget ein Hain und duftender Altar.
Also gelobte der Greis; du hast sein Flehn nicht vollendet.
Nun, da ich nicht heimkehre zum lieben Lande der Väter,
Laß mich dem Held Patroklos das Haar mitgeben zu tragen!

Jener sprach's, in die Hände des trautesten Freundes das Haupthaar
Legend; und allen erregt' er des Grams wehmütige Sehnsucht.

καί νύ κ' ὀδυρομένοισιν ἔδυ φάος ἠελίοιο,
εἰ μὴ Ἀχιλλεὺς αἶψ' Ἀγαμέμνονι εἶπε παραστάς·
„ Ἀτρεΐδη, σοὶ γάρ τε μάλιστά γε λαὸς Ἀχαιῶν
πείσονται μύθοισι, γόοιο μὲν ἔστι καὶ ἆσαι,
νῦν δ' ἀπὸ πυρκαϊῆς σκέδασον καὶ δεῖπνον ἄνωχθι
ὅπλεσθαι· τάδε δ' ἀμφὶ πονησόμεθ' οἷσι μάλιστα
κήδεός ἐστι νέκυς· παρὰ δ' οἵ τ' ἀγοὶ ἄμμι μενόντων."
αὐτὰρ ἐπεὶ τό γ' ἄκουσεν ἄναξ ἀνδρῶν Ἀγαμέμνων,
αὐτίκα λαὸν μὲν σκέδασεν κατὰ νῆας ἐΐσας,
κηδεμόνες δὲ παρ' αὖθι μένον καὶ νήεον ὕλην,
ποίησαν δὲ πυρὴν ἑκατόμπεδον ἔνθα καὶ ἔνθα,
ἐν δὲ πυρῆι ὑπάτηι νεκρὸν θέσαν ἀχνύμενοι κῆρ.
πολλὰ δὲ ἴφια μῆλα καὶ εἰλίποδας ἕλικας βοῦς
πρόσθε πυρῆς ἔδερόν τε καὶ ἄμφεπον· ἐκ δ' ἄρα πάντων
δημὸν ἑλὼν ἐκάλυψε νέκυν μεγάθυμος Ἀχιλλεὺς
ἐς πόδας ἐκ κεφαλῆς, περὶ δὲ δρατὰ σώματα νήει.
ἐν δ' ἐτίθει μέλιτος καὶ ἀλείφατος ἀμφιφορῆας,
πρὸς λέχεα κλίνων· πίσυρας δ' ἐριαύχενας ἵππους
ἐσσυμένως ἐνέβαλλε πυρῆι μεγάλα στεναχίζων.
ἐννέα τῶι γε ἄνακτι τραπεζῆες κύνες ἦσαν,
καὶ μὲν τῶν ἐνέβαλλε πυρῆι δύο δειροτομήσας,
δώδεκα δὲ Τρώων μεγαθύμων υἱέας ἐσθλοὺς
χαλκῶι δηϊόων· κακὰ δὲ φρεσὶ μήδετο ἔργα·
ἐν δὲ πυρὸς μένος ἧκε σιδήρεον, ὄφρα νέμοιτο.
ᾤμωξέν τ' ἄρ' ἔπειτα, φίλον δ' ὀνόμηνεν ἑταῖρον·
„ χαῖρέ μοι, ὦ Πάτροκλε, καὶ εἰν Ἀΐδαο δόμοισι·
πάντα γὰρ ἤδη τοι τελέω τὰ πάροιθεν ὑπέστην,
δώδεκα μὲν Τρώων μεγαθύμων υἱέας ἐσθλοὺς
τοὺς ἅμα σοὶ πάντας πῦρ ἐσθίει· Ἕκτορα δ' οὔ τι
δώσω Πριαμίδην πυρὶ δαπτέμεν, ἀλλὰ κύνεσσιν."
ὣς φάτ' ἀπειλήσας· τὸν δ' οὐ κύνες ἀμφεπένοντο,
ἀλλὰ κύνας μὲν ἄλαλκε Διὸς θυγάτηρ Ἀφροδίτη
ἤματα καὶ νύκτας, ῥοδόεντι δὲ χρῖεν ἐλαίωι
ἀμβροσίωι, ἵνα μή μιν ἀποδρύφοι ἑλκυστάζων.
τῶι δ' ἐπὶ κυάνεον νέφος ἤγαγε Φοῖβος Ἀπόλλων
οὐρανόθεν πεδίονδε, κάλυψε δὲ χῶρον ἅπαντα
ὅσσον ἐπεῖχε νέκυς, μὴ πρὶν μένος ἠελίοιο
σκήλει' ἀμφὶ περὶ χρόα ἴνεσιν ἠδὲ μέλεσσιν.
οὐδὲ πυρὴ Πατρόκλου ἐκαίετο τεθνηῶτος·
ἔνθ' αὖτ' ἄλλ' ἐνόησε ποδάρκης δῖος Ἀχιλλεύς·
στὰς ἀπάνευθε πυρῆς δοιοῖς ἠρᾶτ' ἀνέμοισι,

Siehe den Klagenden wäre das Licht der Sonne gesunken,
Wenn nicht schnell der Peleid' Agamemnon nahend geredet:
Atreus' Sohn, denn deinen Ermahnungen horcht ja vor allen
Argos' Volk; des Grams sich ersättigen können sie immer.
Jetzo gebeut, daß jene, vom Totenbrand sich zerstreuend,
Rüsten ihr Mahl. Dies Werk vollenden wir, denen am meisten
Sorg' um die Leich' obliegt; auch laß die Könige weilen.
Als er solches vernommen, der Völkerfürst Agamemnon,
Schnell zerstreut' er das Volk zu den gleichgezimmerten Schiffen.
Nur die Bestattenden blieben daselbst, und häuften die Waldung,
Bauend das Totengerüst, je hundert Fuß ins Gevierte,
Legten dann hoch aufs Gerüst den Leichnam, trauriges Herzens.
Viele gemästete Schaf', und viel schwerwandelndes Hornvieh,
Zogen sie ab am Gerüst, und bestellten sie; aber von allen
Nahm er das Fett, und bedeckte den Freund, der edle Achilleus,
Ganz vom Haupt zu den Füßen; die abgezogenen Leiber
Häuft' er umher; auch Krüge voll Honiges stellt' er und Öles
Nah um das Leichengewand; und vier hochhalsige Rosse
Warf er mit großer Gewalt auf das Totengerüst, lautstöhnend.
Neun der häuslichen Hund' ernährt' am Tische der Herrscher;
Deren auch warf aufs Totengerüst er zweene geschlachtet;
Auch zwölf tapfere Söhne der edelmütigen Troer,
Die mit dem Erz er gewürgt; denn schreckliche Taten ersann er;
Ließ dann der Flamme Gewalt mit eiserner Wut sich verbreiten.
Und nun jammert' er laut, den trautesten Freund anrufend:
Freude dir, o Patroklos, auch noch in Aïdes Wohnung!
Alles ja wird dir jetzo vollbracht, was zuvor ich gelobet.
Auch zwölf tapfere Söhne der edelmütigen Troer,
Diese zugleich dir tilget die Flamme nun; Hektor indes nicht,
Priamos' Sohn, soll dem Feuer ein Raub sein, sondern den Hunden!
Also drohte der Held; doch ihm nicht naheten Hunde;
Sondern die Hund' entfernte die Tochter Zeus' Aphrodite
Tag und Nacht, und salbte den Leib mit ambrosischem Balsam,
Rosiges Dufts, daß schleifend auch nicht er die Haut ihm verletzte.
Aber ein dunkles Gewölk ihm breitete Phöbos Apollon
Hoch vom Himmel aufs Feld, und umhüllete ringsum die Gegend,
Wo der Ermordete lag; daß nicht der Sonne Gewalt ihm
Früh um die Sehnen das Fleisch ausdörrete, und an den Gliedern.
Doch nicht lodert' in Glut das Gerüst des toten Patroklos.
Schnell ein andres ersann der mutige Renner Achilleus,
Trat abwärts vom Gerüst, und laut zween Winde des Himmels,

Βορέηι καὶ Ζεφύρωι, καὶ ὑπίσχετο ἱερὰ καλά·
πολλὰ δὲ καὶ σπένδων χρυσέωι δέπαϊ λιτάνευεν
ἐλθέμεν, ὄφρα τάχιστα πυρὶ φλεγεθοίατο νεκροί,
ὕλη τε σεύαιτο καήμεναι. ὦκα δὲ Ἶρις
ἀράων ἀΐουσα μετάγγελος ἦλθ᾽ ἀνέμοισιν.
οἱ μὲν ἄρα Ζεφύροιο δυσαέος ἀθρόοι ἔνδον
εἰλαπίνην δαίνυντο· θέουσα δὲ Ἶρις ἐπέστη
βηλῶι ἔπι λιθέωι· τοὶ δ᾽ ὡς ἴδον ὀφθαλμοῖσι,
πάντες ἀνήϊξαν, κάλεόν τέ μιν εἰς ἓ ἕκαστος·
ἡ δ᾽ αὖθ᾽ ἕζεσθαι μὲν ἀνήνατο, εἶπε δὲ μῦθον·
„οὐχ ἕδος· εἶμι γὰρ αὖτις ἐπ᾽ Ὠκεανοῖο ῥέεθρα,
Αἰθιόπων ἐς γαῖαν, ὅθι ῥέζουσ᾽ ἑκατόμβας
ἀθανάτοις, ἵνα δὴ καὶ ἐγὼ μεταδαίσομαι ἱρῶν.
ἀλλ᾽ Ἀχιλεὺς Βορέην ἠδὲ Ζέφυρον κελαδεινὸν
ἐλθεῖν ἀρᾶται, καὶ ὑπίσχεται ἱερὰ καλά,
ὄφρα πυρὴν ὄρσητε καήμεναι, ἧι ἔνι κεῖται
Πάτροκλος, τὸν πάντες ἀναστενάχουσιν Ἀχαιοί.“
ἡ μὲν ἄρ᾽ ὣς εἰποῦσ᾽ ἀπεβήσετο, τοὶ δ᾽ ὀρέοντο
ἠχῆι θεσπεσίηι, νέφεα κλονέοντε πάροιθεν.
αἶψα δὲ πόντον ἵκανον ἀήμεναι, ὦρτο δὲ κῦμα
πνοιῆι ὕπο λιγυρῆι· Τροίην δ᾽ ἐρίβωλον ἱκέσθην,
ἐν δὲ πυρῆι πεσέτην, μέγα δ᾽ ἴαχε θεσπιδαὲς πῦρ.
παννύχιοι δ᾽ ἄρα τοί γε πυρῆς ἄμυδις φλόγ᾽ ἔβαλλον,
φυσῶντες λιγέως· ὁ δὲ πάννυχος ὠκὺς Ἀχιλλεὺς
χρυσέου ἐκ κρητῆρος, ἑλὼν δέπας ἀμφικύπελλον,
οἶνον ἀφυσσόμενος χαμάδις χέε, δεῦε δὲ γαῖαν,
ψυχὴν κικλήσκων Πατροκλῆος δειλοῖο.
ὡς δὲ πατὴρ οὗ παιδὸς ὀδύρεται ὀστέα καίων,
νυμφίου, ὅς τε θανὼν δειλοὺς ἀκάχησε τοκῆας,
ὣς Ἀχιλεὺς ἑτάροιο ὀδύρετο ὀστέα καίων,
ἑρπύζων παρὰ πυρκαϊήν, ἀδινὰ στεναχίζων.
ἦμος δ᾽ ἑωσφόρος εἶσι φόως ἐρέων ἐπὶ γαῖαν,
ὅν τε μέτα κροκόπεπλος ὑπεὶρ ἅλα κίδναται ἠώς,
τῆμος πυρκαϊὴ ἐμαραίνετο, παύσατο δὲ φλόξ.
οἱ δ᾽ ἄνεμοι πάλιν αὖτις ἔβαν οἶκον δὲ νέεσθαι
Θρηΐκιον κατὰ πόντον· ὁ δ᾽ ἔστενεν οἴδματι θύων.
Πηλεΐδης δ᾽ ἀπὸ πυρκαϊῆς ἑτέρωσε λιασθεὶς
κλίνθη κεκμηώς, ἐπὶ δὲ γλυκὺς ὕπνος ὄρουσεν·
οἱ δ᾽ ἀμφ᾽ Ἀτρεΐωνα ἀολλέες ἠγερέθοντο·
τῶν μιν ἐπερχομένων ὅμαδος καὶ δοῦπος ἔγειρεν,
ἕζετο δ᾽ ὀρθωθεὶς καί σφεας πρὸς μῦθον ἔειπεν·

Boreas rief er und Zephyros an, Dankopfer gelobend;
Viel auch sprengt' er des Weins aus goldenem Becher, und flehte,
Rasch zu wehn, und den Toten in lodernder Glut zu verbrennen,
Mächtig das Holz anfachend zum Brand. Doch die hurtige Iris
Hörete seine Gelübd', und kam als Botin den Winden.
Sie nun saßen gesellt in des sausenden Zephyros' Wohnung,
Froh am festlichen Schmaus; und Iris, fliegendes Laufes,
Trat auf die steinerne Schwell'. Als jene sie sahn mit den Augen,
Sprangen sie alle vom Sitz, und neben sich lud sie ein jeder.
Doch sie weigerte sich des gebotenen Sitzes, und sagte:
  Nötiget nicht; denn ich eile zurück an Okeanos' Fluten,
Dort wo die Äthiopen den Ewigen jetzt Hekatomben
Festlich weihn, daß ich selber des Opfermahls mich erfreue.
Aber, o Boreas, dir und dem sausenden Zephyros flehet
Peleus' Sohn zu kommen, und heilige Opfer gelobt er,
Daß ihr in Glut aufregt das Totengerüst des Patroklos,
Wo er liegt, den seufzend das Volk der Achaier bejammert.
  Also sprach sie, und eilte hinweg. Da erhuben sich jene,
Rauschend mit wildem Getös', und tummelten rege Gewölk' her.
Bald nun erreichten sie stürmend das Meer; da erhub sich die Brandung
Unter dem brausenden Hauch: und sie kamen zur scholligen Troja,
Stürzten sich dann ins Gerüst; und es knatterte mächtig umher Glut.
Siehe die ganze Nacht durchwühlten sie zuckende Flammen,
Sausend zugleich in das Totengerüst; und der schnelle Achilleus
Schöpfte die ganze Nacht, in der Hand den doppelten Becher,
Wein aus goldenem Krug', und feuchtete sprengend den Boden,
Stets die Seel' anrufend des jammervollen Patroklos.
Wie wenn klagt ein Vater, des Sohns Gebeine verbrennend,
Der, ein Bräutigam, starb, zum Weh der jammernden Eltern:
Also klagte der Held, das Gebein des Freundes verbrennend,
Und umschlich das Totengerüst mit unendlichen Seufzern.
  Jetzt wann der Morgenstern das Licht ankündend hervorgeht,
Eos im Safrangewand dann über das Meer sich verbreitet;
Jetzt sank in Staub das Gerüst, und es ruhte die Flamme.
Schnell nun flogen die Winde zurück, nach Hause zu kehren,
Über das thrakische Meer; und es braust' aufstürmend die Brandung.
Peleus' Sohn, abwärts vom glimmenden Schutte sich sondernd,
Legte sich abgemattet; und süßer Schlummer umfing ihn.
Aber um Atreus' Sohn versammelten jene sich ringsher,
Und der Kommenden Lärm und Getös' erweckt' ihn vom Schlummer.
Aufrecht setzt' er sich nun, und sprach zu jenen die Worte:

„Ἀτρεΐδη τε καὶ ἄλλοι ἀριστῆες Παναχαιῶν,
πρῶτον μὲν κατὰ πυρκαϊὴν σβέσατ᾽ αἴθοπι οἴνωι
πᾶσαν, ὁπόσσον ἐπέσχε πυρὸς μένος· αὐτὰρ ἔπειτα
ὀστέα Πατρόκλοιο Μενοιτιάδαο λέγωμεν
εὖ διαγιγνώσκοντες· ἀριφραδέα δὲ τέτυκται·
ἐν μέσσηι γὰρ ἔκειτο πυρῆι, τοὶ δ᾽ ἄλλοι ἄνευθεν
ἐσχατιῆι καίοντ᾽ ἐπιμὶξ ἵπποι τε καὶ ἄνδρες.
καὶ τὰ μὲν ἐν χρυσέηι φιάληι καὶ δίπλακι δημῶι
θείομεν, εἰς ὅ κεν αὐτὸς ἐγὼν Ἄϊδι κεύθωμαι.
τύμβον δ᾽ οὐ μάλα πολλὸν ἐγὼ πονέεσθαι ἄνωγα,
ἀλλ᾽ ἐπιεικέα τοῖον· ἔπειτα δὲ καὶ τὸν Ἀχαιοὶ
εὐρύν θ᾽ ὑψηλόν τε τιθήμεναι, οἵ κεν ἐμεῖο
δεύτεροι ἐν νήεσσι πολυκλήϊσι λίπησθε."
ὣς ἔφαθ᾽, οἱ δ᾽ ἐπίθοντο ποδώκεϊ Πηλεΐωνι.
πρῶτον μὲν κατὰ πυρκαϊὴν σβέσαν αἴθοπι οἴνωι,
ὅσσον ἐπὶ φλὸξ ἦλθε, βαθεῖα δὲ κάππεσε τέφρη·
κλαίοντες δ᾽ ἑτάροιο ἐνηέος ὀστέα λευκὰ
ἄλλεγον ἐς χρυσέην φιάλην καὶ δίπλακα δημόν,
ἐν κλισίηισι δὲ θέντες ἑανῶι λιτὶ κάλυψαν·
τορνώσαντο δὲ σῆμα θεμείλιά τε προβάλοντο
ἀμφὶ πυρήν· εἶθαρ δὲ χυτὴν ἐπὶ γαῖαν ἔχευαν,
χεύαντες δὲ τὸ σῆμα πάλιν κίον. αὐτὰρ Ἀχιλλεὺς
αὐτοῦ λαὸν ἔρυκε καὶ ἵζανεν εὐρὺν ἀγῶνα,
νηῶν δ᾽ ἔκφερ᾽ ἄεθλα, λέβητάς τε τρίποδάς τε
ἵππους θ᾽ ἡμιόνους τε βοῶν τ᾽ ἴφθιμα κάρηνα,
ἠδὲ γυναῖκας ἐϋζώνους πολιόν τε σίδηρον.
ἱππεῦσιν μὲν πρῶτα ποδώκεσιν ἀγλά᾽ ἄεθλα
θῆκε γυναῖκα ἄγεσθαι ἀμύμονα ἔργα ἰδυῖαν
καὶ τρίποδ᾽ ὠτώεντα δυωκαιεικοσίμετρον,
τῶι πρώτωι· ἀτὰρ αὖ τῶι δευτέρωι ἵππον ἔθηκεν
ἑξέτε᾽ ἀδμήτην, βρέφος ἡμίονον κυέουσαν·
αὐτὰρ τῶι τριτάτωι ἄπυρον κατέθηκε λέβητα
καλόν, τέσσαρα μέτρα κεχανδότα, λευκὸν ἔτ᾽ αὔτως·
τῶι δὲ τετάρτωι θῆκε δύω χρυσοῖο τάλαντα,
πέμπτωι δ᾽ ἀμφίθετον φιάλην ἀπύρωτον ἔθηκε.
στῆ δ᾽ ὀρθὸς καὶ μῦθον ἐν Ἀργείοισιν ἔειπεν·
„Ἀτρεΐδη τε καὶ ἄλλοι ἐϋκνήμιδες Ἀχαιοί,
ἱππῆας τάδ᾽ ἄεθλα δεδεγμένα κεῖτ᾽ ἐν ἀγῶνι.
εἰ μὲν νῦν ἐπὶ ἄλλωι ἀεθλεύοιμεν Ἀχαιοί,
ἦ τ᾽ ἂν ἐγὼ τὰ πρῶτα λαβὼν κλισίηνδε φεροίμην.
ἴστε γὰρ ὅσσον ἐμοὶ ἀρετῆι περιβάλλετον ἵπποι·

Atreus' Sohn, und ihr andern, erhabene Fürsten Achaias,
Erst nun löscht den glimmenden Schutt mit rötlichem Weine,
Überall, wo die Glut hinwütete; aber dann laßt uns
Sammeln umher das Gebein des Menötiaden Patroklos,
Wohl es unterscheidend; und leicht zu erkennen ist jenes.
Denn er lag in der Mitte der Glut; und die andern gesondert
Brannten am äußeren Rande vermischt, die Ross' und die Männer.
Dann in gedoppeltes Fett, in eine goldene Urne,
Legen wir's, bis ich selber hinuntersinke zum Aïs.
Über das Grab, nicht rat' ich es allzu groß zu erheben,
Sondern so schicklich nur; hinfort dann mögt ihr es immer
Weit und hoch aufhäufen, ihr Danaer, die ihr mich etwa
Überlebt, und umher in den Ruderschiffen zurückbleibt.
Jener sprach's; sie gehorchten dem rüstigen Peleionen:
Löschten zuerst den glimmenden Schutt mit rötlichem Weine,
Rings wo die Flamme gewütet, und hoch die Asche gehäuft lag;
Sammelten drauf das weiße Gebein des herzlichen Freundes
Weinend, in doppeltes Fett, in eine goldene Urne;
Setzten sie dann im Gezelt, umhüllt mit köstlicher Leinwand;
Maßen den Kreis des Males, und warfen den Grund in die Ründung
Rings um den Brand, und häuften geschüttete Erde zum Hügel.
Als sie das Mal nun geschüttet, enteilten sie. Aber Achilleus
Hemmte das Volk, und hieß es in großem Kreise sich setzen;
Brachte darauf zu Preisen des Kampfs dreifüßige Kessel,
Becken, und Ross' und Mäuler und mächtige Stier' aus den Schiffen,
Schöngegürtete Weiber zugleich, und blinkendes Eisen.
Erst dem Lenker des schnellsten Gespanns zum herrlichen Kampfpreis
Setzt' er ein Weib zu nehmen, untadelig, kundig der Arbeit,
Samt dem gehenkelten Kessel von zweiundzwanzig Maßen:
Dieses dem ersten zum Preis; dem zweiten nun setzt' er die Stute,
Ungezähmt, sechsjährig, beschwert vom Füllen des Maultiers;
Dann dem dritten bestimmt' er zum Preis ein schimmerndes Becken,
Schön, vier Maß enthaltend, noch rein von der Flamme des Feuers,
Drauf dem vierten den Preis von zwei Talenten des Goldes;
Endlich dem fünften die doppelte Schal', unberührt von der Flamme.
Aufrecht stand der Peleid', und redete vor dem Argeiern:
Atreus' Sohn, und ihr andern, ihr hellumschienten Achaier,
Für die Reisigen stehn die Kampfpreis' hier in dem Kreise.
Wär es ein anderer nun, den wir Danaer ehrten mit Wettkampf,
Dann wohl trüg' ich selber den ersten Preis zum Gezelte.
Denn ihr wißt, wie an Tugend hervor mein edles Gespann ragt.

ἀθάνατοί τε γάρ εἰσι, Ποσειδάων δὲ πόρ' αὐτοὺς
πατρὶ ἐμῶι Πηλῆϊ, ὁ δ' αὖτ' ἐμοὶ ἐγγυάλιξεν.
ἀλλ' ἤτοι μὲν ἐγὼ μενέω καὶ μώνυχες ἵπποι·
τοίου γὰρ κλέος ἐσθλὸν ἀπώλεσαν ἡνιόχοιο,
ἠπίου, ὅς σφωϊν μάλα πολλάκις ὑγρὸν ἔλαιον
χαιτάων κατέχευε, λοέσσας ὕδατι λευκῶι.
τὸν τώ γ' ἑσταότες πενθείετον, οὔδεϊ δέ σφι
χαῖται ἐρηρέδαται, τὼ δ' ἕστατον ἀχνυμένω κῆρ.
ἄλλοι δὲ στέλλεσθε κατὰ στρατόν, ὅς τις Ἀχαιῶν
ἵπποισίν τε πέποιθε καὶ ἅρμασι κολλητοῖσιν."
ὣς φάτο Πηλεΐδης, ταχέες δ' ἱππῆες ἄγερθεν.
ὦρτο πολὺ πρῶτος μὲν ἄναξ ἀνδρῶν Εὔμηλος,
Ἀδμήτου φίλος υἱός, ὃς ἱπποσύνηι ἐκέκαστο·
τῶι δ' ἐπὶ Τυδεΐδης ὦρτο κρατερὸς Διομήδης,
ἵππους δὲ Τρωιοὺς ὕπαγε ζυγόν, οὕς ποτ' ἀπηύρα
Αἰνείαν, ἀτὰρ αὐτὸν ὑπεξεσάωσεν Ἀπόλλων.
τῶι δ' ἄρ' ἐπ' Ἀτρεΐδης ὦρτο ξανθὸς Μενέλαος
διογενής, ὑπὸ δὲ ζυγὸν ἤγαγεν ὠκέας ἵππους,
Αἴθην τὴν Ἀγαμεμνονέην τὸν ἑόν τε Πόδαργον·
τὴν Ἀγαμέμνονι δῶκ' Ἀγχισιάδης Ἐχέπωλος
δῶρ', ἵνα μή οἱ ἕποιθ' ὑπὸ Ἴλιον ἠνεμόεσσαν,
ἀλλ' αὐτοῦ τέρποιτο μένων· μέγα γάρ οἱ ἔδωκε
Ζεὺς ἄφενος, ναῖεν δ' ὅ γ' ἐν εὐρυχόρωι Σικυῶνι·
τὴν ὅ γ' ὑπὸ ζυγὸν ἦγε μέγα δρόμου ἰσχανόωσαν.
Ἀντίλοχος δὲ τέταρτος ἐΰτριχας ὁπλίσαθ' ἵππους,
Νέστορος ἀγλαὸς υἱὸς ὑπερθύμοιο ἄνακτος,
τοῦ Νηληϊάδαο· Πυλοιγενέες δέ οἱ ἵπποι
ὠκύποδες φέρον ἅρμα· πατὴρ δέ οἱ ἄγχι παραστὰς
μυθεῖτ' εἰς ἀγαθὰ φρονέων νοέοντι καὶ αὐτῶι·
„Ἀντίλοχ', ἤτοι μέν σε νέον περ ἐόντα φίλησαν
Ζεύς τε Ποσειδάων τε, καὶ ἱπποσύνας ἐδίδαξαν
παντοίας· τὼ καί σε διδασκέμεν οὔ τι μάλα χρεώ·
οἶσθα γὰρ εὖ περὶ τέρμαθ' ἑλισσέμεν· ἀλλά τοι ἵπποι
βάρδιστοι θείειν· τώ τ' οἴω λοίγι' ἔσεσθαι.
τῶν δ' ἵπποι μὲν ἔασιν ἀφάρτεροι, οὐδὲ μὲν αὐτοὶ
πλείονα ἴσασιν σέθεν αὐτοῦ μητίσασθαι.
ἀλλ' ἄγε δὴ σύ, φίλος, μῆτιν ἐμβάλλεο θυμῶι
παντοίην, ἵνα μή σε παρεκπροφύγηισιν ἄεθλα.
μήτι τοι δρυτόμος μέγ' ἀμείνων ἠὲ βίηφι·
μήτι δ' αὖτε κυβερνήτης ἐνὶ οἴνοπι πόντωι
νῆα θοὴν ἰθύνει ἐρεχθομένην ἀνέμοισι·

Auch unsterblich ja ist es: Poseidon schenkte dem Peleus,
Meinem Vater, die Rosse, der mir darauf sie gewähret.
Doch nun bleib' ich selber zurück, und die stampfenden Rosse.
Denn sie verloren die Kraft des edelsten Wagenlenkers,
Ach des Freundlichen, welcher so oft mit geschmeidigem Öle
Ihnen die Haare gesprengt, wann in lauterer Flut sie gebadet.
Diesen nunmehr dastehend betrauren sie, und auf den Boden
Fließen die Mähnen herab, und sie stehn unmutiges Herzens.
Auf denn, ihr andern im Heere, beschicket euch, wer der Achaier
Eigenen Rossen vertraut, und dem wohlgezimmerten Wagen!
Also sprach der Peleid'; und rüstige Lenker erstanden.
Erst vor allen erhub sich der Völkerfürst Eumelos,
Er, des Admetos' Sohn, der an Wagenkunde hervorschien.
Auch der Tydeid' erhub sich, der starke Held Diomedes,
Welcher die troischen Ross' anschirrete, die dem Äneias
Jüngst er geraubt; ihn selber errettete Phöbos Apollon.
Drauf erstand der Atreide, der bräunliche Held Menelaos,
Göttliches Stamms, und jochte die hurtigen Ross' an den Wagen,
Äthe, die Stut' Agamemnons, und seinen Hengst, den Podargos.
Jene gab dem Bruder der Anchisiad' Echepolos
Einst zum Geschenk, um nicht vor Ilios jenem zu folgen,
Sondern dort sich der Ruhe zu freun; denn mächtigen Reichtum
Gab ihm Zeus, und er wohnt' in Sikyons fruchtbaren Tälern:
Diese nun spannt' er ins Joch, die mutige, gierig des Wettlaufs.
Dann der vierte bereitet' Antilochos' glänzende Rosse,
Nestors trefflicher Sohn, des edelmütigen Herrschers,
Sein des Neleïaden; und hurtige Rosse von Pylos
Flogen einher mit dem Wagen. Ihm riet jetzt nahend der Vater
Guten Rat, der kundige Greis dem verständigen Jüngling:
Sohn, wie jung du auch bist, Antilochos, liebten dich dennoch
Zeus und Poseidaon, und lehrten dich Kunde des Wagens
Aller Art; drum möcht' es nicht Not sein, dich zu belehren.
Wohl das Ziel zu umlenken verstehest du; aber die Rosse
Sind dir die trägsten im Lauf; drum sorg' ich, täuscht dich der Ausgang.
Rascher sind jenen die Ross' und fertiger; selber indes nicht
Wissen sie besseren Rat, als du, mein Sohn, zu ersinnen.
Aber wohlan, mein Teurer, ins Herz dir fasse die Lehre
Mancher Art, daß nicht ein edeler Preis dir entgehe.
Mehr ja vermögen durch Rat Holzhauende, weder durch Stärke;
Auch durch Rat nur lenket im dunkelen Meere der Steurer
Sein hineilendes Schiff, umhergestürmt von den Winden:

μήτι δ’ ἡνίοχος περιγίγνεται ἡνιόχοιο.
ἀλλ’ ὃς μέν θ’ ἵπποισι καὶ ἅρμασιν οἷσι πεποιθὼς
ἀφραδέως ἐπὶ πολλὸν ἑλίσσεται ἔνθα καὶ ἔνθα,
ἵπποι δὲ πλανόωνται ἀνὰ δρόμον, οὐδὲ κατίσχει·
ὃς δέ κε κέρδεα εἰδῆι ἐλαύνων ἥσσονας ἵππους,
αἰεὶ τέρμ’ ὁρόων στρέφει ἐγγύθεν, οὐδέ ἑ λήθει
ὅππως τὸ πρῶτον τανύσηι βοέοισιν ἱμᾶσιν,
ἀλλ’ ἔχει ἀσφαλέως καὶ τὸν προὔχοντα δοκεύει.
σῆμα δέ τοι ἐρέω μάλ’ ἀριφραδές, οὐδέ σε λήσει.
ἕστηκε ξύλον αὖον ὅσον τ’ ὄργυι’ ὑπὲρ αἴης,
ἢ δρυὸς ἢ πεύκης· τὸ μὲν οὐ καταπύθεται ὄμβρωι,
λᾶε δὲ τοῦ ἑκάτερθεν ἐρηρέδαται δύο λευκὼ
ἐν ξυνοχῆισιν ὁδοῦ, λεῖος δ’ ἱππόδρομος ἀμφίς·
ἤ τευ σῆμα βροτοῖο πάλαι κατατεθνηῶτος,
ἢ τό γε νύσσα τέτυκτο ἐπὶ προτέρων ἀνθρώπων,
καὶ νῦν τέρματ’ ἔθηκε ποδάρκης δῖος Ἀχιλλεύς.
τῶι σὺ μάλ’ ἐγχρίμψας ἐλάαν σχεδὸν ἅρμα καὶ ἵππους,
αὐτὸς δὲ κλινθῆναι ἐϋπλέκτωι ἐνὶ δίφρωι
ἦκ’ ἐπ’ ἀριστερὰ τοῖιν· ἀτὰρ τὸν δεξιὸν ἵππον
κένσαι ὁμοκλήσας, εἶξαί τέ οἱ ἡνία χερσίν.
ἐν νύσσηι δέ τοι ἵππος ἀριστερὸς ἐγχριμφθήτω,
ὡς ἄν τοι πλήμνη γε δοάσσεται ἄκρον ἱκέσθαι
κύκλου ποιητοῖο· λίθου δ’ ἀλέασθαι ἐπαυρεῖν,
μή πως ἵππους τε τρώσηις κατά θ’ ἅρματα ἄξηις·
χάρμα δὲ τοῖς ἄλλοισιν, ἐλεγχείη δὲ σοὶ αὐτῶι
ἔσσεται· ἀλλά, φίλος, φρονέων πεφυλαγμένος εἶναι.
εἰ γάρ κ’ ἐν νύσσηι γε παρεξελάσηισθα διώκων,
οὐκ ἔσθ’ ὅς κέ σ’ ἕληισι μετάλμενος οὐδὲ παρέλθηι,
οὐδ’ εἴ κεν μετόπισθεν Ἀρίονα δῖον ἐλαύνοι,
Ἀδρήστου ταχὺν ἵππον, ὃς ἐκ θεόφιν γένος ἦεν,
ἢ τοὺς Λαομέδοντος, οἳ ἐνθάδε γ’ ἔτραφεν ἐσθλοί.“
  ὣς εἰπὼν Νέστωρ Νηλήϊος ἂψ ἐνὶ χώρηι
ἕζετ’, ἐπεὶ ὧι παιδὶ ἑκάστου πείρατ’ ἔειπε.
  Μηριόνης δ’ ἄρα πέμπτος ἐΰτριχας ὡπλίσαθ’ ἵππους.
ἂν δ’ ἔβαν ἐς δίφρους, ἐν δὲ κλήρους ἐβάλοντο·
πάλλ’ Ἀχιλεύς, ἐκ δὲ κλῆρος θόρε Νεστορίδαο
Ἀντιλόχου· μετὰ τὸν δ’ ἔλαχε κρείων Εὔμηλος·
τῶι δ’ ἄρ’ ἐπ’ Ἀτρεΐδης, δουρικλειτὸς Μενέλαος,
τῶι δ’ ἐπὶ Μηριόνης λάχ’ ἐλαυνέμεν· ὕστατος αὖτε
Τυδεΐδης ὄχ’ ἄριστος ἐὼν λάχ’ ἐλαυνέμεν ἵππους.
στὰν δὲ μεταστοιχί, σήμηνε δὲ τέρματ’ Ἀχιλλεὺς

So durch Rat auch besiegt ein Wagenlenker den andern.
Wer allein dem Gespann und rollenden Wagen vertraut,
Ohne Bedacht hinsprengt er, und wendet sich dorthin und dahin,
Wild auch schweiften die Ross' und ungezähmt in der Rennbahn.
Doch wer den Vorteil kennt, und schlechtere Rosse dahertreibt,
Schaut beständig das Ziel, und beugt kurzum, und vergißt nie,
Welchen Strich er zuerst sie gelenkt mit Seilen von Stierhaut;
Nein, fest hält er den Lauf, und merkt auf den Vorderen achtsam
Deutlich muß ich das Ziel dir verkündigen, daß du nicht fehlest.
Dorrend ragt ein Pfahl, wie die Klafter hoch, aus der Erde,
Kienholz, oder von Eichen, das nicht im Regen vermodert;
Rechtsan lehnen und links sich zween weißschimmernde Steine,
Dort in der Enge des Wegs, wo die ebene Bahn sich herumschwingt:
Sei er vielleicht ein Mal des längst verstorbenen Mannes,
Oder ein Rennziel auch von vorigen Menschen errichtet;
Den nun stellt zum Zeichen der mutige Renner Achilleus.
Dicht an jenen gedrängt, beflügele Wagen und Rosse;
Selber zugleich dann beug' in dem schöngeflochtenen Sessel
Sanft zur Linken dich hin; und das rechte Roß des Gespannes
Treib mit Geißel und Ruf, und laß ihm die Zügel ein wenig:
Während dir nah am Ziele das linke Roß sich herumdreht,
So daß fast die Nabe den Rand zu erreichen dir scheinet
Deines zierlichen Rades. Den Stein nur zu rühren vermeide,
Daß du nicht verwundest die Ross', und den Wagen zerschmetterst:
Denn ein Triumph den andern, und schmähliche Kränkung dir selber
Wäre das! Auf denn, Geliebter, sei vorsichtsvoll und behutsam.
Hast du nur erst am Ziele herumgewendet den Vorsprung;
Keiner ist dann, der verfolgend dich einholt, oder vorbeijagt:
Trieb er sogar im Sturme dir nach den edlen Areion,
Der aus Göttern entstammte, das hurtige Roß des Adrastos,
Oder Laomedons Rosse, die hier voll Herrlichkeit aufblühn!
　Also redete Nestor, der neleiadische König,
Setzte sich dann, nachdem er dem Sohn jedwedes bedeutet.
　Auch der fünfte nun schirrte Meriones' glänzende Rosse.
Alle betraten die Sessel, und warfen die Los', und Achilleus
Schüttelte: plötzlich entsprang Antilochos' Los aus dem Helme;
Nächst dem Nestoriden gewann der Herrscher Eumelos;
Diesem zunächst der Atreide, der streitbare Held Menelaos;
Hierauf traf das Los den Meriones; aber zuletzt traf
Tydeus' tapferen Sohn das Los, die Rosse zu lenken.
Alle gereiht nun standen; es wies das Zeichen Achilleus

τηλόθεν ἐν λείωι πεδίωι· παρὰ δὲ σκοπὸν εἷσεν
ἀντίθεον Φοίνικα, ὀπάονα πατρὸς ἑοῖο,
ὡς μεμνέωιτο δρόμους καὶ ἀληθείην ἀποείποι.
οἱ δ' ἅμα πάντες ἐφ' ἵπποιιν μάστιγας ἄειραν,
πέπληγόν θ' ἱμᾶσιν, ὁμόκλησάν τ' ἐπέεσσιν
ἐσσυμένως· οἱ δ' ὦκα διέπρησσον πεδίοιο
νόσφι νεῶν ταχέως· ὑπὸ δὲ στέρνοισι κονίη
ἵστατ' ἀειρομένη ὥς τε νέφος ἠὲ θύελλα,
χαῖται δ' ἐρρώοντο μετὰ πνοιῇις ἀνέμοιο.
ἅρματα δ' ἄλλοτε μὲν χθονὶ πίλνατο πουλυβοτείρηι,
ἄλλοτε δ' ἀΐξασκε μετήορα· τοὶ δ' ἐλατῆρες
ἕστασαν ἐν δίφροισι, πάτασσε δὲ θυμὸς ἑκάστου
νίκης ἱεμένων· κέκλοντο δὲ οἷσιν ἕκαστος
ἵπποις, οἱ δ' ἐπέτοντο κονίοντες πεδίοιο.
ἀλλ' ὅτε δὴ πύματον τέλεον δρόμον ὠκέες ἵπποι
ἂψ ἐφ' ἁλὸς πολιῆς, τότε δὴ ἀρετή γε ἑκάστου
φαίνετ', ἄφαρ δ' ἵπποισι τάθη δρόμος· ὦκα δ' ἔπειτα
αἱ Φηρητιάδαο ποδώκεες ἔκφερον ἵπποι.
τὰς δὲ μετ' ἐξέφερον Διομήδεος ἄρσενες ἵπποι,
Τρώϊοι, οὐδέ τι πολλὸν ἄνευθ' ἔσαν, ἀλλὰ μάλ' ἐγγύς·
αἰεὶ γὰρ δίφρου ἐπιβησομένοισιν ἐΐκτην,
πνοιῆι δ' Εὐμήλοιο μετάφρενον εὐρέε τ' ὤμω
θέρμετ'· ἐπ' αὐτῶι γὰρ κεφαλὰς καταθέντε πετέσθην.
καί νύ κεν ἢ παρέλασσ' ἢ ἀμφήριστον ἔθηκεν,
εἰ μὴ Τυδέος υἷϊ κοτέσσατο Φοῖβος Ἀπόλλων,
ὅς ῥά οἱ ἐκ χειρῶν ἔβαλεν μάστιγα φαεινήν.
τοῖο δ' ἀπ' ὀφθαλμῶν χύτο δάκρυα χωομένοιο,
οὕνεκα τὰς μὲν ὅρα ἔτι καὶ πολὺ μᾶλλον ἰούσας,
οἱ δέ οἱ ἐβλάφθησαν ἄνευ κέντροιο θέοντες.
οὐδ' ἄρ' Ἀθηναίην ἐλεφηράμενος λάθ' Ἀπόλλων
Τυδεΐδην, μάλα δ' ὦκα μετέσσυτο ποιμένα λαῶν,
δῶκε δέ οἱ μάστιγα, μένος δ' ἵπποισιν ἐνῆκεν·
ἡ δὲ μετ' Ἀδμήτου υἱὸν κοτέουσα βεβήκει,
ἵππειον δέ οἱ ἦξε θεὰ ζυγόν· αἱ δέ οἱ ἵπποι
ἀμφὶς ὁδοῦ δραμέτην, ῥυμὸς δ' ἐπὶ γαῖαν ἐλύσθη.
αὐτὸς δ' ἐκ δίφροιο παρὰ τροχὸν ἐξεκυλίσθη,
ἀγκῶνάς τε περιδρύφθη στόμα τε ῥῖνάς τε,
θρυλίχθη δὲ μέτωπον ἐπ' ὀφρύσι· τὼ δέ οἱ ὄσσε
δακρυόφι πλῆσθεν, θαλερὴ δέ οἱ ἔσχετο φωνή.
Τυδεΐδης δὲ παρατρέψας ἔχε μώνυχας ἵππους,
πολλὸν τῶν ἄλλων ἐξάλμενος· ἐν γὰρ Ἀθήνη

Fern in dem flachen Gefild; und dabei zum Schauer bestellt' er
Phönix den göttlichen Held, den Kriegsgefährten des Vaters,
Wohl zu bemerken den Lauf, und alles genau zu verkünden.
Alle zugleich nun schwangen empor auf die Rosse die Geißeln,
Schlugen zugleich mit den Riemen, und schrien lautdrohende Worte,
Heftiges Muts; und in Eil' entflogen sie durch das Gefilde,
Schnell von den Schiffen hinweg; und emporstieg unter den Brüsten
Dick aufwallender Staub, dem Gewölk gleich, oder dem Sturmwind;
Und wild flogen die Mähnen im wehenden Hauche des Windes.
Jetzo rollten die Wagen gesenkt an der nährenden Erde,
Jetzo durchstürmten die Luft die Erhobenen. Aber die Lenker
Standen empor in den Sesseln; es schlug ihr Herz in den Busen
Laut vor Begierde des Siegs, und jeglicher drohte den Rossen
Mächtiges Rufs; und sie flogen in staubendem Lauf durch die Felder.
Doch wie dem Ende des Laufs die hurtigen Rosse sich nahten,
Kehrend zum bläulichen Meer, nun war's, wo jegliches Tugend
Schien; und gestreckt fortschossen die Rennenden. Aber in Eile
Sprangen voraus die Stuten des Pheretiaden Eumelos;
Diesen zunächst dann stürmte das Hengstgespann Diomedes',
Troisches Stamms: nicht ferne verfolgten sie, sondern so nahe,
Daß sie stets auf den Sessel des vorderen schienen zu springen,
Und ihm warm auf den Rücken ihr Hauch und die mächtigen Schultern
Atmete; denn ihn berührte das Haupt der fliegenden Rosse.
Und nun wär' er voraus, doch wenigstens gleich ihm gekommen,
Wenn nicht Phöbos Apollon gezürnt dem Sohne des Tydeus,
Und ihm schnell aus den Händen die glänzende Geißel geschleudert.
Unmutsvoll entstürzten die Tränen ihm über das Antlitz,
Als er noch weiter voraus die fliegenden Stuten erblickte,
Aber die Hengst' ihm säumten, die treibende Geißel vermissend.
Nicht geheim vor Athene belistete Phöbos Apollon
Tydeus' Sohn; schnell eilte sie her zum Hirten der Völker,
Gab ihm die Geißel zurück, und stärkte mit Mut ihm die Rosse.
Zürnend verfolgte sie drauf den tapferen Sohn des Admetos,
Und zerbrach ihm das Joch, die Unsterbliche: wild auseinander
Sprangen die Stuten vom Weg', und es scharrt' an der Erde die Deichsel.
Jener entsank dem Sessel, und wälzte sich neben dem Rade,
Beide Arm' an der Beugung, den Mund und die Nase verletzend;
Auch die Stirn' an den Brauen verwundet' er; aber die Augen
Wurden mit Tränen erfüllt, und atmend stockt' ihm die Stimme.
Tydeus' Sohn trieb schleunig vorbei die stampfenden Rosse,
Weit den anderen allen voraus; denn es stärkt' ihm Athene

ἵπποις ἧκε μένος καὶ ἐπ' αὐτῶι κῦδος ἔθηκε.
τῶι δ' ἄρ' ἐπ' Ἀτρεΐδης εἶχε ξανθὸς Μενέλαος.
Ἀντίλοχος δ' ἵπποισιν ἐκέκλετο πατρὸς ἑοῖο·
„ ἔμβητον καὶ σφῶϊ· τιταίνετον ὅττι τάχιστα.
ἤτοι μὲν κείνοισιν ἐριζέμεν οὔ τι κελεύω,
Τυδεΐδεω ἵπποισι δαΐφρονος, οἷσιν Ἀθήνη
νῦν ὤρεξε τάχος καὶ ἐπ' αὐτῶι κῦδος ἔθηκεν·
ἵππους δ' Ἀτρεΐδαο κιχάνετε, μὴ δὲ λίπησθον,
καρπαλίμως, μὴ σφῶϊν ἐλεγχείην καταχεύηι
Αἴθη θῆλυς ἐοῦσα· τί ἢ λείπεσθε φέριστοι;
ὧδε γὰρ ἐξερέω, καὶ μὴν τετελεσμένον ἔσται·
οὐ σφῶϊν κομιδὴ παρὰ Νέστορι ποιμένι λαῶν
ἔσσεται, αὐτίκα δ' ὔμμε κατακτενεῖ ὀξέϊ χαλκῶι,
αἴ κ' ἀποκηδήσαντε φερώμεθα χεῖρον ἄεθλον.
ἀλλ' ἐφομαρτεῖτον καὶ σπεύδετον ὅττι τάχιστα·
ταῦτα δ' ἐγὼν αὐτὸς τεχνήσομαι ἠδὲ νοήσω,
στεινωπῶι ἐν ὁδῶι παραδύμεναι, οὐδέ με λήσει."
ὣς ἔφαθ', οἱ δὲ ἄνακτος ὑποδείσαντες ὁμοκλὴν
μᾶλλον ἐπιδραμέτην ὀλίγον χρόνον· αἶψα δ' ἔπειτα
στεῖνος ὁδοῦ κοίλης ἴδεν Ἀντίλοχος μενεχάρμης.
ῥωχμὸς ἔην γαίης, ἧι χειμέριον ἀλὲν ὕδωρ
ἐξέρρηξεν ὁδοῖο, βάθυνε δὲ χῶρον ἅπαντα·
τῆι ῥ' εἶχεν Μενέλαος ἁματροχιὰς ἀλεείνων.
Ἀντίλοχος δὲ παρατρέψας ἔχε μώνυχας ἵππους
ἐκτὸς ὁδοῦ, ὀλίγον δὲ παρακλίνας ἐδίωκεν.
Ἀτρεΐδης δ' ἔδεισε καὶ Ἀντιλόχωι ἐγεγώνει·
„ Ἀντίλοχ', ἀφραδέως ἱππάζεαι, ἀλλ' ἄνεχ' ἵππους·
στεινωπὸς γὰρ ὁδός, τάχα δ' εὐρυτέρη παρελάσσαι·
μή πως ἀμφοτέρους δηλήσεαι ἅρματι κύρσας."
ὣς ἔφατ', Ἀντίλοχος δ' ἔτι καὶ πολὺ μᾶλλον ἔλαυνε
κέντρωι ἐπισπέρχων, ὡς οὐκ ἀΐοντι ἐοικώς.
ὅσσα δὲ δίσκου οὖρα κατωμαδίοιο πέλονται,
ὅν τ' αἰζηὸς ἀφῆκεν ἀνὴρ πειρώμενος ἥβης,
τόσσον ἐπιδραμέτην· αἱ δ' ἠρώησαν ὀπίσσω
Ἀτρεΐδεω· αὐτὸς γὰρ ἑκὼν μεθέηκεν ἐλαύνειν,
μή πως συγκύρσειαν ὁδῶι ἔνι μώνυχες ἵπποι,
δίφρους τ' ἀνστρέψειαν ἐϋπλεκέας, κατὰ δ' αὐτοὶ
ἐν κονίηισι πέσοιεν ἐπειγόμενοι περὶ νίκης.
τὸν καὶ νεικείων προσέφη ξανθὸς Μενέλαος·
„ Ἀντίλοχ', οὔ τις σεῖο βροτῶν ὀλοώτερος ἄλλος·
ἔρρ', ἐπεὶ οὐ σ' ἔτυμόν γε φάμεν πεπνῦσθαι Ἀχαιοί.

Seine Rosse mit Mut, und krönt' ihn selber mit Siegsruhm.
Nächst ihm flog der Atreide, der bräunliche Held Menelaos.
Aber Antilochos rief des Vaters Rossen ermunternd:
  Angestrengt die Glieder, und dehnet euch fliegendes Laufes!
Daß mit jenen ihr kämpft um den Vorsprung, forder' ich gar nicht,
Mit des Tydeiden Gespann, des Feurigen, welchen Athene
Jetzo Geschwindigkeit gab, und ihn selber krönte mit Siegsruhm.
Nur Menelaos' Gespann holt ein, und bleibt nicht dahinten,
Stürmender Kraft, daß nicht mit kränkender Schmach euch bedecke
Äthe, die Stute nur ist! Was säumet ihr, treffliche Rosse?
Denn ich verkünd' euch zuvor, und das wird wahrlich vollendet:
Nie wird Pfleg' euch hinfort beim völkerweidenden Nestor
Dargereicht; schnell mordet er euch mit der Schärfe des Erzes,
Wenn wir anitzt nachlässig geringeren Preis nur gewinnen!
Auf denn, mit großer Gewalt, und verfolget sie hurtiges Laufes!
Aber ich selbst will dieses mit Kunst ausführen und Sorgfalt,
Daß in der Enge des Wegs ich vorüber schlüpf', ihn bemerkend.
  Jener sprach's; und geschreckt von des Königes scheltendem Zuruf,
Sprangen sie schneller dahin ein weniges. Jetzo erblickt' er
Dort die Enge des Wegs, Antilochos, freudig zur Feldschlacht:
Ausgehöhlt war der Grund, wo gesammelte Wintergewässer
Durch den Weg sich gewühlt, ringsum die Erde vertiefend.
Dorthin fuhr Menelaos, der Wagen Gemisch zu vermeiden.
Seitwärts trieb Antilochos schnell die stampfenden Rosse
Außer dem Weg', und wenig vorbei ihm lenkend verfolgt' er.
Des erschrak der Atreid' und rief dem Sohne des Nestor:
  Sinnlos lenkst du den Wagen, Antilochos! Hemme die Rosse!
Eng ist der Weg; bald eil' auf breiterer Bahn mir vorüber:
Daß du nicht an den Wagen mir fährst, und uns beide beschädigst!
  Jener sprach's; doch Antilochos trieb noch schneller die Rosse,
Drängend mit Geißelhieben, dem nichts Vernehmenden ähnlich.
Weit wie die Scheib' hinflieget vom Schwung des erhobenen Armes,
Warm sie ein blühender Mann, die Kraft zu versuchen, entsendet:
So weit sprangen sie vor, und es säumeten jene von hinten
Atreus' Sohn'; auch hielt er mit Fleiß den eilenden Lauf an:
Daß nicht wo anprellend im Weg die stampfenden Rosse
Beide Geschirr' umstürzten von schönem Geflecht, und sie selber
Dort in den Staub hinsänken, gereizt von Begierde des Sieges.
Scheltend begann nunmehr der bräunliche Held Menelaos:
  Keiner, Antilochos, gleicht an verderblichem Sinne dir selber!
Geh! wir nannten dich falsch den Verständigen sonst, wir Achaier!

ἀλλ' οὐ μὰν οὐδ' ὧς ἄτερ ὅρκου οἴσηι ἄεθλον."
ὣς εἰπὼν ἵπποισιν ἐκέκλετο φώνησέν τε·
„ μή μοι ἐρύκεσθον μὴ δ' ἕστατον ἀχνυμένω κῆρ.
φθήσονται τούτοισι πόδες καὶ γοῦνα καμόντα
ἢ ὑμῖν· ἄμφω γὰρ ἀτέμβονται νεότητος."
ὣς ἔφαθ', οἱ δὲ ἄνακτος ὑποδείσαντες ὁμοκλὴν
μᾶλλον ἐπιδραμέτην, τάχα δέ σφισιν ἄγχι γένοντο.
Ἀργεῖοι δ' ἐν ἀγῶνι καθήμενοι εἰσορόωντο
ἵππους· τοὶ δὲ πέτοντο κονίοντες πεδίοιο.
πρῶτος δ' Ἰδομενεὺς Κρητῶν ἀγὸς ἐφράσαθ' ἵππους·
ἧστο γὰρ ἐκτὸς ἀγῶνος ὑπέρτατος ἐν περιωπῆι·
τοῖο δ' ἄνευθεν ἐόντος ὁμοκλητῆρος ἀκούσας
ἔγνω, φράσσατο δ' ἵππον ἀριπρεπέα προὔχοντα,
ὃς τὸ μὲν ἄλλο τόσον φοῖνιξ ἦν, ἐν δὲ μετώπωι
λευκὸν σῆμα τέτυκτο περίτροχον ἠΰτε μήνη.
στῆ δ' ὀρθὸς καὶ μῦθον ἐν Ἀργείοισιν ἔειπεν·
„ ὦ φίλοι, Ἀργείων ἡγήτορες ἠδὲ μέδοντες,
οἶος ἐγὼν ἵππους αὐγάζομαι ἦε καὶ ὑμεῖς;
ἄλλοι μοι δοκέουσι παροίτεροι ἔμμεναι ἵπποι,
ἄλλος δ' ἡνίοχος ἰνδάλλεται· αἱ δέ που αὐτοῦ
ἔβλαβεν ἐν πεδίωι, αἳ κεῖσέ γε φέρτεραι ἦσαν·
ἤτοι γὰρ τὰς πρῶτα ἴδον περὶ τέρμα βαλούσας,
νῦν δ' οὔ πηι δύναμαι ἰδέειν, πάντηι δέ μοι ὄσσε
Τρωϊκὸν ἂμ πεδίον παπταίνετον εἰσορόωντι·
ἦε τὸν ἡνίοχον φύγον ἡνία, οὐδὲ δυνάσθη
εὖ σχεθέειν περὶ τέρμα, καὶ οὐκ ἐτύχησεν ἑλίξας·
ἔνθά μιν ἐκπεσέειν ὀΐω σύν θ' ἅρματα ἆξαι,
αἱ δ' ἐξηρώησαν, ἐπεὶ μένος ἔλλαβε θυμόν.
ἀλλὰ ἴδεσθε καὶ ὔμμες ἀνασταδόν· οὐ γὰρ ἔγωγε
εὖ διαγιγνώσκω· δοκέει δέ μοι ἔμμεναι ἀνὴρ
Αἰτωλὸς γενεήν, μετὰ δ' Ἀργείοισιν ἀνάσσει,
Τυδέος ἱπποδάμου υἱός, κρατερὸς Διομήδης."
τὸν δ' αἰσχρῶς ἐνένιπεν Ὀϊλῆος ταχὺς Αἴας·
„ Ἰδομενεῦ, τί πάρος λαβρεύεαι; αἱ δέ τ' ἄνευθεν
ἵπποι ἀερσίποδες πολέος πεδίοιο δίενται.
οὔτε νεώτατός ἐσσι μετ' Ἀργείοισι τοσοῦτον,
οὔτέ τοι ὀξύτατον κεφαλῆς ἐκδέρκεται ὄσσε·
ἀλλ' αἰεὶ μύθοις λαβρεύεαι· οὐδέ τί σε χρὴ
λαβραγόρην ἔμεναι· πάρα γὰρ καὶ ἀμείνονες ἄλλοι.
ἵπποι δ' αὐταὶ ἔασι παροίτεραι, αἳ τὸ πάρος περ,
Εὐμήλου, ἐν δ' αὐτὸς ἔχων εὔληρα βέβηκε."

Doch nicht sollst du fürwahr ohn' Eidschwur nehmen den Kampfpreis!
Dieses gesagt, ermahnt' er mit lautem Rufe die Rosse:
Weilet mir nicht so träg', und steht nicht traurendes Herzens!
Bald wird jenen die Kraft der Knie' und Schenkel erstarren,
Eher denn euch; denn beiden verschwand die blühende Jugend!
Jener sprach's; und geschreckt von des Königes scheltendem Zuruf
Sprangen sie schneller dahin, und bald nun nahten sie jenen.
Argos' Söhn' indessen im Kampfkreis schaueten sitzend,
Wie die Gespann' hinflogen in staubendem Lauf durch die Felder.
Kretas Herrscher zuerst Idomeneus merkte die Rosse;
Denn er saß aus dem Kreise getrennt auf der höheren Warte.
Jenen anjetzt von fern, der laut herdrohte, vernehmend
Kannt' er, und merkte das Roß, das hell und kennbar hervorschien:
Welchem rötlich umher der Leib war, aber die Stirne
Weiß die geründete Blässe bezeichnete, ähnlich dem Vollmond.
Aufrecht stand der König, und redete vor den Argeiern:
Freunde, des Volks von Argos erhabene Fürsten und Pfleger,
Kenn' ich allein die Rosse der Kommenden, oder auch ihr dort?
Andere dünken mir jetzt die vorderen Rosse der Kämpfer,
Auch ihr Lenker erscheint ein anderer. Jene vielleicht sind
Dort im Gefilde verletzt, die hinauf die tapfersten waren.
Denn zwar sah ich zuerst sie herum an dem Ziele sich schwingen;
Doch nun kann ich sie nirgends ersehn, ob rings mir die Augen
Durch der Troer Gefild' umherschaun forschendes Blickes.
Sind dem Lenker vielleicht die Zügel entflohn, und vermocht' er
Nicht zu wenden ums Ziel, und traf unglücklich die Beugung?
Dort wohl stürzt' er vom Sessel herab, und der Wagen zerbrach ihm,
Und es entsprangen zerscheucht mit verwildertem Geiste die Stuten.
Aber schauet auch ihr, und erhebet euch! Nicht ja vermag ich
Jene genau zu erkennen; doch dünkt der Lenker des Wagens
Mir der ätolische Mann, der Argos' Scharen beherrschet,
Tydeus' des reisigen Sohn, der starke Held Diomedes.
Höhnend verwies ihm Ajas, der schnelle Sohn des Oileus:
Was weissagst du so laut, Idomeneus? Ferne hinweg ja
Fliegen gehobenes Hufs die Ross' im weiten Gefilde!
Nicht doch bist du der jüngste so sehr im Volk der Argeier,
Noch sind dir am schärfsten im Haupt die spähenden Augen!
Aber du warst beständig ein Plauderer! Nicht ja geziemt dir,
Rasch mit der Zunge zu sein; denn hier sind bessere Männer!
Dort sind die Stuten annoch die vorderen, so wie im Anfang;
Und noch fährt Eumelos, die lenkenden Seil' in den Händen!

τὸν δὲ χολωσάμενος Κρητῶν ἀγὸς ἀντίον ηὔδα·
„ Αἶαν, νεῖκος ἄριστε, κακοφραδές, ἄλλά τε πάντα
δεύεαι Ἀργείων, ὅτι τοι νόος ἐστὶν ἀπηνής.
δεῦρό νυν, ἢ τρίποδος περιδώμεθον ἠὲ λέβητος,
ἴστορα δ᾽ Ἀτρεΐδην Ἀγαμέμνονα θείομεν ἄμφω,
ὁππότεραι πρόσθ᾽ ἵπποι, ἵνα γνώῃς ἀποτίνων."
ὣς ἔφατ᾽, ὄρνυτο δ᾽ αὐτίκ᾽ Ὀϊλῆος ταχὺς Αἴας
χωόμενος χαλεποῖσιν ἀμείψασθαι ἐπέεσσι·
καί νύ κε δὴ προτέρω ἔτ᾽ ἔρις γένετ᾽ ἀμφοτέροισιν,
εἰ μὴ Ἀχιλλεὺς αὐτὸς ἀνίστατο καὶ φάτο μῦθον·
„ μηκέτι νῦν χαλεποῖσιν ἀμείβεσθον ἐπέεσσιν,
Αἶαν Ἰδομενεῦ τε, κακοῖς, ἐπεὶ οὐδὲ ἔοικε.
καὶ δ᾽ ἄλλωι νεμεσᾶτον, ὅτις τοιαῦτά γε ῥέζοι.
ἀλλ᾽ ὑμεῖς ἐν ἀγῶνι καθήμενοι εἰσοράασθε
ἵππους· οἱ δὲ τάχ᾽ αὐτοὶ ἐπειγόμενοι περὶ νίκης
ἐνθάδ᾽ ἐλεύσονται· τότε δὲ γνώσεσθε ἕκαστος
ἵππους Ἀργείων, οἳ δεύτεροι οἵ τε πάροιθεν."
ὣς φάτο, Τυδεΐδης δὲ μάλα σχεδὸν ἦλθε διώκων,
μάστι δ᾽ αἰὲν ἔλαυνε κατωμαδόν· οἱ δέ οἱ ἵπποι
ὑψόσ᾽ ἀειρέσθην ῥίμφα πρήσσοντε κέλευθον.
αἰεὶ δ᾽ ἡνίοχον κονίης ῥαθάμιγγες ἔβαλλον,
ἅρματα δὲ χρυσῶι πεπυκασμένα κασσιτέρωι τε
ἵπποις ὠκυπόδεσσιν ἐπέτρεχον· οὐδέ τι πολλὴ
γίγνετ᾽ ἐπισσώτρων ἁρματροχιὴ κατόπισθεν
ἐν λεπτῆι κονίηι· τὼ δὲ σπεύδοντε πετέσθην.
στῆ δὲ μέσωι ἐν ἀγῶνι, πολὺς δ᾽ ἀνεκήκιεν ἱδρὼς
ἵππων ἔκ τε λόφων καὶ ἀπὸ στέρνοιο χαμᾶζε.
αὐτὸς δ᾽ ἐκ δίφροιο χαμαὶ θόρε παμφανόωντος,
κλῖνε δ᾽ ἄρα μάστιγα ποτὶ ζυγόν· οὐδὲ μάτησεν
ἴφθιμος Σθένελος, ἀλλ᾽ ἐσσυμένως λάβ᾽ ἄεθλον,
δῶκε δ᾽ ἄγειν ἑτάροισιν ὑπερθύμοισι γυναῖκα
καὶ τρίποδ᾽ ὠτώεντα φέρειν· ὁ δ᾽ ἔλυεν ὑφ᾽ ἵππους.
τῶι δ᾽ ἄρ᾽ ἐπ᾽ Ἀντίλοχος Νηλήϊος ἤλασεν ἵππους,
κέρδεσιν, οὔ τι τάχει γε, παραφθάμενος Μενέλαον·
ἀλλὰ καὶ ὣς Μενέλαος ἔχ᾽ ἐγγύθεν ὠκέας ἵππους.
ὅσσον δὲ τροχοῦ ἵππος ἀφίσταται, ὅς ῥα ἄνακτα
ἕλκῃσιν πεδίοιο τιταινόμενος σὺν ὄχεσφι·
τοῦ μέν τε ψαύουσιν ἐπισσώτρου τρίχες ἄκραι
οὐραῖαι· ὁ δέ τ᾽ ἄγχι μάλα τρέχει, οὐδέ τι πολλὴ
χώρη μεσσηγύς, πολέος πεδίοιο θέοντος·
τόσσον δὴ Μενέλαος ἀμύμονος Ἀντιλόχοιο

Aber voll Zorns antwortete drauf der Herrscher von Kreta:
Ajas, im Zank der erste, du Lästerer! Anderer Tugend
Trägst du wenig im Volk, denn du bist unfreundliches Herzens!
Hurtig, ein Dreifuß steh' uns Wettenden, oder ein Becken;
Aber ein Zeuge des Streits sei Atreus' Sohn Agamemnon,
Wessen die vorderen Rosse: damit du es büßend erkennest!
Jener sprach's; da erhub sich der schnelle Sohn des Oileus,
Zürnendes Muts, noch mehr der heftigen Worte zu wechseln.
Und noch hätten fortan die Zankenden beide geeifert,
Wenn nicht Achilleus selbst sich emporhub, also beginnend:
Nicht mehr jetzt miteinander der heftigen Worte gewechselt,
Ajas, und Idomeneus du; denn wenig geziemt's euch!
Selbst ja tadeltet ihr's, wenn ein anderer solches begönne.
Aber sitzt ihr ruhig im Kreis', und schaut nach den Rossen
Forschend hinauf: bald werden, gereizt von Begierde des Sieges,
Jene von selbst ankommen; dann mögt ihr jeder erkennen,
Welches Gespann der Argeier voranläuft, welches dahinten.
Also der Held; da nahte mit raschem Gespann Diomedes.
Immer umschwang er die Schultern, und geißelte; aber die Rosse
Huben sich hoch von der Erde, den Weg in Eile vollendend.
Immer auch flog um den Lenker der Staub, von den Hufen gesprenget;
Während der prangende Wagen, mit Zinn und Golde gezieret,
Schnell dem Sturm des Gespanns nachrasselte; und nur ein wenig
Tauchte von hinten das Gleis der erzbeschlagenen Räder
In den gelockerten Staub: so eileten fliegend die Rosse.
Mitten nun hielt er im Kreis', und es quoll den dampfenden Rossen
Ringsum Schweiß von den Nacken und vorn von der Brust auf die Erde.
Selber darauf entsprang er dem hellumschimmerten Sessel,
Lehnete dann die Geißel ans Joch. Nicht säumte der tapfre
Sthenelos nun, er ergriff in freudiger Eile den Kampfpreis,
Gab dann hinwegzuführen das Weib den mutigen Freunden,
Samt dem gehenkelten Kessel, und lösete selber die Rosse.
Nächst ihm lenkte die Ross' Antilochos, Enkel des Neleus,
Welcher durch List, durch Schnelligkeit nicht, Menelaos zuvorkam.
Dennoch trieb Menelaos ihm nah die hurtigen Rosse.
Weit wie dem Rade das Roß entfernt ist, welches den Eigner
Trägt, und gestreckt vor dem Wagen dahersprengt durch das Gefilde;
Hinten berührt's des Rades umschienten Rand mit den Haaren
Seines Schweifs; denn nah ihm enteilet es, und nur ein wenig
Raum ist, welcher es trennt im Lauf durch das weite Gefilde:
Auch so weit von dem edlen Antilochos blieb Menelaos

λείπετ᾽· ἀτὰρ τὰ πρῶτα καὶ ἐς δίσκουρα λέλειπτο,
ἀλλά μιν αἶψα κίχανεν· ὀφέλλετο γὰρ μένος ἠΰ
ἵππου τῆς Ἀγαμεμνονέης, καλλίτριχος Αἴθης·
εἰ δέ κ᾽ ἔτι προτέρω γένετο δρόμος ἀμφοτέροισι,
τώ κέν μιν παρέλασσ᾽ οὐδ᾽ ἀμφήριστον ἔθηκεν.
αὐτὰρ Μηριόνης, θεράπων ἐῢς Ἰδομενῆος,
λείπετ᾽ ἀγακλῆος Μενελάου δουρὸς ἐρωήν·
βάρδιστοι μὲν γάρ οἱ ἔσαν καλλίτριχες ἵπποι,
ἥκιστος δ᾽ ἦν αὐτὸς ἐλαυνέμεν ἅρμ᾽ ἐν ἀγῶνι.
υἱὸς δ᾽ Ἀδμήτοιο πανύστατος ἤλυθεν ἄλλων,
ἕλκων ἅρματα καλά, ἐλαύνων πρόσσοθεν ἵππους.
τὸν δὲ ἰδὼν ᾤκτειρε ποδάρκης δῖος Ἀχιλλεύς,
στὰς δ᾽ ἄρ᾽ ἐν Ἀργείοις ἔπεα πτερόεντ᾽ ἀγόρευε·
„λοῖσθος ἀνὴρ ὤριστος ἐλαύνει μώνυχας ἵππους·
ἀλλ᾽ ἄγε δή οἱ δῶμεν ἀέθλιον, ὡς ἐπιεικές,
δεύτερ᾽· ἀτὰρ τὰ πρῶτα φερέσθω Τυδέος υἱός."
    ὣς ἔφαθ᾽, οἳ δ᾽ ἄρα πάντες ἐπήινεον ὡς ἐκέλευε.
καί νύ κέ οἱ πόρεν ἵππον, ἐπήινησαν γὰρ Ἀχαιοί,
εἰ μὴ ἄρ᾽ Ἀντίλοχος μεγαθύμου Νέστορος υἱὸς
Πηλεΐδην Ἀχιλῆα δίκηι ἠμείψατ᾽ ἀναστάς·
„ὦ Ἀχιλεῦ, μάλα τοι κεχολώσομαι, αἴ κε τελέσσηις
τοῦτο ἔπος· μέλλεις γὰρ ἀφαιρήσεσθαι ἄεθλον,
τὰ φρονέων ὅτι οἱ βλάβεν ἅρματα καὶ ταχέ᾽ ἵππω
αὐτός τ᾽ ἐσθλὸς ἐών· ἀλλ᾽ ὤφελεν ἀθανάτοισιν
εὔχεσθαι· τό κεν οὔ τι πανύστατος ἦλθε διώκων.
εἰ δέ μιν οἰκτίρεις καί τοι φίλος ἔπλετο θυμῶι,
ἔστί τοι ἐν κλισίηι χρυσὸς πολύς, ἔστι δὲ χαλκὸς
καὶ πρόβατ᾽, εἰσὶ δέ τοι δμωιαὶ καὶ μώνυχες ἵπποι·
τῶν οἱ ἔπειτ᾽ ἀνελὼν δόμεναι καὶ μεῖζον ἄεθλον,
ἠὲ καὶ αὐτίκα νῦν, ἵνα σ᾽ αἰνήσωσιν Ἀχαιοί.
τὴν δ᾽ ἐγὼ οὐ δώσω· περὶ δ᾽ αὐτῆς πειρηθήτω
ἀνδρῶν ὅς κ᾽ ἐθέληισιν ἐμοὶ χείρεσσι μάχεσθαι."
    ὣς φάτο, μείδησεν δὲ ποδάρκης δῖος Ἀχιλλεὺς
χαίρων Ἀντιλόχωι, ὅτι οἱ φίλος ἦεν ἑταῖρος·
καί μιν ἀμειβόμενος ἔπεα πτερόεντα προσηύδα·
„Ἀντίλοχ᾽, εἰ μὲν δή με κελεύεις οἴκοθεν ἄλλο
Εὐμήλωι ἐπιδοῦναι, ἐγὼ δέ κε καὶ τὸ τελέσσω.
δώσω οἱ θώρηκα, τὸν Ἀστεροπαῖον ἀπηύρων,
χάλκεον, ὧι πέρι χεῦμα φαεινοῦ κασσιτέροιο
ἀμφιδεδίνηται· πολέος δέ οἱ ἄξιος ἔσται."
    ἦ ῥα, καὶ Αὐτομέδοντι φίλωι ἐκέλευσεν ἑταίρωι

Nun zurück, da zuerst bis zum Scheibenwurf er zurückblieb;
Doch bald holt' er ihn ein: denn mutiger stets und entflammter
Sprang die Stut' Agamemnons einher, die glänzende Äthe.
Hätte noch weiter die Bahn sich erstreckt den jagenden Kämpfern,
Sicherlich wär' er voraus, doch wenigstens gleich ihm gekommen.
Aber Meriones drauf, Idomeneus' tapferer Kriegsfreund,
Blieb des Speerwurfs Weite vom rühmlichen Held Menelaos:
Denn am trägsten ihm war das Gespann schönmähniger Rosse,
Wenig er selbst auch geübt ein Geschirr zu lenken im Wettkampf.
Endlich der Sohn Admetos' erschien zuletzt nach den andern,
Schleppend den zierlichen Wagen, und vorwärts treibend die Rosse.
Mitleidsvoll erblickt' ihn der mutige Renner Achilleus,
Stand im Kreis der Argeier, und sprach die geflügelten Worte:
Schaut, wie zuletzt der tapfere Mann sein edles Gespann lenkt!
Aber wohlan, ihm selber nach Billigkeit werde der Preise
Zweiter verliehen; doch der erste gebührt dem Sohne des Tydeus.
Jener sprach's; und alle sie billigten, was er geordnet.
Und nun hätt' er das Roß ihm verliehen, denn die Danaer wollten's;
Hätt' Antilochos nicht, der Sohn des erhabenen Nestor,
Schnell vom Sitz sich erhebend, mit Peleus' Sohne gerechtet:
Heftig werd' ich dir zürnen, Achilleus, wo du vollendest
Dieses Wort! denn du willst mir selbst entwenden den Kampfpreis,
Denkend im Geist, weil jener Gespann und Wagen beschädigt,
Er, ein trefflicher Mann! Allein den unsterblichen Göttern
Sollt' er flehn; nie wär er zuletzt mit dem Wagen gekommen!
Aber bedaurst du ihn, und gefällt es dir also im Herzen;
Siehe so hast du im Zelte des Goldes viel und des Erzes,
Hast auch Schaf', und Mägde genug, und stampfende Rosse:
Nimm davon, und ehr' ihn sogar mit höherem Kampfpreis,
Künftig oder auch gleich, damit die Achaier dich loben.
Aber nie entsag' ich dem Roß; um dieses versuche,
Welcher Mann es begehrt, mit mir im Kampfe zu streiten!
Sprach's; und lächelnd vernahm es der mutige Renner Achilleus,
Seines Antilochos froh, der ihm ein trauter Genoß war.
Ihm antwortet' er drauf, und sprach die geflügelten Worte:
Soll ich, Antilochos, denn ein andres Geschenk dem Eumelos
Geben aus meinem Gezelt, ich will dir auch dieses gewähren.
Ihm denn schenk' ich den Harnisch, von Asteropäos erbeutet,
Dem um die eherne Scheib' ein Guß hellstrahlendes Zinnes,
Ringsumher sich dreht; nicht wenig wird er ihm wert sein.
Sprach's, und Automedon drauf, dem trauten Freunde, gebot er,

οἰσέμεναι κλισίηθεν· ὁ δ' ᾤχετο καί οἱ ἔνεικεν,
Εὐμήλωι δ' ἐν χερσὶ τίθει· ὁ δὲ δέξατο χαίρων.
τοῖσι δὲ καὶ Μενέλαος ἀνίστατο θυμὸν ἀχεύων,
Ἀντιλόχωι ἄμοτον κεχολωμένος· ἐν δ' ἄρα κῆρυξ
χειρὶ σκῆπτρον ἔθηκε, σιωπῆσαί τε κέλευσεν
Ἀργείους· ὁ δ' ἔπειτα μετηύδα ἰσόθεος φώς·
„Ἀντίλοχε, πρόσθεν πεπνυμένε, ποῖον ἔρεξας.
ἤισχυνας μὲν ἐμὴν ἀρετήν, βλάψας δέ μοι ἵππους,
τοὺς σοὺς πρόσθε βαλών, οἵ τοι πολὺ χείρονες ἦσαν.
ἀλλ' ἄγετ', Ἀργείων ἡγήτορες ἠδὲ μέδοντες,
ἐς μέσον ἀμφοτέροισι δικάσσατε, μὴ δ' ἐπ' ἀρωγῆι,
μή ποτέ τις εἴπηισιν Ἀχαιῶν χαλκοχιτώνων·
‚Ἀντίλοχον ψεύδεσσι βιησάμενος Μενέλαος
οἴχεται ἵππον ἄγων, ὅτι οἱ πολὺ χείρονες ἦσαν
ἵπποι, αὐτὸς δὲ κρείσσων ἀρετῆι τε βίηι τε.'
εἰ δ' ἄγ' ἐγὼν αὐτὸς δικάσω, καί μ' οὔ τινά φημι
ἄλλον ἐπιπλήξειν Δαναῶν· ἰθεῖα γὰρ ἔσται.
Ἀντίλοχ', εἰ δ' ἄγε δεῦρο, διοτρεφές, ἣ θέμις ἐστί,
στὰς ἵππων προπάροιθε καὶ ἅρματος, αὐτὰρ ἱμάσθλην
χερσὶν ἔχε ῥαδινήν, ἧι περ τὸ πρόσθεν ἔλαυνες,
ἵππων ἁψάμενος γαιήοχον ἐννοσίγαιον
ὄμνυθι μὴ μὲν ἑκὼν τὸ ἐμὸν δόλωι ἅρμα πεδῆσαι."
τὸν δ' αὖτ' Ἀντίλοχος πεπνυμένος ἀντίον ηὔδα·
„ἄνσχεο νῦν· πολλὸν γὰρ ἔγωγε νεώτερός εἰμι
σεῖο ἄναξ Μενέλαε, σὺ δὲ πρότερος καὶ ἀρείων.
οἶσθ' οἷαι νέου ἀνδρὸς ὑπερβασίαι τελέθουσι·
κραιπνότερος μὲν γάρ τε νόος, λεπτὴ δέ τε μῆτις.
τώ τοι ἐπιτλήτω κραδίη· ἵππον δέ τοι αὐτὸς
δώσω, τὴν ἀρόμην. εἰ καί νύ κεν οἴκοθεν ἄλλο
μεῖζον ἐπαιτήσειας, ἄφαρ κέ τοι αὐτίκα δοῦναι
βουλοίμην ἢ σοί γε, διοτρεφές, ἤματα πάντα
ἐκ θυμοῦ πεσέειν καὶ δαίμοσιν εἶναι ἀλιτρός."
ἦ ῥα, καὶ ἵππον ἄγων μεγαθύμου Νέστορος υἱὸς
ἐν χείρεσσι τίθει Μενελάου· τοῖο δὲ θυμὸς
ἰάνθη ὡς εἴ τε περὶ σταχύεσσιν ἐέρση
ληΐου ἀλδήσκοντος, ὅτε φρίσσουσιν ἄρουραι·
ὣς ἄρα σοί, Μενέλαε, μετὰ φρεσὶ θυμὸς ἰάνθη.
καί μιν φωνήσας ἔπεα πτερόεντα προσηύδα·
„Ἀντίλοχε, νῦν μέν τοι ἐγὼν ὑποείξομαι αὐτὸς
χωόμενος, ἐπεὶ οὔ τι παρήορος οὐδ' ἀεσίφρων
ἦσθα πάρος· νῦν αὖτε νόον νίκησε νεοίη.

Aus dem Gezelt ihn zu bringen; er eilt', und brachte den Harnisch.
Diesen reicht' er Eumelos; und freudig nahm ihn der König.
  Jetzo stand Menelaos empor, unmutiges Herzens,
Zürnend mit Ungestüm dem Antilochos; aber ein Herold
Reicht' in die Händ' ihm den Scepter, und rief, Stillschweigen gebietend,
Argos' Volk; und jetzo begann der göttliche Kämpfer:
  Welche Tat begingst du, Antilochos, sonst so verständig?
Meine Tugend hast du geschmäht, und die Rosse gehindert,
Deine mit List vordrängend, die weit geringer doch waren!
Aber wohlan, der Argeier erhabene Fürsten und Pfleger,
Schlichtet das Recht uns beiden nach Billigkeit, keinem zuliebe;
Daß nicht jemand sage der erzumschirmten Achaier:
Trüglich hat Atreus' Sohn den Antilochos überwältigt,
Und ihn der Stute beraubt, da weit geringer doch waren
Seine Ross', er selber an Macht vorragend und Stärke.
Aber ich selbst will schlichten, und schwerlich wird, was ich sage,
Tadeln sonst ein Achaier im Volk; denn gerecht sei der Ausspruch.
Auf, Antilochos, komm, du Göttlicher, und nach der Sitte
Vor die Rosse gestellt und des Wagens Geschirr, in den Händen
Haltend die schwanke Geißel, womit du eben gelenket,
Rühre die Ross', und schwöre zum Erderschüttrer Poseidon,
Daß du nicht vorsätzlich mit List mir den Wagen gehindert!
  Und der verständige Jüngling Antilochos sagte dagegen:
Zähme dein Herz; du siehst ja, ich bin weit jüngeres Alters,
Edler Fürst Menelaos, du ragst an Jahren und Tugend.
Weißt du doch, wie ein Jüngling sich leicht zu Vergehungen wendet:
Übereilt ist ihr flatternder Sinn, und eitel ihr Ratschluß.
Drum laß jetzo das Herz dir besänftigen. Gern ja die Stute
Geb' ich dir, die ich nahm; und fordertest du von dem Meinen
Sonst ein Größeres noch, mit Freudigkeit brächt' ich sogleich es
Dir zum Geschenk: nur daß ich, o göttlicher Held, nicht auf immer
Deinem Herzen entfall', und sündige wider die Götter!
  Sprach's, und führte das Roß, der Sohn des erhabenen Nestor,
Gab es sodann in die Hand Menelaos'. Jenem durchdrang nun
Wonne das Herz, wie der Tau sich mild um die Ähren verbreitet
Frisch aufwachsender Saat, wann ringsum starren die Felder:
So durchdrang, Menelaos, dein Herz erfrischende Wonne.
Und er begann zu jenem, und sprach die geflügelten Worte:
  Jetzo will ich selber, Antilochos, gerne dir nachsehn,
Eifert' ich schon; denn nicht ausschweifendes, flatterndes Geistes
Warst du vordem, und jetzo besiegte dein Herz nur die Jugend.

δεύτερον αὖτ' ἀλέασθαι ἀμείνονας ἠπεροπεύειν.
οὐ γάρ κέν με τάχ' ἄλλος ἀνὴρ παρέπεισεν Ἀχαιῶν·
ἀλλὰ σὺ γὰρ δὴ πολλὰ πάθες καὶ πολλ' ἐμόγησας,
σός τε πατὴρ ἀγαθὸς καὶ ἀδελφεὸς εἵνεκ' ἐμεῖο·
τώ τοι λισσομένωι ἐπιπείσομαι, ἠδὲ καὶ ἵππον
δώσω ἐμήν περ ἐοῦσαν, ἵνα γνώωσι καὶ οἵδε
ὡς ἐμὸς οὔ ποτε θυμὸς ὑπερφίαλος καὶ ἀπηνής."
ἦ ῥα, καὶ Ἀντιλόχοιο Νοήμονι δῶκεν ἑταίρωι
ἵππον ἄγειν· ὁ δ' ἔπειτα λέβηθ' ἕλε παμφανόωντα.
Μηριόνης δ' ἀνάειρε δύω χρυσοῖο τάλαντα
τέτρατος, ὡς ἔλασεν. πέμπτον δ' ὑπελείπετ' ἄεθλον,
ἀμφίθετος φιάλη· τὴν Νέστορι δῶκεν Ἀχιλλεὺς
Ἀργείων ἀν' ἀγῶνα φέρων, καὶ ἔειπε παραστάς·
„τῆ νῦν, καὶ σοὶ τοῦτο, γέρον, κειμήλιον ἔστω,
Πατρόκλοιο τάφου μνῆμ' ἔμμεναι· οὐ γὰρ ἔτ' αὐτὸν
ὄψηι ἐν Ἀργείοισι· δίδωμι δέ τοι τόδ' ἄεθλον
αὔτως· οὐ γὰρ πύξ γε μαχήσεαι, οὐδὲ παλαίσεις,
οὐδ' ἔτ' ἀκοντιστὺν ἐσδύσεαι, οὐδὲ πόδεσσι
θεύσεαι· ἤδη γὰρ χαλεπὸν κατὰ γῆρας ἐπείγει."
ὣς εἰπὼν ἐν χερσὶ τίθει· ὁ δ' ἐδέξατο χαίρων,
καί μιν φωνήσας ἔπεα πτερόεντα προσηύδα·
„ναὶ δὴ ταῦτά γε πάντα, τέκος, κατὰ μοῖραν ἔειπες·
οὐ γὰρ ἔτ' ἔμπεδα γυῖα, φίλος, πόδες, οὐδέ τι χεῖρες
ὤμων ἀμφοτέρωθεν ἐπαΐσσονται ἐλαφραί.
εἴθ' ὣς ἡβώοιμι βίη τέ μοι ἔμπεδος εἴη
ὡς ὁπότε κρείοντ' Ἀμαρυγκέα θάπτον Ἐπειοὶ
Βουπρασίωι, παῖδες δ' ἔθεσαν βασιλῆος ἄεθλα·
ἔνθ' οὔ τίς μοι ὁμοῖος ἀνὴρ γένετ', οὔτ' ἄρ' Ἐπειῶν
οὔτ' αὐτῶν Πυλίων οὔτ' Αἰτωλῶν μεγαθύμων.
πὺξ μὲν ἐνίκησα Κλυτομήδεα, Ἤνοπος υἱόν,
Ἀγκαῖον δὲ πάληι Πλευρώνιον, ὅς μοι ἀνέστη·
Ἴφικλον δὲ πόδεσσι παρέδραμον ἐσθλὸν ἐόντα,
δουρὶ δ' ὑπειρέβαλον Φυλῆά τε καὶ Πολύδωρον.
οἴοισίν μ' ἵπποισι παρήλασαν Ἀκτορίωνε,
πλήθει πρόσθε βαλόντες, ἀγασσάμενοι περὶ νίκης,
οὕνεκα δὴ τὰ μέγιστα παρ' αὐτόθι λείπετ' ἄεθλα.
οἱ δ' ἄρ' ἔσαν δίδυμοι· ὁ μὲν ἔμπεδον ἡνιόχευεν,
ἔμπεδον ἡνιόχευ', ὁ δ' ἄρα μάστιγι κέλευεν.
ὥς ποτ' ἔον· νῦν αὖτε νεώτεροι ἀντιοώντων
ἔργων τοιούτων· ἐμὲ δὲ χρὴ γήραϊ λυγρῶι
πείθεσθαι, τότε δ' αὖτε μετέπρεπον ἡρώεσσιν.

Aber hinfort vermeide, die besseren schlau zu belisten.
Nicht so leicht hätt' ein anderer mich der Achaier besänftigt;
Doch du hast ja so vieles getan, und so vieles erduldet,
Meinethalb, du selbst, und dein tapferer Vater und Bruder.
Drum willfahr' ich gerne dir Flehenden, und auch die Stute
Geb' ich, die meinige, dir: daß all' umher es erkennen,
Weit sei entfernt mein Herz von Übermut und Gewalttat.
Dieses gesagt, gab jener Antilochos' Freunde Noëmon
Wegzuführen das Roß, und nahm sich das schimmernde Becken.
Aber Meriones nahm die zwei Talente des Goldes,
Er, der vierte des Kampfs. Der fünfte Preis, der zurückblieb,
War die doppelte Schale; die gab dem Nestor Achilleus,
Trug durch Argos' Söhne sie hin, und redete nahend:
Nimm, und bewahr', o Greis, dies Denkmal unserer Freundschaft,
Zu des begrabnen Patroklos Erinnerung! Nimmer hinfort ihn
Schaust du in Argos Volk! Ich gewähre dir diesen Kampfpreis
Frei: auch teilst du schwerlich den Faustkampf, oder das Ringen,
Noch das Spiel des geschwungenen Speers, noch hurtiger Schenkel
Wettlauf; denn schon drückt dich die Last des höheren Alters.
Sprach's, und reicht' ihm die Schal'; und freudig nahm sie der König;
Und er begann zu jenem, und sprach die geflügelten Worte:
Wahrlich, o Sohn, du hast wohlziemende Worte geredet.
Nicht mehr fest sind die Glieder, die Füße, mein Freund, auch die Arme
Regen sich nicht von den Schultern so leicht und behende wie ehmals.
Wär' ich so jugendlich noch, und ungeschwächtes Vermögens,
Wie in Buprasion einst am Leichenfest Amarynkeus,
Als Kampfpreise gesetzt des epeiischen Königes Kinder.
Dort war mir nicht einer an Kraft gleich, nicht der Epeier,
Noch der Pylier selbst, noch auch der erhabnen Ätoler.
Denn mit der Faust besiegt' ich des Enops Sohn Klytomedes;
Ringend drauf Ankäos von Pleuron, welcher mir aufstand;
Eilete dann vorüber dem fertigen Läufer Iphiklos;
Schoß dann ab mit dem Speere den Phyleus, samt Polydoros.
Nur mit Rossen gewannen mir ab die Aktorionen,
Aber an Zahl vorstrebend, im neidischen Durste des Sieges;
Denn dort waren die größten der herrlichen Preise noch übrig.
Beide nun fuhren gepaart: der hielt und lenkte die Zügel,
Lenkte die Zügel mit Macht; und der andere trieb mit der Geißel.
So war ich einst! Doch jetzo vergönn' ich es jüngeren Männern,
Solcherlei Taten zu tun, ich selbst vom traurigen Alter
Abgelöst: doch damals, wie schimmert' ich unter den Helden!

ἀλλ' ἴθι καὶ σὸν ἑταῖρον ἀέθλοισι κτερέϊζε.
τοῦτο δ' ἐγὼ πρόφρων δέχομαι, χαίρει δέ μοι ἦτορ,
ὥς μευ ἀεὶ μέμνησαι ἐνηέος, οὐδέ σε λήθω
τιμῆς ἧς τέ μ' ἔοικε τετιμῆσθαι μετ' Ἀχαιοῖς.
σοὶ δὲ θεοὶ τῶνδ' ἀντὶ χάριν μενοεικέα δοῖεν."
ὣς φάτο, Πηλεΐδης δὲ πολὺν καθ' ὅμιλον Ἀχαιῶν
ᾤχετ', ἐπεὶ πάντ' αἶνον ἐπέκλυε Νηλεΐδαο.
αὐτὰρ ὁ πυγμαχίης ἀλεγεινῆς θῆκεν ἄεθλα·
ἡμίονον ταλαεργὸν ἄγων κατέδησ' ἐν ἀγῶνι
ἑξέτε' ἀδμήτην, ἥ τ' ἀλγίστη δαμάσασθαι·
τῶι δ' ἄρα νικηθέντι τίθει δέπας ἀμφικύπελλον.
στῆ δ' ὀρθὸς καὶ μῦθον ἐν Ἀργείοισιν ἔειπεν·
„Ἀτρεΐδη τε καὶ ἄλλοι ἐϋκνήμιδες Ἀχαιοί,
ἄνδρε δύω περὶ τῶνδε κελεύομεν, ὥ περ ἀρίστω,
πὺξ μάλ' ἀνασχομένω πεπληγέμεν· ὧι δέ κ' Ἀπόλλων
δώηι καμμονίην, γνώωσι δὲ πάντες Ἀχαιοί,
ἡμίονον ταλαεργὸν ἄγων κλισίην δὲ νεέσθω·
αὐτὰρ ὁ νικηθεὶς δέπας οἴσεται ἀμφικύπελλον."
ὣς ἔφατ', ὄρνυτο δ' αὐτίκ' ἀνὴρ ἠΰς τε μέγας τε
εἰδὼς πυγμαχίης, υἱὸς Πανοπῆος Ἐπειός,
ἅψατο δ' ἡμιόνου ταλαεργοῦ φώνησέν τε·
„ἆσσον ἴτω ὅς τις δέπας οἴσεται ἀμφικύπελλον·
ἡμίονον δ' οὔ φημί τιν' ἀξέμεν ἄλλον Ἀχαιῶν
πυγμῆι νικήσαντ', ἐπεὶ εὔχομαι εἶναι ἄριστος.
ἦ οὐχ ἅλις ὅττι μάχης ἐπιδεύομαι; οὐδ' ἄρα πως ἦν
ἐν πάντεσσ' ἔργοισι δαήμονα φῶτα γενέσθαι.
ὧδε γὰρ ἐξερέω, τὸ δὲ καὶ τετελεσμένον ἔσται·
ἀντικρὺ χρόα τε ῥήξω, σύν τ' ὀστέ' ἀράξω.
κηδεμόνες δέ οἱ ἐνθάδ' ἀολλέες αὖθι μενόντων,
οἵ κέ μιν ἐξοίσουσιν ἐμῆις ὑπὸ χερσὶ δαμέντα."
ὣς ἔφαθ', οἱ δ' ἄρα πάντες ἀκὴν ἐγένοντο σιωπῆι.
Εὐρύαλος δέ οἱ οἶος ἀνίστατο, ἰσόθεος φώς,
Μηκιστῆος υἱὸς Ταλαϊονίδαο ἄνακτος,
ὅς ποτε Θήβας δ' ἦλθε δεδουπότος Οἰδιπόδαο
ἐς τάφον· ἔνθα δὲ πάντας ἐνίκα Καδμείωνας.
τὸν μὲν Τυδεΐδης δουρὶ κλυτὸς ἀμφεπονεῖτο
θαρσύνων ἔπεσιν, μέγα δ' αὐτῶι βούλετο νίκην.
ζῶμα δέ οἱ πρῶτον παρακάββαλεν, αὐτὰρ ἔπειτα
δῶκεν ἱμάντας ἐϋτμήτους βοὸς ἀγραύλοιο.
τὼ δὲ ζωσαμένω βήτην ἐς μέσσον ἀγῶνα,
ἄντα δ' ἀνασχομένω χερσὶ στιβαρῆισιν ἅμ' ἄμφω

Gehe denn hin, und feire den Tod des Genossen mit Wettkampf.
Gern empfang' ich dieses Geschenk, und es freuet mein Herz sich,
Daß du noch meiner gedenkst, des Liebenden, nimmer vergessend,
Mich mit geziemender Ehr' in Argos' Volke zu ehren.
Lohnen es dir die Götter mit herzerfreuendem Danke!
Jener sprach's, und Achilleus, die Schar der Achaier durchwandelnd,
Ging, nachdem er das Lob des Neleiaden vernommen.
Jetzt der schrecklichen Wette des Faustkampfs setzt' er die Preise.
Führend band er im Kreis' ein arbeitduldendes Maultier,
Ungezähmt, sechsjährig, und hart zu bezähmendes Trotzes;
Doch dem Besiegeten ward ein doppelter Becher beschieden.
Aufrecht stand der Peleid', und redete vor den Argeiern:
Atreus' Söhn', und ihr andern, ihr hellumschienten Achaier,
Hierum laßt zween Männer, die tapfersten hier, sich bekämpfen,
Hoch die Händ' aufhebend zum Faustkampf. Wem nun Apollon
Gibt, als Sieger zu stehn, erkannt von allen Achaiern,
Solcher führ' ins Gezelt das arbeitduldende Maultier;
Doch wer im Kampf erlag, empfange den doppelten Becher.
Jener sprach's; da erhub sich ein Mann, machtvoll und gewaltig,
Panopeus' Sohn Epeios, geübt in der Kunde des Faustkampfs.
Der nun rief, anfassend das arbeitduldende Maultier:
Komme heran, wer begehrt den doppelten Becher zu nehmen!
Aber das Maultier, mein' ich, entführt kein andrer Achaier,
Siegend im Kampfe der Faust; denn ich rühme mich selber den besten.
Nicht genug, daß der Schlacht ich ermangele? Traun, ja unmöglich
Könnt' in jeglichem Werk ein Sterblicher Kunde gewinnen.
Dieses verkünd' ich zuvor, und das wird wahrlich vollendet:
Ganz den Leib zerschmettr' ich umher, und Gebeine zermalm' ich!
Bleibe denn hier miteinander die Schar der Leichenbesorger,
Daß sie den Mann wegtragen, von meiner Stärke gebändigt.
Jener sprach's; doch alle verstummten umher, und schwiegen.
Nur der göttliche Mann Euryalos trat ihm entgegen,
Er, des Mekistheus' Sohn, des talaonidischen Herrschers,
Welcher in Thebe vordem, am Leichenfest des erschlagnen
Ödipus, alles Volk der Kadmeionen besieget.
Emsig bereitete diesen der speerberühmte Tydeide,
Sprach ermunternde Wort', und wünscht' ihm herzlich den Siegsruhm.
Erstlich legt' er den Gürtel ihm dar, und reichte darauf ihm
Schöngeschnittene Riemen des mächtigen Stiers von der Weide.
Als sich beide gegürtet, da traten sie vor in den Kampfkreis.
Gegeneinander zugleich mit gewaltigen Armen sich hebend,

σύν ῥ' ἔπεσον, σὺν δέ σφι βαρεῖαι χεῖρες ἔμιχθεν.
δεινὸς δὲ χρόμαδος γενύων γένετ', ἔρρεε δ' ἱδρὼς
πάντοθεν ἐκ μελέων· ἐπὶ δ' ὄρνυτο δῖος Ἐπειός,
κόψε δὲ παπτήναντα παρήϊον· οὐδ' ἄρ' ἔτι δὴν
ἑστήκειν· αὐτοῦ γὰρ ὑπήριπε φαίδιμα γυῖα.
ὡς δ' ὅθ' ὑπὸ φρικὸς Βορέω ἀναπάλλεται ἰχθὺς
θίν' ἐν φυκιόεντι, μέλαν δέ ἑ κῦμα κάλυψεν,
ὣς πληγεὶς ἀνέπαλτ'· αὐτὰρ μεγάθυμος Ἐπειὸς
χερσὶ λαβὼν ὤρθωσε· φίλοι δ' ἀμφέσταν ἑταῖροι,
οἵ μιν ἄγον δι' ἀγῶνος ἐφελκομένοισι πόδεσσιν
αἷμα παχὺ πτύοντα, κάρη βάλλονθ' ἑτέρωσε·
κὰδ δ' ἀλλοφρονέοντα μετὰ σφίσιν εἷσαν ἄγοντες,
αὐτοὶ δ' οἰχόμενοι κόμισαν δέπας ἀμφικύπελλον.
Πηλεΐδης δ' αἶψ' ἄλλα κατὰ τρίτα θῆκεν ἄεθλα,
δεικνύμενος Δαναοῖσι, παλαισμοσύνης ἀλεγεινῆς,
τῶι μὲν νικήσαντι μέγαν τρίποδ' ἐμπυριβήτην,
τὸν δὲ δυωδεκάβοιον ἐνὶ σφίσι τῖον Ἀχαιοί·
ἀνδρὶ δὲ νικηθέντι γυναῖκ' ἐς μέσσον ἔθηκε,
πολλὰ δ' ἐπίστατο ἔργα, τίον δέ ἑ τεσσαράβοιον.
στῆ δ' ὀρθὸς καὶ μῦθον ἐν Ἀργείοισιν ἔειπεν·
„ὄρνυσθ', οἳ καὶ τούτου ἀέθλου πειρήσεσθον."
ὣς ἔφατ', ὦρτο δ' ἔπειτα μέγας Τελαμώνιος Αἴας,
ἂν δ' Ὀδυσεὺς πολύμητις ἀνίστατο, κέρδεα εἰδώς.
ζωσαμένω δ' ἄρα τώ γε βάτην ἐς μέσσον ἀγῶνα,
ἀγκὰς δ' ἀλλήλων λαβέτην χερσὶ στιβαρῆισιν
ὡς ὅτ' ἀμείβοντες, τούς τε κλυτὸς ἤραρε τέκτων
δώματος ὑψηλοῖο, βίας ἀνέμων ἀλεείνων.
τετρίγει δ' ἄρα νῶτα θρασειάων ἀπὸ χειρῶν
ἑλκόμενα στερεῶς· κατὰ δὲ νότιος ῥέεν ἱδρώς,
πυκναὶ δὲ σμώδιγγες ἀνὰ πλευράς τε καὶ ὤμους
αἵματι φοινικόεσσαι ἀνέδραμον· οἱ δὲ μάλ' αἰεὶ
νίκης ἱέσθην τρίποδος πέρι ποιητοῖο·
οὔτ' Ὀδυσεὺς δύνατο σφῆλαι οὔδει τε πελάσσαι,
οὔτ' Αἴας δύνατο, κρατερὴ δ' ἔχεν ἲς Ὀδυσῆος.
ἀλλ' ὅτε δή ῥ' ἀνίαζον ἐϋκνήμιδας Ἀχαιούς,
δὴ τότε μιν προσέειπε μέγας Τελαμώνιος Αἴας·
„διογενὲς Λαερτιάδη, πολυμήχαν' Ὀδυσσεῦ,
ἤ μ' ἀνάειρ', ἢ ἐγὼ σέ· τὰ δ' αὖ Διὶ πάντα μελήσει."
ὣς εἰπὼν ἀνάειρε· δόλου δ' οὐ λήθετ' Ὀδυσσεύς·
κόψ' ὄπιθεν κώληπα τυχών, ὑπέλυσε δὲ γυῖα,
κὰδ δ' ἔβαλ' ἐξοπίσω· ἐπὶ δὲ στήθεσσιν Ὀδυσσεὺς

Stürmten sie an, und es mischten die lastenden Arme sich ringsum;
Schrecklich erscholl um die Kiefer der Fäuste Geklatsch, und der Angstschweiß
Floß von den Gliedern herab. Nun erhub sich der edle Epeios
Hoch, und schlug auf den Backen des Schauenden, daß er nicht länger
Stehen konnt', und zur Erde die blühenden Glieder ihm sanken.
Wie vor dem kräuselnden Nord ein Fisch aus dem Wasser emporspringt
Am meergrasigen Strand, und die dunkele Wog' ihn bedecket:
So von dem Streich aufsprang er. Allein der erhabne Epeios
Stellt' ihn empor bei den Händen; und traute Freund', ihn umeilend,
Führten ihn weg durch den Kreis mit schwernachschleppenden Füßen,
Dickes Blut ausspeiend, das Haupt gehängt auf die Schulter;
Zwischen sich dann den Betäubten und Irrenden setzten sie nieder.
Andere gingen indes, und trugen den doppelten Becher.
Peleus' Sohn nun setzte noch andere Preise des Kampfes,
Zeigend dem Danaervolk, des mühsamstrebenden Ringens:
Erst dem Sieger ein groß dreifüßig Geschirr auf dem Feuer,
Welches in Wert zwölf Rinder bei sich die Danaer schätzten;
Doch dem Besiegeten stellt' er ein blühendes Weib in den Kampfkreis,
Klug in mancherlei Kunst, und geschätzt vier Rinder an Werte.
Aufrecht stand der Peleid', und redete vor den Argeiern:
Kommt hervor, wer begehrt auch diesen Kampf zu versuchen!
Jener sprach's; da erhub sich der Telamonier Ajas,
Auch der erfindungsreiche Odysseus, kundig des Vorteils.
Als sich beide gegürtet, da traten sie vor in den Kampfkreis,
Faßten sich dann einander umschmiegt mit gewaltigen Armen:
Gleich den begegnenden Sparren, die fest der Zimmerer fügte,
Eines erhabnen Gebäus, die Gewalt der Winde vermeidend.
Beiden knirschte der Rücken, von stark umschlungenen Armen
Angestrengt und gezuckt; und es strömte der Schweiß von den Gliedern;
Aber häufige Striemen umher an den Seiten und Schultern,
Rot von schwellendem Blut, erhuben sich; immer voll Sehnsucht
Rangen sie beide nach Sieg um den schöngegossenen Dreifuß.
Weder Odysseus vermocht' ihn verrückt auf den Boden zu schmettern,
Noch auch Ajas vermocht' es, gehemmt von der Kraft des Odysseus.
Aber nachdem schon murrten die hellumschienten Achaier,
Jetzo begann zu jenem der Telamonier Ajas:
Edler Laertiad', erfindungsreicher Odysseus,
Hebe mich, oder ich dich; für das übrige sorge Kronion!
Sprach's, und hub ihn empor; doch der List vergaß nicht Odysseus,
Schlug ihm von hinten die Beugung des Knies, und löst' ihm die Glieder:
Rücklings warf er ihn hin, und es sank von oben Odysseus

κάππεσε· λαοὶ δ' αὖ θηεῦντό τε θάμβησάν τε.
δεύτερος αὖτ' ἀνάειρε πολύτλας δῖος Ὀδυσσεύς,
κίνησεν δ' ἄρα τυτθὸν ἀπὸ χθονός, οὐδ' ἔτ' ἄειρεν,
ἐν δὲ γόνυ γνάμψεν· ἐπὶ δὲ χθονὶ κάππεσον ἄμφω
πλησίοι ἀλλήλοισι, μιάνθησαν δὲ κονίηι.
καί νύ κε τὸ τρίτον αὖτις ἀναΐξαντε πάλαιον,
εἰ μὴ Ἀχιλλεὺς αὐτὸς ἀνίστατο καὶ κατέρυκε·
„ μηκέτ' ἐρείδεσθον, μὴ δὲ τρίβεσθε κακοῖσι·
νίκη δ' ἀμφοτέροισιν· ἀέθλια δ' ἶσ' ἀνελόντες
ἔρχεσθ', ὄφρα καὶ ἄλλοι ἀεθλεύωσιν Ἀχαιοί."
ὣς ἔφαθ', οἱ δ' ἄρα τοῦ μάλα μὲν κλύον ἠδὲ πίθοντο,
καί ῥ' ἀπομορξαμένω κονίην δύσαντο χιτῶνας.
Πηλεΐδης δ' αἶψ' ἄλλα τίθει ταχυτῆτος ἄεθλα,
ἀργύρεον κρητῆρα, τετυγμένον· ἓξ δ' ἄρα μέτρα
χάνδανεν, αὐτὰρ κάλλει ἐνίκα πᾶσαν ἐπ' αἶαν
πολλόν, ἐπεὶ Σιδόνες πολυδαίδαλοι εὖ ἤσκησαν,
Φοίνικες δ' ἄγον ἄνδρες ἐπ' ἠεροειδέα πόντον,
στῆσαν δ' ἐν λιμένεσσι, Θόαντι δὲ δῶρον ἔδωκαν·
υἷος δὲ Πριάμοιο Λυκάονος ὦνον ἔδωκε
Πατρόκλωι ἥρωϊ Ἰησονίδης Εὔνηος.
καὶ τὸν Ἀχιλλεὺς θῆκεν ἄεθλον οὗ ἑτάροιο,
ὅς τις ἐλαφρότατος ποσσὶ κραιπνοῖσι πέλοιτο·
δευτέρωι αὖ βοῦν θῆκε μέγαν καὶ πίονα δημῶι,
ἡμιτάλαντον δὲ χρυσοῦ λοισθήϊ' ἔθηκε.
στῆ δ' ὀρθὸς καὶ μῦθον ἐν Ἀργείοισιν ἔειπεν·
„ ὄρνυσθ' οἳ καὶ τούτου ἀέθλου πειρήσεσθε."
ὣς ἔφατ', ὄρνυτο δ' αὐτίκ' Ὀϊλῆος ταχὺς Αἴας,
ἂν δ' Ὀδυσεὺς πολύμητις, ἔπειτα δὲ Νέστορος υἱὸς
Ἀντίλοχος· ὁ γὰρ αὖτε νέους ποσὶ πάντας ἐνίκα.
στὰν δὲ μεταστοιχί· σήμηνε δὲ τέρματ' Ἀχιλλεύς.
τοῖσι δ' ἀπὸ νύσσης τέτατο δρόμος· ὦκα δ' ἔπειτα
ἔκφερ' Ὀϊλιάδης· ἐπὶ δ' ὄρνυτο δῖος Ὀδυσσεὺς
ἄγχι μάλ', ὡς ὅτε τίς τε γυναικὸς ἐϋζώνοιο
στήθεός ἐστι κανών, ὅν τ' εὖ μάλα χερσὶ τανύσσηι
πηνίον ἐξέλκουσα παρὲκ μίτον, ἀγχόθι δ' ἴσχει
στήθεος· ὣς Ὀδυσεὺς θέεν ἐγγύθεν, αὐτὰρ ὄπισθεν
ἴχνια τύπτε πόδεσσι πάρος κόνιν ἀμφιχυθῆναι·
κὰδ δ' ἄρα οἱ κεφαλῆς χέ' ἀϋτμένα δῖος Ὀδυσσεὺς
αἰεὶ ῥίμφα θέων· ἴαχον δ' ἐπὶ πάντες Ἀχαιοὶ
νίκης ἱεμένωι, μάλα δὲ σπεύδοντι κέλευον.
ἀλλ' ὅτε δὴ πύματον τέλεον δρόμον, αὐτίκ' Ὀδυσσεὺς

Ihm auf die Brust; rings schauten erstaunt und wundernd die Völker.
Jetzo hub auch jenen der herrliche Dulder Odysseus,
Und bewegt' ihn vom Boden ein weniges, nicht ihn erhebend;
Dennoch beugt' er sein Knie; da sanken sie beid' auf den Boden
Dicht aneinander hinab, ringsum mit Staube besudelt.
Und zum drittenmal hätten sie beid' aufspringend gerungen;
Aber Achilleus erhub sich, und hemmte sie, also beginnend:
Nicht mehr strebt miteinander, euch selbst abmattend in Arbeit.
Beiden gebührt der Sieg; mit gleichem Preis denn belohnet.
Geht, damit noch andre der Danaer eifern im Kampfspiel.
Jener sprach's; da hörten sie aufmerksam und gehorchten,
Wischten sich ab den Staub, und hüllten die Röck' um die Schultern.
Peleus' Sohn nun setzte noch andere Preise dem Wettlauf:
Einen silbernen Krug von prangender Kunst; er umfaßte
Sechs der Maß', und besiegt' an Schönheit all' auf der Erde
Weit; denn kunsterfahrne Sidonier schufen ihn sinnreich;
Aber phönikische Männer, auf finsteren Wogen ihn bringend,
Boten in Häfen ihn feil, und schenkten ihn endlich dem Thoas;
Drauf für den Priamiden Lykaon gab zur Bezahlung
Ihn dem Held Patroklos Jasons Sohn Euneos.
Den nun setzt' Achilleus, den Freund zu ehren, zum Kampfpreis
Ihm, der am schnellsten im Laufe der hurtigen Schenkel erschiene;
Einen mächtigen Stier dem folgenden, schwer des Fettes;
Drauf des Goldes ein halbes Talent bestimmt' er dem letzten.
Aufrecht stand der Peleid', und redete vor den Argeiern:
Kommt hervor, wer begehrt auch diesen Kampf zu versuchen!
Sprach's; und Ajas erhub sich, der schnelle Sohn des Oileus,
Drauf Odysseus im Rate gewandt, und Antilochos endlich,
Nestors Sohn, denn rasch vor den Jünglingen siegt' er im Wettlauf.
Alle gereiht nun standen; es wies das Zeichen Achilleus.
Ihnen erstreckte der Lauf von dem Stande sich; aber in Eile
Stürmete Ajas voran; ihm flog der edle Odysseus
Nahe gedrängt: so wie dicht an des schöngegürteten Weibes
Busen das Webschiff fliegt, das schön mit den Händen sie herwirft,
Zartes Gespinst ausziehend zum Eintrag; nahe dem Busen
Lenkt sie es: also verfolgt' ihn Odysseus nah; und von hinten
Trat er die Spur mit den Füßen, eh' fallend der Sand sie bedeckte;
Und an den Nacken ihm strömte den Hauch der edle Odysseus
Stets im geflügelten Lauf; und daher schrien alle Achaier
Ihm, wie er strebte nach Sieg, den Eilenden mehr noch ermunternd.
Als sie dem Ende des Laufs nun naheten, betet' Odysseus

εὔχετ᾽ Ἀθηναίηι γλαυκώπιδι ὃν κατὰ θυμόν·
„ κλῦθι, θεά, ἀγαθή μοι ἐπίρροθος ἐλθὲ ποδοῖιν."
   ὣς ἔφατ᾽ εὐχόμενος· τοῦ δ᾽ ἔκλυε Παλλὰς Ἀθήνη,
γυῖα δ᾽ ἔθηκεν ἐλαφρά, πόδας καὶ χεῖρας ὕπερθεν.
ἀλλ᾽ ὅτε δὴ τάχ᾽ ἔμελλον ἐπαΐξασθαι ἄεθλον,
ἔνθ᾽ Αἴας μὲν ὄλισθε θέων - βλάψεν γὰρ Ἀθήνη -
τῆι ῥα βοῶν κέχυτ᾽ ὄνθος ἀποκταμένων ἐριμύκων,
οὓς ἐπὶ Πατρόκλωι πέφνεν πόδας ὠκὺς Ἀχιλλεύς·
ἐν δ᾽ ὄνθου βοέου πλῆτο στόμα τε ῥῖνάς τε·
κρητῆρ᾽ αὖτ᾽ ἀνάειρε πολύτλας δῖος Ὀδυσσεύς,
ὡς ἦλθε φθάμενος· ὁ δὲ βοῦν ἕλε φαίδιμος Αἴας.
στῆ δὲ κέρας μετὰ χερσὶν ἔχων βοὸς ἀγραύλοιο,
ὄνθον ἀποπτύων, μετὰ δ᾽ Ἀργείοισιν ἔειπεν·
„ ὢ πόποι, ἦ μ᾽ ἔβλαψε θεὰ πόδας, ἣ τὸ πάρος περ
μήτηρ ὣς Ὀδυσῆϊ παρίσταται ἠδ᾽ ἐπαρήγει."
   ὣς ἔφαθ᾽, οἱ δ᾽ ἄρα πάντες ἐπ᾽ αὐτῶι ἡδὺ γέλασσαν.
Ἀντίλοχος δ᾽ ἄρα δὴ λοισθήϊον ἔκφερ᾽ ἄεθλον
μειδιόων, καὶ μῦθον ἐν Ἀργείοισιν ἔειπεν·
„ εἰδόσιν ὔμμ᾽ ἐρέω πᾶσιν, φίλοι, ὡς ἔτι καὶ νῦν
ἀθάνατοι τιμῶσι παλαιοτέρους ἀνθρώπους.
Αἴας μὲν γὰρ ἐμεῖ᾽ ὀλίγον προγενέστερός ἐστιν,
οὗτος δὲ προτέρης γενεῆς προτέρων τ᾽ ἀνθρώπων·
ὠμογέροντα δέ μίν φασ᾽ ἔμμεναι· ἀργαλέον δὲ
ποσσὶν ἐριδήσασθαι Ἀχαιοῖς, εἰ μὴ Ἀχιλλεῖ."
   ὣς φάτο, κύδηνεν δὲ ποδώκεα Πηλεΐωνα.
τὸν δ᾽ Ἀχιλεὺς μύθοισιν ἀμειβόμενος προσέειπεν·
„ Ἀντίλοχ᾽, οὐ μέν τοι μέλεος εἰρήσεται αἶνος,
ἀλλά τοι ἡμιτάλαντον ἐγὼ χρυσοῦ ἐπιθήσω."
   ὣς εἰπὼν ἐν χερσὶ τίθει, ὁ δ᾽ ἐδέξατο χαίρων.
αὐτὰρ Πηλεΐδης κατὰ μὲν δολιχόσκιον ἔγχος
θῆκ᾽ ἐς ἀγῶνα φέρων, κατὰ δ᾽ ἀσπίδα καὶ τρυφάλειαν,
τεύχεα Σαρπήδοντος, ἅ μιν Πάτροκλος ἀπηύρα.
στῆ δ᾽ ὀρθὸς καὶ μῦθον ἐν Ἀργείοισιν ἔειπεν·
„ ἄνδρε δύω περὶ τῶνδε κελεύομεν, ὥ περ ἀρίστω,
τεύχεα ἑσσαμένω, ταμεσίχροα χαλκὸν ἑλόντε,
ἀλλήλων προπάροιθεν ὁμίλου πειρηθῆναι.
ὁππότερός κε φθῆισιν ὀρεξάμενος χρόα καλόν,
ψαύσηι δ᾽ ἐνδίνων διά τ᾽ ἔντεα καὶ μέλαν αἷμα,
τῶι μὲν ἐγὼ δώσω τόδε φάσγανον ἀργυρόηλον
καλὸν Θρηΐκιον, τὸ μὲν Ἀστεροπαῖον ἀπηύρων·
τεύχεα δ᾽ ἀμφότεροι ξυνήϊα ταῦτα φερέσθων·

Schnell zu des mächtigen Zeus' blauäugiger Tochter im Herzen:
Höre mich, Göttin, mit Huld, und bringe mir Hilfe zum Wettlauf!
Also sprach er flehend; ihn hörete Pallas Athene;
Leicht ihm schuf sie die Glieder, die Füß', und die Arme von oben.
Als sie nun annahten hinanzufliegen zum Kampfpreis;
Jetzo strauchelte Ajas im Lauf, denn es irrt' ihn Athene,
Dort wo der Unrat lag der geschlachteten brüllenden Rinder,
Die zu Patroklos' Ehre der Peleione getötet;
Und mit dem Rinderkot ward Mund und Nas' ihm besudelt.
Aber den Krug ergriff der herrliche Dulder Odysseus
Schnell, wie zuvor er kam; und den Stier der gewaltige Ajas.
Dieser stand, in den Händen das Horn des gewendeten Rindes,
Immer noch Kot ausspeiend, und redete vor den Argeiern:
Traun, wohl irrte die Göttin im Laufe mich, welche von jeher
Mütterlich naht dem Odysseus, ihm beizustehn und zu helfen!
Jener sprach's; und umher erhuben sie frohes Gelächter.
Auch Antilochos jetzo enttrug den letzten der Preise,
Lächelnd umher, und also vor Argos' Söhnen begann er:
Freunde, das wißt ihr alle, doch sag' ich es: daß auch anitzt noch
Ehre den älteren Menschen verleihn die unsterblichen Götter.
Ajas zwar ist nur ein weniges älter denn ich bin;
Jener indes ist früheres Stamms, und früherer Menschen:
Doch man preist sein Alter ein grünendes; schwerlich gelingt es,
Daß im Lauf ihn ereil' ein Danaer, außer Achilleus.
Jener sprach's, lobpreisend den rüstigen Peleionen.
Aber Achilleus drauf antwortete, solches erwidernd:
Nicht umsonst, Antilochos, sei dies Lob dir geredet;
Sondern ich will des Goldes ein halbes Talent dir hinzutun.
Sprach's, und reicht' ihm das Gold; und freudig nahm es der Jüngling.
Jetzo trug der Peleide die weithinschattende Lanze,
Samt dem Schild' und dem Helm, und legte sie nieder im Kampfkreis,
Jene Wehr des Sarpedon, die jüngst Patroklos erbeutet.
Aufrecht stand der Peleid', und redete vor den Argeiern:
Hierum laßt zween Männer, die tapfersten unseres Heeres,
Beid' in Waffen gehüllt, und zerschneidendes Erz in den Händen,
Angestrengt einander vor Argos' Volk sich versuchen,
Wer nun den blühenden Leib des anderen eher verletzet,
Durch die Waffen das Fleisch und das dunkele Blut ihm berührend:
Dem gewähr' ich zum Preise dies Schwert voll silberner Buckeln,
Schön, von thrakischer Kunst, das ich Asteropäos geraubet.
Aber die Rüstungen hier empfangen sie beide gemeinsam;

καί σφιν δαῖτ᾽ ἀγαθὴν παραθήσομεν ἐν κλισίῃσιν."
    ὣς ἔφατ᾽, ὦρτο δ᾽ ἔπειτα μέγας Τελαμώνιος Αἴας,
ἂν δ᾽ ἄρα Τυδεΐδης ὦρτο, κρατερὸς Διομήδης.
οἱ δ᾽ ἐπεὶ οὖν ἑκάτερθεν ὁμίλου θωρήχθησαν,
ἐς μέσον ἀμφοτέρω συνίτην μεμαῶτε μάχεσθαι,
δεινὸν δερκομένω· θάμβος δ᾽ ἔχε πάντας Ἀχαιούς.
ἀλλ᾽ ὅτε δὴ σχεδὸν ἦσαν ἐπ᾽ ἀλλήλοισιν ἰόντες,
τρὶς μὲν ἐπήϊξαν, τρὶς δὲ σχεδὸν ὁρμήθησαν.
ἔνθ᾽ Αἴας μὲν ἔπειτα κατ᾽ ἀσπίδα πάντοσ᾽ ἐΐσην
νύξ᾽, οὐδὲ χρό᾽ ἵκανεν· ἔρυτο γὰρ ἔνδοθι θώρηξ·
Τυδεΐδης δ᾽ ἄρ᾽ ἔπειτα ὑπὲρ σάκεος μεγάλοιο
αἰὲν ἐπ᾽ αὐχένι κῦρε φαεινοῦ δουρὸς ἀκωκῇ.
καὶ τότε δή ῥ᾽ Αἴαντι περιδείσαντες Ἀχαιοὶ
παυσαμένους ἐκέλευσαν ἀέθλια ἶσ᾽ ἀνελέσθαι.
αὐτὰρ Τυδεΐδῃ δῶκεν μέγα φάσγανον ἥρως
σὺν κολεῷ τε φέρων καὶ ἐϋτμήτῳ τελαμῶνι.
    αὐτὰρ Πηλεΐδης θῆκεν σόλον αὐτοχόωνον,
ὃν πρὶν μὲν ῥίπτασκε μέγα σθένος Ἠετίωνος·
ἀλλ᾽ ἤτοι τὸν ἔπεφνε ποδάρκης δῖος Ἀχιλλεύς,
τὸν δ᾽ ἄγετ᾽ ἐν νήεσσι σὺν ἄλλοισι κτεάτεσσι.
στῆ δ᾽ ὀρθὸς καὶ μῦθον ἐν Ἀργείοισιν ἔειπεν·
„ὄρνυσθ᾽ οἳ καὶ τούτου ἀέθλου πειρήσεσθε.
εἴ οἱ καὶ μάλα πολλὸν ἀπόπροθι πίονες ἀγροί,
ἕξει μιν καὶ πέντε περιπλομένους ἐνιαυτοὺς
χρεώμενος· οὐ μὲν γάρ οἱ ἀτεμβόμενός γε σιδήρου
ποιμὴν οὐδ᾽ ἀροτὴρ εἶσ᾽ ἐς πόλιν, ἀλλὰ παρέξει."
    ὣς ἔφατ᾽, ὦρτο δ᾽ ἔπειτα μενεπτόλεμος Πολυποίτης,
ἂν δὲ Λεοντῆος κρατερὸν μένος ἀντιθέοιο,
ἂν δ᾽ Αἴας Τελαμωνιάδης καὶ δῖος Ἐπειός.
ἑξείης δ᾽ ἵσταντο, σόλον δ᾽ ἕλε δῖος Ἐπειός,
ἧκε δὲ δινήσας· γέλασαν δ᾽ ἐπὶ πάντες Ἀχαιοί.
δεύτερος αὖτ᾽ ἀφέηκε Λεοντεύς, ὄζος Ἄρηος·
τὸ τρίτον αὖτ᾽ ἔρριψε μέγας Τελαμώνιος Αἴας,
χειρὸς ἄπο στιβαρῆς, καὶ ὑπέρβαλε σήματα πάντων.
ἀλλ᾽ ὅτε δὴ σόλον εἷλε μενεπτόλεμος Πολυποίτης,
ὅσσόν τίς τ᾽ ἔρριψε καλαύροπα βουκόλος ἀνήρ,
ἡ δέ θ᾽ ἑλισσομένη πέτεται διὰ βοῦς ἀγελαίας,
τόσσον παντὸς ἀγῶνος ὑπέρβαλε· τοὶ δὲ βόησαν.
ἀνστάντες δ᾽ ἕταροι Πολυποίταο κρατεροῖο
νῆας ἔπι γλαφυρὰς ἔφερον βασιλῆος ἄεθλον.
    αὐτὰρ ὁ τοξευτῇσι τίθει ἰόεντα σίδηρον,

Und mit köstlichem Mahle bewirt' ich sie beid' im Gezelte.
Jener sprach's; da erhub sich der Telamonier Ajas,
Auch der Tydeid' erstand, der starke Held Diomedes.
Als sie nun beiderseits im versammelten Volk sich gewappnet;
Traten sie beid' in die Mitte hervor, voll Begierde des Kampfes,
Mit androhendem Blick; und Staunen ergriff die Achaier.
Als sie nunmehr sich genaht, die Eilenden gegeneinander;
Dreimal rannten sie an, und dreimal stürmten sie nahe.
Ajas darauf stieß jenem den Schild von geründeter Wölbung;
Doch nicht rührt' er den Leib; ihm wehrt' inwendig der Harnisch.
Aber der Held Diomedes hinweg am mächtigen Schild' ihm
Zielet' er stets nach dem Hals mit der blinkenden Schärfe des Speeres.
Laut nun riefen daher, um Ajas besorgt, die Achaier,
Daß sie vom Streit abließen, und gleich sich teilten den Kampfpreis.
Aber Achilleus gab das große Schwert dem Tydeiden,
Samt der Scheid' in die Hand und dem schöngeschnittenen Riemen.
Jetzo trug der Peleide die rohgegossene Kugel,
Welche vordem geworfen Eëtions mächtige Stärke;
Aber jenen erschlug der mutige Renner Achilleus,
Und entführt' in Schiffen mit anderer Habe die Kugel.
Aufrecht stand der Peleid', und redete vor den Argeiern:
Kommt hervor, wer begehrt auch diesen Kampf zu versuchen!
Wenn er auch weit umher fruchttragende Äcker beherrschet,
Hat er daran zu fünf umrollender Jahre Vollendung
Reichen Gebrauch: denn nimmer ihm darf aus Mangel des Eisens
Weder Hirt noch Pflüger zur Stadt gehn, sondern er reicht ihm.
Jener sprach's; da erhub sich der streitbare Held Polypötes,
Auch Leonteus Kraft, des göttergleichen Beherrschers,
Ajas auch, der Telamonid', und der edle Epeios.
Alle gereiht nun standen: da faßt' Epeios die Kugel,
Schwang sie im Wirbel, und warf; und es lachten umher die Achaier.
Hierauf nahm sie und warf des Ares' Sprößling Leonteus;
Nächst ihm drauf entschwang sie der Telamonier Ajas
Aus der gewaltigen Hand, daß sie hinflog über die Zeichen.
Doch da die Kugel ergriff der streitbare Held Polypötes:
Weit wie ein Rinderhirt den gebogenen Stecken entschwinget,
Welcher im Wirbel gedreht hinfliegt durch die weidenden Rinder:
So ganz über den Kreis entschwang er sie; alle nun schrien auf.
Und es erhuben sich Freunde des göttlichen Manns Polypötes,
Die zu den räumigen Schiffen den Preis hintrugen des Königs.
Hierauf setzte den Schützen der Held blauschimmerndes Eisen,

κὰδ δ' ἐτίθει δέκα μὲν πελέκεας, δέκα δ' ἡμιπέλεκκα,
ἱστὸν δ' ἔστησεν νηὸς κυανοπρῴροιο
τηλοῦ ἐπὶ ψαμάθοις, ἐκ δὲ τρήρωνα πέλειαν
λεπτῆι μηρίνθωι δῆσεν ποδός, ἧς ἄρ' ἀνώγει
τοξεύειν· „ ὃς μέν κε βάληι τρήρωνα πέλειαν,
πάντας ἀειράμενος πελέκεας οἶκον δὲ φερέσθω·
ὃς δέ κε μηρίνθοιο τύχηι ὄρνιθος ἁμαρτών,
ἥσσων γὰρ δὴ κεῖνος, ὁ δ' οἴσεται ἡμιπέλεκκα."
ὣς ἔφατ', ὦρτο δ' ἔπειτα βίη Τεύκροιο ἄνακτος,
ἂν δ' ἄρα Μηριόνης, θεράπων ἐῢς Ἰδομενῆος.
κλήρους δ' ἐν κυνέηι χαλκήρεϊ πάλλον ἑλόντες,
Τεῦκρος δὲ πρῶτος κλήρωι λάχεν· αὐτίκα δ' ἰὸν
ἧκεν ἐπικρατέως, οὐδ' ἠπείλησεν ἄνακτι
ἀρνῶν πρωτογόνων ῥέξειν κλειτὴν ἑκατόμβην.
ὄρνιθος μὲν ἅμαρτε· μέγηρε γάρ οἱ τό γ' Ἀπόλλων·
αὐτὰρ ὁ μήρινθον βάλε πὰρ πόδα, τῆι δέδετ' ὄρνις·
ἀντικρὺ δ' ἀπὸ μήρινθον τάμε πικρὸς ὀϊστός.
ἡ μὲν ἔπειτ' ἤϊξε πρὸς οὐρανόν, ἡ δὲ παρείθη
μήρινθος ποτὶ γαῖαν· ἀτὰρ κελάδησαν Ἀχαιοί.
σπερχόμενος δ' ἄρα Μηριόνης ἐξείρυσε χειρὸς
τόξον· ἀτὰρ δὴ ὀϊστὸν ἔχεν πάλαι, ὡς ἴθυνεν.
αὐτίκα δ' ἠπείλησεν ἑκηβόλωι Ἀπόλλωνι
ἀρνῶν πρωτογόνων ῥέξειν κλειτὴν ἑκατόμβην.
ὕψι δ' ὑπὸ νεφέων εἶδε τρήρωνα πέλειαν·
τῆι ῥ' ὅ γε δινεύουσαν ὑπὸ πτέρυγος βάλε μέσσην,
ἀντικρὺ δὲ διῆλθε βέλος· τὸ μὲν ἂψ ἐπὶ γαίηι
πρόσθεν Μηριόναο πάγη ποδός· αὐτὰρ ἡ ὄρνις
ἱστῶι ἐφεζομένη νηὸς κυανοπρῴροιο
αὐχέν' ἀπεκρέμασεν, σὺν δὲ πτερὰ πυκνὰ λίασθεν.
ὠκὺς δ' ἐκ μελέων θυμὸς πτάτο, τῆλε δ' ἀπ' αὐτοῦ
κάππεσε· λαοὶ δ' αὖ θηεῦντό τε θάμβησάν τε.
ἂν δ' ἄρα Μηριόνης πελέκεας δέκα πάντας ἄειρε,
Τεῦκρος δ' ἡμιπέλεκκα φέρεν κοίλας ἐπὶ νῆας.
αὐτὰρ Πηλεΐδης κατὰ μὲν δολιχόσκιον ἔγχος,
κὰδ δὲ λέβητ' ἄπυρον, βοὸς ἄξιον, ἀνθεμόεντα
θῆκ' ἐς ἀγῶνα φέρων· καί ῥ' ἥμονες ἄνδρες ἀνέσταν·
ἂν μὲν ἄρ' Ἀτρεΐδης εὐρὺ κρείων Ἀγαμέμνων,
ἂν δ' ἄρα Μηριόνης, θεράπων ἐῢς Ἰδομενῆος.
τοῖσι δὲ καὶ μετέειπε ποδάρκης δῖος Ἀχιλλεύς·
„ Ἀτρεΐδη· ἴδμεν γὰρ ὅσον προβέβηκας ἁπάντων
ἠδ' ὅσσον δυνάμει τε καὶ ἥμασιν ἔπλευ ἄριστος·

Zehn zweischneidige Äxt', und zehn der Beile zum Kampfpreis.
Dann erhub er den Mast des schwarzgeschnäbelten Meerschiffs
Fern am kiesigen Strand; und eine schüchterne Taube
Band er daran mit dem Fuß an dünnem Faden, zum Ziele
Ihrem Geschoß. Wer nun die schüchterne Taube getroffen,
Nehme die doppelten Äxte gesamt, zum Gezelte sie tragend;
Wer indes den Faden nur trifft, und den Vogel verfehlet,
Solcher mag wie besiegt mit den kleineren Beilen hinweggehn.
Jener sprach's; da erhub sich die Kraft des herrschenden Teukros,
Auch Meriones dann, Idomeneus' tapferer Kriegsfreund.
Beid' itzt nahmen sich Los', und schüttelten; aber des Teukros'
Sprang aus dem ehernen Helm. Sogleich von gespanneter Senne
Schnellt' er den Pfeil mit Gewalt; doch nicht gelobt' er dem Herrscher
Feirend die Dankhekatombe der Erstlingslämmer zu opfern.
Siehe den Vogel verfehlt' er; denn ihm mißgönnt' es Apollon;
Aber er traf den Faden am Fuß des gebundenen Vogels,
Und es durchschnitt den Faden das Erz des herben Geschosses.
Aufwärts schwang die Taub' in die Lüfte sich, aber herunter
Hing der Faden zur Erd'; und laut aufschrien die Achaier.
Eilend nunmehr entriß Meriones jenem den Bogen
Aus der Hand; denn den Pfeil hielt längst er bereit, um zu schnellen.
Alsobald gelobt' er dem treffenden Phöbos Apollon
Feirend die Dankhekatombe der Erstlingslämmer zu opfern.
Hoch nun unter den Wolken ersah er die schüchterne Taube;
Und wie im Kreise sie flog, durchschoß er sie unter dem Flügel:
Ganz hindurch drang stürmend der Pfeil, und zurück auf die Erde
Bohrt' er hinab vor den Fuß des Meriones; aber der Vogel
Ließ auf den Mast sich nieder des schwarzgeschnäbelten Meerschiffs,
Saß, und senkte den Hals, und die ausgebreiteten Flügel.
Bald entfloh aus den Gliedern der Geist, und ferne vom Mastbaum
Sank er hinab: rings schauten erstaunt und wundernd die Völker.
Aber Meriones nahm die zehn zweischneidigen Äxte;
Teukros, die Beil' erhebend, durchging die gebogenen Schiffe.
Peleus' Sohn nun legte den ragenden Speer und ein Becken,
Rein von Glut, mit Blumen geziert, vom Werte des Stieres,
Hergebracht in den Kreis. Da erhuben sich Sender des Wurfspeers:
Erstlich erstand der Atreide, der Völkerfürst Agamemnon,
Auch Meriones dann, Idomeneus' tapferer Kriegsfreund.
Doch es begann vor ihnen der mutige Renner Achilleus:
Atreus' Sohn, wir wissen, wie weit du allen vorangehst,
Auch wie weit du an Kraft und Speerwurf alle besiegest.

ἀλλὰ σὺ μὲν τόδ᾽ ἄεθλον ἔχων κοίλας ἐπὶ νῆας
ἔρχευ, ἀτὰρ δόρυ Μηριόνηι ἥρωϊ πόρωμεν,
εἰ σύ γε σῶι θυμῶι ἐθέλοις· κέλομαι γὰρ ἔγωγε.“
ὣς ἔφατ᾽, οὐδ᾽ ἀπίθησεν ἄναξ ἀνδρῶν Ἀγαμέμνων·
δῶκε δὲ Μηριόνηι δόρυ χάλκεον· αὐτὰρ ὅ γ᾽ ἥρως
Ταλθυβίωι κήρυκι δίδου περικαλλὲς ἄεθλον.

Darum kehre du selbst mit diesem Preis zu den Schiffen;
Aber den Speer laß uns dem Held Meriones reichen,
Wenn es dir im Herzen gefällt; ich wenigstens rat' es.
Jener sprach's; ihm gehorchte der Völkerfürst Agamemnon.
Er nun reichte den Speer dem Meriones; aber der Held dort
Gab dem Herold Talthybios hin den prangenden Kampfpreis.

ΙΛΙΑΔΟΣ Ω

Ἕκτορος λύτρα.

Λῦτο δ' ἀγών, λαοὶ δὲ θοὰς ἐπὶ νῆας ἕκαστοι
ἐσκίδναντ' ἰέναι. τοὶ μὲν δόρποιο μέδοντο
ὕπνου τε γλυκεροῦ ταρπήμεναι· αὐτὰρ Ἀχιλλεὺς
κλαῖε φίλου ἑτάρου μεμνημένος, οὐδέ μιν ὕπνος
ᾕρει πανδαμάτωρ, ἀλλ' ἐστρέφετ' ἔνθα καὶ ἔνθα,
Πατρόκλου ποθέων ἀνδροτῆτά τε καὶ μένος ἠΰ,
ἠδ' ὁπόσα τολύπευσε σὺν αὐτῶι καὶ πάθεν ἄλγεα,
ἀνδρῶν τε πτολέμους ἀλεγεινά τε κύματα πείρων·
τῶν μιμνησκόμενος θαλερὸν κατὰ δάκρυον εἶβεν,
ἄλλοτ' ἐπὶ πλευρὰς κατακείμενος, ἄλλοτε δ' αὖτε
ὕπτιος, ἄλλοτε δὲ πρηνής· τοτὲ δ' ὀρθὸς ἀναστὰς
δινεύεσκ' ἀλύων παρὰ θῖν' ἁλός· οὐδέ μιν ἠὼς
φαινομένη λήθεσκεν ὑπεὶρ ἅλα τ' ἠϊόνας τε.
ἀλλ' ὅ γ' ἐπεὶ ζεύξειεν ὑφ' ἅρμασιν ὠκέας ἵππους,
Ἕκτορα δ' ἕλκεσθαι δησάσκετο δίφρου ὄπισθεν,
τρὶς δ' ἐρύσας περὶ σῆμα Μενοιτιάδαο θανόντος
αὖτις ἐνὶ κλισίηι παυέσκετο, τὸν δέ τ' ἔασκεν
ἐν κόνι ἐκτανύσας προπρηνέα· τοῖο δ' Ἀπόλλων
πᾶσαν ἀεικείην ἄπεχε χροΐ φῶτ' ἐλεαίρων
καὶ τεθνηότα περ· περὶ δ' αἰγίδι πάντα κάλυπτε
χρυσείηι, ἵνα μή μιν ἀποδρύφοι ἑλκυστάζων.
ὣς ὁ μὲν Ἕκτορα δῖον ἀείκιζεν μενεαίνων·
τὸν δ' ἐλεαίρεσκον μάκαρες θεοὶ εἰσορόωντες,
κλέψαι δ' ὀτρύνεσκον ἐΰσκοπον Ἀργειφόντην.
ἔνθ' ἄλλοις μὲν πᾶσιν ἑήνδανεν, οὐδέ ποθ' Ἥρηι
οὐδὲ Ποσειδάων' οὐδὲ γλαυκώπιδι κούρηι,
ἀλλ' ἔχον ὥς σφιν πρῶτον ἀπήχθετο Ἴλιος ἱρὴ
καὶ Πρίαμος καὶ λαὸς Ἀλεξάνδρου ἕνεκ' ἄτης,
ὃς νείκεσσε θεάς, ὅτε οἱ μέσσαυλον ἵκοντο,
τὴν δ' ᾔνησ' ἥ οἱ πόρε μαχλοσύνην ἀλεγεινήν.
ἀλλ' ὅτε δή ῥ' ἐκ τοῖο δυωδεκάτη γένετ' ἠώς,

VIERUNDZWANZIGSTER GESANG

Achilleus, nach schlafloser Nacht, schleift Hektors Leib um Patroklos' Grab; doch Apollon verhütet Entstellungen. Zeus befiehlt dem Achilleus durch Thetys, den Leichnam zu erlassen; und dem Priamos durch Iris, dem Achilleus die Lösung zu bringen. Priamos, durch ein Zeichen gestärkt, kommt unter Hermes Geleit, unbemerkt von den Hütern, zu Achilleus' Gezelt. Er erlangt den Leichnam des Sohns, nebst Waffenstillstand zur Bestattung, und kehrt unbemerkt nach Ilios zurück. Um Hektors Totenlager Wehklage der Gattin, der Mutter, und Helenens. Bestattung und Gastmahl.

Jetzo trennten den Kreis die Versammelten; rings zu den Schiffen
Eilten die Völker zerstreut, und jeglicher sorgte des Mahles
Und des erquickenden Schlafs sich zu sättigen. Aber Achilleus
Weinete, denkend den trautesten Freund; nicht zwang ihn des Schlummers
Allgewaltige Kraft; er wälzte sich hiehin und dorthin,
Sehnsuchtsvoll nach Patroklos' erhabener Tugend und Stärke.
Ach wie viel er vollendet mit ihm, und wie manches erduldet,
Schlachten umher der Männer, und schreckliche Wogen durchstrebend:
Dessen gedacht' er im Geist, und häufige Tränen vergoß er.
Bald nun legt' auf die Seiten er sich, und bald auf den Rücken,
Bald auf das Antlitz hin; dann plötzlich empor sich erhebend,
Schweift' er am Ufer des Meers, voll Bangigkeit. Jetzo erschien ihm
Eos im rötlichen Glanze, das Meer und die Ufer bestrahlend.
Schnell, nachdem er ins Joch die hurtigen Rosse gespannet,
Hektor drauf zum Schleifen befestiget hinten am Sessel,
Zog er ihn dreimal ums Grab des Menötiaden Patroklos,
Ging dann zurück ins Gezelt, und ruhete; jenen verließ er
Dort im Staube gestreckt auf sein Antlitz. Aber Apollon
Schützte den schönen Leib vor Entstellungen, weil ihn des Mannes
Jammerte, selbst im Tod', und deckt' ihn ganz mit der Ägis
Goldenem Schirm, daß schleifend auch nicht er die Haut ihm verletzte.
Also frevelte jener im Zorn an dem göttlichen Hektor.
Ihn nun sahn mit Erbarmen die seligen Götter des Himmels,
Und sie geboten Einwendung dem spähenden Argoswürger.
Zwar den anderen allen gefiel's; nur der Here durchaus nicht,
Auch nicht Poseidaon, noch Zeus' blauäugiger Tochter;
Sondern noch stets blieb ihnen verhaßt die heilige Troja,
Priamos selbst und das Volk, um die Freveltat Alexandros',
Welcher die Göttinnen schmähte, da ihm zur Hütte sie kamen,
Und sie pries, die zum Lohn ihm verderbliche Üppigkeit darbot.
Aber nachdem die zwölfte der Morgenröten emporstieg,

καὶ τότ' ἄρ' ἀθανάτοισι μετηύδα Φοῖβος Ἀπόλλων·
„ σχέτλιοί ἐστε, θεοί, δηλήμονες· οὔ νύ ποθ' ὑμῖν
Ἕκτωρ μηρί' ἔκηε βοῶν αἰγῶν τε τελείων;
τὸν νῦν οὐκ ἔτλητε νέκυν περ ἐόντα σαῶσαι,
ἧι τ' ἀλόχωι ἰδέειν καὶ μητέρι καὶ τέκεϊ ὧι
καὶ πατέρι Πριάμωι λαοῖσί τε, τοί κέ μιν ὦκα
ἐν πυρὶ κήαιεν καὶ ἐπὶ κτέρεα κτερίσαιεν.
ἀλλ' ὀλοῶι Ἀχιλῆϊ, θεοί, βούλεσθ' ἐπαρήγειν,
ὧι οὔτ' ἂρ φρένες εἰσὶν ἐναίσιμοι οὔτε νόημα
γναμπτὸν ἐνὶ στήθεσσι, λέων δ' ὣς ἄγρια οἶδεν,
ὅς τ' ἐπεὶ ἂρ μεγάληι τε βίηι καὶ ἀγήνορι θυμῶι
εἴξας εἶσ' ἐπὶ μῆλα βροτῶν, ἵνα δαῖτα λάβηισιν·
ὣς Ἀχιλεὺς ἔλεον μὲν ἀπώλεσεν, οὐδέ οἱ αἰδὼς
γίγνεται, ἥ τ' ἄνδρας μέγα σίνεται ἠδ' ὀνίνησι.
μέλλει μέν πού τις καὶ φίλτερον ἄλλον ὀλέσσαι,
ἠὲ κασίγνητον ὁμογάστριον ἠὲ καὶ υἱόν·
ἀλλ' ἤτοι κλαύσας καὶ ὀδυράμενος μεθέηκε·
τλητὸν γὰρ Μοῖραι θυμὸν θέσαν ἀνθρώποισιν.
αὐτὰρ ὅ γ' Ἕκτορα δῖον, ἐπεὶ φίλον ἦτορ ἀπηύρα,
ἵππων ἐξάπτων περὶ σῆμ' ἑτάροιο φίλοιο
ἕλκει· οὐ μήν οἱ τό γε κάλλιον οὐδέ τ' ἄμεινον.
μὴ ἀγαθῶι περ ἐόντι νεμεσσηθέωμέν οἱ ἡμεῖς·
κωφὴν γὰρ δὴ γαῖαν ἀεικίζει μενεαίνων."
    τὸν δὲ χολωσαμένη προσέφη λευκώλενος Ἥρη·
„ εἴη κεν καὶ τοῦτο τεὸν ἔπος, ἀργυρότοξε,
εἰ δὴ ὁμὴν Ἀχιλῆϊ καὶ Ἕκτορι θήσετε τιμήν.
Ἕκτωρ μὲν θνητός τε γυναῖκά τε θήσατο μαζόν·
αὐτὰρ Ἀχιλλεύς ἐστι θεᾶς γόνος, ἣν ἐγὼ αὐτὴ
θρέψά τε καὶ ἀτίτηλα καὶ ἀνδρὶ πόρον παράκοιτιν,
Πηλέϊ, ὃς περὶ κῆρι φίλος γένετ' ἀθανάτοισι.
πάντες δ' ἀντιάασθε, θεοί, γάμου· ἐν δὲ σὺ τοῖσι
δαίνυ' ἔχων φόρμιγγα, κακῶν ἕταρ', αἰὲν ἄπιστε."
    τὴν δ' ἀπαμειβόμενος προσέφη νεφεληγερέτα Ζεύς·
„ Ἥρη, μὴ δὴ πάμπαν ἀποσκύδμαινε θεοῖσιν·
οὐ μὲν γὰρ τιμή γε μί' ἔσσεται· ἀλλὰ καὶ Ἕκτωρ
φίλτατος ἔσκε θεοῖσι βροτῶν οἳ ἐν Ἰλίωι εἰσίν·
ὣς γὰρ ἔμοιγ', ἐπεὶ οὔ τι φίλων ἡμάρτανε δώρων.
οὐ γάρ μοί ποτε βωμὸς ἐδεύετο δαιτὸς ἐΐσης,
λοιβῆς τε κνίσης τε· τὸ γὰρ λάχομεν γέρας ἡμεῖς.
ἀλλ' ἤτοι κλέψαι μὲν ἐάσομεν - οὐδέ πηι ἔστι -
λάθρηι Ἀχιλλῆος θρασὺν Ἕκτορα· ἦ γάρ οἱ αἰεὶ

Jetzo begann im Kreis der Unsterblichen Phöbos Apollon:
  Grausam seid ihr, o Götter, und eiferig! Hat euch denn niemals
Hektor Schenkel verbrannt erlesener Rinder und Ziegen?
Doch versagtet ihr jetzo, auch selbst dem Toten, Errettung,
Daß sein Weib ihn sähe, das stammelnde Kind, und die Mutter,
Priamos auch sein Vater, und Ilios' Volk: die sogleich dann
Jenen in Glut verbrennten mit festlichem Leichenbegängnis!
Aber dem bösen Peleiden, ihr Himmlischen, helft ihr so willig,
Dessen Herz nichts achtet der Billigkeit, noch die Gesinnung
Biegsam ist in der Brust; wie ein Bergleu, denkt er nur Wildheit,
Der, von gewaltiger Kraft und trotzendem Mute gereizet,
Wild in der Sterblichen Herd' eindringt, sich ein Mahl zu erhaschen:
So ist erbarmungslos der Peleid'; auch selber die Scham nicht
Kennet er, welche den Menschen zum Heil ist, oder zum Schaden.
Traurt doch mancher fürwahr um einen geliebteren Toten,
Dem sein leiblicher Bruder dahinsank, oder ein Sohn auch;
Dennoch hemmt er die Tränen, und stillt die Klage des Jammers:
Denn ausduldenden Mut verlieh den Menschen das Schicksal.
Jener indes, nachdem er den göttlichen Hektor ermordet,
Band ans Geschirr den Entseelten, und rings um des Freundes Begräbnis
Schleift er ihn! Nimmer ihm selbst das schönere oder das beßre!
Daß nur nicht, wie edel er sei, wir Götter ihm eifern!
Denn unempfindlichen Staub mißhandelt er, tobend vor Unsinn!
  Wieder begann voll Zornes die lilienarmige Here:
Hingehn möchte dein Wort, o Gott des silberner Bogens,
Wenn ihr Achilleus gleich dem Hektor achtet an Würde!
Sterblich nur ist Hektor, gesäugt vom Busen des Weibes;
Aber Achilleus ist der Göttin Geschlecht, die ich selber
Nähret' und auferzog, und dem Mann hingab zur Genossin,
Peleus, den vor allen zum Lieblinge koren die Götter.
Alle ja kamt ihr Götter zum Brautfest; du auch mit jenen
Schmausetest, haltend die Harf', o Freund der Bösen, o Falscher!
  Ihr antwortete drauf der Herrscher im Donnergewölk Zeus:
Eifere nicht, o Here, so unmutsvoll mit den Göttern.
Zwar nicht gleicher Würde genießen sie; aber auch Hektor
War ja den Göttern geliebt vor den Sterblichen allen in Troja;
Also auch mir! denn nimmer versäumet' er köstliche Gaben;
Nie auch mangelte mir der Altar des gemeinsamen Mahles,
Nie des Weins und Gedüftes, das uns zur Ehre bestimmt ward.
Ihn indes entwenden, das lassen wir (nie ja geschäh' es
Heimlich vor Peleus' Sohn), den mutigen Hektor; dem immer

μήτηρ παρμέμβλωκεν ὁμῶς νύκτάς τε καὶ ἦμαρ.
ἀλλ' εἴ τις καλέσειε θεῶν Θέτιν ἆσσον ἐμεῖο,
ὄφρά τί οἱ εἴπω πυκινὸν ἔπος, ὥς κεν Ἀχιλλεὺς
δώρων ἐκ Πριάμοιο λάχηι ἀπό θ' Ἕκτορα λύσηι."
ὣς ἔφατ', ὦρτο δὲ Ἶρις ἀελλόπος ἀγγελέουσα,
μεσσηγὺς δὲ Σάμου τε καὶ Ἴμβρου παιπαλοέσσης
ἔνθορε μείλανι πόντωι· ἐπεστονάχησε δὲ λίμνη.
ἡ δὲ μολυβδαίνηι ἰκέλη ἐς βυσσὸν ὄρουσεν,
ἥ τε κατ' ἀγραύλοιο βοὸς κέρας ἐμβεβαυῖα
ἔρχεται ὠμηστῆισιν ἐπ' ἰχθύσι κῆρα φέρουσα.
εὗρε δ' ἐνὶ σπῆϊ γλαφυρῶι Θέτιν, ἀμφὶ δ' ἄρ' ἄλλαι
εἵαθ' ὁμηγερέες ἅλιαι θεαί· ἡ δ' ἐνὶ μέσσηις
κλαῖε μόρον οὗ παιδὸς ἀμύμονος, ὅς οἱ ἔμελλε
φθίσεσθ' ἐν Τροίηι ἐριβώλακι, τηλόθι πάτρης.
ἀγχοῦ δ' ἱσταμένη προσέφη πόδας ὠκέα Ἶρις·
„ὄρσο, Θέτι· καλέει Ζεὺς ἄφθιτα μήδεα εἰδώς."
τὴν δ' ἠμείβετ' ἔπειτα θεὰ Θέτις ἀργυρόπεζα·
„τίπτέ με κεῖνος ἄνωγε μέγας θεός; αἰδέομαι δὲ
μίσγεσθ' ἀθανάτοισιν, ἔχω δ' ἄχε' ἄκριτα θυμῶι.
εἶμι μέν, οὐδ' ἅλιον ἔπος ἔσσεται, ὅττί κεν εἴπηι."
ὣς ἄρα φωνήσασα κάλυμμ' ἕλε δῖα θεάων
κυάνεον, τοῦ δ' οὔ τι μελάντερον ἔπλετο ἔσθος.
βῆ δ' ἰέναι, πρόσθεν δὲ ποδήνεμος ὠκέα Ἶρις
ἡγεῖτ'· ἀμφὶ δ' ἄρα σφι λιάζετο κῦμα θαλάσσης.
ἀκτὴν δ' ἐξαναβᾶσαι ἐς οὐρανὸν ἀΐχθήτην,
εὗρον δ' εὐρύοπα Κρονίδην, περὶ δ' ἄλλοι ἅπαντες
εἵαθ' ὁμηγερέες μάκαρες θεοὶ αἰὲν ἐόντες.
ἡ δ' ἄρα πὰρ Διὶ πατρὶ καθέζετο, εἶξε δ' Ἀθήνη.
Ἥρη δὲ χρύσεον καλὸν δέπας ἐν χερὶ θῆκε
καί ῥ' εὔφρην' ἐπέεσσι· Θέτις δ' ὤρεξε πιοῦσα.
τοῖσι δὲ μύθων ἦρχε πατὴρ ἀνδρῶν τε θεῶν τε·
„ἤλυθες Οὔλυμπόνδε, θεὰ Θέτι, κηδομένη περ,
πένθος ἄλαστον ἔχουσα μετὰ φρεσίν· οἶδα καὶ αὐτός·
ἀλλὰ καὶ ὧς ἐρέω τοῦ σ' εἵνεκα δεῦρο κάλεσσα.
ἐννῆμαρ δὴ νεῖκος ἐν ἀθανάτοισιν ὄρωρεν
Ἕκτορος ἀμφὶ νέκυι καὶ Ἀχιλλῆϊ πτολιπόρθωι·
κλέψαι δ' ὀτρύνουσιν ἐΰσκοπον Ἀργειφόντην·
αὐτὰρ ἐγὼ τόδε κῦδος Ἀχιλλῆϊ προτιάπτω,
αἰδῶ καὶ φιλότητα τεὴν μετόπισθε φυλάσσων.
αἶψα μάλ' ἐς στρατὸν ἐλθὲ καὶ υἱέϊ σῶι ἐπίτειλον·
σκύζεσθαί οἱ εἰπὲ θεούς, ἐμὲ δ' ἔξοχα πάντων

Kommt zu ihm die Mutter, sowohl bei Nacht wie bei Tage.
Doch wenn irgend ein Gott daher mir riefe die Thetys,
Daß ich ein heilsames Wort ihr redete, wie nun Achilleus
Gaben aus Priamos' Hand annähm', und Hektor ihm löste.
Sprach's; und Iris erhub sich, die windschnell eilende Botin.
Zwischen Samos hinab, und die rauhumstarrete Imbros,
Sprang sie ins finstere Meer; und es scholl die Woge des Sundes.
Jene sank, wie geründetes Blei, in die Tiefe hinunter,
Welches über dem Horn des gewendeten Stieres befestigt
Sinkt, Verderben zu bringen den gierigen Fischen des Meeres.
Jetzo fand sie Thetys in wölbender Grott', und die andern
Meergöttinnen umher; sie selbst in die Mitte gesetzet
Weinte des Sohns Schicksal, des Untadligen, welchem bestimmt war,
Ferne vom Vaterland in der scholligen Troja zu sterben.
Nahe trat und begann die windschnell eilende Iris:
Hebe dich, Thetys, es ruft der ewige Herrscher der Welt Zeus.
Ihr antwortete drauf die silberfüßige Thetys:
Warum heißt mich solches der Mächtige? Blödigkeit hält mich,
Ewigen Göttern zu nahn, weil Gram mir die Seele belastet.
Aber ich geh'; auch entfall' umsonst kein Wort, was er redet.
Also sprach, und nahm ihr Gewand, die heilige Göttin,
Dunkelschwarz, noch keinen umhüllete schwärzere Kleidung.
Jene nun ging, und voran die windschnell eilende Iris
Führete; seitwärts flog die getrennete Woge des Meeres.
Als sie den Strand nun erstiegen, entschwangen sich beide gen Himmel.
Und sie fanden den waltenden Zeus, und rings um den Herrscher
Saßen zum Rate gesellt die unsterblichen seligen Götter.
Jene nunmehr saß nieder bei Zeus, es wich ihr Athene.
Here reicht in die Hand ihr den schönen goldenen Becher,
Freundliche Wort' ihr sagend; sie trank, und reichte zurück ihn.
Jetzo begann der Vater des Menschengeschlechts und der Götter:
Thetys, du kamst zu Olympos, o Herrscherin, herzlich betrübt zwar;
Denn unendlicher Gram belastet dich; selber ja weiß ich's.
Dennoch sag' ich dir an, warum ich daher dich gefodert.
Schon neun Tag' empörte der Streit die unsterblichen Götter,
Über Hektors Leich' und den Städteverwüster Achilleus.
Denn sie geboten Entwendung dem spähenden Argoswürger;
Aber ich selbst will dessen den Ruhm dem Peleiden gewähren,
Scheu und Liebe für dich noch stets im Herzen bewahrend.
Schleunig denn gehe zum Heer, und verkündige solches dem Sohne.
Sag', ihm zürnen die Götter gesamt, doch vor allen ich selber

ἀθανάτων κεχολῶσθαι, ὅτι φρεσὶ μαινομένῃσιν
Ἕκτορ' ἔχει παρὰ νηυσὶ κορωνίσιν οὐδ' ἀπέλυσεν,
αἴ κέν πως ἐμέ τε δείσῃ ἀπό θ' Ἕκτορα λύσῃ.
αὐτὰρ ἐγὼ Πριάμῳ μεγαλήτορι Ἶριν ἐφήσω
λύσασθαι φίλον υἱόν, ἰόντ' ἐπὶ νῆας Ἀχαιῶν,
δῶρα δ' Ἀχιλλῆϊ φερέμεν, τά κε θυμὸν ἰήνῃ."
ὣς ἔφατ', οὐδ' ἀπίθησε θεὰ Θέτις ἀργυρόπεζα,
βῆ δὲ κατ' Οὐλύμποιο καρήνων ἀΐξασα,
ἷξεν δ' ἐς κλισίην οὗ υἱέος· ἔνθ' ἄρα τόν γε
εὗρ' ἁδινὰ στενάχοντα· φίλοι δ' ἀμφ' αὐτὸν ἑταῖροι
ἐσσυμένως ἐπένοντο καὶ ἐντύνοντο ἄριστον·
τοῖσι δ' ὄϊς λάσιος μέγας ἐν κλισίῃ ἱέρευτο.
ἡ δὲ μάλ' ἄγχ' αὐτοῖο καθέζετο πότνια μήτηρ,
χειρί τέ μιν κατέρεξεν ἔπος τ' ἔφατ' ἔκ τ' ὀνόμαζε·
„τέκνον ἐμόν, τέο μέχρις ὀδυρόμενος καὶ ἀχεύων
σὴν ἔδεαι κραδίην, μεμνημένος οὔτέ τι σίτου
οὔτ' εὐνῆς; ἀγαθὸν δὲ γυναικί περ ἐν φιλότητι
μίσγεσθ'· οὐ γάρ μοι δηρὸν βέῃ, ἀλλά τοι ἤδη
ἄγχι παρέστηκεν θάνατος καὶ μοῖρα κραταιή.
ἀλλ' ἐμέθεν ξύνες ὦκα, Διὸς δέ τοι ἄγγελός εἰμι·
σκύζεσθαι σοί φησι θεούς, ἓ δ' ἔξοχα πάντων
ἀθανάτων κεχολῶσθαι, ὅτι φρεσὶ μαινομένῃσιν
Ἕκτορ' ἔχεις παρὰ νηυσὶ κορωνίσιν οὐδ' ἀπέλυσας.
ἀλλ' ἄγε δὴ λῦσον, νεκροῖο δὲ δέξαι ἄποινα."
τὴν δ' ἀπαμειβόμενος προσέφη πόδας ὠκὺς Ἀχιλλεύς·
„τῇδ' εἴη· ὃς ἄποινα φέροι καὶ νεκρὸν ἄγοιτο,
εἰ δὴ πρόφρονι θυμῷ Ὀλύμπιος αὐτὸς ἀνώγει."
ὣς οἵ γ' ἐν νηῶν ἀγύρει μήτηρ τε καὶ υἱὸς
πολλὰ πρὸς ἀλλήλους ἔπεα πτερόεντ' ἀγόρευον.
Ἶριν δ' ὄτρυνε Κρονίδης εἰς Ἴλιον ἱρήν·
„βάσκ' ἴθι, Ἶρι ταχεῖα, λιποῦσ' ἕδος Οὐλύμποιο
ἄγγειλον Πριάμῳ μεγαλήτορι Ἴλιον εἴσω
λύσασθαι φίλον υἱὸν ἰόντ' ἐπὶ νῆας Ἀχαιῶν,
δῶρα δ' Ἀχιλλῆϊ φερέμεν, τά κε θυμὸν ἰήνῃ,
οἶον, μὴ δέ τις ἄλλος ἅμα Τρώων ἴτω ἀνήρ.
κῆρύξ τίς οἱ ἕποιτο γεραίτερος, ὅς κ' ἰθύνοι
ἡμιόνους καὶ ἄμαξαν ἐΰτροχον, ἠδὲ καὶ αὖτις
νεκρὸν ἄγοι προτὶ ἄστυ, τὸν ἔκτανε δῖος Ἀχιλλεύς.
μὴ δέ τί οἱ θάνατος μελέτω φρεσὶ μηδέ τι τάρβος·
τοῖον γάρ οἱ πομπὸν ὀπάσσομεν Ἀργειφόντην,
ὃς ἄξει εἷός κεν ἄγων Ἀχιλῆϊ πελάσσῃ.

Sei im Herzen entbrannt, dieweil er in tobendem Unsinn
Hektor ungelöst bei den prangenden Schiffen zurückhält;
Ob er vielleicht mich scheut, und Hektors Lösung empfänget.
Aber ich selbst will Iris dem herrschenden Priamos senden,
Daß er löse den Sohn, zu den Schiffen der Danaer wandelnd,
Und mit gefälligen Gaben Achilleus' Seele versöhne.
Jener sprach's; ihm gehorchte die silberfüßige Thetys;
Stürmendes Schwungs entflog sie dem Felsenhöhn des Olympos.
Bald nun des Sohnes Gezelt erreichte sie, wo sie ihn selber
Fand, schwerseufzend vor Gram; und umher die trauten Genossen
Eilten mit emsigem Fleiße das Morgenmahl zu bereiten;
Denn ein Schaf, dickwollig und groß, war im Zelte geschlachtet.
Nahe dem Sohn nun setzte sich hin die erhabene Mutter,
Streichelt' ihn sanft mit der Hand, und redete, also beginnend:
Lieber Sohn, wie lange vor Gram wehklagend und seufzend
Willst du das Herz dir verzehren, des Tranks und der Speise vergessend,
Auch des Schlafs? Gut wär' es, ein blühendes Weib zu umarmen.
Denn nicht lange fortan mir wandelst du, sondern bereits dir
Nahe steht zur Seite der Tod und das grause Verhängnis.
Auf, und vernimm, was ich red'; ich bringe dir Worte Kronions.
Zorn dir hegen die Götter gesamt, doch vor allen er selber
Ist im Herzen entbrannt, dieweil du in tobendem Unsinn
Hektor ungelöst bei den prangenden Schiffen zurückhältst.
Aber wohlan, entlass' ihn, und nimm die Lösung des Leichnams.
Ihr antwortete drauf der mutige Renner Achilleus:
Wohl denn, wer die Lösung mir bringt, der empfange den Leichnam,
Wenn ja mit ernstem Beschluß der Olympier selbst es gebietet.
Also redeten dort im Kreis der geordneten Schiffe
Viele geflügelte Worte der Sohn und die göttliche Mutter.
Zeus entsandte nun Iris zu Ilios' heiliger Feste:
Eile mir, hurtige Iris, verlassend die Höhn des Olympos;
Bring' in Ilios' Stadt dem herrschenden Priamos Botschaft,
Daß er löse den Sohn, zu dem Schiffen der Danaer wandelnd,
Und mit gefälligen Gaben Achilleus' Seele versöhne,
Er allein, von keinem der anderen Troer begleitet.
Nur ein Herold folg' ihm, ein älterer, welcher die Mäuler
Samt dem rollenden Wagen ihm lenk', und wieder von dannen
Führe den Leichnam zur Stadt, den der Peleione getötet.
Weder Tod bekümmre sein Herz, noch andere Schrecknis:
Denn wir gesellen zur Hut ihm den mächtigen Argoswürger,
Daß er ihn hingeleite vors Angesicht des Achilleus.

αὐτὰρ ἐπὴν ἀγάγῃσιν ἔσω κλισίην Ἀχιλῆος,
οὔτ᾽ αὐτὸς κτενέει ἀπό τ᾽ ἄλλους πάντας ἐρύξει·
οὔτε γάρ ἐστ᾽ ἄφρων οὔτ᾽ ἄσκοπος οὔτ᾽ ἀλιτήμων,
ἀλλὰ μάλ᾽ ἐνδυκέως ἱκέτεω πεφιδήσεται ἀνδρός."
ὣς ἔφατ᾽, ὦρτο δὲ Ἶρις ἀελλόπος ἀγγελέουσα.
ἷξεν δ᾽ ἐς Πριάμοιο, κίχεν δ᾽ ἐνοπήν τε γόον τε.
παῖδες μὲν πατέρ᾽ ἀμφὶ καθήμενοι ἔνδοθεν αὐλῆς
δάκρυσιν εἵματ᾽ ἔφυρον, ὁ δ᾽ ἐν μέσσοισι γεραιὸς
ἐντυπὰς ἐν χλαίνῃ κεκαλυμμένος· ἀμφὶ δὲ πολλὴ
κόπρος ἔην κεφαλῇ τε καὶ αὐχένι τοῖο γέροντος,
τήν ῥα κυλινδόμενος καταμήσατο χερσὶν ἑῇσι.
θυγατέρες δ᾽ ἀνὰ δώματ᾽ ἰδὲ νυοὶ ὠδύροντο,
τῶν μιμνησκόμεναι οἳ δὴ πολέες τε καὶ ἐσθλοὶ
χερσὶν ὑπ᾽ Ἀργείων κέατο ψυχὰς ὀλέσαντες.
στῆ δὲ παρὰ Πρίαμον Διὸς ἄγγελος, ἠδὲ προσηύδα
τυτθὸν φθεγξαμένη· τὸν δὲ τρόμος ἔλλαβε γυῖα·
„θάρσει, Δαρδανίδη Πρίαμε, φρεσί, μὴ δέ τι τάρβει·
οὐ μὲν γάρ τοι ἐγὼ κακὸν ὀσσομένη τόδ᾽ ἱκάνω,
ἀλλ᾽ ἀγαθὰ φρονέουσα· Διὸς δέ τοι ἄγγελός εἰμι,
ὅς σευ ἄνευθεν ἐὼν μέγα κήδεται ἠδ᾽ ἐλεαίρει.
λύσασθαί σ᾽ ἐκέλευσεν Ὀλύμπιος Ἕκτορα δῖον,
δῶρα δ᾽ Ἀχιλλῆϊ φερέμεν, τά κε θυμὸν ἰήνῃ,
οἶον, μηδέ τις ἄλλος ἅμα Τρώων ἴτω ἀνήρ.
κῆρύξ τίς τοι ἕποιτο γεραίτερος, ὅς κ᾽ ἰθύνοι
ἡμιόνους καὶ ἄμαξαν ἐΰτροχον, ἠδὲ καὶ αὖτις
νεκρὸν ἄγοι προτὶ ἄστυ, τὸν ἔκτανε δῖος Ἀχιλλεύς.
μηδέ τί τοι θάνατος μελέτω φρεσὶ μηδέ τι τάρβος·
τοῖος γάρ τοι πομπὸς ἅμ᾽ ἕψεται Ἀργειφόντης,
ὅς σ᾽ ἄξει εἷός κεν ἄγων Ἀχιλῆϊ πελάσσῃ.
αὐτὰρ ἐπὴν ἀγάγῃσιν ἔσω κλισίην Ἀχιλῆος,
οὔτ᾽ αὐτὸς κτενέει ἀπό τ᾽ ἄλλους πάντας ἐρύξει·
οὔτε γάρ ἔστ᾽ ἄφρων οὔτ᾽ ἄσκοπος οὔτ᾽ ἀλιτήμων,
ἀλλὰ μάλ᾽ ἐνδυκέως ἱκέτεω πεφιδήσεται ἀνδρός."
ἡ μὲν ἄρ᾽ ὣς εἰποῦσ᾽ ἀπέβη πόδας ὠκέα Ἶρις,
αὐτὰρ ὅ γ᾽ υἷας ἄμαξαν ἐΰτροχον ἡμιονείην
ὁπλίσαι ἠνώγει, πείρινθα δὲ δῆσαι ἐπ᾽ αὐτῆς.
αὐτὸς δ᾽ ἐς θάλαμον κατεβήσετο κηώεντα
κέδρινον ὑψόροφον, ὃς γλήνεα πολλὰ κεχάνδει·
ἐς δ᾽ ἄλοχον Ἑκάβην ἐκαλέσσατο φώνησέν τε·
„δαιμονίη, Διόθεν μοι Ὀλύμπιος ἄγγελος ἦλθε
λύσασθαι φίλον υἱὸν ἰόντ᾽ ἐπὶ νῆας Ἀχαιῶν,

Wann ihn jener geführt ins Gezelt des edlen Achilleus,
Selbst nicht wird er ihn töten, und allen umher es verwehren.
Nicht ja vernunftlos ist er, noch unbedacht, noch ein Frevler;
Nein voll Huld wird er schonen des hilfeflehenden Mannes.
Sprach's; und Iris erhub sich, die windschnell eilende Botin,
Kam in Priamos' Burg, und fand Wehklag' und Geheul dort.
Ringsher saßen die Söhn' um den traurenden Vater im Vorhof,
Netzend mit Tränen die Kleider; er selbst der Greis in der Mitte,
Straff, daß die Bildung erschien, in den Mantel gehüllt, und umher lag
Viel Unrats auf Nacken und Haupt des herrschenden Greises,
Den er vor Schmerz sich wälzend mit eigenen Händen emporwarf.
Aber die Töchter und Schnür' in den Wohnungen jammerten lautauf,
Eingedenk der aller, die schon, so viel und so tapfer,
Lagen des Geistes beraubt von der Danaer mordenden Händen.
Nahe vor Priamos trat die Botin Zeus', und begann nun,
Redend mit leiser Stimm'; und Schauer durchfuhr ihm die Glieder:
Fasse dich, Dardanos' Sohn, o Priamos, nicht so verzaget;
Denn kein übeles Wort zu verkündigen nah' ich dir jetzo,
Sondern Gutes gedenkend; ich komm' als Botin Kronions,
Der dich sehr, auch ferne begünstiget, dein sich erbarmend.
Lösen heißt der Olympier dich den göttlichen Hektor,
Und mit gefälligen Gaben Achilleus' Seele versöhnen,
Dich allein, von keinem der anderen Troer begleitet.
Nur ein Herold folg', ein älterer, welcher die Mäuler
Samt dem rollenden Wagen dir lenk', und wieder von dannen
Führe den Leichnam zur Stadt, den der Peleione getötet.
Weder Tod bekümmre dein Herz, noch andere Schrecknis:
Denn er gesellt dir zur Hut den mächtigen Argoswürger,
Daß er dich hingeleite vors Angesicht des Achilleus.
Wann dich jener geführt ins Gezelt des edlen Achilleus,
Selbst nicht wird er dich töten, und allen umher es verwehren.
Nicht ja vernunftlos ist er, noch unbedacht, noch ein Frevler;
Nein voll Huld wird er schonen des hilfeflehenden Mannes.
Also sprach und entflog die windschnell eilende Iris.
Aber Priamos hieß die Söhn' ihm den rollenden Wagen
Rüsten mit Mäulergespann, und den Korb auf den Wagen ihm binden.
Selbst dann stieg er hinab in die lieblich duftende Kammer,
Hoch, mit Cedern getäfelt, die viel Kleinode verwahrte;
Rief dann Hekabe her, sein edeles Weib, und begann so:
Armes Weib, mir nahte von Zeus olympische Botschaft,
Daß ich löse den Sohn, zu den Schiffen der Danaer wandelnd,

δῶρα δ' Ἀχιλλῆϊ φερέμεν, τά κε θυμὸν ἰήνῃ.
ἀλλ' ἄγε μοι τόδε εἰπέ, τί τοι φρεσὶν εἴδεται εἶναι;
αἰνῶς γάρ μ' αὐτόν γε μένος καὶ θυμὸς ἄνωγε
κεῖσ' ἰέναι ἐπὶ νῆας ἔσω στρατὸν εὐρὺν Ἀχαιῶν."
ὣς φάτο, κώκυσεν δὲ γυνὴ καὶ ἀμείβετο μύθωι·
„ ὤ μοι, πῆι δή τοι φρένες οἴχονθ', ἧις τὸ πάρος περ
ἔκλε' επ' ἀνθρώπους ξείνους ἠδ' οἷσιν ἀνάσσεις;
πῶς ἐθέλεις ἐπὶ νῆας Ἀχαιῶν ἐλθέμεν οἶος,
ἀνδρὸς ἐς ὀφθαλμοὺς ὅς τοι πολέας τε καὶ ἐσθλοὺς
υἱέας ἐξενάριξε· σιδήρειόν νύ τοι ἦτορ.
εἰ γάρ σ' αἱρήσει καὶ ἐσόψεται ὀφθαλμοῖσιν,
ὠμηστὴς καὶ ἄπιστος ἀνὴρ ὅ γε, οὔ σ' ἐλεήσει,
οὐδέ τί σ' αἰδέσεται. νῦν δὲ κλαίωμεν ἄνευθεν
ἥμενοι ἐν μεγάρωι· τῶι δ' ὥς ποθι Μοῖρα κραταιὴ
γιγνομένωι ἐπένησε λίνωι, ὅτε μιν τέκον αὐτή,
ἀργίποδας κύνας ἆσαι ἑῶν ἀπάνευθε τοκήων,
ἀνδρὶ πάρα κρατερῶι, τοῦ ἐγὼ μέσον ἧπαρ ἔχοιμι
ἐσθέμεναι προσφῦσα· τότ' ἄντιτα ἔργα γένοιτο
παιδὸς ἐμοῦ, ἐπεὶ οὔ ἑ κακιζόμενόν γε κατέκτα,
ἀλλὰ πρὸ Τρώων καὶ Τρωϊάδων βαθυκόλπων
ἑσταότ', οὔτε φόβου μεμνημένον οὔτ' ἀλεωρῆς."
τὴν δ' αὖτε προσέειπε γέρων Πρίαμος θεοειδής·
„ μή μ' ἐθέλοντ' ἰέναι κατερύκανε, μὴ δέ μοι αὐτὴ
ὄρνις ἐνὶ μεγάροισι κακὸς πέλευ· οὐδέ με πείσεις.
εἰ μὲν γάρ τίς μ' ἄλλος ἐπιχθονίων ἐκέλευεν,
ἢ οἳ μάντιές εἰσι θυοσκόοι ἢ ἱερῆες,
ψεῦδός κεν φαῖμεν καὶ νοσφιζοίμεθα μᾶλλον·
νῦν δ' αὐτὸς γὰρ ἄκουσα θεοῦ καὶ ἐσέδρακον ἄντην,
εἶμι, καὶ οὐχ ἅλιον ἔπος ἔσσεται. εἰ δέ μοι αἶσα
τεθνάμεναι παρὰ νηυσὶν Ἀχαιῶν χαλκοχιτώνων,
βούλομαι· αὐτίκα γάρ με κατακτείνειεν Ἀχιλλεὺς
ἀγκὰς ἑλόντ' ἐμὸν υἱόν, ἐπὴν γόου ἐξ ἔρον εἵην."
ἦ, καὶ φωριαμῶν ἐπιθήματα κάλ' ἀνέωιγεν·
ἔνθεν δώδεκα μὲν περικαλλέας ἔξελε πέπλους,
δώδεκα δ' ἁπλοΐδας χλαίνας, τόσσους δὲ τάπητας,
τόσσα δὲ φάρεα λευκά, τόσους δ' ἐπὶ τοῖσι χιτῶνας.
χρυσοῦ δὲ στήσας ἔφερεν δέκα πάντα τάλαντα,
ἐκ δὲ δύ' αἴθωνας τρίποδας, πίσυρας δὲ λέβητας,
ἐκ δὲ δέπας περικαλλές, ὅ οἱ Θρῆικες πόρον ἄνδρες
ἐξεσίην ἐλθόντι, μέγα κτέρας· οὐδέ νυ τοῦ περ
φείσατ' ἐνὶ μεγάροις ὁ γέρων, περὶ δ' ἤθελε θυμῶι

Und mit gefälligen Gaben Achilleus' Seele versöhne.
Aber sage mir nun, wie deucht dir solches im Herzen?
Denn mir selber entflammt ein gewaltigen Eifer die Seele,
Hinzugehn zu den Schiffen, ins weite Heer der Achaier.
  Also der Greis; doch schluchzend erwiderte jenem die Gattin:
Wehe, wohin doch entfloh der Verstand dir, der so gepriesen
Ehemals war bei Menschen der Fremd', und deines Gebietes?
Welch ein Mut, so allein zu der Danaer Schiffen zu wandeln,
Jenem Mann vor die Augen, der dir so viel und so tapfre
Söhn' erschlug? Du trägst ja ein eisernes Herz in dem Busen!
Denn sobald er dich hält und dort erblickt mit den Augen,
Jener Mann, blutgierig und falsch; nie heget er Mitleid
Oder Erbarmen mit dir! Drum laß uns fern ihn beweinen,
Sitzend in unserm Palast: so hat's ihm das grause Verhängnis,
Als ich selbst ihn gebar, in den werdenden Faden gesponnen,
Einst schnellfüßige Hunde zu sättigen, fern von den Eltern,
Dort bei dem schrecklichen Mann, dem ich gern aus dem Busen die Leber
Roh verschläng' einbeißend! Das wär' ihm gerechte Vergeltung
Meines Sohns! Denn nicht der Verworfenen einen erschlug er;
Sondern für Trojas Männer und tiefgegürtete Weiber
Stand der Held, nicht achtend der Flucht, noch des zagen Vermeidens!
  Ihr antwortete Priamos drauf, der göttliche Herrscher:
Halte mich nicht, der zu gehen beschloß, noch werde du selber
Zum wehdrohenden Vogel im Hause mir; nimmer gehorch' ich!
Hätt' es ein anderer mir der Erdbewohner geboten,
Etwa ein Zeichendeuter, ein Opferprophet, und ein Priester;
Lug wohl nennten wir solches, und wendeten uns mit Verachtung.
Nun (denn ich hörte die Göttin ja selbst, und schaut' ihr ins Antlitz,)
Geh' ich, und nicht umsonst sei die Rede mir! Droht denn das Schicksal
Mir den Tod bei den Schiffen der erzumschirmten Achaier;
Wohl! er ermorde mich gleich, der Wüterich; halt' ich nur meinen
Lieben Sohn in den Armen, das Herz mit Tränen gesättigt!
  Sprach's, und öffnete schnell die zierlichen Deckel der Kisten.
Dorther wählt er sich zwölf der köstlichen Feiergewande,
Zwölf der Teppiche dann, und einfache Hüllen des Schlafes,
Auch Leibröcke so viel, und so viel der prächtigen Mäntel.
Hierauf wog er des Goldes, und nahm zehn volle Talente;
Auch vier schimmernde Becken, und zween dreifüßige Kessel;
Auch den köstlichen Becher, den thrakische Männer ihm schenkten,
Als er gesandt hinkam, ein Kleinod! aber auch sein nicht
Schonete jetzt im Palaste der Greis; denn er wollte so herzlich

λύσασθαι φίλον υἱόν. ὁ δὲ Τρῶας μὲν ἅπαντας
αἰθούσης ἀπέεργεν ἔπεσσ' αἰσχροῖσιν ἐνίσσων·
„ ἔρρετε, λωβητῆρες ἐλεγχέες· οὔ νυ καὶ ὑμῖν
οἴκοι ἔνεστι γόος, ὅτι μ' ἤλθετε κηδήσοντες;
ἦ ὀνόσασθ' ὅτι μοι Κρονίδης Ζεὺς ἄλγε' ἔδωκε,
παῖδ' ὀλέσαι τὸν ἄριστον; ἀτὰρ γνώσεσθε καὶ ὔμμες·
ῥηΐτεροι γὰρ μᾶλλον Ἀχαιοῖσιν δὴ ἔσεσθε
κείνου τεθνηῶτος ἐναιρέμεν. αὐτὰρ ἔγωγε
πρὶν ἀλαπαζομένην τε πόλιν κεραϊζομένην τε
ὀφθαλμοῖσιν ἰδεῖν, βαίην δόμον Ἄϊδος εἴσω."
ἦ, καὶ σκηπανίωι δίεπ' ἀνέρας· οἱ δ' ἴσαν ἔξω
σπερχομένοιο γέροντος· ὁ δ' υἱάσιν οἷσιν ὁμόκλα,
νεικείων Ἕλενόν τε Πάριν τ' Ἀγάθωνά τε δῖον
Πάμμονά τ' Ἀντίφονόν τε βοὴν ἀγαθόν τε Πολίτην
Δηΐφοβόν τε καὶ Ἱππόθοον καὶ δῖον ἀγαυόν·
ἐννέα τοῖς ὁ γεραιὸς ὁμοκλήσας ἐκέλευε·
„ σπεύσατέ μοι, κακὰ τέκνα, κατηφόνες· αἴθ' ἅμα πάντες
Ἕκτορος ὠφέλετ' ἀντὶ θοῆις ἐπὶ νηυσὶ πεφάσθαι.
ὤ μοι ἐγὼ πανάποτμος, ἐπεὶ τέκον υἷας ἀρίστους
Τροίηι ἐν εὐρείηι, τῶν δ' οὔ τινά φημι λελεῖφθαι,
Μήστορά τ' ἀντίθεον καὶ Τρωΐλον ἱππιοχάρμην
Ἕκτορά θ', ὃς θεὸς ἔσκε μετ' ἀνδράσιν, οὐδὲ ἐώικει
ἀνδρός γε θνητοῦ πάϊς ἔμμεναι, ἀλλὰ θεοῖο.
τοὺς μὲν ἀπώλεσ' Ἄρης, τὰ δ' ἐλέγχεα πάντα λέλειπται,
ψεῦσταί τ' ὀρχησταί τε, χοροιτυπίηισιν ἄριστοι,
ἀρνῶν ἠδ' ἐρίφων ἐπιδήμιοι ἁρπακτῆρες.
οὐκ ἂν δή μοι ἄμαξαν ἐφοπλίσσαιτε τάχιστα,
ταῦτά τε πάντ' ἐπιθεῖτε, ἵνα πρήσσωμεν ὁδοῖο;"
ὣς ἔφαθ', οἱ δ' ἄρα πατρὸς ὑποδείσαντες ὁμοκλὴν
ἐκ μὲν ἄμαξαν ἄειραν ἐΰτροχον ἡμιονείην
καλὴν πρωτοπαγέα, πείρινθα δὲ δῆσαν ἐπ' αὐτῆς,
κὰδ δ' ἀπὸ πασσαλόφι ζυγὸν ἥιρεον ἡμιόνειον
πύξινον ὀμφαλόεν, εὖ οἰήκεσσιν ἀρηρός·
ἐκ δ' ἔφερον ζυγόδεσμον ἅμα ζυγῶι ἐννεάπηχυ.
καὶ τὸ μὲν εὖ κατέθηκαν ἐϋξέστωι ἐπὶ ῥυμῶι,
πέζηι ἔπι πρώτηι, ἐπὶ δὲ κρίκον ἕστορι βάλλον,
τρὶς δ' ἑκάτερθεν ἔδησαν ἐπ' ὀμφαλόν, αὐτὰρ ἔπειτα
ἑξείης κατέδησαν, ὑπὸ γλωχῖνα δ' ἔκαμψαν.
ἐκ θαλάμου δὲ φέροντες ἐϋξέστης ἐπ' ἀπήνης
νήεον Ἑκτορέης κεφαλῆς ἀπερείσι' ἄποινα,
ζεῦξαν δ' ἡμιόνους κρατερώνυχας ἐντεσιεργούς,

Lösen den trauten Sohn. Doch jetzt die sämtlichen Troer
Scheucht' aus der Hall' er hinweg, mit schmählichen Worten bedrohend:
Fort, ihr versuchtes Gezücht, Nichtswürdige! Habt ihr nicht selber
Trauer im Hause genug, daß ihr herkommt, mich zu bekümmern?
Achtet ihr's klein, daß Zeus mir den Jammer beschied, zu verlieren
Meinen tapfersten Sohn? Wohlan, ihr erfahrt es schon selber!
Denn viel leichter hinfort wird's wohl den Söhnen Achaias,
Euch, da jener geschieden, zu bändigen! Aber o möcht' ich,
Eh' ich die Trümmerhaufen der Stadt, und die grause Verwüstung,
Selbst mit den Augen geschaut, eingeht in Aïdes Wohnung!
Sprach's, und hinaus mit dem Stabe zerscheucht' er sie; und sie enteilten
Weg vor dem eifernden Greis. Dann ruft' er scheltend die Söhne,
Helenos her, und Paris, und Agathon, göttlicher Bildung,
Pammon, Antiphonos auch, und Deïphobos, auch den Polites,
Tapfer im Streit, Hippothoos auch, und den mutigen Dios;
Diesen neun gebot mit scheltendem Rufe der Vater:
Eilt, untüchtige Söhn', ihr schändlichen! daß ihr zugleich doch
Alle für Hektor lägt bei den hurtigen Schiffen getötet!
Ich unglücklicher Mann! die tapfersten Söhn' erzeugt' ich
Weit in Troja umher, und nun ist keiner mir übrig!
Mestor den göttlichen Held, und Troilos, froh des Gespannes,
Hektor auch, der ein Gott bei Sterblichen war, und an Tugend
Nicht wie des sterblichen Manns, wie ein Sohn der Götter einherging!
Diese mir raffte der Krieg; nur die Schandfleck' alle sind übrig,
Lügener all' und Gaukler und treffliche Reigentänzer,
Räuber des Volks, nur schwelgend im Fett der Lämmer und Zicklein!
Wollt ihr nicht mir den Wagen sogleich ausrüsten, und alles
Dies in den Korb einlegen, daß unseren Weg wir vollenden?
Jener sprach's; und geschreckt vom scheltenden Rufe des Vaters,
Trugen sie schnell aus der Halle den rollenden Wagen der Mäuler,
Schön und neugefügt, und banden den Korb auf den Wagen;
Huben sodann vom Pflocke das Joch der Mäuler von Buchsbaum,
Glatt, mit Buckeln erhöht, und wohl mit Ringen befestigt;
Brachten zugleich mit dem Joche sein Band, neun Ellen an Länge,
Legeten dieses behend' auf die wohlgeglättete Deichsel,
Vorn am äußersten End', und fügten den Ring auf den Nagel;
Dreimal umschlangen sie jetzo des Jochs vorragende Buckeln,
Banden dann grade sie fest, und knüpfeten unten die Schlinge.
Emsig darauf aus der Kammer, den zierlichen Wagen beladend,
Trugen sie Hektors Lösegeschenk', unendliches Wertes;
Fügeten dann die Mäuler, die stampfenden, rüstig zur Arbeit,

τούς ῥά ποτε Πριάμωι Μυσοὶ δόσαν ἀγλαὰ δῶρα.
ἵππους δὲ Πριάμωι ὕπαγον ζυγόν, οὓς ὁ γεραιὸς
αὐτὸς ἔχων ἀτίταλλεν ἐϋξέστηι ἐπὶ φάτνηι.
τὼ μὲν ζευγνύσθην ἐν δώμασιν ὑψηλοῖσι
κῆρυξ καὶ Πρίαμος, πυκινὰ φρεσὶ μήδε᾽ ἔχοντες·
ἀγχίμολον δέ σφ᾽ ἦλθ᾽ Ἑκάβη τετιηότι θυμῶι,
οἶνον ἔχουσ᾽ ἐν χειρὶ μελίφρονα δεξιτερῆφι,
χρυσέωι ἐν δέπαϊ, ὄφρα λείψαντε κιοίτην·
στῆ δ᾽ ἵππων προπάροιθεν ἔπος τ᾽ ἔφατ᾽ ἔκ τ᾽ ὀνόμαζε·
„τῆ, σπεῖσον Διὶ πατρί, καὶ εὔχεο οἴκαδ᾽ ἱκέσθαι
ἂψ ἐκ δυσμενέων ἀνδρῶν, ἐπεὶ ἄρ σέ γε θυμὸς
ὀτρύνει ἐπὶ νῆας, ἐμεῖο μὲν οὐκ ἐθελούσης.
ἀλλ᾽ εὔχεο σύ γ᾽ ἔπειτα κελαινεφέϊ Κρονίωνι
Ἰδαίωι, ὅς τε Τροίην κατὰ πᾶσαν ὁρᾶται,
αἴτει δ᾽ οἰωνόν, ταχὺν ἄγγελον, ὅς τέ οἱ αὐτῶι
φίλτατος οἰωνῶν, καί εὑ κράτος ἐστὶ μέγιστον,
δεξιόν, ὄφρά μιν αὐτὸς ἐν ὀφθαλμοῖσι νοήσας
τῶι πίσυνος ἐπὶ νῆας ἴηις Δαναῶν ταχυπώλων.
εἰ δέ τοι οὐ δώσει ἑὸν ἄγγελον εὐρύοπα Ζεύς,
οὐκ ἂν ἔγωγέ σ᾽ ἔπειτα ἐποτρύνουσα κελοίμην
νῆας ἐπ᾽ Ἀργείων ἰέναι μάλα περ μεμαῶτα."
τὴν δ᾽ ἀπαμειβόμενος προσέφη Πρίαμος θεοειδής·
„ὦ γύναι, οὐ μέν τοι τόδ᾽ ἐφιεμένηι ἀπιθήσω.
ἐσθλὸν γὰρ Διὶ χεῖρας ἀνασχέμεν, αἴ κ᾽ ἐλεήσηι."
ἦ ῥα, καὶ ἀμφίπολον ταμίην ὄτρυν᾽ ὁ γεραιὸς
χερσὶν ὕδωρ ἐπιχεῦαι ἀκήρατον· ἡ δὲ παρέστη
χέρνιβον ἀμφίπολος πρόχοόν θ᾽ ἅμα χερσὶν ἔχουσα.
νιψάμενος δὲ κύπελλον ἐδέξατο ἧς ἀλόχοιο·
εὔχετ᾽ ἔπειτα στὰς μέσωι ἕρκεϊ, λεῖβε δὲ οἶνον
οὐρανὸν εἰσανιδών, καὶ φωνήσας ἔπος ηὔδα·
„Ζεῦ πάτερ, Ἴδηθεν μεδέων, κύδιστε μέγιστε,
δός μ᾽ ἐς Ἀχιλλῆος φίλον ἐλθεῖν ἠδ᾽ ἐλεεινόν,
πέμψον δ᾽ οἰωνόν, ταχὺν ἄγγελον, ὅς τε σοὶ αὐτῶι
φίλτατος οἰωνῶν, καί εὑ κράτος ἐστὶ μέγιστον,
δεξιόν, ὄφρά μιν αὐτὸς ἐν ὀφθαλμοῖσι νοήσας
τῶι πίσυνος ἐπὶ νῆας ἴω Δαναῶν ταχυπώλων."
ὣς ἔφατ᾽ εὐχόμενος, τοῦ δ᾽ ἔκλυε μητίετα Ζεύς,
αὐτίκα δ᾽ αἰετὸν ἧκε, τελειότατον πετεηνῶν,
μόρφνον θηρητῆρ᾽, ὃν καὶ περκνὸν καλέουσιν.
ὅσση δ᾽ ὑψορόφοιο θύρη θαλάμοιο τέτυκται
ἀνέρος ἀφνειοῖο, ἐῢ κληῗσ᾽ ἀραρυῖα,

Welche dem Priamos einst die ehrenden Myser geschenket.
Rosse für Priamos' Joch nun führten sie, welche der Alte
Selbst mit Sorge gepflegt an schöngeglätteter Krippe;
Beid' itzt fügten die Ross' im Hof des hohen Palastes,
Priamos selbst und der Herold, des Rats allkundige Greise.
Ihnen nahete Hekabe nun mit bekümmertem Herzen;
Einen goldenen Becher des herzerfreuenden Weines
Trug sie daher in der Rechten, zum Opfertrank vor der Reise,
Trat hinzu vor die Ross', und redete, also beginnend:
　Nimm, und sprenge für Zeus, und fleh' ihm, daß du zurückkehrst
Heim aus der feindlichen Männer Gewalt, da das mutige Herz dich
Doch hintreibt zu den Schiffen, wie sehr ungern ich es wollte.
Aber wohlan, nun bete zum schwarzumwölkten Kronion,
Idas Gott, der umher auf Trojas Fluren herabschaut:
Senden woll' er zum Zeichen den raschgeflügelten Vogel,
Welcher, ihm lieb vor allen, an mächtiger Stärke hervorragt,
Rechts einher; damit du, ihn selbst mit den Augen erkennend,
Seiner getrost zu dem Schiffen der reisigen Danaer gehest.
Doch wenn nicht dir gewährt der Donnerer seinen Gesandten;
Nie dann möcht' ich hinfort durch meinen Rat dich bewegen,
Hin zu der Danaer Schiffen zu gehn, wie sehr du es wünschest.
　Ihr antwortete Priamos drauf, der göttliche Herrscher:
Liebes Weib, gern will ich auf diesen Rat dir gehorchen;
Wohl erhebt man die Hände zu Zeus, um Erbarmen ihn flehend.
　Also der Greis, und berief die Schaffnerin, daß sie die Hände
Ihm mit lauterem Wasser besprengete; jene nun nahte,
Haltend das Waschgefäß und die Kanne zugleich in den Händen.
Als sich der Greis nun gewaschen, empfing er den Becher der Gattin,
Stand in der Mitte des Hofs, und betete, sprengte den Wein dann,
Schauend zum Himmel empor, und rief mit erhobener Stimme:
　Vater Zeus, ruhmwürdig und hehr, du Herrscher vom Ida,
Laß mich vor Peleus' Sohn doch Mitleid finden und Gnade!
Sende mir auch zum Zeichen den raschgeflügelten Vogel,
Welcher, dir lieb vor allen, an mächtiger Stärke hervorragt,
Rechts einher; damit ich, ihn selbst mit den Augen erkennend,
Seiner getrost zu den Schiffen der reisigen Danaer gehe.
　Also sprach er flehend; ihn hörete Zeus Kronion.
Schnell dem Adler entsandt' er, die edelste Vorbedeutung,
Wohnend in Tal und Gesümpf, den schwarzgeflügelten Jäger.
Weit wie die Türe sich öffnet der hochgewölbeten Kammer,
Eines begüterten Manns, mit festem Schlosse gefüget:

τόσσ' ἄρα τοῦ ἑκάτερθεν ἔσαν πτερά· εἴσατο δέ σφι
δεξιὸς ἀΐξας διὰ ἄστεος· οἱ δὲ ἰδόντες
γήθησαν, καὶ πᾶσιν ἐνὶ φρεσὶ θυμὸς ἰάνθη.
σπερχόμενος δ' ὁ γεραιὸς ἑοῦ ἐπεβήσετο δίφρου,
ἐκ δ' ἔλασε προθύροιο καὶ αἰθούσης ἐριδούπου.
πρόσθε μὲν ἡμίονοι ἕλκον τετράκυκλον ἀπήνην,
τὰς Ἰδαῖος ἔλαυνε δαΐφρων· αὐτὰρ ὄπισθεν
ἵπποι, τοὺς ὁ γέρων ἐφέπων μάστιγι κέλευε
καρπαλίμως κατὰ ἄστυ· φίλοι δ' ἅμα πάντες ἕποντο
πόλλ' ὀλοφυρόμενοι ὡς εἰ θάνατόνδε κιόντα.
οἱ δ' ἐπεὶ οὖν πόλιος κατέβαν, πεδίον δ' ἀφίκοντο,
οἱ μὲν ἄρ' ἄψορροι προτὶ Ἴλιον ἀπονέοντο,
παῖδες καὶ γαμβροί, τὼ δ' οὐ λάθον εὐρύοπα Ζῆν
ἐς πεδίον προφανέντε· ἰδὼν δ' ἐλέησε γέροντα,
αἶψα δ' ἄρ' Ἑρμείαν υἱὸν φίλον ἀντίον ηὔδα·
„Ἑρμεία, σοὶ γάρ τε μάλιστά γε φίλτατόν ἐστιν
ἀνδρὶ ἑταιρίσσαι, καί τ' ἔκλυες ὧι κ' ἐθέλῃσθα,
βάσκ' ἴθι καὶ Πρίαμον κοίλας ἐπὶ νῆας Ἀχαιῶν
ὧς ἄγαγ', ὡς μήτ' ἄρ τις ἴδηι μήτ' ἄρ τε νοήσηι
τῶν ἄλλων Δαναῶν, πρὶν Πηλεΐωνα δ' ἱκέσθαι."
ὣς ἔφατ', οὐδ' ἀπίθησε διάκτορος Ἀργειφόντης.
αὐτίκ' ἔπειθ' ὑπὸ ποσσὶν ἐδήσατο καλὰ πέδιλα
ἀμβρόσια χρύσεια, τά μιν φέρον ἠμὲν ἐφ' ὑγρὴν
ἠδ' ἐπ' ἀπείρονα γαῖαν ἅμα πνοιῆις ἀνέμοιο·
εἵλετο δὲ ῥάβδον, τῆι τ' ἀνδρῶν ὄμματα θέλγει
ὧν ἐθέλει, τοὺς δ' αὖτε καὶ ὑπνώοντας ἐγείρει·
τὴν μετὰ χερσὶν ἔχων πέτετο κρατὺς Ἀργειφόντης.
αἶψα δ' ἄρα Τροίην τε καὶ Ἑλλήσποντον ἵκανε,
βῆ δ' ἰέναι κούρωι αἰσυμνητῆρι ἐοικώς,
πρῶτον ὑπηνήτηι, τοῦ περ χαριεστάτη ἥβη.
οἱ δ' ἐπεὶ οὖν μέγα σῆμα παρὲξ Ἴλοιο ἔλασσαν,
στῆσαν ἄρ' ἡμιόνους τε καὶ ἵππους, ὄφρα πίοιεν,
ἐν ποταμῶι· δὴ γὰρ καὶ ἐπὶ κνέφας ἤλυθε γαῖαν.
τὸν δ' ἐξ ἀγχιμόλοιο ἰδὼν ἐφράσσατο κῆρυξ
Ἑρμείαν, ποτὶ δὲ Πρίαμον φάτο φώνησέν τε·
„φράζεο, Δαρδανίδη· φραδέος νόου ἔργα τέτυκται.
ἄνδρ' ὁρόω, τάχα δ' ἄμμε διαρραίσεσθαι ὀΐω.
ἀλλ' ἄγε δὴ φεύγωμεν ἐφ' ἵππων, ἤ μιν ἔπειτα
γούνων ἁψάμενοι λιτανεύσομεν, αἴ κ' ἐλεήσηι."
ὣς φάτο, σὺν δὲ γέροντι νόος χύτο, δείδιε δ' αἰνῶς,
ὀρθαὶ δὲ τρίχες ἔσταν ἐνὶ γναμπτοῖσι μέλεσσι,

Also breitete jener die Fittiche, als er am Himmel
Rechtsher über der Stadt anstürmete. Jen' ihn erblickend
Freueten sich, und allen durchglühete Wonne die Herzen.
Eilend betrat nun der Greis den zierlichen Sessel des Wagens,
Lenkte darauf aus dem Tor, und der dumpfumtönenden Halle.
Vor ihm zogen die Mäuler der Last vierrädrigen Wagen,
Von Idäos gelenkt, dem feurigen; aber von hinten
Stampfte der Rosse Gespann, die der Greis antrieb mit der Geißel,
Hurtig einher durch die Stadt; und alle die Seinigen folgten
Laut wehklagend ihm nach als ob er zum Tod hinginge.
Als sie nunmehr von der Höhe der Stadt in die Ebene kamen,
Kehrten zurück die Eidam' und Söhn' in Ilios Feste.
Doch nicht ihrer vergaß des Zeus' allwaltende Vorsicht,
Welche das Feld durchfuhren; er schaute den Greis mit Erbarmung;
Schnell zu Hermeias darauf, dem lieben Sohne, begann er:
Hermes, o Sohn, (denn dir ja das angenehmste Geschäft ist's,
Männern gesellig zu nahn, auch hörest du, wen dir geliebet;)
Eil', und den Priamos dort zu den räumigen Schiffen Achaias
Führe mir, daß ihn keiner erseh', und keiner bemerke,
Rings in der Danaer Volk, bis Peleus' Sohn er erreichet.
Jener sprach's; ihm gehorchte der tätige Argoswürger;
Eilte sofort, und unter die Füße sich band er die Sohlen,
Schön, ambrosisch und golden, womit er über die Wasser
Und das unendliche Land hinfährt, wie im Hauche des Windes.
Hierauf nahm er den Stab, womit er der Sterblichen Augen
Zuschließt, welcher er will, und die Schlummernden wieder erwecket;
Diesen trug und entflog der tapfere Argoswürger.
Schnell nun Trojas Gefild' und den Hellespontos erreicht' er;
Ging dann einher, an Gestalt wie ein blühender Sohn des Beherrschers,
Dem die Wange sich bräunt, im holdesten Reize der Jugend.
Als nun jene vorbei an Ilos Male gelenket,
Hielten sie beid' ein wenig, die Ross' und die Mäuler zu tränken
Unten am Strom; schon lag in Dämmerung rings das Gefilde.
Ihn nunmehr in der Näh' ersah der bemerkende Herold,
Hermes dort, und gewandt zu Priamos redet' er also:
Merke doch, Dardanion'; hier gilt's aufmerksame Klugheit.
Schaue den Mann; ich sorge, der wird uns beide vertilgen
Laß uns schnell mit den Rossen hinwegfliehn, oder auch nahend
Jenem die Knie' umfassen, und flehn um Gnad' und Erbarmung!
Sprach's; und die Seele des Greises durchschauerte banges Entsetzen.
Aufrecht starrten die Haar', und gelähmt an den biegsamen Gliedern,

στῆ δὲ ταφών· αὐτὸς δ' ἐριούνιος ἐγγύθεν ἐλθών,
χεῖρα γέροντος ἑλὼν ἐξείρετο καὶ προσέειπε·
„ πῆι, πάτερ, ὧδ' ἵππους τε καὶ ἡμιόνους ἰθύνεις
νύκτα δι' ἀμβροσίην, ὅτε θ' εὕδουσι βροτοὶ ἄλλοι;
οὐδὲ σύ γ' ἔδεισας μένεα πνείοντας Ἀχαιούς,
οἵ τοι δυσμενέες καὶ ἀνάρσιοι ἐγγὺς ἔασι;
τῶν εἴ τίς σε ἴδοιτο θοὴν διὰ νύκτα μέλαιναν
τοσσάδ' ὀνείατ' ἄγοντα, τίς ἂν δή τοι νόος εἴη;
οὔτ' αὐτὸς νέος ἐσσί, γέρων δέ τοι οὗτος ὀπηδεῖ,
ἄνδρ' ἀπαμύνασθαι, ὅτε τις πρότερος χαλεπήνηι.
ἀλλ' ἐγὼ οὐδέν σε ῥέξω κακά, καὶ δέ κεν ἄλλον
σεῦ ἀπαλεξήσαιμι· φίλωι δέ σε πατρὶ ἐΐσκω."
τὸν δ' ἠμείβετ' ἔπειτα γέρων Πρίαμος θεοειδής·
„ οὕτω πηι τάδε γ' ἐστί, φίλον τέκος ὡς ἀγορεύεις.
ἀλλ' ἔτι τις καὶ ἐμεῖο θεῶν ὑπερέσχεθε χεῖρα,
ὅς μοι τοιόνδ' ἧκεν ὁδοιπόρον ἀντιβολῆσαι,
αἴσιον, οἷος δὴ σὺ δέμας καὶ εἶδος ἀγητός,
πέπνυσαί τε νόωι, μακάρων δ' ἔξ ἐσσι τοκήων."
τὸν δ' αὖτε προσέειπε διάκτορος Ἀργειφόντης·
„ ναὶ δὴ ταῦτά γε πάντα, γέρον, κατὰ μοῖραν ἔειπες.
ἀλλ' ἄγε μοι τόδε εἰπὲ καὶ ἀτρεκέως κατάλεξον,
ἠέ πηι ἐκπέμπεις κειμήλια πολλὰ καὶ ἐσθλὰ
ἄνδρας ἐς ἀλλοδαπούς, ἵνα περ τάδε τοι σόα μίμνηι,
ἦ ἤδη πάντες καταλείπετε Ἴλιον ἱρὴν
δειδιότες· τοῖος γὰρ ἀνὴρ ὤριστος ὄλωλε
σὸς πάϊς· οὐ μὲν γάρ τι μάχης ἐπιδεύετ' Ἀχαιῶν."
τὸν δ' ἠμείβετ' ἔπειτα γέρων Πρίαμος θεοειδής·
„ τίς δὲ σύ ἐσσι, φέριστε, τέων δ' ἔξ ἐσσι τοκήων;
ὥς μοι καλὰ τὸν οἶτον ἀπότμου παιδὸς ἔνισπες."
τὸν δ' αὖτε προσέειπε διάκτορος Ἀργειφόντης·
„ πειρᾶι ἐμεῖο, γεραιέ, καὶ εἴρεαι Ἕκτορα δῖον.
τὸν μὲν ἐγὼ μάλα πολλὰ μάχηι ἔνι κυδιανείρηι
ὀφθαλμοῖσιν ὄπωπα, καὶ εὖτ' ἐπὶ νηυσὶν ἐλάσσας
Ἀργείους κτείνεσκε, δαΐζων ὀξέϊ χαλκῶι·
ἡμεῖς δ' ἑσταότες θαυμάζομεν· οὐ γὰρ Ἀχιλλεὺς
εἴα μάρνασθαι, κεχολωμένος Ἀτρεΐωνι.
τοῦ γὰρ ἐγὼ θεράπων, μία δ' ἤγαγε νηῦς εὐεργής·
Μυρμιδόνων δ' ἔξ εἰμι, πατὴρ δέ μοί ἐστι Πολύκτωρ.
ἀφνειὸς μὲν ὅ γ' ἐστί, γέρων δὲ δὴ ὡς σύ περ ὧδε,
ἓξ δέ οἱ υἷες ἔασιν, ἐγὼ δέ οἱ ἕβδομός εἰμι·
τῶν μέτα παλλόμενος κλήρωι λάχον ἐνθάδ' ἕπεσθαι.

Stand er erstaunt. Da nahte der freundliche Bringer des Heiles,
Faßte die Hand des Greises, und fragt' ihn, also beginnend:
Vater, wohin gedenkst du die Ross' und die Mäuler zu lenken,
Durch die ambrosische Nacht, da andere Sterbliche schlafen?
Gar nicht fürchtest du denn die mutbeseelten Achaier,
Welche ja nahe dir drohn, so feindlich gesinnt und erbittert?
Sähe dich einer davon in der Nacht schnellfliehendem Dunkel
Führen so köstliche Habe, wie wär' alsdann dir zu Mute?
Selbst ja bist du nicht jung, und ein Greis ist jener Begleiter,
Einem Mann zu wehren, wer etwa zuerst euch beleidigt.
Doch ich werde dir nichts zuleide tun, und auch andre
Möcht' ich von dir abwehren dem lieben Vater ja gleichst du.
Ihm antwortete Priamos drauf, der göttliche Herrscher:
Also ist es fürwahr, mein lieber Sohn, wie du sagest.
Aber auch mich noch decket ein Gott mit schirmender Rechte,
Daß mir solch ein Gefährt auf meinem Wege begegnet,
Mir zum Heil, so wie du, an Gestalt und Bildung ein Wunder,
Und so verständig an Geist; du entstammst glückseligen Eltern.
Wieder begann dagegen der tätige Argoswürger:
Wahrlich, o Greis, du hast wohlziemende Worte geredet.
Aber sage mir jetzt, und verkündige lautere Wahrheit.
Sendest du etwa hinweg so viel und erlesene Güter
Fern in ein Fremdlingsvolk, daß dir dies wenigstens bleibe?
Oder verlaßt ihr alle bereits die heilige Troja
Angstvoll? denn solch einen, den tapfersten Mann ja verlort ihr,
Deinen Sohn! Nichts wich er an mutigem Kampf den Achaiern!
Ihm antwortete Priamos drauf, der göttliche Herrscher:
Aber wer bist du, o Bester, und welchen Eltern entstammst du,
Der du so schön vom Tode des armen Sohns mir geredet?
Wieder begann dagegen der tätige Argoswürger:
Siehe du prüfst mich, o Greis, und fragst nach dem göttlichen Hektor.
Jenen hab' ich so oft in männerehrender Feldschlacht
Selbst mit den Augen gesehn, auch als er gedrängt zu den Schiffen
Argos Männer erschlug, mit scharfem Erz sie zerfleischend.
Wir dann standen von fern, und bewunderten; weil uns Achilleus
Wehrt' in den Kampf zu gehn, dem Atreionen noch zürnend.
Denn ich bin sein Genoß, in dem selbigen Schiffe gekommen,
Myrmidonisches Stamms, und es heißt mein Vater Polyktor.
Reich ist jener an Gut, doch ein Greis schon, so wie du selber.
Sechs noch hat er der Söhn', ich selbst bin der siebente Bruder.
Als mit diesen ich loste, da traf mich's, hieher zu folgen.

νῦν δ' ἦλθον πεδίονδ' ἀπὸ νηῶν· ἠῶθεν γὰρ
θήσονται περὶ ἄστυ μάχην ἑλίκωπες Ἀχαιοί.
ἀσχαλόωσι γὰρ οἵδε καθήμενοι, οὐδὲ δύνανται
ἴσχειν ἐσσυμένους πολέμου βασιλῆες Ἀχαιῶν."
τὸν δ' ἠμείβετ' ἔπειτα γέρων Πρίαμος θεοειδής·
„εἰ μὲν δὴ θεράπων Πηληϊάδεω Ἀχιλῆος
εἶς, ἄγε δή μοι πᾶσαν ἀληθείην κατάλεξον,
ἢ ἔτι πὰρ νήεσσιν ἐμὸς πάϊς, ἦέ μιν ἤδη
ἧισι κυσὶν μελεϊστὶ ταμὼν προύθηκεν Ἀχιλλεύς."
τὸν δ' αὖτε προσέειπε διάκτορος Ἀργειφόντης·
„ὦ γέρον, οὔ πω τόν γε κύνες φάγον οὐδ' οἰωνοί,
ἀλλ' ἔτι κεῖνος κεῖται Ἀχιλλῆος παρὰ νηῒ
αὔτως ἐν κλισίηισι· δυωδεκάτη δέ οἱ ἠὼς
κειμένωι, οὐδέ τί οἱ χρὼς σήπεται, οὐδέ μιν εὐλαὶ
ἔσθουσ', αἵ ῥά τε φῶτας ἀρηϊφάτους κατέδουσιν.
ἦ μέν μιν περὶ σῆμα ἑοῦ ἑτάροιο φίλοιο
ἕλκει ἀκηδέστως, ἠὼς ὅτε δῖα φανήηι,
οὐδέ μιν αἰσχύνει· θηοῖό κεν αὐτὸς ἐπελθὼν
οἷον ἐερσήεις κεῖται, περὶ δ' αἷμα νένιπται,
οὐδέ ποθι μιαρός· σὺν δ' ἕλκεα πάντα μέμυκεν,
ὅσσ' ἐτύπη· πολέες γὰρ ἐν αὐτῶι χαλκὸν ἔλασσαν.
ὥς τοι κήδονται μάκαρες θεοὶ υἷος ἑῆος
καὶ νέκυός περ ἐόντος, ἐπεί σφι φίλος περὶ κῆρι."
ὣς φάτο, γήθησεν δ' ὁ γέρων, καὶ ἀμείβετο μύθωι·
„ὦ τέκος, ἦ ῥ' ἀγαθὸν καὶ ἐναίσιμα δῶρα διδοῦναι
ἀθανάτοις, ἐπεὶ οὔ ποτ' ἐμὸς πάϊς, εἴ ποτ' ἔην γε,
λήθετ' ἐνὶ μεγάροισι θεῶν, οἳ Ὄλυμπον ἔχουσι·
τώ οἱ ἀπεμνήσαντο καὶ ἐν θανάτοιό περ αἴσηι.
ἀλλ' ἄγε δὴ τόδε δέξαι ἐμεῦ πάρα καλὸν ἄλεισον,
αὐτόν τε ῥῦσαι, πέμψον δέ με σύν γε θεοῖσιν,
ὄφρά κεν ἐς κλισίην Πηληϊάδεω ἀφίκωμαι."
τὸν δ' αὖτε προσέειπε διάκτορος Ἀργειφόντης·
„πειρᾶι ἐμεῖο, γεραιέ, νεωτέρου, οὐδέ με πείσεις,
ὅς με κέλεαι σέο δῶρα παρὲξ Ἀχιλῆα δέχεσθαι.
τὸν μὲν ἐγὼ δείδοικα καὶ αἰδέομαι περὶ κῆρι
συλεύειν, μή μοί τι κακὸν μετόπισθε γένηται.
σοὶ δ' ἂν ἐγὼ πομπὸς καί κε κλυτὸν Ἄργος ἱκοίμην,
ἐνδυκέως ἐν νηῒ θοῆι ἢ πεζὸς ὁμαρτέων·
οὐκ ἄν τίς τοι πομπὸν ὀνοσσάμενος μαχέσαιτο."
ἦ, καὶ ἀναΐξας ἐριούνιος ἅρμα καὶ ἵππους
καρπαλίμως μάστιγα καὶ ἡνία λάζετο χερσίν,

Jetzo ging ich ins Feld von dem Schiffsheer; denn mit dem Morgen
Ziehn in die Schlacht um die Stadt frohblickende Männer Achaias.
Denn mit Verdruß schon harren die Sitzenden; und es bezähmen
Kaum den kampfbegierigen Mut die Fürsten Achaias.
Ihm antwortete Priamos drauf, der göttliche Herrscher:
Wenn du denn ein Genoß des Peleiaden Achilleus
Bist; wohlan so verkünde mir ganz die lautere Wahrheit:
Ob noch dort bei den Schiffen mein Sohn ist, oder Achilleus
Schon in Stücke zerhaun den gierigen Hunden ihn vorwarf.
Wieder begann dagegen der tätige Argoswürger:
Greis, noch nicht ward jener den Hunden ein Fraß, noch den Vögeln;
Sondern er liegt noch dort im Schiff des edlen Achilleus,
So im Gezelte gestreckt; und schon den zwölften der Morgen
Lieget er, ohne daß Moder ihm schadete, noch des Gewürmes
Reger Schwarm, der gierig erschlagene Männer verzehret.
Immer zwar um das Grab des trautesten Freundes Patroklos
Schleift er ihn mitleidslos, wann der heilige Morgen emporsteigt;
Doch nicht schändet er ihn. Mit Bewunderung sähest du selber,
Wie er so frisch und tauig, umher vom Blute gereinigt,
Daliegt, nirgend befleckt, und die Wunden sich alle geschlossen,
Die ihn durchbohrt, so viel' auch das Erz auf jenen gezucket.
Also walten des edelen Sohns die seligen Götter
Dir im Tode sogar; denn geliebt war er jenen von Herzen.
Jener sprach's; froh hörte der Greis, und erwiderte also:
Kind, wie gut, wenn der Mensch den Unsterblichen bringt die Geschenke
Seiner Pflicht! So vergaß mein Sohn auch, ach da er lebte,
Nie im Palast der Götter, die hoch den Olympos bewohnen;
Drum gedenken sie sein auch selbst in des Todes Verhängnis.
Aber wohlan, nimm jetzo von mir den stattlichen Becher,
Dann verleihe mir Schutz, und geleite mich hin mit den Göttern,
Bis ich komm' ins Gezelt des Peleiaden Achilleus.
Wieder begann dagegen der tätige Argoswürger:
Greis, umsonst versuchst du mich Jüngeren; nimmer gehorch' ich,
Daß ich deine Geschenk', ohn' Achilleus' Wissen, empfange.
Jenen scheu' ich im Herzen, und zittere, ihn zu berauben,
Ehrfurchtsvoll, daß nicht ein Übel hinfort mir begegne.
Gern dich brächt' ich indes bis selbst zur gepriesenen Argos,
Sorgsam im rüstigen Schiff, und sorgsam zu Fuß dich geleitend;
Keiner auch würd', achtlos des Geleitenden, wider dich annahn.
Also der Bringer des Heils, und ins Rossegeschirr sich erhebend,
Faßt' er die Geißel geschwind' und das schöne Gezäum in die Hände,

ἐν δ' ἔπνευσ' ἵπποισι καὶ ἡμιόνοις μένος ἠΰ.
ἀλλ' ὅτε δὴ πύργους τε νεῶν καὶ τάφρον ἵκοντο,
οἱ δὲ νέον περὶ δόρπα φυλακτῆρες πονέοντο,
τοῖσι δ' ἐφ' ὕπνον ἔχευε διάκτορος Ἀργειφόντης
πᾶσιν, ἄφαρ δ' ὤϊξε πύλας καὶ ἀπῶσεν ὀχῆας,
ἐς δ' ἄγαγε Πρίαμόν τε καὶ ἀγλαὰ δῶρ' ἐπ' ἀπήνης.
ἀλλ' ὅτε δὴ κλισίην Πηληϊάδεω ἀφίκοντο
ὑψηλήν, τὴν Μυρμιδόνες ποίησαν ἄνακτι
δοῦρ' ἐλάτης κέρσαντες· ἀτὰρ καθύπερθεν ἔρεψαν
λαχνήεντ' ὄροφον λειμωνόθεν ἀμήσαντες·
ἀμφὶ δέ οἱ μεγάλην αὐλὴν ποίησαν ἄνακτι
σταυροῖσιν πυκινοῖσι· θύρην δ' ἔχε μοῦνος ἐπιβλὴς
εἰλάτινος, τὸν τρεῖς μὲν ἐπιρρήσσεσκον Ἀχαιοί,
τρεῖς δ' ἀναοίγεσκον μεγάλην κληῗδα θυράων,
τῶν ἄλλων· Ἀχιλεὺς δ' ἄρ' ἐπιρρήσσεσκε καὶ οἶος·
δή ῥα τόθ' Ἑρμείας ἐριούνιος ὦιξε γέροντι,
ἐς δ' ἄγαγε κλυτὰ δῶρα ποδώκεϊ Πηλεΐωνι,
ἐξ ἵππων δ' ἀπέβαινεν ἐπὶ χθόνα φώνησέν τε·
„ὦ γέρον, ἤτοι ἐγὼ θεὸς ἄμβροτος εἰλήλουθα,
Ἑρμείας· σοὶ γάρ με πατὴρ ἅμα πομπὸν ὄπασσεν.
ἀλλ' ἤτοι μὲν ἐγὼ πάλιν εἴσομαι, οὐδ' Ἀχιλῆος
ὀφθαλμοὺς εἴσειμι· νεμεσσητὸν δέ κεν εἴη
ἀθάνατον θεὸν ὧδε βροτοὺς ἀγαπαζέμεν ἄντην·
τύνη δ' εἰσελθὼν λαβὲ γούνατα Πηλεΐωνος,
καί μιν ὑπὲρ πατρὸς καὶ μητέρος ἠϋκόμοιο
λίσσεο καὶ τέκεος, ἵνα οἱ σὺν θυμὸν ὀρίνῃς."
    ὣς ἄρα φωνήσας ἀπέβη πρὸς μακρὸν Ὄλυμπον
Ἑρμείας· Πρίαμος δ' ἐξ ἵππων ἆλτο χαμᾶζε,
Ἰδαῖον δὲ κατ' αὖθι λίπεν· ὁ δὲ μίμνεν ἐρύκων
ἵππους ἡμιόνους τε· γέρων δ' ἰθὺς κίεν οἴκου,
τῇ ῥ' Ἀχιλεὺς ἵζεσκε Διῒ φίλος· ἐν δέ μιν αὐτὸν
εὗρ', ἕταροι δ' ἀπάνευθε καθήατο· τὼ δὲ δύ' οἴω,
ἥρως Αὐτομέδων τε καὶ Ἄλκιμος, ὄζος Ἄρηος,
ποίπνυον παρεόντε· νέον δ' ἀπέληγεν ἐδωδῆς
ἔσθων καὶ πίνων· ἔτι καὶ παρέκειτο τράπεζα.
τοὺς δ' ἔλαθ' εἰσελθὼν Πρίαμος μέγας, ἄγχι δ' ἄρα στὰς
χερσὶν Ἀχιλλῆος λάβε γούνατα καὶ κύσε χεῖρας
δεινὰς ἀνδροφόνους, αἵ οἱ πολέας κτάνον υἷας.
ὡς δ' ὅτ' ἂν ἄνδρ' ἄτη πυκινὴ λάβῃ, ὅς τ' ἐνὶ πάτρῃ
φῶτα κατακτείνας ἄλλων ἐξίκετο δῆμον,
ἀνδρὸς ἐς ἀφνειοῦ, θάμβος δ' ἔχει εἰσορόωντας,

Und gab edelen Mut den Rossen zugleich und den Mäulern.
Als sie nunmehr die Mauer der Schiff' und den Graben erreichten,
Fanden sie dort die Hüter am Abendschmaus noch beschäftigt.
Doch sie betaute mit Schlaf der bestellende Argoswürger
All', und öffnete schleunig das Tor, wegdrängend die Riegel,
Führte dann Priamos ein, und die schönen Geschenk' auf der Lastfuhr.
Als sie nunmehr das Gezelt des Peleiaden erreichten,
Welches hoch dem Beherrscher die Myrmidonen erbauet,
Zimmernd der Tannen Gebälk, und obenher es bedecket
Mit grauwolligem Schilf, aus sumpfigen Wiesen gesammelt:
Ringsum bauten sie dann den geräumigen Hof dem Beherrscher
Dicht von gereiheten Pfählen, und nur ein tannener Riegel
Hemmte die Pfort'; es schoben ihn vor drei starke Achaier,
Und drei schoben zurück den mächtigen Riegel des Tores,
Anderer; nur Achilleus vermocht' allein ihn zu schieben:
Jetzo öffnete schnell der Bringer des Heils Hermeias,
Führte den Greis ins Geheg' und das edle Geschenk für Achilleus,
Stieg dann herab vom Wagen zur Erd', und redete also:
Greis, dir bin ich hieher ein unsterblicher Gott gekommen,
Hermes, den zum Geleiter dir selbst der Vater gesendet.
Aber wohlan, nun will ich hinweggehn, eh' ich Achilleus
Angesichte genaht; denn unanständig ja wär' es,
Wenn ein unsterblicher Gott für Sterbliche sorgte so sichtbar.
Geh du hinein, und die Kniee des Peleionen umfassend,
Flehe bei seinem Vater ihn an, und der lockigen Mutter,
Und dem geliebtesten Sohne; damit du das Herz ihm erregest.
Dieses gesagt, nun eilte hinweg zum hohen Olympos
Hermes; doch Priamos sprang vom Rossegeschirr auf die Erde,
Ließ dann Idäos im Hofe zurück, daß bleibend der Herold
Ross' und Mäuler bewahrt', und eilte gerad' in die Wohnung,
Dort wo Achilleus saß, der Göttliche. Jenen daheim nun
Fand er; es saßen getrennt die Seinigen; aber allein zween,
Held Automedon nur, und Alkimos, Sprößling des Ares,
Dieneten jenem gesellt; er ruhete kaum von der Mahlzeit,
Satt der Speis' und des Tranks, und vor ihm stand noch die Tafel.
Ein nun ging unbemerkt Held Priamos, und ihm genahet
Stand er, umschlang dem Peleiden die Knie', und küßt ihm die Hände,
Ach die entsetzlichen Würger, die viel der Söhn' ihm gemordet!
Wie wenn ein Mann, belastet mit Blutschuld, der in der Heimat
Einen Bürger erschlug, zum anderen Volke sich rettet,
In des Begüterten Haus, und erstaunt ihn jeder betrachtet:

ὣς Ἀχιλεὺς θάμβησεν ἰδὼν Πρίαμον θεοειδέα·
θάμβησαν δὲ καὶ ἄλλοι, ἐς ἀλλήλους δὲ ἴδοντο.
τὸν καὶ λισσόμενος Πρίαμος πρὸς μῦθον ἔειπε·
„ μνῆσαι πατρὸς σοῖο, θεοῖς ἐπιείκελ' Ἀχιλλεῦ,
τηλίκου ὥς περ ἐγών, ὀλοῶι ἐπὶ γήραος οὐδῶι·
καὶ μέν που κεῖνον περιναιέται ἀμφὶς ἐόντες
τείρουσ', οὐδέ τίς ἐστιν ἀρὴν καὶ λοιγὸν ἀμῦναι.
ἀλλ' ἤτοι κεῖνός γε σέθεν ζώοντος ἀκούων
χαίρει τ' ἐν θυμῶι, ἐπί τ' ἔλπεται ἤματα πάντα
ὄψεσθαι φίλον υἱὸν ἀπὸ Τροίηθεν ἰόντα·
αὐτὰρ ἐγὼ πανάποτμος, ἐπεὶ τέκον υἷας ἀρίστους
Τροίηι ἐν εὐρείηι, τῶν δ' οὔ τινά φημι λελεῖφθαι.
πεντήκοντά μοι ἦσαν, ὅτ' ἤλυθον υἷες Ἀχαιῶν·
ἐννεακαίδεκα μέν μοι ἰῆς ἐκ νηδύος ἦσαν,
τοὺς δ' ἄλλους μοι ἔτικτον ἐνὶ μεγάροισι γυναῖκες.
τῶν μὲν πολλῶν θοῦρος Ἄρης ὑπὸ γούνατ' ἔλυσεν·
ὃς δέ μοι οἶος ἔην, εἴρυτο δὲ ἄστυ καὶ αὐτούς,
τὸν σὺ πρώιην κτεῖνας ἀμυνόμενον περὶ πάτρης,
Ἕκτορα· τοῦ νῦν εἵνεχ' ἱκάνω νῆας Ἀχαιῶν
λυσόμενος παρὰ σεῖο, φέρω δ' ἀπερείσι' ἄποινα.
ἀλλ' αἰδεῖο θεούς, Ἀχιλεῦ, αὐτόν τ' ἐλέησον,
μνησάμενος σοῦ πατρός· ἐγὼ δ' ἐλεεινότερός περ,
ἔτλην δ' οἷ' οὔ πώ τις ἐπιχθόνιος βροτὸς ἄλλος,
ἀνδρὸς παιδοφόνοιο ποτὶ στόμα χεῖρ' ὀρέγεσθαι."
ὣς φάτο, τῶι δ' ἄρα πατρὸς ὑφ' ἵμερον ὦρσε γόοιο·
ἁψάμενος δ' ἄρα χειρὸς ἀπώσατο ἦκα γέροντα.
τὼ δὲ μνησαμένω, ὁ μὲν Ἕκτορος ἀνδροφόνοιο
κλαῖ' ἁδινὰ προπάροιθε ποδῶν Ἀχιλῆος ἐλυσθείς,
αὐτὰρ Ἀχιλλεὺς κλαῖεν ἑὸν πατέρ', ἄλλοτε δ' αὖτε
Πάτροκλον· τῶν δὲ στοναχὴ κατὰ δώματ' ὀρώρει.
αὐτὰρ ἐπεί ῥα γόοιο τετάρπετο δῖος Ἀχιλλεύς,
καί οἱ ἀπὸ πραπίδων ἦλθ' ἵμερος ἠδ' ἀπὸ γυίων,
αὐτίκ' ἀπὸ θρόνου ὦρτο, γέροντα δὲ χειρὸς ἀνίστη,
οἰκτίρων πολιόν τε κάρη πολιόν τε γένειον,
καί μιν φωνήσας ἔπεα πτερόεντα προσηύδα·
„ ἆ δείλ', ἦ δὴ πολλὰ κάκ' ἄνσχεο σὸν κατὰ θυμόν.
πῶς ἔτλης ἐπὶ νῆας Ἀχαιῶν ἐλθέμεν οἶος,
ἀνδρὸς ἐς ὀφθαλμοὺς ὅς τοι πολέας τε καὶ ἐσθλοὺς
υἱέας ἐξενάριξα; σιδήρειόν νύ τοι ἦτορ.
ἀλλ' ἄγε δὴ κατ' ἄρ' ἕζευ ἐπὶ θρόνου, ἄλγεα δ' ἔμπης
ἐν θυμῶι κατακεῖσθαι ἐάσομεν ἀχνύμενοί περ·

Also staunt' Achilleus, den göttlichen Priamos schauend.
Auch die übrigen staunten, und sahn einander ins Antlitz.
Aber flehend begann der erhabene Priamos also:
Deines Vaters gedenk', o göttergleicher Achilleus,
Sein, der bejahrt ist wie ich, an der traurigen Schwelle des Alters!
Und vielleicht, daß jenen auch rings umwohnende Völker
Drängen, und niemand ist, vor Jammer und Weh ihn zu schirmen.
Aber doch, wann jener von dir dem Lebenden höret,
Freut er sich innig im Geist, und hofft von Tage zu Tage,
Wiederzusehn den trautesten Sohn, heimkehrend von Troja.
Ich unglücklicher Mann! die tapfersten Söhn' erzeugt' ich
Weit in Troja umher, und nun ist keiner mir übrig!
Fünfzig hatt' ich der Söhn', als Argos Menge daherzog:
Ihrer neunzehn wurden von einer Mutter geboren,
Und die anderen zeugt' ich mit Nebenfraun im Palaste.
Vielen davon zwar löste der stürmende Ares die Glieder;
Doch der mein einziger war, der die Stadt und uns alle beschirmte,
Diesen erschlugst du jüngst, da er kämpfte den Kampf für die Heimat,
Hektor! Für ihn nun komm' ich herab zu den Schiffen Achaias,
Ihn zu erkaufen von dir, und bring' unendliche Lösung.
Scheue die Götter demnach, o Peleid', und erbarme dich meiner,
Denkend des eigenen Vaters! ich bin noch werter des Mitleids!
Duld' ich doch, was keiner der sterblichen Erdebewohner:
Ach zu küssen die Hand, die meine Kinder getötet!
Sprach's, und erregt' in jenem des Grams Sehnsucht um den Vater;
Sanft bei der Hand anfassend, zurück ihn drängt' er, den Alten.
Beide nun eingedenk: der Greis des tapferen Hektors,
Weinete laut, vor den Füßen des Peleionen sich windend:
Aber Achilleus weinte den Vater jetzo, und wieder
Seinen Freund; es erscholl von Jammertönen die Wohnung.
Aber nachdem sich gesättigt des Grams der edle Achilleus,
Und aus der Brust ihm entfloh der Wehmut süßes Verlangen;
Sprang er vom Sessel empor, bei der Hand den Alten erhebend,
Voll Mitleids mit dem grauenden Haupt, und dem grauenden Barte;
Und er begann zu jenem, und sprach die geflügelten Worte:
Armer, fürwahr viel hast du des Wehs im Herzen erduldet!
Welch ein Mut, so allein zu der Danaer Schiffen zu wandeln,
Jenem Mann vor die Augen, der dir so viel und so tapfre
Söhn' erschlug! Du trägst ja ein eisernes Herz in dem Busen!
Aber wohlan, nun setz' auf den Sessel dich; laß uns den Kummer
Jetzt in der Seel' ein wenig beruhigen, herzlich betrübt zwar.

οὐ γάρ τις πρῆξις πέλεται κρυεροῖο γόοιο·
ὡς γὰρ ἐπεκλώσαντο θεοὶ δειλοῖσι βροτοῖσι,
ζώειν ἀχνυμένοις· αὐτοὶ δέ τ᾽ ἀκηδέες εἰσί.
δοιοὶ γάρ τε πίθοι κατακείαται ἐν Διὸς οὔδει
δώρων οἷα δίδωσι κακῶν, ἕτερος δὲ ἑάων·
ὧι μέν κ᾽ ἀμμίξας δώηι Ζεὺς τερπικέραυνος,
ἄλλοτε μέν τε κακῶι ὅ γε κύρεται, ἄλλοτε δ᾽ ἐσθλῶι·
ὧι δέ κε τῶν λυγρῶν δώηι, λωβητὸν ἔθηκε,
καί ἑ κακὴ βούβρωστις ἐπὶ χθόνα δῖαν ἐλαύνει,
φοιτᾶι δ᾽ οὔτε θεοῖσι τετιμένος οὔτε βροτοῖσιν.
ὣς μὲν καὶ Πηλῆϊ θεοὶ δόσαν ἀγλαὰ δῶρα
ἐκ γενετῆς· πάντας γὰρ ἐπ᾽ ἀνθρώπους ἐκέκαστο
ὄλβωι τε πλούτωι τε, ἄνασσε δὲ Μυρμιδόνεσσι,
καί οἱ θνητῶι ἐόντι θεὰν ποίησαν ἄκοιτιν.
ἀλλ᾽ ἐπὶ καὶ τῶι θῆκε θεὸς κακόν, ὅττί οἱ οὔ τι
παίδων ἐν μεγάροισι γονὴ γένετο κρειόντων,
ἀλλ᾽ ἕνα παῖδα τέκεν παναώριον· οὐδέ νυ τόν γε
γηράσκοντα κομίζω, ἐπεὶ μάλα τηλόθι πάτρης
ἧμαι ἐνὶ Τροίηι, σέ τε κήδων ἠδὲ σὰ τέκνα.
καὶ σέ, γέρον, τὸ πρὶν μὲν ἀκούομεν ὄλβιον εἶναι·
ὅσσον Λέσβος ἄνω, Μάκαρος ἕδος, ἐντὸς ἐέργει
καὶ Φρυγίη καθύπερθε καὶ Ἑλλήσποντος ἀπείρων,
τῶν σε γέρον, πλούτωι τε καὶ υἱάσι φασὶ κεκάσθαι.
αὐτὰρ ἐπεί τοι πῆμα τόδ᾽ ἤγαγον Οὐρανίωνες,
αἰεί τοι περὶ ἄστυ μάχαι τ᾽ ἀνδροκτασίαι τε.
ἄνσχεο, μηδ᾽ ἀλίαστον ὀδύρεο σὸν κατὰ θυμόν·
οὐ γάρ τι πρήξεις ἀκαχήμενος υἷος ἑῆος,
οὐδέ μιν ἀνστήσεις, πρὶν καὶ κακὸν ἄλλο πάθησθα.“
    τὸν δ᾽ ἠμείβετ᾽ ἔπειτα γέρων Πρίαμος θεοειδής·
„ μή πω μ᾽ ἐς θρόνον ἵζε, διοτρεφές, ὄφρά κεν Ἕκτωρ
κεῖται ἐνὶ κλισίηισιν ἀκηδής, ἀλλὰ τάχιστα
λῦσον, ἵν᾽ ὀφθαλμοῖσιν ἴδω· σὺ δὲ δέξαι ἄποινα
πολλά, τά τοι φέρομεν· σὺ δὲ τῶνδ᾽ ἀπόναιο, καὶ ἔλθοις
σὴν ἐς πατρίδα γαῖαν, ἐπεί με πρῶτον ἔασας
αὐτόν τε ζώειν καὶ ὁρᾶν φάος ἠελίοιο.“
    τὸν δ᾽ ἄρ᾽ ὑπόδρα ἰδὼν προσέφη πόδας ὠκὺς Ἀχιλλεύς·
„ μηκέτι νῦν μ᾽ ἐρέθιζε, γέρον· νοέω δὲ καὶ αὐτὸς
Ἕκτορά τοι λῦσαι, Διόθεν δέ μοι ἄγγελος ἦλθε
μήτηρ, ἥ μ᾽ ἔτεκεν, θυγάτηρ ἁλίοιο γέροντος.
καὶ δέ σε γιγνώσκω, Πρίαμε, φρεσίν, οὐδέ με λήθεις,
ὅττι θεῶν τίς σ᾽ ἦγε θοὰς ἐπὶ νῆας Ἀχαιῶν.

Denn wir schaffen ja nichts mit unserer starrenden Schwermut.
Also bestimmten die Götter der elenden Sterblichen Schicksal,
Bang' in Gram zu leben; allein sie selber sind sorglos.
Denn es stehn zwei Fässer gestellt an der Schwelle Kronions,
Voll das eine von Gaben des Wehs, das andre des Heiles.
Wem nun vermischt austeilet der donnerfrohe Kronion,
Solcher trifft abwechselnd ein böses Los, und ein gutes.
Wem er allein des Wehs austeilt, den verstößt er in Schande;
Und herznagende Not auf der heiligen Erde verfolgt ihn,
Daß, nicht Göttern geehrt noch Sterblichen, bang' er umherirrt.
Also verliehn zwar Peleus die ewigen glänzende Gaben
Seit der Geburt; denn hoch vor allen Menschen gesegnet
Ragt' er an Hab' und Macht, der Myrmidonen Beherrscher;
Ja dem sterblichen Manne vermähleten jene die Göttin.
Aber auch Unheil gab ihm ein Himmlischer; denn er versagt' ihm
Edle Söhn' im Palaste gezeugt zu künftiger Herrschaft.
Einen Sohn nur zeugt' er, der früh hinwelkt, und sogar nicht
Pflegen des Alternden kann; denn weit entfernt von der Heimat
Sitz' ich in Troja hier, dich selbst und die Deinen betrübend.
Dich auch priesen, o Greis, vordem glückselig die Völker:
Alles, was Lesbos dort, des Makars Insel, begrenzet,
Phrygia dort, und hier der unendliche Hellespontos,
Das beherrschest du, Greis, durch Macht und Söhne verherrlicht.
Aber nachdem dies Leid dir gesandt die Uranionen,
Tobt dir stets um die Mauern von Schlacht und Männerermordung.
Duld' es, und jammere nicht so unablässig im Herzen;
Denn doch nichts gewinnst du, um deinen Sohn dich betrübend,
Noch erweckest du ihn; eh' schaffst du dir anderen Kummer!
Ihm antwortete Priamos drauf, der göttliche Herrscher:
Setze mich nicht auf den Sessel, o Liebling Zeus', da noch Hektor
Liegt in deinem Gezelt, unbeerdiget! Eilig erlass' ihn,
Daß ich mit Augen ihn seh', und du empfahe die Lösung,
Reichliche, die wir gebracht. Du geneuß des Gutes, und kehre
Heim in das Vaterland, nachdem du zuerst mir vergönnet,
Lebend annoch zu schauen das Licht der strahlenden Sonne.
Finster schaut' und begann der mutige Renner Achilleus:
Nicht mehr jetzt mich gereizet, o Greis! Ich gedenke ja selber,
Hektor dir zu erlassen; denn Zeus entsandte mir Botschaft,
Meine Gebärerin Thetys, erzeugt vom alternden Meergott.
Auch erkenn' ich im Geist, o Priamos, ohne zu zweifeln,
Daß ein Gott dich geführt zu den hurtigen Schiffen Achaias.

οὐ γάρ κε τλαίη βροτὸς ἐλθέμεν, οὐδὲ μάλ' ἡβῶν,
ἐς στρατόν· οὐδὲ γὰρ ἂν φυλάκους λάθοι, οὐδέ κ' ὀχῆα
ῥεῖα μετοχλίσσειε θυράων ἡμετεράων.
τῶ νῦν μή μοι μᾶλλον ἐν ἄλγεσι θυμὸν ὀρίνῃς,
μή σε, γέρον, οὐδ' αὐτὸν ἐνὶ κλισίῃσιν ἐάσω
καὶ ἱκέτην περ ἐόντα, Διὸς δ' ἀλίτωμαι ἐφετμάς."
ὣς ἔφατ', ἔδεισεν δ' ὁ γέρων καὶ ἐπείθετο μύθωι.
Πηλεΐδης δ' οἴκοιο λέων ὣς ἆλτο θύραζε,
οὐκ οἶος, ἅμα τῶι γε δύω θεράποντες ἕποντο,
ἥρως Αὐτομέδων ἠδ' Ἄλκιμος, οὕς ῥα μάλιστα
τῖ' Ἀχιλεὺς ἑτάρων μετὰ Πάτροκλόν γε θανόντα,
οἳ τόθ' ὑπὸ ζυγόφιν λύον ἵππους ἡμιόνους τε,
ἐς δ' ἄγαγον κήρυκα καλήτορα τοῖο γέροντος,
κὰδ δ' ἐπὶ δίφρου εἷσαν· ἐϋξέστου δ' ἀπ' ἀπήνης
ἥιρεον Ἑκτορέης κεφαλῆς ἀπερείσι' ἄποινα.
κὰδ δ' ἔλιπον δύο φάρε' ἐΰννητόν τε χιτῶνα,
ὄφρα νέκυν πυκάσας δοίη οἶκον δὲ φέρεσθαι.
δμωιὰς δ' ἐκκαλέσας λοῦσαι κέλετ' ἀμφί τ' ἀλεῖψαι,
νόσφιν ἀειράσας, ὡς μὴ Πρίαμος ἴδοι υἱόν,
μὴ ὁ μὲν ἀχνυμένηι κραδίηι χόλον οὐκ ἐρύσαιτο
παῖδα ἰδών, Ἀχιλῆϊ δ' ὀρινθείη φίλον ἦτορ,
καί ἑ κατακτείνειε, Διὸς δ' ἀλίτηται ἐφετμάς.
τὸν δ' ἐπεὶ οὖν δμωιαὶ λοῦσαν καὶ χρῖσαν ἐλαίωι,
ἀμφὶ δέ μιν φᾶρος καλὸν βάλον ἠδὲ χιτῶνα,
αὐτὸς τόν γ' Ἀχιλεὺς λεχέων ἐπέθηκεν ἀείρας,
σὺν δ' ἕταροι ἤειραν ἐϋξέστην ἐπ' ἀπήνην.
ὤιμωξέν τ' ἄρ' ἔπειτα, φίλον δ' ὀνόμηνεν ἑταῖρον·
„μή μοι, Πάτροκλε, σκυδμαινέμεν, αἴ κε πύθηαι
εἰν Ἄϊδός περ ἐὼν ὅτι Ἕκτορα δῖον ἔλυσα
πατρὶ φίλωι, ἐπεὶ οὔ μοι ἀεικέα δῶκεν ἄποινα.
σοὶ δ' αὖ ἐγὼ καὶ τῶνδ' ἀποδάσσομαι ὅσσ' ἐπέοικεν."
ἦ ῥα, καὶ ἐς κλισίην πάλιν ἤϊε δῖος Ἀχιλλεύς,
ἕζετο δ' ἐν κλισμῶι πολυδαιδάλωι, ἔνθεν ἀνέστη,
τοίχου τοῦ ἑτέρου, ποτὶ δὲ Πρίαμον φάτο μῦθον·
„υἱὸς μὲν δή τοι λέλυται, γέρον ὡς ἐκέλευες,
κεῖται δ' ἐν λεχέεσσ' ἅμα δ' ἠοῖ φαινομένηφιν
ὄψεαι αὐτὸς ἄγων· νῦν δὲ μνησώμεθα δόρπου.
καὶ γάρ τ' ἠΰκομος Νιόβη ἐμνήσατο σίτου,
τῆι περ δώδεκα παῖδες ἐνὶ μεγάροισιν ὄλοντο,
ἓξ μὲν θυγατέρες, ἓξ δ' υἱέες ἡβώοντες.
τοὺς μὲν Ἀπόλλων πέφνεν ἀπ' ἀργυρέοιο βιοῖο

Denn nicht wagt' es fürwahr ein Sterblicher, wär' er auch Jüngling,
Her ins Lager zu kommen; auch nie entschlich' er den Wächtern,
Noch eröffnet' er leicht die Riegel unserer Tore.
Drum laß ab, noch mehr mein bekümmertes Herz zu erregen;
Denn sonst möcht' ich, o Greis, auch dein nicht schonen im Zelte,
Wie demütig du flehst, und Zeus' Gebote verletzen.
Jener sprach's; bang' hört' es der Greis, und gehorchte der Rede.
Aber Achilleus sprang, wie ein Löw', aus der Pforte der Wohnung
Nicht er allein; ihm folgten zugleich zween wackre Genossen,
Held Automedon dort, und Alkimos, welche vor allen
Ehrete Peleus' Sohn, nach dem abgeschiednen Patroklos.
Und sie entlösten dem Joch die Rosse zugleich und die Mäuler;
Dann herein auch führend des Königes tönenden Herold,
Setzten sie ihn auf dem Sessel; und drauf vom zierlichen Wagen
Huben sie Hektors Lösegeschenk, unendliches Wertes.
Zween nur ließ man der Mäntel, und einen köstlichen Leibrock,
Daß er die Leich' in Gewande gehüllt dargäbe zur Heimfahrt.
Jener berief die Mägd', und hieß sie waschen und salben
Hektors Leib, doch entfernt, und ungesehn von dem Vater;
Daß nicht tobte der Zorn in Priamos' traurender Seele,
Schaut' er den Sohn, und eifernd Achilleus' Herz er erregte,
Daß ihn selbst er erschlüg', und Zeus' Gebote verletzte.
Als nunmehr ihn gewaschen die Mägd' und mit Öle gesalbet,
Dann mit dem köstlichen Mantel ihn wohl umhüllt, und dem Leibrock;
Hub ihn Achilleus selbst auf ein hingebreitetes Lager;
Und ihn erhoben die Freund' auf den zierlichen Wagen der Mäuler.
Jener nunmehr wehklagt', und rief dem teuren Genossen:
Zürne mir nicht, Patroklos, noch eifere, hörest du etwa
Auch in Aïdes' Nacht, daß ich Hektors Leich' ihm zurückgab,
Der ihn gezeugt; denn nicht unwürdige Lösung mir bracht' er.
Dir auch weih' ich davon zum Geschenk ein gebührendes Anteil.
Also sprach, und kehrt' ins Gezelt der edle Achilleus,
Setzt' auf den stattlichen Sessel sich hin, von welchem er aufstand,
Dort an der anderen Wand, und sprach zu Priamos also:
Siehe dein Sohn ist jetzo gelöst, o Greis, wie du wünschest;
Und er liegt auf Gewand. Sobald der Morgen sich rötet,
Schaust du und führst ihn hinweg; nun laß uns gedenken des Mahles.
Denn auch Niobe selbst, die Lockige, dachte der Speise,
Welche zugleich zwölf Kinder in ihrem Hause verloren,
Sechs der lieblichen Töchter, und sechs aufblühende Söhne.
Ihre Söhn' erlegte mit silbernem Bogen Apollon,

χωόμενος Νιόβηι, τὰς δ' Ἄρτεμις ἰοχέαιρα,
οὕνεκ' ἄρα Λητοῖ ἰσάσκετο καλλιπαρήιωι·
φῆ δοιὼ τεκέειν, ἣ δ' αὐτὴ γείνατο πολλούς·
τὼ δ' ἄρα καὶ δοιώ περ ἐόντ' ἀπὸ πάντας ὄλεσσαν.
οἱ μὲν ἄρ' ἐννῆμαρ κέατ' ἐν φόνωι, οὐδέ τις ἦεν
κατθάψαι, λαοὺς δὲ λίθους ποίησε Κρονίων·
τοὺς δ' ἄρα τῆι δεκάτηι θάψαν θεοὶ Οὐρανίωνες.
ἡ δ' ἄρα σίτου μνήσατ', ἐπεὶ κάμε δάκρυ χέουσα.
νῦν δέ που ἐν πέτρηισιν, ἐν οὔρεσιν οἰοπόλοισιν,
ἐν Σιπύλωι, ὅθι φασὶ θεάων ἔμμεναι εὐνὰς
νυμφάων, αἵ τ' ἀμφ' Ἀχελώϊον ἐρρώσαντο,
ἔνθα λίθος περ ἐοῦσα θεῶν ἐκ κήδεα πέσσει.
ἀλλ' ἄγε δὴ καὶ νῶϊ μεδώμεθα, δῖε γεραιέ,
σίτου· ἔπειτά κεν αὖτε φίλον παῖδα κλαίοισθα,
Ἴλιον εἰσαγαγών· πολυδάκρυτος δέ τοι ἔσται."
ἦ καὶ ἀναΐξας ὄϊν ἄργυφον ὠκὺς Ἀχιλλεὺς
σφάξ'· ἕταροι δὲ δερόν τε καὶ ἄμφεπον εὖ κατὰ κόσμον,
μίστυλλόν τ' ἄρ' ἐπισταμένως πεῖράν τ' ὀβελοῖσιν,
ὄπτησάν τε περιφραδέως, ἐρύσαντό τε πάντα.
Αὐτομέδων δ' ἄρα σῖτον ἑλὼν ἐπένειμε τραπέζηι
καλοῖς ἐν κανέοισιν· ἀτὰρ κρέα νεῖμεν Ἀχιλλεύς.
οἱ δ' ἐπ' ὀνείαθ' ἑτοῖμα προκείμενα χεῖρας ἴαλλον.
αὐτὰρ ἐπεὶ πόσιος καὶ ἐδητύος ἐξ ἔρον ἕντο,
ἤτοι Δαρδανίδης Πρίαμος θαύμαζ' Ἀχιλῆα,
ὅσσος ἔην οἷός τε· θεοῖσι γὰρ ἄντα ἐώικει·
αὐτὰρ ὁ Δαρδανίδην Πρίαμον θαύμαζεν Ἀχιλλεύς,
εἰσορόων ὄψίν τ' ἀγαθὴν καὶ μῦθον ἀκούων.
αὐτὰρ ἐπεὶ τάρπησαν ἐς ἀλλήλους ὁρόωντες,
τὸν πρότερος προσέειπε γέρων Πρίαμος θεοειδής·
„λέξον νῦν με τάχιστα, διοτρεφές, ὄφρα καὶ ἤδη
ὕπνωι ὕπο γλυκερῶι ταρπώμεθα κοιμηθέντες·
οὐ γάρ πω μύσαν ὄσσε ὑπὸ βλεφάροισιν ἐμοῖσιν
ἐξ οὗ σῆις ὑπὸ χερσὶν ἐμὸς πάϊς ὤλεσε θυμόν,
ἀλλ' αἰεὶ στενάχω καὶ κήδεα μυρία πέσσω,
αὐλῆς ἐν χόρτοισι κυλινδόμενος κατὰ κόπρον.
νῦν δὴ καὶ σίτου πασάμην καὶ αἴθοπα οἶνον
λαυκανίης καθέηκα· πάρος γε μὲν οὔ τι πεπάσμην."
ἦ ῥ', Ἀχιλεὺς δ' ἑτάροισιν ἰδὲ δμωιῆισι κέλευσε
δέμνι' ὑπ' αἰθούσηι θέμεναι καὶ ῥήγεα καλὰ
πορφύρε' ἐμβαλέειν, στορέσαι τ' ἐφύπερθε τάπητας,
χλαίνας τ' ἐνθέμεναι οὔλας καθύπερθεν ἕσασθαι.

Zorniges Muts, und die Töchter ihr Artemis, froh des Geschosses,
Weil sie gleich sich geachtet der rosenwangigen Leto:
Zween nur habe die Göttin, sie selbst so viele geboren,
Prahlte sie; des ergrimmten die zween, und vertilgten sie alle.
Jene lagen nunmehr neun Tag' in Blut; und es war nicht,
Der sie begrub; denn die Völker versteinerte Zeus Kronion.
Drauf am zehnten begrub sie die Hand der unsterblichen Götter.
Doch gedachte der Speise die Traurende, müde der Tränen.
Jetzt dort in den Felsen, auf einsam bewanderten Bergen
Sipylons, wo man erzählt, daß göttliche Nymphen gelagert
Ausruhn, wann sie im Tanz Acheloïos' Ufer umhüpfet:
Dort, auch ein Fels annoch, fühlt jene das Leid von den Göttern.
Auf denn, auch wir gedenken des Mahls, o göttlicher Alter,
Jetzo; hinfort dann magst du den lieben Sohn ja beweinen,
Kehrend in Ilios' Stadt; denn viel der Tränen verdient er.
Sprach's, und erhub sich in Eil', und ein Schaf weißwolliges Vlieses
Schlachtet' er; Freund' entzogen die Haut, und bestellten es klüglich;
Schnitten behend' in Stücke das Fleisch, und steckten's an Spieße,
Brieten es dann vorsichtig, und zogen es alles herunter.
Aber Automedon nahm und verteilte das Brot auf dem Tische,
Jedem im zierlichen Korb; und das Fleisch verteilet Achilleus.
Und sie erhoben die Hände zum leckerbereiteten Mahle.
Aber nachdem die Begierde des Tranks und der Speise gestillt war;
Nun sah Priamos, Dardanos' Sohn, mit Erstaunen Achilleus,
Welch ein Wuchs, und wie edel; er glich unsterblichen Göttern.
Auch vor Priamos, Dardanos' Sohn, erstaunet' Achilleus,
Schauend das Angesicht voll Würd', und die Rede vernehmend.
Aber nachdem sie gesättigt den Anblick einer des andern;
Hub der göttliche Priamos an, und redete also:
Bette mich nun aufs schnellste, du Göttlicher, daß wir anitzo
Auch des erquickenden Schlafs uns sättigen, sanft gelagert.
Denn nie schlossen sich noch die Augen mir unter den Wimpern,
Seit vor deiner Gewalt mein Sohn zu den Toten hinabsank;
Sondern stets nur seufz' ich, und nähr' unendlichen Jammer,
In dem Gehege des Hofs auf schmutziger Erde mich wälzend.
Nun erst kostet' ich wieder der Speis', auch rötliches Weines
Sandt' ich die Kehle hinab; nichts hatt' ich zuvor noch gekostet.
Jener sprach's; und Achilleus befahl den Genossen und Mägden,
Unter die Halle zu stellen ihr Bett, dann unten von Purpur
Prächtige Polster zu legen, und Teppiche drüber zu breiten,
Drauf auch wollige Mäntel zur oberen Hülle zu legen.

αἱ δ' ἴσαν ἐκ μεγάροιο δάος μετὰ χερσὶν ἔχουσαι,
αἶψα δ' ἄρα στόρεσαν δοιὼ λέχε' ἐγκονέουσαι.
τὸν δ' ἐπικερτομέων προσέφη πόδας ὠκὺς Ἀχιλλεύς·
„ ἐκτὸς μὲν δὴ λέξο, γέρον φίλε, μή τις Ἀχαιῶν
ἐνθάδ' ἐπέλθῃσιν βουληφόρος, οἵ τέ μοι αἰεὶ
βουλὰς βουλεύουσι παρήμενοι, ἣ θέμις ἐστί·
τῶν εἴ τίς σε ἴδοιτο θοὴν διὰ νύκτα μέλαιναν,
αὐτίκ' ἂν ἐξείποι Ἀγαμέμνονι ποιμένι λαῶν,
καί κεν ἀνάβλησις λύσιος νεκροῖο γένηται.
ἀλλ' ἄγε μοι τόδε εἰπὲ καὶ ἀτρεκέως κατάλεξον,
ποσσῆμαρ μέμονας κτερεϊζέμεν Ἕκτορα δῖον,
ὄφρα τέως αὐτός τε μένω καὶ λαὸν ἐρύκω."
τὸν δ' ἠμείβετ' ἔπειτα γέρων Πρίαμος θεοειδής·
„ εἰ μὲν δή μ' ἐθέλεις τελέσαι τάφον Ἕκτορι δίωι,
ὧδέ κέ μοι ῥέζων, Ἀχιλεῦ, κεχαρισμένα θείης.
οἶσθα γὰρ ὡς κατὰ ἄστυ ἐέλμεθα, τηλόθι δ' ὕλη
ἀξέμεν ἐξ ὄρεος, μάλα δὲ Τρῶες δεδίασιν.
ἐννῆμαρ μέν κ' αὐτὸν ἐνὶ μεγάροις γοάοιμεν,
τῆι δεκάτηι δέ κε θάπτοιμεν δαινῦτό τε λαός,
ἑνδεκάτηι δέ κε τύμβον ἐπ' αὐτῶι ποιήσαιμεν,
τῆι δὲ δυωδεκάτηι πολεμίξομεν, εἴ περ ἀνάγκη."
τὸν δ' αὖτε προσέειπε ποδάρκης δῖος Ἀχιλλεύς·
„ ἔσται τοι καὶ ταῦτα, γέρον Πρίαμ', ὡς σὺ κελεύεις·
σχήσω γὰρ πόλεμον τόσσον χρόνον ὅσσον ἄνωγας."
ὣς ἄρα φωνήσας ἐπὶ καρπῶι χεῖρα γέροντος
ἔλλαβε δεξιτερήν, μή πως δείσει' ἐνὶ θυμῶι.
οἱ μὲν ἄρ' ἐν προδόμωι δόμου αὐτόθι κοιμήσαντο,
κῆρυξ καὶ Πρίαμος, πυκινὰ φρεσὶ μήδε' ἔχοντες,
αὐτὰρ Ἀχιλλεὺς εὗδε μυχῶι κλισίης ἐϋπήκτου·
τῶι δὲ Βρισηῒς παρελέξατο καλλιπάρηιος.
ἄλλοι μέν ῥα θεοί τε καὶ ἀνέρες ἱπποκορυσταὶ
εὗδον παννύχιοι, μαλακῶι δεδμημένοι ὕπνωι·
ἀλλ' οὐχ Ἑρμείαν ἐριούνιον ὕπνος ἔμαρπτεν,
ὁρμαίνοντ' ἀνὰ θυμὸν ὅπως Πρίαμον βασιλῆα
νηῶν ἐκπέμψειε λαθὼν ἱεροὺς πυλαωρούς.
στῆ δ' ἄρ' ὑπὲρ κεφαλῆς καί μιν πρὸς μῦθον ἔειπεν·
„ ὦ γέρον, οὔ νύ τι σοί γε μέλει κακόν, οἷον ἔθ' εὕδεις
ἀνδράσιν ἐν δηΐοισιν, ἐπεί σ' εἴασεν Ἀχιλλεύς.
καὶ νῦν μὲν φίλον υἱὸν ἐλύσαο, πολλὰ δ' ἔδωκας·
σεῖο δέ κε ζωοῦ καὶ τρὶς τόσα δοῖεν ἄποινα
παῖδες τοὶ μετόπισθε λελειμμένοι, αἴ κ' Ἀγαμέμνων

Schnell enteilten die Mägde dem Saal mit leuchtenden Fackeln;
Und sie bereiteten emsig den Fremdlingen jedem ein Lager.
Scherzend begann nunmehr der mutige Renner Achilleus:
Draußen lagre dich nun, o lieber Greis; denn es möcht' hier,
Etwa ein Fürst herkommen der Danaer, welche gewöhnlich,
Rat mit mir zu raten, in meinem Gezelt sich versammeln.
Sähe dich einer davon in der Nacht schnellfliehendem Dunkel,
Bald verkündigte der's dem Hirten des Volks Agamemnon,
Und verzögert würde vielleicht die Erlassung des Leichnams,
Aber sage mir jetzt, und verkündige lautere Wahrheit:
Wieviel Tage gedenkst du den edlen Sohn zu bestatten?
Daß ich indes, selbst ruhend, das Volk des Streites enthalte.
Ihm antwortete Priamos drauf, der göttliche Herrscher:
Wenn du vergönnst, mit Feier den edlen Sohn zu bestatten,
Würdest du, so es machend, Gefälligkeit üben, Achilleus.
Wir in der Stadt, wie du weißt, sind eingehemmt, und die Waldung
Holen wir fern im Gebirg'; und mutlos zagen die Troer.
Gern betraurten wir ihn neun Tage lang im Palaste;
Dann am zehnten bestatteten wir, und feirten das Gastmahl;
Häuften ihm drauf am elften den Ehrenhügel des Grabes;
Aber den zwölften Tag dann kämpfen wir, wenn es ja sein muß.
Wieder begann dagegen der mutige Renner Achilleus:
Greis, auch dieses gescheh', o Priamos, wie du gebietest.
Hemmen werd' ich so lange die Kriegsmacht, als du begehret.
Also sprach der Peleid', und faßt' am Knöchel des Greises
Rechte Hand, damit er des Herzens Furcht ihm entnähme.
Also schliefen sie dort in der vorderen Halle der Wohnung,
Priamos selbst und der Herold, des Rats allkundige Greise.
Aber Achilleus ruht' im innersten Raum des Gezeltes,
Und ihm lag zur Seite des Brises rosige Tochter.
Alle numehr, die Götter und gaulgerüsteten Männer,
Schliefen die ganze Nacht, von sanftem Schlummer gefesselt.
Aber nicht Hermeias den Segnenden faßte der Schlummer;
Denn er erwog im Geist, wie er Priamos, Trojas Beherrscher,
Führen möcht' aus den Schiffen, geheim vor den heiligen Wächtern.
Ihm nun trat er zum Haupt, und redete, also beginnend:
Greis, kein Böses fürwahr bekümmert dich, daß du so ruhig
Schläfst bei feindlichen Männern, nachdem dich verschonet Achilleus.
Zwar nun hast du den Sohn dir gelöst, und vieles gegeben;
Aber dich Lebenden lösten mit dreimal größerer Gabe
Deine Söhne daheim in Ilios, wenn's Agamemnon

γνώηι σ' Ἀτρεΐδης, γνώωσι δὲ πάντες Ἀχαιοί."
   ὣς ἔφατ', ἔδεισεν δ' ὁ γέρων, κήρυκα δ' ἀνίστη.
τοῖσιν δ' Ἑρμείας ζεῦξ' ἵππους ἡμιόνους τε,
ῥίμφα δ' ἄρ' αὐτὸς ἔλαυνε κατὰ στρατόν, οὐδέ τις ἔγνω.
   ἀλλ' ὅτε δὴ πόρον ἷξον ἐϋρρεῖος ποταμοῖο,
Ξάνθου δινήεντος, ὃν ἀθάνατος τέκετο Ζεύς,
Ἑρμείας μὲν ἔπειτ' ἀπέβη πρὸς μακρὸν Ὄλυμπον,
Ἠὼς δὲ κροκόπεπλος ἐκίδνατο πᾶσαν ἐπ' αἶαν,
οἱ δ' εἰς ἄστυ ἔλων οἰμωγῆι τε στοναχῆι τε
ἵππους, ἡμίονοι δὲ νέκυν φέρον. οὐδέ τις ἄλλος
ἔγνω πρόσθ' ἀνδρῶν καλλιζώνων τε γυναικῶν,
ἀλλ' ἄρα Κασσάνδρη, ἰκέλη χρυσῆι Ἀφροδίτηι,
Πέργαμον εἰσαναβᾶσα φίλον πατέρ' εἰσενόησεν
ἑσταότ' ἐν δίφρωι, κήρυκά τε ἀστυβοώτην·
τὸν δ' ἄρ' ἐφ' ἡμιόνων ἴδε κείμενον ἐν λεχέεσσι·
κώκυσέν τ' ἄρ' ἔπειτα γέγωνέ τε πᾶν κατὰ ἄστυ·
„ὄψεσθε, Τρῶες καὶ Τρωιάδες, Ἕκτορ' ἰόντες,
εἴ ποτε καὶ ζώοντι μάχης ἒκ νοστήσαντι
χαίρετ', ἐπεὶ μέγα χάρμα πόλει τ' ἦν παντί τε δήμωι."
   ὣς ἔφατ', οὐδέ τις αὐτόθ' ἐνὶ πτόλεϊ λίπετ' ἀνὴρ
οὐδὲ γυνή· πάντας γὰρ ἀάσχετον ἵκετο πένθος·
ἀγχοῦ δὲ ξύμβληντο πυλάων νεκρὸν ἄγοντι.
πρῶται τόν γ' ἄλοχός τε φίλη καὶ πότνια μήτηρ
τιλλέσθην, ἐπ' ἄμαξαν ἐΰτροχον ἀΐξασαι,
ἁπτόμεναι κεφαλῆς· κλαίων δ' ἀμφίσταθ' ὅμιλος.
καί νύ κε δὴ πρόπαν ἦμαρ ἐς ἠέλιον καταδύντα
Ἕκτορα δάκρυ χέοντες ὀδύροντο πρὸ πυλάων,
εἰ μὴ ἄρ' ἐκ δίφροιο γέρων λαοῖσι μετηύδα·
„εἴξατέ μοι οὐρεῦσι διελθέμεν· αὐτὰρ ἔπειτα
ἄσεσθε κλαυθμοῖο, ἐπὴν ἀγάγωμι δόμονδε."
   ὣς ἔφαθ', οἳ δὲ διέστησαν καὶ εἶξαν ἀπήνηι.
οἱ δ' ἐπεὶ εἰσάγαγον κλυτὰ δώματα, τὸν μὲν ἔπειτα
τρητοῖς ἐν λεχέεσσι θέσαν, παρὰ δ' εἷσαν ἀοιδοὺς
θρήνων ἐξάρχους, οἵ τε στονόεσσαν ἀοιδὴν
οἱ μὲν ἄρ' ἐθρήνεον, ἐπὶ δὲ στενάχοντο γυναῖκες.
τῆισιν δ' Ἀνδρομάχη λευκώλενος ἦρχε γόοιο,
Ἕκτορος ἀνδροφόνοιο κάρη μετὰ χερσὶν ἔχουσα·
„ἆνερ, ἀπ' αἰῶνος νέος ὤλεο, κὰδ δέ με χήρην
λείπεις ἐν μεγάροισι· πάϊς δ' ἔτι νήπιος αὔτως,
ὃν τέκομεν σύ τ' ἐγώ τε δυσάμμοροι, οὐδέ μιν οἴω
ἥβην ἵξεσθαι· πρὶν γὰρ πόλις ἥδε κατ' ἄκρης

Wüßte, der Atreion', und Achaias Völker es wüßten.
Jener sprach's; bang' hört es der Greis, und erweckte den Herold.
Ihnen spannt' Hermeias die Rosse vor und die Mäuler,
Schleunig sodann hinlenkt' er durchs Heer; und keiner vernahm es.
Als sie nunmehr an die Furt des schönhinwallenden Xanthos
Kamen, des wirbelnden Stroms, den Zeus der Unsterbliche zeugte;
Jetzo schied Hermeias hinweg zum hohen Olympos.
Eos im Safrangewand erleuchtete rings nun die Erde.
Jene trieben die Rosse zur Stadt wehklagend und seufzend
Fort, und die Mäuler führten den Leichnam. Aber kein andrer
Sah sie vorher, der Männer noch schöngegürteten Weiber;
Nur Kassandra, schön wie die goldene Aphrodite,
Stieg auf Pergamos Höh', und schauete ferne den Vater,
Welcher im Sessel stand, und den stadtdurchrufenden Herold,
Auch in dem Maultierwagen, gestreckt auf Gewande, den Leichnam.
Laut wehklagte sie nun, und rief durch Ilios' Gassen:
Eilt ihn zu schaun, ihr Troer und Troerinnen, den Hektor;
Habt ihr des Lebenden je, der wiederkehrt' aus der Feldschlacht,
Euch gefreut; denn er war die Freude der Stadt und des Volkes!
Jene sprach's; und es blieb kein einziger dort in der Feste,
Weder Mann noch Weib; sie ergriff unermeßliche Trauer.
Nahe begegneten sie am Tor dem Führer des Leichnams.
Beide voran, sein liebendes Weib und die würdige Mutter,
Rauften ihr Haar, sinnlos an den rollenden Wagen sich stürzend,
Rührend des Toten Haupt; und weinend umstand sie die Menge.
Also den ganzen Tag bis spät zur sinkenden Sonne
Hätten sie Hektor betraurt die Weinenden außer dem Tore,
Wenn nicht jetzt aus dem Sessel der Greis zum Volke geredet:
Weicht, und laßt mir die Mäuler hindurchgehn; aber nach diesem
Sättiget euch der Tränen, nachdem ich ins Haus ihn geführet!
Jener sprach's; und sie trennten sich schnell, und wichen dem Wagen.
Als sie den Leichnam nun in die prangende Wohnung geführet,
Legten sie ihn auf ein schönes Gestell, und ordneten Sänger,
Anzuheben die Klag'; und gerührt mit jammernden Tönen
Sangen sie Trauergesang, und ringsum seufzten die Weiber.
Aber die blühende Fürstin Andromache klagte vor allen,
Haltend sein Haupt in den Händen, des männervertilgenden Hektors:
Mann, du verlorst dein Leben, du Blühender; aber mich Witwe
Lässest du hier im Palast, und das ganz unmündige Söhnlein,
Welches wir beide gezeugt, wir Elenden! Ach wohl schwerlich
Blüht er zum Jüngling empor! Denn zuvor wird Troja vom Gipfel

πέρσεται· ἦ γὰρ ὄλωλας ἐπίσκοπος, ὅς τέ μιν αὐτὴν
ῥύσκευ, ἔχες δ' ἀλόχους κεδνὰς καὶ νήπια τέκνα,
αἳ δή τοι τάχα νηυσὶν ὀχήσονται γλαφυρῆισι,
καὶ μὲν ἐγὼ μετὰ τῆισι· σὺ δ' αὖ, τέκος, ἢ ἐμοὶ αὐτῆι
ἕψεαι, ἔνθά κεν ἔργα ἀεικέα ἐργάζοιο,
ἀθλεύων πρὸ ἄνακτος ἀμειλίχου, ἤ τις Ἀχαιῶν
ῥίψει χειρὸς ἑλὼν ἀπὸ πύργου, λυγρὸν ὄλεθρον,
χωόμενος, ὧι δή που ἀδελφεὸν ἔκτανεν Ἕκτωρ
ἢ πατέρ', ἠὲ καὶ υἱόν, ἐπεὶ μάλα πολλοὶ Ἀχαιῶν
Ἕκτορος ἐν παλάμηισιν ὀδὰξ ἕλον ἄσπετον οὖδας.
οὐ γὰρ μείλιχος ἔσκε πατὴρ τεὸς ἐν δαῒ λυγρῆι·
τὼ καί μιν λαοὶ μὲν ὀδύρονται κατὰ ἄστυ,
ἀρητὸν δὲ τοκεῦσι γόον καὶ πένθος ἔθηκας,
Ἕκτορ· ἐμοὶ δὲ μάλιστα λελείψεται ἄλγεα λυγρά.
οὐ γάρ μοι θνήισκων λεχέων ἐκ χεῖρας ὄρεξας,
οὐδέ τί μοι εἶπες πυκινὸν ἔπος, οὗ τέ κεν αἰεὶ
μεμνήιμην νύκτάς τε καὶ ἤματα δάκρυ χέουσα."
ὣς ἔφατο κλαίουσ', ἐπὶ δὲ στενάχοντο γυναῖκες.
τῆισιν δ' αὖθ' Ἑκάβη ἁδινοῦ ἐξῆρχε γόοιο·
„Ἕκτορ, ἐμῶι θυμῶι πάντων πολὺ φίλτατε παίδων,
ἦ μέν μοι ζωός περ ἐὼν φίλος ἦσθα θεοῖσιν·
οἱ δ' ἄρα σεῦ κήδοντο καὶ ἐν θανάτοιό περ αἴσηι.
ἄλλους μὲν γὰρ παῖδας ἐμοὺς πόδας ὠκὺς Ἀχιλλεὺς
πέρνασχ', ὅν τιν' ἕλεσκε, πέρην ἁλὸς ἀτρυγέτοιο,
ἐς Σάμον ἔς τ' Ἴμβρον καὶ Λῆμνον ἀμιχθαλόεσσαν·
σεῦ δ' ἐπεὶ ἐξέλετο ψυχὴν ταναήκεϊ χαλκῶι,
πολλὰ ῥυστάζεσκεν ἑοῦ περὶ σῆμ' ἑτάροιο,
Πατρόκλου, τὸν ἔπεφνες· ἀνέστησεν δέ μιν οὐδ' ὥς.
νῦν δέ μοι ἑρσήεις καὶ πρόσφατος ἐν μεγάροισι
κεῖσαι, τῶι ἴκελος ὅν τ' ἀργυρότοξος Ἀπόλλων
οἷς ἀγανοῖσι βέλεσσιν ἐποιχόμενος κατέπεφνεν."
ὣς ἔφατο κλαίουσα, γόον δ' ἀλίαστον ὄρινε.
τῆισι δ' ἔπειθ' Ἑλένη τριτάτη ἐξῆρχε γόοιο·
„Ἕκτορ, ἐμῶι θυμῶι δαέρων πολὺ φίλτατε πάντων,
ἦ μέν μοι πόσις ἐστὶν Ἀλέξανδρος θεοειδής,
ὅς μ' ἄγαγε Τροίηνδ'· ὡς πρὶν ὤφελλον ὀλέσθαι.
ἤδη γὰρ νῦν μοι τόδε εἰκοστὸν ἔτος ἐστὶν
ἐξ οὗ κεῖθεν ἔβην καὶ ἐμῆς ἀπελήλυθα πάτρης·
ἀλλ' οὔ πω σεῦ ἄκουσα κακὸν ἔπος οὐδ' ἀσύφηλον·
ἀλλ' εἴ τίς με καὶ ἄλλος ἐνὶ μεγάροισιν ἐνίπτοι
δαέρων ἢ γαλόων ἢ εἰνατέρων εὐπέπλων,

Umgestürzt, da du starbst, ihr Verteidiger, welcher die Mauern
Schirmte, die züchtigen Fraun und stammelnden Kinder errettend,
Bald nun werden hinweg sie geführt in geräumigen Schiffen,
Und ich selbst mit jenen! Doch du, mein trautester Sohn, wirst
Dorthin gehn mit der Mutter, um Arbeit und Schmach zu erdulden,
Ringend unter dem Zwang des Grausamen; oder dich schmettert
Hoch vom Turm ins Verderben, am Arme gefaßt, ein Achaier,
Zürnend, da Hektor den Bruder ihm tötete, oder den Vater,
Oder den blühenden Sohn: denn traun sehr viel der Achaier
Haben durch Hektors Hände den Staub mit den Zähnen gebissen.
Nie war schonend dein Vater noch sanft in der grausen Entscheidung;
Drum betrauren ihn nun die Völker umher in der Feste.
Schrecklich hast du die Eltern mit Gram und Trauer belastet,
Hektor; doch mich vor allen betrübt nie endender Jammer!
Denn nicht hast du mir sterbend die Hand aus dem Bette gereichet,
Noch ein Wort mir gesagt voll Weisheit, welches ich ewig
Eingedenk erwöge, bei Tag' und Nacht dich beweinend.
　Also sprach sie weinend, und ringsum seufzten die Weiber.
Jetzo erhub vor ihnen auch Hekabe klagend die Stimme:
　Hektor, du Herzenskind, mein Trautester aller Gebornen!
Ach und weil du mir lebtest, wie hochgeliebt von den Göttern,
Welche ja dein gedenken auch selbst in des Todes Verhängnis!
Denn die anderen Söhne, die mir der schnelle Achilleus
Nahm, verkauft' er vordem jenseits der öden Gewässer,
Hin gen Samos und Imbros und zur unwirtbaren Lemnos.
Aber da dich er entseelt mit ragender Spitze des Erzes,
Hat er so oft dich geschleift um das Ehrenmahl des Patroklos,
Seines Freunds, den du schlugst; und erweckete jenen auch so nicht:
Dennoch frisch wie betaut und blühend annoch im Palaste
Ruhest du, jenem gleich, den der Gott des silbernen Bogens
Unversehns hinstreckte, mit lindem Geschoß ihn ereilend.
　Also sprach sie weinend, und weckt' unermeßlichen Jammer.
Endlich erhub vor ihnen auch Helena klagend die Stimme:
　Hektor, o trautester Freund, geliebt vor des Mannes Gebrüdern!
Ach mein Gemahl ist jetzo der göttliche Held Alexandros,
Der mich gen Troja geführt! O wär' ich zuvor doch gestorben!
Denn mir entflohn seitdem schon zwanzig Jahre des Lebens,
Seit von dannen ich ging, das Land der Väter verlassend;
Nimmer indes entfiel dir ein böses Wort, noch ein Vorwurf
Ja wenn ein andrer im Hause mich anfuhr, unter den Brüdern
Oder den Schwestern des Manns, und den stattlichen Frauen der Schwäger

ἢ ἑκυρή - ἑκυρὸς δὲ πατὴρ ὣς ἤπιος αἰεί -
ἀλλὰ σὺ τὸν ἐπέεσσι παραιφάμενος κατέρυκες,
σῆι τ' ἀγανοφροσύνηι καὶ σοῖς ἀγανοῖς ἐπέεσσι.
τὼ σέ θ' ἅμα κλαίω καὶ ἔμ' ἄμμορον ἀχνυμένη κῆρ·
οὐ γάρ τίς μοι ἔτ' ἄλλος ἐνὶ Τροίηι εὐρείηι
ἤπιος οὐδὲ φίλος, πάντες δέ με πεφρίκασιν.“
ὣς ἔφατο κλαίουσ', ἐπὶ δ' ἔστενε δῆμος ἀπείρων.
λαοῖσιν δ' ὁ γέρων Πρίαμος μετὰ μῦθον ἔειπεν·
„ἄξετε νῦν, Τρῶες, ξύλα ἄστυδε, μηδέ τι θυμῶι
δείσητ' Ἀργείων πυκινὸν λόχον· ἦ γὰρ Ἀχιλλεὺς
πέμπων μ' ὧδ' ἐπέτελλε μελαινάων ἀπὸ νηῶν,
μὴ πρὶν πημανέειν, πρὶν δωδεκάτη μόληι ἠώς.“
ὣς ἔφαθ', οἱ δ' ὑπ' ἀμάξησιν βόας ἡμιόνους τε
ζεύγνυσαν, αἶψα δ' ἔπειτα πρὸ ἄστεος ἠγερέθοντο.
ἐννῆμαρ μὲν τοί γε ἀγίνεον ἄσπετον ὕλην·
ἀλλ' ὅτε δὴ δεκάτη ἐφάνη φαεσίμβροτος ἠώς,
καὶ τότ' ἄρ' ἐξέφερον θρασὺν Ἕκτορα δάκρυ χέοντες,
ἐν δὲ πυρῆι ὑπάτηι νεκρὸν θέσαν, ἐν δ' ἔβαλον πῦρ.
ἦμος δ' ἠριγένεια φάνη ῥοδοδάκτυλος Ἠώς,
τῆμος ἄρ' ἀμφὶ πυρὴν κλυτοῦ Ἕκτορος ἔγρετο λαός.
αὐτὰρ ἐπεί ῥ' ἤγερθεν ὁμηγερέες τ' ἐγένοντο,
πρῶτον μὲν κατὰ πυρκαϊὴν σβέσαν αἴθοπι οἴνωι
πᾶσαν, ὁπόσσον ἐπέσχε πυρὸς μένος· αὐτὰρ ἔπειτα
ὀστέα λευκὰ λέγοντο κασίγνητοί θ' ἕταροί τε
μυρόμενοι, θαλερὸν δὲ κατείβετο δάκρυ παρειῶν.
καὶ τά γε χρυσείην ἐς λάρνακα θῆκαν ἑλόντες,
πορφυρέοις πέπλοισι καλύψαντες μαλακοῖσιν.
αἶψα δ' ἄρ' ἐς κοίλην κάπετον θέσαν, αὐτὰρ ὕπερθε
πυκνοῖσιν λάεσσι κατεστόρεσαν μεγάλοισι·
ῥίμφα δὲ σῆμ' ἔχεαν, περὶ δὲ σκοποὶ ἥατο πάντηι,
μὴ πρὶν ἐφορμηθεῖεν ἐϋκνήμιδες Ἀχαιοί.
χεύαντες δὲ τὸ σῆμα πάλιν κίον· αὐτὰρ ἔπειτα
εὖ συναγειρόμενοι δαίνυντ' ἐρικυδέα δαῖτα
δώμασιν ἐν Πριάμοιο, διοτρεφέος βασιλῆος.
ὣς οἵ γ' ἀμφίεπον τάφον Ἕκτορος ἱπποδάμοιο.

Oder die Schwäherin selbst, denn der Schwäher ist mild wie ein Vater;
immer besänftigtest du, und redetest immer zum Guten,
Durch dein freundliches Herz und deine freundlichen Worte.
Drum bewein' ich mit dir mich Elende, herzlich bekümmert!
Denn kein anderer noch in Trojas weitem Gefilde
Ist mir Tröster und Freund; sie wenden sich alle mit Abscheu!
   Also sprach sie weinend; es seufzt' unzählbares Volk nach.
Priamos aber der Greis begann im Gedränge der Troer:
   Bringt nun Holz, ihr Troer, vom Walde zur Stadt, und besorgt nicht
Laurenden Hinterhalt der Danaer; denn mir verhieß ja
Peleus' Sohn, mich entsendend von Argos' dunkelen Schiffen,
Nicht uns Schaden zu tun, bis genaht der zwölfte der Morgen.
   Jener sprach's; da bespannten sie schnell mit Stieren und Mäulern
Wagen der Last, und versammelten drauf sich außer der Feste,
Führeten dann neun Tage zur Stadt unermeßliche Waldung.
Aber nachdem zum zehnten die leuchtende Eos emporstieg;
Jetzo trugen sie weinend hinaus den mutigen Hektor,
Legten ihn hoch auf der Scheiter Gerüst, und entflammten das Feuer.
   Als aufdämmernd nun Eos mit Rosenfingern emporstieg,
Kam das versammelte Volk um den Brand des gepriesenen Hektors.
Diese löschten den glimmenden Schutt mit rötlichem Weine,
Überall, wo die Glut hinwütete; drauf in der Asche
Lasen das weiße Gebein die Brüder zugleich und Genossen,
Wehmutsvoll, ihr Antlitz mit häufigen Tränen benetzend.
Jetzo legeten sie die Gebein' in ein goldenes Kästlein,
Und umhüllten es wohl mit purpurnen weichen Gewanden;
Senkten sodann es hinab in die hohle Gruft; und darüber
Häuften sie dichtgeordnet gewaltige Steine des Feldes;
Schütteten eilend das Mal, und ringsum stellten sie Späher,
Daß nicht zuvor anstürmten die hellumschienten Achaier.
Als sie das Mal geschüttet, enteilten sie. Jetzo von neuem
Kamen sie nach dem Gebrauch, und feierten stattlichen Festschmaus
Dort in Priamos' Hause, des gottbeseligten Herrschers.
Also bestatteten jene den Leib des reisigen Hektors.

ΟΔΥΣΣΕΙΑ

ODYSSEE

GRIECHISCH UND DEUTSCH

ΟΔΥΣΣΕΙΑΣ Α

Θεῶν ἀγορά. Ἀθηνᾶς
παραίνεσις πρὸς Τηλέμαχον.

Ἄνδρα μοι ἔννεπε, Μοῦσα, πολύτροπον, ὃς μάλα πολλὰ
πλάγχθη, ἐπεὶ Τροίης ἱερὸν πτολίεθρον ἔπερσεν·
πολλῶν δ᾽ ἀνθρώπων ἴδεν ἄστεα καὶ νόον ἔγνω,
πολλὰ δ᾽ ὅ γ᾽ ἐν πόντωι πάθεν ἄλγεα ὃν κατὰ θυμόν,
ἀρνύμενος ἥν τε ψυχὴν καὶ νόστον ἑταίρων.
ἀλλ᾽ οὐδ᾽ ὣς ἑτάρους ἐρρύσατο, ἱέμενός περ·
αὐτῶν γὰρ σφετέρηισιν ἀτασθαλίηισιν ὄλοντο,
νήπιοι, οἳ κατὰ βοῦς Ὑπερίονος Ἠελίοιο
ἤσθιον· αὐτὰρ ὁ τοῖσιν ἀφείλετο νόστιμον ἦμαρ.
τῶν ἁμόθεν γε, θεά, θύγατερ Διός, εἰπὲ καὶ ἡμῖν.
ἔνθ᾽ ἄλλοι μὲν πάντες, ὅσοι φύγον αἰπὺν ὄλεθρον,
οἴκοι ἔσαν, πόλεμόν τε πεφευγότες ἠδὲ θάλασσαν·
τὸν δ᾽ οἶον νόστου κεχρημένον ἠδὲ γυναικὸς
νύμφη πότνι᾽ ἔρυκε Καλυψὼ δῖα θεάων
ἐν σπέσσι γλαφυροῖσι, λιλαιομένη πόσιν εἶναι.
ἀλλ᾽ ὅτε δὴ ἔτος ἦλθε περιπλομένων ἐνιαυτῶν,
τῶι οἱ ἐπεκλώσαντο θεοὶ οἶκόνδε νέεσθαι
εἰς Ἰθάκην, οὐδ᾽ ἔνθα πεφυγμένος ἦεν ἀέθλων
καὶ μετὰ οἷσι φίλοισι. θεοὶ δ᾽ ἐλέαιρον ἅπαντες
νόσφι Ποσειδάωνος· ὁ δ᾽ ἀσπερχὲς μενέαινεν
ἀντιθέωι Ὀδυσῆι πάρος ἣν γαῖαν ἱκέσθαι.
ἀλλ᾽ ὁ μὲν Αἰθίοπας μετεκίαθε τηλόθ᾽ ἐόντας,
Αἰθίοπας τοὶ διχθὰ δεδαίαται, ἔσχατοι ἀνδρῶν,
οἱ μὲν δυσομένου Ὑπερίονος οἱ δ᾽ ἀνιόντος,
ἀντιόων ταύρων τε καὶ ἀρνειῶν ἑκατόμβης.
ἔνθ᾽ ὅ γ᾽ ἐτέρπετο δαιτὶ παρήμενος· οἱ δὲ δὴ ἄλλοι
Ζηνὸς ἐνὶ μεγάροισιν Ὀλυμπίου ἁθρόοι ἦσαν.
τοῖσι δὲ μύθων ἦρχε πατὴρ ἀνδρῶν τε θεῶν τε·
μνήσατο γὰρ κατὰ θυμὸν ἀμύμονος Αἰγίσθοιο,
τόν ῥ᾽ Ἀγαμεμνονίδης τηλεκλυτὸς ἔκταν᾽ Ὀρέστης·
τοῦ ὅ γ᾽ ἐπιμνησθεὶς ἔπε᾽ ἀθανάτοισι μετηύδα·
„ὢ πόποι, οἷον δή νυ θεοὺς βροτοὶ αἰτιόωνται·
ἐξ ἡμέων γάρ φασι κάκ᾽ ἔμμεναι, οἱ δὲ καὶ αὐτοὶ
σφῆισιν ἀτασθαλίηισιν ὑπὲρ μόρον ἄλγε᾽ ἔχουσιν,

ERSTER GESANG

Ratschluß der Götter, daß Odysseus, welchen Poseidon verfolgt, von Kalypsos Insel Ogygia heimkehre. Athene, in Mentes Gestalt, den Telemachos besuchend, rät ihm in Pylos und Sparta nach dem Vater sich zu erkundigen, und die schwelgenden Freier aus dem Hause zu schaffen. Er redet das erste Mal mit Entschlossenheit zur Mutter und zu den Freiern. Nacht.

Sage mir, Muse, die Taten des vielgewanderten Mannes,
Welcher so weit geirrt, nach der heiligen Troja Zerstörung,
Vieler Menschen Städte gesehn, und Sitte gelernt hat,
Und auf dem Meere so viel' unnennbare Leiden erduldet,
Seine Seele zu retten, und seiner Freunde Zurückkunft.
Aber die Freunde rettet' er nicht, wie eifrig er strebte,
Denn sie bereiteten selbst durch Missetat ihr Verderben:
Toren! welche die Rinder des hohen Sonnenbeherrschers
Schlachteten; siehe, der Gott nahm ihnen den Tag der Zurückkunft,
Sage hievon auch uns ein weniges, Tochter Kronions.
Alle die andern, so viel dem verderbenden Schicksal entflohen,
Waren jetzo daheim, dem Krieg' entflohn und dem Meere:
Ihn allein, der so herzlich zur Heimat und Gattin sich sehnte,
Hielt die unsterbliche Nymphe, die hehre Göttin Kalypso,
In der gewölbeten Grotte, und wünschte sich ihn zum Gemahle.
Selbst da das Jahr nun kam im kreisenden Laufe der Zeiten,
Da ihm die Götter bestimmt, gen Ithaka wiederzukehren;
Hatte der Held noch nicht vollendet die müdende Laufbahn,
Auch bei den Seinigen nicht. Es jammerte seiner die Götter;
Nur Poseidon zürnte dem göttergleichen Odysseus
Unablässig, bevor er sein Vaterland wieder erreichte.
Dieser war jetzo fern zu den Äthiopen gegangen;
Äthiopen, die zwiefach geteilt sind, die äußersten Menschen,
Gegen den Untergang der Sonnen, und gegen den Aufgang:
Welche die Hekatombe der Stier' und Widder ihm brachten.
Allda saß er, des Mahls sich freuend. Die übrigen Götter
Waren alle in Zeus' des Olympiers Hause versammelt.
Unter ihnen begann der Vater der Menschen und Götter;
Denn er gedachte bei sich des tadellosen Ägisthos,
Den Agamemnons Sohn, der berühmte Orestes, getötet;
Dessen gedacht' er jetzo, und sprach zu der Götter Versammlung:
Welche Klagen erheben die Sterblichen wider die Götter!
Nur von uns, wie sie schrein, kommt alles Übel; und dennoch
Schaffen die Toren sich selbst, dem Schicksal entgegen, ihr Elend.

ὡς καὶ νῦν Αἴγισθος ὑπὲρ μόρον Ἀτρεΐδαο
γῆμ' ἄλοχον μνηστήν, τὸν δ' ἔκτανε νοστήσαντα,
εἰδὼς αἰπὺν ὄλεθρον, ἐπεὶ πρό οἱ εἴπομεν ἡμεῖς,
Ἑρμείαν πέμψαντες, ἐύσκοπον Ἀργεϊφόντην,
μήτ' αὐτὸν κτείνειν μήτε μνάασθαι ἄκοιτιν·
ἐκ γὰρ Ὀρέσταο τίσις ἔσσεται Ἀτρεΐδαο,
ὁππότ' ἂν ἡβήσηι τε καὶ ἧς ἱμείρεται αἴης.
ὣς ἔφαθ' Ἑρμείας, ἀλλ' οὐ φρένας Αἰγίσθοιο
πεῖθ' ἀγαθὰ φρονέων· νῦν δ' ἁθρόα πάντ' ἀπέτισεν."
τὸν δ' ἠμείβετ' ἔπειτα θεά, γλαυκῶπις Ἀθήνη·
„ὦ πάτερ ἡμέτερε Κρονίδη, ὕπατε κρειόντων,
καὶ λίην κεῖνός γε ἐοικότι κεῖται ὀλέθρωι·
ὡς ἀπόλοιτο καὶ ἄλλος, ὅτις τοιαῦτά γε ῥέζοι·
ἀλλά μοι ἀμφ' Ὀδυσῆι δαΐφρονι δαίεται ἦτορ,
δυσμόρωι, ὃς δὴ δηθὰ φίλων ἄπο πήματα πάσχει
νήσωι ἐν ἀμφιρύτηι, ὅθι τ' ὀμφαλός ἐστι θαλάσσης.
νῆσος δενδρήεσσα, θεὰ δ' ἐν δώματα ναίει,
Ἄτλαντος θυγάτηρ ὀλοόφρονος, ὅς τε θαλάσσης
πάσης βένθεα οἶδεν, ἔχει δέ τε κίονας αὐτὸς
μακράς, αἳ γαῖάν τε καὶ οὐρανὸν ἀμφὶς ἔχουσιν.
τοῦ θυγάτηρ δύστηνον ὀδυρόμενον κατερύκει,
αἰεὶ δὲ μαλακοῖσι καὶ αἱμυλίοισι λόγοισιν
θέλγει, ὅπως Ἰθάκης ἐπιλήσεται· αὐτὰρ Ὀδυσσεύς,
ἱέμενος καὶ καπνὸν ἀποθρώισκοντα νοῆσαι
ἧς γαίης, θανέειν ἱμείρεται. οὐδέ νυ σοί περ
ἐντρέπεται φίλον ἦτορ, Ὀλύμπιε. οὔ νύ τ' Ὀδυσσεὺς
Ἀργείων παρὰ νηυσὶ χαρίζετο ἱερὰ ῥέζων
Τροίηι ἐν εὐρείηι; τί νύ οἱ τόσον ὠδύσαο, Ζεῦ;"
τὴν δ' ἀπαμειβόμενος προσέφη νεφεληγερέτα Ζεύς·
„τέκνον ἐμόν, ποῖόν σε ἔπος φύγεν ἕρκος ὀδόντων.
πῶς ἂν ἔπειτ' Ὀδυσῆος ἐγὼ θείοιο λαθοίμην,
ὃς περὶ μὲν νόον ἐστὶ βροτῶν, περὶ δ' ἱρὰ θεοῖσιν
ἀθανάτοισιν ἔδωκε, τοὶ οὐρανὸν εὐρὺν ἔχουσιν;
ἀλλὰ Ποσειδάων γαιήοχος ἀσκελὲς αἰεὶ
Κύκλωπος κεχόλωται, ὃν ὀφθαλμοῦ ἀλάωσεν,
ἀντίθεον Πολύφημον, ὅου κράτος ἐστὶ μέγιστον
πᾶσιν Κυκλώπεσσι· Θόωσα δέ μιν τέκε νύμφη,
Φόρκυνος θυγάτηρ ἁλὸς ἀτρυγέτοιο μέδοντος,
ἐν σπέσσι γλαφυροῖσι Ποσειδάωνι μιγεῖσα.
ἐκ τοῦ δὴ Ὀδυσῆα Ποσειδάων ἐνοσίχθων
οὔ τι κατακτείνει, πλάζει δ' ἀπὸ πατρίδος αἴης.

So nahm jetzo Ägisthos, dem Schicksal entgegen, die Gattin
Agamemnons zum Weib', und erschlug den kehrenden Sieger,
Kundig des schweren Gerichts! Wir hatten ihn lange gewarnet,
Da wir ihm Hermes sandten, den wachsamen Argosbesieger,
Weder jenen zu töten, noch um die Gattin zu werben.
Denn von Orestes wird einst das Blut Agamemnons gerochen,
Wann er, ein Jüngling nun, des Vaters Erbe verlanget.
So weissagte Hermeias; doch folgte dem heilsamen Rate
Nicht Ägisthos, und jetzt hat er alles auf einmal gebüßet.
Drauf antwortete Zeus' blauäugige Tochter Athene:
Unser Vater Kronion, der herrschenden Könige Herrscher,
Seiner verschuldeten Strafe ist jener Verräter gefallen.
Möchte doch jeder so fallen, wer solche Taten beginnet!
Aber mich kränkt in der Seele des weisen Helden Odysseus
Elend, welcher so lang', entfernt von den Seinen, sich abhärmt,
Auf der umflossenen Insel, der Mitte des wogenden Meeres.
Eine Göttin bewohnt das waldumschattete Eiland,
Atlas' Tochter, des Allerforschenden, welcher des Meeres
Dunkle Tiefen kennt, und selbst die ragenden Säulen
Aufhebt, welche die Erde vom hohen Himmel sondern.
Dessen Tochter hält den ängstlich harrenden Dulder,
Immer schmeichelt sie ihm mit sanft liebkosenden Worten,
Daß er des Vaterlandes vergesse. Aber Odysseus
Sehnt sich, auch nur den Rauch von Ithakas heimischen Hügeln
Steigen zu sehn, und dann zu sterben! Ist denn bei dir auch
Kein Erbarmen für ihn, Olympier? Brachte Odysseus
Nicht bei den Schiffen der Griechen in Trojas weitem Gefilde
Sühnender Opfer genug? Warum denn zürnest du so, Zeus?
Ihr antwortete drauf der Wolkenversammler Kronion:
Welche Rede, mein Kind, ist deinen Lippen entflohen?
O wie könnte doch ich des edlen Odysseus vergessen?
Sein, des weisesten Mannes, und der die reichlichsten Opfer
Uns Unsterblichen brachte, des weiten Himmels Bewohnern?
Poseidaon verfolgt ihn, der Erdumgürter, mit heißer
Unaufhörlicher Rache; weil er den Kyklopen geblendet,
Polyphemos, den Riesen, der unter allen Kyklopen,
Stark wie ein Gott, sich erhebt. Ihn gebar die Nymphe Thoosa,
Phorkyns Tochter, des Herrschers im wüsten Reiche der Wasser,
Welche Poseidon einst in dämmernder Grotte bezwungen.
Darum trachtet den Helden der Erderschüttrer Poseidon,
Nicht zu töten, allein von der Heimat irre zu treiben.

ἀλλ᾽ ἄγεθ᾽, ἡμεῖς οἵδε περιφραζώμεθα πάντες
νόστον, ὅπως ἔλθηισι· Ποσειδάων δὲ μεθήσει
ὃν χόλον· οὐ μὲν γὰρ τι δυνήσεται ἀντία πάντων
ἀθανάτων ἀέκητι θεῶν ἐριδαινέμεν οἶος.“
τὸν δ᾽ ἠμείβετ᾽ ἔπειτα θεά, γλαυκῶπις Ἀθήνη·
„ ὦ πάτερ ἡμέτερε Κρονίδη, ὕπατε κρειόντων,
εἰ μὲν δὴ νῦν τοῦτο φίλον μακάρεσσι θεοῖσιν,
νοστῆσαι Ὀδυσῆα πολύφρονα ὅνδε δόμονδε,
Ἑρμείαν μὲν ἔπειτα διάκτορον ἀργεϊφόντην
νῆσον ἐς Ὠγυγίην ὀτρύνομεν, ὄφρα τάχιστα
νύμφηι ἐυπλοκάμωι εἴπηι νημερτέα βουλήν,
νόστον Ὀδυσσῆος ταλασίφρονος, ὥς κε νέηται·
αὐτὰρ ἐγὼν Ἰθάκηνδ᾽ ἐσελεύσομαι, ὄφρα οἱ υἱὸν
μᾶλλον ἐποτρύνω καί οἱ μένος ἐν φρεσὶ θείω,
εἰς ἀγορὴν καλέσαντα κάρη κομόωντας Ἀχαιοὺς
πᾶσι μνηστήρεσσιν ἀπειπέμεν, οἵ τέ οἱ αἰεὶ
μῆλ᾽ ἁδινὰ σφάζουσι καὶ εἰλίποδας ἕλικας βοῦς.
πέμψω δ᾽ ἐς Σπάρτην τε καὶ ἐς Πύλον ἠμαθόεντα
νόστον πευσόμενον πατρὸς φίλου, ἤν που ἀκούσηι,
ἠδ᾽ ἵνα μιν κλέος ἐσθλὸν ἐν ἀνθρώποισιν ἔχηισιν.“
ὣς εἰποῦσ᾽ ὑπὸ ποσσὶν ἐδήσατο καλὰ πέδιλα,
ἀμβρόσια χρύσεια, τά μιν φέρον ἠμὲν ἐφ᾽ ὑγρὴν
ἠδ᾽ ἐπ᾽ ἀπείρονα γαῖαν ἅμα πνοιῆις ἀνέμοιο·
εἵλετο δ᾽ ἄλκιμον ἔγχος, ἀκαχμένον ὀξέι χαλκῶι,
βριθὺ μέγα στιβαρόν, τῶι δάμνησι στίχας ἀνδρῶν
ἡρώων, τοῖσίν τε κοτέσσεται ὀβριμοπάτρη.
βῆ δὲ κατ᾽ Οὐλύμποιο καρήνων ἀίξασα,
στῆ δ᾽ Ἰθάκης ἐνὶ δήμωι ἐπὶ προθύροις Ὀδυσῆος,
οὐδοῦ ἐπ᾽ αὐλείου· παλάμηι δ᾽ ἔχε χάλκεον ἔγχος,
εἰδομένη ξείνωι, Ταφίων ἡγήτορι Μέντηι.
εὗρε δ᾽ ἄρα μνηστῆρας ἀγήνορας. οἱ μὲν ἔπειτα
πεσσοῖσι προπάροιθε θυράων θυμὸν ἔτερπον
ἥμενοι ἐν ῥινοῖσι βοῶν, οὓς ἔκτανον αὐτοί·
κήρυκες δ᾽ αὐτοῖσι καὶ ὀτρηροὶ θεράποντες
οἱ μὲν οἶνον ἔμισγον ἐνὶ κρητῆρσι καὶ ὕδωρ,
οἱ δ᾽ αὖτε σπόγγοισι πολυτρήτοισι τραπέζας
νίζον καὶ πρότιθεν, τοὶ δὲ κρέα πολλὰ δατεῦντο.
τὴν δὲ πολὺ πρῶτος ἴδε Τηλέμαχος θεοειδής,
ἧστο γὰρ ἐν μνηστῆρσι φίλον τετιημένος ἦτορ,
ὀσσόμενος πατέρ ἐσθλὸν ἐνὶ φρεσίν, εἴ ποθεν ἐλθὼν
μνηστήρων τῶν μὲν σκέδασιν κατὰ δώματα θείη,

Aber wir wollen uns alle zum Rat vereinen, die Heimkehr
Dieses Verfolgten zu fördern; und Poseidaon entsage
Seinem Zorn: denn nichts vermag er doch wider uns alle,
Uns unsterblichen Göttern allein entgegen zu kämpfen!
Drauf antwortete Zeus' blauäugichte Tochter Athene:
Unser Vater Kronion, der herrschenden Könige Herrscher,
Ist denn dieses im Rate der seligen Götter beschlossen,
Daß in sein Vaterland heimkehre der weise Odysseus;
Auf! so laßt uns Hermeias, den rüstigen Argosbesieger,
Senden hinab zu der Insel Ogygia: daß er der Nymphe
Mit schönwallenden Locken verkünde den heiligen Ratschluß,
Von der Wiederkehr des leidengeübten Odysseus.
Aber ich will gern Ithaka gehn, den Sohn des Verfolgten
Mehr zu entflammen, und Mut in des Jünglings Seele zu gießen;
Daß er zu Rat berufe die hauptumlockten Achaier,
Und den Freiern verbiete, die stets mit üppiger Frechheit
Seine Schafe schlachten, und sein schwerwandelndes Hornvieh;
Will ihn dann senden gen Sparta, und zu der sandigen Pylos:
Daß er nach Kundschaft forsche von seines Vaters Zurückkunft,
Und ein edler Ruf ihn unter den Sterblichen preise.
Also sprach sie, und band sich unter die Füße die schönen
Goldnen ambrosischen Sohlen, womit sie über die Wasser
Und das unendliche Land im Hauche des Windes einherschwebt;
Faßte die mächtige Lanze mit scharfer eherner Spitze,
Schwer und groß und stark, womit sie die Scharen der Helden
Stürzt, wenn im Zorn sich erhebt die Tochter des schrecklichen Vaters.
Eilend fuhr sie hinab von den Gipfeln des hohen Olympos,
Stand nun in Ithakas Stadt, am Tore des Helden Odysseus,
Vor der Schwelle des Hofs, und hielt die eherne Lanze,
Gleich dem Freunde des Hauses, dem Fürsten der Taphier Mentes.
Aber die mutigen Freier erblickte sie an des Palastes
Pforte, wo sie ihr Herz mit Steineschieben ergötzten,
Hin auf Häuten der Rinder gestreckt, die sie selber geschlachtet.
Herold' eilten umher und fleißige Diener im Hause:
Jene mischten für sie den Wein in den Kelchen mit Wasser;
Diese säuberten wieder mit lockern Schwämmen die Tische,
Stellten in Reihen sie hin, und teilten die Menge des Fleisches.
Pallas erblickte zuerst Telemachos, ähnlich den Göttern.
Unter den Freiern saß er mit traurigem Herzen; denn immer
Schwebte vor seinem Geiste das Bild des trefflichen Vaters:
Ob er nicht endlich käme, die Freier im Hause zerstreute,

τιμὴν δ' αὐτὸς ἔχοι καὶ δώμασιν οἷσιν ἀνάσσοι.
τὰ φρονέων, μνηστῆρσι μεθήμενος, εἴσιδ' Ἀθήνην.
βῆ δ' ἰθὺς προθύροιο, νεμεσσήθη δ' ἐνὶ θυμῶι
ξεῖνον δηθὰ θύρηισιν ἐφεστάμεν· ἐγγύθι δὲ στὰς
χεῖρ' ἕλε δεξιτερὴν καὶ ἐδέξατο χάλκεον ἔγχος,
καί μιν φωνήσας ἔπεα πτερόεντα προσηύδα·
„χαῖρε, ξεῖνε, παρ' ἄμμι φιλήσεαι· αὐτὰρ ἔπειτα
δείπνου πασσάμενος μυθήσεαι ὅττεό σε χρή."
ὣς εἰπὼν ἡγεῖθ', ἡ δ' ἕσπετο Παλλὰς Ἀθήνη.
οἱ δ' ὅτε δή ῥ' ἔντοσθεν ἔσαν δόμου ὑψηλοῖο,
ἔγχος μέν ῥ' ἔστησε φέρων πρὸς κίονα μακρὴν
δουροδόκης ἔντοσθεν ἐυξόου, ἔνθα περ ἄλλα
ἔγχε' Ὀδυσσῆος ταλασίφρονος ἵστατο πολλά,
αὐτὴν δ' ἐς θρόνον εἷσεν ἄγων, ὑπὸ λῖτα πετάσσας,
καλὸν δαιδάλεον· ὑπὸ δὲ θρῆνυς ποσὶν ἦεν.
πὰρ δ' αὐτὸς κλισμὸν θέτο ποικίλον, ἔκτοθεν ἄλλων
μνηστήρων, μὴ ξεῖνος ἀνιηθεὶς ὀρυμαγδῶι
δείπνωι ἁδήσειεν, ὑπερφιάλοισι μετελθών,
ἠδ' ἵνα μιν περὶ πατρὸς ἀποιχομένοιο ἔροιτο.
χέρνιβα δ' ἀμφίπολος προχόωι ἐπέχευε φέρουσα
καλῆι χρυσείηι, ὑπὲρ ἀργυρέοιο λέβητος,
νίψασθαι· παρὰ δὲ ξεστὴν ἐτάνυσσε τράπεζαν.
σῖτον δ' αἰδοίη ταμίη παρέθηκε φέρουσα,
εἴδατα πόλλ' ἐπιθεῖσα, χαριζομένη παρεόντων·
δαιτρὸς δὲ κρειῶν πίνακας παρέθηκεν ἀείρας
παντοίων, παρὰ δέ σφι τίθει χρύσεια κύπελλα·
κῆρυξ δ' αὐτοῖσιν θάμ' ἐπῴχετο οἰνοχοεύων.
ἐς δ' ἦλθον μνηστῆρες ἀγήνορες. οἱ μὲν ἔπειτα
ἑξείης ἕζοντο κατὰ κλισμούς τε θρόνους τε,
τοῖσι δὲ κήρυκες μὲν ὕδωρ ἐπὶ χεῖρας ἔχευαν,
σῖτον δὲ δμωιαὶ παρενήνεον ἐν κανέοισιν,
κοῦροι δὲ κρητῆρας ἐπεστέψαντο ποτοῖο.
οἱ δ' ἐπ' ὀνείαθ' ἑτοῖμα προκείμενα χεῖρας ἴαλλον.
αὐτὰρ ἐπεὶ πόσιος καὶ ἐδητύος ἐξ ἔρον ἕντο
μνηστῆρες, τοῖσιν μὲν ἐνὶ φρεσὶν ἄλλα μεμήλει,
μολπή τ' ὀρχηστύς τε· τὰ γάρ τ' ἀναθήματα δαιτός·
κῆρυξ δ' ἐν χερσὶν κίθαριν περικαλλέα θῆκεν
Φημίωι, ὅς ῥ' ἤειδε παρὰ μνηστῆρσιν ἀνάγκηι.
ἦ τοι ὁ φορμίζων ἀνεβάλλετο καλὸν ἀείδειν.
αὐτὰρ Τηλέμαχος προσέφη γλαυκῶπιν Ἀθήνην,
ἄγχι σχὼν κεφαλήν, ἵνα μὴ πευθοίαθ' οἱ ἄλλοι·

Und, mit Ehre gekrönt, sein Eigentum wieder beherrschte.
Dem nachdenkend, saß er bei jenen, erblickte die Göttin,
Und ging schnell nach der Pforte des Hofs, unwillig im Herzen,
Daß ein Fremder so lang' an der Türe harrte; empfing sie,
Drückt' ihr die rechte Hand, und nahm die eherne Lanze,
Redete freundlich sie an, und sprach die geflügelten Worte:
Freue dich, fremder Mann! Sei uns willkommen; und hast du
Dich mit Speise gestärkt, dann sage, was du begehrest.
Also sprach er, und ging; ihm folgete Pallas Athene.
Als sie jetzt in den Saal des hohen Palastes gekommen;
Trug er die Lanz' in das schöngetäfelte Speerbehältnis,
An die hohe Säule sie lehnend, an welcher noch viele
Andere Lanzen stunden des leidengeübten Odysseus.
Pallas führt' er zum Thron, und breitet' ein Polster ihr unter,
Schön und künstlich gewirkt; ein Schemel stützte die Füße,
Neben ihr setzt' er sich selbst auf einen prächtigen Sessel,
Von den Freiern entfernt: daß nicht dem Gaste die Mahlzeit
Durch das wüste Getümmel der Trotzigen würde verleidet;
Und er um Kundschaft ihn von seinem Vater befragte.
Eine Dienerin trug in der schönen goldenen Kanne,
Über dem silbernen Becken, das Wasser, beströmte zum Waschen
Ihnen die Händ', und stellte vor sie die geglättete Tafel.
Und die ehrbare Schaffnerin kam, und tischte das Brot auf,
Und der Gerichte viel aus ihrem gesammelten Vorrat.
Hierauf kam der Zerleger, und bracht' in erhobenen Schüsseln
Allerlei Fleisch, und setzte vor sie die goldenen Becher.
Und ein geschäftiger Herold versorgte sie reichlich mit Weine.
Jetzo kamen auch die mutigen Freier, und saßen
All' in langen Reihen auf prächtigen Thronen und Sesseln.
Herolde gossen ihnen das Wasser über die Hände.
Aber die Mägde setzten gehäufte Körbe mit Brot auf
Jünglinge füllten die Kelche bis oben mit dem Getränke,
Und sie erhoben die Hände zum leckerbereiteten Mahle.
Und nachdem die Begierde des Tranks und der Speise gestillt war,
Dachten die üppigen Freier auf neue Reize der Seelen,
Auf Gesang und Tanz, des Mahles liebliche Zierden.
Und ein Herold reichte die schöngebildete Harfe
Phemios hin, der an Kunst des Gesangs vor allen berühmt war,
Phemios, der bei den Freiern gezwungen wurde zu singen.
Prüfend durchrauscht' er die Saiten, und hub den schönen Gesang an.
Aber Telemachos neigte das Haupt zu Pallas Athene,

„ ξεῖνε φίλ', ἦ καί μοι νεμεσήσεαι ὅττι κεν εἴπω;
τούτοισιν μὲν ταῦτα μέλει, κίθαρις καὶ ἀοιδή,
ῥεῖ', ἐπεὶ ἀλλότριον βίοτον νήποινον ἔδουσιν,
ἀνέρος, οὗ δή που λεύκ' ὀστέα πύθεται ὄμβρωι
κείμεν' ἐπ' ἠπείρου, ἢ είν ἁλὶ κῦμα κυλίνδει.
εἰ κεῖνόν γ' Ἰθάκηνδε ἰδοίατο νοστήσαντα,
πάντες κ' ἀρησαίατ' ἐλαφρότεροι πόδας εἶναι
ἢ ἀφνειότεροι χρυσοῖό τε ἐσθῆτός τε.
νῦν δ' ὁ μὲν ὣς ἀπόλωλε κακὸν μόρον, οὐδέ τις ἡμῖν
θαλπωρή, εἴ πέρ τις ἐπιχθονίων ἀνθρώπων
φῆισιν ἐλεύσεσθαι· τοῦ δ' ὤλετο νόστιμον ἦμαρ.
ἀλλ' ἄγε μοι τόδε εἰπὲ καὶ ἀτρεκέως κατάλεξον·
τίς πόθεν εἰς ἀνδρῶν; πόθι τοι πόλις ἠδὲ τοκῆες;
ὁπποίης τ' ἐπὶ νηὸς ἀφίκεο· πῶς δέ σε ναῦται
ἤγαγον εἰς Ἰθάκην; τίνες ἔμμεναι εὐχετόωντο;
οὐ μὲν γάρ τί σε πεζὸν ὀίομαι ἐνθάδ' ἱκέσθαι.
καί μοι τοῦτ' ἀγόρευσον ἐτήτυμον, ὄφρ' ἐὺ εἰδῶ,
ἠὲ νέον μεθέπεις ἦ καὶ πατρώιός ἐσσι
ξεῖνος, ἐπεὶ πολλοὶ ἴσαν ἀνέρες ἡμέτερον δῶ
ἄλλοι, ἐπεὶ καὶ κεῖνος ἐπίστροφος ἦν ἀνθρώπων."
τὸν δ' αὖτε προσέειπε θεά, γλαυκῶπις Ἀθήνη·
„ τοιγὰρ ἐγώ τοι ταῦτα μάλ' ἀτρεκέως ἀγορεύσω.
Μέντης Ἀγχιάλοιο δαΐφρονος εὔχομαι εἶναι
υἱός, ἀτὰρ Ταφίοισι φιληρέτμοισιν ἀνάσσω.
νῦν δ' ὧδε ξὺν νηὶ κατήλυθον ἠδ' ἑτάροισιν
πλέων ἐπὶ οἴνοπα πόντον ἐπ' ἀλλοθρόους ἀνθρώπους,
ἐς Τεμέσην μετὰ χαλκόν, ἄγω δ' αἴθωνα σίδηρον.
νηῦς δέ μοι ἥδ' ἕστηκεν ἐπ' ἀγροῦ νόσφι πόληος,
ἐν λιμένι Ῥείθρωι ὑπὸ Νηίωι ὑλήεντι.
ξεῖνοι δ' ἀλλήλων πατρώιοι εὐχόμεθ' εἶναι
ἐξ ἀρχῆς, εἴ πέρ τε γέροντ' εἴρηαι ἐπελθὼν
Λαέρτην ἥρωα, τὸν οὐκέτι φασὶ πόλινδε
ἔρχεσθ', ἀλλ' ἀπάνευθεν ἐπ' ἀγροῦ πήματα πάσχειν
γρηὶ σὺν ἀμφιπόλωι, ἥ οἱ βρῶσίν τε πόσιν τε
παρτιθεῖ, εὖτ' ἄν μιν κάματος κατὰ γυῖα λάβηισιν
ἑρπύζοντ' ἀνὰ γουνὸν ἀλωῆς οἰνοπέδοιο.
νῦν δ' ἦλθον· δὴ γάρ μιν ἔφαντ' ἐπιδήμιον εἶναι,
σὸν πατέρ'· ἀλλά νυ τόν γε θεοὶ βλάπτουσι κελεύθου.
οὐ γάρ πω τέθνηκεν ἐπὶ χθονὶ δῖος Ὀδυσσεύς,
ἀλλ' ἔτι που ζωὸς κατερύκεται εὐρέι πόντωι
νήσωι ἐν ἀμφιρύτηι, χαλεποὶ δέ μιν ἄνδρες ἔχουσιν

Und sprach leise zu ihr, damit es die andern nicht hörten:
Lieber Gastfreund, wirst du mir auch die Rede verargen?
Diese können sich wohl bei Saitenspiel' und Gesange
Freun, da sie ungestraft des Mannes Habe verschwelgen,
Dessen weißes Gebein vielleicht schon an fernem Gestade
Modert im Regen, vielleicht von den Meereswogen gewälzt wird.
Sähen sie jenen einmal zurück in Ithaka kommen;
Alle wünschten gewiß sich lieber noch schnellere Füße,
Als noch größere Last an Gold' und prächtigen Kleidern.
Aber es war sein Verhängnis, so hinzusterben; und keine
Hoffnung erfreuet uns mehr, wenn auch zuweilen ein Fremdling
Sagt, er komme zurück. Der Tag ist auf immer verloren!
Aber verkündige mir, und sage die lautere Wahrheit.
Wer, wes Volkes bist du? und wo ist deine Geburtstadt?
Und in welcherlei Schiff kamst du? wie brachten die Schiffer
Dich nach Ithaka her? was rühmen sich jene vor Leute?
Denn unmöglich bist du doch hier zu Fuße gekommen!
Dann erzähle mir auch aufrichtig, damit ich es wisse:
Bist du in Ithaka noch ein Neuling, oder ein Gastfreund
Meines Vaters? Denn unser Haus besuchten von jeher
Viele Männer, und er mocht' auch mit Leuten wohl umgehn.
Drauf antwortete Zeus' blauäugichte Tochter Athene:
Dieses will ich dir alles, und nach der Wahrheit, erzählen.
Mentes, Anchialos Sohn, des kriegserfahrenen Helden,
Rühm' ich mich, und beherrsche die ruderliebenden Taphos.
Jetzo schifft' ich hier an; denn ich steure mit meinen Genossen
Über das dunkle Meer zu unverständlichen Völkern,
Mir in Temesa Kupfer für blinkendes Eisen zu tauschen.
Und mein Schiff liegt außer der Stadt am freien Gestade,
In der reithrischen Bucht, an des waldichten Neïon Fuße.
Lange preisen wir, schon von den Zeiten unserer Väter,
Uns Gastfreunde. Du darfst nur zum alten Helden Laertes
Gehn und fragen; der jetzt, wie man sagt, nicht mehr in die Stadt kommt,
Sondern in Einsamkeit auf dem Lande sein Leben vertrauret,
Bloß von der Alten bedient, die ihm sein Essen und Trinken
Vorsetzt, wann er einmal vom fruchtbaren Rebengefilde,
Wo er den Tag hinschleicht, mit müden Gliedern zurückwankt.
Aber ich kam, weil es hieß, dein Vater wäre nun endlich
Heimgekehrt; doch ihm wehren vielleicht die Götter die Heimkehr.
Denn noch starb er nicht auf Erden der edle Odysseus;
Sondern er lebt noch wo in einem umflossenen Eiland

ἄγριοι, οἵ που κεῖνον ἐρυκανόωσ' ἀέκοντα.
αὐτὰρ νῦν τοι ἐγὼ μαντεύσομαι, ὡς ἐνὶ θυμῶι
ἀθάνατοι βάλλουσι καὶ ὡς τελέεσθαι ὀίω,
οὔτε τι μάντις ἐὼν οὔτ' οἰωνῶν σάφα εἰδώς.
οὔ τοι ἔτι δηρόν γε φίλης ἀπὸ πατρίδος αἴης
ἔσσεται, οὐδ' εἴ πέρ τε σιδήρεα δέσματ' ἔχησιν·
φράσσεται ὥς κε νέηται, ἐπεὶ πολυμήχανός ἐστιν.
ἀλλ' ἄγε μοι τόδε εἰπὲ καὶ ἀτρεκέως κατάλεξον,
εἰ δὴ ἐξ αὐτοῖο τόσος πάϊς εἰς Ὀδυσῆος.
αἰνῶς μὲν κεφαλήν τε καὶ ὄμματα καλὰ ἔοικας
κείνωι, ἐπεὶ θαμὰ τοῖον ἐμισγόμεθ' ἀλλήλοισιν,
πρίν γε τὸν ἐς Τροίην ἀναβήμεναι, ἔνθα περ ἄλλοι
Ἀργείων οἱ ἄριστοι ἔβαν κοίλῃς ἐνὶ νηυσίν·
ἐκ τοῦ δ' οὔτ' Ὀδυσῆα ἐγὼν ἴδον οὔτ' ἔμ' ἐκεῖνος."
    τὴν δ' αὖ Τηλέμαχος πεπνυμένος ἀντίον ηὔδα·
„ τοιγὰρ ἐγώ τοι, ξεῖνε, μάλ' ἀτρεκέως ἀγορεύσω.
μήτηρ μέν τέ μέ φησι τοῦ ἔμμεναι, αὐτὰρ ἐγώ γε
οὐκ οἶδ'· οὐ γάρ πώ τις ἑὸν γόνον αὐτὸς ἀνέγνω.
ὡς δὴ ἐγώ γ' ὄφελον μάκαρός νύ τευ ἔμμεναι υἱὸς
ἀνέρος, ὃν κτεάτεσσιν ἑοῖς ἔπι γῆρας ἔτετμε.
νῦν δ' ὃς ἀποτμότατος γένετο θνητῶν ἀνθρώπων,
τοῦ μ' ἔκ φασι γενέσθαι, ἐπεὶ σύ με τοῦτ' ἐρεείνεις."
    τὸν δ' αὖτε προσέειπε θεά, γλαυκῶπις Ἀθήνη·
„ οὐ μέν τοι γενεήν γε θεοὶ νώνυμνον ὀπίσσω
θῆκαν, ἐπεὶ σέ γε τοῖον ἐγείνατο Πηνελόπεια.
ἀλλ' ἄγε μοι τόδε εἰπὲ καὶ ἀτρεκέως κατάλεξον·
τίς δαίς, τίς δὲ ὅμιλος ὅδ' ἔπλετο; τίπτε δέ σε χρεώ;
εἰλαπίνη ἠὲ γάμος; ἐπεὶ οὐκ ἔρανος τάδε γ' ἐστίν·
ὥς τέ μοι ὑβρίζοντες ὑπερφιάλως δοκέουσι
δαίνυσθαι κατὰ δῶμα. νεμεσσήσαιτό κεν ἀνὴρ
αἴσχεα πόλλ' ὁρόων, ὅς τις πινυτός γε μετέλθοι."
    τὴν δ' αὖ Τηλέμαχος πεπνυμένος ἀντίον ηὔδα·
„ ξεῖν', ἐπεὶ ἂρ δὴ ταῦτά μ' ἀνείρεαι ἠδὲ μεταλλᾶις,
μέλλεν μέν ποτε οἶκος ὅδ' ἀφνειὸς καὶ ἀμύμων
ἔμμεναι, ὄφρ' ἔτι κεῖνος ἀνὴρ ἐπιδήμιος ἦεν·
νῦν δ' ἑτέρως ἐβόλοντο θεοὶ κακὰ μητιόωντες,
οἳ κεῖνον μὲν ἄιστον ἐποίησαν περὶ πάντων
ἀνθρώπων, ἐπεὶ οὔ κε θανόντι περ ὧδ' ἀκαχοίμην,
εἰ μετὰ οἷς ἑτάροισι δάμη Τρώων ἐνὶ δήμωι,
ἠὲ φίλων ἐν χερσίν, ἐπεὶ πόλεμον τολύπευσεν.
τῶι κέν οἱ τύμβον μὲν ἐποίησαν Παναχαιοί,

Auf dem Meere der Welt; ihn halten grausame Männer,
Wilde Barbaren, die dort mit Gewalt zu bleiben ihn zwingen.
Aber ich will dir anitzt weissagen, wie es die Götter
Mir in die Seele gelegt, und wie's wahrscheinlich geschehn wird;
Denn kein Seher bin ich, noch Flüge zu deuten erleuchtet.
Nicht mehr lange bleibt er von seiner heimischen Insel
Ferne, nicht lange mehr, und hielten ihn eiserne Bande;
Sinnen wird er auf Flucht, und reich ist sein Geist an Erfindung.
Aber verkündige mir, und sage die lautere Wahrheit.
Bist du mit dieser Gestalt ein leiblicher Sohn von Odysseus?
Wundergleich bist du ihm, an Haupt und Glanze der Augen!
Denn oft haben wir so uns zu einander gesellet,
Eh' er gen Troja fuhr mit den übrigen Helden Achaias.
Seitdem hab' ich Odysseus, und jener mich nicht gesehen.
Und der verständige Jüngling Telemachos sagte dagegen:
Dieses will ich dir, Freund, und nach der Wahrheit, erzählen.
Meine Mutter die sagt es, er sei mein Vater; ich selber
Weiß es nicht: denn von selbst weiß niemand, wer ihn gezeuget.
Wär ich doch lieber der Sohn von einem glücklichen Manne,
Den bei seiner Habe das ruhige Alter beschliche!
Aber der Unglückseligste aller sterblichen Menschen
Ist, wie man sagt, mein Vater; weil du mich darum befragest.
Drauf antwortete Zeus' blauäugichte Tochter Athene:
Nun so werden die Götter doch nicht den Namen des Hauses
Tilgen, da solchen Sohn ihm Penelopeia geboren.
Aber verkündige mir, und sage die lautere Wahrheit.
Was für ein Schmaus ist hier, und Gesellschaft? Gibst du ein Gastmahl,
Oder ein Hochzeitfest? Denn keinem Gelag' ist es ähnlich!
Dafür scheinen die Gäste mit zu unbändiger Frechheit
Mir in dem Saale zu schwärmen. Ereifern müßte die Seele
Jedes vernünftigen Manns, der solche Greuel mit ansäh!
Und der verständige Jüngling Telemachos sagte dagegen:
Fremdling, weil du mich fragst, und so genau dich erkundest;
Ehmals konnte dies Haus vielleicht begütert und glänzend
Heißen, da jener noch im Vaterlande verweilte:
Aber nun haben es anders die grausamen Götter entschieden,
Welche den herrlichen Mann vor allen Menschen verdunkelt!
Ach! ich trauerte selbst um den Tod des Vaters nicht so sehr,
Wär' er mit seinen Genossen im Lande der Troer gefallen,
Oder den Freunden im Arme, nachdem er den Krieg vollendet.
Denn ein Denkmal hätt' ihm das Volk der Achaier errichtet,

ἠδέ κε καὶ ὧι παιδὶ μέγα κλέος ἤρατ᾽ ὀπίσσω.
νῦν δέ μιν ἀκλειῶς ἅρπυιαι ἀνηρείψαντο·
οἴχετ᾽ ἄϊστος ἄπυστος, ἐμοὶ δ᾽ ὀδύνας τε γόους τε
κάλλιπεν. οὐδέ τι κεῖνον ὀδυρόμενος στεναχίζω
οἶον, ἐπεί νύ μοι ἄλλα θεοὶ κακὰ κήδε᾽ ἔτευξαν.
ὅσσοι γὰρ νήσοισιν ἐπικρατέουσιν ἄριστοι,
Δουλιχίωι τε Σάμηι τε καὶ ὑλήεντι Ζακύνθωι,
ἠδ᾽ ὅσσοι κραναὴν Ἰθάκην κάτα κοιρανέουσιν,
τόσσοι μητέρ᾽ ἐμὴν μνῶνται, τρύχουσι δὲ οἶκον.
ἡ δ᾽ οὔτ᾽ ἀρνεῖται στυγερὸν γάμον οὔτε τελευτὴν
ποιῆσαι δύναται· τοὶ δὲ φθινύθουσιν ἔδοντες
οἶκον ἐμόν· τάχα δή με διαρραίσουσι καὶ αὐτόν."
τὸν δ᾽ ἐπαλαστήσασα προσηύδα Παλλὰς Ἀθήνη·
„ ὢ πόποι, ἦ δὴ πολλὸν ἀποιχομένου Ὀδυσῆος
δεύηι, ὅ κε μνηστῆρσιν ἀναιδέσι χεῖρας ἐφείη.
εἰ γὰρ νῦν ἐλθὼν δόμου ἐν πρώτηισι θύρηισι
σταίη, ἔχων πήληκα καὶ ἀσπίδα καὶ δύο δοῦρε,
τοῖος ἐὼν οἷόν μιν ἐγὼ τὰ πρῶτ᾽ ἐνόησα
οἴκωι ἐν ἡμετέρωι πίνοντά τε τερπόμενόν τε,
ἐξ Ἐφύρης ἀνιόντα παρ᾽ Ἴλου Μερμερίδαο -
ᾤχετο γὰρ καὶ κεῖσε θοῆς ἐπὶ νηὸς Ὀδυσσεὺς
φάρμακον ἀνδροφόνον διζήμενος, ὄφρα οἱ εἴη
ἰοὺς χρίεσθαι χαλκήρεας· ἀλλ᾽ ὁ μὲν οὔ οἱ
δῶκεν, ἐπεί ῥα θεοὺς νεμεσίζετο αἰὲν ἐόντας,
ἀλλὰ πατήρ οἱ δῶκεν ἐμός· φιλέεσκε γὰρ αἰνῶς -
τοῖος ἐὼν μνηστῆρσιν ὁμιλήσειεν Ὀδυσσεύς·
πάντες κ᾽ ὠκύμοροί τε γενοίατο πικρόγαμοί τε.
ἀλλ᾽ ἦ τοι μὲν ταῦτα θεῶν ἐν γούνασι κεῖται,
ἤ κεν νοστήσας ἀποτίσεται, ἦε καὶ οὐκί,
οἷσιν ἐνὶ μεγάροισι· σὲ δὲ φράζεσθαι ἄνωγα,
ὅππως κε μνηστῆρας ἀπώσεαι ἐκ μεγάροιο.
εἰ δ᾽ ἄγε νῦν ξυνίει καὶ ἐμῶν ἐμπάζεο μύθων·
αὔριον εἰς ἀγορὴν καλέσας ἥρωας Ἀχαιοὺς
μῦθον πέφραδε πᾶσι, θεοὶ δ᾽ ἐπὶ μάρτυροι ἔστων.
μνηστῆρας μὲν ἐπὶ σφέτερα σκίδνασθαι ἄνωχθι,
μητέρα δ᾽, εἴ οἱ θυμὸς ἐφορμᾶται γαμέεσθαι,
ἂψ ἴτω ἐς μέγαρον πατρὸς μέγα δυναμένοιο·
οἱ δὲ γάμον τεύξουσι καὶ ἀρτυνέουσιν ἔεδνα
πολλὰ μάλ᾽, ὅσσα ἔοικε φίλης ἐπὶ παιδὸς ἕπεσθαι.
σοὶ δ᾽ αὐτῶι πυκινῶς ὑποθήσομαι, αἴ κε πίθηαι·
νῆ᾽ ἄρσας ἐρέτηισιν ἐείκοσιν, ἥ τις ἀρίστη,

Und so wäre zugleich sein Sohn bei den Enkeln verherrlicht.
Aber er ward unrühmlich ein Raub der wilden Harpyen;
Weder gesehn, noch gehört, verschwand er, und ließ mir zum Erbteil
Jammer und Weh! Doch jetzo bewein' ich nicht jenen allein mehr;
Ach! es bereiteten mir die Götter noch andere Leiden.
Alle Fürsten, so viel in diesen Inseln gebieten,
In Dulichion, Same, der waldbewachsnen Zakynthos,
Und so viele hier in der felsichten Ithaka herrschen:
Alle werben um meine Mutter, und zehren das Gut auf.
Aber die Mutter kann die aufgedrungne Vermählung
Nicht ausschlagen, und nicht vollziehn. Nun verprassen die Schwelger
All mein Gut, und werden in kurzem mich selber zerreißen!
  Und mit zürnendem Schmerz antwortete Pallas Athene:
Götter, wie sehr bedarfst du des langabwesenden Vaters,
Daß sein furchtbarer Arm die schamlosen Freier bestrafe!
Wenn er doch jetzo käm', und vorn in der Pforte des Saales
Stünde, mit Helm und Schild und zween Lanzen bewaffnet;
So an Gestalt, wie ich ihn zum erstenmale gesehen,
Da er aus Ephyra kehrend von Ilos, Mermeros' Sohne,
Sich in unserer Burg beim gastlichen Becher erquickte!
Denn dorthin war Odysseus im schnellen Schiffe gesegelt,
Menschentötende Säfte zu holen, damit er die Spitze
Seiner gefiederten Pfeile vergiftete. Aber sie gab ihm
Ilos nicht, denn er scheute den Zorn der unsterblichen Götter;
Aber mein Vater gab ihm das Gift, weil er herzlich ihn liebte:
Wenn doch in jener Gestalt Odysseus den Freiern erschiene!
Bald wär' ihr Leben gekürzt, und ihnen die Heirat verbittert!
Aber dieses ruhet im Schoße der seligen Götter,
Ob er zur Heimat kehrt, und einst in diesem Palaste
Rache vergilt, oder nicht. Dir aber gebiet' ich, zu trachten,
Daß du der Freier Schar aus deinem Hause vertreibest.
Lieber, wohlan! merk' auf, und nimm die Rede zu Herzen.
Fodere morgen zu Rat die Edelsten aller Achaier,
Rede vor der Versammlung, und rufe die Götter zu Zeugen.
Allen Freiern gebeut, zu dem Ihrigen sich zu zerstreuen;
Und der Mutter: verlangt ihr Herz die zwote Vermählung,
Kehre sie heim in das Haus des wohlbegüterten Vaters.
Dort bereite man ihr die Hochzeit, und statte sie reichlich
Ihrem Bräutigam aus, wie lieben Töchtern gebühret.
Für dich selbst ist dieses mein Rat, wofern du gehorchest.
Rüste das trefflichste Schiff mit zwanzig Gefährten, und eile,

ἔρχεο πευσόμενος πατρὸς δὴν οἰχομένοιο,
ἤν τίς τοι εἴπῃσι βροτῶν, ἢ ὄσσαν ἀκούσῃς
ἐκ Διός, ἥ τε μάλιστα φέρει κλέος ἀνθρώποισι.
πρῶτα μὲν ἐς Πύλον ἐλθὲ καὶ εἴρεο Νέστορα δῖον,
κεῖθεν δὲ Σπάρτηνδε παρὰ ξανθὸν Μενέλαον·
ὃς γὰρ δεύτατος ἦλθεν Ἀχαιῶν χαλκοχιτώνων.
εἰ μέν κεν πατρὸς βίοτον καὶ νόστον ἀκούσῃς,
ἦ τ' ἂν τρυχόμενός περ ἔτι τλαίης ἐνιαυτόν·
εἰ δέ κε τεθνηῶτος ἀκούσῃς μηδ' ἔτ' ἐόντος,
νοστήσας δὴ ἔπειτα φίλην ἐς πατρίδα γαῖαν
σῆμά τέ οἱ χεῦαι καὶ ἐπὶ κτέρεα κτερεΐξαι
πολλὰ μάλ', ὅσσα ἔοικε, καὶ ἀνέρι μητέρα δοῦναι.
αὐτὰρ ἐπὴν δὴ ταῦτα τελευτήσῃς τε καὶ ἔρξῃς,
φράζεσθαι δὴ ἔπειτα κατὰ φρένα καὶ κατὰ θυμὸν
ὅππως κε μνηστῆρας ἐνὶ μεγάροισι τεοῖσι
κτείνῃς ἠὲ δόλωι ἢ ἀμφαδόν· οὐδέ τί σε χρὴ
νηπιάας ὀχέειν, ἐπεὶ οὐκέτι τηλίκος ἐσσι.
ἢ οὐκ ἀίεις οἷον κλέος ἔλλαβε δῖος Ὀρέστης
πάντας ἐπ' ἀνθρώπους, ἐπεὶ ἔκτανε πατροφονῆα,
Αἴγισθον δολόμητιν, ὅ οἱ πατέρα κλυτὸν ἔκτα;
καὶ σύ, φίλος, μάλα γάρ σ' ὁρόω καλόν τε μέγαν τε,
ἄλκιμος ἔσσ', ἵνα τίς σε καὶ ὀψιγόνων ἐὺ εἴπῃ.
αὐτὰρ ἐγὼν ἐπὶ νῆα θοὴν κατελεύσομαι ἤδη
ἠδ' ἑτάρους, οἵ πού με μάλ' ἀσχαλόωσι μένοντες·
σοὶ δ' αὐτῶι μελέτω, καὶ ἐμῶν ἐμπάζεο μύθων."
   τὴν δ' αὖ Τηλέμαχος πεπνυμένος ἀντίον ηὔδα·
„ ξεῖν', ἦ τοι μὲν ταῦτα φίλα φρονέων ἀγορεύεις,
ὥς τε πατὴρ ὧι παιδί, καὶ οὔ ποτε λήσομαι αὐτῶν.
ἀλλ' ἄγε νῦν ἐπίμεινον, ἐπειγόμενός περ ὁδοῖο,
ὄφρα λοεσσάμενός τε ταρπόμενός τε φίλον κῆρ,
δῶρον ἔχων ἐπὶ νῆα κίῃς, χαίρων ἐνὶ θυμῶι,
τιμῆεν, μάλα καλόν, ὅ τοι κειμήλιον ἔσται
ἐξ ἐμεῦ, οἷα φίλοι ξεῖνοι ξείνοισι διδοῦσι."
   τὸν δ' ἠμείβετ' ἔπειτα θεά, γλαυκῶπις Ἀθήνη·
„ μή μ' ἔτι νῦν κατέρυκε, λιλαιόμενόν περ ὁδοῖο.
δῶρον δ' ὅττι κέ μοι δοῦναι φίλον ἦτορ ἀνώγῃ,
αὖτις ἀνερχομένωι δόμεναι οἶκόνδε φέρεσθαι,
καὶ μάλα καλὸν ἑλών· σοὶ δ' ἄξιον ἔσται ἀμοιβῆς."
   ἡ μὲν ἄρ' ὣς εἰποῦσ' ἀπέβη γλαυκῶπις Ἀθήνη,
ὄρνις δ' ὣς ἀνόπαια διέπτατο· τῶι δ' ἐνὶ θυμῶι
θῆκε μένος καὶ θάρσος, ὑπέμνησέν τέ ἑ πατρὸς

Kundschaft dir zu erforschen vom langabwesenden Vater;
Ob dir's einer verkünde der Sterblichen, oder du Ossa,
Zeus' Gesandte, vernehmest, die viele Gerüchte verbreitet.
Erstlich fahre gen Pylos, und frage den göttlichen Nestor,
Dann gen Sparta, zur Burg Menelaos' des Bräunlichgelockten,
Welcher zuletzt heim kam von den erzgepanzerten Griechen.
Hörst du, er lebe noch, dein Vater, und kehre zur Heimat;
Dann, wie bedrängt du auch seist, erduld' es noch ein Jahr lang.
Hörst du, er sei gestorben, und nicht mehr unter den Menschen;
Siehe dann kehre wieder zur lieben heimischen Insel,
Häufe dem Vater ein Mal, und opfere Totengeschenke
Reichlich, wie sich's gebührt, und gib einem Manne die Mutter.
Aber hast du dieses getan und alles vollendet,
Siehe dann denk' umher, und überlege mit Klugheit,
Wie du die üppige Schar der Freier in deinem Palaste
Tötest, mit heimlicher List, oder öffentlich! Fürder geziemen
Kinderwerke dir nicht, du bist dem Getändel entwachsen.
Hast du nimmer gehört, welch ein Ruhm den edlen Orestes
Unter den Sterblichen preist, seitdem er den Meuchler Ägisthos
Umgebracht, der ihm den herrlichen Vater ermordet?
Auch du, Lieber, denn groß und stattlich bist du von Ansehn,
Halte dich wohl, daß einst die spätesten Enkel dich loben!
Ich will jetzo wieder zum schnellen Schiffe hinabgehn,
Und den Gefährten, die mich, vielleicht unwillig, erwarten.
Sorge nun selber für dich, und nimm die Rede zu Herzen.
Und der verständige Jüngling Telemachos sagte dagegen:
Freund, du redest gewiß mit voller herzlicher Liebe,
Wie ein Vater zum Sohn, und nimmer werd' ich's vergessen.
Aber verweile bei uns noch ein wenig, wie sehr du auch eilest;
Lieber, bade zuvor, und gib dem Herzen Erfrischung:
Daß du mit froherem Mut heimkehrest, und zu dem Schiffe
Bringest ein Ehrengeschenk, ein schönes köstliches Kleinod
Zum Andenken von mir, wie Freunde Freunden verehren.
Drauf antwortete Zeus' blauäugichte Tochter Athene:
Halte nicht länger mich auf; denn dringend sind meine Geschäfte.
Dein Geschenk, das du mir im Herzen bestimmest, das gib mir,
Wann ich wiederkomme, damit ich zur Heimat es bringe;
Und empfange dagegen von mir ein würdiges Kleinod.
Also redete Zeus' blauäugichte Tochter, und eilend
Flog wie ein Vogel sie durch den Kamin. Dem Jünglinge goß sie
Kraft und Mut in die Brust, und fachte des Vaters Gedächtnis

μᾶλλον ἔτ᾽ ἢ τὸ πάροιθεν. ὁ δὲ φρεσὶν ᾗσι νοήσας
θάμβησεν κατὰ θυμόν· ὀίσατο γὰρ θεὸν εἶναι.
αὐτίκα δὲ μνηστῆρας ἐπῴχετο ἰσόθεος φώς.
τοῖσι δ᾽ ἀοιδὸς ἄειδε περικλυτός, οἱ δὲ σιωπῆι
ἥατ᾽ ἀκούοντες· ὁ δ᾽ Ἀχαιῶν νόστον ἄειδε
λυγρόν, ὃν ἐκ Τροίης ἐπετείλατο Παλλὰς Ἀθήνη.
τοῦ δ᾽ ὑπερωιόθεν φρεσὶ σύνθετο θέσπιν ἀοιδὴν
κούρη Ἰκαρίοιο, περίφρων Πηνελόπεια·
κλίμακα δ᾽ ὑψηλὴν κατεβήσετο οἷο δόμοιο,
οὐκ οἴη, ἅμα τῆι γε καὶ ἀμφίπολοι δύ᾽ ἕποντο.
ἡ δ᾽ ὅτε δὴ μνηστῆρας ἀφίκετο δῖα γυναικῶν,
στῆ ῥα παρὰ σταθμὸν τέγεος πύκα ποιητοῖο,
ἄντα παρειάων σχομένη λιπαρὰ κρήδεμνα·
ἀμφίπολος δ᾽ ἄρα οἱ κεδνὴ ἑκάτερθε παρέστη.
δακρύσασα δ᾽ ἔπειτα προσηύδα θεῖον ἀοιδόν·
„ Φήμιε, πολλὰ γὰρ ἄλλα βροτῶν θελκτήρια οἶδας,
ἔργ᾽ ἀνδρῶν τε θεῶν τε, τά τε κλείουσιν ἀοιδοί·
τῶν ἕν γέ σφιν ἄειδε παρήμενος, οἱ δὲ σιωπῆι
οἶνον πινόντων· ταύτης δ᾽ ἀποπαύε᾽ ἀοιδῆς
λυγρῆς, ἥ τέ μοι αἰεὶ ἐνὶ στήθεσσι φίλον κῆρ
τείρει, ἐπεί με μάλιστα καθίκετο πένθος ἄλαστον.
τοίην γὰρ κεφαλὴν ποθέω μεμνημένη αἰεί,
ἀνδρός, τοῦ κλέος εὐρὺ καθ᾽ Ἑλλάδα καὶ μέσον Ἄργος."
τὴν δ᾽ αὖ Τηλέμαχος πεπνυμένος ἀντίον ηὔδα·
„ μῆτερ ἐμή, τί τ᾽ ἄρα φθονέεις ἐρίηρον ἀοιδὸν
τέρπειν ὅππηι οἱ νόος ὄρνυται; οὔ νύ τ᾽ ἀοιδοὶ
αἴτιοι, ἀλλά ποθι Ζεὺς αἴτιος, ὅς τε δίδωσιν
ἀνδράσιν ἀλφηστῆισιν, ὅπως ἐθέλῃσιν, ἑκάστωι.
τούτωι δ᾽ οὐ νέμεσις Δαναῶν κακὸν οἶτον ἀείδειν·
τὴν γὰρ ἀοιδὴν μᾶλλον ἐπικλείουσ᾽ ἄνθρωποι,
ἥ τις ἀκουόντεσσι νεωτάτη ἀμφιπέληται.
σοί δ᾽ ἐπιτολμάτω κραδίη καὶ θυμὸς ἀκούειν·
οὐ γὰρ Ὀδυσσεὺς οἶος ἀπώλεσε νόστιμον ἦμαρ
ἐν Τροίηι, πολλοὶ δὲ καὶ ἄλλοι φῶτες ὄλοντο.
ἀλλ᾽ εἰς οἶκον ἰοῦσα τὰ σ᾽ αὐτῆς ἔργα κόμιζε,
ἱστόν τ᾽ ἠλακάτην τε, καὶ ἀμφιπόλοισι κέλευε
ἔργον ἐποίχεσθαι· μῦθος δ᾽ ἄνδρεσσι μελήσει
πᾶσι, μάλιστα δ᾽ ἐμοί· τοῦ γὰρ κράτος ἔστ᾽ ἐνὶ οἴκωι."
ἡ μὲν θαμβήσασα πάλιν οἶκόνδε βεβήκει·
παιδὸς γὰρ μῦθον πεπνυμένον ἔνθετο θυμῶι.
ἐς δ᾽ ὑπερῶι᾽ ἀναβᾶσα σὺν ἀμφιπόλοισι γυναιξὶ

Heller noch an, wie zuvor. Er empfand es im innersten Herzen,
Und erstaunte darob; ihm ahnete, daß es ein Gott war.
Jetzo ging er zurück zu den Freiern, der göttliche Jüngling.
Vor den Freiern sang der berühmte Sänger; und schweigend
Saßen sie all', und horchten. Er sang die traurige Heimfahrt,
Welche Pallas Athene den Griechen von Troja beschieden.
Und im oberen Stock vernahm die himmlischen Töne
Auch Ikarios Tochter, die kluge Penelopeia.
Eilend stieg sie hinab die hohen Stufen der Wohnung,
Nicht allein; sie wurde von zwo Jungfrauen begleitet.
Als das göttliche Weib die Freier jetzo erreichte,
Stand sie still an der Schwelle des schönen gewölbeten Saales;
Ihre Wangen umwallte der feine Schleier des Hauptes,
Und an jeglichem Arm stand eine der stattlichen Jungfraun.
Tränend wandte sie sich zum göttlichen Sänger, und sagte:
Phemios, du weißt ja noch sonst viel reizende Lieder,
Taten der Menschen und Götter, die unter den Sängern berühmt sind;
Singe denn davon eins vor diesen Männern, und schweigend
Trinke jeder den Wein. Allein mit jenem Gesange
Quäle mich nicht, der stets mein armes Herz mir durchbohret.
Denn mich traf ja vor allen der unaussprechlichste Jammer!
Ach den besten Gemahl bewein' ich, und denke beständig
Jenes Mannes, der weit durch Hellas und Argos berühmt ist!
Und der verständige Jüngling Telemachos sagte dagegen:
Meine Mutter, warum verargst du dem lieblichen Sänger,
Daß er mit Liedern uns reizt, wie sie dem Herzen entströmen?
Nicht die Sänger sind des zu beschuldigen, sondern allein Zeus,
Welcher die Meister der Kunst nach seinem Gefallen begeistert.
Zürne denn nicht, weil dieser die Leiden der Danaer singet;
Denn der neuste Gesang erhält vor allen Gesängen
Immer das lauteste Lob der aufmerksamen Versammlung:
Sondern stärke vielmehr auch deine Seele, zu hören.
Nicht Odysseus allein verlor den Tag der Zurückkunft
Unter den Troern; es sanken mit ihm viel andere Männer.
Aber gehe nun heim, besorge deine Geschäfte,
Spindel und Webestuhl, und treib an beschiedener Arbeit
Deine Mägde zum Fleiß! Die Rede gebühret den Männern,
Und vor allen mir; denn mein ist die Herrschaft im Hause!
Staunend kehrte die Mutter zurück in ihre Gemächer,
Und erwog im Herzen die kluge Rede des Sohnes.
Als sie nun oben kam mit den Jungfraun, weinte sie wieder

κλαῖεν ἔπειτ' Ὀδυσῆα φίλον πόσιν, ὄφρα οἱ ὕπνον
ἡδὺν ἐπὶ βλεφάροισι βάλε γλαυκῶπις Ἀθήνη.
μνηστῆρες δ' ὁμάδησαν ἀνὰ μέγαρα σκιόεντα,
πάντες δ' ἠρήσαντο παραὶ λεχέεσσι κλιθῆναι.
τοῖσι δὲ Τηλέμαχος πεπνυμένος ἤρχετο μύθων·
„ μητρὸς ἐμῆς μνηστῆρες ὑπέρβιον ὕβριν ἔχοντες,
νῦν μὲν δαινύμενοι τερπώμεθα, μηδὲ βοητὺς
ἔστω, ἐπεὶ τόδε καλὸν ἀκουέμεν ἐστὶν ἀοιδοῦ
τοιοῦδ' οἷος ὅδ' ἐστί, θεοῖς ἐναλίγκιος αὐδήν.
ἠῶθεν δ' ἀγορήνδε καθεζώμεσθα κιόντες
πάντες, ἵν' ὕμιν μῦθον ἀπηλεγέως ἀποείπω,
ἐξιέναι μεγάρων· ἄλλας δ' ἀλεγύνετε δαῖτας,
ὑμὰ κτήματ' ἔδοντες, ἀμειβόμενοι κατὰ οἴκους.
εἰ δ' ὕμιν δοκέει τόδε λωΐτερον καὶ ἄμεινον
ἔμμεναι, ἀνδρὸς ἑνὸς βίοτον νήποινον ὀλέσθαι,
κείρετ'· ἐγὼ δὲ θεοὺς ἐπιβώσομαι αἰὲν ἐόντας,
αἴ κέ ποθι Ζεὺς δῷσι παλίντιτα ἔργα γενέσθαι·
νήποινοί κεν ἔπειτα δόμων ἔντοσθεν ὄλοισθε."
ὣς ἔφαθ', οἱ δ' ἄρα πάντες ὀδὰξ ἐν χείλεσι φύντες
Τηλέμαχον θαύμαζον, ὃ θαρσαλέως ἀγόρευεν.
τὸν δ' αὖτ' Ἀντίνοος προσέφη, Εὐπείθεος υἱός·
„ Τηλέμαχ', ἦ μάλα δή σε διδάσκουσιν θεοὶ αὐτοὶ
ὑψαγόρην τ' ἔμεναι καὶ θαρσαλέως ἀγορεύειν·
μὴ σέ γ' ἐν ἀμφιάλωι Ἰθάκηι βασιλῆα Κρονίων
ποιήσειεν, ὅ τοι γενεῆι πατρώιόν ἐστιν."
τὸν δ' αὖ Τηλέμαχος πεπνυμένος ἀντίον ηὔδα·
„ Ἀντίνο', ἦ καί μοι νεμεσήσεαι ὅττι κεν εἴπω;
καὶ κεν τοῦτ' ἐθέλοιμι Διός γε διδόντος ἀρέσθαι.
ἦ φῂς τοῦτο κάκιστον ἐν ἀνθρώποισι τετύχθαι;
οὐ μὲν γάρ τι κακὸν βασιλευέμεν· αἶψά τέ οἱ δῶ
ἀφνειὸν πέλεται καὶ τιμηέστερος αὐτός.
ἀλλ' ἦ τοι βασιλῆες Ἀχαιῶν εἰσὶ καὶ ἄλλοι
πολλοὶ ἐν ἀμφιάλωι Ἰθάκηι, νέοι ἠδὲ παλαιοί,
τῶν κέν τις τόδ' ἔχηισιν, ἐπεὶ θάνε δῖος Ὀδυσσεύς·
αὐτὰρ ἐγὼν οἴκοιο ἄναξ ἔσομ' ἡμετέροιο
καὶ δμώων, οὕς μοι ληίσσατο δῖος Ὀδυσσεύς."
τὸν δ' αὖτ' Εὐρύμαχος Πολύβου πάϊς ἀντίον ηὔδα·
„ Τηλέμαχ', ἦ τοι ταῦτα θεῶν ἐν γούνασι κεῖται,
ὅς τις ἐν ἀμφιάλωι Ἰθάκηι βασιλεύσει Ἀχαιῶν·
κτήματα δ' αὐτὸς ἔχοις καὶ δώμασιν οἷσιν ἀνάσσοις.
μὴ γὰρ ὅ γ' ἔλθοι ἀνὴρ ὅς τίς σ' ἀέκοντα βίηφιν

Ihren trauten Gemahl Odysseus; bis ihr Athene
Sanft mit süßem Schlummer die Augenlider betaute.
Aber nun lärmten die Freier umher in dem schattichten Saale,
Denn sie wünschten sich alle, mit ihr das Bette zu teilen.
Und der verständige Jüngling Telemachos sprach zur Versammlung:
Freier meiner Mutter, voll übermütiges Trotzes,
Freut euch jetzo des Mahls, und erhebt kein wüstes Getümmel!
Denn es füllt ja mit Wonne das Herz, dem Gesange zu horchen,
Wann ein Sänger, wie dieser, die Töne der Himmlischen nachahmt!
Morgen wollen wir uns zu den Sitzen des Marktes versammeln;
Daß ich euch allen dort freimütig und öffentlich rate,
Mir aus dem Hause zu gehn! Sucht künftig andere Mähler;
Zehret von euren Gütern, und laßt die Bewirtungen umgehn.
Aber wenn ihr es so bequemer und lieblicher findet,
Eines Mannes Hab', ohn' alle Vergeltung zu fressen;
Schlingt sie hinab! Ich werde die ewigen Götter anflehn,
Ob euch nicht endlich einmal Zeus eure Taten bezahle,
Daß ihr in unserm Haus' auch ohne Vergeltung dahinstürzt!
Also sprach er; da bissen sie ringsumher sich die Lippen,
Über den Jüngling erstaunt, der so entschlossen geredet.
Aber Eupeithes' Sohn Antinoos gab ihm zur Antwort:
Ei! dich lehren gewiß, Telemachos, selber die Götter,
Vor der Versammlung so hoch und so entschlossen zu reden!
Daß Kronion dir ja die Herrschaft unseres Eilands
Nicht vertraue, die dir von deinem Vater gebühret!
Und der verständige Jüngling Telemachos sagte dagegen:
O Antinoos, wirst du mir auch die Rede verargen?
Gerne nähm' ich sie an, wenn Zeus sie schenkte, die Herrschaft!
Oder meinst du, es sei das Schlechteste unter den Menschen?
Wahrlich, es ist nichts Schlechtes, zu herrschen; des Königes Haus wird
Schnell mit Schätzen erfüllt, er selber höher geachtet!
Aber es wohnen ja sonst genug achaiische Fürsten
In dem umfluteten Reiche von Ithaka, Jüngling' und Greise;
Nehm' es einer von diesen, wofern Odysseus gestorben!
Doch behalt' ich für mich die Herrschaft unseres Hauses,
Und der Knechte, die mir der edle Odysseus erbeutet!
Aber Polybos' Sohn Eurymachos sagte dagegen:
Dies, Telemachos, ruht im Schoße der seligen Götter,
Wer das umflutete Reich von Ithaka künftig beherrschet;
Aber die Herrschaft im Haus und dein Eigentum bleiben dir sicher!
Komme nur keiner, und raube dir je mit gewaltsamen Händen

κτήματ' ἀπορραίσει, Ἰθάκης ἔτι ναιετοώσης.
ἀλλ' ἐθέλω σε, φέριστε, περὶ ξείνοιο ἐρέσθαι,
ὁππόθεν οὗτος ἀνήρ, ποίης δ' ἐξ εὔχεται εἶναι
γαίης, ποῦ δέ νύ οἱ γενεὴ καὶ πατρὶς ἄρουρα.
ἠέ τιν' ἀγγελίην πατρὸς φέρει ἐρχομένοιο,
ἦ ἑὸν αὐτοῦ χρεῖος ἐελδόμενος τόδ' ἱκάνει;
οἷον ἀναΐξας ἄφαρ οἴχεται, οὐδ' ὑπέμεινε
γνώμεναι· οὐ μὲν γάρ τι κακῶι εἰς ὦπα ἐώικει."
τὸν δ' αὖ Τηλέμαχος πεπνυμένος ἀντίον ηὔδα·
„Εὐρύμαχ', ἦ τοι νόστος ἀπώλετο πατρὸς ἐμοῖο·
οὔτ' οὖν ἀγγελίηι ἔτι πείθομαι, εἴ ποθεν ἔλθοι,
οὔτε θεοπροπίης ἐμπάζομαι, ἥν τινα μήτηρ
ἐς μέγαρον καλέσασα θεοπρόπον ἐξερέηται.
ξεῖνος δ' οὗτος ἐμὸς πατρώιος ἐκ Τάφου ἐστίν,
Μέντης δ' Ἀγχιάλοιο δαΐφρονος εὔχεται εἶναι
υἱός, ἀτὰρ Ταφίοισι φιληρέτμοισιν ἀνάσσει."
ὣς φάτο Τηλέμαχος, φρεσὶ δ' ἀθανάτην θεὸν ἔγνω.
οἱ δ' εἰς ὀρχηστύν τε καὶ ἱμερόεσσαν ἀοιδὴν
τρεψάμενοι τέρποντο, μένον δ' ἐπὶ ἕσπερον ἐλθεῖν.
τοῖσι δὲ τερπομένοισι μέλας ἐπὶ ἕσπερος ἦλθε·
δὴ τότε κακκείοντες ἔβαν οἶκόνδε ἕκαστος.
Τηλέμαχος δ', ὅθι οἱ θάλαμος περικαλλέος αὐλῆς
ὑψηλὸς δέδμητο περισκέπτωι ἐνὶ χώρωι,
ἔνθ' ἔβη εἰς εὐνὴν πολλὰ φρεσὶ μερμηρίζων.
τῶι δ' ἄρ' ἅμ' αἰθομένας δαΐδας φέρε κεδνὰ ἰδυῖα
Εὐρύκλει', Ὦπος θυγάτηρ Πεισηνορίδαο,
τήν ποτε Λαέρτης πρίατο κτεάτεσσιν ἑοῖσιν
πρωθήβην ἔτ' ἐοῦσαν, ἐεικοσάβοια δ' ἔδωκεν,
ἶσα δέ μιν κεδνῆι ἀλόχωι τίεν ἐν μεγάροισιν,
εὐνῆι δ' οὔ ποτ' ἔμικτο, χόλον δ' ἀλέεινε γυναικός·
ἥ οἱ ἅμ' αἰθομένας δαΐδας φέρε, καί ἑ μάλιστα
δμωιάων φιλέεσκε, καὶ ἔτρεφε τυτθὸν ἐόντα.
ὤιξεν δὲ θύρας θαλάμου πύκα ποιητοῖο,
ἕζετο δ' ἐν λέκτρωι, μαλακὸν δ' ἔκδυνε χιτῶνα·
καὶ τὸν μὲν γραίης πυκιμηδέος ἔμβαλε χερσίν.
ἡ μὲν τὸν πτύξασα καὶ ἀσκήσασα χιτῶνα,
πασσάλωι ἀγκρεμάσασα παρὰ τρητοῖσι λέχεσσι
βῆ ῥ' ἴμεν ἐκ θαλάμοιο, θύρην δ' ἐπέρυσσε κορώνηι
ἀργυρέηι, ἐπὶ δὲ κληῖδ' ἐτάνυσσεν ἱμάντι.
ἔνθ' ὅ γε παννύχιος, κεκαλυμμένος οἰὸς ἀώτωι,
βούλευε φρεσὶν ἧισιν ὁδὸν τὴν πέφραδ' Ἀθήνη.

Deine Habe, so lange noch Männer in Ithaka wohnen!
Aber ich möchte dich wohl um den Gast befragen, mein Bester.
Sage, woher ist der Mann? und welches Landes Bewohner
Rühmt er sich? Wo ist sein Geschlecht und väterlich Erbe?
Bracht' er dir etwa Botschaft von deines Vaters Zurückkunft?
Oder kam er hieher in seinen eignen Geschäften?
Warum eilt' er so plötzlich hinweg, und scheute so sichtbar
Unsre Bekanntschaft? Gewiß, unedel war seine Gestalt nicht!
　Und der verständige Jüngling Telemachos sagte dagegen:
Hin, Eurymachos, ist auf immer des Vaters Zurückkunft!
Darum trau' ich nicht mehr Botschaften, woher sie auch kommen,
Kümmre mich nie um Deutungen mehr, wen auch immer die Mutter
Zu sich ins Haus berufe, um unser Verhängnis zu forschen!
Dies war ein taphischer Mann, mein angeborener Gastfreund.
Mentes, Anchialos' Sohn, des kriegserfahrenen Helden,
Rühmt er sich, und beherrscht die ruderliebende Taphos.
　Also sprach er; im Herzen erkannt' er die heilige Göttin.
Und sie wandten sich wieder zum Tanz und frohen Gesange,
Und belustigten sich, bis ihnen der Abend herabsank.
Als den Lustigen nun der dunkle Abend herabsank;
Gingen sie alle heim, der süßen Ruhe zu pflegen.
　Aber Telemachos ging zu seinem hohen Gemache.
Auf dem prächtigen Hof', in weitumschauender Gegend;
Dorthin ging er zur Ruh mit tiefbekümmerter Seele.
Vor ihm ging mit brennenden Fackeln die tüchtige alte
Eurykleia, die Tochter Ops, des Sohnes Peisenors,
Welche vordem Laertes mit seinem Gute gekaufet,
In jungfräulicher Blüte, für zwanzig Rinder: er ehrte
Sie im hohen Palast, gleich seiner edlen Gemahlin,
Aber berührte sie nie, aus Furcht vor dem Zorne der Gattin.
Diese begleitete ihn mit brennenden Fackeln; sie hatt' ihn
Unter den Mägden am liebsten, und pflegt' ihn, als er ein Kind war.
　Und er öffnete jetzt die Türe des schönen Gemaches,
Setzte sich auf sein Lager, und zog das weiche Gewand aus,
Warf es dann in die Hände der wohlbedächtigen Alten.
Diese fügte den Rock geschickt in Falten, und hängt' ihn
An den hölzernen Nagel zur Seite des zierlichen Bettes,
Ging aus der Kammer, und zog mit dem silbernen Ringe die Türe
Hinter sich an, und schob den Riegel vor mit dem Riemen.
　Also lag er die Nacht, mit feiner Wolle bedecket,
Und umdachte die Reise, die ihm Athene geraten.

ΟΔΥΣΣΕΙΑΣ Β

Ἰθακησίων ἀγορά.
Τηλεμάχου ἀποδημία.

Ἦμος δ᾽ ἠριγένεια φάνη ῥοδοδάκτυλος Ἠώς,
ὤρνυτ᾽ ἄρ᾽ ἐξ εὐνῆφιν Ὀδυσσῆος φίλος υἱὸς
εἵματα ἑσσάμενος, περὶ δὲ ξίφος ὀξὺ θέτ᾽ ὤμωι,
ποσσὶ δ᾽ ὑπὸ λιπαροῖσιν ἐδήσατο καλὰ πέδιλα,
βῆ δ᾽ ἴμεν ἐκ θαλάμοιο θεῶι ἐναλίγκιος ἄντην.
αἶψα δὲ κηρύκεσσι λιγυφθόγγοισι κέλευσε
κηρύσσειν ἀγορήνδε κάρη κομόωντας Ἀχαιούς.
οἱ μὲν ἐκήρυσσον, τοὶ δ᾽ ἠγείροντο μάλ᾽ ὦκα.
αὐτὰρ ἐπεί ῥ᾽ ἤγερθεν ὁμηγερέες τ᾽ ἐγένοντο,
βῆ ῥ᾽ ἴμεν εἰς ἀγορήν, παλάμηι δ᾽ ἔχε χάλκεον ἔγχος,
οὐκ οἶος, ἅμα τῶι γε δύω κύνες ἀργοὶ ἕποντο.
θεσπεσίην δ᾽ ἄρα τῶι γε χάριν κατέχευεν Ἀθήνη.
τὸν δ᾽ ἄρα πάντες λαοὶ ἐπερχόμενον θηεῦντο·
ἕζετο δ᾽ ἐν πατρὸς θώκωι, εἶξαν δὲ γέροντες.
τοῖσι δ᾽ ἔπειθ᾽ ἥρως Αἰγύπτιος ἦρχ᾽ ἀγορεύειν,
ὃς δὴ γήραϊ κυφὸς ἔην καὶ μυρία ἤιδη.
καὶ γὰρ τοῦ φίλος υἱὸς ἅμ᾽ ἀντιθέωι Ὀδυσῆι
Ἴλιον εἰς εὔπωλον ἔβη κοίλῃς ἐνὶ νηυσίν,
Ἄντιφος αἰχμητής· τὸν δ᾽ ἄγριος ἔκτανε Κύκλωψ
ἐν σπῆι γλαφυρῶι, πύματον δ᾽ ὡπλίσσατο δόρπον.
τρεῖς δέ οἱ ἄλλοι ἔσαν, καὶ ὁ μὲν μνηστῆρσιν ὁμίλει,
Εὐρύνομος, δύο δ᾽ αἰὲν ἔχον πατρώια ἔργα.
ἀλλ᾽ οὐδ᾽ ὧς τοῦ λῆθετ᾽ ὀδυρόμενος καὶ ἀχεύων.
τοῦ ὅ γε δάκρυ χέων ἀγορήσατο καὶ μετέειπε·
„κέκλυτε δὴ νῦν μευ, Ἰθακήσιοι, ὅττι κεν εἴπω·
οὔτε ποθ᾽ ἡμετέρη ἀγορὴ γένετ᾽ οὔτε θόωκος
ἐξ οὗ Ὀδυσσεὺς δῖος ἔβη κοίλῃς ἐνὶ νηυσί.
νῦν δὲ τίς ὧδ᾽ ἤγειρε; τίνα χρειὼ τόσον ἵκει
ἠὲ νέων ἀνδρῶν ἢ οἳ προγενέστεροί εἰσιν;
ἠέ τιν᾽ ἀγγελίην στρατοῦ ἔκλυεν ἐρχομένοιο,
ἥν χ᾽ ἡμῖν σάφα εἴποι, ὅτε πρότερός γε πύθοιτο;

ZWEITER GESANG

Am Morgen beruft Telemachos das Volk, und verlangt, daß die Freier sein Haus verlassen. Antinoos verweigert's. Ein Vogelzeichen von Eurymachos verhöhnt. Telemachos bittet um ein Schiff, nach dem Vater zu forschen; Mentor rügt den Kaltsinn des Volks; aber ein Freier trennt spottend die Versammlung. Athene in Mentors Gestalt verspricht dem Einsamen Schiff und Begleitung. Die Schaffnerin Eurykleia gibt Reisekost. Athene erhält von Noemon ein Schiff, und bemannt es. Am Abend wird die Reisekost eingebracht; und Telemachos, ohne Wissen der Mutter, fährt mit dem scheinbaren Mentor nach Pylos.

Als die dämmernde Frühe mit Rosenfingern erwachte,
Sprang er vom Lager empor der geliebte Sohn von Odysseus,
Legte die Kleider an, und hängte das Schwert um die Schulter,
Band die schönen Sohlen sich unter die zierlichen Füße,
Trat aus der Kammer hervor, geschmückt mit göttlicher Hoheit,
Und gebot den Herolden, schnell mit tönender Stimme
Zur Versammlung zu rufen die hauptumlockten Achaier.
Tönend riefen sie aus, und flugs war alles versammelt.
Als die Versammelten jetzt in geschlossener Reihe sich drängten,
Ging er unter das Volk, in der Hand die eherne Lanze,
Nicht allein, ihn begleiteten zween schnellfüßige Hunde.
Siehe mit himmlischer Anmut umstrahlt' ihn Pallas Athene,
Daß die Völker alle dem kommenden Jünglinge staunten.
Und er saß auf des Vaters Stuhl, ihm wichen die Greise.
  Jetzo begann der Held Ägyptios vor der Versammlung,
Dieser gebückte Greis voll tausendfacher Erfahrung.
Dessen geliebter Sohn war samt dem edlen Odysseus
Gegen die Reisigen Trojas im hohlen Schiffe gesegelt,
Antiphos, tapfer und kühn; den hatte der arge Kyklope
In der Höhle zerfleischt, und zum letzten Schmause bereitet.
Noch drei andere hatt' er: der eine, Eurynomos, lebte
Unter den Freiern, und zween besorgten des Vaters Geschäfte;
Dennoch bejammert' er stets des verlorenen Sohnes Gedächtnis.
Tränend begann der Greis, und redete vor der Versammlung:
  Höret mich jetzt, ihr Männer von Ithaka, was ich euch sage!
Keine Versammlung ward und keine Sitzung gehalten,
Seit der edle Odysseus die Schiffe gen Troja geführt hat.
Wer hat uns denn heute versammelt? Welcher der Alten
Oder der Jünglinge hier? Und welche Sache bewog ihn?
Höret' er etwa Botschaft von einem nahenden Kriegsheer,
Daß er uns allen verkünde, was er am ersten vernommen?

ἦέ τι δήμιον ἄλλο πιφαύσκεται ἠδ' ἀγορεύει;
ἐσθλός μοι δοκεῖ εἶναι, ὀνήμενος. εἴθε οἱ αὐτῶι
Ζεὺς ἀγαθὸν τελέσειεν, ὅτι φρεσὶν ἧισι μενοινᾶι."
ὣς φάτο, χαῖρε δὲ φήμηι Ὀδυσσῆος φίλος υἱός,
οὐδ' ἄρ' ἔτι δὴν ἧστο, μενοίνησεν δ' ἀγορεύειν,
στῆ δὲ μέσηι ἀγορῆι· σκῆπτρον δέ οἱ ἔμβαλε χειρὶ
κῆρυξ Πεισήνωρ πεπνυμένα μήδεα εἰδώς.
πρῶτον ἔπειτα γέροντα καθαπτόμενος προσέειπεν·
„ὦ γέρον, οὐχ ἑκὰς οὗτος ἀνήρ, τάχα δ' εἴσεαι αὐτός,
ὃς λαὸν ἤγειρα· μάλιστα δέ μ' ἄλγος ἱκάνει.
οὔτε τιν' ἀγγελίην στρατοῦ ἔκλυον ἐρχομένοιο,
ἥν χ' ὑμῖν σάφα εἴπω, ὅτε πρότερός γε πυθοίμην,
οὔτε τι δήμιον ἄλλο πιφαύσκομαι οὐδ' ἀγορεύω,
ἀλλ' ἐμὸν αὐτοῦ χρεῖος, ὅ μοι κακὰ ἔμπεσεν οἴκωι
δοιά· τὸ μὲν πατέρ' ἐσθλὸν ἀπώλεσα, ὅς ποτ' ἐν ὑμῖν
τοίσδεσσιν βασίλευε, πατὴρ δ' ὣς ἤπιος ἦεν·
νῦν δ' αὖ καὶ πολὺ μεῖζον, ὃ δὴ τάχα οἶκον ἅπαντα
πάγχυ διαρραίσει, βίοτον δ' ἀπὸ πάμπαν ὀλέσσει.
μητέρι μοι μνηστῆρες ἐπέχραον οὐκ ἐθελούσηι,
τῶν ἀνδρῶν φίλοι υἷες, οἳ ἐνθάδε γ' εἰσὶν ἄριστοι,
οἳ πατρὸς μὲν ἐς οἶκον ἀπερρίγασι νέεσθαι
Ἰκαρίου, ὥς κ' αὐτὸς ἐεδνώσαιτο θύγατρα,
δοίη δ' ὧι κ' ἐθέλοι καί οἱ κεχαρισμένος ἔλθοι·
οἱ δ' εἰς ἡμέτερον πωλεύμενοι ἤματα πάντα,
βοῦς ἱερεύοντες καὶ ὄις καὶ πίονας αἶγας
εἰλαπινάζουσιν πίνουσί τε αἴθοπα οἶνον
μαψιδίως· τὰ δὲ πολλὰ κατάνεται. οὐ γὰρ ἔπ' ἀνήρ,
οἷος Ὀδυσσεὺς ἔσκεν, ἀρὴν ἀπὸ οἴκου ἀμῦναι.
ἡμεῖς δ' οὔ νύ τι τοῖοι ἀμυνέμεν· ἦ καὶ ἔπειτα
λευγαλέοι τ' ἐσόμεσθα καὶ οὐ δεδαηκότες ἀλκήν.
ἦ τ' ἂν ἀμυναίμην, εἴ μοι δύναμίς γε παρείη.
οὐ γὰρ ἔτ' ἀνσχετὰ ἔργα τετεύχαται, οὐδ' ἔτι καλῶς
οἶκος ἐμὸς διόλωλε. νεμεσσήθητε καὶ αὐτοί,
ἄλλους τ' αἰδέσθητε περικτίονας ἀνθρώπους,
οἳ περιναιετάουσι· θεῶν δ' ὑποδείσατε μῆνιν,
μή τι μεταστρέψωσιν ἀγασσάμενοι κακὰ ἔργα.
λίσσομαι ἠμὲν Ζηνὸς Ὀλυμπίου ἠδὲ Θέμιστος,
ἥ τ' ἀνδρῶν ἀγορὰς ἠμὲν λύει ἠδὲ καθίζει·
σχέσθε, φίλοι, καί μ' οἶον ἐάσατε πένθεϊ λυγρῶι
τείρεσθ', εἰ μή πού τι πατὴρ ἐμὸς ἐσθλὸς Ὀδυσσεὺς
δυσμενέων κακ' ἔρεξεν ἐυκνήμιδας Ἀχαιούς,

Oder weiß er ein andres zum Wohl des Landes zu raten?
Bieder scheinet er mir und segenswürdig! Ihm lasse
Zeus das Gute gedeihn, so er im Herzen gedenket!
Sprach's; und Telemachos, froh der heilweissagenden Worte,
Saß nicht länger; er trat, mit heißer Begierde zu reden,
In die Mitte des Volks. Den Scepter reichte Peisenor
Ihm in die Hand, der Herold, mit weisem Rate begabet.
Und er wandte zuerst sich gegen den Alten, und sagte:
Edler Greis, nicht fern ist der Mann, gleich sollst du ihn kennen:
Ich versammelte euch; mich drückt am meisten der Kummer!
Keine Botschaft hört' ich von einem nahenden Kriegsheer,
Daß ich euch allen verkünde, was ich am ersten vernommen;
Auch nichts anderes weiß ich zum Wohl des Landes zu raten:
Sondern ich rede von mir, von meines eigenen Hauses
Zwiefacher Not. Zuerst verlor ich den guten Vater,
Euren König, der euch mit Vaterliebe beherrschte.
Und nun leid' ich noch mehr: mein ganzes Haus ist vielleicht bald
Tief ins Verderben gestürzt, und all mein Vermögen zertrümmert!
Meine Mutter umdrängen mit ungestümer Bewerbung
Freier, geliebte Söhne der Edelsten unseres Volkes.
Diese scheuen sich nun, zu Ikarios' Hause zu wandeln,
Ihres Vaters, daß er mit reichem Schatze die Tochter
Gäbe, welchem er wollte, und wer ihm vor allen gefiele;
Sondern sie schalten von Tag zu Tag' in unserm Palaste,
Schlachten unsere Rinder und Schaf' und gemästeten Ziegen
Für den üppigen Schmaus, und schwelgen im funkelnden Weine
Ohne Scheu; und alles wird leer; denn es fehlt uns ein solcher
Mann, wie Odysseus war, die Plage vom Hause zu wenden!
Wir vermögen sie nicht zu wenden, und ach auf immer
Werden wir hilflos sein, und niemals Tapferkeit üben!
Wahrlich ich wendete sie, wenn ich nur Stärke besäße!
Ganz unerträglich begegnet man mir, ganz wider die Ordnung
Wird mir mein Haus zerrüttet! Erkennt doch selber das Unrecht,
Oder scheuet euch doch vor andern benachbarten Völkern,
Welche rings uns umwohnen, und bebt vor der Rache der Götter,
Daß sie euch nicht im Zorne die Übeltaten vergelten!
Freunde, ich fleh euch bei Zeus, dem Gott des Olympos und Themis,
Welche die Menschen zum Rat versammelt, und wieder zerstreuet:
Haltet ein, und begnügt euch, daß mich der traurigste Kummer
Quält! Hat etwa je mein guter Vater Odysseus
Euch vorsätzlich beleidigt, ihr schöngeharnischten Griechen,

τῶν μ' ἀποτινύμενοι κακὰ ῥέζετε δυσμενέοντες,
τούτους ὀτρύνοντες. ἐμοὶ δέ κε κέρδιον εἴη
ὑμέας ἐσθέμεναι κειμήλιά τε πρόβασίν τε.
εἴ χ' ὑμεῖς γε φάγοιτε, τάχ' ἄν ποτε καὶ τίσις εἴη·
τόφρα γὰρ ἂν κατὰ ἄστυ ποτιπτυσσοίμεθα μύθωι
χρήματ' ἀπαιτίζοντες, ἕως κ' ἀπὸ πάντα δοθείη·
νῦν δέ μοι ἀπρήκτους ὀδύνας ἐμβάλλετε θυμῶι."
ὣς φάτο χωόμενος, ποτὶ δὲ σκῆπτρον βάλε γαίηι
δάκρυ' ἀναπρήσας· οἶκτος δ' ἕλε λαὸν ἅπαντα.
ἔνθ' ἄλλοι μὲν πάντες ἀκὴν ἔσαν, οὐδέ τις ἔτλη
Τηλέμαχον μύθοισιν ἀμείψασθαι χαλεποῖσιν·
Ἀντίνοος δέ μιν οἶος ἀμειβόμενος προσέειπε·
„Τηλέμαχ' ὑψαγόρη, μένος ἄσχετε, ποῖον ἔειπες
ἡμέας αἰσχύνων· ἐθέλοις δέ κε μῶμον ἀνάψαι.
σοὶ δ' οὔ τι μνηστῆρες Ἀχαιῶν αἴτιοί εἰσιν,
ἀλλὰ φίλη μήτηρ, ἥ τοι πέρι κέρδεα οἶδεν.
ἤδη γὰρ τρίτον ἐστὶν ἔτος, τάχα δ' εἶσι τέταρτον,
ἐξ οὗ ἀτέμβει θυμὸν ἐνὶ στήθεσσιν Ἀχαιῶν.
πάντας μέν ῥ' ἔλπει καὶ ὑπίσχεται ἀνδρὶ ἑκάστωι
ἀγγελίας προϊεῖσα, νόος δέ οἱ ἄλλα μενοινᾶι.
ἡ δὲ δόλον τόνδ' ἄλλον ἐνὶ φρεσὶ μερμήριξε·
στησαμένη μέγαν ἱστὸν ἐνὶ μεγάροισιν ὕφαινε,
λεπτὸν καὶ περίμετρον· ἄφαρ δ' ἡμῖν μετέειπε·
‚κοῦροι ἐμοὶ μνηστῆρες, ἐπεὶ θάνε δῖος Ὀδυσσεύς,
μίμνετ' ἐπειγόμενοι τὸν ἐμὸν γάμον, εἰς ὅ κε φᾶρος
ἐκτελέσω, μή μοι μεταμώνια νήματ' ὄληται,
Λαέρτηι ἥρωι ταφήιον, εἰς ὅτε κέν μιν
μοῖρ' ὀλοὴ καθέληισι τανηλεγέος θανάτοιο,
μή τίς μοι κατὰ δῆμον Ἀχαιϊάδων νεμεσήσηι.
αἴ κεν ἄτερ σπείρου κεῖται πολλὰ κτεατίσσας.'
ὣς ἔφαθ', ἡμῖν δ' αὖτ' ἐπεπείθετο θυμὸς ἀγήνωρ.
ἔνθα καὶ ἠματίη μὲν ὑφαίνεσκεν μέγαν ἱστόν,
νύκτας δ' ἀλλύεσκεν, ἐπεὶ δαΐδας παραθεῖτο.
ὣς τρίετες μὲν ἔληθε δόλωι καὶ ἔπειθεν Ἀχαιούς·
ἀλλ' ὅτε τέτρατον ἦλθεν ἔτος καὶ ἐπήλυθον ὧραι,
μηνῶν φθινόντων, περὶ δ' ἤματα πόλλ' ἐτελέσθη
καὶ τότε δή τις ἔειπε γυναικῶν, ἣ σάφα ἤιδη,
καὶ τήν γ' ἀλλύουσαν ἐφεύρομεν ἀγλαὸν ἱστόν.
ὣς τὸ μὲν ἐξετέλεσσε καὶ οὐκ ἐθέλουσ' ὑπ' ἀνάγκης·
σοὶ δ' ὧδε μνηστῆρες ὑποκρίνονται, ἵν' εἰδῆις
αὐτὸς σῶι θυμῶι, εἰδῶσι δὲ πάντες Ἀχαιοί·

Daß ihr mich zum Vergelt vorsätzlich wieder beleidigt;
Warum reizet ihr diese? Mir wäre besser geraten,
Wenn ihr selber mein Gut und meine Herden hinabschlängt!
Tätet ihr's, so wäre noch einst Erstattung zu hoffen!
Denn wir würden so lange die Stadt durchwandern, so flehend
Wiederfodern das Unsre, bis alles wäre vergütet!
Aber nun häuft ihr mir unheilbaren Schmerz auf die Seele!
Also sprach er im Zorn, und warf den Scepter zur Erde,
Tränen vergießend, und rührte die ganze Versammlung zum Mitleid.
Schweigend saßen sie all' umher, und keiner im Volke
Wagte Telemachos Rede mit Drohn entgegen zu wüten.
Aber Eupeithes' Sohn Antinoos gab ihm zur Antwort:
Jüngling von trotziger Red' und verwegenem Mute, was sprachst du
Da für Lästerung aus? Du machtest uns gerne zum Abscheu!
Aber es haben die Freier an dir des keines verschuldet;
Deine Mutter ist schuld, die Listigste unter den Weibern!
Denn drei Jahre sind schon verflossen, und bald auch das vierte,
Seit sie mit eitlem Wahne die edlen Achaier verspottet!
Allen verheißt sie Gunst, und sendet jedem besonders
Schmeichelnde Botschaft; allein im Herzen denket sie anders!
Unter anderen Listen ersann sie endlich auch diese:
Trüglich zettelte sie in ihrer Kammer ein feines
Übergroßes Geweb', und sprach zu unsrer Versammlung:
Jünglinge, die ihr mich liebt, nach dem Tode des edlen Odysseus,
Dringt auf meine Vermählung nicht eher, bis ich den Mantel
Fertig gewirkt (damit nicht umsonst das Garn mir verderbe!)
Welcher dem Helden Laertes zum Leichengewande bestimmt ist,
Wann ihn die finstre Stunde mit Todesschlummer umschattet:
Daß nicht irgend im Lande mich eine Achaierin tadle,
Läg' er uneingekleidet, der einst so vieles beherrschte!
Also sprach sie mit List, und bewegte die Herzen der Edlen.
Und nun webete sie des Tages am großen Gewebe:
Aber des Nachts, dann trennte sie's auf, beim Scheine der Fackeln.
Also täuschte sie uns drei Jahr, und betrog die Achaier.
Als nun das vierte Jahr im Geleite der Horen herankam
Und mit dem wechselnden Mond viel Tage waren verschwunden;
Da verkündet' uns eine der Weiber das schlaue Geheimnis,
Und wir fanden sie selbst bei der Trennung des schönen Gewebes.
Also mußte sie's nun, auch wider Willen, vollenden.
Siehe nun deuten die Freier dir an, damit du es selber
Wissest in deinem Herzen, und alle Achaier es wissen!

μητέρα σὴν ἀπόπεμψον, ἄνωχθι δέ μιν γαμέεσθαι
τῶι ὅτεῴι τε πατὴρ κέλεται καὶ ἁνδάνει αὐτῆι.
εἰ δ' ἔτ' ἀνιήσει γε πολὺν χρόνον υἷας Ἀχαιῶν,
τὰ φρονέουσ' ἀνὰ θυμόν, ἅ οἱ πέρι δῶκεν Ἀθήνη
ἔργα τ' ἐπίστασθαι περικαλλέα καὶ φρένας ἐσθλὰς
κέρδεά θ', οἷ' οὔ πώ τιν' ἀκούομεν οὐδὲ παλαιῶν,
τάων αἳ πάρος ἦσαν ἐυπλοκαμῖδες Ἀχαιαί,
Τυρώ τ' Ἀλκμήνη τε ἐυστέφανός τε Μυκήνη·
τάων οὔ τις ὁμοῖα νοήματα Πηνελοπείηι
ἤιδη· ἀτὰρ μὲν τοῦτό γ' ἐναίσιμον οὐκ ἐνόησε.
τόφρα γὰρ οὖν βίοτόν τε τεὸν καὶ κτήματ' ἔδονται,
ὄφρα κε κείνη τοῦτον ἔχηι νόον, ὅν τινά οἱ νῦν
ἐν στήθεσσι τιθεῖσι θεοί. μέγα μὲν κλέος αὐτῆι
ποιεῖτ', αὐτὰρ σοί γε ποθὴν πολέος βιότοιο.
ἡμεῖς δ' οὔτ' ἐπὶ ἔργα πάρος γ' ἴμεν οὔτε πηι ἄλληι,
πρίν γ' αὐτὴν γήμασθαι Ἀχαιῶν ὧι κ' ἐθέληισι."
τὸν δ' αὖ Τηλέμαχος πεπνυμένος ἀντίον ηὔδα·
„Ἀντίνο', οὔ πως ἔστι δόμων ἀέκουσαν ἀπῶσαι
ἥ μ' ἔτεχ', ἥ μ' ἔθρεψε· πατὴρ δ' ἐμὸς ἄλλοθι γαίης,
ζώει ὅ γ' ἦ τέθνηκε· κακὸν δέ με πόλλ' ἀποτίνειν
Ἰκαρίωι, αἴ κ' αὐτὸς ἑκὼν ἀπὸ μητέρα πέμψω.
ἐκ γὰρ τοῦ πατρὸς κακὰ πείσομαι, ἄλλα δὲ δαίμων
δώσει, ἐπεὶ μήτηρ στυγερὰς ἀρήσετ' ἐρινῦς
οἴκου ἀπερχομένη· νέμεσις δέ μοι ἐξ ἀνθρώπων
ἔσσεται· ὣς οὐ τοῦτον ἐγώ ποτε μῦθον ἐνίψω.
ὑμέτερος δ' εἰ μὲν θυμὸς νεμεσίζεται αὐτῶν,
ἔξιτέ μοι μεγάρων, ἄλλας δ' ἀλεγύνετε δαῖτας
ὑμὰ κτήματ' ἔδοντες ἀμειβόμενοι κατὰ οἴκους.
εἰ δ' ὑμῖν δοκέει τόδε λωίτερον καὶ ἄμεινον
ἔμμεναι, ἀνδρὸς ἑνὸς βίοτον νήποινον ὀλέσθαι,
κείρετ'· ἐγὼ δὲ θεοὺς ἐπιβώσομαι αἰὲν ἐόντας,
αἴ κέ ποθι Ζεὺς δῶισι παλίντιτα ἔργα γενέσθαι.
νήποινοί κεν ἔπειτα δόμων ἔντοσθεν ὄλοισθε."
ὣς φάτο Τηλέμαχος, τῶι δ' αἰετὼ εὐρύοπα Ζεὺς
ὑψόθεν ἐκ κορυφῆς ὄρεος προέηκε πέτεσθαι.
τὼ δ' ἕως μέν ῥ' ἐπέτοντο μετὰ πνοιῆις ἀνέμοιο
πλησίω ἀλλήλοισι τιταινομένω πτερύγεσσιν·
ἀλλ' ὅτε δὴ μέσσην ἀγορὴν πολύφημον ἱκέσθην,
ἔνθ' ἐπιδινηθέντε τιναξάσθην πτερὰ πυκνά,
ἐς δ' ἰδέτην πάντων κεφαλάς, ὄσσοντο δ' ὄλεθρον·
δρυψαμένω δ' ὀνύχεσσι παρειὰς ἀμφί τε δειρὰς

Sende die Mutter hinweg, und gebeut ihr, daß sie zum Manne
Nehme, wer ihr gefällt, und wen der Vater ihr wählet.
Aber denkt sie noch lange zu höhnen die edlen Achaier,
Und sich der Gaben zu freun, die ihr Athene verliehn hat,
Wundervolle Gewande mit klugem Geiste zu wirken,
Und der erfindsamen List, die selbst in Jahren der Vorwelt
Keine von Griechenlands schönlockigen Töchtern gekannt hat,
Tyro nicht, noch Alkmene, und nicht die schöne Mykene;
(Keine von allen war der erfindsamen Penelopeia
Gleich an Verstand!) so soll ihr doch diese Erfindung nicht glücken!
Denn wir schmausen so lange von deinen Herden und Gütern,
Als sie in diesem Sinne beharrt, den jetzo die Götter
Ihr in die Seele gegeben! Sich selber bringet sie freilich
Großen Ruhm, dir aber Verlust an großem Vermögen!
Eher weichen wir nicht zu den Unsrigen oder zu andern,
Ehe sie aus den Achaiern sich einen Bräutigam wählet!
Und der verständige Jüngling Telemachos sagte dagegen:
Ganz unmöglich ist mir's, Antinoos, die zu verstoßen,
Die mich gebar und erzog; mein Vater leb' in der Fremde,
Oder sei tot! Schwer würde mir auch des Gutes Erstattung
An Ikarios sein, verstieß' ich selber die Mutter.
Denn hart würde gewiß ihr Vater mich drücken, und härter
Noch die göttliche Rache, wenn von uns scheidend die Mutter
Mich den grausen Erinnen verfluchte! dann wär' ich ein Abscheu
Aller Menschen! – O nein! ich kann ihr das nicht gebieten!
Haltet ihr euch dadurch in eurem Herzen beleidigt,
Nun so geht aus dem Haus, und sucht euch andere Mähler!
Zehret von eurem Gut, und laßt die Bewirtungen umgehn!
Aber wenn ihr es so bequemer und lieblicher findet,
Eines Mannes Hab' ohn alle Vergeltung zu fressen;
Schlingt sie hinab! Ich werde die ewigen Götter anflehn,
Ob euch nicht endlich einmal Zeus eure Taten bezahle,
Daß ihr in unserem Haus auch ohne Vergeltung dahinstürzt!
Also sprach er, da sandte der Gott weithallender Donner
Ihm zween Adler herab vom hohen Gipfel des Berges.
Anfangs schwebten sie sanft einher im Hauche des Windes,
Einer nahe dem andern, mit ausgebreiteten Schwingen;
Jetzo über der Mitte der stimmenvollen Versammlung,
Flogen sie wirbelnd herum, und schlugen stark mit den Schwingen,
Schauten auf aller Scheitel herab, und drohten Verderben,
Und zerkratzten sich selbst mit den Klauen die Wangen und Hälse,

δεξιὼ ἤιξαν διά τ' οἰκία καὶ πόλιν αὐτῶν.
θάμβησαν δ' ὄρνιθας, ἐπεὶ ἴδον ὀφθαλμοῖσιν·
ὥρμηναν δ' ἀνὰ θυμὸν ἅ περ τελέεσθαι ἔμελλον.
τοῖσι δὲ καὶ μετέειπε γέρων ἥρως Ἁλιθέρσης
Μαστορίδης· ὁ γὰρ οἶος ὁμηλικίην ἐκέκαστο
ὄρνιθας γνῶναι καὶ ἐναίσιμα μυθήσασθαι·
ὅ σφιν ἐὺ φρονέων ἀγορήσατο καὶ μετέειπε·
„ κέκλυτε δὴ νῦν μευ, Ἰθακήσιοι, ὅττι κεν εἴπω·
μνηστῆρσιν δὲ μάλιστα πιφαυσκόμενος τάδε εἴρω·
τοῖσιν γὰρ μέγα πῆμα κυλίνδεται· οὐ γὰρ Ὀδυσσεὺς
δὴν ἀπάνευθε φίλων ὧν ἔσσεται, ἀλλά που ἤδη
ἐγγὺς ἐὼν τοῖσδεσσι φόνον καὶ κῆρα φυτεύει
πάντεσσιν· πολέσιν δὲ καὶ ἄλλοισιν κακὸν ἔσται,
οἳ νεμόμεσθ' Ἰθάκην εὐδείελον. ἀλλὰ πολὺ πρὶν
φραζώμεσθ', ὥς κεν καταπαύσομεν· οἱ δὲ καὶ αὐτοὶ
παυέσθων· καὶ γάρ σφιν ἄφαρ τόδε λώιόν ἐστιν.
οὐ γὰρ ἀπείρητος μαντεύομαι, ἀλλ' ἐὺ εἰδώς·
καὶ γὰρ κείνωι φημὶ τελευτηθῆναι ἅπαντα,
ὥς οἱ ἐμυθεόμην, ὅτε Ἴλιον εἰσανέβαινον
Ἀργεῖοι, μετὰ δέ σφιν ἔβη πολύμητις Ὀδυσσεύς.
φῆν κακὰ πολλὰ παθόντ', ὀλέσαντ' ἄπο πάντας ἑταίρους,
ἄγνωστον πάντεσσιν ἐεικοστῶι ἐνιαυτῶι
οἴκαδ' ἐλεύσεσθαι· τὰ δὲ δὴ νῦν πάντα τελεῖται.“
τὸν δ' αὖτ' Εὐρύμαχος Πολύβου πάϊς ἀντίον ηὔδα·
„ ὦ γέρον, εἰ δ' ἄγε νῦν μαντεύεο σοῖσι τέκεσσιν
οἴκαδ' ἰών, μή πού τι κακὸν πάσχωσιν ὀπίσσω·
ταῦτα δ' ἐγὼ σέο πολλὸν ἀμείνων μαντεύεσθαι.
ὄρνιθες δέ τε πολλοὶ ὑπ' αὐγὰς ἠελίοιο
φοιτῶσ', οὐδέ τε πάντες ἐναίσιμοι· αὐτὰρ Ὀδυσσεὺς
ὤλετο τῆλ', ὡς καὶ σὺ καταφθίσθαι σὺν ἐκείνωι
ὤφελες. οὐκ ἂν τόσσα θεοπροπέων ἀγόρευες,
οὐδέ κε Τηλέμαχον κεχολωμένον ὧδ' ἀνιείης,
σῶι οἴκωι δῶρον ποτιδέγμενος, αἴ κε πόρηισιν.
ἀλλ' ἔκ τοι ἐρέω, τὸ δὲ καὶ τετελεσμένον ἔσται·
αἴ κε νεώτερον ἄνδρα παλαιά τε πολλά τε εἰδὼς
παρφάμενος ἐπέεσσιν ἐποτρύνῃς χαλεπαίνειν,
αὐτῶι μέν οἱ πρῶτον ἀνιηρέστερον ἔσται,
πρῆξαι δ' ἔμπης οὔ τι δυνήσεται εἵνεκα τῶνδε·
σοὶ δέ, γέρον, θωὴν ἐπιθήσομεν, ἥν κ' ἐνὶ θυμῶι
τίνων ἀσχάλλῃς· χαλεπὸν δέ τοι ἔσσεται ἄλγος.
Τηλεμάχωι δ' ἐν πᾶσιν ἐγὼν ὑποθήσομαι αὐτός·

Und sie wandten sich rechts, und stürmten über die Stadt hin.
Alle staunten dem Zeichen, das ihre Augen gesehen,
Und erwogen im Herzen das vorbedeutete Schicksal.
  Unter ihnen begann der graue Held Halitherses,
Mastors Sohn, berühmt vor allen Genossen des Alters,
Vögelflüge zu deuten, und künftige Dinge zu reden;
Dieser erhub im Volk die Stimme der Weisheit, und sagte:
  Höret mich jetzt, ihr Männer von Ithaka, was ich euch sage!
Aber vor allen gilt die Freier meine Verkündung!
Ihre Häupter umschwebt ein schreckenvolles Verhängnis!
Denn nicht lange mehr weilet Odysseus fern von den Seinen;
Sondern er nahet sich schon, und bereitet Tod und Verderben
Diesen allen; auch droht noch vielen andern das Unglück,
Uns Bewohnern der Hügel von Ithaka! Laßt uns denn jetzo
Überlegen, wie wir sie mäßigen; oder sie selber
Mäßigen sich, und gleich! zu ihrer eigenen Wohlfahrt!
Euch weissaget kein Neuling, ich red' aus alter Erfahrung!
Wahrlich das alles geht in Erfüllung, was ich ihm damals
Deutete, als die Argeier in hohlen Schiffen gen Troja
Fuhren, mit ihnen zugleich der erfindungsreiche Odysseus:
Nach unendlicher Trübsal, entblößt von allen Gefährten,
Allen Seinigen fremd, würd' er im zwanzigsten Jahre
Wieder zur Heimat kehren. Das wird nun alles erfüllet!
  Aber Polybos' Sohn Eurymachos sagte dagegen:
Hurtig zu Hause mit dir, o Greis, und deute das Schicksal
Deinen Söhnen daheim, daß ihnen kein Übel begegne!
Dieses versteh ich selber, und besser als du, zu deuten!
Freilich schweben der Vögel genug in den Strahlen der Sonne,
Aber nicht alle verkünden ein Schicksal! Wahrlich Odysseus
Starb in der Fern'! O wärest auch du mit ihm ins Verderben
Hingefahren! Dann schwatztest du hier nicht so viel von der Zukunft,
Suchtest nicht Telemachos Groll noch mehr zu erbittern,
Harrend, ob er vielleicht dein Haus mit Geschenken bereichre!
Aber ich sage dir an, und das wird wahrlich erfüllet!
Wo du den Jüngling dort, kraft deiner alten Erfahrung,
Durch dein schlaues Geschwätz aufwiegelst, sich wild zu gebärden;
Dann wird er selber zuerst noch tiefer sinken in Drangsal,
Und im geringsten nichts vor diesen Männern vermögen.
Und du sollst es, o Greis, mit schwerer kränkender Buße
Uns entgelten, damit du es tief in der Seele bereuest!
Aber Telemachos höre statt aller nun meinen Rat an:

μητέρα ἣν ἐς πατρὸς ἀνωγέτω ἀπονέεσθαι·
οἱ δὲ γάμον τεύξουσι καὶ ἀρτυνέουσιν ἔεδνα
πολλὰ μάλ', ὅσσα ἔοικε φίλης ἐπὶ παιδὸς ἕπεσθαι.
οὐ γὰρ πρὶν παύσεσθαι ὀίομαι υἷας Ἀχαιῶν
μνηστύος ἀργαλέης, ἐπεὶ οὔ τινα δείδιμεν ἔμπης,
οὔτ' οὖν Τηλέμαχον μάλα περ πολύμυθον ἐόντα,
οὔτε θεοπροπίης ἐμπαζόμεθ', ἣν σύ, γεραιέ,
μυθέαι ἀκράαντον, ἀπεχθάνεαι δ' ἔτι μᾶλλον.
χρήματα δ' αὖτε κακῶς βεβρώσεται, οὐδέ ποτ' ἶσα
ἔσσεται, ὄφρα κεν ἥ γε διατρίβῃσιν Ἀχαιοὺς
ὃν γάμον· ἡμεῖς δ' αὖ ποτιδέγμενοι ἤματα πάντα
εἵνεκα τῆς ἀρετῆς ἐριδαίνομεν, οὐδὲ μετ' ἄλλας
ἐρχόμεθ', ἃς ἐπιεικὲς ὀπυιέμεν ἐστὶν ἑκάστωι."
τὸν δ' αὖ Τηλέμαχος πεπνυμένος ἀντίον ηὔδα·
„Εὐρύμαχ' ἠδὲ καὶ ἄλλοι, ὅσοι μνηστῆρες ἀγαυοί,
ταῦτα μὲν οὐχ ὑμέας ἔτι λίσσομαι οὐδ' ἀγορεύω·
ἤδη γὰρ τὰ ἴσασι θεοὶ καὶ πάντες Ἀχαιοί.
ἀλλ' ἄγε μοι δότε νῆα θοὴν καὶ εἴκοσ' ἑταίρους,
οἵ κέ μοι ἔνθα καὶ ἔνθα διαπρήσσωσι κέλευθον.
εἶμι γὰρ ἐς Σπάρτην τε καὶ ἐς Πύλον ἠμαθόεντα
νόστον πευσόμενος πατρὸς δὴν οἰχομένοιο,
ἤν τίς μοι εἴπῃσι βροτῶν ἢ ὄσσαν ἀκούσω
ἐκ Διός, ἥ τε μάλιστα φέρει κλέος ἀνθρώποισιν·
εἰ μέν κεν πατρὸς βίοτον καὶ νόστον ἀκούσω,
ἦ τ' ἄν, τρυχόμενός περ, ἔτι τλαίην ἐνιαυτόν·
εἰ δέ κε τεθνηῶτος ἀκούσω μηδ' ἔτ' ἐόντος,
νοστήσας δὴ ἔπειτα φίλην ἐς πατρίδα γαῖαν
σῆμά τέ οἱ χεύω καὶ ἐπὶ κτέρεα κτερεΐξω
πολλὰ μάλ', ὅσσα ἔοικε, καὶ ἀνέρι μητέρα δώσω."
ἦ τοι ὅ γ' ὣς εἰπὼν κατ' ἄρ' ἕζετο, τοῖσι δ' ἀνέστη
Μέντωρ, ὅς ῥ' Ὀδυσῆος ἀμύμονος ἦεν ἑταῖρος,
καί οἱ ἰὼν ἐν νηυσὶν ἐπέτρεπεν οἶκον ἅπαντα,
πείθεσθαί τε γέροντι καὶ ἔμπεδα πάντα φυλάσσειν·
ὅ σφιν ἐὺ φρονέων ἀγορήσατο καὶ μετέειπεν·
„κέκλυτε δὴ νῦν μευ, Ἰθακήσιοι, ὅττι κεν εἴπω·
μή τις ἔτι πρόφρων ἀγανὸς καὶ ἤπιος ἔστω
σκηπτοῦχος βασιλεύς, μηδὲ φρεσὶν αἴσιμα εἰδώς,
ἀλλ' αἰεὶ χαλεπός τ' εἴη καὶ αἴσυλα ῥέζοι·
ὡς οὔ τις μέμνηται Ὀδυσσῆος θείοιο
λαῶν οἷσιν ἄνασσε, πατὴρ δ' ὣς ἤπιος ἦεν.
ἀλλ' ἦ τοι μνηστῆρας ἀγήνορας οὔ τι μεγαίρω

Zwing' er die Mutter zum Hause des Vaters wiederzukehren!
Dort bereite man ihr die Hochzeit, und statte sie reichlich
Ihrem Bräutigam aus, wie lieben Töchtern gebühret!
Eher werden gewiß der Achaier Söhne nicht abstehn,
Penelopeia zu drängen; denn siehe! wir zittern vor niemand,
Selbst vor Telemachos nicht, und wär' er auch noch so gesprächig!
Achten auch der Deutungen nicht, die du eben, o Alter,
So in den Wind hinschwatzest! Du wirst uns nur immer verhaßter
Unser schwelgender Schmaus soll wieder beginnen, und niemals
Ordnung im Hause bestehn, bis jene sich den Achaiern
Wegen der Hochzeit erklärt; wir wollen in steter Erwartung,
Künftig wie vor, um den Preis wetteifern, und nimmer zu andern
Weibern gehn, um die jedwedem zu werben erlaubt ist!
Und der verständige Jüngling Telemachos sagte dagegen:
Hör, Eurymachos, hört ihr andern glänzenden Freier!
Hierum werd ich vor euch nicht weiter flehen noch reden;
Denn das wissen ja schon die Götter und alle Achaier.
Aber gebt mir ein rüstiges Schiff und zwanzig Gefährten,
Welche mit mir die Pfade des weiten Meeres durchsegeln.
Denn ich gehe gen Sparta und zu der sandigen Pylos,
Um nach Kunde zu forschen vom langabwesenden Vater;
Ob mir's einer verkünde der Sterblichen, oder ich Ossa,
Zeus' Gesandte, vernehme, die viele Gerüchte verbreitet.
Hör' ich, er lebe noch, mein Vater, und kehre zur Heimat;
Dann, wie bedrängt ich auch sei, erduld' ich's noch ein Jahr lang.
Hör' ich, er sei gestorben, und nicht mehr unter den Menschen;
Siehe, dann kehr' ich wieder zur lieben heimischen Insel,
Häufe dem Vater ein Mal, und opfere Totengeschenke
Reichlich, wie sich's gebührt, und geb' einem Manne die Mutter.
Also sprach der Jüngling, und setzte sich. Jetzo erhub sich
Mentor, ein alter Freund des tadellosen Odysseus,
Dem er, von Ithaka schiffend, des Hauses Sorge vertrauet,
Daß er dem Greise gehorcht', und alles in Ordnung erhielte.
Dieser erhub im Volk die Stimme der Weisheit, und sagte:
Höret mich jetzt, ihr Männer von Ithaka, was ich euch sage!
Künftig befleiße sich keiner der scepterführenden Herrscher,
Huldreich, mild und gnädig zu sein, und die Rechte zu schützen;
Sondern er wüte nur stets, und frevle mit grausamer Seele!
Niemand erinnert sich ja des göttergleichen Odysseus
Von den Völkern, die er mit Vaterliebe beherrschte!
Aber ich eifre jetzt nicht gegen die trotzigen Freier,

ἔρδειν ἔργα βίαια κακορραφίῃσι νόοιο·
σφὰς γὰρ παρθέμενοι κεφαλὰς κατέδουσι βιαίως
οἶκον Ὀδυσσῆος, τὸν δ᾽ οὐκέτι φασὶ νέεσθαι.
νῦν δ᾽ ἄλλωι δήμωι νεμεσίζομαι, οἷον ἅπαντες
ἧσθ᾽ ἄνεωι, ἀτὰρ οὔ τι καθαπτόμενοι ἐπέεσσι
παύρους μνηστῆρας καταπαύετε πολλοὶ ἐόντες."
τὸν δ᾽ Εὐηνορίδης Λειώκριτος ἀντίον ηὔδα·
„Μέντορ ἀταρτηρέ, φρένας ἠλεέ, ποῖον ἔειπες
ἡμέας ὀτρύνων καταπαυέμεν. ἀργαλέον δὲ
ἀνδράσι καὶ πλεόνεσσι μαχήσασθαι περὶ δαιτί.
εἴ περ γάρ κ᾽ Ὀδυσεὺς Ἰθακήσιος αὐτὸς ἐπελθὼν
δαινυμένους κατὰ δῶμα ἑὸν μνηστῆρας ἀγαυοὺς
ἐξελάσαι μεγάροιο μενοινήσει᾽ ἐνὶ θυμῶι,
οὔ κέν οἱ κεχάροιτο γυνή, μάλα περ χατέουσα,
ἐλθόντ᾽, ἀλλά κεν αὐτοῦ ἀεικέα πότμον ἐπίσποι,
εἰ πλεόνεσσι μάχοιτο· σὺ δ᾽ οὐ κατὰ μοῖραν ἔειπες.
ἀλλ᾽ ἄγε, λαοὶ μὲν σκίδνασθ᾽ ἐπὶ ἔργα ἕκαστος,
τούτωι δ᾽ ὀτρυνέει Μέντωρ ὁδὸν ἠδ᾽ Ἁλιθέρσης,
οἵ τέ οἱ ἐξ ἀρχῆς πατρώιοί εἰσιν ἑταῖροι.
ἀλλ᾽ ὀίω, καὶ δηθὰ καθήμενος ἀγγελιάων
πεύσεται εἰν Ἰθάκηι, τελέει δ᾽ ὁδὸν οὔ ποτε ταύτην."
ὣς ἄρ᾽ ἐφώνησεν, λῦσεν δ᾽ ἀγορὴν αἰψηρήν.
οἱ μὲν ἄρ᾽ ἐσκίδναντο ἑὰ πρὸς δώμαθ᾽ ἕκαστος,
μνηστῆρες δ᾽ ἐς δώματ᾽ ἴσαν θείου Ὀδυσῆος.
Τηλέμαχος δ᾽ ἀπάνευθε κιὼν ἐπὶ θῖνα θαλάσσης,
χεῖρας νιψάμενος πολιῆς ἁλὸς εὔχετ᾽ Ἀθήνηι·
„κλῦθί μευ, ὃ χθιζὸς θεὸς ἤλυθες ἡμέτερον δῶ
καὶ μ᾽ ἐν νηὶ κέλευσας ἐπ᾽ ἠεροειδέα πόντον
νόστον πευσόμενον πατρὸς δὴν οἰχομένοιο
ἔρχεσθαι· τὰ δὲ πάντα διατρίβουσιν Ἀχαιοί,
μνηστῆρες δὲ μάλιστα κακῶς ὑπερηνορέοντες."
ὣς ἔφατ᾽ εὐχόμενος, σχεδόθεν δέ οἱ ἦλθεν Ἀθήνη,
Μέντορι εἰδομένη ἠμὲν δέμας ἠδὲ καὶ αὐδήν,
καί μιν φωνήσασ᾽ ἔπεα πτερόεντα προσηύδα·
„Τηλέμαχ᾽, οὐδ᾽ ὄπιθεν κακὸς ἔσσεαι οὐδ᾽ ἀνοήμων,
εἰ δή τοι σοῦ πατρὸς ἐνέστακται μένος ἠύ,
οἷος κεῖνος ἔην τελέσαι ἔργον τε ἔπος τε·
οὔ τοι ἔπειθ᾽ ἁλίη ὁδὸς ἔσσεται οὐδ᾽ ἀτέλεστος.
εἰ δ᾽ οὐ κείνου γ᾽ ἐσσὶ γόνος καὶ Πηνελοπείης,
οὐ σέ γ᾽ ἔπειτα ἔολπα τελευτήσειν, ἃ μενοινᾶις.
παῦροι γάρ τοι παῖδες ὁμοῖοι πατρὶ πέλονται,

Die so gewaltsame Taten mit tückischer Seele beginnen;
Denn sie weihen ihr Haupt dem Verderben, da sie Odysseus
Habe wie Räuber verprassen, und wähnen, er kehre nicht wieder.
Jetzo schelt' ich das übrige Volk, daß ihr alle so gänzlich
Stumm dasitzt, und auch nicht mit einem strafenden Worte
Diese Freier, die wenigen, zähmt, da euer so viel sind!
  Aber Euenors Sohn Leiokritos sagte dagegen:
Mentor, du Schadenstifter von törichtem Herzen, was sprachst du
Da vor Lästerung aus, und befahlst, uns Freier zu zähmen?
Schwer, auch mehreren, ist der Kampf mit schmausenden Männern!
Wenn auch selbst Odysseus, der Held von Ithaka, käme,
Und die glänzenden Freier, die seine Güter verschmausen,
Aus dem Palaste zu treiben gedächte; so würde sich dennoch
Seine Gemahlin nicht, wie sehr sie auch schmachtet, der Ankunft
Freun! Ihn träfe gewiß auf der Stelle das Schreckenverhängnis,
Wenn er mit mehreren kämpfte! Du hast nicht klüglich geredet!
Aber wohlan! ihr Männer, zerstreut euch zu euren Geschäften!
Diesem beschleunigen wohl Halitherses und Mentor die Reise,
Welche von alters her Odysseus Freunde gewesen!
Aber ich hoffe, er sitzt noch lang', und spähet sich Botschaft
Hier in Ithaka aus; die Reise vollendet er niemals!
  Also sprach der Freier, und trennte schnell die Versammlung.
Alle zerstreueten sich, ein jeder zu seinen Geschäften;
Aber die Freier gingen zum Hause des edlen Odysseus.
  Und Telemachos ging beiseit ans Ufer des Meeres,
Wusch in der grauen Flut die Händ', und flehte Athenen:
  Höre mich, Gott, der du gestern in unserm Hause erschienest,
Und mir befahlst, im Schiffe das dunkle Meer zu durchfahren,
Und nach Kunde zu forschen vom langabwesenden Vater:
Himmlischer, siehe! das alles verhindern nun die Achaier,
Aber am meisten die Freier voll übermütiger Bosheit!
  Also sprach er flehend. Ihm nahte sich Pallas Athene,
Mentorn gleich in allem, sowohl an Gestalt wie an Stimme.
Und sie redet' ihn an, und sprach die geflügelten Worte:
  Jüngling, du mußt dich hinfort nicht feige betragen noch töricht!
Hast du von deinem Vater die hohe Seele geerbet,
Bist du, wie jener einst, gewaltig in Taten und Worten;
Dann wird keiner die Reise dir hindern oder vereiteln.
Aber bist du nicht sein Samen und Penelopeiens;
Dann verzweifl' ich, du wirst niemals dein Beginnen vollenden.
Wenige Kinder nur sind gleich den Vätern an Tugend,

οἱ πλέονες κακίους, παῦροι δέ τε πατρὸς ἀρείους.
ἀλλ' ἐπεὶ οὐδ' ὄπιθεν κακὸς ἔσσεαι οὐδ' ἀνοήμων,
οὐδέ σε πάγχυ γε μῆτις Ὀδυσσῆος προλέλοιπεν,
ἐλπωρή τοι ἔπειτα τελευτῆσαι τάδε ἔργα.
τῶ νῦν μνηστήρων μὲν ἔα βουλήν τε νόον τε
ἀφραδέων, ἐπεὶ οὔ τι νοήμονες οὐδὲ δίκαιοι·
οὐδέ τι ἴσασιν θάνατον καὶ κῆρα μέλαιναν,
ὃς δή σφι σχεδόν ἐστιν, ἐπ' ἤματι πάντας ὀλέσθαι.
σοὶ δ' ὁδὸς οὐκέτι δηρὸν ἀπέσσεται ἣν σὺ μενοινᾷς·
τοῖος γάρ τοι ἑταῖρος ἐγὼ πατρώιός εἰμι,
ὅς τοι νῆα θοὴν στελέω καὶ ἅμ' ἕψομαι αὐτός.
ἀλλὰ σὺ μὲν πρὸς δώματ' ἰὼν μνηστῆρσιν ὁμίλει,
ὅπλισσόν τ' ἤια καὶ ἄγγεσιν ἄρσον ἅπαντα,
οἶνον ἐν ἀμφιφορεῦσι, καὶ ἄλφιτα, μυελὸν ἀνδρῶν,
δέρμασιν ἐν πυκινοῖσιν· ἐγὼ δ' ἀνὰ δῆμον ἑταίρους
αἶψ' ἐθελοντῆρας συλλέξομαι. εἰσὶ δὲ νῆες
πολλαὶ ἐν ἀμφιάλωι Ἰθάκηι, νέαι ἠδὲ παλαιαί·
τάων μέν τοι ἐγὼν ἐπιόψομαι ἥ τις ἀρίστη,
ὦκα δ' ἐφοπλίσσαντες ἐνήσομεν εὐρέι πόντωι."
ὣς φάτ' Ἀθηναίη κούρη Διός· οὐδ' ἄρ' ἔτι δὴν
Τηλέμαχος παρέμιμνεν, ἐπεὶ θεοῦ ἔκλυεν αὐδήν.
βῆ δ' ἰέναι πρὸς δῶμα, φίλον τετιημένος ἦτορ,
εὗρε δ' ἄρα μνηστῆρας ἀγήνορας ἐν μεγάροισιν,
αἶγας ἀνιεμένους σιάλους θ' εὕοντας ἐν αὐλῆι.
Ἀντίνοος δ' ἰθὺς γελάσας κίε Τηλεμάχοιο,
ἔν τ' ἄρα οἱ φῦ χειρί, ἔπος τ' ἔφατ' ἔκ τ' ὀνόμαζε·
„Τηλέμαχ' ὑψαγόρη, μένος ἄσχετε, μή τί τοι ἄλλο
ἐν στήθεσσι κακὸν μελέτω ἔργον τε ἔπος τε,
ἀλλά μοι ἐσθιέμεν καὶ πινέμεν, ὡς τὸ πάρος περ.
ταῦτα δέ τοι μάλα πάντα τελευτήσουσιν Ἀχαιοί,
νῆα καὶ ἐξαίτους ἐρέτας, ἵνα θᾶσσον ἵκηαι
ἐς Πύλον ἠγαθέην μετ' ἀγαυοῦ πατρὸς ἀκουήν."
τὸν δ' αὖ Τηλέμαχος πεπνυμένος ἀντίον ηὔδα·
„Ἀντίνο', οὔ πως ἔστιν ὑπερφιάλοισι μεθ' ὑμῖν
δαίνυσθαί τ' ἀκέοντα καὶ εὐφραίνεσθαι ἕκηλον.
ἦ οὐχ ἅλις ὡς τὸ πάροιθεν ἐκείρετε πολλὰ καὶ ἐσθλὰ
κτήματ' ἐμά, μνηστῆρες, ἐγὼ δ' ἔτι νήπιος ἦα;
νῦν δ' ὅτε δὴ μέγας εἰμὶ καὶ ἄλλων μῦθον ἀκούων
πυνθάνομαι, καὶ δή μοι ἀέξεται ἔνδοθι θυμός,
πειρήσω, ὥς κ' ὔμμι κακὰς ἐπὶ κῆρας ἰήλω,
ἠὲ Πύλονδ' ἐλθών, ἢ αὐτοῦ τῶιδ' ἐνὶ δήμωι.

Schlechter als sie die meisten, und nur sehr wenige besser.
Wirst du dich aber hinfort nicht feige betragen noch töricht,
Und verließ dich nicht völlig der Geist des großen Odysseus;
Dann ist Hoffnung genug, du wirst das Werk noch vollenden.
Darum kümmre dich nicht das Sinnen und Trachten der Freier:
Toren sind sie, und kennen Gerechtigkeit weder noch Weisheit,
Ahnen auch nicht einmal den Tod und das schwarze Verhängnis,
Welches schon naht, um sie alle an einem Tage zu würgen.
Aber dich soll nichts mehr an deiner Reise verhindern.
Ich, der älteste Freund von deinem Vater Odysseus,
Will dir rüsten ein hurtiges Schiff, und dich selber begleiten,
Gehe nun wieder zu Haus, und bleib in der Freier Gesellschaft;
Dann bereite dir Zehrung, und hebe sie auf in Gefäßen:
Wein in irdenen Krügen, und Mehl, das Mark der Männer,
In dichtnähtigen Schläuchen. Ich will jetzt unter dem Volke
Dir Freiwillige sammeln zu Ruderern. Viel sind der Schiffe
An der umfluteten Küste von Ithaka, neue bei alten;
Hiervon will ich für dich der trefflichsten eines erlesen.
Hurtig rüsten wir dieses, und steuren ins offene Weltmeer.
   Also sprach Athenaia, Kronions Tochter: und länger
Säumte Telemachos nicht; er gehorchte der Stimme der Göttin,
Und ging wieder zu Hause mit tiefbekümmertem Herzen.
Allda fand er die Schar der stolzen Freier: im Hofe
Streiften sie Ziegen ab, und sengten gemästete Schweine.
Und Antinoos kam ihm lachend entgegen gewandelt,
Faßte Telemachos Hand, und sprach mit freundlicher Stimme:
   Jüngling von trotziger Red' und verwegenem Mute, sei ruhig,
Und bekümmre dich nicht um böse Taten und Worte!
Laß uns, künftig wie vor, in Wollust essen und trinken:
Dieses alles besorgen dir schon die Achaier, ein schnelles
Schiff und erlesne Gefährten; damit du die göttliche Pylos
Bald erreichst, und Kunde vom trefflichen Vater erforschest!
   Und der verständige Jüngling Telemachos sagte dagegen:
O wie ziemte mir das, Antinoos, unter euch Stolzen
Schweigend am Mahle zu sitzen, und ruhig im Taumel der Freude?
Ist es euch nicht genug, ihr Freier, daß ihr so lange
Meine köstlichen Güter verschwelgt habt, da ich ein Kind war?
Jetzt da ich größer bin, und tüchtig, anderer Reden
Nachzuforschen, und höher der Mut im Busen mir steiget,
Werd' ich streben, auf euch des Todes Rache zu bringen.
Ob ich gen Pylos geh, oder hier in Ithaka bleibe!

εἶμι μέν, οὐδ᾽ ἁλίη ὁδὸς ἔσσεται ἣν ἀγορεύω,
ἔμπορος· οὐ γὰρ νηὸς ἐπήβολος οὐδ᾽ ἐρετάων
γίγνομαι· ὥς νύ που ὔμμιν ἐείσατο κέρδιον εἶναι.“
ἦ ῥα, καὶ ἐκ χειρὸς χεῖρα σπάσατ᾽ Ἀντινόοιο
ῥεῖα· μνηστῆρες δὲ δόμον κάτα δαῖτα πένοντο.
οἱ δ᾽ ἐπελώβευον καὶ ἐκερτόμεον ἐπέεσσιν.
ὧδε δέ τις εἴπεσκε νέων ὑπερηνορεόντων·
„ ἦ μάλα Τηλέμαχος φόνον ἡμῖν μερμηρίζει.
ἤ τινας ἐκ Πύλου ἄξει ἀμύντορας ἠμαθόεντος
ἢ ὅ γε καὶ Σπάρτηθεν, ἐπεί νύ περ ἵεται αἰνῶς·
ἠὲ καὶ εἰς Ἐφύρην ἐθέλει, πίειραν ἄρουραν,
ἐλθεῖν, ὄφρ᾽ ἔνθεν θυμοφθόρα φάρμακ᾽ ἐνείκηι,
ἐν δὲ βάληι κρητῆρι καὶ ἡμέας πάντας ὀλέσσηι.“
ἄλλος δ᾽ αὖτ᾽ εἴπεσκε νέων ὑπερηνορεόντων·
„ τίς δ᾽ οἶδ᾽, εἴ κε καὶ αὐτὸς ἰὼν κοίλης ἐπὶ νηὸς
τῆλε φίλων ἀπόληται ἀλώμενος ὥς περ Ὀδυσσεύς;
οὕτω κεν καὶ μᾶλλον ὀφέλλειεν πόνον ἄμμιν·
κτήματα γάρ κεν πάντα δασαίμεθα, οἰκία δ᾽ αὖτε
τούτου μητέρι δοῖμεν ἔχειν ἠδ᾽ ὅς τις ὀπυίοι.“
ὣς φάν, ὁ δ᾽ ὑψόροφον θάλαμον κατεβήσετο πατρὸς
εὐρύν, ὅθι νητὸς χρυσὸς καὶ χαλκὸς ἔκειτο
ἐσθής τ᾽ ἐν χηλοῖσιν ἅλις τ᾽ εὐῶδες ἔλαιον·
ἐν δὲ πίθοι οἴνοιο παλαιοῦ ἡδυπότοιο
ἕστασαν, ἄκρητον θεῖον ποτὸν ἐντὸς ἔχοντες,
ἑξείης ποτὶ τοῖχον ἀρηρότες, εἴ ποτ᾽ Ὀδυσσεὺς
οἴκαδε νοστήσειε καὶ ἄλγεα πολλὰ μογήσας.
κληισταὶ δ᾽ ἔπεσαν σανίδες πυκινῶς ἀραρυῖαι,
δικλίδες· ἐν δὲ γυνὴ ταμίη νύκτας τε καὶ ἦμαρ
ἔσχ᾽, ἣ πάντ᾽ ἐφύλασσε νόου πολυϊδρείηισιν,
Εὐρύκλει᾽, Ὦπος θυγάτηρ Πεισηνορίδαο.
τὴν τότε Τηλέμαχος προσέφη θαλαμόνδε καλέσσας·
„ μαῖ᾽, ἄγε δή μοι οἶνον ἐν ἀμφιφορεῦσιν ἄφυσσον
ἡδύν, ὅτις μετὰ τὸν λαρώτατος ὃν σὺ φυλάσσεις
κεῖνον ὀιομένη τὸν κάμμορον, εἴ ποθεν ἔλθοι
διογενὴς Ὀδυσεὺς θάνατον καὶ κῆρας ἀλύξας.
δώδεκα δ᾽ ἔμπλησον καὶ πώμασιν ἄρσον ἅπαντας.
ἐν δέ μοι ἄλφιτα χεῦον ἐϋρραφέεσσι δοροῖσιν·
εἴκοσι δ᾽ ἔστω μέτρα μυληφάτου ἀλφίτου ἀκτῆς.
αὐτὴ δ᾽ οἴη ἴσθι· τὰ δ᾽ ἀθρόα πάντα τετύχθω·
ἑσπέριος γὰρ ἐγὼν αἱρήσομαι, ὁππότε κεν δὴ
μήτηρ εἰς ὑπερῷ᾽ ἀναβῆι κοίτου τε μέδηται.

Reisen will ich, und nichts soll meinen Entschluß mir vereiteln,
Im gedungenen Schiffe! Denn weder Schiffe noch Rudrer
Hab' ich in meiner Gewalt: so schien es euch freilich am besten!
Also sprach er, und zog die Hand aus der Hand des Verräters
Leicht. Die Freier im Saale bereiteten emsig die Mahlzeit.
Und sie spotteten seiner, und redeten höhnende Worte.
Unter dem Schwarme begann ein übermütiger Jüngling:
Wahrlich, Telemachos sinnt recht ernstlich auf unsre Ermordung!
Gebt nur acht: er holet sich Hilf' aus der sandigen Pylos,
Oder sogar aus Sparta! Er treibt's mit gewaltigem Eifer!
Oder er lenkt auch jetzo nach Ephyras fruchtbarem Lande
Seine Fahrt, und kauft sich tötende Gifte; die mischt er
Heimlich in unseren Wein, dann sind wir alle verloren.
Und von neuem begann ein übermütiger Jüngling:
Aber wer weiß, ob dieser nicht auch mit dem Leben die Schiffahrt,
Fern von den Seinen, bezahlt, umhergestürmt wie Odysseus?
Denkt, dann macht er uns hier noch sorgenvollere Arbeit!
Teilen müßten wir ja das ganze Vermögen, und räumen
Seiner Mutter das Haus, und ihrem jungen Gemahle!
Aber Telemachos stieg ins hohe weite Gewölbe
Seines Vaters hinab, wo Gold und Kupfer gehäuft lag,
Prächtige Kleider in Kasten, und Fässer voll duftendes Öles.
Allda stunden auch Tonnen mit altem balsamischen Weine,
Welche das lautre Getränk, das süße, das göttliche, faßten,
Nach der Reihe gelehnt an die Mauer, wenn jemals Odysseus
Wieder zur Heimat kehrte, nach seiner unendlichen Trübsal.
Fest verschloß das Gewölbe die wohleinfugende Türe,
Mit zween Riegeln verwahrt. Die Schaffnerin schaltete drinnen
Tag und Nacht, und bewachte die Güter mit sorgsamer Klugheit,
Eurykleia, die Tochter Ops, des Sohnes Peisenors.
Und Telemachos rief sie hinein ins Gewölb', und sagte:
Mütterchen, eil' und schöpfe mir Wein in irdene Krüge,
Mild und edel, den besten nach jenem, welchen du schonest
Für den duldenden König, den göttergleichen Odysseus,
Wenn er einmal heimkehret, dem Todesschicksal entronnen.
Hiermit fülle mir zwölf, und spünde sie alle mit Deckeln.
Ferner schütte mir Mehl in dichtgenähete Schläuche;
Zwanzig Maße gib mir des feingemahlenen Mehles.
Aber tu' es geheim, und lege mir alles zusammen.
Denn am Abende komm' ich und hol' es, wenn sich die Mutter
In ihr oberes Zimmer entfernt, und der Ruhe gedenket.

εἶμι γὰρ ἐς Σπάρτην τε καὶ ἐς Πύλον ἠμαθόεντα
νόστον πευσόμενος πατρὸς φίλου, ἤν που ἀκούσω."
ὣς φάτο, κώκυσεν δὲ φίλη τροφὸς Εὐρύκλεια,
καί ῥ᾽ ὀλοφυρομένη ἔπεα πτερόεντα προσηύδα·
„ τίπτε δέ τοι, φίλε τέκνον, ἐνὶ φρεσὶ τοῦτο νόημα
ἔπλετο; πῆι δ᾽ ἐθέλεις ἰέναι πολλὴν ἐπὶ γαῖαν
μοῦνος ἐὼν ἀγαπητός; ὁ δ᾽ ὤλετο τηλόθι πάτρης
διογενὴς Ὀδυσεὺς ἀλλογνώτωι ἐνὶ δήμωι.
οἱ δέ τοι αὐτίκ᾽ ἰόντι κακὰ φράσσονται ὀπίσσω,
ὥς κε δόλωι φθίηις, τάδε δ᾽ αὐτοὶ πάντα δάσονται.
ἀλλὰ μέν᾽ αὖθ᾽ ἐπὶ σοῖσι καθήμενος· οὐδέ τί σε χρὴ
πόντον ἐπ᾽ ἀτρύγετον κακὰ πάσχειν οὐδ᾽ ἀλάλησθαι."
τὴν δ᾽ αὖ Τηλέμαχος πεπνυμένος ἀντίον ηὔδα·
„ θάρσει, μαῖ᾽, ἐπεὶ οὔ τοι ἄνευ θεοῦ ἥδε γε βουλή.
ἀλλ᾽ ὄμοσον μὴ μητρὶ φίληι τάδε μυθήσασθαι,
πρίν γ᾽ ὅτ᾽ ἂν ἑνδεκάτη τε δυωδεκάτη τε γένηται,
ἢ αὐτὴν ποθέσαι καὶ ἀφορμηθέντος ἀκοῦσαι,
ὡς ἂν μὴ κλαίουσα κατὰ χρόα καλὸν ἰάπτηι."
ὣς ἄρ᾽ ἔφη, γρῆυς δὲ θεῶν μέγαν ὅρκον ἀπώμνυ.
αὐτὰρ ἐπεί ῥ᾽ ὄμοσέν τε τελεύτησέν τε τὸν ὅρκον,
αὐτίκ᾽ ἔπειτά οἱ οἶνον ἐν ἀμφιφορεῦσιν ἄφυσσεν,
ἐν δέ οἱ ἄλφιτα χεῦεν ἐϋρραφέεσσι δοροῖσι.
Τηλέμαχος δ᾽ ἐς δώματ᾽ ἰὼν μνηστῆρσιν ὁμίλει.
ἔνθ᾽ αὖτ᾽ ἄλλ᾽ ἐνόησε θεά, γλαυκῶπις Ἀθήνη.
Τηλεμάχωι ἐικυῖα κατὰ πτόλιν ὤιχετο πάντηι,
καί ῥα ἑκάστωι φωτὶ παρισταμένη φάτο μῦθον,
ἑσπερίους δ᾽ ἐπὶ νῆα θοὴν ἀγέρεσθαι ἀνώγει.
ἡ δ᾽ αὖτε Φρονίοιο Νοήμονα φαίδιμον υἱὸν
ἤιτεε νῆα θοήν· ὁ δέ οἱ πρόφρων ὑπέδεκτο.
δύσετό τ᾽ ἠέλιος σκιόωντό τε πᾶσαι ἀγυιαί,
καὶ τότε νῆα θοὴν ἅλαδ᾽ εἴρυσε, πάντα δ᾽ ἐν αὐτῆι
ὅπλ᾽ ἐτίθει, τά τε νῆες ἐΰσσελμοι φορέουσι.
στῆσε δ᾽ ἐπ᾽ ἐσχατιῆι λιμένος, περὶ δ᾽ ἐσθλοὶ ἑταῖροι
ἁθρόοι ἠγερέθοντο· θεὰ δ᾽ ὤτρυνεν ἕκαστον.
ἔνθ᾽ αὖτ᾽ ἄλλ᾽ ἐνόησε θεά, γλαυκῶπις Ἀθήνη.
βῆ ἰέναι πρὸς δώματ᾽ Ὀδυσσῆος θείοιο·
ἔνθα μνηστήρεσσιν ἐπὶ γλυκὺν ὕπνον ἔχευε,
πλάζε δὲ πίνοντας, χειρῶν δ᾽ ἔκβαλλε κύπελλα.
οἱ δ᾽ εὕδειν ὤρνυντο κατὰ πτόλιν, οὐδ᾽ ἄρ᾽ ἔτι δὴν
ἥατ᾽, ἐπεί σφισιν ὕπνος ἐπὶ βλεφάροισιν ἔπιπτεν.
αὐτὰρ Τηλέμαχον προσέφη γλαυκῶπις Ἀθήνη

Denn ich gehe gen Sparta und zu der sandigen Pylos,
Um nach Kunde zu forschen von meines Vaters Zurückkunft.
Also sprach er. Da schluchzte die Pflegerin Eurykleia;
Laut wehklagend begann sie, und sprach die geflügelten Worte:
Liebes Söhnchen, wie kann in dein Herz ein solcher Gedanke
Kommen? Wo denkst du denn hin in die weite Welt zu gehen,
Einziger liebster Sohn? Ach ferne vom Vaterlande
Starb der edle Odysseus bei unbekannten Barbaren!
Und sie werden dir gleich, wenn du gehst, nachstellen, die Meuchler!
Daß sie dich töten mit List, und alles unter sich teilen!
Bleibe denn hier, und sitz' auf dem Deinigen! Lieber, was zwingt dich,
Auf der wütenden See in Not und Kummer zu irren?
Und der verständige Jüngling Telemachos sagte dagegen:
Mütterchen, sei getrost! Ich handle nicht ohne die Götter.
Aber schwöre mir jetzo, es nicht der Mutter zu sagen,
Ehe der elfte Tag vorbei ist oder der zwölfte,
Oder mich jene vermißt, und hört von meiner Entfernung:
Daß sie nicht durch Tränen ihr schönes Antlitz entstelle.
Also sprach er; da schwur sie bei allen unsterblichen Göttern.
Als sie es jetzo gelobt, und vollendet den heiligen Eidschwur;
Schöpfte sie ihm alsbald des Weines in irdene Krüge,
Schüttete ferner das Mehl in dichtgenähete Schläuche.
Und Telemachos ging in den Saal zu der Freier Gesellschaft.
Aber ein Neues ersann die heilige Pallas Athene:
In Telemachos' Bildung erscheinend, eilte sie ringsum
Durch die Stadt, und sprach mit jedem begegnenden Manne,
Und befahl, sich am Abend beim rüstigen Schiffe zu sammeln.
Hierauf bat sie Phronios' Sohn, den edlen Noemon,
Um ein rüstiges Schiff; und dieser versprach es ihr willig.
Und die Sonne sank, und Dunkel umhüllte die Pfade.
Siehe nun zog die Göttin das Schiff in die Wellen, und brachte
Alle Geräte hinein, die Rüstung segelnder Schiffe;
Stellt' es darauf am Ende der Bucht. Die tapfern Gefährten
Standen versammelt umher, und jeden ermahnte die Göttin.
Und ein Neues ersann die heilige Pallas Athene:
Eilend ging sie zum Hause des göttergleichen Odysseus,
Übertauete sanft mit süßem Schlafe die Freier,
Machte die Säufer berauscht, und den Händen entsanken die Becher.
Müde wankten sie heim durch die Stadt, und konnten nicht länger
Sitzen, da ihnen der Schlaf die Augenlider bedeckte.
Aber Telemachos rief die heilige Pallas Athene

ἐκπροκαλεσσαμένη μεγάρων ἐῢ ναιεταόντων,
Μέντορι εἰδομένη ἠμὲν δέμας ἠδὲ καὶ αὐδήν·
„ Τηλέμαχ', ἤδη μέν τοι ἐυκνήμιδες ἑταῖροι
ἥατ' ἐπήρετμοι τὴν σὴν ποτιδέγμενοι ὁρμήν·
ἀλλ' ἴομεν, μὴ δηθὰ διατρίβωμεν ὁδοῖο."
ὣς ἄρα φωνήσασ' ἡγήσατο Παλλὰς Ἀθήνη
καρπαλίμως· ὁ δ' ἔπειτα μετ' ἴχνια βαῖνε θεοῖο.
αὐτὰρ ἐπεί ῥ' ἐπὶ νῆα κατήλυθον ἠδὲ θάλασσαν,
εὗρον ἔπειτ' ἐπὶ θινὶ κάρη κομόωντας ἑταίρους.
τοῖσι δὲ καὶ μετέειφ' ἱερὴ ἲς Τηλεμάχοιο·
„ δεῦτε, φίλοι, ἤια φερώμεθα· πάντα γὰρ ἤδη
ἁθρό' ἐνὶ μεγάρωι. μήτηρ δ' ἐμὴ οὔ τι πέπυσται,
οὐδ' ἄλλαι δμωαί, μία δ' οἴη μῦθον ἄκουσεν."
ὣς ἄρα φωνήσας ἡγήσατο, τοὶ δ' ἅμ' ἕποντο.
οἱ δ' ἄρα πάντα φέροντες ἐυσσέλμωι ἐπὶ νηὶ
κάτθεσαν, ὡς ἐκέλευσεν Ὀδυσσῆος φίλος υἱός.
ἂν δ' ἄρα Τηλέμαχος νηὸς βαῖν', ἦρχε δ' Ἀθήνη,
νηὶ δ' ἐνὶ πρυμνῆι κατ' ἄρ' ἕζετο· ἄγχι δ' ἄρ' αὐτῆς
ἕζετο Τηλέμαχος. τοὶ δὲ πρυμνήσι' ἔλυσαν,
ἂν δὲ καὶ αὐτοὶ βάντες ἐπὶ κληῖσι καθῖζον.
τοῖσιν δ' ἴκμενον οὖρον ἵει γλαυκῶπις Ἀθήνη,
ἀκραῆ Ζέφυρον, κελάδοντ' ἐπὶ οἴνοπα πόντον.
Τηλέμαχος δ' ἑτάροισιν ἐποτρύνας ἐκέλευσεν
ὅπλων ἅπτεσθαι· τοὶ δ' ὀτρύνοντος ἄκουσαν.
ἱστὸν δ' εἰλάτινον κοίλης ἔντοσθε μεσόδμης
στῆσαν ἀείραντες, κατὰ δὲ προτόνοισιν ἔδησαν,
ἕλκον δ' ἱστία λευκὰ ἐυστρέπτοισι βοεῦσιν.
ἔπρησεν δ' ἄνεμος μέσον ἱστίον, ἀμφὶ δὲ κῦμα
στείρηι πορφύρεον μεγάλ' ἴαχε νηὸς ἰούσης·
ἡ δ' ἔθεεν κατὰ κῦμα διαπρήσσουσα κέλευθον.
δησάμενοι δ' ἄρα ὅπλα θοὴν ἀνὰ νῆα μέλαιναν
στήσαντο κρητῆρας ἐπιστεφέας οἴνοιο,
λεῖβον δ' ἀθανάτοισι θεοῖς αἰειγενέτῃσιν,
ἐκ πάντων δὲ μάλιστα Διὸς γλαυκώπιδι κούρηι.
παννυχίη μέν ῥ' ἥ γε καὶ ἠῶ πεῖρε κέλευθον.

Aus dem Saale hervor des schöngebauten Palastes,
Mentorn gleich in allem, sowohl an Gestalt wie an Stimme:
  Jetzo, Telemachos, sitzen die schöngeharnischten Freunde
Alle am Ruder bereit, und harren nur deiner zur Abfahrt.
Laß uns zu Schiffe gehn, und die Reise nicht länger verschieben!
  Als sie die Worte geredet, da wandelte Pallas Athene
Eilend voran; und er folgte den Schritten der wandelnden Göttin.
Und da sie jetzo das Schiff und des Meeres Ufer erreichten,
Fanden sie an dem Gestade die hauptumlockten Genossen.
Unter ihnen begann Telemachos' heilige Stärke:
  Kommt, Geliebte, mit mir, die Zehrung zu holen. Sie liegt schon
Alle beisammen im Haus; und nichts argwöhnet die Mutter,
Noch die übrigen Mägde; nur eine weiß das Geheimnis.
  Also sprach er, und eilte voran; sie folgten dem Führer,
Brachten alles, und legten's im schöngebordeten Schiffe
Nieder, wie ihnen befahl der geliebte Sohn von Odysseus.
Und Telemachos trat in das Schiff, geführt von Athenen.
Diese setzte sich hinten am Steuer, nahe der Göttin
Setzte Telemachos sich. Die andern lösten die Seile,
Traten dann selber ins Schiff, und setzten sich hin auf die Bänke.
Einen günstigen Wind' sandt' ihnen Pallas Athene,
Leise streifte der West das rauschende dunkle Gewässer.
Aber Telemachos trieb und ermahnte die lieben Gefährten,
Schnell die Geräte zu ordnen. Sie folgeten seinem Befehle:
Stellten den fichtenen Mast in die mittlere Höhle des Bodens,
Richteten hoch ihn empor, und banden ihn fest mit den Seilen;
Spannten die weißen Segel mit starkgeflochtenen Riemen,
Hochauf wölbte der Wind das volle Segel, und donnernd
Wogte die purpurne Flut um den Kiel des gleitenden Schiffes;
Schnell durchlief es die Wogen in unaufhaltsamer Eile.
  Als sie nun die Geräte des schwarzen Schiffes befestigt,
Stellten sie Kelche hin, bis oben mit Weine gefüllet.
Und sie gossen des Weins für alle unsterblichen Götter,
Aber am meisten für Zeus' blauäugichte Tochter Athene,
Welche die ganze Nacht und den Morgen die Wasser beschiffte.

ΟΔΥΣΣΕΙΑΣ Γ

Τὰ ἐν Πύλωι.

Ἠέλιος δ᾽ ἀνόρουσε, λιπὼν περικαλλέα λίμνην,
οὐρανὸν ἐς πολύχαλκον, ἵν᾽ ἀθανάτοισι φαείνοι
καὶ θνητοῖσι βροτοῖσιν ἐπὶ ζείδωρον ἄρουραν·
οἱ δὲ Πύλον, Νηλῆος ἐυκτίμενον πτολίεθρον,
ἷξον· τοὶ δ᾽ ἐπὶ θινὶ θαλάσσης ἱερὰ ῥέζον,
ταύρους παμμέλανας, ἐνοσίχθονι κυανοχαίτηι.
ἐννέα δ᾽ ἕδραι ἔσαν, πεντακόσιοι δ᾽ ἐν ἑκάστηι
ἥατο καὶ προὔχοντο ἑκάστοθι ἐννέα ταύρους.
εὖθ᾽ οἱ σπλάγχνα πάσαντο, θεῶι δ᾽ ἐπὶ μηρί᾽ ἔκαιον,
οἱ δ᾽ ἰθὺς κατάγοντο ἰδ᾽ ἱστία νηὸς ἐίσης
στεῖλαν ἀείραντες, τὴν δ᾽ ὥρμισαν, ἐκ δ᾽ ἔβαν αὐτοί·
ἐκ δ᾽ ἄρα Τηλέμαχος νηὸς βαῖν᾽, ἦρχε δ᾽ Ἀθήνη.
τὸν προτέρη προσέειπε θεά, γλαυκῶπις Ἀθήνη·
„Τηλέμαχ᾽, οὐ μέν σε χρὴ ἔτ᾽ αἰδοῦς, οὐδ᾽ ἠβαιόν·
τοὔνεκα γὰρ καὶ πόντον ἐπέπλως, ὄφρα πύθηαι
πατρός, ὅπου κύθε γαῖα καὶ ὅν τινα πότμον ἐπέσπεν.
ἀλλ᾽ ἄγε νῦν ἰθὺς κίε Νέστορος ἱπποδάμοιο·
εἴδομεν ἥν τινα μῆτιν ἐνὶ στήθεσσι κέκευθε.
λίσσεσθαι δέ μιν αὐτός, ὅπως νημερτέα εἴπηι·
ψεῦδος δ᾽ οὐκ ἐρέει· μάλα γὰρ πεπνυμένος ἐστί."
τὴν δ᾽ αὖ Τηλέμαχος πεπνυμένος ἀντίον ηὔδα·
„Μέντορ, πῶς τ᾽ ἄρ᾽ ἴω; πῶς τ᾽ ἂρ προσπτύξομαι αὐτόν;
οὐδέ τί πω μύθοισι πεπείρημαι πυκινοῖσιν·
αἰδὼς δ᾽ αὖ νέον ἄνδρα γεραίτερον ἐξερέεσθαι."
τὸν δ᾽ αὖτε προσέειπε θεά, γλαυκῶπις Ἀθήνη·
„Τηλέμαχ᾽, ἄλλα μὲν αὐτὸς ἐνὶ φρεσὶ σῆισι νοήσεις,
ἄλλα δὲ καὶ δαίμων ὑποθήσεται· οὐ γὰρ ὀίω
οὔ σε θεῶν ἀέκητι γενέσθαι τε τραφέμεν τε."
ὣς ἄρα φωνήσασ᾽ ἡγήσατο Παλλὰς Ἀθήνη
καρπαλίμως· ὁ δ᾽ ἔπειτα μετ᾽ ἴχνια βαῖνε θεοῖο.
ἷξον δ᾽ ἐς Πυλίων ἀνδρῶν ἄγυρίν τε καὶ ἕδρας,
ἔνθ᾽ ἄρα Νέστωρ ἧστο σὺν υἱάσιν, ἀμφὶ δ᾽ ἑταῖροι

DRITTER GESANG

Telemachos von Nestor, der am Gestade opfert, gastfrei empfangen, fragt nach des Vaters Rückkehr, Nestor erzählt, wie er selbst, und wer sonst, von Troja gekehrt sei, ermahnt den Telemachos zur Tapferkeit gegen die Freier, und rät ihm, bei Menelaos sich zu erkundigen. Der Athene, die als Adler verschwand, gelobt Nestor eine Kuh. Telemachos von Nestor geherbergt. Am Morgen, nach vollbrachtem Opfer, fährt er mit Nestors Sohne Peisistratos nach Sparta, wo sie den anderen Abend ankommen.

Jetzo erhub sich die Sonn' aus ihrem strahlenden Teiche
Auf zum ehernen Himmel, zu leuchten den ewigen Göttern
Und den sterblichen Menschen auf lebenschenkender Erde.
Und die Schiffenden kamen zur wohlgebaueten Pylos,
Neleus' Stadt. Dort brachten am Meergestade die Männer
Schwarze Stiere zum Opfer dem bläulichgelockten Poseidon
Neun war der Bänke Zahl, fünfhundert saßen auf jeder;
Jede von diesen gab neun Stiere. Sie kosteten jetzo
Alle der Eingeweide, und brannten dem Gotte die Lenden.
Jene steurten ans Land, und zogen die Segel herunter,
Banden das gleichgezimmerte Schiff, und stiegen ans Ufer.
Auch Telemachos stieg aus dem Schiffe, geführt von der Göttin.
Ihn erinnerte Zeus' blauäugichte Tochter Athene:
  Jetzo, Telemachos, brauchst du dich keinesweges zu scheuen!
Darum bist du die Wogen durchschifft, nach dem Vater zu forschen,
Wo ihn die Erde verbirgt, und welches Schicksal ihn hinnahm.
Auf denn! und gehe gerade zum Rossebändiger Nestor;
Daß wir sehen, was etwa sein Herz für Rat dir bewahre.
Aber du mußt ihm flehn, daß er die Wahrheit verkünde.
Lügen wird er nicht reden: denn er ist viel zu verständig!
  Und der verständige Jüngling Telemachos sagte dagegen:
Mentor, wie geh ich doch, und wie begrüß' ich den König?
Unerfahren bin ich in wohlgeordneten Worten;
Und ich scheue mich auch, als Jüngling den Greis zu befragen!
  Drauf antwortete Zeus' blauäugichte Tochter Athene:
Einiges wird dein Herz dir selber sagen, o Jüngling;
Anderes wird dir ein Gott eingeben. Ich denke, du bist nicht
Ohne waltende Götter geboren oder erzogen.
  Als sie die Worte geredet, da wandelte Pallas Athene
Eilend voran, und er folgte den Schritten der wandelnden Göttin.
Und sie erreichten die Sitze der pylischen Männer, wo Nestor
Saß mit seinen Söhnen, und rings die Freunde zur Mahlzeit

δαῖτ' ἐντυνόμενοι κρέα τ' ὤπτων ἄλλα τ' ἔπειρον.
οἱ δ' ὡς οὖν ξείνους ἴδον, ἁθρόοι ἦλθον ἅπαντες,
χερσίν τ' ἠσπάζοντο καὶ ἑδριάασθαι ἄνωγον.
πρῶτος Νεστορίδης Πεισίστρατος ἐγγύθεν ἐλθὼν
ἀμφοτέρων ἕλε χεῖρα καὶ ἵδρυσεν παρὰ δαιτὶ
κώεσιν ἐν μαλακοῖσιν ἐπὶ ψαμάθοις ἁλίῃσιν
πάρ τε κασιγνήτωι Θρασυμήδεϊ καὶ πατέρι ὧι·
δῶκε δ' ἄρα σπλάγχνων μοίρας, ἐν δ' οἶνον ἔχευεν
χρυσείωι δέπαϊ· δειδισκόμενος δὲ προσηύδα
Παλλάδ' Ἀθηναίην κούρην Διὸς αἰγιόχοιο·
„ εὔχεο νῦν, ὦ ξεῖνε, Ποσειδάωνι ἄνακτι·
τοῦ γὰρ καὶ δαίτης ἠντήσατε δεῦρο μολόντες.
αὐτὰρ ἐπὴν σπείσῃς τε καὶ εὔξεαι, ἣ θέμις ἐστί,
δὸς καὶ τούτωι ἔπειτα δέπας μελιηδέος οἴνου
σπεῖσαι, ἐπεὶ καὶ τοῦτον ὀίομαι ἀθανάτοισιν
εὔχεσθαι· πάντες δὲ θεῶν χατέουσ' ἄνθρωποι.
ἀλλὰ νεώτερός ἐστιν, ὁμηλικίη δ' ἐμοὶ αὐτῶι·
τοὔνεκα σοὶ προτέρωι δώσω χρύσειον ἄλεισον."
ὣς εἰπὼν ἐν χειρὶ τίθει δέπας ἡδέος οἴνου·
χαῖρε δ' Ἀθηναίη πεπνυμένωι ἀνδρὶ δικαίωι,
οὕνεκα οἷ προτέρηι δῶκε χρύσειον ἄλεισον·
αὐτίκα δ' εὔχετο πολλὰ Ποσειδάωνι ἄνακτι·
„ κλῦθι, Ποσείδαον γαιήοχε, μηδὲ μεγήρῃς
ἡμῖν εὐχομένοισι τελευτῆσαι τάδε ἔργα.
Νέστορι μὲν πρώτιστα καὶ υἱάσι κῦδος ὄπαζε,
αὐτὰρ ἔπειτ' ἄλλοισι δίδου χαρίεσσαν ἀμοιβὴν
σύμπασιν Πυλίοισιν ἀγακλειτῆς ἑκατόμβης.
δὸς δ' ἔτι Τηλέμαχον καὶ ἐμὲ πρήξαντα νέεσθαι,
οὕνεκα δεῦρ' ἱκόμεσθα θοῆι σὺν νηὶ μελαίνῃ."
ὣς ἄρ' ἔπειτ' ἠρᾶτο καὶ αὐτὴ πάντα τελεύτα.
δῶκε δὲ Τηλεμάχωι καλὸν δέπας ἀμφικύπελλον·
ὣς δ' αὔτως ἠρᾶτο Ὀδυσσῆος φίλος υἱός.
οἱ δ' ἐπεί ὤπτησαν κρέ' ὑπέρτερα καὶ ἐρύσαντο,
μοίρας δασσάμενοι δαίνυντ' ἐρικυδέα δαῖτα.
αὐτὰρ ἐπεὶ πόσιος καὶ ἐδητύος ἐξ ἔρον ἕντο,
τοῖς ἄρα μύθων ἦρχε Γερήνιος ἱππότα Νέστωρ·
„ νῦν δὴ κάλλιόν ἐστι μεταλλῆσαι καὶ ἐρέσθαι
ξείνους, οἵ τινές εἰσιν, ἐπεὶ τάρπησαν ἐδωδῆς.
ὦ ξεῖνοι, τίνες ἐστέ; πόθεν πλεῖθ' ὑγρὰ κέλευθα;
ἤ τι κατὰ πρῆξιν ἦ μαψιδίως ἀλάλησθε
οἷά τε ληιστῆρες ὑπεὶρ ἅλα, τοί τ' ἀλόωνται

Eilten das Fleisch zu braten, und andres an Spieße zu stecken.
Als sie die Fremdlinge sahn, da kamen sie alle bei Haufen,
Reichten grüßend die Händ', und nötigten beide zum Sitze.
Nestors Sohn vor allen, Peisistratos, nahte sich ihnen,
Nahm sie beid' an der Hand, und hieß sie sitzen am Mahle,
Auf dickwollichten Fellen, im Kieselsande des Meeres,
Seinem Vater zur Seit' und Thrasymedes dem Bruder;
Legte vor jeden ein Teil der Eingeweide, und schenkte
Wein in den goldenen Becher, und reicht' ihn mit herzlichem Handschlag
Pallas Athenen, der Tochter des wetterleuchtenden Gottes:
Bete jetzt, o Fremdling, zum Meerbeherrscher Poseidon,
Denn ihr findet uns hier an seinem heiligen Mahle.
Hast du, der Sitte gemäß, dein Opfer gebracht und gebetet,
Dann gib diesem den Becher mit herzerfreuendem Weine
Zum Trankopfer. Er wird doch auch die Unsterblichen gerne
Anflehn; denn es bedürfen ja alle Menschen der Götter.
Aber er ist der Jüngste, mit mir von einerlei Alter;
Darum bring' ich dir zuerst den goldenen Becher.
Also sprach er, und reicht' ihr den Becher voll duftendes Weines.
Und Athene ward froh des gerechten verständigen Mannes,
Weil er ihr zuerst den goldenen Becher gereichet;
Und sie betete viel zum Meerbeherrscher Poseidon:
Höre mich, Poseidaon, du Erdumgürter! Verwirf nicht
Unser frommes Gebet; erfülle, was wir begehren!
Nestorn kröne vor allen und Nestors Söhne mit Ehre;
Und erfreue dann auch die andern Männer von Pylos
Für ihr herrliches Opfer mit reicher Wiedervergeltung!
Mich und Telemachos laß heimkehren als frohe Vollender
Dessen, warum wir hieher im schnellen Schiffe gekommen!
Also betete sie, und erfüllte selber die Bitte,
Reichte Telemachos drauf den schönen doppelten Becher.
Eben so betete jetzt der geliebte Sohn von Odysseus.
Als sie das Fleisch nun gebraten, und von den Spießen gezogen,
Teilten sie's allen umher, und feirten das prächtige Gastmahl.
Und nachdem die Begierde des Tranks und der Speise gestillt war;
Sprach der gerenische Greis, der Rossebändiger Nestor:
Jetzo ziemt es sich besser, die fremden Gäste zu fragen,
Wer sie sei'n, nachdem sie ihr Herz mit Speise gesättigt.
Fremdlinge, sagt, wer seid ihr? Von wannen trägt euch die Woge?
Habt ihr wo ein Gewerb', oder schweift ihr ohne Bestimmung
Hin und her auf der See: wie küstenumirrende Räuber,

ψυχὰς παρθέμενοι κακὸν ἀλλοδαποῖσι φέροντες;“
τὸν δ’ αὖ Τηλέμαχος πεπνυμένος ἀντίον ηὔδα
θαρσήσας· αὐτὴ γὰρ ἐνὶ φρεσὶ θάρσος Ἀθήνη
θῆχ’, ἵνα μιν περὶ πατρὸς ἀποιχομένοιο ἔροιτο
ἠδ’ ἵνα μιν κλέος ἐσθλὸν ἐν ἀνθρώποισιν ἔχῃσιν·
„ ὦ Νέστορ Νηληϊάδη, μέγα κῦδος Ἀχαιῶν,
εἴρεαι ὁππόθεν εἰμέν· ἐγὼ δέ κέ τοι καταλέξω.
ἡμεῖς ἐξ Ἰθάκης ὑπονηίου εἰλήλουθμεν·
πρῆξις δ’ ἥδ’ ἰδίη, οὐ δήμιος, ἣν ἀγορεύω.
πατρὸς ἐμοῦ κλέος εὐρὺ μετέρχομαι, ἤν που ἀκούσω,
δίου Ὀδυσσῆος ταλασίφρονος, ὅν ποτέ φασι
σὺν σοὶ μαρνάμενον Τρώων πόλιν ἐξαλαπάξαι.
ἄλλους μὲν γὰρ πάντας, ὅσοι Τρωσὶν πολέμιζον,
πευθόμεθ’, ἧχι ἕκαστος ἀπώλετο λυγρῶι ὀλέθρωι,
κείνου δ’ αὖ καὶ ὄλεθρον ἀπευθέα θῆκε Κρονίων.
οὐ γάρ τις δύναται σάφα εἰπέμεν ὁππόθ’ ὄλωλεν,
εἴθ’ ὅ γ’ ἐπ’ ἠπείρου δάμη ἀνδράσι δυσμενέεσσιν,
εἴτε καὶ ἐν πελάγει μετὰ κύμασιν Ἀμφιτρίτης.
τοὔνεκα νῦν τὰ σὰ γούναθ’ ἱκάνομαι, αἴ κ’ ἐθέλῃσθα
κείνου λυγρὸν ὄλεθρον ἐνισπεῖν, εἴ που ὄπωπας
ὀφθαλμοῖσι τεοῖσιν ἢ ἄλλου μῦθον ἄκουσας
πλαζομένου· πέρι γάρ μιν ὀιζυρὸν τέκε μήτηρ.
μηδέ τί μ’ αἰδόμενος μειλίσσεο μηδ’ ἐλεαίρων,
ἀλλ’ εὖ μοι κατάλεξον ὅπως ἤντησας ὀπωπῆς.
λίσσομαι, εἴ ποτέ τοί τι πατὴρ ἐμός, ἐσθλὸς Ὀδυσσεύς,
ἢ ἔπος ἠέ τι ἔργον ὑποστὰς ἐξετέλεσσε
δήμωι ἔνι Τρώων, ὅθι πάσχετε πήματ’ Ἀχαιοί,
τῶν νῦν μοι μνῆσαι, καί μοι νημερτὲς ἐνίσπες.“
τὸν δ’ ἠμείβετ’ ἔπειτα Γερήνιος ἱππότα Νέστωρ·
„ ὦ φίλ’, ἐπεί μ’ ἔμνησας ὀιζύος, ἣν ἐν ἐκείνωι
δήμωι ἀνέτλημεν μένος ἄσχετοι υἷες Ἀχαιῶν,
ἠμὲν ὅσα ξὺν νηυσὶν ἐπ’ ἠεροειδέα πόντον
πλαζόμενοι κατὰ ληίδ’, ὅπῃ ἄρξειεν Ἀχιλλεύς,
ἠδ’ ὅσα καὶ περὶ ἄστυ μέγα Πριάμοιο ἄνακτος
μαρνάμεθ’· ἔνθα δ’ ἔπειτα κατέκταθεν ὅσσοι ἄριστοι.
ἔνθα μὲν Αἴας κεῖται ἀρήιος, ἔνθα δ’ Ἀχιλλεύς,
ἔνθα δὲ Πάτροκλος, θεόφιν μήστωρ ἀτάλαντος,
ἔνθα δ’ ἐμὸς φίλος υἱός, ἅμα κρατερὸς καὶ ἀμύμων,
Ἀντίλοχος, πέρι μὲν θείειν ταχὺς ἠδὲ μαχητής·
ἄλλα τε πόλλ’ ἐπὶ τοῖς πάθομεν κακά· τίς κεν ἐκεῖνα
πάντα γε μυθήσαιτο καταθνητῶν ἀνθρώπων;

Die ihr Leben verachten, um fremden Völkern zu schaden?
Und der verständige Jüngling Telemachos sagte dagegen,
Ohne Furcht; denn ihm goß Athene Mut in die Seele,
Daß er nach Kundschaft forschte vom langabwesenden Vater,
Und sich selber ein gutes Gerücht bei den Menschen erwürbe:
Nestor, Neleus' Sohn, du großer Ruhm der Achaier
Fragst, von wannen wir sei'n; ich will dir alles erzählen.
Siehe von Ithaka her am Neïon sind wir gekommen,
Nicht in Geschäften des Volks, im eigenen; dieses vernimm jetzt:
Meines edlen Vaters verbreiteten Ruhm zu erforschen,
Reis' ich umher, Odysseus des Leidengeübten, der ehmals,
Sagt man, streitend mit dir, die Stadt der Troer zerstört hat.
Von den übrigen allen, die einst vor Ilion kämpften,
Hörten wir doch, wie jeder dem grausamen Tode dahinsank;
Aber von jenem verbarg sogar das Ende Kronion.
Niemand weiß uns den Ort zu nennen, wo er gestorben:
Ob er auf festem Lande von feindlichen Männern vertilgt sei,
Oder im stürmenden Meere von Amphitritens Gewässern.
Darum fleh ich dir jetzo, die Knie' umfassend, du wollest
Seinen traurigen Tod mir verkündigen; ob du ihn selber
Ansahst, oder vielleicht von einem irrenden Wandrer
Ihn erfuhrst: denn ach! zum Leiden gebar ihn die Mutter!
Aber schmeichle mir nicht, aus Schonung oder aus Mitleid;
Sondern erzähle mir treulich, was deine Augen gesehen.
Flehend beschwör' ich dich, hat je mein Vater Odysseus
Einen Wunsch dir gewährt mit Worten oder mit Taten,
In dem troischen Lande, wo Not euch Achaier umdrängte:
Daß du, dessen gedenkend, mir jetzo Wahrheit verkündest!
Ihm antwortete drauf der Rossebändiger Nestor:
Lieber weil du mich doch an jene Trübsal erinnerst,
Die wir tapfern Achaier im troischen Lande geduldet;
Wann wir jetzt mit den Schiffen im dunkelwogenden Meere
Irrten nach Beute umher, wohin Achilleus uns führte;
Jetzt um die große Stadt des herrschenden Priamos kämpften:
Dort verloren ihr Leben die tapfersten aller Achaier!
Dort liegt Ajas, ein Held gleich Ares; dort auch Achilleus;
Dort sein Freund Patroklos, an Rat den Unsterblichen ähnlich;
Dort mein geliebter Sohn Antilochos, tapfer und edel,
Rüstig vor allen Achaiern im Lauf, und rüstig im Streite!
Und wir haben auch sonst noch viele Leiden erduldet!
Welcher sterbliche Mensch vermöchte sie alle zu nennen?

οὐδ᾽ εἰ πεντάετές γε καὶ ἑξάετες παραμίμνων
ἐξερέοις ὅσα κεῖθι πάθον κακὰ δῖοι Ἀχαιοί·
πρίν κεν ἀνιηθεὶς σὴν πατρίδα γαῖαν ἵκοιο.
εἰνάετες γάρ σφιν κακὰ ῥάπτομεν ἀμφιέποντες
παντοίοισι δόλοισι, μόγις δ᾽ ἐτέλεσσε Κρονίων.
ἔνθ᾽ οὔ τίς ποτε μῆτιν ὁμοιωθήμεναι ἄντην
ἤθελ᾽, ἐπεὶ μάλα πολλὸν ἐνίκα δῖος Ὀδυσσεὺς
παντοίοισι δόλοισι, πατὴρ τεός, εἰ ἐτεόν γε
κείνου ἔκγονός ἐσσι· σέβας μ᾽ ἔχει εἰσορόωντα.
ἦ τοι γὰρ μῦθοί γε ἐοικότες, οὐδέ κε φαίης
ἄνδρα νεώτερον ὧδε ἐοικότα μυθήσασθαι.
ἔνθ᾽ ἦ τοι ἧος μὲν ἐγὼ καὶ δῖος Ὀδυσσεὺς
οὔτε ποτ᾽ εἰν ἀγορῆι δίχ᾽ ἐβάζομεν οὔτ᾽ ἐνὶ βουλῆι,
ἀλλ᾽ ἕνα θυμὸν ἔχοντε νόωι καὶ ἐπίφρονι βουλῆι
φραζόμεθ᾽ Ἀργείοισιν ὅπως ὄχ᾽ ἄριστα γένοιτο.
αὐτὰρ ἐπεὶ Πριάμοιο πόλιν διεπέρσαμεν αἰπήν,
βῆμεν δ᾽ ἐν νήεσσι, θεὸς δ᾽ ἐκέδασσεν Ἀχαιούς,
καὶ τότε δὴ Ζεὺς λυγρὸν ἐνὶ φρεσὶ μήδετο νόστον
Ἀργείοις, ἐπεὶ οὔ τι νοήμονες οὐδὲ δίκαιοι
πάντες ἔσαν· τῶ σφεων πολέες κακὸν οἶτον ἐπέσπον
μήνιος ἐξ ὀλοῆς γλαυκώπιδος ὀβριμοπάτρης.
ἥ τ᾽ ἔριν Ἀτρεΐδηισι μετ᾽ ἀμφοτέροισιν ἔθηκε.
τὼ δὲ καλεσσαμένω ἀγορὴν ἐς πάντας Ἀχαιούς,
μάψ, ἀτὰρ οὐ κατὰ κόσμον, ἐς ἠέλιον καταδύντα,
οἱ δ᾽ ἦλθον οἴνωι βεβαρηότες υἷες Ἀχαιῶν,
μῦθον μυθείσθην, τοῦ εἵνεκα λαὸν ἄγειραν.
ἔνθ᾽ ἤ τοι Μενέλαος ἀνώγει πάντας Ἀχαιοὺς
νόστου μιμνήσκεσθαι ἐπ᾽ εὐρέα νῶτα θαλάσσης,
οὐδ᾽ Ἀγαμέμνονι πάμπαν ἑήνδανε· βούλετο γάρ ῥα
λαὸν ἐρυκακέειν ῥέξαι θ᾽ ἱερὰς ἑκατόμβας,
ὡς τὸν Ἀθηναίης δεινὸν χόλον ἐξακέσαιτο,
νήπιος, οὐδὲ τὸ ἤιδη, ὃ οὐ πείσεσθαι ἔμελλεν·
οὐ γάρ τ᾽ αἶψα θεῶν τρέπεται νόος αἰὲν ἐόντων.
ὣς τὼ μὲν χαλεποῖσιν ἀμειβομένω ἐπέεσσιν
ἕστασαν· οἱ δ᾽ ἀνόρουσαν ἐυκνήμιδες Ἀχαιοὶ
ἠχῆι θεσπεσίηι, δίχα δέ σφισιν ἥνδανε βουλή.
νύκτα μὲν ἀέσαμεν χαλεπὰ φρεσὶν ὁρμαίνοντες
ἀλλήλοις· ἐπὶ γὰρ Ζεὺς ἤρτυε πῆμα κακοῖο·
ἠῶθεν δ᾽ οἱ μὲν νέας ἕλκομεν εἰς ἅλα δῖαν
κτήματά τ᾽ ἐντιθέμεσθα βαθυζώνους τε γυναῖκας.
ἡμίσεες δ᾽ ἄρα λαοὶ ἐρητύοντο μένοντες

Bliebest du auch fünf Jahr' und sechs nacheinander, und forschtest
Alle Leiden von mir der edlen Achaier; du würdest
Überdrüssig vorher in deine Heimat zurückgehn.
Denn neun Jahre hindurch erschöpften wir, ihnen zu schaden,
Alle Listen des Kriegs; und kaum vollbracht' es Kronion!
Da war keiner im Heere, der sich mit jenem an Klugheit
Maß; allübersehend erfand der edle Odysseus
Alle Listen des Kriegs, dein Vater; woferne du wirklich
Seines Geschlechtes bist. – Mit Staunen erfüllt mich der Anblick!
Auch dein Reden gleichet ihm ganz; man sollte nicht glauben,
Daß ein jüngerer Mann so gut zu reden verstünde!
Damals sprachen wir nie, ich und der edle Odysseus,
Weder im Rat verschieden, noch in des Volkes Versammlung;
Sondern eines Sinns ratschlagten wir beide mit Klugheit
Und mit Bedacht, wie am besten das Wohl der Achaier gediehe.
Als wir die hohe Stadt des Priamos endlich zerstöret,
Gingen wir wieder zu Schiff, allein Gott trennte die Griechen.
Damals beschloß Kronion im Herzen die traurigste Heimfahrt
Für das argeiische Heer; denn sie waren nicht alle verständig,
Noch gerecht; drum traf so viele das Schreckenverhängnis.
Siehe des mächtigen Zeus' blauäugichte Tochter entzweite,
Zürnender Rache voll, die beiden Söhne von Atreus.
Diese beriefen das Heer zur allgemeinen Versammlung;
Aber verkehrt, nicht der Ordnung gemäß, da die Sonne sich neigte,
Und es kamen, vom Weine berauscht, die Söhne der Griechen.
Jetzo trugen sie vor, warum sie die Völker versammelt.
Menelaos ermahnte das ganze Heer der Achaier,
Über den weiten Rücken des Meers nach Hause zu schiffen,
Aber sein Rat mißfiel Agamemnon gänzlich: er wünschte,
Dort das Volk zu behalten, und Hekatomben zu opfern,
Daß er den schrecklichen Zorn der beleidigten Göttin versöhnte.
Tor! er wußte nicht, daß sein Beginnen umsonst war!
Denn nicht schnell ist der Zorn der ewigen Götter zu wandeln.
Also standen sie beid', und wechselten heftige Worte;
Und es erhuben sich die schöngeharnischten Griechen
Mit unendlichem Lärm, geteilt durch zwiefache Meinung.
Beide ruhten die Nacht, voll schadenbrütendes Grolles;
Denn es bereitete Zeus den Achaiern die Strafe des Unfugs.
Frühe zogen wir Hälfte die Schiff' in die heilige Meersflut,
Brachten die Güter hinein, und die schöngegürteten Weiber.
Aber die andere Hälfte der Heerschar blieb am Gestade

αὖθι παρ' Ἀτρεΐδηι Ἀγαμέμνονι, ποιμένι λαῶν·
ἡμίσεες δ' ἀναβάντες ἐλαύνομεν· αἱ δὲ μάλ' ὦκα
ἔπλεον, ἐστόρεσεν δέ θεὸς μεγακήτεα πόντον.
ἐς Τένεδον δ' ἐλθόντες ἐρέξαμεν ἱρὰ θεοῖσιν,
οἴκαδε ἱέμενοι· Ζεὺς δ' οὔ πω μήδετο νόστον,
σχέτλιος, ὅς ῥ' ἔριν ὦρσε κακὴν ἔπι δεύτερον αὖτις.
οἱ μὲν ἀποστρέψαντες ἔβαν νέας ἀμφιελίσσας
ἀμφ' Ὀδυσῆα ἄνακτα δαΐφρονα, ποικιλομήτην,
αὖτις ἐπ' Ἀτρεΐδηι Ἀγαμέμνονι ἦρα φέροντες·
αὐτὰρ ἐγὼ σὺν νηυσὶν ἀολλέσιν, αἵ μοι ἕποντο,
φεῦγον, ἐπεὶ γίγνωσκον, ὃ δὴ κακὰ μήδετο δαίμων.
φεῦγε δὲ Τυδέος υἱὸς ἀρήιος, ὦρσε δ' ἑταίρους.
ὀψὲ δὲ δὴ μετὰ νῶι κίε ξανθὸς Μενέλαος,
ἐν Λέσβωι δ' ἔκιχεν δολιχὸν πλόον ὁρμαίνοντας,
ἢ καθύπερθε Χίοιο νεοίμεθα παιπαλοέσσης,
νήσου ἔπι Ψυρίης, αὐτὴν ἐπ' ἀριστέρ' ἔχοντες,
ἦ ὑπένερθε Χίοιο, παρ' ἠνεμόεντα Μίμαντα.
ἠιτέομεν δὲ θεὸν φῆναι τέρας· αὐτὰρ ὅ γ' ἡμῖν
δεῖξε, καὶ ἠνώγει πέλαγος μέσον εἰς Εὔβοιαν
τέμνειν, ὄφρα τάχιστα ὑπὲκ κακότητα φύγοιμεν.
ὦρτο δ' ἐπὶ λιγὺς οὖρος ἀήμεναι· αἱ δὲ μάλ' ὦκα
ἰχθυόεντα κέλευθα διέδραμον, ἐς δὲ Γεραιστὸν
ἐννύχιαι κατάγοντο· Ποσειδάωνι δὲ ταύρων
πόλλ' ἐπὶ μῆρ' ἔθεμεν, πέλαγος μέγα μετρήσαντες.
τέτρατον ἦμαρ ἔην, ὅτ' ἐν Ἄργεϊ νῆας ἐίσας
Τυδεΐδεω ἕταροι Διομήδεος ἱπποδάμοιο
ἵστασαν· αὐτὰρ ἐγώ γε Πύλονδ' ἔχον, οὐδέ ποτ' ἔσβη
οὖρος, ἐπεὶ δὴ πρῶτα θεὸς προέηκεν ἀῆναι.
„ ὣς ἦλθον, φίλε τέκνον, ἀπευθής, οὐδέ τι οἶδα
κείνων, οἵ τ' ἐσάωθεν Ἀχαιῶν οἵ τ' ἀπόλοντο.
ὅσσα δ' ἐνὶ μεγάροισι καθήμενος ἡμετέροισι
πεύθομαι, ἣ θέμις ἐστί, δαήσεαι, οὐδέ σε κεύσω.
εὖ μὲν Μυρμιδόνας φάσ' ἐλθέμεν ἐγχεσιμώρους,
οὓς ἄγ' Ἀχιλλῆος μεγαθύμου φαίδιμος υἱός,
εὖ δὲ Φιλοκτήτην, Ποιάντιον ἀγλαὸν υἱόν.
πάντας δ' Ἰδομενεὺς Κρήτην εἰσήγαγ' ἑταίρους,
οἳ φύγον ἐκ πολέμου, πόντος δέ οἱ οὔ τιν' ἀπηύρα.
Ἀτρεΐδην δὲ καὶ αὐτοὶ ἀκούετε, νόσφιν ἐόντες,
ὥς τ' ἦλθ', ὥς τ' Αἴγισθος ἐμήσατο λυγρὸν ὄλεθρον.
ἀλλ' ἦ τοι κεῖνος μὲν ἐπισμυγερῶς ἀπέτισεν·
ὡς ἀγαθὸν καὶ παῖδα καταφθιμένοιο λιπέσθαι

Dort, bei Atreus' Sohn Agamemnon, dem Hirten der Völker.
Wir indes in den Schiffen entruderten eilig von dannen,
Und ein Himmlischer bahnte das ungeheure Gewässer.
Als wir gen Tenedos kamen, da opferten alle den Göttern,
Heimverlangend; allein noch hinderte Zeus die Heimfahrt;
Denn der Zürnende sandte von neuem verderbliche Zwietracht.
Einige lenkten zurück die gleichberuderten Schiffe,
Angeführt von dem tapfern erfindungsreichen Odysseus,
Daß sie sich Atreus' Sohn' Agamemnon gefällig erwiesen.
Aber ich flohe voraus mit dem Schiffsheer, welches mir folgte;
Denn es ahnete mir, daß ein Himmlischer Böses verhängte.
Tydeus' kriegrischer Sohn floh auch, und trieb die Gefährten.
Endlich kam auch zu uns Menelaos der Bräunlichgelockte,
Als wir in Lesbos noch ratschlagten wegen der Laufbahn:
Ob wir oberhalb der bergichten Chios die Heimfahrt
Lenkten auf Psyria zu, und jene zur Linken behielten;
Oder unter Chios, am Fuße des stürmischen Mimas.
Und wir baten den Gott, uns ein Zeichen zu geben; und dieser
Deutete uns, und befahl, grade durchs Meer nach Euböa
Hinzusteuern, damit wir nur schnell dem Verderben entflöhen.
Jetzo blies ein säuselnder Wind in die Segel der Schiffe;
Und sie durchliefen in Eile die Pfade der Fische, und kamen
Nachts vor Geraistos an. Hier brannten wir Poseidaon
Viele Lenden der Stiere zum Dank für die glückliche Meerfahrt.
Jetzt war der vierte Tag, als in Argos mit seinen Genossen
Landete Tydeus' Sohn, Diomedes der Rossebezähmer.
Aber ich setzte den Lauf nach Pylos fort, und der Fahrwind
Hörte nicht auf zu wehn, den uns der Himmlische sandte.
Also kam ich, mein Sohn, ohn' alle Kundschaft, und weiß nicht,
Welche von den Achaiern gestorben sind, oder noch leben.
Aber so viel ich hier im Hause sitzend erkundet,
Will ich, wie sich's gebührt, anzeigen, und nichts dir verhehlen.
Glücklich kamen, wie's heißt, die streitbaren Myrmidonen,
Angeführt von dem trefflichen Sohne des großen Achilleus;
Glücklich auch Philoktetes, der glänzende Sohn des Pöas.
Auch Idomeneus brachte gen Kreta alle Genossen,
Welche dem Krieg' entflohn, und keinen raubte das Meer ihm.
Endlich von des Atreiden Zurückkunft habt ihr Entfernten
Selber gehört, wie Ägisthos den traurigsten Tod ihm bereitet.
Aber wahrlich er hat ihn mit schrecklicher Rache gebüßet!
O wie schön, wenn ein Sohn von einem erschlagenen Manne

ἀνδρός, ἐπεὶ καὶ κεῖνος ἐτίσατο πατροφονῆα,
Αἴγισθον δολόμητιν, ὅ οἱ πατέρα κλυτὸν ἔκτα.
καὶ σὺ, φίλος, μάλα γάρ σ' ὁρόω καλόν τε μέγαν τε,
ἄλκιμος ἔσσ', ἵνα τίς σε καὶ ὀψιγόνων εὖ εἴπηι.“
τὸν δ' αὖ Τηλέμαχος πεπνυμένος ἀντίον ηὔδα·
„ ὦ Νέστορ Νηληϊάδη, μέγα κῦδος Ἀχαιῶν,
καὶ λίην κεῖνος μὲν ἐτίσατο, καί οἱ Ἀχαιοὶ
οἴσουσι κλέος εὐρὺ καὶ ἐσσομένοισι πυθέσθαι·
αἲ γὰρ ἐμοὶ τοσσήνδε θεοὶ δύναμιν περιθεῖεν,
τίσασθαι μνηστῆρας ὑπερβασίης ἀλεγεινῆς,
οἵ τέ μοι ὑβρίζοντες ἀτάσθαλα μηχανόωνται.
ἀλλ' οὔ μοι τοιοῦτον ἐπέκλωσαν θεοὶ ὄλβον,
πατρί τ' ἐμῶι καὶ ἐμοί· νῦν δὲ χρὴ τετλάμεν ἔμπης.“
τὸν δ' ἠμείβετ' ἔπειτα Γερήνιος ἱππότα Νέστωρ·
„ ὦ φίλ', ἐπεὶ δὴ ταῦτά μ' ἀνέμνησας καὶ ἔειπες,
φασὶ μνηστῆρας σῆς μητέρος εἵνεκα πολλοὺς
ἐν μεγάροις ἀέκητι σέθεν κακὰ μηχανάασθαι·
εἰπέ μοι, ἠὲ ἑκὼν ὑποδάμνασαι, ἦ σέ γε λαοὶ
ἐχθαίρουσ' ἀνὰ δῆμον, ἐπισπόμενοι θεοῦ ὀμφῆι.
τίς δ' οἶδ' εἴ κέ ποτέ σφι βίας ἀποτίσεται ἐλθών,
ἢ ὅ γε μοῦνος ἐὼν ἢ καὶ σύμπαντες Ἀχαιοί;
εἰ γάρ σ' ὣς ἐθέλοι φιλέειν γλαυκῶπις Ἀθήνη,
ὡς τότ' Ὀδυσσῆος περικήδετο κυδαλίμοιο
δήμωι ἔνι Τρώων, ὅθι πάσχομεν ἄλγε' Ἀχαιοί -
οὐ γάρ πω ἴδον ὧδε θεοὺς ἀναφανδὰ φιλεῦντας,
ὡς κείνωι ἀναφανδὰ παρίστατο Παλλὰς Ἀθήνη -
εἴ σ' οὕτως ἐθέλοι φιλέειν κήδοιτό τε θυμῶι,
τῶ κέν τις κείνων γε καὶ ἐκλελάθοιτο γάμοιο.“
τὸν δ' αὖ Τηλέμαχος πεπνυμένος ἀντίον ηὔδα·
„ ὦ γέρον, οὔ πω τοῦτο ἔπος τελέεσθαι ὀίω·
λίην γὰρ μέγα εἶπες· ἄγη μ' ἔχει. οὐκ ἂν ἐμοί γε
ἐλπομένω τὰ γένοιτ', οὐδ' εἰ θεοὶ ὣς ἐθέλοιεν.“
τὸν δ' αὖτε προσέειπε θεά, γλαυκῶπις Ἀθήνη·
„ Τηλέμαχε, ποῖόν σε ἔπος φύγεν ἕρκος ὀδόντων.
ῥεῖα θεός γ' ἐθέλων καὶ τηλόθεν ἄνδρα σαώσαι.
βουλοίμην δ' ἂν ἐγώ γε καὶ ἄλγεα πολλὰ μογήσας
οἴκαδέ τ' ἐλθέμεναι καὶ νόστιμον ἦμαρ ἰδέσθαι,
ἢ ἐλθὼν ἀπολέσθαι ἐφέστιος, ὡς Ἀγαμέμνων
ὤλεθ' ὑπ' Αἰγίσθοιο δόλωι καὶ ἧς ἀλόχοιο.
ἀλλ' ἦ τοι θάνατον μὲν ὁμοίιον οὐδὲ θεοί περ
καὶ φίλωι ἀνδρὶ δύνανται ἀλαλκέμεν, ὁππότε κεν δὴ

Nachbleibt! Also hat jener am Meuchelmörder Ägisthos
Rache geübt, der ihm den herrlichen Vater ermordet!
Auch du, Lieber, denn groß und stattlich bist du von Ansehn,
Halte dich wohl, daß einst die spätesten Enkel dich preisen!
Und der verständige Jüngling Telemachos sagte dagegen:
Nestor, Neleus' Sohn, du großer Ruhm der Achaier,
Schreckliche Rache hat jener geübt, und weit in Achaia
Wird erschallen sein Ruhm, ein Gesang der spätesten Enkel.
O beschieden auch mir so viele Stärke die Götter,
Daß ich den Übermut der rasenden Freier bestrafte,
Welche mir immer zum Trotz die schändlichsten Greuel ersinnen!
Aber versagt ward mir ein solches Glück von den Göttern,
Meinem Vater und mir! Nun gilt nichts weiter, als dulden!
Ihm antwortete drauf der Rossebändiger Nestor:
Lieber, weil du mich doch an jenes erinnerst; man sagt ja,
Daß um deine Mutter ein großer Haufe von Freiern,
Dir zum Trotz, im Palaste so viel Unarten beginge.
Sprich, erträgst du das Joch freiwillig, oder verabscheun
Dich die Völker des Landes, gewarnt durch göttlichen Ausspruch?
Aber wer weiß, ob jener nicht einst, ein Rächer des Aufruhrs,
Kommt, er selber allein, oder auch mit allen Achaiern.
Liebte sie dich so herzlich, die heilige Pallas Athene,
Wie sie einst für Odysseus den Hochberühmten besorgt war,
In dem troischen Lande, wo Not uns Achaier umdrängte;
(Niemals sah ich so klar die Zeichen göttlicher Obhut,
Als sich Pallas Athene für ihren Geliebten erklärte!)
Liebte sie dich so herzlich, und waltete deiner so sorgsam:
Mancher von jenen vergäße der hochzeitlichen Gedanken!
Und der verständige Jüngling Telemachos sagte dagegen:
Edler Greis, dies Wort wird schwerlich jemals vollendet;
Denn du sagtest zu viel! Erstaunen muß ich! O nimmer
Würde die Hoffnung erfüllt, wenn auch die Götter es wollten!
Drauf antwortete Zeus' blauäugichte Tochter Athene:
Welche Rede, o Jüngling, ist deinen Lippen entflohen?
Leicht bringt Gott, wenn er will, auch Fernverirrte zur Ruhe!
Und ich möchte doch lieber nach vielem Jammer und Elend
Spät zur Heimat kehren und schaun den Tag der Zurückkunft,
Als heimkehrend sterben am eigenen Herde, wie jener
Durch Ägisthos' Verrat und seines Weibes dahinsank.
Nur das gemeine Los des Todes können die Götter
Selbst nicht wenden, auch nicht von ihrem Geliebten, wenn jetzo

μοῖρ' ὀλοὴ καθέλῃσι τανηλεγέος θανάτοιο."
τὴν δ' αὖ Τηλέμαχος πεπνυμένος ἀντίον ηὔδα·
„Μέντορ, μηκέτι ταῦτα λεγώμεθα κηδόμενοί περ·
κείνωι δ' οὐκέτι νόστος ἐτήτυμος, ἀλλά οἱ ἤδη
φράσσαντ' ἀθάνατοι θάνατον καὶ κῆρα μέλαιναν.
νῦν δ' ἐθέλω ἔπος ἄλλο μεταλλῆσαι καὶ ἐρέσθαι
Νέστορ', ἐπεὶ περὶ οἶδε δίκας ἠδὲ φρόνιν ἄλλων·
τρὶς γὰρ δή μίν φασιν ἀνάξασθαι γένε' ἀνδρῶν·
ὥς τέ μοι ἀθάνατος ἰνδάλλεται εἰσοράασθαι.
ὦ Νέστορ Νηληϊάδη, σὺ δ' ἀληθὲς ἐνίσπες·
πῶς ἔθαν' Ἀτρεΐδης εὐρὺ κρείων Ἀγαμέμνων;
ποῦ Μενέλαος ἔην; τίνα δ' αὐτῶι μήσατ' ὄλεθρον
Αἴγισθος δολόμητις, ἐπεὶ κτάνε πολλὸν ἀρείω;
ἦ οὐκ Ἄργεος ἦεν Ἀχαιικοῦ, ἀλλά πηι ἄλληι
πλάζετ' ἐπ' ἀνθρώπους, ὁ δὲ θαρσήσας κατέπεφνε;"
τὸν δ' ἠμείβετ' ἔπειτα Γερήνιος ἱππότα Νέστωρ·
„τοιγὰρ ἐγώ τοι, τέκνον, ἀληθέα πάντ' ἀγορεύσω.
ἦ τοι μὲν τάδε καὐτὸς ὀίεαι, ὥς κεν ἐτύχθη,
εἰ ζωόν γ' Αἴγισθον ἐνὶ μεγάροισιν ἔτετμεν
Ἀτρεΐδης Τροίηθεν ἰών, ξανθὸς Μενέλαος·
τῶ κέ οἱ οὐδὲ θανόντι χυτὴν ἐπὶ γαῖαν ἔχευαν,
ἀλλ' ἄρα τόν γε κύνες τε καὶ οἰωνοὶ κατέδαψαν
κείμενον ἐν πεδίωι ἑκὰς ἄστεος, οὐδέ κέ τίς μιν
κλαῦσεν Ἀχαιιάδων· μάλα γὰρ μέγα μήσατο ἔργον.
ἡμεῖς μὲν γὰρ κεῖθι πολέας τελέοντες ἀέθλους
ἥμεθ'· ὁ δ' εὔκηλος μυχῶι Ἄργεος ἱπποβότοιο
πόλλ' Ἀγαμεμνονέην ἄλοχον θέλγεσκ' ἐπέεσσιν.
ἡ δ' ἦ τοι τὸ πρὶν μὲν ἀναίνετο ἔργον ἀεικὲς
δῖα Κλυταιμνήστρη· φρεσὶ γὰρ κέχρητ' ἀγαθῆισι·
πὰρ δ' ἄρ' ἔην καὶ ἀοιδὸς ἀνήρ, ὧι πόλλ' ἐπέτελλεν
Ἀτρεΐδης Τροίηνδε κιὼν ἔρυσασθαι ἄκοιτιν.
ἀλλ' ὅτε δή μιν μοῖρα θεῶν ἐπέδησε δαμῆναι,
δὴ τότε τὸν μὲν ἀοιδὸν ἄγων ἐς νῆσον ἐρήμην
κάλλιπεν οἰωνοῖσιν ἕλωρ καὶ κύρμα γενέσθαι,
τὴν δ' ἐθέλων ἐθέλουσαν ἀνήγαγεν ὅνδε δόμονδε.
πολλὰ δὲ μηρί' ἔκηε θεῶν ἱεροῖς ἐπὶ βωμοῖς,
πολλὰ δ' ἀγάλματ' ἀνῆψεν, ὑφάσματά τε χρυσόν τε,
ἐκτελέσας μέγα ἔργον, ὃ οὔ ποτε ἔλπετο θυμῶι.
„ἡμεῖς μὲν γὰρ ἅμα πλέομεν Τροίηθεν ἰόντες,
Ἀτρεΐδης καὶ ἐγώ, φίλα εἰδότες ἀλλήλοισιν·
ἀλλ' ὅτε Σούνιον ἱρὸν ἀφικόμεθ', ἄκρον Ἀθηνέων,

Ihn die finstere Stunde mit Todesschlummer umschattet.
Und der verständige Jüngling Telemachos sagte dagegen:
Mentor, rede nicht weiter davon, wie sehr wir auch trauren!
Jener wird nimmermehr heimkehren; sondern es weihten
Ihn die Unsterblichen längst dem schwarzen Todesverhängnis.
Jetzo will ich Nestorn um etwas anderes fragen,
Ihn, der vor allen Menschen Gerechtigkeit kennet und Weisheit.
Denn man saget, er hat drei Menschenalter beherrschet;
Darum scheinet er mir ein Bild der unsterblichen Götter.
Nestor, Neleus' Sohn, verkünde mir lautere Wahrheit!
Wie starb Atreus' Sohn, der große Held Agamemnon?
Wo war denn Menelaos? Und welchen listigen Anschlag
Fand der Meuchler Ägisthos, den stärkeren Mann zu ermorden?
War er etwa noch nicht im achaiischen Argos, und irrte
Unter den Menschen umher, daß der sich des Mordes erkühnte?
Ihm antwortete drauf der Rossebändiger Nestor:
Gerne will ich, mein Sohn, dir lautere Wahrheit verkünden.
Siehe, du kannst es dir leicht vorstellen, wie es geschehn ist.
Hätt' er Ägisthos noch lebendig im Hause gefunden,
Als er von Ilion kehrte, der Held Menelaos Atreides:
Niemand hätte den Toten mit lockerer Erde beschüttet;
Sondern ihn hätten die Hund' und die Vögel des Himmels gefressen,
Liegend fern von der Stadt auf wüstem Gefild', und es hätte
Keine Achaierin ihn, den Hochverräter! beweinet.
Während wir andern dort viel blutige Schlachten bestanden,
Saß er ruhig im Winkel der rossenährenden Argos,
Und liebkoste dem Weib' Agamemnons mit süßem Geschwätze.
Anfangs hörte sie zwar den argen Verführer mit Abscheu,
Klytämnestra die Edle; denn sie war gut und verständig.
Auch war ein Sänger bei ihr, dem Agamemnon besonders,
Als er gen Ilion fuhr, sein Weib zu bewahren vertraute.
Aber da sie die Götter in ihr Verderben bestrickten,
Führt' Ägisthos den Sänger auf eine verwilderte Insel,
Wo er ihn zur Beute dem Raubgevögel zurückließ;
Führte dann liebend das liebende Weib zu seinem Palaste;
Opferte Rinder und Schaf' auf der Götter geweihten Altären,
Und behängte die Tempel mit Gold und feinem Gewebe,
Weil er das große Werk, das unverhoffte, vollendet.
Jetzo segelten wir zugleich von Ilions Küste,
Menelaos und ich, vereint durch innige Freundschaft.
Aber am attischen Ufer, bei Sunions heiliger Spitze,

ἔνθα κυβερνήτην Μενελάου Φοῖβος Ἀπόλλων
οἷς ἀγανοῖς βελέεσσιν ἐποιχόμενος κατέπεφνε,
πηδάλιον μετὰ χερσὶ θεούσης νηὸς ἔχοντα,
Φρόντιν Ὀνητορίδην, ὃς ἐκαίνυτο φῦλ' ἀνθρώπων
νῆα κυβερνῆσαι, ὁπότε σπέρχοιεν ἄελλαι.
ὣς ὁ μὲν ἔνθα κατέσχετ', ἐπειγόμενός περ ὁδοῖο,
ὄφρ' ἕταρον θάπτοι καὶ ἐπὶ κτέρεα κτερίσειεν.
ἀλλ' ὅτε δὴ καὶ κεῖνος ἰὼν ἐπὶ οἴνοπα πόντον
ἐν νηυσὶ γλαφυρῆισι Μαλειάων ὄρος αἰπὺ
ἶξε θέων, τότε δὴ στυγερὴν ὁδὸν εὐρύοπα Ζεὺς
ἐφράσατο, λιγέων δ' ἀνέμων ἐπ' ἀυτμένα χεῦε,
κύματά τε τροφέοντο πελώρια, ἶσα ὄρεσσιν.
ἔνθα διατμήξας τὰς μὲν Κρήτηι ἐπέλασσεν,
ἧχι Κύδωνες ἔναιον Ἰαρδάνου ἀμφὶ ῥέεθρα.
ἔστι δέ τις λισσὴ αἰπεῖά τε εἰς ἅλα πέτρη
ἐσχατιῆι Γόρτυνος ἐν ἠεροειδέι πόντωι·
ἔνθα Νότος μέγα κῦμα ποτὶ σκαιὸν ῥίον ὠθεῖ,
ἐς Φαιστόν, μικρὸς δὲ λίθος μέγα κῦμ' ἀποέργει.
αἱ μὲν ἄρ' ἔνθ' ἦλθον, σπουδῆι δ' ἤλυξαν ὄλεθρον
ἄνδρες, ἀτὰρ νῆάς γε ποτὶ σπιλάδεσσιν ἔαξαν
κύματ'· ἀτὰρ τὰς πέντε νέας κυανοπρωιρείους
Αἰγύπτωι ἐπέλασσε φέρων ἄνεμός τε καὶ ὕδωρ.
ὣς ὁ μὲν ἔνθα πολὺν βίοτον καὶ χρυσὸν ἀγείρων
ἠλᾶτο ξὺν νηυσὶ κατ' ἀλλοθρόους ἀνθρώπους·
τόφρα δὲ ταῦτ' Αἴγισθος ἐμήσατο οἴκοθι λυγρά.
κτείνας Ἀτρεΐδην, δέδμητο δὲ λαὸς ὑπ' αὐτῶι.
ἑπτάετες δ' ἤνασσε πολυχρύσοιο Μυκήνης,
τῶι δέ οἱ ὀγδοάτωι κακὸν ἤλυθε δῖος Ὀρέστης
ἂψ ἀπ' Ἀθηνάων, κατὰ δ' ἔκτανε πατροφονῆα,
Αἴγισθον δολόμητιν, ὅ οἱ πατέρα κλυτὸν ἔκτα.
ἦ τοι ὁ τὸν κτείνας δαίνυ τάφον Ἀργείοισιν
μητρός τε στυγερῆς καὶ ἀνάλκιδος Αἰγίσθοιο·
αὐτῆμαρ δέ οἱ ἦλθε βοὴν ἀγαθὸς Μενέλαος
πολλὰ κτήματ' ἄγων, ὅσα οἱ νέες ἄχθος ἄειραν.
„ καὶ σύ, φίλος, μὴ δηθὰ δόμων ἄπο τῆλ' ἀλάλησο,
κτήματά τε προλιπὼν ἄνδρας τ' ἐν σοῖσι δόμοισιν
οὕτω ὑπερφιάλους, μή τοι κατὰ πάντα φάγωσιν
κτήματα δασσάμενοι, σὺ δὲ τηϋσίην ὁδὸν ἔλθηις.
ἀλλ' ἐς μὲν Μενέλαον ἐγὼ κέλομαι καὶ ἄνωγα
ἐλθεῖν· κεῖνος γὰρ νέον ἄλλοθεν εἰλήλουθεν,
ἐκ τῶν ἀνθρώπων, ὅθεν οὐκ ἔλποιτό γε θυμῶι

Siehe da ward der Pilot des menelaïschen Schiffes
Von den sanften Geschossen Apollons plötzlich getötet,
Haltend in seinen Händen das Steuer des laufenden Schiffes:
Phrontis, Onetors Sohn, der vor allen Erdebewohnern
Durch der Orkane Tumult ein Schiff zu lenken berühmt war.
Also ward Menelaos, wie sehr er auch eilte, verzögert,
Um den Freund zu begraben, und Totengeschenke zu opfern.
Aber da nun auch jener, die dunkeln Wogen durchsegelnd,
Seine gerüsteten Schiffe zum hohen Gebirge Maleia
Hatte geführt; da verhängte der Gott weithallender Donner
Ihm die traurigste Fahrt, sandt' ihm lautbrausende Stürme,
Und hoch wogten, wie Berge, die ungeheuren Gewässer.
Plötzlich zerstreut' er die Schiffe; die meisten verschlug er gen Kreta,
Wo der Kydonen Volk des Jardanos Ufer umwohnet.
An der gordynischen Grenz', im dunkelwogenden Meere,
Türmt sich ein glatter Fels den drängenden Fluten entgegen,
Die der gewaltige Süd an das linke Gebirge vor Phästos
Stürmt; und der kleine Fels hemmt große brandende Fluten.
Dorthin kamen die meisten; und kaum entflohn dem Verderben
Noch die Männer, die Schiffe zerschlug an den Klippen die Brandung.
Aber die übrigen fünfe der blaugeschnäbelten Schiffe
Wurden von Sturm und Woge zum Strom Ägyptos getrieben.
Allda fuhr Menelaos bei unverständlichen Völkern
Mit den Schiffen umher, viel Gold und Schätze gewinnend.
Unterdessen verübte zu Haus Ägisthos die Schandtat,
Bracht' Agamemnon um, und zwang das Volk zum Gehorsam.
Sieben Jahre beherrscht' er die schätzereiche Mykene.
Aber im achten kam zum Verderben der edle Orestes
Von Athenä zurück, und nahm von dem Meuchler Ägisthos
Blutige Rache, der ihm den herrlichen Vater ermordet;
Brachte dann mit dem Volk ein Opfer bei dem Begräbnis
Seiner abscheulichen Mutter und ihres feigen Ägisthos.
Eben den Tag kam auch der Rufer im Streit Menelaos,
Mit unendlichen Schätzen, so viel die Schiffe nur trugen.
Auch du, Lieber, irre nicht lange fern von der Heimat,
Da du alle dein Gut und so unbändige Männer
In dem Palaste verließest: damit sie nicht alles verschlingen,
Deine Güter sich teilend, und fruchtlos ende die Reise!
Aber ich rate dir doch, zu Atreus' Sohn Menelaos
Hinzugehn, der neulich aus fernen Landen zurückkam,
Von entlegenen Völkern, woher kein Sterblicher jemals

ἐλθέμεν, ὅν τινα πρῶτον ἀποσφήλωσιν ἄελλαι
ἐς πέλαγος μέγα τοῖον, ὅθεν τέ περ οὐδ' οἰωνοὶ
αὐτόετες οἰχνεῦσιν, ἐπεὶ μέγα τε δεινόν τε.
ἀλλ' ἴθι νῦν σὺν νηί τε σῆι καὶ σοῖς ἑτάροισιν·
εἰ δ' ἐθέλεις πεζός, πάρα τοι δίφρος τε καὶ ἵπποι,
πὰρ δὲ τοι υἷες ἐμοί, οἵ τοι πομπῆες ἔσονται
ἐς Λακεδαίμονα δῖαν, ὅθι ξανθὸς Μενέλαος.
λίσσεσθαι δέ μιν αὐτός, ἵνα νημερτὲς ἐνίσπηι·
ψεῦδος δ' οὐκ ἐρέει· μάλα γὰρ πεπνυμένος ἐστίν."
ὣς ἔφατ', ἠέλιος δ' ἄρ' ἔδυ καὶ ἐπὶ κνέφας ἦλθε.
τοῖσι δὲ καὶ μετέειπε θεά, γλαυκῶπις Ἀθήνη·
„ ὦ γέρον, ἦ τοι ταῦτα κατὰ μοῖραν κατέλεξας·
ἀλλ' ἄγε τάμνετε μὲν γλώσσας, κεράασθε δὲ οἶνον,
ὄφρα Ποσειδάωνι καὶ ἄλλοις ἀθανάτοισιν
σπείσαντες κοίτοιο μεδώμεθα· τοῖο γὰρ ὥρη.
ἤδη γὰρ φάος οἴχεθ' ὑπὸ ζόφον, οὐδὲ ἔοικεν·
δηθὰ θεῶν ἐν δαιτὶ θαασσέμεν, ἀλλὰ νέεσθαι."
ἦ ῥα Διὸς θυγάτηρ, οἱ δ' ἔκλυον αὐδησάσης.
τοῖσι δὲ κήρυκες μὲν ὕδωρ ἐπὶ χεῖρας ἔχευαν,
κοῦροι δὲ κρητῆρας ἐπεστέψαντο ποτοῖο,
νώμησαν δ' ἄρα πᾶσιν ἐπαρξάμενοι δεπάεσσι·
γλώσσας δ' ἐν πυρὶ βάλλον, ἀνιστάμενοι δ' ἐπέλειβον.
αὐτὰρ ἐπεὶ σπεῖσάν τ' ἔπιόν θ', ὅσον ἤθελε θυμός,
δὴ τότ' Ἀθηναίη καὶ Τηλέμαχος θεοειδὴς
ἄμφω ἱέσθην κοίλην ἐπὶ νῆα νέεσθαι.
Νέστωρ δ' αὖ κατέρυκε καθαπτόμενος ἐπέεσσιν·
„ Ζεὺς τό γ' ἀλεξήσειε καὶ ἀθάνατοι θεοὶ ἄλλοι,
ὡς ὑμεῖς παρ' ἐμεῖο θοὴν ἐπὶ νῆα κίοιτε
ὥς τέ τευ ἢ παρὰ πάμπαν ἀνείμονος ἠδὲ πενιχροῦ,
ὧι οὔ τι χλαῖναι καὶ ῥήγεα πόλλ' ἐνὶ οἴκωι,
οὔτ' αὐτῶι μαλακῶς οὔτε ξείνοισιν ἐνεύδειν.
αὐτὰρ ἐμοὶ πάρα μὲν χλαῖναι καὶ ῥήγεα καλά.
οὔ θην δὴ τοῦδ' ἀνδρὸς Ὀδυσσῆος φίλος υἱὸς
νηὸς ἐπ' ἰκριόφιν καταλέξεται, ὄφρ' ἂν ἐγώ γε
ζώω, ἔπειτα δὲ παῖδες ἐνὶ μεγάροισι λίπωνται,
ξείνους ξεινίζειν, ὅς τίς κ' ἐμὰ δώμαθ' ἵκηται."
τὸν δ' αὖτε προσέειπε θεά, γλαυκῶπις Ἀθήνη·
„ εὖ δὴ ταῦτά γ' ἔφησθα, γέρον φίλε· σοὶ δὲ ἔοικεν
Τηλέμαχον πείθεσθαι, ἐπεὶ πολὺ κάλλιον οὕτως.
ἀλλ' οὗτος μὲν νῦν σοὶ ἅμ' ἕψεται, ὄφρα κεν εὕδηι
σοῖσιν ἐνὶ μεγάροισιν· ἐγὼ δ' ἐπὶ νῆα μέλαιναν

Hoffen dürfte zu kommen, den Sturm und Woge so weithin
Über das Meer verschlugen, woher auch selbst nicht die Vögel
Fliegen können im Jahre: so furchtbar und weit ist die Reise!
Eil' und gehe sogleich im Schiffe mit deinen Gefährten!
Oder willst du zu Lande, so fodere Wagen und Rosse,
Meine Söhne dazu: sie werden dich sicher gen Sparta
Führen, der prächtigen Stadt Menelaos' des Bräunlichgelockten.
Aber du mußt ihm flehn, daß er die Wahrheit verkünde.
Lügen wird er nicht reden; denn er ist viel zu verständig!
    Also sprach er. Da sank die Sonn', und Dunkel erhob sich.
Drauf antwortete Zeus' blauäugichte Tochter Athene:
    Wahrlich, o Greis, du hast mit vieler Weisheit geredet.
Aber schneidet jetzo die Zungen, und mischet des Weines,
Daß wir Poseidaon und allen unsterblichen Göttern
Opfern, und schlafen gehn; die Stunde gebeut uns zu ruhen;
Denn schon sinket das Licht in Dämmerung. Länger geziemt sich's
Nicht, am Mahle der Götter zu sitzen, sondern zu gehen.
    Also die Tochter Zeus', und jene gehorchten der Rede.
Herolde gossen ihnen das Wasser über die Hände;
Jünglinge füllten die Kelche bis oben mit dem Getränke,
Teilten dann rechts herum die vollgegossenen Becher.
Und sie verbrannten die Zungen, und opferten stehend des Weines.
Als sie ihr Opfer vollbracht, und nach Verlangen getrunken,
Machte Athene sich auf und Telemachos, göttlich von Bildung,
Wieder von dannen zu gehn zu ihrem geräumigen Schiffe.
Aber Nestor verbot es mit diesen strafenden Worten:
    Zeus verhüte doch dieses und alle unsterblichen Götter,
Daß ihr jetzo von mir zum schnellen Schiffe hinabgeht,
Gleich als wär' ich ein Mann in Lumpen, oder ein Bettler,
Der nicht viele Mäntel und weiche Decken besäße,
Für sich selber zum Lager, und für besuchende Freunde!
Aber ich habe genug der Mäntel und prächtigen Decken!
Wahrlich nimmer gestatt' ich des großen Mannes Odysseus'
Sohne, auf dem Verdeck des Schiffes zu ruhen, so lang' ich
Lebe! Und dann auch werden noch Kinder bleiben im Hause,
Einen Gast zu bewirten, der meine Wohnung besuchet!
    Drauf antwortete Zeus' blauäugichte Tochter Athene:
Edler Greis, du hast sehr wohl geredet, und gerne
Wird Telemachos dir gehorchen, denn es gebührt sich!
Dieser gehe denn jetzo mit dir zu deinem Palaste,
Dort zu ruhn. Allein ich muß zum schwärzlichen Schiffe

εἶμ', ἵνα θαρσύνω θ' ἑτάρους εἴπω τε ἕκαστα.
οἶος γὰρ μετὰ τοῖσι γεραίτερος εὔχομαι εἶναι·
οἱ δ' ἄλλοι φιλότητι νεώτεροι ἄνδρες ἕπονται,
πάντες ὁμηλικίη μεγαθύμου Τηλεμάχοιο.
ἔνθα κε λεξαίμην κοίληι παρὰ νηὶ μελαίνηι
νῦν· ἀτὰρ ἠῶθεν μετὰ Καύκωνας μεγαθύμους
εἶμ' ἔνθα χρεῖός μοι ὀφέλλεται, οὔ τι νέον γε
οὐδ' ὀλίγον. σὺ δὲ τοῦτον, ἐπεὶ τεὸν ἵκετο δῶμα,
πέμψον σὺν δίφρωι τε καὶ υἱέι· δὸς δέ οἱ ἵππους,
οἵ τοι ἐλαφρότατοι θείειν καὶ κάρτος ἄριστοι."
ὣς ἄρα φωνήσασ' ἀπέβη γλαυκῶπις Ἀθήνη
φήνηι εἰδομένη· θάμβος δ' ἕλε πάντας ἰδόντας.
θαύμαζεν δ' ὁ γεραιός, ὅπως ἴδεν ὀφθαλμοῖσι·
Τηλεμάχου δ' ἕλε χεῖρα, ἔπος τ' ἔφατ' ἔκ τ' ὀνόμαζεν·
„ ὦ φίλος, οὔ σε ἔολπα κακὸν καὶ ἄναλκιν ἔσεσθαι,
εἰ δή τοι νέωι ὧδε θεοὶ πομπῆες ἕπονται.
οὐ μὲν γάρ τις ὅδ' ἄλλος Ὀλύμπια δώματ' ἐχόντων,
ἀλλὰ Διὸς θυγάτηρ, κυδίστη Τριτογένεια,
ἥ τοι καὶ πατέρ' ἐσθλὸν ἐν Ἀργείοισιν ἐτίμα.
ἀλλὰ ἄνασσ' ἵληθι, δίδωθι δέ μοι κλέος ἐσθλόν,
αὐτῶι καὶ παίδεσσι καὶ αἰδοίηι παρακοίτι·
σοὶ δ' αὖ ἐγὼ ῥέξω βοῦν ἦνιν εὐρυμέτωπον
ἀδμήτην, ἣν οὔ πω ὑπὸ ζυγὸν ἤγαγεν ἀνήρ·
τήν τοι ἐγὼ ῥέξω χρυσὸν κέρασιν περιχεύας."
ὣς ἔφατ' εὐχόμενος, τοῦ δ' ἔκλυε Παλλὰς Ἀθήνη.
τοῖσιν δ' ἡγεμόνευε Γερήνιος ἱππότα Νέστωρ,
υἱάσι καὶ γαμβροῖσιν, ἑὰ πρὸς δώματα καλά.
ἀλλ' ὅτε δώμαθ' ἵκοντο ἀγακλυτὰ τοῖο ἄνακτος,
ἑξείης ἕζοντο κατὰ κλισμούς τε θρόνους τε·
τοῖς δ' ὁ γέρων ἐλθοῦσιν ἀνὰ κρητῆρα κέρασσεν
οἴνου ἡδυπότοιο, τὸν ἑνδεκάτωι ἐνιαυτῶι
ὤιξεν ταμίη καὶ ἀπὸ κρήδεμνον ἔλυσε·
τοῦ ὁ γέρων κρητῆρα κεράσσατο, πολλὰ δ' Ἀθήνηι
εὔχετ' ἀποσπένδων, κούρηι Διὸς αἰγιόχοιο.
αὐτὰρ ἐπεὶ σπεῖσάν τ' ἔπιον θ', ὅσον ἤθελε θυμός,
οἱ μὲν κακκείοντες ἔβαν οἶκόνδε ἕκαστος,
τὸν δ' αὐτοῦ κοίμησε Γερήνιος ἱππότα Νέστωρ,
Τηλέμαχον, φίλον υἱὸν Ὀδυσσῆος θείοιο,
τρητοῖς ἐν λεχέεσσιν ὑπ' αἰθούσηι ἐριδούπωι,
πὰρ δ' ἄρ' ἐυμμελίην Πεισίστρατον, ὄρχαμον ἀνδρῶν,
ὅς οἱ ἔτ' ἠίθεος παίδων ἦν ἐν μεγάροισιν·

Gehen, unsere Freunde zu stärken, und alles zu ordnen.
Denn von allen im Schiffe bin ich der einzige Alte;
Jünglinge sind die andern, die uns aus Liebe begleiten,
Allesamt von des edlen Telemachos blühendem Alter.
Allda will ich die Nacht am schwarzen gebogenen Schiffe
Ruhn, und morgen früh zu den großgesinnten Kaukonen
Gehen, daß ich die Schuld, die weder neu noch gering ist,
Mir einfodre. Doch diesen, den Gastfreund deines Palastes,
Send' im Wagen gen Sparta, vom Sohne begleitet, und gib ihm
Zum Gespanne die schnellsten und unermüdlichsten Rosse.
  Also redete Zeus' blauäugichte Tochter, und schwebte,
Plötzlich ein Adler, empor; da erstaunte die ganze Versammlung.
Wundernd stand auch der Greis, da seine Augen es sahen,
Faßte Telemachos' Hand, und sprach mit freundlicher Stimme:
  Lieber, ich hoffe, du wirst nicht feige werden noch kraftlos;
Denn es begleiten dich schon als Jüngling waltende Götter!
Siehe kein anderer war's der himmelbewohnenden Götter,
Als des allmächtigen Zeus' siegprangende Tochter Athene,
Die auch deinen Vater vor allen Achaiern geehrt hat!
Herrscherin, sei uns gnädig, und krön' uns mit glänzendem Ruhme,
Mich und meine Kinder, und meine teure Genossin!
Dir will ich opfern ein jähriges Rind, breitstirnig und fehllos,
Unbezwungen vom Stier, und nie zum Joche gebändigt:
Dieses will ich dir opfern, mit Gold die Hörner umzogen!
  Also sprach er flehend; ihn hörete Pallas Athene.
Und der gerenische Greis, der Rossebändiger Nestor,
Führte die Eidam' und Söhne zu seinem schönen Palaste.
Als sie den hohen Palast des Königs jetzo erreichten,
Setzten sich alle in Reihn auf prächtige Thronen und Sessel.
Und den Kommenden mischte der Greis von neuem im Kelche
Süßen balsamischen Wein; im elften Jahre des Alters
Wählte die Schaffnerin ihn, und löste den spündenden Deckel.
Diesen mischte der Greis und flehete, opfernd des Trankes,
Viel zu der Tochter des Gottes mit wetterleuchtendem Schilde.
Als sie ihr Opfer vollbracht, und nach Verlangen getrunken,
Gingen sie alle heim, der süßen Ruhe zu pflegen.
Aber Telemachos hieß der Rossebändiger Nestor
Dort im Palaste ruhn, den Sohn des edlen Odysseus,
Unter der tönenden Hall', im schöngebildeten Bette.
Neben ihm ruhte der Held Peisistratos, welcher allein noch
Unvermählt von den Söhnen in Nestors Hause zurückblieb.

αὐτὸς δ' αὖτε καθεῦδε μυχῶι δόμου ὑψηλοῖο,
τῶι δ' ἄλοχος δέσποινα λέχος πόρσυνε καὶ εὐνήν.
ἦμος δ' ἠριγένεια φάνη ῥοδοδάκτυλος Ἠώς,
ὤρνυτ' ἄρ' ἐξ εὐνῆφι Γερήνιος ἱππότα Νέστωρ,
ἐκ δ' ἐλθὼν κατ' ἄρ' ἕζετ' ἐπὶ ξεστοῖσι λίθοισιν,
οἵ οἱ ἔσαν προπάροιθε θυράων ὑψηλάων,
λευκοί, ἀποστίλβοντες ἀλείφατος· οἷς ἔπι μὲν πρὶν
Νηλεὺς ἵζεσκεν, θεόφιν μήστωρ ἀτάλαντος·
ἀλλ' ὁ μὲν ἤδη κηρὶ δαμεὶς Ἄϊδόσδε βεβήκει,
Νέστωρ αὖ τότ' ἐφῖζε Γερήνιος, οὖρος Ἀχαιῶν,
σκῆπτρον ἔχων. περὶ δ' υἷες ἀολλέες ἠγερέθοντο
ἐκ θαλάμων ἐλθόντες, Ἐχέφρων τε Στρατίος τε
Περσεύς τ' Ἄρητός τε καὶ ἀντίθεος Θρασυμήδης.
τοῖσι δ' ἔπειθ' ἕκτος Πεισίστρατος ἤλυθεν ἥρως,
πὰρ δ' ἄρα Τηλέμαχον θεοείκελον εἷσαν ἄγοντες.
τοῖσι δὲ μύθων ἦρχε Γερήνιος ἱππότα Νέστωρ·
„καρπαλίμως μοι, τέκνα φίλα, κρηήνατ' ἐέλδωρ,
ὄφρ' ἦ τοι πρώτιστα θεῶν ἱλάσσομ' Ἀθήνην,
ἥ μοι ἐναργὴς ἦλθε θεοῦ ἐς δαῖτα θάλειαν.
ἀλλ' ἄγ' ὁ μὲν πεδίονδ' ἐπὶ βοῦν, ἴτω, ὄφρα τάχιστα
ἔλθηισιν, ἐλάσηι δὲ βοῶν ἐπιβουκόλος ἀνήρ·
εἷς δ' ἐπὶ Τηλεμάχου μεγαθύμου νῆα μέλαιναν
πάντας ἰὼν ἑτάρους ἀγέτω, λιπέτω δὲ δύ' οἴους·
εἷς δ' αὖ χρυσοχόον Λαέρκεα δεῦρο κελέσθω
ἐλθεῖν, ὄφρα βοὸς χρυσὸν κέρασιν περιχεύηι.
οἱ δ' ἄλλοι μένετ' αὐτοῦ ἀολλέες, εἴπατε δ' εἴσω
δμωιῆισιν κατὰ δώματ' ἀγακλυτὰ δαῖτα πένεσθαι,
ἕδρας τε ξύλα τ' ἀμφὶ καὶ ἀγλαὸν οἰσέμεν ὕδωρ."
ὣς ἔφαθ', οἱ δ' ἄρα πάντες ἐποίπνυον. ἦλθε μὲν ἂρ βοῦς
ἐκ πεδίου, ἦλθον δὲ θοῆς παρὰ νηὸς ἐίσης
Τηλεμάχου ἕταροι μεγαλήτορος, ἦλθε δὲ χαλκεὺς
ὅπλ' ἐν χερσὶν ἔχων χαλκήια, πείρατα τέχνης,
ἄκμονά τε σφῦραν τ' εὐποίητόν τε πυράγρην,
οἷσίν τε χρυσὸν εἰργάζετο· ἦλθε δ' Ἀθήνη
ἱρῶν ἀντιόωσα. γέρων δ' ἱππηλάτα Νέστωρ
χρυσὸν ἔδωχ'· ὁ δ' ἔπειτα βοὸς κέρασιν περίχευεν
ἀσκήσας, ἵν' ἄγαλμα θεὰ κεχάροιτο ἰδοῦσα.
βοῦν δ' ἀγέτην κεράων Στρατίος καὶ δῖος Ἐχέφρων.
χέρνιβα δέ σφ' Ἄρητος ἐν ἀνθεμόεντι λέβητι
ἤλυθεν ἐκ θαλάμοιο φέρων, ἑτέρηι δ' ἔχεν οὐλὰς
ἐν κανέωι πέλεκυν δὲ μενεπτόλεμος Θρασυμήδης

Aber er selber schlief im Innern des hohen Palastes,
Und die Königin schmückte das Eh'bett ihres Gemahles.
Als nun die dämmernde Frühe mit Rosenfingern erwachte,
Da erhub sich vom Lager der Rossebändiger Nestor,
Ging hinaus, und setzte sich auf gehauene Steine,
Vor der hohen Pforte des schöngebauten Palastes,
Weiß und glänzend wie Öl. Auf diesen pflegte vor alters
Neleus sich hinzusetzen, an Rat den Unsterblichen ähnlich.
Aber er war schon tot und in der Schatten Behausung.
Nun saß Nestor darauf, der gerenische Hüter der Griechen,
Seinen Stab in der Hand. Da sammelten sich um den Vater
Eilend aus den Gemächern, Echephron, Stratios, Perseus,
Und Aretos der Held, und der göttliche Thrasymedes.
Auch der sechste der Brüder Peisistratos eilte zu Nestor.
Und sie setzten den schönen Telemachos neben den Vater.
Unter ihnen begann der Rossebändiger Nestor:
Hurtig, geliebteste Kinder, erfüllt mir dieses Verlangen,
Daß ich vor allen Göttern Athenens Gnade gewinne,
Welche mir sichtbar erschien am festlichen Mahle Poseidons!
Gehe denn einer aufs Feld, damit in Eile zum Opfer
Komme die Kuh, geführt vom Hirten der weidenden Rinder.
Einer gehe hinab zu des edlen Telemachos' Schiffe,
Seine Gefährten zu rufen, und lasse nur zween zur Bewahrung.
Einer heiße hieher den Meister in Golde Laerkes
Kommen, daß er mit Gold des Rindes Hörner umziehe.
Aber ihr übrigen bleibt hier allesamt, und gebietet
Drinnen im hohen Palaste den Mägden, ein Mahl zu bereiten,
Und uns Sessel und Holz und frisches Wasser zu bringen.
Also sprach er, und emsig enteilten sie alle. Die Kuh kam
Aus dem Gefild'; es kamen vom gleichgezimmerten Schiffe
Auch Telemachos' Freunde: es kam der Meister in Golde,
Alle Schmiedegeräte, der Kunst Vollender, in Händen,
Seinen Hammer und Amboß und seine gebogene Zange,
Auszubilden das Gold. Es kam auch Pallas Athene
Zu der heiligen Feier. Der Rossebändiger Nestor
Gab ihm Gold; und der Meister umzog die Hörner des Rindes
Künstlich, daß sich die Göttin am prangenden Opfer erfreute.
Stratios führte die Kuh am Horn und der edle Echephron.
Aber Aretos trug im blumigen Becken das Wasser
Aus der Kammer hervor, ein Körbchen voll heiliger Gerste
In der Linken. Es stand der kriegrische Thrasymedes,

ὀξὺν ἔχων ἐν χειρὶ παρίστατο βοῦν ἐπικόψων.
Περσεὺς δ' ἀμνίον εἶχε· γέρων δ' ἱππηλάτα Νέστωρ
χέρνιβά τ' οὐλοχύτας τε κατήρχετο, πολλὰ δ' Ἀθήνηι
εὔχετ' ἀπαρχόμενος, κεφαλῆς τρίχας ἐν πυρὶ βάλλων.
    αὐτὰρ ἐπεί ῥ' εὔξαντο καὶ οὐλοχύτας προβάλοντο,
αὐτίκα Νέστορος υἱὸς ὑπέρθυμος Θρασυμήδης
ἤλασεν ἄγχι στάς· πέλεκυς δ' ἀπέκοψε τένοντας
αὐχενίους, λῦσεν δὲ βοὸς μένος. αἱ δ' ὀλόλυξαν
θυγατέρες τε νυοί τε καὶ αἰδοίη παράκοιτις
Νέστορος, Εὐρυδίκη, πρέσβα Κλυμένοιο θυγατρῶν.
οἱ μὲν ἔπειτ' ἀνελόντες ἀπὸ χθονὸς εὐρυοδείης
ἔσχον· ἀτὰρ σφάξεν Πεισίστρατος, ὄρχαμος ἀνδρῶν.
τῆς δ' ἐπεὶ ἐκ μέλαν αἷμα ῥύη, λίπε δ' ὀστέα θυμός,
αἶψ' ἄρα μιν διέχευαν, ἄφαρ δ' ἐκ μηρία τάμνον
πάντα κατὰ μοῖραν, κατά τε κνίσηι ἐκάλυψαν
δίπτυχα ποιήσαντες, ἐπ' αὐτῶν δ' ὠμοθέτησαν.
καῖε δ' ἐπὶ σχίζηις ὁ γέρων, ἐπὶ δ' αἴθοπα οἶνον
λεῖβε· νέοι δὲ παρ' αὐτὸν ἔχον πεμπώβολα χερσίν.
αὐτὰρ ἐπεὶ κατὰ μῆρ' ἐκάη καὶ σπλάγχνα πάσαντο,
μίστυλλόν τ' ἄρα τἆλλα καὶ ἀμφ' ὀβελοῖσιν ἔπειραν,
ὤπτων δ' ἀκροπόρους ὀβελοὺς ἐν χερσὶν ἔχοντες.
    τόφρα δὲ Τηλέμαχον λοῦσεν καλὴ Πολυκάστη,
Νέστορος ὁπλοτάτη θυγάτηρ Νηληϊάδαο.
αὐτὰρ ἐπεὶ λοῦσέν τε καὶ ἔχρισεν λίπ' ἐλαίωι,
ἀμφὶ δέ μιν φᾶρος καλὸν βάλεν ἠδὲ χιτῶνα,
ἔκ ῥ' ἀσαμίνθου βῆ δέμας ἀθανάτοισιν ὁμοῖος·
πὰρ δ' ὅ γε Νέστορ' ἰὼν κατ' ἄρ' ἕζετο, ποιμένα λαῶν.
    οἱ δ' ἐπεὶ ὤπτησαν κρέ' ὑπέρτερα καὶ ἐρύσαντο,
δαίνυνθ' ἑζόμενοι· ἐπὶ δ' ἀνέρες ἐσθλοὶ ὄροντο
οἶνον οἰνοχοεῦντες ἐνὶ χρυσέοις δεπάεσσιν.
αὐτὰρ ἐπεὶ πόσιος καὶ ἐδητύος ἐξ ἔρον ἕντο,
τοῖσι δὲ μύθων ἦρχε Γερήνιος ἱππότα Νέστωρ·
    „παῖδες ἐμοί, ἄγε Τηλεμάχωι καλλίτριχας ἵππους
ζεύξαθ' ὑφ' ἅρματ' ἄγοντες, ἵνα πρήσσηισιν ὁδοῖο.“
    ὣς ἔφαθ', οἱ δ' ἄρα τοῦ μάλα μὲν κλύον ἠδ' ἐπίθοντο,
καρπαλίμως δ' ἔζευξαν ὑφ' ἅρμασιν ὠκέας ἵππους.
ἐν δὲ γυνὴ ταμίη σῖτον καὶ οἶνον ἔθηκεν
ὄψα τε, οἷα ἔδουσι διοτρεφέες βασιλῆες.
ἂν δ' ἄρα Τηλέμαχος περικαλλέα βήσετο δίφρον·
πὰρ δ' ἄρα Νεστορίδης Πεισίστρατος, ὄρχαμος ἀνδρῶν,
ἐς δίφρον τ' ἀνέβαινε καὶ ἡνία λάζετο χερσί,

Eine geschliffene Axt in der Hand, die Kuh zu erschlagen.
Perseus hielt ein Gefäß, das Blut zu empfangen. Der Vater
Wusch zuerst sich die Händ', und streute die heilige Gerste,
Flehte dann viel zu Athenen; und warf in die Flamme das Stirnhaar.
  Als sie jetzo gefleht und die heilige Gerste gestreuet,
Trat der mutige Held Thrasymedes näher, und haute
Zu; es zerschnitt die Axt die Sehnen des Nackens, und kraftlos
Stürzte die Kuh in den Sand. Und jammernd beteten jetzo
Alle Töchter und Schnür' und die ehrenvolle Gemahlin
Nestors, Eurydike, die erste von Klymenos Töchtern.
Aber die Männer beugten das Haupt der Kuh von der Erde
Auf; da schlachtete sie Peisistratos, Führer der Menschen.
Schwarz entströmte das Blut, und der Geist verließ die Gebeine.
Jene zerhauten das Opfer, und schnitten, nach dem Gebrauche,
Eilig die Lenden aus, umwickelten diese mit Fette,
Und bedeckten sie drauf mit blutigen Stücken der Glieder.
Und sie verbrannte der Greis auf dem Scheitholz, sprengte darüber
Dunkeln Wein; und die Jüngling' umstanden ihn mit dem Fünfzack.
Als sie die Lenden verbrannt, und die Eingeweide gekostet,
Schnitten sie auch das übrige klein, und steckten's an Spieße,
Drehten die spitzigen Spieß' in der Hand, und brieten's mit Vorsicht.
  Aber den blühenden Jüngling Telemachos badet' indessen
Polykaste die Schöne, die jüngste Tochter des Nestor.
Als sie ihn jetzo gebadet, und drauf mit Öle gesalbet,
Da umhüllte sie ihm den prächtigen Mantel und Leibrock.
Und er stieg aus dem Bad', an Gestalt den Unsterblichen ähnlich,
Ging und setzte sich hin bei Nestor, dem Hirten der Völker.
  Als sie das Fleisch nun gebraten, und von den Spießen gezogen,
Setzten sie sich zum Mahle. Die edlen Jünglinge schöpften
Aus dem Kelche den Wein, und verteilten die goldenen Becher.
Und nachdem die Begierde des Tranks und der Speise gestillt war,
Sprach der gerenische Greis, der Rossebändiger Nestor:
  Eilt, geliebteste Kinder, und bringt schönmähnichte Rosse;
Spannt sie schnell vor den Wagen, Telemachos' Reise zu fördern!
  Also sprach er; ihn hörten die Söhne mit Fleiß, und gehorchten.
Eilend spannten sie vor den Wagen die hurtigen Rosse.
Aber die Schaffnerin legt' in den Wagen die köstliche Zehrung,
Brot und feurigen Wein und göttlicher Könige Speisen.
Und Telemachos stieg auf den künstlichgebildeten Wagen.
Nestors mutiger Sohn Peisistratos, Führer der Menschen,
Setzte sich neben ihn, und hielt in den Händen die Zügel;

μάστιξεν δ' ἐλάαν, τὼ δ' οὐκ ἀέκοντε πετέσθην
ἐς πεδίον, λιπέτην δὲ Πύλου αἰπὺ πτολίεθρον.
οἱ δὲ πανημέριοι σεῖον ζυγὸν ἀμφὶς ἔχοντες.
    δύσετό τ' ἠέλιος σκιόωντό τε πᾶσαι ἀγυιαί,
ἐς Φηρὰς δ' ἵκοντο Διοκλῆος ποτὶ δῶμα,
υἱέος Ὀρτιλόχοιο, τὸν Ἀλφειὸς τέκε παῖδα.
ἔνθα δὲ νύκτ' ἄεσαν, ὁ δὲ τοῖς πὰρ ξείνια θῆκεν.
    ἦμος δ' ἠριγένεια φάνη ῥοδοδάκτυλος Ἠώς,
ἵππους τε ζεύγνυντ' ἀνά θ' ἅρματα ποικίλ' ἔβαινον·
ἐκ δ' ἔλασαν προθύροιο καὶ αἰθούσης ἐριδούπου·
μάστιξεν δ' ἐλάαν, τὼ δ' οὐκ ἀέκοντε πετέσθην.
ἷξον δ' ἐς πεδίον πυρηφόρον, ἔνθα δ' ἔπειτα
ἦνον ὁδόν· τοῖον γὰρ ὑπέκφερον ὠκέες ἵπποι.
δύσετό τ' ἠέλιος σκιόωντό τε πᾶσαι ἀγυιαί.

Treibend schwang er die Geißel, und willig enteilten die Rosse
In das Gefild', und verließen die hochgebauete Pylos.
Also schüttelten sie bis zum Abend das Joch an den Nacken.
　Und die Sonne sank, und Dunkel umhüllte die Pfade.
Und sie kamen gen Pherä, zur Burg des edlen Diokles,
Welchen Alpheios' Sohn Orsilochos hatte gezeuget,
Ruhten bei ihm die Nacht, und wurden freundlich bewirtet.
　Als die dämmernde Frühe mit Rosenfingern erwachte,
Rüsteten sie ihr Gespann, und bestiegen den prächtigen Wagen,
Lenkten darauf aus dem Tore des Hofs und der tönenden Halle.
Treibend schwang er die Geißel, und willig enteilten die Rosse,
Und durchliefen behende die Weizenfelder, und jetzo
War die Reise vollbracht: so flogen die hurtigen Rosse.
Und die Sonne sank, und Dunkel umhüllte die Pfade.

ΟΔΥΣΣΕΙΑΣ Δ

Τὰ ἐν Λακεδαίμονι.
Τὰ ἐν Ἰθάκηι.

Οἱ δ' ἶξον κοίλην Λακεδαίμονα κητώεσσαν,
πρὸς δ' ἄρα δώματ' ἔλων Μενελάου κυδαλίμοιο.
τὸν δ' εὗρον δαινύντα γάμον πολλοῖσιν ἔτησιν
υἱέος ἠδὲ θυγατρὸς ἀμύμονος ὧι ἐνὶ οἴκωι.
τὴν μὲν Ἀχιλλῆος ῥηξήνορος υἱέι πέμπεν·
ἐν Τροίηι γὰρ πρῶτον ὑπέσχετο καὶ κατένευσε
δωσέμεναι, τοῖσιν δὲ θεοὶ γάμον ἐξετέλειον.
τὴν ἄρ' ὅ γ' ἔνθ' ἵπποισι καὶ ἅρμασι πέμπε νέεσθαι
Μυρμιδόνων προτὶ ἄστυ περικλυτόν, οἷσιν ἄνασσεν.
υἱέι δὲ Σπάρτηθεν Ἀλέκτορος ἤγετο κούρην,
ὅς οἱ τηλύγετος γένετο κρατερὸς Μεγαπένθης
ἐκ δούλης· Ἑλένηι δὲ θεοὶ γόνον οὐκέτ' ἔφαινον,
ἐπεὶ δὴ τὸ πρῶτον ἐγείνατο παῖδ' ἐρατεινήν,
Ἑρμιόνην, ἣ εἶδος ἔχε χρυσέης Ἀφροδίτης.
ὣς οἱ μὲν δαίνυντο καθ' ὑψερεφὲς μέγα δῶμα
γείτονες ἠδὲ ἔται Μενελάου κυδαλίμοιο,
τερπόμενοι· μετὰ δέ σφιν ἐμέλπετο θεῖος ἀοιδὸς
φορμίζων, δοιὼ δὲ κυβιστητῆρε κατ' αὐτούς,
μολπῆς ἐξάρχοντος, ἐδίνευον κατὰ μέσσους.
τὼ δ' αὖτ' ἐν προθύροισι δόμων αὐτώ τε καὶ ἵππω,
Τηλέμαχός θ' ἥρως καὶ Νέστορος ἀγλαὸς υἱός,
στῆσαν· ὁ δὲ προμολὼν ἴδετο κρείων Ἐτεωνεύς,
ὀτρηρὸς θεράπων Μενελάου κυδαλίμοιο,
βῆ δ' ἴμεν ἀγγελέων διὰ δώματα ποιμένι λαῶν,
ἀγχοῦ δ' ἱστάμενος ἔπεα πτερόεντα προσηύδα·
„ ξείνω δή τινε τώδε, διοτρεφὲς ὦ Μενέλαε,
ἄνδρε δύω, γενεῆι δὲ Διὸς μεγάλοιο ἔικτον.
ἀλλ' εἴπ', ἤ σφωιν καταλύσομεν ὠκέας ἵππους,
ἦ ἄλλον πέμπωμεν ἱκανέμεν, ὅς κε φιλήσηι."
τὸν δὲ μέγ' ὀχθήσας προσέφη ξανθὸς Μενέλαος·
„ οὐ μὲν νήπιος ἦσθα, Βοηθοΐδη Ἐτεωνεῦ,

VIERTER GESANG

Menelaos, der seine Kinder ausstattet, bewirtet die Fremdlinge, und äußert mit Helena teilnehmende Liebe für Odysseus. Telemachos wird erkannt. Aufheiterndes Mittel der Helena, und Erzählungen von Odysseus. Am Morgen fragt Telemachos nach dem Vater. Menelaos erzählt, was ihm der ägyptische Proteus von der Rückkehr der Achaier, und dem Aufenthalt des Odysseus bei der Kalypso geweissagt. Die Freier beschließen den heimkehrenden Telemachos zwischen Ithaka und Samos zu ermorden. Medon entdeckt's der Penelopeia. Sie fleht zu Athene, und wird durch ein Traumbild getröstet.

Und sie erreichten im Tale die große Stadt Lakedämon,
Lenkten darauf zur Burg Menelaos' des Ehregekrönten.
Und Menelaos feirte mit vielen Freunden die Hochzeit
Seines Sohnes im Hause, und seiner lieblichen Tochter.
Diese sandt' er dem Sohne des Scharentrenners Achilleus.
Denn er gelobte sie ihm vordem im troischen Lande;
Und die himmlischen Götter vollendeten ihre Vermählung.
Jetzo sandt' er sie hin, mit Rossen und Wagen begleitet,
Zu der berühmten Stadt des Myrmidonenbeherrschers.
Aber dem Sohne gab er aus Sparta die Tochter Alektors,
Megapenthes dem Starken, den ihm in späterem Alter
Eine Sklavin gebar. Denn Helenen schenkten die Götter
Keine Frucht, nachdem sie die liebliche Tochter geboren,
Hermione, ein Bild der goldenen Aphrodite.
  Also feierten dort im hochgewölbeten Saale
Alle Nachbarn und Freunde des herrlichen Menelaos
Fröhlich am Mahle das Fest. Es sang ein göttlicher Sänger
In die Harfe sein Lied. Und zween nachahmende Tänzer
Stimmten an den Gesang, und dreheten sich in der Mitte.
  Aber die Rosse hielten am Tore des hohen Palastes,
Und Telemachos harrte mit Nestors glänzendem Sohne.
Siehe da kam Eteoneus hervor, und sahe die Fremden,
Dieser geschäftige Diener des herrlichen Menelaos.
Schnell durchlief er die Wohnung, und brachte dem Könige Botschaft,
Stellte sich nahe vor ihn, und sprach die geflügelten Worte:
  Fremde Männer sind draußen, o göttlicher Held Menelaos,
Zween an der Zahl, von Gestalt wie Söhne des großen Kronions!
Sage mir, sollen wir gleich abspannen die hurtigen Rosse;
Oder sie weiter senden, damit sie ein andrer bewirte?
  Voll Unwillens begann Menelaos der Bräunlichgelockte:
Ehmals warst du kein Tor, Boethos' Sohn Eteoneus;

τὸ πρίν· ἀτὰρ μὲν νῦν γε πάϊς ὣς νήπια βάζεις.
ἦ μὲν δὴ νῶι ξεινήια πολλὰ φαγόντε
ἄλλων ἀνθρώπων δεῦρ᾽ ἱκόμεθ᾽, αἴ κέ ποθι Ζεὺς
ἐξοπίσω περ παύσηι ὀιζύος. ἀλλὰ λύ᾽ ἵππους
ξείνων, ἐς δ᾽ αὐτοὺς προτέρω ἄγε θοινηθῆναι.“
ὣς φάθ᾽, ὁ δὲ μεγάροιο διέσσυτο, κέκλετο δ᾽ ἄλλους
ὀτρηροὺς θεράποντας ἅμα σπέσθαι ἑοῖ αὐτῶι.
οἱ δ᾽ ἵππους μὲν λῦσαν ὑπὸ ζυγοῦ ἱδρώοντας,
καὶ τοὺς μὲν κατέδησαν ἐφ᾽ ἱππείηισι κάπηισι,
πὰρ δ᾽ ἔβαλον ζειάς, ἀνὰ δὲ κρῖ λευκὸν ἔμιξαν,
ἅρματα δ᾽ ἔκλιναν πρὸς ἐνώπια παμφανόωντα,
αὐτοὺς δ᾽ εἰσῆγον θεῖον δόμον. οἱ δὲ ἰδόντες
θαύμαζον κατὰ δῶμα διοτρεφέος βασιλῆος·
ὥς τε γὰρ ἠελίου αἴγλη πέλεν ἠὲ σελήνης
δῶμα καθ᾽ ὑψερεφὲς Μενελάου κυδαλίμοιο.
αὐτὰρ ἐπεὶ τάρπησαν ὁρώμενοι ὀφθαλμοῖσιν,
ἔς ῥ᾽ ἀσαμίνθους βάντες ἐυξέστας λούσαντο.
τοὺς δ᾽ ἐπεὶ οὖν δμωιαὶ λοῦσαν καὶ χρῖσαν ἐλαίωι,
ἀμφὶ δ᾽ ἄρα χλαίνας οὔλας βάλον ἠδὲ χιτῶνας,
ἔς ῥα θρόνους ἕζοντο παρ᾽ Ἀτρεΐδην Μενέλαον.
χέρνιβα δ᾽ ἀμφίπολος προχόωι ἐπέχευε φέρουσα
καλῆι χρυσείηι ὑπὲρ ἀργυρέοιο λέβητος,
νίψασθαι· παρὰ δὲ ξεστὴν ἐτάνυσσε τράπεζαν.
σῖτον δ᾽ αἰδοίη ταμίη παρέθηκε φέρουσα,
εἴδατα πόλλ᾽ ἐπιθεῖσα, χαριζομένη παρεόντων.
δαιτρὸς δὲ κρειῶν πίνακας παρέθηκεν ἀείρας
παντοίων, παρὰ δέ σφι τίθει χρύσεια κύπελλα.
τὼ καὶ δεικνύμενος προσέφη ξανθὸς Μενέλαος·
„σίτου θ᾽ ἅπτεσθον καὶ χαίρετον. αὐτὰρ ἔπειτα
δείπνου πασσαμένω εἰρησόμεθ᾽, οἵ τινές ἐστον
ἀνδρῶν· οὐ γὰρ σφῶιν γε γένος ἀπόλωλε τοκήων,
ἀλλ᾽ ἀνδρῶν γένος ἐστὲ διοτρεφέων βασιλήων
σκηπτούχων, ἐπεὶ οὔ κε κακοὶ τοιούσδε τέκοιεν.“
ὣς φάτο, καί σφιν νῶτα βοὸς παρὰ πίονα θῆκεν
ὀπτ᾽ ἐν χερσὶν ἑλών, τά ῥά οἱ γέρα πάρθεσαν αὐτῶι.
οἱ δ᾽ ἐπ᾽ ὀνείαθ᾽ ἑτοῖμα προκείμενα χεῖρας ἴαλλον.
αὐτὰρ ἐπεὶ πόσιος καὶ ἐδητύος ἐξ ἔρον ἕντο,
δὴ τότε Τηλέμαχος προσεφώνεε Νέστορος υἱόν,
ἄγχι σχὼν κεφαλήν, ἵνα μὴ πευθοίαθ᾽ οἱ ἄλλοι·
„φράζεο, Νεστορίδη, τῶι ἐμῶι κεχαρισμένε θυμῶι,
χαλκοῦ τε στεροπὴν κὰδ δώματα ἠχήεντα

Aber du plauderst jetzt, wie ein Knabe, so törichte Worte!
Wahrlich wir haben ja beid' in Häusern anderer Menschen
So viel Gutes genossen, bis wir heimkehrten! Uns wolle
Zeus auch künftig vor Not bewahren! Drum spanne die Rosse
Hurtig ab, und führe die Männer zu unserem Gastmahl!
Also sprach er; und schnell durcheilete jener die Wohnung,
Rief die geschäftigen Diener zusammen, daß sie ihm folgten.
Und nun spanneten sie vom Joche die schäumenden Rosse,
Führten sie dann in den Stall, und banden sie fest an die Krippen,
Schütteten Hafer hinein, mit gelblicher Gerste gemenget,
Stellten darauf den Wagen an eine der schimmernden Wände,
Führten endlich die Männer hinein in die göttliche Wohnung.
Staunend sahn sie die Burg des göttergesegneten Königs.
Gleich dem Strahle der Sonn', und gleich dem Schimmer des Mondes
Blinkte die hohe Burg Menelaos' des Ehregekrönten.
Und nachdem sie ihr Herz mit bewunderndem Blicke gesättigt,
Stiegen sie beide zum Bad' in schöngeglättete Wannen.
Als sie die Mägde gebadet, und drauf mit Öle gesalbet,
Und mit wollichtem Mantel und Leibrock hatten bekleidet;
Setzten sie sich auf Throne bei Atreus' Sohn Menelaos.
Eine Dienerin trug in der schönen goldenen Kanne
Über dem silbernen Becken das Wasser, beströmte zum Waschen
Ihnen die Händ', und stellte vor sie die geglättete Tafel.
Und die ehrbare Schaffnerin kam, und tischte das Brot auf,
Und der Gerichte viel aus ihrem gesammelten Vorrat.
Hierauf kam der Zerleger, und bracht' in erhobenen Schüsseln
Allerlei Fleisch, und setzte vor sie die goldenen Becher.
Beiden reichte die Hände der Held Menelaos, und sagte:
Langt nun zu, und eßt mit Wohlgefallen, ihr Freunde!
Habt ihr euch dann mit Speise gestärkt, dann wollen wir fragen,
Wer ihr seid. Denn wahrlich aus keinem versunknen Geschlechte
Stammt ihr, sondern ihr stammt von edlen sceptergeschmückten
Königen her; denn gewiß Unedle zeugen nicht solche!
Also sprach er, und reichte den fetten gebratenen Rückgrat
Von dem Rinde den Gästen, der ihm zur Ehre bestimmt war.
Und sie erhoben die Hände zum leckerbereiteten Mahle.
Und nachdem die Begierde des Tranks und der Speise gestillt war,
Neigte Telemachos sein Haupt zum Sohne des Nestor,
Und sprach leise zu ihm, damit es die andern nicht hörten:
Schaue doch, Nestoride, du meines Herzens Geliebter,
Schaue den Glanz des Erzes umher in der hallenden Wohnung,

χρυσοῦ τ' ἠλέκτρου τε καὶ ἀργύρου ἠδ' ἐλέφαντος.
Ζηνός που τοιήδε γ' Ὀλυμπίου ἔνδοθεν αὐλή,
ὅσσα τάδ' ἄσπετα πολλά· σέβας μ' ἔχει εἰσορόωντα."
τοῦ δ' ἀγορεύοντος ξύνετο ξανθὸς Μενέλαος,
καί σφεας φωνήσας ἔπεα πτερόεντα προσηύδα·
„τέκνα φίλ', ἦ τοι Ζηνὶ βροτῶν οὐκ ἄν τις ἐρίζοι·
ἀθάνατοι γὰρ τοῦ γε δόμοι καὶ κτήματ' ἔασιν·
ἀνδρῶν δ' ἤ κέν τίς μοι ἐρίσσεται, ἠὲ καὶ οὐκί,
κτήμασιν. ἦ γὰρ πολλὰ παθὼν καὶ πόλλ' ἐπαληθεὶς
ἠγαγόμην ἐν νηυσὶ καὶ ὀγδοάτωι ἔτει ἦλθον,
Κύπρον Φοινίκην τε καὶ Αἰγυπτίους ἐπαληθείς,
Αἰθίοπάς θ' ἱκόμην καὶ Σιδονίους καὶ Ἐρεμβοὺς
καὶ Λιβύην, ἵνα τ' ἄρνες ἄφαρ κεραοὶ τελέθουσι.
τρὶς γὰρ τίκτει μῆλα τελεσφόρον εἰς ἐνιαυτόν.
ἔνθα μὲν οὔτε ἄναξ ἐπιδευὴς οὔτε τι ποιμὴν
τυροῦ καὶ κρειῶν οὐδὲ γλυκεροῖο γάλακτος,
ἀλλ' αἰεὶ παρέχουσιν ἐπηετανὸν γάλα θῆσθαι.
ἧος ἐγὼ περὶ κεῖνα πολὺν βίοτον συναγείρων
ἠλώμην, τῆός μοι ἀδελφεὸν ἄλλος ἔπεφνεν
λάθρηι, ἀνωιστί, δόλωι οὐλομένης ἀλόχοιο·
ὣς οὔ τοι χαίρων τοῖσδε κτεάτεσσιν ἀνάσσω.
καὶ πατέρων τάδε μέλλετ' ἀκουέμεν, οἵ τινες ὑμῖν
εἰσίν, ἐπεὶ μάλα πολλὰ πάθον, καὶ ἀπώλεσα οἶκον
εὖ μάλα ναιετάοντα, κεχανδότα πολλὰ καὶ ἐσθλά.
ὧν ὄφελον τριτάτην περ ἔχων ἐν δώμασι μοῖραν
ναίειν, οἱ δ' ἄνδρες σόοι ἔμμεναι, οἳ τότ' ὄλοντο
Τροίηι ἐν εὐρείηι ἑκὰς Ἄργεος ἱπποβότοιο.
ἀλλ' ἔμπης πάντας μὲν ὀδυρόμενος καὶ ἀχεύων
πολλάκις ἐν μεγάροισι καθήμενος ἡμετέροισιν
ἄλλοτε μέν τε γόωι φρένα τέρπομαι, ἄλλοτε δ' αὖτε
παύομαι· αἰψηρὸς δὲ κόρος κρυεροῖο γόοιο.
τῶν πάντων οὐ τόσσον ὀδύρομαι, ἀχνύμενός περ,
ὡς ἑνός, ὅς τέ μοι ὕπνον ἀπεχθαίρει καὶ ἐδωδὴν
μνωομένωι, ἐπεὶ οὔ τις Ἀχαιῶν τόσσ' ἐμόγησεν,
ὅσσ' Ὀδυσεὺς ἐμόγησε καὶ ἤρατο. τῶι δ' ἄρ' ἔμελλεν
αὐτῶι κήδε' ἔσεσθαι, ἐμοὶ δ' ἄχος αἰὲν ἄλαστον
κείνου, ὅπως δὴ δηρὸν ἀποίχεται, οὐδέ τι ἴδμεν,
ζώει ὅ γ' ἦ τέθνηκεν. ὀδύρονταί νύ που αὐτὸν
Λαέρτης θ' ὁ γέρων καὶ ἐχέφρων Πηνελόπεια
Τηλέμαχός θ', ὃν ἔλειπε νέον γεγαῶτ' ἐνὶ οἴκωι."
ὣς φάτο, τῶι δ' ἄρα πατρὸς ὑφ' ἵμερον ὦρσε γόοιο.

Und des Goldes und Ambras und Elfenbeines und Silbers!
Also glänzt wohl von innen der Hof des olympischen Gottes!
Welch ein unendlicher Schatz! Mit Staunen erfüllt mich der Anblick!
Seine Rede vernahm Menelaos der Bräunlichgelockte,
Wandte sich gegen die Fremden, und sprach die geflügelten Worte:
Liebe Söhne, mit Zeus wetteifre der Sterblichen keiner;
Ewig besteht des Unendlichen Burg und alles, was sein ist!
Doch von den Menschen mag einer mit mir sich messen an Reichtum,
Oder auch nicht! Denn traun! nach vielen Leiden und Irren
Bracht' ich ihn in den Schiffen am achten Jahre zur Heimat;
Ward nach Kypros vorher, nach Phönike gestürmt und Ägyptos,
Sahe die Äthiopen, Sidonier dann und Erember,
Libya selbst, wo schon den Lämmern Hörner entkeimen.
Denn es gebären dreimal im Laufe des Jahres die Schafe.
Nimmer gebricht es dort dem Eigner, und nimmer dem Hirten,
Weder an Käse noch Fleisch noch süßer Milch von der Herde,
Welche das ganze Jahr mit vollen Eutern einhergeht.
Also durchirrt' ich die Länder, und sammelte großes Vermögen.
Aber indessen erschlug mir meinen Bruder ein andrer
Heimlich, mit Meuchelmord, durch die List des heillosen Weibes:
Daß ich gewiß nicht froh dies große Vermögen beherrsche!
Doch dies habt ihr ja wohl von euren Vätern gehöret,
Wer sie auch sein. Denn viel, sehr vieles hab' ich erlitten,
Und mein prächtiges Haus voll köstlicher Güter zerrüttet!
Könnt' ich nur jetzo darin mit dem dritten Teile der Güter
Wohnen, und lebten die Männer, die im Gefilde vor Troja
Hingesunken sind, fern von der rossenährenden Argos!
Aber dennoch, wie sehr ich sie alle klag' und beweine;
(Oftmal hab' ich hier so in meinem Hause gesessen,
Und mir jetzo mit Tränen das Herz erleichtert, und jetzo
Wieder geruht; denn bald ermüdet der starrende Kummer!)
Dennoch, wie sehr ich traure, bewein' ich alle nicht so sehr,
Als den einen, der mir den Schlaf und die Speise verleidet,
Denk' ich seiner! Denn das hat kein Achaier erduldet,
Was Odysseus erduldet' und trug! Ihm selber war Unglück
Von dem Schicksal bestimmt, und mir unendlicher Jammer,
Seinethalben des Langabwesenden, weil wir nicht wissen,
Ob er leb' oder tot sei. Vielleicht beweinen ihn jetzo
Schon Laertes der Greis, und die keusche Penelopeia,
Und Telemachos, den er als Kind im Hause zurückließ!
Also sprach er, und rührte Telemachos herzlich zu weinen.

δάκρυ δ' ἀπὸ βλεφάρων χαμάδις βάλε πατρὸς ἀκούσας,
χλαῖναν πορφυρέην ἄντ' ὀφθαλμοῖιν ἀνασχὼν
ἀμφοτέρῃσιν χερσί. νόησε δέ μιν Μενέλαος,
μερμήριξε δ' ἔπειτα κατὰ φρένα καὶ κατὰ θυμόν,
ἠέ μιν αὐτὸν πατρὸς ἐάσειε μνησθῆναι
ἦ πρῶτ' ἐξερέοιτο ἕκαστά τε πειρήσαιτο.
    ἧος ὁ ταῦθ' ὥρμαινε κατὰ φρένα καὶ κατὰ θυμόν,
ἐκ δ' Ἑλένη θαλάμοιο θυώδεος ὑψορόφοιο
ἤλυθεν Ἀρτέμιδι χρυσηλακάτωι εἰκυῖα.
τῆι δ' ἄρ' ἅμ' Ἀδρήστη κλισίην εὔτυκτον ἔθηκεν,
Ἀλκίππη δὲ τάπητα φέρεν μαλακοῦ ἐρίοιο,
Φυλὼ δ' ἀργύρεον τάλαρον φέρε, τόν οἱ ἔθηκεν
Ἀλκάνδρη, Πολύβοιο δάμαρ, ὃς ἔναι' ἐνὶ Θήβῃς
Αἰγυπτίῃς, ὅθι πλεῖστα δόμοις ἐν κτήματα κεῖται·
ὃς Μενελάωι δῶκε δύ' ἀργυρέας ἀσαμίνθους,
δοιοὺς δὲ τρίποδας, δέκα δὲ χρυσοῖο τάλαντα.
χωρὶς δ' αὖθ' Ἑλένῃι ἄλοχος πόρε κάλλιμα δῶρα·
χρυσέην τ' ἠλακάτην τάλαρόν θ' ὑπόκυκλον ὄπασσεν
ἀργύρεον, χρυσῶι δ' ἐπὶ χείλεα κεκράαντο.
τόν ῥά οἱ ἀμφίπολος Φυλὼ παρέθηκε φέρουσα
νήματος ἀσκητοῖο βεβυσμένον· αὐτὰρ ἐπ' αὐτῶι
ἠλακάτη τετάνυστο ἰοδνεφὲς εἶρος ἔχουσα.
ἕζετο δ' ἐν κλισμῶι, ὑπὸ δὲ θρῆνυς ποσὶν ἦεν.
αὐτίκα δ' ἥ γ' ἐπέεσσι πόσιν ἐρέεινεν ἕκαστα·
    „ἴδμεν δή, Μενέλαε διοτρεφές, οἵ τινες οἵδε
ἀνδρῶν εὐχετόωνται ἱκανέμεν ἡμέτερον δῶ;
ψεύσομαι ἦ ἔτυμον ἐρέω; κέλεται δέ με θυμός.
οὐ γάρ πώ τινά φημι ἐοικότα ὧδε ἰδέσθαι
οὔτ' ἄνδρ' οὔτε γυναῖκα, σέβας μ' ἔχει εἰσορόωσαν,
ὡς ὅδ' Ὀδυσσῆος μεγαλήτορος υἷι ἔοικε,
Τηλεμάχωι, τὸν ἔλειπε νέον γεγαῶτ' ἐνὶ οἴκωι
κεῖνος ἀνήρ, ὅτ' ἐμεῖο κυνώπιδος εἵνεκ' Ἀχαιοὶ
ἤλθεθ' ὑπὸ Τροίην πόλεμον θρασὺν ὁρμαίνοντες."
    τὴν δ' ἀπαμειβόμενος προσέφη ξανθὸς Μενέλαος·
„οὕτω νῦν καὶ ἐγὼ νοέω, γύναι, ὡς σὺ ἐΐσκεις·
κείνου γὰρ τοιοίδε πόδες τοιαίδε τε χεῖρες
ὀφθαλμῶν τε βολαὶ κεφαλή τ' ἐφύπερθέ τε χαῖται.
καὶ νῦν ἦ τοι ἐγὼ μεμνημένος ἀμφ' Ὀδυσῆι
μυθεόμην, ὅσα κεῖνος ὀϊζύσας ἐμόγησεν
ἀμφ' ἐμοί, αὐτὰρ ὁ πικρὸν ὑπ' ὀφρύσι δάκρυον εἶβε,
χλαῖναν πορφυρέην ἄντ' ὀφθαλμοῖιν ἀνασχών."

Seinen Wimpern entstürzte die Träne, als er vom Vater
Hörte; da hüllt' er sich schnell vor die Augen den purpurnen Mantel,
Fassend mit beiden Händen; und Menelaos erkannt' ihn.
Dieser dachte darauf umher in zweifelnder Seele:
Ob er ihn ruhig ließe an seinen Vater gedenken;
Oder ob er zuerst ihn fragt', und alles erforschte.
Als er solche Gedanken in zweifelnder Seele bewegte;
Wallte Helena her aus der hohen duftenden Kammer,
Artemis gleich an Gestalt, der Göttin mit goldener Spindel.
Dieser setzte sofort Adraste den zierlichen Sessel;
Und Alkippe brachte den weichen wollichten Teppich.
Phylo brachte den silbernen Korb, den ehmals Alkandre
Ihr verehrte, die Gattin des Polybos, welcher in Thebä
Wohnte, Ägyptos Stadt voll schätzereicher Paläste.
Dieser gab Menelaos zwo Badewannen von Silber,
Zween dreifüßige Kessel, und zehn Talente des Goldes.
Aber Helenen gab Alkandre schöne Geschenke,
Eine goldene Spindel im länglichgeründeten Korbe,
Der, aus Silber gebildet, mit goldenem Rande geschmückt war.
Diesen setzte vor sie die fleißige Dienerin Phylo,
Angefüllt mit geknäueltem Garn, und über dem Garne
Lag die goldene Spindel mit violettener Wolle.
Helena saß auf dem Sessel; ein Schemel stützte die Füße.
Und sie fragte sogleich den Gemahl nach allem, und sagte:
Wissen wir schon, Menelaos du Göttlicher, welches Geschlechtes
Diese Männer sich rühmen, die unsere Wohnung besuchen?
Irr' ich, oder ahnet mir wahr? Ich kann es nicht bergen!
Niemals erschien mir ein Mensch mit solcher ähnlichen Bildung,
Weder Mann, noch Weib; (mit Staunen erfüllt mich der Anblick!)
Als der Jüngling dort des edelgesinnten Odysseus'
Sohne Telemachos gleicht, den er als Säugling daheimließ,
Jener Held, da ihr Griechen, mich Ehrvergeßne zu rächen,
Hin gen Ilion schifftet, mit Tod und Verderben gerüstet!
Ihr antwortete drauf Menelaos der Bräunlichgelockte:
Ebenso denke auch ich, o Frau, wie du jetzo vermutest.
Denn so waren die Händ', und so die Füße des Helden,
So die Blicke der Augen, das Haupt und die lockichten Haare.
Auch gedacht' ich jetzo des edelgesinnten Odysseus,
Und erzählte, wie jener für mich so mancherlei Elend
Duldete; siehe da drang aus seinen Augen die Träne,
Und er verhüllete schnell mit dem Purpurmantel sein Antlitz.

τὸν δ' αὖ Νεστορίδης Πεισίστρατος ἀντίον ηὔδα·
„ Ἀτρεΐδη Μενέλαε διοτρεφές, ὄρχαμε λαῶν,
κείνου μέν τοι ὅδ' υἱὸς ἐτήτυμον, ὡς ἀγορεύεις·
ἀλλὰ σαόφρων ἐστί, νεμεσσᾶται δ' ἐνὶ θυμῶι
ὧδ' ἐλθὼν τὸ πρῶτον ἐπεσβολίας ἀναφαίνειν
ἄντα σέθεν, τοῦ νῶι θεοῦ ὣς τερπόμεθ' αὐδῆι.
αὐτὰρ ἐμὲ προέηκε Γερήνιος ἱππότα Νέστωρ
τῶι ἅμα πομπὸν ἕπεσθαι· ἐέλδετο γάρ σε ἰδέσθαι,
ὄφρα οἱ ἤ τι ἔπος ὑποθήσεαι ἠέ τι ἔργον.
πολλὰ γὰρ ἄλγε' ἔχει πατρὸς πάϊς οἰχομένοιο
ἐν μεγάροις, ὧι μὴ ἄλλοι ἀοσσητῆρες ἔωσιν,
ὡς νῦν Τηλεμάχωι ὁ μὲν οἴχεται, οὐδέ οἱ ἄλλοι
εἴσ' οἵ κεν κατὰ δῆμον ἀλάλκοιεν κακότητα."
τὸν δ' ἀπαμειβόμενος προσέφη ξανθὸς Μενέλαος·
„ ὢ πόποι, ἦ μάλα δὴ φίλου ἀνέρος υἱὸς ἐμὸν δῶ
ἵκεθ', ὃς εἵνεκ' ἐμεῖο πολέας ἐμόγησεν ἀέθλους·
καί μιν ἔφην ἐλθόντα φιλησέμεν ἔξοχον ἄλλων
Ἀργείων, εἰ νῶιν ὑπεὶρ ἅλα νόστον ἔδωκε
νηυσὶ θοῆισι γενέσθαι Ὀλύμπιος εὐρύοπα Ζεύς.
καί κέ οἱ Ἄργεϊ νάσσα πόλιν καὶ δώματ' ἔτευξα,
ἐξ Ἰθάκης ἀγαγὼν σὺν κτήμασι καὶ τέκεϊ ὧι
καὶ πᾶσιν λαοῖσι, μίαν πόλιν ἐξαλαπάξας,
αἳ περιναιετάουσιν, ἀνάσσονται δ' ἐμοὶ αὐτῶι.
καί κε θάμ' ἐνθάδ' ἐόντες ἐμισγόμεθ'· οὐδέ κεν ἡμέας
ἄλλο διέκρινεν φιλέοντέ τε τερπομένω τε,
πρίν γ' ὅτε δὴ θανάτοιο μέλαν νέφος ἀμφεκάλυψεν.
ἀλλὰ τὰ μέν που μέλλεν ἀγάσσεσθαι θεὸς αὐτός,
ὃς κεῖνον δύστηνον ἀνόστιμον οἶον ἔθηκεν."
ὣς φάτο, τοῖσι δὲ πᾶσιν ὑφ' ἵμερον ὦρσε γόοιο.
κλαῖε μὲν Ἀργείη Ἑλένη, Διὸς ἐκγεγαυῖα,
κλαῖε δὲ Τηλέμαχός τε καὶ Ἀτρεΐδης Μενέλαος,
οὐδ' ἄρα Νέστορος υἱὸς ἀδακρύτω ἔχεν ὄσσε·
μνήσατο γὰρ κατὰ θυμὸν ἀμύμονος Ἀντιλόχοιο,
τόν ῥ' Ἠοῦς ἔκτεινε φαεινῆς ἀγλαὸς υἱός·
τοῦ ὅ γ' ἐπιμνησθεὶς ἔπεα πτερόεντ' ἀγόρευεν·
„ Ἀτρεΐδη, περὶ μέν σε βροτῶν πεπνυμένον εἶναι
Νέστωρ φάσχ' ὁ γέρων, ὅτ' ἐπιμνησαίμεθα σεῖο
οἷσιν ἐνὶ μεγάροισι, καὶ ἀλλήλους ἐρέοιμεν.
καὶ νῦν, εἴ τί που ἔστι, πίθοιό μοι· οὐ γὰρ ἐγώ γε
τέρπομ' ὀδυρόμενος μεταδόρπιος, ἀλλὰ καὶ ἠὼς
ἔσσεται ἠριγένεια· νεμεσσῶμαί γε μὲν οὐδὲν

Und der Nestoride Peisistratos sagte dagegen:
Atreus' Sohn, Menelaos, du göttlicher Führer des Volkes,
Dieser ist wirklich der Sohn Odysseus', wie du vermutest.
Aber er ist bescheiden, und hält es für unanständig,
Gleich, nachdem er gekommen, so dreist entgegen zu schwatzen
Deiner Rede, die uns, wie eines Gottes, erfreuet.
Und mich sandte mein Vater, der Rossebändiger Nestor,
Diesen hieher zu geleiten, der dich zu sehen begehrte,
Daß du ihm Rat erteiltest zu Worten oder zu Taten.
Denn viel leidet ein Sohn des langabwesenden Vaters,
Wenn er, im Hause verlassen, von keinem Freunde beschützt wird:
Wie Telemachos jetzt! Sein Vater ist ferne, und niemand
Regt sich im ganzen Volke, von ihm die Plage zu wenden!
Ihm antwortete drauf Menelaos der Bräunlichgelockte:
Götter, so ist ja mein Gast der Sohn des geliebtesten Freundes,
Welcher um meinetwillen so viele Gefahren erduldet!
Und ich hoffte, dem Kommenden einst vor allen Argeiern
Wohlzutun, hätt' uns der Olympier Zeus Kronion
Glückliche Wiederkehr in den schnellen Schiffen gewähret!
Eine Stadt und ein Haus in Argos wollt' ich ihm schenken,
Und ihn aus Ithaka führen mit seinem ganzen Vermögen.
Seinem Sohn und dem Volk, und räumen eine der Städte,
Welche Sparta umgrenzen, und meinem Befehle gehorchen.
Oft besuchten wir dann als Nachbarn einer den andern,
Und nichts trennt' uns beid' in unserer seligen Eintracht,
Bis uns die schwarze Wolke des Todes endlich umhüllte!
Aber ein solches Glück mißgönnte mir einer der Götter,
Welcher jenem allein, dem Armen, raubte die Heimkehr!
Also sprach er, und rührte sie alle zu herzlichen Tränen.
Argos' Helena weinte, die Tochter des großen Kronions,
Und Telemachos weinte, und Atreus' Sohn Menelaos.
Auch Peisistratos konnte sich nicht der Tränen enthalten;
Denn ihm trat vor die Seele des edlen Antilochos' Bildnis,
Welchen der glänzende Sohn der Morgenröte getötet.
Dessen gedacht' er jetzo, und sprach die geflügelten Worte:
Atreus' Sohn Menelaos, vor allen Menschen verständig
Rühmte dich Nestor der Greis, so oft wir deiner gedachten
In des Vaters Palast, und uns miteinander besprachen.
Darum, ist es dir möglich, gehorche mir jetzo. Ich finde
Kein Vergnügen an Tränen beim Abendessen; auch morgen
Dämmert ein Tag für uns. Ich tadele freilich mitnichten,

κλαίειν ὅς κε θάνῃσι βροτῶν καὶ πότμον ἐπίσπῃ.
τοῦτό νυ καὶ γέρας οἶον ὀιζυροῖσι βροτοῖσιν,
κείρασθαί τε κόμην βαλέειν τ᾽ ἀπὸ δάκρυ παρειῶν.
καὶ γὰρ ἐμὸς τέθνηκεν ἀδελφεός, οὔ τι κάκιστος
Ἀργείων· μέλλεις δὲ σὺ ἴδμεναι· οὐ γὰρ ἐγώ γε
ἤντησ᾽ οὐδὲ ἴδον· περὶ δ᾽ ἄλλων φασὶ γενέσθαι
Ἀντίλοχον, πέρι μὲν θείειν ταχὺν ἠδὲ μαχητήν."
τὸν δ᾽ ἀπαμειβόμενος προσέφη ξανθὸς Μενέλαος·
„ὦ φίλ᾽, ἐπεὶ τόσα εἶπες, ὅσ᾽ ἂν πεπνυμένος ἀνὴρ
εἴποι καὶ ῥέξειε, καὶ ὃς προγενέστερος εἴη·
τοίου γὰρ καὶ πατρός, ὃ καὶ πεπνυμένα βάζεις,
ῥεῖα δ᾽ ἀρίγνωτος γόνος ἀνέρος ὧι τε Κρονίων
ὄλβον ἐπικλώσῃ γαμέοντί τε γεινομένωι τε,
ὡς νῦν Νέστορι δῶκε διαμπερὲς ἤματα πάντα
αὐτὸν μὲν λιπαρῶς γηρασκέμεν ἐν μεγάροισιν,
υἱέας αὖ πινυτούς τε καὶ ἔγχεσιν εἶναι ἀρίστους.
ἡμεῖς δὲ κλαυθμὸν μὲν ἐάσομεν, ὃς πρὶν ἐτύχθη,
δόρπου δ᾽ ἐξαῦτις μνησώμεθα, χερσὶ δ᾽ ἐφ᾽ ὕδωρ
χευάντων. μῦθοι δὲ καὶ ἠῶθέν περ ἔσονται
Τηλεμάχωι καὶ ἐμοὶ διαειπέμεν ἀλλήλοισιν."
ὣς ἔφατ᾽, Ἀσφαλίων δ᾽ ἄρ᾽ ὕδωρ ἐπὶ χεῖρας ἔχευεν,
ὀτρηρὸς θεράπων Μενελάου κυδαλίμοιο.
οἱ δ᾽ ἐπ᾽ ὀνείαθ᾽ ἑτοῖμα προκείμενα χεῖρας ἴαλλον.
ἔνθ᾽ αὖτ᾽ ἄλλ᾽ ἐνόησ᾽ Ἑλένη Διὸς ἐκγεγαυῖα·
αὐτίκ᾽ ἄρ᾽ εἰς οἶνον βάλε φάρμακον, ἔνθεν ἔπινον,
νηπενθές τ᾽ ἄχολόν τε, κακῶν ἐπίληθον ἁπάντων.
ὃς τὸ καταβρόξειεν, ἐπὴν κρητῆρι μιγείη,
οὔ κεν ἐφημέριός γε βάλοι κατὰ δάκρυ παρειῶν,
οὐδ᾽ εἴ οἱ κατατεθναίη μήτηρ τε πατήρ τε,
οὐδ᾽ εἴ οἱ προπάροιθεν ἀδελφεὸν ἢ φίλον υἱὸν
χαλκῶι δηιόωιεν, ὁ δ᾽ ὀφθαλμοῖσιν ὁρῶιτο.
τοῖα Διὸς θυγάτηρ ἔχε φάρμακα μητιόεντα,
ἐσθλά, τά οἱ Πολύδαμνα πόρεν, Θῶνος παράκοιτις
Αἰγυπτίη, τῆι πλεῖστα φέρει ζείδωρος ἄρουρα
φάρμακα, πολλὰ μὲν ἐσθλὰ μεμιγμένα πολλὰ δὲ λυγρά·
ἰητρὸς δὲ ἕκαστος ἐπιστάμενος περὶ πάντων
ἀνθρώπων· ἦ γὰρ Παιήονός εἰσι γενέθλης.
αὐτὰρ ἐπεί ῥ᾽ ἐνέηκε κέλευσέ τε οἰνοχοῆσαι,
ἐξαῦτις μύθοισιν ἀμειβομένη προσέειπεν·
„Ἀτρεΐδη Μενέλαε διοτρεφὲς ἠδὲ καὶ οἵδε
ἀνδρῶν ἐσθλῶν παῖδες· ἀτὰρ θεὸς ἄλλοτε ἄλλωι

Daß man den Toten beweine, der sein Verhängnis erfüllt hat.
Ist doch dieses allein der armen Sterblichen Ehre,
Daß man schere sein Haar, und die Wange mit Tränen benetze.
Auch mein Bruder verlor sein Leben, nicht der geringste
Im argeiischen Heer! Du wirst ihn kennen; ich selber
Hab' ihn nimmer gesehen: doch rühmen Antilochos alle,
Daß er an Schnelle des Laufs und an Kriegsmut andre besieget.
Ihm antwortete drauf Menelaos der Bräunlichgelockte:
Lieber, du redest so, wie ein Mann von reifem Verstande
Reden und handeln muß, und wär' er auch höheres Alters.
Denn du redest als Sohn von einem verständigen Vater.
Leicht erkennt man den Samen des Mannes, welchen Kronion
Schmückte mit himmlischem Segen bei seiner Geburt und Vermählung.
Also krönet er nun auch Nestors Tage mit Wohlfahrt;
Denn er freut sich im Hause des stillen behaglichen Alters,
Und verständiger Söhne, geübt die Lanze zu schwingen.
Laßt uns also des Grams und unserer Tränen vergessen,
Und von neuem das Mahl beginnen! Wohlauf, man begieße
Unsere Hände mit Wasser! Auch morgen wird Zeit zu Gesprächen
Mit Telemachos sein, uns beiden das Herz zu erleichtern!
Sprach's, und eilend begoß Asphalion ihnen die Hände,
Dieser geschäftige Diener des herrlichen Menelaos.
Und sie erhoben die Hände zum leckerbereiteten Mahle.
Aber ein Neues ersann die liebliche Tochter Kronions:
Siehe sie warf in den Wein, wovon sie tranken, ein Mittel
Gegen Kummer und Groll und aller Leiden Gedächtnis.
Kostet einer des Weins, mit dieser Würze gemischet;
Dann benetzet den Tag ihm keine Träne die Wangen,
Wär' ihm auch sein Vater und seine Mutter gestorben,
Würde vor ihm sein Bruder, und sein geliebtester Sohn auch
Mit dem Schwerte getötet, daß seine Augen es sähen.
Siehe so heilsam war die künstlichbereitete Würze,
Welche Helenen einst die Gemahlin Thons Polydamna
In Ägyptos geschenkt. Dort bringt die fruchtbare Erde
Mancherlei Säfte hervor, zu guter und schädlicher Mischung;
Dort ist jeder ein Arzt, und übertrifft an Erfahrung
Alle Menschen; denn wahrlich sie sind vom Geschlechte Päeons.
Als sie die Würze vermischt, und einzuschenken befohlen,
Da begann sie von neuem, und sprach mit freundlicher Stimme:
Atreus' göttlicher Sohn Menelaos, und ihr geliebten
Söhne tapferer Männer; es sendet im ewigen Wechsel

Ζεὺς ἀγαθόν τε κακόν τε διδοῖ· δύναται γὰρ ἅπαντα·
ἦ τοι νῦν δαίνυσθε καθήμενοι ἐν μεγάροισι
καὶ μύθοις τέρπεσθε· ἐοικότα γὰρ καταλέξω.
πάντα μὲν οὐκ ἂν ἐγὼ μυθήσομαι οὐδ᾽ ὀνομήνω,
ὅσσοι Ὀδυσσῆος ταλασίφρονός εἰσιν ἄεθλοι·
ἀλλ᾽ οἷον τόδ᾽ ἔρεξε καὶ ἔτλη καρτερὸς ἀνὴρ
δήμωι ἔνι Τρώων, ὅθι πάσχετε πήματ᾽ Ἀχαιοί.
αὐτόν μιν πληγῆισιν ἀεικελίηισι δαμάσσας,
σπεῖρα κάκ᾽ ἀμφ᾽ ὤμοισι βαλών, οἰκῆι ἐοικώς,
ἀνδρῶν δυσμενέων κατέδυ πόλιν εὐρυάγυιαν·
ἄλλωι δ᾽ αὐτὸν φωτὶ κατακρύπτων ἤισκε,
δέκτηι, ὃς οὐδὲν τοῖος ἔην ἐπὶ νηυσὶν Ἀχαιῶν.
τῶι ἴκελος κατέδυ Τρώων πόλιν, οἱ δ᾽ ἀβάκησαν
πάντες· ἐγὼ δέ μιν οἴη ἀνέγνων τοῖον ἐόντα,
καί μιν ἀνηρώτων· ὁ δὲ κερδοσύνηι ἀλέεινεν.
ἀλλ᾽ ὅτε δή μιν ἐγὼ λόεον καὶ χρῖον ἐλαίωι,
ἀμφὶ δὲ εἵματα ἕσσα καὶ ὤμοσα καρτερὸν ὅρκον
μὴ μὲν πρὶν Ὀδυσῆα μετὰ Τρώεσσ᾽ ἀναφῆναι,
πρίν γε τὸν ἐς νῆάς τε θοὰς κλισίας τ᾽ ἀφικέσθαι,
καὶ τότε δή μοι πάντα νόον κατέλεξεν Ἀχαιῶν.
πολλοὺς δὲ Τρώων κτείνας ταναήκεϊ χαλκῶι
ἦλθε μετ᾽ Ἀργείους, κατὰ δὲ φρόνιν ἤγαγε πολλήν.
ἔνθ᾽ ἄλλαι Τρωιαὶ λίγ᾽ ἐκώκυον· αὐτὰρ ἐμὸν κῆρ
χαῖρ᾽, ἐπεὶ ἤδη μοι κραδίη τέτραπτο νέεσθαι
ἂψ οἶκόνδ᾽, ἄτην δὲ μετέστενον, ἣν Ἀφροδίτη
δῶχ᾽, ὅτε μ᾽ ἤγαγε κεῖσε φίλης ἀπὸ πατρίδος αἴης,
παῖδά τ᾽ ἐμὴν νοσφισσαμένην θάλαμόν τε πόσιν τε
οὔ τευ δευόμενον, οὔτ᾽ ἂρ φρένας οὔτε τι εἶδος."
τὴν δ᾽ ἀπαμειβόμενος προσέφη ξανθὸς Μενέλαος·
„ναὶ δὴ ταῦτά γε πάντα, γύναι, κατὰ μοῖραν ἔειπες.
ἤδη μὲν πολέων ἐδάην βουλήν τε νόον τε
ἀνδρῶν ἡρώων, πολλὴν δ᾽ ἐπελήλυθα γαῖαν·
ἀλλ᾽ οὔ πω τοιοῦτον ἐγὼν ἴδον ὀφθαλμοῖσιν,
οἷν Ὀδυσσῆος ταλασίφρονος ἔσκε φίλον κῆρ.
οἷον καὶ τόδ᾽ ἔρεξε καὶ ἔτλη καρτερὸς ἀνὴρ
ἵππωι ἔνι ξεστῶι, ἵν᾽ ἐνήμεθα πάντες ἄριστοι
Ἀργείων Τρώεσσι φόνον καὶ κῆρα φέροντες.
ἦλθες ἔπειτα σὺ κεῖσε· κελευσέμεναι δέ σ᾽ ἔμελλε
δαίμων, ὃς Τρώεσσιν ἐβούλετο κῦδος ὀρέξαι·
καί τοι Δηΐφοβος θεοείκελος ἕσπετ᾽ ἰούσηι.
τρὶς δὲ περίστειξας κοῖλον λόχον ἀμφαφόωσα,

Zeus bald Gutes bald Böses herab, denn er herrschet mit Allmacht.
Auf, genießet denn jetzo in unserem Hause des Mahles,
Euch mit Gesprächen erfreuend! Ich will euch was Frohes erzählen.
Alles kann ich euch zwar nicht nennen oder beschreiben,
Alle mutigen Taten des leidengeübten Odysseus;
Sondern nur eine Gefahr, die der tapfere Krieger bestanden
In dein troischen Lande, wo Not euch Achaier umdrängte.
Seht, er hatte sich selbst unwürdige Striemen gegeißelt,
Und nachdem er die Schultern mit schlechten Lumpen umhüllet,
Ging er in Sklavengestalt zur Stadt der feindlichen Männer.
Ganz ein anderer Mann, ein Bettler schien er von Ansehn,
So wie er wahrlich nicht im achaiischen Lager einherging.
Also kam er zur Stadt der Troer; und sie verkannten
Alle den Helden; nur ich entdeckt' ihn unter der Hülle,
Und befragt' ihn: doch er fand immer listige Ausflucht.
Aber als ich ihn jetzo gebadet, mit Öle gesalbet,
Und mit Kleidern geschmückt, und drauf bei den Göttern geschworen,
Daß ich Odysseus den Troern nicht eher wollte verraten,
Bis er die schnellen Schiff' und Zelte wieder erreichet;
Da verkündet' er mir den ganzen Entwurf der Achaier.
Als er nun viele der Troer mit langem Erze getötet,
Kehrt' er zu den Argeiern, mit großer Kunde bereichert.
Laut wehklageten jetzo die andern Weiber in Troja;
Aber mein Herz frohlockte; denn herzlich wünscht' ich die Heimkehr,
Und beweinte den Jammer, den Aphrodite gestiftet,
Als sie mich dorthin, fern vom Vaterlande geführet,
Und von der Tochter getrennt, dem Eh'bett und dem Gemahle,
Dem kein Adel gebricht des Geistes oder der Bildung!
Ihr antwortete drauf Menelaos der Bräunlichgelockte:
Dieses alles ist wahr, o Helena, was du erzähltest.
Denn ich habe schon mancher Gesinnung und Tugend gelernet,
Hochberühmter Helden, und bin viel Länder durchwandert;
Aber ein solcher Mann kam mir noch nimmer vor Augen,
Gleich an erhabener Seele dem leidengeübten Odysseus!
Also bestand er auch jene Gefahr, mit Kühnheit und Gleichmut,
In dem gezimmerten Rosse, worin wir Fürsten der Griechen
Alle saßen, und Tod und Verderben gen Ilion brachten.
Dorthin kamest auch du, gewiß von einem der Götter
Hingeführt, der etwa die Troer zu ehren gedachte;
Und der göttergleiche Deiphobos war dein Begleiter.
Dreimal umwandeltest du das feindliche Männergehäuse,

ἐκ δ' ὀνομακλήδην Δαναῶν ὀνόμαζες ἀρίστους,
πάντων Ἀργείων φωνὴν ἴσκουσ' ἀλόχοισιν.
αὐτὰρ ἐγὼ καὶ Τυδεΐδης καὶ δῖος Ὀδυσσεὺς
ἥμενοι ἐν μέσσοισιν ἀκούσαμεν ὡς ἐβόησας.
νῶι μὲν ἀμφοτέρω μενεήναμεν ὁρμηθέντε
ἢ ἐξελθέμεναι, ἢ ἔνδοθεν αἶψ' ὑπακοῦσαι·
ἀλλ' Ὀδυσεὺς κατέρυκε καὶ ἔσχεθεν ἱεμένω περ.
ἔνθ' ἄλλοι μὲν πάντες ἀκὴν ἔσαν υἷες Ἀχαιῶν,
Ἄντικλος δὲ σέ γ' οἶος ἀμείψασθαι ἐπέεσσιν
ἤθελεν. ἀλλ' Ὀδυσεὺς ἐπὶ μάστακα χερσὶ πίεζεν
νωλεμέως κρατερῇισι, σάωσε δὲ πάντας Ἀχαιούς·
τόφρα δ' ἔχ', ὄφρα σε νόσφιν ἀπήγαγε Παλλὰς Ἀθήνη."
τὸν δ' αὖ Τηλέμαχος πεπνυμένος ἀντίον ηὔδα·
„Ἀτρεΐδη Μενέλαε διοτρεφές, ὄρχαμε λαῶν,
ἄλγιον· οὐ γάρ οἵ τι τάδ' ἤρκεσε λυγρὸν ὄλεθρον,
οὐδ' εἴ οἱ κραδίη γε σιδηρέη ἔνδοθεν ἦεν.
ἀλλ' ἄγετ' εἰς εὐνὴν τράπεθ' ἡμέας, ὄφρα καὶ ἤδη
ὕπνωι ὕπο γλυκερῶι ταρπώμεθα κοιμηθέντες."
ὣς ἔφατ', Ἀργείη δ' Ἑλένη δμωιῇσι κέλευσεν
δέμνι' ὑπ' αἰθούσηι θέμεναι καὶ ῥήγεα καλὰ
πορφύρε' ἐμβαλέειν στορέσαι τ' ἐφύπερθε τάπητας,
χλαίνας τ' ἐνθέμεναι οὔλας καθύπερθεν ἕσασθαι.
αἱ δ' ἴσαν ἐκ μεγάροιο δάος μετὰ χερσὶν ἔχουσαι,
δέμνια δὲ στόρεσαν· ἐκ δὲ ξείνους ἄγε κῆρυξ.
οἱ μὲν ἄρ' ἐν προδόμωι δόμου αὐτόθι κοιμήσαντο,
Τηλέμαχός θ' ἥρως καὶ Νέστορος ἀγλαὸς υἱός·
Ἀτρεΐδης δὲ καθεῦδε μυχῶι δόμου ὑψηλοῖο,
πὰρ δ' Ἑλένη τανύπεπλος ἐλέξατο, δῖα γυναικῶν.
ἦμος δ' ἠριγένεια φάνη ῥοδοδάκτυλος Ἠώς,
ὤρνυτ' ἄρ' ἐξ εὐνῆφι βοὴν ἀγαθὸς Μενέλαος
εἵματα ἑσσάμενος, περὶ δὲ ξίφος ὀξὺ θέτ' ὤμωι,
ποσσὶ δ' ὑπὸ λιπαροῖσιν ἐδήσατο καλὰ πέδιλα,
βῆ δ' ἴμεν ἐκ θαλάμοιο θεῶι ἐναλίγκιος ἄντην,
Τηλεμάχωι δὲ παρῖζεν, ἔπος τ' ἔφατ' ἔκ τ' ὀνόμαζεν·
„τίπτε δέ σε χρειὼ δεῦρ' ἤγαγε, Τηλέμαχ' ἥρως,
ἐς Λακεδαίμονα δῖαν, ἐπ' εὐρέα νῶτα θαλάσσης;
δήμιον ἦ ἴδιον; τόδε μοι νημερτὲς ἐνίσπες."
τὸν δ' αὖ Τηλέμαχος πεπνυμένος ἀντίον ηὔδα·
„Ἀτρεΐδη Μενέλαε διοτρεφές, ὄρχαμε λαῶν,
ἤλυθον, εἴ τινά μοι κληηδόνα πατρὸς ἐνίσποις.
ἐσθίεταί μοι οἶκος, ὄλωλε δὲ πίονα ἔργα,

Rings betastend, und riefst der tapfersten Helden Achaias
Namen, indem du die Stimme von aller Gemahlinnen annahmst.
Aber ich und Tydeus' Sohn und der edle Odysseus
Saßen dort in der Mitte, und höreten, wie du uns riefest.
Plötzlich fuhren wir auf, wir beiden andern, entschlossen,
Auszusteigen, oder von innen uns hören zu lassen.
Aber Odysseus hielt uns zurück von dem raschen Entschlusse.
Jetzo saßen wir still, und alle Söhne der Griechen.
Nur Antiklos wollte dir Antwort geben; doch eilend
Sprang Odysseus hinzu, und drückte mit nervichten Händen
Fest den Mund ihm zusammen, und rettete alle Achaier;
Eher ließ er ihn nicht, bis Athene von dannen dich führte.
Und der verständige Jüngling Telemachos sagte dagegen:
Atreus' Sohn Menelaos, du göttlicher Führer des Volkes,
Desto betrübter! Denn alles entriß ihn dem traurigen Tode
Nicht, und hätt' er im Busen ein Herz von Eisen getragen!
Aber lasset uns nun zu Bette gehen, damit uns
Jetzo auch die Ruhe des süßen Schlafes erquicke.
Als er dieses gesagt, rief Helena eilend den Mägden,
Unter die Halle ein Bett zu setzen, unten von Purpur
Prächtige Polster zu legen, und Teppiche drüber zu breiten,
Hierauf wollige Mäntel zur Oberdecke zu legen.
Und sie enteilten dem Saal, in den Händen die leuchtende Fackel,
Und bereiteten schnell das Lager. Aber ein Herold
Führte Telemachos hin, samt Nestors glänzendem Sohne.
Also ruhten sie dort in der Halle vor dem Palaste.
Und der Atreide schlief im Innern des hohen Palastes;
Helena ruhte bei ihm, die schönste unter den Weibern.
Als die dämmernde Frühe mit Rosenfingern erwachte,
Sprang er vom Lager empor, der Rufer im Streit Menelaos,
Legte die Kleider an, und hing das Schwert um die Schulter,
Band die schönen Sohlen sich unter die zierlichen Füße,
Trat aus der Kammer hervor, geschmückt mit göttlicher Hoheit,
Ging und setzte sich neben Telemachos nieder, und sagte:
Welches Geschäft, o edler Telemachos, führte dich hieher,
Über das weite Meer, zur göttlichen Stadt Lakedämon?
Deines, oder des Volks? Verkünde mir lautere Wahrheit!
Und der verständige Jüngling Telemachos sagte dagegen:
Atreus' Sohn Menelaos, du göttlicher Führer des Volkes,
Darum kam ich zu dir, um Kunde vom Vater zu hören.
Ausgezehrt wird mein Haus, und Hof und Äcker verwüstet;

δυσμενέων δ' ἀνδρῶν πλεῖος δόμος, οἵ τέ μοι αἰεὶ
μῆλ' ἀδινὰ σφάζουσι καὶ εἰλίποδας ἕλικας βοῦς,
μητρὸς ἐμῆς μνηστῆρες ὑπέρβιον ὕβριν ἔχοντες.
τοὔνεκα νῦν τὰ σὰ γούναθ' ἱκάνομαι, αἴ κ' ἐθέλῃσθα
κείνου λυγρὸν ὄλεθρον ἐνισπεῖν, εἴ που ὄπωπας
ὀφθαλμοῖσι τεοῖσιν ἢ ἄλλου μῦθον ἄκουσας
πλαζομένου· περὶ γάρ μιν ὀιζυρὸν τέκε μήτηρ.
μηδέ τί μ' αἰδόμενος μειλίσσεο μηδ' ἐλεαίρων,
ἀλλ' εὖ μοι κατάλεξον ὅπως ἤντησας ὀπωπῆς.
λίσσομαι, εἴ ποτέ τοί τι πατὴρ ἐμός, ἐσθλὸς Ὀδυσσεὺς
ἢ ἔπος ἠέ τι ἔργον ὑποστὰς ἐξετέλεσσε
δήμωι ἔνι Τρώων, ὅθι πάσχετε πήματ' Ἀχαιοί,
τῶν νῦν μοι μνῆσαι, καί μοι νημερτὲς ἐνίσπες."
τὸν δὲ μέγ' ὀχθήσας προσέθη ξανθὸς Μενέλαος·
„ὢ πόποι, ἦ μάλα δὴ κρατερόφρονος ἀνδρὸς ἐν εὐνῆι
ἤθελον εὐνηθῆναι ἀνάλκιδες αὐτοὶ ἐόντες.
ὡς δ' ὁπότ' ἐν ξυλόχωι ἔλαφος κρατεροῖο λέοντος
νεβροὺς κοιμήσασα νεηγενέας γαλαθηνοὺς
κνημοὺς ἐξερέῃσι καὶ ἄγκεα ποιήεντα
βοσκομένη, ὁ δ' ἔπειτα ἑὴν εἰσήλυθεν εὐνήν,
ἀμφοτέροισι δὲ τοῖσιν ἀεικέα πότμον ἐφῆκεν,
ὣς Ὀδυσεὺς κείνοισιν ἀεικέα πότμον ἐφήσει.
αἲ γάρ, Ζεῦ τε πάτερ καὶ Ἀθηναίη καὶ Ἄπολλον,
τοῖος ἐών, οἷός ποτ' ἐυκτιμένῃ ἐνὶ Λέσβωι
ἐξ ἔριδος Φιλομηλεΐδῃ ἐπάλαισεν ἀναστάς,
κὰδ δ' ἔβαλε κρατερῶς, κεχάροντο δὲ πάντες Ἀχαιοί,
τοῖος ἐὼν μνηστῆρσιν ὁμιλήσειεν Ὀδυσσεύς·
πάντες κ' ὠκύμοροί τε γενοίατο πικρόγαμοί τε.
ταῦτα δ' ἅ μ' εἰρωτᾶις καὶ λίσσεαι, οὐκ ἂν ἐγώ γε
ἄλλα παρὲξ εἴποιμι παρακλιδόν, οὐδ' ἀπατήσω,
ἀλλὰ τὰ μέν μοι ἔειπε γέρων ἅλιος νημερτής,
τῶν οὐδέν τοι ἐγὼ κρύψω ἔπος οὐδ' ἐπικεύσω.
„Αἰγύπτωι μ' ἔτι δεῦρο θεοὶ μεμαῶτα νέεσθαι
ἔσχον, ἐπεὶ οὔ σφιν ἔρεξα τεληέσσας ἑκατόμβας.
οἱ δ' αἰεὶ βούλοντο θεοὶ μεμνῆσθαι ἐφετμέων.
νῆσος ἔπειτά τις ἔστι πολυκλύστωι ἐνὶ πόντωι
Αἰγύπτου προπάροιθε, Φάρον δέ ἑ κικλήσκουσι,
τόσσον ἄνευθ' ὅσσον τε πανημερίη γλαφυρὴ νηῦς
ἤνυσεν, ἧι λιγὺς οὖρος ἐπιπνείῃσιν ὄπισθεν·
ἐν δὲ λιμὴν ἐύορμος, ὅθεν τ' ἀπὸ νῆας ἐίσας
ἐς πόντον βάλλουσιν, ἀφυσσάμενοι μέλαν ὕδωρ.

Denn feindselige Männer erfüllen die Wohnung und schlachten
Meine Ziegen und Schaf' und mein schwerwandelndes Hornvieh,
Freier meiner Mutter, voll übermütiges Trotzes.
Darum fleh ich dir jetzo, die Knie' umfassend, du wollest
Seinen traurigen Tod mir verkündigen; ob du ihn selber
Ansahst, oder vielleicht von einem irrenden Wandrer
Ihn erfuhrst: denn ach! zum Leiden gebar ihn die Mutter!
Aber schmeichle mir nicht, aus Schonung oder aus Mitleid;
Sondern erzähle mir treulich, was deine Augen gesehen.
Flehend beschwör' ich dich, hat je mein Vater Odysseus
Einen Wunsch dir gewährt mit Worten oder mit Taten,
In dem troischen Lande, wo Not euch Achaier umdrängte:
Daß du, dessen gedenkend, mir jetzo Wahrheit verkündest!
    Voll Unwillens begann Menelaos der Bräunlichgelockte:
O ihr Götter, ins Lager des übergewaltigen Mannes
Wollten jene sich legen, die feigen verworfenen Menschen!
Aber wie wenn in den Dickicht des starken Löwen die Hirschkuh
Ihre saugenden Jungen, die neugeborenen, hinlegt,
Dann auf den Bergen umher und kräuterbewachsenen Tälern
Weide sucht; und jener darauf in sein Lager zurückkehrt,
Und den Zwillingen beiden ein schreckliches Ende bereitet:
So wird jenen Odysseus ein schreckliches Ende bereiten!
Wenn er, o Vater Zeus, Athene und Phöbos Apollon!
Doch in jener Gestalt, wie er einst in der fruchtbaren Lesbos
Sich mit Philomeleides zum Wetteringen emporhub,
Und auf den Boden ihn warf, daß alle Achaier sich freuten;
Wenn doch in jener Gestalt Odysseus den Freiern erschiene!
Bald wär' ihr Leben gekürzt, und ihnen die Heirat verbittert!
Aber worum du mich fragst und bittest, das will ich geradaus
Ohn' Umschweife dir sagen, und nicht durch Lügen dich täuschen;
Sondern was mir der wahrhafte Greis des Meeres geweissagt,
Davon will ich kein Wort dir bergen oder verhehlen.
    Noch in Ägyptos hielten, wie sehr ich nach Hause verlangte,
Mich die Unsterblichen auf, denn ich versäumte die Opfer;
Und wir sollen nimmer der Götter Gebote vergessen.
Eine der Inseln liegt im wogenstürmenden Meere
Vor des Ägyptos Strome; die Menschen nennen sie Pharos:
Von dem Strome so weit, als wohlgerüstete Schiffe
Tages fahren, wenn rauschend der Wind die Segel erfüllet.
Dort ist ein sicherer Hafen, allwo die Schiffer gewöhnlich
Frisches Wasser sich schöpfen, und weiter die Wogen durchsegeln.

ἔνθα μ’ ἐείκοσιν ἤματ’ ἔχον θεοί, οὐδέ ποτ’ οὖροι
πνείοντες φαίνονθ’ ἁλιαέες, οἵ ῥά τε νηῶν
πομπῆες γίγνονται ἐπ’ εὐρέα νῶτα θαλάσσης.
καί νύ κεν ἤια πάντα κατέφθιτο καὶ μένε’ ἀνδρῶν,
εἰ μή τίς με θεῶν ὀλοφύρατο καί μ’ ἐσάωσε,
Πρωτέος ἰφθίμου θυγάτηρ ἁλίοιο γέροντος,
Εἰδοθέη· τῆι γάρ ῥα μάλιστά γε θυμὸν ὄρινα.
ἥ μ’ οἴωι ἔρροντι συνήντετο νόσφιν ἑταίρων·
αἰεὶ γὰρ περὶ νῆσον ἀλώμενοι ἰχθυάασκον
γναμπτοῖς ἀγκίστροισιν, ἔτειρε δὲ γαστέρα λιμός.
ἡ δέ μευ ἄγχι στᾶσα ἔπος φάτο φώνησέν τε·
‚νήπιός εἰς, ὦ ξεῖνε, λίην τόσον ἠδὲ χαλίφρων,
ἦε ἑκὼν μεθίεις καὶ τέρπεαι ἄλγεα πάσχων;
ὡς δὴ δήθ’ ἐνὶ νήσωι ἐρύκεαι, οὐδέ τι τέκμωρ
εὑρέμεναι δύνασαι, μινύθει δέ τοι ἦτορ ἑταίρων.‘
ὣς ἔφατ’, αὐτὰρ ἐγώ μιν ἀμειβόμενος προσέειπον·
‚ἐκ μέν τοι ἐρέω, ἥ τις σύ πέρ ἐσσι θεάων,
ὡς ἐγὼ οὔ τι ἑκὼν κατερύκομαι, ἀλλά νυ μέλλω
ἀθανάτους ἀλιτέσθαι, οἳ οὐρανὸν εὐρὺν ἔχουσιν.
ἀλλὰ σύ πέρ μοι εἰπέ, θεοὶ δέ τε πάντα ἴσασιν,
ὅς τίς μ’ ἀθανάτων πεδάαι καὶ ἔδησε κελεύθου,
νόστον θ’, ὡς ἐπὶ πόντον ἐλεύσομαι ἰχθυόεντα.‘
ὣς ἐφάμην, ἡ δ’ αὐτίκ’ ἀμείβετο δῖα θεάων·
‚τοιγὰρ ἐγώ τοι, ξεῖνε, μάλ’ ἀτρεκέως ἀγορεύσω.
πωλεῖταί τις δεῦρο γέρων ἅλιος νημερτὴς
ἀθάνατος Πρωτεὺς Αἰγύπτιος, ὅς τε θαλάσσης
πάσης βένθεα οἶδε, Ποσειδάωνος ὑποδμώς·
τὸν δέ τ’ ἐμόν φασιν πατέρ’ ἔμμεναι ἠδὲ τεκέσθαι.
τόν γ’ εἴ πως σὺ δύναιο λοχησάμενος λελαβέσθαι,
ὅς κέν τοι εἴπηισιν ὁδὸν καὶ μέτρα κελεύθου
νόστον θ’, ὡς ἐπὶ πόντον ἐλεύσεαι ἰχθυόεντα.
καὶ δέ κέ τοι εἴπηισι, διοτρεφές, αἴ κ’ ἐθέλησθα,
ὅττι τοι ἐν μεγάροισι κακόν τ’ ἀγαθόν τε τέτυκται
οἰχομένοιο σέθεν δολιχὴν ὁδὸν ἀργαλέην τε.‘
ὣς ἔφατ’, αὐτὰρ ἐγώ μιν ἀμειβόμενος προσέειπον·
‚αὐτὴ νῦν φράζευ σὺ λόχον θείοιο γέροντος,
μή πώς με προϊδὼν ἠὲ προδαεὶς ἀλέηται·
ἀργαλέος γάρ τ’ ἐστὶ θεὸς βροτῶι ἀνδρὶ δαμῆναι.‘
ὣς ἐφάμην, ἡ δ’ αὐτίκ’ ἀμείβετο δῖα θεάων·
‚τοιγὰρ ἐγώ τοι, ξεῖνε, μάλ’ ἀτρεκέως ἀγορεύσω.
ἦμος δ’ ἠέλιος μέσον οὐρανὸν ἀμφιβεβήκηι,

Allda hielten die Götter mich zwanzig Tage; denn niemals
Wehten günstige Wind' in die See hinüber, die Schiffe
Über den breiten Rücken des Meeres hinzugeleiten,
Und bald wäre die Speis' und der Mut der Männer geschwunden,
Hätte mich nicht erbarmend der Himmlischen eine gerettet.
Aber Eidothea, des grauen Wogenbeherrschers
Proteus' Tochter bemerkt' es, und fühlte herzliches Mitleid.
Diese begegnete mir, da ich fern von den Freunden umherging;
Denn sie streiften beständig, vom nagenden Hunger gefoltert,
Durch die Insel, um Fische mit krummer Angel zu fangen.
Und sie nahte sich mir, und sprach mit freundlicher Stimme:

Fremdling, bist du so gar einfältig, oder so träge?
Oder zauderst du gern, und findest Vergnügen am Elend:
Daß du so lang auf der Insel verweilst? Ist nirgends ein Ausweg
Aus dem Jammer zu sehn, da das Herz den Genossen entschwindet?

Also sprach sie; und ich antwortete wieder und sagte:
Ich verkündige dir, o Göttin, wie du auch heißest,
Daß ich mitnichten gerne verweile; sondern gesündigt
Hab' ich vielleicht an den Göttern, des weiten Himmels Bewohnern.
Aber sage mir doch, die Götter wissen ja alles!
Wer der Unsterblichen hält mich hier auf, und hindert die Reise?
Und wie gelang' ich heim auf dem fischdurchwimmelten Meere?

Also sprach ich; mir gab die hohe Göttin zur Antwort:
Gerne will ich, o Fremdling, dir lautere Wahrheit verkünden.
Hier am Gestade schaltet ein grauer Bewohner des Meeres,
Proteus, der wahrhafte Gott aus Ägyptos, welcher des Meeres
Dunkle Tiefen kennt, ein treuer Diener Poseidons.
Dieser ist, wie man sagt, mein Vater, der mich gezeuget.
Wüßtest du diesen nur durch heimliche List zu erhaschen;
Er weissagte dir wohl den Weg und die Mittel der Reise,
Und wie du heimgelangst auf dem fischdurchwimmelten Meere.
Auch verkündigt' er dir, Zeus' Liebling, wenn du es wolltest,
Was dir Böses und Gutes in deinem Hause geschehn sei,
Weil du ferne warst auf der weiten gefährlichen Reise.

Also sprach sie; und ich antwortete wieder, und sagte:
Nun verkünde mir selber, wie fang' ich den göttlichen Meergreis,
Daß er mir nicht entfliehe, mich sehend oder auch ahnend?
Wahrlich, schwer wird ein Gott vom sterblichen Manne bezwungen!

Also sprach ich; mir gab die hohe Göttin zur Antwort:
Gerne will ich, o Fremdling, dir lautere Wahrheit verkünden.
Wann die Mittagssonne den hohen Himmel besteiget,

τῆμος ἄρ' ἐξ ἁλὸς εἶσι γέρων ἅλιος νημερτὴς
πνοιῇ ὕπο Ζεφύροιο μελαίνῃ φρικὶ καλυφθείς,
ἐκ δ' ἐλθὼν κοιμᾶται ὑπὸ σπέσσι γλαφυροῖσιν·
ἀμφὶ δέ μιν φῶκαι νέποδες καλῆς ἁλοσύδνης
ἁθρόαι εὕδουσιν, πολιῆς ἁλὸς ἐξαναδῦσαι,
πικρὸν ἀποπνείουσαι ἁλὸς πολυβενθέος ὀδμήν.
ἔνθα σ' ἐγὼν ἀγαγοῦσα ἅμ' ἠοῖ φαινομένηφιν
εὐνάσω ἑξείης· σὺ δ' ἐῢ κρίνασθαι ἑταίρους
τρεῖς, οἵ τοι παρὰ νηυσὶν ἐυσσέλμοισιν ἄριστοι.
πάντα δέ τοι ἐρέω ὀλοφώια τοῖο γέροντος.
φώκας μέν τοι πρῶτον ἀριθμήσει καὶ ἔπεισιν·
αὐτὰρ ἐπὴν πάσας πεμπάσσεται ἠδὲ ἴδηται,
λέξεται ἐν μέσσῃσι νομεὺς ὣς πώεσι μήλων.
τὸν μὲν ἐπὴν δὴ πρῶτα κατευνηθέντα ἴδησθε,
καὶ τότ' ἔπειθ' ὑμῖν μελέτω κάρτος τε βίη τε,
αὖθι δ' ἔχειν μεμαῶτα καὶ ἐσσύμενόν περ ἀλύξαι.
πάντα δὲ γιγνόμενος πειρήσεται, ὅσσ' ἐπὶ γαῖαν
ἑρπετὰ γίγνονται, καὶ ὕδωρ καὶ θεσπιδαὲς πῦρ·
ὑμεῖς δ' ἀστεμφέως ἐχέμεν μᾶλλόν τε πιέζειν.
ἀλλ' ὅτε κεν δή σ' αὐτὸς ἀνείρηται ἐπέεσσι,
τοῖος ἐὼν οἷόν κε κατευνηθέντα ἴδησθε,
καὶ τότε δὴ σχέσθαι τε βίης λῦσαί τε γέροντα,
ἥρως, εἴρεσθαι δέ, θεῶν ὅς τίς σε χαλέπτει,
νόστον θ', ὡς ἐπὶ πόντον ἐλεύσεαι ἰχθυόεντα.'
    ὣς εἰποῦσ' ὑπὸ πόντον ἐδύσετο κυμαίνοντα.
αὐτὰρ ἐγὼν ἐπὶ νῆας, ὅθ' ἕστασαν ἐν ψαμάθοισιν,
ἤια· πολλὰ δέ μοι κραδίη πόρφυρε κιόντι.
αὐτὰρ ἐπεί ῥ' ἐπὶ νῆα κατήλυθον ἠδὲ θάλασσαν,
δόρπον θ' ὁπλισάμεσθ', ἐπί τ' ἤλυθεν ἀμβροσίη νύξ·
δὴ τότε κοιμήθημεν ἐπὶ ῥηγμῖνι θαλάσσης.
ἦμος δ' ἠριγένεια φάνη ῥοδοδάκτυλος Ἠώς,
καὶ τότε δὴ παρὰ θῖνα θαλάσσης εὐρυπόροιο
ἤια πολλὰ θεοὺς γουνούμενος· αὐτὰρ ἑταίρους
τρεῖς ἄγον, οἷσι μάλιστα πεποίθεα πᾶσαν ἐπ' ἰθύν.
    „τόφρα δ' ἄρ' ἥ γ' ὑποδῦσα θαλάσσης εὐρέα κόλπον
τέσσαρα φωκάων ἐκ πόντου δέρματ' ἔνεικε·
πάντα δ' ἔσαν νεόδαρτα· δόλον δ' ἐπεμήδετο πατρί.
εὐνὰς δ' ἐν ψαμάθοισι διαγλάψασ' ἁλίῃσιν
ἧστο μένουσ'· ἡμεῖς δὲ μάλα σχεδὸν ἤλθομεν αὐτῆς·
ἑξείης δ' εὔνησε, βάλεν δ' ἐπὶ δέρμα ἑκάστῳ.
ἔνθα κεν αἰνότατος λόχος ἔπλετο· τεῖρε γὰρ αἰνῶς

Siehe dann kommt aus der Flut der graue untrügliche Meergott,
Unter dem Wehn des Westes, umhüllt vom schwarzen Gekräusel,
Legt sich hin zum Schlummer in überhangende Grotten,
Und floßfüßige Robben der lieblichen Halosydne
Ruhn in Scharen um ihn, dem grauen Gewässer entstiegen,
Und verbreiten umher des Meeres herbe Gerüche.
Dorthin will ich dich führen, sobald der Morgen sich rötet,
Und in die Reihe dich legen. Du aber wähle mit Vorsicht
Drei von den kühnsten Genossen der schöngebordeten Schiffe.
Alle furchtbaren Künste des Greises will ich dir nennen
Erstlich geht er umher, und zählt die liegenden Robben;
Und nachdem er sie alle bei Fünfen gezählt und betrachtet,
Legt er sich mitten hinein, wie ein Schäfer zwischen die Herde.
Aber sobald ihr seht, daß er zum Schlummer sich hinlegt;
Dann erhebet euch mutig, und übet Gewalt und Stärke,
Haltet den Sträubenden fest, wie sehr er auch ringt zu entfliehen!
Denn der Zauberer wird sich in alle Dinge verwandeln,
Was auf der Erde lebt, in Wasser und loderndes Feuer.
Aber greift unerschrocken ihn an, und haltet noch fester!
Wenn er nun endlich selbst euch anzureden beginnet,
In der Gestalt, worin ihr ihn saht zum Schlummer sich legen;
Dann laß ab von deiner Gewalt, und löse den Meergreis,
Edler Held, und frag' ihn, wer unter den Göttern dir zürne,
Und wie du heimgelangst auf dem fischdurchwimmelten Meere.
Also sprach sie, und sprang in die hochaufwallende Woge.
Aber ich ging zu den Schiffen, wo sie im Sande des Ufers
Standen; und viele Gedanken bewegten des Gehenden Seele.
Als ich jetzo mein Schiff und des Meeres Ufer erreichte,
Da bereiteten wir das Mahl. Die ambrosische Nacht kam;
Und wir lagerten uns am rauschenden Ufer des Meeres.
Als die heilige Frühe mit Rosenfingern erwachte,
Ging ich längst dem Gestade des weithinflutenden Meeres
Fort, und betete viel zu den Himmlischen. Von den Genossen
Folgten mir drei, bewährt vor allen an Kühnheit und Stärke.
Aber indessen fuhr Eidothea tief in des Meeres
Weiten Busen, und trug vier Robbenfelle von dannen,
Welche sie frisch abzog; und entwarf die Täuschung des Vaters.
Jedem höhlete sie ein Lager im Sande des Meeres,
Saß und erwartete uns. Sobald wir die Göttin erreichten,
Legte sie uns nach der Reih', und hüllte jedem ein Fell um.
Wahrlich die Lauer bekam uns fürchterlich! Bis zum Ersticken

φωκάων ἁλιοτρεφέων ὀλοώτατος ὀδμή·
τίς γάρ κ' εἰναλίωι παρὰ κήτεϊ κοιμηθείη;
ἀλλ' αὐτὴ ἐσάωσε καὶ ἐφράσατο μέγ' ὄνειαρ·
ἀμβροσίην ὑπὸ ῥῖνα ἑκάστωι θῆκε φέρουσα
ἡδὺ μάλα πνείουσαν, ὄλεσσε δὲ κήτεος ὀδμήν.
πᾶσαν δ' ἠοίην μένομεν τετληότι θυμῶι·
φῶκαι δ' ἐξ ἁλὸς ἦλθον ἀολλέες. αἱ μὲν ἔπειτα
ἑξῆς εὐνάζοντο παρὰ ῥηγμῖνι θαλάσσης·
ἔνδιος δ' ὁ γέρων ἦλθ' ἐξ ἁλός, εὗρε δὲ φώκας
ζατρεφέας, πάσας δ' ἄρ' ἐπώιχετο, λέκτο δ' ἀριθμόν·
ἐν δ' ἡμέας πρώτους λέγε κήτεσιν, οὐδέ τι θυμῶι
ὠΐσθη δόλον εἶναι· ἔπειτα δὲ λέκτο καὶ αὐτός.
ἡμεῖς δὲ ἰάχοντες ἐπεσσύμεθ', ἀμφὶ δὲ χεῖρας
βάλλομεν· οὐδ' ὁ γέρων δολίης ἐπελήθετο τέχνης,
ἀλλ' ἦ τοι πρώτιστα λέων γένετ' ἠυγένειος,
αὐτὰρ ἔπειτα δράκων καὶ πάρδαλις ἠδὲ μέγας σῦς·
γίγνετο δ' ὑγρὸν ὕδωρ καὶ δένδρεον ὑψιπέτηλον·
ἡμεῖς δ' ἀστεμφέως ἔχομεν τετληότι θυμῶι.
ἀλλ' ὅτε δή ῥ' ἀνίαζ' ὁ γέρων ὀλοφώια εἰδώς,
καὶ τότε δή μ' ἐπέεσσιν ἀνειρόμενος προσέειπε·
‚τίς νύ τοι, Ἀτρέος υἱέ, θεῶν συμφράσσατο βουλάς,
ὄφρα μ' ἕλοις ἀέκοντα λοχησάμενος; τέο σε χρή;'
ὣς ἔφατ', αὐτὰρ ἐγώ μιν ἀμειβόμενος προσέειπον·
‚οἶσθα, γέρον, τί με ταῦτα παρατροπέων ἐρεείνεις;
ὡς δὴ δήθ' ἐνὶ νήσωι ἐρύκομαι, οὐδέ τι τέκμωρ
εὑρέμεναι δύναμαι, μινύθει δέ μοι ἔνδοθεν ἦτορ.
ἀλλὰ σύ πέρ μοι εἰπέ, θεοὶ δέ τε πάντα ἴσασιν,
ὅς τίς μ' ἀθανάτων πεδάαι καὶ ἔδησε κελεύθου,
νόστον θ', ὡς ἐπὶ πόντον ἐλεύσομαι ἰχθυόεντα.'
ὣς ἐφάμην, ὁ δέ μ' αὐτίκ' ἀμειβόμενος προσέειπεν·
‚ἀλλὰ μάλ' ὤφελλες Διί τ' ἄλλοισίν τε θεοῖσι
ῥέξας ἱερὰ κάλ' ἀναβαινέμεν, ὄφρα τάχιστα
σὴν ἐς πατρίδ' ἵκοιο πλέων ἐπὶ οἴνοπα πόντον.
οὐ γάρ τοι πρὶν μοῖρα φίλους τ' ἰδέειν καὶ ἱκέσθαι
οἶκον ἐυκτίμενον καὶ σὴν ἐς πατρίδα γαῖαν,
πρίν γ' ὅτ' ἂν Αἰγύπτοιο, διιπετέος ποταμοῖο,
αὖτις ὕδωρ ἔλθηις ῥέξηις θ' ἱερὰς ἑκατόμβας
ἀθανάτοισι θεοῖσι, τοὶ οὐρανὸν εὐρὺν ἔχουσι·
καὶ τότε τοι δώσουσιν ὁδὸν θεοί, ἣν σὺ μενοινᾶις.'
ὣς ἔφατ', αὐτὰρ ἐμοί γε κατεκλάσθη φίλον ἦτορ,
οὕνεκά μ' αὖτις ἄνωγεν ἐπ' ἠεροειδέα πόντον

Quält' uns der tranichte Dunst der meergemästeten Robben!
Denn wer ruhte wohl gerne bei Ungeheuern des Meeres?
Aber die Göttin ersann zu unserer Rettung ein Labsal:
Denn sie strich uns allen Ambrosia unter die Nasen,
Dessen lieblicher Duft des Tranes Gerüche vertilgte.
Also lauerten wir den ganzen Morgen geduldig.
Scharweis kamen die Robben nun aus dem Wasser, und legten
Nach der Reihe sich hin am rauschenden Ufer des Meeres.
Aber am Mittag kam der göttliche Greis aus dem Wasser,
Ging bei den feisten Robben umher, und zählte sie alle.
Also zählt' er auch uns für Ungeheuer, und dachte
Gar an keinen Betrug; dann legt' er sich selber zu ihnen.
Plötzlich fuhren wir auf mit Geschrei, und schlangen die Hände
Schnell um den Greis; doch dieser vergaß der betrüglichen Kunst nicht.
Erstlich ward er ein Leu mit fürchterlich wallender Mähne,
Drauf ein Pardel, ein bläulicher Drach', und ein zürnender Eber,
Floß dann als Wasser dahin, und rauscht' als Baum in den Wolken.
Aber wir hielten ihn fest mit unerschrockener Seele.
Als nun der zaubernde Greis ermüdete sich zu verwandeln,
Da begann er selber mich anzureden, und fragte:
  Welcher unter den Göttern, Atreide, gab dir den Anschlag,
Daß du mit Hinterlist mich Fliehenden fängst? Was bedarfst du?
  Also sprach er; und ich antwortete wieder, und sagte:
Alter, du weißt es, (warum verstellst du dich, dieses zu fragen?)
Daß ich so lang' auf dieser Insel verweil', und nirgends ein Ausweg
Aus dem Jammer sich zeigt, da das Herz den Genossen entschwindet!
Drum verkündige mir, die Götter wissen ja alles!
Wer der Unsterblichen hält mich hier auf, und hindert die Reise?
Und wie gelang ich heim auf dem fischdurchwimmelten Meere?
  Also sprach ich; der Greis antwortete wieder, und sagte:
Aber du solltest auch Zeus und den andern unsterblichen Göttern
Opfern, als du die Schiffe bestiegst, damit du geschwinder
Deine Heimat erreichtest, die dunkle Woge durchsteuernd!
Denn dir verbeut das Schicksal, die Deinigen wieder zu sehen
Und dein prächtiges Haus und deiner Väter Gefilde,
Bis du wieder zurück zu des himmelernährten Ägyptos
Wassern segelst, und dort mit heiligen Hekatomben
Sühnst der Unsterblichen Zorn, die den weiten Himmel bewohnen:
Dann verleihn dir die Götter die Heimfahrt, welche du wünschest.
Also sagte der Greis. Mir brach das Herz vor Betrübnis,
Weil er mir wieder befahl, auf dem dunkelwogenden Meere

Αἴγυπτόνδ' ἰέναι, δολιχὴν ὁδὸν ἀργαλέην τε.
ἀλλὰ καὶ ὥς μύθοισιν ἀμειβόμενος προσέειπον·
‚ ταῦτα μὲν οὕτω δὴ τελέω, γέρον, ὡς σὺ κελεύεις.
ἀλλ' ἄγε μοι τόδε εἰπὲ καὶ ἀτρεκέως κατάλεξον,
ἦ πάντες σὺν νηυσὶν ἀπήμονες ἦλθον Ἀχαιοί,
οὓς Νέστωρ καὶ ἐγὼ λίπομεν Τροίηθεν ἰόντες,
ἦέ τις ὤλετ' ὀλέθρωι ἀδευκέι ἧς ἐπὶ νηὸς
ἠὲ φίλων ἐν χερσίν, ἐπεὶ πόλεμον τολύπευσεν.'
    ὣς ἐφάμην, ὁ δέ μ' αὐτίκ' ἀμειβόμενος προσέειπεν·
‚ Ἀτρεΐδη, τί με ταῦτα διείρεαι; οὐδέ τί σε χρὴ
ἴδμεναι, οὐδὲ δαῆναι ἐμὸν νόον· οὐδέ σέ φημι
δὴν ἄκλαυτον ἔσεσθαι, ἐπὴν εὖ πάντα πύθηαι.
πολλοὶ μὲν γὰρ τῶν γε δάμεν, πολλοὶ δὲ λίποντο·
ἀρχοὶ δ' αὖ δύο μοῦνοι Ἀχαιῶν χαλκοχιτώνων
ἐν νόστωι ἀπόλοντο· μάχηι δέ τε καὶ σὺ παρῆσθα.
εἷς δ' ἔτι που ζωὸς κατερύκεται εὐρέι πόντωι.
    Αἴας μὲν μετὰ νηυσὶ δάμη δολιχηρέτμοισι.
Γυρῆισίν μιν πρῶτα Ποσειδάων ἐπέλασσεν
πέτρηισιν μεγάληισι καὶ ἐξεσάωσε θαλάσσης·
καί νύ κεν ἔκφυγε κῆρα καὶ ἐχθόμενός περ Ἀθήνηι,
εἰ μὴ ὑπερφίαλον ἔπος ἔκβαλε καὶ μέγ' ἀάσθη·
φῆ ῥ' ἀέκητι θεῶν φυγέειν μέγα λαῖτμα θαλάσσης.
τοῦ δὲ Ποσειδάων μεγάλ' ἔκλυεν αὐδήσαντος·
αὐτίκ' ἔπειτα τρίαιναν ἑλὼν χερσὶ στιβαρῆισιν
ἤλασε Γυραίην πέτρην, ἀπὸ δ' ἔσχισεν αὐτήν·
καὶ τὸ μὲν αὐτόθι μεῖνε, τὸ δὲ τρύφος ἔμπεσε πόντωι,
τῶι ῥ' Αἴας τὸ πρῶτον ἐφεζόμενος μέγ' ἀάσθη·
τὸν δ' ἐφόρει κατὰ πόντον ἀπείρονα κυμαίνοντα.
ὣς ὁ μὲν ἔνθ' ἀπόλωλεν, ἐπεὶ πίεν ἁλμυρὸν ὕδωρ.
    σὸς δέ που ἔκφυγε κῆρας ἀδελφεὸς ἠδ' ὑπάλυξεν
ἐν νηυσὶ γλαφυρῆισι· σάωσε δὲ πότνια Ἥρη.
ἀλλ' ὅτε δὴ τάχ' ἔμελλε Μαλειάων ὄρος αἰπὺ
ἵξεσθαι, τότε δή μιν ἀναρπάξασα θύελλα
πόντον ἐπ' ἰχθυόεντα φέρεν βαρέα στενάχοντα,
ἀγροῦ ἐπ' ἐσχατιήν, ὅθι δώματα ναῖε Θυέστης
τὸ πρίν, ἀτὰρ τότ' ἔναιε Θυεστιάδης Αἴγισθος.
ἀλλ' ὅτε δὴ καὶ κεῖθεν ἐφαίνετο νόστος ἀπήμων,
ἂψ δὲ θεοὶ οὖρον στρέψαν, καὶ οἴκαδ' ἵκοντο,
ἦ τοι ὁ μὲν χαίρων ἐπεβήσετο πατρίδος αἴης
καὶ κύνει ἁπτόμενος ἣν πατρίδα· πολλὰ δ' ἀπ' αὐτοῦ
δάκρυα θερμὰ χέοντ', ἐπεὶ ἀσπασίως ἴδε γαῖαν.

Nach dem Ägyptos zu schiffen, die weite gefährliche Reise.
Aber ich faßte mich doch, und gab ihm dieses zur Antwort:
Göttlicher Greis, ich will ausrichten, was du befiehlest,
Aber verkündige mir, und sage die lautere Wahrheit:
Sind die Danaer all' unbeschädigt wiedergekehret,
Welche Nestor und ich beim Scheiden in Troja verließen?
Oder ward einer im Schiffe vom bittern Verderben ereilet,
Oder den Freunden im Arme, nachdem er den Krieg vollendet?
Also sprach ich; und drauf antwortete jener, und sagte:
Warum fragst du mich das, Sohn Atreus'? Du mußt nicht alles
Wissen, noch meine Gedanken erforschen! Du möchtest nicht lange
Dich der Tränen enthalten, wenn du das alles erführest!
Siehe, gefallen sind viele davon, und viele noch übrig;
Aber nur zween Heerführer der erzgepanzerten Griechen
Raffte die Heimfahrt hin; in der Feldschlacht warest du selber.
Einer der Lebenden wird im weiten Meere gehalten.
Ajas versank in die See mit den langberuderten Schiffen.
Anfangs rettete zwar den Scheiternden Poseidaon
Aus den Fluten des Meers an die großen gyräischen Felsen.
Dort wär' Athenens Feind dem verderbenden Schicksal entronnen,
Hätte der Lästerer nicht voll Übermutes geprahlet,
Daß er den Göttern zum Trotz den stürmenden Wogen entflöhe.
Aber Poseidon vernahm die stolzen Worte des Prahlers,
Und ergriff mit der nervichten Faust den gewaltigen Dreizack,
Schlug den gyräischen Fels; und er spaltete schnell voneinander.
Eine der Trümmern blieb, die andre stürzt' in die Fluten,
Wo der Achaier saß, und die Gotteslästerung ausstieß;
Und er versank ins unendliche hochaufwogende Weltmeer.
So fand Ajas den Tod, ersäuft von der salzigen Welle.
Zwar dein Bruder entfloh der schrecklichen Rache der Göttin
Samt den gebogenen Schiffen; ihn schützte die mächtige Here.
Aber als er sich jetzo dem Vorgebirge Maleia
Näherte, rafft' ihn der wirbelnde Sturm und schleuderte plötzlich
Ihn, den Jammernden, weit in das fischdurchwimmelte Weltmeer,
An die äußerste Küste, allwo vor Zeiten Thyestes
Hatte gewohnt, und jetzo Thyestes' Sohn Ägisthos.
Aber ihm schien auch hier die Heimfahrt glücklich zu enden;
Denn die Götter wandten den Sturm, und trieben ihn heimwärts.
Freudig sprang er vom Schiff ans vaterländische Ufer,
Küßt' und umarmte sein Land, und heiße Tränen entstürzten
Seiner Wange, vor Freude, die Heimat wieder zu sehen.

τὸν δ᾽ ἄρ᾽ ἀπὸ σκοπιῆς εἶδε σκοπός, ὅν ῥα καθεῖσεν
Αἴγισθος δολόμητις ἄγων, ὑπὸ δ᾽ ἔσχετο μισθὸν
χρυσοῦ δοιὰ τάλαντα· φύλασσε δ᾽ ὅ γ᾽ εἰς ἐνιαυτόν,
μή ἑ λάθοι παριών, μνήσαιτο δὲ θούριδος ἀλκῆς.
βῆ δ᾽ ἴμεν ἀγγελέων πρὸς δώματα ποιμένι λαῶν.
αὐτίκα δ᾽ Αἴγισθος δολίην ἐφράσσατο τέχνην·
κρινάμενος κατὰ δῆμον ἐείκοσι φῶτας ἀρίστους
εἷσε λόχον, ἑτέρωθι δ᾽ ἀνώγει δαῖτα πένεσθαι.
αὐτὰρ ὁ βῆ καλέων Ἀγαμέμνονα, ποιμένα λαῶν
ἵπποισιν καὶ ὄχεσφιν, ἀεικέα μερμηρίζων.
τὸν δ᾽ οὐκ εἰδότ᾽ ὄλεθρον ἀνήγαγε καὶ κατέπεφνεν
δειπνίσσας, ὥς τίς τε κατέκτανε βοῦν ἐπὶ φάτνηι.
οὐδέ τις Ἀτρεΐδεω ἑτάρων λίπεθ᾽ οἵ οἱ ἕποντο,
οὐδέ τις Αἰγίσθου, ἀλλ᾽ ἔκταθεν ἐν μεγάροισιν.'
  ὣς ἔφατ᾽, αὐτὰρ ἐμοί γε κατεκλάσθη φίλον ἦτορ,
κλαῖον δ᾽ ἐν ψαμάθοισι καθήμενος, οὐδέ νύ μοι κῆρ
ἤθελ᾽ ἔτι ζώειν καὶ ὁρᾶν φάος ἠελίοιο.
αὐτὰρ ἐπεὶ κλαίων τε κυλινδόμενός τε κορέσθην,
δὴ τότε με προσέειπε γέρων ἅλιος νημερτής·
  ‚μηκέτι, Ἀτρέος υἱέ, πολὺν χρόνον ἀσκελὲς οὕτω
κλαῖ᾽, ἐπεὶ οὐκ ἄνυσίν τινα δήομεν· ἀλλὰ τάχιστα
πείρα ὅπως κεν δὴ σὴν πατρίδα γαῖαν ἵκηαι.
ἤ γάρ μιν ζωόν γε κιχήσεαι, ἤ κεν Ὀρέστης
κτεῖνεν ὑποφθάμενος, σὺ δέ κεν τάφου ἀντιβολήσαις.'
  ὣς ἔφατ᾽, αὐτὰρ ἐμοὶ κραδίη καὶ θυμὸς ἀγήνωρ
αὖτις ἐνὶ στήθεσσι καὶ ἀχνυμένωι περ ἰάνθη,
καί μιν φωνήσας ἔπεα πτερόεντα προσηύδων·
  ‚τούτους μὲν δὴ οἶδα· σὺ δὲ τρίτον ἄνδρ᾽ ὀνόμαζε,
ὅς τις ἔτι ζωὸς κατερύκεται εὐρέι πόντωι
ἠὲ θανών· ἐθέλω δὲ καὶ ἀχνύμενός περ ἀκοῦσαι.'
  ὣς ἐφάμην, ὁ δέ μ᾽ αὐτίκ᾽ ἀμειβόμενος προσέειπεν·
‚υἱὸς Λαέρτεω, Ἰθάκηι ἔνι οἰκία ναίων·
τὸν δ᾽ ἴδον ἐν νήσωι θαλερὸν κατὰ δάκρυ χέοντα,
νύμφης ἐν μεγάροισι Καλυψοῦς, ἥ μιν ἀνάγκηι
ἴσχει· ὁ δ᾽ οὐ δύναται ἣν πατρίδα γαῖαν ἱκέσθαι·
οὐ γάρ οἱ πάρα νῆες ἐπήρετμοι καὶ ἑταῖροι,
οἵ κέν μιν πέμποιεν ἐπ᾽ εὐρέα νῶτα θαλάσσης.
σοὶ δ᾽ οὐ θέσφατόν ἐστι, διοτρεφὲς ὦ Μενέλαε,
Ἄργει ἐν ἱπποβότωι θανέειν καὶ πότμον ἐπισπεῖν,
ἀλλά σ᾽ ἐς Ἠλύσιον πεδίον καὶ πείρατα γαίης
ἀθάνατοι πέμψουσιν, ὅθι ξανθὸς Ῥαδάμανθυς,

Ihn erblickte der Wächter auf einer erhabenen Warte,
Von Ägisthos bestellt, der zwei Talente des Goldes
Ihm zum Lohne versprach. Ein Jahr lang hielt er schon Wache,
Daß er nicht heimlich käm', und stürmende Tapferkeit übte.
Eilend lief er zur Burg, und brachte dem Könige Botschaft;
Und Ägisthos gedachte sogleich des schlauen Betruges.
Zwanzig tapfere Männer erlas er im Volk, und verbarg sie;
Auf der anderen Seite gebot er, ein Mahl zu bereiten.
Jetzo ging er, und lud Agamemnon, den Hirten der Völker,
Prangend mit Rossen und Wagen, sein Herz voll arger Entwürfe;
Führte den nichts argwöhnenden Mann ins Haus, und erschlug ihn
Unter den Freuden des Mahls: so erschlägt man den Stier an der Krippe!
Keiner entrann dem Tode vom ganzen Gefolg' Agamemnons,
Und von Ägisthos keiner; sie stürzten im blutigen Saale.
  Also sagte der Greis. Mir brach das Herz vor Betrübnis:
Weinend saß ich im Sande des Meers, und wünschte nicht länger
Unter den Lebenden hier das Licht der Sonne zu schauen.
Aber als ich mein Herz durch Weinen und Wälzen erleichtert,
Da erhub er die Stimme, der graue untrügliche Meergott:
  Weine nicht immerdar, Sohn Atreus', hemme die Tränen;
Denn wir können damit nichts bessern! Aber versuche
Jetzt, aufs eiligste wieder dein Vaterland zu erreichen.
Jenen findest du noch lebendig, oder Orestes
Tötet ihn schon vor dir: dann kommst du vielleicht zum Begräbnis.
  Also sprach er, und stärkte mein edles Herz in dem Busen,
So bekümmert ich war, durch seine frohe Verheißung.
Und ich redet' ihn an, und sprach die geflügelten Worte:
  Dieser Schicksal weiß ich nunmehr. Doch nenne den Dritten,
Welchen man noch lebendig im weiten Meere zurückhält,
Oder auch tot. Verschweige mir nicht die traurige Botschaft!
  Also sprach ich; und drauf antwortete jener, und sagte:
Das ist der Sohn Laertes, der Ithakas Fluren bewohnet.
Ihn sah ich auf der Insel die bittersten Tränen vergießen,
In dem Hause der Nymphe Kalypso, die mit Gewalt ihn
Hält; und er sehnt sich umsonst nach seiner heimischen Insel;
Denn es gebricht ihm dort an Ruderschiffen und Männern,
Über den weiten Rücken des Meeres ihn zu geleiten.
Aber dir bestimmt, o Geliebter von Zeus, Menelaos,
Nicht das Schicksal den Tod in der rossenährenden Argos;
Sondern die Götter führen dich einst an die Enden der Erde,
In die elysische Flur, wo der bräunliche Held Radamanthus

τῆι περ ῥηίστη βιοτὴ πέλει ἀνθρώποισιν·
οὐ νιφετός, οὔτ᾽ ἂρ χειμὼν πολὺς οὔτε ποτ᾽ ὄμβρος,
ἀλλ᾽ αἰεὶ Ζεφύροιο λιγὺ πνείοντος ἀήτας
Ὠκεανὸς ἀνίησιν ἀναψύχειν ἀνθρώπους·
οὕνεκ᾽ ἔχεις Ἑλένην καί σφιν γαμβρὸς Διός ἐσσι.‘
    ὣς εἰπὼν ὑπὸ πόντον ἐδύσετο κυμαίνοντα.
αὐτὰρ ἐγὼν ἐπὶ νῆας ἅμ᾽ ἀντιθέοις ἑτάροισιν
ἤια, πολλὰ δέ μοι κραδίη πόρφυρε κιόντι.
αὐτὰρ ἐπεί ῥ᾽ ἐπὶ νῆα κατήλθομεν ἠδὲ θάλασσαν,
δόρπον θ᾽ ὁπλισάμεσθ᾽, ἐπί τ᾽ ἤλυθεν ἀμβροσίη νύξ,
δὴ τότε κοιμήθημεν ἐπὶ ῥηγμῖνι θαλάσσης.
ἦμος δ᾽ ἠριγένεια φάνη ῥοδοδάκτυλος Ἠώς,
νῆας μὲν πάμπρωτον ἐρύσσαμεν εἰς ἅλα δῖαν,
ἐν δ᾽ ἱστοὺς τιθέμεσθα καὶ ἱστία νηυσὶν ἐίσης,
ἂν δὲ καὶ αὐτοὶ βάντες ἐπὶ κληῖσι καθῖζον·
ἑξῆς δ᾽ ἑζόμενοι πολιὴν ἅλα τύπτον ἐρετμοῖς.
ἂψ δ᾽ εἰς Αἰγύπτοιο διιπετέος ποταμοῖο
στῆσα νέας, καὶ ἔρεξα τεληέσσας ἑκατόμβας.
αὐτὰρ ἐπεὶ κατέπαυσα θεῶν χόλον αἰὲν ἐόντων,
χεῦ᾽ Ἀγαμέμνονι τύμβον, ἵν᾽ ἄσβεστον κλέος εἴη.
ταῦτα τελευτήσας νεόμην, ἔδοσαν δέ μοι οὖρον
ἀθάνατοι, τοί μ᾽ ὦκα φίλην ἐς πατρίδ᾽ ἔπεμψαν.
ἀλλ᾽ ἄγε νῦν ἐπίμεινον ἐνὶ μεγάροισιν ἐμοῖσιν,
ὄφρα κεν ἑνδεκάτη τε δυωδεκάτη τε γένηται·
καὶ τότε σ᾽ εὖ πέμψω, δώσω δέ τοι ἀγλαὰ δῶρα,
τρεῖς ἵππους καὶ δίφρον ἐύξοον· αὐτὰρ ἔπειτα
δώσω καλὸν ἄλεισον, ἵνα σπένδηισθα θεοῖσιν
ἀθανάτοις ἐμέθεν μεμνημένος ἤματα πάντα.“
    τὸν δ᾽ αὖ Τηλέμαχος πεπνυμένος ἀντίον ηὔδα·
„Ἀτρεΐδη, μὴ δή με πολὺν χρόνον ἐνθάδ᾽ ἔρυκε.
καὶ γάρ κ᾽ εἰς ἐνιαυτὸν ἐγὼ παρὰ σοί γ᾽ ἀνεχοίμην
ἥμενος, οὐδέ κέ μ᾽ οἴκου ἕλοι πόθος οὐδὲ τοκήων·
αἰνῶς γὰρ μύθοισιν ἔπεσσί τε σοῖσιν ἀκούων
τέρπομαι. ἀλλ᾽ ἤδη μοι ἀνιάζουσιν ἑταῖροι
ἐν Πύλωι ἠγαθέηι· σὺ δέ με χρόνον ἐνθάδ᾽ ἐρύκεις.
δῶρον δ᾽ ὅττι κέ μοι δοίης, κειμήλιον ἔστω·
ἵππους δ᾽ εἰς Ἰθάκην οὐκ ἄξομαι, ἀλλὰ σοὶ αὐτῶι
ἐνθάδε λείψω ἄγαλμα· σὺ γὰρ πεδίοιο ἀνάσσεις
εὐρέος, ὧι ἔνι μὲν λωτὸς πολύς, ἐν δὲ κύπειρον
πυροί τε ζειαί τε ἰδ᾽ εὐρυφυὲς κρῖ λευκόν.
ἐν δ᾽ Ἰθάκηι οὔτ᾽ ἂρ δρόμοι εὐρέες οὔτε τι λειμών·

Wohnt, und ruhiges Leben die Menschen immer beseligt:
(Dort ist kein Schnee, kein Winterorkan, kein gießender Regen;
Ewig wehn die Gesäusel des leiseatmenden Westes,
Welche der Ocean sendet, die Menschen sanft zu kühlen:)
Weil du Helena hast, und Zeus als Eidam dich ehret.
Also sprach er, und sprang in des Meeres hochwallende Woge.
Aber ich ging zu den Schiffen mit meinen tapfern Genossen,
Schweigend, und viele Gedanken bewegten des Gehenden Seele.
Als wir jetzo das Schiff und des Meeres Ufer erreichten,
Da bereiteten wir das Mahl. Die ambrosische Nacht kam;
Und wir lagerten uns am rauschenden Ufer des Meeres.
Als die dämmernde Frühe mit Rosenfingern erwachte,
Zogen wir erst die Schiffe hinab in die heilige Meersflut,
Stellten die Masten empor, und spannten die schwellenden Segel,
Traten dann selber ins Schiff, und setzten uns hin auf die Bänke,
Saßen in Reihn, und schlugen die graue Woge mit Rudern.
Und ich fuhr zum Strome des himmelgenährten Ägyptos,
Landete dort, und brachte den Göttern heilige Opfer.
Und nachdem ich den Zorn der unsterblichen Götter gesühnet,
Häuft' ich ein Grabmal auf, Agamemnon zum ewigen Nachruhm.
Als ich dieses vollbracht, entschifften wir. Günstige Winde
Sandten mir jetzo die Götter, und führten mich schnell zu der Heimat.
Aber ich bitte dich, Lieber, verweil in meinem Palaste,
Bis der elfte der Tage vorbei ist, oder der zwölfte.
Alsdann send' ich dich heim, und schenke dir köstliche Gaben:
Drei der mutigsten Rosse, und einen prächtigen Wagen;
Auch ein schönes Gefäß, damit du den ewigen Göttern
Opfer gießest, und dich beständig meiner erinnerst.
Und der verständige Jüngling Telemachos sagte dagegen:
Atreus' Sohn, berede mich nicht, hier länger zu bleiben.
Denn ich säße mit Freuden bei dir ein ganzes Jahr lang,
Ohne mich jemals heim nach meinen Eltern zu sehnen:
Siehe mit solchem Entzücken erfüllt mich deine Erzählung
Und dein Gespräch! Allein unwillig harren die Freunde
In der göttlichen Pylos; und du verweilst mich noch länger.
Hast du mir ein Geschenk bestimmt, so sei es ein Kleinod.
Rosse nützen mir nicht in Ithaka; darum behalte
Selber diese zur Pracht: du beherrschest flache Gefilde,
Überwachsen mit Klee und würzeduftendem Galgan,
Und mit Weizen und Spelt und weißer fruchtbarer Gerste.
Aber in Ithaka fehlt es an weiten Ebnen und Wiesen;

αἰγίβοτος, καὶ μᾶλλον ἐπήρατος ἱπποβότοιο.
οὐ γάρ τις νήσων ἱππήλατος οὐδ' ἐυλείμων,
αἵ θ' ἁλὶ κεκλίαται· Ἰθάκη δέ τε καὶ περὶ πασέων."
ὣς φάτο, μείδησεν δὲ βοὴν ἀγαθὸς Μενέλαος,
χειρί τέ μιν κατέρεξεν ἔπος τ' ἔφατ' ἔκ τ' ὀνόμαζεν·
„αἵματός εἰς ἀγαθοῖο, φίλον τέκος, οἷ' ἀγορεύεις·
τοιγὰρ ἐγώ τοι ταῦτα μεταστήσω· δύναμαι γάρ.
δώρων δ' ὅσσ' ἐν ἐμῶι οἴκωι κειμήλια κεῖται,
δώσω ὃ κάλλιστον καὶ τιμηέστατόν ἐστιν·
δώσω τοι κρητῆρα τετυγμένον· ἀργύρεος δὲ
ἔστιν ἅπας, χρυσῶι δ' χείλεα κεκράανται,
ἔργον δ' Ἡφαίστοιο. πόρεν δέ ἑ Φαίδιμος ἥρως,
Σιδονίων βασιλεύς, ὅθ' ἑὸς δόμος ἀμφεκάλυψε
κεῖσέ με νοστήσαντα· τεῒν δ' ἐθέλω τόδ' ὀπάσσαι."
ὣς οἱ μὲν τοιαῦτα πρὸς ἀλλήλους ἀγόρευον,
δαιτυμόνες δ' ἐς δώματ' ἴσαν θείου βασιλῆος.
οἱ δ' ἦγον μὲν μῆλα, φέρον δ' εὐήνορα οἶνον·
σῖτον δέ σφ' ἄλοχοι καλλικρήδεμνοι ἔπεμπον.
ὣς οἱ μὲν περὶ δεῖπνον ἐνὶ μεγάροισι πένοντο.
μνηστῆρες δὲ πάροιθεν Ὀδυσσῆος μεγάροιο
δίσκοισιν τέρποντο καὶ αἰγανέῃσιν ἱέντες
ἐν τυκτῶι δαπέδωι, ὅθι περ πάρος, ὕβριν ἔχοντες.
Ἀντίνοος δὲ καθῆστο καὶ Εὐρύμαχος θεοειδής,
ἀρχοὶ μνηστήρων, ἀρετῆι δ' ἔσαν ἔξοχ' ἄριστοι.
τοῖς δ' υἱὸς Φρονίοιο Νοήμων ἐγγύθεν ἐλθὼν
Ἀντίνοον μύθοισιν ἀνειρόμενος προσέειπεν·
„Ἀντίνο', ἦ ῥά τι ἴδμεν ἐνὶ φρεσίν, ἦε καὶ οὐκί,
ὁππότε Τηλέμαχος νεῖτ' ἐκ Πύλου ἠμαθόεντος;
νῆά μοι οἴχετ' ἄγων· ἐμὲ δὲ χρεὼ γίγνεται αὐτῆς
Ἤλιδ' ἐς εὐρύχορον διαβήμεναι, ἔνθα μοι ἵπποι
δώδεκα θήλειαι, ὑπὸ δ' ἡμίονοι ταλαεργοὶ
ἀδμῆτες· τῶν κέν τιν' ἐλασσάμενος δαμασαίμην."
ὣς ἔφαθ', οἱ δ' ἀνὰ θυμὸν ἐθάμβεον· οὐ γὰρ ἔφαντο
ἐς Πύλον οἴχεσθαι Νηλήιον, ἀλλά που αὐτοῦ
ἀγρῶν ἢ μήλοισι παρέμμεναι ἠὲ συβώτῃ.
τὸν δ' αὖτ' Ἀντίνοος προσέφη Εὐπείθεος υἱός·
„νημερτές μοι ἔνισπε, πότ' ᾤχετο καὶ τίνες αὐτῶι
κοῦροι ἕποντ'; Ἰθάκης ἐξαίρετοι, ἦ ἑοὶ αὐτοῦ
θῆτές τε δμῶές τε; δύναιτό κε καὶ τὸ τελέσσαι.
καί μοι τοῦτ' ἀγόρευσον ἐτήτυμον, ὄφρ' εὖ εἰδῶ,
ἤ σε βίηι ἀέκοντος ἀπηύρα νῆα μέλαιναν,

Ziegen nährt sie: doch lieb' ich sie mehr, als irgend ein Roßland.
Keine der Inseln im Meer' ist mutigen Rossen zur Laufbahn
Oder zur Weide bequem, und Ithaka minder als alle.
Lächelnd hörte den Jüngling der Rufer im Streit Menelaos,
Faßte Telemachos Hand, und sprach mit freundlicher Stimme:
Edles Geblütes bist du, mein Sohn; das zeuget die Rede!
Gerne will ich dir denn die Geschenke verändern; ich kann's ja!
Von den Schätzen, soviel ich in meinem Hause bewahre,
Geb' ich dir zum Geschenk das schönste und köstlichste Kleinod:
Gebe dir einen Kelch von künstlicherhobener Arbeit,
Aus geläutertem Silber, gefaßt mit goldenem Rande;
Und ein Werk von Hephästos! Ihn gab der Sidonier König
Phädimos mir, der Held, der einst in seinem Palaste
Mich Heimkehrenden pflegte. Den will ich jetzo dir schenken.
Also besprachen diese sich jetzo untereinander.
Aber die Köche gingen ins Haus des göttlichen Königs,
Führeten Ziegen und Schaf', und trugen stärkende Weine.
Ihre Weiber, geschmückt mit Schleiern, brachten Gebacknes.
Also bereiteten sie im hohen Saale die Mahlzeit.
Aber vor dem Palast Odysseus' schwärmten die Freier,
Und belustigten sich, die Scheib' und die Lanze zu werfen,
Auf dem geebneten Platz, wo sie sonst Mutwillen verübten.
Nur Antinoos saß und Eurymachos, göttlich von Ansehn,
Beide Häupter der Freier, und ihre tapfersten Helden.
Aber Phronios' Sohn Noemon nahte sich ihnen,
Redet' Antinoos an, den Sohn Eupeithes, und fragte:
Ist es uns etwa bekannt, Antinoos, oder verborgen,
Ob Telemachos bald aus der sandigen Pylos zurückkehrt?
Mir gehöret das Schiff, und jetzo brauch' ich es selber,
Nach den Auen von Älis hinüber zu fahren. Es weiden
Dort zwölf Stuten für mich, mit jungen lastbaren Mäulern:
Davon möcht' ich mir eins abholen, und zähmen zur Arbeit.
Sprach's; da erstaunten die Freier, daß er die Reise vollendet
Zur neleischen Pylos: sie glaubten, er wär' auf dem Lande,
Wo ihn die weidende Herd' erfreute, oder der Sauhirt.
Und Eupeithes' Sohn Antinoos gab ihm zur Antwort:
Sage mir ohne Falsch: Wann reist' er? Welche Genossen
Folgten aus Ithaka ihm; Freiwillige oder Gedungne,
Und leibeigene Knechte? Wie konnt' er doch dieses vollenden!
Dann erzähle mir auch aufrichtig, damit ich es wisse:
Brauchte der Jüngling Gewalt, dir das schwarze Schiff zu entreißen;

ἦε ἑκών οἱ δῶκας, ἐπεὶ προσπτύξατο μύθωι."
τὸν δ' υἱὸς Φρονίοιο Νοήμων ἀντίον ηὔδα·
„ αὐτὸς ἑκών οἱ δῶκα· τί κεν ῥέξειε καὶ ἄλλος,
ὁππότ' ἀνὴρ τοιοῦτος ἔχων μελεδήματα θυμῶι
αἰτίζηι; χαλεπόν κεν ἀνήνασθαι δόσιν εἴη.
κοῦροι δ', οἳ κατὰ δῆμον ἀριστεύουσι μεθ' ἡμέας,
οἵ οἱ ἕποντ'· ἐν δ' ἀρχὸν ἐγὼ βαίνοντ' ἐνόησα
Μέντορα, ἠὲ θεόν, τῶι δ' αὐτῶι πάντα ἐώικει.
ἀλλὰ τὸ θαυμάζω· ἴδον ἐνθάδε Μέντορα δῖον
χθιζὸν ὑπηοῖον, τότε δ' ἔμβη νηὶ Πύλονδε."
ὣς ἄρα φωνήσας ἀπέβη πρὸς δώματα πατρός,
τοῖσιν δ' ἀμφοτέροισιν ἀγάσσατο θυμὸς ἀγήνωρ.
μνηστῆρας δ' ἄμυδις κάθισαν καὶ παῦσαν ἀέθλων.
τοῖσιν δ' Ἀντίνοος μετέφη Εὐπείθεος υἱός,
ἀχνύμενος· μένεος δὲ μέγα φρένες ἀμφιμέλαιναι
πίμπλαντ', ὄσσε δέ οἱ πυρὶ λαμπετόωντι ἐίκτην·
„ ὢ πόποι, ἦ μέγα ἔργον ὑπερφιάλως ἐτελέσθη
Τηλεμάχωι ὁδὸς ἥδε· φάμεν δέ οἱ οὐ τελέεσθαι.
ἐκ τοσσῶνδ' ἀέκητι νέος πάϊς οἴχεται αὔτως
νῆα ἐρυσσάμενος, κρίνας τ' ἀνὰ δῆμον ἀρίστους.
ἄρξει καὶ προτέρω κακὸν ἔμμεναι· ἀλλά οἱ αὐτῶι
Ζεὺς ὀλέσειε βίην, πρὶν ἥβης μέτρον ἱκέσθαι.
ἀλλ' ἄγε μοι δότε νῆα θοὴν καὶ εἴκοσ' ἑταίρους,
ὄφρα μιν αὐτὸν ἰόντα λοχήσομαι ἠδὲ φυλάξω
ἐν πορθμῶι Ἰθάκης τε Σάμοιό τε παιπαλοέσσης,
ὡς ἂν ἐπισμυγερῶς ναυτίλλεται εἵνεκα πατρός."
ὣς ἔφαθ', οἱ δ' ἄρα πάντες ἐπήινεον ἠδ' ἐκέλευον.
αὐτίκ' ἔπειτ' ἀνστάντες ἔβαν δόμον εἰς Ὀδυσῆος.
οὐδ' ἄρα Πηνελόπεια πολὺν χρόνον ἦεν ἄπυστος
μύθων, οὓς μνηστῆρες ἐνὶ φρεσὶ βυσσοδόμευον·
κῆρυξ γάρ οἱ ἔειπε Μέδων, ὃς ἐπεύθετο βουλὰς
αὐλῆς ἐκτὸς ἐών· οἱ δ' ἔνδοθι μῆτιν ὕφαινον.
βῆ δ' ἴμεν ἀγγελέων διὰ δώματα Πηνελοπείηι·
τὸν δὲ κατ' οὐδοῦ βάντα προσηύδα Πηνελόπεια·
„ κῆρυξ, τίπτε δέ σε πρόεσαν μνηστῆρες ἀγαυοί;
ἦ εἰπέμεναι δμωιῇσιν Ὀδυσσῆος θείοιο
ἔργων παύσασθαι, σφίσι δ' αὐτοῖς δαῖτα πένεσθαι;
μὴ μνηστεύσαντες μηδ' ἄλλοθ' ὁμιλήσαντες
ὕστατα καὶ πύματα νῦν ἐνθάδε δειπνήσειαν·
οἳ θάμ' ἀγειρόμενοι βίοτον κατακείρετε πολλόν,
κτῆσιν Τηλεμάχοιο δαΐφρονος· οὐδέ τι πατρῶν

Oder gabst du es ihm gutwillig, als er dich ansprach?
Aber Phronios' Sohn Noemon sagte dagegen:
Selber gab ich es ihm! Wie würd' ein anderer handeln,
Wenn ihn ein solcher Mann, mit so bekümmertem Herzen,
Bäte? Es wäre ja schwer, ihm seine Bitte zu weigern!
Aber die Jünglinge waren die Tapfersten unseres Volkes,
Die ihm folgten; es ging mit diesen, als Führer des Schiffes,
Mentor, oder ein Gott, der jenem gleich an Gestalt war.
Aber das wundert mich: ich sah den trefflichen Mentor
Gestern Morgen noch hier, und damals fuhr er gen Pylos!
Also sprach Noemon, und ging zum Hause des Vaters.
Aber den beiden wühlte der Schmerz in der stolzen Seele.
Und die Freier verließen ihr Spiel, und setzten sich nieder.
Aber Eupeithes' Sohn Antinoos sprach zur Versammlung,
Glühend vor Zorn; ihm schwoll von schwarzer strömender Galle
Hoch die Brust, und den Augen entfunkelte strahlendes Feuer:
Wahrlich ein großes Werk hat Telemachos kühnlich vollendet!
Diese Reise! Wir dachten, er würde sie nimmer vollenden;
Und trotz allen entwischt er, der junge Knabe, wie spielend,
Rüstet ein Schiff, und wählt sich die tapfersten Männer im Volke!
Der verspricht uns hinfort erst Unheil! Aber ihm tilge
Zeus die mutige Kraft, bevor er uns Schaden bereitet!
Auf! und gebt mir ein rüstiges Schiff und zwanzig Gefährten,
Daß ich dem Reisenden selbst auflaure, wann er zurückkehrt,
In dem Sunde, der Ithaka trennt und die bergichte Samos;
Daß die Fahrt nach dem Vater ein jämmerlich Ende gewinne!
Also sprach er; sie lobten ihn all', und reizten ihn stärker,
Standen dann auf, und gingen ins Haus des edlen Odysseus.
Penelopeia blieb nicht lang' unkundig des Rates,
Welchen die Freier jetzt in tückischer Seele beschlossen.
Denn ihr verkündete Medon, der Herold, welcher den Ratschluß
Außer dem Hause belauscht, als jene sich drinnen besprachen.
Schnell durcheilt' er die Burg, und brachte der Königin Botschaft.
Als er die Schwelle betrat, da fragt' ihn Penelopeia:
Herold, sage, warum dich die stolzen Freier gesendet!
Etwa daß du den Mägden des hohen Odysseus befehlest,
Von der Arbeit zu ruhn, und ihnen das Mahl zu bereiten?
Möchten die trotzigen Freier sich niemals wieder versammeln,
Sondern ihr letztes Mahl, ihr letztes! heute genießen!
Die ihr hier täglich in Scharen das große Vermögen hinabschlingt,
Alle Güter des klugen Telemachos! Habt ihr denn niemals,

ὑμετέρων τὸ πρόσθεν ἀκούετε, παῖδες ἐόντες,
οἷος Ὀδυσσεὺς ἔσκε μεθ' ὑμετέροισι τοκεῦσιν,
οὔτε τινὰ ῥέξας ἐξαίσιον οὔτε τι εἰπὼν
ἐν δήμωι, ἥ τ' ἐστὶ δίκη θείων βασιλήων·
ἄλλον κ' ἐχθαίρηισι βροτῶν, ἄλλον κε φιλοίη.
κεῖνος δ' οὔ ποτε πάμπαν ἀτάσθαλον ἄνδρα ἐώργει.
ἀλλ' ὁ μὲν ὑμέτερος θυμὸς καὶ ἀεικέα ἔργα
φαίνεται, οὐδέ τίς ἐστι χάρις μετόπισθ' ἐυεργέων."
τὴν δ' αὖτε προσέειπε Μέδων πεπνυμένα εἰδώς·
„αἲ γὰρ δή, βασίλεια, τόδε πλεῖστον κακὸν εἴη.
ἀλλὰ πολὺ μεῖζόν τε καὶ ἀργαλεώτερον ἄλλο
μνηστῆρες φράζονται, ὃ μὴ τελέσειε Κρονίων·
Τηλέμαχον μεμάασι κατακτάμεν ὀξέι χαλκῶι
οἴκαδε νισόμενον· ὁ δ' ἔβη μετὰ πατρὸς ἀκουὴν
ἐς Πύλον ἠγαθέην ἠδ' ἐς Λακεδαίμονα δῖαν."
ὣς φάτο, τῆς δ' αὐτοῦ λύτο γούνατα καὶ φίλον ἦτορ,
δὴν δέ μιν ἀμφασίη ἐπέων λάβε· τὼ δέ οἱ ὄσσε
δακρυόφι πλῆσθεν, θαλερὴ δέ οἱ ἔσχετο φωνή.
ὀψὲ δὲ δή μιν ἔπεσσιν ἀμειβομένη προσέειπε·
„κῆρυξ, τίπτε δέ μοι πάϊς οἴχεται; οὐδέ τί μιν χρεὼ
νηῶν ὠκυπόρων ἐπιβαινέμεν, αἵ θ' ἁλὸς ἵπποι
ἀνδράσι γίγνονται, περόωσι δὲ πουλὺν ἐφ' ὑγρήν.
ἦ ἵνα μηδ' ὄνομ' αὐτοῦ ἐν ἀνθρώποισι λίπηται;"
τὴν δ' ἠμείβετ' ἔπειτα Μέδων πεπνυμένα εἰδώς·
„οὐκ οἶδ' ἤ τίς μιν θεὸς ὤρορεν, ἦε καὶ αὐτοῦ
θυμὸς ἐφωρμήθη ἴμεν ἐς Πύλον, ὄφρα πύθηται
πατρὸς ἑοῦ ἢ νόστον ἢ ὅν τινα πότμον ἐπέσπεν."
ὣς ἄρα φωνήσας ἀπέβη κατὰ δῶμ' Ὀδυσῆος.
τὴν δ' ἄχος ἀμφεχύθη θυμοφθόρον, οὐδ' ἄρ' ἔτ' ἔτλη
δίφρωι ἐφέζεσθαι πολλῶν κατὰ οἶκον ἐόντων,
ἀλλ' ἄρ' ἐπ' οὐδοῦ ἷζε πολυκμήτου θαλάμοιο
οἴκτρ' ὀλοφυρομένη· περὶ δὲ δμωιαὶ μινύριζον
πᾶσαι, ὅσαι κατὰ δώματ' ἔσαν νέαι ἠδὲ παλαιαί.
τῆις δ' ἀδινὸν γοόωσα μετηύδα Πηνελόπεια·
„κλῦτε, φίλαι· πέρι γάρ μοι Ὀλύμπιος ἄλγε' ἔδωκεν
ἐκ πασέων, ὅσσαι μοι ὁμοῦ τράφεν ἠδ' ἐγένοντο·
ἣ πρὶν μὲν πόσιν ἐσθλὸν ἀπώλεσα θυμολέοντα,
παντοίηις ἀρετῆισι κεκασμένον ἐν Δαναοῖσιν,
ἐσθλόν, τοῦ κλέος εὐρὺ καθ' Ἑλλάδα καὶ μέσον Ἄργος.
νῦν αὖ παῖδ' ἀγαπητὸν ἀνηρείψαντο θύελλαι
ἀκλέα ἐκ μεγάρων, οὐδ' ὁρμηθέντος ἄκουσα.

Als ihr noch Kinder war't, von euren Vätern gehöret,
Wie sich gegen sein Volk Odysseus immer betragen,
Wie er keinem sein Recht durch Taten oder durch Worte
Jemals gekränkt? da sonst der mächtigen Könige Brauch ist,
Daß sie einige Menschen verfolgen, und andre hervorziehn?
Aber nie hat Odysseus nach blindem Dünkel gerichtet;
Und ihr zeiget euch ganz in eurer bösen Gesinnung,
Da ihr mit Undank nun so viel Wohltaten vergeltet!
Ihr antwortete drauf der gute verständige Medon:
Königin, wäre doch dieses von allen das äußerste Übel!
Aber ein größeres noch und weit furchtbareres Unglück
Hegen die Freier im Sinne, das Zeus Kronion verhüte!
Deinen Telemachos trachten sie jetzt mit dem Schwerte zu töten,
Wenn er zur Heimat kehrt. Er forscht nach Kunde vom Vater
In der heiligen Pylos, und Lakedämon der großen.
Sprach's; und Penelopeien erzitterten Herz und Kniee.
Lange vermochte sie nicht, ein Wort zu reden; die Augen
Wurden mit Tränen erfüllt, und atmend stockte die Stimme.
Endlich erholte sie sich, und gab ihm dieses zur Antwort:
Sage mir, Herold, warum mein Sohn denn reiset! Was zwingt ihn
Sich auf die hurtigen Schiffe zu setzen, auf welchen die Männer,
Wie mit Rossen des Meers, das große Wasser durcheilen?
Will er, daß auch sein Name vertilgt sei unter den Menschen?
Ihr antwortete drauf der gute verständige Medon:
Fürstin, ich weiß es nicht, ob ihn ein Himmlischer antrieb,
Oder sein eigenes Herz, nach Pylos zu schiffen, um Kundschaft
Von dem Vater zu suchen, der Heimkehr oder des Todes.
Als er dieses gesagt, durcheilt' er die Wohnung Odysseus.
Seelenangst umströmte die Königin: ach! sie vermochte
Nicht auf den Stühlen zu ruhn, so viel in der Kammer auch waren,
Sondern sank auf die Schwelle des schimmerreichen Gemaches
Lautwehklagend dahin; und um sie jammerten alle
Mägde, jung und alt, so viel im Hause nur waren.
Und mit heftigem Schluchzen begann itzt Penelopeia:
O Geliebte, mich wählten vor allen Weibern der Erde,
Welche mit mir erwuchsen, die Götter zum Ziele des Jammers!
Erst verlor ich den tapfern Gemahl, den Löwenbeherzten,
Der mit jeglicher Tugend vor allen Achaiern geschmückt war,
Tapfer und weitberühmt von Hellas bis mitten in Argos!
Und nun raubten mir meinen geliebten Sohn die Orkane
Unberühmt aus dem Haus, und ich hörte nichts von der Abfahrt!

σχέτλιαι, οὐδ' ὑμεῖς περ ἐνὶ φρεσὶ θέσθε ἑκάστη
ἐκ λεχέων μ' ἀνεγεῖραι, ἐπιστάμεναι σάφα θυμῶι,
ὁππότ' ἐκεῖνος ἔβη κοίλην ἐπὶ νῆα μέλαιναν.
εἰ γὰρ ἐγὼ πυθόμην ταύτην ὁδὸν ὁρμαίνοντα,
τῶι κε μάλ' ἤ κεν ἔμεινε καὶ ἐσσύμενός περ ὁδοῖο,
ἤ κέ με τεθνηκυῖαν ἐνὶ μεγάροισιν ἔλειπεν.
ἀλλά τις ὀτρηρῶς Δολίον καλέσειε γέροντα,
δμῶ' ἐμόν, ὅν μοι δῶκε πατὴρ ἔτι δεῦρο κιούσηι,
καί μοι κῆπον ἔχει πολυδένδρεον, ὄφρα τάχιστα
Λαέρτηι τάδε πάντα παρεζόμενος καταλέξηι,
εἰ δή πού τινα κεῖνος ἐνὶ φρεσὶ μῆτιν ὑφήνας
ἐξελθὼν λαοῖσιν ὀδύρεται, οἳ μεμάασιν
ὃν καὶ Ὀδυσσῆος φθῖσαι γόνον ἀντιθέοιο."
τὴν δ' αὖτε προσέειπε φίλη τροφὸς Εὐρύκλεια·
„νύμφα φίλη, σὺ μὲν ἄρ με κατάκτανε νηλέι χαλκῶι
ἢ ἔα ἐν μεγάρωι· μῦθον δέ τοι οὐκ ἐπικεύσω.
ἤιδε' ἐγὼ τάδε πάντα, πόρον δέ οἱ ὅσσ' ἐκέλευε,
σῖτον καὶ μέθυ ἡδύ· ἐμεῦ δ' ἕλετο μέγαν ὅρκον
μὴ πρὶν σοὶ ἐρέειν, πρὶν δωδεκάτην γε γενέσθαι
ἢ σ' αὐτὴν ποθέσαι καὶ ἀφορμηθέντος ἀκοῦσαι,
ὡς ἂν μὴ κλαίουσα κατὰ χρόα καλὸν ἰάπτηις.
ἀλλ' ὑδρηναμένη, καθαρὰ χροῒ εἵμαθ' ἑλοῦσα,
εἰς ὑπερῶι' ἀναβᾶσα σὺν ἀμφιπόλοισι γυναιξὶν
εὔχε' Ἀθηναίηι κούρηι Διὸς αἰγιόχοιο·
ἡ γάρ κέν μιν ἔπειτα καὶ ἐκ θανάτοιο σαώσαι.
μηδὲ γέροντα κάκου κεκακωμένον· οὐ γὰρ ὀίω
πάγχυ θεοῖς μακάρεσσι γονὴν Ἀρκεισιάδαο
ἔχθεσθ', ἀλλ' ἔτι πού τις ἐπέσσεται ὅς κεν ἔχηισι
δώματά θ' ὑψερεφέα καὶ ἀπόπροθι πίονας ἀγρούς."
ὣς φάτο, τῆς δ' εὔνησε γόον, σχέθε δ' ὄσσε γόοιο.
ἡ δ' ὑδρηναμένη, καθαρὰ χροῒ εἵμαθ' ἑλοῦσα
εἰς ὑπερῶι' ἀνέβαινε σὺν ἀμφιπόλοισι γυναιξίν,
ἐν δ' ἔθετ' οὐλοχύτας κανέωι, ἠρᾶτο δ' Ἀθήνηι·
„κλῦθί μευ, αἰγιόχοιο Διὸς τέκος, Ἀτρυτώνη,
εἴ ποτέ τοι πολύμητις ἐνὶ μεγάροισιν Ὀδυσσεὺς
ἢ βοὸς ἢ ὄϊος κατὰ πίονα μηρί' ἔκηε,
τῶν νῦν μοι μνῆσαι, καί μοι φίλον υἷα σάωσον,
μνηστῆρας δ' ἀπάλαλκε κακῶς ὑπερηνορέοντας."
ὣς εἰποῦσ' ὀλόλυξε, θεὰ δέ οἱ ἔκλυεν ἀρῆς.
μνηστῆρες δ' ὁμάδησαν ἀνὰ μέγαρα σκιόεντα·
ὧδε δέ τις εἴπεσκε νέων ὑπερηνορεόντων·

Unglückselige Mädchen, wie konntet ihr alle so hart sein,
Daß ihr nicht aus dem Bette mich wecktet, da ihr es wußtet,
Als er von hinnen fuhr im schwarzen gebogenen Schiffe!
Hätt' ich es nur gemerkt, daß er die Reise beschlossen;
Wahrlich er wäre geblieben, wie sehr auch sein Herz ihn dahintrieb.
Oder er hätte mich tot in diesem Hause verlassen!
Aber man rufe geschwinde mir meinen Diener, den alten
Dolios, welchen mein Vater mir mitgab, als ich hieherzog,
Und der jetzo die Bäume des Gartens hütet; damit er,
Hin zu Laertes eilend, ihm dieses alles verkünde!
Jener möchte vielleicht sich eines Rates besinnen,
Und wehklagend zum Volke hinausgehn, welches nun trachtet,
Sein und des göttlichen Helden Odysseus Geschlecht zu vertilgen!
Ihr antwortete drauf die Pflegerin Eurykleia:
Liebe Tochter, töte mich gleich mit dem grausamen Erze,
Oder laß mich im Haus; ich kann es nicht länger verschweigen!
Alles hab' ich gewußt! Ich gab ihm, was er verlangte,
Speise und süßen Wein. Doch mußt' ich ihm heilig geloben,
Dir nichts eher zu sagen, bevor zwölf Tage vergangen,
Oder du ihn vermißtest, und hörtest von seiner Entfernung:
Daß du nicht durch Tränen dein schönes Antlitz entstelltest.
Aber bade dich jetzo, und leg' ein reines Gewand an,
Geh hinauf in den Söller mit deinen Mägden, und flehe
Pallas Athenen, der Tochter des wetterleuchtenden Gottes.
Diese wird ihn gewiß, auch selbst aus dem Tode, erretten!
Aber den Greis, den betrübten, betrübe nicht mehr! Unmöglich
Ist den seligen Göttern der Same des Arkeisiaden
Ganz verhaßt; ihm bleibt noch jemand, welcher beherrsche
Diesen hohen Palast und rings die fetten Gefilde!
Also sprach sie, und stillte der Königin weinenden Jammer.
Und sie badete sich, und legt' ein reines Gewand an,
Ging hinauf in den Söller, von ihren Mägden begleitet,
Trug die heilige Gerst' im Korb', und flehte Athenen:
Unbezwungene Tochter des wetterleuchtenden Gottes,
Höre mein Flehn: wo dir im Palaste der weise Odysseus
Je von Rindern und Schafen die fetten Lenden verbrannt hat,
Daß du, dessen gedenkend, den lieben Sohn mir errettest,
Und zerstreuest die Freier voll übermütiger Bosheit!
Also flehte sie jammernd; ihr Flehn erhörte die Göttin.
Aber nun lärmten die Freier umher in dem schattichten Saale.
Unter dem Schwarme begann ein übermütiger Jüngling:

„ ἦ μάλα δὴ γάμον ἄμμι πολυμνήστη βασίλεια
ἀρτύει, οὐδέ τι οἶδεν ὅ οἱ φόνος υἷι τέτυκται.“
ὣς ἄρα τις εἴπεσκε, τὰ δ᾿ οὐκ ἴσαν ὡς ἐτέτυκτο.
τοῖσιν δ᾿ Ἀντίνοος ἀγορήσατο καὶ μετέειπε·
„ δαιμόνιοι, μύθους μὲν ὑπερφιάλους ἀλέασθε
πάντας ὁμῶς, μή πού τις ἀπαγγείλῃσι καὶ εἴσω.
ἀλλ᾿ ἄγε σιγῇ τοῖον ἀναστάντες τελέωμεν
μῦθον, ὃ δὴ καὶ πᾶσιν ἐνὶ φρεσὶν ἤραρεν ἡμῖν.“
ὣς εἰπὼν ἐκρίνατ᾿ ἐείκοσι φῶτας ἀρίστους,
βὰν δ᾿ ἰέναι ἐπὶ νῆα θοὴν καὶ θῖνα θαλάσσης.
νῆα μὲν οὖν πάμπρωτον ἁλὸς βένθοσδε ἔρυσσαν,
ἐν δ᾿ ἱστόν τ᾿ ἐτίθεντο καὶ ἱστία νηὶ μελαίνῃ,
ἠρτύναντο δ᾿ ἐρετμὰ τροποῖς ἐν δερματίνοισιν,
πάντα κατὰ μοῖραν, ἀνά θ᾿ ἱστία λευκὰ πέτασσαν·
τεύχεα δέ σφ᾿ ἤνεικαν ὑπέρθυμοι θεράποντες.
ὑψοῦ δ᾿ ἐν νοτίῳ τήν γ᾿ ὥρμισαν, ἐκ δ᾿ ἔβαν αὐτοί·
ἔνθα δὲ δόρπον ἕλοντο, μένον δ᾿ ἐπὶ ἕσπερον ἐλθεῖν.
ἡ δ᾿ ὑπερωίῳ αὖθι περίφρων Πηνελόπεια
κεῖτ᾿ ἄρ᾿ ἄσιτος, ἄπαστος ἐδητύος ἠδὲ ποτῆτος,
ὁρμαίνουσ᾿ ἤ οἱ θάνατον φύγοι υἱὸς ἀμύμων,
ἦ ὅ γ᾿ ὑπὸ μνηστῆρσιν ὑπερφιάλοισι δαμείη.
ὅσσα δὲ μερμήριξε λέων ἀνδρῶν ἐν ὁμίλῳ
δείσας, ὁππότε μιν δόλιον περὶ κύκλον ἄγωσι,
τόσσα μιν ὁρμαίνουσαν ἐπήλυθε νήδυμος ὕπνος·
εὗδε δ᾿ ἀνακλινθεῖσα, λύθεν δέ οἱ ἅψεα πάντα.
ἔνθ᾿ αὖτ᾿ ἄλλ᾿ ἐνόησε θεά, γλαυκῶπις Ἀθήνη·
εἴδωλον ποίησε, δέμας δ᾿ ἤικτο γυναικί,
Ἰφθίμῃ, κούρῃ μεγαλήτορος Ἰκαρίοιο,
τὴν Εὔμηλος ὄπυιε Φερῇς ἔνι οἰκία ναίων.
πέμπε δέ μιν πρὸς δώματ᾿ Ὀδυσσῆος θείοιο,
ἧος Πηνελόπειαν ὀδυρομένην γοόωσαν
παύσειε κλαυθμοῖο γόοιό τε δακρυόεντος.
ἐς θάλαμον δ᾿ εἰσῆλθε παρὰ κληῖδος ἱμάντα,
στῆ δ᾿ ἄρ᾿ ὑπὲρ κεφαλῆς, καί μιν πρὸς μῦθον ἔειπεν·
„ εὕδεις, Πηνελόπεια, φίλον τετιημένη ἦτορ;
οὐ μέν σ᾿ οὐδὲ ἐῶσι θεοὶ ῥεῖα ζώοντες
κλαίειν οὐδ᾿ ἀκάχησθαι, ἐπεί ῥ᾿ ἔτι νόστιμός ἐστι
σὸς παῖς· οὐ μὲν γάρ τι θεοῖς ἀλιτήμενός ἐστι.“
τὴν δ᾿ ἠμείβετ᾿ ἔπειτα περίφρων Πηνελόπεια,
ἡδὺ μάλα κνώσσουσ᾿ ἐν ὀνειρείῃσι πύλῃσιν·
„ τίπτε, κασιγνήτη, δεῦρ᾿ ἤλυθες; οὔ τι πάρος γε

Sicher bereitet sich jetzo die schöne Fürstin zur Hochzeit,
Und denkt nicht an den Tod, der ihrem Sohne bevorsteht!
Also sprachen die Freier, und wußten nicht, was geschehn war.
Aber Eupeithes' Sohn Antinoos sprach zur Versammlung:
Unglückselige, meidet die übermütigen Reden
Allzumal, damit uns im Hause keiner verrate!
Laßt uns jetzo vielmehr so still aufstehen, den Ratschluß
Auszuführen, den eben die ganze Versammlung gebilligt!
Also sprach er, und wählte sich zwanzig tapfere Männer.
Und sie eilten zum rüstigen Schiff am Strande des Meeres:
Zogen zuerst das Schiff hinab ins tiefe Gewässer,
Trugen den Mast hinein und die Segel des schwärzlichen Schiffes;
Hängten darauf die Ruder in ihre ledernen Wirbel,
Alles wie sich's gebührt, und spannten die schimmernden Segel,
Ihre Rüstungen brachten die übermütigen Diener.
Und sie stellten das Schiff im hohen Wasser des Hafens,
Stiegen hinein, und nahmen das Mahl, und harrten der Dämmrung.
Aber Penelopeia im oberen Söller des Hauses
Legte sich hin, nicht Trank noch Speise kostend, bekümmert:
Ob ihr trefflicher Sohn entflöhe dem Todesverhängnis,
Oder ob ihn die Schar der trotzigen Freier besiegte.
Wie im Getümmel der Männer die zweifelnde Löwin umherblickt,
Voller Furcht, denn rings umgeben sie laurende Jäger:
Also sann sie voll Angst. Doch sanft umfing sie der Schlummer,
Und sie entschlief hinsinkend, es lösten sich alle Gelenke.
Aber ein Neues ersann die heilige Pallas Athene:
Siehe, ein Luftgebild erschuf sie in weiblicher Schönheit,
Gleich Iphthimen, des großgesinnten Ikarios' Tochter,
Deren Gemahl Eumelos die Flur um Pherä beherrschte.
Diese sandte die Göttin zum Hause des edlen Odysseus,
Daß sie Penelopeia, die Jammernde, Herzlichbetrübte,
Ruhen ließe vom Weinen, und ihrer zagenden Schwermut.
Und sie schwebt' in die Kammer hinein beim Riemen des Schlosses,
Neigte sich über das Haupt der ruhenden Fürstin, und sagte:
Schläfst du, Penelopeia, du arme Herzlichbetrübte?
Wahrlich sie wollen es nicht, die seligen Götter des Himmels,
Daß du weinst und traurest! Denn wiederkehren zur Heimat
Soll dein Sohn; er hat sich mit nichts an den Göttern versündigt.
Ihr antwortete drauf die kluge Penelopeia,
Aus der süßen Betäubung im stillen Tore der Träume:
Warum kamst du hieher, o Schwester? Du hast mich ja nimmer

πωλέ', ἐπεὶ μάλα πολλὸν ἀπόπροθι δώματα ναίεις·
καί με κέλεαι παύσασθαι ὀιζύος ἠδ' ὀδυνάων
πολλέων, αἵ μ' ἐρέθουσι κατὰ φρένα καὶ κατὰ θυμόν,
ἣ πρὶν μὲν πόσιν ἐσθλὸν ἀπώλεσα θυμολέοντα,
παντοίῃς ἀρετῇσι κεκασμένον ἐν Δαναοῖσιν,
ἐσθλόν, τοῦ κλέος εὐρὺ καθ' Ἑλλάδα καὶ μέσον Ἄργος·
νῦν αὖ παῖς ἀγαπητὸς ἔβη κοίλης ἐπὶ νηός,
νήπιος, οὔτε πόνων εὖ εἰδὼς οὔτ' ἀγοράων.
τοῦ δὴ ἐγὼ καὶ μᾶλλον ὀδύρομαι ἤ περ ἐκείνου·
τοῦ δ' ἀμφιτρομέω καὶ δείδια, μή τι πάθῃσιν,
ἢ ὅ γε τῶν ἐνὶ δήμωι, ἵν' οἴχεται, ἢ ἐνὶ πόντωι·
δυσμενέες γὰρ πολλοὶ ἐπ' αὐτῶι μηχανόωνται,
ἱέμενοι κτεῖναι πρὶν πατρίδα γαῖαν ἱκέσθαι."
τὴν δ' ἀπαμειβόμενον προσέφη εἴδωλον ἀμαυρόν·
„θάρσει, μηδέ τι πάγχυ μετὰ φρεσὶ δείδιθι λίην·
τοίη γάρ οἱ πομπὸς ἅμ' ἔρχεται, ἥν τε καὶ ἄλλοι
ἀνέρες ἠρήσαντο παρεστάμεναι, δύναται γάρ,
Παλλὰς Ἀθηναίη· σὲ δ' ὀδυρομένην ἐλεαίρει·
ἣ νῦν με προέηκε τεΐν τάδε μυθήσασθαι."
τὴν δ' αὖτε προσέειπε περίφρων Πηνελόπεια·
„εἰ μὲν δὴ θεός ἐσσι θεοῖό τε ἔκλυες αὐδῆς,
εἰ δ' ἄγε μοι καὶ κεῖνον ὀιζυρὸν κατάλεξον,
ἤ που ἔτι ζώει καὶ ὁρᾶι φάος ἠελίοιο,
ἦ ἤδη τέθνηκε καὶ εἰν Ἀίδαο δόμοισι."
τὴν δ' ἀπαμειβόμενον προσέφη εἴδωλον ἀμαυρόν·
„οὐ μέν τοι κεῖνόν γε διηνεκέως ἀγορεύσω,
ζώει ὅ γ' ἦ τέθνηκε· κακὸν δ' ἀνεμώλια βάζειν."
ὣς εἰπὸν σταθμοῖο παρὰ κληῖδα λιάσθη
ἐς πνοιὰς ἀνέμων. ἡ δ' ἐξ ὕπνου ἀνόρουσε
κούρη Ἰκαρίοιο· φίλον δέ οἱ ἦτορ ἰάνθη,
ὥς οἱ ἐναργὲς ὄνειρον ἐπέσσυτο νυκτὸς ἀμολγῶι.
μνηστῆρες δ' ἀναβάντες ἐπέπλεον ὑγρὰ κέλευθα
Τηλεμάχωι φόνον αἰπὺν ἐνὶ φρεσὶν ὁρμαίνοντες.
ἔστι δέ τις νῆσος μέσσηι ἁλὶ πετρήεσσα,
μεσσηγὺς Ἰθάκης τε Σάμοιό τε παιπαλοέσσης,
Ἀστερίς, οὐ μεγάλη· λιμένες δ' ἔνι ναύλοχοι αὐτῆι
ἀμφίδυμοι· τῆι τόν γε μένον λοχόωντες Ἀχαιοί.

Sonst besucht; denn fern ist deine Wohnung von hinnen!
Jetzo ermahnst du mich, zu ruhn von meiner Betrübnis,
Und von der schrecklichen Angst, die meine Seele belastet:
Mich, die den tapfern Gemahl verlor, den Löwenbeherzten,
Der mit jeglicher Tugend vor allen Achaiern geschmückt war,
Tapfer und weitberühmt von Hellas bis mitten in Argos!
Und nun ging mein Sohn, mein geliebter, im Schiffe von hinnen,
Noch unmündig, und ungeübt in Taten und Worten!
Diesen bejammre ich jetzt noch mehr, als meinen Odysseus!
Diesem erzittert mein Herz, und fürchtet, daß ihn ein Unfall
Treffe, unter dem Volk, wo er hinfährt, oder im Meere!
Denn es lauren auf ihn viel böse Menschen, und trachten
Ihn zu ermorden, bevor er in seine Heimat zurückkehrt!
   Und die dunkle Gestalt der Schwester gab ihr zur Antwort:
Sei getrost, und entreiße dein Herz der bangen Verzweiflung!
Eine solche Gefährtin begleitet ihn, deren Gesellschaft
Andere Männer gewiß gern wünschten, die mächtige Göttin
Pallas Athene, die sich, o Traurende, deiner erbarmet!
Diese sendet mich jetzo, damit ich dir solches verkünde.
   Ihr antwortete drauf die kluge Penelopeia:
Bist du der Göttinnen eine, und hörtest die Stimme der Göttin;
O so erzähle mir auch das Schicksal jenes Verfolgten!
Lebt er noch irgendwo, das Licht der Sonne noch schauend?
Oder ist er schon tot, und in der Schatten Behausung?
   Und die dunkle Gestalt der Schwester gab ihr zur Antwort:
Dieses kann ich dir nicht genau verkünden, ob jener
Tot sei, oder noch lebe; und eitles Schwatzen ist unrecht.
   Also sprach die Gestalt, und verschwand beim Schlosse der Pforte
In sanftwehende Luft. Da fuhr Ikarios' Tochter
Schnell aus dem Schlummer empor, und freute sich tief in der Seele,
Daß ihr ein deutender Traum in der Morgendämmrung erschienen.
   Aber die Freier im Schiffe befuhren die flüssigen Pfade,
Um den grausamen Mord Telemachos' auszuführen.
Mitten im Meere liegt ein kleines felsichtes Eiland,
In dem Sunde, der Ithaka trennt und die bergichte Samos,
Asteris wird es genannt, wo ein sicherer Hafen die Schiffe
Mit zween Armen empfängt. Hier laurten auf ihn die Achaier.

ΟΔΥΣΣΕΙΑΣ Ε

Καλυψοῦς ἄντρον.
Ὀδυσσέως σχεδία.

Ἠὼς δ' ἐκ λεχέων παρ' ἀγαυοῦ Τιθωνοῖο
ὤρνυθ', ἵν' ἀθανάτοισι φόως φέροι ἠδὲ βροτοῖσιν·
οἱ δὲ θεοὶ θῶκόνδε καθίζανον, ἐν δ' ἄρα τοῖσι
Ζεὺς ὑψιβρεμέτης, οὗ τε κράτος ἐστὶ μέγιστον.
τοῖσι δ' Ἀθηναίη λέγε κήδεα πόλλ' Ὀδυσῆος
μνησαμένη· μέλε γάρ οἱ ἐὼν ἐν δώμασι νύμφης·
„Ζεῦ πάτερ ἠδ' ἄλλοι μάκαρες θεοὶ αἰὲν ἐόντες,
μή τις ἔτι πρόφρων ἀγανὸς καὶ ἤπιος ἔστω
σκηπτοῦχος βασιλεύς, μηδὲ φρεσὶν αἴσιμα εἰδώς,
ἀλλ' αἰεὶ χαλεπός τ' εἴη καὶ αἴσυλα ῥέζοι·
ὡς οὔ τις μέμνηται Ὀδυσσῆος θείοιο
λαῶν οἷσιν ἄνασσε, πατὴρ δ' ὣς ἤπιος ἦεν.
ἀλλ' ὁ μὲν ἐν νήσωι κεῖται κρατέρ' ἄλγεα πάσχων
νύμφης ἐν μεγάροισι Καλυψοῦς, ἥ μιν ἀνάγκηι
ἴσχει· ὁ δ' οὐ δύναται ἣν πατρίδα γαῖαν ἱκέσθαι·
οὐ γάρ οἱ πάρα νῆες ἐπήρετμοι καὶ ἑταῖροι,
οἵ κέν μιν πέμποιεν ἐπ' εὐρέα νῶτα θαλάσσης.
νῦν αὖ παῖδ' ἀγαπητὸν ἀποκτεῖναι μεμάασιν
οἴκαδε νισόμενον· ὁ δ' ἔβη μετὰ πατρὸς ἀκουὴν
ἐς Πύλον ἠγαθέην ἠδ' ἐς Λακεδαίμονα δῖαν."
τὴν δ' ἀπαμειβόμενος προσέφη νεφεληγερέτα Ζεύς·
„τέκνον ἐμόν, ποῖόν σε ἔπος φύγεν ἕρκος ὀδόντων.
οὐ γὰρ δὴ τοῦτον μὲν ἐβούλευσας νόον αὐτή,
ὡς ἦ τοι κείνους Ὀδυσεὺς ἀποτίσεται ἐλθών;
Τηλέμαχον δὲ σὺ πέμψον ἐπισταμένως, δύνασαι γάρ,
ὥς κε μάλ' ἀσκηθὴς ἣν πατρίδα γαῖαν ἵκηται,
μνηστῆρες δ' ἐν νηὶ παλιμπετὲς ἀπονέωνται."
ἦ ῥα καὶ Ἑρμείαν, υἱὸν φίλον, ἀντίον ηὔδα·
„Ἑρμεία, σὺ γὰρ αὖτε τά τ' ἄλλα περ ἄγγελός ἐσσι,
νύμφηι ἐυπλοκάμωι εἰπεῖν νημερτέα βουλήν,
νόστον Ὀδυσσῆος ταλασίφρονος, ὥς κε νέηται
οὔτε θεῶν πομπῆι οὔτε θνητῶν ἀνθρώπων·

FÜNFTER GESANG

Zeus befiehlt durch Hermes der Kalypso, den Odysseus zu entlassen. Ungern gehorchend, versorgt sie den Odysseus mit Gerät, ein Floß zu bauen, und mit Reisekost. Am achtzehnten Tage der Fahrt sendet Poseidon ihm Sturm, der den Floß zertrümmert. Leukothea sichert ihn durch ihren Schleier. Am dritten Tage erreicht er der Phäaken Insel Scheria, rettet sich aus der Felsenbrandung in die Mündung des Stroms, und ersteigt einen waldigen Hügel, wo er in abgefallenen Blättern schläft.

Und die rosige Frühe entstieg des edlen Tithonos
Lager, und brachte das Licht den Göttern und sterblichen Menschen.
Aber die Götter saßen zum Rate versammelt; mit ihnen
Saß der Donnerer Zeus, der alle Dinge beherrschet.
Und Athene gedachte der vielen Leiden Odysseus',
Welchen Kalypso hielt, und sprach zu der Götter Versammlung:
Vater Zeus, und ihr andern, unsterbliche selige Götter,
Künftig befleißige sich keiner der scepterführenden Herrscher,
Huldreich, mild und gnädig zu sein, und die Rechte zu schützen;
Sondern er wüte nur stets und frevle mit grausamer Seele!
Niemand erinnert sich ja des göttergleichen Odysseus
Von den Völkern, die er mit Vaterliebe beherrschte!
Sondern er liegt in der Insel, mit großem Kummer belastet,
In dem Hause der Nymphe Kalypso, die mit Gewalt ihn
Hält; und wünschet umsonst, die Heimat wiederzusehen:
Denn es gebricht ihm dort an Ruderschiffen und Männern,
Über den breiten Rücken des Meeres ihn zu geleiten.
Jetzo beschlossen sie gar des einzigen Sohnes Ermordung.
Wann er zur Heimat kehrt; er forscht nach Kunde vom Vater
In der göttlichen Pylos und Lakedämon der großen.
Ihr antwortete drauf der Wolkenversammler Kronion:
Welche Rede, mein Kind, ist deinen Lippen entflohen?
Hast du nicht selber den Rat in deinem Herzen ersonnen,
Daß heimkehrend jenen Odysseus Rache vergelte?
Aber Telemachos führe mit Sorgfalt, denn du vermagst es:
Daß er ohne Gefahr sein heimisches Ufer erreiche,
Und die Freier im Schiffe vergebens wieder zurückziehn.
Sprach's, und redete drauf zu seinem Sohne Hermeias:
Hermes, meiner Gebote Verkündiger, melde der Nymphe
Mit schönwallenden Locken der Götter heiligen Ratschluß
Über den leidengeübten Odysseus! Er kehre von dannen
Ohne der Götter Geleit, und ohne der sterblichen Menschen!

ἀλλ' ὅ γ' ἐπὶ σχεδίης πολυδέσμου πήματα πάσχων
ἤματί κ' εἰκοστῶι Σχερίην ἐρίβωλον ἵκοιτο,
Φαιήκων ἐς γαῖαν, οἳ ἀγχίθεοι γεγάασιν,
οἵ κέν μιν περὶ κῆρι θεὸν ὣς τιμήσουσιν,
πέμψουσιν δ' ἐν νηὶ φίλην ἐς πατρίδα γαῖαν,
χαλκόν τε χρυσόν τε ἅλις ἐσθῆτά τε δόντες,
πόλλ', ὅσ' ἂν οὐδέ ποτε Τροίης ἐξήρατ' Ὀδυσσεύς,
εἴ περ ἀπήμων ἦλθε, λαχὼν ἀπὸ ληίδος αἶσαν.
ὣς γάρ οἱ μοῖρ' ἐστὶ φίλους τ' ἰδέειν καὶ ἱκέσθαι
οἶκον ἐς ὑψόροφον καὶ ἑὴν ἐς πατρίδα γαῖαν."
ὣς ἔφατ', οὐδ' ἀπίθησε διάκτορος Ἀργεϊφόντης.
αὐτίκ' ἔπειθ' ὑπὸ ποσσὶν ἐδήσατο καλὰ πέδιλα,
ἀμβρόσια χρύσεια, τά μιν φέρον ἠμὲν ἐφ' ὑγρὴν
ἠδ' ἐπ' ἀπείρονα γαῖαν ἅμα πνοιῆις ἀνέμοιο.
εἵλετο δὲ ῥάβδον, τῆι τ' ἀνδρῶν ὄμματα θέλγει,
ὧν ἐθέλει, τοὺς δ' αὖτε καὶ ὑπνώοντας ἐγείρει.
τὴν μετὰ χερσὶν ἔχων πέτετο κρατὺς ἀργεϊφόντης.
Πιερίην δ' ἐπιβὰς ἐξ αἰθέρος ἔμπεσε πόντωι·
σεύατ' ἔπειτ' ἐπὶ κῦμα λάρωι ὄρνιθι ἐοικώς,
ὅς τε κατὰ δεινοὺς κόλπους ἁλὸς ἀτρυγέτοιο
ἰχθῦς ἀγρώσσων πυκινὰ πτερὰ δεύεται ἅλμηι·
τῶι ἴκελος πολέεσσιν ὀχήσατο κύμασιν Ἑρμῆς.
ἀλλ' ὅτε δὴ τὴν νῆσον ἀφίκετο τηλόθ' ἐοῦσαν,
ἔνθ' ἐκ πόντου βὰς ἰοειδέος ἤπειρόνδε
ἤιεν, ὄφρα μέγα σπέος ἵκετο, τῶι ἔνι νύμφη
ναῖεν ἐυπλόκαμος· τὴν δ' ἔνδοθι τέτμεν ἐοῦσαν.
πῦρ μὲν ἐπ' ἐσχαρόφιν μέγα καίετο, τηλόσε δ' ὀδμὴ
κέδρου τ' εὐκεάτοιο θύου τ' ἀνὰ νῆσον ὀδώδει
δαιομένων· ἡ δ' ἔνδον ἀοιδιάουσ' ὀπὶ καλῆι
ἱστὸν ἐποιχομένη χρυσείηι κερκίδ' ὕφαινεν.
ὕλη δὲ σπέος ἀμφὶ πεφύκει τηλεθόωσα,
κλήθρη τ' αἴγειρός τε καὶ εὐώδης κυπάρισσος.
ἔνθα δέ τ' ὄρνιθες τανυσίπτεροι εὐνάζοντο,
σκῶπές τ' ἴρηκές τε τανύγλωσσοί τε κορῶναι
εἰνάλιαι, τῆισίν τε θαλάσσια ἔργα μέμηλεν.
ἡ δ' αὐτοῦ τετάνυστο περὶ σπείους γλαφυροῖο
ἡμερὶς ἡβώωσα, τεθήλει δὲ σταφυλῆισι.
κρῆναι δ' ἑξείης πίσυρες ῥέον ὕδατι λευκῶι,
πλησίαι ἀλλήλων τετραμμέναι ἄλλυδις ἄλλη.
ἀμφὶ δὲ λειμῶνες μαλακοὶ ἴου ἠδὲ σελίνου
θήλεον. ἔνθα κ' ἔπειτα καὶ ἀθάνατός περ ἐπελθὼν

Einsam, im vielgebundenen Floß, von Schrecken umstürmet,
Komm' er am zwanzigsten Tage zu Scherias fruchtbaren Auen,
In das glückliche Land der götternahen Phäaken!
Diese werden ihn hoch, wie einen Unsterblichen, ehren,
Und ihn senden im Schiffe zur lieben heimischen Insel,
Reichlich mit Erz und Golde beschenkt und prächtigen Kleidern,
Mehr als jemals der Held von Ilion hätte geführet,
Wär' er auch ohne Schaden mit seiner Beute gekommen!
Also gebeut ihm das Schicksal, die Freunde wiederzuschauen,
Und den hohen Palast und seiner Väter Gefilde!
Also sprach Kronion. Der rüstige Argosbesieger
Eilte sofort, und band sich unter die Füße die schönen
Goldnen ambrosischen Sohlen, womit er über die Wasser
Und das unendliche Land im Hauche des Windes einherschwebt.
Hierauf nahm er den Stab, womit er die Augen der Menschen
Zuschließt, welcher er will, und wieder vom Schlummer erwecket.
Diesen hielt er und flog, der tapfere Argosbesieger,
Stand auf Pieria still, und senkte sich schnell aus dem Äther
Nieder aufs Meer, und schwebte dann über die Flut, wie die Möwe,
Die um furchtbare Busen des ungebändigten Meeres
Fische fängt, und sich oft die flüchtigen Fittiche netzet:
Also beschwebte Hermeias die weithinwallende Fläche.
Als er die ferne Insel Ogygia jetzo erreichte,
Stieg er aus dem Gewässer des dunkeln Meeres ans Ufer,
Wandelte fort, bis er kam zur weiten Grotte der Nymphe
Mit schönwallenden Locken, und fand die Nymphe zu Hause.
Vor ihr brannt' auf dem Herd' ein großes Feuer, und fernhin
Wallte der liebliche Duft vom brennenden Holze der Ceder
Und des Citronenbaums. Sie sang mit melodischer Stimme,
Emsig, ein schönes Gewebe mit goldener Spule zu wirken.
Rings um die Grotte wuchs ein Hain voll grünender Bäume,
Pappelweiden und Erlen und düftereicher Cypressen.
Unter dem Laube wohnten die breitgefiederten Vögel,
Eulen und Habichte und breitzüngichte Wasserkrähen,
Welche die Küste des Meers mit gierigem Blicke bestreifen.
Um die gewölbete Grotte des Felsens breitet' ein Weinstock
Seine schattenden Ranken, behängt mit purpurnen Trauben.
Und vier Quellen ergossen ihr silberblinkendes Wasser,
Eine nahe der andern, und schlängelten hierhin und dorthin.
Wiesen grünten umher, mit Klee bewachsen und Eppich.
Selbst ein unsterblicher Gott verweilete, wann er vorbeiging,

θηήσαιτο ἰδὼν καὶ τερφθείη φρεσὶν ᾗσιν.
ἔνθα στὰς θηεῖτο διάκτορος Ἀργεϊφόντης.
αὐτὰρ ἐπεὶ δὴ πάντα ἑῶι θηήσατο θυμῶι,
αὐτίκ᾽ ἄρ᾽ εἰς εὐρὺ σπέος ἤλυθεν. οὐδέ μιν ἄντην
ἠγνοίησεν ἰδοῦσα Καλυψώ, δῖα θεάων·
οὐ γάρ τ᾽ ἀγνῶτες θεοὶ ἀλλήλοισι πέλονται
ἀθάνατοι, οὐδ᾽ εἴ τις ἀπόπροθι δώματα ναίει.
οὐδ᾽ ἄρ᾽ Ὀδυσσῆα μεγαλήτορα ἔνδον ἔτετμεν,
ἀλλ᾽ ὅ γ᾽ ἐπ᾽ ἀκτῆς κλαῖε καθήμενος, ἔνθα πάρος περ,
δάκρυσι καὶ στοναχῆισι καὶ ἄλγεσι θυμὸν ἐρέχθων.
πόντον ἐπ᾽ ἀτρύγετον δερκέσκετο δάκρυα λείβων.
Ἑρμείαν δ᾽ ἐρέεινε Καλυψώ, δῖα θεάων,
ἐν θρόνωι ἱδρύσασα φαεινῶι σιγαλόεντι·
„τίπτε μοι, Ἑρμεία χρυσόρραπι, εἰλήλουθας
αἰδοῖός τε φίλος τε; πάρος γε μὲν οὔ τι θαμίζεις.
αὔδα ὅ τι φρονέεις· τελέσαι δέ με θυμὸς ἄνωγεν,
εἰ δύναμαι τελέσαι γε καὶ εἰ τετελεσμένον ἐστίν.
ἀλλ᾽ ἕπεο προτέρω, ἵνα τοι πὰρ ξείνια θείω."
ὣς ἄρα φωνήσασα θεὰ παρέθηκε τράπεζαν
ἀμβροσίης πλήσασα, κέρασσε δὲ νέκταρ ἐρυθρόν.
αὐτὰρ ὁ πῖνε καὶ ἦσθε διάκτορος Ἀργεϊφόντης.
αὐτὰρ ἐπεὶ δείπνησε καὶ ἤραρε θυμὸν ἐδωδῆι,
καὶ τότε δή μιν ἔπεσσιν ἀμειβόμενος προσέειπεν·
„εἰρωτᾶις μ᾽ ἐλθόντα θεὰ θεόν· αὐτὰρ ἐγώ τοι
νημερτέως τὸν μῦθον ἐνισπήσω· κέλεαι γάρ.
Ζεὺς ἐμέ γ᾽ ἠνώγει δεῦρ᾽ ἐλθέμεν οὐκ ἐθέλοντα·
τίς δ᾽ ἂν ἑκὼν τοσσόνδε διαδράμοι ἁλμυρὸν ὕδωρ
ἄσπετον; οὐδέ τις ἄγχι βροτῶν πόλις, οἵ τε θεοῖσιν
ἱερά τε ῥέζουσι καὶ ἐξαίτους ἑκατόμβας.
ἀλλὰ μάλ᾽ οὔ πως ἔστι Διὸς νόον αἰγιόχοιο
οὔτε παρεξελθεῖν ἄλλον θεὸν οὔθ᾽ ἁλιῶσαι.
φησί τοι ἄνδρα παρεῖναι ὀιζυρώτατον ἄλλων,
τῶν ἀνδρῶν, οἳ ἄστυ πέρι Πριάμοιο μάχοντο
εἰνάετες, δεκάτωι δὲ πόλιν πέρσαντες ἔβησαν
οἴκαδ᾽· ἀτὰρ ἐν νόστωι Ἀθηναίην ἀλίτοντο,
ἥ σφιν ἐπῶρσ᾽ ἄνεμόν τε κακὸν καὶ κύματα μακρά.
ἔνθ᾽ ἄλλοι μὲν πάντες ἀπέφθιθεν ἐσθλοὶ ἑταῖροι,
τὸν δ᾽ ἄρα δεῦρ᾽ ἄνεμός τε φέρων καὶ κῦμα πέλασσε.
τὸν νῦν σ᾽ ἠνώγειν ἀποπεμπέμεν ὅττι τάχιστα·
οὐ γάρ οἱ τῆιδ᾽ αἶσα φίλων ἀπονόσφιν ὀλέσθαι,
ἀλλ᾽ ἔτι οἱ μοῖρ᾽ ἐστὶ φίλους τ᾽ ἰδέειν καὶ ἱκέσθαι

Voll Verwunderung dort, und freute sich herzlich des Anblicks.
Voll Verwunderung stand der rüstige Argosbesieger;
Und nachdem er alles in seinem Herzen bewundert,
Ging er eilend hinein in die schöngewölbete Grotte.
Ihn erkannte sogleich die hehre Göttin Kalypso:
Denn die unsterblichen Götter verkennen nimmer das Antlitz
Eines anderen Gottes, und wohnt' er auch ferne von dannen.
Aber nicht Odysseus den Herrlichen fand er zu Hause;
Weinend saß er am Ufer des Meers. Dort saß er gewöhnlich,
Und zerquälte sein Herz mit Weinen und Seufzen und Jammern,
Und durchschaute mit Tränen die große Wüste des Meeres.
Aber dem Kommenden setzte die hehre Göttin Kalypso
Einen prächtigen Thron von strahlender Arbeit, und fragte:
  Warum kamst du zu mir, du Gott mit goldenem Stabe,
Hermes, Geehrter, Geliebter? Denn sonst besuchst du mich niemals.
Sage, was du verlangst; ich will es gerne gewähren,
Steht es in meiner Macht, und sind es mögliche Dinge.
Aber komm doch näher, daß ich dich gastlich bewirte.
  Also sprach Kalypso, und setzte dem Gott die Tafel
Voll Ambrosia vor, und mischte rötlichen Nektar.
Und nun aß er und trank, der rüstige Argosbesieger.
Und nachdem er gegessen, und seine Seele gelabet;
Da begann er und sprach zur hehren Göttin Kalypso:
  Fragst du, warum ich komme, du Göttin den Gott? Ich will dir
Dieses alles genau verkündigen, wie du befiehlest.
Zeus gebot mir hieher, ohn' meinen Willen, zu wandern!
Denn wer ginge wohl gern durch dieses salzigen Meeres
Unermeßliche Flut? Ringsum ist keine der Städte,
Wo man die Götter mit Opfern und Hekatomben begrüßet!
Aber kein Himmlischer mag dem wetterleuchtenden Gotte
Zeus entgegen sich stellen, noch seinen Willen vereiteln.
Dieser sagt, es weile der Unglückseligste aller
Männer bei dir, die Priamos' Stadt neun Jahre bekämpften,
Und am zehnten darauf mit Ilions Beute zur Heimat
Kehreten, aber Athene durch Missetaten erzürnten,
Daß sie die Göttin mit Sturm und hohen Fluten verfolgte.
Alle tapfern Gefährten versanken ihm dort in den Abgrund;
Aber er selbst kam hier, von Sturm und Woge geschleudert.
Jetzo gebeut dir der Gott, daß du ihn eilig entlassest.
Denn ihm ward nicht bestimmt, hier fern von den Seinen zu sterben;
Sondern sein Schicksal ist, die Freunde wiederzuschauen,

οἶκον ἐς ὑψόροφον καὶ ἑὴν ἐς πατρίδα γαῖαν.“
ὣς φάτο, ῥίγησεν δὲ Καλυψώ, δῖα θεάων,
καί μιν φωνήσασ᾽ ἔπεα πτερόεντα προσηύδα·
„σχέτλιοί ἐστε, θεοί, ζηλήμονες ἔξοχον ἄλλων,
οἵ τε θεαῖς ἀγάασθε παρ᾽ ἀνδράσιν εὐνάζεσθαι
ἀμφαδίην, ἤν τίς τε φίλον ποιήσετ᾽ ἀκοίτην.
ὣς μὲν ὅτ᾽ Ὠρίων᾽ ἕλετο ῥοδοδάκτυλος Ἠώς,
τόφρα οἱ ἠγάασθε θεοὶ ῥεῖα ζώοντες,
ἧος ἐν Ὀρτυγίηι χρυσόθρονος Ἄρτεμις ἁγνὴ
οἷς ἀγανοῖς βελέεσσιν ἐποιχομένη κατέπεφνεν.
ὣς δ᾽ ὁπότ᾽ Ἰασίωνι ἐυπλόκαμος Δημήτηρ,
ὧι θυμῶι εἴξασα, μίγη φιλότητι καὶ εὐνῆι
νειῶι ἔνι τριπόλωι· οὐδὲ δὴν ἦεν ἄπυστος
Ζεύς, ὅς μιν κατέπεφνε βαλὼν ἀργῆτι κεραυνῶι.
ὥς δ᾽ αὖ νῦν μοι ἄγασθε, θεοί, βροτὸν ἄνδρα παρεῖναι.
τὸν μὲν ἐγὼν ἐσάωσα περὶ τρόπιος βεβαῶτα
οἶον, ἐπεί οἱ νῆα θοὴν ἀργῆτι κεραυνῶι
Ζεὺς ἔλσας ἐκέασσε μέσωι ἐνὶ οἴνοπι πόντωι.
ἔνθ᾽ ἄλλοι μὲν πάντες ἀπέφθιθεν ἐσθλοὶ ἑταῖροι,
τὸν δ᾽ ἄρα δεῦρ᾽ ἄνεμός τε φέρων καὶ κῦμα πέλασσε.
τὸν μὲν ἐγὼ φίλεόν τε καὶ ἔτρεφον, ἠδὲ ἔφασκον
θήσειν ἀθάνατον καὶ ἀγήραον ἤματα πάντα.
ἀλλ᾽ ἐπεὶ οὔ πως ἔστι Διὸς νόον αἰγιόχοιο
οὔτε παρεξελθεῖν ἄλλον θεὸν οὔθ᾽ ἁλιῶσαι,
ἐρρέτω, εἴ μιν κεῖνος ἐποτρύνει καὶ ἀνώγει,
πόντον ἐπ᾽ ἀτρύγετον· πέμψω δέ μιν οὔ πηι ἐγώ γε·
οὐ γάρ μοι πάρα νῆες ἐπήρετμοι καὶ ἑταῖροι,
οἵ κέν μιν πέμποιεν ἐπ᾽ εὐρέα νῶτα θαλάσσης.
αὐτάρ οἱ πρόφρων ὑποθήσομαι, οὐδ᾽ ἐπικεύσω,
ὥς κε μάλ᾽ ἀσκηθὴς ἣν πατρίδα γαῖαν ἵκηται.“
τὴν δ᾽ αὖτε προσέειπε διάκτορος Ἀργεϊφόντης·
„οὕτω νῦν ἀπόπεμπε, Διὸς δ᾽ ἐποπίζεο μῆνιν,
μή πώς τοι μετόπισθε κοτεσσάμενος χαλεπήνηι.“
ὣς ἄρα φωνήσας ἀπέβη κρατὺς Ἀργεϊφόντης·
ἡ δ᾽ ἐπ᾽ Ὀδυσσῆα μεγαλήτορα πότνια νύμφη
ἤι᾽, ἐπεὶ δὴ Ζηνὸς ἐπέκλυεν ἀγγελιάων.
τὸν δ᾽ ἄρ᾽ ἐπ᾽ ἀκτῆς εὗρε καθήμενον· οὐδέ ποτ᾽ ὄσσε
δακρυόφιν τέρσοντο, κατείβετο δὲ γλυκὺς αἰὼν
νόστον ὀδυρομένωι, ἐπεὶ οὐκέτι ἥνδανε νύμφη.
ἀλλ᾽ ἦ τοι νύκτας μὲν ἰαύεσκεν καὶ ἀνάγκηι
ἐν σπέσσι γλαφυροῖσι παρ᾽ οὐκ ἐθέλων ἐθελούσηι·

Und sein prächtiges Haus, und seiner Väter Gefilde.
Als er es sprach, da erschrak die hehre Göttin Kalypso.
Und sie redet' ihn an, und sprach die geflügelten Worte:
Grausam seid ihr vor allen und neidisches Herzens, o Götter!
Jeglicher Göttin verargt ihr die öffentliche Vermählung
Mit dem sterblichen Manne, den sie zum Gatten erkoren.
Als den schönen Orion die rosenarmige Eos
Raubte, da zürnetet ihr so lang', ihr seligen Götter,
Bis in Ortygia ihn die goldenthronende Jungfrau
Artemis plötzlich erregte mit ihrem sanften Geschosse.
Als in Jasions Arm die schöngelockte Demeter,
Ihrem Herzen gehorchend, auf dreimalgeackertem Saatfeld
Seliger Liebe genoß; wie bald erfuhr die Umarmung
Zeus, und erschlug ihn im Zorne mit seinem flammenden Donner!
Also verargt ihr auch mir des sterblichen Mannes Gemeinschaft,
Den ich vom Tode gewann, als er auf zertrümmertem Kiele
Einsam trieb; denn ihm hatte der Gott hochrollender Donner
Mitten im Meere sein Schiff mit dem dampfenden Strahle zerschmettert.
Alle tapfern Gefährten versanken ihm dort in den Abgrund;
Aber er selbst kam hier von Sturm und Woge geschleudert.
Freundlich nahm ich ihn auf, und reicht' ihm Nahrung, und sagte
Ihm Unsterblichkeit zu und nimmerverblühende Jugend.
Aber kein Himmlischer mag dem wetterleuchtenden Gotte
Zeus entgegen sich stellen, noch seinen Willen vereiteln.
Mög' er denn gehn, wo ihn des Herrschers Wille hinwegtreibt,
Über das wilde Meer! Doch senden werd' ich ihn nimmer;
Denn mir gebricht es hier an Ruderschiffen und Männern,
Über den weiten Rücken des Meeres ihn zu geleiten.
Aber ich will ihm mit Rat beistehn, und nichts ihm verhehlen;
Daß er ohne Gefahr die Heimat wieder erreiche.
Ihr antwortete drauf der rüstige Argosbesieger:
Send' ihn also von hinnen, und scheue den großen Kronion,
Daß dich der Zürnende nicht mit schrecklicher Rache verfolge!
Also sprach er und ging, der tapfere Argosbesieger.
Aber Kalypso eilte zum großgesinnten Odysseus,
Als die heilige Nymphe Kronions Willen vernommen,
Dieser saß am Gestade des Meers, und weinte beständig,
Ach! in Tränen verrann sein süßes Leben, voll Sehnsucht
Heimzukehren: denn lange nicht mehr gefiel ihm die Nymphe;
Sondern er ruhte des Nachts in ihrer gewölbeten Grotte
Ohne Liebe bei ihr, ihn zwang die liebende Göttin;

ἤματα δ' ἂμ πέτρῃσι καὶ ἠιόνεσσι καθίζων
δάκρυσι καὶ στοναχῇσι καὶ ἄλγεσι θυμὸν ἐρέχθων
πόντον ἐπ' ἀτρύγετον δερκέσκετο δάκρυα λείβων.
ἀγχοῦ δ' ἱσταμένη προσεφώνεε δῖα θεάων·
„ κάμμορε, μή μοι ἔτ' ἐνθάδ' ὀδύρεο, μηδέ τοι αἰὼν
φθινέτω· ἤδη γάρ σε μάλα πρόφρασσ' ἀποπέμψω.
ἀλλ' ἄγε δούρατα μακρὰ ταμὼν ἁρμόζεο χαλκῷ
εὐρεῖαν σχεδίην· ἀτὰρ ἴκρια πῆξαι ἐπ' αὐτῆς
ὑψοῦ, ὥς σε φέρῃσιν ἐπ' ἠεροειδέα πόντον.
αὐτὰρ ἐγὼ σῖτον καὶ ὕδωρ καὶ οἶνον ἐρυθρὸν
ἐνθήσω μενοεικέ', ἅ κέν τοι λιμὸν ἐρύκοι,
εἵματά τ' ἀμφιέσω· πέμψω δέ τοι οὖρον ὄπισθεν,
ὥς κε μάλ' ἀσκηθὴς σὴν πατρίδα γαῖαν ἵκηαι,
αἴ κε θεοί γ' ἐθέλωσι, τοὶ οὐρανὸν εὐρὺν ἔχουσιν,
οἵ μευ φέρτεροί εἰσι νοῆσαί τε κρῆναί τε."
ὣς φάτο, ῥίγησεν δὲ πολύτλας δῖος Ὀδυσσεύς,
καί μιν φωνήσας ἔπεα πτερόεντα προσηύδα·
„ ἄλλο τι δὴ σύ, θεά, τόδε μήδεαι, οὐδέ τι πομπήν,
ἥ με κέλεαι σχεδίῃ περάαν μέγα λαῖτμα θαλάσσης,
δεινόν τ' ἀργαλέον τε· τὸ δ' οὐδ' ἐπὶ νῆες ἐῖσαι
ὠκύποροι περόωσιν, ἀγαλλόμεναι Διὸς οὔρῳ.
οὐδ' ἂν ἐγὼν ἀέκητι σέθεν σχεδίης ἐπιβαίην,
εἰ μή μοι τλαίης γε, θεά, μέγαν ὅρκον ὀμόσσαι
μή τί μοι αὐτῷ πῆμα κακὸν βουλευσέμεν ἄλλο."
ὣς φάτο, μείδησεν δὲ Καλυψὼ δῖα θεάων,
χειρί τέ μιν κατέρεξεν ἔπος τ' ἔφατ' ἔκ τ' ὀνόμαζεν·
„ ἦ δὴ ἀλιτρός γ' ἐσσὶ καὶ οὐκ ἀποφώλια εἰδώς,
οἷον δὴ τὸν μῦθον ἐπεφράσθης ἀγορεῦσαι.
ἴστω νῦν τόδε γαῖα καὶ οὐρανὸς εὐρὺς ὕπερθε
καὶ τὸ κατειβόμενον Στυγὸς ὕδωρ, ὅς τε μέγιστος
ὅρκος δεινότατός τε πέλει μακάρεσσι θεοῖσι,
μή τί τοι αὐτῷ πῆμα κακὸν βουλευσέμεν ἄλλο.
ἀλλὰ τὰ μὲν νοέω καὶ φράσσομαι, ἅσσ' ἂν ἐμοί περ
αὐτῇ μηδοίμην, ὅτε με χρειὼ τόσον ἵκοι·
καὶ γὰρ ἐμοὶ νόος ἐστὶν ἐναίσιμος, οὐδέ μοι αὐτῇ
θυμὸς ἐνὶ στήθεσσι σιδήρεος, ἀλλ' ἐλεήμων."
ὣς ἄρα φωνήσασ' ἡγήσατο δῖα θεάων
καρπαλίμως· ὁ δ' ἔπειτα μετ' ἴχνια βαῖνε θεοῖο.
ἷξον δὲ σπεῖος γλαφυρὸν θεὸς ἠδὲ καὶ ἀνήρ,
καί ῥ' ὁ μὲν ἔνθα καθέζετ' ἐπὶ θρόνου ἔνθεν ἀνέστη
Ἑρμείας, νύμφη δ' ἐτίθει πάρα πᾶσαν ἐδωδήν,

Aber des Tages saß er auf Felsen und sandigen Hügeln,
Und zerquälte sein Herz mit Weinen und Seufzen und Jammern
Und durchschaute mit Tränen die große Wüste des Meeres.
Jetzo nahte sich ihm und sprach die herrliche Göttin:
Armer, sei mir nicht immer so traurig, und härme dein Leben
Hier nicht ab; ich bin ja bereit, dich von mir zu lassen.
Haue zum breiten Floß dir hohe Bäume, verbinde
Dann die Balken mit Erz, und oben befestige Bretter;
Daß er über die Wogen des dunkeln Meeres dich trage.
Siehe dann will ich dir Brot und Wasser reichen, und roten
Herzerfreuenden Wein, damit dich der Hunger nicht töte;
Dich mit Kleidern umhüllen, und günstige Winde dir senden;
Daß du ohne Gefahr die Heimat wieder erreichest,
Wenn es die Götter gestatten, des weiten Himmels Bewohner,
Welche höher als ich an Weisheit sind und an Stärke.
Als sie es sprach, da erschrak der herrliche Dulder Odysseus.
Und er redete sie an, und sprach die geflügelten Worte:
Wahrlich du denkst ein andres, als mich zu senden, o Göttin,
Die du mich heißest, im Floße des unermeßlichen Meeres
Furchtbare Flut zu durchfahren, die selbst kein künstlichgebautes
Rüstiges Schiff durchfährt, vom Winde Gottes erfreuet!
Nimmer besteig' ich den Floß ohn' deinen Willen, o Göttin,
Du willfahrest mir denn, mit hohem Schwur zu geloben,
Daß du bei dir nichts andres zu meinem Verderben beschließest!
Sprach's, und lächelnd vernahm es die hehre Göttin Kalypso,
Streichelte ihn mit der Hand, und sprach die freundlichen Worte:
Wahrlich du bist doch ein Schalk, und unermüdet an Vorsicht:
So bedachtsam und schlau ist alles, was du geredet!
Nun mir zeuge die Erde, der weite Himmel dort oben,
Und die stygischen Wasser der Tiefe; welches der größte
Furchtbarste Eidschwur ist für alle unsterblichen Götter:
Daß ich bei mir nichts anders zu deinem Verderben beschließe!
Sondern ich denke so und rede, wie ich mir selber
Suchen würde zu raten, wär' ich in gleicher Bedrängnis!
Denn ich denke gewiß nicht ganz unbillig, und trage
Nicht im Busen ein Herz von Eisen, sondern voll Mitleid!
Also sprach sie, und ging, die hehre Göttin Kalypso,
Eilend voran, und er folgte den Schritten der wandelnden Göttin.
Und sie kamen zur Grotte, die Göttin und ihr Geliebter.
Allda setzte der Held auf den Thron sich nieder, auf welchem
Hermes hatte gesessen. Ihm reichte die heilige Nymphe

ἔσθειν καὶ πίνειν, οἷα βροτοὶ ἄνδρες ἔδουσιν·
αὐτὴ δ' ἀντίον ἷζεν Ὀδυσσῆος θείοιο,
τῆι δὲ παρ' ἀμβροσίην δμωιαὶ καὶ νέκταρ ἔθηκαν.
οἱ δ' ἐπ' ὀνείαθ' ἑτοῖμα προκείμενα χεῖρας ἴαλλον.
αὐτὰρ ἐπεὶ τάρπησαν ἐδητύος ἠδὲ ποτῆτος,
τοῖς ἄρα μύθων ἦρχε Καλυψώ, δῖα θεάων·
„ διογενὲς Λαερτιάδη, πολυμήχαν' Ὀδυσσεῦ,
οὕτω δὴ οἶκόνδε φίλην ἐς πατρίδα γαῖαν
αὐτίκα νῦν ἐθέλεις ἰέναι; σὺ δὲ χαῖρε καὶ ἔμπης.
εἴ γε μὲν εἰδείης σῆισι φρεσὶν ὅσσα τοι αἶσα
κήδε' ἀναπλῆσαι, πρὶν πατρίδα γαῖαν ἱκέσθαι,
ἐνθάδε κ' αὖθι μένων σὺν ἐμοὶ τόδε δῶμα φυλάσσοις
ἀθάνατός τ' εἴης, ἱμειρόμενός περ ἰδέσθαι
σὴν ἄλοχον, τῆς τ' αἰὲν ἐέλδεαι ἤματα πάντα.
οὐ μέν θην κείνης γε χερείων εὔχομαι εἶναι,
οὐ δέμας οὐδὲ φυήν, ἐπεὶ οὔ πως οὐδὲ ἔοικεν
θνητὰς ἀθανάτηισι δέμας καὶ εἶδος ἐρίζειν."
τὴν δ' ἀπαμειβόμενος προσέφη πολύμητις Ὀδυσσεύς·
„ πότνα θεά, μή μοι τόδε χώεο· οἶδα καὶ αὐτὸς
πάντα μάλ', οὕνεκα σεῖο περίφρων Πηνελόπεια
εἶδος ἀκιδνοτέρη μέγεθός τ' εἰσάντα ἰδέσθαι·
ἡ μὲν γὰρ βροτός ἐστι, σὺ δ' ἀθάνατος καὶ ἀγήρως.
ἀλλὰ καὶ ὧς ἐθέλω καὶ ἐέλδομαι ἤματα πάντα
οἴκαδέ τ' ἐλθέμεναι καὶ νόστιμον ἦμαρ ἰδέσθαι.
εἰ δ' αὖ τις ῥαίηισι θεῶν ἐνὶ οἴνοπι πόντωι,
τλήσομαι ἐν στήθεσσιν ἔχων ταλαπενθέα θυμόν·
ἤδη γὰρ μάλα πολλὰ πάθον καὶ πολλὰ μόγησα
κύμασι καὶ πολέμωι· μετὰ καὶ τόδε τοῖσι γενέσθω."
ὣς ἔφατ', ἠέλιος δ' ἄρ' ἔδυ καὶ ἐπὶ κνέφας ἦλθεν·
ἐλθόντες δ' ἄρα τώ γε μυχῶι σπείους γλαφυροῖο
τερπέσθην φιλότητι, παρ' ἀλλήλοισι μένοντες.
ἦμος δ' ἠριγένεια φάνη ῥοδοδάκτυλος Ἠώς,
αὐτίχ' ὁ μὲν χλαῖνάν τε χιτῶνά τε ἕννυτ' Ὀδυσσεύς,
αὐτὴ δ' ἀργύφεον φᾶρος μέγα ἕννυτο νύμφη,
λεπτὸν καὶ χαρίεν, περὶ δὲ ζώνην βάλετ' ἰξυῖ
καλὴν χρυσείην, κεφαλῆι δ' ἐφύπερθε καλύπτρην.
καὶ τότ' Ὀδυσσῆι μεγαλήτορι μήδετο πομπήν·
δῶκέν οἱ πέλεκυν μέγαν, ἄρμενον ἐν παλάμηισι,
χάλκεον, ἀμφοτέρωθεν ἀκαχμένον· αὐτὰρ ἐν αὐτῶι
στειλειὸν περικαλλὲς ἐλάινον, εὖ ἐναρηρός·
δῶκε δ' ἔπειτα σκέπαρνον ἐΰξοον· ἦρχε δ' ὁδοῖο

Allerlei Speis' und Trank, was sterbliche Männer genießen;
Setzte sich dann entgegen dem göttergleichen Odysseus,
Und Ambrosia reichten ihr Dienerinnen und Nektar.
Und sie erhoben die Hände zum leckerbereiteten Mahle.
Als sie jetzo ihr Herz mit Trank und Speise gesättigt;
Da begann das Gespräch die hehre Göttin Kalypso:
Edler Laertiad', erfindungsreicher Odysseus,
Also willst du mich nun so bald verlassen, und wieder
In dein geliebtes Vaterland gehn? Nun Glück auf die Reise!
Aber wüßte dein Herz, wie viele Leiden das Schicksal
Dir zu dulden bestimmt, bevor du zur Heimat gelangest;
Gerne würdest du bleiben, mit mir die Grotte bewohnen,
Und ein Unsterblicher sein: wie sehr du auch wünschest, die Gattin
Wiederzusehn, nach welcher du stets so herzlich dich sehnest!
Glauben darf ich doch wohl, daß ich nicht schlechter als sie bin,
Weder an Wuchs noch Bildung! Wie könnten sterbliche Weiber
Mit unsterblichen sich an Gestalt und Schönheit vergleichen?
Ihr antwortete drauf der erfindungsreiche Odysseus:
Zürne mir darum nicht, ehrwürdige Göttin! Ich weiß es
Selber zu gut, wie sehr der klugen Penelopeia
Reiz vor deiner Gestalt und erhabenen Größe verschwindet;
Denn sie ist nur sterblich, und dich schmückt ewige Jugend.
Aber ich wünsche dennoch und sehne mich täglich von Herzen,
Wieder nach Hause zu gehn, und zu schaun den Tag der Zurückkunft.
Und verfolgt mich ein Gott im dunkeln Meere, so will ich's
Dulden; mein Herz im Busen ist längst zum Leiden gehärtet!
Denn ich habe schon vieles erlebt, schon vieles erduldet,
Schrecken des Meers und des Kriegs: so mag auch dieses geschehen!
Also sprach er, da sank die Sonne, und Dunkel erhob sich.
Beide gingen zur Kammer der schöngewölbeten Grotte,
Und genossen der Lieb', und ruheten nebeneinander.
Als die dämmernde Frühe mit Rosenfingern erwachte,
Da bekleidete sich Odysseus mit Mantel und Leibrock.
Aber die Nymphe zog ihr silberfarbnes Gewand an,
Fein und zierlich gewebt; und schlang um die Hüfte den Gürtel,
Schön mit Golde gestickt; und schmückte das Haupt mit dem Schleier.
Eilend besorgte sie jetzo die Reise des edlen Odysseus:
Gab ihm die mächtige Axt, von gehärtetem Erze geschmiedet,
Unten und oben geschärft, und sicheres Schwunges, und drinnen
War ein zierlicher Stiel von Olivenholze befestigt;
Gab ihm auch ein geschliffenes Beil, und führet' ihn jetzo

νήσου ἐπ᾽ ἐσχατιῆς, ὅθι δένδρεα μακρὰ πεφύκει,
κλήθρη τ᾽ αἴγειρός τ᾽, ἐλάτη τ᾽ ἦν οὐρανομήκης,
αὖα πάλαι, περίκηλα, τά οἱ πλώοιεν ἐλαφρῶς.
αὐτὰρ ἐπεὶ δὴ δεῖξ᾽, ὅθι δένδρεα μακρὰ πεφύκει,
ἡ μὲν ἔβη πρὸς δῶμα Καλυψώ, δῖα θεάων,
αὐτὰρ ὁ τάμνετο δοῦρα· θοῶς δέ οἱ ἤνυτο ἔργον.
εἴκοσι δ᾽ ἔκβαλε πάντα, πελέκκησεν δ᾽ ἄρα χαλκῶι,
ξέσσε δ᾽ ἐπισταμένως καὶ ἐπὶ στάθμην ἴθυνεν.
τόφρα δ᾽ ἔνεικε τέρετρα Καλυψώ, δῖα θεάων·
τέτρηνεν δ᾽ ἄρα πάντα καὶ ἥρμοσεν ἀλλήλοισιν,
γόμφοισιν δ᾽ ἄρα τήν γε καὶ ἁρμονίηισιν ἄρασσεν.
ὅσσον τίς τ᾽ ἔδαφος νηὸς τορνώσεται ἀνὴρ
φορτίδος εὐρείης, ἐὺ εἰδὼς τεκτοσυνάων,
τόσσον ἔπ᾽ εὐρεῖαν σχεδίην ποιήσατ᾽ Ὀδυσσεύς.
ἴκρια δὲ στήσας, ἀραρὼν θαμέσι σταμίνεσσι,
ποίει· ἀτὰρ μακρῆισιν ἐπηγκενίδεσσι τελεύτα.
ἐν δ᾽ ἱστὸν ποίει καὶ ἐπίκριον ἄρμενον αὐτῶι·
πρὸς δ᾽ ἄρα πηδάλιον ποιήσατο, ὄφρ᾽ ἰθύνοι.
φράξε δέ μιν ῥίπεσσι διαμπερὲς οἰσυΐνῃσι
κύματος εἶλαρ ἔμεν· πολλὴν δ᾽ ἐπεχεύατο ὕλην.
τόφρα δὲ φάρε᾽ ἔνεικε Καλυψώ, δῖα θεάων,
ἱστία ποιήσασθαι· ὁ δ᾽ εὖ τεχνήσατο καὶ τά.
ἐν δ᾽ ὑπέρας τε κάλους τε πόδας τ᾽ ἐνέδησεν ἐν αὐτῆι,
μοχλοῖσιν δ᾽ ἄρα τήν γε κατείρυσεν εἰς ἅλα δῖαν.
τέτρατον ἦμαρ ἔην, καὶ τῶι τετέλεστο ἅπαντα·
τῶι δ᾽ ἄρα πέμπτωι πέμπ᾽ ἀπὸ νήσου δῖα Καλυψώ,
εἵματά τ᾽ ἀμφιέσασα θυώδεα καὶ λούσασα.
ἐν δέ οἱ ἀσκὸν ἔθηκε θεὰ μέλανος οἴνοιο
τὸν ἕτερον, ἕτερον δ᾽ ὕδατος μέγαν, ἐν δὲ καὶ ἦια
κωρύκωι· ἐν δέ οἱ ὄψα τίθει μενοεικέα πολλά·
οὖρον δὲ προέηκεν ἀπήμονά τε λιαρόν τε.
γηθόσυνος δ᾽ οὔρωι πέτασ᾽ ἱστία δῖος Ὀδυσσεύς.
αὐτὰρ ὁ πηδαλίωι ἰθύνετο τεχνηέντως
ἥμενος, οὐδέ οἱ ὕπνος ἐπὶ βλεφάροισιν ἔπιπτεν
Πληιάδας τ᾽ ἐσορῶντι καὶ ὀψὲ δύοντα Βοώτην
Ἄρκτον θ᾽, ἣν καὶ ἄμαξαν ἐπίκλησιν καλέουσιν,
ἥ τ᾽ αὐτοῦ στρέφεται καί τ᾽ Ὠρίωνα δοκεύει,
οἴη δ᾽ ἄμμορός ἐστι λοετρῶν Ὠκεανοῖο·
τὴν γάρ δή μιν ἄνωγε Καλυψώ, δῖα θεάων,
ποντοπορευέμεναι ἐπ᾽ ἀριστερὰ χειρὸς ἔχοντα.
ἑπτὰ δὲ καὶ δέκα μὲν πλέεν ἤματα ποντοπορεύων,

An der Insel Gestade voll hoher schattender Bäume,
Pappelweiden und Erlen und wolkenberührender Tannen.
Viele waren von Alter verdorrt, und leichter zur Schiffahrt.
Als sie den Ort ihm gezeigt, voll hoher schattender Bäume;
Kehrte sie heim zur Grotte, die hehre Göttin Kalypso.
Und er fällte die Bäum', und vollendete hurtig die Arbeit.
Zwanzig stürzt' er in allem, umhaute mit eherner Axt sie,
Schlichtete sie mit dem Beil, und nach dem Maße der Richtschnur.
Jetzo brachte sie Bohrer, die hehre Göttin Kalypso.
Und er bohrte die Balken, und fügte sie wohl aneinander,
Und verband nun den Floß mit ehernen Nägeln und Klammern.
Von der Größe, wie etwa ein kluger Meister im Schiffbau
Zimmern würde den Boden des breiten geräumigen Lastschiffs,
Baute den breiten Floß der erfindungsreiche Odysseus.
Nun umstellt' er ihn dicht mit Pfählen, heftete Bohlen
Ringsherum, und schloß das Verdeck mit langen Brettern.
Drinnen erhob er den Mast, von der Segelstange durchkreuzet.
Endlich zimmert' er sich ein Steuer, die Fahrt zu lenken.
Beide Seiten des Floßes beschirmt' er mit weidenen Flechten
Gegen die rollende Flut; und füllte den Boden mit Ballast.
Jetzo brachte sie Tücher, die hehre Göttin Kalypso,
Segel davon zu schneiden; auch diese bereitet' er künstlich;
Band die Taue des Mastes und segelwendenden Seile;
Wälzte darauf mit Hebeln den Floß in die heilige Meersflut.
Jetzt war der vierte Tag, an dem ward alles vollendet.
Und am fünften entließ ihn die hehre Göttin Kalypso,
Frischgebadet, und angetan mit duftenden Kleidern.
Und sie legt' in den Floß zween Schläuche, voll schwärzliches Weines
Einen, und einen großen voll Wasser; und gab ihm zur Zehrung
Einen geflochtenen Korb voll herzerfreuender Speisen;
Ließ dann leise vor ihm ein laues Lüftchen einherwehn.
Freudig spannte der Held im Winde die schwellenden Segel.
Und nun setzt' er sich hin ans Ruder, und steuerte künstlich
Über die Flut. Ihm schloß kein Schlummer die wachsamen Augen,
Auf die Pleiaden gerichtet, und auf Bootes, der langsam
Untergeht, und den Bären, den andre den Wagen benennen,
Welcher im Kreise sich dreht, den Blick nach Orion gewendet,
Und allein von allen sich nimmer im Ocean badet.
Denn beim Scheiden befahl ihm die hehre Göttin Kalypso,
Daß er auf seiner Fahrt ihn immer zur Linken behielte.
Siebzehn Tage befuhr er die ungeheuren Gewässer.

ὀκτωκαιδεκάτηι δ᾽ ἐφάνη ὄρεα σκιόεντα
γαίης Φαιήκων, ὅθι τ᾽ ἄγχιστον πέλεν αὐτῶι·
εἴσατο δ᾽ ὡς ὅτε ῥινὸν ἐν ἠεροειδέι πόντωι.
τὸν δ᾽ ἐξ Αἰθιόπων ἀνιὼν κρείων ἐνοσίχθων
τηλόθεν ἐκ Σολύμων ὀρέων ἴδεν· εἴσατο γάρ οἱ
πόντον ἐπιπλώων. ὁ δ᾽ ἐχώσατο κηρόθι μᾶλλον,
κινήσας δὲ κάρη προτὶ ὃν μυθήσατο θυμόν·
„ ὢ πόποι, ἦ μάλα δὴ μετεβούλευσαν θεοὶ ἄλλως
ἀμφ᾽ Ὀδυσῆι ἐμεῖο μετ᾽ Αἰθιόπεσσιν ἐόντος,
καὶ δὴ Φαιήκων γαίης σχεδόν, ἔνθα οἱ αἶσα
ἐκφυγέειν μέγα πεῖραρ ὀιζύος, ἥ μιν ἱκάνει.
ἀλλ᾽ ἔτι μέν μίν φημι ἅδην ἐλάαν κακότητος.“
ὣς εἰπὼν σύναγεν νεφέλας, ἐτάραξε δὲ πόντον
χερσὶ τρίαιναν ἑλών· πάσας δ᾽ ὀρόθυνεν ἀέλλας
παντοίων ἀνέμων, σὺν δὲ νεφέεσσι κάλυψε
γαῖαν ὁμοῦ καὶ πόντον· ὀρώρει δ᾽ οὐρανόθεν νύξ.
σὺν δ᾽ Εὖρός τε Νότος τ᾽ ἔπεσον Ζέφυρός τε δυσαὴς
καὶ Βορέης αἰθρηγενέτης, μέγα κῦμα κυλίνδων.
καὶ τότ᾽ Ὀδυσσῆος λύτο γούνατα καὶ φίλον ἦτορ,
ὀχθήσας δ᾽ ἄρα εἶπε πρὸς ὃν μεγαλήτορα θυμόν·
„ ὤ μοι ἐγὼ δειλός, τί νύ μοι μήκιστα γένηται;
δείδω μὴ δὴ πάντα θεὰ νημερτέα εἶπεν,
ἥ μ᾽ ἔφατ᾽ ἐν πόντωι, πρὶν πατρίδα γαῖαν ἱκέσθαι,
ἄλγε᾽ ἀναπλήσειν· τὰ δὲ δὴ νῦν πάντα τελεῖται.
οἵοισιν νεφέεσσι περιστέφει οὐρανὸν εὐρὺν
Ζεύς, ἐτάραξε δὲ πόντον, ἐπισπέρχουσι δ᾽ ἄελλαι
παντοίων ἀνέμων. νῦν μοι σῶς αἰπὺς ὄλεθρος.
τρὶς μάκαρες Δαναοὶ καὶ τετράκις, οἳ τότ᾽ ὄλοντο
Τροίηι ἐν εὐρείηι χάριν Ἀτρεΐδηισι φέροντες.
ὡς δὴ ἐγώ γ᾽ ὄφελον θανέειν καὶ πότμον ἐπισπεῖν
ἤματι τῶι ὅτε μοι πλεῖστοι χαλκήρεα δοῦρα
Τρῶες ἐπέρριψαν περὶ Πηλεΐωνι θανόντι.
τῶι κ᾽ ἔλαχον κτερέων, καί μευ κλέος ἦγον Ἀχαιοί·
νῦν δέ λευγαλέωι θανάτωι εἵμαρτο ἁλῶναι.“
ὣς ἄρα μιν εἰπόντ᾽ ἔλασεν μέγα κῦμα κατ᾽ ἄκρης
δεινὸν ἐπεσσύμενον, περὶ δὲ σχεδίην ἐλέλιξε.
τῆλε δ᾽ ἀπὸ σχεδίης αὐτὸς πέσε, πηδάλιον δὲ
ἐκ χειρῶν προέηκε· μέσον δέ οἱ ἱστὸν ἔαξεν
δεινὴ μισγομένων ἀνέμων ἐλθοῦσα θύελλα,
τηλοῦ δὲ σπεῖρον καὶ ἐπίκριον ἔμπεσε πόντωι.
τὸν δ᾽ ἄρ᾽ ὑπόβρυχα θῆκε πολὺν χρόνον, οὐδ᾽ ἐδυνάσθη

Am achtzehnten erschienen die fernen schattigen Berge
Von dem phäakischen Lande, denn dieses lag ihm am nächsten;
Dunkel erschienen sie ihm, wie ein Schild, im Nebel des Meeres.
Jetzo kam aus dem Lande der Äthiopen Poseidon,
Und erblickte fern von der Solymer Bergen Odysseus,
Welcher die Wogen befuhr. Da ergrimmt' er noch stärker im Geiste,
Schüttelte zürnend sein Haupt, und sprach in der Tiefe des Herzens:
Himmel, es haben gewiß die Götter sich über Odysseus
Anders entschlossen, da ich die Äthiopen besuchte!
Siehe da naht er sich schon dem phäakischen Lande, dem großen
Heiligen Ziele der Leiden, die ihm das Schicksal bestimmt hat!
Aber ich meine, er soll mir noch Jammer die Fülle bestehen!
Also sprach er, versammelte Wolken, und regte das Meer auf,
Mit dem erhobenen Dreizack; rief itzt allen Orkanen
Aller Enden zu toben, verhüllt' in dicke Gewölke
Meer und Erde zugleich; und dem düstern Himmel entsank Nacht.
Unter sich stürmten der Ost und der Süd und der sausende Westwind,
Auch der hellfrierende Nord, und wälzte gewaltige Wogen.
Und dem edlen Odysseus erzitterten Herz und Kniee;
Tiefaufseufzend sprach er zu seiner erhabenen Seele:
Weh mir, ich elender Mann! Was werd' ich noch endlich erleben!
Ach ich fürchte, die Göttin hat lauter Wahrheit geweissagt,
Die mir im wilden Meere, bevor ich zur Heimat gelangte,
Leiden die Fülle verhieß! Da wird nun alles erfüllet!
Ha! wie fürchterlich Zeus den ganzen Himmel in Wolken
Hüllt, und das Meer aufregt! wie sausen die wütenden Stürme
Aller Enden daher! Nun ist mein Verderben entschieden!
Dreimal selige Griechen und viermal, die ihr in Trojas
Weitem Gefilde sankt, der Atreiden Ehre verfechtend!
Wär' ich doch auch gestorben, und hätte die traurige Laufbahn
An dem Tage vollendet, als mich, im Getümmel der Troer,
Eherne Lanzen umflogen, um unsern erschlagnen Achilleus!
Dann wär' ich rühmlich bestattet, dann sängen mein Lob die Achaier!
Aber nun ist mein Los, des schmählichen Todes zu sterben!
Also sprach er; da schlug die entsetzliche Woge von oben
Hochherdrohend herab, daß im Wirbel der Floß sich herumriß:
Weithin warf ihn der Schwung des erschütterten Floßes, und raubte
Ihm aus den Händen das Steu'r; und mit einmal stürzte der Mastbaum
Krachend hinab vor der Wut der fürchterlich sausenden Windsbraut.
Weithin flog in die Wogen die Stang' und das flatternde Segel.
Lange blieb er untergetaucht, und strebte vergebens,

αἶψα μάλ᾽ ἀνσχεθέειν μεγάλου ὑπὸ κύματος ὁρμῆς·
εἵματα γάρ ῥ᾽ ἐβάρυνε, τά οἱ πόρε δῖα Καλυψώ.
ὀψὲ δὲ δή ῥ᾽ ἀνέδυ, στόματος δ᾽ ἐξέπτυσεν ἅλμην
πικρήν, ἥ οἱ πολλὴ ἀπὸ κρατὸς κελάρυζεν.
ἀλλ᾽ οὐδ᾽ ὧς σχεδίης ἐπελήθετο, τειρόμενός περ,
ἀλλὰ μεθορμηθεὶς ἐνὶ κύμασιν ἐλλάβετ᾽ αὐτῆς,
ἐν μέσσηι δὲ καθῖζε τέλος θανάτου ἀλεείνων.
τὴν δ᾽ ἐφόρει μέγα κῦμα κατὰ ῥόον ἔνθα καὶ ἔνθα.
ὡς δ᾽ ὅτ᾽ ὀπωρινὸς Βορέης φορέῃσιν ἀκάνθας
ἂμ πεδίον, πυκιναὶ δὲ πρὸς ἀλλήλῃσιν ἔχονται,
ὣς τὴν ἂμ πέλαγος ἄνεμοι φέρον ἔνθα καὶ ἔνθα·
ἄλλοτε μέν τε Νότος Βορέηι προβάλεσκε φέρεσθαι,
ἄλλοτε δ᾽ αὖτ᾽ Εὖρος Ζεφύρωι εἴξασκε διώκειν.
 τὸν δὲ ἴδεν Κάδμου θυγάτηρ, καλλίσφυρος Ἰνώ,
Λευκοθέη, ἣ πρὶν μὲν ἔην βροτὸς αὐδήεσσα,
νῦν δ᾽ ἁλὸς ἐν πελάγεσσι θεῶν ἒξ ἔμμορε τιμῆς.
ἥ ῥ᾽ Ὀδυσῆ᾽ ἐλέησεν ἀλώμενον, ἄλγε᾽ ἔχοντα,
αἰθυίηι δ᾽ εἰκυῖα ποτῆι ἀνεδύσετο λίμνης,
ἷζε δ᾽ ἐπὶ σχεδίης πολυδέσμου εἶπέ τε μῦθον·
 „κάμμορε, τίπτε τοι ὧδε Ποσειδάων ἐνοσίχθων
ὠδύσατ᾽ ἐκπάγλως, ὅτι τοι κακὰ πολλὰ φυτεύει;
οὐ μὲν δή σε καταφθίσει μάλα περ μενεαίνων.
ἀλλὰ μάλ᾽ ὧδ᾽ ἔρξαι, δοκέεις δέ μοι οὐκ ἀπινύσσειν·
εἵματα ταῦτ᾽ ἀποδὺς σχεδίην ἀνέμοισι φέρεσθαι
κάλλιπ᾽, ἀτὰρ χείρεσσι νέων ἐπιμαίεο νόστου
γαίης Φαιήκων, ὅθι τοι μοῖρ᾽ ἐστὶν ἀλύξαι.
τῆ δέ, τόδε κρήδεμνον ὑπὸ στέρνοιο τανύσσαι
ἄμβροτον· οὐδέ τί τοι παθέειν δέος οὐδ᾽ ἀπολέσθαι.
αὐτὰρ ἐπὴν χείρεσσιν ἐφάψεαι ἠπείροιο,
ἂψ ἀπολυσάμενος βαλέειν εἰς οἴνοπα πόντον
πολλὸν ἀπ᾽ ἠπείρου, αὐτὸς δ᾽ ἀπονόσφι τραπέσθαι.“
 ὣς ἄρα φωνήσασα θεὰ κρήδεμνον ἔδωκεν,
αὐτὴ δ᾽ ἂψ ἐς πόντον ἐδύσετο κυμαίνοντα
αἰθυίηι εἰκυῖα· μέλαν δέ ἑ κῦμα κάλυψεν.
αὐτὰρ ὁ μερμήριξε πολύτλας δῖος Ὀδυσσεύς,
ὀχθήσας δ᾽ ἄρα εἶπε πρὸς ὃν μεγαλήτορα θυμόν·
 „ὤ μοι ἐγώ, μή τίς μοι ὑφαίνῃσιν δόλον αὖτε
ἀθανάτων, ὅ τέ με σχεδίης ἀποβῆναι ἀνώγει.
ἀλλὰ μάλ᾽ οὔ πω πείσομ᾽, ἐπεὶ ἑκὰς ὀφθαλμοῖσιν
γαῖαν ἐγὼν ἰδόμην, ὅθι μοι φάτο φύξιμον εἶναι.
ἀλλὰ μάλ᾽ ὧδ᾽ ἔρξω, δοκέει δέ μοι εἶναι ἄριστον·

Unter der ungestüm rollenden Flut sich empor zu schwingen;
Denn ihn beschwerten die Kleider, die ihm Kalypso geschenket.
Endlich strebt' er empor, und spie aus dem Munde das bittre
Wasser des Meers, das strömend von seiner Scheitel herabtroff.
Dennoch vergaß er des Floßes auch selbst in der schrecklichen Angst nicht,
Sondern schwung sich ihm nach durch reißende Fluten, ergriff ihn,
Setzte sich wieder hinein, und entfloh dem Todesverhängnis.
Hiehin und dorthin trieben den Floß die Ströme des Meeres.
Also treibt im Herbste der Nord die verdorreten Disteln
Durch die Gefilde dahin; sie entfliehn ineinander gekettet:
Also trieben durchs Meer ihn die Winde bald hiehin bald dorthin.
Jetzo stürmte der Süd ihn dem Nordsturm hin zum Verfolgen;
Jetzo sandte der Ost ihn dem brausenden Weste zum Spiele.
Aber Leukothea sah ihn, die schöne Tochter des Kadmos,
Ino, einst ein Mädchen mit heller melodischer Stimme,
Nun in den Fluten des Meers der göttlichen Ehre genießend.
Und sie erbarmete sich des umhergeschleuderten Mannes,
Kam wie ein Wasserhuhn empor aus der Tiefe geflogen,
Setzte sich ihm auf den Floß, und sprach mit menschlicher Stimme:
Armer, beleidigtest du den Erderschüttrer Poseidon,
Daß er so schrecklich zürnend dir Jammer auf Jammer bereitet?
Doch verderben soll er dich nicht, wie sehr er auch eifre!
Tu nur, was ich dir sage; du scheinst mir nicht unverständig.
Ziehe die Kleider aus, und lasse den Floß in dem Sturme
Treiben; spring in die Flut, und schwimme mit strebenden Händen
An der Phäaken Land, allwo dir Rettung bestimmt ist.
Da, umhülle die Brust mit diesem heiligen Schleier,
Und verachte getrost die drohenden Schrecken des Todes.
Aber sobald du das Ufer mit deinen Händen berührest,
Löse den Schleier ab, und wirf ihn ferne vom Ufer
In das finstere Meer, mit abgewendetem Antlitz.
Also sprach die Göttin, und gab ihm den heiligen Schleier;
Fuhr dann wieder hinab in die hochaufwallende Woge,
Ähnlich dem Wasserhuhn, und die schwarze Woge verschlang sie.
Und nun sann er umher, der herrliche Dulder Odysseus;
Tiefaufseufzend sprach er zu seiner erhabenen Seele:
Weh mir! ich fürchte, mich will der Unsterblichen einer von neuem
Hintergehn, der mir vom Floße zu steigen gebietet!
Aber noch will ich ihm nicht gehorchen; denn eben erblickt' ich
Ferne von hinnen das Land, wo jene mir Rettung gelobte.
Also will ich es machen, denn dieses scheint mir das Beste!

ὄφρ’ ἂν μέν κεν δούρατ’ ἐν ἁρμονίῃσιν ἀρήρῃ,
τόφρ’ αὐτοῦ μενέω καὶ τλήσομαι ἄλγεα πάσχων·
αὐτὰρ ἐπὴν δή μοι σχεδίην διὰ κῦμα τινάξῃ,
νήξομ’, ἐπεὶ οὐ μέν τι πάρα προνοῆσαι ἄμεινον.“
ἧος ὁ ταῦθ’ ὥρμαινε κατὰ φρένα καὶ κατὰ θυμόν,
ὦρσε δ’ ἐπὶ μέγα κῦμα Ποσειδάων ἐνοσίχθων,
δεινόν τ’ ἀργαλέον τε, κατηρεφές, ἤλασε δ’ αὐτόν.
ὡς δ’ ἄνεμος ζαὴς ἠΐων θημῶνα τινάξῃ
καρφαλέων· τὰ μὲν ἄρ τε διεσκέδασ’ ἄλλυδις ἄλλῃ·
ὣς τῆς δούρατα μακρὰ διεσκέδασ’. αὐτὰρ Ὀδυσσεὺς
ἀμφ’ ἑνὶ δούρατι βαῖνε, κέληθ’ ὡς ἵππον ἐλαύνων,
εἵματα δ’ ἐξαπέδυνε, τά οἱ πόρε δῖα Καλυψώ.
αὐτίκα δὲ κρήδεμνον ὑπὸ στέρνοιο τάνυσσεν,
αὐτὸς δὲ πρηνὴς ἁλὶ κάππεσε, χεῖρε πετάσσας,
νηχέμεναι μεμαώς. ἴδε δὲ κρείων ἐνοσίχθων,
κινήσας δὲ κάρη προτὶ ὃν μυθήσατο θυμόν·
„οὕτω νῦν κακὰ πολλὰ παθὼν ἀλόω κατὰ πόντον,
εἰς ὅ κεν ἀνθρώποισι διοτρεφέεσσι μιγήῃς.
ἀλλ’ οὐδ’ ὧς σε ἔολπα ὀνόσσεσθαι κακότητος.“
ὣς ἄρα φωνήσας ἵμασεν καλλίτριχας ἵππους,
ἵκετο δ’ εἰς Αἰγάς, ὅθι οἱ κλυτὰ δώματ’ ἔασιν.
αὐτὰρ Ἀθηναίη κούρη Διὸς ἄλλ’ ἐνόησεν.
ἦ τοι τῶν ἄλλων ἀνέμων κατέδησε κελεύθους,
παύσασθαι δ’ ἐκέλευσε καὶ εὐνηθῆναι ἅπαντας·
ὦρσε δ’ ἐπὶ κραιπνὸν Βορέην, πρὸ δὲ κύματ’ ἔαξεν,
ἧος ὅ Φαιήκεσσι φιληρέτμοισι μιγείη
διογενὴς Ὀδυσεὺς θάνατον καὶ κῆρας ἀλύξας.
ἔνθα δύω νύκτας δύο τ’ ἤματα κύματι πηγῷ
πλάζετο, πολλὰ δέ οἱ κραδίη προτιόσσετ’ ὄλεθρον.
ἀλλ’ ὅτε δὴ τρίτον ἦμαρ ἐυπλόκαμος τέλεσ’ Ἠώς,
καὶ τότ’ ἔπειτ’ ἄνεμος μὲν ἐπαύσατο ἠδὲ γαλήνη
ἔπλετο νηνεμίη· ὁ δ’ ἄρα σχεδὸν εἴσιδε γαῖαν
ὀξὺ μάλα προϊδών, μεγάλου ὑπὸ κύματος ἀρθείς.
ὡς δ’ ὅτ’ ἂν ἀσπάσιος βίοτος παίδεσσι φανήῃ
πατρός, ὃς ἐν νούσῳ κεῖται κρατέρ’ ἄλγεα πάσχων,
δηρὸν τηκόμενος, στυγερὸς δέ οἱ ἔχραε δαίμων,
ἀσπάσιον δ’ ἄρα τόν γε θεοὶ κακότητος ἔλυσαν,
ὣς Ὀδυσεῖ ἀσπαστὸν ἐείσατο γαῖα καὶ ὕλη,
νῆχε δ’ ἐπειγόμενος ποσὶν ἠπείρου ἐπιβῆναι.
ἀλλ’ ὅτε τόσσον ἀπῆν ὅσσον τε γέγωνε βοήσας,
καὶ δὴ δοῦπον ἄκουσε ποτὶ σπιλάδεσσι θαλάσσης·

Weil die Balken noch fest in ihren Banden sich halten,
Bleib' ich hier, und erwarte mit duldender Seele mein Schicksal.
Aber wann mir den Floß die Gewalt des Meeres zertrümmert,
Dann will ich schwimmen; ich weiß mir ja doch nicht besser zu raten!
Als er solche Gedanken im zweifelnden Herzen bewegte,
Siehe da sandte Poseidon, der Erdumstürmer, ein hohes
Steiles schreckliches Wassergebirg'; und es stürzt' auf ihn nieder.
Und wie der stürmende Wind in die trockene Spreu auf der Tenne
Ungestüm fährt, und im Wirbel sie hiehin und dorthin zerstreuet;
Also zerstreute die Flut ihm die Balken. Aber Odysseus
Schwung sich auf einen, und saß, wie auf dem Rosse der Reiter;
Warf die Kleider hinweg, die ihm Kalypso geschenket,
Und umhüllte die Brust mit Inos heiligem Schleier.
Vorwärts sprang er hinab in das Meer, die Hände verbreitet,
Und schwamm eilend dahin. Da sah ihn der starke Poseidon,
Schüttelte zürnend sein Haupt, und sprach in der Tiefe des Herzens:
So, durchirre mir jetzo, mit Jammer behäuft, die Gewässer,
Bis du die Menschen erreichst, die Zeus vor allen beseligt!
Aber ich hoffe, du sollst mir dein Leiden nimmer vergessen!
Also sprach er, und trieb die Rosse mit fliegender Mähne,
Bis er gen Ägä kam, zu seiner glänzenden Wohnung.
Aber ein Neues ersann Athene, die Tochter Kronions.
Eilend fesselte sie den Lauf der übrigen Winde,
Daß sie alle verstummten, und hin zur Ruhe sich legten;
Und ließ stürmen den Nord, und brach vor ihm die Gewässer:
Bis er zu den Phäaken, den ruderliebenden Männern,
Käme, der edle Odysseus, entflohn dem Todesverhängnis.
Schon zween Tage trieb er und zwo entsetzliche Nächte
In dem Getümmel der Wogen, und ahnete stets sein Verderben.
Als nun die Morgenröte des dritten Tages emporstieg,
Siehe da ruhte der Wind; von heiterer Bläue des Himmels
Glänzte die stille See. Und nahe sah er das Ufer,
Als er mit forschendem Blick von der steigenden Welle dahinsah.
So erfreulich den Kindern des lieben Vaters Genesung
Kommt, der lange schon an brennenden Schmerzen der Krankheit
Niederlag und verging, vom feindlichen Dämon gemartert;
Aber ihn heilen nun zu ihrer Freude die Götter:
So erfreulich war ihm der Anblick des Landes und Waldes.
Und er strebte mit Händen und Füßen, das Land zu erreichen.
Aber so weit entfernt, wie die Stimme des Rufenden schallet,
Hört' er ein dumpfes Getöse des Meers, das die Felsen bestürmte,

ῥόχθει γὰρ μέγα κῦμα ποτὶ ξερὸν ἠπείροιο
δεινὸν ἐρευγόμενον, εἴλυτο δὲ πάνθ' ἁλὸς ἄχνηι·
οὐ γὰρ ἔσαν λιμένες νηῶν ὄχοι, οὐδ' ἐπιωγαί.
ἀλλ' ἀκταὶ προβλῆτες ἔσαν σπιλάδες τε πάγοι τε·
καὶ τότ' Ὀδυσσῆος λύτο γούνατα καὶ φίλον ἦτορ,
ὀχθήσας δ' ἄρα εἶπε πρὸς ὃν μεγαλήτορα θυμόν·
„ὤ μοι, ἐπεὶ δὴ γαῖαν ἀελπέα δῶκεν ἰδέσθαι
Ζεύς, καὶ δὴ τόδε λαῖτμα διατμήξας ἐπέρησα,
ἔκβασις οὔ πηι φαίνεθ' ἁλὸς πολιοῖο θύραζε·
ἔκτοσθεν μὲν γὰρ πάγοι ὀξέες, ἀμφὶ δὲ κῦμα
βέβρυχεν ῥόθιον, λισσὴ δ' ἀναδέδρομε πέτρη,
ἀγχιβαθὴς δὲ θάλασσα, καὶ οὔ πως ἔστι πόδεσσι
στήμεναι ἀμφοτέροισι καὶ ἐκφυγέειν κακότητα·
μή πώς μ' ἐκβαίνοντα βάληι λίθακι ποτὶ πέτρηι
κῦμα μέγ' ἁρπάξαν· μελέη δέ μοι ἔσσεται ὁρμή.
εἰ δέ κ' ἔτι προτέρω παρανήξομαι, ἤν που ἐφεύρω
ἠιόνας τε παραπλῆγας λιμένας τε θαλάσσης,
δείδω μή μ' ἐξαῦτις ἀναρπάξασα θύελλα
πόντον ἐπ' ἰχθυόεντα φέρηι βαρέα στενάχοντα,
ἠέ τί μοι καὶ κῆτος ἐπισσεύηι μέγα δαίμων
ἐξ ἁλός, οἷά τε πολλὰ τρέφει κλυτὸς Ἀμφιτρίτη·
οἶδα γάρ, ὥς μοι ὀδώδυσται κλυτὸς ἐννοσίγαιος."
ἧος ὁ ταῦθ' ὥρμαινε κατὰ φρένα καὶ κατὰ θυμόν,
τόφρα δέ μιν μέγα κῦμα φέρε τρηχεῖαν ἐπ' ἀκτήν.
ἔνθα κ' ἀπὸ ῥινοὺς δρύφθη, σὺν δ' ὀστέ' ἀράχθη,
εἰ μὴ ἐπὶ φρεσὶ θῆκε θεά, γλαυκῶπις Ἀθήνη·
ἀμφοτέρηισι δὲ χερσὶν ἐπεσσύμενος λάβε πέτρης,
τῆς ἔχετο στενάχων, ἧος μέγα κῦμα παρῆλθε.
καὶ τὸ μὲν ὣς ὑπάλυξε, παλιρρόθιον δέ μιν αὖτις
πλῆξεν ἐπεσσύμενον, τηλοῦ δέ μιν ἔμβαλε πόντωι.
ὡς δ' ὅτε πουλύποδος θαλάμης ἐξελκομένοιο
πρὸς κοτυληδονόφιν πυκιναὶ λάιγγες ἔχονται,
ὣς τοῦ πρὸς πέτρηισι θρασειάων ἀπὸ χειρῶν
ῥινοὶ ἀπέδρυφθεν· τὸν δὲ μέγα κῦμα κάλυψεν.
ἔνθα κε δὴ δύστηνος ὑπὲρ μόρον ὤλετ' Ὀδυσσεύς,
εἰ μὴ ἐπιφροσύνην δῶκε γλαυκῶπις Ἀθήνη.
κύματος ἐξαναδύς, τά τ' ἐρεύγεται ἤπειρόνδε,
νῆχε παρέξ, ἐς γαῖαν ὁρώμενος, εἴ που ἐφεύροι
ἠιόνας τε παραπλῆγας λιμένας τε θαλάσσης.
ἀλλ' ὅτε δὴ ποταμοῖο κατὰ στόμα καλλιρόοιο
ἷξε νέων, τῆι δή οἱ ἐείσατο χῶρος ἄριστος,

Graunvoll donnerte dort an dem schroffen Gestade die hohe
Fürchterlich strudelnde Brandung, und weithin spritzte der Meerschaum.
Keine Buchten empfingen, noch schirmende Reeden, die Schiffe;
Sondern trotzende Felsen und Klippen umstarrten das Ufer.
Und dem edlen Odysseus erzitterten Herz und Kniee;
Tiefaufseufzend sprach er zu seiner erhabenen Seele:
   Weh mir! nachdem mich Zeus dies Land ohn' alles Vermuten
Sehen ließ, und ich jetzo die stürmenden Wasser durchkämpfet;
Öffnet sich nirgends ein Weg aus dem dunkelwogenden Meere!
Zackichte Klippen türmen sich hier, umtobt von der Brandung
Brausenden Strudeln, und dort das glatte Felsengestade!
Und das Meer darunter ist tief; man kann es unmöglich
Mit den Füßen ergründen, um watend ans Land sich zu retten!
Wagt' ich durchhin zu gehn, unwiderstehliches Schwunges
Schmetterte mich die rollende Flut an die zackichte Klippe!
Schwimm' ich aber noch weiter herum, abhängiges Ufer
Irgendwo auszuspähn und sichere Busen des Meeres;
Ach dann fürcht' ich, ergreift der Orkan mich von neuem, und schleudert
Mich Schwerseufzenden weit in das fischdurchwimmelte Weltmeer!
Oder ein Himmlischer reizt auch ein Ungeheuer des Abgrunds
Wider mich auf, aus den Scharen der furchtbaren Amphitrite!
Denn ich weiß es, mir zürnt der gewaltige Küstenerschüttrer!
   Als er solche Gedanken im zweifelnden Herzen bewegte,
Warf ihn mit einmal die rollende Wog' an das schroffe Gestade.
Jetzo wär' ihm geschunden die Haut, die Gebeine zermalmet,
Hätte nicht Pallas Athene zu seiner Seele geredet.
Eilend umfaßte der Held mit beiden Händen die Klippe,
Schmiegte sich keuchend an, bis die rollende Woge vorbei war.
Also entging er ihr jetzt. Allein da die Woge zurückkam,
Raffte sie ihn mit Gewalt, und schleudert' ihn fern in das Weltmeer.
Also wird der Polyp dem festen Lager entrissen;
Kiesel hängen und Sand an seinen ästigen Gliedern:
Also blieb an dem Fels von den angeklammerten Händen
Abgeschunden die Haut; und die rollende Woge verschlang ihn.
Jetzo wäre der Dulder auch wider sein Schicksal gestorben,
Hätt' ihn nicht Pallas Athene mit schnellem Verstande gerüstet.
Aber er schwung sich empor aus dem Schwalle der schäumenden Brandung,
Schwamm herum, und sah nach dem Land', abhängiges Ufer
Irgendwo auszuspähn und sichere Busen des Meeres.
Jetzo hatt' er nun endlich die Mündung des herrlichen Stromes
Schwimmend erreicht. Hier fand er bequem zum Landen das Ufer,

λεῖος πετράων, καὶ ἐπὶ σκέπας ἦν ἀνέμοιο,
ἔγνω δὲ προρέοντα καὶ εὔξατο ὃν κατὰ θυμόν·
„ κλῦθι, ἄναξ, ὅτις ἐσσί· πολύλλιστον δέ σ᾽ ἱκάνω,
φεύγων ἐκ πόντοιο Ποσειδάωνος ἐνιπάς.
αἰδοῖος μέν τ᾽ ἐστὶ καὶ ἀθανάτοισι θεοῖσιν
ἀνδρῶν ὅς τις ἵκηται ἀλώμενος, ὡς καὶ ἐγὼ νῦν
σόν τε ῥόον σά τε γούναθ᾽ ἱκάνω πολλὰ μογήσας.
ἀλλ᾽ ἐλέαιρε, ἄναξ· ἱκέτης δέ τοι εὔχομαι εἶναι.“
ὣς φάθ᾽, ὁ δ᾽ αὐτίκα παῦσεν ἑὸν ῥόον, ἔσχε δὲ κῦμα,
πρόσθε δέ οἱ ποίησε γαλήνην, τὸν δ᾽ ἐσάωσεν
ἐς ποταμοῦ προχοάς. ὁ δ᾽ ἄρ᾽ ἄμφω γούνατ᾽ ἔκαμψε
χεῖράς τε στιβαράς. ἁλὶ γὰρ δέδμητο φίλον κῆρ.
ᾤδεε δὲ χρόα πάντα, θάλασσα δὲ κήκιε πολλὴ
ἂν στόμα τε ῥῖνάς θ᾽· ὁ δ᾽ ἄρ᾽ ἄπνευστος καὶ ἄναυδος
κεῖτ᾽ ὀλιγηπελέων, κάματος δέ μιν αἰνὸς ἵκανεν.
ἀλλ᾽ ὅτε δή ῥ᾽ ἄμπνυτο καὶ ἐς φρένα θυμὸς ἀγέρθη,
καὶ τότε δὴ κρήδεμνον ἀπὸ ἕο λῦσε θεοῖο.
καὶ τὸ μὲν ἐς ποταμὸν ἁλιμυρήεντα μεθῆκεν,
ἂψ δ᾽ ἔφερεν μέγα κῦμα κατὰ ῥόον, αἶψα δ᾽ ἄρ᾽ Ἰνὼ
δέξατο χερσὶ φίλῃσιν· ὁ δ᾽ ἐκ ποταμοῖο λιασθεὶς
σχοίνωι ὑπεκλίνθη, κύσε δὲ ζείδωρον ἄρουραν.
ὀχθήσας δ᾽ ἄρα εἶπε πρὸς ὃν μεγαλήτορα θυμόν·
„ ὤ μοι ἐγώ, τί πάθω; τί νύ μοι μήκιστα γένηται;
εἰ μέν κ᾽ ἐν ποταμῶι δυσκηδέα νύκτα φυλάσσω,
μή μ᾽ ἄμυδις στίβη τε κακὴ καὶ θῆλυς ἐέρση
ἐξ ὀλιγηπελίης δαμάσηι κεκαφηότα θυμόν·
αὔρη δ᾽ ἐκ ποταμοῦ ψυχρὴ πνέει ἠῶθι πρό.
εἰ δέ κεν ἐς κλιτὺν ἀναβὰς καὶ δάσκιον ὕλην
θάμνοις ἐν πυκινοῖσι καταδράθω, εἴ με μεθείη
ῥῖγος καὶ κάματος, γλυκερὸς δέ μοι ὕπνος ἐπέλθηι,
δείδω, μὴ θήρεσσιν ἕλωρ καὶ κύρμα γένωμαι.“
ὣς ἄρα οἱ φρονέοντι δοάσσατο κέρδιον εἶναι·
βῆ ῥ᾽ ἴμεν εἰς ὕλην· τὴν δὲ σχεδὸν ὕδατος εὗρεν
ἐν περιφαινομένωι· δοιοὺς δ᾽ ἄρ᾽ ὑπήλυθε θάμνους,
ἐξ ὁμόθεν πεφυῶτας· ὁ μὲν φυλίης, ὁ δ᾽ ἐλαίης.
τοὺς μὲν ἄρ᾽ οὔτ᾽ ἀνέμων διάη μένος ὑγρὸν ἀέντων,
οὔτε ποτ᾽ ἠέλιος φαέθων ἀκτῖσιν ἔβαλλεν,
οὔτ᾽ ὄμβρος περάασκε διαμπερές· ὣς ἄρα πυκνοὶ
ἀλλήλοισιν ἔφυν ἐπαμοιβαδίς· οὓς ὑπ᾽ Ὀδυσσεὺς
δύσετ᾽. ἄφαρ δ᾽ εὐνὴν ἐπαμήσατο χερσὶ φίλῃσιν
εὐρεῖαν· φύλλων γὰρ ἔην χύσις ἤλιθα πολλή,

Niedrig und felsenleer, und vor dem Winde gesichert.
Und er erkannte den strömenden Gott, und betet' im Herzen:
Höre mich, Herrscher, wer du auch seist, du Sehnlicherflehter!
Rette mich aus dem Meer vor dem schrecklichen Grimme Poseidons!
Heilig sind ja, ach selbst unsterblichen Göttern, die Menschen,
Welche von Leiden gedrängt um Hilfe flehen! Ich winde
Mich vor deinem Strome, vor deinen Knieen, in Jammer!
Herrscher, erbarme dich mein, der deiner Gnade vertrauet!
Also sprach er. Da hemmte der Gott die wallenden Fluten,
Und verbreitete Stille vor ihm, und rettet' ihn freundlich
An das seichte Gestade. Da ließ er die Kniee sinken
Und die nervichten Arme; ihn hatten die Wogen entkräftet:
Alles war ihm geschwollen, ihm floß das salzige Wasser
Häufig aus Nas' und Mund; der Stimme beraubt und des Atems,
Sank er in Ohnmacht hin, erstarrt von der schrecklichen Arbeit.
Als er zu atmen begann, und sein Geist dem Herzen zurückkam,
Löst' er ab von der Brust den heiligen Schleier der Göttin,
Warf ihn eilend zurück in die salzige Welle des Flusses;
Und ihn führte die Welle den Strom hinunter, und Ino
Nahm ihn mit ihren Händen. Nun stieg der Held aus dem Flusse,
Legte sich nieder auf Binsen, und küßte die fruchtbare Erde;
Tiefaufseufzend sprach er zu seiner erhabenen Seele:
Weh mir Armen, was leid' ich, was werd' ich noch endlich erleben!
Wenn ich die grauliche Nacht an diesem Strome verweilte,
Würde zugleich der starrende Frost und der tauende Nebel
Mich Entkräfteten, noch Ohnmächtigen, gänzlich vertilgen;
Denn kalt wehet der Wind aus dem Strome vor Sonnenaufgang!
Aber klimm' ich hinan zum waldbeschatteten Hügel,
Unter dem dichten Gesträuche zu schlafen, wenn Frost und Ermattung
Anders gestatten, daß mich der süße Schlummer befalle:
Ach dann werd' ich vielleicht den reißenden Tieren zur Beute!
Dieser Gedanke schien dem Zweifelnden endlich der beste,
Hinzugehn in den Wald, der den weitumschauenden Hügel
Nah am Wasser bewuchs. Hier grüneten, ihn zu umhüllen,
Zwei verschlungne Gebüsche, ein wilder und fruchtbarer Ölbaum.
Nimmer durchstürmte den Ort die Wut naßhauchender Winde,
Ihn erleuchtete nimmer mit warmen Strahlen die Sonne,
Selbst der gießende Regen durchdrang ihn nimmer: so dicht war
Sein Gezweige verwebt. Hier kroch der edle Odysseus
Unter, und bettete sich mit seinen Händen ein Lager,
Hoch und breit; denn es deckten so viele Blätter den Boden,

ὅσσον τ᾽ ἠὲ δύω ἠὲ τρεῖς ἄνδρας ἔρυσθαι
ὥρηι χειμερίηι, εἰ καὶ μάλα περ χαλεπαίνοι.
τὴν μὲν ἰδὼν γήθησε πολύτλας δῖος Ὀδυσσεύς,
ἐν δ᾽ ἄρα μέσσηι λέκτο, χύσιν δ᾽ ἐπεχεύατο φύλλων.
ὡς δ᾽ ὅτε τις δαλὸν σποδιῆι ἐνέκρυψε μελαίνηι
ἀγροῦ ἐπ᾽ ἐσχατιῆς, ὧι μὴ πάρα γείτονες ἄλλοι,
σπέρμα πυρὸς σώζων, ἵνα μή ποθεν ἄλλοθεν αὔοι,
ὣς Ὀδυσεὺς φύλλοισι καλύψατο· τῶι δ᾽ ἄρ᾽ Ἀθήνη
ὕπνον ἐπ᾽ ὄμμασι χεῦ᾽, ἵνα μιν παύσειε τάχιστα
δυσπονέος καμάτοιο φίλα βλέφαρ᾽ ἀμφικαλύψας.

Daß zween Männer darunter und drei sich hätten geborgen
Gegen den Wintersturm, auch wann er am schrecklichsten tobte.
Freudig sahe das Lager der herrliche Dulder Odysseus,
Legte sich mitten hinein, und häufte die rasselnden Blätter.
Also verbirgt den Brand in grauer Asche der Landmann;
Auf entlegenem Felde, von keinem Nachbar umwohnet,
Hegt er den Samen des Feuers, um nicht in der Ferne zu zünden:
Also verbarg sich der Held in den Blättern. Aber Athene
Deckt' ihm die Augen mit Schlummer, damit sie der schrecklichen Arbeit
Qualen ihm schneller entnähme, die lieben Wimper verschließend.

ΟΔΥΣΣΕΙΑΣ Ζ

Ὀδυσσέως ἄφιξις
εἰς Φαιάκας.

Ὣς ὁ μὲν ἔνθα καθεῦδε πολύτλας δῖος Ὀδυσσεὺς
ὕπνωι καὶ καμάτωι ἀρημένος· αὐτὰρ Ἀθήνη
βῆ ῥ' ἐς Φαιήκων ἀνδρῶν δῆμόν τε πόλιν τε,
οἳ πρὶν μέν ποτ' ἔναιον ἐν εὐρυχόρωι Ὑπερείηι,
ἀγχοῦ Κυκλώπων ἀνδρῶν ὑπερηνορεόντων,
οἵ σφεας σινέσκοντο, βίηφι δὲ φέρτεροι ἦσαν.
ἔνθεν ἀναστήσας ἄγε Ναυσίθοος θεοειδής,
εἷσεν δὲ Σχερίηι, ἑκὰς ἀνδρῶν ἀλφηστάων,
ἀμφὶ δὲ τεῖχος ἔλασσε πόλει, καὶ ἐδείματο οἴκους,
καὶ νηοὺς ποίησε θεῶν, καὶ ἐδάσσατ' ἀρούρας.
ἀλλ' ὁ μὲν ἤδη κηρὶ δαμεὶς Ἄϊδόσδε βεβήκει,
Ἀλκίνοος δὲ τότ' ἦρχε, θεῶν ἄπο μήδεα εἰδώς.
τοῦ μὲν ἔβη πρὸς δῶμα θεά, γλαυκῶπις Ἀθήνη,
νόστον Ὀδυσσῆι μεγαλήτορι μητιόωσα.
βῆ δ' ἴμεν ἐς θάλαμον πολυδαίδαλον, ὧι ἔνι κούρη
κοιμᾶτ' ἀθανάτηισι φυὴν καὶ εἶδος ὁμοίη,
Ναυσικάα, θυγάτηρ μεγαλήτορος Ἀλκινόοιο,
πὰρ δὲ δύ' ἀμφίπολοι, Χαρίτων ἄπο κάλλος ἔχουσαι,
σταθμοῖιν ἑκάτερθε· θύραι δ' ἐπέκειντο φαειναί.
ἡ δ' ἀνέμου ὡς πνοιὴ ἐπέσσυτο δέμνια κούρης,
στῆ δ' ἄρ' ὑπὲρ κεφαλῆς, καί μιν πρὸς μῦθον ἔειπεν,
εἰδομένη κούρηι ναυσικλειτοῖο Δύμαντος,
ἥ οἱ ὁμηλικίη μὲν ἔην, κεχάριστο δὲ θυμῶι.
τῆι μιν ἐεισαμένη προσέφη γλαυκῶπις Ἀθήνη·
„ Ναυσικάα, τί νύ σ' ὧδε μεθήμονα γείνατο μήτηρ;
εἵματα μέν τοι κεῖται ἀκηδέα σιγαλόεντα,
σοὶ δὲ γάμος σχεδόν ἐστιν, ἵνα χρὴ καλὰ μὲν αὐτὴν
ἕννυσθαι, τὰ δὲ τοῖσι παρασχεῖν, οἵ κέ σ' ἄγωνται.
ἐκ γάρ τοι τούτων φάτις ἀνθρώπους ἀναβαίνει
ἐσθλή, χαίρουσιν δὲ πατὴρ καὶ πότνια μήτηρ.
ἀλλ' ἴομεν πλυνέουσαι ἅμ' ἠοῖ φαινομένηφι·
καί τοι ἐγὼ συνέριθος ἅμ' ἕψομαι, ὄφρα τάχιστα
ἐντύνεαι, ἐπεὶ οὔ τοι ἔτι δὴν παρθένος ἔσσεαι·
ἤδη γάρ σε μνῶνται ἀριστῆες κατὰ δῆμον

SECHSTER GESANG

Nausikaa, des Königs Alkinoos' Tochter, von Athene im Traum ermahnt, fährt ihre Gewande zu waschen an den Strom, und spielt darauf mit den Mägden. Odysseus, den das Geräusch weckte, naht flehend, erhält Pflege und Kleidung, und folgt der Beschützerin bis zum Pappelhain der Athene vor der Stadt.

Also schlummerte dort der herrliche Dulder Odysseus,
Überwältigt von Schlaf und Arbeit. Aber Athene
Ging hinein in das Land zur Stadt der phäakischen Männer.
Diese wohnten vordem in Hypereiens Gefilde,
Nahe bei den Kyklopen, den übermütigen Männern,
Welche sie immer beraubten, und mächtiger waren und stärker.
Aber sie führte von dannen Nausithoos, ähnlich den Göttern,
Brachte gen Scheria sie, fern von den erfindsamen Menschen,
Und umringte mit Mauren die Stadt, und richtete Häuser,
Baute Tempel der Götter, und teilte dem Volke die Äcker.
Dieser war jetzo schon tot und in der Schatten Behausung;
Und Alkinoos herrschte, begabt von den Göttern mit Weisheit.
Dessen Hause nahte sich jetzo Pallas Athene,
Auf die Heimkehr denkend des edelgesinnten Odysseus.
Und sie eilte sofort in die prächtige Kammer der Jungfrau,
Wo Nausikaa schlief, des hohen Alkinoos Tochter,
Einer Unsterblichen gleich an Wuchs und reizender Bildung.
Und zwei Mädchen schliefen, geschmückt mit der Grazien Anmut,
Neben den Pfosten, und dicht war die glänzende Pforte verschlossen.
Aber sie schwebte, wie wehende Luft, zum Lager der Jungfrau,
Neigte sich über ihr Haupt, und sprach mit freundlicher Stimme,
Gleich an Gestalt der Tochter des segelkundigen Dymas,
Ihrer liebsten Gespielin, mit ihr von einerlei Alter;
Dieser gleich an Gestalt erschien die Göttin, und sagte:
  Liebes Kind, was bist du mir doch ein lässiges Mädchen!
Deine kostbaren Kleider, wie alles im Wuste herumliegt!
Und die Hochzeit steht dir bevor! Da muß doch was Schönes
Sein für dich selber, und die, so dich zum Bräutigam führen!
Denn durch schöne Kleider erlangt man ein gutes Gerüchte
Bei den Leuten; auch freun sich dessen Vater und Mutter.
Laß uns denn eilen und waschen, sobald der Morgen sich rötet!
Ich will deine Gehilfin sein, damit du geschwinder
Fertig werdest; denn Mädchen, du bleibst nicht lange mehr Jungfrau.
Siehe, es werben ja schon die edelsten Jüngling' im Volke

πάντων Φαιήκων, ὅθι τοι γένος ἐστὶ καὶ αὐτῆι.
ἀλλ' ἄγ' ἐπότρυνον πατέρα κλυτὸν ἠῶθι πρὸ
ἡμιόνους καὶ ἄμαξαν ἐφοπλίσαι, ἥ κεν ἄγηισι
ζῶστρά τε καὶ πέπλους καὶ ῥήγεα σιγαλόεντα.
καὶ δὲ σοὶ ὧδ' αὐτῆι πολὺ κάλλιον ἠὲ πόδεσσιν
ἔρχεσθαι· πολλὸν γὰρ ἀπὸ πλυνοί εἰσι πόληος."
ἡ μὲν ἄρ' ὣς εἰποῦσ' ἀπέβη γλαυκῶπις Ἀθήνη
Οὔλυμπόνδ', ὅθι φασὶ θεῶν ἕδος ἀσφαλὲς αἰεὶ
ἔμμεναι. οὔτ' ἀνέμοισι τινάσσεται οὔτε ποτ' ὄμβρωι
δεύεται οὔτε χιὼν ἐπιπίλναται, ἀλλὰ μάλ' αἴθρη
πέπταται ἀνέφελος, λευκὴ δ' ἐπιδέδρομεν αἴγλη·
τῶι ἔνι τέρπονται μάκαρες θεοὶ ἤματα πάντα.
ἔνθ' ἀπέβη γλαυκῶπις, ἐπεὶ διεπέφραδε κούρηι.
αὐτίκα δ' Ἠὼς ἦλθεν ἐύθρονος, ἥ μιν ἔγειρε
Ναυσικάαν ἐύπεπλον· ἄφαρ δ' ἀπεθαύμασ' ὄνειρον,
βῆ δ' ἰέναι διὰ δώμαθ', ἵν' ἀγγείλειε τοκεῦσιν,
πατρὶ φίλωι καὶ μητρί· κιχήσατο δ' ἔνδον ἐόντας·
ἡ μὲν ἐπ' ἐσχάρηι ἧστο σὺν ἀμφιπόλοισι γυναιξὶν
ἠλάκατα στρωφῶσ' ἁλιπόρφυρα· τῶι δὲ θύραζε
ἐρχομένωι ξύμβλητο μετὰ κλειτοὺς βασιλῆας
ἐς βουλήν, ἵνα μιν κάλεον Φαίηκες ἀγαυοί.
ἡ δὲ μάλ' ἄγχι στᾶσα φίλον πατέρα προσέειπε·
„πάππα φίλ', οὐκ ἂν δή μοι ἐφοπλίσσειας ἀπήνην
ὑψηλὴν ἐύκυκλον, ἵνα κλυτὰ εἵματ' ἄγωμαι
ἐς ποταμὸν πλυνέουσα, τά μοι ῥερυπωμένα κεῖται;
καὶ δὲ σοὶ αὐτῶι ἔοικε μετὰ πρώτοισιν ἐόντα.
βουλὰς βουλεύειν καθαρὰ χροΐ εἵματ' ἔχοντα.
πέντε δέ τοι φίλοι υἷες ἐνὶ μεγάροις γεγάασιν,
οἱ δύ' ὀπυίοντες, τρεῖς δ' ἠίθεοι θαλέθοντες·
οἱ δ' αἰεὶ ἐθέλουσι νεόπλυτα εἵματ' ἔχοντες
ἐς χορὸν ἔρχεσθαι· τὰ δ' ἐμῆι φρενὶ πάντα μέμηλεν."
ὣς ἔφατ'· αἴδετο γὰρ θαλερὸν γάμον ἐξονομῆναι
πατρὶ φίλωι. ὁ δὲ πάντα νόει καὶ ἀμείβετο μύθωι·
„οὔτε τοι ἡμιόνων φθονέω, τέκος, οὔτε τευ ἄλλου.
ἔρχευ· ἀτάρ τοι δμῶες ἐφοπλίσσουσιν ἀπήνην
ὑψηλὴν ἐύκυκλον, ὑπερτερίηι ἀραρυῖαν."
ὣς εἰπὼν δμώεσσιν ἐκέκλετο, τοὶ δ' ἐπίθοντο.
οἱ μὲν ἄρ' ἐκτὸς ἄμαξαν ἐύτροχον ἡμιονείην
ὥπλεον, ἡμιόνους θ' ὕπαγον ζεῦξάν θ' ὑπ' ἀπήνηι·
κούρη δ' ἐκ θαλάμοιο φέρεν ἐσθῆτα φαεινήν.
καὶ τὴν μὲν κατέθηκεν ἐυξέστωι ἐπ' ἀπήνηι,

Aller Phäaken um dich; denn du stammst selber von Edlen.
Auf! erinnere noch vor der Morgenröte den Vater,
Daß er mit Mäulern dir den Wagen bespanne, worauf man
Lade die schönen Gewande, die Gürtel und prächtigen Decken.
Auch für dich ist es so bequemer, als wenn du zu Fuße
Gehen wolltest; denn weit von der Stadt sind die Spülen entlegen.
Also redete Zeus' blauäugichte Tochter, und kehrte
Wieder zum hohen Olympos, der Götter ewigem Wohnsitz,
Nie von Orkanen erschüttert, vom Regen nimmer beflutet,
Nimmer bestöbert vom Schnee; die wolkenloseste Heitre
Wallet ruhig umher, und deckt ihn mit schimmerndem Glanze:
Dort erfreut sich ewig die Schar der seligen Götter.
Dorthin kehrte die Göttin, nachdem sie das Mädchen ermahnet.
　Und der goldene Morgen erschien, und weckte die Jungfrau
Mit den schönen Gewanden. Sie wunderte sich des Traumes.
Schnell durcheilte sie jetzo die Wohnungen, daß sie den Eltern,
Vater und Mutter, ihn sagte; und fand sie beide zu Hause.
Diese saß an dem Herd', umringt von dienenden Weibern,
Drehend die zierliche Spindel mit purpurner Wolle; und jener
Kam an der Pfort' ihr entgegen: er ging zu der glänzenden Fürsten
Ratsversammlung, wohin die edlen Phäaken ihn riefen.
Und Nausikaa trat zum lieben Vater, und sagte:
　Lieber Papa, laß mir doch einen Wagen bespannen,
Hoch, mit hurtigen Rädern; damit ich die kostbare Kleidung,
Die mir im Schmutze liegt, an den Strom hinfahre zum Waschen.
Denn dir selber geziemt es, mit reinen Gewanden bekleidet
In der Ratsversammlung der hohen Phäaken zu sitzen.
Und es wohnen im Haus auch fünf erwachsene Söhne,
Zween von ihnen vermählt, und drei noch blühende Knaben;
Diese wollen beständig mit reiner Wäsche sich schmücken,
Wenn sie zum Reigen gehn; und es kommt doch alles auf mich an.
　Also sprach sie, und schämte sich, von der lieblichen Hochzeit
Vor dem Vater zu reden; doch merkt' er alles, und sagte:
　Weder die Mäuler, mein Kind, sei'n dir geweigert, noch sonst was.
Geh, es sollen die Knechte dir einen Wagen bespannen,
Hoch, mit hurtigen Rädern, und einem geflochtenen Korbe.
　Also sprach er, und rief; und schnell gehorchten die Knechte,
Rüsteten außer der Halle den Wagen mit rollenden Rädern,
Führten die Mäuler hinzu, und spanneten sie an die Deichsel.
Und Nausikaa trug die köstlichen feinen Gewande
Aus der Kammer, und legte sie auf den zierlichen Wagen.

μήτηρ δ' ἐν κίστηι ἐτίθει μενοεικέ' ἐδωδὴν
παντοίην, ἐν δ' ὄψα τίθει, ἐν δ' οἶνον ἔχευεν
ἀσκῶι ἐν αἰγείωι· κούρη δ' ἐπεβήσετ' ἀπήνης.
δῶκεν δὲ χρυσέηι ἐν ληκύθωι ὑγρὸν ἔλαιον,
ἧος χυτλώσαιτο σὺν ἀμφιπόλοισι γυναιξίν.
ἡ δ' ἔλαβεν μάστιγα καὶ ἡνία σιγαλόεντα,
μάστιξεν δ' ἐλάαν· καναχὴ δ' ἦν ἡμιόνοιιν.
αἱ δ' ἄμοτον τανύοντο, φέρον δ' ἐσθῆτα καὶ αὐτήν,
οὐκ οἴην, ἅμα τῆι γε καὶ ἀμφίπολοι κίον ἄλλαι.
αἱ δ' ὅτε δὴ ποταμοῖο ῥόον περικαλλέ' ἵκοντο,
ἔνθ' ἦ τοι πλυνοὶ ἦσαν ἐπηετανοί, πολὺ δ' ὕδωρ
καλὸν ὑπεκπρόρεεν μάλα περ ῥυπόωντα καθῆραι,
ἔνθ' αἵ γ' ἡμιόνους μὲν ὑπεκπροέλυσαν ἀπήνης.
καὶ τὰς μὲν σεῦαν ποταμὸν πάρα δινήεντα
τρώγειν ἄγρωστιν μελιηδέα· ταὶ δ' ἀπ' ἀπήνης
εἵματα χερσὶν ἕλοντο καὶ ἐσφόρεον μέλαν ὕδωρ,
στεῖβον δ' ἐν βόθροισι θοῶς ἔριδα προφέρουσαι.
αὐτὰρ ἐπεὶ πλῦνάν τε κάθηράν τε ῥύπα πάντα,
ἑξείης πέτασαν παρὰ θῖν' ἁλός, ἧχι μάλιστα
λάιγγας ποτὶ χέρσον ἀποπλύνεσκε θάλασσα.
αἱ δὲ λοεσσάμεναι καὶ χρισάμεναι λίπ' ἐλαίωι
δεῖπνον ἔπειθ' εἵλοντο παρ' ὄχθησιν ποταμοῖο,
εἵματα δ' ἠελίοιο μένον τερσήμεναι αὐγῆι.
αὐτὰρ ἐπεὶ σίτου τάρφθεν δμωιαί τε καὶ αὐτή,
σφαίρηι ταὶ δ' ἄρ' ἔπαιζον, ἀπὸ κρήδεμνα βαλοῦσαι·
τῆισι δὲ Ναυσικάα λευκώλενος ἤρχετο μολπῆς.
οἵη δ' Ἄρτεμις εἶσι κατ' οὔρεα ἰοχέαιρα,
ἢ κατὰ Τηΰγετον περιμήκετον ἢ Ἐρύμανθον,
τερπομένη κάπροισι καὶ ὠκείηις ἐλάφοισι·
τῆι δέ θ' ἅμα νύμφαι, κοῦραι Διὸς αἰγιόχοιο,
ἀγρονόμοι παίζουσι, γέγηθε δέ τε φρένα Λητώ·
πασάων δ' ὑπὲρ ἥ γε κάρη ἔχει ἠδὲ μέτωπα,
ῥεῖά τ' ἀριγνώτη πέλεται, καλαὶ δέ τε πᾶσαι·
ὣς ἥ γ' ἀμφιπόλοισι μετέπρεπε παρθένος ἀδμής.
ἀλλ' ὅτε δὴ ἄρ' ἔμελλε πάλιν οἶκόνδε νέεσθαι
ζεύξασ' ἡμιόνους πτύξασά τε εἵματα καλά,
ἔνθ' αὖτ' ἄλλ' ἐνόησε θεά, γλαυκῶπις Ἀθήνη,
ὡς Ὀδυσεὺς ἔγροιτο, ἴδοι τ' εὐώπιδα κούρην,
ἥ οἱ Φαιήκων ἀνδρῶν πόλιν ἡγήσαιτο.
σφαῖραν ἔπειτ' ἔρριψε μετ' ἀμφίπολον βασίλεια·
ἀμφιπόλου μὲν ἅμαρτε, βαθείηι δ' ἔμβαλε δίνηι·

Aber die Mutter legt' ihr allerlei süßes Gebacknes
Und Gemüs' in ein Körbchen, und gab ihr des edelsten Weines
Im geißledernen Schlauch; (und die Jungfrau stieg auf den Wagen;)
Gab ihr auch geschmeidiges Öl in goldener Flasche,
Daß sie sich nach dem Bade mit ihren Gehilfinnen salbte.
Und Nausikaa nahm die Geißel und purpurnen Zügel;
Treibend schwang sie die Geißel: und hurtig mit lautem Gepolter
Trabten die Mäuler dahin, und zogen die Wäsch' und die Jungfrau,
Nicht sie allein, sie wurde von ihren Mägden begleitet.
  Als sie nun das Gestade des herrlichen Stromes erreichten,
Wo sich in rinnende Spülen die nimmerversiegende Fülle
Schöner Gewässer ergoß, die schmutzigsten Flecken zu säubern;
Spannten die Jungfraun schnell von des Wagens Deichsel die Mäuler,
Ließen sie an dem Gestade des silberwirbelnden Stromes
Weiden im süßen Klee, und nahmen vom Wagen die Kleidung,
Trugen sie Stück für Stück in der Gruben dunkles Gewässer,
Stampften sie drein mit den Füßen, und eiferten untereinander.
Als sie ihr Zeug nun gewaschen und alle Flecken gereinigt,
Breiteten sie's in Reihen am warmen Ufer des Meeres,
Wo die Woge den Strand mit glatten Kieseln bespület.
Und nachdem sie gebadet und sich mit Öle gesalbet,
Setzten sie sich zum Mahl am grünen Gestade des Stromes,
Harrend, bis ihre Gewand' am Strahle der Sonne getrocknet.
Als sich Nausikaa jetzt und die Dirnen mit Speise gesättigt,
Spieleten sie mit dem Ball, und nahmen die Schleier vom Haupte.
Unter den Fröhlichen hub die schöne Fürstin ein Lied an.
Wie die Göttin der Jagd durch Erymanthos' Gebüsche
Oder Taygetos' Höhn mit Köcher und Bogen einhergeht,
Und sich ergötzt, die Eber und schnellen Hirsche zu fällen;
Um sie spielen die Nymphen, Bewohnerinnen der Felder,
Töchter des furchtbaren Zeus; und herzlich freuet sich Leto;
Denn vor allen erhebt sie ihr Haupt und herrliches Antlitz,
Und ist leicht zu erkennen im ganzen schönen Gefolge:
Also ragte vor allen die hohe blühende Jungfrau.
  Aber da sie nunmehr sich rüstete, wieder zur Heimfahrt
Anzuspannen die Mäuler, und ihre Gewande zu falten;
Da ratschlagete Zeus' blauäugichte Tochter Athene,
Wie Odysseus erwachte, und sähe die liebliche Jungfrau,
Daß sie den Weg ihn führte zur Stadt der phäakischen Männer.
Und Nausikaa warf den Ball auf eine der Dirnen;
Dieser verfehlte die Dirn', und fiel in die wirbelnde Tiefe;

αἱ δ' ἐπὶ μακρὸν ἄυσαν· ὁ δ' ἔγρετο δῖος Ὀδυσσεύς,
ἑζόμενος δ' ὥρμαινε κατὰ φρένα καὶ κατὰ θυμόν·
„ὤ μοι ἐγώ, τέων αὖτε βροτῶν ἐς γαῖαν ἱκάνω;
ἦ ῥ' οἵ γ' ὑβρισταί τε καὶ ἄγριοι οὐδὲ δίκαιοι,
ἦε φιλόξεινοι καί σφιν νόος ἐστὶ θεουδής;
ὥς τέ με κουράων ἀμφήλυθε θῆλυς ἀυτή·
νυμφάων, αἳ ἔχουσ' ὀρέων αἰπεινὰ κάρηνα
καὶ πηγὰς ποταμῶν καὶ πίσεα ποιήεντα.
ἦ νύ που ἀνθρώπων εἰμὶ σχεδὸν αὐδηέντων;
ἀλλ' ἄγ' ἐγὼν αὐτὸς πειρήσομαι ἠδὲ ἴδωμαι.“
ὣς εἰπὼν θάμνων ὑπεδύσετο δῖος Ὀδυσσεύς,
ἐκ πυκινῆς δ' ὕλης πτόρθον κλάσε χειρὶ παχείηι
φύλλων, ὡς ῥύσαιτο περὶ χροῒ μήδεα φωτός.
βῆ δ' ἴμεν ὥς τε λέων ὀρεσίτροφος ἀλκὶ πεποιθώς,
ὅς τ' εἶσ' ὑόμενος καὶ ἀήμενος, ἐν δέ οἱ ὄσσε
δαίεται· αὐτὰρ ὁ βουσὶ μετέρχεται ἢ ὀίεσσιν
ἠὲ μετ' ἀγροτέρας ἐλάφους· κέλεται δέ ἑ γαστὴρ
μήλων πειρήσοντα καὶ ἐς πυκινὸν δόμον ἐλθεῖν·
ὣς Ὀδυσεὺς κούρησιν ἐυπλοκάμοισιν ἔμελλε
μίξεσθαι, γυμνός περ ἐών· χρειὼ γὰρ ἵκανε.
σμερδαλέος δ' αὐτῆισι φάνη κεκακωμένος ἅλμηι,
τρέσσαν δ' ἄλλυδις ἄλλη ἐπ' ἠιόνας προὐχούσας·
οἴη δ' Ἀλκινόου θυγάτηρ μένε· τῆι γὰρ Ἀθήνη
θάρσος ἐνὶ φρεσὶ θῆκε καὶ ἐκ δέος εἵλετο γυίων.
στῆ δ' ἄντα σχομένη· ὁ δὲ μερμήριξεν Ὀδυσσεύς,
ἢ γούνων λίσσοιτο λαβὼν ἐυώπιδα κούρην,
ἦ αὔτως ἐπέεσσιν ἀποσταδὰ μειλιχίοισι
λίσσοιτ', εἰ δείξειε πόλιν καὶ εἵματα δοίη.
ὣς ἄρα οἱ φρονέοντι δοάσσατο κέρδιον εἶναι,
λίσσεσθαι ἐπέεσσιν ἀποσταδὰ μειλιχίοισι,
μή οἱ γοῦνα λαβόντι χολώσαιτο φρένα κούρη.
αὐτίκα μειλίχιον καὶ κερδαλέον φάτο μῦθον.
„γουνοῦμαί σε, ἄνασσα· θεός νύ τις, ἦ βροτός ἐσσι;
εἰ μέν τις θεός ἐσσι, τοὶ οὐρανὸν εὐρὺν ἔχουσιν,
Ἀρτέμιδί σε ἐγώ γε, Διὸς κούρηι μεγάλοιο,
εἶδός τε μέγεθός τε φυήν τ' ἄγχιστα ἐίσκω·
εἰ δέ τίς ἐσσι βροτῶν, τοὶ ἐπὶ χθονὶ ναιετάουσιν,
τρὶς μάκαρες μὲν σοί γε πατὴρ καὶ πότνια μήτηρ,
τρὶς μάκαρες δὲ κασίγνητοι· μάλα πού σφισι θυμὸς
αἰὲν ἐυφροσύνηισιν ἰαίνεται εἵνεκα σεῖο,
λευσσόντων τοιόνδε θάλος χορὸν εἰσοιχνεῦσαν.

Und laut kreischten sie auf. Da erwachte der edle Odysseus,
Sitzend dacht' er umher im zweifelnden Herzen, und sagte:
Weh mir! zu welchem Volke bin ich nun wieder gekommen?
Sind's unmenschliche Räuber und sittenlose Barbaren;
Oder Diener der Götter, und Freunde des heiligen Gastrechts?
Eben umtönte mich ein Weibergekreisch, wie der Nymphen,
Welche die steilen Häupter der Felsengebirge bewohnen,
Und die Quellen der Flüsse und grasbewachsenen Täler!
Bin ich hier etwa nahe bei redenden Menschenkindern?
Auf! ich selber will hin, und zusehn, was es bedeute!
Also sprach er, und kroch aus dem Dickicht, der edle Odysseus,
Brach mit der starken Faust sich aus dem dichten Gebüsche
Einen laubichten Zweig, des Mannes Blöße zu decken;
Ging dann einher, wie ein Leu des Gebirgs, voll Kühnheit und Stärke,
Welcher durch Regen und Sturm hinwandelt; die Augen im Haupte
Brennen ihm; furchtbar geht er zu Rindern oder zu Schafen,
Oder zu flüchtigen Hirschen des Waldes; ihn spornet der Hunger
Selbst in verschlossene Höf', ein kleines Vieh zu erhaschen:
Also ging der Held, in den Kreis schönlockiger Jungfraun
Sich zu mischen, so nackend er war; ihn spornte die Not an.
Furchtbar erschien er den Mädchen, vom Schlamm des Meeres besudelt;
Hiehin und dorthin entflohn sie, und bargen sich hinter die Hügel.
Nur Nausikaa blieb. Ihr hatte Pallas Athene
Mut in die Seele gehaucht, und die Furcht den Gliedern entnommen.
Und sie stand, und erwartete ihn. Da zweifelt' Odysseus:
Ob er flehend umfaßte die Kniee der reizenden Jungfrau,
Oder, so wie er war, von ferne mit schmeichelnden Worten
Bäte, daß sie die Stadt ihm zeigt', und Kleider ihm schenkte.
Dieser Gedanke schien dem Zweifelnden endlich der beste.
So wie er war, von ferne mit schmeichelnden Worten zu flehen;
Daß ihm das Mädchen nicht zürnte, wenn er die Kniee berührte.
Schmeichelnd begann er sogleich die schlau ersonnenen Worte:
Hohe, dir fleh ich; du seist eine Göttin, oder ein Mädchen!
Bist du eine der Göttinnen, welche den Himmel beherrschen;
Siehe so scheinst du mir der Tochter des großen Kronions
Artemis gleich an Gestalt, an Größe und reizender Bildung!
Bist du eine der Sterblichen, welche die Erde bewohnen;
Dreimal selig dein Vater und deine treffliche Mutter,
Dreimal selig die Brüder! Ihr Herz muß ja immer von hoher
Überschwenglicher Wonne bei deiner Schöne sich heben,
Wenn sie sehn, wie ein solches Gewächs zum Reigen einhergeht!

κεῖνος δ' αὖ περὶ κῆρι μακάρτατος ἔξοχον ἄλλων,
ὅς κέ σ' ἐέδνοισι βρίσας οἶκόνδ' ἀγάγηται.
οὐ γάρ πω τοιοῦτον ἴδον βροτὸν ὀφθαλμοῖσιν,
οὔτ' ἄνδρ' οὔτε γυναῖκα· σέβας μ' ἔχει εἰσορόωντα.
Δήλωι δή ποτε τοῖον Ἀπόλλωνος παρὰ βωμῶι
φοίνικος νέον ἔρνος ἀνερχόμενον ἐνόησα·
ἦλθον γὰρ καὶ κεῖσε, πολὺς δέ μοι ἕσπετο λαός,
τὴν ὁδὸν ἧι δὴ μέλλεν ἐμοὶ κακὰ κήδε' ἔσεσθαι.
ὣς δ' αὔτως καὶ κεῖνο ἰδὼν ἐτεθήπεα θυμῶι
δήν, ἐπεὶ οὔ πω τοῖον ἀνήλυθεν ἐκ δόρυ γαίης,
ὡς σέ, γύναι, ἄγαμαί τε τέθηπά τε, δείδια δ' αἰνῶς
γούνων ἅψασθαι· χαλεπὸν δέ με πένθος ἱκάνει.
χθιζὸς ἐεικοστῶι φύγον ἤματι οἴνοπα πόντον·
τόφρα δέ μ' αἰεὶ κῦμ' ἐφόρει κραιπναί τε θύελλαι
νήσου ἀπ' Ὠγυγίης. νῦν δ' ἐνθάδε κάββαλε δαίμων,
ὄφρ' ἔτι που καὶ τῆιδε πάθω κακόν· οὐ γὰρ ὀίω
παύσεσθ', ἀλλ' ἔτι πολλὰ θεοὶ τελέουσι πάροιθεν.
ἀλλά, ἄνασσ', ἐλέαιρε· σὲ γὰρ κακὰ πολλὰ μογήσας
ἐς πρώτην ἱκόμην, τῶν δ' ἄλλων οὔ τινα οἶδα
ἀνθρώπων, οἳ τήνδε πόλιν καὶ γαῖαν ἔχουσιν.
ἄστυ δέ μοι δεῖξον, δὸς δὲ ῥάκος ἀμφιβαλέσθαι,
εἴ τί που εἴλυμα σπείρων ἔχες ἐνθάδ' ἰοῦσα.
σοὶ δὲ θεοὶ τόσα δοῖεν ὅσα φρεσὶ σῆισι μενοινᾶις,
ἄνδρα τε καὶ οἶκον, καὶ ὁμοφροσύνην ὀπάσειαν
ἐσθλήν· οὐ μὲν γὰρ τοῦ γε κρεῖσσον καὶ ἄρειον,
ἢ ὅθ' ὁμοφρονέοντε νοήμασιν οἶκον ἔχητον
ἀνὴρ ἠδὲ γυνή· πόλλ' ἄλγεα δυσμενέεσσι,
χάρματα δ' εὐμενέτηισι, μάλιστα δέ τ' ἔκλυον αὐτοί."
τὸν δ' αὖ Ναυσικάα λευκώλενος ἀντίον ηὔδα·
„ξεῖν', ἐπεὶ οὔτε κακῶι οὔτ' ἄφρονι φωτὶ ἔοικας·
Ζεὺς δ' αὐτὸς νέμει ὄλβον Ὀλύμπιος ἀνθρώποισιν,
ἐσθλοῖς ἠδὲ κακοῖσιν, ὅπως ἐθέληισιν, ἑκάστωι·
καί που σοὶ τάδ' ἔδωκε, σὲ δὲ χρὴ τετλάμεν ἔμπης.
νῦν δ', ἐπεὶ ἡμετέρην τε πόλιν καὶ γαῖαν ἱκάνεις,
οὔτ' οὖν ἐσθῆτος δευήσεαι οὔτε τευ ἄλλου,
ὧν ἐπέοιχ' ἱκέτην ταλαπείριον ἀντιάσαντα.
ἄστυ δέ τοι δείξω, ἐρέω δέ τοι οὔνομα λαῶν.
Φαίηκες μὲν τήνδε πόλιν καὶ γαῖαν ἔχουσιν,
εἰμὶ δ' ἐγὼ θυγάτηρ μεγαλήτορος Ἀλκινόοιο,
τοῦ δ' ἐκ Φαιήκων ἔχεται κάρτος τε βίη τε."
ἦ ῥα καὶ ἀμφιπόλοισιν ἐυπλοκάμοισι κέλευσε·

Aber keiner ermißt die Wonne des seligen Jünglings,
Der, nach großen Geschenken, als Braut zu Hause dich führet!
Denn ich sahe noch nie solch einen sterblichen Menschen,
Weder Mann noch Weib! Mit Staunen erfüllt mich der Anblick!
Ehmals sah ich in Delos, am Altar Phöbos Apollons,
Einen Sprößling der Palme von so erhabenem Wuchse.
Denn auch dorthin kam ich, von vielem Volke begleitet,
Jenes Weges, der mir so vielen Jammer gebracht hat!
Und ich stand auch also vor ihm, und betrachtet' ihn lange
Staunend; denn solch ein Stamm war nie dem Boden entwachsen.
Also bewundre ich dich, und staun', und zittre vor Ehrfurcht,
Deine Kniee zu rühren! Doch groß ist mein Elend, o Jungfrau!
Gestern am zwanzigsten Tag entfloh ich dem dunkeln Gewässer;
Denn so lange trieb mich die Flut und die wirbelnden Stürme
Von der ogygischen Insel. Nun warf ein Dämon mich hieher,
Daß ich auch hier noch dulde! Denn noch erwart' ich des Leidens
Ende nicht; mir ward viel mehr von den Göttern beschieden!
Aber erbarme dich, Hohe! Denn nach unendlicher Trübsal
Fand ich am ersten dich, und kenne der übrigen Menschen
Keinen, welche die Stadt und diese Gefilde bewohnen.
Zeige mich hin zur Stadt, und gib mir ein Stück zur Bedeckung,
Etwa ein Wickeltuch, worin du die Wäsche gebracht hast!
Mögen die Götter dir schenken, so viel dein Herz nur begehret,
Einen Mann und ein Haus, und euch mit seliger Eintracht
Segnen! Denn nichts ist besser und wünschenswerter auf Erden,
Als wenn Mann und Weib, in herzlicher Liebe vereinigt,
Ruhig ihr Haus verwalten: den Feinden ein kränkender Anblick,
Aber Wonne den Freunden; und mehr noch genießen sie selber!
Ihm antwortete drauf die lilienarmige Jungfrau:
Keinem geringen Manne noch törichten gleichst du, o Fremdling.
Aber der Gott des Olympos erteilet selber den Menschen,
Vornehm oder geringe, nach seinem Gefallen ihr Schicksal.
Dieser beschied dir dein Los, und dir geziemt es zu dulden.
Jetzt, da du unserer Stadt und unsern Gefilden dich nahest,
Soll es weder an Kleidung, noch etwas anderm, dir mangeln,
Was unglücklichen Fremden, die Hilfe suchen, gebühret.
Zeigen will ich die Stadt, und des Volkes Namen dir sagen:
Wir Phäaken bewohnen die Stadt und diese Gefilde.
Aber ich selber bin des hohen Alkinoos' Tochter,
Dem des phäakischen Volkes Gewalt und Stärke vertraut ist.
Also sprach sie, und rief den schöngelockten Gespielen:

„ στῆτέ μοι, ἀμφίπολοι· πόσε φεύγετε φῶτα ἰδοῦσαι;
ἦ μή πού τινα δυσμενέων φάσθ' ἔμμεναι ἀνδρῶν;
οὐκ ἔσθ' οὗτος ἀνὴρ διερὸς βροτὸς οὐδὲ γένηται,
ὅς κεν Φαιήκων ἀνδρῶν ἐς γαῖαν ἵκηται
δηιοτῆτα φέρων· μάλα γὰρ φίλοι ἀθανάτοισιν.
οἰκέομεν δ' ἀπάνευθε πολυκλύστωι ἐνὶ πόντωι,
ἔσχατοι, οὐδέ τις ἄμμι βροτῶν ἐπιμίσγεται ἄλλος.
ἀλλ' ὅδε τις δύστηνος ἀλώμενος ἐνθάδ' ἱκάνει,
τὸν νῦν χρὴ κομέειν· πρὸς γὰρ Διός εἰσιν ἅπαντες
ξεῖνοί τε πτωχοί τε, δόσις δ' ὀλίγη τε φίλη τε.
ἀλλὰ δότ', ἀμφίπολοι, ξείνωι βρῶσίν τε πόσιν τε,
λούσατέ τ' ἐν ποταμῶι, ὅθ' ἐπὶ σκέπας ἔστ' ἀνέμοιο."
ὣς ἔφαθ', αἱ δ' ἔσταν τε καὶ ἀλλήλῃσι κέλευσαν,
κὰδ δ' ἄρ' Ὀδυσσῆ' εἷσαν ἐπὶ σκέπας, ὡς ἐκέλευσεν
Ναυσικάα θυγάτηρ μεγαλήτορος Ἀλκινόοιο·
πὰρ δ' ἄρα οἱ φᾶρός τε χιτῶνά τε εἵματ' ἔθηκαν,
δῶκαν δὲ χρυσέηι ἐν ληκύθωι ὑγρὸν ἔλαιον,
ἤνωγον δ' ἄρα μιν λοῦσθαι ποταμοῖο ῥοῆισιν.
δή ῥα τότ' ἀμφιπόλοισι μετηύδα δῖος Ὀδυσσεύς·
„ ἀμφίπολοι, στῆθ' οὕτω ἀπόπροθεν, ὄφρ' ἐγὼ αὐτὸς
ἅλμην ὤμοιιν ἀπολούσομαι, ἀμφὶ δ' ἐλαίωι
χρίσομαι· ἦ γὰρ δηρὸν ἀπὸ χροός ἐστιν ἀλοιφή.
ἄντην δ' οὐκ ἂν ἐγώ γε λοέσσομαι· αἰδέομαι γὰρ
γυμνοῦσθαι κούρῃσιν ἐυπλοκάμοισι μετελθών."
ὣς ἔφαθ', αἱ δ' ἀπάνευθεν ἴσαν, εἶπον δ' ἄρα κούρηι.
αὐτὰρ ὁ ἐκ ποταμοῦ χρόα νίζετο δῖος Ὀδυσσεὺς
ἅλμην, ἥ οἱ νῶτα καὶ εὐρέας ἄμπεχεν ὤμους,
ἐκ κεφαλῆς δ' ἔσμηχεν ἁλὸς χνόον ἀτρυγέτοιο.
αὐτὰρ ἐπεὶ δὴ πάντα λοέσσατο καὶ λίπ' ἄλειψεν,
ἀμφὶ δὲ εἵματα ἕσσαθ' ἅ οἱ πόρε παρθένος ἀδμής,
τὸν μὲν Ἀθηναίη θῆκεν Διὸς ἐκγεγαυῖα
μείζονά τ' εἰσιδέειν καὶ πάσσονα, κὰδ δὲ κάρητος
οὔλας ἧκε κόμας, ὑακινθίνωι ἄνθει ὁμοίας.
ὡς δ' ὅτε τις χρυσὸν περιχεύεται ἀργύρωι ἀνὴρ
ἴδρις, ὃν Ἥφαιστος δέδαεν καὶ Παλλὰς Ἀθήνη
τέχνην παντοίην, χαρίεντα δὲ ἔργα τελείει,
ὣς ἄρα τῶι κατέχευε χάριν κεφαλῆι τε καὶ ὤμοις.
ἕζετ' ἔπειτ' ἀπάνευθε κιὼν ἐπὶ θῖνα θαλάσσης,
κάλλεϊ καὶ χάρισι στίλβων· θηεῖτο δὲ κούρη.
δή ῥα τότ' ἀμφιπόλοισιν ἐυπλοκάμοισι μετηύδα·
„ κλῦτέ μευ, ἀμφίπολοι λευκώλενοι, ὄφρα τι εἴπω.

Dirnen, steht mir doch still! wo fliehet ihr hin vor dem Manne?
Meinet ihr etwa, er komme zu uns in feindlicher Absicht?
Wahrlich, der lebt noch nicht, und niemals wird er geboren,
Welcher käm' in das Land der phäakischen Männer, mit Feindschaft
Unsre Ruhe zu stören; denn sehr geliebt von den Göttern,
Wohnen wir abgesondert im wogenrauschenden Meere,
An dem Ende der Welt, und haben mit keinem Gemeinschaft.
Nein, er kommt zu uns, ein armer irrender Fremdling,
Dessen man pflegen muß. Denn Zeus gehören ja alle
Fremdling' und Darbende an; und kleine Gaben erfreun auch.
Kommt denn, ihr Dirnen, und gebt dem Manne zu essen und trinken;
Und dann badet ihn unten im Fluß, wo Schutz vor dem Wind ist.
Also sprach sie. Da standen sie still, und riefen einander,
Führten Odysseus hinab zum schattigen Ufer des Stromes,
Wie es Nausikaa hieß, des hohen Alkinoos' Tochter;
Legten ihm einen Mantel und Leibrock hin zur Bedeckung,
Gaben ihm auch geschmeidiges Öl in goldener Flasche,
Und geboten ihm jetzt, in den Wellen des Flusses zu baden.
Und zu den Jungfraun sprach der göttergleiche Odysseus:
Tretet ein wenig beiseit', ihr Mädchen, daß ich mir selber
Von den Schultern das Salz abspül', und mich ringsum mit Öle
Salbe; denn wahrlich schon lang entbehr' ich dieser Erfrischung!
Aber ich bade mich nimmer vor euch, ich würde mich schämen,
Nackend zu stehn, in Gegenwart schönlockiger Jungfraun.
Also sprach er, sie gingen beiseit', und sagten's der Fürstin.
Und nun wusch in dem Strom der edle Dulder das Meersalz,
Welches den Rücken ihm und die breiten Schultern bedeckte,
Rieb sich dann von dem Haupte den Schaum der wüsten Gewässer.
Und nachdem er gebadet, und sich mit Öle gesalbet;
Zog er die Kleider an, die Geschenke der blühenden Jungfrau.
Siehe da schuf ihn Athene, die Tochter des großen Kronions,
Höher und jugendlicher an Wuchs, und goß von der Scheitel
Ringelnde Locken herab, wie der Purpurlilien Blüte.
Also umgießt ein Mann mit feinem Golde das Silber,
Welchen Hephästos selbst und Pallas Athene die Weisheit
Vieler Künste gelehrt, und bildet reizende Werke:
Also umgoß die Göttin ihm Haupt und Schultern mit Anmut.
Und er ging ans Ufer des Meers, und setzte sich nieder,
Strahlend von Schönheit und Reiz. Mit Staunen sah ihn die Jungfrau
Leise begann sie, und sprach zu den schöngelockten Gespielen:
Höret mich an, weißarmige Mädchen, was ich euch sage!

οὐ πάντων ἀέκητι θεῶν, οἳ Ὄλυμπον ἔχουσιν,
Φαιήκεσσ' ὅδ' ἀνὴρ ἐπιμίσγεται ἀντιθέοισι·
πρόσθεν μὲν γὰρ δή μοι ἀεικέλιος δέατ' εἶναι,
νῦν δὲ θεοῖσιν ἔοικε, τοὶ οὐρανὸν εὐρὺν ἔχουσιν.
αἲ γὰρ ἐμοὶ τοιόσδε πόσις κεκλημένος εἴη
ἐνθάδε ναιετάων, καὶ οἱ ἅδοι αὐτόθι μίμνειν.
ἀλλὰ δότ', ἀμφίπολοι, ξείνωι βρῶσίν τε πόσιν τε."
ὣς ἔφαθ', αἱ δ' ἄρα τῆς μάλα μὲν κλύον ἠδ' ἐπίθοντο,
πὰρ δ' ἄρ' Ὀδυσσῆι ἔθεσαν βρῶσίν τε πόσιν τε.
ἦ τοι ὁ πῖνε καὶ ἦσθε πολύτλας δῖος Ὀδυσσεὺς
ἁρπαλέως· δηρὸν γὰρ ἐδητύος ἦεν ἄπαστος.
αὐτὰρ Ναυσικάα λευκώλενος ἄλλ' ἐνόησεν·
εἵματ' ἄρα πτύξασα τίθει καλῆς ἐπ' ἀπήνης,
ζεῦξεν δ' ἡμιόνους κρατερώνυχας, ἂν δ' ἔβη αὐτή,
ὤτρυνεν δ' Ὀδυσῆα, ἔπος τ' ἔφατ' ἔκ τ' ὀνόμαζεν·
„ ὄρσεο δὴ νῦν, ξεῖνε, πόλινδ' ἴμεν ὄφρα σε πέμψω
πατρὸς ἐμοῦ πρὸς δῶμα δαΐφρονος, ἔνθα σέ φημι
πάντων Φαιήκων εἰδησέμεν ὅσσοι ἄριστοι.
ἀλλὰ μάλ' ὧδ' ἔρδειν, δοκέεις δέ μοι οὐκ ἀπινύσσειν·
ὄφρ' ἂν μέν κ' ἀγροὺς ἴομεν καὶ ἔργ' ἀνθρώπων,
τόφρα σὺν ἀμφιπόλοισι μεθ' ἡμιόνους καὶ ἄμαξαν
καρπαλίμως ἔρχεσθαι· ἐγὼ δ' ὁδὸν ἡγεμονεύσω.
αὐτὰρ ἐπὴν πόλιος ἐπιβήομεν, ἣν πέρι πύργος
ὑψηλός, καλὸς δὲ λιμὴν ἑκάτερθε πόληος,
λεπτὴ δ' εἰσίθμη· νῆες δ' ὁδὸν ἀμφιέλισσαι
εἰρύαται· πᾶσιν γὰρ ἐπίστιόν ἐστιν ἑκάστωι.
ἔνθα δέ τέ σφ' ἀγορὴ καλὸν Ποσιδήιον ἀμφίς,
ῥυτοῖσιν λάεσσι κατωρυχέεσσ' ἀραρυῖα.
ἔνθα δὲ νηῶν ὅπλα μελαινάων ἀλέγουσι,
πείσματα καὶ σπεῖρα, καὶ ἀποξύνουσιν ἐρετμά.
οὐ γὰρ Φαιήκεσσι μέλει βιὸς οὐδὲ φαρέτρη,
ἀλλ' ἱστοὶ καὶ ἐρετμὰ νεῶν καὶ νῆες ἐῖσαι,
ἧισιν ἀγαλλόμενοι πολιὴν περόωσι θάλασσαν.
τῶν ἀλεείνω φῆμιν ἀδευκέα, μή τις ὀπίσσω
μωμεύηι· μάλα δ' εἰσὶν ὑπερφίαλοι κατὰ δῆμον·
καί νύ τις ὧδ' εἴπηισι κακώτερος ἀντιβολήσας·
, τίς δ' ὅδε Ναυσικάαι ἕπεται καλός τε μέγας τε
ξεῖνος; ποῦ δέ μιν εὗρε; πόσις νύ οἱ ἔσσεται αὐτῆι.
ἦ τινά που πλαγχθέντα κομίσσατο ἧς ἀπὸ νηὸς
ἀνδρῶν τηλεδαπῶν, ἐπεὶ οὔ τινες ἐγγύθεν εἰσίν·
ἤ τίς οἱ εὐξαμένηι πολυάρητος θεὸς ἦλθεν

Nicht von allen Göttern verfolgt, die den Himmel bewohnen,
Kam der Mann in das Land der göttergleichen Phäaken!
Anfangs schien er gering und unbedeutend von Ansehn;
Jetzo gleicht er den Göttern, des weiten Himmels Bewohnern.
Würde mir doch ein Gemahl von solcher Bildung bescheret,
Unter den Fürsten des Volks; und gefiel es ihm selber zu bleiben!
Aber, ihr Mädchen, gebt dem Manne zu essen und trinken.
Also sprach sie; ihr hörten die Mägde mit Fleiß, und gehorchten:
Nahmen des Tranks und der Speis', und brachten's dem Fremdling am Ufer.
Und nun aß er und trank, der herrliche Dulder Odysseus,
Voller Begier, denn er hatte schon lange nicht Speise gekostet.
Und ein Neues ersann die lilienarmige Jungfrau:
Lud auf den zierlichen Wagen die wohlgefalteten Kleider,
Spannte davor die Mäuler mit starken Hufen, bestieg ihn,
Und ermunterte dann Odysseus, rief ihm und sagte:
Fremdling, mache dich auf, in die Stadt zu gehen! Ich will dich
Führen zu meines Vaters, des weisen Helden, Palaste,
Wo du auch sehen wirst die edelsten aller Phäaken.
Tu nur, was ich dir sage; du scheinst mir nicht unverständig.
Siehe, so lange der Weg durch Felder und Saaten dahingeht,
Folge mit meinen Mägden dem mäulerbespanneten Wagen
Hurtig zu Fuße nach, wie ich im Wagen euch führe.
Aber sobald wir die Stadt erreichen, welche die hohe
Mauer umringt: (An jeglicher Seit' ist ein trefflicher Hafen,
Und die Einfahrt schmal; denn gleichgezimmerte Schiffe
Engen den Weg, und ruhn, ein jedes auf seinem Gestelle.
Allda ist auch ein Markt um den schönen Tempel Poseidons,
Ringsumher mit großen gehauenen Steinen gepflastert;
Wo man alle Geräte der schwarzen Schiffe bereitet,
Segeltücher und Seile, und schöngeglättete Ruder.
Denn die Phäaken kümmern sich nicht um Köcher und Bogen;
Aber Masten und Ruder und gleichgezimmerte Schiffe,
Diese sind ihre Freude, womit sie die Meere durchfliegen.)
Siehe, da mied' ich gerne die bösen Geschwätze, daß niemand
Uns nachhöhnte; man ist sehr übermütig im Volke!
Denn es sagte vielleicht ein Niedriger, der uns begegnet:
Seht doch, was folgt Nausikaen dort für ein schöner und großer
Fremdling? Wo fand sie den? Der soll gewiß ihr Gemahl sein!
Holte sie diesen vielleicht aus seinem Schiffe, das fernher
Sturm und Woge verschlug? Denn nahe wohnet uns niemand.
Oder kam gar ein Gott auf ihr inbrünstiges Flehen

οὐρανόθεν καταβάς, ἕξει δέ μιν ἤματα πάντα.
βέλτερον, εἰ καὐτὴ περ ἐποιχομένη πόσιν εὗρεν
ἄλλοθεν· ἦ γὰρ τούσδε γ' ἀτιμάζει κατὰ δῆμον
Φαίηκας, τοί μιν μνῶνται πολέες τε καὶ ἐσθλοί.'
ὣς ἐρέουσιν, ἐμοὶ δέ κ' ὀνείδεα ταῦτα γένοιτο.
καὶ δ' ἄλληι νεμεσῶ, ἥ τις τοιαῦτά γε ῥέζοι,
ἥ τ' ἀέκητι φίλων πατρὸς καὶ μητρὸς ἐόντων,
ἀνδράσι μίσγηται, πρίν γ' ἀμφάδιον γάμον ἐλθεῖν.
ξεῖνε, σὺ δ' ὦκ' ἐμέθεν ξυνίει ἔπος, ὄφρα τάχιστα
πομπῆς καὶ νόστοιο τύχηις παρὰ πατρὸς ἐμοῖο.
δήεις ἀγλαὸν ἄλσος Ἀθήνης ἄγχι κελεύθου
αἰγείρων· ἐν δὲ κρήνη νάει, ἀμφὶ δὲ λειμών·
ἔνθα δὲ πατρὸς ἐμοῦ τέμενος τεθαλυῖά τ' ἀλωή,
τόσσον ἀπὸ πτόλιος, ὅσσον τε γέγωνε βοήσας.
ἔνθα καθεζόμενος μεῖναι χρόνον, εἰς ὅ κεν ἡμεῖς
ἄστυδε ἔλθωμεν καὶ ἱκώμεθα δώματα πατρός.
αὐτὰρ ἐπὴν ἡμέας ἔλπηι ποτὶ δώματ' ἀφῖχθαι,
καὶ τότε Φαιήκων ἴμεν ἐς πόλιν ἠδ' ἐρέεσθαι
δώματα πατρὸς ἐμοῦ μεγαλήτορος Ἀλκινόοιο.
ῥεῖα δ' ἀρίγνωτ' ἐστί, καὶ ἂν πάϊς ἡγήσαιτο
νήπιος· οὐ μὲν γάρ τι ἐοικότα τοῖσι τέτυκται
δώματα Φαιήκων, οἷος δόμος Ἀλκινόοιο
ἥρωος. ἀλλ' ὁπότ' ἄν σε δόμοι κεκύθωσι καὶ αὐλή,
ὦκα μάλα μεγάροιο διελθέμεν, ὄφρ' ἂν ἵκηαι
μητέρ' ἐμήν· ἡ δ' ἧσται ἐπ' ἐσχάρηι ἐν πυρὸς αὐγῆι,
ἠλάκατα στρωφῶσ' ἁλιπόρφυρα, θαῦμα ἰδέσθαι,
κίονι κεκλιμένη· δμωιαὶ δέ οἱ εἵατ' ὄπισθεν.
ἔνθα δὲ πατρὸς ἐμοῖο θρόνος ποτικέκλιται αὐτῆι,
τῶι ὅ γε οἰνοποτάζει ἐφήμενος ἀθάνατος ὥς.
τὸν παραμειψάμενος μητρὸς περὶ γούνασι χεῖρας
βάλλειν ἡμετέρης, ἵνα νόστιμον ἦμαρ ἴδηαι
χαίρων καρπαλίμως, εἰ καὶ μάλα τηλόθεν ἐσσί.
εἴ κέν τοι κείνη γε φίλα φρονέηισ' ἐνὶ θυμῶι,
ἐλπωρή τοι ἔπειτα φίλους τ' ἰδέειν καὶ ἱκέσθαι
οἶκον ἐυκτίμενον καὶ σὴν ἐς πατρίδα γαῖαν."

ὣς ἄρα φωνήσασ' ἵμασεν μάστιγι φαεινῆι
ἡμιόνους· αἱ δ' ὦκα λίπον ποταμοῖο ῥέεθρα.
αἱ δ' εὖ μὲν τρώχων, εὖ δὲ πλίσσοντο πόδεσσιν·
ἡ δὲ μάλ' ἡνιόχευεν, ὅπως ἅμ' ἑποίατο πεζοὶ
ἀμφίπολοί τ' Ὀδυσεύς τε, νόωι δ' ἐπέβαλλεν ἱμάσθλην.
δύσετό τ' ἠέλιος καὶ τοὶ κλυτὸν ἄλσος ἵκοντο

Hoch vom Himmel herab, bei ihr zeitlebens zu bleiben?
Besser war's, daß sie selber hinausging, sich aus der Fremde
Einen Gemahl zu suchen; denn unsre phäakischen Freier
Sind ihr wahrlich zu schlecht, die vielen Söhne der Edeln!
Also sagten die Leut', und es wär' auch wider den Wohlstand.
Denn ich tadelte selber an andern solches Verfahren,
Wenn man, der Eltern Liebe mit Ungehorsam belohnend,
Sich zu Männern gesellte vor öffentlicher Vermählung.
Aber vernimm, o Fremdling, was ich dir rate; wofern du
Wünschest, daß bald mein Vater in deine Heimat dich sende.
Nah am Weg' ist ein Pappelgehölz, Athenen geheiligt.
Ihm entsprudelt ein Quell, und tränkt die grünende Wiese,
Wo mein Vater ein Haus mit fruchtbaren Gärten gebaut hat,
Nur so weit von der Stadt, wie die Stimme des Rufenden schallet.
Allda setze dich nieder im Schatten des Haines, und warte,
Bis wir kommen zur Stadt, und des Vaters Wohnung erreichen.
Aber sobald du meinst, daß wir die Wohnung erreichet;
Mache dich auf, und gehe zur Stadt der Phäaken, und frage
Dort nach meines Vaters, des hohen Alkinoos', Wohnung.
Leicht ist diese zu kennen, der kleinste Knab' auf der Gasse
Führet dich hin. Denn nicht auf gleiche Weise gebauet
Sind der Phäaken Paläste; des Helden Alkinoos' Wohnung
Strahlt vor allen. Und bist du im ringsumbaueten Vorhof,
Dann durcheile den Saal, und geh zur inneren Wohnung
Meiner Mutter. Sie sitzt am glänzenden Feuer des Herdes,
Drehend die zierliche Spindel mit purpurfarbener Wolle,
An die Säule gelehnt; und hinter ihr sitzen die Jungfraun.
Neben ihr steht ein Thron für meinen Vater, den König,
Wo er, wie ein Unsterblicher, ruht, und mit Weine sich labet.
Diesen gehe vorbei, und umfasse mit flehenden Händen
Unserer Mutter Kniee; damit du den Tag der Zurückkunft
Freudig sehest und bald, du wohnest auch ferne von hinnen.
Denn ist diese dir nur in ihrem Herzen gewogen,
O dann hoffe getrost, die Freunde wiederzusehen,
Und dein prächtiges Haus, und deiner Väter Gefilde!

Also sprach die Fürstin, und zwang mit glänzender Geißel
Ihre Mäuler zum Lauf; sie enteilten dem Ufer des Stromes,
Trabten hurtig von dannen, und bogen behende die Schenkel.
Aber sie hielt sie im Zügel, damit ihr die Gehenden folgten,
Ihre Mägd' und Odysseus, und schwang die Geißel mit Klugheit.
Und die Sonne sank; und sie kamen zum schönen Gehölze,

ἱρὸν Ἀθηναίης, ἵν᾽ ἄρ᾽ ἕζετο δῖος Ὀδυσσεύς.
αὐτίκ᾽ ἔπειτ᾽ ἠρᾶτο Διὸς κούρῃ μεγάλοιο·
„ κλῦθί μευ, αἰγιόχοιο Διὸς τέκος, Ἀτρυτώνη·
νῦν δή πέρ μευ ἄκουσον, ἐπεὶ πάρος οὔ ποτ᾽ ἄκουσας
ῥαιομένου, ὅτε μ᾽ ἔρραιε κλυτὸς ἐννοσίγαιος.
δός μ᾽ ἐς Φαίηκας φίλον ἐλθεῖν ἠδ᾽ ἐλεεινόν.“
ὣς ἔφατ᾽ εὐχόμενος, τοῦ δ᾽ ἔκλυε Παλλὰς Ἀθήνη.
αὐτῶι δ᾽ οὔ πω φαίνετ᾽ ἐναντίη· αἴδετο γάρ ῥα
πατροκασίγνητον· ὁ δ᾽ ἐπιζαφελῶς μενέαινεν
ἀντιθέωι Ὀδυσῆι πάρος ἣν γαῖαν ἱκέσθαι.

Pallas' heiligem Hain. Hier setzt' Odysseus sich nieder.
Und er betete schnell zur Tochter des großen Kronions:
Höre mich, siegende Tochter des wetterleuchtenden Gottes!
Höre mich endlich einmal, da du vormals nimmer mich hörtest,
Als der gestadumstürmende Gott mich zürnend umherwarf!
Laß mich vor diesem Volk Barmherzigkeit finden und Gnade!
Also sprach er flehend; ihn hörete Pallas Athene.
Aber noch erschien sie ihm nicht; sie scheute den Bruder
Ihres Vaters: er zürnte dem göttergleichen Odysseus
Unablässig, bevor er die Heimat wieder erreichte.

ΟΔΥΣΣΕΙΑΣ Η

Ὀδυσσέως εἴσοδος
πρὸς Ἀλκίνουν.

Ὣς ὁ μὲν ἔνθ᾽ ἠρᾶτο πολύτλας δῖος Ὀδυσσεύς,
κούρην δὲ προτὶ ἄστυ φέρεν μένος ἡμιόνοιιν.
ἡ δ᾽ ὅτε δὴ οὗ πατρὸς ἀγακλυτὰ δώμαθ᾽ ἵκανε,
στῆσεν ἄρ᾽ ἐν προθύροισι, κασίγνητοι δέ μιν ἀμφὶς
ἵσταντ᾽ ἀθανάτοις ἐναλίγκιοι, οἵ ῥ᾽ ὑπ᾽ ἀπήνης
ἡμιόνους ἔλυον ἐσθῆτά τε ἔσφερον εἴσω.
αὐτὴ δ᾽ ἐς θάλαμον ἑὸν ἤιε· δαῖε δέ οἱ πῦρ
γρῆυς Ἀπειραίη, θαλαμηπόλος Εὐρυμέδουσα,
τήν ποτ᾽ Ἀπείρηθεν νέες ἤγαγον ἀμφιέλισσαι·
Ἀλκινόωι δ᾽ αὐτὴν γέρας ἔξελον, οὕνεκα πᾶσιν
Φαιήκεσσιν ἄνασσε, θεοῦ δ᾽ ὣς δῆμος ἄκουεν·
ἣ τρέφε Ναυσικάαν λευκώλενον ἐν μεγάροισιν.
ἥ οἱ πῦρ ἀνέκαιε καὶ εἴσω δόρπον ἐκόσμει.
καὶ τότ᾽ Ὀδυσσεὺς ὦρτο πόλινδ᾽ ἴμεν· ἀμφὶ δ᾽ Ἀθήνη
πολλὴν ἠέρα χεῦε φίλα φρονέουσ᾽ Ὀδυσῆι,
μή τις Φαιήκων μεγαθύμων ἀντιβολήσας
κερτομέοι τ᾽ ἐπέεσσι καὶ ἐξερέοιθ᾽ ὅτις εἴη.
ἀλλ᾽ ὅτε δὴ ἄρ᾽ ἔμελλε πόλιν δύσεσθαι ἐραννήν,
ἔνθα οἱ ἀντεβόλησε θεά, γλαυκῶπις Ἀθήνη,
παρθενικῆι ἐικυῖα νεήνιδι, κάλπιν ἐχούσηι.
στῆ δὲ πρόσθ᾽ αὐτοῦ, ὁ δ᾽ ἀνείρετο δῖος Ὀδυσσεύς·
„ ὦ τέκος, οὐκ ἄν μοι δόμον ἀνέρος ἡγήσαιο
Ἀλκινόου, ὃς τοῖσδε μετ᾽ ἀνθρώποισι ἀνάσσει;
καὶ γὰρ ἐγὼ ξεῖνος ταλαπείριος ἐνθάδ᾽ ἱκάνω
τηλόθεν ἐξ ἀπίης γαίης· τῶι οὔ τινα οἶδα
ἀνθρώπων, οἳ τήνδε πόλιν καὶ γαῖαν ἔχουσιν."
τὸν δ᾽ αὖτε προσέειπε θεά, γλαυκῶπις Ἀθήνη·
„ τοιγὰρ ἐγώ τοι, ξεῖνε πάτερ, δόμον, ὅν με κελεύεις,
δείξω, ἐπεί μοι πατρὸς ἀμύμονος ἐγγύθι ναίει.
ἀλλ᾽ ἴθι σιγῆι τοῖον, ἐγὼ δ᾽ ὁδὸν ἡγεμονεύσω,
μηδέ τιν᾽ ἀνθρώπων προτιόσσεο μηδ᾽ ἐρέεινε.
οὐ γὰρ ξείνους οἵδε μάλ᾽ ἀνθρώπους ἀνέχονται,
οὐδ᾽ ἀγαπαζόμενοι φιλέουσ᾽ ὅς κ᾽ ἄλλοθεν ἔλθηι.
νηυσὶ θοῆισιν τοί γε πεποιθότες ὠκείῃσι

SIEBENTER GESANG

Nach Nausikaa geht Odysseus in die Stadt, von Athene in Nebel gehüllt, und zum Palaste des Königs geführt, wo die Fürsten versammelt sind. Er fleht der Königin Arete um Heimsendung, und wird von Alkinoos als Gast aufgenommen. Nach dem Mahle, da Arete um die Kleider ihn fragt, erzählt er seine Geschichte seit der Abfahrt von Kalypso.

Also betete dort der herrliche Dulder Odysseus.
Aber Nausikaa flog in die Stadt mit der Stärke der Mäuler.
Als sie die prächtige Burg des Vaters jetzo erreichte,
Hielt sie still an der Pforte des Hofs. Da kamen die Brüder
Ringsumher, an Gestalt den Unsterblichen ähnlich; sie spannten
Von dem Wagen die Mäuler, und trugen die Wäsch' in die Kammer.
Jetzo ging sie hinein, und ihre Kammerbediente
Zündete Feuer an, die alte Eurymedusa.
Einst entführten die Schiffer sie aus Epeiros, und wählten
Für Alkinoos sie zum Ehrengeschenke, den König,
Welcher hoch, wie ein Gott, im phäakischen Volke geehrt ward;
Und sie erzog ihm die schöne Nausikaa in dem Palaste.
Als das Feuer nun brannte, besorgte sie hurtig die Mahlzeit.
　Aber Odysseus ging in die Stadt; und Pallas Athene
Hüllt' ihn in finstere Nacht, aus Sorge für ihren Geliebten:
Daß ihn nicht auf dem Wege der hochgesinnten Phäaken
Einer mit Schmähungen kränkte, noch fragte, von wannen er käm'.
Als er die schöne Stadt der Phäaken jetzo erreichte,
Da begegnet' ihm Zeus' blauäugichte Tochter Athene.
Wie ein blühendes Mädchen mit einem Wassergefäße,
Stand sie nahe vor ihm. Da sprach der edle Odysseus:
　Liebe Tochter, willst du mir nicht Alkinoos Wohnung
Zeigen, welchem dies Volk als seinem König gehorchet?
Denn ich komme zu euch, ein armer irrender Fremdling,
Ferne von hier aus dem apischen Land; und kenne der Menschen
Keinen, welche die Stadt und diese Gefilde bewohnen.
　Ihm antwortete Zeus' blauäugichte Tochter Athene:
Gerne will ich dir, Vater, das Haus, wohin du verlangest,
Zeigen; denn nahe dabei wohnt mein rechtschaffener Vater.
Gehe so ruhig fort, und folge mir, wie ich dich führe;
Schaue nach keinem Menschen dich um, und rede mit niemand.
Denn die Leute sind hier den Fremden nicht allzu gewogen,
Und bewirten sie nicht sehr freundlich, woher sie auch kommen.
Sie bekümmern sich nur um schnelle hurtige Schiffe,

λαῖτμα μέγ' ἐκπερόωσιν, ἐπεί σφισι δῶκ' ἐνοσίχθων·
τῶν νέες ὠκεῖαι ὡς εἰ πτερὸν ἠὲ νόημα.“
ὣς ἄρα φωνήσασ' ἡγήσατο Παλλὰς Ἀθήνη
καρπαλίμως· ὁ δ' ἔπειτα μετ' ἴχνια βαῖνε θεοῖο.
τὸν δ' ἄρα Φαίηκες ναυσικλυτοὶ οὐκ ἐνόησαν
ἐρχόμενον κατὰ ἄστυ διὰ σφέας· οὐ γὰρ Ἀθήνη
εἴα ἐυπλόκαμος, δεινὴ θεός, ἥ ῥά οἱ ἀχλὺν
θεσπεσίην κατέχευε φίλα φρονέουσ' ἐνὶ θυμῶι.
θαύμαζεν δ' Ὀδυσεὺς λιμένας καὶ νῆας ἐίσας
αὐτῶν θ' ἡρώων ἀγορὰς καὶ τείχεα μακρὰ
ὑψηλά, σκολόπεσσιν ἀρηρότα, θαῦμα ἰδέσθαι.
ἀλλ' ὅτε δὴ βασιλῆος ἀγακλυτὰ δώμαθ' ἵκοντο,
τοῖσι δὲ μύθων ἦρχε θεά, γλαυκῶπις Ἀθήνη·
„οὗτος δή τοι, ξεῖνε πάτερ, δόμος, ὅν με κελεύεις
πεφραδέμεν· δήεις δὲ διοτρεφέας βασιλῆας
δαίτην δαινυμένους· σὺ δ' ἔσω κίε, μηδέ τι θυμῶι
τάρβει· θαρσαλέος γὰρ ἀνὴρ ἐν πᾶσιν ἀμείνων
ἔργοισιν τελέθει, εἰ καί ποθεν ἄλλοθεν ἔλθοι.
δέσποιναν μὲν πρῶτα κιχήσεαι ἐν μεγάροισιν·
Ἀρήτη δ' ὄνομ' ἐστὶν ἐπώνυμον, ἐκ δὲ τοκήων
τῶν αὐτῶν οἵ περ τέκον Ἀλκίνοον βασιλῆα.
Ναυσίθοον μὲν πρῶτα Ποσειδάων ἐνοσίχθων
γείνατο καὶ Περίβοια, γυναικῶν εἶδος ἀρίστη,
ὁπλοτάτη θυγάτηρ μεγαλήτορος Εὐρυμέδοντος,
ὅς ποθ' ὑπερθύμοισι Γιγάντεσσιν βασίλευεν.
ἀλλ' ὁ μὲν ὤλεσε λαὸν ἀτάσθαλον, ὤλετο δ' αὐτός·
τῆι δὲ Ποσειδάων ἐμίγη καὶ ἐγείνατο παῖδα
Ναυσίθοον μεγάθυμον, ὃς ἐν Φαίηξιν ἄνασσε·
Ναυσίθοος δ' ἔτεκεν Ῥηξήνορά τ' Ἀλκίνοόν τε.
τὸν μὲν ἄκουρον ἐόντα βάλ' ἀργυρότοξος Ἀπόλλων
νυμφίον ἐν μεγάρωι, μίαν οἴην παῖδα λιπόντα
Ἀρήτην· τὴν δ' Ἀλκίνοος ποιήσατ' ἄκοιτιν,
καί μιν ἔτισ', ὡς οὔ τις ἐπὶ χθονὶ τίεται ἄλλη,
ὅσσαι νῦν γε γυναῖκες ὑπ' ἀνδράσιν οἶκον ἔχουσιν.
ὣς κείνη περὶ κῆρι τετίμηταί τε καὶ ἔστιν
ἔκ τε φίλων παίδων ἔκ τ' αὐτοῦ Ἀλκινόοιο
καὶ λαῶν, οἵ μίν ῥα θεὸν ὣς εἰσορόωντες
δειδέχαται μύθοισιν, ὅτε στείχησ' ἀνὰ ἄστυ.
οὐ μὲν γάρ τι νόου γε καὶ αὐτὴ δεύεται ἐσθλοῦ·
οἷσί τ' εὖ φρονέῃσι καὶ ἀνδράσι νείκεα λύει.
εἴ κέν τοι κείνη γε φίλα φρονέῃσ' ἐνὶ θυμῶι,

Über die Meere zu fliegen: denn dies gab ihnen Poseidon.
Ihre Schiffe sind hurtig wie Flügel, und schnell wie Gedanken.
  Als sie die Worte geredet, da wandelte Pallas Athene
Eilend voran, und er folgte den Schritten der wandelnden Göttin.
Ihn bemerkte keiner der segelberühmten Phäaken,
Als er die Stadt durchging: die schöngelockte Athene
Ließ es nicht zu, die furchtbare Göttin, die heiliges Dunkel
Über sein Haupt hingoß, aus Sorge für ihren Geliebten.
Wundernd sah er die Häfen und gleichgezimmerten Schiffe,
Und die Versammlungsplätze des Volks, und die türmenden Mauern,
Lang und hoch, mit Pfählen umringt, ein Wunder zu schauen!
Als sie die prächtige Burg des Königes jetzo erreichten,
Siehe da redete Zeus' blauäugichte Tochter Athene:
  Fremder Vater, hier ist das Haus, wohin du verlangtest,
Daß ich dich führte. Du wirst die göttergesegneten Fürsten
Hier am festlichen Schmause versammelt finden; doch gehe
Dreist hinein, und fürchte dich nicht! Dem Kühnen gelinget
Jedes Beginnen am besten, und käm' er auch aus der Fremde.
Aber suche zuerst die Königin drinnen im Saale.
Diese heißt Arete mit Namen, und ward von denselben
Eltern gezeugt, von welchen der König Alkinoos herstammt.
Denn Nausithoos war des Erdumstürmers Poseidon
Und Periböens Sohn, der schönsten unter den Weibern,
Und des hochgesinnten Eurymedons jüngsten Tochter.
Dieser beherrschte vordem die ungeheuren Giganten;
Aber er stürzte sich selbst und sein frevelndes Volk ins Verderben.
Seine Tochter bezwang der Gott, und aus ihrer Gemeinschaft
Wuchs Nausithoos auf, der edle Phäakenbeherrscher.
Und Nausithoos zeugte Alkinoos und Rexenor,
Dieser starb ohne Söhne vom silbernen Bogen Apollons,
Neuvermählt im Palast; die einzige Tochter Arete
Seines Bruders nahm Alkinoos drauf zur Gemahlin:
Welcher sie ehrt, wie nirgends ein Weib auf Erden geehrt wird,
Keines von allen, die jetzo das Haus der Männer verwalten.
Also wird Arete mit herzlicher Liebe geehret
Von Alkinoos selbst, und ihren blühenden Kindern,
Und dem Volke, das sie wie eine Göttin betrachtet,
Und mit Segen begrüßt, so oft sie die Gassen durchwandelt.
Denn es fehlet ihr nicht an königlichem Verstande,
Und sie entscheidet selbst der Männer Zwiste mit Weisheit.
Fremdling, ist diese dir nur in ihrem Herzen gewogen;

ἐλπωρή τοι ἔπειτα φίλους τ' ἰδέειν καὶ ἱκέσθαι
οἶκον ἐς ὑψόροφον καὶ σὴν ἐς πατρίδα γαῖαν."
ὣς ἄρα φωνήσασ' ἀπέβη γλαυκῶπις Ἀθήνη
πόντον ἐπ' ἀτρύγετον, λίπε δὲ Σχερίην ἐρατεινήν,
ἵκετο δ' ἐς Μαραθῶνα καὶ εὐρυάγυιαν Ἀθήνην,
δῦνε δ' Ἐρεχθῆος πυκινὸν δόμον. αὐτὰρ Ὀδυσσεὺς
Ἀλκινόου πρὸς δώματ' ἴε κλυτά· πολλὰ δέ οἱ κῆρ
ὥρμαιν' ἱσταμένωι, πρὶν χάλκεον οὐδὸν ἱκέσθαι.
ὥς τε γὰρ ἠελίου αἴγλη πέλεν ἠὲ σελήνης
δῶμα καθ' ὑψερεφὲς μεγαλήτορος Ἀλκινόοιο.
χάλκεοι μὲν γὰρ τοῖχοι ἐληλέδατ' ἔνθα καὶ ἔνθα,
ἐς μυχὸν ἐξ οὐδοῦ, περὶ δὲ θριγκὸς κυάνοιο·
χρύσειαι δὲ θύραι πυκινὸν δόμον ἐντὸς ἔεργον·
σταθμοὶ δ' ἀργύρεοι ἐν χαλκέωι ἕστασαν οὐδῶι,
ἀργύρεον δ' ἐφ' ὑπερθύριον, χρυσέη δὲ κορώνη.
χρύσειοι δ' ἑκάτερθε καὶ ἀργύρεοι κύνες ἦσαν,
οὓς Ἥφαιστος ἔτευξεν ἰδυίῃσι πραπίδεσσι
δῶμα φυλασσέμεναι μεγαλήτορος Ἀλκινόοιο,
ἀθανάτους ὄντας καὶ ἀγήρως ἤματα πάντα.
ἐν δὲ θρόνοι περὶ τοῖχον ἐρηρέδατ' ἔνθα καὶ ἔνθα,
ἐς μυχὸν ἐξ οὐδοῖο διαμπερές, ἔνθ' ἐνὶ πέπλοι
λεπτοὶ ἐύννητοι βεβλήατο, ἔργα γυναικῶν.
ἔνθα δὲ Φαιήκων ἡγήτορες ἑδριόωντο
πίνοντες καὶ ἔδοντες· ἐπηετανὸν γὰρ ἔχεσκον.
χρύσειοι δ' ἄρα κοῦροι ἐυδμήτων ἐπὶ βωμῶν
ἕστασαν αἰθομένας δαΐδας μετὰ χερσὶν ἔχοντες,
φαίνοντες νύκτας κατὰ δώματα δαιτυμόνεσσι.
πεντήκοντα δέ οἱ δμωαὶ κατὰ δῶμα γυναῖκες
αἱ μὲν ἀλετρεύουσι μύλης ἔπι μήλοπα καρπόν,
αἱ δ' ἱστοὺς ὑφόωσι καὶ ἠλάκατα στρωφῶσιν
ἥμεναι, οἷά τε φύλλα μακεδνῆς αἰγείροιο·
καιρουσσέων δ' ὀθονέων ἀπολείβεται ὑγρὸν ἔλαιον.
ὅσσον Φαίηκες περὶ πάντων ἴδριες ἀνδρῶν
νῆα θοὴν ἐνὶ πόντωι ἐλαυνέμεν, ὣς δὲ γυναῖκες
ἱστῶν τεχνῆσσαι· πέρι γάρ σφισι δῶκεν Ἀθήνη
ἔργα τ' ἐπίστασθαι περικαλλέα καὶ φρένας ἐσθλάς.
ἔκτοσθεν δ' αὐλῆς μέγας ὄρχατος ἄγχι θυράων
τετράγυος· περὶ δ' ἕρκος ἐλήλαται ἀμφοτέρωθεν.
ἔνθα δὲ δένδρεα μακρὰ πεφύκασι τηλεθόωντα,
ὄγχναι καὶ ῥοιαὶ καὶ μηλέαι ἀγλαόκαρποι
συκέαι τε γλυκεραὶ καὶ ἐλαῖαι τηλεθόωσαι.

O dann hoffe getrost, die Freunde wiederzusehen,
Und dein prächtiges Haus und deiner Väter Gefilde!
Also redete Zeus' blauäugichte Tochter, und eilte
Über das wüste Meer aus Scherias lieblichen Auen,
Bis sie gen Marathon kam, und den weiten Gassen Athenäs,
In die prächtige Wohnung Erechtheus. Aber Odysseus
Ging zu Alkinoos' hohem Palast. Nun stand er, und dachte
Vieles im Herzen, bevor er der ehernen Schwelle sich nahte.
Gleich dem Strahle der Sonn', und gleich dem Schimmer des Mondes
Blinkte des edelgesinnten Alkinoos' prächtige Wohnung.
Eherne Wände liefen an jeglicher Seite des Hauses
Tief hinein von der Schwelle, gekrönt mit blauem Gesimse.
Eine goldene Pforte verschloß die innere Wohnung;
Silberne Pfosten, gepflanzt auf ihrer ehernen Schwelle,
Trugen den silbernen Kranz; der Ring der Pforte war golden.
Jegliche Seit' umstanden die goldnen und silbernen Hunde,
Welche Hephästos selbst mit hohem Verstande gebildet,
Um des edelgesinnten Alkinoos' Wohnung zu hüten:
Drohend standen sie dort, unsterblich und nimmer veraltend.
Innerhalb reihten sich Sessel um alle Wände des Saales
Tief hinein von der Schwell'; und Teppiche deckten die Sessel,
Fein und zierlich gestickt, der Weiber künstliche Arbeit.
Allda saßen stets der Phäaken hohe Beherrscher
Festlich bei Speis' und Trank, und schmausten von Tage zu Tage.
Goldene Jünglinge standen auf schöngebauten Altären
Ringsumher, und hielten in Händen brennende Fackeln,
Um den Gästen im Saale beim nächtlichen Schmause zu leuchten.
Fünfzig Weiber dienten im weiten Palaste des Königs.
Diese bei rasselnden Mühlen zermalmeten gelbes Getreide;
Jene saßen und webten, und dreheten emsig die Spindel,
Anzuschaun, wie die Blätter der hohen wehenden Pappel:
Und es glänzte wie Öl die schöngewebete Leinwand.
Denn gleichwie die Phäaken vor allen übrigen Männern
Hurtige Schiffe zu lenken verstehn; so siegen die Weiber
In der Kunst des Gewebes: sie lehrete selber Athene,
Wundervolle Gewande mit klugem Geiste zu wirken.
Außer dem Hofe liegt ein Garten, nahe der Pforte,
Eine Huf' ins Gevierte, mit ringsumzogener Mauer.
Allda streben die Bäume mit laubichtem Wipfel gen Himmel,
Voll balsamischer Birnen, Granaten und grüner Oliven,
Oder voll süßer Feigen, und rötlichgesprenkelter Äpfel.

τάων οὔ ποτε καρπὸς ἀπόλλυται οὐδ' ἀπολείπει
χείματος οὐδὲ θέρευς, ἐπετήσιος· ἀλλὰ μάλ' αἰεὶ
Ζεφυρίη πνείουσα τὰ μὲν φύει, ἄλλα δὲ πέσσει.
ὄγχνη ἐπ' ὄγχνηι γηράσκει, μῆλον δ' ἐπὶ μήλωι,
αὐτὰρ ἐπὶ σταφυλῆι σταφυλή, σῦκον δ' ἐπὶ σύκωι.
ἔνθα δέ οἱ πολύκαρπος ἀλωὴ ἐρρίζωται,
τῆς ἕτερον μὲν θειλόπεδον λευρῶι ἐνὶ χώρωι
τέρσεται ἠελίωι, ἑτέρας δ' ἄρα τε τρυγόωσιν,
ἄλλας δὲ τραπέουσι· πάροιθε δέ τ' ὄμφακές εἰσιν
ἄνθος ἀφιεῖσαι, ἕτεραι δ' ὑποπερκάζουσιν.
ἔνθα δὲ κοσμηταὶ πρασιαὶ παρὰ νείατον ὄρχον
παντοῖαι πεφύασιν, ἐπηετανὸν γανόωσαι·
ἐν δὲ δύω κρῆναι ἡ μέν τ' ἀνὰ κῆπον ἅπαντα
σκίδναται, ἡ δ' ἑτέρωθεν ὑπ' αὐλῆς οὐδὸν ἵησι
πρὸς δόμον ὑψηλόν, ὅθεν ὑδρεύοντο πολῖται.
τοῖ' ἄρ' ἐν Ἀλκινόοιο θεῶν ἔσαν ἀγλαὰ δῶρα.
ἔνθα στὰς θηεῖτο πολύτλας δῖος Ὀδυσσεύς.
αὐτὰρ ἐπεὶ δὴ πάντα ἑῶι θηήσατο θυμῶι,
καρπαλίμως ὑπὲρ οὐδὸν ἐβήσετο δώματος εἴσω.
εὗρε δὲ Φαιήκων ἡγήτορας ἠδὲ μέδοντας
σπένδοντας δεπάεσσιν ἐυσκόπωι Ἀργεϊφόντηι,
ὧι πυμάτωι σπένδεσκον, ὅτε μνησαίατο κοίτου.
αὐτὰρ ὁ βῆ διὰ δῶμα πολύτλας δῖος Ὀδυσσεὺς
πολλὴν ἠέρ' ἔχων, ἥν οἱ περίχευεν Ἀθήνη,
ὄφρ' ἵκετ' Ἀρήτην τε καὶ Ἀλκίνοον βασιλῆα.
ἀμφὶ δ' ἄρ' Ἀρήτης βάλε γούνασι χεῖρας Ὀδυσσεύς,
καὶ τότε δή ῥ' αὐτοῖο πάλιν χύτο θέσφατος ἀήρ.
οἱ δ' ἄνεωι ἐγένοντο, δόμον κάτα φῶτα ἰδόντες·
θαύμαζον δ' ὁρόωντες. ὁ δὲ λιτάνευεν Ὀδυσσεύς·
„Ἀρήτη, θύγατερ Ῥηξήνορος ἀντιθέοιο,
σόν τε πόσιν σά τε γούναθ' ἱκάνω πολλὰ μογήσας
τούσδε τε δαιτυμόνας· τοῖσιν θεοὶ ὄλβια δοῖεν
ζωέμεναι, καὶ παισὶν ἐπιτρέψειεν ἕκαστος
κτήματ' ἐνὶ μεγάροισι γέρας θ' ὅ τι δῆμος ἔδωκεν·
αὐτὰρ ἐμοὶ πομπὴν ὀτρύνετε πατρίδ' ἱκέσθαι
θᾶσσον, ἐπεὶ δὴ δηθὰ φίλων ἄπο πήματα πάσχω."
ὣς εἰπὼν κατ' ἄρ' ἕζετ' ἐπ' ἐσχάρηι ἐν κονίηισιν
πὰρ πυρί· οἱ δ' ἄρα πάντες ἀκὴν ἐγένοντο σιωπῆι.
ὀψὲ δὲ δὴ μετέειπε γέρων ἥρως Ἐχένηος,
ὃς δὴ Φαιήκων ἀνδρῶν προγενέστερος ἦεν
καὶ μύθοισι κέκαστο, παλαιά τε πολλά τε εἰδώς·

Diese tragen beständig, und mangeln des lieblichen Obstes
Weder im Sommer noch Winter; vom linden Weste gefächelt,
Blühen die Knospen dort, hier zeitigten schwellende Früchte:
Birnen reifen auf Birnen, auf Äpfel röten sich Äpfel,
Trauben auf Trauben erdunkeln, und Feigen schrumpfen auf Feigen.
Allda prangt auch ein Feld, von edlen Reben beschattet.
Einige Trauben dorren auf weiter Ebne des Gartens,
An der Sonne verbreitet, und andere schneidet der Winzer,
Andere keltert man schon. Hier stehen die Herling' in Reihen,
Dort entblühen sie erst, dort bräunen sich leise die Beeren,
An dem Ende des Gartens sind immerduftende Beete,
Voll balsamischer Kräuter und tausendfarbiger Blumen.
Auch zwo Quellen sind dort: die eine durchschlängelt den Garten;
Und die andere gießt sich unter die Schwelle des Hofes
An den hohen Palast, allwo die Bürger sie schöpfen.
Siehe so reichlich schmückten Alkinoos' Wohnung die Götter.
Lange stand bewundernd der herrliche Dulder Odysseus.
Und nachdem er alles in seinem Herzen bewundert,
Eilet' er über die Schwell', und ging in die strahlende Wohnung.
Und er fand der Phäaken erhabene Fürsten und Pfleger.
Diese gossen des Weines dem rüstigen Argosbesieger;
Denn ihm opferte man zuletzt, der Ruhe gedenkend.
Schnell durchging er den Saal, der herrliche Dulder Odysseus,
Rings in Nebel gehüllt, den ihm Athene umgossen,
Bis er Alkinoos fand und seine Gemahlin Arete.
Und Odysseus umschlang mit den Händen der Königin Kniee;
Und mit einmal zerfloß um ihn das heilige Dunkel.
Alle verstummten im Saale, da sie den Fremdling erblickten,
Und sahn staunend ihn an. Jetzt flehte der edle Odysseus:
O Arete, du Tochter des göttergleichen Rexenors,
Deinem Gemahle fleh ich und dir, ein bekümmerter Fremdling,
Und den Gästen umher! Euch allen schenken die Götter
Langes Leben und Heil, und jeder lasse den Kindern
Reichtum im Hause nach, und die Würde, die ihm das Volk gab!
Aber erbarmet euch mein, und sendet mich eilig zur Heimat;
Denn ich irre schon lang', entfernt von den Freunden, in Trübsal!
Also sprach er, und setzt' am Herd in die Asche sich nieder
Neben dem Feu'r; und alle verstummten umher, und schwiegen.
Endlich brach die Stille der graue Held Echeneos,
Welcher der älteste war der hohen phäakischen Fürsten,
An Beredsamkeit reich, und geübt in der Kunde der Vorzeit.

ὅ σφιν ἐὺ φρονέων ἀγορήσατο καὶ μετέειπεν·
„ Ἀλκίνο᾽, οὐ μέν τοι τόδε κάλλιον, οὐδὲ ἔοικε,
ξεῖνον μὲν χαμαὶ ἧσθαι ἐπ᾽ ἐσχάρηι ἐν κονίηισιν,
οἵδε δὲ σὸν μῦθον ποτιδέγμενοι ἰσχανόωνται.
ἄλλ᾽ ἄγε δὴ ξεῖνον μὲν ἐπὶ θρόνου ἀργυροήλου
εἷσον ἀναστήσας, σὺ δὲ κηρύκεσσι κέλευσον
οἶνον ἐπικρῆσαι, ἵνα καὶ Διὶ τερπικεραύνωι
σπείσομεν, ὅς θ᾽ ἱκέτηισιν ἅμ᾽ αἰδοίοισιν ὀπηδεῖ·
δόρπον δὲ ξείνωι ταμίη δότω ἔνδον ἐόντων."
αὐτὰρ ἐπεὶ τό γ᾽ ἄκουσ᾽ ἱερὸν μένος Ἀλκινόοιο,
χειρὸς ἑλὼν Ὀδυσῆα δαΐφρονα ποικιλομήτην
ὦρσεν ἀπ᾽ ἐσχαρόφιν καὶ ἐπὶ θρόνου εἷσε φαεινοῦ,
υἱὸν ἀναστήσας ἀγαπήνορα Λαοδάμαντα,
ὅς οἱ πλησίον ἷζε, μάλιστα δέ μιν φιλέεσκεν.
χέρνιβα δ᾽ ἀμφίπολος προχόωι ἐπέχευε φέρουσα
καλῆι χρυσείηι ὑπὲρ ἀργυρέοιο λέβητος,
νίψασθαι· παρὰ δὲ ξεστὴν ἐτάνυσσε τράπεζαν.
σῖτον δ᾽ αἰδοίη ταμίη παρέθηκε φέρουσα,
εἴδατα πόλλ᾽ ἐπιθεῖσα, χαριζομένη παρεόντων.
αὐτὰρ ὁ πῖνε καὶ ἦσθε πολύτλας δῖος Ὀδυσσεύς.
καὶ τότε κήρυκα προσέφη μένος Ἀλκινόοιο·
„ Ποντόνοε, κρητῆρα κερασσάμενος μέθυ νεῖμον
πᾶσιν ἀνὰ μέγαρον, ἵνα καὶ Διὶ τερπικεραύνωι
σπείσομεν, ὅς θ᾽ ἱκέτηισιν ἅμ᾽ αἰδοίοισιν ὀπηδεῖ."
ὣς φάτο, Ποντόνοος δὲ μελίφρονα οἶνον ἐκίρνα,
νώμησεν δ᾽ ἄρα πᾶσιν ἐπαρξάμενος δεπάεσσιν.
αὐτὰρ ἐπεὶ σπεῖσάν τ᾽ ἔπιόν θ᾽, ὅσον ἤθελε θυμός,
τοῖσιν δ᾽ Ἀλκίνοος ἀγορήσατο καὶ μετέειπε·
„ κέκλυτε, Φαιήκων ἡγήτορες ἠδὲ μέδοντες
ὄφρ᾽ εἴπω τά με θυμὸς ἐνὶ στήθεσσι κελεύει.
νῦν μὲν δαισάμενοι κατακείετε οἴκαδ᾽ ἰόντες·
ἠῶθεν δὲ γέροντας ἐπὶ πλέονας καλέσαντες
ξεῖνον ἐνὶ μεγάροις ξεινίσσομεν ἠδὲ θεοῖσιν
ῥέξομεν ἱερὰ καλά, ἔπειτα δὲ καὶ περὶ πομπῆς
μνησόμεθ᾽, ὥς χ᾽ ὁ ξεῖνος ἄνευθε πόνου καὶ ἀνίης
πομπῆι ὑφ᾽ ἡμετέρηι ἣν πατρίδα γαῖαν ἵκηται
χαίρων καρπαλίμως, εἰ καὶ μάλα τηλόθεν ἐστί,
μηδέ τι μεσσηγύς γε κακὸν καὶ πῆμα πάθηισι,
πρίν γε τὸν ἧς γαίης ἐπιβήμεναι· ἔνθα δ᾽ ἔπειτα
πείσεται, ἅσσα οἱ αἶσα κατὰ κλῶθές τε βαρεῖαι
γιγνομένωι νήσαντο λίνωι, ὅτε μιν τέκε μήτηρ.

Dieser erhub anitzo die Stimme der Weisheit, und sagte:
König, es ziemet sich nicht, und ist den Gebräuchen entgegen,
Einen Fremdling am Herd' in der Asche sitzen zu lassen.
Diese Männer schweigen, und harren deiner Befehle.
Auf, und führe den Fremdling zum silberbeschlagenen Sessel,
Daß er bei uns sich setze; und laß die Herolde wieder
Füllen mit Weine den Kelch; damit wir dem Gotte des Donners
Opfer bringen, der über die Hilfeflehenden waltet.
Und die Schaffnerin speise von ihrem Vorrat den Fremdling.
Als die heilige Macht Alkinoos' solches vernommen;
Faßt' er die Hand des tapfern erfindungsreichen Odysseus,
Richtet' ihn auf aus der Asch', und führt' ihn zum schimmernden Sessel
Nahe bei sich, und hieß den edlen Laodamas aufstehn,
Seinen mutigen Sohn, den er am zärtlichsten liebte.
Eine Dienerin trug in der schönen goldenen Kanne
Über dem silbernen Becken das Wasser, beströmte zum Waschen
Ihm die Händ', und stellte vor ihn die geglättete Tafel.
Auch die ehrbare Schaffnerin kam, und tischte das Brot auf,
Und der Gerichte viel aus ihrem gesammelten Vorrat.
Und nun aß er und trank, der herrliche Dulder Odysseus.
Aber die heilige Macht Alkinoos' sprach zu dem Herold:
Mische Wein in dem Kelche, Pontonoos; reiche dann allen
Männern im Saal' umher: damit wir dem Gotte des Donners
Opfer bringen, der über die Hilfeflehenden waltet.
Sprach's; und Pontonoos mischte des süßen Weines im Kelche.
Und verteilte von neuem, sich rechtshin wendend, die Becher.
Als sie des Trankes geopfert, und nach Verlangen getrunken,
Hub Alkinoos an, und sprach zur edlen Versammlung:
Merket auf, der Phäaken erhabene Fürsten und Pfleger,
Daß ich rede, wie mir das Herz im Busen gebietet.
Jetzo, nachdem ihr gespeist, geht heim, und legt euch zur Ruhe.
Morgen wollen wir hier noch mehr der Ältesten laden,
Und den Fremdling im Hause bewirten, mit heiligen Opfern
Uns die Götter versöhnen, und dann die gefoderte Heimfahrt
Überdenken: damit er, vor Not und Kummer gesichert,
Unter unserm Geleit, in seiner Väter Gefilde
Freudig komme, und bald, er wohn' auch ferne von hinnen;
Und ihm nicht auf dem Weg' ein neues Übel begegne,
Eh' er sein Vaterland erreicht hat. Dort begegn' ihm,
Was ihm das Schicksal bestimmt, und die unerbittlichen Schwestern
Ihm bei seiner Geburt in den werdenden Faden gesponnen.

εἰ δέ τις ἀθανάτων γε κατ᾽ οὐρανοῦ εἰλήλουθεν,
ἄλλο τι δὴ τόδ᾽ ἔπειτα θεοὶ περιμηχανόωνται.
αἰεὶ γὰρ τὸ πάρος γε θεοὶ φαίνονται ἐναργεῖς
ἡμῖν, εὖτ᾽ ἔρδωμεν ἀγακλειτὰς ἑκατόμβας,
δαίνυνταί τε παρ᾽ ἄμμι καθήμενοι ἔνθα περ ἡμεῖς.
εἰ δ᾽ ἄρα τις καὶ μοῦνος ἰὼν ξύμβληται ὁδίτης,
οὔ τι κατακρύπτουσιν, ἐπεί σφισιν ἐγγύθεν εἰμέν,
ὥς περ Κύκλωπές τε καὶ ἄγρια φῦλα Γιγάντων."
  τὸν δ᾽ ἀπαμειβόμενος προσέφη πολύμητις Ὀδυσσεύς·
„Ἀλκίνο᾽, ἄλλο τί τοι μελέτω φρεσίν· οὐ γὰρ ἐγώ γε
ἀθανάτοισιν ἔοικα, τοὶ οὐρανὸν εὐρὺν ἔχουσιν,
οὐ δέμας οὐδὲ φυήν, ἀλλὰ θνητοῖσι βροτοῖσιν.
οὕς τινας ὑμεῖς ἴστε μάλιστ᾽ ὀχέοντας ὀιζὺν
ἀνθρώπων, τοῖσίν κεν ἐν ἄλγεσιν ἰσωσαίμην.
καὶ δ᾽ ἔτι κεν καὶ μᾶλλον ἐγὼ κακὰ μυθησαίμην,
ὅσσα γε δὴ ξύμπαντα θεῶν ἰότητι μόγησα.
ἀλλ᾽ ἐμὲ μὲν δορπῆσαι ἐάσατε κηδόμενόν περ·
οὐ γάρ τι στυγερῆι ἐπὶ γαστέρι κύντερον ἄλλο
ἔπλετο, ἥ τ᾽ ἐκέλευσεν ἕο μνήσασθαι ἀνάγκηι
καὶ μάλα τειρόμενον καὶ ἐνὶ φρεσὶ πένθος ἔχοντα,
ὡς καὶ ἐγὼ πένθος μὲν ἔχω φρεσίν, ἡ δὲ μάλ᾽ αἰεὶ
ἐσθέμεναι κέλεται καὶ πινέμεν, ἐκ δέ με πάντων
ληθάνει ὅσσ᾽ ἔπαθον, καὶ ἐνιπλησθῆναι ἀνώγει.
ὑμεῖς δ᾽ ὀτρύνεσθαι ἅμ᾽ ἠοῖ φαινομένηφιν,
ὥς κ᾽ ἐμὲ τὸν δύστηνον ἐμῆς ἐπιβήσετε πάτρης
καί περ πολλὰ παθόντα· ἰδόντα με καὶ λίποι αἰὼν
κτῆσιν ἐμήν, δμῶάς τε καὶ ὑψερεφὲς μέγα δῶμα."
  ὣς ἔφαθ᾽, οἱ δ᾽ ἄρα πάντες ἐπῄνεον ἠδ᾽ ἐκέλευον
πεμπέμεναι τὸν ξεῖνον, ἐπεὶ κατὰ μοῖραν ἔειπεν.
αὐτὰρ ἐπεὶ σπεῖσάν τ᾽ ἔπιον θ᾽ ὅσον ἤθελε θυμός,
οἱ μὲν κακκείοντες ἔβαν οἶκόνδε ἕκαστος,
αὐτὰρ ὁ ἐν μεγάρωι ὑπελείπετο δῖος Ὀδυσσεύς,
πὰρ δέ οἱ Ἀρήτη τε καὶ Ἀλκίνοος θεοειδὴς
ἥσθην· ἀμφίπολοι δ᾽ ἀπεκόσμεον ἔντεα δαιτός.
τοῖσιν δ᾽ Ἀρήτη λευκώλενος ἤρχετο μύθων·
ἔγνω γὰρ φᾶρός τε χιτῶνά τε εἵματ᾽ ἰδοῦσα
καλά, τά ῥ᾽ αὐτὴ τεῦξε σὺν ἀμφιπόλοισι γυναιξί·
καί μιν φωνήσασ᾽ ἔπεα πτερόεντα προσηύδα·
  „ξεῖνε, τὸ μέν σε πρῶτον ἐγὼν εἰρήσομαι αὐτή·
τίς πόθεν εἰς ἀνδρῶν; τίς τοι τάδε εἵματ᾽ ἔδωκεν;
οὐ δὴ φῂς ἐπὶ πόντον ἀλώμενος ἐνθάδ᾽ ἱκέσθαι;"

Aber kam vielleicht der Unsterblichen einer vom Himmel,
Wahrlich dann haben mit uns die Götter ein andres im Sinne!
Sonst erscheinen uns stets die Götter in sichtbarer Bildung,
Wann wir mit festlicher Pracht der Hekatomben sie grüßen;
Sitzen mit uns in Reihen, und essen von unserem Mahle.
Oft auch, wann ihnen irgend ein einsamer Wandrer begegnet,
Hüllen sie sich in Gestalt: denn wir sind ihnen so nahe,
Wie die wilden Kyklopen und ungezähmten Giganten.
Ihm antwortete drauf der erfindungsreiche Odysseus:
O Alkinoos, hege nicht solche Gedanken! Ich sehe
Keinem Unsterblichen gleich, die den weiten Himmel bewohnen,
Weder an Kleidung noch Wuchs; ich gleiche sterblichen Menschen.
Kennt ihr einen, der euch der unglückseligste aller
Sterblichen scheint; ich bin ihm gleich zu achten an Elend!
Ja, ich wüßte vielleicht noch größere Leiden zu nennen,
Welche der Götter Rat auf meine Seele gehäuft hat!
Aber erlaubt mir nun zu essen, wie sehr ich auch traure.
Denn nichts ist unbändiger, als der zürnende Hunger,
Der mit tyrannischer Wut an sich die Menschen erinnert,
Selbst den leidenden Mann mit tiefbekümmerter Seele.
Also bin ich von Herzen bekümmert; aber beständig
Fodert er Speis' und Trank, der Wüterich! und ich vergesse
Alles, was ich gelitten, bis ich den Hunger gesättigt.
Aber eilet, ihr Fürsten, sobald der Morgen sich rötet,
Mich unglücklichen Mann in meine Heimat zu senden!
Denn soviel ich erlitten, ich stürbe sogar um den Anblick
Meiner Güter und Knechte und meines hohen Palastes!
Also sprach er; da lobten ihn alle Fürsten, und rieten,
Heimzusenden den Gast, weil seine Bitte gerecht war.
Als sie des Trankes geopfert, und nach Verlangen getrunken;
Gingen sie alle heim, der süßen Ruhe zu pflegen.
Aber im Saale blieb der göttergleiche Odysseus;
Neben ihm saß der König und seine Gemahlin Arete;
Und die Mägde räumten des Mahls Geräte von hinnen.
Jetzo begann Arete, die lilienarmige Fürstin;
Denn sie erkannte den Mantel und Rock, die schönen Gewande,
Welche sie selber gewirkt mit ihren dienenden Jungfraun;
Und sie redet' ihn an, und sprach die geflügelten Worte:
Hierum muß ich dich, Fremdling, vor allen Dingen befragen:
Wer, und von wannen bist du? Wer gab dir diese Gewande?
Sagtest du nicht, du kämest hieher vom Sturme verschlagen?

τὴν δ᾽ ἀπαμειβόμενος προσέφη πολύμητις Ὀδυσσεύς·
„ ἀργαλέον, βασίλεια, διηνεκέως ἀγορεῦσαι
κήδε᾽, ἐπεί μοι πολλὰ δόσαν θεοὶ Οὐρανίωνες·
τοῦτο δέ τοι ἐρέω ὅ μ᾽ ἀνείρεαι ἠδὲ μεταλλᾶις.
Ὠγυγίη τις νῆσος ἀπόπροθεν εἰν ἁλὶ κεῖται·
ἔνθα μὲν Ἄτλαντος θυγάτηρ, δολόεσσα Καλυψὼ
ναίει ἐυπλόκαμος, δεινὴ θεός· οὐδέ τις αὐτῆι
μίσγεται οὔτε θεῶν οὔτε θνητῶν ἀνθρώπων.
ἀλλ᾽ ἐμὲ τὸν δύστηνον ἐφέστιον ἤγαγε δαίμων
οἶον, ἐπεί μοι νῆα θοὴν ἀργῆτι κεραυνῶι
Ζεὺς ἔλσας ἐκέασσε μέσωι ἐνὶ οἴνοπι πόντωι.
ἔνθ᾽ ἄλλοι μὲν πάντες ἀπέφθιθεν ἐσθλοὶ ἑταῖροι,
αὐτὰρ ἐγὼ τρόπιν ἀγκὰς ἑλὼν νεὸς ἀμφιελίσσης
ἐννῆμαρ φερόμην· δεκάτηι δέ με νυκτὶ μελαίνηι
νῆσον ἐς Ὠγυγίην πέλασαν θεοί, ἔνθα Καλυψὼ
ναίει ἐυπλόκαμος, δεινὴ θεός, ἥ με λαβοῦσα
ἐνδυκέως ἐφίλει τε καὶ ἔτρεφεν ἠδὲ ἔφασκε
θήσειν ἀθάνατον καὶ ἀγήραον ἤματα πάντα·
ἀλλ᾽ ἐμὸν οὔ ποτε θυμὸν ἐνὶ στήθεσσιν ἔπειθεν.
ἔνθα μὲν ἑπτάετες μένον ἔμπεδον, εἵματα δ᾽ αἰεὶ
δάκρυσι δεύεσκον, τά μοι ἄμβροτα δῶκε Καλυψώ·
ἀλλ᾽ ὅτε δὴ ὀγδόατόν μοι ἐπιπλόμενον ἔτος ἦλθεν,
καὶ τότε δή μ᾽ ἐκέλευσεν ἐποτρύνουσα νέεσθαι
Ζηνὸς ὑπ᾽ ἀγγελίης, ἢ καὶ νόος ἐτράπετ᾽ αὐτῆς.
πέμπε δ᾽ ἐπὶ σχεδίης πολυδέσμου, πολλὰ δ᾽ ἔδωκε,
σῖτον καὶ μέθυ ἡδύ, καὶ ἄμβροτα εἵματα ἕσσεν,
οὖρον δὲ προέηκεν ἀπήμονά τε λιαρόν τε.
ἑπτὰ δὲ καὶ δέκα μὲν πλέον ἤματα ποντοπορεύων,
ὀκτωκαιδεκάτηι δ᾽ ἐφάνη ὄρεα σκιόεντα
γαίης ὑμετέρης, γήθησε δέ μοι φίλον ἦτορ
δυσμόρωι· ἦ γὰρ ἔμελλον ἔτι ξυνέσεσθαι ὀιζυῖ
πολλῆι, τήν μοι ἐπῶρσε Ποσειδάων ἐνοσίχθων,
ὅς μοι ἐφορμήσας ἀνέμους κατέδησε κέλευθον,
ὤρινεν δὲ θάλασσαν ἀθέσφατον, οὐδέ τι κῦμα
εἴα ἐπὶ σχεδίης ἀδινὰ στενάχοντα φέρεσθαι.
τὴν μὲν ἔπειτα θύελλα διεσκέδασ᾽· αὐτὰρ ἐγώ γε
νηχόμενος τόδε λαῖτμα διέτμαγον, ὄφρα με γαίηι
ὑμετέρηι ἐπέλασσε φέρων ἄνεμός τε καὶ ὕδωρ.
ἔνθα κέ μ᾽ ἐκβαίνοντα βιήσατο κῦμ᾽ ἐπὶ χέρσου,
πέτρηις πρὸς μεγάληισι βαλὸν καὶ ἀτερπέι χώρωι·
ἀλλ᾽ ἀναχασσάμενος νῆχον πάλιν, ἧος ἐπῆλθον

Ihr antwortete drauf der erfindungsreiche Odysseus:
Schwer, o Königin, ist es, dir alle Leiden von Anfang
Herzunennen, die mir die himmlischen Götter gesendet.
Dennoch will ich dir dieses, warum du mich fragest, erzählen.
Fern auf dem Meere liegt Ogygia, eine der Inseln,
Wo des Atlas' Tochter, die listenreiche Kalypso
Wohnet, die Schöngelockte, die furchtbare Göttin. Es pfleget
Keiner der Götter mit ihr, und keiner der Menschen, Gemeinschaft.
Mich Unglücklichen nur, mich führte zu ihrer Behausung
Irgend ein Dämon, nachdem mir der Gott hochrollender Donner
Mitten im Meere mein Schiff mit dem dampfenden Strahle zerschmettert!
Alle tapfern Gefährten versanken mir dort in den Abgrund.
Aber ich, der den Kiel des zertrümmerten Schiffes umschlungen,
Trieb neun Tage herum. In der zehnten der schrecklichen Nächte
Führten die Himmlischen mich gen Ogygia, wo Kalypso
Wohnet, die Schöngelockte, die furchtbare Göttin. Sie nahm mich
Freundlich und gastfrei auf, und reichte mir Nahrung, und sagte
Mir Unsterblichkeit zu und nimmerverblühende Jugend.
Dennoch vermochte sie nimmer mein standhaftes Herz zu bewegen.
Sieben Jahre blieb ich bei ihr, und netzte mit Tränen
Stets die ambrosischen Kleider, die mir Kalypso geschenket.
Als nun endlich das achte der rollenden Jahre gekommen,
Da gebot sie mir selber die Heimfahrt; weil es Kronion
Ordnete, oder ihr Herz sich geändert hatte. Sie sandte
Mich auf vielgebundenem Floß, und schenkte mir reichlich
Speise und süßen Wein, und gab mir ambrosische Kleider;
Ließ dann leise vor mir ein laues Lüftchen einherwehn.
Siebzehn Tage befuhr ich die ungeheuren Gewässer.
Am achtzehnten erblickt' ich die hohen schattigen Berge
Eures Landes von fern, und freute mich herzlich des Anblicks.
Ich Unglücklicher! Ach noch viele schreckliche Trübsal
Stand mir bevor, vom Zorne des Erderschüttrers Poseidon!
Plötzlich hemmt' er die Fahrt mit reißenden Stürmen, und hochauf
Schwoll das unendliche Meer; und die rollende Woge verbot mir,
Daß ich länger im Floße mit bangem Seufzen dahinfuhr:
Ihn zerschmetterte schnell die Gewalt der kommenden Windsbraut.
Aber schwimmend durchkämpft' ich die ungeheuren Gewässer,
Bis mich der Sturm und die Wog' an Euer Gestade hinanwarf.
Allda hätte mich fast ergriffen die strudelnde Brandung,
Und an die drohenden Klippen, den Ort des Entsetzens, geschmettert.
Aber ich eilte zurück, und schwamm herum, bis ich endlich

ἐς ποταμόν, τῆι δή μοι ἐείσατο χῶρος ἄριστος,
λεῖος πετράων, καὶ ἐπὶ σκέπας ἦν ἀνέμοιο.
ἐκ δ' ἔπεσον θυμηγερέων, ἐπὶ δ' ἀμβροσίη νὺξ
ἤλυθ'. ἐγὼ δ' ἀπάνευθε διιπετέος ποταμοῖο
ἐκβὰς ἐν θάμνοισι κατέδραθον, ἀμφὶ δὲ φύλλα
ἠφυσάμην· ὕπνον δὲ θεὸς κατ' ἀπείρονα χεῦεν.
ἔνθα μὲν ἐν φύλλοισι φίλον τετιημένος ἦτορ
εὗδον παννύχιος καὶ ἐπ' ἠῶ καὶ μέσον ἦμαρ.
δείλετό τ' ἠέλιος καί με γλυκὺς ὕπνος ἀνῆκεν.
ἀμφιπόλους δ' ἐπὶ θινὶ τεῆς ἐνόησα θυγατρὸς
παιζούσας, ἐν δ' αὐτὴ ἔην ἐικυῖα θεῆισι·
τὴν ἱκέτευσ'· ἡ δ' οὔ τι νοήματος ἤμβροτεν ἐσθλοῦ,
ὡς οὐκ ἂν ἔλποιο νεώτερον ἀντιάσαντα
ἐρξέμεν· αἰεὶ γάρ τε νεώτεροι ἀφραδέουσιν.
ἥ μοι σῖτον ἔδωκεν ἅλις ἠδ' αἴθοπα οἶνον
καὶ λοῦσ' ἐν ποταμῶι καί μοι τάδε εἵματ' ἔδωκε.
ταῦτά τοι ἀχνύμενός περ ἀληθείην κατέλεξα."
τὸν δ' αὖτ' Ἀλκίνοος ἀπαμείβετο φώνησέν τε·
„ ξεῖν', ἦ τοι μὲν τοῦτο γ' ἐναίσιμον οὐκ ἐνόησε
παῖς ἐμή, οὕνεκά σ' οὔ τι μετ' ἀμφιπόλοισι γυναιξὶν
ἦγεν ἐς ἡμέτερον, σὺ δ' ἄρα πρώτην ἱκέτευσας."
τὸν δ' ἀπαμειβόμενος προσέφη πολύμητις Ὀδυσσεύς·
„ ἥρως, μή τοι τοὔνεκ' ἀμύμονα νείκεε κούρην·
ἡ μὲν γάρ μ' ἐκέλευε σὺν ἀμφιπόλοισιν ἕπεσθαι,
ἀλλ' ἐγὼ οὐκ ἔθελον δείσας αἰσχυνόμενός τε,
μή πως καὶ σοὶ θυμὸς ἐπισκύσσαιτο ἰδόντι·
δύσζηλοι γάρ τ' εἰμὲν ἐπὶ χθονὶ φῦλ' ἀνθρώπων."
τὸν δ' αὖτ' Ἀλκίνοος ἀπαμείβετο φώνησέν τε·
„ ξεῖν', οὔ μοι τοιοῦτον ἐνὶ στήθεσσι φίλον κῆρ
μαψιδίως κεχολῶσθαι· ἀμείνω δ' αἴσιμα πάντα.
αἲ γάρ, Ζεῦ τε πάτερ καὶ Ἀθηναίη καὶ Ἄπολλον,
τοῖος ἐὼν οἷός ἐσσι, τά τε φρονέων ἅ τ' ἐγώ περ,
παῖδά τ' ἐμὴν ἐχέμεν καὶ ἐμὸς γαμβρὸς καλέεσθαι
αὖθι μένων· οἶκον δέ κ' ἐγὼ καὶ κτήματα δοίην,
εἴ κ' ἐθέλων γε μένοις· ἀέκοντα δέ σ' οὔ τις ἐρύξει
Φαιήκων· μὴ τοῦτο φίλον Διὶ πατρὶ γένοιτο.
πομπὴν δ' ἐς τόδ' ἐγὼ τεκμαίρομαι, ὄφρ' εὖ εἰδῆις,
αὔριον ἔς· τῆμος δὲ σὺ μὲν δεδμημένος ὕπνωι
λέξεαι, οἱ δ' ἐλόωσι γαλήνην, ὄφρ' ἂν ἵκηαι
πατρίδα σὴν καὶ δῶμα, καὶ εἴ πού τοι φίλον ἐστίν,
εἴ περ καὶ μάλα πολλὸν ἑκαστέρω ἔστ' Εὐβοίης,

Kam an den Strom. Hier fand ich bequem zum Landen das Ufer,
Niedrig und felsenleer, und vor dem Winde gesichert.
Und ich sank ohnmächtig ans Land. Die ambrosische Nacht kam.
Und ich ging vom Gestade des göttlichen Stromes, und legte
Mich in ein dichtes Gebüsch, und häufte verdorrete Blätter
Um mich her; da sandte mir Gott unendlichen Schlummer.
Unter den Blättern dort, mit tiefbekümmerter Seele,
Schlief ich die ganze Nacht, bis zum andern Morgen und Mittag.
Als die Sonne sich neigte, verließ mich der liebliche Schlummer.
Und am Ufer des Meers erblickt' ich die spielenden Jungfraun
Deiner Tochter, mit ihnen sie selbst, den Unsterblichen ähnlich.
Dieser fleht' ich, und fand ein Mädchen voll edler Gesinnung.
Wahrlich sie handelte so, wie kaum ihr jugendlich Alter
Hoffen ließ; denn selten sind jüngere Leute verständig.
Speise reichte sie mir und funkelnden Wein zur Erquickung,
Badete mich im Strom, und schenkte mir diese Gewande.
Dieses hab' ich Betrübter dir jetzt aufrichtig erzählet.
Ihm antwortete drauf Alkinoos wieder, und sagte:
Fremdling, doch eine Pflicht hat meine Tochter verabsäumt!
Daß sie dich nicht zu uns mit ihren dienenden Jungfraun
Führte. Du hattest ja ihr zuerst um Hilfe geflehet.
Ihm antwortete drauf der erfindungsreiche Odysseus:
Edler, enthalte dich, die treffliche Tochter zu tadeln!
Denn sie gebot mir zu folgen mit ihren dienenden Jungfraun;
Aber ich weigerte mich, aus Scheu, und weil ich besorgte,
Daß sich etwa dein Herz ereiferte, wenn du es sähest.
Denn wir sind argwöhnisch, wir Menschenkinder auf Erden!
Ihm antwortete drauf Alkinoos wieder, und sagte:
Fremdling, ich trage kein Herz im Busen, welches ohn' Ursach'
Brennte von jähem Zorn. Doch besser ist immer der Wohlstand.
Schaffte doch Vater Zeus, Athene und Phöbos Apollon,
Daß ein Mann, so wie du, so ähnlich mir an Gesinnung,
Meine Tochter begehrte, sich mir erhöre zum Eidam,
Und hier bliebe! Ich wollte dir Haus und Habe verehren,
Bliebest du willig hier. Doch wider Willen soll niemand
Von den Phäaken dich halten: das wolle Gott nicht gefallen!
Deine Heimfahrt aber bestimm' ich dir, daß du es wissest,
Morgen. Allein du wirst indessen liegen und schlafen,
Da sie die Stille des Meers durchrudern, bis du erreichest
Deine Heimat, dein Haus, und was dir irgendwo lieb ist;
Wär' es auch von hinnen noch weiter, als selbst Euböa.

τήν περ τηλοτάτω φάσ' ἔμμεναι, οἵ μιν ἴδοντο
λαῶν ἡμετέρων, ὅτε τε ξανθὸν Ῥαδάμανθυν
ἦγον ἐποψόμενον Τιτυὸν Γαιήιον υἱόν.
καὶ μὲν οἱ ἔνθ' ἦλθον καὶ ἄτερ καμάτοιο τέλεσσαν
ἤματι τῶι αὐτῶι καὶ ἀπήνυσαν οἴκαδ' ὀπίσσω.
εἰδήσεις δὲ καὶ αὐτὸς ἐνὶ φρεσὶν ὅσσον ἄρισται
νῆες ἐμαὶ καὶ κοῦροι ἀναρρίπτειν ἅλα πηδῶι."
ὣς φάτο, γήθησεν δὲ πολύτλας δῖος Ὀδυσσεύς,
εὐχόμενος δ' ἄρα εἶπεν, ἔπος τ' ἔφατ' ἔκ τ' ὀνόμαζεν·
„Ζεῦ πάτερ, αἴθ' ὅσα εἶπε τελευτήσειεν ἅπαντα
Ἀλκίνοος· τοῦ μέν κεν ἐπὶ ζείδωρον ἄρουραν
ἄσβεστον κλέος εἴη, ἐγὼ δέ κε πατρίδ' ἱκοίμην."
ὣς οἱ μὲν τοιαῦτα πρὸς ἀλλήλους ἀγόρευον·
κέκλετο δ' Ἀρήτη λευκώλενος ἀμφιπόλοισιν
δέμνι' ὑπ' αἰθούσηι θέμεναι καὶ ῥήγεα καλὰ
πορφύρε' ἐμβαλέειν, στορέσαι τ' ἐφύπερθε τάπητας
χλαίνας τ' ἐνθέμεναι οὔλας καθύπερθεν ἕσασθαι.
αἱ δ' ἴσαν ἐκ μεγάροιο δάος μετὰ χερσὶν ἔχουσαι·
αὐτὰρ ἐπεὶ στόρεσαν πυκινὸν λέχος ἐγκονέουσαι,
ὤτρυνον δ' Ὀδυσῆα παριστάμεναι ἐπέεσσιν·
„ὄρσο κέων, ὦ ξεῖνε· πεποίηται δέ τοι εὐνή."
ὣς φάν, τῶι δ' ἀσπαστὸν ἐείσατο κοιμηθῆναι.
ὣς ὁ μὲν ἔνθα καθεῦδε πολύτλας δῖος Ὀδυσσεὺς
τρητοῖς ἐν λεχέεσσιν ὑπ' αἰθούσηι ἐριδούπωι·
Ἀλκίνοος δ' ἄρα λέκτο μυχῶι δόμου ὑψηλοῖο,
πὰρ δὲ γυνὴ δέσποινα λέχος πόρσυνε καὶ εὐνήν.

Denn das liegt sehr ferne: so sagen unsere Leute,
Die es sahn, da sie einst Radamanthus den Bräunlichgelockten
Fuhren, der Tityos dort, den Sohn der Erde, besuchte;
Und sie kamen dahin, und vollbrachten an einem Tage
Ohne Mühe die Fahrt, und brachten ihn wieder zur Heimat.
Lernen sollst du es selber, wie sehr sie vor allen geübt sind,
Meine Jüngling' und Schiffe, mit Rudern das Meer zu durchfliegen!
Sprach's; und freudig vernahm es der herrliche Dulder Odysseus.
Drauf begann er zu reden, und brach in ein lautes Gebet aus:
Vater Zeus, o gib, daß Alkinoos alles vollende,
Was er verheißt! Dann strahlt auf lebenschenkender Erd
Unauslöschlich sein Ruhm: ich aber kehre zur Heimat!
Also besprachen diese sich jetzo untereinander.
Aber den Mägden befahl die lilienarmige Fürstin,
Unter die Hall' ein Bette zu setzen, unten von Purpur
Prächtige Polster zu legen, und Teppiche drüber zu breiten,
Hierauf wollige Mäntel zur Oberdecke zu legen.
Und sie enteilten dem Saal', in den Händen die leuchtende Fackel.
Als sie jetzo geschäftig das warme Lager bereitet,
Gingen sie hin, und ermahnten den göttergleichen Odysseus:
Fremdling, gehe nun schlafen; dein Lager ist schon bereitet.
Also die Mägd'; und ihm war sehr willkommen die Ruhe.
Also schlummerte dort der herrliche Dulder Odysseus,
Unter der tönenden Hall', im schöngebildeten Bette.
Aber Alkinoos schlief im Innern des hohen Palastes,
Und die Königin schmückte das Eh'bett ihres Gemahles.

ΟΔΥΣΣΕΙΑΣ Θ

Ὀδυσσέως σύστασις
πρὸς Φαιάκας.

Ἦμος δ' ἠριγένεια φάνη ῥοδοδάκτυλος Ἠώς,
ὤρνυτ' ἄρ' ἐξ εὐνῆς ἱερὸν μένος Ἀλκινόοιο,
ἂν δ' ἄρα διογενὴς ὦρτο πτολίπορθος Ὀδυσσεύς.
τοῖσιν δ' ἡγεμόνευ' ἱερὸν μένος Ἀλκινόοιο
Φαιήκων ἀγορήνδ', ἥ σφιν παρὰ νηυσὶ τέτυκτο.
ἐλθόντες δὲ καθῖζον ἐπὶ ξεστοῖσι λίθοισι
πλησίον. ἡ δ' ἀνὰ ἄστυ μετῴχετο Παλλὰς Ἀθήνη
εἰδομένη κήρυκι δαΐφρονος Ἀλκινόοιο,
νόστον Ὀδυσσῆι μεγαλήτορι μητιόωσα,
καί ῥα ἑκάστωι φωτὶ παρισταμένη φάτο μῦθον·
„ δεῦτ' ἄγε, Φαιήκων ἡγήτορες ἠδὲ μέδοντες,
εἰς ἀγορὴν ἰέναι, ὄφρα ξείνοιο πύθησθε,
ὃς νέον Ἀλκινόοιο δαΐφρονος ἵκετο δῶμα
πόντον ἐπιπλαγχθείς, δέμας ἀθανάτοισιν ὁμοῖος.“
ὣς εἰποῦσ' ὤτρυνε μένος καὶ θυμὸν ἑκάστου.
καρπαλίμως δ' ἔμπληντο βροτῶν ἀγοραί τε καὶ ἕδραι
ἀγρομένων· πολλοὶ δ' ἄρ' ἐθηήσαντο ἰδόντες
υἱὸν Λαέρταο δαΐφρονα· τῶι δ' ἄρ' Ἀθήνη
θεσπεσίην κατέχευε χάριν κεφαλῆι τε καὶ ὤμοις
καί μιν μακρότερον καὶ πάσσονα θῆκεν ἰδέσθαι,
ὥς κεν Φαιήκεσσι φίλος πάντεσσι γένοιτο
δεινός τ' αἰδοῖός τε καὶ ἐκτελέσειεν ἀέθλους
πολλούς, τοὺς Φαίηκες ἐπειρήσαντ' Ὀδυσῆος.
αὐτὰρ ἐπεί ῥ' ἤγερθεν ὁμηγερέες τ' ἐγένοντο,
τοῖσιν δ' Ἀλκίνοος ἀγορήσατο καὶ μετέειπε·
„ κέκλυτε, Φαιήκων ἡγήτορες ἠδὲ μέδοντες,
ὄφρ' εἴπω τά με θυμὸς ἐνὶ στήθεσσι κελεύει.
ξεῖνος ὅδ', οὐκ οἶδ' ὅς τις, ἀλώμενος ἵκετ' ἐμὸν δῶ,
ἠὲ πρὸς ἠοίων ἦ ἑσπερίων ἀνθρώπων·
πομπὴν δ' ὀτρύνει, καὶ λίσσεται ἔμπεδον εἶναι.
ἡμεῖς δ', ὡς τὸ πάρος περ, ἐποτρυνώμεθα πομπήν.
οὐδὲ γὰρ οὐδέ τις ἄλλος, ὅτις κ' ἐμὰ δώμαθ' ἵκηται,
ἐνθάδ' ὀδυρόμενος δηρὸν μένει εἵνεκα πομπῆς.

ACHTER GESANG

Alkinoos empfiehlt dem versammelten Volke die Heimsendung des Fremdlings und ladet die Fürsten samt den Reisegefährten zum Gastmahl. Kampfspiele. Odysseus wirft die Scheibe. Tanz zu Demodokos' Gesang von Ares und Aphrodite. Andere Tänze. Odysseus wird beschenkt. Beim Abendschmaus singt Demodokos von dem hölzernen Roß; den weinenden Fremdling ersucht der König um seine Geschichte.

Als die dämmernde Frühe mit Rosenfingern erwachte,
Stand die heilige Macht Alkinoos' auf von dem Lager.
Auch Odysseus erhub sich, der göttliche Städtebezwinger.
Und die heilige Macht Alkinoos' führte den Helden
Zu der Phäaken Markte, der bei den Schiffen erbaut war.
Allda setzten sie sich auf schöngeglättete Steine
Nebeneinander. Die Stadt durchwandelte Pallas Athene,
Gleich an Gestalt dem Herold des weisen Phäakenbeherrschers;
Auf die Heimkehr denkend des großgesinnten Odysseus,
Ging sie umher, und sprach zu jedem begegnenden Manne:
Auf, und kommt, der Phäaken erhabene Fürsten und Pfleger,
Zu dem Versammlungsplatz, des Fremdlings Bitte zu hören,
Welcher neulich im Hause des weisen Alkinoos ankam,
Hergestürmt von dem Meer, an Gestalt den Unsterblichen ähnlich.
Also sprach sie, das Herz in aller Busen erregend.
Und es wimmelten schnell die Gäng' und Sitze des Marktes
Von dem versammelten Volk. Da schauten viele bewundernd
Auf Laertes erfindenden Sohn; denn Pallas Athene
Hatte mit göttlicher Hoheit ihm Haupt und Schultern umgossen,
Hatt' ihn höher an Wuchs und jugendlicher gebildet:
Daß bei allen Phäaken Odysseus Liebe gewönne,
Ehrenvoll und hehr, und aus den Spielen der Kämpfer
Siegreich ginge, womit die Phäaken ihn würden versuchen.
Als die Versammelten jetzt in geschlossener Reihe sich drängten,
Hub Alkinoos an, und redete zu der Versammlung:
Merket auf, der Phäaken erhabene Fürsten und Pfleger,
Daß ich rede, wie mir das Herz im Busen gebietet.
Dieser Fremdling (ich kenn' ihn nicht,) ist, irrend vom Morgen
Oder vom Abendlande, zu meinem Hause gekommen,
Und verlangt nun weiter, und fleht um Bestimmung der Abfahrt.
Laßt uns denn jetzo die Reise beschleunigen, wie wir gewohnt sind.
Denn kein Fremdling, der Schutz in meinen Wohnungen suchet,
Harret lange mit Seufzen, daß man zur Heimat ihn sende.

ἀλλ᾽ ἄγε νῆα μέλαιναν ἐρύσσομεν εἰς ἅλα δῖαν
πρωτόπλοον, κούρω δὲ δύω καὶ πεντήκοντα
κρινάσθων κατὰ δῆμον, ὅσοι πάρος εἰσὶν ἄριστοι.
δησάμενοι δ᾽ ἐῢ πάντες ἐπὶ κληῖσιν ἐρετμὰ
ἔκβητ᾽· αὐτὰρ ἔπειτα θοὴν ἀλεγύνετε δαῖτα
ἡμέτερόνδ᾽ ἐλθόντες· ἐγὼ δ᾽ ἐῢ πᾶσι παρέξω.
κούροισιν μὲν ταῦτ᾽ ἐπιτέλλομαι· αὐτὰρ οἱ ἄλλοι
σκηπτοῦχοι βασιλῆες ἐμὰ πρὸς δώματα καλὰ
ἔρχεσθ᾽, ὄφρα ξεῖνον ἐνὶ μεγάροισι φιλέωμεν,
μηδέ τις ἀρνείσθω. καλέσασθε δὲ θεῖον ἀοιδὸν
Δημόδοκον· τῶι γάρ ῥα θεὸς πέρι δῶκεν ἀοιδὴν
τέρπειν, ὅππηι θυμὸς ἐποτρύνῃσιν ἀείδειν."
ὣς ἄρα φωνήσας ἡγήσατο, τοὶ δ᾽ ἅμ᾽ ἕποντο
σκηπτοῦχοι· κῆρυξ δὲ μετώιχετο θεῖον ἀοιδόν.
κούρω δὲ κρινθέντε δύω καὶ πεντήκοντα
βήτην, ὡς ἐκέλευσ᾽, ἐπὶ θῖν᾽ ἁλὸς ἀτρυγέτοιο.
αὐτὰρ ἐπεί ῥ᾽ ἐπὶ νῆα κατήλυθον ἠδὲ θάλασσαν,
νῆα μὲν οἵ γε μέλαιναν ἁλὸς βένθοσδε ἔρυσσαν,
ἐν δ᾽ ἱστόν τ᾽ ἐτίθεντο καὶ ἱστία νηὶ μελαίνῃ,
ἠρτύναντο δ᾽ ἐρετμὰ τροποῖς ἐν δερματίνοισι,
πάντα κατὰ μοῖραν, ἀνά θ᾽ ἱστία λευκὰ πέτασσαν.
ὑψοῦ δ᾽ ἐν νοτίωι τήν γ᾽ ὥρμισαν· αὐτὰρ ἔπειτα
βάν ῥ᾽ ἴμεν Ἀλκινόοιο δαΐφρονος ἐς μέγα δῶμα.
πλῆντο δ᾽ ἄρ᾽ αἴθουσαί τε καὶ ἕρκεα καὶ δόμοι ἀνδρῶν
ἀγρομένων· πολλοὶ δ᾽ ἄρ᾽ ἔσαν, νέοι ἠδὲ παλαιοί.
τοῖσιν δ᾽ Ἀλκίνοος δυοκαίδεκα μῆλ᾽ ἱέρευσεν,
ὀκτὼ δ᾽ ἀργιόδοντας ὕας, δύο δ᾽ εἰλίποδας βοῦς·
τοὺς δέρον ἀμφί θ᾽ ἕπον, τετύκοντό τε δαῖτ᾽ ἐρατεινήν.
κῆρυξ δ᾽ ἐγγύθεν ἦλθεν ἄγων ἐρίηρον ἀοιδόν,
τὸν πέρι μοῦσ᾽ ἐφίλησε, δίδου δ᾽ ἀγαθόν τε κακόν τε·
ὀφθαλμῶν μὲν ἄμερσε, δίδου δ᾽ ἡδεῖαν ἀοιδήν.
τῶι δ᾽ ἄρα Ποντόνοος θῆκε θρόνον ἀργυρόηλον
μέσσωι δαιτυμόνων, πρὸς κίονα μακρὸν ἐρείσας·
κὰδ δ᾽ ἐκ πασσαλόφι κρέμασεν φόρμιγγα λίγειαν
αὐτοῦ ὑπὲρ κεφαλῆς καὶ ἐπέφραδε χερσὶν ἑλέσθαι
κῆρυξ· πὰρ δ᾽ ἐτίθει κάνεον καλήν τε τράπεζαν,
πὰρ δὲ δέπας οἴνοιο, πιεῖν ὅτε θυμὸς ἀνώγοι.
οἱ δ᾽ ἐπ᾽ ὀνείαθ᾽ ἑτοῖμα προκείμενα χεῖρας ἴαλλον.
αὐτὰρ ἐπεὶ πόσιος καὶ ἐδητύος ἐξ ἔρον ἕντο,
μοῦσ᾽ ἄρ᾽ ἀοιδὸν ἀνῆκεν ἀειδέμεναι κλέα ἀνδρῶν,
οἴμης τῆς τότ᾽ ἄρα κλέος οὐρανὸν εὐρὺν ἵκανε,

Auf! wir wollen ein schwärzliches Schiff von den neusten am Strande
Wälzen ins heilige Meer, und zweiundfünfzig der besten
Jüngling' im Volk erlesen, die sich schon vormals gezeiget!
Habt ihr die Ruder gehörig an euren Bänken befestigt,
Dann steigt wieder ans Land, und stärkt euch in unserm Palaste
Schnell mit Speise zur Fahrt; ich will euch allen bereiten.
Dieses ist mein Befehl an die Jünglinge. Aber ihr andern
Sceptertragenden Fürsten, versammelt euch zu dem Palaste,
Daß wir den Fremdling zuvor in meinem Saale bewirten.
Niemand weigere sich! Ruft auch den göttlichen Sänger,
Unsern Demodokos her; denn ihm gab Gott überschwenglich
Süßen Gesang, wovon auch sein Herz zu singen ihn antreibt.
  Also sprach er, und ging. Die Sceptertragenden alle
Folgten ihm; und der Herold enteilte zum göttlichen Sänger.
Aber die zweiundfünfzig erlesenen Jünglinge gingen,
Nach des Königs Befehl, ans Ufer der wüsten Gewässer.
Als sie jetzo das Schiff am Strande des Meeres erreichten,
Zogen sie eilig das schwärzliche Schiff ins tiefe Gewässer,
Trugen den Mast hinein und die Segel des schwärzlichen Schiffes,
Hängten darauf die Ruder in ihre ledernen Wirbel,
Alles, wie sich's gehört, und spannten die schimmernden Segel.
Und sie stellten das Schiff im hohen Wasser des Hafens,
Gingen dann in die Burg des weisen Phäakenbeherrschers.
  Allda wimmelten schon die Säle, die Hallen und Höfe
Von den versammelten Gästen; es kamen Jüngling' und Greise.
Aber Alkinoos gab der Schar zwölf Schafe zum Opfer,
Acht weißzahnichte Schwein', und zween schwerwandelnde Stiere.
Diese zogen sie ab, und bereiteten hurtig das Gastmahl.
  Jetzo kam auch der Herold, und führte den lieblichen Sänger,
Diesen Vertrauten der Muse, dem Gutes und Böses verliehn ward;
Denn sie nahm ihm die Augen, und gab ihm süße Gesänge.
Und Pontonoos setzt' ihm den silberbeschlagenen Sessel,
Mitten unter den Gästen, an eine ragende Säule;
Hängte darauf an den Nagel die lieblichklingende Harfe
Über des Sängers Haupt, und führt' ihm die Hand, sie zu finden.
Vor ihn stellte der Herold den schönen Tisch und den Eßkorb,
Und den Becher voll Weins, zu trinken, wann ihm beliebte.
Und sie erhoben die Hände zum leckerbereiteten Mahle.
  Aber als die Begierde des Tranks und der Speise gestillt war,
Trieb die Muse den Sänger, das Lob der Helden zu singen.
Aus dem Liede, des Ruhm damals den Himmel erreichte,

νεῖκος Ὀδυσσῆος καὶ Πηλεΐδεω Ἀχιλῆος,
ὥς ποτε δηρίσαντο θεῶν ἐν δαιτὶ θαλείηι
ἐκπάγλοις ἐπέεσσιν, ἄναξ δ' ἀνδρῶν Ἀγαμέμνων
χαῖρε νόωι, ὅ τ' ἄριστοι Ἀχαιῶν δηριόωντο.
ὣς γάρ οἱ χρείων μυθήσατο Φοῖβος Ἀπόλλων
Πυθοῖ ἐν ἠγαθέηι, ὅθ' ὑπέρβη λάινον οὐδὸν
χρησόμενος· τότε γάρ ῥα κυλίνδετο πήματος ἀρχὴ
Τρωσί τε καὶ Δαναοῖσι Διὸς μεγάλου διὰ βουλάς.
ταῦτ' ἄρ' ἀοιδὸς ἄειδε περικλυτός· αὐτὰρ Ὀδυσσεὺς
πορφύρεον μέγα φᾶρος ἑλὼν χερσὶ στιβαρῆισι
κὰκ κεφαλῆς εἴρυσσε, κάλυψε δὲ καλὰ πρόσωπα·
αἴδετο γὰρ Φαίηκας ὑπ' ὀφρύσι δάκρυα λείβων.
ἦ τοι ὅτε λήξειεν ἀείδων θεῖος ἀοιδός,
δάκρυ ὀμορξάμενος κεφαλῆς ἄπο φᾶρος ἕλεσκε
καὶ δέπας ἀμφικύπελλον ἑλὼν σπείσασκε θεοῖσιν·
αὐτὰρ ὅτ' ἂψ ἄρχοιτο καὶ ὀτρύνειαν ἀείδειν
Φαιήκων οἱ ἄριστοι, ἐπεὶ τέρποντ' ἐπέεσσιν,
ἂψ Ὀδυσεὺς κατὰ κρᾶτα καλυψάμενος γοάασκεν.
ἔνθ' ἄλλους μὲν πάντας ἐλάνθανε δάκρυα λείβων,
Ἀλκίνοος δέ μιν οἶος ἐπεφράσατ' ἠδ' ἐνόησεν
ἥμενος ἄγχ' αὐτοῦ, βαρὺ δὲ στενάχοντος ἄκουσεν.
αἶψα δὲ Φαιήκεσσι φιληρέτμοισι μετηύδα·
„κέκλυτε, Φαιήκων ἡγήτορες ἠδὲ μέδοντες.
ἤδη μὲν δαιτὸς κεκορήμεθα θυμὸν ἐίσης
φόρμιγγός θ', ἣ δαιτὶ συνήορός ἐστι θαλείηι·
νῦν δ' ἐξέλθωμεν καὶ ἀέθλων πειρηθῶμεν
πάντων, ὥς χ' ὁ ξεῖνος ἐνίσπηι οἷσι φίλοισιν
οἴκαδε νοστήσας, ὅσσον περιγιγνόμεθ' ἄλλων
πύξ τε παλαιμοσύνηι τε καὶ ἅλμασιν ἠδὲ πόδεσσιν.“
ὣς ἄρα φωνήσας ἡγήσατο, τοὶ δ' ἅμ' ἕποντο.
κὰδ δ' ἐκ πασσαλόφι κρέμασεν φόρμιγγα λίγειαν,
Δημοδόκου δ' ἕλε χεῖρα καὶ ἔξαγεν ἐκ μεγάροιο
κῆρυξ· ἦρχε δὲ τῶι αὐτὴν ὁδὸν ἥν περ οἱ ἄλλοι
Φαιήκων οἱ ἄριστοι, ἀέθλια θαυμανέοντες.
βὰν δ' ἴμεν εἰς ἀγορήν, ἅμα δ' ἕσπετο πουλὺς ὅμιλος,
μυρίοι· ἂν δ' ἵσταντο νέοι πολλοί τε καὶ ἐσθλοί.
ὦρτο μὲν Ἀκρόνεώς τε καὶ Ὠκύαλος καὶ Ἐλατρεύς,
Ναυτεύς τε Πρυμνεύς τε καὶ Ἀγχίαλος καὶ Ἐρετμεύς,
Ποντεύς τε Πρωρεύς τε, Θόων Ἀναβησίνεώς τε
Ἀμφίαλός θ', υἱὸς Πολυνήου Τεκτονίδαο·
ἂν δὲ καὶ Εὐρύαλος, βροτολοιγῶι ἶσος Ἄρηϊ,

Wählt' er Odysseus' Zank und des Peleiden Achilleus:
Wie sie einst miteinander am festlichen Mahle der Götter
Heftig stritten, und sich der Führer des Heers Agamemnon
Herzlich freute beim Zwiste der tapfersten Helden Achaias.
Denn dies Zeichen war ihm von Phöbos Apollon geweissagt,
In der heiligen Pytho, da er die steinerne Schwelle
Forschend betrat; denn damals entsprang die Quelle der Trübsal
Für die Achaier und Troer, durch Zeus des Unendlichen Ratschluß.
    Dieses sang der berühmte Demodokos. Aber Odysseus
Faßte mit nervichten Händen den großen purpurnen Mantel,
Zog ihn über das Haupt, und verhüllte sein herrliches Antlitz;
Daß die Phäaken nicht die tränenden Wimper erblickten.
Als den Trauergesang der göttliche Sänger geendigt,
Trocknet' er schnell die Tränen, und nahm vom Haupte den Mantel,
Faßte den doppelten Becher, und goß den Göttern des Weines.
Aber da jener von neuem begann, und die edlen Phäaken
Ihn zum Gesang ermahnten, vergnügt durch die reizenden Lieder;
Hüllt' Odysseus wieder sein Haupt in den Mantel, und traurte.
Allen übrigen Gästen verbarg er die stürzende Träne;
Nur Alkinoos sah aufmerksam die Trauer des Fremdlings,
Welcher neben ihm saß, und hörte die tiefen Seufzer.
Und der König begann zu den ruderliebenden Männern:
    Merket auf, der Phäaken erhabene Fürsten und Pfleger.
Schon hat unsere Herzen das gleichverteilete Gastmahl
Und die Harfe gelabt, des festlichen Mahles Gespielin;
Laßt uns denn jetzt aufstehen, und alle Kämpfe beginnen:
Daß der Fremdling davon bei seinen Freunden erzähle,
Wann er zu Hause kommt, wie wir vor allen geübt sind,
In dem Kampfe der Faust, im Ringen, im Sprung und im Wettlauf.
    Also sprach er, und ging; es folgten ihm alle Phäaken.
Aber der Herold hängt' an den Nagel die klingende Harfe,
Faßte Demodokos' Hand, und führt' ihn aus dem Palaste,
Ging dann vor ihm einher des Weges, welchen die andern
Edlen des Volkes gingen, zu schauen die Spiele der Kämpfer.
Und sie eilten, verfolgt vom großen Getümmel des Volkes,
Auf den Markt. Da erhuben sich viele der Edlen zum Wettkampf,
Stand Akroneos auf, Okyalos dann, und Elatreus,
Nauteus dann, und Prymneus, Anchialos dann, und Eretmeus,
Anabesineos dann, und Ponteus, Proreus, und Thoon,
Auch Amphialos, Sohn von Tektons Sohn Polyneos,
Und Euryalos, gleich dem menschenvertilgenden Kriegsgott;

Ναυβολίδης, ὃς ἄριστος ἔην εἶδός τε δέμας τε
πάντων Φαιήκων μετ' ἀμύμονα Λαοδάμαντα.
ἂν δ' ἔσταν τρεῖς παῖδες ἀμύμονος Ἀλκινόοιο,
Λαοδάμας θ' Ἅλιός τε καὶ ἀντίθεος Κλυτόνηος.
οἱ δ' ἦ τοι πρῶτον μὲν ἐπειρήσαντο πόδεσσι.
τοῖσι δ' ἀπὸ νύσσης τέτατο δρόμος· οἱ δ' ἅμα πάντες
καρπαλίμως ἐπέτοντο κονίοντες πεδίοιο·
τῶν δὲ θέειν ὄχ' ἄριστος ἔην Κλυτόνηος ἀμύμων·
ὅσσον τ' ἐν νειῶι οὖρον πέλει ἡμιόνοιιν,
τόσσον ὑπεκπροθέων λαοὺς ἵκεθ', οἱ δ' ἐλίποντο.
οἱ δὲ παλαιμοσύνης ἀλεγεινῆς πειρήσαντο·
τῆι δ' αὖτ' Εὐρύαλος ἀπεκαίνυτο πάντας ἀρίστους.
ἅλματι δ' Ἀμφίαλος πάντων προφερέστατος ἦεν·
δίσκωι δ' αὖ πάντων πολὺ φέρτατος ἦεν Ἐλατρεύς,
πὺξ δ' αὖ Λαοδάμας, ἀγαθὸς πάϊς Ἀλκινόοιο.
αὐτὰρ ἐπεὶ δὴ πάντες ἐτέρφθησαν φρέν' ἀέθλοις,
τοῖς ἄρα Λαοδάμας μετέφη πάϊς Ἀλκινόοιο·
„δεῦτε, φίλοι, τὸν ξεῖνον ἐρώμεθα εἴ τιν' ἄεθλον
οἶδέ τε καὶ δεδάηκε. φυήν γε μὲν οὐ κακός ἐστι,
μηρούς τε κνήμας τε καὶ ἄμφω χεῖρας ὕπερθεν
αὐχένα τε στιβαρὸν μέγα τε σθένος· οὐδέ τι ἥβης
δεύεται, ἀλλὰ κακοῖσι συνέρρηκται πολέεσσιν·
οὐ γὰρ ἐγώ γέ τί φημι κακώτερον ἄλλο θαλάσσης
ἄνδρα γε συγχεῦαι, εἰ καὶ μάλα καρτερὸς εἴη."
τὸν δ' αὖτ' Εὐρύαλος ἀπαμείβετο φώνησέν τε·
„Λαοδάμα, μάλα τοῦτο ἔπος κατὰ μοῖραν ἔειπες.
αὐτὸς νῦν προκάλεσσαι ἰὼν καὶ πέφραδε μῦθον."
αὐτὰρ ἐπεὶ τό γ' ἄκουσ' ἀγαθὸς πάϊς Ἀλκινόοιο,
στῆ ῥ' ἐς μέσσον ἰὼν καὶ Ὀδυσσῆα προσέειπε·
„δεῦρ' ἄγε καὶ σύ, ξεῖνε πάτερ, πείρησαι ἀέθλων,
εἴ τινά που δεδάηκας· ἔοικε δέ σ' ἴδμεν ἀέθλους·
οὐ μὲν γὰρ μεῖζον κλέος ἀνέρος ὄφρα κ' ἔηισιν,
ἤ ὅ τι ποσσίν τε ῥέξηι καὶ χερσὶν ἑῆισιν.
ἀλλ' ἄγε πείρησαι, σκέδασον δ' ἀπὸ κήδεα θυμοῦ.
σοὶ δ' ὁδὸς οὐκέτι δηρὸν ἀπέσσεται, ἀλλά τοι ἤδη
νηῦς τε κατείρυσται καὶ ἐπαρτέες εἰσὶν ἑταῖροι."
τὸν δ' ἀπαμειβόμενος προσέφη πολύμητις Ὀδυσσεύς·
„Λαοδάμα, τί με ταῦτα κελεύετε κερτομέοντες;
κήδεά μοι καὶ μᾶλλον ἐνὶ φρεσὶν ἤ περ ἄεθλοι,
ὃς πρὶν μὲν μάλα πολλὰ πάθον καὶ πολλὰ μόγησα,
νῦν δὲ μεθ' ὑμετέρηι ἀγορῆι νόστοιο χατίζων

Auch Naubolides kam, an Wuchs und Bildung der schönste
Aller schönen Phäaken; Laodamas einzig war schöner.
Drauf erhuben sich drei von Alkinoos' trefflichen Söhnen:
Erst Laodamas, Halios dann, und der Held Klytoneos.
Diese versuchten zuerst miteinander die Schnelle der Füße.
Ihnen ward von dem Stande das Ziel gemessen, und eilend
Flogen sie alle mit einmal dahin durch die stäubende Laufbahn.
Aber alle besiegte der edle Held Klytoneos.
So viel Raum vor den Stieren die pflügenden Mäuler gewinnen,
So weit eilte der Held vor den übrigen Läufern zum Ziele.
Andre versuchten darauf im mühsamen Ringen die Kräfte,
Und Euryalos ging von allen Siegern ein Sieger.
Aber Amphialos war im Sprunge von allen der beste;
Und die Scheibe zu werfen der beste von allen Elatreus;
Und im Kampfe der Faust besiegte Laodamas alle.
Als die Kämpfer ihr Herz mit den edlen Spielen erfreuet,
Sprach Alkinoos' Sohn Laodamas zu der Versammlung:
Freunde, kommt und fragt den Fremdling, ob er auch ehmals
Kämpfe gelernt und versteht. Unedel ist seine Gestalt nicht,
Seine Lenden und Schenkel, und beide nervichten Arme,
Und die hohe Brust, und der starke Nacken; auch Jugend
Mangelt ihm nicht! Doch hat ihn vielleicht sein Leiden entkräftet;
Denn nichts Schrecklichers ist mir bekannt, als die Schrecken des Meeres,
Einen Mann zu verwüsten, und wär' er auch noch so gewaltig.
Ihm antwortete drauf Euryalos wieder, und sagte:
Wahrlich mit großem Rechte, Laodamas, hast du geredet.
Gehe nun selbst, und fodre ihn auf, und reiz' ihn mit Worten!
Als der treffliche Sohn Alkinoos' solches vernommen,
Ging er schnell in die Mitte des Volks, und sprach zu Odysseus:
Fremder Vater, auch du mußt dich in den Kämpfen versuchen,
Hast du deren gelernt; und sicher verstehst du den Wettkampf.
Denn kein größerer Ruhm verschönt ja das Leben der Menschen,
Als, den ihnen die Stärke der Händ' und Schenkel erstrebet.
Auf denn, versuch' es einmal, und wirf vom Herzen den Kummer.
Deine Reise, die wird nicht lange mehr dauern; das Schiff ist
Schon ins Wasser gesenkt, und bereit sind deine Gefährten.
Ihm antwortete drauf der erfindungsreiche Odysseus:
Warum fodert ihr mich, Laodamas, höhnend zum Wettkampf?
Meine Trübsal liegt mir näher am Herzen, als Kämpfe.
Denn ich habe schon vieles erduldet, schon vieles erlitten;
Und nun sitz' ich hier in eurer Heldenversammlung,

ἧμαι, λισσόμενος βασιλῆά τε πάντα τε δῆμον.“
τὸν δ' αὖτ' Εὐρύαλος ἀπαμείβετο νείκεσέ τ' ἄντην·
„ οὐ γάρ σ' οὐδέ, ξεῖνε, δαήμονι φωτὶ ἐίσκω
ἄθλων, οἷά τε πολλὰ μετ' ἀνθρώποισι πέλονται,
ἀλλὰ τῶι, ὅς θ' ἅμα νηὶ πολυκληίδι θαμίζων,
ἀρχὸς ναυτάων οἵ τε πρηκτῆρες ἔασιν,
φόρτου τε μνήμων καὶ ἐπίσκοπος ἧισιν ὁδαίων
κερδέων θ' ἁρπαλέων· οὐδ' ἀθλητῆρι ἔοικας.“
τὸν δ' ἄρ' ὑπόδρα ἰδὼν προσέφη πολύμητις Ὀδυσσεύς·
„ ξεῖν', οὐ καλὸν ἔειπες· ἀτασθάλωι ἀνδρὶ ἔοικας.
οὕτως οὐ πάντεσσι θεοὶ χαρίεντα διδοῦσιν
ἀνδράσιν, οὔτε φυὴν οὔτ' ἂρ φρένας οὔτ' ἀγορητύν.
ἄλλος μὲν γάρ τ' εἶδος ἀκιδνότερος πέλει ἀνήρ,
ἀλλὰ θεὸς μορφὴν ἔπεσι στέφει, οἱ δέ τ' ἐς αὐτὸν
τερπόμενοι λεύσσουσιν· ὁ δ' ἀσφαλέως ἀγορεύει
αἰδοῖ μειλιχίηι, μετὰ δὲ πρέπει ἀγρομένοισιν,
ἐρχόμενον δ' ἀνὰ ἄστυ θεὸν ὣς εἰσορόωσιν.
ἄλλος δ' αὖ εἶδος μὲν ἀλίγκιος ἀθανάτοισιν,
ἀλλ' οὔ οἱ χάρις ἀμφιπεριστέφεται ἐπέεσσιν,
ὡς καὶ σοὶ εἶδος μὲν ἀριπρεπές, οὐδέ κεν ἄλλως
οὐδὲ θεὸς τεύξειε, νόον δ' ἀποφώλιός ἐσσι.
ὤρινάς μοι θυμὸν ἐνὶ στήθεσσι φίλοισιν
εἰπὼν οὐ κατὰ κόσμον. ἐγὼ δ' οὐ νῆις ἀέθλων,
ὡς σύ γε μυθεῖαι, ἀλλ' ἐν πρώτοισιν ὀίω
ἔμμεναι, ὄφρ' ἥβηι τε πεποίθεα χερσί τ' ἐμῆισι.
νῦν δ' ἔχομαι κακότητι καὶ ἄλγεσι· πολλὰ γὰρ ἔτλην
ἀνδρῶν τε πτολέμους ἀλεγεινά τε κύματα πείρων.
ἀλλὰ καὶ ὥς, κακὰ πολλὰ παθών, πειρήσομ' ἀέθλων·
θυμοδακὴς γὰρ μῦθος, ἐπώτρυνας δέ με εἰπών.“
ἦ ῥα καὶ αὐτῶι φάρει ἀναΐξας λάβε δίσκον
μείζονα καὶ πάχετον, στιβαρώτερον οὐκ ὀλίγον περ
ἢ οἵωι Φαίηκες ἐδίσκεον ἀλλήλοισι.
τόν ῥα περιστρέψας ἧκε στιβαρῆς ἀπὸ χειρός,
βόμβησεν δὲ λίθος· κατὰ δ' ἔπτηξαν ποτὶ γαίηι
Φαίηκες δολιχήρετμοι, ναυσίκλυτοι ἄνδρες,
λᾶος ὑπὸ ῥιπῆς· ὁ δ' ὑπέρπτατο σήματα πάντων
ῥίμφα θέων ἀπὸ χειρός. ἔθηκε δὲ τέρματ' Ἀθήνη
ἀνδρὶ δέμας ἐικυῖα, ἔπος τ' ἔφατ' ἔκ τ' ὀνόμαζεν·
„ καί κ' ἀλαός τοι, ξεῖνε, διακρίνειε τὸ σῆμα
ἀμφαφόων, ἐπεὶ οὔ τι μεμιγμένον ἐστὶν ὁμίλωι,
ἀλλὰ πολὺ πρῶτον. σὺ δὲ θάρσει τόνδε γ' ἄεθλον·

Heimverlangend, und flehe dem König' und allen Phäaken.
　Und Euryalos gab ihm diese schmähende Antwort:
Nein wahrhaftig! o Fremdling, du scheinst mir kein Mann, der auf Kämpfe
Sich versteht, so viele bei edlen Männern bekannt sind;
Sondern so einer, der stets vielrudrichte Schiffe befähret,
Etwa ein Führer des Schiffs, das wegen der Handlung umherkreuzt,
Wo du die Ladung besorgst, und jegliche Ware verzeichnest,
Und den erscharrten Gewinst! Ein Kämpfer scheinst du mitnichten!
　Zürnend schaute auf ihn und sprach der weise Odysseus:
Fremdling, du redest nicht fein; du scheinst mir ein trotziger Jüngling.
Wisse, Gott verleiht nicht alle vereinigte Anmut
Allen sterblichen Menschen: Gestalt und Weisheit und Rede.
Denn wie mancher erscheint in unansehnlicher Bildung;
Aber es krönet Gott die Worte mit Schönheit; und alle
Schaun mit Entzücken auf ihn; er redet sicher und treffend,
Mit anmutiger Scheu; ihn ehrt die ganze Versammlung;
Und durchgeht er die Stadt, wie ein Himmlischer wird er betrachtet.
Mancher andere scheint den Unsterblichen ähnlich an Bildung;
Aber seinen Worten gebricht die krönende Anmut,
Also prangst auch du mit reizender Bildung; nicht schöner
Bildete selber ein Gott: doch dein Verstand ist nur eitel.
Siehe du hast mir das Herz in meinem Busen empöret,
Weil du nicht billig sprachst! Ich bin kein Neuling im Wettkampf,
Wie du eben geschwatzt; ich rühmte mich einen der ersten,
Als ich der Jugend noch und meinen Armen vertraute.
Jetzt umringt mich Kummer und Not; denn vieles erduldet
Hab' ich in Schlachten des Kriegs, und den schrecklichen Wogen des Meeres.
Aber auch jetzt, so entkräftet ich bin, versuch' ich den Wettstreit!
Denn an der Seele nagt mir die Red', und du hast mich gefodert!
　Sprach's; und mitsamt dem Mantel erhub er sich, faßte die Scheibe,
Welche größer und dicker und noch viel schwerer an Wucht war,
Als womit die Phäaken sich untereinander ergötzten.
Diese schwung er im Wirbel, und warf mit der nervichten Rechte;
Und hinsauste der Stein. Da bückten sich eilig zur Erden
Alle Phäaken, die Führer der langberuderten Schiffe,
Unter dem stürmenden Stein. Weit über die Zeichen der andern
Flog er, geschnellt von der Faust. Und Athene setzte das Merkmal,
Eines Mannes Gestalt nachahmend, und sprach zu Odysseus:
　Selbst ein blinder Mann mit tappenden Händen, o Fremdling,
Fände dein Zeichen heraus; denn nicht vermischt mit der Menge,
Weit vor den übrigen ist es! In diesem Kampfe sei sicher!

οὔ τις Φαιήκων τόδε γ' ἵξεται, οὐδ' ὑπερήσει.“
ὣς φάτο, γήθησεν δὲ πολύτλας δῖος Ὀδυσσεύς,
χαίρων, οὕνεχ' ἑταῖρον ἐνηέα λεῦσσ' ἐν ἀγῶνι.
καὶ τότε κουφότερον μετεφώνεε Φαιήκεσσιν·
„ τοῦτον νῦν ἀφίκεσθε, νέοι. τάχα δ' ὕστερον ἄλλον
ἥσειν ἢ τοσσοῦτον ὀίομαι ἢ ἔτι μᾶσσον.
τῶν δ' ἄλλων ὅτινα κραδίη θυμός τε κελεύει,
δεῦρ' ἄγε πειρηθήτω, ἐπεί μ' ἐχολώσατε λίην,
ἢ πὺξ ἠὲ πάληι ἢ καὶ ποσίν, οὔ τι μεγαίρω,
πάντων Φαιήκων, πλήν γ' αὐτοῦ Λαοδάμαντος.
ξεῖνος γάρ μοι ὅδ' ἐστί· τίς ἂν φιλέοντι μάχοιτο;
ἄφρων δὴ κεῖνός γε καὶ οὐτιδανὸς πέλει ἀνήρ,
ὅς τις ξεινοδόκωι ἔριδα προφέρηται ἀέθλων
δήμωι ἐν ἀλλοδαπῶι· ἕο δ' αὐτοῦ πάντα κολούει.
τῶν δ' ἄλλων οὔ πέρ τιν' ἀναίνομαι οὐδ' ἀθερίζω,
ἀλλ' ἐθέλω ἴδμεν καὶ πειρηθήμεναι ἄντην.
πάντα γὰρ οὐ κακός εἰμι, μετ' ἀνδράσιν ὅσσοι ἄεθλοι·
εὖ μὲν τόξον οἶδα ἐύξοον ἀμφαφάασθαι·
πρῶτός κ' ἄνδρα βάλοιμι ὀιστεύσας ἐν ὁμίλωι
ἀνδρῶν δυσμενέων, εἰ καὶ μάλα πολλοὶ ἑταῖροι
ἄγχι παρασταῖεν καὶ τοξαζοίατο φωτῶν.
οἶος δή με Φιλοκτήτης ἀπεκαίνυτο τόξωι
δήμωι ἔνι Τρώων, ὅτε τοξαζοίμεθ' Ἀχαιοί.
τῶν δ' ἄλλων ἐμέ φημι πολὺ προφερέστερον εἶναι,
ὅσσοι νῦν βροτοί εἰσιν ἐπὶ χθονὶ σῖτον ἔδοντες.
ἀνδράσι δὲ προτέροισιν ἐριζέμεν οὐκ ἐθελήσω,
οὔθ' Ἡρακλῆι οὔτ' Εὐρύτωι Οἰχαλιῆι,
οἵ ῥα καὶ ἀθανάτοισιν ἐρίζεσκον περὶ τόξων.
τῶι ῥα καὶ αἶψ' ἔθανεν μέγας Εὔρυτος, οὐδ' ἐπὶ γῆρας
ἵκετ' ἐνὶ μεγάροισι· χολωσάμενος γὰρ Ἀπόλλων
ἔκτανεν, οὕνεκά μιν προκαλίζετο τοξάζεσθαι.
δουρὶ δ' ἀκοντίζω ὅσον οὐκ ἄλλος τις ὀιστῶι.
οἴοισιν δείδοικα ποσὶν μή τίς με παρέλθηι
Φαιήκων· λίην γὰρ ἀεικελίως ἐδαμάσθην
κύμασιν ἐν πολλοῖς, ἐπεὶ οὐ κομιδὴ κατὰ νῆα
ἦεν ἐπηετανός· τῶι μοι φίλα γυῖα λέλυνται.“
ὣς ἔφαθ', οἱ δ' ἄρα πάντες ἀκὴν ἐγένοντο σιωπῆι.
Ἀλκίνοος δέ μιν οἶος ἀμειβόμενος προσέειπεν·
„ ξεῖν', ἐπεὶ οὐκ ἀχάριστα μεθ' ἡμῖν ταῦτ' ἀγορεύεις,
ἀλλ' ἐθέλεις ἀρετὴν σὴν φαινέμεν, ἥ τοι ὀπηδεῖ,
χωόμενος ὅτι σ' οὗτος ἀνὴρ ἐν ἀγῶνι παραστὰς

Kein Phäake wird dich erreichen, oder besiegen.
Also rief ihm die Göttin. Der herrliche Dulder Odysseus
Freute sich, einen gewogenen Mann im Volke zu sehen;
Und mit leichterem Herzen begann er zu den Phäaken:
Schleudert jetzo mir nach, ihr Jünglinge! Bald soll die andre,
Hoff' ich, eben so weit, vielleicht noch weiter, entfliegen!
Jeden anderen Kampf, wem Herz und Mut ihn gebietet,
Komm und versuch' ihn mit mir; denn ihr habt mich höchlich beleidigt!
Auf die Faust, im Ringen, im Lauf, ich weigre mich keines!
Jeder phäakische Mann, nur nicht Laodamas, komme!
Denn er ist mein Wirt! Wer kämpfte mit seinem Beschützer?
Wahrlich vernunftlos ist und keines Wertes der Fremdling,
Welcher in fernem Lande den Freund, der ihn speiset und herbergt,
Zum Wettkampfe beruft; er opfert sein eigenes Wohl hin.
Sonst werd' ich keinen von euch ausschlagen oder verachten,
Sondern jeden erkennen, und seine Stärke versuchen.
So gar schlecht bin ich, traun! in keinem Kampfe der Männer!
Wohl versteh' ich die Kunst, den geglätteten Bogen zu spannen;
Ja ich träfe zuerst im Haufen feindlicher Männer
Meinen Mann mit dein Pfeil, und stünden auch viele Genossen
Neben mir, und zielten mit straffem Geschoß auf die Feinde.
Philoktetes allein übertraf mich an Kunde des Bogens,
Als vor Ilions Stadt wir Achaier im Schnellen uns übten.
Doch vor den übrigen Schützen behaupt' ich selber den Vorrang,
So viel Sterbliche jetzo die Frucht des Halmes genießen.
Denn mit der Vorzeit Helden verlang' ich keine Vergleichung,
Weder mit Eurytos, dem Öchalier, noch mit Herakles,
Die den Unsterblichen sich an Bogenkunde verglichen.
Drum starb Eurytos auch so plötzlich, ehe das Alter
Ihn im Hause beschlich; denn zürnend erschoß ihn Apollon,
Weil er ihn selbst, der Vermeßne, zum Bogenstreite gefodert.
Und mit dem Wurfspieß treff' ich so weit, als kein andrer mit Pfeilen.
Bloß an Schnelle der Füße besorg' ich, daß der Phäaken
Einer vielleicht mich besiege. So über die Maßen entkräftet
Hat mich das stürmende Meer! Denn ich saß nicht eben mit Zehrung
Reichlich versorgt im Schiff; drum schwand die Stärke den Gliedern.
Also sprach er, und alle verstummten umher, und schwiegen.
Endlich hub Alkinoos an, und sprach zu Odysseus:
Fremdling, wir sagen dir Dank, daß du uns solches verkündest,
Und die glänzende Tugend uns aufhüllst, die dich begleitet;
Zürnend, weil dieser Mann dich vor den Kämpfern geschmäht hat.

νείκεσεν, ὡς ἂν σὴν ἀρετὴν βροτὸς οὔ τις ὄνοιτο,
ὅς τις ἐπίσταιτο ᾗσι φρεσὶν ἄρτια βάζειν·
ἀλλ' ἄγε νῦν ἐμέθεν ξυνίει ἔπος, ὄφρα καὶ ἄλλωι
εἴπηις ἡρώων, ὅτε κεν σοῖς ἐν μεγάροισι
δαινύηι παρὰ σῆι τ' ἀλόχωι καὶ σοῖσι τέκεσσιν,
ἡμετέρης ἀρετῆς μεμνημένος, οἷα καὶ ἡμῖν
Ζεὺς ἐπὶ ἔργα τίθησι διαμπερὲς ἐξ ἔτι πατρῶν.
οὐ γὰρ πυγμάχοι εἰμὲν ἀμύμονες οὐδὲ παλαισταί,
ἀλλὰ ποσὶ κραιπνῶς θέομεν καὶ νηυσὶν ἄριστοι,
αἰεὶ δ' ἡμῖν δαίς τε φίλη κίθαρις τε χοροί τε
εἵματά τ' ἐξημοιβὰ λοετρά τε θερμὰ καὶ εὐναί.
ἀλλ' ἄγε, Φαιήκων βητάρμονες ὅσσοι ἄριστοι,
παίσατε, ὥς χ' ὁ ξεῖνος ἐνίσπηι οἷσι φίλοισιν
οἴκαδε νοστήσας, ὅσσον περιγιγνόμεθ' ἄλλων
ναυτιλίηι καὶ ποσσὶ καὶ ὀρχηστυῖ καὶ ἀοιδῆι.
Δημοδόκωι δέ τις αἶψα κιὼν φόρμιγγα λίγειαν
οἰσέτω, ἥ που κεῖται ἐν ἡμετέροισι δόμοισιν."
ὣς ἔφατ' Ἀλκίνοος θεοείκελος, ὦρτο δὲ κῆρυξ
οἴσων φόρμιγγα γλαφυρὴν δόμου ἐκ βασιλῆος.
αἰσυμνῆται δὲ κριτοὶ ἐννέα πάντες ἀνέσταν
δήμιοι, οἳ κατ' ἀγῶνας ἐὺ πρήσσεσκον ἕκαστα,
λείηναν δὲ χορόν, καλὸν δ' εὔρυναν ἀγῶνα.
κῆρυξ δ' ἐγγύθεν ἦλθε φέρων φόρμιγγα λίγειαν
Δημοδόκωι· ὁ δ' ἔπειτα κί' ἐς μέσον· ἀμφὶ δὲ κοῦροι
πρωθῆβαι ἵσταντο, δαήμονες ὀρχηθμοῖο,
πέπληγον δὲ χορὸν θεῖον ποσίν. αὐτὰρ Ὀδυσσεὺς
μαρμαρυγὰς θηεῖτο ποδῶν, θαύμαζε δὲ θυμῶι.
αὐτὰρ ὁ φορμίζων ἀνεβάλλετο καλὸν ἀείδειν
ἀμφ' Ἄρεος φιλότητος εὐστεφάνου τ' Ἀφροδίτης,
ὡς τὰ πρῶτα μίγησαν ἐν Ἡφαίστοιο δόμοισι
λάθρηι, πολλὰ δ' ἔδωκε, λέχος δ' ᾔσχυνε καὶ εὐνὴν
Ἡφαίστοιο ἄνακτος. ἄφαρ δέ οἱ ἄγγελος ἦλθεν
Ἥλιος, ὅ σφ' ἐνόησε μιγαζομένους φιλότητι.
Ἥφαιστος δ' ὡς οὖν θυμαλγέα μῦθον ἄκουσε,
βῆ ῥ' ἴμεν ἐς χαλκεῶνα κακὰ φρεσὶ βυσσοδομεύων,
ἐν δ' ἔθετ' ἀκμοθέτωι μέγαν ἄκμονα, κόπτε δὲ δεσμοὺς
ἀρρήκτους ἀλύτους, ὄφρ' ἔμπεδον αὖθι μένοιεν.
αὐτὰρ ἐπεὶ δὴ τεῦξε δόλον κεχολωμένος Ἄρει,
βῆ ῥ' ἴμεν ἐς θάλαμον, ὅθι οἱ φίλα δέμνι' ἔκειτο,
ἀμφὶ δ' ἄρ' ἑρμῖσιν χέε δέσματα κύκλωι ἁπάντηι·
πολλὰ δὲ καὶ καθύπερθε μελαθρόφιν ἐξεκέχυντο,

Künftig soll deine Tugend gewiß kein Sterblicher tadeln,
Welcher Verstand besitzt, anständige Worte zu reden!
Aber höre nun auch mein Wort, damit du es andern
Helden erzählen kannst, wann du in deinem Palaste
Sitzest bei deinem Weib und deinen Kindern am Mahle,
Und dich unserer Tugend und unserer Taten erinnerst,
Welche beständig Zeus von der Väter Zeiten uns anschuf.
Denn wir suchen kein Lob im Faustkampf oder im Ringen;
Aber die hurtigsten Läufer sind wir, und die trefflichsten Schiffer,
Lieben nur immer den Schmaus, den Reigentanz, und die Laute,
Oft veränderten Schmuck, und warme Bäder, und Ruhe.
Auf denn, und spielt vor uns, ihr besten phäakischen Tänzer:
Daß der Fremdling davon bei seinen Freunden erzähle,
Wann er zu Hause kommt, wie wir vor allen geübt sind,
In der Lenkung des Schiffes, im Lauf, im Tanz und Gesange.
Einer gehe geschwind, und hole die klingende Harfe
Für Demodokos her, die in unserem Hause wo lieget.
  Also sagte der Held Alkinoos. Aber der Herold
Eilte zur Königsburg, die klingende Harfe zu holen.
  Jetzo erhuben sich auch die neun Kampfrichter vom Sitze,
Welche das Volk bestellt die edlen Spiele zu ordnen,
Maßen und ebneten schnell die schöne Fläche des Reigens.
  Aber der Herold kam und brachte die klingende Harfe
Für Demodokos her. Er trat in die Mitte, und um ihn
Standen die blühenden Jüngling', erfahren im bildenden Tanze;
Und mit gemessenen Tritten entschwebten sie. Aber Odysseus
Sah voll stiller Bewundrung die fliegende Eile der Füße.
  Lieblich rauschte die Harfe; dann hub der schöne Gesang an.
Ares Liebe besang und Aphroditens der Meister,
Wie sich beide zuerst in Hephästos' prächtiger Wohnung
Heimlich vermischt. Viel schenkte der Gott, und entehrte des hohen
Feuerbeherrschers Lager. Doch plötzlich bracht' ihm die Botschaft
Helios, der sie gesehn in ihrer geheimen Umarmung.
Aber sobald Hephästos die kränkende Rede vernommen,
Eilet' er schnell in die Esse, mit rachevollen Entwürfen:
Stellt auf den Block den gewaltigen Amboß, und schmiedete starke
Unauflösliche Ketten, um fest und auf ewig zu binden.
Und nachdem er das trügliche Werk im Zorne vollendet,
Ging er in das Gemach, wo sein Hochzeitbette geschmückt war,
Und verbreitete rings um die Pfosten kreisende Bande;
Viele spannt er auch oben herab vom Gebälke der Kammer,

ἠΰτ᾽ ἀράχνια λεπτά, τά γ᾽ οὔ κέ τις οὐδὲ ἴδοιτο,
οὐδὲ θεῶν μακάρων· πέρι γὰρ δολόεντα τέτυκτο.
αὐτὰρ ἐπεὶ δὴ πάντα δόλον περὶ δέμνια χεῦεν,
εἴσατ᾽ ἴμεν ἐς Λῆμνον, ἐυκτίμενον πτολίεθρον,
ἥ οἱ γαιάων πολὺ φιλτάτη ἐστὶν ἁπασέων.
οὐδ᾽ ἀλαοσκοπιὴν εἶχε χρυσήνιος Ἄρης,
ὡς ἴδεν Ἥφαιστον κλυτοτέχνην νόσφι κιόντα·
βῆ δ᾽ ἰέναι πρὸς δῶμα περικλυτοῦ Ἡφαίστοιο
ἰσχανόων φιλότητος ἐυστεφάνου Κυθερείης.
ἡ δὲ νέον παρὰ πατρὸς ἐρισθενέος Κρονίωνος
ἐρχομένη κατ᾽ ἄρ᾽ ἕζεθ᾽· ὁ δ᾽ εἴσω δώματος ἤιει,
ἔν τ᾽ ἄρα οἱ φῦ χειρί, ἔπος τ᾽ ἔφατ᾽ ἔκ τ᾽ ὀνόμαζε·
„δεῦρο, φίλη, λέκτρονδε τραπείομεν εὐνηθέντες·
οὐ γὰρ ἔθ᾽ Ἥφαιστος μεταδήμιος, ἀλλά που ἤδη
οἴχεται ἐς Λῆμνον μετὰ Σίντιας ἀγριοφώνους."
ὣς φάτο, τῇι δ᾽ ἀσπαστὸν ἐείσατο κοιμηθῆναι.
τὼ δ᾽ ἐς δέμνια βάντε κατέδραθον· ἀμφὶ δὲ δεσμοὶ
τεχνήεντες ἔχυντο πολύφρονος Ἡφαίστοιο,
οὐδέ τι κινῆσαι μελέων ἦν οὐδ᾽ ἀναεῖραι.
καὶ τότε δὴ γίγνωσκον, ὅ τ᾽ οὐκέτι φυκτὰ πέλοντο.
ἀγχίμολον δέ σφ᾽ ἦλθε περικλυτὸς ἀμφιγυήεις,
αὖτις ὑποστρέψας πρὶν Λήμνου γαῖαν ἱκέσθαι·
Ἠέλιος γάρ οἱ σκοπιὴν ἔχεν εἶπέ τε μῦθον.
βῆ δ᾽ ἴμεναι πρὸς δῶμα φίλον τετιημένος ἦτορ·
ἔστη δ᾽ ἐν προθύροισι, χόλος δέ μιν ἄγριος ᾕρει·
σμερδαλέον δ᾽ ἐβόησε, γέγωνέ τε πᾶσι θεοῖσιν·
„Ζεῦ πάτερ ἠδ᾽ ἄλλοι μάκαρες θεοὶ αἰὲν ἐόντες,
δεῦθ᾽, ἵνα ἔργα γελαστὰ καὶ οὐκ ἐπιεικτὰ ἴδησθε,
ὡς ἐμὲ χωλὸν ἐόντα Διὸς θυγάτηρ Ἀφροδίτη
αἰὲν ἀτιμάζει, φιλέει δ᾽ ἀίδηλον Ἄρηα,
οὕνεχ᾽ ὁ μὲν καλός τε καὶ ἀρτίπος, αὐτὰρ ἐγώ γε
ἠπεδανὸς γενόμην. ἀτὰρ οὔ τί μοι αἴτιος ἄλλος,
ἀλλὰ τοκῆε δύω, τὼ μὴ γείνασθαι ὄφελλον.
ἀλλ᾽ ὄψεσθ᾽, ἵνα τώ γε καθεύδετον ἐν φιλότητι
εἰς ἐμὰ δέμνια βάντες, ἐγὼ δ᾽ ὁρόων ἀκάχημαι.
οὐ μέν σφεας ἔτ᾽ ἔολπα μίνυνθά γε κειέμεν οὕτως
καὶ μάλα περ φιλέοντε· τάχ᾽ οὐκ ἐθελήσετον ἄμφω
εὕδειν· ἀλλά σφωε δόλος καὶ δεσμὸς ἐρύξει,
εἰς ὅ κέ μοι μάλα πάντα πατὴρ ἀποδῶισιν ἔεδνα,
ὅσσα οἱ ἐγγυάλιξα κυνώπιδος εἵνεκα κούρης,
οὕνεκά οἱ καλὴ θυγάτηρ, ἀτὰρ οὐκ ἐχέθυμος."

Zart wie Spinnengewebe, die keiner zu sehen vermöchte,
Selbst von den seligen Göttern: so wunderfein war die Arbeit!
Und nachdem er den ganzen Betrug um das Lager verbreitet,
Ging er gleichsam zur Stadt der schöngebaueten Lemnos,
Die er am meisten liebt von allen Ländern der Erde.
Ares schlummerte nicht, der Gott mit goldenen Zügeln,
Als er verreisen sahe den kunstberühmten Hephästos.
Eilend ging er zum Hause des klugen Feuerbeherrschers,
Hingerissen von Liebe zu seiner schönen Gemahlin.
Aphrodite war eben vom mächtigen Vater Kronion
Heimgekehrt und saß. Er aber ging in die Wohnung,
Faßte der Göttin Hand, und sprach mit freundlicher Stimme:
  Komm, Geliebte, zu Bette, der süßen Ruhe zu pflegen!
Denn Hephästos ist nicht daheim; er wandert vermutlich
Zu den Sintiern jetzt, den rauhen Barbaren in Lemnos.
  Also sprach er, und ihr war sehr willkommen die Ruhe.
Und sie bestiegen das Lager, und schlummerten. Plötzlich umschlangen
Sie die künstlichen Bande des klugen Erfinders Hephästos;
Und sie vermochten kein Glied zu bewegen oder zu heben.
Aber sie merkten es erst, da ihnen die Flucht schon gehemmt war.
Jetzo nahte sich ihnen der hinkende Feuerbeherrscher.
Dieser kehrte zurück, bevor er Lemnos erreichte,
Denn der lauschende Gott der Sonne sagt' ihm die Tat an.
Eilend ging er zu Hause, mit tiefbekümmerter Seele,
Stand in dem Vorsaal still; und der rasende Eifer ergriff ihn.
Fürchterlich ruft er aus, und alle Götter vernahmen's:
  Vater Zeus, und ihr andern, unsterbliche selige Götter!
Kommt und schaut den abscheulichen unausstehlichen Frevel:
Wie mich lahmen Mann die Tochter Zeus' Aphrodite
Jetzo auf immer beschimpft, und Ares den Bösewicht herzet;
Darum, weil jener schön ist und grade von Beinen, ich aber
Solche Krüppelgestalt! Doch keiner ist schuld an der Lähmung,
Als die Eltern allein! O hätten sie nimmer gezeuget!
Aber seht doch, wie beid' in meinem eigenen Bette
Ruhn, und der Wollust pflegen! Das Herz zerspringt mir beim Anblick!
Künftig möchten sie zwar, auch nicht ein Weilchen, so liegen!
Wie verbuhlt sie auch sind, sie werden nicht wieder verlangen,
So zu ruhn! Allein ich halte sie fest in der Schlinge,
Bis der Vater zuvor mir alle Geschenke zurückgibt,
Die ich als Bräutigam gab für sein schamloses Gezüchte!
Seine Tochter ist schön, allein unbändiges Herzens!

ὣς ἔφαθ', οἱ δ' ἀγέροντο θεοὶ ποτὶ χαλκοβατὲς δῶ·
ἦλθε Ποσειδάων γαιήοχος, ἦλθ' ἐριούνης
Ἑρμείας, ἦλθεν δὲ ἄναξ ἑκάεργος Ἀπόλλων.
θηλύτεραι δὲ θεαὶ μένον αἰδοῖ οἴκοι ἑκάστη.
ἔσταν δ' ἐν προθύροισι θεοί, δωτῆρες ἑάων·
ἄσβεστος δ' ἄρ' ἐνῶρτο γέλως μακάρεσσι θεοῖσι
τέχνας εἰσορόωσι πολύφρονος Ἡφαίστοιο.
ὧδε δέ τις εἴπεσκεν ἰδὼν ἐς πλησίον ἄλλον·
„ οὐκ ἀρετᾶι κακὰ ἔργα· κιχάνει τοι βραδὺς ὠκύν,
ὡς καὶ νῦν Ἥφαιστος ἐὼν βραδὺς εἷλεν Ἄρηα
ὠκύτατόν περ ἐόντα θεῶν οἳ Ὄλυμπον ἔχουσιν,
χωλὸς ἐὼν τέχνῃσι· τὸ καὶ μοιχάγρι' ὀφέλλει."
ὣς οἱ μὲν τοιαῦτα πρὸς ἀλλήλους ἀγόρευον·
Ἑρμῆν δὲ προσέειπεν ἄναξ Διὸς υἱὸς Ἀπόλλων·
„ Ἑρμεία, Διὸς υἱέ, διάκτορε, δῶτορ ἑάων,
ἦ ῥά κεν ἐν δεσμοῖς ἐθέλοις κρατεροῖσι πιεσθεὶς
εὕδειν ἐν λέκτροισι παρὰ χρυσέῃ Ἀφροδίτῃ;"
τὸν δ' ἠμείβετ' ἔπειτα διάκτορος ἀργεϊφόντης·
„ αἲ γὰρ τοῦτο γένοιτο, ἄναξ ἑκατηβόλ' Ἄπολλον·
δεσμοὶ μὲν τρὶς τόσσοι ἀπείρονες ἀμφὶς ἔχοιεν,
ὑμεῖς δ' εἰσορόωιτε θεοὶ πᾶσαί τε θέαιναι,
αὐτὰρ ἐγὼν εὕδοιμι παρὰ χρυσέῃ Ἀφροδίτῃ."
ὣς ἔφατ', ἐν δὲ γέλως ὦρτ' ἀθανάτοισι θεοῖσιν.
οὐδὲ Ποσειδάωνα γέλως ἔχε, λίσσετο δ' αἰεὶ
Ἥφαιστον κλυτοεργὸν ὅπως λύσειεν Ἄρηα.
καί μιν φωνήσας ἔπεα πτερόεντα προσηύδα·
„ λῦσον· ἐγὼ δέ τοι αὐτὸν ὑπίσχομαι, ὡς σὺ κελεύεις,
τίσειν αἴσιμα πάντα μετ' ἀθανάτοισι θεοῖσιν."
τὸν δ' αὖτε προσέειπε περικλυτὸς ἀμφιγυήεις·
„ μή με, Ποσείδαον γαιήοχε, ταῦτα κέλευε·
δειλαί τοι δειλῶν γε καὶ ἐγγύαι ἐγγυάασθαι.
πῶς ἂν ἐγώ σε δέοιμι μετ' ἀθανάτοισι θεοῖσιν,
εἴ κεν Ἄρης οἴχοιτο χρέος καὶ δεσμὸν ἀλύξας;"
τὸν δ' αὖτε προσέειπε Ποσειδάων ἐνοσίχθων·
„ Ἥφαιστ', εἴ περ γάρ κεν Ἄρης χρεῖος ὑπαλύξας
οἴχηται φεύγων, αὐτός τοι ἐγὼ τάδε τίσω."
τὸν δ' ἠμείβετ' ἔπειτα περικλυτὸς ἀμφιγυήεις·
„ οὐκ ἔστ' οὐδὲ ἔοικε τεὸν ἔπος ἀρνήσασθαι."
ὣς εἰπὼν δεσμὸν ἀνίει μένος Ἡφαίστοιο.
τὼ δ' ἐπεὶ ἐκ δεσμοῖο λύθεν, κρατεροῦ περ ἐόντος,
αὐτίκ' ἀναΐξαντε ὁ μὲν Θρήκηνδε βεβήκει,

Also sprach er. Da eilten zum ehernen Hause die Götter:
Poseidaon kam, der Erdumgürter; und Hermes
Kam, der Bringer des Heils; es kam der Schütze Apollon.
Aber die Göttinnen blieben vor Scham in ihren Gemächern.
Jetzo standen die Götter, die Geber des Guten, im Vorsaal;
Und ein langes Gelächter erscholl bei den seligen Göttern,
Als sie die Künste sahn des klugen Erfinders Hephästos.
Und man wendete sich zu seinem Nachbar, und sagte:
Böses gedeihet doch nicht; der Langsame haschet den Schnellen!
Also ertappt Hephästos, der Langsame, jetzo den Ares,
Welcher am hurtigsten ist von den Göttern des hohen Olympos,
Er der Lahme, durch Kunst. Nun büßt ihm der Ehebrecher!
Also besprachen sich die Himmlischen untereinander.
Aber zu Hermes sprach Zeus' Sohn, der Herrscher Apollon:
Hermes, Zeus' Gesandter und Sohn, du Geber des Guten,
Hättest du auch wohl Lust, von so starken Banden gefesselt,
In dem Bette zu ruhn bei der goldenen Aphrodite?
Ihm erwiderte darauf der geschäftige Argosbesieger:
O geschähe doch das, ferntreffender Herrscher Apollon!
Fesselten mich auch dreimal so viel unendliche Bande,
Und ihr Götter sähet es an, und die Göttinnen alle:
Siehe so schlief' ich doch bei der goldenen Aphrodite!
Also sprach er; da lachten laut die unsterblichen Götter.
Nur Poseidon lachte nicht mit; er wandte sich bittend
Zum kunstreichen Hephästos, den Kriegsgott wieder zu lösen.
Und er redet' ihn an, und sprach die geflügelten Worte:
Lös' ihn! Ich stehe dafür: er soll, wie du es verlangest,
Vor den unsterblichen Göttern dir alles bezahlen, was recht ist.
Drauf antwortete jenem der hinkende Feuerbeherrscher:
Fodere solches nicht, du Erdumgürter Poseidon!
Elende Sicherheit gibt von Elenden selber die Bürgschaft.
Sage, wie könnt' ich dich vor den ewigen Göttern verbinden,
Flöhe nun Ares fort, der Schuld und den Banden entrinnend?
Ihm erwiderte drauf der Erderschüttrer Poseidon:
Nun Hephästos, wofern denn auch Ares fliehend hinwegeilt,
Um der Schuld zu entgehn; ich selbst will dir dieses bezahlen!
Drauf antwortete jenem der hinkende Feuerbeherrscher:
Unrecht wär' es und grob, dir deine Bitte zu weigern.
Also sprach er, und löste das Band, der starke Hephästos.
Und kaum fühlten sich beide der mächtigen Fessel entledigt,
Sprangen sie hurtig empor. Der Kriegsgott eilte gen Threke.

ἡ δ᾽ ἄρα Κύπρον ἵκανε φιλομμειδὴς Ἀφροδίτη,
ἐς Πάφον· ἔνθα δέ οἱ τέμενος βωμός τε θυήεις.
ἔνθα δέ μιν Χάριτες λοῦσαν καὶ χρῖσαν ἐλαίωι
ἀμβρότωι, οἷα θεοὺς ἐπενήνοθεν αἰὲν ἐόντας,
ἀμφὶ δὲ εἵματα ἕσσαν ἐπήρατα, θαῦμα ἰδέσθαι.
   ταῦτ᾽ ἄρ᾽ ἀοιδὸς ἄειδε περικλυτός· αὐτὰρ Ὀδυσσεὺς
τέρπετ᾽ ἐνὶ φρεσὶν ἧισιν ἀκούων ἠδὲ καὶ ἄλλοι
Φαίηκες δολιχήρετμοι, ναυσίκλυτοι ἄνδρες.
   Ἀλκίνοος δ᾽ Ἅλιον καὶ Λαοδάμαντα κέλευσεν
μουνὰξ ὀρχήσασθαι, ἐπεί σφισιν οὔ τις ἔριζεν.
οἱ δ᾽ ἐπεὶ οὖν σφαῖραν καλὴν μετὰ χερσὶν ἕλοντο,
πορφυρέην, τήν σφιν Πόλυβος ποίησε δαΐφρων,
τὴν ἕτερος ῥίπτασκε ποτὶ νέφεα σκιόεντα
ἰδνωθεὶς ὀπίσω, ὁ δ᾽ ἀπὸ χθονὸς ὑψόσ᾽ ἀερθεὶς
ῥηιδίως μεθέλεσκε, πάρος ποσὶν οὖδας ἱκέσθαι.
αὐτὰρ ἐπεὶ δὴ σφαίρηι ἀν᾽ ἰθὺν πειρήσαντο,
ὠρχείσθην δὴ ἔπειτα ποτὶ χθονὶ πουλυβοτείρηι
ταρφέ᾽ ἀμειβομένω· κοῦροι δ᾽ ἐπελήκεον ἄλλοι
ἑστεῶτες κατ᾽ ἀγῶνα, πολὺς δ᾽ ὑπὸ κόμπος ὀρώρει.
   δὴ τότ᾽ ἄρ᾽ Ἀλκίνοον προσεφώνεε δῖος Ὀδυσσεύς·
„Ἀλκίνοε κρεῖον, πάντων ἀριδείκετε λαῶν,
ἠμὲν ἀπείλησας βητάρμονας εἶναι ἀρίστους,
ἠδ᾽ ἄρ᾽ ἑτοῖμα τέτυκτο· σέβας μ᾽ ἔχει εἰσορόωντα.“
   ὣς φάτο, γήθησεν δ᾽ ἱερὸν μένος Ἀλκινόοιο,
αἶψα δὲ Φαιήκεσσι φιληρέτμοισι μετηύδα·
„κέκλυτε, Φαιήκων ἡγήτορες ἠδὲ μέδοντες.
ὁ ξεῖνος μάλα μοι δοκέει πεπνυμένος εἶναι.
ἀλλ᾽ ἄγε οἱ δῶμεν ξεινήιον, ὡς ἐπιεικές.
δώδεκα γὰρ κατὰ δῆμον ἀριπρεπέες βασιλῆες
ἀρχοὶ κραίνουσι, τρισκαιδέκατος δ᾽ ἐγὼ αὐτός·
τῶν οἱ ἕκαστος φᾶρος ἐϋπλυνὲς ἠδὲ χιτῶνα
καὶ χρυσοῖο τάλαντον ἐνείκατε τιμήεντος.
αἶψα δὲ πάντα φέρωμεν ἀολλέα, ὄφρ᾽ ἐνὶ χερσὶν
ξεῖνος ἔχων ἐπὶ δόρπον ἴηι χαίρων ἐνὶ θυμῶι.
Εὐρύαλος δέ ἑ αὐτὸν ἀρεσσάσθω ἐπέεσσι
καὶ δώρωι, ἐπεὶ οὔ τι ἔπος κατὰ μοῖραν ἔειπεν.“
   ὣς ἔφαθ᾽, οἱ δ᾽ ἄρα πάντες ἐπῄνεον ἠδ᾽ ἐκέλευον,
δῶρα δ᾽ ἄρ᾽ οἰσέμεναι πρόεσαν κήρυκα ἕκαστος.
τὸν δ᾽ αὖτ᾽ Εὐρύαλος ἀπαμείβετο φώνησέν τε·
„Ἀλκίνοε κρεῖον, πάντων ἀριδείκετε λαῶν,
τοιγὰρ ἐγὼ τὸν ξεῖνον ἀρέσσομαι, ὡς σὺ κελεύεις.

Aber nach Kypros ging Aphrodite, die Freundin des Lächelns,
In den paphischen Hain, zum weihrauchduftenden Altar.
Allda badeten sie die Charitinnen, und salbten
Sie mit ambrosischem Öle, das ewige Götter verherrlicht;
Schmückten sie dann mit schönen und wundervollen Gewanden.
  Also sang der berühmte Demodokos. Aber Odysseus
Freute sich des Gesangs von Herzen; es freuten sich mit ihm
Alle Phäaken, die Führer der langberuderten Schiffe.
  Und Alkinoos hieß den mutigen Halios einzeln
Mit Laodamas tanzen, weil keiner mit ihnen sich wagte.
Diese nahmen sogleich den schönen Ball in die Hände,
Welchen Polybos künstlich aus purpurner Wolle gewirket.
Einer schleuderte diesen empor zu den schattigen Wolken,
Rückwärts gebeugt; dann sprang der andere hoch von der Erde
Auf, und fing ihn behend', eh' sein Fuß den Boden berührte.
Und nachdem sie den Ball gradauf zu schleudern versuchet,
Tanzten sie schwebend dahin auf der allernährenden Erde,
Mit oft wechselnder Stellung; die andern Jünglinge klappten
Rings im Kreise dazu; es stieg ein lautes Getös' auf.
Und zu Alkinoos sprach der göttergleiche Odysseus:
  Weitgepriesener Held, Alkinoos, mächtigster König!
Siehe du rühmtest dich der trefflichsten Tänzer auf Erden,
Und du behauptest den Ruhm! Mit Staunen erfüllt mich der Anblick.
  Aber die heilige Macht Alkinoos' erfreute sich innig.
Und er redete schnell zu den ruderliebenden Männern:
  Merket auf, der Phäaken erhabene Fürsten und Pfleger!
Dieser Fremdling scheint mir ein Mann von großem Verstande.
Laßt uns ihm ein Geschenk, wie das Gastrecht fodert, verehren.
Denn in unserm Volke sind zwölf ehrwürdige Fürsten,
Welche Gerechtigkeit üben; und mir gehorchen die zwölfe.
Jeder von diesen hole nun einen Mantel und Leibrock,
Sauber und fein, samt einem Talente des köstlichen Goldes.
Dieses wollen wir alle zugleich dem Fremdlinge bringen,
Daß er fröhlichen Mutes zum Abendschmause sich setze.
Aber Euryalos soll mit Worten und mit Geschenken
Ihn versöhnen; denn nicht anständig hat er geredet.
  Also sprach der König, und alle riefen ihm Beifall.
Schnell, die Geschenke zu holen, entsandte jeder den Herold.
Aber Euryalos gab dem Könige dieses zur Antwort:
  Weitgepriesener Held, Alkinoos, mächtigster König!
Gerne will ich den Gast versöhnen, wie du befiehlest,

δώσω οἱ τόδ' ἄορ παγχάλκεον, ὧι ἔπι κώπη
ἀργυρέη, κολεὸν δὲ νεοπρίστου ἐλέφαντος
ἀμφιδεδίνηται· πολέος δέ οἱ ἄξιον ἔσται."
ὣς εἰπὼν ἐν χερσὶ τίθει ξίφος ἀργυρόηλον
καί μιν φωνήσας ἔπεα πτερόεντα προσηύδα·
„χαῖρε, πάτερ ὦ ξεῖνε· ἔπος δ' εἴ πέρ τι βέβακται
δεινόν, ἄφαρ τὸ φέροιεν ἀναρπάξασαι ἄελλαι.
σοὶ δὲ θεοὶ ἄλοχόν τ' ἰδέειν καὶ πατρίδ' ἱκέσθαι
δοῖεν, ἐπεὶ δὴ δηθὰ φίλων ἄπο πήματα πάσχεις."
τὸν δ' ἀπαμειβόμενος προσέφη πολύμητις Ὀδυσσεύς·
„καὶ σὺ φίλος μάλα χαῖρε, θεοὶ δέ τοι ὄλβια δοῖεν.
μηδέ τί τοι ξίφεός γε ποθὴ μετόπισθε γένοιτο
τούτου, ὃ δή μοι δῶκας ἀρεσσάμενος ἐπέεσσιν."
ἦ ῥα καὶ ἀμφ' ὤμοισι θέτο ξίφος ἀργυρόηλον.
δύσετό τ' ἠέλιος, καὶ τῶι κλυτὰ δῶρα παρῆεν.
καὶ τά γ' ἐς Ἀλκινόοιο φέρον κήρυκες ἀγαυοί·
δεξάμενοι δ' ἄρα παῖδες ἀμύμονος Ἀλκινόοιο
μητρὶ παρ' αἰδοίηι ἔθεσαν περικαλλέα δῶρα.
τοῖσιν δ' ἡγεμόνευ' ἱερὸν μένος Ἀλκινόοιο,
ἐλθόντες δὲ καθῖζον ἐν ὑψηλοῖσι θρόνοισι.
δή ῥα τότ' Ἀρήτην προσέφη μένος Ἀλκινόοιο·
„δεῦρο, γύναι, φέρε χηλὸν ἀριπρεπέ', ἥ τις ἀρίστη·
ἐν δ' αὐτὴ θὲς φᾶρος ἐυπλυνὲς ἠδὲ χιτῶνα.
ἀμφὶ δέ οἱ πυρὶ χαλκὸν ἰήνατε, θέρμετε δ' ὕδωρ,
ὄφρα λοεσσάμενός τε ἰδών τ' εὖ κείμενα πάντα
δῶρα, τά οἱ Φαίηκες ἀμύμονες ἐνθάδ' ἔνεικαν,
δαιτί τε τέρπηται καὶ ἀοιδῆς ὕμνον ἀκούων.
καί οἱ ἐγὼ τόδ' ἄλεισον ἐμὸν περικαλλὲς ὀπάσσω,
χρύσεον, ὄφρ' ἐμέθεν μεμνημένος ἤματα πάντα
σπένδηι ἐνὶ μεγάρωι Διί τ' ἄλλοισίν τε θεοῖσιν."
ὣς ἔφατ', Ἀρήτη δὲ μετὰ δμωιῆισιν ἔειπεν
ἀμφὶ πυρὶ στῆσαι τρίποδα μέγαν ὅττι τάχιστα.
αἱ δὲ λοετροχόον τρίποδ' ἵστασαν ἐν πυρὶ κηλέωι,
ἐν δ' ἄρ' ὕδωρ ἔχεαν, ὑπὸ δὲ ξύλα δαῖον ἑλοῦσαι.
γάστρην μὲν τρίποδος πῦρ ἄμφεπε, θέρμετο δ' ὕδωρ·
τόφρα δ' ἄρ' Ἀρήτη ξείνωι περικαλλέα χηλὸν
ἐξέφερεν θαλάμοιο, τίθει δ' ἐνὶ κάλλιμα δῶρα,
ἐσθῆτα χρυσόν τε, τά οἱ Φαίηκες ἔδωκαν·
ἐν δ' αὐτὴ φᾶρος θῆκεν καλόν τε χιτῶνα,
καί μιν φωνήσασ' ἔπεα πτερόεντα προσηύδα·
„αὐτὸς νῦν ἴδε πῶμα, θοῶς δ' ἐπὶ δεσμὸν ἴηλον,

Und dies Schwert ihm verehren. Die Kling' ist von Erze geschmiedet,
Und von Silber das Heft, die elfenbeinerne Scheide
Neu vom Künstler geglättet. Es wird nicht wenig ihm wert sein.
Also sprach er, und reicht' ihm das Schwert mit silbernen Buckeln;
Und er redet' ihn an, und sprach die geflügelten Worte:
Freue dich, Vater und Gast! Und fiel ein kränkendes Wort hier
Unter uns vor, so mögen es schnell die Stürme verwehen!
Dir verleihn die Götter, die Heimat und deine Gemahlin
Wieder zu sehn, nachdem du so lang' in Trübsal umherirrst!
Ihm antwortete drauf der erfindungsreiche Odysseus:
Auch du freue dich, Lieber; dich segnen die Götter mit Heile!
Und du müssest hinfort des Schwertes nimmer bedürfen,
Welches du mir anjetzt mit versöhnenden Worten gereicht hast!
Sprach's, und hängt' um die Schulter das Schwert mit silbernen Buckeln.
Und die Sonne sank; da kamen die schönen Geschenke.
Edle Herolde trugen sie schnell zu Alkinoos' Wohnung.
Hier empfingen und legten Alkinoos' treffliche Söhne
Bei der Mutter sie hin, die köstlichen Ehrengeschenke.
Aber die heilige Macht Alkinoos' führte die andern;
Und sie kamen und setzten auf hohen Thronen sich nieder.
Und die heilige Macht Alkinoos' sprach zu Arete:
Komm, Geliebte, und bring die beste der zierlichen Laden;
Lege darein den schöngewaschenen Mantel und Leibrock.
Dann setzt Wasser zum Sieden im ehernen Kessel aufs Feuer,
Daß er, wenn er zuvor sich gebadet, und nebeneinander
Alle Geschenke gesehn der tadellosen Phäaken,
Froher genieße des Mahls, und froher horche dem Liede.
Dieses schöne Gefäß von Golde will ich ihm schenken.
Daß er in seinem Palaste für Zeus und die übrigen Götter
Opfer gieße, und sich beständig meiner erinnre.
Also sprach er; und schnell gebot Arete den Mägden,
Eilend ein groß dreifüßig Geschirr aufs Feuer zu setzen.
Und sie setzten das Badegeschirr auf das lodernde Feuer,
Gossen Wasser hinein, und legten Holz an die Flamme;
Rings umschlug sie den Bauch des Geschirrs, und es kochte das Wasser.
Aber die Königin brachte dem Fremdling die zierliche Lade
Aus der Kammer hervor, und legte die schönen Geschenke,
Gold und Kleider, hinein, was ihm die Phäaken gegeben,
Legte darauf den Mantel hinein, und den prächtigen Leibrock.
Und sie redet' ihn an, und sprach die geflügelten Worte:
Siehe nun selbst den Deckel, und schürze behende die Knoten;

μή τίς τοι καθ' ὁδὸν δηλήσεται, ὁππότ' ἂν αὖτε
εὕδησθα γλυκὺν ὕπνον ἰὼν ἐν νηὶ μελαίνηι."
αὐτὰρ ἐπεὶ τό γ' ἄκουσε πολύτλας δῖος Ὀδυσσεύς,
αὐτίκ' ἐπήρτυε πῶμα, θοῶς δ' ἐπὶ δεσμὸν ἴηλεν
ποικίλον, ὅν ποτέ μιν δέδαε φρεσὶ πότνια Κίρκη·
αὐτόδιον δ' ἄρα μιν ταμίη λούσασθαι ἀνώγει
ἔς ῥ' ἀσάμινθον βάνθ'· ὁ δ' ἄρ ἀσπασίως ἴδε θυμῶι
θερμὰ λοέτρ', ἐπεὶ οὔ τι κομιζόμενός γε θάμιζεν,
ἐπεὶ δὴ λίπε δῶμα Καλυψοῦς ἠυκόμοιο.
τόφρα δέ οἱ κομιδή γε θεῶι ὣς ἔμπεδος ἦεν.
τὸν δ' ἐπεὶ οὖν δμωιαὶ λοῦσαν καὶ χρῖσαν ἐλαίωι,
ἀμφὶ δέ μιν χλαῖναν καλὴν βάλον ἠδὲ χιτῶνα,
ἔκ ῥ' ἀσαμίνθου βὰς ἄνδρας μετα οἰνοποτῆρας
ἤιε· Ναυσικάα δὲ θεῶν ἄπο κάλλος ἔχουσα
στῆ ῥα παρὰ σταθμὸν τέγεος πύκα ποιητοῖο,
θαύμαζεν δ' Ὀδυσῆα ἐν ὀφθαλμοῖσιν ὁρῶσα,
καί μιν φωνήσασ' ἔπεα πτερόεντα προσηύδα·
„χαῖρε, ξεῖν', ἵνα καί ποτ' ἐὼν ἐν πατρίδι γαίηι
μνήσηι ἐμεῦ, ὅτι μοι πρώτηι ζωάγρι' ὀφέλλεις."
τὴν δ' ἀπαμειβόμενος προσέφη πολύμητις Ὀδυσσεύς.
„Ναυσικάα θύγατερ μεγαλήτορος Ἀλκινόοιο,
οὕτω νῦν Ζεὺς θείη, ἐρίγδουπος πόσις Ἥρης,
οἴκαδέ τ' ἐλθέμεναι καὶ νόστιμον ἦμαρ ἰδέσθαι·
τῶι κέν τοι καὶ κεῖθι θεῶι ὣς εὐχετοώιμην
αἰεὶ ἤματα πάντα· σὺ γάρ μ' ἐβιώσαο, κούρη."
ἦ ῥα καὶ ἐς θρόνον ἷζε παρ' Ἀλκίνοον βασιλῆα·
οἱ δ' ἤδη μοίρας τ' ἔνεμον κερόωντό τε οἶνον.
κῆρυξ δ' ἐγγύθεν ἦλθεν ἄγων ἐρίηρον ἀοιδόν,
Δημόδοκον λαοῖσι τετιμένον· εἷσε δ' ἄρ' αὐτὸν
μέσσωι δαιτυμόνων, πρὸς κίονα μακρὸν ἐρείσας.
δὴ τότε κήρυκα προσέφη πολύμητις Ὀδυσσεύς,
νώτου ἀποπροταμών, ἐπὶ δὲ πλεῖον ἐλέλειπτο,
ἀργιόδοντος ὑός, θαλερὴ δ' ἦν ἀμφὶς ἀλοιφή·
„κῆρυξ, τῆ δή, τοῦτο πόρε κρέας, ὄφρα φάγηισιν,
Δημοδόκωι· καί μιν προσπτύξομαι ἀχνύμενός περ·
πᾶσι γὰρ ἀνθρώποισιν ἐπιχθονίοισιν ἀοιδοὶ
τιμῆς ἔμμοροί εἰσι καὶ αἰδοῦς, οὕνεκ' ἄρα σφέας
οἴμας μοῦσ' ἐδίδαξε, φίλησε δὲ φῦλον ἀοιδῶν."
ὣς ἄρ' ἔφη, κῆρυξ δὲ φέρων ἐν χερσὶν ἔθηκεν
ἥρωι Δημοδόκωι· ὁ δ' ἐδέξατο, χαῖρε δὲ θυμῶι.
οἱ δ' ἐπ' ὀνείαθ' ἑτοῖμα προκείμενα χεῖρας ἴαλλον.

Daß dich keiner beraub' auf der Heimfahrt, während du etwa
In dem schwärzlichen Schiffe des süßen Schlummers genießest.
Als er dieses vernommen, der herrliche Dulder Odysseus,
Fügt' er den Deckel auf, und schürzte behende den Knoten,
Dessen geheime Kunst ihn die mächtige Kirke gelehret.
Und die Schaffnerin kam, und bat ihn, eilig zum Baden
In die Wanne zu steigen. Ein herzerfreuender Anblick
War ihm das warme Bad; denn keiner Pflege genoß er,
Seit er die Wohnung verließ der schöngelockten Kalypso;
Dort ward seiner beständig wie eines Gottes gepfleget.
Als ihn die Mägde jetzo gebadet, mit Öle gesalbet,
Und ihm die Kleider umhüllt, den Mantel und prächtigen Leibrock,
Stieg er hervor aus dem Bad', und ging zu den trinkenden Männern.
Aber Nausikaa stand, geschmückt mit göttlicher Schönheit,
An der hohen Pforte des schöngewölbeten Saales,
Und betrachtete wundernd den göttergleichen Odysseus;
Und sie redet' ihn an, und sprach die geflügelten Worte:
Lebe wohl, o Fremdling, und bleib' in der Heimat auch meiner
Eingedenk, da du mir zuerst dein Leben verdanktest.
Ihr antwortete drauf der erfindungsreiche Odysseus:
O Nausikaa, Tochter des edlen Phäakenbeherrschers,
Lasse mich jetzo nur Zeus, der donnernde Gatte der Here,
Glücklich zur Heimat kehren, und schaun den Tag der Zurückkunft!
Täglich werd' ich auch dort, wie einer Göttin, voll Ehrfurcht
Dir danksagen; du hast mein Leben gerettet, o Jungfrau!
Also sprach er, und setzte sich hin zur Seite des Königs.
Jene teileten schon das Fleisch, und mischten des Weines.
Aber der Herold kam, und führte den lieblichen Sänger,
Welchen die Völker verehrten, Demodokos, näher, und setzte
Ihn in die Mitte des Saals, an die hohe Säule gelehnet.
Und dem Herolde rief der erfindungsreiche Odysseus,
Und zerteilte den Rücken, sein großes ehrendes Anteil
Vom weißzahnichten Schweine, mit frischem Fette bewachsen:
Herold, reiche dies Fleisch Demodokos hin, daß er esse.
Gerne möcht' ich ihm Liebes erweisen, wie sehr ich auch traure.
Alle sterblichen Menschen der Erde nehmen die Sänger
Billig mit Achtung auf und Ehrfurcht; selber die Muse
Lehrt sie den hohen Gesang, und waltet über die Sänger.
Also sprach Odysseus. Der Herold reicht' es dem edlen
Helden Demodokos hin; er nahm's, und freute sich herzlich.
Und sie erhoben die Hände zum leckerbereiteten Mahle.

αὐτὰρ ἐπεὶ πόσιος καὶ ἐδητύος ἐξ ἔρον ἕντο,
δὴ τότε Δημόδοκον προσέφη πολύμητις Ὀδυσσεύς·
„Δημόδοκ', ἔξοχα δή σε βροτῶν αἰνίζομ' ἁπάντων.
ἢ σέ γε μοῦσ' ἐδίδαξε, Διὸς πάϊς, ἢ σέ γ' Ἀπόλλων·
λίην γὰρ κατὰ κόσμον Ἀχαιῶν οἶτον ἀείδεις,
ὅσσ' ἔρξαν τ' ἔπαθόν τε καὶ ὅσσ' ἐμόγησαν Ἀχαιοί,
ὥς τέ που ἢ αὐτὸς παρεὼν ἢ ἄλλου ἀκούσας.
ἀλλ' ἄγε δὴ μετάβηθι καὶ ἵππου κόσμον ἄεισον
δουρατέου, τὸν Ἐπειὸς ἐποίησεν σὺν Ἀθήνηι,
ὅν ποτ' ἐς ἀκρόπολιν δόλον ἤγαγε δῖος Ὀδυσσεὺς
ἀνδρῶν ἐμπλήσας οἵ ῥ' Ἴλιον ἐξαλάπαξαν.
αἴ κεν δή μοι ταῦτα κατὰ μοῖραν καταλέξηις,
αὐτίκ' ἐγὼ πᾶσιν μυθήσομαι ἀνθρώποισιν,
ὡς ἄρα τοι πρόφρων θεὸς ὤπασε θέσπιν ἀοιδήν."
ὣς φάθ', ὁ δ' ὁρμηθεὶς θεοῦ ἤρχετο, φαῖνε δ' ἀοιδήν,
ἔνθεν ἑλὼν ὡς οἱ μὲν ἐυσσέλμων ἐπὶ νηῶν
βάντες ἀπέπλειον, πῦρ ἐν κλισίηισι βαλόντες,
Ἀργεῖοι, τοὶ δ' ἤδη ἀγακλυτὸν ἀμφ' Ὀδυσῆα
ἥατ' ἐνὶ Τρώων ἀγορῆι κεκαλυμμένοι ἵππωι·
αὐτοὶ γάρ μιν Τρῶες ἐς ἀκρόπολιν ἐρύσαντο.
ὣς ὁ μὲν ἑστήκει, τοὶ δ' ἄκριτα πόλλ' ἀγόρευον
ἥμενοι ἀμφ' αὐτόν· τρίχα δέ σφισιν ἥνδανε βουλή,
ἠὲ διαπλῆξαι κοῖλον δόρυ νηλέι χαλκῶι,
ἢ κατὰ πετράων βαλέειν ἐρύσαντας ἐπ' ἄκρης,
ἢ ἐάαν μέγ' ἄγαλμα θεῶν θελκτήριον εἶναι,
τῆι περ δὴ καὶ ἔπειτα τελευτήσεσθαι ἔμελλεν·
αἶσα γὰρ ἦν ἀπολέσθαι, ἐπὴν πόλις ἀμφικαλύψηι
δουράτεον μέγαν ἵππον, ὅθ' ἥατο πάντες ἄριστοι
Ἀργείων Τρώεσσι φόνον καὶ κῆρα φέροντες.
ἤειδεν δ' ὡς ἄστυ διέπραθον υἷες Ἀχαιῶν
ἱππόθεν ἐκχύμενοι, κοῖλον λόχον ἐκπρολιπόντες.
ἄλλον δ' ἄλληι ἄειδε πόλιν κεραϊζέμεν αἰπήν,
αὐτὰρ Ὀδυσσῆα προτὶ δώματα Δηιφόβοιο
βήμεναι, ἠύτ' Ἄρηα σὺν ἀντιθέωι Μενελάωι.
κεῖθι δὴ αἰνότατον πόλεμον φάτο τολμήσαντα
νικῆσαι καὶ ἔπειτα διὰ μεγάθυμον Ἀθήνην.
ταῦτ' ἄρ' ἀοιδὸς ἄειδε περικλυτός· αὐτὰρ Ὀδυσσεὺς
τήκετο, δάκρυ δ' ἔδευεν ὑπὸ βλεφάροισι παρειάς.
ὡς δὲ γυνὴ κλαίηισι φίλον πόσιν ἀμφιπεσοῦσα,
ὅς τε ἑῆς πρόσθεν πόλιος λαῶν τε πέσηισιν,
ἄστεϊ καὶ τεκέεσσιν ἀμύνων νηλεὲς ἦμαρ·

Jetzo war die Begierde des Tranks und der Speise gestillet,
Und zu Demodokos sprach der erfindungsreiche Odysseus:
Wahrlich vor allen Menschen, Demodokos, achtet mein Herz dich!
Dich hat die Muse gelehrt, Zeus' Tochter, oder Apollon!
So zum Erstaunen genau besingst du das Schicksal der Griechen,
Alles was sie getan und erduldet im mühsamen Kriegszug,
Gleich als hättest du selbst es gesehen oder gehöret.
Fahre nun fort, und singe des hölzernen Rosses Erfindung,
Welches Epeios baute mit Hilfe der Pallas Athene,
Und zum Betrug in die Burg einführte der edle Odysseus,
Mit bewaffneten Männern gefüllt, die Troja bezwangen.
Wenn du mir dieses auch mit solcher Ordnung erzählest;
Siehe dann will ich sofort es allen Menschen verkünden,
Daß ein waltender Gott den hohen Gesang dir verliehn hat.
Sprach's; und eilend begann der gottbegeisterte Sänger,
Wie das Heer der Achaier in schöngebordeten Schiffen
Von dem Gestade fuhr, nach angezündetem Lager.
Aber die andern, geführt vom hochberühmten Odysseus,
Saßen, von Troern umringt, im Bauche des hölzernen Rosses,
Welches die Troer selbst in die Burg von Ilion zogen.
Allda stand nun das Roß, und ringsum saßen die Feinde,
Hin und her ratschlagend. Sie waren dreifacher Meinung:
Diese, das hohle Gebäude mit grausamem Erze zu spalten;
Jene, es hoch auf den Felsen zu ziehn, und herunter zu schmettern;
Andre, es einzuweihen zum Sühnungsopfer der Götter.
Und der letzteren Rat war bestimmt erfüllet zu werden.
Denn das Schicksal beschloß Verderben, wann Troja das große
Hölzerne Roß aufnähme, worin die tapfersten Griechen
Alle saßen, und Tod und Verderben gen Ilion brachten.
Und er sang, wie die Stadt von Achaias Söhnen verheert ward,
Welche dem hohlen Bauche des trüglichen Rosses entstürzten;
Sang, wie sie hier und dort die stolze Feste bestürmten;
Und wie Odysseus schnell zu des edlen Deiphobos' Wohnung
Eilte, dem Kriegsgott gleich, samt Atreus' Sohn Menelaos,
Und wie er dort voll Mutes dem schrecklichsten Kampfe sich darbot,
Aber zuletzt obsiegte, durch Hilfe der hohen Athene.
Dieses sang der berühmte Demodokos. Aber Odysseus
Schmolz in Wehmut, Tränen benetzten ihm Wimper und Wangen.
Also weinet ein Weib, und stürzt auf den lieben Gemahl hin,
Der vor seiner Stadt und vor seinem Volke dahinsank,
Streitend, den grausamen Tag von der Stadt und den Kindern zu fernen;

ἡ μὲν τὸν θνήσκοντα καὶ ἀσπαίροντα ἰδοῦσα
ἀμφ' αὐτῶι χυμένη λίγα κωκύει· οἱ δέ τ' ὄπισθε
κόπτοντες δούρεσσι μετάφρενον ἠδὲ καὶ ὤμους
εἴρερον εἰσανάγουσι, πόνον τ' ἐχέμεν καὶ ὀιζύν·
τῆς δ' ἐλεεινοτάτωι ἄχεϊ φθινύθουσι παρειαί·
ὣς Ὀδυσεὺς ἐλεεινὸν ὑπ' ὀφρύσι δάκρυον εἶβεν.
ἔνθ' ἄλλους μὲν πάντας ἐλάνθανε δάκρυα λείβων,
Ἀλκίνοος δέ μιν οἶος ἐπεφράσατ' ἠδ' ἐνόησεν,
ἥμενος ἄγχ' αὐτοῦ, βαρὺ δὲ στενάχοντος ἄκουσεν.
αἶψα δὲ Φαιήκεσσι φιληρέτμοισι μετηύδα·
„κέκλυτε, Φαιήκων ἡγήτορες ἠδὲ μέδοντες,
Δημόδοκος δ' ἤδη σχεθέτω φόρμιγγα λίγειαν·
οὐ γάρ πως πάντεσσι χαριζόμενος τάδ' ἀείδει.
ἐξ οὗ δορπέομέν τε καὶ ὤρορε θεῖος ἀοιδός,
ἐκ τοῦ δ' οὔ πω παύσατ' ὀιζυροῖο γόοιο
ὁ ξεῖνος· μάλα πού μιν ἄχος φρένας ἀμφιβέβηκεν.
ἀλλ' ἄγ' ὁ μὲν σχεθέτω, ἵν' ὁμῶς τερπώμεθα πάντες,
ξεινοδόκοι καὶ ξεῖνος, ἐπεὶ πολὺ κάλλιον οὕτως·
εἵνεκα γὰρ ξείνοιο τάδ' αἰδοίοιο τέτυκται,
πομπὴ καὶ φίλα δῶρα, τά οἱ δίδομεν φιλέοντες.
ἀντὶ κασιγνήτου ξεῖνός θ' ἱκέτης τε τέτυκται
ἀνέρι, ὅς τ' ὀλίγον περ ἐπιψαύηι πραπίδεσσι.
τῶι νῦν μηδὲ σὺ κεῦθε νοήμασι κερδαλέοισιν
ὅττι κέ σ' εἴρωμαι· φάσθαι δέ σε κάλλιόν ἐστιν.
εἴπ' ὄνομ' ὅττι σε κεῖθι κάλεον μήτηρ τε πατήρ τε
ἄλλοι θ' οἳ κατὰ ἄστυ καὶ οἳ περιναιετάουσιν.
οὐ μὲν γάρ τις πάμπαν ἀνώνυμός ἐστ' ἀνθρώπων,
οὐ κακὸς οὐδὲ μὲν ἐσθλός, ἐπὴν τὰ πρῶτα γένηται,
ἀλλ' ἐπὶ πᾶσι τίθενται, ἐπεί κε τέκωσι, τοκῆες.
εἰπὲ δέ μοι γαῖάν τε· τεὴν δῆμόν τε πόλιν τε,
ὄφρα σε τῆι πέμπωσι τιτυσκόμεναι φρεσὶ νῆες·
οὐ γὰρ Φαιήκεσσι κυβερνητῆρες ἔασιν,
οὐδέ τι πηδάλι' ἔστι, τά τ' ἄλλαι νῆες ἔχουσιν·
ἀλλ' αὐταὶ ἴσασι νοήματα καὶ φρένας ἀνδρῶν,
καὶ πάντων ἴσασι πόλιας καὶ πίονας ἀγροὺς
ἀνθρώπων, καὶ λαῖτμα τάχισθ' ἁλὸς ἐκπερόωσιν
ἠέρι καὶ νεφέληι κεκαλυμμέναι· οὐδέ ποτέ σφιν
οὔτε τι πημανθῆναι ἔπι δέος οὔτ' ἀπολέσθαι.
ἀλλὰ τόδ' ὥς ποτε πατρὸς ἐγὼν εἰπόντος ἄκουσα
Ναυσιθόου, ὃς ἔφασκε Ποσειδάων' ἀγάσασθαι
ἡμῖν, οὕνεκα πομποὶ ἀπήμονές εἰμεν ἁπάντων.

Jene sieht ihn jetzt mit dem Tode ringend und zuckend,
Schlingt sich um ihn, und heult laut auf, die Feinde von hinten
Schlagen wild mit der Lanze den Rücken ihr und die Schultern,
Binden und schleppen als Sklavin sie fort zu Jammer und Arbeit;
Und im erbärmlichsten Elend verblühn ihr die reizenden Wangen:
So zum Erbarmen entstürzt' Odysseus' Augen die Träne.
Allen übrigen Gästen verbarg er die stürzende Träne;
Nur Alkinoos sah aufmerksam die Trauer des Fremdlings,
Welcher neben ihm saß, und hörte die tiefen Seufzer.
Und der König begann zu den ruderliebenden Männern:
Merket auf, der Phäaken erhabene Fürsten und Pfleger,
Und Demodokos halte nun ein mit der klingenden Harfe;
Denn nicht alle horchen mit Wohlgefallen dem Liede.
Seit wir sitzen am Mahl, und der göttliche Sänger uns vorsingt,
Hat er nimmer geruht von seinem traurenden Grame,
Unser Gast; ihm drückt wohl ein schwerer Kummer die Seele.
Jener halte denn ein! Wir wollen alle vergnügt sein,
Gast und Wirte zugleich; denn solches fodert der Wohlstand.
Für den edlen Fremdling ist diese Feier, des Schiffes
Rüstung, und die Geschenke, die wir aus Freundschaft ihm geben.
Lieb wie ein Bruder ist ein hilfeflehender Fremdling
Jedem Manne, des Herz auch nur ein wenig empfindet!
Drum verhehle mir nicht durch schlauersonnene Worte,
Was ich jetzo dich frage. Auch dieses fodert der Wohlstand.
Sage, mit welchem Namen benennen dich Vater und Mutter,
Und die Bürger der Stadt, und welche rings dich umwohnen?
Denn ganz namenlos bleibt doch unter den Sterblichen niemand,
Vornehm oder gering, wer einmal von Menschen gezeugt ward;
Sondern man nennet jeden, sobald ihn die Mutter geboren.
Sage mir auch dein Land, dein Volk und deine Geburtstadt;
Daß, dorthin die Gedanken gelenkt, die Schiffe dich bringen.
Denn der Phäaken Schiffe bedürfen keiner Piloten,
Nicht des Steuers einmal, wie die Schiffe der übrigen Völker;
Sondern sie wissen von selbst der Männer Gedanken und Willen,
Wissen nah und ferne die Städt' und fruchtbaren Länder
Jegliches Volks, und durchlaufen geschwinde die Fluten des Meeres,
Eingehüllt in Nebel und Nacht. Auch darf man nicht fürchten,
Daß das stürmende Meer sie beschädige oder verschlinge.
Nur erzählete mir mein Vater Nausithoos ehmals,
Daß uns Poseidon der Erderschütterer zürne,
Weil wir ohne Gefahr jedweden zu Schiffe geleiten;

φῆ ποτὲ Φαιήκων ἀνδρῶν εὐεργέα νῆα
ἐκ πομπῆς ἀνιοῦσαν ἐν ἠεροειδέι πόντωι
ῥαισέμεναι, μέγα δ’ ἧμιν ὄρος πόλει ἀμφικαλύψειν.
ὣς ἀγόρευ’ ὁ γέρων· τὰ δέ κεν θεὸς ἢ τελέσειεν
ἤ κ’ ἀτέλεστ’ εἴη, ὥς οἱ φίλον ἔπλετο θυμῶι·
ἀλλ’ ἄγε μοι τόδε εἰπὲ καὶ ἀτρεκέως κατάλεξον,
ὅππηι ἀπεπλάγχθης τε καὶ ἅς τινας ἵκεο χώρας
ἀνθρώπων, αὐτούς τε πόλιάς τ’ ἐὺ ναιετοώσας,
ἠμὲν ὅσοι χαλεποί τε καὶ ἄγριοι οὐδὲ δίκαιοι,
οἵ τε φιλόξεινοι, καί σφιν νόος ἐστὶ θεουδής.
εἰπὲ δ’ ὅ τι κλαίεις καὶ ὀδύρεαι ἔνδοθι θυμῶι
Ἀργείων Δαναῶν ἠδ’ Ἰλίου οἶτον ἀκούων.
τὸν δὲ θεοὶ μὲν τεῦξαν, ἐπεκλώσαντο δ’ ὄλεθρον
ἀνθρώποις, ἵνα ἦισι καὶ ἐσσομένοισιν ἀοιδή.
ἦ τίς τοι καὶ πηὸς ἀπέφθιτο Ἰλιόθι πρὸ
ἐσθλὸς ἐών, γαμβρὸς ἢ πενθερός, οἵ τε μάλιστα
κήδιστοι τελέθουσι μεθ’ αἷμά τε καὶ γένος αὐτῶν;
ἦ τίς που καὶ ἑταῖρος ἀνὴρ κεχαρισμένα εἰδώς,
ἐσθλός; ἐπεὶ οὐ μέν τι κασιγνήτοιο χερείων
γίγνεται, ὅς κεν ἑταῖρος ἐὼν πεπνυμένα εἰδῆι.“

Dieser würde dereinst ein rüstiges Schiff der Phäaken,
Das vom Geleiten kehrte, im dunkelwogenden Meere
Plötzlich verderben, und rings um die Stadt ein hohes Gebirg ziehn.
So weissagte der Greis; der Gott vollende nun solches,
Oder vollend' es nicht; wie es seinem Herzen gelüstet;
Aber verkündige mir, und sage die lautere Wahrheit:
Welche Länder bist du auf deinen Irren durchwandert,
Und wie fandest du dort die Völker und prächtigen Städte?
Welche schwärmten noch wild als sittenlose Barbaren?
Welche dienten den Göttern, und liebten das heilige Gastrecht?
Sage mir auch, was weinst du, und warum traurst du so herzlich,
Wenn du von der Achaier und Ilions Schicksale hörest?
Dieses beschloß der Unsterblichen Rat, und bestimmte der Menschen
Untergang; daß er würd' ein Gesang der Enkelgeschlechter.
Sank vielleicht auch dir in Ilions blutigen Schlachten
Irgend ein edler Verwandter, ein Eidam oder ein Schwäher,
Welche die Nächsten uns sind, nach unserem Blut und Geschlechte?
Oder etwa ein tapferer Freund von gefälligem Herzen?
Denn fürwahr nicht geringer, als selbst ein leiblicher Bruder,
Ist ein treuer Freund, verständig und edler Gesinnung.

ΟΔΥΣΣΕΙΑΣ Ι

Ἀλκίνου ἀπόλογοι.
Κυκλώπεια.

Τὸν δ᾽ ἀπαμειβόμενος προσέφη πολύμητις Ὀδυσσεύς·
„Ἀλκίνοε κρεῖον, πάντων ἀριδείκετε λαῶν,
ἦ τοι μὲν τόδε καλὸν ἀκουέμεν ἐστὶν ἀοιδοῦ
τοιοῦδ᾽ οἷος ὅδ᾽ ἐστί, θεοῖς ἐναλίγκιος αὐδήν.
οὐ γὰρ ἐγώ γέ τί φημι τέλος χαριέστερον εἶναι
ἢ ὅτ᾽ ἐυφροσύνη μὲν ἔχηι κάτα δῆμον ἅπαντα,
δαιτυμόνες δ᾽ ἀνὰ δώματ᾽ ἀκουάζωνται ἀοιδοῦ
ἥμενοι ἑξείης, παρὰ δὲ πλήθωσι τράπεζαι
σίτου καὶ κρειῶν, μέθυ δ᾽ ἐκ κρητῆρος ἀφύσσων
οἰνοχόος φορέηισι καὶ ἐγχείηι δεπάεσσι·
τοῦτό τί μοι κάλλιστον ἐνὶ φρεσὶν εἴδεται εἶναι.
σοὶ δ᾽ ἐμὰ κήδεα θυμὸς ἐπετράπετο στονόεντα
εἴρεσθ᾽, ὄφρ᾽ ἔτι μᾶλλον ὀδυρόμενος στεναχίζω·
τί πρῶτόν τοι ἔπειτα, τί δ᾽ ὑστάτιον καταλέξω;
κήδε᾽ ἐπεί μοι πολλὰ δόσαν θεοὶ Οὐρανίωνες.
νῦν δ᾽ ὄνομα πρῶτον μυθήσομαι, ὄφρα καὶ ὑμεῖς
εἴδετ᾽, ἐγὼ δ᾽ ἂν ἔπειτα φυγὼν ὕπο νηλεὲς ἦμαρ
ὑμῖν ξεῖνος ἔω καὶ ἀπόπροθι δώματα ναίων.
εἴμ᾽ Ὀδυσεὺς Λαερτιάδης, ὃς πᾶσι δόλοισιν
ἀνθρώποισι μέλω, καί μευ κλέος οὐρανὸν ἵκει.
ναιετάω δ᾽ Ἰθάκην ἐυδείελον· ἐν δ᾽ ὄρος αὐτῆι
Νήριτον εἰνοσίφυλλον, ἀριπρεπές· ἀμφὶ δὲ νῆσοι
πολλαὶ ναιετάουσι μάλα σχεδὸν ἀλλήλῃσι,
Δουλίχιόν τε Σάμη τε καὶ ὑλήεσσα Ζάκυνθος.
αὐτὴ δὲ χθαμαλὴ πανυπερτάτη εἰν ἁλὶ κεῖται
πρὸς ζόφον, αἱ δέ τ᾽ ἄνευθε πρὸς ἠῶ τ᾽ ἠέλιόν τε,
τρηχεῖ᾽, ἀλλ᾽ ἀγαθὴ κουροτρόφος· οὔ τοι ἐγώ γε
ἧς γαίης δύναμαι γλυκερώτερον ἄλλο ἰδέσθαι.
ἦ μέν μ᾽ αὐτόθ᾽ ἔρυκε Καλυψώ, δῖα θεάων,
ἐν σπέσσι γλαφυροῖσι, λιλαιομένη πόσιν εἶναι·
ὣς δ᾽ αὔτως Κίρκη κατερήτυεν ἐν μεγάροισιν
Αἰαίη δολόεσσα, λιλαιομένη πόσιν εἶναι·
ἀλλ᾽ ἐμὸν οὔ ποτε θυμὸν ἐνὶ στήθεσσιν ἔπειθον.
ὣς οὐδὲν γλύκιον ἧς πατρίδος οὐδὲ τοκήων

NEUNTER GESANG

Odysseus erzählt seine Irrfahrt von Troja. Siegende Kikonen. Bei Maleia Nordsturm, der ihn ins Unbekannte zu den Lotophagen verschlägt. Dorther zu den einäugigen Kyklopen verirrt, besucht er Poseidons Sohn Polyphemos, der sechs seiner Genossen frißt, dann, im Schlafe geblendet, den Fliehenden Felsstücke nachschleudert.

Ihm antwortete drauf der erfindungsreiche Odysseus:
Weitgepriesener Held, Alkinoos, mächtigster König,
Wahrlich es füllt mit Wonne das Herz, dem Gesange zu horchen,
Wenn ein Sänger, wie dieser, die Töne der Himmlischen nachahmt.
Denn ich kenne gewiß kein angenehmeres Leben,
Als wenn ein ganzes Volk ein Fest der Freude begehet,
Und in den Häusern umher die gereiheten Gäste des Sängers
Melodieen horchen, und alle Tische bedeckt sind
Mit Gebacknem und Fleisch, und der Schenke den Wein aus dem Kelche
Fleißig schöpft, und ringsum die vollen Becher verteilet.
Siehe das nennet mein Herz die höchste Wonne des Lebens!
  Jetzo gefällt es dir, nach meinen kläglichen Leiden
Mich zu fragen, damit ich noch mehr mein Elend beseufze.
Aber was soll ich zuerst, was soll ich zuletzt dir erzählen?
Denn viel Elend häuften auf mich die himmlischen Götter!
Sagen will ich zuerst, wie ich heiße: damit ihr mich kennet,
Und ich hinfort, so lange der grausame Tag mich verschonet,
Euer Gastfreund sei, so fern ich von hinnen auch wohne.
Ich hin Odysseus, Laertes Sohn, durch mancherlei Klugheit
Unter den Menschen bekannt; und mein Ruhm erreichet den Himmel.
Ithakas sonnige Höhn sind meine Heimat; in dieser
Türmet sich Neritons Haupt mit rauschenden Wipfeln; und ringsum
Dicht aneinander gesät, sind viele bevölkerte Inseln,
Same, Dulichion und die waldbewachsne Zakynthos.
Ithaka liegt in der See am höchsten hinauf an die Feste,
Gegen den Nord; die andern sind östlich und südlich entfernet.
Rauh ist diese, doch nähret sie rüstige Männer; und wahrlich
Süßer als Vaterland ist nichts auf Erden zu finden!
Siehe mich hielt bei sich die hehre Göttin Kalypso
In der gewölbeten Grotte, und wünschte mich zum Gemahle;
Ebenso hielt mich auch die ääische Zauberin Kirke
Trüglich in ihrem Palast, und wünschte mich zum Gemahle:
Aber keiner gelang es, mein standhaftes Herz zu bewegen.
Denn nichts ist doch süßer, als unsere Heimat und Eltern,

γίγνεται, εἴ περ καί τις ἀπόπροθι πίονα οἶκον
γαίηι ἐν ἀλλοδαπῆι ναίει ἀπάνευθε τοκήων.
εἰ δ' ἄγε τοι καὶ νόστον ἐμὸν πολυκηδέ' ἐνίσπω,
ὅν μοι Ζεὺς ἐφέηκεν ἀπὸ Τροίηθεν ἰόντι.
Ἰλιόθεν με φέρων ἄνεμος Κικόνεσσι πέλασσεν,
Ἰσμάρωι. ἔνθα δ' ἐγὼ πόλιν ἔπραθον, ὤλεσα δ' αὐτούς·
ἐκ πόλιος δ' ἀλόχους καὶ κτήματα πολλὰ λαβόντες
δασσάμεθ', ὡς μή τίς μοι ἀτεμβόμενος κίοι ἴσης.
ἔνθ' ἦ τοι μὲν ἐγὼ διερῶι ποδὶ φευγέμεν ἡμέας
ἠνώγεα, τοὶ δὲ μέγα νήπιοι οὐκ ἐπίθοντο.
ἔνθα δὲ πολλὸν μὲν μέθυ πίνετο, πολλὰ δὲ μῆλα
ἔσφαζον παρὰ θῖνα καὶ εἰλίποδας ἕλικας βοῦς·
τόφρα δ' ἄρ' οἰχόμενοι Κίκονες Κικόνεσσι γεγώνευν,
οἵ σφιν γείτονες ἦσαν, ἅμα πλέονες καὶ ἀρείους,
ἤπειρον ναίοντες, ἐπιστάμενοι μὲν ἀφ' ἵππων
ἀνδράσι μάρνασθαι καὶ ὅθι χρὴ πεζὸν ἐόντα.
ἦλθον ἔπειθ' ὅσα φύλλα καὶ ἄνθεα γίγνεται ὥρηι,
ἠέριοι· τότε δή ῥα κακὴ Διὸς αἶσα παρέστη
ἡμῖν αἰνομόροισιν, ἵν' ἄλγεα πολλὰ πάθοιμεν.
στησάμενοι δ' ἐμάχοντο μάχην παρὰ νηυσὶ θοῆισι,
βάλλον δ' ἀλλήλους χαλκήρεσιν ἐγχείηισιν.
ὄφρα μὲν ἠὼς ἦν καὶ ἀέξετο ἱερὸν ἦμαρ,
τόφρα δ' ἀλεξόμενοι μένομεν πλέονάς περ ἐόντας.
ἦμος δ' ἠέλιος μετενίσσετο βουλυτόνδε,
καὶ τότε δὴ Κίκονες κλῖναν δαμάσαντες Ἀχαιούς.
ἓξ δ' ἀφ' ἑκάστης νηὸς ἐυκνήμιδες ἑταῖροι
ὤλονθ'· οἱ δ' ἄλλοι φύγομεν θάνατόν τε μόρον τε.
ἔνθεν δὲ προτέρω πλέομεν ἀκαχήμενοι ἦτορ,
ἄσμενοι ἐκ θανάτοιο, φίλους ὀλέσαντες ἑταίρους.
οὐδ' ἄρα μοι προτέρω νῆες κίον ἀμφιέλισσαι,
πρίν τινα τῶν δειλῶν ἑτάρων τρὶς ἕκαστον ἀῦσαι,
οἳ θάνον ἐν πεδίωι Κικόνων ὕπο δηιωθέντες.
νηυσὶ δ' ἐπῶρσ' ἄνεμον Βορέην νεφεληγερέτα Ζεὺς
λαίλαπι θεσπεσίηι, σὺν δὲ νεφέεσσι κάλυψε
γαῖαν ὁμοῦ καὶ πόντον· ὀρώρει δ' οὐρανόθεν νύξ.
αἱ μὲν ἔπειτ' ἐφέροντ' ἐπικάρσιαι, ἱστία δέ σφιν
τριχθά τε καὶ τετραχθὰ διέσχισεν ἲς ἀνέμοιο.
καὶ τὰ μὲν ἐς νῆας κάθεμεν, δείσαντες ὄλεθρον,
αὐτὰς δ' ἐσσυμένως προερέσσαμεν ἤπειρόνδε.
ἔνθα δύω νύκτας δύο τ' ἤματα συνεχὲς αἰεὶ
κείμεθ', ὁμοῦ καμάτωι τε καὶ ἄλγεσι θυμὸν ἔδοντες.

Wenn man auch in der Fern' ein Haus voll köstlicher Güter,
Unter fremden Leuten, getrennt von den Seinen, bewohnet!
Aber wohlan! vernimm itzt meine traurige Heimfahrt,
Die mir der Donnerer Zeus vom troischen Ufer beschieden.
Gleich von Ilion trieb mich der Wind zur Stadt der Kikonen
Ismaros hin. Da verheert' ich die Stadt, und würgte die Männer.
Aber die jungen Weiber und Schätze teilten wir alle
Unter uns gleich, daß keiner leer von der Beute mir ausging.
Jetzo warnet' ich zwar die Freunde, mit eilendem Fuße
Weiter zu fliehn; allein die Unbesonnenen blieben.
Und nun ward in dem Weine geschwelgt, viel Ziegen und Schafe
An dem Ufer geschlachtet, und viel schwerwandelndes Hornvieh.
Aber es riefen indes die zerstreuten Kikonen die andern
Nahen Kikonen zu Hilfe, die tapferer waren und stärker,
Aus der Mitte des Landes. Sie waren geübt, von den Wagen,
Und wenn es nötig war, zu Fuß mit dem Feinde zu kämpfen.
Zahllos schwärmten sie jetzt, wie die Blätter und Blumen des Frühlings,
Mit dem Morgen daher. Da suchte Gottes Verderben
Uns Unglückliche heim, und überhäuft' uns mit Jammer.
Bei den rüstigen Schiffen begann die wütende Feldschlacht,
Und von Treffen zu Treffen entschwirrten die ehernen Lanzen.
Weil der heilige Tag noch mit dem Morgen emporstieg,
Wehrten wir uns, und trotzten der Übermacht der Kikonen.
Aber da nun die Sonne zur Stunde des Stierabspannens
Sank, da siegte der Feind, und zwang die Achaier zum Weichen.
Jedes der Schiffe verlor sechs wohlgeharnischte Männer;
Und wir andern entflohn dem schrecklichen Todesverhängnis.
Also steuerten wir mit trauriger Seele von dannen,
Froh der bestandnen Gefahr, doch ohne die lieben Gefährten.
Doch nicht eher enteilten die gleichgeruderten Schiffe,
Ehe wir dreimal jedem der armen Freunde gerufen,
Welche der siegende Feind auf dem Schlachtgefilde getötet.
Aber nun sandt' auf die Schiffe der Wolkenversammler des Nordwinds
Fürchterlich heulenden Sturm, verhüllt in dicke Gewölke
Meer und Erde zugleich; und dem düstern Himmel entsank Nacht.
Schnell mit gesunkenen Masten entflohen die Schiff'; und mit einmal
Rasselte rauschend der Sturm, und zerriß die flatternden Segel.
Eilend zogen wir sie, aus Furcht zu scheitern, herunter,
Und arbeiteten uns mit dem Ruder ans nahe Gestade.
Zwo graunvolle Nächte und zween langwierige Tage
Lagen wir mutlos dort, von Arbeit und Kummer entkräftet.

ἀλλ᾽ ὅτε δὴ τρίτον ἦμαρ ἐϋπλόκαμος τέλεσ᾽ Ἠώς,
ἱστοὺς στησάμενοι ἀνά θ᾽ ἱστία λεύκ᾽ ἐρύσαντες
ἥμεθα, τὰς δ᾽ ἄνεμός τε κυβερνῆταί τ᾽ ἴθυνον.
καί νύ κεν ἀσκηθὴς ἱκόμην ἐς πατρίδα γαῖαν·
ἀλλά με κῦμα ῥόος τε περιγνάμπτοντα Μάλειαν
καὶ Βορέης ἀπέωσε, παρέπλαγξεν δὲ Κυθήρων.
  ἔνθεν δ᾽ ἐννῆμαρ φερόμην ὀλοοῖς ἀνέμοισιν
πόντον ἐπ᾽ ἰχθυόεντα· ἀτὰρ δεκάτηι ἐπέβημεν
γαίης Λωτοφάγων, οἵ τ᾽ ἄνθινον εἶδαρ ἔδουσιν.
ἔνθα δ᾽ ἐπ᾽ ἠπείρου βῆμεν καὶ ἀφυσσάμεθ᾽ ὕδωρ,
αἶψα δὲ δεῖπνον ἕλοντο θοῇς παρὰ νηυσὶν ἑταῖροι.
αὐτὰρ ἐπεὶ σίτοιό τ᾽ ἐπασσάμεθ᾽ ἠδὲ ποτῆτος,
δὴ τοτ᾽ ἐγὼν ἑτάρους προΐειν πεύθεσθαι ἰόντας,
οἵ τινες ἀνέρες εἶεν ἐπὶ χθονὶ σῖτον ἔδοντες
ἄνδρε δύω κρίνας, τρίτατον κήρυχ᾽ ἅμ᾽ ὀπάσσας.
οἱ δ᾽ αἶψ᾽ οἰχόμενοι μίγεν ἀνδράσι Λωτοφάγοισιν·
οὐδ᾽ ἄρα Λωτοφάγοι μήδονθ᾽ ἑτάροισιν ὄλεθρον
ἡμετέροις, ἀλλά σφι δόσαν λωτοῖο πάσασθαι.
τῶν δ᾽ ὅς τις λωτοῖο φάγοι μελιηδέα καρπόν,
οὐκέτ᾽ ἀπαγγεῖλαι πάλιν ἤθελεν οὐδὲ νέεσθαι,
ἀλλ᾽ αὐτοῦ βούλοντο μετ᾽ ἀνδράσι Λωτοφάγοισι
λωτὸν ἐρεπτόμενοι μενέμεν νόστου τε λαθέσθαι.
τοὺς μὲν ἐγὼν ἐπὶ νῆας ἄγον κλαίοντας ἀνάγκηι,
νηυσὶ δ᾽ ἐνὶ γλαφυρῇσιν ὑπὸ ζυγὰ δῆσα ἐρύσσας.
αὐτὰρ τοὺς ἄλλους κελόμην ἐρίηρας ἑταίρους
σπερχομένους νηῶν ἐπιβαινέμεν ὠκειάων,
μή πώς τις λωτοῖο φαγὼν νόστοιο λάθηται.
οἱ δ᾽ αἶψ᾽ εἴσβαινον καὶ ἐπὶ κληῖσι καθῖζον,
ἑξῆς δ᾽ ἑζόμενοι πολιὴν ἅλα τύπτον ἐρετμοῖς.
  ἔνθεν δὲ προτέρω πλέομεν ἀκαχήμενοι ἦτορ·
Κυκλώπων δ᾽ ἐς γαῖαν ὑπερφιάλων ἀθεμίστων
ἱκόμεθ᾽, οἵ ῥα θεοῖσι πεποιθότες ἀθανάτοισιν
οὔτε φυτεύουσιν χερσὶν φυτὸν οὔτ᾽ ἀρόωσιν,
ἀλλὰ τά γ᾽ ἄσπαρτα καὶ ἀνήροτα πάντα φύονται,
πυροὶ καὶ κριθαὶ ἠδ᾽ ἄμπελοι, αἵ τε φέρουσιν
οἶνον ἐριστάφυλον, καί σφιν Διὸς ὄμβρος ἀέξει.
τοῖσιν δ᾽ οὔτ᾽ ἀγοραὶ βουληφόροι οὔτε θέμιστες,
ἀλλ᾽ οἵ γ᾽ ὑψηλῶν ὀρέων ναίουσι κάρηνα
ἐν σπέσσι γλαφυροῖσι, θεμιστεύει δὲ ἕκαστος
παίδων ἠδ᾽ ἀλόχων, οὐδ᾽ ἀλλήλων ἀλέγουσιν.
  νῆσος ἔπειτα λάχεια παρὲκ λιμένος τετάνυσται,

Aber da nun die dritte der Morgenröten emporstieg,
Richteten wir die Masten, und spannten die schimmernden Segel,
Setzten uns hin, und ließen vom Wind' und Steuer uns lenken.
Jetzo hofften wir sicher den Tag der fröhlichen Heimkehr.
Aber als wir die Schiff' um Maleia lenkten, da warf uns
Plötzlich die Flut und der Strom und der Nordwind fern von Kythera.
Und neun Tage trieb ich, von wütenden Stürmen geschleudert,
Über das fischdurchwimmelte Meer; am zehnten gelangt' ich
Hin zu den Lotophagen, die blühende Speise genießen.
Allda stiegen wir an das Gestad', und schöpften uns Wasser.
Eilend nahmen die Freunde das Mahl bei den rüstigen Schiffen.
Und nachdem wir uns alle mit Trank und Speise gesättigt,
Sandt' ich einige Männer voran, das Land zu erkunden,
Was für Sterbliche dort die Frucht des Halmes genössen:
Zween erlesene Freund'; ein Herold war ihr Begleiter.
Und sie erreichten bald der Lotophagen Versammlung.
Aber die Lotophagen beleidigten nicht im geringsten
Unsere Freunde; sie gaben den Fremdlingen Lotos zu kosten.
Wer nun die Honigsüße der Lotosfrüchte gekostet,
Dieser dachte nicht mehr an Kundschaft oder an Heimkehr:
Sondern sie wollten stets in der Lotophagen Gesellschaft
Bleiben, und Lotos pflücken, und ihrer Heimat entsagen.
Aber ich zog mit Gewalt die Weinenden wieder ans Ufer,
Warf sie unter die Bänke der Schiff', und band sie mit Seilen.
Drauf befahl ich und trieb die übrigen lieben Gefährten,
Eilend von dannen zu fliehn, und sich in die Schiffe zu retten,
Daß man nicht, vom Lotos gereizt, der Heimat vergäße.
Und sie traten ins Schiff, und setzten sich hin auf die Bänke,
Saßen in Reihn, und schlugen die graue Woge mit Rudern.
Also steuerten wir mit trauriger Seele von dannen.
Und zum Lande der wilden gesetzelosen Kyklopen
Kamen wir jetzt, der Riesen, die im Vertraun auf die Götter
Nimmer pflanzen noch sä'n, und nimmer die Erde beackern.
Ohne Samen und Pfleg' entkeimen alle Gewächse,
Weizen und Gerste dem Boden, und edle Reben, die tragen
Wein in geschwollenen Trauben, und Gottes Regen ernährt ihn.
Dort ist weder Gesetz, noch öffentliche Versammlung;
Sondern sie wohnen all' auf den Häuptern hoher Gebirge
In gehöhleten Felsen, und jeder richtet nach Willkür
Seine Kinder und Weiber, und kümmert sich nicht um den andern.
Gegenüber der Bucht des Kyklopenlandes erstreckt sich,

γαίης Κυκλώπων οὔτε σχεδὸν οὔτ᾽ ἀποτηλοῦ,
ὑλήεσσ᾽· ἐν δ᾽ αἶγες ἀπειρέσιαι γεγάασιν
ἄγριαι· οὐ μὲν γὰρ πάτος ἀνθρώπων ἀπερύκει,
οὐδέ μιν εἰσοιχνεῦσι κυνηγέται, οἵ τε καθ᾽ ὕλην
ἄλγεα πάσχουσιν κορυφὰς ὀρέων ἐφέποντες.
οὔτ᾽ ἄρα ποίμνῃσιν καταΐσχεται οὔτ᾽ ἀρότοισιν,
ἀλλ᾽ ἥ γ᾽ ἄσπαρτος καὶ ἀνήροτος ἤματα πάντα
ἀνδρῶν χηρεύει, βόσκει δέ τε μηκάδας αἶγας.
οὐ γὰρ Κυκλώπεσσι νέες πάρα μιλτοπάρῃοι,
οὐδ᾽ ἄνδρες νηῶν ἔνι τέκτονες, οἵ κε κάμοιεν
νῆας ἐυσσέλμους, αἵ κεν τελέοιεν ἕκαστα
ἄστε᾽ ἐπ᾽ ἀνθρώπων ἱκνεύμεναι, οἷά τε πολλὰ
ἄνδρες ἐπ᾽ ἀλλήλους νηυσὶν περόωσι θάλασσαν·
οἵ κέ σφιν καὶ νῆσον ἐυκτιμένην ἐκάμοντο.
οὐ μὲν γάρ τι κακή γε, φέροι δέ κεν ὥρια πάντα·
ἐν μὲν γὰρ λειμῶνες ἁλὸς πολιοῖο παρ᾽ ὄχθας
ὑδρηλοὶ μαλακοί· μάλα κ᾽ ἄφθιτοι ἄμπελοι εἶεν.
ἐν δ᾽ ἄροσις λείη· μάλα κεν βαθὺ λήιον αἰεὶ
εἰς ὥρας ἀμῷεν, ἐπεὶ μάλα πῖαρ ὑπ᾽ οὖδας.
ἐν δὲ λιμὴν ἐύορμος, ἵν᾽ οὐ χρεὼ πείσματός ἐστιν,
οὔτ᾽ εὐνὰς βαλέειν οὔτε πρυμνήσι᾽ ἀνάψαι,
ἀλλ᾽ ἐπικέλσαντας μεῖναι χρόνον εἰς ὅ κε ναυτέων
θυμὸς ἐποτρύνῃ καὶ ἐπιπνεύσωσιν ἀῆται.
αὐτὰρ ἐπὶ κρατὸς λιμένος ῥέει ἀγλαὸν ὕδωρ,
κρήνη ὑπὸ σπείους· περὶ δ᾽ αἴγειροι πεφύασιν.
ἔνθα κατεπλέομεν, καί τις θεὸς ἡγεμόνευεν
νύκτα δι᾽ ὀρφναίην, οὐδὲ προυφαίνετ᾽ ἰδέσθαι·
ἀὴρ γὰρ περὶ νηυσὶ βαθεῖ᾽ ἦν, οὐδὲ σελήνη
οὐρανόθεν προὔφαινε, κατείχετο δὲ νεφέεσσιν.
ἔνθ᾽ οὔ τις τὴν νῆσον ἐσέδρακεν ὀφθαλμοῖσιν,
οὔτ᾽ οὖν κύματα μακρὰ κυλινδόμενα προτὶ χέρσον
εἰσίδομεν, πρὶν νῆας ἐυσσέλμους ἐπικέλσαι.
κελσάσῃσι δὲ νηυσὶ καθείλομεν ἱστία πάντα,
ἐκ δὲ καὶ αὐτοὶ βῆμεν ἐπὶ ῥηγμῖνι θαλάσσης·
ἔνθα δ᾽ ἀποβρίξαντες ἐμείναμεν Ἠῶ δῖαν.
    ἦμος δ᾽ ἠριγένεια φάνη ῥοδοδάκτυλος Ἠώς,
νῆσον θαυμάζοντες ἐδινεόμεσθα κατ᾽ αὐτήν.
ὦρσαν δὲ νύμφαι, κοῦραι Διὸς αἰγιόχοιο,
αἶγας ὀρεσκῴους, ἵνα δειπνήσειαν ἑταῖροι.
αὐτίκα καμπύλα τόξα καὶ αἰγανέας δολιχαύλους
εἱλόμεθ᾽ ἐκ νηῶν, διὰ δὲ τρίχα κοσμηθέντες

Weder nahe noch fern, ein kleines waldichtes Eiland,
Welches unzählige Scharen von wilden Ziegen durchstreifen.
Denn kein menschlicher Fuß durchdringt die verwachsene Wildnis;
Und nie scheuchet sie dort ein spürender Jäger, der mühsam
Sich durch den Forst arbeitet, und steile Felsen umklettert.
Nirgends weidet ein Hirt, und nirgends ackert ein Pflüger;
Unbesäet liegt und unbeackert das Eiland
Ewig menschenleer, und nähret nur meckernde Ziegen.
Denn es gebricht den Kyklopen an rotgeschnäbelten Schiffen,
Auch ist unter dem Schwarm kein Meister, kundig des Schiffbaus,
Schöngebordete Schiffe zu zimmern, daß sie mit Botschaft
Zu den Völkern der Welt hinwandelten: wie sich so häufig
Menschen über das Meer in Schiffen einander besuchen;
Welche die Wildnis bald zu blühenden Auen sich schüfen.
Denn nicht karg ist das Land, und schmückte jegliche Jahrszeit.
Längs des grauen Meeres Gestade winden sich Wiesen,
Reich an Quellen und Klee. Dort rankten die edelsten Reben;
Und leicht pflügte der Pflug, und dicke Saatengefilde
Reiften jährlich der Ernte; denn fett ist unten der Boden.
Und der Hafen so sicher! Kein Schiff bedarf da der Fessel,
Weder geworfener Anker, noch angebundener Seile;
Sondern es läuft auf den Sand, und ruhet, bis es dem Schiffer
Weiter zu fahren beliebt, und günstige Winde sich heben.
Oben am Ende der Bucht entrieselt der felsichten Grotte
Silberblinkend ein Quell, von Pappelweiden umschattet.
Allda landeten wir. Ein Gott war unser Geleiter
Durch die finstere Nacht: wir sahn nicht, wohin wir uns wandten.
Dickes Dunkel umdrängte die Schiff'; es leuchtet' am Himmel
Weder Mond noch Stern, in schwarze Wolken gehüllet.
Niemand erblickte daher mit seinen Augen die Insel;
Selbst die langen Wogen, die hin ans Ufer sich wälzten,
Sahen wir nicht, bevor die starken Schiffe gelandet.
Und nachdem wir gelandet, da zogen wir nieder die Segel,
Stiegen dann aus den Schiffen ans krumme Gestade des Meeres,
Schlummerten dort ein wenig, und harrten der heiligen Frühe.

Als die dämmernde Frühe mit Rosenfingern erwachte,
Wanderten wir umher, und besahen wundernd das Eiland.
Und es trieben die Nymphen, Kronions liebliche Töchter,
Kletternde Ziegen uns hin, zum Schmause meiner Gefährten.
Eilend holten wir Bogen und langgeschaftete Spieße
Aus den Schiffen hervor, und in drei Geschwader geordnet

βάλλομεν· αἶψα δ' ἔδωκε θεὸς μενοεικέα θήρην.
νῆες μέν μοι ἕποντο δυώδεκα, ἐς δὲ ἑκάστην
ἐννέα λάγχανον αἶγες· ἐμοὶ δὲ δέκ' ἔξελον οἴωι.
ὣς τότε μὲν πρόπαν ἦμαρ ἐς ἠέλιον καταδύντα
ἥμεθα δαινύμενοι κρέα τ' ἄσπετα καὶ μέθυ ἡδύ·
οὐ γάρ πω νηῶν ἐξέφθιτο οἶνος ἐρυθρός,
ἀλλ' ἐνέην· πολλὸν γὰρ ἐν ἀμφιφορεῦσιν ἕκαστοι
ἠφύσαμεν Κικόνων. ἱερὸν πτολίεθρον ἑλόντες.
Κυκλώπων δ' ἐς γαῖαν ἐλεύσσομεν ἐγγὺς ἐόντων,
καπνόν τ' αὐτῶν τε φθογγὴν ὀίων τε καὶ αἰγῶν.
ἦμος δ' ἠέλιος κατέδυ καὶ ἐπὶ κνέφας ἦλθε,
δὴ τότε κοιμήθημεν ἐπὶ ῥηγμῖνι θαλάσσης.
ἦμος δ' ἠριγένεια φάνη ῥοδοδάκτυλος Ἠώς,
καὶ τότ' ἐγὼν ἀγορὴν θέμενος μετὰ πᾶσιν ἔειπον·
‚ἄλλοι μὲν νῦν μίμνετ', ἐμοὶ ἐρίηρες ἑταῖροι·
αὐτὰρ ἐγὼ σὺν νηί τ' ἐμῆι καὶ ἐμοῖς ἑτάροισιν
ἐλθὼν τῶνδ' ἀνδρῶν πειρήσομαι, οἵ τινές εἰσιν,
ἤ ῥ' οἵ γ' ὑβρισταί τε καὶ ἄγριοι οὐδὲ δίκαιοι,
ἦε φιλόξεινοι, καί σφιν νόος ἐστὶ θεουδής.'
ὣς εἰπὼν ἀνὰ νηὸς ἔβην, ἐκέλευσα δ' ἑταίρους
αὐτούς τ' ἀμβαίνειν ἀνά τε πρυμνήσια λῦσαι.
οἱ δ' αἶψ' εἴσβαινον καὶ ἐπὶ κληῖσι καθῖζον,
ἑξῆς δ' ἑζόμενοι πολιὴν ἅλα τύπτον ἐρετμοῖς.
ἀλλ' ὅτε δὴ τὸν χῶρον ἀφικόμεθ' ἐγγὺς ἐόντα,
ἔνθα δ' ἐπ' ἐσχατιῆι σπέος εἴδομεν ἄγχι θαλάσσης,
ὑψηλόν, δάφνηισι κατηρεφές. ἔνθα δὲ πολλὰ
μῆλ', ὄιές τε καὶ αἶγες, ἰαύεσκον· περὶ δ' αὐλὴ
ὑψηλὴ δέδμητο κατωρυχέεσσι λίθοισι
μακρῆισίν τε πίτυσσιν ἰδὲ δρυσὶν ὑψικόμοισιν.
ἔνθα δ' ἀνὴρ ἐνίαυε πελώριος, ὅς ῥα τὰ μῆλα
οἶος ποιμαίνεσκεν ἀπόπροθεν· οὐδὲ μετ' ἄλλους
πωλεῖτ', ἀλλ' ἀπάνευθεν ἐὼν ἀθεμίστια ἤιδη.
καὶ γὰρ θαῦμ' ἐτέτυκτο πελώριον, οὐδὲ ἐώικει
ἀνδρί γε σιτοφάγωι, ἀλλὰ ῥίωι ὑλήεντι
ὑψηλῶν ὀρέων, ὅ τε φαίνεται οἶον ἀπ' ἄλλων.
δὴ τότε τοὺς ἄλλους κελόμην ἐρίηρας ἑταίρους
αὐτοῦ πὰρ νηί τε μένειν καὶ νῆα ἔρυσθαι,
αὐτὰρ ἐγὼ κρίνας ἑτάρων δυοκαίδεκ' ἀρίστους
βῆν· ἀτὰρ αἴγεον ἀσκὸν ἔχον μέλανος οἴνοιο
ἡδέος, ὅν μοι ἔδωκε Μάρων, Εὐάνθεος υἱός,
ἱρεὺς Ἀπόλλωνος, ὃς Ἴσμαρον ἀμφιβεβήκει,

Schossen wir frisch; und Gott erfreut' uns mit reichlichem Wildbret.
Zwölf war die Zahl der Schiffe, die mir gehorchten; und jedem
Teilte das Los neun Ziegen, und zehn erlas ich mir selber.
Also saßen wir dort den Tag, bis die Sonne sich neigte,
An der Fülle des Fleisches und süßen Weines uns labend.
Denn noch war in den Schiffen der rote Wein nicht versieget,
Sondern wir hatten genung; denn reichlich schöpften wir alle
In die Eimer, da wir die Stadt der Kikonen beraubten.
Und wir sahen den Rauch des Kyklopenlandes, und hörten
Ihre murmelnde Stimm', und die Stimme der Ziegen und Schafe.
Als die Sonne nun sank, und Dunkel die Erde bedeckte,
Legten wir uns zum Schlummer am Strande des rauschenden Meeres.
  Als die dämmernde Frühe mit Rosenfingern erwachte,
Rief ich alle Gefährten zur Ratsversammlung, und sagte:
  Bleibt ihr übrigen jetzt, ihr meine lieben Gefährten.
Ich und meine Genossen wollen im Schiffe hinüber
Fahren, und Kundschaft holen, was dort für Sterbliche wohnen:
Ob unmenschliche Räuber, und sittenlose Barbaren;
Oder Diener der Götter, und Freunde des heiligen Gastrechts.
  Also sprach ich, und trat ins Schiff, und befahl den Gefährten,
Einzusteigen, und schnell die Seile vom Ufer zu lösen.
Und sie traten ins Schiff, und setzten sich hin auf die Bänke,
Saßen in Reihn und schlugen die graue Woge mit Rudern.
  Als wir das nahe Gestad' erreichten, sahn wir von ferne
Eine Felsenhöhl' am Meer in der Spitze des Landes,
Hochgewölbt und umschattet mit Lorbeerbäumen. Hier pflegten
Viele Ziegen und Schafe des Nachts zu ruhen; und ringsum
War ein hohes Gehege von Felsenstücken gebauet,
Von erhabenen Fichten und himmelanwehenden Eichen.
Allda wohnt' auch ein Mann von Riesengröße, der einsam
Stets auf entlegene Weiden sie trieb, und nimmer mit andern
Umging, sondern für sich auf arge Tücke bedacht war.
Gräßlich gestaltet war das Ungeheuer, wie keiner,
Welchen der Halm ernährt: er glich dem waldichten Gipfel
Hoher Kettengebirge, der einsam vor allen emporsteigt.
  Eilend befahl ich jetzo den übrigen lieben Gefährten,
An dem Gestade zu bleiben, und unser Schiff zu bewahren;
Und ging selber mit zwölf der Tapfersten, die ich mir auskor,
Einen ziegenledernen Schlauch auf der Achsel, voll schwarzes
Süßes Weines, den mir einst Maron, der Sohn Euanthes,
Schenkte, der Priester Apollons, der über Ismaros waltet.

οὕνεκά μιν σὺν παιδὶ περισχόμεθ' ἠδὲ γυναικὶ
ἁζόμενοι· ᾤκει γὰρ ἐν ἄλσεϊ δενδρήεντι
Φοίβου Ἀπόλλωνος. ὁ δέ μοι πόρεν ἀγλαὰ δῶρα·
χρυσοῦ μέν μοι ἔδωκ' εὐεργέος ἑπτὰ τάλαντα,
δῶκε δέ μοι κρητῆρα πανάργυρον, αὐτὰρ ἔπειτα
οἶνον ἐν ἀμφιφορεῦσι δυώδεκα πᾶσιν ἀφύσσας
ἡδὺν ἀκηράσιον, θεῖον ποτόν· οὐδέ τις αὐτὸν
ἠείδη δμώων οὐδ' ἀμφιπόλων ἐνὶ οἴκωι,
ἀλλ' αὐτὸς ἄλοχός τε φίλη ταμίη τε μί' οἴη.
τὸν δ' ὅτε πίνοιεν μελιηδέα οἶνον ἐρυθρόν,
ἓν δέπας ἐμπλήσας ὕδατος ἀνὰ εἴκοσι μέτρα
χεῦ', ὀδμὴ δ' ἡδεῖα ἀπὸ κρητῆρος ὀδώδει
θεσπεσίη· τότ' ἂν οὔ τοι ἀποσχέσθαι φίλον ἦεν.
τοῦ φέρον ἐμπλήσας ἀσκὸν μέγαν, ἐν δὲ καὶ ἦια
κωρύκωι· αὐτίκα γάρ μοι ὀίσατο θυμὸς ἀγήνωρ
ἄνδρ' ἐπελεύσεσθαι μεγάλην ἐπιειμένον ἀλκήν,
ἄγριον, οὔτε δίκας εὖ εἰδότα οὔτε θέμιστας.
    καρπαλίμως δ' εἰς ἄντρον ἀφικόμεθ', οὐδέ μιν ἔνδον
εὕρομεν, ἀλλ' ἐνόμευε νομὸν κάτα πίονα μῆλα.
ἐλθόντες δ' εἰς ἄντρον ἐθηεύμεσθα ἕκαστα.
ταρσοὶ μὲν τυρῶν βρῖθον, στείνοντο δὲ σηκοὶ
ἀρνῶν ἠδ' ἐρίφων· διακεκριμέναι δὲ ἕκασται
ἔρχατο, χωρὶς μὲν πρόγονοι, χωρὶς δὲ μέτασσαι,
χωρὶς δ' αὖθ' ἕρσαι. ναῖον δ' ὀρῶι ἄγγεα πάντα,
γαυλοί τε σκαφίδες τε, τετυγμένα, τοῖς ἐνάμελγεν.
ἔνθ' ἐμὲ μὲν πρώτισθ' ἕταροι λίσσοντ' ἐπέεσσιν
τυρῶν αἰνυμένους ἰέναι πάλιν, αὐτὰρ ἔπειτα
καρπαλίμως ἐπὶ νῆα θοὴν ἐρίφους τε καὶ ἄρνας
σηκῶν ἐξελάσαντας ἐπιπλεῖν ἁλμυρὸν ὕδωρ·
ἀλλ' ἐγὼ οὐ πιθόμην, ἦ τ' ἂν πολὺ κέρδιον ἦεν,
ὄφρ' αὐτόν τε ἴδοιμι, καὶ εἴ μοι ξείνια δοίη.
οὐδ' ἄρ' ἔμελλ' ἑτάροισι φανεὶς ἐρατεινὸς ἔσεσθαι.
    ἔνθα δὲ πῦρ κήαντες ἐθύσαμεν ἠδὲ καὶ αὐτοὶ
τυρῶν αἰνύμενοι φάγομεν, μένομέν τέ μιν ἔνδον
ἥμενοι, ἧος ἐπῆλθε νέμων. φέρε δ' ὄβριμον ἄχθος
ὕλης ἀζαλέης, ἵνα οἱ ποτιδόρπιον εἴη,
ἔντοσθεν δ' ἄντροιο βαλὼν ὀρυμαγδὸν ἔθηκεν·
ἡμεῖς δὲ δείσαντες ἀπεσσύμεθ' ἐς μυχὸν ἄντρου.
αὐτὰρ ὅ γ' εἰς εὐρὺ σπέος ἤλασε πίονα μῆλα
πάντα μάλ' ὅσσ' ἤμελγε, τὰ δ' ἄρσενα λεῖπε θύρηφιν,
ἀρνειούς τε τράγους τε, βαθείης ἔκτοθεν αὐλῆς.

Diesen verschoneten wir, und seine Kinder und Gattin,
Ehrfurchtsvoll; denn er wohnete dort in Phöbos Apollons
Heiligem Schattenhain. Drum schenkt' er mir köstliche Gaben:
Schenkte mir sieben Talente des schöngebildeten Goldes;
Schenkte mir einen Kelch von lauterem Silber; und endlich
Schöpft' er mir dieses Weines in zwölf gehenkelte Krüge:
Süß und unverfälscht, ein Göttergetränk! Auch wußte
Keiner der Knecht' im Hause darum, und keine der Mägde;
Nur er selbst, und sein Weib, und die einzige Schaffnerin wußten's.
Gab er ihn preis, dann füllt' er des süßen funkelnden Weines
Einen Becher, und goß ihn in zwanzig Becher voll Wasser
Und den schäumenden Kelch umhauchten balsamische Düfte,
Göttlicher Kraft: da war es gewiß nicht Freude zu dursten!
Hiermit füllt' ich den großen Schlauch, den Ranzen mit Speise;
Denn mir ahnete schon im Heldengeiste, wir würden
Einen Mann besuchen, mit großer Stärke gerüstet,
Grausam und ungerecht, und durch keine Gesetze gebändigt.
Eilig wanderten wir zur Höhl' und fanden den Riesen
Nicht daheim; er weidete schon auf der Weide die Herden.
Und wir gingen hinein, und besahen wundernd die Höhle.
Alle Körbe strotzten von Käse; Lämmer und Zicklein
Drängeten sich in den Ställen, und jede waren besonders
Eingesperrt: die Frühling' allein, allein auch die Mittlern,
Und die zarten Spätling' allein. Es schwammen in Molken
Alle Gefäße, die Wannen und Eimer, worinnen er melkte.
Anfangs baten mich zwar die Freunde mit dringenden Worten,
Nur von den Käsen zu nehmen, und wegzuschleichen; dann wieder,
Hurtig zu unserm Schiff' aus den Ställen die Lämmer und Zicklein
Wegzutreiben, und über die salzigen Fluten zu steuern.
Aber ich hörete nicht; (ach, besser hätt' ich gehöret!)
Um ihn selber zu sehn, und seiner Bewirtung zu harren:
Ach für meine Gefährten ein unerfreulicher Anblick!
Und wir zündeten Feuer, und opferten; nahmen dann selber
Von den Käsen und aßen, und setzten uns voller Erwartung,
Bis er kam mit der Herd'. Er trug eine mächtige Ladung
Trockenes Scheiterholz, das er zum Mahle gespaltet.
Und in der Höhle stürzt' er es hin; da krachte der Felsen;
Und wir erschraken, und flohn in den innersten Winkel der Höhle.
Aber er trieb in die Kluft die fetten Ziegen und Schafe
Alle zur Melke herein; die Widder und bärtigen Böcke
Ließ er draußen zurück, im hochummaurten Gehege.

αὐτὰρ ἔπειτ᾽ ἐπέθηκε θυρεὸν μέγαν ὑψόσ᾽ ἀείρας,
ὄβριμον· οὐκ ἂν τόν γε δύω καὶ εἴκοσ᾽ ἄμαξαι
ἐσθλαὶ τετράκυκλοι ἀπ᾽ οὔδεος ὀχλίσσειαν·
τόσσην ἠλίβατον πέτρην ἐπέθηκε θύρησιν.
ἑζόμενος δ᾽ ἤμελγεν ὄις καὶ μηκάδας αἶγας,
πάντα κατὰ μοῖραν, καὶ ὑπ᾽ ἔμβρυον ἧκεν ἑκάστηι.
αὐτίκα δ᾽ ἥμισυ μὲν θρέψας λευκοῖο γάλακτος
πλεκτοῖς ἐν ταλάροισιν ἀμησάμενος κατέθηκεν,
ἥμισυ δ᾽ αὖτ᾽ ἔστησεν ἐν ἄγγεσιν, ὄφρα οἱ εἴη
πίνειν αἰνυμένωι καί οἱ ποτιδόρπιον εἴη.
αὐτὰρ ἐπεὶ δὴ σπεῦσε πονησάμενος τὰ ἃ ἔργα,
καὶ τότε πῦρ ἀνέκαιε καὶ εἴσιδεν, εἴρετο δ᾽ ἡμέας·
, ὦ ξεῖνοι, τίνες ἐστέ; πόθεν πλεῖθ᾽ ὑγρὰ κέλευθα;
ἦ τι κατὰ πρῆξιν ἦ μαψιδίως ἀλάλησθε,
οἷά τε ληιστῆρες, ὑπεὶρ ἅλα, τοί τ᾽ ἀλόωνται
ψυχὰς παρθέμενοι κακὸν ἀλλοδαποῖσι φέροντες;'
ὣς ἔφαθ᾽, ἡμῖν δ᾽ αὖτε κατεκλάσθη φίλον ἦτορ,
δεισάντων φθόγγον τε βαρὺν αὐτόν τε πέλωρον.
ἀλλὰ καὶ ὥς μιν ἔπεσσιν ἀμειβόμενος προσέειπον·
, ἡμεῖς τοι Τροίηθεν ἀποπλαγχθέντες Ἀχαιοὶ
παντοίοις ἀνέμοισιν ὑπὲρ μέγα λαῖτμα θαλάσσης,
οἴκαδε ἱέμενοι, ἄλλην ὁδὸν ἄλλα κέλευθα
ἤλθομεν· οὕτω που Ζεὺς ἤθελε μητίσασθαι.
λαοὶ δ᾽ Ἀτρεΐδεω Ἀγαμέμνονος εὐχόμεθ᾽ εἶναι,
τοῦ δὴ νῦν γε μέγιστον ὑπουράνιον κλέος ἐστί·
τόσσην γὰρ διέπερσε πόλιν καὶ ἀπώλεσε λαοὺς
πολλούς. ἡμεῖς δ᾽ αὖτε κιχανόμενοι τὰ σὰ γοῦνα
ἱκόμεθ᾽, εἴ τι πόροις ξεινήιον ἠὲ καὶ ἄλλως
δοίης δωτίνην, ἥ τε ξείνων θέμις ἐστίν.
ἀλλ᾽ αἰδεῖο, φέριστε, θεούς· ἱκέται δέ τοί εἰμεν,
Ζεὺς δ᾽ ἐπιτιμήτωρ ἱκετάων τε ξείνων τε,
ξείνιος, ὃς ξείνοισιν ἅμ᾽ αἰδοίοισιν ὀπηδεῖ.'
ὣς ἐφάμην, ὁ δέ μ᾽ αὐτίκ᾽ ἀμείβετο νηλέι θυμῶι·
, νήπιός εἰς, ὦ ξεῖν᾽, ἢ τηλόθεν εἰλήλουθας,
ὅς με θεοὺς κέλεαι ἢ δειδίμεν ἢ ἀλέασθαι·
οὐ γὰρ Κύκλωπες Διὸς αἰγιόχου ἀλέγουσιν
οὐδὲ θεῶν μακάρων, ἐπεὶ ἦ πολὺ φέρτεροί εἰμεν·
οὐδ᾽ ἂν ἐγὼ Διὸς ἔχθος ἀλευάμενος πεφιδοίμην
οὔτε σεῦ οὔθ᾽ ἑτάρων, εἰ μὴ θυμός με κελεύοι.
ἀλλά μοι εἴφ᾽ ὅπηι ἔσχες ἰὼν εὐεργέα νῆα,
ἤ που ἐπ᾽ ἐσχατιῆς, ἦ καὶ σχεδόν, ὄφρα δαείω.'

Hochauf schwenkt' er und setzte das große Spund vor den Eingang:
Fürchterlich groß! die Gespanne von zweiundzwanzig starken
Und vierrädrigen Wagen, sie schleppten ihn nicht von der Stelle,
Jenen gewaltigen Fels, den das Ungeheuer emporhub.
Jetzo saß er, und melkte die Schaf' und meckernden Ziegen
Nach der Ordnung, und legte den Müttern die Säugling' ans Euter;
Ließ von der weißen Milch die Hälfte gerinnen, und setzte
Sie zum Trocknen hinweg in dichtgeflochtenen Körben;
Und die andere Hälfte verwahrt' er in weiten Gefäßen,
Daß er beim Abendschmause den Durst mit dem Tranke sich löschte.
Und nachdem er seine Geschäft' in Eile verrichtet,
Zündet' er Feuer an, und sah uns stehen, und fragte:
Fremdlinge, sagt, wer seid ihr? Von wannen trägt euch die Woge?
Habt ihr wo ein Gewerb', oder schweift ihr ohne Bestimmung
Hin und her auf der See: wie küstenumirrende Räuber,
Die ihr Leben verachten, um fremden Völkern zu schaden?
Also sprach der Kyklop. Uns brach das Herz vor Entsetzen
Über das rauhe Gebrüll, und das scheußliche Ungeheuer.
Dennoch ermannt' ich mich, und gab ihm dieses zur Antwort:
Griechen sind wir, und kommen von Trojas fernem Gestade,
Über das große Meer von mancherlei Stürmen geschleudert,
Als wir ins Vaterland hinsteuerten: andere Fahrten,
Andere Bahnen verhängt' uns Kronions waltende Vorsicht!
Siehe wir preisen uns Völker von Atreus' Sohn Agamemnon,
Welchen der größte Ruhm itzt unter dem Himmel verherrlicht,
Weil er die mächtige Stadt und so viele Völker vertilgt hat!
Jetzo fallen wir dir zu Füßen, und flehen in Demut:
Reich' uns eine geringe Bewirtung, oder ein andres
Kleines Geschenk, wie man gewöhnlich den Fremdlingen anbeut!
Scheue doch, Bester, die Götter! Wir Armen flehn dir um Hilfe!
Und ein Rächer ist Zeus den hilfeflehenden Fremden,
Zeus der Gastliche, welcher die heiligen Gäste geleitet!
Also sprach ich; und drauf versetzte der grausame Wütrich:
Fremdling, du bist ein Narr, oder kommst auch ferne von hinnen!
Mir befiehlst du, die Götter zu fürchten, die Götter zu ehren?
Wir Kyklopen kümmern uns nicht um den König des Himmels,
Noch um die seligen Götter; denn wir sind besser, als jene!
Nimmer verschon' ich euer aus Furcht vor der Rache Kronions,
Dein und deiner Gesellen, wofern es mir selbst nicht gelüstet!
Sage mir an: wo bist du mit deinem Schiffe gelandet?
Irgendwo in der Fern', oder nahe? damit ich es wisse!

ὣς φάτο πειράζων, ἐμὲ δ' οὐ λάθεν εἰδότα πολλά,
ἀλλά μιν ἄψορρον προσέφην δολίοις ἐπέεσσι·
, νέα μέν μοι κατέαξε Ποσειδάων ἐνοσίχθων
πρὸς πέτρῃσι βαλὼν ὑμῆς ἐπὶ πείρασι γαίης,
ἄκρηι προσπελάσας· ἄνεμος δ' ἐκ πόντου ἔνεικεν·
αὐτὰρ ἐγὼ σὺν τοῖσδε ὑπέκφυγον αἰπὺν ὄλεθρον.'
ὣς ἐφάμην, ὁ δέ μ' οὐδὲν ἀμείβετο νηλέι θυμῶι,
ἀλλ' ὅ γ' ἀναΐξας ἑτάροις ἐπὶ χεῖρας ἴαλλε,
σὺν δὲ δύω μάρψας ὥς τε σκύλακας ποτὶ γαίηι
κόπτ'· ἐκ δ' ἐγκέφαλος χαμάδις ῥέε, δεῦε δὲ γαῖαν.
τοὺς δὲ διὰ μελεϊστὶ ταμὼν ὡπλίσσατο δόρπον·
ἤσθιε δ' ὥς τε λέων ὀρεσίτροφος, οὐδ' ἀπέλειπεν,
ἔγκατά τε σάρκας τε καὶ ὀστέα μυελόεντα.
ἡμεῖς δὲ κλαίοντες ἀνεσχέθομεν Διὶ χεῖρας,
σχέτλια ἔργ' ὁρόωντες, ἀμηχανίη δ' ἔχε θυμόν.
αὐτὰρ ἐπεὶ Κύκλωψ μεγάλην ἐμπλήσατο νηδὺν
ἀνδρόμεα κρέ' ἔδων καὶ ἐπ' ἄκρητον γάλα πίνων,
κεῖτ' ἔντοσθ' ἄντροιο τανυσσάμενος διὰ μήλων.
τὸν μὲν ἐγὼ βούλευσα κατὰ μεγαλήτορα θυμὸν
ἆσσον ἰών, ξίφος ὀξὺ ἐρυσσάμενος παρὰ μηροῦ,
οὐτάμεναι πρὸς στῆθος, ὅθι φρένες ἧπαρ ἔχουσι,
χείρ' ἐπιμασσάμενος· ἕτερος δέ με θυμὸς ἔρυκεν.
αὐτοῦ γάρ κε καὶ ἄμμες ἀπωλόμεθ' αἰπὺν ὄλεθρον·
οὐ γάρ κεν δυνάμεσθα θυράων ὑψηλάων
χερσὶν ἀπώσασθαι λίθον ὄβριμον, ὃν προσέθηκεν.
ὣς τότε μὲν στενάχοντες ἐμείναμεν Ἠῶ δῖαν.
ἦμος δ' ἠριγένεια φάνη ῥοδοδάκτυλος Ἠώς,
καὶ τότε πῦρ ἀνέκαιε καὶ ἤμελγε κλυτὰ μῆλα,
πάντα κατὰ μοῖραν, καὶ ὑπ' ἔμβρυον ἧκεν ἑκάστηι.
αὐτὰρ ἐπεὶ δὴ σπεῦσε πονησάμενος τὰ ἃ ἔργα,
σὺν δ' ὅ γε δὴ αὖτε δύω μάρψας ὡπλίσσατο δεῖπνον.
δειπνήσας δ' ἄντρου ἐξήλασε πίονα μῆλα,
ῥηιδίως ἀφελὼν θυρεὸν μέγαν· αὐτὰρ ἔπειτα
ἂψ ἐπέθηχ', ὡς εἴ τε φαρέτρηι πῶμ' ἐπιθείη.
πολλῆι δὲ ῥοίζωι πρὸς ὄρος τρέπε πίονα μῆλα
Κύκλωψ· αὐτὰρ ἐγὼ λιπόμην κακὰ βυσσοδομεύων,
εἴ πως τισαίμην, δοίη δέ μοι εὖχος Ἀθήνη.
ἥδε δέ μοι κατὰ θυμὸν ἀρίστη φαίνετο βουλή.
Κύκλωπος γὰρ ἔκειτο μέγα ῥόπαλον παρὰ σηκῶι,
χλωρὸν ἐλαΐνεον· τὸ μὲν ἔκταμεν, ὄφρα φοροίη
αὐανθέν. τὸ μὲν ἄμμες ἐίσκομεν εἰσορόωντες

Also sprach er voll Tück'; allein ich kannte dergleichen.
Eilend erwidert' ich ihm die schlauersonnenen Worte:
Ach mein Schiff hat der Erderschütterer Poseidaon
Mir an den Klippen zerschmettert, indem er ans schroffe Gestade
Eures Landes es warf, und der Sturm aus dem Meer es verfolgte!
Ich nur und diese Gefährten entflohn dem Schreckenverhängnis!
Also sprach ich; und nichts versetzte der grausame Wütrich!
Sondern fuhr auf, und streckte nach meinen Gefährten die Händ' aus,
Deren er zween anpackt', und wie junge Hund' auf den Boden
Schmetterte: blutig entspritzt' ihr Gehirn, und netzte den Boden.
Dann zerstückt' er sie Glied für Glied, und tischte den Schmaus auf,
Schluckte darein, wie ein Leu des Felsengebirgs, und verschmähte
Weder Eingeweide, noch Fleisch, noch die markichten Knochen.
Weinend erhuben wir die Hände zum Vater Kronion,
Als wir den Jammer sahn, und starres Entsetzen ergriff uns.
Doch kaum hatte der Riese den großen Wanst sich gestopfet
Mit dem Fraße von Menschenfleisch und dem lauteren Milchtrunk;
Siehe da lag er im Fels weithingestreckt bei dem Viehe.
Jetzo stieg der Gedank' in meine zürnende Seele:
Näher zu gehn, das geschliffene Schwert von der Hüfte zu reißen,
Und ihm die Brust zu durchgraben, wo Zwerchfell und Leber sich treffen,
Mit nachbohrender Faust; doch ein andrer Gedanke verdrängt' ihn.
Denn so hätt' ich uns selbst dem schrecklichen Tode geopfert;
Unsere Hände vermochten ja nicht von der hohen Pforte
Abzuwälzen den mächtigen Fels, den der Riese davorschob.
Drum erwarteten wir mit Seufzen die heilige Frühe.
Als die dämmernde Frühe mit Rosenfingern erwachte,
Zündet' er Feuer an, und melkte die Ziegen und Schafe
Nach der Ordnung, und legte den Müttern die Säugling' ans Euter.
Und nachdem er seine Geschäft' in Eile verrichtet,
Packt' er abermal zween, und tischte die Stücke zum Schmaus auf.
Nach dem Frühstück trieb er die feiste Herd' aus der Höhle.
Spielend enthob er die Last des großen Spundes, und spielend
Setzt' er sie vor, als setzt' er auf seinen Köcher den Deckel.
Und nun trieb der Kyklop mit gellendem Pfeifen die Herde
Auf das Gebirg'. Ich blieb in der Höhle mit tausend Entwürfen,
Rache zu üben, wenn mir Athene Hilfe gewährte.
Aber von allen Entwürfen gefiel mir dieser am besten.
Neben dem Stalle lag des Kyklopen gewaltige Keule,
Grün, aus Olivenholze gehaun. Zum künftigen Stabe
Dorrte sie hier an der Wand, und kam uns vor nach dem Ansehn,

ὅσσον θ' ἱστὸν νηὸς ἐεικοσόροιο μελαίνης,
φορτίδος εὐρείης, ἥ τ' ἐκπεράαι μέγα λαῖτμα·
τόσσον ἔην μῆκος, τόσσον πάχος εἰσοράασθαι.
τοῦ μὲν ὅσον τ' ὄργυιαν ἐγὼν ἀπέκοψα παραστὰς
καὶ παρέθηχ' ἑτάροισιν, ἀποξῦναι δ' ἐκέλευσα·
οἱ δ' ὁμαλὸν ποίησαν· ἐγὼ δ' ἐθόωσα παραστὰς
ἄκρον, ἄφαρ δὲ λαβὼν ἐπυράκτεον ἐν πυρὶ κηλέωι.
καὶ τὸ μὲν εὖ κατέθηκα κατακρύψας ὑπὸ κόπρωι,
ἥ ῥα κατὰ σπείους κέχυτο μεγάλ' ἤλιθα πολλή·
αὐτὰρ τοὺς ἄλλους κλήρωι πεπαλάσθαι ἄνωγον,
ὅς τις τολμήσειεν ἐμοὶ σὺν μοχλὸν ἀείρας
τρῖψαι ἐν ὀφθαλμῶι, ὅτε τὸν γλυκὺς ὕπνος ἱκάνοι.
οἱ δ' ἔλαχον τοὺς ἄν κε καὶ ἤθελον αὐτὸς ἑλέσθαι,
τέσσαρες, αὐτὰρ ἐγὼ πέμπτος μετὰ τοῖσιν ἐλέγμην.
ἑσπέριος δ' ἦλθεν καλλίτριχα μῆλα νομεύων.
αὐτίκα δ' εἰς εὐρὺ σπέος ἤλασε πίονα μῆλα
πάντα μάλ', οὐδέ τι λεῖπε βαθείης ἔκτοθεν αὐλῆς,
ἤ τι ὀισάμενος, ἢ καὶ θεὸς ὣς ἐκέλευσεν.
αὐτὰρ ἔπειτ' ἐπέθηκε θυρεὸν μέγαν ὑψόσ' ἀείρας,
ἑζόμενος δ' ἤμελγεν ὄις καὶ μηκάδας αἶγας,
πάντα κατὰ μοῖραν, καὶ ὑπ' ἔμβρυον ἧκεν ἑκάστηι.
αὐτὰρ ἐπεὶ δὴ σπεῦσε πονησάμενος τὰ ἃ ἔργα,
σὺν δ' ὅ γε δὴ αὖτε δύω μάρψας ὡπλίσσατο δόρπον.
καὶ τότ' ἐγὼ Κύκλωπα προσηύδων ἄγχι παραστάς,
κισσύβιον μετὰ χερσὶν ἔχων μέλανος οἴνοιο·
, Κύκλωψ, τῆ, πίε οἶνον, ἐπεὶ φάγες ἀνδρόμεα κρέα,
ὄφρ' εἰδῆις οἷόν τι ποτὸν τόδε νηῦς ἐκεκεύθει
ἡμετέρη. σοὶ δ' αὖ λοιβὴν φέρον, εἴ μ' ἐλεήσας
οἴκαδε πέμψειας· σὺ δὲ μαίνεαι οὐκέτ' ἀνεκτῶς.
σχέτλιε, πῶς κέν τίς σε καὶ ὕστερον ἄλλος ἵκοιτο
ἀνθρώπων πολέων, ἐπεὶ οὐ κατὰ μοῖραν ἔρεξας;'
ὣς ἐφάμην, ὁ δ' ἔδεκτο καὶ ἔκπιεν· ἤσατο δ' αἰνῶς
ἡδὺ ποτὸν πίνων καὶ μ' ἤιτεε δεύτερον αὖτις·
, 'δός μοι ἔτι πρόφρων, καί μοι τεὸν οὔνομα εἰπὲ
αὐτίκα νῦν, ἵνα τοι δῶ ξείνιον, ὧι κε σὺ χαίρηις·
καὶ γὰρ Κυκλώπεσσι φέρει ζείδωρος ἄρουρα
οἶνον ἐριστάφυλον, καί σφιν Διὸς ὄμβρος ἀέξει·
ἀλλὰ τόδ' ἀμβροσίης καὶ νέκταρός ἐστιν ἀπορρώξ.'
ὣς φάτ', ἀτάρ οἱ αὖτις ἐγὼ πόρον αἴθοπα οἶνον.
τρὶς μὲν ἔδωκα φέρων, τρὶς δ' ἔκπιεν ἀφραδίηισιν.
αὐτὰρ ἐπεὶ Κύκλωπα περὶ φρένας ἤλυθεν οἶνος,

Wie der ragende Mast des zwanzigrudrichten Lastschiffs,
Welches mit breitem Bauch auf dem großen Wasser dahinfährt:
Diesem schien sie an Läng', und diesem an Dicke zu gleichen.
Und ich haute davon, soviel die Klafter umspannet,
Reichte meinen Gefährten den Pfahl, und hieß ihn mir glätten;
Und sie schabten ihn glatt. Ich selber schärfte die Spitze
Oben, und härtete sie in der lodernden Flamme des Feuers,
Drauf verbarg ich den Knittel bedachtsam unter dem Miste,
Welcher dick und breit durch die ganze Höhle gesät war.
Jetzo befahl ich den andern, durchs heilige Los zu entscheiden,
Wer sich wagen sollte, mit mir den gehobenen Knittel
Jenem ins Auge zu drehn, sobald ihn der Schlummer befiele.
Und es traf gerade das Los, die ich heimlich mir wünschte,
Vier von meinen Gefährten; ich selbst war der fünfte mit ihnen.
Und am Abende kam er mit seiner gemästeten Herde,
Und trieb schnell in die weite Kluft die Ziegen und Schafe,
Mütter und Böcke zugleich, und ließ nichts draußen im Vorhof:
Weil er etwas besorgt', oder Gott es also geordnet.
Hochauf schwenkt' er und setzte das große Spund vor den Eingang.
Und nun saß er, und melkte die Schaf' und meckernden Ziegen
Nach der Ordnung, und legte den Müttern die Säugling' ans Euter.
Und nachdem er seine Geschäft' in Eile verrichtet,
Packt' er abermal zween, und tischte die Stücke zum Schmaus auf.
Jetzo trat ich näher, und sagte zu dem Kyklopen,
Einen hölzernen Becher voll schwarzes Weines in Händen:
Nimm, Kyklop, und trink eins; auf Menschenfleisch ist der Wein gut!
Daß du doch lernst, welch ein Trunk in unserem Schiffe ruhte!
Diesen rettet' ich dir zum Opfer, damit du erbarmend
Heim mich sendetest. Aber du wütest ja ganz unerträglich!
Böser Mann, wer wird dich hinfort von den Erdebewohnern
Wieder besuchen wollen? Du hast nicht billig gehandelt!
Also sprach ich. Er nahm und trank, und schmeckte gewaltig
Nach dem süßen Getränk', und bat noch einmal zu füllen:
Lieber, schenk mir noch eins, und sage mir gleich, wie du heißest,
Daß ich dich wieder bewirt', und deine Seele sich labe!
Wiß, auch uns Kyklopen gebiert die fruchtbare Erde
Wein in geschwollenen Trauben, und Gottes Regen ernährt ihn.
Aber der ist ein Saft von Ambrosia oder von Nektar!
Also sprach er; ich bracht' ihm von neuem des funkelnden Weines.
Dreimal schenkt' ich ihm voll, und dreimal leerte der Dumme.
Aber da jetzo der geistige Trank in das Hirn des Kyklopen

καὶ τότε δή μιν ἔπεσσι προσηύδων μειλιχίοισι·
    ‚Κύκλωψ, εἰρωτᾶις μ᾽ ὄνομα κλυτόν, αὐτὰρ ἐγώ τοι
ἐξερέω· σὺ δέ μοι δὸς ξείνιον, ὥς περ ὑπέστης.
‚Οὖτις ἐμοί γ᾽ ὄνομα· Οὖτιν δέ με κικλήσκουσι
μήτηρ ἠδὲ πατὴρ ἠδ᾽ ἄλλοι πάντες ἑταῖροι.'
    ὣς ἐφάμην, ὁ δέ μ᾽ αὐτίκ᾽ ἀμείβετο νηλέι θυμῶι·
‚Οὖτιν ἐγὼ πύματον ἔδομαι μετὰ οἷς ἑτάροισιν,
τοὺς δ᾽ ἄλλους πρόσθεν· τὸ δέ τοι ξεινήιον ἔσται.'
    ἦ καὶ ἀνακλινθεὶς πέσεν ὕπτιος, αὐτὰρ ἔπειτα
κεῖτ᾽ ἀποδοχμώσας παχὺν αὐχένα, κὰδ δέ μιν ὕπνος
ἥιρει πανδαμάτωρ· φάρυγος δ᾽ ἐξέσσυτο οἶνος
ψωμοί τ᾽ ἀνδρόμεοι· ὁ δ᾽ ἐρεύγετο οἰνοβαρείων.
καὶ τότ᾽ ἐγὼ τὸν μοχλὸν ὑπὸ σποδοῦ ἤλασα πολλῆς,
ἧος θερμαίνοιτο· ἔπεσσι δὲ πάντας ἑταίρους
θάρσυνον, μή τίς μοι ὑποδείσας ἀναδύη.
ἀλλ᾽ ὅτε δὴ τάχ᾽ ὁ μοχλὸς ἐλάινος ἐν πυρὶ μέλλεν
ἅψεσθαι, χλωρός περ ἐών, διεφαίνετο δ᾽ αἰνῶς,
καὶ τότ᾽ ἐγὼν ἆσσον φέρον ἐκ πυρός, ἀμφὶ δ᾽ ἑταῖροι
ἵσταντ᾽· αὐτὰρ θάρσος ἐνέπνευσεν μέγα δαίμων.
οἱ μὲν μοχλὸν ἑλόντες ἐλάινον, ὀξὺν ἐπ᾽ ἄκρωι,
ὀφθαλμῶι ἐνέρεισαν· ἐγὼ δ᾽ ἐφύπερθεν ἐρεισθεὶς
δίνεον, ὡς ὅτε τις τρυπῶι δόρυ νήιον ἀνὴρ
τρυπάνωι, οἱ δέ τ᾽ ἔνερθεν ὑποσσείουσιν ἱμάντι
ἁψάμενοι ἑκάτερθε, τὸ δὲ τρέχει ἐμμενὲς αἰεί.
ὣς τοῦ ἐν ὀφθαλμῶι πυριήκεα μοχλὸν ἑλόντες
δινέομεν, τὸν δ᾽ αἷμα περίρρεε θερμὸν ἐόντα.
πάντα δέ οἱ βλέφαρ᾽ ἀμφὶ καὶ ὀφρύας εὗσεν ἀυτμὴ
γλήνης καιομένης, σφαραγεῦντο δέ οἱ πυρὶ ῥίζαι.
ὡς δ᾽ ὅτ᾽ ἀνὴρ χαλκεὺς πέλεκυν μέγαν ἠὲ σκέπαρνον
εἰν ὕδατι ψυχρῶι βάπτηι μεγάλα ἰάχοντα
φαρμάσσων· τὸ γὰρ αὖτε σιδήρου γε κράτος ἐστίν·
ὣς τοῦ σίζ᾽ ὀφθαλμὸς ἐλαϊνέωι περὶ μοχλῶι.
σμερδαλέον δὲ μέγ᾽ ὤιμωξεν, περὶ δ᾽ ἴαχε πέτρη,
ἡμεῖς δὲ δείσαντες ἀπεσσύμεθ᾽· αὐτὰρ ὁ μοχλὸν
ἐξέρυσ᾽ ὀφθαλμοῖο πεφυρμένον αἵματι πολλῶι.
τὸν μὲν ἔπειτ᾽ ἔρριψεν ἀπὸ ἕο χερσὶν ἀλύων,
αὐτὰρ ὁ Κύκλωπας μεγάλ᾽ ἤπυεν, οἵ ῥά μιν ἀμφὶς
ὤικεον ἐν σπήεσσι δι᾽ ἄκριας ἠνεμοέσσας.
οἱ δὲ βοῆς ἀίοντες ἐφοίτων ἄλλοθεν ἄλλος,
ἱστάμενοι δ᾽ εἴροντο περὶ σπέος ὅττι ἑ κήδοι·
    ‚τίπτε τόσον, Πολύφημ᾽, ἀρημένος ὧδ᾽ ἐβόησας

Stieg; da schmeichelt' ich ihm mit glatten Worten, und sagte:
Meinen berühmten Namen, Kyklop? Du sollst ihn erfahren.
Aber vergiß mir auch nicht die Bewirtung, die du verhießest!
Niemand ist mein Name, denn Niemand nennen mich alle,
Meine Mutter, mein Vater, und alle meine Gesellen.
Also sprach ich; und drauf versetzte der grausame Wütrich:
Niemand will ich zuletzt nach seinen Gesellen verzehren,
Alle die andern zuvor! Dies sei die verheißne Bewirtung!
Sprach's, und streckte sich hin, fiel rücklings, und lag mit gesenktem
Feistem Nacken im Staub; und der allgewaltige Schlummer
Überwältiget' ihn: dem Rachen entstürzten mit Weine
Stücke von Menschenfleisch, die der schnarchende Trunkenbold ausbrach.
Und nun hielt ich die Spitze des Knittels in glimmende Asche,
Bis sie Feuer fing, und stärkte mit herzhaften Worten
Meine Gefährten, daß keiner sich feig' im Winkel verkröche.
Aber da eben jetzo der Ölbaumknittel im Feuer
Drohte zu brennen, so grün er auch war, und fürchterlich glühte,
Zog ich ihn eilend zurück aus dem Feuer, und meine Gefährten
Standen um mich; und ein Himmlischer haucht' uns Mut in die Seele.
Und sie faßten den spitzen Olivenknittel, und stießen
Ihn dem Kyklopen ins Aug', und ich, in die Höhe mich reckend,
Drehete. Wie wenn ein Mann, den Bohrer lenkend, ein Schiffholz
Bohrt; die Unteren ziehn an beiden Enden des Riemens,
Wirbeln ihn hin und her; und er flieget in dringender Eile:
Also hielten auch wir in das Auge den glühenden Knittel,
Drehten, und heißes Blut umquoll die dringende Spitze.
Alle Wimpern und Augenborsten versengte die Lohe
Seines entflammten Sterns; es prasselten brennend die Wurzeln.
Wie wenn ein kluger Schmied die Holzaxt oder das Schlichtbeil
Aus der Ess' in den kühlenden Trog, der sprudelnd emporbraust,
Wirft und härtet; denn dieses ersetzt die Kräfte des Eisens:
Also zischte das Aug' um die feurige Spitze des Ölbrands.
Fürchterlich heult' er auf, daß rings die dumpfige Kluft scholl.
Und wir erschraken und flohn in den innersten Winkel. Doch jener
Riß aus dem Auge den Knittel, mit vielem Blute besudelt,
Schleudert' ihn ferne von dannen mit ungebärdigem Grimme;
Und nun ruft er mit Zetergebrüll den andern Kyklopen,
Welche ringsum die Klüfte des stürmischen Felsen bewohnten.
Und sie vernehmen das Brüllen, und drängten sich dorther und daher,
Standen rund um die Höhl', und fragten, was ihn betrübte:
Was geschah dir für Leid, Polyphemos, daß du so brülltest

νύκτα δι' ἀμβροσίην καὶ ἀύπνους ἄμμε τίθησθα;
ἦ μή τίς σευ μῆλα βροτῶν ἀέκοντος ἐλαύνει;
ἦ μή τίς σ' αὐτὸν κτείνει δόλωι ἠὲ βίηφιν;'
τοὺς δ' αὖτ' ἐξ ἄντρου προσέφη κρατερὸς Πολύφημος·
,ὦ φίλοι, Οὖτίς με κτείνει δόλωι οὐδὲ βίηφιν.'
οἱ δ' ἀπαμειβόμενοι ἔπεα πτερόεντ' ἀγόρευον·
,εἰ μὲν δὴ μή τίς σε βιάζεται οἶον ἐόντα,
νοῦσον γ' οὔ πως ἔστι Διὸς μεγάλου ἀλέασθαι,
ἀλλὰ σύ γ' εὔχεο πατρὶ Ποσειδάωνι ἄνακτι.'
ὣς ἄρ' ἔφαν ἀπιόντες, ἐμὸν δ' ἐγέλασσε φίλον κῆρ,
ὡς ὄνομ' ἐξαπάτησεν ἐμὸν καὶ μῆτις ἀμύμων.
Κύκλωψ δὲ στενάχων τε καὶ ὠδίνων ὀδύνῃσι
χερσὶ ψηλαφόων ἀπὸ μὲν λίθον εἷλε θυράων,
αὐτὸς δ' εἰνὶ θύρῃσι καθέζετο χεῖρε πετάσσας,
εἴ τινά που μετ' ὄεσσι λάβοι στείχοντα θύραζε·
οὕτω γάρ πού μ' ἤλπετ' ἐνὶ φρεσὶ νήπιον εἶναι.
αὐτὰρ ἐγὼ βούλευον, ὅπως ὄχ' ἄριστα γένοιτο,
εἴ τιν' ἑταίροισιν θανάτου λύσιν ἠδ' ἐμοὶ αὐτῶι
εὑροίμην· πάντας δὲ δόλους καὶ μῆτιν ὕφαινον
ὥς τε περὶ ψυχῆς· μέγα γὰρ κακὸν ἐγγύθεν ἦεν.
ἥδε δέ μοι κατὰ θυμὸν ἀρίστη φαίνετο βουλή.
ἄρσενες ὄιες ἦσαν ἐυτρεφέες, δασύμαλλοι,
καλοί τε μεγάλοι τε, ἰοδνεφὲς εἶρος ἔχοντες·
τοὺς ἀκέων συνέεργον ἐυστρεφέεσσι λύγοισιν,
τῆις ἔπι Κύκλωψ εὗδε πέλωρ, ἀθεμίστια εἰδώς,
σύντρεις αἰνύμενος· ὁ μὲν ἐν μέσωι ἄνδρα φέρεσκε,
τὼ δ' ἑτέρω ἑκάτερθεν ἴτην σώοντες ἑταίρους.
τρεῖς δὲ ἕκαστον φῶτ' ὄιες φέρον· αὐτὰρ ἐγώ γε -
ἀρνειὸς γὰρ ἔην μήλων ὄχ' ἄριστος ἁπάντων,
τοῦ κατὰ νῶτα λαβών, λασίην ὑπὸ γαστέρ' ἐλυσθεὶς
κείμην· αὐτὰρ χερσὶν ἀώτου θεσπεσίοιο
νωλεμέως στρεφθεὶς ἐχόμην τετληότι θυμῶι.
ὣς τότε μὲν στενάχοντες ἐμείναμεν Ἠῶ δῖαν.
ἦμος δ' ἠριγένεια φάνη ῥοδοδάκτυλος Ἠώς,
καὶ τότ' ἔπειτα νομόνδ' ἐξέσσυτο ἄρσενα μῆλα,
θήλειαι δὲ μέμηκον ἀνήμελκτοι περὶ σηκούς·
οὔθατα γὰρ σφαραγεῦντο. ἄναξ δ' ὀδύνῃσι κακῇσι
τειρόμενος πάντων ὀίων ἐπεμαίετο νῶτα
ὀρθῶν ἑσταότων· τὸ δὲ νήπιος οὐκ ἐνόησεν,
ὥς οἱ ὑπ' εἰροπόκων ὀίων στέρνοισι δέδεντο.
ὕστατος ἀρνειὸς μήλων ἔστειχε θύραζε

Durch die ambrosische Nacht, und uns vom Schlummer erwecktest?
Raubt der Sterblichen einer dir deine Ziegen und Schafe?
Oder würgt man dich selbst, arglistig oder gewaltsam?
Ihnen erwiderte drauf aus der Felsenkluft Polyphemos:
Niemand würgt mich, ihr Freund', arglistig! und keiner gewaltsam!
Drauf antworteten sie, und schrien die geflügelten Worte:
Wenn dir denn keiner Gewalt antut in der einsamen Höhle;
Gegen Schmerzen, die Zeus dir schickt, ist kein anderes Mittel:
Flehe zu deinem Vater, dem Meerbeherrscher Poseidon!
Also schrien sie, und gingen. Mir lachte die Seele vor Freude,
Daß sie mein falscher Name getäuscht und mein trefflicher Einfall.
Aber ächzend vor Qual, mit jammervollem Gewinsel
Tappte der blinde Kyklop, und nahm den Stein von der Pforte,
Setzte sich dann in die Pforte, mit ausgebreiteten Händen,
Tastend, ob nicht vielleicht mit den Schafen einer entwischte.
So einfältig hielt mich in seinem Herzen der Riese.
Aber ich sann umher, das sicherste Mittel zu finden,
Wie ich meine Gefährten und mich von dem schrecklichen Tode
Rettete. Tausend Entwürf' und Listen wurden ersonnen;
Denn es galt das Leben; und fürchterlich drang die Entscheidung!
Doch von allen Entwürfen gefiel mir dieser am besten:
Seine Widder waren sehr feist, dickbuschichter Vliese,
Groß und stattlich von Wuchs, mit brauner Wolle bekleidet.
Diese band ich geheim mit schwanken Ruten zusammen,
Wo der Kyklop auf schlief, das gottlose Ungeheuer!
Drei und drei: der mittelste Bock trug einen der Männer,
Und zween gingen beiher, und schirmten meine Gefährten.
Also trugen jeglichen Mann drei Widder. Ich selber
Wählte mir einen Bock, den trefflichsten unter der Herde.
Diesen ergriff ich schnell beim Rücken, wälzte mich nieder
Unter den wollichten Bauch, und lag mit duldendem Herzen,
Beide Hände fest im Gekräusel der Flocken verwickelt.
Also erwarteten wir mit Seufzen die heilige Frühe.
Als die dämmernde Frühe mit Rosenfingern erwachte,
Eilten die Männer der Herde mit Ungestüm auf die Weide.
Aber es blökten am Stalle die ungemelkten Mütter,
Denn die Euter strotzten von Milch. Der grausame Wütrich
Saß von Schmerzen gefoltert, und tastete sorgsam die Rücken
Aller steigenden Widder, und ahnete nicht in der Dummheit,
Daß ich sie unter die Brust der wollichten Böcke gebunden.
Langsam folgte nun der übrigen Herde mein Widder,

λάχνωι στεινόμενος καὶ ἐμοὶ πυκινὰ φρονέοντι.
τὸν δ᾽ ἐπιμασσάμενος προσέφη κρατερὸς Πολύφημος·
‚ κριὲ πέπον, τί μοι ὧδε διὰ σπέος ἔσσυο μήλων
ὕστατος; οὔ τι πάρος γε λελειμμένος ἔρχεαι οἰῶν,
ἀλλὰ πολὺ πρῶτος νέμεαι τέρεν᾽ ἄνθεα ποίης
μακρὰ βιβάς, πρῶτος δὲ ῥοὰς ποταμῶν ἀφικάνεις,
πρῶτος δὲ σταθμόνδε λιλαίεαι ἀπονέεσθαι
ἑσπέριος· νῦν αὖτε πανύστατος. ἦ σύ γ᾽ ἄνακτος
ὀφθαλμὸν ποθέεις, τὸν ἀνὴρ κακὸς ἐξαλάωσε
σὺν λυγροῖς ἑτάροισι δαμασσάμενος φρένας οἴνωι,
Οὖτις, ὃν οὔ πώ φημι πεφυγμένον εἶναι ὄλεθρον.
εἰ δὴ ὁμοφρονέοις ποτιφωνήεις τε γένοιο
εἰπεῖν ὅππηι κεῖνος ἐμὸν μένος ἠλασκάζει·
τῶι κέ οἱ ἐγκέφαλός γε διὰ σπέος ἄλλυδις ἄλληι
θεινομένου ῥαίοιτο πρὸς οὔδεϊ, κὰδ δέ κ᾽ ἐμὸν κῆρ
λωφήσειε κακῶν, τά μοι οὐτιδανὸς πόρεν Οὖτις.‘
ὣς εἰπὼν τὸν κριὸν ἀπὸ ἕο πέμπε θύραζε.
ἐλθόντες δ᾽ ἠβαιὸν ἀπὸ σπείους τε καὶ αὐλῆς
πρῶτος ὑπ᾽ ἀρνειοῦ λυόμην, ὑπέλυσα δ᾽ ἑταίρους.
καρπαλίμως δὲ τὰ μῆλα ταναύποδα, πίονα δημῶι,
πολλὰ περιτροπέοντες ἐλαύνομεν, ὄφρ᾽ ἐπὶ νῆα
ἱκόμεθ᾽. ἀσπάσιοι δὲ φίλοις ἑτάροισι φάνημεν,
οἳ φύγομεν θάνατον, τοὺς δὲ στενάχοντο γοῶντες.
ἀλλ᾽ ἐγὼ οὐκ εἴων, ἀνὰ δ᾽ ὀφρύσι νεῦον ἑκάστωι,
κλαίειν, ἀλλ᾽ ἐκέλευσα θοῶς καλλίτριχα μῆλα
πόλλ᾽ ἐν νηὶ βαλόντας ἐπιπλεῖν ἁλμυρὸν ὕδωρ.
οἱ δ᾽ αἶψ᾽ εἴσβαινον καὶ ἐπὶ κληῖσι καθῖζον,
ἑξῆς δ᾽ ἑζόμενοι πολιὴν ἅλα τύπτον ἐρετμοῖς.
ἀλλ᾽ ὅτε τόσσον ἀπῆν, ὅσσον τε γέγωνε βοήσας,
καὶ τότ᾽ ἐγὼ Κύκλωπα προσηύδων κερτομίοισι·
‚ Κύκλωψ, οὐκ ἄρ᾽ ἔμελλες ἀνάλκιδος ἀνδρὸς ἑταίρους
ἔδμεναι ἐν σπῆι γλαφυρῶι κρατερῆφι βίηφι.
καὶ λίην σέ γ᾽ ἔμελλε κιχήσεσθαι κακὰ ἔργα,
σχέτλι᾽, ἐπεὶ ξείνους οὐχ ἅζεο σῶι ἐνὶ οἴκωι
ἐσθέμεναι· τῶι σε Ζεὺς τίσατο καὶ θεοὶ ἄλλοι.‘
ὣς ἐφάμην, ὁ δ᾽ ἔπειτα χολώσατο κηρόθι μᾶλλον,
ἧκε δ᾽ ἀπορρήξας κορυφὴν ὄρεος μεγάλοιο,
κὰδ δ᾽ ἔβαλε προπάροιθε νεὸς κυανοπρῴροιο.
τυτθόν, ἐδεύησεν δ᾽ οἰήϊον ἄκρον ἱκέσθαι.
ἐκλύσθη δὲ θάλασσα κατερχομένης ὑπὸ πέτρης·
τὴν δ᾽ αἶψ᾽ ἤπειρόνδε παλιρρόθιον φέρε κῦμα,

Schwerbeladen mit Wolle, und mir, der mancherlei dachte.
Streichelnd betastet' auch ihn das Ungeheuer, und sagte:
Süßes Böckchen, wie geht's? Du kommst zuletzt aus der Höhle?
Ei, du pflegst mir ja sonst nicht hinter der Herde zu bleiben!
Trabst ja so hurtig voran, und pflückst dir zuerst auf der Weide
Gräschen und Blümelein; eilst auch zuerst in die Wellen der Flüsse;
Trachtest auch immer zuerst in den Stall zu kommen des Abends!
Nun der letzte von allen? Ach geht dir etwa das Auge
Deines Herren so nach? Der Bösewicht hat mir's entrissen,
Er samt seinem Gesindel, indem er mit Wein mich berauschte,
Niemand! Ich mein', er ist mir noch nicht dem Verderben entronnen!
Hättest du nur Gedanken wie ich, und verstündest die Sprache,
Daß du mir sagtest, wo jener vor meiner Stärke sich hinbirgt!
Ha! auf den Boden geschmettert, wie sollte sein Hirn durch die Höhle
Hiehin und dahin zerspritzen! Wie würde mein Herz von dem Jammer
Sich erlaben, den mir der Taugenicht machte, der Niemand!
Also sprach er, und ließ den Widder von sich hinausgehn.
Als wir uns von der Höhl' und dem Hof' ein wenig entfernet,
Macht' ich zuerst vom Widder mich los, und löste die andern.
Eilend trieben wir jetzo die wohlgemästeten großen
Hochgeschenkelten Böcke durch mancherlei Krümmen zum Schiffe.
Und mit herzlicher Freud' empfingen die lieben Gefährten
Uns Entflohne des Todes, und klagten schluchzend die andern.
Aber ich ließ es nicht zu; ich deutete jedem mit Blicken,
Nicht zu weinen; befahl dann, die schöne wollichte Herde
Hurtig ins Schiff zu werfen, und über die Wogen zu steuern.
Und sie traten ins Schiff, und setzten sich hin auf die Bänke.
Saßen in Reihn, und schlugen die graue Woge mit Rudern.
Als ich so weit nun war, wie die Stimme des Rufenden schallet,
Da begann ich, und rief dem Kyklopen mit schmähenden Worten:
Ha, Kyklope, so recht! Nicht eines Feigen Gefährten
Hast du, wütiger Ries', in der dunkeln Höhle gefressen!
Lange hattest du das mit deinen Sünden verschuldet!
Grausamer, weil du die Gäste nicht scheutest in deiner Behausung
Aufzuschlucken; drum strafte dich Zeus und die übrigen Götter!
Also rief ich. Noch wütender tobte der blinde Kyklope,
Riß herunter und warf den Gipfel des hohen Gebirges.
Aber er fiel jenseits des blaugeschnäbelten Schiffes
Nieder, und wenig gefehlt, so traf er die Spitze des Steuers.
Hochauf wogte das Meer von dem stürzenden Felsen, und plötzlich
Raffte mit Ungestüm der strudelnde Schwall der Gewässer,

πλημυρὶς ἐκ πόντοιο, θέμωσε δὲ χέρσον ἱκέσθαι.
αὐτὰρ ἐγὼ χείρεσσι λαβὼν περιμήκεα κοντὸν
ὦσα παρέξ, ἑτάροισι δ' ἐποτρύνας ἐκέλευσα
ἐμβαλέειν κώπῃς, ἵν' ὑπὲκ κακότητα φύγοιμεν,
κρατὶ κατανεύων· οἱ δὲ προπεσόντες ἔρεσσον.
ἀλλ' ὅτε δὴ δὶς τόσσον ἅλα πρήσσοντες ἀπῆμεν,
καὶ τότε δὴ Κύκλωπα προσηύδων· ἀμφὶ δ' ἑταῖροι
μειλιχίοις ἐπέεσσιν ἐρήτυον ἄλλοθεν ἄλλος·
‚σχέτλιε, τίπτ' ἐθέλεις ἐρεθιζέμεν ἄγριον ἄνδρα;
ὃς καὶ νῦν πόντονδε βαλὼν βέλος ἤγαγε νῆα
αὖτις ἐς ἤπειρον, καὶ δὴ φάμεν αὐτόθ' ὀλέσθαι.
εἰ δὲ φθεγξαμένου τευ ἢ αὐδήσαντος ἄκουσε,
σύν κεν ἄραξ' ἡμέων κεφαλὰς καὶ νήια δοῦρα
μαρμάρωι ὀκριόεντι βαλών· τόσσον γὰρ ἵησιν.'
ὣς φάσαν, ἀλλ' οὐ πεῖθον ἐμὸν μεγαλήτορα θυμόν,
ἀλλά μιν ἄψορρον προσέφην κεκοτηότι θυμῶι·
‚Κύκλωψ, αἴ κέν τίς σε καταθνητῶν ἀνθρώπων
ὀφθαλμοῦ εἴρηται ἀεικελίην ἀλαωτύν,
φάσθαι Ὀδυσσῆα πτολιπόρθιον ἐξαλαῶσαι,
υἱὸν Λαέρτεω, Ἰθάκηι ἔνι οἰκί' ἔχοντα.'
ὣς ἐφάμην, ὁ δέ μ' οἰμώξας ἠμείβετο μύθωι·
‚ὢ πόποι, ἦ μάλα δή με παλαίφατα θέσφαθ' ἱκάνει.
ἔσκε τις ἐνθάδε μάντις ἀνὴρ ἠΰς τε μέγας τε,
Τήλεμος Εὐρυμίδης, ὃς μαντοσύνηι ἐκέκαστο
καὶ μαντευόμενος κατεγήρα Κυκλώπεσσιν·
ὅς μοι ἔφη τάδε πάντα τελευτήσεσθαι ὀπίσσω,
χειρῶν ἐξ Ὀδυσῆος ἁμαρτήσεσθαι ὀπωπῆς.
ἀλλ' αἰεί τινα φῶτα μέγαν καὶ καλὸν ἐδέγμην
ἐνθάδ' ἐλεύσεσθαι, μεγάλην ἐπιειμένον ἀλκήν·
νῦν δέ μ' ἐὼν ὀλίγος τε καὶ οὐτιδανὸς καὶ ἄκικυς
ὀφθαλμοῦ ἀλάωσεν, ἐπεί μ' ἐδαμάσσατο οἴνωι.
ἀλλ' ἄγε δεῦρ', Ὀδυσεῦ, ἵνα τοι πὰρ ξείνια θείω
πομπήν τ' ὀτρύνω δόμεναι κλυτὸν ἐννοσίγαιον·
τοῦ γὰρ ἐγὼ πάϊς εἰμί, πατὴρ δ' ἐμὸς εὔχεται εἶναι.
αὐτὸς δ', αἴ κ' ἐθέληισ', ἰήσεται, οὐδέ τις ἄλλος
οὔτε θεῶν μακάρων οὔτε θνητῶν ἀνθρώπων.'
ὣς ἔφατ', αὐτὰρ ἐγώ μιν ἀμειβόμενος προσέειπον·
‚αἳ γὰρ δὴ ψυχῆς τε καὶ αἰῶνός σε δυναίμην
εὖνιν ποιήσας πέμψαι δόμον Ἄϊδος εἴσω,
ὡς οὐκ ὀφθαλμόν γ' ἰήσεται οὐδ' ἐνοσίχθων.'
ὣς ἐφάμην, ὁ δ' ἔπειτα Ποσειδάωνι ἄνακτι

Landwärts flutend, das Schiff, und warf es zurück an das Ufer.
Aber ich nahm mit den Händen geschwind eine mächtige Stange,
Stieß es vom Land', und trieb und ermahnete meine Gefährten,
Hurtig die Ruder zu regen, daß wir dem Verderben entrönnen,
Deutend und nickend; sie flogen ans Werk, und ruderten keuchend.
Als wir nun doppelt so weit in das hohe Meer uns gerettet,
Siehe da rief ich von neuem dem Wüterich. Aber die Freunde
Sprangen umher, und schweigten mich alle mit freundlichen Worten:
Waghals! willst du noch mehr den grausamen Riesen erbittern,
Welcher mit seinem Geschoß in die See hinspielet, und eben
Wieder ans Ufer uns warf, wo Tod und Verderben uns drohte?
Hätt' er von dir nur ein Wort, nur deine Stimme vernommen,
Wahrlich mit einem geschleuderten Fels hätt' er unsere Schädel
Samt den Balken des Schiffes zerschellt! Er versteht sich aufs Schleudern!
Aber sie strebten umsonst, mein edles Herz zu bewegen.
Und ich rief dem Kyklopen von neuem mit zürnender Seele:
Hör, Kyklope! Sollte dich einst von den sterblichen Menschen
Jemand fragen, wer dir dein Auge so schändlich geblendet;
Sag' ihm: Odysseus, der Sohn Laertes, der Städteverwüster,
Der in Ithaka wohnt, der hat mein Auge geblendet!
Also rief ich ihm zu; und heulend gab er zur Antwort:
Weh mir! es trifft mich jetzo ein längstverkündetes Schicksal!
Hier war einst ein Prophet, ein Mann von Schönheit und Größe,
Telemos, Eurymos' Sohn, bekannt mit den Zeichen der Zukunft,
Und bis ins Alter beschäftigt, sie uns Kyklopen zu deuten;
Der weissagte mir alles, was jetzt nach Jahren erfüllt wird:
Durch Odysseus' Hände würd' ich mein Auge verlieren.
Doch erwartet' ich immer, ein großer und stattlicher Riese
Würde mich hier besuchen, mit großer Stärke gerüstet!
Und nun kommt so ein Ding, so ein elender Wicht, so ein Weichling,
Und verbrennt mir das Auge, nachdem er mit Wein mich berauschet!
Komm doch her, Odysseus! Ich will dich herrlich bewirten,
Und dir ein sicher Geleit vom hohen Poseidon verschaffen.
Denn ich bin sein Sohn, und rühmend nennt er sich Vater!
Dieser kann mich auch heilen, wenn's ihm gelüstet, kein andrer
Unter den seligen Göttern, noch unter den sterblichen Menschen!
Also sprach der Kyklop! ich gab ihm dieses zur Antwort:
Könnt' ich nur so gewiß auch deines Geistes und Lebens
Dich entledigen, und in die Schattenwohnungen senden,
Als dein Auge selbst der hohe Poseidon nicht heilet!
Also sprach ich. Da streckt' er empor zum sternichten Himmel

εὔχετο χεῖρ' ὀρέγων εἰς οὐρανὸν ἀστερόεντα·
, κλῦθι, Ποσείδαον γαιήοχε κυανοχαῖτα,
εἰ ἐτεόν γε σός εἰμι, πατὴρ δ' ἐμὸς εὔχεαι εἶναι,
δὸς μὴ Ὀδυσσῆα πτολιπόρθιον οἴκαδ' ἱκέσθαι
υἱὸν Λαέρτεω, Ἰθάκηι ἔνι οἰκί' ἔχοντα.
ἀλλ' εἴ οἱ μοῖρ' ἐστὶ φίλους τ' ἰδέειν καὶ ἱκέσθαι
οἶκον ἐυκτίμενον καὶ ἑὴν ἐς πατρίδα γαῖαν,
ὀψὲ κακῶς ἔλθοι, ὀλέσας ἄπο πάντας ἑταίρους,
νηὸς ἐπ' ἀλλοτρίης, εὕροι δ' ἐν πήματα οἴκωι.'
ὣς ἔφατ' εὐχόμενος, τοῦ δ' ἔκλυε κυανοχαίτης.
αὐτὰρ ὅ γ' ἐξαῦτις πολὺ μείζονα λᾶαν ἀείρας
ἧκ' ἐπιδινήσας, ἐπέρεισε δὲ ἶν' ἀπέλεθρον,
κὰδ δ' ἔβαλεν μετόπισθε νεὸς κυανοπρῴροιο
τυτθόν, ἐδεύησεν δ' οἰήιον ἄκρον ἱκέσθαι.
ἐκλύσθη δὲ θάλασσα κατερχομένης ὑπὸ πέτρης·
τὴν δὲ πρόσω φέρε κῦμα, θέμωσε δὲ χέρσον ἱκέσθαι.
ἀλλ' ὅτε δὴ τὴν νῆσον ἀφικόμεθ', ἔνθα περ ἄλλαι
νῆες ἐύσσελμοι μένον ἁθρόαι, ἀμφὶ δ' ἑταῖροι
ἥατ' ὀδυρόμενοι, ἡμέας ποτιδέγμενοι αἰεί,
νῆα μὲν ἔνθ' ἐλθόντες ἐκέλσαμεν ἐν ψαμάθοισιν,
ἐκ δὲ καὶ αὐτοὶ βῆμεν ἐπὶ ῥηγμῖνι θαλάσσης.
μῆλα δὲ Κύκλωπος γλαφυρῆς ἐκ νηὸς ἑλόντες
δασσάμεθ', ὡς μή τίς μοι ἀτεμβόμενος κίοι ἴσης.
ἀρνειὸν δ' ἐμοὶ οἴωι ἐυκνήμιδες ἑταῖροι
μήλων δαιομένων δόσαν ἔξοχα· τὸν δ' ἐπὶ θινὶ
Ζηνὶ κελαινεφέι Κρονίδηι, ὃς πᾶσιν ἀνάσσει,
ῥέξας μηρί' ἔκαιον· ὁ δ' οὐκ ἐμπάζετο ἱρῶν,
ἀλλ' ὅ γε μερμήριξεν ὅπως ἀπολοίατο πᾶσαι
νῆες ἐύσσελμοι καὶ ἐμοὶ ἐρίηρες ἑταῖροι.
ὣς τότε μὲν πρόπαν ἦμαρ ἐς ἠέλιον καταδύντα
ἥμεθα δαινύμενοι κρέα τ' ἄσπετα καὶ μέθυ ἡδύ·
ἦμος δ' ἠέλιος κατέδυ καὶ ἐπὶ κνέφας ἦλθε,
δὴ τότε κοιμήθημεν ἐπὶ ῥηγμῖνι θαλάσσης.
ἦμος δ' ἠριγένεια φάνη ῥοδοδάκτυλος Ἠώς,
δὴ τότ' ἐγὼν ἑτάροισιν ἐποτρύνας ἐκέλευσα
αὐτούς τ' ἀμβαίνειν ἀνά τε πρυμνήσια λῦσαι·
οἱ δ' αἶψ' εἴσβαινον καὶ ἐπὶ κληῖσι καθῖζον,
ἑξῆς δ' ἑζόμενοι πολιὴν ἅλα τύπτον ἐρετμοῖς.
ἔνθεν δὲ προτέρω πλέομεν ἀκαχήμενοι ἦτορ,
ἄσμενοι ἐκ θανάτοιο, φίλους ὀλέσαντες ἑταίρους.

Seine Händ', und flehte dem Meerbeherrscher Poseidon:
Höre mich, Erdumgürter, du bläulichgelockter Poseidon,
Bin ich wirklich dein Sohn, und nennst du rühmend dich Vater!
Gib, daß Odysseus, der Sohn Laertes', der Städteverwüster,
Der in Ithaka wohnt, nicht wiederkehre zur Heimat!
Oder ward ihm bestimmt, die Freunde wiederzusehen,
Und sein prächtiges Haus, und seiner Väter Gefilde:
Laß ihn spät, unglücklich, und ohne Gefährten, zur Heimat
Kehren auf fremdem Schiff', und Elend finden im Hause!
Also sprach er flehend; ihn hörte der Bläulichgelockte.
Und nun hub er von neuem noch einen größeren Fels auf,
Schwung ihn im Wirbel, und warf mit unermeßlicher Stärke.
Aber er fiel diesseits des blaugeschnäbelten Schiffes
Nieder, und wenig gefehlt, so traf er die Spitze des Steuers.
Hochauf wogte das Meer von dem stürzenden Felsen; und vorwärts
Trieben die Fluten das Schiff, und warfen es an das Gestade.
Also erreichten wir des Eilands Bucht, wo die andern
Schöngebordeten Schiffe beisammen ruhten, und ringsum
Traurend die Freunde saßen, und uns beständig erwartend.
Jetzo landeten wir am sandigen Ufer des Eilands,
Stiegen dann aus dem Schiff ans krumme Gestade des Meeres,
Nahmen vom hohlen Schiffe die Herd', und teilten sie alle
Unter uns gleich, daß keiner leer von der Beute mir ausging.
Aber den Widder schenkten die schöngeharnischten Freunde
Mir bei der Teilung voraus. Ihn opfert' ich an dem Gestade
Zeus Kronion, dem Wolkenversammler, der alles beherrschet,
Und verbrannte die Lenden. Doch er verschmähte das Opfer;
Unversöhnt beschloß er in seinem Rate Vertilgung
Aller rüstigen Schiff' und meiner lieben Gefährten.
Also saßen wir dort den Tag, bis die Sonne sich neigte,
An der Fülle des Fleisches und süßen Weines uns labend.
Als die Sonne nun sank, und Dunkel die Erde bedeckte,
Legten wir uns zum Schlummer am Strande des rauschenden Meeres.
Als die dämmernde Frühe mit Rosenfingern erwachte,
Trat ich selber ins Schiff, und ermahnete meine Gefährten,
Einzusteigen, und schnell die Seile vom Ufer zu lösen.
Und sie traten ins Schiff, und setzten sich hin auf die Bänke,
Saßen in Reihn, und schlugen die graue Woge mit Rudern.
Also steuerten wir mit trauriger Seele von dannen,
Froh der bestandnen Gefahr, doch ohne die lieben Gefährten.

ΟΔΥΣΣΕΙΑΣ Κ

Τὰ περὶ Αἰόλου καὶ
Λαιστρυγόνων καὶ Κίρκης.

Αἰολίην δ' ἐς νῆσον ἀφικόμεθ'· ἔνθα δ' ἔναιεν
Αἴολος Ἱπποτάδης, φίλος ἀθανάτοισι θεοῖσιν,
πλωτῇ ἐνὶ νήσωι· πᾶσαν δέ τέ μιν πέρι τεῖχος
χάλκεον ἄρρηκτον, λισσὴ δ' ἀναδέδρομε πέτρη.
τοῦ καὶ δώδεκα παῖδες ἐνὶ μεγάροις γεγάασιν,
ἓξ μὲν θυγατέρες, ἓξ δ' υἱέες ἡβώοντες·
ἔνθ' ὅ γε θυγατέρας πόρεν υἱάσιν εἶναι ἀκοίτις.
οἱ δ' αἰεὶ παρὰ πατρὶ φίλωι καὶ μητέρι κεδνῆι
δαίνυνται, παρὰ δέ σφιν ὀνείατα μυρία κεῖται,
κνισῆεν δέ τε δῶμα περιστεναχίζεται αὐλῆι
ἤματα· νύκτας δ' αὖτε παρ' αἰδοίῃς ἀλόχοισιν
εὕδουσ' ἔν τε τάπησι καὶ ἐν τρητοῖσι λέχεσσι.
καὶ μὲν τῶν ἱκόμεσθα πόλιν καὶ δώματα καλά.
μῆνα δὲ πάντα φίλει με καὶ ἐξερέεινεν ἕκαστα,
Ἴλιον Ἀργείων τε νέας καὶ νόστον Ἀχαιῶν·
καὶ μὲν ἐγὼ τῶι πάντα κατὰ μοῖραν κατέλεξα.
ἀλλ' ὅτε δὴ καὶ ἐγὼν ὁδὸν ἤιτεον ἠδ' ἐκέλευον
πεμπέμεν, οὐδέ τι κεῖνος ἀνήνατο, τεῦχε δὲ πομπήν.
δῶκε δέ μ' ἐκδείρας ἀσκὸν βοὸς ἐννεώροιο,
ἔνθα δὲ βυκτάων ἀνέμων κατέδησε κέλευθα·
κεῖνον γὰρ ταμίην ἀνέμων ποίησε Κρονίων,
ἠμὲν παυέμεναι ἠδ' ὀρνύμεν, ὅν κ' ἐθέλῃσι.
νηὶ δ' ἐνὶ γλαφυρῆι κατέδει μέρμιθι φαεινῆι
ἀργυρέηι, ἵνα μή τι παραπνεύσῃ ὀλίγον περ·
αὐτὰρ ἐμοὶ πνοιὴν Ζεφύρου προέηκεν ἀῆναι,
ὄφρα φέροι νῆάς τε καὶ αὐτούς· οὐδ' ἄρ' ἔμελλεν
ἐκτελέειν· αὐτῶν γὰρ ἀπωλόμεθ' ἀφραδίῃσιν.
ἐννῆμαρ μὲν ὁμῶς πλέομεν νύκτας τε καὶ ἦμαρ,
τῆι δεκάτηι δ' ἤδη ἀνεφαίνετο πατρὶς ἄρουρα,
καὶ δὴ πυρπολέοντας ἐλεύσσομεν ἐγγὺς ἐόντες·

ZEHNTER GESANG

Äolos, der Winde erregt und stillt, entsendet den Odysseus mit günstigem West, und gibt ihm die Gewalt über die andern in einem Zauberschlauch. Nahe vor Ithaka öffnen ihn die Genossen; der Sturm wirft sie nach dem schwimmenden Eilande zurück, woher, von Äolos verjagt, sie in die fabelhafte Westgegend geraten. Die Lästrygonen vertilgen elf Schiffe; in den übrigen erreicht er Ääa. Kirke verwandelt die Hälfte der Seinigen in Schweine. Er selbst, durch ein Heilkraut des Hermes geschützt, gewinnt die Liebe der Zauberin, und rettet die Freunde. Nach einem Jahre fodert er Heimkehr; Kirke befiehlt ihm zuvor, zum Eingange des Totenreichs am Okeanos zu schiffen, und den Teiresias zu befragen. Elpenors Tod.

Und wir kamen zur Insel Äolia. Diese bewohnte
Äolos, Hippotes' Sohn, ein Freund der unsterblichen Götter.
Undurchdringlich erhebt sich rings um das schwimmende Eiland
Eine Mauer von Erz, und ein glattes Felsengestade.
Kinder waren ihm zwölf in seinem Palaste geboren,
Lieblicher Töchter sechs, und sechs der blühenden Söhne.
Und er hatte die Töchter den Söhnen zu Weibern gegeben.
Bei dem geliebten Vater und ihrer herrlichen Mutter
Schmausen sie stets, bewirtet mit tausend köstlichen Speisen.
Und das duftende Haus erschallt von Tönen der Flöte
Tages, aber des Nachts ruht neben der züchtigen Gattin
Jeder auf prächtigen Decken im schöngebildeten Bette.
Und wir kamen zu ihrer Stadt und schönem Palaste.
Einen Monat bewirtet' er mich, und forschte nach allem,
Ilions Macht, der Achaier Schiffen, und unserer Heimfahrt;
Und ich erzählt' ihm darauf umständlich die ganze Geschichte.
Als ich nun weiter verlangte, und ihn um sichre Geleitung
Bat, versagt' er mir nichts, und rüstete mich zu der Abfahrt.
Und er gab mir, verschlossen im dichtgenäheten Schlauche
Vom neunjährigen Stiere, das Wehn lautbrausender Winde.
Denn ihn hatte Kronion zum Herrscher der Winde geordnet,
Sie durch seinen Befehl zu empören oder zu schweigen.
Und er knüpfte den Schlauch mit glänzendem silbernen Seile
Fest in dem hohlen Schiffe, daß auch kein Lüftchen entwehte.
Vor mir ließ er den Hauch des freundlichen Westes einherwehn,
Daß sie die Schiff' und uns selbst heimführeten. Aber dies sollte
Nicht geschehn; denn wir sanken durch eigene Torheit in Unglück.
Schon durchsegelten wir neun Tag' und Nächte die Wogen;
Und in der zehnten Nacht erschien uns das heimische Ufer,
Daß wir schon in der Nähe die Feuerwachen erblickten.

ἔνθ' ἐμὲ μὲν γλυκὺς ὕπνος ἐπήλυθε κεκμηῶτα,
αἰεὶ γὰρ πόδα νηὸς ἐνώμων, οὐδέ τωι ἄλλωι
δῶχ' ἑτάρων, ἵνα θᾶσσον ἱκοίμεθα πατρίδα γαῖαν·
οἱ δ' ἕταροι ἐπέεσσι πρὸς ἀλλήλους ἀγόρευον,
καί μ' ἔφασαν χρυσόν τε καὶ ἄργυρον οἴκαδ' ἄγεσθαι
δῶρα παρ' Αἰόλου μεγαλήτορος Ἱπποτάδαο.
ὧδε δέ τις εἴπεσκεν ἰδὼν ἐς πλησίον ἄλλον·
‚ ὢ πόποι, ὡς ὅδε πᾶσι φίλος καὶ τίμιός ἐστιν
ἀνθρώποις, ὅτεών τε πόλιν καὶ γαῖαν ἵκηται.
πολλὰ μὲν ἐκ Τροίης ἄγεται κειμήλια καλὰ
ληίδος, ἡμεῖς δ' αὖτε ὁμὴν ὁδὸν ἐκτελέσαντες
οἴκαδε νισσόμεθα κενεὰς σὺν χεῖρας ἔχοντες·
καὶ νῦν οἱ τάδ' ἔδωκε χαριζόμενος φιλότητι
Αἴολος. ἀλλ' ἄγε θᾶσσον ἰδώμεθα ὅττι τάδ' ἐστίν,
ὅσσος τις χρυσός τε καὶ ἄργυρος ἀσκῶι ἔνεστιν.'
ὣς ἔφασαν, βουλὴ δὲ κακὴ νίκησεν ἑταίρων·
ἀσκὸν μὲν λῦσαν, ἄνεμοι δ' ἐκ πάντες ὄρουσαν.
τοὺς δ' αἶψ' ἁρπάξασα φέρεν πόντονδε θύελλα
κλαίοντας, γαίης ἄπο πατρίδος. αὐτὰρ ἐγώ γε
ἐγρόμενος κατὰ θυμὸν ἀμύμονα μερμήριξα,
ἠὲ πεσὼν ἐκ νηὸς ἀποφθίμην ἐνὶ πόντωι,
ἦ ἀκέων τλαίην καὶ ἔτι ζωοῖσι μετείην.
ἀλλ' ἔτλην καὶ ἔμεινα, καλυψάμενος δ' ἐνὶ νηὶ
κείμην. αἱ δ' ἐφέροντο κακῆι ἀνέμοιο θυέλληι
αὖτις ἐπ' Αἰολίην νῆσον, στενάχοντο δ' ἑταῖροι.
ἔνθα δ' ἐπ' ἠπείρου βῆμεν καὶ ἀφυσσάμεθ' ὕδωρ,
αἶψα δὲ δεῖπνον ἕλοντο θοῆις παρὰ νηυσὶν ἑταῖροι.
αὐτὰρ ἐπεὶ σίτοιό τ' ἐπασσάμεθ' ἠδὲ ποτῆτος,
δὴ τότ' ἐγὼ κήρυκά τ' ὀπασσάμενος καὶ ἑταῖρον
βῆν εἰς Αἰόλου κλυτὰ δώματα· τὸν δ' ἐκίχανον
δαινύμενον παρὰ ἧι τ' ἀλόχωι καὶ οἷσι τέκεσσιν.
ἐλθόντες δ' ἐς δῶμα παρὰ σταθμοῖσιν ἐπ' οὐδοῦ
ἑζόμεθ'· οἱ δ' ἀνὰ θυμὸν ἐθάμβεον ἔκ τ' ἐρέοντο·
‚ πῶς ἦλθες, Ὀδυσεῦ; τίς τοι κακὸς ἔχραε δαίμων;
ἦ μέν σ' ἐνδυκέως ἀπεπέμπομεν, ὄφρ' ἀφίκοιο
πατρίδα σὴν καὶ δῶμα καὶ εἴ πού τοι φίλον ἐστίν.'
ὣς φάσαν, αὐτὰρ ἐγὼ μετεφώνεον ἀχνύμενος κῆρ·
‚ ἄασάν μ' ἕταροί τε κακοὶ πρὸς τοῖσί τε ὕπνος
σχέτλιος. ἀλλ' ἀκέσασθε, φίλοι· δύναμις γὰρ ἐν ὑμῖν.'
ὣς ἐφάμην μαλακοῖσι καθαπτόμενος ἐπέεσσιν,
οἱ δ' ἄνεωι ἐγένοντο· πατὴρ δ' ἠμείβετο μύθωι·

Jetzo schlummert' ich ein, ermüdet von langer Arbeit;
Denn ich lenkte beständig das Steur, und ließ der Gefährten
Keinen dazu, um geschwinder das Vaterland zu erreichen.
Und die Genossen besprachen sich heimlich untereinander,
Wähnend, ich führte mit mir viel Gold und Silber zur Heimat,
Äolos' Ehrengeschenke, des hippotadischen Königs.
Und man wendete sich zu seinem Nachbar, und sagte:
Wunderbar! Dieser Mann gewinnt die Achtung und Liebe
Aller Menschen, wohin er auch kommt, in Städten und Ländern!
Aus der troischen Beute wie manches unschätzbare Kleinod
Bringet er mit! und wir, die alle Gefahren geteilet,
Kehren am Ende doch mit leeren Händen zur Heimat.
Nun hat Äolos dieses Geschenk aus besonderer Freundschaft
Ihm verehrt! Auf, laßt uns denn eilen und sehen, was dies sei,
Wie viel Silber und Gold in diesem Schlauche doch stecke.
Also sprach man. Es siegte der böse Rat der Genossen;
Und sie lösten den Schlauch, und mit einmal entsausten die Winde.
Plötzlich ergriff sie der Sturm, und schleuderte weit in das Weltmeer
Hin die Weinenden, ferne vom Vaterlande. Da fuhr ich
Schnell aus dem Schlaf, und erwog in meiner unsträflichen Seele:
Ob ich vom Schiffe hinab in die tobenden Wogen mich stürzte,
Oder es schweigend erduldet', und noch bei den Lebenden bliebe;
Aber ich duldet' und blieb, und lag mit verhülletem Antlitz
Auf dem Verdeck; und es warf der Orkan aufbrausend die Schiffe
Nach der äolischen Insel zurück; es seufzten die Männer.
Allda stiegen wir aus an den Strand, und schöpften uns Wasser.
Schnell bereiteten uns die Gefährten ein Mahl bei den Schiffen.
Und sobald wir das Herz mit Trank und Speise gestärket,
Eilt' ich, von unserem Herold' und einem Gefährten begleitet,
Zu der herrlichen Burg des Äolos. Diesen erblickt' ich
Sitzend mit seinem Weib' und seinen Kindern beim Schmause.
Und wir gingen ins Haus, und setzten uns neben den Pfosten
Auf die Schwelle dahin; sie erschraken im Herzen, und fragten:
Siehe woher, Odysseus? Welch böser Dämon verfolgt dich?
Haben wir doch die Fahrt so sorgsam gefördert, damit du
Heim in dein Vaterland, und wohin dir's beliebte, gelangtest!
Also sprach man; und ich antwortete, trauriges Herzens:
Meine bösen Gefährten, die sind mein Verderben, mit diesen
Ein unseliger Schlaf! Ach helft mir, Freunde! Ihr könnt es.
Also wollt' ich sie mir mit schmeichelnden Worten gewinnen.
Aber sie schwiegen still; der Vater gab mir zur Antwort:

, ἔρρ' ἐκ νήσου θᾶσσον, ἐλέγχιστε ζωόντων·
οὐ γάρ μοι θέμις ἐστὶ κομιζέμεν οὐδ' ἀποπέμπειν
ἄνδρα τόν, ὅς κε θεοῖσιν ἀπέχθηται μακάρεσσιν·
ἔρρε, ἐπεὶ ἄρα θεοῖσιν ἀπεχθόμενος τόδ' ἱκάνεις.'
ὣς εἰπὼν ἀπέπεμπε δόμων βαρέα στενάχοντα.
ἔνθεν δὲ προτέρω πλέομεν ἀκαχήμενοι ἦτορ.
τείρετο δ' ἀνδρῶν θυμὸς ὑπ' εἰρεσίης ἀλεγεινῆς
ἡμετέρηι ματίηι, ἐπεὶ οὐκέτι φαίνετο πομπή.
ἑξῆμαρ μὲν ὁμῶς πλέομεν νύκτας τε καὶ ἦμαρ,
ἑβδομάτηι δ' ἱκόμεσθα Λάμου αἰπὺ πτολίεθρον,
Τηλέπυλον Λαιστρυγονίην, ὅθι ποιμένα ποιμὴν
ἠπύει εἰσελάων, ὁ δέ τ' ἐξελάων ὑπακούει.
ἔνθα κ' ἄυπνος ἀνὴρ δοιοὺς ἐξήρατο μισθούς,
τὸν μὲν βουκολέων, τὸν δ' ἄργυφα μῆλα νομεύων·
ἐγγὺς γὰρ νυκτός τε καὶ ἤματός εἰσι κέλευθοι.
ἔνθ' ἐπεὶ ἐς λιμένα κλυτὸν ἤλθομεν, ὃν πέρι πέτρη
ἠλίβατος τετύχηκε διαμπερὲς ἀμφοτέρωθεν,
ἀκταὶ δὲ προβλῆτες ἐναντίαι ἀλλήλῃσιν
ἐν στόματι προὔχουσιν, ἀραιὴ δ' εἴσοδός ἐστιν,
ἔνθ' οἵ γ' εἴσω πάντες ἔχον νέας ἀμφιελίσσας.
αἱ μὲν ἄρ' ἔντοσθεν λιμένος κοίλοιο δέδεντο
πλησίαι· οὐ μὲν γάρ ποτ' ἀέξετο κῦμά γ' ἐν αὐτῶι,
οὔτε μέγ' οὔτ' ὀλίγον, λευκὴ δ' ἦν ἀμφὶ γαλήνη·
αὐτὰρ ἐγὼν οἶος σχέθον ἔξω νῆα μέλαιναν,
αὐτοῦ ἐπ' ἐσχατιῆι, πέτρης ἐκ πείσματα δήσας·
ἔστην δὲ σκοπιὴν ἐς παιπαλόεσσαν ἀνελθών.
ἔνθα μὲν οὔτε βοῶν οὔτ' ἀνδρῶν φαίνετο ἔργα,
καπνὸν δ' οἶον ὁρῶμεν ἀπὸ χθονὸς ἀίσσοντα.
δὴ τότ' ἐγὼν ἑτάρους προΐειν πεύθεσθαι ἰόντας,
οἵ τινες ἀνέρες εἶεν ἐπὶ χθονὶ σῖτον ἔδοντες,
ἄνδρε δύω κρίνας, τρίτατον κήρυχ' ἅμ' ὀπάσσας.
οἱ δ' ἴσαν ἐκβάντες λείην ὁδόν, ἧι περ ἅμαξαι
ἄστυδ' ἀφ' ὑψηλῶν ὀρέων καταγίνεον ὕλην,
κούρηι δὲ ξύμβληντο πρὸ ἄστεος ὑδρευούσηι,
θυγατέρ' ἰφθίμηι Λαιστρυγόνος Ἀντιφάταο.
ἡ μὲν ἄρ' ἐς κρήνην κατεβήσετο καλλιρέεθρον
Ἀρτακίην· ἔνθεν γὰρ ὕδωρ προτὶ ἄστυ φέρεσκον·
οἱ δὲ παριστάμενοι προσεφώνεον ἔκ τ' ἐρέοντο
ὅς τις τῶνδ' εἴη βασιλεὺς καὶ οἷσιν ἀνάσσοι·
ἡ δὲ μάλ' αὐτίκα πατρὸς ἐπέφραδεν ὑψερεφὲς δῶ.
οἱ δ' ἐπεὶ εἰσῆλθον κλυτὰ δώματα, τὴν δὲ γυναῖκα

Hebe dich eilig hinweg von der Insel, du Ärgster der Menschen!
Denn es geziemet mir nicht, zu bewirten, noch weiter zu senden
Einen Mann, den die Rache der seligen Götter verfolget.
Hebe dich weg, denn du kömmst mit dem Zorne der Götter beladen!
Also sprach er, und trieb mich Seufzenden aus dem Palaste.
Und wir steuerten jetzo mit trauriger Seele von dannen.
Aber den Männern entschwand das Herz am ermüdenden Ruder,
Unserer Torheit halben, weil weiter kein Ende zu sehn war.
Als wir nun sechs Tag' und Nächte die Wogen durchrudert,
Landeten wir bei der Feste der Lästrygonen, bei Lamos
Stadt Telepylos an. Hier wechseln Hirten mit Hirten;
Welcher heraustreibt, hört das Rufen des, der hereintreibt.
Und ein Mann ohne Schlaf erfreute sich doppeltes Lohnes,
Eines als Rinderhirte, des andern als Hirte der Schafe;
Denn nicht weit sind die Triften der Nacht und des Tages entfernet.
Jetzo erreichten wir den trefflichen Hafen, den ringsum
Himmelanstrebende Felsen von beiden Seiten umschließen,
Und wo vorn in der Mündung sich zwo vorragende Spitzen
Gegeneinander drehn; ein enggeschlossener Eingang!
Meine Gefährten lenkten die gleichgezimmerten Schiffe
Alle hinein in die Bucht, und banden sie dicht bei einander
Fest; denn niemals erhob sich eine Welle darinnen,
Weder groß und klein; rings herrschst spiegelnde Stille.
Ich allein blieb draußen mit meinem schwärzlichen Schiffe,
An dem Ende der Bucht, und band es mit Seilen am Felsen,
Kletterte dann auf den zackichten weitumschauenden Gipfel.
Aber es zeigte sich nirgends die Spur von Stieren und Pflügern;
Sondern wir sahn nur Rauch von der Erd' am Himmel hinaufziehn.
Jetzo sandt' ich Männer voraus, das Land zu erkunden,
Was für Sterbliche dort die Frucht des Halmes genössen,
Zween erles'ne Gefährten; ein Herold war ihr Begleiter.
Und sie stiegen ans Land, und gingen die Straße, worauf man
Holzbeladene Wagen vom hohen Gebirge zur Stadt fährt.
Ihnen begegnete dicht vor der Stadt ein Mädchen, das Wasser
Schöpfte, des Lästrygonen Antiphates rüstige Tochter.
Diese stieg zu der Nymphe Artakia sprudelnder Quelle
Nieder; denn daraus schöpften die Lästrygonen ihr Wasser.
Und sie traten hinzu, begrüßten das Mädchen, und fragten,
Wer dort König wäre, und welches Volk er beherrschte.
Jene wies sie sogleich zum hohen Palaste des Vaters.
Und sie gingen hinein in die Burg, und fanden des Königs

εὗρον, ὅσην τ᾽ ὄρεος κορυφήν, κατὰ δ᾽ ἔστυγον αὐτήν.
ἡ δ᾽ αἶψ᾽ ἐξ ἀγορῆς ἐκάλει κλυτὸν Ἀντιφατῆα,
ὃν πόσιν, ὃς δὴ τοῖσιν ἐμήσατο λυγρὸν ὄλεθρον.
αὐτίχ᾽ ἕνα μάρψας ἑτάρων ὡπλίσσατο δεῖπνον·
τὼ δὲ δύ᾽ ἀίξαντε φυγῆι ἐπὶ νῆας ἱκέσθην.
αὐτὰρ ὁ τεῦχε βοὴν διὰ ἄστεος· οἱ δ᾽ ἀίοντες
φοίτων ἴφθιμοι Λαιστρυγόνες ἄλλοθεν ἄλλος,
μυρίοι, οὐκ ἄνδρεσσιν ἐοικότες, ἀλλὰ Γίγασιν.
οἵ ῥ᾽ ἀπὸ πετράων ἀνδραχθέσι χερμαδίοισιν
βάλλον· ἄφαρ δὲ κακὸς κόναβος κατὰ νῆας ὀρώρει
ἀνδρῶν τ᾽ ὀλλυμένων νηῶν θ᾽ ἅμα ἀγνυμενάων·
ἰχθῦς δ᾽ ὣς πείροντες ἀτερπέα δαῖτα φέροντο.
ὄφρ᾽ οἱ τοὺς ὄλεκον λιμένος πολυβενθέος ἐντός,
τόφρα δ᾽ ἐγὼ ξίφος ὀξὺ ἐρυσσάμενος παρὰ μηροῦ
τῶι ἀπὸ πείσματ᾽ ἔκοψα νεὸς κυανοπρώιροιο.
αἶψα δ᾽ ἐμοῖς ἑτάροισιν ἐποτρύνας ἐκέλευσα
ἐμβαλέειν κώπηις, ἵν᾽ ὑπὲκ κακότητα φύγοιμεν·
οἱ δ᾽ ἅλα πάντες ἀνέρριψαν, δείσαντες ὄλεθρον.
ἀσπασίως δ᾽ ἐς πόντον ἐπηρεφέας φύγε πέτρας
νηῦς ἐμή· αὐτὰρ αἱ ἄλλαι ἀολλέες αὐτόθ᾽ ὄλοντο.
ἔνθεν δὲ προτέρω πλέομεν ἀκαχήμενοι ἦτορ,
ἄσμενοι ἐκ θανάτοιο, φίλους ὀλέσαντες ἑταίρους.
Αἰαίην δ᾽ ἐς νῆσον ἀφικόμεθ᾽· ἔνθα δ᾽ ἔναιε
Κίρκη ἐυπλόκαμος, δεινὴ θεὸς αὐδήεσσα,
αὐτοκασιγνήτη ὀλοόφρονος Αἰήταο·
ἄμφω δ᾽ ἐκγεγάτην φαεσιμβρότου Ἠελίοιο
μητρός τ᾽ ἐκ Πέρσης, τὴν Ὠκεανὸς τέκε παῖδα.
ἔνθα δ᾽ ἐπ᾽ ἀκτῆς νηὶ κατηγαγόμεσθα σιωπῆι
ναύλοχον ἐς λιμένα, καί τις θεὸς ἡγεμόνευεν.
ἔνθα τότ᾽ ἐκβάντες δύο τ᾽ ἤματα καὶ δύο νύκτας
κείμεθ᾽ ὁμοῦ καμάτωι τε καὶ ἄλγεσι θυμὸν ἔδοντες.
ἀλλ᾽ ὅτε δὴ τρίτον ἦμαρ ἐυπλόκαμος τέλεσ᾽ Ἠώς,
καὶ τότ᾽ ἐγὼν ἐμὸν ἔγχος ἑλὼν καὶ φάσγανον ὀξὺ
καρπαλίμως παρὰ νηὸς ἀνήιον ἐς περιωπήν,
εἴ πως ἔργα ἴδοιμι βροτῶν ἐνοπήν τε πυθοίμην.
ἔστην δὲ σκοπιὴν ἐς παιπαλόεσσαν ἀνελθών,
καί μοι ἐείσατο καπνὸς ἀπὸ χθονὸς εὐρυοδείης,
Κίρκης ἐν μεγάροισι, διὰ δρυμὰ πυκνὰ καὶ ὕλην.
μερμήριξα δ᾽ ἔπειτα κατὰ φρένα καὶ κατὰ θυμὸν
ἐλθεῖν ἠδὲ πυθέσθαι, ἐπεὶ ἴδον αἴθοπα καπνόν.
ὧδε δέ μοι φρονέοντι δοάσσατο κέρδιον εἶναι,

Weib, so groß wie ein Gipfel des Bergs; und ein Grauen befiel sie.
Jene rief den berühmten Antiphates aus der Versammlung,
Ihren Gemahl, der ihnen ein schreckliches Ende bestimmte.
Ungestüm packt' er den einen Gefährten, und tischte den Schmaus auf.
Aber die übrigen Zween enteilten, und flohn zu den Schiffen.
Und er erhub ein Gebrüll durch die Stadt; und siehe; mit einmal
Kamen hieher und dorther die rüstigen Lästrygonen
Zahllos zuhauf, sie glichen nicht Menschen, sondern Giganten.
Diese schleuderten jetzt von dem Fels unmenschliche Lasten
Steine herab; da entstand in den Schiffen ein schrecklich Getümmel,
Sterbender Männer Geschrei und das Krachen zerschmetterter Schiffe.
Und man durchstach sie, wie Fische, und trug sie zum scheußlichen Fraß hin.
Während diese die Männer im tiefen Hafen vertilgten,
Eilt' ich geschwind, und riß das geschliffene Schwert von der Hüfte,
Und zerhaute die Seile des blaugeschnäbelten Schiffes.
Dann ermahnt' ich und trieb aufs äußerste meine Genossen,
Hurtig die Ruder zu regen, daß wir dem Verderben entrönnen;
Keuchend schlugen sie alle die Flut, aus Furcht vor dem Tode.
Aber glücklich enteilte mein Schiff von den hangenden Klippen
Über das Meer; die andern versanken dort all' in den Abgrund.
Also steuerten wir mit trauriger Seele von dannen,
Froh der bestandnen Gefahr, doch ohne die lieben Gefährten.
Und wir kamen zur Insel Ääa. Diese bewohnte
Kirke, die schöngelockte, die hehre melodische Göttin,
Eine leibliche Schwester des allerfahrnen Äätes.
Beide stammten vom Gotte der menschenerleuchtenden Sonne;
Ihre Mutter war Perse, des großen Okeanos' Tochter.
Allda liefen wir still mit unserm Schiff' ans Gestade
In die schirmende Bucht; ein Gott war unser Geleiter.
Und wir stiegen ans Land, wo wir zween Tag' und zwo Nächte
Ruhten, zugleich von der Arbeit und von dem Kummer entkräftet.
Als nun die Morgenröte des dritten Tages emporstieg,
Nahm ich die Lanz' in die Hand, und hängte das Schwert um die Schulter,
Eilte vom Schiff, und bestieg den Hügel, ob ich vielleicht wo
Spuren von Menschen erblickte, und ihre Stimme vernähme.
Als ich jetzt von der Höhe des schroffen Felsen umhersah,
Kam es mir vor, daß Rauch von der weitumwanderten Erde
Hinter dem dicken Gebüsch aus Kirkes Wohnung emporstieg.
Jetzo sann ich umher, und erwog den wankenden Vorsatz,
Hin nach dem dunkeln Rauche zu gehn, und weiter zu forschen.
Dieser Gedanke erschien mir Zweifelnden endlich der beste:

πρῶτ᾽ ἐλθόντ᾽ ἐπὶ νῆα θοὴν καὶ θῖνα θαλάσσης
δεῖπνον ἑταίροισιν δόμεναι προέμεν τε πυθέσθαι.
ἀλλ᾽ ὅτε δὴ σχεδὸν ἦα κιὼν νεὸς ἀμφιελίσσης,
καὶ τότε τίς με θεῶν ὀλοφύρατο μοῦνον ἐόντα,
ὅς ῥά μοι ὑψίκερων ἔλαφον μέγαν εἰς ὁδὸν αὐτὴν
ἧκεν. ὁ μὲν ποταμόνδε κατήιεν ἐκ νομοῦ ὕλης
πιόμενος· δὴ γάρ μιν ἔχεν μένος ἠελίοιο.
τὸν δ᾽ ἐγὼ ἐκβαίνοντα κατ᾽ ἄκνηστιν μέσα νῶτα
πλῆξα· τὸ δ᾽ ἀντικρὺ δόρυ χάλκεον ἐξεπέρησε,
κὰδ δ᾽ ἔπεσ᾽ ἐν κονίηισι μακών, ἀπὸ δ᾽ ἔπτατο θυμός.
τῶι δ᾽ ἐγὼ ἐμβαίνων δόρυ χάλκεον ἐξ ὠτειλῆς
εἰρυσάμην· τὸ μὲν αὖθι κατακλίνας ἐπὶ γαίηι
εἴασ᾽· αὐτὰρ ἐγὼ σπασάμην ῥῶπάς τε λύγους τε,
πεῖσμα δ᾽, ὅσον τ᾽ ὄργυιαν, ἐυστρεφὲς ἀμφοτέρωθεν
πλεξάμενος συνέδησα πόδας δεινοῖο πελώρου,
βῆν δὲ καταλοφάδεια φέρων ἐπὶ νῆα μέλαιναν
ἔγχει ἐρειδόμενος, ἐπεὶ οὔ πως ἦεν ἐπ᾽ ὤμου
χειρὶ φέρειν ἑτέρηι· μάλα γὰρ μέγα θηρίον ἦεν.
κὰδ δ᾽ ἔβαλον προπάροιθε νεός, ἀνέγειρα δ᾽ ἑταίρους
μειλιχίοις ἐπέεσσι παρασταδὸν ἄνδρα ἕκαστον·
‚ὦ φίλοι, οὐ γάρ πω καταδυσόμεθ᾽ ἀχνύμενοί περ
εἰς Ἀίδαο δόμους, πρὶν μόρσιμον ἦμαρ ἐπέλθηι·
ἀλλ᾽ ἄγετ᾽, ὄφρ᾽ ἐν νηὶ θοῆι βρῶσίς τε πόσις τε,
μνησόμεθα βρώμης, μηδὲ τρυχώμεθα λιμῶι.‘
ὣς ἐφάμην, οἱ δ᾽ ὦκα ἐμοῖς ἐπέεσσι πίθοντο,
ἐκ δὲ καλυψάμενοι παρὰ θῖν᾽ ἁλὸς ἀτρυγέτοιο
θηήσαντ᾽ ἔλαφον· μάλα γὰρ μέγα θηρίον ἦεν.
αὐτὰρ ἐπεὶ τάρπησαν ὁρώμενοι ὀφθαλμοῖσιν,
χεῖρας νιψάμενοι τεύχοντ᾽ ἐρικυδέα δαῖτα.
ὣς τότε μὲν πρόπαν ἦμαρ ἐς ἠέλιον καταδύντα
ἥμεθα δαινύμενοι κρέα τ᾽ ἄσπετα καὶ μέθυ ἡδύ·
ἦμος δ᾽ ἠέλιος κατέδυ καὶ ἐπὶ κνέφας ἦλθε,
δὴ τότε κοιμήθημεν ἐπὶ ῥηγμῖνι θαλάσσης.
ἦμος δ᾽ ἠριγένεια φάνη ῥοδοδάκτυλος Ἠώς,
καὶ τότ᾽ ἐγὼν ἀγορὴν θέμενος μετὰ πᾶσιν ἔειπον·
‚κέκλυτέ μευ μύθων, κακά περ πάσχοντες ἑταῖροι·
ὦ φίλοι, οὐ γάρ τ᾽ ἴδμεν, ὅπηι ζόφος οὐδ᾽ ὅπηι ἠώς,
οὐδ᾽ ὅπηι ἠέλιος φαεσίμβροτος εἶσ᾽ ὑπὸ γαῖαν,
οὐδ᾽ ὅπηι ἀννεῖται· ἀλλὰ φραζώμεθα θᾶσσον
εἴ τις ἔτ᾽ ἔσται μῆτις. ἐγὼ δ᾽ οὐκ οἴομαι εἶναι.
εἶδον γὰρ σκοπιὴν ἐς παιπαλόεσσαν ἀνελθὼν

Erst zu dem schnellen Schiffe zu gehn am Strande des Meeres,
Meine Genossen mit Speise zu stärken, und Späher zu senden.
Als ich schon nahe war dem gleichberuderten Schiffe,
Da erbarmte sich mein, des Einsamen, einer der Götter.
Und es lief ein gewaltiger Hirsch mit hohem Geweihe
Mir auf den Weg; er sprang aus der Weide des Waldes zum Bache
Lechzend hinab, denn ihn brannten bereits die Strahlen der Sonne.
Diesen schoß ich im Lauf, und traf ihm die Mitte des Rückgrats,
Daß die eherne Lanz' am Bauche wieder herausfuhr;
Schreiend stürzt' er dahin in den Staub, und das Leben entflog ihm.
Hierauf zog ich, den Fuß anstemmend, die eherne Lanze
Aus der Wunde zurück, und legte sie dort auf den Boden
Nieder. Dann brach ich am Bache mir schwanke weidene Ruten,
Drehete links und rechts ein klafterlanges Geflechte,
Und verband die Füße des mächtigen Ungeheuers.
Hängt' es mir über den Hals, und trug es zum schwärzlichen Schiffe,
Auf die Lanze gestützt; denn einer Schulter und Hand war
Viel zu schwer die Last des riesenmäßigen Tieres.
Vor dem Schiffe warf ich es hin, und redete jedem
Meiner Genossen zu mit diesen freundlichen Worten:
Lieben, wir werden ja doch, trotz unserm Grame, nicht früher
Sinken in Aïdes Reich, eh' der Tag des Schicksals uns abruft!
Auf denn, so lange das Schiff noch Trank und Speise verwahret,
Eßt nach Herzensbegier, damit uns der Hunger nicht töte!
Also sprach ich; und schnell gehorchten sie meinem Befehle,
Kamen aus ihren Hüllen, am Ufer des wüsten Meeres,
Und verwunderten sich des riesenmäßigen Hirsches.
Und nachdem sie die Augen an seiner Größe geweidet,
Wuschen sie ihre Hände, das herrliche Mahl zu bereiten.
Also saßen wir dort den Tag, bis die Sonne sich neigte,
An der Fülle des Fleisches und süßen Weines uns labend.
Als die Sonne nun sank, und Dunkel die Erde bedeckte,
Legten wir uns zum Schlummer am Strande des rauschenden Meeres.
Als die dämmernde Frühe mit Rosenfingern erwachte,
Rief ich alle Gefährten zur Ratsversammlung, und sagte:
Höret jetzo mich an, ihr meine Genossen im Unglück!
Freunde, wir wissen ja nicht, wo Abend oder wo Morgen;
Nicht, wo die leuchtende Sonne sich unter die Erde hinabsenkt,
Noch, wo sie wiederkehrt: drum müssen wir schnell uns bedenken,
Ist noch irgend ein Rat; ich sehe keinen mehr übrig.
Denn ich umschauete dort von der Höhe des zackichten Felsens

νῆσον, τὴν πέρι πόντος ἀπείριτος ἐστεφάνωται·
αὐτὴ δὲ χθαμαλὴ κεῖται· καπνὸν δ' ἐνὶ μέσσῃ
ἔδρακον ὀφθαλμοῖσι διὰ δρυμὰ πυκνὰ καὶ ὕλην.'
ὣς ἐφάμην, τοῖσιν δὲ κατεκλάσθη φίλον ἦτορ
μνησαμένοις ἔργων Λαιστρυγόνος Ἀντιφάταο
Κύκλωπός τε βίης μεγαλήτορος, ἀνδροφάγοιο.
κλαῖον δὲ λιγέως θαλερὸν κατὰ δάκρυ χέοντες·
ἀλλ' οὐ γάρ τις πρῆξις ἐγίγνετο μυρομένοισιν.
αὐτὰρ ἐγὼ δίχα πάντας ἐυκνήμιδας ἑταίρους
ἠρίθμεον, ἀρχὸν δὲ μετ' ἀμφοτέροισιν ὄπασσα·
τῶν μὲν ἐγὼν ἦρχον, τῶν δ' Εὐρύλοχος θεοειδής.
κλήρους δ' ἐν κυνέῃ χαλκήρεϊ πάλλομεν ὦκα·
ἐκ δ' ἔθορε κλῆρος μεγαλήτορος Εὐρυλόχοιο.
βῆ δ' ἰέναι, ἅμα τῷ γε δύω καὶ εἴκοσ' ἑταῖροι
κλαίοντες· κατὰ δ' ἄμμε λίπον γοόωντας ὄπισθεν.
εὗρον δ' ἐν βήσσῃσι τετυγμένα δώματα Κίρκης
ξεστοῖσιν λάεσσι, περισκέπτῳ ἐνὶ χώρῳ·
ἀμφὶ δέ μιν λύκοι ἦσαν ὀρέστεροι ἠδὲ λέοντες,
τοὺς αὐτὴ κατέθελξεν, ἐπεὶ κακὰ φάρμακ' ἔδωκεν.
οὐδ' οἵ γ' ὡρμήθησαν ἐπ' ἀνδράσιν, ἀλλ' ἄρα τοί γε
οὐρῇσιν μακρῇσι περισσαίνοντες ἀνέσταν.
ὡς δ' ὅτ' ἂν ἀμφὶ ἄνακτα κύνες δαίτηθεν ἰόντα
σαίνωσ', αἰεὶ γάρ τε φέρει μειλίγματα θυμοῦ,
ὣς τοὺς ἀμφὶ λύκοι κρατερώνυχες ἠδὲ λέοντες
σαῖνον· τοὶ δ' ἔδεισαν, ἐπεὶ ἴδον αἰνὰ πέλωρα.
ἔσταν δ' ἐν προθύροισι θεᾶς καλλιπλοκάμοιο,
Κίρκης δ' ἔνδον ἄκουον ἀειδούσης ὀπὶ καλῇ,
ἱστὸν ἐποιχομένης μέγαν ἄμβροτον, οἷα θεάων
λεπτά τε καὶ χαρίεντα καὶ ἀγλαὰ ἔργα πέλονται.
τοῖσι δὲ μύθων ἦρχε Πολίτης ὄρχαμος ἀνδρῶν,
ὅς μοι κήδιστος ἑτάρων ἦν κεδνότατός τε·
, ὦ φίλοι, ἔνδον γάρ τις ἐποιχομένη μέγαν ἱστὸν
καλὸν ἀοιδιάει, δάπεδον δ' ἅπαν ἀμφιμέμυκεν,
ἢ θεὸς ἠὲ γυνή· ἀλλὰ φθεγγώμεθα θᾶσσον.'
ὣς ἄρ' ἐφώνησεν, τοὶ δὲ φθέγγοντο καλεῦντες.
ἡ δ' αἶψ' ἐξελθοῦσα θύρας ὤιξε φαεινὰς
καὶ κάλει· οἱ δ' ἅμα πάντες ἀιδρείῃσιν ἕποντο·
Εὐρύλοχος δ' ὑπέμεινεν, ὀισάμενος δόλον εἶναι.
εἷσεν δ' εἰσαγαγοῦσα κατὰ κλισμούς τε θρόνους τε,
ἐν δέ σφιν τυρόν τε καὶ ἄλφιτα καὶ μέλι χλωρὸν
οἴνῳ Πραμνείῳ ἐκύκα· ἀνέμισγε δὲ σίτῳ

Diese Insel, die rings das unendliche Meer umgürtet,
Nahe liegt sie am Land'; und in der Mitte der Insel
Sah ich Rauch, der hinter dem dicken Gebüsche hervorstieg.
Also sprach ich; und ihnen brach das Herz vor Betrübnis,
Da sie des Lästrygonen Antiphates Taten bedachten,
Und des Kyklopen Gewalt, des grausamen Menschenfressers.
Und sie weineten laut, und vergossen häufige Tränen.
Aber sie konnten ja nichts mit ihrer Klage gewinnen.
Jetzo teilt' ich die Schar der wohlgeharnischten Freunde
In zween Haufen, und gab jedwedem einen Gebieter.
Diesen führte ich selbst, der edle Eurylochos jenen.
Eilend schüttelten wir im ehernen Helme die Lose;
Und das Los des beherzten Eurylochos sprang aus dem Helme.
Dieser machte sich auf mit zweiundzwanzig Gefährten;
Weinend gingen sie fort, und verließen uns traurend am Ufer.
Und sie fanden im Tal des Gebirgs die Wohnung der Kirke,
Von gehauenen Steinen, in weitumschauender Gegend.
Ihn umwandelten rings Bergwölfe und mähnichte Löwen,
Durch die verderblichen Säfte der mächtigen Kirke bezaubert.
Diese sprangen nicht wild auf die Männer, sondern sie stiegen
Schmeichelnd an ihnen empor mit langen wedelnden Schwänzen.
Also umwedeln die Hunde den Hausherrn, wenn er vom Schmause
Wiederkehrt; denn er bringt beständig leckere Bissen:
Also umwedelten sie starkklauige Löwen und Wölfe.
Aber sie fürchteten sich vor den schrecklichen Ungeheuern.
Und sie standen am Hofe der schöngelocketen Göttin,
Und vernahmen im Haus anmutige Melodieen.
Singend webete Kirke den großen unsterblichen Teppich,
Fein und lieblich und glänzend, wie aller Göttinnen Arbeit.
Unter ihnen begann der Völkerführer Polites,
Welcher der liebste mir war und geehrteste meiner Genossen:
Freunde, hier wirket jemand, und singt am großen Gewebe
Reizende Melodieen, daß rings das Getäfel ertönet;
Eine Göttin, oder ein Weib; wir wollen ihr rufen!
Also sprach Polites; die Freunde gehorchten, und riefen.
Jene kam, und öffnete schnell die strahlende Pforte,
Nötigte sie; und alle, die Unbesonnenen, folgten.
Nur Eurylochos blieb, denn er vermutete Böses.
Und sie setzte die Männer auf prächtige Sessel und Throne,
Mengte geriebenen Käse mit Mehl und gelblichem Honig
Unter pramnischen Wein, und mischte betörende Säfte

φάρμακα λύγρ', ἵνα πάγχυ λαθοίατο πατρίδος αἴης.
αὐτὰρ ἐπεὶ δῶκέν τε καὶ ἔκπιον, αὐτίκ' ἔπειτα
ῥάβδωι πεπληγυῖα κατὰ συφεοῖσιν ἐέργνυ.
οἱ δὲ συῶν μὲν ἔχον κεφαλὰς φωνήν τε τρίχας τε
καὶ δέμας, αὐτὰρ νοῦς ἦν ἔμπεδος, ὡς τὸ πάρος περ.
ὣς οἱ μὲν κλαίοντες ἐέρχατο, τοῖσι δὲ Κίρκη
πάρ ῥ' ἄκυλον βάλανόν τε βάλεν καρπόν τε κρανείης
ἔδμεναι, οἷα σύες χαμαιευνάδες αἰὲν ἔδουσιν.
　Εὐρύλοχος δ' αἶψ' ἦλθε θοὴν ἐπὶ νῆα μέλαιναν
ἀγγελίην ἑτάρων ἐρέων καὶ ἀδευκέα πότμον.
οὐδέ τι ἐκφάσθαι δύνατο ἔπος ἱέμενός περ,
κῆρ ἄχεϊ μεγάλωι βεβολημένος· ἐν δέ οἱ ὄσσε
δακρυόφιν πίμπλαντο, γόον δ' ὠΐετο θυμός.
ἀλλ' ὅτε δή μιν πάντες ἀγασσάμεθ' ἐξερέοντες,
καὶ τότε τῶν ἄλλων ἑτάρων κατέλεξεν ὄλεθρον·
　‚ἤιομεν, ὡς ἐκέλευες, ἀνὰ δρυμά, φαίδιμ' Ὀδυσσεῦ·
εὕρομεν ἐν βήσσηισι τετυγμένα δώματα καλὰ
ξεστοῖσιν λάεσσι, περισκέπτωι ἐνὶ χώρωι.
ἔνθα δέ τις μέγαν ἱστὸν ἐποιχομένη λίγ' ἄειδεν,
ἢ θεὸς ἠὲ γυνή· τοὶ δὲ φθέγγοντο καλεῦντες.
ἡ δ' αἶψ' ἐξελθοῦσα θύρας ὤιξε φαεινὰς
καὶ κάλει· οἱ δ' ἅμα πάντες ἀιδρείηισιν ἕποντο·
αὐτὰρ ἐγὼν ὑπέμεινα, ὀισάμενος δόλον εἶναι.
οἱ δ' ἅμ' ἀιστώθησαν ἀολλέες, οὐδέ τις αὐτῶν
ἐξεφάνη· δηρὸν δὲ καθήμενος ἐσκοπίαζον.'
　ὣς ἔφατ', αὐτὰρ ἐγὼ περὶ μὲν ξίφος ἀργυρόηλον
ὤμοιιν βαλόμην, μέγα χάλκεον, ἀμφὶ δὲ τόξα·
τὸν δ' ἂψ ἠνώγεα αὐτὴν ὁδὸν ἡγήσασθαι.
αὐτὰρ ὅ γ' ἀμφοτέρηισι λαβὼν ἐλλίσσετο γούνων
καί μ' ὀλοφυρόμενος ἔπεα πτερόεντα προσηύδα·
　‚μή μ' ἄγε κεῖσ' ἀέκοντα, διοτρεφές, ἀλλὰ λίπ' αὐτοῦ.
οἶδα γάρ, ὡς οὔτ' αὐτὸς ἐλεύσεαι οὔτε τιν' ἄλλον
ἄξεις σῶν ἑτάρων. ἀλλὰ ξὺν τοίσδεσι θᾶσσον
φεύγωμεν· ἔτι γάρ κεν ἀλύξαιμεν κακὸν ἦμαρ.'
　ὣς ἔφατ', αὐτὰρ ἐγώ μιν ἀμειβόμενος προσέειπον·
‚Εὐρύλοχ', ἦ τοι μὲν σὺ μέν' αὐτοῦ τῶιδ' ἐνὶ χώρωι
ἔσθων καὶ πίνων κοίληι παρὰ νηὶ μελαίνηι·
αὐτὰρ ἐγὼν εἶμι, κρατερὴ δέ μοι ἔπλετ' ἀνάγκη.'
　ὣς εἰπὼν παρὰ νηὸς ἀνήιον ἠδὲ θαλάσσης.
ἀλλ' ὅτε δὴ ἄρ' ἔμελλον ἰὼν ἱερὰς ἀνὰ βήσσας
Κίρκης ἵξεσθαι πολυφαρμάκου ἐς μέγα δῶμα,

In das Gericht, damit sie der Heimat gänzlich vergäßen.
Als sie dieses empfangen und ausgeleeret, da rührte
Kirke sie mit der Rute, und sperrte sie dann in die Köfen.
Denn sie hatten von Schweinen die Köpfe, Stimmen und Leiber,
Auch die Borsten; allein ihr Verstand blieb völlig, wie vormals.
Weinend ließen sie sich einsperren; da schüttete Kirke
Ihnen Eicheln und Buchenmast, und rote Kornellen
Vor, das gewöhnliche Futter der erdaufwühlenden Schweine.
Und Eurylochos kam zu dem schwärzlichen Schiffe geeilet,
Uns das herbe Verhängnis der übrigen Freunde zu melden.
Aber er konnte kein Wort aussprechen, so gern er auch wollte.
Denn die entsetzliche Angst beklemmte sein Herz; die Augen
Waren mit Tränen erfüllt, und Jammer umschwebte die Seele.
Lange hatten wir all' ihn voll Erstaunen befraget;
Endlich hub er an, und erzählte der Freunde Verderben:
Edler Odysseus, wir gingen, wie du befahlst, durch die Waldung!
Fanden im Tal des Gebirgs die schöngebauete Wohnung,
Von gehauenen Steinen, in weitumschauender Gegend!
Allda wirkte jemand, und sang am großen Gewebe:
Eine Göttin, oder ein Weib! Ihr riefen die andern!
Jene kam, und öffnete schnell die strahlende Pforte,
Nötigte sie; und alle, die Unbesonnenen! folgten.
Ich allein blieb draußen, denn ich vermutete Böses!
Aber mit einmal waren die andern verschwunden, und keiner
Kehrte zurück; so lang' ich auch saß, und nach ihnen mich umsah!
Also sprach er; und ich warf eilend das silberbeschlagne
Große eherne Schwert um die Schulter, samt Bogen und Köcher;
Und befahl ihm, mich gleich des selbigen Weges zu führen.
Aber er faßte mir flehend mit beiden Händen die Kniee,
Und wehklagete laut, und sprach die geflügelten Worte:
Göttlicher, lasse mich hier, und führe mich nicht mit Gewalt hin!
Denn ich weiß es, du kehrst nicht wieder von dannen, und bringest
Keinen Gefährten zurück! Drum laß uns geschwinde mit diesen
Fliehn! Vielleicht daß wir noch dem Tage des Fluches entrinnen!
Also sprach er; und ich antwortete wieder, und sagte:
Nun so bleibe denn du, Eurylochos, hier auf der Stelle!
Iß und trink dich satt, bei dem schwarzen gebogenen Schiffe!
Aber ich geh' allein! denn ich fühle die Not, die mich hintreibt!
Also sprach ich, und ging von dem Schiff' und dem Ufer des Meeres.
Jetzo nähert' ich mich, die heiligen Tale durchwandelnd,
Schon dem hohen Palaste der furchtbaren Zauberin Kirke;

ἔνθα μοι Ἑρμείας χρυσόρραπις ἀντεβόλησεν
ἐρχομένωι πρὸς δῶμα, νεηνίηι ἀνδρὶ ἐοικώς,
πρῶτον ὑπηνήτηι, τοῦ περ χαριεστάτη ἥβη·
ἔν τ’ ἄρα μοι φῦ χειρί, ἔπος τ’ ἔφατ’ ἔκ τ’ ὀνόμαζε·
, πῆι δὴ αὖτ’, ὦ δύστηνε, δι’ ἄκριας ἔρχεαι οἶος,
χώρου ἄϊδρις ἐών; ἕταροι δέ τοι οἵδ’ ἐνὶ Κίρκης
ἔρχαται ὥς τε σύες πυκινοὺς κευθμῶνας ἔχοντες.
ἦ τοὺς λυσόμενος δεῦρ’ ἔρχεαι; οὐδέ σέ φημι
αὐτὸν νοστήσειν, μενέεις δὲ σύ γ’, ἔνθα περ ἄλλοι.
ἀλλ’ ἄγε δή σε κακῶν ἐκλύσομαι ἠδὲ σαώσω.
τῆ, τόδε φάρμακον ἐσθλὸν ἔχων ἐς δώματα Κίρκης
ἔρχευ, ὅ κέν τοι κρατὸς ἀλάλκηισιν κακὸν ἦμαρ.
πάντα δέ τοι ἐρέω ὀλοφώια δήνεα Κίρκης.
τεύξει τοι κυκεῶ, βαλέει δ’ ἐν φάρμακα σίτωι.
ἀλλ’ οὐδ’ ὧς θέλξαι σε δυνήσεται· οὐ γὰρ ἐάσει
φάρμακον ἐσθλόν, ὅ τοι δώσω, ἐρέω δὲ ἕκαστα.
ὁππότε κεν Κίρκη σ’ ἐλάσηι περιμήκεϊ ῥάβδωι,
δὴ τότε σὺ ξίφος ὀξὺ ἐρυσσάμενος παρὰ μηροῦ
Κίρκηι ἐπαῖξαι, ὥς τε κτάμεναι μενεαίνων.
ἡ δέ σ’ ὑποδείσασα κελήσεται εὐνηθῆναι·
ἔνθα σὺ μηκέτ’ ἔπειτ’ ἀπανήνασθαι θεοῦ εὐνήν,
ὄφρα κέ τοι λύσηι θ’ ἑτάρους αὐτόν τε κομίσσηι·
ἀλλὰ κέλεσθαί μιν μακάρων μέγαν ὅρκον ὀμόσσαι,
μή τί τοι αὐτῶι πῆμα κακὸν βουλευσέμεν ἄλλο,
μή σ’ ἀπογυμνωθέντα κακὸν καὶ ἀνήνορα θήηι.‘
ὣς ἄρα φωνήσας πόρε φάρμακον Ἀργεϊφόντης
ἐκ γαίης ἐρύσας, καί μοι φύσιν αὐτοῦ ἔδειξε.
ῥίζηι μὲν μέλαν ἔσκε, γάλακτι δὲ εἴκελον ἄνθος·
μῶλυ δέ μιν καλέουσι θεοί· χαλεπὸν δέ τ’ ὀρύσσειν
ἀνδράσι γε θνητοῖσι, θεοὶ δέ τε πάντα δύνανται.
Ἑρμείας μὲν ἔπειτ’ ἀπέβη πρὸς μακρὸν Ὄλυμπον
νῆσον ἀν’ ὑλήεσσαν, ἐγὼ δ’ ἐς δώματα Κίρκης
ἤια, πολλὰ δέ μοι κραδίη πόρφυρε κιόντι.
ἔστην δ’ εἰνὶ θύρηισι θεᾶς καλλιπλοκάμοιο·
ἔνθα στὰς ἐβόησα, θεὰ δέ μευ ἔκλυεν αὐδῆς.
ἡ δ’ αἶψ’ ἐξελθοῦσα θύρας ὤιξε φαεινὰς
καὶ κάλει· αὐτὰρ ἐγὼν ἑπόμην ἀκαχήμενος ἦτορ.
εἷσε δέ μ’ εἰσαγαγοῦσα ἐπὶ θρόνου ἀργυροήλου
καλοῦ δαιδαλέου· ὑπὸ δὲ θρῆνυς ποσὶν ἦεν·
τεῦχε δέ μοι κυκεῶ χρυσέωι δέπαι, ὄφρα πίοιμι,
ἐν δέ τε φάρμακον ἧκε, κακὰ φρονέουσ’ ἐνὶ θυμῶι.

Da begegnete mir Hermeias mit goldenem Stabe
Auf dem Wege zur Burg, an Gestalt ein blühender Jüngling,
Dessen Wange sich bräunt, im holdesten Reize der Jugend.
Dieser gab mir die Hand, und sagte mit freundlicher Stimme:
Armer, wie gehst du hier so allein durch die bergichte Waldung,
Da du die Gegend nicht kennst? Bei Kirke sind deine Gefährten
Eingesperrt, wie Schweine, in dichtverschlossenen Ställen.
Gehst du etwa dahin, sie zu retten? Ich fürchte, du kehrest
Nicht von dannen zurück, du bleibest selbst bei den andern.
Aber wohlan! ich will dich vor allem Übel bewahren!
Nimm dies heilsame Mittel, und gehe zum Hause der Kirke,
Sicher, von deinem Haupte den Tag des Fluches zu wenden.
Alle verderblichen Künste der Zauberin will ich dir nennen.
Weinmus rührt sie dir ein, und mischt ihr Gift in die Speise:
Dennoch gelingt es ihr nicht, dich umzuschaffen; die Tugend
Dieser heilsamen Pflanze verhindert sie. Höre nun weiter.
Wann dich Kirke darauf mit der langen Rute berühret,
Siehe dann reiße du schnell das geschliffene Schwert von der Hüfte,
Spring auf die Zauberin los, und drohe sie gleich zu erwürgen.
Diese wird in der Angst zu ihrem Lager dich rufen;
Und nun weigre dich nicht, und besteige das Lager der Göttin,
Daß sie deine Gefährten erlös', und dich selber bewirte.
Aber sie schwöre zuvor der Seligen großen Eidschwur,
Daß sie bei sich nichts anders zu deinem Schaden beschlossen;
Daß sie dir Waffenlosen nicht raube Tugend und Stärke.
Also sprach Hermeias, und gab mir die heilsame Pflanze,
Die er dem Boden entriß, und zeigte mir ihre Natur an:
Ihre Wurzel war schwarz, und milchweiß blühte die Blume;
Moly wird sie genannt von den Göttern. Sterblichen Menschen
Ist sie schwer zu graben; doch alles vermögen die Götter.
Und der Argosbesieger enteilte zum hohen Olympos
Durch die waldichte Insel; ich ging zum Hause der Kirke
Hin, und viele Gedanken bewegten des Gehenden Seele.
Und ich stand an der Pforte der schöngelocketen Göttin,
Stand und rief; und die Göttin vernahm des Rufenden Stimme
Kam sogleich, und öffnete mir die strahlende Pforte,
Nötigte mich herein; und ich folgte mit traurigem Herzen.
Hierauf führte sie mich zu ihrem silberbeschlagnen
Schönen prächtigen Thron, mit füßestützendem Schemel,
Mischte mir dann ein Gemüs' im goldenen Becher zu trinken,
Und vergiftet' es tückisch mit ihrem bezaubernden Safte.

αὐτὰρ ἐπεὶ δῶκέν τε καὶ ἔκπιον, οὐδέ μ᾿ ἔθελξε,
ῥάβδωι πεπληγυῖα ἔπος τ᾿ ἔφατ᾿ ἔκ τ᾿ ὀνόμαζεν·
‚ἔρχεο νῦν συφεόνδε, μετ᾿ ἄλλων λέξο ἑταίρων.‘
ὣς φάτ᾿, ἐγὼ δ᾿ ἄορ ὀξὺ ἐρυσσάμενος παρὰ μηροῦ
Κίρκηι ἐπήιξα ὥς τε κτάμεναι μενεαίνων.
ἡ δὲ μέγα ἰάχουσα ὑπέδραμε καὶ λάβε γούνων,
καί μ᾿ ὀλοφυρομένη ἔπεα πτερόεντα προσηύδα·
‚τίς πόθεν εἰς ἀνδρῶν; πόθι τοι πόλις ἠδὲ τοκῆες;
θαῦμά μ᾿ ἔχει ὡς οὔ τι πιὼν τάδε φάρμακ᾿ ἐθέλχθης·
οὐδὲ γὰρ οὐδέ τις ἄλλος ἀνὴρ τάδε φάρμακ᾿ ἀνέτλη,
ὅς κε πίηι καὶ πρῶτον ἀμείψεται ἕρκος ὀδόντων.
σοὶ δέ τις ἐν στήθεσσιν ἀκήλητος νόος ἐστίν.
ἦ σύ γ᾿ Ὀδυσσεύς ἐσσι πολύτροπος, ὅν τέ μοι αἰεὶ
φάσκεν ἐλεύσεσθαι χρυσόρραπις Ἀργεϊφόντης,
ἐκ Τροίης ἀνιόντα θοῆι σὺν νηὶ μελαίνηι.
ἀλλ᾿ ἄγε δὴ κολεῶι μὲν ἄορ θέο, νῶι δ᾿ ἔπειτα
εὐνῆς ἡμετέρης ἐπιβείομεν, ὄφρα μιγέντε
εὐνῆι καὶ φιλότητι πεποίθομεν ἀλλήλοισιν.‘
ὣς ἔφατ᾿, αὐτὰρ ἐγώ μιν ἀμειβόμενος προσέειπον·
‚ὦ Κίρκη, πῶς γάρ με κέλεαι σοὶ ἤπιον εἶναι,
ἥ μοι σῦς μὲν ἔθηκας ἐνὶ μεγάροισιν ἑταίρους,
αὐτὸν δ᾿ ἐνθάδ᾿ ἔχουσα δολοφρονέουσα κελεύεις
ἐς θάλαμόν τ᾿ ἰέναι καὶ σῆς ἐπιβήμεναι εὐνῆς,
ὄφρα με γυμνωθέντα κακὸν καὶ ἀνήνορα θήηις.
οὐδ᾿ ἂν ἐγώ γ᾿ ἐθέλοιμι τεῆς ἐπιβήμεναι εὐνῆς,
εἰ μή μοι τλαίης γε, θεά, μέγαν ὅρκον ὀμόσσαι
μή τί μοι αὐτῶι πῆμα κακὸν βουλευσέμεν ἄλλο.‘
ὣς ἐφάμην, ἡ δ᾿ αὐτίκ᾿ ἀπώμνυεν, ὡς ἐκέλευον.
αὐτὰρ ἐπεί ῥ᾿ ὄμοσέν τε τελεύτησέν τε τὸν ὅρκον,
καὶ τότ᾿ ἐγὼ Κίρκης ἐπέβην περικαλλέος εὐνῆς.
ἀμφίπολοι δ᾿ ἄρα τέως μὲν ἐνὶ μεγάροισι πένοντο
τέσσαρες, αἵ οἱ δῶμα κάτα δρήστειραι ἔασι·
γίγνονται δ᾿ ἄρα ταί γ᾿ ἔκ τε κρηνέων ἀπό τ᾿ ἀλσέων
ἔκ θ᾿ ἱερῶν ποταμῶν, οἵ τ᾿ εἰς ἅλαδε προρέουσι.
τάων ἡ μὲν ἔβαλλε θρόνοις ἔνι ῥήγεα καλὰ
πορφύρεα καθύπερθ᾿, ὑπένερθε δὲ λῖθ᾿ ὑπέβαλλεν·
ἡ δ᾿ ἑτέρη προπάροιθε θρόνων ἐτίταινε τραπέζας
ἀργυρέας, ἐπὶ δέ σφι τίθει χρύσεια κάνεια·
ἡ δὲ τρίτη κρητῆρι μελίφρονα οἶνον ἐκίρνα
ἡδὺν ἐν ἀργυρέωι, νέμε δὲ χρύσεια κύπελλα·
ἡ δὲ τετάρτη ὕδωρ ἐφόρει καὶ πῦρ ἀνέκαιε

Und sie reichte mir's hin; ich trank es, und ohne Verwandlung.
Drauf berührte sie mich mit der Zauberrute, und sagte:
Gehe nun in den Kofen, und liege bei deinen Gefährten.
Also sprach sie; da riß ich das schneidende Schwert von der Hüfte,
Sprang auf die Zauberin los, und drohte sie gleich zu erwürgen;
Aber sie schrie, und eilte gebückt, mir die Kniee zu fassen;
Laut wehklagend rief sie die schnellgeflügelten Worte:
Wer, wes Volkes bist du? und wo ist deine Geburtstadt?
Staunen ergreift mich, da dich der Zaubertrank nicht verwandelt!
Denn kein sterblicher Mensch ist diesem Zauber bestanden,
Welcher trank, sobald ihm der Wein die Zunge hinabglitt.
Aber du trägst ein unbezwingliches Herz in dem Busen!
Bist du jener Odysseus, der, viele Küsten umirrend,
Wann er von Ilion kehrt im schnellen Schiffe, auch hieher
Kommen soll, wie der Gott mit goldenem Stabe mir saget?
Lieber! so stecke dein Schwert in die Scheid', und laß uns zusammen
Unser Lager besteigen, damit wir, beide versöhnet
Durch die Freuden der Liebe, hinfort einander vertrauen!
Also sprach sie; und ich antwortete wieder, und sagte:
Kirke, wie kannst du begehren, daß ich dir freundlich begegne?
Da du meine Gefährten im Hause zu Schweinen gemacht hast,
Und mich selber behältst, und mir arglistig befiehlest,
In die Kammer zu gehn, und auf dein Lager zu steigen;
Daß du mich Waffenlosen der Tugend und Stärke beraubest?
Nein! ich werde nimmer dein Lager besteigen, o Göttin,
Du willfahrest mir denn, mit hohem Schwur zu geloben,
Daß du bei dir nichts anders zu meinem Verderben beschließest!
Also sprach ich; und eilend beschwur sie, was ich verlangte.
Als sie es jetzo gelobt, und vollendet den heiligen Eidschwur,
Da bestieg ich mit Kirke das köstlichbereitete Lager.
Und in dem hohen Palaste der schönen Zauberin dienten
Vier holdselige Mägde, die alle Geschäfte besorgten.
Diese waren Töchter der Quellen und schattigen Haine,
Und der heiligen Ströme, die in das Meer sich ergießen.
Eine von diesen bedeckte die Throne mit zierlichen Polstern:
Oben legte sie Purpur, und unten den leinenen Teppich.
Und die andere stellte die schönen Tische von Silber
Vor die Throne, und setzte darauf die goldenen Körbe.
Und die dritte mischte in silberner Schale den süßen
Herzerfreuenden Wein, und verteilte die goldenen Becher.
Aber die vierte Magd trug Wasser, und zündete Feuer

πολλὸν ὑπὸ τρίποδι μεγάλωι· ἰαίνετο δ' ὕδωρ.
αὐτὰρ ἐπεὶ δὴ ζέσσεν ὕδωρ ἐνὶ ἤνοπι χαλκῶι,
ἔς ῥ' ἀσάμινθον ἕσασα λό' ἐκ τρίποδος μεγάλοιο,
θυμῆρες κεράσασα, κατὰ κρατός τε καὶ ὤμων,
ὄφρα μοι ἐκ κάματον θυμοφθόρον εἵλετο γυίων.
αὐτὰρ ἐπεὶ λοῦσέν τε καὶ ἔχρισεν λίπ' ἐλαίωι,
ἀμφὶ δέ με χλαῖναν καλὴν βάλεν ἠδὲ χιτῶνα,
εἷσε δέ μ' εἰσαγαγοῦσα ἐπὶ θρόνου ἀργυροήλου
καλοῦ δαιδαλέου, ὑπὸ δὲ θρῆνυς ποσὶν ἦεν·
χέρνιβα δ' ἀμφίπολος προχόωι ἐπέχευε φέρουσα
καλῆι χρυσείηι, ὑπὲρ ἀργυρέοιο λέβητος,
νίψασθαι· παρὰ δὲ ξεστὴν ἐτάνυσσε τράπεζαν.
σῖτον δ' αἰδοίη ταμίη παρέθηκε φέρουσα,
εἴδατα πόλλ' ἐπιθεῖσα, χαριζομένη παρεόντων.
ἐσθέμεναι δ' ἐκέλευεν· ἐμῶι δ' οὐχ ἥνδανε θυμῶι,
ἀλλ' ἥμην ἀλλοφρονέων, κακὰ δ' ὄσσετο θυμός.
Κίρκη δ' ὡς ἐνόησεν ἔμ' ἥμενον οὐδ' ἐπὶ σίτωι
χεῖρας ἰάλλοντα, κρατερὸν δέ με πένθος ἔχοντα,
ἄγχι παρισταμένη ἔπεα πτερόεντα προσηύδα·
‚ τίφθ' οὕτως, Ὀδυσεῦ, κατ' ἄρ' ἕζεαι ἶσος ἀναύδωι,
θυμὸν ἔδων, βρώμης δ' οὐχ ἅπτεαι οὐδὲ ποτῆτος;
ἦ τινά που δόλον ἄλλον ὀίεαι· οὐδέ τί σε χρὴ
δειδίμεν· ἤδη γάρ τοι ἀπώμοσα καρτερὸν ὅρκον.'
ὣς ἔφατ', αὐτὰρ ἐγώ μιν ἀμειβόμενος προσέειπον·
‚ ὦ Κίρκη, τίς γάρ κεν ἀνήρ, ὃς ἐναίσιμος εἴη,
πρὶν τλαίη πάσσασθαι ἐδητύος ἠδὲ ποτῆτος,
πρὶν λύσασθ' ἑτάρους καὶ ἐν ὀφθαλμοῖσιν ἰδέσθαι;
ἀλλ' εἰ δὴ πρόφρασσα πιεῖν φαγέμεν τε κελεύεις,
λῦσον, ἵν' ὀφθαλμοῖσιν ἴδω ἐρίηρας ἑταίρους.'
ὣς ἐφάμην, Κίρκη δὲ διὲκ μεγάροιο βεβήκει
ῥάβδον ἔχουσ' ἐν χειρί, θύρας δ' ἀνέωιξε συφειοῦ,
ἐκ δ' ἔλασεν σιάλοισιν ἐοικότας ἐννεώροισιν.
οἱ μὲν ἔπειτ' ἔστησαν ἐναντίοι, ἡ δὲ δι' αὐτῶν
ἐρχομένη προσάλειφεν ἑκάστωι φάρμακον ἄλλο.
τῶν δ' ἐκ μὲν μελέων τρίχες ἔρρεον, ἃς πρὶν ἔφυσε
φάρμακον οὐλόμενον, τό σφιν πόρε πότνια Κίρκη·
ἄνδρες δ' ἂψ ἐγένοντο νεώτεροι ἢ πάρος ἦσαν,
καὶ πολὺ καλλίονες καὶ μείζονες εἰσοράασθαι.
ἔγνωσαν δέ μ' ἐκεῖνοι ἔφυν τ' ἐν χερσὶν ἕκαστος.
πᾶσιν δ' ἱμερόεις ὑπέδυ γόος, ἀμφὶ δὲ δῶμα
σμερδαλέον κονάβιζε· θεὰ δ' ἐλέαιρε καὶ αὐτή.

Unter dem großen Dreifuß an, das Wasser zu wärmen.
Und nachdem das Wasser im blinkenden Erze gekochet,
Führte sie mich in das Bad, und strömt' aus dem dampfenden Kessel
Lieblichgemischtes Wasser mir über das Haupt und die Schultern,
Und entnahm den Gliedern die geistentkräftende Arbeit.
Als sie mich jetzo gebadet, und drauf mit Öle gesalbet,
Da umhüllte sie mir den prächtigen Mantel und Leibrock,
Und dann führte sie mich ins Gemach zum silberbeschlagnen
Schönen künstlichen Thron, mit füßestützendem Schemel.
Eine Dienerin trug in der schönen goldenen Kanne
Über dem silbernen Becken das Wasser, beströmte zum Waschen
Mir die Händ', und stellte vor mich die geglättete Tafel.
Und die ehrbare Schaffnerin kam, und tischte das Brot auf,
Und der Gerichte viel aus ihrem gesammelten Vorrat,
Und befahl mir zu essen. Doch meinem Herzen gefiel's nicht;
Sondern ich saß zerstreut, und ahnete Böses im Herzen.
Kirke bemerkte mich jetzt, wie ich dasaß, ohne die Speise
Mit den Händen zu rühren, versunken in tiefe Schwermut;
Und sie nahte sich mir, und sprach die geflügelten Worte:
Warum sitzest du so wie ein Stummer am Tische, Odysseus,
Und zerquälst dein Herz, und rührest nicht Speise noch Trank an?
Ist dir noch bange vor Hinterlist? Du mußt dich nicht fürchten!
Denn ich habe dir's ja mit hohem Eide geschworen!
Also sprach sie; und ich antwortete wieder, und sagte:
Kirke, welcher Mann, dem Recht und Billigkeit obliegt,
Hätte das Herz, sich eher mit Trank und Speise zu laben,
Eh' er die Freunde gerettet, und selbst mit Augen gesehen?
Darum, wenn du aus Freundschaft zum Essen und Trinken mich nötigst;
Gib sie frei, und zeige sie mir, die lieben Gefährten!
Also sprach ich. Sie ging, in der Hand die magische Rute,
Aus dem Gemach, und öffnete schnell die Türe des Kofens,
Und trieb jene heraus, in Gestalt neunjähriger Eber.
Alle stellten sich jetzt vor die mächtige Kirke, und diese
Ging umher, und bestrich jedweden mit heilendem Safte.
Siehe da sanken herab von den Gliedern die scheußlichen Borsten
Jenes vergifteten Tranks, den ihnen die Zauberin eingab.
Männer wurden sie schnell, und jüngere Männer, denn vormals,
Auch weit schönerer Bildung und weit erhabneres Wuchses.
Und sie erkannten mich gleich, und gaben mir alle die Hände;
Alle huben an, vor Freude zu weinen, daß ringsum
Laut die Wohnung erscholl. Es jammerte selber die Göttin.

ἡ δέ μευ ἄγχι στᾶσα προσηύδα δῖα θεάων·
, Διογενὲς Λαερτιάδη, πολυμήχαν' Ὀδυσσεῦ,
ἔρχεο νῦν ἐπὶ νῆα θοὴν καὶ θῖνα θαλάσσης.
νῆα μὲν ἂρ πάμπρωτον ἐρύσσατε ἤπειρόνδε,
κτήματα δ' ἐν σπήεσσι πελάσσατε ὅπλα τε πάντα·
αὐτὸς δ' ἂψ ἰέναι καὶ ἄγειν ἐρίηρας ἑταίρους.'
ὣς ἔφατ', αὐτὰρ ἐμοί γ' ἐπεπείθετο θυμὸς ἀγήνωρ,
βῆν δ' ἰέναι ἐπὶ νῆα θοὴν καὶ θῖνα θαλάσσης.
εὗρον ἔπειτ' ἐπὶ νηὶ θοῇ ἐρίηρας ἑταίρους
οἴκτρ' ὀλοφυρομένους, θαλερὸν κατὰ δάκρυ χέοντας.
ὡς δ' ὅτ' ἂν ἄγραυλοι πόριες περὶ βοῦς ἀγελαίας,
ἐλθούσας ἐς κόπρον, ἐπὴν βοτάνης κορέσωνται,
πᾶσαι ἅμα σκαίρουσιν ἐναντίαι· οὐδ' ἔτι σηκοὶ
ἴσχουσ', ἀλλ' ἁδινὸν μυκώμεναι ἀμφιθέουσι·
μητέρας· ὣς ἔμ' ἐκεῖνοι ἐπεὶ ἴδον ὀφθαλμοῖσι,
δακρυόεντες ἔχυντο· δόκησε δ' ἄρα σφίσι θυμὸς
ὣς ἔμεν, ὡς εἰ πατρίδ' ἱκοίατο καὶ πόλιν αὐτὴν
τρηχείης Ἰθάκης, ἵνα τ' ἔτραφεν ἠδ' ἐγένοντο.
καί μ' ὀλοφυρόμενοι ἔπεα πτερόεντα προσηύδων·
, σοὶ μὲν νοστήσαντι, διοτρεφές, ὣς ἐχάρημεν,
ὡς εἴ τ' εἰς Ἰθάκην ἀφικοίμεθα πατρίδα γαῖαν·
ἀλλ' ἄγε, τῶν ἄλλων ἑτάρων κατάλεξον ὄλεθρον.'
ὣς ἔφαν, αὐτὰρ ἐγὼ προσέφην μαλακοῖς ἐπέεσσι·
, νῆα μὲν ἂρ πάμπρωτον ἐρύσσομεν ἤπειρόνδε,
κτήματα δ' ἐν σπήεσσι πελάσσομεν ὅπλα τε πάντα·
αὐτοὶ δ' ὀτρύνεσθε ἐμοὶ ἅμα πάντες ἕπεσθαι,
ὄφρα ἴδηθ' ἑτάρους ἱεροῖς ἐν δώμασι Κίρκης
πίνοντας καὶ ἔδοντας· ἐπηετανὸν γὰρ ἔχουσιν.'
ὣς ἐφάμην, οἱ δ' ὦκα ἐμοῖς ἐπέεσσι πίθοντο.
Εὐρύλοχος δέ μοι οἶος ἐρύκανε πάντας ἑταίρους·
καί σφεας φωνήσας ἔπεα πτερόεντα προσηύδα·
, ἆ δειλοί, πόσ' ἴμεν; τί κακῶν ἱμείρετε τούτων;
Κίρκης ἐς μέγαρον καταβήμεναι, ἥ κεν ἅπαντας
ἢ σῦς ἠὲ λύκους ποιήσεται ἠὲ λέοντας,
οἵ κέν οἱ μέγα δῶμα φυλάσσοιμεν καὶ ἀνάγκηι,
ὥς περ Κύκλωψ ἔρξ', ὅτε οἱ μέσσαυλον ἵκοντο
ἡμέτεροι ἕταροι, σὺν δ' ὁ θρασὺς εἵπετ' Ὀδυσσεύς·
τούτου γὰρ καὶ κεῖνοι ἀτασθαλίηισιν ὄλοντο.'
ὣς ἔφατ', αὐτὰρ ἐγώ γε μετὰ φρεσὶ μερμήριξα,
σπασσάμενος τανύηκες ἄορ παχέος παρὰ μηροῦ,
τῶι οἱ ἀποπλήξας κεφαλὴν οὖδάσδε πελάσσαι,

Und sie nahte sich mir, die hehre Göttin, und sagte:
Edler Laertiad', erfindungsreicher Odysseus,
Gehe nun hin zu dem rüstigen Schiff' am Strande des Meeres;
Zieht vor allen Dingen das Schiff ans trockne Gestade,
Und verwahrt in den Höhlen die Güter und alle Geräte.
Dann komm eilig zurück, und bringe die lieben Gefährten.
Also sprach sie, und zwang mein edles Herz zum Gehorsam.
Eilend ging ich zum rüstigen Schiff am Strande des Meeres,
Und fand dort bei dem rüstigen Schiffe die lieben Gefährten,
Welche trostlos klagten, und häufige Tränen vergossen.
Wie wenn im Meierhofe die Kälber den Kühen der Herde,
Welche satt von der Weide zum nächtlichen Stalle zurückgehn,
Alle mit freudigen Sprüngen entgegen eilen; es halten
Keine Gehege sie mehr, sie umhüpfen mit lautem Geblöke
Ihre Mutter: so flogen die Freunde, sobald sie mich sahen,
Alle weinend heran; und ihnen war also zu Mute,
Als gelangten sie heim in Ithakas rauhe Gefilde
Und in die Vaterstadt, wo jeder geboren und groß ward.
Und sie jammerten laut mit diesen geflügelten Worten:
Göttlicher Mann, wir freun uns so herzlich deiner Zurückkunft,
Als gelangten wir jetzo in Ithakas heimische Fluren!
Aber wohlan! erzähl' uns der übrigen Freunde Verderben!
Also riefen sie aus; und ich antwortete freundlich:
Laßt uns vor allem das Schiff ans trockne Gestade hinaufziehn,
Und in den Höhlen die Güter und alle Geräte verwahren!
Und dann machet euch auf, mich allesamt zu begleiten,
Daß ihr unsere Freund' in Kirkes heiliger Wohnung
Essen und trinken seht; denn sie haben da volle Genüge!
Also sprach ich; und schnell gehorchten sie meinem Befehle.
Nur Eurylochos suchte die übrigen Freunde zu halten;
Und er redte sie an, und sprach die geflügelten Worte:
Arme, wo gehen wir hin? Welch heißes Verlangen nach Unglück
Treibt euch, in Kirkes Wohnung hinabzusteigen? Sie wird uns
Alle zusammen in Schwein', in Löwen und Wölfe verwandeln,
Und uns Verwandelte zwingen, ihr großes Haus zu bewachen!
Ebenso ging es auch dort den Freunden, die des Kyklopen
Felsengrotte besuchten, geführt von dem kühnen Odysseus!
Denn durch dessen Torheit verloren auch jene das Leben!
Also sprach er; und ich erwog den wankenden Vorsatz,
Mein geschliffenes Schwert von der nervichten Hüfte zu reißen,
Und sein Haupt, von dem Rumpfe getrennt, auf den Boden zu stürzen,

καὶ πηῶι περ ἐόντι μάλα σχεδόν· ἀλλά μ' ἑταῖροι
μειλιχίοις ἐπέεσσιν ἐρήτυον ἄλλοθεν ἄλλος·
, διογενές, τοῦτον μὲν ἐάσομεν, εἰ σὺ κελεύεις,
αὐτοῦ πὰρ νηί τε μένειν καὶ νῆα ἔρυσθαι·
ἡμῖν δ' ἡγεμόνευ' ἱερὰ πρὸς δώματα Κίρκης.'
ὣς φάμενοι παρὰ νηὸς ἀνήιον ἠδὲ θαλάσσης.
οὐδὲ μὲν Εὐρύλοχος κοίληι παρὰ νηὶ λέλειπτο,
ἀλλ' ἕπετ'· ἔδεισεν γὰρ ἐμὴν ἔκπαγλον ἐνιπήν.
τόφρα δὲ τοὺς ἄλλους ἑτάρους ἐν δώμασι Κίρκη
ἐνδυκέως λοῦσέν τε καὶ ἔχρισεν λίπ' ἐλαίωι,
ἀμφὶ δ' ἄρα χλαίνας οὔλας βάλεν ἠδὲ χιτῶνας·
δαινυμένους δ' ἐὺ πάντας ἐφεύρομεν ἐν μεγάροισιν.
οἱ δ' ἐπεὶ ἀλλήλους εἶδον φράσσαντό τ' ἐσάντα,
κλαῖον ὀδυρόμενοι, περὶ δὲ στεναχίζετο δῶμα.
ἡ δέ μευ ἄγχι στᾶσα προσηύδα δῖα θεάων·
, Διογενὲς Λαερτιάδη, πολυμήχαν' Ὀδυσσεῦ,
μηκέτι νῦν θαλερὸν γόον ὄρνυτε· οἶδα καὶ αὐτὴ
ἠμὲν ὅσ' ἐν πόντωι πάθετ' ἄλγεα ἰχθυόεντι,
ἠδ' ὅσ' ἀνάρσιοι ἄνδρες ἐδηλήσαντ' ἐπὶ χέρσου.
ἀλλ' ἄγετ' ἐσθίετε βρώμην καὶ πίνετε οἶνον,
εἰς ὅ κεν αὖτις θυμὸν ἐνὶ στήθεσσι λάβητε,
οἷον ὅτε πρώτιστον ἐλείπετε πατρίδα γαῖαν
τρηχείης Ἰθάκης. νῦν δ' ἀσκελέες καὶ ἄθυμοι,
αἰὲν ἄλης χαλεπῆς μεμνημένοι, οὐδέ ποθ' ὕμιν
θυμὸς ἐν εὐφροσύνηι, ἐπεὶ ἦ μάλα πολλὰ πέποσθε.'
ὣς ἔφαθ', ἡμῖν δ' αὖτ' ἐπεπείθετο θυμὸς ἀγήνωρ.
ἔνθα μὲν ἤματα πάντα τελεσφόρον εἰς ἐνιαυτὸν
ἥμεθα δαινύμενοι κρέα τ' ἄσπετα καὶ μέθυ ἡδύ·
ἀλλ' ὅτε δή ῥ' ἐνιαυτὸς ἔην, περὶ δ' ἔτραπον ὧραι
μηνῶν φθινόντων, περὶ δ' ἤματα μακρὰ τελέσθη,
καὶ τότε μ' ἐκκαλέσαντες ἔφαν ἐρίηρες ἑταῖροι·
, δαιμόνι', ἤδη νῦν μιμνήσκεο πατρίδος αἴης,
εἴ τοι θέσφατόν ἐστι σαωθῆναι καὶ ἱκέσθαι
οἶκον ἐς ὑψόροφον καὶ σὴν ἐς πατρίδα γαῖαν.'
ὣς ἔφαν, αὐτὰρ ἐμοί γ' ἐπεπείθετο θυμὸς ἀγήνωρ.
ὣς τότε μὲν πρόπαν ἦμαρ ἐς ἠέλιον καταδύντα
ἥμεθα, δαινύμενοι κρέα τ' ἄσπετα καὶ μέθυ ἡδύ·
ἦμος δ' ἠέλιος κατέδυ καὶ ἐπὶ κνέφας ἦλθεν,
οἱ μὲν κοιμήσαντο κατὰ μέγαρα σκιόεντα.
αὐτὰρ ἐγὼ Κίρκης ἐπιβὰς περικαλλέος εὐνῆς
γούνων ἐλλιτάνευσα, θεὰ δέ μευ ἔκλυεν αὐδῆς·

Ob er gleich nahe mit mir verwandt war. Aber die Freunde
Sprangen umher, und hielten mich ab mit flehenden Worten:
Göttlicher Held, wir lassen ihn hier, wenn du es befiehlest,
Bleiben an dem Gestad' um unser Schiff zu bewahren.
Aber führe du uns zu Kirkes heiliger Wohnung.
Also sprachen die Freunde, und gingen vom Strande des Meeres.
Auch Eurylochos blieb nicht bei dem gebogenen Schiffe,
Sondern folgte, geschreckt durch meine zürnende Drohung.
Aber der übrigen Freund' in der Wohnung hatte die Göttin
Sorgsam gepflegt, sie gebadet, mit duftendem Öle gesalbet,
Und mit schönen Gewanden, mit Rock und Mantel, bekleidet.
Und wir fanden sie jetzo im Saal beim fröhlichen Schmause.
Als sie einander gesehn, und sich nun alles erzählet;
Weinten und jammerten sie, daß rings die Wohnung ertönte.
Aber sie nahte sich mir, die hehre Göttin, und sagte:
Edler Laertiad', erfindungsreicher Odysseus!
Reget jetzo nicht mehr den unendlichen Jammer! Ich weiß ja,
Wie viel Elend ihr littet im fischdurchwimmelten Meere,
Und wie viel ihr zu Lande von feindlichen Männern erduldet.
Aber wohlan! eßt jetzo der Speis', und trinket des Weines,
Bis ihr so frischen Mut in eure Herzen gesammelt,
Als womit ihr zuerst der vaterländischen Insel
Rauhe Gefilde verließt! Nun seid ihr entkräftet und mutlos,
Und erinnert euch stets der mühsamen Irren, und niemals
Stärkt euch die Freude den Mut: ihr habt sehr vieles erlitten!
Also sprach sie, und zwang ihr edles Herz zum Gehorsam.
Und wir saßen ein ganzes Jahr von Tage zu Tage,
An der Fülle des Fleisches und süßen Weines uns labend.
Als nun endlich das Jahr von den kreisenden Horen erfüllt ward,
Und mit dem wechselnden Mond viel Tage waren verschwunden;
Da beriefen mich heimlich die lieben Gefährten, und sagten:
Unglückseliger, denke nun endlich des Vaterlandes;
Wenn dir das Schicksal bestimmt, lebendig wieder zu kehren
In den hohen Palast, und deiner Väter Gefilde.
Also bewegten die Freunde mein edles Herz zum Gehorsam.
Und wir saßen den ganzen Tag bis die Sonne sich neigte,
An der Fülle des Fleisches und süßen Weines uns labend.
Als die Sonne nun sank, und Dunkel die Erde bedeckte,
Legten sich meine Genossen im schattigen Hause zum Schlummer.
Und ich bestieg mit Kirke das köstlichbereitete Lager,
Faßt' ihr flehend die Knie'; und die Göttin hörte mein Flehen.

καί μιν φωνήσας ἔπεα πτερόεντα προσηύδων·
 , ὢ Κίρκη, τέλεσόν μοι ὑπόσχεσιν ἥν περ ὑπέστης,
οἴκαδε πεμψέμεναι· θυμὸς δέ μοι ἔσσυται ἤδη,
ἠδ' ἄλλων ἑτάρων, οἵ μευ φθινύθουσι φίλον κῆρ
ἀμφ' ἔμ' ὀδυρόμενοι, ὅτε που σύ γε νόσφι γένηαι.'
 ὣς ἐφάμην, ἡ δ' αὐτίκ' ἀμείβετο δῖα θεάων·
 , διογενὲς Λαερτιάδη, πολυμήχαν' Ὀδυσσεῦ,
μηκέτι νῦν ἀέκοντες ἐμῶι ἐνὶ μίμνετε οἴκωι.
ἀλλ' ἄλλην χρὴ πρῶτον ὁδὸν τελέσαι καὶ ἱκέσθαι
εἰς Ἀίδαο δόμους καὶ ἐπαινῆς Περσεφονείης,
ψυχῆι χρησομένους Θηβαίου Τειρεσίαο,
μάντηος ἀλαοῦ, τοῦ τε φρένες ἔμπεδοί εἰσι·
τῶι καὶ τεθνηῶτι νόον πόρε Περσεφόνεια,
οἴωι πεπνῦσθαι, τοὶ δὲ σκιαὶ ἀίσσουσιν.'
 ὣς ἔφατ', αὐτὰρ ἐμοί γε κατεκλάσθη φίλον ἦτορ·
κλαῖον δ' ἐν λεχέεσσι καθήμενος, οὐδέ νύ μοι κῆρ
ἤθελ' ἔτι ζώειν καὶ ὁρᾶν φάος ἠελίοιο.
αὐτὰρ ἐπεὶ κλαίων τε κυλινδόμενος τ' ἐκορέσθην,
καὶ τότε δή μιν ἔπεσσιν ἀμειβόμενος προσέειπον·
 , ὢ Κίρκη, τίς γὰρ ταύτην ὁδὸν ἡγεμονεύσει;
εἰς Ἄϊδος δ' οὔ πώ τις ἀφίκετο νηὶ μελαίνηι.'
 ὣς ἐφάμην, ἡ δ' αὐτίκ' ἀμείβετο δῖα θεάων·
 , διογενὲς Λαερτιάδη, πολυμήχαν' Ὀδυσσεῦ,
μή τί τοι ἡγεμόνος γε ποθὴ παρὰ νηὶ μελέσθω,
ἱστὸν δὲ στήσας, ἀνά θ' ἱστία λευκὰ πετάσσας
ἧσθαι· τὴν δέ κέ τοι πνοιὴ Βορέαο φέρηισιν.
ἀλλ' ὁπότ' ἂν δὴ νηὶ δι' Ὠκεανοῖο περήσῃς,
ἔνθ' ἀκτή τε λάχεια καὶ ἄλσεα Περσεφονείης,
μακραί τ' αἴγειροι καὶ ἰτέαι ὠλεσίκαρποι,
νῆα μὲν αὐτοῦ κέλσαι ἐπ' Ὠκεανῶι βαθυδίνηι,
αὐτὸς δ' εἰς Ἀίδεω ἰέναι δόμον εὐρώεντα.
ἔνθα μὲν εἰς Ἀχέροντα Πυριφλεγέθων τε ῥέουσιν
Κώκυτός θ', ὃς δὴ Στυγὸς ὕδατός ἐστιν ἀπορρώξ,
πέτρη τε ξύνεσίς τε δύω ποταμῶν ἐριδούπων·
ἔνθα δ' ἔπειθ', ἥρως, χριμφθεὶς πέλας, ὥς σε κελεύω,
βόθρον ὀρύξαι, ὅσον τε πυγούσιον ἔνθα καὶ ἔνθα,
ἀμφ' αὐτῶι δὲ χοὴν χεῖσθαι πᾶσιν νεκύεσσιν,
πρῶτα μελικρήτωι, μετέπειτα δὲ ἡδέι οἴνωι,
τὸ τρίτον αὖθ' ὕδατι· ἐπὶ δ' ἄλφιτα λευκὰ παλύνειν.
πολλὰ δὲ γουνοῦσθαι νεκύων ἀμενηνὰ κάρηνα,
ἐλθὼν εἰς Ἰθάκην στεῖραν βοῦν, ἥ τις ἀρίστη,

Und ich redte sie an, und sprach die geflügelten Worte:
   Kirke, erfülle mir jetzt das Gelübde, so du gelobtest,
Mich nach Hause zu senden! Mein Herz verlanget zur Heimat,
Und der übrigen Freunde, die rings mit Weinen und Klagen
Meine Seele bestürmen, sobald du den Rücken nur wendest.
   Also sprach ich; mir gab die hehre Göttin zur Antwort:
Edler Laertiad', erfindungsreicher Odysseus.
Länger zwing' ich euch nicht, in meinem Hause zu bleiben.
Aber ihr müßt zuvor noch eine Reise vollenden,
Hin zu Aïdes' Reich und der strengen Persephoneia,
Um des thebäischen Greises Teiresias' Seele zu fragen,
Jenes blinden Propheten, mit ungeschwächtem Verstande.
Ihm gab Persephoneia im Tode selber Erkenntnis;
Und er allein ist weise: die andern sind flatternde Schatten.
   Also sagte die Göttin; mir brach das Herz vor Betrübnis.
Weinend saß ich auf Kirkes Bett, und wünschte nicht länger,
Unter den Lebenden hier das Licht der Sonne zu schauen.
Als ich endlich mein Herz durch Weinen und Wälzen erleichtert;
Da antwortet' ich ihr, und sprach die geflügelten Worte:
   Kirke, wer soll mich denn auf dieser Reise geleiten?
Noch kein Sterblicher fuhr im schwarzen Schiffe zu Aïs.
   Also sprach ich; mir gab die hehre Göttin zur Antwort:
Edler Laertiad', erfindungsreicher Odysseus,
Kümmre dich nicht so sehr um einen Führer des Schiffes!
Sondern richte den Mast, und spanne die schimmernden Segel;
Dann sitz ruhig, indes der Hauch des Nordes dich hintreibt!
Aber bist du im Schiffe den Ocean jetzo durchsegelt,
Und an dem niedern Gestad' und den Hainen Persephoneiens,
Voll unfruchtbarer Weiden und hoher Erlen und Pappeln;
Lande dort mit dem Schiff' an des Oceans tiefem Gestrudel,
Und dann gehe du selber zu Aïdes dumpfer Behausung.
Wo in den Acheron sich der Pyriphlegethon stürzet,
Und der Strom Kokytos, ein Arm der stygischen Wasser,
An dem Fels, wo die zween lautbrausenden Ströme sich mischen;
Nahe bei diesem Orte gebiet' ich dir, edler Odysseus,
Eine Grube zu graben, von einer Ell' ins Gevierte.
Rings um die Grube geuß Sühnopfer für alle Toten:
Erst von Honig und Milch, von süßem Weine das zweite,
Und das dritte von Wasser, mit weißem Mehle bestreuet.
Dann gelobe flehend den Luftgebilden der Toten:
Wenn du gen Ithaka kommst, eine Kuh, unfruchtbar und fehllos,

ῥέξειν ἐν μεγάροισι πυρήν τ᾽ ἐμπλησέμεν ἐσθλῶν,
Τειρεσίηι δ᾽ ἀπάνευθεν ὄιν ἱερευσέμεν οἴωι
παμμέλαν᾽, ὃς μήλοισι μεταπρέπει ὑμετέροισιν.
αὐτὰρ ἐπὴν εὐχῆισι λίσηι κλυτὰ ἔθνεα νεκρῶν,
ἔνθ᾽ ὄιν ἀρνειὸν ῥέζειν θῆλύν τε μέλαιναν
εἰς Ἔρεβος στρέψας, αὐτὸς δ᾽ ἀπονόσφι τραπέσθαι
ἱέμενος ποταμοῖο ῥοάων· ἔνθα δὲ πολλαὶ
ψυχαὶ ἐλεύσονται νεκύων κατατεθνηώτων.
δὴ τότ᾽ ἔπειθ᾽ ἑτάροισιν ἐποτρῦναι καὶ ἀνῶξαι
μῆλα, τὰ δὴ κατάκειτ᾽ ἐσφαγμένα νηλέι χαλκῶι,
δείραντας κατακῆαι, ἐπεύξασθαι δὲ θεοῖσιν,
ἰφθίμωι τ᾽ Ἀίδηι καὶ ἐπαινῆι Περσεφονείηι·
αὐτὸς δὲ ξίφος ὀξὺ ἐρυσσάμενος παρὰ μηροῦ
ἧσθαι, μηδὲ ἐᾶν νεκύων ἀμενηνὰ κάρηνα
αἵματος ἆσσον ἴμεν, πρὶν Τειρεσίαο πυθέσθαι.
ἔνθα τοι αὐτίκα μάντις ἐλεύσεται, ὄρχαμε λαῶν,
ὅς κέν τοι εἴπηισιν ὁδὸν καὶ μέτρα κελεύθου
νόστον θ᾽, ὡς ἐπὶ πόντον ἐλεύσεαι ἰχθυόεντα.‘
ὣς ἔφατ᾽, αὐτίκα δὲ χρυσόθρονος ἤλυθεν Ἠώς.
ἀμφὶ δέ με χλαῖνάν τε χιτῶνά τε εἵματα ἕσσεν·
αὐτὴ δ᾽ ἀργύφεον φᾶρος μέγα ἕννυτο νύμφη,
λεπτὸν καὶ χαρίεν, περὶ δὲ ζώνην βάλετ᾽ ἰξυῖ
καλὴν χρυσείην, κεφαλῆι δ᾽ ἐπέθηκε καλύπτρην.
αὐτὰρ ἐγὼ διὰ δώματ᾽ ἰὼν ὤτρυνον ἑταίρους
μειλιχίοις ἐπέεσσι παρασταδὸν ἄνδρα ἕκαστον·
‚μηκέτι νῦν εὕδοντες ἀωτεῖτε γλυκὺν ὕπνον,
ἀλλ᾽ ἴομεν· δὴ γάρ μοι ἐπέφραδε πότνια Κίρκη.‘
ὣς ἐφάμην, τοῖσιν δ᾽ ἐπεπείθετο θυμὸς ἀγήνωρ.
οὐδὲ μὲν οὐδ᾽ ἔνθεν περ ἀπήμονας ἦγον ἑταίρους.
Ἐλπήνωρ δέ τις ἔσκε νεώτατος, οὔτε τι λίην
ἄλκιμος ἐν πολέμωι οὔτε φρεσὶν ἧισιν ἀρηρώς·
ὅς μοι ἄνευθ᾽ ἑτάρων ἱεροῖς ἐν δώμασι Κίρκης,
ψύχεος ἱμείρων, κατελέξατο οἰνοβαρείων.
κινυμένων δ᾽ ἑτάρων ὅμαδον καὶ δοῦπον ἀκούσας
ἐξαπίνης ἀνόρουσε καὶ ἐκλάθετο φρεσὶν ἧισιν
ἄψορρον καταβῆναι ἰὼν ἐς κλίμακα μακρήν,
ἀλλὰ καταντικρὺ τέγεος πέσεν· ἐκ δέ οἱ αὐχὴν
ἀστραγάλων ἐάγη, ψυχὴ δ᾽ Ἄϊδόσδε κατῆλθεν.
ἐρχομένοισι δὲ τοῖσιν ἐγὼ μετὰ μῦθον ἔειπον·
‚φάσθε νύ που οἶκόνδε φίλην ἐς πατρίδα γαῖαν
ἔρχεσθ᾽· ἄλλην δ᾽ ἧμιν ὁδὸν τεκμήρατο Κίρκη,

In dem Palaste zu opfern, und köstliches Gut zu verbrennen,
Und für Teiresias noch besonders den stattlichsten Widder
Eurer ganzen Herde, von schwarzer Farbe, zu schlachten.
Hast du den herrlichen Scharen der Toten geflehet, dann opfre
Einen Bock und ein Schaf von ungezeichneter Schwärze,
Ihre Häupter gekehrt zum Erebos; aber du selber
Wende dein Antlitz zurück nach den Fluten des Stromes. Dann werden
Viele Seelen kommen der abgeschiedenen Toten.
Jetzo ermahn' und treib aufs äußerste deine Gefährten,
Beide liegenden Schafe, vom grausamen Erze getötet,
Abzuziehn, und ins Feuer zu werfen, und anzubeten
Aïdes schreckliche Macht und die strenge Persephoneia.
Aber du reiße schnell das geschliffene Schwert von der Hüfte,
Setze dich hin, und laß die Luftgebilde der Toten
Sich dem Blute nicht nahn, bevor du Teiresias ratfragst.
Und bald wird der Prophet herwandeln, o Führer der Völker,
Daß er dir weissage den Weg und die Mittel der Reise,
Und wie du heimgelangst auf dem fischdurchwimmelten Meere.
    Also sprach sie; da kam die goldenthronende Eos.
Und sie bekleidete mich mit wollichtem Mantel und Leibrock;
Aber sich selber zog die Nymphe ihr Silbergewand an,
Lang, anmutig und fein; und schlang um die Hüfte den schönen
Goldgetriebenen Gürtel, und schmückte das Haupt mit dem Schleier.
Aber ich ging durch die Burg, und ermunterte meine Gefährten,
Trat zu jeglichem Mann, und sprach die freundlichen Worte:
    Lieget nun nicht länger, vom süßen Schlummer umduftet!
Laßt uns reisen, denn schon ermahnt mich die göttliche Kirke!
    Also sprach ich, und zwang ihr edles Herz zum Gehorsam.
Aber ich führt' auch von dannen nicht ohne Verlust die Gefährten.
Denn der Jüngste der Schar Elpenor, nicht eben besonders
Tapfer gegen den Feind, noch mit Verstande gesegnet,
Hatte sich heimlich beiseit' auf Kirkes heilige Wohnung,
Von der Hitze des Weins sich abzukühlen, gelagert.
Jetzo vernahm er den Lärm und das rege Getümmel der Freunde;
Plötzlich sprang er empor, und vergaß in seiner Betäubung,
Wieder hinab die Stufen der langen Treppe zu steigen;
Sondern er stürzte sich grade vom Dache hinunter; der Nacken
Brach aus seinem Gelenk, und die Seele fuhr in die Tiefe.
    Zu der versammelten Schar der übrigen sprach ich im Gehen:
Freunde, ihr wähnt vielleicht, zur lieben heimischen Insel
Hinzugehn; doch Kirke gebeut eine andere Reise,

εἰς Ἀΐδαο δόμους καὶ ἐπαινῆς Περσεφονείης
ψυχῇ χρησομένους Θηβαίου Τειρεσίαο.'
ὣς ἐφάμην, τοῖσιν δὲ κατεκλάσθη φίλον ἦτορ,
ἑζόμενοι δὲ κατ' αὖθι γόων τίλλοντό τε χαίτας·.
ἀλλ' οὐ γάρ τις πρῆξις ἐγίγνετο μυρομένοισιν.
ἀλλ' ὅτε δή ῥ' ἐπὶ νῆα θοὴν καὶ θῖνα θαλάσσης
ἤιομεν ἀχνύμενοι θαλερὸν κατὰ δάκρυ χέοντες,
τόφρα δ' ἄρ' οἰχομένη Κίρκη παρὰ νηὶ μελαίνῃ
ἀρνειὸν κατέδησεν ὄιν θῆλύν τε μέλαιναν,
ῥεῖα παρεξελθοῦσα· τίς ἂν θεὸν οὐκ ἐθέλοντα
ὀφθαλμοῖσιν ἴδοιτ' ἢ ἔνθ' ἢ ἔνθα κιόντα;

Hin zu Aïdes' Reich und der strengen Persephoneia,
Um des thebäischen Greises Teiresias' Seele zu fragen.
Als sie dieses vernommen, da brach ihr Herz vor Betrübnis;
Jammernd setzten sie sich in den Staub, und rauften ihr Haupthaar:
Aber sie konnten ja nichts mit ihrer Klage gewinnen.
Während wir nun zu dem rüstigen Schiff am Strande des Meeres
Herzlich bekümmert gingen, und viele Tränen vergießend;
Ging auch Kirke dahin, und band bei dem schwärzlichen Schiffe
Einen Bock und ein Schaf von ungezeichneter Schwärze,
Leicht uns vorüberschlüpfend. Denn welches Sterblichen Auge
Mag des Unsterblichen Gang, der sich verhüllet, entdecken?

ΟΔΥΣΣΕΙΑΣ Λ

Νέκυια.

Αὐτὰρ ἐπεί ῥ' ἐπὶ νῆα κατήλθομεν ἠδὲ θάλασσαν,
νῆα μὲν ἂρ πάμπρωτον ἐρύσσαμεν εἰς ἅλα δῖαν,
ἐν δ' ἱστὸν τιθέμεσθα καὶ ἱστία νηὶ μελαίνηι,
ἐν δὲ τὰ μῆλα λαβόντες ἐβήσαμεν, ἂν δὲ καὶ αὐτοὶ
βαίνομεν ἀχνύμενοι θαλερὸν κατὰ δάκρυ χέοντες.
ἡμῖν δ' αὖ κατόπισθε νεὸς κυανοπρώιροιο
ἴκμενον οὖρον ἵει πλησίστιον, ἐσθλὸν ἑταῖρον,
Κίρκη εὐπλόκαμος, δεινὴ θεὸς αὐδήεσσα.
ἡμεῖς δ' ὅπλα ἕκαστα πονησάμενοι κατὰ νῆα
ἥμεθα· τὴν δ' ἄνεμός τε κυβερνήτης τ' ἴθυνε.
τῆς δὲ πανημερίης τέταθ' ἱστία ποντοπορούσης·
δύσετό τ' ἠέλιος σκιόωντό τε πᾶσαι ἀγυιαί.
ἡ δ' ἐς πείραθ' ἵκανε βαθυρρόου Ὠκεανοῖο.
ἔνθα δὲ Κιμμερίων ἀνδρῶν δῆμός τε πόλις τε,
ἠέρι καὶ νεφέληι κεκαλυμμένοι· οὐδέ ποτ' αὐτοὺς
ἠέλιος φαέθων καταδέρκεται ἀκτίνεσσιν,
οὔθ' ὁπότ' ἂν στείχηισι πρὸς οὐρανὸν ἀστερόεντα,
οὔθ' ὅτ' ἂν ἂψ ἐπὶ γαῖαν ἀπ' οὐρανόθεν προτράπηται,
ἀλλ' ἐπὶ νὺξ ὀλοὴ τέταται δειλοῖσι βροτοῖσι.
νῆα μὲν ἔνθ' ἐλθόντες ἐκέλσαμεν, ἐκ δὲ τὰ μῆλα
εἱλόμεθ'· αὐτοὶ δ' αὖτε παρὰ ῥόον Ὠκεανοῖο
ἤιομεν, ὄφρ' ἐς χῶρον ἀφικόμεθ', ὃν φράσε Κίρκη.
ἔνθ' ἱερήια μὲν Περιμήδης Εὐρύλοχός τε
ἔσχον· ἐγὼ δ' ἄορ ὀξὺ ἐρυσσάμενος παρὰ μηροῦ
βόθρον ὄρυξ' ὅσσον τε πυγούσιον ἔνθα καὶ ἔνθα,
ἀμφ' αὐτῶι δὲ χοὴν χεόμην πᾶσιν νεκύεσσι,
πρῶτα μελικρήτωι, μετέπειτα δὲ ἡδέι οἴνωι,
τὸ τρίτον αὖθ' ὕδατι· ἐπὶ δ' ἄλφιτα λευκὰ πάλυνον.
πολλὰ δὲ γουνούμην νεκύων ἀμενηνὰ κάρηνα,
ἐλθὼν εἰς Ἰθάκην στεῖραν βοῦν, ἥ τις ἀρίστη,

ELFTER GESANG

Ein nördlicher Götterwind führt den Odysseus zum Gestade der nächtlichen Kimmerier, wo der Weltstrom Okeanos ins Meer einströmt. An der Kluft, die in Aïdes unterirdisches Reich hinabgeht, opfert er Totenopfer; worauf die Geister aus der Tiefe dem Blute nahn. Elpenor fleht um Bestattung. Die Mutter wird vom Blute gehemmt, bis Teiresias getrunken und geweissagt. Dann trinkt die Mutter, und erkennt ihn. Dann Seelen uralter Heldinnen. Dann Agamemnon mit den Seinigen. Achilleus mit Patroklos und Antilochos; auch Ajas, Telamons Sohn. In der Ferne der richtende Minos; Orion jagend; Tityos, Tantalos und Sisyphos gequält. Des Herakles' Bild annahend. Rückfahrt aus dem Okeanos.

Als wir jetzo das Schiff und des Meeres Ufer erreichten,
Zogen wir erstlich das Schiff hinab in die heilige Meersflut,
Stellten die Masten empor und die Segel im schwärzlichen Schiffe,
Brachten darauf die Schafe hinein, und traten dann selber
Herzlich bekümmert ins Schiff, und viele Tränen vergießend.
Jene sandte vom Ufer dem blaugeschnäbelten Schiffe,
Günstigen segelschwellenden Wind, zum guten Begleiter,
Kirke die Schöngelockte, die hehre melodische Göttin.
Eilig brachten wir jetzt die Geräte des Schiffes in Ordnung,
Saßen dann still, und ließen vom Wind und Steuer uns lenken.
Und wir durchschifften den Tag mit vollem Segel die Wasser.
Und die Sonne sank, und Dunkel umhüllte die Pfade.
  Jetzo erreichten wir des tiefen Oceans Ende.
Allda liegt das Land und die Stadt der kimmerischen Männer.
Diese tappen beständig in Nacht und Nebel; und niemals
Schauet strahlend auf sie der Gott der leuchtenden Sonne;
Weder wenn er die Bahn des sternichten Himmels hinansteigt,
Noch wenn er wieder hinab vom Himmel zur Erde sich wendet:
Sondern schreckliche Nacht umhüllt die elenden Menschen.
  Und wir zogen das Schiff an den Strand, und nahmen die Schafe
Schnell aus dem Raum; dann gingen wir längs des Oceans Ufer,
Bis wir den Ort erreichten, wovon uns Kirke gesaget.
Allda hielten die Opfer Eurylochos und Perimedes.
Aber nun eilt' ich, und zog das geschliffene Schwert von der Hüfte,
Eine Grube zu graben, von einer Ell' ins Gevierte.
Hierum gossen wir rings Sühnopfer für alle Toten:
Erst von Honig und Milch, von süßem Weine das zweite,
Und das dritte von Wasser, mit weißem Mehle bestreuet.
Dann gelobt' ich flehend den Luftgebilden der Toten,
Wann ich gen Ithaka käm, eine Kuh, unfruchtbar und fehllos,

ῥέξειν ἐν μεγάροισι πυρήν τ᾽ ἐμπλησέμεν ἐσθλῶν,
Τειρεσίηι δ᾽ ἀπάνευθεν ὄϊν ἱερευσέμεν οἴωι
παμμέλαν᾽, ὃς μήλοισι μεταπρέπει ἡμετέροισι.
τοὺς δ᾽ ἐπεὶ εὐχωλῆισι λιτῆισί τε, ἔθνεα νεκρῶν,
ἐλλισάμην, τὰ δὲ μῆλα λαβὼν ἀπεδειροτόμησα
ἐς βόθρον, ῥέε δ᾽ αἷμα κελαινεφές· αἱ δ᾽ ἀγέροντο
ψυχαὶ ὑπὲξ Ἐρέβευς νεκύων κατατεθνηώτων.
νύμφαι τ᾽ ἠίθεοί τε πολύτλητοί τε γέροντες
παρθενικαί τ᾽ ἀταλαὶ νεοπενθέα θυμὸν ἔχουσαι,
πολλοὶ δ᾽ οὐτάμενοι χαλκήρεσιν ἐγχείηισιν,
ἄνδρες ἀρηίφατοι βεβροτωμένα τεύχε᾽ ἔχοντες·
οἳ πολλοὶ περὶ βόθρον ἐφοίτων ἄλλοθεν ἄλλος
θεσπεσίηι ἰαχῆι· ἐμὲ δὲ χλωρὸν δέος ἥιρει.
δὴ τότ᾽ ἔπειθ᾽ ἑτάροισιν ἐποτρύνας ἐκέλευσα
μῆλα, τὰ δὴ κατέκειτ᾽ ἐσφαγμένα νηλέι χαλκῶι,
δείραντας κατακῆαι, ἐπεύξασθαι δὲ θεοῖσιν,
ἰφθίμωι τ᾽ Ἀΐδηι καὶ ἐπαινῆι Περσεφονείηι·
αὐτὸς δὲ ξίφος ὀξὺ ἐρυσσάμενος παρὰ μηροῦ
ἥμην, οὐδ᾽ εἴων νεκύων ἀμενηνὰ κάρηνα
αἵματος ἆσσον ἴμεν, πρὶν Τειρεσίαο πυθέσθαι.
πρώτη δὲ ψυχὴ Ἐλπήνορος ἦλθεν ἑταίρου·
οὐ γάρ πω ἐτέθαπτο ὑπὸ χθονὸς εὐρυοδείης·
σῶμα γὰρ ἐν Κίρκης μεγάρωι κατελείπομεν ἡμεῖς
ἄκλαυτον καὶ ἄθαπτον, ἐπεὶ πόνος ἄλλος ἔπειγε.
τὸν μὲν ἐγὼ δάκρυσα ἰδὼν ἐλέησά τε θυμῶι,
καί μιν φωνήσας ἔπεα πτερόεντα προσηύδων·
‚Ἐλπῆνορ, πῶς ἦλθες ὑπὸ ζόφον ἠερόεντα;
ἔφθης πεζὸς ἰὼν ἢ ἐγὼ σὺν νηὶ μελαίνηι.‘
ὣς ἐφάμην, ὁ δέ μ᾽ οἰμώξας ἠμείβετο μύθωι·
‚διογενὲς Λαερτιάδη, πολυμήχαν᾽ Ὀδυσσεῦ,
ἆσέ με δαίμονος αἶσα κακὴ καὶ ἀθέσφατος οἶνος.
Κίρκης δ᾽ ἐν μεγάρωι καταλέγμενος οὐκ ἐνόησα
ἄψορρον καταβῆναι ἰὼν ἐς κλίμακα μακρήν,
ἀλλὰ καταντικρὺ τέγεος πέσον· ἐκ δέ μοι αὐχὴν
ἀστραγάλων ἐάγη, ψυχὴ δ᾽ Ἄϊδόσδε κατῆλθε.
νῦν δέ σε τῶν ὄπιθεν γουνάζομαι, οὐ παρεόντων,
πρός τ᾽ ἀλόχου καὶ πατρός, ὅ σ᾽ ἔτρεφε τυτθὸν ἐόντα,
Τηλεμάχου θ᾽, ὃν μοῦνον ἐνὶ μεγάροισιν ἔλειπες·
οἶδα γὰρ ὡς ἐνθένδε κιὼν δόμου ἐξ Ἀίδαο
νῆσον ἐς Αἰαίην σχήσεις εὐεργέα νῆα·
ἔνθα σ᾽ ἔπειτα, ἄναξ, κέλομαι μνήσασθαι ἐμεῖο.

In dem Palaste zu opfern, und köstliches Gut zu verbrennen,
Und für Teiresias noch besonders den stattlichsten Widder
Unserer ganzen Herde, von schwarzer Farbe, zu schlachten.
Und nachdem ich flehend die Schar der Toten gesühnet,
Nahm ich die Schaf', und zerschnitt die Gurgeln über der Grube;
Schwarz entströmte das Blut: und aus dem Erebos kamen
Viele Seelen herauf der abgeschiedenen Toten.
Jüngling' und Bräute kamen, und kummerbeladene Greise,
Und aufblühende Mädchen, im jungen Grame verloren.
Viele kamen auch, von ehernen Lanzen verwundet,
Kriegerschlagene Männer, mit blutbesudelter Rüstung.
Dicht umdrängten sie alle von allen Seiten die Grube
Mit graunvollem Geschrei; und bleiches Entsetzen ergriff mich.
Nun befahl ich, und trieb aufs äußerste meine Gefährten,
Beide liegenden Schafe, vom grausamen Erze getötet,
Abzuziehn und ins Feuer zu werfen, und anzubeten
Aïdes' schreckliche Macht und die strenge Persephoneia.
Aber ich eilt', und zog das geschliffene Schwert von der Hüfte,
Setzte mich hin, und ließ die Luftgebilde der Toten
Sich dem Blute nicht nahn, bevor ich Teiresias fragte.
Erstlich kam die Seele von unserm Gefährten Elpenor.
Denn er ruhte noch nicht in der weitumwanderten Erde;
Sondern wir hatten den Leichnam in Kirkes Wohnung verlassen,
Weder beweint noch begraben; uns drängten andere Sorgen.
Weinend erblickt' ich ihn, und fühlete herzliches Mitleid,
Und ich redet' ihn an, und sprach die geflügelten Worte:
Sag', Elpenor, wie kamst du hinab ins nächtliche Dunkel?
Gingst du schneller zu Fuß, als ich im schwärzlichen Schiffe?
Also sprach ich; und drauf begann er mit schluchzender Stimme:
Edler Laertiad', erfindungsreicher Odysseus,
Ach ein feindlicher Geist und der Weinrausch war mein Verderben!
Schlummernd auf Kirkes Palast, vergaß ich in meiner Betäubung,
Wieder hinab die Stufen der langen Treppe zu steigen;
Sondern ich stürzte mich grade vom Dache hinunter; der Nacken
Brach aus seinem Gelenk, und die Seele fuhr in die Tiefe.
Doch nun fleh' ich dich an bei deinen verlassenen Lieben,
Deiner Gemahlin, dem Vater, der dich als Knaben gepfleget,
Und bei dem einzigen Sohne Telemachos, welcher daheim blieb;
Denn ich weiß es, du kehrst zurück aus Aïdes Herrschaft,
Und dein rüstiges Schiff erreicht die Insel Ääa!
Dort, begehr' ich von dir, gedenke meiner, o König:

μή μ' ἄκλαυτον ἄθαπτον ἰὼν ὄπιθεν καταλείπειν
νοσφισθείς, μή τοί τι θεῶν μήνιμα γένωμαι,
ἀλλά με κακκῆαι σὺν τεύχεσιν, ἅσσα μοι ἔστιν,
σῆμά τέ μοι χεῦαι πολιῆς ἐπὶ θινὶ θαλάσσης,
ἀνδρὸς δυστήνοιο καὶ ἐσσομένοισι πυθέσθαι.
ταῦτά τέ μοι τελέσαι πῆξαί τ' ἐπὶ τύμβωι ἐρετμόν,
τῶι καὶ ζωὸς ἔρεσσον ἐὼν μετ' ἐμοῖς ἑτάροισιν.'
  ὣς ἔφατ', αὐτὰρ ἐγώ μιν ἀμειβόμενος προσέειπον·
, ταῦτά τοι, ὦ δύστηνε, τελευτήσω τε καὶ ἔρξω.'
  νῶι μὲν ὣς ἐπέεσσιν ἀμειβομένω στυγεροῖσιν
ἥμεθ', ἐγὼ μὲν ἄνευθεν ἐφ' αἵματι φάσγανον ἴσχων,
εἴδωλον δ' ἑτέρωθεν ἑταίρου πόλλ' ἀγόρευεν·
  ἦλθε δ' ἐπὶ ψυχὴ μητρὸς κατατεθνηυίης,
Αὐτολύκου θυγάτηρ μεγαλήτορος Ἀντίκλεια,
τὴν ζωὴν κατέλειπον ἰὼν εἰς Ἴλιον ἱρήν.
τὴν μὲν ἐγὼ δάκρυσα ἰδὼν ἐλέησά τε θυμῶι·
ἀλλ' οὐδ' ὣς εἴων προτέρην, πυκινόν περ ἀχεύων,
αἵματος ἆσσον ἴμεν, πρὶν Τειρεσίαο πυθέσθαι.
  ἦλθε δ' ἐπὶ ψυχὴ Θηβαίου Τειρεσίαο
χρύσεον σκῆπτρον ἔχων, ἐμὲ δ' ἔγνω καὶ προσέειπεν·
, διογενὲς Λαερτιάδη, πολυμήχαν' Ὀδυσσεῦ,
τίπτ' αὖτ', ὦ δύστηνε, λιπὼν φάος ἠελίοιο
ἤλυθες, ὄφρα ἴδηι νέκυας καὶ ἀτερπέα χῶρον;
ἀλλ' ἀποχάζεο βόθρου, ἄπισχε δὲ φάσγανον ὀξύ,
αἵματος ὄφρα πίω καί τοι νημερτέα εἴπω.'
  ὣς φάτ', ἐγὼ δ' ἀναχασσάμενος ξίφος ἀργυρόηλον
κουλεῶι ἐγκατέπηξ'. ὁ δ' ἐπεὶ πίεν αἷμα κελαινόν,
καὶ τότε δή μ' ἐπέεσσι προσηύδα μάντις ἀμύμων·
  , νόστον δίζηαι μελιηδέα, φαίδιμ' Ὀδυσσεῦ·
τὸν δέ τοι ἀργαλέον θήσει θεός· οὐ γὰρ ὀίω
λήσειν ἐννοσίγαιον, ὅ τοι κότον ἔνθετο θυμῶι
χωόμενος ὅτι οἱ υἱὸν φίλον ἐξαλάωσας.
ἀλλ' ἔτι μέν κε καὶ ὣς κακά περ πάσχοντες ἵκοισθε,
αἴ κ' ἐθέληις σὸν θυμὸν ἐρυκακέειν καὶ ἑταίρων,
ὁππότε κε πρῶτον πελάσηις εὐεργέα νῆα
Θρινακίηι νήσωι, προφυγὼν ἰοειδέα πόντον,
βοσκομένας δ' εὕρητε βόας καὶ ἴφια μῆλα
Ἠελίου, ὃς πάντ' ἐφορᾶι καὶ πάντ' ἐπακούει.
τὰς εἰ μέν κ' ἀσινέας ἐάαις νόστου τε μέδηαι,
καί κεν ἔτ' εἰς Ἰθάκην κακά περ πάσχοντες ἵκοισθε·
εἰ δέ κε σίνηαι, τότε τοι τεκμαίρομ' ὄλεθρον,

Laß nicht unbeweinet und unbegraben mich liegen,
Wann du scheidest, damit dich der Götter Rache nicht treffe!
Sondern verbrenne mich, samt meiner gewöhnlichen Rüstung,
Häufe mir dann am Gestade des grauen Meeres ein Grabmal,
Daß die Enkel noch hören von mir unglücklichem Manne!
Dieses richte mir aus, und pflanz' auf den Hügel das Ruder.
Welches ich lebend geführt, in meiner Freunde Gesellschaft.
Also sprach er; und ich antwortete wieder, und sagte:
Dies, unglücklicher Freund, will ich dir alles vollenden.
Also saßen wir dort, und redeten traurige Worte;
Ich an der einen Seite, der über dem Blute das Schwert hielt,
Und an der andern der Geist des kummervollen Gefährten.
Jetzo kam die Seele von meiner gestorbenen Mutter,
Antikleia, des großgesinnten Autolykos' Tochter,
Welche noch lebte, da ich zur heiligen Ilios schiffte.
Weinend erblickt' ich sie, und fühlete herzliches Mitleid;
Dennoch verbot ich ihr, obgleich mit inniger Wehmut,
Sich dem Blute zu nahn, bevor ich Teiresias fragte.
Jetzo kam des alten Thebäers Teiresias' Seele,
Haltend den goldenen Stab; er kannte mich gleich, und begann so:
Edler Laertiad', erfindungsreicher Odysseus,
Warum verließest du doch das Licht der Sonne, du Armer,
Und kamst hier, die Toten zu schaun und den Ort des Entsetzens?
Aber weiche zurück, und wende das Schwert von der Grube,
Daß ich trinke des Blutes, und dir dein Schicksal verkünde.
Also sprach er; ich wich, und steckte das silberbeschlagene
Schwert in die Scheid'. Und sobald er des schwarzen Blutes getrunken,
Da begann er und sprach, der hocherleuchtete Seher:
Glückliche Heimfahrt suchst du, o weitberühmter Odysseus:
Aber sie wird dir ein Gott schwer machen; denn nimmer entrinnen
Wirst du dem Erderschüttrer! Er trägt dir heimlichen Groll nach,
Zürnend, weil du den Sohn des Augenlichtes beraubt hast.
Dennoch kämet ihr einst, obzwar unglücklich, zur Heimat,
Möchtest du nur dein Herz und deiner Freunde bezähmen,
Wann du jetzo, den Schrecken des dunkeln Meeres entfliehend,
Mit dem rüstigen Schiff' an der Insel Thrinakia landest,
Und die weidenden Rinder und feisten Schafe da findest,
Heilig dem Sonnengotte, der alles siehet und höret.
Denn so du, eingedenk der Heimkunft, diese verschonest,
Könnet ihr einst, obzwar unglücklich, gen Ithaka kommen.
Aber verletzest du sie; alsdann weissag' ich Verderben

νηί τε καὶ ἑτάροις. αὐτὸς δ' εἴ πέρ κεν ἀλύξῃς,
ὀψὲ κακῶς νεῖαι, ὀλέσας ἄπο πάντας ἑταίρους,
νηὸς ἐπ' ἀλλοτρίης· δήεις δ' ἐν πήματα οἴκωι,
ἄνδρας ὑπερφιάλους, οἵ τοι βίοτον κατέδουσι
μνώμενοι ἀντιθέην ἄλοχον καὶ ἕδνα διδόντες.
ἀλλ' ἦ τοι κείνων γε βίας ἀποτίσεαι ἐλθών·
αὐτὰρ ἐπὴν μνηστῆρας ἐνὶ μεγάροισι τεοῖσι
κτείνηις ἠὲ δόλωι ἢ ἀμφαδὸν ὀξέι χαλκῶι,
ἔρχεσθαι δὴ ἔπειτα λαβὼν εὐῆρες ἐρετμόν,
εἰς ὅ κε τοὺς ἀφίκηαι οἳ οὐκ ἴσασι θάλασσαν
ἀνέρες, οὐδέ θ' ἅλεσσι μεμιγμένον εἶδαρ ἔδουσιν·
οὐδ' ἄρα τοί γ' ἴσασι νέας φοινικοπαρήιους
οὐδ' εὐήρε' ἐρετμά, τά τε πτερὰ νηυσὶ πέλονται.
σῆμα δέ τοι ἐρέω μάλ' ἀριφραδές, οὐδέ σε λήσει·
ὁππότε κεν δή τοι συμβλήμενος ἄλλος ὁδίτης
φήηι ἀθηρηλοιγὸν ἔχειν ἀνὰ φαιδίμωι ὤμωι,
καὶ τότε δὴ γαίηι πήξας εὐῆρες ἐρετμόν,
ῥέξας ἱερὰ καλὰ Ποσειδάωνι ἄνακτι,
ἀρνειὸν ταῦρόν τε συῶν τ' ἐπιβήτορα κάπρον,
οἴκαδ' ἀποστείχειν ἔρδειν θ' ἱερᾶς ἑκατόμβας
ἀθανάτοισι θεοῖσι, τοὶ οὐρανὸν εὐρὺν ἔχουσι,
πᾶσι μάλ' ἑξείης. θάνατος δέ τοι ἐξ ἁλὸς αὐτῶι
ἀβληχρὸς μάλα τοῖος ἐλεύσεται, ὅς κέ σε πέφνηι
γήραι ὕπο λιπαρῶι ἀρημένον· ἀμφὶ δὲ λαοὶ
ὄλβιοι ἔσσονται. τὰ δέ τοι νημερτέα εἴρω.'
    ὣς ἔφατ', αὐτὰρ ἐγώ μιν ἀμειβόμενος προσέειπον·
,Τειρεσίη, τὰ μὲν ἄρ που ἐπέκλωσαν θεοὶ αὐτοί.
ἀλλ' ἄγε μοι τόδε εἰπὲ καὶ ἀτρεκέως κατάλεξον·
μητρὸς τήνδ' ὁρόω ψυχὴν κατατεθνηυίης·
ἡ δ' ἀκέουσ' ἧσται σχεδὸν αἵματος, οὐδ' ἑὸν υἱὸν
ἔτλη ἐσάντα ἰδεῖν οὐδὲ προτιμυθήσασθαι.
εἰπέ, ἄναξ, πῶς κέν με ἀναγνοίη τὸν ἐόντα;'
    ὣς ἐφάμην, ὁ δέ μ' αὐτίκ' ἀμειβόμενος προσέειπεν·
,ῥηΐδιόν τοι ἔπος ἐρέω καὶ ἐπὶ φρεσὶ θήσω.
ὅν τινα μέν κεν ἐᾶις νεκύων κατατεθνηώτων
αἵματος ἆσσον ἴμεν, ὁ δέ τοι νημερτὲς ἐνίψει·
ὧι δέ κ' ἐπιφθονέῃς, ὁ δέ τοι πάλιν εἶσιν ὀπίσσω.'
    ὣς φαμένη ψυχὴ μὲν ἔβη δόμον Ἄϊδος εἴσω
Τειρεσίαο ἄνακτος, ἐπεὶ κατὰ θέσφατ' ἔλεξεν·
αὐτὰρ ἐγὼν αὐτοῦ μένον ἔμπεδον, ὄφρ' ἐπὶ μήτηρ
ἤλυθε καὶ πίεν αἷμα κελαινεφές· αὐτίκα δ' ἔγνω,

Deinem Schiff' und den Freunden. Und wenn du selber entrinnest,
Wirst du doch spät, unglücklich, und ohne Gefährten zur Heimat
Kommen, auf fremdem Schiff', und Elend finden im Hause,
Übermütige Männer, die deine Habe verschlingen,
Und dein göttliches Weib mit Brautgeschenken umwerben:
Aber kommen wirst du, und strafen den Trotz der Verräter.
Hast du jetzo die Freier, mit Klugheit, oder gewaltsam
Mit der Schärfe des Schwerts, in deinem Palaste getötet;
Siehe dann nimm in die Hand ein geglättetes Ruder, und gehe
Fort in die Welt, bis du kommst zu Menschen, welche das Meer nicht
Kennen, und keine Speise gewürzt mit Salze genießen,
Welchen auch Kenntnis fehlt von rotgeschnäbelten Schiffen,
Und von geglätteten Rudern, den Fittichen eilender Schiffe.
Deutlich will ich sie dir bezeichnen, daß du nicht irrest.
Wenn ein Wanderer einst, der dir in der Fremde begegnet,
Sagt, du tragst eine Schaufel auf deiner rüstigen Schulter;
Siehe dann steck' in die Erde das schöngeglättete Ruder,
Bringe stattliche Opfer dem Meerbeherrscher Poseidon,
Einen Widder und Stier und einen mutigen Eber.
Und nun kehre zurück, und opfere heilige Gaben
Allen unsterblichen Göttern, des weiten Himmels Bewohnern,
Nach der Reihe herum. Zuletzt wird außer dem Meere
Kommen der Tod, und dich, vom hohen behaglichen Alter
Aufgelöseten, sanft hinnehmen, wann ringsum die Völker
Froh und glücklich sind. Nun hab' ich dein Schicksal verkündet.
  Also sprach er; und ich antwortete wieder, und sagte:
Ja, Teiresias, selbst die Götter beschieden mir solches!
Aber verkündige mir, und sage die lautere Wahrheit.
Dort erblick' ich die Seele von meiner gestorbenen Mutter:
Diese sitzet still bei dem Blut, und würdigt dem Sohne
Weder ein Wort zu sagen, noch grad' ins Antlitz zu schauen.
Wie beginn' ich es, Herrscher, daß sie als Sohn mich erkenne?
  Also sprach ich; und schnell antwortete jener, und sagte:
Leicht ist, was du mich fragst; ich will dir's gerne verkünden.
Wem du jetzo erlaubst der abgeschiedenen Toten,
Sich dem Blute zu nahn, der wird dir Wahres erzählen;
Aber wem du es wehrst, der wird stillschweigend zurückgehn.
  Also sprach des hohen Teiresias' Seele, und eilte
Wieder in Aïdes' Wohnung, nachdem sie mein Schicksal geweissagt,
Aber ich blieb dort sitzen am Rande der Grube, bis endlich
Meine Mutter kam, des schwarzen Blutes zu trinken.

καί μ' ὀλοφυρομένη ἔπεα πτερόεντα προσηύδα·
, τέκνον ἐμόν, πῶς ἦλθες ὑπὸ ζόφον ἠερόεντα
ζωὸς ἐών; χαλεπὸν δὲ τάδε ζωοῖσιν ὁρᾶσθαι.
μέσσωι γὰρ μεγάλοι ποταμοὶ καὶ δεινὰ ῥέεθρα,
Ὠκεανὸς μὲν πρῶτα, τὸν οὔ πως ἔστι περῆσαι
πεζὸν ἐόντ', ἢν μή τις ἔχηι εὐεργέα νῆα.
ἦ νῦν δὴ Τροίηθεν ἀλώμενος ἐνθάδ' ἱκάνεις
νηί τε καὶ ἑτάροισι πολὺν χρόνον; οὐδέ πω ἦλθες
εἰς Ἰθάκην, οὐδ' εἶδες ἐνὶ μεγάροισι γυναῖκα;'
ὣς ἔφατ', αὐτὰρ ἐγώ μιν ἀμειβόμενος προσέειπον·
, μῆτερ ἐμή, χρειώ με κατήγαγεν εἰς Ἀίδαο
ψυχῆι χρησόμενον Θηβαίου Τειρεσίαο·
οὐ γάρ πω σχεδὸν ἦλθον Ἀχαιΐδος, οὐδέ πω ἁμῆς
γῆς ἐπέβην, ἀλλ' αἰὲν ἔχων ἀλάλημαι ὀιζύν,
ἐξ οὗ τὰ πρώτισθ' ἑπόμην Ἀγαμέμνονι δίωι
Ἴλιον εἰς ἐύπωλον, ἵνα Τρώεσσι μαχοίμην.
ἀλλ' ἄγε μοι τόδε εἰπὲ καὶ ἀτρεκέως κατάλεξον·
τίς νύ σε κὴρ ἐδάμασσε τανηλεγέος θανάτοιο;
ἦ δολιχὴ νοῦσος, ἦ Ἄρτεμις ἰοχέαιρα
οἷς ἀγανοῖς βελέεσσιν ἐποιχομένη κατέπεφνεν;
εἰπὲ δέ μοι πατρός τε καὶ υἱέος, ὃν κατέλειπον,
ἢ ἔτι πὰρ κείνοισιν ἐμὸν γέρας, ἦέ τις ἤδη
ἀνδρῶν ἄλλος ἔχει, ἐμὲ δ' οὐκέτι φασὶ νέεσθαι.
εἰπὲ δέ μοι μνηστῆς ἀλόχου βουλήν τε νόον τε,
ἠὲ μένει παρὰ παιδὶ καὶ ἔμπεδα πάντα φυλάσσει
ἦ ἤδη μιν ἔγημεν Ἀχαιῶν ὅς τις ἄριστος.'
ὣς ἐφάμην, ἡ δ' αὐτίκ' ἀμείβετο πότνια μήτηρ·
, καὶ λίην κείνη γε μένει τετληότι θυμῶι
σοῖσιν ἐνὶ μεγάροισιν· ὀιζυραὶ δέ οἱ αἰεὶ
φθίνουσιν νύκτες τε καὶ ἤματα δάκρυ χεούσηι.
σὸν δ' οὔ πώ τις ἔχει καλὸν γέρας, ἀλλὰ ἕκηλος
Τηλέμαχος τεμένεα νέμεται καὶ δαῖτας ἐίσας
δαίνυται, ἃς ἐπέοικε δικασπόλον ἄνδρ' ἀλεγύνειν·
πάντες γὰρ καλέουσι. πατὴρ δὲ σὸς αὐτόθι μίμνει
ἀγρῶι, οὐδὲ πόλινδε κατέρχεται. οὐδέ οἱ εὐναὶ
δέμνια καὶ χλαῖναι καὶ ῥήγεα σιγαλόεντα,
ἀλλ' ὅ γε χεῖμα μὲν εὕδει ὅθι δμῶες ἐνὶ οἴκωι,
ἐν κόνι ἄγχι πυρός, κακὰ δὲ χροΐ εἵματα εἷται·
αὐτὰρ ἐπὴν ἔθηισι θέρος τεθαλυῖά τ' ὀπώρη,
πάντηι οἱ κατὰ γουνὸν ἀλωῆς οἰνοπέδοιο
φύλλων κεκλιμένων χθαμαλαὶ βεβλήαται εὐναί.

Und sie erkannte mich gleich, und sprach mit trauriger Stimme:
Lieber Sohn, wie kamst du hinab ins nächtliche Dunkel,
Da du noch lebst? Denn schwer wird Lebenden dieses zu schauen.
Große Ströme fließen und furchtbare Fluten dazwischen;
Und vor allen der Strom des Oceans, welchen zu Fuße
Niemand, sondern allein im rüstigen Schiffe durchwandert.
Schweifst du jetzo hieher, nachdem du vom troischen Ufer
Mit dem Schiff' und den Freunden so lange geirret? Und kamst du
Noch gen Ithaka nicht, und sahst zu Hause die Gattin?
Also sprach sie; und ich antwortete wieder, und sagte:
Meine Mutter, mich trieb die Not in Aïdes' Wohnung,
Um des thebäischen Greises Teiresias' Seele zu fragen.
Denn noch hab' ich Achaia, noch hab' ich unsere Heimat
Nicht berührt; ich irre noch stets von Leiden zu Leiden,
Seit ich zuerst in dem Heere des göttlichen Agamemnons
Hin gen Ilion zog, zum Kampf mit den Reisigen Trojas.
Aber verkündige mir, und sage die lautere Wahrheit:
Welches Schicksal bezwang dich des schlummergebenden Todes?
Zehrte dich Krankheit aus? Oder traf dich die Freundin der Pfeile
Artemis unversehns mit ihrem sanften Geschosse?
Sage mir auch von dem Vater und Sohne, den ich daheim ließ.
Ruht noch meine Würde auf ihnen, oder empfing sie
Schon ein anderer Mann; und glaubt man, ich kehre nicht wieder?
Melde mir auch die Gesinnung von meiner Ehegenossin:
Bleibt sie noch bei dem Sohn, und hält die Güter in Ordnung;
Oder ward sie bereits die Gattin des besten Achaiers?
Also sprach ich; mir gab die teure Mutter zur Antwort:
Allerdings weilt jene mit treuer duldender Seele
Noch in deinem Palast; und immer schwinden in Jammer
Ihre Tage dahin, und unter Tränen die Nächte.
Deine Würde empfing kein anderer; sondern in Frieden
Baut Telemachos noch des Königes Erbe, und speiset
Mit am Mahle des Volks, wie des Landes Richter gebühret;
Denn sie laden ihn alle. Dein Vater lebt auf dem Lande,
Wandelt nie in die Stadt, und wählet nimmer zum Lager
Bettgestelle, bedeckt mit Mänteln und prächtigen Polstern;
Sondern den Winter schläft er, bei seinen Knechten im Hause,
Neben dem Feuer im Staube, mit schlechten Gewanden umhüllet.
Und in den milderen Tagen des Sommers und reifenden Herbstes,
Bettet er überall im fruchtbaren Rebengefilde
Auf der Erde sein Lager von abgefallenen Blättern.

ἔνθ᾽ ὅ γε κεῖτ᾽ ἀχέων, μέγα δὲ φρεσὶ πένθος ἀέξει
σὸν νόστον ποθέων, χαλεπὸν δ᾽ ἐπὶ γῆρας ἱκάνει.
οὕτω γὰρ καὶ ἐγὼν ὀλόμην καὶ πότμον ἐπέσπον·
οὔτ᾽ ἐμέ γ᾽ ἐν μεγάροισιν ἐύσκοπος ἰοχέαιρα
οἷς ἀγανοῖς βελέεσσιν ἐποιχομένη κατέπεφνεν,
οὔτε τις οὖν μοι νοῦσος ἐπήλυθεν, ἥ τε μάλιστα
τηκεδόνι στυγερῆι μελέων ἐξείλετο θυμόν·
ἀλλά με σός τε πόθος σά τε μήδεα, φαίδιμ᾽ Ὀδυσσεῦ,
σή τ᾽ ἀγανοφροσύνη μελιηδέα θυμὸν ἀπηύρα.'
ὣς ἔφατ᾽, αὐτὰρ ἐγώ γ᾽ ἔθελον φρεσὶ μερμηρίξας
μητρὸς ἐμῆς ψυχὴν ἑλέειν κατατεθνηυίης.
τρὶς μὲν ἐφωρμήθην, ἑλέειν τέ με θυμὸς ἀνώγει,
τρὶς δέ μοι ἐκ χειρῶν σκιῆι εἴκελον ἢ καὶ ὀνείρωι
ἔπτατ᾽. ἐμοὶ δ᾽ ἄχος ὀξὺ γενέσκετο κηρόθι μᾶλλον,
καί μιν φωνήσας ἔπεα πτερόεντα προσηύδων·
‚ μῆτερ ἐμή, τί νύ μ᾽ οὐ μίμνεις ἑλέειν μεμαῶτα,
ὄφρα καὶ εἰν Ἀίδαο φίλας περὶ χεῖρε βαλόντε
ἀμφοτέρω κρυεροῖο τεταρπώμεσθα γόοιο;
ἦ τί μοι εἴδωλον τόδ᾽ ἀγαυὴ Περσεφόνεια
ὤτρυν᾽, ὄφρ᾽ ἔτι μᾶλλον ὀδυρόμενος στεναχίζω;'
ὣς ἐφάμην, ἡ δ᾽ αὐτίκ᾽ ἀμείβετο πότνια μήτηρ·
‚ ὤ μοι, τέκνον ἐμόν, περὶ πάντων κάμμορε φωτῶν,
οὔ τί σε Περσεφόνεια Διὸς θυγάτηρ ἀπαφίσκει,
ἀλλ᾽ αὕτη δίκη ἐστὶ βροτῶν, ὅτε τίς κε θάνησιν·
οὐ γὰρ ἔτι σάρκας τε καὶ ὀστέα ἶνες ἔχουσιν,
ἀλλὰ τὰ μέν τε πυρὸς κρατερὸν μένος αἰθομένοιο
δαμνᾶι, ἐπεί κε πρῶτα λίπηι λεύκ᾽ ὀστέα θυμός,
ψυχὴ δ᾽ ἠύτ᾽ ὄνειρος ἀποπταμένη πεπότηται.
ἀλλὰ φόωσδε τάχιστα λιλαίεο· ταῦτα δὲ πάντα
ἴσθ᾽, ἵνα καὶ μετόπισθε τεῆι εἴπησθα γυναικί.'
νῶι μὲν ὣς ἐπέεσσιν ἀμειβόμεθ᾽, αἱ δὲ γυναῖκες
ἤλυθον, ὤτρυνεν γὰρ ἀγαυὴ Περσεφόνεια,
ὅσσαι ἀριστήων ἄλοχοι ἔσαν ἠδὲ θύγατρες.
αἱ δ᾽ ἀμφ᾽ αἷμα κελαινὸν ἀολλέες ἠγερέθοντο,
αὐτὰρ ἐγὼ βούλευον ὅπως ἐρέοιμι ἑκάστην.
ἥδε δέ μοι κατὰ θυμὸν ἀρίστη φαίνετο βουλή·
σπασσάμενος τανύηκες ἄορ παχέος παρὰ μηροῦ
οὐκ εἴων πίνειν ἅμα πάσας αἷμα κελαινόν.
αἱ δὲ προμνηστῖναι ἐπήισαν, ἠδὲ ἑκάστη
ὃν γόνον ἐξαγόρευεν· ἐγὼ δ᾽ ἐρέεινον ἁπάσας.
ἔνθ᾽ ἤ τοι πρώτην Τυρὼ ἴδον εὐπατέρειαν,

Seufzend liegt er darauf, bejammert dein Schicksal, und häufet
Größeren Schmerz auf die Seele; und schwerer drückt ihn das Alter.
Denn so starb auch ich, und fand mein Todesverhängnis.
Sohn, mich tötete nicht die Freundin der treffenden Pfeile
Artemis unversehns mit ihrem sanften Geschosse.
Auch besiegten mich nicht Krankheiten, welche gewöhnlich
Mit verzehrendem Schmerze den Geist den Gliedern entreißen.
Bloß das Verlangen nach dir, und die Angst, mein edler Odysseus,
Dein holdseliges Bild nahm deiner Mutter das Leben!
  Also sprach sie; da schwoll mein Herz vor inniger Sehnsucht,
Sie zu umarmen, die Seele von meiner gestorbenen Mutter.
Dreimal sprang ich hinzu, an mein Herz die Geliebte zu drücken;
Dreimal entschwebte sie leicht, wie ein Schatten oder ein Traumbild,
Meinen umschlingenden Armen; und stärker ergriff mich die Wehmut.
Und ich redte sie an, und sprach die geflügelten Worte:
  Meine Mutter, warum entfliehst du meiner Umarmung?
Wollen wir nicht in der Tiefe, mit liebenden Händen umschlungen,
Unser trauriges Herz durch Tränen einander erleichtern?
Oder welches Gebild' hat die furchtbare Persephoneia
Mir gesandt, damit ich noch mehr mein Elend beseufze?
  Also sprach ich; mir gab die treffliche Mutter zur Antwort:
Mein geliebtester Sohn, unglücklichster aller, die leben!
Ach! sie täuschet dich nicht, Zeus' Tochter Persephoneia!
Sondern dies ist das Los der Menschen, wann sie gestorben.
Denn nicht Fleisch und Gebein wird mehr durch Nerven verbunden;
Sondern die große Gewalt der brennenden Flamme verzehret
Alles, sobald der Geist die weißen Gebeine verlassen.
Und die Seele entfliegt, wie ein Traum, zu den Schatten der Tiefe.
Aber nun eile geschwinde zum Lichte zurück, und behalte
Alles, damit du es einst der lieben Gattin erzählest.
  Also besprachen wir uns miteinander. Siehe da kamen
Viele Seelen, gesandt von der furchtbaren Persephoneia,
Alle Gemahlinnen einst und Töchter der edelsten Helden.
Diese versammelten sich um das schwarze Blut in der Grube.
Jetzo sann ich umher, wie ich jedwede befragte.
Aber von allen Entwürfen gefiel mir dieser am besten:
Eilend zog ich das lange Schwert von der nervichten Hüfte,
Und verwehrte den Seelen, zugleich des Blutes zu trinken.
Also nahten sie sich nacheinander; jede besonders
Meldete mir ihr Geschlecht; und so befragt' ich sie alle.
  Jetzo erblickt' ich zuerst die edelentsprossene Tyro,

ἣ φάτο Σαλμωνῆος ἀμύμονος ἔκγονος εἶναι,
φῆ δὲ Κρηθῆος γυνὴ ἔμμεναι Αἰολίδαο·
ἣ ποταμοῦ ἠράσσατ' Ἐνιπῆος θείοιο,
ὃς πολὺ κάλλιστος ποταμῶν ἐπὶ γαῖαν ἵησι,
καί ῥ' ἐπ' Ἐνιπῆος πωλέσκετο καλὰ ῥέεθρα.
τῶι δ' ἄρα εἰσάμενος γαιήοχος ἐννοσίγαιος
ἐν προχοῆις ποταμοῦ παρελέξατο δινήεντος·
πορφύρεον δ' ἄρα κῦμα περιστάθη, οὔρεϊ ἶσον,
κυρτωθέν, κρύψεν δὲ θεὸν θνητήν τε γυναῖκα.
λῦσε δὲ παρθενίην ζώνην, κατὰ δ' ὕπνον ἔχευεν.
αὐτὰρ ἐπεί ῥ' ἐτέλεσσε θεὸς φιλοτήσια ἔργα,
ἔν τ' ἄρα οἱ φῦ χειρί, ἔπος τ' ἔφατ' ἔκ τ' ὀνόμαζε·
‚χαῖρε, γύναι, φιλότητι· περιπλομένου δ' ἐνιαυτοῦ
τέξεις ἀγλαὰ τέκνα, ἐπεὶ οὐκ ἀποφώλιοι εὐναὶ
ἀθανάτων· σὺ δὲ τοὺς κομέειν ἀτιταλλέμεναί τε.
νῦν δ' ἔρχευ πρὸς δῶμα, καὶ ἴσχεο μηδ' ὀνομήνῃς·
αὐτὰρ ἐγώ τοί εἰμι Ποσειδάων ἐνοσίχθων.'
ὣς εἰπὼν ὑπὸ πόντον ἐδύσετο κυμαίνοντα.
ἡ δ' ὑποκυσαμένη Πελίην τέκε καὶ Νηλῆα,
τὼ κρατερὼ θεράποντε Διὸς μεγάλοιο γενέσθην
ἀμφοτέρω· Πελίης μὲν ἐν εὐρυχόρωι Ἰαωλκῶι
ναῖε πολύρρηνος, ὁ δ' ἄρ' ἐν Πύλωι ἠμαθόεντι.
τοὺς δ' ἑτέρους Κρηθῆι τέκεν βασίλεια γυναικῶν,
Αἴσονά τ' ἠδὲ Φέρητ' Ἀμυθάονά θ' ἱππιοχάρμην.
τὴν δὲ μετ' Ἀντιόπην ἴδον, Ἀσωποῖο θύγατρα,
ἣ δὴ καὶ Διὸς εὔχετ' ἐν ἀγκοίνῃσιν ἰαῦσαι,
καί ῥ' ἔτεκεν δύο παῖδ', Ἀμφίονά τε Ζῆθόν τε,
οἳ πρῶτοι Θήβης ἕδος ἔκτισαν ἑπταπύλοιο,
πύργωσάν τ', ἐπεὶ οὐ μὲν ἀπύργωτόν γ' ἐδύναντο
ναιέμεν εὐρύχορον Θήβην, κρατερώ περ ἐόντε.
τὴν δὲ μετ' Ἀλκμήνην ἴδον, Ἀμφιτρύωνος ἄκοιτιν,
ἥ ῥ' Ἡρακλῆα θρασυμέμνονα θυμολέοντα
γείνατ' ἐν ἀγκοίνῃσι Διὸς μεγάλοιο μιγεῖσα·
καὶ Μεγάρην, Κρείοντος ὑπερθύμοιο θύγατρα,
τὴν ἔχεν Ἀμφιτρύωνος υἱὸς μένος αἰὲν ἀτειρής.
μητέρα τ' Οἰδιπόδαο ἴδον, καλὴν Ἐπικάστην,
ἣ μέγα ἔργον ἔρεξεν ἀϊδρείῃσι νόοιο
γημαμένη ὧι υἷι· ὁ δ' ὃν πατέρ' ἐξεναρίξας
γῆμεν· ἄφαρ δ' ἀνάπυστα θεοὶ θέσαν ἀνθρώποισιν.
ἀλλ' ὁ μὲν ἐν Θήβῃ πολυηράτωι ἄλγεα πάσχων
Καδμείων ἤνασσε θεῶν ὀλοὰς διὰ βουλάς·

Welche sich Tochter nannte des tadellosen Salmoneus,
Und die Ehegenossin von Kretheus, Äolos' Sohne.
Diese liebte vordem den göttlichen Strom Enipeus,
Der durch seine Gefilde, der Ströme schönster, einherwallt.
Einst lustwandelte sie an Enipeus' schönen Gewässern;
Siehe da nahm der Erderschüttrer seine Gestalt an,
Und beschlief sie im Sand', an der Mündung des wirbelnden Stromes.
Rings um die Liebenden stand, wie ein Berg, die purpurne Woge,
Hochgewölbt, und verbarg den Gott und die sterbliche Jungfrau.
Schmeichelnd löst' er den Gürtel der Keuschheit, und ließ sie entschlummern.
Und da jetzo der Gott das Werk der Liebe vollendet;
Drückt' er des Mädchens Hand, und sagte mit freundlicher Stimme:
Freue dich, Mädchen, der Liebe! Du wirst im Laufe des Jahres
Herrliche Söhne gebären. Denn nicht unfruchtbaren Samen
Streut ein unsterblicher Gott. Du pfleg' und nähre sie sorgsam.
Jetzo gehe zu Haus', und schweig, und sage dies niemand:
Ich, dein Geliebter, bin der Erderschüttrer Poseidon.
Also sprach er, und sprang in des Meers hochwallende Woge.
Tyro ward schwanger, und kam mit Pelias nieder und Neleus,
Welche beide des großen Zeus' gewaltige Diener
Wurden: Pelias einst, der iaolkischen Fluren
Herdenreicher Beherrscher, und Neleus, der sandigen Pylos.
Andere Söhne gebar dem Kretheus die Fürstin der Weiber,
Äson und Pheres, und drauf Amythaon, den Tummler der Rosse.
Auch Antiope kam, die schöne Tochter Asopos',
Rühmend, sie habe geruht in Zeus', des Kroniden, Umarmung.
Und sie gebar dem Gott zween Söhne, Amphion und Zethos.
Diese bauten zuerst die siebentorichte Thebä,
Und befestigten sie; denn unbefestigt konnten
Beide, wie stark sie auch waren, die große Thebä nicht schützen.
Hierauf kam Alkmene, Amphitryons Ehegenossin,
Welche den Allbesieger, den löwenbeherzten Herakles
Hatte geboren, aus Zeus', des großen Kroniden, Umarmung.
Auch Megare, die Tochter des übermütigen Kreions,
Und des nimmerbezwungnen Amphitryoniden Gemahlin.
Hierauf kam Epikaste, die schöne, Ödipus' Mutter,
Welche die schrecklichste Tat mit geblendeter Seele verübet.
Ihren leiblichen Sohn, der seinen Vater ermordet,
Nahm sie zum Mann! Allein bald rügten die Götter die Schandtat.
Ödipus herrschte, mit Kummer behäuft, in der lieblichen Thebä,
Über Kadmos' Geschlecht, durch der Götter verderblichen Ratschluß.

ἡ δ' ἔβη εἰς Ἀίδαο πυλάρταο κρατεροῖο,
ἁψαμένη βρόχον αἰπὺν ἀφ' ὑψηλοῖο μελάθρου,
ὧι ἄχεϊ σχομένη· τῶι δ' ἄλγεα κάλλιπ' ὀπίσσω
πολλὰ μάλ', ὅσσα τε μητρὸς Ἐρινύες ἐκτελέουσιν.
καὶ Χλῶριν εἶδον περικαλλέα, τήν ποτε Νηλεὺς
γῆμεν ἑὸν διὰ κάλλος, ἐπεὶ πόρε μυρία ἕδνα,
ὁπλοτάτην κούρην Ἀμφίονος Ἰασίδαο,
ὅς ποτ' ἐν Ὀρχομενῶι Μινυείωι ἶφι ἄνασσεν·
ἡ δὲ Πύλου βασίλευε, τέκεν δέ οἱ ἀγλαὰ τέκνα,
Νέστορά τε χρόνιον τε Περικλύμενόν τ' ἀγέρωχον.
τοῖσι δ' ἐπ' ἰφθίμην Πηρὼ τέκε, θαῦμα βροτοῖσι,
τὴν πάντες μνώοντο περικτίται· οὐδ' ἄρα Νηλεὺς
τῶι ἐδίδου ὃς μὴ ἕλικας βόας εὐρυμετώπους
ἐκ Φυλάκης ἐλάσειε βίης Ἰφικληείης
ἀργαλέας· τὰς δ' οἶος ὑπέσχετο μάντις ἀμύμων
ἐξελάαν· χαλεπὴ δὲ θεοῦ κατὰ μοῖρα πέδησε,
δεσμοί τ' ἀργαλέοι καὶ βουκόλοι ἀγροιῶται.
ἀλλ' ὅτε δὴ μῆνές τε καὶ ἡμέραι ἐξετελεῦντο
ἂψ περιτελλομένου ἔτεος καὶ ἐπήλυθον ὧραι,
καὶ τότε δή μιν ἔλυσε βίη Ἰφικληείη,
θέσφατα πάντ' εἰπόντα· Διὸς δ' ἐτελείετο βουλή.
καὶ Λήδην εἶδον, τὴν Τυνδαρέου παράκοιτιν,
ἥ ῥ' ὑπὸ Τυνδαρέωι κρατερόφρονε γείνατο παῖδε,
Κάστορά θ' ἱππόδαμον καὶ πὺξ ἀγαθὸν Πολυδεύκεα,
τοὺς ἄμφω ζωοὺς κατέχει φυσίζοος αἶα·
οἳ καὶ νέρθεν γῆς τιμὴν πρὸς Ζηνὸς ἔχοντες
ἄλλοτε μὲν ζώουσ' ἑτερήμεροι, ἄλλοτε δ' αὖτε
τεθνᾶσιν· τιμὴν δὲ λελόγχασιν ἶσα θεοῖσι.
τὴν δὲ μετ' Ἰφιμέδειαν, Ἀλωῆος παράκοιτιν
εἴσιδον, ἣ δὴ φάσκε Ποσειδάωνι μιγῆναι,
καί ῥ' ἔτεκεν δύο παῖδε, μινυνθαδίω δ' ἐγενέσθην,
Ὦτόν τ' ἀντίθεον τηλεκλειτόν τ' Ἐφιάλτην,
οὓς δὴ μηκίστους θρέψε ζείδωρος ἄρουρα
καὶ πολὺ καλλίστους μετά γε κλυτὸν Ὠρίωνα·
ἐννέωροι γὰρ τοί γε καὶ ἐννεαπήχεες ἦσαν
εὖρος, ἀτὰρ μῆκός γε γενέσθην ἐννεόργυιοι.
οἵ ῥα καὶ ἀθανάτοισιν ἀπειλήτην ἐν Ὀλύμπωι
φυλόπιδα στήσειν πολυάικος πολέμοιο.
Ὄσσαν ἐπ' Οὐλύμπωι μέμασαν θέμεν, αὐτὰρ ἐπ' Ὄσσηι
Πήλιον εἰνοσίφυλλον, ἵν' οὐρανὸς ἀμβατὸς εἴη.
καί νύ κεν ἐξετέλεσσαν, εἰ ἥβης μέτρον ἵκοντο·

Aber sie fuhr hinab zu den festen Toren des Todes,
Denn sie knüpft' an das hohe Gebälk, in der Wut der Verzweiflung,
Selbst das erdrosselnde Seil, und ließ unnennbares Elend
Jenem zurück, den Fluch der blutgeschändeten Mutter.
Jetzo nahte sich Chloris, die schöne Gemahlin von Neleus.
Mit unzähligen Gaben gewann er die schönste der Jungfraun,
Sie, die jüngste Tochter des Jasiden Amphions,
Welcher der Minyer Stadt Orchomenos mächtig beherrschte.
Pylos Fürstin gebar dem Neleus herrliche Söhne,
Nestor gebar sie ihm, und Chromios, und den berühmten
Periklymenos; drauf die weitbewunderte Pero.
Diese liebeten alle benachbarten Fürsten; doch Neleus
Gab sie keinem, der nicht des mächtigen Königs Iphikles'
Breitgestirnete Rinder aus Phylakes Auen entführte.
Schwer war die Tat, und nur der treffliche Seher Melampus
Unternahm sie: allein ihn hinderte Gottes Verhängnis,
Seine grausamen Band', und die Hirten der weidenden Rinder.
Aber nachdem die Monden und Tage waren vollendet,
Und ein neues Jahr mit den kreisenden Horen herankam;
Siehe da löste den Seher der mächtige König Iphikles,
Weil er ihm prophezeit. So geschah der Wille Kronions.
Jetzo erblickt' ich Leda, Tyndareos' Ehegenossin,
Welche ihrem Gemahl zween mutige Söhne geboren:
Kastor durch Rosse berühmt, und Polydeikes im Faustkampf.
Diese leben noch beid' in der allernährenden Erde.
Denn auch unter der Erde beehrte sie Zeus mit dem Vorrecht,
Daß sie beid' abwechselnd den einen Tag um den andern
Leben und wieder sterben, und göttlicher Ehre genießen.
Drauf kam Iphimedeia, die Ehegenossin Aloeus,
Rühmend, sie habe geruht in Poseidaons Umarmung.
Und sie gebar zween Söhne, wiewohl ihr Leben nur kurz war:
Otos voll göttlicher Kraft, und den ruchtbaren Ephialtes.
Diese waren die längsten von allen Erdebewohnern,
Und bei weitem die schönsten, nach jenem berühmten Orion.
Denn im neunten Jahre, da maß neun Ellen die Breite
Ihres Rumpfes, da maß neun Klaftern die Höhe des Hauptes.
Und sie drohten sogar den Unsterblichen, ihren Olympos
Mit verheerendem Sturm und Schlachtengetümmel zu füllen.
Ossa mühten sie sich auf Olympos zu setzen, auf Ossa
Pelions Waldgebirg', um hinauf in den Himmel zu steigen.
Und sie hätten's vollbracht, wär' ihre Jugend gereifet.

ἀλλ᾽ ὄλεσεν Διὸς υἱός, ὃν ἠύκομος τέκε Λητώ,
ἀμφοτέρω, πρίν σφωιν ὑπὸ κροτάφοισιν ἰούλους
ἀνθῆσαι πυκάσαι τε γένυς ἐυανθέι λάχνηι.
Φαίδρην τε Πρόκριν τε ἴδον καλήν τ᾽ Ἀριάδνην,
κούρην Μίνωος ὀλοόφρονος, ἥν ποτε Θησεὺς
ἐκ Κρήτης ἐς γουνὸν Ἀθηνάων ἱεράων
ἦγε μέν, οὐδ᾽ ἀπόνητο· πάρος δέ μιν Ἄρτεμις ἔκτα
Δίηι ἐν ἀμφιρύτηι Διονύσου μαρτυρίηισιν.
Μαῖράν τε Κλυμένην τε ἴδον στυγερήν τ᾽ Ἐριφύλην,
ἣ χρυσὸν φίλου ἀνδρὸς ἐδέξατο τιμήεντα.
πάσας δ᾽ οὐκ ἂν ἐγὼ μυθήσομαι οὐδ᾽ ὀνομήνω,
ὅσσας ἡρώων ἀλόχους ἴδον ἠδὲ θύγατρας·
πρὶν γάρ κεν καὶ νὺξ φθῖτ᾽ ἄμβροτος. ἀλλὰ καὶ ὥρη
εὕδειν, ἢ ἐπὶ νῆα θοὴν ἐλθόντ᾽ ἐς ἑταίρους
ἢ αὐτοῦ· πομπὴ δὲ θεοῖς ὑμῖν τε μελήσει.“
ὣς ἔφαθ᾽, οἱ δ᾽ ἄρα πάντες ἀκὴν ἐγένοντο σιωπῆι,
κηληθμῶι δ᾽ ἔσχοντο κατὰ μέγαρα σκιόεντα.
τοῖσιν δ᾽ Ἀρήτη λευκώλενος ἤρχετο μύθων.
„Φαίηκες, πῶς ὔμμιν ἀνὴρ ὅδε φαίνεται εἶναι
εἶδός τε μέγεθός τε ἰδὲ φρένας ἔνδον ἐίσας;
ξεῖνος δ᾽ αὖτ᾽ ἐμός ἐστιν, ἕκαστος δ᾽ ἔμμορε τιμῆς·
τῶι μὴ ἐπειγόμενοι ἀποπέμπετε, μηδὲ τὰ δῶρα
οὕτω χρηίζοντι κολούετε· πολλὰ γὰρ ὑμῖν
κτήματ᾽ ἐνὶ μεγάροισι θεῶν ἰότητι κέονται.“
τοῖσι δὲ καὶ μετέειπε γέρων ἥρως Ἐχένηος,
ὃς δὴ Φαιήκων ἀνδρῶν προγενέστερος ἦεν·
„ὦ φίλοι, οὐ μὰν ἧμιν ἀπὸ σκοποῦ οὐδ᾽ ἀπὸ δόξης
μυθεῖται βασίλεια περίφρων· ἀλλὰ πίθεσθε.
Ἀλκινόου δ᾽ ἐκ τοῦδ᾽ ἔχεται ἔργον τε ἔπος τε.“
τὸν δ᾽ αὖτ᾽ Ἀλκίνοος ἀπαμείβετο φώνησέν τε·
„τοῦτο μὲν οὕτω δὴ ἔσται ἔπος, αἴ κεν ἐγώ γε
ζωὸς Φαιήκεσσι φιληρέτμοισιν ἀνάσσω·
ξεῖνος δὲ τλήτω μάλα περ νόστοιο χατίζων
ἔμπης οὖν ἐπιμεῖναι ἐς αὔριον, εἰς ὅ κε πᾶσαν
δωτίνην τελέσω· πομπὴ δ᾽ ἄνδρεσσι μελήσει
πᾶσι, μάλιστα δ᾽ ἐμοί· τοῦ γὰρ κράτος ἔστ᾽ ἐνὶ δήμωι.“
τὸν δ᾽ ἀπαμειβόμενος προσέφη πολύμητις Ὀδυσσεύς·
„Ἀλκίνοε κρεῖον, πάντων ἀριδείκετε λαῶν,
εἴ με καὶ εἰς ἐνιαυτὸν ἀνώγοιτ᾽ αὐτόθι μίμνειν,
πομπὴν δ᾽ ὀτρύνοιτε καὶ ἀγλαὰ δῶρα διδοῖτε,
καὶ κε τὸ βουλοίμην, καί κεν πολὺ κέρδιον εἴη,

Aber sie traf Zeus' Sohn, den die reizende Leto geboren,
Beide mit Todesgeschoß, eh' unter den Schläfen des Bartes
Blume wuchs, und dem Kinn die zarten Sprößlinge bräunten.
Drauf kam Phädra und Prokris, und Ariadne die schöne,
Jene Tochter Minos des Allerfahrnen, die Theseus
Einst aus Kreta entführte zur heiligen Flur von Athenä.
Aber er brachte sie nicht; denn in der umflossenen Dia
Hielt sie Artemis an, auf Dionysos Verkündung.
Mära und Klymene kam, und das schändliche Weib Eriphyle,
Welche den teuren Gemahl um ein goldenes Kleinod verkaufte.
Aber ich kann unmöglich sie alle beschreiben und nennen,
Welche Weiber und Töchter berühmter Helden ich schaute.
Sonst vergeht die ambrosische Nacht; und die Stunde gebeut mir,
Schlafen zu gehn, bei den Freunden in unserm gerüsteten Schiffe,
Oder auch hier. Die Reise befehl' ich euch und den Göttern.
Also sprach er; und alle verstummten umher, und schwiegen,
Horchten noch, wie entzückt, im großen schattigen Saale.
Endlich begann Arete, die lilienarmige Fürstin:
Sagt mir doch, ihr Phäaken, was haltet ihr von dem Manne,
Seiner Gestalt und Größe, mit solchem Geiste vereinigt?
Seht, das ist mein Gast! Doch jeder hat teil an der Ehre.
Darum sendet ihn nicht so eilend, und spart die Geschenke
Bei dem darbenden Manne nicht allzukärglich; ihr habt ja
Reiche Schätze daheim, durch die Gnade der Götter, verwahret!
Hierauf sprach zur Versammlung der graue Held Echeneos,
Welcher der älteste war von allen phäakischen Männern:
Freunde, nicht unserem Wunsch, noch unsrer Erwartung entgegen,
Redete jetzt voll Weisheit die Königin; darum gehorchet!
Aber Alkinoos selber gebührt es zu reden und handeln.
Ihm antwortete drauf Alkinoos wieder, und sagte:
Ja dies Wort soll wahrlich erfüllet werden, wofern ich
Leben bleib', ein König der rudergeübten Phäaken!
Aber der Fremdling wolle, wie sehr er zur Heimat verlanget,
Noch bis morgen bei uns verweilen, bis ich das ganze
Ehrengeschenk ihm bereitet. Die Fahrt liegt allen am Herzen,
Aber vor allen mir; denn mein ist die Herrschaft des Volkes.
Ihm antwortete drauf der erfindungsreiche Odysseus:
Weitgepriesener Held, Alkinoos, mächtigster König!
Zwänget ihr mich allhier auch ein ganzes Jahr zu verweilen,
Und betriebt nur die Fahrt, und schenktet mir Ehrengeschenke;
Gerne willigt' ich ein; auch wäre mir besser geraten,

πλειοτέρηι σὺν χειρὶ φίλην ἐς πατρίδ' ἱκέσθαι·
καί κ' αἰδοιότερος καὶ φίλτερος ἀνδράσιν εἴην
πᾶσιν, ὅσοι μ' Ἰθάκηνδε ἰδοίατο νοστήσαντα."
   τὸν δ' αὖτ' Ἀλκίνοος ἀπαμείβετο φώνησέν τε·
„ ὦ Ὀδυσεῦ, τὸ μὲν οὔ τί σ' ἐίσκομεν εἰσορόωντες,
ἠπεροπῆά τ' ἔμεν καὶ ἐπίκλοπον, οἷά τε πολλοὺς
βόσκει γαῖα μέλαινα πολυσπερέας ἀνθρώπους,
ψεύδεά τ' ἀρτύνοντας ὅθεν κέ τις οὐδὲ ἴδοιτο·
σοὶ δ' ἔπι μὲν μορφὴ ἐπέων, ἔνι δὲ φρένες ἐσθλαί.
μῦθον δ' ὡς ὅτ' ἀοιδὸς ἐπισταμένως κατέλεξας,
πάντων τ' Ἀργείων σέο τ' αὐτοῦ κήδεα λυγρά.
ἀλλ' ἄγε μοι τόδε εἰπὲ καὶ ἀτρεκέως κατάλεξον,
εἴ τινας ἀντιθέων ἑτάρων ἴδες, οἵ τοι ἅμ' αὐτῶι
Ἴλιον εἰς ἅμ' ἕποντο καὶ αὐτοῦ πότμον ἐπέσπον.
νὺξ δ' ἥδε μάλα μακρή, ἀθέσφατος· οὐδέ πω ὥρη
εὕδειν ἐν μεγάρωι, σὺ δέ μοι λέγε θέσκελα ἔργα.
καί κεν ἐς ἠῶ δῖαν ἀνασχοίμην, ὅτε μοι σὺ
τλαίης ἐν μεγάρωι τὰ σὰ κήδεα μυθήσασθαι."
   τὸν δ' ἀπαμειβόμενος προσέφη πολύμητις Ὀδυσσεύς·
„ Ἀλκίνοε κρεῖον, πάντων ἀριδείκετε λαῶν,
ὥρη μὲν πολέων μύθων, ὥρη δὲ καὶ ὕπνου·
εἰ δ' ἔτ' ἀκουέμεναί γε λιλαίεαι, οὐκ ἂν ἐγώ γε
τούτων σοι φθονέοιμι καὶ οἰκτρότερ' ἄλλ' ἀγορεύειν,
κήδε' ἐμῶν ἑτάρων, οἳ δὴ μετόπισθεν ὄλοντο,
οἳ Τρώων μὲν ὑπεξέφυγον στονόεσσαν ἀυτήν,
ἐν νόστωι δ' ἀπόλοντο κακῆς ἰότητι γυναικός.
   αὐτὰρ ἐπεὶ ψυχὰς μὲν ἀπεσκέδασ' ἄλλυδις ἄλληι
ἁγνὴ Περσεφόνεια γυναικῶν θηλυτεράων,
ἦλθε δ' ἐπὶ ψυχὴ Ἀγαμέμνονος Ἀτρεΐδαο
ἀχνυμένη· περὶ δ' ἄλλαι ἀγηγέραθ', ὅσσοι ἅμ' αὐτῶι
οἴκωι ἐν Αἰγίσθοιο θάνον καὶ πότμον ἐπέσπον.
ἔγνω δ' αἶψ' ἔμ' ἐκεῖνος, ἐπεὶ πίεν αἷμα κελαινόν·
κλαῖε δ' ὅ γε λιγέως, θαλερὸν κατὰ δάκρυον εἴβων,
πιτνὰς εἰς ἐμὲ χεῖρας, ὀρέξασθαι μενεαίνων·
ἀλλ' οὐ γάρ οἱ ἔτ' ἦν ἲς ἔμπεδος οὐδέ τι κῖκυς,
οἵη περ πάρος ἔσκεν ἐνὶ γναμπτοῖσι μέλεσσι.
   τὸν μὲν ἐγὼ δάκρυσα ἰδὼν ἐλέησά τε θυμῶι,
καί μιν φωνήσας ἔπεα πτερόεντα προσηύδων·
‚ Ἀτρεΐδη κύδιστε, ἄναξ ἀνδρῶν Ἀγάμεμνον,
τίς νύ σε κὴρ ἐδάμασσε τανηλεγέος θανάτοιο;
ἦε σέ γ' ἐν νήεσσι Ποσειδάων ἐδάμασσεν

Wenn ich mit vollerer Hand in mein liebes Vaterland kehrte.
Weit willkommener würd' ich und weit ehrwürdiger allen
Männern in Ithaka sein, die mich Heimkehrenden sähen.
Ihm antwortete drauf Alkinoos wieder, und sagte:
Deine ganze Gestalt, Odysseus, kündet mit nichten
Einen Betrüger uns an, noch losen Schwätzer; wie viele
Sonst die verbreiteten Völker der schwarzen Erde durchstreifen,
Welche Lügen erdichten, woher sie keiner vermutet.
Aber in deinen Worten ist Anmut und edle Gesinnung;
Gleich dem weisesten Sänger, erzähltest du die Geschichte
Von des argeiischen Heers und deinen traurigen Leiden.
Aber verkündige mir, und sage die lautere Wahrheit,
Ob du einige sahst der göttlichen Freunde, die mit dir
Hin gen Ilion zogen, und dort ihr Schicksal erreichten.
Diese Nächte sind lang, sehr lang! und noch ist die Stunde
Schlafen zu gehn nicht da. Erzähle mir Wundergeschichten.
Selbst bis zur heiligen Frühe vermöcht' ich zu hören, so lange
Du in diesem Gemache mir deine Leiden erzähltest!
Ihm antwortete drauf der erfindungsreiche Odysseus:
Weitgepriesener Held, Alkinoos, mächtigster König!
Reden hat seine Stund', und seine Stunde der Schlummer.
Aber wenn du verlangst, mich weiter zu hören, so will ich
Ohne Weigern dir jetzt noch tränenwerteres Unglück
Meiner Freunde verkünden, die nachmals ihr Leben verloren;
Die den blutigen Schlachten des troischen Krieges entrannen,
Und auf der Heimkehr starben, durch List des heillosen Weibes.
Als sich auf den Befehl der schrecklichen Persephoneia
Alle Seelen der Weiber umher in die Tiefe zerstreuet;
Siehe da kam die Seele von Atreus' Sohn Agamemnon
Traurend daher, umringt von anderen Seelen, die mit ihm,
In Ägisthos' Palaste, das Ziel des Todes erreichten.
Dieser erkannte mich gleich, sobald er des Blutes gekostet.
Und nun weint' er laut, und vergoß die bittersten Tränen,
Streckte die Hände nach mir, und strebte mich zu umarmen.
Aber ihm mangelte jetzo die spannende Kraft und die Schnelle,
Welche die biegsamen Glieder des Helden vormals belebte.
Weinend erblickt' ich ihn, und fühlete herzliches Mitleid;
Und ich redet' ihn an, und sprach die geflügelten Worte:
Atreus' rühmlicher Sohn, weitherrschender Held Agamemnon,
Welches Schicksal bezwang dich des schlummergebenden Todes?
Tötete dich auf der Fahrt der Erderschüttrer Poseidon,

ὄρσας ἀργαλέων ἀνέμων ἀμέγαρτον ἀυτμήν;
ἦέ σ᾽ ἀνάρσιοι ἄνδρες ἐδηλήσαντ᾽ ἐπὶ χέρσου
βοῦς περιταμνόμενον ἠδ᾽ οἰῶν πώεα καλά,
ἠὲ περὶ πτόλιος μαχεούμενον ἠδὲ γυναικῶν;'
    ὣς ἐφάμην, ὁ δέ μ᾽ αὐτίκ᾽ ἀμειβόμενος προσέειπε·
, διογενὲς Λαερτιάδη, πολυμήχαν᾽ Ὀδυσσεῦ,
οὔτ᾽ ἐμέ γ᾽ ἐν νήεσσι Ποσειδάων ἐδάμασσεν
ὄρσας ἀργαλέων ἀνέμων ἀμέγαρτον ἀυτμήν,
οὔτε μ᾽ ἀνάρσιοι ἄνδρες ἐδηλήσαντ᾽ ἐπὶ χέρσου,
ἀλλά μοι Αἴγισθος τεύξας θάνατόν τε μόρον τε
ἔκτα σὺν οὐλομένηι ἀλόχωι, οἶκόνδε καλέσσας,
δειπνίσσας, ὥς τίς τε κατέκτανε βοῦν ἐπὶ φάτνηι.
ὣς θάνον οἰκτίστωι θανάτωι· περὶ δ᾽ ἄλλοι ἑταῖροι
νωλεμέως κτείνοντο σύες ὣς ἀργιόδοντες,
οἵ ῥά τ᾽ ἐν ἀφνειοῦ ἀνδρὸς μέγα δυναμένοιο
ἢ γάμωι ἢ ἐράνωι ἢ εἰλαπίνηι τεθαλυίηι.
ἤδη μὲν πολέων φόνωι ἀνδρῶν ἀντεβόλησας,
μουνὰξ κτεινομένων καὶ ἐνὶ κρατερῆι ὑσμίνηι·
ἀλλά κε κεῖνα μάλιστα ἰδὼν ὀλοφύραο θυμῶι,
ὡς ἀμφὶ κρητῆρα τραπέζας τε πληθούσας
κείμεθ᾽ ἐνὶ μεγάρωι, δάπεδον δ᾽ ἅπαν αἵματι θῦεν.
οἰκτροτάτην δ᾽ ἤκουσα ὄπα Πριάμοιο θυγατρός,
Κασσάνδρης, τὴν κτεῖνε Κλυταιμνήστρη δολόμητις
ἀμφ᾽ ἐμοί, αὐτὰρ ἐγὼ ποτὶ γαίηι χεῖρας ἀείρων
βάλλον ἀποθνήσκων περὶ φασγάνωι· ἡ δὲ κυνῶπις
νοσφίσατ᾽, οὐδέ μοι ἔτλη ἰόντι περ εἰς Ἀίδαο
χερσὶ κατ᾽ ὀφθαλμοὺς ἑλέειν σύν τε στόμ᾽ ἐρεῖσαι.
ὣς οὐκ αἰνότερον καὶ κύντερον ἄλλο γυναικός,
ἥ τις δὴ τοιαῦτα μετὰ φρεσὶν ἔργα βάληται·
οἷον δὴ καὶ κείνη ἐμήσατο ἔργον ἀεικές,
κουριδίωι τεύξασα πόσει φόνον. ἦ τοι ἔφην γε
ἀσπάσιος παίδεσσιν ἰδὲ δμώεσσιν ἐμοῖσιν
οἴκαδ᾽ ἐλεύσεσθαι· ἡ δ᾽ ἔξοχα λυγρὰ ἰδυῖα
οἷ τε κατ᾽ αἶσχος ἔχευε καὶ ἐσσομένηισιν ὀπίσσω
θηλυτέρηισι γυναιξί, καὶ ἥ κ᾽ εὐεργὸς ἔηισιν.'
    ὣς ἔφατ᾽, αὐτὰρ ἐγώ μιν ἀμειβόμενος προσέειπον·
, ὢ πόποι, ἦ μάλα δὴ γόνον Ἀτρέος εὐρύοπα Ζεὺς
ἐκπάγλως ἤχθηρε γυναικείας διὰ βουλὰς
ἐξ ἀρχῆς· Ἑλένης μὲν ἀπωλόμεθ᾽ εἵνεκα πολλοί,
σοὶ δὲ Κλυταιμνήστρη δόλον ἤρτυε τηλόθ᾽ ἐόντι.'
    ὣς ἐφάμην, ὁ δέ μ᾽ αὐτίκ᾽ ἀμειβόμενος προσέειπε·

Da er den wilden Orkan lautbrausender Winde dir sandte?
Oder ermordeten dich auf dem Lande feindliche Männer,
Als du die schönen Herden der Rinder und Schafe hinwegtriebst,
Oder indem sie die Stadt und ihre Weiber verfochten?
Also sprach ich; und drauf antwortete jener und sagte:
Edler Laertiad', erfindungsreicher Odysseus,
Nein, mich tötete nicht der Erderschüttrer Poseidon,
Da er den wilden Orkan lautbrausender Winde mir sandte;
Noch ermordeten mich auf dem Lande feindliche Männer.
Sondern Ägisthos bereitete mir das Schicksal des Todes,
Samt dem heillosen Weibe! Er lud mich zu Gast, und erschlug mich
Unter den Freuden des Mahls: so erschlägt man den Stier an der Krippe!
Also starb ich den kläglichsten Tod; und alle Gefährten
Stürzten in Haufen umher, wie hauerbewaffnete Eber,
Die man im Hause des reichen gewaltigen Mannes zur Hochzeit,
Oder zum Feiergelag' abschlachtet, oder zum Gastmahl.
Schon bei vieler Männer Ermordung warst du zugegen,
Die in dem Zweikampf blieben, und in der wütenden Feldschlacht;
Doch kein Anblick hätte dein Herz so innig gerühret,
Als wie wir um den Kelch und die speisebeladenen Tische
Lagen im weiten Gemach, und rings der Boden in Blut schwamm!
Jämmerlich hört' ich vor allen Kassandra, Priamos' Tochter,
Winseln, es tötete sie die tückische Klytämnestra
Über mir; da erhub ich die Hände noch von der Erde,
Und griff sterbend ins Schwert der Mörderin. Aber die Freche
Ging von mir weg, ohn einmal die Augen des sterbenden Mannes
Zuzudrücken, noch ihm die kalten Lippen zu schließen.
Nichts ist scheußlicher doch, nichts unverschämter auf Erden,
Als ein Weib, entschlossen zu solcher entsetzlichen Schandtat,
Wie sie jene verübt, die Grausame! welche den Liebling
Ihrer Jugend mit List hinrichtete! Ach wie entzückte
Mich die Hoffnung, daheim von meinen Leuten und Kindern
Freudig begrüßt zu werden; doch jene, das Scheusal an Bosheit!
Hat ihr eignes Gedächtnis, und alle Weiber der Nachwelt
Ewig entehrt, wenn eine sich auch des Guten befleißigt!
Also sprach er; und ich antwortete wieder und sagte:
Wehe! wie fürchterlich hat Kronions waltende Vorsicht
Durch arglistige Weiber, den Samen Atreus' von Anfang
Heimgesucht! Wie viele sind Helenens halber gestorben!
Und du verlorst, heimkehrend, durch Klytämnestra dein Leben!
Also sprach ich; und drauf antwortete jener, und sagte:

, τῶι νῦν μή ποτε καὶ σὺ γυναικί περ ἤπιος εἶναι·
μή οἱ μῦθον ἅπαντα πιφαυσκέμεν, ὅν κ' ἐῢ εἰδῆις,
ἀλλὰ τὸ μὲν φάσθαι, τὸ δὲ καὶ κεκρυμμένον εἶναι.
ἀλλ' οὐ σοί γ', Ὀδυσεῦ, φόνος ἔσσεται ἔκ γε γυναικός·
λίην γὰρ πινυτή τε καὶ εὖ φρεσὶ μήδεα οἶδε
κούρη Ἰκαρίοιο, περίφρων Πηνελόπεια.
ἦ μέν μιν νύμφη γε νέην κατελείπομεν ἡμεῖς
ἐρχόμενοι πόλεμόνδε· πάϊς δέ οἱ ἦν ἐπὶ μαζῶι
νήπιος, ὅς που νῦν γε μετ' ἀνδρῶν ἵζει ἀριθμῶι,
ὄλβιος· ἦ γὰρ τόν γε πατὴρ φίλος ὄψεται ἐλθών,
καὶ κεῖνος πατέρα προσπτύξεται, ἣ θέμις ἐστίν.
ἡ δ' ἐμὴ οὐδέ περ υἷος ἐνιπλησθῆναι ἄκοιτις
ὀφθαλμοῖσιν ἔασε· πάρος δέ με πέφνε καὶ αὐτόν.
ἄλλο δέ τοι ἐρέω, σὺ δ' ἐνὶ φρεσὶ βάλλεο σῆισιν·
κρύβδην, μηδ' ἀναφανδά, φίλην ἐς πατρίδα γαῖαν
νῆα κατισχέμεναι· ἐπεὶ οὐκέτι πιστὰ γυναιξίν.
ἀλλ' ἄγε μοι τόδε εἰπὲ καὶ ἀτρεκέως κατάλεξον,
εἴ που ἔτι ζώοντος ἀκούετε παιδὸς ἐμοῖο,
ἤ που ἐν Ὀρχομενῶι ἢ ἐν Πύλωι ἠμαθόεντι,
ἤ που πὰρ Μενελάωι ἐνὶ Σπάρτηι εὐρείηι·
οὐ γάρ πω τέθνηκεν ἐπὶ χθονὶ δῖος Ὀρέστης.'
ὣς ἔφατ', αὐτὰρ ἐγώ μιν ἀμειβόμενος προσέειπον·
, Ἀτρεΐδη, τί με ταῦτα διείρεαι; οὐδέ τι οἶδα,
ζώει ὅ γ' ἦ τέθνηκε· κακὸν δ' ἀνεμώλια βάζειν.'
νῶι μὲν ὣς ἐπέεσσιν ἀμειβομένω στυγεροῖσιν
ἕσταμεν ἀχνύμενοι θαλερὸν κατὰ δάκρυ χέοντες·
ἦλθε δ' ἐπὶ ψυχὴ Πηληϊάδεω Ἀχιλῆος
καὶ Πατροκλῆος καὶ ἀμύμονος Ἀντιλόχοιο
Αἴαντός θ', ὃς ἄριστος ἔην εἶδός τε δέμας τε
τῶν ἄλλων Δαναῶν μετ' ἀμύμονα Πηλεΐωνα.
ἔγνω δὲ ψυχή με ποδώκεος Αἰακίδαο
καί ῥ' ὀλοφυρομένη ἔπεα πτερόεντα προσηύδα·
, διογενὲς Λαερτιάδη, πολυμήχαν' Ὀδυσσεῦ,
σχέτλιε, τίπτ' ἔτι μεῖζον ἐνὶ φρεσὶ μήσεαι ἔργον;
πῶς ἔτλης Ἄϊδόσδε κατελθέμεν, ἔνθα τε νεκροὶ
ἀφραδέες ναίουσι, βροτῶν εἴδωλα καμόντων;'
ὣς ἔφατ', αὐτὰρ ἐγώ μιν ἀμειβόμενος προσέειπον·
, ὦ Ἀχιλεῦ Πηλῆος υἱέ, μέγα φέρτατ' Ἀχαιῶν,
ἦλθον Τειρεσίαο κατὰ χρέος, εἴ τινα βουλὴν
εἴποι, ὅπως Ἰθάκην ἐς παιπαλόεσσαν ἱκοίμην·
οὐ γάρ πω σχεδὸν ἦλθον Ἀχαιΐδος, οὐδέ πω ἁμῆς

Laß deshalben auch du von dem Weibe nimmer dich lenken,
Und vertrau' ihr nicht aus Zärtlichkeit jedes Geheimnis;
Sondern verkündige dies, und jenes halte verborgen!
Aber Odysseus, du wirst nicht sterben durch deine Gemahlin;
Denn sie ist rechtschaffen, und Weisheit adelt die Seele
Von Ikarios Tochter, der klugen Penelopeia.
Ach wir verließen sie einst als junge Frau im Palaste,
Da wir zum Streit auszogen, und ihr unmündiges Knäblein
Lag an der Brust, der nun in den Kreis der Männer sich hinsetzt.
Glücklicher Sohn! ihn schaut einst wiederkehrend sein Vater,
Und er begrüßt den Vater mit frommer kindlicher Liebe!
Aber mir hat mein Weib nicht einmal den freudigen Anblick
Meines Sohnes erlaubt; sie hat zuvor mich ermordet.
Höre nun meinen Rat, und bewahr' ihn sorgsam im Herzen:
Lande mit deinem Schiff ans vaterländische Ufer
Heimlich, nicht öffentlich an; denn nimmer ist Weibern zu trauen!
Aber verkündige mir, und sage die lautere Wahrheit:
Habt ihr etwa gehört von meinem noch lebenden Sohne,
In Orchomenos, oder vielleicht in der sandigen Pylos,
Oder bei Menelaos in Spartas weiten Gefilden?
Denn noch starb er nicht auf Erden, der edle Orestes.
  Also sprach er; und ich antwortete wieder, und sagte:
Warum fragst du mich das, Sohn Atreus? Ich weiß nicht, ob jener
Tot sei, oder noch lebe; und Eitles schwatzen ist unrecht.
  Also standen wir beide, mit trauervollen Gesprächen
Herzlich bekümmert da, und viele Tränen vergießend.
Siehe da kam die Seele des Peleiden Achilleus,
Und die Seele Patroklos', des tapfern Antilochos' Seele,
Und des gewaltigen Ajas, des ersten an Wuchs und Bildung
In dem achaiischen Heer, nach dem tadellosen Achilleus.
Mich erkannte die Seele des schnellen äakischen Helden,
Und sie begann wehklagend, und sprach die geflügelten Worte:
  Edler Laertiad', erfindungsreicher Odysseus,
Welche noch größere Tat, Unglücklicher, wagest du jetzo?
Welche Kühnheit, herab in die Tiefe zu steigen, wo Tote
Nichtig und sinnlos wohnen, die Schatten gestorbener Menschen!
  Also sprach er; und ich antwortete wieder, und sagte:
Peleus' Sohn, o Achilleus, du trefflichster aller Achaier,
Wegen Teiresias mußt' ich herab, wenn etwa der Seher
Mir weissagte, wie ich zur felsichten Ithaka käme.
Denn noch hab' ich Achaia, noch hab' ich unsere Heimat

γῆς ἐπέβην, ἀλλ' αἰὲν ἔχω κακά. σεῖο δ', Ἀχιλλεῦ,
οὔ τις ἀνὴρ προπάροιθε μακάρτατος οὔτ' ἄρ' ὀπίσσω.
πρὶν μὲν γάρ σε ζωὸν ἐτίομεν ἶσα θεοῖσιν
Ἀργεῖοι, νῦν αὖτε μέγα κρατέεις νεκύεσσιν
ἐνθάδ' ἐών· τῶι μή τι θανὼν ἀκαχίζευ, Ἀχιλλεῦ.'
ὣς ἐφάμην, ὁ δέ μ' αὐτίκ' ἀμειβόμενος προσέειπε·
, μὴ δή μοι θάνατόν γε παραύδα, φαίδιμ' Ὀδυσσεῦ.
βουλοίμην κ' ἐπάρουρος ἐὼν θητευέμεν ἄλλωι,
ἀνδρὶ παρ' ἀκλήρωι, ὧι μὴ βίοτος πολὺς εἴη,
ἢ πᾶσιν νεκύεσσι καταφθιμένοισιν ἀνάσσειν.
ἀλλ' ἄγε μοι τοῦ παιδὸς ἀγαυοῦ μῦθον ἐνίσπες,
ἢ ἕπετ' ἐς πόλεμον πρόμος ἔμμεναι, ἦε καὶ οὐκί.
εἰπὲ δέ μοι Πηλῆος ἀμύμονος, εἴ τι πέπυσσαι,
ἢ ἔτ' ἔχει τιμὴν πολέσιν μετὰ Μυρμιδόνεσσιν,
ἦ μιν ἀτιμάζουσιν ἀν' Ἑλλάδα τε Φθίην τε,
οὕνεκά μιν κατὰ γῆρας ἔχει χεῖράς τε πόδας τε.
οὐ γὰρ ἐγὼν ἐπαρωγὸς ὑπ' αὐγὰς ἠελίοιο,
τοῖος ἐών, οἷός ποτ' ἐνὶ Τροίηι εὐρείηι
πέφνον λαὸν ἄριστον, ἀμύνων Ἀργείοισιν·
εἰ τοιόσδ' ἔλθοιμι μίνυνθά περ ἐς πατέρος δῶ·
τῶι κέ τεωι στύξαιμι μένος καὶ χεῖρας ἀάπτους,
οἳ κεῖνον βιόωνται ἐέργουσίν τ' ἀπὸ τιμῆς.'
ὣς ἔφατ', αὐτὰρ ἐγώ μιν ἀμειβόμενος προσέειπον·
, ἦ τοι μὲν Πηλῆος ἀμύμονος οὔ τι πέπυσμαι,
αὐτάρ τοι παιδός γε Νεοπτολέμοιο φίλοιο
πᾶσαν ἀληθείην μυθήσομαι, ὥς με κελεύεις·
αὐτὸς γάρ μιν ἐγὼ κοίλης ἐπὶ νηὸς ἐίσης
ἤγαγον ἐκ Σκύρου μετ' ἐυκνήμιδας Ἀχαιούς.
ἦ τοι ὅτ' ἀμφὶ πόλιν Τροίην φραζοίμεθα βουλάς,
αἰεὶ πρῶτος ἔβαζε καὶ οὐχ ἡμάρτανε μύθων·
Νέστωρ ἀντίθεος καὶ ἐγὼ νικάσκομεν οἴω.
αὐτὰρ ὅτ' ἐν πεδίωι Τρώων μαρναίμεθα χαλκῶι,
οὔ ποτ' ἐνὶ πληθυῖ μένεν ἀνδρῶν οὐδ' ἐν ὁμίλωι,
ἀλλὰ πολὺ προθέεσκε τὸ ὃν μένος οὐδενὶ εἴκων,
πολλοὺς δ' ἄνδρας ἔπεφνεν ἐν αἰνῆι δηιοτῆτι.
πάντας δ' οὐκ ἂν ἐγὼ μυθήσομαι οὐδ' ὀνομήνω,
ὅσσον λαὸν ἔπεφνεν ἀμύνων Ἀργείοισιν,
ἀλλ' οἷον τὸν Τηλεφίδην κατενήρατο χαλκῶι,
ἥρω' Εὐρύπυλον, πολλοὶ δ' ἀμφ' αὐτὸν ἑταῖροι
Κήτειοι κτείνοντο γυναίων εἵνεκα δώρων.
κεῖνον δὴ κάλλιστον ἴδον μετὰ Μέμνονα δῖον.

Nicht berührt; ich leide noch stets! Doch keiner, Achilleus,
Glich an Seligkeit dir, und keiner wird jemals dir gleichen.
Vormals im Leben ehrten wir dich, wie einen der Götter,
Wir Achaier; und nun, da du hier bist, herrschest du mächtig
Unter den Geistern: drum laß dich den Tod nicht reuen, Achilleus!
Also sprach ich; und drauf antwortete jener, und sagte:
Preise mir jetzt nicht tröstend den Tod, ruhmvoller Odysseus.
Lieber möcht' ich fürwahr dem unbegüterten Meier,
Der nur kümmerlich lebt, als Tagelöhner das Feld baun,
Als die ganze Schar vermoderter Toten beherrschen.
Aber verkündige mir von meinem trefflichen Sohne,
Ob an der Spitze des Heers er schaltete, oder daheim blieb.
Melde mir auch, wo du Kunde vom großen Peleus vernahmest,
Ob er noch weitgeehrt die Myrmidonen beherrsche,
Oder ob man ihn schon durch Hellas und Phtia verachte,
Weil vor hohem Alter ihm Händ' und Schenkel erbeben.
Denn ich wandle nicht mehr ein Helfer im Lichte der Sonnen,
Wie ich war, da ich einst in Trojas weitem Gefilde,
Für die Danaer streitend, die tapfersten Völker erlegte.
Käm' ich in jener Kraft nur ein wenig zum Hause des Vaters;
Schaudern vor der Gewalt der unüberwundenen Hände
Sollte, wer ihn antastet, des Königes Ehre zu rauben.
Also sprach er; und ich antwortete wieder, und sagte:
Keine Kunde hab' ich vom großen Peleus vernommen.
Aber von deinem Sohn Neoptolemos, deinem Geliebten
Will ich, wie du verlangst, dir lautere Wahrheit verkünden.
Denn ich selber hab' ihn im gleichgezimmerten Schiffe
Her von Skyros gebracht zu den schöngeharnischten Griechen.
Wann wir Achaier vor Ilions Stadt uns setzten zum Kriegsrat;
Redet' er immer zuerst, und sprach nicht flatternde Worte:
Nur der göttliche Nestor und ich besiegten den Jüngling.
Wann wir Achaier vor Ilions Stadt auszogen zur Feldschlacht;
Blieb er nimmer im Schwarm, noch unter den Haufen der Heerschar:
Sondern er eilte vorauf mit freudiger Kühnheit, und stürzte
Viele Männer dahin im schrecklichen Waffengetümmel.
Alle will ich sie dir nicht nennen oder beschreiben,
Wie viel Volkes dein Sohn, für die Danaer streitend, erlegte;
Sondern Eurypylos nur, den kriegrischen Telephiden.
Diesen durchstach er mit ehernem Spieß, und viele Keteier
Sanken blutig um ihn, durch Weibergeschenke verleitet.
Nach dem göttlichen Memnon war er der schönste der Feinde.

αὐτὰρ ὅτ᾿ εἰς ἵππον κατεβαίνομεν, ὃν κάμ᾿ Ἐπειός,
Ἀργείων οἱ ἄριστοι, ἐμοὶ δ᾿ ἐπὶ πάντα τέταλτο,
ἠμὲν ἀνακλῖναι πυκινὸν λόχον ἠδ᾿ ἐπιθεῖναι,
ἔνθ᾿ ἄλλοι Δαναῶν ἡγήτορες ἠδὲ μέδοντες
δάκρυά τ᾿ ὠμόργνυντο τρέμον θ᾿ ὑπὸ γυῖα ἑκάστου·
κεῖνον δ᾿ οὔ ποτε πάμπαν ἐγὼν ἴδον ὀφθαλμοῖσιν
οὔτ᾿ ὠχρήσαντα χρόα κάλλιμον οὔτε παρειῶν
δάκρυ ὀμορξάμενον· ὁ δέ γε μάλα πόλλ᾿ ἱκέτευεν
ἱππόθεν ἐξέμεναι, ξίφεος δ᾿ ἐπεμαίετο κώπην
καὶ δόρυ χαλκοβαρές, κακὰ δὲ Τρώεσσι μενοίνα.
ἀλλ᾿ ὅτε δὴ Πριάμοιο πόλιν διεπέρσαμεν αἰπήν,
μοῖραν καὶ γέρας ἐσθλὸν ἔχων ἐπὶ νηὸς ἔβαινεν
ἀσκηθής, οὔτ᾿ ἂρ βεβλημένος ὀξέι χαλκῶι
οὔτ᾿ αὐτοσχεδίην οὐτασμένος, οἷά τε πολλὰ
γίγνεται ἐν πολέμωι· ἐπιμὶξ δέ τε μαίνεται Ἄρης.᾿
ὣς ἐφάμην, ψυχὴ δὲ ποδώκεος Αἰακίδαο
φοίτα μακρὰ βιβᾶσα κατ᾿ ἀσφοδελὸν λειμῶνα,
γηθοσύνη ὅ οἱ υἱὸν ἔφην ἀριδείκετον εἶναι.
αἱ δ᾿ ἄλλαι ψυχαὶ νεκύων κατατεθνηώτων
ἔστασαν ἀχνύμεναι, εἴροντο δὲ κήδε᾿ ἑκάστη.
οἴη δ᾿ Αἴαντος ψυχὴ Τελαμωνιάδαο
νόσφιν ἀφεστήκει, κεχολωμένη εἵνεκα νίκης,
τήν μιν ἐγὼ νίκησα δικαζόμενος παρὰ νηυσὶ
τεύχεσιν ἀμφ᾿ Ἀχιλῆος· ἔθηκε δὲ πότνια μήτηρ.
παῖδες δὲ Τρώων δίκασαν καὶ Παλλὰς Ἀθήνη.
ὡς δὴ μὴ ὄφελον νικᾶν τοιῶιδ᾿ ἐπ᾿ ἀέθλωι·
τοίην γὰρ κεφαλὴν ἕνεκ᾿ αὐτῶν γαῖα κατέσχεν,
Αἴανθ᾿, ὃς πέρι μὲν εἶδος, πέρι δ᾿ ἔργα τέτυκτο
τῶν ἄλλων Δαναῶν μετ᾿ ἀμύμονα Πηλεΐωνα.
τὸν μὲν ἐγὼν ἐπέεσσι προσηύδων μειλιχίοισιν·
‚ Αἶαν, παῖ Τελαμῶνος ἀμύμονος, οὐκ ἄρ᾿ ἔμελλες
οὐδὲ θανὼν λήσεσθαι ἐμοὶ χόλου εἵνεκα τευχέων
οὐλομένων; τὰ δὲ πῆμα θεοὶ θέσαν Ἀργείοισι,
τοῖος γάρ σφιν πύργος ἀπώλεο· σεῖο δ᾿ Ἀχαιοὶ
ἶσον Ἀχιλλῆος κεφαλῆι Πηληϊάδαο
ἀχνύμεθα φθιμένοιο διαμπερές· οὐδέ τις ἄλλος
αἴτιος, ἀλλὰ Ζεὺς Δαναῶν στρατὸν αἰχμητάων
ἐκπάγλως ἤχθηρε, τεῒν δ᾿ ἐπὶ μοῖραν ἔθηκεν.
ἀλλ᾿ ἄγε δεῦρο, ἄναξ, ἵν᾿ ἔπος καὶ μῦθον ἀκούσῃς
ἡμέτερον· δάμασον δὲ μένος καὶ ἀγήνορα θυμόν.᾿
ὣς ἐφάμην, ὁ δέ μ᾿ οὐδὲν ἀμείβετο, βῆ δὲ μετ᾿ ἄλλας

Als wir nun stiegen ins Roß, wir tapfersten Helden Achaias,
Welches Epeios gebaut; und mir die Sorge vertraut ward,
Unser festes Gehäuse zu öffnen, oder zu schließen:
Siehe da saßen viele der hohen Fürsten und Pfleger,
Trockneten ihre Tränen, und bebten an Händen und Füßen.
Aber ich habe nie mit meinen Augen gesehen,
Daß der blühende Jüngling erblaßte, oder sein Antlitz
Feige Tränen benetzten; mit Flehen bat er mich oftmal,
Ihn aus dem Rosse zu lassen, ergriff die eherne Lanze,
Legte die Hand an das Schwert, und drohte den Troern Verderben.
Als wir die hohe Stadt des Priamos endlich zerstöret;
Stieg er, mit Ehrengeschenken und großer Beute bereichert,
Unbeschädigt ins Schiff, von keinem fliegenden Erze,
Noch von der Schärfe des Schwerts verwundet; welches doch selten
Tapfere Streiter verschont; denn blindlings wütet der Kriegsgott.
Also sprach ich; da ging die Seele des schnellen Achilleus
Zur Asphodeloswiese mit großen Schritten hinunter,
Freudenvoll, daß ich ihm des Sohnes Tugend verkündigt.
Aber die anderer Seelen der abgeschiedenen Toten
Standen traurend da, und sprachen von ihrer Betrübnis.
Nur allein die Seele des telamonischen Ajas
Blieb von ferne stehn, und zürnte noch wegen des Sieges,
Den ich einst vor den Schiffen, mit ihm um die Waffen Achilleus
Rechtend, gewann; sie setzte zum Preis die göttliche Mutter,
Und die Söhne der Troer entschieden und Pallas Athene.
Hätt' ich doch nimmermehr in diesem Streite gesieget!
Denn ein solches Haupt birgt ihrenthalben die Erde:
Ajas, der an Gestalt und Edeltaten der größte
Unter den Danaern war, nach dem tadellosen Achilleus.
Diesen redet' ich an, und sagte mit freundlicher Stimme:
Ajas, Telamons Sohn, des Herrlichen! mußtest du also
Selbst nach dem Tode den Groll forttragen wegen der Rüstung,
Welche der Götter Rat zum Verderben der Griechen bestimmte?
Denn du sankst, ihr Turm in der Feldschlacht; und wir Achaier
Müssen, wie um das Haupt des Peleiden Achilleus,
Stets um deinen Verlust leidtragen! Doch keiner ist hieran
Schuldig, als Zeus, der, entbrannt vom schrecklichen Eifer, Achaias
Kriegerscharen verwarf, und dein Verhängnis dir sandte!
Aber wohlan, tritt näher zu mir, o König, und höre
Meine Red', und bezwinge den Zorn des erhabenen Herzens.
Also sprach ich; er schwieg, und ging in des Erebos Dunkel

ψυχὰς εἰς Ἔρεβος νεκύων κατατεθνηώτων.
ἔνθα χ᾽ ὅμως προσέφη κεχολωμένος, ἤ κεν ἐγὼ τόν·
ἀλλά μοι ἤθελε θυμὸς ἐνὶ στήθεσσι φίλοισι
τῶν ἄλλων ψυχὰς ἰδέειν κατατεθνηώτων.
ἔνθ᾽ ἦ τοι Μίνωα ἴδον, Διὸς ἀγλαὸν υἱόν,
χρύσεον σκῆπτρον ἔχοντα, θεμιστεύοντα νέκυσσιν,
ἥμενον, οἱ δέ μιν ἀμφὶ δίκας εἴροντο ἄνακτα,
ἥμενοι ἑσταότες τε κατ᾽ εὐρυπυλὲς Ἄϊδος δῶ.
τὸν δὲ μετ᾽ Ὠρίωνα πελώριον εἰσενόησα
θῆρας ὁμοῦ εἰλεῦντα κατ᾽ ἀσφοδελὸν λειμῶνα,
τοὺς αὐτὸς κατέπεφνεν ἐν οἰοπόλοισιν ὄρεσσι
χερσὶν ἔχων ῥόπαλον παγχάλκεον, αἰὲν ἀαγές.
καὶ Τιτυὸν εἶδον, Γαίης ἐρικυδέος υἱόν,
κείμενον ἐν δαπέδωι· ὁ δ᾽ ἐπ᾽ ἐννέα κεῖτο πέλεθρα,
γῦπε δέ μιν ἑκάτερθε παρημένω ἧπαρ ἔκειρον,
δέρτρον ἔσω δύνοντες, ὁ δ᾽ οὐκ ἀπαμύνετο χερσί·
Λητὼ γὰρ ἕλκησε, Διὸς κυδρὴν παράκοιτιν,
Πυθώδ᾽ ἐρχομένην διὰ καλλιχόρου Πανοπῆος.
καὶ μὴν Τάνταλον εἰσεῖδον κρατέρ᾽ ἄλγε᾽ ἔχοντα
ἑστεῶτ᾽ ἐν λίμνηι· ἡ δὲ προσέπλαζε γενείωι·
στεῦτο δὲ διψάων, πιέειν δ᾽ οὐκ εἶχεν ἑλέσθαι·
ὁσσάκι γὰρ κύψει᾽ ὁ γέρων πιέειν μενεαίνων,
τοσσάχ᾽ ὕδωρ ἀπολέσκετ᾽ ἀναβροχέν, ἀμφὶ δὲ ποσσὶ
γαῖα μέλαινα φάνεσκε, καταζήνασκε δὲ δαίμων.
δένδρεα δ᾽ ὑψιπέτηλα κατὰ κρῆθεν χέε καρπόν,
ὄγχναι καὶ ῥοιαὶ καὶ μηλέαι ἀγλαόκαρποι
συκέαι τε γλυκεραὶ καὶ ἐλαῖαι τηλεθόωσαι·
τῶν ὁπότ᾽ ἰθύσει᾽ ὁ γέρων ἐπὶ χερσὶ μάσασθαι,
τὰς δ᾽ ἄνεμος ῥίπτασκε ποτὶ νέφεα σκιόεντα.
καὶ μὴν Σίσυφον εἰσεῖδον κρατέρ᾽ ἄλγε᾽ ἔχοντα
λᾶαν βαστάζοντα πελώριον ἀμφοτέρηισιν.
ἦ τοι ὁ μὲν σκηριπτόμενος χερσίν τε ποσίν τε
λᾶαν ἄνω ὤθεσκε ποτὶ λόφον· ἀλλ᾽ ὅτε μέλλοι
ἄκρον ὑπερβαλέειν, τότ᾽ ἀποστρέψασκε κραταιίς·
αὖτις ἔπειτα πέδονδε κυλίνδετο λᾶας ἀναιδής.
αὐτὰρ ὅ γ᾽ ἂψ ὤσασκε τιταινόμενος, κατὰ δ᾽ ἱδρὼς
ἔρρεεν ἐκ μελέων, κονίη δ᾽ ἐκ κρατὸς ὀρώρει.
τὸν δὲ μετ᾽ εἰσενόησα βίην Ἡρακληείην,
εἴδωλον· αὐτὸς δὲ μετ᾽ ἀθανάτοισι θεοῖσι
τέρπεται ἐν θαλίηις καὶ ἔχει καλλίσφυρον Ἥβην,
παῖδα Διὸς μεγάλοιο καὶ Ἥρης χρυσοπεδίλου.

Zu den übrigen Seelen der abgeschiedenen Toten.
Dennoch hätte mich dort der Zürnende angeredet,
Oder ich ihn; allein mich trieb die Begierde des Herzens,
Auch die Seelen der andern gestorbenen Helden zu schauen.
Und ich wandte den Blick auf Minos, den göttlichen, Zeus' Sohn!
Dieser saß, in der Hand den goldenen Scepter, und teilte
Strafe den Toten und Lohn; sie rechteten rings um den König,
Sitzend und stehend, im weitgeöffneten Hause des Aïs.
Und nach diesem erblickt' ich den ungeheuren Orion.
Auf der Asphodeloswiese verfolgt' er die drängenden Tiere,
Die er im Leben einst auf wüsten Gebirgen getötet:
In den Händen die eherne, nie zerbrechliche Keule.
Auch den Tityos sah ich, den Sohn der gepriesenen Erde.
Dieser lag auf dem Boden, und maß neun Hufen an Länge;
Und zween Geier saßen ihm links und rechts, und zerhackten
Unter der Haut ihm die Leber: vergebens scheuchte der Frevler,
Weil er Leto entehrt, Zeus' heilige Lagergenossin,
Als sie gen Pytho ging, durch Panopeus' liebliche Fluren.
Auch den Tantalos sah ich, mit schweren Qualen belastet.
Mitten im Teiche stand er, den Kinn von der Welle bespület,
Lechzte hinab vor Durst, und konnte zum Trinken nicht kommen.
Denn so oft sich der Greis hinbückte, die Zunge zu kühlen;
Schwand das versiegende Wasser hinweg, und rings um die Füße
Zeigte sich schwarzer Sand, getrocknet vom feindlichen Dämon.
Fruchtbare Bäume neigten um seine Scheitel die Zweige,
Voll balsamischer Birnen, Granaten und grüner Oliven,
Oder voll süßer Feigen und rötlichgesprenkelter Äpfel.
Aber sobald sich der Greis aufreckte, der Früchte zu pflücken;
Wirbelte plötzlich der Sturm sie empor zu den schattigen Wolken.
Auch den Sisyphos sah ich, von schrecklicher Mühe gefoltert,
Einen schweren Marmor mit großer Gewalt fortheben.
Angestemmt, arbeitet' er stark mit Händen und Füßen,
Ihn von der Au aufwälzend zum Berge. Doch glaubt' er ihn jetzo
Auf den Gipfel zu drehn: da mit einmal stürzte die Last um;
Hurtig mit Donnergepolter entrollte der tückische Marmor.
Und von vorn arbeitet' er, angestemmt, daß der Angstschweiß
Seinen Gliedern entfloß, und Staub sein Antlitz umwölkte.
Und nach diesem erblickt' ich die hohe Kraft Herakles,
Seine Gestalt; denn er selber feiert mit den ewigen Göttern
Himmlische Wonnegelag', und umarmt die blühende Hebe,
Zeus des Gewaltigen Tochter und Heres mit goldenen Sohlen.

ἀμφὶ δέ μιν κλαγγὴ νεκύων ἦν οἰωνῶν ὥς,
πάντοσ᾽ ἀτυζομένων· ὁ δ᾽ ἐρεμνῆι νυκτὶ ἐοικώς,
γυμνὸν τόξον ἔχων καὶ ἐπὶ νευρῆφιν ὀιστόν,
δεινὸν παπταίνων, αἰεὶ βαλέοντι ἐοικώς.
σμερδαλέος δέ οἱ ἀμφὶ περὶ στήθεσσιν ἀορτὴρ
χρύσεος ἦν τελαμών, ἵνα θέσκελα ἔργα τέτυκτο,
ἄρκτοι τ᾽ ἀγρότεροί τε σύες χαροποί τε λέοντες,
ὑσμῖναί τε μάχαι τε φόνοι τ᾽ ἀνδροκτασίαι τε.
μὴ τεχνησάμενος μηδ᾽ ἄλλο τι τεχνήσαιτο,
ὃς κεῖνον τελαμῶνα ἑῆι ἐγκάτθετο τέχνηι.
ἔγνω δ᾽ αὖτ᾽ ἔμ᾽ ἐκεῖνος, ἐπεὶ ἴδεν ὀφθαλμοῖσιν,
καί μ᾽ ὀλοφυρόμενος ἔπεα πτερόεντα προσηύδα·
‚διογενὲς Λαερτιάδη, πολυμήχαν᾽ Ὀδυσσεῦ,
ἆ δείλ᾽, ἦ τινὰ καὶ σὺ κακὸν μόρον ἡγηλάζεις,
ὅν περ ἐγὼν ὀχέεσκον ὑπ᾽ αὐγὰς ἠελίοιο.
Ζηνὸς μὲν πάϊς ἦα Κρονίονος, αὐτὰρ ὀιζὺν
εἶχον ἀπειρεσίην· μάλα γὰρ πολὺ χείρονι φωτὶ
δεδμήμην, ὁ δέ μοι χαλεποὺς ἐπετέλλετ᾽ ἀέθλους.
καί ποτέ μ᾽ ἐνθάδ᾽ ἔπεμψε κύν᾽ ἄξοντ᾽· οὐ γὰρ ἔτ᾽ ἄλλον
φράζετο τοῦδέ γέ μοι κρατερώτερον εἶναι ἄεθλον·
τὸν μὲν ἐγὼν ἀνένεικα καὶ ἤγαγον ἐξ Ἀίδαο·
Ἑρμείας δέ μ᾽ ἔπεμψεν ἰδὲ γλαυκῶπις Ἀθήνη.‘
ὣς εἰπὼν ὁ μὲν αὖτις ἔβη δόμον Ἄϊδος εἴσω,
αὐτὰρ ἐγὼν αὐτοῦ μένον ἔμπεδον, εἴ τις ἔτ᾽ ἔλθοι
ἀνδρῶν ἡρώων, οἳ δὴ τὸ πρόσθεν ὄλοντο.
καί νύ κ᾽ ἔτι προτέρους ἴδον ἀνέρας, οὓς ἔθελόν περ,
Θησέα Πειρίθοόν τε, θεῶν ἐρικυδέα τέκνα·
ἀλλὰ πρὶν ἐπὶ ἔθνε᾽ ἀγείρετο μυρία νεκρῶν
ἠχῆι θεσπεσίηι· ἐμὲ δὲ χλωρὸν δέος ἥιρει,
μή μοι Γοργείην κεφαλὴν δεινοῖο πελώρου
ἐξ Ἀίδεω πέμψειεν ἀγαυὴ Περσεφόνεια.
αὐτίκ᾽ ἔπειτ᾽ ἐπὶ νῆα κιὼν ἐκέλευον ἑταίρους
αὐτούς τ᾽ ἀμβαίνειν ἀνά τε πρυμνήσια λῦσαι.
οἱ δ᾽ αἶψ᾽ εἴσβαινον καὶ ἐπὶ κληῖσι καθῖζον.
τὴν δὲ κατ᾽ Ὠκεανὸν ποταμὸν φέρε κῦμα ῥόοιο,
πρῶτα μὲν εἰρεσίηι, μετέπειτα δὲ κάλλιμος οὖρος.

Ringsum schrie, wie Vögelgeschrei, das Geschrei der gescheuchten
Flatternden Geister um ihn; er stand der graulichen Nacht gleich,
Hielt den entblößten Bogen gespannt, und den Pfeil auf der Senne,
Schauete drohend umher, und schien beständig zu schnellen.
Seine Brust umgürtet' ein fürchterlich Wehrgehenke,
Wo, getrieben aus Gold, die Wunderbildungen strahlten:
Bären, und Eber voll Wut, und grimmig funkelnde Löwen,
Treffen und blutige Schlachten und Niederlagen und Morde.
Immer feire der Künstler, auf immer von seiner Arbeit,
Der ein solches Gehenke mit hohem Geiste gebildet!
Dieser erkannte mich gleich, sobald er mit Augen mich sahe,
Wandte sich seufzend zu mir, und sprach die geflügelten Worte:
  Edler Laertiad', erfindungsreicher Odysseus,
Armer, ruht auch auf dir ein trauervolles Verhängnis,
Wie ich weiland ertrug, da mir die Sonne noch strahlte?
Zeus' des Kroniden Sohn war ich, und duldete dennoch
Unaussprechliches Elend; dem weit geringeren Manne
Dient' ich, und dieser gebot mir die fürchterlichsten Gefahren.
Selbst hier sandt' er mich her, den Hund zu holen; denn dieses
Schien dem Tyrannen für mich die entsetzlichste aller Gefahren.
Aber ich brachte den Hund empor aus Aïdes Wohnung;
Hermes geleitete mich und Zeus' blauäugichte Tochter.
  Also sprach er, und ging zurück in Aïdes Wohnung.
Aber ich blieb, und harrete dort, ob etwa noch jemand
Von den gestorbenen Helden des Altertumes sich nahte.
Und noch manchen vielleicht, den ich wünschte, hätt' ich gesehen:
Theseus und seinen Freund Peirithoos, Söhne der Götter;
Aber es sammelten sich unzählige Scharen von Geistern
Mit graunvollem Getös, und bleiches Entsetzen ergriff mich.
Fürchtend, es sende mir jetzo die strenge Persephoneia
Tief aus der Nacht die Schreckengestalt des gorgonischen Unholds,
Floh ich eilend von dannen zum Schiffe, befahl den Gefährten,
Hurtig zu steigen ins Schiff, und die Seile vom Ufer zu lösen;
Und sie stiegen hinein, und setzten sich hin auf die Bänke.
Also durchschifften wir die Flut des Oceanstromes,
Erst vom Ruder getrieben, und drauf vom günstigen Winde.

ΟΔΥΣΣΕΙΑΣ Μ

Σειρῆνες. Σκύλλα.
Χάρυβδις. Βόες Ἡλίου.

Αὐτὰρ ἐπεὶ ποταμοῖο λίπεν ῥόον Ὠκεανοῖο
νηῦς, ἀπὸ δ' ἵκετο κῦμα θαλάσσης εὐρυπόροιο
νῆσόν τ' Αἰαίην, ὅθι τ' Ἠοῦς ἠριγενείης
οἰκία καὶ χοροί εἰσι καὶ ἀντολαὶ Ἠελίοιο,
νῆα μὲν ἔνθ' ἐλθόντες ἐκέλσαμεν ἐν ψαμάθοισιν,
ἐκ δὲ καὶ αὐτοὶ βῆμεν ἐπὶ ῥηγμῖνι θαλάσσης·
ἔνθα δ' ἀποβρίξαντες ἐμείναμεν Ἠῶ δῖαν.
ἦμος δ' ἠριγένεια φάνη ῥοδοδάκτυλος Ἠώς,
δὴ τότ' ἐγὼν ἑτάρους προΐειν ἐς δώματα Κίρκης
οἰσέμεναι νεκρόν, Ἐλπήνορα τεθνηῶτα.
φιτροὺς δ' αἶψα ταμόντες, ὅθ' ἀκροτάτη πρόεχ' ἀκτή,
θάπτομεν ἀχνύμενοι θαλερὸν κατὰ δάκρυ χέοντες.
αὐτὰρ ἐπεὶ νεκρός τ' ἐκάη καὶ τεύχεα νεκροῦ,
τύμβον χεύαντες καὶ ἐπὶ στήλην ἐρύσαντες
πήξαμεν ἀκροτάτωι τύμβωι εὐῆρες ἐρετμόν.
ἡμεῖς μὲν τὰ ἕκαστα διείπομεν· οὐδ' ἄρα Κίρκην
ἐξ Ἀίδεω ἐλθόντες ἐλήθομεν, ἀλλὰ μάλ' ὦκα
ἦλθ' ἐντυναμένη· ἅμα δ' ἀμφίπολοι φέρον αὐτῆι
σῖτον καὶ κρέα πολλὰ καὶ αἴθοπα οἶνον ἐρυθρόν.
ἡ δ' ἐν μέσσωι στᾶσα μετηύδα δῖα θεάων·
, σχέτλιοι, οἳ ζώοντες ὑπήλθετε δῶμ' Ἀίδαο,
δισθανέες, ὅτε τ' ἄλλοι ἅπαξ θνήισκουσ' ἄνθρωποι.
ἀλλ' ἄγετ' ἐσθίετε βρώμην καὶ πίνετε οἶνον
αὖθι πανημέριοι· ἅμα δ' ἠοῖ φαινομένηφι
πλεύσεσθ'· αὐτὰρ ἐγὼ δείξω ὁδὸν ἠδὲ ἕκαστα
σημανέω, ἵνα μή τι κακορραφίηι ἀλεγεινῆι
ἢ ἁλὸς ἢ ἐπὶ γῆς ἀλγήσετε πῆμα παθόντες.'
ὣς ἔφαθ', ἡμῖν δ' αὖτ' ἐπεπείθετο θυμὸς ἀγήνωρ.
ὣς τότε μὲν πρόπαν ἦμαρ ἐς ἠέλιον καταδύντα
ἥμεθα δαινύμενοι κρέα τ' ἄσπετα καὶ μέθυ ἡδύ·

ZWÖLFTER GESANG

Ankunft in Meer und Tageslicht bei Ääa. Elpenors Bestattung. Kirke meldet die Gefahren des Wegs: erst die Sirenen; dann rechts die malmenden Irrfelsen, links die Enge zwischen Skylla und Charybdis; jenseits diesen die Sonnenherden in Thrinakia. Abfahrt mit Götterwind. Nach Vermeidung der Sirenen, läßt Odysseus die Irrfelsen rechts, und steuert an Skyllas Fels in die Meerenge, indem Charybdis einschlurft; Skylla raubt sechs Männer. Erzwungene Landung an Thrinakia, wo durch Sturm ausgehungert, die Genossen heilige Rinder schlachten. Schiffbruch; Odysseus auf den Trümmern zur schlurfenden Charybdis zurückgetrieben, dann nach Ogygia zur Kalypso.

Als wir jetzo die Flut des Oceanstromes durchsegelt,
Fuhren wir über die Woge des weithinwogenden Meeres
Zur ääischen Insel, allwo der dämmernden Frühe
Wohnung und Tänze sind, und Helios leuchtender Aufgang.
Jetzo landeten wir am sandigen Ufer der Insel,
Stiegen alsdann aus dem Schiff' ans krumme Gestade des Meeres,
Schlummerten dort ein wenig, und harrten der heiligen Frühe.
Als die dämmernde Frühe mit Rosenfingern erwachte,
Sandt' ich einige Freunde zur Wohnung der göttlichen Kirke,
Unsers toten Gefährten Elpenors Leichnam zu holen.
Eilig fällten wir Holz auf der höchsten Spitze des Landes,
Und bestatteten ihn mit vielen Tränen und Seufzern.
Als der Tote nunmehr und des Toten Rüstung verbrannt war,
Häuften wir ihm ein Grab, und errichteten drüber ein Denkmal,
Pflanzten dann hoch auf das Grab sein schöngeglättetes Ruder.
Also bestellten wir dies nach der Ordnung. Doch unsre Zurückkunft
Aus dem Reiche der Nacht blieb Kirke nicht lange verborgen;
Denn bald kam sie geschmückt, und ihre begleitenden Jungfraun
Trugen Gebacknes und Fleisch samt rotem funkelnden Weine.
Und sie trat in die Mitte, die hehre Göttin, und sagte:
Arme, die ihr lebendig in Aïdes Wohnung hinabfuhrt!
Zweimal schmeckt ihr den Tod, den andre nur einmal empfinden.
Aber wohlan, erquickt euch mit Speis' und funkelndem Weine
Hier, bis die Sonne sinkt; und sobald der Morgen sich rötet,
Schifft! Ich will euch den Weg und alle Gefahren des Weges
Selbst verkünden, damit nicht hinfort unselige Torheit,
Weder zu Wasser noch Land', euch neuen Jammer bereite.
Also sprach sie, und zwang der Edlen Herz zum Gehorsam.
Also saßen wir dort den Tag, bis die Sonne sich neigte,
An der Fülle des Fleisches und süßen Weines uns labend.

ἦμος δ' ἠέλιος κατέδυ καὶ ἐπὶ κνέφας ἦλθεν,
οἱ μὲν κοιμήσαντο παρὰ πρυμνήσια νηός,
ἡ δ' ἐμὲ χειρὸς ἑλοῦσα φίλων ἀπονόσφιν ἑταίρων
εἷσέ τε καὶ προσέλεκτο καὶ ἐξερέεινεν ἕκαστα·
αὐτὰρ ἐγὼ τῆι πάντα κατὰ μοῖραν κατέλεξα.
καὶ τότε δή μ' ἐπέεσσι προσηύδα πότνια Κίρκη·
‚ταῦτα μὲν οὕτω πάντα πεπείρανται, σὺ δ' ἄκουσον,
ὥς τοι ἐγὼν ἐρέω, μνήσει δέ σε καὶ θεὸς αὐτός.
Σειρῆνας μὲν πρῶτον ἀφίξεαι, αἵ ῥά τε πάντας
ἀνθρώπους θέλγουσιν, ὅτις σφεας εἰσαφίκηται.
ὅς τις ἀιδρείηι πελάσηι καὶ φθόγγον ἀκούσηι
Σειρήνων, τῶι δ' οὔ τι γυνὴ καὶ νήπια τέκνα
οἴκαδε νοστήσαντι παρίσταται οὐδὲ γάνυνται,
ἀλλά τε Σειρῆνες λιγυρῆι θέλγουσιν ἀοιδῆι
ἥμεναι ἐν λειμῶνι, πολὺς δ' ἀμφ' ὀστεόφιν θὶς
ἀνδρῶν πυθομένων, περὶ δὲ ῥινοὶ μινύθουσι.
ἀλλὰ παρεξελάαν, ἐπὶ δ' οὔατ' ἀλεῖψαι ἑταίρων
κηρὸν δεψήσας μελιηδέα, μή τις ἀκούσηι
τῶν ἄλλων· ἀτὰρ αὐτὸς ἀκουέμεν αἴ κ' ἐθέληισθα,
δησάντων σ' ἐν νηὶ θοῆι χεῖράς τε πόδας τε
ὀρθὸν ἐν ἱστοπέδηι, ἐκ δ' αὐτοῦ πείρατ' ἀνήφθω,
ὄφρα κε τερπόμενος ὄπ' ἀκούσηις Σειρήνοιιν.
εἰ δέ κε λίσσηαι ἑτάρους λῦσαί τε κελεύηις,
οἱ δέ σ' ἔτι πλεόνεσσι τότ' ἐν δεσμοῖσι διδέντων.
αὐτὰρ ἐπὴν δὴ τάς γε παρὲξ ἐλάσωσιν ἑταῖροι,
ἔνθα τοι οὐκέτ' ἔπειτα διηνεκέως ἀγορεύσω,
ὁπποτέρη δή τοι ὁδὸς ἔσσεται, ἀλλὰ καὶ αὐτὸς
θυμῶι βουλεύειν· ἐρέω δέ τοι ἀμφοτέρωθεν.
ἔνθεν μὲν γὰρ πέτραι ἐπηρεφέες, προτὶ δ' αὐτὰς
κῦμα μέγα ῥοχθεῖ κυανώπιδος Ἀμφιτρίτης·
Πλαγκτὰς δή τοι τάς γε θεοὶ μάκαρες καλέουσι.
τῆι μέν τ' οὐδὲ ποτητὰ παρέρχεται οὐδὲ πέλειαι
τρήρωνες, ταί τ' ἀμβροσίην Διὶ πατρὶ φέρουσιν,
ἀλλά τε καὶ τῶν αἰὲν ἀφαιρεῖται λὶς πέτρη·
ἀλλ' ἄλλην ἐνίησι πατὴρ ἐναρίθμιον εἶναι.
τῆι δ' οὔ πώ τις νηῦς φύγεν ἀνδρῶν, ἥ τις ἵκηται,
ἀλλά θ' ὁμοῦ πίνακάς τε νεῶν καὶ σώματα φωτῶν
κύμαθ' ἁλὸς φορέουσι πυρός τ' ὀλοοῖο θύελλαι.
οἴη δὴ κείνη γε παρέπλω ποντοπόρος νηῦς,
Ἀργὼ πᾶσι μέλουσα, παρ' Αἰήταο πλέουσα.
καὶ νύ κε τὴν ἔνθ' ὦκα βάλεν μεγάλας ποτὶ πέτρας,

Als die Sonne nun sank, und Dunkel die Erde bedeckte,
Legten sich jene zur Ruh am festgebundenen Schiffe.
Aber mich nahm bei der Hand die Göttin, führte mich abwärts,
Legte sich neben mir nieder, und fragete, was mir begegnet!
Und ich erzählte darauf umständlich die ganze Geschichte.
Jetzt antwortete mir die hohe Kirke, und sagte:
  Dieses hast du denn alles vollbracht; vernimm nun, Odysseus,
Was ich dir sagen will: Des wird auch ein Gott dich erinnern.
Erstlich erreichet dein Schiff die Sirenen; diese bezaubern
Alle sterblichen Menschen, wer ihre Wohnung berühret.
Welcher mit törichtem Herzen hinanfährt, und der Sirenen
Stimme lauscht, dem wird zu Hause nimmer die Gattin
Und unmündige Kinder mit freudigem Gruße begegnen;
Denn es bezaubert ihn der helle Gesang der Sirenen,
Die auf der Wiese sitzen, von aufgehäuftem Gebeine
Modernder Menschen umringt und ausgetrockneten Häuten.
Aber du steure vorbei, und verkleibe die Ohren der Freunde
Mit dem geschmolzenen Wachse der Honigscheiben, daß niemand
Von den andern sie höre. Doch willst du selber sie hören;
Siehe dann binde man dich an Händen und Füßen im Schiffe,
Aufrecht stehend am Maste, mit festumschlungenen Seilen:
Daß du den holden Gesang der zwo Sirenen vernehmest.
Flehst du die Freunde nun an, und befiehlst die Seile zu lösen;
Eilend feßle man dich mit mehreren Banden noch stärker!
  Sind nun deine Gefährten bei diesen vorüber gerudert,
Dann bestimm' ich den Weg nicht weiter, ob du zur Rechten
Oder zur Linken dein Schiff hinsteuren müssest; erwäg' es
Selber in deinem Geist. Ich will dir beide bezeichnen.
  Hier stürmt gegen den Fuß der überhangenden Klippen
Hochaufbrausend die Woge der bläulichen Amphitrite.
Irrende Klippen nennt sie die Sprache der seligen Götter.
Selbst kein fliegender Vogel, noch selbst die schüchternen Tauben
Eilen vorbei, die Zeus dem Vater Ambrosia bringen;
Sondern der glatte Fels raubt eine von ihnen beständig!
Aber der Vater erschafft eine andre, die Zahl zu ergänzen.
Und noch nimmer entrann ein Schiff, das ihnen sich nahte;
Sondern zugleich die Trümmer des Schiffs und die Leichen der Männer
Wirbelt die Woge des Meers und verzehrende Feuerorkane.
Eins nur steurte vorbei von den meerdurchwandelnden Schiffen,
Argo, die Allbesungne, da sie von Äëtes zurückfuhr;
Und bald hätte die Flut auch sie an die Klippe geschmettert,

ἀλλ' Ἥρη παρέπεμψεν, ἐπεὶ φίλος ἦεν Ἰήσων.
οἱ δὲ δύω σκόπελοι ὁ μὲν οὐρανὸν εὐρὺν ἱκάνει
ὀξείηι κορυφῆι, νεφέλη δέ μιν ἀμφιβέβηκε
κυανέη· τὸ μὲν οὔ ποτ' ἐρωεῖ, οὐδέ ποτ' αἴθρη
κείνου ἔχει κορυφὴν οὔτ' ἐν θέρει οὔτ' ἐν ὀπώρηι.
οὐδέ κεν ἀμβαίη βροτὸς ἀνὴρ οὐδ' ἐπιβαίη,
οὐδ' εἴ οἱ χεῖρές τε ἐείκοσι καὶ πόδες εἶεν·
πέτρη γὰρ λίς ἐστι, περιξεστῆι ἐικυῖα.
μέσσωι δ' ἐν σκοπέλωι ἔστι σπέος ἠεροειδές,
πρὸς ζόφον εἰς Ἔρεβος τετραμμένον, ἧι περ ἂν ὑμεῖς
νῆα παρὰ γλαφυρὴν ἰθύνετε, φαίδιμ' Ὀδυσσεῦ.
οὐδέ κεν ἐκ νηὸς γλαφυρῆς αἰζήιος ἀνὴρ
τόξωι ὀιστεύσας κοῖλον σπέος εἰσαφίκοιτο.
ἔνθα δ' ἐνὶ Σκύλλη ναίει δεινὸν λελακυῖα.
τῆς ἦ τοι φωνὴ μὲν ὅση σκύλακος νεογιλῆς
γίγνεται, αὐτὴ δ' αὖτε πέλωρ κακόν· οὐδέ κέ τίς μιν
γηθήσειεν ἰδών, οὐδ' εἰ θεὸς ἀντιάσειεν.
τῆς ἦ τοι πόδες εἰσὶ δυώδεκα πάντες ἄωροι,
ἓξ δέ τέ οἱ δειραὶ περιμήκεες, ἐν δὲ ἑκάστηι
σμερδαλέη κεφαλή, ἐν δὲ τρίστοιχοι ὀδόντες
πυκνοὶ καὶ θαμέες, πλεῖοι μέλανος θανάτοιο.
μέσση μέν τε κατὰ σπείους κοίλοιο δέδυκεν,
ἔξω δ' ἐξίσχει κεφαλὰς δεινοῖο βερέθρου,
αὐτοῦ δ' ἰχθυάαι, σκόπελον περιμαιμώωσα,
δελφῖνάς τε κύνας τε, καὶ εἴ ποθι μεῖζον ἕλησι
κῆτος, ἃ μυρία βόσκει ἀγάστονος Ἀμφιτρίτη.
τῆι δ' οὔ πώ ποτε ναῦται ἀκήριοι εὐχετόωνται
παρφυγέειν σὺν νηί· φέρει δέ τε κρατὶ ἑκάστωι
φῶτ' ἐξαρπάξασα νεὸς κυανοπρώιροιο.
τὸν δ' ἕτερον σκόπελον χθαμαλώτερον ὄψει, Ὀδυσσεῦ.
πλησίον ἀλλήλων· καί κεν διοϊστεύσειας.
τῶι δ' ἐν ἐρινεὸς ἔστι μέγας, φύλλοισι τεθηλώς·
τῶι δ' ὑπὸ δῖα Χάρυβδις ἀναρροιβδεῖ μέλαν ὕδωρ.
τρὶς μὲν γάρ τ' ἀνίησιν ἐπ' ἤματι, τρὶς δ' ἀναροιβδεῖ
δεινόν· μὴ σύ γε κεῖθι τύχοις, ὅτε ῥοιβδήσειεν·
οὐ γάρ κεν ῥύσαιτό σ' ὑπὲκ κακοῦ οὐδ' ἐνοσίχθων.
ἀλλὰ μάλα Σκύλλης σκοπέλωι πεπλημένος ὦκα
νῆα παρὲξ ἐλάαν, ἐπεὶ ἦ πολὺ φέρτερόν ἐστιν
ἓξ ἑτάρους ἐν νηὶ ποθήμεναι ἢ ἅμα πάντας.‘
ὣς ἔφατ', αὐτὰρ ἐγώ μιν ἀμειβόμενος προσέειπον·
, εἰ δ' ἄγε δή μοι τοῦτο, θεά, νημερτὲς ἐνίσπες,

Doch sie geleitete Here, die waltende Göttin Jasons.
Dorthin drohn zween Felsen: der eine berühret den Himmel
Mit dem spitzigen Gipfel, vom düsterblauen Gewölke
Rings umhüllt, das nimmer zerfließt; und nimmer erhellen
Heitere Tage den Gipfel, im Sommer oder im Herbste.
Keiner vermochte hinauf, und keiner hinunter zu steigen,
Wenn er auch zwanzig Händ' und zwanzig Füße bewegte;
Denn der Stein ist so glatt, als wär' er ringsum behauen.
In der Mitte des Felsen ist eine benachtete Höhle,
Abendwärts, gewandt nach des Erebos' Gegend, allwo ihr
Euer gebogenes Schiff vorbeilenkt, edler Odysseus.
Von dem Boden des Schiffes vermöchte der fertigste Schütze
Nicht den gefiederten Pfeil bis an die Höhle zu schnellen.
Diese Höhle bewohnt die fürchterlich bellende Skylla,
Deren Stimme hell, wie der jungen saugenden Hunde
Winseln tönt, sie selbst ein greuliches Scheusal, daß niemand
Ihrer Gestalt sich freut, wenn auch ein Gott ihr begegnet.
Siehe das Ungeheuer hat zwölf abscheuliche Klauen,
Und sechs Häls' unglaublicher Läng', auf jeglichem Halse
Einen gräßlichen Kopf, mit dreifachen Reihen gespitzter
Dichtgeschlossener Zähne voll schwarzes Todes bewaffnet.
Bis an die Mitte steckt ihr Leib in der Höhle des Felsens,
Aber die Köpfe bewegt sie hervor aus dem schrecklichen Abgrund,
Blickt heißhungrig umher, und fischt sich rings um den Felsen
Meerhund' oft und Delphine, und oft noch ein größeres Seewild,
Aus der unzähligen Schar der brausenden Amphitrite.
Noch kein kühner Pilot, der Skyllas Felsen vorbeifuhr,
Rühmt sich verschont zu sein; sie schwinget in jeglichem Rachen
Einen geraubeten Mann aus dem blaugeschnäbelten Schiffe.
Doch weit niedriger ist der andere Felsen, Odysseus,
Und dem ersten so nahe, daß ihn dein Bogen erreichte.
Dort ist ein Feigenbaum mit großen laubichten Ästen;
Drunter lauert Charybdis, die wasserstrudelnde Göttin.
Dreimal gurgelt sie täglich es aus, und schlurfet es dreimal
Schrecklich hinein. Weh dir, wofern du der Schlurfenden nahest!
Selbst Poseidaon könnte dich nicht dem Verderben entreißen:
Darum steure du dicht an Skyllas Felsen, und rudre
Schnell mit dem Schiffe davon. Es ist doch besser, Odysseus,
Sechs Gefährten im Schiff zu vermissen, als alle mit einmal!
Also sprach sie; und ich antwortete wieder, und sagte:
Göttin, ich flehe dich an, verkünde mir lautere Wahrheit:

εἴ πως τὴν ὀλοὴν μὲν ὑπεκπροφύγοιμι Χάρυβδιν,
τὴν δέ κ' ἀμυναίμην, ὅτε μοι σίνοιτό γ' ἑταίρους.'
ὣς ἐφάμην, ἡ δ' αὐτίκ' ἀμείβετο δῖα θεάων·
, σχέτλιε, καὶ δὴ αὖ τοι πολεμήια ἔργα μέμηλε
καὶ πόνος· οὐδὲ θεοῖσιν ὑπείξεαι ἀθανάτοισιν;
ἡ δέ τοι οὐ θνητή, ἀλλ' ἀθάνατον κακόν ἐστι,
δεινόν τ' ἀργαλέον τε καὶ ἄγριον οὐδὲ μαχητόν·
οὐδέ τις ἔστ' ἀλκή· φυγέειν κάρτιστον ἀπ' αὐτῆς.
ἢν γὰρ δηθύνῃσθα κορυσσόμενος παρὰ πέτρῃ,
δείδω, μή σ' ἐξαῦτις ἐφορμηθεῖσα κίχῃσι
τόσσῃσιν κεφαλῇσι, τόσους δ' ἐκ φῶτας ἕληται.
ἀλλὰ μάλα σφοδρῶς ἐλάαν, βωστρεῖν δὲ Κράταιιν,
μητέρα τῆς Σκύλλης, ἥ μιν τέκε πῆμα βροτοῖσιν·
ἥ μιν ἔπειτ' ἀποπαύσει ἐς ὕστερον ὁρμηθῆναι.
, Θρινακίην δ' ἐς νῆσον ἀφίξεαι· ἔνθα δὲ πολλαὶ
βόσκοντ' Ἠελίοιο βόες καὶ ἴφια μῆλα,
ἑπτὰ βοῶν ἀγέλαι, τόσα δ' οἰῶν πώεα καλά,
πεντήκοντα δ' ἕκαστα. γόνος δ' οὐ γίγνεται αὐτῶν,
οὐδέ ποτε φθινύθουσι. θεαὶ δ' ἐπιποιμένες εἰσίν,
νύμφαι ἐυπλόκαμοι, Φαέθουσά τε Λαμπετίη τε,
ἃς τέκεν Ἠελίωι Ὑπερίονι δῖα Νέαιρα.
τὰς μὲν ἄρα θρέψασα τεκοῦσά τε πότνια μήτηρ
Θρινακίην ἐς νῆσον ἀπῴκισε τηλόθι ναίειν,
μῆλα φυλασσέμεναι πατρώια καὶ ἕλικας βοῦς.
τὰς εἰ μέν κ' ἀσινέας ἐάαις νόστου τε μέδηαι,
ἦ τ' ἂν ἔτ' εἰς Ἰθάκην κακά περ πάσχοντες ἵκοισθε·
εἰ δέ κε σίνηαι, τότε τοι τεκμαίρομ' ὄλεθρον,
νηί τε καὶ ἑτάροις· αὐτὸς δ' εἴ πέρ κεν ἀλύξῃς,
ὀψὲ κακῶς νεῖαι, ὀλέσας ἄπο πάντας ἑταίρους.'
ὣς ἔφατ', αὐτίκα δὲ χρυσόθρονος ἤλυθεν Ἠώς.
ἡ μὲν ἔπειτ' ἀνὰ νῆσον ἀπέστιχε δῖα θεάων·
αὐτὰρ ἐγὼν ἐπὶ νῆα κιὼν ὤτρυνον ἑταίρους
αὐτούς τ' ἀμβαίνειν ἀνά τε πρυμνήσια λῦσαι·
οἱ δ' αἶψ' εἴσβαινον καὶ ἐπὶ κληῖσι καθῖζον.
ἑξῆς δ' ἑζόμενοι πολιὴν ἅλα τύπτον ἐρετμοῖς.
ἡμῖν δ' αὖ κατόπισθε νεὸς κυανοπρώιροιο
ἴκμενον οὖρον ἵει πλησίστιον, ἐσθλὸν ἑταῖρον,
Κίρκη ἐυπλόκαμος, δεινὴ θεὸς αὐδήεσσα.
αὐτίκα δ' ὅπλα ἕκαστα πονησάμενοι κατὰ νῆα
ἥμεθα· τὴν δ' ἄνεμός τε κυβερνήτης τ' ἴθυνε.
δὴ τότ' ἐγὼν ἑτάροισι μετηύδων ἀχνύμενος κῆρ·

Kann ich nicht dort dem Strudel der wilden Charybdis entfliehen,
Aber Skylla bestrafen, sobald sie die Meinigen anfällt?
Also sprach ich; mir gab die hohe Göttin zur Antwort:
Unglückseliger, denkst du auch hier der kriegrischen Taten
Und der Gewalt, und weichst nicht einmal unsterblichen Göttern?
Denn nicht sterblich ist jene; sie ist ein unsterbliches Scheusal,
Furchtbar und schreckenvoll und grausam und unüberwindlich.
Nichts hilft Tapferkeit dort; entfliehn ist die einzige Rettung.
Denn verweilst du am Felsen, zum Kampfe gerüstet; so fürcht' ich,
Daß dich das Ungeheuer von oben herunter noch einmal
Mit sechs Rachen ereil', und dir sechs Männer entreiße.
Rudre denn hurtig vorüber, und rufe die Göttin Kratäis,
Skyllas Mutter an, die die Plage der Menschen geboren:
Diese wird sie bezähmen, daß sie nicht ferner dir schade.
Jetzt erreichst du die Insel Thrinakia. Siehe da weiden
Viele fette Rinder und Schafe des Sonnenbeherrschers:
Sieben Herden der Rinder, und sieben der trefflichen Schafe,
Fünfzig in jeglicher Herd'; und diese vermehren sich niemals,
Noch vermindern sie sich. Zwo Göttinnen pflegen der Weide,
Lieblichgelockte Nymphen, Lampetia und Phaetusa,
Die mit der schönen Neära der Hochhinwandelnde zeugte.
Denn die göttliche Mutter, sobald sie die Töchter erzogen,
Sandte sie fern hinweg in Thrinakias Insel, des Vaters
Fette Schafe zu hüten und sein schwerwandelndes Hornvieh.
Wenn du nun, eingedenk der Heimfahrt, diese verschonest;
Siehe dann mögt ihr, obzwar unglücklich, gen Ithaka kehren.
Wenn du sie aber beraubst; alsdann weissag' ich Verderben
Deinem Schiff' und den Freunden; und so du auch selber entrinnest,
Kehrst du doch spät, unglücklich, und ohne Gefährten, zur Heimat.
Also sprach sie; da kam die goldenthronende Eos;
Und die hohe Göttin verließ mich, und ging durch die Insel,
Aber ich eilte zum Schiff', und ermahnete meine Gefährten,
Einzusteigen, und schnell am Ufer die Seile zu lösen.
Und sie traten ins Schiff, und setzten sich hin auf die Bänke,
Saßen in Reihn, und schlugen die graue Woge mit Rudern.
Jene sandte vom Ufer dem blaugeschnäbelten Schiffe
Günstigen segelschwellenden Wind, zum guten Begleiter,
Kirke, die schöngelockte, die hehre melodische Göttin.
Eilig brachten wir jetzt die Geräte des Schiffes in Ordnung,
Saßen dann still, und ließen vom Wind und Steuer uns lenken.
Jetzo begann ich, und sprach zu den Freunden mit inniger Wehmut:

, ὦ φίλοι, οὐ γὰρ χρὴ ἕνα ἴδμεναι οὐδὲ δύ' οἴους
θέσφαθ' ἅ μοι Κίρκη μυθήσατο, δῖα θεάων·
ἀλλ' ἐρέω μὲν ἐγών, ἵνα εἰδότες ἤ κε θάνωμεν
ἤ κεν ἀλευάμενοι θάνατον καὶ κῆρα φύγοιμεν.
Σειρήνων μὲν πρῶτον ἀνώγει θεσπεσιάων
φθόγγον ἀλεύασθαι καὶ λειμῶν' ἀνθεμόεντα.
οἶον ἔμ' ἠνώγει ὄπ' ἀκουέμεν· ἀλλά με δεσμῶι
δήσατ' ἐν ἀργαλέωι, ὄφρ' ἔμπεδον αὐτόθι μίμνω,
ὀρθὸν ἐν ἱστοπέδηι, ἐκ δ' αὐτοῦ πείρατ' ἀνήφθω.
εἰ δέ κε λίσσωμαι ὑμέας λῦσαί τε κελεύω,
ὑμεῖς δὲ πλεόνεσσι τότ' ἐν δεσμοῖσι πιέζειν.'
ἦ τοι ἐγὼ τὰ ἕκαστα λέγων ἑτάροισι πίφαυσκον·
τόφρα δὲ καρπαλίμως ἐξίκετο νηῦς ἐυεργὴς
νῆσον Σειρήνοιιν· ἔπειγε γὰρ οὖρος ἀπήμων.
αὐτίκ' ἔπειτ' ἄνεμος μὲν ἐπαύσατο ἠδὲ γαλήνη
ἔπλετο νηνεμίη, κοίμησε δὲ κύματα δαίμων.
ἀνστάντες δ' ἕταροι νεὸς ἱστία μηρύσαντο
καὶ τὰ μὲν ἐν νηὶ γλαφυρῆι θέσαν, οἱ δ' ἐπ' ἐρετμὰ
ἑζόμενοι λεύκαινον ὕδωρ ξεστῆις ἐλάτηισιν.
αὐτὰρ ἐγὼ κηροῖο μέγαν τροχὸν ὀξέι χαλκῶι
τυτθὰ διατμήξας χερσὶ στιβαρῆισι πίεζον·
αἶψα δ' ἰαίνετο κηρός, ἐπεὶ κέλετο μεγάλη ἲς
Ἠελίου τ' αὐγὴ Ὑπεριονίδαο ἄνακτος·
ἑξείης δ' ἑτάροισιν ἐπ' οὔατα πᾶσιν ἄλειψα.
οἱ δ' ἐν νηί μ' ἔδησαν ὁμοῦ χεῖράς τε πόδας τε
ὀρθὸν ἐν ἱστοπέδηι, ἐκ δ' αὐτοῦ πείρατ' ἀνῆπτον·
αὐτοὶ δ' ἑζόμενοι πολιὴν ἅλα τύπτον ἐρετμοῖς.
ἀλλ' ὅτε τόσσον ἀπῆμεν ὅσον τε γέγωνε βοήσας,
ῥίμφα διώκοντες, τὰς δ' οὐ λάθεν ὠκύαλος νηῦς
ἐγγύθεν ὀρνυμένη, λιγυρὴν δ' ἔντυνον ἀοιδήν·
, δεῦρ' ἄγ' ἰών, πολύαιν' Ὀδυσεῦ, μέγα κῦδος Ἀχαιῶν,
νῆα κατάστησον, ἵνα νωιτέρην ὄπ' ἀκούσηις.
οὐ γάρ πώ τις τῆιδε παρήλασε νηὶ μελαίνηι,
πρίν γ' ἡμέων μελίγηρυν ἀπὸ στομάτων ὄπ' ἀκοῦσαι,
ἀλλ' ὅ γε τερψάμενος νεῖται καὶ πλείονα εἰδώς.
ἴδμεν γάρ τοι πάνθ' ὅσ' ἐνὶ Τροίηι εὐρείηι
Ἀργεῖοι Τρῶές τε θεῶν ἰότητι μόγησαν,
ἴδμεν δ', ὅσσα γένηται ἐπὶ χθονὶ πουλυβοτείρηι.'
ὣς φάσαν ἱεῖσαι ὄπα κάλλιμον· αὐτὰρ ἐμὸν κῆρ
ἤθελ' ἀκουέμεναι, λῦσαί τ' ἐκέλευον ἑταίρους
ὀφρύσι νευστάζων· οἱ δὲ προπεσόντες ἔρεσσον.

Freunde, nicht einem allein, noch Zweenen, gebührt es zu wissen,
Welche Dinge mir Kirke, die hohe Göttin, geweissagt.
Drum verkünd' ich sie euch, daß jeder sie wisse; wir mögen
Sterben, oder entfliehn dem schrecklichen Todesverhängnis.
Erst befiehlt uns die Göttin, der zauberischen Sirenen
Süße Stimme zu meiden, und ihre blumige Wiese.
Mir erlaubt sie allein, den Gesang zu hören; doch bindet
Ihr mich fest, damit ich kein Glied zu regen vermöge,
Aufrecht stehend am Maste, mit festumschlungenen Seilen.
Fleh' ich aber euch an, und befehle die Seile zu lösen;
Eilend fesselt mich dann mit mehreren Banden noch stärker.
Also verkündet' ich jetzo den Freunden unser Verhängnis.
Und wie geflügelt entschwebte, vom freundlichen Winde getrieben,
Unser gerüstetes Schiff zu der Insel der beiden Sirenen.
Plötzlich ruhte der Wind; von heiterer Bläue des Himmels
Glänzte die stille See; ein Himmlischer senkte die Wasser.
Meine Gefährten gingen, und falteten eilig die Segel,
Legten sie nieder im Schiff, und setzten sich hin an die Ruder;
Schäumend enthüpfte die Woge den schöngeglätteten Tannen.
Aber ich schnitt mit dem Schwert' aus der großen Scheibe des Wachses
Kleine Kugeln, knetete sie mit nervichten Händen;
Und bald weichte das Wachs, vom starken Drucke bezwungen,
Und dem Strahle des hochhinwandelnden Sonnenbeherrschers.
Hierauf ging ich umher, und verkleibte die Ohren der Freunde.
Jene banden mich jetzo an Händen und Füßen im Schiffe,
Aufrecht stehend am Maste, mit festumschlungenen Seilen;
Setzten sich dann, und schlugen die graue Woge mit Rudern.
Als wir jetzo so weit, wie die Stimme des Rufenden schallet,
Kamen im eilenden Lauf, da erblickten jene das nahe
Meerdurchgleitende Schiff, und huben den hellen Gesang an:
Komm, besungner Odysseus, du großer Ruhm der Achaier!
Lenke dein Schiff ans Land, und horche unserer Stimme.
Denn hier steurte noch keiner im schwarzen Schiffe vorüber,
Eh' er dem süßen Gesang aus unserem Munde gelauschet;
Und dann ging er von hinnen, vergnügt und weiser wie vormals.
Uns ist alles bekannt, was ihr Argeier und Troer
Durch der Götter Verhängnis in Trojas Fluren geduldet:
Alles, was irgend geschieht auf der lebenschenkenden Erde!
Also sangen jene voll Anmut. Heißes Verlangen
Fühlt' ich weiter zu hören, und winkte den Freunden Befehle,
Meine Bande zu lösen; doch hurtiger ruderten diese.

αὐτίκα δ᾽ ἀνστάντες Περιμήδης Εὐρύλοχός τε
πλείοσί μ᾽ ἐν δεσμοῖσι δέον μᾶλλόν τε πίεζον.
αὐτὰρ ἐπεὶ δὴ τάς γε παρήλασαν, οὐδ᾽ ἔτ᾽ ἔπειτα
φθογγῆς Σειρήνων ἠκούομεν οὐδέ τ᾽ ἀοιδῆς,
αἶψ᾽ ἀπὸ κηρὸν ἕλοντο ἐμοὶ ἐρίηρες ἑταῖροι,
ὅν σφιν ἐπ᾽ ὠσὶν ἄλειψ᾽, ἐμέ τ᾽ ἐκ δεσμῶν ἀνέλυσαν.
ἀλλ᾽ ὅτε δὴ τὴν νῆσον ἐλείπομεν, αὐτίκ᾽ ἔπειτα
καπνὸν καὶ μέγα κῦμα ἴδον καὶ δοῦπον ἄκουσα.
τῶν δ᾽ ἄρα δεισάντων ἐκ χειρῶν ἔπτατ᾽ ἐρετμά,
βόμβησαν δ᾽ ἄρα πάντα κατὰ ῥόον· ἔσχετο δ᾽ αὐτοῦ
νηῦς, ἐπεὶ οὐκέτ᾽ ἐρετμὰ προήκεα χερσὶν ἔπειγον.
αὐτὰρ ἐγὼ διὰ νηὸς ἰὼν ὤτρυνον ἑταίρους
μειλιχίοις ἐπέεσσι παρασταδὸν ἄνδρα ἕκαστον·
‚ὦ φίλοι, οὐ γάρ πώ τι κακῶν ἀδαήμονές εἰμεν·
οὐ μὲν δὴ τόδε μεῖζον ἔπει κακόν, ἢ ὅτε Κύκλωψ
εἴλει ἐνὶ σπῆι γλαφυρῶι κρατερῆφι βίηφιν·
ἀλλὰ καὶ ἔνθεν ἐμῆι ἀρετῆι, βουλῆι τε νόωι τε,
ἐκφύγομεν, καί που τῶνδε μνήσεσθαι ὀίω.
νῦν δ᾽ ἄγεθ᾽, ὡς ἂν ἐγὼ εἴπω, πειθώμεθα πάντες.
ὑμεῖς μὲν κώπηισιν ἁλὸς ῥηγμῖνα βαθεῖαν
τύπτετε κληίδεσσιν ἐφήμενοι, αἴ κέ ποθι Ζεὺς
δώηι τόνδε γ᾽ ὄλεθρον ὑπεκφυγέειν καὶ ἀλύξαι·
σοὶ δέ, κυβερνῆθ᾽, ὧδ᾽ ἐπιτέλλομαι· ἀλλ᾽ ἐνὶ θυμῶι
βάλλευ, ἐπεὶ νηὸς γλαφυρῆς οἰήια νωμᾶις.
τούτου μὲν καπνοῦ καὶ κύματος ἐκτὸς ἔεργε
νῆα, σὺ δὲ σκοπέλου ἐπιμαίεο, μή σε λάθηισι
κεῖσ᾽ ἐξορμήσασα καὶ ἐς κακὸν ἄμμε βάληισθα.‘
ὣς ἐφάμην, οἱ δ᾽ ὦκα ἐμοῖς ἐπέεσσι πίθοντο.
Σκύλλην δ᾽ οὐκέτ᾽ ἐμυθεόμην, ἄπρηκτον ἀνίην,
μή πώς μοι δείσαντες ἀπολλήξειαν ἑταῖροι
εἰρεσίης, ἐντὸς δὲ πυκάζοιεν σφέας αὐτούς.
καὶ τότε δὴ Κίρκης μὲν ἐφημοσύνης ἀλεγεινῆς
λανθανόμην, ἐπεὶ οὔ τί μ᾽ ἀνώγει θωρήσσεσθαι·
αὐτὰρ ἐγὼ καταδὺς κλυτὰ τεύχεα καὶ δύο δοῦρε
μάκρ᾽ ἐν χερσὶν ἑλὼν εἰς ἴκρια νηὸς ἔβαινον
πρώιρης· ἔνθεν γάρ μιν ἐδέγμην πρῶτα φανεῖσθαι
Σκύλλην πετραίην, ἥ μοι φέρε πῆμ᾽ ἑτάροισιν.
οὐδέ πηι ἀθρῆσαι δυνάμην, ἔκαμον δέ μοι ὄσσε
πάντηι παπταίνοντι πρὸς ἠεροειδέα πέτρην.
ἡμεῖς μὲν στεινωπὸν ἀνεπλέομεν γοόωντες·
ἔνθεν μὲν Σκύλλη, ἑτέρωθι δὲ δῖα Χάρυβδις

Und es erhuben sich schnell Eurylochos und Perimedes,
Legten noch mehrere Fesseln mir an, und banden mich stärker.
Also steuerten wir den Sirenen vorüber; und leiser,
Immer leiser, verhallte der Singenden Lied und Stimme.
Eilend nahmen sich nun die teuren Genossen des Schiffes
Von den Ohren das Wachs, und lösten mich wieder vom Mastbaum.
Als wir jetzo der Insel entruderten, sah ich von ferne
Dampf und brandende Flut, und hört' ein dumpfes Getöse.
Schnell entflogen den Händen der zitternden Freunde die Ruder;
Rauschend schleppten sie alle dem Strome nach, und das Schiff stand
Still, weil keiner mehr das lange Ruder bewegte.
Aber ich eilte durchs Schiff, und ermahnete meine Gefährten,
Trat zu jeglichem Mann, und sprach mit freundlicher Stimme:
Freunde, wir sind ja bisher nicht ungeübt in Gefahren;
Und nicht größere drohet uns jetzt, als da der Kyklope
Mit unmenschlicher Kraft im dunkeln Felsen uns einschloß;
Dennoch entflohn wir auch jener durch meine Tugend und Weisheit;
Und ich hoffe, wir werden uns einst auch dieser erinnern.
Auf denn, Geliebteste, tut, was ich euch jetzo befehle!
Ihr, schlagt alle des Meers hochstürmende Woge mit Rudern,
Sitzend auf euren Bänken! Vielleicht verstattet Kronion
Zeus, daß wir, durch die Flucht, doch diesem Verderben entrinnen.
Aber dir, o Pilot, befehl' ich dieses; verschleuß es
Tief im Herzen, denn du besorgst das Steuer des Schiffes!
Lenke das Schiff mit aller Gewalt aus dem Dampf und der Brandung,
Und arbeite gerad' auf den Fels zu; daß es nicht dorthin
Unversehens sich wend', und du ins Verderben uns stürzest!
Also sprach ich, und schnell gehorchten sie meinem Befehle.
Aber von Skylla schwieg ich, dem unvermeidlichen Unglück!
Daß nicht meine Gefährten, aus Furcht des Todes, die Ruder
Sinken ließen, und all' im Schiffe zusammen sich drängten.
Jetzo dacht' ich nicht mehr des schreckenvollen Gebotes,
Welches mir Kirke geboten, mich nicht zum Kampfe zu rüsten;
Sondern ich gürtete mich mit stattlichen Waffen, und faßte
Zween weitschattende Speer' in der Hand, und stieg auf des Schiffes
Vorderverdeck; denn ich hoffte, die Felsenbewohnerin Skylla
Dorther kommen zu sehn, um mir die Freunde zu rauben.
Aber ich schaute sie nirgends, obgleich die Augen mir schmerzten,
Da ich nach jeder Kluft des braunen Felsen emporsah.
Seufzend ruderten wir hinein in die schreckliche Enge:
Denn hier drohete Skylla, und dort die wilde Charybdis,

δεινὸν ἀνερροίβδησε θαλάσσης ἁλμυρὸν ὕδωρ.
ἦ τοι ὅτ᾽ ἐξεμέσειε, λέβης ὣς ἐν πυρὶ πολλῶι
πᾶσ᾽ ἀναμορμύρεσκε κυκωμένη, ὑψόσε δ᾽ ἄχνη
ἄκροισι σκοπέλοισιν ἐπ᾽ ἀμφοτέροισιν ἔπιπτεν·
ἀλλ᾽ ὅτ᾽ ἀναβρόξειε θαλάσσης ἁλμυρὸν ὕδωρ,
πᾶσ᾽ ἔντοσθε φάνεσκε κυκωμένη, ἀμφὶ δὲ πέτρη
δεινὸν ἐβεβρύχει, ὑπένερθε δὲ γαῖα φάνεσκε
ψάμμωι κυανέη· τοὺς δὲ χλωρὸν δέος ἥιρει.
ἡμεῖς μὲν πρὸς τὴν ἴδομεν δείσαντες ὄλεθρον·
τόφρα δέ μοι Σκύλλη γλαφυρῆς ἐκ νηὸς ἑταίρους
ἓξ ἕλεθ᾽, οἳ χερσίν τε βίηφί τε φέρτατοι ἦσαν.
σκεψάμενος δ᾽ ἐς νῆα θοὴν ἅμα καὶ μεθ᾽ ἑταίρους
ἤδη τῶν ἐνόησα πόδας καὶ χεῖρας ὕπερθεν
ὑψόσ᾽ ἀειρομένων· ἐμὲ δὲ φθέγγοντο καλεῦντες
ἐξονομακλήδην, τότε γ᾽ ὕστατον, ἀχνύμενοι κῆρ.
ὡς δ᾽ ὅτ᾽ ἐπὶ προβόλωι ἁλιεὺς περιμήκεϊ ῥάβδωι
ἰχθύσι τοῖς ὀλίγοισι δόλον κατὰ εἴδατα βάλλων
ἐς πόντον προΐησι βοὸς κέρας ἀγραύλοιο,
ἀσπαίροντα δ᾽ ἔπειτα λαβὼν ἔρριψε θύραζε,
ὣς οἵ γ᾽ ἀσπαίροντες ἀείροντο προτὶ πέτρας·
αὐτοῦ δ᾽ εἰνὶ θύρηισι κατήσθιε κεκληγῶτας
χεῖρας ἐμοὶ ὀρέγοντας ἐν αἰνῆι δηιοτῆτι·
οἴκτιστον δὴ κεῖνο ἐμοῖς ἴδον ὀφθαλμοῖσι
πάντων, ὅσσ᾽ ἐμόγησα πόρους ἁλὸς ἐξερεείνων.
    αὐτὰρ ἐπεὶ πέτρας φύγομεν δεινήν τε Χάρυβδιν
Σκύλλην τ᾽, αὐτίκ᾽ ἔπειτα θεοῦ ἐς ἀμύμονα νῆσον
ἱκόμεθ᾽· ἔνθα δ᾽ ἔσαν καλαὶ βόες εὐρυμέτωποι,
πολλὰ δὲ ἴφια μῆλ᾽ Ὑπερίονος Ἠελίοιο.
δὴ τότ᾽ ἐγὼν ἔτι πόντωι ἐὼν ἐν νηὶ μελαίνηι
μυκηθμοῦ τ᾽ ἤκουσα βοῶν αὐλιζομενάων
οἰῶν τε βληχήν· καί μοι ἔπος ἔμπεσε θυμῶι
μάντηος ἀλαοῦ, Θηβαίου Τειρεσίαο,
Κίρκης τ᾽ Αἰαίης, ἥ μοι μάλα πόλλ᾽ ἐπέτελλε
νῆσον ἀλεύασθαι τερψιμβρότου Ἠελίοιο.
δὴ τότ᾽ ἐγὼν ἑτάροισι μετηύδων ἀχνύμενος κῆρ·
    ‚κέκλυτέ μευ μύθων κακά περ πάσχοντες ἑταῖροι,
ὄφρ᾽ ὑμῖν εἴπω μαντήια Τειρεσίαο
Κίρκης τ᾽ Αἰαίης, ἥ μοι μάλα πόλλ᾽ ἐπέτελλε
νῆσον ἀλεύασθαι τερψιμβρότου Ἠελίοιο·
ἔνθα γὰρ αἰνότατον κακὸν ἔμμεναι ἄμμιν ἔφασκεν.
ἀλλὰ παρὲξ τὴν νῆσον ἐλαύνετε νῆα μέλαιναν.‘

Welche die salzige Flut des Meeres fürchterlich einschlang;
Wenn sie die Flut ausbrach; wie ein Kessel auf flammendem Feuer,
Brauste mit Ungestüm ihr siedender Strudel, und hochauf
Spritzte der Schaum, und bedeckte die beiden Gipfel der Felsen.
Wenn sie die salzige Flut des Meeres wieder hineinschlang,
Senkte sich mitten der Schlund des reißenden Strudels, und ringsum
Donnerte furchtbar der Fels, und unten blickten des Grundes
Schwarze Kiesel hervor. Und bleiches Entsetzen ergriff uns.
Während wir nun, in der Angst des Todes, alle dahinsahn,
Neigte sich Skylla herab, und nahm aus dem Raume des Schiffes
Mir sechs Männer, die stärksten an Mut und nervichten Armen.
Als ich jetzt auf das eilende Schiff und die Freunde zurücksah;
Da erblickt' ich schon oben die Händ' und Füße der Lieben,
Die hoch über mir schwebten; sie schrien und jammerten alle
Laut, und riefen mich, ach! zum letztenmale! beim Namen.
Wie am Vorgebirge mit langer Rute der Fischer
Laurend den kleinen Fischen die ködertragende Angel,
An dem Horne des Stiers, hinab in die Fluten des Meeres
Wirft, und die zappelnde Beute geschwind' ans Ufer hinaufschwenkt:
Also wurden sie zappelnd empor an dem Felsen gehoben.
Dort an der Höhle fraß sie das Ungeheuer, und schreiend
Streckten jene nach mir, in der grausamsten Marter, die Händ' aus.
Nichts Erbärmlichers hab' ich mit meinen Augen gesehen,
So viel Jammer mich auch im stürmenden Meere verfolgte!
  Als wir jetzo die Felsen der Skylla und wilden Charybdis
Flohn, da erreichten wir bald des Gottes herrliche Insel,
Wo die Herden des hochhinwandelnden Helios weiden,
Viele treffliche Schaf' und viel breitstirniges Hornvieh.
Als ich noch auf dem Meer' im schwarzen Schiffe heranfuhr:
Hört' ich schon das Gebrüll der eingeschlossenen Rinder,
Und der Schafe Geblök. Da erwacht' in meinen Gedanken
Jenes thebäischen Sehers, des blinden Teiresias' Warnung,
Und der ääischen Kirke, die mir aufs Strengste befohlen,
Ja die Insel zu meiden der menschenerfreuenden Sonne.
Und mit trauriger Seele begann ich zu meinen Gefährten:
  Höret meine Worte, ihr teuren Genossen im Unglück,
Daß ich euch sage, was mir Teiresias' Seele geweissagt,
Und die ääische Kirke, die mir aufs Strengste befohlen,
Ja die Insel zu meiden der menschenerfreuenden Sonne;
Denn dort würden wir uns den schrecklichsten Jammer bereiten.
Auf denn, Geliebteste, lenkt das Schiff bei der Insel vorüber!

ὣς ἐφάμην, τοῖσιν δὲ κατεκλάσθη φίλον ἦτορ.
αὐτίκα δ᾽ Εὐρύλοχος στυγερῶι μ᾽ ἠμείβετο μύθωι·
‚σχέτλιός εἰς, Ὀδυσεῦ· περί τοι μένος, οὐδέ τι γυῖα
κάμνεις· ἦ ῥά νυ σοί γε σιδήρεα πάντα τέτυκται,
ὅς ῥ᾽ ἑτάρους καμάτωι ἀδηκότας ἠδὲ καὶ ὕπνωι
οὐκ ἐάαις γαίης ἐπιβήμεναι, ἔνθα κεν αὖτε
νήσωι ἐν ἀμφιρύτηι λαρὸν τετυκοίμεθα δόρπον,
ἀλλ᾽ αὔτως διὰ νύκτα θοὴν ἀλάλησθαι ἄνωγας
νήσου ἀποπλαγχθέντας ἐν ἠεροειδέι πόντωι.
ἐκ νυκτῶν δ᾽ ἄνεμοι χαλεποί, δηλήματα νηῶν,
γίγνονται· πῆι κέν τις ὑπεκφύγοι αἰπὺν ὄλεθρον,
ἤν πως ἐξαπίνης ἔλθηι ἀνέμοιο θύελλα,
ἢ Νότου ἢ Ζεφύροιο δυσαέος, οἵ τε μάλιστα
νῆα διαρραίουσι θεῶν ἀέκητι ἀνάκτων.
ἀλλ᾽ ἦ τοι νῦν μὲν πειθώμεθα νυκτὶ μελαίνηι
δόρπον θ᾽ ὁπλισόμεσθα θοῆι παρὰ νηὶ μένοντες,
ἠῶθεν δ᾽ ἀναβάντες ἐνήσομεν εὐρέι πόντωι.‘
ὣς ἔφατ᾽ Εὐρύλοχος, ἐπὶ δ᾽ ἤινεον ἄλλοι ἑταῖροι.
καὶ τότε δὴ γίγνωσκον ὃ δὴ κακὰ μήδετο δαίμων,
καί μιν φωνήσας ἔπεα πτερόεντα προσηύδων·
‚Εὐρύλοχ᾽, ἦ μάλα δή με βιάζετε μοῦνον ἐόντα.
ἀλλ᾽ ἄγε νῦν μοι πάντες ὀμόσσατε καρτερὸν ὅρκον·
εἴ κέ τιν᾽ ἠὲ βοῶν ἀγέλην ἢ πῶυ μέγ᾽ οἰῶν
εὕρωμεν, μή πού τις ἀτασθαλίηισι κακῆισιν
ἢ βοῦν ἠέ τι μῆλον ἀποκτάνηι· ἀλλὰ ἕκηλοι
ἐσθίετε βρώμην, τὴν ἀθανάτη πόρε Κίρκη.‘
ὣς ἐφάμην, οἱ δ᾽ αὐτίκ᾽ ἀπώμνυον, ὡς ἐκέλευον.
αὐτὰρ ἐπεί ῥ᾽ ὄμοσάν τε τελεύτησάν τε τὸν ὅρκον,
στήσαμεν ἐν λιμένι γλαφυρῶι εὐεργέα νῆα
ἄγχ᾽ ὕδατος γλυκεροῖο, καὶ ἐξαπέβησαν ἑταῖροι
νηός, ἔπειτα δὲ δόρπον ἐπισταμένως τετύκοντο.
αὐτὰρ ἐπεὶ πόσιος καὶ ἐδητύος ἐξ ἔρον ἕντο,
μνησάμενοι δὴ ἔπειτα φίλους ἔκλαιον ἑταίρους,
οὓς ἔφαγε Σκύλλη γλαφυρῆς ἐκ νηὸς ἑλοῦσα·
κλαιόντεσσι δὲ τοῖσιν ἐπήλυθε νήδυμος ὕπνος.
ἦμος δὲ τρίχα νυκτὸς ἔην, μετὰ δ᾽ ἄστρα βεβήκει,
ὦρσεν ἔπι ζαῆν ἄνεμον νεφεληγερέτα Ζεὺς
λαίλαπι θεσπεσίηι, σὺν δὲ νεφέεσσι κάλυψε
γαῖαν ὁμοῦ καὶ πόντον· ὀρώρει δ᾽ οὐρανόθεν νύξ.
ἦμος δ᾽ ἠριγένεια φάνη ῥοδοδάκτυλος Ἠώς,
νῆα μὲν ὡρμίσαμεν κοῖλον σπέος εἰσερύσαντες.

Also sprach ich; und jenen brach das Herz vor Betrübnis.
Aber Eurylochos gab mir diese zürnende Antwort:
Grausamer Mann, du strotzest von Kraft, und nimmer ermüden
Deine Glieder, sie sind aus hartem Stahle gebildet!
Daß du den müden Freunden, von Arbeit und Schlummer entkräftet,
Nicht ans Land zu steigen erlaubst, damit wir uns wieder
Auf der umflossenen Insel mit lieblichen Speisen erquicken;
Sondern befiehlst, daß wir die Insel meiden, und blindlings
Durch die dickeste Nacht im düstern Meere verirren!
Und die Stürme der Nacht sind fürchterlich; Schiffe zertrümmert
Ihre Gewalt! Wo entflöhn wir dem schrecklichen Todesverhängnis,
Wenn nun mit einmal im wilden Orkan der gewaltige Südwind
Oder der sausende West herwirbelte, welche die Schiffe
Oft auch gegen den Willen der herrschenden Götter zerschmettern?
Laßt uns denn jetzo der Nacht aufsteigenden Schatten gehorchen,
Und am Ufer ein Mahl bei dem schnellen Schiffe bereiten.
Morgen steigen wir ein, und steuren ins offene Weltmeer.
Also sprach er; und laut rief jeder Eurylochos Beifall,
Und ich erkannte jetzt, daß ein Himmlischer Böses verhängte;
Drauf antwortet' ich ihm, und sprach die geflügelten Worte:
Freilich, Eurylochos, zwingt ihr mich einzelnen leicht zum Gehorsam.
Aber wohlan! jetzt schwöret mir alle den heiligen Eidschwur:
Wenn wir irgendwo Herden von Rindern oder von Schafen
Finden, daß keiner mir dann, durch schreckliche Bosheit verblendet,
Weder ein Rind noch ein Schaf abschlachte, sondern geruhig
Esse der Speise, die uns die unsterbliche Kirke gereicht hat!
Also sprach ich; und schnell beschwuren sie, was ich verlangte.
Als sie es jetzo gelobt, und vollendet den heiligen Eidschwur;
Landeten wir in der Bucht mit dem starkgezimmerten Schiffe,
Nahe bei süßem Wasser; und meine Gefährten entstiegen
Alle dem Schiff', und bereiteten schnell am Ufer die Mahlzeit.
Und nachdem die Begierde des Tranks und der Speise gestillt war,
Da beweineten sie der lieben Freunde Gedächtnis,
Welche Skylla geraubt, und vor der Höhle verschlungen;
Auf die Weinenden sank allmählich der süße Schlummer.
Schon war die dritte Wache der Nacht, und es sanken die Sterne;
Siehe da sendete Zeus, der Wolkenversammler, der Windsbraut
Fürchterlich zuckenden Sturm, verhüllt' in dicke Gewölke
Meer und Erde zugleich; und dem düstern Himmel entsank Nacht.
Als nun die dämmernde Frühe mit Rosenfingern erwachte,
Zogen wir unser Schiff in die felsenbeschattete Grotte,

ἔνθα δ᾽ ἔσαν νυμφέων καλοὶ χοροὶ ἠδὲ θόωκοι·
καὶ τότ᾽ ἐγὼν ἀγορὴν θέμενος μετὰ μῦθον ἔειπον·
‚ ὦ φίλοι, ἐν γὰρ νηὶ θοῆι βρῶσίς τε πόσις τε
ἔστιν, τῶν δὲ βοῶν ἀπεχώμεθα, μή τι πάθωμεν·
δεινοῦ γὰρ θεοῦ αἵδε βόες καὶ ἴφια μῆλα,
Ἠελίου, ὃς πάντ᾽ ἐφορᾶι καὶ πάντ᾽ ἐπακούει.‘
ὣς ἐφάμην, τοῖσιν δ᾽ ἐπεπείθετο θυμὸς ἀγήνωρ.
μῆνα δὲ πάντ᾽ ἄλληκτος ἄη Νότος, οὐδέ τις ἄλλος
γίγνετ᾽ ἔπειτ᾽ ἀνέμων εἰ μὴ Εὖρός τε Νότος τε.
οἱ δ᾽ ἦος μὲν σῖτον ἔχον καὶ οἶνον ἐρυθρόν,
τόφρα βοῶν ἀπέχοντο λιλαιόμενοι βιότοιο.
ἀλλ᾽ ὅτε δὴ νηὸς ἐξέφθιτο ἤια πάντα,
καὶ δὴ ἄγρην ἐφέπεσκον ἀλητεύοντες ἀνάγκηι,
ἰχθῦς ὄρνιθάς τε, φίλας ὅ τι χεῖρας ἵκοιτο,
γναμπτοῖς ἀγκίστροισιν, ἔτειρε δὲ γαστέρα λιμός·
δὴ τότ᾽ ἐγὼν ἀνὰ νῆσον ἀπέστιχον, ὄφρα θεοῖσιν
εὐξαίμην, εἴ τίς μοι ὁδὸν φήνειε νέεσθαι.
ἀλλ᾽ ὅτε δὴ διὰ νήσου ἰὼν ἤλυξα ἑταίρους,
χεῖρας νιψάμενος, ὅθ᾽ ἐπὶ σκέπας ἦν ἀνέμοιο,
ἠρώμην πάντεσσι θεοῖς οἳ Ὄλυμπον ἔχουσιν·
οἱ δ᾽ ἄρα μοι γλυκὺν ὕπνον ἐπὶ βλεφάροισιν ἔχευαν.
Εὐρύλοχος δ᾽ ἑτάροισι κακῆς ἐξήρχετο βουλῆς·
‚ κέκλυτέ μευ μύθων κακά περ πάσχοντες ἑταῖροι.
πάντες μὲν στυγεροὶ θάνατοι δειλοῖσι βροτοῖσι,
λιμῶι δ᾽ οἴκτιστον θανέειν καὶ πότμον ἐπισπεῖν.
ἀλλ᾽ ἄγετ᾽, Ἠελίοιο βοῶν ἐλάσαντες ἀρίστας
ῥέξομεν ἀθανάτοισι, τοὶ οὐρανὸν εὐρὺν ἔχουσιν.
εἰ δέ κεν εἰς Ἰθάκην ἀφικοίμεθα, πατρίδα γαῖαν,
αἶψά κεν Ἠελίωι Ὑπερίονι πίονα νηὸν
τεύξομεν, ἐν δέ κε θεῖμεν ἀγάλματα πολλὰ καὶ ἐσθλά.
εἰ δὲ χολωσάμενός τι βοῶν ὀρθοκραιράων
νῆ᾽ ἐθέληι ὀλέσαι, ἐπὶ δ᾽ ἕσπωνται θεοὶ ἄλλοι,
βούλομ᾽ ἅπαξ πρὸς κῦμα χανὼν ἀπὸ θυμὸν ὀλέσσαι,
ἢ δηθὰ στρεύγεσθαι ἐὼν ἐν νήσωι ἐρήμηι.‘
ὣς ἔφατ᾽ Εὐρύλοχος, ἐπὶ δ᾽ ἤινεον ἄλλοι ἑταῖροι.
αὐτίκα δ᾽ Ἠελίοιο βοῶν ἐλάσαντες ἀρίστας
ἐγγύθεν, οὐ γὰρ τῆλε νεὸς κυανοπρώιροιο
βοσκέσκονθ᾽ ἕλικες καλαὶ βόες εὐρυμέτωποι·
τὰς δὲ περίστησάν τε καὶ εὐχετόωντο θεοῖσιν,
φύλλα δρεψάμενοι τέρενα δρυὸς ὑψικόμοιο·
οὐ γὰρ ἔχον κρῖ λευκὸν ἐυσσέλμου ἐπὶ νηός.

Welche die schönen Reigen und Sitze der Nymphen verbirget.
Jetzo rief ich die Freunde zur Ratsversammlung, und sagte:
Freunde, wir haben ja noch im Schiffe zu essen und trinken;
Darum schonet der Rinder, daß uns kein Böses begegne!
Diese Rinder und Schafe sind jenes furchtbaren Gottes
Helios' Eigentum, der alles siehet und höret.
Also sprach ich, und zwang ihr edles Herz zum Gehorsam.
Aber der Süd durchstürmte den ganzen Monat, und niemals
Hub sich ein anderer Wind, als der Ost und der herrschende Südwind.
Doch so lang' es an Speis' und rotem Weine nicht fehlte,
Schoneten jene der Rinder, ihr süßes Leben zu retten.
Und da endlich im Schiffe der ganze Vorrat verzehrt war,
Streiften sie alle aus Not, vom nagenden Hunger gefoltert,
Durch die Insel umher, mit krummer Angel sich Fische
Oder Vögel zu fangen, was ihren Händen nur vorkam.
Jetzo ging ich allein durch die Insel, um einsam die Götter
Anzuflehn, ob einer den Weg mir zeigte zur Heimkehr.
Als ich, die Insel durchgehend, mich weit von den Freunden entfernet,
Am windfreien Gestade; da wusch ich die Händ', und flehte
Alle Götter an, die Bewohner des hohen Olympos,
Und sie deckten mir sanft die Augen mit süßem Schlummer.
Aber Eurylochos reizte die andern Freunde zum Bösen:
Höret meine Worte, ihr teuren Genossen im Unglück.
Zwar ist jeglicher Tod den armen Sterblichen furchtbar;
Aber so jammervoll ist keiner, als Hungers sterben.
Auf denn, und treibt die besten der Sonnenrinder zum Opfer
Für die Unsterblichen her, die den weiten Himmel bewohnen.
Kommen wir einst zurück in Ithakas heimische Fluren,
Seht dann weihen wir schnell dem hohen Sonnenbeherrscher
Einen prächtigen Tempel, mit köstlichem Schmucke gezieret.
Aber beschließt der Gott, um gehörnete Rinder entrüstet,
Unser Schiff zu verderben, und ihm willfahren die Götter;
Lieber will ich mit einmal den Geist in den Fluten verhauchen,
Als noch lang' hinschmachten auf dieser einsamen Insel!
Also sprach er, und laut rief jeder Eurylochos Beifall.
Und sie trieben die besten der Sonnenrinder zum Opfer
Eilend daher; denn nahe dem blaugeschnäbelten Schiffe
Weideten jetzt, breitstirnig und schön, die heiligen Rinder.
Diese umstanden die Freunde, den Göttern flehend, und streuten
Zarte Blätter, gepflückt von der hochgewipfelten Eiche;
Denn an Gerste gebrach es im schöngebordeten Schiffe.

αὐτὰρ ἐπεί ῥ᾽ εὔξαντο καὶ ἔσφαξαν καὶ ἔδειραν,
μηρούς τ᾽ ἐξέταμον κατά τε κνίσηι ἐκάλυψαν
δίπτυχα ποιήσαντες, ἐπ᾽ αὐτῶν δ᾽ ὠμοθέτησαν.
οὐδ᾽ εἶχον μέθυ λεῖψαι ἐπ᾽ αἰθομένοις ἱεροῖσιν,
ἀλλ᾽ ὕδατι σπένδοντες ἐπώπτων ἔγκατα πάντα.
αὐτὰρ ἐπεὶ κατὰ μῆρ᾽ ἐκάη καὶ σπλάγχνα πάσαντο,
μίστυλλόν τ᾽ ἄρα τἆλλα καὶ ἀμφ᾽ ὀβελοῖσιν ἔπειραν.
καὶ τότε μοι βλεφάρων ἐξέσσυτο νήδυμος ὕπνος,
βῆν δ᾽ ἰέναι ἐπὶ νῆα θοὴν καὶ θῖνα θαλάσσης.
ἀλλ᾽ ὅτε δὴ σχεδὸν ἦα κιὼν νεὸς ἀμφιελίσσης,
καὶ τότε με κνίσης ἀμφήλυθεν ἡδὺς ἀυτμή.
οἰμώξας δὲ θεοῖσι μέγ᾽ ἀθανάτοισι γεγώνευν·
  ‚Ζεῦ πάτερ ἠδ᾽ ἄλλοι μάκαρες θεοὶ αἰὲν ἐόντες,
ἦ με μάλ᾽ εἰς ἄτην κοιμήσατε νηλέι ὕπνωι.
οἱ δ᾽ ἕταροι μέγα ἔργον ἐμητίσαντο μένοντες.‘
  ὠκέα δ᾽ Ἠελίωι Ὑπερίονι ἄγγελος ἦλθε
Λαμπετίη τανύπεπλος, ὅ οἱ βόας ἔκταμεν ἡμεῖς.
αὐτίκα δ᾽ ἀθανάτοισι μετηύδα χωόμενος κῆρ·
  ‚Ζεῦ πάτερ ἠδ᾽ ἄλλοι μάκαρες θεοὶ αἰὲν ἐόντες,
τῖσαι δὴ ἑτάρους Λαερτιάδεω Ὀδυσῆος,
οἵ μευ βοῦς ἔκτειναν ὑπέρβιον, ἧισιν ἐγώ γε
χαίρεσκον μὲν ἰὼν εἰς οὐρανὸν ἀστερόεντα,
ἠδ᾽ ὁπότ᾽ ἂψ ἐπὶ γαῖαν ἀπ᾽ οὐρανόθεν προτραποίμην.
εἰ δέ μοι οὐ τίσουσι βοῶν ἐπιεικέ᾽ ἀμοιβήν,
δύσομαι εἰς Ἀίδαο καὶ ἐν νεκύεσσι φαείνω.‘
  τὸν δ᾽ ἀπαμειβόμενος προσέφη νεφεληγερέτα Ζεύς·
‚Ἠέλι᾽, ἦ τοι μὲν σὺ μετ᾽ ἀθανάτοισι φάεινε
καὶ θνητοῖσι βροτοῖσιν ἐπὶ ζείδωρον ἄρουραν·
τῶν δέ κ᾽ ἐγὼ τάχα νῆα θοὴν ἀργῆτι κεραυνῶι
τυτθὰ βαλὼν κεάσαιμι μέσωι ἐνὶ οἴνοπι πόντωι.‘
  ταῦτα δ᾽ ἐγὼν ἤκουσα Καλυψοῦς ἠυκόμοιο·
ἡ δ᾽ ἔφη Ἑρμείαο διακτόρου αὐτὴ ἀκοῦσαι.
  αὐτὰρ ἐπεί ῥ᾽ ἐπὶ νῆα κατήλυθον ἠδὲ θάλασσαν,
νείκεον ἄλλοθεν ἄλλον ἐπισταδόν, οὐδέ τι μῆχος
εὑρέμεναι δυνάμεσθα, βόες δ᾽ ἀποτέθνασαν ἤδη.
τοῖσιν δ᾽ αὐτίκ᾽ ἔπειτα θεοὶ τέραα προύφαινον·
εἷρπον μὲν ῥινοί, κρέα δ᾽ ἀμφ᾽ ὀβελοῖσι μεμύκει,
ὀπταλέα τε καὶ ὠμά, βοῶν δ᾽ ὣς γίγνετο φωνή.
  ἑξῆμαρ μὲν ἔπειτα ἐμοὶ ἐρίηρες ἑταῖροι
δαίνυντ᾽ Ἠελίοιο βοῶν ἐλάσαντες ἀρίστας·
ἀλλ᾽ ὅτε δὴ ἕβδομον ἦμαρ ἐπὶ Ζεὺς θῆκε Κρονίων,

Also fleheten sie, und schlachteten, zogen die Haut ab,
Schnitten die Lenden aus, umwickelten diese mit Fette,
Und bedeckten sie drauf mit blutigen Stücken der Glieder.
Auch an Weine gebrach es, das brennende Opfer zu sprengen;
Aber sie weihten mit Wasser die röstenden Eingeweide.
Als sie die Lenden verbrannt, und die Eingeweide gekostet,
Schnitten sie auch das übrige klein, und steckten's an Spieße.
Meinen Augen entfloh nunmehr der liebliche Schlummer,
Und ich ging zu dem rüstigen Schiff am Ufer des Meeres.
Aber sobald ich mich nahte dem gleichgeruderten Schiffe,
Kam mir der süße Duft des Opferrauches entgegen.
Da erschrak ich, und rief wehklagend den ewigen Göttern:
Vater Zeus, und ihr andern, unsterbliche selige Götter!
Ach! ihr habt mir zum Fluche den grausamen Schlummer gesendet,
Daß die Gefährten indes den entsetzlichen Frevel verübten!
Und Lampetia stieg zu Helios' leuchtendem Sitze
Schnell mit der Botschaft empor, daß jene die Rinder getötet;
Dieser entbrannte vor Zorn, und sprach zu den ewigen Göttern:
Vater Zeus, und ihr andern, unsterbliche selige Götter,
Rächt mich an den Gefährten Odysseus', des Sohnes Laertes,
Welche mir übermütig die Rinder getötet, die Freude
Meiner Tage, so oft ich den sternichten Himmel hinanstieg,
Oder wieder hinab vom Himmel zur Erde mich wandte!
Büßen die Frevler mir nicht vollgültige Buße des Raubes;
Steig' ich hinab in Aïdes Reich, und leuchte den Toten!
Ihm antwortete drauf der Wolkenversammler Kronion:
Helios, leuchte forthin den unsterblichen Göttern des Himmels,
Und den sterblichen Menschen auf lebenschenkender Erde.
Bald will ich jenen das rüstige Schiff mit dem flammenden Donner
Mitten im dunkeln Meer, in kleine Trümmer zerschmettern!
Dieses erfuhr ich hernach von der schöngelockten Kalypso,
Die es selbst von Hermeias, dem Göttergesandten, erfahren.
Als ich jetzo das Schiff und des Meeres Ufer erreichte,
Schalt ich die Missetäter vom ersten zum letzten; doch nirgends
Fand ich Rettung für uns, die Rinder lagen schon tot da.
Bald erschienen darauf die schrecklichen Zeichen der Götter;
Ringsum krochen die Häute, es brüllte das Fleisch an den Spießen,
Rohes zugleich und gebratnes, und laut wie Rindergebrüll scholl's.
Und sechs Tage schwelgten die unglückseligen Freunde
Von den besten Rindern des hohen Sonnenbeherrschers.
Als nun der siebente Tag von Zeus Kronion gesandt ward,

καὶ τότ᾽ ἔπειτ᾽ ἄνεμος μὲν ἐπαύσατο λαίλαπι θύων,
ἡμεῖς δ᾽ αἶψ᾽ ἀναβάντες ἐνήκαμεν εὐρέι πόντωι,
ἱστὸν στησάμενοι ἀνά θ᾽ ἱστία λεύκ᾽ ἐρύσαντες.
ἀλλ᾽ ὅτε δὴ τὴν νῆσον ἐλείπομεν, οὐδέ τις ἄλλη
φαίνετο γαιάων, ἀλλ᾽ οὐρανὸς ἠδὲ θάλασσα,
δὴ τότε κυανέην νεφέλην ἔστησε Κρονίων
νηὸς ὕπερ γλαφυρῆς, ἤχλυσε δὲ πόντος ὑπ᾽ αὐτῆς.
ἡ δ᾽ ἔθει οὐ μάλα πολλὸν ἐπὶ χρόνον· αἶψα γὰρ ἦλθε
κεκληγὼς Ζέφυρος μεγάλῃι σὺν λαίλαπι θύων,
ἱστοῦ δὲ προτόνους ἔρρηξ᾽ ἀνέμοιο θύελλα
ἀμφοτέρους· ἱστὸς δ᾽ ὀπίσω πέσεν, ὅπλα τε πάντα
εἰς ἄντλον κατέχυνθ᾽. ὁ δ᾽ ἄρα πρυμνῆι ἐνὶ νηὶ
πλῆξε κυβερνήτεω κεφαλήν, σὺν δ᾽ ὀστέ᾽ ἄραξε
πάντ᾽ ἄμυδις κεφαλῆς· ὁ δ᾽ ἄρ᾽ ἀρνευτῆρι ἐοικὼς
κάππεσ᾽ ἀπ᾽ ἰκριόφιν, λίπε δ᾽ ὀστέα θυμὸς ἀγήνωρ.
Ζεὺς δ᾽ ἄμυδις βρόντησε καὶ ἔμβαλε νηὶ κεραυνόν·
ἡ δ᾽ ἐλελίχθη πᾶσα Διὸς πληγεῖσα κεραυνῶι,
ἐν δὲ θεείου πλῆτο, πέσον δ᾽ ἐκ νηὸς ἑταῖροι.
οἱ δὲ κορώνῃσιν ἴκελοι περὶ νῆα μέλαιναν
κύμασιν ἐμφορέοντο, θεὸς δ᾽ ἀποαίνυτο νόστον.
αὐτὰρ ἐγὼ διὰ νηὸς ἐφοίτων, ὄφρ᾽ ἀπὸ τοίχους
λῦσε κλύδων τρόπιος, τὴν δὲ ψιλὴν φέρε κῦμα,
ἐκ δέ οἱ ἱστὸν ἄραξε ποτὶ τρόπιν. αὐτὰρ ἐπ᾽ αὐτῶι
ἐπίτονος βέβλητο, βοὸς ῥινοῖο τετευχώς·
τῶι ῥ᾽ ἄμφω συνέεργον, ὁμοῦ τρόπιν ἠδὲ καὶ ἱστόν,
ἑζόμενος δ᾽ ἐπὶ τοῖς φερόμην ὀλοοῖς ἀνέμοισιν.
ἔνθ᾽ ἦ τοι Ζέφυρος μὲν ἐπαύσατο λαίλαπι θύων,
ἦλθε δ᾽ ἐπὶ Νότος ὦκα, φέρων ἐμῶι ἄλγεα θυμῶι,
ὄφρ᾽ ἔτι τὴν ὀλοὴν ἀναμετρήσαιμι Χάρυβδιν.
παννύχιος φερόμην, ἅμα δ᾽ ἠελίωι ἀνιόντι
ἦλθον ἐπὶ Σκύλλης σκόπελον δεινήν τε Χάρυβδιν.
ἡ μὲν ἀνερροίβδησε θαλάσσης ἁλμυρὸν ὕδωρ·
αὐτὰρ ἐγὼ ποτὶ μακρὸν ἐρινεὸν ὑψόσ᾽ ἀερθείς,
τῶι προσφὺς ἐχόμην ὡς νυκτερίς. οὐδέ πῃι εἶχον
οὔτε στηρίξαι ποσὶν ἔμπεδον οὔτ᾽ ἐπιβῆναι·
ῥίζαι γὰρ ἑκὰς εἶχον, ἀπήωροι δ᾽ ἔσαν ὄζοι,
μακροί τε μεγάλοι τε, κατεσκίαον δὲ Χάρυβδιν.
νωλεμέως δ᾽ ἐχόμην, ὄφρ᾽ ἐξεμέσειεν ὀπίσσω
ἱστὸν καὶ τρόπιν αὖτις· ἐελδομένωι δέ μοι ἦλθον
ὄψ᾽· ἦμος δ᾽ ἐπὶ δόρπον ἀνὴρ ἀγορῆθεν ἀνέστη
κρίνων νείκεα πολλὰ δικαζομένων αἰζηῶν,

Siehe da legten sich schnell die reißenden Wirbel der Windsbraut;
Und wir stiegen ins Schiff, und steurten ins offene Weltmeer,
Aufgerichtet den Mast, und gespannt die schimmernden Segel.
Als wir das grüne Gestade Thrinakias jetzo verlassen,
Und ringsum kein Land, nur Meer und Himmel zu sehn war;
Breitete Zeus Kronion ein dunkelblaues Gewölk aus
Über das laufende Schiff, und Nacht lag über der Tiefe.
Und nicht lange mehr eilte das laufende Schiff; denn mit einmal
Kam lautbrausend der West mit fürchterlich zuckenden Wirbeln.
Plötzlich zerbrach der Orkan die beiden Taue des Mastbaums;
Aber der Mast fiel krachend zurück, und Segel und Stange
Sanken hinab in den Raum; die Last des Fallenden stürzte
Hinten im Schiff dem Piloten aufs Haupt, und zerknirschte mit einmal
Alle Gebeine des Haupts; da schoß er, ähnlich dem Taucher,
Köpflings herab vom Verdeck, und der Geist entwich den Gebeinen.
Und nun donnerte Zeus; der hochgeschleuderte Strahl schlug
Schmetternd ins Schiff: und es schwankte, vom Donner des Gottes erschüttert;
Alles war Schwefeldampf, und die Freund' entstürzten dem Boden.
Ähnlich den Wasserkrähn, bekämpften sie, rings um das Schiff her,
Steigend und sinkend die Flut; doch Gott nahm ihnen die Heimkehr.
Einsam durchwandelt' ich jetzo das Schiff; da trennte der Wogen
Sturz von den Seiten den Kiel, und trug die eroberten Trümmer;
Schmetterte dann auf den Kiel den Mastbaum nieder; an diesem
Hing noch das Segeltau, von Ochsenleder geflochten.
Eilend ergriff ich das Tau, und verband den Kiel und den Mastbaum;
Setzte mich drauf, und trieb durch den Sturm und die tobenden Fluten.
Jetzo legten sich schnell die reißenden Wirbel des Westes;
Doch es erhub sich der Süd, der, mit neuen Schrecken gerüstet,
Wieder zurück mich stürmte zum Schlunde der wilden Charybdis.
Und ich trieb durch die ganze Nacht; da die Sonne nun aufging,
Kam ich an Skyllas Fels und die schreckenvolle Charybdis.
Diese verschlang anjetzo des Meeres salzige Fluten;
Aber ich hob mich empor, an des Feigenbaumes Gezweige
Angeklammert, und hing, wie die Fledermaus, und vermochte
Nirgendwo mit den Füßen zu ruhn, noch höher zu klimmen.
Denn fern waren die Wurzeln, und nieder schwankten die Äste,
Welche, lang und groß, Charybdis mit Schatten bedeckten.
Also hielt ich mich fest an den Zweig, bis der Kiel und der Mastbaum
Wieder dem Strudel entflögen; und endlich nach langem Harren
Kamen sie. Wann zum Mahle der Richter aus der Versammlung
Kehrt, der viele Zwiste der hadernden Jüngling' entschieden;

τῆμος δὴ τά γε δοῦρα Χαρύβδιος ἐξεφαάνθη.
ἧκα δ’ ἐγὼ καθύπερθε πόδας καὶ χεῖρε φέρεσθαι,
μέσσωι δ’ ἐνδούπησα παρὲξ περιμήκεα δοῦρα,
ἑζόμενος δ’ ἐπὶ τοῖσι διήρεσα χερσὶν ἐμῆισι.
Σκύλλην δ’ οὐκέτ’ ἔασε πατὴρ ἀνδρῶν τε θεῶν τε
εἰσιδέειν· οὐ γάρ κεν ὑπέκφυγον αἰπὺν ὄλεθρον.
ἔνθεν δ’ ἐννῆμαρ φερόμην, δεκάτηι δέ με νυκτὶ
νῆσον ἐς Ὠγυγίην πέλασαν θεοί, ἔνθα Καλυψὼ
ναίει ἐυπλόκαμος, δεινὴ θεὸς αὐδήεσσα,
ἥ μ’ ἐφίλει τ’ ἐκόμει τε. τί τοι τάδε μυθολογεύω;
ἤδη γάρ τοι χθιζὸς ἐμυθεόμην ἐνὶ οἴκωι
σοί τε καὶ ἰφθίμηι ἀλόχωι· ἐχθρὸν δέ μοί ἐστιν
αὖτις ἀριζήλως εἰρημένα μυθολογεύειν.“

Zu der Stund' entstürzten Charybdis' Schlunde die Balken.
Aber ich schwung mich von oben mit Händen und Füßen hinunter,
Und sprang rauschend hinab in den Strudel neben die Balken,
Setzte mich eilend darauf, und ruderte fort mit den Händen.
Aber Skylla ließ mich der Vater der Menschen und Götter
Nicht mehr schaun; ich wäre sonst nie dem Verderben entronnen!
Und neun Tage trieb ich umher; in der zehnten der Nächte
Führten die Himmlischen mich gen Ogygia, wo Kalypso
Wohnet, die schöngelockte, die hehre melodische Göttin;
Huldreich nahm sie mich auf ... Doch warum erzähl' ich dir dieses?
Hab' ich es doch schon dir und deiner edlen Gemahlin
Gestern in diesem Gemach erzählt; und es ist mir zuwider
Einmal erzählete Dinge von neuem zu wiederholen.

ΟΔΥΣΣΕΙΑΣ Ν

Ὀδυσσέως ἀπόπλοος παρὰ
Φαιάκων καὶ ἄφιξις εἰς Ἰθάκην.

Ὣς ἔφαθ᾽, οἱ δ᾽ ἄρα πάντες ἀκὴν ἐγένοντο σιωπῆι,
κηληθμῶι δ᾽ ἔσχοντο κατὰ μέγαρα σκιόεντα.
τὸν δ᾽ αὖτ᾽ Ἀλκίνοος ἀπαμείβετο φώνησέν τε·
„ὦ Ὀδυσεῦ, ἐπεὶ ἵκευ ἐμὸν ποτὶ χαλκοβατὲς δῶ,
ὑψερεφές, τῶι σ᾽ οὔ τι παλιμπλαγχθέντα γ᾽ ὀΐω
ἂψ ἀπονοστήσειν, εἰ καὶ μάλα πολλὰ πέπονθας.
ὑμέων δ᾽ ἀνδρὶ ἑκάστωι ἐφιέμενος τάδε εἴρω,
ὅσσοι ἐνὶ μεγάροισι γερούσιον αἴθοπα οἶνον
αἰεὶ πίνετ᾽ ἐμοῖσιν, ἀκουάζεσθε δ᾽ ἀοιδοῦ.
εἵματα μὲν δὴ ξείνωι ἐϋξέστηι ἐνὶ χηλῶι
κεῖται καὶ χρυσὸς πολυδαίδαλος ἄλλα τε πάντα
δῶρ᾽, ὅσα Φαιήκων βουληφόροι ἐνθάδ᾽ ἔνεικαν·
ἀλλ᾽ ἄγε οἱ δῶμεν τρίποδα μέγαν ἠδὲ λέβητα
ἀνδρακάς· ἡμεῖς δ᾽ αὖτε ἀγειρόμενοι κατὰ δῆμον
τισόμεθ᾽· ἀργαλέον γὰρ ἕνα προικὸς χαρίσασθαι.“
ὣς ἔφατ᾽ Ἀλκίνοος, τοῖσιν δ᾽ ἐπιήνδανε μῦθος.
οἱ μὲν κακκείοντες ἔβαν οἶκόνδε ἕκαστος,
ἦμος δ᾽ ἠριγένεια φάνη ῥοδοδάκτυλος Ἠώς,
νῆάδ᾽ ἐπεσσεύοντο, φέρον δ᾽ εὐήνορα χαλκόν.
καὶ τὰ μὲν εὖ κατέθηχ᾽ ἱερὸν μένος Ἀλκινόοιο,
αὐτὸς ἰὼν διὰ νηὸς ὑπὸ ζυγά, μή τιν᾽ ἑταίρων
βλάπτοι ἐλαυνόντων, ὁπότε σπερχοίατ᾽ ἐρετμοῖς.
οἱ δ᾽ εἰς Ἀλκινόοιο κίον καὶ δαῖτ᾽ ἀλέγυνον.
τοῖσι δὲ βοῦν ἱέρευσ᾽ ἱερὸν μένος Ἀλκινόοιο
Ζηνὶ κελαινεφέϊ Κρονίδηι, ὃς πᾶσιν ἀνάσσει.
μῆρα δὲ κήαντες δαίνυντ᾽ ἐρικυδέα δαῖτα
τερπόμενοι· μετὰ δέ σφιν ἐμέλπετο θεῖος ἀοιδός,
Δημόδοκος, λαοῖσι τετιμένος. αὐτὰρ Ὀδυσσεὺς
πολλὰ πρὸς ἠέλιον κεφαλὴν τρέπε παμφανόωντα,
δῦναι ἐπειγόμενος· δὴ γὰρ μενέαινε νέεσθαι.
ὡς δ᾽ ὅτ᾽ ἀνὴρ δόρποιο λιλαίεται, ὧι τε πανῆμαρ
νειὸν ἀν᾽ ἕλκητον βόε οἴνοπε πηκτὸν ἄροτρον·
ἀσπασίως δ᾽ ἄρα τῶι κατέδυ φάος ἠελίοιο

DREIZEHNTER GESANG

Odysseus, von neuem beschenkt, geht am Abend zu Schiffe, wird schlafend nach Ithaka gebracht, und in Phorkis Bucht ausgesetzt. Das heimkehrende Schiff versteinert Poseidon. Odysseus in Götternebel verkennt sein Vaterland. Athene entnebelt ihm Ithaka, verbirgt sein Gut in der Höhle der Nymphen, entwirft der Freier Ermordung, und gibt ihm die Gestalt eines bettelnden Greises.

Also sprach er; und alle verstummten umher, und schwiegen,
Horchten noch, wie entzückt, im großen schattigen Saale.
Ihm antwortete drauf Alkinoos wieder, und sagte:
Da du zu meiner hohen mit Erz gegründeten Wohnung
Kamst; so hoff' ich, Odysseus, dich sollen doch jetzt von der Heimfahrt
Keine Stürme verwehn, wie sehr du auch immer geduldet!
Aber gehorchet nun, ihr alle, meiner Ermahnung,
Die ihr beständig allhier, in meinem Palaste, des roten
Ehrenweines genießt, und des Sängers Begeisterung anhört.
Kleider liegen bereits in der schöngeglätteten Lade
Für den Fremdling, auch Gold von künstlicher Arbeit, und andre
Reiche Geschenke, so viel die phäakischen Fürsten ihm brachten.
Laßt uns noch jeden ein groß dreifüßig Geschirr und ein Becken
Ihm verehren. Wir fodern uns dann vom versammelten Volke
Wieder Ersatz; denn einen belästigen solche Geschenke.
Also sprach er; und allen gefiel die Rede des Königs.
Hierauf gingen sie heim, der süßen Ruhe zu pflegen.
Als die dämmernde Frühe mit Rosenfingern erwachte,
Eilten sie alle zum Schiffe mit männerehrendem Erze.
Aber die heilige Macht Alkinoos legte das alles,
Selber das Schiff durchgehend, mit Sorgfalt unter die Bänke;
Daß es die Ruderer nicht an der Arbeit möchte verhindern.
Hierauf gingen sie alle zur Burg, und besorgten das Gastmahl.
Ihnen versöhnte der König mit einem geopferten Stiere
Zeus den donnerumwölkten Kroniden, der alles beherrschet.
Und sie verbrannten die Lenden, und feirten das herrliche Gastmahl,
Fröhliches Muts; auch sang vor ihnen der göttliche Sänger,
Unter den Völkern geehrt, Demodokos. Aber Odysseus
Wandte zur strahlenden Sonn' oft ungeduldig sein Haupt auf,
Daß sie doch unterginge; denn herzlich verlangt' ihn zur Heimat.
Also sehnt sich ein Pflüger zur Mahlzeit, welcher vom Morgen
Bis zum Abend die Brache mit rötlichen Stieren geackert;
Freudig sieht er, wie sich die leuchtende Sonne hinabsenkt,

δόρπον ἐποίχεσθαι, βλάβεται δέ τε γούνατ᾽ ἰόντι·
ὣς Ὀδυσῆ᾽ ἀσπαστὸν ἔδυ φάος ἠελίοιο.
αἶψα δὲ Φαιήκεσσι φιληρέτμοισι μετηύδα,
Ἀλκινόωι δὲ μάλιστα πιφαυσκόμενος φάτο μῦθον·
„Ἀλκίνοε κρεῖον, πάντων ἀριδείκετε λαῶν,
πέμπετέ με σπείσαντες ἀπήμονα, χαίρετε δ᾽ αὐτοί·
ἤδη γὰρ τετέλεσται ἅ μοι φίλος ἤθελε θυμός,
πομπὴ καὶ φίλα δῶρα, τά μοι θεοὶ οὐρανίωνες
ὄλβια ποιήσειαν· ἀμύμονα δ᾽ οἴκοι ἄκοιτιν
νοστήσας εὕροιμι σὺν ἀρτεμέεσσι φίλοισιν.
ὑμεῖς δ᾽ αὖθι μένοντες ἐϋφραίνοιτε γυναῖκας
κουριδίας καὶ τέκνα· θεοὶ δ᾽ ἀρετὴν ὀπάσειαν
παντοίην, καὶ μή τι κακὸν μεταδήμιον εἴη."
ὣς ἔφαθ᾽, οἱ δ᾽ ἄρα πάντες ἐπήινεον ἠδ᾽ ἐκέλευον
πεμπέμεναι τὸν ξεῖνον, ἐπεὶ κατὰ μοῖραν ἔειπεν.
καὶ τότε κήρυκα προσέφη μένος Ἀλκινόοιο·
„Ποντόνοε, κρητῆρα κερασσάμενος μέθυ νεῖμον
πᾶσιν ἀνὰ μέγαρον, ὄφρ᾽ εὐξάμενοι Διὶ πατρὶ
τὸν ξεῖνον πέμπωμεν ἑὴν ἐς πατρίδα γαῖαν."
ὣς φάτο, Ποντόνοος δὲ μελίφρονα οἶνον ἐκίρνα,
νώμησεν δ᾽ ἄρα πᾶσιν ἐπισταδόν· οἱ δὲ θεοῖσιν
ἔσπεισαν μακάρεσσι, τοὶ οὐρανὸν εὐρὺν ἔχουσιν,
αὐτόθεν ἐξ ἑδρέων. ἀνὰ δ᾽ ἵστατο δῖος Ὀδυσσεύς,
Ἀρήτηι δ᾽ ἐν χειρὶ τίθει δέπας ἀμφικύπελλον,
καί μιν φωνήσας ἔπεα πτερόεντα προσηύδα·
„χαῖρέ μοι, ὦ βασίλεια, διαμπερές, εἰς ὅ κε γῆρας
ἔλθηι καὶ θάνατος, τά τ᾽ ἐπ᾽ ἀνθρώποισι πέλονται.
αὐτὰρ ἐγὼ νέομαι· σὺ δὲ τέρπεο τῶιδ᾽ ἐνὶ οἴκωι
παισί τε καὶ λαοῖσι καὶ Ἀλκινόωι βασιλῆϊ."
ὣς εἰπὼν ὑπὲρ οὐδὸν ἐβήσετο δῖος Ὀδυσσεύς,
τῶι δ᾽ ἅμα κήρυκα προΐει μένος Ἀλκινόοιο,
ἡγεῖσθαι ἐπὶ νῆα θοὴν καὶ θῖνα θαλάσσης·
Ἀρήτη δ᾽ ἄρα οἱ δμωιὰς ἅμ᾽ ἔπεμπε γυναῖκας,
τὴν μὲν φᾶρος ἔχουσαν ἐϋπλυνὲς ἠδὲ χιτῶνα,
τὴν δ᾽ ἑτέρην χηλὸν πυκινὴν ἅμ᾽ ὄπασσε κομίζειν·
ἡ δ᾽ ἄλλη σῖτόν τ᾽ ἔφερεν καὶ οἶνον ἐρυθρόν.
αὐτὰρ ἐπεί ῥ᾽ ἐπὶ νῆα κατήλυθον ἠδὲ θάλασσαν,
αἶψα τά γ᾽ ἐν νηῒ γλαφυρῆι πομπῆες ἀγαυοὶ
δεξάμενοι κατέθεντο, πόσιν καὶ βρῶσιν ἅπασαν·
κὰδ δ᾽ ἄρ᾽ Ὀδυσσῆϊ στόρεσαν ῥῆγός τε λίνον τε
νηὸς ἐπ᾽ ἰκριόφιν γλαφυρῆς, ἵνα νήγρετον εὕδοι,

Eilet zur Abendkost, und dem Gehenden wanken die Kniee:
Also freute sich jetzt Odysseus der sinkenden Sonne.
Schnell begann er darauf zu den rudergeübten Phäaken,
Aber vor allen wandt' er sich gegen den König, und sagte:
Weitgepriesener Held, Alkinoos, mächtigster König!
Sendet mich jetzt, nach geopfertem Trank, in Frieden; und lebt wohl!
Denn ich habe nun alles, was meine Seele gewünscht hat:
Eine sichere Fahrt und werte Geschenke. Die Götter
Lassen mir alles gedeihn! daß ich unsträflich die Gattin
Wiederfinde daheim, und unbeschädigt die Freunde.
Ihr, die ich jetzo verlasse, beglückt noch lange die Weiber
Eurer Jugend, und Kinder! Euch segnen die Götter mit Tugend
Und mit Heil, und nie heimsuche die Insel ein Unglück!
Also sprach er; es lobten ihn alle Fürsten, und rieten,
Heimzusenden den Gast, weil seine Bitte gerecht war.
Aber die heilige Macht Alkinoos sprach zu dem Herold:
Mische Wein in dem Kelche, Pontonoos; reiche dann allen
Männern im Saal' umher; daß wir dem Vater Kronion
Flehn, und unseren Gast zu seiner Heimat befördern.
Sprach's; und Pontonoos mischte des herzerfreuenden Weines,
Ging umher, und verteilte die vollen Becher. Sie gossen
Flehend den Göttern des Tranks, die den weiten Himmel bewohnen,
Jeder von seinem Sitz. Da erhub sich der edle Odysseus,
Gab in Aretens Hand den schönen doppelten Becher,
Redete freundlich sie an, und sprach die geflügelten Worte:
Lebe beständig wohl, o Königin, bis dich das Alter
Sanft beschleicht und der Tod, die allen Menschen bevorstehn!
Jetzo scheid' ich von dir. Sei glücklich in diesem Palaste,
Samt den Kindern, dem Volk, und Alkinoos, deinem Gemahle!
Eilend ging nun der Held Odysseus über die Schwelle.
Und die heilige Macht Alkinoos sandte den Herold,
Ihn zu dem rüstigen Schiff ans Meergestade zu führen.
Auch die Königin ließ ihn von drei Jungfrauen begleiten:
Eine trug ihm den schöngewaschenen Mantel und Leibrock;
Diese sandte sie mit, die zierliche Lade zu bringen;
Jene folgte dem Zuge mit Speis' und rötlichem Weine.
Als sie jetzo das Schiff und des Meeres Ufer erreichten,
Nahmen eilig von ihnen die edlen Geleiter Odysseus'
Alles, auch Speis' und Trank, und legten es nieder im Schiffe;
Betteten jetzt für Odysseus ein Polster und leinenen Teppich
Auf dem Hinterverdeck des hohlen Schiffes, damit er

πρυμνῆς· ἂν δὲ καὶ αὐτὸς ἐβήσετο καὶ κατέλεκτο
σιγῇ· τοὶ δὲ καθῖζον ἐπὶ κληῖσιν ἕκαστοι
κόσμωι, πεῖσμα δ᾽ ἔλυσαν ἀπὸ τρητοῖο λίθοιο.
εὖθ᾽ οἱ ἀνακλινθέντες ἀνερρίπτουν ἅλα πηδῶι,
καὶ τῶι νήδυμος ὕπνος ἐπὶ βλεφάροισιν ἔπιπτε,
νήγρετος, ἥδιστος, θανάτωι ἄγχιστα ἐοικώς.
ἡ δ᾽, ὥς τ᾽ ἐν πεδίωι τετράοροι ἄρσενες ἵπποι,
πάντες ἅμ᾽ ὁρμηθέντες ὑπὸ πληγῇσιν ἱμάσθλης,
ὑψόσ᾽ ἀειρόμενοι ῥίμφα πρήσσουσι κέλευθον,
ὣς ἄρα τῆς πρύμνη μὲν ἀείρετο, κῦμα δ᾽ ὄπισθε
πορφύρεον μέγα θῦε πολυφλοίσβοιο θαλάσσης.
ἡ δὲ μάλ᾽ ἀσφαλέως θέεν ἔμπεδον· οὐδέ κεν ἴρηξ
κίρκος ὁμαρτήσειεν, ἐλαφρότατος πετεηνῶν.
ὣς ἡ ῥίμφα θέουσα θαλάσσης κύματ᾽ ἔταμνεν,
ἄνδρα φέρουσα θεοῖς ἐναλίγκια μήδε᾽ ἔχοντα·
ὃς πρὶν μὲν μάλα πολλὰ πάθ᾽ ἄλγεα ὃν κατὰ θυμὸν
ἀνδρῶν τε πτολέμους ἀλεγεινά τε κύματα πείρων,
δὴ τότε γ᾽ ἀτρέμας εὗδε, λελασμένος ὅσσ᾽ ἐπεπόνθει.
εὖτ᾽ ἀστὴρ ὑπερέσχε φαάντατος, ὅς τε μάλιστα
ἔρχεται ἀγγέλλων φάος Ἠοῦς ἠριγενείης,
τῆμος δὴ νήσωι προσεπίλνατο ποντοπόρος νηῦς.
Φόρκυνος δέ τίς ἐστι λιμήν, ἁλίοιο γέροντος,
ἐν δήμωι Ἰθάκης· δύο δὲ προβλῆτες ἐν αὐτῶι
ἀκταὶ ἀπορρῶγες, λιμένος ποτιπεπτηυῖαι,
αἵ τ᾽ ἀνέμων σκεπόωσι δυσαήων μέγα κῦμα
ἔκτοθεν· ἔντοσθεν δέ τ᾽ ἄνευ δεσμοῖο μένουσι
νῆες ἐΰσσελμοι, ὅτ᾽ ἂν ὅρμου μέτρον ἵκωνται.
αὐτὰρ ἐπὶ κρατὸς λιμένος τανύφυλλος ἐλαίη,
ἀγχόθι δ᾽ αὐτῆς ἄντρον ἐπήρατον ἠεροειδές,
ἱρὸν νυμφάων αἳ νηϊάδες καλέονται.
ἐν δὲ κρητῆρές τε καὶ ἀμφιφορῆες ἔασιν
λάϊνοι· ἔνθα δ᾽ ἔπειτα τιθαιβώσσουσι μέλισσαι.
ἐν δ᾽ ἱστοὶ λίθεοι περιμήκεες, ἔνθα τε νύμφαι
φάρε᾽ ὑφαίνουσιν ἁλιπόρφυρα, θαῦμα ἰδέσθαι·
ἐν δ᾽ ὕδατ᾽ ἀενάοντα. δύω δέ τέ οἱ θύραι εἰσίν,
αἱ μὲν πρὸς Βορέαο καταιβαταὶ ἀνθρώποισιν,
αἱ δ᾽ αὖ πρὸς Νότου εἰσὶ θεώτεραι· οὐδέ τι κείνηι
ἄνδρες ἐσέρχονται, ἀλλ᾽ ἀθανάτων ὁδός ἐστιν.
ἔνθ᾽ οἵ γ᾽ εἰσέλασαν, πρὶν εἰδότες· ἡ μὲν ἔπειτα
ἠπείρωι ἐπέκελσεν, ὅσον τ᾽ ἐπὶ ἥμισυ πάσης,
σπερχομένη· τοῖον γὰρ ἐπείγετο χέρσ᾽ ἐρετάων·

Ruhig schliefe. Dann stieg er hinein, und legte sich schweigend
Auf sein Lager. Nun setzten sich alle hin auf die Bänke,
Nach der Ordnung, und lösten das Seil vom durchlöcherten Steine,
Beugten sich vor und zurück, und schlugen das Meer mit dem Ruder.
Und ein sanfter Schlaf bedeckte die Augen Odysseus',
Unerwecklich und süß, und fast dem Tode zu gleichen.
Wie wenn auf ebener Bahn vier gleichgespannete Hengste
Alle zugleich hinstürzen, umschwirrt von der treibenden Geißel,
Hoch sich erhebend, und hurtig zum Ziele des Laufes gelangen:
Also erhob sich das Steuer des Schiffs, und es rollte von hinten
Dunkel und groß die Woge des lautaufrauschenden Meeres.
Schnell und sicheres Laufes enteilten sie; selber kein Habicht
Hätte sie eingeholt, der geschwindeste unter den Vögeln.
Also durcheilte der schneidende Kiel die Fluten des Meeres,
Heimwärts tragend den Mann, an Weisheit ähnlich den Göttern.
Ach! er hatte so viel unnennbare Leiden erduldet,
Da er die Schlachten der Männer und tobende Fluten durchkämpfte;
Und nun schlief er so ruhig, und alle sein Leiden vergessend.
Als nun östlich der Stern mit funkelndem Schimmer emporstieg,
Welcher das kommende Licht der Morgenröte verkündet;
Schwebten sie nahe der Insel im meerdurchwallenden Schiffe.
Phorkys, dem Greise des Meers, ist eine der Buchten geheiligt,
Gegen der Ithaker Stadt, wo zwo vorragende schroffe
Felsenspitzen der Reede sich an der Mündung begegnen.
Diese zwingen die Flut, die der Sturm lautbrausend heranwälzt,
Draußen zurück; inwendig am stillen Ufer des Hafens
Ruhn unangebunden die schöngebordeten Schiffe.
Oben grünt am Gestad' ein weitumschattender Ölbaum.
Eine Grotte, nicht fern von dem Ölbaum, lieblich und dunkel,
Ist den Nymphen geweiht, die man Najaden benennet.
Steinerne Krüge stehn und zweigehenkelte Urnen
Innerhalb; und Bienen bereiten drinnen ihr Honig.
Aber die Nymphen weben auf langen steinernen Stühlen
Feiergewande, mit Purpur gefärbt, ein Wunder zu schauen.
Unversiegende Quellen durchströmen sie. Zwo sind der Pforten:
Eine gen Mitternacht, durch welche die Menschen hinabgehn;
Mittagwärts die andre geheiligte: diese durchwandelt
Nie ein sterblicher Mensch; sie ist der Unsterblichen Eingang.
Jene lenkten hinein, denn sie kannten den Hafen schon vormals.
Siehe da eilte das Schiff bis an die Hälfte des Kieles
Stürmend ans Land: so stark war der Schwung von der Ruderer Händen.

οἱ δ' ἐκ νηὸς βάντες ἐϋζύγου ἤπειρόνδε
πρῶτον Ὀδυσσῆα γλαφυρῆς ἐκ νηὸς ἄειραν
αὐτῶι σύν τε λίνωι καὶ ῥήγεϊ σιγαλόεντι,
κὰδ δ' ἄρ' ἐπὶ ψαμάθωι ἔθεσαν δεδμημένον ὕπνωι,
ἐκ δὲ κτήματ' ἄειραν, ἅ οἱ Φαίηκες ἀγαυοὶ
ὤπασαν οἴκαδ' ἰόντι διὰ μεγάθυμον Ἀθήνην.
καὶ τὰ μὲν οὖν παρὰ πυθμέν' ἐλαίης ἀθρόα θῆκαν
ἐκτὸς ὁδοῦ, μή πώς τις ὁδιτάων ἀνθρώπων,
πρίν γ' Ὀδυσῆ' ἔγρεσθαι, ἐπελθὼν δηλήσαιτο·
αὐτοὶ δ' αὖτ' οἶκόνδε πάλιν κίον. οὐδ' ἐνοσίχθων
λήθετ' ἀπειλάων, τὰς ἀντιθέωι Ὀδυσῆϊ
πρῶτον ἐπηπείλησε, Διὸς δ' ἐξείρετο βουλήν·
„Ζεῦ πάτερ, οὐκέτ' ἐγώ γε μετ' ἀθανάτοισι θεοῖσι
τιμήεις ἔσομαι, ὅτε με βροτοὶ οὔ τι τίουσιν,
Φαίηκες, τοί πέρ τοι ἐμῆς ἔξ εἰσι γενέθλης.
καὶ γὰρ νῦν Ὀδυσῆ' ἐφάμην κακὰ πολλὰ παθόντα
οἴκαδ' ἐλεύσεσθαι· νόστον δέ οἱ οὔ ποτ' ἀπηύρων
πάγχυ, ἐπεὶ σὺ πρῶτον ὑπέσχεο καὶ κατένευσας.
οἱ δ' εὕδοντ' ἐν νηῒ θοῆι ἐπὶ πόντον ἄγοντες
κάτθεσαν εἰν Ἰθάκηι, ἔδοσαν δέ οἱ ἄσπετα δῶρα,
χαλκόν τε χρυσόν τε ἅλις ἐσθῆτά θ' ὑφαντήν,
πόλλ', ὅσ' ἂν οὐδέ ποτε Τροίης ἐξήρατ' Ὀδυσσεύς,
εἴ περ ἀπήμων ἦλθε, λαχὼν ἀπὸ ληΐδος αἶσαν."
τὸν δ' ἀπαμειβόμενος προσέφη νεφεληγερέτα Ζεὺς·
„ὢ πόποι, ἐννοσίγαι' εὐρυσθενές, οἷον ἔειπες.
οὔ τί σ' ἀτιμάζουσι θεοί· χαλεπὸν δέ κεν εἴη
πρεσβύτατον καὶ ἄριστον ἀτιμίῃσιν ἰάλλειν.
ἀνδρῶν δ' εἴ πέρ τίς σε βίηι καὶ κάρτεϊ εἴκων
οὔ τι τίει. σοὶ δ' ἐστὶ καὶ ἐξοπίσω τίσις αἰεί.
ἔρξον ὅπως ἐθέλεις καί τοι φίλον ἔπλετο θυμῶι."
τὸν δ' ἠμείβετ' ἔπειτα Ποσειδάων ἐνοσίχθων·
„αἶψά κ' ἐγὼν ἔρξαιμι, κελαινεφές, ὡς ἀγορεύεις·
ἀλλὰ σὸν αἰεὶ θυμὸν ὀπίζομαι ἠδ' ἀλεείνω.
νῦν αὖ Φαιήκων ἐθέλω περικαλλέα νῆα,
ἐκ πομπῆς ἀνιοῦσαν, ἐν ἠεροειδέϊ πόντωι
ῥαῖσαι, ἵν' ἤδη σχῶνται, ἀπολλήξωσι δὲ πομπῆς
ἀνθρώπων, μέγα δέ σφιν ὄρος πόλει ἀμφικαλύψαι."
τὸν δ' ἀπαμειβόμενος προσέφη νεφεληγερέτα Ζεύς·
„ὢ πέπον, ὡς μὲν ἐμῶι θυμῶι δοκεῖ εἶναι ἄριστα,
ὁππότε κεν δὴ πάντες ἐλαυνομένην προΐδωνται
λαοὶ ἀπὸ πτόλιος, θεῖναι λίθον ἐγγύθι γαίης

Und sie stiegen vom Schiffe mit zierlichen Bänken ans Ufer,
Hoben zuerst Odysseus vom Hinterverdecke des Schiffes,
Samt dem leinenen Teppich und schönen purpurnen Polster,
Und dann legten sie ihn, wie er schlummerte, nieder im Sande.
Und sie enthoben das Gut, das die edlen Phäaken beim Abschied
Ihm geschenkt, durch Fügung der mutigen Pallas Athene.
Dieses legten sie alles zuhauf am Stamme des Ölbaums,
Außer dem Wege, daß kein vorübergehender Wandrer
Heimlich zu rauben käme, bevor Odysseus erwachte.
Und nun fuhren sie heim. Doch Poseidaon vergaß nicht
Seiner Drohung, die er dem göttergleichen Odysseus
Ehmals hatte gedroht; er forschte den Willen Kronions:
Vater Zeus, auf immer ist bei den unsterblichen Göttern
Meine Ehre dahin, da Sterbliche meiner nicht achten,
Jene Phäaken, die selbst von meinem Blute gezeugt sind!
Sieh, ich vermutet', es sollte nach vielen Leiden Odysseus
Kommen ins Vaterland; denn gänzlich hätt' ich die Heimkehr
Nimmer gewehrt, da dein allmächtiger Wink sie verheißen:
Und sie bringen im Schlaf ihn über die Wogen, und setzen
Ihn in Ithaka aus, und geben ihm teure Geschenke,
Erzes und Goldes die Meng', und schöngewebete Kleider,
Mehr als Odysseus je aus Ilion hätte geführet,
Wär' er auch ohne Schaden mit seiner Beute gekommen!
Ihm antwortete drauf der Wolkenversammler Kronion:
Welche Red' entfiel dir, du erderschütternder König?
Nimmer verachten dich die Götter! vermessene Kühnheit
Wär' es, den ältesten mächtigsten Gott mit Verachtung zu reizen.
Weigert sich aber ein Mensch, durch Kraft und Stärke verleitet,
Dich, wie er soll, zu ehren; so bleibt dir ja immer die Rache.
Tue jetzt, wie du willst, und deinem Herzen gelüstet!
Drauf erwiderte jenem der Erderschüttrer Poseidon:
Gerne vollendet' ich gleich, Schwarzwolkichter, was du gestattest;
Aber ich fürchte mich stets vor deinem eifernden Zorne.
Jetzo will ich das schöngezimmerte Schiff der Phäaken,
Das vom Geleiten kehrt, im dunkelwogenden Meere
Plötzlich verderben; damit sie sich scheun, und die Männergeleitung
Lassen; und rings um die Stadt will ich ein hohes Gebirg ziehn.
Ihm antwortete drauf der Wolkenversammler Kronion:
Teuerster, dieser Rat scheint meinem Sinne der beste.
Wann die Bürger der Stadt dem näher rudernden Schiffe
Alle entgegen schaun, dann verwandel' es nahe dem Ufer

νηῒ θοῆι ἴκελον, ἵνα θαυμάζωσιν ἅπαντες
ἄνθρωποι, μέγα δέ σφιν ὄρος πόλει ἀμφικαλύψαι.“
  αὐτὰρ ἐπεὶ τό γ' ἄκουσε Ποσειδάων ἐνοσίχθων,
βῆ ῥ' ἴμεν ἐς Σχερίην, ὅθι Φαίηκες γεγάασιν.
ἔνθ' ἔμεν'· ἡ δὲ μάλα σχεδὸν ἤλυθε ποντοπόρος νηῦς
ῥίμφα διωκομένη· τῆς δὲ σχεδὸν ἦλθ' ἐνοσίχθων,
ὅς μιν λᾶαν ἔθηκε καὶ ἐρρίζωσεν ἔνερθε
χειρὶ καταπρηνεῖ ἐλάσας· ὁ δὲ νόσφι βεβήκει.
  οἱ δὲ πρὸς ἀλλήλους ἔπεα πτερόεντ' ἀγόρευον
Φαίηκες δολιχήρετμοι, ναυσίκλυτοι ἄνδρες.
ὧδε δέ τις εἴπεσκεν ἰδὼν ἐς πλησίον ἄλλον·
  „ ὤ μοι, τίς δὴ νῆα θοὴν ἐπέδησ' ἐνὶ πόντωι
οἴκαδ' ἐλαυνομένην; καὶ δὴ προὐφαίνετο πᾶσα.“
  ὣς ἄρα τις εἴπεσκε· τὰ δ' οὐκ ἴσαν ὡς ἐτέτυκτο.
τοῖσιν δ' Ἀλκίνοος ἀγορήσατο καὶ μετέειπεν·
  „ ὢ πόποι, ἦ μάλα δή με παλαίφατα θέσφαθ' ἱκάνει
πατρὸς ἐμοῦ, ὃς ἔφασκε Ποσειδάων' ἀγάσασθαι
ἡμῖν, οὕνεκα πομποὶ ἀπήμονές εἰμεν ἁπάντων.
φῆ ποτὲ Φαιήκων ἀνδρῶν περικαλλέα, νῆα,
ἐκ πομπῆς ἀνιοῦσαν, ἐν ἠεροειδέϊ πόντωι
ῥαισέμεναι, μέγα δ' ἧμιν ὄρος πόλει ἀμφικαλύψειν.
ὣς ἀγόρευ' ὁ γέρων· τὰ δὲ δὴ νῦν πάντα τελεῖται.
ἀλλ' ἄγεθ', ὡς ἂν ἐγὼ εἴπω, πειθώμεθα πάντες·
πομπῆς μὲν παύσασθε βροτῶν, ὅτε κέν τις ἵκηται
ἡμέτερον προτὶ ἄστυ· Ποσειδάωνι δὲ ταύρους
δώδεκα κεκριμένους ἱερεύσομεν, αἴ κ' ἐλεήσηι,
μηδ' ἡμῖν περίμηκες ὄρος πόλει ἀμφικαλύψηι.“
  ὣς ἔφαθ', οἱ δ' ἔδεισαν, ἑτοιμάσσαντο δὲ ταύρους.
ὣς οἱ μέν ῥ' εὔχοντο Ποσειδάωνι ἄνακτι
δήμου Φαιήκων ἡγήτορες ἠδὲ μέδοντες,
ἑσταότες περὶ βωμόν. ὁ δ' ἔγρετο δῖος Ὀδυσσεὺς
εὕδων ἐν γαίηι πατρωΐηι, οὐδέ μιν ἔγνω,
ἤδη δὴν ἀπεών· περὶ γὰρ θεὸς ἠέρα χεῦε
Παλλὰς Ἀθηναίη, κούρη Διός, ὄφρα μιν αὐτὸν
ἄγνωστον τεύξειεν ἕκαστά τε μυθήσαιτο,
μή μιν πρὶν ἄλοχος γνοίη ἀστοί τε φίλοι τε,
πρὶν πᾶσαν μνηστῆρας ὑπερβασίην ἀποτῖσαι.
τοὔνεκ' ἄρ' ἀλλοειδέα φαινέσκετο πάντα ἄνακτι,
ἀτραπιτοί τε διηνεκέες λιμένες τε πάνορμοι
πέτραι τ' ἠλίβατοι καὶ δένδρεα τηλεθόωντα.
στῆ δ' ἄρ' ἀναΐξας καί ῥ' εἴσιδε πατρίδα γαῖαν·

Zum schiffähnlichen Fels; daß alle Menschen dem Wunder
Staunen; und rings um die Stadt magst du ein hohes Gebirg ziehn.
  Als er solches vernommen, der Erderschüttrer Poseidon,
Ging er gen Scheria hin, dem Lande der stolzen Phäaken.
Allda harrt' er; und bald kam nahe dem Ufer das schnelle
Meerdurchgleitende Schiff. Da nahte sich Poseidaon,
Schlug es mit flacher Hand, und siehe! plötzlich versteinert,
Wurzelt' es fest am Boden des Meers. Drauf ging er von dannen.
  Aber am Ufer besprachen mit schnellgeflügelten Worten
Sich die Phäaken, die Führer der langberuderten Schiffe.
Einer wendete sich zu seinem Nachbar, und sagte:
  Wehe! wer hemmt im Meere den Lauf des rüstigen Schiffes,
Welches zur Heimat eilte? Wir sahn es ja völlig mit Augen!
  Also redeten sie, und wußten nicht, was geschehn war.
Aber jetzo begann Alkinoos in der Versammlung:
  Weh mir! es trifft mich jetzo ein längst verkündetes Schicksal.
Mir erzählte mein Vater vordem, uns zürne Poseidon,
Weil wir ohne Gefahr jedweden zu Schiffe geleitet.
Dieser würde dereinst ein treffliches Schiff der Phäaken,
Das vom Geleiten kehrte, im dunkelwogenden Meere
Plötzlich verderben, und rings um die Stadt ein hohes Gebirg ziehn.
So weissagte der Greis; das wird nun alles erfüllet.
Aber wohlan! gehorcht nun alle meinem Befehle.
Laßt die Männergeleitung, woher auch ein Sterblicher komme,
Unserem Volke zu flehn; und opfert jetzo Poseidon
Zwölf erlesene Stiere! Vielleicht erbarmt er sich unser,
Daß er nicht rings um die Stadt ein hohes Felsengebirg zieht.
  Also sprach er, und bange bereiteten jene das Opfer.
Also beteten dort zum Meerbeherrscher Poseidon,
Für der Phäaken Stadt, die erhabenen Fürsten und Pfleger,
Stehend um den Altar. Da erwachte der edle Odysseus,
Ruhend auf dem Boden der lange verlassenen Heimat.
Und er kannte sie nicht; denn eine Göttin umhüllt' ihn
Rings mit dunkler Nacht, Zeus' Tochter, Pallas Athene,
Ihn unkennbar zu machen, und alles mit ihm zu besprechen:
Daß ihn weder sein Weib noch die Freund' und Bürger erkennten,
Bis die üppigen Freier für allen Frevel gebüßet.
Alles erschien daher dem ringsumschauenden König
Unter fremder Gestalt: Heerstraßen, schiffbare Häfen,
Wolkenberührende Felsen, und hochgewipfelte Bäume.
Jetzo erhub er sich, stand; und da er sein Vaterland ansah,

ὤιμωξέν τ᾽ ἄρ ἔπειτα καὶ ὣ πεπλήγετο μηρὼ
χερσὶ καταπρηνέσσ᾽, ὀλοφυρόμενος δ᾽ ἔπος ηὔδα·
„ ὤ μοι ἐγώ, τέων αὖτε βροτῶν ἐς γαῖαν ἱκάνω;
ἦ ῥ᾽ οἵ γ᾽ ὑβρισταί τε καὶ ἄγριοι οὐδὲ δίκαιοι,
ἦε φιλόξεινοι, καί σφιν νόος ἐστὶ θεουδής;
πῆι δὴ χρήματα πολλὰ φέρω τάδε; πῆι τε καὶ αὐτὸς
πλάζομαι; αἴθ᾽ ὄφελον μεῖναι παρὰ Φαιήκεσσιν
αὐτοῦ· ἐγὼ δέ κεν ἄλλον ὑπερμενέων βασιλήων
ἐξικόμην, ὅς κέν μ᾽ ἐφίλει καὶ ἔπεμπε νέεσθαι.
νῦν δ᾽ οὔτ᾽ ἄρ πηι θέσθαι ἐπίσταμαι, οὐδὲ μὲν αὐτοῦ
καλλείψω, μή πώς μοι ἕλωρ ἄλλοισι γένηται.
ὢ πόποι, οὐκ ἄρα πάντα νοήμονες οὐδὲ δίκαιοι
ἦσαν Φαιήκων ἡγήτορες ἠδὲ μέδοντες,
οἵ μ᾽ εἰς ἄλλην γαῖαν ἀπήγαγον, ἦ τέ μ᾽ ἔφαντο
ἄξειν εἰς Ἰθάκην εὐδείελον, οὐδ᾽ ἐτέλεσσαν.
Ζεὺς σφέας τίσαιτο ἱκετήσιος, ὅς τε καὶ ἄλλους
ἀνθρώπους ἐφορᾶι καὶ τίνυται ὅς τις ἁμάρτηι.
ἀλλ᾽ ἄγε δὴ τὰ χρήματ᾽ ἀριθμήσω καὶ ἴδωμαι,
μή τί μοι οἴχωνται κοίλης ἐπὶ νηὸς ἄγοντες.“
ὣς εἰπὼν τρίποδας περικαλλέας ἠδὲ λέβητας
ἠρίθμει καὶ χρυσὸν ὑφαντά τε εἵματα καλά.
τῶν μὲν ἄρ᾽ τι πόθει· ὁ δ᾽ ὀδύρετο πατρίδα γαῖαν
ἑρπύζων παρὰ θῖνα πολυφλοίσβοιο θαλάσσης,
πόλλ᾽ ὀλοφυρόμενος. σχεδόθεν δέ οἱ ἦλθεν Ἀθήνη,
ἀνδρὶ δέμας εἰκυῖα νέωι, ἐπιβώτορι μήλων,
παναπάλωι, οἷοί τε ἀνάκτων παῖδες ἔασι,
δίπτυχον ἀμφ᾽ ὤμοισιν ἔχουσ᾽ εὐεργέα λώπην·
ποσσὶ δ᾽ ὑπὸ λιπαροῖσι πέδιλ᾽ ἔχε, χερσὶ δ᾽ ἄκοντα.
τὴν δ᾽ Ὀδυσεὺς γήθησεν ἰδὼν καὶ ἐναντίος ἦλθε,
καί μιν φωνήσας ἔπεα πτερόεντα προσηύδα·
„ ὦ φίλ᾽, ἐπεί σε πρῶτα κιχάνω τῶιδ᾽ ἐνὶ χώρωι,
χαῖρέ τε καὶ μή μοί τι κακῶι νόωι ἀντιβολήσαις,
ἀλλὰ σάω μὲν ταῦτα, σάω δ᾽ ἐμέ· σοὶ γὰρ ἐγώ γε
εὔχομαι ὥς τε θεῶι καί σευ φίλα γούναθ᾽ ἱκάνω.
καί μοι τοῦτ᾽ ἀγόρευσον ἐτήτυμον, ὄφρ᾽ ἐῢ εἰδῶ·
τίς γῆ, τίς δῆμος, τίνες ἀνέρες ἐγγεγάασιν;
ἦ πού τις νήσων εὐδείελος, ἦέ τις ἀκτὴ
κεῖθ᾽ ἁλὶ κεκλιμένη ἐριβώλακος ἠπείροιο;“
τὸν δ᾽ αὖτε προσέειπε θεὰ γλαυκῶπις Ἀθήνη·
„ νήπιός εἰς, ὦ ξεῖν᾽, ἢ τηλόθεν εἰλήλουθας,
εἰ δὴ τήνδε τε γαῖαν ἀνείρεαι. οὐδέ τι λίην

Hub er bitterlich an zu weinen, und schlug sich die Hüften
Beide mit flacher Hand, und sprach mit klagender Stimme:
Weh mir! zu welchem Volke hin ich nun wieder gekommen?
Sind's unmenschliche Räuber, und sittenlose Barbaren;
Oder Diener der Götter, und Freunde des heiligen Gastrechts?
Wo verberg' ich dies viele Gut? und wohin soll ich selber
Irren? O wäre doch dies im phäakischen Lande geblieben!
Und mir hätte dagegen ein anderer mächtiger König
Hilfe gewährt, mich bewirtet und hingesendet zur Heimat!
Jetzo weiß ich es weder wo hinzulegen, noch kann ich's
Hier verlassen, damit es nicht andern werde zur Beute!
Ach! so galt denn bei jenen Gerechtigkeit weder, noch Weisheit,
Bei des phäakischen Volks erhabenen Fürsten und Pflegern,
Die in ein fremdes Land mich gebracht! Sie versprachen so heilig,
Mich nach Ithakas Höhn zu führen; und täuschten mich dennoch!
Zeus vergelt' es ihnen, der Leidenden Rächer, der aller
Menschen Beginnen schaut, und alle Sünde bestrafet!
Aber ich will doch jetzo die Güter zählen und nachsehn,
Ob sie mir etwas geraubt, als sie im Schiffe davon flohn.
Also sprach er, und zählte die Becken und schönen Geschirre
Mit drei Füßen, das Gold und die prächtig gewebeten Kleider;
Und ihm fehlte kein Stück. Nun weint' er sein Vaterland wieder,
Wankt' umher am Ufer des lautaufrauschenden Meeres,
Und wehklagete laut. Da nahte sich Pallas Athene,
Eingehüllt in Jünglingsgestalt, als Hüter der Herden,
Zart und lieblich von Wuchs, wie Königskinder einhergehn.
Diese trug um die Schultern ein wallendes feines Gewebe,
Einen Spieß in der Hand, und Sohlen an glänzenden Füßen.
Als sie Odysseus erblickte; da freut' er sich, ging ihr entgegen,
Redete freundlich sie an, und sprach die geflügelten Worte:
Lieber, weil du zuerst mir an diesem Orte begegnest,
Sei mir gegrüßt, und nahe dich nicht mit feindlichem Herzen;
Sondern beschütze mich selbst und dieses. Wie einem der Götter,
Fleh ich dir, und umfasse die werten Kniee voll Demut.
Auch verkündige mir aufrichtig, damit ich es wisse:
Wie benennt ihr das Land, die Stadt, und ihre Bewohner?
Ist dies eine der Inseln voll sonnenreicher Gebirge;
Oder die meereinlaufende Spitze der fruchtbaren Feste?
Ihm antwortete Zeus' blauäugichte Tochter Athene:
Fremdling du bist nicht klug, oder ferne von hinnen gebürtig;
Da du nach diesem Lande mich fragst! Ich dächte, so gänzlich

οὕτω νώνυμός ἐστιν· ἴσασι δέ μιν μάλα πολλοί,
ἠμὲν ὅσοι ναίουσι πρὸς ἠῶ τ' ἠέλιόν τε,
ἠδ' ὅσσοι μετόπισθε ποτὶ ζόφον ἠερόεντα.
ἦ τοι μὲν τρηχεῖα καὶ οὐχ ἱππήλατός ἐστιν,
οὐδὲ λίην λυπρή, ἀτὰρ οὐδ' εὐρεῖα τέτυκται.
ἐν μὲν γάρ οἱ σῖτος ἀθέσφατος, ἐν δέ τε οἶνος
γίγνεται· αἰεὶ δ' ὄμβρος ἔχει τεθαλυῖά τ' ἐέρση·
αἰγίβοτος δ' ἀγαθὴ καὶ βούβοτος· ἔστι μὲν ὕλη
παντοίη, ἐν δ' ἀρδμοὶ ἐπηετανοὶ παρέασι.
τῶι τοι, ξεῖν', Ἰθάκης γε καὶ ἐς Τροίην ὄνομ' ἵκει,
τήν περ τηλοῦ φασὶν Ἀχαιΐδος ἔμμεναι αἴης."
ὣς φάτο, γήθησεν δὲ πολύτλας δῖος Ὀδυσσεύς,
χαίρων ἧι γαίηι πατρωΐηι, ὥς οἱ ἔειπε
Παλλὰς Ἀθηναίη, κούρη Διὸς, αἰγιόχοιο·
καί μιν φωνήσας ἔπεα πτερόεντα προσηύδα·
οὐδ' ὅ γ' ἀληθέα εἶπε, πάλιν δ' ὅ γε λάζετο μῦθον,
αἰεὶ ἐνὶ στήθεσσι νόον πολυκερδέα νωμῶν·
„πυνθανόμην Ἰθάκης γε καὶ ἐν Κρήτηι εὐρείηι,
τηλοῦ ὑπὲρ πόντου· νῦν δ' εἰλήλουθα καὶ αὐτὸς
χρήμασι σὺν τοίσδεσσι· λιπὼν δ' ἔτι παισὶ τοσαῦτα
φεύγω, ἐπεὶ φίλον υἷα κατέκτανον Ἰδομενῆος,
Ὀρσίλοχον πόδας ὠκύν, ὃς ἐν Κρήτηι εὐρείηι
ἀνέρας ἀλφηστὰς νίκα ταχέεσσι πόδεσσιν,
οὕνεκά με στερέσαι τῆς ληΐδος ἤθελε πάσης
Τρωϊάδος, τῆς εἵνεκ' ἐγὼ πάθον ἄλγεα θυμῶι,
ἀνδρῶν τε πτολέμους ἀλεγεινά τε κύματα πείρων,
οὕνεκ' ἄρ' οὐχ ὧι πατρὶ χαριζόμενος θεράπευον
δήμωι ἔνι Τρώων, ἀλλ' ἄλλων ἦρχον ἑταίρων.
τὸν μὲν ἐγὼ κατιόντα βάλον χαλκήρεϊ δουρὶ
ἀγρόθεν, ἐγγὺς ὁδοῖο λοχησάμενος σὺν ἑταίρωι·
νὺξ δὲ μάλα δνοφερὴ κάτεχ' οὐρανόν, οὐδέ τις ἡμέας
ἀνθρώπων ἐνόησε, λάθον δέ ἑ θυμὸν ἀπούρας.
αὐτὰρ ἐπεὶ δὴ τόν γε κατέκτανον ὀξέϊ χαλκῶι,
αὐτίκ' ἐγὼν ἐπὶ νῆα κιὼν Φοίνικας ἀγαυοὺς
ἐλλισάμην, καί σφιν μενοεικέα ληΐδα δῶκα·
τούς μ' ἐκέλευσα Πύλονδε καταστῆσαι καὶ ἐφέσσαι
ἢ εἰς Ἤλιδα δῖαν, ὅθι κρατέουσιν Ἐπειοί.
ἀλλ' ἦ τοι σφέας κεῖθεν ἀπώσατο ἶς ἀνέμοιο
πόλλ' ἀεκαζομένους, οὐδ' ἤθελον ἐξαπατῆσαι.
κεῖθεν δὲ πλαγχθέντες ἱκάνομεν ἐνθάδε νυκτός.
σπουδῆι δ' ἐς λιμένα προερέσσαμεν, οὐδέ τις ἡμῖν

Wär' es nicht unberühmt; und sicherlich kennen es viele:
Alle die morgenwärts, und wo die Sonne sich umdreht,
Wohnen, oder da hinten, gewandt zum nächtlichen Dunkel.
Freilich ist es rauh, und taugt nicht Rosse zu tummeln;
Doch ganz elend auch nicht, wiewohl es an Ebnen ihm mangelt.
Reichlich gedeihet bei uns die Frucht des Feldes, und reichlich
Lohnet der Wein; denn Regen und Tau befruchten das Erdreich.
Treffliche Ziegenweiden sind hier, auch Weiden der Rinder;
Waldungen jeglicher Art, und immerfließende Bäche.
Fremdling, Ithakas Ruf ist selbst nach Troja gekommen;
Und das, sagen sie, liegt sehr fern vom achaiischen Lande!
Also sprach er; da freute der herrliche Dulder Odysseus
Sich im innersten Herzen des Vaterlandes, das jetzo
Pallas Athene ihm nannte, des Wetterleuchtenden Tochter.
Und er redte sie an, und sprach die geflügelten Worte;
Doch vermied er die Wahrheit mit schlauabweichender Rede,
Und sein erfindungsreicher Verstand war in steter Bewegung:
Ja, von Ithaka hört' ich in Kretas weitem Gefilde,
Ferne jenseit des Meers. Nun komme ich selber mit diesem
Gute hieher, und ließ den Kindern noch eben so vieles,
Als ich entfloh. Ich nahm Idomeneus' Sohne das Leben,
Jenem hurtigen Helden Orsilochos, welcher in Kreta
Alle geübtesten Läufer an Schnelle der Füße besiegte.
Denn er wollte mich ganz der troischen Beute berauben,
Derenthalb ich so viel unnennbare Leiden erduldet,
Blutige Schlachten der Männer und tobende Fluten durchkämpfend,
Weil ich seinem Vater zu dienen nimmer gewillfahrt,
In dem troischen Land', und selbst ein Geschwader geführet.
Aber mit ehernem Speer erschoß ich ihn, als er vom Felde
Kam; ich laurte versteckt mit einem Gefährten am Wege.
Eine düstere Nacht umhüllte den Himmel, und unser
Nahm kein Sterblicher wahr, und heimlich raubt' ich sein Leben.
Dennoch, sobald ich jenen mit ehernem Speere getötet,
Eilt' ich ans Ufer des Meers zum Schiffe der stolzen Phöniker,
Flehte sie an, und gewann sie mit einem Teile der Beute;
Daß sie an Pylos Gestade mich auszusetzen versprachen,
Oder der göttlichen Elis, die von den Epeiern beherrscht wird.
Aber leider! sie trieb die Gewalt des Orkanes von dannen,
Ihnen zum großen Verdruß; denn sie dachten mich nicht zu betrügen.
Und wir irrten umher, und kamen hier in der Nacht an.
Mühsam ruderten wir das Schiff in den Hafen, und niemand

δόρπου μνῆστις ἔην, μάλα περ χατέουσιν ἑλέσθαι,
ἀλλ' αὔτως ἀποβάντες ἐκείμεθα νηὸς ἅπαντες.
ἔνθ' ἐμὲ μὲν γλυκὺς ὕπνος ἐπήλυθε κεκμηῶτα,
οἱ δὲ χρήματ' ἐμὰ γλαφυρῆς ἐκ νηὸς ἑλόντες
κάτθεσαν, ἔνθα περ αὐτὸς ἐπὶ ψαμάθοισιν ἐκείμην.
οἱ δ' ἐς Σιδονίην εὖ ναιομένην ἀναβάντες
ὤιχοντ'· αὐτὰρ ἐγὼ λιπόμην ἀκαχήμενος ἦτορ."
ὣς φάτο, μείδησεν δὲ θεὰ γλαυκῶπις Ἀθήνη,
χειρί τέ μιν κατέρεξε· δέμας δ' ἤϊκτο γυναικὶ
καλῆι τε μεγάληι τε καὶ ἀγλαὰ ἔργα ἰδυίηι·
καί μιν φωνήσασ' ἔπεα πτερόεντα προσηύδα·
„κερδαλέος κ' εἴη καὶ ἐπίκλοπος ὅς σε παρέλθοι
ἐν πάντεσσι δόλοισι, καὶ εἰ θεὸς ἀντιάσειε.
σχέτλιε, ποικιλομῆτα, δόλων ἆτ', οὐκ ἄρ' ἔμελλες,
οὐδ' ἐν σῆι περ ἐὼν γαίηι, λήξειν ἀπατάων
μύθων τε κλοπίων, οἵ τοι πεδόθεν φίλοι εἰσίν.
ἀλλ' ἄγε, μηκέτι ταῦτα λεγώμεθα, εἰδότες ἄμφω
κέρδε', ἐπεὶ σὺ μέν ἐσσι βροτῶν ὄχ' ἄριστος ἁπάντων
βουλῆι καὶ μύθοισιν, ἐγὼ δ' ἐν πᾶσι θεοῖσι
μήτι τε κλέομαι καὶ κέρδεσιν· οὐδὲ σύ γ' ἔγνως
Παλλάδ' Ἀθηναίην, κούρην Διός, ἥ τέ τοι αἰεὶ
ἐν πάντεσσι πόνοισι παρίσταμαι ἠδὲ φυλάσσω,
καὶ δέ σε Φαιήκεσσι φίλον πάντεσσιν ἔθηκα,
νῦν αὖ δεῦρ' ἱκόμην, ἵνα τοι σὺν μῆτιν ὑφήνω
χρήματά τε κρύψω, ὅσα τοι Φαίηκες ἀγαυοὶ
ὤπασαν οἴκαδ' ἰόντι ἐμῆι βουλῆι τε νόωι τε,
εἴπω θ' ὅσσα τοι αἶσα δόμοις ἔνι ποιητοῖσι
κήδε' ἀνασχέσθαι· σὺ δὲ τετλάμεναι καὶ ἀνάγκηι,
μηδέ τωι ἐκφάσθαι μήτ' ἀνδρῶν μήτε γυναικῶν,
πάντων, οὕνεκ' ἄρ' ἦλθες ἀλώμενος, ἀλλὰ σιωπῆι
πάσχειν ἄλγεα πολλά, βίας ὑποδέγμενος ἀνδρῶν."
τὴν δ' ἀπαμειβόμενος προσέφη πολύμητις Ὀδυσσεύς·
„ἀργαλέον σε, θεά, γνῶναι βροτῶι ἀντιάσαντι,
καὶ μάλ' ἐπισταμένωι· σὲ γὰρ αὐτὴν παντὶ ἐΐσκεις.
τοῦτο δ' ἐγὼν εὖ οἶδ', ὅτι μοι πάρος ἠπίη ἦσθα,
ἧος ἐνὶ Τροίηι πολεμίζομεν υἷες Ἀχαιῶν.
αὐτὰρ ἐπεὶ Πριάμοιο πόλιν διεπέρσαμεν αἰπήν,
βῆμεν δ' ἐν νήεσσι, θεὸς δ' ἐκέδασσεν Ἀχαιούς,
οὔ σέ γ' ἔπειτα ἴδον, κούρη Διός, οὐδ' ἐνόησα
νηὸς ἐμῆς ἐπιβᾶσαν, ὅπως τί μοι ἄλγος ἀλάλκοις.
ἀλλ' αἰεὶ φρεσὶν ᾗσιν ἔχων δεδαϊγμένον ἦτορ

Dachte der Abendkost, so sehr wir auch ihrer bedurften;
Sondern wir stiegen nur so ans Ufer, und legten uns nieder.
Und ich entschlummerte sanft, ermüdet von langer Arbeit.
Jene huben indes mein Gut aus dem Raume des Schiffes,
Legten es auf dem Sande, wo ich sanft schlummerte, nieder;
Stiegen dann ein, und steurten der wohlbevölkerten Küste
Von Sidonia zu; ich blieb mit traurigem Herzen.
Also sprach er; da lächelte Zeus' blauäugichte Tochter,
Streichelt' ihn mit der Hand; und schien nun plötzlich ein Mädchen,
Schöngebildet und groß und klug in künstlicher Arbeit.
Und sie redet' ihn an, und sprach die geflügelten Worte:
Geist erfoderte das und Verschlagenheit, dich an Erfindung
Jeglicher Art zu besiegen, und käm' auch einer der Götter!
Oberlistiger Schalk voll unergründlicher Ränke,
Also gebrauchst du noch selbst im Vaterlande Verstellung
Und erdichtete Worte, die du als Knabe schon liebtest?
Aber laß uns hievon nicht weiter reden; wir kennen
Beide die Kunst: du bist von allen Menschen der erste
An Verstand und Reden, und ich bin unter den Göttern
Hochgepriesen an Rat und Weisheit. Aber du kanntest
Pallas Athene nicht, Zeus' Tochter, welche beständig
Unter allen Gefahren dir beistand, und dich beschirmte,
Und dir auch die Liebe von allen Phäaken verschaffte.
Jetzo komm' ich hieher, um dir Anschläge zu geben,
Und zu verbergen das Gut, so viel die edlen Phäaken
Dir Heimkehrenden schenkten, durch meine Klugheit geleitet:
Auch zu verkünden, daß deiner im schöngebauten Palaste
Viele Drangsal noch harrt. Doch du ertrage sie standhaft,
Und entdecke dich keinem der Männer oder der Weiber,
Daß du von Leiden verfolgt hier ankamst; sondern erdulde
Schweigend dein trauriges Los, und schmiege dich unter die Stolzen.
Ihr antwortete drauf der erfindungsreiche Odysseus:
Schwer, o Göttin, erkennt dich ein Sterblicher, dem du begegnest,
Sei er auch noch so geübt; denn du nimmst jede Gestalt an.
Dennoch weiß ich es wohl, daß du vor Zeiten mir hold warst,
Als wir Achaier noch die hohe Troja bekriegten.
Aber seit wir die Stadt des Priamos niedergerissen,
Und von dannen geschifft, und ein Gott die Achaier zerstreuet,
Hab' ich dich nimmer gesehn, Zeus' Tochter, und nimmer vernommen,
Daß du mein Schiff betratst, mich einer Gefahr zu entreißen;
Sondern immer, im Herzen von tausend Sorgen verwundet,

ἠλώμην, ἧός με θεοὶ κακότητος ἔλυσαν·
πρίν γ᾽ ὅτε Φαιήκων ἀνδρῶν ἐν πίονι δήμωι
θάρσυνάς τε ἔπεσσι καὶ ἐς πόλιν ἤγαγες αὐτή.
νῦν δέ σε πρὸς πατρὸς γουνάζομαι - οὐ γὰρ ὀΐω
ἥκειν εἰς Ἰθάκην εὐδείελον, ἀλλά τιν᾽ ἄλλην
γαῖαν ἀναστρέφομαι· σὲ δὲ κερτομέουσαν ὀΐω
ταῦτ᾽ ἀγορευέμεναι, ἵν᾽ ἐμὰς φρένας ἠπεροπεύσῃς -
εἰπέ μοι εἰ ἐτεόν γε φίλην ἐς πατρίδ᾽ ἱκάνω."
τὸν δ᾽ ἠμείβετ᾽ ἔπειτα θεὰ γλαυκῶπις Ἀθήνη·
„ αἰεί τοι τοιοῦτον ἐνὶ στήθεσσι νόημα·
τῶι σε καὶ οὐ δύναμαι προλιπεῖν δύστηνον ἐόντα,
οὕνεκ᾽ ἐπητής ἐσσι καὶ ἀγχίνοος καὶ ἐχέφρων.
ἀσπασίως γάρ κ᾽ ἄλλος ἀνὴρ ἀλαλήμενος ἐλθὼν
ἵετ᾽ ἐνὶ μεγάροις ἰδέειν παῖδάς τ᾽ ἄλοχόν τε·
σοὶ δ᾽ οὔ πω φίλον ἐστὶ δαήμεναι οὐδὲ πυθέσθαι,
πρίν γ᾽ ἔτι σῆς ἀλόχου πειρήσεαι, ἥ τέ τοι αὔτως
ἧσται ἐνὶ μεγάροισιν, ὀϊζυραὶ δέ οἱ αἰεὶ
φθίνουσιν νύκτες τε καὶ ἤματα δάκρυ χεούσηι.
αὐτὰρ ἐγὼ τὸ μὲν οὔ ποτ᾽ ἀπίστεον, ἀλλ᾽ ἐνὶ θυμῶι
ἤιδε᾽, ὃ νοστήσεις ὀλέσας ἄπο πάντας ἑταίρους·
ἀλλά τοι οὐκ ἐθέλησα Ποσειδάωνι μάχεσθαι
πατροκασιγνήτωι, ὅς τοι κότον ἔνθετο θυμῶι,
χωόμενος ὅτι οἱ υἱὸν φίλον ἐξαλάωσας.
ἀλλ᾽ ἄγε τοι δείξω Ἰθάκης ἕδος, ὄφρα πεποίθῃς.
Φόρκυνος μὲν ὅδ᾽ ἐστὶ λιμήν, ἁλίοιο γέροντος,
ἥδε δ᾽ ἐπὶ κρατὸς λιμένος τανύφυλλος ἐλαίη·
τοῦτο δέ τοι σπέος ἐστὶ κατηρεφές, ἔνθα σὺ πολλὰς
ἔρδεσκες νύμφῃσι τεληέσσας ἑκατόμβας·
τοῦτο δὲ Νήριτόν ἐστιν ὄρος καταειμένον ὕλῃ."
ὣς εἰποῦσα θεὰ σκέδασ᾽ ἠέρα, εἴσατο δὲ χθών·
γήθησέν τ᾽ ἄρ᾽ ἔπειτα πολύτλας δῖος Ὀδυσσεύς,
χαίρων ἧι γαίῃ, κύσε δὲ ζείδωρον ἄρουραν.
αὐτίκα δὲ νύμφῃς ἠρήσατο, χεῖρας ἀνασχών·
„ νύμφαι νηϊάδες, κοῦραι Διός, οὔ ποτ᾽ ἐγώ γε
ὄψεσθ᾽ ὔμμ᾽ ἐφάμην· νῦν δ᾽ εὐχωλῇις ἀγανῇσι
χαίρετ᾽· ἀτὰρ καὶ δῶρα διδώσομεν, ὡς τὸ πάρος περ,
αἴ κεν ἐᾶι πρόφρων με Διὸς θυγάτηρ ἀγελείη
αὐτόν τε ζώειν καί μοι φίλον υἱὸν ἀέξῃ."
τὸν δ᾽ αὖτε προσέειπε θεὰ γλαυκῶπις Ἀθήνη·
„ θάρσει, μή τοι ταῦτα μετὰ φρεσὶ σῇσι μελόντων.
ἀλλὰ χρήματα μὲν μυχῶι ἄντρου θεσπεσίοιο

Irrt' ich umher, bis die Götter sich meines Jammers erbarmten:
Außer daß du zuletzt in dem fetten phäakischen Eiland
Mich durch Worte gestärkt, und zu der Stadt mich geführt hast.
Jetzo fleh' ich dich an bei deinem Vater: (ich fürchte
Immer, ich sei noch nicht in Ithaka, sondern durchirre
Wieder ein anderes Land, und spottend habest du, Göttin,
Mir dies alles verkündet, um meine Seele zu täuschen:)
Sage mir, bin ich denn wirklich im lieben Vaterlande?
   Drauf antwortete Zeus' blauäugichte Tochter Athene:
Stets bewahrest du doch im Herzen jene Gesinnung:
Darum kann ich dich auch im Unglück nimmer verlassen,
Weil du behutsam bist, scharfsinnig und männliches Herzens.
Jeder irrende Mann der spät heimkehrte, wie freudig
Würd' er zu Hause nun eilen, sein Weib und die Kinder zu sehen!
Aber dich kümmert das nicht, zu wissen oder zu fragen,
Eh' du selber dein Weib geprüft hast, welche beständig
So im Hause sitzt; denn immer schwinden in Jammer
Ihre Tage dahin, und unter Tränen die Nächte.
Zwar ich zweifelte nie an der Wahrheit, sondern mein Herz war
Überzeugt, du kehrtest ohn' alle Gefährten zur Heimat;
Aber ich scheuete mich, Poseidon entgegen zu kämpfen,
Meines Vaters Bruder, der dich mit Rache verfolgte,
Zürnend, weil du das Auge des lieben Sohnes geblendet.
Aber damit du mir glaubest, so zeig' ich dir Ithakas Lage.
Phorkys, dem Greise des Meers, ist dieser Hafen geheiligt;
Hier am Gestade grünt der weitumschattende Ölbaum;
Dieses ist die große gewölbete Grotte des Felsens,
Wo du den Nymphen oft vollkommene Opfer gebracht hast;
Jenes hohe Gebirg ist Neritons waldichter Gipfel.
   Sprach's, und zerstreute den Nebel; und hell lag vor ihm die Gegend.
Siehe da freuete sich der edle Dulder Odysseus
Herzlich des Vaterlandes, und küßte die fruchtbare Erde.
Und nun fleht' er den Nymphen mit aufgehobenen Händen:
   Zeus' unsterbliche Töchter, ihr hohen Najaden, ich hoffte
Nimmer, euch wieder zu sehn; seid nun in frommem Gebete
Mir gegrüßt: bald bringen wir euch Geschenke, wie ehmals,
Wenn mir anders die Gnade von Zeus' siegprangender Tochter
Jetzo das Leben erhält, und den lieben Sohn mir gesegnet!
   Drauf antwortete Zeus' blauäugichte Tochter Athene:
Sei getrost, und laß dich diese Gedanken nicht kümmern!
Aber wohlan, wir wollen im Winkel der heiligen Grotte

θείμεν αὐτίκα νῦν, ἵνα περ τάδε τοι σόα μίμνῃ·
αὐτοὶ δὲ φραζώμεθ᾽ ὅπως ὄχ᾽ ἄριστα γένηται.“
ὣς εἰποῦσα θεὰ δῦνε σπέος ἠεροειδές,
μαιομένη κευθμῶνας ἀνὰ σπέος· αὐτὰρ Ὀδυσσεὺς
ἆσσον πάντ᾽ ἐφόρει, χρυσὸν καὶ ἀτειρέα χαλκὸν
εἵματά τ᾽ εὐποίητα, τά οἱ Φαίηκες ἔδωκαν.
καὶ τὰ μὲν εὖ κατέθηκε, λίθον δ᾽ ἐπέθηκε θύρῃσι
Παλλὰς Ἀθηναίη, κούρη Διὸς αἰγιόχοιο.
τὼ δὲ καθεζομένω ἱερῆς παρὰ πυθμέν᾽ ἐλαίης
φραζέσθην μνηστῆρσιν ὑπερφιάλοισιν ὄλεθρον.
τοῖσι δὲ μύθων ἦρχε θεὰ γλαυκῶπις Ἀθήνη·
„διογενὲς Λαερτιάδη, πολυμήχαν᾽ Ὀδυσσεῦ,
φράζευ ὅπως μνηστῆρσιν ἀναιδέσι χεῖρας ἐφήσεις,
οἳ δή τοι τρίετες μέγαρον κάτα κοιρανέουσι,
μνώμενοι ἀντιθέην ἄλοχον καὶ ἕδνα διδόντες·
ἡ δὲ σὸν αἰεὶ νόστον ὀδυρομένη κατὰ θυμὸν
πάντας μέν ῥ᾽ ἔλπει καὶ ὑπίσχεται ἀνδρὶ ἑκάστωι,
ἀγγελίας προϊεῖσα, νόος δέ οἱ ἄλλα μενοινᾶι.“
τὴν δ᾽ ἀπαμειβόμενος προσέφη πολύμητις Ὀδυσσεύς·
„ὢ πόποι, ἦ μάλα δὴ Ἀγαμέμνονος Ἀτρεΐδαο
φθίσεσθαι κακὸν οἶτον ἐνὶ μεγάροισιν ἔμελλον,
εἰ μή μοι σὺ ἕκαστα, θεά, κατὰ μοῖραν ἔειπες.
ἀλλ᾽ ἄγε μῆτιν ὕφηνον, ὅπως ἀποτίσομαι αὐτούς·
πὰρ δέ μοι αὐτὴ στῆθι, μένος πολυθαρσὲς ἐνεῖσα,
οἷον ὅτε Τροίης λύομεν λιπαρὰ κρήδεμνα.
αἴ κέ μοι ὣς μεμαυῖα παρασταίης, γλαυκῶπι,
καί κε τριηκοσίοισιν ἐγὼν ἄνδρεσσι μαχοίμην
σὺν σοί, πότνα θεά, ὅτε μοι πρόφρασσ᾽ ἐπαρήγοις.“
τὸν δ᾽ ἠμείβετ᾽ ἔπειτα θεὰ γλαυκῶπις Ἀθήνη·
„καὶ λίην τοι ἐγώ γε παρέσσομαι, οὐδέ με λήσεις,
ὁππότε κεν δὴ ταῦτα πενώμεθα· καί τιν᾽ ὀΐω
αἵματί τ᾽ ἐγκεφάλωι τε παλαξέμεν ἄσπετον οὖδας
ἀνδρῶν μνηστήρων, οἵ τοι βίοτον κατέδουσιν.
ἀλλ᾽ ἄγε σ᾽ ἄγνωστον τεύξω πάντεσσι βροτοῖσι·
κάρψω μὲν χρόα καλὸν ἐνὶ γναμπτοῖσι μέλεσσι,
ξανθὰς δ᾽ ἐκ κεφαλῆς ὀλέσω τρίχας, ἀμφὶ δὲ λαῖφος
ἕσσω ὅ κε στυγέῃσιν ἰδὼν ἄνθρωπον ἔχοντα,
κνυζώσω δέ τοι ὄσσε πάρος περικαλλέ᾽ ἐόντε,
ὡς ἂν ἀεικέλιος πᾶσι μνηστῆρσι φανήῃς
σῇι τ᾽ ἀλόχωι καὶ παιδί, τὸν ἐν μεγάροισιν ἔλειπες.
αὐτὸς δὲ πρώτιστα συβώτην εἰσαφικέσθαι,

Gleich verbergen das Gut, damit es in Sicherheit liege,
Und uns dann beraten, was jetzo das Beste zu tun sei.
Also sprach die Göttin, und ging in die dämmernde Grotte,
Heimliche Winkel umher ausspähend. Aber Odysseus
Brachte das Gut hinein, die schöngewebeten Kleider,
Gold und daurendes Erz, das ihm die Phäaken geschenket,
Und verbarg es behende; dann setzte Pallas Athene
Einen Stein vor die Türe, des Wetterleuchtenden Tochter.
Hierauf setzten sie sich am Stamme des heiligen Ölbaums,
Und beschlossen den Tod der übermütigen Freier.
Also redete Zeus' blauäugichte Tochter Athene:
Edler Laertiad', erfindungsreicher Odysseus,
Denk itzt nach, wie dein Arm die schamlosen Freier bestrafe,
Welche nun schon drei Jahr' obwalten in deinem Palaste,
Und dein göttliches Weib mit Brautgeschenken umwerben.
Aber mit herzlichen Tränen erwartet sie deine Zurückkunft.
Allen verheißt sie Gunst, und sendet jedem besonders
Schmeichelnde Botschaft; allein im Herzen denket sie anders.
Ihr antwortete drauf der erfindungsreiche Odysseus:
Weh mir! ich wäre gewiß, wie Atreus' Sohn Agamemnon,
Nun des schmählichsten Todes in meinem Hause gestorben,
Hättest du, Göttin, mir nicht umständlich das alles verkündigt!
Aber nun gib mir Rat, wie ich die Freier bestrafe.
Stehe du selber mir bei, und hauche mir Mut und Entschluß ein,
Wie vordem, da wir Troja, die prächtiggetürmte, zerstörten!
Stündest du nun so eifrig mir bei, blauäugichte Göttin,
Siehe so ging ich getrost dreihundert Feinden entgegen,
Heilige Göttin, mit dir, wenn du mir Hilfe gewährtest!
Drauf antwortete Zeus' blauäugichte Tochter Athene:
Gerne steh ich dir bei; du sollst mein nimmer entbehren,
Wann wir die Arbeit einst beginnen. Auch hoff' ich, es werde
Mancher mit Blut und Gehirn den weiten Boden besudeln,
Von der Rotte der Freier, die deine Habe verzehren.
Aber damit dich keiner der sterblichen Menschen erkenne;
Muß einschrumpfen das schöne Fleisch der biegsamen Glieder,
Und das bräunliche Haar vom Haupte verschwinden; ein Kittel
Dich umhüllen, den jeglicher Mensch mit Ekel betrachte;
Triefend und blöde sein die anmutstrahlenden Augen:
Daß du so ungestalt vor allen Freiern erscheinest,
Deinem Weib', und dem Sohne, den du im Hause verließest.
Hierauf gehe zuerst dorthin, wo der treffliche Sauhirt

ὅς τοι ὑῶν ἐπίουρος, ὁμῶς δέ τοι ἤπια οἶδε,
παῖδά τε σὸν φιλέει καὶ ἐχέφρονα Πηνελόπειαν.
δήεις τόν γε σύεσσι παρήμενον· αἱ δὲ νέμονται
πὰρ Κόρακος πέτρηι ἐπί τε κρήνηι Ἀρεθούσηι,
ἔσθουσαι βάλανον μενοεικέα καὶ μέλαν ὕδωρ
πίνουσαι, τά θ' ὕεσσι τρέφει τεθαλυῖαν ἀλοιφήν.
ἔνθα μένειν καὶ πάντα παρήμενος ἐξερέεσθαι,
ὄφρ' ἂν ἐγὼν ἔλθω Σπάρτην ἐς καλλιγύναικα
Τηλέμαχον καλέουσα, τεὸν φίλον υἱόν, Ὀδυσσεῦ·
ὅς τοι ἐς εὐρύχορον Λακεδαίμονα πὰρ Μενέλαον
ᾤχετο πευσόμενος μετὰ σὸν κλέος, εἴ που ἔτ' εἴης."
τὴν δ' ἀπαμειβόμενος προσέφη πολύμητις Ὀδυσσεύς·
„τίπτε τ' ἄρ' οὔ οἱ ἔειπες, ἐνὶ φρεσὶ πάντα ἰδυῖα;
ἦ ἵνα που καὶ κεῖνος ἀλώμενος ἄλγεα πάσχηι
πόντον ἐπ' ἀτρύγετον· βίοτον δέ οἱ ἄλλοι ἔδουσι;"
τὸν δ' ἠμείβετ' ἔπειτα θεὰ γλαυκῶπις Ἀθήνη·
„μὴ δή τοι κεῖνός γε λίην ἐνθύμιος ἔστω.
αὐτή μιν πόμπευον, ἵνα κλέος ἐσθλὸν ἄροιτο
κεῖσ' ἐλθών· ἀτὰρ οὔ τιν' ἔχει πόνον, ἀλλὰ ἕκηλος
ἧσται ἐν Ἀτρεΐδαο δόμοις, παρὰ δ' ἄσπετα κεῖται.
ἦ μέν μιν λοχόωσι νέοι σὺν νηῒ μελαίνηι,
ἱέμενοι κτεῖναι, πρὶν πατρίδα γαῖαν ἱκέσθαι·
ἀλλὰ τά γ' οὐκ ὀΐω, πρὶν καί τινα γαῖα καθέξει
ἀνδρῶν μνηστήρων, οἵ τοι βίοτον κατέδουσιν."
ὣς ἄρα μιν φαμένη ῥάβδωι ἐπεμάσσατ' Ἀθήνη.
κάρψεν μὲν χρόα καλὸν ἐνὶ γναμπτοῖσι μέλεσσι,
ξανθὰς δ' ἐκ κεφαλῆς ὄλεσε τρίχας, ἀμφὶ δὲ δέρμα
πάντεσσιν μελέεσσι παλαιοῦ θῆκε γέροντος,
κνύζωσεν δέ οἱ ὄσσε πάρος περικαλλέ' ἐόντε·
ἀμφὶ δέ μιν ῥάκος ἄλλο κακὸν βάλεν ἠδὲ χιτῶνα,
ῥωγαλέα ῥυπόωντα, κακῶι μεμορυγμένα καπνῶι·
ἀμφὶ δέ μιν μέγα δέρμα ταχείης ἕσσ' ἐλάφοιο,
ψιλόν· δῶκε δέ οἱ σκῆπτρον καὶ ἀεικέα πήρην,
πυκνὰ ῥωγαλέην· ἐν δὲ στρόφος ἦεν ἀορτήρ.
τώ γ' ὣς βουλεύσαντε διέτμαγεν. ἡ μὲν ἔπειτα
ἐς Λακεδαίμονα δῖαν ἔβη μετὰ παῖδ' Ὀδυσῆος.

Deiner Schweine hütet, der stets mit Eifer dir anhängt,
Und Telemachos liebt und die züchtige Penelopeia.
Sitzend findest du ihn bei der Schweine weidender Herde,
Nahe bei Korax' Felsen, im arethusischen Borne.
Allda mästen sie sich mit lieblichen Eicheln, und trinken
Schattiges Wasser, wovon das Fett den Schweinen entblühet.
Bleib bei jenem, und setze dich hin, und frage nach allem.
Ich will indes gen Sparta, dem Lande rosiger Mädchen,
Gehn, und deinen Sohn Telemachos rufen, Odysseus:
Welcher zu Menelaos in Lakedämons Gefilde
Fuhr, um Kundschaft zu spähn, ob du noch irgendwo lebtest.
Ihr antwortete drauf der erfindungsreiche Odysseus:
Warum sagtest du ihm nicht alles, da du es wußtest?
Etwa damit auch er, in des Meeres wüsten Gewässern
Todesgefahren durchirrte, da Fremde sein Eigentum fressen?
Drauf antwortete Zeus' blauäugichte Tochter Athene:
Sorge für deinen Sohn nicht allzu ängstlich, Odysseus.
Ich geleitet' ihn selbst, damit er dort in der Fremde
Ruhm sich erwürb'; auch sitzt er, ohn allen Kummer, geruhig
In des Atreiden Palast, und hat dort volle Genüge.
Jünglinge lauern zwar auf ihn im schwärzlichen Schiffe,
Daß sie ihn töten, bevor er in seine Heimat zurückkehrt.
Aber ich hoffe das nicht; erst deckt die Erde noch manchen
Von der Rotte der Freier, die deine Habe verzehren.
Also sprach die Göttin, und rührt' ihn sanft mit der Rute.
Siehe da schrumpfte das schöne Fleisch der biegsamen Glieder,
Und die bräunlichen Haare des Hauptes verschwanden, und ringsum
Hing an den schlaffen Gliedern die Haut des alternden Greises;
Triefend und blöde wurden die anmutstrahlenden Augen.
Statt der Gewand' umhüllt' ihn ein häßlicher Kittel und Leibrock,
Beide zerlumpt und schmutzig, vom häßlichen Rauche besudelt.
Auch bedeckt' ihn ein großes Fell des hurtigen Hirsches,
Kahl von Haaren. Er trug einen Stab und garstigen Ranzen,
Allenthalben geflickt, mit einem geflochtenen Tragband.
Also besprachen sie sich, und schieden. Pallas Athene
Ging zu Odysseus' Sohn in die göttliche Stadt Lakedämon.

ΟΔΥΣΣΕΙΑΣ Ξ

Ὀδυσσέως πρὸς
Εὔμαιον ὁμιλία.

Αὐτὰρ ὁ ἐκ λιμένος προσέβη τρηχεῖαν ἀταρπὸν
χῶρον ἀν' ὑλήεντα δι' ἄκριας, ᾗι οἱ Ἀθήνη
πέφραδε δῖον ὑφορβόν, ὅ οἱ βιότοιο μάλιστα
κήδετο οἰκήων, οὓς κτήσατο δῖος Ὀδυσσεύς.
τὸν δ' ἄρ' ἐνὶ προδόμωι εὗρ' ἥμενον, ἔνθα οἱ αὐλὴ
ὑψηλὴ δέδμητο, περισκέπτωι ἐνὶ χώρωι,
καλή τε μεγάλη τε, περίδρομος· ἥν ῥα συβώτης
αὐτὸς δείμαθ' ὕεσσιν ἀποιχομένοιο ἄνακτος,
νόσφιν δεσποίνης καὶ Λαέρταο γέροντος,
ῥυτοῖσιν λάεσσι καὶ ἐθρίγκωσεν ἀχέρδωι·
σταυροὺς δ' ἐκτὸς ἔλασσε διαμπερὲς ἔνθα καὶ ἔνθα,
πυκνοὺς καὶ θαμέας, τὸ μέλαν δρυὸς ἀμφικεάσσας·
ἔντοσθεν δ' αὐλῆς συφεοὺς δυοκαίδεκα ποίει
πλησίον ἀλλήλων, εὐνὰς συσίν· ἐν δὲ ἑκάστωι
πεντήκοντα σύες χαμαιευνάδες ἐρχατόωντο,
θήλειαι τοκάδες· τοὶ δ' ἄρσενες ἐκτὸς ἴαυον,
πολλὸν παυρότεροι· τοὺς γὰρ μινύθεσκον ἔδοντες
ἀντίθεοι μνηστῆρες, ἐπεὶ προΐαλλε συβώτης
αἰεὶ ζατρεφέων σιάλων τὸν ἄριστον ἁπάντων·
οἱ δὲ τριηκόσιοί τε καὶ ἑξήκοντα πέλοντο.
πὰρ δὲ κύνες, θήρεσσιν ἐοικότες αἰὲν ἴαυον
τέσσαρες, οὓς ἔθρεψε συβώτης, ὄρχαμος ἀνδρῶν.
αὐτὸς δ' ἀμφὶ πόδεσσιν ἑοῖς ἀράρισκε πέδιλα,
τάμνων δέρμα βόειον ἐΰχροές· οἱ δὲ δὴ ἄλλοι
ᾤχοντ' ἄλλυδις ἄλλος ἅμ' ἀγρομένοισι σύεσσιν,
οἱ τρεῖς· τὸν δὲ τέταρτον ἀποπροέηκε πόλινδε
σῦν ἀγέμεν μνηστῆρσιν ὑπερφιάλοισιν ἀνάγκηι,
ὄφρ' ἱερεύσαντες κρειῶν κορεσαίατο θυμόν.
ἐξαπίνης δ' Ὀδυσῆα ἴδον κύνες ὑλακόμωροι.
οἱ μὲν κεκλήγοντες ἐπέδραμον· αὐτὰρ Ὀδυσσεὺς
ἕζετο κερδοσύνη, σκῆπτρον δέ οἱ ἔκπεσε χειρός.
ἔνθα κεν ᾧι πὰρ σταθμῶι ἀεικέλιον πάθεν ἄλγος·
ἀλλὰ συβώτης ὦκα ποσὶ κραιπνοῖσι μετασπὼν

VIERZEHNTER GESANG

Odysseus vom Sauhirten Eumäos in die Hütte geführt, und mit zwei Ferkeln bewirtet. Seine Versicherung von Odysseus' Heimkehr findet nicht Glauben. Erdichtete Erzählung von sich. Die Unterhirten treiben die Schweine vom Felde, und Eumäos opfert ein Mastschwein zum Abendschmaus. Stürmische Nacht. Odysseus verschafft sich durch Erdichtung einen Mantel zur Decke, indes Eumäos draußen die Eber bewacht.

Aber Odysseus ging den rauhen Pfad von dem Hafen
Über die waldbewachs'nen Gebirge, hin wo Athene
Ihm den trefflichen Hirten bezeichnete, welcher am treusten
Haushielt unter den Knechten des göttergleichen Odysseus.
Sitzend fand er ihn jetzt an der Schwelle des Hauses, im Hofe,
Welcher hoch, auf weitumschauendem Hügel, gebaut war,
Schön und ringsumgehbar und groß. Ihn hatte der Sauhirt
Selber den Schweinen erbaut, indes sein König entfernt war,
Ohne Penelopeia, und ohne den alten Laertes,
Von gesammelten Steinen, und oben mit Dornen umflochten.
Draußen hatt' er Pfähle von allen Seiten in Menge
Dicht aneinander gepflanzt, vom Kern der gespalteten Eiche.
Innerhalb des Gehegs hatt' er zwölf Köfen bereitet,
Einen nahe dem andern, zum nächtlichen Lager der Schweine.
Fünfzig lagen in jedem der erdaufwühlenden Schweine,
Alle gebärende Mütter; und draußen schliefen die Eber,
Weit geringer an Zahl: denn schmausend verminderten diese
Täglich die göttlichen Freier, es sandte jenen der Sauhirt
Immer die besten zum Schmause von allen gemästeten Ebern;
Und der übrigen Zahl war nur dreihundert und sechzig.
Auch vier große Hunde, wie reißende Tiere, bewachten
Stets den Hof; sie erzog der männerbeherrschende Sauhirt.
Jetzo zerschnitt er des Stiers schönfarbiges Leder, und fügte
Sohlen um seine Füße. Die untergeordneten Hirten
Hatten sich schon zerstreut: drei hüteten weidende Schweine;
Aber der vierte war in die Stadt gesendet, ein Mastschwein
Hinzuführen, den Zoll für die übermütigen Freier,
Daß beim festlichen Schmaus ihr Herz an dem Fleische sich labte.
Plötzlich erblickten Odysseus die wachsambellenden Hunde,
Und sie stürzten auf ihn lautschreiend. Aber Odysseus
Setzte sich klüglich nieder, und legte den Stab aus den Händen.
Dennoch hätt' er auch dort unwürdige Schmerzen erduldet;
Aber der Sauhirt lief aus der Türe mit hurtigen Füßen

ἔσσυτ᾽ ἀνὰ πρόθυρον, σκῦτος δέ οἱ ἔκπεσε χειρός.
τοὺς μὲν ὁμοκλήσας σεῦεν κύνας ἄλλυδις ἄλλον
πυκνῇσιν λιθάδεσσιν· ὁ δὲ προσέειπεν ἄνακτα·
„ ὦ γέρον, ἦ ὀλίγου σε κύνες διεδηλήσαντο
ἐξαπίνης, καί κέν μοι ἐλεγχείην κατέχευας.
καὶ δέ μοι ἄλλα θεοὶ δόσαν ἄλγεά τε στοναχάς τε·
ἀντιθέου γὰρ ἄνακτος ὀδυρόμενος καὶ ἀχεύων
ἧμαι, ἄλλοισιν δὲ σύας σιάλους ἀτιτάλλω
ἔδμεναι· αὐτὰρ κεῖνος ἐελδόμενός που ἐδωδῆς
πλάζετ᾽ ἐπ᾽ ἀλλοθρόων ἀνδρῶν δῆμόν τε πόλιν τε,
εἴ που ἔτι ζώει καὶ ὁρᾶι φάος ἠελίοιο.
ἀλλ᾽ ἕπεο, κλισίηνδ᾽ ἴομεν, γέρον, ὄφρα καὶ αὐτός,
σίτου καὶ οἴνοιο κορεσσάμενος κατὰ θυμόν,
εἴπῃς ὁππόθεν ἐσσὶ καὶ ὁππόσα κήδε᾽ ἀνέτλης.“
ὣς εἰπὼν κλισίηνδ᾽ ἡγήσατο δῖος ὑφορβός,
εἷσεν δ᾽ εἰσαγαγών, ῥῶπας δ᾽ ὑπέχευε δασείας,
ἐστόρεσεν δ᾽ ἐπὶ δέρμα ἰονθάδος ἀγρίου αἰγός,
αὐτοῦ ἐνεύναιον, μέγα καὶ δασύ. χαῖρε δ᾽ Ὀδυσσεὺς
ὅττι μιν ὣς ὑπέδεκτο, ἔπος τ᾽ ἔφατ᾽ ἔκ τ᾽ ὀνόμαζεν·
„ Ζεύς τοι δοίη, ξεῖνε, καὶ ἀθάνατοι θεοὶ ἄλλοι
ὅττι μάλιστ᾽ ἐθέλεις, ὅτι με πρόφρων ὑπέδεξο.“
τὸν δ᾽ ἀπαμειβόμενος προσέφης, Εὔμαιε συβῶτα·
„ ξεῖν᾽, οὔ μοι θέμις ἔστ᾽, οὐδ᾽ εἰ κακίων σέθεν ἔλθοι,
ξεῖνον ἀτιμῆσαι· πρὸς γὰρ Διός εἰσιν ἅπαντες
ξεῖνοί τε πτωχοί τε· δόσις δ᾽ ὀλίγη τε φίλη τε
γίγνεται ἡμετέρη· ἡ γὰρ δμώων δίκη ἐστὶν
αἰεὶ δειδιότων, ὅτ᾽ ἐπικρατέωσιν ἄνακτες
οἱ νέοι. ἦ γὰρ τοῦ γε θεοὶ κατὰ νόστον ἔδησαν,
ὅς κεν ἔμ᾽ ἐνδυκέως ἐφίλει καὶ κτῆσιν ὄπασσεν,
οἶκόν τε κλῆρόν τε πολυμνήστην τε γυναῖκα,
οἷά τε ὧι οἰκῆϊ ἄναξ εὔθυμος ἔδωκεν,
ὅς οἱ πολλὰ κάμῃσι, θεὸς δ᾽ ἐπὶ ἔργον ἀέξῃ,
ὡς καὶ ἐμοὶ τόδε ἔργον ἀέξεται, ὧι ἐπιμίμνω.
τῶι κέ με πόλλ᾽ ὤνησεν ἄναξ, εἰ αὐτόθ᾽ ἐγήρα·
ἀλλ᾽ ὄλεθ᾽ - ὡς ὤφελλ᾽ Ἑλένης ἀπὸ φῦλον ὀλέσθαι
πρόχνυ, ἐπεὶ πολλῶν ἀνδρῶν ὑπὸ γούνατ᾽ ἔλυσε·
καὶ γὰρ κεῖνος ἔβη Ἀγαμέμνονος εἵνεκα τιμῆς
Ἴλιον εἰς εὔπωλον, ἵνα Τρώεσσι μάχοιτο.“
ὣς εἰπὼν ζωστῆρι θοῶς συνέεργε χιτῶνα,
βῆ δ᾽ ἴμεν ἐς συφεούς, ὅθι ἔθνεα ἔρχατο χοίρων.
ἔνθεν ἑλὼν δύ᾽ ἔνεικε καὶ ἀμφοτέρους ἱέρευσεν,

Hinter den bellenden her, und warf aus den Händen das Leder,
Scheltend verfolgt' er die Hund', und zerstreute sie hierhin und dorthin
Mit geworfenen Steinen; und jetzo sprach er zum König:
   Alter, es fehlte nicht viel, so hätten die Hunde mit einmal
Dich zerrissen, und mich hätt' ewige Schande getroffen!
Und mir gaben die Götter vorhin schon Kummer und Trübsal.
Denn um den göttlichen König die bittersten Tränen vergießend,
Sitz' ich hier, und sende die fettgemästeten Schweine
Andern zum Schmause, da jener vielleicht des Brotes entbehret,
Und die Länder und Städte barbarischer Völker durchwandert!
Wenn er anders noch lebt, und das Licht der Sonne noch schauet!
Aber folge mir, Greis, in meine Hütte, damit du,
Wann sich deine Seele mit Brot und Weine gelabt hat,
Sagest, von wannen du kommst, und welche Leiden du littest.
   Also sprach er, und führt' ihn hinein, der treffliche Sauhirt,
Hieß den folgenden Gast sich auf ein laubichtes Lager
Setzen, und breitete drauf der buntgesprenkelten Gemse
Großes und zottichtes Fell, worauf er zu schlafen gewohnt war.
Und Odysseus freute sich dieses Empfanges, und sagte:
   Zeus beschere dir, Freund, und die andern unsterblichen Götter,
Was du am meisten verlangst, weil du so gütig mich aufnimmst!
   Ihm antwortetest du, Eumäos, Hüter der Schweine:
Fremdling, es ziemte mir nicht, und wär' er geringer als du bist,
Einen Gast zu verschmähn; denn Gott gehören ja alle
Fremdling' und Darbende an. Doch kleine Gaben erfreun auch,
Heißt es bei unser einem; denn also geht es mit Knechten,
Welche sich immer scheun, weil ihre gebietenden Herren
Jünglinge sind. Denn ach! ihm wehren die Götter die Heimkehr,
Der mir Gutes getan und ein Eigentum hätte gegeben,
Was auch der gütigste Herr je seinem Diener geschenkt hat:
Nämlich Haus und Hof und ein liebenswürdiges Ehweib:
Weil er ihm treulich gedient, und Gott die Arbeit gedeihn ließ.
Also gedeiht auch mir die Arbeit, welche mir obliegt;
Und mein Herr, wenn er hier sanft alterte, lohnte mir's reichlich!
Aber er starb! Das Geschlecht der Helena müsse von grundaus
Stürzen, die in den Staub so viele Männer gestürzt hat!
Denn auch jener zog, Agamemnons Ehre zu rächen,
Gegen Ilion hin, und bekämpfte die Reisigen Trojas.
   Also sprach er; und schnell umband er den Rock mit dem Gürtel,
Ging zu den Köfen, worin der Ferkel Menge gesperrt war,
Und zwei nahm er heraus, und schlachtete beide zur Mahlzeit;

εὗσέ τε μίστυλλέν τε καὶ ἀμφ' ὀβελοῖσιν ἔπειρεν.
ὀπτήσας δ' ἄρα πάντα φέρων παρέθηκ' Ὀδυσῆϊ
θέρμ' αὐτοῖς ὀβελοῖσιν· ὁ δ' ἄλφιτα λευκὰ πάλυνεν·
ἐν δ' ἄρα κισσυβίωι κίρνη μελιηδέα οἶνον,
αὐτὸς δ' ἀντίον ἷζεν, ἐποτρύνων δὲ προσηύδα·
„ἔσθιε νῦν, ὦ ξεῖνε, τά τε δμώεσσι πάρεστι,
χοίρε'· ἀτὰρ σιάλους γε σύας μνηστῆρες ἔδουσιν,
οὐκ ὄπιδα φρονέοντες ἐνὶ φρεσὶν οὐδ' ἐλεητύν.
οὐ μὲν σχέτλια ἔργα θεοὶ μάκαρες φιλέουσιν,
ἀλλὰ δίκην τίουσι καὶ αἴσιμα ἔργ' ἀνθρώπων.
καὶ μὲν δυσμενέες καὶ ἀνάρσιοι, οἵ τ' ἐπὶ γαίης
ἀλλοτρίης βῶσιν καί σφι Ζεὺς ληΐδα δώηι,
πλησάμενοι δέ τε νῆας ἔβαν οἶκόνδε νέεσθαι,
καὶ μὲν τοῖς ὄπιδος κρατερὸν δέος ἐν φρεσὶ πίπτει.
οἵδε δὲ καί τι ἴσασι, θεοῦ δέ τιν' ἔκλυον αὐδήν,
κείνου λυγρὸν ὄλεθρον, ὅτ' οὐκ ἐθέλουσι δικαίως
μνᾶσθαι οὐδὲ νέεσθαι ἐπὶ σφέτερ', ἀλλὰ ἕκηλοι
κτήματα δαρδάπτουσιν ὑπέρβιον, οὐδ' ἔπι φειδώ.
ὅσσαι γὰρ νύκτες τε καὶ ἡμέραι ἐκ Διός εἰσιν,
οὔ ποθ' ἓν ἱρεύουσ' ἱερήϊον, οὐδὲ δύ' οἴω·
οἶνον δὲ φθινύθουσιν ὑπέρβιον ἐξαφύοντες.
ἦ γάρ οἱ ζωή γ' ἦν ἄσπετος· οὔ τινι τόσση
ἀνδρῶν ἡρώων, οὔτ' ἠπείροιο μελαίνης
οὔτ' αὐτῆς Ἰθάκης· οὐδὲ ξυνεείκοσι φωτῶν
ἔστ' ἄφενος τοσσοῦτον· ἐγὼ δέ κέ τοι καταλέξω.
δώδεκ' ἐν ἠπείρωι ἀγέλαι· τόσα πώεα οἰῶν,
τόσσα συῶν συβόσια, τόσ' αἰπόλια πλατέ' αἰγῶν
βόσκουσι ξεῖνοί τε καὶ αὐτοῦ βώτορες ἄνδρες.
ἐνθάδε δ' αἰπόλια πλατέ' αἰγῶν ἕνδεκα πάντα
ἐσχατιῆι βόσκοντ', ἐπὶ δ' ἀνέρες ἐσθλοὶ ὄρονται.
τῶν αἰεί σφιν ἕκαστος ἐπ' ἤματι μῆλον ἀγινεῖ,
ζατρεφέων αἰγῶν ὅς τις φαίνηται ἄριστος.
αὐτὰρ ἐγὼ σῦς τάσδε φυλάσσω τε ῥύομαί τε,
καί σφι συῶν τὸν ἄριστον ἐῢ κρίνας ἀποπέμπω."
ὣς φάθ', ὁ δ' ἐνδυκέως κρέα τ' ἤσθιε πῖνέ τε οἶνον
ἁρπαλέως ἀκέων, κακὰ δὲ μνηστῆρσι φύτευεν.
αὐτὰρ ἐπεὶ δείπνησε καὶ ἤραρε θυμὸν ἐδωδῆι,
καί οἱ πλησάμενος δῶκε σκύφον, ὧι περ ἔπινεν,
οἴνου ἐνίπλειον· ὁ δ' ἐδέξατο, χαῖρε δὲ θυμῶι,
καί μιν φωνήσας ἔπεα πτερόεντα προσηύδα·
„ὦ φίλε, τίς γάρ σε πρίατο κτεάτεσσιν ἑοῖσιν,

Sengte sie, haute sie klein, und steckte die Glieder an Spieße,
Briet sie über der Glut, und setzte sie hin vor Odysseus,
Brätelnd noch an den Spießen, mit weißem Mehle bestreuet;
Mischte dann süßen Wein in seinem hölzernen Becher,
Setzte sich gegen ihm über, und nötigt' ihn also zum Essen:
Iß nun, fremder Mann, so gut wir Hirten es haben,
Ferkelfleisch; die gemästeten Schweine verzehren die Freier,
Deren Herz nicht Furcht vor den Göttern kennet, noch Mitleid.
Alle gewaltsame Tat mißfällt ja den seligen Göttern;
Tugend ehren sie nur und Gerechtigkeit unter den Menschen!
Selbst die barbarischen Räuber, die durch Kronions Verhängnis
An ein fremdes Gestad' anlandeten, Beute gewannen,
Und mit beladenen Schiffen die Heimat glücklich erreichten,
Fühlen dennoch im Herzen die Macht des empörten Gewissens!
Aber diesen entdeckte vielleicht die Stimme der Götter
Jenes traurigen Tod, da sie nicht werben, wie recht ist,
Und zu dem Ihrigen nicht heimkehren; sondern in Ruhe
Fremdes Gut unmäßig und ohne Schonen verprassen.
Alle Tag' und Nächte, die Zeus den Sterblichen sendet,
Opfern die Üppigen stets, und nicht ein Opfer, noch zwei bloß!
Und verschwelgen den Wein mit ungezähmter Begierde.
Reichlich war er gesegnet an Lebensgütern; es hatte
Keiner der Edlen so viel, nicht dort auf der fruchtbaren Feste,
Noch in Ithaka hier; nicht zwanzig Männer zusammen
Haben so viel Reichtümer. Ich will sie dir jetzo beschreiben.
Rinderherden sind zwölf auf der Feste, der weidenden Schafe
Eben so viel, auch der Schweine so viel, und der streifenden Ziegen.
Mietlinge hüten sie teils, und teils leibeigene Hirten.
Hier in Ithaka gehn elf Herden streifender Ziegen
Auf entlegenen Weide, von wackern Männern gehütet.
Jeder von diesen sendet zum täglichen Schmause den Freiern
Immer die trefflichste Ziege der fettgemästeten Herde.
Unter meiner Gewalt und Aufsicht weiden die Schweine,
Und ich sende zum Schmause das auserlesenste Mastschwein.
Also sprach er; und schnell aß jener des Fleisches, begierig
Trank er des Weins, und schwieg; er dachte der Freier Verderben.
Als er jetzo gespeist, und seine Seele gelabet,
Füllete jener den Becher, woraus er zu trinken gewohnt war,
Reichte den Wein ihm dar; und er nahm ihn mit herzlicher Freude,
Redete jenen an, und sprach die geflügelten Worte:
Lieber, wer kaufte dich denn mit seinem Vermögen? Wie heißt er,

ὧδε μάλ' ἀφνειὸς καὶ καρτερὸς ὡς ἀγορεύεις;
φῇς δ' αὐτὸν φθίσθαι Ἀγαμέμνονος εἵνεκα τιμῆς.
εἰπέ μοι, αἴ κέ ποθι γνώω τοιοῦτον ἐόντα.
Ζεὺς γάρ που τό γε οἶδε καὶ ἀθάνατοι θεοὶ ἄλλοι,
εἴ κέ μιν ἀγγείλαιμι ἰδών· ἐπὶ πολλὰ δ' ἀλήθην."
τὸν δ' ἠμείβετ' ἔπειτα συβώτης, ὄρχαμος ἀνδρῶν·
„ὦ γέρον, οὔ τις κεῖνον ἀνὴρ ἀλαλήμενος ἐλθὼν
ἀγγέλλων πείσειε γυναῖκά τε καὶ φίλον υἱόν,
ἀλλ' ἄλλως κομιδῆς κεχρημένοι ἄνδρες ἀλῆται
ψεύδοντ', οὐδ' ἐθέλουσιν ἀληθέα μυθήσασθαι.
ὃς δέ κ' ἀλητεύων Ἰθάκης ἐς δῆμον ἵκηται,
ἐλθὼν ἐς δέσποιναν ἐμὴν ἀπατήλια βάζει·
ἡ δ' εὖ δεξαμένη φιλέει καὶ ἕκαστα μεταλλᾶι,
καί οἱ ὀδυρομένηι βλεφάρων ἄπο δάκρυα πίπτει,
ἣ θέμις ἐστὶ γυναικός, ἐπὴν πόσις ἄλλοθ' ὄληται.
αἶψά κε καὶ σύ, γεραιέ, ἔπος παρατεκτήναιο.
εἴ τίς τοι χλαῖνάν τε χιτῶνά τε εἵματα δοίη.
τοῦ δ' ἤδη μέλλουσι κύνες ταχέες τ' οἰωνοὶ
ῥινὸν ἀπ' ὀστεόφιν ἐρύσαι, ψυχὴ δὲ λέλοιπεν·
ἢ τόν γ' ἐν πόντωι φάγον ἰχθύες, ὀστέα δ' αὐτοῦ
κεῖται ἐπ' ἠπείρου ψαμάθωι εἰλυμένα πολλῆι.
ὣς ὁ μὲν ἔνθ' ἀπόλωλε, φίλοισι δὲ κήδε' ὀπίσσω
πᾶσιν, ἐμοὶ δὲ μάλιστα, τετεύχαται· οὐ γὰρ ἔτ' ἄλλον
ἤπιον ὧδε ἄνακτα κιχήσομαι, ὁππόσ' ἐπέλθω,
οὐδ' εἴ κεν πατρὸς καὶ μητέρος αὖτις ἵκωμαι
οἶκον, ὅθι πρῶτον γενόμην καί μ' ἔτρεφον αὐτοί.
οὐδέ νυ τῶν ἔτι τόσσον ὀδύρομαι, ἱέμενός περ
ὀφθαλμοῖσιν ἰδέσθαι ἐὼν ἐν πατρίδι γαίηι·
ἀλλά μ' Ὀδυσσῆος πόθος αἴνυται οἰχομένοιο.
τὸν μὲν ἐγών, ὦ ξεῖνε, καὶ οὐ παρεόντ' ὀνομάζειν
αἰδέομαι· πέρι γάρ μ' ἐφίλει καὶ κήδετο θυμῶι·
ἀλλά μιν ἠθεῖον καλέω καὶ νόσφιν ἐόντα."
τὸν δ' αὖτε προσέειπε πολύτλας δῖος Ὀδυσσεύς·
„ὦ φίλ', ἐπειδὴ πάμπαν ἀναίνεαι, οὐδ' ἔτι φῇσθα
κεῖνον ἐλεύσεσθαι, θυμὸς δέ τοι αἰὲν ἄπιστος·
ἀλλ' ἐγὼ οὐκ αὔτως μυθήσομαι, ἀλλὰ σὺν ὅρκωι,
ὡς νεῖται Ὀδυσεύς· εὐαγγέλιον δέ μοι ἔστω
αὐτίκ', ἐπεί κεν κεῖνος ἰὼν τὰ ἃ δώμαθ' ἵκηται·
ἕσσαι με χλαῖνάν τε χιτῶνά τε, εἵματα καλά·
πρὶν δέ κε, καὶ μάλα περ κεχρημένος, οὔ τι δεχοίμην.
ἐχθρὸς γάρ μοι κεῖνος ὁμῶς Ἀΐδαο πύλῃσι

Jener so mächtige Mann und begüterte, wie du erzählest,
Und der sein Leben verlor, Agamemnons Ehre zu rächen?
Nenne mir ihn; vielleicht ist er von meiner Bekanntschaft.
Zeus und die Götter des Himmels, die wissen es, ob ich von ihm nicht
Botschaft verkündigen kann! Ich sah viel Männer auf Reisen!
Ihm antwortete drauf der männerbeherrschende Sauhirt:
Alter, kein irrender Mann, der Botschaft von jenem verkündigt,
Möchte so leicht bei der Frau und dem Sohne Glauben gewinnen.
Solche Wanderer suchen gewöhnlich milde Bewirtung
Durch die schmeichelnde Lüg', und reden selten die Wahrheit.
Jeder Fremdling, wen auch das Schicksal nach Ithaka führet,
Geht zu meiner Königin hin, und schwatzet Erdichtung.
Freundlich empfängt und bewirtet sie ihn, und forschet nach allem,
Und der Traurenden Antlitz umfließen Tränen der Wehmut,
Wie es dem Weibe geziemt, der fern ihr Gatte verschieden.
Und bald würdest auch du, o Greis, ein Märchen ersinnen,
Deckte dir jemand nur die Blöße mit Mantel und Leibrock.
Aber ihm rissen vielleicht die Hund' und die Vögel des Himmels
Schon die Haut von dem weißen Gebein, und die Seele verließ es;
Oder ihn fraßen die Fische des Meers, und seine Gebeine
Dorren an fremdem Gestade, vom wehenden Sande bedecket.
Also verlor er das Leben, und seine verlassenen Freunde
Klagen ihm alle nach, und ich am meisten; denn nimmer
Find' ich einen so gütigen Herrn, wohin ich auch gehe;
Käm' ich auch wieder ins Haus, das Vater und Mutter bewohnen,
Wo ich geboren ward, und meine Jugend verlebte.
Auch bewein' ich die Eltern nicht so sehr, da ich doch herzlich
Wünsche, sie wieder zu sehn und meiner Väter Gefilde,
Als Odysseus' Verlust mein ganzes Leben verbittert!
Ja, ich schäme mich, Fremdling, ihn bloß beim Namen zu nennen,
Ob er es zwar nicht hört; denn er pflegte mich gar zu liebreich!
Sondern ich nenn' ihn, auch fern, stets meinen älteren Bruder.
Ihm antwortete drauf der herrliche Dulder Odysseus:
Lieber, weil du es denn ganz leugnest, und nimmer vermutest,
Daß er zur Heimat kehrt, und stets ungläubig dein Herz bleibt;
Siehe, so will ich es nicht bloß sagen, sondern beschwören:
Daß Odysseus kömmt! Zum Lohn für die fröhliche Botschaft
Sollst du sogleich, wann jener in seine Wohnung zurückkommt,
Mich mit schönen Gewanden, mit Rock und Mantel, bekleiden.
Eher, wie sehr ich auch jetzo entblößt bin, nähm' ich sie nimmer!
Denn der ist mir verhaßt, wie die Pforten der untersten Tiefe,

γίγνεται, ὃς πενίηι εἴκων ἀπατήλια βάζει.
ἴστω νῦν Ζεὺς πρῶτα θεῶν, ξενίη τε τράπεζα,
ἱστίη τ᾽ Ὀδυσῆος ἀμύμονος, ἣν ἀφικάνω·
ἦ μέν τοι τάδε πάντα τελείεται ὡς ἀγορεύω.
τοῦδ᾽ αὐτοῦ λυκάβαντος ἐλεύσεται ἐνθάδ᾽ Ὀδυσσεύς.
τοῦ μὲν φθίνοντος μηνός, τοῦ δ᾽ ἱσταμένοιο,
οἴκαδε νοστήσει, καὶ τίσεται ὅς τις ἐκείνου
ἐνθάδ᾽ ἀτιμάζει ἄλοχον καὶ φαίδιμον υἱόν.“
τὸν δ᾽ ἀπαμειβόμενος προσέφης, Εὔμαιε συβῶτα·
„ ὦ γέρον, οὔτ᾽ ἄρ᾽ ἐγὼν εὐαγγέλιον τόδε τίσω,
οὔτ᾽ Ὀδυσεὺς ἔτι οἶκον ἐλεύσεται· ἀλλὰ ἕκηλος
πῖνε, καὶ ἄλλα παρὲξ μεμνώμεθα, μηδέ με τούτων
μίμνησκ᾽· ἦ γὰρ θυμὸς ἐνὶ στήθεσσιν ἐμοῖσιν
ἄχνυται, ὁππότε τις μνήσηι κεδνοῖο ἄνακτος.
ἀλλ᾽ ἦ τοι ὅρκον μὲν ἐάσομεν, αὐτὰρ Ὀδυσσεὺς
ἔλθοι ὅπως μιν ἐγώ γ᾽ ἐθέλω καὶ Πηνελόπεια
Λαέρτης θ᾽ ὁ γέρων καὶ Τηλέμαχος θεοειδής.
νῦν αὖ παιδὸς ἄλαστον ὀδύρομαι, ὃν τέκ᾽ Ὀδυσσεύς,
Τηλεμάχου· τὸν ἐπεὶ θρέψαν θεοὶ ἔρνεϊ ἶσον,
καί μιν ἔφην ἔσσεσθαι ἐν ἀνδράσιν οὔ τι χέρηα
πατρὸς ἑοῖο φίλοιο, δέμας καὶ εἶδος ἀγητόν,
τὸν δέ τις ἀθανάτων βλάψε φρένας ἔνδον ἐΐσας
ἠέ τις ἀνθρώπων· ὁ δ᾽ ἔβη μετὰ πατρὸς ἀκουὴν
ἐς Πύλον ἠγαθέην· τὸν δὲ μνηστῆρες ἀγαυοὶ
οἴκαδ᾽ ἰόντα λοχῶσιν, ὅπως ἀπὸ φῦλον ὄληται
νώνυμον ἐξ Ἰθάκης Ἀρκεισίου ἀντιθέοιο.
ἀλλ᾽ ἦ τοι κεῖνον μὲν ἐάσομεν, ἤ κεν ἁλώηι
ἦ κε φύγηι καί κέν οἱ ὑπέρσχηι χεῖρα Κρονίων.
ἀλλ᾽ ἄγε μοι σύ, γεραιέ, τὰ σ᾽ αὐτοῦ κήδε᾽ ἐνίσπες
καί μοι τοῦτ᾽ ἀγόρευσον ἐτήτυμον, ὄφρ᾽ ἐῢ εἰδῶ·
τίς πόθεν εἶς ἀνδρῶν; πόθι τοι πόλις ἠδὲ τοκῆες;
ὁπποίης τ᾽ ἐπὶ νηὸς ἀφίκεο· πῶς δέ σε ναῦται
ἤγαγον εἰς Ἰθάκην; τίνες ἔμμεναι εὐχετόωντο;
οὐ μὲν γάρ τί σε πεζὸν ὀΐομαι ἐνθάδ᾽ ἱκέσθαι.“
τὸν δ᾽ ἀπαμειβόμενος προσέφη πολύμητις Ὀδυσσεύς
„ τοιγὰρ ἐγώ τοι ταῦτα μάλ᾽ ἀτρεκέως ἀγορεύσω.
εἴη μὲν νῦν νῶϊν ἐπὶ χρόνον ἠμὲν ἐδωδὴ
ἠδὲ μέθυ γλυκερὸν κλισίης ἔντοσθεν ἐοῦσι,
δαίνυσθαι ἀκέοντ᾽, ἄλλοι δ᾽ ἐπὶ ἔργον ἕποιεν·
ῥηϊδίως κεν ἔπειτα καὶ εἰς ἐνιαυτὸν ἅπαντα
οὔ τι διαπρήξαιμι λέγων ἐμὰ κήδεα θυμοῦ,

Welcher, von Mangel verführt, mit leeren Erdichtungen schmeichelt!
Zeus von den Göttern bezeug' es, und diese gastliche Tafel,
Und Odysseus' heiliger Herd, zu welchem ich fliehe:
Daß dies alles gewiß geschehen wird, wie ich verkünde!
Selbst noch in diesem Jahre wird wiederkehren Odysseus!
Wann der jetzige Mond abnimmt, und der folgende zunimmt,
Wird er sein Haus betreten, und strafen, wer seiner Gemahlin
Und des glänzenden Sohnes Gewalt und Ehre gekränkt hat!
Ihm antwortetest du, Eumäos, Hüter der Schweine:
Alter, ich werde wohl nie den Lohn der Botschaft bezahlen,
Noch wird Odysseus je heimkehren! Trinke geruhig
Deinen Wein, und laß uns von etwas anderem reden.
Hieran erinnre mich nicht; denn meine Seele durchdringet
Schmerz, wann einer mich nur an den besten König erinnert!
Was du geschworen hast, laß gut sein; aber Odysseus
Komme, wie ich es wünsche, und seine Penelopeia,
Und Laertes der Greis, und Telemachos göttlich an Bildung!
Jetzo bewein' ich von Herzen den Sohn des edlen Odysseus!
Ach! Telemachos nährten, wie eine Pflanze, die Götter;
Und ich hofft' ihn dereinst nicht schlechter unter den Männern,
Als den Vater, zu finden, an Geist und Bildung ein Wunder:
Doch der Unsterblichen einer verrückt' ihm die richtigen Sinne,
Oder ein sterblicher Mensch! Er ging, den Vater zu suchen,
Nach der göttlichen Pylos; nun stellen die mutigen Freier
Ihm, wann er heimkehrt, nach: damit Arkeisios' Name
Und sein Heldengeschlecht aus Ithaka werde vertilget!
Aber laß uns davon nicht weiter reden; er möge
Fallen, oder entfliehn, und Gottes Hand ihn bedecken.
Auf! erzähle mir jetzo von deinen Leiden, o Alter!
Auch verkündige mir aufrichtig, damit ich es wisse:
Wer, wes Volkes bist du, und wo ist deine Geburtstadt?
Und in welcherlei Schiff kamst du? wie brachten die Schiffer
Dich nach Ithaka her? was rühmen sich jene für Leute?
Denn unmöglich bist du doch hier zu Fuße gekommen!
Ihm antwortete drauf der erfindungsreiche Odysseus:
Dieses will ich dir gern und nach der Wahrheit erzählen.
Wären wir beide mit Speis' auf lange Zeiten versorget,
Und erfreuendem Wein, und blieben hier stets in der Hütte
Ruhig sitzen am Mahl, und andre bestellten die Arbeit,
Siehe, dann könnte leicht ein Jahr verfliegen, und dennoch
Hätt' ich nicht die Erzählung von allen Leiden vollendet,

ὅσσα γε δὴ ξύμπαντα θεῶν ἰότητι μόγησα.
ἐκ μὲν Κρητάων γένος εὔχομαι εὐρειάων,
ἀνέρος ἀφνειοῖο πάϊς· πολλοὶ δὲ καὶ ἄλλοι
υἱέες ἐν μεγάρωι ἠμὲν τράφεν ἠδ᾽ ἐγένοντο
γνήσιοι ἐξ ἀλόχου· ἐμὲ δ᾽ ὠνητὴ τέκε μήτηρ
παλλακίς, ἀλλά με ἶσον ἰθαιγενέεσσιν ἐτίμα
Κάστωρ Ὑλακίδης, τοῦ ἐγὼ γένος εὔχομαι εἶναι·
ὃς τότ᾽ ἐνὶ Κρήτεσσι θεὸς ὣς τίετο δήμωι
ὄλβωι τε πλούτωι τε καὶ υἱάσι κυδαλίμοισιν.
ἀλλ᾽ ἦ τοι τὸν κῆρες ἔβαν θανάτοιο φέρουσαι
εἰς Ἀΐδαο δόμους· τοὶ δὲ ζωὴν ἐδάσαντο
παῖδες ὑπέρθυμοι καὶ ἐπὶ κλήρους ἐβάλοντο,
αὐτὰρ ἐμοὶ μάλα παῦρα δόσαν καὶ οἰκί᾽ ἔνειμαν.
ἠγαγόμην δὲ γυναῖκα πολυκλήρων ἀνθρώπων
εἵνεκ᾽ ἐμῆς ἀρετῆς, ἐπεὶ οὐκ ἀποφώλιος ἦα
οὐδὲ φυγοπτόλεμος· νῦν δ᾽ ἤδη πάντα λέλοιπεν
ἀλλ᾽ ἔμπης καλάμην γέ σ᾽ ὀΐομαι εἰσορόωντα
γιγνώσκειν· ἦ γάρ με δύη ἔχει ἤλιθα πολλή.
ἦ μὲν δὴ θάρσος μοι Ἄρης τ᾽ ἔδοσαν καὶ Ἀθήνη
καὶ ῥηξηνορίην· ὁπότε κρίνοιμι λόχονδε
ἄνδρας ἀριστῆας, κακὰ δυσμενέεσσι φυτεύων,
οὔ ποτέ μοι θάνατον προτιόσσετο θυμὸς ἀγήνωρ,
ἀλλὰ πολὺ πρώτιστος ἐπάλμενος ἔγχει ἕλεσκον
ἀνδρῶν δυσμενέων ὅ τέ μοι εἴξειε πόδεσσιν.
τοῖος ἔα ἐν πολέμωι· ἔργον δέ μοι οὐ φίλον ἔσκεν
οὐδ᾽ οἰκωφελίη, ἥ τε τρέφει ἀγλαὰ τέκνα,
ἀλλά μοι αἰεὶ νῆες ἐπήρετμοι φίλαι ἦσαν
καὶ πόλεμοι καὶ ἄκοντες ἐΰξεστοι καὶ ὀϊστοί,
λυγρά, τά τ᾽ ἄλλοισίν γε καταριγηλὰ πέλονται.
αὐτὰρ ἐμοὶ τὰ φίλ᾽ ἔσκε τά που θεὸς ἐν φρεσὶ θῆκεν·
ἄλλος γάρ τ᾽ ἄλλοισιν ἀνὴρ ἐπιτέρπεται ἔργοις.
πρὶν μὲν γὰρ Τροίης ἐπιβήμεναι υἷας Ἀχαιῶν
εἰνάκις ἀνδράσιν ἦρξα καὶ ὠκυπόροισι νέεσσιν
ἄνδρας ἐς ἀλλοδαπούς, καί μοι μάλα τύγχανε πολλά.
τῶν ἐξαιρεύμην μενοεικέα, πολλὰ δ᾽ ὀπίσσω
λάγχανον· αἶψα δὲ οἶκος ὀφέλλετο, καί ῥα ἔπειτα
δεινός τ᾽ αἰδοῖός τε μετὰ Κρήτεσσι τετύγμην.
ἀλλ᾽ ὅτε δὴ τήν γε στυγερὴν ὁδὸν εὐρύοπα Ζεὺς
ἐφράσαθ᾽, ἣ πολλῶν ἀνδρῶν ὑπὸ γούνατ᾽ ἔλυσε,
δὴ τότ᾽ ἔμ᾽ ἤνωγον καὶ ἀγακλυτὸν Ἰδομενῆα
νήεσσ᾽ ἡγήσασθαι ἐς Ἴλιον· οὐδέ τι μῆχος

Welche der Götter Rat auf meine Seele gehäuft hat.
Aus dem weiten Gefilde von Kreta stamm' ich; mein Vater
War ein begüterter Mann, und noch viel andere Söhne
Wurden in seinem Hause geboren und auferzogen,
Echte Kinder der Frau. Doch mich gebar ein erkauftes
Kebsweib; aber es ehrte mich, gleich den ehlichen Kindern
Kastor, Hylakos' Sohn, aus dessen Blut ich gezeugt hin.
Dieser ward, wie ein Gott, im kretischen Volke geehret,
Wegen seiner Gewalt, Reichtümer und rühmlichen Söhne.
Aber ihn führeten bald des Todes Schrecken in Aïs
Schattenbehausung hinab; die übermütigen Söhne
Warfen darauf das Los, und teilten das Erbe des Vaters.
Mir beschieden sie nur ein Haus und wenige Güter.
Aber ich nahm mir ein Weib aus einem der reichsten Geschlechter,
Das ich durch Tugend gewann; denn ich war kein entarteter Jüngling,
Noch ein Feiger im Kriege! Doch nun ist alles vergangen!
Dennoch glaub' ich, du wirst noch aus der Stoppel die Ähre
Kennen; denn ach! es drückte mich sehr viel Drangsal zu Boden!
Wahrlich, Entschlossenheit hatte mir Ares verliehn und Athene
Und vertilgende Kraft! Wann ich, dem Feinde zu schaden,
Mit erlesenen Helden im Hinterhalte versteckt lag,
Schwebte mir nimmer des Todes Bild vor der mutigen Seele:
Sondern ich sprang zuerst von allen hervor, und streckte
Jeglichen Feind in den Staub, den meine Schenkel ereilten.
Als focht ich im Krieg', und liebte weder den Feldbau,
Noch die Sorge des Hauses, und blühender Kinder Erziehung;
Aber das Ruderschiff war meine Freude beständig.
Schlachtengetös' und blinkende Speer' und gefiederte Pfeile:
Lauter schreckliche Dinge, die andre mit Grauen erfüllen!
Aber ich liebte, was Gott in meine Seele geleget;
Denn dem einen gefällt dies Werk, dem anderen jenes.
Eh' der Achaier Söhne gen Troja waren gesegelt,
Führt' ich neunmal Männer in schnellgeruderten Schiffen
Gegen entlegene Völker, und kehrte mit Beute zur Heimat.
Hievon nahm ich zuerst das schönste Kleinod, und vieles
Teilte das Los mir zu. So mehrte sich schnell mein Vermögen,
Und ich ward geehrt und hochgeachtet in Kreta.
Aber da Zeus' Vorsehung die jammerbringende Kriegsfahrt
Ordnete, welche das Leben so vieler Männer geraubt hat;
Da befahlen sie mir, mit Idomeneus, unserm Beherrscher,
Führer der Schiffe zu sein gen Ilios; alle Versuche

ἦεν ἀνήνασθαι, χαλεπὴ δ' ἔχε δήμου φῆμις.
ἔνθα μὲν εἰνάετες πολεμίζομεν υἷες Ἀχαιῶν,
τῶι δεκάτωι δὲ πόλιν Πριάμου πέρσαντες ἔβημεν
οἴκαδε σὺν νήεσσι, θεὸς δ' ἐκέδασσεν Ἀχαιούς.
αὐτὰρ ἐμοὶ δειλῶι κακὰ μήδετο μητίετα Ζεύς·
μῆνα γὰρ οἶον ἔμεινα τεταρπόμενος τεκέεσσιν
κουριδίηι τ' ἀλόχωι καὶ κτήμασιν· αὐτὰρ ἔπειτα
Αἴγυπτόνδε με θυμὸς ἀνώγει ναυτίλλεσθαι,
νῆας ἐῢ στείλαντα σὺν ἀντιθέοις ἑτάροισιν.
ἐννέα νῆας στεῖλα, θοῶς δ' ἐσαγείρατο λαός.
ἑξῆμαρ μὲν ἔπειτα ἐμοὶ ἐρίηρες ἑταῖροι
δαίνυντ'· αὐτὰρ ἐγὼν ἱερήϊα πολλὰ παρεῖχον
θεοῖσίν τε ῥέζειν αὐτοῖσί τε δαῖτα πένεσθαι.
ἑβδομάτηι δ' ἀναβάντες ἀπὸ Κρήτης εὐρείης
ἐπλέομεν Βορέηι ἀνέμωι ἀκραέϊ καλῶι
ῥηϊδίως, ὡς εἴ τε κατὰ ῥόον· οὐδέ τις οὖν μοι
νηῶν πημάνθη, ἀλλ' ἀσκηθέες καὶ ἄνουσοι
ἥμεθα, τὰς δ' ἄνεμός τε κυβερνῆταί τ' ἴθυνον.
πεμπταῖοι δ' Αἴγυπτον ἐϋρρείτην ἱκόμεσθα,
στῆσα δ' ἐν Αἰγύπτωι ποταμῶι νέας ἀμφιελίσσας.
ἔνθ' ἦ τοι μὲν ἐγὼ κελόμην ἐρίηρας ἑταίρους
αὐτοῦ πὰρ νήεσσι μένειν καὶ νῆας ἔρυσθαι,
ὀπτῆρας δὲ κατὰ σκοπιὰς ὤτρυνα νέεσθαι·
οἱ δ' ὕβρει εἴξαντες, ἐπισπόμενοι μένεϊ σφῶι,
αἶψα μάλ' Αἰγυπτίων ἀνδρῶν περικαλλέας ἀγροὺς
πόρθεον, ἐκ δὲ γυναῖκας ἄγον καὶ νήπια τέκνα,
αὐτούς τ' ἔκτεινον· τάχα δ' ἐς πόλιν ἵκετ' ἀϋτή.
οἱ δὲ βοῆς ἀΐοντες ἅμ' ἠοῖ φαινομένηφιν
ἦλθον· πλῆτο δὲ πᾶν πεδίον πεζῶν τε καὶ ἵππων
χαλκοῦ τε στεροπῆς· ἐν δὲ Ζεὺς τερπικέραυνος
φύζαν ἐμοῖς ἑτάροισι κακὴν βάλεν, οὐδέ τις ἔτλη
μεῖναι ἐναντίβιον· περὶ γὰρ κακὰ πάντοθεν ἔστη.
ἔνθ' ἡμέων πολλοὺς μὲν ἀπέκτανον ὀξέϊ χαλκῶι,
τοὺς δ' ἄναγον ζωούς, σφίσιν ἐργάζεσθαι ἀνάγκηι.
αὐτὰρ ἐμοὶ Ζεὺς αὐτὸς ἐνὶ φρεσὶν ὧδε νόημα
ποίησ' - ὡς ὄφελον θανέειν καὶ πότμον ἐπισπεῖν
αὐτοῦ ἐν Αἰγύπτωι· ἔτι γάρ νύ με πῆμ' ὑπέδεκτο -
αὐτίκ' ἀπὸ κρατὸς κυνέην εὔτυκτον ἔθηκα
καὶ σάκος ὤμοιϊν, δόρυ δ' ἔκβαλον ἔκτοσε χειρός·
αὐτὰρ ἐγὼ βασιλῆος ἐναντίον ἤλυθον ἵππων
καὶ κύσα γούναθ' ἑλών· ὁ δ' ἐρύσατο καί μ' ἐλέησεν,

Mich zu befrein mißlangen; mich schreckte der Tadel des Volkes.
Und neun blutige Jahre durchkämpften wir Söhne der Griechen;
Und im zehnten verheerten wir Priamos' türmende Feste,
Steurten dann heim mit den Schiffen; und Gott zerstreute die Griechen.
Über mich Armen verhängte der Rat Kronions ein Unglück.
Denn nur einen Monat verweilt' ich daheim, mit dem Weibe
Meiner Jugend, den Kindern und meinem Gesinde mich freuend.
Und mich reizte mein Herz, mit göttergleichen Gefährten
Einige Schiffe zu rüsten, und nach dem Ägyptos zu segeln.
Und ich rüstete neun, und schnell war die Menge versammelt.
Hierauf schmausten bei mir sechs Tage die lieben Gefährten,
Und ich schlachtete viele gemästete Tiere zum Opfer
Für die seligen Götter, und zum erfreuenden Schmause.
Aber am siebenten Tage verließen wir Kreta, und fuhren,
Unter dem lieblichen Wehn des reinen beständigen Nordwinds,
Sanft, wie mit dem Strome, dahin; und keines der Schiffe
Wurde verletzt; wir saßen, gesund und fröhliches Mutes,
Auf dem Verdeck, und ließen vom Wind' und Steuer uns lenken.
Aber am fünften Tag' erreichten wir des Ägyptos'
Herrlichen Strom, und ich legte die gleichen Schiffe vor Anker.
Dringend ermahnt' ich jetzo die lieben Reisegefährten,
An dem Gestade zu bleiben, und unsere Schiffe zu hüten,
Und versendete Wachen umher auf die Höhen des Landes.
Aber sie wurden von Trotz und Übermute verleitet,
Daß sie ohne Vorzug der Ägypter schöne Gefilde
Plünderten, ihre Weiber gefangen führten, die Männer
Und unmündigen Kinder ermordeten. Und ihr Geschrei kam
Schnell in die Stadt. Sobald der Morgen sich rötete, zogen
Streiter zu Roß und Fuße daher, und vom blitzenden Erze
Strahlte das ganze Gefild. Der Donnerer Zeus Kronion
Sendete meinen Gefährten die schändliche Flucht, und es wagte
Keiner dem Feinde zu stehn; denn ringsum drohte Verderben.
Viele töteten sie mit eisernen Lanzen, und viele
Schleppten sie lebend hinweg zu harter sklavischer Arbeit.
Aber Kronion Zeus gab selber diesen Gedanken
Mir ins Herz: (o hätte mich lieber des Todes Verhängnis
Dort in Ägyptos ereilt, denn meiner harrte nur Unglück!)
Eilend nahm ich den schöngebildeten Helm von dem Haupte,
Und von der Schulter den Schild, und warf den Speer aus der Rechten,
Ging dem Wagen des Königs entgegen, küßt' und umarmte
Seine Knie', und er schenkte mir voll Erbarmen das Leben,

ἐς δίφρον δέ μ᾽ ἔσας ἄγεν οἴκαδε δάκρυ χέοντα.
ἦ μέν μοι μάλα πολλοὶ ἐπήϊσσον μελίῃσιν,
ἱέμενοι κτεῖναι - δὴ γὰρ κεχολώατο λίην -
ἀλλ᾽ ἀπὸ κεῖνος ἔρυκε, Διὸς δ᾽ ὠπίζετο μῆνιν
ξεινίου, ὅς τε μάλιστα νεμεσσᾶται κακὰ ἔργα.
ἔνθα μὲν ἑπτάετες μένον αὐτόθι, πολλὰ δ᾽ ἄγειρα
χρήματ᾽ ἀν᾽ Αἰγυπτίους ἄνδρας· δίδοσαν γὰρ ἅπαντες.
ἀλλ᾽ ὅτε δὴ ὄγδοόν μοι ἐπιπλόμενον ἔτος ἦλθεν,
δὴ τότε Φοῖνιξ ἦλθεν ἀνὴρ ἀπατήλια εἰδώς,
τρώκτης, ὃς δὴ πολλὰ κάκ᾽ ἀνθρώποισιν ἐώργει·
ὅς μ᾽ ἄγε παρπεπιθὼν ἧισι φρεσίν, ὄφρ᾽ ἱκόμεσθα
Φοινίκην, ὅθι τοῦ γε δόμοι καὶ κτήματ᾽ ἔκειτο.
ἔνθα παρ᾽ αὐτῶι μεῖνα τελεσφόρον εἰς ἐνιαυτόν.
ἀλλ᾽ ὅτε δὴ μῆνές τε καὶ ἡμέραι ἐξετελεῦντο
ἂψ περιτελλομένου ἔτεος καὶ ἐπήλυθον ὧραι,
ἐς Λιβύην μ᾽ ἐπὶ νηὸς ἐέσσατο ποντοπόροιο
ψεύδεα βουλεύσας, ἵνα οἱ σὺν φόρτον ἄγοιμι,
κεῖθι δέ μ᾽ ὡς περάσειε καὶ ἄσπετον ὦνον ἕλοιτο.
τῶι ἑπόμην ἐπὶ νηός, ὀϊόμενός περ, ἀνάγκηι.
ἡ δ᾽ ἔθεεν Βορέηι ἀνέμωι ἀκραέϊ καλῶι,
μέσσον ὑπὲρ Κρήτης· Ζεὺς δέ σφισι μήδετ᾽ ὄλεθρον.
ἀλλ᾽ ὅτε δὴ Κρήτην μὲν ἐλείπομεν, οὐδέ τις ἄλλη
φαίνετο γαιάων, ἀλλ᾽ οὐρανὸς ἠδὲ θάλασσα,
δὴ τότε κυανέην νεφέλην ἔστησε Κρονίων
νηὸς ὕπερ γλαφυρῆς, ἤχλυσε δὲ πόντος ὑπ᾽ αὐτῆς.
Ζεὺς δ᾽ ἄμυδις βρόντησε καὶ ἔμβαλε νηῒ κεραυνόν·
ἡ δ᾽ ἐλελίχθη πᾶσα Διὸς πληγεῖσα κεραυνῶι,
ἐν δὲ θεείου πλῆτο· πέσον δ᾽ ἐκ νηὸς ἅπαντες.
οἱ δὲ κορώνῃσιν ἴκελοι περὶ νῆα μέλαιναν
κύμασιν ἐμφορέοντο· θεὸς δ᾽ ἀποαίνυτο νόστον.
αὐτὰρ ἐμοὶ Ζεὺς αὐτός, ἔχοντί περ ἄλγεα θυμῶι,
ἱστὸν ἀμαιμάκετον νηὸς κυανοπρώιροιο
ἐν χείρεσσιν ἔθηκεν, ὅπως ἔτι πῆμα φύγοιμι.
τῶι ῥα περιπλεχθεὶς φερόμην ὀλοοῖς ἀνέμοισιν.
ἐννῆμαρ φερόμην, δεκάτηι δέ με νυκτὶ μελαίνηι
γαίηι Θεσπρωτῶν πέλασεν μέγα κῦμα κυλίνδον.
ἔνθα με Θεσπρωτῶν βασιλεὺς ἐκομίσσατο Φείδων
ἥρως ἀπριάτην· τοῦ γὰρ φίλος υἱὸς ἐπελθὼν
αἴθρωι καὶ καμάτωι δεδμημένον ἦγεν ἐς οἶκον,
χειρὸς ἀναστήσας, ὄφρ᾽ ἵκετο δώματα πατρός·
ἀμφὶ δέ με χλαῖνάν τε χιτῶνά τε εἵματα ἕσσεν.

Hieß in den Wagen mich steigen, und führte mich Weinenden heimwärts.
Zwar es stürzten noch oft mit eschenen Lanzen die Feinde
Mich zu ermorden heran, denn sie waren noch heftig erbittert;
Aber er wehrte sie ab, aus Furcht vor der Rache Kronions,
Welcher die Fremdlinge schützt, und ihre Beleidiger strafet.
Sieben Jahre blieb ich bei ihm, und sammelte Reichtum
Von dem ägyptischen Volke genung; denn sie gaben mir alle.
Doch wie das achte Jahr im Laufe der Zeiten herankam,
Siehe, da kam ein phönikischer Mann, ein arger Betrüger
Und Erzschinder, der viele Menschen ins Elend gestürzt hat.
Dieser beredete mich, mit ihm nach Phönike zu fahren,
Wo der Bube sein Haus und sein Erworbenes hatte.
Und ein volles Jahr verweilt' ich bei ihm in Phönike.
Aber da jetzt die Monden und Tage waren vollendet,
Und ein anderes Jahr mit den kreisenden Horen herankam,
Führt' er gen Libya mich im meerdurchwallenden Schiffe,
Unter dem listigen Schein, als braucht' er mich bei der Ladung:
Um mich dort zu verkaufen, und großen Gewinn zu erwerben.
Ihn begleitet' ich zwar argwöhnend, aber ich mußte.
Und sie steurten, im Wehn des reinen beständigen Nordwinds,
Über Kreta dahin; doch Zeus beschloß ihr Verderben.
Als wir das grüne Gestade von Kreta jetzo verlassen,
Und ringsum kein Land, nur Meer und Himmel zu sehn war,
Breitete Zeus Kronion ein dunkelblaues Gewölk aus
Über das laufende Schiff, und Nacht lag über der Tiefe.
Und nun donnerte Zeus, der hochgeschleuderte Strahl schlug
Schmetternd ins Schiff, und es schwankte vom Donner des Gottes erschüttert;
Alles war Schwefeldampf, und die Männer entstürzten dem Boden.
Ähnlich den Wasserkrähn, bekämpften sie, rings um das Schiff her,
Steigend und sinkend die Flut; doch Gott nahm ihnen die Heimkehr.
Aber Kronion gab, in der schrecklichen Angst und Betäubung,
Selber den hohen Mast des blaugeschnäbelten Schiffes
Mir in die Hände, damit ich noch dem Verderben entflöhe.
Diesen umschlang ich, und trieb durch den Sturm und die tobenden Fluten.
Und neun Tage trieb ich umher; in der zehnten der Nächte
Warf mich ans Land der Thesproten die hochherrollende Woge.
Allda nahm mich Pheidon, der edle thesprotische König,
Freundlich und gastfrei auf; denn es fand sein Sohn am Gestade
Mich von Frost und Arbeit Entkräfteten liegen, und führte
Mich mit stützender Hand zu seines Vaters Palaste,
Und bekleidete mich mit prächtigem Mantel und Leibrock.

ἔνθ' Ὀδυσῆος ἐγὼ πυθόμην· κεῖνος γὰρ ἔφασκε
ξεινίσαι ἠδὲ φιλῆσαι ἰόντ' ἐς πατρίδα γαῖαν,
καί μοι κτήματ' ἔδειξεν ὅσα ξυναγείρατ' Ὀδυσσεύς,
χαλκόν τε χρυσόν τε πολύκμητόν τε σίδηρον.
καί νύ ἐς δεκάτην γενεὴν ἕτερόν γ' ἔτι βόσκοι·
τόσσα οἱ ἐν μεγάροις κειμήλια κεῖτο ἄνακτος.
τὸν δ' ἐς Δωδώνην φάτο βήμεναι, ὄφρα θεοῖο
ἐκ δρυὸς ὑψικόμοιο Διὸς βουλὴν ἐπακούσαι,
ὅππως νοστήσει' Ἰθάκης ἐς πίονα δῆμον
ἤδη δὴν ἀπεών, ἢ ἀμφαδὸν ἦε κρυφηδόν.
ὤμοσε δὲ πρὸς ἔμ' αὐτόν, ἀποσπένδων ἐνὶ οἴκωι,
νῆα κατειρύσθαι καὶ ἐπαρτέας ἔμμεν ἑταίρους,
οἳ δή μιν πέμψουσι φίλην ἐς πατρίδα γαῖαν.
ἀλλ' ἐμὲ πρὶν ἀπέπεμψε· τύχησε γὰρ ἐρχομένη νηῦς
ἀνδρῶν Θεσπρωτῶν ἐς Δουλίχιον πολύπυρον.
ἔνθ' ὅ γέ μ' ἠνώγει πέμψαι βασιλῆϊ Ἀκάστωι
ἐνδυκέως· τοῖσιν δὲ κακὴ φρεσὶν ἥνδανε βουλὴ
ἀμφ' ἐμοί, ὄφρ' ἔτι πάγχυ δύης ἐπὶ πῆμα γενοίμην.
ἀλλ' ὅτε γαίης πολλὸν ἀπέπλω ποντοπόρος νηῦς,
αὐτίκα δούλιον ἦμαρ ἐμοὶ περιμηχανόωντο.
ἐκ μέν με χλαῖνάν τε χιτῶνά τε εἵματ' ἔδυσαν,
ἀμφὶ δέ μοι ῥάκος ἄλλο κακὸν βάλον ἠδὲ χιτῶνα,
ῥωγαλέα, τὰ καὶ αὐτὸς ἐν ὀφθαλμοῖσιν ὅρηαι·
ἑσπέριοι δ' Ἰθάκης εὐδειέλου ἔργ' ἀφίκοντο.
ἔνθ' ἐμὲ μὲν κατέδησαν ἐϋσσέλμωι ἐνὶ νηῒ
ὅπλωι ἐϋστρεφέϊ στερεῶς, αὐτοὶ δ' ἀποβάντες
ἐσσυμένως παρὰ θῖνα θαλάσσης δόρπον ἕλοντο.
αὐτὰρ ἐμοὶ δεσμὸν μὲν ἀνέγναμψαν θεοὶ αὐτοὶ
ῥηϊδίως· κεφαλῆι δὲ κατὰ ῥάκος ἀμφικαλύψας,
ξεστὸν ἐφόλκαιον καταβὰς ἐπέλασσα θαλάσσηι
στῆθος, ἔπειτα δὲ χερσὶ διήρεσσ' ἀμφοτέρηισι
νηχόμενος, μάλα δ' ὦκα θύρηθ' ἔα ἀμφὶς ἐκείνων.
ἔνθ' ἀναβάς, ὅθι τε δρίος ἦν πολυανθέος ὕλης,
κείμην πεπτηώς. οἱ δὲ μεγάλα στενάχοντες
φοίτων· ἀλλ' οὐ γάρ σφιν ἐφαίνετο κέρδιον εἶναι
μαίεσθαι προτέρω, τοὶ μὲν πάλιν αὖτις ἔβαινον
νηὸς ἔπι γλαφυρῆς· ἐμὲ δ' ἔκρυψαν θεοὶ αὐτοὶ
ῥηϊδίως, καί με σταθμῶι ἐπέλασσαν ἄγοντες
ἀνδρὸς ἐπισταμένου· ἔτι γάρ νύ μοι αἶσα βιῶναι."
τὸν δ' ἀπαμειβόμενος προσέφης, Εὔμαιε συβῶτα·
„ἆ δειλὲ ξείνων, ἦ μοι μάλα θυμὸν ὄρινας

Jener erzählte mir dort von Odysseus, welcher, zur Heimat
Kehrend, ihn hätte besucht, und viele Freundschaftgenossen.
Und er zeigte mir auch die gesammelten Güter Odysseus',
Erzes und Goldes die Meng' und künstlichgeschmiedetes Eisens;
Daß bis ins zehnte Glied sein Geschlecht noch könnte versorgt sein.
Solch ein unendlicher Schatz lag dort im Hause des Königs.
Jener war, wie es hieß, nach Dodona gegangen, aus Gottes
Hochgewipfelter Eiche Kronions Willen zu hören,
Wie er in Ithaka ihm, nach seiner langen Entfernung,
Heimzukehren beföhle, ob öffentlich, oder verborgen.
Pheidon beschwur es mir selbst, und beim Trankopfer im Hause,
Segelfertig wäre das Schiff, und bereit die Gefährten,
Um ihn heimzusenden in seiner Väter Gefilde.
Aber mich sandt' er zuvor: denn ein Schiff thesprotischer Männer
Ging zu dem weizenreichen Dulichion. Diesen befahl er,
Mich sorgfältig dahin zum König Akastos zu bringen.
Aber ihrem Herzen gefiel der grausamste Ratschluß
Über mir, daß ich ganz in des Elends Tiefe versänke.
Als das segelnde Schiff nun weit von dem Ufer entfernt war,
Droheten jene mir gleich mit dem schrecklichen Tage der Knechtschaft.
Meinen Mantel und Rock entrissen mir jetzo die Räuber,
Und umhüllten mir drauf den häßlichen Kittel und Leibrock,
Beide zerlumpt, wie du selber mit deinen Augen hier siehest.
Und am Abend erreichten wir Ithakas sonnige Hügel.
Jetzo banden sie mich im schöngezimmerten Schiffe
Fest mit dem starkgeflochtenen Seil, und stiegen dann selber
An das Gestad', und nahmen die schnellbereitete Mahlzeit.
Aber die Götter lösten mir leicht die Knoten der Fessel.
Und ich band um das Haupt die zusammengewickelten Lumpen,
Ließ am geglätteten Steuer mich nieder, legte mich vorwärts
Auf das Wasser, und schwamm, mit beiden Händen mich rudernd,
Hurtig von dannen, und bald war ich ferne von ihnen gekommen.
Jetzo stieg ich ans Land, kroch unter ein dickes Gebüsche,
Schmiegte mich hin, und lag. Die andern suchten indessen
Mich lautkeuchend umher; allein sie fanden nicht ratsam,
Tiefer ins Land zu gehn. Sie kehrten zurück, und bestiegen
Wieder das hohle Schiff; und mich entrissen die Götter
Leicht der Gefahr, und führten zu eines verständigen Mannes
Hütte mich hin. Denn noch verlängt das Schicksal mein Leben.

Ihm antwortetest du, Eumäos, Hüter der Schweine:
Unglückseliger Fremdling, ich fühl' es im innersten Herzen,

ταῦτα ἕκαστα λέγων, ὅσα δὴ πάθες ἠδ' ὅσ' ἀλήθης.
ἀλλὰ τά γ' οὐ κατὰ κόσμον ὀΐομαι, οὐδέ με πείσεις
εἰπὼν ἀμφ' Ὀδυσῆϊ· τί σε χρὴ τοῖον ἐόντα
μαψιδίως ψεύδεσθαι; ἐγὼ δ' εὖ οἶδα καὶ αὐτὸς
νόστον ἐμοῖο ἄνακτος, ὅ τ' ἤχθετο πᾶσι θεοῖσι
πάγχυ μάλ', ὅττι μιν οὔ τι μετὰ Τρώεσσι δάμασσαν
ἠὲ φίλων ἐν χερσίν, ἐπεὶ πόλεμον τολύπευσε.
τῶι κέν οἱ τύμβον μὲν ἐποίησαν Παναχαιοί,
ἠδέ κε καὶ ὧι παιδὶ μέγα κλέος ἤρατ' ὀπίσσω
νῦν δέ μιν ἀκλειῶς ἅρπυιαι ἀνηρείψαντο.
αὐτὰρ ἐγὼ παρ' ὕεσσιν ἀπότροπος· οὐδὲ πόλινδε
ἔρχομαι, εἰ μή πού τι περίφρων Πηνελόπεια
ἐλθέμεν ὀτρύνηισιν, ὅτ' ἀγγελίη ποθὲν ἔλθηι.
ἀλλ' οἱ μὲν τὰ ἕκαστα παρήμενοι ἐξερέουσιν,
ἠμὲν οἳ ἄχνυνται δὴν οἰχομένοιο ἄνακτος,
ἠδ' οἳ χαίρουσιν βίοτον νήποινον ἔδοντες·
ἀλλ' ἐμοὶ οὐ φίλον ἐστὶ μεταλλῆσαι καὶ ἐρέσθαι,
ἐξ οὗ δή μ' Αἰτωλὸς ἀνὴρ ἐξήπαφε μύθωι,
ὅς ῥ' ἄνδρα κτείνας, πολλὴν ἐπὶ γαῖαν ἀληθείς,
ἦλθεν ἐμὰ πρὸς δώματ'· ἐγὼ δέ μιν ἀμφαγάπαζον.
φῆ δέ μιν ἐν Κρήτεσσι παρ' Ἰδομενῆϊ ἰδέσθαι
νῆας ἀκειόμενον, τάς οἱ ξυνέαξαν ἄελλαι·
καὶ φάτ' ἐλεύσεσθαι ἢ ἐς θέρος ἢ ἐς ὀπώρην,
πολλὰ χρήματ' ἄγοντα, σὺν ἀντιθέοις ἑτάροισι.
καὶ σύ, γέρον πολυπενθές, ἐπεί σέ μοι ἤγαγε δαίμων,
μήτε τί μοι ψεύδεσσι χαρίζεο μήτε τι θέλγε·
οὐ γὰρ τοὔνεκ' ἐγώ σ' αἰδέσσομαι οὐδὲ φιλήσω,
ἀλλὰ Δία ξένιον δείσας αὐτόν τ' ἐλεαίρων."
  τὸν δ' ἀπαμειβόμενος προσέφη πολύμητις Ὀδυσσεύς
„ ἦ μάλα τίς τοι θυμὸς ἐνὶ στήθεσσιν ἄπιστος,
οἷόν σ' οὐδ' ὀμόσας περ ἐπήγαγον οὐδέ σε πείθω.
ἀλλ' ἄγε νῦν ῥήτρην ποιησόμεθ'· αὐτὰρ ὄπισθε
μάρτυροι ἀμφοτέροισι θεοί, τοὶ Ὄλυμπον ἔχουσιν.
εἰ μέν κεν νοστήσηι ἄναξ τεὸς ἐς τόδε δῶμα,
ἕσσας με χλαῖνάν τε χιτῶνά τε εἵματα πέμψαι
Δουλίχιόνδ' ἰέναι, ὅθι μοι φίλον ἔπλετο θυμῶι·
εἰ δέ κε μὴ ἔλθηισιν ἄναξ τεὸς ὡς ἀγορεύω,
δμῶας ἐπισσεύας βαλέειν μεγάλης κατὰ πέτρης,
ὄφρα καὶ ἄλλος πτωχὸς ἀλεύεται ἠεροπεύειν."
  τὸν δ' ἀπαμειβόμενος προσεφώνεε δῖος ὑφορβός·
„ ξεῖν', οὕτω γάρ κέν μοι ἐϋκλείη τ' ἀρετή τε

Was du von deinen Leiden und Irren mir alles erzählt hast.
Eins nur scheinet mir nicht in der Ordnung, das von Odysseus;
Nimmer glaub' ich es dir! Was zwingt dich, ehrlicher Alter,
So in den Wind zu lügen? Ich weiß zu gut von der Heimkehr
Meines Herren Bescheid! Er ist den Unsterblichen allen
Ganz verhaßt! Nicht einmal vor Troja ließ man ihn sterben,
Noch in den Armen der Freunde, nachdem er den Krieg vollendet;
Denn ein Denkmal hätt' ihm das Volk der Achaier errichtet,
Und so wäre zugleich sein Sohn bei den Enkeln verherrlicht!
Sondern er ward unrühmlich ein Raub der wilden Harpyen.
Aber ich lebe hier bei den Schweinen so einsam, und komme
Nie in die Stadt, wo nicht die kluge Penelopeia
Mir zu kommen gebeut, wenn Botschaft irgendwoher kam.
Ringsum sitzen sie dann, und fragen den Fremdling nach allem:
Einige grämen sich um den langabwesenden König,
Andere freuen sich drob, die seine Habe verprassen.
Aber mir ward die Lust zu fragen gänzlich verbittert,
Seit mich jüngst ein ätolischer Mann durch Märchen getäuscht hat.
Dieser war Totschlages halber schon weit geflüchtet, und irrte
Endlich zu meiner Hütte, wo ich mit Freundschaft ihn aufnahm.
Und er verkündigte mir: Bei Idomeneus unter den Kretern
Hab' er ihn bessern gesehen die sturmzerschlagenen Schiffe,
Und er käme gewiß, im Sommer oder im Herbste,
Mit dem unendlichen Schatz und den göttergleichen Gefährten.
Drum, unglücklicher Greis, den mir ein Himmlischer zuführt,
Trachte nicht meine Gunst durch Lügen dir zu erschmeicheln.
Denn nicht darum werd' ich dich ehren oder bewirten,
Sondern aus Furcht vor dem gastlichen Zeus, und weil du mich jammerst.
Ihm antwortete drauf der erfindungsreiche Odysseus:
Wahrlich, du trägst ein sehr ungläubiges Herz in dem Busen,
Da mir der Eidschwur selbst nicht dein Zutrauen gewinnet!
Aber wohlan! wir wollen uns jetzt vergleichen, und Zeugen
Sei'n die Unsterblichen uns, des hohen Olympos Bewohner!
Kehrt er wieder zurück zu diesem Hause, dein König;
Siehe dann sollst du mich, mit Rock und Mantel bekleidet,
Gen Dulichion senden: denn dort verlanget mein Herz hin.
Kehret er nicht zurück, dein König, wie ich verkünde;
Alsdann reize die Knechte, vom Felsen herab mich zu stürzen:
Daß die Bettler hinfort sich scheuen, Lügen zu schwatzen.
Ihm antwortete drauf der edle Hüter der Schweine:
Fremdling, da wäre mir traun! bei allen Menschen auf Erden

εἴη ἐπ᾽ ἀνθρώπους ἅμα τ᾽ αὐτίκα καὶ μετέπειτα,
ὅς σ᾽ ἐπεὶ ἐς κλισίην ἄγαγον καὶ ξείνια δῶκα,
αὖτις δὲ κτείναιμι φίλον τ᾽ ἀπὸ θυμὸν ἑλοίμην·
πρόφρων κεν δὴ ἔπειτα Δία Κρονίωνα λιτοίμην.
νῦν δ᾽ ὥρη δόρποιο· τάχιστά μοι ἔνδον ἑταῖροι
εἶεν, ἵν᾽ ἐν κλισίηι λαρὸν τετυκοίμεθα δόρπον."
ὣς οἱ μὲν τοιαῦτα πρὸς ἀλλήλους ἀγόρευον,
ἀγχίμολον δὲ σύες τε καὶ ἀνέρες ἦλθον ὑφορβοί.
τὰς μὲν ἄρα ἔρξαν κατὰ ἤθεα κοιμηθῆναι,
κλαγγὴ δ᾽ ἄσπετος ὦρτο συῶν αὐλιζομενάων.
αὐτὰρ ὁ οἷς ἑτάροισιν ἐκέκλετο δῖος ὑφορβός·
„ἄξεθ᾽ ὑῶν τὸν ἄριστον, ἵνα ξείνωι ἱερεύσω
τηλεδαπῶι· πρὸς δ᾽ αὐτοὶ ὀνησόμεθ᾽, οἵ περ ὀϊζὺν
δὴν ἔχομεν πάσχοντες ὑῶν ἕνεκ᾽ ἀργιοδόντων·
ἄλλοι δ᾽ ἡμέτερον κάματον νήποινον ἔδουσιν."
ὣς ἄρα φωνήσας κέασε ξύλα νηλέϊ χαλκῶι,
οἱ δ᾽ ὗν εἰσῆγον μάλα πίονα πενταέτηρον.
τὸν μὲν ἔπειτ᾽ ἔστησαν ἐπ᾽ ἐσχάρηι· οὐδὲ συβώτης
λήθετ᾽ ἄρ᾽ ἀθανάτων· φρεσὶ γὰρ κέχρητ᾽ ἀγαθῆισιν·
ἀλλ᾽ ὅγ᾽ ἀπαρχόμενος κεφαλῆς τρίχας ἐν πυρὶ βάλλεν
ἀργιόδοντος ὑός, καὶ ἐπεύχετο πᾶσι θεοῖσιν
νοστῆσαι Ὀδυσῆα πολύφρονα ὅνδε δόμονδε.
κόψε δ᾽ ἀνασχόμενος σχίζηι δρυός, ἣν λίπε κείων·
τὸν δ᾽ ἔλιπε ψυχή. τοὶ δ᾽ ἔσφαξάν τε καὶ εὗσαν·
αἶψα δέ μιν διέχευαν· ὁ δ᾽ ὠμοθετεῖτο συβώτης,
πάντων ἀρχόμενος μελέων, ἐς πίονα δημόν,
καὶ τὰ μὲν ἐν πυρὶ βάλλε, παλύνας ἀλφίτου ἀκτῆι,
μίστυλλόν τ᾽ ἄρα τἆλλα καὶ ἀμφ᾽ ὀβελοῖσιν ἔπειραν,
ὤπτησάν τε περιφραδέως ἐρύσαντό τε πάντα,
βάλλον δ᾽ εἰν ἐλεοῖσιν ἀολλέα· ἂν δὲ συβώτης
ἵστατο δαιτρεύσων· περὶ γὰρ φρεσὶν αἴσιμα ἤιδη.
καὶ τὰ μὲν ἕπταχα πάντα διεμοιρᾶτο δαΐζων·
τὴν μὲν ἴαν νύμφηισι καὶ Ἑρμῆι, Μαιάδος υἱεῖ,
θῆκεν ἐπευξάμενος, τὰς δ᾽ ἄλλας νεῖμεν ἑκάστωι·
νώτοισιν δ᾽ Ὀδυσῆα διηνεκέεσσι γέραιρεν
ἀργιόδοντος ὑός, κύδαινε δὲ θυμὸν ἄνακτος·
καί μιν φωνήσας προσέφη πολύμητις Ὀδυσσεύς·
„αἴθ᾽ οὕτως, Εὔμαιε, φίλος Διὶ πατρὶ γένοιο
ὡς ἐμοί, ὅττι τε τοῖον ἐόντ᾽ ἀγαθοῖσι γεραίρεις."
τὸν δ᾽ ἀπαμειβόμενος προσέφης, Εὔμαιε συβῶτα·
„ἔσθιε, δαιμόνιε ξείνων, καὶ τέρπεο τοῖσδε,

Großes Lob und Verdienst für jetzt und immer gesichert,
Hätt' ich dich erst in die Hütte geführt, und freundlich bewirtet,
Und erschlüge dich dann, und raubte dein liebes Leben!
Freudigkeit gäbe mir das, vor Zeus Kronion zu beten!
Aber die Stunde zum Essen ist da; bald kommen die Leute
Heim, mit mir in der Hütte das köstliche Mahl zu bereiten.
　Also besprachen diese sich jetzo untereinander.
Und nun kamen die Schwein' und ihre Hirten vom Felde.
Diese schlossen sie drauf in ihre Ställe zum Schlafen,
Und laut tönte das Schreien der eingetriebenen Schweine.
Aber seinen Gehilfen befahl der treffliche Sauhirt:
　Bringt das fetteste Schwein, für den fremden Gast es zu opfern,
Und uns selber einmal zu erquicken, da wir so lange
Um weißzahnichte Schweine Verdruß und Kummer erduldet,
Während andre umsonst all' unsere Mühe verprassen!
　Also sprach er, und spaltete Holz mit dem grausamen Erze.
Jene führten ins Haus ein fett fünfjähriges Mastschwein,
Stellten es drauf an den Herd. Es vergaß der treffliche Sauhirt
Auch der Unsterblichen nicht, denn fromm war seine Gesinnung!
Sondern begann das Opfer, und warf in die Flamme das Stirnhaar
Vom weißzahnichten Schwein, und flehte den Himmlischen allen,
Daß sie dem weisen Odysseus doch heimzukehren vergönnten;
Schwung nun die Eichenkluft, die er beim Spalten zurückwarf,
Schlugs, und sein Leben entfloh; die andern schlachteten, sengten,
Und zerstückten es schnell. Das Fett bedeckte der Sauhirt
Mit dem blutigen Fleische, von allen Gliedern geschnitten;
Dieses warf er ins Feuer, mit feinem Mehle bestreuet.
Und sie schnitten das übrige klein, und steckten's an Spieße.
Brieten's mit Vorsicht über der Glut, und zogen's herunter,
Legten dann alles zusammen auf Küchentische. Der Sauhirt
Stellte sich hin, es zu teilen; denn Billigkeit lag ihm am Herzen.
Und in sieben Teile zerlegt' er alles Gebratne:
Einen legt' er den Nymphen, und Hermes, dem Sohne der Mäa,
Betend den andern hin; die übrigen reicht' er den Männern.
Aber Odysseus verehrt' er den unzerschnittenen Rücken
Vom weißzahnichten Schwein, und erfreute die Seele des Königs.
Fröhlich sagte zu ihm der erfindungsreiche Odysseus:
　Liebe dich Vater Zeus, wie ich dich liebe, Eumäos,
Da du mir armen Manne so milde Gaben verehrest!
　Drauf antwortetest du, Eumäos, Hüter der Schweine:
Iß, mein unglückseliger Freund, und freue dich dessen,

οἷα πάρεστι· θεὸς δὲ τὸ μὲν δώσει, τὸ δ' ἐάσει,
ὅττι κεν ὧι θυμῶι ἐθέληι· δύναται γὰρ ἅπαντα."
ἦ ῥα καὶ ἄργματα θῦσε θεοῖς αἰειγενέτῃσι,
σπείσας δ' αἴθοπα οἶνον Ὀδυσσῆϊ πτολιπόρθωι
ἐν χείρεσσιν ἔθηκεν· ὁ δ' ἕζετο ἧι παρὰ μοίρηι.
σῖτον δέ σφιν ἔνειμε Μεσαύλιος, ὅν ῥα συβώτης
αὐτὸς κτήσατο οἶος ἀποιχομένοιο ἄνακτος,
νόσφιν δεσποίνης καὶ Λαέρταο γέροντος·
πὰρ δ' ἄρα μιν Ταφίων πρίατο κτεάτεσσιν ἑοῖσιν.
οἱ δ' ἐπ' ὀνείαθ' ἑτοῖμα προκείμενα χεῖρας ἴαλλον.
αὐτὰρ ἐπεὶ πόσιος καὶ ἐδητύος ἐξ ἔρον ἕντο,
σῖτον μέν σφιν ἀφεῖλε Μεσαύλιος, οἱ δ' ἐπὶ κοῖτον
σίτου καὶ κρειῶν κεκορημένοι ἐσσεύοντο.
νὺξ δ' ἄρ' ἐπῆλθε κακὴ σκοτομήνιος, ὗε δ' ἄρα Ζεὺς
πάννυχος, αὐτὰρ ἄη Ζέφυρος μέγας αἰὲν ἔφυδρος.
τοῖς δ' Ὀδυσεὺς μετέειπε, συβώτεω πειρητίζων,
εἴ πώς οἱ ἐκδὺς χλαῖναν πόροι, ἤ τιν' ἑταίρων
ἄλλον ἐποτρύνειεν, ἐπεί ἑο κήδετο λίην·
„κέκλυθι νῦν, Εὔμαιε καὶ ἄλλοι πάντες ἑταῖροι,
εὐξάμενός τι ἔπος ἐρέω· οἶνος γὰρ ἀνώγει
ἠλεός, ὅς τ' ἐφέηκε πολύφρονά περ μάλ' ἀεῖσαι
καί θ' ἁπαλὸν γελάσαι, καί τ' ὀρχήσασθαι ἀνῆκε,
καί τι ἔπος προέηκεν ὅ περ τ' ἄρρητον ἄμεινον.
ἀλλ' ἐπεὶ οὖν τὸ πρῶτον ἀνέκραγον, οὐκ ἐπικεύσω.
εἴθ' ὣς ἡβώοιμι βίη τέ μοι ἔμπεδος εἴη,
ὡς ὅθ' ὑπὸ Τροίην λόχον ἤγομεν ἀρτύναντες.
ἡγείσθην δ' Ὀδυσεύς τε καὶ Ἀτρεΐδης Μενέλαος,
τοῖσι δ' ἅμα τρίτος ἄρχον ἐγών· αὐτοὶ γὰρ ἄνωγον.
ἀλλ' ὅτε δή ῥ' ἱκόμεσθα ποτὶ πτόλιν αἰπύ τε τεῖχος,
ἡμεῖς μὲν περὶ ἄστυ κατὰ ῥωπήϊα πυκνά,
ἂν δόνακας καὶ ἕλος, ὑπὸ τεύχεσι πεπτηῶτες
κείμεθα. νὺξ δ' ἄρ' ἐπῆλθε κακὴ Βορέαο πεσόντος,
πηγυλίς· αὐτὰρ ὕπερθε χιὼν γένετ' ἠΰτε πάχνη,
ψυχρή, καὶ σακέεσσι περιτρέφετο κρύσταλλος.
ἔνθ' ἄλλοι πάντες χλαίνας ἔχον ἠδὲ χιτῶνας,
εὗδον δ' εὔκηλοι, σάκεσιν εἰλυμένοι ὤμους·
αὐτὰρ ἐγὼ χλαῖναν μὲν ἰὼν ἑτάροισιν ἔλειπον
ἀφραδίῃς, ἐπεὶ οὐκ ἐφάμην ῥιγωσέμεν ἔμπης,
ἀλλ' ἑπόμην σάκος οἶον ἔχων καὶ ζῶμα φαεινόν.
ἀλλ' ὅτε δὴ τρίχα νυκτὸς ἔην, μετὰ δ' ἄστρα βεβήκει,
καὶ τότ' ἐγὼν Ὀδυσῆα προσηύδων ἐγγὺς ἐόντα

Wie du es hast. Gott gibt uns dieses, und jenes versagt er,
Wie es seinem Herzen gefällt; denn er herrschet mit Allmacht.
　Sprach's, und weihte den Göttern die Erstlinge, opferte selber
Funkelnden Wein, und gab ihn dem Städteverwüster Odysseus
In die Hand; er saß bei seinem beschiedenen Anteil.
Ihnen verteilte das Brot Mesaulios, welchen der Sauhirt
Selber sich angeschafft, indes sein König entfernt war:
Ohne Penelopeia, und ohne den alten Laertes,
Hatt' er von Taphiern ihn mit eigenem Gute gekaufet.
Und sie erhoben die Hände zum leckerbereiteten Mahle.
Und nachdem die Begierde des Tranks und der Speise gestillt war,
Trug Mesaulios wieder das Brot von dannen; und alle,
Von dem Brot und dem Fleische gesättigt, eilten zur Ruhe.
　Eine grauliche Nacht, unerleuchtet vom schwindenden Monde,
Kam; es regnete Zeus, naßstürmend sauste der Westwind.
Beim Entkleiden versucht' Odysseus, ob ihm der Sauhirt
Nicht den Mantel vielleicht darbieten, oder der Knechte
Einem es würde befehlen, da er für ihn so besorgt war:
　Höre mich jetzt, Eumäos, und hört, ihr übrigen Hirten!
Rühmend red' ich ein Wort, vom betörenden Weine besieget,
Welcher den Weisesten oft anreizt zum lauten Gesange,
Ihn zum herzlichen Lachen und Gaukeltanze verleitet,
Und manch Wort ihm entlockt, das besser wäre verschwiegen.
Aber weil das Geschwätz doch anfing, will ich's vollenden.
Wollte Gott, ich grünte noch jetzt in der Fülle der Jugend,
Als da vor Troja wir uns im Hinterhalte verbargen!
Führer waren Odysseus, und Atreus' Sohn Menelaos,
Und der dritte war ich; denn sie verlangten es selber.
Als wir jetzo die Stadt und die hohe Mauer erreichten,
Legten wir nahe der Burg, im dichtverwachsenen Sumpfe,
Zwischen Weiden und Schilfen uns nieder, unter der Rüstung.
Eine stürmische Nacht brach an; der erstarrende Nordwind
Stürzte daher; und stöbernder Schnee, gleich duftigem Reife,
Fiel anfrierend herab, und umzog die Schilde mit Glatteis.
Alle die andern lagen, gehüllt in Mantel und Leibrock,
Mit dem Schilde die Schulter bedeckt, und schlummerten ruhig.
Aber ich Unbesonnener ließ den Mantel beim Weggehn
Meinen Gefährten zurück, denn ich achtete gar nicht der Kälte,
Und ging bloß mit dem Schild' und schöngegürteten Leibrock.
Doch in der dritten Wache der Nacht, da die Sterne sich neigten,
Stieß ich Odysseus, der mir zur Seiten lag, mit dem Arme,

ἀγκῶνι νύξας· ὁ δ' ἄρ' ἐμμαπέως ὑπάκουσε·
, διογενὲς Λαερτιάδη, πολυμήχαν' Ὀδυσσεῦ,
οὔ τοι ἔτι ζωοῖσι μετέσσομαι, ἀλλά με χεῖμα
δάμναται· οὐ γὰρ ἔχω χλαῖναν· παρά μ' ἤπαφε δαίμων
οἰοχίτων' ἔμεναι· νῦν δ' οὐκέτι φυκτὰ πέλονται.'
ὣς ἐφάμην, ὁ δ' ἔπειτα νόον σχέθε τόνδ' ἐνὶ θυμῶι,
οἷος κεῖνος ἔην βουλευέμεν ἠδὲ μάχεσθαι·
φθεγξάμενος δ' ὀλίγηι ὀπί με πρὸς μῦθον ἔειπε·
, σίγα νῦν, μή τίς σευ Ἀχαιῶν ἄλλος ἀκούσηι.'
ἦ καὶ ἐπ' ἀγκῶνος κεφαλὴν σχέθεν εἶπέ τε μῦθον·
, κλῦτε, φίλοι· θεῖός μοι ἐνύπνιον ἦλθεν ὄνειρος.
λίην γὰρ νηῶν ἑκὰς ἤλθομεν· ἀλλά τις εἴη
εἰπεῖν Ἀτρεΐδηι Ἀγαμέμνονι, ποιμένι λαῶν,
εἰ πλέονας παρὰ ναῦφιν ἐποτρύνειε νέεσθαι.'
ὣς ἔφατ', ὦρτο δ' ἔπειτα Θόας, Ἀνδραίμονος υἱός,
καρπαλίμως, ἀπὸ δὲ χλαῖναν θέτο φοινικόεσσαν,
βῆ δὲ θέειν ἐπὶ νῆας· ἐγὼ δ' ἐνὶ εἵματι κείνου
κείμην ἀσπασίως, φάε δὲ χρυσόθρονος Ἠώς.
ὣς νῦν ἡβώοιμι βίη τέ μοι ἔμπεδος εἴη·
δοίη κέν τις χλαῖναν ἐνὶ σταθμοῖσι συφορβῶν,
ἀμφότερον, φιλότητι καὶ αἰδοῖ φωτὸς ἑῆος·
νῦν δέ μ' ἀτιμάζουσι κακὰ χροΐ εἵματ' ἔχοντα."
τὸν δ' ἀπαμειβόμενος προσέφης, Εὔμαιε συβῶτα·
„ ὦ γέρον, αἶνος μέν τοι ἀμύμων, ὃν κατέλεξας,
οὐδέ τί πω παρὰ μοῖραν ἔπος νηκερδὲς ἔειπες·
τῶι οὔτ' ἐσθῆτος δευήσεαι οὔτε τευ ἄλλου,
ὧν ἐπέοιχ' ἱκέτην ταλαπείριον ἀντιάσαντα,
νῦν· ἀτὰρ ἠῶθέν γε τὰ σὰ ῥάκεα δνοπαλίξεις.
οὐ γὰρ πολλαὶ χλαῖναι ἐπημοιβοί τε χιτῶνες
ἐνθάδε ἕννυσθαι, μία δ' οἴη φωτὶ ἑκάστωι.
αὐτὰρ ἐπὴν ἔλθηισιν Ὀδυσσῆος φίλος υἱός,
αὐτός τοι χλαῖνάν τε χιτῶνά τε εἵματα δώσει,
πέμψει δ' ὅππηι σε κραδίη θυμός τε κελεύει."
ὣς εἰπὼν ἀνόρουσε, τίθει δ' ἄρα οἱ πυρὸς ἐγγὺς
εὐνήν, ἐν δ' ὀΐων τε καὶ αἰγῶν δέρματ' ἔβαλλεν.
ἔνθ' Ὀδυσεὺς κατέλεκτ'· ἐπὶ δὲ χλαῖναν βάλεν αὐτῶι
πυκνὴν καὶ μεγάλην, ἥ οἱ παρεκέσκετ' ἀμοιβάς,
ἕννυσθαι ὅτε τις χειμὼν ἔκπαγλος ὄροιτο.
ὣς ὁ μὲν ἔνθ' Ὀδυσεὺς κοιμήσατο, τοὶ δὲ παρ' αὐτὸν
ἄνδρες κοιμήσαντο νεηνίαι· οὐδὲ συβώτηι
ἥνδανεν αὐτόθι κοῖτος, ὑῶν ἄπο κοιμηθῆναι,

Und sprach schaudernd zu ihm; und schnell war er munter, und hörte:
  Edler Laertiad', erfindungsreicher Odysseus,
Lange bleib' ich nicht mehr bei den Lebenden; sondern mich tötet
Frost, denn ich ließ den Mantel zurück; mich verführte mein Dämon,
Bloß im Rocke zu gehn: und nun ist keine Errettung!
  Also sprach ich, und schnell beschloß er dieses im Herzen;
So wie immer der Held zum Rat und Kampfe bereit war:
Eilend erwidert' er mir mit leiseflüsternder Stimme:
  Schweige jetzt, damit kein andrer Achaier dich höre!
Sprach's, und stützte das Haupt auf den Ellenbogen und sagte:
  Hört, ihr Lieben, ein göttlicher Traum erschien mir im Schlafe.
Wir sind weit von den Schiffen entfernt! O ginge doch einer,
Atreus' Sohn' Agamemnon, dem Hirten der Völker, zu sagen,
Daß er noch mehren vom Ufer hieher zu eilen geböte!
  Also sprach er; und Thoas, der Sohn Andrämons, erhub sich
Eilend, und warf zur Erde den schönen purpurnen Mantel,
Und lief schnell zu den Schiffen; und ich umhüllte mir freudig
Sein Gewand, und lag, bis die Morgenröte heraufstieg.
Wollte Gott, ich grünte noch jetzt in der Fülle der Jugend!
Ach! dann schenkte mir wohl ein Sauhirt hier in der Hütte
Einen Mantel, aus Lieb' und Achtung gegen den Tapfern!
Nun verachten sie mich, weil ich so elend bedeckt bin!
  Ihm antwortetest du, Eumäos, Hüter der Schweine:
Greis, untadelig ist das Geheimnis, so du erzählest,
Und kein unnütz Wort ist deinen Lippen entfallen.
Drum soll's weder an Kleidung, noch etwas anderm, dir mangeln,
Was unglücklichen Fremden, die Hilfe suchen, gebühret,
Jetzt! Doch morgen mußt du in deine Lumpen dich hüllen.
Denn nicht viele Mäntel und oftveränderte Röcke
Haben wir anzuziehn; nur einen hat jeglicher Sauhirt.
Kehrt einst wieder zurück der geliebte Sohn von Odysseus,
Gerne wird dich dieser mit Rock und Mantel bekleiden,
Und dich senden, wohin es deinem Herzen gelüstet.
  Also sprach er, erhub sich, und setzte neben dem Feuer
Ihm ein Bette, bedeckt mit Fellen von Ziegen und Schafen.
Und Odysseus legte sich hin. Da bedeckte der Sauhirt
Ihn mit dem großen wollichten Mantel, womit er sich pflegte
Umzukleiden, wenn draußen ein schrecklicher Winterorkan blies.
  Also schlummerte dort Odysseus; neben Odysseus
Legten die Jünglinge sich zum Schlummer. Aber der Sauhirt
Liebte nicht, in dem Bett', entfernt von den Schweinen, zu schlafen;

ἀλλ' ὅ γ' ἄρ' ἔξω ἰὼν ὡπλίζετο· χαῖρε δ' Ὀδυσσεύς,
ὅττι ῥά οἱ βιότου περικήδετο νόσφιν ἐόντος.
πρῶτον μὲν ξίφος ὀξὺ περὶ στιβαροῖς βάλετ' ὤμοις,
ἀμφὶ δὲ χλαῖναν ἐέσσατ' ἀλεξάνεμον, μάλα πυκνήν,
ἂν δὲ νάκην ἕλετ' αἰγὸς ἐϋτρεφέος μεγάλοιο,
εἵλετο δ' ὀξὺν ἄκοντα, κυνῶν ἀλκτῆρα καὶ ἀνδρῶν.
βῆ δ' ἴμεναι κείων ὅθι περ σύες ἀργιόδοντες
πέτρηι ὕπο γλαφυρῆι εὗδον, Βορέω ὑπ' ἰωγῆι.

Sondern er waffnete sich, hinauszugehn; und Odysseus
Freute sich, daß er so treu des Entfernten Güter besorgte.
Erstlich hängt' er ein scharfes Schwert um die rüstigen Schultern,
Hüllte sich dann in den windabwehrenden wollichten Mantel,
Nahm das zottichte Fell der großen gemästeten Ziege,
Nahm auch den scharfen Speer, den Schrecken der Menschen und Hunde,
Eilte nun hin, zu ruhn, wo die hauerbewaffneten Eber
Lagen, unter dem Hange des Felsen, geschirmt vor dem Nordwind.

ΟΔΥΣΣΕΙΑΣ Ο

Τηλεμάχου πρὸς
Εὔμαιον ἄφιξις.

Ἡ δ᾽ εἰς εὐρύχορον Λακεδαίμονα Παλλὰς Ἀθήνη
ᾤχετ᾽, Ὀδυσσῆος μεγαθύμου φαίδιμον υἱὸν
νόστου ὑπομνήσουσα καὶ ὀτρυνέουσα νέεσθαι.
εὗρε δὲ Τηλέμαχον καὶ Νέστορος ἀγλαὸν υἱὸν
εὕδοντ᾽ ἐν προδόμωι Μενελάου κυδαλίμοιο,
ἦ τοι Νεστορίδην μαλακῶι δεδμημένον ὕπνωι·
Τηλέμαχον δ᾽ οὐχ ὕπνος ἔχε γλυκύς, ἀλλ᾽ ἐνὶ θυμῶι
νύκτα δι᾽ ἀμβροσίην μελεδήματα πατρὸς ἔγειρεν.
ἀγχοῦ δ᾽ ἱσταμένη προσέφη γλαυκῶπις Ἀθήνη·
„Τηλέμαχ᾽, οὐκέτι καλὰ δόμων ἄπο τῆλ᾽ ἀλάλησαι,
κτήματά τε προλιπὼν ἄνδρας τ᾽ ἐν σοῖσι δόμοισιν
οὕτω ὑπερφιάλους· μή τοι κατὰ πάντα φάγωσι
κτήματα δασσάμενοι, σὺ δὲ τηϋσίην ὁδὸν ἔλθῃς.
ἀλλ᾽ ὄτρυνε τάχιστα βοὴν ἀγαθὸν Μενέλαον
πεμπέμεν, ὄφρ᾽ ἔτι οἴκοι ἀμύμονα μητέρα τέτμῃς.
ἤδη γάρ ῥα πατήρ τε κασίγνητοί τε κέλονται
Εὐρυμάχωι γήμασθαι· ὁ γὰρ περιβάλλει ἅπαντας
μνηστῆρας δώροισι καὶ ἐξώφελλεν ἔεδνα·
μή νύ τι σεῦ ἀέκητι δόμων ἐκ κτῆμα φέρηται.
οἶσθα γὰρ οἷος θυμὸς ἐνὶ στήθεσσι γυναικός·
κείνου βούλεται οἶκον ὀφέλλειν ὅς κεν ὀπυίῃ,
παίδων δὲ προτέρων καὶ κουριδίοιο φίλοιο
οὐκέτι μέμνηται τεθνηκότος οὐδὲ μεταλλᾶι.
ἀλλὰ σύ γ᾽ ἐλθὼν αὐτὸς ἐπιτρέψειας ἕκαστα
δμωιάων ἥ τίς τοι ἀρίστη φαίνεται εἶναι,
εἰς ὅ κέ τοι φήνωσι θεοὶ κυδρὴν παράκοιτιν.
ἄλλο δέ τοί τι ἔπος ἐρέω, σὺ δὲ σύνθεο θυμῶι.
μνηστήρων σ᾽ ἐπιτηδὲς ἀριστῆες λοχόωσιν
ἐν πορθμῶι Ἰθάκης τε Σάμοιό τε παιπαλοέσσης,
ἱέμενοι κτεῖναι, πρὶν πατρίδα γαῖαν ἱκέσθαι.
ἀλλὰ τά γ᾽ οὐκ ὀΐω· πρὶν καί τινα γαῖα καθέξει
ἀνδρῶν μνηστήρων, οἵ τοι βίοτον κατέδουσιν.

FÜNFZEHNTER GESANG

Telemachos, dem Athene die Heimkehr befiehlt und sichert, eilt von Menelaos grade zum Schiffe; nimmt den Wahrsager Theoklymenos auf und vermeidet die nachstellenden Freier durch einen Umweg zu den spitzigen Inseln. Des Sauhirten Eumäos' Gespräch mit Odysseus beim Abendessen, und Erzählung, wie ihn, eines sikanischen Königes Sohn aus der Insel Syria bei Ortygia, entführende Phöniker dem Laertes verkauft. Telemachos in der Frühe jenseits anlandend, läßt sein Schiff nach der Stadt herumfahren, und geht zu Eumäos.

Pallas Athene ging zu der großen Stadt Lakedämon,
Daß sie den rühmlichen Sohn des hochgesinnten Odysseus
Reizte, des Vaterlands zu gedenken, und wiederzukehren.
Und Telemachos lag mit Nestors blühendem Sohne
Ruhend vor dem Palast Menelaos' des Ehregekrönten.
Nestors blühender Sohn lag sanft vom Schlummer gefesselt,
Aber Telemachos floh der süße Schlummer; er wachte
Durch die ambrosische Nacht, um den Vater herzlich bekümmert.
Vor ihn stellte sich Zeus' blauäugichte Tochter, und sagte:
Länger ziemt es sich nicht, Telemachos, ferne zu irren,
Da du alle dein Gut, und so übermütige Männer
In dem Palaste verließest; damit sie nicht alles verzehren,
Deine Habe sich teilend, und fruchtlos ende die Reise!
Auf! erinnere gleich den Rufer im Streit Menelaos,
Heim dich zu senden, damit du die treffliche Mutter noch findest.
Denn schon wird sie vom Vater und ihren Brüdern gedränget,
Daß sie Eurymachos nehme; denn dieser schenkte das meiste
Unter den Freiern, und beut die reichste Bräutigamsgabe.
Und man könnte dir leicht, ohn' deinen Dank, aus dem Hause
Manches Gut mitnehmen; du kennst ja des Weibes Gesinnung!
Immer sucht sie den Mann, der ihr beiwohnt, zu bereichern;
Aber die vorigen Kinder und ihrer Jugend Geliebten
Kennt sie nicht mehr, da er starb, und fraget nimmer nach ihnen.
Darum eile nun heim, und vertraue selber die Güter
Einer Dienerin an, die dir am tüchtigsten scheinet,
Bis die himmlischen Götter ein edles Weib dir verleihen.
Noch ein andres verkünd' ich dir jetzt, bewahr' es im Herzen!
Wachsam lauern auf dich die Tapfersten unter den Freiern,
In dem Sunde, der Ithaka trennt und die bergichte Samos,
Daß sie dich töten, bevor du die Heimat wieder erreichest.
Aber ich hoffe das nicht! Erst deckt die Erde noch manchen
Von der Rotte der Freier, die deine Habe verzehren.

ἀλλὰ ἑκὰς νήσων ἀπέχειν εὐεργέα νῆα,
νυκτὶ δ᾽ ὁμῶς πλείειν· πέμψει δέ τοι οὖρον ὄπισθεν
ἀθανάτων ὅς τίς σε φυλάσσει τε ῥύεταί τε.
αὐτὰρ ἐπὴν πρώτην ἀκτὴν Ἰθάκης ἀφίκηαι,
νῆα μὲν ἐς πόλιν ὀτρῦναι καὶ πάντας ἑταίρους,
αὐτὸς δὲ πρώτιστα συβώτην εἰσαφικέσθαι,
ὅς τοι ὑῶν ἐπίουρος, ὁμῶς δέ τοι ἤπια οἶδεν.
ἔνθα δὲ νύκτ᾽ ἀέσαι· τὸν δ᾽ ὀτρῦναι πόλιν εἴσω
ἀγγελίην ἐρέοντα περίφρονι Πηνελοπείηι,
οὕνεκά οἱ σῶς ἐσσὶ καὶ ἐκ Πύλου εἰλήλουθας.“
ἡ μὲν ἄρ᾽ ὣς εἰποῦσ᾽ ἀπέβη πρὸς μακρὸν Ὄλυμπον,
αὐτὰρ ὁ Νεστορίδην ἐξ ἡδέος ὕπνου ἔγειρεν
λὰξ ποδὶ κινήσας, καί μιν πρὸς μῦθον ἔειπεν·
„ ἔγρεο, Νεστορίδη Πεισίστρατε, μώνυχας ἵππους
ζεῦξον ὑφ᾽ ἅρματ᾽ ἄγων, ὄφρα πρήσσωμεν ὁδοῖο.“
τὸν δ᾽ αὖ Νεστορίδης Πεισίστρατος ἀντίον ηὔδα·
„ Τηλέμαχ᾽, οὔ πως ἔστιν ἐπειγομένους περ ὁδοῖο
νύκτα διὰ δνοφερὴν ἐλάαν· τάχα δ᾽ ἔσσεται ἠώς.
ἀλλὰ μέν᾽ εἰς ὅ κε δῶρα φέρων ἐπιδίφρια θήηι
ἥρως Ἀτρεΐδης, δουρικλειτὸς Μενέλαος,
καὶ μύθοις ἀγανοῖσι παραυδήσας ἀποπέμψηι.
τοῦ γάρ τε ξεῖνος μιμνήσκεται ἤματα πάντα
ἀνδρὸς ξεινοδόκου, ὅς κεν φιλότητα παράσχηι.“
ὣς ἔφατ᾽, αὐτίκα δὲ χρυσόθρονος ἤλυθεν Ἠώς.
ἀγχίμολον δέ σφ᾽ ἦλθε βοὴν ἀγαθὸς Μενέλαος,
ἀνστὰς ἐξ εὐνῆς, Ἑλένης πάρα καλλικόμοιο.
τὸν δ᾽ ὡς οὖν ἐνόησεν Ὀδυσσῆος φίλος υἱός,
σπερχόμενός ῥα χιτῶνα περὶ χροῒ σιγαλόεντα
δῦνεν, καὶ μέγα φᾶρος ἐπὶ στιβαροῖς βάλετ᾽ ὤμοις
ἥρως, βῆ δὲ θύραζε, παριστάμενος δὲ προσηύδα
„ Ἀτρεΐδη Μενέλαε διοτρεφές, ὄρχαμε λαῶν,
ἤδη νῦν μ᾽ ἀπόπεμπε φίλην ἐς πατρίδα γαῖαν·
ἤδη γάρ μοι θυμὸς ἐέλδεται οἴκαδ᾽ ἱκέσθαι.“
τὸν δ᾽ ἠμείβετ᾽ ἔπειτα βοὴν ἀγαθὸς Μενέλαος·
„ Τηλέμαχ᾽, οὔ τί σ᾽ ἐγώ γε πολὺν χρόνον ἐνθάδ᾽ ἐρύξω
ἱέμενον νόστοιο· νεμεσσῶμαι δὲ καὶ ἄλλωι
ἀνδρὶ ξεινοδόκωι, ὅς κ᾽ ἔξοχα μὲν φιλέηισιν,
ἔξοχα δ᾽ ἐχθαίρηισιν· ἀμείνω δ᾽ αἴσιμα πάντα.
ἶσόν τοι κακόν ἐσθ᾽, ὅς τ᾽ οὐκ ἐθέλοντα νέεσθαι
ξεῖνον ἐποτρύνει καὶ ὃς ἐσσύμενον κατερύκει.
χρὴ ξεῖνον παρεόντα φιλεῖν, ἐθέλοντα δὲ πέμπειν.

Steure dein rüstiges Schiff, Telemachos, fern von den Inseln;
Fahr auch nur in der Nacht! Dir wird der Unsterblichen einer
Günstigen Wind nachsenden, der dich behütet und schützet.
Wenn du das nächste Gestade von Ithaka jetzo erreicht hast,
Siehe dann sende zur Stadt das Schiff und alle Gefährten,
Und du gehe zuerst dorthin, wo der treffliche Sauhirt
Deiner Schweine hütet, der stets mit Eifer dir anhängt.
Allda bleibe die Nacht, und sende jenen zur Stadt hin,
Um die Botschaft zu bringen der klugen Penelopeia,
Daß du gesund und wohl von Pylos wieder zurückkamst.
　Also sprach die Göttin, und eilte zum großen Olympos.
Und Telemachos weckte den Nestoriden vom Schlummer,
Ihn mit der Ferse berührend, und sprach zu dem blühenden Jüngling:
　Nestors Sohn, wach' auf, Peisistratos; spann' an den Wagen
Hurtig die stampfenden Rosse, damit wir die Reise vollenden.
　Und der Nestoride Peisistratos gab ihm zur Antwort:
Ganz unmöglich, Telemachos, wär' es, wie sehr wir auch eilten:
Diese düstere Nacht zu durchfahren! Und bald ist es Morgen;
Darum warte, bis uns mit Geschenken den Wagen belade
Atreus' edler Sohn, der kriegrische Held Menelaos,
Und mit gefälligen Worten uns freundlich von sich entlasse.
Denn es erinnert sich ein Gast zeitlebens des Mannes,
Welcher in fernem Lande mit Lieb' und Freundschaft ihn aufnahm.
　Also sprach er; da kam die goldenthronende Eos.
Jetzo nahte sich ihnen der Rufer im Streit Menelaos,
Seiner Helena Lager, der schöngelockten, verlassend.
Als der geliebte Sohn von Odysseus diesen bemerkte,
Hüllte sich eilend der Held in den feinen prächtigen Leibrock,
Warf den großen Mantel sich über die rüstigen Schultern,
Ging dann hinaus, und trat zu Menelaos, und sagte:
　Atreus' göttlicher Sohn, Menelaos, Führer der Völker,
Laß mich jetzo von dir ins liebe Vaterland ziehen,
Denn von ganzem Herzen begehr' ich jetzo der Heimkehr.
　Ihm antwortete drauf der Rufer im Streit Menelaos:
Ferne sei es von mir, Telemachos, dich zu verweilen,
Wenn du nach Hause dich sehnst! Ich tadle selber den Gastfreund,
Dessen Höflichkeit uns und überzärtliche Freundschaft
Plagende Feindschaft wird. Das Beste bei allem ist Ordnung!
Traun! gleich arg sind beide: Wer seinem zögernden Gaste
Heimzukehren gebeut, und wer den Eilenden aufhält.
Bleibt er, so pflege des Gastes; und will er gehen, so laß ihn!

ἀλλὰ μέν' εἰς ὅ κε δῶρα φέρων ἐπιδίφρια θείω
καλά, σὺ δ' ὀφθαλμοῖσιν ἴδηις, εἴπω δὲ γυναιξὶ
δεῖπνον ἐνὶ μεγάροις τετυκεῖν ἅλις ἔνδον ἐόντων.
ἀμφότερον, κῦδός τε καὶ ἀγλαΐη καὶ ὄνειαρ,
δειπνήσαντας ἴμεν πολλὴν ἐπ' ἀπείρονα γαῖαν.
εἰ δ' ἐθέλεις τραφθῆναι ἀν' Ἑλλάδα καὶ μέσον Ἄργος,
ὄφρα τοι αὐτὸς ἕπωμαι, ὑποζεύξω δέ τοι ἵππους,
ἄστεα δ' ἀνθρώπων ἡγήσομαι· οὐδέ τις ἡμέας
αὔτως ἀππέμψει, δώσει δέ τι ἕν γε φέρεσθαι,
ἠέ τινα τριπόδων εὐχάλκων ἠὲ λεβήτων,
ἠὲ δύ' ἡμιόνους ἠὲ χρύσειον ἄλεισον."
τὸν δ' αὖ Τηλέμαχος πεπνυμένος ἀντίον ηὔδα·
„Ἀτρεΐδη Μενέλαε διοτρεφές, ὄρχαμε λαῶν,
βούλομαι ἤδη νεῖσθαι ἐφ' ἡμέτερ'· οὐ γὰρ ὄπισθεν
οὖρον ἰὼν κατέλειπον ἐπὶ κτεάτεσσιν ἐμοῖσιν·
μὴ πατέρ' ἀντίθεον διζήμενος αὐτὸς ὄλωμαι,
ἤ τί μοι ἐκ μεγάρων κειμήλιον ἐσθλὸν ὄληται."
αὐτὰρ ἐπεὶ τό γ' ἄκουσε βοὴν ἀγαθὸς Μενέλαος,
αὐτίκ' ἄρ' ἧι ἀλόχωι ἠδὲ δμωιῆισι κέλευσε
δεῖπνον ἐνὶ μεγάροις τετυκεῖν ἅλις ἔνδον ἐόντων.
ἀγχίμολον δέ οἱ ἦλθε Βοηθοΐδης Ἐτεωνεύς,
ἀνστὰς ἐξ εὐνῆς, ἐπεὶ οὐ πολὺ ναῖεν ἀπ' αὐτοῦ·
τὸν πῦρ κῆαι ἄνωγε βοὴν ἀγαθὸς Μενέλαος
ὀπτῆσαί τε κρεῶν· ὁ δ' ἄρ' οὐκ ἀπίθησεν ἀκούσας.
αὐτὸς δ' ἐς θάλαμον κατεβήσετο κηώεντα,
οὐκ οἶος, ἅμα τῶι γ' Ἑλένη κίε καὶ Μεγαπένθης.
ἀλλ' ὅτε δή ῥ' ἵκανον ὅθι κειμήλια κεῖτο,
Ἀτρεΐδης μὲν ἔπειτα δέπας λάβεν ἀμφικύπελλον,
υἱὸν δὲ κρητῆρα φέρειν Μεγαπένθε' ἄνωγεν
ἀργύρεον· Ἑλένη δὲ παρίστατο φωριαμοῖσιν,
ἔνθ' ἔσαν οἱ πέπλοι παμποίκιλοι, οὓς κάμεν αὐτή.
τῶν ἕν' ἀειραμένη Ἑλένη φέρε, δῖα γυναικῶν,
ὃς κάλλιστος ἔην ποικίλμασιν ἠδὲ μέγιστος,
ἀστὴρ δ' ὣς ἀπέλαμπεν· ἔκειτο δὲ νείατος ἄλλων.
βὰν δ' ἰέναι προτέρω διὰ δώματος, ἧος ἵκοντο
Τηλέμαχον· τὸν δὲ προσέφη ξανθὸς Μενέλαος·
„Τηλέμαχ', ἦ τοι νόστον, ὅπως φρεσὶ σῆισι μενοινᾶις,
ὥς τοι Ζεὺς τελέσειεν, ἐρίγδουπος πόσις Ἥρης.
δώρων δ', ὅσσ' ἐν ἐμῶι οἴκωι κειμήλια κεῖται,
δώσω ὃ κάλλιστον καὶ τιμηέστατόν ἐστι.
δώσω τοι κρητῆρα τετυγμένον· ἀργύρεος δὲ

Aber warte, bis ich ein schönes Geschenk auf den Wagen
Leg', und du selber es sehest; und meinen Weibern befehle,
Dir von des Hauses Kost ein reichliches Mahl zu bereiten.
Freudigkeit fühlt der Gast und höheren Mut und Erquickung,
Der, mit Speise gestärkt, in ferne Länder verreiset.
Hast du auch Lust, umher durch Hellas und Argos zu reisen;
Warte, bis ich die Ross' anspanne, dich selber begleite,
Und zu jeglicher Stadt hinführe. Keines der Völker
Sendet uns leer hinweg; man schenkt uns wenigstens ein Stück:
Ein dreifüßig Geschirr von Kupfer, oder ein Becken,
Oder ein Joch Maultiere, auch wohl einen goldenen Becher.
Und der verständige Jüngling Telemachos sagte dagegen:
Atreus' göttlicher Sohn Menelaos, Führer der Völker,
Jetzo eil' ich zurück zu dem Unsrigen (denn da ich abfuhr,
Ließ ich niemand im Hause, mein Eigentum zu bewahren):
Daß ich, den Vater suchend, nicht selber das Leben verliere,
Oder ein köstliches Gut aus meinem Hause verschwinde.
Als er solches vernommen, der Rufer im Streit Menelaos,
Rief er schnell der Gemahlin und ihren Mägden, im Saale
Hurtig ein Mahl zu bereiten vom reichlichgesammelten Vorrat.
Jetzo nahte sich auch Boethos' Sohn Eteoneus,
Seinem Lager entstiegen; er wohnte nicht ferne vom König.
Diesem befahl der Held Menelaos, Feuer zu machen,
Und des Fleisches zu braten; und schnell gehorcht' er dem Worte.
Hierauf stieg er hinab ins duftende hohe Gewölbe:
Nicht er allein; mit ihm ging Helena und Megapenthes.
Als sie die Kammer erreicht, wo seine Kleinode lagen,
Nahm Menelaos Atreides sich einen doppelten Becher.
Reichte dann seines Sohns Megapenthes' Händen zu tragen
Einen silbernen Kelch; und Helena trat zu den Kisten,
Wo sie die schönen Gewande verwahrt, die sie selber gewirket.
Eines von diesen nahm die Königin unter den Weibern,
Welches das größeste war und reichste an künstlicher Arbeit:
Hell wie ein Stern, so strahlt' es, und lag von allen zu unterst.
Und sie gingen zurück durch die Wohnungen, bis sie Odysseus'
Sohn erreichten; da sprach Menelaos der Bräunlichgelockte:
Deine Heimkehr lasse, Telemachos, wie du sie wünschest,
Zeus Kronion gelingen, der donnernde Gatte der Here:
Von den Schätzen, so viel ich in meinem Hause bewahre,
Geb' ich dir zum Geschenk das schönste und köstlichste Kleinod:
Gebe dir einen Kelch von künstlich erhobener Arbeit,

ἐστὶν ἅπας, χρυσῶι δ᾽ ἐπὶ χείλεα κεκράανται,
ἔργον δ᾽ Ἡφαίστοιο· πόρεν δέ ἑ Φαίδιμος ἥρως,
Σιδονίων βασιλεύς, ὅθ᾽ ἑὸς δόμος ἀμφεκάλυψε
κεῖσέ με νοστήσαντα· τεῒν δ᾽ ἐθέλω τόδ᾽ ὀπάσσαι.“
ὣς εἰπὼν ἐν χειρὶ τίθει δέπας ἀμφικύπελλον
ἥρως Ἀτρεΐδης· ὁ δ᾽ ἄρα κρητῆρα φαεινὸν
θῆκ᾽ αὐτοῦ προπάροιθε φέρων κρατερὸς Μεγαπένθης,
ἀργύρεον· Ἑλένη δὲ παρίστατο καλλιπάρηιος
πέπλον ἔχουσ᾽ ἐν χερσίν, ἔπος τ᾽ ἔφατ᾽ ἔκ τ᾽ ὀνόμαζε·
„ δῶρόν τοι καὶ ἐγώ, τέκνον φίλε, τοῦτο δίδωμι,
μνῆμ᾽ Ἑλένης χειρῶν, πολυηράτου ἐς γάμου ὥρην,
σῆι ἀλόχωι φορέειν· τῆος δὲ φίληι παρὰ μητρὶ
κείσθω ἐνὶ μεγάρωι. σὺ δέ μοι χαίρων ἀφίκοιο
οἶκον ἐϋκτίμενον καὶ σὴν ἐς πατρίδα γαῖαν.“
ὣς εἰποῦσ᾽ ἐν χερσὶ τίθει, ὁ δ᾽ ἐδέξατο χαίρων.
καὶ τὰ μὲν ἐς πείρινθα τίθει Πεισίστρατος ἥρως
δεξάμενος, καὶ πάντα ἑῶι θηήσατο θυμῶι·
τοὺς δ᾽ ἦγε πρὸς δῶμα κάρη ξανθὸς Μενέλαος.
ἑζέσθην δ᾽ ἄρ᾽ ἔπειτα κατὰ κλισμούς τε θρόνους τε.
χέρνιβα δ᾽ ἀμφίπολος προχόωι ἐπέχευε φέρουσα
καλῆι χρυσείηι, ὑπὲρ ἀργυρέοιο λέβητος,
νίψασθαι· παρὰ δὲ ξεστὴν ἐτάνυσσε τράπεζαν.
σῖτον δ᾽ αἰδοίη ταμίη παρέθηκε φέρουσα·
εἴδατα πόλλ᾽ ἐπιθεῖσα, χαριζομένη παρεόντων·
πὰρ δὲ Βοηθοΐδης κρέα δαίετο καὶ νέμε μοίρας·
οἰνοχόει δ᾽ υἱὸς Μενελάου κυδαλίμοιο.
οἱ δ᾽ ἐπ᾽ ὀνείαθ᾽ ἑτοῖμα προκείμενα χεῖρας ἴαλλον.
αὐτὰρ ἐπεὶ πόσιος καὶ ἐδητύος ἐξ ἔρον ἕντο,
δὴ τότε Τηλέμαχος καὶ Νέστορος ἀγλαὸς υἱὸς
ἵππους τε ζεύγνυντ᾽ ἀνά θ᾽ ἅρματα ποικίλ᾽ ἔβαινον,
ἐκ δ᾽ ἔλασαν προθύροιο καὶ αἰθούσης ἐριδούπου.
τοὺς δὲ μετ᾽ Ἀτρεΐδης ἔκιε ξανθὸς Μενέλαος,
οἶνον ἔχων ἐν χειρὶ μελίφρονα δεξιτερῆφι,
ἐν δέπαϊ χρυσέωι, ὄφρα λείψαντε κιοίτην.
στῆ δ᾽ ἵππων προπάροιθε, δεδισκόμενος δὲ προσηύδα·
„ χαίρετον, ὦ κούρω, καὶ Νέστορι ποιμένι λαῶν
εἰπεῖν· ἦ γὰρ ἐμοί γε πατὴρ ὣς ἤπιος ἦεν,
ἦος ἐνὶ Τροίηι πολεμίζομεν υἷες Ἀχαιῶν.“
τὸν δ᾽ αὖ Τηλέμαχος πεπνυμένος ἀντίον ηὔδα·
„ καὶ λίην κείνωι γε, διοτρεφές, ὡς ἀγορεύεις,
πάντα τάδ᾽ ἐλθόντες καταλέξομεν· αἲ γὰρ ἐγὼν ὣς

Aus geglättetem Silber, gefaßt mit goldenem Rande,
Und ein Werk von Hephästos! Ihn gab der Sidonier König
Phädimos mir, der Held, der einst in seinem Palaste
Mich Heimkehrenden pflegte. Den will ich jetzo dir schenken.
 Also sprach er, und reichte, der Held Menelaos Atreides,
Ihm den doppelten Becher. Sein tapferer Sohn Megapenthes
Trug den schimmernden Kelch von lauterem Silber, und setzt' ihn
Nieder vor ihm. Auch Helena kam, das Gewand in den Händen,
Und holdselig begann die rosenwangichte Fürstin:
 Dieses Geschenk will ich, mein liebes Kind, dir verehren,
Zum Andenken von Helenas Hand. Bei der lieblichen Hochzeit
Trag' es deine Gemahlin; bis dahin lieg' es im Hause
Deiner geliebten Mutter. Du aber kehre mit Frieden
In dein prächtiges Haus und deiner Väter Gefilde.
 Also sprach sie, und reicht' es ihm hin; und freudig empfing er's.
Jetzo legte der Held Peisistratos alle Geschenke
Nieder im Wagenkorb, und bewunderte jedes im Herzen.
 Und sie führt' in den Saal Menelaos der Bräunlichgelockte;
Allda setzten sie sich auf prächtige Sessel und Throne.
Eine Dienerin trug in der schönen goldenen Kanne
Über dem silbernen Becken das Wasser, beströmte zum Waschen
Ihnen die Händ', und stellte vor sie die geglättete Tafel.
Und die ehrbare Schaffnerin kam, und tischte das Brot auf,
Und der Gerichte viel aus ihrem gesammelten Vorrat.
Aber das Fleisch zerschnitt und verteilte der Sohn des Boethos,
Und des Königes Sohn verteilte die Becher voll Weines.
Und sie erhoben die Hände zum leckerbereiteten Mahle.
 Jetzo war die Begierde des Tranks und der Speise gestillet,
Und Telemachos spannte mit Nestors blühendem Sohne
Hurtig die Rosse vor; sie bestiegen den künstlichen Wagen,
Lenkten darauf aus dem Tore des Hofs, und der tönenden Halle.
Ihnen zur Seite ging Menelaos der Bräunlichgelockte;
Einen goldenen Becher voll herzerfreuendes Weines
Trug er in seiner Rechten, um noch vor der Reise zu opfern,
Stand vor den Rossen, und trank, reicht' ihnen den Becher, und sagte:
 Lebt, ihr Jünglinge, wohl, und grüßt den Hirten der Völker
Nestor von mir; denn wahrlich er liebte mich stets, wie ein Vater,
Als wir Achaier noch die Stadt der Troer bekriegten!
 Und der verständige Jüngling Telemachos sagte dagegen:
Gerne wollen wir ihm, du Göttlicher, wie du befiehlest,
Dieses alles verkünden, sobald wir kommen. O fänd' ich,

νοστήσας Ἰθάκηνδε, κιχὼν Ὀδυσῆ' ἐνὶ οἴκωι,
εἴποιμ' ὡς παρὰ σεῖο τυχὼν φιλότητος ἁπάσης
ἔρχομαι, αὐτὰρ ἄγω κειμήλια πολλὰ καὶ ἐσθλά."
ὣς ἄρα οἱ εἰπόντι ἐπέπτατο δεξιὸς ὄρνις,
αἰετὸς ἀργὴν χῆνα φέρων ὀνύχεσσι πέλωρον,
ἥμερον ἐξ αὐλῆς· οἱ δ' ἰΰζοντες ἕποντο
ἀνέρες ἠδὲ γυναῖκες· ὁ δέ σφισιν ἐγγύθεν ἐλθὼν
δεξιὸς ἤϊξε πρόσθ' ἵππων· οἱ δὲ ἰδόντες
γήθησαν, καὶ πᾶσιν ἐνὶ φρεσὶ θυμὸς ἰάνθη.
τοῖσι δὲ Νεστορίδης Πεισίστρατος ἤρχετο μύθων·
„φράζεο δή, Μενέλαε διοτρεφές, ὄρχαμε λαῶν,
ἢ νῶϊν τόδ' ἔφηνε θεὸς τέρας ἦε σοὶ αὐτῶι."
ὣς φάτο, μερμήριξε δ' ἀρηΐφιλος Μενέλαος,
ὅππως οἱ κατὰ μοῖραν ὑποκρίναιτο νοήσας.
τὸν δ' Ἑλένη τανύπεπλος ὑποφθαμένη φάτο μῦθον·
„κλῦτέ μευ· αὐτὰρ ἐγὼ μαντεύσομαι, ὡς ἐνὶ θυμῶι
ἀθάνατοι βάλλουσι καὶ ὡς τελέεσθαι ὀΐω.
ὡς ὅδε χῆν' ἥρπαξ' ἀτιταλλομένην ἐνὶ οἴκωι
ἐλθὼν ἐξ ὄρεος, ὅθι οἱ γενεή τε τόκος τε,
ὣς Ὀδυσεὺς κακὰ πολλὰ παθὼν καὶ πόλλ' ἐπαληθεὶς
οἴκαδε νοστήσει καὶ τίσεται· ἠὲ καὶ ἤδη
οἴκοι, ἀτὰρ μνηστῆρσι κακὸν πάντεσσι φυτεύει."
τὴν δ' αὖ Τηλέμαχος πεπνυμένος ἀντίον ηὔδα·
„οὕτω νῦν Ζεὺς θείη, ἐρίγδουπος πόσις Ἥρης·
τῶι κέν τοι καὶ κεῖθι θεῶι ὣς εὐχετοώιμην."
ἦ καὶ ἐφ' ἵπποιϊν μάστιν βάλεν· οἱ δὲ μάλ' ὦκα
ἤϊξαν πεδίονδε διὰ πτόλιος μεμαῶτες.
οἱ δὲ πανημέριοι σεῖον ζυγὸν ἀμφὶς ἔχοντες.
δύσετό τ' ἠέλιος σκιόωντό τε πᾶσαι ἀγυιαί·
ἐς Φηρὰς δ' ἵκοντο Διοκλῆος ποτὶ δῶμα,
υἱέος Ὀρτιλόχοιο, τὸν Ἀλφειὸς τέκε παῖδα.
ἔνθα δὲ νύκτ' ἄεσαν ὁ δὲ τοῖς πὰρ ξείνια θῆκεν.
ἦμος δ' ἠριγένεια φάνη ῥοδοδάκτυλος Ἠώς,
ἵππους τε ζεύγνυντ' ἀνά θ' ἅρματα ποικίλ' ἔβαινον,
ἐκ δ' ἔλασαν προθύροιο καὶ αἰθούσης ἐριδούπου·
μάστιξεν δ' ἐλάαν, τὼ δ' οὐκ ἄκοντε πετέσθην.
αἶψα δ' ἔπειθ' ἵκοντο Πύλου αἰπὺ πτολίεθρον·
καὶ τότε Τηλέμαχος προσεφώνεε Νέστορος υἱόν·
„Νεστορίδη, πῶς κέν μοι ὑποσχόμενος τελέσειας
μῦθον ἐμόν; ξεῖνοι δὲ διαμπερὲς εὐχόμεθ' εἶναι
ἐκ πατέρων φιλότητος, ἀτὰρ καὶ ὁμήλικές εἰμεν·

Heim gen Ithaka kehrend, auch meinen Vater zu Hause,
Daß ich ihm sagte, wie ich von dir so gütig bewirtet
Wiederkomm', und so viel, und köstliche Kleinode bringe!
Sprach's; und zur Rechten flog ein heilweissagender Adler,
Welcher die ungeheure, im Hofe gemästete, weiße
Gans in den Klauen trug; mit überlautem Geschreie
Folgten ihm Männer und Weiber: er kam in stürmendem Fluge
Rechtsher nahe den Rossen der Jünglinge. Als sie ihn sahen,
Freuten sie sich, und allen durchglühete Wonne die Herzen.
Nestors blühender Sohn Peisistratos redete jetzo:
Denke nach, Menelaos, du göttlicher Führer der Völker,
Ob Gott uns dies Zeichen gesendet, oder dir selber.
Also sprach er; da sann der kriegrische Held Menelaos
Hin und her, mit Verstand das Wunderzeichen zu deuten.
Aber Helena kam ihm zuvor; so sprach die Geschmückte:
Höret; ich will euch jetzt weissagen, wie es die Götter
Mir in die Seele gelegt, und wie's wahrscheinlich geschehn wird.
Gleichwie der Adler die Gans, die im Hause sich nährte, geraubt hat,
Kommend aus dem Gebirge, von seinem Nest' und Geschlechte:
Also wird auch Odysseus, nach vielen Leiden und Irren,
Endlich zur Heimat kehren und strafen; oder er kehrte
Schon, und rüstet sich nun zu aller Freier Verderben.
Und der verständige Jüngling Telemachos sagte dagegen:
Also vollend' es Zeus, der donnernde Gatte der Here!
O dann werd' ich auch dort, wie eine Göttin, dich anflehn!
Sprach's, und schwang auf die Rosse die Geißel; mit hurtiger Eile
Stürmten sie über die Gassen der Stadt in das freie Gefilde.
Also schüttelten sie bis zum Abend das Joch an den Nacken.
Und die Sonne sank, und Dunkel umhüllte die Pfade.
Und sie kamen gen Pherä, zur Burg des edlen Diokles,
Welchen Alpheios' Sohn Orsilochos hatte gezeuget,
Ruhten bei ihm die Nacht, und wurden freundlich bewirtet.
Als die dämmernde Frühe mit Rosenfingern erwachte,
Rüsteten sie ihr Gespann, und bestiegen den zierlichen Wagen,
Lenkten darauf aus dem Tore des Hofs, und der tönenden Halle.
Treibend schwang er die Geißel, und willig enteilten die Rosse.
Und sie erreichten bald die hochgebauete Pylos;
Und Telemachos sprach zu Nestors blühendem Sohne:
Kannst du mir, Nestors Sohn, wohl eine Bitte gewähren?
Siehe wir rühmen uns ja von den Zeiten unserer Väter
Schon Gastfreunde zu sein, und sind auch einerlei Alters;

ἥδε δ' ὁδὸς καὶ μᾶλλον ὁμοφροσύνῃσιν ἐνήσει.
μή με παρὲξ ἄγε νῆα, διοτρεφές, ἀλλὰ λίπ' αὐτοῦ,
μή μ' ὁ γέρων ἀέκοντα κατάσχηι ὧι ἐνὶ οἴκωι
ἱέμενος φιλέειν· ἐμὲ δὲ χρεὼ θᾶσσον ἱκέσθαι."
ὣς φάτο, Νεστορίδης δ' ἄρ' ἑῶι συμφράσσατο θυμῶι,
ὅππως οἱ κατὰ μοῖραν ὑποσχόμενος τελέσειεν.
ὧδε δέ οἱ φρονέοντι δοάσσατο κέρδιον εἶναι·
στρέψ' ἵππους ἐπὶ νῆα θοὴν καὶ θῖνα θαλάσσης,
νηῒ δ' ἐνὶ πρύμνηι ἐξαίνυτο κάλλιμα δῶρα,
ἐσθῆτα χρυσόν τε, τά οἱ Μενέλαος ἔδωκε·
καί μιν ἐποτρύνων ἔπεα πτερόεντα προσηύδα·
„σπουδῆι νῦν ἀνάβαινε κέλευέ τε πάντας ἑταίρους,
πρὶν ἐμὲ οἴκαδ' ἱκέσθαι ἀπαγγεῖλαί τε γέροντι.
εὖ γὰρ ἐγὼ τόδε οἶδα κατὰ φρένα καὶ κατὰ θυμόν·
οἷος κείνου θυμὸς ὑπέρβιος, οὔ σε μεθήσει,
ἀλλ' αὐτὸς καλέων δεῦρ' εἴσεται, οὐδέ ἕ φημι
ἂψ ἰέναι κενεόν· μάλα γὰρ κεχολώσεται ἔμπης."
ὣς ἄρα φωνήσας ἔλασεν καλλίτριχας ἵππους
ἂψ Πυλίων εἰς ἄστυ, θοῶς δ' ἄρα δώμαθ' ἵκανε.
Τηλέμαχος δ' ἑτάροισιν ἐποτρύνων ἐκέλευσεν·
„ἐγκοσμεῖτε τὰ τεύχε', ἑταῖροι, νηῒ μελαίνηι,
αὐτοί τ' ἀμβαίνωμεν, ἵνα πρήσσωμεν ὁδοῖο."
ὣς ἔφαθ', οἱ δ' ἄρα τοῦ μάλα μὲν κλύον ἠδ' ἐπίθοντο,
αἶψα δ' ἄρ' εἴσβαινον καὶ ἐπὶ κληῖσι καθῖζον.
ἦ τοι ὁ μὲν τὰ πονεῖτο καὶ εὔχετο, θῦε δ' Ἀθήνηι
νηῒ πάρα πρυμνῆι· σχεδόθεν δέ οἱ ἤλυθεν ἀνὴρ
τηλεδαπός, φεύγων ἐξ Ἄργεος ἄνδρα κατακτάς,
μάντις· ἀτὰρ γενεήν γε Μελάμποδος ἔκγονος ἦεν,
ὃς πρὶν μέν ποτ' ἔναιε Πύλωι ἔνι, μητέρι μήλων,
ἀφνειὸς Πυλίοισι μέγ' ἔξοχα δώματα ναίων·
δὴ τότε γ' ἄλλων δῆμον ἀφίκετο, πατρίδα φεύγων
Νηλέα τε μεγάθυμον, ἀγαυότατον ζωόντων,
ὅς οἱ χρήματα πολλὰ τελεσφόρον εἰς ἐνιαυτὸν
εἶχε βίηι. ὁ δὲ τῆος ἐνὶ μεγάροις Φυλάκοιο
δεσμῶι ἐν ἀργαλέωι δέδετο, κρατέρ' ἄλγεα πάσχων
εἵνεκα Νηλῆος κούρης ἄτης τε βαρείης,
τήν οἱ ἐπὶ φρεσὶ θῆκε θεὰ δασπλῆτις Ἐρινύς.
ἀλλ' ὁ μὲν ἔκφυγε κῆρα καὶ ἤλασε βοῦς ἐριμύκους
ἐς Πύλον ἐκ Φυλάκης καὶ ἐτίσατο ἔργον ἀεικὲς
ἀντίθεον Νηλῆα, κασιγνήτωι δὲ γυναῖκα
ἠγάγετο πρὸς δώμαθ'. ὁ δ' ἄλλων ἵκετο δῆμον,

Und noch inniger wird uns diese Reise verbinden.
Fahre mein Schiff nicht vorbei, du Göttlicher; laß mich hier bleiben!
Denn mich möchte der Greis aufhalten in seinem Palaste,
Um mir Gutes zu tun; Und ich muß aufs Eiligste reisen.
Also sprach er, und Nestors Sohn bedachte sich schweigend,
Wie er mit guter Art ihm seine Bitte gewährte.
Dieser Gedanke schien dem Zweifelnden endlich der beste:
An das Gestade des Meers zu dem Schiffe lenkt' er die Rosse,
Legte dann hinten ins Schiff Telemachos' schöne Geschenke,
Sein Gewand und das Gold, so ihm Menelaos verehret.
Und nun trieb er ihn an, und sprach die geflügelten Worte:
Steige nun eilend ins Schiff, und ermuntere deine Gefährten,
Eh' ich zu Hause komm', und dem Greise dieses verkünde!
Denn ich kenne zu gut in meinem Herzen des Vaters
Heftigen starren Sinn: er würde dich nimmer entlassen,
Sondern selbst herkommen, dich einzuladen; und schwerlich
Ging' er dann leer zurück, so sehr würd' er zürnen und eifern!
Also sprach er, und lenkte die Rosse mit wallenden Mähnen
Heim zu der Pylier Stadt, und bald erreicht' er die Wohnung.
Aber Telemachos trieb und ermahnete seine Genossen:
Freunde, bringt die Geräte des schwarzen Schiffes in Ordnung,
Und steigt selber hinein, damit wir die Reise vollenden!
Also sprach er; sie hörten ihn alle mit Fleiß, und gehorchten:
Stiegen eilend ins Schiff, und setzten sich hin auf die Bänke.
Also besorgt' er dieses, und opferte Pallas Athenen
Flehend hinten am Schiff. Und siehe, ein eilender Fremdling
Nahte sich ihm, der aus Argos entfloh, wo er jemand getötet.
Dieser war ein Prophet, und stammte vom alten Melampus,
Welcher vor langer Zeit in der schafegebärenden Pylos
Wohnete, mächtig im Volk, und prächtige Häuser beherrschte.
Aber sein Vaterland verließ er, und floh in die Fremde,
Vor dem gewaltigen Neleus, dem Stolzesten aller die lebten,
Welcher ein ganzes Jahr mit Gewalt sein großes Vermögen
Vorenthielt; indes lag jener in Phylakos Wohnung,
Hartgefesselt mit Banden, und schwere Leiden erduldend,
Wegen der Tochter Neleus', und seines rasenden Wahnsinns,
Welchen ihm die Erinnys, die schreckliche Göttin, gesendet.
Dennoch entfloh er dem Tod', und trieb aus Phylakes Auen
Heim die brüllenden Rinder gen Pylos, strafte den Hochmut
Neleus' des Göttergleichen, und führte dem Bruder zur Gattin
Seine Tochter ins Haus. Er aber zog in die ferne

Ἄργος ἐς ἱππόβοτον· τόθι γάρ νύ οἱ αἴσιμον ἦεν
ναιέμεναι πολλοῖσιν ἀνάσσοντ᾽ Ἀργείοισιν
ἔνθα δ᾽ ἔγημε γυναῖκα καὶ ὑψερεφὲς θέτο δῶμα,
γείνατο δ᾽ Ἀντιφάτην καὶ Μάντιον, υἷε κραταιώ.
Ἀντιφάτης μὲν ἔτικτεν Ὀϊκλῆα μεγάθυμον,
αὐτὰρ Ὀϊκλείης λαοσσόον Ἀμφιάραον,
ὃν περὶ κῆρι φίλει Ζεύς τ᾽ αἰγίοχος καὶ Ἀπόλλων
παντοίην φιλότητ᾽· οὐδ᾽ ἵκετο γήραος οὐδόν,
ἀλλ᾽ ὄλετ᾽ ἐν Θήβηισι γυναίων εἵνεκα δώρων.
τοῦ δ᾽ υἱεῖς ἐγένοντ᾽ Ἀλκμαίων Ἀμφίλοχός τε.
Μάντιος αὖ τέκετο Πολυφείδεά τε Κλεῖτόν τε·
ἀλλ᾽ ἦ τοι Κλεῖτον χρυσόθρονος ἥρπασεν Ἠὼς
κάλλεος εἵνεκα οἷο, ἵν᾽ ἀθανάτοισι μετείη·
αὐτὰρ ὑπέρθυμον Πολυφείδεα μάντιν Ἀπόλλων
θῆκε βροτῶν ὄχ᾽ ἄριστον, ἐπεὶ θάνεν Ἀμφιάραος·
ὅς ῥ᾽ Ὑπερησίηνδ᾽ ἀπενάσσατο πατρὶ χολωθείς,
ἔνθ᾽ ὅ γε ναιετάων μαντεύετο πᾶσι βροτοῖσιν.
    τοῦ μὲν ἄρ᾽ υἱὸς ἐπῆλθε, Θεοκλύμενος δ᾽ ὄνομ᾽ ἦεν,
ὃς τότε Τηλεμάχου πέλας ἵστατο· τὸν δ᾽ ἐκίχανεν
σπένδοντ᾽ εὐχόμενόν τε θοῆι παρὰ νηῒ μελαίνηι,
καί μιν φωνήσας ἔπεα πτερόεντα προσηύδα·
    „ὦ φίλ᾽, ἐπεί σε θύοντα κιχάνω τῶιδ᾽ ἐνὶ χώρωι,
λίσσομ᾽ ὑπὲρ θυέων καὶ δαίμονος, αὐτὰρ ἔπειτα
σῆς τ᾽ αὐτοῦ κεφαλῆς καὶ ἑταίρων, οἵ τοι ἕπονται,
εἰπέ μοι εἰρομένωι νημερτέα μηδ᾽ ἐπικεύσηις·
τίς πόθεν εἷς ἀνδρῶν; πόθι τοι πόλις ἠδὲ τοκῆες;“
    τὸν δ᾽ αὖ Τηλέμαχος πεπνυμένος ἀντίον ηὔδα·
„τοιγὰρ ἐγώ τοι, ξεῖνε, μάλ᾽ ἀτρεκέως ἀγορεύσω.
ἐξ Ἰθάκης γένος εἰμί, πατὴρ δέ μοί ἐστιν Ὀδυσσεύς,
εἴ ποτ᾽ ἔην· νῦν δ᾽ ἤδη ἀπέφθιτο λυγρῶι ὀλέθρωι.
τοὔνεκα νῦν ἑτάρους τε λαβὼν καὶ νῆα μέλαιναν
ἦλθον πευσόμενος πατρὸς δὴν οἰχομένοιο.“
    τὸν δ᾽ αὖτε προσέειπε Θεοκλύμενος θεοειδής·
„οὕτω τοι καὶ ἐγὼν ἐκ πατρίδος, ἄνδρα κατακτὰς
ἔμφυλον· πολλοὶ δὲ κασίγνητοί τε ἔται τε
Ἄργος ἀν᾽ ἱππόβοτον, μέγα δὲ κρατέουσιν Ἀχαιῶν.
τῶν ὑπαλευάμενος θάνατον καὶ κῆρα μέλαιναν
φεύγω, ἐπεί νύ μοι αἶσα κατ᾽ ἀνθρώπους ἀλάλησθαι.
ἀλλά με νηὸς ἔφεσσαι, ἐπεί σε φυγὼν ἱκέτευσα,
μή με κατακτείνωσι· διωκέμεναι γὰρ ὀΐω.“
    τὸν δ᾽ αὖ Τηλέμαχος πεπνυμένος ἀντίον ηὔδα·

Rossenährende Argos; denn dort bestimmte das Schicksal
Ihm forthin zu wohnen, ein Herrscher vieler Argeier.
Allda nahm er ein Weib, und baute die prächtige Wohnung,
Zeugte Antiphates dann und Mantios, tapfere Söhne!
Aber Antiphates zeugte den großgesinnten Oikles,
Und Oikles den Völkererhalter Amphiaraos.
Diesen liebte der Donnerer Zeus und Phöbos Apollon
Mit allwaltender Huld; doch erreicht' er die Schwelle des Alters
Nicht; er starb vor Thebä, durch seines Weibes Geschenke.
Seine Söhne waren Amphilochos und Alkmäon.
Aber Mantios zeugte den Polypheides und Kleitos.
Diesen Kleitos entführte die goldenthronende Eos,
Seiner Schönheit halben, zum Sitz der unsterblichen Götter.
Aber auf Polypheides, dem Hocherleuchteten, ruhte
Phöbos' prophetischer Geist, nach dem Tode des Amphiaraos.
Zürnend dem Vater, zog er gen Hyperesia, wohnte
Und weissagete dort den Sterblichen allen ihr Schicksal.
Dessen Sohn, genannt Theoklymenos, nahte sich jetzo,
Trat zu Telemachos hin, der dort vor Pallas Athene
Heiligen Wein ausgoß und betete, neben dem Schiffe;
Und er redet' ihn an, und sprach die geflügelten Worte:
Lieber, weil ich allhier beim heiligen Opfer dich finde,
Siehe, so fleh' ich dich an, beim Opfer und bei der Gottheit,
Deinem eigenen Heil', und der Freunde, welche dir folgen:
Sage mir Fragendem treulich und unverhohlen die Wahrheit!
Wer, wes Volkes bist du? und wo ist deine Geburtstadt?
Und der verständige Jüngling Telemachos sagte dagegen:
Dieses will ich dir, Fremdling, und nach der Wahrheit verkünden.
Ich bin aus Ithaka her; mein Vater heißet Odysseus,
Wenn er noch lebt; allein er starb des traurigsten Todes.
Darum nahm ich jetzo dies Schiff und diese Gefährten,
Kundschaft mir zu erforschen vom langabwesenden Vater.
Und der göttliche Mann Theoklymenos gab ihm zur Antwort:
Ich bin auch aus der Heimat entflohn! denn ich tötete jemand,
Einen Bürger der Stadt; und viele Brüder und Vettern
Hat er, gewaltig im Volke der rossenährenden Argos!
Diesen bin ich entronnen, den Tod und das schwarze Verhängnis
Fliehend! Von nun an ist mein Schicksal, die Welt zu durchirren!
Aber nimm mich ins Schiff, den Flüchtling, welcher dich anfleht:
Daß sie mich nicht umbringen; denn sicher verfolgen mich jene!
Und der verständige Jüngling Telemachos sagte dagegen:

„ οὐ μὲν δή σ᾽ ἐθέλοντά γ᾽ ἀπώσω νηὸς ἐΐσης,
ἀλλ᾽ ἕπευ· αὐτὰρ κεῖθι φιλήσεαι, οἷά κ᾽ ἔχωμεν.“
ὣς ἄρα φωνήσας οἱ ἐδέξατο χάλκεον ἔγχος,
καὶ τό γ᾽ ἐπ᾽ ἰκριόφιν τάνυσεν νεὸς ἀμφιελίσσης·
ἂν δὲ καὶ αὐτὸς νηὸς ἐβήσετο ποντοπόροιο.
ἐν πρύμνηι δ᾽ ἄρ᾽ ἔπειτα καθέζετο, πὰρ δὲ οἷ αὐτῶι
εἷσε Θεοκλύμενον· τοὶ δὲ πρυμνήσι᾽ ἔλυσαν.
Τηλέμαχος δ᾽ ἑτάροισιν ἐποτρύνας ἐκέλευσεν
ὅπλων ἅπτεσθαι· τοὶ δ᾽ ἐσσυμένως ἐπίθοντο.
ἱστὸν δ᾽ εἰλάτινον κοίλης ἔντοσθε μεσόδμης
στῆσαν ἀείραντες, κατὰ δὲ προτόνοισιν ἔδησαν,
ἕλκον δ᾽ ἱστία λευκὰ ἐϋστρέπτοισι βοεῦσι.
τοῖσιν δ᾽ ἴκμενον οὖρον ἵει γλαυκῶπις Ἀθήνη,
λάβρον ἐπαιγίζοντα δι᾽ αἰθέρος, ὄφρα τάχιστα
νηῦς ἀνύσειε θέουσα θαλάσσης ἁλμυρὸν ὕδωρ.
βὰν δὲ παρὰ Κρουνοὺς καὶ Χαλκίδα καλλιρέεθρον.
δύσετό τ᾽ ἠέλιος σκιόωντό τε πᾶσαι ἀγυιαί·
ἡ δὲ Φεὰς ἐπέβαλλεν ἐπειγομένη Διὸς οὔρωι
ἠδὲ παρ᾽ Ἦλιδα δῖαν, ὅθι κρατέουσιν Ἐπειοί.
ἔνθεν δ᾽ αὖ νήσοισιν ἐπιπροέηκε θοῆισιν,
ὁρμαίνων ἤ κεν θάνατον φύγοι ἦ κεν ἁλώηι.
τὼ δ᾽ αὖτ᾽ ἐν κλισίηι Ὀδυσεὺς καὶ δῖος ὑφορβὸς
δορπείτην· παρὰ δέ σφιν ἐδόρπεον ἀνέρες ἄλλοι.
αὐτὰρ ἐπεὶ πόσιος καὶ ἐδητύος ἐξ ἔρον ἕντο,
τοῖς δ᾽ Ὀδυσεὺς μετέειπε, συβώτεω πειρητίζων,
ἤ μιν ἔτ᾽ ἐνδυκέως φιλέοι μεῖναί τε κελεύοι
αὐτοῦ ἐνὶ σταθμῶι, ἦ ὀτρύνειε πόλινδε·
„ κέκλυθι νῦν, Εὔμαιε, καὶ ἄλλοι πάντες ἑταῖροι·
ἠῶθεν προτὶ ἄστυ λιλαίομαι ἀπονέεσθαι
πτωχεύσων, ἵνα μή σε κατατρύχω καὶ ἑταίρους.
ἀλλά μοι εὖ θ᾽ ὑπόθευ καὶ ἅμ᾽ ἡγεμόν᾽ ἐσθλὸν ὄπασσον
ὅς κέ με κεῖσ᾽ ἀγάγηι· κατὰ δὲ πτόλιν αὐτὸς ἀνάγκηι
πλάγξομαι, αἴ κέν τις κοτύλην καὶ πύρνον ὀρέξηι.
καί κ᾽ ἐλθὼν πρὸς δώματ᾽ Ὀδυσσῆος θείοιο
ἀγγελίην εἴποιμι περίφρονι Πηνελοπείηι,
καί κε μνηστήρεσσιν ὑπερφιάλοισι μιγείην,
εἴ μοι δεῖπνον δοῖεν ὀνείατα μυρί᾽ ἔχοντες.
αἶψά κεν εὖ δρώοιμι μετὰ σφίσιν ἅσσ᾽ ἐθέλοιεν.
ἐκ γάρ τοι ἐρέω, σὺ δὲ σύνθεο καί μευ ἄκουσον·
Ἑρμείαο ἕκητι διακτόρου, ὅς ῥά τε πάντων
ἀνθρώπων ἔργοισι χάριν καὶ κῦδος ὀπάζει,

Freund, ich werde dich nicht von unserem Schiffe verstoßen!
Folg' uns; wir wollen dich dort bewirten, so gut wir es haben.
Also sprach er, und nahm Theoklymenos' eherne Lanze,
Legte sie auf das Verdeck des gleichgeruderten Schiffes,
Stieg dann über den Bord des meerdurchwallenden Schiffes,
Setzte sich hinten am Steuer, und neben dem Jünglinge setzte
Theoklymenos sich. Die andern lösten die Seile.
Aber Telemachos trieb und ermahnte die lieben Gefährten,
Schnell die Geräte zu ordnen. Sie folgeten seinem Befehle:
Stellten den fichtenen Mast in die mittlere Höhe des Bodens,
Richteten hoch ihn empor, und banden ihn fest mit den Seilen;
Spannten die weißen Segel mit starkgeflochtenen Riemen.
Einen günstigen Wind sandt' ihnen Pallas Athene;
Stürmend saust' er vom Äther daher in die Segel des Schiffes,
Und mit geflügelter Eile durchlief es die salzige Woge,
Segelte Krunö vorüber und Chalkis liebliche Mündung.
Und die Sonne sank, und Dunkel umhüllte die Pfade.
Und er steuert' gen Pherä, vom Winde Gottes erfreuet,
Und zu der göttlichen Elis, die von den Epeiern beherrscht wird.
Aber von dannen lenkt' er das Schiff zu den spitzigen Inseln,
Sorgend, ob er dem Tod' entfliehen würd', oder erliegen.
Und in der Hütte genoß mit Odysseus der treffliche Sauhirt
Jetzo die Abendkost, auch aßen die übrigen Hirten.
Und nachdem die Begierde des Tranks und der Speise gestillt war,
Da versuchte der Held Odysseus, ob ihn der Sauhirt
Noch in der Hütte dort herbergen und freundlich bewirten,
Oder ihn treiben würd', in die Stadt zu eilen; so sprach er:
Höre mich jetzt, Eumäos, und hört, ihr übrigen Hirten.
Morgen hätt' ich wohl Lust, in die Stadt als Bettler zu gehen,
Daß ich deine Freunde und dich nicht länger beschwere.
Sage mir denn Bescheid, und gib mir einen Gefährten,
Welcher den Weg mich führe. Die Stadt muß ich selber durchirren,
Ob man ein Becherchen Weins und ein wenig Brosam mir biete.
Gerne möcht' ich auch wohl zum Hause des edlen Odysseus
Gehen, und Botschaft bringen der klugen Penelopeia,
Und alsdann in die Schar der stolzen Freier mich mischen,
Ob sie mich einmal speisen von ihrem reichlichen Gastmahl.
Alles, was sie befehlen, bin ich bereit zu verrichten.
Denn ich verkündige dir; merk auf, und höre die Worte:
Durch Hermeias' Gnade, des Göttergesandten, der alles,
Was die Menschen beginnen, mit Ehre schmücket und Anmut,

δρηστοσύνηι οὐκ ἄν μοι ἐρίσσειε βροτὸς ἄλλος,
πῦρ τ᾽ εὖ νηῆσαι διά τε ξύλα δανὰ κεάσσαι,
δαιτρεῦσαί τε καὶ ὀπτῆσαι καὶ οἰνοχοῆσαι,
οἷά τε τοῖς ἀγαθοῖσι παραδρώωσι χέρηες."
τὸν δὲ μέγ᾽ ὀχθήσας προσέφης, Εὔμαιε συβῶτα·
„ ὤ μοι, ξεῖνε, τίη τοι ἐνὶ φρεσὶ τοῦτο νόημα
ἔπλετο; ἦ σύ γε πάγχυ λιλαίεαι αὐτόθ᾽ ὀλέσθαι.
εἰ δὴ μνηστήρων ἐθέλεις καταδῦναι ὅμιλον,
τῶν ὕβρις τε βίη τε σιδήρεον οὐρανὸν ἵκει.
οὔ τοι τοιοίδ᾽ εἰσὶν ὑποδρηστῆρες ἐκείνων,
ἀλλὰ νέοι, χλαίνας εὖ εἱμένοι ἠδὲ χιτῶνας,
αἰεὶ δὲ λιπαροὶ κεφαλὰς καὶ καλὰ πρόσωπα,
οἵ σφιν ὑποδρώωσιν· ἐΰξεστοι δὲ τράπεζαι
σίτου καὶ κρειῶν ἠδ᾽ οἴνου βεβρίθασιν.
ἀλλὰ μέν᾽· οὐ γάρ τίς τοι ἀνιᾶται παρεόντι,
οὔτ᾽ ἐγὼ οὔτε τις ἄλλος ἑταίρων, οἵ μοι ἔασιν.
αὐτὰρ ἐπὴν ἔλθηισιν Ὀδυσσῆος φίλος υἱός,
κεῖνός σε χλαῖνάν τε χιτῶνά τε εἵματα ἕσσει,
πέμψει δ᾽ ὅππη σε κραδίη θυμός τε κελεύει."
τὸν δ᾽ ἠμείβετ᾽ ἔπειτα πολύτλας δῖος Ὀδυσσεύς·
„ αἴθ᾽ οὕτως, Εὔμαιε, φίλος Διὶ πατρὶ γένοιο
ὡς ἐμοί, ὅττι μ᾽ ἔπαυσας ἄλης καὶ ὀϊζύος αἰνῆς.
πλαγκτοσύνης δ᾽ οὐκ ἔστι κακώτερον ἄλλο βροτοῖσιν·
ἀλλ᾽ ἕνεκ᾽ οὐλομένης γαστρὸς κακὰ κήδε᾽ ἔχουσιν
ἀνέρες, ὅν τιν᾽ ἵκηται ἄλη καὶ πῆμα καὶ ἄλγος.
νῦν δ᾽ ἐπεὶ ἰσχανάαις μεῖναί τέ με κεῖνον ἄνωγας,
εἴπ᾽ ἄγε μοι περὶ μητρὸς Ὀδυσσῆος θείοιο
πατρός θ᾽, ὃν κατέλειπεν ἰὼν ἐπὶ γήραος οὐδῶι,
ἤ που ἔτι ζώουσιν ὑπ᾽ αὐγὰς ἠελίοιο,
ἦ ἤδη τεθνᾶσι καὶ εἰν Ἀΐδαο δόμοισι."
τὸν δ᾽ αὖτε προσέειπε συβώτης, ὄρχαμος ἀνδρῶν·
„ τοιγὰρ ἐγώ τοι, ξεῖνε, μάλ᾽ ἀτρεκέως ἀγορεύσω.
Λαέρτης μὲν ἔτι ζώει, Διὶ δ᾽ εὔχεται αἰεὶ
θυμὸν ἀπὸ μελέων φθίσθαι οἷς ἐν μεγάροισιν·
ἐκπάγλως γὰρ παιδὸς ὀδύρεται οἰχομένοιο
κουριδίης τ᾽ ἀλόχοιο δαΐφρονος, ἥ ἑ μάλιστα
ἤκαχ᾽ ἀποφθιμένη καὶ ἐν ὠμῶι γήραϊ θῆκεν.
ἡ δ᾽ ἄχεϊ οὗ παιδὸς ἀπέφθιτο κυδαλίμοιο,
λευγαλέωι θανάτωι, ὡς μὴ θάνοι ὅς τις ἐμοί γε
ἐνθάδε ναιετάων φίλος εἴη καὶ φίλα ἔρδοι.
ὄφρα μὲν οὖν δὴ κείνη ἔην, ἀχέουσά περ ἔμπης,

Kann der Sterblichen keiner mit mir wetteifern im Dienste:
Feuer geschickt zu legen, und trockene Klötze zu spalten,
Wein zu schenken, und Fleisch zu verteilen oder zu braten:
Was vornehme Leute vom Dienste Geringerer fodern.
Zürnend erwidertest du, Eumäos, Hüter der Schweine:
Wehe mir, Fremdling, wie kann in dein Herz ein solcher Gedanke
Kommen? Wahrlich du eilst, dich dort ins Verderben zu stürzen,
Ist es dein ernstlicher Wille, zu gehn in der Freier Gesellschaft,
Deren Trotz und Gewalt den eisernen Himmel erreichet.
Wahrlich solche Leute sind ihre Diener mitnichten;
Jünglinge sind's, mit Mantel und Leibrock zierlich gekleidet,
Und stets duftet von Salben ihr Haar und blühendes Antlitz:
Diese dienen dort; und die schöngeglätteten Tische
Sind mit Brot und Fleisch und Weine stets belastet.
Aber bleibe; du bist hier keinem Menschen beschwerlich,
Weder mir, noch einem der Freunde, welche mir helfen.
Kehrt einst wieder zurück der geliebte Sohn von Odysseus,
Gerne wird dich dieser mit Rock und Mantel bekleiden,
Und dich senden wohin es deinem Herzen gelüstet.
Ihm antwortete drauf der herrliche Dulder Odysseus:
Liebe dich Vater Zeus, wie ich dich liebe, Eumäos,
Weil du nach schrecklicher Not mir Irrenden Ruhe gewährest!
Nichts ist kummervoller, als unstet leben und flüchtig!
Oft zur Verzweiflung bringt der unversöhnliche Hunger
Leute, die Lebensgefahr und bitterer Mangel umhertreibt,
Aber weil du begehrst, daß ich bleib' und jenen erwarte:
Nun so erzähle mir von der Mutter des edlen Odysseus,
Und dem Vater, den er an der Schwelle des Alters daheimließ:
Leben sie etwa noch im Strahle der leuchtenden Sonne,
Oder sind sie schon tot und in der Schatten Behausung?
Ihm antwortete drauf der männerbeherrschende Sauhirt:
Dieses will ich dir, Fremdling, und nach der Wahrheit erzählen.
Immer noch lebt Laertes; doch täglich flehet er Zeus an,
Daß in seinem Hause sein Geist den Gliedern entschwinde.
Denn untröstlich beweint er des fernen Sohnes Gedächtnis,
Und den Tod des edlen geliebten Weibes der Jugend,
Der ihn so innig gekränkt, und sein herbes Alter beschleunigt.
Diese starb vor Gram um ihren berühmten Odysseus,
Ach! den traurigsten Tod! So sterbe keiner der Freunde,
Welcher in diesem Lande mir Liebes und Gutes getan hat.
Als noch jene lebte, wiewohl in steter Betrübnis,

τόφρα τί μοι φίλον ἔσκε μεταλλῆσαι καὶ ἐρέσθαι,
οὕνεκά μ' αὐτὴ θρέψεν ἅμα Κτιμένῃ τανυπέπλωι,
θυγατέρ' ἰφθίμηι, τὴν ὁπλοτάτην τέκε παίδων·
τῆι ὁμοῦ ἐτρεφόμην, ὀλίγον δέ τί μ' ἧσσον ἐτίμα.
αὐτὰρ ἐπεί ῥ' ἥβην πολυήρατον ἱκόμεθ' ἄμφω,
τὴν μὲν ἔπειτα Σάμηνδ' ἔδοσαν καὶ μυρί' ἕλοντο,
αὐτὰρ ἐμὲ χλαῖνάν τε χιτῶνά τε εἵματ' ἐκείνη
καλὰ μάλ' ἀμφιέσασα, ποσὶν δ' ὑποδήματα δοῦσα
ἀγρόνδε προΐαλλε· φίλει δέ με κηρόθι μᾶλλον.
νῦν δ' ἤδη τούτων ἐπιδεύομαι· ἀλλά μοι αὐτῶι
ἔργον ἀέξουσιν μάκαρες θεοὶ ὧι ἐπιμίμνω·
τῶν ἔφαγόν τ' ἔπιόν τε καὶ αἰδοίοισιν ἔδωκα.
ἐκ δ' ἄρα δεσποίνης οὐ μείλιχον ἔστιν ἀκοῦσαι
οὔτ' ἔπος οὔτε τι ἔργον, ἐπεὶ κακὸν ἔμπεσεν οἴκωι,
ἄνδρες ὑπερφίαλοι· μέγα δὲ δμῶες χατέουσιν
ἀντία δεσποίνης φάσθαι καὶ ἕκαστα πυθέσθαι
καὶ φαγέμεν πιέμεν τε, ἔπειτα δὲ καί τι φέρεσθαι
ἀγρόνδ', οἷά τε θυμὸν ἀεὶ δμώεσσιν ἰαίνει.“
    τὸν δ' ἀπαμειβόμενος προσέφη πολύμητις Ὀδυσσεύς·
„ ὢ πόποι, ὡς ἄρα τυτθὸς ἐών, Εὔμαιε συβῶτα,
πολλὸν ἀπεπλάγχθης σῆς πατρίδος ἠδὲ τοκήων.
ἀλλ' ἄγε μοι τόδε εἰπὲ καὶ ἀτρεκέως κατάλεξον,
ἠὲ διεπράθετο πτόλις ἀνδρῶν εὐρυάγυια,
ἧι ἔνι ναιετάασκε πατὴρ καὶ πότνια μήτηρ,
ἦ σέ γε μουνωθέντα παρ' οἴεσιν ἢ παρὰ βουσὶν
ἄνδρες δυσμενέες νηυσὶν λάβον ἠδ' ἐπέρασσαν
τοῦδ' ἀνδρὸς πρὸς δώμαθ', ὁ δ' ἄξιον ὦνον ἔδωκε.“
    τὸν δ' αὖτε προσέειπε συβώτης, ὄρχαμος ἀνδρῶν·
„ ξεῖν', ἐπεὶ ἂρ δὴ ταῦτά μ' ἀνείρεαι ἠδὲ μεταλλᾶις,
σιγῆι νῦν ξυνίει καὶ τέρπεο, πῖνέ τε οἶνον
ἥμενος. αἵδε δὲ νύκτες ἀθέσφατοι· ἔστι μὲν εὕδειν,
ἔστι δὲ τερπομένοισιν ἀκούειν· οὐδέ τί σε χρή,
πρὶν ὥρη, καταλέχθαι· ἀνίη καὶ πολὺς ὕπνος.
τῶν δ' ἄλλων ὅτινα κραδίη καὶ θυμὸς ἀνώγει,
εὑδέτω ἐξελθών· ἅμα δ' ἠοῖ φαινομένηφι
δειπνήσας ἅμ' ὕεσσιν ἀνακτορίηισιν ἑπέσθω.
νῶϊ δ' ἐνὶ κλισίηι πίνοντέ τε δαινυμένω τε
κήδεσιν ἀλλήλων τερπώμεθα λευγαλέοισι,
μνωομένω· μετὰ γάρ τε καὶ ἄλγεσι τέρπεται ἀνήρ,
ὅς τις δὴ μάλα πολλὰ πάθηι καὶ πόλλ' ἐπαληθῆι.
τοῦτο δέ τοι ἐρέω ὅ μ' ἀνείρεαι ἠδὲ μεταλλᾶις.

Hatt' ich noch etwas Lust zu fragen und mich zu erkunden.
Denn sie erzog mich selbst mit Ktimene, ihrer geschmückten
Tugendreichen Tochter, der jüngsten ihres Geschlechtes;
Diese erzog sie mit mir, und ehrte mich wenig geringer.
Und da wir beide das Ziel der lieblichen Jugend erreichten,
Gaben sie jene nach Samä, und nahmen große Geschenke.
Und mich kleidete sie, die Mutter, mit prächtigen Kleidern,
Einem Mantel und Rock, und gab mir Schuh' an die Füße,
Sandte mich her aufs Land, und tat mir Gutes auf Gutes.
Dieses muß ich nun alles entbehren: aber die Götter
Segnen mit reichem Gedeihn die Arbeit, welche mir obliegt;
Hievon ess' ich und trinke, und geb' auch ehrlichen Leuten.
Von der Königin selbst ist keine Freude zu hoffen,
Weder Wort noch Tat, seitdem die Plage das Haus traf,
Jener verwüstende Schwarm! Und Knechte wünschen doch herzlich,
Vor der Frau des Hauses zu reden, und alles zu hören,
Und zu essen und trinken, und dann auch etwas zu Felde
Mitzunehmen: wodurch das Herz der Bedienten erfreut wird.
Ihm antwortete drauf der erfindungsreiche Odysseus:
Ei so bist du als Kind, Eumäos, Hüter der Schweine,
Fern von dem Vaterland und deinen Eltern verirret!
Aber verkündige mir, und sage die lautere Wahrheit:
Ward die prächtige Stadt von Kriegesscharen verwüstet,
Welche dein Vater einst und die treffliche Mutter bewohnten?
Oder fanden dich einsam bei Schafen oder bei Rindern
Räuber, und schleppten dich fort zu den Schiffen, und boten im Hause
Dieses Mannes dich feil, der dich nach Würden bezahlte?
Ihm antwortete drauf der männerbeherrschende Sauhirt:
Fremdling, weil du mich fragst und so genau dich erkundest,
Nun so sitze still, erfreue dich horchend, und trinke
Wein. Die Nächte sind lang; man kann ausruhen, und kann auch
Angenehme Gespräch' anhören. Es zwinget dich niemand,
Frühe schlafen zu gehn; auch vieles Schlafen ist schädlich.
Sehnt sich der übrigen einer in seinem Herzen zur Ruhe,
Dieser gehe zu Bett; und sobald der Morgen sich rötet,
Frühstück' er, und treibe des Königes Schweine zu Felde.
Aber wir wollen hier in der Hütte noch essen und trinken,
Um einander das Herz durch Erinnerung trauriger Leiden
Aufzuheitern; denn auch der Trübsal denket man gerne,
Wenn man so vieles erduldet, so viele Länder durchirrt ist.
Jetzo will ich dir das verkündigen, was du mich fragtest:

νῆσός τις Συρίη κικλήσκεται, εἴ που ἀκούεις,
Ὀρτυγίης καθύπερθεν, ὅθι τροπαὶ ἠελίοιο,
οὔ τι περιπληθὴς λίην τόσον, ἀλλ᾽ ἀγαθὴ μέν,
εὔβοτος, εὔμηλος, οἰνοπληθής, πολύπυρος.
πείνη δ᾽ οὔ ποτε δῆμον ἐσέρχεται, οὐδέ τις ἄλλη
νοῦσος ἐπὶ στυγερὴ πέλεται δειλοῖσι βροτοῖσιν·
ἀλλ᾽ ὅτε γηράσκωσι πόλιν κάτα φῦλ᾽ ἀνθρώπων,
ἐλθὼν ἀργυρότοξος Ἀπόλλων Ἀρτέμιδι ξὺν
οἷς ἀγανοῖς βελέεσσιν ἐποιχόμενος κατέπεφνεν.
ἔνθα δύω πόλιες, δίχα δέ σφισι πάντα δέδασται·
τῇσιν δ᾽ ἀμφοτέρῃσι πατὴρ ἐμὸς ἐμβασίλευε,
Κτήσιος Ὀρμενίδης, ἐπιείκελος ἀθανάτοισιν.
ἔνθα δὲ Φοίνικες ναυσίκλυτοι ἤλυθον ἄνδρες,
τρῶκται, μυρί᾽ ἄγοντες ἀθύρματα νηῒ μελαίνῃ.
ἔσκε δὲ πατρὸς ἐμοῖο γυνὴ Φοίνισσ᾽ ἐνὶ οἴκωι,
καλή τε μεγάλη τε καὶ ἀγλαὰ ἔργα ἰδυῖα·
τὴν δ᾽ ἄρα Φοίνικες πολυπαίπαλοι ἠπερόπευον.
πλυνούσῃ τις πρῶτα μίγη κοίλῃ παρὰ νηῒ
εὐνῇ καὶ φιλότητι, τά τε φρένας ἠπεροπεύει
θηλυτέρῃσι γυναιξί, καὶ ἥ κ᾽ εὐεργὸς ἔῃσιν.
εἰρώτα δὴ ἔπειτα τίς εἴη καὶ πόθεν ἔλθοι·
ἡ δὲ μάλ᾽ αὐτίκα πατρὸς ἐπέφραδεν ὑψερεφὲς δῶ·
‚ἐκ μὲν Σιδῶνος πολυχάλκου εὔχομαι εἶναι,
κούρη δ᾽ εἴμ᾽ Ἀρύβαντος ἐγὼ ῥυδὸν ἀφνειοῖο·
ἀλλά μ᾽ ἀνήρπαξαν Τάφιοι ληΐστορες ἄνδρες
ἀγρόθεν ἐρχομένην, πέρασαν δέ τε δεῦρ᾽ ἀγαγόντες
τοῦδ᾽ ἀνδρὸς πρὸς δώμαθ᾽· ὁ δ᾽ ἄξιον ὦνον ἔδωκε.‘
τὴν δ᾽ αὖτε προσέειπεν ἀνήρ, ὃς ἐμίσγετο λάθρῃ·
‚ἦ ῥά κε νῦν πάλιν αὖτις ἅμ᾽ ἡμῖν οἴκαδ᾽ ἕποιο,
ὄφρα ἴδῃ πατρὸς καὶ μητέρος ὑψερεφὲς δῶ
αὐτούς τ᾽; ἦ γὰρ ἔτ᾽ εἰσὶ καὶ ἀφνειοὶ καλέονται.‘
τὸν δ᾽ αὖτε προσέειπε γυνὴ καὶ ἀμείβετο μύθωι·
‚εἴη κεν καὶ τοῦτ᾽, εἴ μοι ἐθέλοιτέ γε, ναῦται,
ὅρκωι πιστωθῆναι ἀπήμονά μ᾽ οἴκαδ᾽ ἀπάξειν.‘
ὣς ἔφαθ᾽, οἱ δ᾽ ἄρα πάντες ἐπώμνυον ὡς ἐκέλευεν.
αὐτὰρ ἐπεί ῥ᾽ ὄμοσάν τε τελεύτησάν τε τὸν ὅρκον,
τοῖς δ᾽ αὖτις μετέειπε γυνὴ καὶ ἀμείβετο μύθωι·
‚σιγῇ νῦν, μή τίς με προσαυδάτω ἐπέεσσιν
ὑμετέρων ἑτάρων, ξυμβλήμενος ἢ ἐν ἀγυιῇ,
ἤ που ἐπὶ κρήνῃ· μή τις ποτὶ δῶμα γέροντι
ἐλθὼν ἐξείπῃ, ὁ δ᾽ ὀϊσάμενος καταδήσῃ

Eine der Inseln im Meer heißt Syria, wenn du sie kennest,
Über Ortygia hin, wo die Sonnenwende zu sehn ist.
Groß ist diese nicht sehr von Umfang, aber doch fruchtbar,
Reich an Schafen und Rindern, an Wein und schönem Getreide.
Nimmer besucht der Hunger, und nimmer eine der andern
Schrecklichen Seuchen das Volk, die die armen Sterblichen hinrafft.
Sondern wann in der Stadt die Menschen das Alter erreichen,
Kömmt die Freundin der Pfeil' und der Gott des silbernen Bogens,
Welche sie unversehens mit sanften Geschossen erlegen.
Allda sind zwo Städte, die zwiefach alles geteilet;
Und von diesen beiden war einst mein Vater Beherrscher,
Ktesios, Ormenos' Sohn, ein Bild der unsterblichen Götter.
Einst besuchten uns dort Phöniker, berühmt in der Seefahrt
Und Erzschinder, und führten im Schiff unzähliges Spielzeug.
Aber im Hause des Vaters war eine phönikische Sklavin,
Schöngebildet und groß und klug in künstlicher Arbeit.
Diese verführten mit List die ränkegeübten Phöniker.
Einer von ihnen pflog, da sie wusch, beim schwärzlichen Schiffe,
Heimlicher Liebe mit ihr, die das Herz der biegsamen Weiber
Ganz in die Irre führt, wenn eine die Tugend auch ehret.
Dieser fragte darauf, wer sie wär', und von wannen sie käme;
Und sie zeigte sogleich zu des Vaters hohem Palaste:
Meine Geburtstadt ist die erzdurchschimmerte Sidon,
Und ich rühme mich dort des reichen Arybas' Tochter.
Aber mich raubeten einst, da ich vom Felde zurückkam,
Taphische Räuber, und brachten mich hier, und boten im Hause
Dieses Mannes mich feil, der mich nach Würden bezahlte.
Ihr antwortete drauf der Mann, der sie heimlich beschlafen:
Möchtest du jetzo denn nicht mit uns nach Hause zurückgehn,
Deiner Eltern hohen Palast, und Vater und Mutter
Wiedersehn? Denn sie leben noch beid', und man nennt sie begütert.
Und das phönikische Weib antwortete jenem, und sagte:
Ja auch dieses geschehe, wofern ihr Schiffer mir eidlich
Angelobt, mich sicher und wohl nach Hause zu bringen.
Also sprach sie; und alle beschworen, was sie verlangte.
Als sie es jetzo gelobt, und vollendet den heiligen Eidschwur,
Hub die Phönikerin an, und sprach zu der Männer Versammlung:
Seid nun still, und keiner von eures Schiffes Genossen
Rede mit Worten mich an, er begegne mir auf der Straße,
Oder beim Wasserschöpfen: daß niemand zu unserem Hause
Gehend dem Alten es sag', und dieser vielleicht mir aus Argwohn

δεσμῶι ἐν ἀργαλέωι, ὑμῖν δ' ἐπιφράσσετ' ὄλεθρον.
ἀλλ' ἔχετ' ἐν φρεσὶ μῦθον, ἐπείγετε δ' ὦνον ὁδαίων.
ἀλλ' ὅτε κεν δὴ νηῦς πλείη βιότοιο γένηται,
ἀγγελίη μοι ἔπειτα θοῶς ἐς δώμαθ' ἱκέσθω·
οἴσω γὰρ καὶ χρυσόν, ὅτις χ' ὑποχείριος ἔλθηι·
καὶ δέ κεν ἄλλ' ἐπίβαθρον ἐγὼν ἐθέλουσά γε δοίην.
παῖδα γὰρ ἀνδρὸς ἑῆος ἐνὶ μεγάροις ἀτιτάλλω,
κερδαλέον δὴ τοῖον, ἅμα τροχόωντα θύραζε·
τόν κεν ἄγοιμ' ἐπὶ νηός, ὁ δ' ὑμῖν μυρίον ὦνον
ἄλφοι, ὅπηι περάσητε κατ' ἀλλοθρόους ἀνθρώπους.'
    ἡ μὲν ἄρ' ὣς εἰποῦσ' ἀπέβη πρὸς δώματα καλά,
οἱ δ' ἐνιαυτὸν ἅπαντα παρ' ἡμῖν αὖθι μένοντες
ἐν νηῒ γλαφυρῆι βίοτον πολὺν ἐμπολόωντο.
ἀλλ' ὅτε δὴ κοίλη νηῦς ἤχθετο τοῖσι νέεσθαι,
καὶ τότ' ἄρ' ἄγγελον ἧκαν, ὃς ἀγγείλειε γυναικί.
ἤλυθ' ἀνὴρ πολύϊδρις ἐμοῦ πρὸς δώματα πατρὸς
χρύσεον ὅρμον ἔχων, μετὰ δ' ἠλέκτροισιν ἔερτο.
τὸν μὲν ἄρ' ἐν μεγάρωι δμωιαὶ καὶ πότνια μήτηρ
χερσίν τ' ἀμφαφόωντο καὶ ὀφθαλμοῖσιν ὁρῶντο,
ὦνον ὑπισχόμεναι· ὁ δὲ τῆι κατένευσε σιωπῆι.
ἦ τοι ὁ καννεύσας κοίλην ἐπὶ νῆα βεβήκει,
ἡ δ' ἐμὲ χειρὸς ἑλοῦσα δόμων ἐξῆγε θύραζε.
εὗρε δ' ἐνὶ προδόμωι ἠμὲν δέπα ἠδὲ τραπέζας
ἀνδρῶν δαιτυμόνων, οἵ μευ πατέρ' ἀμφεπένοντο.
οἱ μὲν ἄρ' ἐς θῶκον πρόμολον, δήμοιό τε φῆμιν,
ἡ δ' αἶψα τρί' ἄλεισα κατακρύψασ' ὑπὸ κόλπωι
ἔκφερεν· αὐτὰρ ἐγὼν ἑπόμην ἀεσιφροσύνηισι.
δύσετό τ' ἠέλιος, σκιόωντό τε πᾶσαι ἀγυιαί·
ἡμεῖς δ' ἐς λιμένα κλυτὸν ἤλθομεν ὦκα κιόντες,
ἔνθ' ἄρα Φοινίκων ἀνδρῶν ἦν ὠκύαλος νηῦς.
οἱ μὲν ἔπειτ' ἀναβάντες ἐπέπλεον ὑγρὰ κέλευθα,
νὼ ἀναβησάμενοι· ἐπὶ δὲ Ζεὺς οὖρον ἴαλλεν.
ἑξῆμαρ μὲν ὁμῶς πλέομεν νύκτας τε καὶ ἦμαρ·
ἀλλ' ὅτε δὴ ἕβδομον ἦμαρ ἐπὶ Ζεὺς θῆκε Κρονίων,
τὴν μὲν ἔπειτα γυναῖκα βάλ' Ἄρτεμις ἰοχέαιρα,
ἄντλωι δ' ἐνδούπησε πεσοῦσ' ὡς εἰναλίη κήξ.
καὶ τὴν μὲν φώκησι καὶ ἰχθύσι κύρμα γενέσθαι
ἔκβαλον· αὐτὰρ ἐγὼ λιπόμην ἀκαχήμενος ἦτορ·
τοὺς δ' Ἰθάκηι ἐπέλασσε φέρων ἄνεμός τε καὶ ὕδωρ,
ἔνθα με Λαέρτης πρίατο κτεάτεσσιν ἑοῖσιν.
οὕτω τήνδε τε γαῖαν ἐγὼν ἴδον ὀφθαλμοῖσι."

Schwere Band' anlege, und euch das Verderben bereitet!
Sondern haltet die Sache geheim, und beschleunigt den Einkauf
Aber sobald ihr das Schiff mit Lebensgütern beladen,
Dann geh' einer geschwind' in die Burg, und bringe mir Botschaft,
Nehmen will ich, was mir an goldnem Geschirr' in die Hand fällt;
Und ich möcht' euch gerne die Fahrt noch höher bezahlen.
Denn ich erziehe den Sohn des alten Herrn im Palaste,
Welcher schon witzig ist, und aus dem Hause so mitläuft.
Diesen brächt' ich gerne zum Schiff; ihr würdet nicht wenig
Für ihn lösen, wohin ihr ihn auch in die Fremde verkauftet.
Also sprach das Weib, und kehrte zum schönen Palaste.
Und die Phöniker weilten ein ganzes Jahr auf der Insel,
Kauften und schleppten ins Schiff unzählige Güter zusammen.
Als sie das hohle Schiff zur Heimfahrt hatten befrachtet,
Sandten sie einen Genossen, dem Weibe die Botschaft zu bringen.
Dieser listige Mann, der in des Vaters Palast kam,
Bracht' ein goldnes Geschmeide, besetzt mit köstlichem Bernstein,
Welches die Mägde des Hauses und meine treffliche Mutter
Mit den Händen befühlten und sehr aufmerksam besahen.
Als sie über den Preis nun handelten, winkt' er der Sklavin
Heimlich, und eilte zurück zu dem hohlen Schiffe. Die Sklavin
Nahm mich drauf bei der Hand, und führte mich aus dem Palaste.
Und sie fand in dem vorderen Saal Weinbecher und Tische
Für die Gäste gestellt, die meinen Vater besuchten;
Diese waren anitzt auf dem Markt' in des Volkes Versammlung.
Hurtig raubte sie drei der Gefäße, verbarg sie im Busen,
Eilte dann weg, von mir einfältigen Kinde begleitet.
Und die Sonne sank, und Dunkel umhüllte die Pfade.
Jetzo hatten wir schnell den berühmten Hafen erreichet,
Wo der Phöniker Schiff das Meer zu durcheilen bereit lag.
Diese bestiegen mit uns das Verdeck des Schiffes, und steurten
Über die Woge des Meers, von Gottes Winde getrieben.
Also durchsegelten wir sechs Tag' und Nächte die Wasser.
Als der siebente Tag von Zeus Kronion gesandt ward,
Tötete Artemis plötzlich das Weib mit ihrem Geschosse.
Rauschend fiel sie hinab in das Wasser des Raums, wie ein Seehuhn.
Und man warf sie, den Fischen und Ungeheuern zur Beute,
Über den Bord; allein ich blieb mit traurigem Herzen.
Wind und Woge trieben sie jetzt an Ithakas Ufer,
Wo Laertes mich mit seinem Vermögen erkaufte.
Also hab' ich dies Land zuerst mit Augen gesehen.

τὸν δ᾽ αὖ διογενὴς Ὀδυσεὺς ἠμείβετο μύθωι·
„Εὔμαι', ἦ μάλα δή μοι ἐνὶ φρεσὶ θυμὸν ὄρινας
ταῦτα ἕκαστα λέγων, ὅσα δὴ πάθες ἄλγεα θυμῶι.
ἀλλ᾽ ἦ τοι σοὶ μὲν παρὰ καὶ κακῶι ἐσθλὸν ἔθηκε
Ζεύς, ἐπεὶ ἀνδρὸς δώματ᾽ ἀφίκεο πολλὰ μογήσας
ἠπίου, ὃς δή τοι παρέχει βρῶσίν τε πόσιν τε
ἐνδυκέως, ζώεις δ᾽ ἀγαθὸν βίον· αὐτὰρ ἐγώ γε
πολλὰ βροτῶν ἐπὶ ἄστε᾽ ἀλώμενος ἐνθάδ᾽ ἱκάνω.“
ὣς οἱ μὲν τοιαῦτα πρὸς ἀλλήλους ἀγόρευον,
καδδραθέτην δ᾽ οὐ πολλὸν ἐπὶ χρόνον, ἀλλὰ μίνυνθα·
αἶψα γὰρ Ἠὼς ἦλθεν ἐΰθρονος. οἱ δ᾽ ἐπὶ χέρσου
Τηλεμάχου ἕταροι λύον ἱστία, κὰδ δ᾽ ἕλον ἱστὸν
καρπαλίμως, τὴν δ᾽ εἰς ὅρμον προέρυσσαν ἐρετμοῖς·
ἐκ δ᾽ εὐνὰς ἔβαλον, κατὰ δὲ πρυμνήσι᾽ ἔδησαν·
ἐκ δὲ καὶ αὐτοὶ βαῖνον ἐπὶ ῥηγμῖνι θαλάσσης,
δεῖπνόν τ᾽ ἐντύνοντο κερῶντό τε αἴθοπα οἶνον.
αὐτὰρ ἐπεὶ πόσιος καὶ ἐδητύος ἐξ ἔρον ἕντο,
τοῖσι δὲ Τηλέμαχος πεπνυμένος ἤρχετο μύθων·
„ὑμεῖς μὲν νῦν ἄστυδ᾽ ἐλαύνετε νῆα μέλαιναν,
αὐτὰρ ἐγὼν ἀγροὺς ἐπιείσομαι ἠδὲ βοτῆρας·
ἑσπέριος δ᾽ εἰς ἄστυ ἰδὼν ἐμὰ ἔργα κάτειμι.
ἠῶθεν δέ κεν ὔμμιν ὁδοιπόριον παραθείμην,
δαῖτ᾽ ἀγαθὴν κρειῶν τε καὶ οἴνου ἡδυπότοιο.“
τὸν δ᾽ αὖτε προσέειπε Θεοκλύμενος θεοειδής·
„πῆι γὰρ ἐγώ, φίλε τέκνον, ἴω; τεῦ δώμαθ᾽ ἵκωμαι
ἀνδρῶν οἳ κραναὴν Ἰθάκην κάτα κοιρανέουσιν;
ἦ ἰθὺς σῆς μητρὸς ἴω καὶ σοῖο δόμοιο;“
τὸν δ᾽ αὖ Τηλέμαχος πεπνυμένος ἀντίον ηὔδα·
„ἄλλως μέν σ᾽ ἂν ἐγώ γε καὶ ἡμέτερόνδε κελοίμην
ἔρχεσθ᾽· οὐ γάρ τι ξενίων ποθή· ἀλλὰ σοὶ αὐτῶι
χεῖρον, ἐπεί τοι ἐγὼ μὲν ἀπέσσομαι, οὐδέ σε μήτηρ
ὄψεται· οὐ μὲν γάρ τι θαμὰ μνηστῆρσ᾽ ἐνὶ οἴκωι
φαίνεται, ἀλλ᾽ ἀπὸ τῶν ὑπερωΐωι ἱστὸν ὑφαίνει.
ἀλλά τοι ἄλλον φῶτα πιφαύσκομαι ὅν κεν ἵκοιο,
Εὐρύμαχον, Πολύβοιο δαΐφρονος ἀγλαὸν υἱόν,
τὸν νῦν ἶσα θεῶι Ἰθακήσιοι εἰσορόωσι·
καὶ γὰρ πολλὸν ἄριστος ἀνὴρ μέμονέν τε μάλιστα
μητέρ᾽ ἐμὴν γαμέειν καὶ Ὀδυσσῆος γέρας ἕξειν.
ἀλλὰ τά γε Ζεὺς οἶδεν Ὀλύμπιος, αἰθέρι ναίων,
εἴ κέ σφι πρὸ γάμοιο τελευτήσει κακὸν ἦμαρ.“
ὣς ἄρα οἱ εἰπόντι ἐπέπτατο δεξιὸς ὄρνις,

Und der göttliche Held Odysseus gab ihm zur Antwort:
Wahrlich, Eumäos, ich fühl' es im Innersten meines Herzens,
Alles, was du mir jetzo von deinen Leiden erzählt hast!
Aber dir hat doch Zeus bei dem Bösen auch Gutes verliehen,
Da du, nach großen Leiden, in dieses gütigen Mannes
Wohnung kamst, der dir sorgfältig zu essen und trinken
Reicht; denn du lebst hier ganz gemächlich. Aber ich Armer
Irre, von Stadt zu Stadt vertrieben, Hilfe zu suchen!
Also besprachen diese sich jetzo untereinander,
Legten sich dann zur Ruh, nicht lange, sondern ein wenig;
Denn bald rötete sich der Morgen. Aber am Ufer
Lösten Telemachos Freunde die Segel, senkten den Mastbaum
Eilend herab, vollendeten dann mit Rudern die Landung,
Warfen die Anker aus, und banden mit Seilen das Schiff an.
Und nun stiegen sie selbst ans krumme Gestade des Meeres,
Eilten das Mahl zu bereiten, und mischten des funkelnden Weines.
Und nachdem die Begierde des Tranks und der Speise gestillt war,
Sprach der verständige Jüngling Telemachos zu der Versammlung:
Rudert, ihr andern, jetzt nach der Stadt mit dem schwärzlichen Schiffe;
Ich will erst ein wenig zu meinen Hirten aufs Land gehn.
Abends komm' ich zur Stadt, sobald ich das Meine besehen.
Morgen dächt' ich euch wohl ein gutes Mahl nach der Reise
Vorzusetzen, von Fleisch und herzerfreuendem Weine.
Und der göttliche Mann Theoklymenos gab ihm zur Antwort:
Aber wohin geh ich denn, mein Sohn? zu wessen Palaste
Unter den Männern, die hier in der felsichten Ithaka herrschen?
Geh ich gerade zu deinem und deiner Mutter Palaste?
Und der verständige Jüngling Telemachos sagte dagegen:
Sonst geböt' ich dir wohl, gerade zu unserem Hause
Hinzugehn; auch sollt' es an nichts gebrechen: doch jetzo
Würd' es dich selbst beschweren. Denn ich bin fern, und die Mutter
Siehet dich nicht; sie erscheint nicht oft vor den Freiern im Saale;
Abgesondert wirkt sie im obern Stock' ihr Gewebe.
Aber ich will indes dir einen anderen nennen:
Geh zu Eurymachos hin, des Polybos trefflichem Sohne,
Welcher jetzt, wie ein Gott, in der Ithaker Volke geehrt wird.
Und er ist auch bei weitem der Edelste, wünscht auch am meisten
Meine Mutter zum Weib , und Odysseus' Würde zu erben.
Aber das weiß Kronion, der Gott des hohen Olympos,
Ob vor der Hochzeit noch der böse Tag sie ereile!
Sprach's; und rechtsher flog ein heilweissagender Vogel,

κίρκος, Ἀπόλλωνος ταχὺς ἄγγελος· ἐν δὲ πόδεσσι
τίλλε πέλειαν ἔχων, κατὰ δὲ πτερὰ χεῦεν ἔραζε
μεσσηγὺς νηός τε καὶ αὐτοῦ Τηλεμάχοιο.
τὸν δὲ Θεοκλύμενος ἑτάρων ἀπονόσφι καλέσσας
ἔν τ' ἄρα οἱ φῦ χειρὶ ἔπος τ' ἔφατ' ἔκ τ' ὀνόμαζε·
„Τηλέμαχ', οὔ τοι ἄνευ θεοῦ ἔπτατο δεξιὸς ὄρνις·
ἔγνων γάρ μιν ἐσάντα ἰδὼν οἰωνὸν ἐόντα.
ὑμετέρου δ' οὐκ ἔστι γένος βασιλεύτερον ἄλλο
ἐν δήμωι Ἰθάκης, ἀλλ' ὑμεῖς καρτεροὶ αἰεί."
τὸν δ' αὖ Τηλέμαχος πεπνυμένος ἀντίον ηὔδα·
„αἲ γὰρ τοῦτο, ξεῖνε, ἔπος τετελεσμένον εἴη·
τῶι κε τάχα γνοίης φιλότητά τε πολλά τε δῶρα
ἐξ ἐμεῦ, ὡς ἄν τίς σε συναντόμενος μακαρίζοι."
ἦ καὶ Πείραιον προσεφώνεε, πιστὸν ἑταῖρον·
„Πείραιε Κλυτίδη, σὺ δέ μοι τά περ ἄλλα μάλιστα
πείθηι ἐμῶν ἑτάρων, οἵ μοι Πύλον εἰς ἅμ' ἕποντο·
καὶ νῦν μοι τὸν ξεῖνον ἄγων ἐν δώμασι σοῖσιν
ἐνδυκέως φιλέειν καὶ τιέμεν, εἰς ὅ κεν ἔλθω."
τὸν δ' αὖ Πείραιος δουρικλυτὸς ἀντίον ηὔδα·
„Τηλέμαχ', εἰ γάρ κεν σὺ πολὺν χρόνον ἐνθάδε μίμνοις,
τόνδε τ' ἐγὼ κομιῶ, ξενίων δέ οἱ οὐ ποθὴ ἔσται."
ὣς εἰπὼν ἐπὶ νηὸς ἔβη, ἐκέλευσε δ' ἑταίρους
αὐτούς τ' ἀμβαίνειν ἀνά τε πρυμνήσια λῦσαι.
οἱ δ' αἶψ' εἴσβαινον καὶ ἐπὶ κληῖσι καθῖζον.
Τηλέμαχος δ' ὑπὸ ποσσὶν ἐδήσατο καλὰ πέδιλα,
εἵλετο δ' ἄλκιμον ἔγχος, ἀκαχμένον ὀξέϊ χαλκῶι,
νηὸς ἀπ' ἰκριόφιν· τοὶ δὲ πρυμνήσι' ἔλυσαν.
οἱ μὲν ἀνώσαντες πλέον ἐς πόλιν, ὡς ἐκέλευσε
Τηλέμαχος, φίλος υἱὸς Ὀδυσσῆος θείοιο·
τὸν δ' ὦκα προβιβάντα πόδες φέρον, ὄφρ' ἵκετ' αὐλήν,
ἔνθα οἱ ἦσαν ὕες μάλα μυρίαι, ᾗσι συβώτης
ἐσθλὸς ἐὼν ἐνίαυεν, ἀνάκτεσιν ἤπια εἰδώς.

Phöbos' schneller Gesandte, der Habicht: zwischen den Klauen
Hielt er und rupfte die Taub', und goß die Federn zur Erde
Zwischen Telemachos nieder und seinem schwärzlichen Schiffe.
Eilend rief Theoklymenos ihn von den Freunden besonders,
Faßte des Jünglings Hand, und erhub die Stimme der Weisheit:
Jüngling, nicht ohne Gott flog dir zur Rechten der Vogel;
Denn ich erkenn' an ihm die heilweissagenden Zeichen!
Außer eurem Geschlecht erhebt sich nimmer ein König
In der Ithaker Volk; auf euch ruht ewig die Herrschaft!
Und der verständige Jüngling Telemachos sagte dagegen:
Fremdling, erfülleten doch die Götter, was du geweissagt!
Dann erkenntest du bald an vielen und großen Geschenken
Deinen Freund, und jeder Begegnende priese dich selig!
Also sprach er, und rief dem treuen Gefährten Peiräos:
Klytios' Sohn, Peiräos, du bist von allen Gefährten,
Die mich nach Pylos gebracht, mir immer am meisten gewillfahrt.
Führe mir denn auch nun zu deinem Hause den Fremdling,
Ehr' und bewirt' ihn dort, bis ich heimkehre, mit Sorgfalt!
Und der lanzenberühmte Peiräos sagte dagegen:
Wenn du auch noch so lange, Telemachos, draußen verweilest,
Gerne bewirt' ich den Gast, auch soll es an nichts ihm gebrechen!
Also sprach er, und trat in das Schiff, und befahl den Gefährten,
Einzusteigen, und schnell die Seile vom Ufer zu lösen.
Und sie traten ins Schiff, und setzten sich hin auf die Bänke.
Aber Telemachos band um die Füße die prächtigen Sohlen,
Nahm dann die mächtige Lanze, mit scharfer eherner Spitze,
Von des Schiffes Verdeck. Die andern lösten die Seile,
Stießen ab, und fuhren zur Stadt mit dem schwärzlichen Schiffe,
Wie es Telemachos hieß, der geliebte Sohn von Odysseus.
Dieser eilte von dannen mit hurtigen Füßen zum Hofe,
Wo die Herden der Schwein' itzt ruheten, welche der Sauhirt
Schützte, der gute Mann, der seinen Herren so treu war.

ΟΔΥΣΣΕΙΑΣ Π

Τηλεμάχου ἀναγνωρισμὸς
Ὀδυσσέως.

Τὼ δ' αὖτ' ἐν κλισίηι Ὀδυσεὺς καὶ δῖος ὑφορβὸς
ἐντύνοντο ἄριστον ἅμ' ἠοῖ, κηαμένω πῦρ,
ἔκπεμψάν τε νομῆας ἅμ' ἀγρομένοισι σύεσσι·
Τηλέμαχον δὲ περίσσαινον κύνες ὑλακόμωροι,
οὐδ' ὕλαον προσιόντα. νόησε δὲ δῖος Ὀδυσσεὺς
σαίνοντάς τε κύνας, περί τε κτύπος ἦλθε ποδοῖϊν.
αἶψα δ' ἄρ' Εὔμαιον ἔπεα πτερόεντα προσηύδα·
„Εὔμαι', ἦ μάλα τίς τοι ἐλεύσεται ἐνθάδ' ἑταῖρος
ἢ καὶ γνώριμος ἄλλος, ἐπεὶ κύνες οὐχ ὑλάουσιν,
ἀλλὰ περισσαίνουσι· ποδῶν δ' ὑπὸ δοῦπον ἀκούω."
οὔ πω πᾶν εἴρητο ἔπος, ὅτε οἱ φίλος υἱὸς
ἔστη ἐνὶ προθύροισι. ταφὼν δ' ἀνόρουσε συβώτης,
ἐκ δ' ἄρα οἱ χειρῶν πέσον ἄγγεα, τοῖς ἐπονεῖτο,
κιρνὰς αἴθοπα οἶνον. ὁ δ' ἀντίος ἦλθεν ἄνακτος,
κύσσε δέ μιν κεφαλήν τε καὶ ἄμφω φάεα καλὰ
χεῖράς τ' ἀμφοτέρας· θαλερὸν δέ οἱ ἔκπεσε δάκρυ.
ὡς δὲ πατὴρ ὃν παῖδα φίλα φρονέων ἀγαπάζηι
ἐλθόντ' ἐξ ἀπίης γαίης δεκάτωι ἐνιαυτῶι,
μοῦνον τηλύγετον, τῶι ἔπ' ἄλγεα πολλὰ μογήσηι,
ὣς τότε Τηλέμαχον θεοειδέα δῖος ὑφορβὸς
πάντα κύσεν περιφύς, ὡς ἐκ θανάτοιο φυγόντα·
καί ῥ' ὀλοφυρόμενος ἔπεα πτερόεντα προσηύδα·
„ἦλθες, Τηλέμαχε, γλυκερὸν φάος. οὔ σ' ἔτ' ἐγώ γε
ὄψεσθαι ἐφάμην, ἐπεὶ ὤιχεο νηῒ Πύλονδε.
ἀλλ' ἄγε νῦν εἴσελθε, φίλον τέκος, ὄφρα σε θυμῶι
τέρψομαι εἰσορόων νέον ἄλλοθεν ἔνδον ἐόντα.
οὐ μὲν γάρ τι θάμ' ἀγρὸν ἐπέρχεαι οὐδὲ νομῆας,
ἀλλ' ἐπιδημεύεις· ὣς γάρ νύ τοι εὔαδε θυμῶι,
ἀνδρῶν μνηστήρων ἐσορᾶν ἀΐδηλον ὅμιλον."
τὸν δ' αὖ Τηλέμαχος πεπνυμένος ἀντίον ηὔδα·
„ἔσσεται οὕτως, ἄττα· σέθεν δ' ἕνεκ' ἐνθάδ' ἱκάνω,
ὄφρα σέ τ' ὀφθαλμοῖσιν ἴδω καὶ μῦθον ἀκούσω,
ἤ μοι ἔτ' ἐν μεγάροις μήτηρ μένει, ἦέ τις ἤδη
ἀνδρῶν ἄλλος ἔγημεν, Ὀδυσσῆος δέ που εὐνὴ

SECHZEHNTER GESANG

Ankunft des Telemachos in des Sauhirten Gehege. Während Eumäos der Königin die Botschaft bringt, entdeckt sich Odysseus dem Sohne, und verabredet der Freier Ermordung. An der Stadt landen Telemachos' Genossen, und drauf seine Nachsteller, die ihn in Ithaka selbst zu ermorden beschließen. Des Sauhirten Rückkehr.

Frühe bereitete schon mit Odysseus der treffliche Sauhirt
In der Hütte das Mahl bei angezündetem Feuer,
Sandte darauf die Hirten mit ihren Schweinen zu Felde.
Und Telemachos kam; ihn umhüpften die wachsamen Hunde
Schmeichelnd, und bellten nicht. Der göttergleiche Odysseus
Sah die schmeichelnden Hund', und hörte des Kommenden Fußtritt;
Wandte sich schnell zu Eumäos, und sprach die geflügelten Worte:
Sicher, Eumäos, besucht dich einer von deinen Gesellen,
Oder auch sonst ein Bekannter, denn ihn umhüpfen die Hunde
Schmeichelnd, und bellen nicht; auch hör' ich des Kommenden Fußtritt.
Als er noch redete, siehe da stand an der Schwelle des Hauses
Sein geliebtester Sohn. Voll Schrecken erhub sich der Sauhirt;
Seinen Händen entsank das Geschirr, das er eben gebrauchte,
Funkelnden Wein zu mischen; er eilte dem Fürsten entgegen,
Küßte sein Angesicht, und beide glänzenden Augen,
Beide Hände dazu; und Tränen umflossen sein Antlitz.
Wie den geliebten Sohn ein gütiger Vater bewillkommt,
Ihn, der im zehnten Jahr' aus fernen Landen zurückkehrt,
Ach! den einzigen, spätgebornen, mit Kummer erzognen:
Also umarmte den schönen Telemachos jetzo der Sauhirt,
Und bedeckt' ihn mit Küssen, als wär' er vom Tod' erstanden.
Und lautweinend begann er, und sprach die geflügelten Worte:
Kommst du, Telemachos, kommst du, mein süßes Leben? Ich hoffte
Nimmer dich wiederzusehn, da du nach Pylos geschifft warst!
Komm doch herein, du trautes Kind, daß mein Herz sich erfreue
Deines Anblicks, du! der erst aus der Fremde zurückkommt!
Oft besuchst du ja nicht uns Hirtenleut' auf dem Felde,
Sondern bleibst in der Stadt; denn du findest ein eignes Vergnügen,
Stets den verwüstenden Schwarm der bösen Freier zu sehen!
Und der verständige Jüngling Telemachos sagte dagegen:
Väterchen, dieses geschehe; denn deinethalben nur komm' ich,
Um dich wieder mit Augen zu sehn, und von dir zu erfahren:
Ob die Mutter daheim noch weile; oder der andern
Einen zum Manne gewählt, und nun das Lager Odysseus,

χήτει ἐνευναίων κάκ' ἀράχνια κεῖται ἔχουσα."
τὸν δ' αὖτε προσέειπε συβώτης, ὄρχαμος ἀνδρῶν·
„ καὶ λίην κείνη γε μένει τετληότι θυμῶι
σοῖσιν ἐνὶ μεγάροισιν· ὀϊζυραὶ δέ οἱ αἰεὶ
φθίνουσιν νύκτες τε καὶ ἤματα δάκρυ χεούσηι."
ὣς ἄρα φωνήσας οἱ ἐδέξατο χάλκεον ἔγχος·
αὐτὰρ ὅ γ' εἴσω ἴεν καὶ ὑπέρβη λάϊνον οὐδόν.
τῶι δ' ἕδρης ἐπιόντι πατὴρ ὑπόειξεν Ὀδυσσεύς·
Τηλέμαχος δ' ἑτέρωθεν ἐρήτυε φώνησέν τε·
„ ἧσ', ὦ ξεῖν'· ἡμεῖς δὲ καὶ ἄλλοθι δήομεν ἕδρην
σταθμῶι ἐν ἡμετέρωι· πάρα δ' ἀνὴρ ὃς καταθήσει."
ὣς φάθ', ὁ δ' αὖτις ἰὼν κατ' ἄρ' ἕζετο· τῶι δὲ συβώτης.
χεῦεν ὕπο χλωρὰς ῥῶπας καὶ κῶας ὕπερθεν·
ἔνθα καθέζετ' ἔπειτα Ὀδυσσῆος φίλος υἱός.
τοῖσιν δ' αὖ κρειῶν πίνακας παρέθηκε συβώτης
ὀπταλέων, ἅ ῥα τῆι προτέρηι ὑπέλειπον ἔδοντες,
σῖτον δ' ἐσσυμένως παρενήνεεν ἐν κανέοισιν,
ἐν δ' ἄρα κισσυβίωι κίρνη μελιηδέα οἶνον·
αὐτὸς δ' ἀντίον ἷζεν Ὀδυσσῆος θείοιο.
οἱ δ' ἐπ' ὀνείαθ' ἑτοῖμα προκείμενα χεῖρας ἴαλλον.
αὐτὰρ ἐπεὶ πόσιος καὶ ἐδητύος ἐξ ἔρον ἕντο,
δὴ τότε Τηλέμαχος προσεφώνεε δῖον ὑφορβόν·
„ ἄττα, πόθεν τοι ξεῖνος ὅδ' ἵκετο; πῶς δέ ἑ ναῦται
ἤγαγον εἰς Ἰθάκην; τίνες ἔμμεναι εὐχετόωντο;
οὐ μὲν γάρ τί ἑ πεζὸν ὀΐομαι ἐνθάδ' ἱκέσθαι."
τὸν δ' ἀπαμειβόμενος προσέφης, Εὔμαιε συβῶτα·
„ τοιγὰρ ἐγώ τοι, τέκνον, ἀληθέα πάντ' ἀγορεύσω.
ἐκ μὲν Κρητάων γένος εὔχεται εὐρειάων,
φησὶ δὲ πολλὰ βροτῶν ἐπὶ ἄστεα δινηθῆναι
πλαζόμενος· ὣς γάρ οἱ ἐπέκλωσεν τά γε δαίμων.
νῦν αὖ Θεσπρωτῶν ἀνδρῶν ἐκ νηὸς ἀποδρὰς
ἤλυθ' ἐμὸν πρὸς σταθμόν, ἐγὼ δέ τοι ἐγγυαλίξω·
ἔρξον ὅπως ἐθέλεις· ἱκέτης δέ τοι εὔχεται εἶναι."
τὸν δ' αὖ Τηλέμαχος πεπνυμένος ἀντίον ηὔδα·
„ Εὔμαι', ἦ μάλα τοῦτο ἔπος θυμαλγὲς ἔειπες·
πῶς γὰρ δὴ τὸν ξεῖνον ἐγὼν ὑποδέξομαι οἴκωι;
αὐτὸς μὲν νέος εἰμὶ καὶ οὔ πω χερσὶ πέποιθα
ἄνδρ' ἀπαμύνασθαι, ὅτε τις πρότερος χαλεπήνηι·
μητρὶ δ' ἐμῆι δίχα θυμὸς ἐνὶ φρεσὶ μερμηρίζει,
ἢ αὐτοῦ παρ' ἐμοί τε μένηι καὶ δῶμα κομίζηι,
εὐνήν τ' αἰδομένη πόσιος δήμοιό τε φῆμιν,

Aller Betten beraubt, von Spinneweben entstellt sei?
Ihm antwortete drauf der männerbeherrschende Sauhirt:
Allerdings weilt jene mit treuer duldender Seele
Noch in deinem Palast; und immer schwinden in Jammer
Ihre Tage dahin, und unter Tränen die Nächte!
Also sprach er, und nahm ihm die eherne Lanze, da jener
Über die steinerne Schwell' in seine Kammer hineintrat.
Vor dem Kommenden wich sein Vater Odysseus vom Sitze;
Aber Telemachos hielt ihn, und sprach mit freundlicher Stimme:
Fremder Mann, bleib sitzen; wir finden in unserer Wohnung
Wohl noch anderswo Platz; der Mann hier wird mich schon setzen!
Sprach's; und Odysseus kam und setzte sich. Aber der Sauhirt
Breitete grüne Zweige für jenen, und drüber ein Geißfell;
Hierauf setzte sich dann der geliebte Sohn von Odysseus.
Und nun tischte vor ihnen der Sauhirt Schüsseln gebratnes
Fleisches auf, die sie letzt von der Mahlzeit übrig gelassen,
Eilte hinweg, und brachte gehäufte Körbe mit Kuchen,
Mischte dann süßen Wein im großen hölzernen Becher;
Hierauf setzt' er sich gegen den göttergleichen Odysseus.
Und sie erhoben die Hände zum leckerbereiteten Mahle.
Jetzo war die Begierde des Tranks und der Speise gestillet;
Und Telemachos sprach zu dem edlen Hüter der Schweine:
Vater, woher kam dieser Gast? Wie brachten die Schiffer
Ihn nach Ithaka her? Was rühmen sich jene für Leute?
Denn unmöglich ist er doch hier zu Fuße gekommen!
Ihm antwortetest du, Eumäos, Hüter der Schweine:
Dieses will ich dir, Sohn, und nach der Wahrheit erzählen.
Aus dem weiten Gefilde von Kreta stammet der Fremdling;
Viele Städte, sagt er, der Sterblichen sei er durchwandert,
Seit ihn der Himmlischen einer, die Welt zu durchflüchten, verurteilt.
Jetzo entrann er vom Schiffe thesprotischer Männer, und eilte
Her in mein Hirtengeheg'. Ich geb' ihn dir in die Hände:
Tue mit ihm, wie du willst; denn deiner Gnade vertraut er.
Und der verständige Jüngling Telemachos sagte dagegen:
Was du mir jetzo gesagt, Eumäos, kümmert mich herzlich!
Denn wie kann ich den Fremdling in meinem Hause bewirten?
Sieh, ich selber bin jung, und Stärke fehlet den Händen,
Abzuwehren den Mann, der ihn zu beleidigen wagte.
Aber der Mutter Herz wankt zwischen beiden Entschlüssen,
Ob sie noch weile bei mir, und meine Güter bewahre,
Scheuend das Lager des Ehegemahls, und die Stimme des Volkes;

ἦ ἤδη ἅμ' ἕπηται Ἀχαιῶν ὅς τις ἄριστος
μνᾶται ἐνὶ μεγάροισιν ἀνὴρ καὶ πλεῖστα πόρῃσιν.
ἀλλ' ἦ τοὶ τὸν ξεῖνον, ἐπεὶ τεὸν ἵκετο δῶμα,
ἕσσω μιν χλαῖνάν τε χιτῶνά τε, εἵματα καλά,
δώσω δὲ ξίφος ἄμφηκες καὶ ποσσὶ πέδιλα,
πέμψω δ' ὅππῃ μιν κραδίη θυμός τε κελεύει.
εἰ δ' ἐθέλεις, σὺ κόμισσον ἐνὶ σταθμοῖσιν ἐρύξας·
εἵματα δ' ἐνθάδ' ἐγὼ πέμψω καὶ σῖτον ἅπαντα
ἔδμεναι, ὡς ἂν μή σε κατατρύχῃ καὶ ἑταίρους.
κεῖσε δ' ἂν οὔ μιν ἐγώ γε μετὰ μνηστῆρας ἐῷμι
ἔρχεσθαι· λίην γὰρ ἀτάσθαλον ὕβριν ἔχουσι·
μή μιν κερτομέωσιν, ἐμοὶ δ' ἄχος ἔσσεται αἰνόν.
πρῆξαι δ' ἀργαλέον τι μετὰ πλεόνεσσιν ἐόντα
ἄνδρα καὶ ἴφθιμον, ἐπεὶ ἦ πολὺ φέρτεροί εἰσι."
   τὸν δ' αὖτε προσέειπε πολύτλας δῖος Ὀδυσσεύς·
„ ὦ φίλ', ἐπεί θήν μοι καὶ ἀμείψασθαι θέμις ἐστίν,
ἦ μάλα μευ καταδάπτετ' ἀκούοντος φίλον ἦτορ,
οἷά φατε μνηστῆρας ἀτάσθαλα μηχανάασθαι
ἐν μεγάροις, ἀέκητι σέθεν τοιούτου ἐόντος.
εἰπέ μοι ἠὲ ἑκὼν ὑποδάμνασαι, ἦ σέ γε λαοὶ
ἐχθαίρουσ' ἀνὰ δῆμον, ἐπισπόμενοι θεοῦ ὀμφῇ,
ἦ τι κασιγνήτοις ἐπιμέμφεαι, οἷσί περ ἀνὴρ
μαρναμένοισι πέποιθε, καὶ εἰ μέγα νεῖκος ὄρηται.
αἲ γὰρ ἐγὼν οὕτω νέος εἴην τῷδ' ἐπὶ θυμῷ,
ἢ παῖς ἐξ Ὀδυσῆος ἀμύμονος ἠὲ καὶ αὐτός·
[ἔλθοι ἀλητεύων· ἔτι γὰρ καὶ ἐλπίδος αἶσα·]
αὐτίκ' ἔπειτ' ἀπ' ἐμεῖο κάρη τάμοι ἀλλότριος φώς,
εἰ μὴ ἐγὼ κείνοισι κακὸν πάντεσσι γενοίμην,
ἐλθὼν ἐς μέγαρον Λαερτιάδεω Ὀδυσῆος.
εἰ δ' αὖ με πληθυῖ δαμασαίατο μοῦνον ἐόντα,
βουλοίμην κ' ἐν ἐμοῖσι κατακτάμενος μεγάροισι
τεθνάμεν ἢ τάδε γ' αἰὲν ἀεικέα ἔργ' ὁράασθαι,
ξείνους τε στυφελιζομένους δμῳάς τε γυναῖκας
ῥυστάζοντας ἀεικελίως κατὰ δώματα καλά,
καὶ οἶνον διαφυσσόμενον, καὶ σῖτον ἔδοντας
μὰψ αὔτως, ἀτέλεστον, ἀνηνύστῳ ἐπὶ ἔργῳ."
   τὸν δ' αὖ Τηλέμαχος πεπνυμένος ἀντίον ηὔδα·
„ τοιγὰρ ἐγώ τοι, ξεῖνε, μάλ' ἀτρεκέως ἀγορεύσω.
οὔτε τί μοι πᾶς δῆμος ἀπεχθόμενος χαλεπαίνει,
οὔτε κασιγνήτοις ἐπιμέμφομαι, οἷσί περ ἀνὴρ
μαρναμένοισι πέποιθε, καὶ εἰ μέγα νεῖκος ὄρηται.

Oder jetzt von den Freiern im Hause den tapfersten Jüngling,
Welcher das meiste geschenkt, zu ihrem Bräutigam wähle.
Aber da dieser Fremdling zu deiner Hütte geflohn ist,
Will ich mit schönen Gewanden, mit Rock und Mantel, ihn kleiden,
Ein zweischneidiges Schwert und tüchtige Sohlen ihm schenken,
Und ihn senden, wohin es seinem Herzen gelüstet.
Wenn du willst, so behalt' du und pfleg' ihn hier in der Hütte.
Ich will Kleider hieher und allerlei Speise zum Essen
Senden, daß er nicht dich und deine Freunde beschwere.
Aber dort gestatt' ich ihm nicht in der Freier Gesellschaft
Hinzugehn; sie schalten mit zu unbändiger Frechheit:
Daß sie ihn nicht verhöhnen! Es würde mich äußerst betrüben!
Und ein einzelner Mann kann gegen mehrere wenig,
Sei er auch noch so stark; sie behalten immer den Vorrang!
Ihm antwortete drauf der herrliche Dulder Odysseus:
Lieber, erlaubst du mir, auch meine Gedanken zu sagen?
Wahrlich mir blutet das Herz vor Mitleid, wenn ich es höre,
Wie unbändig und frech in deinem Hause die Freier
Unfug treiben, und dein, solch eines Jünglings! nicht achten.
Sprich: erträgst du das Joch freiwillig; oder verabscheun
Dich die Völker des Landes, gewarnt durch göttlichen Ausspruch;
Oder liegt die Schuld an den Brüdern, welchen ein Streiter
Sonst in der Schlacht vertraut, auch wann sie am hitzigsten wütet?
Wollten die Götter, ich wäre so jung mit dieser Gesinnung,
Oder ein Sohn von Odysseus, dem Herrlichen! oder er selber …
Kehrete heim der Verirrte; denn noch ist Hoffnung zur Heimkehr:
Siehe, so sollte mein Feind das Haupt von der Schulter mir abhaun,
Wenn ich nicht zum Verderben der ganzen Räubergesellschaft
Eilt' in den hohen Palast des Laertiaden Odysseus!
Und wenn ich Einzelner auch von der Menge würde besieget;
O so wollt' ich doch lieber in meinem Hause des Todes
Sterben, als immerfort den Greul der Verwüstungen ansehn:
Wie sie die Fremdlinge dort mißhandeln, die Mägde des Hauses
Zur abscheulichen Lust in den prächtigen Kammern umherziehn,
Allen Wein ausleeren, und alle Speise verprassen,
Frech, ohne Maß, ohne Ziel, mit unersättlicher Raubgier!
Und der verständige Jüngling Telemachos sagte dagegen:
Dieses will ich dir, Fremdling, und nach der Wahrheit erzählen.
Weder das ganze Volk verabscheut oder verfolgt mich,
Noch liegt etwa die Schuld an den Brüdern, welchen ein Streiter
Sonst in der Schlacht vertraut, auch wann sie am hitzigsten wütet.

ὧδε γὰρ ἡμετέρην γενεὴν μούνωσε Κρονίων·
μοῦνον Λαέρτην Ἀρκείσιος υἱὸν ἔτικτε,
μοῦνον δ' αὖτ' Ὀδυσῆα πατὴρ τέκεν· αὐτὰρ Ὀδυσσεὺς
μοῦνον ἔμ' ἐν μεγάροισι τεκὼν λίπεν οὐδ' ἀπόνητο.
τῶι νῦν δυσμενέες μάλα μυρίοι εἴσ' ἐνὶ οἴκωι.
ὅσσοι γὰρ νήσοισιν ἐπικρατέουσιν ἄριστοι,
Δουλιχίωι τε Σάμηι τε καὶ ὑλήεντι Ζακύνθωι,
ἠδ' ὅσσοι κραναὴν Ἰθάκην κάτα κοιρανέουσι,
τόσσοι μητέρ' ἐμὴν μνῶνται, τρύχουσι δὲ οἶκον.
ἡ δ' οὔτ' ἀρνεῖται στυγερὸν γάμον οὔτε τελευτὴν
ποιῆσαι δύναται· τοὶ δὲ φθινύθουσιν ἔδοντες
οἶκον ἐμόν· τάχα δή με διαρραίσουσι καὶ αὐτόν.
ἀλλ' ἦ τοι μὲν ταῦτα θεῶν ἐν γούνασι κεῖται·
ἄττα, σὺ δ' ἔρχεο θᾶσσον, ἐχέφρονι Πηνελοπείηι
εἴφ' ὅτι οἱ σῶς εἰμὶ καὶ ἐκ Πύλου εἰλήλουθα.
αὐτὰρ ἐγὼν αὐτοῦ μενέω, σὺ δὲ δεῦρο νέεσθαι,
οἴηι ἀπαγγείλας· τῶν δ' ἄλλων μή τις Ἀχαιῶν
πευθέσθω· πολλοὶ γὰρ ἐμοὶ κακὰ μηχανόωνται.“
τὸν δ' ἀπαμειβόμενος προσέφης, Εὔμαιε συβῶτα·
„γιγνώσκω, φρονέω· τά γε δὴ νοέοντι κελεύεις.
ἀλλ' ἄγε μοι τόδε εἰπὲ καὶ ἀτρεκέως κατάλεξον,
ἢ καὶ Λαέρτηι αὐτὴν ὁδὸν ἄγγελος ἔλθω
δυσμόρωι, ὃς τῆος μὲν Ὀδυσσῆος μέγ' ἀχεύων
ἔργα τ' ἐποπτεύεσκε μετὰ δμώων τ' ἐνὶ οἴκωι
πῖνε καὶ ἦσθ', ὅτε θυμὸς ἐνὶ στήθεσσιν ἀνώγοι·
αὐτὰρ νῦν, ἐξ οὗ σύ γε ὤιχεο νηῒ Πύλονδε,
οὔ πω μίν φασιν φαγέμεν καὶ πιέμεν αὔτως,
οὐδ' ἐπὶ ἔργα ἰδεῖν, ἀλλὰ στοναχῆι τε γόωι τε
ἧσται ὀδυρόμενος, φθινύθει δ' ἀμφ' ὀστεόφι χρώς.“
τὸν δ' αὖ Τηλέμαχος πεπνυμένος ἀντίον ηὔδα·
„ἄλγιον, ἀλλ' ἔμπης μιν ἐάσομεν, ἀχνύμενοί περ·
εἰ γάρ πως εἴη αὐτάγρετα πάντα βροτοῖσι,
πρῶτόν κεν τοῦ πατρὸς ἑλοίμεθα νόστιμον ἦμαρ.
ἀλλὰ σύ γ' ἀγγείλας ὀπίσω κίε, μηδὲ κατ' ἀγροὺς
πλάζεσθαι μετ' ἐκεῖνον· ἀτὰρ πρὸς μητέρα εἰπεῖν
ἀμφίπολον ταμίην ὀτρυνέμεν ὅττι τάχιστα
κρύβδην· κείνη γάρ κεν ἀπαγγείλειε γέροντι.“
ἦ ῥα καὶ ὦρσε συφορβόν· ὁ δ' εἵλετο χερσὶ πέδιλα,
δησάμενος δ' ὑπὸ ποσσὶ πόλινδ' ἴεν. οὐδ' ἄρ' Ἀθήνην
λῆθεν ἀπὸ σταθμοῖο κιὼν Εὔμαιος ὑφορβός,
ἀλλ' ἥ γε σχεδὸν ἦλθε· δέμας δ' ἤϊκτο γυναικὶ

Denn nur einzeln pflanzte Kronion unser Geschlecht fort:
Von Arkeisios war der einzige Erbe Laertes;
Und von Laertes war's nur Odysseus; aber Odysseus
Zeugte nur mich, den er noch ungenossen daheim ließ!
Diesem erfüllen anitzt unzählige Feinde die Wohnung.
Alle Fürsten, so viel in diesen Inseln gebieten,
Samä, Dulichion, und der waldbewachs'nen Zakynthos,
Und so viele hier in der felsichten Ithaka herrschen;
Alle werben um meine Mutter, und zehren das Gut auf.
Aber die Mutter kann die aufgedrungne Vermählung
Nicht ausschlagen, und nicht vollziehn. Nun verprassen die Schwelger
All mein Gut, und werden in kurzem mich selber zerreißen!
Aber dieses ruhet im Schoße der seligen Götter.
Väterchen, eile du schnell zu der klugen Penelopeia;
Sag' ihr, daß ich gesund aus Pylos wieder zurückkam.
Ich will indes hier bleiben, bis du heimkehrest. Doch bring' ihr
Ja die Botschaft allein, und keiner der andern Achaier
Höre dich; denn es trachten mir viele das Leben zu rauben!
Ihm antwortetest du, Eumäos, Hüter der Schweine:
Gut, ich verstehe dich schon; das sind auch meine Gedanken.
Aber verkündige mir, und sage die lautere Wahrheit:
Soll ich auf diesem Weg' auch dem armen Laertes die Botschaft
Bringen? welcher bisher, aus Gram um seinen Odysseus,
Selber das Land bestellte, doch stets mit den Knechten des Hauses
Aß und trank, so oft die Begierde des Herzens ihn antrieb.
Aber seit du von hinnen zur göttlichen Pylos geschifft warst,
Sagt man, hab' er nicht mehr gegessen oder getrunken,
Noch auf die Wirtschaft gesehn; in unaufhörlicher Schwermut
Sitzt er, und härmt sich ab, daß die Haut an den Knochen verdorret.
Und der verständige Jüngling Telemachos sagte dagegen:
Traurig! doch müssen wir jetzo in seinem Kummer ihn lassen.
Denn wenn alles sogleich, wie es Sterbliche wünschen, geschehe:
Wahrlich so wünschten wir vor allem des Vaters Zurückkunft!
Aber kehre zurück, sobald du's verkündet, und schweife
Nicht auf dem Lande herum zu jenem. Doch sage der Mutter,
Daß sie eilend zu ihm die treue Schaffnerin heimlich
Sende; sie kann es ja auch dem alten Greise verkünden.
Also sprach er, und trieb ihn. Der Sauhirt langte die Sohlen,
Band sie unter die Füß', und eilete. Aber Athene
Ward des Hirten gewahr, der aus dem Gehege zur Stadt ging,
Und sie nahete sich, und schien nun plötzlich ein Mädchen,

καλῆι τε μεγάληι τε καὶ ἀγλαὰ ἔργα ἰδυίηι.
στῆ δὲ κατ' ἀντίθυρον κλισίης Ὀδυσῆϊ φανεῖσα·
οὐδ' ἄρα Τηλέμαχος ἴδεν ἀντίον οὐδ' ἐνόησεν,
οὐ γάρ πω πάντεσσι θεοὶ φαίνονται ἐναργεῖς,
ἀλλ' Ὀδυσεύς τε κύνες τε ἴδον, καί ῥ' οὐχ ὑλάοντο
κνυζηθμῶι δ' ἑτέρωσε διὰ σταθμοῖο φόβηθεν.
ἡ δ' ἄρ' ἐπ' ὀφρύσι νεῦσε· νόησε δὲ δῖος Ὀδυσσεύς,
ἐκ δ' ἦλθεν μεγάροιο παρὲκ μέγα τειχίον αὐλῆς,
στῆ δὲ πάροιθ' αὐτῆς· τὸν δὲ προσέειπεν Ἀθήνη·
„ διογενὲς Λαερτιάδη, πολυμήχαν' Ὀδυσσεῦ.
ἤδη νῦν σῶι παιδὶ ἔπος φάο μηδ' ἐπίκευθε,
ὡς ἂν μνηστῆρσιν θάνατον καὶ κῆρ' ἀραρόντε
ἔρχησθον προτὶ ἄστυ περικλυτόν· οὐδ' ἐγὼ αὐτὴ
δηρὸν ἀπὸ σφῶϊν ἔσομαι μεμαυῖα μάχεσθαι."
ἦ καὶ χρυσείηι ῥάβδωι ἐπεμάσσατ' Ἀθήνη.
φᾶρος μέν οἱ πρῶτον ἐϋπλυνὲς ἠδὲ χιτῶνα
θῆκ' ἀμφὶ στήθεσσι, δέμας δ' ὤφελλε καὶ ἥβην.
ἂψ δὲ μελαγχροιὴς γένετο, γναθμοὶ δὲ τάνυσθεν,
κυάνεαι δ' ἐγένοντο γενειάδες ἀμφὶ γένειον.
ἡ μὲν ἄρ' ὣς ἔρξασα πάλιν κίεν· αὐτὰρ Ὀδυσσεὺς
ἤϊεν ἐς κλισίην· θάμβησε δέ μιν φίλος υἱός,
ταρβήσας δ' ἑτέρωσε βάλ' ὄμματα, μὴ θεὸς εἴη,
καί μιν φωνήσας ἔπεα πτερόεντα προσηύδα·
„ ἀλλοῖός μοι, ξεῖνε, φάνης νέον ἠὲ πάροιθεν,
ἄλλα δὲ εἵματ' ἔχεις, καί τοι χρὼς οὐκέθ' ὁμοῖος.
ἦ μάλα τις θεός ἐσσι, τοὶ οὐρανὸν εὐρὺν ἔχουσιν·
ἀλλ' ἵληθ', ἵνα τοι κεχαρισμένα δώομεν ἱρὰ
ἠδὲ χρύσεα δῶρα, τετυγμένα· φείδεο δ' ἡμέων."
τὸν δ' ἠμείβετ' ἔπειτα πολύτλας δῖος Ὀδυσσεύς·
„ οὔ τίς τοι θεός εἰμι· τί μ' ἀθανάτοισιν ἐΐσκεις;
ἀλλὰ πατὴρ τεός εἰμι, τοῦ εἵνεκα σὺ στεναχίζων
πάσχεις ἄλγεα πολλά, βίας ὑποδέγμενος ἀνδρῶν."
ὣς ἄρα φωνήσας υἱὸν κύσε, κὰδ δὲ παρειῶν
δάκρυον ἧκε χαμᾶζε· πάρος δ' ἔχε νωλεμὲς αἰεί.
Τηλέμαχος δ', οὐ γάρ πω ἐπείθετο ὃν πατέρ' εἶναι,
ἐξαῦτίς μιν ἔπεσσιν ἀμειβόμενος προσέειπεν·
„ οὐ σύ γ' Ὀδυσσεύς ἐσσι, πατὴρ ἐμός, ἀλλά με δαίμων
θέλγει, ὄφρ' ἔτι μᾶλλον ὀδυρόμενος στεναχίζω.
οὐ γάρ πως ἂν θνητὸς ἀνὴρ τάδε μηχανόωιτο
ὧι αὐτοῦ γε νόωι, ὅτε μὴ θεὸς αὐτὸς ἐπελθὼν
ῥηϊδίως ἐθέλων θείη νέον ἠὲ γέροντα.

Schöngebildet und groß und klug in künstlicher Arbeit,
Stand an der Türe des Hofs, und erschien dem edlen Odysseus.
Aber Telemachos sah und merkte nichts von der Göttin;
Denn nicht allen sichtbar erscheinen die seligen Götter:
Nur die Hunde sahn sie, und bellten nicht, sondern entflohen
Winselnd und zitternd vor ihr nach der andern Seite des Hofes.
Und sie winkte; den Wink verstand der edle Odysseus,
Ging aus der Hütte hinaus vor die hohe Mauer des Hofes,
Stellete sich vor die Göttin; da sagte Pallas Athene:
  Edler Laertiad', erfindungsreicher Odysseus,
Rede mit deinem Sohn, und gib dich ihm zu erkennen,
Daß ihr beide, den Freiern ein blutiges Ende bereitend,
Zu der berühmten Stadt der Ithaker wandelt. Ich selber
Werd' euch nicht lange verlassen; mich drängt die Begierde des Kampfes.
  Also sprach die Göttin, und rührt' ihn mit goldener Rute.
Plötzlich umhüllte der schöngewaschene Mantel und Leibrock
Wieder Odysseus' Brust, und Hoheit schmückt' ihn und Jugend,
Brauner ward des Helden Gestalt, und voller die Wangen;
Und sein silberner Bart zerfloß in finstere Locken.
Hierauf eilte die Göttin von dannen. Aber Odysseus
Ging zurück in die Hütte: mit Staunen erblickte der Sohn ihn,
Wandte die Augen hinweg, und fürchtete, daß er ein Gott sei;
Und er redet' ihn an, und sprach die geflügelten Worte:
  Anders erscheinst du mir jetzt, o Fremdling, als vormals, auch hast du
Andere Kleider an; die ganze Gestalt ist verwandelt!
Wahrlich du bist ein Gott, des weiten Himmels Bewohner!
Sei uns gnädig! Wir wollen auch liebliche Opfer dir bringen,
Und Geschenke von köstlichem Gold! Erbarme dich unser!
  Ihm antwortete drauf der herrliche Dulder Odysseus:
Wahrlich ich bin kein Gott, und keinem Unsterblichen ähnlich;
Sondern ich bin dein Vater, um den du so herzlich dich grämest,
Und so viele Schmach von trotzigen Männern erduldest.
  Also sprach er, und küßte den Sohn; und über die Wange
Stürzten die Tränen zur Erde, die lange verhaltenen Tränen.
  Aber Telemachos stand noch staunend, und konnte nicht glauben,
Daß es sein Vater sei; und nun antwortet' er also:
  Nein! du bist nicht mein Vater Odysseus; sondern ein Dämon
Täuscht mich, daß ich noch mehr mein großes Elend beseufze.
Denn kein sterblicher Mann vermochte mit seinem Verstande,
Solch ein Wunder zu tun, ihm hülfe denn einer der Götter,
Welcher leicht, wie er will, zu Greisen und Jünglingen umschafft!

ἦ γάρ τοι νέον ἦσθα γέρων καὶ ἀεικέα ἕσσο·
νῦν δὲ θεοῖσιν ἔοικας, οἳ οὐρανὸν εὐρὺν ἔχουσι.“
τὸν δ᾽ ἀπαμειβόμενος προσέφη πολύμητις Ὀδυσσεύς·
„ Τηλέμαχ᾽, οὔ σε ἔοικε φίλον πατέρ᾽ ἔνδον ἐόντα
οὔτε τι θαυμάζειν περιώσιον οὔτ᾽ ἀγάασθαι·
οὐ μὲν γάρ τοι ἔτ᾽ ἄλλος ἐλεύσεται ἐνθάδ᾽ Ὀδυσσεύς,
ἀλλ᾽ ὅδ᾽ ἐγὼ τοιόσδε, παθὼν κακά, πολλὰ δ᾽ ἀληθείς,
ἤλυθον εἰκοστῶι ἔτεϊ ἐς πατρίδα γαῖαν.
αὐτάρ τοι τόδε ἔργον Ἀθηναίης ἀγελείης,
ἥ τέ με τοῖον ἔθηκεν, ὅπως ἐθέλει, δύναται γάρ,
ἄλλοτε μὲν πτωχῶι ἐναλίγκιον, ἄλλοτε δ᾽ αὖτε
ἀνδρὶ νέωι καὶ καλὰ περὶ χροΐ εἵματ᾽ ἔχοντι.
ῥηΐδιον δὲ θεοῖσι, τοὶ οὐρανὸν εὐρὺν ἔχουσιν,
ἠμὲν κυδῆναι θνητὸν βροτὸν ἠδὲ κακῶσαι.“
ὣς ἄρα φωνήσας κατ᾽ ἄρ᾽ ἕζετο, Τηλέμαχος δὲ
ἀμφιχυθεὶς πατέρ᾽ ἐσθλὸν ὀδύρετο, δάκρυα λείβων,
ἀμφοτέροισι δὲ τοῖσιν ὑφ᾽ ἵμερος ὦρτο γόοιο·
κλαῖον δὲ λιγέως, ἀδινώτερον ἤ τ᾽ οἰωνοί,
φῆναι ἢ αἰγυπιοὶ γαμψώνυχες, οἷσί τε τέκνα
ἀγρόται ἐξείλοντο πάρος πετεηνὰ γενέσθαι·
ὣς ἄρα τοί γ᾽ ἐλεεινὸν ὑπ᾽ ὀφρύσι δάκρυον εἶβον.
καί νύ κ᾽ ὀδυρομένοισιν ἔδυ φάος ἠελίοιο,
εἰ μὴ Τηλέμαχος προσεφώνεεν ὃν πατέρ᾽ αἶψα·
„ ποίηι γὰρ νῦν δεῦρο, πάτερ φίλε, νηΐ σε ναῦται
ἤγαγον εἰς Ἰθάκην; τίνες ἔμμεναι εὐχετόωντο;
οὐ μὲν γάρ τί σε πεζὸν ὀΐομαι ἐνθάδ᾽ ἱκέσθαι.“
τὸν δ᾽ αὖτε προσέειπε πολύτλας δῖος Ὀδυσσεύς·
„ τοιγὰρ ἐγώ τοι, τέκνον, ἀληθείην καταλέξω.
Φαίηκές μ᾽ ἄγαγον ναυσίκλυτοι, οἵ τε καὶ ἄλλους
ἀνθρώπους πέμπουσιν, ὅτις σφέας εἰσαφίκηται·
καί μ᾽ εὕδοντ᾽ ἐν νηῒ θοῆι ἐπὶ πόντον ἄγοντες
κάτθεσαν εἰς Ἰθάκην, ἔπορον δέ μοι ἀγλαὰ δῶρα,
χαλκόν τε χρυσόν τε ἅλις ἐσθῆτά θ᾽ ὑφαντήν.
καὶ τὰ μὲν ἐν σπήεσσι θεῶν ἰότητι κέονται·
νῦν αὖ δεῦρ᾽ ἱκόμην ὑποθημοσύνηισιν Ἀθήνης,
ὄφρα κε δυσμενέεσσι φόνου πέρι βουλεύσωμεν.
ἀλλ᾽ ἄγε μοι μνηστῆρας ἀριθμήσας κατάλεξον,
ὄφρ᾽ εἰδέω ὅσσοι τε καὶ οἵ τινες ἀνέρες εἰσί·
καί κεν ἐμὸν κατὰ θυμὸν ἀμύμονα μερμηρίξας
φράσσομαι, ἤ κεν νῶϊ δυνησόμεθ᾽ ἀντιφέρεσθαι
μούνω ἄνευθ᾽ ἄλλων, ἦ καὶ διζησόμεθ᾽ ἄλλους.“

Siehe nur eben warst du ein Greis, und häßlich bekleidet;
Jetzo den Göttern gleich, die den weiten Himmel bewohnen!
Ihm antwortete drauf der erfindungsreiche Odysseus:
Deinen geliebten Vater, Telemachos, welcher nun heimkehrt,
Mußt du nicht allzusehr anstaunen oder bewundern!
Wahrlich in Ithaka kommt hinfort kein andrer Odysseus,
Sondern ich bin der Mann, der nach vielem Jammer und Elend
Endlich im zwanzigsten Jahr in seine Heimat zurückkehrt.
Aber dies ist das Werk der siegenden Göttin Athene,
Welche mich, wie sie will, verwandelt; denn sie vermag es!
Darum erschein' ich jetzo zerlumpt wie ein Bettler, und jetzo
Wieder in Jünglingsgestalt, mit schönen Gewanden bekleidet.
Denn leicht können die Götter, des weiten Himmels Bewohner,
Jeden sterblichen Mann erniedrigen oder erhöhen.
Also sprach er, und setzte sich hin. Da umarmte der Jüngling
Seinen herrlichen Vater mit Inbrunst, bitterlich weinend.
Und in beiden erhob sich ein süßes Verlangen zu trauren.
Ach! sie weineten laut, und klagender noch, als Vögel,
Als scharfklauichte Geier und Habichte, welchen der Landmann
Ihre Jungen geraubt, bevor sie flügge geworden:
So zum Erbarmen weinten sie beide Tränen der Wehmut.
Über der Klage wäre die Sonne niedergesunken,
Hätte Telemachos nicht zu seinem Vater geredet:
Und in welcherlei Schiffe, mein Vater, brachten die Schiffer
Dich nach Ithaka her? Was rühmen sich jene für Leute?
Denn unmöglich bist du doch hier zu Fuße gekommen!
Ihm antwortete drauf der herrliche Dulder Odysseus:
Dieses will ich dir, Sohn, und nach der Wahrheit erzählen.
Siehe, mich brachte das Schiff der segelberühmten Phäaken,
Welche jeden geleiten, der kommt und um Hilfe sie anfleht.
Diese brachten im Schlafe mich über die Wogen, und setzten
Mich in Ithaka aus, und gaben mir teure Geschenke,
Erzes und Goldes die Meng', und schöngewebete Kleider.
Dieses liegt, nach dem Willen der Götter, in Höhlen verborgen.
Aber ich kam hieher auf Befehl der hohen Athene,
Daß wir uns über den Tod der Feindlichgesinnten beraten.
Auf denn, verkündige mir die Zahl der trotzigen Freier:
Daß ich wisse, wie viel' und was für Leute so trotzen.
Denn ich muß zuvor in meiner unsträflichen Seele
Überlegen: ob wir allein, ohn' andere Freunde,
Streiten können, oder ob's nötig sei, Hilfe zu suchen.

τὸν δ᾽ αὖ Τηλέμαχος πεπνυμένος ἀντίον ηὔδα·
„ ὦ πάτερ, ἦ τοι σεῖο μέγα κλέος αἰὲν ἄκουον,
χεῖράς τ᾽ αἰχμητὴν ἔμεναι καὶ ἐπίφρονα βουλήν·
ἀλλὰ λίην μέγα εἶπες· ἄγη μ᾽ ἔχει· οὐδέ κεν εἴη
ἄνδρε δύω πολλοῖσι καὶ ἰφθίμοισι μάχεσθαι.
μνηστήρων δ᾽ οὔτ᾽ ἂρ δεκὰς ἀτρεκὲς οὔτε δύ᾽ οἶαι,
ἀλλὰ πολὺ πλέονες· τάχα δ᾽ εἴσεαι ἐνθάδ᾽ ἀριθμόν.
ἐκ μὲν Δουλιχίοιο δύω καὶ πεντήκοντα
κοῦροι κεκριμένοι, ἓξ δὲ δρηστῆρες ἕπονται·
ἐκ δὲ Σάμης πίσυρές τε καὶ εἴκοσι φῶτες ἔασιν,
ἐκ δὲ Ζακύνθου ἔασιν ἐείκοσι κοῦροι Ἀχαιῶν,
ἐκ δ᾽ αὐτῆς Ἰθάκης δυοκαίδεκα πάντες ἄριστοι,
καί σφιν ἅμ᾽ ἐστὶ Μέδων κῆρυξ καὶ θεῖος ἀοιδὸς
καὶ δοιὼ θεράποντε, δαήμονε δαιτροσυνάων.
τῶν εἴ κεν πάντων ἀντήσομεν ἔνδον ἐόντων,
μὴ πολύπικρα καὶ αἰνὰ βίας ἀποτίσεαι ἐλθών.
ἀλλὰ σύ γ᾽, εἰ δύνασαί τιν᾽ ἀμύντορα μερμηρίξαι,
φράζευ, ὅ κέν τις νῶϊν ἀμύνοι πρόφρονι θυμῶι."
τὸν δ᾽ αὖτε προσέειπε πολύτλας δῖος Ὀδυσσεύς·
„ τοιγὰρ ἐγὼν ἐρέω, σὺ δὲ σύνθεο καί μευ ἄκουσον·
καὶ φράσαι ἤ κεν νῶϊν Ἀθήνη σὺν Διὶ πατρὶ
ἀρκέσει, ἦέ τιν᾽ ἄλλον ἀμύντορα μερμηρίξω."
τὸν δ᾽ αὖ Τηλέμαχος πεπνυμένος ἀντίον ηὔδα·
„ ἐσθλώ τοι τούτω γ᾽ ἐπαμύντορε, τοὺς ἀγορεύεις,
ὕψι περ ἐν νεφέεσσι καθημένω· ὥ τε καὶ ἄλλοις
ἀνδράσι τε κρατέουσι καὶ ἀθανάτοισι θεοῖσι."
τὸν δ᾽ αὖτε προσέειπε πολύτλας δῖος Ὀδυσσεύς·
„ οὐ μέν τοι κείνω γε πολὺν χρόνον ἀμφὶς ἔσεσθον
φυλόπιδος κρατερῆς, ὁπότε μνηστῆρσι καὶ ἡμῖν
ἐν μεγάροισιν ἐμοῖσι μένος κρίνηται Ἄρηος.
ἀλλὰ σὺ μὲν νῦν ἔρχευ ἅμ᾽ ἠοῖ φαινομένηφιν
οἴκαδε, καὶ μνηστῆρσιν ὑπερφιάλοισιν ὁμίλει·
αὐτὰρ ἐμὲ προτὶ ἄστυ συβώτης ὕστερον ἄξει,
πτωχῶι λευγαλέωι ἐναλίγκιον ἠδὲ γέροντι.
εἰ δέ μ᾽ ἀτιμήσουσι δόμον κάτα, σὸν δὲ φίλον κῆρ
τετλάτω ἐν στήθεσσι κακῶς πάσχοντος ἐμεῖο,
ἤν περ καὶ διὰ δῶμα ποδῶν ἕλκωσι θύραζε
ἢ βέλεσι βάλλωσι· σὺ δ᾽ εἰσορόων ἀνέχεσθαι.
ἀλλ᾽ ἦ τοι παύεσθαι ἀνωγέμεν ἀφροσυνάων,
μειλιχίοις ἐπέεσσι παραυδῶν· οἱ δέ τοι οὔ τι
πείσονται· δὴ γάρ σφι παρίσταται αἴσιμον ἦμαρ.

Und der verständige Jüngling Telemachos sagte dagegen:
Vater, ich habe viel von dem großen Ruhme gehöret
Deines Mutes im Kampf, und deiner Weisheit im Rate,
Aber du sprachst zu kühn! Ich erstaune! Wie wär' es doch möglich
Daß zween Männer allein so viele Starke bekämpften?
Siehe der Freier sind nicht zehn nur, oder nur zwanzig
Sondern bei weitem mehr! Berechne du selber die Menge:
Aus Dulichions Fluren sind zweiundfünfzig erlesne
Mutige Jünglinge hier, von sechs Aufwärtern begleitet;
Aus der bergichten Samä sind vierundzwanzig in allem;
Aus Zakynthos Gefilden sind zwanzig achaiische Fürsten;
Und aus Ithaka selbst sind zwölfe der tapfersten Männer.
Diesen großen Haufen begleitet Medon der Herold,
Und der göttliche Sänger, und zween erfahrene Köche.
Wollten wir diesen allen im Hause begegnen, du möchtest
Traurig und schreckenvoll die Strafe der Trotzigen enden.
Überlege vielmehr, ob du noch andere Freunde
Finden kannst, die uns mit freudigem Mute beschützen.
Ihm antwortete drauf der herrliche Dulder Odysseus:
Nun ich verkündige dir, merk auf, und höre die Worte!
Denke nach: wird uns Athene und Vater Kronion
Gnügen; oder ist's nötig, noch andere Hilfe zu suchen?
Und der verständige Jüngling Telemachos sagte dagegen:
Wahrlich mächtige Helfer sind jene, welche du nennest!
Denn sie sitzen hoch in den Wolken, und herrschen mit Allmacht
Über die Menschen auf Erden, und alle unsterblichen Götter.
Ihm antwortete drauf der herrliche Dulder Odysseus:
Diese werden gewiß in der schrecklichen Stunde des Kampfes
Uns nicht lange verlassen, wann nun in meinem Palaste
Zwischen den Freiern und uns die Gewalt des Krieges entscheidet.
Aber gehe du jetzo, sobald der Morgen sich rötet,
Heim, und bleib' in dem Schwarm der übermütigen Freier.
Dorthin folg' ich dir bald, geführt von dem Hirten Eumäos,
Und wie ein mühebeladner bejahrter Bettler gestaltet.
Werden mich dann im Hause die Freier beschimpfen, so dulde
Standhaft dein Herz im Busen, wie sehr ich beleidiget werde!
Schleppten sie auch bei den Füßen mich durch den Saal vor die Haustür,
Oder würfen nach mir: du mußt geduldig es ansehn!
Freilich kannst du sie wohl mit freundlichen Worten ermahnen,
Ihr ruchloses Verfahren zu mäßigen; aber sie werden
Dich nicht hören: denn schon naht ihnen der Tag des Verderbens!

ἄλλο δέ τοι ἐρέω, σὺ δ’ ἐνὶ φρεσὶ βάλλεο σῇσιν·
ὁππότε κεν πολύβουλος ἐνὶ φρεσὶ θῇσιν Ἀθήνη,
νεύσω μέν τοι ἐγὼ κεφαλῇ, σὺ δ’ ἔπειτα νοήσας
ὅσσα τοι ἐν μεγάροισιν Ἀρήϊα τεύχεα κεῖται
ἐς μυχὸν ὑψηλοῦ θαλάμου καταθεῖναι ἀείρας
πάντα μάλ’· αὐτὰρ μνηστῆρας μαλακοῖς ἐπέεσσι
παρφάσθαι, ὅτε κέν σε μεταλλῶσιν ποθέοντες·
‚ ἐκ καπνοῦ κατέθηκ’, ἐπεὶ οὐκέτι τοῖσιν ἐῴκει
οἷά ποτε Τροίηνδε κιὼν κατέλειπεν Ὀδυσσεύς,
ἀλλὰ κατήικισται, ὅσσον πυρὸς ἵκετ’ ἀϋτμή.
πρὸς δ’ ἔτι καὶ τόδε μεῖζον ἐνὶ φρεσὶ θῆκε Κρονίων,
μή πως οἰνωθέντες, ἔριν στήσαντες ἐν ὑμῖν,
ἀλλήλους τρώσητε καταισχύνητέ τε δαῖτα
καὶ μνηστύν· αὐτὸς γὰρ ἐφέλκεται ἄνδρα σίδηρος.‘
νῶϊν δ’ οἴοισιν δύο φάσγανα καὶ δύο δοῦρε
καλλιπέειν καὶ δοιὰ βοάγρια χερσὶν ἑλέσθαι,
ὡς ἂν ἐπιθύσαντες ἑλοίμεθα· τοὺς δέ κ’ ἔπειτα
Παλλὰς Ἀθηναίη θέλξει καὶ μητίετα Ζεύς.
ἄλλο δέ τοι ἐρέω, σὺ δ’ ἐνὶ φρεσὶ βάλλεο σῇσιν·
εἰ ἐτεόν γ’ ἐμός ἐσσι καὶ αἵματος ἡμετέροιο,
μή τις ἔπειτ’ Ὀδυσῆος ἀκουσάτω ἔνδον ἐόντος,
μήτ’ οὖν Λαέρτης ἴστω τό γε μήτε συβώτης
μήτε τις οἰκήων μήτ’ αὐτὴ Πηνελόπεια,
ἀλλ’ οἶοι σύ τ’ ἐγώ τε γυναικῶν γνώομεν ἰθύν·
καί κέ τεο δμώων ἀνδρῶν ἔτι πειρηθεῖμεν,
ἠμὲν ὅπου τις νῶϊ τίει καὶ δείδιε θυμῷ,
ἠδ’ ὅτις οὐκ ἀλέγει, σὲ δ’ ἀτιμᾷ τοῖον ἐόντα.“
τὸν δ’ ἀπαμειβόμενος προσεφώνεε φαίδιμος υἱός
„ ὦ πάτερ, ἦ τοι ἐμὸν θυμὸν καὶ ἔπειτά γ’, ὀΐω,
γνώσεαι· οὐ μὲν γάρ τι χαλιφροσύναι γέ μ’ ἔχουσιν·
ἀλλ’ οὔ τοι τόδε κέρδος ἐγὼν ἔσσεσθαι ὀΐω
ἡμῖν ἀμφοτέροισι· σὲ δὲ φράζεσθαι ἄνωγα.
δηθὰ γὰρ αὔτως εἴσῃ ἑκάστου πειρητίζων,
ἔργα μετερχόμενος· τοὶ δ’ ἐν μεγάροισιν ἕκηλοι
χρήματα δαρδάπτουσιν ὑπέρβιον οὐδ’ ἔπι φειδώ.
ἀλλ’ ἦ τοί σε γυναῖκας ἐγὼ δεδάασθαι ἄνωγα,
αἵ τέ σ’ ἀτιμάζουσι καὶ αἳ νηλείτιδές εἰσιν·
ἀνδρῶν δ’ οὐκ ἂν ἐγώ γε κατὰ σταθμοὺς ἐθέλοιμι
ἡμέας πειράζειν, ἀλλ’ ὕστερα ταῦτα πένεσθαι,
εἰ ἐτεόν γέ τι οἶσθα Διὸς τέρας αἰγιόχοιο.“
ὣς οἱ μὲν τοιαῦτα πρὸς ἀλλήλους ἀγόρευον,

Noch verkünd' ich dir dieses, bewahr' es im innersten Herzen:
Wann die Göttin des Rats Athene mir es gebietet,
Siehe, dann werd' ich dir mit dem Haupte winken. So bald du
Dieses siehst, dann nimm aus dem Saale die Waffen des Krieges,
Und verwahre sie alle im Winkel des oberen Söllers.
Aber erkundigen sich die Freier, wo sie geblieben,
Dann besänftige sie mit guten Worten: Ich trug sie
Aus dem Rauche hinweg; denn sie sehen den alten nicht ähnlich,
Wie sie Odysseus einst, gen Troja schiffend, zurückließ!
Sondern sind ganz entstellt von dem rußichten Dampfe des Feuers.
Und noch ein größeres gab Kronion mir zu bedenken:
Daß ihr nicht etwa im Rausch euch zankt, und einander verwundet,
Und die Freuden des Mahls und die Liebe zu Penelopeia
Blutig entweiht! denn selbst das Eisen ziehet den Mann an! –
Aber uns beiden laß zwei Schwerter unten im Saale
Und zween Speere zurück, und zween stierlederne Schilde,
Daß wir beim Überfall sie ergreifen. Jene wird sicher
Pallas Athene verblenden, und Zeus' allwaltende Vorsicht!
Noch verkünd' ich dir dieses, bewahr' es im innersten Herzen:
Bist du wirklich mein Sohn, und unsers edlen Geblütes;
So erfahre von dir kein Mensch, daß Odysseus daheim sei;
Nicht Laertes einmal darf's wissen, oder der Sauhirt,
Keiner auch von dem Gesinde, ja selbst nicht Penelopeia;
Sondern nur ich und du; damit wir der Weiber Gesinnung
Prüfen, auch unsere Knechte zugleich ein wenig erforschen,
Wo man uns beide noch mit treuem Herzen verehret,
Oder wer untreu ward, und deine Ehre dir weigert.
Und sein trefflicher Sohn Telemachos sagte dagegen:
Vater, ich hoffe, du sollst mein Herz hinfüro noch näher
Kennen lernen; ich bin nicht unvorsichtig und sorglos!
Aber ich glaube doch nicht, daß diese Prüfung uns beiden
Auch im mindesten nütze. Denn überlege nur selber:
Lange gingst du umher, wenn du die Werke der Männer
Nahe belauschen wolltest; indes verschwelgen die andern
Ruhig in deinem Palast und ohne Scheu dein Vermögen.
Zwar der Weiber Gesinnung zu prüfen, rat' ich dir selber:
Wer dich im Hause verachtet, und wer unsträflich geblieben.
Aber daß wir die Männer auf allen Höfen erforschen,
Dieses wünscht' ich nicht; verspar' es lieber auf künftig,
Wenn du wirklich ein Zeichen vom großen Kronion gesehn hast.
Also besprachen diese sich jetzo untereinander.

ἡ δ' ἄρ' ἔπειτ' Ἰθάκηνδε κατήγετο νηῦς εὐεργής,
ἣ φέρε Τηλέμαχον Πυλόθεν καὶ πάντας ἑταίρους.
οἱ δ' ὅτε δὴ λιμένος πολυβενθέος ἐντὸς ἵκοντο,
νῆα μὲν οἵ γε μέλαιναν ἐπ' ἠπείροιο ἔρυσσαν,
τεύχεα δέ σφ' ἀπένεικαν ὑπέρθυμοι θεράποντες,
αὐτίκα δ' ἐς Κλυτίοιο φέρον περικαλλέα δῶρα.
αὐτὰρ κήρυκα πρόεσαν δόμον εἰς Ὀδυσῆος,
ἀγγελίην ἐρέοντα περίφρονι Πηνελοπείῃ,
οὕνεκα Τηλέμαχος μὲν ἐπ' ἀγροῦ, νῆα δ' ἀνώγει
ἄστυδ' ἀποπλείειν, ἵνα μὴ δείσασ' ἐνὶ θυμῶι
ἰφθίμη βασίλεια τέρεν κατὰ δάκρυον εἴβοι.
τὼ δὲ συναντήτην κῆρυξ καὶ δῖος ὑφορβὸς
τῆς αὐτῆς ἕνεκ' ἀγγελίης, ἐρέοντε γυναικί.
ἀλλ' ὅτε δή ῥ' ἵκοντο δόμον θείου βασιλῆος,
κῆρυξ μέν ῥα μέσῃσι μετὰ δμωιῇσιν ἔειπεν·
„ἤδη τοι, βασίλεια, φίλος πάϊς εἰλήλουθε."
Πηνελοπείῃ δ' εἶπε συβώτης ἄγχι παραστὰς
πάνθ' ὅσα οἱ φίλος υἱὸς ἀνώγει μυθήσασθαι.
αὐτὰρ ἐπεὶ δὴ πᾶσαν ἐφημοσύνην ἀπέειπε,
βῆ ῥ' ἴμεναι μεθ' ὕας, λίπε δ' ἕρκεά τε μέγαρόν τε.
μνηστῆρες δ' ἀκάχοντο κατήφησάν τ' ἐνὶ θυμῶι,
ἐκ δ' ἦλθον μεγάροιο παρὲκ μέγα τειχίον αὐλῆς,
αὐτοῦ δὲ προπάροιθε θυράων ἑδριόωντο.
τοῖσιν δ' Εὐρύμαχος, Πολύβου πάϊς, ἦρχ' ἀγορεύειν·
„ὦ φίλοι, ἦ μέγα ἔργον ὑπερφιάλως τετέλεσται
Τηλεμάχωι ὁδὸς ἥδε· φάμεν δέ οἱ οὐ τελέεσθαι.
ἀλλ' ἄγε νῆα μέλαιναν ἐρύσσομεν ἥ τις ἀρίστη,
ἐς δ' ἐρέτας ἁλιῆας ἀγείρομεν, οἵ κε τάχιστα
κείνοις ἀγγείλωσι θοῶς οἶκόνδε νέεσθαι."
οὔ πω πᾶν εἴρηθ', ὅτ' ἄρ' Ἀμφίνομος ἴδε νῆα,
στρεφθεὶς ἐκ χώρης, λιμένος πολυβενθέος ἐντός,
ἱστία τε στέλλοντας ἐρετμά τε χερσὶν ἔχοντας.
ἡδὺ δ' ἄρ' ἐκγελάσας μετεφώνεεν οἷς ἑτάροισι·
„μή τιν' ἔτ' ἀγγελίην ὀτρύνομεν· οἵδε γὰρ ἔνδον.
ἤ τίς σφιν τόδ' ἔειπε θεῶν, ἢ εἴσιδον αὐτοὶ
νῆα παρερχομένην, τὴν δ' οὐκ ἐδύναντο κιχῆναι."
ὣς ἔφαθ', οἱ δ' ἀνστάντες ἔβαν ἐπὶ θῖνα θαλάσσης,
αἶψα δὲ νῆα μέλαιναν ἐπ' ἠπείροιο ἔρυσσαν,
τεύχεα δέ σφ' ἀπένεικαν ὑπέρθυμοι θεράποντες.
αὐτοὶ δ' εἰς ἀγορὴν κίον ἀθρόοι, οὐδέ τιν' ἄλλον
εἴων οὔτε νέων μεταΐζειν οὔτε γερόντων.

Aber Telemachos' Freunde, die ihn von Pylos geleitet,
Steurten nach Ithakas Stadt mit dem schöngezimmerten Schiffe.
Als sie jetzo die Bucht des tiefen Hafens erreichten,
Zogen sie eilend das schwärzliche Schiff ans hohe Gestade;
Ihre Geräte trugen die stolzen Diener von dannen.
Und sie brachten in Klytios' Haus die schönen Geschenke,
Sandten dann einen Herold voran zu des edlen Odysseus'
Hause, um Botschaft zu bringen der klugen Penelopeia,
Daß ihr Sohn auf dem Lande sei, und dem Schiffe befohlen,
Nach der Stadt zu fahren: damit vor Kummer des Herzens
Nicht die hohe Fürstin ihr Antlitz mit Tränen benetzte.
Diesem begegnete jetzo der edle Hüter der Schweine;
Beide gingen, der Mutter die selbige Botschaft zu bringen.
Als sie jetzo ins Haus des göttlichen Königes kamen,
Hub der Herold an vor allen Mägden, und sagte:
Fürstin, dein lieber Sohn ist jetzo wieder gekommen!
Aber der Sauhirt trat zu Penelopeia, und sagte
Alles, was ihm ihr Sohn befohlen hatte zu sagen.
Und nachdem er der Fürstin Telemachos' Worte verkündigt,
Eilt' er zurück zu den Schweinen, den Hof des Hauses verlassend.
Aber die Freier wurden bestürzt und niedergeschlagen;
Und sie gingen hinaus vor die hohe Mauer des Hofes,
Allda setzten sie sich ratschlagend nieder am Tore.
Und des Polybos' Sohn Eurymachos sprach zur Versammlung:
Lieben, ein großes Werk hat Telemachos kühnlich vollendet,
Diese Reise! Wir dachten, er würde sie nimmer vollenden!
Aber wohlan, man ziehe das beste der schwärzlichen Schiffe
In das Meer, und rüst' es mit Ruderern, daß sie den andern
Schnell die Botschaft verkünden, um eilig wiederzukehren.
Also sprach er; und siehe Amphinomes wandte sein Antlitz
Gegen den tiefen Hafen, und sahe das Schiff in der Mündung,
Sahe die Segel gesenkt, und die Ruder in eilenden Händen;
Und mit herzlicher Lache begann er zu seinen Gesellen:
Keiner ferneren Botschaft bedarf es; sie sind schon zu Hause!
Ihnen verkündete dieses ein Himmlischer, oder sie selber
Sahn das segelnde Schiff, und vermochten es nicht zu erreichen!
Sprach's; da erhuben sie sich, und gingen zum Ufer des Meeres,
Zogen dann eilend das schwärzliche Schiff ans hohe Gestade;
Ihre Geräte trugen die stolzen Diener zu Hause.
Aber sie selber eilten zum Markt; und keinen der andern
Ließen sie unter sich sitzen, der Jünglinge oder der Greise.

τοῖσιν δ’ Ἀντίνοος μετέφη, Εὐπείθεος υἱός·
„ὢ πόποι, ὡς τόνδ’ ἄνδρα θεοὶ κακότητος ἔλυσαν.
ἤματα μὲν σκοποὶ ἷζον ἐπ’ ἄκριας ἠνεμοέσσας
αἰὲν ἐπασσύτεροι· ἅμα δ’ ἠελίωι καταδύντι
οὔ ποτ’ ἐπ’ ἠπείρου νύκτ’ ἄσαμεν, ἀλλ’ ἐνὶ πόντωι
νηῒ θοῆι πλείοντες ἐμίμνομεν Ἠῶ δῖαν,
Τηλέμαχον λοχόωντες, ἵνα φθίσωμεν ἑλόντες
αὐτόν· τὸν δ’ ἄρα τῆος ἀπήγαγεν οἴκαδε δαίμων,
ἡμεῖς δ’ ἐνθάδε οἱ φραζώμεθα λυγρὸν ὄλεθρον
Τηλεμάχωι, μηδ’ ἧμας ὑπεκφύγοι· οὐ γὰρ ὀΐω
τούτου γε ζώοντος ἀνύσσεσθαι τάδε ἔργα.
αὐτὸς μὲν γὰρ ἐπιστήμων βουλῆι τε νόωι τε,
λαοὶ δ’ οὐκέτι πάμπαν ἐφ’ ἡμῖν ἦρα φέρουσιν.
ἀλλ’ ἄγετε, πρὶν κεῖνον ὁμηγυρίσασθαι Ἀχαιοὺς
εἰς ἀγορήν - οὐ γάρ τι μεθησέμεναί μιν ὀΐω,
ἀλλ’ ἀπομηνίσει, ἐρέει δ’ ἐν πᾶσιν ἀναστὰς
οὕνεκά οἱ φόνον αἰπὺν ἐράπτομεν οὐδ’ ἐκίχημεν·
οἱ δ’ οὐκ αἰνήσουσιν ἀκούοντες κακὰ ἔργα·
μή τι κακὸν ῥέξωσι καὶ ἡμέας ἐξελάσωσι
γαίης ἡμετέρης, ἄλλων δ’ ἀφικώμεθα δῆμον·
ἀλλὰ φθέωμεν ἑλόντες ἐπ’ ἀγροῦ νόσφι πόληος
ἢ ἐν ὁδῶι· βίοτον δ’ αὐτοὶ καὶ κτήματ’ ἔχωμεν,
δασσάμενοι κατὰ μοῖραν ἐφ’ ἡμέας, οἰκία δ’ αὖτε
κείνου μητέρι δοῖμεν ἔχειν ἠδ’ ὅστις ὀπυίοι.
εἰ δ’ ὑμῖν ὅδε μῦθος ἀφανδάνει, ἀλλὰ βόλεσθε
αὐτόν τε ζώειν καὶ ἔχειν πατρώϊα πάντα,
μή οἱ χρήματ’ ἔπειτα ἅλις θυμηδέ’ ἔδωμεν
ἐνθάδ’ ἀγειρόμενοι, ἀλλ’ ἐκ μεγάροιο ἕκαστος
μνάσθω ἐέδνοισιν διζήμενος· ἡ δέ κ’ ἔπειτα
γήμαιθ’ ὅς κε πλεῖστα πόροι καὶ μόρσιμος ἔλθοι.“
ὣς ἔφαθ’, οἱ δ’ ἄρα πάντες ἀκὴν ἐγένοντο σιωπῆι.
τοῖσιν δ’ Ἀμφίνομος ἀγορήσατο καὶ μετέειπε,
Νίσου φαίδιμος υἱός, Ἀρητιάδαο ἄνακτος,
ὅς ῥ’ ἐκ Δουλιχίου πολυπύρου, ποιήεντος,
ἡγεῖτο μνηστῆρσι, μάλιστα δὲ Πηνελοπείηι
ἥνδανε μύθοισι· φρεσὶ γὰρ κέχρητ’ ἀγαθῆισιν·
ὅ σφιν ἐϋφρονέων ἀγορήσατο καὶ μετέειπεν·
„ὦ φίλοι, οὐκ ἂν ἐγώ γε κατακτείνειν ἐθέλοιμι
Τηλέμαχον· δεινὸν δὲ γένος βασιλήϊόν ἐστιν
κτείνειν· ἀλλὰ πρῶτα θεῶν εἰρώμεθα βουλάς.
εἰ μέν κ’ αἰνήσωσι Διὸς μεγάλοιο θέμιστες,

Und Eupeithes' Sohn Antinoos sprach zur Versammlung:
Wunder! wie haben die Götter doch den vom Verderben errettet!
Tages stellten wir Späher umher auf die luftigen Höhen,
Immer andre nach andern; und wann die Sonne sich senkte,
Ruhten wir nimmer die Nacht auf dem Lande, sondern im Meere
Kreuzten wir mit dem Schiff, und harrten der heiligen Frühe,
Auf Telemachos laurend, damit wir ihn fingen und heimlich
Töteten. Aber ihn führte der Himmlischen einer zu Hause!
Nun so wollen wir hier auf den Tod des Telemachos sinnen!
Laßt ihn ja nicht entfliehn! Denn ich fürchte, so lange der Jüngling
Lebt, wir werden nimmer zu unserem Zwecke gelangen.
Denn er selber kennt schon alle Künste der Klugheit,
Und die Völker sind uns nicht mehr so gänzlich gewogen.
Aber wohlan, bevor er zur allgemeinen Versammlung
Rufe das Volk der Achaier; denn säumen wird er gewiß nicht,
Sondern im heftigen Zorn aufstehn, und allen verkünden,
Wie wir ihn zu ermorden gesucht, und wie er entflohn sei.
Diese werden die Tat nicht loben, wann sie ihn hören;
Ja, sie könnten uns gar mißhandeln, und aus dem Lande
Unserer Väter uns alle zu fremden Völkern verjagen.
Darum laßt uns zuvor ihn töten, fern auf dem Lande,
Oder auch auf dem Wege! Die Güter behalten wir selber,
Alles unter uns teilend nach Billigkeit; aber die Häuser
Geben wir seiner Mutter, und wen sie zum Bräutigam wählet.
Mißfällt aber mein Rat der Versammlung, und wünschet ihr lieber,
Daß Telemachos leb', und des Vaters Erbe behalte;
Nun so laßt uns nicht länger in solcher großen Versammlung
Seine köstlichen Schätze verprassen; sondern es werbe
Jeder außer dem Hause mit Brautgeschenken; sie aber
Wähle den Mann, der am meisten ihr schenkt, und dem sie beschert ist.
Also sprach er; und alle verstummten umher, und schwiegen.
Endlich erhub sich und sprach Amphinomos vor der Versammlung,
Nisos' rühmlicher Sohn, des aretiadischen Königs,
Der aus des weizenreichen Dulichions grünen Gefilden
War der erste der Freier, und dessen Rede der Fürstin
Noch am meisten gefiel; denn edel war seine Gesinnung:
Dieser erhub sich, und sprach wohlmeinend zu der Versammlung:
Lieben, ich wünschte nicht, daß wir Telemachos heimlich
Töteten; fürchterlich ist es, ein Königsgeschlecht zu ermorden!
Aber laßt uns zuvor der Götter Willen erforschen.
Wann der ewige Rat des großen Kronions es billigt,

αὐτός τε κτενέω τούς τ' ἄλλους πάντας ἀνώξω·
εἰ δέ κ' ἀποτρωπῶσι θεοί, παύσασθαι ἄνωγα."
ὣς ἔφατ' Ἀμφίνομος, τοῖσιν δ' ἐπιήνδανε μῦθος.
αὐτίκ' ἔπειτ' ἀνστάντες ἔβαν δόμον εἰς Ὀδυσῆος,
ἐλθόντες δὲ καθῖζον ἐπὶ ξεστοῖσι θρόνοισιν.
ἡ δ' αὖτ' ἄλλ' ἐνόησε περίφρων Πηνελόπεια,
μνηστήρεσσι φανῆναι ὑπέρβιον ὕβριν ἔχουσι.
πεύθετο γὰρ οὗ παιδὸς ἐνὶ μεγάροισιν ὄλεθρον·
κῆρυξ γάρ οἱ ἔειπε Μέδων, ὃς ἐπεύθετο βουλάς.
βῆ δ' ἰέναι μεγαρόνδε σὺν ἀμφιπόλοισι γυναιξίν.
ἀλλ' ὅτε δὴ μνηστῆρας ἀφίκετο δῖα γυναικῶν,
στῆ ῥα παρὰ σταθμὸν τέγεος πύκα ποιητοῖο,
ἄντα παρειάων σχομένη λιπαρὰ κρήδεμνα,
Ἀντίνοον δ' ἐνένιπεν ἔπος τ' ἔφατ' ἔκ τ' ὀνόμαζεν·
„Ἀντίνο', ὕβριν ἔχων, κακομήχανε, καὶ δέ σέ φασιν
ἐν δήμωι Ἰθάκης μεθ' ὁμήλικας ἔμμεν ἄριστον
βουλῆι καὶ μύθοισι· σὺ δ' οὐκ ἄρα τοῖος ἔησθα.
μάργε, τίη δὲ σὺ Τηλεμάχωι θάνατόν τε μόρον τε
ῥάπτεις, οὐδ' ἱκέτας ἐμπάζεαι, οἷσιν ἄρα Ζεὺς
μάρτυρος; οὐδ' ὁσίη κακὰ ῥάπτειν ἀλλήλοισιν.
ἦ οὐκ οἶσθ' ὅτε δεῦρο πατὴρ τεὸς ἵκετο φεύγων,
δῆμον ὑποδείσας; δὴ γὰρ κεχολώατο λίην,
οὕνεκα ληϊστῆρσιν ἐπισπόμενος Ταφίοισιν
ἤκαχε Θεσπρωτούς· οἱ δ' ἡμῖν ἄρθμιοι ἦσαν·
τόν ῥ' ἔθελον φθῖσαι καὶ ἀπορραῖσαι φίλον ἦτορ
ἠδὲ κατὰ ζωὴν φαγέειν μενοεικέα πολλήν·
ἀλλ' Ὀδυσεὺς κατέρυκε καὶ ἔσχεθεν ἱεμένους περ.
τοῦ νῦν οἶκον ἄτιμον ἔδεις, μνάαι δὲ γυναῖκα
παῖδά τ' ἀποκτείνεις, ἐμὲ δὲ μεγάλως ἀκαχίζεις·
ἀλλά σε παύσασθαι κέλομαι καὶ ἀνωγέμεν ἄλλους."
τὴν δ' αὖτ' Εὐρύμαχος, Πολύβου πάϊς, ἀντίον ηὔδα·
„κούρη Ἰκαρίοιο, περίφρον Πηνελόπεια,
θάρσει· μή τοι ταῦτα μετὰ φρεσὶ σῆισι μελόντων.
οὐκ ἔσθ' οὗτος ἀνὴρ οὐδ' ἔσσεται οὐδὲ γένηται,
ὅς κεν Τηλεμάχωι σῶι υἱέϊ χεῖρας ἐποίσει
ζώοντός γ' ἐμέθεν καὶ ἐπὶ χθονὶ δερκομένοιο.
ὧδε γὰρ ἐξερέω, καὶ μὴν τετελεσμένον ἔσται·
αἶψά οἱ αἷμα κελαινὸν ἐρωήσει περὶ δουρὶ
ἡμετέρωι, ἐπεὶ ἦ καὶ ἐμὲ πτολίπορθος Ὀδυσσεὺς
πολλάκι γούνασιν οἷσιν ἐφεσσάμενος κρέας ὀπτὸν
ἐν χείρεσσιν ἔθηκεν, ἐπέσχε τε οἶνον ἐρυθρόν.

Dann ermord' ich ihn selber, und rat' es jedem der andern:
Aber verbieten es uns die Götter, dann rat' ich zu ruhen.
Also sprach er, und allen gefiel Amphinomos' Rede.
Schnell erhuben sie sich, und gingen zur Wohnung Odysseus',
Kamen, und setzten sich nieder auf schöngebildete Throne.
Aber jetzo beschloß die kluge Penelopeia,
Sich zu zeigen den Freiern voll übermütiger Bosheit.
Denn sie vernahm des Sohnes Gefahr in ihren Gemächern;
Medon der Herold entdeckte sie ihr, der die Freier belauschet.
Und sie ging zu dem Saale, von ihren Mägden begleitet.
Als das göttliche Weib die Freier jetzo erreichte,
Stand sie still an der Schwelle des schönen gewölbeten Saales;
Ihre Wangen umwallte der feine Schleier des Hauptes.
Und sie redet' Antinoos an mit scheltenden Worten:
Tückischer frecher Empörer Antinoos, nennen doch alle
Dich in Ithakas Volke den besten deiner Gespielen
An Verstand und Reden; allein du warest es nimmer!
Rasender, sprich, was suchst du Telemachos' Tod und Verderben;
Und verachtest die Stimme der Leidenden, deren Kronion
Waltet? Es ist ja Sünde, das Unglück andrer zu suchen!
Weißt du nicht mehr, wie einst dein Vater flehend zu uns kam,
Von dem Volke geschreckt? Denn sie waren heftig erbittert,
Weil er die Räuberschiffe der Taphier hatte begleitet,
Und die Thesproten beraubt, die Genossen unseres Bundes.
Töten wollten sie ihn, und sein Herz dem Busen entreißen,
Und ausplündern den reichen Palast voll köstlicher Güter;
Aber Odysseus hielt sie zurück, und stillte den Aufruhr.
Und nun entehrst du sein Haus durch Schwelgen, wirbst um die Gattin,
Tötest sein einziges Kind, und meine Seele betrübst du.
Aber ich rate dir jetzt, halt ein, und zähme die andern!
Aber Polybos' Sohn Eurymachos sagte dagegen:
O Ikarios Tochter, du kluge Penelopeia,
Sei getrost, und laß dich diese Gedanken nicht kümmern!
Wahrlich er lebt nicht der Mann, und wird nicht leben noch aufstehn,
Welcher an deinen Sohn Telemachos Hand anlege,
Nimmer, so lang' ich leb', und mein Auge die Erde noch schauet!
Denn ich sage hier frei, und werd' es wahrlich erfüllen:
Schnell wird sein schwarzes Blut an meiner Lanze herunter
Triefen! Auch mir hat oft der Städteverwüster Odysseus,
Sitzend auf seinem Schoß, ein Stück gebratenes Fleisches
In die Hände gegeben, und roten Wein mir gereichet.

τῶι μοι Τηλέμαχος πάντων πολὺ φίλτατός ἐστιν
ἀνδρῶν, οὐδέ τί μιν θάνατον τρομέεσθαι ἄνωγα
ἔκ γε μνηστήρων· θεόθεν δ' οὐκ ἔστ' ἀλέασθαι."
ὣς φάτο θαρσύνων, τῶι δ' ἤρτυεν αὐτὸς ὄλεθρον.
ἡ μὲν ἄρ' εἰσαναβᾶσ' ὑπερώϊα σιγαλόεντα
κλαῖεν ἔπειτ' Ὀδυσῆα, φίλον πόσιν, ὄφρα οἱ ὕπνον
ἡδὺν ἐπὶ βλεφάροισι βάλε γλαυκῶπις Ἀθήνη.
ἑσπέριος δ' Ὀδυσῆϊ καὶ υἱέϊ δῖος ὑφορβὸς
ἤλυθεν· οἱ δ' ἄρα δόρπον ἐπισταδὸν ὡπλίζοντο,
σῦν ἱερεύσαντες ἐνιαύσιον. αὐτὰρ Ἀθήνη,
ἄγχι παρισταμένη, Λαερτιάδην Ὀδυσῆα
ῥάβδωι πεπληγυῖα πάλιν ποίησε γέροντα,
λυγρὰ δὲ εἵματα ἕσσε περὶ χροΐ, μή ἑ συβώτης
γνοίη ἐσάντα ἰδὼν καὶ ἐχέφρονι Πηνελοπείηι
ἔλθοι ἀπαγγέλλων μηδὲ φρεσὶν εἰρύσσαιτο.
τὸν καὶ Τηλέμαχος πρότερος πρὸς μῦθον ἔειπεν·
„ἦλθες, δῖ' Εὔμαιε. τί δὴ κλέος ἔστ' ἀνὰ ἄστυ;
ἦ ῥ' ἤδη μνηστῆρες ἀγήνορες ἔνδον ἔασιν
ἐκ λόχου, ἦ ἔτι μ' αὖτ' εἰρύαται οἴκαδ' ἰόντα;"
τὸν δ' ἀπαμειβόμενος προσέφης, Εὔμαιε συβῶτα·
„οὐκ ἔμελέν μοι ταῦτα μεταλλῆσαι καὶ ἐρέσθαι
ἄστυ καταβλώσκοντα· τάχιστά με θυμὸς ἀνώγει
ἀγγελίην εἰπόντα πάλιν δεῦρ' ἀπονέεσθαι.
ὡμήρησε δέ μοι παρ' ἑταίρων ἄγγελος ὠκύς,
κῆρυξ, ὃς δὴ πρῶτος ἔπος σῆι μητρὶ ἔειπεν.
ἄλλο δέ τοι τό γε οἶδα· τὸ γὰρ ἴδον ὀφθαλμοῖσιν.
ἤδη ὑπὲρ πόλιος, ὅθι θ' Ἕρμαιος λόφος ἐστίν,
ἦα κιών, ὅτε νῆα θοὴν ἰδόμην κατιοῦσαν
ἐς λιμέν' ἡμέτερον· πολλοὶ δ' ἔσαν ἄνδρες ἐν αὐτῆι,
βεβρίθει δὲ σάκεσσι καὶ ἔγχεσιν ἀμφιγύοισι·
καὶ σφέας ὠΐσθην τοὺς ἔμμεναι, οὐδέ τι οἶδα."
ὣς φάτο, μείδησεν δ' ἱερὴ ἲς Τηλεμάχοιο
ἐς πατέρ' ὀφθαλμοῖσιν ἰδών, ἀλέεινε δ' ὑφορβόν.
οἱ δ' ἐπεὶ οὖν παύσαντο πόνου τετύκοντό τε δαῖτα,
δαίνυντ', οὐδέ τι θυμὸς ἐδεύετο δαιτὸς ἐΐσης.
αὐτὰρ ἐπεὶ πόσιος καὶ ἐδητύος ἐξ ἔρον ἕντο,
κοίτου τε μνήσαντο καὶ ὕπνου δῶρον ἕλοντο.

Drum ist Telemachos mir von allen Menschen der liebste;
Und ich sag' es, er soll sich durchaus vor dem Tode nicht fürchten,
Von den Freiern: allein von Gott ist er unvermeidlich!
  Also sprach er ihr zu, und dacht' ihn selbst zu ermorden.
Jene stieg hinauf in den prächtigen Söller, und weinte
Ihren trauten Gemahl Odysseus, bis ihr Athene
Sanft mit süßem Schlummer die Augenlider bedeckte.
  Abends kam zu Odysseus und seinem Sohne der Sauhirt.
Diese standen jetzt, und bereiteten emsig die Mahlzeit,
Da sie ein jähriges Schwein geopfert. Aber Athene
Hatte zuvor sich genaht dem Laertiaden Odysseus,
Ihn mit der Rute gerührt, und wieder zum Greise verwandelt,
Und mit schmutzigen Lumpen bekleidet: daß ihn der Sauhirt
Nicht erkennte, und dann mit überwallendem Herzen
Liefe, die Botschaft zu bringen der keuschen Penelopeia.
  Und Telemachos rief dem kommenden Hirten entgegen:
Kommst du, edler Eumäos? Was hört man in Ithaka Neues?
Ob wohl die mutigen Freier vom Hinterhalte zurück sind,
Oder ob sie noch immer auf mich Heimkehrenden lauren?
  Ihm antwortetest du, Eumäos, Hüter der Schweine:
Hierum hab' ich mich nicht bekümmert, die Stadt zu durchwandern,
Und die Leute zu fragen; es lag mir näher am Herzen,
Da ich die Botschaft gebracht, aufs Eiligste wiederzukehren.
Doch begegnete mir von deinen Gefährten ein Herold,
Der auch deiner Mutter zuerst die Botschaft verkündet.
Noch ein anderes weiß ich, das sah ich selber mit Augen.
Diesseits über der Stadt, dicht an dem hermeiischen Hügel,
War ich bereits gekommen; da sah ich in unserem Hafen
Landen ein hurtiges Schiff, mit vielen Männern gerüstet,
Und mit Schilden beschwert und langen doppelten Lanzen.
Und ich meinte, sie waren's; allein ich weiß es nicht sicher.
  Also sprach er; da blickte Telemachos' heilige Stärke
Lächelnd den Vater an, doch unbemerkt von Eumäos.
Als sie die Arbeit jetzo vollbracht, und die Speise bereitet,
Teilten sie alles gleich, und labten ihr Herz an dem Mahle.
Und nachdem die Begierde des Tranks und der Speise gestillt war,
Legten sie sich zur Ruh, und genossen die Gabe des Schlafes.

ΟΔΥΣΣΕΙΑΣ Ρ

Τηλεμάχου ἐπάνοδος
πρὸς Ἰθάκην.

Ἦμος δ' ἠριγένεια φάνη ῥοδοδάκτυλος Ἠώς,
δὴ τότ' ἔπειθ' ὑπὸ ποσσὶν ἐδήσατο καλὰ πέδιλα
Τηλέμαχος, φίλος υἱὸς Ὀδυσσῆος θείοιο,
εἵλετο δ' ἄλκιμον ἔγχος, ὅ οἱ παλάμηφιν ἀρήρει,
ἄστυδε ἱέμενος, καὶ ἑὸν προσέειπε συβώτην·
„ ἄττ', ἦ τοι μὲν ἐγὼν εἶμ' ἐς πόλιν, ὄφρα με μήτηρ
ὄψεται· οὐ γάρ μιν πρόσθεν παύσεσθαι ὀΐω
κλαυθμοῦ τε στυγεροῖο γόοιό τε δακρυόεντος,
πρίν γ' αὐτόν με ἴδηται· ἀτὰρ σοί γ' ὧδ' ἐπιτέλλω.
τὸν ξεῖνον δύστηνον ἄγ' ἐς πόλιν, ὄφρ' ἂν ἐκεῖθι
δαῖτα πτωχεύῃ· δώσει δέ οἱ ὅς κ' ἐθέλῃσι
πύρνον καὶ κοτύλην· ἐμὲ δ' οὔ πως ἔστιν ἅπαντας
ἀνθρώπους ἀνέχεσθαι, ἔχοντά περ ἄλγεα θυμῶι·
ὁ ξεῖνος δ' εἴ περ μάλα μηνίει, ἄλγιον αὐτῶι
ἔσσεται· ἦ γὰρ ἐμοὶ φίλ' ἀληθέα μυθήσασθαι."
τὸν δ' ἀπαμειβόμενος προσέφη πολύμητις Ὀδυσσεύς·
„ ὦ φίλος, οὐδέ τοι αὐτὸς ἐρύκεσθαι μενεαίνω·
πτωχῶι βέλτερόν ἐστι κατὰ πτόλιν ἠὲ κατ' ἀγροὺς
δαῖτα πτωχεύειν· δώσει δέ μοι ὅς κ' ἐθέλῃσιν.
οὐ γὰρ ἐπὶ σταθμοῖσι μένειν ἔτι τηλίκος εἰμί,
ὥστ' ἐπιτειλαμένωι σημάντορι πάντα πιθέσθαι.
ἀλλ' ἔρχευ· ἐμὲ δ' ἄξει ἀνὴρ ὅδε, τὸν σὺ κελεύεις,
αὐτίκ' ἐπεί κε πυρὸς θερέω ἀλέη τε γένηται.
αἰνῶς γὰρ τάδε εἵματ' ἔχω κακά· μή με δαμάσσῃ
στίβη ὑπηοίη· ἕκαθεν δέ τε ἄστυ φάτ' εἶναι."
ὣς φάτο, Τηλέμαχος δὲ διὰ σταθμοῖο βεβήκει,
κραιπνὰ ποσὶ προβιβάς, κακὰ δὲ μνηστῆρσι φύτευεν.
αὐτὰρ ἐπεί ῥ' ἵκανε δόμους εὖ ναιετάοντας,
ἔγχος μέν ῥ' ἔστησε φέρων πρὸς κίονα μακρήν,
αὐτὸς δ' εἴσω ἴεν καὶ ὑπέρβη λάϊνον οὐδόν.
τὸν δὲ πολὺ πρώτη εἶδε τροφὸς Εὐρύκλεια,
κώεα καστορνῦσα θρόνοις ἔνι δαιδαλέοισι,
δακρύσασα δ' ἔπειτ' ἰθὺς κίεν· ἀμφὶ δ' ἄρ' ἄλλαι
δμωιαὶ Ὀδυσσῆος ταλασίφρονος ἠγερέθοντο,

SIEBZEHNTER GESANG

Am Morgen geht Telemachos in die Stadt. Odysseus, als Bettler, mit Eumäos nachfolgend, wird vom Ziegenhirten Melantheus gemißhandelt. Sein Hund Argos erkennt ihn. Den Bettelnden wirft Antinoos. Der Königin, die ihn zu sprechen wünscht, bestimmt er den Abend. Eumäos geht ab.

Als die dämmernde Frühe mit Rosenfingern erwachte,
Stand Telemachos auf, der Sohn des großen Odysseus,
Band die schönen Sohlen sich unter die glänzenden Füße,
Nahm dann die mächtige Lanze, die seinen Händen gerecht war,
Hinzugehn in die Stadt, und sprach zum Hüter der Schweine:
　Väterchen, ich will jetzt in die Stadt gehn, daß mich die Mutter
Wiedersehe; denn eher, besorg' ich, ruhet sie schwerlich
Von dem bangen Gewinsel und ihrer tränenden Wehmut,
Bis sie mich selber sieht. Dir aber, Eumäos, befehl' ich:
Führ' ihn auch zu der Stadt, den unglückseligen Fremdling,
Daß er sich Nahrung bettle; ihm gebe jeder nach Willkür
Etwas Brosam und Wein. Ich kann unmöglich mir aller
Menschen Last aufbürden, mich drückt schon Kummer die Menge.
Dünkt sich der Fremdling etwa durch diese Worte beleidigt,
Desto schlimmer für ihn, ich rede gerne die Wahrheit.
　Ihm antwortete drauf der erfindungsreiche Odysseus:
Lieber, ich selbst begehre nicht länger hier zu verweilen.
Leichter wird's, in der Stadt, als auf dem Lande, dem Bettler,
Seine Nahrung zu finden; mir gebe jeder nach Willkür.
Denn mein Alter verstattet mir nicht, auf dem Lande zu bleiben,
Und die Dienste zu tun, die mir ein Schaffner geböte.
Gehe denn. Dieser Mann wird mich nachführen, sobald ich
Mich am Feuer gewärmt, und die Sonne höher gestiegen.
Diese Lumpen bedecken mich nur! Die Kälte des Morgens
Möchte mir schaden; ihr sagt ja, die Stadt sei ferne von hinnen.
　Also sprach er. Telemachos ging aus der Pforte des Hofes,
Eilte mit hurtigen Füßen, und sann auf der Freier Verderben.
Als er jetzo erreichte die schöngebauete Wohnung,
Stellt' er die Lanze hin an eine ragende Säule,
Überschritt dann selber die steinerne Schwelle des Saales.
　Ihn erblickte zuerst die Pflegerin Eurykleia,
Welche mit Fellen bedeckte die künstlich gebildeten Throne.
Weinend lief sie gerad' auf ihn zu; es drängten sich um ihn
Auch die übrigen Mägde des leidengeübten Odysseus,

καὶ κύνεον ἀγαπαζόμεναι κεφαλήν τε καὶ ὤμους.
ἡ δ' ἴεν ἐκ θαλάμοιο περίφρων Πηνελόπεια,
Ἀρτέμιδι ἰκέλη ἠὲ χρυσέηι Ἀφροδίτηι,
ἀμφὶ δὲ παιδὶ φίλωι βάλε πήχεε δακρύσασα,
κύσσε δέ μιν κεφαλήν τε καὶ ἄμφω φάεα καλά,
καί ῥ' ὀλοφυρομένη ἔπεα πτερόεντα προσηύδα·
„ ἦλθες, Τηλέμαχε, γλυκερὸν φάος. οὔ σ' ἔτ' ἐγώ γε
ὄψεσθαι ἐφάμην, ἐπεὶ ὤιχεο νηῒ Πύλονδε
λάθρηι, ἐμεῦ ἀέκητι, φίλου μετὰ πατρὸς ἀκουήν.
ἀλλ' ἄγε μοι κατάλεξον ὅπως ἤντησας ὀπωπῆς."
τὴν δ' αὖ Τηλέμαχος πεπνυμένος ἀντίον ηὔδα·
„ μῆτερ ἐμή, μή μοι γόον ὄρνυθι μηδέ μοι ἦτορ
ἐν στήθεσσιν ὄρινε φυγόντι περ αἰπὺν ὄλεθρον·
ἀλλ' ὑδρηναμένη, καθαρὰ χροῒ εἵμαθ' ἑλοῦσα,
εἰς ὑπερῶι' ἀναβᾶσα σὺν ἀμφιπόλοισι γυναιξὶν
εὔχεο πᾶσι θεοῖσι τεληέσσας ἑκατόμβας
ῥέξειν, αἴ κέ ποθι Ζεὺς ἄντιτα ἔργα τελέσσηι.
αὐτὰρ ἐγὼν ἀγορὴν ἐσελεύσομαι, ὄφρα καλέσσω
ξεῖνον, ὅτις μοι κεῖθεν ἅμ' ἕσπετο δεῦρο κιόντι.
τὸν μὲν ἐγὼ προὔπεμψα σὺν ἀντιθέοις ἑτάροισι,
Πείραιον δέ μιν ἠνώγεα προτὶ οἶκον ἄγοντα
ἐνδυκέως φιλέειν καὶ τιέμεν, εἰς ὅ κεν ἔλθω."
ὣς ἄρ' ἐφώνησεν, τῆι δ' ἄπτερος ἔπλετο μῦθος.
ἡ δ' ὑδρηναμένη, καθαρὰ χροῒ εἵμαθ' ἑλοῦσα,
εὔχετο πᾶσι θεοῖσι τεληέσσας ἑκατόμβας
ῥέξειν, αἴ κέ ποθι Ζεὺς ἄντιτα ἔργα τελέσσηι.
Τηλέμαχος δ' ἄρ' ἔπειτα διὲκ μεγάροιο βεβήκει
ἔγχος ἔχων· ἅμα τῶι γε δύω κύνες ἀργοὶ ἕποντο.
θεσπεσίην δ' ἄρα τῶι γε χάριν κατέχευεν Ἀθήνη·
τὸν δ' ἄρα πάντες λαοὶ ἐπερχόμενον θηεῦντο.
ἀμφὶ δέ μιν μνηστῆρες ἀγήνορες ἠγερέθοντο
ἔσθλ' ἀγορεύοντες, κακὰ δὲ φρεσὶ βυσσοδόμευον.
αὐτὰρ ὁ τῶν μὲν ἔπειτα ἀλεύατο πουλὺν ὅμιλον,
ἀλλ' ἵνα Μέντωρ ἧστο καὶ Ἄντιφος ἠδ' Ἁλιθέρσης,
οἵ τε οἱ ἐξ ἀρχῆς πατρώϊοι ἦσαν ἑταῖροι,
ἔνθα καθέζετ' ἰών· τοὶ δ' ἐξερέεινον ἕκαστα.
τοῖσι δὲ Πείραιος δουρικλυτὸς ἐγγύθεν ἦλθεν
ξεῖνον ἄγων ἀγορήνδε διὰ πτόλιν· οὐδ' ἄρ' ἔτι δὴν
Τηλέμαχος ξείνοιο ἑκὰς τράπετ', ἀλλὰ παρέστη.
τὸν καὶ Πείραιος πρότερος πρὸς μῦθον ἔειπε·
„ Τηλέμαχ', αἶψ' ὄτρυνον ἐμὸν ποτὶ δῶμα γυναῖκας,

Hießen ihn froh willkommen, und küßten ihm Schultern und Antlitz.
Jetzo ging aus der Kammer die kluge Penelopeia,
Artemis gleich an Gestalt und der goldenen Aphrodite;
Und mit Tränen schlang sie den lieben Sohn in die Arme,
Küßte sein Angesicht, und beide glänzenden Augen,
Und begann lautweinend, und sprach die geflügelten Worte:
  Kommst du, Telemachos, kommst du, mein süßes Leben. Ich hoffte
Nimmer dich wiederzusehn, da du ohne mein Wissen und Wollen
Warst gen Pylos geschifft, den lieben Vater zu suchen!
Aber verkündige mir, was du auf der Reise gesehen hast!
  Und der verständige Jüngling Telemachos sagte dagegen:
Mutter, erinnere mich nicht an meinen Kummer, und reize
Nicht zur Klage mein Herz, da ich kaum dem Verderben entflohn bin.
Sondern bade dich erst, und lege reine Gewand' an.
Steig' in das Übergemach, von deinen Mägden begleitet,
Und gelobe den Göttern, vollkommene Hekatomben
Darzubringen, wenn Zeus doch endlich Rache vergölte.
Aber ich selber will zum Markte gehen, den Fremdling
Einzuladen, der mir hieher aus der Fremde gefolgt ist.
Diesen sandt' ich voran mit meinen edlen Gefährten,
Und befahl Peiräos, ihn mit nach Hause zu nehmen
Und sorgfältig zu pflegen, bis ich heimkehrte vom Lande.
  Also sprach er zu ihr, und redete nicht in die Winde.
Jene badete sich, und legte reine Gewand' an,
Und gelobte den Göttern, vollkommene Hekatomben
Darzubringen, wenn Zeus doch endlich Rache vergölte.
  Aber Telemachos ging, mit seiner Lanze gerüstet,
Aus dem Palast; es begleiteten ihn schnellfüßige Hunde.
Siehe mit himmlischer Anmut umstrahlt' ihn Pallas Athene,
Daß die Völker alle dem kommenden Jünglinge staunten.
Um ihn versammelten sich die übermütigen Freier,
Die viel Gutes ihm sagten, und Böses im Herzen gedachten.
Aber Telemachos mied der Heuchler dichtes Gedränge,
Und ging hin zu Mentor und Antiphos und Halitherses,
Welche von Anbeginn des Vaters Freunde gewesen,
Setzte bei ihnen sich nieder, und diese fragten nach allem.
  Ihnen nahte sich jetzo der lanzenberühmte Peiräos,
Welcher den Gast durch die Stadt zur Versammlung führte; und länger
Säumte Telemachos nicht, er eilte dem Fremdling' entgegen.
Ihn ermahnte zuerst mit diesen Worten Peiräos:
  Eile, Telemachos, Mägde nach meinem Hause zu senden,

ὥς τοι δῶρ' ἀποπέμψω, ἅ τοι Μενέλαος ἔδωκε."
τὸν δ' αὖ Τηλέμαχος πεπνυμένος ἀντίον ηὔδα·
„ Πείραι', οὐ γάρ τ' ἴδμεν ὅπως ἔσται τάδε ἔργα.
εἴ κεν ἐμὲ μνηστῆρες ἀγήνορες ἐν μεγάροισι
λάθρηι κτείναντες πατρώϊα πάντα δάσωνται,
αὐτὸν ἔχοντά σε βούλομ' ἐπαυρέμεν, ἤ τινα τῶνδε·
εἰ δέ κ' ἐγὼ τούτοισι φόνον καὶ κῆρα φυτεύσω,
δὴ τότε μοι χαίροντι φέρειν πρὸς δώματα χαίρων."
ὣς εἰπὼν ξεῖνον ταλαπείριον ἦγεν ἐς οἶκον.
αὐτὰρ ἐπεί ῥ' ἵκοντο δόμους εὖ ναιετάοντας,
χλαίνας μὲν κατέθεντο κατὰ κλισμούς τε θρόνους τε,
ἐς δ' ἀσαμίνθους βάντες ἐϋξέστας λούσαντο.
τοὺς δ' ἐπεὶ οὖν δμωιαὶ λοῦσαν καὶ χρῖσαν ἐλαίωι,
ἀμφὶ δ' ἄρα χλαίνας οὔλας βάλον ἠδὲ χιτῶνας,
ἔκ ῥ' ἀσαμίνθων βάντες ἐπὶ κλισμοῖσι καθῖζον.
χέρνιβα δ' ἀμφίπολος προχόωι ἐπέχευε φέρουσα
καλῆι χρυσείηι, ὑπὲρ ἀργυρέοιο λέβητος,
νίψασθαι· παρὰ δὲ ξεστὴν ἐτάνυσσε τράπεζαν.
σῖτον δ' αἰδοίη ταμίη παρέθηκε φέρουσα,
εἴδατα πόλλ' ἐπιθεῖσα, χαριζομένη παρεόντων.
μήτηρ δ' ἀντίον ἷζε παρὰ σταθμὸν μεγάροιο
κλισμῶι κεκλιμένη, λέπτ' ἠλάκατα στρωφῶσα.
οἱ δ' ἐπ' ὀνείαθ' ἑτοῖμα προκείμενα χεῖρας ἴαλλον,
αὐτὰρ ἐπεὶ πόσιος καὶ ἐδητύος ἐξ ἔρον ἕντο,
τοῖσι δὲ μύθων ἦρχε περίφρων Πηνελόπεια·
„ Τηλέμαχ', ἦ τοι ἐγὼν ὑπερώϊον εἰσαναβᾶσα
λέξομαι εἰς εὐνήν, ἥ μοι στονόεσσα τέτυκται,
αἰεὶ δάκρυσ' ἐμοῖσι πεφυρμένη, ἐξ οὗ Ὀδυσσεὺς
ὤιχεθ' ἅμ' Ἀτρεΐδησιν ἐς Ἴλιον· οὐδέ μοι ἔτλης,
πρὶν ἐλθεῖν μνηστῆρας ἀγήνορας ἐς τόδε δῶμα,
νόστον σοῦ πατρὸς σάφα εἰπέμεν, εἴ που ἄκουσας."
τὴν δ' αὖ Τηλέμαχος πεπνυμένος ἀντίον ηὔδα·
„ τοιγὰρ ἐγώ τοι, μῆτερ, ἀληθείην καταλέξω.
ὠιχόμεθ' ἔς τε Πύλον καὶ Νέστορα, ποιμένα λαῶν·
δεξάμενος δέ με κεῖνος ἐν ὑψηλοῖσι δόμοισιν
ἐνδυκέως ἐφίλει, ὡς εἴ τε πατὴρ ἑὸν υἱὸν
ἐλθόντα χρόνιον νέον ἄλλοθεν· ὣς ἐμὲ κεῖνος
ἐνδυκέως ἐκόμιζε σὺν υἱάσι κυδαλίμοισιν.
αὐτὰρ Ὀδυσσῆος ταλασίφρονος οὔ ποτ' ἔφασκεν,
ζωοῦ οὐδὲ θανόντος, ἐπιχθονίων τευ ἀκοῦσαι·
ἀλλά μ' ἐς Ἀτρεΐδην, δουρικλειτὸν Μενέλαον,

Um die Geschenke zu holen, die dir Menelaos geschenkt hat.
Und der verständige Jüngling Telemachos sagte dagegen:
Freund, wir wissen ja nicht, welch Ende die Sache gewinne!
Wenn mich in meinem Hause die übermütigen Freier
Heimlich ermorden, und dann mein väterlich Erbe sich teilen;
Will ich doch lieber, daß du, als ein anderer, jenes besitze.
Wenn es mir aber gelingt, sie mit blutigem Tode zu strafen:
Siehe dann magst du es fröhlich zum Hause des Fröhlichen bringen.
Sprach's, und führte zu Hause den unglückseligen Fremdling.
Als sie jetzo erreichten die schöngebauete Wohnung
Legten sie ihre Mäntel auf prächtige Sessel und Throne,
Gingen und badeten sich in schöngeglätteten Wannen.
Als die Mägde sie jetzo gebadet, mit Öle gesalbet,
Und mit wollichtem Mantel und Leibrock hatten bekleidet,
Stiegen sie aus dem Bad', und setzten sich nieder auf Sessel.
Eine Dienerin trug in der schönen goldenen Kanne
Über dem silbernen Becken das Wasser, beströmte zum Waschen
Ihnen die Händ', und stellte vor sie die geglättete Tafel.
Und die ehrbare Schaffnerin kam, und tischte das Brot auf,
Und der Gerichte viel aus ihrem gesammelten Vorrat.
Gegenüber saß auf dem Ruhesessel die Mutter
An der Schwelle des Saals, und drehte die zierliche Spindel.
Und sie erhoben die Hände zum leckerbereiteten Mahle.
Und nachdem die Begierde des Tranks und der Speise gestillt war,
Da begann das Gespräch die kluge Penelopeia:
Sohn, ich muß wohl wieder in meine Kammer hinaufgehn,
Auf dem Lager zu ruhn, dem jammervollen, das immer
Meine Tränen benetzen, seitdem der edle Odysseus
Mit den Atreiden gen Ilion zog; denn du findest Bedenken,
Ehe der Freier Schwarm zum Freudengelage zurückkehrt,
Mir zu erzählen, was du von deinem Vater gehört hast!
Und der verständige Jüngling Telemachos sagte dagegen:
Gerne will ich dir, Mutter, die lautere Wahrheit verkünden.
Siehe wir schifften gen Pylos, zu Nestor, dem Hirten der Völker.
Freundlich empfing mich dieser in seinem hohen Palaste,
Und bewirtete mich mit so geschäftiger Liebe,
Als ein Vater den Sohn, der spät aus der Fremde zurückkehrt:
So viel Liebe genoß ich von ihm und den trefflichen Söhnen.
Doch von dem leidengeübten Odysseus hatte der König
Nicht das geringste gehört; ob er tot sei, oder noch lebe.
Aber zu Atreus' Sohn Menelaos dem Lanzenberühmten

ἵπποισι προὔπεμψε καὶ ἅρμασι κολλητοῖσιν.
ἔνθ' ἴδον Ἀργείην Ἑλένην, ἧς εἵνεκα πολλὰ
Ἀργεῖοι Τρῶές τε θεῶν ἰότητι μόγησαν.
εἴρετο δ' αὐτίκ' ἔπειτα βοὴν ἀγαθὸς Μενέλαος
ὅττευ χρηΐζων ἱκόμην Λακεδαίμονα δῖαν·
αὐτὰρ ἐγὼ τῶι πᾶσαν ἀληθείην κατέλεξα·
καὶ τότε δή με ἔπεσσιν ἀμειβόμενος προσέειπεν·
‚ὢ πόποι, ἦ μάλα δὴ κρατερόφρονος ἀνδρὸς ἐν εὐνῆι
ἤθελον εὐνηθῆναι, ἀνάλκιδες αὐτοὶ ἐόντες.
ὡς δ' ὁπότ' ἐν ξυλόχωι ἔλαφος κρατεροῖο λέοντος
νεβροὺς κοιμήσασα νεηγενέας γαλαθηνοὺς
κνημοὺς ἐξερέηισι καὶ ἄγκεα ποιήεντα
βοσκομένη, ὁ δ' ἔπειτα ἑὴν εἰσήλυθεν εὐνήν,
ἀμφοτέροισι δὲ τοῖσιν ἀεικέα πότμον ἐφῆκεν,
ὣς Ὀδυσεὺς κείνοισιν ἀεικέα πότμον ἐφήσει.
αἲ γάρ, Ζεῦ τε πάτερ καὶ Ἀθηναίη καὶ Ἄπολλον,
τοῖος ἐὼν οἷός ποτ' ἐϋκτιμένηι ἐνὶ Λέσβωι
ἐξ ἔριδος Φιλομηλεΐδηι ἐπάλαισεν ἀναστάς,
κὰδ δ' ἔβαλε κρατερῶς, κεχάροντο δὲ πάντες Ἀχαιοί,
τοῖος ἐὼν μνηστῆρσιν ὁμιλήσειεν Ὀδυσσεύς·
πάντες κ' ὠκύμοροί τε γενοίατο πικρόγαμοί τε.
ταῦτα δ' ἅ μ' εἰρωτᾶις καὶ λίσσεαι, οὐκ ἂν ἐγώ γε
ἄλλα παρὲξ εἴποιμι παρακλιδὸν οὐδ' ἀπατήσω,
ἀλλὰ τὰ μέν μοι ἔειπε γέρων ἅλιος νημερτής,
τῶν οὐδέν τοι ἐγὼ κρύψω ἔπος οὐδ' ἐπικεύσω.
φῆ μιν ὅ γ' ἐν νήσωι ἰδέειν κρατέρ' ἄλγε' ἔχοντα,
νύμφης ἐν μεγάροισι Καλυψοῦς, ἥ μιν ἀνάγκηι
ἴσχει· ὁ δ' οὐ δύναται ἣν πατρίδα γαῖαν ἱκέσθαι.
οὐ γάρ οἱ πάρα νῆες ἐπήρετμοι καὶ ἑταῖροι,
οἵ κέν μιν πέμποιεν ἐπ' εὐρέα νῶτα θαλάσσης.‘
ὣς ἔφατ' Ἀτρεΐδης, δουρικλειτὸς Μενέλαος.
ταῦτα τελευτήσας νεόμην· ἔδοσαν δέ μοι οὖρον
ἀθάνατοι, τοί μ' ὦκα φίλην ἐς πατρίδ' ἔπεμψαν.“
ὣς φάτο, τῆι δ' ἄρα θυμὸν ἐνὶ στήθεσσιν ὄρινε.
τοῖσι δὲ καὶ μετέειπε Θεοκλύμενος θεοειδής·
„ὦ γύναι αἰδοίη Λαερτιάδεω Ὀδυσῆος,
ἦ τοι ὅ γ' οὐ σάφα οἶδεν, ἐμεῖο δὲ σύνθεο μῦθον·
ἀτρεκέως γάρ σοι μαντεύσομαι οὐδ' ἐπικεύσω·
ἴστω νῦν Ζεὺς πρῶτα θεῶν, ξενίη τε τράπεζα
ἱστίη τ' Ὀδυσῆος ἀμύμονος, ἣν ἀφικάνω,
ὡς ἦ τοι Ὀδυσεὺς ἤδη ἐν πατρίδι γαίηι,

Sandt' er mit Rossen mich hin und einem zierlichen Wagen:
Wo ich Argos' Helena sah, um welche die Troer
Und Argeier so viel, nach dem Rat der Götter, erduldet.
Und mich fragte sogleich der Rufer im Streit Menelaos,
Was mich zu kommen genötigt zur göttlichen Stadt Lakedämon.
Und ich erzählte darauf umständlich die ganze Geschichte.
Nun antwortete mir der Held Menelaos, und sagte:
O ihr Götter, ins Lager des übergewaltigen Mannes
Wollten jene sich legen, die feigen verworfenen Menschen!
Aber wie wenn in dem Dickicht des starken Löwen die Hirschkuh
Ihre saugenden Jungen, die neugeborenen, hinlegt,
Dann auf den Bergen umher und kräuterbewachsenen Tälern
Weide sucht; und jener darauf in sein Lager zurückkehrt,
Und den Zwillingen beiden ein schreckliches Ende bereitet:
So wird jenen Odysseus ein schreckliches Ende bereiten.
Wenn er, o Vater Zeus, Athene und Phöbos Apollon!
Doch in jener Gestalt, wie er einst in der fruchtbaren Lesbos
Sich mit Philomeleides zum Wetteringen emporhub,
Und auf den Boden ihn warf, daß alle Achaier sich freuten;
Wenn doch in jener Gestalt Odysseus den Freiern erschiene:
Bald wär' ihr Leben gekürzt, und ihnen die Heirat verbittert!
Aber warum du mich fragst und bittest, das will ich geradaus,
Ohn' Umschweife, dir sagen, und nicht durch Lügen dich täuschen;
Sondern was mir der wahrhafte Greis des Meeres geweissagt,
Davon will ich kein Wort dir bergen oder verhehlen.
Jener hatt' auf der Insel den jammernden Helden gesehen,
In dem Hause der Nymphe Kalypso, die mit Gewalt ihn
Hält; und er sehnt sich umsonst nach seiner heimischen Insel:
Denn es gebricht ihm dort an Ruderschiffen und Männern,
Über den weiten Rücken des Meeres ihn zu geleiten.
Also verkündigte mir Menelaos der Lanzenberühmte.
Als ich dieses vollendet, da kehrt' ich von dannen: die Götter
Sandten mir günstigen Wind, und führten mich bald zu der Heimat.
Also sprach er; ihn hörte mit inniger Rührung die Mutter.
Und der göttliche Mann Theoklymenos redete jetzo:
Du ehrwürdiges Weib des Laertiaden Odysseus,
Jener wußte nicht alles; vernimm, was ich dir verkünde:
Denn ich will dir genau weissagen, und nichts dir verhehlen.
Zeus von den Göttern bezeug' es, und diese gastliche Tafel,
Und Odysseus heiliger Herd, zu welchem ich fliehe:
Daß Odysseus schon im Vaterlande verborgen

ἥμενος ἢ ἕρπων, τάδε πευθόμενος κακὰ ἔργα,
ἔστιν, ἀτὰρ μνηστῆρσι κακὸν πάντεσσι φυτεύει·
τοῖον ἐγὼν οἰωνὸν ἐϋσσέλμου ἐπὶ νηὸς
ἥμενος ἐφρασάμην καὶ Τηλεμάχωι ἐγεγώνευν."
τὸν δ' αὖτε προσέειπε περίφρων Πηνελόπεια·
„ αἲ γὰρ τοῦτο, ξεῖνε, ἔπος τετελεσμένον εἴη·
τῶι κε τάχα γνοίης φιλότητά τε πολλά τε δῶρα
ἐξ ἐμεῦ, ὡς ἄν τίς σε συναντόμενος μακαρίζοι."
ὣς οἱ μὲν τοιαῦτα πρὸς ἀλλήλους ἀγόρευον,
μνηστῆρες δὲ πάροιθεν Ὀδυσσῆος μεγάροιο
δίσκοισιν τέρποντο καὶ αἰγανέηισιν ἱέντες,
ἐν τυκτῶι δαπέδωι, ὅθι περ πάρος ὕβριν ἔχοντες.
ἀλλ' ὅτε δὴ δείπνηστος ἔην καὶ ἐπήλυθε μῆλα
πάντοθεν ἐξ ἀγρῶν, οἱ δ' ἤγαγον οἳ τὸ πάρος περ,
καὶ τότε δή σφιν ἔειπε Μέδων· ὃς γάρ ῥα μάλιστα
ἥνδανε κηρύκων, καὶ σφιν παρεγίγνετο δαιτί·
„ κοῦροι, ἐπεὶ δὴ πάντες ἐτέρφθητε φρέν' ἀέθλοις,
ἔρχεσθε πρὸς δώμαθ', ἵν' ἐντυνώμεθα δαῖτα·
οὐ μὲν γάρ τι χέρειον ἐν ὥρηι δεῖπνον ἑλέσθαι."
ὣς ἔφαθ', οἱ δ' ἀνστάντες ἔβαν πείθοντό τε μύθωι.
αὐτὰρ ἐπεί ῥ' ἵκοντο δόμους εὖ ναιετάοντας,
χλαίνας μὲν κατέθεντο κατὰ κλισμούς τε θρόνους τε,
οἱ δ' ἱέρευον ὄϊς μεγάλους καὶ πίονας αἶγας,
ἵρευον δὲ σύας σιάλους καὶ βοῦν ἀγελαίην,
δαῖτ' ἐντυνόμενοι. τοὶ δ' ἐξ ἀγροῖο πόλινδε
ὠτρύνοντ' Ὀδυσεύς τ' ἰέναι καὶ δῖος ὑφορβός.
τοῖσι δὲ μύθων ἦρχε συβώτης, ὄρχαμος ἀνδρῶν·
„ ξεῖν', ἐπεὶ ἂρ δὴ ἔπειτα πόλινδ' ἰέναι μενεαίνεις
σήμερον, ὡς ἐπέτελλεν ἄναξ ἐμός - ἦ σ' ἂν ἐγώ γε
αὐτοῦ βουλοίμην σταθμῶν ῥυτῆρα λιπέσθαι·
ἀλλὰ τὸν αἰδέομαι καὶ δείδια, μή μοι ὀπίσσω
νεικείηι· χαλεπαὶ δέ τ' ἀνάκτων εἰσὶν ὁμοκλαί -
ἀλλ' ἄγε νῦν ἴομεν· δὴ γὰρ μέμβλωκε μάλιστα
ἦμαρ, ἀτὰρ τάχα τοι ποτὶ ἕσπερα ῥίγιον ἔσται."
τὸν δ' ἀπαμειβόμενος προσέφη πολύμητις Ὀδυσσεύς·
„ γιγνώσκω, φρονέω· τά γε δὴ νοέοντι κελεύεις.
ἀλλ' ἴομεν, σὺ δ' ἔπειτα διαμπερὲς ἡγεμόνευε.
δὸς δέ μοι, εἴ ποθί τοι ῥόπαλον τετμημένον ἐστίν,
σκηρίπτεσθ', ἐπεὶ ἦ φατ' ἀρισφαλέ' ἔμμεναι οὐδόν."
ἦ ῥα καὶ ἀμφ' ὤμοισιν ἀεικέα βάλλετο πήρην,
πυκνὰ ῥωγαλέην· ἐν δὲ στρόφος ἦεν ἀορτήρ·

Sitzet, oder geheim umherschleicht, diese Verwüstung
Untersucht, und den Freiern ein schreckliches Ende bereitet.
Dieses ersah ich, sitzend im schöngebordeten Schiffe,
Aus des Vogels Fluge, und sagt' es Telemachos heimlich.
 Ihm antwortete drauf die kluge Penelopeia:
Fremdling, erfülleten doch die Götter, was du geweissagt!
Dann erkenntest du bald an vielen und großen Geschenken
Deine Freundin, und jeder Begegnende priese dich selig!
 Also besprachen diese sich jetzo untereinander,
Aber vor dem Palaste Odysseus' schwärmten die Freier,
Und belustigten sich, die Scheib' und die Lanze zu werfen,
Auf dem geebneten Platz, wo sie sonst Mutwillen verübten.
Jetzo kam die Stunde des Mahls, und die Hirten vom Felde
Brachten den täglichen Zoll des auserlesensten Mastviehs.
Da sprach Medon zu ihnen, der Herold, welcher am meisten
Unter den Freiern galt, und ihrer Schmäuse Genoß war:
 Jünglinge, da ihr euch alle mit edlen Spielen erfreuet,
Geht nun wieder ins Haus, und bereitet die köstliche Mahlzeit;
Denn es ist nicht übel, zur rechten Stunde zu essen.
 Also sprach er; da standen sie auf, und folgten dem Herold.
Als sie jetzo erreichten die schöngebauete Wohnung,
Legten sie ihre Mäntel auf prächtige Sessel und Throne,
Schlachteten große Schafe zum Mahl, und gemästete Ziegen,
Schlachteten fette Schwein' und eine Kuh von der Weide.
Und bereiteten eilig die Mahlzeit. Aber vom Landhof
Eilt' Odysseus zur Stadt und der edle Hüter der Schweine.
Also begann das Gespräch der männerbeherrschende Sauhirt:
 Fremdling, weil du denn doch in die Stadt zu gehen verlangest,
Heute noch, wie mein Herr es dir befohlen (ich wünschte
Freilich, du wärest hier als Hüter des Hofes geblieben,
Aber ich scheue mich, und fürchte, Telemachos möchte
Nachmals schelten; und kränkend sind doch die Verweise der Herren!):
Auf denn, so wollen wir gehn! Die größte Hälfte des Tages
Ist dahin, und die Kälte wird gegen Abend noch strenger.
 Ihm antwortete drauf der erfindungsreiche Odysseus:
Gut, ich verstehe dich schon, das sind auch meine Gedanken.
Laß uns denn gehn, und du sei mein Begleiter und Führer.
Hast du auch einen Stab zurecht geschnitten, so gib ihn
Mir zur Stütze; ihr sagt ja, der Weg sei rauh und gefährlich.
 Also sprach er, und hängt' um die Schulter den häßlichen Ranzen,
Allenthalben geflickt, mit einem geflochtenen Tragband;

Εὔμαιος δ᾽ ἄρα οἱ σκῆπτρον θυμαρὲς ἔδωκε.
τὼ βήτην, σταθμὸν δὲ κύνες καὶ βώτορες ἄνδρες
ῥύατ᾽ ὄπισθε μένοντες· ὁ δ᾽ ἐς πόλιν ἦγεν ἄνακτα
πτωχῶι λευγαλέωι ἐναλίγκιον ἠδὲ γέροντι,
σκηπτόμενον· τὰ δὲ λυγρὰ περὶ χροΐ εἵματα ἕστο.
ἀλλ᾽ ὅτε δὴ στείχοντες ὁδὸν κάτα παιπαλόεσσαν
ἄστεος ἐγγὺς ἔσαν καὶ ἐπὶ κρήνην ἀφίκοντο
τυκτὴν καλλίροον, ὅθεν ὑδρεύοντο πολῖται,
τὴν ποίησ᾽ Ἴθακος καὶ Νήριτος ἠδὲ Πολύκτωρ·
ἀμφὶ δ᾽ ἄρ᾽ αἰγείρων ὑδατοτρεφέων ἦν ἄλσος,
πάντοσε κυκλοτερές, κατὰ δὲ ψυχρὸν ῥέεν ὕδωρ
ὑψόθεν ἐκ πέτρης· βωμὸς δ᾽ ἐφύπερθε τέτυκτο
νυμφάων, ὅθι πάντες ἐπιρρέζεσκον ὁδῖται·
ἔνθα σφέας ἐκίχαν᾽ υἱὸς Δολίοιο Μελανθεὺς
αἶγας ἄγων, αἳ πᾶσι μετέπρεπον αἰπολίοισι,
δεῖπνον μνηστήρεσσι· δύω δ᾽ ἅμ᾽ ἕποντο νομῆες.
τοὺς δὲ ἰδὼν νείκεσσεν ἔπος τ᾽ ἔφατ᾽ ἔκ τ᾽ ὀνόμαζεν,
ἔκπαγλον καὶ ἀεικές· ὄρινε δὲ κῆρ Ὀδυσῆος·
„ νῦν μὲν δὴ μάλα πάγχυ κακὸς κακὸν ἡγηλάζει,
ὡς αἰεὶ τὸν ὁμοῖον ἄγει θεὸς ὡς τὸν ὁμοῖν.
πῆι δὴ τόνδε μολοβρὸν ἄγεις, ἀμέγαρτε συβῶτα,
πτωχὸν ἀνιηρόν, δαιτῶν ἀπολυμαντῆρα;
ὃς πολλῆις φλιῆισι παραστὰς θλίψεται ὤμους,
αἰτίζων ἀκόλους, οὐκ ἄορας οὐδὲ λέβητας·
τόν κ᾽ εἴ μοι δοίης σταθμῶν ῥυτῆρα γενέσθαι
σηκοκόρον τ᾽ ἔμεναι θαλλόν τ᾽ ἐρίφοισι φορῆναι,
καί κεν ὀρὸν πίνων μεγάλην ἐπιγουνίδα θεῖτο.
ἀλλ᾽ ἐπεὶ οὖν δὴ ἔργα κάκ᾽ ἔμμαθεν, οὐκ ἐθελήσει
ἔργον ἐποίχεσθαι, ἀλλὰ πτώσσων κατὰ δῆμον
βούλεται αἰτίζων βόσκειν ἣν γαστέρ᾽ ἄναλτον.
ἀλλ᾽ ἔκ τοι ἐρέω, τὸ δὲ καὶ τετελεσμένον ἔσται·
αἴ κ᾽ ἔλθηι πρὸς δώματ᾽ Ὀδυσσῆος θείοιο,
πολλά οἱ ἀμφὶ κάρη σφέλα ἀνδρῶν ἐκ παλαμάων
πλευραὶ ἀποτρίψουσι δόμον κάτα βαλλομένοιο.“
ὣς φάτο, καὶ παριὼν λὰξ ἔνθορεν ἀφραδίηισιν
ἰσχίωι· οὐδέ μιν ἐκτὸς ἀταρπιτοῦ ἐστυφέλιξεν,
ἀλλ᾽ ἔμεν᾽ ἀσφαλέως· ὁ δὲ μερμήριξεν Ὀδυσσεὺς
ἠὲ μεταΐξας ῥοπάλωι ἐκ θυμὸν ἕλοιτο,
ἦ πρὸς γῆν ἐλάσειε κάρη ἀμφουδὶς ἀείρας.
ἀλλ᾽ ἐπετόλμησε, φρεσὶ δ᾽ ἔσχετο· τὸν δὲ συβώτης
νείκεσ᾽ ἐσάντα ἰδών, μέγα δ᾽ εὔξατο χεῖρας ἀνασχών·

Einen bequemen Stab zur Stütze gab ihn Eumäos;
Und sie gingen. Den Hof bewachten indessen die Hunde
Und die übrigen Hirten; und dieser führte den König,
Der, wie ein alter Mann, und mühebeladener Bettler,
Wankend am Stabe schlich, mit häßlichen Lumpen bekleidet.
Als die Wandernden jetzo auf ihrem höckrichten Wege
Nahe kamen der Stadt, am schöngebaueten Brunnen,
Welchem die Bürger der Stadt das klare Wasser entschöpften
(Ithakos hatt' ihn gebaut und Neritos und Polyktor;
Ringsum war ein Hain von wasserliebenden Pappeln
In die Runde gepflanzt, und hoch von Felsen herunter
Schäumte das kalte Wasser; ein Altar stand auf der Höhe,
Wo die Wanderer alle den Nymphen pflegten zu opfern):
Da erreichte sie Dolios' Sohn, der Hirte Melantheus,
Welcher die trefflichsten Ziegen der ganzen Herde den Freiern
Brachte zum Schmaus; es begleiteten ihn zween andere Hirten.
Als sie dieser erblickte, da stieß er mit schreiender Stimme
Freche Schmähungen aus, und reizte die Seele des Königs:
Wahrlich das heißt wohl recht, ein Taugenicht führet den andern!
Wie gesellet doch Gott beständig Gleiche zu Gleichen!
Sprich, wo führst du den Hungrigen hin, nichtswürdiger Sauhirt,
Diesen beschwerlichen Bettler, der schmierigen Brocken Verschlinger,
Welcher von Türe zu Tür' an den Pfosten die Schulter sich reibet,
Und sich Krümchen erbettelt, nicht Schwerter noch eherne Kessel,
Gäbest du mir den Kerl zum Hüter meines Geheges,
Daß er die Ställe fegt', und Laub vortrüge den Zicklein;
Molken sollt' er mir saufen, um Fleisch auf die Lenden zu kriegen!
Aber da er nun nichts als Bubenstücke gelernt hat,
Wird er nicht gern arbeiten, und lieber das Land durchstreichen,
Seinen gefräßigen Leib mit Bettelbrote zu stopfen.
Aber ich sage dir an, und das wird wahrlich erfüllet:
Kommt er je in das Haus des göttergleichen Odysseus,
Hageln werden die Schemel im Saal aus den Händen der Männer
Rings um sein Haupt, und die Ecken an seinen Rippen zerstoßen!
Also sprach er, und kam und stieß mit der Ferse vor Bosheit
Ihm in die Seit'; allein er wankte nicht aus dem Wege,
Sondern stand unerschüttert. Nun überlegte Odysseus:
Ob er auf ihn mit dem Stab' anrennt', und das Leben ihm raubte,
Oder ihn hoch erhüb', und sein Haupt auf den Boden zerknirschte;
Doch er bezwang sein Herz, und duldete. Aber der Sauhirt
Schalt ihn ins Antlitz, und betete laut mit erhobenen Händen:

„ νύμφαι κρηναῖαι, κοῦραι Διός, εἴ ποτ' Ὀδυσσεὺς
ὔμμ' ἐπὶ μηρί' ἔκηε, καλύψας πίονι δημῶι,
ἀρνῶν ἠδ' ἐρίφων, τόδε μοι κρηήνατ' ἐέλδωρ,
ὡς ἔλθοι μὲν κεῖνος ἀνήρ, ἀγάγοι δέ ἑ δαίμων·
τῶι κέ τοι ἀγλαΐας γε διασκεδάσειεν ἁπάσας,
τὰς νῦν ὑβρίζων φορέεις, ἀλαλήμενος αἰεὶ
ἄστυ κάτ'· αὐτὰρ μῆλα κακοὶ φθείρουσι νομῆες."
τὸν δ' αὖτε προσέειπε Μελάνθιος, αἰπόλος αἰγῶν·
„ ὢ πόποι, οἷον ἔειπε κύων ὀλοφώϊα εἰδώς,
τόν ποτ' ἐγὼν ἐπὶ νηὸς ἐϋσσέλμοιο μελαίνης
ἄξω τῆλ' Ἰθάκης, ἵνα μοι βίοτον πολὺν ἄλφοι.
αἲ γὰρ Τηλέμαχον βάλοι ἀργυρότοξος Ἀπόλλων
σήμερον ἐν μεγάροις, ἢ ὑπὸ μνηστῆρσι δαμείη,
ὡς Ὀδυσῆΐ γε τηλοῦ ἀπώλετο νόστιμον ἦμαρ."
ὣς εἰπὼν τοὺς μὲν λίπεν αὐτοῦ ἦκα κιόντας,
αὐτὰρ ὁ βῆ, μάλα δ' ὦκα δόμους ἵκανεν ἄνακτος.
αὐτίκα δ' εἴσω ἴεν, μετὰ δὲ μνηστῆρσι καθῖζεν,
ἀντίον Εὐρυμάχου· τὸν γὰρ φιλέεσκε μάλιστα.
τῶι πάρα μὲν κρειῶν μοῖραν θέσαν οἳ πονέοντο,
σῖτον δ' αἰδοίη ταμίη παρέθηκε φέρουσα
ἔδμεναι. ἀγχίμολον δ' Ὀδυσεὺς καὶ δῖος ὑφορβὸς
στήτην ἐρχομένω, περὶ δέ σφεας ἤλυθ' ἰωὴ
φόρμιγγος γλαφυρῆς· ἀνὰ γάρ σφισι βάλλετ' ἀείδειν
Φήμιος· αὐτὰρ ὁ χειρὸς ἑλὼν προσέειπε συβώτην·
„ Εὔμαι', ἦ μάλα δὴ τάδε δώματα κάλ' Ὀδυσῆος,
ῥεῖα δ' ἀρίγνωτ' ἐστὶ καὶ ἐν πολλοῖσιν ἰδέσθαι.
ἐξ ἑτέρων ἕτερ' ἐστίν, ἐπήσκηται δέ οἱ αὐλὴ
τοίχωι καὶ θριγκοῖσι, θύραι δ' εὐερκέες εἰσὶ
δικλίδες· οὐκ ἄν τίς μιν ἀνὴρ ὑπεροπλίσσαιτο.
γιγνώσκω δ' ὅτι πολλοὶ ἐν αὐτῶι δαῖτα τίθενται
ἄνδρες, ἐπεὶ κνίση μὲν ἀνήνοθεν, ἐν δέ τε φόρμιγξ
ἠπύει, ἣν ἄρα δαιτὶ θεοὶ ποίησαν ἑταίρην."
τὸν δ' ἀπαμειβόμενος προσέφης, Εὔμαιε συβῶτα·
„ ῥεῖ' ἔγνως, ἐπεὶ οὐδὲ τά τ' ἄλλα πέρ ἐσσ' ἀνοήμων.
ἀλλ' ἄγε δὴ φραζώμεθ' ὅπως ἔσται τάδε ἔργα.
ἠὲ σὺ πρῶτος ἔσελθε δόμους εὖ ναιετάοντας,
δύσεο δὲ μνηστῆρας, ἐγὼ δ' ὑπολείψομαι αὐτοῦ·
εἰ δ' ἐθέλεις, ἐπίμεινον, ἐγὼ δ' εἶμι προπάροιθε·
μηδὲ σὺ δηθύνειν, μή τίς σ' ἔκτοσθε νοήσας
ἢ βάλῃι ἢ ἐλάσῃι· τὰ δέ σε φράζεσθαι ἄνωγα."
τὸν δ' ἠμείβετ' ἔπειτα πολύτλας δῖος Ὀδυσσεύς·

Nymphen des heiligen Quells, Zeus' Töchter! Hat jemals Odysseus
Lenden mit Fette bedeckt von jungen Ziegen und Lämmern
Euch zur Ehre verbrannt, so erfüllt mein heißes Verlangen:
Daß heimkehre der Held, und ihn ein Himmlischer führe!
O dann würd' er dir bald die hohen Gedanken vertreiben,
Welche du Trotziger jetzo hegst, da du immer die Stadt durch
Irrst, indes die Herde von bösen Hirten verderbt wird!
Und der Ziegenhirte Melanthios gab ihm zur Antwort:
Götter, was plaudert er da, der Hund voll hämischer Tücke!
Ha! ich werd' ihn noch einst im schwarzen gerüsteten Schiffe
Fern von Ithaka bringen, damit ich ihn teuer verkaufe!
Tötete doch so gewiß der silberne Bogen Apollons,
Oder der Freier Gewalt, Telemachos heut im Palaste:
Als Odysseus ferne von seiner Heimat dahinsank!
Also sprach er, und eilte voran; sie folgten ihm langsam.
Und mit hurtigen Schritten erreicht' er des Königes Wohnung,
Ging gerade hinein, und setzte sich unter die Freier,
Gegen Eurymachos über; denn diesen liebt' er am meisten.
Vor ihn legten ein Teil des Fleisches die hurtigen Diener;
Und die ehrbare Schaffnerin kam, und tischte das Brot auf,
Und er aß. Nun kam mit Odysseus der treffliche Sauhirt
Nahe; sie standen still. Der hohlen Harfe Getön scholl
Ihnen melodisch entgegen; denn Phemios hub den Gesang an.
Und Odysseus faßte die Hand des Hirten, und sagte:
Wahrlich, Eumäos, dies ist die prächtige Wohnung Odysseus'!
Diese würde man leicht auch unter vielen erkennen!
Zimmer stehen auf Zimmern; den Hof umschließet die schöne
Zinnenbefestigte Mauer mit einem doppelten starken
Flügeltor; sie vermöchte wohl schwerlich ein Mann zu erobern!
Auch bemerk' ich dieses, daß viele Männer ein Gastmahl
Drinnen begehn; denn es duftet von Speisen umher, und die Harfe
Tönet, welche die Götter dem Mahl zur Freundin verliehen.
Ihm antwortetest du, Eumäos, Hüter der Schweine:
Richtig bemerkst du, da dir's auch sonst an Verstande nicht fehlet.
Aber wir wollen anitzt nachdenken, wie wir es machen.
Geh du entweder zuerst in die schöngebauete Wohnung
Unter den Haufen der Freier; so wart' ich hier noch ein wenig:
Oder willst du, so bleib'; auch ich will erstlich hineingehn.
Aber zögere nicht; hier draußen möchte dich jemand
Schlagen oder auch werfen. Dies überlege nun selber.
Ihm antwortete drauf der herrliche Dulder Odysseus:

„ γιγνώσκω, φρονέω· τά γε δὴ νοέοντι κελεύεις.
ἀλλ' ἔρχευ προπάροιθεν, ἐγὼ δ' ὑπολείψομαι αὐτοῦ.
οὐ γάρ τι πληγέων ἀδαήμων οὐδὲ βολάων·
τολμήεις μοι θυμός, ἐπεὶ κακὰ πολλὰ πέπονθα
κύμασι καὶ πολέμωι· μετὰ καὶ τόδε τοῖσι γενέσθω·
γαστέρα δ' οὔ πως ἔστιν ἀποκρύψαι μεμαυῖαν,
οὐλομένην, ἣ πολλὰ κάκ' ἀνθρώποισι δίδωσι,
τῆς ἕνεκεν καὶ νῆες ἐΰζυγοι ὁπλίζονται
πόντον ἐπ' ἀτρύγετον, κακὰ δυσμενέεσσι φέρουσαι."
ὣς οἱ μὲν τοιαῦτα πρὸς ἀλλήλους ἀγόρευον·
ἂν δὲ κύων κεφαλήν τε καὶ οὔατα κείμενος ἔσχεν,
Ἄργος, Ὀδυσσῆος ταλασίφρονος, ὅν ῥά ποτ' αὐτὸς
θρέψε μέν, οὐδ' ἀπόνητο, πάρος δ' εἰς Ἴλιον ἱρὴν
ᾤχετο. τὸν δὲ πάροιθεν ἀγίνεσκον νέοι ἄνδρες
αἶγας ἐπ' ἀγροτέρας ἠδὲ πρόκας ἠδὲ λαγωούς·
δὴ τότε κεῖτ' ἀπόθεστος ἀποιχομένοιο ἄνακτος,
ἐν πολλῆι κόπρωι, ἥ οἱ προπάροιθε θυράων
ἡμιόνων τε βοῶν τε ἅλις κέχυτ', ὄφρ' ἂν ἄγοιεν
δμῶες Ὀδυσσῆος τέμενος μέγα κοπρήσοντες·
ἔνθα κύων κεῖτ' Ἄργος, ἐνίπλειος κυνοραιστέων.
δὴ τότε γ', ὡς ἐνόησεν Ὀδυσσέα ἐγγὺς ἐόντα,
οὐρῆι μέν ῥ' ὅ γ' ἔσηνε καὶ οὔατα κάββαλεν ἄμφω,
ἆσσον δ' οὐκέτ' ἔπειτα δυνήσατο οἷο ἄνακτος
ἐλθέμεν· αὐτὰρ ὁ νόσφιν ἰδὼν ἀπομόρξατο δάκρυ,
ῥεῖα λαθὼν Εὔμαιον, ἄφαρ δ' ἐρεείνετο μύθωι·
„ Εὔμαι', ἦ μάλα θαῦμα, κύων ὅδε κεῖτ' ἐνὶ κόπρωι.
καλὸς μὲν δέμας ἐστίν, ἀτὰρ τόδε γ' οὐ σάφα οἶδα,
εἰ δὴ καὶ ταχὺς ἔσκε θέειν ἐπὶ εἴδεϊ τῶιδε,
ἦ αὔτως οἷοί τε τραπεζῆες κύνες ἀνδρῶν
γίγνοντ'· ἀγλαΐης δ' ἕνεκεν κομέουσιν ἄνακτες."
τὸν δ' ἀπαμειβόμενος προσέφης, Εὔμαιε συβῶτα·
„ καὶ λίην ἀνδρός γε κύων ὅδε τῆλε θανόντος.
εἰ τοιόσδ' εἴη ἠμὲν δέμας ἠδὲ καὶ ἔργα,
οἷόν μιν Τροίηνδε κιὼν κατέλειπεν Ὀδυσσεύς,
αἶψά κε θηήσαιο ἰδὼν ταχυτῆτα καὶ ἀλκήν.
οὐ μὲν γάρ τι φύγεσκε βαθείης βένθεσιν ὕλης
κνώδαλον, ὅττι δίοιτο· καὶ ἴχνεσι γὰρ περιήιδη·
νῦν δ' ἔχεται κακότητι, ἄναξ δέ οἱ ἄλλοθι πάτρης
ὤλετο, τὸν δὲ γυναῖκες ἀκηδέες οὐ κομέουσι.
δμῶες δ', εὖτ' ἂν μηκέτ' ἐπικρατέωσιν ἄνακτες,
οὐκέτ' ἔπειτ' ἐθέλουσιν ἐναίσιμα ἐργάζεσθαι·

Gut, ich verstehe dich schon, dies sind auch meine Gedanken.
Gehe denn erst hinein; ich warte hier noch ein wenig.
Denn ich verstehe mich auf Schläg' und Würfe so ziemlich,
Und nicht schwach ist mein Herz. Ich habe schon vieles erduldet,
Schrecken des Meers und des Kriegs; so mag auch dies noch geschehen!
Aber man kann unmöglich die Wut des hungrigen Magens
Bändigen, welcher den Menschen so vielen Kummer verursacht!
Ihn zu besänftigen, gehn selbst schöngezimmerte Schiffe
Über das wilde Meer, mit Schrecken des Krieges gerüstet!
  Also besprachen sich diese jetzo untereinander.
Aber ein Hund erhob auf dem Lager sein Haupt und die Ohren,
Argos: welchen vordem der leidengeübte Odysseus
Selber erzog; allein er schiffte zur heiligen Troja
Ehe er seiner genoß. Ihn führten die Jünglinge vormals
Immer auf wilde Ziegen und flüchtige Hasen und Rehe:
Aber jetzt, da sein Herr entfernt war, lag er verachtet
Auf dem großen Haufen vom Miste der Mäuler und Rinder,
Welcher am Tore des Hofes gehäuft ward, daß ihn Odysseus'
Knechte von dannen führen, des Königes Äcker zu düngen;
Hier lag Argos der Hund, von Ungeziefer zerfressen.
Dieser, da er nun endlich den nahen Odysseus erkannte,
Wedelte zwar mit dem Schwanz, und senkte die Ohren herunter;
Aber er war zu schwach, sich seinem Herren zu nähern.
Und Odysseus sah es, und trocknete heimlich die Träne,
Unbemerkt von Eumäos, und fragete seinen Begleiter:
  Wunderbar ist es, Eumäos, daß dieser Hund auf dem Miste
Liegt! Sein Körper ist schön von Bildung; aber ich weiß nicht,
Ob er mit dieser Gestalt auch schnell im Laufe gewesen,
Oder so, wie die Hund' um der Reichen Tische gewöhnlich
Sind; denn solche Herren erziehn sie bloß zum Vergnügen.
  Ihm antwortetest du, Eumäos, Hüter der Schweine:
Freilich! denn dies ist der Hund des ferne gestorbenen Mannes.
Wär' er derselbige noch an Gestalt und mutigen Taten,
Als wie Odysseus ihn, gen Troja schiffend, zurückließ;
Sicherlich würdest du jetzo die Kraft und die Schnelle bewundern!
Trieb er ein Wildbret auf im dichtverwachsenen Waldtal,
Nimmer entfloh es ihm; denn er war auch ein weidlicher Spürhund.
Aber nun liegt er im Elend hier; denn fern von der Heimat
Starb sein Herr, und die Weiber, die faulen, versäumen ihn gänzlich.
Das ist die Art der Bedienten: Sobald ihr Herr sie nicht antreibt,
Werden sie träge zum Guten, und gehn nicht gern an die Arbeit.

ἥμισυ γάρ τ᾽ ἀρετῆς ἀποαίνυται εὐρύοπα Ζεὺς
ἀνέρος, εὖτ᾽ ἄν μιν κατὰ δούλιον ἦμαρ ἕλῃσιν.“
ὣς εἰπὼν εἰσῆλθε δόμους εὖ ναιετάοντας,
βῆ δ᾽ ἰθὺς μεγάροιο μετὰ μνηστῆρας ἀγαυούς.
Ἄργον δ᾽ αὖ κατὰ μοῖρ᾽ ἔλαβεν μέλανος θανάτοιο,
αὐτίκ᾽ ἰδόντ᾽ Ὀδυσῆα ἐεικοστῶι ἐνιαυτῶι.
τὸν δὲ πολὺ πρῶτος ἴδε Τηλέμαχος θεοειδὴς
ἐρχόμενον κατὰ δῶμα συβώτην, ὦκα δ᾽ ἔπειτα
νεῦσ᾽ ἐπὶ οἷ καλέσας· ὁ δὲ παπτήνας ἕλε δίφρον
κείμενον, ἔνθα τε δαιτρὸς ἐφίζεσκε κρέα πολλὰ
δαιόμενος μνηστῆρσι δόμον κάτα δαινυμένοισι·
τὸν κατέθηκε φέρων πρὸς Τηλεμάχοιο τράπεζαν
ἀντίον, ἔνθα δ᾽ ἄρ᾽ αὐτὸς ἐφέζετο· τῶι δ᾽ ἄρα κῆρυξ
μοῖραν ἑλὼν ἐτίθει κανέου τ᾽ ἐκ σῖτον ἀείρας.
ἀγχίμολον δὲ μετ᾽ αὐτὸν ἐδύσετο δώματ᾽ Ὀδυσσεύς,
πτωχῶι λευγαλέωι ἐναλίγκιος ἠδὲ γέροντι,
σκηπτόμενος· τὰ δὲ λυγρὰ περὶ χροΐ εἵματα ἕστο.
ἷζε δ᾽ ἐπὶ μελίνου οὐδοῦ ἔντοσθε θυράων,
κλινάμενος σταθμῶι κυπαρισσίνωι, ὅν ποτε τέκτων
ξέσσεν ἐπισταμένως καὶ ἐπὶ στάθμην ἴθυνεν.
Τηλέμαχος δ᾽ ἐπὶ οἷ καλέσας προσέειπε συβώτην,
ἄρτον τ᾽ οὖλον ἑλὼν περικαλλέος ἐκ κανέοιο
καὶ κρέας, ὥς οἱ χεῖρες ἐχάνδανον ἀμφιβαλόντι·
„ δὸς τῶι ξείνωι ταῦτα φέρων αὐτόν τε κέλευε
αἰτίζειν μάλα πάντας ἐποιχόμενον μνηστῆρας·
αἰδὼς δ᾽ οὐκ ἀγαθὴ κεχρημένωι ἀνδρὶ παρεῖναι.“
ὣς φάτο, βῆ δὲ συφορβός, ἐπεὶ τὸν μῦθον ἄκουσεν,
ἀγχοῦ δ᾽ ἱστάμενος ἔπεα πτερόεντ᾽ ἀγόρευε·
„ Τηλέμαχός τοι, ξεῖνε, διδοῖ τάδε, καί σε κελεύει
αἰτίζειν μάλα πάντας ἐποιχόμενον μνηστῆρας·
αἰδῶ δ᾽ οὐκ ἀγαθήν φησ᾽ ἔμμεναι ἀνδρὶ προΐκτῃ.“
τὸν δ᾽ ἀπαμειβόμενος προσέφη πολύμητις Ὀδυσσεύς·
„ Ζεῦ ἄνα, Τηλέμαχόν μοι ἐν ἀνδράσιν ὄλβιον εἶναι,
καί οἱ πάντα γένοιθ᾽ ὅσσα φρεσὶν ᾗσι μενοινᾶι.“
ἦ ῥα καὶ ἀμφοτέρῃσιν ἐδέξατο καὶ κατέθηκεν
αὖθι ποδῶν προπάροιθεν, ἀεικελίης ἐπὶ πήρης,
ἤσθιε δ᾽ ἧος ἀοιδὸς ἐνὶ μεγάροισιν ἄειδεν·
εὖθ᾽ ὁ δεδειπνήκειν, ὁ δ᾽ ἐπαύετο θεῖος ἀοιδός.
μνηστῆρες δ᾽ ὁμάδησαν ἀνὰ μέγαρ᾽. αὐτὰρ Ἀθήνη,
ἄγχι παρισταμένη Λαερτιάδην Ὀδυσῆα
ὤτρυν᾽, ὡς ἂν πύρνα κατὰ μνηστῆρας ἀγείροι,

Zeus' allwaltender Rat nimmt schon die Hälfte der Tugend
Einem Manne, sobald er die heilige Freiheit verlieret.
Also sprach er, und ging in die schöngebauete Wohnung,
Eilte dann grad' in den Saal zu den übermütigen Freiern.
Aber Argos umhüllte der schwarze Schatten des Todes,
Da er im zwanzigsten Jahr Odysseus wieder gesehen.
Jenen sahe zuerst Telemachos, göttlich von Bildung,
Durch den Palast herwandeln, den trefflichen Hirten; er winkt' ihm
Eilig, und rief ihn heran. Der ringsumschauende Sauhirt
Nahm den ledigen Stuhl, worauf der Zerleger gesessen,
Welcher den Freiern im Saale die Menge des Fleisches zerteilte;
Diesen trug er von dannen, und stellt' ihn Telemachos' Tafel
Gegenüber, und setzte sich drauf; dann brachte der Herold
Ihm ein Teil des Fleisches, und gab ihm Brot aus dem Korbe.
Lange saß er noch nicht; da trat in die Wohnung Odysseus,
Der, wie ein alter Mann und mühebeladener Bettler,
Wankend am Stabe schlich, mit häßlichen Lumpen bekleidet.
Dieser setzte sich hin auf die eschene Schwelle der Pforte,
An die cypressene Pfoste den Rücken lehnend, die vormals
Künstlich der Meister gebildet, und nach dem Maße der Richtschnur.
Und Telemachos rief dem edlen Hirten der Schweine,
Gab ihm ein ganzes Brot aus dem schöngeflochtenen Korbe,
Und des Fleisches so viel, als er mit den Händen umfaßte:
Bringe dieses dem Fremdlinge hin, und sag' ihm, er möchte
Selber bei allen Freiern im Saale bittend umhergehn;
Denn die Blödigkeit ist dem darbenden Manne nicht heilsam.
Sprach's; und der Sauhirt ging, sobald er die Rede vernommen,
Trat vor Odysseus hin, und sprach die geflügelten Worte:
Fremdling, Telemachos sendet dir dies, und saget, du möchtest
Selber bei allen Freiern im Saale bittend umhergehn;
Denn die Blödigkeit sei dem darbenden Manne nicht heilsam.
Ihm antwortete drauf der erfindungsreiche Odysseus:
Segne, du herrschender Zeus, Telemachos unter den Männern,
Und vollend' ihm alles, was seine Seele begehret!
Also sprach er, empfing es mit beiden Händen, und legt' es
Dort vor den Füßen nieder auf seinen häßlichen Ranzen;
Und dann aß er, so lange das Lied des Sängers ertönte.
Als er jetzo gespeist, da schwieg auch der göttliche Sänger.
Aber die Freier durchlärmten den Saal; und Pallas Athene
Nahte sich abermal dem Laertiaden Odysseus,
Und ermahnt' ihn, sich Brosam von allen Freiern zu sammeln,

γνοίη θ' οἵ τινές εἰσιν ἐναίσιμοι οἵ τ' ἀθέμιστοι·
ἀλλ' οὐδ' ὧς τιν' ἔμελλ' ἀπαλεξήσειν κακότητος.
βῆ δ' ἴμεν αἰτήσων ἐνδέξια φῶτα ἕκαστον,
πάντοσε χεῖρ' ὀρέγων, ὡς εἰ πτωχὸς πάλαι εἴη.
οἱ δ' ἐλεαίροντες δίδοσαν, καὶ ἐθάμβεον αὐτόν,
ἀλλήλους τ' εἴροντο τίς εἴη καὶ πόθεν ἔλθοι.
τοῖσι δὲ καὶ μετέειπε Μελάνθιος, αἰπόλος αἰγῶν·
„ κέκλυτέ μευ, μνηστῆρες ἀγακλειτῆς βασιλείης,
τοῦδε περὶ ξείνου· ἦ γάρ μιν πρόσθεν ὄπωπα.
ἦ τοι μέν οἱ δεῦρο συβώτης ἡγεμόνευεν,
αὐτὸν δ' οὐ σάφα οἶδα, πόθεν γένος εὔχεται εἶναι."
ὣς ἔφατ', Ἀντίνοος δ' ἔπεσιν νείκεσσε συβώτην·
„ ὦ ἀρίγνωτε συβῶτα, τίη δὲ σὺ τόνδε πόλινδε
ἤγαγες; ἦ οὐχ ἅλις ἧμιν ἀλήμονές εἰσι καὶ ἄλλοι,
πτωχοὶ ἀνιηροί, δαιτῶν ἀπολυμαντῆρες;
ἦ ὄνοσαι ὅτι τοι βίοτον κατέδουσιν ἄνακτος
ἐνθάδ' ἀγειρόμενοι, σὺ δὲ καὶ προτὶ τόνδ' ἐκάλεσσας;"
τὸν δ' ἀπαμειβόμενος προσέφης, Εὔμαιε συβῶτα·
„ Ἀντίνο', οὐ μὲν καλὰ καὶ ἐσθλὸς ἐὼν ἀγορεύεις·
τίς γὰρ δὴ ξεῖνον καλεῖ ἄλλοθεν αὐτὸς ἐπελθὼν
ἄλλον γ', εἰ μὴ τῶν οἳ δημιοεργοὶ ἔασι,
μάντιν ἢ ἰητῆρα κακῶν ἢ τέκτονα δούρων,
ἢ καὶ θέσπιν ἀοιδόν, ὅ κεν τέρπῃσιν ἀείδων;
οὗτοι γὰρ κλητοί γε βροτῶν ἐπ' ἀπείρονα γαῖαν·
πτωχὸν δ' οὐκ ἄν τις καλέοι τρύξοντα ἓ αὐτόν.
ἀλλ' αἰεὶ χαλεπὸς περὶ πάντων εἶς μνηστήρων
δμωσὶν Ὀδυσσῆος, πέρι δ' αὖτ' ἐμοί· αὐτὰρ ἐγώ γε
οὐκ ἀλέγω, ἧός μοι ἐχέφρων Πηνελόπεια
ζώει ἐνὶ μεγάροις καὶ Τηλέμαχος θεοειδής."
τὸν δ' αὖ Τηλέμαχος πεπνυμένος ἀντίον ηὔδα·
„ σίγα, μή μοι τοῦτον ἀμείβεο πολλὰ ἔπεσσιν·
Ἀντίνοος δ' εἴωθε κακῶς ἐρεθιζέμεν αἰεὶ
μύθοισιν χαλεποῖσιν, ἐποτρύνει δὲ καὶ ἄλλους."
ἦ ῥα καὶ Ἀντίνοον ἔπεα πτερόεντα προσηύδα·
„ Ἀντίνο', ἦ μευ καλὰ πατὴρ ὣς κήδεαι υἷος,
ὃς τὸν ξεῖνον ἄνωγας ἀπὸ μεγάροιο διέσθαι
μύθωι ἀναγκαίωι· μὴ τοῦτο θεὸς τελέσειε.
δός οἱ ἑλών· οὔ τοι φθονέω· κέλομαι γὰρ ἐγώ γε·
μήτ' οὖν μητέρ' ἐμὴν ἅζευ τό γε μήτε τιν' ἄλλον
δμώων, οἳ κατὰ δώματ' Ὀδυσσῆος θείοιο.
ἀλλ' οὔ τοι τοιοῦτον ἐνὶ στήθεσσι νόημα·

Daß er die Mildegesinnten und Ungerechten erkennte;
Dennoch sollte nicht einen die schreckliche Rache verschonen!
Und er wandte sich rechts, und trat zu jeglichem Manne,
Reichte flehend die Hand, als hätt' er schon lange gebettelt.
Jene gaben ihm mitleidsvoll, und fragten, verwundert
Über des Bettlers Gestalt: wer er wär', und von wannen er käme.
Und der Ziegenhirte Melanthios sprach zur Versammlung:
Höret mich an, ihr Freier der weitgepriesenen Fürstin,
Wegen des Fremdlings hier. Ich hab' ihn nur eben gesehen;
Denn er ging zu der Stadt, und der Sauhirt war sein Geleiter.
Aber das weiß ich nicht, von welchem Geschlecht er sich rühme.
Sprach's; und Antinoos schalt den edlen Hirten der Schweine:
Warum führtest du diesen zur Stadt, du berüchtigter Sauhirt?
Irren nicht etwa genug Landstreicher vor unseren Türen,
Solche beschwerliche Bettler und schmieriger Brocken Verschlinger?
Oder glaubst du, hier fehl' es an Gästen, welche die Güter
Deines Herrn verschlingen, daß du auch diesen noch herrufst?
Ihm antwortetest du, Eumäos, Hüter der Schweine:
Edel, Antinoos, bist du; allein du redest nicht schicklich.
Denn wer gehet wohl aus, und ladet selber den Fremdling,
Wo er nicht etwa im Volk durch nützliche Künste berühmt ist,
Als den erleuchteten Seher, den Arzt, den Meister des Baues,
Oder den göttlichen Sänger, der uns durch Lieder erfreuet?
Diese laden die Menschen in allen Landen der Erde.
Aber den Bettler, der nur belästiget, lüde wohl niemand!
Doch beständig warst du, vor allen Freiern, Odysseus'
Knechten hart, und mir am härtesten; aber mich kümmert's
Nicht: denn siehe noch lebt die kluge Penelopeia
Und ihr göttlicher Sohn Telemachos in dem Palaste!
Und der verständige Jüngling Telemachos sagte dagegen:
Väterchen, laß das sein! Was gibst du ihm vieles zur Antwort?
Denn das war ja beständig Antinoos' böse Gewohnheit:
Hart und beleidigend redet er selbst, und verführt auch die andern!
Und zu Antinoos sprach er die schnell geflügelten Worte:
Traun! wie ein Vater des Sohns, Antinoos, waltest du meiner,
Da du befiehlst, den Fremdling mit harten Worten gewaltsam
Aus dem Hause zu treiben! Das wolle Gott nicht gefallen!
Nimm und gib ihm; ich sehe nicht scheel, ich heiß' es dir selber!
Scheue dich hierin auch nicht vor meiner Mutter, noch jemand
Unter den Leuten im Hause des göttergleichen Odysseus!
Aber dein Herz bekümmern nicht solche Gedanken; du willst nur

αὐτὸς γὰρ φαγέμεν πολὺ βούλεαι ἢ δόμεν ἄλλωι."
τὸν δ' αὖτ' Ἀντίνοος ἀπαμειβόμενος προσέειπε·
„ Τηλέμαχ' ὑψαγόρη, μένος ἄσχετε, ποῖον ἔειπες.
εἴ οἱ τόσσον ἅπαντες ὀρέξειαν μνηστῆρες,
καί κέν μιν τρεῖς μῆνας ἀπόπροθεν οἶκος ἐρύκοι."
ὣς ἄρ' ἔφη, καὶ θρῆνυν ἑλὼν ὑπέφηνε τραπέζης
κείμενον, ὧι ῥ' ἔπεχεν λιπαροὺς πόδας εἰλαπινάζων·
οἱ δ' ἄλλοι πάντες δίδοσαν, πλῆσαν δ' ἄρα πήρην
σίτου καὶ κρειῶν· τάχα δὴ καὶ ἔμελλεν Ὀδυσσεὺς
αὖτις ἐπ' οὐδὸν ἰὼν προικὸς γεύσεσθαι Ἀχαιῶν·
στῆ δὲ παρ' Ἀντίνοον, καί μιν πρὸς μῦθον ἔειπε·
„ δός, φίλος· οὐ μέν μοι δοκέεις ὁ κάκιστος Ἀχαιῶν
ἔμμεναι, ἀλλ' ὤριστος, ἐπεὶ βασιλῆϊ ἔοικας.
τῶι σε χρὴ δόμεναι καὶ λώϊον ἠέ περ ἄλλοι
σίτου· ἐγὼ δέ κέ σε κλείω κατ' ἀπείρονα γαῖαν.
καὶ γὰρ ἐγώ ποτε οἶκον ἐν ἀνθρώποισιν ἔναιον
ὄλβιος ἀφνειὸν καὶ πολλάκι δόσκον ἀλήτηι,
τοίωι ὁποῖος ἔοι καὶ ὅτευ κεχρημένος ἔλθοι·
ἦσαν δὲ δμῶες μάλα μυρίοι ἄλλα τε πολλὰ
οἷσίν τ' εὖ ζώουσι καὶ ἀφνειοὶ καλέονται.
ἀλλὰ Ζεὺς ἀλάπαξε Κρονίων - ἤθελε γάρ που -
ὅς μ' ἅμα ληϊστῆρσι πολυπλάγκτοισιν ἀνῆκεν
Αἴγυπτόνδ' ἰέναι, δολιχὴν ὁδόν, ὄφρ' ἀπολοίμην.
στῆσα δ' ἐν Αἰγύπτωι ποταμῶι νέας ἀμφιελίσσας.
ἔνθ' ἦ τοι μὲν ἐγὼ κελόμην ἐρίηρας ἑταίρους
αὐτοῦ πὰρ νήεσσι μένειν καὶ νῆας ἔρυσθαι,
ὀπτῆρας δὲ κατὰ σκοπιὰς ὤτρυνα νέεσθαι.
οἱ δ' ὕβρει εἴξαντες, ἐπισπόμενοι μένεϊ σφῶι,
αἶψα μάλ' Αἰγυπτίων ἀνδρῶν περικαλλέας ἀγροὺς
πόρθεον, ἐκ δὲ γυναῖκας ἄγον καὶ νήπια τέκνα,
αὐτούς τ' ἔκτεινον· τάχα δ' ἐς πόλιν ἵκετ' ἀϋτή.
οἱ δὲ βοῆς ἀΐοντες ἅμ' ἠοῖ φαινομένηφιν
ἦλθον· πλῆτο δὲ πᾶν πεδίον πεζῶν τε καὶ ἵππων
χαλκοῦ τε στεροπῆς· ἐν δὲ Ζεὺς τερπικέραυνος
φύζαν ἐμοῖς ἑτάροισι κακὴν βάλεν, οὐδέ τις ἔτλη
στῆναι ἐναντίβιον· περὶ γὰρ κακὰ πάντοθεν ἔστη.
ἔνθ' ἡμέων πολλοὺς μὲν ἀπέκτανον ὀξέϊ χαλκῶι,
τοὺς δ' ἄναγον ζωούς, σφίσιν ἐργάζεσθαι ἀνάγκηι.
αὐτὰρ ἔμ' ἐς Κύπρον ξείνωι δόσαν ἀντιάσαντι,
Δμήτορι Ἰασίδηι, ὃς Κύπρου ἶφι ἄνασσεν·
ἔνθεν δὴ νῦν δεῦρο τόδ' ἵκω πήματα πάσχων."

Lieber alles allein aufschlingen, als etwas verschenken.
Und Antinoos rief, und gab ihm dieses zur Antwort:
Jüngling von trotziger Red' und verwegenem Mute, was sagst du?
Schenkten so vieles, wie ich, ihm auch die übrigen Freier,
In drei Monden würd' er dies Haus nicht wieder besuchen!
Also sprach er, und hob den Schemel unter dem Tische
Drohend empor, auf welchem die Füße des Schmausenden ruhten.
Aber die andern gaben ihm all', und füllten den Ranzen
Ihm mit Fleisch und Brot. Und jetzo wollte Odysseus
Wieder zur Schwelle gehn, der Achaier Geschenke zu kosten;
Aber er stellte sich erst vor Antinoos' Tafel, und sagte:
Lieber, beschenke mich auch! Du scheinst mir nicht der Geringste,
Sondern ein edler Achaier, du hast ein königlich Ansehn:
Darum mußt du mir auch mehr Speise geben, als andre;
Und ich werde dein Lob in allen Landen verkünden.
Denn auch ich war ehmals ein glücklicher Mann, und Bewohner
Eines reichen Palastes, und gab dem irrenden Fremdling
Oftmals, wer er auch war, und welche Not ihn auch drängte;
Und unzählige Knechte besaß ich, und andere Güter,
Die man zum Überfluß und zur Pracht der Reichen erfodert.
Aber das nahm mir Zeus nach seinem heiligen Ratschluß;
Denn er verleitete mich, mit küstenumirrenden Räubern
Weit nach Ägyptos zu schiffen, um mein Verderben zu finden.
Und ich legte die Schiff' im Strom Ägyptos vor Anker;
Dringend ermahnt' ich jetzo die lieben Reisegefährten,
An dem Gestade zu bleiben, und unsere Schiffe zu hüten,
Und versendete Wachen umher auf die Höhen des Landes.
Aber sie wurden vom Trotz und Übermute verleitet,
Daß sie ohne Verzug der Ägypter schöne Gefilde
Plünderten, ihre Weiber gefangen führten, die Männer
Und unmündigen Kinder ermordeten. Und ihr Geschrei kam
Schnell in die Stadt. Sobald der Morgen sich rötete, zogen
Streiter zu Roß und zu Fuße daher, und vom blitzenden Erze
Strahlte das ganze Gefilde. Der Donnerer Zeus Kronion
Sendete meinen Gefährten die schändliche Flucht, und es wagte
Keiner dem Feinde zu stehn; denn ringsum drohte Verderben.
Viele töteten sie mit ehernen Lanzen, und viele
Schleppten sie lebend hinweg zu harter sklavischer Arbeit.
Aber nach Kypros schenkten sie mich dem begegnenden Fremdling
Dmetor, Jasos' Sohne, dem mächtigen Herrscher in Kypros.
Und von dannen komm' ich nun hier, mit Kummer beladen.

τὸν δ' αὖτ' Ἀντίνοος ἀπαμείβετο φώνησέν τε·
„ τίς δαίμων τόδε πῆμα προσήγαγε, δαιτὸς ἀνίην;
στῆθ' οὕτως ἐς μέσσον, ἐμῆς ἀπάνευθε τραπέζης,
μὴ τάχα πικρὴν Αἴγυπτον καὶ Κύπρον ἵκηαι·
ὥς τις θαρσαλέος καὶ ἀναιδής ἐσσι προΐκτης.
ἑξείης πάντεσσι παρίστασαι· οἱ δὲ διδοῦσι
μαψιδίως, ἐπεὶ οὔ τις ἐπίσχεσις οὐδ' ἐλεητὺς
ἀλλοτρίων χαρίσασθαι, ἐπεὶ πάρα πολλὰ ἑκάστωι."
τὸν δ' ἀναχωρήσας προσέφη πολύμητις Ὀδυσσεύς·
„ ὢ πόποι, οὐκ ἄρα σοί γ' ἐπὶ εἴδεϊ καὶ φρένες ἦσαν·
οὐ σύ γ' ἂν ἐξ οἴκου σῶι ἐπιστάτηι οὐδ' ἅλα δοίης,
ὃς νῦν ἀλλοτρίοισι παρήμενος οὔ τί μοι ἔτλης
σίτου ἀποπροελὼν δόμεναι· τὰ δὲ πολλὰ πάρεστιν."
ὣς ἔφατ', Ἀντίνοος δ' ἐχολώσατο κηρόθι μᾶλλον,
καί μιν ὑπόδρα ἰδὼν ἔπεα πτερόεντα προσηύδα·
„ νῦν δή σ' οὐκέτι καλὰ διὲκ μεγάροιό γ' ὀΐω
ἂψ ἀναχωρήσειν, ὅτε δὴ καὶ ὀνείδεα βάζεις."
ὣς ἄρ' ἔφη, καὶ θρῆνυν ἑλὼν βάλε δεξιὸν ὦμον,
πρυμνότατον κατὰ νῶτον· ὁ δ' ἐστάθη ἠΰτε πέτρη
ἔμπεδον, οὐδ' ἄρα μιν σφῆλεν βέλος Ἀντινόοιο,
ἀλλ' ἀκέων κίνησε κάρη, κακὰ βυσσοδομεύων.
ἂψ δ' ὅ γ' ἐπ' οὐδὸν ἰὼν κατ' ἄρ' ἕζετο, κὰδ δ' ἄρα πήρην
θῆκεν ἐϋπλείην, μετὰ δὲ μνηστῆρσιν ἔειπε·
„ κέκλυτέ μευ, μνηστῆρες ἀγακλειτῆς βασιλείης,
ὄφρ' εἴπω τά με θυμὸς ἐνὶ στήθεσσι κελεύει.
οὐ μὰν οὔτ' ἄχος ἐστὶ μετὰ φρεσὶν οὔτε τι πένθος,
ὁππότ' ἀνὴρ περὶ οἷσι μαχειόμενος κτεάτεσσι
βλήεται, ἢ περὶ βουσὶν ἢ ἀργεννῆις ὀΐεσσιν·
αὐτὰρ ἔμ' Ἀντίνοος βάλε γαστέρος εἵνεκα λυγρῆς,
οὐλομένης, ἣ πολλὰ κάκ' ἀνθρώποισι δίδωσιν.
ἀλλ' εἴ που πτωχῶν γε θεοὶ καὶ Ἐρινύες εἰσίν,
Ἀντίνοον πρὸ γάμοιο τέλος θανάτοιο κιχείη."
τὸν δ' αὖτ' Ἀντίνοος προσέφη, Εὐπείθεος υἱός·
„ ἔσθι' ἕκηλος, ξεῖνε, καθήμενος, ἢ ἄπιθ' ἄλληι,
μή σε νέοι διὰ δώματ' ἐρύσσωσ', οἷ' ἀγορεύεις,
ἢ ποδὸς ἢ καὶ χειρός, ἀποδρύψωσι δὲ πάντα."
ὣς ἔφαθ', οἱ δ' ἄρα πάντες ὑπερφιάλως νεμέσησαν·
ὧδε δέ τις εἴπεσκε νέων ὑπερηνορεόντων·
„ Ἀντίνο', οὐ μὲν κάλ' ἔβαλες δύστηνον ἀλήτην,
οὐλόμεν', εἰ δή πού τις ἐπουράνιος θεός ἐστιν.
καί τε θεοὶ ξείνοισιν ἐοικότες ἀλλοδαποῖσι,

Und Antinoos rief, und gab ihm dieses zur Antwort:
Welch ein Himmlischer straft uns mit dieser Plage des Gastmahls?
Stelle dich dort in die Mitte, und hebe dich weg von der Tafel,
Daß du mir nicht ein herbes Ägyptos und Kypros erblickest!
Ha, du bist mir der frechste, der unverschämteste Bettler!
Gehst nach der Reihe bei allen umher; und ohne Bedenken
Geben sie dir! Wozu auch so sparsam, oder so ängstlich,
Fremdes Gut zu verschenken, wo man so reichlich versorgt ist!
Weichend erwiderte drauf der erfindungsreiche Odysseus:
Götter, wie wenig gleichen dein Herz und deine Gestalt sich!
Von dem Deinigen schenkst du dem Darbenden schwerlich ein Salzkorn,
Da du an fremdem Tische dich nicht erbarmst, ein wenig
Mir von der Speise zu geben, womit du so reichlich versorgt bist!
Also sprach er; da ward Antinoos' Herz noch erboster;
Drohend blickt' er ihn an, und sprach die geflügelten Worte:
Nun so sollst du gewiß aus diesem Saale nicht wieder
Unbeschädigt entrinnen, da du noch Schmähungen redest!
Sprach's, und warf mit dem Schemel die rechte Schulter Odysseus'
Dicht am Gelenke des Halses. Er aber stand, wie ein Felsen,
Fest, und wankte nicht von Antinoos' mächtigem Wurfe,
Sondern schüttelte schweigend das Haupt, und sann auf Verderben;
Ging dann zur Schwelle zurück, und setzte sich, legte den Ranzen
Voll von Speise nieder, und sprach zu der Freier Versammlung:
Höret mich an, ihr Freier der weitgepriesenen Fürstin,
Daß ich rede, wie mir das Herz im Busen gebietet.
Nicht der mindeste Schmerz noch Kummer beuget die Seele
Eines Mannes, der, streitend für seine Güter, vom Feinde
Wunden empfängt, für die Herden der Rinder und wollichten Schafe:
Doch Antinoos warf mich wegen des traurigen Hungers,
Welcher den elenden Menschen so vielen Kummer verursacht!
Aber beschützt auch die Armen der Götter und Göttinnen Rache,
Dann ereile der Tod Antinoos vor der Vermählung!
Und Eupeithes' Sohn Antinoos gab ihm zur Antwort:
Fremdling, sitze geruhig und iß, oder gehe von hinnen,
Daß dich die Jünglinge nicht bei den Händen und Füßen, du Schwätzer,
Durch den Palast fortschleppen, und deine Glieder zerreißen!
Also sprach er; allein die übrigen zürnten ihm heftig.
Also redete mancher der übermütigen Freier:
Übel, Antinoos, tatst du, den armen Fremdling zu werfen!
Unglückseliger! wenn er nun gar ein Himmlischer wäre!
Denn oft tragen die Götter entfernter Fremdlinge Bildung;

παντοῖοι τελέθοντες, ἐπιστρωφῶσι πόληας,
ἀνθρώπων ὕβριν τε καὶ εὐνομίην ἐφορῶντες."
    ὣς ἄρ' ἔφαν μνηστῆρες, ὁ δ' οὐκ ἐμπάζετο μύθων.
Τηλέμαχος δ' ἐν μὲν κραδίηι μέγα πένθος ἄεξε
βλημένου, οὐδ' ἄρα δάκρυ χαμαὶ βάλεν ἐκ βλεφάροιϊν,
ἀλλ' ἀκέων κίνησε κάρη, κακὰ βυσσοδομεύων.
    τοῦ δ' ὡς οὖν ἤκουσε περίφρων Πηνελόπεια
βλημένου ἐν μεγάρωι, μετ' ἄρα δμωιῇσιν ἔειπεν·
„ αἴθ' οὕτως αὐτόν σε βάλοι κλυτότοξος Ἀπόλλων."
    τὴν δ' αὖτ' Εὐρυνόμη ταμίη πρὸς μῦθον ἔειπεν·
„ εἰ γὰρ ἐπ' ἀρῇσιν τέλος ἡμετέρηισι γένοιτο·
οὐκ ἄν τις τούτων γε ἐΰθρονον Ἠῶ ἵκοιτο."
    τὴν δ' αὖτε προσέειπε περίφρων Πηνελόπεια·
„ μαῖ', ἐχθροὶ μὲν πάντες, ἐπεὶ κακὰ μηχανόωνται·
Ἀντίνοος δὲ μάλιστα μελαίνηι κηρὶ ἔοικε.
ξεῖνός τις δύστηνος ἀλητεύει κατὰ δῶμα
ἀνέρας αἰτίζων· ἀχρημοσύνη γὰρ ἀνώγει·
ἔνθ' ἄλλοι μὲν πάντες ἐνέπλησάν τ' ἔδοσάν τε,
οὗτος δὲ θρήνυι πρυμνὸν βάλε δεξιὸν ὦμον."
    ἡ μὲν ἄρ' ὣς ἀγόρευε μετὰ δμωιῇσι γυναιξίν,
ἡμένη ἐν θαλάμωι· ὁ δ' ἐδείπνεε δῖος Ὀδυσσεύς·
ἡ δ' ἐπὶ οἷ καλέσασα προσηύδα δῖον ὑφορβόν·
    „ ἔρχεο, δῖ' Εὔμαιε, κιὼν τὸν ξεῖνον ἄνωχθι
ἐλθέμεν, ὄφρα τί μιν προσπτύξομαι ἠδ' ἐρέωμαι
εἴ που Ὀδυσσῆος ταλασίφρονος ἠὲ πέπυσται
ἢ ἴδεν ὀφθαλμοῖσι· πολυπλάγκτωι γὰρ ἔοικε."
    τὴν δ' ἀπαμειβόμενος προσέφης, Εὔμαιε συβῶτα
„ εἰ γάρ τοι, βασίλεια, σιωπήσειαν Ἀχαιοί·
οἷ' ὅ γε μυθεῖται, θέλγοιτό κέ τοι φίλον ἦτορ.
τρεῖς γὰρ δή μιν νύκτας ἔχον, τρία δ' ἤματ' ἔρυξα
ἐν κλισίηι· πρῶτον γὰρ ἔμ' ἵκετο νηὸς ἀποδράς·
ἀλλ' οὔ πω κακότητα διήνυσεν ἣν ἀγορεύων.
ὡς δ' ὅτ' ἀοιδὸν ἀνὴρ ποτιδέρκεται, ὅς τε θεῶν ἒξ
ἀείδει δεδαὼς ἔπε' ἱμερόεντα βροτοῖσι,
τοῦ δ' ἄμοτον μεμάασιν ἀκουέμεν, ὁππότ' ἀείδηι·
ὣς ἐμὲ κεῖνος ἔθελγε παρήμενος ἐν μεγάροισι.
φησὶ δ' Ὀδυσσῆος ξεῖνος πατρώϊος εἶναι,
Κρήτηι ναιετάων, ὅθι Μίνωος γένος ἐστίν.
ἔνθεν δὴ νῦν δεῦρο τόδ' ἵκετο πήματα πάσχων,
προπροκυλινδόμενος· στεῦται δ' Ὀδυσῆος ἀκοῦσαι,
ἀγχοῦ, Θεσπρωτῶν ἀνδρῶν ἐν πίονι δήμωι,

Unter jeder Gestalt durchwandern sie Länder und Städte,
Daß sie den Frevel der Menschen und ihre Frömmigkeit schauen.
  Also sprachen die Freier; allein er verachtete solches.
Aber Telemachos schwoll das Herz von großer Betrübnis.
Als er ihn warf: doch netzt' ihm keine Träne die Wangen,
Sondern er schüttelte schweigend das Haupt, und sann auf Verderben.
  Auch in der Kammer vernahm es die kluge Penelopeia,
Als man ihn warf im Saal, und redete unter den Weibern:
  Also treffe dich selbst der bogenberühmte Apollon!
Aber die Schaffnerin Eurynome gab ihr zur Antwort:
  Ja! wenn die Sache, mein Kind, nach unsern Wünschen geschehe,
Keiner von diesen erlebte die goldene Röte des Morgens!
  Ihr antwortete drauf die kluge Penelopeia:
Mutter, verhaßt sind mir alle, denn alle trachten nach Unglück!
Aber Antinoos gleicht doch am meisten dem schwarzen Verhängnis!
Denn es wanket im Saal ein unglückseliger Fremdling
Bittend umher bei den Männern; ihn zwingt der äußerste Mangel.
Und die übrigen füllten ihm alle den Ranzen mit Gaben;
Er nur warf ihm am Hals auf die rechte Schulter den Schemel.
  Also redete sie, umringt von dienenden Weibern,
Sitzend in ihrer Kammer. Nun aß der edle Odysseus;
Und sie berief zu sich den edlen Hirten, und sagte:
  Eile schnell in den Saal, Eumäos, und heiße den Fremdling
Zu mir kommen. Ich möcht' ihn ein wenig sprechen und fragen:
Ob er etwa gehört von dem leidengeübten Odysseus,
Oder ihn selber gesehn; denn er scheint viel Länder zu kennen.
  Ihr antwortetest du, Eumäos, Hüter der Schweine:
Schwiegen nur die Achaier, o Königin, drinnen im Saale,
Wahrlich er würde dein Herz durch seine Reden erfreuen!
Denn ich hatt' ihn bei mir drei Tag' und Nächt' in der Hütte,
Wo er zuerst ankam, nachdem er vom Schiffe geflohn war;
Und doch hat er mir nicht sein Leiden alles erzählet.
So aufmerksam ein Mann den gottbegeisterten Sänger
Anschaut, welcher die Menschen mit reizenden Liedern erfreuet;
Voller Begierde horcht die Versammlung seinem Gesange:
Eben so rührt' er mein Herz, da er bei mir saß in der Hütte.
Und er saget, er sei durch seinen Vater ein Gastfreund
Von Odysseus, und wohne in Kreta, Minos' Geburtsland;
Und von dannen komm' er nun hier, durch mancherlei Trübsal
Weiter und weiter gewälzt; auch hab' er gehört, daß Odysseus
Nahe bei uns im fetten Gebiet der thesprotischen Männer

ζωοῦ· πολλὰ δ᾽ ἄγει κειμήλια ὅνδε δόμονδε."
τὸν δ᾽ αὖτε προσέειπε περίφρων Πηνελόπεια·
„ ἔρχεο, δεῦρο κάλεσσον, ἵν᾽ ἀντίον αὐτὸς ἐνίσπηι.
οὗτοι δ᾽ ἠὲ θύρηισι καθήμενοι ἑψιαάσθων.
ἢ αὐτοῦ κατὰ δώματ᾽, ἐπεί σφισι θυμὸς ἐΰφρων.
αὐτῶν μὲν γὰρ κτήματ᾽ ἀκήρατα κεῖτ᾽ ἐνὶ οἴκωι,
σῖτος καὶ μέθυ ἡδύ· τὰ μὲν οἰκῆες ἔδουσιν,
οἱ δ᾽ εἰς ἡμέτερον πωλεύμενοι ἤματα πάντα,
βοῦς ἱερεύοντες καὶ ὄϊς καὶ πίονας αἶγας,
εἰλαπινάζουσιν πίνουσί τε αἴθοπα οἶνον,
μαψιδίως· τὰ δὲ πολλὰ κατάνεται. οὐ γὰρ ἔπ᾽ ἀνήρ,
οἷος Ὀδυσσεὺς ἔσκεν, ἀρὴν ἀπὸ οἴκου ἀμῦναι.
εἰ δ᾽ Ὀδυσεὺς ἔλθοι καὶ ἵκοιτ᾽ ἐς πατρίδα γαῖαν,
αἶψά κε σὺν ὧι παιδὶ βίας ἀποτίσεται ἀνδρῶν."
ὣς φάτο, Τηλέμαχος δὲ μέγ᾽ ἔπταρεν, ἀμφὶ δὲ δῶμα
σμερδαλέον κονάβησε· γέλασσε δὲ Πηνελόπεια,
αἶψα δ᾽ ἄρ᾽ Εὔμαιον ἔπεα πτερόεντα προσηύδα·
„ ἔρχεό μοι, τὸν ξεῖνον ἐναντίον ὧδε κάλεσσον.
οὐχ ὁράαις ὅ μοι υἱὸς ἐπέπταρε πᾶσιν ἔπεσσι;
τῶι κε καὶ οὐκ ἀτελὴς θάνατος μνηστῆρσι γένοιτο
πᾶσι μάλ᾽, οὐδέ κέ τις θάνατον καὶ κῆρας ἀλύξει.
ἄλλο δέ τοι ἐρέω, σὺ δ᾽ ἐνὶ φρεσὶ βάλλεο σῆισιν·
αἴ κ᾽ αὐτὸν γνώω νημερτέα πάντ᾽ ἐνέποντα,
ἕσσω μιν χλαῖνάν τε χιτῶνά τε, εἵματα καλά."
ὣς φάτο, βῆ δὲ συφορβός, ἐπεὶ τὸν μῦθον ἄκουσεν·
ἀγχοῦ δ᾽ ἱστάμενος ἔπεα πτερόεντα προσηύδα·
„ ξεῖνε πάτερ, καλέει σε περίφρων Πηνελόπεια,
μήτηρ Τηλεμάχοιο· μεταλλῆσαί τί ἑ θυμὸς
ἀμφὶ πόσει κέλεται, καὶ κήδεά περ πεπαθυίηι.
εἰ δέ κέ σε γνώηι νημερτέα πάντ᾽ ἐνέποντα,
ἕσσει σε χλαῖνάν τε χιτῶνά τε, τῶν σὺ μάλιστα
χρηΐζεις· σῖτον δὲ καὶ αἰτίζων κατὰ δῆμον
γαστέρα βοσκήσεις· δώσει δέ τοι ὅς κ᾽ ἐθέληισι."
τὸν δ᾽ αὖτε προσέειπε πολύτλας δῖος Ὀδυσσεύς·
„ Εὔμαι᾽, αἶψά κ᾽ ἐγὼ νημερτέα πάντ᾽ ἐνέποιμι
κούρηι Ἰκαρίοιο, περίφρονι Πηνελοπείηι·
οἶδα γὰρ εὖ περὶ κείνου, ὁμὴν δ᾽ ἀνεδέγμεθ᾽ ὀϊζύν.
ἀλλὰ μνηστήρων χαλεπῶν ὑποδείδι᾽ ὅμιλον,
τῶν ὕβρις τε βίη τε σιδήρεον οὐρανὸν ἵκει.
καὶ γὰρ νῦν, ὅτε μ᾽ οὗτος ἀνὴρ κατὰ δῶμα κιόντα
οὔ τι κακὸν ῥέξαντα βαλὼν ὀδύνῃσιν ἔδωκεν,

Leb', und mit großem Gut heimkehre zu seinem Palaste.
Ihm antwortete drauf die kluge Penelopeia:
Geh, und ruf ihn hieher, damit er mir selber erzähle.
Jene mögen indes vor der Türe sitzen und scherzen,
Oder auch dort im Saale, da ihre Herzen vergnügt sind.
Denn ihr eigenes Gut liegt unversehrt in den Häusern,
Speise und süßer Wein, und nähret bloß das Gesinde.
Aber sie schalten von Tage zu Tag' in unserem Hause,
Schlachten unsere Rinder und Schaf' und gemästeten Ziegen
Für den üppigen Schmaus, und schwelgen im funkelnden Weine
Ohne Scheu; und alles wird leer: denn es fehlt uns ein solcher
Mann, wie Odysseus war, die Plage vom Hause zu wenden.
Käm' Odysseus zurück in seine Heimat, er würde
Bald mit seinem Sohne den Frevel der Männer bestrafen!
Also sprach sie; da nieste Telemachos laut, und ringsum
Scholl vom Getöse der Saal. Da lächelte Penelopeia,
Wandte sich schnell zu Eumäos, und sprach die geflügelten Worte:
Gehe mir gleich in den Saal, Eumäos, und rufe den Fremdling!
Siehst du nicht, wie mein Sohn mir alle Worte beniest hat?
Ja, nun werde der Tod das unvermeidliche Schicksal
Aller Freier, und keiner entfliehe dem blutigen Tode!
Eins verkünd' ich dir noch, bewahre dieses im Herzen:
Wann ich merke, daß jener mir lautere Wahrheit erzählet,
Will ich mit schönen Gewanden, mit Rock und Mantel, ihn kleiden.
Sprach's; und der Sauhirt eilte, sobald er die Rede vernommen,
Trat vor Odysseus hin, und sprach die geflügelten Worte:
Fremder Vater, dich läßt die kluge Penelopeia
Rufen, Telemachos' Mutter; denn ihre Seele gebeut ihr,
Wegen des Mannes zu fragen, um den sie so herzlich betrübt ist.
Wann sie merkt, daß du ihr lautere Wahrheit erzählest,
Will sie mit Rock und Mantel dich kleiden, die du am meisten
Nötig hast. Denn Speise, den Hunger zu stillen, erlangst du
Leicht durch Betteln im Volk; es gebe dir jeder nach Willkür.
Ihm antwortete drauf der herrliche Dulder Odysseus:
Gern erzählt' ich nun gleich, Eumäos, die lautere Wahrheit
Vor Ikarios' Tochter, der klugen Penelopeia.
Denn viel weiß ich von ihm: wir duldeten gleiches Verhängnis.
Aber ich fürchte nur der bösen Freier Versammlung,
Deren Trotz und Gewalt den eisernen Himmel erreichet.
Denn jetzt eben, da jener mich warf, daß der Schmerz mich betäubte,
Mich, der kein Böses tat, und bittend im Saale herumging,

οὔτε τι Τηλέμαχος τό γ᾽ ἐπήρκεσεν οὔτε τις ἄλλος.
τῶι νῦν Πηνελόπειαν ἐνὶ μεγάροισιν ἄνωχθι
μεῖναι, ἐπειγομένην περ, ἐς ἠέλιον καταδύντα·
καὶ τότε μ᾽ εἰρέσθω πόσιος πέρι νόστιμον ἦμαρ,
ἀσσοτέρω καθίσασα παραὶ πυρί· εἵματα γάρ τοι
λύγρ᾽ ἔχω· οἶσθα καὶ αὐτός, ἐπεί σε πρῶθ᾽ ἱκέτευσα."
ὣς φάτο, βῆ δὲ συφορβός, ἐπεὶ τὸν μῦθον ἄκουσε.
τὸν δ᾽ ὑπὲρ οὐδοῦ βάντα προσηύδα Πηνελόπεια·
„ οὐ σύ γ᾽ ἄγεις, Εὔμαιε· τί τοῦτ᾽ ἐνόησεν ἀλήτης;
ἦ τινά που δείσας ἐξαίσιον ἦε καὶ ἄλλως
αἰδεῖται κατὰ δῶμα; κακὸς δ᾽ αἰδοῖο; ἀλήτης."
τὴν δ᾽ ἀπαμειβόμενος προσέφης, Εὔμαιε συβῶτα·
„ μυθεῖται κατὰ μοῖραν, ἅ πέρ κ᾽ οἴοιτο καὶ ἄλλος,
ὕβριν ἀλυσκάζων ἀνδρῶν ὑπερηνορεόντων.
ἀλλά σε μεῖναι ἄνωγεν ἐς ἠέλιον καταδύντα.
καὶ δὲ σοὶ ὧδ᾽ αὐτῆι πολὺ κάλλιον, ὦ βασίλεια,
οἴην πρὸς ξεῖνον φάσθαι ἔπος ἠδ᾽ ἐπακοῦσαι."
τὸν δ᾽ αὖτε προσέειπε περίφρων Πηνελόπεια·
„ οὐκ ἄφρων ὁ ξεῖνος· ὀΐεται, ὥς περ ἂν εἴη·
οὐ γάρ πού τινες ὧδε καταθνητῶν ἀνθρώπων
ἀνέρες ὑβρίζοντες ἀτάσθαλα μηχανόωνται."
ἡ μὲν ἄρ᾽ ὣς ἀγόρευεν, ὁ δ᾽ ᾤχετο δῖος ὑφορβὸς
μνηστήρων ἐς ὅμιλον, ἐπεὶ διεπέφραδε πάντα.
αἶψα δὲ Τηλέμαχον ἔπεα πτερόεντα προσηύδα,
ἄγχι σχὼν κεφαλήν, ἵνα μὴ πευθοίαθ᾽ οἱ ἄλλοι·
„ ὦ φίλ᾽, ἐγὼ μὲν ἄπειμι, σύας καὶ κεῖνα φυλάξων,
σὸν καὶ ἐμὸν βίοτον· σοὶ δ᾽ ἐνθάδε πάντα μελόντων.
αὐτὸν μέν σε πρῶτα σάω, καὶ φράζεο θυμῶι
μή τι πάθηις· πολλοὶ δὲ κακὰ φρονέουσιν Ἀχαιῶν,
τοὺς Ζεὺς ἐξολέσειε πρὶν ἡμῖν πῆμα γενέσθαι."
τὸν δ᾽ αὖ Τηλέμαχος πεπνυμένος ἀντίον ηὔδα·
„ ἔσσεται οὕτως, ἄττα· σὺ δ᾽ ἔρχεο δειελιήσας·
ἠῶθεν δ᾽ ἰέναι καὶ ἄγειν ἱερήϊα καλά·
αὐτὰρ ἐμοὶ τάδε πάντα καὶ ἀθανάτοισι μελήσει."
ὣς φάθ᾽, ὁ δ᾽ αὖτις ἄρ᾽ ἕζετ᾽ ἐϋξέστου ἐπὶ δίφρου,
πλησάμενος δ᾽ ἄρα θυμὸν ἐδητύος ἠδὲ ποτῆτος
βῆ ῥ᾽ ἴμεναι μεθ᾽ ὕας, λίπε δ᾽ ἕρκεά τε μέγαρόν τε,
πλεῖον δαιτυμόνων· οἱ δ᾽ ὀρχηστυῖ καὶ ἀοιδῆι
τέρποντ᾽· ἤδη γὰρ καὶ ἐπήλυθε δείελον ἦμαρ.

Hat mich Telemachos weder, noch irgend ein andrer verteidigt.
Sage denn Penelopeien, sie möcht' in ihren Gemächern
Harren, wie sehr sie verlangt, bis erst die Sonne gesunken.
Alsdann frage sie mich nach ihres Mannes Zurückkunft,
Nahe beim Feuer mich setzend; denn meine Kleider sind elend.
Dieses weißt du auch selbst; du warst mein erster Beschützer.
  Sprach's; und der Sauhirt eilte, sobald er die Rede vernommen.
Als er die Schwelle betrat, da fragte Penelopeia:
  Bringst du ihn nicht, Eumäos, warum bedenkt sich der Fremdling?
Hält ihn etwa die Furcht vor Gewalttat, oder die Scham ab,
Durch den Palast zu gehn? Ein schamhafter Bettler ist elend!
  Ihr antwortetest du, Eumäos, Hüter der Schweine:
Was er sagt, hat Grund; so würd' auch ein anderer denken,
Um den Trotz zu vermeiden der übermütigen Männer.
Darum bittet er, harre, bis erst die Sonne gesunken.
Auch für dich selber ist der Abend bequemer, o Fürstin,
Daß du den fremden Mann allein befragest und hörest.
  Ihm antwortete drauf die kluge Penelopeia:
Wer der Fremdling auch sei, so denkt er nicht unvernünftig;
Denn an keinem Orte, den sterbliche Menschen bewohnen,
Üben trotzige Männer so ausgelassene Greuel!
  Also redete sie. Drauf ging der treffliche Sauhirt
Zu der Freier Versammlung, da sein Gewerbe bestellt war;
Und er neigte das Haupt zu Telemachos, redete leise,
Daß es die andern nicht hörten, und sprach die geflügelten Worte:
  Lieber, ich gehe nun weg, die Schwein' und das andre zu hüten,
Dein und mein Vermögen; du sorg' indessen für dieses.
Aber vor allen erhalte dich selbst, und siehe dich wohl vor,
Daß dir kein Böses geschehe: denn viele sinnen auf Unglück.
Doch Zeus rotte sie aus, bevor sie uns Schaden bereiten!
  Und der verständige Jüngling Telemachos sagte dagegen:
Väterchen, also geschehe; doch warte bis gegen den Abend.
Morgen früh komm wieder, und bring' die gemästeten Opfer;
Für das übrige laß mich und die Unsterblichen sorgen.
  Sprach's; und der Sauhirt setzte sich auf den zierlichen Sessel.
Und nachdem er sein Herz mit Trank und Speise gesättigt,
Eilt' er zurück zu den Schweinen, den Hof des Hauses verlassend,
Wo die schwelgenden Freier sich schon beim Tanz und Gesange
Freuten; denn jetzo neigte der Tag sich gegen den Abend.

ΟΔΥΣΣΕΙΑΣ Σ

Ὀδυσσέως καὶ
Ἴρου πυγμή.

Ἦλθε δ' ἐπὶ πτωχὸς πανδήμιος, ὃς κατὰ ἄστυ
πτωχεύεσκ' Ἰθάκης, μετὰ δ' ἔπρεπε γαστέρι μάργηι
ἀζηχὲς φαγέμεν καὶ πιέμεν· οὐδέ οἱ ἦν ἲς
οὐδὲ βίη, εἶδος δὲ μάλα μέγας ἦν ὁράασθαι.
Ἀρναῖος δ' ὄνομ' ἔσκε· τὸ γὰρ θέτο πότνια μήτηρ
ἐκ γενετῆς· Ἶρον δὲ νέοι κίκλησκον ἅπαντες,
οὕνεκ' ἀπαγγέλλεσκε κιών, ὅτε πού τις ἀνώγοι·
ὅς ῥ' ἐλθὼν Ὀδυσῆα διώκετο οἷο δόμοιο,
καί μιν νεικείων ἔπεα πτερόεντα προσηύδα·
„εἶκε, γέρον, προθύρου, μὴ δὴ τάχα καὶ ποδὸς ἕλκηι.
οὐκ ἀΐεις ὅτι δή μοι ἐπιλλίζουσιν ἅπαντες,
ἑλκέμεναι δὲ κέλονται; ἐγὼ δ' αἰσχύνομαι ἔμπης.
ἀλλ' ἄνα, μὴ τάχα νῶϊν ἔρις καὶ χερσὶ γένηται."
τὸν δ' ἄρ' ὑπόδρα ἰδὼν προσέφη πολύμητις Ὀδυσσεύς·
„δαιμόνι', οὔτε τί σε ῥέζω κακὸν οὔτ' ἀγορεύω,
οὔτε τινὰ φθονέω δόμεναι καὶ πόλλ' ἀνελόντα.
οὐδὸς δ' ἀμφοτέρους ὅδε χείσεται, οὐδέ τί σε χρὴ
ἀλλοτρίων φθονέειν· δοκέεις δέ μοι εἶναι ἀλήτης
ὥς περ ἐγών, ὄλβον δὲ θεοὶ μέλλουσιν ὀπάζειν.
χερσὶ δὲ μή τι λίην προκαλίζεο, μή με χολώσηις,
μή σε γέρων περ ἐὼν στῆθος καὶ χείλεα φύρσω
αἵματος· ἡσυχίη δ' ἂν ἐμοὶ καὶ μᾶλλον ἔτ' εἴη
αὔριον· οὐ μὲν γάρ τί σ' ὑποστρέψεσθαι ὀΐω
δεύτερον ἐς μέγαρον Λαερτιάδεω Ὀδυσῆος."
τὸν δὲ χολωσάμενος προσεφώνεεν Ἶρος ἀλήτης·
„ὢ πόποι, ὡς ὁ μολοβρὸς ἐπιτροχάδην ἀγορεύει,
γρηῒ καμινοῖ ἶσος· ὃν ἂν κακὰ μητισαίμην
κόπτων ἀμφοτέρηισι, χαμαὶ δέ κε πάντας ὀδόντας
γναθμῶν ἐξελάσαιμι συὸς ὣς ληϊβοτείρης.
ζῶσαι νῦν, ἵνα πάντες ἐπιγνώωσι καὶ οἵδε
μαρναμένους· πῶς δ' ἂν σὺ νεωτέρωι ἀνδρὶ μάχοιο;"
ὣς οἱ μὲν προπάροιθε θυράων ὑψηλάων
οὐδοῦ ἔπι ξεστοῦ πανθυμαδὸν ὀκριόωντο.
τοῖϊν δὲ ξυνέηχ' ἱερὸν μένος Ἀντινόοιο,
ἡδὺ δ' ἄρ' ἐκγελάσας μετεφώνει μνηστήρεσσιν·

ACHTZEHNTER GESANG

Odysseus kämpft mit dem Bettler Iros. Amphinomos wird umsonst gewarnt. Penelopeia besänftigt die Freier durch Hoffnung, und empfängt Geschenke. Odysseus von den Mägden beleidigt, von Eurymachos verhöhnt und geworfen. Die Freier gehn zur Ruhe.

Jetzo kam ein Bettler von Ithaka, welcher die Gassen
Haus bei Haus durchlief, ein weitberüchtigter Vielfraß:
Immer füllt' er den Bauch mit Essen und Trinken, und hatte
Weder Stärke noch Kraft, so groß auch seine Gestalt war.
Dieser hieß Arnäos; denn also nannt' ihn die Mutter
Bei der Geburt; allein die Jünglinge nannten ihn Iros,
Weil er gerne mit Botschaft ging, wenn es einer verlangte.
Dieser kam, Odysseus von seinem eigenen Hause
Wegzutreiben; er schalt ihn, und sprach die geflügelten Worte:
  Geh von der Türe, du Greis, daß man nicht beim Fuße dich schleppe!
Merkst du nicht, wie man rings mit den Augenwimpern mir zuwinkt,
Dich von hinnen zu schleppen? Allein ich scheue mich dennoch.
Auf denn! oder es kommt noch zwischen uns beiden zum Faustkampf!
  Zürnend schaute auf ihn und sprach der weise Odysseus:
Elender, hab ich doch nimmer mit Wort oder Tat dich beleidigt!
Auch mißgönn' ich's dir nicht, wie viel dir einer auch schenke.
Und die Schwelle hat Raum für uns beide. Du mußt nicht so neidisch
Sehn bei anderer Milde; du scheinst mir ein irrender Fremdling,
Eben wie ich; der Reichtum kömmt von den seligen Göttern.
Aber fodre mich nicht so übermütig zum Faustkampf:
Daß ich nicht zürn', und dir, trotz meines Alters, mit Blute
Brust und Lippen besudle! Dann säß ich morgen vermutlich
Noch geruhiger hier; denn schwerlich kehrtest du jemals
Wieder zurück in das Haus des Laertiaden Odysseus!
  Und mit zürnendem Blick antwortete Iros der Bettler:
All' ihr Götter, wie rasch der verhungerte Bettler da plappert;
Recht wie ein Heizerweib! Ich möcht' es ihm übel gedenken,
Rechts und links ihn zerdreschen, und alle Zähn' aus dem Maul' ihm
Schlagen, wie einer Sau, die fremde Saaten verwüstet!
Auf, und gürte dich jetzo, damit sie alle des Kampfes
Zeugen sei'n. Wie willst du des Jüngeren Stärke bestehen?
  Also zankten sie sich vor der hohen Pforte des Saales,
Auf der geglätteten Schwelle, mit heftig erbitterten Worten.
Ihre Worte vernahm Antinoos' heilige Stärke,
Und mit herzlicher Lache begann er unter den Freiern:

„ ὦ φίλοι, οὐ μέν πώ τι πάρος τοιοῦτον ἐτύχθη,
οἵην τερπωλὴν θεὸς ἤγαγεν ἐς τόδε δῶμα.
ὁ ξεῖνός τε καὶ Ἶρος ἐρίζετον ἀλλήλοιϊν
χερσὶ μαχέσσασθαι· ἀλλὰ ξυνελάσσομεν ὦκα."
ὣς ἔφαθ', οἱ δ' ἄρα πάντες ἀνήϊξαν γελόωντες,
ἀμφὶ δ' ἄρα πτωχοὺς κακοείμονας ἠγερέθοντο.
τοῖσιν δ' Ἀντίνοος μετέφη, Εὐπείθεος υἱός·
„ κέκλυτέ μευ, μνηστῆρες ἀγήνορες, ὄφρα τι εἴπω.
γαστέρες αἵδ' αἰγῶν κέατ' ἐν πυρί, τὰς ἐπὶ δόρπωι
κατθέμεθα κνίσης τε καὶ αἵματος ἐμπλήσαντες·
ὁππότερος δέ κε νικήσηι κρείσσων τε γένηται,
τάων ἥν κ' ἐθέληισιν ἀναστὰς αὐτὸς ἑλέσθω·
αἰεὶ αὖθ' ἡμῖν μεταδαίσεται, οὐδέ τιν' ἄλλον
πτωχὸν ἔσω μίσγεσθαι ἐάσομεν αἰτήσοντα."
ὣς ἔφατ' Ἀντίνοος, τοῖσιν δ' ἐπιήνδανε μῦθος.
τοῖς δὲ δολοφρονέων μετέφη πολύμητις Ὀδυσσεύς·
„ ὦ φίλοι, οὔ πως ἔστι νεωτέρωι ἀνδρὶ μάχεσθαι
ἄνδρα γέροντα, δύηι ἀρημένον· ἀλλά με γαστὴρ
ὀτρύνει κακοεργός, ἵνα πληγῆισι δαμείω.
ἀλλ' ἄγε νῦν μοι πάντες ὀμόσσατε καρτερὸν ὅρκον,
μή τις ἐπ' Ἴρωι ἦρα φέρων ἐμὲ χειρὶ βαρείηι
πλήξηι ἀτασθάλλων, τούτωι δέ με ἶφι δαμάσσηι."
ὣς ἔφαθ', οἱ δ' ἄρα πάντες ἀπώμνυον ὡς ἐκέλευεν.
τοῖς δ' αὖτις μετέειφ' ἱερὴ ἲς Τηλεμάχοιο·
„ ξεῖν', εἴ σ' ὀτρύνει κραδίη καὶ θυμὸς ἀγήνωρ
τοῦτον ἀλέξασθαι, τῶν δ' ἄλλων μή τιν' Ἀχαιῶν
δείδιθ', ἐπεὶ πλεόνεσσι μαχήσεται ὅς κέ σε θείνηι·
ξεινοδόκος μὲν ἐγών, ἐπὶ δ' αἰνεῖτον βασιλῆες,
Ἀντίνοός τε καὶ Εὐρύμαχος, πεπνυμένω ἄμφω."
ὣς ἔφαθ', οἱ δ' ἄρα πάντες ἐπήινεον· αὐτὰρ Ὀδυσσεὺς
ζώσατο μὲν ῥάκεσιν περὶ μήδεα, φαῖνε δὲ μηροὺς
καλούς τε μεγάλους τε, φάνεν δέ οἱ εὐρέες ὦμοι
στήθεά τε στιβαροί τε βραχίονες· αὐτὰρ Ἀθήνη
ἄγχι παρισταμένη μέλε' ἤλδανε ποιμένι λαῶν.
μνηστῆρες δ' ἄρα πάντες ὑπερφιάλως ἀγάσαντο·
ὧδε δέ τις εἴπεσκεν ἰδὼν ἐς πλησίον ἄλλον·
„ ἦ τάχα Ἶρος Ἄϊρος ἐπίσπαστον κακὸν ἕξει,
οἵην ἐκ ῥακέων ὁ γέρων ἐπιγουνίδα φαίνει."
ὣς ἄρ' ἔφαν, Ἴρωι δὲ κακῶς ὠρίνετο θυμός.
ἀλλὰ καὶ ὣς δρηστῆρες ἄγον ζώσαντες ἀνάγκηι
δειδιότα· σάρκες δὲ περιτρομέοντο μέλεσσιν.

So was, ihr Lieben, ist uns bisher noch nimmer begegnet!
Welche Freude beschert uns Gott in diesem Palaste!
Jener Fremdling und Iros, die fodern sich jetzo einander
Zum Faustkampfe heraus. Kommt eilig, wir wollen sie hetzen!
Also sprach er; und schnell erhuben sich alle mit Lachen,
Und versammelten sich um die schlechtgekleideten Bettler.
Aber Eupeithes' Sohn Antinoos sprach zur Versammlung:
Höret, was ich euch sage, ihr edelmütigen Freier!
Hier sind Ziegenmagen, mit Fett und Blute gefüllet
Die wir zum Abendschmaus auf glühende Kohlen geleget.
Wer nun am tapfersten kämpft, und seinen Gegner besieget;
Dieser wähle sich selbst die beste der bratenden Würste.
Künftig find' er auch immer an unserem Mahle sein Anteil,
Und kein anderer Bettler soll diese Schwelle betreten.
Also sprach er; und allen gefiel Antinoos' Rede.
Listensinnend begann der erfindungsreiche Odysseus:
Lieben, ich alter Mann, durch so viel Elend entkräftet,
Kann unmöglich die Stärke des jüngeren Mannes bestehen.
Aber mich zwingt der Hunger, die härtesten Schläge zu dulden!
Nun wohlan! verheißt mir denn alle mit heiligem Eidschwur,
Daß nicht Iros zuliebe mich einer mit nervichter Rechte
Freventlich schlagen will, ihm seinen Sieg zu erleichtern.
Also sprach er; und alle beschwuren, was er verlangte.
Und die heilige Kraft Telemachos redete jetzo:
Fremdling, gebeut es dein Herz und deine mutige Seele,
Treib' ihn getrost hinweg, und fürchte der andern Achaier
Keinen! Wer dich verletzt, der hat mit mehren zu kämpfen!
Dein Beschützer bin ich, und beide verständige Fürsten
Hegen, Antinoos dort und Eurymachos, gleiche Gesinnung.
Seine Rede lobten die übrigen. Aber Odysseus
Gürtete sich um die Scham mit seinen Lumpen, und zeigte
Schöne rüstige Lenden; auch seine nervichten Arme
Wurden entblößt, die Brust, und die breite Schulter; Athene
Schmückt' unsichtbar mit Kraft und Größe den Hirten der Völker.
Aber die Freier alle umstaunten die Wundererscheinung;
Einer wendete sich zu seinem Nachbar, und sagte:
Iros, der arme Iros bereitet sich wahrlich ein Unglück!
Welche fleischichte Lende der Greis aus den Lumpen hervorstreckt!
Also sprachen die Freier; und Iros ward übel zu Mute.
Aber es gürteten ihn mit Gewalt die Diener, und führten
Ihn wie er zitterte fort, und sein Fleisch umbebte die Glieder.

Ἀντίνοος δ' ἐνένιπεν ἔπος τ' ἔφατ' ἔκ τ' ὀνόμαζεν·
„ νῦν μὲν μήτ' εἴης, βουγάϊε, μήτε γένοιο,
εἰ δὴ τοῦτόν γε τρομέεις καὶ δείδιας αἰνῶς,
ἄνδρα γέροντα, δύηι ἀρημένον, ἥ μιν ἱκάνει.
ἀλλ' ἔκ τοι ἐρέω, τὸ δὲ καὶ τετελεσμένον ἔσται·
αἴ κέν σ' οὗτος νικήσηι κρείσσων τε γένηται,
πέμψω σ' ἤπειρόνδε, βαλὼν ἐν νηὶ μελαίνηι,
εἰς Ἔχετον βασιλῆα, βροτῶν δηλήμονα πάντων,
ὅς κ' ἀπὸ ῥῖνα τάμηισι καὶ οὔατα νηλέϊ χαλκῶι,
μήδεά τ' ἐξερύσας δώηι κυσὶν ὠμὰ δάσασθαι."
ὣς φάτο, τῶι δ' ἔτι μᾶλλον ὑπὸ τρόμος ἔλλαβε γυῖα.
ἐς μέσσον δ' ἄναγον· τὼ δ' ἄμφω χεῖρας ἀνέσχον.
δὴ τότε μερμήριξε πολύτλας δῖος Ὀδυσσεὺς
ἢ ἐλάσει' ὥς μιν ψυχὴ λίποι αὖθι πεσόντα,
ἦέ μιν ἦκ' ἐλάσειε τανύσσειέν τ' ἐπὶ γαίηι.
ὧδε δέ οἱ φρονέοντι δοάσσατο κέρδιον εἶναι,
ἦκ' ἐλάσαι, ἵνα μή μιν ἐπιφρασσαίατ' Ἀχαιοί.
δὴ τότ' ἀνασχομένω ὁ μὲν ἤλασε δεξιὸν ὦμον
Ἶρος, ὁ δ' αὐχέν' ἔλασσεν ὑπ' οὔατος, ὀστέα δ' εἴσω
ἔθλασεν· αὐτίκα δ' ἦλθε κατὰ στόμα φοίνιον αἷμα,
κὰδ δ' ἔπεσ' ἐν κονίηισι μακών, σὺν δ' ἤλασ' ὀδόντας
λακτίζων ποσὶ γαῖαν· ἀτὰρ μνηστῆρες ἀγαυοὶ
χεῖρας ἀνασχόμενοι γέλωι ἔκθανον. αὐτὰρ Ὀδυσσεὺς
ἕλκε διὲκ προθύροιο λαβὼν ποδός, ὄφρ' ἵκετ' αὐλήν,
αἰθούσης τε θύρας· καί μιν ποτὶ ἑρκίον αὐλῆς
εἷσεν ἀνακλίνας· σκῆπτρον δέ οἱ ἔμβαλε χειρί,
καί μιν φωνήσας ἔπεα πτερόεντα προσηύδα·
„ ἐνταυθοῖ νῦν ἧσο σύας τε κύνας τ' ἀπερύκων,
μηδὲ σύ γε ξείνων καὶ πτωχῶν κοίρανος εἶναι
λυγρὸς ἐών, μή πού τι κακὸν καὶ μεῖζον ἐπαύρηι."
ἦ ῥα καὶ ἀμφ' ὤμοισιν ἀεικέα βάλλετο πήρην,
πυκνὰ ῥωγαλέην· ἐν δὲ στρόφος ἦεν ἀορτήρ.
ἂψ δ' ὅ γ' ἐπ' οὐδὸν ἰὼν κατ' ἄρ' ἕζετο· τοὶ δ' ἴσαν εἴσω
ἡδὺ γελώοντες καὶ δεικανόωντ' ἐπέεσσι·
„ Ζεύς τοι δοίη, ξεῖνε, καὶ ἀθάνατοι θεοὶ ἄλλοι,
ὅττι μάλιστ' ἐθέλεις καί τοι φίλον ἔπλετο θυμῶι,
ὃς τοῦτον τὸν ἄναλτον ἀλητεύειν ἀπέπαυσας
ἐν δήμωι· τάχα γάρ μιν ἀνάξομεν ἤπειρόνδε
εἰς Ἔχετον βασιλῆα, βροτῶν δηλήμονα πάντων."
ὣς ἄρ' ἔφαν, χαῖρεν δὲ κλεηδόνι δῖος Ὀδυσσεύς.
Ἀντίνοος δ' ἄρα οἱ μεγάλην παρὰ γαστέρα θῆκεν,

Und Antinoos schalt ihn, und sprach mit drohender Stimme:
Wärst du doch tot, Großprahler, ja wärst du nimmer geboren,
Da du vor diesem so bebst, und so entsetzlich dich anstellst,
Vor dem alten Manne, den mancherlei Elend geschwächt hat!
Aber ich sage dir an, und das wird wahrlich erfüllet:
Schlägt dich dieser zu Boden, und geht als Sieger vom Kampfplatz;
Siehe dann send' ich dich gleich im schwarzen Schiffe zum König
Echetos in Epeiros, dem Schrecken des Menschengeschlechtes:
Daß er dir Nas' und Ohren mit grausamem Erze verstümmle,
Und die entrissene Scham den Hunden gebe zu fressen!
Sprach's; da zitterte jener noch stärker an Händen und Füßen.
Aber sie führten ihn hin; und beide erhuben die Fäuste.
Nun ratschlagte bei sich der herrliche Dulder Odysseus:
Ob er ihn schlüge, daß gleich auf der Stelle sein Leben entflöhe;
Oder mit sanftem Schlage nur bloß auf den Boden ihn streckte.
Dieser Gedanke schien dem Zweifelnden endlich der beste:
Sanft zu schlagen, um nicht den Achaiern Verdacht zu erwecken.
Iros schlug mit der Faust die rechte Schulter Odysseus';
Dieser ihm unter das Ohr an den Hals, daß der Kiefer des Bettlers
Knirschend zerbrach, und purpurnes Blut dem Rachen entstürzte.
Schreiend fiel er zu Boden, ihm klappten die Zähn', und die Füße
Zappelten stäubend im Sand. Da erhuben die mutigen Freier
Jauchzend die Händ', und lachten sich atemlos. Aber Odysseus
Zog ihn beim Fuß aus der Tür, und schleppt' ihn über den Vorhof
Durch die Pforte der Halle; da lehnt' er ihn mit dem Rücken
Gegen die Mauer des Hofs, und gab ihm den Stab in die Rechte;
Und er redet' ihn an, und sprach die geflügelten Worte:
Sitze nun ruhig hier, und scheuche die Hund' und die Schweine!
Hüte dich ferner, den Armen und Fremdlingen hier zu befehlen,
Elender Mensch; damit dir kein größeres Übel begegne!
Also sprach er, und warf um die Schulter den häßlichen Ranzen,
Allenthalben geflickt, mit einem geflochtenen Tragband;
Ging zur Schwelle zurück, und setzte sich. Aber die Freier
Gingen mit herzlichem Lachen hinein, und grüßten ihn also:
Fremdling, dir gebe Zeus und die andern unsterblichen Götter,
Was du am meisten verlangst, und was dein Herz nur begehret:
Weil du unsere Stadt von dem unersättlichen Bettler
Hast befreit! Bald werden wir ihn fortsenden zum König
Echetos in Epeiros, dem Schrecken des Menschengeschlechtes.
Also sprachen die Freier; der vorbedeutenden Worte
Freute der edle Odysseus sich herzlich. Antinoos bracht ihm

ἐμπλείην κνίσης τε καὶ αἵματος· Ἀμφίνομος δὲ
ἄρτους ἐκ κανέοιο δύω παρέθηκεν ἀείρας
καὶ δέπαϊ χρυσέωι δειδίσκετο, φώνησέν τε·
„ χαῖρε, πάτερ ὦ ξεῖνε, γένοιτό τοι ἔς περ ὀπίσσω
ὄλβος· ἀτὰρ μὲν νῦν γε κακοῖς ἔχεαι πολέεσσι.“
τὸν δ᾽ ἀπαμειβόμενος προσέφη πολύμητις Ὀδυσσεύς·
„ Ἀμφίνομ᾽, ἦ μάλα μοι δοκέεις πεπνυμένος εἶναι·
τοίου γὰρ καὶ πατρός, ἐπεὶ κλέος ἐσθλὸν ἄκουον,
Νῖσον Δουλιχιῆα ἐΰν τ᾽ ἔμεν ἀφνειόν τε·
τοῦ σ᾽ ἔκ φασι γενέσθαι, ἐπητῆι δ᾽ ἀνδρὶ ἔοικας.
τοὔνεκά τοι ἐρέω, σὺ δὲ σύνθεο καί μευ ἄκουσον·
οὐδὲν ἀκιδνότερον γαῖα τρέφει ἀνθρώποιο,
πάντων ὅσσα τε γαῖαν ἔπι πνείει τε καὶ ἕρπει.
οὐ μὲν γάρ ποτέ φησι κακὸν πείσεσθαι ὀπίσσω,
ὄφρ᾽ ἀρετὴν παρέχωσι θεοὶ καὶ γούνατ᾽ ὀρώρηι·
ἀλλ᾽ ὅτε δὴ καὶ λυγρὰ θεοὶ μάκαρες τελέσωσι,
καὶ τὰ φέρει ἀεκαζόμενος τετληότι θυμῶι·
τοῖος γὰρ νόος ἐστὶν ἐπιχθονίων ἀνθρώπων
οἷον ἐπ᾽ ἦμαρ ἄγησι πατὴρ ἀνδρῶν τε θεῶν τε.
καὶ γὰρ ἐγώ ποτ᾽ ἔμελλον ἐν ἀνδράσιν ὄλβιος εἶναι,
πολλὰ δ᾽ ἀτάσθαλ᾽ ἔρεξα βίηι καὶ κάρτεϊ εἴκων,
πατρί τ᾽ ἐμῶι πίσυνος καὶ ἐμοῖσι κασιγνήτοισι.
τῶι μή τίς ποτε πάμπαν ἀνὴρ ἀθεμίστιος εἴη,
ἀλλ᾽ ὅ γε σιγῆι δῶρα θεῶν ἔχοι, ὅττι διδοῖεν.
οἷ᾽ ὁρόω μνηστῆρας ἀτάσθαλα μηχανόωντας,
κτήματα κείροντας καὶ ἀτιμάζοντας ἄκοιτιν
ἀνδρός, ὃν οὐκέτι φημὶ φίλων καὶ πατρίδος αἴης
δηρὸν ἀπέσσεσθαι· μάλα δὲ σχεδόν. ἀλλά σε δαίμων
οἴκαδ᾽ ὑπεξαγάγοι, μηδ᾽ ἀντιάσειας ἐκείνωι,
ὁππότε νοστήσειε φίλην ἐς πατρίδα γαῖαν·
οὐ γὰρ ἀναιμωτί γε διακρινέεσθαι ὀΐω
μνηστῆρας καὶ κεῖνον, ἐπεί κε μέλαθρον ὑπέλθηι.“
ὣς φάτο, καὶ σπείσας ἔπιεν μελιηδέα οἶνον,
ἂψ δ᾽ ἐν χερσὶν ἔθηκε δέπας κοσμήτορι λαῶν.
αὐτὰρ ὁ βῆ διὰ δῶμα φίλον τετιημένος ἦτορ,
νευστάζων κεφαλῆι· δὴ γὰρ κακὸν ὄσσετο θυμός.
ἀλλ᾽ οὐδ᾽ ὣς φύγε κῆρα· πέδησε δὲ καὶ τὸν Ἀθήνη
Τηλεμάχου ὑπὸ χερσὶ καὶ ἔγχεϊ ἶφι δαμῆναι.
ἂψ δ᾽ αὖτις κατ᾽ ἄρ᾽ ἕζετ᾽ ἐπὶ θρόνου ἔνθεν ἀνέστη.
τῆι δ᾽ ἄρ᾽ ἐπὶ φρεσὶ θῆκε θεὰ γλαυκῶπις Ἀθήνη,
κούρηι Ἰκαρίοιο, περίφρονι Πηνελοπείηι,

Jetzo den großen Magen, mit Fett und Blute gefüllet;
Und Amphinomos nahm zwei Bröt' aus denn zierlichen Korbe,
Brachte sie, trank ihm zu aus goldenem Becher, und sagte:
Freue dich, fremder Vater! Es müsse dir wenigstens künftig
Wohl ergehn! denn jetzo umringt dich mancherlei Trübsal.
Ihm antwortete drauf der erfindungsreiche Odysseus:
Du, Amphinomos, scheinst mir ein sehr verständiger Jüngling,
Und ein würdiger Sohn von deinem rühmlichen Vater
Nisos, der, wie ich höre, ein edler und mächtiger König
In Dulichion ist. Dein Blick verkündiget Scharfsinn.
Darum sag' ich dir jetzt; nimm meine Worte zu Herzen.
Siehe kein Wesen ist so eitel und unbeständig,
Als der Mensch, von allem, was lebt und webet auf Erden.
Denn so lange die Götter ihm Heil und blühende Jugend
Schenken, trotzt er, und wähnt, ihn treffe nimmer ein Unglück.
Aber züchtigen ihn die seligen Götter mit Trübsal;
Dann erträgt er sein Leiden mit Ungeduld und Verzweiflung,
Denn wie die Tage sich ändern, die Gott vom Himmel uns sendet,
Ändert sich auch das Herz der erdebewohnenden Menschen.
Siehe, ich selber war einst ein glücklicher Mann, und verübte
Viel Unarten, vom Trotz und Übermute verleitet,
Weil mein Vater mich schützte und meine mächtigen Brüder.
Drum erhebe sich nimmer ein Mann, und frevele nimmer;
Sondern genieße, was ihm die Götter bescheren, in Demut!
Welchen Greuel erblick' ich, den hier die Freier beginnen!
Wie sie die Güter verschwelgen, und schmähn die Gattin des Mannes,
Welcher vielleicht nicht lange von seinen Freunden und Ländern
Ferne bleibt, vielleicht schon nah ist! Aber es führe
Dich ein Himmlischer heim, daß du nicht jenem begegnest,
Wann er wieder zurück in sein liebes Vaterland kehret!
Denn die Freier allhier und jener trennen sich schwerlich
Ohne Blut voneinander, sobald er unter sein Dach kommt!
Also sprach er, und goß des süßen Weines den Göttern,
Trank, und reichte den Becher zurück dem Führer der Völker.
Dieser ging durch den Saal mit tiefverwundeter Seele,
Und mit gesunkenem Haupt; denn er ahnete Böses im Herzen.
Dennoch entrann er nicht dem Verderben; ihn fesselt' Athene,
Daß ihn Telemachos' Hand mit der Todeslanze vertilgte.
Und er setzte sich nieder auf seinen verlassenen Sessel.
Aber Ikarios' Tochter, der klugen Penelopeia
Gab Athene, die Göttin mit blauen Augen, den Rat ein,

μνηστήρεσσι φανῆναι, ὅπως πετάσειε μάλιστα
θυμὸν μνηστήρων ἰδὲ τιμήεσσα γένοιτο
μᾶλλον πρὸς πόσιός τε καὶ υἱέος ἢ πάρος ἦεν.
ἀχρεῖον δ' ἐγέλασσεν ἔπος τ' ἔφατ' ἔκ τ' ὀνόμαζεν·
„Εὐρυνόμη, θυμός μοι ἐέλδεται, οὔ τι πάρος γε,
μνηστήρεσσι φανῆναι, ἀπεχθομένοισί περ ἔμπης·
παιδὶ δέ κεν εἴποιμι ἔπος, τό κε κέρδιον εἴη,
μὴ πάντα μνηστῆρσιν ὑπερφιάλοισιν ὁμιλεῖν,
οἵ τ' εὖ μὲν βάζουσι, κακῶς δ' ὄπιθεν φρονέουσι."
τὴν δ' αὖτ' Εὐρυνόμη ταμίη πρὸς μῦθον ἔειπεν·
„ναὶ δὴ ταῦτά γε πάντα, τέκος, κατὰ μοῖραν ἔειπες.
ἀλλ' ἴθι καὶ σῶι παιδὶ ἔπος φάο μηδ' ἐπίκευθε,
χρῶτ' ἀπονιψαμένη καὶ ἐπιχρίσασα παρειάς·
μηδ' οὕτω δακρύοισι πεφυρμένη ἀμφὶ πρόσωπα
ἔρχευ, ἐπεὶ κάκιον πενθήμεναι ἄκριτον αἰεί.
ἤδη μὲν γάρ τοι παῖς τηλίκος, ὃν σὺ μάλιστα
ἠρῶ ἀθανάτοισι γενειήσαντα ἰδέσθαι."
τὴν δ' αὖτε προσέειπε περίφρων Πηνελόπεια·
„Εὐρυνόμη, μὴ ταῦτα παραύδα, κηδομένη περ,
χρῶτ' ἀπονίπτεσθαι καὶ ἐπιχρίεσθαι ἀλοιφῆι·
ἀγλαΐην γὰρ ἐμοί γε θεοί, τοὶ Ὄλυμπον ἔχουσιν,
ὤλεσαν, ἐξ οὗ κεῖνος ἔβη κοίλῃς ἐνὶ νηυσίν.
ἀλλά μοι Αὐτονόην τε καὶ Ἱπποδάμειαν ἄνωχθι
ἐλθέμεν, ὄφρα κέ μοι παρστήετον ἐν μεγάροισιν·
οἴη δ' οὐκ εἴσειμι μετ' ἀνέρας· αἰδέομαι γάρ."
ὣς ἄρ' ἔφη, γρηῦς δὲ διὲκ μεγάροιο βεβήκει
ἀγγελέουσα γυναιξὶ καὶ ὀτρυνέουσα νέεσθαι.
ἔνθ' αὖτ' ἄλλ' ἐνόησε θεὰ γλαυκῶπις Ἀθήνη·
κούρηι Ἰκαρίοιο κατὰ γλυκὺν ὕπνον ἔχευεν,
εὗδε δ' ἀνακλινθεῖσα, λύθεν δέ οἱ ἅψεα πάντα
αὐτοῦ ἐνὶ κλιντῆρι· τέως δ' ἄρα δῖα θεάων
ἄμβροτα δῶρα δίδου, ἵνα μιν θησαίατ' Ἀχαιοί.
κάλλεϊ μέν οἱ πρῶτα προσώπατα καλὰ κάθηρεν
ἀμβροσίωι, οἵωι περ ἐϋστέφανος Κυθέρεια
χρίεται, εὖτ' ἂν ἴηι Χαρίτων χορὸν ἱμερόεντα·
καί μιν μακροτέρην καὶ πάσσονα θῆκεν ἰδέσθαι,
λευκοτέρην δ' ἄρα μιν θῆκε πριστοῦ ἐλέφαντος.
ἡ μὲν ἄρ' ὣς ἔρξασ' ἀπεβήσετο δῖα θεάων,
ἦλθον δ' ἀμφίπολοι λευκώλενοι ἐκ μεγάροιο
φθόγγωι ἐπερχόμεναι· τὴν δὲ γλυκὺς ὕπνος ἀνῆκε,
καί ῥ' ἀπομόρξατο χερσὶ παρειὰς φώνησέν τε·

Sich den Freiern zu zeigen, auf daß sie mit täuschender Hoffnung
Ihre Herzen noch mehr erweiterte, und bei Odysseus
Und Telemachos sich noch größere Achtung erwürbe.
Und sie erzwang ein Lächeln, und sprach mit freundlicher Stimme:
 Jetzt, Eurynome, fühl' ich zum erstenmal ein Verlangen,
Mich den Freiern zu zeigen, wie sehr sie mir immer verhaßt sind.
Gerne möcht' ich den Sohn zu seinem Besten erinnern,
Daß er ganz die Gesellschaft der stolzen Freier vermiede;
Denn sie reden zwar gut, doch heimlich denken sie Böses.
 Aber die Schaffnerin Eurynome gab ihr zur Antwort:
Wahrlich, mein Kind, du hast mit vielem Verstande geredet.
Gehe denn hin, und sprich mit deinem Sohne von Herzen;
Aber bade zuvor den Leib, und salbe dein Antlitz.
Denn du mußt nicht so mit tränenumflossenen Wangen
Hingehn; unaufhörlicher Gram vermehrt nur das Leiden!
Siehe, du hast den erwachsenen Sohn; und du wünschest ja herzlich,
Daß dir die Götter gewährten, ihn einst im Barte zu sehen!
 Ihr antwortete drauf die kluge Penelopeia:
O! so gut du es meinst, Eurynome, rate mir das nicht,
Meinen Leib zu baden, und meine Wangen zu salben!
Denn die Liebe zum Schmuck ward mir von den himmlischen Göttern
Gänzlich geraubt, seit jener in hohlen Schiffen hinwegfuhr!
Aber laß mir Autonoe gleich und Hippodameia
Kommen: sie sollen mich in den Saal hinunter begleiten!
Denn es ziemet mir nicht, allein zu Männern zu gehen.
 Also sprach sie; da ging die Schaffnerin aus dem Gemache,
Brachte der Fürstin Befehl, und trieb die Mägde zu eilen.
 Jetzo ersann ein andres die heilige Göttin Athene:
Siehe mit süßem Schlummer umgoß sie Penelopen.
Und sie entschlief hinsinkend; die hingesunkenen Glieder
Ruhten sanft auf dem Sessel. Da gab die heilige Göttin
Ihr unsterbliche Gaben, damit sie die Freier entzückte:
Wusch ihr schönes Gesicht mit ambrosischem Öle der Schönheit,
Jenem, womit Aphrodite die Schöngekränzte sich salbet,
Wann sie zum reizenden Chore der Charitinnen dahinschwebt;
Schuf sie höher an Wuchs, und jugendlicher an Bildung,
Schuf sie weißer, als Elfenbein, das der Künstler geglättet.
Als sie dieses vollbracht, entschwebte die heilige Göttin.
 Lärmend stürzten anjetzo die Mägde mit Lilienarmen
Aus dem Saale herein: da verließ sie der süße Schlummer;
Und sie rieb mit den Händen die schönen Wangen, und sagte:

„ἦ με μάλ' αἰνοπαθῆ μαλακὸν περὶ κῶμ' ἐκάλυψεν.
αἴθε μοι ὣς μαλακὸν θάνατον πόροι Ἄρτεμις ἁγνὴ
αὐτίκα νῦν, ἵνα μηκέτ' ὀδυρομένη κατὰ θυμὸν
αἰῶνα φθινύθω, πόσιος ποθέουσα φίλοιο
παντοίην ἀρετήν, ἐπεὶ ἔξοχος ἦεν Ἀχαιῶν."
ὣς φαμένη κατέβαιν' ὑπερώϊα σιγαλόεντα,
οὐκ οἴη· ἅμα τῆι γε καὶ ἀμφίπολοι δύ' ἕποντο.
ἡ δ' ὅτε δὴ μνηστῆρας ἀφίκετο δῖα γυναικῶν,
στῆ ῥα παρὰ σταθμὸν τέγεος πύκα ποιητοῖο,
ἄντα παρειάων σχομένη λιπαρὰ κρήδεμνα·
ἀμφίπολος δ' ἄρα οἱ κεδνὴ ἑκάτερθε παρέστη.
τῶν δ' αὐτοῦ λύτο γούνατ', ἔρωι δ' ἄρα θυμὸν ἔθελχθεν,
πάντες δ' ἠρήσαντο παραὶ λεχέεσσι κλιθῆναι.
ἡ δ' αὖ Τηλέμαχον προσεφώνεεν, ὃν φίλον υἱόν·
„Τηλέμαχ', οὐκέτι τοι φρένες ἔμπεδοι οὐδὲ νόημα·
παῖς ἔτ' ἐὼν καὶ μᾶλλον ἐνὶ φρεσὶ κέρδε' ἐνώμας·
νῦν δ', ὅτε δὴ μέγας ἐσσὶ καὶ ἥβης μέτρον ἱκάνεις,
καί κέν τις φαίη γόνον ἔμμεναι ὀλβίου ἀνδρός,
ἐς μέγεθος καὶ κάλλος ὁρώμενος, ἀλλότριος φώς,
οὐκέτι τοι φρένες εἰσὶν ἐναίσιμοι οὐδὲ νόημα.
οἷον δὴ τόδε ἔργον ἐνὶ μεγάροισιν ἐτύχθη,
ὃς τὸν ξεῖνον ἔασας ἀεικισθήμεναι οὕτως.
πῶς νῦν, εἴ τι ξεῖνος ἐν ἡμετέροισι δόμοισιν
ἥμενος ὧδε πάθοι ῥυστακτύος ἐξ ἀλεγεινῆς;
σοί κ' αἶσχος λώβη τε μετ' ἀνθρώποισι πέλοιτο."
τὴν δ' αὖ Τηλέμαχος πεπνυμένος ἀντίον ηὔδα·
„μῆτερ ἐμή, τὸ μὲν οὔ σε νεμεσσῶμαι κεχολῶσθαι·
αὐτὰρ ἐγὼ θυμῶι νοέω καὶ οἶδα ἕκαστα,
ἐσθλά τε καὶ τὰ χέρεια· πάρος δ' ἔτι νήπιος ἦα.
ἀλλά τοι οὐ δύναμαι πεπνυμένα πάντα νοῆσαι·
ἐκ γάρ με πλήσσουσι παρήμενοι ἄλλοθεν ἄλλος
οἵδε κακὰ φρονέοντες, ἐμοὶ δ' οὐκ εἰσὶν ἀρωγοί.
οὐ μέν τοι ξείνου γε καὶ Ἴρου μῶλος ἐτύχθη
μνηστήρων ἰότητι, βίηι δ' ὅ γε φέρτερος ἦεν.
αἲ γάρ, Ζεῦ τε πάτερ καὶ Ἀθηναίη καὶ Ἄπολλον,
οὕτω νῦν μνηστῆρες ἐν ἡμετέροισι δόμοισι
νεύοιεν κεφαλὰς δεδμημένοι, οἱ μὲν ἐν αὐλῆι,
οἱ δ' ἔντοσθε δόμοιο, λελῦτο δὲ γυῖα ἑκάστου,
ὡς νῦν Ἶρος κεῖνος ἐπ' αὐλείηισι θύρηισιν
ἧσται νευστάζων κεφαλῆι, μεθύοντι ἐοικώς,
οὐδ' ὀρθὸς στῆναι δύναται ποσὶν οὐδὲ νέεσθαι

Ach ein sanfter Schlaf umhüllte mich Herzlichbetrübte!
Einen so sanften Tod beschere die göttliche Jungfrau
Artemis mir, jetzt gleich! damit ich Arme nicht länger
Mich abhärme, vor Gram um meines trauten Gemahles
Edles Verdienst; denn er war der Herrlichste aller Achaier!
Also sprach sie, und stieg vom prächtigen Söller herunter,
Nicht allein; sie wurde von zwo Jungfrauen begleitet.
Als das göttliche Weib die Freier jetzo erreichte,
Stand sie still an der Schwelle des schönen gewölbeten Saales;
Ihre Wangen umwallte der feine Schleier des Hauptes,
Und an jeglichem Arm stand eine der stattlichen Jungfraun.
Allen erbebten die Knie', es glühten die Herzen vor Inbrunst,
Und vor banger Begierde mit ihr das Lager zu teilen.
Und zu Telemachos sprach die zärtliche Penelopeia:
Sohn, in deinem Herzen ist weder Verstand noch Empfindung!
Weit vernünftiger hast du dich schon als Knabe bewiesen!
Nun da du größer bist, und des Jünglings Alter erreicht hast,
Und ein Fremder sogar aus der schönen und trefflichen Bildung
Schließen kann, du seist von edlem Samen entsprossen;
Siehe nun zeigt dein Herz so wenig Verstand als Empfindung!
Welch unwürdige Tat ist hier im Saale geschehen!
Da man den Fremdling so sehr mißhandelte, saßest du ruhig?
Aber wie? wenn ein Fremdling bei uns in unserem Hause
Hilfe sucht, und dann so schnöde Beleidigung duldet!
Dieses bringt dir ja Schimpf und Verachtung unter den Menschen!
Und der verständige Jüngling Telemachos sagte dagegen:
Meine Mutter, ich will nicht murren, daß du mir zürnest.
Freilich fehlt es mir jetzo nicht mehr an Verstand und Erfahrung,
Gutes und Böses zu sehn; (denn ehmals war ich ein Knabe!)
Aber ich kann nicht immer die klügsten Gedanken ersinnen;
Denn mich betäubt die Furcht vor diesen Übelgesinnten,
Welche mich rings umgeben; und niemand ist, der mir helfe.
Aber des Fremdlings Kampf mit Iros endigte gleichwohl
Nicht nach der Freier Sinn; denn dieser war stärker als Iros.
Gäbe doch Vater Zeus, Athene und Phöbos Apollon,
Daß auch jetzo die Freier, in unserem Hause bezwungen,
So ihr schwindelndes Haupt hinneigeten, draußen im Vorhof,
Oder auch hier im Saal, an allen Gliedern gelähmet:
So wie dort an der Pforte des Hofs der zerschlagene Iros
Jetzo mit wankendem Haupt, gleich einem Betrunkenen, dasitzt,
Und auf seinen Füßen nicht grade zu stehen, noch wieder

οἴκαδ', ὅπῃ οἱ νόστος, ἐπεὶ φίλα γυῖα λέλυνται."
ὣς οἱ μὲν τοιαῦτα πρὸς ἀλλήλους ἀγόρευον·
Εὐρύμαχος δ' ἐπέεσσι προσηύδα Πηνελόπειαν·
„κούρη Ἰκαρίοιο, περίφρον Πηνελόπεια,
εἰ πάντες σε ἴδοιεν ἀν' Ἴασον Ἄργος Ἀχαιοί,
πλέονές κε μνηστῆρες ἐν ὑμετέροισι δόμοισιν
ἠῶθεν δαινύατ', ἐπεὶ περίεσσι γυναικῶν
εἶδός τε μέγεθός τε ἰδὲ φρένας ἔνδον ἐΐσας."
τὸν δ' ἠμείβετ' ἔπειτα περίφρων Πηνελόπεια·
„Εὐρύμαχ', ἦ τοι ἐμὴν ἀρετὴν εἶδός τε δέμας τε
ὤλεσαν ἀθάνατοι, ὅτε Ἴλιον εἰσανέβαινον
Ἀργεῖοι, μετὰ τοῖσι δ' ἐμὸς πόσις ἤιεν Ὀδυσσεύς.
εἰ κεῖνός γ' ἐλθὼν τὸν ἐμὸν βίον ἀμφιπολεύοι,
μεῖζόν κε κλέος εἴη ἐμὸν καὶ κάλλιον οὕτως.
νῦν δ' ἄχομαι· τόσα γάρ μοι ἐπέσσευεν κακὰ δαίμων.
ἦ μὲν δὴ ὅτε τ' ἤιε λιπὼν κάτα πατρίδα γαῖαν,
δεξιτερὴν ἐπὶ καρπῶι ἑλὼν ἐμὲ χεῖρα προσηύδα·
‚ὦ γύναι, οὐ γὰρ ὀΐω ἐϋκνήμιδας Ἀχαιοὺς
ἐκ Τροίης εὖ πάντας ἀπήμονας ἀπονέεσθαι·
καὶ γὰρ Τρῶάς φασι μαχητὰς ἔμμεναι ἄνδρας,
ἠμὲν ἀκοντιστὰς ἠδὲ ῥυτῆρας ὀϊστῶν
ἵππων τ' ὠκυπόδων ἐπιβήτορας, οἵ κε τάχιστα
ἔκριναν μέγα νεῖκος ὁμοιΐου πολέμοιο.
τῶι οὐκ οἶδ' ἤ κέν μ' ἀνέσει θεός, ἦ κεν ἁλώω
αὐτοῦ ἐνὶ Τροίηι· σοὶ δ' ἐνθάδε πάντα μελόντων.
μεμνῆσθαι πατρὸς καὶ μητέρος ἐν μεγάροισιν
ὡς νῦν, ἢ ἔτι μᾶλλον ἐμεῦ ἀπονόσφιν ἐόντος·
αὐτὰρ ἐπὴν δὴ παῖδα γενειήσαντα ἴδηαι,
γήμασθ' ὧι κ' ἐθέλῃσθα, τεὸν κατὰ δῶμα λιποῦσα.'
κεῖνος τὼς ἀγόρευε· τὰ δὴ νῦν πάντα τελεῖται.
νὺξ δ' ἔσται ὅτε δὴ στυγερὸς γάμος ἀντιβολήσει
οὐλομένης ἐμέθεν, τῆς τε Ζεὺς ὄλβον ἀπηύρα.
ἀλλὰ τόδ' αἰνὸν ἄχος κραδίην καὶ θυμὸν ἱκάνει·
μνηστήρων οὐχ ἥδε δίκη τὸ πάροιθε τέτυκτο·
οἵ τ' ἀγαθήν τε γυναῖκα καὶ ἀφνειοῖο θύγατρα
μνηστεύειν ἐθέλωσι καὶ ἀλλήλοις ἐρίσωσιν,
αὐτοὶ τοί γ' ἀπάγουσι βόας καὶ ἴφια μῆλα,
κούρης δαῖτα φίλοισι, καὶ ἀγλαὰ δῶρα διδοῦσιν·
ἀλλ' οὐκ ἀλλότριον βίοτον νήποινον ἔδουσιν."
ὣς φάτο, γήθησεν δὲ πολύτλας δῖος Ὀδυσσεύς,
οὕνεκα τῶν μὲν δῶρα παρέλκετο, θέλγε δὲ θυμὸν

Heimzukehren vermag, weil seine Glieder gelähmt sind!
Also besprachen diese sich jetzo untereinander,
Aber Eurymachos wandte sich drauf zu Penelopeia:
O Ikarios' Tochter, du kluge Penelopeia,
Sähen dich die Achaier im ganzen jasischen Argos,
Wahrlich vom Morgen an erschienen noch mehrere Freier
Hier im Palaste zum Schmaus; denn dir gleicht keine der Weiber
An Gestalt, an Größe, und Trefflichkeiten des Geistes!
Ihm antwortete drauf die kluge Penelopeia:
Ach! die Tugend des Geistes, Eurymachos, Schönheit und Bildung,
Raubten die Himmlischen mir am Tage, da die Argeier
Schifften gen Troja, mit ihnen mein trauter Gemahl Odysseus!
Kehrete jener von dannen, und lebt' in meiner Gesellschaft;
Ja dann möchte mein Ruhm wohl größer werden und schöner.
Aber jetzo traur' ich; denn Leiden beschied mir ein Dämon!
Ach! da er Abschied nahm am vaterländischen Ufer,
Faßt' er mich bei der Rechten, und sprach mit freundlicher Stimme:
Frau, ich vermute nicht, die schöngeharnischten Griechen
Werden alle gesund und wohl von Ilion kehren.
Denn wie man sagt, sind auch die Troer streitbare Männer,
Mit Wurfspießen geübt, und geübt den Bogen zu spannen,
Und schnellfüßige Rosse der Schlacht zu lenken, die immer
Hurtig den großen Kampf des blutigen Krieges entscheiden.
Darum weiß ich nicht, ob Gott von Troja mich heimführt,
Oder mich dort abfodert. Du sorg' hier fleißig für alles!
Pfleg' auch meinen Vater und meine Mutter im Hause,
So wie bisher, ja noch sorgfältiger, wann ich entfernt bin.
Siehst du aber den Sohn im ersten Barte der Jugend;
Magst du das Haus verlassen, und, wem du willst, dich vermählen.
Also sprach er zuletzt; das wird nun alles erfüllet!
Kommen wird einst die Nacht, die schreckliche Nacht der Vermählung!
Mir unglücklichen Frau, die Zeus des Heiles beraubt hat!
Aber vor allen kränket mich das in der Tiefe des Herzens:
Unter den Freiern galt ja sonst nicht diese Begegnung!
Denn die ein edles Weib und eines Begüterten Tochter
Sich zur Gemahlin wünschen, und Nebenbuhler befürchten,
Diese bringen ja Rinder und fette Schafe zum Schmause
Für die Freunde der Braut, und schenken ihr köstliche Gaben;
Aber verschwelgen nicht so umsonst ein fremdes Vermögen!
Sprach's; da freuete sich der herrliche Dulder Odysseus,
Daß sie von ihnen Geschenke zog, und mit freundlichen Worten

μειλιχίοις ἐπέεσσι, νόος δέ οἱ ἄλλα μενοίνα.
    τὴν δ' αὖτ' Ἀντίνοος προσέφη, Εὐπείθεος υἱός,
„ κούρη Ἰκαρίοιο, περίφρον Πηνελόπεια,
δῶρα μὲν ὅς κ' ἐθέλῃσιν Ἀχαιῶν ἐνθάδ' ἐνεῖκαι,
δέξασθ'. οὐ γὰρ καλὸν ἀνήνασθαι δόσιν ἐστίν·
ἡμεῖς δ' οὔτ' ἐπὶ ἔργα πάρος γ' ἴμεν οὔτε πηι ἄλληι,
πρίν γέ σε τῶι γήμασθαι Ἀχαιῶν ὅς τις ἄριστος."
    ὣς ἔφατ' Ἀντίνοος, τοῖσιν δ' ἐπιήνδανε μῦθος·
δῶρα δ' ἄρ' οἰσέμεναι πρόεσαν κήρυκα ἕκαστος.
Ἀντινόωι μὲν ἔνεικε μέγαν περικαλλέα πέπλον,
ποικίλον· ἐν δ' ἄρ' ἔσαν περόναι δυοκαίδεκα πᾶσαι
χρύσειαι, κληῖσιν ἐϋγνάμπτοις ἀραρυῖαι.
ὅρμον δ' Εὐρυμάχωι πολυδαίδαλον αὐτίκ' ἔνεικε.
χρύσεον, ἠλέκτροισιν ἐερμένον ἠέλιον ὥς.
ἕρματα δ' Εὐρυδάμαντι δύω θεράποντες ἔνεικαν,
τρίγληνα μορόεντα· χάρις δ' ἀπελάμπετο πολλή.
ἐκ δ' ἄρα Πεισάνδροιο Πολυκτορίδαο ἄνακτος
ἴσθμιον ἤνεικεν θεράπων, περικαλλὲς ἄγαλμα.
ἄλλο δ' ἄρ' ἄλλος δῶρον Ἀχαιῶν καλὸν ἔνεικεν.
ἡ μὲν ἔπειτ' ἀνέβαιν' ὑπερώϊα δῖα γυναικῶν,
τῆι δ' ἄρ' ἅμ' ἀμφίπολοι ἔφερον περικαλλέα δῶρα
    οἱ δ' εἰς ὀρχηστύν τε καὶ ἱμερόεσσαν ἀοιδὴν
τρεψάμενοι τέρποντο, μένον δ' ἐπὶ ἕσπερον ἐλθεῖν.
τοῖσι δὲ τερπομένοισι μέλας ἐπὶ ἕσπερος ἦλθεν.
αὐτίκα λαμπτῆρας τρεῖς ἵστασαν ἐν μεγάροισιν,
ὄφρα φαείνοιεν· περὶ δὲ ξύλα κάγκανα θῆκαν,
αὖα πάλαι, περίκηλα, νέον κεκεασμένα χαλκῶι,
καὶ δαΐδας μετέμισγον· ἀμοιβηδὶς δ' ἀνέφαινον
δμωιαὶ Ὀδυσσῆος ταλασίφρονος. αὐτὰρ ὁ τῆισιν
αὐτὸς διογενὴς μετέφη πολύμητις Ὀδυσσεύς·
    „ δμωιαὶ Ὀδυσσῆος, δὴν οἰχομένοιο ἄνακτος,
ἔρχεσθε πρὸς δώμαθ', ἵν' αἰδοίη βασίλεια·
τῆι δὲ παρ' ἠλάκατα στροφαλίζετε, τέρπετε δ' αὐτὴν
ἥμεναι ἐν μεγάρωι, ἢ εἴρια πείκετε χερσίν·
αὐτὰρ ἐγὼ τούτοισι φάος πάντεσσι παρέξω.
ἤν περ γάρ κ' ἐθέλωσιν ἐΰθρονον Ἠῶ μίμνειν,
οὔ τί με νικήσουσι· πολυτλήμων δὲ μάλ' εἰμί."
    ὣς ἔφαθ', αἱ δ' ἐγέλασσαν, ἐς ἀλλήλας δὲ ἴδοντο.
τὸν δ' αἰσχρῶς ἐνένιπε Μελανθὼ καλλιπάρηιος,
τὴν Δολίος μὲν ἔτικτε, κόμισσε δὲ Πηνελόπεια,
παῖδα δὲ ὣς ἀτίταλλε, δίδου δ' ἄρ' ἀθύρματα θυμῶι·

Ihre Herzen bestrickte, doch anders im Herzen gedachte.
Aber Eupeithes' Sohn Antinoos gab ihr zur Antwort:
O Ikarios' Tochter, du kluge Penelopeia,
Was dir jeder Achaier an köstlichen Gaben hieherbringt,
Dieses empfang'; es wäre nicht fein, das Geschenk dir zu weigern.
Aber wir weichen nicht eh' zu den Unsrigen oder zu andern,
Eh' du den besten Achaier zu deinem Bräutigam wählest!
Also sprach er, und allen gefiel Antinoos' Rede.
Und die Geschenke zu bringen, entsandte jeder den Herold.
Für Antinoos bracht' er ein prächtiges blumengesticktes
Großes Frauengewand: zwölf schöne goldene Häklein
Waren daran, und faßten in schöngebogene Ösen.
Für Eurymachos bracht' er ein köstliches Halsgeschmeide,
Lauteres Gold, mit Ambra besetzt, der Sonne vergleichbar.
Für Eurydamas brachten zwei Ohrgehenke die Diener,
Dreigestirnt, und künstlich gemacht, mit strahlender Anmut.
Aus Peisandros' Palast, des polyktoridischen Königs,
Brachte der Diener ein reiches und lieblichschimmerndes Halsband.
Also schenkte jeder Achaier ein anderes Kleinod.
Und das göttliche Weib stieg wieder zur oberen Wohnung;
Ihre Jungfraun trugen der Freier schöne Geschenke.
Aber die Freier wandten sich wieder zum Tanz und Gesange,
Und belustigten sich, bis ihnen der Abend herabsank.
Als den Lustigen nun der dunkle Abend herabsank,
Setzten sie alsobald drei Feuerfässer im Saale
Ihnen zu leuchten umher, und häuften trockene Splitter,
Welche sie frisch mit dem Erz aus dürrem Holze gespalten,
Und Kienstäbe darauf. Die Mägde des Helden Odysseus
Gingen vom einen zum andern, und schürten die sinkende Flamme.
Aber zu ihnen sprach der göttliche weise Odysseus:
O ihr Mägde Odysseus', des langabwesenden Königs,
Geht zu den Wohnungen hin, wo die edle Königin wohnet;
Sitzt bei ihr im Saale, sie aufzuheitern, und drehet
Fleißig die Spindel, oder bereitet die flockichte Wolle.
Diese will ich schon alle mit leuchtender Flamme versorgen.
Blieben sie auch die ganze Nacht, bis der Morgen sich rötet;
Mich ermüden sie nicht; ich bin zum Dulden gehärtet.
Also sprach er; da lachten sie laut, und sahn nacheinander.
Aber nun fuhr ihn Melantho, die rosenwangichte Tochter
Dolios, an. Es hatte sie Penelopeia erzogen,
Und wie ihr Kind gepflegt, und jeden Wunsch ihr gewähret:

ἀλλ' οὐδ' ὣς ἔχε πένθος ἐνὶ φρεσὶ Πηνελοπείης,
ἀλλ' ἥ γ' Εὐρυμάχωι μισγέσκετο καὶ φιλέεσκεν.
ἥ ῥ' Ὀδυσῆ' ἐνένιπεν ὀνειδείοις ἐπέεσσιν·
„ ξεῖνε τάλαν, σύ γέ τις φρένας ἐκπεπαταγμένος ἐσσί,
οὐδ' ἐθέλεις εὕδειν χαλκήϊον ἐς δόμον ἐλθών,
ἠέ που ἐς λέσχην, ἀλλ' ἐνθάδε πόλλ' ἀγορεύεις,
θαρσαλέως πολλοῖσι μετ' ἀνδράσιν, οὐδέ τι θυμῶι
ταρβεῖς· ἦ ῥά σε οἶνος ἔχει φρένας, ἤ νύ τοι αἰεὶ
τοιοῦτος νόος ἐστίν· ὃ καὶ μεταμώνια βάζεις.
ἦ ἀλύεις, ὅτι Ἶρον ἐνίκησας τὸν ἀλήτην;
μή τίς τοι τάχα Ἴρου ἀμείνων ἄλλος ἀναστῆι,
ὅς τίς σ' ἀμφὶ κάρη κεκοπὼς χερσὶ στιβαρῆισι
δώματος ἐκπέμψηισι, φορύξας αἵματι πολλῶι."
τὴν δ' ἄρ' ὑπόδρα ἰδὼν προσέφη πολύμητις Ὀδυσσεύς·
„ ἦ τάχα Τηλεμάχωι ἐρέω, κύον, οἷ' ἀγορεύεις,
κεῖσ' ἐλθών, ἵνα σ' αὖθι διὰ μελεϊστὶ τάμησιν."
ὣς εἰπὼν ἐπέεσσι διεπτοίησε γυναῖκας.
βὰν δ' ἴμεναι διὰ δῶμα, λύθεν δ' ὑπὸ γυῖα ἑκάστης
ταρβοσύνηι· φὰν γάρ μιν ἀληθέα μυθήσασθαι.
αὐτὰρ ὁ πὰρ λαμπτῆρσι φαείνων αἰθομένοισιν
ἑστήκειν ἐς πάντας ὁρώμενος· ἄλλα δέ οἱ κῆρ
ὥρμαινε φρεσὶν ἧισιν, ἅ ῥ' οὐκ ἀτέλεστα γένοντο.
μνηστῆρας δ' οὐ πάμπαν ἀγήνορας εἴα Ἀθήνη
λώβης ἴσχεσθαι θυμαλγέος, ὄφρ' ἔτι μᾶλλον
δύη ἄχος κραδίην Λαερτιάδεω Ὀδυσῆος.
τοῖσιν δ' Εὐρύμαχος, Πολύβου πάϊς, ἦρχ' ἀγορεύειν,
κερτομέων Ὀδυσῆα· γέλω δ' ἑτάροισιν ἔτευχε.
„ κέκλυτέ μευ, μνηστῆρες ἀγακλειτῆς βασιλείης,
ὄφρ' εἴπω τά με θυμὸς ἐνὶ στήθεσσι κελεύει.
οὐκ ἀθεεὶ ὅδ' ἀνὴρ Ὀδυσήϊον ἐς δόμον ἵκει·
ἔμπης μοι δοκέει δαΐδων σέλας ἔμμεναι αὐτοῦ
κὰκ κεφαλῆς, ἐπεὶ οὔ οἱ ἔνι τρίχες οὐδ' ἠβαιαί."
ἦ ῥ', ἅμα τε προσέειπεν Ὀδυσσῆα πτολίπορθον·
„ ξεῖν', ἦ ἄρ κ' ἐθέλοις θητευέμεν, εἴ σ' ἀνελοίμην,
ἀγροῦ ἐπ' ἐσχατιῆς - μισθὸς δέ τοι ἄρκιος ἔσται -
αἱμασιάς τε λέγων καὶ δένδρεα μακρὰ φυτεύων;
ἔνθα κ' ἐγὼ σῖτον μὲν ἐπηετανὸν παρέχοιμι,
εἵματα δ' ἀμφιέσαιμι ποσίν θ' ὑποδήματα δοίην.
ἀλλ' ἐπεὶ οὖν δὴ ἔργα κάκ' ἔμμαθες, οὐκ ἐθελήσεις
ἔργον ἐποίχεσθαι, ἀλλὰ πτώσσειν κατὰ δῆμον
βούλεαι, ὄφρ' ἂν ἔχηις βόσκειν σὴν γαστέρ' ἄναλτον."

Dennoch rührte sie nicht der Kummer Penelopeiens;
Sondern sie buhlte geheim mit Eurymachos, ihrem Geliebten.
Diese lästerte schändlich den edlen Dulder Odysseus:
Elender Fremdling, du bist wohl deiner Sinne nicht mächtig:
Daß du nicht gehst, die Nacht in der Herberg', oder des Schmiedes
Warmer Esse zu ruhn; und hier in der großen Gesellschaft
Solcher Männer so dreist, und ohne jemand zu fürchten,
Plauderst! Traun dich betört der Weinrausch, oder du bist auch
Immer ein solcher Geck, und schwatzest solche Geschwätze!
Oder schwindelt dein Hirn, weil du Iros, den Bettler, besiegt hast?
Daß sich nur keiner erhebe, der tapferer streitet als Iros!
Denn er möchte dein Haupt mit starken Fäusten zerschlagen,
Und aus dem Hause dich stoßen, mit triefendem Blute besudelt.
Zürnend schaute auf sie und sprach der weise Odysseus:
Wahrlich, das sag' ich Telemachos an, was du Hündin da plauderst:
(Siehst du ihn dort?) damit er dich gleich in Stücke zerhaue!
Also sprach er, und schreckte die bangen Weiber von hinnen;
Und sie entflohn aus dem Saal, und eileten durch die Gemächer,
Zitternd vor Angst; denn sie meinten, er hab' im Ernste geredet.
Und Odysseus stand, der leuchtenden Feuergeschirre
Flamme nährend, und sahe nach allen. Aber sein Herz war
Andrer Gedanken voll, die bald zu Handlungen reiften.
Aber den mutigen Freiern verstattete Pallas Athene
Nicht, des erbitternden Spottes sich ganz zu enthalten, damit noch
Heißer entbrennte das Herz des Laertiaden Odysseus.
Siehe Polybos' Sohn, Eurymachos, reizte den Helden
Vor der Versammlung zuerst, und erregte der Freunde Gelächter.
Höret mich an, ihr Freier der weitgepriesenen Fürstin,
Daß ich rede, wie mir das Herz im Busen gebietet.
Wahrlich ein Himmlischer führte den Mann in die Wohnung Odysseus'!
Denn wo mir recht ist, kömmt der Glanz nicht bloß von dem Feuer,
Sondern von seiner Glatze, worauf kein Härchen zu sehn ist.
Sprach's, und wandte sich drauf zum Städteverwüster Odysseus:
Fremdling, willst du dich wohl bei mir zum Knechte verdingen,
Daß du, fern auf dem Land' (ich meine, für gute Bezahlung!)
Dornenzäune mir flechtest, und schattige Bäume mir pflanzest?
Siehe dann reicht' ich dir dein tägliches Essen und Trinken,
Und bekleidete dich, und gäbe dir Schuh' an die Füße.
Aber da du nun nichts als Bubenstücke gelernt hast,
Wirst du nicht gern arbeiten, und lieber das Land durchstreichen,
Deinen gefräßigen Bauch mit Bettelbrote zu stopfen!

τὸν δ’ ἀπαμειβόμενος προσέφη πολύμητις Ὀδυσσεύς·
„ Εὐρύμαχ’, εἰ γὰρ νῶϊν ἔρις ἔργοιο γένοιτο
ὥρηι ἐν εἰαρινῆι, ὅτε τ’ ἤματα μακρὰ πέλονται,
ἐν ποίηι, δρέπανον μὲν ἐγὼν εὐκαμπὲς ἔχοιμι,
καὶ δὲ σὺ τοῖον ἔχοις, ἵνα πειρησαίμεθα ἔργου
νήστιες ἄχρι μάλα κνέφαος, ποίη δὲ παρείη.
εἰ δ’ αὖ καὶ βόες εἶεν ἐλαυνέμεν, οἵ περ ἄριστοι,
αἴθωνες, μεγάλοι, ἄμφω κεκορηότε ποίης,
ἥλικες, ἰσοφόροι, τῶν τε σθένος οὐκ ἀλαπαδνόν,
τετράγυον δ’ εἴη, εἴκοι δ’ ὑπὸ βῶλος ἀρότρωι·
τῶι κέ μ’ ἴδοις, εἰ ὦλκα διηνεκέα προταμοίμην.
εἰ δ’ αὖ καὶ πόλεμόν ποθεν ὁρμήσειε Κρονίων
σήμερον, αὐτὰρ ἐμοὶ σάκος εἴη καὶ δύο δοῦρε
καὶ κυνέη πάγχαλκος, ἐπὶ κροτάφοις ἀραρυῖα,
τῶι κέ μ’ ἴδοις πρώτοισιν ἐνὶ προμάχοισι μιγέντα,
οὐδ’ ἄν μοι τὴν γαστέρ’ ὀνειδίζων ἀγορεύοις.
ἀλλὰ μάλ’ ὑβρίζεις, καί τοι νόος ἐστὶν ἀπηνής·
καί πού τις δοκέεις μέγας ἔμμεναι ἠδὲ κραταιός,
οὕνεκα πὰρ παύροισι καὶ οὐκ ἀγαθοῖσιν ὁμιλεῖς.
εἰ δ’ Ὀδυσεὺς ἔλθοι καὶ ἵκοιτ’ ἐς πατρίδα γαῖαν,
αἶψά κέ τοι τὰ θύρετρα, καὶ εὐρέα περ μάλ’ ἐόντα,
φεύγοντι στείνοιτο διὲκ προθύροιο θύραζε.“
ὣς ἔφατ’, Εὐρύμαχος δ’ ἐχολώσατο κηρόθι μᾶλλον,
καί μιν ὑπόδρα ἰδὼν ἔπεα πτερόεντα προσηύδα·
„ ἆ δείλ’, ἦ τάχα τοι τελέω κακόν, οἷ’ ἀγορεύεις
θαρσαλέως πολλοῖσι μετ’ ἀνδράσιν, οὐδέ τι θυμῶι
ταρβεῖς· ἦ ῥά σε οἶνος ἔχει φρένας, ἤ νύ τοι αἰεὶ
τοιοῦτος νόος ἐστίν· ὃ καὶ μεταμώνια βάζεις.
ἦ ἀλύεις, ὅτι Ἶρον ἐνίκησας τὸν ἀλήτην;“
ὣς ἄρα φωνήσας σφέλας ἔλλαβεν· αὐτὰρ Ὀδυσσεὺς
Ἀμφινόμου πρὸς γοῦνα καθέζετο Δουλιχιῆος,
Εὐρύμαχον δείσας· ὁ δ’ ἄρ’ οἰνοχόον βάλε χεῖρα
δεξιτερήν· πρόχοος δὲ χαμαὶ βόμβησε πεσοῦσα,
αὐτὰρ ὅ γ’ οἰμώξας πέσεν ὕπτιος ἐν κονίηισι.
μνηστῆρες δ’ ὁμάδησαν ἀνὰ μέγαρα σκιόεντα,
ὧδε δέ τις εἴπεσκεν ἰδὼν ἐς πλησίον ἄλλον·
„ αἴθ’ ὤφελλ’ ὁ ξεῖνος ἀλώμενος ἄλλοθ’ ὀλέσθαι
πρὶν ἐλθεῖν· τῶι οὔ τι τόσον κέλαδον μετέθηκε.
νῦν δὲ περὶ πτωχῶν ἐριδαίνομεν, οὐδέ τι δαιτὸς
ἐσθλῆς ἔσσεται ἦδος, ἐπεὶ τὰ χερείονα νικᾶι.“
τοῖσι δὲ καὶ μετέειφ’ ἱερὴ ἲς Τηλεμάχοιο

Ihm antwortete drauf der erfindungsreiche Odysseus:
O arbeiteten wir, Eurymachos, beide zur Wette
Einst in der Frühlingszeit, wann die Tage heiter und lang sind,
Auf der grasichten Wiese; mit schöngebogener Sichel
Gingen wir, ich und du, und mähten nüchtern vom Morgen
Bis zur sinkenden Nacht, so lang' es an Grase nicht fehlte!
Oder trieb' ich ein Joch der trefflichsten Rinder am Pfluge,
Rötlich und groß von Wuchs, mit fettem Grase gesättigt,
Gleich an Alter und Kraft, mit unermüdlicher Stärke,
Eine Hufe zu ackern, und wiche die Erde der Pflugschar;
Sehen solltest du dann, wie grade Furchen ich zöge!
Oder sendete Zeus uns heute noch Krieg, und ging ich
Mit zwo blinkenden Lanzen und einem Schilde gerüstet,
Und die Schläfe geschirmt mit einem ehernen Helme;
Sehen solltest du traun! mich unter den vordersten Streitern,
Und mich nicht so höhnend an meinen Magen erinnern!
Aber du bist sehr stolz und menschenfeindliches Herzens;
Und du dünkst dir vielleicht ein großer und starker Achaier,
Weil du mit wenigen Leuten, und nicht den tapfersten, umgehst!
Aber käm Odysseus in seiner Väter Gefilde;
O bald würde die Türe, so weit sie der Zimmerer baute,
Dennoch zu enge dir sein, wann du zum Hause hinausflöhst!
Also sprach er; da ward Eurymachos' Herz noch erboster,
Zürnend schaut' er ihn an, und sprach die geflügelten Worte:
Elender, gleich empfange den Lohn, daß du unter so vielen
Edlen Männern so dreist, und ohne jemand zu fürchten,
Plauderst! Traun dich betört der Weinrausch, oder du bist auch
Immer ein solcher Geck, und schwatzest solche Geschwätze!
Oder schwindelt dein Hirn, weil du Iros, den Bettler, besiegt hast?
Also sprach er, und griff nach dem Schemel. Aber Odysseus
Warf zu Amphinomos' Knieen, des Dulichiers, eilend sich nieder,
Fürchtend Eurymachos' Wurf; und der Schemel flog an des Schenken
Rechte Hand, daß die Kanne voll Weins ihm tönend entstürzte,
Und er selbst mit Geheul auf den Boden rücklings dahinsank.
Aber nun lärmten die Freier umher in dem schattichten Saale;
Einer wendete sich zu seinem Nachbar, und sagte:
Wäre der irrende Fremdling doch ferne gestorben, bevor er
Ithaka sah; dann brächt' er uns nicht dies laute Getümmel!
Aber wir zanken uns hier um den leidigen Bettler, und schmecken
Nichts von den Freuden des Mahls; denn es wird je länger je ärger!
Und die heilige Kraft Telemachos sprach zur Versammlung:

„ δαιμόνιοι, μαίνεσθε καὶ οὐκέτι κεύθετε θυμῶι
βρωτὺν οὐδὲ ποτῆτα· θεῶν νύ τις ὔμμ' ὀροθύνει.
ἀλλ' εὖ δαισάμενοι κατακείετε οἴκαδ' ἰόντες,
ὁππότε θυμὸς ἄνωγε· διώκω δ' οὔ τιν' ἐγώ γε."
ὣς ἔφαθ', οἱ δ' ἄρα πάντες ὀδὰξ ἐν χείλεσι φύντες
Τηλέμαχον θαύμαζον, ὃ θαρσαλέως ἀγόρευε.
τοῖσιν δ' Ἀμφίνομος ἀγορήσατο καὶ μετέειπε
Νίσου φαίδιμος υἱός, Ἀρητιάδαο ἄνακτος·
„ ὦ φίλοι, οὐκ ἂν δή τις ἐπὶ ῥηθέντι δικαίωι
ἀντιβίοις ἐπέεσσι καθαπτόμενος χαλεπαίνοι·
μήτε τι τὸν ξεῖνον στυφελίζετε μήτε τιν' ἄλλον
δμώων, οἳ κατὰ δώματ' Ὀδυσσῆος θείοιο.
ἀλλ' ἄγετ', οἰνοχόος μὲν ἐπαρξάσθω δεπάεσσιν,
ὄφρα σπείσαντες κατακείομεν οἴκαδ' ἰόντες·
τὸν ξεῖνον δὲ ἐῶμεν ἐνὶ μεγάροις Ὀδυσῆος
Τηλεμάχωι μελέμεν· τοῦ γὰρ φίλον ἵκετο δῶμα."
ὣς φάτο, τοῖσι δὲ πᾶσιν ἑαδότα μῦθον ἔειπε.
τοῖσιν δὲ κρητῆρα κεράσσατο Μούλιος ἥρως,
κῆρυξ Δουλιχιεύς· θεράπων δ' ἦν Ἀμφινόμοιο·
νώμησεν δ' ἄρα πᾶσιν ἐπισταδόν· οἱ δὲ θεοῖσι
σπείσαντες μακάρεσσι πίον μελιηδέα οἶνον.
αὐτὰρ ἐπεὶ σπεῖσάν τ' ἔπιόν θ' ὅσον ἤθελε θυμός,
βάν ῥ' ἴμεναι κείοντες ἑὰ πρὸς δώμαθ' ἕκαστος.

Unglückselige Männer, ihr rast, und eure Gespräche
Zeugen von Speis' und Trank; euch reizet wahrlich ein Dämon!
Aber nachdem ihr geschmaust, so geht, und legt euch zu Hause
Schlafen, wann's euch gefällt; doch treib' ich keinen von hinnen.
Also sprach er; da bissen sie ringsumher sich die Lippen,
Über den Jüngling erstaunt, der so entschlossen geredet.
Drauf erhub sich und sprach Amphinomos zu der Versammlung,
Nisos' rühmlicher Sohn, des aretiadischen Königs:
Freunde, Telemachos hat mit großem Rechte geredet;
Drum entrüste sich keiner, noch geb' ihm trotzige Antwort!
Auch mißhandelt nicht ferner den armen Fremdling, noch jemand
Von den Leuten im Hause des göttergleichen Odysseus.
Auf! es fülle von neuem der Schenk mit Weine die Becher,
Daß wir opfern, und dann nach Hause gehen zu schlafen.
Aber der Fremdling bleib' im Hause des edlen Odysseus
Unter Telemachos' Schutz; denn ihm vertraut' er sein Heil an.
Also sprach er, und allen gefiel Amphinomos' Rede.
Und Held Mulios mischte den Wein im Kelche mit Wasser,
Dieser dulichische Herold, Amphinomos' treuer Gefährte;
Reichte dann allen umher die vollen Becher. Die Freier
Opferten jetzt, und tranken des herzerfreuenden Weines.
Und nachdem sie geopfert und nach Verlangen getrunken,
Gingen sie alle heim, der süßen Ruhe zu pflegen.

ΟΔΥΣΣΕΙΑΣ Τ

Ὀδυσσέως καὶ Πηνελόπης
ὁμιλία. Τὰ νίπτρα.

Αὐτὰρ ὁ ἐν μεγάρωι ὑπελείπετο δῖος Ὀδυσσεύς,
μνηστήρεσσι φόνον σὺν Ἀθήνηι μερμηρίζων·
αἶψα δὲ Τηλέμαχον ἔπεα πτερόεντα προσηύδα·
„ Τηλέμαχε, χρὴ τεύχε' ἀρήϊα κατθέμεν εἴσω
πάντα μάλ'· αὐτὰρ μνηστῆρας μαλακοῖς ἐπέεσσι
παρφάσθαι, ὅτε κέν σε μεταλλῶσιν ποθέοντες·
, ἐκ καπνοῦ κατέθηκ', ἐπεὶ οὐκέτι τοῖσιν ἐώικει
οἷά ποτε Τροίηνδε κιὼν κατέλειπεν Ὀδυσσεύς,
ἀλλὰ κατήικισται, ὅσσον πυρὸς ἵκετ' ἀϋτμή.
πρὸς δ' ἔτι καὶ τόδε μεῖζον ἐνὶ φρεσὶν ἔβαλε δαίμων
μή πως οἰνωθέντες, ἔριν στήσαντες ἐν ὑμῖν,
ἀλλήλους τρώσητε καταισχύνητέ τε δαῖτα
καὶ μνηστύν· αὐτὸς γὰρ ἐφέλκεται ἄνδρα σίδηρος.'"
ὣς φάτο, Τηλέμαχος δὲ φίλωι ἐπεπείθετο πατρί,
ἐκ δὲ καλεσσάμενος προσέφη τροφὸν Εὐρύκλειαν·
„ μαῖ', ἄγε δή μοι ἔρυξον ἐνὶ μεγάροισι γυναῖκας,
ὄφρα κεν ἐς θάλαμον καταθείομαι ἔντεα πατρὸς
καλά, τά μοι κατὰ οἶκον ἀκηδέα καπνὸς ἀμέρδει
πατρὸς ἀποιχομένοιο· ἐγὼ δ' ἔτι νήπιος ἦα.
νῦν δ' ἐθέλω καταθέσθαι, ἵν' οὐ πυρὸς ἵξετ' ἀϋτμή."
τὸν δ' αὖτε προσέειπε φίλη τροφὸς Εὐρύκλεια·
„ αἲ γὰρ δή ποτε, τέκνον, ἐπιφροσύνας ἀνέλοιο
οἴκου κήδεσθαι καὶ κτήματα πάντα φυλάσσειν.
ἀλλ' ἄγε, τίς τοι ἔπειτα μετοιχομένη φάος οἴσει;
δμωιὰς δ' οὐκ εἴας προβλωσκέμεν, αἵ κεν ἔφαινον."
τὴν δ' αὖ Τηλέμαχος πεπνυμένος ἀντίον ηὔδα·
„ ξεῖνος ὅδ'· οὐ γὰρ ἀεργὸν ἀνέξομαι ὅς κεν ἐμῆς γε
χοίνικος ἅπτηται, καὶ τηλόθεν εἰληλουθώς."
ὣς ἄρ' ἐφώνησεν, τῆι δ' ἄπτερος ἔπλετο μῦθος.
κλήϊσεν δὲ θύρας μεγάρων εὖ ναιεταόντων.
τὼ δ' ἄρ' ἀναΐξαντ' Ὀδυσεὺς καὶ φαίδιμος υἱὸς
ἐσφόρεον κόρυθάς τε καὶ ἀσπίδας ὀμφαλοέσσας
ἔγχεά τ' ὀξυόεντα· πάροιθε δὲ Παλλὰς Ἀθήνη,
χρύσεον λύχνον ἔχουσα, φάος περικαλλὲς ἐποίει.

NEUNZEHNTER GESANG

Odysseus trägt mit Telemachos die Waffen in die obere Kammer, und bleibt im Saale allein. Sein Gespräch mit Penelopeia. Er wird beim Fußwaschen von der Pflegerin Eurykleia an der Narbe erkannt. Die Königin, nachdem sie durch einen Bogenkampf die Freiwerbung zu endigen beschlossen, entfernt sich.

Aber im Saale blieb der göttergleiche Odysseus,
Und umdachte den Tod der Freier mit Pallas Athene.
Eilend wandt' er sich jetzt mit geflügelten Worten zum Sohne:
  Laß uns, Telemachos, gleich die Waffen im Hause verbergen!
Aber erkundigen sich die Freier, wo sie geblieben;
Dann besänftige sie mit guten Worten: Ich trug sie
Aus dem Rauche hinweg; denn sie sehn den alten nicht ähnlich,
Wie sie Odysseus einst, gen Troja schiffend, zurückließ;
Sondern sind ganz entstellt von dem rußichten Dampfe des Feuers.
Und noch ein Größeres gab ein Himmlischer mir zu bedenken:
Daß ihr nicht etwa im Rausch euch zankt, und einander verwundet,
Und die Freuden des Mahls und die Liebe zu Penelopeia
Blutig entweiht; denn selbst das Eisen ziehet den Mann an.
  Also sprach Odysseus. Der Sohn gehorchte dem Vater,
Und rief Eurykleia, die Pflegerin, zu sich, und sagte:
  Mütterchen, halte die Weiber so lang' in ihren Gemächern,
Bis ich hinauf in den Söller die schönen Waffen des Vaters
Bringe, die hier im Saale der Rauch so schändlich entstellet;
Denn mein Vater ist weg, und ich war ehmals ein Knabe.
Jetzo verwahr' ich sie dort, wo der Dampf des Feuers nicht hinkommt.
  Ihm antwortete drauf die Pflegerin Eurykleia:
Wenn du doch endlich, mein Sohn, zu reifem Verstande gelangtest,
Um dein Haus zu besorgen, und deine Güter zu schützen!
Aber wohlan, wer begleitet dich denn mit leuchtender Fackel,
Wann die Mägde, die dir sonst leuchten, nicht dürfen herausgehn?
  Und der verständige Jüngling Telemachos sagte dagegen:
Dieser Fremdling! Denn wer von meinem Tische sich nähret,
Darf mir nicht müßig stehn, und käm' er auch fern aus der Fremde.
  Also sprach er zu ihr, und redete nicht in die Winde.
Schnell verschloß sie die Pforten der schöngebaueten Wohnung.
Nun erhub sich Odysseus mit seinem trefflichen Sohne,
Und sie trugen die Helme hinein, die gewölbeten Schilde
Und scharfspitzigen Lanzen; voran ging Pallas Athene
Mit der goldenen Lamp', und verbreitete leuchtenden Schimmer.

δὴ τότε Τηλέμαχος προσεφώνεεν ὃν πατέρ' αἶψα·
„ ὦ πάτερ, ἦ μέγα θαῦμα τόδ' ὀφθαλμοῖσιν ὁρῶμαι.
ἔμπης μοι τοῖχοι μεγάρων καλαί τε μεσόδμαι,
εἰλάτιναί τε δοκοί, καὶ κίονες ὑψόσ' ἔχοντες
φαίνοντ' ὀφθαλμοῖς ὡς εἰ πυρὸς αἰθομένοιο.
ἦ μάλα τις θεὸς ἔνδον, οἳ οὐρανὸν εὐρὺν ἔχουσι."
τὸν δ' ἀπαμειβόμενος προσέφη πολύμητις Ὀδυσσεύς·
„ σίγα καὶ κατὰ σὸν νόον ἴσχανε μηδ' ἐρέεινε·
αὕτη τοι δίκη ἐστὶ θεῶν, οἳ Ὄλυμπον ἔχουσιν.
ἀλλὰ σὺ μὲν κατάλεξαι, ἐγὼ δ' ὑπολείψομαι αὐτοῦ,
ὄφρα κ' ἔτι δμωιὰς καὶ μητέρα σὴν ἐρεθίζω·
ἡ δέ μ' ὀδυρομένη εἰρήσεται ἀμφὶς ἕκαστα."
ὣς φάτο, Τηλέμαχος δὲ διὲκ μεγάροιο βεβήκει
κείων ἐς θάλαμον, δαΐδων ὕπο λαμπομενάων,
ἔνθα πάρος κοιμᾶθ', ὅτε μιν γλυκὺς ὕπνος ἱκάνοι·
ἔνθ' ἄρα καὶ τότ' ἔλεκτο καὶ Ἠῶ δῖαν ἔμιμνεν.
αὐτὰρ ὁ ἐν μεγάρωι ὑπελείπετο δῖος Ὀδυσσεύς,
μνηστήρεσσι φόνον σὺν Ἀθήνηι μερμηρίζων.
ἡ δ' ἴεν ἐκ θαλάμοιο περίφρων Πηνελόπεια,
Ἀρτέμιδι ἰκέλη ἠὲ χρυσέηι Ἀφροδίτηι.
τῆι παρὰ μὲν κλισίην πυρὶ κάτθεσαν, ἔνθ' ἄρ' ἐφῖζε,
δινωτὴν ἐλέφαντι καὶ ἀργύρωι· ἥν ποτε τέκτων
ποίησ' Ἰκμάλιος, καὶ ὑπὸ θρῆνυν ποσὶν ἧκε
προσφυέ' ἐξ αὐτῆς, ὅθ' ἐπὶ μέγα βάλλετο κῶας.
ἔνθα καθέζετ' ἔπειτα περίφρων Πηνελόπεια.
ἦλθον δὲ δμωιαὶ λευκώλενοι ἐκ μεγάροιο.
αἱ δ' ἀπὸ μὲν σῖτον πολὺν ἥιρεον ἠδὲ τραπέζας
καὶ δέπα, ἔνθεν ἄρ' ἄνδρες ὑπερμενέοντες ἔπινον·
πῦρ δ' ἀπὸ λαμπτήρων χαμάδις βάλον, ἄλλα δ' ἐπ' αὐτῶν
νήησαν ξύλα πολλά, φόως ἔμεν ἠδὲ θέρεσθαι.
ἡ δ' Ὀδυσῆ' ἐνένιπε Μελανθὼ δεύτερον αὖτις·
„ ξεῖν', ἔτι καὶ νῦν ἐνθάδ' ἀνιήσεις διὰ νύκτα
δινεύων κατὰ οἶκον, ὀπιπεύσεις δὲ γυναῖκας;
ἀλλ' ἔξελθε θύραζε, τάλαν, καὶ δαιτὸς ὄνησο·
ἢ τάχα καὶ δαλῶι βεβλημένος εἶσθα θύραζε."
τὴν δ' ἄρ' ὑπόδρα ἰδὼν προσέφη πολύμητις Ὀδυσσεύς·
„ δαιμονίη, τί μοι ὧδ' ἐπέχεις κεκοτηότι θυμῶι;
ἦ ὅτι δὴ ῥυπόω, κακὰ δὲ χροῒ εἵματα εἷμαι,
πτωχεύω δ' ἀνὰ δῆμον; ἀναγκαίη γὰρ ἐπείγει.
τοιοῦτοι πτωχοὶ καὶ ἀλήμονες ἄνδρες ἔασι
καὶ γὰρ ἐγώ ποτε οἶκον ἐν ἀνθρώποισιν ἔναιον

Und Telemachos sprach zu seinem Vater Odysseus:
Vater, ein großes Wunder erblick' ich hier mit den Augen!
Alle Wände des Hauses, und jegliche schöne Vertiefung,
Und die fichtenen Balken und hocherhabenen Säulen,
Glänzen mir vor den Augen so hell als brennendes Feuer!
Wahrlich ein Gott ist hier, des weiten Himmels Bewohner!
Ihm antwortete drauf der erfindungsreiche Odysseus:
Schweig, und forsche nicht nach, und bewahre deine Gedanken!
Siehe, das ist die Weise der himmelbewohnenden Götter!
Aber lege dich schlafen; ich bleibe hier noch ein wenig,
Um die Mägde hieher und deine Mutter zu locken:
Diese wird mich weinend nach allen Dingen befragen.
Sprach's; und Telemachos ging mit angezündeten Fackeln
Aus dem Saale hinaus in seine Kammer zu Bette,
Wo er gewöhnlich ruhte, wann süßer Schlummer ihn einlud:
Allda schlief er auch jetzt, und harrte der heiligen Frühe.
Aber im Saale blieb der göttergleiche Odysseus,
Und umdachte den Tod der Freier mit Pallas Athene.
Jetzo ging aus der Kammer die kluge Penelopeia,
Artemis gleich an Gestalt und der goldenen Aphrodite.
Neben das Feuer setzten sie ihren gewöhnlichen Sessel,
Welcher mit Elfenbein und Silber umzogen, ein Kunstwerk
Von Ikmalios war; der Schemel unter den Füßen
Hing daran, und ein zottichtes Fell bedeckte den Sessel.
Allda setzte sich nun die kluge Penelopeia.
Und weißarmige Mägde, die aus der hinteren Wohnung
Kamen, trugen von dannen das viele Brot und die Tische,
Und die Trinkgefäße der übermütigen Männer;
Schütteten aus den Geschirren die Glut zur Erden, und häuften
Anderes Holz darauf, zum Leuchten und zur Erwärmung.
Aber Melantho schalt von neuem den edlen Odysseus:
Fremdling, willst du auch noch die Ruhe der Nacht uns verderben,
Um das Haus zu durchwandern, und auf die Weiber zu lauren?
Elender, geh aus der Tür, und sei vergnügt mit der Mahlzeit;
Oder ich werfe dich gleich mit dem Brande, daß du hinausfliehst!
Zürnend schaute auf sie und sprach der weise Odysseus:
Unglückselige, sprich, was fährst du mich immer so hart an?
Weil ich nicht jung mehr bin, und meine Kleider so schlecht sind?
Und weil die Not mich zwingt, als Bettler die Stadt zu durchwandern?
Dieses ist ja der Armen und irrenden Fremdlinge Schicksal!
Siehe, ich selber war einst ein glücklicher Mann, und Bewohner

ὄλβιος ἀφνειὸν καὶ πολλάκι δόσκον ἀλήτηι,
τοίωι ὁποῖος ἔοι καὶ ὅτευ κεχρημένος ἔλθοι·
ἦσαν δὲ δμῶες μάλα μυρίοι, ἄλλα τε πολλὰ
οἷσίν τ' εὖ ζώουσι καὶ ἀφνειοὶ καλέονται.
ἀλλὰ Ζεὺς ἀλάπαξε Κρονίων· ἤθελε γάρ που·
τῶι νῦν μήποτε καὶ σύ, γύναι, ἀπὸ πᾶσαν ὀλέσσηις
ἀγλαΐην, τῆι νῦν γε μετὰ δμωιῆισι κέκασσαι·
μή πώς τοι δέσποινα κοτεσσαμένη χαλεπήνηι,
ἢ Ὀδυσεὺς ἔλθηι· ἔτι γὰρ καὶ ἐλπίδος αἶσα.
εἰ δ' ὁ μὲν ὣς ἀπόλωλε καὶ οὐκέτι νόστιμός ἐστιν,
ἀλλ' ἤδη παῖς τοῖος Ἀπόλλωνός γε ἕκητι,
Τηλέμαχος· τὸν δ' οὔ τις ἐνὶ μεγάροισι γυναικῶν
λήθει ἀτασθάλλουσ', ἐπεὶ οὐκέτι τηλίκος ἐστίν."
ὣς φάτο, τοῦ δ' ἤκουσε περίφρων Πηνελόπεια,
ἀμφίπολον δ' ἐνένιπεν ἔπος τ' ἔφατ' ἔκ τ' ὀνόμαζε·
„ πάντως, θαρσαλέη, κύον ἀδεές, οὔ τί με λήθεις
ἔρδουσα μέγα ἔργον, ὃ σῆι κεφαλῆι ἀναμάξεις·
πάντα γὰρ εὖ ἤιδησθ', ἐπεὶ ἐξ ἐμεῦ ἔκλυες αὐτῆς
ὡς τὸν ξεῖνον ἔμελλον ἐνὶ μεγάροισιν ἐμοῖσιν
ἀμφὶ πόσει εἴρεσθαι, ἐπεὶ πυκινῶς ἀκάχημαι."
ἦ ῥα καὶ Εὐρυνόμην ταμίην πρὸς μῦθον ἔειπεν·
„ Εὐρυνόμη, φέρε δὴ δίφρον καὶ κῶας ἐπ' αὐτοῦ,
ὄφρα καθεζόμενος εἴπηι ἔπος ἠδ' ἐπακούσηι
ὁ ξεῖνος ἐμέθεν· ἐθέλω δέ μιν ἐξερέεσθαι."
ὣς ἔφαθ', ἡ δὲ μάλ' ὀτραλέως κατέθηκε φέρουσα
δίφρον ἐΰξεστον καὶ ἐπ' αὐτῶι κῶας ἔβαλλεν·
ἔνθα καθέζετ' ἔπειτα πολύτλας δῖος Ὀδυσσεύς.
τοῖσι δὲ μύθων ἦρχε περίφρων Πηνελόπεια·
„ ξεῖνε, τὸ μέν σε πρῶτον ἐγὼν εἰρήσομαι αὐτή·
τίς πόθεν εἶς ἀνδρῶν; πόθι τοι πόλις ἠδὲ τοκῆες;"
τὴν δ' ἀπαμειβόμενος προσέφη πολύμητις Ὀδυσσεύς·
„ ὦ γύναι, οὐκ ἄν τίς σε βροτῶν ἐπ' ἀπείρονα γαῖαν
νεικέοι· ἦ γάρ σευ κλέος οὐρανὸν εὐρὺν ἱκάνει,
ὥς τέ τευ ἢ βασιλῆος ἀμύμονος, ὅς τε θεουδὴς
ἀνδράσιν ἐν πολλοῖσι καὶ ἰφθίμοισιν ἀνάσσων
εὐδικίας ἀνέχηισι, φέρηισι δὲ γαῖα μέλαινα
πυροὺς καὶ κριθάς, βρίθηισι δὲ δένδρεα καρπῶι,
τίκτηι δ' ἔμπεδα μῆλα, θάλασσα δὲ παρέχηι ἰχθῦς
ἐξ εὐηγεσίης, ἀρετῶσι δὲ λαοὶ ὑπ' αὐτοῦ.
τῶι ἐμὲ νῦν τὰ μὲν ἄλλα μετάλλα σῶι ἐνὶ οἴκωι,
μηδ' ἐμὸν ἐξερέεινε γένος καὶ πατρίδα γαῖαν,

Eines reichen Palastes, und gab dem irrenden Fremdling
Oftmals, wer er auch war, und welche Not ihn auch drängte.
Und unzählige Knechte besaß ich, und andere Güter,
Die man zum Überfluß und zur Pracht der Reichen erfodert.
Aber das nahm mir Zeus nach seinem heiligen Ratschluß!
Darum, Mädchen, bedenk: wenn auch du so gänzlich dein Ansehn
Einst verlörst, womit du vor deinen Gespielinnen prangest;
Oder wenn dich einmal der Zorn der Königin träfe:
Oder Odysseus käme: denn noch ist Hoffnung zur Heimkehr!
Aber er sei schon tot, und kehre nimmer zur Heimat:
Dennoch lebt ja sein Sohn Telemachos, welchen Apollons
Gnade beschirmt; und er weiß, wie viel Unarten die Weiber
Hier im Hause beginnen; denn er ist wahrlich kein Kind mehr!
Also sprach er; ihn hörte die kluge Penelopeia.
Zürnend wandte sie sich zu der Magd mit scheltenden Worten:
Unverschämteste Hündin, ich kenne jegliche Schandtat,
Welche du tust, und du sollst mit deinem Haupte sie büßen!
Alles wußtest du ja, du hattest von mir es gehöret:
Daß ich in meiner Kammer den Fremdling wollte befragen
Wegen meines Gemahls, um den ich so herzlich betrübt bin!
Und zu der Schaffnerin Eurynome sagte sie also:
Auf Eurynome, bringe mir einen Stuhl und ein Schafsfell,
Drauf zu legen, hieher; damit er sitzend erzähle
Und mich höre, der Fremdling; ich will ihn jetzo befragen.
Also sprach sie; da ging die Schaffnerin eilig, und brachte
Einen zierlichen Stuhl, und legte drüber ein Schafsfell.
Hierauf setzte sich nun der herrliche Dulder Odysseus.
Und es begann das Gespräch die kluge Penelopeia:
Hierum muß ich dich, Fremdling, vor allen Dingen befragen:
Wer, wes Volkes bist du, und wo ist deine Geburtstadt?
Ihr antwortete drauf der erfindungsreiche Odysseus:
Keiner, o Königin, lebt auf der unermeßlichen Erde,
Der dich tadle; dein Ruhm erreicht die Feste des Himmels,
Gleich dem Ruhme des guten und gottesfürchtigen Königs,
Welcher ein großes Volk von starken Männern beherrschet,
Und die Gerechtigkeit schützt. Die fetten Hügel und Täler
Wallen von Weizen und Gerste, die Bäume hangen voll Obstes,
Häufig gebiert das Vieh, und die Wasser wimmeln von Fischen,
Unter dem weisen König, der seine Völker beseligt.
Aber frage mich hier im Hause nach anderen Dingen,
Und erkunde dich nicht nach meinem Geschlecht und Geburtsland:

μή μοι μᾶλλον θυμὸν ἐνιπλήσῃς ὀδυνάων
μνησαμένωι μάλα δ' εἰμὶ πολύστονος· οὐδέ τί με χρὴ
οἴκωι ἐν ἀλλοτρίωι γοόωντά τε μυρόμενόν τε
ἧσθαι, ἐπεὶ κάκιον πενθήμεναι ἄκριτον αἰεί·
μή τίς μοι δμωιῶν νεμεσήσεται, ἠὲ σύ γ' αὐτή,
φῆι δὲ δακρυπλώειν βεβαρηότα με φρένας οἴνωι."
τὸν δ' ἠμείβετ' ἔπειτα περίφρων Πηνελόπεια·
„ ξεῖν', ἦ τοι μὲν ἐμὴν ἀρετὴν εἶδός τε δέμας τε
ὤλεσαν ἀθάνατοι, ὅτε Ἴλιον εἰσανέβαινον
Ἀργεῖοι, μετὰ τοῖσι δ' ἐμὸς πόσις ἦιεν Ὀδυσσεύς
εἰ κεῖνός γ' ἐλθὼν τὸν ἐμὸν βίον ἀμφιπολεύοι,
μεῖζον κε κλέος εἴη ἐμὸν καὶ κάλλιον οὕτως.
νῦν δ' ἄχομαι· τόσα γάρ μοι ἐπέσσευεν κακὰ δαίμων.
ὅσσοι γὰρ νήσοισιν ἐπικρατέουσιν ἄριστοι,
Δουλιχίωι τε Σάμηι τε καὶ ὑλήεντι Ζακύνθωι,
οἵ τ' αὐτὴν Ἰθάκην εὐδείελον ἀμφινέμονται,
οἵ μ' ἀεκαζομένην μνῶνται, τρύχουσι δὲ οἶκον.
τῶι οὔτε ξείνων ἐμπάζομαι οὔθ' ἱκετάων
οὔτε τι κηρύκων, οἳ δημιοεργοὶ ἔασιν·
ἀλλ' Ὀδυσῆ ποθέουσα φίλον κατατήκομαι ἦτορ.
οἱ δὲ γάμον σπεύδουσιν· ἐγὼ δὲ δόλους τολυπεύω.
φᾶρος μέν μοι πρῶτον ἐνέπνευσε φρεσὶ δαίμων,
στησαμένηι μέγαν ἱστόν, ἐνὶ μεγάροισιν ὑφαίνειν,
λεπτὸν καὶ περίμετρον· ἄφαρ δ' αὐτοῖς μετέειπον·
, κοῦροι, ἐμοὶ μνηστῆρες, ἐπεὶ θάνε δῖος Ὀδυσσεύς,
μίμνετ' ἐπειγόμενοι τὸν ἐμὸν γάμον, εἰς ὅ κε φᾶρος
ἐκτελέσω - μή μοι μεταμώνια νήματ' ὄληται -
Λαέρτηι ἥρωϊ ταφήϊον, εἰς ὅτε κέν μιν
μοῖρ' ὀλοὴ καθέλῃσι τανηλεγέος θανάτοιο·
μή τίς μοι κατὰ δῆμον Ἀχαιϊάδων νεμεσήσηι,
αἴ κεν ἄτερ σπείρου κεῖται πολλὰ κτεατίσσας.'
ὣς ἐφάμην, τοῖσιν δ' ἐπεπείθετο θυμὸς ἀγήνωρ.
ἔνθα καὶ ἠματίη μὲν ὑφαίνεσκον μέγαν ἱστόν,
νύκτας δ' ἀλλύεσκον, ἐπεὶ δαΐδας παραθείμην.
ὣς τρίετες μὲν ἔληθον ἐγὼ καὶ ἔπειθον Ἀχαιούς·
ἀλλ' ὅτε τέτρατον ἦλθεν ἔτος καὶ ἐπήλυθον ὧραι,
μηνῶν φθινόντων, περὶ δ' ἤματα πόλλ' ἐτελέσθη,
καὶ τότε δή με διὰ δμωιάς, κύνας οὐκ ἀλεγούσας,
εἷλον ἐπελθόντες καὶ ὁμόκλησαν ἐπέεσσιν.
ὣς τὸ μὲν ἐξετέλεσσα, καὶ οὐκ ἐθέλουσ', ὑπ' ἀνάγκης·
νῦν δ' οὔτ' ἐκφυγέειν δύναμαι γάμον οὔτε τιν' ἄλλην

Daß du nicht mein Herz mit herberen Qualen erfüllest,
Wenn ich mich alles Jammers erinnere, den ich erduldet.
Denn mit Klagen und Weinen im fremden Hause zu sitzen,
Ziemet mir nicht; und langer Gram vermehrt nur das Leiden.
Auch möcht' eine der Mägde mir zürnen, oder du selber,
Und, wenn ich weinte, sagen, mir tränten die Augen vom Weinrausch.
Ihm antwortete drauf die kluge Penelopeia:
Fremdling, die Tugend des Geistes und meine Schönheit und Bildung,
Raubten die Himmlischen mir am Tage, da die Argeier
Schifften gen Troja, mit ihnen mein trauter Gemahl Odysseus!
Kehrete jener von dannen, und lebt' in meiner Gesellschaft;
Ja dann möchte mein Ruhm wohl größer werden und schöner.
Aber jetzo traur' ich; denn Leiden beschied mir ein Dämon!
Alle Fürsten, so viel in diesen Inseln gebieten,
Samä, Dulichion und der waldbewachs'nen Zakynthos,
Und so viele hier in der sonnigen Ithaka wohnen:
Alle werben um mich mit Gewalt, und zehren das Gut auf.
Darum kümmern mich Fremdling' und Hilfeflehende wenig,
Selbst die Herolde nicht, des Volks geheiligte Diener;
Sondern ich härme mich ab um meinen trauten Odysseus.
Jene treiben die Hochzeit, und ich ersinne Verzögrung.
Erst gab diesen Gedanken ein Himmlischer mir in die Seele.
Trüglich zettelt ich mir in meiner Kammer ein feines
Übergroßes Geweb', und sprach zu der Freier Versammlung:
Jünglinge, die ihr mich liebt, nach dem Tode des edlen Odysseus!
Dringt auf meine Vermählung nicht eher, bis ich den Mantel
Fertig gewirkt (damit nicht umsonst das Garn mir verderbe!)
Welcher dem Helden Laertes zum Leichengewande bestimmt ist,
Wann ihn die finstere Stunde mit Todesschlummer umschattet:
Daß nicht irgend im Lande mich eine Achaierin tadle,
Läg' er uneingekleidet, der einst so vieles beherrschte.
Also sprach ich mit List, und bewegte die Herzen der Edlen.
Und nun webt' ich des Tages an meinem großen Gewande;
Aber des Nachts, dann trennt' ich es auf, beim Scheine der Fackeln.
Also täuschte ich sie drei Jahr', und betrog die Achaier.
Als nun das vierte Jahr im Geleite der Horen herankam,
Und mit dem wechselnden Mond viel Tage waren verschwunden;
Da verrieten mich Mägde, die Hündinnen sonder Empfindung!
Und mich trafen die Freier, und schalten mit drohenden Worten.
Also mußt' ich es nun, auch wider Willen, vollenden.
Aber ich kann nicht länger die Hochzeit meiden, noch weiß ich

μῆτιν ἔθ᾽ εὑρίσκω· μάλα δ᾽ ὀτρύνουσι τοκῆες
γήμασθ᾽, ἀσχαλάαι δὲ πάϊς βίοτον κατεδόντων,
γιγνώσκων· ἤδη γὰρ ἀνὴρ οἷός τε μάλιστα
οἴκου κήδεσθαι, τῶι τε Ζεὺς κῦδος ὀπάζει.
ἀλλὰ καὶ ὥς μοι εἰπὲ τεὸν γένος, ὁππόθεν ἐσσί.
οὐ γὰρ ἀπὸ δρυός ἐσσι παλαιφάτου οὐδ᾽ ἀπὸ πέτρης.“
τὴν δ᾽ ἀπαμειβόμενος προσέφη πολύμητις Ὀδυσσεύς·
„ὦ γύναι αἰδοίη Λαερτιάδεω Ὀδυσῆος,
οὐκέτ᾽ ἀπολλήξεις τὸν ἐμὸν γόνον ἐξερέουσα;
ἀλλ᾽ ἔκ τοι ἐρέω· ἦ μέν μ᾽ ἀχέεσσί γε δώσεις
πλείοσιν ἢ ἔχομαι· ἡ γὰρ δίκη, ὁππότε πάτρης
ἧς ἀπέησιν ἀνὴρ τόσσον χρόνον ὅσσον ἐγὼ νῦν,
πολλὰ βροτῶν ἐπὶ ἄστε᾽ ἀλώμενος, ἄλγεα πάσχων·
ἀλλὰ καὶ ὣς ἐρέω ὅ μ᾽ ἀνείρεαι ἠδὲ μεταλλᾶις.
Κρήτη τις γαῖ᾽ ἔστι, μέσωι ἐνὶ οἴνοπι πόντωι,
καλὴ καὶ πίειρα, περίρρυτος· ἐν δ᾽ ἄνθρωποι
πολλοί, ἀπειρέσιοι, καὶ ἐννήκοντα πόληες.
ἄλλη δ᾽ ἄλλων γλῶσσα μεμιγμένη· ἐν μὲν Ἀχαιοί,
ἐν δ᾽ Ἐτεόκρητες μεγαλήτορες, ἐν δὲ Κύδωνες,
Δωριέες τε τριχάϊκες δῖοί τε Πελασγοί.
τῆισι δ᾽ ἐνὶ Κνωσός, μεγάλη πόλις, ἔνθα τε Μίνως
ἐννέωρος βασίλευε Διὸς μεγάλου ὀαριστής,
πατρὸς ἐμοῖο πατήρ, μεγαθύμου Δευκαλίωνος
Δευκαλίων δ᾽ ἐμὲ τίκτε καὶ Ἰδομενῆα ἄνακτα·
ἀλλ᾽ ὁ μὲν ἐν νήεσσι κορωνίσιν Ἴλιον ἴσω
ὤιχεθ᾽ ἅμ᾽ Ἀτρείδηισιν, ἐμοὶ δ᾽ ὄνομα κλυτὸν Αἴθων,
ὁπλότερος γενεῆι· ὁ δ᾽ ἄρα πρότερος καὶ ἀρείων.
ἔνθ᾽ Ὀδυσῆα ἐγὼν ἰδόμην καὶ ξείνια δῶκα.
καὶ γὰρ τὸν Κρήτηνδε κατήγαγεν ἲς ἀνέμοιο,
ἱέμενον Τροίηνδε παραπλάγξασα Μαλειῶν·
στῆσε δ᾽ ἐν Ἀμνισῶι, ὅθι τε σπέος Εἰλειθυίης,
ἐν λιμέσιν χαλεποῖσι, μόγις δ᾽ ὑπάλυξεν ἀέλλας.
αὐτίκα δ᾽ Ἰδομενῆα μετάλλα ἄστυδ᾽ ἀνελθών·
ξεῖνον γάρ οἱ ἔφασκε φίλον τ᾽ ἔμεν αἰδοῖόν τε.
τῶι δ᾽ ἤδη δεκάτη ἢ ἑνδεκάτη πέλεν ἠώς
οἰχομένωι σὺν νηυσὶ κορωνίσιν Ἴλιον εἴσω.
τὸν μὲν ἐγὼ πρὸς δώματ᾽ ἄγων εὖ ἐξείνισσα,
ἐνδυκέως φιλέων, πολλῶν κατὰ οἶκον ἐόντων·
καί οἱ τοῖς ἄλλοις ἑτάροις, οἳ ἅμ᾽ αὐτῶι ἕποντο,
δημόθεν ἄλφιτα δῶκα καὶ αἴθοπα οἶνον ἀγείρας
καὶ βοῦς ἱρεύσασθαι, ἵνα πλησαίατο θυμόν.

Neuen Rat zu erfinden. Denn dringend ermahnen die Eltern
Mich zur Heirat; auch sieht es mein Sohn mit großem Verdruß an,
Wie man sein Gut verzehrt: denn er ist nun ein Mann, der sein Erbe
Selber zu schützen vermag, und dem Zeus Ehre verleihet.
Aber sage mir doch, aus welchem Geschlechte du herstammst;
Denn du stammst nicht vom Felsen, noch von der gefabelten Eiche.
Ihr antwortete drauf der erfindungsreiche Odysseus:
Du ehrwürdiges Weib des Laertiaden Odysseus,
Also hörst du nicht auf nach meinem Stamme zu forschen?
Nun so will ich's dir sagen, wiewohl du mein bitteres Leiden
Mir noch bitterer machst; denn Schmerz empfindet doch jeder,
Welcher so lang' als ich von seiner Heimat entfernt ist,
Und mit Jammer umringt so viele Städte durchwandert.
Aber ich will dir doch, was du mich fragest, verkünden.
Kreta ist ein Land im dunkelwogenden Meere,
Fruchtbar und anmutsvoll und ringsumflossen. Es wohnen
Dort unzählige Menschen, und ihrer Städte sind neunzig:
Völker von mancherlei Stamm und mancherlei Sprachen. Es wohnen
Dort Achaier, Kydonen und eingeborene Kreter,
Dorier, welche sich dreifach verteilet, und edle Pelasger.
Ihrer Könige Stadt ist Knossos, wo Minos geherrscht hat,
Der neunjährig mit Zeus, dem großen Gotte, geredet.
Dieser war des edelgesinnten Deukalions Vater,
Meines Vaters, der mich und den König Idomeneus zeugte.
Aber Idomeneus fuhr in schöngeschnäbelten Schiffen
Mit den Atreiden gen Troja; denn er ist älter und tapfrer:
Ich bin der jüngere Sohn, und mein rühmlicher Name ist Äthon.
Damals sah ich Odysseus, und gab ihm Geschenke der Freundschaft.
Denn an Kretas Küste verschlug ihn die heftige Windsbraut,
Als er gen Ilion fuhr, und stürmt' ihn hinweg von Maleia.
In des Amnisos gefährlicher Bucht entrann er dem Sturme
Kaum, und ankerte dort bei der Grotte der Eileithya,
Ging dann gleich in die Stadt, um Idomeneus selber zu sehen;
Denn er nannt' ihn seinen geliebten und teuersten Gastfreund.
Aber schon zehnmal ging die Sonn' auf, oder schon elfmal,
Seit Idomeneus war mit den Schiffen gen Troja gesegelt.
Und ich führte den werten Gast in unsere Wohnung:
Freundlich bewirtet' ich ihn von des Hauses reichlichem Vorrat,
Und versorgte sein Schiff und seiner Reisegefährten
Reichlich, auf Kosten des Volks, mit Mehl und funkelndem Weine,
Und mit gemästeten Rindern, daß ihre Seele sich labte.

ἔνθα δυώδεκα μὲν μένον ἤματα δῖοι Ἀχαιοί·
εἶλει γὰρ Βορέης ἄνεμος μέγας οὐδ' ἐπὶ γαίηι
εἴα ἵστασθαι, χαλεπὸς δέ τις ὤρορε δαίμων.
τῆι τρισκαιδεκάτηι δ' ἄνεμος πέσε, τοὶ δ' ἀνάγοντο."
ἴσκε ψεύδεα πολλὰ λέγων ἐτύμοισιν ὁμοῖα·
τῆς δ' ἄρ' ἀκουούσης ῥέε δάκρυα, τήκετο δὲ χρώς·
ὡς δὲ χιὼν κατατήκετ' ἐν ἀκροπόλοισιν ὄρεσσιν,
ἥν τ' Εὖρος κατέτηξεν, ἐπὴν Ζέφυρος καταχεύηι·
τηκομένης δ' ἄρα τῆς ποταμοὶ πλήθουσι ῥέοντες·
ὣς τῆς τήκετο καλὰ παρήϊα δάκρυ χεούσης,
κλαιούσης ἑὸν ἄνδρα παρήμενον. αὐτὰρ Ὀδυσσεὺς
θυμῶι μὲν γοόωσαν ἑὴν ἐλέαιρε γυναῖκα,
ὀφθαλμοὶ δ' ὡς εἰ κέρα ἕστασαν ἠὲ σίδηρος
ἀτρέμας ἐν βλεφάροισι· δόλωι δ' ὅ γε δάκρυα κεῦθεν.
ἡ δ' ἐπεὶ οὖν τάρφθη πολυδακρύτοιο γόοιο,
ἐξαῦτίς μιν ἔπεσσιν ἀμειβομένη προσέειπε·
„νῦν μὲν δή σευ, ξεῖνέ γ', ὀΐω πειρήσεσθαι,
εἰ ἐτεὸν δὴ κεῖθι σὺν ἀντιθέοις ἑτάροισι
ξείνισας ἐν μεγάροισιν ἐμὸν πόσιν, ὡς ἀγορεύεις.
εἰπέ μοι ὁπποῖ' ἄσσα περὶ χροῒ εἵματα ἕστο,
αὐτός θ' οἷος ἔην, καὶ ἑταίρους, οἵ οἱ ἕποντο."
τὴν δ' ἀπαμειβόμενος προσέφη πολύμητις Ὀδυσσεύς·
„ὦ γύναι, ἀργαλέον τόσσον χρόνον ἀμφὶς ἐόντα
εἰπέμεν· ἤδη γάρ οἱ ἐεικοστὸν ἔτος ἐστὶν
ἐξ οὗ κεῖθεν ἔβη καὶ ἐμῆς ἀπελήλυθε πάτρης·
αὐτάρ τοι ἐρέω ὥς μοι ἰνδάλλεται ἦτορ.
χλαῖναν πορφυρέην οὔλην ἔχε δῖος Ὀδυσσεύς,
διπλῆν· αὐτάρ οἱ περόνη χρυσοῖο τέτυκτο
αὐλοῖσιν διδύμοισι· πάροιθε δὲ δαίδαλον ἦεν·
ἐν προτέροισι πόδεσσι κύων ἔχε ποικίλον ἐλλόν,
ἀσπαίροντα λάων· τὸ δὲ θαυμάζεσκον ἅπαντες,
ὡς οἱ χρύσεοι ἐόντες ὁ μὲν λάε νεβρὸν ἀπάγχων,
αὐτὰρ ὁ ἐκφυγέειν μεμαὼς ἤσπαιρε πόδεσσι.
τὸν δὲ χιτῶν' ἐνόησα περὶ χροῒ σιγαλόεντα,
οἷόν τε κρομύοιο λοπὸν κάτα ἰσχαλέοιο·
τὼς μὲν ἔην μαλακός, λαμπρὸς δ' ἦν ἠέλιος ὥς·
ἦ μὲν πολλαί γ' αὐτὸν ἐθηήσαντο γυναῖκες.
ἄλλο δέ τοι ἐρέω, σὺ δ' ἐνὶ φρεσὶ βάλλεο σῆισιν·
οὐκ οἶδ' ἢ τάδε ἕστο περὶ χροῒ οἴκοθ' Ὀδυσσεύς,
ἦ τις ἑταίρων δῶκε θοῆς ἐπὶ νηὸς ἰόντι,
ἤ τίς που καὶ ξεῖνος, ἐπεὶ πολλοῖσιν Ὀδυσσεὺς

Und zwölf Tage blieben bei uns die edlen Achaier;
Denn der gewaltige Nord, den ein zürnender Dämon gesendet,
Wütete, daß man kaum auf dem Lande zu stehen vermochte.
Am dreizehnten ruhte der Sturm, und sie schifften von dannen.
Also täuscht' er die Gattin mit wahrheitgleicher Erdichtung.
Aber die horchende Gattin zerfloß in Tränen der Wehmut.
Wie der Schnee, den der West auf hohen Bergen gehäuft hat,
Vor dem schmelzenden Hauche des Morgenwindes herabfließt;
Daß von geschmolzenem Schnee die Ströme den Ufern entschwellen:
Also flossen ihr Tränen die schönen Wangen herunter,
Da sie den nahen Gemahl beweinete. Aber Odysseus
Fühlt' im innersten Herzen den Gram der weinenden Gattin;
Dennoch standen die Augen wie Horn ihm, oder wie Eisen,
Unbewegt in den Wimpern; denn klüglich hemmt' er die Träne.
Und nachdem sie ihr Herz mit vielen Tränen erleichtert,
Da begann sie von neuem, und gab ihm dieses zur Antwort:
Nun ich muß dich doch ein wenig prüfen, o Fremdling,
Ob du meinen Gemahl auch wirklich, wie du erzählest,
Samt den edlen Genossen in deinem Hause bewirtet.
Sage mir denn, mit welcherlei Kleidern war er bekleidet?
Und wie sah er aus? Auch nenne mir seine Begleiter.
Ihr antwortete drauf der erfindungsreiche Odysseus:
Schwer, o Königin, ist es, nach seiner langen Entfernung
Ihn so genau zu beschreiben; wir sind schon im zwanzigsten Jahre,
Seit er von dannen zog aus meiner heimischen Insel.
Dennoch will ich dir sagen, so viel mein Geist sich erinnert.
Einen zottichten schönen gefütterten Mantel von Purpur
Trug der edle Odysseus, mit einer zwiefachgeschloßnen
Goldenen Spange daran, und vorn gezieret mit Stickwerk.
Zwischen den Vorderklauen des gierigblickenden Hundes
Zappelt' ein fleckichtes Rehchen; und alle sahn mit Bewundrung,
Wie, aus Golde gebildet, der Hund an der Gurgel das Rehkalb
Hielt, und das ringende Reh zu entfliehn mit den Füßen sich sträubte.
Unter dem Mantel bemerkt' ich den wunderköstlichen Leibrock:
Zart und weich, wie die Schale von einer getrockneten Zwiebel,
War das feine Geweb', und glänzendweiß, wie die Sonne.
Wahrlich viele Weiber betrachteten ihn mit Entzücken.
Eines sag' ich dir noch, und du nimm solches zu Herzen!
Sicher weiß ich es nicht: ob Odysseus die Kleider daheim trug;
Oder ob sie ein Freund ihm mit zu Schiffe gegeben,
Oder irgend ein Fremdling, der ihn bewirtet. Denn viele

ἔσκε φίλος· παῦροι γὰρ Ἀχαιῶν ἦσαν ὁμοῖοι.
καί οἱ ἐγὼ χάλκειον ἄορ καὶ δίπλακα δῶκα
καλὴν πορφυρέην καὶ τερμιόεντα χιτῶνα,
αἰδοίως δ᾽ ἀπέπεμπον ἐϋσσέλμου ἐπὶ νηός.
καὶ μέν οἱ κῆρυξ ὀλίγον προγενέστερος αὐτοῦ
εἵπετο· καὶ τόν τοι μυθήσομαι, οἷος ἔην περ.
γυρὸς ἐν ὤμοισιν, μελανόχροος, οὐλοκάρηνος,
Εὐρυβάτης δ᾽ ὄνομ᾽ ἔσκε· τίεν δέ μιν ἔξοχον ἄλλων
ὧν ἑτάρων Ὀδυσεύς, ὅτι οἱ φρεσὶν ἄρτια ᾔδη."
ὣς φάτο, τῆι δ᾽ ἔτι μᾶλλον ὑφ᾽ ἵμερον ὦρσε γόοιο,
σήματ᾽ ἀναγνούσηι τά οἱ ἔμπεδα πέφραδ᾽ Ὀδυσσεύς.
ἡ δ᾽ ἐπεὶ οὖν τάρφθη πολυδακρύτοιο γόοιο,
καὶ τότε μιν μύθοισιν ἀμειβομένη προσέειπε·
„ νῦν μὲν δή μοι, ξεῖνε, πάρος περ ἐὼν ἐλεεινός,
ἐν μεγάροισιν ἐμοῖσι φίλος τ᾽ ἔσηι αἰδοῖός τε·
αὐτὴ γὰρ τάδε εἵματ᾽ ἐγὼ πόρον, οἷ᾽ ἀγορεύεις,
πτύξασ᾽ ἐκ θαλάμου, περόνην τ᾽ ἐπέθηκα φαεινὴν
κείνωι ἄγαλμ᾽ ἔμεναι· τὸν δ᾽ οὐχ ὑποδέξομαι αὖτις
οἴκαδε νοστήσαντα φίλην ἐς πατρίδα γαῖαν.
τῶι ῥα κακῆι αἴσηι κοίλης ἐπὶ νηὸς Ὀδυσσεὺς
ὤιχετ᾽ ἐποψόμενος Κακοΐλιον οὐκ ὀνομαστήν."
τὴν δ᾽ ἀπαμειβόμενος προσέφη πολύμητις Ὀδυσσεύς·
„ ὦ γύναι αἰδοίη Λαερτιάδεω Ὀδυσῆος,
μηκέτι νῦν χρόα καλὸν ἐναίρεο, μηδέ τι θυμὸν
τῆκε, πόσιν γοόωσα. νεμεσσῶμαί γε μὲν οὐδέν·
καὶ γάρ τίς τ᾽ ἀλλοῖον ὀδύρεται ἄνδρ᾽ ὀλέσασα
κουρίδιον, τῶι τέκνα τέκηι φιλότητι μιγεῖσα,
ἢ Ὀδυσῆ᾽, ὅν φασι θεοῖς ἐναλίγκιον εἶναι.
ἀλλὰ γόου μὲν παῦσαι, ἐμεῖο δὲ σύνθεο μῦθον·
νημερτέως γάρ τοι μυθήσομαι οὐδ᾽ ἐπικεύσω
ὡς ἤδη Ὀδυσῆος ἐγὼ περὶ νόστου ἄκουσα
ἀγχοῦ, Θεσπρωτῶν ἀνδρῶν ἐν πίονι δήμωι,
ζωοῦ· αὐτὰρ ἄγει κειμήλια πολλὰ καὶ ἐσθλὰ
αἰτίζων ἀνὰ δῆμον. ἀτὰρ ἐρίηρας ἑταίρους
ὤλεσε καὶ νῆα γλαφυρὴν ἐνὶ οἴνοπι πόντωι,
Θρινακίης ἄπο νήσου ἰών· ὀδύσαντο γὰρ αὐτῶι
Ζεύς τε καὶ Ἠέλιος· τοῦ γὰρ βόας ἔκταν ἑταῖροι.
οἱ μὲν πάντες ὄλοντο πολυκλύστωι ἐνὶ πόντωι·
τὸν δ᾽ ἄρ᾽ ἐπὶ τρόπιος νεὸς ἔκβαλε κῦμ᾽ ἐπὶ χέρσου,
Φαιήκων ἐς γαῖαν, οἳ ἀγχίθεοι γεγάασιν,
οἳ δή μιν περὶ κῆρι θεὸν ὣς τιμήσαντο

Waren Odysseus hold, ihm glichen wenig Achaier.
Ich auch schenkt' ihm ein ehernes Schwert, ein gefüttertes schönes
Purpurfarbnes Gewand, und einen passenden Leibrock,
Und entließ ihn mit Ehren zum schöngebordeten Schiffe.
Endlich folgte dem Helden ein etwas älterer Herold
Nach; auch dessen Gestalt will ich dir jetzo beschreiben.
Bucklicht war er, und schwarz sein Gesicht, und lockicht sein Haupthaar;
Und Eurybates hieß er; Odysseus schätzte vor allen
Übrigen Freunden ihn hoch, denn er suchte sein Bestes mit Klugheit.
Also sprach er; da hub sie noch heftiger an zu weinen,
Als sie die Zeichen erkannte, die ihr Odysseus beschrieben.
Und nachdem sie ihr Herz mit vielen Tränen erleichtert,
Da begann sie von neuem, und gab ihm dieses zur Antwort:
Nun du sollst mir, o Fremdling, so jammervoll du vorhin warst,
Jetzo in meinem Haus auch Lieb' und Ehre genießen!
Denn ich selber gab ihm die Kleider, wovon du erzählest,
Wohlgefügt aus der Kammer, und setzte die goldene Spange
Ihm zur Zierde daran. Doch niemals werd' ich ihn wieder
Hier im Hause begrüßen, wann er zur Heimat zurückkehrt!
Zur unseligen Stund' entschiffte mein trauter Odysseus,
Troja zu sehn, die verwünschte, die keiner nennet ohn' Abscheu!
Ihr antwortete drauf der erfindungsreiche Odysseus:
Du ehrwürdiges Weib des Laertiaden Odysseus,
Schone der holden Gestalt und deines Lebens, und jammre
Um den Gemahl nicht länger! Zwar tadeln kann ich den Schmerz nicht:
Denn es weint wohl jegliche Frau, die den Gatten verloren,
Ihrer Jugend Gemahl, mit dem sie Kinder gezeugt hat;
Und von Odysseus sagt man, er sei den Unsterblichen ähnlich.
Aber mäßige dich, und höre, was ich dir sage:
Denn ich will dir die Wahrheit verkünden, und nichts dir verhehlen,
Was ich von deines Gemahls Zurückkunft hörte, der jetzo
Nahe von hier im fetten Gebiet der thesprotischen Männer
Lebt. Er kehret mit großem und köstlichem Gute zur Heimat,
Das ihm die Völker geschenkt. Doch seine lieben Gefährten
Und sein rüstiges Schiff verlor er im stürmenden Meere,
Als er Thrinakiens Ufer verließ; denn es zürnten dem Helden
Zeus und der Sonnengott, des Rinder die Seinen geschlachtet.
Alle diese versanken im dunkelwogenden Meere.
Aber er rettete sich auf den Kiel, und trieb mit den Wellen
An das glückliche Land der götternahen Phäaken.
Diese verehrten ihn herzlich, wie einen der seligen Götter,

καί οἱ πολλὰ δόσαν πέμπειν τέ μιν ἤθελον αὐτοὶ
οἴκαδ' ἀπήμαντον. καί κεν πάλαι ἐνθάδ' Ὀδυσσεὺς
ἦην· ἀλλ' ἄρα οἱ τό γε κέρδιον εἴσατο θυμῶι,
χρήματ' ἀγυρτάζειν πολλὴν ἐπὶ γαῖαν ἰόντι·
ὣς περὶ κέρδεα πολλὰ καταθνητῶν ἀνθρώπων
οἶδ' Ὀδυσεύς, οὐδ' ἄν τις ἐρίσσειε βροτὸς ἄλλος.
ὥς μοι Θεσπρωτῶν βασιλεὺς μυθήσατο Φείδων·
ὤμνυε δὲ πρὸς ἔμ' αὐτόν, ἀποσπένδων ἐνὶ οἴκωι,
νῆα κατειρύσθαι καὶ ἐπαρτέας ἔμμεν ἑταίρους,
οἳ δή μιν πέμψουσι φίλην ἐς πατρίδα γαῖαν.
ἀλλ' ἐμὲ πρὶν ἀπέπεμψε· τύχησε γὰρ ἐρχομένη νηῦς
ἀνδρῶν Θεσπρωτῶν ἐς Δουλίχιον πολύπυρον.
καί μοι κτήματ' ἔδειξεν, ὅσα ξυναγείρατ' Ὀδυσσεύς·
καί νύ κεν ἐς δεκάτην γενεὴν ἕτερόν γ' ἔτι βόσκοι,
ὅσσα οἱ ἐν μεγάροις κειμήλια κεῖτο ἄνακτος.
τὸν δ' ἐς Δωδώνην φάτο βήμεναι, ὄφρα θεοῖο
ἐκ δρυὸς ὑψικόμοιο Διὸς βουλὴν ἐπακούσαι,
ὅππως νοστήσειε φίλην ἐς πατρίδα γαῖαν
ἤδη δὴν ἀπεών, ἤ ἀμφαδὸν ἦε κρυφηδόν.
  ὣς ὁ μὲν οὕτως ἐστὶ σόος καὶ ἐλεύσεται ἤδη
ἄγχι μάλ', οὐδ' ἔτι τῆλε φίλων καὶ πατρίδος αἴης
δηρὸν ἀπεσσεῖται· ἔμπης δέ τοι ὅρκια δώσω.
ἴστω νῦν Ζεὺς πρῶτα, θεῶν ὕπατος καὶ ἄριστος,
ἱστίη τ' Ὀδυσῆος ἀμύμονος, ἣν ἀφικάνω·
ἦ μέν τοι τάδε πάντα τελείεται ὡς ἀγορεύω.
τοῦδ' αὐτοῦ λυκάβαντος ἐλεύσεται ἐνθάδ' Ὀδυσσεύς,
τοῦ μὲν φθίνοντος μηνός, τοῦ δ' ἱσταμένοιο."
  τὸν δ' αὖτε προσέειπε περίφρων Πηνελόπεια·
„ αἲ γὰρ τοῦτο, ξεῖνε, ἔπος τετελεσμένον εἴη·
τῶι κε τάχα γνοίης φιλότητά τε πολλά τε δῶρα
ἐξ ἐμεῦ, ὡς ἄν τίς σε συναντόμενος μακαρίζοι.
ἀλλά μοι ὧδ' ἀνὰ θυμὸν ὀΐεται, ὡς ἔσεταί περ·
οὔτ' Ὀδυσεὺς ἔτι οἶκον ἐλεύσεται, οὔτε σὺ πομπῆς
τεύξηι, ἐπεὶ οὐ τοῖοι σημάντορές εἰσ' ἐνὶ οἴκωι
οἷος Ὀδυσσεὺς ἔσκε μετ' ἀνδράσιν, εἴ ποτ' ἔην γε,
ξείνους αἰδοίους ἀποπεμπέμεν ἠδὲ δέχεσθαι.
ἀλλά μιν, ἀμφίπολοι, ἀπονίψατε, κάτθετε δ' εὐνήν,
δέμνια καὶ χλαίνας καὶ ῥήγεα σιγαλόεντα,
ὥς κ' εὖ θαλπιόων χρυσόθρονον Ἠῶ ἵκηται.
ἠῶθεν δὲ μάλ' ἦρι λοέσσαι τε χρῖσαί τε,
ὥς κ' ἔνδον παρὰ Τηλεμάχωι δείπνοιο μέδηται

Schenkten ihm großes Gut, und wollten ihn unbeschädigt
Heim gen Ithaka bringen. Dann wäre vermutlich Odysseus
Lange schon hier; allein ihm schien es ein besserer Anschlag
Noch durch mehrere Länder zu reisen, und Güter zu sammeln:
So wie immer Odysseus vor allen Menschen auf Erden
Wußte, was Vorteil schafft; kein Sterblicher gleicht ihm an Weisheit!
Also sagte mir Pheidon, der edle thesprotische König,
Dieser beschwur es mir selbst, und beim Trankopfer im Hause,
Segelfertig wäre das Schiff, und bereit die Gefährten,
Um ihn heimzusenden in seiner Väter Gefilde.
Aber mich sandt' er zuvor im Schiffe thesprotischer Männer,
Welches zum weizenreichen Gefilde Dulichions abfuhr.
Pheidon zeigte mir auch die gesammelten Güter Odysseus'.
Noch bis ins zehnte Glied sind seine Kinder versorget:
Solch ein unendlicher Schatz lag dort im Hause des Königs!
Jener war, wie es hieß, nach Dodona gegangen, aus Gottes
Hochgewipfelter Eiche Kronions Willen zu hören:
Wie er in Ithaka ihm, nach seiner langen Entfernung,
Heimzukehren beföhle, ob öffentlich oder verborgen.
Also lebt er noch frisch und gesund, und kehret gewiß nun
Bald zurück; er irrt nicht lange mehr in der Fremde
Von den Seinigen fern: und das beschwör' ich dir heilig!
Zeus bezeuge mir das, der höchste und beste der Götter,
Und Odysseus' heiliger Herd, zu welchem ich fliehe:
Daß dies alles gewiß geschehn wird, wie ich verkünde!
Selbst noch in diesem Jahre wird wiederkehren Odysseus,
Wann der jetzige Mond abnimmt, und der folgende zunimmt!
Ihm antwortete drauf die kluge Penelopeia:
Fremdling, erfülleten doch die Götter, was du geweissagt!
Dann erkenntest du bald an vielen und großen Geschenken
Deine Freundin, und jeder Begegnende priese dich selig!
Aber es ahnet mir schon im Geiste, wie es geschehn wird.
Weder Odysseus kehrt zur Heimat wieder, noch wirst du
Jemals weiter gebracht; denn hier sind keine Gebieter,
Welche, wie einst der Held Odysseus, da er noch lebte,
Edle Gäste mit Ehren bewirteten oder entließen.
Aber ihr Mägde, wascht ihm die Füß', und bereitet sein Lager:
Bringet ein Bett, und bedeckt es mit Mänteln und prächtigen Polstern,
Daß er in warmer Ruhe den goldenen Morgen erwarte.
Aber morgen sollt ihr ihn frühe baden und salben,
Daß er also geschmückt an Telemachos' Seite das Frühmahl

ἥμενος ἐν μεγάρωι· τῶι δ' ἄλγιον ὅς κεν ἐκείνων
τοῦτον ἀνιάζηι θυμοφθόρος· οὐδέ τι ἔργον
ἐνθάδ' ἔτι πρήξει, μάλα περ κεχολωμένος αἰνῶς.
πῶς γὰρ ἐμεῦ σύ, ξεῖνε, δαήσεαι εἴ τι γυναικῶν
ἀλλάων περίειμι νόον καὶ ἐπίφρονα μῆτιν,
εἴ κεν ἀϋσταλέος, κακὰ εἱμένος ἐν μεγάροισιν
δαινύηι; ἄνθρωποι δὲ μινυνθάδιοι τελέθουσιν.
ὃς μὲν ἀπηνὴς αὐτὸς ἔηι καὶ ἀπηνέα εἰδῆι,
τῶι δὲ καταρῶνται πάντες βροτοὶ ἄλγε' ὀπίσσω
ζωῶι, ἀτὰρ τεθνεῶτί γ' ἐφεψιόωνται ἅπαντες·
ὃς δ' ἂν ἀμύμων αὐτὸς ἔηι καὶ ἀμύμονα εἰδῆι,
τοῦ μέν τε κλέος εὐρὺ δία ξεῖνοι φορέουσι
πάντας ἐπ' ἀνθρώπους, πολλοί τέ μιν ἐσθλὸν ἔειπον."
τὴν δ' ἀπαμειβόμενος προσέφη πολύμητις Ὀδυσσεύς·
„ ὦ γύναι αἰδοίη Λαερτιάδεω Ὀδυσῆος,
ἦ τοι ἐμοὶ χλαῖναι καὶ ῥήγεα σιγαλόεντα
ἤχθεθ', ὅτε πρῶτον Κρήτης ὄρεα νιφόεντα
νοσφισάμην ἐπὶ νηὸς ἰὼν δολιχηρέτμοιο,
κείω δ' ὡς τὸ πάρος περ ἀΰπνους νύκτας ἴαυον·
πολλὰς γὰρ δὴ νύκτας ἀεικελίωι ἐνὶ κοίτηι
ἄεσα καί τ' ἀνέμεινα ἐΰθρονον Ἠῶ δῖαν.
οὐδέ τί μοι ποδάνιπτρα ποδῶν ἐπιήρανα θυμῶι
γίγνεται· οὐδὲ γυνὴ ποδὸς ἅψεται ἡμετέροιο
τάων αἵ τοι δῶμα κάτα δρήστειραι ἔασιν,
εἰ μή τις γρηῦς ἔστι παλαιή, κεδνὰ ἰδυῖα,
ἥ τις δὴ τέτληκε τόσα φρεσὶν ὅσσα τ' ἐγώ περ·
τῆι δ' οὐκ ἂν φθονέοιμι ποδῶν ἅψασθαι ἐμεῖο."
τὸν δ' αὖτε προσέειπε περίφρων Πηνελόπεια·
„ ξεῖνε φίλ'· οὐ γάρ πώ τις ἀνὴρ πεπνυμένος ὧδε
ξείνων τηλεδαπῶν φιλίων ἐμὸν ἵκετο δῶμα,
ὡς σὺ μάλ' εὐφραδέως πεπνυμένα πάντ' ἀγορεύεις·
ἔστι δέ μοι γρηῢς πυκινὰ φρεσὶ μήδε' ἔχουσα
ἣ κεῖνον δύστηνον ἐῢ τρέφεν ἠδ' ἀτίταλλε,
δεξαμένη χείρεσσ', ὅτε μιν πρῶτον τέκε μήτηρ,
ἥ σε πόδας νίψει, ὀλιγηπελέουσά περ ἔμπης.
ἀλλ' ἄγε νῦν ἀνστᾶσα, περίφρων Εὐρύκλεια,
νίψον σοῖο ἄνακτος ὁμήλικα· καί που Ὀδυσσεὺς
ἤδη τοιόσδ' ἐστὶ πόδας τοιόσδε τε χεῖρας·
αἶψα γὰρ ἐν κακότητι βροτοὶ καταγηράσκουσιν."
ὣς ἄρ' ἔφη, γρηῢς δὲ κατέσχετο χερσὶ πρόσωπα,
δάκρυα δ' ἔκβαλε θερμά, ἔπος δ' ὀλοφυδνὸν ἔειπεν·

Hier im Saale genieße. Doch reuen soll es den Freier,
Der ihn wieder so frech mißhandelt: nicht das Geringste
Hab' er hier ferner zu schaffen, und zürnt' er noch so gewaltig!
Denn wie erkenntest du doch, o Fremdling, ob ich an Klugheit
Und verständigem Herzen vor andern Frauen geschmückt sei,
Ließ ich dich ungewaschen und schlechtbekleidet im Hause
Speisen? Es sind ja den Menschen nur wenige Tage beschieden.
Wer nun grausam denkt, und grausame Handlungen ausübt;
Diesem wünschen alle, so lang' er lebet, nur Unglück,
Und noch selbst im Tode wird sein Gedächtnis verabscheut.
Aber wer edel denkt, und edle Handlungen ausübt;
Dessen würdigen Ruhm verbreiten die Fremdlinge weithin
Unter die Menschen auf Erden, und jeder segnet den Guten.
Ihr antwortete drauf der erfindungsreiche Odysseus:
Du ehrwürdiges Weib des Laertiaden Odysseus,
Ach mir wurden Mäntel und weiche prächtige Polster
Ganz verhaßt, seitdem ich von Kretas schneeichten Bergen
Über die Wogen fuhr im langberuderten Schiffe!
Laß mich denn diese Nacht so ruhn, wie ich es gewohnt hin:
Viele schlaflose Nächte hab' ich auf elendem Lager
Hingebracht, und sehnlich den schönen Morgen erwartet.
Auch gebeut nicht diesen, mir meine Füße zu waschen;
Denn ich möchte nicht gern verstatten, daß eine der Mägde,
Die im Hause dir dienen, mir meine Füße berühre.
Wo du nicht etwa sonst eine alte verständige Frau hast,
Welche so vielen Kummer, als ich, im Leben erduldet:
Dieser wehr' ich es nicht, mir meine Füße zu waschen.
Ihm antwortete drauf die kluge Penelopeia:
Lieber Gast! denn nie ist solch ein verständiger Fremdling,
Nie ein werterer Gast in meine Wohnung gekommen:
So verständig und klug ist alles, was du auch sagest!
Ja, ich hab' eine alte und sehr vernünftige Frau hier,
Welche die Pflegerin war des unglückseligen Mannes,
Und in die Arme ihn nahm, sobald ihn die Mutter geboren:
Diese wird, so schwach sie auch ist, die Füße dir waschen.
Auf denn, und wasche den Greis, du redliche Eurykleia!
Er ist gleiches Alters mit deinem Herrn. Vielleicht sind
Jetzt Odysseus' Händ' und Füße schon eben so kraftlos.
Denn im Unglück altern die armen Sterblichen frühe.
Also sprach sie. Die Alte verbarg mit den Händen ihr Antlitz,
Heiße Tränen vergießend, und sprach mit jammernder Stimme:

„ ὤ μοι ἐγὼ σέο, τέκνον, ἀμήχανος· ἦ σε περὶ Ζεὺς
ἀνθρώπων ἤχθηρε θεουδέα θυμὸν ἔχοντα.
οὐ γάρ πώ τις τόσσα βροτῶν Διὶ τερπικεραύνωι
πίονα μηρί' ἔκη' οὐδ' ἐξαίτους ἑκατόμβας,
ὅσσα σὺ τῶι ἐδίδους, ἀρώμενος ἧος ἵκοιο
γῆράς τε λιπαρὸν θρέψαιό τε φαίδιμον υἱόν·
νῦν δέ τοι οἴωι πάμπαν ἀφείλετο νόστιμον ἦμαρ.
οὕτω που καὶ κείνωι ἐφεψιόωντο γυναῖκες
ξείνων τηλεδαπῶν, ὅτε τευ κλυτὰ δώμαθ' ἵκοιτο,
ὡς σέθεν αἱ κύνες αἵδε καθεψιόωνται ἅπασαι,
τάων νῦν λώβην τε καὶ αἴσχεα πόλλ' ἀλεείνων
οὐκ ἐάας νίζειν· ἐμὲ δ' οὐκ ἀέκουσαν ἄνωγε
κούρη Ἰκαρίοιο, περίφρων Πηνελόπεια.
τῶι σε πόδας νίψω ἅμα τ' αὐτῆς Πηνελοπείης
καὶ σέθεν εἵνεκ', ἐπεί μοι ὀρώρεται ἔνδοθι θυμὸς
κήδεσιν. ἀλλ' ἄγε νῦν ξυνίει ἔπος, ὅττι κεν εἴπω·
πολλοὶ δὴ ξεῖνοι ταλαπείριοι ἐνθάδ' ἵκοντο,
ἀλλ' οὔ πώ τινά φημι ἐοικότα ὧδε ἰδέσθαι
ὡς σὺ δέμας φωνήν τε πόδας τ' Ὀδυσῆϊ ἔοικας."
τὴν δ' ἀπαμειβόμενος προσέφη πολύμητις Ὀδυσσεύς·
„ ὦ γρηῦ, οὕτω φασὶν ὅσοι ἴδον ὀφθαλμοῖσιν
ἡμέας ἀμφοτέρους, μάλα εἰκέλω ἀλλήλοιϊν
ἔμμεναι, ὡς σύ περ αὐτὴ ἐπιφρονέουσ' ἀγορεύεις."
ὣς ἄρ' ἔφη, γρηῢς δὲ λέβηθ' ἕλε παμφανόωντα
τοῦ πόδας ἐξαπένιζεν, ὕδωρ δ' ἐνεχεύατο πουλὺ
ψυχρόν, ἔπειτα δὲ θερμὸν ἐπήφυσεν. αὐτὰρ Ὀδυσσεὺς
ἷζεν ἐπ' ἐσχαρόφιν, ποτὶ δὲ σκότον ἐτράπετ' αἶψα·
αὐτίκα γὰρ κατὰ θυμὸν ὀΐσατο, μή ἑ λαβοῦσα
οὐλὴν ἀμφράσσαιτο καὶ ἀμφαδὰ ἔργα γένοιτο.
νίζε δ' ἄρ' ἆσσον ἰοῦσα ἄναχθ' ἑόν· αὐτίκα δ' ἔγνω
οὐλήν, τήν ποτέ μιν σῦς ἤλασε λευκῶι ὀδόντι
Παρνησόνδ' ἐλθόντα μετ' Αὐτόλυκόν τε καὶ υἷας,
μητρὸς ἑῆς πάτερ' ἐσθλόν, ὃς ἀνθρώπους ἐκέκαστο
κλεπτοσύνηι θ' ὅρκωι τε· θεὸς δέ οἱ αὐτὸς ἔδωκεν
Ἑρμείας· τῶι γὰρ κεχαρισμένα μηρία καῖεν
ἀρνῶν ἠδ' ἐρίφων· ὁ δέ οἱ πρόφρων ἅμ' ὀπήδει.
Αὐτόλυκος δ' ἐλθὼν Ἰθάκης ἐς πίονα δῆμον
παῖδα νέον γεγαῶτα κιχήσατο θυγατέρος ἧς·
τόν ῥά οἱ Εὐρύκλεια φίλοις ἐπὶ γούνασι θῆκε
παυομένωι δόρποιο, ἔπος τ' ἔφατ' ἔκ τ' ὀνόμαζεν·
„ Αὐτόλυκ', αὐτὸς νῦν ὄνομ' εὕρεο ὅττι κε θῆαι

Wehe mir, wehe, mein Sohn! Ich Verlassene! Also verwarf dich
Zeus vor allen Menschen, so gottesfürchtig dein Herz ist?
Denn kein Sterblicher hat dem Gotte des Donners so viele
Fette Lenden verbrannt und erlesene Hekatomben,
Als du jenem geweiht, im Vertraun, ein ruhiges Alter
Einst zu erreichen, und selber den edlen Sohn zu erziehen!
Und nun raubt er dir gänzlich den Tag der fröhlichen Heimkehr!
Ach! es höhnten vielleicht auch ihn in der Fremde die Weiber,
Wann er hilfeflehend der Mächtigen Häuser besuchte;
Eben wie dich, o Fremdling, die Hündinnen alle verhöhnen,
Deren Schimpf und Spott zu vermeiden du jetzo dich weigerst,
Daß sie die Füße dir waschen. Doch mich, die willig gehorchet,
Heißt des Ikarios' Tochter, die kluge Penelopeia.
Und nicht Penelopeiens, auch deinethalben, o Fremdling,
Wasch' ich dich gern; denn tief im innersten Herzen empfind' ich
Mitleid! Aber wohlan, vernimm jetzt, was ich dir sage:
Unser Haus besuchte schon mancher bekümmerte Fremdling;
Aber ich habe noch nimmer so etwas Ähnliches gesehen,
Als du, an Stimme, Gestalt und Füßen, Odysseus gleichest.
Ihr antwortete drauf der erfindungsreiche Odysseus:
Mutter, so sagen alle, die uns mit Augen gesehen,
Daß wir beiden, Odysseus und ich, einander besonders
Ähnlich sind; wie auch du mit Scharfsinn jetzo bemerkest.
Also sprach er. Da trug die Alte die schimmernde Wanne
Zum Fußwaschen herbei: sie goß in die Wanne des Brunnen
Kaltes Wasser, und mischt' es mit kochendem. Aber Odysseus
Setzte sich neben den Herd, und wandte sich schnell in das Dunkel;
Denn es fiel ihm mit einmal aufs Herz, sie möchte beim Waschen
Seine Narbe bemerken, und sein Geheimnis verraten.
Jene kam, wusch ihren Herrn, und erkannte die Narbe
Gleich, die ein Eber ihm einst mit weißem Zahne gehauen,
Als er an dem Parnaß Autolykos, seiner Mutter
Edlen Vater, besucht' und Autolykos' Söhne, des Klügsten
An Verstellung und Schwur! Hermeias selber gewährt' ihm
Diese Kunst; denn ihm verbrannt' er der Lämmer und Zicklein
Lenden zum süßen Geruch, und huldreich schirmte der Gott ihn.
Dieser Autolykos kam in Ithakas fruchtbares Eiland,
Eben da seine Tochter ihm einen Enkel geboren.
Eurykleia setzte das neugeborene Knäblein,
Nach dem fröhlichen Mahl, auf die Kniee des Königs, und sagte:
Finde nun selbst den Namen, Autolykos, deinen geliebten

παιδὸς παιδὶ φίλωι· πολυάρητος δέ τοί ἐστιν.“
τὴν δ' αὖτ' Αὐτόλυκος ἀπαμείβετο φώνησέν τε·
„ γαμβρὸς ἐμὸς θυγάτηρ τε, τίθεσθ' ὄνομ' ὅττι κεν εἴπω·
πολλοῖσιν γὰρ ἐγώ γε ὀδυσσάμενος τόδ' ἱκάνω,
ἀνδράσιν ἠδὲ γυναιξὶν ἀνὰ χθόνα πουλυβότειραν·
τῶι δ' Ὀδυσεὺς ὄνομ' ἔστω ἐπώνυμον· αὐτὰρ ἐγώ γε,
ὁππότ' ἂν ἡβήσας μητρώϊον ἐς μέγα δῶμα
ἔλθηι Παρνησόνδ', ὅθι πού μοι κτήματ' ἔασι,
τῶν οἱ ἐγὼ δώσω καί μιν χαίροντ' ἀποπέμψω.“
τῶν ἕνεκ' ἦλθ' Ὀδυσεύς, ἵνα οἱ πόροι ἀγλαὰ δῶρα.
τὸν μὲν ἄρ' Αὐτόλυκός τε καὶ υἱέες Αὐτολύκοιο
χερσίν τ' ἠσπάζοντο ἔπεσσί τε μειλιχίοισι·
μήτηρ δ' Ἀμφιθέη μητρὸς περιφῦσ' Ὀδυσῆϊ
κύσσ' ἄρα μιν κεφαλήν τε καὶ ἄμφω φάεα καλά.
Αὐτόλυκος δ' υἱοῖσιν ἐκέκλετο κυδαλίμοισι
δεῖπνον ἐφοπλίσσαι· τοὶ δ' ὀτρύνοντος ἄκουσαν,
αὐτίκα δ' εἰσάγαγον βοῦν ἄρσενα πενταέτηρον·
τὸν δέρον ἀμφί θ' ἔπον, καί μιν διέχευαν ἅπαντα,
μίστυλλόν τ' ἄρ' ἐπισταμένως πεῖράν τ' ὀβελοῖσιν,
ὤπτησάν τε περιφραδέως, δάσσαντό τε μοίρας.
ὣς τότε μὲν πρόπαν ἦμαρ ἐς ἠέλιον καταδύντα
δαίνυντ', οὐδέ τι θυμὸς ἐδεύετο δαιτὸς ἐΐσης·
ἦμος δ' ἠέλιος κατέδυ καὶ ἐπὶ κνέφας ἦλθεν,
δὴ τότε κοιμήσαντο καὶ ὕπνου δῶρον ἕλοντο.
ἦμος δ' ἠριγένεια φάνη ῥοδοδάκτυλος Ἠώς,
βάν ῥ' ἴμεν ἐς θήρην, ἠμὲν κύνες ἠδὲ καὶ αὐτοὶ
υἱέες Αὐτολύκου· μετὰ τοῖσι δὲ δῖος Ὀδυσσεὺς
ἤϊεν· αἰπὺ δ' ὄρος προσέβαν καταειμένον ὕληι
Παρνησοῦ, τάχα δ' ἵκανον πτύχας ἠνεμοέσσας.
Ἠέλιος μὲν ἔπειτα νέον προσέβαλλεν ἀρούρας
ἐξ ἀκαλαρρείταο βαθυρρόου Ὠκεανοῖο,
οἱ δ' ἐς βῆσσαν ἵκανον ἐπακτῆρες· πρὸ δ' ἄρ' αὐτῶν
ἴχνι' ἐρευνῶντες κύνες ἤϊσαν, αὐτὰρ ὄπισθεν
υἱέες Αὐτολύκου· μετὰ τοῖσι δὲ δῖος Ὀδυσσεὺς
ἤϊεν ἄγχι κυνῶν, κραδάων δολιχόσκιον ἔγχος.
ἔνθα δ' ἄρ' ἐν λόχμηι πυκινῆι κατέκειτο μέγας σῦς·
τὴν μὲν ἄρ' οὔτ' ἀνέμων διάει μένος ὑγρὸν ἀέντων,
οὔτε μιν Ἠέλιος φαέθων ἀκτῖσιν ἔβαλλεν,
οὔτ' ὄμβρος περάασκε διαμπερές· ὣς ἄρα πυκνὴ
ἦεν, ἀτὰρ φύλλων ἐνέην χύσις ἤλιθα πολλή.
τὸν δ' ἀνδρῶν τε κυνῶν τε περὶ κτύπος ἦλθε ποδοῖϊν,

Tochtersohn zu benennen, den du so herzlich erwünscht hast.
Und Autolykos sprach zu seinem Eidam und Tochter:
Liebe Kinder, gebt ihm den Namen, den ich euch sage.
Vielen Männern und Weibern auf lebenschenkender Erde
Zürnend, komm' ich zu euch in Ithakas fruchtbares Eiland.
Darum soll das Knäblein Odysseus, der Zürnende, heißen.
Wann er mich einst als Jüngling im mütterlichen Palaste
Am Parnassos besucht, wo ich meine Güter beherrsche;
Will ihn reichlich beschenkt und fröhlich wieder entlassen.
Jetzo besucht' ihn Odysseus, die reichen Geschenke zu holen.
Aber Autolykos selbst und Autolykos' treffliche Söhne
Reichten Odysseus die Hand, und hießen ihn freundlich willkommen;
Auch Amphithea lief dem Enkel entgegen, umarmt' ihn,
Küßte sein Angesicht und beide glänzenden Augen.
Und Autolykos rief und ermahnte die rühmlichen Söhne,
Daß sie Odysseus ein Mahl bereiteten. Diese gehorchten:
Eilten hinaus, und führten ein stark fünfjähriges Rind her,
Schlachteten, zogen es ab, und hauten es ganz voneinander,
Und zerstückten behende das Fleisch, und steckten's an Spieße,
Brieten's mit Vorsicht über der Glut, und verteilten's den Gästen.
Also saßen sie dort den Tag bis die Sonne sich neigte,
Und erfreuten ihr Herz am gleichgeteileten Mahle.
Als die Sonne nun sank, und Dunkel die Erde bedeckte,
Legten sie sich zur Ruh, und nahmen die Gabe des Schlafes.
Als die dämmernde Frühe mit Rosenfingern erwachte,
Gingen sie auf die Jagd, Autolykos' treffliche Söhne,
Und die spürenden Hunde; mit ihnen der edle Odysseus.
Und sie erstiegen die Höhe des waldbewachs'nen Parnassos,
Und durchwandelten bald des Berges luftige Krümmen.
Aus dem stillen Gewässer des Oceanes erhub sich
Jetzo die Sonn', und erhellte mit jungen Strahlen die Gegend.
Aber die Jäger durchsuchten das waldbewachsene Bergtal:
Vornan liefen die spürenden Hund', und hinter den Hunden
Gingen Autolykos' Söhne; doch eilte der edle Odysseus
Immer voraus, und schwang den weithinschattenden Jagdspieß.
Allda lag im dichten Gesträuch ein gewaltiger Eber.
Nie durchstürmte den Ort die Wut naßhauchender Winde,
Ihn erleuchtete nimmer mit warmen Strahlen die Sonne,
Selbst der gießende Regen durchdrang ihn nimmer: so dicht war
Dieses Gesträuch, und hoch bedeckten die Blätter den Boden.
Jener vernahm das Getös von den Füßen der Männer und Hunde,

ὥς ἐπάγοντες ἐπῆισαν· ὁ δ’ ἀντίος ἐκ ξυλόχοιο
φρίξας εὖ λοφιήν, πῦρ δ’ ὀφθαλμοῖσι δεδορκώς,
στῆ ῥ’ αὐτῶν σχεδόθεν· ὁ δ’ ἄρα πρώτιστος Ὀδυσσεὺς
ἔσσυτ’ ἀνασχόμενος δολιχὸν δόρυ χειρὶ παχείηι,
οὐτάμεναι μεμαώς· ὁ δέ μιν φθάμενος ἔλασεν σῦς
γουνὸς ὕπερ, πολλὸν δὲ διήφυσε σαρκὸς ὀδόντι
λικριφὶς ἀΐξας, οὐδ’ ὀστέον ἵκετο φωτός.
τὸν δ’ Ὀδυσεὺς οὔτησε τυχὼν κατὰ δεξιὸν ὦμον,
ἀντικρὺ δὲ διῆλθε φαεινοῦ δουρὸς ἀκωκή·
κὰδ δ’ ἔπεσ’ ἐν κονίηισι μακών, ἀπὸ δ’ ἔπτατο θυμός.
τὸν μὲν ἄρ’ Αὐτολύκου παῖδες φίλοι ἀμφεπένοντο,
ὠτειλὴν δ’ Ὀδυσῆος ἀμύμονος ἀντιθέοιο
δῆσαν ἐπισταμένως, ἐπαοιδῆι δ’ αἷμα κελαινὸν
ἔσχεθον, αἶψα δ’ ἵκοντο φίλου πρὸς δώματα πατρός.
τὸν μὲν ἄρ’ Αὐτόλυκός τε καὶ υἱέες Αὐτολύκοιο
εὖ ἰησάμενοι ἠδ’ ἀγλαὰ δῶρα πορόντες
καρπαλίμως χαίροντα φίλην ἐς πατρίδ’ ἔπεμπον
εἰς Ἰθάκην. τῶι μέν ῥα πατὴρ καὶ πότνια μήτηρ
χαῖρον νοστήσαντι καὶ ἐξερέεινον ἕκαστα,
οὐλὴν ὅττι πάθοι· ὁ δ’ ἄρα σφίσιν εὖ κατέλεξεν
ὥς μιν θηρεύοντ’ ἔλασεν σῦς λευκῶι ὀδόντι,
Παρνησόνδ’ ἐλθόντα σὺν υἱάσιν Αὐτολύκοιο.
    τὴν γρηῢς χείρεσσι καταπρηνέσσι λαβοῦσα
γνῶ ῥ’ ἐπιμασσαμένη, πόδα δὲ προέηκε φέρεσθαι·
ἐν δὲ λέβητι πέσε κνήμη, κανάχησε δὲ χαλκός,
ἂψ δ’ ἑτέρωσ’ ἐκλίθη· τὸ δ’ ἐπὶ χθονὸς ἐξέχυθ’ ὕδωρ.
τὴν δ’ ἅμα χάρμα καὶ ἄλγος ἕλε φρένα, τὼ δέ οἱ ὄσσε
δακρυόφι πλῆσθεν, θαλερὴ δέ οἱ ἔσχετο φωνή.
ἁψαμένη δὲ γενείου Ὀδυσσῆα προσέειπεν·
    „ἦ μάλ’ Ὀδυσσεύς ἐσσι, φίλον τέκος· οὐδέ σ’ ἐγώ γε
πρὶν ἔγνων, πρὶν πάντα ἄνακτ’ ἐμὸν ἀμφαφάασθαι.“
    ἦ καὶ Πηνελόπειαν ἐσέδρακεν ὀφθαλμοῖσι,
πεφραδέειν ἐθέλουσα φίλον πόσιν ἔνδον ἐόντα.
ἡ δ’ οὔτ’ ἀθρῆσαι δύνατ’ ἀντίη οὔτε νοῆσαι·
τῆι γὰρ Ἀθηναίη νόον ἔτραπεν· αὐτὰρ Ὀδυσσεὺς
χεῖρ’ ἐπιμασσάμενος φάρυγος λάβε δεξιτερῆφι,
τῆι δ’ ἑτέρηι ἕθεν ἆσσον ἐρύσσατο φώνησέν τε.
    „μαῖα, τίη μ’ ἐθέλεις ὀλέσαι; σὺ δέ μ’ ἔτρεφες αὐτὴ
τῶι σῶι ἐπὶ μαζῶι· νῦν δ’ ἄλγεα πολλὰ μογήσας
ἤλυθον εἰκοστῶι ἔτεϊ ἐς πατρίδα γαῖαν.
ἀλλ’ ἐπεὶ ἐφράσθης καί τοι θεὸς ἔμβαλε θυμῶι,

Welche dem Lager sich nahten, und stürzte hervor aus dem Dickicht,
Hoch die Borsten gesträubt, mit feuerflammenden Augen,
Grad' auf die Jäger, und stand. Odysseus, welcher voranging,
Flog, in der nervichten Faust den langen erhobenen Jagdspieß,
Ihn zu verwunden, hinzu; doch er kam ihm zuvor, und hieb ihm
Über dem Knie in die Lende: der seitwärts mähende Hauer
Riß viel Fleisch ihm hinweg, doch drang er nicht auf den Knochen.
Aber Odysseus traf die rechte Schulter des Ebers,
Und bis vorn durchdrang ihn die Spitze der schimmernden Lanze:
Schreiend stürzt' er dahin in den Staub, und das Leben verließ ihn.
Um ihn waren sogleich Autolykos' Söhne beschäftigt.
Diese verbanden dem edlen, dem göttergleichen Odysseus
Sorgsam die Wund', und stillten das schwarze Blut mit Beschwörung;
Und dann kehrten sie schnell zu ihres Vaters Palaste.
Als ihn Autolykos dort und Autolykos' Söhne mit Sorgfalt
Hatten geheilt; da beschenkten sie ihn sehr reichlich, und ließen,
Froh des Jünglings, ihn froh nach seiner heimischen Insel
Ithaka ziehn. Sein Vater und seine treffliche Mutter
Freuten sich herzlich ihn wiederzusehn, und fragten nach allem,
Wo er die Narbe bekommen; da sagt' er die ganze Geschichte:
Wie ein Eber sie ihm mit weißem Zahne gehauen,
Als er auf dem Parnaß mit Autolykos' Söhnen gejaget.

Diese betastete jetzo mit flachen Händen die Alte,
Und erkannte sie gleich, und ließ den Fuß aus den Händen
Sinken, er fiel in die Wanne; da klang die eherne Wanne,
Stürzt' auf die Seite herum, und das Wasser floß auf den Boden.
Freud' und Angst ergriffen das Herz der Alten: die Augen
Wurden mit Tränen erfüllt, und atmend stockte die Stimme.
Endlich erholte sie sich, und faßt ihn ans Kinn, und sagte:

Wahrlich du bist Odysseus, mein Kind! und ich habe nicht eher
Meinen Herren erkannt, bevor ich dich ringsum betastet!

Also sprach sie, und wandte die Augen nach Penelopeia,
Willens ihr zu verkünden, ihr lieber Gemahl sei zu Hause.
Aber die Königin konnte so wenig hören als sehen;
Denn Athene lenkte ihr Herz ab. Aber Odysseus
Faßte schnell mit der rechten Hand die Kehle der Alten,
Und mit der andern zog er sie näher heran, und sagte:

Mütterchen, mache mich nicht unglücklich! Du hast mich an deiner
Brust gesäugt; und jetzo, nach vielen Todesgefahren,
Bin ich im zwanzigsten Jahre zur Heimat wiedergekehret.
Aber da du mich nun durch Gottes Fügung erkannt hast,

σίγα, μή τίς τ᾽ ἄλλος ἐνὶ μεγάροισι πύθηται.
ὧδε γὰρ ἐξερέω, καὶ μὴν τετελεσμένον ἔσται·
εἴ χ᾽ ὑπ᾽ ἐμοί γε θεὸς δαμάσῃ μνηστῆρας ἀγαυούς,
οὐδὲ τροφοῦ οὔσης σεῦ ἀφέξομαι, ὁππότ᾽ ἂν ἄλλας
δμωιὰς ἐν μεγάροισιν ἐμοῖς κτείνωμι γυναῖκας.“
τὸν δ᾽ αὖτε προσέειπε περίφρων Εὐρύκλεια·
„ τέκνον ἐμόν, ποῖόν σε ἔπος φύγεν ἕρκος ὀδόντων.
οἶσθα μὲν οἷον ἐμὸν μένος ἔμπεδον οὐδ᾽ ἐπιεικτόν,
ἕξω δ᾽ ὡς ὅτε τις στερεὴ λίθος ἠὲ σίδηρος.
ἄλλο δέ τοι ἐρέω, σὺ δ᾽ ἐνὶ φρεσὶ βάλλεο σῇσιν·
εἴ χ᾽ ὑπό σοι γε θεὸς δαμάσῃ μνηστῆρας ἀγαυούς,
δὴ τότε τοι καταλέξω ἐνὶ μεγάροισι γυναῖκας,
αἵ τέ σ᾽ ἀτιμάζουσι καὶ αἳ νηλείτιδές εἰσι.“
τὴν δ᾽ ἀπαμειβόμενος προσέφη πολύμητις Ὀδυσσεύς
„ μαῖα, τίη δὲ σὺ τὰς μυθήσεαι; οὐδέ τί σε χρή.
εὖ νυ καὶ αὐτὸς ἐγὼ φράσομαι καὶ εἴσομ᾽ ἑκάστην·
ἀλλ᾽ ἔχε σιγῇ μῦθον, ἐπίτρεψον δὲ θεοῖσιν.“
ὣς ἄρ᾽ ἔφη, γρηῢς δὲ διὲκ μεγάροιο βεβήκει
οἰσομένη ποδάνιπτρα· τὰ γὰρ πρότερ᾽ ἔκχυτο πάντα.
αὐτὰρ ἐπεὶ νίψεν τε καὶ ἤλειψεν λίπ᾽ ἐλαίῳ,
αὖτις ἄρ᾽ ἀσσοτέρω πυρὸς ἕλκετο δίφρον Ὀδυσσεὺς
θερσόμενος, οὐλὴν δὲ κατὰ ῥακέεσσι κάλυψε.
τοῖσι δὲ μύθων ἦρχε περίφρων Πηνελόπεια·
„ ξεῖνε, τὸ μέν σ᾽ ἔτι τυτθὸν ἐγὼν εἰρήσομαι αὐτή·
καὶ γὰρ δὴ κοίτοιο τάχ᾽ ἔσσεται ἡδέος ὥρη,
ὅν τινά γ᾽ ὕπνος ἕλοι γλυκερός, καὶ κηδόμενόν περ.
αὐτὰρ ἐμοὶ καὶ πένθος ἀμέτρητον πόρε δαίμων·
ἤματα μὲν γὰρ τέρπομ᾽ ὀδυρομένη, γοόωσα,
ἔς τ᾽ ἐμὰ ἔργ᾽ ὁρόωσα καὶ ἀμφιπόλων ἐνὶ οἴκῳ·
αὐτὰρ ἐπὴν νὺξ ἔλθῃ, ἕλῃσί τε κοῖτος ἅπαντας,
κεῖμαι ἐνὶ λέκτρῳ, πυκιναὶ δέ μοι ἀμφ᾽ ἀδινὸν κῆρ
ὀξεῖαι μελεδῶνες ὀδυρομένην ἐρέθουσιν.
ὡς δ᾽ ὅτε Πανδαρέου κούρη, χλωρηῒς ἀηδών,
καλὸν ἀείδῃσιν ἔαρος νέον ἱσταμένοιο,
δενδρέων ἐν πετάλοισι καθεζομένη πυκινοῖσιν,
ἥ τε θαμὰ τρωπῶσα χέει πολυηχέα φωνήν,
παῖδ᾽ ὀλοφυρομένη Ἴτυλον φίλον, ὅν ποτε χαλκῷ
κτεῖνε δι᾽ ἀφραδίας, κοῦρον Ζήθοιο ἄνακτος,
ὣς καὶ ἐμοὶ δίχα θυμὸς ὀρώρεται ἔνθα καὶ ἔνθα,
ἠὲ μένω παρὰ παιδὶ καὶ ἔμπεδα πάντα φυλάσσω,
κτῆσιν ἐμήν, δμῳάς τε καὶ ὑψερεφὲς μέγα δῶμα,

Halt es geheim, damit es im Hause keiner erfahre!
Denn ich sage dir sonst, und das wird wahrlich erfüllet!
Wenn mir Gott die Vertilgung der stolzen Freier gewähret,
Siehe dann werd' ich auch deiner, die mich gesäuget, nicht schonen;
Sondern ich töte dich selbst mit den übrigen Weibern im Hause!
Ihm antwortete drauf die verständige Eurykleia:
Welche Rede, mein Kind, ist deinen Lippen entflohen?
Weißt du nicht selbst, wie stark und unerschüttert mein Herz ist?
Fest, wie Eisen und Stein, will ich das Geheimnis bewahren!
Eins verkünd' ich dir noch, und du nimm solches zu Herzen:
Wann dir Gott die Vertilgung der stolzen Freier gewähret,
Siehe, dann will ich selbst die Weiber im Hause dir nennen,
Alle, die dich verraten, und die unsträflich geblieben.
Ihr antwortete drauf der erfindungsreiche Odysseus:
Mütterchen, warum willst du sie nennen? Es ist ja nicht nötig.
Kann ich nicht selbst aufmerken, und ihre Gesinnungen prüfen?
Aber verschweig die Sache, und überlaß sie den Göttern.
Also sprach er. Da eilte die Pflegerin aus dem Gemache,
Anderes Wasser zu holen; das erste war alles verschüttet.
Als sie ihn jetzo gewaschen, und drauf mit Öle gesalbet;
Nahm Odysseus den Stuhl, und zog ihn näher ans Feuer,
Sich zu wärmen, und bedeckte mit seinen Lumpen die Narbe.
Drauf begann das Gespräch die verständige Penelopeia:
Fremdling, ich will dich jetzo nur noch ein weniges fragen;
Denn es nahet bereits die Stunde der lieblichen Ruhe,
Wem sein Leiden vergönnt, in süßem Schlummer zu ruhen.
Aber mich Arme belastet ein unermeßlicher Jammer!
Meine Freude des Tags ist, unter Tränen und Seufzern
In dem Saale zu wirken, und auf die Mägde zu sehen.
Aber kömmt nun die Nacht, da alle Sterblichen ausruhn;
Lieg' ich schlaflos im Bett, und tausend nagende Sorgen
Wühlen mit neuer Wut um meine zerrissene Seele.
Wie wenn die Nachtigall, Pandareos' liebliche Tochter,
Ihren schönen Gesang im beginnenden Frühling erneuert;
Sitzend unter dem Laube der dichtumschattenden Bäume,
Rollt sie von Tönen zu Tönen die schnelle melodische Stimme,
Ihren geliebten Sohn, den sie selber ermordet, die Törin!
Ihren Itylos klagend, den Sohn des Königes Zethos:
Also wendet sich auch mein Geist bald hiehin bald dorthin:
Ob ich noch weile beim Sohn, und alle Güter bewahre,
Meine Hab', und die Mägd', und die hohe prächtige Wohnung,

εὐνήν τ᾽ αἰδομένη πόσιος δήμοιό τε φῆμιν,
ἦ ἤδη ἅμ᾽ ἕπωμαι Ἀχαιῶν ὅς τις ἄριστος
μνᾶται ἐνὶ μεγάροισι, πορὼν ἀπερείσια ἕδνα.
παῖς δ᾽ ἐμὸς ἧος ἔην ἔτι νήπιος ἠδὲ χαλίφρων,
γήμασθ᾽ οὔ μ᾽ εἴα πόσιος κατὰ δῶμα λιποῦσαν·
νῦν δ᾽ ὅτε δὴ μέγας ἐστὶ καὶ ἥβης μέτρον ἱκάνει,
καὶ δή μ᾽ ἀρᾶται πάλιν ἐλθέμεν ἐκ μεγάροιο,
κτήσιος ἀσχαλόων, τήν οἱ κατέδουσιν Ἀχαιοί.
ἀλλ᾽ ἄγε μοι τὸν ὄνειρον ὑπόκριναι καὶ ἄκουσον.
χῆνές μοι κατὰ οἶκον ἐείκοσι πυρὸν ἔδουσιν
ἐξ ὕδατος, καί τέ σφιν ἰαίνομαι εἰσορόωσα·
ἐλθὼν δ᾽ ἐξ ὄρεος μέγας αἰετὸς ἀγκυλοχείλης
πᾶσι κατ᾽ αὐχένας ἦξε καὶ ἔκτανεν· οἱ δ᾽ ἐκέχυντο
ἁθρόοι ἐν μεγάροις, ὁ δ᾽ ἐς αἰθέρα δῖαν ἀέρθη.
αὐτὰρ ἐγὼ κλαῖον καὶ ἐκώκυον ἔν περ ὀνείρωι,
ἀμφὶ δ᾽ ἔμ᾽ ἠγερέθοντο ἐϋπλοκαμῖδες Ἀχαιαί,
οἴκτρ᾽ ὀλοφυρομένην ὅ μοι αἰετὸς ἔκτανε χῆνας.
ἂψ δ᾽ ἐλθὼν κατ᾽ ἄρ᾽ ἕζετ᾽ ἐπὶ προὔχοντι μελάθρωι,
φωνῆι δὲ βροτέηι κατερήτυε φώνησέν τε·
‚θάρσει, Ἰκαρίου κούρη τηλεκλειτοῖο·
οὐκ ὄναρ, ἀλλ᾽ ὕπαρ ἐσθλόν, ὅ τοι τετελεσμένον ἔσται.
χῆνες μὲν μνηστῆρες, ἐγὼ δέ τοι αἰετὸς ὄρνις
ἦα πάρος, νῦν αὖτε τεὸς πόσις εἰλήλουθα,
ὃς πᾶσι μνηστῆρσιν ἀεικέα πότμον ἐφήσω.‘
ὣς ἔφατ᾽, αὐτὰρ ἐμὲ μελιηδὴς ὕπνος ἀνῆκε·
παπτήνασα δὲ χῆνας ἐνὶ μεγάροισι νόησα
πυρὸν ἐρεπτομένους παρὰ πύελον, ἧχι πάρος περ.“
τὴν δ᾽ ἀπαμειβόμενος προσέφη πολύμητις Ὀδυσσεύς·
„ὦ γύναι, οὔ πως ἔστιν ὑποκρίνασθαι ὄνειρον
ἄλληι ἀποκλίναντ᾽, ἐπεὶ ἦ ῥά τοι αὐτὸς Ὀδυσσεὺς
πέφραδ᾽ ὅπως τελέει· μνηστῆρσι δὲ φαίνετ᾽ ὄλεθρος
πᾶσι μάλ᾽, οὐδέ κέ τις θάνατον καὶ κῆρας ἀλύξει.“
τὸν δ᾽ αὖτε προσέειπε περίφρων Πηνελόπεια·
„ξεῖν᾽, ἦ τοι μὲν ὄνειροι ἀμήχανοι ἀκριτόμυθοι
γίγνοντ᾽, οὐδέ τι πάντα τελείεται ἀνθρώποισι.
δοιαὶ γάρ τε πύλαι ἀμενηνῶν εἰσὶν ὀνείρων·
αἱ μὲν γὰρ κεράεσσι τετεύχαται, αἱ δ᾽ ἐλέφαντι·
τῶν οἳ μέν κ᾽ ἔλθωσι διὰ πριστοῦ ἐλέφαντος,
οἵ ῥ᾽ ἐλεφαίρονται, ἔπε᾽ ἀκράαντα φέροντες·
οἱ δὲ διὰ ξεστῶν κεράων ἔλθωσι θύραζε,
οἵ ῥ᾽ ἔτυμα κραίνουσι, βροτῶν ὅτε κέν τις ἴδηται.

Scheuend das Lager des Ehegemahls und die Stimme des Volkes;
Oder jetzt von den Freiern im Hause den tapfersten Jüngling,
Welcher das meiste geschenkt, zu meinem Bräutigam wähle.
Als mein Sohn noch ein Kind war und schwaches Verstandes, da durft' ich
Ihm zuliebe nicht wählen, noch diese Wohnung verlassen;
Nun da er größer ist, und des Jünglings Alter erreicht hat,
Wünscht er selber, ich möge nur bald aus dem Hause hinweggehn,
Zürnend wegen der Habe, so ihm die Achaier verschwelgen.
Aber höre den Traum, und sage mir seine Bedeutung.
Zwanzig Gänse hab' ich in meinem Hause, die fressen
Weizen mit Wasser gemischt; und ich freue mich, wenn ich sie anseh'.
Aber es kam ein großer krummgeschnabelter Adler
Von dem Gebirg', und brach den Gänsen die Hälse; getötet
Lagen sie all' im Haus', und er flog in die heilige Luft auf.
Und ich begann zu weinen, und schluchzt' im Traume. Da kamen,
Ringsumher, mich zu trösten, der Stadt schönlockige Frauen;
Aber ich jammerte laut, daß der Adler die Gänse getötet.
Plötzlich flog er zurück, und saß auf dem Simse des Rauchfangs,
Wandte sich tröstend zu mir, und sprach mit menschlicher Stimme:
Tochter des fernberühmten Ikarios, fröhliches Mutes!
Nicht ein Traum ist dieses, ein Göttergesicht, das dir Heil bringt.
Jene Gänse sind Freier, und ich war eben ein Adler;
Aber jetzo bin ich, dein Gatte, wieder gekommen,
Daß ich den Freiern allein ein schreckliches Ende bereite.
Also sprach der Adler. Der süße Schlummer verließ mich;
Eilend sah ich im Hause nach meinen Gänsen, und alle
Fraßen aus ihrem Troge den Weizen, so wie gewöhnlich.
Ihr antwortete drauf der erfindungsreiche Odysseus:
Fürstin, es wäre vergebens, nach einer anderen Deutung
Deines Traumes zu forschen. Dir sagte ja selber Odysseus,
Wie er ihn denkt zu erfüllen. Verderben drohet den Freiern
Allzumal, und keiner entrinnt dem Todesverhängnis.
Ihm antwortete drauf die kluge Penelopeia:
Fremdling, es gibt doch dunkle und unerklärbare Träume,
Und nicht alle verkünden der Menschen künftiges Schicksal.
Denn es sind, wie man sagt, zwo Pforten der nichtigen Träume:
Eine von Elfenbein, die andre von Horne gebauet.
Welche nun aus der Pforte von Elfenbeine herausgehn,
Diese täuschen den Geist durch lügenhafte Verkündung;
Andere, die aus der Pforte von glattem Horne hervorgehn,
Deuten Wirklichkeit an, wenn sie den Menschen erscheinen.

ἀλλ' ἐμοὶ οὐκ ἐντεῦθεν ὀΐομαι αἰνὸν ὄνειρον
ἐλθέμεν· ἦ κ' ἀσπαστὸν ἐμοὶ καὶ παιδὶ γένοιτο.
ἄλλο δέ τοι ἐρέω, σὺ δ' ἐνὶ φρεσὶ βάλλεο σῇσιν·
ἥδε δὴ ἠὼς εἶσι δυσώνυμος, ἥ μ' Ὀδυσῆος
οἴκου ἀποσχήσει· νῦν γὰρ καταθήσω ἄεθλον,
τοὺς πελέκεας, τοὺς κεῖνος ἐνὶ μεγάροισιν ἑοῖσιν
ἵστασχ' ἑξείης, δρυόχους ὥς, δώδεκα πάντας·
στὰς δ' ὅ γε πολλὸν ἄνευθε διαρρίπτασκεν ὀϊστόν.
νῦν δὲ μνηστήρεσσιν ἄεθλον τοῦτον ἐφήσω·
ὃς δέ κε ῥηΐτατ' ἐντανύσῃ βιὸν ἐν παλάμῃσι
καὶ διοϊστεύσῃ πελέκεων δυοκαίδεκα πάντων,
τῶι κεν ἅμ' ἑσποίμην, νοσφισσαμένη τόδε δῶμα
κουρίδιον, μάλα καλόν, ἐνίπλειον βιότοιο·
τοῦ ποτὲ μεμνήσεσθαι ὀΐομαι ἔν περ ὀνείρωι."
τὴν δ' ἀπαμειβόμενος προσέφη πολύμητις Ὀδυσσεύς
„ὦ γύναι αἰδοίη Λαερτιάδεω Ὀδυσῆος,
μηκέτι νῦν ἀνάβαλλε δόμοις ἔνι τοῦτον ἄεθλον·
πρὶν γάρ τοι πολύμητις ἐλεύσεται ἐνθάδ' Ὀδυσσεύς,
πρὶν τούτους τόδε τόξον ἐΰξοον ἀμφαφόωντας
νευρήν τ' ἐντανύσαι διοϊστεῦσαί τε σιδήρου."
τὸν δ' αὖτε προσέειπε περίφρων Πηνελόπεια·
„εἴ κ' ἐθέλοις μοι, ξεῖνε, παρήμενος ἐν μεγάροισι
τέρπειν, οὔ κέ μοι ὕπνος ἐπὶ βλεφάροισι χυθείη.
ἀλλ' οὐ γάρ πως ἔστιν ἀΰπνους ἔμμεναι αἰεὶ
ἀνθρώπους· ἐπὶ γάρ τοι ἑκάστωι μοῖραν ἔθηκαν
ἀθάνατοι θνητοῖσιν ἐπὶ ζείδωρον ἄρουραν.
ἀλλ' ἦ τοι μὲν ἐγὼν ὑπερώϊον εἰσαναβᾶσα
λέξομαι εἰς εὐνήν, ἥ μοι στονόεσσα τέτυκται,
αἰεὶ δάκρυσ' ἐμοῖσι πεφυρμένη, ἐξ οὗ Ὀδυσσεὺς
ὤιχετ' ἐποψόμενος Κακοΐλιον οὐκ ὀνομαστήν.
ἔνθα κε λεξαίμην· σὺ δὲ λέξεο τῶιδ' ἐνὶ οἴκωι,
ἢ χαμάδις στορέσας ἤ τοι κατὰ δέμνια θέντων."
ὣς εἰποῦσ' ἀνέβαιν' ὑπερώϊα σιγαλόεντα,
οὐκ οἴη, ἅμα τῆι γε καὶ ἀμφίπολοι κίον ἄλλαι.
ἐς δ' ὑπερῶι' ἀναβᾶσα σὺν ἀμφιπόλοισι γυναιξὶ
κλαῖεν ἔπειτ' Ὀδυσῆα, φίλον πόσιν, ὄφρα οἱ ὕπνον
ἡδὺν ἐπὶ βλεφάροισι βάλε γλαυκῶπις Ἀθήνη.

Aber ich zweifle, ob dorther ein vorbedeutendes Traumbild
Zu mir kam. O wie herzlich erwünscht wär' es mir und dem Sohne!
Eins verkünd' ich dir noch, und du nimm solches zu Herzen.
Morgen erscheinet der Tag, der entsetzliche! der von Odysseus'
Hause mich trennen wird; denn morgen gebiet' ich den Wettkampf,
Durch zwölf Äxte zu schießen, die jener in seinem Palaste
Pflegte, wie Hölzer des Kiels, in grader Reihe zu stellen;
Ferne stand er alsdann, und schnellte den Pfeil durch die Äxte.
Diesen Wettkampf will ich den Freiern jetzo gebieten.
Wessen Hand von ihnen den Bogen am leichtesten spannet,
Und mit der Senne den Pfeil durch alle zwölf Äxte hindurchschnellt:
Sieh, dem folg' ich als Weib aus diesem werten Palaste
Meines ersten Gemahls, dem prächtigen reichen Palaste,
Dessen mein Herz sich vielleicht noch künftig in Träumen erinnert.
  Ihr antwortete drauf der erfindungsreiche Odysseus:
Du ehrwürdiges Weib des Laertiaden Odysseus,
Zögere nicht, und gebeut in deinem Hause den Wettkampf.
Wahrlich noch eher kommt der erfindungsreiche Odysseus,
Ehe von allen, die mühsam den glatten Bogen versuchen,
Einer die Senne spannt, und den Pfeil durch die Eisen hindurchschnellt.
  Ihm antwortete drauf die kluge Penelopeia:
Fremdling, wolltest du mich, im Saale sitzend, noch länger
Unterhalten, mir würde kein Schlaf die Augen bedecken.
Aber es können ja doch die sterblichen Menschen nicht immer
Schlaflos sein; die Götter bestimmten jegliches Dinges
Maß und Ziel den Menschen auf lebenschenkender Erde.
Darum will ich jetzo in meine Kammer hinaufgehn,
Auf dem Lager zu ruhn, dem jammervollen, das immer
Meine Tränen benetzen, seitdem Odysseus hinwegfuhr,
Troja zu sehn, die verwünschte, die keiner nennet ohn' Abscheu!
Dorthin geh' ich zu ruhn; du aber bereite dein Lager
Hier im Haus auf der Erd', oder laß ein Bette dir bringen.
  Also sprach Sie, und stieg empor zu den schönen Gemächern,
Nicht allein, es gingen mit ihr die übrigen Jungfraun.
Als sie nun oben kam mit den Jungfraun, weinte sie wieder
Ihren trauten Gemahl Odysseus, bis ihr Athene
Sanft mit süßem Schlummer die Augenlider bedeckte.

ΟΔΥΣΣΕΙΑΣ Υ

Τὰ πρὸ τῆς
μνηστηροφονίας.

Αὐτὰρ ὁ ἐν προδόμωι εὐνάζετο δῖος Ὀδυσσεύς·
κὰμ μὲν ἀδέψητον βοέην στόρεσ᾽, αὐτὰρ ὕπερθε
κώεα πόλλ᾽ ὀΐων, τοὺς ἱρεύεσκον Ἀχαιοί·
Εὐρυνόμη δ᾽ ἄρ᾽ ἐπὶ χλαῖναν βάλε κοιμηθέντι.
ἔνθ᾽ Ὀδυσεὺς μνηστῆρσι κακὰ φρονέων ἐνὶ θυμῶι
κεῖτ᾽ ἐγρηγορόων· ταὶ δ᾽ ἐκ μεγάροιο γυναῖκες
ἤϊσαν, αἳ μνηστῆρσιν ἐμισγέσκοντο πάρος περ,
ἀλλήλῃσι γέλω τε καὶ εὐφροσύνην παρέχουσαι.
τοῦ δ᾽ ὠρίνετο θυμὸς ἐνὶ στήθεσσι φίλοισι·
πολλὰ δὲ μερμήριζε κατὰ φρένα καὶ κατὰ θυμόν,
ἠὲ μεταΐξας θάνατον τεύξειεν ἑκάστηι,
ἦ ἔτ᾽ ἐῶι μνηστῆρσιν ὑπερφιάλοισι μιγῆναι
ὕστατα καὶ πύματα, κραδίη δέ οἱ ἔνδον ὑλάκτει.
ὡς δὲ κύων ἀμαλῆισι περὶ σκυλάκεσσι βεβῶσα
ἄνδρ᾽ ἀγνοιήσασ᾽ ὑλάει μέμονέν τε μάχεσθαι,
ὥς ῥα τοῦ ἔνδον ὑλάκτει ἀγαιομένου κακὰ ἔργα·
στῆθος δὲ πλήξας κραδίην ἠνίπαπε μύθωι·
„τέτλαθι δή, κραδίη· καὶ κύντερον ἄλλο ποτ᾽ ἔτλης.
ἤματι τῶι ὅτε μοι μένος ἄσχετος ἤσθιε Κύκλωψ
ἰφθίμους ἑτάρους· σὺ δ᾽ ἐτόλμας, ὄφρα σε μῆτις
ἐξάγαγ᾽ ἐξ ἄντροιο ὀϊόμενον θανέεσθαι.“
ὣς ἔφατ᾽, ἐν στήθεσσι καθαπτόμενος φίλον ἦτορ·
τῶι δὲ μάλ᾽ ἐν πείσηι κραδίη μένε τετληυῖα
νωλεμέως· ἀτὰρ αὐτὸς ἑλίσσετο ἔνθα καὶ ἔνθα.
ὡς δ᾽ ὅτε γαστέρ᾽ ἀνὴρ πολέος πυρὸς αἰθομένοιο,
ἐμπλείην κνίσης τε καὶ αἵματος, ἔνθα καὶ ἔνθα
αἰόλλῃ, μάλα δ᾽ ὦκα λιλαίεται ὀπτηθῆναι,
ὣς ἄρ᾽ ὅ γ᾽ ἔνθα καὶ ἔνθα ἑλίσσετο, μερμηρίζων
ὅππως δὴ μνηστῆρσιν ἀναιδέσι χεῖρας ἐφήσει
μοῦνος ἐὼν πολέσι. σχεδόθεν δέ οἱ ἦλθεν Ἀθήνη
οὐρανόθεν καταβᾶσα· δέμας δ᾽ ἤϊκτο γυναικί·

ZWANZIGSTER GESANG

Odysseus, im Vorsaal ruhend, bemerkt die Unarten der Mägde. Bald erweckt ihn das Jammern der Gemahlin. Glückliche Zeichen. Eurykleia bereitet den Saal zum früheren Schmause des Neumondfestes. Nach dem Sauhirten und Ziegenhirten kömmt der Rinderhirt Philötios, und bewährt seine Treue. Die Freier hindert ein Zeichen an Telemachos' Mord. Beim Schmause wird nach Odysseus ein Kuhfuß geworfen. Verwirrung der Freier, die in wilder Lust den Tod ahnen. Der weissagende Theoklymenos wird verhöhnt, und geht weg. Penelopeia bemerkt die Ausgelassenheit.

Aber im Vorsaal lagerte sich der edle Odysseus.
Über die rohe Haut des Stieres breitet' er viele
Wollichte Felle der Schafe vom üppigen Schmause der Freier:
Und Eurynome deckte den Ruhenden zu mit dem Mantel.
Allda lag Odysseus, und sann dem Verderben der Freier
Wachend nach. Nun gingen die Weiber aus dem Palaste,
Welche schon ehemals mit den Freiern hatten geschaltet,
Und belustigten sich, und lachten untereinander.
Aber dem Könige ward sein Herz im Busen erreget;
Und er bedachte sich hin und her mit wankendem Vorsatz:
Ob er sich plötzlich erhübe, die Frechen alle zu töten;
Oder ihnen noch einmal zum allerletzten erlaubte,
Mit den Freiern zu schalten. Im Innersten bellte sein Herz ihm:
So wie die mutige Hündin, die zarten Jungen umwandelnd,
Jemand, den sie nicht kennt, anbellt, und zum Kampfe hervorspringt.
Also bellte sein Herz, durch die schändlichen Greuel erbittert.
Aber er schlug an die Brust, und sprach die zürnenden Worte:
Dulde, mein Herz! Du hast noch härtere Kränkung erduldet,
Damals, als der Kyklop, das Ungeheuer! die lieben
Tapfern Freunde dir fraß. Du duldetest, bis dich ein Anschlag
Aus der Höhle befreite, wo dir dein Tod schon bestimmt war.
Also strafte der Edle sein Herz im wallenden Busen;
Und sein empörtes Herz ermannte sich schnell, und harrte
Standhaft aus. Allein er wandte sich hiehin und dorthin.
Also wendet der Pflüger am großen brennenden Feuer
Einen Ziegenmagen, mit Fett und Blute gefüllet,
Hin und her, und erwartet es kaum, ihn gebraten zu sehen:
Also wandte der Held sich hin und wieder, bekümmert,
Wie er den schrecklichen Kampf mit den schamlosen Freiern begönne,
Er allein mit so vielen. Da schwebete Pallas Athene
Hoch vom Himmel herab, und kam in weiblicher Bildung,

στῆ δ' ἄρ' ὑπὲρ κεφαλῆς καί μιν πρὸς μῦθον ἔειπε·
„ τίπτ' αὖτ' ἐγρήσσεις, πάντων περὶ κάμμορε φωτῶν;
οἶκος μέν τοι ὅδ' ἐστί, γυνὴ δέ τοι ἥδ' ἐνὶ οἴκωι
καὶ, πάϊς, οἷόν πού τις ἐέλδεται ἔμμεναι υἷα."
τὴν δ' ἀπαμειβόμενος προσέφη πολύμητις Ὀδυσσεύς·
„ ναὶ δὴ ταῦτά γε πάντα, θεά, κατὰ μοῖραν ἔειπες·
ἀλλά τί μοι τόδε θυμὸς ἐνὶ φρεσὶ μερμηρίζει,
ὅππως δὴ μνηστῆρσιν ἀναιδέσι χεῖρας ἐφήσω,
μοῦνος ἐών· οἱ δ' αἰὲν ἀολλέες ἔνδον ἔασι.
πρὸς δ' ἔτι καὶ τόδε μεῖζον ἐνὶ φρεσὶ μερμηρίζω·
εἴ περ γὰρ κτείναιμι Διός τε σέθεν τε ἕκητι,
πῆι κεν ὑπεκπροφύγοιμι; τά σε φράζεσθαι ἄνωγα."
τὸν δ' αὖτε προσέειπε θεὰ γλαυκῶπις Ἀθήνη·
„ σχέτλιε, καὶ μέν τίς τε χερείονι πείθεθ' ἑταίρωι,
ὅς περ θνητός τ' ἐστὶ καὶ οὐ τόσα μήδεα οἶδεν·
αὐτὰρ ἐγὼ θεός εἰμι, διαμπερὲς ἥ σε φυλάσσω
ἐν πάντεσσι πόνοις. ἐρέω δέ τοι ἐξαναφανδόν·
εἴ περ πεντήκοντα λόχοι μερόπων ἀνθρώπων
νῶϊ περισταῖεν, κτεῖναι μεμαῶτες Ἄρηϊ,
καί κεν τῶν ἐλάσαιο βόας καὶ ἴφια μῆλα.
ἀλλ' ἑλέτω σε καὶ ὕπνος· ἀνίη καὶ τὸ φυλάσσειν
πάννυχον ἐγρήσσοντα, κακῶν δ' ὑποδύσεαι ἤδη."
ὣς φάτο, καί ῥά οἱ ὕπνον ἐπὶ βλεφάροισιν ἔχευεν,
αὐτὴ δ' ἂψ ἐς Ὄλυμπον ἀφίκετο δῖα θεάων.
εὖτε τὸν ὕπνος ἔμαρπτε, λύων μελεδήματα θυμοῦ,
λυσιμελής, ἄλοχος δ' ἄρ' ἐπέγρετο κεδνὰ ἰδυῖα·
κλαῖε δ' ἄρ' ἐν λέκτροισι καθεζομένη μαλακοῖσιν.
αὐτὰρ ἐπεὶ κλαίουσα κορέσσατο ὃν κατὰ θυμόν,
Ἀρτέμιδι πρώτιστον ἐπεύξατο δῖα γυναικῶν·
„ Ἄρτεμι, πότνα θεά, θύγατερ Διός, αἴθε μοι ἤδη
ἰὸν ἐνὶ στήθεσσι βαλοῦσ' ἐκ θυμὸν ἕλοιο
αὐτίκα νῦν, ἢ ἔπειτα μ' ἀναρπάξασα θύελλα
οἴχοιτο προφέρουσα κατ' ἠερόεντα κέλευθα,
ἐν προχοῇς δὲ βάλοι ἀψορρόου Ὠκεανοῖο.
ὡς δ' ὅτε Πανδαρέου κούρας ἀνέλοντο θύελλαι·
τῆισι τοκῆας μὲν φθῖσαν θεοί, αἱ δ' ἐλίποντο
ὀρφαναὶ ἐν μεγάροισι, κόμισσε δὲ δῖ' Ἀφροδίτη
τυρῶι καὶ μέλιτι γλυκερῶι καὶ ἡδέϊ οἴνωι·
Ἥρη δ' αὐτῆισιν περὶ πασέων δῶκε γυναικῶν
εἶδος καὶ πινυτήν, μῆκος δ' ἔπορ' Ἄρτεμις ἁγνή,
ἔργα δ' Ἀθηναίη δέδαε κλυτὰ ἐργάζεσθαι.

Neigte sich über sein Haupt, und sprach mit freundlicher Stimme:
Warum wachst du doch, unglücklichster Aller, die leben?
Dieses ist ja dein Haus, und drinnen ist deine Gemahlin,
Und ein Sohn, so trefflich ihn irgend ein Vater sich wünschet!
Ihr antwortete drauf der erfindungsreiche Odysseus:
Dieses alles ist wahr, o Göttin, was du geredet.
Aber eines ist, was meine Seele bekümmert:
Wie ich den schrecklichen Kampf mit den schamlosen Freiern beginne,
Ich allein mit so vielen, die hier sich täglich versammeln.
Und noch ein größeres ist, was meine Seele bekümmert:
Wann ich jene mit Zeus' und deinem Willen ermorde,
Wo entflieh ich alsdann? Dies überlege nun selber.
Drauf antwortete Zeus' blauäugichte Tochter Athene:
O Kleinmütiger, traut man doch einem geringeren Freunde,
Welcher nur sterblich ist und eingeschränktes Verstandes;
Und der Unsterblichen eine bin ich, die deiner beständig
Waltet in jeder Gefahr. Vernimm denn, was ich dir sage:
Stünden auch fünfzig Scharen der vielfachredenden Menschen
Um uns her, und trachteten dich im Kampfe zu töten;
Dennoch raubtest du ihnen die fetten Rinder und Schafe,
Aber schlummre nun ein! Die ganze Nacht zu durchwachen,
Ist ermattend; du wirst ja der Trübsal jetzo entrinnen!
Also sprach sie, und deckte Odysseus' Augen mit Schlummer.
Und zum Olympos empor erhub sich die heilige Göttin,
Als ihn der Schlummer umfing, den Gram zerstreute, die Glieder
Sanft auflöste. Allein Odysseus' edle Gemahlin
Fuhr aus dem Schlafe, sie saß auf dem weichen Lager, und weinte.
Als sie endlich ihr Herz mit vielen Tränen erleichtert,
Flehte sie Artemis an, die trefflichste unter den Weibern:
Hochgepriesene Göttin, o Artemis, Tochter Kronions,
Träfest du doch mein Herz mit deinem Bogen, und nähmest
Meinen bekümmerten Geist gleich jetzo! Oder ein Sturmwind
Raubte durch finstere Wege mich schnell von hinnen, und würfe
Mich am fernen Gestade des ebbenden Oceans nieder:
So wie die Stürme vordem Pandareos' Töchter entführten!
Ihrer Eltern beraubt von den Göttern, blieben sie hilflos
In dem Palaste zurück; da nährte sie Aphrodite
Mit geronnener Milch und süßem Honig und Weine.
Ihnen schenkte dann Here vor allen sterblichen Weibern
Schönheit und klugen Verstand, die keusche Artemis Größe,
Und Athene die Kunde des Webestuhls und der Nadel.

εὖτ' Ἀφροδίτη δῖα προσέστιχε μακρὸν Ὄλυμπον,
κούρῃς αἰτήσουσα τέλος θαλεροῖο γάμοιο -
ἐς Δία τερπικέραυνον, ὁ γάρ τ' εὖ οἶδεν ἅπαντα,
μοῖράν τ' ἀμμορίην τε καταθνητῶν ἀνθρώπων -
τόφρα δὲ τὰς κούρας ἅρπυιαι ἀνηρείψαντο
καί ῥ' ἔδοσαν στυγερῇσιν ἐρινύσιν ἀμφιπολεύειν·
ὣς ἔμ' ἀϊστώσειαν Ὀλύμπια δώματ' ἔχοντες,
ἠέ μ' ἐϋπλόκαμος βάλοι Ἄρτεμις, ὄφρ' Ὀδυσῆα
ὀσσομένη καὶ γαῖαν ὕπο στυγερὴν ἀφικοίμην,
μηδέ τι χείρονος ἀνδρὸς ἐϋφραίνοιμι νόημα.
ἀλλὰ τὸ μὲν καὶ ἀνεκτὸν ἔχει κακόν, ὁππότε κέν τις
ἤματα μὲν κλαίῃ, πυκινῶς ἀκαχήμενος ἦτορ,
νύκτας δ' ὕπνος ἔχῃσιν - ὁ γάρ τ' ἐπέλησεν ἁπάντων,
ἐσθλῶν ἠδὲ κακῶν, ἐπεὶ ἄρ βλέφαρ' ἀμφικαλύψῃ -
αὐτὰρ ἐμοὶ καὶ ὀνείρατ' ἐπέσσευεν κακὰ δαίμων.
τῇδε γὰρ αὖ μοι νυκτὶ παρέδραθεν εἴκελος αὐτῶι,
τοῖος ἐὼν οἷος ᾖιεν ἅμα στρατῶι· αὐτὰρ ἐμὸν κῆρ
χαῖρ', ἐπεὶ οὐκ ἐφάμην ὄναρ ἔμμεναι, ἀλλ' ὕπαρ ἤδη."
ὣς ἔφατ', αὐτίκα δὲ χρυσόθρονος ἤλυθεν Ἠώς.
τῆς δ' ἄρα κλαιούσης ὄπα σύνθετο δῖος Ὀδυσσεύς·
μερμήριζε δ' ἔπειτα, δόκησε δέ οἱ κατὰ θυμὸν
ἤδη γιγνώσκουσα παρεστάμεναι κεφαλῆφι.
χλαῖναν μὲν συνελὼν καὶ κώεα, τοῖσιν ἐνεῦδεν,
ἐς μέγαρον κατέθηκεν ἐπὶ θρόνου, ἐκ δὲ βοείην
θῆκε θύραζε φέρων, Διὶ δ' εὔξατο χεῖρας ἀνασχών·
„Ζεῦ πάτερ, εἴ μ' ἐθέλοντες ἐπὶ τραφερήν τε καὶ ὑγρὴν
ἤγετ' ἐμὴν ἐς γαῖαν, ἐπεί μ' ἐκακώσατε λίην,
φήμην τίς μοι φάσθω ἐγειρομένων ἀνθρώπων
ἔνδοθεν, ἔκτοσθεν δὲ Διὸς τέρας ἄλλο φανήτω."
ὣς ἔφατ' εὐχόμενος· τοῦ δ' ἔκλυε μητίετα Ζεύς,
αὐτίκα δ' ἐβρόντησεν ἀπ' αἰγλήεντος Ὀλύμπου,
ὑψόθεν ἐκ νεφέων· γήθησε δὲ δῖος Ὀδυσσεύς.
φήμην δ' ἐξ οἴκοιο γυνὴ προέηκεν ἀλετρὶς
πλησίον, ἔνθ' ἄρα οἱ μύλαι ἥατο ποιμένι λαῶν,
τῇσιν δώδεκα πᾶσαι ἐπερρώοντο γυναῖκες
ἄλφιτα τεύχουσαι καὶ ἀλείατα, μυελὸν ἀνδρῶν.
αἱ μὲν ἄρ' ἄλλαι εὗδον, ἐπεὶ κατὰ πυρὸν ἄλεσσαν,
ἡ δὲ μί' οὔπω παύετ', ἀφαυροτάτη δ' ἐτέτυκτο·
ἥ ῥα μύλην στήσασα ἔπος φάτο, σῆμα ἄνακτι·
„Ζεῦ πάτερ, ὅς τε θεοῖσι καὶ ἀνθρώποισιν ἀνάσσεις,
ἦ μεγάλ' ἐβρόντησας ἀπ' οὐρανοῦ ἀστερόεντος,

Aber da einst Aphrodite zum großen Olympos emporstieg,
Daß der Donnerer Zeus den lieblichen Tag der Hochzeit
Ihren Mädchen gewährte; (denn dessen ewige Vorsicht
Lenkt allwissend das Glück und Unglück sterblicher Menschen:)
Raubten indes die Harpyen Pandareos' Töchter, und schenkten
Sie den verhaßten Erinnen zu harter sklavischer Arbeit.
Führten die Himmlischen so auch mich aus der Kunde der Menschen!
Oder entseelte mich Artemis' Pfeil! damit ich, Odysseus'
Bild im Herzen, nur unter die traurige Erde versänke,
Eh' ich die schnöde Begierd' eines schlechteren Mannes gesättigt!
Ach! zu erdulden ist noch immer das Leiden, wenn jemand
Zwar die Tage durchweint und jammert, aber die Nächte
Ruhiger Schlummer beherrscht; denn dieser tilgt aus dem Herzen
Alles, Gutes und Böses, sobald er die Augen umschattet:
Doch mir sendet auch nachts ein Dämon schreckende Träume!
Eben schlief es wieder bei mir, ganz ähnlich ihm selber,
Wie er gen Ilion fuhr; und ich Arme freute mich herzlich,
Denn ich hielt es nicht für ein Traumbild, sondern für Wahrheit.
　Also sprach sie; da kam die goldenthronende Eos.
Und der Weinenden Stimme vernahm der edle Odysseus.
Ängstlich sann er umher; ihn deucht' im Herzen, sie stünde
Ihn erkennend bereits zu seinem Haupte. Da nahm er
Hurtig Mantel und Felle, worauf er ruhte, zusammen,
Legte sie schnell in den Saal auf einen Sessel, die Stierhaut
Trug er hinaus, und flehete Zeus mit erhobenen Händen:
　Vater Zeus, wenn ihr Götter nach vielem Jammer mich huldreich
Über Wasser und Land in meine Heimat geführt habt;
O so rede nun einer der Wachenden glückliche Worte
Hier im Palast, und draußen gescheh ein Zeichen vom Himmel!
　Also flehte der Held; den Flehenden hörte Kronion.
Und er donnerte schnell vom glanzerhellten Olympos
Hoch aus den Wolken herab. Da freute sich herzlich Odysseus.
Plötzlich hört' er ein mahlendes Weib, das glückliche Worte
Redete, nahe bei ihm, wo die Mühlen des Königes standen.
Täglich waren allhier zwölf Müllerinnen beschäftigt,
Weizen- und Gerstenmehl, das Mark der Männer, zu mahlen.
Aber die übrigen schliefen, nachdem sie den Weizen zermalmet:
Sie nur feirte noch nicht, denn sie war von allen die schwächste.
Stehen ließ sie die Mühl', und sprach die prophetischen Worte:
　Vater Zeus, der Götter und sterblichen Menschen Beherrscher,
Wahrlich du donnertest laut vom Sternenhimmel, und nirgends

οὐδέ ποθι νέφος ἐστί· τέρας νύ τεωι τόδε φαίνεις.
κρῆνον νῦν καὶ ἐμοὶ δειλῆι ἔπος, ὅττι κεν εἴπω·
μνηστῆρες πύματόν τε καὶ ὕστατον ἤματι τῶιδε
ἐν μεγάροις Ὀδυσῆος ἑλοίατο δαῖτ' ἐρατεινήν,
οἳ δή μοι καμάτωι θυμαλγέι γούνατ' ἔλυσαν
ἄλφιτα τευχούσηι· νῦν ὕστατα δειπνήσειαν."
ὣς ἄρ' ἔφη, χαῖρεν δὲ κλεηδόνι δῖος Ὀδυσσεὺς
Ζηνός τε βροντῆι· φάτο γὰρ τίσασθαι ἀλείτας.
αἱ δ' ἄλλαι δμωιαὶ κατὰ δώματα κάλ' Ὀδυσῆος
ἀγρόμεναι ἀνέκαιον ἐπ' ἐσχάρηι ἀκάματον πῦρ.
Τηλέμαχος δ' εὐνῆθεν ἀνίστατο, ἰσόθεος φώς,
εἵματα ἑσσάμενος· περὶ δὲ ξίφος ὀξὺ θέτ' ὤμωι·
ποσσὶ δ' ὑπὸ λιπαροῖσιν ἐδήσατο καλὰ πέδιλα,
εἵλετο δ' ἄλκιμον ἔγχος, ἀκαχμένον ὀξέι· χαλκῶι·
στῆ δ' ἄρ' ἐπ' οὐδὸν ἰών, πρὸς δ' Εὐρύκλειαν ἔειπε·
„ μαῖα φίλη, τὸν ξεῖνον ἐτιμήσασθ' ἐνὶ οἴκωι
εὐνῆι καὶ σίτωι, ἦ αὔτως κεῖται ἀκηδής;
τοιαύτη γὰρ ἐμὴ μήτηρ, πινυτή περ ἐοῦσα·
ἐμπλήγδην ἕτερόν γε τίει μερόπων ἀνθρώπων
χείρονα, τὸν δέ τ' ἀρείον' ἀτιμήσασ' ἀποπέμπει."
τὸν δ' αὖτε προσέειπε περίφρων Εὐρύκλεια·
„ οὐκ ἄν μιν νῦν, τέκνον, ἀναίτιον αἰτιόωιο.
οἶνον μὲν γὰρ πῖνε καθήμενος, ὄφρ' ἔθελ' αὐτός,
σίτου δ' οὐκέτ' ἔφη πεινήμεναι· εἴρετο γάρ μιν.
ἀλλ' ὅτε δὴ κοίτοιο καὶ ὕπνου μιμνήσκοιτο,
ἡ μὲν δέμνι' ἄνωγεν ὑποστορέσαι δμωιῆισιν,
αὐτὰρ ὅ γ', ὥς τις πάμπαν ὀϊζυρὸς καὶ ἄποτμος,
οὐκ ἔθελ' ἐν λέκτροισι καὶ ἐν ῥήγεσσι καθεύδειν,
ἀλλ' ἐν ἀδεψήτωι βοέηι καὶ κώεσιν οἰῶν
ἔδραθ' ἐνὶ προδόμωι· χλαῖναν δ' ἐπιέσσαμεν ἡμεῖς."
ὣς φάτο, Τηλέμαχος δὲ διὲκ μεγάροιο βεβήκει
ἔγχος ἔχων, ἅμα τῶι γε δύω κύνες ἀργοὶ ἕποντο.
βῆ δ' ἴμεν εἰς ἀγορὴν μετ' ἐϋκνήμιδας Ἀχαιούς.
ἡ δ' αὖτε δμωιῆισιν ἐκέκλετο δῖα γυναικῶν,
Εὐρύκλει', Ὦπος θυγάτηρ Πεισηνορίδαο·
„ ἀγρεῖθ', αἱ μὲν δῶμα κορήσατε ποιπνύσασαι,
ῥάσσατέ τ', ἔν τε θρόνοις εὐποιήτοισι τάπητας
βάλλετε πορφυρέους· αἱ δὲ σπόγγοισι τραπέζας
πάσας ἀμφιμάσασθε, καθήρατε δὲ κρητῆρας
καὶ δέπα ἀμφικύπελλα τετυγμένα· ταὶ δὲ μεθ' ὕδωρ
ἔρχεσθε κρήνηνδε, καὶ οἴσετε θᾶσσον ἰοῦσαι.

Ist ein Gewölk; du sendest gewiß jemandem ein Zeichen.
Ach so gewähr' auch jetzo mir armem Weibe die Bitte!
Laß die stolzen Freier zum letztenmal heute, zum letzten!
Ihren üppigen Schmaus in Odysseus' Hause genießen,
Welche mir alle Kraft durch die seelenkränkende Arbeit,
Mehl zu bereiten, geraubt! Nun laß sie zum letztenmal schwelgen!
Sprach's; und freudig vernahm Odysseus ihre Verkündung,
Und Zeus' Donnergetön; denn er hoffte die Frevler zu strafen.
Jetzo versammelten sich die andern Mägde des Königs,
Und es loderte bald auf dem Herde das mächtige Feuer.
Auch der göttliche Jüngling Telemachos sprang von dem Lager,
Legte die Kleider an, und hängte sein Schwert um die Schulter,
Band die schönen Sohlen sich unter die rüstigen Füße,
Faßte den mächtigen Speer, mit scharfer eherner Spitze,
Ging, und stand an der Schwelle, und sagte zu Eurykleia:
Mütterchen, habt ihr auch für die Ruh und Pflege des Fremdlings
Hier im Saale gesorgt? oder liegt er gänzlich versäumet?
Meine Mutter die ist nun so, (wie gut sie auch denket,)
Daß sie den schlechteren Mann in ihres Herzens Verwirrung
Oftmals ehrt, und den besseren ungeehret hinwegschickt.
Ihm erwiderte drauf die verständige Eurykleia:
Sohn, beschuldige nicht die ganz unschuldige Mutter!
Denn er saß da und trank, so lang' er wollte, des Weines;
Speise, sagte er selbst, verlangt' er nicht mehr; denn sie fragt' ihn.
Und als endlich die Stunde des süßen Schlafes herankam,
Da befahl sie den Mägden, ein Lager ihm zu bereiten;
Aber er, als ein ganz unglücklicher Leidengeübter,
Weigerte sich im Bette auf weichen Polstern zu schlafen:
Auf Schafsfellen allein und der unbereiteten Stierhaut
Wollt' er im Vorsaal ruhn; wir deckten ihn noch mit dem Mantel.
Also sprach sie. Da ging, den Speer in der Rechten, der Jüngling
Aus dem Palast; es begleiteten ihn schnellfüßige Hunde;
Und er ging zur Versammlung der schöngeharnischten Griechen.
Aber den Mägden befahl die Edelste unter den Weibern,
Eurykleia, die Tochter Ops, des Sohnes Peisenors:
Hurtig, ihr Mägde! kehrt mir den Saal geschwinde mit Besen,
Aber sprengt ihn zuvor; die purpurnen Teppiche legt dann
Auf die zierlichen Sessel! Ihr andern scheuret die Tische
Alle mit Schwämmen rein; dann spült die künstlichgegoßnen
Doppelbecher und Kelche mir aus! Ihr übrigen aber
Holet Wasser vom Quell; doch daß ihr nur eilig zurückkommt!

οὐ γὰρ δὴν μνηστῆρες ἀπέσσονται μεγάροιο,
ἀλλὰ μάλ' ἦρι νέονται, ἐπεὶ καὶ πᾶσιν ἑορτή."
ὣς ἔφαθ', αἱ δ' ἄρα τῆς μάλα μὲν κλύον ἠδ' ἐπίθοντο.
αἱ μὲν ἐείκοσι βῆσαν ἐπὶ κρήνην μελάνυδρον,
αἱ δ' αὐτοῦ κατὰ δώματ' ἐπισταμένως πονέοντο.
ἐς δ' ἦλθον δρηστῆρες Ἀχαιῶν. οἱ μὲν ἔπειτα
εὖ καὶ ἐπισταμένως κέασαν ξύλα, ταὶ δὲ γυναῖκες
ἦλθον ἀπὸ κρήνης· ἐπὶ δέ σφισιν ἦλθε συβώτης
τρεῖς σιάλους κατάγων, οἳ ἔσαν μετὰ πᾶσιν ἄριστοι.
καὶ τοὺς μέν ῥ' εἴασε καθ' ἕρκεα καλὰ νέμεσθαι,
αὐτὸς δ' αὖτ' Ὀδυσῆα προσηύδα μειλιχίοισι·
„ ξεῖν', ἦ ἄρ τί σε μᾶλλον Ἀχαιοὶ εἰσορόωσιν,
ἦέ σ' ἀτιμάζουσι κατὰ μέγαρ', ὡς τὸ πάρος περ;"
τὸν δ' ἀπαμειβόμενος προσέφη πολυμήτις Ὀδυσσεύς·
„ αἲ γὰρ δή, Εὔμαιε, θεοὶ τισαίατο λώβην,
ἣν οἵδ' ὑβρίζοντες ἀτάσθαλα μηχανόωνται
οἴκωι ἐν ἀλλοτρίωι, οὐδ' αἰδοῦς μοῖραν ἔχουσιν."
ὣς οἱ μὲν τοιαῦτα πρὸς ἀλλήλους ἀγόρευον,
ἀγχίμολον δέ σφ' ἦλθε Μελάνθιος, αἰπόλος αἰγῶν.
αἶγας ἄγων αἳ πᾶσι μετέρεπον αἰπολίοισι,
δεῖπνον μνηστήρεσσι. δύω δ' ἅμ' ἕποντο νομῆες.
καὶ τὰς μὲν κατέδησεν ὑπ' αἰθούσηι ἐριδούπωι,
αὐτὸς δ' αὖτ' Ὀδυσῆα προσηύδα κερτομίοισι·
„ ξεῖν', ἔτι καὶ νῦν ἐνθάδ' ἀνιήσεις κατὰ δῶμα
ἀνέρας αἰτίζων, ἀτὰρ οὐκ ἔξεισθα θύραζε;
πάντως οὐκέτι νῶϊ διακρινέεσθαι ὀΐω
πρὶν χειρῶν γεύσασθαι, ἐπεὶ σύ περ οὐ κατὰ κόσμον
αἰτίζεις· εἰσὶν δὲ καὶ ἄλλαι δαῖτες Ἀχαιῶν."
ὣς φάτο, τὸν δ' οὔ τι προσέφη πολύμητις Ὀδυσσεύς,
ἀλλ' ἀκέων κίνησε κάρη, κακὰ βυσσοδομεύων.
τοῖσι δ' ἐπὶ τρίτος ἦλθε Φιλοίτιος, ὄρχαμος ἀνδρῶν,
βοῦν στεῖραν μνηστῆρσιν ἄγων καὶ πίονας αἶγας.
πορθμῆες δ' ἄρα τούς γε διήγαγον, οἵ τε καὶ ἄλλους
ἀνθρώπους πέμπουσιν, ὅτις σφέας εἰσαφίκηται.
καὶ τὰ μὲν εὖ κατέδησεν ὑπ' αἰθούσηι ἐριδούπωι,
αὐτὸς δ' αὖτ' ἐρέεινε συβώτην ἄγχι παραστάς·
„ τίς δὴ ὅδε ξεῖνος νέον εἰλήλουθε, συβῶτα,
ἡμέτερον πρὸς δῶμα; τέων δ' ἐξ εὔχεται εἶναι
ἀνδρῶν; ποῦ δέ νύ οἱ γενεὴ καὶ πατρὶς ἄρουρα;
δύσμορος, ἦ τε ἔοικε δέμας βασιλῆϊ ἄνακτι·
ἀλλὰ θεοὶ δυόωσι πολυπλάγκτους ἀνθρώπους,

Heute zögern gewiß die Freier nicht lange, sie werden
Frühe sich hier versammeln; denn heut ist der heilige Neumond!
Also sprach sie; ihr hörten die Mägde mit Fleiß, und gehorchten.
Zwanzig eileten schnell zum Wasser der schattichten Quelle,
Und die andern im Saale vollendeten klüglich die Arbeit.
Jetzo kamen ins Haus der Freier mutige Diener,
Welche das Holz geschickt zerspalteten; und von der Quelle
Kamen die Weiber zurück. Auch kam der treffliche Sauhirt,
Der drei Schweine, die besten der ganzen Herde, hereintrieb.
Diese ließ er weidend im schönen Hofe herumgehn,
Trat dann selbst zu Odysseus, und sprach die freundlichen Worte:
Fremdling, hast du anitzt mehr Ansehn vor den Achaiern?
Oder verschmähen sie dich, wie vormals, hier im Palaste?
Ihm antwortete drauf der erfindungsreiche Odysseus:
Ach, Eumäos, bestraften doch einst die Götter den Frevel
Dieser verruchten Empörer, die hier im fremden Palaste
Schändliche Greuel verüben, und Scham und Ehre verachten!
Also besprachen diese sich jetzo untereinander.
Und es nahte sich ihnen der Ziegenhirte Melantheus,
Welcher die trefflichsten Ziegen der ganzen Herde den Freiern
Brachte zum Schmaus; es begleiteten ihn zween andere Hirten.
Diese banden sie fest dort unter der tönenden Halle,
Aber Melanthios sprach zu Odysseus die schmähenden Worte:
Fremdling, du willst noch jetzo in diesem Hause die Männer
Durch dein Betteln beschweren? und nie zur Türe hinausgehn?
Nun wir werden uns wohl nicht wieder trennen, bevor du
Diese Fäuste gekostet! Es ist ganz wider die Ordnung,
Solch ein Betteln! Es gibt ja noch andere Schmäuse der Griechen!
Also sprach er; und nichts antwortete jenem Odysseus,
Sondern schüttelte schweigend sein Haupt, und sann auf Verderben
Auch der Männerbeherrscher Philötios brachte den Freiern
Eine gemästete Kuh und fette Ziegen zum Schmause.
Diese kamen vom festen Land' in der Fähre der Schiffer,
Die auch andere fahren, wenn jemand solches begehret.
Und er knüpfte sein Vieh auch unter der tönenden Halle
Fest; dann trat er näher, und fragte den edlen Eumäos:
Hüter der Schweine, wer ist der neulich gekommene Fremdling
Hier in unserem Hause? Von welchen rühmlichen Eltern
Stammt er ab? Wo ist sein Geschlecht und väterlich Erbe?
Armer! Wahrlich er trägt der herrschenden Könige Bildung!
Aber die Götter verdunkeln das Ansehn irrender Menschen,

ὁππότε καὶ βασιλεῦσιν ἐπικλώσωνται ὀϊζύν.“
 ἦ καὶ δεξιτερῆι δειδίσκετο χειρὶ παραστάς,
καί μιν φωνήσας ἔπεα πτερόεντα προσηύδα·
 „ χαῖρε, πάτερ ὦ ξεῖνε· γένοιτό τοι ἔς περ ὀπίσσω
ὄλβος· ἀτὰρ μὲν νῦν γε κακοῖς ἔχεαι πολέεσσι.
Ζεῦ πάτερ, οὔ τις σεῖο θεῶν ὀλοώτερος ἄλλος·
οὐκ ἐλεαίρεις ἄνδρας, ἐπὴν δὴ γείνεαι αὐτός,
μισγέμεναι κακότητι καὶ ἄλγεσι λευγαλέοισιν.
ἴδιον, ὡς ἐνόησα, δεδάκρυνται δέ μοι ὄσσε
μνησαμένωι Ὀδυσῆος, ἐπεὶ καὶ κεῖνον ὀΐω
τοιάδε λαίφε᾿ ἔχοντα κατ᾿ ἀνθρώπους ἀλάλησθαι,
εἴ που ἔτι ζώει καὶ ὁρᾶι φάος ἠελίοιο.
εἰ δ᾿ ἤδη τέθνηκε καὶ εἰν Ἀΐδαο δόμοισιν,
ὤ μοι ἔπειτ᾿ Ὀδυσῆος ἀμύμονος, ὅς μ᾿ ἐπὶ βουσὶν
εἶσ᾿ ἔτι τυτθὸν ἐόντα Κεφαλλήνων ἐνὶ δήμωι.
νῦν δ᾿ αἱ μὲν γίγνονται ἀθέσφατοι, οὐδέ κεν ἄλλως
ἀνδρί γ᾿ ὑποσταχύοιτο βοῶν γένος εὐρυμετώπων·
τὰς δ᾿ ἄλλοι με κέλονται ἀγινέμεναί σφισιν αὐτοῖς
ἔδμεναι· οὐδέ τι παιδὸς ἐνὶ μεγάροις ἀλέγουσιν,
οὐδ᾿ ὄπιδα τρομέουσι θεῶν· μεμάασι γὰρ ἤδη
κτήματα δάσσασθαι δὴν οἰχομένοιο ἄνακτος.
αὐτὰρ ἐμοὶ τόδε θυμὸς ἐνὶ στήθεσσι φίλοισι
πόλλ᾿ ἐπιδινεῖται· μάλα μὲν κακὸν υἷος ἐόντος
ἄλλων δῆμον ἱκέσθαι ἰόντ᾿ αὐτῆισι βόεσσιν,
ἄνδρας ἐς ἀλλοδαπούς· τὸ δὲ ῥίγιον, αὖθι μένοντα
βουσὶν ἐπ᾿ ἀλλοτρίηισι καθήμενον ἄλγεα πάσχειν.
καί κεν δὴ πάλαι ἄλλον ὑπερμενέων βασιλήων
ἐξικόμην φεύγων, ἐπεὶ οὐκέτ᾿ ἀνεκτὰ πέλονται·
ἀλλ᾿ ἔτι τὸν δύστηνον ὀΐομαι, εἴ ποθεν ἐλθὼν
ἀνδρῶν μνηστήρων σκέδασιν κατὰ δώματα θείη.“
 τὸν δ᾿ ἀπαμειβόμενος προσέφη πολύμητις Ὀδυσσεύς·
„ βουκόλ᾿, ἐπεὶ οὔτε κακῶι οὔτ᾿ ἄφρονι φωτὶ ἔοικας,
γιγνώσκω δὲ καὶ αὐτὸς ὅ τοι πινυτὴ φρένας ἵκει,
τοὔνεκά τοι ἐρέω καὶ ἐπὶ μέγαν ὅρκον ὀμοῦμαι·
ἴστω νῦν Ζεὺς πρῶτα θεῶν ξενίη τε τράπεζα
ἱστίη τ᾿ Ὀδυσῆος ἀμύμονος, ἣν ἀφικάνω,
ἦ σέθεν ἐνθάδ᾿ ἐόντος ἐλεύσεται οἴκαδ᾿ Ὀδυσσεύς·
σοῖσιν δ᾿ ὀφθαλμοῖσιν ἐπόψεαι, αἴ κ᾿ ἐθέλῃσθα,
κτεινομένους μνηστῆρας, οἳ ἐνθάδε κοιρανέουσιν.“
 τὸν δ᾿ αὖτε προσέειπε βοῶν ἐπιβουκόλος ἀνήρ·
„ αἲ γὰρ τοῦτο, ξεῖνε, ἔπος τελέσειε Κρονίων·

Auch wenn Königen selbst ein solcher Jammer zu teil wird.
Also sprach er, und kam und reichte dem edlen Odysseus
Freundlich die rechte Hand, und sprach die geflügelten Worte:
Freue dich, fremder Vater! Es müsse dir wenigstens künftig
Wohl ergehn! denn jetzo umringt dich mancherlei Trübsal!
Vater Zeus, du bist doch vor allen Unsterblichen grausam!
Du erbarmest dich nicht der Menschen, die du gezeugt hast,
Sondern verdammst sie alle zu Not und schrecklichem Jammer!
Heißer und kalter Schweiß umströmte mich, als ich dich sahe,
Und mir tränten die Augen: ich dachte gleich an Odysseus,
Der wohl auch so zerlumpt bei fremden Leuten umherirrt;
Wo er anders noch lebt, und das Licht der Sonne noch schauet!
Ist er aber schon tot, und in der Schatten Behausung;
Weh mir! wie klag' ich Odysseus, den Herrlichem! der mich als Jüngling
Über die Rinder im Lande der Kephallenier setzte!
Diese werden nun fast unzählbar; schwerlich hat jemand
Eine so frischaufwachsende Zucht breitstirniger Rinder.
Aber mich zwingen Fremde, sie ihnen zum üppigen Mahle
Herzuführen, und achten nicht des Sohnes im Hause,
Zittern auch nicht vor der Rache der Götter; ja ihnen gelüstet
Schon, die Güter zu teilen des langabwesenden Königs.
O wie oft hat mein Herz in Verzweifelung diesen Gedanken
Hin und wieder bewegt: Sehr unrecht wär's, da der Sohn lebt,
In ein anderes Land mit den Rindern zu fliehen, und Hilfe
Fremder Leute zu suchen; doch schrecklicher ist es, zu bleiben,
Und die Rinder für andre mit innigem Kummer zu hüten.
Und ich wäre schon längst zu einem mächtigen König
Außer dem Lande geflohn; (denn es ist nicht länger zu dulden!)
Aber ich hoffe noch immer, daß mein unglücklicher König
Wiederkomm', und die Schar der Freier im Hause zerstreue!
Ihm antwortete drauf der erfindungsreiche Odysseus:
Keinem geringen Manne noch törichten gleichst du, o Kuhhirt,
Und ich erkenn' es selber, du denkst vernünftig und edel;
Darum verkünd' ich dir jetzt, und beteur' es mit hohem Eidschwur:
Zeus von den Göttern bezeug' es, und diese gastliche Tafel,
Und Odysseus' heiliger Herd, zu welchem ich fliehe:
Du wirst selber zugegen sein, wann Odysseus zurückkommt,
Und so du willst, auch selber mit deinen Augen es ansehn,
Wie er die Freier vertilgt, die hier im Hause gebieten.
Ihm antwortete drauf der Oberhirte der Rinder:
Fremdling, erfüllte doch Zeus, was du verkündet! Du solltest

γνοίης χ' οἵη ἐμὴ δύναμις καὶ χεῖρες ἕπονται."
ὣς δ' αὔτως Εὔμαιος ἐπεύξατο πᾶσι θεοῖσι
νοστῆσαι Ὀδυσῆα πολύφρονα ὅνδε δόμονδε.
ὣς οἱ μὲν τοιαῦτα πρὸς ἀλλήλους ἀγόρευον,
μνηστῆρες δ' ἄρα Τηλεμάχωι θάνατόν τε μόρον τε
ἤρτυον· αὐτὰρ ὁ τοῖσιν ἀριστερὸς ἤλυθεν ὄρνις,
αἰετὸς ὑψιπέτης, ἔχε δὲ τρήρωνα πέλειαν.
τοῖσιν δ' Ἀμφίνομος ἀγορήσατο καὶ μετέειπεν·
„ὦ φίλοι, οὐχ ἡμῖν συνθεύσεται ἥδε γε βουλή,
Τηλεμάχοιο φόνος· ἀλλὰ μνησώμεθα δαιτός."
ὣς ἔφατ' Ἀμφίνομος, τοῖσιν δ' ἐπιήνδανε μῦθος.
ἐλθόντες δ' ἐς δώματ' Ὀδυσσῆος θείοιο
χλαίνας μὲν κατέθεντο κατὰ κλισμούς τε θρόνους τε,
οἱ δ' ἱέρευον ὄϊς μεγάλους καὶ πίονας αἶγας,
ἵρευον δὲ σύας σιάλους καὶ βοῦν ἀγελαίην·
σπλάγχνα δ' ἄρ' ὀπτήσαντες ἐνώμων, ἐν δέ τε οἶνον
κρητῆρσιν κερόωντο· κύπελλα δὲ νεῖμε συβώτης.
σῖτον δέ σφ' ἐπένειμε Φιλοίτιος, ὄρχαμος ἀνδρῶν,
καλοῖς ἐν κανέοισιν, ἐωινοχόει δὲ Μελανθεύς.
οἱ δ' ἐπ' ὀνείαθ' ἑτοῖμα προκείμενα χεῖρας ἴαλλον.
Τηλέμαχος δ' Ὀδυσῆα καθίδρυε, κέρδεα νωμῶν,
ἐντὸς ἐϋσταθέος μεγάρου, παρὰ λάϊνον οὐδόν,
δίφρον ἀεικέλιον καταθεὶς ὀλίγην τε τράπεζαν·
πὰρ δ' ἐτίθει σπλάγχνων μοίρας, ἐν δ' οἶνον ἔχευεν
ἐν δέπαϊ χρυσέωι, καί μιν πρὸς μῦθον ἔειπεν·
„ἐνταυθοῖ νῦν ἧσο μετ' ἀνδράσιν οἰνοποτάζων·
κερτομίας δέ τοι αὐτὸς ἐγὼ καὶ χεῖρας ἀφέξω
πάντων μνηστήρων, ἐπεὶ οὔ τοι δήμιός ἐστιν
οἶκος ὅδ', ἀλλ' Ὀδυσῆος, ἐμοὶ δ' ἐκτήσατο κεῖνος.
ὑμεῖς δέ, μνηστῆρες, ἐπίσχετε θυμὸν ἐνιπῆς
καὶ χειρῶν, ἵνα μή τις ἔρις καὶ νεῖκος ὄρηται."
ὣς ἔφαθ', οἱ δ' ἄρα πάντες ὀδὰξ ἐν χείλεσι φύντες
Τηλέμαχον θαύμαζον, ὃ θαρσαλέως ἀγόρευε.
τοῖσιν δ' Ἀντίνοος μετέφη, Εὐπείθεος υἱός·
„καὶ χαλεπόν περ ἐόντα δεχώμεθα μῦθον, Ἀχαιοί,
Τηλεμάχου· μάλα δ' ἧμιν ἀπειλήσας ἀγορεύει.
οὐ γὰρ Ζεὺς εἴασε Κρονίων· τῶι κέ μιν ἤδη
παύσαμεν ἐν μεγάροισι, λιγύν περ ἐόντ' ἀγορητήν."
ὣς ἔφατ' Ἀντίνοος· ὁ δ' ἄρ' οὐκ ἐμπάζετο μύθων.
κήρυκες δ' ἀνὰ ἄστυ θεῶν ἱερὴν ἑκατόμβην
ἦγον· τοὶ δ' ἀγέροντο κάρη κομόωντες Ἀχαιοὶ

Sehn, was auch meine Kraft und meine Hände vermöchten!
Auch Eumäos flehte zu allen unsterblichen Göttern,
Daß sie dem weisen Odysseus verstatteten wiederzukehren.
Also besprachen diese sich jetzo untereinander.
Und die Freier beschlossen, Telemachos heimlich zu töten.
Aber linksher kam ein unglückdrohender Vogel,
Ein hochfliegender Adler, und hielt die bebende Taube.
Als ihn Amphinomos sahe, da sprach er zu der Versammlung:
Freunde, nimmer gelingt uns dieser heimliche Ratschluß
Über Telemachos' Tod; wohlauf! und gedenket des Mahles!
Also sprach er, und allen gefiel Amphinomos' Rede.
Und sie gingen ins Haus des göttergleichen Odysseus,
Legten die Mäntel nieder auf prächtige Sessel und Throne,
Opferten große Schafe zum Mahl, und gemästete Ziegen,
Opferten fette Schwein' und eine Kuh von der Weide.
Brieten und reichten umher die Eingeweide; und mischten
Dann des Weines in Kelchen; die Becher verteilte der Sauhirt;
Und der Männerbeherrscher Philötios reichte den Freiern
Brot in zierlichen Körben; Melanthios schenkte den Wein ein:
Und sie erhoben die Hände zum leckerbereiteten Mahle.
Aber Telemachos hieß, auf Listen sinnend, Odysseus
Sitzen im schöngemauerten Saal, an der steinernen Schwelle,
Neben dem kleinen Tisch, auf einem der schlechteren Stühle.
Und er bracht' ihm ein Teil der Eingeweide, und schenkte
Wein in den goldenen Becher, und sprach zu dem edlen Odysseus:
Sitze nun ruhig hier, und trinke Wein mit den Männern.
Vor Gewaltsamkeiten und Schmähungen will ich dich selber
Schützen gegen die Freier! Denn hier ist kein öffentlich Gasthaus,
Sondern Odysseus' Haus; und ich bin der Erbe des Königs!
Aber ihr, o Freier, enthaltet euch aller Beschimpfung
Und Gewalt; damit kein Zank noch Hader entstehe!
Also sprach er; da bissen sie ringsumher sich die Lippen,
Über den Jüngling erstaunt, der so entschlossen geredet.
Aber Eupeithes' Sohn Antinoos sprach zur Versammlung:
Freunde, wie hart sie auch ist, wir wollen Telemachos' Rede
Nur annehmen; ihr hört ja des Jünglings schreckliche Drohung!
Zeus Kronion verstattet' es nicht, sonst hätten wir lange
Hier im Hause den Redner mit heller Stimme geschweiget.
Also sprach der Freier, doch jener verachtete solches.
Und die Herolde führten die Hekatombe der Götter
Durch die Stadt; und die Schar der hauptumlockten Achaier

ἄλσος ὕπο σκιερὸν ἑκατηβόλου Ἀπόλλωνος.
οἱ δ᾽ ἐπεὶ ὤπτησαν κρέ᾽ ὑπέρτερα καὶ ἐρύσαντο,
μοίρας δασσάμενοι δαίνυντ᾽ ἐρικυδέα δαῖτα·
πὰρ δ᾽ ἄρ᾽ Ὀδυσσῆϊ μοῖραν θέσαν οἳ πονέοντο
ἴσην, ὡς αὐτοί περ ἐλάγχανον· ὣς γὰρ ἀνώγει
Τηλέμαχος, φίλος υἱὸς Ὀδυσσῆος θείοιο.
μνηστῆρας δ᾽ οὐ πάμπαν ἀγήνορας εἴα Ἀθήνη
λώβης ἴσχεσθαι θυμαλγέος, ὄφρ᾽ ἔτι μᾶλλον
δύη ἄχος κραδίην Λαερτιάδην Ὀδυσῆα.
ἦν δέ τις ἐν μνηστῆρσιν ἀνὴρ ἀθεμίστια εἰδώς,
Κτήσιππος δ᾽ ὄνομ᾽ ἔσκε, Σάμηι δ᾽ ἐνὶ οἰκία ναῖεν·
ὃς δή τοι κτεάτεσσι πεποιθὼς θεσπεσίοισι
μνάσκετ᾽ Ὀδυσσῆος δὴν οἰχομένοιο δάμαρτα.
ὅς ῥα τότε μνηστῆρσιν ὑπερφιάλοισι μετηύδα·
„κέκλυτέ μευ, μνηστῆρες ἀγήνορες, ὄφρα τι εἴπω·
μοῖραν μὲν δὴ ξεῖνος ἔχει πάλαι, ὡς ἐπέοικεν,
ἴσην· οὐ γὰρ καλὸν ἀτέμβειν οὐδὲ δίκαιον
ξείνους Τηλεμάχου, ὅς κεν τάδε δώμαθ᾽ ἵκηται.
ἀλλ᾽ ἄγε οἱ καὶ ἐγὼ δῶ ξείνιον, ὄφρα καὶ αὐτὸς
ἠὲ λοετροχόωι δώηι γέρας ἠέ τωι ἄλλωι
δμώων, οἳ κατὰ δώματ᾽ Ὀδυσσῆος θείοιο.“
ὣς εἰπὼν ἔρριψε βοὸς πόδα χειρὶ παχείηι.
κείμενον ἐκ κανέοιο λαβών· ὁ δ᾽ ἀλεύατ᾽ Ὀδυσσεὺς
ἦκα παρακλίνας κεφαλήν, μείδησε δὲ θυμῶι
σαρδάνιον μάλα τοῖον· ὁ δ᾽ εὔδμητον βάλε τοῖχον.
Κτήσιππον δ᾽ ἄρα Τηλέμαχος ἠνίπαπε μύθωι·
„Κτήσιππ᾽, ἦ μάλα τοι τόδε κέρδιον ἔπλετο θυμῶι·
οὐκ ἔβαλες τὸν ξεῖνον· ἀλεύατο γὰρ βέλος αὐτός.
ἦ γάρ κέν σε μέσον βάλον ἔγχεϊ ὀξυόεντι,
καί κέ τοι ἀντὶ γάμοιο πατὴρ τάφον ἀμφεπονεῖτο
ἐνθάδε. τῶι μή τίς μοι ἀεικείας ἐνὶ οἴκωι
φαινέτω· ἤδη γὰρ νοέω καὶ οἶδα ἕκαστα,
ἐσθλά τε καὶ τὰ χέρηα· πάρος δ᾽ ἔτι νήπιος ἦα.
ἀλλ᾽ ἔμπης τάδε μὲν καὶ τέτλαμεν εἰσορόωντες,
μήλων σφαζομένων οἴνοιό τε πινομένοιο
καὶ σίτου· χαλεπὸν γὰρ ἐρυκακέειν ἕνα πολλούς.
ἀλλ᾽ ἄγε μηκέτι μοι κακὰ ῥέζετε δυσμενέοντες·
εἰ δ᾽ ἤδη μ᾽ αὐτὸν κτεῖναι μενεαίνετε χαλκῶι,
καί κε τὸ βουλοίμην, καί κεν πολὺ κέρδιον εἴη
τεθνάμεν ἢ τάδε γ᾽ αἰὲν ἀεικέα ἔργ᾽ ὁράασθαι,
ξείνους τε στυφελιζομένους δμωιάς τε γυναῖκας

Ging in den Schattenhain des göttlichen Schützen Apollo.
Aber die Freier brieten das Fleisch und zogen's herunter,
Teilten's den Gästen umher und feirten das prächtige Gastmahl.
Und Odysseus brachten die Diener, welche zerlegten,
Ebensoviel des Fleisches, als jedem Gaste das Los gab,
Weil es Telemachos hieß, der Sohn des edlen Odysseus.
Aber den mutigen Freiern verstattete Pallas Athene
Nicht, des erbitternden Spottes sich ganz zu enthalten, damit noch
Heißer entbrennte das Herz des Laertiaden Odysseus.
Unter den Freiern war ein ungezogener Jüngling,
Dieser hieß Ktesippos und war aus Same gebürtig.
Stolz auf das große Gut des Vaters, warb er anitzo
Um die Gattin Odysseus', des langabwesenden Königs.
Dieser erhub die Stimme und sprach zu den trotzigen Freiern:
Höret, was ich euch sag, ihr edelmütigen Freier!
Zwar empfing der Fremdling schon längst sein gebührendes Anteil,
Eben wie wir; denn es wäre nicht recht und gegen den Wohlstand,
Fremde zu übergehn, die Telemachos' Wohnung besuchen:
Aber ich will ihm doch auch ein wenig verehren, damit er
Etwa die Magd, die ihn badet, beschenke, oder auch jemand
Sonst von den Leuten im Hause des göttergleichen Odysseus.
Also sprach er und warf mit nervichter Rechter den Kuhfuß,
Welcher im Korbe lag, nach Odysseus. Aber Odysseus
Wandte behende sein Haupt und barg mit schrecklichem Lächeln
Seinen Zorn; und das Bein fuhr gegen die zierliche Mauer.
Aber Telemachos schalt den Freier mit drohenden Worten:
Wahrlich, Ktesippos, es ist ein großes Glück für dein Leben,
Daß du den Fremdling nicht trafst; denn dieser beugte dem Wurf aus.
Traun, ich hätte dich gleich mit der spitzen Lanze durchbohret,
Und statt der Hochzeit würde dein Vater ein Leichenbegängnis
Hier begehn! Verübe mir keiner die mindeste Unart
Hier im Palast! Mir fehlt nun weder Verstand noch Erfahrung,
Gutes und Böses zu sehn; denn ehmals war ich ein Knabe!
Dennoch schaun wir es an und leiden alles geduldig,
Wie ihr das Mastvieh schlachtet und schwelgend den Wein und die Speise
Ausleert; denn was vermag ein einziger gegen so viele?
Aber hierbei laßt nun auch eure Beleidigung stillstehn!
Habt ihr indes beschlossen, mich mit dem Schwerte zu töten:
Lieber wollt ich doch das, und wahrlich, es wäre mir besser,
Sterben, als immerfort den Greul der Verwüstungen ansehn,
Wie man die Fremdlinge hier mißhandelt oder die Mägde

ῥυστάζοντας ἀεικελίως κατὰ δώματα καλά.“
ὣς ἔφαθ’, οἱ δ’ ἄρα πάντες ἀκὴν ἐγένοντο σιωπῆι·
ὀψὲ δὲ δὴ μετέειπε Δαμαστορίδης Ἀγέλαος·
„ ὦ φίλοι, οὐκ ἂν δή τις ἐπὶ ῥηθέντι δικαίωι
ἀντιβίοις ἐπέεσσι καθαπτόμενος χαλεπαίνοι·
μήτε τι τὸν ξεῖνον στυφελίζετε μήτε τιν’ ἄλλον
δμώων, οἳ κατὰ δώματ’ Ὀδυσσῆος θείοιο.
Τηλεμάχωι δέ κε μῦθον ἐγὼ καὶ μητέρι φαίην
ἤπιον, εἴ σφωϊν κραδίηι ἅδοι ἀμφοτέροιϊν.
ὄφρα μὲν ὑμῖν θυμὸς ἐνὶ στήθεσσιν ἐώλπει
νοστήσειν Ὀδυσῆα πολύφρονα ὅνδε δόμονδε,
τόφρ’ οὔ τις νέμεσις μενέμεν τ’ ἦν ἰσχέμεναί τε
μνηστῆρας κατὰ δώματ’, ἐπεὶ τόδε κέρδιον ἦεν,
εἰ νόστησ’ Ὀδυσεὺς καὶ ὑπότροπος ἵκετο δῶμα·
νῦν δ’ ἤδη τόδε δῆλον, ὅ τ’ οὐκέτι νόστιμός ἐστιν.
ἀλλ’ ἄγε, σῆι τάδε μητρὶ παρεζόμενος κατάλεξον,
γήμασθ’ ὅς τις ἄριστος ἀνὴρ καὶ πλεῖστα πόρηισιν,
ὄφρα σὺ μὲν χαίρων πατρώϊα πάντα νέμηαι,
ἔσθων καὶ πίνων, ἡ δ’ ἄλλου δῶμα κομίζηι.“
τὸν δ’ αὖ Τηλέμαχος πεπνυμένος ἀντίον ηὔδα·
„ οὐ μὰ Ζῆν’, Ἀγέλαε, καὶ ἄλγεα πατρὸς ἐμοῖο,
ὅς που τῆλ’ Ἰθάκης ἢ ἔφθιται ἢ ἀλάληται,
οὔ τι διατρίβω μητρὸς γάμον, ἀλλὰ κελεύω
γήμασθ’ ὧι κ’ ἐθέληι, ποτὶ δ’ ἄσπετα δῶρα δίδωμι.
αἰδέομαι δ’ ἀέκουσαν ἀπὸ μεγάροιο δίεσθαι
μύθωι ἀναγκαίωι· μὴ τοῦτο θεὸς τελέσειεν.“
ὣς φάτο Τηλέμαχος· μνηστῆρσι δὲ Παλλὰς Ἀθήνη
ἄσβεστον γέλω ὦρσε, παρέπλαγξεν δὲ νόημα.
οἱ δ’ ἤδη γναθμοῖσι γελοίων ἀλλοτρίοισιν,
αἱμοφόρυκτα δὲ δὴ κρέα ἤσθιον· ὄσσε δ’ ἄρα σφέων
δακρυόφιν πίμπλαντο, γόον δ’ ὠΐετο θυμός.
τοῖσι δὲ καὶ μετέειπε Θεοκλύμενος θεοειδής·
„ ἆ δειλοί, τί κακὸν τόδε πάσχετε; νυκτὶ μὲν ὑμέων
εἰλύαται κεφαλαί τε πρόσωπά τε νέρθε τε γοῦνα.
οἰμωγὴ δὲ δέδηε, δεδάκρυνται δὲ παρειαί,
αἵματι δ’ ἐρράδαται τοῖχοι καλαί τε μεσόδμαι·
εἰδώλων δὲ πλέον πρόθυρον, πλείη δὲ καὶ αὐλή,
ἱεμένων Ἔρεβόσδε ὑπὸ ζόφον· ἠέλιος δὲ
οὐρανοῦ ἐξαπόλωλε, κακὴ δ’ ἐπιδέδρομεν ἀχλύς.“
ὣς ἔφαθ’, οἱ δ’ ἄρα πάντες ἐπ’ αὐτῶι ἡδὺ γέλασσαν.
τοῖσιν δ’ Εὐρύμαχος, Πολύβου πάϊς, ἦρχ’ ἀγορεύειν·

Zur abscheulichen Lust in den prächtigen Kammern umherzieht!
Also sprach er, und alle verstummten umher und schwiegen.
Endlich erwiderte drauf Damastors Sohn Agelaos:
Freunde, Telemachos hat mit großem Rechte geredet;
Drum entrüste sich keiner, noch geb' ihm trotzige Antwort!
Auch mißhandelt nicht ferner den armen Fremdling, noch jemand
Von den Leuten im Hause des göttergleichen Odysseus.
Aber Telemachos möcht ich anitzt und Telemachos' Mutter
Dies wohlmeinend raten, wenn's ihrem Herzen gefiele.
Als ihr beide noch immer mit sehnlich harrendem Herzen
Hofftet die Wiederkehr des erfindungsreichen Odysseus,
War es nicht tadelhaft, zu warten und die Achaier
Hinzuhalten im Hause (denn besser wär es gewesen,
Hätten die Götter Odysseus verstattet wiederzukehren).
Doch nun ist es ja klar, daß Odysseus nimmer zurückkehrt.
Drum geh hin zu der Mutter und sag ihr, sie möge den besten
Jüngling, welcher das meiste geschenkt, zum Bräutigam wählen,
Daß du alle Güter des Vaters beherrschen und friedlich
Essen und trinken könnest, da sie mit dem Manne hinwegzieht!
Und der verständige Jüngling Telemachos sagte dagegen:
Nein, bei Zeus, Agelaos, und bei den Leiden des Vaters,
Der von Ithaka ferne den Tod fand oder umherirrt,
Ich verhindre sie nicht, ich selber heiße die Mutter
Wählen, welchen sie will und wer sie reichlich beschenket.
Aber ich scheue mich, sie mit harten Worten gewaltsam
Aus dem Hause zu treiben; das wolle Gott nicht gefallen!
Also sprach er. Und siehe, ein großes Gelächter erregte
Pallas Athene im Saal und verwirrte der Freier Gedanken.
Und schon lachten sie alle mit gräßlichverzuckten Gesichtern.
Blutbesudeltes Fleisch verschlangen sie jetzo; die Augen
Waren mit Tränen erfüllt, und Jammer umschwebte die Seele.
Und der göttliche Mann Theoklymenos sprach zur Versammlung:
Ach, unglückliche Männer, welch Elend ist euch begegnet!
Finstere Nacht umhüllt euch Haupt und Antlitz und Glieder!
Und Wehklagen ertönt, und Tränen netzen die Wangen!
Und von Blute triefen die Wänd' und das schöne Getäfel!
Flatternde Geister füllen die Flur, und füllen den Vorhof,
Zu des Erebos Schatten hinuntereilend! Die Sonne
Ist am Himmel erloschen, und rings herrscht schreckliches Dunkel!
Also sprach er; und alle begannen herzlich zu lachen.
Aber Polybos' Sohn Eurymachos sprach zu den Freiern:

„ἀφραίνει ξεῖνος νέον ἄλλοθεν εἰληλουθώς.
ἀλλά μιν αἶψα, νέοι, δόμου ἐκπέμψασθε θύραζε
εἰς ἀγορὴν ἔρχεσθαι, ἐπεὶ τάδε νυκτὶ ἐΐσκει.“
τὸν δ' αὖτε προσέειπε Θεοκλύμενος θεοειδής·
„Εὐρύμαχ', οὔ τί σ' ἄνωγα ἐμοὶ πομπῆας ὀπάζειν·
εἰσί μοι ὀφθαλμοί τε καὶ οὔατα καὶ πόδες ἄμφω
καὶ νόος ἐν στήθεσσι τετυγμένος οὐδὲν ἀεικής.
τοῖς ἔξειμι θύραζε, ἐπεὶ νοέω κακὸν ὔμμιν
ἐρχόμενον, τό κεν οὔ τις ὑπεκφύγοι οὐδ' ἀλέαιτο
μνηστήρων, οἳ δῶμα κάτ' ἀντιθέου Ὀδυσῆος
ἀνέρας ὑβρίζοντες ἀτάσθαλα μηχανάασθε.“
ὣς εἰπὼν ἐξῆλθε δόμων εὖ ναιετάοντων,
ἵκετο δ' ἐς Πείραιον, ὅ μιν πρόφρων ὑπέδεκτο.
μνηστῆρες δ' ἄρα πάντες ἐς ἀλλήλους ὁρόωντες
Τηλέμαχον ἐρέθιζον, ἐπὶ ξείνοις γελόωντες·
ὧδε δέ τις εἴπεσκε νέων ὑπερηνορεόντων·
„Τηλέμαχ', οὔ τις σεῖο κακοξεινώτερος ἄλλος·
οἷον μέν τινα τοῦτον ἔχεις ἐπίμαστον ἀλήτην,
σίτου καὶ οἴνου κεχρημένον, οὐδέ τι ἔργων
ἔμπαιον οὐδὲ βίης, ἀλλ' αὔτως ἄχθος ἀρούρης.
ἄλλος δ' αὖτέ τις οὗτος ἀνέστη μαντεύεσθαι.
ἀλλ' εἴ μοί τι πίθοιο, τό κεν πολὺ κέρδιον εἴη·
τοὺς ξείνους ἐν νηῒ πολυκληῖδι βαλόντες
ἐς Σικελοὺς πέμψωμεν, ὅθεν κέ τοι ἄξιον ἄλφοι.“
ὣς ἔφασαν μνηστῆρες· ὁ δ' οὐκ ἐμπάζετο μύθων,
ἀλλ' ἀκέων πατέρα προσεδέρκετο, δέγμενος αἰεί,
ὁππότε δὴ μνηστῆρσιν ἀναιδέσι χεῖρας ἐφήσει.
ἡ δὲ κατ' ἄντηστιν θεμένη περικαλλέα δίφρον
κούρη Ἰκαρίοιο, περίφρων Πηνελόπεια,
ἀνδρῶν ἐν μεγάροισιν ἑκάστου μῦθον ἄκουεν.
δεῖπνον μὲν γάρ τοί γε γελοίωντες τετύκοντο
ἡδύ τε καὶ μενοεικές, ἐπεὶ μάλα πόλλ' ἱέρευσαν·
δόρπου δ' οὐκ ἄν πως ἀχαρίστερον ἄλλο γένοιτο,
οἷον δὴ τάχ' ἔμελλε θεὰ καὶ καρτερὸς ἀνὴρ
θησέμεναι· πρότεροι γὰρ ἀεικέα μηχανόωντο.

Hört, wie der Fremdling rast, der neulich von ferne hieherkam!
Hurtig, ihr Jünglinge, eilt, und leitet ihn aus dem Palaste
Nach dem Versammlungsplatz! Hier kommt ihm alles wie Nacht vor!
Und der göttliche Mann Theoklymenos gab ihm zur Antwort:
Keineswegs bedarf ich, Eurymachos, deiner Geleiter;
Denn du siehst, ich habe noch Augen und Ohren und Füße,
Und mein guter Verstand ist auch nicht irre geworden.
Hiermit will ich allein hinausgehn; denn ich erkenne
Schon das kommende Graun des Todes, dem keiner entfliehn wird,
Keiner von euch, ihr Freier im Hause des edlen Odysseus,
Wo ihr die Fremdlinge höhnt, und schändliche Greuel verübet!
Also sprach er, und ging aus der schöngebaueten Wohnung
Hin zum Hause Peiräos', und wurde freundlich empfangen.
Aber die Freier sahn sich all' einander ins Antlitz,
Höhnten Telemachos aus, und lachten über die Gäste.
Unter dem Schwarme begann ein übermütiger Jüngling:
Nein, Telemachos, keiner hat jemals schlechtere Gäste
Aufgenommen, als du! Denn dieser verhungerte Bettler
Sitzt da, nach Speise und Wein heißhungrig; aber zur Arbeit
Hat er nicht Lust noch Kraft, die verworfene Last der Erde!
Und der andere dort erhub sich, uns wahrzusagen.
Aber willst du mir folgen; (es ist wahrhaftig das beste!)
Laß uns die Fremdlinge beid' im vielgeruderten Schiffe
Zu den Sikelern senden; da kannst du sie teuer verkaufen.
Also sprachen die Freier; doch jener verachtete solches.
Schweigend sah er Odysseus an, und harrte beständig,
Wann sein mächtiger Arm die schamlosen Freier bestrafte.
Gegenüber dem Saal auf einem prächtigen Sessel
Saß Ikarios' Tochter, die kluge Penelopeia,
Und behorchte die Reden der übermütigen Männer.
Diese feirten nun zwar mit lautem Lachen das Frühmahl,
Lustig und fröhliches Muts, denn sie hatten die Menge geschlachtet:
Doch unlieblicher ward kein Abendschmaus noch gefeiert,
Als den bald die Göttin, mit ihr der starke Odysseus,
Jenen gab, die bisher so schändliche Greuel verübten.

ΟΔΥΣΣΕΙΑΣ Φ

Τόξου θέσις.

Τῆι δ' ἄρ' ἐπὶ φρεσὶ θῆκε θεὰ γλαυκῶπις Ἀθήνη,
κούρηι Ἰκαρίοιο, περίφρονι Πηνελοπείηι,
τόξον μνηστήρεσσι θέμεν πολιόν τε σίδηρον
ἐν μεγάροις Ὀδυσῆος, ἀέθλια καὶ φόνου ἀρχήν.
κλίμακα δ' ὑψηλὴν προσεβήσετο οἷο δόμοιο,
εἵλετο δὲ κληῖδ' εὐκαμπέα χειρὶ παχείηι
καλὴν χαλκείην· κώπη δ' ἐλέφαντος ἐπῆεν.
βῆ δ' ἴμεναι θάλαμόνδε σὺν ἀμφιπόλοισι γυναιξὶν
ἔσχατον· ἔνθα δέ οἱ κειμήλια κεῖτο ἄνακτος,
χαλκός τε χρυσός τε πολύκμητός τε σίδηρος.
ἔνθα δὲ τόξον κεῖτο παλίντονον ἠδὲ φαρέτρη
ἰοδόκος, πολλοὶ δ' ἔνεσαν στονόεντες ὀϊστοί,
δῶρα τά οἱ ξεῖνος Λακεδαίμονι δῶκε τυχήσας
Ἴφιτος Εὐρυτίδης, ἐπιείκελος ἀθανάτοισι.
τὼ δ' ἐν Μεσσήνηι ξυμβλήτην ἀλλήλοιϊν
οἴκωι ἐν Ὀρτιλόχοιο δαΐφρονος. ἦ τοι Ὀδυσσεὺς
ἦλθε μετὰ χρεῖος, τό ῥά οἱ πᾶς δῆμος ὄφελλε·
μῆλα γὰρ ἐξ Ἰθάκης Μεσσήνιοι ἄνδρες ἄειραν
νηυσὶ πολυκλήϊσι τριηκόσι' ἠδὲ νομῆας.
τῶν ἕνεκ' ἐξεσίην πολλὴν ὁδὸν ἦλθεν Ὀδυσσεὺς
παιδνὸς ἐών· πρὸ γὰρ ἧκε πατὴρ ἄλλοι τε γέροντες.
Ἴφιτος αὖθ' ἵππους διζήμενος, αἵ οἱ ὄλοντο
δώδεκα θήλειαι, ὑπὸ δ' ἡμίονοι ταλαεργοί·
αἳ δή οἱ καὶ ἔπειτα φόνος καὶ μοῖρα γένοντο,
ἐπεὶ δὴ Διὸς υἱὸν ἀφίκετο καρτερόθυμον,
φῶθ' Ἡρακλῆα, μεγάλων ἐπίστορα ἔργων,
ὅς μιν ξεῖνον ἐόντα κατέκτανεν ὧι ἐνὶ οἴκωι,
σχέτλιος, οὐδὲ θεῶν ὄπιν ἠιδέσατ' οὐδὲ τράπεζαν,
τὴν ἥν οἱ παρέθηκεν· ἔπειτα δὲ πέφνε καὶ αὐτόν,
ἵππους δ' αὐτὸς ἔχε κρατερώνυχας ἐν μεγάροισι.
τὰς ἐρέων Ὀδυσῆϊ συνήντετο, δῶκε δὲ τόξον,
τὸ πρὶν μέν ῥ' ἐφόρει μέγας Εὔρυτος, αὐτὰρ ὁ παιδὶ

EINUNDZWANZIGSTER GESANG

Penelopeia veranstaltet den entscheidenden Bogenkampf. Empfindung der treuen Hirten. Telemachos stellt die Kampfeisen, und wird, den Bogen zu spannen, vom Vater gehindert. Die Freier versuchen nacheinander. Ahnung des Opferpropheten. Der Bogen wird erweicht. Odysseus entdeckt sich draußen dem Sauhirten und Rinderhirten, und heißt die Türen verschließen. Die Freier verschieben den Bogenkampf. Odysseus bittet um den Bogen, und die Freier lassen es endlich geschehn. Er spannt, und trifft durch die Eisen.

Aber Ikarios' Tochter, der klugen Penelopeia,
Gab Athene, die Göttin mit blauen Augen, den Rat ein,
Daß sie den Freiern den Bogen und blinkende Eisen zum Wettkampf
In dem Palast vorlegte, und zum Beginne des Mordens.
Und schon stieg sie empor die hohen Stufen der Wohnung,
Faßte mit zarter Hand den schöngebogenen Schlüssel,
Zierlich von Erz gegossen, mit elfenbeinernem Griffe,
Eilete dann, und ging, von ihren Mägden begleitet,
Zu dem innern Gemach, wo die Schätze des Königes lagen,
Erzes und Goldes die Meng', und künstlichgeschmiedetes Eisens.
Unter den Schätzen war der krumme Bogen Odysseus',
Und sein Köcher, gefüllt mit jammerbringenden Pfeilen.
  Beide schenkt' ihm vordem in Lakedämon ein Gastfreund,
Iphitos, Eurytos' Sohn, den unsterblichen Göttern vergleichbar.
In Messene trafen die beiden Helden einander,
Im Palaste des tapfern Orsilochos. Dort war Odysseus,
Um die Bezahlung der Schuld vom ganzen Volke zu fodern.
Denn aus Ithaka hatten die Schiffe messenischer Männer
Jüngst dreihundert Schafe mit ihren Hirten geraubet.
Darum kam als Gesandter Odysseus den weiten Weg her,
Jung wie er war, von Laertes ersehn und den übrigen Greisen.
Aber Iphitos kam, die verlorenen Rosse zu suchen,
Zwölf noch säugende Stuten, mit Füllen lastbarer Mäuler,
Doch sie beschleunigten nur des Suchenden Todesverhängnis!
Denn als Iphitos endlich bei Zeus' hochtrotzendem Sohne
Kam, dem starken Herakles, dem Manne von großen Taten;
Tötete dieser den Gast in seinem Hause, der Wütrich!
Unbesorgt um der Götter Gericht, und den heiligen Gasttisch,
Den er ihm vorgesetzt! Ihn selbst erschlug er im Hause.
Und behielt für sich die Rosse mit malmenden Hufen!
Diese suchend, traf er den jungen Odysseus, und schenkt' ihm
Seinen Bogen, den einst der große Eurytos führte,

κάλλιπ' ἀποθνήισκων ἐν δώμασιν ὑψηλοῖσι.
τῶι δ' Ὀδυσεὺς ξίφος ὀξὺ καὶ ἄλκιμον ἔγχος ἔδωκεν,
ἀρχὴν ξεινοσύνης προσκηδέος· οὐδὲ τραπέζηι
γνώτην ἀλλήλων· πρὶν γὰρ Διὸς υἱὸς ἔπεφνεν
Ἴφιτον Εὐρυτίδην, ἐπιείκελον ἀθανάτοισιν,
ὅς οἱ τόξον ἔδωκε. τὸ δ' οὔ ποτε δῖος Ὀδυσσεὺς
ἐρχόμενος πόλεμόνδε μελαινάων ἐπὶ νηῶν
ἡιρεῖτ', ἀλλ' αὐτοῦ μνῆμα ξείνοιο φίλοιο
κέσκετ' ἐνὶ μεγάροισι, φόρει δέ μιν ἧς ἐπὶ γαίης.
  ἡ δ' ὅτε δὴ θάλαμον τὸν ἀφίκετο δῖα γυναικῶν
οὐδόν τε δρύϊνον προσεβήσετο, τόν ποτε τέκτων
ξέσσεν ἐπισταμένως καὶ ἐπὶ στάθμην ἴθυνεν,
ἐν δὲ σταθμοὺς ἄρσε, θύρας δ' ἐπέθηκε φαεινάς,
αὐτίκ' ἄρ' ἥ γ' ἱμάντα θοῶς ἀπέλυσε κορώνης,
ἐν δὲ κληῖδ' ἧκε, θυρέων δ' ἀνέκοπτεν ὀχῆας
ἄντα τιτυσκομένη· τὰ δ' ἀνέβραχεν ἠΰτε ταῦρος
βοσκόμενος λειμῶνι· τόσ' ἔβραχε καλὰ θύρετρα
πληγέντα κληῗδι, πετάσθησαν δέ οἱ ὦκα.
ἡ δ' ἄρ' ἐφ' ὑψηλῆς σανίδος βῆ· ἔνθα δὲ χηλοὶ
ἕστασαν, ἐν δ' ἄρα τῆισι θυώδεα εἵματ' ἔκειτο.
ἔνθεν ὀρεξαμένη ἀπὸ πασσάλου αἴνυτο τόξον
αὐτῶι γωρυτῶι, ὅς οἱ περίκειτο φαεινός.
ἑζομένη δὲ κατ' αὖθι, φίλοις ἐπὶ γούνασι θεῖσα,
κλαῖε μάλα λιγέως, ἐκ δ' ἥιρεε τόξον ἄνακτος.
ἡ δ' ἐπεὶ οὖν τάρφθη πολυδακρύτοιο γόοιο,
βῆ ῥ' ἴμεναι μέγαρόνδε μετὰ μνηστῆρας ἀγαυοὺς
τόξον ἔχουσ' ἐν χειρὶ παλίντονον ἠδὲ φαρέτρην
ἰοδόκον· πολλοὶ δ' ἔνεσαν στονόεντες ὀϊστοί.
τῆι δ' ἄρ' ἅμ' ἀμφίπολοι φέρον ὄγκιον, ἔνθα σίδηρος
κεῖτο πολὺς καὶ χαλκός, ἀέθλια τοῖο ἄνακτος.
ἡ δ' ὅτε δὴ μνηστῆρας ἀφίκετο δῖα γυναικῶν,
στῆ ῥα παρὰ σταθμὸν τέγεος πύκα ποιητοῖο,
ἄντα παρειάων σχομένη λιπαρὰ κρήδεμνα.
ἀμφίπολος δ' ἄρα οἱ κεδνὴ ἑκάτερθε παρέστη.
αὐτίκα δὲ μνηστῆρσι μετηύδα καὶ φάτο μῦθον·
  „κέκλυτέ μευ, μνηστῆρες ἀγήνορες, οἳ τόδε δῶμα
ἐχράετ' ἐσθιέμεν καὶ πινέμεν ἐμμενὲς αἰεὶ
ἀνδρὸς ἀποιχομένοιο πολὺν χρόνον· οὐδέ τιν' ἄλλην
μύθου ποιήσασθαι ἐπισχεσίην ἐδύνασθε,
ἀλλ' ἐμὲ ἱέμενοι γῆμαι θέσθαι τε γυναῖκα.
ἀλλ' ἄγετε, μνηστῆρες, ἐπεὶ τόδε φαίνετ' ἄεθλον.

Aber sterbend dem Sohn im hohen Palaste zurückließ.
Und Odysseus schenkt' ihm sein Schwert und die mächtige Lanze,
Zu der vertraulichsten Freundschaft Beginn. Doch saßen sie niemals
Einer am Tische des andern; denn bald sank unter Herakles
Iphitos, Eurytos' Sohn, den unsterblichen Göttern vergleichbar.
Iphitos' Bogen führte der edelgesinnte Odysseus
Niemals, wann er zum Krieg in schwarzen Schiffen hinwegfuhr!
Sondern ließ im Palaste des unvergeßlichen Freundes
Angedenken zurück: in Ithaka führt' er ihn immer.
Als das göttliche Weib die gewölbete Kammer erreichte,
Und die eichene Schwelle hinanstieg, welche der Meister
Künstlich hatte geglättet, und nach dem Maße der Richtschnur,
Drauf die Pfosten gerichtet, mit ihren glänzenden Flügeln;
Löste sie schnell vom Ringe den künstlichen Knoten des Riemens,
Steckte die Schlüssel hinein, und drängte die Riegel der Pforte,
Scharf hinblickend, zurück: da krachten laut, wie ein Pflugstier
Brüllt auf blumiger Au, so krachten die prächtigen Flügel,
Von dem Schlüssel geöffnet, und breiteten sich auseinander.
Und sie trat ins Gewölb', und stieg auf die bretterne Bühne,
Wo die Laden standen voll lieblichduftender Kleider,
Langte von dort in die Höh, und nahm vom Nagel den Bogen,
Samt der glänzenden Scheide, die ihn umhüllte, herunter.
Und sie setzte sich, legt' auf den Schoß den Bogen des Königs,
Hub laut an zu weinen, und zog ihn hervor aus der Scheide.
Und nachdem sie ihr Herz mit vielen Tränen erleichtert,
Ging sie hinauf in den Saal zu den übermütigen Freiern,
Haltend in ihrer Hand den krummen Bogen Odysseus,
Und den Köcher, gefüllt mit jammerbringenden Pfeilen.
Hinter ihr trugen die Mägde die zierliche Kiste, mit Eisen
Und mit Erze beschwert, den Kampfgeräten des Königs.
Als das göttliche Weib die Freier jetzo erreichte,
Stand sie still an der Schwelle des schönen gewölbeten Saales;
Ihre Wangen umwallte der feine Schleier des Hauptes,
Und an jeglichem Arm stand eine der stattlichen Jungfraun.
Und sie sprach zur Versammlung der übermütigen Freier:
Hört, ihr mutigen Freier, die ihr in diesem Palaste
Scharenweise euch stets zum Essen und Trinken versammelt,
Da mein Gemahl so lang' entfernt ist; und die ihr keinen
Einzigen Grund angebt zu dieser großen Verwüstung,
Außer daß ihr mich liebt und zur Gemahlin begehret:
Auf, ihr Freier, wohlan! denn jetzo erscheinet ein Wettkampf!

θήσω γὰρ μέγα τόξον Ὀδυσσῆος θείοιο·
ὃς δέ κε ῥηΐτατ᾽ ἐντανύσῃ βιὸν ἐν παλάμῃσι
καὶ διοϊστεύσῃ πελέκεων δυοκαίδεκα πάντων,
τῷ κεν ἅμ᾽ ἑσποίμην, νοσφισσαμένη τόδε δῶμα
κουρίδιον, μάλα καλόν, ἐνίπλειον βιότοιο,
τοῦ ποτὲ μεμνήσεσθαι ὀΐομαι ἔν περ ὀνείρῳ."
ὣς φάτο, καί ῥ᾽ Εὔμαιον ἀνώγει, δῖον ὑφορβόν,
τόξον μνηστήρεσσι θέμεν πολιόν τε σίδηρον.
δακρύσας δ᾽ Εὔμαιος ἐδέξατο καὶ κατέθηκε·
κλαῖε δὲ βουκόλος ἄλλοθ᾽, ἐπεὶ ἴδε τόξον ἄνακτος.
Ἀντίνοος δ᾽ ἐνένιπεν ἔπος τ᾽ ἔφατ᾽ ἔκ τ᾽ ὀνόμαζε·
„νήπιοι ἀγροιῶται, ἐφημέρια φρονέοντες,
ἆ δειλώ, τί νυ δάκρυ κατείβετον ἠδὲ γυναικὶ
θυμὸν ἐνὶ στήθεσσιν ὀρίνετον; ᾗ τε καὶ ἄλλως
κεῖται ἐν ἄλγεσι θυμός, ἐπεὶ φίλον ὤλεσ᾽ ἀκοίτην.
ἀλλ᾽ ἀκέων δαίνυσθε καθήμενοι, ἠὲ θύραζε
κλαίετον ἐξελθόντε, κατ᾽ αὐτόθι τόξα λιπόντε,
μνηστήρεσσιν ἄεθλον ἀάατον· οὐ γὰρ ὀΐω
ῥηϊδίως τόδε τόξον ἐΰξοον ἐντανύεσθαι.
οὐ γάρ τις μέτα τοῖος ἀνὴρ ἐν τοίσδεσι πᾶσιν
οἷος Ὀδυσσεὺς ἔσκεν· ἐγὼ δέ μιν αὐτὸς ὄπωπα,
καὶ γὰρ μνήμων εἰμί, πάϊς δ᾽ ἔτι νήπιος ἦα."
ὣς φάτο, τῷ δ᾽ ἄρα θυμὸς ἐνὶ στήθεσσιν ἐώλπει
νευρὴν ἐντανύσειν διοϊστεύσειν τε σιδήρου.
ἦ τοι ὀϊστοῦ γε πρῶτος γεύσεσθαι ἔμελλεν
ἐκ χειρῶν Ὀδυσῆος ἀμύμονος, ὃν τότ᾽ ἀτίμα
ἥμενος ἐν μεγάροις, ἐπὶ δ᾽ ὤρνυε πάντας ἑταίρους.
τοῖσι δὲ καὶ μετέειφ᾽ ἱερὴ ἲς Τηλεμάχοιο·
„ὢ πόποι, ἦ μάλα με Ζεὺς ἄφρονα θῆκε Κρονίων·
μήτηρ μέν μοί φησι φίλη, πινυτή περ ἐοῦσα,
ἄλλῳ ἅμ᾽ ἕψεσθαι νοσφισσαμένη τόδε δῶμα·
αὐτὰρ ἐγὼ γελόω καὶ τέρπομαι ἄφρονι θυμῷ.
ἀλλ᾽ ἄγετε, μνηστῆρες, ἐπεὶ τόδε φαίνετ᾽ ἄεθλον,
οἵη νῦν οὐκ ἔστι γυνὴ κατ᾽ Ἀχαιΐδα γαῖαν,
οὔτε Πύλου ἱερῆς οὔτ᾽ Ἄργεος οὔτε Μυκήνης·
οὔτ᾽ αὐτῆς Ἰθάκης οὔτ᾽ ἠπείροιο μελαίνης·
καὶ δ᾽ αὐτοὶ τόδε γ᾽ ἴστε· τί με χρὴ μητέρος αἴνου;
ἀλλ᾽ ἄγε μὴ μύνῃσι παρέλκετε μηδ᾽ ἔτι τόξου
δηρὸν ἀποτρωπᾶσθε τανυστύος, ὄφρα ἴδωμεν.
καὶ δέ κεν αὐτὸς ἐγὼ τοῦ τόξου πειρησαίμην·
εἰ δέ κεν ἐντανύσω διοϊστεύσω τε σιδήρου,

Hier ist der große Bogen des göttergleichen Odysseus.
Wessen Hand von euch den Bogen am leichtesten spannet,
Und mit der Senne den Pfeil durch alle zwölf Äxte hindurchschnellt;
Seht, dem folg' ich als Weib aus diesem werten Palaste
Meines ersten Gemahls, dem prächtigen reichen Palaste,
Dessen mein Herz sich vielleicht noch künftig in Träumen erinnert.
Also sprach sie, und winkte dem edlen Hirten Eumäos,
Ihnen den Bogen zum Kampf und die blinkenden Äxte zu bringen.
Weinend empfing sie Eumäos, und legte sie nieder. Der Kuhhirt
Weint' auf der andern Seite, da er den Bogen des Herrn sah.
Aber Antinoos schalt, und sprach die geflügelten Worte:
Alberne Hirten des Viehs, in den Tag hinträumende Toren,
Unglückselige, sprecht, was vergießt ihr Tränen, und reizet
Unserer Königin Herz noch mehr zu trauern, das so schon
Tiefgebeugt den Verlust des lieben Gemahles bejammert?
Sitzt geruhig am Tisch, und schmauset; oder entfernt euch
Hurtig, und heult vor der Tür, und laßt den Bogen uns Freiern:
Daß wir den Kampf versuchen, den furchtbaren! Denn ich vermute,
Daß es so leicht nicht sei, den geglätteten Bogen zu spannen.
Denn ein solcher Mann ist nicht in der ganzen Versammlung,
Als Odysseus war! Ich hab' ihn selber gesehen.
Und entsinne mich wohl: ich war noch ein stammelnder Knabe.
Also sprach er; allein in seinem Herzen gedacht' er,
Selbst die Senne zu spannen, und durch die Äxte zu treffen.
Aber er sollte zuerst den Pfeil aus den Händen Odysseus'
Kosten, weil er vordem den Herrlichen, in dem Palaste
Sitzend, hatte geschmäht, und die übrigen Freier gereizet.
Unter ihnen begann Telemachos' heilige Stärke:
Wahrlich, Zeus' Kronion beraubte mich alles Verstandes!
Meine Mutter verheißet anitzt, (wie gut sie auch denket!)
Einem andern zu folgen und dieses Haus zu verlassen;
Und ich freue mich noch, und lache, ich törichter Jüngling!
Aber wohlan, ihr Freier! denn jetzo erscheinet der Wettkampf
Um ein Weib, wie keines im ganzen achaiischen Lande,
Nicht in der heiligen Pylos, in Argos, oder Mykene,
Selbst in Ithaka nicht, und nicht auf der fruchtbaren Feste!
Aber das wißt ihr selber; was brauch' ich die Mutter zu loben?
Auf denn! verzögert ihn nicht durch lange Zweifel, und spannet
Ohne Geschwätz den Bogen; damit wir den Sieger erkennen!
Und ich hätte wohl Lust, den Bogen selbst zu versuchen.
Denn wär ich's, der ihn spannt, und durch die Äxte hindurchschießt;

οὔ κέ μοι ἀχνυμένωι τάδε δώματα πότνια μήτηρ
λείποι ἅμ᾽ ἄλλωι ἰοῦσ᾽, ὅτ᾽ ἐγὼ κατόπισθε λιποίμην
οἷός τ᾽ ἤδη πατρὸς ἀέθλια κάλ᾽ ἀνελέσθαι."
ἦ καὶ ἀπ᾽ ὤμοιϊν χλαῖναν θέτο φοινικόεσσαν
ὀρθὸς ἀναΐξας, ἀπὸ δὲ ξίφος ὀξὺ θέτ᾽ ὤμων.
πρῶτον μὲν πελέκεας στῆσεν, διὰ τάφρον ὀρύξας
πᾶσι μίαν μακρήν, καὶ ἐπὶ στάθμην ἴθυνεν,
ἀμφὶ δὲ γαῖαν ἔναξε· τάφος δ᾽ ἕλε πάντας ἰδόντας,
ὡς εὐκόσμως στῆσε· πάρος δ᾽ οὐ πώ ποτ᾽ ὀπώπει.
στῆ δ᾽ ἄρ᾽ ἐπ᾽ οὐδὸν ἰὼν καὶ τόξου πειρήτιζε.
τρὶς μέν μιν πελέμιξεν ἐρύσσεσθαι μενεαίνων,
τρὶς δὲ μεθῆκε βίης, ἐπιελπόμενος τό γε θυμῶι,
νευρὴν ἐντανύειν διοϊστεύσειν τε σιδήρου.
καί νύ κε δή ῥ᾽ ἐτάνυσσε βίηι τὸ τέταρτον ἀνέλκων,
ἀλλ᾽ Ὀδυσεὺς ἀνένευε καὶ ἔσχεθεν ἱέμενόν περ.
τοῖς δ᾽ αὖτις μετέειφ᾽ ἱερὴ ἲς Τηλεμάχοιο·
„ὢ πόποι, ἦ καὶ ἔπειτα κακός τ᾽ ἔσομαι καὶ ἄκικυς,
ἠὲ νεώτερός εἰμι καὶ οὔ πω χερσὶ πέποιθα
ἄνδρ᾽ ἀπαμύνασθαι, ὅτε τις πρότερος χαλεπήνηι.
ἀλλ᾽ ἄγεθ᾽, οἵ περ ἐμεῖο βίηι προφερέστεροί ἐστε,
τόξου πειρήσασθε, καὶ ἐκτελέωμεν ἄεθλον."
ὣς εἰπὼν τόξον μὲν ἀπὸ ἕο θῆκε χαμᾶζε,
κλίνας κολλητῆισιν ἐϋξέστης σανίδεσσιν,
αὐτοῦ δ᾽ ὠκὺ βέλος καλῆι προσέκλινε κορώνηι,
ἂψ δ᾽ αὖτις κατ᾽ ἄρ᾽ ἕζετ᾽ ἐπὶ θρόνου ἔνθεν ἀνέστη.
τοῖσιν δ᾽ Ἀντίνοος μετέφη, Εὐπείθεος υἱός·
„ὄρνυσθ᾽ ἑξείης ἐπιδέξια πάντες ἑταῖροι,
ἀρξάμενοι τοῦ χώρου ὅθεν τέ περ οἰνοχοεύει."
ὣς ἔφατ᾽ Ἀντίνοος, τοῖσιν δ᾽ ἐπιήνδανε μῦθος.
Λειώδης δὲ πρῶτος ἀνίστατο, Οἴνοπος υἱός,
ὅ σφι θυοσκόος ἔσκε, παρὰ κρητῆρα δὲ καλὸν
ἷζε μυχοίτατος αἰέν· ἀτασθαλίαι δέ οἱ οἴωι
ἐχθραὶ ἔσαν, πᾶσιν δὲ νεμέσσα μνηστήρεσσιν·
ὅς ῥα τότε πρῶτος τόξον λάβε καὶ βέλος ὠκύ.
στῆ δ᾽ ἄρ᾽ ἐπ᾽ οὐδὸν ἰὼν καὶ τόξου πειρήτιζεν,
οὐδέ μιν ἐντάνυσε· πρὶν γὰρ κάμε χεῖρας ἀνέλκων
ἀτρίπτους ἁπαλάς· μετὰ δὲ μνηστῆρσιν ἔειπεν·
„ὦ φίλοι, οὐ μὲν ἐγὼ τανύω, λαβέτω δὲ καὶ ἄλλος.
πολλοὺς γὰρ τόδε τόξον ἀριστῆας κεκαδήσει
θυμοῦ καὶ ψυχῆς, ἐπεὶ ἦ πολὺ φέρτερόν ἐστι
τεθνάμεν ἢ ζώοντας ἁμαρτεῖν, οὗθ᾽ ἕνεκ᾽ αἰεὶ

Dann verließe mich Traurenden nicht die teuerste Mutter,
Einem anderen folgend, noch blieb' ich einsam im Hause,
Da ich schon tüchtig bin zu den edlen Kämpfen des Vaters!
  Also sprach er, und warf von der Schulter den purpurnen Mantel,
Seinem Sessel entspringend, und warf sein Schwert von der Schulter.
Hierauf stellt' er die Eisen im ausgegrabenen Estrich
Alle zwölf nach der Reih, und nach dem Maße der Richtschnur,
Stampfte die Erde dann fest; und alle staunten dem Jüngling,
Wie gerad' er sie stellte; da er's doch nimmer gesehen.
Und er trat an die Schwelle des Saals, und versuchte den Bogen,
Dreimal erschüttert' er ihn, und strebt' ihn auszuspannen;
Dreimal verließ ihn die Kraft. Noch immer hoffte der Jüngling,
Selbst die Senne zu spannen, und durch die Äxte zu treffen.
Und er hätt' es vollbracht, da der Starke zum viertenmal anzog;
Aber ihm winkt' Odysseus, und hielt den strebenden Jüngling.
Und zu den Freiern sprach Telemachos' heilige Stärke:
  Götter, ich bleibe vielleicht auf immer weichlich und kraftlos;
Oder ich bin noch zu jung, und darf den Händen nicht trauen,
Abzuwehren den Mann, der mich hohnsprechend beleidigt.
Aber wohlan, ihr andern, die ihr viel stärker als ich seid,
Kommt, und versucht den Bogen, und endiget hurtig den Wettkampf!
  Also sprach er, und stellte den Bogen nieder zur Erden,
Hingelehnt an die feste mit Kunst gebildete Pforte,
Lehnte den schnellen Pfeil an des Bogens zierliche Krümmung,
Ging, und setzte sich wieder auf seinen verlassenen Sessel.
Aber Eupeithes' Sohn Antinoos sprach zur Versammlung:
  Steht nach der Ordnung auf, von der Linken zur Rechten, o Freunde,
An der Stelle beginnend, von wannen der Schenke herumgeht.
  Also sprach er; und allen gefiel Antinoos' Rede.
Und es erhub sich zuerst der Önopide Leiodes,
Welcher, ihr Opferprophet, beständig am schimmernden Kelche
Unten im Winkel saß: der einzige, dem die Verwüstung
Nicht gefiel; er haßte die ganze Rotte der Freier.
Dieser nahm den Bogen und schnellen Pfeil von der Erde,
Stellte sich drauf an die Schwelle des Saals, und versuchte den Bogen.
Aber er spannt' ihn nicht; die zarten Hände des Sehers
Wurden im Aufziehn laß. Da sprach er zu der Versammlung:
  Freunde, ich spann' ihn nicht; ihn nehm' ein anderer jetzo!
Viele der Edeln im Volk wird dieser Bogen des Atems
Und der Seele berauben; denn das ist tausendmal besser,
Sterben, als lebend den Zweck zu verfehlen, um den wir uns immer

ἐνθάδ᾽ ὁμιλέομεν, ποτιδέγμενοι ἤματα πάντα.
νῦν μέν τις καὶ ἔλπετ᾽ ἐνὶ φρεσὶν ἠδὲ μενοινᾶι
γῆμαι Πηνελόπειαν, Ὀδυσσῆος παράκοιτιν.
αὐτὰρ ἐπὴν τόξου πειρήσεται ἠδὲ ἴδηται,
ἄλλην δή τιν᾽ ἔπειτα Ἀχαιϊάδων εὐπέπλων
μνάσθω ἐέδνοισιν διζήμενος· ἡ δέ κ᾽ ἔπειτα
γήμαιθ᾽ ὅς κε πλεῖστα πόροι καὶ μόρσιμος ἔλθοι."
ὣς ἄρ᾽ ἐφώνησεν καὶ ἀπὸ ἕο τόξον ἔθηκε,
κλίνας κολλητῆισιν ἐϋξέστηις σανίδεσσιν,
αὐτοῦ δ᾽ ὠκὺ βέλος καλῆι προσέκλινε κορώνηι,
ἂψ δ᾽ αὖτις κατ᾽ ἄρ ἕζετ᾽ ἐπὶ θρόνου ἔνθεν ἀνέστη.
Ἀντίνοος δ᾽ ἐνένιπεν ἔπος τ᾽ ἔφατ᾽ ἔκ τ᾽ ὀνόμαζε·
„Λειῶδες, ποῖόν σε ἔπος φύγεν ἕρκος ὀδόντων,
δεινόν τ᾽ ἀργαλέον τε, - νεμεσσῶμαι δέ τ᾽ ἀκούων -
εἰ δὴ τοῦτό γε τόξον ἀριστῆας κεκαδήσει
θυμοῦ καὶ ψυχῆς, ἐπεὶ οὐ δύνασαι σὺ τανύσσαι.
οὐ γάρ τοί σέ γε τοῖον ἐγείνατο πότνια μήτηρ
οἷόν τε ῥυτῆρα βιοῦ τ᾽ ἔμεναι καὶ ὀϊστῶν·
ἀλλ᾽ ἄλλοι τανύουσι τάχα μνηστῆρες ἀγαυοί."
ὣς φάτο, καί ῥ᾽ ἐκέλευσε Μελάνθιον, αἰπόλον αἰγῶν·
„ἄγρει δή, πῦρ κῆον ἐνὶ μεγάροισι, Μελανθεῦ,
πὰρ δὲ τίθει δίφρον τε μέγαν καὶ κῶας ἐπ᾽ αὐτοῦ,
ἐκ δὲ στέατος ἔνεικε μέγαν τροχὸν ἔνδον ἐόντος,
ὄφρα νέοι θάλποντες, ἐπιχρίοντες ἀλοιφῆι,
τόξου πειρώμεσθα καὶ ἐκτελέωμεν ἄεθλον."
ὣς φάθ᾽, ὁ δ᾽ αἶψ᾽ ἀνέκαιε Μελάνθιος ἀκάματον πῦρ,
πὰρ δὲ φέρων δίφρον θῆκεν καὶ κῶας ἐπ᾽ αὐτοῦ,
ἐκ δὲ στέατος ἔνεικε μέγαν τροχὸν ἔνδον ἐόντος·
τῶι ῥα νέοι θάλποντες ἐπειρῶντ᾽· οὐδ᾽ ἐδύναντο
ἐντανύσαι, πολλὸν δὲ βίης ἐπιδευέες ἦσαν.
Ἀντίνοος δ᾽ ἔτ᾽ ἐπεῖχε καὶ Εὐρύμαχος θεοειδής,
ἀρχοὶ μνηστήρων· ἀρετῆι δ᾽ ἔσαν ἔξοχ᾽ ἄριστοι.
τὼ δ᾽ ἐξ οἴκου βῆσαν ὁμαρτήσαντες ἄμ᾽ ἄμφω
βουκόλος ἠδὲ συφορβὸς Ὀδυσσῆος θείοιο·
ἐκ δ᾽ αὐτὸς μετὰ τοὺς δόμου ἤλυθε δῖος Ὀδυσσεύς.
ἀλλ᾽ ὅτε δή ῥ᾽ ἐκτὸς θυρέων ἔσαν ἠδὲ καὶ αὐλῆς,
φθεγξάμενός σφε ἔπεσσι προσηύδα μειλιχίοισι·
„βουκόλε καὶ σύ, συφορβέ, ἔπος τί κε μυθησαίμην,
ἦ αὐτὸς κεύθω; φάσθαι δέ με θυμὸς ἀνώγει.
ποῖοί κ᾽ εἶτ᾽ Ὀδυσῆϊ ἀμυνέμεν, εἴ ποθεν ἔλθοι
ὧδε μάλ᾽ ἐξαπίνης καί τις θεος αὐτὸν ἐνείκαι;

Hier im Hause versammeln, und harren von Tage zu Tage!
Jetzo hofft wohl mancher in seinem Herzen, und wünscht sich
Penelopeia zum Weib', Odysseus edle Gemahlin.
Aber wird er einmal den Bogen prüfen und ansehn;
O dann such' er sich nur von Achaias lieblichen Töchtern
Eine andre, und werbe mit Brautgeschenken; doch diese
Nehme den Mann, der das meiste geschenkt, und dem sie bestimmt ward.
Also sprach Leiodes, und stellte den Bogen zur Erden,
Hingelehnt an die feste mit Kunst gebildete Pforte,
Lehnte den schnellen Pfeil an des Bogens zierliche Krümmung
Ging, und setzte sich wieder auf seinen verlassenen Sessel.
Aber Antinoos schalt, und sprach die geflügelten Worte:
Welche Rede, Leiodes, ist deinen Lippen entflohen
Welche schreckliche Drohung! Ich ärgere mich, es zu hören!
Viele der Edeln im Volk soll dieser Bogen des Atems
Und der Seele berauben, weil du nicht vermagst ihn zu spannen?
Dich gebar nun freilich die teure Mutter nicht dazu,
Daß du mit Pfeil und Bogen dir Ruhm bei den Menschen erwürbest,
Aber es sind, ihn zu spannen, noch andere mutige Freier!
Also sprach er, und rief dem Ziegenhirten Melantheus:
Hurtig, Melanthios, eil' und zünd' hier Feuer im Saal an,
Stelle davor den Sessel, und breite Felle darüber,
Hol' aus der Kammer alsdann eine große Scheibe von Stierfett:
Daß wir Jüngling' am Feuer den Bogen wärmen und salben;
Dann versuchen wir ihn, und endigen hurtig den Wettkampf.
Sprach's; und Melanthios zündet' ein helles Feuer im Saal an,
Stellte davor den Sessel, und breitete Felle darüber,
Holt' aus der Kammer alsdann eine große Scheibe von Stierfett.
Und die Jünglinge salbten und prüften den Bogen; doch keiner
Konnt' ihn spannen, zu sehr gebrach es den Händen an Stärke.
Aber Antinoos selbst und Eurymachos saßen noch ruhig,
Beide Häupter der Freier, und ihre tapfersten Helden.
Jetzo gingen zugleich aus der Türe des hohen Palastes
Beide, der Rinderhirt und der männerbeherrschende Sauhirt.
Ihnen folgte sofort der göttergleiche Odysseus.
Als sie jetzt aus der Tür' und dem Vorhof waren gekommen,
Redet' Odysseus sie an, und sprach die freundlichen Worte:
Hört, ich möcht' euch was sagen, du Rinderhirt und du Sauhirt!
Oder verschweig' ich's lieber? Mein Herz gebeut mir zu reden.
Wen verteidigtet ihr, wenn jetzo mit einmal Odysseus
Hier aus der Fremde käm', und ihn ein Himmlischer brächte?

ἤ κε μνηστήρεσσιν ἀμύνοιτ᾽ ἦ Ὀδυσῆϊ;
εἴπαθ᾽ ὅπως ὑμέας κραδίη θυμός τε κελεύει."
τὸν δ᾽ αὖτε προσέειπε βοῶν ἐπιβουκόλος ἀνήρ·
„Ζεῦ πάτερ, αἲ γὰρ τοῦτο τελευτήσειας ἐέλδωρ,
ὡς ἔλθοι μὲν κεῖνος ἀνήρ, ἀγάγοι δέ ἑ δαίμων·
γνοίης χ᾽ οἵη ἐμὴ δύναμις καὶ χεῖρες ἕπονται."
ὣς δ᾽ αὔτως Εὔμαιος ἐπεύχετο πᾶσι θεοῖσι
νοστῆσαι Ὀδυσῆα πολύφρονα ὅνδε δόμονδε.
αὐτὰρ ἐπεὶ δὴ τῶν γε νόον νημερτέ᾽ ἀνέγνω,
ἐξαῦτίς σφε ἔπεσσιν ἀμειβόμενος προσέειπεν·
„ἔνδον μὲν δὴ ὅδ᾽ αὐτὸς ἐγώ, κακὰ πολλὰ μογήσας
ἤλυθον εἰκοστῶι ἔτεϊ ἐς πατρίδα γαῖαν.
γιγνώσκω δ᾽ ὡς σφῶϊν ἐελδομένοισιν ἱκάνω
οἴοισι δμώων· τῶν δ᾽ ἄλλων οὔ τευ ἄκουσα
εὐξαμένου ἐμὲ αὖτις ὑπότροπον οἴκαδ᾽ ἱκέσθαι.
σφῶϊν δ᾽, ὡς ἔσεταί περ, ἀληθείην καταλέξω.
εἴ χ᾽ ὑπ᾽ ἐμοί γε θεὸς δαμάσηι μνηστῆρας ἀγαυούς,
ἄξομαι ἀμφοτέροις ἀλόχους καὶ κτήματ᾽ ὀπάσσω
οἰκία τ᾽ ἐγγὺς ἐμεῖο τετυγμένα· καί μοι ἔπειτα
Τηλεμάχου ἑτάρω τε κασιγνήτω τε ἔσεσθον.
εἰ δ᾽ ἄγε δή, καὶ σῆμα ἀριφραδὲς ἄλλο τι δείξω,
ὄφρα μ᾽ ἐῢ γνῶτον πιστωθῆτόν τ᾽ ἐνὶ θυμῶι,
οὐλήν, τήν ποτέ με σῦς ἤλασε λευκῶι ὀδόντι
Παρνησόνδ᾽ ἐλθόντα σὺν υἱάσιν Αὐτολύκοιο."
ὣς εἰπὼν ῥάκεα μεγάλης ἀποέργαθεν οὐλῆς.
τὼ δ᾽ ἐπεὶ εἰσιδέτην εὖ τ᾽ ἐφράσσαντο ἕκαστα,
κλαῖον ἄρ᾽ ἀμφ᾽ Ὀδυσῆϊ δαΐφρονι χεῖρε βαλόντε,
καὶ κύνεον ἀγαπαζόμενοι κεφαλήν τε καὶ ὤμους
ὣς δ᾽ αὔτως Ὀδυσεὺς κεφαλὰς καὶ χεῖρας ἔκυσσε.
καί νύ κ᾽ ὀδυρομένοισιν ἔδυ φάος ἠελίοιο,
εἰ μὴ Ὀδυσσεὺς αὐτὸς ἐρύκακε φώνησέν τε·
„παύεσθον κλαυθμοῖο γόοιό τε, μή τις ἴδηται
ἐξελθὼν μεγάροιο, ἀτὰρ εἴπηισι καὶ εἴσω.
ἀλλὰ προμνηστῖνοι ἐσέλθετε, μηδ᾽ ἅμα πάντες,
πρῶτος ἐγώ, μετὰ δ᾽ ὔμμες· ἀτὰρ τόδε σῆμα τετύχθω·
ἄλλοι μὲν γὰρ πάντες, ὅσοι μνηστῆρες ἀγαυοί,
οὐκ ἐάσουσιν ἐμοὶ δόμεναι βιὸν ἠδὲ φαρέτρην·
ἀλλὰ σύ, δῖ᾽ Εὔμαιε, φέρων ἀνὰ δώματα τόξον
ἐν χείρεσσιν ἐμοὶ θέμεναι, εἰπεῖν τε γυναιξὶ
κληῖσαι μεγάροιο θύρας πυκινῶς ἀραρυίας,
ἢν δέ τις ἢ στοναχῆς ἠὲ κτύπου ἔνδον ἀκούσηι

Wolltet ihr dann die Freier verteidigen, oder Odysseus?
Redet heraus, wie euch das Herz im Busen gebietet!
Ihm antwortete drauf der Oberhirte der Rinder:
Vater Zeus, erfülltest du doch mein heißes Verlangen,
Daß ein Himmlischer jenen zur Heimat führte! Du solltest
Sehn, was auch meine Kraft und meine Hände vermöchten!
Auch Eumäos flehte zu allen unsterblichen Göttern,
Daß sie dem weisen Odysseus verstatteten wiederzukehren.
Und nachdem Odysseus die Treue der Hirten geprüfet;
Da antwortet' er ihnen, und sprach die freundlichen Worte:
Nun ich selber bin hier! Nach vielen Todesgefahren
Bin ich im zwanzigsten Jahre zur Heimat wiedergekehret!
Und ich erkenne, wie sehr ihr beiden meine Zurückkunft
Wünschtet, ihr allein von den Knechten! denn keinen der andern
Hört' ich flehn, daß ein Gott mir heimzukehren vergönnte!
Drum vernehmet auch ihr, was euch zum Lohne bestimmt ist:
Wenn mir Gott die Vertilgung der stolzen Freier gewähret;
Dann will ich jedem ein Weib und Güter zum Eigentum geben,
Jedem nahe bei mir ein Haus erbauen, und künftig
Beide wie Freund' und Brüder von meinem Telemachos achten.
Aber daß ihr mir glaubt, und mich für Odysseus erkennet;
Kommt und betrachtet hier ein entscheidendes Zeichen, die Narbe,
Die ein Eber mir einst mit weißem Zahne gehauen,
Als ich auf dem Parnaß mit den Söhnen Autolykos' jagte.
Also sprach er, und zog von der großen Narbe die Lumpen.
Aber da jene sie sahn, und alles deutlich erkannten;
Weinten sie, schlangen die Händ' um den edlen Helden Odysseus,
Hießen ihn froh willkommen, und küßten ihm Schultern und Antlitz.
Auch Odysseus küßte den Hirten Antlitz und Hände.
Über der Klage wäre die Sonne niedergesunken,
Hätt' Odysseus sie nicht mit diesen Worten geendet:
Hemmt anitzo die Tränen und euren Jammer: daß niemand
Von den Leuten im Haus uns seh' und drinnen verrate.
Geht nun einzeln wieder hinein, nicht alle mit einmal:
Ich zuerst, dann ihr! Die Abred' aber sei diese:
Nimmer wird es die Schar der übermütigen Freier
Billigen, daß mir der Bogen und Köcher werde gegeben;
Aber gehe nur dreist mit dem Bogen, edler Eumäos,
Durch den Saal, und reiche mir ihn. Auch sage den Weibern,
Daß sie die festen Türen des Hinterhauses verriegeln;
Und wenn eine vielleicht ein Röcheln oder Gepolter

ἀνδρῶν ἡμετέροισιν ἐν ἕρκεσι, μή τι θύραζε
προβλώσκειν, ἀλλ' αὐτοῦ ἀκὴν ἔμεναι παρὰ ἔργωι.
σοὶ δέ, Φιλοίτιε δῖε, θύρας ἐπιτέλλομαι αὐλῆς
κληῖσαι κληῖδι, θοῶς δ' ἐπὶ δεσμὸν ἰῆλαι."
ὣς εἰπὼν εἰσῆλθε δόμους εὖ ναιετάοντας·
ἕζετ' ἔπειτ' ἐπὶ δίφρον ἰών, ἔνθεν περ ἀνέστη·
ἐς δ' ἄρα καὶ τὼ δμῶε ἴτην θείου Ὀδυσῆος.
Εὐρύμαχος δ' ἤδη τόξον μετὰ χερσὶν ἐνώμα,
θάλπων ἔνθα καὶ ἔνθα σέλαι πυρός· ἀλλά μιν οὐδ' ὣς
ἐντανύσαι δύνατο, μέγα δ' ἔστενε κυδάλιμον κῆρ·
ὀχθήσας δ' ἄρα εἶπος τ' ἔφατ' ἔκ τ' ὀνόμαζεν·
„ὢ πόποι, ἦ μοι ἄχος περί τ' αὐτοῦ καὶ περὶ πάντων·
οὔ τι γάμου τοσσοῦτον ὀδύρομαι, ἀχνύμενός περ·
εἰσὶ καὶ ἄλλαι πολλαὶ Ἀχαιΐδες, αἱ μὲν ἐν αὐτῆι
ἀμφιάλωι Ἰθάκηι, αἱ δ' ἄλλῃσιν πολίεσσιν·
ἀλλ' εἰ δὴ τοσσόνδε βίης ἐπιδευέες εἰμὲν
ἀντιθέου Ὀδυσῆος, ὅ τ' οὐ δυνάμεσθα τανύσσαι
τόξον· ἐλεγχείη δὲ καὶ ἐσσομένοισι πυθέσθαι."
τὸν δ' αὖτ' Ἀντίνοος προσέφη, Εὐπείθεος υἱός·
„Εὐρύμαχ', οὐχ οὕτως ἔσται· νοέεις δὲ καὶ αὐτός.
νῦν μὲν γὰρ κατὰ δῆμον ἑορτὴ τοῖο θεοῖο
ἁγνή· τίς δέ κε τόξα τιταίνοιτ'; ἀλλὰ ἕκηλοι
κάτθετ'· ἀτὰρ πελέκεάς γε καὶ εἴ κ' εἰῶμεν ἅπαντας
ἑστάμεν· οὐ μὲν γάρ τιν' ἀναιρήσεσθαι ὀΐω,
ἐλθόντ' ἐς μέγαρον Λαερτιάδεω Ὀδυσῆος.
ἀλλ' ἄγετ', οἰνοχόος μὲν ἐπαρξάσθω δεπάεσσιν,
ὄφρα σπείσαντες καταθείομεν ἀγκύλα τόξα·
ἠῶθεν δὲ κέλεσθε Μελάνθιον, αἰπόλον αἰγῶν,
αἶγας ἄγειν, αἳ πᾶσι μέγ' ἔξοχοι αἰπολίοισιν,
ὄφρ' ἐπὶ μηρία θέντες Ἀπόλλωνι κλυτοτόξωι
τόξου πειρώμεσθα καὶ ἐκτελέωμεν ἄεθλον."
ὣς ἔφατ' Ἀντίνοος, τοῖσιν δ' ἐπιήνδανε μῦθος.
τοῖσι δὲ κήρυκες μὲν ὕδωρ ἐπὶ χεῖρας ἔχευαν,
κοῦροι δὲ κρητῆρας ἐπεστέψαντο ποτοῖο,
νώμησαν δ' ἄρα πᾶσιν ἐπαρξάμενοι δεπάεσσιν.
οἱ δ' ἐπεὶ οὖν σπεῖσάν τ' ἔπιόν θ' ὅσον ἤθελε θυμός,
τοῖς δὲ δολοφρονέων μετέφη πολύμητις Ὀδυσσεύς·
„κέκλυτέ μευ, μνηστῆρες ἀγακλειτῆς βασιλείης·
ὄφρ' εἴπω τά με θυμὸς ἐνὶ στήθεσσι κελεύει·
Εὐρύμαχον δὲ μάλιστα καὶ Ἀντίνοον θεοειδέα
λίσσομ', ἐπεὶ καὶ τοῦτο ἔπος κατὰ μοῖραν ἔειπε,

Drinnen im Saale der Männer vernimmt, daß keine herausgeh,
Sondern geruhig sitze bei ihrer beschiedenen Arbeit.
Edler Philötios, dir vertrau ich die Pforte des Hofes,
Sie mit dem Riegel zu schließen, und fest mit dem Seile zu binden.
Also sprach er, und ging in die schöngebauete Wohnung;
Allda setzt' er sich wieder auf seinen verlassenen Sessel.
Einzeln folgten die Knechte des göttergleichen Odysseus.
Und Eurymachos wandte nunmehr in den Händen den Bogen,
Hin und wieder ihn wärmend im Glanze des Feuers, und dennoch
Konnt' er die Senne nicht spannen. Ein tiefaufatmender Seufzer
Schwellte sein stolzes Herz, und zürnend sprach er die Worte:
Götter, wie kränkt mich der Schmerz, um mich selber und um die andern!
Wegen der Hochzeit nicht, wiewohl mich auch diese bekümmert;
Denn es sind ja noch andre Achaierinnen die Menge,
Hier in Ithaka selbst, und auch in anderen Städten:
Sondern weil unsere Kraft vor des göttergleichen Odysseus
Stärke so ganz verschwindet, daß seinen Bogen nicht einer
Spannen kann! Hohnlachend wird selbst der Enkel es hören!
Aber Eupeithes' Sohn Antinoos gab ihm zur Antwort:
Nein, Eurymachos, nicht also! Du weißt es auch besser!
Heute feirt ja das Volk des großen Gottes Apollons
Fest; wer wollte denn heute den Bogen spannen? O legt ihn
Ruhig nieder! Allein die Äxte können wir immer
Stehen lassen; denn schwerlich wird jemand, sie zu entwenden,
Kommen in den Palast des Laertiaden Odysseus.
Auf! es fülle von neuem der Schenk mit Weine die Becher,
Daß wir opfern, und dann hinlegen des Königes Bogen,
Aber morgen befehlt dem Ziegenhirten Melantheus,
Uns die trefflichsten Ziegen der ganzen Herde zu bringen.
Seht, dann opfern wir erst dem bogenberühmten Apollon,
Und versuchen den Bogen, und endigen hurtig den Wettkampf.
Also sprach er, und allen gefiel Antinoos' Rede.
Herolde gossen ihnen das Wasser über die Hände;
Jünglinge füllten die Kelche bis oben mit dem Getränke,
Und verteilten von neuem, sich rechtshin wendend, die Becher;
Als sie des Trankes geopfert, und nach Verlangen getrunken,
Sprach zu ihnen mit List der erfindungsreiche Odysseus:
Hört mich an, ihr Freier der weitgepriesenen Fürstin,
Daß ich rede, wie mir das Herz im Busen gebietet!
Doch vor allen fleh ich Eurymachos und den erhabnen
Helden Antinoos an, der jetzt so weise geredet.

νῦν μὲν παῦσαι τόξον, ἐπιτρέψαι δὲ θεοῖσιν·
ἠῶθεν δὲ θεὸς δώσει κράτος ὧι κ' ἐθέληισιν.
ἀλλ' ἄγ' ἐμοὶ δότε τόξον ἐΰξοον, ὄφρα μεθ' ὑμῖν
χειρῶν καὶ σθένεος πειρήσομαι, ἤ μοι ἔτ' ἐστὶν
ἴς, οἵη πάρος ἔσκεν ἐνὶ γναμπτοῖσι μέλεσσιν,
ἦ ἤδη μοι ὄλεσσεν ἄλη τ' ἀκομιστίη τε."
ὣς ἔφαθ', οἱ δ' ἄρα πάντες ὑπερφιάλως νεμέσησαν,
δείσαντες μὴ τόξον ἐΰξοον ἐντανύσειεν.
Ἀντίνοος δ' ἐνένιπεν ἔπος τ' ἔφατ' ἔκ τ' ὀνόμαζεν·
„ἆ δειλὲ ξείνων, ἔνι τοι φρένες οὐδ' ἠβαιαί·
οὐκ ἀγαπᾶις ὃ ἕκηλος ὑπερφιάλοισι μεθ' ἡμῖν
δαίνυσαι, οὐδέ τι δαιτὸς ἀμέρδεαι, αὐτὰρ ἀκούεις
μύθων ἡμετέρων καὶ ῥήσιος; οὐδέ τις ἄλλος
ἡμετέρων μύθων ξεῖνος καὶ πτωχὸς ἀκούει.
οἶνός σε τρώει μελιηδής, ὅς τε καὶ ἄλλους
βλάπτει, ὃς ἄν μιν χανδὸν ἕληι μηδ' αἴσιμα πίνηι.
οἶνος καὶ Κένταυρον, ἀγακλυτὸν Εὐρυτίωνα,
ἄασ' ἐνὶ μεγάρωι μεγαθύμου Πειριθόοιο,
ἐς Λαπίθας ἐλθόνθ'· ὁ δ' ἐπεὶ φρένας ἄασεν οἴνωι,
μαινόμενος κάκ' ἔρεξε δόμον κάτα Πειριθόοιο·
ἥρωας δ' ἄχος εἷλε, διὲκ προθύρου δὲ θύραζε
ἕλκον ἀναΐξαντες, ἀπ' οὔατα νηλέϊ χαλκῶι
ῥῖνάς τ' ἀμήσαντες· ὁ δὲ φρεσὶν ἧισιν ἀασθεὶς
ἤϊεν ἣν ἄτην ὀχέων ἀεσίφρονι θυμῶι.
ἐξ οὗ Κενταύροισι καὶ ἀνδράσι νεῖκος ἐτύχθη,
οἷ δ' αὐτῶι πρώτωι κακὸν εὕρετο οἰνοβαρείων.
ὣς καὶ σοὶ μέγα πῆμα πιφαύσκομαι, αἴ κε τὸ τόξον
ἐντανύσηις· οὐ γάρ τευ ἐπητύος ἀντιβολήσεις
ἡμετέρωι ἐνὶ δήμωι, ἄφαρ δέ σε νηῒ μελαίνηι
εἰς Ἔχετον βασιλῆα, βροτῶν δηλήμονα πάντων,
πέμψομεν· ἔνθεν δ' οὔ τι σαώσεαι· ἀλλὰ ἕκηλος
πῖνέ τε, μηδ' ἐρίδαινε μετ' ἀνδράσι κουροτέροισιν."
τὸν δ' αὖτε προσέειπε περίφρων Πηνελόπεια·
„Ἀντίνο', οὐ μὲν καλὸν ἀτέμβειν οὐδὲ δίκαιον
ξείνους Τηλεμάχου, ὅς κεν τάδε δώμαθ' ἵκηται·
ἔλπεαι, αἴ χ' ὁ ξεῖνος Ὀδυσσῆος μέγα τόξον
ἐντανύσηι χερσίν τε βίηφί τε ἦφι πιθήσας,
οἴκαδέ μ' ἄξεσθαι καὶ ἑὴν θήσεσθαι ἄκοιτιν;
οὐδ' αὐτός που τοῦτό γ' ἐνὶ στήθεσσιν ἔολπε·
μηδέ τις ὑμείων τοῦ γ' εἵνεκα θυμὸν ἀχεύων
ἐνθάδε δαινύσθω, ἐπεὶ οὐδὲ μὲν οὐδὲ ἔοικεν."

Legt den Bogen nun hin, und befehlt die Sache den Göttern;
Morgen wird Gott, wem er will, die Kraft des Sieges verleihen.
Aber wohlan! gebt mir den geglätteten Bogen, damit ich
Meiner Hände Gewalt vor euch versuche: ob jetzt noch
Kraft in den Nerven ist, wie sie ehmals die Glieder belebte;
Oder ob sie das Wandern und langes Elend vertilgt hat!
Also sprach er, und rings entbrannten von Zorne die Freier,
Fürchtend, es möcht' ihm gelingen, den glatten Bogen zu spannen.
Aber Antinoos schalt, und sprach die geflügelten Worte:
Ha! du elender Fremdling, es fehlt dir ganz an Verstande!
Bist du nicht froh, daß du in unserer stolzen Versammlung
Ruhig schmausest? daß dir dein Teil von allem gereicht wird?
Und daß du die Gespräch' und Reden der Männer behorchest,
Die kein anderer Fremdling und lumpichter Bettler behorchet?
Wahrlich, der süße Wein betört dich, welcher auch andern
Schadet, wenn man ihn gierig verschlingt, nicht mäßig genießet:
Selbst der berühmte Kentaur Eurytion tobte vor Unsinn,
Von dem Weine berauscht, in des edlen Peirithoos' Hause,
Denn er kam auf das Fest der Lapithen; aber vom Weine
Rasend, begann er im Hause Peirithoos' schändliche Greuel.
Zürnend sprangen die Helden empor, und über den Vorsaal
Schleppten sie ihn hinaus, und schnitten mit grausamem Erze
Nas' und Ohren ihm ab; und so in voller Betäubung
Wankte der Trunkenbold heim, und trug die Strafe des Unsinns.
Hierauf folgte der blutige Krieg der Kentauren und Männer;
Aber vor allen traf das Verderben den Säufer des Weines.
Also verkünd' ich auch dir dein Unglück, wenn du den Bogen
Spannest: Du sollst nicht mehr Almosen in unserem Volke
Sammeln; wir senden dich gleich im schwarzen Schiffe zum König
Echetos in Epeiros, dem Schrecken des Menschengeschlechtes,
Dem du gewiß nicht lebend entrinnst! Drum sitze geruhig,
Trink, und begehre nicht mit jüngeren Männern den Wettkampf!
Ihm antwortete drauf die kluge Penelopeia:
O Antinoos, denke, wie unanständig, wie unrecht:
Fremde zu übergehn, die Telemachos' Wohnung besuchen!
Meinst du, wenn etwa der Fremdling den großen Bogen Odysseus'
Spannt, so wie er den Händen und seiner Stärke vertrauet,
Daß er mich dann heimführe, und zur Gemahlin bekomme?
Schwerlich heget er selbst im Herzen solche Gedanken!
Und auch keinen von euch bekümmere diese Vermutung
Unter den Freuden des Mahls! Unmöglich ist es, unmöglich!

τὴν δ' αὖτ' Εὐρύμαχος, Πολύβου πάϊς, ἀντίον ηὔδα·
„ κούρη Ἰκαρίοιο, περίφρον Πηνελόπεια,
οὔ τί σε τόνδ' ἄξεσθαι ὀϊόμεθ'· οὐδὲ ἔοικεν·
ἀλλ' αἰσχυνόμενοι φάτιν ἀνδρῶν ἠδὲ γυναικῶν,
μή ποτέ τις εἴπῃσι κακώτερος ἄλλος Ἀχαιῶν
, ἦ πολὺ χείρονες ἄνδρες ἀμύμονος ἀνδρὸς ἄκοιτιν
μνῶνται, οὐδέ τι τόξον ἐΰξοον ἐντανύουσιν·
ἀλλ' ἄλλος τις πτωχὸς ἀνὴρ ἀλαλήμενος ἐλθὼν
ῥηϊδίως ἐτάνυσσε βιόν, διὰ δ' ἧκε σιδήρου.'
ὣς ἐρέουσ', ἡμῖν δ' ἂν ἐλέγχεα ταῦτα γένοιτο."
τὸν δ' αὖτε προσέειπε περίφρων Πηνελόπεια·
„ Εὐρύμαχ', οὔ πως ἔστιν ἐϋκλεῖας κατὰ δῆμον
ἔμμεναι οἳ δὴ οἶκον ἀτιμάζοντες ἔδουσιν
ἀνδρὸς ἀριστῆος· τί δ' ἐλέγχεα ταῦτα τίθεσθε;
οὗτος δὲ ξεῖνος μάλα μὲν μέγας ἠδ' εὐπηγής,
πατρὸς δ' ἐξ ἀγαθοῦ γένος εὔχεται ἔμμεναι υἱός.
ἀλλ' ἄγε οἱ δότε τόξον ἐΰξοον, ὄφρα ἴδωμεν.
ὧδε γὰρ ἐξερέω, τὸ δὲ καὶ τετελεσμένον ἔσται·
εἴ κέ μιν ἐντανύσῃ, δώῃ δέ οἱ εὖχος Ἀπόλλων,
ἕσσω μιν χλαῖνάν τε χιτῶνά τε, εἵματα καλά,
δώσω δ' ὀξὺν ἄκοντα, κυνῶν ἀλκτῆρα καὶ ἀνδρῶν,
καὶ ξίφος ἄμφηκες· δώσω δ' ὑπὸ ποσσὶ πέδιλα,
πέμψω δ' ὅππῃ μιν κραδίη θυμός τε κελεύει."
τὴν δ' αὖ Τηλέμαχος πεπνυμένος ἀντίον ηὔδα·
„ μῆτερ ἐμή, τόξον μὲν Ἀχαιῶν οὔ τις ἐμεῖο
κρείσσων, ᾧ κ' ἐθέλω, δόμεναί τε καὶ ἀρνήσασθαι,
οὔθ' ὅσσοι κραναὴν Ἰθάκην κάτα κοιρανέουσιν,
οὔθ' ὅσσοι νήσοισι πρὸς Ἤλιδος ἱπποβότοιο·
τῶν οὔ τίς μ' ἀέκοντα βιήσεται, αἴ κ' ἐθέλωμι
καὶ καθάπαξ ξείνῳ δόμεναι τάδε τόξα φέρεσθαι.
ἀλλ' εἰς οἶκον ἰοῦσα τὰ σ' αὐτῆς ἔργα κόμιζε,
ἱστόν τ' ἠλακάτην τε, καὶ ἀμφιπόλοισι κέλευε
ἔργον ἐποίχεσθαι· τόξον δ' ἄνδρεσσι μελήσει
πᾶσι, μάλιστα δ' ἐμοί· τοῦ γὰρ κράτος ἔστ' ἐνὶ οἴκῳ."
ἡ μὲν θαμβήσασα πάλιν οἶκόνδε βεβήκει·
παιδὸς γὰρ μῦθον πεπνυμένον ἔνθετο θυμῷ.
ἐς δ' ὑπερῷ' ἀναβᾶσα σὺν ἀμφιπόλοισι γυναιξὶ
κλαῖεν ἔπειτ' Ὀδυσῆα, φίλον πόσιν, ὄφρα οἱ ὕπνον
ἡδὺν ἐπὶ βλεφάροισι βάλε γλαυκῶπις Ἀθήνη.
αὐτὰρ ὁ τόξα λαβὼν φέρε καμπύλα δῖος ὑφορβός·
μνηστῆρες δ' ἄρα πάντες ὁμόκλεον ἐν μεγάροισιν·

Aber Polybos' Sohn Eurymachos sagte dagegen:
O Ikarios' Tochter, du kluge Penelopeia,
Daß du ihn nehmest, besorgt wohl keiner; es wäre nicht möglich!
Sondern wir fürchten nur das Gerede der Männer und Weiber.
Künftig spräche vielleicht der schlechteste aller Achaier:
Weichliche Männer werben um jenes gewaltigen Mannes
Gattin; denn keiner vermag den glatten Bogen zu spannen:
Aber ein andrer kam, ein armer irrender Fremdling,
Spannte den Bogen leicht, und schnellte den Pfeil durch die Äxte!
Also sprächen sie dann, und es wär' uns ewige Schande!
Ihm antwortete drauf die kluge Penelopeia:
Ganz unmöglich ist es, Eurymachos, daß man im Volke
Gutes rede von Leuten, die jenes trefflichen Mannes
Haus durch Schwelgen entweihn! Doch was achtet ihr jenes für Schande?
Seht den Fremdling nur an, wie groß und stark er gebaut ist;
Und er stammt, wie er sagt, aus einem edlen Geschlechte.
Aber wohlan! gebt ihm den schöngeglätteten Bogen!
Denn ich verkündige jetzt, und das wird wahrlich erfüllet:
Spannt der Fremdling den Bogen, und schenkt Apollon ihm Ehre;
Will ich mit schönen Gewanden, mit Rock und Mantel, ihn kleiden,
Einen Speer ihm verehren, den Schrecken der Menschen und Hunde,
Ein zweischneidiges Schwert, und Sohlen unter die Füße,
Und ihn senden, wohin es seinem Herzen gelüstet.
Und der verständige Jüngling Telemachos sagte dagegen:
Mutter, über den Bogen hat keiner von allen Achaiern
Macht, als ich: wem ich will, ihn zu geben oder zu weigern;
Keiner von allen, die hier in der felsichten Ithaka herrschen,
Oder die nahe wohnen der rosseweidenden Elis!
Keiner von allen soll mit Gewalt mich hindern; und wollt' ich
Diesen Bogen dem Fremdling auch ganz zum Eigentum schenken!
Aber gehe nun heim, besorge deine Geschäfte,
Spindel und Webestuhl, und treib an beschiedener Arbeit
Die Mägde zum Fleiß! Der Bogen gebühret den Männern,
Und vor allen mir; denn mein ist die Herrschaft im Hause!
Staunend kehrte die Mutter zurück in ihre Gemächer,
Und erwog im Herzen die kluge Rede des Sohnes.
Als sie nun oben kam mit den Jungfraun, weinte sie wieder
Ihren trauten Gemahl Odysseus, bis ihr Athene
Sanft mit süßem Schlummer die Augenlider bedeckte.
Jetzo nahm er den Bogen und ging, der treffliche Sauhirt;
Aber die Freier fuhren ihn alle mit lautem Geschrei an.

ὧδε δέ τις εἴπεσκε νέων ὑπερηνορεόντων·
„ πῆι δὴ καμπύλα τόξα φέρεις, ἀμέγαρτε συβῶτα,
πλαγκτέ; τάχ' αὖ σ' ἐφ' ὕεσσι κύνες ταχέες κατέδονται
οἶον ἀπ' ἀνθρώπων, οὓς ἔτρεφες, εἴ κεν Ἀπόλλων
ἡμῖν ἱλήκηισι καὶ ἀθάνατοι θεοὶ ἄλλοι."
ὣς φάσαν, αὐτὰρ, ὁ θῆκε φέρων αὐτῆι ἐνὶ χώρηι,
δείσας, οὕνεκα πολλοὶ ὁμόκλεον ἐν μεγάροισιν.
Τηλέμαχος δ' ἑτέρωθεν ἀπειλήσας ἐγεγώνει·
„ ἄττα, πρόσω φέρε τόξα· τάχ' οὐκ εὖ πᾶσι πιθήσεις
μή σε καὶ ὁπλότερός περ ἐὼν ἀγρόνδε δίωμαι,
βάλλων χερμαδίοισι· βίηφι δὲ φέρτερός εἰμι.
αἲ γὰρ πάντων τόσσον, ὅσοι κατὰ δώματ' ἔασι,
μνηστήρων χερσίν τε βίηφί τε φέρτερος εἴην·
τῶι κε τάχα στυγερῶς τιν' ἐγὼ πέμψαιμι νέεσθαι
ἡμετέρου ἐξ οἴκου, ἐπεὶ κακὰ μηχανόωνται."
ὣς ἔφαθ', οἱ δ' ἄρα πάντες ἐπ' αὐτῶι ἡδὺ γέλασσαν
μνηστῆρες, καὶ δὴ μέθιεν χαλεποῖο χόλοιο
Τηλεμάχωι· τὰ δὲ τόξα φέρων ἀνὰ δῶμα συβώτης
ἐν χείρεσσ' Ὀδυσῆϊ δαΐφρονι θῆκε παραστάς.
ἐκ δὲ καλεσσάμενος προσέφη τροφὸν Εὐρύκλειαν·
„ Τηλέμαχος κέλεταί σε, περίφρων Εὐρύκλεια,
κληῖσαι μεγάροιο θύρας πυκινῶς ἀραρυίας.
ἢν δέ τις ἢ στοναχῆς ἠὲ κτύπου ἔνδον ἀκούσηι
ἀνδρῶν ἡμετέροισιν ἐν ἕρκεσι, μή τι θύραζε
προβλώσκειν, ἀλλ' αὐτοῦ ἀκὴν ἔμεναι παρὰ ἔργωι."
ὣς ἄρ' ἐφώνησεν, τῆι δ' ἄπτερος ἔπλετο μῦθος,
κλήϊσεν δὲ θύρας μεγάρων εὖ ναιεταόντων.
σιγῆι δ' ἐξ οἴκοιο Φιλοίτιος ἆλτο θύραζε,
κλήϊσεν δ' ἄρ' ἔπειτα θύρας εὐερκέος αὐλῆς.
κεῖτο δ' ὑπ' αἰθούσηι ὅπλον νεὸς ἀμφιελίσσης
βύβλινον, ὧι ῥ' ἐπέδησε θύρας, ἐς δ' ἤϊεν αὐτός·
ἕζετ' ἔπειτ' ἐπὶ δίφρον ἰών, ἔνθεν περ ἀνέστη,
εἰσορόων Ὀδυσῆα. ὁ δ' ἤδη τόξον ἐνώμα
πάντη ἀναστρωφῶν, πειρώμενος ἔνθα καὶ ἔνθα,
μὴ κέρα ἶπες ἔδοιεν ἀποιχομένοιο ἄνακτος.
ὧδε τις εἴπεσκεν ἰδὼν ἐς πλησίον ἄλλον·
„ ἦ τις θηητὴρ καὶ ἐπίκλοπος ἔπλετο τόξων·
ἤ ῥά νύ που τοιαῦτα καὶ αὐτῶι οἴκοθι κεῖται
ἢ ὅ γ' ἐφορμᾶται ποιησέμεν, ὡς ἐνὶ χερσὶ
νωμᾶι ἔνθα καὶ ἔνθα κακῶν ἔμπαιος ἀλήτης."
ἄλλος δ' αὖ εἴπεσκε νέων ὑπερηνορεόντων·

Unter dem Schwarme begann ein übermütiger Jüngling:
Halt! wohin mit dem Bogen, du niederträchtiger Sauhirt?
Rasender! Ha! bald sollen dein Aas bei den Schweinen die Hunde,
Die du selber ernährt, von den Menschen ferne, zerreißen;
Wenn Apollon uns hilft und die andern unsterblichen Götter!
Also rufte der Schwarm; und der Tragende legte den Bogen
Dort auf der Stelle hin, aus Furcht vor dem Schelten der Freier.
Aber Telemachos rief auf der andern Seite die Drohung:
Du! bring weiter den Bogen! Du sollst mir, nicht allen, gehorchen
Oder ich jage dich gleich mit geworfenen Steinen zu Felde,
Ob ich gleich jünger bin; an Kräften bin ich doch stärker!
Überträf ich so sehr, wie dich, an Stärke des Armes,
Alle Freier, so viel in diesen Wohnungen schalten;
O bald taumelte mancher, von mir sehr übel bewirtet,
Heim aus unserm Palast! Denn alle treiben nur Unfug!
Also sprach er; und alle begannen herzlich zu lachen
Über den drohenden Jüngling, und ließen vom heftigen Zorne
Gegen Telemachos nach. Da nahm den Bogen der Sauhirt,
Trug ihn weiter, und reicht' ihn dem streiterfahrnen Odysseus;
Rief die Pflegerin dann aus ihrer Kammer, und sagte:
Höre, Telemachos will, verständige Eurykleia,
Daß du die festen Türen des Hinterhauses verriegelst;
Und wenn eine vielleicht ein Röcheln oder Gepolter
Drinnen im Saale der Männer vernimmt, daß keine herausgeh,
Sondern geruhig sitze bei ihrer beschiedenen Arbeit.
Also sprach er zu ihr, und redete nicht in die Winde.
Eilend verschloß sie die Türen der schöngebaueten Wohnung.
Aber Philötios sprang stillschweigend aus dem Palaste,
Und verschloß die Pforte des wohlbefestigten Vorhofs.
Unter der Halle lag ein Seil aus dem Baste des Byblos
Vom gleichrudrichten Schiffe, mit diesem band er die Flügel;
Ging, und setzte sich wieder auf seinen verlassenen Sessel,
Nach Odysseus blickend. Doch dieser bewegte den Bogen
Hin und her in der Hand, auf allen Seiten versuchend,
Ob auch die Würmer das Horn seit zwanzig Jahren zerfressen.
Und es wandte sich einer zu seinem Nachbar, und sagte:
Traun! das ist ein schlauer und listiger Kenner des Bogens!
Sicherlich heget er selbst schon einen solchen zu Hause;
Oder er hat auch vor, ihn nachzumachen! Wie dreht er
Ihn in den Händen herum, der landdurchstreichende Gaudieb!
Und von neuem begann ein übermütiger Jüngling:

„ αἲ γὰρ δὴ τοσσοῦτον ὀνήσιος ἀντιάσειεν
ὡς οὗτός ποτε τοῦτο δυνήσεται ἐντανύσασθαι.“
ὣς ἄρ᾽ ἔφαν μνηστῆρες· ἀτὰρ πολύμητις Ὀδυσσεύς,
αὐτίκ᾽ ἐπεὶ μέγα τόξον ἐβάστασε καὶ ἴδε πάντη,
ὡς ὅτ᾽ ἀνὴρ φόρμιγγος ἐπιστάμενος καὶ ἀοιδῆς
ῥηϊδίως ἐτάνυσσε νέωι περὶ κόλλοπι χορδήν,
ἅψας ἀμφοτέρωθεν ἐϋστρεφὲς ἔντερον οἰός,
ὣς ἄρ᾽ ἄτερ σπουδῆς τάνυσεν μέγα τόξον Ὀδυσσεύς.
δεξιτερῆι ἄρα χειρὶ λαβὼν πειρήσατο νευρῆς·
ἡ δ᾽ ὑπὸ καλὸν ἄεισε, χελιδόνι εἰκέλη αὐδήν.
μνηστῆρσιν δ᾽ ἄρ᾽ ἄχος γένετο μέγα, πᾶσι δ᾽ ἄρα χρὼς
ἐτράπετο· Ζεὺς δὲ μεγάλ᾽ ἔκτυπε σήματα φαίνων·
γήθησέν τ᾽ ἄρ᾽ ἔπειτα πολύτλας δῖος Ὀδυσσεύς.
ὅττι ῥά οἱ τέρας ἧκε Κρόνου πάϊς ἀγκυλομήτεω·
εἵλετο δ᾽ ὠκὺν ὀϊστόν, ὅ οἱ παρέκειτο τραπέζηι
γυμνός· τοὶ δ᾽ ἄλλοι κοίλης ἔντοσθε φαρέτρης
κείατο, τῶν τάχ᾽ ἔμελλον Ἀχαιοὶ πειρήσεσθαι.
τόν ῥ᾽ ἐπὶ πήχει ἑλὼν ἕλκεν νευρὴν γλυφίδας τε,
αὐτόθεν ἐκ δίφροιο καθήμενος, ἧκε δ᾽ ὀϊστὸν
ἄντα τιτυσκόμενος, πελέκεων δ᾽ οὐκ ἤμβροτε πάντων
πρώτης στειλειῆς, διὰ δ᾽ ἀμπερὲς ἦλθε θύραζε
ἰὸς χαλκοβαρής· ὁ δὲ Τηλέμαχον προσέειπε·
„ Τηλέμαχ᾽, οὔ σ᾽ ὁ ξεῖνος ἐνὶ μεγάροισιν ἐλέγχει
ἥμενος, οὐδέ τι τοῦ σκοποῦ ἤμβροτον οὐδέ τι τόξον
δὴν ἔκαμον τανύων· ἔτι μοι μένος ἔμπεδόν ἐστιν,
οὐχ ὥς με μνηστῆρες ἀτιμάζοντες ὄνονται.
νῦν δ᾽ ὥρη καὶ δόρπον Ἀχαιοῖσιν τετυκέσθαι
ἐν φάει, αὐτὰρ ἔπειτα καὶ ἄλλως ἑψιάασθαι
μολπῆι καὶ φόρμιγγι· τὰ γάρ τ᾽ ἀναθήματα δαιτός.“
ἦ καὶ ἐπ᾽ ὀφρύσι νεῦσεν· ὁ δ᾽ ἀμφέθετο ξίφος ὀξὺ
Τηλέμαχος, φίλος υἱὸς Ὀδυσσῆος θείοιο,
ἀμφὶ δὲ χεῖρα φίλην βάλεν ἔγχεϊ, ἄγχι δ᾽ ἄρ᾽ αὐτοῦ
πὰρ θρόνον ἑστήκει κεκορυθμένος αἴθοπι χαλκῶι.

Daß doch jeglicher Wunsch dem Fremdling also gelinge,
Wie es ihm jetzo gelingt, den krummen Bogen zu spannen!
  Also sprachen die Freier. Allein der weise Odysseus,
Als er den großen Bogen geprüft und ringsum betrachtet:
So wie ein Mann, erfahren im Lautenspiel und Gesange,
Leicht mit dem neuen Wirbel die klingende Saite spannet,
Knüpfend an beiden Enden den schöngesponnenen Schafdarm:
So nachlässig spannte den großen Bogen Odysseus.
Und mit der rechten Hand versucht' er die Senne des Bogen;
Lieblich tönte die Senne, und hell wie die Stimme der Schwalbe.
Schrecken ergriff die Freier, und aller Antlitz erblaßte.
Und Zeus donnerte laut, und sandte sein Zeichen vom Himmel:
Freudig vernahm das Wunder der herrliche Dulder Odysseus,
Welches ihm sandte der Sohn des unerforschlichen Kronos.
Und er nahm den gefiederten Pfeil, der bloß auf dem Tische
Vor ihm lag, indes im hohlen Köcher die andern
Ruheten, welche nun bald die Achaier sollten versuchen.
Diesen faßt' er zugleich mit dem Griffe des Bogens; dann zog er,
Sitzend auf seinem Stuhle, die Senn' und die Kerbe des Pfeils an,
Zielte dann, schnellte den Pfeil, und verfehlete keine der Äxte;
Von dem vordersten Öhre bis durch das letzte von allen
Stürmte das ehrne Geschoß. Er sprach zu Telemachos jetzo:
  Nun, Telemachos, siehst du, ob dir der Fremdling im Hause
Schande bringt! Ich traf das Ziel, und spannte den Bogen
Ohne langes Bemühn! Noch hab' ich Stärke der Jugend,
Und bin nicht so verächtlich, wie jene Freier mich schimpfen!
Aber es ist nun Zeit, den Abendschmaus zu besorgen,
Noch bei Tage! Nachher erfreue die scherzenden Männer
Saitenspiel und Gesang, die liebliche Zierde des Mahles!
  Sprach's, und winkte mit Augen. Da warf Telemachos eilend
Um die Schulter sein Schwert, der Sohn des großen Odysseus;
Faßte mit nervichter Hand die scharfe Lanze, und stand nun
Neben dem Vater am Stuhle, mit blinkendem Erze gerüstet.

ΟΔΥΣΣΕΙΑΣ Χ

Μνηστηροφονία.

Αὐτὰρ ὁ γυμνώθη ῥακέων πολύμητις Ὀδυσσεύς,
ἆλτο δ᾽ ἐπὶ μέγαν οὐδόν, ἔχων βιὸν ἠδὲ φαρέτρην
ἰῶν ἐμπλείην, ταχέας δ᾽ ἐκχεύατ᾽ ὀϊστοὺς
αὐτοῦ πρόσθε ποδῶν, μετὰ δὲ μνηστῆρσιν ἔειπεν·
„οὗτος μὲν δὴ ἄεθλος ἀάατος ἐκτετέλεσται·
νῦν αὖτε σκοπὸν ἄλλον, ὃν οὔ πώ τις βάλεν ἀνήρ,
εἴσομαι, αἴ κε τύχωμι, πόρηι δέ μοι εὖχος Ἀπόλλων."
ἦ καὶ ἐπ᾽ Ἀντινόωι ἰθύνετο πικρὸν ὀϊστόν.
ἦ τοι ὁ καλὸν ἄλεισον ἀναιρήσεσθαι ἔμελλε,
χρύσεον ἄμφωτον, καὶ δὴ μετὰ χερσὶν ἐνώμα,
ὄφρα πίοι οἴνοιο· φόνος δέ οἱ οὐκ ἐνὶ θυμῶι
μέμβλετο· τίς κ᾽ οἴοιτο μετ᾽ ἀνδράσι δαιτυμόνεσσι
μοῦνον ἐνὶ πλεόνεσσι, καὶ εἰ μάλα καρτερὸς εἴη,
οἷ τεύξειν θάνατόν τε κακὸν καὶ κῆρα μέλαιναν;
τὸν δ᾽ Ὀδυσεὺς κατὰ λαιμὸν ἐπισχόμενος βάλεν ἰῶι,
ἀντικρὺ δ᾽ ἁπαλοῖο δι᾽ αὐχένος ἤλυθ᾽ ἀκωκή.
ἐκλίνθη δ᾽ ἑτέρωσε, δέπας δέ οἱ ἔκπεσε χειρὸς
βλημένου, αὐτίκα δ᾽ αὐλὸς ἀνὰ ῥῖνας παχὺς ἦλθεν
αἵματος ἀνδρομέοιο· θοῶς δ᾽ ἀπὸ εἷο τράπεζαν
ὦσε ποδὶ πλήξας, ἀπὸ δ᾽ εἴδατα χεῦεν ἔραζε·
σῖτός τε κρέα τ᾽ ὀπτὰ φορύνετο. τοὶ δ᾽ ὁμάδησαν
μνηστῆρες κατὰ δώμαθ᾽, ὅπως ἴδον ἄνδρα πεσόντα,
ἐκ δὲ θρόνων ἀνόρουσαν ὀρινθέντες κατὰ δῶμα,
πάντοσε παπταίνοντες ἐϋδμήτους ποτὶ τοίχους·
οὐδέ πη ἀσπὶς ἔην οὐδ᾽ ἄλκιμον ἔγχος ἑλέσθαι.
νείκειον δ᾽ Ὀδυσῆα χολωτοῖσιν ἐπέεσσι·
„ξεῖνε, κακῶς ἀνδρῶν τοξάζεαι· οὐκέτ᾽ ἀέθλων
ἄλλων ἀντιάσεις· νῦν τοι σῶς αἰπὺς ὄλεθρος.
καὶ γὰρ δὴ νῦν φῶτα κατέκτανες ὃς μέγ᾽ ἄριστος
κούρων εἰν Ἰθάκηι· τῶι σ᾽ ἐνθάδε γῦπες ἔδονται."
ἴσκεν ἕκαστος ἀνήρ, ἐπεὶ ἦ φάσαν οὐκ ἐθέλοντα

ZWEIUNDZWANZIGSTER GESANG

Odysseus erschießt den Antinoos, und entdeckt sich den Freiern. Eurymachos bittet um Schonung. Kampf. Telemachos bringt Waffen von oben, und läßt die Türe offen. Der Ziegenhirt schleicht hinauf, und wird von den treuen Hirten gebunden. Athene erscheint in Mentors Gestalt, dann als Schwalbe. Entscheidender Sieg. Nur der Sänger und Medon werden verschont. Der gerufenen Eurykleia Frohlocken gehemmt. Reinigung des Saales, und Strafe der Treulosen. Odysseus räuchert das Haus, und wird von den treuen Mägden bewillkommt.

Jetzo entblößte sich von den Lumpen der weise Odysseus,
Sprang auf die hohe Schwell', und hielt in den Händen den Bogen
Samt dem gefüllten Köcher; er goß die gefiederten Pfeile
Hin vor sich auf die Erd', und sprach zu der Freier Versammlung:
Diesen furchtbaren Kampf, ihr Freier, hab' ich vollendet!
Jetzo wähl' ich ein Ziel, das noch kein Schütze getroffen,
Ob ich's treffen kann, und Apollon mir Ehre verleihet.
Sprach's, und Antinoos traf er mit bitterm Todesgeschosse.
Dieser wollte vom Tisch das zweigehenkelte schöne
Goldne Geschirr aufheben, und faßt' es schon mit den Händen,
Daß er tränke des Weins; allein von seiner Ermordung
Ahnet' ihm nichts: und wer in der schmausenden Männer Gesellschaft
Hätte geglaubt, daß einer, und wenn er der Tapferste wäre,
Unter so vielen es wagte, ihm Mord und Tod zu bereiten!
Aber Odysseus traf mit dem Pfeil ihn grad' in die Gurgel,
Daß im zarten Genick die Spitze wieder hervordrang.
Und er sank zur Seite hinab; der Becher voll Weines
Stürzte dahin aus der Hand des Erschossenen; und aus der Nase
Sprang ihm ein Strahl dickströmendes Bluts. Er wälzte sich zuckend,
Stieß mit dem Fuß an den Tisch, und die Speisen fielen zur Erde;
Brot und gebratenes Fleisch ward blutig. Aber die Freier
Schrien laut auf im Saale, da sie den Stürzenden sahen,
Sprangen empor von den Thronen, und schwärmten wild durcheinander,
Schaueten ringsumher nach den schöngemauerten Wänden:
Aber da war kein Schild und keine mächtige Lanze!
Und sie schalten Odysseus, und schrien die zürnenden Worte:
Übel bekommt dir, Fremdling, das Männerschießen! Du kämpftest
Heute den letzten Kampf! Nun ist dein Verderben entschieden!
Wahrlich du tötetest hier den Jüngling, welcher der größte
Held in Ithaka war! Drum sollen die Geier dich fressen!
Also rufte der Schwarm; denn sie wähnten, er habe den Jüngling

ἄνδρα κατακτεῖναι· τὸ δὲ νήπιοι οὐκ ἐνόησαν,
ὡς δή σφιν καὶ πᾶσιν ὀλέθρου πείρατ' ἐφῆπτο.
τοὺς δ' ἄρ' ὑπόδρα ἰδὼν προσέφη πολύμητις Ὀδυσσεύς·
„ ὦ κύνες, οὔ μ' ἔτ' ἐφάσκεθ' ὑπότροπον οἴκαδ' ἱκέσθαι
δήμου ἄπο Τρώων, ὅτι μοι κατεκείρετε οἶκον,
δμωῇσιν δὲ γυναιξὶ παρευνάζεσθε βιαίως,
αὐτοῦ τε ζώοντος ὑπεμνάασθε γυναῖκα,
οὔτε θεοὺς δείσαντες, οἳ οὐρανὸν εὐρὺν ἔχουσιν,
οὔτε τιν' ἀνθρώπων νέμεσιν κατόπισθεν ἔσεσθαι·
νῦν ὑμῖν καὶ πᾶσιν ὀλέθρου πείρατ' ἐφῆπται.“
ὣς φάτο, τοὺς δ' ἄρα πάντας ὑπὸ χλωρὸν δέος εἷλεν·
πάπτηνεν δὲ ἕκαστος ὅπῃ φύγοι αἰπὺν ὄλεθρον.
Εὐρύμαχος δέ μιν οἶος ἀμειβόμενος προσέειπεν·
„ εἰ μὲν δὴ Ὀδυσεὺς Ἰθακήσιος εἰλήλουθας,
ταῦτα μὲν αἴσιμα εἶπας, ὅσα ῥέζεσκον Ἀχαιοί,
πολλὰ μὲν ἐν μεγάροισιν ἀτάσθαλα, πολλὰ δ' ἐπ' ἀγροῦ.
ἀλλ' ὁ μὲν ἤδη κεῖται ὃς αἴτιος ἔπλετο πάντων,
Ἀντίνοος· οὗτος γὰρ ἐπίηλεν τάδε ἔργα,
οὔ τι γάμου τόσσον κεχρημένος οὐδὲ χατίζων,
ἀλλ' ἄλλα φρονέων, τά οἱ οὐκ ἐτέλεσσε Κρονίων,
ὄφρ' Ἰθάκης κατὰ δῆμον ἐϋκτιμένης βασιλεύοι
αὐτός, ἀτὰρ σὸν παῖδα κατακτείνειε λοχήσας.
νῦν δ' ὁ μὲν ἐν μοίρῃ πέφαται, σὺ δὲ φείδεο λαῶν
σῶν· ἀτὰρ ἄμμες ὄπισθεν ἀρεσσάμενοι κατὰ δῆμον,
ὅσσα τοι ἐκπέποται καὶ ἐδήδοται ἐν μεγάροισι,
τιμὴν ἀμφὶς ἄγοντες ἐεικοσάβοιον ἕκαστος,
χαλκόν τε χρυσόν τ' ἀποδώσομεν, εἰς ὅ κε σὸν κῆρ
ἰανθῇ· πρὶν δ' οὔ τι νεμεσσητὸν κεχολῶσθαι.“
τὸν δ' ἄρ' ὑπόδρα ἰδὼν προσέφη πολύμητις Ὀδυσσεύς·
„ Εὐρύμαχ', οὐδ' εἴ μοι πατρώϊα πάντ' ἀποδοῖτε,
ὅσσα τε νῦν ὔμμ' ἐστὶ καὶ εἴ ποθεν ἄλλ' ἐπιθεῖτε,
οὐδέ κεν ὣς ἔτι χεῖρας ἐμὰς λήξαιμι φόνοιο
πρὶν πᾶσαν μνηστῆρας ὑπερβασίην ἀποτῖσαι.
νῦν ὑμῖν παράκειται ἐναντίον ἠὲ μάχεσθαι
ἢ φεύγειν, ὅς κεν θάνατον καὶ κῆρας ἀλύξῃ·
ἀλλά τιν' οὐ φεύξεσθαι ὀΐομαι αἰπὺν ὄλεθρον.“
ὣς φάτο, τῶν δ' αὐτοῦ λύτο γούνατα καὶ φίλον ἦτορ.
τοῖσιν δ' Εὐρύμαχος προσεφώνεε δεύτερον αὖτις·
„ ὦ φίλοι, οὐ γὰρ σχήσει ἀνὴρ ὅδε χεῖρας ἀάπτους,
ἀλλ' ἐπεὶ ἔλλαβε τόξον ἐΰξοον ἠδὲ φαρέτρην,
οὐδοῦ ἄπο ξεστοῦ τοξάσσεται, εἰς ὅ κε πάντας

Wider Willen getötet: die Toren! und wußten das nicht,
Daß nun über sie alle die Stunde des Todes verhängt war.
Zürnend schaute auf sie und sprach der weise Odysseus:
Ha! ihr Hunde, ihr wähntet, ich kehrete nimmer zur Heimat
Aus dem Lande der Troer! Drum zehrtet ihr Schwelger mein Gut auf,
Und beschlieft mit Gewalt die Weiber in meinem Palaste,
Ja ihr warbt sogar, da ich lebte, um meine Gemahlin:
Weder die Götter scheuend, des weiten Himmels Bewohner;
Noch ob ewige Schand' auf eurem Gedächtnisse ruhte!
Nun ist über euch alle die Stunde des Todes verhänget!
Also sprach er. Da faßte sie alle bleiches Entsetzen;
Jeder sahe sich um, wo er dem Verderben entflöhe.
Nur Eurymachos gab aus dem Haufen ihm dieses zur Antwort:
Bist du denn jetzt Odysseus der Ithaker wiedergekommen,
O so rügst du mit Recht die Taten dieser Achaier!
Viel' Unarten geschahn im Palast, und viel' auf dem Lande:
Aber er liegt ja schon, der solches alles verschuldet!
Denn Antinoos war der Stifter aller Verwüstung:
Und ihn trieb nicht einmal die heiße Begierde der Hochzeit,
Sondern andre Gedanken, die Zeus Kronion vernichtet!
Selber König zu sein in Ithakas mächtigem Reiche
Strebt' er, und deinen Sohn mit Hinterlist zu ermorden.
Doch nun hat er sein Teil empfangen! Du aber verschone
Deines Volks! Wir wollen forthin dir willig gehorchen!
Aber was hier im Palast an Speis' und Tranke verzehrt ward,
Dafür bringen wir gleich, ein jeglicher zwanzig Rinder,
Bringen dir Erz und Gold zur Versöhnung, bis wir dein Herz nun
Haben erfreut! So lang' ist freilich dein Zorn nicht zu tadeln!
Zürnend schaute auf ihn und sprach der weise Odysseus:
Nein, Eurymachos, brächtet ihr euer ganzes Vermögen,
Das ihr vom Vater besitzt, und legtet von anderm noch mehr zu:
Dennoch sollte mein Arm von eurem Morde nicht eher
Rasten, bevor ihr Freier mir allen Frevel gebüßt habt!
Jetzo habt ihr die Wahl: entweder tapfer zu streiten,
Oder zu fliehn, wer etwa den Schrecken des Todes entfliehn kann.
Aber ich hoffe, nicht einer entrinnt dem Todesverhängnis!
Also sprach er; und allen erzitterten Herz und Kniee.
Aber Eurymachos sprach noch einmal zu der Versammlung:
Nimmer, o Freunde, ruhn die schrecklichen Hände des Mannes;
Sondern nachdem er den Bogen und vollen Köcher gefaßt hat,
Sendet er seine Geschosse herab von der zierlichen Schwelle,

ἄμμε κατακτείνηι· ἀλλὰ μνησώμεθα χάρμης.
φάσγανά τε σπάσσασθε καὶ ἀντίσχεσθε τραπέζας
ἰῶν ὠκυμόρων· ἐπὶ δ᾽ αὐτῶι πάντες ἔχωμεν
ἀθρόοι, εἴ κέ μιν οὐδοῦ ἀπώσομεν ἠδὲ θυράων,
ἔλθωμεν δ᾽ ἀνὰ ἄστυ, βοὴ δ᾽ ὤκιστα γένοιτο·
τῶι κε τάχ᾽ οὗτος ἀνὴρ νῦν ὕστατα τοξάσσαιτο."
ὣς ἄρα φωνήσας εἰρύσσατο φάσγανον ὀξὺ
χάλκεον, ἀμφοτέρωθεν ἀκαχμένον, ἆλτο δ᾽ ἐπ᾽ αὐτῶι
σμερδαλέα ἰάχων· ὁ δ᾽ ἁμαρτῆ δῖος Ὀδυσσεὺς
ἰὸν ἀποπροΐει, βάλε δὲ στῆθος παρὰ μαζόν,
ἐν δέ οἱ ἥπατι πῆξε θοὸν βέλος· ἐκ δ᾽ ἄρα χειρὸς
φάσγανον ἧκε χαμᾶζε, περιρρηδὴς δὲ τραπέζηι
κάππεσεν ἰδνωθείς, ἀπὸ δ᾽ εἴδατα χεῦεν ἔραζε
καὶ δέπας ἀμφικύπελλον· ὁ δὲ χθόνα τύπτε μετώπωι
θυμῶι ἀνιάζων, ποσὶ δὲ θρόνον ἀμφοτέροισι
λακτίζων ἐτίνασσε· κατ᾽ ὀφθαλμῶν δ᾽ ἔχυτ᾽ ἀχλύς.
Ἀμφίνομος δ᾽ Ὀδυσῆος ἐείσατο κυδαλίμοιο
ἀντίος ἀΐξας, εἴρυτο δὲ φάσγανον ὀξύ,
εἴ πώς οἱ εἴξειε θυράων. ἀλλ᾽ ἄρα μιν φθῆ
Τηλέμαχος κατόπισθε βαλὼν χαλκήρεϊ δουρὶ
ὤμων μεσσηγύς, διὰ δὲ στήθεσφιν ἔλασσεν·
δούπησεν δὲ πεσών, χθόνα δ᾽ ἤλασε παντὶ μετώπωι.
Τηλέμαχος δ᾽ ἀπόρουσε, λιπὼν δολιχόσκιον ἔγχος
αὐτοῦ ἐν Ἀμφινόμωι· περὶ γὰρ δίε μή τις Ἀχαιῶν
ἔγχος ἀνελκόμενον δολιχόσκιον ἢ ἐλάσειε
φασγάνωι ἀΐξας ἠὲ προπρηνέα τύψας.
βῆ δὲ θέειν, μάλα δ᾽ ὦκα φίλον πατέρ᾽ εἰσαφίκανεν,
ἀγχοῦ δ᾽ ἱστάμενος ἔπεα πτερόεντα προσηύδα·
„ὦ πάτερ, ἤδη τοι σάκος οἴσω καὶ δύο δοῦρε
καὶ κυνέην πάγχαλκον, ἐπὶ κροτάφοις ἀραρυῖαν
αὐτός τ᾽ ἀμφιβαλεῦμαι ἰών, δώσω δὲ συβώτηι
καὶ τῶι βουκόλωι ἄλλα· τετευχῆσθαι γὰρ ἄμεινον."
τὸν δ᾽ ἀπαμειβόμενος προσέφη πολύμητις Ὀδυσσεύς·
„οἶσε θέων, ἧός μοι ἀμύνεσθαι πάρ᾽ ὀϊστοί,
μή μ᾽ ἀποκινήσωσι θυράων μοῦνον ἐόντα."
ὣς φάτο, Τηλέμαχος δὲ φίλωι ἐπεπείθετο πατρί,
βῆ δ᾽ ἴμεναι θάλαμόνδ᾽, ὅθι οἱ κλυτὰ τεύχεα κεῖτο.
ἔνθεν τέσσαρα μὲν σάκε᾽ ἔξελε, δούρατα δ᾽ ὀκτὼ
καὶ πίσυρας κυνέας χαλκήρεας ἱπποδασείας·
βῆ δὲ φέρων, μάλα δ᾽ ὦκα φίλον πατέρ᾽ εἰσαφίκανεν,
αὐτὸς δὲ πρώτιστα περὶ χροῒ δύσετο χαλκόν·

Bis er uns alle vertilgt! Drum auf! gedenket des Kampfes!
Hurtig, und zieht die Schwerter, und schirmt euch alle mit Tischen
Gegen die tötenden Pfeile! Dann dringen wir alle mit einmal
Gegen ihn an! Denn vertrieben wir ihn von der Schwell' und der Pforte
Und durchliefen die Stadt; dann erhübe sich plötzlich ein Aufruhr,
Und bald hätte der Mann die letzten Pfeile versendet!
Als er dieses gesagt, da zog er das eherne scharfe
Und zweischneidige Schwert, und sprang mit gräßlichem Schreien
Gegen Odysseus empor. Allein der edle Odysseus
Schnellte zugleich den Pfeil, und traf ihm die Mitte des Busens:
Tief in die Leber fuhr der gefiederte Pfeil; aus der Rechten
Fiel ihm das Schwert; und er stürzte, mit strömendem Blute besudelt,
Taumelnd über den Tisch, und warf die Speisen zur Erde
Samt dem doppelten Becher, und schlug mit der Stirne den Boden,
In der entsetzlichen Angst; mit beiden zappelnden Füßen
Stürzt' er den Sessel herum, und die brechenden Augen umschloß Nacht.
Aber Amphinomos sprang zu dem hochberühmten Odysseus
Stürmend hinan, und schwung das blinkende Schwert in der Rechten,
Ihn von der Pforte zu treiben. Doch mitten im stürmenden Angriff
Rannte Telemachos ihm von hinten die eherne Lanze
Zwischen die Schultern hinein, daß vorn die Spitze hervordrang.
Tönend stürzt' er dahin, und schlug mit der Stirne den Boden.
Aber Telemachos floh, und ließ in Amphinomos' Schulter
Seinen gewaltigen Speer; denn er fürchtete, daß ein Achaier,
Wenn er die Lanze herausarbeitete, gegen ihn stürzend,
Ihn mit geschliffenem Schwert durchstäche, oder zerhaute.
Eilend lief er, und floh zu dem lieben Vater Odysseus,
Stellte sich nahe bei ihn, und sprach die geflügelten Worte:
Vater, ich hole geschwinde dir einen Schild und zwo Lanzen,
Und den ehernen Helm, der deiner Schläfe gerecht ist;
Rüste mich selber alsdann, und bringe den Hirten Eumäos
Und Philötios Waffen. Man kämpft doch besser in Rüstung.
Ihm antwortete drauf der erfindungsreiche Odysseus:
Lauf und bringe sie, eh' ich die tötenden Pfeile verschossen:
Daß sie mich nicht von der Pforte vertreiben, wenn ich allein bin!
Sprach's; und eilend gehorchte Telemachos seinem Gebote:
Stieg in den Söller empor, wo die prächtige Rüstung verwahrt lag.
Wählte sich vier gewölbete Schild', acht blinkende Lanzen,
Und vier eherne Helme, geschmückt mit wallendem Roßschweif;
Trug sie hinab, und eilte zum lieben Vater Odysseus.
Jetzo bedeckt' er zuerst den Leib mit der ehernen Rüstung;

ὣς δ᾽ αὔτως τὼ δμῶε δυέσθην τεύχεα καλά,
ἔσταν δ᾽ ἀμφ᾽ Ὀδυσῆα δαΐφρονα ποικιλομήτην.
αὐτὰρ ὅ γ᾽, ὄφρα μὲν αὐτῶι ἀμύνεσθαι ἔσαν ἰοί.
τόφρα μνηστήρων ἕνα γ᾽ αἰεὶ ὧι ἐνὶ οἴκωι
βάλλε τιτυσκόμενος· τοὶ δ᾽ ἀγχιστῖνοι ἔπιπτον.
αὐτὰρ ἐπεὶ λίπον ἰοὶ ὀϊστεύοντα ἄνακτα,
τόξον μὲν πρὸς σταθμὸν ἐϋσταθέος μεγάροιο
ἔκλιν᾽ ἑστάμεναι, πρὸς ἐνώπια παμφανόωντα,
αὐτὸς δ᾽ ἀμφ᾽ ὤμοισι σάκος θέτο τετραθέλυμνον,
κρατὶ δ᾽ ἐπ᾽ ἰφθίμωι κυνέην εὔτυκτον ἔθηκεν,
ἵππουριν, δεινὸν δὲ λόφος καθύπερθεν ἔνευεν·
εἵλετο δ᾽ ἄλκιμα δοῦρε δύω κεκορυθμένα χαλκῶι.
ὀρσοθύρη δέ τις ἔσκεν ἐϋδμήτωι ἐνὶ τοίχωι,
ἀκρότατον δὲ παρ᾽ οὐδὸν ἐϋσταθέος μεγάροιο
ἦν ὁδὸς ἐς λαύρην, σανίδες δ᾽ ἔχον εὖ ἀραρυῖαι.
τὴν δ᾽ Ὀδυσεὺς φράζεσθαι ἀνώγει δῖον ὑφορβὸν
ἑσταότ᾽ ἄγχ᾽ αὐτῆς· μία δ᾽ οἴη γίγνετ᾽ ἐφορμή.
τοῖς δ᾽ Ἀγέλεως μετέειπεν, ἔπος πάντεσσι πιφαύσκων·
„ ὦ φίλοι, οὐκ ἂν δή τις ἀν᾽ ὀρσοθύρην ἀναβαίη
καὶ εἴποι λαοῖσι, βοὴ δ᾽ ὤκιστα γένοιτο;
τῶι κε τάχ᾽ οὗτος ἀνὴρ νῦν ὕστατα τοξάσσαιτο.“
τὸν δ᾽ αὖτε προσέειπε Μελάνθιος, αἰπόλος αἰγῶν·
„ οὔ πως ἔστ᾽, Ἀγέλαε διοτρεφές· ἄγχι γὰρ αἰνῶς
αὐλῆς καλὰ θύρετρα καὶ ἀργαλέον στόμα λαύρης·
καί χ᾽ εἷς πάντας ἐρύκοι ἀνήρ, ὅς τ᾽ ἄλκιμος εἴη.
ἀλλ᾽ ἄγεθ᾽, ὑμῖν τεύχε᾽ ἐνείκω θωρηχθῆναι
ἐκ θαλάμου· ἔνδον γάρ, ὀΐομαι, οὐδέ πη ἄλληι
τεύχεα κατθέσθην Ὀδυσεὺς καὶ φαίδιμος υἱός.“
ὣς εἰπὼν ἀνέβαινε Μελάνθιος, αἰπόλος αἰγῶν,
εἰς θαλάμους Ὀδυσῆος ἀνὰ ῥῶγας μεγάροιο.
ἔνθεν δώδεκα μὲν σάκε᾽ ἔξελε, τόσσα δὲ δοῦρα
καὶ τόσσας κυνέας χαλκήρεας ἱπποδασείας·
βῆ δ᾽ ἴμεναι, μάλα δ᾽ ὦκα φέρων μνηστῆρσιν ἔδωκεν.
καὶ τότ᾽ Ὀδυσσῆος λύτο γούνατα καὶ φίλον ἦτορ,
ὡς περιβαλλομένους ἴδε τεύχεα χερσί τε δοῦρα
μακρὰ τινάσσοντας· μέγα δ᾽ αὐτῶι φαίνετο ἔργον.
αἶψα δὲ Τηλέμαχον ἔπεα πτερόεντα προσηύδα·
„ Τηλέμαχ᾽, ἦ μάλα δή τις ἐνὶ μεγάροισι γυναικῶν
νῶϊν ἐποτρύνει πόλεμον κακὸν ἠὲ Μελανθεύς.“
τὸν δ᾽ αὖ Τηλέμαχος πεπνυμένος ἀντίον ηὔδα·
„ ὦ πάτερ, αὐτὸς ἐγὼ τόδε γ᾽ ἤμβροτον - οὐδέ τις ἄλλος

Und dann waffneten sich der Rinderhirt und der Sauhirt:
Und sie standen zur Seite des weisen Helden Odysseus.
Dieser, solang' es ihm noch an Todesgeschosse nicht fehlte,
Streckte mit jeglichem Schuß hinzielend einen der Freier
In dem Palaste dahin, und Haufen stürzten bei Haufen.
Aber da's an Geschoß dem zürnenden Könige fehlte,
Lehnt' er gegen die Pfoste des schöngemauerten Saales
Seinen Bogen zu stehn an eine der schimmernden Wände.
Eilend warf er sich jetzo den vierfachen Schild um die Schulter,
Deckte sein mächtiges Haupt mit dem schöngebildeten Helme,
Welchen fürchterlich winkend die Mähne des Rosses umwallte,
Und ergriff zwo starke mit Erz gerüstete Lanzen.
Rechts in der zierlichen Wand war eine Pforte zur Treppe.
Und von der äußern Schwelle der schöngebaueten Wohnung
Führt' ein Weg in den Gang, mit festverschlossener Türe.
Diesen befahl Odysseus dem edlen Hirten Eumäos
Nahe stehend zu hüten; denn einen nur faßte die Öffnung.
Und Agelaos begann, und sprach zu der Freier Versammlung:
Freunde, könnte nicht einer zur Treppentüre hinaufgehn,
Und es dem Volke sagen? Dann würde plötzlich ein Aufruhr,
Und bald hätte der Mann die letzten Pfeile versendet!
Ihm antwortete drauf der Ziegenhirte Melantheus:
Göttlicher Held Agelaos, das geht nicht! Fürchterlich nahe
Ist die Pforte des Hofes, und eng der Weg nach dem Vorsaal.
Selbst ein einzelner Mann, wenn er Herz hat, wehret ihn allen.
Aber wohlan! ich will euch Waffen holen vom Söller,
Daß ihr euch rüsten könnt! Denn dort, sonst nirgends, vermut' ich,
Hat sie Odysseus versteckt, nebst seinem glänzenden Sohne.
Also sprach er, und stieg, der Ziegenhirte Melantheus,
Durch die Stufen des Hauses empor zu den Kammern des Königs.
Und zwölf Schilde holt' er, und zwölf weitschattende Lanzen,
Und zwölf eherne Helme, geschmückt mit wallendem Roßschweif;
Stieg dann wieder hinab, und brachte sie eilig den Freiern.
Aber dem edlen Odysseus erzitterten Herz und Kniee,
Als sie um Schultern und Haupt sich rüsteten, und in den Händen
Lange Speere bewegten; ihm drohte die schrecklichste Arbeit.
Und er wandte sich schnell mit geflügelten Worten zum Sohne:
Sicher, Telemachos, hat uns eine der Weiber im Hause
Jenen furchtbaren Kampf bereitet, oder Melantheus!
Und der verständige Jüngling Telemachos sagte dagegen:
O mein Vater, das hab' ich selber versehen, und niemand

αἴτιος - ὃς θαλάμοιο θύρην πυκινῶς ἀραρυῖαν
κάλλιπον ἀγκλίνας· τῶν δὲ σκοπὸς ἦεν ἀμείνων.
ἀλλ' ἴθι, δῖ' Εὔμαιε, θύρην ἐπίθες θαλάμοιο
καὶ φράσαι ἤ τις ἄρ' ἐστὶ γυναικῶν ἣ τάδε ῥέζει,
ἦ υἱὸς Δολίοιο, Μελανθεύς, τόν περ ὀΐω."
ὣς οἱ μὲν τοιαῦτα πρὸς ἀλλήλους ἀγόρευον,
βῆ δ' αὖτις θάλαμόνδε Μελάνθιος, αἰπόλος αἰγῶν,
οἴσων τεύχεα καλά. νόησε δὲ δῖος ὑφορβός,
αἶψα δ' Ὀδυσσῆα προσεφώνεεν ἐγγὺς ἐόντα·
„ διογενὲς Λαερτιάδη, πολυμήχαν' Ὀδυσσεῦ,
κεῖνος δ' αὖτ' ἀΐδηλος ἀνήρ, ὃν ὀϊόμεθ' αὐτοί,
ἔρχεται ἐς θάλαμον· σὺ δέ μοι νημερτὲς ἐνίσπες,
ἤ μιν ἀποκτείνω, αἴ κε κρείσσων γε γένωμαι,
ἦε σοὶ ἐνθάδ' ἄγω, ἵν' ὑπερβασίας ἀποτίσῃ
πολλάς, ὅσσας οὗτος ἐμήσατο σῷ ἐνὶ οἴκῳ."
τὸν δ' ἀπαμειβόμενος προσέφη πολύμητις Ὀδυσσεύς·
„ ἦ τοι ἐγὼ καὶ Τηλέμαχος μνηστῆρας ἀγαυοὺς
σχήσομεν ἔντοσθεν μεγάρων, μάλα περ μεμαῶτας.
σφῶϊ δ' ἀποστρέψαντε πόδας καὶ χεῖρας ὕπερθεν
ἐς θάλαμον βαλέειν, σανίδας δ' ἐκδῆσαι ὄπισθε,
σειρὴν δὲ πλεκτὴν ἐξ αὐτοῦ πειρήναντε
κίον' ἀν' ὑψηλὴν ἐρύσαι πελάσαι τε δοκοῖσιν,
ὥς κεν δηθὰ ζωὸς ἐὼν χαλέπ' ἄλγεα πάσχῃ."
ὣς ἔφαθ', οἱ δ' ἄρα τοῦ μάλα μὲν κλύον ἠδ' ἐπίθοντο,
βὰν δ' ἴμεν ἐς θάλαμον, λαθέτην δέ μιν ἔνδον ἐόντα.
ἦ τοι ὁ μὲν θαλάμοιο μυχὸν κάτα τεύχε' ἐρεύνα,
τὼ δ' ἔσταν ἑκάτερθε παρὰ σταθμοῖσι μένοντε.
εὖθ' ὑπὲρ οὐδὸν ἔβαινε Μελάνθιος, αἰπόλος αἰγῶν,
τῇ ἑτέρῃ μὲν χειρὶ φέρων καλὴν τρυφάλειαν,
τῇ δ' ἑτέρῃ σάκος εὐρὺ γέρον, πεπαλαγμένον ἄζῃ,
Λαέρτεω ἥρωος, ὃ κουρίζων φορέεσκε·
δὴ τότε γ' ἤδη κεῖτο, ῥαφαὶ δὲ λέλυντο ἱμάντων·
τὼ δ' ἄρ' ἐπαΐξανθ' ἑλέτην ἔρυσάν τέ μιν εἴσω
κουρίξ, ἐν δαπέδῳ δὲ χαμαὶ βάλον ἀχνύμενον κῆρ,
σὺν δὲ πόδας χεῖράς τε δέον θυμαλγέϊ δεσμῷ
εὖ μάλ' ἀποστρέψαντε διαμπερές, ὡς ἐκέλευσεν
υἱὸς Λαέρταο, πολύτλας δῖος Ὀδυσσεύς·
σειρὴν δὲ πλεκτὴν ἐξ αὐτοῦ πειρήναντε
κίον' ἀν' ὑψηλὴν ἔρυσαν πέλασάν τε δοκοῖσι.
τὸν δ' ἐπικερτομέων προσέφης, Εὔμαιε συβῶτα·
„ νῦν μὲν δὴ μάλα πάγχυ, Μελάνθιε, νύκτα φυλάξεις,

Anders ist schuld! Ich ließ die feste Türe des Söllers
Unverschlossen zurück; und das hat ein Lauscher bemerket.
Aber, Eumäos, eil' und verschließ die Türe des Söllers,
Und gib acht, ob eine der Mägde dieses getan hat,
Oder Dolios' Sohn Melantheus, wie ich vermute.
Als sie mit diesen Worten sich untereinander besprachen,
Stieg in den Söller von neuem der Ziegenhirte Melantheus,
Schöne Waffen zu holen. Ihn merkte der treffliche Sauhirt,
Eilete wieder zurück, und sprach zum nahen Odysseus:
Edler Laertiad', erfindungsreicher Odysseus,
Siehe, da geht er schon wieder, der Bösewicht, den wir vermutet,
Nach dem Söller hinauf! Nun sage mir eilig, Odysseus:
Soll ich selber ihn töten, wenn ich mich seiner bemeistre?
Oder bring' ich ihn dir, damit er büße die Frevel,
Deren der Bube so viel' in deinem Hause verübt hat?
Ihm antwortete drauf der erfindungsreiche Odysseus:
Ich und Telemachos wollen die Schar der trotzigen Freier
Hier im Saale schon halten, wie sehr sie auch gegen uns anstürmt.
Aber ihr beiden dreht ihm Händ' und Füß' auf den Rücken,
Werft ihn hinein in den Söller, und schließt von innen die Pforte;
Knüpfet darauf an die Fessel ein starkes Seil, und zieht ihn
Hoch an die ragende Säule hinauf, bis dicht an die Balken:
Daß er noch lange lebe, von schrecklichen Schmerzen gefoltert!
Also sprach er; ihm hörten sie beide mit Fleiß, und gehorchten;
Eilten zum Söller empor, und fanden Melanthios drinnen:
Dieser suchte nach Waffen umher im Winkel des Söllers.
Und sie standen erwartend an beiden Pfosten des Eingangs.
Als nun über die Schwelle der Ziegenhirte Melantheus
Trat, in der einen Hand den prächtigen Helm, in der andern
Einen großen veralterten Schild des Helden Laertes,
Den er als Jüngling trug; doch jetzo lag er im Winkel,
Ganz von Schimmel entstellt, und es barsten die Nähte der Riemen.
Siehe da stürzten sie beide hervor, und ergriffen und schleppten
Ihn bei den Haaren hinein, und warfen den Jammernden nieder,
Banden ihm Händ' und Füße mit schmerzender Fessel, gewaltsam
Hinten am Rücken zusammengedreht, wie ihnen befohlen
Hatte Laertes' Sohn, der herrliche Dulder Odysseus;
Knüpften darauf an die Fessel ein starkes Seil, und zogen
Ihn an die ragende Säule hinauf, bis dicht an die Balken.
Höhnend sprachst du zu ihm, Eumäos, Hüter der Schweine:
Jetzo wirst du hier wohl die Nacht durchschlummern, Melantheus,

εὐνῆι ἔνι μαλακῆι καταλέγμενος, ὥς σε ἔοικεν·
οὐδέ σέ γ' ἠριγένεια παρ' Ὠκεανοῖο ῥοάων
λήσει ἐπερχομένη χρυσόθρονος, ἡνίκ' ἀγινεῖς
αἶγας μνηστήρεσσι δόμον κάτα δαῖτα πένεσθαι."
ὣς ὁ μὲν αὖθι λέλειπτο, ταθεὶς ὀλοῶι ἐνὶ δεσμῶι·
τὼ δ' ἐς τεύχεα δύντε, θύρην ἐπιθέντε φαεινήν,
βήτην εἰς Ὀδυσῆα δαΐφρονα, ποικιλομήτην.
ἔνθα μένος πνείοντες ἐφέστασαν, οἱ μὲν ἐπ' οὐδοῦ
τέσσαρες, οἱ δ' ἔντοσθε δόμων πολέες τε καὶ ἐσθλοί.
τοῖσι δ' ἐπ' ἀγχίμολον θυγάτηρ Διὸς ἦλθεν Ἀθήνη,
Μέντορι εἰδομένη ἠμὲν δέμας ἠδὲ καὶ αὐδήν.
τὴν δ' Ὀδυσεὺς γήθησεν ἰδὼν καὶ μῦθον ἔειπε·
„Μέντορ, ἄμυνον ἀρήν, μνῆσαι δ' ἑτάροιο φίλοιο,
ὅς σ' ἀγαθὰ ῥέζεσκον· ὁμηλικίην δέ μοί ἐσσι."
ὣς φάτ', ὀϊόμενος λαοσσόον ἔμμεν Ἀθήνην.
μνηστῆρες δ' ἑτέρωθεν ὁμόκλεον ἐν μεγάροισι·
πρῶτος τήν γ' ἐνένιπε Δαμαστορίδης Ἀγέλαος·
„Μέντορ, μή σ' ἐπέεσσι παραιπεπίθηισιν Ὀδυσσεὺς
μνηστήρεσσι μάχεσθαι, ἀμυνέμεναι δέ οἱ αὐτῶι.
ὧδε γὰρ ἡμέτερόν γε νόον τελέεσθαι ὀΐω·
ὁππότε κεν τούτους κτέωμεν, πατέρ' ἠδὲ καὶ υἱόν,
ἐν δὲ σὺ τοῖσιν ἔπειτα πεφήσεαι, οἷα μενοινᾶις
ἔρδειν ἐν μεγάροις· σῶι δ' αὐτοῦ κράατι τίσεις.
αὐτὰρ ἐπὴν ὑμέων γε βίας ἀφελώμεθα χαλκῶι,
κτήμαθ' ὁπόσσα τοί ἐστι, τά τ' ἔνδοθι καὶ τὰ θύρηφι,
τοῖσιν Ὀδυσσῆος μεταμίξομεν· οὐδέ τοι υἷας
ζώειν ἐν μεγάροισιν ἐάσομεν, οὐδὲ θύγατρας
οὐδ' ἄλοχον κεδνὴν Ἰθάκης κατὰ ἄστυ πολεύειν."
ὣς φάτ', Ἀθηναίη δὲ χολώσατο κηρόθι μᾶλλον,
νείκεσσεν δ' Ὀδυσῆα χολωτοῖσιν ἐπέεσσιν·
„οὐκέτι σοί γ', Ὀδυσεῦ, μένος ἔμπεδον οὐδέ τις ἀλκή
οἵη ὅτ' ἀμφ' Ἑλένηι λευκωλένωι εὐπατερείηι,
εἰνάετες Τρώεσσιν ἐμάρναο νωλεμὲς αἰεί,
πολλοὺς δ' ἄνδρας ἔπεφνες ἐν αἰνῆι δηϊοτῆτι,
σῆι δ' ἥλω βουλῆι Πριάμου πόλις εὐρυάγυια.
πῶς δὴ νῦν, ὅτε σόν τε δόμον καὶ κτήμαθ' ἱκάνεις,
ἄντα μνηστήρων ὀλοφύρεαι ἄλκιμος εἶναι;
ἀλλ' ἄγε δεῦρο, πέπον, παρ' ἔμ' ἵστασο καὶ ἴδε ἔργον,
ὄφρ' εἰδῆις οἷός τοι ἐν ἀνδράσι δυσμενέεσσιν
Μέντωρ Ἀλκιμίδης εὐεργεσίας ἀποτίνειν."
ἦ ῥα, καὶ οὔ πω πάγχυ δίδου ἑτεραλκέα νίκην,

Wann du im weichen Lager dich ausdehnst, wie dir gebühret;
Und du siehest gewiß die schöne Morgenröte
Aus des Oceans Fluten hervorgehn, daß du den Freiern
Treffliche Ziegen bringest, im Saale den Schmaus zu bereiten.
 Also ließ man ihn hangen, gespannt in der folternden Fessel.
Jene nahmen die Rüstung, und schlossen die schimmernde Pforte,
Eilten dann wieder zum tapfern erfindungsreichen Odysseus.
Kriegsmut atmend standen die Streitenden: hier auf der Schwelle
Vier, und dort in dem Saale so viel' und so rüstige Männer!
Siehe da nahte sich Zeus' blauäugichte Tochter Athene,
Mentorn gleich in allem, sowohl an Gestalt wie an Stimme.
Freudig erblickte die Göttin der Held Odysseus, und sagte:
 Mentor, stehe mir bei, und rette deinen Geliebten,
Der dir Gutes getan, und gleiches Alters mit dir ist!
 Also sprach er, Athene die Völkererhalterin ahnend.
Aber die Freier erhuben ein lautes Geschrei in dem Saale;
Und vor allen droht' ihr Damastors Sohn Agelaos:
 Mentor, lasse dich nicht durch Odysseus' Worte verleiten,
Daß du jetzt mit den Freiern zu seiner Verteidigung kämpfest!
Denn wir geloben dir an, und ich meine, wir werden es halten:
Haben wir diese getötet, den Vater und Sohn, dann wollen
Wir mit ihnen auch dich umbringen, der du so mutig
Hier zu schalten gedenkst; mit dem Haupte sollst du es büßen!
Aber nachdem wir euch mit dem Erze des Geistes beraubet,
Wollen wir alle dein Gut, im Haus und außer dem Hause,
Alles, vermischt mit den Gütern Odysseus', unter uns teilen!
Weder die Söhne sollen, noch Töchter, in dem Palaste
Leben, noch deine Gemahlin im Lande von Ithaka wohnen!
 Also sprach er; da zürnte noch heftiger Pallas Athene.
Und sie strafte Odysseus mit diesen zürnenden Worten:
 Hast du denn völlig den Mut und die Stärke verloren, Odysseus?
Du, der um Helena einst, die lilienarmichte Tochter
Zeus', neun Jahre hindurch, mit den Troern so tapfer gekämpft hat,
Und so viele Männer getötet in schrecklicher Feldschlacht?
Siehe, durch deinen Rat sank Priamos' türmende Feste!
Und nun, da du dein Land und Erbteil wieder erreicht hast,
Nun wehklagest du so im Streite gegen die Freier?
Auf! komm näher, mein Freund, steh' hier, und schaue mein Tun an:
Daß du erkennest, wie dir, im Kampfe mit feindlichen Männern,
Mentor, Alkimos' Sohn, Wohltaten pflegt zu vergelten!
 Also sprach sie; allein noch schenkte nicht völlig die Göttin

ἀλλ᾽ ἔτ᾽ ἄρα σθένεός τε καὶ ἀλκῆς πειρήτιζεν
ἠμὲν Ὀδυσσῆος ἠδ᾽ υἱοῦ κυδαλίμοιο.
αὐτὴ δ᾽ αἰθαλόεντος ἀνὰ μεγάροιο μέλαθρον
ἕζετ᾽ ἀναΐξασα, χελιδόνι εἰκέλη ἄντην.
μνηστῆρας δ᾽ ὤτρυνε Δαμαστορίδης Ἀγέλαος,
Εὐρύνομός τε καὶ Ἀμφιμέδων Δημοπτόλεμός τε,
Πείσανδρός τε Πολυκτορίδης Πόλυβός τε δαΐφρων·
οἱ γὰρ μνηστήρων ἀρετῆι ἔσαν ἔξοχ᾽ ἄριστοι,
ὅσσοι ἔτ᾽ ἔζωον περί τε ψυχέων ἐμάχοντο·
τοὺς δ᾽ ἤδη ἐδάμασσε βιὸς καὶ ταρφέες ἰοί.
τοῖς δ᾽ Ἀγέλεως μετέειπεν, ἔπος πάντεσσι πιφαύσκων·
„ὦ φίλοι, ἤδη σχήσει ἀνὴρ ὅδε χεῖρας ἀάπτους·
καὶ δή οἱ Μέντωρ μὲν ἔβη κενὰ εὔγματα εἰπών,
οἱ δ᾽ οἶοι λείπονται ἐπὶ πρώτηισι θύρηισι.
τῶι νῦν μὴ ἅμα πάντες ἐφίετε δούρατα μακρά,
ἀλλ᾽ ἄγεθ᾽ οἱ ἓξ πρῶτον ἀκοντίσατ᾽, αἴ κέ ποθι Ζεὺς
δώηι Ὀδυσσῆα βλῆσθαι καὶ κῦδος ἀρέσθαι.
τῶν δ᾽ ἄλλων οὐ κῆδος, ἐπὴν οὗτός γε πέσηισιν.“
ὣς ἔφαθ᾽, οἱ δ᾽ ἄρα πάντες ἀκόντισαν ὡς ἐκέλευεν,
ἱέμενοι· τὰ δὲ πάντα ἐτώσια θῆκεν Ἀθήνη,
τῶν ἄλλος μὲν σταθμὸν ἐϋσταθέος μεγάροιο
βεβλήκει, ἄλλος δὲ θύρην πυκινῶς ἀραρυῖαν·
ἄλλου δ᾽ ἐν τοίχωι μελίη πέσε χαλκοβάρεια.
αὐτὰρ ἐπεὶ δὴ δούρατ᾽ ἀλεύαντο μνηστήρων,
τοῖς δ᾽ ἄρα μύθων ἦρχε πολύτλας δῖος Ὀδυσσεύς·
„ὦ φίλοι, ἤδη μέν κεν ἐγὼν εἴποιμι καὶ ἄμμι
μνηστήρων ἐς ὅμιλον ἀκοντίσαι, οἳ μεμάασιν
ἡμέας ἐξεναρίξαι ἐπὶ προτέροισι κακοῖσιν.“
ὣς ἔφαθ᾽, οἱ δ᾽ ἄρα πάντες ἀκόντισαν ὀξέα δοῦρα
ἄντα τιτυσκόμενοι· Δημοπτόλεμον μὲν Ὀδυσσεύς,
Εὐρυάδην δ᾽ ἄρα Τηλέμαχος, Ἔλατον δὲ συβώτης,
Πείσανδρον δ᾽ ἄρ᾽ ἔπεφνε βοῶν ἐπιβουκόλος ἀνήρ.
οἱ μὲν ἔπειθ᾽ ἅμα πάντες ὀδὰξ ἕλον ἄσπετον οὖδας,
μνηστῆρες δ᾽ ἀνεχώρησαν μεγάροιο μυχόνδε·
τοὶ δ᾽ ἄρ᾽ ἐπήϊξαν, νεκύων δ᾽ ἐξ ἔγχε᾽ ἕλοντο.
αὖτις δὲ μνηστῆρες ἀκόντισαν ὀξέα δοῦρα
ἱέμενοι· τὰ δὲ πολλὰ ἐτώσια θῆκεν Ἀθήνη.
τῶν ἄλλος μὲν σταθμὸν ἐϋσταθέος μεγάροιο
βεβλήκειν, ἄλλος δὲ θύρην πυκινῶς ἀραρυῖαν·
ἄλλου δ᾽ ἐν τοίχωι μελίη πέσε χαλκοβάρεια.
Ἀμφιμέδων δ᾽ ἄρα Τηλέμαχον βάλε χεῖρ᾽ ἐπὶ καρπῶι

Ihm den wankenden Sieg; sie prüfte noch ferner die Stärke
Und den Mut Odysseus' und seines rühmlichen Sohnes.
Plötzlich entschwand sie den Blicken, und gleich der Schwalbe von Ansehn
Flog sie empor, und saß auf dem rußichten Simse des Rauchfangs.
  Aber die Freier reizte Damastors Sohn Agelaos,
Demoptolemos, und Amphimedon, und der entschloßne
Polybos, und Eurynomos an, und der edle Peisandros:
Diese waren die ersten und tapfersten unter den Freiern,
Aller welche noch lebten und ihre Seele verfochten;
Jene lagen getötet vom pfeileversendenden Bogen.
Und Agelaos begann, und sprach zu der Freier Versammlung:
  Freunde, gewiß bald ruhn die schrecklichen Hände des Mannes!
Schon verließ ihn Mentor, nachdem er vergebens geprahlet;
Und sie stehen allein an der großen Pforte des Saales!
Darum sendet nicht alle zugleich die langen Lanzen;
Sondern wohlan! ihr sechs werft erstlich, ob euch Kronion
Gnade verleiht, Odysseus zu treffen, und Ruhm zu gewinnen!
Denn mit den andern hat es nicht Not, wenn jener nur daliegt!
  Also sprach er. Da warfen sie alle, wie er befohlen,
Wütend; doch aller Würfe vereitelte Pallas Athene.
Einer durchbohrte die Pfoste der schöngebaueten Wohnung,
Jenes Lanze durchdrang die festeinfugende Pforte,
Jener traf in die Wand mit der erzgerüsteten Esche.
Und nachdem sie die Lanzen der Freier hatten vermieden,
Da begann zu ihnen der herrliche Dulder Odysseus:
  Jetzo wär' es an mir, ihr Lieben, euch zu befehlen,
Daß ihr die Schar der Freier mit scharfen Lanzen begrüßet,
Die zu dem vorigen Frevel uns noch zu ermorden gedenken.
  Also sprach er; da warfen sie alle zielend die Lanzen.
Demoptolemos traf der göttergleiche Odysseus,
Und Euryades traf Telemachos, aber der Sauhirt
Elatos, und Peisandros der Oberhirte der Rinder:
Diese fielen zugleich, und bissen die weite Erde.
Aber die Freier entflohn in den innersten Winkel des Saales,
Jene sprangen hinzu, und zogen die Speer' aus den Toten.
  Und von neuem warfen die Freier schimmernde Lanzen,
Wütend; aber die meisten vereitelte Pallas Athene.
Einer durchbohrte die Pfoste der schöngebaueten Wohnung,
Jenes Lanze durchdrang die festeinfugende Pforte,
Jener traf in die Wand mit der erzgerüsteten Esche.
Nur Amphimedon streifte Telemachos' Hand an dem Knöchel

λίγδην, ἄκρον δὲ ῥινὸν δηλήσατο χαλκός.
Κτήσιππος δ' Εὔμαιον ὑπὲρ σάκος ἔγχεϊ μακρῶι
ὦμον ἐπέγραψεν· τὸ δ' ὑπέρπτατο, πῖπτε δ' ἔραζε.
τοὶ δ' αὖτ' ἀμφ' Ὀδυσῆα δαΐφρονα ποικιλομήτην,
μνηστήρων ἐς ὅμιλον ἀκόντισαν ὀξέα δοῦρα.
ἔνθ' αὖτ' Εὐρυδάμαντα βάλε πτολίπορθος Ὀδυσσεύς,
Ἀμφιμέδοντα δὲ Τηλέμαχος, Πόλυβον δὲ συβώτης·
Κτήσιππον δ' ἄρ' ἔπειτα βοῶν ἐπιβουκόλος ἀνὴρ
βεβλήκει πρὸς στῆθος, ἐπευχόμενος δὲ προσηύδα·
„ὦ Πολυθερσεΐδη φιλοκέρτομε, μή ποτε πάμπαν
εἴκων ἀφραδίηις μέγα εἰπεῖν, ἀλλὰ θεοῖσιν
μῦθον ἐπιτρέψαι, ἐπεὶ ἦ πολὺ φέρτεροί εἰσι.
τοῦτό τοι ἀντὶ ποδὸς ξεινήϊον, ὅν ποτ' ἔδωκας
ἀντιθέωι Ὀδυσῆϊ δόμον κάτ' ἀλητεύοντι."
ἦ ῥα βοῶν ἑλίκων ἐπιβουκόλος· αὐτὰρ Ὀδυσσεὺς
οὖτα Δαμαστορίδην αὐτοσχεδὸν ἔγχεϊ μακρῶι.
Τηλέμαχος δ' Εὐηνορίδην Λειώκριτον οὖτα
δουρὶ μέσον κενεῶνα, διαπρὸ δὲ χαλκὸν ἔλασσεν·
ἤριπε δὲ πρηνής, χθόνα δ' ἤλασε παντὶ μετώπωι.
δὴ τότ' Ἀθηναίη φθισίμβροτον αἰγίδ' ἀνέσχεν
ὑψόθεν ἐξ ὀροφῆς· τῶν δὲ φρένες ἐπτοίηθεν.
οἱ δ' ἐφέβοντο κατὰ μέγαρον βόες ὣς ἀγελαῖαι·
τὰς μέν τ' αἰόλος οἶστρος ἐφορμηθεὶς ἐδόνησεν
ὥρηι ἐν εἰαρινῆι, ὅτε τ' ἤματα μακρὰ πέλονται.
οἱ δ' ὥς τ' αἰγυπιοὶ γαμψώνυχες ἀγκυλοχεῖλαι,
ἐξ ὀρέων ἐλθόντες ἐπ' ὀρνίθεσσι θόρωσι·
ταὶ μέν τ' ἐν πεδίωι νέφεα πτώσσουσαι ἵενται,
οἱ δέ τε τὰς ὀλέκουσιν ἐπάλμενοι, οὐδέ τις ἀλκὴ
γίγνεται οὐδὲ φυγή· χαίρουσι δέ τ' ἀνέρες ἄγρηι·
ὣς ἄρα τοὶ μνηστῆρας ἐπεσσύμενοι κατὰ δῶμα
τύπτον ἐπιστροφάδην· τῶν δὲ στόνος ὤρνυτ' ἀεικὴς
κράτων τυπτομένων, δάπεδον δ' ἅπαν αἵματι θῦε.
Λειώδης δ' Ὀδυσῆος ἐπεσσύμενος λάβε γούνων,
καί μιν λισσόμενος ἔπεα πτερόεντα προσηύδα·
„γουνοῦμαί σ', Ὀδυσεῦ· σὺ δέ μ' αἴδεο καί μ' ἐλέησον·
οὐ γάρ πώ τινά φημι γυναικῶν ἐν μεγάροισιν
εἰπεῖν οὐδέ τι ῥέξαι ἀτάσθαλον· ἀλλὰ καὶ ἄλλους
παύεσκον μνηστῆρας, ὅτις τοιαῦτά γε ῥέζοι.
ἀλλά μοι οὐ πείθοντο κακῶν ἄπο χεῖρας ἔχεσθαι·
τῶι καὶ ἀτασθαλίηισιν ἀεικέα πότμον ἐπέσπον.
αὐτὰρ ἐγὼ μετὰ τοῖσι θυοσκόος οὐδὲν ἐοργὼς

Sanft; die obere Haut ward kaum von dem Erze verwundet.
Und Ktesippos ritzte Eumäos über dem Schilde
Leicht die Schulter; der Speer flog über, und fiel auf die Erde.
Aber die Schar des tapfern erfindungsreichen Odysseus
Zielte von neuem, und warf die Lanzen unter die Freier.
Und Eurydamos traf der Städteverwüster Odysseus,
Und Amphimedon traf Telemachos, aber der Sauhirt
Polybos; und Ktesippos durchbohrte der Hirte der Rinder
Mit der Lanze die Brust, und sprach die höhnenden Worte:
O Polytherses' Sohn, du Spötter! rede nicht ferner,
Durch Mutwillen verleitet, so prahlerisch; sondern befiehl es
Alles den Göttern an: denn sie sind stärker als Menschen!
Nimm dies Ehrengeschenk für den Kuhfuß, welchen du neulich
Gabst dem edlen Odysseus, der bettelnd im Saale herumging!
Also sprach der Hirte der Rinder. Aber Odysseus
Sprang auf Damastors Sohn, und erstach ihn mit eherner Lanze,
Und Telemachos sprang auf Leiokritos wütend, und rannt' ihm
Seinen Speer durch den Bauch, daß hinten die Spitze hervordrang:
Vorwärts fiel er dahin, und schlug mit der Stirne den Boden.
Aber Athene erhub an der Decke den leuchtenden dunkeln
Menschenverderbenden Schild, und schreckte die Herzen der Freier.
Zitternd liefen sie rings durch den Saal, wie die Herde der Rinder,
Welche auf grasichter Weide die rasche Bremse verfolget,
Im anmutigen Lenz, wenn die Tage heiter und lang sind.
Aber gleich scharfklauichten krummgeschnabelten Falken,
Welche von dem Gebirg' herstürmend auf fliegende Vögel
Schießen; sie flattern voll Angst aus den Wolken herab auf die Felder,
Doch die verfolgenden Stößer ereilen sie würgend; da gilt nicht
Streiten oder Entfliehn; es freun sich die Menschen des Schauspiels:
Also stürzten sie wütend sich unter die Freier, und würgten
Links und rechts durch den Saal; mit dem Krachen zerschlagener Schädel
Tönte das Jammergeschrei, und Blut floß über den Boden.
Und nun eilte Leiodes, umschlang Odysseus die Kniee,
Jammerte laut um Erbarmen, und sprach die geflügelten Worte:
Flehend umfass' ich dein Knie: erbarme dich meiner, Odysseus!
Denn ich habe ja keine der Weiber in dem Palaste
Weder mit Worten noch Taten verunehrt, sondern beständig
Andere Freier gewarnt, wenn einer dergleichen verübte.
Aber sie folgten mir nicht, die Hand vom Bösen zu wenden:
Darum traf die Frevler das schreckliche Todesverhängnis!
Aber soll ich, ihr Opferprophet, der nichts getan hat,

κείσομαι, ὡς οὐκ ἔστι χάρις μετόπισθ' εὐεργέων·"
τὸν δ' ἄρ' ὑπόδρα ἰδὼν προσέφη πολύμητις Ὀδυσσεύς·
„εἰ μὲν δὴ μετὰ τοῖσι θυοσκόος εὔχεαι εἶναι,
πολλάκι που μέλλεις ἀρήμεναι ἐν μεγάροισι
τηλοῦ ἐμοὶ νόστοιο τέλος γλυκεροῖο γενέσθαι,
σοὶ δ' ἄλοχόν τε φίλην σπέσθαι καὶ τέκνα τεκέσθαι·
τῶι οὐκ ἂν θάνατόν γε δυσηλεγέα προφύγοισθα."
ὣς ἄρα φωνήσας ξίφος εἵλετο χειρὶ παχείηι
κείμενον, ὅ ῥ' Ἀγέλαος ἀποπροέηκε χαμᾶζε
κτεινόμενος· τῶι τόν γε κατ' αὐχένα μέσσον ἔλασσε.
φθεγγομένου δ' ἄρα τοῦ γε κάρη κονίηισιν ἐμίχθη.
Τερπιάδης δ' ἔτ' ἀοιδὸς ἀλύσκανε κῆρα μέλαιναν,
Φήμιος, ὅς ῥ' ἤειδε μετὰ μνηστῆρσιν ἀνάγκηι.
ἔστη δ' ἐν χείρεσσίν ἔχων φόρμιγγα λίγειαν
ἄγχι παρ' ὀρσοθύρην· δίχα δὲ φρεσὶ μερμήριζεν,
ἢ ἐκδὺς μεγάροιο Διὸς μεγάλου ποτὶ βωμὸν
ἑρκείου ἵζοιτο τετυγμένον, ἔνθ' ἄρα πολλὰ
Λαέρτης Ὀδυσεύς τε βοῶν ἐπὶ μηρί' ἔκηαν,
ἦ γούνων λίσσοιτο προσαΐξας Ὀδυσῆα.
ὧδε δέ οἱ φρονέοντι δοάσσατο κέρδιον εἶναι,
γούνων ἅψασθαι Λαερτιάδεω Ὀδυσῆος.
ἤ τοι ὁ φόρμιγγα γλαφυρὴν κατέθηκε χαμᾶζε
μεσσηγὺς κρητῆρος ἰδὲ θρόνου ἀργυροήλου,
αὐτὸς δ' αὖτ' Ὀδυσῆα προσαΐξας λάβε γούνων,
καί μιν λισσόμενος ἔπεα πτερόεντα προσηύδα·
„γουνοῦμαί σ', Ὀδυσεῦ· σὺ δέ μ' αἴδεο καί μ' ἐλέησον·
αὐτῶι τοι μετόπισθ' ἄχος ἔσσεται, εἴ κεν ἀοιδὸν
πέφνηις, ὅς τε θεοῖσι καὶ ἀνθρώποισιν ἀείδω.
αὐτοδίδακτος δ' εἰμί, θεὸς δέ μοι ἐν φρεσὶν οἴμας
παντοίας ἐνέφυσεν· ἔοικα δέ τοι παραείδειν
ὥς τε θεῶι· τῶι με λιλαίεο δειροτομῆσαι.
καί κεν Τηλέμαχος τάδε γ' εἴποι, σὸς φίλος υἱός,
ὡς ἐγὼ οὔ τι ἑκὼν ἐς σὸν δόμον οὐδὲ χατίζων
πωλεύμην μνηστῆρσιν ἀεισόμενος μετὰ δαῖτας,
ἀλλὰ πολὺ πλέονες καὶ κρείσσονες ἦγον ἀνάγκηι."
ὣς φάτο, τοῦ δ' ἤκουσ' ἱερὴ ἲς Τηλεμάχοιο,
αἶψα δ' ἑὸν πατέρα προσεφώνεεν ἐγγὺς ἐόντα·
„ἴσχεο μηδέ τι τοῦτον ἀναίτιον οὔταε χαλκῶι·
καὶ κήρυκα Μέδοντα σαώσομεν, ὅς τέ μευ αἰεὶ
οἴκωι ἐν ἡμετέρωι κηδέσκετο παιδὸς ἐόντος,
εἰ δὴ μή μιν ἔπεφνε Φιλοίτιος ἠὲ συβώτης,

Sterben wie sie; so ist ja des Guten keine Vergeltung!
Zürnend schaute auf ihn und sprach der weise Odysseus:
Bist du Opferprophet bei den Freiern gewesen, so hast du
Ohne Zweifel auch oft in diesem Saale gebetet,
Daß ich ferne verlöre den Tag der fröhlichen Heimkehr,
Und daß meine Gemahlin dir folgt' und Kinder gebäre!
Darum wünsche nur nicht den schrecklichen Tod zu vermeiden!
Als er dieses gesagt, da nahm er mit nervichter Rechte
Von der Erde das Schwert, das Agelaos im Tode
Fallen lassen, und schwung es, und haut' ihm tief in den Nacken:
Daß des Redenden Haupt hinrollend mit Staube vermischt ward.
Aber Terpios' Sohn entrann dem schwarzen Verhängnis,
Phemios, der bei den Freiern gezwungen wurde zu singen.
Dieser stand, in den Händen die hellerklingende Harfe,
Nahe der Seitentür, und sann in zweifelndem Herzen:
Ob er heimlich entflöh, und an des großen Kronions
Schönem Altar auf dem Hofe sich setzte, auf welchem Laertes
Und Odysseus die Lenden so vieler Stiere geopfert;
Oder um Mitleid flehend Odysseus zu Füßen sich würfe.
Dieser Gedanke schien dem Zweifelnden endlich der beste,
Flehend die Kniee zu rühren des göttergleichen Odysseus.
Und er setzte zur Erden die schöngewölbete Harfe,
Zwischen dem großen Kelch und dem silberbeschlagenen Sessel;
Lief dann eilend hinzu, umschlang Odysseus die Kniee,
Jammerte laut um Erbarmen, und sprach die geflügelten Worte:
Flehend umfass' ich dein Knie; erbarme dich meiner, Odysseus!
Töte mich nicht! Du würdest hinfort es selber bereuen,
Wenn du den Sänger erschlügst, der Göttern und Menschen gesungen!
Mich hat niemand gelehrt; ein Gott hat die mancherlei Lieder
Mir in die Seele gepflanzt! Ich verdiene, wie einem der Götter,
Dir zu singen! Drum haue mir nicht mit dem Schwerte das Haupt ab!
Siehe dein lieber Sohn Telemachos kann es bezeugen,
Daß ich nie freiwillig und wegen schnödes Gewinstes
Kam in deinen Palast, den Freiern am Mahle zu singen;
Sondern es führten mich viele und Mächtige hier mit Gewalt her!
Also sprach er. Ihn hörte Telemachos' heilige Stärke,
Eilte hinzu, und sprach zu seinem Vater Odysseus:
Halt, verwunde nicht diesen; er ist unschuldig, mein Vater!
Laß uns auch Medon verschonen, den Herold, welcher mich immer
Sorgsam in unserem Hause gepflegt hat, als ich ein Kind war;
Wo ihn Philötios nicht schon tötete, oder Eumäos,

ἠὲ σοὶ ἀντεβόλησεν ὀρινομένωι κατὰ δῶμα.“
ὣς φάτο, τοῦ δ’ ἤκουσε Μέδων πεπνυμένα εἰδώς·
πεπτηὼς γὰρ ἔκειτο ὑπὸ θρόνον, ἀμφὶ δὲ δέρμα
ἕστο βοὸς νεόδαρτον, ἀλύσκων κῆρα μέλαιναν.
αἶψα δ’ ἀπὸ θρόνου ὦρτο, θοῶς δ’ ἀπέδυνε βοείην
Τηλέμαχον δ’ ἄρ’ ἔπειτα προσαΐξας λάβε γούνων,
καί μιν λισσόμενος ἔπεα πτερόεντα προσηύδα·
„ ὦ φίλ’, ἐγὼ μὲν ὅδ’ εἰμί, σὺ δ’ ἴσχεο εἰπὲ δὲ πατρὶ
μή με περισθενέων δηλήσεται ὀξέϊ χαλκῶι,
ἀνδρῶν μνηστήρων κεχολωμένος, οἵ οἱ ἔκειρον
κτήματ’ ἐνὶ μεγάροις, σὲ δὲ νήπιοι οὐδὲν ἔτιον.“
τὸν δ’ ἐπιμειδήσας προσέφη πολύμητις Ὀδυσσεύς·
„ θάρσει, ἐπεὶ δή σ’ οὗτος ἐρύσσατο καὶ ἐσάωσεν,
ὄφρα γνῶις κατὰ θυμόν, ἀτὰρ εἴπησθα καὶ ἄλλωι,
ὡς κακοεργίης εὐεργεσίη μέγ’ ἀμείνων.
ἀλλ’ ἐξελθόντες μεγάρων ἕζεσθε θύραζε
ἐκ φόνου εἰς αὐλήν, σύ τε καὶ πολύφημος ἀοιδός,
ὄφρ’ ἂν ἐγὼ κατὰ δῶμα πονήσομαι ὅττεό με χρή.“
ὣς φάτο, τὼ δ’ ἔξω βήτην μεγάροιο κιόντε,
ἑζέσθην δ’ ἄρα τώ γε Διὸς μεγάλου ποτὶ βωμόν,
πάντοσε παπταίνοντε, φόνον ποτιδεγμένω αἰεί.
πάπτηνεν δ’ Ὀδυσεὺς καθ’ ἑὸν δόμον, εἴ τις ἔτ’ ἀνδρῶν
ζωὸς ὑποκλοπέοιτο, ἀλύσκων κῆρα μέλαιναν.
τοὺς δὲ ἴδεν μάλα πάντας ἐν αἵματι καὶ κονίηισι
πεπτεῶτας πολλούς, ὥστ’ ἰχθύας, οὕς θ’ ἁλιῆες
κοῖλον ἐς αἰγιαλὸν πολιῆς ἔκτοσθε θαλάσσης
δικτύωι ἐξέρυσαν πολυωπῶι· οἱ δέ τε πάντες
κύμαθ’ ἁλὸς ποθέοντες ἐπὶ ψαμάθοισι κέχυνται·
τῶν μέν τ’ Ἠέλιος φαέθων ἐξείλετο θυμόν·
ὣς τότ’ ἄρα μνηστῆρες ἐπ’ ἀλλήλοισι κέχυντο.
δὴ τότε Τηλέμαχον προσέφη πολύμητις Ὀδυσσεύς·
„ Τηλέμαχ’, εἰ δ’ ἄγε μοι κάλεσον τροφὸν Εὐρύκλειαν,
ὄφρα ἔπος εἴπωμι τό μοι καταθύμιόν ἐστιν.“
ὣς φάτο, Τηλέμαχος δὲ φίλωι ἐπεπείθετο πατρί,
κινήσας δὲ θύρην προσέφη τροφὸν Εὐρύκλειαν·
„ δεῦρο δὴ ὄρσο, γρηῢ παλαιγενές, ἥ τε γυναικῶν
δμωιάων σκοπός ἐσσι κατὰ μέγαρ’ ἡμετεράων·
ἔρχεο· κικλήσκει σε πατὴρ ἐμός, ὄφρα τι εἴπηι.“
ὣς ἄρ’ ἐφώνησεν, τῆι δ’ ἄπτερος ἔπλετο μῦθος,
ὤϊξεν δὲ θύρας μεγάρων εὖ ναιεταόντων,
βῆ δ’ ἴμεν· αὐτὰρ Τηλέμαχος πρόσθ’ ἡγεμόνευεν.

Oder du selber ihn trafst, den Saal mit Rache durchstürmend!
  Also sprach er; ihn hörte der gute verständige Medon:
Unter dem Throne sich schmiegend, vermied er das schwarze Verhängnis,
Eingehüllt in die Haut des frischgeschlachteten Rindes.
Eilend kroch er hervor, und hüllte sich schnell aus der Kuhhaut,
Sprang zu Telemachos hin, umschlang die Kniee des Jünglings,
Jammerte laut um Erbarmen, und sprach die geflügelten Worte:
  Lieber, da bin ich selbst! O schone, und bitte den Vater,
Daß mich der Wütende nicht mit scharfem Erze vertilge,
Zürnend wegen der Freier, die alle Güter im Hause
Ihm verschwelgten, und dich mit törichtem Herzen entehrten!
  Lächelnd erwiderte drauf der erfindungsreiche Odysseus:
Sei getrost, denn dieser ist dein Beschirmer und Retter:
Daß du im Herzen erkennst, und andern Menschen verkündest,
Wie viel besser es sei, gerecht als böse zu handeln.
Aber geht aus dem Saal, und setzt euch aus dem Gewürge
Draußen im Hofe, du selbst und der liederkundige Sänger;
Bis ich alles im Hause vollendet, was mir gebühret.
  Also sprach er. Da gingen sie schnell aus dem blutigen Saale,
Setzten sich draußen im Hof' am Altare des großen Kronions
Nieder, und blickten umher, den Tod noch immer erwartend.
  Jetzo schaute Odysseus umher im Saale, ob irgend
Noch ein Lebender sich dem schwarzen Tode verberge.
Aber er sahe sie alle, mit Blut und Staube besudelt,
Weit den Boden bedecken: wie Fische, welche die Fischer
Aus dem bläulichen Meer ans hohle Felsengestade
Im vielmaschichten Netz aufzogen; nun liegen sie, lechzend
Nach den Fluten des Meers, im dürren Sande verbreitet,
Und die sengende Hitze der Sonne raubet ihr Leben:
Also lagen im Saale die Freier Haufen bei Haufen.
Und zu Telemachos sprach der erfindungsreiche Odysseus:
  Auf, Telemachos, rufe die Pflegerin Eurykleia;
Denn ich habe noch was auf dem Herzen, das ich dir sage.
  Sprach's; und Telemachos eilte, wie ihm sein Vater befohlen,
Pocht' an die Tür, und rief der Pflegerin Eurykleia;
  Eile geschwinde hieher, du alte redliche Mutter,
Welche die Aufsicht hat der Weiber in unserem Hause!
Komm! dich ruft mein Vater, er hat dir etwas zu sagen!
  Also sprach er zu ihr, und redete nicht in die Winde.
Als sie die Pforten geöffnet der schöngebaueten Wohnung,
Ging sie hinaus, und folgte Telemachos, welcher sie führte.

εὗρεν ἔπειτ' Ὀδυσῆα μετὰ κταμένοισι νέκυσσιν,
αἵματι καὶ λύθρωι πεπαλαγμένον ὥστε λέοντα,
ὅς ῥά τε βεβρωκὼς βοὸς ἔρχεται ἀγραύλοιο·
πᾶν δ' ἄρα οἱ στῆθός τε παρήϊά τ' ἀμφοτέρωθεν
αἱματόεντα πέλει, δεινὸς δ' εἰς ὦπα ἰδέσθαι·
ὣς Ὀδυσεὺς πεπάλακτο πόδας καὶ χεῖρας ὕπερθεν.
ἡ δ' ὡς οὖν νέκυάς τε καὶ ἄσπετον εἴσιδεν αἷμα,
ἴθυσέν ῥ' ὀλολύξαι, ἐπεὶ μέγα εἴσιδεν ἔργον·
ἀλλ' Ὀδυσεὺς κατέρυκε καὶ ἔσχεθεν ἱεμένην περ,
καί μιν φωνήσας ἔπεα πτερόεντα προσηύδα·
„ἐν θυμῶι, γρηῦ, χαῖρε καὶ ἴσχεο μηδ' ὀλόλυζε·
οὐχ ὁσίη κταμένοισιν ἐπ' ἀνδράσιν εὐχετάασθαι.
τούσδε δὲ μοῖρ' ἐδάμασσε θεῶν καὶ σχέτλια ἔργα·
οὔ τινα γὰρ τίεσκον ἐπιχθονίων ἀνθρώπων,
οὐ κακὸν οὐδὲ μὲν ἐσθλόν, ὅτις σφέας εἰσαφίκοιτο·
τῶι καὶ ἀτασθαλίῃσιν ἀεικέα πότμον ἐπέσπον.
ἀλλ' ἄγε μοι σὺ γυναῖκας ἐνὶ μεγάροις κατάλεξον,
αἵ τέ μ' ἀτιμάζουσι καὶ αἳ νηλείτιδές εἰσιν."
τὸν δ' αὖτε προσέειπε φίλη τροφὸς Εὐρύκλεια·
„τοιγὰρ ἐγώ τοι, τέκνον, ἀληθείην καταλέξω.
πεντήκοντά τοί εἰσιν ἐνὶ μεγάροισι γυναῖκες
δμωιαί, τὰς μέν τ' ἔργα διδάξαμεν ἐργάζεσθαι,
εἴριά τε ξαίνειν καὶ δουλοσύνην ἀνέχεσθαι·
τάων δώδεκα πᾶσαι ἀναιδείης ἐπέβησαν,
οὔτ' ἐμὲ τίουσαι οὔτ' αὐτὴν Πηνελόπειαν.
Τηλέμαχος δὲ νέον μὲν ἀέξετο, οὐδέ ἑ μήτηρ
σημαίνειν εἴασκεν ἐπὶ δμωιῇσι γυναιξίν.
ἀλλ' ἄγ' ἐγὼν ἀναβᾶσ' ὑπερώϊα σιγαλόεντα
εἴπω σῆι ἀλόχωι, τῆι τις θεὸς ὕπνον ἐπῶρσε."
τὴν δ' ἀπαμειβόμενος προσέφη πολύμητις Ὀδυσσεύς
„μή πω τήνδ' ἐπέγειρε· σὺ δ' ἐνθάδε εἰπὲ γυναιξὶν
ἐλθέμεν, αἵ περ πρόσθεν ἀεικέα μηχανόωντο."
ὣς ἄρ' ἔφη, γρηῢς δὲ διὲκ μεγάροιο βεβήκει
ἀγγελέουσα γυναιξὶ καὶ ὀτρυνέουσα νέεσθαι.
αὐτὰρ ὁ Τηλέμαχον καὶ βουκόλον ἠδὲ συβώτην
εἰς ἓ καλεσσάμενος ἔπεα πτερόεντα προσηύδα·
„ἄρχετε νῦν νέκυας φορέειν καὶ ἄνωχθε γυναῖκας·
αὐτὰρ ἔπειτα θρόνους περικαλλέας ἠδὲ τραπέζας
ὕδατι καὶ σπόγγοισι πολυτρήτοισι καθαίρειν.
αὐτὰρ ἐπὴν δὴ πάντα δόμον κατακοσμήσησθε,
δμωιὰς ἐξαγαγόντες ἐϋσταθέος μεγάροιο,

Und sie fanden Odysseus, umringt von erschlagenen Leichen,
Ganz mit Blut und Staube besudelt, ähnlich dem Löwen,
Der, vom ermordeten Stiere gesättiget, stolz einhergeht;
Seine zottichte Brust, und beide Backen des Würgers
Triefen von schwarzem Blut, und fürchterlich glühn ihm die Augen:
Also war auch Odysseus an Händen und Füßen besudelt.
Als sie die Toten nun sah und rings die Ströme des Blutes,
Da frohlockte sie jauchzend; denn schrecklich und groß war der Anblick.
Aber Odysseus hielt sie, und zähmt' ihr lautes Entzücken;
Und er redte sie an, und sprach die geflügelten Worte:
Freue dich, Mutter, im Herzen; doch halte dich, daß du nicht frohlockst!
Über erschlagene Menschen zu jauchzen, ist grausam und Sünde!
Diese vertilgte der Götter Gericht und ihr böses Beginnen:
Denn sie ehrten ja keinen von allen Erdebewohnern,
Vornehm oder geringe, wer auch um Erbarmen sie ansprach.
Darum traf die Frevler das schreckliche Todesverhängnis.
Aber nenne mir jetzo die Weiber in dem Palaste,
Alle, die mich verachten, und die unsträflich geblieben.
Ihm antwortete drauf die Pflegerin Eurykleia:
Gerne will ich dir, Sohn, die lautere Wahrheit verkünden,
Fünfzig sind der Weiber in deinem hohen Palaste,
Welche wir alle die Kunst des Webestuhls und der Nadel
Lehrten, und Wolle zu kämmen, und treu und fleißig zu dienen.
Aber zwölfe verüben die unverschämtesten Greuel,
Und verachten mich ganz, ja selber Penelopeia.
Zwar seit kurzem erwuchs Telemachos; aber die Mutter
Wollte nimmer gestatten, daß er den Mägden beföhle.
Jetzo geh' ich hinauf, und bringe deiner Gemahlin
Botschaft; eben erquickt sie ein Gott mit lieblichem Schlummer.
Ihr antwortete drauf der erfindungsreiche Odysseus:
Wecke sie jetzo noch nicht; laß erst die Weiber des Hauses
Kommen, welche bisher so viel' Unarten verübten.
Also sprach er; da ging die Pflegerin aus dem Gemache,
Brachte des Königs Befehl, und trieb die Mägde zu eilen.
Aber Telemachos und die beiden trefflichen Hirten
Rief er zu sich heran, und sprach die geflügelten Worte:
Traget jetzo die Toten hinaus, und befehlt es den Weibern;
Und dann reiniget wieder die zierlichen Sessel und Tische
Von der Erschlagenen Blute mit angefeuchteten Schwämmen.
Aber sobald ihr alles umher im Saale geordnet,
Führt die Weiber hinaus vor die schöngebauete Wohnung,

μεσσηγύς τε θόλου καὶ ἀμύμονος ἕρκεος αὐλῆς,
θεινέμεναι ξίφεσιν τανυήκεσιν, εἰς ὅ κε πασέων
ψυχὰς ἐξαφέλησθε καὶ ἐκλελάθωντ' Ἀφροδίτης,
τὴν ἄρ' ὑπὸ μνηστῆρσιν ἔχον μίσγοντό τε λάθρη."
ὣς ἔφαθ', αἱ δὲ γυναῖκες ἀολλέες ἦλθον ἅπασαι,
αἶν' ὀλοφυρόμεναι, θαλερὸν κατὰ δάκρυ χέουσαι.
πρῶτα μὲν οὖν νέκυας φόρεον κατατεθνηῶτας,
κὰδ δ' ἄρ' ὑπ' αἰθούσηι τίθεσαν εὐερκέος αὐλῆς,
ἀλλήλοισιν ἐρείδουσαι· σήμαινε δ' Ὀδυσσεὺς
αὐτὸς ἐπισπέρχων· ταὶ δ' ἐκφόρεον καὶ ἀνάγκηι.
αὐτὰρ ἔπειτα θρόνους περικαλλέας ἠδὲ τραπέζας
ὕδατι καὶ σπόγγοισι πολυτρήτοισι κάθαιρον.
αὐτὰρ Τηλέμαχος καὶ βουκόλος ἠδὲ συβώτης
λίστροισιν δάπεδον πύκα ποιητοῖο δόμοιο
ξῦον· ταὶ δ' ἐφόρεον δμωιαί, τίθεσαν δὲ θύραζε.
αὐτὰρ ἐπειδὴ πᾶν μέγαρον διεκοσμήσαντο,
δμωιὰς δ' ἐξαγαγόντες ἐϋσταθέος μεγάροιο,
μεσσηγύς τε θόλου καὶ ἀμύμονος ἕρκεος αὐλῆς,
εἴλεον ἐν στείνει, ὅθεν οὔ πως ἦεν ἀλύξαι.
τοῖσι δὲ Τηλέμαχος πεπνυμένος ἦρχ' ἀγορεύειν·
„μὴ μὲν δὴ καθαρῶι θανάτωι ἀπὸ θυμὸν ἑλοίμην
τάων, αἳ δὴ ἐμῆι κεφαλῆι κατ' ὀνείδεα χεῦαν
μητέρι θ' ἡμετέρηι παρά τε μνηστῆρσιν ἴαυον."
ὣς ἄρ' ἔφη, καὶ πεῖσμα νεὸς κυανοπρῴροιο
κίονος ἐξάψας μεγάλης περίβαλλε θόλοιο,
ὑψόσ' ἐπεντανύσας, μή τις ποσὶν οὖδας ἵκοιτο.
ὡς δ' ὅτ' ἂν ἢ κίχλαι τανυσίπτεροι ἠὲ πέλειαι
ἕρκει ἐνιπλήξωσι, τό θ' ἑστήκηι ἐνὶ θάμνωι,
αὖλιν ἐσιέμεναι, στυγερὸς δ' ὑπεδέξατο κοῖτος,
ὣς αἵ γ' ἑξείης κεφαλὰς ἔχον, ἀμφὶ δὲ πάσαις
δειρῆισι βρόχοι ἦσαν, ὅπως οἴκτιστα θάνοιεν.
ἤσπαιρον δὲ πόδεσσι μίνυνθά περ οὔ τι μάλα δήν.
ἐκ δὲ Μελάνθιον ἦγον ἀνὰ πρόθυρόν τε καὶ αὐλήν·
τοῦ δ' ἀπὸ μὲν ῥῖνάς τε καὶ οὔατα νηλέϊ χαλκῶι
τάμνον, μήδεά τ' ἐξέρυσαν, κυσὶν ὠμὰ δάσασθαι,
χεῖράς τ' ἠδὲ πόδας κόπτον κεκοτηότι θυμῶι.
οἱ μὲν ἔπειτ' ἀπονιψάμενοι χεῖράς τε πόδας τε
εἰς Ὀδυσῆα δόμονδε κίον, τετέλεστο δὲ ἔργον·
αὐτὰρ ὅ γε προσέειπε φίλην τροφὸν Εὐρύκλειαν·
„οἶσε θέειον, γρηῦ, κακῶν ἄκος, οἶσε δέ μοι πῦρ,
ὄφρα θεειώσω μέγαρον· σὺ δὲ Πηνελόπειαν

Zwischen das Küchengewölb' und die feste Mauer des Hofes,
Und erwürgt sie dort mit der Schärfe des Schwertes, bis aller
Seelen entfliehn, und vergessen der ungebändigten Lüste,
Welche sie oft gebüßt, in geheimer Umarmung der Freier.
Also sprach er; da kamen die Weiber alle bei Haufen
Lautwehklagend herein und heiße Tränen vergießend.
Und sie trugen hinaus die abgeschiedenen Toten
Unter die tönende Halle des festverschlossenen Hofes,
Legten übereinander sie hin; es trieb sie Odysseus
Hurtig zu eilen, und traurig vollendeten jene die Arbeit.
Hierauf reinigten sie die zierlichen Sessel und Tische
Von der Erschlagenen Blute mit angefeuchteten Schwämmen.
Aber Telemachos, der Rinderhirt und der Sauhirt
Säuberten eilig mit Schaufeln des schönen gewölbeten Saales
Estrich; den Unrat trugen die Mägde hinaus vor die Türe.
Und nachdem sie alles umher im Saale geordnet,
Führten sie jene hinaus vor die schöngebauete Wohnung
Zwischen das Küchengewölb' und die feste Mauer des Hofes,
Trieben sie dort in die Enge, wo nirgends ein Weg zum Entfliehn war.
Und der verständige Jüngling Telemachos sprach zu den Hirten:
Wahrlich den reinen Tod des Schwertes sollen die Weiber
Mir nicht sterben, die mich und meine Mutter so lange
Schmäheten, und mit den Freiern so schändliche Greuel verübten!
Sprach's; da band er ein Seil des blaugeschnäbelten Schiffes
An den ragenden Pfeiler, und knüpft es hoch am Gewölbe
Fest, daß die Hangenden nicht mit den Füßen die Erde berührten.
Und wie die fliegenden Vögel, die Drosseln oder die Tauben,
In die Schlingen geraten, die im Gebüsche gestellt sind;
Müde eilten sie heim, und finden ein trauriges Lager:
Also hingen sie dort mit den Häuptern nebeneinander,
Alle die Schling' um den Hals, und starben des kläglichsten Todes,
Zappelten noch mit den Füßen ein wenig, aber nicht lange.
Jetzo holten sie auch den Ziegenhirten Melantheus;
Und sie schnitten ihm Nas' und Ohren mit grausamem Erze
Ab, entrissen und warfen die blutige Scham vor die Hunde,
Hauten dann Händ' und Füße vom Rumpf mit zürnendem Herzen.
Und nun wuschen sie sich die Händ' und Füße, und gingen
Wieder hinein zu Odysseus im Saal; und das Werk war vollendet.
Aber Odysseus sprach zu der Pflegerin Eurykleia:
Alte, bringe mir Feuer und fluchabwendenden Schwefel,
Daß ich den Saal durchräuchre. Dann sage Penelopeien,

ἐλθεῖν ἐνθάδ᾽ ἄνωχθι σὺν ἀμφιπόλοισι γυναιξί·
πάσας δ᾽ ὄτρυνον δμωιὰς κατὰ δῶμα νέεσθαι.“
τὸν δ᾽ αὖτε προσέειπε φίλη τροφὸς Εὐρύκλεια·
„ ναὶ δὴ ταῦτά γε, τέκνον ἐμόν, κατὰ μοῖραν ἔειπες.
ἀλλ᾽ ἄγε τοι χλαῖνάν τε χιτῶνά τε εἵματ᾽ ἐνείκω,
μηδ᾽ οὕτω ῥάκεσιν πεπυκασμένος εὐρέας ὤμους
ἕσταθ᾽ ἐνὶ μεγάροισι· νεμεσσητὸν δέ κεν εἴη.“
τὴν δ᾽ ἀπαμειβόμενος προσέφη πολύμητις Ὀδυσσεύς·
„ πῦρ νῦν μοι πρώτιστον ἐνὶ μεγάροισι γενέσθω.“
ὣς ἔφατ᾽, οὐδ᾽ ἀπίθησε φίλη τροφὸς Εὐρύκλεια,
ἤνεικεν δ᾽ ἄρα πῦρ καὶ θήϊον· αὐτὰρ Ὀδυσσεὺς
εὖ διεθείωσεν μέγαρον καὶ δῶμα καὶ αὐλήν.
γρηῢς δ᾽ αὖτ᾽ ἀπέβη διὰ δώματα κάλ᾽ Ὀδυσῆος
ἀγγελέουσα γυναιξὶ καὶ ὀτρυνέουσα νέεσθαι·
αἱ δ᾽ ἴσαν ἐκ μεγάροιο δάος μετὰ χερσὶν ἔχουσαι.
αἱ μὲν ἄρ᾽ ἀμφεχέοντο καὶ ἠσπάζοντ᾽ Ὀδυσῆα,
καὶ κύνεον ἀγαπαζόμεναι κεφαλήν τε καὶ ὤμους
χεῖράς τ᾽ αἰνύμεναι· τὸν δὲ γλυκὺς ἵμερος ᾕρει
κλαυθμοῦ καὶ στοναχῆς, γίγνωσκε δ᾽ ἄρα φρεσὶ πάσας.

Daß sie geschwind herkomme mit ihren begleitenden Jungfraun;
Auch die übrigen Weiber im Hause rufe mir eilig.
Ihm antwortete drauf die Pflegerin Eurykleia:
Gut, mein geliebter Sohn, du hast mit Weisheit geredet,
Aber ich will dir ein Kleid herbringen, Mantel und Leibrock;
Daß du nicht, mit den Lumpen die rüstigen Schultern umhüllet,
Hier in dem Saale stehst. Wie häßlich würde das aussehn!
Ihr antwortete drauf der erfindungsreiche Odysseus:
Erstlich bringe mir Schwefel, und zünde Feuer im Saal an.
Also sprach er. Da eilte die Pflegerin Eurykleia;
Und nun brachte sie Feuer und Schwefel. Aber Odysseus
Räucherte rings im Saal, im Vorhaus und in dem Hofe.
Und die Alte stieg aus Odysseus' prächtiger Wohnung,
Brachte des Königs Befehl, und trieb die Mägde zu eilen.
Und sie gingen hervor, in den Händen die leuchtende Fackel.
Jetzo umringten sie alle den wiedergekommenen König,
Hießen ihn froh willkommen, und küßten ihm Schultern und Antlitz,
Küßten und drückten die Hände mit Inbrunst. Aber Odysseus
Weint' und schluchzte vor Freude; sein Herz erkannte noch alle.

ΟΔΥΣΣΕΙΑΣ Ψ

Ὀδυσσέως ὑπὸ Πηνελόπης
ἀναγνωρισμός.

Γρηῢς δ' εἰς ὑπερῷι' ἀνεβήσετο καγχαλόωσα,
δεσποίνηι ἐρέουσα φίλον πόσιν ἔνδον ἐόντα·
γούνατα δ' ἐρρώσαντο, πόδες δ' ὑπερικταίνοντο.
στῆ δ' ἄρ' ὑπὲρ κεφαλῆς καί μιν πρὸς μῦθον ἔειπεν·
„ ἔγρεο, Πηνελόπεια, φίλον τέκος, ὄφρα ἴδηαι
ὀφθαλμοῖσι τεοῖσι τά τ' ἔλδεαι ἤματα πάντα.
ἦλθ' Ὀδυσεὺς καὶ οἶκον ἱκάνεται, ὀψέ περ ἐλθών.
μνηστῆρας δ' ἔκτεινεν ἀγήνορας, οἵ θ' ἑὸν οἶκον
κήδεσκον καὶ κτήματ' ἔδον βιόωντό τε παῖδα."
τὴν δ' αὖτε προσέειπε περίφρων Πηνελόπεια·
„ μαῖα φίλη, μάργην σε θεοὶ θέσαν, οἵ τε δύνανται
ἄφρονα ποιῆσαι καὶ ἐπίφρονά περ μάλ' ἐόντα,
καί τε χαλιφρονέοντα σαοφροσύνης ἐπέβησαν·
οἵ σέ περ ἔβλαψαν· πρὶν δὲ φρένας αἰσίμη ἦσθα.
τίπτε με λωβεύεις πολυπενθέα θυμὸν ἔχουσαν
ταῦτα παρὲξ ἐρέουσα καὶ ἐξ ὕπνου μ' ἀνεγείρεις
ἡδέος, ὅς μ' ἐπέδησε φίλα βλέφαρ' ἀμφικαλύψας;
οὐ γάρ πω τοιόνδε κατέδραθον, ἐξ οὗ Ὀδυσσεὺς
ᾤχετ' ἐποψόμενος Κακοΐλιον οὐκ ὀνομαστήν.
ἀλλ' ἄγε νῦν κατάβηθι καὶ ἂψ ἔρχευ μεγαρόνδε.
εἰ γάρ τίς μ' ἄλλη γε γυναικῶν, αἵ μοι ἔασι,
ταῦτ' ἐλθοῦσ' ἤγγειλε καὶ ἐξ ὕπνου ἀνέγειρεν,
τῶι κε τάχα στυγερῶς μιν ἐγὼν ἀπέπεμψα νέεσθαι
αὖτις ἔσω μέγαρον· σὲ δὲ τοῦτό γε γῆρας ὀνήσει."
τὴν δ' αὖτε προσέειπε φίλη τροφὸς Εὐρύκλεια·
„ οὔ τί σε λωβεύω, τέκνον φίλον, ἀλλ' ἔτυμόν τοι
ἦλθ' Ὀδυσεὺς καὶ οἶκον ἱκάνεται, ὡς ἀγορεύω,
ὁ ξεῖνος, τὸν πάντες ἀτίμων ἐν μεγάροισι.
Τηλέμαχος δ' ἄρα μιν πάλαι ἤιδεεν ἔνδον ἐόντα,
ἀλλὰ σαοφροσύνηισι νοήματα πατρὸς ἔκευθεν,
ὄφρ' ἀνδρῶν τίσαιτο βίην ὑπερηνορεόντων."
ὣς ἔφαθ', ἡ δ' ἐχάρη καὶ ἀπὸ λέκτροιο θοροῦσα
γρηῒ περιπλέχθη, βλεφάρων δ' ἀπὸ δάκρυον ἧκεν·

DREIUNDZWANZIGSTER GESANG

Penelopeia, von der Pflegerin gerufen, geht mißtrauisch in den Saal. Odysseus gebeut den Seinigen Reigentanz, um die Ithaker zu täuschen. Er selbst, vom Bade verschönert, rechtfertigt sich der Gemahlin durch ein Geheimnis. Die Neuverbundenen erzählen vor dem Schlafe sich ihre Leiden. Am Morgen befiehlt Odysseus der Gemahlin, sich einzuschließen, und geht mit dem Sohn und den Hirten zu Laertes hinaus.

Aber das Mütterchen stieg frohlockend empor in den Söller,
Um der Fürstin zu melden, ihr lieber Gemahl sei zu Hause:
Jugendlich strebten die Knie', und hurtiger eilten die Schenkel;
Und sie trat zu dem Haupte der schlafenden Fürstin, und sagte:
Wach auf, Penelopeia, geliebte Tochter, und schau es
Selber mit Augen, worauf du so lange geharret: Odysseus
Ist gekommen, Odysseus! und wieder zu Hause, nun endlich!
Und hat alle Freier getötet, die hier im Palaste
Trotzten, sein Gut verschlangen, und seinen Telemachos höhnten!
Ihr antwortete drauf die kluge Penelopeia:
Liebe Mutter, dich haben die Götter betöret, die oftmal
Selbst die verständigsten Menschen in Unverständige wandeln,
Und Einfältige oft mit hoher Weisheit erleuchten!
Diese verrückten gewiß auch deine richtigen Sinne!
Warum spottest du meiner, die so schon herzlich betrübt ist,
Und verkündest mir Lügen, und weckst mich vom lieblichen Schlummer,
Welcher mir, ach so sanft! die lieben Wimpern bedeckte?
Denn ich schlief noch nimmer so fest, seit Odysseus hinwegfuhr,
Troja zu sehn, die verwünschte, die keiner nennet ohn' Abscheu!
Aber nun steige hinab, und geh in die untere Wohnung!
Hätte mir eine der andern, so viel auch Weiber mir dienen,
Solch ein Märchen verkündet, und mich vom Schlummer erwecket;
Fürchterlich hätt' ich sie gleich, die unwillkommene Botin,
Heimgesandt in den Saal! Dich rettet diesmal dein Alter!
Ihr antwortete drauf die Pflegerin Eurykleia:
Liebe Tochter, ich spotte ja nicht! Wahrhaftig, Odysseus
Ist gekommen, und wieder zu Hause, wie ich dir sage!
Jener Fremdling, den alle so schändlich im Saale verhöhnten!
Und Telemachos wußte schon lange, daß er daheim sei;
Aber mit weisem Bedacht verschwieg er des Vaters Geheimnis,
Bis er den Übermut der stolzen Männer bestrafet.
Also sprach sie; und freudig entsprang die Fürstin dem Lager,
Und umarmte die Alte, und Tränen umströmten ihr Antlitz.

καί μιν φωνήσασ' ἔπεα πτερόεντα προσηύδα·
„εἰ δ' ἄγε δή μοι, μαῖα φίλη, νημερτὲς ἐνίσπες,
εἰ ἐτεὸν δὴ οἶκον ἱκάνεται, ὡς ἀγορεύεις,
ὅππως δὴ μνηστῆρσιν ἀναιδέσι χεῖρας ἐφῆκε
μοῦνος ἐών, οἱ δ' αἰὲν ἀολλέες ἔνδον ἔμιμνον."
τὴν δ' αὖτε προσέειπε φίλη τροφὸς Εὐρύκλεια·
„οὐκ ἴδον, οὐ πυθόμην, ἀλλὰ στόνον οἶον ἄκουσα
κτεινομένων· ἡμεῖς δὲ μυχῶι θαλάμων εὐπήκτων
ἥμεθ' ἀτυζόμεναι, σανίδες δ' ἔχον εὖ ἀραρυῖαι,
πρίν γ' ὅτε δή με σὸς υἱὸς ἀπὸ μεγάροιο κάλεσσε
Τηλέμαχος· τὸν γάρ ῥα πατὴρ προέηκε καλέσσαι.
εὗρον ἔπειτ' Ὀδυσῆα μετὰ κταμένοισι νέκυσσιν
ἑσταόθ'· οἱ δέ μιν ἀμφί, κραταίπεδον οὖδας ἔχοντες,
κείατ' ἐπ' ἀλλήλοισιν· ἰδοῦσά κε θυμὸν ἰάνθης.
αἵματι καὶ λύθρῳ πεπαλαγμένον, ὥς τε λέοντα.
νῦν δ' οἱ μὲν δὴ πάντες ἐπ' αὐλείῃσι θύρῃσιν
ἀθρόοι, αὐτὰρ ὁ δῶμα θεειοῦται περικαλλές,
πῦρ μέγα κηάμενος· σὲ δέ με προέηκε καλέσσαι.
ἀλλ' ἕπευ, ὄφρα σφῶϊν ἐϋφροσύνης ἐπιβῆτον
ἀμφοτέρω φίλον ἦτορ, ἐπεὶ κακὰ πολλὰ πέποσθε.
νῦν δ' ἤδη τόδε μακρὸν ἐέλδωρ ἐκτετέλεσται·
ἦλθε μὲν αὐτὸς ζωὸς ἐφέστιος, εὗρε δὲ καὶ σὲ
καὶ παῖδ' ἐν μεγάροισι· κακῶς δ' οἵ πέρ μιν ἔρεζον
μνηστῆρες, τοὺς πάντας ἐτίσατο ὧι ἐνὶ οἴκωι."
τὴν δ' αὖτε προσέειπε περίφρων Πηνελόπεια·
„μαῖα φίλη, μή πω μέγ' ἐπεύχεο καγχαλόωσα.
οἶσθα γὰρ ὥς κ' ἀσπαστὸς ἐνὶ μεγάροισι φανείη
πᾶσι, μάλιστα δ' ἐμοί τε καὶ υἱέϊ, τὸν τεκόμεσθα·
ἀλλ' οὐκ ἔσθ' ὅδε μῦθος ἐτήτυμος, ὡς ἀγορεύεις,
ἀλλά τις ἀθανάτων κτεῖνε μνηστῆρας ἀγαυούς,
ὕβριν ἀγασσάμενος θυμαλγέα καὶ κακὰ ἔργα.
οὔ τινα γὰρ τίεσκον ἐπιχθονίων ἀνθρώπων,
οὐ κακὸν οὐδὲ μὲν ἐσθλόν, ὅτις σφέας εἰσαφίκοιτο·
τῶι δι' ἀτασθαλίας ἔπαθον κακόν· αὐτὰρ Ὀδυσσεὺς
ὤλεσε τηλοῦ νόστον Ἀχαιΐδος, ὤλετο δ' αὐτός."
τὴν δ' ἠμείβετ' ἔπειτα φίλη τροφὸς Εὐρύκλεια·
„τέκνον ἐμόν, ποῖόν σε ἔπος φύγεν ἕρκος ὀδόντων,
ἣ πόσιν ἔνδον ἐόντα παρ' ἐσχάρηι οὔ ποτ' ἔφησθα
οἴκαδ' ἐλεύσεσθαι· θυμὸς δέ τοι αἰὲν ἄπιστος.
ἀλλ' ἄγε τοι καὶ σῆμα ἀριφραδὲς ἄλλο τι εἴπω,
οὐλήν, τήν ποτέ μιν σῦς ἤλασε λευκῶι ὀδόντι.

Weinend begann sie jetzo, und sprach die geflügelten Worte:
Liebes Mütterchen, sage mir doch die lautere Wahrheit!
Ist er denn wirklich zu Hause gekommen, wie du erzählest;
O wie hat er den Kampf mit den schamlosen Freiern vollendet,
Er allein mit so vielen, die hier sich täglich ergötzten?
Ihr antwortete drauf die Pflegerin Eurykleia:
Weder gesehn hab' ich's, noch sonst erfahren, ich hörte
Bloß der Erschlagnen Geächz. Denn hinten in unserer Wohnung
Saßen wir alle voll Angst, bei festverriegelten Türen;
Bis mich endlich dein Sohn Telemachos aus dem Gemache
Rief, denn diesen hatte sein Vater gesandt, mich zu rufen.
Und nun fand ich Odysseus, umringt von erschlagenen Leichen,
Stehn, die hochgehäuft, das schöngepflasterte Estrich
Weit bedeckten. O hättest du selbst die Freude gesehen,
Als er mit Blut und Staube besudelt stand, wie ein Löwe!
Jetzo liegen sie alle gehäuft an der Pforte des Hofes;
Und er reinigt mit Schwefel bei angezündetem Feuer
Seinen prächtigen Saal; und sendet mich her, dich zu rufen.
Folge mir denn, damit ihr die lieben Herzen einander
Wieder mit Freuden erfüllt, nachdem ihr so vieles erduldet.
Nun ist ja endlich geschehn, was ihr so lange gewünscht habt:
Lebend kehret er heim zum Vaterherde, und findet
Dich und den Sohn im Palast; und alle, die ihn beleidigt,
Alle Freier vertilgt die schreckliche Rache des Königs.
Ihr antwortete drauf die kluge Penelopeia:
Liebe Mutter, du mußt nicht so frohlocken und jauchzen!
Ach, du weißt ja, wie herzlich erwünscht er allen im Hause
Käme, vor allen mir, und unserm einzigen Sohne!
Aber es ist unmöglich geschehen, wie du erzählest!
Einer der Himmlischen hat die stolzen Freier getötet,
Durch die Greuel gereizt, und die seelenkränkende Bosheit!
Denn sie ehrten ja keinen von allen Erdbewohnern,
Vornehm' oder geringe, wer auch um Erbarmen sie ansprach:
Darum strafte sie Gott, die Freveler! Aber Odysseus,
Fern von Achaia verlor er die Heimkehr, ach! und sein Leben!
Ihr antwortete drauf die Pflegerin Eurykleia:
Welche Rede, mein Kind, ist deinen Lippen entflohen!
Dein Gemahl, der schon unten am Herde sitzt, der kehret
Nimmer nach Hause zurück? O wie gar ungläubig dein Herz ist!
Nun so sag' ich dir jetzt ein entscheidendes Merkmal, die Narbe,
Die ein Eber ihm einst mit weißem Zahne gehauen.

τὴν ἀπονίζουσα φρασάμην, ἔθελον δὲ σοὶ αὐτῆι
εἰπέμεν· ἀλλά με κεῖνος ἑλὼν ἐπὶ μάστακα χερσὶν
οὐκ ἔα εἰπέμεναι πολυϊδρείηισι νόοιο.
ἀλλ' ἕπευ· αὐτὰρ ἐγὼν ἐμέθεν περιδώσομαι αὐτῆς,
αἴ κέν σ' ἐξαπάφω, κτεῖναί μ' οἰκτίστωι ὀλέθρωι."
τὴν δ' ἠμείβετ' ἔπειτα περίφρων Πηνελόπεια·
„ μαῖα φίλη, χαλεπόν σε θεῶν αἰειγενετάων
δήνεα εἴρυσθαι, μάλα περ πολύϊδριν ἐοῦσαν.
ἀλλ' ἔμπης ἴομεν μετὰ παῖδ' ἐμόν, ὄφρα ἴδωμαι
ἄνδρας μνηστῆρας τεθνηότας, ἠδ' ὃς ἔπεφνεν."
ὣς φαμένη κατέβαιν' ὑπερώϊα· πολλὰ δέ οἱ κῆρ
ὥρμαιν', ἢ ἀπάνευθε φίλον πόσιν ἐξερεείνοι,
ἦ παρστᾶσα κύσειε κάρη καὶ χεῖρε λαβοῦσα.
ἡ δ' ἐπεὶ εἰσῆλθεν καὶ ὑπέρβη λάϊνον οὐδόν,
ἕζετ' ἔπειτ' Ὀδυσῆος ἐναντίη, ἐν πυρὸς αὐγῆι,
τοίχου τοῦ ἑτέρου· ὁ δ' ἄρα πρὸς κίονα μακρὴν
ἧστο κάτω ὁρόων, ποτιδέγμενος εἴ τί μιν εἴποι
ἰφθίμη παράκοιτις, ἐπεὶ ἴδεν ὀφθαλμοῖσιν.
ἡ δ' ἄνεω δὴν ἧστο, τάφος δέ οἱ ἦτορ ἵκανεν·
ὄψει δ' ἄλλοτε μέν μιν ἐνωπαδίως ἐσίδεσκεν,
ἄλλοτε δ' ἀγνώσασκε κακὰ χροῒ εἵματ' ἔχοντα.
Τηλέμαχος δ' ἐνένιπεν ἔπος τ' ἔφατ' ἔκ τ' ὀνόμαζε·
„ μῆτερ ἐμή, δύσμητερ, ἀπηνέα θυμὸν ἔχουσα,
τίφθ' οὕτω πατρὸς νοσφίζεαι, οὐδὲ παρ' αὐτὸν
ἑζομένη μύθοισιν ἀνείρεαι οὐδὲ μεταλλᾶις;
οὐ μέν κ' ἄλλη γ' ὧδε γυνὴ τετληότι θυμῶι
ἀνδρὸς ἀφεσταίη, ὅς οἱ κακὰ πολλὰ μογήσας
ἔλθοι ἐεικοστῶι ἔτεϊ ἐς πατρίδα γαῖαν·
σοὶ δ' αἰεὶ κραδίη στερεωτέρη ἐστὶ λίθοιο."
τὸν δ' αὖτε προσέειπε περίφρων Πηνελόπεια·
„ τέκνον ἐμόν, θυμός μοι ἐνὶ στήθεσσι τέθηπεν,
οὐδέ τι προσφάσθαι δύναμαι ἔπος οὐδ' ἐρέεσθαι
οὐδ' εἰς ὦπα ἰδέσθαι ἐναντίον. εἰ δ' ἐτεὸν δὴ
ἔστ' Ὀδυσεὺς καὶ οἶκον ἱκάνεται, ἦ μάλα νῶϊ
γνωσόμεθ' ἀλλήλων καὶ λώϊον· ἔστι γὰρ ἡμῖν
σήμαθ', ἃ δὴ καὶ νῶϊ κεκρυμμένα ἴδμεν ἀπ' ἄλλων."
ὣς φάτο, μείδησεν δὲ πολύτλας δῖος Ὀδυσσεύς,
αἶψα δὲ Τηλέμαχον ἔπεα πτερόεντα προσηύδα·
„ Τηλέμαχ', ἦ τοι μητέρ' ἐνὶ μεγάροισιν ἔασον
πειράζειν ἐμέθεν· τάχα δὲ φράσεται καὶ ἄρειον.
νῦν δ' ὅττι ῥυπόω, κακὰ δὲ χροῒ εἵματα εἶμαι,

Beim Fußwaschen nahm ich sie wahr, und wollt' es dir selber
Sagen; allein er faßte mir schnell mit der Hand an die Gurgel;
Und verhinderte mich mit weisem Bedachte, zu reden.
Komm denn, und folge mir jetzt. Denn ich verbürge mich selber,
Hab' ich dir Lügen gesagt, des kläglichsten Todes zu sterben.
 Ihr antwortete drauf die kluge Penelopeia:
Liebe Mutter, den Rat der ewiglebenden Götter
Strebst du umsonst zu erforschen, obgleich du vieles verstehest.
Aber wir wollen doch zu meinem Sohne hinabgehn,
Daß ich die Leichname sehe der Freier, und wer sie getötet.
 Also sprach sie, und stieg hinab. Der Gehenden Herz schlug,
Zweifelnd, ob sie den lieben Gemahl von ferne befragte,
Oder entgegen ihm flög', und Händ' und Antlitz ihm küßte.
Als sie nun über die Schwelle von glattem Marmor hineintrat,
Setzte sie fern an der Wand, im Glanze des Feuers, Odysseus
Gegenüber, sich hin. An einer ragenden Säule
Saß er, die Augen gesenkt, und wartete, was sie ihm sagen
Würde, die edle Gemahlin, da sie ihn selber erblickte.
Lange saß sie schweigend; ihr Herz war voller Erstaunens.
Jetzo glaubte sie schon sein Angesicht zu erkennen,
Jetzo verkannte sie ihn in seiner häßlichen Kleidung.
 Aber Telemachos sprach unwillig zu Penelopeia:
Mutter, du böse Mutter, von unempfindlicher Seele!
Warum sonderst du dich von meinem Vater, und setzest
Dich nicht neben ihn hin, und fragst und forschest nach allem?
Keine andere Frau wird sich von ihrem Gemahle
So halsstarrig entfernen, der nach unendlicher Trübsal
Endlich im zwanzigsten Jahre zum Vaterlande zurückkehrt!
Aber du trägst im Busen ein Herz, das härter als Stein ist!
 Ihm antwortete drauf die kluge Penelopeia:
Lieber Sohn, mein Geist ist ganz in Erstaunen verloren;,
Und ich vermag kein Wort zu reden, oder zu fragen,
Noch ihm gerad' ins Antlitz zu schaun! Doch ist er es wirklich,
Mein Odysseus, der wiederkam; so werden wir beide
Uns einander gewiß noch besser erkennen: wir haben
Unsre geheimen Zeichen, die keinem andern bekannt sind.
 Sprach's; da lächelte sanft der herrliche Dulder Odysseus,
Wandte sich drauf zum Sohn', und sprach die geflügelten Worte:
 O Telemachos, laß die Mutter, so lange sie Lust hat,
Mich im Hause versuchen; sie wird bald freundlicher werden.
Weil ich so häßlich bin, und mit schlechten Lumpen bekleidet,

τοὔνεκ' ἀτιμάζει με καὶ οὔ πω φησὶ τὸν εἶναι.
ἡμεῖς δὲ φραζώμεθ' ὅπως ὄχ' ἄριστα γένηται.
καὶ γάρ τίς θ' ἕνα φῶτα κατακτείνας ἐνὶ δήμωι,
ὧι μὴ πολλοὶ ἔωσιν ἀοσσητῆρες ὀπίσσω,
φεύγει πηούς τε προλιπὼν καὶ πατρίδα γαῖαν·
ἡμεῖς δ' ἕρμα πόληος ἀπέκταμεν, οἳ μέγ' ἄριστοι
κούρων εἰν Ἰθάκηι· τὰ δέ σε φράζεσθαι ἄνωγα."
τὸν δ' αὖ Τηλέμαχος πεπνυμένος ἀντίον ηὔδα·
„αὐτὸς ταῦτά γε λεῦσσε, πάτερ φίλε· σὴν γὰρ ἀρίστην
μῆτιν ἐπ' ἀνθρώπους φάσ' ἔμμεναι, οὐδέ κέ τίς τοι
ἄλλος ἀνὴρ ἐρίσειε καταθνητῶν ἀνθρώπων.
ἡμεῖς δ' ἐμμεμαῶτες ἅμ' ἑψόμεθ', οὐδέ τί φημι
ἀλκῆς δευήσεσθαι, ὅση δύναμίς γε πάρεστιν."
τὸν δ' ἀπαμειβόμενος προσέφη πολύμητις Ὀδυσσεύς
„τοιγὰρ ἐγὼν ἐρέω ὥς μοι δοκεῖ εἶναι ἄριστα.
πρῶτα μὲν ἂρ λούσασθε καὶ ἀμφιέσασθε χιτῶνας,
δμωιὰς δ' ἐν μεγάροισιν ἀνώγετε εἵμαθ' ἑλέσθαι·
αὐτὰρ θεῖος ἀοιδὸς ἔχων φόρμιγγα λίγειαν
ἡμῖν ἡγείσθω φιλοπαίγμονος ὀρχηθμοῖο,
ὥς κέν τις φαίη γάμον ἔμμεναι ἐκτὸς ἀκούων,
ἢ ἀν' ὁδὸν στείχων, ἢ οἳ περιναιετάουσι·
μὴ πρόσθε κλέος εὐρὺ φόνου κατὰ ἄστυ γένηται
ἀνδρῶν μνηστήρων, πρίν γ' ἡμέας ἐλθέμεν ἔξω
ἀγρὸν ἐς ἡμέτερον πολυδένδρεον· ἔνθα δ' ἔπειτα
φρασσόμεθ' ὅττι κε κέρδος Ὀλύμπιος ἐγγυαλίξηι."
ὣς ἔφαθ', οἱ δ' ἄρα τοῦ μάλα μὲν κλύον ἠδ' ἐπίθοντο
πρῶτα μὲν οὖν λούσαντο καὶ ἀμφιέσαντο χιτῶνας,
ὅπλισθεν δὲ γυναῖκες· ὁ δ' εἵλετο θεῖος ἀοιδὸς
φόρμιγγα γλαφυρήν, ἐν δέ σφισιν ἵμερον ὦρσε
μολπῆς τε γλυκερῆς καὶ ἀμύμονος ὀρχηθμοῖο.
τοῖσιν δὲ μέγα δῶμα περιστεναχίζετο ποσσὶν
ἀνδρῶν παιζόντων καλλιζώνων τε γυναικῶν.
ὧδε δέ τις εἴπεσκε δόμων ἔκτοσθεν ἀκούων·
„ἦ μάλα δή τις ἔγημε πολυμνήστην βασίλειαν·
σχετλίη, οὐδ' ἔτλη πόσιος οὗ κουριδίοιο
εἴρυσθαι μέγα δῶμα διαμπερές, ἧος ἵκοιτο."
ὣς ἄρα τις εἴπεσκε, τὰ δ' οὐκ ἴσαν ὡς ἐτέτυκτο.
αὐτὰρ Ὀδυσσῆα μεγαλήτορα ὧι ἐνὶ οἴκωι
Εὐρυνόμη ταμίη λοῦσεν καὶ χρῖσεν ἐλαίωι,
ἀμφὶ δέ μιν φᾶρος καλὸν βάλεν ἠδὲ χιτῶνα·
αὐτὰρ κὰκ κεφαλῆς κάλλος πολὺ χεῦεν Ἀθήνη

Darum verachtet sie mich, und glaubt, ich sei es nicht selber,
Aber wir müssen bedenken, was nun der sicherste Rat sei.
Denn hat jemand im Volk nur einen Menschen getötet,
Welcher, arm und geringe, nicht viele Rächer zurückläßt;
Flüchtet er doch, und verläßt die Heimat und seine Verwandten:
Und wir erschlugen die Stütze der Stadt, der edelsten Männer
Söhne in Ithakas Reich. Dies überlege nun selber.
Und der verständige Jüngling Telemachos sagte dagegen:
Lieber Vater, da mußt du allein zusehen; du bist ja
Unter den Menschen berühmt durch deine Weisheit, und niemand
Wagt es sich dir zu vergleichen von allen Erdebewohnern!
Aber wir sind zu folgen bereit; und ich hoffe, du werdest
Mut in keinem vermissen, so viel die Kräfte gewähren.
Ihm antwortete drauf der erfindungsreiche Odysseus:
Nun so will ich denn sagen, was mir das Beste zu sein dünkt.
Geht nun erstlich ins Bad, und schmückt euch mit festlichem Leibrock;
Laßt dann die Weiber im Hause mit schönen Gewanden sich schmücken;
Aber der göttliche Sänger entlocke der klingenden Harfe
Melodien, und beflügle den fröhlichhüpfenden Reigen:
Daß die Nachbarn umher, und die auf der Gasse vorbeigehn,
Sagen, wann sie es hören, man feire der Königin Hochzeit;
Und damit nicht eher der Ruf von dem Morde der Freier
Durch die Stadt sich verbreite, bevor wir das schattige Lustgut
Fern auf dem Land' erreicht. Dort wollen wir ferner bedenken,
Welchen nützlichen Rat uns Zeus der Olympier eingibt.
Also sprach er. Sie hörten ihm alle mit Fleiß und gehorchten:
Gingen ins Bad, und schmückten sich dann mit festlichem Leibrock.
Auch die Weiber kamen geschmückt. Der göttliche Sänger
Nahm die gewölbete Harf', und reizte mit lieblichen Tönen
Alle zum süßen Gesang und schönnachahmenden Tanze:
Daß der hohe Palast ringsum von dem stampfenden Fußtritt
Fröhlicher Männer erscholl und schöngegürteter Weiber.
Und wer vorüberging, blieb horchend stehen, und sagte:
Wahrlich ein Freier macht mit der schönen Königin Hochzeit!
Konnte die böse Frau nicht ihres ersten Gemahles
Hohen Palast bewahren, bis er aus der Fremde zurückkehrt?
Also sprechen die Leute, und wußten nicht, was geschehn war.
Aber den edelgesinnten Odysseus in seinem Palaste
Badet' Eurynome jetzt, die Schaffnerin, salbte mit Öl ihn,
Und umhüllt' ihm darauf den prächtigen Mantel und Leibrock.
Siehe sein Haupt umstrahlt' Athene mit göttlicher Anmut,

μείζονά τ᾽ εἰσιδέειν καὶ πάσσονα· κὰδ δὲ κάρητος
οὔλας ἧκε κόμας, ὑακινθίνωι ἄνθει ὁμοίας.
ὡς δ᾽ ὅτε τις χρυσὸν περιχεύεται ἀργύρωι ἀνὴρ
ἴδρις, ὃν Ἥφαιστος δέδαεν καὶ Παλλὰς Ἀθήνη
τέχνην παντοίην, χαρίεντα δὲ ἔργα τελείει·
ὣς μὲν τῶι περίχευε χάριν κεφαλῆι τε καὶ ὤμοις.
ἐκ δ᾽ ἀσαμίνθου βῆ δέμας ἀθανάτοισιν ὁμοῖος·
ἂψ δ᾽ αὖτις κατ᾽ ἄρ᾽ ἕζετ᾽ ἐπὶ θρόνου ἔνθεν ἀνέστη,
ἀντίον ἧς ἀλόχου, καί μιν πρὸς μῦθον ἔειπε·
„ δαιμονίη, περί σοί γε γυναικῶν θηλυτεράων
κῆρ ἀτέραμνον ἔθηκαν Ὀλύμπια δώματ᾽ ἔχοντες·
οὐ μέν κ᾽ ἄλλη γ᾽ ὧδε γυνὴ τετληότι θυμῶι
ἀνδρὸς ἀφεσταίη, ὅς οἱ κακὰ πολλὰ μογήσας
ἔλθοι ἐεικοστῶι ἔτεϊ ἐς πατρίδα γαῖαν.
ἀλλ᾽ ἄγε μοι, μαῖα, στόρεσον λέχος, ὄφρα καὶ αὐτὸς
λέξομαι· ἦ γὰρ τῆι γε σιδήρεον ἐν φρεσὶ ἦτορ.“
τὸν δ᾽ αὖτε προσέειπε περίφρων Πηνελόπεια·
„ δαιμόνι᾽, οὔτ᾽ ἄρ τι μεγαλίζομαι οὔτ᾽ ἀθερίζω
οὔτε λίην ἄγαμαι, μάλα δ᾽ εὖ οἶδ᾽ οἷος ἔησθα
ἐξ Ἰθάκης ἐπὶ νηὸς ἰὼν δολιχηρέτμοιο.
ἀλλ᾽ ἄγε οἱ στόρεσον πυκινὸν λέχος, Εὐρύκλεια,
ἐκτὸς ἐϋσταθέος θαλάμου, τόν ῥ᾽ αὐτὸς ἐποίει·
ἔνθα οἱ ἐκθεῖσαι πυκινὸν λέχος ἐμβάλετ᾽ εὐνήν,
κώεα καὶ χλαίνας καὶ ῥήγεα σιγαλόεντα.“
ὣς ἄρ᾽ ἔφη πόσιος πειρωμένη· αὐτὰρ Ὀδυσσεὺς
ὀχθήσας ἄλοχον προσεφώνεε κεδνὰ ἰδυῖαν·
„ ὦ γύναι, ἦ μάλα τοῦτο ἔπος θυμαλγὲς ἔειπες·
τίς δέ μοι ἄλλοσε θῆκε λέχος; χαλεπὸν δέ κεν εἴη
καὶ μάλ᾽ ἐπισταμένωι, ὅτε μὴ θεὸς αὐτὸς ἐπελθὼν
ῥηϊδίως ἐθέλων θείη ἄλληι ἐνὶ χώρηι.
ἀνδρῶν δ᾽ οὔ κέν τις ζωὸς βροτός, οὐδὲ μάλ᾽ ἡβῶν,
ῥεῖα μετοχλίσσειεν, ἐπεὶ μέγα σῆμα τέτυκται
ἐν λέχει ἀσκητῶι· τὸ δ᾽ ἐγὼ κάμον οὐδέ τις ἄλλος.
θάμνος ἔφυ τανύφυλλος ἐλαίης ἕρκεος ἐντός,
ἀκμηνὸς θαλέθων· πάχετος δ᾽ ἦν ἠΰτε κίων.
τῶι δ᾽ ἐγὼ ἀμφιβαλὼν θάλαμον δέμον, ὄφρ᾽ ἐτέλεσσα,
πυκνῆισιν λιθάδεσσι, καὶ εὖ καθύπερθεν ἔρεψα,
κολλητὰς δ᾽ ἐπέθηκα θύρας, πυκινῶς ἀραρυίας.
καὶ τότ᾽ ἔπειτ᾽ ἀπέκοψα κόμην τανυφύλλου ἐλαίης,
κορμὸν δ᾽ ἐκ ῥίζης προταμὼν ἀμφέξεσα χαλκῶι
εὖ καὶ ἐπισταμένως, καὶ ἐπὶ στάθμην ἴθυνα,

Schuf ihn höher und stärker an Wuchs; und goß von der Scheitel
Ringelnde Locken herab, wie der Purpurlilien Blüte.
Also umgießt ein Mann mit feinem Golde das Silber,
Welchen Hephästos selbst und Pallas Athene die Weisheit
Vieler Künste gelehrt, und bildet reizende Werke:
Also umgoß die Göttin ihm Haupt und Schultern mit Anmut.
Und er stieg aus dem Bad', an Gestalt den Unsterblichen ähnlich;
Kam, und setzte sich wieder auf seinem verlassenen Sessel,
Gegenüber dem Sitz der edlen Gemahlin, und sagte:
　Wunderliche, gewiß vor allen Weibern der Erde
Schufen die Himmlischen dir ein Herz so starr und gefühllos!
Keine andere Frau wird sich von ihrem Gemahle
So halsstarrig entfernen, der nach unendlicher Trübsal
Endlich im zwanzigsten Jahre zum Vaterlande zurückkehrt!
Aber bereite mein Bett, o Mütterchen, daß ich allein mich
Niederlege: denn diese hat wahrlich ein Herz von Eisen!
　Ihm antwortete drauf die kluge Penelopeia:
Wunderlicher, mich hält so wenig Stolz wie Verachtung
Oder Befremden zurück; ich weiß recht gut, wie du aussahst,
Als du von Ithaka fuhrst im langberuderten Schiffe.
Aber wohlan! bereite sein Lager ihm, Eurykleia,
Außerhalb des schönen Gemachs, das er selber gebauet.
Setzt das zierliche Bette hinaus, und leget zum Ruhen
Wollichte Felle hinein, und prächtige Decken und Mäntel.
　Also sprach sie zum Schein, den Gemahl zu versuchen. Doch zürnend
Wandte sich jetzt Odysseus zu seiner edlen Gemahlin:
　Wahrlich, o Frau, dies Wort hat meine Seele verwundet!
Wer hat mein Bette denn anders gesetzt? das könnte ja schwerlich
Selbst der erfahrenste Mann; wo nicht der Unsterblichen einer
Durch sein allmächtiges Wort es leicht von der Stelle versetzte:
Doch kein sterblicher Mensch, und trotzt' er in Kräften der Jugend,
Könnt' es hinwegarbeiten! Ein wunderbares Geheimnis
War an dem künstlichen Bett; und ich selber baut' es, kein andrer!
Innerhalb des Gehegs war ein weitumschattender Ölbaum,
Stark und blühendes Wuchses; der Stamm glich Säulen an Dicke.
Rings um diesen erbaut' ich von dichtgeordneten Steinen
Unser Ehegemach, und wölbte die obere Decke,
Und verschloß die Pforte mit festeinfugenden Flügeln.
Hierauf kappt' ich die Äste des weitumschattenden Ölbaums,
Und behaute den Stamm an der Wurzel, glättet' ihn ringsum
Künstlich und schön mit dem Erz, und nach dem Maße der Richtschnur;

ἑρμῖν' ἀσκήσας, τέτρηνα δὲ πάντα τερέτρωι.
ἐκ δὲ τοῦ ἀρχόμενος λέχος ἔξεον, ὄφρ' ἐτέλεσσα,
δαιδάλλων χρυσῶι τε καὶ ἀργύρωι ἠδ' ἐλέφαντι·
ἐκ δ' ἐτάνυσσα ἱμάντα βοὸς φοίνικι φαεινόν.
οὕτω τοι τόδε σῆμα πιφαύσκομαι· οὐδέ τι οἶδα,
ἤ μοι ἔτ' ἔμπεδόν ἐστι, γύναι, λέχος, ἦέ τις ἤδη
ἀνδρῶν ἄλλοσε θῆκε, ταμὼν ὕπο πυθμέν' ἐλαίης."
ὣς φάτο, τῆς δ' αὐτοῦ λύτο γούνατα καὶ φίλον ἦτορ,
σήματ' ἀναγνούσηι τά οἱ ἔμπεδα πέφραδ' Ὀδυσσεύς·
δακρύσασα δ' ἔπειτ' ἰθὺς δράμεν, ἀμφὶ δὲ χεῖρας
δειρῆι βάλλ' Ὀδυσῆϊ, κάρη δ' ἔκυσ' ἠδὲ προσηύδα·
„μή μοι, Ὀδυσσεῦ, σκύζευ, ἐπεὶ τά περ ἄλλα μάλιστα
ἀνθρώπων πέπνυσο· θεοὶ δ' ὤπαζον ὀϊζύν,
οἳ νῶϊν ἀγάσαντο παρ' ἀλλήλοισι μένοντε
ἥβης ταρπῆναι καὶ γήραος οὐδὸν ἱκέσθαι.
αὐτὰρ μὴ νῦν μοι τόδε χώεο μηδὲ νεμέσσα,
οὕνεκά σ' οὐ τὸ πρῶτον, ἐπεὶ ἴδον, ὧδ' ἀγάπησα.
αἰεὶ γάρ μοι θυμὸς ἐνὶ στήθεσσι φίλοισιν
ἐρρίγει μή τίς με βροτῶν ἀπάφοιτο ἔπεσσιν
ἐλθών· πολλοὶ γὰρ κακὰ κέρδεα βουλεύουσιν.
οὐδέ κεν Ἀργείη Ἑλένη, Διὸς ἐκγεγαυῖα,
ἀνδρὶ παρ' ἀλλοδαπῶι ἐμίγη φιλότητι καὶ εὐνῆι,
εἰ ἤιδη ὅ μιν αὖτις ἀρήϊοι υἷες Ἀχαιῶν
ἀξέμεναι οἶκόνδε φίλην ἐς πατρίδ' ἔμελλον.
τὴν δ' ἦ τοι ῥέξαι θεὸς ὤρορεν ἔργον ἀεικές·
τὴν δ' ἄτην οὐ πρόσθεν ἑῶι ἐγκάτθετο θυμῶι
λυγρήν, ἐξ ἧς πρῶτα καὶ ἡμέας ἵκετο πένθος.
νῦν δ', ἐπεὶ ἤδη σήματ' ἀριφραδέα κατέλεξας
εὐνῆς ἡμετέρης, ἣν οὐ βροτὸς ἄλλος ὀπώπει,
ἀλλ' οἶοι σύ τ' ἐγώ τε καὶ ἀμφίπολος μία μούνη,
Ἀκτορίς, ἥν μοι δῶκε πατὴρ ἔτι δεῦρο κιούσηι,
ἣ νῶϊν εἴρυτο θύρας πυκινοῦ θαλάμοιο,
πείθεις δή μευ θυμόν, ἀπηνέα περ μάλ' ἐόντα."
ὣς φάτο, τῶι δ' ἔτι μᾶλλον ὑφ' ἵμερον ὦρσε γόοιο·
κλαῖε δ' ἔχων ἄλοχον θυμαρέα, κεδνὰ ἰδυῖαν.
ὡς δ' ὅτ' ἂν ἀσπάσιος γῆ νηχομένοισι φανήηι,
ὧν τε Ποσειδάων εὐεργέα νῆ' ἐνὶ πόντωι
ῥαίσηι, ἐπειγομένην ἀνέμωι καὶ κύματι πηγῶι·
παῦροι δ' ἐξέφυγον πολιῆς ἁλὸς ἤπειρόνδε
νηχόμενοι, πολλὴ δὲ περὶ χροῒ τέτροφεν ἅλμη,
ἀσπάσιοι δ' ἐπέβαν γαίης, κακότητα φυγόντες·

Schnitzt' ihn zum Fuße des Bettes, und bohrt' ihn rings mit dem Bohrer,
Fügete Bohlen daran, und baute das zierliche Bette,
Welches mit Gold und Silber und Elfenbeine geschmückt war;
Und durchzog es mit Riemen von purpurfarbener Stierhaut.
Dies Wahrzeichen sag' ich dir also. Aber ich weiß nicht,
Frau, ob es noch so ist, wie vormals; oder ob jemand
Schon den Fuß von der Wurzel gehaun, und das Bette versetzt hat.
Also sprach er. Der Fürstin erzitterten Herz und Kniee,
Als sie die Zeichen erkannte, die ihr Odysseus verkündet:
Weinend lief sie hinzu, und fiel mit offenen Armen
Ihrem Gemahl um den Hals, und küßte sein Antlitz, und sagte:
Sei mir nicht bös, Odysseus! Du warst ja immer ein guter
Und verständiger Mann! Die Götter gaben uns Elend;
Denn zu groß war das Glück, daß wir beisammen in Eintracht
Unserer Jugend genössen, und sanft dem Alter uns nahten!
Aber du mußt mir jetzo nicht darum zürnen noch gram sein,
Daß ich, Geliebter, dich nicht beim ersten Blicke bewillkommt!
Siehe, mein armes Herz war immer in Sorgen, es möchte
Irgend ein Sterblicher kommen, und mich mit täuschenden Worten
Hintergehn; es gibt ja so viele schlaue Betrüger!
Nimmer hätte der Fremdling die schöne argeiische Fürstin
Helena, Tochter von Zeus, zur heimlichen Liebe verleitet;
Hätte sie vorbedacht, daß die kriegrischen Söhne Achaias
Würden mit Feuer und Schwert sie zurück aus Ilion fodern.
Aber gereizt von der Göttin, erlag sie der schnöden Verführung,
Und erwog nicht vorher in ihrem Herzen das nahe
Schreckengericht, das auch uns so vielen Jammer gebracht hat!
Jetzo, da du, Geliebter, mir so umständlich die Zeichen
Unserer Kammer nennst, die doch kein Sterblicher sahe,
Sondern nur du und ich, und die einzige Kammerbediente
Aktoris, welche mein Vater mir mitgab, als ich hieher zog,
Die uns beiden die Pforte bewahrt des festen Gemaches:
Jetzo besiegst du mein Herz, und alle Zweifel verschwinden.
Also sprach sie. Da schwoll ihm sein Herz von inniger Wehmut:
Weinend hielt er sein treues geliebtes Weib in den Armen.
So erfreulich das Land den schwimmenden Männern erscheinet,
Deren rüstiges Schiff der Erdumgürter Poseidon
Mitten im Meere durch Sturm und geschwollene Fluten zerschmettert;
Wenige nur entflohn dem dunkelwogenden Abgrund,
Schwimmen ans Land, ringsum vom Schlamme des Meeres besudelt,
Und nun steigen sie freudig, dem Tod' entronnen, ans Ufer:

ὣς ἄρα τῆι ἀσπαστὸς ἔην πόσις εἰσοροώσηι,
δειρῆς δ᾽ οὔ πω πάμπαν ἀφίετο πήχεε λευκώ.
καί νύ κ᾽ ὀδυρομένοισι φάνη ῥοδοδάκτυλος Ἠώς,
εἰ μὴ ἄρ᾽ ἄλλ᾽ ἐνόησε θεὰ γλαυκῶπις Ἀθήνη.
νύκτα μὲν ἐν περάτηι δολιχὴν σχέθεν, Ἠῶ δ᾽ αὖτε
ῥύσατ᾽ ἐπ᾽ Ὠκεανῶι χρυσόθρονον, οὐδ᾽ ἔα ἵππους
ζεύγνυσθ᾽ ὠκύποδας, φάος ἀνθρώποισι φέροντας,
Λάμπον καὶ Φαέθονθ᾽, οἵ τ᾽ Ἠῶ πῶλοι ἄγουσι.
καὶ τότ᾽ ἄρ᾽ ἣν ἄλοχον προσέφη πολύμητις Ὀδυσσεύς
„ ὦ γύναι, οὐ γάρ πω πάντων ἐπὶ πείρατ᾽ ἀέθλων
ἤλθομεν, ἀλλ᾽ ἔτ᾽ ὄπισθεν ἀμέτρητος πόνος ἔσται,
πολλὸς καὶ χαλεπός, τὸν ἐμὲ χρὴ πάντα τελέσσαι.
ὣς γάρ μοι ψυχὴ μαντεύσατο Τειρεσίαο
ἤματι τῶι ὅτε δὴ κατέβην δόμον Ἄϊδος εἴσω,
νόστον ἑταίροισιν διζήμενος ἠδ᾽ ἐμοὶ αὐτῶι.
ἀλλ᾽ ἔρχευ, λέκτρονδ᾽ ἴομεν, γύναι, ὄφρα καὶ ἤδη
ὕπνωι ὕπο γλυκερῶι ταρπώμεθα κοιμηθέντε.“
τὸν δ᾽ αὖτε προσέειπε περίφρων Πηνελόπεια·
„ εὐνὴ μὲν δή σοί γε τότ᾽ ἔσσεται ὁππότε θυμῶι
σῶι ἐθέλῃς, ἐπεὶ ἄρ σε θεοὶ ποίησαν ἱκέσθαι
οἶκον ἐϋκτίμενον καὶ σὴν ἐς πατρίδα γαῖαν·
ἀλλ᾽ ἐπεὶ ἐφράσθης καί τοι θεὸς ἔμβαλε θυμῶι,
εἴπ᾽ ἄγε μοι τὸν ἄεθλον, ἐπεὶ καὶ ὄπισθεν, ὀΐω,
πεύσομαι, αὐτίκα δ᾽ ἐστὶ δαήμεναι οὔ τι χέρειον.“
τὴν δ᾽ ἀπαμειβόμενος προσέφη πολύμητις Ὀδυσσεύς·
„ δαιμονίη, τί τ᾽ ἄρ᾽ αὖ με μάλ᾽ ὀτρύνουσα κελεύεις
εἰπέμεν; αὐτὰρ ἐγὼ μυθήσομαι οὐδ᾽ ἐπικεύσω.
οὐ μέν τοι θυμὸς κεχαρήσεται· οὐδὲ γὰρ αὐτὸς
χαίρω, ἐπεὶ μάλα πολλὰ βροτῶν ἐπὶ ἄστε᾽ ἄνωγεν
ἐλθεῖν, ἐν χείρεσσιν ἔχοντ᾽ εὐῆρες ἐρετμόν,
εἰς ὅ κε τοὺς ἀφίκωμαι οἳ οὐκ ἴσασι θάλασσαν
ἀνέρες, οὐδέ θ᾽ ἅλεσσι μεμιγμένον εἶδαρ ἔδουσιν·
οὐδ᾽ ἄρα τοί γ᾽ ἴσασι νέας φοινικοπαρήιους,
οὐδ᾽ εὐήρε᾽ ἐρετμά, τά τε πτερὰ νηυσὶ πέλονται.
σῆμα δέ μοι τόδ᾽ ἔειπεν ἀριφραδές, οὐδέ σε κεύσω·
ὁππότε κεν δή μοι ξυμβλήμενος ἄλλος ὁδίτης
φήηι ἀθηρηλοιγὸν ἔχειν ἀνὰ φαιδίμωι ὤμωι,
καὶ τότε μ᾽ ἐν γαίηι πήξαντ᾽ ἐκέλευεν ἐρετμόν,
ἔρξανθ᾽ ἱερὰ καλὰ Ποσειδάωνι ἄνακτι,
ἀρνειὸν ταῦρόν τε συῶν τ᾽ ἐπιβήτορα κάπρον,
οἴκαδ᾽ ἀποστείχειν, ἔρδειν θ᾽ ἱερὰς ἑκατόμβας

So erfreulich war ihr der Anblick ihres Gemahles;
Und fest hielt sie den Hals mit weißen Armen umschlungen.
Und sie hätten vielleicht bis zur Morgenröte gejammert;
Aber ein andres beschloß die heilige Pallas Athene.
Denn sie hemmte die Nacht am Ende des Laufes, und weilte
An des Oceans Fluten die goldenthronende Eos:
Und noch spannte sie nicht die schnellen leuchtenden Rosse
Lampos und Phäton an, das Licht den Menschen zu bringen.
Aber zu seiner Gemahlin begann der weise Odysseus:
Liebes Weib, noch haben wir nicht der furchtbaren Kämpfe
Ziel erreicht; es droht noch unermeßliche Arbeit,
Viel und gefahrenvoll, und alle muß ich vollenden!
Also verkündigte mir des großen Teiresias' Seele,
Jenes Tages, da ich in Aïs' Wohnung hinabstieg,
Forschend nach der Gefährten und meiner eigenen Heimkehr.
Aber nun laß uns, Frau, zu Bette gehen: damit uns
Beide jetzo die Ruhe des süßen Schlafes erquicke.
Ihm antwortete drauf die kluge Penelopeia:
Jetzo wird dein Lager bereit sein, wann du es wünschest:
Da dir endlich die Götter verstatteten, wiederzukehren
In dein prächtiges Haus und deiner Väter Gefilde.
Aber weil dich ein Gott daran erinnert, mein Lieber,
Sage mir auch den Kampf! Ich muß ihn, denk' ich, doch einmal
Hören; so ist es ja wohl nicht schlimmer, ihn gleich zu erfahren.
Ihr antwortete drauf der erfindungsreiche Odysseus:
Armes Weib, warum verlangst du, daß ich dir dieses
Sage? Ich will es dir denn verkünden, und nichts dir verhehlen.
Freilich wird sich darob dein Herz nicht freuen; ich selber
Freue mich nicht. Denn mir gebeut der erleuchtete Seher,
Fort durch die Welt zu gehn, in der Hand ein geglättetes Ruder,
Immerfort, bis ich komme zu Menschen, welche das Meer nicht
Kennen, und keine Speise gewürzt mit Salze genießen,
Welchen auch Kenntnis fehlt von rotgeschnäbelten Schiffen,
Und von geglätteten Rudern, den Fittichen eilender Schiffe.
Deutlich hat er sie mir bezeichnet, daß ich nicht irre.
Wenn ein Wanderer einst, der mir in der Fremde begegnet,
Sagt, ich trag' eine Schaufel auf meiner rüstigen Schulter;
Dann soll ich dort in die Erde das schöngeglättete Ruder
Stecken, und Opfer bringen dem Meerbeherrscher Poseidon,
Einen Widder und Stier und einen mutigen Eber;
Drauf zur Heimat kehren, und opfern heilige Gaben

ἀθανάτοισι θεοῖσι, τοὶ οὐρανὸν εὐρὺν ἔχουσι,
πᾶσι μάλ' ἑξείης· θάνατος δέ μοι ἐξ ἁλὸς αὐτῶι
ἀβληχρὸς μάλα τοῖος ἐλεύσεται, ὅς κέ με πέφνηι
γήρας ὕπο λιπαρῶι ἀρημένον· ἀμφὶ δὲ λαοὶ
ὄλβιοι ἔσσονται· τὰ δέ μοι φάτο πάντα τελεῖσθαι."
τὸν δ' αὖτε προσέειπε περίφρων Πηνελόπεια·
„εἰ μὲν δὴ γῆράς γε θεοὶ τελέουσιν ἄρειον,
ἐλπωρή τοι ἔπειτα κακῶν ὑπάλυξιν ἔσεσθαι."
ὣς οἱ μὲν τοιαῦτα πρὸς ἀλλήλους ἀγόρευον·
τόφρα δ' ἄρ' Εὐρυνόμη τε ἰδὲ τροφὸς ἔντυον εὐνὴν
ἐσθῆτος μαλακῆς, δαΐδων ὕπο λαμπομενάων.
αὐτὰρ ἐπεὶ στόρεσαν πυκινὸν λέχος ἐγκονέουσαι,
γρηῢς μὲν κείουσα πάλιν οἶκόνδε βεβήκει,
τοῖσιν δ' Εὐρυνόμη θαλαμηπόλος ἡγεμόνευεν
ἐρχομένοισι λέχοσδε, δάος μετὰ χερσὶν ἔχουσα·
ἐς θάλαμον δ' ἀγαγοῦσα πάλιν κίεν. οἱ μὲν ἔπειτα
ἀσπάσιοι λέκτροιο παλαιοῦ θεσμὸν ἵκοντο·
αὐτὰρ Τηλέμαχος καὶ βουκόλος ἠδὲ συβώτης
παῦσαν ἄρ' ὀρχηθμοῖο πόδας, παῦσαν δὲ γυναῖκας,
αὐτοὶ δ' εὐνάζοντο κατὰ μέγαρα σκιόεντα.
τὼ δ' ἐπεὶ οὖν φιλότητος ἐταρπήτην ἐρατεινῆς,
τερπέσθην μύθοισι, πρὸς ἀλλήλους ἐνέποντε,
ἡ μὲν ὅσ' ἐν μεγάροισιν ἀνέσχετο δῖα γυναικῶν,
ἀνδρῶν μνηστήρων ἐσορῶσ' ἀΐδηλον ὅμιλον,
οἳ ἕθεν εἵνεκα πολλά, βόας καὶ ἴφια μῆλα,
ἔσφαζον, πολλὸς δὲ πίθων ἠφύσσετο οἶνος·
αὐτὰρ ὁ διογενὴς Ὀδυσεὺς ὅσα κήδε' ἔθηκεν
ἀνθρώποις ὅσα τ' αὐτὸς ὀϊζύσας ἐμόγησε,
πάντ' ἔλεγ'· ἡ δ' ἄρ' ἐτέρπετ' ἀκούουσ', οὐδέ οἱ ὕπνος
πῖπτεν ἐπὶ βλεφάροισι πάρος καταλέξαι ἅπαντα.
ἤρξατο δ' ὡς πρῶτον Κίκονας δάμασ', αὐτὰρ ἔπειτα
ἦλθ' ἐς Λωτοφάγων ἀνδρῶν πίειραν ἄρουραν·
ἠδ' ὅσα Κύκλωψ ἔρξε, καὶ ὡς ἀπετίσατο ποινὴν
ἰφθίμων ἑτάρων, οὓς ἤσθιεν οὐδ' ἐλέαιρεν·
ἠδ' ὡς Αἴολον ἵκεθ', ὅ μιν πρόφρων ὑπέδεκτο
καὶ πέμπ', οὐδέ πω αἶσα φίλην ἐς πατρίδ' ἱκέσθαι
ἦην, ἀλλά μιν αὖτις ἀναρπάξασα θύελλα
πόντον ἐπ' ἰχθυόεντα φέρεν βαρέα στενάχοντα·
ἠδ' ὡς Τηλέπυλον Λαιστρυγονίην ἀφίκανεν,
οἳ νῆάς τ' ὄλεσαν καὶ ἐϋκνήμιδας ἑταίρους
πάντας· Ὀδυσσεὺς δ' οἶος ὑπέκφυγε νηῒ μελαίνηι·

Allen unsterblichen Göttern, des weiten Himmels Bewohnern,
Nach der Reihe herum. Zuletzt wird außer dem Meere
Kommen der Tod, und mich, von hohem behaglichem Alter
Aufgelöseten, sanft hinnehmen, wann ringsum die Völker
Froh und glücklich sind. Dies hat mir der Seher verkündet.
Ihm antwortete drauf die kluge Penelopeia:
Nun wenn dir von den Göttern ein frohes Alter bestimmt ist;
Können wir hoffen, du wirst dein Leiden glücklich vollenden.
Also besprachen diese sich jetzo untereinander.
Eurykleia indes und Eurynome breiteten emsig
Weiche Gewande zum Lager, beim Scheine leuchtender Fackeln.
Und nachdem sie in Eile das warme Lager gebettet,
Ging die Alte zurück in ihre Kammer, zu ruhen.
Aber Eurynome führte den König und seine Gemahlin
Zu dem bereiteten Lager, und trug die leuchtende Fackel;
Als sie die Kammer erreicht, enteilte sie. Jene bestiegen
Freudig ihr altes Lager, der keuschen Liebe geheiligt.
Aber Telemachos, der Rinderhirt und der Sauhirt
Ruhten jetzo vom fröhlichen Tanz, es ruhten die Weiber;
Und sie legten sich schlafen umher im dunkeln Palaste.
Jene, nachdem sie die Fülle der seligen Liebe gekostet,
Wachten noch lang', ihr Herz mit vielen Gesprächen erfreuend.
Erst erzählte das göttliche Weib, wie viel sie im Hause
Von dem verwüstenden Schwarme der bösen Freier erduldet,
Wie sie um ihretwillen die fetten Rinder und Schafe
Scharenweise geschlachtet, und frech im Weine geschwelget.
Dann erzählte der Held, wie vielen Jammer er andern
Menschen gebracht, und wie viel er selber vom Schicksal erduldet.
Und die Königin horchte mit inniger Wonne; kein Schlummer
Sank auf die Augenlider, bevor er alles erzählet.
Und er begann, wie er erst die Kikonen bezwungen, und hierauf
An der fruchtbaren Küste der Lotophagen gelandet.
Was der Kyklope getan, und wie er der edlen Gefährten
Tod bestraft, die er fraß, der unbarmherzige Wütrich.
Und wie Äolos ihn, nach milder Bewirtung, zur Heimfahrt
Ausgerüstet; allein die Stunde der fröhlichen Heimkehr
War noch nicht; denn er trieb, von dem wilden Orkane geschleudert,
Lautwehklagend zurück ins fischdurchwimmelte Weltmeer.
Wie er Telepylos dann und die Lästrygonen gesehen,
Wo er die rüstigen Schiffe und schöngeharnischten Freunde
Alle verlor; nur er selber entrann mit dem schwärzlichen Schiffe.

καὶ Κίρκης κατέλεξε δόλον πολυμηχανίην τε,
ἠδ᾽ ὡς εἰς Ἀΐδεω δόμον ἤλυθεν εὐρώεντα,
ψυχῇ χρησόμενος Θηβαίου Τειρεσίαο,
νηῒ πολυκλήϊδι, καὶ εἴσιδε πάντας ἑταίρους
μητέρα θ᾽, ἥ μιν ἔτικτε καὶ ἔτρεφε τυτθὸν ἐόντα·
ἠδ᾽ ὡς Σειρήνων ἀδινάων φθόγγον ἄκουσεν,
ὥς θ᾽ ἵκετο Πλαγκτὰς πέτρας δεινήν τε Χάρυβδιν
Σκύλλην θ᾽, ἣν οὔ πώ ποτ᾽ ἀκήριοι ἄνδρες ἄλυξαν·
ἠδ᾽ ὡς Ἠελίοιο βόας κατέπεφνον ἑταῖροι·
ἠδ᾽ ὡς νῆα θοὴν ἔβαλε ψολόεντι κεραυνῷ
Ζεὺς ὑψιβρεμέτης, ἀπὸ δ᾽ ἔφθιθεν ἐσθλοὶ ἑταῖροι
πάντες ὁμῶς, αὐτὸς δὲ κακὰς ὑπὸ κῆρας ἄλυξεν·
ὥς θ᾽ ἵκετ᾽ Ὠγυγίην νῆσον νύμφην τε Καλυψώ,
ἣ δή μιν κατέρυκε, λιλαιομένη πόσιν εἶναι,
ἐν σπέσσι γλαφυροῖσι, καὶ ἔτρεφεν ἠδὲ ἔφασκε
θήσειν ἀθάνατον καὶ ἀγήραον ἤματα πάντα·
ἀλλὰ τοῦ οὔ ποτε θυμὸν ἐνὶ στήθεσσιν ἔπειθεν·
ἠδ᾽ ὡς ἐς Φαίηκας ἀφίκετο πολλὰ μογήσας,
οἳ δή μιν περὶ κῆρι θεὸν ὣς τιμήσαντο
καὶ πέμψαν σὺν νηῒ φίλην ἐς πατρίδα γαῖαν,
χαλκόν τε χρυσόν τε ἅλις ἐσθῆτά τε δόντες.
τοῦτ᾽ ἄρα δεύτατον εἶπεν ἔπος, ὅτε οἱ γλυκὺς ὕπνος
λυσιμελὴς ἐπόρουσε, λύων μελεδήματα θυμοῦ.

ἡ δ᾽ αὖτ᾽ ἄλλ᾽ ἐνόησε θεὰ γλαυκῶπις Ἀθήνη·
ὁππότε δή ῥ᾽ Ὀδυσῆα ἐέλπετο ὃν κατὰ θυμὸν
εὐνῆς ἧς ἀλόχου ταρπήμεναι ἠδὲ καὶ ὕπνου,
αὐτίκ᾽ ἀπ᾽ Ὠκεανοῦ χρυσόθρονον ἠριγένειαν
ὦρσεν, ἵν᾽ ἀνθρώποισι φόως φέροι· ὦρτο δ᾽ Ὀδυσσεὺς
εὐνῆς ἐκ μαλακῆς, ἀλόχωι δ᾽ ἐπὶ μῦθον ἔτελλεν·

„ὦ γύναι, ἤδη μὲν πολέων κεκορήμεθ᾽ ἀέθλων
ἀμφοτέρω, σὺ μὲν ἐνθάδ᾽ ἐμὸν πολυκηδέα νόστον
κλαίουσ᾽. αὐτὰρ ἐμὲ Ζεὺς ἄλγεσι καὶ θεοὶ ἄλλοι
ἱέμενον πεδάασκον ἐμῆς ἀπὸ πατρίδος αἴης·
νῦν δ᾽ ἐπεὶ ἀμφοτέρω πολυήρατον ἱκόμεθ᾽ εὐνήν,
κτήματα μὲν τά μοί ἐστι, κομιζέμεν ἐν μεγάροισι,
μῆλα δ᾽ ἅ μοι μνηστῆρες ὑπερφίαλοι κατέκειραν,
πολλὰ μὲν αὐτὸς ἐγὼ ληΐσσομαι, ἄλλα δ᾽ Ἀχαιοὶ
δώσουσ᾽, εἰς ὅ κε πάντας ἐνιπλήσωσιν ἐπαύλους.
ἀλλ᾽ ἦ τοι μὲν ἐγὼ πολυδένδρεον ἀγρὸν ἔπειμι,
ὀψόμενος πατέρ᾽ ἐσθλόν, ὅ μοι πυκινῶς ἀκάχηται·
σοὶ δέ, γύναι, τάδ᾽ ἐπιτέλλω, πινυτῇ περ ἐούσῃ·

Auch von Kirkes Betrug und Zauberkünsten erzählt' er;
Und wie er hingefahren in Aïdes dumpfe Behausung,
Um des thebäischen Greises Teiresias' Seele zu fragen,
Im vielrudrigen Schiff, und alle Freunde gesehen,
Auch die Mutter, die ihn gebar und als Knaben ernährte.
Wie er dann den Gesang der holden Sirenen gehöret;
Dann die irrenden Klippen gesehn, und die wilde Charybdis,
Und die Skylla, die keiner noch unbeschädigt vorbeifuhr.
Dann, wie seine Gefährten die Sonnenrinder geschlachtet;
Und wie sein rüstiges Schiff der Gott hochrollender Donner
Zeus mit dem Blitze zerschmettert; es sanken die tapfern Genossen
Allzumal, nur er selber entfloh dem Schreckenverhängnis.
Wie er drauf gen Ogygia kam, zur Nymphe Kalypso,
Die ihn so lang aufhielt in ihrer gewölbeten Grotte,
Und zum Gemahl ihn begehrte: sie reicht' ihm Nahrung und sagte
Ihm Unsterblichkeit zu und nimmerverblühende Jugend;
Dennoch vermochte sie nicht sein standhaftes Herz zu bewegen.
Wie er endlich, nach großer Gefahr, die Phäaken erreichet,
Welche von Herzen ihn hoch, wie einen Unsterblichen, ehrten,
Und ihn sandten im Schiffe zur lieben heimischen Insel,
Reichlich mit Erz und Golde beschenkt und prächtigen Kleidern.
Und kaum hatt' er das Letzte gesagt, da beschlich ihn der süße
Sanftauflösende Schlummer, den Gram der Seele vertilgend.

Aber ein Neues ersann die heilige Pallas Athene:
Als sie glaubte, der Held Odysseus habe nun endlich
Seine Seele in Lieb' und süßem Schlafe gesättigt;
Rief sie vom Ocean schnell die goldenthronende Frühe,
Daß sie die finstere Welt erleuchtete. Aber Odysseus
Sprang vom schwellenden Lager, und sprach zu seiner Gemahlin:

Frau, wir haben bisher der Leiden volle Genüge
Beide geschmeckt: da du so herzlich um meine Zurückkunft
Weintest, und mich der Kronid' und die andern Götter durch Unglück
Stets, wie sehr ich auch strebte, von meiner Heimat entfernten.
Jetzo, nachdem wir die Nacht der seligen Liebe gefeiert,
Sorge du für die Güter, die mir im Palaste geblieben;
Aber die Rinder und Schafe, die mir die Freier verschwelget,
Werden mir teils die Achaier ersetzen, und andere werd' ich
Beuten von fremden Völkern, bis alle Höfe gefüllt sind.
Jetzo geh' ich hinaus, den guten Vater Laertes
Auf dem Lande zu sehn, der mich so herzlich bejammert.
Dir befehl' ich, o Frau; zwar bist du selber verständig:

αὐτίκα γὰρ φάτις εἶσιν ἅμ' ἠελίωι ἀνιόντι
ἀνδρῶν μνηστήρων, οὓς ἔκτανον ἐν μεγάροισιν·
εἰς ὑπερῶι' ἀναβᾶσα σὺν ἀμφιπόλοισι γυναιξὶν
ἧσθαι, μηδέ τινα προτιόσσεο μηδ' ἐρέεινε."
ἦ ῥα καὶ ἀμφ' ὤμοισιν ἐδύσετο τεύχεα καλά,
ὦρσε δὲ Τηλέμαχον καὶ βουκόλον ἠδὲ συβώτην,
πάντας δ' ἔντε' ἄνωγεν ἀρήϊα χερσὶν ἑλέσθαι.
οἱ δέ οἱ οὐκ ἀπίθησαν, ἐθωρήσσοντο δὲ χαλκῶι,
ὤϊξαν δὲ θύρας, ἐκ δ' ἤϊον· ἦρχε δ' Ὀδυσσεύς.
ἤδη μὲν φάος ἦεν ἐπὶ χθόνα, τοὺς δ' ἄρ' Ἀθήνη
νυκτὶ κατακρύψασα θοῶς ἐξῆγε πόλησς.

Gleich wenn die Sonn' aufgeht, wird sicher der Ruf von den Freiern
Durch die Stadt sich verbreiten, die ich im Hause getötet;
Darum steig' in den Söller, und sitze dort unter den Weibern
Ruhig; siehe nach keinem dich um, und rede mit keinem.
Also sprach er, und panzerte sich mit schimmernder Rüstung,
Weckte Telemachos dann und beide Hirten vom Schlummer,
Und gebot, in die Hand die Waffen des Krieges zu nehmen.
Diese gehorchten ihm schnell, und standen in eherner Rüstung,
Schlossen die Pforte dann auf, und gingen, geführt von Odysseus.
Schon umschimmerte Licht die Erde. Doch Pallas Athene
Führte sie schnell aus der Stadt, mit dichtem Nebel umhüllet.

ΟΔΥΣΣΕΙΑΣ Ω

Νέκυια δευτέρα.
Σπονδαί.

Ἑρμῆς δὲ ψυχὰς Κυλλήνιος ἐξεκαλεῖτο
ἀνδρῶν μνηστήρων· ἔχε δὲ ῥάβδον μετὰ χερσὶν
καλὴν χρυσείην, τῆι τ᾽ ἀνδρῶν ὄμματα θέλγει
ὧν ἐθέλει, τοὺς δ᾽ αὖτε καὶ ὑπνώοντας ἐγείρει·
τῆι ῥ᾽ ἄγε κινήσας, ταὶ δὲ τρίζουσαι ἕποντο.
ὡς δ᾽ ὅτε νυκτερίδες μυχῶι ἄντρου θεσπεσίοιο
τρίζουσαι ποτέονται, ἐπεί κέ τις ἀποπέσηισιν
ὁρμαθοῦ ἐκ πέτρης, ἀνά τ᾽ ἀλλήληισιν ἔχονται,
ὣς αἱ τετριγυῖαι ἅμ᾽ ἤϊσαν· ἦρχε δ᾽ ἄρα σφιν
Ἑρμείας ἀκάκητα κατ᾽ εὐρώεντα κέλευθα.
πὰρ δ᾽ ἴσαν Ὠκεανοῦ τε ῥοὰς καὶ Λευκάδα πέτρην,
ἠδὲ παρ᾽ Ἠελίοιο πύλας καὶ δῆμον ὀνείρων
ἤϊσαν· αἶψα δ᾽ ἵκοντο κατ᾽ ἀσφοδελὸν λειμῶνα,
ἔνθα τε ναίουσι ψυχαί, εἴδωλα καμόντων.
εὗρον δὲ ψυχὴν Πηληϊάδεω Ἀχιλῆος
καὶ Πατροκλῆος καὶ ἀμύμονος Ἀντιλόχοιο
Αἴαντός θ᾽, ὃς ἄριστος ἔην εἶδός τε δέμας τε
τῶν ἄλλων Δαναῶν μετ᾽ ἀμύμονα Πηλεΐδαο
ὣς οἱ μὲν περὶ κεῖνον ὁμίλεον· ἀγχίμολον δὲ
ἤλυθ᾽ ἔπι ψυχὴ Ἀγαμέμνονος Ἀτρεΐδαο
ἀχνυμένη· περὶ δ᾽ ἄλλαι ἀγηγέραθ᾽, ὅσσαι ἅμ᾽ αὐτῶι
οἴκωι ἐν Αἰγίσθοιο θάνον καὶ πότμον ἐπέσπον.
τὸν προτέρη ψυχὴ προσεφώνεε Πηλεΐωνος·
„Ἀτρεΐδη, περὶ μέν σ᾽ ἔφαμεν Διὶ τερπικεραύνωι
ἀνδρῶν ἡρώων φίλον ἔμμεναι ἤματα πάντα,
οὕνεκα πολλοῖσίν τε καὶ ἰφθίμοισιν ἄνασσες
δήμωι ἔνι Τρώων, ὅθι πάσχομεν ἄλγε᾽ Ἀχαιοί.
ἦ τ᾽ ἄρα καὶ σοὶ πρῶϊ παραστήσεσθαι ἔμελλεν
μοῖρ᾽ ὀλοή, τὴν οὔ τις ἀλεύεται ὅς κε γένηται.
ὡς ὄφελες τιμῆς ἀπονήμενος, ἧς περ ἄνασσες,
δήμωι ἔνι Τρώων θάνατον καὶ πότμον ἐπισπεῖν·

VIERUNDZWANZIGSTER GESANG

Die Seelen der Freier finden in der Unterwelt den Achilleus mit Agamemnon sich unterredend: jener, der ruhmvoll vor Troja starb, sei glücklich vor diesem, der heimkehrend ermordet ward. Agamemnon, dem Amphimedon das Geschehene nach seiner Vorstellung erzählt, preiset die Glückseligkeit des siegreich heimkehrenden Odysseus. Dieser indes entdeckt sich dem Vater Laertes mit schonender Vorsicht, und wird beim Mahle von Dolios und dessen Söhnen erkannt. Eupeithes, des Antinoos' Vater, erregt einen Aufruhr, der nach kurzem Kampfe durch Athene gestillt wird.

Aber Hermes, der Gott von Kyllene, nahte sich jetzo,
Rief den Seelen der Freier, und hielt in der Rechten den schönen
Goldenen Herrscherstab, womit er die Augen der Menschen
Zuschließt, welcher er will, und wieder vom Schlummer erwecket:
Hiermit scheucht' er sie fort, und schwirrend folgten die Seelen.
So wie die Fledermäus' im Winkel der graulichen Höhle
Schwirrend flattern, wenn eine des angeklammerten Schwarmes
Nieder vom Felsen sinkt, und drauf aneinander sich hangen:
Also schwirrten die Seelen, und folgten in drängendem Zuge
Hermes, dem Retter in Not, durch dumpfe schimmlichte Pfade.
Und sie gingen des Oceans Flut, den leukadischen Felsen,
Gingen das Sonnentor, und das Land der Träume vorüber,
Und erreichten nun bald die graue Asphodeloswiese,
Wo die Seelen wohnen, die Luftgebilde der Toten.
Und sie fanden die Seele des Peleiden Achilleus,
Und die Seele Patroklos', des tapfern Antilochos Seele,
Und des gewaltigen Ajas, des Ersten an Wuchs und Bildung
In dem achaiischen Heer, nach dem tadellosen Achilleus:
Diese waren stets um den Peleionen versammelt.
Eben kam auch die Seele von Atreus' Sohn Agamemnon
Traurend daher, umringt von anderen Seelen, die mit ihm,
In Ägisthos Palaste, das Ziel des Todes erreichten.
Zu den Kommenden sprach die Seele des Peleionen:
Atreus' Sohn, wir dachten, der donnerfrohe Kronion
Hätte dich unter den Helden auf immer zum Liebling erkoren;
Weil du das große Heer der tapfersten Sieger beherrschtest,
In dem troischen Lande, wo Not uns Achaier umdrängte.
Aber es mußte auch dich sobald des Todes Verhängnis
Treffen, welchem kein Mensch, vom Weibe geboren, entfliehet.
Hättest du doch, umringt von den glänzenden Ehren der Herrschaft,
Dort im Lande der Troer, das Ziel des Todes erreichet!

τῶι κέν τοι τύμβον μὲν ἐποίησαν Παναχαιοί,
ἠδέ κε καὶ σῶι παιδὶ μέγα κλέος ἤρα᾽ ὀπίσσω·
νῦν δ᾽ ἄρα σ᾽ οἰκτίστωι θανάτωι εἵμαρτο ἁλῶναι."
τὸν δ᾽ αὖτε ψυχὴ προσεφώνεεν Ἀτρείδαο·
„ὄλβιε Πηλέος υἱέ, θεοῖς ἐπιείκελ᾽ Ἀχιλλεῦ,
ὃς θάνες ἐν Τροίηι ἑκὰς Ἄργεος· ἀμφὶ δέ σ᾽ ἄλλοι
κτείνοντο Τρώων καὶ Ἀχαιῶν υἷες ἄριστοι,
μαρνάμενοι περὶ σεῖο· σὺ δ᾽ ἐν στροφάλιγγι κονίης
κεῖσο μέγας μεγαλωστί, λελασμένος ἱπποσυνάων.
ἡμεῖς δὲ πρόπαν ἦμαρ ἐμαρνάμεθ᾽· οὐδέ κε πάμπαν
παυσάμεθα πτολέμου, εἰ μὴ Ζεὺς λαίλαπι παῦσεν.
αὐτὰρ ἐπεί σ᾽ ἐπὶ νῆας ἐνείκαμεν ἐκ πολέμοιο,
κάτθεμεν ἐν λεχέεσσι, καθήραντες χρόα καλὸν
ὕδατί τε λιαρῶι καὶ ἀλείφατι· πολλὰ δέ σ᾽ ἀμφὶ
δάκρυα θερμὰ χέον Δαναοὶ κείροντό τε χαίτας.
μήτηρ δ᾽ ἐξ ἁλὸς ἦλθε σὺν ἀθανάτηις ἁλίηισιν
ἀγγελίης ἀΐουσα· βοὴ δ᾽ ἐπὶ πόντον ὀρώρει
θεσπεσίη, ὑπὸ δὲ τρόμος ἔλλαβε πάντας Ἀχαιούς·
καί νύ κ᾽ ἀναΐξαντες ἔβαν κοίλας ἐπὶ νῆας,
εἰ μὴ ἀνὴρ κατέρυκε παλαιά τε πολλά τε εἰδώς,
Νέστωρ, οὗ καὶ πρόσθεν ἀρίστη φαίνετο βουλή·
ὅ σφιν ἐϋφρονέων ἀγορήσατο καὶ μετέειπεν·
‚ἴσχεσθ᾽, Ἀργεῖοι, μὴ φεύγετε, κοῦροι Ἀχαιῶν·
μήτηρ ἐξ ἁλὸς ἥδε σὺν ἀθανάτηις ἁλίηισιν
ἔρχεται, οὗ παιδὸς τεθνηότος ἀντιόωσα.'
ὣς ἔφαθ᾽, οἱ δ᾽ ἔσχοντο φόβου μεγάθυμοι Ἀχαιοί·
ἀμφὶ δέ σ᾽ ἔστησαν κοῦραι ἁλίοιο γέροντος
οἴκτρ᾽ ὀλοφυρόμεναι, περὶ δ᾽ ἄμβροτα εἵματα ἕσσαν.
Μοῦσαι δ᾽ ἐννέα πᾶσαι ἀμειβόμεναι ὀπὶ καλῆι
θρήνεον· ἔνθα κεν οὔ τιν᾽ ἀδάκρυτόν γ᾽ ἐνόησας
Ἀργείων· τοῖον γὰρ ὑπώρορε Μοῦσα λίγεια.
ἑπτὰ δὲ καὶ δέκα μέν σε ὁμῶς νύκτας τε καὶ ἦμαρ
κλαίομεν ἀθάνατοί τε θεοὶ θνητοί τ᾽ ἄνθρωποι·
ὀκτωκαιδεκάτηι δ᾽ ἔδομεν πυρί, πολλὰ δέ σ᾽ ἀμφὶ
μῆλα κατεκτάνομεν μάλα πίονα καὶ ἕλικας βοῦς.
καίεο δ᾽ ἔν τ᾽ ἐσθῆτι θεῶν καὶ ἀλείφατι πολλῶι
καὶ μέλιτι γλυκερῶι· πολλοὶ δ᾽ ἥρωες Ἀχαιοὶ
τεύχεσιν ἐρρώσαντο πυρὴν πέρι καιομένοιο,
πεζοί θ᾽ ἱππῆές τε· πολὺς δ᾽ ὀρυμαγδὸς ὀρώρει
αὐτὰρ ἐπεὶ δή σε φλὸξ ἤνυσεν Ἡφαίστοιο,
ἠῶθεν δή τοι λέγομεν λεύκ᾽ ὀστέ᾽, Ἀχιλλεῦ,

Denn ein Denkmal hätte der Griechen Volk dir errichtet,
Und so wäre zugleich dein Sohn bei den Enkeln verherrlicht.
Aber es war dein Los, des traurigsten Todes zu sterben!
Ihm antwortete drauf die Seele des großen Atreiden:
Glücklicher Peleide, du göttergleicher Achilleus,
Der du vor Ilion starbst, von Argos ferne! Denn ringsum
Sanken die tapfersten Söhne der Troer und der Achaier,
Kämpfend um deine Leiche: du lagst in der Wolke des Staubes,
Groß, weithingestreckt, ausruhend vom Wagengetümmel!
Aber wir kämpften den ganzen Tag, und kämpften noch immer
Brennend vor Wut, bis Zeus durch Sturm und Wetter uns trennte.
Jetzo trugen wir dich aus der Schlacht zu unseren Schiffen,
Wuschen den schönen Leib mit lauem Wasser, und legten
Ihn mit Balsam gesalbt auf prächtige Betten; und ringsum
Weinten und jammerten laut die Achaier, und schoren ihr Haupthaar.
Auch die Mutter entstieg mit den heiligen Nymphen dem Meere,
Als sie die Botschaft vernahm; von lautwehklagenden Stimmen
Hallte die Flut: und Entsetzen ergriff das Heer der Achaier.
Zitternd wären sie schnell zu den hohlen Schiffen geflohen;
Aber es hielt sie der Mann von alter und großer Erfahrung,
Nestor, dessen Rat wir auch ehmals immer bewundert;
Dieser erhub im Heere die Stimme der Weisheit, und sagte:
Haltet ein, Argeier, und flieht nicht, Söhne Achaias!
Dies ist seine Mutter mit ihren unsterblichen Nymphen,
Welche dem Meer entsteigt, den toten Sohn zu bejammern!
Also sprach er, und hemmte die Flucht der edlen Achaier.
Lautwehklagend standen um dich des alternden Meergotts
Töchter, und kleideten dich mit ambrosiaduftenden Kleidern.
Gegeneinander sangen mit schöner Stimme die Musen
Alle neun, und weinten: da siehe man keinen Argeier
Tränenlos; so rührten der Göttinnen helle Gesänge.
Siebzehn Tag' und Nächte beweinten wir unaufhörlich
Deinen Tod, der Unsterblichen Chor und die sterblichen Menschen.
Am achtzehnten verbrannten wir dich, und schlachteten ringsum
Viele gemästete Schaf' und krummgehörnete Rinder.
Aber du lagst umhüllt mit Göttergewanden, und um dich
Standen Gefäße mit Öl und süßem Honig; und viele
Helden Achaias rannten gerüstet, zu Fuß und zu Wagen,
Rings um das lodernde Feuer; es stieg ein lautes Getös auf.
Als dich Hephästos' Flamme verzehrt; da gossen wir morgens
Lauteren Wein in die Asche, und sammelten, edler Achilleus,

οἴνωι ἐν ἀκρήτωι καὶ ἀλείφατι· δῶκε δὲ μήτηρ
χρύσεον ἀμφιφορῆα· Διωνύσοιο δὲ δῶρον
φάσκ' ἔμεναι, ἔργον δὲ περικλυτοῦ Ἡφαίστοιο.
ἐν τῶι τοι κεῖται λεύκ' ὀστέα, φαίδιμ' Ἀχιλλεῦ,
μίγδα δὲ Πατρόκλοιο Μενοιτιάδαο θανόντος,
χωρὶς δ' Ἀντιλόχοιο, τὸν ἔξοχα τῖες ἁπάντων
τῶν ἄλλων ἑτάρων, μετὰ Πάτροκλόν γε θανόντα.
ἀμφ' αὐτοῖσι δ' ἔπειτα μέγαν καὶ ἀμύμονα τύμβον
χεύαμεν Ἀργείων ἱερὸς στρατὸς αἰχμητάων
ἀκτῆι ἔπι προὐχούσηι, ἐπὶ πλατεῖ Ἑλλησπόντωι,
ὥς κεν τηλεφανὴς ἐκ ποντόφιν ἀνδράσιν εἴη
τοῖς οἳ νῦν γεγάασι καὶ οἳ μετόπισθεν ἔσονται.
μήτηρ δ' αἰτήσασα θεοὺς περικαλλέ' ἄεθλα
θῆκε μέσωι ἐν ἀγῶνι ἀριστήεσσιν Ἀχαιῶν.
ἤδη μὲν πολέων τάφωι ἀνδρῶν ἀντεβόλησας
ἡρώων, ὅτε κέν ποτ' ἀποφθιμένου βασιλῆος
ζώννυνταί τε νέοι καὶ ἐπεντύνονται ἄεθλα·
ἀλλά κε κεῖνα μάλιστα ἰδὼν θηήσαο θυμῶι,
οἷ' ἐπὶ σοὶ κατέθηκε θεὰ περικαλλέ' ἄεθλα,
ἀργυρόπεζα Θέτις· μάλα γὰρ φίλος ἦσθα θεοῖσιν.
ὣς σὺ μὲν οὐδὲ θανὼν ὄνομ' ὤλεσας, ἀλλά τοι αἰεὶ
πάντας ἐπ' ἀνθρώπους κλέος ἔσσεται ἐσθλόν, Ἀχιλλεῦ,
αὐτὰρ ἐμοὶ τί τόδ' ἦδος, ἐπεὶ πόλεμον τολύπευσα;
ἐν νόστωι γάρ μοι Ζεὺς μήσατο λυγρὸν ὄλεθρον
Αἰγίσθου ὑπὸ χερσὶ καὶ οὐλομένης ἀλόχοιο."

ὣς οἱ μὲν τοιαῦτα πρὸς ἀλλήλους ἀγόρευον,
ἀγχίμολον δέ σφ' ἦλθε διάκτορος ἀργεϊφόντης,
ψυχὰς μνηστήρων κατάγων Ὀδυσῆϊ δαμέντων,
τὼ δ' ἄρα θαμβήσαντ' ἰθὺς κίον, ὡς ἐσιδέσθην.
ἔγνω δὲ ψυχὴ Ἀγαμέμνονος Ἀτρεΐδαο
παῖδα φίλον Μελανῆος, ἀγακλυτὸν Ἀμφιμέδοντα·
ξεῖνος γάρ οἱ ἔην Ἰθάκηι ἔνι οἰκία ναίων.
τὸν προτέρη ψυχὴ προσεφώνεεν Ἀτρεΐδαο·

„Ἀμφίμεδον, τί παθόντες ἐρεμνὴν γαῖαν ἔδυτε
πάντες κεκριμένοι καὶ ὁμήλικες; οὐδέ κεν ἄλλως
κρινάμενος λέξαιτο κατὰ πτόλιν ἄνδρας ἀρίστους.
ἦ ὔμμ' ἐν νήεσσι Ποσειδάων ἐδάμασσεν,
ὄρσας ἀργαλέους ἀνέμους καὶ κύματα μακρά;
ἦ που ἀνάρσιοι ἄνδρες ἐδηλήσαντ' ἐπὶ χέρσου
βοῦς περιταμνομένους ἠδ' οἰῶν πώεα καλά,
ἠὲ περὶ πτόλιος μαχεούμενοι ἠδὲ γυναικῶν;

Deine weißen Gebeine, mit zwiefachem Fette bedeckend.
Aber die Mutter brachte die goldne gehenkelte Urne,
Dionysos' Geschenk, und ein Werk des berühmten Hephästos.
Hierin ruht dein weißes Gebein, ruhmvoller Achilleus,
Mit dem Gebeine vermischt des Menötiaden Patroklos,
Und gesondert die Asche Antilochos', den du vor allen
Anderen Freunden ehrtest, nach deinem geliebten Patroklos.
Und das heilige Heer der sieggewohnten Achaier
Häufte darüber ein großes und weitbewundertes Denkmal
Auf der Spitze des Landes am breiten Hellespontos,
Daß es fern im Meere vorüberschiffende Männer
Sähen, die jetzo leben, und spät in kommenden Jahren.
Aber die Mutter bracht' auf den Kampfplatz köstliche Preise,
Von den Göttern erfleht, für die Tapfersten aller Achaier.
Schon bei vieler Helden Begräbnis warst du zugegen,
Sahst die Jünglinge oft am Ehrenhügel des Königs
Zum Wettkampfe sich gürten um manches schimmernde Kleinod;
Dennoch hättest du dort mit tiefem Erstaunen betrachtet,
Welche köstliche Preise die silberfüßige Thetis
Dir zu Ehren gesetzt: denn du warst ein Liebling der Götter!
Also erlosch auch im Tode nicht dein Gedächtnis, und ewig
Glänzet bei allen Menschen dein großer Namen, Achilleus.
Aber was frommte mir des rühmlichen Krieges Vollendung?
Selbst bei der Heimkehr weihte mich Zeus dem schrecklichsten Tode
Unter Ägisthos' Hand und der Hand des heillosen Weibes.
  Also besprachen sich diese jetzo untereinander,
Jetzo nahte sich ihnen der rüstige Argosbesieger,
Und ihm folgte zur Tiefe die Schar der erschlagenen Freier.
Voll Verwunderung gingen die Könige ihnen entgegen.
Und der hohe Schatten von Atreus' Sohn Agamemnon
Kannte des Melaniden, des tapfern Amphimedons Seele,
Welcher sein Gastfreund war in Ithakas felsichtem Eiland.
Zu dem Kommenden sprach die Seele des großen Atreiden:
  Was, Amphimedon, führt euch ins unterirdische Dunkel?
Lauter erlesene Männer von gleichem Alter! Man würde
Schwerlich in einer Stadt so treffliche Männer erlesen!
Tötet' euch etwa in Schiffen der Erderschüttrer Poseidon,
Da er den wilden Orkan und die steigenden Wogen empörte?
Oder ermordeten euch auf dem Lande feindliche Männer,
Als ihr die schönen Herden der Rinder und Schafe hinwegtriebt,
Oder indem sie die Stadt und ihre Weiber verfochten?

εἰπέ μοι εἰρομένωι· ξεῖνος δέ τοι εὔχομαι εἶναι.
ἦ οὐ μέμνηι ὅτε κεῖσε κατήλυθον ὑμέτερον δῶ,
ὀτρυνέων Ὀδυσῆα σὺν ἀντιθέωι Μενελάωι
Ἴλιον εἰς ἅμ' ἕπεσθαι ἐϋσσέλμων ἐπὶ νηῶν;
μηνὶ δ' ἄρ' οὔλωι πάντα περήσαμεν εὐρέα πόντον,
σπουδῆι παρπεπιθόντες Ὀδυσσῆα πτολίπορθον."
τὸν δ' αὖτε ψυχὴ προσεφώνεεν Ἀμφιμέδοντος·
„Ἀτρεΐδη κύδιστε, ἄναξ ἀνδρῶν Ἀγάμεμνον,
μέμνημαι τάδε πάντα καὶ ἀτρεκέως καταλέξω,
ἡμετέρου θανάτοιο κακὸν τέλος, οἷον ἐτύχθη.
μνώμεθ' Ὀδυσσῆος δὴν οἰχομένοιο δάμαρτα·
ἡ δ' οὔτ' ἠρνεῖτο στυγερὸν γάμον οὔτ' ἐτελεύτα,
ἡμῖν φραζομένη θάνατον καὶ κῆρα μέλαιναν,
ἀλλὰ δόλον τόνδ' ἄλλον ἐνὶ φρεσὶ μερμήριξε·
στησαμένη μέγαν ἱστὸν ἐνὶ μεγάροισιν ὕφαινε,
λεπτὸν καὶ περίμετρον· ἄφαρ δ' ἡμῖν μετέειπε·
‚κοῦροι ἐμοὶ μνηστῆρες, ἐπεὶ θάνε δῖος Ὀδυσσεύς,
μίμνετ' ἐπειγόμενοι τὸν ἐμὸν γάμον, εἰς ὅ κε φᾶρος
ἐκτελέσω, μή μοι μεταμώνια νήματ' ὄληται,
Λαέρτηι ἥρωϊ ταφήϊον, εἰς ὅτε κέν μιν
μοῖρ' ὀλοὴ καθέληισι τανηλεγέος θανάτοιο,
μή τίς μοι κατὰ δῆμον Ἀχαιϊάδων νεμεσήσηι,
αἴ κεν ἄτερ σπείρου κεῖται πολλὰ κτεατίσσας.'
ὣς ἔφαθ', ἡμῖν δ' αὖτ' ἐπεπείθετο θυμὸς ἀγήνωρ.
ἔνθα καὶ ἠματίη μὲν ὑφαίνεσκεν μέγαν ἱστόν,
νύκτας δ' ἀλλύεσκεν, ἐπεὶ δαΐδας παραθεῖτο.
ὣς τρίετες μὲν ἔληθε δόλωι καὶ ἔπειθεν Ἀχαιούς·
ἀλλ' ὅτε τέτρατον ἦλθεν ἔτος καὶ ἐπήλυθον ὧραι,
μηνῶν φθινόντων, περὶ δ' ἤματα πόλλ' ἐτελέσθη,
καὶ τότε δή τις ἔειπε γυναικῶν, ἣ σάφα ἤιδη,
καὶ τήν γ' ἀλλύουσαν ἐφεύρομεν ἀγλαὸν ἱστόν.
ὣς τὸ μὲν ἐξετέλεσσε καὶ οὐκ ἐθέλουσ', ὑπ' ἀνάγκης.
εὖθ' ἡ φᾶρος ἔδειξεν, ὑφήνασα μέγαν ἱστόν,
πλύνασ', ἠελίωι ἐναλίγκιον ἠὲ σελήνηι,
καὶ τότε δή ῥ' Ὀδυσῆα κακός ποθεν ἤγαγε δαίμων
ἀγροῦ ἐπ' ἐσχατιήν, ὅθι δώματα ναῖε συβώτης.
ἔνθ' ἦλθεν φίλος υἱὸς Ὀδυσσῆος θείοιο,
ἐκ Πύλου ἠμαθόεντος ἰὼν σὺν νηῒ μελαίνηι·
τὼ δὲ μνηστῆρσιν θάνατον κακὸν ἀρτύναντε
ἵκοντο προτὶ ἄστυ περικλυτόν, ἦ τοι Ὀδυσσεὺς
ὕστερος, αὐτὰρ Τηλέμαχος πρόσθ' ἡγεμόνευε.

Lieber, sage mir dies; ich war ja im Leben dein Gastfreund.
Weißt du nicht mehr, wie ihr mich in eurem Hause bewirtet,
Als ich Odysseus ermahnte, dem göttlichen Menelaos
Mit gen Troja zu folgen in schöngebordeten Schiffen?
Erst nach einem Monat entschifften wir eurem Gestade,
Und beredeten kaum den Städteverwüster Odysseus.
Also sprach er; ihm gab Amphinomos' Seele zur Antwort:
Atreus' rühmlicher Sohn, weitherrschender Held Agamemnon,
Dieses weiß ich noch alles, und will umständlich erzählen,
Wie uns so plötzlich die Stunde des schrecklichen Todes ereilt hat.
Siehe, wir liebten die Gattin des langentfernten Odysseus.
Nimmer versagte sie uns, und vollendete nimmer die Hochzeit,
Heimlich uns allen den Tod und das schwarze Verhängnis bereitend.
Unter anderen Listen ersann sie endlich auch diese.
Trüglich zettelte sie in ihrer Kammer ein feines
Übergroßes Geweb', und sprach zu unsrer Versammlung:
Jünglinge, die ihr mich liebt, nach dem Tode des edlen Odysseus!
Dringt auf meine Vermählung nicht eher, bis ich den Mantel
Fertig gewirkt, (damit nicht umsonst das Garn mir verderbe!)
Welcher dem Helden Laertes zum Leichengewande bestimmt ist,
Wenn ihn die finstre Stunde mit Todesschlummer umschattet:
Daß nicht irgend im Lande mich eine Achaierin tadle,
Läg' er uneingekleidet, der einst so vieles beherrschte.
Also sprach sie mit List, und bewegte die Herzen der Edlen.
Und nun webete sie des Tages am großen Gewebe,
Aber des Nachts, dann trennte sie's auf, beim Scheine der Fackeln.
Also täuschte sie uns drei Jahr' und betrog die Achaier.
Als nun das vierte Jahr im Geleite der Horen herankam,
Und mit dem wechselnden Mond viel Tage waren verschwunden;
Da verkündet' uns eine der Weiber das schlaue Geheimnis,
Und wir fanden sie selbst bei der Trennung des schönen Gewebes.
Also mußte sie's nun, auch wider Willen, vollenden.
Als sie den großen Mantel gewirkt und sauber gewaschen,
Und er hell, wie die Sonn' und der Mond, entgegen uns glänzte;
Siehe da führte mit einmal ein böser Dämon Odysseus
Draußen zum Meierhof, den der Schweine Hüter bewohnte.
Dorthin kam auch der Sohn des göttergleichen Odysseus,
Der von der sandigen Pylos im schwarzen Schiffe zurückfuhr.
Diese bereiteten sich zum schrecklichen Morde der Freier,
Gingen dann in die prächtige Stadt: der edle Odysseus
War der letzte, sein Sohn Telemachos kam zuerst an.

τὸν δὲ συβώτης ἦγε κακὰ χροῒ εἵματ᾽ ἔχοντα,
πτωχῶι λευγαλέωι ἐναλίγκιον ἠδὲ γέροντι
σκηπτόμενον· τὰ δὲ λυγρὰ περὶ χροῒ εἵματα ἕστο·
οὐδέ τις ἡμείων δύνατο γνῶναι τὸν ἐόντα
ἐξαπίνης προφανέντ᾽, οὐδ᾽ οἳ προγενέστεροι ἦσαν,
ἀλλ᾽ ἔπεσίν τε κακοῖσιν ἐνίσσομεν ἠδὲ βολῆισιν.
αὐτὰρ ὁ τῆος ἐτόλμα ἐνὶ μεγάροισιν ἑοῖσι
βαλλόμενος καὶ ἐνισσόμενος τετληότι θυμῶι·
ἀλλ᾽ ὅτε δή μιν ἔγειρε Διὸς νοὸς αἰγιόχοιο,
σὺν μὲν Τηλεμάχωι περικαλλέα τεύχε᾽ ἀείρας
ἐς θάλαμον κατέθηκε καὶ ἐκλήϊσεν ὀχῆας,
αὐτὰρ ὁ ἣν ἄλοχον πολυκερδείῃσιν ἄνωγε
τόξον μνηστήρεσσι θέμεν πολιόν τε σίδηρον,
ἡμῖν αἰνομόροισιν ἀέθλια καὶ φόνου ἀρχήν.
οὐδέ τις ἡμείων δύνατο κρατεροῖο βιοῖο
νευρὴν ἐντανύσαι, πολλὸν δ᾽ ἐπιδευέες ἦμεν.
ἀλλ᾽ ὅτε χεῖρας ἵκανεν Ὀδυσσῆος μέγα τόξον,
ἔνθ᾽ ἡμεῖς μὲν πάντες ὁμοκλέομεν ἐπέεσσι
τόξον μὴ δόμεναι, μηδ᾽ εἰ μάλα πολλ᾽ ἀγορεύοι·
Τηλέμαχος δέ μιν οἶος ἐποτρύνων ἐκέλευσεν.
αὐτὰρ ὁ δέξατο χειρὶ πολύτλας δῖος Ὀδυσσεύς,
ῥηϊδίως δ᾽ ἐτάνυσσε βιόν, διὰ δ᾽ ἧκε σιδήρου,
στῆ δ᾽ ἄρ᾽ ἐπ᾽ οὐδὸν ἰών, ταχέας δ᾽ ἐκχεύατ᾽ ὀϊστοὺς
δεινὸν παπταίνων, βάλε δ᾽ Ἀντίνοον βασιλῆα.
αὐτὰρ ἔπειτ᾽ ἄλλοις ἐφίει βέλεα στονόεντα,
ἄντα τιτυσκόμενος· τοὶ δ᾽ ἀγχιστῖνοι ἔπιπτον.
γνωτὸν δ᾽ ἦν ὅ ῥά τίς σφι θεῶν ἐπιτάρροθος ἦεν·
αὐτίκα γὰρ κατὰ δώματ᾽ ἐπισπόμενοι μένεϊ σφῶι
κτεῖνον ἐπιστροφάδην, τῶν δὲ στόνος ὤρνυτ᾽ ἀεικὴς
κράτων τυπτομένων, δάπεδον δ᾽ ἅπαν αἵματι θῦεν.
ὣς ἡμεῖς, Ἀγάμεμνον, ἀπωλόμεθ᾽, ὧν ἔτι καὶ νῦν
σώματ᾽ ἀκηδέα κεῖται ἐνὶ μεγάροις Ὀδυσῆος·
οὐ γάρ πω ἴσασι φίλοι κατὰ δώμαθ᾽ ἑκάστου,
οἵ κ᾽ ἀπονίψαντες μέλανα βρότον ἐξ ὠτειλέων
κατθέμενοι γοάοιεν· ὃ γὰρ γέρας ἐστὶ θανόντων.“
τὸν δ᾽ αὖτε ψυχὴ προσεφώνεεν Ἀτρεΐδαο·
„ὄλβιε Λαέρταο πάϊ, πολυμήχαν᾽ Ὀδυσσεῦ,
ἦ ἄρα σὺν μεγάλῃ ἀρετῆι ἐκτήσω ἄκοιτιν.
ὡς ἀγαθαὶ φρένες ἦσαν ἀμύμονι Πηνελοπείῃ,
κούρῃ Ἰκαρίου· ὡς εὖ μέμνητ᾽ Ὀδυσῆος,
ἀνδρὸς κουριδίου· τῶι οἱ κλέος οὔ ποτ᾽ ὀλεῖται

Aber der Sauhirt führte den schlechtgekleideten König,
Der, wie ein alter Mann und mühebeladener Bettler,
Wankend am Stabe schlich, mit häßlichen Lumpen bekleidet.
Keiner konnte von uns den plötzlich erscheinenden Fremdling
Für Odysseus erkennen, auch selbst von den Ältesten keiner;
Sondern alle verspotteten wir und warfen den Fremdling.
Und Odysseus ertrug zuerst in seinem Palaste
Unsre kränkenden Reden und Würfe mit duldender Seele.
Aber als ihn der Geist des Donnergottes erweckte,
Nahm er mit seinem Sohn aus dem Saale die zierliche Rüstung,
Trug sie hinauf in den Söller, und schloß die Pforte mit Riegeln;
Ging dann hin, und befahl arglistig seiner Gemahlin,
Uns den Bogen zu bringen und blinkende Eisen, zum Wettkampf
Uns unglücklichen Freiern, und zum Beginne des Mordens.
Aber es konnte von uns nicht einer des mächtigen Bogens
Senne spannen; zu sehr gebrach es allen an Stärke.
Doch wie der Sauhirt jetzo den großen Bogen Odysseus
Brachte; da zürnten wir alle, und schalten mit drohenden Worten,
Daß er den Bogen ihm nicht darreichte, was er auch sagte;
Aber Telemachos rief, und befahl ihm, weiter zu gehen.
Und nun nahm er den Bogen, der herrliche Dulder Odysseus,
Spannt' ihn ohne Bemühn, und schnellte den Pfeil durch die Äxte,
Sprang auf die Schwelle, die Pfeile dem Köcher entschüttend, und blickte
Drohend umher, und schoß; und Antinoos stürzte zu Boden.
Und nun flog auf die andern des scharf hinzielenden Königs
Schreckliches Todesgeschoß; und Haufen sanken bei Haufen.
Und man erkannte leicht, daß ihnen ein Himmlischer beistand.
Denn bald stürzten sie wütend sich unter den Haufen, und würgten
Links und rechts durch den Saal: mit dem Krachen zerschlagener Schädel
Tönte das Jammergeschrei, und Blut floß über den Boden.
Also kamen wir um, Agamemnon, und unsere Leiber
Liegen noch unbestattet im Hause des edlen Odysseus.
Denn noch wissen es nicht die Freund' in unseren Häusern,
Daß sie das schwarze Blut aus den Wunden waschen, und klagend
Unsere Bahr' umringen: die letzte Ehre der Toten!
  Ihm antwortete drauf die Seele des großen Atreiden:
Glücklicher Sohn Laertes', erfindungsreicher Odysseus,
Wahrlich dir ward ein Weib von großer Tugend beschieden!
Welche treffliche Seele hat doch Ikarios' Tochter
Penelopeia! Wie treu die Edle dem Manne der Jugend,
Ihrem Odysseus, blieb! O nimmer verschwindet der Nachruhm

ἧς ἀρετῆς, τεύξουσι δ’ ἐπιχθονίοισιν ἀοιδὴν
ἀθάνατοι χαρίεσσαν ἐχέφρονι Πηνελοπείηι,
οὐχ ὡς Τυνδαρέου κούρη κακὰ μήσατο ἔργα,
κουρίδιον κτείνασα πόσιν, στυγερὴ δέ τ’ ἀοιδὴ
ἔσσετ’ ἐπ’ ἀνθρώπους, χαλεπὴν δέ τε φῆμιν ὀπάσσει
θηλυτέρηισι γυναιξί, καὶ ἥ κ’ εὐεργὸς ἔηισιν.“
ὣς οἱ μὲν τοιαῦτα πρὸς ἀλλήλους ἀγόρευον,
ἑσταότ’ εἰν Ἀΐδαο δόμοις, ὑπὸ κεύθεσι γαίης·
οἱ δ’ ἐπεὶ ἐκ πόλιος κατέβαν, τάχα δ’ ἀγρὸν ἵκοντο
καλὸν Λαέρταο τετυγμένον, ὅν ῥά ποτ’ αὐτὸς
Λαέρτης κτεάτισσεν, ἐπεὶ μάλα πόλλ’ ἐμόγησεν.
ἔνθα οἱ οἶκος ἔην, περὶ δὲ κλίσιον θέε πάντη,
ἐν τῶι σιτέσκοντο καὶ ἵζανον ἠδὲ ἴαυον
δμῶες ἀναγκαῖοι, τοί οἱ φίλα ἐργάζοντο.
ἐν δὲ γυνὴ Σικελὴ γρηῢς πέλεν, ἥ ῥα γέροντα
ἐνδυκέως κομέεσκεν ἐπ’ ἀγροῦ, νόσφι πόληος.
ἔνθ’ Ὀδυσεὺς δμώεσσι καὶ υἱέϊ μῦθον ἔειπεν·
„ὑμεῖς μὲν νῦν ἔλθετ’ ἐϋκτίμενον δόμον εἴσω,
δεῖπνον δ’ αἶψα συῶν ἱερεύσατε ὅς τις ἄριστος·
αὐτὰρ ἐγὼ πατρὸς πειρήσομαι ἡμετέροιο,
αἴ κέ μ’ ἐπιγνώηι καὶ φράσσεται ὀφθαλμοῖσιν,
ἦέ κεν ἀγνοιῆισι, πολὺν χρόνον ἀμφὶς ἐόντα.“
ὣς εἰπὼν δμώεσσιν ἀρήϊα τεύχε’ ἔδωκεν.
οἱ μὲν ἔπειτα δόμονδε θοῶς κίον, αὐτὰρ Ὀδυσσεὺς
ἆσσον ἴεν πολυκάρπου ἀλωῆς πειρητίζων.
οὐδ’ εὗρεν Δολίον, μέγαν ὄρχατον ἐσκαταβαίνων,
οὐδέ τινα δμώων οὐδ’ υἱῶν· ἀλλ’ ἄρα τοί γε
αἱμασιὰς λέξοντες ἀλωῆς ἔμμεναι ἕρκος
ᾤχοντ’, αὐτὰρ ὁ τοῖσι γέρων ὁδὸν ἡγεμόνευε.
τὸν δ’ οἶον πατέρ’ εὗρεν ἐϋκτιμένηι ἐν ἀλωῆι,
λιστρεύοντα φυτόν· ῥυπόωντα δὲ ἕστο χιτῶνα
ῥαπτὸν ἀεικέλιον, περὶ δὲ κνήμηισι βοείας
κνημῖδας ῥαπτὰς δέδετο, γραπτῦς ἀλεείνων,
χειρῖδάς τ’ ἐπὶ χερσὶ βάτων ἕνεκ’· αὐτὰρ ὕπερθεν
αἰγείην κυνέην κεφαλῆι ἔχε, πένθος ἀέξων.
τὸν δ’ ὡς οὖν ἐνόησε πολύτλας δῖος Ὀδυσσεὺς
γήραϊ τειρόμενον, μέγα δὲ φρεσὶ πένθος ἔχοντα,
στὰς ἄρ’ ὑπὸ βλωθρὴν ὄγχνην κατὰ δάκρυον εἶβε.
μερμήριξε δ’ ἔπειτα κατὰ φρένα καὶ κατὰ θυμὸν
κύσσαι καὶ περιφῦναι ἑὸν πατέρ’, ἠδὲ ἕκαστα
εἰπεῖν, ὡς ἔλθοι καὶ ἵκοιτ’ ἐς πατρίδα γαῖαν,

Ihrer Tugend; die Götter verewigen unter den Menschen
Durch den schönsten Gesang die keusche Penelopeia!
Nicht wie Tyndareos' Tochter verübte sie schändliche Taten,
Welche den Mann der Jugend erschlug, und ein ewiges Schandlied
Unter den Sterblichen ist; denn sie hat auf immer der Weiber
Namen entehrt, wenn eine sich auch des Guten befleißigt!
　Also besprachen sich jetzo die Luftgebilde der Toten,
Unter der Erde stehend, in Aïdes' dunkler Behausung.
　Jene gingen den Weg von der Stadt hinunter, und kamen
Bald zu dem wohlbestellten und schönen Hofe Laertes',
Welchen er selber vordem durch Heldentaten erworben.
Allda hatt' er sein Haus; und wirtschaftliche Gebäude
Liefen rings um den Hof; es speiseten, saßen und schliefen
Hier die nötigen Knechte, die seine Geschäfte bestellten.
Auch war dort eine alte Sikelerin, welche des Greises
Fern von der Stadt auf dem Lande mit treuer Sorge sich annahm.
Aber Odysseus sprach zu Telemachos und zu den Hirten:
　Geht ihr jetzo hinein in die schöngebauete Wohnung,
Und bereitet uns schnell zum Mahle das trefflichste Mastschwein.
Ich will indes hingehen, um unsern Vater zu prüfen:
Ob er mich wohl noch kennt, wenn seine Augen mich sehen;
Oder ob ich ihm fremd bin, nach meiner langen Entfernung.
　Also sprach er, und gab den Hirten die kriegrische Rüstung.
Diese gingen sogleich in die Wohnung. Aber Odysseus
Eilte zu seinem Vater im obstbeladenen Fruchthain.
Und er fand, da er eilig den langen Garten hinabging,
Weder Dolios dort, noch Dolios' Knechte und Söhne.
Diese waren aufs Feld gegangen, und sammelten Dornen
Zu des Gartens Geheg', und der alte Mann war ihr Führer.
Nur Laertes fand er im schöngeordneten Fruchthain.
Um ein Bäumchen die Erd' auflockern. Ein schmutziger Leibrock
Deckt' ihn, geflickt und grob; und seine Schenkel umhüllten
Gegen die ritzenden Dornen geflickte Stiefeln von Stierhaut;
Und Handschuhe die Hände der Disteln wegen; die Scheitel
Eine Kappe von Ziegenfell: so traurte sein Vater.
Als er ihn jetzo erblickte, der herrliche Dulder Odysseus,
Wie er vom Alter entkräftet und tief in der Seele betrübt war;
Sah er ihm weinend zu im Schatten des ragenden Birnbaums.
Dann bedacht' er sich hin und her, mit wankendem Vorsatz:
Ob er ihn küssend umarmte, den lieben Vater, und alles
Sagte, wie er nun endlich zur Heimat wiedergekehrt sei;

ἢ πρῶτ' ἐξερέοιτο ἕκαστά τε πειρήσαιτο.
ὧδε δέ οἱ φρονέοντι δοάσσατο κέρδιον εἶναι,
πρῶτον κερτομίοις ἐπέεσσιν πειρηθῆναι.
τὰ φρονέων ἰθὺς κίεν αὐτοῦ δῖος Ὀδυσσεύς.
ἤ τοι ὁ μὲν κατέχων κεφαλὴν φυτὸν ἀμφελάχαινε·
τὸν δὲ παριστάμενος προσεφώνεε φαίδιμος υἱός·
„ὦ γέρον, οὐκ ἀδαημονίη σ' ἔχει ἀμφιπολεύειν
ὄρχατον, ἀλλ' εὖ τοι κομιδὴ ἔχει, οὐδέ τι πάμπαν,
οὐ φυτόν, οὐ συκέη, οὐκ ἄμπελος, οὐ μὲν ἐλαίη,
οὐκ ὄγχνη, οὐ πρασιή τοι ἄνευ κομιδῆς κατὰ κῆπον.
ἄλλο δέ τοι ἐρέω, σὺ δὲ μὴ χόλον ἔνθεο θυμῶι
αὐτόν σ' οὐκ ἀγαθὴ κομιδὴ ἔχει, ἀλλ' ἅμα γῆρας
λυγρὸν ἔχεις αὐχμεῖς τε κακῶς καὶ ἀεικέα ἕσσαι.
οὐ μὲν ἀεργίης γε ἄναξ ἕνεκ' οὔ σε κομίζει,
οὐδέ τί τοι δούλειον ἐπιπρέπει εἰσοράασθαι
εἶδος καὶ μέγεθος· βασιλῆϊ γὰρ ἀνδρὶ ἔοικας.
τοιούτωι δὲ ἔοικας, ἐπεὶ λούσαιτο φάγοι τε,
εὑδέμεναι μαλακῶς· ἡ γὰρ δίκη ἐστὶ γερόντων.
ἀλλ' ἄγε μοι τόδε εἰπὲ καὶ ἀτρεκέως κατάλεξον,
τεῦ δμὼς εἶς ἀνδρῶν; τεῦ δ' ὄρχατον ἀμφιπολεύεις;
καί μοι τοῦτ' ἀγόρευσον ἐτήτυμον, ὄφρ' ἐῢ εἰδῶ,
εἰ ἐτεόν γ' Ἰθάκην τήνδ' ἱκόμεθ', ὥς μοι ἔειπεν
οὗτος ἀνὴρ νῦν δὴ ξυμβλήμενος ἐνθάδ' ἰόντι,
οὔ τι μάλ' ἀρτίφρων, ἐπεὶ οὐ τόλμησεν ἕκαστα
εἰπεῖν ἠδ' ἐπακοῦσαι ἐμὸν ἔπος, ὡς ἐρέεινον
ἀμφὶ ξείνωι ἐμῶι, ἤ που ζώει τε καὶ ἔστιν
ἦ ἤδη τέθνηκε καὶ εἰν Ἀΐδαο δόμοισιν.
ἐκ γάρ τοι ἐρέω, σὺ δὲ σύνθεο καί μευ ἄκουσον·
ἄνδρα ποτ' ἐξείνισσα φίληι ἐνὶ πατρίδι γαίηι
ἡμέτερόνδ' ἐλθόντα, καὶ οὔ πω τις βροτὸς ἄλλος
ξείνων τηλεδαπῶν φιλίων ἐμὸν ἵκετο δῶμα·
εὔχετο δ' ἐξ Ἰθάκης γένος ἔμμεναι, αὐτὰρ ἔφασκε
Λαέρτην Ἀρκεισιάδην πατέρ' ἔμμεναι αὐτῶι.
τὸν μὲν ἐγὼ πρὸς δώματ' ἄγων εὖ ἐξείνισσα,
ἐνδυκέως φιλέων, πολλῶν κατὰ οἶκον ἐόντων,
καί οἱ δῶρα πόρον ξεινήϊα, οἷα ἐώικει.
χρυσοῦ μέν οἱ δῶκ' εὐεργέος ἑπτὰ τάλαντα,
δῶκα δέ οἱ κρητῆρα πανάργυρον ἀνθεμόεντα,
δώδεκα δ' ἁπλοΐδας χλαίνας, τόσσους δὲ τάπητας,
τόσσα δὲ φάρεα καλά, τόσους δ' ἐπὶ τοῖσι χιτῶνας,
χωρὶς δ' αὖτε γυναῖκας, ἀμύμονα ἔργα ἰδυίας,

Oder ihn erst ausfragte, um seine Seele zu prüfen.
Dieser Gedanke schien dem Zweifelnden endlich der beste:
Erst mit sanftem Tadel des Vaters Seele zu prüfen.
Dieses beschloß Odysseus, und eilte hin zu Laertes,
Der, mit gesenktem Haupte, des Baumes Wurzel umhackte;
Und der treffliche Sohn trat nahe zum Vater, und sagte:
Alter, es fehlet dir nicht an Kunst den Garten zu bauen!
Schön ist alles bestellt; kein einziges dieser Gewächse,
Keine Rebe vermißt, kein Ölbaum, Feigen- und Birnbaum,
Keines der Beet' im Garten vermißt die gehörige Pflege!
Eins erinnre ich nur; nimm mir's nicht übel, o Vater!
Du wirst selber nicht gut gepflegt! Wie kümmerlich gehst du,
Schwach vor Alter, und schmutzig dabei, und häßlich bekleidet!
Wegen der Faulheit gewiß kann dich dein Herr nicht versäumen!
Selbst der Gedank' an Knechtschaft verschwindet einem Betrachter
Deiner Gestalt und Größe; du hast ein königlich Ansehn:
Gleich als ob dir gebührte, dich nach dem Bad und der Mahlzeit
Sanft zur Ruhe zu legen; denn das ist die Pflege der Alten.
Aber verkündige mir, und sage die lautere Wahrheit:
Welcher Mann ist dein Herr, und wessen Garten besorgst du?
Auch verkündige mir aufrichtig, damit ich es wisse:
Sind wir denn wirklich hier in Ithaka, wie mir ein Mann dort
Sagte, welchem ich eben begegnete, als ich hieher ging?
Aber der Mann war nicht so artig, mir alles zu sagen,
Oder auf meine Frage zu achten, wegen des Gastfreunds,
Den ich in Ithaka habe: ob dieser noch lebt und gesund ist;
Oder ob er schon starb, und zu den Schatten hinabfuhr.
Denn ich sage dir an; merk auf, und höre die Worte:
Einen Mann hab' ich einst im Vaterlande bewirtet,
Welcher mein Haus besuchte; so viel ich auch Fremde beherbergt,
Ist kein werterer Gast in meine Wohnung gekommen!
Dieser sagte, er stammt aus Ithakas felsichtem Eiland,
Und Arkeisios' Sohn Laertes wäre sein Vater.
Und ich führte den werten Gast in unsere Wohnung.
Freundlich bewirtet' ich ihn von des Hauses reichlichem Vorrat,
Und verehrt' ihm Geschenke zum Denkmal unserer Freundschaft:
Schenkt' ihm sieben Talente des künstlichgebildeten Goldes;
Einen silbernen Kelch mit schönerhobenen Blumen;
Feiner Teppiche zwölf, und zwölf der einfachen Mäntel;
Zwölf Leibröcke dazu, mit prächtigen Purpurgewanden;
Über dieses schenkt' ich ihm vier untadliche Jungfraun,

τέσσαρας εἰδαλίμας, ἃς ἤθελεν αὐτὸς ἑλέσθαι."
τὸν δ' ἠμείβετ' ἔπειτα πατὴρ κατὰ δάκρυον εἴβων·
„ ξεῖν', ἦ τοι μὲν γαῖαν ἱκάνεις, ἣν ἐρεείνεις,
ὑβρισταὶ δ' αὐτὴν καὶ ἀτάσθαλοι ἄνδρες ἔχουσιν·
δῶρα δ' ἐτώσια ταῦτα χαρίζεο, μυρί' ὀπάζων·
εἰ γάρ μιν ζωόν γ' ἐκίχεις Ἰθάκης ἐνὶ δήμωι,
τῶι κέν σ' εὖ δώροισιν ἀμειψάμενος ἀπέπεμψε
καὶ ξενίηι ἀγαθῆι ἡ γὰρ θέμις, ὅς τις ὑπάρξηι.
ἀλλ' ἄγε μοι τόδε εἰπὲ καὶ ἀτρεκέως κατάλεξον,
πόστον δὴ ἔτος ἐστίν, ὅτε ξείνισσας ἐκεῖνον
σὸν ξεῖνον δύστηνον, ἐμὸν παῖδ', εἴ ποτ' ἔην γε,
δύσμορον; ὅν που τῆλε φίλων καὶ πατρίδος αἴης
ἠέ που ἐν πόντωι φάγον ἰχθύες, ἢ ἐπὶ χέρσου
θηρσὶ καὶ οἰωνοῖσιν ἕλωρ γένετ'· οὐδέ ἑ μήτηρ
κλαῦσε περιστείλασα πατήρ θ', οἵ μιν τεκόμεσθα·
οὐδ' ἄλοχος πολύδωρος, ἐχέφρων Πηνελόπεια,
κώκυσ' ἐν λεχέεσσιν ἑὸν πόσιν, ὡς ἐπεώικει,
ὀφθαλμοὺς καθελοῦσα· τὸ γὰρ γέρας ἐστὶ θανόντων.
καί μοι τοῦτ' ἀγόρευσον ἐτήτυμον, ὄφρ' ἐῢ εἰδῶ·
τίς πόθεν εἶς ἀνδρῶν; πόθι τοι πόλις ἠδὲ τοκῆες;
ποῦ δὲ νηῦς ἕστηκε θοή, ἥ σ' ἤγαγε δεῦρο
ἀντιθέους θ' ἑτάρους; ἦ ἔμπορος εἰλήλουθας
νηὸς ἐπ' ἀλλοτρίης, οἱ δ' ἐκβήσαντες ἔβησαν;"
τὸν δ' ἀπαμειβόμενος προσέφη πολύμητις Ὀδυσσεύς·
„ τοιγὰρ ἐγώ τοι πάντα μάλ' ἀτρεκέως καταλέξω.
εἰμὶ μὲν ἐξ Ἀλύβαντος, ὅθι κλυτὰ δώματα ναίω,
υἱὸς Ἀφείδαντος Πολυπημονίδαο ἄνακτος·
αὐτὰρ ἐμοί γ' ὄνομ' ἐστὶν Ἐπήριτος· ἀλλά με δαίμων
πλάγξ' ἀπὸ Σικανίης δεῦρ' ἐλθέμεν οὐκ ἐθέλοντα·
νηῦς δέ μοι ἥδ' ἕστηκεν ἐπ' ἀγροῦ νόσφι πόληος.
αὐτὰρ Ὀδυσσῆϊ τόδε δὴ πέμπτον ἔτος ἐστίν,
ἐξ οὗ κεῖθεν ἔβη καὶ ἐμῆς ἀπελήλυθε πάτρης,
δύσμορος· ἦ τέ οἱ ἐσθλοὶ ἔσαν ὄρνιθες ἰόντι,
δεξιοί, οἷς χαίρων μὲν ἐγὼν ἀπέπεμπον ἐκεῖνον,
χαῖρε δὲ κεῖνος ἰών· θυμὸς δ' ἔτι νῶϊν ἐώλπει
μίξεσθαι ξενίηι ἠδ' ἀγλαὰ δῶρα διδώσειν."
ὣς φάτο, τὸν δ' ἄχεος νεφέλη ἐκάλυψε μέλαινα·
ἀμφοτέρηισι δὲ χερσὶν ἑλὼν κόνιν αἰθαλόεσσαν
χεύατο κὰκ κεφαλῆς πολιῆς, ἁδινὰ στεναχίζων.
τοῦ δ' ὠρίνετο θυμός, ἀνὰ ῥῖνας δέ οἱ ἤδη
δριμὺ μένος προὔτυψε φίλον πατέρ' εἰσορόωντι.

Kunstverständig und schön, die er sich selber gewählet.
Ihm antwortete drauf sein Vater, Tränen vergießend:
Fremdling, du bist gewiß in dem Lande, nach welchem du fragest!
Aber hier wohnen freche und übermütige Männer!
Und vergeblich hast du die vielen Geschenke verschwendet!
Hättest du ihn lebendig in Ithakas Volke gefunden,
Dann entließ er gewiß dich reichlich wiederbeschenket
Und anständig bewirtet; denn Pflicht ist des Guten Vergeltung.
Aber verkündige mir, und sage die lautete Wahrheit.
Wie viel Jahre sind es, seitdem dich jener besuchte?
Dein unglücklicher Freund, mein Sohn, so lang' ich ihn hatte!
Armer Sohn, den fern von der Heimat und seinen Geliebten
Schon die Fische des Meeres verzehreten, oder zu Lande
Vögel und Tiere zerrissen! Ihn hat die liebende Mutter
Nicht einkleidend beweint, noch der Vater, die wir ihn zeugten;
Noch sein edles Weib, die keusche Penelopeia,
Schluchzend am Sterbebette des lieben Gemahles gejammert,
Und ihm die Augen geschlossen: die letzte Ehre der Toten!
Auch verkündige mir aufrichtig, damit ich es wisse:
Wer, wes Volkes bist du? und wo ist deine Geburtstadt?
Und wo liegt das Schiff, das dich und die tapfern Genossen
Brachte? Kamst du vielleicht in einem gedungenen Schiffe,
Und die Schiffer setzten dich aus, und fuhren dann weiter?
Ihm antwortete drauf der erfindungsreiche Odysseus:
Gerne will ich dir dieses und nach der Wahrheit erzählen.
Ich bin aus Alybas her, und wohn' im berühmten Palaste
Meines Vaters Apheidas, des mächtigen Sohns Polypemons.
Und mein Namen ist Eperitos. Aber ein Dämon
Trieb mich durch Stürme hieher, als ich gen Sikania steurte.
Und mein Schiff liegt außer der Stadt am freien Gestade.
Jetzo sind's fünf Jahre, seitdem der edle Odysseus
Wieder von dannen fuhr, und Alybas' Ufer zurückließ.
Armer Freund! Und ihm flogen doch heilweissagende Vögel,
Als er zu Schiffe ging: drum sah ich freudig ihn scheiden,
Und er freute sich auch; denn wir hofften, einer den andern
Künftig noch oft zu bewirten, und schöne Geschenke zu wechseln.
Sprach's; und den Vater umhüllte die schwarze Wolke des Kummers.
Siehe, er nahm mit den Händen des dürren Staubes, und streut' ihn
Über sein graues Haupt, und weint' und jammerte herzlich.
Aber Odysseus ergrimmte im Geist, und es schnob in der Nase
Ihm der erschütternde Schmerz, beim Anblick des liebenden Vaters.

κύσσε δέ μιν περιφὺς ἐπιάλμενος, ἠδὲ προσηύδα·
„ κεῖνος μέν τοι ὅδ᾽ αὐτὸς ἐγώ, πάτερ, ὃν σὺ μεταλλᾷς,
ἤλυθον εἰκοστῶι ἔτεϊ ἐς πατρίδα γαῖαν.
ἀλλ᾽ ἴσχεο κλαυθμοῖο γόοιό τε δακρυόεντος.
ἐκ γάρ τοι ἐρέω· μάλα δὲ χρὴ σπευδέμεν ἔμπης·
μνηστῆρας κατέπεφνον ἐν ἡμετέροισι δόμοισι,
λώβην τινύμενος θυμαλγέα καὶ κακὰ ἔργα."
τὸν δ᾽ αὖ Λαέρτης ἀπαμείβετο φώνησέν τε·
„ εἰ μὲν δὴ Ὀδυσεύς γε ἐμὸς πάϊς ἐνθάδ᾽ ἱκάνεις,
σῆμά τί μοι νῦν εἰπὲ ἀριφραδές, ὄφρα πεποίθω."
τὸν δ᾽ ἀπαμειβόμενος προσέφη πολύμητις Ὀδυσσεύς·
„ οὐλὴν μὲν πρῶτον τήνδε φράσαι ὀφθαλμοῖσι,
τὴν ἐν Παρνησῶι μ᾽ ἔλασεν σῦς λευκῶι ὀδόντι
οἰχόμενον· σὺ δέ με προΐεις καὶ πότνια μήτηρ
ἐς πατέρ᾽ Αὐτόλυκον μητρὸς φίλον, ὄφρ᾽ ἂν ἑλοίμην
δῶρα, τὰ δεῦρο μολών μοι ὑπέσχετο καὶ κατένευσεν.
εἰ δ᾽ ἄγε τοι καὶ δένδρε᾽ ἐϋκτιμένην κατ᾽ ἀλωὴν
εἴπω, ἅ μοί ποτ᾽ ἔδωκας, ἐγὼ δ᾽ ᾔτεόν σε ἕκαστα
παιδνὸς ἐών, κατὰ κῆπον ἐπισπόμενος· διὰ δ᾽ αὐτῶν
ἱκνεύμεσθα, σὺ δ᾽ ὠνόμασας καὶ ἔειπες ἕκαστα.
ὄγχνας μοι δῶκας τρισκαίδεκα καὶ δέκα μηλέας,
συκέας τεσσαράκοντ᾽· ὄρχους δέ μοι ὧδ᾽ ὀνόμηνας
δώσειν πεντήκοντα, διατρύγιος δὲ ἕκαστος
ἤην· ἔνθα δ᾽ ἀνὰ σταφυλαὶ παντοῖαι ἔασιν -
ὁππότε δὴ Διὸς ὧραι ἐπιβρίσειαν ὕπερθεν."
ὣς φάτο, τοῦ δ᾽ αὐτοῦ λύτο γούνατα καὶ φίλον ἦτορ,
σήματ᾽ ἀναγνόντος τά οἱ ἔμπεδα πέφραδ᾽ Ὀδυσσεύς.
ἀμφὶ δὲ παιδὶ φίλωι βάλε πήχεε· τὸν δὲ ποτὶ οἷ
εἷλεν ἀποψύχοντα πολύτλας δῖος Ὀδυσσεύς.
αὐτὰρ ἐπεί ῥ᾽ ἄμπνυτο καὶ ἐς φρένα θυμὸς ἀγέρθη,
ἐξαῦτις μύθοισιν ἀμειβόμενος προσέειπε·
„ Ζεῦ πάτερ, ἦ ῥα ἔτ᾽ ἔστε θεοὶ κατὰ μακρὸν Ὄλυμπον,
εἰ ἐτεὸν μνηστῆρες ἀτάσθαλον ὕβριν ἔτισαν.
νῦν δ᾽ αἰνῶς δείδοικα κατὰ φρένα μὴ τάχα πάντες
ἐνθάδ᾽ ἐπέλθωσιν Ἰθακήσιοι, ἀγγελίας δὲ
πάντηι ἐποτρύνωσι Κεφαλλήνων πολίεσσι."
τὸν δ᾽ ἀπαμειβόμενος προσέφη πολύμητις Ὀδυσσεύς·
„ θάρσει, μή τοι ταῦτα μετὰ φρεσὶ σῇσι μελόντων.
ἀλλ᾽ ἴομεν προτὶ οἶκον, ὃς ὀρχάτου ἐγγύθι κεῖται·
ἔνθα δὲ Τηλέμαχον καὶ βουκόλον ἠδὲ συβώτην
προὔπεμψ᾽, ὡς ἂν δεῖπνον ἐφοπλίσσωσι τάχιστα."

Küssend sprang er hinzu mit umschlingenden Armen, und sagte:
Vater, ich bin es selbst, mein Vater, nach welchem du fragest,
Bin im zwanzigsten Jahre zur Heimat wiedergekehret!
Darum trockne die Tränen, und hemme den weinenden Jammer!
Denn ich sage dir kurz: (uns dringt die äußerste Eile!)
Alle Freier hab' ich in unserem Hause getötet,
Und ihr Trotzen bestraft und die seelenkränkenden Greuel!
Ihm antwortete drauf sein alter Vater Laertes:
Bist du denn wirklich, mein Sohn Odysseus, wiedergekommen;
Lieber, so sage mir doch ein Merkmal, daß ich es glaube!
Ihm antwortete drauf der erfindungsreiche Odysseus:
Erstlich betrachte hier mit deinen Augen die Narbe,
Die ein Eber mir einst mit weißem Zahne gehauen,
Ferne von hier am Parnassos: denn du und die treffliche Mutter
Sandtet mich dort zu Autolykos hin, die Geschenke zu holen,
Die mir bei der Geburt ihr besuchender Vater verheißen.
Jetzo will ich dir auch die Bäume des lieblichen Fruchthains
Nennen, die du mir einst auf meine Bitte geschenkt hast;
Denn ich begleitete dich als Knab' im Garten; wir gingen
Unter den Bäumen umher, und du nanntest und zeigtest mir jeden.
Dreizehn Bäume mit Birnen, und zehn voll rötlicher Äpfel
Schenktest du mir, und vierzig der Feigenbäume; und nanntest
Fünfzig Rebengeländer mit lauter fruchtbaren Stöcken,
Die du mir schenken wolltest: sie hangen voll mancherlei Trauben,
Wenn sie der Segen Gottes mit mildem Gewitter erfreuet.
Also sprach er; und jenem erzitterten Herz und Kniee,
Als er die Zeichen erkannte, die ihm Odysseus verkündet.
Seinen geliebtesten Sohn umarmend, sank er in Ohnmacht
An sein Herz; ihn hielt der herrliche Dulder Odysseus.
Als er zu atmen begann, und sein Geist dem Herzen zurückkam;
Da erhub er die Stimme, und rief mit lautem Entzücken:
Vater Zeus! ja noch lebt ihr Götter im hohen Olympos,
Wenn doch endlich die Greuel der üppigen Freier bestraft sind!
Aber nun fürcht' ich sehr in meinem Herzen, daß plötzlich
Alle Ithaker hier uns überfallen, und Botschaft
Ringsumher in die Städte der Kephallenier senden!
Ihm antwortete drauf der erfindungsreiche Odysseus:
Sei getrost, und laß dich diese Gedanken nicht kümmern!
Folge mir jetzt in das Haus, hier nahe am Ende des Gartens:
Dort ist Telemachos auch, und der Rinderhirt und der Sauhirt;
Denn ich sandte sie hin, uns eilend das Mahl zu bereiten.

ὣς ἄρα φωνήσαντε βάτην πρὸς δώματα καλά.
οἱ δ᾽ ὅτε δή ῥ᾽ ἵκοντο δόμους εὖ ναιετάοντας,
εὗρον Τηλέμαχον καὶ βουκόλον ἠδὲ συβώτην
ταμνομένους κρέα πολλὰ κερῶντάς τ᾽ αἴθοπα οἶνον.
τόφρα δὲ Λαέρτην μεγαλήτορα ὧι ἐνὶ οἴκωι
ἀμφίπολος Σικελὴ λοῦσεν καὶ χρῖσεν ἐλαίωι,
ἀμφὶ δ᾽ ἄρα χλαῖναν καλὴν βάλεν· αὐτὰρ Ἀθήνη
ἄγχι παρισταμένη μέλε᾽ ἤλδανε ποιμένι λαῶν,
μείζονα δ᾽ ἠὲ πάρος καὶ πάσσονα θῆκεν ἰδέσθαι.
ἐκ δ᾽ ἀσαμίνθου βῆ· θαύμαζε δέ μιν φίλος υἱός,
ὡς ἴδεν ἀθανάτοισι θεοῖς ἐναλίγκιον ἄντην·
καί μιν φωνήσας ἔπεα πτερόεντα προσηύδα·
„ὦ πάτερ, ἦ μάλα τίς σε θεῶν αἰειγενετάων
εἶδός τε μέγεθός τε ἀμείνονα θῆκεν ἰδέσθαι.“
τὸν δ᾽ αὖ Λαέρτης πεπνυμένος ἀντίον ηὔδα·
„αἲ γάρ, Ζεῦ τε πάτερ καὶ Ἀθηναίη καὶ Ἄπολλον,
οἷος Νήρικον εἷλον, ἐϋκτίμενον πτολίεθρον,
ἀκτὴν ἠπείροιο, Κεφαλλήνεσσιν ἀνάσσων,
τοῖος ἐών τοι χθιζὸς ἐν ἡμετέροισι δόμοισιν,
τεύχε᾽ ἔχων ὤμοισιν, ἐφεστάμεναι καὶ ἀμύνειν
ἄνδρας μνηστῆρας· τῶι κε σφέων γούνατ᾽ ἔλυσα
πολλῶν ἐν μεγάροισι, σὺ δὲ φρένας ἔνδον ἐγήθεις.“
ὣς οἱ μὲν τοιαῦτα πρὸς ἀλλήλους ἀγόρευον.
οἱ δ᾽ ἐπεὶ οὖν παύσαντο πόνου τετύκοντό τε δαῖτα,
ἑξείης ἕζοντο κατὰ κλισμούς τε θρόνους τε·
ἔνθ᾽ οἱ μὲν δείπνωι ἐπεχείρεον, ἀγχίμολον δὲ
ἦλθ᾽ ὁ γέρων Δολίος, σὺν δ᾽ υἱεῖς τοῖο γέροντος,
ἐξ ἔργων μογέοντες, ἐπεὶ προμολοῦσα κάλεσσεν
μήτηρ γρηῦς Σικελή, ἥ σφεας τρέφε καί ῥα γέροντα
ἐνδυκέως κομέεσκεν, ἐπεὶ κατὰ γῆρας ἔμαρψεν.
οἱ δ᾽ ὡς οὖν Ὀδυσῆα ἴδον φράσσαντό τε θυμῶι,
ἔσταν ἐνὶ μεγάροισι τεθηπότες· αὐτὰρ Ὀδυσσεὺς
μειλιχίοις ἐπέεσσι καθαπτόμενος προσέειπεν·
„ὦ γέρον, ἵζ᾽ ἐπὶ δεῖπνον, ἀπεκλελάθεσθε δὲ θάμβευς·
δηρὸν γὰρ σίτωι ἐπιχειρήσειν μεμαῶτες
μίμνομεν ἐν μεγάροις, ὑμέας ποτιδέγμενοι αἰεί.“
ὣς ἄρ ἔφη, Δολίος δ᾽ ἰθὺς κίε χεῖρε πετάσσας
ἀμφοτέρας, Ὀδυσεῦς δὲ λαβὼν κύσε χεῖρ᾽ ἐπὶ καρπῶι,
καί μιν φωνήσας ἔπεα πτερόεντα προσηύδα·
„ὦ φίλ᾽, ἐπεὶ νόστησας ἐελδομένοισι μάλ᾽ ἡμῖν
οὐδ᾽ ἔτ᾽ ὀϊομένοισι, θεοὶ δέ σ᾽ ἀνήγαγον αὐτοί,

Also besprachen sie sich, und gingen zur prächtigen Wohnung.
Und sie traten jetzt in die schönen Zimmer des Hauses,
Wo Telemachos schon, und der Rinderhirt und der Sauhirt,
Teilten die Menge des Fleisches, und Wein mit Wasser vermischten.
Aber den edelgesinnten Laertes in seinem Palaste
Badete jetzo die treue Sikelerin, salbte mit Öl ihn,
Und umhüllt' ihn dann mit dem prächtigen Mantel; Athene
Schmückt' unsichtbar mit Kraft und Größe den Hirten der Völker,
Schuf ihn höher an Wuchs, und jugendlicher an Bildung.
Und er stieg aus dem Bade. Mit Staunen erblickte der Sohn ihn,
Wie er gleich an Gestalt den unsterblichen Göttern einherging.
Und er redet' ihn an, und sprach die geflügelten Worte:
Wahrlich, o Vater, es hat ein unsterblicher Gott des Olympos
Deine Gestalt erhöht, und deine Bildung verschönert!
Und der verständige Greis Laertes sagte dagegen:
Wollte doch Vater Zeus, Athene und Phöbos Apollon,
Daß ich so, wie ich einst, am Vorgebirge der Feste,
Nerikos' Mauern erstieg, die Kephallenier führend;
Daß ich in jener Gestalt dir gestern in unserm Palaste,
Um die Schultern gepanzert, zur Seite hätte gestritten
Gegen der Freier Schar! Dann hätt' ich ihrer wohl manchen
Hingestreckt in den Saal, und dein Herz im Busen erfreuet!
Also besprachen diese sich jetzo untereinander.
Aber da jene das Mahl in Eile hatten bereitet,
Setzten sie sich nach der Reih auf prächtige Sessel und Throne,
Und erhoben die Hände zum Essen. Siehe da nahte
Dolios sich, der Greis, und Dolios' Söhne: sie kamen
Müde vom Felde zurück; denn die Mutter hatte sie selber
Heimgeholt, die alte Sikelerin, die sie erzogen,
Und sorgfältig des Greises in seinem Alter sich annahm.
Diese, sobald sie Odysseus sahn und im Herzen erkannten,
Standen still an der Schwell', und stauneten. Aber Odysseus
Wandte sich gegen den Greis mit diesen freundlichen Worten:
Setze dich, Alter, zu Tisch, und sehet mich nicht so erstaunt an:
Denn wir haben schon lange, begierig der Speise zu kosten,
Hier im Saale geharrt, und euch beständig erwartet.
Also sprach er. Da lief mit ausgebreiteten Armen
Dolios grad' auf ihn zu, und küßte die Hände des Königs,
Redete freundlich ihn an, und sprach die geflügelten Worte:
Lieber, kommst du nun endlich nach unserem herzlichen Wunsche.
Aber ohn' alles Vermuten, und führten dich Götter zur Heimat;

οὖλέ τε καὶ μάλα χαῖρε, θεοὶ δέ τοι ὄλβια δοῖεν.
καί μοι τοῦτ' ἀγόρευσον ἐτήτυμον, ὄφρ' ἐῢ εἰδῶ,
ἢ ἤδη σάφα οἶδε περίφρων Πηνελόπεια
νοστήσαντά σε δεῦρ', ἦ ἄγγελον ὀτρύνωμεν."
τὸν δ' ἀπαμειβόμενος προσέφη πολύμητις Ὀδυσσεύς
„ ὦ γέρον, ἤδη οἶδε· τί σε χρὴ ταῦτα πένεσθαι;"
ὣς φάθ', ὁ δ' αὖτις ἄρ' ἕζετ' ἐϋξέστου ἐπὶ δίφρου.
ὣς δ' αὔτως παῖδες Δολίου κλυτὸν ἀμφ' Ὀδυσῆα
δεικανόωντ' ἐπέεσσι καὶ ἐν χείρεσσι φύοντο,
ἑξείης δ' ἕζοντο παραὶ Δολίον, πατέρα σφόν.
ὣς οἱ μὲν περὶ δεῖπνον ἐνὶ μεγάροισι πένοντο·
Ὄσσα δ' ἄρ' ἄγγελος ὦκα κατὰ πτόλιν ᾤχετο πάντηι,
μνηστήρων στυγερὸν θάνατον καὶ κῆρ' ἐνέπουσα.
οἱ δ' ἄρ' ὁμῶς ἀΐοντες ἐφοίτων ἄλλοθεν ἄλλος
μυχμῶι τε στοναχῆι τε δόμων προπάροιθ' Ὀδυσῆος,
ἐκ δὲ νέκυς οἴκων φόρεον καὶ θάπτον ἕκαστοι,
τοὺς δ' ἐξ ἀλλάων πολίων οἶκόνδε ἕκαστον
πέμπον ἄγειν ἁλιεῦσι θοῆις ἐπὶ νηυσὶ τιθέντες·
αὐτοὶ δ' εἰς ἀγορὴν κίον ἀθρόοι, ἀχνύμενοι κῆρ.
αὐτὰρ ἐπεί ῥ' ἤγερθεν ὁμηγερέες τ' ἐγένοντο,
τοῖσιν δ' Εὐπείθης ἀνά θ' ἵστατο καὶ μετέειπε·
παιδὸς γάρ οἱ ἄλαστον ἐνὶ φρεσὶ πένθος ἔκειτο,
Ἀντινόου, τὸν πρῶτον ἐνήρατο δῖος Ὀδυσσεύς·
τοῦ ὅ γε δάκρυ χέων ἀγορήσατο καὶ μετέειπεν·
„ ὦ φίλοι, ἦ μέγα ἔργον ἀνὴρ ὅδ' ἐμήσατ' Ἀχαιούς·
τοὺς μὲν σὺν νήεσσιν ἄγων πολέας τε καὶ ἐσθλοὺς
ὤλεσε μὲν νῆας γλαφυράς, ἀπὸ δ' ὤλεσε λαούς·
τοὺς δ' ἐλθὼν ἔκτεινε Κεφαλλήνων ὄχ' ἀρίστους,
ἀλλ' ἄγετε, πρὶν τοῦτον ἢ ἐς Πύλον ὦκα ἱκέσθαι
ἢ καὶ ἐς Ἤλιδα δῖαν, ὅθι κρατέουσιν Ἐπειοί,
ἴομεν· ἦ καὶ ἔπειτα κατηφέες ἐσσόμεθ' αἰεί·
λώβη γὰρ τάδε γ' ἐστὶ καὶ ἐσσομένοισι πυθέσθαι,
εἰ δὴ μὴ παίδων τε κασιγνήτων τε φονῆας
τισόμεθ'. οὐκ ἂν ἐμοί γε μετὰ φρεσὶν ἡδὺ γένοιτο
ζωέμεν, ἀλλὰ τάχιστα θανὼν φθιμένοισι μετείην.
ἀλλ' ἴομεν, μὴ φθέωσι περαιωθέντες ἐκεῖνοι."
ὣς φάτο δάκρυ χέων, οἶκτος δ' ἕλε πάντας Ἀχαιούς.
ἀγχίμολον δέ σφ' ἦλθε Μέδων καὶ θεῖος ἀοιδὸς
ἐκ μεγάρων Ὀδυσῆος, ἐπεί σφεας ὕπνος ἀνῆκεν,
ἔσταν δ' ἐν μέσσοισι· τάφος δ' ἕλεν ἄνδρα ἕκαστον.
τοῖσι δὲ καὶ μετέειπε Μέδων πεπνυμένα εἰδώς·

Nun so wünsch' ich dir Freude, Gesundheit und Segen der Götter!
Aber sage mir doch aufrichtig, damit ich es wisse:
Weiß es deine Gemahlin, die kluge Penelopeia,
Daß du zu Hause bist? oder sollen wir's eilig verkünden?
Ihm antwortete drauf der erfindungsreiche Odysseus:
Alter, sie weiß es schon; du brauchst dich nicht zu bemühen.
Also sprach er, und setzte sich hin auf den zierlichen Sessel.
Dolios' Söhne traten nun auch zum berühmten Odysseus,
Hießen ihn froh willkommen, und drückten ihm alle die Hände,
Setzten sich dann nach der Reihe bei Dolios, ihrem Vater.
Also waren sie hier mit dem fröhlichen Schmause beschäftigt.
Aber Ossa, die schnelle Verkünderin, eilete ringsum
Durch die Stadt mit der Botschaft vom traurigen Tode der Freier.
Und nun erhuben sich alle, und sammelten hieher und dorther,
Lautwehklagend und lärmend, sich vor dem Palaste des Königs,
Trugen die Toten hinaus, und bestatteten jeder den Seinen;
Aber die andern, die rings von den Inseln waren gekommen,
Legten sie heimzufahren in schnelle Kähne der Fischer.
Und nun eilten sie alle zum Markte mit großer Betrübnis.
Als die Versammelten jetzt in geschlossener Reihe sich drängten;
Da erhub sich der Held Eupeithes vor den Achaiern,
Der mit unendlichem Schmerz um den toten Antinoos traurte,
Seinen Sohn, den zuerst der edle Odysseus getötet;
Weinend erhub sich dieser, und redete vor der Versammlung:
Freunde, wahrlich ein Großes bereitete jener den Griechen!
Erst entführt' er in Schiffen so viel' und tapfere Männer,
Und verlor die gerüsteten Schiff', und verlor die Gefährten;
Und nun kommt er, und tötet die Edelsten unseres Reiches.
Aber wohlan! bevor der Flüchtende Pylos erreichet,
Oder die heilige Elis, die von den Epeiern beherrscht wird;
Eilet ihm nach! Sonst werden wir nimmer das Antlitz erheben;
Schande brächt' es ja uns, und noch bei den spätesten Enkeln,
Wenn wir die Mörder nicht straften, die unsere Kinder und Brüder
Töteten! Ha! ich könnte nicht länger mit fröhlichem Herzen
Leben! mich förderte bald der Tod in die Schattenbehausung!
Auf denn, und eilt; damit sie uns nicht zu Wasser entfliehen!
Weinend sprach er's, und rührte die ganze Versammlung zum Mitleid.
Jetzo kam zu ihnen der göttliche Sänger und Medon
Ans Odysseus' Palaste, nachdem sie der Schlummer verlassen;
Und sie traten beid' in die Mitte des staunenden Volkes.
Und nun sprach zur Versammlung der gute verständige Medon.

„ κέκλυτε δὴ νῦν μευ, Ἰθακήσιοι· οὐ γὰρ Ὀδυσσεὺς
ἀθανάτων ἀέκητι θεῶν τάδ' ἐμήσατο ἔργα·
αὐτὸς ἐγὼν εἶδον θεὸν ἄμβροτον, ὅς ῥ' Ὀδυσῆϊ
ἐγγύθεν ἑστήκει καὶ Μέντορι πάντα ἐῴκει.
ἀθάνατος δὲ θεὸς τοτὲ μὲν προπάροιθ' Ὀδυσῆος
φαίνετο θαρσύνων, τοτὲ δὲ μνηστῆρας ὀρίνων
θῦνε κατὰ μέγαρον· τοὶ δ' ἀγχιστῖνοι ἔπιπτον."
ὣς φάτο, τοὺς δ' ἄρα πάντας ὑπὸ χλωρὸν δέος ᾕρει.
τοῖσι δὲ καὶ μετέειπε γέρων ἥρως Ἁλιθέρσης
Μαστορίδης· ὁ γὰρ οἶος ὅρα πρόσσω καὶ ὀπίσσω·
ὅ σφιν ἐϋφρονέων ἀγορήσατο καὶ μετέειπε·
„ κέκλυτε δὴ νῦν μευ, Ἰθακήσιοι, ὅττι κεν εἴπω·
ὑμετέρηι κακότητι, φίλοι, τάδε ἔργα γένοντο·
οὐ γὰρ ἐμοὶ πείθεσθ', οὐ Μέντορι ποιμένι λαῶν,
ὑμετέρους παῖδας καταπαυέμεν ἀφροσυνάων,
οἳ μέγα ἔργον ἔρεξαν ἀτασθαλίηισι κακῆισι,
κτήματα κείροντες καὶ ἀτιμάζοντες ἄκοιτιν
ἀνδρὸς ἀριστῆος· τὸν δ' οὐκέτι φάντο νέεσθαι.
καὶ νῦν ὧδε γένοιτο. πίθεσθέ μοι ὡς ἀγορεύω·
μὴ ἴομεν, μή πού τις ἐπίσπαστον κακὸν εὕρηι."
ὣς ἔφαθ', οἱ δ' ἄρ' ἀνήϊξαν μεγάλωι ἀλαλητῶι
ἡμίσεων πλείους· τοὶ δ' ἀθρόοι αὐτόθι μίμνον·
οὐ γάρ σφιν ἅδε μῦθος ἐνὶ φρεσίν, ἀλλ' Εὐπείθει
πείθοντ'· αἶψα δ' ἔπειτ' ἐπὶ τεύχεα ἐσσεύοντο.
αὐτὰρ ἐπεί ῥ' ἕσσαντο περὶ χροῒ νώροπα χαλκόν,
ἀθρόοι ἠγερέθοντο πρὸ ἄστεος εὐρυχόροιο.
τοῖσιν δ' Εὐπείθης ἡγήσατο νηπιέηισι·
φῆ δ' ὅ γε τίσεσθαι παιδὸς φόνον, οὐδ' ἄρ' ἔμελλεν
ἂψ ἀπονοστήσειν, ἀλλ' αὐτοῦ πότμον ἐφέψειν.
αὐτὰρ Ἀθηναίη Ζῆνα Κρονίωνα προσηύδα·
„ ὦ πάτερ ἡμέτερε, Κρονίδη, ὕπατε κρειόντων,
εἰπέ μοι εἰρομένηι, τί νύ τοι νόος ἔνδοθι κεύθει;
ἢ προτέρω πόλεμόν τε κακὸν καὶ φύλοπιν αἰνὴν
τεύξεις, ἦ φιλότητα μετ' ἀμφοτέροισι τίθησθα;"
τὴν δ' ἀπαμειβόμενος προσέφη νεφεληγερέτα Ζεύς·
„ τέκνον ἐμόν, τί με ταῦτα διείρεαι ἠδὲ μεταλλᾶις;
οὐ γὰρ δὴ τοῦτον μὲν ἐβούλευσας νόον αὐτή,
ὡς ἦ τοι κείνους Ὀδυσεὺς ἀποτίσεται ἐλθών;
ἔρξον ὅπως ἐθέλεις· ἐρέω τέ τοι ὡς ἐπέοικεν.
ἐπεὶ δὴ μνηστῆρας ἐτίσατο δῖος Ὀδυσσεύς,
ὅρκια πιστὰ ταμόντες ὁ μὲν βασιλευέτω αἰεί,

Höret mich an, ihr Männer von Ithaka! Wahrlich, Odysseus
Hat nicht ohne den Rat der Unsterblichen dieses vollendet!
Denn ich sah ihn selbst, den unendlichen Gott, der Odysseus
Immer zur Seite stand, in Mentors Bildung gehüllet.
Dieser unsterbliche Gott beseelete jetzo den König,
Vor ihm stehend, mit Mut, und jetzo stürmt' er vertilgend
Unter die Freier im Saal; und Haufen sanken bei Haufen.
Als er es sprach, da ergriff sie alle bleiches Entsetzen.
Unter ihnen begann der graue Held Halitherses,
Mastors Sohn, der allein Zukunft und Vergangenes wahrnahm;
Dieser erhub im Volke die Stimme der Weisheit, und sagte:
Höret mich an, ihr Männer von Ithaka, was ich euch sage!
Eurer Trägheit halben, ihr Freund', ist dieses geschehen!
Denn ihr gehorchtet mir nicht, noch Mentor dem Hirten der Völker,
Daß ihr eurer Söhn' unbändige Herzen bezähmtet,
Welche mit Unverstand die entsetzlichen Greuel verübten,
Da sie die Güter verschwelgten, und selbst die Gemahlin entehrten
Jenes trefflichen Manns, und wähnten, er kehre nicht wieder.
Nun ist dieses mein Rat; gehorcht mir, wie ich euch sage:
Eilt ihm nicht nach, daß keiner sich selbst das Verderben bereite!
Also sprach er. Da stunden die Griechen mit lautem Geschrei auf,
Mehr als die Hälfte der Schar; allein die übrigen blieben,
Welche den Rat Halitherses nicht achteten, sondern Eupeithes
Folgten. Sie eilten darauf zu ihrer ehernen Rüstung.
Und nachdem sie sich alle mit blinkendem Erze gepanzert,
Kamen sie vor der Stadt im weiten Gefilde zusammen.
Und sie führte Eupeithes, der Törichte! denn er gedachte
Seines Antinoos' Tod zu rächen; aber ihm war nicht
Heimzukehren bestimmt, sein harrte des Todes Verhängnis.
Aber Athene sprach zum Donnerer Zeus Kronion:
Unser Vater Kronion, der herrschenden Könige Herrscher,
Sage mir, welchen Rat du jetzo im Herzen verbirgest.
Wirst du hinfort verderbenden Krieg und schreckliche Zwietracht
Senden? oder beschließest du Freundschaft unter dem Volke?
Ihr antwortete drauf der Wolkenversammler Kronion:
Warum fragst du mich, Tochter, und forschest meine Gedanken?
Hast du nicht selber den Rat in deinem Herzen ersonnen,
Daß heimkehrend jenen Odysseus' Rache vergölte?
Tue, wie dir's gefällt; doch will ich das Beste dir sagen.
Da der edle Odysseus die Freier jetzo bestraft hat,
Werde das Bündnis erneut: er bleib' in Ithaka König;

ἡμεῖς δ᾽ αὖ παίδων τε κασιγνήτων τε φόνοιο
ἔκλησιν θέωμεν· τοὶ δ᾽ ἀλλήλους φιλεόντων
ὡς τὸ πάρος, πλοῦτος δὲ καὶ εἰρήνη ἅλις ἔστω."
ὣς εἰπὼν ὤτρυνε πάρος μεμαυῖαν Ἀθήνην,
βῆ δὲ κατ᾽ Οὐλύμποιο καρήνων ἀΐξασα.
οἱ δ᾽ ἐπεὶ οὖν σίτοιο μελίφρονος ἐξ ἔρον ἕντο,
τοῖς δ᾽ ἄρα μύθων ἦρχε πολύτλας δῖος Ὀδυσσεύς·
„ἐξελθών τις ἴδοι μὴ δὴ σχεδὸν ὦσι κιόντες."
ὣς ἔφατ᾽· ἐκ δ᾽ υἱὸς Δολίου κίεν, ὡς ἐκέλευεν·
στῆ δ᾽ ἄρ᾽ ἐπ᾽ οὐδὸν ἰών, τοὺς δὲ σχεδὸν ἔσιδε πάντας·
αἶψα δ᾽ Ὀδυσσῆα ἔπεα πτερόεντα προσηύδα·
„οἵδε δὴ ἐγγὺς ἔασ᾽· ἀλλ᾽ ὁπλιζώμεθα θᾶσσον."
ὣς ἔφαθ᾽, οἱ δ᾽ ὤρνυντο καὶ ἐν τεύχεσσι δύοντο,
τέσσαρες ἀμφ᾽ Ὀδυσῆ᾽, ἓξ δ᾽ υἱεῖς οἱ Δολίοιο·
ἐν δ᾽ ἄρα Λαέρτης Δολίος τ᾽ ἐς τεύχε᾽ ἔδυνον,
καὶ πολιοί περ ἐόντες, ἀναγκαῖοι πολεμισταί.
αὐτὰρ ἐπεί ῥ᾽ ἕσσαντο περὶ χροῒ νώροπα χαλκόν,
ὤϊξάν ῥα θύρας, ἐκ δ᾽ ἤϊον, ἄρχε δ᾽ Ὀδυσσεύς.
τοῖσι δ᾽ ἐπ᾽ ἀγχίμολον θυγάτηρ Διὸς ἦλθεν Ἀθήνη
Μέντορι εἰδομένη ἠμὲν δέμας ἠδὲ καὶ αὐδήν.
τὴν μὲν ἰδὼν γήθησε πολύτλας δῖος Ὀδυσσεύς·
αἶψα δὲ Τηλέμαχον προσεφώνεεν ὃν φίλον υἱόν·
„Τηλέμαχ᾽, ἤδη μὲν τόδε γ᾽ εἴσεαι αὐτὸς ἐπελθών,
ἀνδρῶν μαρναμένων ἵνα τε κρίνονται ἄριστοι,
μή τι καταισχύνειν πατέρων γένος, οἳ τὸ πάρος περ
ἀλκῇ τ᾽ ἠνορέῃ τε κεκάσμεθα πᾶσαν ἐπ᾽ αἶαν."
τὸν δ᾽ αὖ Τηλέμαχος πεπνυμένος ἀντίον ηὔδα·
„ὄψεαι, αἴ κ᾽ ἐθέλῃσθα, πάτερ φίλε, τῷδ᾽ ἐπὶ θυμῷ
οὔ τι καταισχύνοντα τεὸν γένος, ὡς ἀγορεύεις."
ὣς φάτο, Λαέρτης δ᾽ ἐχάρη καὶ μῦθον ἔειπε·
„τίς νύ μοι ἡμέρη ἥδε, θεοὶ φίλοι; ἦ μάλα χαίρω·
υἱός θ᾽ υἱωνός τ᾽ ἀρετῆς πέρι δῆριν ἔχουσιν."
τὸν δὲ παρισταμένη προσέφη γλαυκῶπις Ἀθήνη·
„ὦ Ἀρκεισιάδη, πάντων πολὺ φίλταθ᾽ ἑταίρων,
εὐξάμενος κούρῃ γλαυκώπιδι καὶ Διὶ πατρί,
αἶψα μαλ᾽ ἀμπεπαλὼν προΐει δολιχόσκιον ἔγχος."
ὣς φάτο, καί ῥ᾽ ἔμπνευσε μένος μέγα Παλλὰς Ἀθήνη
εὐξάμενος δ᾽ ἄρ᾽ ἔπειτα Διὸς κούρῃ μεγάλοιο,
αἶψα μάλ᾽ ἀμπεπαλὼν προΐει δολιχόσκιον ἔγχος,
καὶ βάλεν Εὐπείθεα κόρυθος διὰ χαλκοπαρῄου.
ἡ δ᾽ οὐκ ἔγχος ἔρυτο, διαπρὸ δὲ εἴσατο χαλκός,

Und wir wollen dem Volke der Söhn' und Brüder Ermordung
Aus dem Gedächtnis vertilgen; und beide lieben einander
Künftig wie vor, und Fried' und Reichtum blühen im Lande!
Also sprach er, und reizte die schon verlangende Göttin:
Eilend fuhr sie hinab von den Gipfeln des hohen Olympos.
Jene hatten sich nun mit lieblicher Speise gesättigt.
Unter ihnen begann der herrliche Dulder Odysseus:
Gehe doch einer, und seh, ob unsere Feinde schon annahn.
Also sprach er; und schnell ging einer von Dolios' Söhnen,
Stand auf der Schwelle des Hauses, und sah sie alle herannahn.
Eilend rief er Odysseus, und sprach die geflügelten Worte:
Nahe sind sie uns schon; wir müssen uns eilig bewaffnen!
Also rief er; da sprangen sie auf, und ergriffen die Rüstung:
Vier war Odysseus' Zahl, und sechs von Dolios' Söhnen.
Auch der alte Laertes und Dolios legten die Rüstung
An, so grau sie auch waren, durch Not gezwungene Krieger!
Und nachdem sie sich alle mit blinkendem Erze gerüstet;
Öffneten sie die Pforte, und gingen, geführt von Odysseus.
Jetzo nahte sich Zeus' blauäugichte Tochter Athene,
Mentorn gleich in allem, sowohl an Gestalt wie an Stimme.
Freudig erblickte die Göttin der herrliche Dulder Odysseus.
Und zu dem lieben Sohne Telemachos wandt' er sich also:
Jetzo wirst du doch sorgen, Telemachos, wenn du dahin kommst:
Daß du im Streite der Männer, wo sich die Tapfern hervortun,
Deiner Väter Geschlecht nicht schändest, die wir von Anfang
Immer durch Kraft und Mut der Menschen Bewundrung erwarben!
Und der verständige Jüngling Telemachos sagte dagegen:
Sehen wirst du es selbst, mein Vater, wenn du es wünschest:
Daß dies Herz dein Geschlecht nicht schändet! Wie kannst du das sagen?
Also sprach er; da rief mit herzlicher Freude Laertes:
Welch ein Tag ist mir dieser! Ihr Götter, wie bin ich so glücklich!
Sohn und Enkel streiten den edlen Streit um die Tugend!
Siehe da nahte sich Zeus' blauäugichte Tochter, und sagte:
O Arkeisios' Sohn, geliebtester meiner Geliebten,
Flehe zu Vater Zeus und Zeus' blauäugichter Tochter,
Schwinge dann mutig, und wirf die weithinschattende Lanze!
Also sprach die Göttin, und haucht' ihm unsterblichen Mut ein.
Eilend flehte der Greis zur Tochter des großen Kronions,
Schwung dann mutig, und warf die weithinschattende Lanze.
Und er traf Eupeithes am ehernwangichten Helme,
Und den weichenden Helm durchdrang die stürmende Lanze:

δούπησεν δὲ πεσών, ἀράβησε δὲ τεύχε' ἐπ' αὐτῶι.
ἐν δ' ἔπεσον προμάχοις Ὀδυσεὺς καὶ φαίδιμος υἱός,
τύπτον δὲ ξίφεσίν τε καὶ ἔγχεσιν ἀμφιγύοισι.
καί νύ κε δὴ πάντας ὄλεσαν καὶ ἔθηκαν ἀνόστους,
εἰ μὴ Ἀθηναίη, κούρη Διὸς αἰγιόχοιο,
ἤϋσεν φωνῆι, κατὰ ἔσχεθε λαὸν ἅπαντα.
„ ἴσχεσθε πτολέμου, Ἰθακήσιοι, ἀργαλέοιο,
ὥς κεν ἀναιμωτί γε διακρινθῆτε τάχιστα.“
ὣς φάτ' Ἀθηναίη, τοὺς δὲ χλωρὸν δέος εἷλεν·
τῶν δ' ἄρα δεισάντων ἐκ χειρῶν ἔπτατο τεύχεα,
πάντα δ' ἐπὶ χθονὶ πῖπτε, θεᾶς ὄπα φωνησάσης·
πρὸς δὲ πόλιν τρωπῶντο λιλαιόμενοι βιότοιο.
σμερδαλέον δ' ἐβόησε πολύτλας δῖος Ὀδυσσεύς,
οἴμησεν δὲ ἀλεὶς ὥς τ' αἰετὸς ὑψιπετήεις.
καὶ τότε δὴ Κρονίδης ἀφίει ψολόεντα κεραυνόν,
κὰδ δ' ἔπεσε πρόσθε γλαυκώπιδος ὀβριμοπάτρης.
δὴ τότ' Ὀδυσσῆα προσέφη γλαυκῶπις Ἀθήνη·
„ διογενὲς Λαερτιάδη, πολυμήχαν' Ὀδυσσεῦ,
ἴσχεο, παῦε δὲ νεῖκος ὁμοιΐου πολέμοιο,
μή πως τοι Κρονίδης κεχολώσεται εὐρύοπα Ζεύς.“
ὣς φάτ' Ἀθηναίη, ὁ δ' ἐπείθετο, χαῖρε δὲ θυμῶι.
ὅρκια δ' αὖ κατόπισθε μετ' ἀμφοτέροισιν ἔθηκεν
Παλλὰς Ἀθηναίη, κούρη Διὸς αἰγιόχοιο,
Μέντορι εἰδομένη ἠμὲν δέμας ἠδὲ καὶ αὐδήν.

Tönend sank er dahin, von der ehernen Rüstung umrasselt.
Aber Odysseus fiel und Telemachos unter die Feinde,
Hauten und stachen mit Schwertern und langgeschafteten Spießen.
Und nun hätten sie alle vertilgt und zu Boden gestürzet;
Aber die Tochter des Gottes mit wetterleuchtendem Schilde,
Pallas Athene rief, und hemmte die streitenden Scharen:
  Ruht, ihr Ithaker, ruht vom unglückseligen Kriege!
Schonet des Menschenblutes, und trennet euch schnell voneinander!
  Also rief die Göttin; da faßte sie bleiches Entsetzen:
Ihren zitternden Händen entflogen die Waffen, und alle
Fielen zur Erd', als laut die Stimme der Göttin ertönte.
Und sie wandten sich fliehend zur Stadt, ihr Leben zu retten.
Aber fürchterlich schrie der herrliche Dulder Odysseus,
Und verfolgte sie rasch, wie ein hochherfliegender Adler.
Und nun sandte Kronion den flammenden Strahl vom Olympos,
Dieser fiel vor Athene, der Tochter des schrecklichen Vaters.
Und zu Odysseus sprach die heilige Göttin Athene:
  Edler Laertiad', erfindungsreicher Odysseus,
Halte nun ein, und ruhe vom allverderbenden Kriege:
Daß dir Kronion nicht zürne, der Gott weithallender Donner!
  Also sprach sie, und freudig gehorcht' Odysseus der Göttin.
Zwischen ihm und dem Volk erneuete jetzo das Bündnis
Pallas Athene, die Tochter des wetterleuchtenden Gottes,
Mentorn gleich in allem, sowohl an Gestalt wie an Stimme.

HOMER

NACHWORT VON
JOACHIM LATACZ

Wenn wir heute von „Achillesferse" reden oder von „Kassandrarufen", von „Sirenenklängen" oder vom „Trojanischen Pferd" – Begriffe, die besonders oft in Parlamentsdebatten fallen, meist als Nonplusultra der Polemik –, dann führen wir Homer im Munde – direkt oder indirekt. Wenn wir über Joyce's „Ulysses" sprechen oder über Christa Wolfs „Kassandra", Musik aus der Verfilmung von Kazantzakis' „Alexis Sorbas" hören oder eines der unzähligen „Parisurteil"-Bilder von Giorgione bis Gauguin betrachten, dann stehen wir im Dialog mit Homer. Und wenn wir ganz alltäglich seufzen „Heute hab' ich eine wahre Odyssee erlebt": Homer auch hier, den wir zitieren. Homer lebt nach wie vor in uns. Solange wir nicht wieder Barbaren werden – um ein bekanntes Wort von Jacob Burckhardt abzuwandeln –, werden wir Homer nicht los. Das liegt nicht an der Bildungsbourgeoisie. Es liegt daran, daß mit Homer Europas Textkultur begann. Weil „Ilias" und „Odyssee" die ersten umfangreichen Werke waren, die nach Erfindung unserer Schrift durch die Griechen des 8. Jahrhunderts v. Chr. niedergeschrieben wurden, und weil diese Werke erster Leselern- und Bildungsstoff zahlreicher Generationen von Griechen aller Stände waren, Jahrhunderte hindurch, weil, schließlich, Rom und damit Roms Nachfolgestaaten bis zur Gegenwart an diesem Fundament der Bildung in vielfacher Brechung festgehalten haben – darum ist Homer so tief in uns, daß er uns prägt, auch wenn wir's gar nicht merken: ein großer „heimlicher Erzieher".

„Homer?" fragt mancher, „liegt das nicht unendlich weit zurück? Gehört das nicht ins Kindheitsstadium menschlicher Kultur?" Nun – zweitausendsiebenhundert Jahre sind seitdem vergangen, das sind rund 81 Generationen. Der Mensch, sagt uns die Paläontologie nach neuestem Erkenntnisstand, ist etwa eineinhalb Millionen Jahre alt. Die ältesten Kulturen im Mittelmeergebiet reichen etwa 10 000 Jahre zurück. Das ist unser Vorvorgestern. Homer ist unser Gestern. Von ihm aus spannt sich der Bogen ungebrochen bis zu uns. Alle Literatur, die nach ihm kam, stand in seinem Bann – in Übernahme oder Widerspruch. Mit seiner Art, die Welt zu sehen und ins Wort zu setzen, hatte er ein Fundament gelegt. In seinen beiden Werken – bis zur Neuzeit galten *beide*, Ilias *und* Odyssee, fast stets als seine Werke – hatte er einen so großen Teil der Welt, des Lebens, des Denkens, Fühlens, Strebens und des Wertens abgebildet und als zusammenhängendes Ganzes vorgeführt, daß es den Erfahrungshorizont des einzelnen weit überstieg. Von Ländern, Meeren, Völkern, Pflanzen, Tieren, von Bodenschätzen, Handwerks- und Kunstprodukten, von Techniken und Methoden, aber auch von den Möglichkeiten der Menschen, zu denken, zu reden und zu reagieren, zu glauben und zu fühlen und miteinander umzugehen, hatte Homer so viel dargestellt, wie der einzelne in seinem kleinen Umkreis im Normalfall nie erleben konnte. An Homer konnte man also den eigenen Erfahrungsraum erweitern. Man konnte von ihm lernen. Über ihn hinauszugehen war so lange nicht erforderlich, wie man sich angesichts seines Kenntnis- und Verstehensniveaus selbst noch als unzureichend empfand. Als dann die Phase des Lernens bei den fortgeschrittensten Geistern, abgeschlossen war, begann der Prozeß des Überbietens. Mehr wissen als Homer, die

Dinge und die Menschen besser verstehen als Homer, die Welt genauer abbilden können als Homer, den Zusammenhang des Ganzen einsichtiger erklären können als Homer, aber auch etwa den Menschen durch das dichterische Wort und den denkenden Geist noch gültiger erfassen können als Homer: das waren starke Antriebe der folgenden Jahrhunderte. Homer war also für die Griechen kein bloßer Erzähler von Geschichten. Er war der Anfangsimpuls ihrer Kulturentwicklung. Und da sich Griechenland in Rom, Byzanz und allen neuzeitlichen Staaten, die sich über diese Grundschicht darüberlegten, als Mutterboden durchgehalten hat, reicht die Wirkung bis zu uns.

Natürlich sind solche unbewußten Wirkungen ungreifbar. Innewerden kann man sich ihrer nur durch die gewollte Wiederbegegnung mit den konkreten Texten. Wer sich dazu entschließt und nicht zu früh entmutigt aufgibt, wird reich belohnt. Er erlebt das gleiche wie die ersten Hörer von Ilias und Odyssee vor zweieinhalb Jahrtausenden: das Gefühl, auf eine höhere Ebene hinaufgehoben zu werden. Dies natürlich nun in einem anderen Sinn als damals. *Wir* lernen heute von Homer nicht mehr Geographie oder Botanik. In allem Äußeren sind die Schüler über den Lehrer längst hinausgewachsen. Aber wo es um das Innere des Menschen geht und um Sozialverhalten, da kann die Homerlektüre uns unsere eigene Differenziertheit neu sehen lehren. Der selbstverständliche Respekt, mit dem die Menschen bei Homer einander begegnen, ist kein höfisches Zeremoniell. Er ist Ausdruck eines aufmerksamen Sich-Einlassens auf den anderen. Das haben wir verlernt. Durch Homer zu sehen, was wir damit verloren haben, kann neue Kräfte wecken.

Wenn wir Homer in solcher Haltung lesen (und nicht, um unsere Bildung aufzufrischen), entsprechen wir zu einem großen Teil der Absicht, in der die beiden Epen geschaffen wurden. Ilias und Odyssee sind ja nicht gedichtet worden, um den Hörern die Geschichte vom Troianischen Krieg oder etwa von der Heimkehr des Odysseus zu erzählen. Diese Geschichten kannten sie bereits. Sie hatten sie schon hundertmal gehört, in immer wieder anderen Versionen. Seit Jahrhunderten gab es „Sänger", die zum Saiteninstrument der Phorminx diese und andere Geschichten nach dem Nachtmahl an den Höfen der Adeligen in Hexametern rezitierten. Nicht immer gleich die ganze Geschichte natürlich, sondern Teile meist – *die* Teile, die das Publikum gerade hören wollte. Da die Geschichte als ganze bekannt war – in ihrer Ereignisfolge und Grundkausalität –, genügte ein Wink an den Sänger: „Sing uns davon, wie die Achaier im Bauch des Hölzernen Pferds nach Troia kamen!" – „Sing uns, wie Odysseus mit den Gefährten aus der Höhle des Zyklopen floh!" – usw. Der Sänger überlegte kurz, um dann nach einem Vorspruch zu beginnen und aus dem Augenblick heraus frei improvisierend Vers an Vers zu reihen, im ständigen Kontakt zum Publikum und dessen Reaktionen. Je nach Bedürfnislage konnte er die Geschichte raffen oder dehnen. Wollte er dehnen, so konnte er lange Gespräche zwischen den handelnden Personen erfinden, Beschreibungen von Pferden, Waffen, Häusern, Frauen, Handwerkserzeugnissen usw. geben, einen Gegenstand oder einen Vorgang durch ein lang ausgeführtes

Gleichnis profilieren, und dergleichen mehr. Wollte er raffen, konnte er Ereignisse, die in der Wirklichkeit Tage dauerten, in zwei Verse zusammenziehen: Grundmethoden des Erzählens, die zeitlos sind. Die Meisterschaft, mit der ein Sänger diese Mittel einsetzte, und die Qualität der im Erzählen neuentstehenden Version, die er damit erreichte, bestimmten den Erfolg.

Homer war einer dieser Sänger. Bevor er diejenigen Versionen schuf, die wir noch heute lesen, hatte er bereits zahllose Male andere Versionen vorgetragen – kürzere, längere, wohlproportionierte Teil-Erzählungen und sicher hier und da auch weniger gelungene Fassungen. Wie umfangreich die längsten dieser Vortragsversionen gewesen waren, werden wir nie wissen. Auch nicht, wie lang und gut die Vortragsfassungen seiner Vorgänger und seiner zeitgenössischen Kollegen waren. Daß Homer nicht der einzige in seiner Zeit war, der die Geschichten vortrug, die wir in Ilias und Odyssee vorfinden, steht aber fest (er selbst läßt in seinen Fassungen Sänger auftreten, die die gleichen Geschichten in anderen Fassungen erzählen: die Puppen in der Puppe). So hat es natürlich auch einen Wettbewerb zwischen den Sängern um die beste Form gegeben. In diesem stillen Wettbewerb, der seit Generationen andauerte, hat am Ende einer den Sieg davongetragen: Homer.

Homer ist kein Phantom. Gewiß, man weiß nichts Verbürgtes über sein Leben. Man weiß nicht, wann und wo er geboren wurde, wie er aussah (die vielen Bildnisse Homers, die bis zu uns gekommen sind, entsprangen künstlerischer Phantasie), welche Tracht er trug, was seine Lieblingsspeise war, wie er zu Frauen stand und ob er Kinder hatte, und dergleichen mehr. Die Frage ist nur, wie wertvoll uns das Wissen über solche Dinge wäre, wenn wir's hätten. Dergleichen wissen wir auch über Hesiod, Alkaios, Thales und – in andrer Weise – Sappho nicht. In allen *diesen* Fällen verschlägt das nichts: wir halten uns ans Werk. Im Fall Homers soll das nicht gelten! Die anderen Genannten, heißt es, verraten doch wenigstens diese oder jene Einzelheit über ihr Leben: Hesiod, daß er einmal mit der Fähre von Chalkis aus über den 65 Meter breiten Meeresarm zur Insel Euboia hinüberfuhr; Alkaios, daß er in einer Schlacht einst seinen Schild verlor; Sappho, daß sie ihrem Bruder Charaxos zürnte, weil er für eine Hetäre namens Doricha sein Geld verschwendete; und von Thales ist sicher überliefert, daß er eine Sonnenfinsternis vorausberechnete, politische Ratschläge gab, als „Militär-Ingenieur" einmal einen strategisch hinderlichen Fluß umleitete und eine logische Erklärung für die jährlich zur gleichen Zeit auftretende Überschwemmung des Nil-Tals wußte. Voilà! *Die* Leute haben existiert! Homer jedoch? Sagt gar nichts über sich! Hat also nie gelebt! – Die Scheinlogik liegt auf der Hand. Wir haben zwei umfangreiche Epen aus der Zeit um 700, zusammen etwa 28 000 Verse lang. Jedes der beiden eine Ganzheit – mit Anfang, Mitte, Ende: Zeichen planenden Verstands. Vom Himmel sind sie nicht gefallen. Es muß jemand dahinter stehen, der sie geschaffen hat. Die Griechen nannten diesen Jemand „Homeros". Wir wissen es nicht besser. Es nützt auch nichts, „Homer" durch „ein unbekannter Sänger" zu ersetzen (den wir dann wieder neu benennen können: „XY" oder „A" u. ä.). Das sind fruchtlose Manipulationen. Wir wissen: *Ein* Grundgesetz der Gattung „Sänger-Epos" bestand darin, daß der Sänger eine längst vergangene Welt vor seinen Hörern neu erschuf, in der er selbst – der er ja sichtbar vor ihnen saß – natürlich keinen Platz haben konnte. Infolgedessen *kann* in diesem Fall das Werk nichts über das konkrete Leben seines Schöpfers sagen. Daß es einen Schöpfer *hat*, bekundet es durch sein Vorhandensein. Von welcher Wesensart dieser sein Schöpfer war, läßt es durch seine Kunstgestalt und durch den Geist, der es durchströmt, erschließen. Allein dies aber ist für uns bedeutsam – nicht anders als bei anderen Künstlern. Darum lassen wir den Namen „Homeros" gelten und geben uns mit dem einzigen biographischen Faktum zufrieden, das sich aus der Fülle aller heute verfügbaren Indizien mit Sicherheit erschließen läßt: dieser „Homeros", der zumindest das frühere der beiden Epen schuf, die Ilias, hat in der zweiten Hälfte des 8. Jahrhunderts v. Chr. gelebt.

Dieses 8. Jahrhundert war die Zeit des Wiederaufschwungs Griechenlands nach einer langen Periode der Stagnation. Die Griechen waren um 2000 in das Gebiet eingewandert, in dem wir sie noch heute finden. In acht Jahrhunderten hatten sie eine erste Hochkultur geschaffen, mit einem dichten Netz von Verwaltungszentren. Die Ruinen der Verwaltungssitze sehen wir noch heute: Mykene, Tiryns, Pylos, Theben, Santorin, auch Knossos (das sie um 1450 von den minoischen Kretern erobert hatten). Viele andere Palastruinen schlummern noch unter der Erde; die meisten werden niemals ausgegraben werden: unsere Zeit hat andere Probleme, als vergangene Kulturen in Form von Freilichtmuseen wiederzuerrichten. In diesen Zentren residierte eine sich immer mehr verfeinernde adelige Oberschicht. Sie lebte luxuriös und geistig anspruchsvoll. Sie pflegte viele Künste und bediente sich einer relativ hochentwickelten Schrift (die 1900 wiedergefunden und 1952 entschlüsselt und als Wiedergabe eines frühen Griechisch identifiziert wurde). Sie kannte – wie alle Adelsherrschaften dieses Typs – Bindungen und Fehden. Es kam zu Koalitionen, gemeinsamen Unternehmungen, aber auch zu kriegerischen Auseinandersetzungen zwischen den Zentren. Das alles hielt sich im Rahmen des für derartige Strukturen Üblichen. Da trat in der Zeit um 1200 ein von außen kommendes Ereignis ein, das am Ende für diese ganze erste griechische Hochkultur den Untergang bedeutete: In West- und Südeuropa taten sich verschiedene Völkergruppen zusammen, die in einer Wanderung in die Balkanhalbinsel und zu Lande und zu Wasser die kleinasiatische Westküste entlang bis nach Ägypten hinunterzogen: der sogenannte Seevölkersturm. Sein Weg war durch Zerstörungen markiert. Die Paläste gingen nach fruchtloser Gegenwehr nach und nach in Flammen auf. Die ausgeklügelten Verwaltungs- und Wirtschaftssysteme fielen auseinander. Die Bevölkerung wurde drastisch dezimiert durch Tod und Flucht. Als die Fremdlinge weitergezogen waren, lag Griechenland darnieder. Der Zustand der Regression dauerte nicht weniger als nahezu dreihundert Jahre an. Dann aber – in den Jahrzehnten um 800 v. Chr. – setzte ein Wiederaufschwung auf sämtlichen Gebieten ein. Die Bevölkerungszahl stieg in kurzer Zeit um das Drei- bis Siebenfache (Attika) an, Wirtschaft und Handel entwickelten sich nicht nur im Innern, sondern vor allem auch nach außen (Levante, Ägypten, Zypern, Sizilien, Italien, Etrurien), die ersten Koloniegründungen im Westen (Sizilien und Unteritalien) wurden erforderlich, der steigende Bedarf an Waren und Werkzeugen führte zu Neuerungen aller Art, und die Gesamtstimmungslage der Gesellschaft ermöglichte folgerichtig auch auf dem kulturellen Sektor neue Aufgabenstellungen und Leistungen. In diesem Zusammenhang ist auch jene Neuerung zu sehen, die für die Schaffung der Epen *Ilias* und *Odyssee* die Voraussetzung war: die Übernahme der Alphabetschrift von den Phöniziern und ihre bedarfsgerechte Weiterentwicklung zu einem 26-Zeichen-System, das die eindeutige Wiedergabe des Griechischen in Schriftform möglich machte. Alle Indizien weisen heute darauf hin, daß dieser Zustand etwa um 775 bereits erreicht war; erste Inschriften auf Ton datieren aus der Mitte des 8. Jahrhunderts.

Diese Aufschwungsbewegung – „Renaissance des 8. Jahrhunderts" genannt – wurde getragen vom Adel. Der Adel hatte sich auch in der „dunklen" Zeit zwischen dem Zusammenbruch der ersten Hochkultur und dem Beginn des Wiederaufschwungs in verschiedenen Rückzugsgebieten (bisher wissen wir von Zypern, den Kykladen, Euboia) halten können. Er bewahrte die Erinnerung an die glanzvolle Vorkatastrophenzeit vor allem durch die Förderung des Heldensangs. Die Sänger, die Geschichten aus jener Zeit durch ihren Vortrag lebendig hielten und ihr Wissen und ihre Kunst von Generation zu Generation an Jüngere weitergaben, waren in den Adelshäusern gern gesehene Gäste, und mancher Angehörige des Adelsstandes wird die Kunst auch selbst geübt haben (der Achill der *Ilias*, der im Lager der Achaier vor Troia „die Ruhmgeschichten von Männern" singt, ist eine Spiegelung davon). Der neue Aufschwung des 8. Jahrhunderts schuf die Voraussetzungen, diese uralte Kunst, die durch die dunkle Zeit hindurch Würde und Hoffnung aufrechterhalten hatte, nunmehr auf eine neue Ebene emporzuheben: Die Schrift ermöglichte die große Konzeption und den Versuch, an die Stelle der alten, improvisierten Teil-Versionen eine große zusammenhängende Ganzheit zu setzen. Solche Versuche müssen in den adeligen Führungskreisen schon um die Mitte des 8. Jahrhunderts eingesetzt haben. Wie weit sie gingen und welches ihre Resultate waren, wissen wir nicht. Daß es sie gab, müssen wir unterstellen, da anders das Entstehen der beiden Großepen *Ilias* und *Odyssee* gegen das Jahrhundert-Ende kaum verständlich wäre: ohne tastende Erkundungsschritte ist das Zustandekommen der unerhörten Perfektion dieser beiden Riesenbauten des Erzählens nur schwer vorstellbar.

Die *Ilias* ist – soweit wir wissen – um 730, die *Odyssee* um 700 entstanden. Wenn wir diese Epen heute lesen, sollten wir uns stets vergegenwärtigen, daß sie zu ihrer Zeit ein ganz außergewöhnlicher Erfolg waren (das zeigt die Wirkung, die sie offenbar vom ersten Augenblick an hatten; davon war eingangs die Rede). Diese Darstellungen kamen also den Erwartungen des damaligen Publikums in ungewöhnlich hohem Maß entgegen. Die Frage ist: wodurch? Doch zweifellos nicht dadurch, daß sie die Faktenfolge der alten Sagen, die man im Schlafe kannte, erneut erzählten. Sieht man genauer hin, dann tun sie das auch gar nicht: Die Ilias erzählt ja nicht die Geschichte vom Troianischen Krieg vom Parisurteil an bis zur Zerstörung Troias, und die Odyssee erzählt nicht die Abenteuer des Odysseus von seiner Abfahrt nach vollzogener Zerstörung Troias bis zu seiner Wiederankunft im Palast in Ithaka. Beide Epen erzählen etwas anderes: Die Ilias eine kleine Episode aus dem zehnten Kriegsjahr – die Episode vom Groll Achills und seinen Folgen, die nicht mehr als 51 Handlungstage umfaßt –, die Odyssee das kleine allerletzte Schlußstück der Heimkehr des Odysseus von der Insel der Kalypso über das Phaiakenland nach Ithaka, in den Palast und zu Frau und Sohn: Penelope und Telemach – nicht mehr als 40 Handlungstage. Die Kenntnis der reinen Faktenfolge ist beim Publikum vorausgesetzt. Die „Vorzeithandlung" (wie ein vorangegangenes Geschehen in der allgemeinen Erzählforschung heißt) wird zwar in beiden Epen durch längere (neben verstreuten kürzeren) Rückblenden in die eigentliche Handlung hereingeholt – in der Ilias geschieht das in den Gesängen 2 bis 7, in der Odyssee durch Odysseus' eigene Erzählung seiner früheren Erlebnisse bei den Phaiaken –, aber schon diese Nachholform zeigt an, daß auch da der eigentliche Zweck nicht die Darbietung der Fakten ist. Der Zweck dieser neuen dichterischen Formungen der längstbekannten Sagen ist ein anderer: durch dramatische Zusammendrängung der in den Sagen angelegten menschlichen Probleme auf einen kurzen Zeitraum und auf wenige Hauptpersonen Grundmöglichkeiten von Problembewältigung vorzuführen. Daß im Hintergrund die Absicht steht, Probleme aus der aktuellen Gegenwart der Hörer im Medium der Dichtung zu spiegeln, liegt auf der Hand (ist allerdings noch kaum zum Forschungsgegenstand gemacht). Verkürzt läßt sich infolgedessen sagen, daß sich in Ilias und Odyssee die Oberschicht des 8. Jahrhunderts selber spiegelt. Das gleiche wird sich zweieinhalb Jahrhunderte später in Athen im Medium des attischen Dramas wiederholen. In beiden Fällen ist die Dichtung nicht reine Unterhaltung (das ist sie auch), sondern eine Form verallgemeinernder Situations-Erhellung, von der die Hörer auf Grund ihres evident hohen Niveaus sofort erkennen, daß sie ihnen hilfreich ist – daß sie sie brauchen können. Darin liegt das Geheimnis des Erfolgs der beiden Epen – sofort und später.

Eines der damals aktuellsten Probleme war das Problem der Führung. In der Ilias wird es beleuchtet und gewissermaßen diskutiert. Die Handlung kreist um den Konflikt zweier Adliger: Agamemnon und Achilleus. Agamemnon verkörpert den Anspruch, der auf Rang beruht, Achilleus den der Leistung. Die beiden Ansprüche geraten im 1. Gesang in einen Konflikt, der für die gesamte Gemeinschaft verhängnisvolle Folgen hat, aber erst eine Reihe von fehlschlagenden Ausgleichsversuchen durchmachen muß, bevor er im 20. Gesang endlich überwunden werden kann – durch Nachgeben von beiden Seiten. Der Kern des Konflikts wird gleich zu Beginn – in einer Rede sozusagen der „Dritten Gewalt", des nach Alter und Erfahrung über den Streitparteien stehenden „Richters" Nestor – klar benannt: (zu Agamemnon:) „Weder nimm du diesem hier (nämlich dem Achilleus) – so ranghoch du auch bist – das Mädchen weg (nämlich die bei der Beuteverteilung ihm zugefallene Kriegsgefangene Briseis), / sondern laß sie gehn, da sie ihm originär als Ehrengeschenk *die Achaier* gegeben haben / noch leg du, Peleide (Achilleus), es darauf an, dich streitend gegen den König zu stellen, / weil *die* Rangstellung, die einem mit dem Szepter (den Amts-Insignien) ausgestatteten König, auf dem der Glanz des Zeus ruht, gegeben ist, / niemals dieselbe ist (nämlich wie die eines anderen Adligen). / Und wenn *du* (nämlich Achilleus) der *leistungsstärkere* bist (eine *Göttin* gebar dich als Mutter!), / so ist *der* doch der *mächtigere*, weil er Herr über eine größere Anzahl ist!" – Und dann folgt der Versöhnungsappell: Agamemnon möge seine Erregung dämpfen und Achilleus von seinem Jähzorn ablassen.

Nestors Worte enthalten sowohl die Problemstellung als auch die *früher* übliche Problemlösung: Konfliktbereinigung durch nachdrücklichen Verweis auf die traditionell gültige Norm. Nestors Appell wird aber von beiden nicht befolgt. Das heißt: die Norm gilt nicht mehr. Ihre ordnende Kraft reicht nicht mehr aus. Die Gegenkräfte sind also zu stark geworden. Sie setzen sich über die Norm hinweg und stellen sie damit grundsätzlich in Frage. *Das* ist es, worauf der Dichter hinauswill. Durch die Gestaltung alles dessen, was nun folgt, führt er vor Augen, wohin die Außerkraftsetzung dieser traditionellen Norm führt: zur Spaltung und damit Schwächung der Führungskräfte und als Folge davon in letzter Konsequenz zum Untergang des ganzen Kollektivs. Nur durch Wiedereinsetzung der Norm – die späte Konfliktbereinigung im Sinne Nestors im 20. Gesang – kann der Untergang des Kollektivs im letzten Augenblick doch noch vermieden werden. Das alles spielt die Ilias durch.

Es kann als ausgeschlossen gelten, daß die Behandlung dieser Problematik „Normgefährdung durch Konflikte in der Führungsschicht" in der Ilias zufällig ist. Das intellektuelle Niveau, auf dem die Ilias sich bewegt, zeigt deutlich an, daß ihr Schöpfer der Führungsschicht sehr nahe stand, wenn nicht angehörte. Wenn er gerade diese Problematik zum roten Faden seiner Stoffgestaltung machte und wenn dann gerade diese seine Stoffgestaltung einen so außerordentlichen Erfolg hatte, dann muß daraus geschlossen werden, daß adeliger Dichter wie adeliges Publikum sich zur Entstehungszeit der Ilias von gerade dieser Problematik umgetrieben fühlten.

Das gleiche gilt für eine ganze Reihe weiterer Probleme, die sich durch die Ilias hindurchziehen – selbstverständlich nicht nur politische. Um wenigstens noch ein Beispiel zu nennen: Von Anfang an ruht der Blick des Dichters auch auf der Frage des Ehren- und Pflichtenkodex des Adligen. Die Frage wird an immer wieder anderen Figuren und Konstellationen aufgeworfen und durchgespielt, etwa an dem Wesensgegensatz der beiden troianischen Prinzenbrüder Hektor und Paris – Hektor die ideale Verkörperung des Adelskodex, Paris als der „Outsider" seine Infragestellung –, oder an dem lykischen Kämpferpaar Sarpedon und Glaukos im 12. Gesang (Verse 310–330) oder in den zum Teil erstaunlich „alternativ" klingenden Räsonnements des Achill im 9. Gesang (Verse 393–409). Darüber hinaus werden natürlich auch prinzipielle Fragen des Lebens aufgegriffen, die für das adelige Publikum von höchstem Interesse sein mußten, z. B. die Frage der inneren Veränderung des Menschen durch den Krieg: die „schöne Helena" zutiefst unglücklich und selbstquälerisch geworden durch den Krieg; die Frau des ersten Manns von Troia, Hektors, zu einem Bündel Angst geworden durch den Krieg: Andromache; die Menschen in der jahrelang belagerten Stadt Troia verstört, gespalten, gehässig, bösartig geworden durch den Krieg ... Das ist nur eine kleine Auswahl. Sie zeigt: Wer nur die reinen Fakten der Geschichte hätte kennenlernen wollen, wäre bei Homer nicht auf seine Kosten gekommen. Der Anspruch, den *Homer* erhob, war höher. Und selbstverständlich richtet sich dieser Anspruch auch an uns.

Ist die Ilias das Epos der *politischen* Probleme, so die Odyssee das der *persönlichen*. Auch was die Odyssee betrifft, ist der moderne Leser gut beraten, die Rezeptionshaltung der *primären* Adressaten einzunehmen. Diese hörten sich das Epos nicht an, um die Abenteuer des Odysseus kennenzulernen. Von denen hatten sie schon hundertmal gehört. Odysseus hatten die Griechen als Prototyp des Seefahrers samt dem dazugehörigen Seemannsgarn schon bei den Vorbewohnern dieses Landes vorgefunden, in dem man fast von jeder höhergelegenen Stelle aus das Meer sehen kann. An den mit ihm verbundenen Geschichten von fernen Ländern, Inseln, Strudeln, Riesen, Nixen, Wassermännern hatten Generationen von Fahrensleuten über die Jahrhunderte hinweg gewoben. Kein Grieche mußte auf die „Odyssee" warten, um davon zu erfahren. Dementsprechend sind diese Geschichten in der „Odyssee" *positioniert*: sie sind als Ich-Erzählung eingeschoben – eingeschoben in eine Odysseus-Handlung, die etwas ganz anderes erzählt: wie ein Mann, der zwanzig Jahre lang von Heimat, Frau und Sohn getrennt war – als Krieger erst (vor Troia), dann als Verschlagener –, dorthin zurückkehrt.

Auch bei diesem ganz anderen Thema geht es aber dem Dichter nicht um das Äußere an sich, nicht um die spannende Geschichte. Natürlich läßt er das Moment der Spannung nicht aus dem Auge. Doch es ist mehr eine innere als eine äußere Spannung, auf die er abstellt. Im Äußeren liegt ja der Handlungsfaden fest: Der König, vor zwanzig Jahren nach Troia ausgefahren, ist verschollen. Seine Frau, Penelope, die ihm die Treue hält und ihn nicht aufgegeben hat (denn seinen Tod hat niemand melden können), wird von einer Horde Freier bedrängt, die sich im Haus des Königs eingenistet haben und täglich dreister werden. Der Königssohn, Telemachos, bisher noch ohne rechten Begriff von dem, was vorgeht, ist gerade in dieser Zeit, in der sich alles zuspitzt, an die Schwelle des Erwachsenseins gekommen und beginnt nun allmählich zum Bewußtsein der wahren Lage durchzudringen: Er muß, um sein Erbe antreten zu können, das nachweisen, was er am wenigsten wünscht: daß sein Vater tot ist. Das Ganze stellt sich als große Krise dar, die ihrem Höhepunkte zutreibt ... Da kommt der Totgeglaubte doch noch heim.

Dem Dichter unserer Odyssee geht es nicht um diesen äußeren Handlungsfaden und seine spannende Abwicklung durch überraschende Momente, sondern es geht ihm um die Krise. Er fragt sich, was im *Inneren* von Menschen vorgeht, die in einer solchen Lage leben. Was geht im Sohn vor, der seinen Vater noch nie bewußt gesehen hat? Was in der Frau, die unaufhörlich zwischen Hoffnung und Verzweiflung schwankt? Was in den Herzen des Gesindes? Des Volks? Der Freier? Schließlich: des Königs, Ehemanns und Vaters? Der Dichter erzählt nicht eine spannende Geschichte, sondern er führt vor, was die Geschichte ihren Figuren eigentlich zumutet. Er geht dabei immer weiter in die Tiefe, lotet aus, zu welchen Leistungen, Leiden, Taten Menschen fähig sind. Um das zu erreichen, braucht er Zeit. Die Gesamthandlung seiner Erzählung umfaßt 40 Tage. Für die ersten 34 davon braucht er 12 Gesänge. Für die letzten sechs aber ebenfalls zwölf. Das bedeutet: er erzählt immer einlässiger. Für die Darstellung des 39. Tages – das ist der Tag der Entscheidung, der Tag auch der endlichen Wiedervereinigung der zwanzig Jahre lang getrennten Gatten – nimmt er sich vier Gesänge, 1701 Verse: ein Siebentel des ganzen Werkes. Gefüllt wird diese lange Erzählzeit nicht mit Aktionen, sondern mit dem, was zwischen den Aktionen – auch während ihrer – in den Menschen vorgeht. Dazu dienen Gespräche, Selbstgespräche, die Wiedergabe von Gedanken der handelnden Personen: Darstellung der *inneren* Dimension der Geschichte. Das mutet ganz modern an. Wer dächte nicht an James Joyce's „Ulysses"? Natürlich: da liegt völlig anderes vor. Doch die Techniken des Erzählens sind durchaus vergleichbar.

Es geht nicht an, die Odyssee mit Kinderaugen zu lesen, mit dem Fakteninteresse, zu dem unsere öffentliche Rezeption der Antike weithin verkommen ist: wie eine Hexe namens Kirke Menschen in Schweine verwandelt, wie ein Riese mit nur einem Auge namens Polyphem Menschen auffrißt und von dem listigen Odysseus durch die Blendung seines Auges übertölpelt wird ... Das ist die vordergründigste, die – sagen wir es ruhig – primitivste Odysseelektüre, die zu denken ist. Sie reduziert Homer und seine Hörer auf ein Niveau, das *heute* üblich ist.

Homer bedeutete für seine Zeitgenossen mehr als Unterhaltung. Er war für sie nicht das, was heute ein Romanschriftsteller ist. Ilias und Odyssee waren nicht beliebige Produkte eines „Literaturbetriebs". Es waren Werke höchsten künstlerischen und intellektuellen Anspruchs. Man hörte sie, weil sie den, der sie hörte, sich selbst besser verstehen lehrten – in einer Sprachform, die alles im normalen Alltag Übliche an Wirkung übertraf.

Homer wäre nicht am Leben geblieben über zweitausendsiebenhundert Jahre hinweg, wenn die nachfolgenden Generationen das Urteil ihrer Väter nicht immer wieder bestätigt hätten. Gewiß sah jedes folgende Lesepublikum etwas anderes als das Wesentliche der beiden Epen an. Aber gerade darin zeigt sich überragende Qualität: daß ein literarisches Kunstwerk ein Wirkungspotential enthält, das unerschöpflich ist. Homers Epen Ilias und Odyssee gehören zu den ganz wenigen Werken der Weltliteratur, die dieses Qualitätsmerkmal besitzen. Es wäre gut, sich das bewußt zu machen. Durch Lesen.

Joachim Latacz

KARTEN

DAS HOMERISCHE TROJA

NACH D'ANVILLE UND LE CHEVALIER

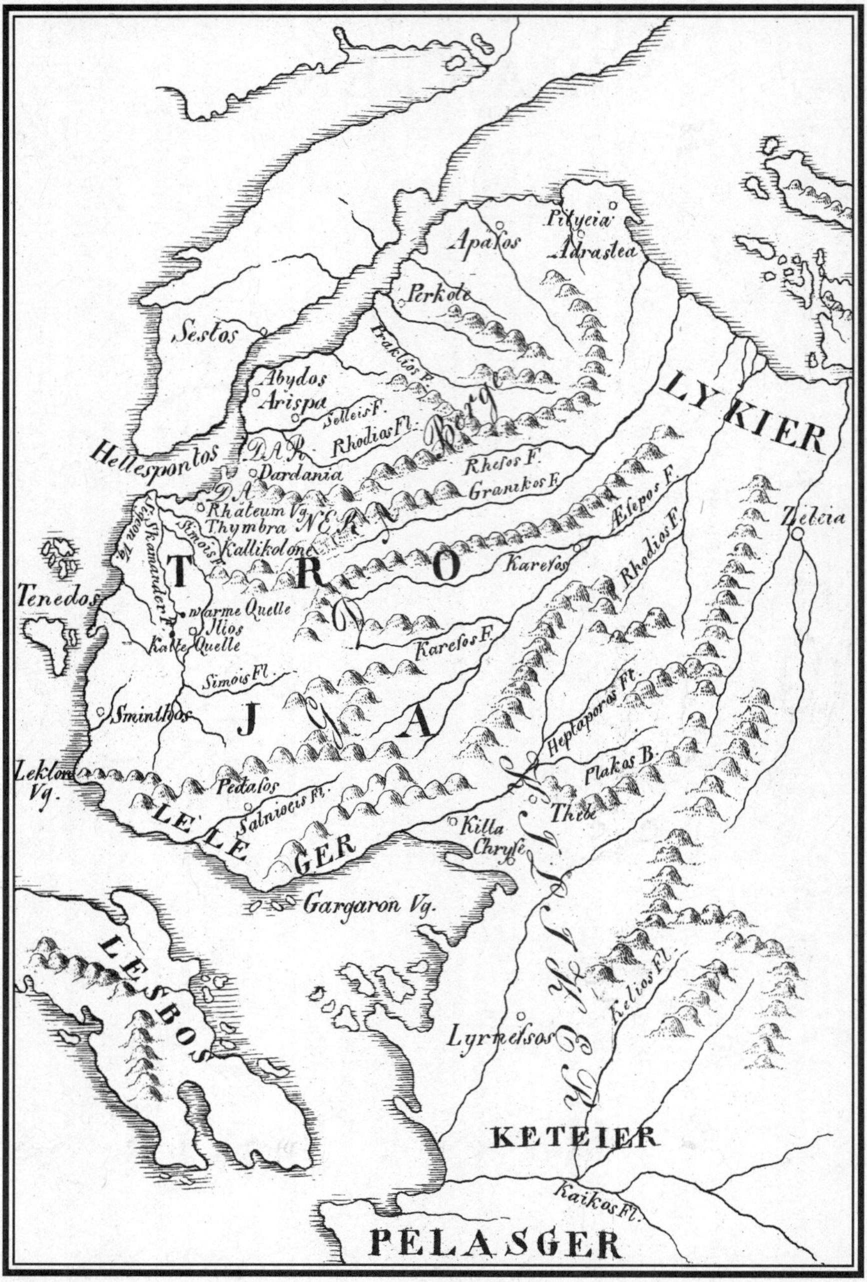

DAS KEFALLENISCHE REICH

ZUM TEIL NACH D'ANVILLE UND CHANDLER

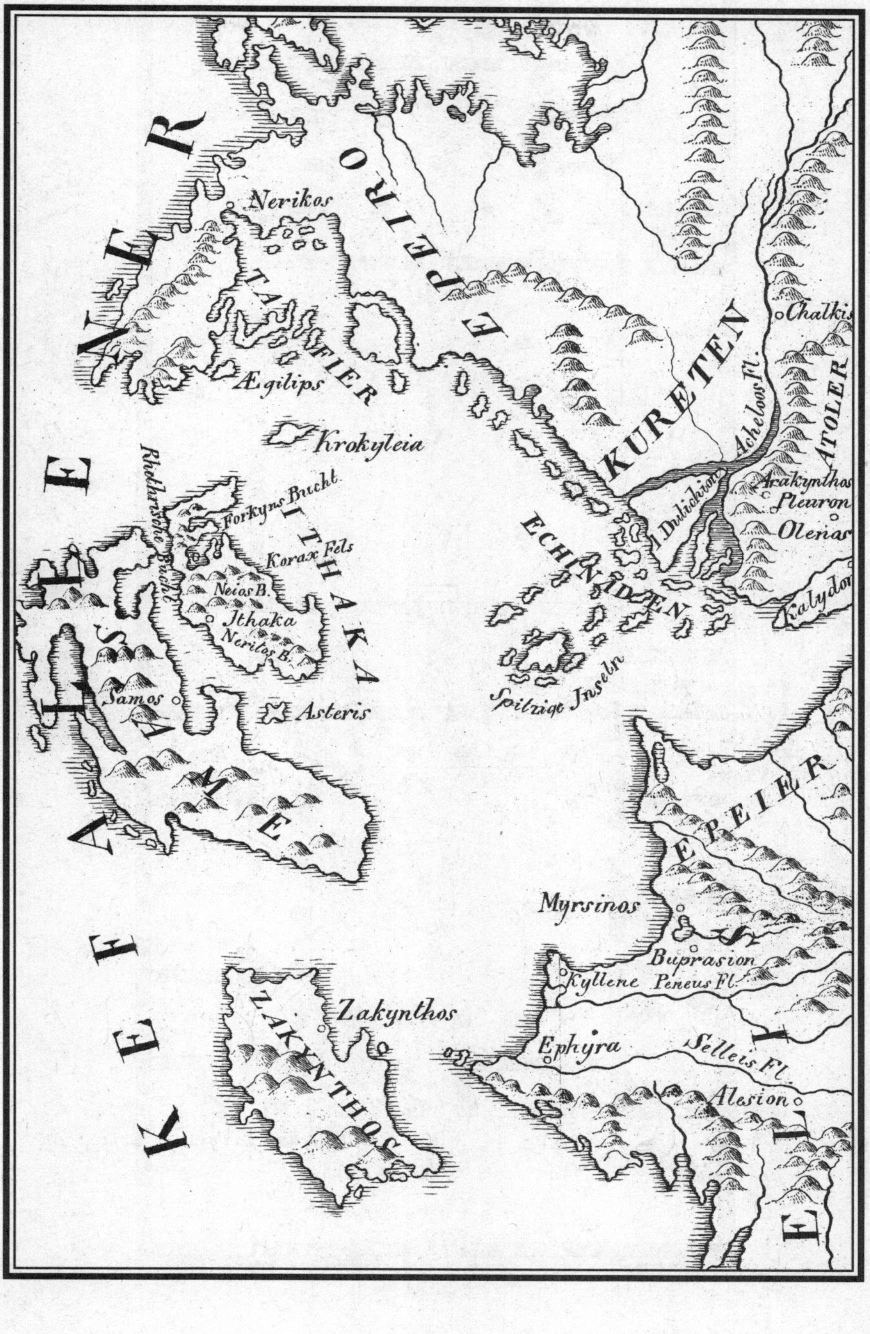

DES ODYSSEUS WOHNUNG

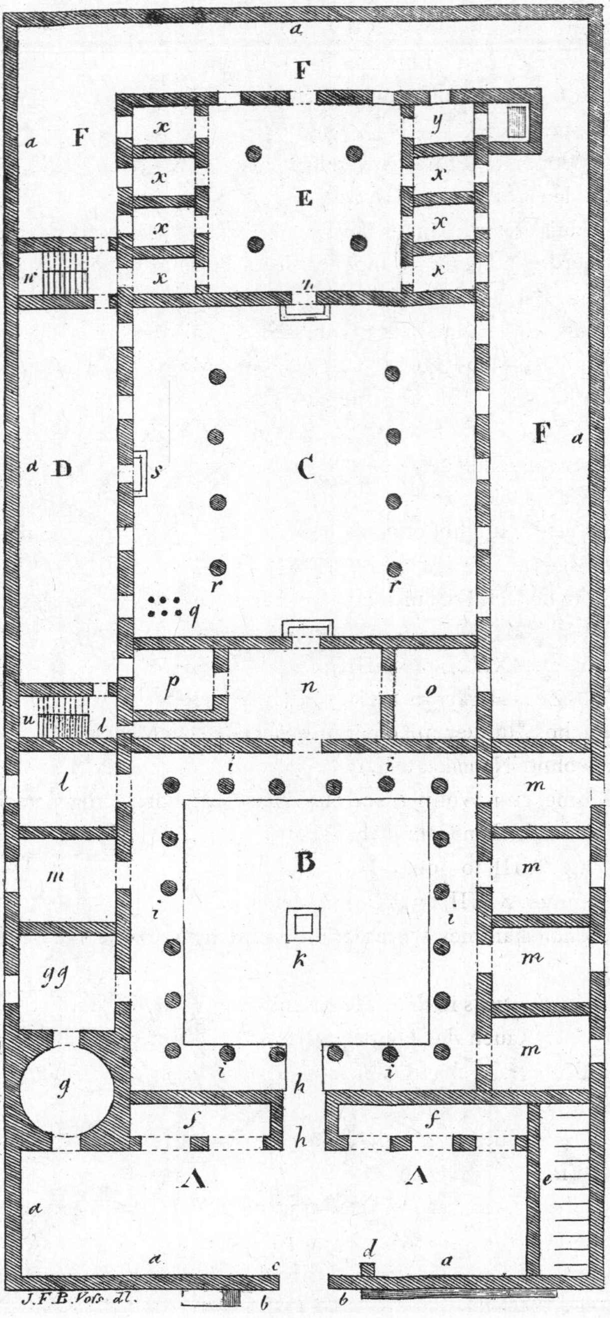

J.F.B.Voss del.

ERKLÄRUNGEN ZU DES ODYSSEUS WOHNUNG

a. Die Mauer mit Zinnen: Odyss. XVII, 267. XVIII, 102. XXII, 459.
b. Steinerne Sitze: XVI, 343. Links für den König, wie bei Nestor, III, 406.
A. Wirtschaftshof oder Gehege für den Unrat der Küche und der Ställe: XVII, 266. 297. XXII, 442.
c. Das Tor mit doppelter Pforte, inwendig verriegelt: XVII, 267. XXI, 389.
d. Schauer für den Hofhund: XVII, 291.
e. Ställe für Maultiere und Rinder: XVII, 298. Pferde waren in Ithaka nicht: IV, 607.
f. Zwei Hallen, links für angebundenes Schlachtvieh: XX, 176, 189. (vergl. 164). Rechts lehnte man die Wagen an geweißte Wände: IV, 42.
g. Das Küchengewölbe: XXII, 442. Um dessen spitz auslaufende Kuppel von der Zinne der vordern Mauer ein Seil zum Aufhängen der zwölf schuldigen Mägde gespannt wurde: XXII, 466. Der Eingang (gg.) ist durch das Zimmer des Zerlegers.
h. Doppelpforte zur Halle des Hofes: XVIII, 101 ,102, 239. Außerhalb dieser Pforte lag der Dünger: XVII, 297.
B. Der gepflasterte Mittelhof oder Vorhof: I, 104. IV, 627. XVII, 168. Oft mit einem Brunnen: VII, 131.
i. Die Halle, ein bedeckter Säulengang um den Vorhof. Oben vor dem Hause schlafen gewöhnlich die Gäste: IV, 302. Unten am Eingange wurden die erschlagenen Freier hingelegt: XXII, 449. XXIII, 49.
k. Ein Altar des Zeus Herkeios: XXII, 334. (Il. XI, 772.)
l. Des Telemachos Zimmer, mit einer Aussicht nach der Meerseite: I, 426. (In einem ähnlichen wohnte Nausikaa: VI, 15.)
m. Andere Zimmer zum Wohnen und zur Wirtschaft; unter einigen auch Vorratsgewölbe für den täglichen Gebrauch: IV, 621.
n. Die Hausflur: XVIII, 10–100.
o. Das Badezimmer: XXIII, 153. Wie bei Menelaos: IV, 48.
p. Eine Wirtschaftskammer, worunter ein schmaler Gang in den Seitenhof führt, XXII, 127, 137.
C. Der Männersaal, etwas in die Erde gesenkt, mit gestampftem Estrich: XXI, 120. XXIII, 46. Der Rauch des Herdes (VII, 153. XX, 123.) und der Feuergeschirre (XVIII, 307.) zieht durch eine Öffnung der Decke, die oben ein plattes Dach mit gebrannten Fliesen hat: I, 321.
q. Stelle für Mischkannen, aus welchen der Wein rechtsum gereicht wird: XXI, 142. XXII, 333, 341.
r. Säulen, um die Balken der Decke zu tragen: XIX, 38. An einer sitzt der Sänger: I, 154, wie bei Alkinoos: VIII, 66, 473. An einer ist das Speerbehältnis: I, 127. Nur wenn Telemachos gleich wieder ausgehn will, stellt er den Speer auf der Hausflur an eine Säule: XVII, 29.

s. Einfache Türe, die auf den Seitenhof nach der Treppe führt: XXII, 126. Durch diese (an der linken Seite des Saals: XXI, 142. XXII, 333, 341.) werden die Waffen in ein oberes Zimmer hinaufgetragen: XIX, 31.

D. Durchgänglicher Seitenhof, um das Gastzimmer zu vermeiden: XXII, 128.

t. Einfache Türe von der Hausflur zum Seitenhofe: XXII, 127, 137.

u. Treppe zu Odysseus' Kammern über dem Vorplatze des Männersaals: XIX, 17. XXII, 143. Bei der Kirke zum flachen Dache: X, 554–560.

v. Einfache Türe durch die Scheidemauer der Weiberwohnung: XXII, 394.

w. Treppe zu den Obergemächern der Königin, wo sie Ruhe und Einsamkeit sucht: I, 329. II, 357. IV, 760 und insgeheim ein Gewand webt, und wieder trennt: XV, 516.

E. Arbeitssaal der Königin: IV, 679–768. XVI, 411. XVII, 36, 505. XX, 387. XXIII, 20 und ihrer Weiber: XVIII, 315. Auch er hatte Säulen: VI, 307, einen Herd: VI, 305 und einen Rauchfang: XIX, 544.

x. Andere Zimmer: XXI, 387. XXIII, 41. Unter einem die geheime Vorratskammer: II, 338. (XV, 98) XXI, 8, zu welcher den Schlüssel Penelopeia aus dem Obergemache holt: XXI, 5.

y. Die eheliche Schlafkammer, später um einen Ölbaum des hinteren Seitenhofes hinausgebaut: XXIII, 190–201.

z. Die Doppeltüre, an welcher Penelopeia sich den Freiern zeigt: I, 334; durch diese erkennt sie auch, was im Saale vorgeht: XVII, 493. 501–504.

F. Der hintere Seitenhof zum Gebrauche der Weiber, mit einzelnen Bäumen: XXIII, 190 und Ställen für Gänse: XV, 160–173. XIX, 536.

Von den griechischen Benennungen scheinen nur diese einer Erklärung zu bedürfen. *οἶκος* ist überhaupt Wohnung, oft ein größeres Wohnzimmer, worin Feuer gemacht werden kann; daher heißt das ganze Haus zwar *δώματα, μέγαρα*, auch ein Teil *θάλαμοι*, aber nie *οἶκοι*. Die Wörter *πρόθυρον* und *πρόδομος* haben Beziehung auf das Vorhergehende, und bedeuten den Raum vor jeder Türe, vor jeder Wohnung, er sei frei, oder auch selbst ein Teil des Hauses.

EDITORISCHE NOTIZ

Für die griechischen Texte der vorliegenden zweisprachigen Ausgabe wurden die Homer-Editionen von David Binning Monro/Thomas William Allen und Augustus Taber Murray herangezogen.

Der Text der Ilias folgt: *Homeri opera recognoverunt brevique adnotatione critica instruxerunt David B. Monro et Thomas W. Allen. (Scriptorum classicorum bibliotheca oxoniensis) Tomus I. Iliadis libros I–XII continens; Tomus II. Iliadis libros XIII–XXIV continens. Oxford 1920. Editio tertia.*

Der Text der Odyssee folgt: *Homer: The Odyssey with an English Translation by A. T. Murray in two volumes. Cambridge, Massachusetts, London 1919.*

Die Texte der Voß'schen Übersetzungen folgen in Interpunktion und Orthographie im wesentlichen der im Verlag von Philipp Reclam jun. erschienenen Ausgabe: *Homers Werke von Johann Heinrich Voß: I. Ilias; II. Odyssee. Abdruck der ersten Ausgabe. Leipzig 1870 ff.* Die Reclamausgabe beruht auf der 1793 erschienenen ersten Gesamtausgabe des Voß'schen Homer.

Die Karten wurden entnommen aus: *Homers Werke. Ilias und Odyssee von Johann Heinrich Voß. Vierte stark verbesserte Auflage. Stuttgart und Tübingen 1814.*

Große Werke. Sehr kleine Pre

"Nach Gott hat Shakespeare am meisten geschaffen." James Joyce

William Shakespeare
Sämtliche Werke.

Shakespeare ist der erfolgreichste Schriftsteller aller Zeiten, ist sogar der meistverfilmte Autor in Hollywood. Er hat die Grundmuster für tragische Liebesgeschichten geschaffen („Romeo und Julia"), für den Generationskonflikt („König Lear"), für das Eifersuchtsdrama („Othello"). „Wer in der westlichen Kultur aufgewachsen ist, kennt Shakespeare, auch wenn er ihn nie gelesen hat", hat Christiane Zschirnt (Uni Hamburg) ermittelt. „Die ganze Welt ist eine Bühne", „Viel Lärm um nichts", „Sein oder Nichtsein, das ist hier die Frage", „Last not Least" - alles Shakespeare!

Der Engländer aus dem 16. Jahrhundert hat den Sprung ins 21. Jahrhundert geschafft, „ein Name der Superlative, kein Dichter wird häufiger gelesen, zitiert, aufgeführt, vertont, erforscht - Shakespeare kennt keine Grenzen. Er ist Hochkultur und Popkultur, er fasziniert Feministinnen ebenso wie die Vertreter des konservativen Kultur-Establishments" (Zschirnt). Jetzt gibt es alle seine Komödien und Tragödien, alle seine Historien und die berühmten Sonette in der klassischen Übersetzung von August Wilhelm Schlegel, Dorothea und Ludwig Tieck sowie Wolf von Baudissin zwischen zwei Buchdeckeln. William Shakespeare „Sämtliche Werke". 1.296 Seiten. Broschur. 7,99 €. Nummer 104 140.

"Das Vergnügen an Lichtenberg hält seit 200 Jahren an, es ist sogar gewachsen." Robert Gernhardt

Georg Christoph Lichtenberg
Aphorismen.

Tucholsky beschreibt Lichtenberg so: „Ein Kobold ... ein Geist, der Aphorismen geschaffen hat, wie sie dann ein Jahrhundert lang nicht mehr wiedergekommen sind." Lichtenberg hat „vermischte Einfälle, verdaute und unverdaute Begebenheiten, die mich besonders angehen" (Lichtenberg), 33 Jahre lang in kleine, selbstgenähte Hefte notiert, „Schmier-" oder „Sudelbücher" genannt.

Erst der Germanist Albert Leitzmann sichtete Anfang des 20. Jahrhunderts die erhaltenen Handschriften und gab eine chronologische Ausgabe der Aphorismen in der ursprünglichen Schreibweise Lichtenbergs heraus - Beginn einer umfangreichen Wiederentdeckung „des modernsten Geistes des 18. Jahrhunderts" (Leitzmann). Dieser Band versammelt Lichtenbergs Aphorismen in der berühmten Leitzmann-Edition (für Kurt Tucholsky „die beste") mit verbessertem Register, ungekürzt. Alle 5 Bände der Leitzmann-Edition in einem. Georg Christoph Lichtenberg „Aphorismen". 1.056 Seiten. Broschur. Haffmans Verlag. 7,99 €. Nummer 240 037.

Geschriebene Küsse kommen nicht an ihren Ort, sondern werden von den Gespenstern auf dem Wege ausgetrunken" (an Milena). „Ich kann nicht glauben, daß in irgendeinem Märchen um irgendeine Frau mehr und verzweifelter gekämpft worden ist als um dich in mir, seit dem Anfang und immer von neuem und vielleicht für immer" (An Felice Bauer). Franz Kafka „Die Briefe". 1.211 Seiten. Broschur. Nur bei uns. 7,99 €. Nummer 102 364

"Ein schwindelerregender experimenteller Roman, offen, grenzenlos und ambivalent wie das Leben." Die Zeit

Italo Svevo Zenos Gewissen.

Hätte Italo Svevo nicht den Entschluss gefasst, seine Englischkenntnisse zu verbessern, und wäre er bei der Umsetzung dieses Planes nicht zufällig auf James Joyce getroffen, würden heute vielleicht nur Spezialisten für italienische Regionalliteratur seinen Namen kennen. Doch es kam anders: „Als Joyce in den zwanziger Jahren berühmt wurde, zog er seinen Vorläufer hinter sich her. Svevo lebte weiter in einem Größeren, auf dessen Ulysses er einen nicht geringen Einfluss gehabt hat. Heute lässt die italienische Literaturgeschichte mit ihm die Moderne beginnen" (Hermann Kurzke, FAZ).

Im Roman erzählt Zeno Cosini, einer Bitte seines Psychoanalytikers folgend, die Geschichte seines Lebens, das sich vollkommen widersprüchlich zu entwickeln scheint und seinen Protagonisten in immer neue kuriose Situationen stürzt. Wichtige Entscheidungen sehen zunächst nach verheerenden Irrtümern aus, erweisen sich jedoch als wichtige Impulse für künftige Entwicklungen: Zeno wirbt um zwei schöne Schwestern, wird jedoch von beiden abgewiesen und erringt noch am selben Abend die Gunst der nicht beachteten dritten, weil er unter dem Tisch das falsche Bein zärtlich berührt. Sie ist es auch, die er später heiraten wird, und es zeigt sich: Die vermeintlich Falsche ist diejenige, mit der er gegen seinen Willen glücklich wird. Auf ähnlich verwickelte Weise gelingen ihm auch seine geschäftlichen Erfolge.

„Zeno Cosini ist ein Meisterwerk von unauslotbarer Tiefe, die so gut kaschiert ist, dass sie einem wenig gewitzten Leser entgeht; oft glaubt man, einen ganz leicht konsumierbaren Roman vor sich zu haben, der vom Rauchen der ewig letzten Zigarette erzählt, von Flirts und von bürgerlichen Familienabenteuern, während sich der Schriftsteller hinter dieser liebenswürdigen Oberfläche in den dunkelsten Mäandern des Unbewussten, des Eros, der Zwiespältigkeiten des Verlangens und der Zuneigungen, des Todes bewegt. Der sich absichtlich unglaubwürdig gebende Erzähler lässt sich auch wie ein Romancier des 19. Jahrhunderts lesen, während er die westliche Erzählprosa zu einem ihrer äußersten Strände führt" (Claudio Magris, Die Zeit).

Svevos Originaltext steckt voller sprachlicher Raffinessen und Triester Sprachtönungen, die erstmals in der von Barbara Kleiner besorgten und bei Zweitausendeins erschienenen Neuübersetzung eine adäquate deutsche Form gefunden hatten. Jetzt gibt es die gefeierte Übersetzung noch einmal in neuer Form: Kenner und Liebhaber der italienischen Sprache können parallel zur deutschen Version Svevos Originaltext verfolgen, der jeweils seitengenau gegenübergestellt ist. Mit einem Essay von Wilhelm Genazino („Eine bessere Einführung kann man dem deutschen Svevo-Entdecker kaum wünschen", Frankfurter Rundschau). Italo Svevo „Zenos Gewissen". 1.203 Seiten. Broschur. 7,99 € Nummer 200 316.

"Die vielleicht größte intellektuelle Revolution der Menschheit." Ernst Mayr

Charles Darwin Gesammelte Werke.

Selbst Relativitäts- und Quantentheorie reichen nicht heran an die Evolutionstheorie als die wohl bedeutsamste Idee der abendländischen Wissenschaft" (Der Spiegel): Dieser große Sammelband macht die Hauptwerke Darwins wieder zugänglich, die bis heute auch als Beispiele brillant geschriebener Wissenschaftsprosa gelten:

„Über die Entstehung der Arten" zählt zusammen mit der „Abstammung des Menschen" zu den großen kanonischen Werken der modernen Naturwissenschaften, in denen Darwin erstmals seine bahnbrechende Evolutionstheorie erklärt. Der Band enthält außerdem Darwins Bestseller „Der Ausdruck der Gemütsbewegungen bei den Menschen und den Tieren". Oliver Sacks staunte über Darwins „bezaubernde Beobachtungen, seine Aufsehen erregenden Theorien". Den drei Werken vorangestellt ist das wohl wichtigste Reisebuch der modernen Naturwissenschaft: die berühmte „Reise eines Naturforschers um die Welt", auf der Darwin seine Theorien entwickelte.

„Nichts in der Biologie ergibt Sinn, außer im Lichte der Evolution", so der große Naturforscher Theodosius Dobhansky. Charles Darwin „Gesammelte Werke". Aus dem Englischen von J. Victor Carus. 1.370 Seiten mit zahlreichen Abbildungen. Broschur. 7,99 €. Nummer 103 274.

"Der Klassiker über das Spannungsfeld von Politik und Moral, Herrschsucht und Humanismus." Buchmedia Magazin.

Niccolò Machiavelli Gesammelte Werke.

Machiavellis Schriften zählen zu den bedeutendsten staatstheoretischen Werken der Geschichte. Seine Analysen der Macht werden von Politiker/inne/n studiert und in Manager-Seminaren gelehrt, doch gedacht waren sie zunächst als Empfehlungsschreiben in eigener Sache. Machiavelli wollte sich mit seiner Abhandlung „Der Fürst" als Berater bei den Herrschern von Florenz ins Gespräch bringen: Wie müsste ein Staat organisiert sein, so überlegt Machiavelli, der mächtig genug ist, seine Bürger wirksam zu schützen, und dessen Macht von Dauer ist? Welche Eigenschaften müsste der Herrscher eines solchen Staates besitzen, nach welchen Kriterien sollte er handeln?

Der vorurteilsfreie Realismus von Machiavellis Analysen gilt als Beginn des modernen staatlichen Denkens, die ehrliche Radikalität seiner Handlungsempfehlungen machen ihn zu einem kontrovers diskutierten „Kampfdenker" (Manager Magazin). Er inspirierte die Väter der amerikanischen Verfassung ebenso wie die Denker der Französischen Revolution. Bis heute kennen und beherzigen Politiker und Politikerinnen seine Ideen.
Aus dem Inhalt: Vom Staate, Der Fürst, Die Geschichte von Florenz, Die Kunst des Krieges, Komödien und Kleine Schriften. Niccolò Machiavelli „Gesammelte Werke". Aus dem Italienischen von Johann Ziegler und Franz Nicolaus Baur. Herausgegeben und mit einem Vorwort von Alexander Ulfig. Auf der Sachbuchbestenliste März 2007. 1.088 Seiten. Broschur. 7,99 €. Nummer 103 485.

"Ein Lehrer, dessen Zauber durch seine Bücher bis heute fortwirkt." Der Spiegel

Jacob Burckhardt
Das Geschichtswerk.

Jacob Burckhardt zählt zu dem illustren Kreis großer Historiker (Ranke, Mommsen, Droysen u.a.), deren Werke sich durch die Synthese von Gelehrsamkeit und stilistischer Brillanz auszeichnen. Buckhardts Methoden waren im Wissenschaftsbetrieb seiner Zeit höchst umstritten, aber „was sollte man auch von einem Doppel-Ordinarius halten, der Kunstgeschichte und Geschichte zugleich lehrte, im Zeichen der unaufhaltsamen Disziplinenzellteilung somit sakrosankte Grenzen überschritt und entsprechend hybride Texte produzierte - Kulturgeschichte, die unerhörterweise mit dem Anspruch auftrat, nicht beinharte Fakten, sondern etwas so Luftiges, ja Windiges wie Zeitatmosphäre, Lebensgefühl vergangener Epochen einzufangen" (Frankfurter Rundschau).

Jacob Burckhardt hat neue wissenschaftliche Standards in der Kultur- und Kunstgeschichte gesetzt, die bis heute gültig sind. Sein Ruhm gründete sich zunächst auf die beiden Meisterwerke „Die Zeit Constantins des Großen" und „Die Kultur der Renaissance in Italien", beides grandiose Porträts von Kulturen in Phasen des historischen Übergangs: In seiner „Griechischen Kulturgeschichte" entlarvt er die rückwärts gewandte Utopie des vermeintlich goldenen perikleischen Zeitalters als eine „der allergrößten Fälschungen des geschichtlichen Urteils". Seine „Weltgeschichtlichen Betrachtungen" zählen zum Anregendsten, was je über das Handwerk des Historikers geschrieben wurde. „Die Werke des Schweizer Historikers bestechen durch ihre Gelehrsamkeit und ihren Sprachstil. Die wohlfeile Ausgabe ermöglicht heute jedem, die Aktualität dieses Geistesmannes aus dem 19. Jahrhundert zu erleben" (Focus). Jacob Burckhardt „Das Geschichtswerk". 2 Bände. 2.200 Seiten. Leinen. 20 €. Nummer 103 831.

"Wer Kierkegaard liest, der erfährt, was es heißt zu leben". FAZ

Sören Kierkegaard
Philosophische Schriften.

Sören Kierkegaard ist der lebendigste aller Denker. Von ihm kann man lernen, das eigene Leben wirklich zu leben und nicht nur zu führen. Das ist einerseits anstrengend, regt einen andererseits aber so sehr auf, dass man davon nicht wieder loskommt", empfiehlt die Frankfurter Allgemeine einen der modernsten Denker des 19. Jahrhunderts.

Gleich mit seinem Debütwerk „Entweder - Oder" erschütterte er alle bisherige Philosophie. Es ist „ein Buch, das den Boden wanken lässt, auf dem wir durchs Leben trotten, auch heute noch", staunt Der Spiegel. Kierkegaard setzt darin zwei unterschiedliche Lebensentwürfe gegeneinander: Er stellt uns Herrn A. vor, einen hemmungslosen Genussmenschen, der vom Rausch der Sinne, dem Trubel gesellschaftlicher Events, dem Zauber der Mozart-Opern und im berühmten „Tagebuch des Verführers" auch explizit von sexuellen Genüssen schwärmt. Ihm gegenüber steht Herr B., ein Mann, der ganz in sich und seiner ethischen und ästhetischen Existenz ruht und sich nicht zum Spielball seiner Triebe und Instinkte machen will.

„Kierkegaard scheint sich völlig herauszuhalten. Er ist kein Lebenshilfe-Guru. Er lässt dem Leser die Wahl. Die Kernfrage ist die: Was fängst du mit deinem Leben an? Lässt du dich treiben und schleifen oder bohrst du die Hacken ein und findest die nur für dich bestimmte Wahrheit?“ (Der Spiegel)

Auch in seinen folgenden philosophischen Werken, den „Philosophische Brocken“ und der „Abschließenden unwissenschaftlichen Nachschrift zu den Philosophischen Brocken“ entwickelt Kierkegaard kein System, sondern fordert zur Stellungnahme heraus. Beide Werke gelten als Kierkegaards philosophisches Testament. „Kierkegaard ist von unwahrscheinlicher Klarheit, und keine Zeile in seinen vielen Schriften ist umsonst oder leer“ (Rudolf Kassner). Sören Kierkegaard „Philosophische Schriften“. Aus dem Dänischen von Christoph Schrempf. 1.142 Seiten. Broschur. 7,99 €. Nummer 105 186.

Wie entsteht Macht? Was macht Wirtschaftsstrukturen erfolgreich? Wie beeinflussen sich Wirtschaft und Politik?

Max Weber
Wirtschaft und Gesellschaft.

Es gibt kaum ein zweites Buch, das für Historiker, Politiker, Kulturwissenschaftler und Soziologen eine solch immense Bedeutung hat wie Max Webers großes Hauptwerk „Wirtschaft und Gesellschaft“.

Es „bildet bis heute ein schier unerschöpfliches Reservoir für Ideen über die Struktur und Dynamik und die begriffliche Erfassung gesellschaftlicher Erscheinungen“ (Kindlers) und bleibt für aktuelle Theoriediskussionen unverzichtbar.

Denn obwohl Weber sein im Untertitel „Grundriss der verstehenden Soziologie“ genanntes Buch bereits Anfang des 20. Jahrhunderts konzipierte, erweist es sich in seiner prophetischen Sicht auf die globale Verbreitung einer streng nach Marktgesetzen konzipierten Wirtschafts- und Gesellschaftsordnung und deren Folgen als überraschend hellsichtig.

Weber fragt: Nach welchen Systemen organisieren sich Herrschaftsordnungen? Wie gelangen sie zu politischer und wirtschaftlicher Macht? Dabei interessiert ihn vor allem, wie es in westlichen Gesellschaften zu einer Häufung von Rationalisierungsprozessen kommen konnte, wie sie in den Wirtschaftsordnungen des modernen Kapitalismus, in der parlamentarischen Regierungsform und in der modernen Verwaltungsstruktur zu finden sind. Weber sieht hier den Schlüssel für den politischen und wirtschaftlichen Erfolg. Er bezieht aber auch die Einflüsse von Recht und Religion in seine Untersuchungen mit ein. Max Weber „Wirtschaft und Gesellschaft“. 1.156 Seiten. Broschur. 7,99 €. Nr. 101 939.

Wie bilden sich Gesellschaften? Was hält sie zusammen? Welchen Einfluss haben die Wertesysteme auf ihre Entstehung und Entwicklung?

Max Weber
Religion und Gesellschaft.

Diese Essays gehören zu den bedeutendsten und meist diskutierten Studien der Soziologie. Max Webers „Gesammelte Aufsätze zur Religionssoziologie“ sind neben „Wirtschaft und Gesellschaft“ sein wichtigstes und bekanntestes Werk (beide Werke sollen sich - so Webers Intention - gegenseitig ergänzen). Die einzelnen Beiträge stellen Glanzleistungen der soziologischen Reflexion dar. Sie sind von besonderer Wichtigkeit für die Grundlegung einer soziologischen Methodologie und begründeten Webers Ruf als „einem der größten Denker des 20. Jahrhunderts" (WamS).

Weber stellt fest: Jede religiöse Weltanschauung ist mit einer spezifischen Ethik und Lebensführung verbunden und begünstigt dadurch das Entstehen neuer Organisationsformen. Denn religiöse Weltbilder beeinflussen auch die säkulare Wirklichkeit. „Weber erinnert daran, was Wissenschaft sein kann: ein spannungsvolles Ringen zwischen einer Überfülle von Leben und einem kalt sezierenden Verstand - nicht nur ein Trick, um sich in diverse Diskurse einzuklinken und sich als Experte wichtig zu tun" (Joachim Radkau, Autor der Biografie „Max Weber. Die Leidenschaft des Denkens"). Max Weber „Religion und Gesellschaft". 1.230 Seiten. Broschur. 7,99 €. Nummer 103 024.

Was ist ein Staat? Was ist legitime Herrschaft? Dürfen Politiker Geld verdienen?

Max Weber
Politik und Gesellschaft.

Max Weber zählt zu den Gründervätern und Meisterdenkern der modernen Soziologie und Kulturwissenschaft. Seine Werke, oft als bürgerlicher Gegenentwurf zu Marx' gesellschaftlicher Großtheorie interpretiert, sind längst Klassiker, von denen noch heute wichtige Impulse und Anregungen für den Diskurs der Kulturwissenschaften ausgehen, seine Rede „Politik als Beruf" ist der unverzichtbare Schlüsseltext der modernen Politikwissenschaft. Darin entwirft Weber eine bis heute gültige Typologie der politisch Handelnden.

Dieser Band versammelt neben Webers Zeitungsartikeln und Reden zu Politik und sozialpolitischen Themen auch die berühmten Reden „Politik als Beruf" und „Wissenschaft als Beruf". Den politischen Texten nachgestellt sind weitere Arbeiten, die die Vielfalt seiner Interessen und die Breite seines Werkes belegen, darunter auch den von Adorno gerühmten Entwurf einer Musiksoziologie. Max Weber „Politik und Gesellschaft". 1.140 Seiten. Broschur. 7,99 €. Nummer 103 616.

21,-